本书由　湖南省社科规划基金办
　　　　湖南省比较文学与世界文学重点学科　　　　资助出版
　　　　湘潭大学社科处　《尊品》杂志　好望谷别墅
　　　　纯美世家顶级家居　法莱士酒业　艺非藏品

文心雕龙通论

傅璇琮谨书

【上编】

刘业超 著

人民出版社

总 目 录

下编　雕龙论

目　　录

序　展示中华民族博大精深的文化精髓

缪俊杰

　　刘业超先生皇皇百万言巨著《文心雕龙通论》，即将由人民出版社出版。业超兄嘱我写几句话作为"序"，附骥面世。我本不敢应承。但多年来学长殷殷嘱托，不敢推辞，只好从命。在这里首先对本书的出版表示祝贺。

　　我同业超兄"师出同门"。业超比我学问高，本来不敢以此比肩僭美。但事实又是如此。20世纪50年代中，我们都在珞珈山受教于武汉大学中文系著名的"五老八中"门下。五老者，刘永济、刘博平、陈登恪、黄焯、席鲁思，五位大儒也；八中者，程千帆、刘绶松、胡国瑞、周大璞、李健章、李格非、缪昆、张永安（或列沈祖棻）诸名师也。这"五老八中"，都与近代国学大师黄侃具有前后相承的学术渊源关系。1919年至1926年，黄侃曾在武昌高等师范（武汉大学前身）任教。其《文心雕龙札记》的书稿，即制作于此。武汉大学人文科学所特有的博大精深的学术传统，亦肇基于此。受教于上列诸公门下，承中华国学之熏陶，学子之大幸也。刘永济是研究《文心雕龙》的前辈大师；黄焯是清末大儒黄侃之亲侄，家学渊源深厚；刘绶松则独辟蹊径，论列"文心"。他们在《文心雕龙》的研究上都独树一帜，为学界所景仰。当时武大诸生或受他们耳提面命，或受其学风影响，获益良多。至使在武汉大学文学院（中文系），研究"文心"成为一个百年不断的学术血脉。最近，刘业超先生曾深情地说："我承担这一项勉为其难的课题，是出于一种特别的'珞珈情结'——刘永济先生当年的教诲给我留下了太深的印象。通过几十年的人生领悟与学术领悟，我才比较全面地理解了永济先生当年在他的课程中传授给我们的真理。这一深深含蕴在学术中的真理，是需要我们珞珈学子一代代传承下去的。对《文心雕龙》的研究是珞珈学术的重要组成部分，构成了一道极具特色的文化风景。

从黄侃先生的《文心雕龙札记》，到刘永济先生的《文心雕龙校释》，到刘绶松先生的《文心雕龙》论文，到吴林伯先生的《文心雕龙义疏》，到缪俊杰的《文心雕龙美学》，到易中天的《文心雕龙美学思想论稿》，到李建中的《文心雕龙讲演录》，百年来一线相连，从未间断。"(刘业超《与友人书》)业超兄将不才的《文心雕龙美学》忝列其中，实不敢当。余因职业所限，多年来重点研习当代文学和文艺理论，对"龙学"研究徒有虚名，学术上未有多少长进。在龙学界诸多师友中，确实有些汗颜。今有业超兄之大著《文心雕龙通论》对珞珈学脉进行现代性的拓展和弘扬，续武大龙学研究之学脉而总之，幸矣哉！

业超兄之《文心雕龙通论》洋洋大观，余对这部书的定稿未及详读。幸有六年前与业超兄长谈，粗得其概略。2005 年秋天，原武汉大学中文系五四、五五级同学聚会，业超携《通论》初稿来汉。我们同住在秀丽幽美的珞珈宾馆（原半山庐别墅），在友谊沟通之暇，他滔滔不绝讲述其从事《通论》写作始末及书之概略。当时所谈与今日窥见之书稿，虽有些差异，但其纲要基本一致。今《通论》书稿分上、中、下三编，共二十七章。上编是"外缘论"，涉及刘勰的家世、生活道路、思想概况，以及刘勰所处的时代，文心雕龙的渊源乃至该书的书名、版本、地位等诸多问题，包举罗列，资料丰富，从外在的系统联系中确切把握其所以发生的历史文化根由、崇高地位和学术价值，借以开辟升堂入室之阶；中编"文心论"，则是对这部名著之核心理论内容的分析论述，诸如文心之范畴、文心之本体、文心之本质、文心之形态、文心之构思、文心之外化、文心之接受，等等。作者以人类文化研究之最新理论成果，融汇中国古代理论之合理取向与价值取向。其研究，对"控引情源"之理论多所发挥，让读者得益匪浅。至于下编"雕龙论"，则对于刘勰在"制胜文苑"之理论上的贡献，特别是对古代作为"文章"的文体的风格、辞采、承变乃至写作方法都有所论列和发挥，也是很有价值的。依余之见，本书通过对龙著的历史文化解读，现代文化解读和世界文化解读，对百年来龙学研究的理论成果进行系统性总结，全面展示中华民族博大精深的文化精髓，并将其融入现代文化视野之中，成为当代人一项宝贵的理论资源，为中国特色的文论体系与美学理论体系的建设提供知识论、认识论与方法论的依据。从这个意义上说，业超先生的《文心雕龙通论》的出版，对于以理论阐述的科学形态加速龙学走向世界的进程，推动中外文化的广泛交流，帮助更多海外学人了解龙学，了解中华文化的博大精深的思想与智慧,也大有裨益。《通论》作者学术之劳,功不可没。

刘业超先生早年毕业于武汉大学。后来虽然处境坎坷,多有磨难,但他在学术上的孜孜以求,百折不回,终有成就,充分显示出珞珈学子之向上精神与珞珈学术之精深真谛。珞珈学术所特有的宏观视野与开拓精神以及珞珈学子所特有的崇高追求与勇毅气质,是普属于每一个珞珈学子的,而在与民族文化基本精神的一致性上,则是具有普遍的价值意义的。本著就是这一百年相续的珞珈学脉和千年相续的文心学脉的具体的历史见证。

业超宽厚仁义,今日以自己的学术成果,奉献给社会,以广中华的文心和珞珈的学脉,拳拳之心,可感可佩。我相信,业超兄的这种品操,对推动中华文心的研究与珞珈学术的研究,是具有激励作用的。前驱者的拳拳之心,必将鼓励后继者学术的远行。我写了上面这些话,也是出于对母校的深情和对龙学研究的骥期。如蒙不弃,权作为序。

2011 年 9 月于北京

（本序作者系著名文艺评论家、《人民日报》高级编辑、中国文心雕龙学会副会长,1958 年毕业于武汉大学中文系）

自　序

　　《文心雕龙》在我国古代文论中占有首屈一指的地位。从问世以来,历代研究者络绎不绝。20世纪30年代,鲁迅曾经给予极高评价:"东则有刘彦和之文心,西则有亚里士多德之诗学,解析神质,包举洪纤,开源发流,为世楷式。"特别是进入历史新时期以后,龙学研究更是掀起了高潮,并扩展成为世界性的学术活动。但毋庸讳言,这些研究大多是语义学的诠释和局域性的探索,距离整体把握与全面解读还存在一定距离。究其原因,就在于缺乏纵横性的宏观把握和全息性的系统研究。众所周知,《文心雕龙》是一个"弥纶群言,研精一理"的学术整体。从最高的层面来看,所谓"群言",实际就是指我们民族文化的多样性统一的深刻内涵,所谓"一理",具指文心运动的普遍真理。凭借民族文化中的多样性统一的深刻内涵,揭示文心运动的普遍规律,这就是《文心雕龙》的深刻用心之所在。该著就是这一深刻用心统摄下的伟大的历史成果。如果离开了这一总的前提,势必陷入莫衷一是的境地。这种状况,已经成为当前龙学研究中的瓶颈。

　　要想走出这一瓶颈,必须走"振叶以寻根,观澜而索源"之路,也就是走以历史文化比较为经而以中西文化比较为纬之路:在纵向比较中凸显其本质和规律,在横向比较中凸显其价值和地位,从而实现对该著的系统把握与现代阐释。为了弥补这一学术上的空缺,本人不揣浅陋地承担了这一项省级研究课题,愿为此聊效绵薄之力。

　　本著的撰写,旨在实现下述学术目标:

　　1. 弘扬中华民族博大精深的文化精髓。《文心雕龙》是这一精髓在中古时期的系统综合与总结。对该著的纵横解读,实际也就是对我们民族兼容并蓄和阳刚向上的文化精神的全面探索,有助于对中华文化中的伟大创造力的具体体认。

2. 实现文心理论的系统化。对该著的系统解读,既包括哲学、社会学、文学、修辞学、写作学的解读,也包括美学、心理学和力学的解读。这些多样性的内容,最后都笼摄于一个统一的哲理——"自然之道"之中,也笼摄于一个统一的工程战略——"以心术总文术"的"总术"之中。这样,就将该著的方方面面,凝聚成为一个有机整体。

3. 实现文心理论的现代化。对该著的系统解读,不仅是对历史的解读,也是对文心规律和雕龙规律的解读。规律性的东西不仅是属于历史的,也是属于现实的,它会以参照系的形式,对现代文心产生引导和启迪的作用,促进现代文心理论的建设过程。

4. 实现文心理论的工程化。本著研究文心的基本规律,最终目的是为了指导当代美学实践与写作实践,推动当代美学观念与写作观念的民族化与现代化过程,推动中华文化复兴的历史进程。

5. 以该著作为具体视窗,对中外文论中系列理论问题,进行对照和比较,借以确定中华文论在世界文论中的崇高地位,恢复中华文论的自尊心和自信心,以平等的方式促进中西方之间的文化交流。

弘中华之文化,起现代之文心。借现代之文心,振现代之人心。这就是本著的总的用心。为了实现这一用心,本著的内容侧重于以下三个方面:

其一是对《文心雕龙》外系统联系的"振叶以寻根"的综合研究。主要包括:关于成书背景的研究;关于书名内涵的研究;关于学术属性的研究,关于历史地位研究;关于文本结构的研究,关于龙研历史轨迹与未来走向的研究。这一系列研究是本著上编的主要内容,也是本著通向《文心雕龙》理论殿堂的入门之阶。

其二是对"文心"运动的系统研究,也就是对"控引情源"的原理与方法的系统研究。主要包括:关于文心范畴的研究;关于文心本体的研究;关于文心本质的研究;关于文心形态的研究;关于文心修养的研究;关于文心萌发的研究,关于文心构思的研究;关于文心外化的研究;关于文心接受的研究;关于"以心总文"的工程战略的研究。这一系列研究,是本著中编文心论的主要内容,是本著对《文心雕龙》的第一理论核心"文心"的系统体认。

其三是对"雕龙"运动的系统研究,也就是对"制胜文苑"的原理和方法的系统研究。主要包括:关于雕龙范畴的研究;关于雕龙形态的研究;关于雕龙体式的研究;关于雕龙风格的研究;关于雕龙辞采的研究;关于雕龙熔会的研究;关于雕龙通变的研究,关于《文心雕龙》写作艺术的研究。该系列研究,是本著下编雕龙论的主要内容,是本著对《文心雕龙》的第二理论核心"雕龙"的系统体认。

本著通过这三个环节所构建的基本思路是,通过对《文心雕龙》的全方位的历史文化解读、现代文化解读和世界文化解读,剖析其外在与内在的系统联系:从外在的系统联系中确切把握其借以发生的历史文化根由、崇高地位和学术价值,从内在的系统联系中确切把握其理论要素和系统机制。在此基础上,对其关键性的理论环节与工程要领,进行古与今的纵向比较和中与外的横向比较,凸显出这一博大精深理论的现代意义、工程意义和世界意义,全面实现龙学理论的系统化、现代化、工程化、民族化和世界化,为当代中国特色美学理论、文学理论以及写作学理论的建设,提供一个可靠的参照系统,也为推动这一可与西方诗学媲美的中国巨制的走向世界,做出具体的学术论证和充分的理论准备。

与本著所追求的目标相比,作者的知识与能力显然是不够的。本书之所以能够完成,是时代主旋律激励的结果。我们时代的主旋律,就是建立和谐社会与和谐文化,实现中华文化的复兴,而这,也正是《文心雕龙》这一历史巨著的最基本的精神。赋予中华文化的基本精神以现代化的品格,借以实现中华文化的全面复兴,这正是我们时代的自觉要求,也是当代学人的崇高的历史使命。我们的时代是一个需要和谐的时代,也是一个重新走向和谐的时代。正是这一重新苏醒的时代自觉,赋予了作者强大的精神动力与时代视野,于是才有本书的诞生。由于本著所涉及的方面太多,难免有不当之处。敬请海内外大方之家不吝指教。

上编　外缘论

第一章 《文心雕龙》作者论

非常人物创造非常事业,非常事业造就非常人物。为了洞悉《文心雕龙》这一非常事业,首先必须全面了解创造这一非常事业的非常人物,了解他的家庭背景、成长过程与思想状况。这就是孟子所说的"知人论世"的方法,亦如鲁迅所云:"倘要论文,最好是顾及全篇,并且顾及作者的全人,以及他所处的社会状态,这才较为确凿。"①

成就了非凡事业的非凡人物,实际上是由平凡人物在特殊环境中锻炼而成的,是平凡人物在特殊的人生经历下"穷而后工"的造化成果。孟子曰:"舜发于畎亩之中,傅说举于版筑之间,胶鬲举于鱼盐之中,管夷吾举于士,孙叔敖举于海,百里奚举于市。故天将降大任于是人也,必先苦其心志,劳其筋骨,饿其体肤,空乏其身,行拂乱其所为,所以动心忍性,曾益其所不能。"(《告子下》)这一普遍规律,在刘勰的成长过程中体现得尤为明显。

第一节 刘勰的家世

《梁书》本传说到刘勰的家世时,只有寥寥几句话:"刘勰字彦和,东莞莒人。祖灵真,宋司空秀之弟也。父尚,越骑校尉。勰早孤,笃志好学,家贫不婚娶,依沙门僧祐,与之居处积十余年,遂博通经论,因区别部类,录而序之。"他的祖籍是山东莒县,避乱南迁京口,南朝为了安排这些侨迁的人口,就将京口"侨置"为"莒"。先前的"莒"是北方根深蒂固的礼义之乡,后来的"莒",是江南人杰地灵的交通要道。刘灵真、刘尚二人,史书上没有留下传记。学者们纷

---

① 鲁迅:《〈题未定〉草》,《鲁迅全集》第6卷,人民文学出版社1973年版,第425页。

纷推测,有人认为是出身士族,有人认为是出身庶族,意见很不统一。

士族与庶族,是两个完全不同的社会等级。士族拥有政治、经济上世代相袭的特权,庶族则在政治上和经济上受到极大的歧视和限制。《晋书》载刘毅陈九品有八损疏,第一条就是"上品无寒门,下品无世族"。左思在《咏史诗》中的慨叹"世胄蹑高位,英俊沉下僚",就是对这一社会鸿沟的形象展现。到了宋、齐两朝,士族与庶族在仕进上的鸿沟更深,《梁书·武帝纪》中就载有明确的政策规定:"甲族以二十登仕,后门以过立试吏。"由此可见,士庶之别的问题,实际是对政治特权与经济特权的占有问题。这才是问题的关键所在。

那么,刘勰到底享受过这种世袭的特殊权利没有呢?根据梁书本传中的记载,答案是否定的。如果他拥有这种世袭权利的话,纵令"早孤",也会家底丰厚,绝不可能弄到"家贫不婚娶,依沙门僧佑,与之居处积十余年"的窘境,也不会在"过立"之年才出任闲职小吏,早在二十岁时就已"登仕"而飞黄腾达了。刘勰的庶族身份,是不言自明的。

但是,本传中也存在可以证明其士族身份的地方,这就是对他的祖父刘灵真与父亲刘尚的显赫官阶的表述。只有澄清了这些问题,刘勰的身世才能获得真正具有说服力的确定。

要想弄清这一桩历史悬案,只有借助对外系统材料的考证。

在刘氏世系中,史书为之立传的有刘穆之,刘穆之从兄子刘秀之,刘穆之曾孙刘祥和刘勰四人,其中最显赫的是刘穆之和刘秀之二人。根据四传所提供的线索,1936年霍衣仙绘制了从刘爽至刘勰的世系图表,后经杨明照博征诸史而臻完备。(见下页)

对此最早提出疑点的是范文澜,他发现:"秀之、粹之兄弟以'之'字为名,而彦和祖名灵真,殆非同父母兄弟。"(《文心雕龙注·序志》)1979年,王元化发表论文《刘勰身世与士庶区别问题》,根据《南史》中的材料,对刘勰家世的澄清进行了极有说服力的举证。他明确指出:

　　南朝时伪造谱牒的现象极为普遍,许多新贵在专重姓望门阀的社会中,为了抬高自己的身价,编造一个做过帝王将相的远祖是常见的事。因此,到了后出的《南史》,就把《宋书·刘穆之传》中"汉齐悼惠王肥后"一句话删掉了。这一删节并非随意省略,而是认为《宋书·刘穆之传》的说

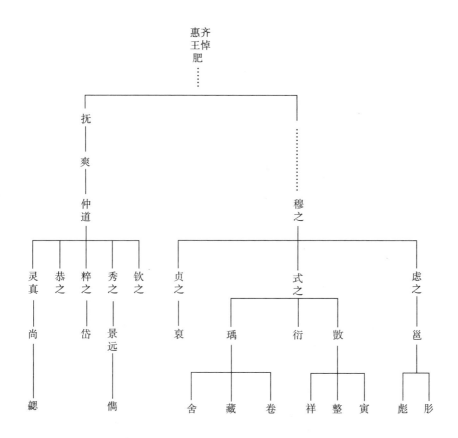

法是不可信的。①

　　根据这一线索，我们可以发现，《梁书·刘勰传》中的"祖灵真，宋司空秀之弟也"这句话，在《南史·刘勰传》中也完全删去了。按照《南史》的编撰体例，这正是传记的切要之处，是不能随意删削的。《南史》的体例就是按家世作传，只要是同宗的人，五代六代的传记都链接在一起，既有分传，又有合传。对此，中华书局编辑部在出版《南史》时做出了专门的《说明》："它用家传形式，按世系而不按时代先后编次列传，一姓一族的人物集中在一起……凡是子孙都附于父祖传下，因此家传的特征更为突出。"删去了"宋司空秀之弟也"这句话，意味着刘灵真与这个做过司空的先人，根本不存在同宗的关系。再看

————————————

① 王元化：《文心雕龙创作论》，上海古籍出版社1984年版，第7—8页。

《南史》中的穆之、秀之和刘祥三个分传，又有他们的合传，都没有提到刘灵真、刘尚和刘勰。《南史》中的《刘穆之传》与《刘勰传》都是单独存在的，没有任何链接关系。这就为二者之间的非同宗关系，做出了进一步的证明。

《南史》是一部比较严谨的史书，它具有某种实事求是的品格，为了"打假"而不避权贵。这一点，我们从《南史》改削《齐书本纪》一事，就可清楚地看出来。《齐书本纪》曾记齐高帝萧道成世系，自萧何至高祖之父凡二十三世，皆有官位名讳。《南史齐本纪》直指其诬说："据齐梁记录，并云出自萧何，又编御史大夫望之，以为先祖之次。按何及望之，于汉俱为勋德，而望之本传，不有此言，齐典所书，便乖实录。近秘书监颜师占，博览经籍，注解《汉书》，已正其非，今随而改削云。"

可见，《南史》改削前史是以其有乖实录为依据的。正是这种改削，还事实以本来面目，使我们对刘勰原本寒素又兼中落的家世认识得更加清楚。

但是，刘尚的"越骑校尉"的官职是《南史·刘勰传》中有明确记载的，它到底是一个怎样品级的官职呢？这也是我们了解刘勰家世时不能回避的一个问题。实际上，历史已经对它做出了具有整体显示意义的回答了：刘尚未能独立列入本传，本身就是一种回答，以忽略的形式说明了这种官职的卑微性。这点，只要联系一下当时的官场实况，就可洞悉无遗了。

东晋以来，随着官吏与士族的南迁，官场早已人满为患，统治者只有拼命增扩官场的容纳能力，来安置这膨胀不已的特权队伍。到了南朝梁武帝时期，九品增扩为十八班。为了容纳不断膨胀的军官队伍，又增设镇、卫将军以下为十品，分二十四班，共有名号一百二十五个。不入十品的将军，别有八班，共有名号十四个。又增设专施于外国的将军（如"抚北"、"镇远"等名号）为十品，分二十四班，共有名号一百零九个。有些州郡只有空名，不知府衙设于何处，官职照设。边境上镇戍地点，居民很少，为提高镇戍军官的官位，都给予郡名，一个军官往往兼任两三个郡的太守。为着安抚寒门素族与非汉族土豪，也大量授予官品，以勉其为朝廷效力，但在级别上远不如士族显要。① 当时官职的讹滥与贬值，特别是军官职位的讹滥与贬值，于此可想而知。刘勰的父亲刘尚的"越骑校尉"，是相当低微的官品，更是与富贵无缘，与士族的身份无缘了。

---

① 范文澜：《中国通史》第2册，人民出版社1994年版，第475—476页。

实际上，在魏晋六朝时期，许多立过汗马军功的庶族，纵使捞到了相当显赫的军职，也不可能获得士族的特权。士族门阀的身份与官品高低并非同一的事情，士族可以获得高官厚禄，获得高官厚禄的人却不一定能同时获得士族的特殊身份。这是因为，官职是朝廷授予的，士族的特殊身份却并非来自朝廷的授予。士族门阀不仅是一个政治学的范畴，而且是一个经济学的范畴，士族之所以能够世代担任达官显贵，是因为它具有特殊的经济力量、政治力量和军事力量。它拥有田连阡陌的大庄园，拥有以宗族形式组织起来的大量农奴性的"食客"，拥有足以自保的城堡和强大的武装。士族实际上是当时经济、政治、军事三位一体的地域性割据力量，具有土皇帝的属性，是中央政权得以进行有效控制的最基本的依靠力量。他们可以左右政局，而政局却必须依靠他们来维持。曹魏的司马氏家族，东晋的王谢家族，就是典型例子。正是凭着这一点，士族才如此目空一切，傲视寒族，作威作福，连皇权也必须对他们俯身相就。而寒族，纵令军功与职位显赫，也不能与士族为伍，不能享受士族所享受的特权，反而受到他们的嘲笑和轻蔑，皇帝也无可奈何。据《南史》记载："中书舍人纪僧真幸于武帝，稍历军校，容有士风，谓帝曰：'小人出自本县武吏，邀逢圣时，阶荣至此，为儿婚得荀昭光女，即时无复所须，为就陛下乞作士大夫。'帝曰：'由江敩、谢瀹，我不得措此意，可自诣之。'僧真承旨诣敩，登榻坐定，敩便命左右曰：'移吾床让客。'僧真丧气而退，告武帝曰：'士大夫固非天子所命。'"

即使军功如刘穆之、刘秀之家族，实际也是与士族无缘的。据《宋书》记载，刘穆之兄弟都是刘宋的开国元臣，出身军吏，因军功擢升为将军，死后都受到追赠，位列三公。然而他们是以寒素身份起家的，即使起了家，仍然无法改变其原有身份。《宋书》记刘裕进为宋公后追赠穆之表说："故尚书左仆射前军将军臣穆之，爰自布衣，协佐义始，内端谋猷，外勤庶政，密勿军国，心力俱尽。"表中所说"布衣"，就是对其全家不可改变的寒门身份的明确表述，这一身份不仅镌刻于生前，而且铭记于死后，还会遗传于子孙，让他们世代罔替地蒙受出身低微的羞辱，永生永世不能抬头做人。刘祥是刘穆之的四世孙，是有官有职的人，仍然被士族蔑称为"寒士"，受尽凌辱。《南史·刘祥传》载："祥少好文学，性韵刚疏，轻言肆行，不避高下。齐建元中，为正员郎。司徒褚彦回入朝，以腰扇障日，祥从侧过曰：'作如此举止，羞面见人，扇障何益？'彦回曰：

'寒士不逊。'"寒士的社会地位,可想而知。

刘勰出身于寒素世家,这就意味着历史已经给他安排了一个永远屈居下乘的命运,也将他推到了一个精神反抗者和现实批判者的位置。就像范缜在《神灭论》中所说的,人生有如一颗草子,随风飘落,有的落在墙上,有的落在粪土堆里。刘勰就是一颗落在墙上的草籽,远离了肥沃的土壤,却获得了纯洁与清高。这是他最大的不幸,又是他最大的幸运。

第二节　刘勰的生活道路

刘勰出身于寒素世家,这是他的第一重不幸。孤苦伶仃、艰难曲折的人生历程,则是他更大的不幸。

刘勰的生平,就像历史上众多小人物一样,传无详文,至今没有定论。根据范文澜、杨明照所做的考证与推算,他的诞生时间大概在宋明帝泰始初年至泰始二、三年间。刘勰在《文心雕龙·序志》中,叙述了自己七岁那年所做的一个关于彩云的梦,说明他在童年时代曾经受过良好的儒学熏陶,对未来的生活有过美好的向往。这是他留在人间的第一道印痕。

可惜的是这个美好的梦,不久就随着父亲的早逝而破灭了。本传上说他"早孤"。"孤"者,"幼年丧父"之谓。"幼",古人通常都指八岁左右。这对于一个寒素的家庭来说,无异于雪上加霜,从此家道更加衰落。但刘勰是一个上进心很强的人,在逆境中仍然"笃志好学",从未懈怠和动摇。"学而优则仕",是封建社会知识分子的普遍向往,而对于没有其他出路的人来说,从政治上寻求出路,就成了他改变命运的唯一出路和自觉的人生追求。这一点,刘勰在《程器》中表述得相当清楚:

> 盖士之登庸,以成务为用……安有丈夫学文,而不达于世事哉……是以君子藏器,待时而动。发挥事业,固宜蓄素以弼中,散采以彪外,楩楠其质,豫章其干,摛文必在纬军国,负重必在任栋梁,穷则独善以垂文,达则奉时以骋绩,若此文人,应梓材之士矣。

这一段话,等于是他的人生宣言与人生动力,将他所奉为圭臬的那种儒家特有的积极进取的人生态度,表述得淋漓尽致。

从《文心雕龙》所涉及的作家与作品来看,刘勰在少年时代与青年时代所积累的知识是极其渊博和厚实的,几乎达到了对古代经史子集无一不晓、无一不精的地步。请看下面的简单统计:

经部:囊括了《诗经》、《尚书》、《礼记》、《春秋》、《周易》等大典。

史部:包容了《左传》、《战国策》、《史记》、《汉书》、《后汉书》、《三国志》、《晋纪》、《晋阳秋》等重要文献。

子集:涵盖了《老子》、《庄子》、《论语》、《孟子》、《荀子》、《管子》、《晏子》、《列子》、《邹子》、《墨子》、《随巢子》、《尸子》、《尉缭子》、《鹖冠子》、《鬼谷子》、《文子》、《尹文子》、《韩非子》、《吕氏春秋》、《淮南子》、陆贾《新语》、贾谊《新书》、扬雄《法言》、刘向《说苑》、王符《潜夫论》、崔寔《政论》、仲长统《昌言》、杜夷《幽求》等众家之言。

集部:涉及的作者举不胜举,按时代顺序举其要者,有战国时的屈原、宋玉,两汉之贾谊、司马相如、司马迁、扬雄、班固、张衡,魏晋的王粲、曹丕、曹植、嵇康、阮籍、潘岳、陆机、左思等。

诚然,刘勰丰富的知识库存中,既有青少年时期的家学渊源,也有进定林寺后的十余年积累,但就他的儒家思想的深厚根基和坚定理念来说,主要还是在青少年时期的家学熏陶中形成的。青少年时期的印痕,具有刻骨铭心的属性。这就是他"入仕"的前期准备,也是他后来对儒学情有独钟,以至成为《文心雕龙》的主导思想的重要原因。

但是,在等级森严的士族门阀社会中,在一个寒素又兼中落的家庭环境中,他的"学而优则仕"的理想注定会遭遇到许多艰难曲折。根据考证与推算,刘勰20岁刚过,就到了定林寺,从此开始了依托佛门的生活。这一考证与推算的依据,就是刘勰在定林寺所撰写的碑文。定林高僧超辩逝世于永明十年(公元492年),而刘勰为之撰写碑文,可知他肯定于永明十年前进入定林寺。由他"起家奉朝请"时的"踰立"之年,上推"依沙门僧佑,与之居处积十余年",正好是永明八、九年之际,刘勰大约二十岁刚过。学界对这一段奇特生活经历的原因,至今众说纷纭,概括起来,有三种观点:一是虔心礼佛说,二是家贫无奈说,三是寻找仕途说。联系刘勰的人生追求、思想状况与年龄状况来看,"虔心礼佛"说似乎难以成立。一个在童年时代曾经做过彩云之梦,在青年时代有着强烈的建功立业追求的人,在他的幻想遭到彻底破灭之前,是很难遁入空门的。刘勰"依沙门僧祐,与之居处积十余年",始终未落发为僧,身处佛门而心存功业,就是有力的证明。其他两种说法的论据,就要充分许多。以"家贫"来说,清晰地记载在史册之中:"家贫不婚娶,依沙门僧祐,与之居处积十余年。"句中所标示的是一种明确的因果关系,"家贫"置于句首,说明它是"不能婚娶"的原因,也是"依沙门僧祐,与之居处积十余年"的原因。这对于一个本来寒素又兼早孤的家庭来说,是迫不得已而又极其寻常的事情。特别在齐梁时期,佛教大盛,依靠佛教特权庇荫的人口几乎占天下人口的一半,佛寺所拥有的财富达到了"敌国"的程度,一个穷书生在走投无路的情况下依托佛门,以免饥寒之苦,等待以后的机会,更是不足为怪了。寻找仕进门路,也是一个重要原因。仕进,是刘勰明确而绝不放弃的人生目标。既然在官场中没有可以对自己进行推举的力量,他只有走迂回的请托之路。当时的佛寺,是一支影响政治的特殊力量,世家大族,帝王权臣,皇亲国戚,无不以崇佛为尚,以拜名僧为荣。著名佛寺是权贵的出入之地,帝王将相争相组织佛教活动,祈祷现世的平安与来世的富贵。僧祐就是齐梁时期红极一时的高僧,与朝廷权贵的关系极为密切。在当时这样的社会风尚下,联系僧祐的特殊地位以及刘勰寻求仕进之途的迫切要求,刘勰入定林寺投靠僧祐,显然是具有借此结交名流权贵,为以后的仕进寻找出路的目的的。

定林寺的生活确实帮助他结交了不少的名流权贵,但这种结交只限于佛教事务内的来往,并没有对他的仕进产生过直接性的影响。刘勰在定林寺的主要工作是:研究佛学,整理佛经,撰写碑文。他在撰写碑文上颇有名气,不少高僧的碑文,就出自刘勰之手,这就是刘勰在当时得以结交权贵、扬名社会的主要渠道。在研究佛学与整理佛经的过程中,他不但通晓了不少的佛学典籍与思维方式,也通晓了玄学的典籍,并对儒学及道学的典籍与思想有了更加深刻的了解。这是因为,当时统治者所弘扬的是"三教同源"的思想,正是借助儒与道中的许多基本观念,佛学在中华大地上才取得了立足的基地。这对于刘勰扩大自己的观照视野,进一步充实自己多年的知识库存,是极为有利的。

这一段生活,是刘勰"学而优则仕"的人生追求的后期准备阶段,是想有所为而不得有为于是"不得已"而为的阶段。

刘勰在定林生活时期真正改变命运并影响历史的事情,是"齿在踰立"时对《文心雕龙》的撰写。

历史与人生的运动不以人的意志为转移,它具有自己的客观规律,这一客观规律对于人来说,往往具有"有意栽花花不发,无心插柳柳成荫"的属性。三十是"而立"之年,是建功立业之年,是理想逐渐变成现实,花蕊逐步演化为果实之年,是人生的大希望、大喜悦、大拼搏之年,可是,对于刘勰来说,这一切都与他没有缘分。不仅"学而优则仕"的路没有走通,而且"佛而优则仕"的路也没有走通,属于他的只能是僧坛古佛、暮鼓晨钟、青灯黄卷生活,这并不是他所向往的"彩云"生活,而是他所"不得已也"的生活。特别在"踰立"之年对自己30年的人生道路进行回顾与前瞻的时候,多少希望与失望会汹然而起,多少痛苦与愤懑会涌然而生,多少理想与责任会怦然而动,多少孤怀与深虑会湛然而出。这一特定人生阶段上的凝眸,就是《文心雕龙》撰写的最直接的契机,这一特定契机所引发的希望与失望,痛苦与愤懑,理想与责任,孤怀与深虑,就是撰写《文心雕龙》的特定心理氛围。

概而言之,《文心雕龙》是一部举生命之全力来完成的书,它的进行与完成,必定是在生命无所他骛的时候。年已过立,事业无成,立功无缘,生活赋予他的唯一机会就是立德立言。在古代,立功、立德、立言是儒家的三大追求,而立言是其中最辛酸的事业,是一项"穷而后工"的"发愤之作"。司马迁在《报任安书》中,对此种"发愤之作"有极具普遍意义的阐发:"盖文王拘而演《周易》,仲尼厄而作《春秋》,屈原放逐,乃赋《离骚》,左丘失明,厥有《国语》,孙子膑脚,兵法修列,不韦迁蜀,世传《吕览》,韩非囚秦,《说难》、《孤愤》:《诗》三百篇,大抵圣贤发愤之所为作也。此人皆意有所郁结,不得通其道,故述往事,思来者。乃如左丘无目,孙子断足,终不可用,退而论书策,以疏其愤,思垂空文以自见。"这一点,刘勰在《序志》中也有明确的表述:"形同草木之脆,名逾金石之坚,是以君子处世,树德建言,岂好辩哉,不得已也!"

《文心雕龙》的成书时间,大致有两种推断:一为齐代,一为齐末梁初之际。前者是一种传统的观点,后者是当代学者的质疑和订正。

主张作于齐代的主要根据,是《文心雕龙》的文字表述中所留下的特定的时代印痕:

暨皇齐驭宝,运集休明。太祖以圣武膺箓,世祖以睿文纂业,文帝以贰离含章,高宗以上哲兴运,并文明自天,缉熙景祚。今圣历方兴,文思光被,海岳降神,才英秀发,驭飞龙于天衢,驾骐骥于万里,经典礼章,跨周铄汉,唐虞之文,其鼎盛乎! 鸿风懿采,短笔敢陈;扬言赞时,请寄明哲。(《时序》)

清代学者刘毓崧认为:"自唐虞以至刘宋,皆但举其代名,而特以'齐'上加一'皇'字,其证一也。举魏晋之主,称谥号而不称庙号;至齐之四主,惟文帝以身后追尊,止称为帝,余并称祖称宗,其证二也。历朝君臣之文,有褒有贬,独于齐则竭力颂美,绝无规过之词,其证三也。"(《通谊堂文集·书文心雕龙后》)以后的专家学者,都以此作为《文心雕龙》成书于齐代的铁证。这种看法虽本之于事实,但经不起其他事实的驳诘和验证,因此是并不十分确切的。

在封建社会中,虽然有这种在本朝前加上敬词的大量事实,但并不是绝对的事实,在南朝时也有许多人称呼非本朝的代名之前加上"皇"、"大"这样的字的。如与刘勰同时的沈约,在齐梁之际称"宋"为"大宋":"大宋受命,重启边隙,淮北五州,翦为寇境。"(《宋书》卷十一志第一)又如与刘勰同时的萧子显,在梁代称齐为"皇齐":"太祖基命之初,武功潜用……虽至公于四海,而运实时来,无心于黄屋,而道随物变。应而不为,此皇齐所以集大命也。"(《南齐书》卷二本纪第二高帝下)再如,与刘勰同时的萧子云在梁代称夏为"皇夏":"曰天监之十七,属储德之方宣……若重光于有周,似二英于皇夏。"(《广弘明集》卷第二十九)之所以出现这种"加冠"现象,是因为他们所用的都是骈文,而骈文是非常讲究词语的整齐和对偶的,为了做到这一点,有时需要加上衬字,以实现整齐化和对偶化。"皇齐御宝",是为了对称于"运集修明";"大宋受命",是为了对称于"淮北五州";"似二英于皇夏",是为了对称于"若重光于有周";"皇齐所以集大命"中的"皇齐",是为了凑成双音词,以实现音节的舒纡婉转,铿锵悦耳。实际上,就在《时序》这一篇中,就有在非本朝的名称之前加上"大"字的反证,如"大禹敷土,九序咏功"。再从《文心雕龙》的其他篇章来看,这样的例子就更多了。如《明诗》篇:"大舜云:诗言志,歌咏言……至尧有大唐之歌,舜造南风之诗"。前一个"舜"字前加上一个"大"字,后面的没有加,加与不加,都是骈文音节的整齐对称的需要,与敬称并不相关。可知"皇齐"之不足为据。

再从"证二"来看,也不是绝对的事实。对已故君主"称祖称宗"的著作,并非都是当朝的著作。沈约的《宋书》,成书于齐梁,同样对宋代的君主"称祖称宗":"高祖地非桓文"、"太祖幼年特秀"、"太宗因易隙之情",等等。成书于唐代的《梁书》,对梁代的君主也同样称呼庙号:"高祖英武睿哲"、"太宗年幼聪睿"、"世祖之神睿特达"等。即使是与古代君主相距千年的现代人,还有在著作中对其"称祖称宗"的现象:"唐宗宋祖,稍逊风骚"(毛泽东:《沁园春·雪》)。《文心雕龙》中,也可以举出不少的反证:"魏之三祖,气爽才丽"(乐府篇);"(汉)高祖尚武,戏儒简学"(时序篇);"(商)高宗云:'启乃心,沃朕心',取其义也"(奏启篇)。魏、汉、商,对于刘勰来说,都非本朝,照样"称祖称宗"。可知"称祖称宗"之不足为据。

从"证三"的"独褒于齐"来看,同样不是绝对的事实。"竭力颂美,毫无规过之词"并非齐之专属,对其他朝代也有这种情况。《时序》篇开头,就是对唐虞之世的竭力颂美:"昔在陶唐,德盛化钧;野老吐何力之谈,郊童含不识之歌,有虞继作,政阜民暇;薰风咏于元后,烂云歌于列臣。尽其美者何?乃心乐而声泰也。"对于齐来说,除了"颂美"之外,并不缺乏"规过之词"。《文心雕龙》本身,就是一部针对齐梁"讹滥"、"浮诡"的世风与文风的"规过之词",这正是它的立意所在和价值所在。《文心雕龙》对齐梁世风与文风的批判指向,在《序志》中表述得十分鲜明:

> 去圣久远,文体解散,辞人爱奇,言贵浮诡,饰羽尚画,文绣鞶帨,离本弥甚,将遂讹滥。盖周书论辞,贵乎体要;尼父陈训,恶乎异端;辞训之要,宜体于要。于是搦笔和墨,乃始论文。

在《通变》篇中,也有对齐梁世风与文风的"规过之词":

> 榷而论之,则黄唐淳而质,虞夏质而辨,商周丽而雅,楚汉侈而艳,魏晋浅而绮,宋初讹而新:从质及讹,弥近弥澹,何则?竞今疏古,风末气衰也。今才颖之士,刻意学文,多略汉篇,师范宋集。虽古今备阅,然近附而远疏矣。

"今",就是指与"宋"代相对的"当今"之世,是宋以后的时代,也就是作者所亲处的齐梁之世。作者认为"今"世"师范"宋代的"讹"风,疏远了古代的淳质雅正之风,不就是对齐梁的"规过之词"吗?可知"独于齐则竭力颂美,绝无规过之辞"之不足为据。

那么,《文心雕龙》到底成书于何时?笔者认为,应该是齐末梁初之际。具而言之,是始发于"踰立",大成于齐末,终定于梁初。

始发于"踰立"的依据,就是刘勰在《序志》中所作的表述:

> 齿在踰立,则尝夜梦执丹漆之礼器,随仲尼而南行。旦而寤,乃怡然而喜,大哉圣人之难见也,乃小子之垂梦欤……于是搦笔和墨,乃始论文。

"齿在踰立……乃始论文","踰立"者,三十刚过之谓,这是刘勰开始写作《文心雕龙》的时间,那时他还生活在定林寺中,仍然处于人生的未遇和等待机遇的阶段。书成之后,并未能在社会上获得广泛的流传。根据本传的记载,"既成,未为时流所称。"终齐之世,其人其书,都是湮没无闻。这一段湮没无闻的时间中,作者还继续生活在定林寺中度着青灯黄卷的生涯,还在继续修改与充实他如此看重的著作,以求有一个"腾声飞实"的机会。刘勰入仕在38岁,从31岁到38岁,就是《文心雕龙》由"和墨"到大成为书的时间。刘勰离开定林寺是"取定于"沈约之后,沈约的贵盛在梁初,无疑,书的大成当在梁初之前,属于齐末时期。《文心雕龙》大成于齐代,我国学界的认识是几乎相同的。

但是,作为一部"体大思精"而且作者又如此"自重"的著作,它的全部内容都是在齐代完成的吗?它是否也如别的许多名著一样,也经历过一个反复推移、不断精化与深化的过程?这一增补删正的过程是否也延续到了梁代?在这一"体大思精"的巨制中,是否也融进了梁代的某些内容?

答案是肯定的。历史不是一刀切的存在,它总是具有前后相连的关系,特别是那些非常的事业与非常的事件,更不是一次而成和一步到位的。《文心雕龙》的撰写过程同样如此,它的大成的时间虽在齐末,而终定的时间却在梁初;就像它的内容中所留下的齐代视野的痕迹一样,它的梁代视野的痕迹也同样明显。具体表现在以下方面。

其一,《文心雕龙》"取定"过程中的关系学依据。《文心雕龙》成书后,并未能在社会上获得广泛的流传,更未能取得社会的定论。终齐之世,其人其书,都受到社会时流的冷遇。刘勰"自重其文",想找一个权威人士进行审评,从人际关系的角度,来改善《文心雕龙》的学术地位与自己的政治地位,于是想起了当时文坛与政坛的双重盟主沈约,"欲取定于沈约"。"约时贵盛,无由自达,乃负其书候约出,干之于车前,状若货鬻者。约便命取读,大重之,谓为深得文理,常陈诸几案。"(本传)沈约的"贵盛",是梁初的事情。他协助梁武帝夺取了帝位,成了开国元勋,被梁武帝授予了尚书仆射的官职和建昌县侯的爵位,从此才"贵盛"无比。《文心雕龙》的"取定",无疑是梁初的事情。沈约作为杰出的文学家和语言学家,在审定《文心雕龙》的"取定"本时,绝不会敷衍从事,他在赏识之外肯定还会提出自己的不同见解,这些见解必定会激发作者的再思考与再充实。"取定"是相对"未定"而言的,它说明先前的文本虽已成书,实际上还是"未定"文本。终定是在取定之后进行的,也必定是在梁初。如果在齐代就已经成了终定文本,就不会在梁初再"取定"于沈约了。

其二,《文心雕龙》中的文本学依据。在《时序》中,作者对与他最近的时代进行了阐述,以语言的确定性表示出了"齐"与"今"的时间段的明确划分:

> 暨皇齐驭宝,运集休明:太祖以圣武膺篆,高祖以睿文纂业,文帝以贰离含章,高宗以上哲兴运,并文明自天,缉熙景祚。今圣历方兴,文思光被,海岳降神,才英秀发。驭飞龙于天衢,驾骐骥于万里;经典礼章,跨周轹汉,唐虞之文,其鼎盛乎!鸿风懿采,短笔敢陈;扬言赞时,请寄明哲。

这一段文字由两个相对独立相对完整的层次构成:第一层次从"暨皇齐御宝"开始,到"并文明自天,缉熙景祚",阐述齐代政治文化状况。"暨皇齐"标示着它所叙述的特定时段的开始,是一种启后性的概括,说明以此为起点所进行的叙述,都属于"齐"的范围。本层次结尾处的"并文明自天,缉熙景祚",是对上面所做的具体阐述的承前性概括,以一个"并"字将对齐的种种阐述收束为"文明自天,缉熙景祚"的总评,清晰标示出对这一特定时段所做阐述的结束。第二层次从"今圣历方兴"开始,到"请寄明哲"为止,阐述"今"的政治文化状况。"今"是严格自外于齐的另一个时间段,对齐已经做出了具体的阐述和总括性的评论,没有必要再节外生枝,由"今"字领起的阐述,无疑属于梁代的范围。它所做的赞颂,与当时政坛上对梁武帝的溢美之词非常吻合。梁武帝取得政权的方式是"禅让"。"禅让"通常都以"天命所归"为依据,于是编出不少造神论的神话来,作为"夺权有理"的口实。试看《梁书·武帝纪》上的记载:

> 丙辰,齐帝禅位于梁王。诏曰:"……相国梁王,天诞睿哲,神纵灵武,德格玄祇,功均造物……河岳表革命之符,图谶记代终之运。乐推之心,幽显共积;歌颂之诚,华裔同著。昔水德既微,木德升绪,天之历数,寔有所归,握镜旋枢,允集明哲。"

刘勰所说的"海岳降神",即本乎此事。
《梁书·武帝纪》上还有这样一段记载:

> (中兴二年)三月辛卯延陵县华阳逻主戴车牒称云:"十二月乙酉,甘露降茅山,弥漫数里……丙寅平旦,山上云雾四合,须臾有玄黄之色,状如龙形,长十余丈,乍隐乍显,久乃从西北升天。

刘勰所说的"驭飞龙于天衢",与此事相符。
以上这些"符瑞",在萧衍即位的祭天文告中都做出了明确的昭示:"晷纬呈祥,川岳效祉,代终之符既显,革运之期已萃。殊俗百蛮,重译献款,人神远迩,罔不和会。"(《南史·梁武帝本纪》)
再看《隋书·音乐志》上的一段记载:

> 梁氏之初,乐缘齐旧。武帝思弘古乐,天监元年,遂下诏访百僚曰:"夫声音之道,与政通矣,所以移风易俗,明贵辨贱。而《韶》《护》之称空传,《咸》《英》之实靡托,魏晋以来,陵替滋甚……朕昧旦坐朝,思求厥旨,而旧事匪存,未获厘正,寤寐有怀,所为叹息。卿等学术通明,可陈其所见。"于是散骑常侍、尚书仆射沈约奏答曰:"窃以秦代灭学,《乐经》残亡……陛下以至圣之德,应乐推之符,实宜作乐崇德,殷荐上帝。而乐书

沦亡,寻按无所。宜选诸生,分令寻讨经史百家,凡乐事无大小,皆别纂录。乃委一旧学,撰为乐书,以起千载绝文,以定大梁之乐。使《五英》怀惭,《六茎》兴愧。"是时对乐者七十八家……帝既素善钟律,详悉旧事,遂自制定礼乐。

《时序》中所说的"文思光被"、"经典礼章,跨周轹汉",即本乎此事。在南朝诸帝之中,梁武帝以博学多才著称,儒释道三家之学无不洞悉,经史子集之作样样精通,著有《孔子正言》、《老子讲疏》等属于儒玄之书二百余卷,又著属于佛学的书数百卷,还撰写了《会三教诗》,主张"穷源无二圣,测善非三英",以三教一体的形式将整个社会都置于他精心编织的"文思光被"之中,真正达到了文化"鼎盛"的境界。这种境界,在南朝诸帝中,是专属于梁武帝一人的。

此外,在《文心雕龙》行文的避讳中,也显示出了梁代视野的痕迹。所谓避讳,就是在行文中遇到与当代君主或尊亲的名讳相同的字必须回避,改用其他的字,以示尊崇。每一个王朝,都有自己独特的避讳字语。在《序志》篇中,刘勰曾对《文心雕龙》的体例作过一个概括性的说明:"位理定名,彰乎大易之数。其为文用,四十九篇而已。"范文澜注解云:"《易上系》:大衍之数五十,其用四十有九篇。大易,疑当做大衍。"很明显,这绝非一种偶然的疏忽,而是一种避梁武帝萧衍名讳的示敬措施,将"衍"字改成"易"了。审读全书,所有原应写成"衍"字的地方,都改成了其他的字。在《文心雕龙》中所提及的众多著作家的名字中,叫"衍"的一共有三个:战国哲学家邹衍;东汉辞赋家冯衍;晋人王衍。每当提到他们名字时,都一无例外地避免使用"衍"字。

邹衍在全书中一共被提到三次:"驺子养政于天文","邹子之说,心奢而辞壮"(《诸子》);"邹子以谈天飞誉"(《时序》)。驺子亦即邹子,一篇之中,两及其名,据理应该有点变化,以避免重复。刘勰却宁愿使用"邹"的变体字"驺"来避免重复,而绝不以"衍"字直称,足见其避讳之用心良苦。

冯衍,字敬通,在全书中共有四次提及,每次都只称其字而避用其名:"至如敬通杂器"(《铭箴》);"敬通之说鲍邓,事缓而文繁"(《论说》);"敬通雅好辞说"(《才略》);"敬通之不循廉隅"(《程器》)。

王衍,字夷甫,在书中提到一次,也是称其字而避用其名:"夷甫裴颀,交

辨于有无之域”。(《论说》)

《文心雕龙》全书中没有出现一个“衍”字,在应该出现的地方都改用他字了,显然,这是一种小心翼翼的避讳措施,是在避梁武帝萧衍的名讳。如果终定于齐末,即令萧衍已位居梁公、梁王,也没有必要如此小心翼翼为其避讳了。

还有一个神圣不可侵犯的字——“顺”字。梁武帝的父亲的名讳叫顺之,这个“顺”字就成了皇家专利品,丝毫不能冒犯。请看《南史·萧琛传》中的一段记载:

> 帝每朝宴,接琛以旧恩。尝犯武帝偏讳,帝敛容。琛从容曰:“二名不偏讳,陛下不应讳顺。”上曰:“各有家风。”

为着避“顺”字的讳,萧子显在梁代撰写的《南齐书》,就常将“顺”字更易为“从”字。《南齐书·武帝纪》:“从帝立。”从帝即宋顺帝,改“顺”为“从”,就是为了避讳。对此,中华书局 1972 年版的注释中做出了明确的诠释:“‘从帝’,各本作‘顺帝’。按钱大昕《廿二史考异》云,梁武帝父名顺之,故子显修史,多易为‘从’字,宋顺帝亦作‘从帝’,作‘顺帝者,后人所改。”在《昭明文选》与《玉台新咏》中,也可找到对“顺”字进行“避讳”的例子。可知,这一个字具有“国讳”的属性,为梁代的作家与学者所普遍遵守。

在《文心雕龙》的行文中,也具有同样的避讳特点。如:

> 至于苏慎、张升,并述哀文,虽发其情华,而未极其心实(《文心雕龙·哀吊》)。

杨明照《文心雕龙校注拾遗》对此进行了考证:“慎,黄校云:‘疑作顺。’按唐写本及御览引,并作顺。当据改。《文章流别论》:‘哀辞者,诔之流也。崔瑗苏顺马融等为之,率以施于童殇夭折,不以寿终者。”可知,苏慎即是对‘顺’字的避讳。又如:

> 惩其恶稔之时,显其贯盈之数;摇奸宄之胆,订信慎之心;使之百尺之冲,摧折于衽席,万雉之城,颠坠于一檄者也。

范文澜《文心雕龙注》云:“孙云御览作顺。”杨明照《文心雕龙校注拾遗》云:“‘慎’,御览引作‘顺’。徐𤊹校‘顺’。按‘顺’字是。”这些不同版本对“顺”字的不同表述,都是由于避讳引起的。梁代以后的版本,用不着再对这个“国讳”进行回避,就重新改回去了,恢复了“顺”字的本来面貌。

《文心雕龙·诠赋》中,也可以找出由于避讳而产生的版本差异的例子:“秦世不文,颇有杂赋。汉初词人,顺流而作。”文中的“顺”字,在唐写本、元至正本、清黄本均作“循”,“循”是刘勰为避讳所作的原本,“顺”字是后人校正的。

这些避讳字,都是特定时代的特定的印痕。而对齐末的君主,则没有留下这种时代的印痕。永泰皇朝的君主萧宝卷,中兴皇朝的君主萧宝融,都带有“宝”字,《文心雕龙》中照称不误,在这个当时视为神圣的字上也没有出现过版本上的差异。“皇齐驭宝,运集休明”(《时序》)、“自夫子删述,而大宝咸耀”(《宗经》)、“宝玉大弓,终非其有”(《指瑕》)等句中的“宝”字,就是一个犯讳的字。“孔融之守北海”(《诏策》)、“明而未融,故发注而后见”(《比兴》)、“马融鸿儒”(《才略》)等句中的“融”字,也是一个犯讳的字。这些敏感字能公然见之于书,足以证明《文心雕龙》的终定时间绝不可能在齐末,而必定是齐末以后的朝代,这个齐后的朝代就是梁代。

将《文心雕龙》的最后成书时间定在梁代的,也并非今贤的独见,在清代纪昀四库全书修订之前,《文心雕龙》的各种版本上都印有“梁中书舍人刘勰撰”或“梁刘勰撰”的题签,说明古人对该书终定时间的认定。这一特定的时代标志曾被纪昀、刘毓崧称为“追认”,以此作为不足为据的理由,从此几乎成了铁案。这一理由中存在部分的真理,这就是“中书舍人”的官职确实是成书以后的事情,是一种荣誉性的标记,具有“追认”的属性,但是,就“梁”这个字来说,却并不具有追认的属性。人的官职可以追认,人所处的时代是不可以追认的。今贤们对纪昀、刘毓崧提出的质疑,是更加接近本质的。从形式上来看,是对纪昀、刘毓崧论见的否定,从更深层次来看,实际是一种对否定的否定,也是对纪昀、刘毓崧之前的论断的肯定。但是,这绝不是一种简单的回归与重合,而是一个“螺旋式上升”的过程。在反复推移的过程中,随着不确定性因素的排除,使我们的判断会更加具体,更加确切。将《文心雕龙》的撰写时间分为三个阶段——始发于“踰立”,大成于齐末,终定于梁初,是比较合理的。

　　刘勰人生道路的转机,是在取定于沈约之后。由于沈约之誉,不久,他就进入了仕途。天监二年,"起家奉朝请",这年他已 37 岁了。"起家"者,"自白衣征召,授以官职"(《辞海》词条)之谓。"奉朝请",本为贵族、官僚定期朝见皇帝的称谓。古代以春季的朝见为朝,以秋季为请,故名。汉代退职的大臣和皇室外戚,多以奉朝请名义参加朝会。南朝大量安置闲散官员,奉朝请增至六百余人,成为官职之一,有空名而无实职。天监三年,担任了中军将军临川王萧宏的记室,专掌文翰。天监四年,任车骑将军、湘州刺史夏侯详的仓曹参军。天监六年,任太末令,史称"有政绩"。天监十年,任仁威将军南康王萧绩的记室,兼昭明太子萧统的通事舍人。天监十五年,撰《梁建安王造剡山石城寺石像碑》。天监十七年,上表皇帝建议二郊宜与七庙同用蔬果。迁步兵校尉,兼舍人如故。天监十八年,奉敕与慧震于定林寺撰经。普通二年,撰经任务完成,燔发出家于定林寺。普通三年(公元 522 年),卒于定林寺,享年约 56 岁。

　　刘勰的仕途经历是坎坷偃蹇的,从起家到"燔发自誓"出家,始终处于不受重视的小吏地位。这和他"摛文必在纬军国,负重必在任栋梁"的宏图壮志比较起来,确实相距太远了。这并不奇怪,在一个等级森严的门阀社会中,一个出身寒素的知识分子,不管他是怎样进取奔突,也绝不可能改变这不公正的社会现实,改变社会上的种种"傲慢与偏见",也绝不可能改变自己卑微的命运的。天才人物不容于庸俗的社会现实,这是封建社会的普遍规律,从屈原开始,几千年来从来都是如此。无疑,这种遭遇是沉痛而且悲凉的。但是,难能可贵的是,他们虽面临重压,并未在精神上垮塌,依然不改书生忧国忧民的本色,依然不改经世济民的崇高理想。有如一颗落在墙头的草籽,土层再贫瘠,种子也要挣扎上去,不辜负"天生我才"的赐予。不管环境对他们是何等苛酷,由于他们漫长的等待和苦苦的拼搏,他们用自己的生命开拓出属于自己的一段时间和一片空间,他们凭借这一段短暂的时间和这一片狭窄的空间,让自己的生命燃烧起来,发出了耀眼的光辉,不仅照亮了他们所处的时代,而且使得千年的历史也由此发出了粼粼的光波,证实着真理的存在,也证实着他们自己的存在。"亦余心之所善兮,虽九死其尤未悔"(屈原),"文果载心,余心有寄"(刘勰),这就是他们寄给历史的永恒信息。"形同草木之脆,名踰金石之坚"(刘勰),"屈平辞赋悬日月,楚王台榭空山丘"(李白),这就是历史对他们所寄信息的永恒的回答。"书生报国成何济,不负诗骚屈杜魂"(叶嘉莹),这就是时代对历史的永恒回答所发出的强大的回声。

第三节 刘勰的思想概貌

魏晋六朝是社会思想大混乱的时代,也是社会思想大开放的时代。思想的矛盾性与开放性,是当时社会思想的最基本的特点,也是刘勰思想概貌的最基本的特点。这一基本特点,集中表现在儒道佛三种思想在他身上的并存、冲突与融合上。这一方面的内容,在下章中有相当详尽的阐述,这里先联系刘勰的人生道路,对其思想的基本面貌作一综合性的阐述。

一、刘勰的思想主流是儒学思想

刘勰思想中的儒学倾向,是极其鲜明的。从最基本的层面来看,儒学思想是他人生道路上的主导思想。儒学思想对他的浸润与熏陶,已经深入到了他的梦魂之中,从七岁时所做的"彩云若锦,则攀而采之"的梦,到"齿在踰立"时所作的"执丹漆之礼器,随仲尼而南行"的梦,都足以证明他所怀抱的儒学理想与信念之深刻与坚定。正因为如此,尽管他身居佛门多年,依旧心存魏阙,"穷则独善以垂文,达则奉时以骋绩"之抱负不改。他的坚定的儒学理念,也鲜明体现在《文心雕龙》的《征圣》、《宗经》、《正纬》、《辨骚》等纲领性的篇章中,儒学理念不仅是他做人、做事的主导思想,也是他作文、做学问的主导思想。即使在他"燔鬓发以自誓"的时候,依旧保持着儒者所特有的狂狷耿介的骨气与脾气,与佛家"四大皆空"的境界并非同一范畴。他不久就魂归离恨,分明与郁闷及激愤有关。尽管本传上说他"博通经纶","长于佛理",但从骨子里来看,他从梦到醒,从醒到梦,从家贫而笃志,从家破而依僧,由依僧而起家,由起家而出家,生生死死,死死生生,不改儒家本色。

但是,如果以此就将刘勰看成是一个亦步亦趋的儒学复古主义者,将"征圣"、"宗经"看做是儒学复古的旗帜,那就大错特错了。刘勰崇奉儒学不假,但他所标榜的儒学已不再是两汉时期的烦琐愚昧的经学,也不是孔孟荀为代表的经典儒学的简单复归,而是六朝时期的儒学,一种具有时代新质的儒学。这种儒学,是在儒道佛的大冲突与大融合中对其旧质进行系统扬弃,对时代新质进行系统吸收的结果。具而言之,它不再具有原来的"独尊地位",但在与其他学说的平等交流中却重新获得了生机,具有了与时俱进的学术品格与生命活力。这一品格与活力具体表现在两个相反相成的方面:一是对自身旧质的改造,一是对时代新质的吸收。

对儒学旧质的改造,主要表现在对两汉今文经学的批判和抛弃上。造神论是两汉经学最基本的特点,为了替封建帝王提供统治有理的最直接的理论根据,犬儒们不惜扭曲经典儒学的本来面貌,将许多封建迷信的谶纬硬加在儒学经典之上,来迎合帝王一己之私利。刘勰对此种愚昧欺骗的造神行为,进行了严正的批判和揭露,《正纬》就是这种批判和揭露的典型例证。刘勰明确认为:"世历二汉,朱紫腾沸"。对于这种装神弄鬼的浮靡讹滥现象,必须坚决排拒,"芟夷谲诡"。另外,对古代那些"神宝藏用,理隐文贵"的民间神话传说,必须与谶纬区别对待,"糅其雕蔚",采用其中的辞藻,使语言的表达更加生动丰富。

对儒学旧质的改造,还表现在对经典儒学中的精华成分的拓展上。他在《序志》中,满怀激情地表达了对孔子及儒学古文学派马融、郑玄的崇敬之情,充分表现了他的儒学古文学派的立场。经典儒学中的精华,集中体现在它对人的关注上。"仁者爱人",是经典儒学的逻辑起点和理论支点。从最根本的意义上说,经典儒家哲学是以"仁"为本的哲学,也就是以"人"为本的哲学。"仁也者,人也,合而言之,道也。"(《孟子·尽心下》)"仁者人也",儒家之道,纯粹是人之道。故孟子又说:"道在迩,而求诸远;事在易,而求诸难。人人亲其亲,长其长,而天下平。"(《离娄上》)一言以蔽之,儒道就是人道,儒学就是人学:"道者,非天之道,非地之道,人之所以道也,君子之所道也。"(《荀子·儒效》)经典儒学的这一以人为本的人文精神,具体表现在以下方面:

其一,对人的重视。孔子重人道而轻天道,把人与人生看做他的仁学的根本问题。他对上帝鬼神的存在持有怀疑的态度,绝不相信它们的支配作用和祸福人类的能力。他坚信人世间的事情都是人做的,人完全可以决定自己的命运,而不需依赖上帝鬼神。"这种思想体现了人对自己的本质与力量的自觉,表现了明显的人本主义倾向。"[1]

---

① 匡亚明:《孔子评传》,齐鲁书社1985年版,第184页。

其二,对人的本性的认识。在"仁者人也"的总命题下,孔子在当时能够达到的水平上,相当细致地研究了人的本性,并且据此提出了有关改革社会各方面的系列思想和主张。

孔子认为,人具有生物本性。所谓"仁者人也",是说人是人,不是神,神依靠祭肉的香味生活,人必须实实在在地吃饭穿衣才能维持生命,繁衍后代。凡属人类,无论贵贱,莫不如此。为此,他提出了"庶"与"富"的两项主张。他的"庶"的主张,就是要使民众不仅能生存下去,而且能生儿育女,繁殖人口。他的"富"的主张,就是要使民众的生活不限于维持生命的水平,也不限于延续后代的水平,还要生活得丰衣足食,也就是满足人们不断增长的物质生活需要。为了达到庶和富,孔子还提出了自己的经济思想和经济政策。

孔子认为,人具有社会本性。"仁者人也",是说人是人,而不是一般的动物,而必须生活在社会的大环境中。社会的大环境,是由长幼尊卑的关系网络所构成的。任何个人都是这个网络中的一个结点,接受作为社会传统规范的礼的制约。礼就是对各个等级的人的政治地位、权利义务、道德规范、礼仪风度、生活方式的具体规定,这些规定,就是各等级的人的社会本性的集中体现和基本范畴。在孔子看来,社会上的等级差别,是天经地义的,是人性的自然表现,是人性与兽性根本不同的地方。与此相应,他在政治上提出了复礼、正名等主张,既反对上对下的过分压迫与剥削,更反对下对上的僭越与叛逆。

孔子认为,人具有道德本性。"仁者人也",是说人的最高本性,人与动物最根本的区别,就在于人具有道德本性。没有道德自觉,没有道德生活,人就不成其为人。这就是孟子说的:"人之所异于禽兽者几希,庶民去之,君子存之。"(《离娄下》)人不仅要有物质的生活,而且要有精神的生活,这样才能超越于动物,做一个真正意义的人。

其三,对人生价值取向的认识。孔子认为,既然"仁"是高尚人性的目标,那么,体现了"仁"的正人君子,就是理想人格的代表。从理想人格的角度来看,人生的意义,并不在于物质享受,而在于"仁"的道德实践,在于像君子那样过着高尚的精神生活,纵令"一箪食,一瓢饮,在陋巷",仍然"不改其乐"(《论语·雍也》)。这才是真正有价值的人生。

其四,对人类社会的发展的理想境界的认识。孔子认为,充分体现了"仁"的精神的"大同世界",是人类最理想的社会境界。这种世界,曾经存在于远古的往昔,是人类历史的源头,也将是人类和谐康乐的未来,是历史前进的前景。孔子指出,社会的失衡与失序,归根结底是由于道德的失落与失控引起的,唯有进行道德复归,进行"仁"的复归,人类才能走出困境,走向普遍的繁荣。从表面上看,这种认识似乎有着复古的色彩,实际上包孕着历史螺旋式向上的前进运动。

概而言之,仁是人的类属本性,普属于一切人,它不仅具有伦理学意义,而且具有哲学意义,它是人的道德原则的最高依据,是人类社会生活的最高依据,也是人类社会健康发展的最终依据。这一以人为根本的理论体系,是经典儒学中的核心和精粹,它们构成了人本哲学的基本内容和理论基础。刘勰所说的"征圣"、"宗经",就是指这些经典性的内容而言的。

但是,由于历史的局限,经典儒学对人的理解长期拘囿于抽象性与集团性的范畴,并不具有个体性、多元性和个性化的明确意义,而"劳心者治人,劳力者治于人"的上下尊卑的区别,却受到了统治者的绝对化的强调,并以此作为伦理政治的绝对依据。历代儒家特别是汉儒都极端漠视个体的存在,不断地教训人们,要绝对服从于群体、社会,遵守礼教的种种清规戒律。在这种思想的指导下,人的个性必然得不到张扬,人的感情必然得不到重视,人必然异化为封建专制统治的绝对化的工具——世界上最驯服的工具。

刘勰所持有的人的观念,是六朝时代的人的观念,是一个开放时代所特有的开放的观念。如果说春秋战国时期是我国思想史上人的第一个思想大觉醒的时期,它的特点是"人"从殷商以来天神的绝对统治下逐渐觉醒过来,实现了"人神相揖别",意识到人类自身的存在价值,意识到人才是万事万物之本;那么,魏晋六朝时期则是我国思想史上第二个大觉醒的时期,它的特点是人对封建纲常束缚以及两汉以来的谶纬迷信的精神反叛,是人的个体对自身存在价值的精神认定与张扬。这一具有革命意义的思想大觉醒的集中表现,就是对个人生命价值的发现,对个性的发现,以及与此相关的系列观念的重大变化。下面试作一概述。

其一,对个人生命价值的发现。

在儒家的理想人格中,为宗法社会而献身,是生命的最大价值与唯一价值。孟子说:"君子有三乐……父母俱在,兄弟无故,一乐也。仰不愧于天,俯不怍于人,二乐也。得天下英才而教育之,三乐也。"(《尽心》)在这种价值观念中,崇尚个人对宗法社会的绝对献身,把自己完全贡献给宗法社会和人伦秩序,仅仅做一名宗法社会的合格角色,以此作为人生的唯一价值。虽然这也是属于人生价值的范畴,但对于个人来说,却只有宗法社会的价值,而并无个人价值,个人价值被宗法社会的集团价值完全取代和彻底取代以至湮没于无形了。

到了魏晋六朝时期,人的生命价值观念发生了质的嬗变,请看曹丕《典论·论文》:

> 年寿有时而尽,荣乐止乎其身,二者必至之常期,未若文章之无穷。是以古之作者,寄身于翰墨,见意于篇籍,不假良史之辞,不托飞驰之势,而声名自传于后……夫然则古人贱尺璧而重寸阴,惧乎时之过已。而人多不强力,贫贱则慑于饥寒,富贵则流于逸乐,遂营目前之务,而遗千载之功。日月逝于上,体貌衰于下,忽然与万物迁化,斯志士之大痛也。

曹丕位居帝王之尊,按照儒家的观点,只要能保盈持泰,完成自己的角色使命,就算拥有人间最大的生命价值,死而不朽了。但他却并不以此为意,既不在乎良史之辞,也不在乎飞驰之势,耿耿于心的是凭借自己的诗文,在有限的岁月中来实现自身最大的价值,使声名自传于后。他视自身的生命与声名,远胜于帝王的事业。他所关注的,已经不是宗法社会的价值,而是个人生命的价值了。这也是刘勰的观点,在《序志》中,他除了景仰圣人之志外,还鲜明地表现了自己个人的生命意识:"夫宇宙绵邈,黎献纷杂,拔萃出类,智术而已。岁月飘忽,性灵不居,腾声飞实,制作而已","形同草木之脆,名逾金石之坚。是以君子处世,树德建言,岂好辩哉,不得已也"。这些认识,都是从个人生命价值出发的。

其二,对个性的发现。

传统的儒家伦理观念中,相对于个人来说,群体和宗法制的社会利益永远是至高无上的,人的个性受到了严重的漠视与压抑,常常淹没在宗法制的道德伦理关系的严密禁锢之中。这就是董仲舒所说的:"屈民而伸君,屈君而伸天"(《春秋繁露·玉杯》)。两汉的礼法统治,就是这一精神束缚的典型表现。由此造就出了大批毫无个性的侏儒,他们表面上打着儒家的旗号,实际是营营苟苟的利禄之徒,把社会搅得乌烟瘴气,最终导致两汉政权的灭亡。儒家的宗法道德也就失去了控制社会的力量,而作为对儒学进行再认识的玄学,便勃然而兴。玄学高举自然哲学的大旗,对儒学中压抑个性的种种清规陋见,进行了毫不留情的批判和否定,在客观上促进了人的个性意识的觉醒。建安诗人的"慷慨以任气,磊落以使才",阮籍的"猖狂",嵇康的潇洒,陶潜的旷达,都是这种自由个性所发出的强光,是时代的新思潮对僵化的老传统所发出的挑战。

个性的发现也鲜明表现在刘勰的思想中。

感性而言,刘勰小时的彩云之梦和踰立之年的"随仲尼而西行"的梦,都是不受拘束的精神喷发,是强大个性在精神追求中的表现。在《文心雕龙》中,作者个性化的生活感受也同样鲜明地表现出来。《序志》中"岂好辩哉,不得已也"、"文果载心,余心有寄"的沉郁与雄健,《程器》中"将相以位隆特达,文士以职卑多诮;此江河所以腾涌,涓流所以寸折者也"的悲怆与愤激,无一不闪烁着个性的强光。理性而言,《文心雕龙》阐述得尤为深刻。《体性》中不仅确认了个性的存在,而且揭示了人的个性千差万别的原因。在对具体作家的分析中,都能确切地指出其个性化的文学风格。这些,既是时代的个性发现在作家身上的表现,也是时代的个性发现在理论上的最高综合与总结。

其三,对志的拓延。

从《尚书·尧典》开始,"诗言志"就成了文学的宗旨。"诗言志"原本是一个综合性的范畴,据闻一多的考释,"志与诗原本是一个字,志有三个意义:一记忆,二记录,三怀抱"①。春秋时期,随着封建社会的形成,"志"作为一种社会道德的理想追求,逐步纳入了儒家政教思想的范畴之中。作为儒家代表人物的孔子的文艺思想的核心就是强调"诗教",重视诗歌的教化,提出了诗的"兴、观、群、怨"作用。《毛诗序》也认为对人施以教化的最好的工具莫过于诗歌,即"正得失,动天地,感鬼神,莫近于诗",强调诗歌具有"经夫妇,成孝敬,厚人伦,美教化,移风俗"的社会功能。

显然,儒家诗教中所说的"志",已经不是自然意义的"心之所之",而是专指合乎宗法礼教的思想,也就是儒家规范下的社会理性:"诗者,持也。在于敦厚之教自持其心,讽刺之道可以扶持邦家者也。"(《诗纬·含神雾》)"志"

---

① 闻一多:《歌与诗》,《闻一多全集》第1册,三联书店1982年版,第185页。

对封建宗法政治的从属性,在荀子的《儒效》中,表述的特别鲜明:"圣人也者,道之管也。天下之道管是矣,百王之道一是矣,故《诗》、《书》、《礼》、《乐》之归是矣。《诗》言是其志也,《书》言是其事也,《礼》言是其行也,《乐》言是其和也,《春秋》言是其微也。故《风》之所以为不逐者,取是以节之也;小雅之所以为小雅者,取是而文之也;大雅之所以为大雅者,取是而光之也;颂之所以为至者,取是而通之也。天下之道毕是矣。"在这种思想的指导下,文学必然成为教化的工具。也就是朱自清所精辟指出的:"诗言志是开山的纲领,接着是汉代提出的'诗教'……'诗教'是就读诗而论,作用显然也在政教","言志的本意,原跟载道差不多"。①

　　魏晋六朝时,这种认识发生了极大的嬗变。随着经学的衰颓,"志"的内涵出现了下移性的扩延,它不再专指圣人之意,也指一般作者之心。"志"与"情"在先秦时期本是两个范畴的东西,一指公义,一指私情,一指集团人格,一指自然人格,一指礼义,属社会理性范畴,一指情性,属个体感性范畴:二者泾渭分明,判然有别。这就是荀子在《礼论》中所说的:"人生而有欲,欲而不得,则不能无求;求而无度量分界,则不能不争。争则乱,乱则穷。先王恶其乱也,故制礼仪以分之,以养人之欲,给人之求。使物必不穷于物,物必不屈于欲,两者相持相长,是礼之所起也……故人一之于礼义,则两得之矣;一之于情性,则两丧之矣。故儒者将使人两得之者也。"可知先秦时礼义(志)与情性(情),是绝不能兼容的。二者的兼容,是在魏晋六朝以后,志的内涵逐渐"个体化"与"平民化"的结果,是"志"的内涵下移与扩化的结果。魏晋六朝以后,"志"与"情"就融合为一了。孔颖达在《左传·昭公二十五年·正义》中关于"志"的表述,就是这种志情融合为一的开放式的表述:"在己为情,情动为志,情志一也。"

　　这一开放式的认识和表述,也鲜明地表现在刘勰的思想中。刘勰《序志》中的"志",就不再是圣人之志的简单附庸,而是作者的个性化的"心之所之"。他在《时序》中所说的"志深而笔长",不是指宗法社会理性的基本规范,而是指建安诗人特定的思想情感。刘勰所说的志,虽然从人本哲学的高度来看确有相通之处,但已并无雷同之处,而是经典儒家所提倡的"志"的个性化形态,

① 朱自清:《朱自清说诗》,上海古籍出版社1998年版,第4页。

是它的极大下移与扩充了。《明诗》中关于建安七子的情志特色的表述,就是典型的例子:"怜风月,狎池苑,述恩荣,叙酣宴",如此等等,以前都是"诗言志"的禁区,如今却已成为情志范畴中的正式存在了。

其四,对气的扩化。

志的扩化过程与气的扩化过程是相并而生的。

"气"也是经典儒学中的一个重要范畴。孟子在《公孙丑》中,曾讲到了"我知言,我善养吾浩然之气"。孟子所说的"浩然之气",在根本上是一种以"义"为核心的普遍性的道德情感:"其为气也,至大至刚,以直养而无害,则塞乎天地之间。其为气也,配义与道;无是,馁也。是集义所生者,非义袭而取之也。行有不慊于心,则馁矣。"这种情感,严格从属于儒家宗法礼教的道德规范,它只依附于圣人的理想人格,绝非常人所能拥有。魏晋六朝以后,儒家的宗法礼教受到时代的严重冲击,关于"气"的概念也随之产生了实质性的改变,它已由普遍性、集团性的范畴进入了特殊性、个体性的范畴。曹丕的《典论·论文》中关于"气"的论述,就是具体的例证。曹丕所说的"气"虽然并不排斥道德情感,但他所强调的主要方面,却是作家个人所具有的气质、个性、天赋。在这里,"气"主要是指作家个人天赋的气质个性,以及相应的独特才能:"文以气为主,气之清浊有体,不可力强而致……虽在父兄,不可以遗子弟。"刘勰《文心雕龙》中所说的"气",则是这一时代新思维的集中反映和更加深刻的理性拓展,由此而提出了系列的见解、方法及具体步骤。如《神思》篇云:"神居胸臆,志气统其关键","方其搦翰,气倍辞前……秉心养术,无务苦虑,含章司契,不必劳情"。主张以虚静为主,务令心明而气静,自然势盛而言宜。《养气》篇云:"率志委和","优柔适会","清和其心,调畅其气"。主张以清和而致养,以致养而制胜。从而,使得这一时代新思维更加全面、更加厚实。

其五,对情的张扬。

"情与气偕,辞共体并。"(《风骨》)气的概念的下移,必然带来情的概念的下移。

"情"本来是人类普遍的自然属性,但在经典儒学的概念体系中,"情"是严格从属于"志"而不具有独立的存在价值的。"志"即儒家之"道",它是政治领域与意识形态领域的最高原则,属于社会理性的范畴,它使社会上一切"匹夫匹妇"的自然之情都失去了个性化的意义,无一例外地纳入了"载道"的范畴,而不再属于他们自己。尽管现实生活中大量存在着"劳者歌其事,饥者歌其食"的事实,但在当时特定的文化环境中,这种自然的感情已经纳入了儒家礼教与诗教的文化规范中,以"志"的垄断地位使人类普遍性的情感活动,只能以统治阶级的意志表现出来。荀子的《乐记》中提到了"情",但将"情"视为"志"的对立面,强调"反情以和其志",即"和"于所"志"的圣人之"道"。东汉的《毛诗序》第一次在诗歌理论的领域内比较明确地讲述了"志"与"情"的关系,似乎有了一点开放的迹象,不像过去那样只笼统、抽象、片面地讲"言志"了。但在思想的深处依然封闭如故,它虽然采取了两分的做法,却同样把"情"置于"道"的从属地位,主张"发乎情,止乎礼义"。

魏晋以后,随着儒学对社会的失控,"礼义"在人们心目中的传统地位已大为下降,而和乱世中普遍存在的"感物之悲"相联系的自然之"情",却受到了社会上的普遍重视。在"礼义"已经成为虚伪的道德遮羞布的情况下,饱经战乱之苦的个体对人生的感慨与依恋之情必然会推到社会生活的重要位置,而魏晋六朝也必然是一个重"情"的时代。《世说新语》中,有许多具体的事例:

王戎丧儿万子,山简往省之。王悲不自胜。简曰:"孩抱中物,何至于此?"王曰:"圣人忘情,最下不及情。情之所钟,正在我辈。"简服其言,更为之恸。(《伤逝》)

卫洗马初欲渡江,形神惨悴,语左右曰:"见此茫茫,不觉百感交集。苟未免有情,亦复所能遣此!"(《言语》)

桓公北征,经金城,见前为琅邪时所种柳,皆已十围,慨然曰:"木犹如此,人何以堪!"攀枝执条,泫然流泪。(《言语》)

将"情"的概念正式引入文学理论领域的第一人就是陆机,他在《文赋》中明确提出了"诗缘情"的主张。缘者,由也,"诗缘情",是说诗来源于情,诗是由情而生的。显然,这和儒学诗教中"诗言志"的说法有了重大的区别,是时代所提出的一个具有革命意义的全新性的命题。刘勰是这一时代新思维的继承者与开拓者。他进一步认为,感情是人的自然属性,普遍属于所有的人。他在《明诗》中,对此进行了明确的表述:"人禀七情,应物斯感,感物吟志,莫非自然。"七情既是人的自然属性,它理所当然普属于所有的人,无论上智下愚,无论劳力劳心,都属于它的覆盖范围。从而,使"志"具有了"情"的品格,使"情"具有了"志"的地位,从根本上消除了"志"与"情"的对立,使二者成为可以兼容的东西,实现了二者的统一,从根本意义上宣告了一个文学自觉时代的到来。

以上种种的发现、拓延、扩化与张扬,都属于人性发现的范畴,也就是人的个性意识与个体意识的觉醒过程。对人的发现,它意味着人的概念的极大扩充,意味着人的自觉时代的到来。每一个普通人都以自然的面貌从历史的尘封中浮出了地面,怀抱着个性化的情感,走进了文坛和诗坛,从此开始了人的自觉和文学的自觉的时代。这对于经典儒学的人的观念来说,无疑是一次革命性的飞跃,促进着思想观念的创新。思想观念的创新,是具有根本意义的创新。刘勰的这些新思维,是时代嬗变的产物,又以理论的形式反过来推动着时代的嬗变过程。这就是刘勰的巨著《文心雕龙》之所以具有如此巨大的历史震撼力的最根本的原因。

二、刘勰对多样性思想的吸收

儒学思想固然是刘勰思想的重要组成部分,但绝非唯一成分。在刘勰的思想中,显然还包含着道学、玄学与佛学的多方面的影响。下面,有必要作一点概述。

刘勰不仅是一个人本哲学的信奉者,也是自然哲学的信奉者。前者来自对经典儒学的吸收,后者来自对经典道学的吸收。

刘勰对经典道学的吸收,集中体现在他对道学宇宙观的认同上。以老子为代表的经典道学明确认为:"人法地,地法天,天法道,道法自然"(《老子·章第二十五》)。将自然视为宇宙万物的极则,由此开创了一种以自然为本的哲学。这种哲学对于儒家的人本哲学来说,具有相反相成和互相补充的属性。儒家关心的是宗法社会、宗法制度的命运,实际上是占统治地位的权势者的命运,它主张积极进取,从根本上说是为了维护权势者的利益。道家关心的是自然人的命运,或者说人类的命运。但是,他们的人生态度却是极端消极的,他们对人的命运所做出的结论也是极其悲观、极具否定色彩的结论。刘勰取两家之所长而弃两家之所短,他在重视现实人生和积极进取方面采取了儒家民本哲学的立场,而在探索事物的本原方面采取了道家自然哲学的立场。在《文心雕龙》的"文之枢纽"的五篇纲领性的论述中,有四篇是以儒学为宗,而开宗明义的第一篇却是以道学为原。这一思想贯穿于《文心雕龙》的全部内容中,"自然"不仅是刘勰建立自己体大思精的美学理论体系的总依据,也是他衡量作品的最高标准。庄周的虚静思想,在《文心雕龙》中也有明显的表露。"陶钧文思,贵在虚静",就是例证。

刘勰对道学思想的吸收,是在魏晋六朝这一玄学勃兴的特定环境中进行的,因此,刘勰对道学思想的吸收中,也必然包容着对玄学思想的吸收。魏晋六朝时期,随着儒学的衰落,玄学思想开始蓬勃发展起来,其地位甚至超过儒学。玄学思想是以《老子》《庄子》《周易》的面貌出现的,号称"三玄"之学。它偏重于对抽象的本体论的研究,具有思辨哲学的色彩。在玄学思想的大争辩中,提出了关于有与无、体与用、本与末、形与质、言与意、意与象、一与多、动与静、变与通以及自然与名教等诸多范畴,极大地丰富了人们的认识领域和方法领域,开辟了一代哲学新风。这些范畴和方法,也直接或间接地反映在刘勰的思想中。刘勰所说的"正末归本","振本而末从,知一而万毕","乘一总万,举要治繁",都可从王弼所提出的以本统末、以寡治众、"繁而不乱,众而不惑"、"《老子》之书,其几乎一言以蔽之。噫!崇本息末而已"等论断中找到哲学上的依据。刘勰所说的"鉴必穷源","沿波讨源,虽幽必显","振叶以寻根,观澜而索源",都可从王弼所主张的"虽近必自远以证其始"、"虽显必自幽以叙其本"、"察近必及于流统之源"等论断中找到哲学依据。刘勰所说的"原始以要终"、"时运交移,质文代变"、"与世推移"、"变则可久,通则不乏"、"趋时必果,乘机无怯",与《周易》中的基本命题完全是一致的。

除此之外,刘勰还从佛学中吸收了某些具有积极意义的观念和方法。诚然,就观念形态而言,佛学中的主流确实是消极虚无的,但,就其中的某些个别的具体观念和方法而言,仍然可以作为他山之石对我们民族的思想产生补充和砥砺的作用。刘勰与佛门有很深的交往,依托佛门生活"积十余年",本传称为"博通经论"。但就思想主流而言,他绝非虔诚的佛教徒,而是一个地地道道的本土文化主义者。他从佛学中所吸收的,是本土文化中所缺乏因而为本土文化所迫切需要的东西。这东西主要就是"平等"的观念。儒家文化是以人伦为基础的,人伦是存在着长幼的自然区别的,这一区别就是"上尊下卑"的等级制度的依据,在宗法等级制度之下是不存在平等意识孳生的土壤的。道学的自然理念中虽含有自然人的冲决网罗的内涵,但这一内涵又被严格限制在归依自然的范围内,未能在社会生活的领域内得到充分的生发。而佛学中的"众生平等"、"佛法平等"、"慈航普渡"、"普度众生"的理念,足可补中华文化中的不足,成为我们催生平等意识的土壤。刘勰所说的"人秉七情,应物斯感。感物吟志,莫非自然"中的"人",就是一个在感情面前人人平等的人,这种普遍而又彻底的平等意识,是在他以前从来没有表述过,而为他所独具的。他所以能独具这种意识,就是佛学中的生命平等理念和道学中的生命自然理念交相作用的结果。

他的心学意识,显然离不开佛学般若之学的启迪。他的著作的严密的逻辑结构,也与佛学的因明之学具有密切的借鉴关系。

开放的时代生发开放的文化,开放的文化推动开放的时代。《文心雕龙》是历史文化上的一大创造,却又是历史文化发展的结果。儒、道、玄、佛诸多文化成分在历史的风云际会中汇集于同一的化学器皿之中,互相碰撞、分解、组合,形成新的结晶,汇入中华文化之中,成为中华民族最基本的思想成分,这就是我们民族之所以具有与时俱进文化品格和永不枯竭生命活力的根本原因。这一开放性的文化结晶,也在刘勰身上鲜明地体现出来。生活在多维文化共存的齐梁时代的刘勰,由于自己特定的生命轨迹,吸收了儒、道、玄、佛诸多文化的影响,由此形成了自己兼容并蓄的思维结构。正是这一兼容并蓄的文化结构,为中华民族的文化繁荣,也为《文心雕龙》这一伟大文化成果的出现,奠定了坚实的思想基础。而他庶族的社会身份和坎坷的社会经历,更给他"矫讹翻浅"的文化批判活动,注入了一种特别的社会性的动因和动力。这些必然因素的偶然集合和偶然因素的必然集合,就是"天之将降大任于斯人"的主体根由。

第二章　《文心雕龙》时代论

非常事业出自非常时代,非常时代孕育非常事业。"汉末魏晋六朝是中国政治上最混乱、社会上最苦痛的时代,然而却是精神史上极自由、极解放,最富于智慧、最浓于热情的一个时代,因此也就是最富有艺术精神的一个时代。"①这一非常时代,正是《文心雕龙》这一非常事业的特定背景。要想洞悉《文心雕龙》这一非常事业,必须洞悉孕育出这一非常事业的非常时代,洞悉这一非常时代中的非常因素,洞悉非常因素与非常事业之间的内在联系。

《文心雕龙》这一开拓性的美学理论与写作科学巨著,诞生于中国历史上一个非常的历史阶段——魏晋六朝的齐梁时期。魏晋六朝是中国历史上最动荡不安的时代,是人民群众苦难深重的时代,是统治阶级最恣肆、最暴虐、最荒淫无耻的时代,却又是文化思想特别开放、文化事业空前发达的时代,而齐梁时期则是这一长长历史大剧的尾声,是历史大转变的前奏。这是一个量变的积累日趋饱和而新变的生发呼之欲出的临界时刻,是一个新旧并存、新陈代谢、新旧交错的大分化、大冲突、大融合的时刻,是旧体制走进绝路而新生命即将诞生之际,希望、失望与绝望交织,危机与生机并存,机遇与挑战同在的时刻。《文心雕龙》的诞生,就是这些非常的时代因素的合力运动的结果。这些非常的时代因素以及它们对《文心雕龙》的影响,具体表现在以下方面。

第一节　魏晋六朝时代的政治状况

从东汉末年黄巾起义爆发(公元 184 年),到隋文帝灭陈统一中国(公元

---

① 宗白华:《美学与意境》,人民出版社 1987 年版,第 183 页。

589 年），中华大地经历了长达四百年的大动乱、大分裂与大融合。在农民起义的打击下，汉代的封建大帝国土崩瓦解，而以军阀割据和门阀官僚统治以及宗教欺骗为主要特点的政治格局，就应时而生。军阀、门阀与宗教，是这一特定时代的三大政治特点。

所谓军阀统治，是指武人专政。这些武人大都出身寒族，于乱世中利用武装夺取了政权，又利用武装在乱世中维持着政权。从曹操到司马氏，从刘裕到萧衍到陈霸先，无一不是如此。由于他们都经历过贫困的生活，所以一旦取得了政权，就表现出一种特别的贪婪。由于他们都有过"杀人如麻"的经历，他们在执掌权力中，必然表现出一种特别的冷酷、恣肆与狡诈，一种不计后果的专横，一种熔阴谋与阳谋于一炉的赤裸裸的无耻。这样，就使得整个社会风气都具有纸醉金迷、尔虞我诈的特点。金钱，美色，权力，成了统治者至高无上的追求。从"铜雀台"到"六朝金粉"，从"怜风月，狎池苑，述恩荣，叙酣宴"，到石崇的穷奢极欲，到宫体诗，就是这一靡烂风气的典型表现。

军阀专政，必须有政治上的帮凶和同盟，这一帮凶和同盟就是士族地主。门阀统治，就是士族官僚地主在政治上的世袭统治。士族制度发轫于东汉时期的推举与征辟。当时官僚与地主相互勾结，利用人情关系与钱权交换关系，请托标榜，牵引推荐，垄断了仕进的渠道，所推举出来的人尽是世家大族的子弟，这就必然造成世家大族世代为官的政治局面。袁本初"四世三公"，就是典型例证。汉魏之际，战乱频繁，士人流散，乡间推举困难，曹丕于是颁布"九品中正制"的政令，在各州郡置"中正"官，专门考察所管人才的高下，按照家庭经济地位与政治地位的高低，分为九个等级，作为仕途晋升与黜降的依据。西晋初社会广为流传的"上品无寒门，下品无世族"的说法，就是对这种特权政治的形象展现。九品中正制推动了士族制度的形成和巩固，使军阀统治与门阀统治融为一体，构成中国历史上最黑暗的"神圣同盟"。军阀统治是魏晋南北朝四百年政治的基本特色，士族门阀制度则是这一统治最基本的政治基础。不管朝代怎样变化频繁，这一神圣同盟始终没有改变。

军阀与门阀的结合，实质上就是官僚与地主的结合，是政治与经济的结合，也是"武力"与"权力"的结合。正是这一"结合"，使它具有了对绝对权力进行绝对垄断的地位。这就是它们之所以敢于如此肆无忌惮的原因。但是，对绝对权力的绝对垄断，恰恰又是它的虚弱性之所在。其一，寒族仕进无门，年过30才能做小吏,一辈子没有升迁的机会,这就必然闭塞贤路,将下层的许多经过艰苦生活磨炼的奇才异能之士拒之于国家管理的大门之外。"勋荣之家,虽庸夫而尽饰;违败之士,虽令德而嗤埋。"(《史传》)崇贵抑贱,实际就是拒绝精英和俊杰,拒绝用新鲜健康的血液来不断补充自己的肌体,这样的肌体必定是贫血而虚弱的。其二,加速了士族子弟的腐败过程。士族子弟从小养尊处优,在智能和体能方面都不可能得到充分发展,文不足以安邦,武不足以定国,只知享受而不知进取。一旦获得绝对权力,更是纵情淫乐,醉生梦死,视江山如粪土,视人民如草芥。遇有风吹草动,不仅束手无策,甚至连逃生的能力都没有。"八王之乱"中这些贵族们的种种无能的表现,就是具体的例证。其三,寒族报国无门,仕进无路,必然在心理上感到社会的不公平,对传统的与现实的社会精神支柱产生怀疑。这种怀疑与绝望的情绪,会驱动他们跻身于精神反抗者的行列,对社会的精神支柱提出勇敢的挑战。这一挑战就是未来新文化的先声,也是对现存的军阀政权和士族统治所发出并使其在精神上威风扫地的历史宣判。其四,有枪便是草头王。寒族要想在仕途上得到重大发展,唯一的出路是进行军事投机,在武装斗争中掌握最高权力。曹操、刘裕、侯景、陈霸先等,就是他们的代表。这一你死我活的武力争夺,加速与加重了社会的糜烂过程。其五,政治垄断集团的专横跋扈,倒行逆施,挥霍无度,加重了农民的负担,把千万劳动者逼上绝路,使社会的危机更加严重。所谓"雍州以东,人多饥乏,更相鬻卖,奔进流移,不可胜数"(《晋书·食货志》),所谓"民尽流离,邑皆荒毁"(何之元:《梁典·总论》),就是这一情景的真实写照。

为了在精神上欺骗与麻醉人民,泯灭人民的反抗意识,维护专制统治的长治久安,统治者实行了儒道佛三位一体的愚民政策。这一政策到齐梁时期达到了高潮。梁武帝本身是一个博通儒学、道学与佛学的大学者,著有《孔子正言》《老子讲疏》等著作二百余卷,还著有专门研究佛学的书数百卷,在学术研究上具有极深造诣,因此更具欺骗作用。他用儒家的"礼"来区别富贵贫贱,界定尊卑;用道家的"无"来劝导不要争夺;用小乘教的"因果报应"来解答人的命运差别,劝导人们安于命定等级的安排,不要妄图改变。他三箭齐发,从三个不同的角度,对"上尊下卑"的政治制度进行了有力的维护。为此,他创立了"三教同源"的学说,硬把老子与孔子说成是佛的学生,统释、儒、道于一体。他写了一首《会三教诗》。以日比佛,以众星比儒道,说"穷源无二圣,测善非三英",视佛学为主导和最高层次,列儒学与道学为佛学的辅助。他的所谓"结合",表面上是进行调和,实际上是建立外来文化——佛学对本土文化的绝对权威,以精心布设的宗教之网来禁锢中华大地上的不平之心,诱其安心于当奴隶的命运,使摇摇欲坠的独裁政权得以苟延残喘。为了树立佛教的绝对权威,他给予佛教许多的特权,甚至诏封佛教为国教,帮助佛教在中华大地上的蔓延。除了亲自斋僧礼佛之外,还三次"舍身出家",朝臣只好用国库的巨款将他"赎回"。第一次赎款一亿钱,第二次赎款二亿钱,第三次赎款一亿钱。他用这种独出心裁的方法帮助佛寺敛财,又提高了佛教的声誉,使它在控制社会思想方面发挥更大的麻醉功能。"南朝四百八十寺,多少楼台烟雨中"(杜牧),就是这一宗教统治"盛况"的历史写照。佞佛造成了大量劳动力和社会财富向佛寺的集中,使社会危机更加严重。

由于以上种种措施,残暴的专制统治得到了军阀、士族、僧侣的共同拥护,在危机四伏的环境下维持了几近四个世纪的表面平静与虚假繁荣。实际上这种平静与繁荣,只是一个巨大能量的积累过程,犹如火山爆发前的沉默,只要有一个小小的喷发口,全部能量就会喷薄而出。这个小小的喷发口,就是后来的"侯景之乱"。从此南朝就一蹶不复振了。

"侯景之乱",是梁武帝实行军阀、门阀、宗教三位一体政治的必然结果,是由此造成的极度腐败的必然结果。一言以蔽之,权力的垄断造成了政治的腐败,政治的腐败强化了权力的垄断,而欺骗与麻醉又使这种垄断与腐败具有自欺欺人的属性,具有难以发现也难以痊愈的属性。正是三者之间的辗转强化,造成了社会的长期黑暗和混乱,也造成了它自身的虚弱和对社会的失控。

这一复杂的政治现实,就是刘勰特定的生存空间。这一生存空间对于刘勰的人生道路的形成所产生的重大影响,具体表现在以下几个方面。

其一,它决定了刘勰一生历尽坎坷的另类命运。这一不幸命运的根本原因,就在于等级森严的门阀制度。这一制度,以法律的形式明确规定了士族高门与庶族寒门之间的不可逾越的鸿沟。号称士族高门的世家大族,可以享有种种垄断性封建特权:世代把持政坛的做官特权;世代荫田、荫客、免赋、免役的经济特权;世代逍遥法外的法律特权。而庶族的子弟则永远屈居下陈,无缘进入主流社会。在这"士庶天隔"的社会环境中,刘勰不幸降生在庶族家庭中,从此被剥夺了进入主流社会的一切机会,注定是一个贫贱无依与壮志难酬的坎坷命运。也就是《梁书·刘勰传》中所说的："家贫不婚娶,依沙门僧祐。"即使在他完成了他的理论巨制《文心雕龙》之后,仍然不能为主流社会所接受,为了取定于"贵盛"的沈约,只能"负其书,候约出,干之于车前,状若货鬻者"。其社会地位之低微,于此可想而知。

苦难之所存,也就是挑战之所存。正是由于他经历了如许的坎坷和苦难,刘勰才深深体会到了社会中的诸多诡滥与倾斜。《程器》中所说的"将相以位隆特达,文士以职卑多诮,此江河所以腾涌,涓流所以寸折者也",就是这种不平之声的自然流露。也正是由于他对社会消极风气的不平,他必然去寻找疗救的良策。作为一介书生,他只能从文化的角度去进行思考。他在《序志》中所说的"尝夜梦执丹漆之礼器,随仲尼而南行",就是他高举儒家旗帜去矫正世道人心的远大理想的潜在折光。这就是他"搦笔和墨,乃始论文"的最直接根由。

其二,它赋予了刘勰的兼容性的思维结构以优势的生成温床。这一特定的生成温床,就是当时特定政治条件下的混乱与开放并存的特定的社会文化环境。这一特定社会文化环境的总集中和总浓缩,就是定林寺在当时社会生活中的特殊地位。定林寺是建康第一名刹,高僧云集,藏书丰富,是研究佛学的胜地。当时佛学的传播,是依托于儒学及道学的融合而进行的,因此定林寺也就成了三学竞争与融会的最有集中意义的平台。这一特定的学术平台,就是刘勰形成对儒、道、释三家"兼解以俱通"的学术理念的最好学校。也就是《梁书·刘勰传》中所说的:"依沙门僧祐,与之居处积十余年,遂博通经论。"这里所说的"博通"不仅是对佛学的精通而言的,也是对儒学与道学的兼通而言的。这就是刘勰在《灭惑论》中所说的:"经典由权,故孔释教殊而道契;解同由妙,故梵汉语隔而化通。感有精粗,故教分道俗;地有东西,故国限内外。其弥纶神化,陶铸群生,无异也。"也就是他在《原道》中所说的:"道沿圣以垂文,圣因文而明道。"这一文化理念,就是刘勰撰写《文心雕龙》这一理论巨制的认识论与方法论的总依据。而当时的特定的政治环境,就是这一总依据的总根由。

其三,它赋予了刘勰的文化探索以明确的价值取向。刘勰的身处底层的社会地位,使他对社会苦难的感受远比一般人直接和真切,他对社会危机的体认也必然会比一般人深刻。作为一个以天下为己任的青年知识分子,他所关注与感受的绝不是一般性的社会混乱,而是这一深度的腐败所带来的严峻的心理危机。他在《序志》中所沉重指出的"去圣久远,文体解散……离本弥甚,将遂讹滥",就是这一心理危机的集中反映。对这一关系到天下兴亡的问题的探讨和对策,就成了刘勰的自觉的理论目标。他所做出的基本结论,就是凭借圣人的"恒久之至道,不刊之鸿教",来解决"正末归本"的问题。但是他所说的"征圣"、"宗经",并非对儒家教义的简单重复,而是在三教兼融基础上对民族文化价值的重新设定:以道家的自然哲学为文化价值的逻辑前提,以儒家的人本哲学作为文化价值的现实依据,以佛学的心性哲学作为文化价值的重要补充,来重建一个具有时代意义的文化价值体系。这一价值取向,是刘勰在当时社会陷于信仰危机、信任危机与信心危机的严重时刻所做出的最清醒的文化回答。这一文化回答,就是《文心雕龙》的最基本的指导思想。无疑,这一高屋建瓴的指导思想,同样是与当时政治社会的深深烙印密不可分的。以三家融合为基础而以儒学为主导的方式去寻找走出危机的文化途径,是当时最恰当的文化选择。他所标举的"矫讹翻浅,还宗经诰",就是这一文化选择的明确表述。这一文化选择的正确性,在大唐文化的繁荣中获得了全面的证明。

其四,它赋予了刘勰的文心理论的构建以丰富的材料库存。刘勰的文心理论是对先秦以来二千年汗牛充栋的文章作品与文章理论的系统总结,涉及的文献资料极其广泛。从纵向的包容规模来看,上起轩辕,下迄晋宋,共历 17 个朝代,征引的书文共有 1466 处,论及的作家有 918 人,论及的作品有 1035 篇(部)。从横向的包容规模来看,涉及的文体有 35 大类,78 细类。"五十篇之内,百代之精华尽矣。"(孙梅:《四六丛话论》)如此浩如烟海的典籍,主要来自定林寺得天独厚的馆藏文献,也只能来自定林寺得天独厚的馆藏文献。如果没有这些文献的支持,《文心雕龙》的研究和写作,将是难以想象的事情。获得如此丰富的文化熏陶,这不能不说是刘勰不幸的政治命运所带来的最大的人生幸运。

《文心雕龙》这一巨制,就是这一苦难深重而渴望变革的政治形势的产物。这不是一般意义的苦难,而是整整延续了四百年的苦难,是四百年的腐败所积累的社会倾斜。面对这种苦难与倾斜,在刘勰心里涌起的实际是一种"亡国之惧"。[①] 作为一个有血性、有良知的孔孟传人,他绝不可能坐视不顾,

---

① 刘永济:《文心雕龙校释》,中华书局 1962 年版,第 2 页。

必定起而抗争,拯倾斜而明国是,正风气而振人心,这正是时代赋予他的崇高使命。但是,他同时又是一个睿智的自然哲学和心性哲学的信奉者,他绝不可能如他的前辈那样去以单纯的政治手段去"强力从事",他必定从自然之道和心性之道中去"振叶以寻根,观澜而索源",从更加根本的层面上去寻找救世济民的对策。而他作为一介寒儒来说,在当时历史条件下唯一可以做到的事情,就是探索文学的美学真谛,以文心来启示人心,"匡救时蔽"。这就是刘勰撰写《文心雕龙》的最直接的动因,也就是刘永济先生把《文心雕龙》称为"子书"的原因。①

第二节 魏晋六朝时代的经济状况

魏晋六朝以军阀与门阀为支柱的超高压的政治统治,是与它在经济上的超强度剥削联系在一起的。这种超强度的经济剥削,集中表现在它所特有的垄断性上。

一、大庄园式农业的兴起

军阀战争造成了"白骨露于野,千里无鸡鸣"的惨相,使得农民离开了土地而无业可从,也使土地离开了农民而大量荒芜。为了解决军粮的问题,曹魏采取了屯田的政策,以国家的名义和军事组织的方式,将土地与劳动者强行结合起来。这种准军事化的生产组织,具有极大的规模,这就是盛行于魏晋六朝时代的大庄园式农业的发端。

西晋时期,随着国家的统一,屯田制停止施行,而代之以占田制。所谓占田制,就是一种对土地的占有份额及税额负担进行规定的政策。

占田制首先保证士族官僚占有土地与劳动力的特权。根据官品等级高低,规定各级官僚占有土地与佃客的数量。官品从一品到九品,占田从 50 顷到 10 顷,每品依次递降 5 顷;并按官品高低,庇荫亲属,多至九族,少至三世。被荫的人,可以免除课役。官僚还可按制占有佃客(农奴),还可占有专门提供家内劳役的"衣食客"(家奴),在数额上几乎没有任何限制。至于士族地主

---

① 刘永济:《文心雕龙校释》,中华书局 1962 年版,第 1—2 页。

原来占有和后来兼并的土地,即使田连阡陌,也听其自为。如王戎园田水碓遍布全国,庞宗有田200顷(每顷100亩),石崇有田园30余处,都达到了"富可敌国"的程度。这种土地与劳力的集中,为大庄园经济发展,提供了雄厚物质基础。

　　占田制还规定了自耕农的占田份额与赋税份额:男女16岁到60岁为正丁,13岁到15岁及61岁到65岁为次丁。每一正丁男占田70亩,课田50亩。占田要向朝廷交租,每亩8升;课田所得全部交给朝廷,属于劳役地租的性质。次丁男课田减半。丁女占田30亩,课田20亩。此外,丁男之户每年缴纳"户调"绢3匹,绵3斤;女及次丁男为户者半输。这些负担都是相当苛重的,是对实物地租与劳役地租的双重榨取。农民为了取得生存,只有弃家逃亡,投身于大庄园中做佃客。这就使得小农经济愈益萎缩,大庄园经济愈益发展,贫与富的对立愈益尖锐。

　　东晋与南朝都采用这种土地占有制度,使土地与劳力向官僚士族手中日益集中,大庄园经济的规模也日益扩大。再加上战乱中大批北方流民涌入江南,既带来了北方先进的耕作技术,也带来了充足的雇佣劳动力,更使这种具有权力垄断性质的大庄园经济获得了极大的发展。晋刁协家有田万顷,并封固京口山泽。宋沈庆之广开田园之业,有童仆千人。孔灵符的田庄周围30余里,水陆265顷,又有果园9处。齐贵族萧子良在安徽封固宜成等三县山泽数百里,进行垄断式经营,禁止他人染指。

　　这种大庄园经济对于佃客来说,无疑加重了劳动者对官僚地主的人身依附关系,具有明显的奴隶制残余色彩,从某种意义上说是对已经形成的封建关系的一种倒退。但从另一方面来看,由于它实现了土地与劳动力的结合,对于社会生产的发展毕竟是具有某种促进作用的。这种庄园式的经济,就是绵延数百年的门阀统治的经济基础,也是腐朽的统治者得以纸醉金迷并最终导致灭亡的物质根由。另外,它也是开发江南经济的重要手段,它有力地支持了手工业、商业与海外贸易的发展,支持了南朝文化的繁荣。

二、佛寺经济的盛行

　　佛寺侵入经济领域,是南朝统治者实施佞佛政策的结果。齐萧子显提倡佛教,南朝佛教开始兴盛,逐渐拥有了国教的特殊地位。梁武帝时,进入了极盛时期,单是建康一地,就有佛寺 500 余所。佛寺拥有不入户籍和免除赋税的特权,侵占了很多的劳动力和土地,形成一个与门阀并立的大封建集团,具有自己独特的经济体系。由于佛寺对人口的吸纳,"天下户口,几亡其半"(郭祖深:《上武帝奏疏》)。佛寺还拥有向社会请求"布施"的特权,使社会的财富不断向佛寺集中。佛寺所拥有的财产,几乎与国库相当。

佛寺所经营的经济主要是大庄园,以大地主的法权身份从事农业生产与土地兼并的种种活动,田园山泽,遍及全国。此外,还从事高利贷的金融活动,以借贷的方式获取暴利。这种借贷是以实物为抵押的典当活动,只要是有用的实物,无一不可以抵押。当时有一个叫甄彬的人,曾持一束麻向长沙寺库房质钱,赎还后发现麻中杂有黄金 5 两,问寺库才知道是有人持黄金质钱,管库僧误置于麻中。小至一束麻,大至黄金贵物,都可以质钱,可以想见营业范围的广泛。后世的典当业,就是从南朝的佛寺经济中脱胎而来的。

佛寺的建造与佛像的雕塑及绘画,也是佛寺经济中的一个专门的行业。它拥有一支专业化程度很高的施工队伍,使佛教的造神活动遍及全国,通过造神积敛了大量钱财。

南朝佛寺的典押活动,几乎发展到了无孔不入的地步,甚至人也可以按照官品的高低进行变相的典押,这就是"舍身"与"赎身"。梁武帝"舍身"同泰寺"为奴",是以帝王之尊做抵押的,等于把整个国家抵押给了佛寺,结果国库整整向同泰寺支付了 1 亿钱,才把皇帝赎了回来。梁武帝总共"舍身"三次,国库为他支付的"赎身"费总共 4 亿钱。另外,每次还得替他"买"一个"替身",替身费也由国库支付,这些负担最终都落到了广大民众的头上,成为一种巧取豪夺的大搜刮。

佛寺拥有巨大财产之后,也过着"食肉饮酒,穷奢极侈"的生活。① 佛寺的建造模拟皇宫,甚至比皇宫还要奢侈。齐朝金陵长沙寺铸黄金数千两为金龙,埋在地中做"镇寺之宝"。这种排场,是皇宫所无法比拟的。

三、手工业的发展

在农业生产发展与门阀贵族高消费需要的双重刺激下,魏晋六朝的手工

---

① 范文澜:《中国通史》第 2 册,人民出版社 1994 年版,第 515 页。

业也获得了显著的发展。南朝时,永嘉郡的养蚕业有一年八熟者,可见养蚕技术与丝织水平之高。麻布的生产水平也很高,豫章妇女"夜浣纱而旦成布"(《隋书·地理志》下),俗称"鸡鸣布"。冶炼技术也有很大提高,齐时炼钢师谢平作的钢朴和王文庆造的刀剑,并称为"中国绝手"。南朝时发明的"杂炼生柔"的炼钢法(又称"灌钢法"),费工少,成本低,不仅可作兵器,还可制作镰刀,是炼钢技术的新创造。造纸技术也有很大的进步,普遍使用了压光和染色的高新工艺,造出了质地优良的新产品。造船业也达到了相当高的水平,今福建的建瓯与闽侯,就是当时的造船中心。东晋末年一次风灾,仅建康城下停泊的船只,受损失的就达 1 万艘。梁时,大船可载重 2 万斛(2000 吨),可在大海中通行无阻。造瓷业也有长足的进步,青瓷的制作技术渐臻成熟,不仅产量大增,使瓷器成为千家万户的日常生活用品,而且在瓷器的胎质、釉料以及烧制技术上,都有明显的提高,为隋唐时期青瓷器物制造技术的突飞猛进打下了坚实的基础。

四、商业经济的兴旺

商业是生产与消费的中介。随着庄园经济与手工业经济的发展,社会消费水平的提高,江南的商业经济也日趋兴旺,出现了许多交易繁盛的大都市。

建康是江南的第一大都会,六个朝代建都于此,是南朝的政治中心、文化中心与商业中心,其繁华的景象被史家描述为"贡使商旅,方舟万计"(《宋书·五行志》),"梁都之时,城中二十八万户……东西南北各四十里"(《太平寰宇记》卷九十)。以每户 5 人计算,人口约 140 万。市内的居民中,"小人率多商贩,君子资于官禄,市廛列肆,埒于二京"(《隋书·地理志》)。都城内有四市,周围还有星罗棋布的大小市镇,组成一个庞大的交易网络。江陵是长江上游的政治与商业中心,被史家称为"荆州物产,雍、岷、交、梁之会"(《南齐书·张敬儿传》)。成都是全国织锦业的中心,又是西南的贸易中心,被史家称为"水陆所凑,货殖所萃"(《隋书·地理志》)。

南朝的海外贸易也相当兴盛。番禺是当时最大的海外贸易的中心,中国的货船成群结队地行驶于南海与印度洋上,开拓着海上的丝绸之路。外国的货船,也纷纷驶来番禺,与中国进行商贸往来,"舟舶继路,商使交属"(《南齐书·东南夷传》)。和中国通商的国家,远至波斯(伊朗)、天竺(印度)、狮子

（锡阑）等国。这种盛况，被史家描述为："四方珍怪，莫此为先，藏山隐水，瑰宝溢目，商舶远届，委输南州，故交广富实，牣积王府。""山海珍怪，莫与为比"（《南齐书·州郡志》）。这一条繁盛的海上丝绸之路，同时也是一条海上文化往来之路，对中外文化的交流，具有良好的促进作用。沙门法显赴天竺取经，回国时就是搭乘货船循海道东归的。

魏晋六朝时代的经济，也像它的政治一样，带有明显的门阀垄断特点。门阀的垄断地位不仅表现在生产过程中和消费过程中，还表现在二者的中介环节商业活动的过程中。士族门阀利用自己的"免税"特权，将敛财的触角深深伸入了商业经营的领域中，使他们不但具有政治贵族的身份与土地贵族的身份，而且不少人还具有商业贵族的身份。一些大型的商贸活动，基本上都操纵在士族官僚的手里。谢安有一个同乡从广州罢官回到建康，带来蒲扇5万把。谢安取一把自用，结果产生了极大的广告效应，建康市民竞相购买，这个同乡获利数倍。宋士族孔道成从会稽来建康，带货船十余艘，到建康进行贸易。梁武帝的弟弟萧宏，既做亲王，又兼大贾，专做囤积居奇生意，贮藏布帛丝绵等各类商品数十库。萧宏在建康还有数十处商邸，专门招待各路商客，洽商贸易事宜，从事低价买进、高价卖出的勾当。在海外贸易中，官商之间的勾结更要紧密。做交广二州的州官，无一不致巨富。宋时垣闳做交州刺史，任满回家，带回资财一亿钱。俗话说："交州刺史但从城门下一过，便得钱三千万"①。

概而言之，门阀贵族对社会的特权垄断是全方位的。它以政治上的垄断保护着经济上的垄断，又以经济上的垄断支撑着政治上的垄断。这一垄断性的社会结构，既给人民带来了极大的苦难，又以人民的苦难作为代价推动了社会生产的高速发展。随着经济的发展，长江流域开始进入经济繁荣时期，经济的繁荣又为文化的繁荣提供了良好的物质前提。所谓"六朝金粉"，所谓"十里秦淮"，就是这一经济繁荣的形象写照。这一充满矛盾的经济繁荣，给社会的文化发展以及刘勰的成长与成功，带来了三个重要影响：

一是对美的创造的自觉追求。由于物质生活的丰富，对美的追求成了全社会的普遍风尚。这一普遍的社会风尚，就是推动社会美学观念自觉的物质动力，也是刘勰的"雕龙"理念借以形成的物质前提。

---

① 范文澜:《中国通史》第2册,人民出版社1994年版,第509页。

二是社会风气的讹滥浮靡。由于经济制度的垄断性,社会的极大丰富的物质财富实质上是掌握在少数门阀手里的,这就必然造成少数特权人物的骄奢淫逸的生活,给社会的文化风尚带来上行下效的消极影响。六朝时代的浮靡轻艳的世风与文风,就是这一经济现象的文化反映。这也就是刘勰之所以"搦笔和墨,乃始论文"的一个重要原因。

三是佛寺经济的繁荣。正是由于佛寺经济的繁荣,给刘勰的生活、学习、研究与著述,提供了充裕的物质保证。如果没有这一有利的客观条件,《文心雕龙》作者的成长与著作的降生,同样是很难实现的事情。

这三点,无一不是经济生活所带来的因缘和合的结果,而对于刘勰来说,无一不是他借以成就事业的时代根由。

第三节　魏晋六朝时期的文化思想状况

魏晋南北朝时期大分化、大动乱、大融合的总体属性,也在它的文化思想上鲜明表现出来。由于传统文化思想对社会的失控,整个社会几乎陷入一场信仰危机之中。但是,正是这一危机,却给整个社会提供了一个重新审视过去,放眼展望未来的机会,提供了一个多元文化互相对撞与交融的机会,也提供了一个文化再造的机会。这就是鲁迅所说的:"通脱即随便之意。此种提倡影响到文坛,便产生多量想说甚么便说甚么的文章。更因思想通脱之后,废除固执,遂能充分容纳异端和外来的思想,故孔教以外的思想源源引入。"[1]于是,中国历史上继先秦而起的第二个"百家争鸣、百花齐放"的文化黄金时代,就在这特定的历史土壤中应运而生。

一、哲学思想的重大嬗变

魏晋南北朝时期,是中华民族第二次思想大解放的时代。面对当时大动乱的局面,各派哲学思想都提出了自己的哲学见解,竞相争鸣,在优胜劣汰的自然选择和"吹落黄沙始到金"的反复淘洗过程中,互相融合,取长补短,在重

---

[1]　鲁迅:《魏晋风度及文章与药及酒之关系》,《鲁迅全集》第 3 卷,人民文学出版社 1973 年版,第 489 页。

新组合的基础上达到新的统一。这新的统一,就是不久就会到来的隋唐盛世的思想前导。

(一)玄学的兴盛

魏晋时期,由于汉代以来农民起义的暴风骤雨的打击,统治阶级所尊奉的天人感应的经学教条与阴阳谶纬的神学思想已经丧失了欺骗人民的作用,儒术的独尊地位已经不复存在,统治者迫切需要为社会提供一种新的指导思想,于是玄学便勃然兴起。它抛弃了汉代烦琐考据和神学目的论的粗俗模式,以老庄的"自然""贵无"学说为理论基础,结合儒家的名教纲常,提出有无、本末、体用、一多、言意、动静以及自然与名教等范畴,建构出一套严密的思辨科学体系,开启了一代哲学新风。

由于认识角度的不同,玄学内部曾产生过许多争论。这些争论主要集中在"崇有"与"贵无"、"任自然"与"重名教"等基本命题上,由此形成了不同的流派。

1. 王弼的"贵无论"

王弼,魏晋人,玄学理论的奠基者,主要著作有《老子注》、《老子指略》、《周易注》、《周易略例》、《论语释疑》等。在这些著作中,他提出了"以无为本"的本体论、"静为躁君"的动静观、"得意忘象"的认识论、"执一御众"的方法论等重要观点,为玄学的兴盛奠定了基石,对中国古代哲学的发展产生了深远影响。

(1)"以无为本"的本体论

王弼玄学理论的最根本的出发点,就是老子所提出的"天下万物生于有,有生于无"的命题。《老子》所说的"无",是对作为最高实体"道"的一种规定。《老子》认为:"道"一方面具有物质实体的属性,"其中有象","其中有物";另一方面又是一种恍惚不定、难以捉摸的东西,是一种无以名之而强为之名的事物。在这种原始混沌状态的东西中,"道"具有"有"(形而下的实体)与"无"(形而上的规律与法则)的双重属性,它反映了人类童年阶段世界观的驳杂特点。以后,稷下道家和庄周分别从唯物与唯心的方向发展了"道"的范畴。庄周认为"物物者非物",把"道"明确规定为非物质的精神本体,这一精神本体就是天地万物发生的总根源。在这一认识的基础上,王弼把"道"直接说成"无":"道者,无之称也"(《论语释疑》)。认为"无"才是最本质的范畴,是"万物之始"(《老子注》一章),"万物之宗"(《老子指略》)。在王弼看来,"无"作为天地万物借以发生的本体,是一种抽象的绝对,正因为如此,它才能成为天地万物的主宰。这种看法,注意到了本体与现象之间的区别,却忽视了二者之间的统一关系,将二者之间的区别绝对化了,这就必然使本体成为脱离具体物质的唯心主义虚构。

以此作为逻辑起点与理论支点,王弼进一步通过体与用、本与末、一与多等范畴,说明了本体与万物——"无"与"有"的关系,论证了"天地万物皆以无为本"(载《晋书·王衍传》)的总理。他认为,"无"是体,"有"是"用";"无"是本,"有"是末。从发生的根源来看,天地万物,都是"无"的衍生物:"万物万形,其归一也。何由致一?由于无也。由无乃一,一可谓无已。"(《老子注》四十二章)"一"虽然是"寡",但却体现了万物的本质,所以具有"以一总万"的属性,因此,"寡者,众之所宗也","品制万变,宗主存焉"(《周易略例·明象》)。从某种维度上说,王弼认识到了差别性的万有具有统一的属性,这是人类认识领域的极大扩充。但另一方面,他却否定世界的统一性在于物质性,而把天地万物的本质归列为没有任何规定性的绝对观念"无",最终导致了唯心主义的结论:"天下之物,皆以有为生;有之所始,以无为本。"(《老子注》四十章)

王弼又把"无"、"道"称之为"自然",以"自然"作为最高依据,从本体论的高度援道入儒,得出了"名教出于自然"的结论。他的这一结论,既用道家的"无为"克服了儒家的礼仪、教化的烦琐弊病,又使道家的"无为"成为建立和实现道德的重要手段,这样,不仅改造了儒家学说,而且也改造了道家学说,开了儒道合流之先河,引导了后来中国传统文化儒道互补的发展趋势。

(2)"静为躁君"的运动观

在关于事物的动与静的观念上,王弼也有自己的见解。他精辟地指出,整个现象世界是运动变化的,原因就在于事物的矛盾性:"凡不合而后乃变生。变之所生,生于不合者也。"(《周易注·革卦》)明确认为:"凡物穷则思变,困则谋通"(《周易注·困卦》),"凡物极则反,故畜极则通"(《周易注·大畜卦》)。这些见解,包含了丰富的辩证法因素。

但是,当他将这种观点与本体论联系在一起作终极性思考的时候,却又自相矛盾地认为,作为本体的"无"是绝对静止的:"天地虽大,富有万物,雷动风行,运化万变,寂然至无,是其本矣。"(《周易注·复卦》)在他看来,正因为本体的寂然不动,才生发出万物的动:"有起于虚,动起于静。"(《老子注》十六章)易而言之,从最本原的意义上说,动是从属于静的,静是绝对的,动是相对的,变动是静止的一种特定的表现形态。这样,他就窒息了自己思想中的辩证法因素,重新掉进了唯心论的陷坑中,得出了主静论的形而上学的结论。

以主静为依据,王弼为统治者制定出了"静为躁君,安为动主"的政治原则,把主静视作巩固封建统治的"可久之道",倡导"无为"政治,以缓和社会矛盾为治国要务。

(3)"得意忘象"的认识论

王弼认为,本体的"无"玄而又玄,绝非人们一般的认识能力与认识过程所能掌握。他结合对《周易》的研究,分析了"意—象—言"三者的关系,提出了"言不尽意"、"得意忘象"的认识理论。

所谓"意",代表事物的本质;所谓"象",代表事物的现象;所谓"言",代表称谓事物的语言。王弼认为:"夫象者,出意者也;言者,明象者也。尽意莫若象,尽象莫若言。"又说:"言生于象,故可寻言以观象;象生于意,故可寻象以观意。"(《周易略例·明象》)这样,就把"意—象—言"三者的关系揭示得非常清楚:"言"是"象"的载体,"象"是意"的载体;"言"是表达"象"的工具,"象"是表达"意"的中介。根据这一认识机制,人们完全可以通过语言去把握物象,通过物象去把握事物的本质。但是当他论证对事物最高本质的认识机制时,却又一次掉进了唯心主义的陷阱中,得出了一个和前面的正确认识互相矛盾的结论:"意以象尽,象以言著。故言者所以明象,得象而忘言;象者所以存意,得意而忘象"(《周易略例·明象》)。就是说,认识的对象与认识的工具与中介是有区别的,语言并不等于事物,事物并不等于本质。人们所要认识的,并非语言,也并非语言所表述的事物,而是事物的本质。这些见解,无疑是正确的,对于认识论的发展是具有启示意义的。但是,他在注意到三者之间的区别的同时,却又"跨越了小小的一步",使真理变成了谬误。王弼将三者之间的区别夸大到了绝对化的程度,只看到了它们之间的对立性,而看不到它们之间的统一性,割裂了三者之间的内在联系,甚至认为"言"与"象"的中介是认识"意"的障碍,得出了"得意在忘象,得象在忘言"的荒谬结论(《周易略例·明象》)。

那么,要怎样才能认识和把握作为本体的"无"呢? 王弼认为,只能依靠一种神秘的超人智慧——"神明"。而"神明",又是与圣人之明联系在一起的,这就是他所说的"圣人体无"(《老子注》第二十三章)。这在认识理论上否定了一般人的认识能力,使自己陷入不可知论的泥坑,在政治理论上把圣人神化为与"无"同体、与天地同参的真理化身,使自己掉进了他自己反对过的造神论的泥坑。这样,他在社会实践上必然处于劳苦大众的对立面,在哲学思辨上必然处于自己标举的自然哲学的对立面。概而言之,当他进行纯粹的哲学思辨的时候,他是非常清醒的,也是相当伟大的;而当他联系政治实践进行发挥和推导时,他就变得极其糊涂,也极其渺小了。这就是阶级倾向性的制约作用的结果。

(4)"执一御众"的方法论

王弼根据"以无为本"的原理,对本体与现象的关系进行了论证,力图实现二者的辩证统一。他说:

> 象而形者,非大象也;音而声者,非大音也。然则四象不形,则大象无以畅;五音不声,则大音无以至。四象形而物无所主焉,则大象畅矣;五音声而心无适焉,则大音至矣。故执大象则天下往,用大音则风俗移也。(《老子指略》)

这里的"大象"、"大音"就是指无形无象的而作为万事万物存在的根据;而"四象"、"五音"就是指具体的万事万物。王弼认为,本体是统帅,现象是从属,二者密不可分。离开了现象,本体无从表现自己;失去了本体,现象则无所宗主。因此,只有紧紧抓住本体,充分发挥本体的统帅作用,才能由体而及用,由本而及末,实现"天下往"、"风俗移"的无往而不通的远大目标。

王弼将这一认识运用于方法论中,进一步提出了"执一御众"的命题。他说:

> 夫《彖》者,何也? 统论一卦之体,明其所由之主者也。夫众不能治众,治众者,至寡者也。夫动不能制动,制天下之动者,贞夫一者也。故众之所以得咸存者,主必致一也;动之所以得咸运者,原必无二也。物无妄

然，必由其理。统之有宗，会之有元，故繁而不乱，众而不惑。故六爻相错，可举一以明也；刚柔相乘，可立主以定也。是故杂物撰德，辩是与非，则非其中爻，莫之备矣。故自统而寻之，物虽众，则知可以执一御也；由本以观之，义虽博，则知可以一名举也……繁而不忧乱，变而不忧惑，约以存博，简以济众，其唯《彖》乎！（《周易略例·明象》）

王弼对《周易》进行解释的最基本的方法论思想，在上述文字中获得了全面的表述。尽管他所提出的"执一御众"、"以一制动"、"以寡治众"、"统宗会元"、"约以存博"、"简以济众"的认识方法的目的，是为了解决对卦、爻关系的诠释问题，但是从哲学的层面来看，这一问题又是与现象和本体的关联性，以及差别性的万有与共同本质的统一性，密不可分的。因此，这一方法论的本身，也就必然具有普遍性的阐释意义。

毋庸讳言，王弼的哲学思想中也存在某些糟粕。例如，他在阐述一与多的关系时，就以"寡者，众之所宗"作为理论依据，提出了以寡制众的主张："大众不能治众，治众者，至寡者也"（《周易略例·明象》）。甚至直截了当地把这种理论说成是统治者与被统治者关系的准则，认为"以君御民"，就是"执一统众之道"的现实体现（《论语释疑》）。这些政治结论，暴露了王弼"以无为本"的本体论的思辨形式中所包含的消极的阶级性内容。但是，作为思辨科学本身来说，王弼的玄学理论的进步意义却是不能低估的。具体表现在以下几个方面：

第一，它是《老子》以"道"为最高内核的思想体系在新的历史条件下的重大发展。这一思想体系，被胡适称之为"自然哲学"。自然哲学是神道哲学的对立面。王弼对自然哲学的弘扬，实际也就是对两汉宗教化的经学针锋相对的斗争。正是由于这一针锋相对的斗争，宗教迷信才能在社会的主流领域中得到荡涤，使得一切造神活动再也不能成为社会的主导。这对于形成与维护我们民族的文化精神来说，是具有极大的促进作用的。

第二，从认识论的角度来看，中华文化精神是由两种最基本的哲学思想所构成：一种就是以《老子》为皈依的自然哲学，一种就是以经典儒家学说为皈依的人本哲学。对两汉犬儒的神本哲学的批判，就是对经典儒学中的人本哲学的捍卫与发展。这一捍卫与发展，又是在以自然作为本体论的依据下进行的。从某种意义上说,玄学的创建就是高举自然主义与人本主义旗帜向非理性的意识形态进行斗争,从而"把整个民族从昏睡中救醒"的一次重大活动。这就必然使儒学与道学中的积极因素实现有机的结合,使道学中的自然哲学与经典儒学中的人本哲学得以凝聚成为一个浑然的整体。这一浑然的整体,就是中华文化中的善于"知天"的科学精神与善于"知人"的人文精神得以相得益彰的逻辑前提。

第三,从方法论的角度来看,他的"执一御众"的方法,是一种极具优势的认识手段。这一方法的认识优势,就在于将纷繁杂陈的世界上的事物,划分成为一与多亦即本质与现象两个最基本的层面,删繁就简,抓住那个主要的"一",以此去解释、解决、处理那繁杂的"多"或"众",从而实现根据本质把握现象和根据现象体认本质的理想目标,赋予人的认识结构与认识过程以"纲举目张"和"条分缕析"的逻辑品格。王弼对《老子》的整体宗旨的诠释,所运用的正是这个方法论原则。他说:"文虽五千,贯之者一;义虽广瞻,众则同类。解其一言而蔽之,则无幽而不识;每事各为意,则虽辩而愈惑。"王弼在注释过程中,特别重视这个根本的"一",他认为,整部《老子》都可以归结为一个道理,这就是"崇本息末":"《老子》之书,其几乎可一言而蔽之。噫!崇本息末而已矣。"(《老子指略》)

王弼在对老子哲学的诠释中所获得的历史性成功,是与这一方法论的支持密不可分的。刘勰的"乘一总万,举要治繁"的方法论,即发端于此。《文心雕龙》体大思精的逻辑品格,也是与此密不可分的。

2. 嵇康的"自然无为"论

嵇康,魏晋时期著名的文学家与思想家。他虽好道学,主张"游心于寂寞,以无为为贵"(《与山巨源绝交书》),但他却继承了王充的唯物主义元气论,对"自然"做出了不同于玄学本体论的解释。他旗帜鲜明地指出,天地万物出自物质性的元气,而不是以无为本:"元气陶铄,众生禀焉"(《明胆论》)。由于元气中包含的阴阳二气的结合变化,衍生出了天地万物乃至人类:"浩浩太素,阴曜阳凝;二仪陶化,人伦肇兴"(《大师箴》)。

嵇康还从心与物的关系,对物质世界的客观实在性做出了深刻的论证。他在《声无哀乐论》的论文中说:"心之与声,明为二物。"明确认为,客观的声音与人的主观情感是并不相同的,声音独立与人的意识之外,不以人的爱憎哀乐而改变。客观事物是如此,客观事物的规律性亦复如此,嵇康将它称为"自然之理"。据此,嵇康提出了"推类辨物,当先求之自然之理"的主张,强调人们的认识活动须以客观事物及其规律为出发点,反对主观臆断,应当"观物于微,触类而长,不以己为度"(《难宅无吉凶摄生论》)。他反对把前人的"古义"当做教条,主张在进行推理与判断时,"先求之自然之理;理已定,然后借古义以明之"(《声无哀乐论》)。他还激励人们不要拘囿于"古义",而是要冲决网罗,尽力到广大的自然中去寻取真知:"天地广远,品物多方,智之所知,未若所不知者众矣。"(《难宅无吉凶摄生论》)

嵇康的玄学思想,还现实地表现在他的"越名教而任自然"的政治主张上。这就是他在《释私论》中所宣示的:"夫称君子者:心无措乎是非,而行不违乎道者也。何以言之?夫气静神虚者,心不存于矜尚,体亮心达者,情不系于所欲。矜尚不存乎心,故能越名教而任自然;情不系于所欲,故能审贵贱而通物情。物情顺通,故大道无违;越名任心,故是非无措也。"嵇康在这里所提出的"越名教而任自然"的命题,虽然在言辞上似乎有点激烈,实际是以对名位、德名的无所"矜尚"为前提,以"是非无措"、"大道无违"为目的的。他所标举的无违之"道",就是:"君子之行贤也。不察于有度而后行也;任心无邪,不议于善而后正也;显情无措,不论于是而后为也。是故傲然忘贤,而贤与度会;忽然任心,而心与善遇;傥然无措,而事与是俱也。"又说:"言无苟讳,而行无苟隐。不以爱之而苟善,不以恶之而苟非。心无所矜,而情无所系,体清神正,而是非允当。忠感明天子,而信笃乎万民;寄胸怀于八荒,垂坦荡以永日。斯非贤人君子高行之美异者乎!"他说得非常清楚,"心无所矜"、"显情无措"的结果是达乎"贤"、"忠"、"信"的"君子"境界。由此可见,嵇康并不一般地否定维护宗法等级制度的伦理道德。恰恰相反,他认为,主观上不矜乎名教,正是为了客观上达于名教,"情不系于所欲",正是为了"审贵贱而通物情"。嵇康的这一思想,实际是对王弼的"不言之教"的具体阐释和发挥。也就是鲁迅所说的:"表面上毁坏礼教者,实则倒是承认礼教,太相信礼教。"①嵇康的目的只有一个,调和名教与自然的矛盾,实现道学与儒学的和谐。就其大方向来

---

① 鲁迅:《魏晋风度及文章与药及酒之关系》,《鲁迅全集》第3卷,人民文学出版社1973年版,第502页。

说,与王弼的"名教本于自然"的理论主张,是并无二致的。

3. 裴頠的"崇有"论

裴頠,西晋人。他对当时"时俗放荡,不尊儒术"的社会风气痛心疾首,著《崇有论》一文,猛烈抨击"贵无"论及由此引发的种种时弊。

裴頠的基本论点是:"至无者,无以能生","济有者皆有"。他明确认为,从绝对的虚无中不能产生万物,世界万物的本体不是"无",而是"有",世界上不存在离开"有"而独立存在的绝对"无",唯有"有"才能产生"有",凡是促成万物生存发展的都是"有",抽象的"虚无"、"无为"对于社会毫无裨益。以"有"为据,他还对物与物、物与理、理与道的关系,进行了深层的探讨和论证。他认为万物都是互相依存的,万物之间错综复杂的依存关系与运动关系,就是客观规律(理)的根源,任何发生着的事物都可以根据迹象探寻其内在规律,这些规律所依存的实体就是万物的存在,世界上也绝没有离开事物而独立存在的"虚无之理"。这就是他所说的:"生而可寻,所谓理也;理之所体,所谓有也。"

裴頠的这些思想,是对王弼玄学思想的重大修正,他在王弼所提出的"有无"关系的哲学思辨中,注入了唯物主义的积极内容。但是,当他结合政治进行发挥的时候,仍然得出一个只对统治阶级有利的片面性的结论,这就是以自然作为名教的最高依据,实现对名教的强化:"养既化之有,非无用之所能全也;理既有之众,非无为之所能循也。"(《崇有论》)他强调必须重视礼法名教在社会生活中的作用,反对借口"任自然"而削弱封建伦理纲常所规定的"长幼之序","尊卑之级"。否则,将会导致整个封建统治的崩溃:"贱有则必外形,外形则必遗制,遗制则必忽防,忽防则必忘礼。礼制忽存,则无以为政矣。"(《同上》)

4. 欧阳建的"言尽意论"

言意之辨与有无之辨有密切联系,是玄学中的重要范畴。作为王弼"言不尽意"说的对立面,欧阳建针锋相对地提出了自己的"言可尽意"的见解。

首先,欧阳建明确指出,认识的对象是一个客观存在,客观存在的属性与规律是不以语言、概念、名称为转移的:"形不待名,而方圆已著;色不俟称,而黑白已彰。"(《言尽意论》)

客观对象发生了变化,名称与概念也会发生相应的变化:"名逐物而迁,言因理而变。"(同上)这些事例证明了一条颠扑不破的真理:客观事物及其属性与规律是第一性的,语言、概念、名称是第二性的。这一对认识对象的唯物主义的还原,为他解决言与意的关系问题提供了坚实的逻辑起点与理论支点。

其次,欧阳建又旗帜鲜明地肯定了言、名与物、理的关联性及统一性,主观与客观的一致性,以及逻辑认识的可靠性。诚然,"物"、"理"是第一性的,"言"、"名"是第二性的,但是,"理得于心,非言不畅;物定于彼,非言莫辨"。主观的语言名称完全可以表达客观的认识对象,二者是辩证的统一,"犹声发响应,形存影附,不得相与为二"。因此,主体要认识客体,表达思想,可以依靠语言、概念、名称等认识手段,可以通过逻辑认识的途径。概而言之,世界并不神秘,它是可知的,是可以通过认识的手段进行认识的。

欧阳建的《言尽意论》,尽管存在着某些论证简单化、粗糙化的现象,但它坚持与发展了朴素唯物主义的反映论,对玄学神秘主义的认识理论进行了具有根本意义的否定,这对于古代科学认识论的发展来说,无疑是一种宝贵的贡献。

5. 郭象的"独化"论

郭象的玄学理论是王弼"贵无"理论的直接继承与发展,又是对裴頠所作修正的再修正。

王弼的"贵无"理论问世后,受到了裴頠"崇有"理论的诘难与挑战。郭象试图将二者统一起来,于是提出了"万物独化于玄冥"的本体论见解。

所谓"独化",指万物的本原既不是"有",也不是"无",而是它自己的没有任何依从关系的独立化生过程。他把这一过程看做物质运动的过程,否定了王弼"以无为本"的观点,认为"无既无矣,则不能生有"。(《齐物论注》)同时,他对"有"的含义又做出了自己的规定。他不赞同裴頠万物相连的观点,认为万物的出现都是"自生"的结果,是一种独立的、偶然的、无所依凭的"独化",既不"本无",又不"体有",是一个绝对的"自我完成"的过程。他说:"生生者谁哉? 块然而自生耳。"(《齐物论注》)"凡得之者,外不资于道,内不由于己,掘然自得而独化也。"(《大宗师注》)这样,就将其"改造"成为一种孤立存在的、没有因果性、必然性与统一性的绝对之物。他进一步认为,这一"独化"的过程,又是在"玄冥之境"中进行的。所谓"玄冥之境",是指一种"似无非无"的境界,从表面上看可以称做"无",实际上是一种绝对的真实存在。在这"玄冥之境"中,一方面,现象界的一切都在"不知其所以然而然"地、自然自在地"独化";另一方面,这种绝对的偶然性又实际上归结为一种神秘的绝对必然性。这种绝对的必然性,就是郭象所说的"命":"不知其所以然而然,谓之命。"(《寓言注》)一言以蔽之,万物的"独化"与"自生",最终受制于"命"的支配。

郭象的"独化"论,具有积极的与消极的双重意义。"独化"论否定了神学的目的论。"物皆自然,无使物然也。"(《齐物论注》)认为任何事物的产生都是自然而然的,不存在造物主和支配者。这些,都是对自然哲学的弘扬,是符合唯物论的基本原则的,是一种科学精神的体现,是具有积极意义的。但是,郭象并没有由此全面走向唯物主义的自然观,而是通过神秘主义的无因论——绝对偶然论而陷入了唯心主义命定论的泥坑:"不可奈何者,命也。"(《人间世注》)这样,"独化"既是绝对的偶然,又是绝对的必然,郭象把这两个"绝对"的绝对性统一称作"自然"。这个"自然",实际上就是"天命"的代名词。而就认识论来说,必然使人类的认识陷入不可知论的泥坑中。这是一种精致的唯心主义宿命论与神秘主义的认识论,具有极大的消极作用。

郭象以"独化"论为依据,提出了名教与自然合一的政治原则,认为上尊下卑就是最大的"自然","君臣上下,手足内外,乃天理自然",主张对伦理纲常绝对驯服,安于天命,"智者守智以待终,而愚者抱愚以至死"(《齐物论注》),绝对顺应"天理自然"。这就将他的阶级倾向性和现实针对性表现得更加充分。

郭象的"独化"论,是玄学发展的巅峰,标志着玄学的圆满完成与终结。

如此等等,这些诸多论见从各个不同角度,汇成了一种与两汉经学迥然有别的思想新潮。这一思想新潮对时代文化思想的推动及对《文心雕龙》思想的形成的重大影响,集中表现在以下方面。

其一,对民族理性思维能力的极大提升。

作为两汉经学之反动的魏晋玄学的勃兴,是凭借一种与两汉的经学模式迥然有别的思维模式运行的。汉代哲学偏重经验实证,喜好连事比类,多注重局部的、具体的事物,不善于进行思辨性的哲学思考,对逻辑思维和论辩之术极度忽视。这种经验式的方法,只能暂时帮助人们对客观事物做出一般性的认知,而不能达到对其本性的洞悉和把握。

魏晋玄学则不同,"玄学的辩名析理完全是抽象思维,从这一方面说,魏晋玄学是对两汉哲学的一种革命……在中国哲学史中,魏晋玄学是中华民族抽象思维的空前的发展。"①玄学家注重逻辑分析的方法,重视辨析名理,其结论往往是从对概念范畴的分析中推衍出来。他们的论证清晰,条理严谨,思辨味道极浓。魏晋时的许多思想家大都是喜欢抽象思辨的人,辨析名理成了普遍的社会风气。他们的思辨方式,不是描述外在的因果联系,而是追求内在的逻辑根据,运用逻辑推理,建立玄学自身的范畴体系,为社会批判寻找超现实的具有普遍意义的理论依据。玄学中著名的"有无本末"之争、"言意"之辨、"体用""动静"之争、"名教自然"之辨等,就是在当时的辨名析理思潮中应运而生的。这些学术性的论辩,把中华民族的思维水平大大提高了一步,使民族的思维理论得到前所未有的丰富,极大地提高了我们民族的逻辑思维的水平。

这种时代性的思维品格,赋予《文心雕龙》的写作以强大的方法论武装,和得天独厚的思维能力。正是这种得之于特定时代风气的科学方法和能力素质,有力地支持了《文心雕龙》作为前所未有的体大思精的系统理论的历史性开拓,以其不可逾越的哲学品格和由此激发的创造性的学术品格,成为中国古代文论的峰巅。

其二,为文化批判树立卓越的楷模。

魏晋玄学不仅是哲学思想上的一次历史性的大飞跃,也是政治思想上的一次历史性的大解放。这一历史性的精神大解放,主要是通过对源自两汉经学的腐朽的"名教"沉渣所做的文化大批判来实现的,由此开辟出个性解放的崭新的思想局面。魏晋玄学运动中的"名教与自然"之辨,就是这一社会性大批判的具体和集中。

"名教"作为两汉经学的理论核心,具指以正名分、定尊卑为主要内容的封建礼教。汉代儒学独尊以来,主流思想着眼于王道秩序和礼教秩序的构建,以"名教"作为理论旗帜,不断塑造着典型的儒家人格——绝对化的义务、牺牲型人格,为大一统政权提供社会稳定的思想基础。这无疑是统治者所特别希望的,从某种意义上来说,这就是历代统治者为什么崇尚儒家的重要原因。但是,这种文化模式的非自然的属性也是极其明显的:由于它的上尊下卑的权

---

① 冯友兰:《中国哲学史新编》第 4 册,人民出版社 1992 年版,第 44 页。

力框架,必然造成统治者和下层人民之间的严重对立,也会造成统治集团内部的权力争夺,由此酝酿出种种社会危机。特别是在"罢黜百家,独尊儒术"政治环境下,各种社会矛盾都会迅速集中,发展成为严重的社会危机。例如东汉的连绵不断的"党锢之祸"、"十常侍之祸"、"外戚之祸"、"黄巾之乱",就是典型的例证。正是这些严重的社会危机的总集中和总爆发,导致了大汉帝国的灭亡。也正是大汉帝国的灭亡,使"名教"思想与人类的自然本赋的矛盾性以及由此带来的理论上的荒谬性和实践上的虚伪性,得以在血雨腥风的现实生活中历史性地暴露无遗。

"不破不立,不塞不流,不止不行。"玄学的"自然与名教"的论辩,就是对这一重大的时代性主题所做的历史性回应。这一历史性回应具有极其鲜明的批判性品格,也具有极其鲜明的建设性品格,二者是相倚而并行的。特别是它的批判性品格,更是中国文化史上的绝唱。它对"名教"的历史性批判,集中表现在以下方面。

一是哲学的批判。具体表现在王弼所做的论述上。王弼从本体论的高度,对"名教"与"自然"的关系,进行了高屋建瓴的审视。他明确认为,"本"与"末"的关系是世界万事万物最基本的关系。所谓"本",具指"自然无为","自然"是宇宙运动中的最高存在,具有统摄万物的品格。所谓"末",具指由"本"所衍生的万事万物。他将"自然"与"名教"的关系,视为本与末的关系,亦即统摄与被统摄的关系,也就是"名教"本于"自然"的关系。以此作为逻辑依据,他从根本上推翻了经学以"名教"为至尊的神圣地位,将它列入了理性思辨的范畴之中,对其绝对性的独尊地位和强制作用进行了理性的限制和消解,揭穿了两汉政客的自私而又虚伪的本质,也揭穿了腐儒的迂腐而又浅陋的嘴脸,恢复了先秦经典儒学的清纯朴实的本来面目。

二是政治的批判。集中表现在嵇康所做的论述上。嵇康在王弼"名教"本于"自然"的基础上,进一步提出了"越名教而任自然"的理论主张。他将"名教"视为当权者束缚人、欺骗人的政治工具和手段,进行了一针见血的揭露和批判:"造立仁义,以婴其心;制为名分,以检其外;劝学讲文,以神其教。故六经纷错,百家繁炽,开荣利之途,故奔骛而不觉。"(《难自然好学论》)他将"名教"与"自然"视为互相对立的存在,主张冲破"名教"的桎梏而实现精神上的自适与自由。他的理论主张虽有不够圆通之处,但就其批判的大方向来说和对"名教"的批判的坚决性与彻底性来说,在我国的思想发展史上确实具有振聋发聩的启示意义和树标立则的前驱意义的。究实而言,他所极力反对的并不是经典儒学中所蕴涵的具有普遍意义的道德规范,而只是被两汉经学所扭曲的"仁义务于理伪"的异化"名教"。他的最终寻求是精神上的自由和人格上的独立,追求一种自然的、心不违道、以道为体的精神境界。因此,它必然成为中国文化发展史中的一座丰碑,并且成为魏晋时期"名教与自然之辨"发展演进的一个历史与逻辑的必然环节。

三是社会的批判。玄学对"名教"的批判不仅是一种哲学与政治层面的批判,也是一种社会层面的批判。玄学批判的社会性,具体表现在以下两个方面。第一是批判内容的社会性:它的批判对象,直接指向被"名教"所扭曲的社会风气,并直接影响着当时的社会风气。第二是批判方式的社会性:它所采取的批判方式,是整个社会普遍参加的"清谈"方式,它以社会性话题吸引着全社会人员广泛投入,无论贵贱,都有平等的发言权力。《世说新语》,就是这一社会论坛的真实记录。清谈开创了学术平等、思想自由的新局面,进一步冲破了两汉以来儒家经学师法、家法的藩篱,大大增强了知识分子的独立个性和平等意识,削弱了昔日不断增强的人身依附关系,进而促进了全社会的思想解放运动,形成了继春秋战国以来的第二次百家争鸣、学术繁盛的新局面。

玄学在文化批判上的这些历史性的建树,在胆略上、方向上、方法上和资料上,为《文心雕龙》的批判性品格的形成提供了卓越的前驱和范例。《文心雕龙》对讹浅文风的勇敢而又明确的批判,对"将相以位隆特达,文士以职卑多诮"的"士庶天隔"现象的深沉而又强烈的控诉,即发端于此,取法于此,并得力于此。这一旗帜鲜明的文化批判,就是《文心雕龙》之所以写作的重要根由:"去圣久远,文体解散,辞人爱奇,言贵浮诡,饰羽尚画,文绣鞶帨,离本弥甚,将遂讹滥。盖《周书》论辞,贵乎体要,尼父陈训,恶乎异端,辞训之异,宜体于要。于是搦笔和墨,乃始论文。"(《序志》)

其三,为文化兼容提供杰出的典范。

魏晋玄学不仅是文化批判的楷模,也是文化建设的典范。它在文化建设上最大的历史性功绩,集中表现在它对儒与道两种哲学体系的融合上。儒家哲学与道家哲学原本属于两个迥然有别的思想体系,二者之间的会通是在魏晋玄学的特定框架下实现的。"儒家哲学与道家哲学的融合会通是中国哲学发展演进的重要内容,魏晋玄学在中国哲学史上第一次将儒家的基本价值系统与道家的基本价值系统在齐一的形式下整合在同一个哲学命题中,提出了'名教即自然'的命题。"①这一命题,实际就是对二者之间的思想鸿沟的勇敢跨越。正是这一跨越,从本体论的高度实现了儒道的兼容,并为儒释道三家的兼容构建了坚实而又广阔的逻辑平台。魏晋时期的文化思想的繁荣,就是三者之间对立统一的历史性成果。

魏晋玄学的这一开拓性的文化建树,就是《文心雕龙》借以构建自己最高层面的逻辑结构的认识论依据和方法论依据。该著的"原道—征圣—宗经"的"文之枢纽"与"擘肌分理,唯务折衷"的基本方法,即以此作为张本。

（二）佛学的勃兴

佛学起源于古印度,于两汉之际传入我国,鼎盛于魏晋南北朝时期。这和当时的大动乱、大灾难的社会环境有关,也和统治者麻醉人民以应付动乱的政治需要有关。从哲学上来看,佛学的空观思辨与玄学的有无思辨在思辨结构上有许多相似相通之处,很容易形成二者的融合,并使佛学成为魏晋南北朝时期统治阶级意识形态的重要组成部分。

魏晋佛学的主要内容,可以概括为以下方面。

1. 道生的普遍佛性说

佛学能否广泛传播,与"佛缘"有密切关系。所谓"佛缘",就是成佛的缘分,也就是什么人可以成佛和怎样才能成佛的问题。刘宋时高僧道生,提出了普遍佛性的见解。他明确认为:"佛法平等","众生平等","一切众生,皆有佛性"。这就是说,成佛的机会与权利普遍属于一切生命,在佛性面前众生平等,人人平等,没有高低贵贱之分。在此之前,"佛缘"的范围是极其狭窄的,认为只有上等人才有佛性,才能成佛。道生的学说,意味着佛学对象的下移,佛学大门的敞开。在成佛的途径上,道生提出了"一阐提人皆得成佛"的"顿悟"的主张。过去的佛学认为只有长斋礼佛,累世修行的人,才有权利和机会跨入成佛的圣殿,道生认为大可不必,佛性实际是一种觉悟,只要真正领会佛的道理,"豁然大悟",就可成佛。这种主张,无异于廉价出售天国的门票和提供快速上天的途径,使佛学具有了极大的开放性内涵和极广泛的社会基础,一

---

①　刘文英:《中国哲学史》上卷,南开大学出版社 2002 年版,第 305 页。

跃而成全国最大的宗教哲学。

诚然,道生的普遍佛性说是一种宗教宣传上的招徕,但从哲学思想来看,却具有重大的开拓意义,这就是为中国古代的哲学思想提供了一个前所未有的范畴——平等。儒家的人本哲学中只有人的等级范畴,没有平等的范畴。道家的"道法自然"的范畴中虽然包含着某种自由意识的因素,这种意识具有冲破人为束缚的倾向,在一定程度上可以与平等相通,但始终没有形成明确的平等概念,它的认识也远不如普遍佛性说那样广泛、那样彻底。后来通过玄学演化出了"名教即自然"的结论,实际是将自然纳入了等级的范畴。普遍佛性说是中华文化中平等意识的极其重要的理论源泉,是突破等级束缚的思想武器。刘勰《文心雕龙》中所标举的"人秉七情,应物斯感,感物吟志,莫非自然"与"民生而志,咏歌所含"的具有普世意义的美学理念,即发端于此。

2. 僧肇的般若学

佛学中既有招徕之学,也有思辨之学。僧肇是南北朝时期最重要的佛学哲学家,中国化哲学体系的奠基人,他的"般若学"就是佛学思辨之学的典范。其基本内容可以概括如下。

(1)《不真空论》

僧肇《不真空论》的核心命题是:"万物之自虚,不假虚而虚物也。"就是说,般若空观的"虚",不是指主观上的万念俱灰,而是指客观世界本身就是空无一物的空虚存在。他认为,"非无物也,物非真物",万物本身就是不真的幻象,这种"本来无一物"的"空",就是万物的最高本性。它比玄学中的"无"的范畴,更加明确、更加彻底。这种"即真即伪"的思辨方法,就是佛学否定物质世界的客观实在性,宣扬出世主义人生哲学的理论依据。它使佛学的世界观更加系统、更加精致、更富有思辨力和吸引力。

(2)《物不迁论》

僧肇运用《不真空论》中"即真即伪"的思辨方法,在《物不迁论》中进一步阐述了他的动静观,提出了"动静未始异"、"虽动而常静"的命题。他把动与静看成相对的统一范畴,揭示了运动与静止、运动的连续性与阶段性的诸种矛盾。这些揭示中蕴涵着辩证思维的因素,推进了古代哲学的发展。但他又以时间的流动性与阶段性的差异为依据,把静视为绝对的、永恒的范畴,认为动是从属于静的,"虽动而常静",最终得出了形而上学的荒诞结论:"乾坤倒覆,无谓不静;洪流滔天,无谓其动。"这样,就为证明佛学中永恒不变的彼岸世界提供了哲学依据。

(3)《般若无知论》

与上述两论的思路相一致,僧肇在《般若无知论》中提出了"般若无知,故无所不知"的认识论的命题。

"般若"指佛学所特有的洞察万物皆空的"圣智"。僧肇强调指出,佛学的"般若"与世俗的智慧具有本质的区别,二者在认识对象、方法与结果上都不相同。他认为"俗智"以万物的现象为认识对象,万物的现象是虚幻不真的,所得到的认识必然是一种"惑智",而不能得其"真谛",其结果必然是"有所知,有所不知"。而"般若"则完全不同,它的认识对象是万物的"真谛",也就是万物的"非有非无"的虚空本性,因此"般若"才是"真智",其结果是"无知,故无所不知"。"无知"指对"现象"的无知,"无所不知"指对"本性"的洞察无遗。

僧肇指出,"般若"认识"真谛"的方法,是一种纯粹的直观。他称其为"照",主张"以无知之般若,照彼无相之真谛"。所谓"照",就是"虚心玄鉴,闭智塞聪",径而言之,就是停止正常的感觉与思维,在冥冥虚幻中领悟万物虚空的本性。他把这种"圣智"标举到至高无上地位:"圣人无知,故无所不知;不知之知,乃曰一切知。"这是一种排斥感觉经验与理性认识的神秘主义认识论,实质上是一种宗教造神论和旨在泯灭理性的信仰主义。

3. 慧远的道体论与心体论

作为东晋后期著名的佛学理论家和佛教活动家,无论在中国佛教史和中国哲学史上,慧远的贡献都可谓是非常巨大的。首先,作为"六家七宗"之本无宗的重要传人,他与时俱进,成功地改造了道安的本无论思想,把它推进到了大乘般若理论的最高境界。慧远的道体论与大乘中观学派的道体论,可以说已经毫无二致。其次,在道体论与心体论的关系上,慧远继承和发扬了僧肇般若无知论的思想,依道论心,以神明心,从心神论的角度进一步明确了心神的存在,以及万法与心神的关系,并把它与成佛的佛性结合起来,成功地实现了我国传统的心神论与佛性论的结合,为佛性论的诞生创造了条件。又次,在佛性的美学传达方面和佛性的修养方面,他以"美发于中"作为理论纲领,提出了系列的方法论主张。见之于前者,就是他对"仪形群品,触物有寄"的"寄心"之法的标举;见之于后者,就是他对"练神达思,水镜六府,洗心净慧"的"洗心"之法的标举(《阿毗昙心》序)。这些方法论主张,都是前人之所未识而为慧远之所独创的。再次,在儒道释三教的兼容方面,他从佛学家的身份表达了自己的鲜明见解,有力地支持了这一历史进步的积极过程。他说:"求圣人之意,内外之道可合而明矣。当以为道法之与名教,如来之与尧孔,发致虽殊,潜相影响。出处诚异,终期则同。若以对夫独绝之教、不变之宗,故不得同年而语其优劣,亦已明矣。"(《沙门不敬王者论》第四《体极不兼应》)这里明确指出,儒、释、道三教发致虽殊,但以其潜相影响,相互渗透,就会取长补短,相互发明,合流同归。所以应当平等相待,不得"语其优劣"。

魏晋南北朝佛学的这些卓越建树,在玄学的创造性开拓的基础上,进一步推动了我国文化发展的历史进程,以其特有的辩证性与形上性的思维方式,极大地提高了我们民族的思维素质,赋予了我们民族的思维方式以一种"科条分明"、"钩深取极"的博大性、深刻性与周密性的理性品格。正是这种品格,有力地支持了《文心雕龙》跨越了前代文论的"各照隅隙,鲜观衢路"的思维模式的拘囿,全面地进入了"振叶以寻根,观澜而索源"的博大精深的理论境域之中。这一深刻的理论事实已为当代著名龙研学者王利器与张文勋所明确指出。王利器云:"印度佛学的进步的思想方法对彦和的治学方法,有很大的帮助。"[1]张文勋云:"刘勰对文学规律的深刻认识和完整的理论体系的建立,都突破了并远远超过了前人的理论,使得我国古代文论和美学理论,获得一次飞跃发展,这不能不说在很大程度上是得力于佛学。"[2]这些论见,已经成为学界的共识。

(三)儒学的衰落与重振

由于汉末农民起义的政治冲击和魏晋玄学的理论批判,两汉经学作为一门唯我独尊的制度化的官方学术,在魏晋之世已经衰落。经学的衰落不仅是道玄二学的发展契机,也是经典儒学的重振契机。

两汉经学是该世儒士为了攀附朝廷的政治目的而对先秦经典儒学进行扭曲的结果。由于它的神学目的论的荒谬性,表里不一的虚伪性,思想体制的专

① 王利器:《文心雕龙校证》,上海古籍出版社1980年版,第20页。
② 张文勋:《佛学对我国古代美学的影响》,《思想战线》1985年第4期,第22页。

制性,及其思想方法上的烦琐性,它必然成为整个社会的对立面而最终为社会所抛弃。汉末的农民起义对汉代政治制度的颠覆和魏晋玄学对两汉经学的理论批判,就是历史对独尊文化所做的有力回答。正是由于这一战火与理论的双重批判,经典儒学才能突破经学的神学羁绊,融进了道学的有益养分,重新激发出无穷的生命活力,在兼容文化的建设和华夏文化的统一中发挥出重要的作用。

儒学在魏晋时代的重振,集中表现在以下方面。

1. 儒学在社会生活中的主导地位从未中断

从先秦以来,儒学就在社会的生活中占有不可代替的主导地位。无疑,魏晋玄学对汉代儒家的经院式经学是一次重大冲击,使儒学的景况大不如前。但从另一方面说,它以重在人的理性自觉的"天人新义",堵截了天人感应神学目的论把人们引向迷信的道路,使中国文化重新向先秦具有人文精神的儒家先驱思想回归,从而使传统儒学避免了神学化的前途,使传统的文化精神得以继续弘扬。儒学的"独尊"地位虽不如前,但统领风骚和泽惠人群的社会作用依然如旧,并且从一定意义上说,还有利于儒学传统品格的保持和发扬,从而保持了中国文化发展的基本方向。惟其如此,它在社会生活中的宗主地位,始终没有动摇。

儒学在魏晋南北朝社会生活中的主导地位,集中表现在该世历代统治者对儒学的重视和倡导上。

魏主曹操虽重名法,然不废儒学,且对当时儒学衰微,风教陵迟的景况尤感不安。建安八年,曹操诏令说:"丧乱以来,十有五年,后生者不见仁义礼让之风,吾甚伤之。其令郡国各修文学,县满五百户置校官,选其乡之俊造而教学之,庶几先王之道不废,而有益于天下。"(《魏志·武帝纪》)。在战乱初定之时,他亲自下令恢复了儒学教育。至明帝曹睿即位,明确宣示:"尊儒贵学,王教之本也。"司马炎"应运登禅",标榜"以孝治天下",旋即"崇儒兴学"(《晋书·荀顗传》)。

南北朝时期,南朝的宋、齐、梁、陈各王朝的帝王无一不重视儒学教育。宋武帝一建国就下诏兴学,选儒官,以儒为教。齐的建立者萧道成称帝的第一年便采纳儒家学者崔祖思的建议,立国学,兴儒教。梁武帝萧衍在立学诏中说:"建国君民,立教为首,砥身砺行,由乎经术。"(《梁书·武帝本纪》)陈朝文帝时,嘉德殿学士沈不害上书说:"臣闻立人建国,莫尚于尊儒;成俗化民,必崇于教学。"(《陈书·沈不害传》)建议立国学教儒经。文帝从王朝的根本利益出发,采纳了这一建议。

北朝的几个朝代,从北魏到东、西魏,北齐、北周,都是崇儒的。如北魏道武帝"初定中原,虽日不暇给,始建都邑,便以经术为先。"(《北史·儒林传序》)孝文帝更是仰慕汉族文化,推崇儒学,"立孔子庙于京师","改谥宣尼曰文圣尼父"(《北史·魏本纪第三》),改胡服为华服,断胡语而汉语,变胡姓作汉姓,礼仪制度无不效法汉人。孝文帝在推进鲜卑族汉化的过程中做出了杰出贡献。北齐文宣帝开全国各郡学祀孔的先河。北周的武帝,雄才大略,主张国家统一,反对民族分裂,对维护大一统的儒学也是极为推崇。他们的这些积极作为加速了少数民族的汉化和社会封建化进程,并逐步向中华传统文化靠拢,从而促进了华夏民族的融合和统一民族的形成。

由于历代帝王的倡导和历史文化的代代传承,儒学成了魏晋南北朝时代施行政事的决定性依据,成了全社会普遍采用的教科书,也成了全民族超越分裂而融为一体的精神纽带。也正是在这一特定的历史角色中,儒学在整个社会中的宗主作用,得以鲜明而充分地表现出来。这种特定的地位和作用,是没有任何一种其他的文化因素所能代替的。

2. 以儒学为主导的儒道释三学共融的文化格局的形成

魏晋南北朝既是中国文化中的儒、释、道三家相互冲突的时期,又是它们在相互的冲突中相互吸收和融合的时期,同时也是在相互的吸收和融合中形成民族文化的新格局的时期。这一民族文化的新格局,具指以儒学为宗主而以道释为重要参数的三学兼容的文化结构。这一生发于魏晋南北朝特定时代的开放性与主导性并具的文化结构,就是我们民族文化的最基本的内容,也就是我们民族之所以能历千年而不朽的决定性的文化根由。该世三学之间的冲突与交融,可以概括为以下方面。

其一,道学与儒学的双向升举。

道学与儒学都是在先秦时期登上百家争鸣历史舞台的学术派别,一以自然为宗,一以人文为尚,各是其是,了不相犯。二者之间的学术冲突,是汉代以后的事情,其争论的焦点就是名教与自然的关系,魏晋玄学就是这一争论的主论坛。通过这一历史性的论辩,在玄学的特定框架中实现了儒道两家思想的融通为一,并在这一融通为一的过程中互相取长补短,进而实现了二者在学术品格上的双向升举。

儒学在学术品格上的升举,具体表现在以下方面。

一是认识论上的极大升举。经典儒学是一种具有强烈现实性和实践性品格的学术,也是一种在形上性思维上比较粗疏朴拙的学术。截至两汉时期,它在宇宙观上还停留在宇宙构成论的原始阶段,这也就是它所以被经学的神学目的论"绑架"而不能自觉与自拔的认识论根由。魏晋玄学对两汉经学的批判过程,实际也就是为经典儒学解除神学束缚从而恢复其本来面貌的过程,也是一个将它纳入道家所独擅的"以无为本"的本体论视野中的过程。从宇宙生成论到宇宙本体论,这在认识论上是一次历史性的巨大飞跃。王弼所标举的"圣人体无"和"名教本于自然",就是这一飞跃的具体见证。这一飞跃使儒学的思维理论得到极大的丰富,思维视野得到了极大的开阔,为儒学的健康发展,做出了历史性的贡献。

二是方法论上的极大升举。经典儒学在方法论上重视经验实证而忽视义理思辨,只知谨守祖宗家法,而不敢超越雷池半步。至两汉经学,更陷入了烦琐考证的自我封闭的泥坑之中。魏晋玄学则与此截然相反,它在对儒家经典进行阐释的时候,不再像汉儒那样死守章句,严守成法,而是注重逻辑分析,辨名析理,从哲理上剖释了一些微言大义,其结论往往从概念、范畴的分析中推衍出来。它的论证清晰,条理严谨,思辨味极浓,不再是简单地描述外在因果联系,而是追求内在的逻辑根据。就学术视野而言,它大破门户之见,旁征博引,自立新意。当时佛、道盛行,不少学者既据佛而解道,也援佛以入儒,从而使"魏晋经学"在实质上变成了儒、佛、道混合的经学。王弼注《周易》,就是将道家哲理注入儒经的典型例证。这些做法,极大丰富了儒学的研究方法,赋予了它以一种前所未有的精细性与开放性的品格。

三是范畴论上的极大升举。经典儒学并不重视范畴的精细把握,在概念的阐释上往往驳杂不纯,含混不清,而这,恰恰是玄学的强项。玄学批判经学的过程,实际也就是一个对传统经学的范畴进行校正和精化与深化的过程。例如,关于"天"的体认,先秦儒学既将"天"视为自然存在,也视为"神明",这两个范畴是混淆在一起的。魏晋玄学在阐释儒学经典的时候,对"天"重新定位,将"天"视为"道"所生成的自然形体,将其严格纳入"有"的范畴,彻底剥落了它的神学色彩。再如,关于"道"的体认,经典儒学将"道"体认为具体的伦理法则,而玄学则体认为宇宙的终极本体,显然,就范畴的理性层次而言,玄学的体认是远远超出于儒学的。惟其如此,它对儒学的阐释,必然在范畴上对其进行极大的提升。

作为一种双向的运动,儒学在学术品格上的升举过程,也必然同时是道学在学术品格上的升举过程。儒学通过玄学的渠道对道学的学术品格的升举,具体表现在以下方面。

一是道学在社会性品格上的极大升举。道学以自然为宗,追求的是一种"游乎尘埃之外"(《庄子·齐物论》)的远离人伦的个体至上的生存境界,主张离群索居,顺自然,因物性,自得其乐。儒家以人伦为本,追求的是一种"仁者爱人"的以天下为己任的生存境界,强调遵循名教,规范人性,推崇社会至上。这两种学说各执一端,二者在认识上的亮区和暗区,都是显而易见的。玄学的深刻和卓越之处就在于,对二者的偏执进行了科学的折中,在两个极端的平衡中巧妙地走近了真理。所谓"名教本于自然",就是对两个极端的统一性的公允结论。这一科学结论的论证过程,既是经典儒学在自然性品格上的升举过程,也是经典道学在社会性品格上的升举过程。赋予经典道学以社会性的内涵,是其学术品格上的一次具有历史意义的飞跃。正是这一历史性的飞跃,道学与儒学的融合才成为现实的可能,中华文化构成的基本格局才得以正式成型。

二是道学在实践性品格上的极大升举。经典道学避弃现实,避弃实践,崇尚玄思,崇尚无为,对现实人生采取闭目塞听的方式,以内心虚静为务。而经典儒学则重视现实,重视实践,崇尚进取,崇尚有为,对现实人生采取热心关注的态度,以救世济民为己任。这两种截然相反的学术品格,同样在玄学的特定的逻辑框架中获得了积极的平衡和相互的转化。玄学不仅赋予经典儒学以一种从容睿智的学术品格,也赋予经典道学以一种关注现实、关注实践的学术品格。玄学对"名教"的批判,就是以道学的自然哲学作为理论武器进行的。赋予以"无为"作为理论旗帜的道学以积极"有为"的实践性品格,这对于经典道学来说,无疑是一次具有历史意义的功能性升举。也就是陈寅恪所精辟指出的:"清谈一事,虽为空谈老庄之学,而实与当时政治社会有至密之关系,决非为清谈而清谈,故即谓之实谈亦无不可……清谈实含有政治作用,决非仅属口头及纸上空谈。"①汤用彤也表述了同样的见解:"盖玄风之始,虽崇自然,而犹严名教之大防……清谈者,原笃于君父之大节,不愿如嵇绍之靦颜事仇也。王弼虽深知否泰有命,而未尝不劝人归于正。然则其形上学,虽属道家,而其于立身行事,实仍赏儒家之风骨也。"②可谓得其肯綮。

其二,儒学与佛学的相互冲突与吸收。

魏晋南北朝既是佛学与儒学互相冲突的时期,又是二者互相吸收,共同补足的时期。佛学对儒学的吸收,主要表现在以下方面:

一是佛学对儒学话语体系的吸收。佛教传入之后,为使中国人理解这一外来宗教的思想,借用了大量的儒、道所用的传统名词、概念来比附译释佛教的一些名词、概念。此即所谓"格义"的方法。正是凭借这一深深根植于中华文化的话语系统,佛学的诸多经典完成了由外来文化体系向中华文化体系的对接和转化。

二是佛学对儒学思想的吸收。以儒释佛,是魏晋南北朝佛教典籍中的常用手法。如以儒学的"仁"释佛教的"慈",以儒家的"五常"释佛教的"五戒",等等。较典型的,如北齐人魏收就直接用儒家的"五常"对佛教"五戒"进行"格义",说:"又有五戒:去杀、盗、淫、妄言、饮酒,大意与仁、义、礼、智、信同,名为异耳。"(《魏书·释老志》)东晋名士郗超更著《奉法要》,以忠孝仁义等儒学术语释佛教教义。这些做法,在思想上极大地拉近了两种学术的距离,推动佛学迅速融入了中华文化的大一统的体系中。

三是佛学对儒学宗主地位的认同。佛学在魏晋南北朝的传播,是在高举"助王化于治道"、"协契皇极,大庇生民"(慧远:《沙门不敬王者论》)的文化旗帜下进行的。这一文化旗帜,不仅是对封建王权的尊奉,也是对中华主流文化的认同,对儒学在主流文化中的宗主地位的认同。三国时僧人康僧会明确表述:"儒典之格言,即佛之明训。"还说:"诸佛以仁为三界上宝,吾宁捐躯命,不去仁道也。"(《高僧传·康僧会传》)孙绰《喻道论》宣称:"周孔即佛,佛即周孔,盖外内名之耳。"慧远认为,佛教徒虽落发出家,不拜君父,但仍以儒道中的"孝敬"二字为先,说:"内乖天属之重,而不违其孝;外阙奉主之恭,而不

①　陈寅恪:《清谈与清谈误国》,见《陈寅恪集·讲义及杂稿》,北京三联书店 2002 年版,第450 页。

②　《汤用彤学术论文集》,中华书局 1083 年版,第 279 页。

失其敬。"(《沙门不敬王者论》)佛学的这一文化主张,既为自己在中华大地上的传播减少了阻力,也在客观上有力地推动了三教交融的过程与中华大一统文化的形成过程。慧远的"道训之与名教,释迦之与周孔,发致虽殊,而潜相影响:出处诚异,终期则同"(《答何镇南书》)的著名论见,就是这一积极的文化过程的具体见证。

佛学对儒学的吸收过程,同时也是儒学对佛学的吸收过程。儒学对佛学的吸收,主要表现在以下几个方面:

一是对佛学本体理论的吸收。与佛学相比,经典儒学在理论上更注意于实践原则的探讨与确立,其中虽也有一些形上学的命题,但并没有着意去加以发挥。所以在本体理论方面,经典儒学甚至还不如道学。佛学传入后,它那丰富深奥的形上理论,给儒学以极大的冲击和刺激,吸引了大批的优秀知识分子深入佛门,去探其奥秘。而且,确实也由此而涌现出一批积极探讨形上理论的儒家学者。由于在本体理论上的提升,魏晋儒学的许多概念在认识范畴上较经典儒学更加精密,更加广阔,更具有对本质的概括力量。例如"心"的范畴,"道"的范畴,"神"的范畴,等等,在新的视野下都有了新解。

二是对佛学辩证方法的吸收。佛学是一个智慧宝库,蕴藏着丰富的辩证法思想。举其要者,如"因果论","迁流"观,"中观"论,等等。"因果论"以因果之间的必然联系和事物之间的普遍联系为归依,"迁流论"以事物的永恒变动的普遍规律为归依,"中观"论以事物关系的圆融为归依,据此建立了一个精严细密的方法论系统。这一方法系统的思维效率,对于经典儒学来说,无疑是一种极大的加强和补足。儒学研究在魏晋南北朝时期能突破两汉经学烦琐考证的束缚,进入理性思辨的"义疏"境界,取得了如此丰富的开拓性成果,显然是与对佛学先进的辩证方法系统的吸收密不可分的。

三是对佛学概念的吸收。就像儒学中的许多概念有形地或者无形地化入佛学的思想体系中一样,佛学的许多概念也以同样的方式进入了儒学的思想体系之中。如"神理","圆通","虚静","神思",等等。虽然在儒学中也有类似的概念,但在认识范畴的精度与深度上,与佛学有相当大的距离。儒学对这些概念的吸收,实际也就是对原来概念的认识范畴的极大提升。刘勰所说的"动极神源,其般若之绝境乎"(《论说》)中的"神源",就是对佛学概念进行吸收的具体例证。正是凭借这一独秀于佛学中的关于"心"的本体意义的概念,佛学的认识深度才能获得充分的显示,而《文心雕龙》的认识深度也因此获得了充分的显现。

魏晋南北朝儒学的这些卓越建树,不仅巩固了自己在中华文化中的主导地位,也推动了儒释道三学的融合过程,进而推动了中华大一统文化的形成和发展的历史进程。它对中华文化发展的导向意义以及对《文心雕龙》写作的重大影响,集中表现在以下方面。

其一,为中华文化的发展提供了基本的结构模式。

这一结构模式,就是以儒学为主导,以道释为辅翼的三位一体的互补共荣的文化格局。这一文化格局,既是对先秦百家争鸣文化局面的历史继承,又是在四百年混乱与开放并存的特定历史时期中各族人民反复选择和不断升华的结果。正是凭借这一特定的文化格局,中华民族才得以走出了四百年的战乱与分裂,并为大唐文化的繁荣,奠定了坚实的基础。也正是这一特定的文化格局,培育出了《文心雕龙》最基本的文化思路和理论框架。《文心雕龙》的"原道—征圣—宗经"的总纲领,即发端于此,并得益于此。

其二,对中华文化精神的积极熏陶。

中华文化的基本精神的集中形态,就是崇德尚义、忧国忧民、贵和持中、自强不息的民族性格。这种积极向上的民族性格的形成,主要是儒家思想长期熏陶的结果。这一历代相传的文化性格,是中华民族凝聚力的来源,也是推动中华民族不断进步的内在动力。刘勰面对当时"离本弥甚,将遂讹滥"的文风与世风,以匹夫之力崛然而起,高举"原道、征圣、宗经"之大旗,进行毫不妥协的抗争和矫正,"于是搦笔和墨,乃始论文",就是这种积极的民族性格的典型表现。《文心雕龙》的写作动机与写作动力,就是这一民族文化性格对当时环境所做出的必然反映。刘勰这种以天下为己任的胸怀和一往无前的精神动力,只能来自以"杀身成仁,舍生取义"相尚的儒家思想的激励,而不可能来自其他以消极无为或"四大皆空"相尚的哲学派别。这就是中华文化之所以必须以儒学作为主导的原因,也是《文心雕龙》之所以必须以儒学思想作为主导的原因。

其三,为全民族思维素质的不断提升提供了完善的方法系统。

这一方法系统的集中表现,就是儒学对变易之学与中庸之学的精深阐述,及其对玄学中的"本末"之学和佛学中的"万法唯心"之学与因明之学的吸收与升华。这一立根于儒学而兼采众家之长的高效益的方法论系统,就是在魏晋南北朝这一特殊的历史时期中完成的。正是这一博大精深的方法论系统，赋予了我们民族以无穷无尽的创造活力，有力地推动着我们民族向上性的历史进程。《文心雕龙》中的"通变"的方法理论，"擘肌分理，唯务折衷"的方法理论，"振叶以寻根，观澜而索源"的方法理论，"乘一总万，举要治繁"的方法理论，即根源于此，并得力于此。

其四，为全民族的教化提供了完备的教材体系。

儒学在中华民族的历史发展进程中发挥如此重大的作用，是与它所担负的特殊的历史角色密不可分的。这一历史角色，就是社会教化的角色。社会教化是儒家的历史职业，而儒家的经典，实际就是历代儒家对社会进行教化的传统教材。所谓"六经"，就是对这一传统性的社会教材的集中称谓。而对"六经"的义理的阐释，主要是在魏晋这一特殊的历史环境中完成的。正是在这一深刻的义理阐释下，"六经"才摆脱了两汉神学的束缚，真正具有了教材的品格。也正是在这一系列教材的哺育下，我们的民族在文化上才能茁壮成长，形成了自己独特的民族精神和文化传统。这一以经为教和以经为范的模式，在刘勰《文心雕龙》中获得了创造性的继承和发挥。刘勰所标举的"矫讹翻浅，还宗经诰"，"禀经以制式，酌雅以富言"的战略立意和文论主张，即以此作为张本。《文心雕龙》中的理论材料，大多采自儒学的经典。从某种意义上说，《文心雕龙》实际就是以经为据，为全社会制定写作规范的教材。这就是刘勰将自己的著作视为"经典枝条"的根由，也就是范文澜将《文心雕龙》的"根本宗旨"体认为"在于讲明作文的法则"的根由。

综上可知，魏晋南北朝确实是中国哲学思想发展中的一个极其重要的时期。相对而言，这一时期的社会思想显得自由活跃，富有创造活力。各种学说同时并起，某些异端思想也得以脱颖而出，在互相碰撞中发出火花，在弘优汰劣中与时俱进，推动着社会思想的发展。人们思考了许多新的问题，掌握了许多新的思辨方法，在宇宙本体论、人与自然的关系、社会伦理观、心理科学与思辨逻辑等诸多方面，提出了极具新意的看法。也就是宗白华所精辟概括的："这几百年间是精神上的大解放，人格上思想上的大自由。人心里面的美与丑、高贵与残忍、圣洁与恶魔，同样发挥到了极致。"①在中国历史上，这是继战

---

① 宗白华：《美学与意境》，人民出版社1987年版，第184页。

国"百家争鸣"而兴的第二个思想大解放的时代。特别值得关注的是,当时社会思想中出现了两种极其重要的趋势:一是儒、道、佛三家从对立走向统一的趋势:经典儒学中人本哲学的民主性精华与经典道学中自然哲学的科学性精华,与佛学中的平等观念以及精密的思辨逻辑的方法论体系,在新的历史条件下有机地结合成为一体,成为中华文化思想中最基本的结构成分。二是重视个体价值的趋势:对自然哲学与平等人格的标举,就是整个社会挣脱等级束缚、追求更大精神自由的思想见证和精神动力。这些哲学嬗变的集合,必然构成一种全新的兼容性的认识角度,为《文心雕龙》的破土而出,提供了最优化的认识论与方法论前提。

二、美学思想的全面更新

魏晋南北朝的哲学嬗变,必然带来社会观念的大解放,催发着美学思想的全面更新。具体表现在以下方面。

（一）关于人的美学意识的觉醒

关于人的美学意识的觉醒,是魏晋南北朝时期一道耀眼的文化景观。

从思想史的角度看,春秋战国时期是我国历史上关于人的意识的第一次觉醒的时期,其特点是从殷商以来的"天"、"神"的绝对精神统治下逐渐苏醒过来,开始意识到人是一个理性的存在,唯有人自己才是万事万物之本。这一次觉醒,可称为关于人的理性意识的觉醒。魏晋六朝时期是关于人的意识第二次觉醒,其特点是对汉代封建纲常礼教和神学谶纬的精神束缚的否定和抨击,对个性人格的张扬,对放浪形骸的个人自由的崇尚。在当时哲学思想的支持和驱动下,所有的这些精神追求逐渐发展成为一种时尚,最后汇合成为一种明确的自觉审美趋势:将人的个性存在视为一种美的存在,将人纳入审美的范畴,将具有自然意义的社会人人视为一种审美的对象和内容。这一趋势,是人的观念再一次觉醒,也是人类美学思想的一次极大的升举。这一次觉醒,可称为关于人的美学意识的觉醒。这种深刻的美学觉醒,在刘义庆《世说新语》的人物品藻中反映得极其鲜明。

1. 对人的个性多样化表现的肯定和欣赏

对人的个性多样化表现的肯定和欣赏,是魏晋六朝人物品藻的重要内容。所谓人物品藻,就是对人的个性多样化的卓越表现的肯定和欣赏。魏晋六朝的人对社会人人的个性多样性,表现出一种特别的美学兴趣。既能为别人个性的独异性喝彩,也能直率自信地为自己个性独异性喝彩。例如:

> 桓公少与殷公齐名,常有竞心。桓问殷:"卿何如我?"殷云:"我与我周旋久,宁作我。"
>
> 桓大司马下都,问真长曰:"闻会稽王语奇进,尔耶?"刘曰:"极进,然故是第二流中人耳!"桓问:"第一流复是谁?"刘曰:"正是我辈耳!"(《世说新语·品藻》)

在魏晋六朝人的眼里,个性属于人人,每一个人的个性都受到社会的肯定,成为审美的材料。无论是名士的风流还是名臣的忧国,无论是战场的壮举还是日常的琐事,只要是个性的卓越表现,就会引起全社会的兴趣,成为全社会欣赏的材料。

2. 对人的才能的卓越表现的肯定和欣赏

在魏晋六朝人的视野里,人的才能是一项极受称许的个性表现。上至帝王将相,下至吏卒黎民,只要具有某一项卓越才能,就会受到全社会的肯定,成为公众的欣赏材料。

才能表现在思维的敏捷上的,如:

> 魏武尝过曹娥碑下,杨修从。碑背上见题作"黄绢幼妇,外孙齑臼"八字。魏武谓修曰:"解不?"答曰:"解。"魏武曰:"卿未可言,待我思之。"行三十里,魏武乃曰:"吾已得。"令修别记所知。修曰:"黄绢,色丝也,于字曰'绝';幼妇,少女也,于字曰'妙';齑臼,受辛也,于字曰'辞':所谓'绝妙好辞'也。"魏武亦记之,与修同,乃叹曰:"我才不及卿,乃觉三十里。"(《世说新语·捷悟》)

才能表现在技术的精湛上的,如:

> 荀勖善解音声,时论谓之"闇解"。遂调律吕,正雅乐。每至正会,殿庭作乐,自调宫商,无不谐韵。阮咸妙赏,时谓"神解"。每公会作乐,而

心谓之不调,既无一言直勖。意忌之,遂出阮为始平太守。后有一田夫耕于野,得周时玉尺,便是天下正尺。荀试以校己所治钟鼓、金、石、丝竹,皆觉短一黍,于是伏阮神识。(《术解》)

在魏晋六朝人的视野中,技术以能者为尊,而不以身份为贵。常人在技艺上可以与帝王比赛,可以允许超越帝王,并因此而受到帝王的肯定和赞赏。如:

弹棋始自魏宫内用妆奁戏。文帝于此戏特妙,用手巾角拂之,无不中。有客自云能,帝使为之。客着葛巾角,低头拂棋,妙逾于帝。(《巧艺》)

3. 对人的风度的卓越表现的肯定和欣赏

在魏晋六朝人的眼里,人的风度卓越表现,同样是具有审美意义的东西。如:

时人目王右军:"飘如游云,矫若惊龙。"

嵇康身长七尺八寸,风姿特秀,见者叹曰:"萧萧肃肃,爽朗清举。"或曰:"肃肃如松下风,高而徐引。"山公曰:"嵇叔夜之为人也,若岩岩孤松之独立。其醉也,傀俄若玉山之将崩。"(《容止》)

这种风度的美不仅是生理性的形态之美,更主要的还是精神性的神态之美,一种魏晋六朝人所特具的潇洒旷达、从容镇静、处世不惊的人格美。如果联系一定具体的情境来进行观照,这种魏晋六朝独具的风度美,就会显示得更加清晰真切:

嵇中散临刑东市,神气不变,索琴弹之,奏《广陵散》。曲终,曰:"袁孝尼尝请学此散,吾靳固不与。《广陵散》于今绝矣!"太学生三千上书,请以为师,不许。文王亦寻悔焉。

谢公与人围棋,俄而谢玄淮上信至。看书竟,默然无言,徐向局。客

问淮上利害,答曰:"小儿辈大破贼。"意色举止,不异于常。(《雅量》)

4. 对人的情感的卓越表现的肯定和欣赏

魏晋六朝人对人的个性的美学关注,也表现在对人的情感多样性的卓越表现的肯定和欣赏上。如对国家命运的关切:

过江诸人,每至美日,辄相邀新亭,藉卉饮宴。周侯中座而叹曰:"风景不殊,正自有山河之异。"皆相视流泪。惟王丞相愀然变色曰:"当共戮力王室,克复神州,何至作楚囚相对!"(《言语》)

美眷之间的诙谐幽默:

温公丧妇。从姑刘氏家值乱离散,唯有一女,甚有姿慧,姑以属公觅婚。公密有自婚意,答云:"佳婿难得,但如峤比,云何?"姑曰:"丧败之余,乞粗存活,便足慰吾余年,何敢希尔比。"却后少日,公报姑云:"已觅得婚处,门地粗可,婿身名宦尽不减峤。"因下玉镜台一枚。姑大喜。既婚,交礼,女以手披纱扇,抚掌大笑曰:"我固疑是老奴,果如所卜。"(《假谲》)

朋友之间的志同道合:

陈留阮籍、谯国嵇康、河内山涛三人年皆相比,康年少亚之。预此契者,沛国刘伶、陈留阮咸、河内向秀、琅邪王戎。七人常集于竹林之下,肆意酣畅,故世称"竹林七贤"。(《任诞》)

和大自然的感情交流:

卫洗马欲渡江,形神惨惨,语左右曰:"见此茫茫,不觉百端交集,苟未免有情,亦复谁能遣此!"(《言语》)

(宗少文)好山水,爱远游,西子陟荆、巫,南登衡岳,因结宇衡山,欲怀尚平之志。有疾还江陵,叹曰:"老疾俱至,名山恐难遍睹,唯澄怀观道,卧以游之。"凡所游履,皆图之于室,谓之"抚琴动操,欲令众山皆响"。(《南史·隐逸传》)

如此等等。只要是真情的流露,就会受到全社会的普遍重视,成为美学欣赏的材料。情感的美学魅力,日益明显、日益普遍地在社会生活中表现出来,也更加深刻地从艺术中表现出来。例如:

桓子野每闻清歌,辄唤奈何,谢公闻之,曰:"子野可谓一往有深情。"(《任诞》)

孙子荆除妇服作诗以示王武子,王曰:"未知文生于情,情生于文,览之凄然,增伉俪之重。"(《文学》)

殷中军道韩太常曰:"康伯少自标置,居然是出群器;及其发言遣词,往往有情致。"(《赏誉》)

感情的觉醒与个性的觉醒,从来都是密不可分的。而美学意识的觉醒,正是二者融合为一的集中表现,也是二者融合为一的历史结果。

5. 对人的语言的卓越表现的肯定和欣赏

美学意识的觉醒与美学语言的觉醒,总是相并而行的。

魏晋六朝人对人的个性的美学关注,也表现在对人的语言卓越表现的称赞和欣赏上。名臣贤相济时救世的锦言秀句固不必说,即使是孩子的语言,只要透着灵气,也会成为全社会的美谈。如:

谢太傅寒雪日内集,与儿女讲论文义。俄而雪骤,公欣然曰:"白雪纷纷何所似?"兄子胡儿曰:"撒盐空中差可拟"。兄女曰:"未若柳絮因风起"。公大笑乐。(《言语》)

诚然,美学意识与美学语言分属于两个不同的范畴,但是就对人格美的发现来说,就将人的个性存在作为审美对象来说,就这一发现和觉醒在人类思想史上的启蒙意义来说,二者之间确实有许多相近之处。就二者生发的经济政治环境以及规模与历史效应来说,既是迥然有别的,却又是息息相通而密不可分的。

如此等等的世情观照和人物品藻,遍及于人的生活一切领域,反映着个性意识的美学觉醒的全息过程。对人的个性美的欣赏,是魏晋六朝的一大亮丽的精神景观。人的可亲可爱之处,在魏晋六朝人的视野中尽现无遗,这一特定的时代视野,显然是审美的而非道德的,是情感的而非实用的。在我国的美学思想史上,这无异于一次革命性的转变。传统名教观念重视社会人格而漠视个体人格,重视帝王的神圣人格而漠视社会的人人人格,重视人格的道德审视而不重视人格的美学审视,一味运用思想禁锢的方式,迫使着社会的人人人格无条件地从属于以致牺牲于纲常名教的神圣教条,结果自取其咎,酿成了东汉末期社会思想的大混乱和社会秩序的大动乱。在社会危机和思想危机的双重冲击下,汉帝国大一统的政治体制土崩瓦解,礼教纲常全面衰颓,传统的名教人格观念逐渐失去了维系人心的力量。道德不再是审美判断的唯一依据,取而代之的是人对个性人格的肯定和赞美,其中也包括对自己的才性与价值的赞美。美从此走下了神圣的神龛,为社会人人所拥有,获得了一种普遍性的品格。反映在艺术中,就是创造性的充沛和个性色彩的鲜明。王羲之父子的书法,就是典型的例子。唐代张怀瓘《书议》云:"子敬(王献之)之法,非草非行,流便于行草;又处于其中间,无藉因循,宁拘制则,挺然秀出,务于简易。情驰神纵,超逸优游,临事制宜,从意适便。有若风行雨散,润色开花,笔法体势之中,最为风流者也!逸少秉真行之要,子敬执行草之权,父之灵和,子之神俊,皆古今之独绝也。"①这种古今独绝的艺术境界,就是在这一美学观念的大解放中获得的。

这使人不由得就想起西欧的文艺复兴来。当然,历史不允许简单地类比,但是就对人格美的发现来说,就将人的个性存在纳入审美范畴来说,概而言之,就人将人本身作为欣赏的对象而不再匍匐于宗教愚昧和政治愚昧的阴影之下来说,二者之间是并没有什么实质性的差别,就这一发现和觉醒在人类思想史上的进步意义来说,也是没有什么实质性的差别。东西方文化发展的历史机遇不尽相同,而就同一运动的历史表现与历史价值来说,都值得整个人类

---

① 张怀瓘:《书议》,见徐林祥《中国美学初步》,广东人民出版社 2001 年版,第 145 页。

为之喝彩。

（二）关于自然的美学意识的觉醒

魏晋六朝不仅是关于人的美学意识的全面觉醒的时期,也是关于自然的美学意识的全面觉醒的时期。魏晋六朝人在向内开拓中发现了自己个性中的美的存在的同时,也在向外开拓中发现了自然中的美的存在。

在中国,关于自然美的意识萌生得很早。在殷商的陶器和青铜器上,已经绘有动物的图像,《诗经》和《楚辞》中,也有某些自然景物的生动描写。然而在魏晋六朝以前,自然景物并不是一个独立的美学存在,其美学价值并没有得到社会的普遍重视。《诗经》中的自然景物大都作为比兴的手段,作为道德比附的工具。殷商青铜和陶器上的动物图像蕴涵有宗教神秘的意义,与其说是美的关注,不如说是对某种宗教符号的膜拜。在汉赋中,自然山水的地位有了明显的提高,但主要是作为皇家人格的象征和皇家威势的烘托而出现的,就自然山水本身而言,并不具有独立的审美意义。

将自然作为一种独立的美学存在明确纳入审美的范畴,赋予自然以人性化的美学品格,在精神上实现人与自然的融合为一,是魏晋六朝美学思想的另一重大飞跃。究其文化根由,大致不外以下三个方面:

其一,哲学思想的影响。魏晋六朝以老庄的自然哲学为主导,以顺应自然作为人的普遍性的精神追求。在这种思想的指导下,山川自然不再打上皇权独尊的神圣烙印和神秘烙印,一切自然存在都由皇化之自然与神化的自然嬗变成为自然之自然,可以允许人们百无禁忌地进行欣赏,成为人们自由和自觉的审美对象。

其二,政治环境的影响。魏晋六朝时期政治冲突空前激烈,士大夫为了远祸避害,纷纷走向山林,醉心山水,借自然作为自己的精神寄托,以对抗险恶庸俗的政治环境。竹林七贤,就是典型例证。

其三,经济环境的影响。魏晋六朝的经济基础是江南庄园经济的大开发。江南的地域风光之自然美丽与经济开发的人工点染的结合,使它的经济价值和审美价值都更加鲜明地表现出来,而经济的繁荣更使庄园主人有充分的闲情逸致来关注和欣赏自然的景物。石崇的《金谷诗序》,就是这一特定的经济环境的形象展示:"有别庐去城十里,或高或下,有清泉、茂林众果、松柏药草之属,金田十亩,羊二百口,鸡猪鹅鸭之类,莫不齐备,又有水碓、鱼池、土窑,其为娱目欢心之物备矣!"

这些诸多的社会根由,既推动着有关自然的美学意识的觉醒,也推动这种有关自然的美学意识的觉醒从社会生活中广泛地表现出来,成为当时社会中一道全息性的文化景观。这一全社会性的文化景观,具体表现在以下方面。

一是对自然美的愉悦和欣赏。

魏晋六朝有关自然的美学意识的觉醒,首先表现在当时全社会对自然美的愉悦和欣赏上。在当时,对自然山水的自觉审美活动,已经成为一种普遍的社会时尚。无论文人墨客,帝王将相,还是武将兵卒,都醉心山水自然之美,游山玩水成了社会人人的一桩赏心乐事。在《世说新语》中,有许多生动的记述。

见之于帝王者,如:

> 简文入华林园,顾谓左右曰:"会心处不必在远,翳然林水,便自有濠濮间想也,觉鸟兽禽鱼自来亲人。"(《言语》)

见之于官吏的如:

> 王司州至吴兴印渚中看,叹曰:"非唯使人情开涤,亦觉日月清朗。"
> 袁彦伯为谢安南司马,都下诸人送至濑乡。将别,既自凄惘,叹曰:"江山辽落,居然有万里之势!"(《言语》)

文人墨客对自然山水,更是一往情深:

> 顾长康从会稽还,人问山川之美,顾曰:"千岩竞秀,万壑争流,草木蒙笼其上,若云兴霞蔚。"
> 王子敬云:"从山阴道上行,山川自相映发,使人应接不暇。若秋冬之际,尤难为怀"。(《言语》)

甚至煌煌大将,赳赳武夫,也不缺乏对自然景物的深厚感情:

桓公北征,经金城,见前为琅邪时种柳皆已十围,慨然曰:"木犹如此,人何以堪!"攀枝执条,泫然流泪。(《言语》)

桓公入蜀,至三峡中,部伍中有得猿子者。其母缘岸哀号,行百余里不去,遂跳上船,至便即绝。破视其腹中,肠皆寸寸断。公闻风而动之怒,命黜其人。(《黜免》)

如此普遍和自觉的与自然相亲的审美现实,是魏晋六朝以前所从未出现过的。它以一种独特的自然化和社会化品格,对我国美学思想的质的飞跃,产生了极大的催化作用。

二是以自然为主体的艺术作品的兴起。

魏晋六朝关于自然美的意识觉醒,还表现在以自然为主体的山水诗、田园诗和山水画的兴起上。

山川景物成为艺术表现的主体,同样兴于魏晋六朝。山水诗人以谢灵运为代表,侧重表现奇山秀水,被鲍照誉为"初发芙蓉,自然可爱"。田园诗人以陶渊明为代表,侧重表现田园风光,被萧统誉为"文章不群,辞采精拔,跌宕昭影,独超众类"。画家顾恺之工人物画,兼善山水,是我国山水画的始祖,也是我国画论的开山祖,被傅抱石誉为"在中国画学演进史上是开山祖,在中国的山水画史上也是一位独辟弘途的功臣"。宗炳好山水,凡所游历,皆图之于壁,坐卧向之,曰:"老病俱至,名山恐难遍游,惟当澄怀观道,卧以游之"。他们都从各个不同的侧面,对自然主义的美学理念进行了成功的艺术实践,成为我国艺术史上一座座垂范千古的丰碑。

三是对自然美的哲学领悟。

魏晋六朝对自然美的赏析不仅是一种感性的愉悦,也是一种理性的彻悟;既是一种独特的宇宙观的表现,也是一种独特的人格美学意识的表现。从最高的层面来看,魏晋六朝人所向往的自然美的境界,实际就是一种高远旷达、表里澄澈的玄学境界。他们所追求的山水自然之美,实际就是这种玄学境界的感性显现。这就必然赋予他们所崇尚的自然之美,以一种特别深邃的哲学蕴涵,也就是人与自然的精神融合。这种境界的精神高度和美学深度,是独见于魏晋六朝并延伸于此后,而不见于此前的任何时代的。

魏晋六朝人对自然美的哲学领悟,渗透于他们的美学见解和艺术作品中。

宗炳云:"山水质有而趣灵","圣人含道应物,贤者澄怀味像;人以神法道而贤者通,山水以形媚道而仁者乐。"顾恺之云:"迁想妙得"。陶渊明云:"采菊东篱下,悠然见南山","此中有真意,欲辨已忘言"。谢灵运云:"溟涨无端倪,虚舟有超越。"如此等等,无一不是对超尘脱俗的玄学境界的领悟与表现。这种境界,也就是宗白华所说的"最哲学的,因为是最解放的,最自由的"精神境界。"这种精神上的真自由、真解放,才能把我们的胸襟像一朵花似的展开,接受宇宙与人生的全景,了解它的意义,体会它的深沉的境地。"①这种天人一体、澄怀观道的精神追求,就是刘勰博大精深的美学理论的哲学张本。

(三)关于美的价值取向的觉醒

魏晋六朝美学意识的觉醒,还表现在关于美的价值取向的新思维上。

从先秦以来,美一直被视为伦理教化的工具,它的本质属性就是为伦理教化服务。所谓"诗言志",所谓"诗三百,一言以蔽之,思无邪",所谓"兴观群怨",就是对这种政教功利性的历史表述。

从汉末直至魏晋六朝的社会大动乱,造成了儒家礼教思想的大动摇,美的政教功能也失去了昔日的神圣光环而不再具有维系人心的作用,而自然主义的美学价值观随之兴起。曹丕的"文以气为主"的论见,就是这一美学理念的发轫,而嵇康所提出的振聋发聩的"越名教而任自然"的命题,就是这一美学理念在理论上的集中表述。

所谓"越名教而任自然",就是冲决名教礼法的网罗而听任人的自由天性的自由发展。反映在美学的领域中,就是以人的自由天性的愉悦为极则,而不以名教礼法的教义为归依,明确主张美的本质就是自然,就是率真适性,而绝不是名教工具。以率真适性为美,而不以伦理教化为美,已经成为当时社会的审美活动中具有普遍意义的价值取向。这一美学观念上的重大变化,同样从《世说新语》中普遍地表露出来。

从魏晋六朝时期的人物品藻中可以看出,当时对人的评价,已经从道德至上的角度,转到了自然至上的角度。由对"文质彬彬"的政治品格的赞赏,转到了对人的自然品格的赞赏。所谓"容止",所谓"言语",所谓"巧艺",所谓"任诞",无一不是对人的个性化的自然素质的卓越表现的礼赞与张扬,无一

———————————

① 宗白华:《美学与意境》,人民出版社1987年版,第190页。

不是对儒家僵硬礼教的拒绝与排斥，无一不是对率真适性的价值取向的崇尚和标举。对自然美的欣赏同样是如此。魏晋六朝人对自然美的欣赏，已经突破了儒家的道德比附的狭窄范围。他们所欣赏的自然不再是教化之自然，而是自然之自然，是摆脱了被道德说教强行扭曲的自然，是生机蓬勃的自然。审美与实用，从此划分成了两个完全不同的范畴，审美由于摆脱实用的束缚回到它的自身，才拥有了自己独立的地位。也就是王微在《叙画》中所鲜明阐释的："古人之作画也，非以案城域，辨方洲，标镇阜，划浸流。本乎形者融灵，而动变者心也。"地图与绘画的最大区别就在这里，实用与审美的最大区别就在这里。

如此等等，都从不同的方面，标志着一个重要的思想事实：在魏晋六朝这一特定的历史时期中，审美与政教在价值取向上已经全面脱钩，审美不再是政教的从属而具有了自己独立的价值取向。这一独立的价值取向，就是美学的独立地位的决定性的文化前提。这一独立的审美价值取向与由此决定的美学独立地位，是不见于先秦两汉，而独开风气并大盛于魏晋六朝时期的。

这一历史性的大嬗变，集中表现在以下美学范畴的觉醒上：

1. 关于"气"的范畴

以气为美，将"气"视为文学艺术的本质性内涵，并由此而建立起一个完整的认识范畴，是魏晋六朝美学思想中第一道最亮丽的风景。

"气"这个字出现得相当早，在殷周甲骨文和青铜铭文中已可见到。本义象形，状云气蒸腾上升的样子。春秋战国以后，"气"逐渐进入了哲学的领域。老子从自然哲学的角度，将气视为宇宙运动的原动力。他说："道生一，一生二，二生三，三生万物。万物负阴而抱阳，充气以为和。"他认为，万物都是从阴阳二气交通和合中创化出来的，所以"气"是万物的本体和生命之源。管子从生命哲学的角度，将气视为生命的本源，赋予它以形而下的形态，用气的范畴来表示世界的物质统一性，倡导精气的学说。他说："气道（通）乃生，生乃思，思乃知，知乃止矣"（《内业》）。又说："气者，身之充也"，"充不美，则心不得"（《心术下》）。认为气是产生生命和支持生命的能动力量，一个人所有的精气越充沛，他就越是聪明，越有智慧。孟子从伦理哲学的角度，将气视为天赋正义的特定形态，表现在人的身上，就是一种勇往直前、无所畏惧的精神态势，也就是他所说的"浩然之气"。认为它来自天地之间，而人可以养而得之。

"其为气也,至大至刚,以直养而无害,则塞于天地之间。"养的方法,就是"配义与道"。"道"指仁义之道,"义"指符合仁义之道的行为。

在两汉时期,王充继承了老子和《管子》的"气"的学说,并加以发挥,构成了自己的元气自然论的哲学。他认为,天地万物都是由"元气"所构成的,"元气"指原始的物质元素。他说:

> 天地,含气之自然也。(《论衡·谈天篇》)
> 天覆于上,地偃于下,下气蒸上,上气降下,万物自生其中间矣。(《论衡·自然篇》)

王充认为,人和万物一样,也是禀赋元气而生,但是,人所禀赋的元气不是一般的元气,而是这种元气中最精微的部分,即"精气"。这就是人具有智慧的原因。他说:

> 夫倮虫三百六十,人为之长。人,物也,万物之中有智慧者也。其受命于天,秉气于元,与物无异。(《论衡·辨祟篇》)
> 人之所以生者,精气也。(《论衡·论死篇》)

元气的精粗厚薄不仅造成了人与万物的区别,也造成了人的贤愚善恶的区别。他说:

> 禀气有厚泊,故性有善恶也。
> 是故酒之泊厚,同一麴蘖;人之善恶,共一元气。气有多少,故性有贤愚。(《论衡·率性篇》)

"气"从哲学的范畴渗入美学的范畴,将"气"视为美学审视的对象进行解读,是魏晋六朝时期的一大盛事。这种现象,广泛地表现在当时的人物品藻的活动中。如:

> 阮浑长成,风气韵度似父,亦欲作达。(《世说新语·任诞》)

庾公目中郎："神气融散，差如得上。"(《赏誉》)

(谢道蕴)神情散朗，故有林下风气。(《贤媛》)

在魏晋六朝的人物品藻中，使用最多的美学标准是一个"清"字，如：

武元夏目裴、王曰："戎尚约，楷清通。"

王戎目阮文业："清伦有鉴识，汉元以来未有此人。"

殷中军道右军："清鉴贵要。"(《赏鉴》)

"清"作为一个审美的标准，也是建立在"气"的基础上，针对"气之清浊"来说的。

"气"作为一个新兴的美学范畴，也广泛地出现在美术的理论中。谢赫对"气韵生动"的标举，就是具体的例证。"昔谢赫云：画有六法：一曰气韵生动，二曰骨法用笔，三曰应物象形，四曰随变赋形，五曰经营位置，六曰传模移写。自古画人，罕能兼之。"(张彦远：《古画品录》)他所说的"气韵"，是指画作的内在的精神活力。谢赫明确认为，这种内在的精神活力，正是画家的艺术生命之所在，也是艺术作品的艺术生命之所在，因此，在美学的诸原则中，它必然具有关键性的意义。也就是明代顾凝远所正确体认的："六法，第一气韵生动。有气韵，则有生动矣。"(顾凝远：《画品》)

"气"作为一个新兴的美学范畴，也广泛地出现在文学理论之中。曹丕的《典论·论文》，就是具体的例证。他说：

文以气为主，气之清浊有体，不可力强而致。譬诸音乐，曲度虽均，节奏同检，至于引气不齐，巧拙有素，虽在父兄，不能以移子弟。

曹丕在文论中所标举的"气"，是指作者表现在作品中的独特的精神气质。他认为这种精神气质是一种个性化的存在，是作家独特的生命力和创造力的决定性的精神源泉，具有不可代替的属性。所谓"文以气为主"，就是强调作家的主观的精神因素和个性化的创造活力对文学的主导作用。曹丕所提出的这一美学范畴和文学命题，为我国文学理论界所普遍接受，对于形成我国

"重气之旨"的文学传统产生了重大的促进作用。

这一新兴的美学范畴,为刘勰进行美学思想上的全面开拓,提供了一份丰富无比的理论材料,也提供了一个极具创造活力的理论基点。

2. 关于"情"的范畴

以"情"为美,将"情"视为文学艺术的本质性内涵,是魏晋六朝美学思想的另一重大飞跃。

我国历史上最早提出的关于诗的本质的纲领性见解,是《尚书》中所说的"诗言志"。"志"的本初意义是射击的准的。《书·盘庚》:"若射之有志。"疏云:"如射之有所准志,志之所主,欲得中也。"引申为心之所拟。"夫志,气之帅也。"(《孟子》)"志者,心之所之也。"(《说文》)泛指人的怀抱与志向。在儒家的思想体系下,人的怀抱与志向,是严格从属于伦理教化的范畴的。孔子所说的"志于道","兴观群怨","诗三百,一言以蔽之,思无邪","志之所至,诗亦至焉;诗之所至,礼亦至焉",就是对"诗言志"的社会伦理内涵的具体解说。所谓"诗言志",指的就是诗歌以社会伦理为最高准则。

战国以后,"情"的概念开始出现在对美的本质的体认中。《荀子·乐论》云:"乐者乐也,人情之所必不免也。"《礼记·乐记》云:"凡音者,生人心者也。情动于中,故形于声,声成文,谓之音。"又云:"乐也者,情之不可变者也,礼也者,理之不可易者也……礼乐之说,管乎人情矣。"他们所说的"情",指人的自然性的情感状态。"情者,性之动也。"(《集韵·正韵》)董仲舒曰"人欲之谓情。"(《贤良对策》)《礼记·礼运》云:"何谓人情? 喜怒哀惧爱恶欲七者,弗学而能。"显然,这是前人在"诗言志"的美学体认中所未曾涉及的一项新质。"志"属于社会心理学与社会伦理学的范畴,"情"属于个性心理学与自然行为学的范畴,二者分属于两个不同的范畴。由"言志"到"言情"的转化,实际是一种跨范畴的转化。这一历史性变化的萌动,集中表现在《毛诗序》对诗的理论的系统阐述中:

> 诗者,志之所之也,在心为志,发言为诗。情动于中而形于言,言之不足,故嗟叹之;嗟叹之不足,故咏歌之;咏歌之不足,不知手之舞之,足之蹈之也。

> 情发于声,声成文谓之音。治世之音安以乐,其政和;乱世之音怨以

　　怒,其政乖;亡国之音哀以思,其民困。故正得失,动天地,感鬼神,莫近于诗。先王以是经夫妇,成孝敬,厚人伦,美教化,移风俗。

　　《毛诗序》将"情"的概念正式引入诗论之中,与"志"的概念进行并列,对诗的本质进行系统的解读。它明确认为,诗是"志"的运动的产物,"志"是人的内在的、定向性的心理因素,"诗"是"志"的语言表现,而"情动于中"则是这一语言表现的本质性内涵。它将两个不同层面的范畴,以折中的方式纳入了对诗的本质的阐释之中:既遵循着志的定向性法则,承认礼义教化在社会意识形态中的普遍性的规范作用,标举"止乎礼义,先王之泽也",又遵循着情的自然化和个性化法则,承认情的与个性直接相通的自然性品格,标举"发乎情,民之性也"。二者并重,在肯定情感表现的合理性的同时,又不偏不倚地强调了诗歌的伦理教化功能。而诗的本质,就在二者的平衡之中:"发乎情,止乎礼义。"诗,正是这两个层面同时发生作用的结果。

　　从对志的独重,到对志与情的并重,无疑是人类美学思想史上的一个重大的进步。但是也必须注意到,这种对人的自然本性的容纳,实际是在"志于道"的大前提下进行的。"发乎情,止乎礼义",就是它所特别强调的最高宗旨。因此,这一美学思想上的解放,也必然是一种新旧并存的"半截子"式的解放。

　　对于"情"的美学意义的更加彻底的开拓,是在魏晋六朝时期这一特定的历史条件下实现的。在这一特定的历史时期中,由于社会的动乱和统治者的极度腐败,儒家的伦理教化已经失去了全社会的公信力量,而与儒家名教相对立的自然人性也就应时而兴,并不可阻挡地代替了儒家礼教的主流地位。"越名教而任自然",成了当时社会的主流意识。反映在美学中,就是由"诗言志"向"诗缘情"的取代性的飞跃。这一在美学思想上具有革命意义的飞跃,具体表现在陆机《文赋》对情的美学意义的标举中。

　　陆机在《文赋》中,对各体文章的本质性特征,进行了系统的论述:"诗缘情而绮靡,赋体物而浏亮,碑披文以和质,诔缠绵而凄怆,铭博约而温润,箴顿挫而清壮,颂优游以彬蔚,论精微而朗畅,奏平彻以闲雅,说炜晔而谲诳。"所谓"诗缘情而绮靡",就是他对诗的本质性特征的揭示。"缘者,因也。"(《玉篇》)将"情"视为诗的因由,而不再附加"止乎礼义"的附加条件,这无疑是我国美学思想中的重大突破。这就是朱自清所明确指出的："陆机《文赋》第一次铸成'诗缘情而绮靡'这个新语。'缘情'这个词组将'吟咏情性'一语简单化、普遍化，并概括了《韩诗》和《班志》的话，扼要地指明了当时五言诗的趋向。"①

陆机所说的"情"，已经不再具有"表见德性"和"反映政教"的意义，纯指人的个性化的种种应物斯感的自然情状。"每自属文，尤见其情。""情"是陆机观照文学整体运动和全程运动的总切口和集中关注点，是对文学运动的本质的系统认识。这一系统认识，实际是贯穿于他的《文赋》的全部内容之中的。下面，试作简要归纳。

其一，关于情在创作酝酿中的重要作用的认识。

陆机明确认为，文学的全程运动，都蕴涵着感情的运动。感情的运动，在文学创作的酝酿阶段，就已经深刻地开始发生了。他在《文赋》一开始，就对这个问题做出了生动阐述：

> 伫中区以玄览，颐情志于《典》《坟》。遵四时以叹逝，瞻万物而思纷；悲落叶于劲秋，喜柔条于芳春。心懔懔以怀霜，志眇眇而临云；咏世德之骏烈，诵先人之清芬；游文章之林府，嘉丽藻之彬彬。慨投篇而援笔，聊宣之于斯文。

创作的准备集中表现为材料的准备。材料的准备包括两个方面：一是对历史资料的玄览，二是对自然万物的瞻览。这两个方面中，无一不包含着感情的运动。玄览《典》《坟》的目的是"颐情志"，也就是领会情思和培育情思。对自然万物的瞻览，首先从情感上的反应中表现出来：所谓"悲落叶于劲秋，喜柔条于芳春"，所谓"心懔懔以怀霜，志眇眇而临云；咏世德之骏烈，诵先人之清芬"，无一不是感物生情的生动表现。因此，创作准备的问题，实质上就是感情准备的问题。正是这一感情积累的充盈和成熟，推动着创作意志的成熟，然后才有可能进入"慨投篇而援笔，聊宣之于斯文"的阶段。

其二，关于情在创作构思中的重要作用的认识。

① 朱自清：《朱自清说诗》，上海古籍出版社1998年版，第35—36页。

陆机认为,构思的过程,实际是一个想象的过程,而推动想象运动的物理因素和心理因素,则是物象的运动和相应的感情运动。对此,他在《文赋》中做出了生动的阐述:

> 其始也,皆收视反听,耽思傍讯,精骛八极,心游万仞。其致也,情曈昽而弥鲜,物昭晰而互进,倾群言之沥液,漱六艺之芳润,浮天渊以安流,濯下泉而潜浸。于是沉辞怫悦,若游鱼衔钩,而出重渊之深,浮藻联翩,若翰鸟缨缴,而坠曾云之峻。收百世之阙文,采千载之遗韵,谢朝华于已披,启夕秀于未振,观古今于须臾,抚四海于一瞬。

进入构思的心理前提,就是一种"收视反听,耽思傍讯"的精纯专一的精神状态。集中而言,也就是一种精纯专一的感情状态。这种感情状态,是通向"精骛八极,心游万仞"的决定性的心理渠道。构思的极致状态,既是"情曈昽而弥鲜"的状态,也是"物昭晰而互进"的状态。情的运动与物象的运动,实际是同时发生并共相为济,并与艺术语言相并而进的。无论是感情的运动、物象的运动和艺术语言的运动,都经历着一个由分散到集中、由朦胧到清晰、由粗糙到精美的过程。这一过程对于作者来说,是一段极其痛苦、极其抑郁而极力追求解答的感情经历。这一苦苦追求解答的感情经历,就是陆机所说的"沉辞怫悦,若游鱼衔钩,而出重渊之深,浮藻联翩,若翰鸟缨缴,而坠曾云之峻"的感情境界。正是这一动荡不定、大起大落、充满了碰撞和融合的特定的感情境界,为心与物的融合,为对本质的探索与洞悉,提供了一个优化的心理平台,然后才有"笼天地于形内,挫万物于笔端"的可能。刘勰所说的"收百世之阙文,采千载之遗韵,谢朝华于已披,启夕秀于未振,观古今于须臾,抚四海于一瞬"的这种超越时空的大融合和由此激发的艺术形象的诞生,正是这一紧张而高效的感情经历的自然成果。

其三,关于情在灵感运动中的重要作用的认识。

构思运动的关键,是一个灵感通塞的问题。那么,灵感通塞的关键,又是什么呢?对此,陆机做出了具体的探索。他说:

> 若夫应感之会,通塞之纪,来不可遏,去不可止。藏若景灭,行犹响

起。方天机之骏利,夫何纷而不理。思风发于胸臆,言泉流于唇齿。纷葳
蕤以驰遂,唯毫素之所拟。文徽徽以溢目,音泠泠而盈耳。及其六情底
滞,志往神留,兀若枯木,豁若涸流。揽营魂以探赜,顿精爽而自求,理翳
翳而愈伏,思轧轧其若抽。是故或竭情而多悔,或率意而寡尤。虽兹物之
在我,非余力之所戮。故时抚空怀而自惋,吾未识乎开塞之所由。

灵感运动是一种没有规律的运动,也是一种非人力所能把握的运动。关
于"开塞之所由"的问题,陆机最后也没有完全弄清,而只能"抚空怀而自惋"。
但是,他终究捕捉到了一条极其重要的理论信息:灵感的通塞与作者的感情状
态密切相关。这是因为,"通塞之纪"与"应感之会"是同步发生的,而"应感"
的问题,实际就是一个感物生情的问题。不管灵感的运动是何等隐秘和复杂,
有一点是确凿不移的,这就是它必须凭借想象而运行,而想象之所以能够运
行,从来都是以情感的运动作为最基本的原动力并与情感的运动相并而行的。
一旦在感情上出现障碍,灵感就会寸步难行。这就是陆机所昭示的:"及其六
情底滞,志往神留,兀若枯木,豁若涸流。"因此,要想获得灵感的通畅,就必须
对人的情感状态进行调整而保持一种轻松自然的情感状态,也就是陆机所说
的"率意"状态。"是以或竭情而多悔,或率意而寡尤。"过分紧张不会给灵感
的生发带来裨益,唯有率意而行才是通向成功的心理渠道。

其四,关于情在外化运动中的重要作用的认识。

外化是构思的语言施工,也是文学创作的最后完成。陆机认为,在这最后
一道工序中,情自始至终都在发挥具有决定意义的作用。他说:

> 然后选义按部,考辞就班,抱景者咸叩,怀响者毕弹。或因枝以振叶,
> 或沿波而讨源,或本隐以之显,或求易而得难,或虎变而兽扰,或龙见而鸟
> 澜,或妥帖而易施,或岨峿而不安。罄澄心以凝思,眇众虑而为言,笼天地
> 于形内,挫万物于笔端。始踯躅于燥吻,终流离于濡翰,理扶质以立干,文
> 垂条而结繁,信情貌之不差,故每变而在颜;思涉乐其必笑,方言哀而已
> 叹,或操觚以率尔,或含毫而邈然。

外化运动的过程,是一个"选义按部,考辞就班",来对内容进行充实和显

示,使其"因枝以振叶"、"本隐以之显"的过程。情在这一过程中的作用就在于,它作为作品的内容因素,正是这一外化运动的内在依据。不管是"理扶质以立干",还是"文垂条而结繁",都是以"信情貌之不差"作为方法论前提的。所谓"情貌"包括两个方面的含义:一是指作品中的艺术形象的感情和状貌,二是指作者在外化运动中的感情和状貌。就前者而言,语言的运动必须以艺术形象的情貌为张本。就后者而言,作者的思想感情必须与艺术形象的思想感情以及相应的语言形态同步运动:"故每变而在颜;思涉乐其必笑,方言哀而已叹。"不管就哪一个层面来说,都需要一种全息性的感情投入,这是外化获得成功不可或缺的心理保证。

由此可知,在陆机的《文赋》中,"情"已经是一个与艺术的本质直接相通并且已经深入创作全过程的具有整体意义和普遍意义的美学范畴。它不再是一个一般意义的概念,而是魏晋六朝时期美学新思维中的一项重要内容,是魏晋六朝美学自觉的重要组成部分。这一全新的认识范畴,为刘勰在美学思想上的全面开拓,提供了又一份丰富无比的理论材料和又一个得天独厚的理论基点。

3. 关于"风骨"的范畴

以"风骨"为美的极致,将"风骨"视为文学艺术的理想追求,是魏晋六朝美学思想的又一重大飞跃。

"风"的本义是大气的流动。《正韵》云:"风以动万物也。"《尔雅·释天》云:"南风谓之凯风,东风谓之谷风,北风谓之凉风,西风谓之泰风。"由于风的这种"动万物"的力量,它被儒家化用于教化的领域中,喻指伦理道德的潜移默化的感染力量。《玉篇》:"风,教也。"《毛诗序》:"风,风也,教也;风以动之,教以化之。"它也被道家化用于宇宙运动的领域中,与气的概念融合为一,泛指宇宙运动与生命运动的生机与活力。《广雅·释言》:"风,气也。"《庄子·齐物》:"大块噫气,其名曰风。"《天命包》:"阴阳怒,而为风。"

"风"用于审美的领域,始于魏晋南北朝的人物品藻,常与"骨"相连,用以指人的精神风貌之美。如:"羲之风骨清举"(《世说新语·赏誉》),"刘裕风骨不恒,盖人杰也"(沈约《宋书》),"(蔡樽)风骨梗正,气调英嶷"(《南史·蔡樽传》)。

"骨"原本用于汉代的人事品鉴中,这是当政者据以选拔官吏的依据。汉代识鉴人物重在骨相。王充《论衡·骨相》云："人曰命难知。命甚易知。知之何用？用之骨体。人命禀于天，则有表候于体。察表候以知命，犹察斗斛以知容矣。表候者，骨法之谓也。""骨相"指人的形体方面的特征，以此来察辨其"富贵贫贱"与"操行清浊"。魏晋以后，玄学兴起，强调人的才性主要由其内在精神气质的特征来识别，骨鉴的重点也逐渐由形鉴向神鉴转移。这就是刘劭在《人物志》中所说的："物生有形，形有神精。能知精神，则穷理尽性。"主张"征神见貌"："夫色见于貌，所谓征神。征神见貌，则情发于目。"在《九征》中，他进一步提出了"强弱之植在于骨"的命题，主张依据骨植的强弱来考察人的精神状态。其理论凭借，就在于骨与气的相关性。他在《八观》中阐述"观其至质以知其名"时说："是故骨植气清，则休名生焉。"刘昺注云："骨气相应，名是以美。"

将骨与气相连，使它们成为在形神关系上互相对应的词语，是魏晋时期美学思想中的一大飞跃。它将人对于宇宙运动中的生命活力的诸多体认，深刻地注入了"骨"的形态学范畴之中。这实际是对骨的内涵的极大提举，赋予"骨"以宇宙运动和生命运动的深刻的内涵，使它具有与"风"同位的美学品格。在当时的审美称谓中，不管是"骨"，是"骨气"，还是"骨鲠"，指的都是同一的美学存在：人的精神面貌中的昂扬向上的美学特征。如：

> 王右军目陈玄伯，垒块有正骨。(《世说新语·赏誉》)
> 时人道阮思旷，骨气不及右军。(《世说新语·品藻》)
> (孔觊)少骨鲠有风力，以是非为己任。(《宋书·孔觊传》)

这种昂扬向上、富于生命活力的精神面貌，更多的是用"风"或者"风骨"的概念进行表述，如：

> 羲之风骨清举。(《世说新语·赏誉》)
> 羲之高爽有风气，不类常流也。(《世说新语·赏誉》)
> 高祖(刘裕)……身长七尺六寸，风骨奇特。(《宋书·武帝纪》)

美学思想中的"风骨"、"风力"、"骨力"等概念，正是由此而来。

见于书法评论,如:

> 善笔力者多骨,不善笔力者多肉,多骨微肉者谓之筋书,多肉微骨者谓之墨猪。多力丰筋者圣,无力无筋者病,——从其消息而用之。(卫铄:《笔阵图》)
> 伯玉得其筋,巨山得其骨。(王僧虔:《与某书》)
> 蔡邕书骨气洞达,爽爽如有神力。(萧衍:《书评》)

见于绘画评论,如:

> 评《周本纪》:重迭弥纶有骨法。
> 评《孙武》:骨趣奇甚。
> 评曹不兴:不兴之迹,殆莫复传,唯秘阁之内一龙而已。观其风骨,名岂虚成。(谢赫:《画品》)

以"风骨"作为审美评价的标准和尺度,也广见于文学评论中。如:

> 文章当自成机杼,成一家之风骨,何能共人同生活也。(《魏书·祖莹传》)
> 兄文骨气可推,英丽以自许。(《宋书·王微传》)
> 子建仲宣,以气质为体。(《宋书·谢灵运传论》)

由此可知,"风骨"作为审美评价的标准和尺度,在魏晋南北朝时已经广泛使用于社会生活的各个层面中。正是在这一时代积淀的基础上,刘勰对"风"与"骨"的概念进行了系统性的综合与升华,将它营建成为一个完整的美学范畴,赋予它以美学理想的崇高品格。这一由刘勰所最后完成的美学范畴,至今还是我们民族在审美活动中的灯塔。刘勰的历史性功绩,卓然不可磨灭。但是,诚如刘勰所言:"参伍因革,通变之数也。"如果没有前人的理论准备和实践准备的强大支持,后人的开拓就会成为无源之水和无本之木,也就没有刘勰在历史上的辉煌了。

（四）关于美的形态意识的觉醒

从先秦以来，由于儒家经学思想的禁锢，我国美学思想领域中长期只重视美的道德内涵，并不注意美的形态因素。在儒家"文质彬彬"的文化视野中，形态因素是一种异类的存在，长期被视为美学中的禁区，认为任何对形态因素的关注，都会干扰对美的内涵中的道德因素的注意。对这一美学禁区的突破，是魏晋六朝时期的又一历史功绩。

关于美的形态发现和醒悟，最早表现在王弼的有关"意象言"关系的哲学思辨中。王弼在《周易略例·明象》中说：

> 夫象者，出意者也。言者，明象者也。尽意莫若象，尽象莫若言。言生于象，故可寻言以观象；象生于意，故可寻象以观意。意以象尽，象以言著。故言者所以明象，得象而忘言；象者所以存意，得意而忘象。

意与象的概念，最早见于《周易》，是中国美学的核心范畴。在《周易》中，提出了"观物取象"和"立象以尽意"的重要命题。王弼对此进行了创造性的阐发，使二者的内在关系显示得更加清晰和确切。

王弼明确告诉我们：象意言的关系，是内容与形式层层相因的辩证关系。"象"是"意"的存在方式，"言"是"象"的存在方式。在这一三维性的结构中，"象"具有双重性的结构意义：对于"意"来说，"象"是"意"的形态，"意"是"象"的内涵。对于"言"来说，"象"是"言"的内涵，"言"是"象"的形态。这实际也就是对人类的思维结构和审美结构的完整概括：运用语言载体来运载形象或现象，运用形象或现象的载体来运载人类的思想与情感，这就是人类思维与审美的最基本的心理结构，也是人类思维和审美的最基本的心理过程。这是我国哲学思想史上第一次对心理活动的内容与形态的明确区分。这一区分，也就是我国在美学领域中对美的内容和美的形式进行确切区分的哲学依据。从此，美学的形式因素（内在的形式因素"象"和外在的形式因素"言"），才拥有了自己独立的学术地位，受到了全社会的普遍重视。对美学形态的研究，遍及于魏晋六朝时期各个与审美有关的领域中。

表现在音乐的领域中，就是声与情在范畴上的明确区分。嵇康《声无哀乐论》，就是典型的例证。尽管在结论中对内容与形式的关系有某些偏颇之处,但在将内容因素和形式因素在范畴上的明确区分来说,却是具有极大的突破意义的。正是基于对形态因素的相对独立地位的认识,他对音乐的形态技巧的研究才如此深刻,运作才如此熟练和精湛,成为当时首屈一指的音乐家。《广陵散》就是他的绝唱。

表现在绘画领域中,就是形与神在范畴上的明确区分。顾恺之、宗炳、王微等的绘画理论与实践,就是典型的例证。所谓"以形写神",所谓"益三毛",所谓"骨法",所谓"澄怀味象","竖画三寸,当千里之高",所谓"物以状飞",都是建立在形神相分的基础上的,也就是建立在对美的形态因素的相对独立地位的明确认识的基础上的。惟其如此,他们在绘画艺术的方面,创造出了前无古人的业绩,成了一代宗师。

表现在写作学领域中,就是对辞与情在范畴上的明确区分。曹丕、陆机、挚虞、李翰、颜延之、沈约的理论与实践,就是典型的例证。曹丕所提出的"文章本同而末异",就是他对文章形态的个异性的明确肯定。他们在重视文章内容的同时,也从各个不同的角度,对文章的形态因素,做出了独标一格的研究和阐发,诸如文体,文笔,文辞,声律,风格,等等。这些阐发,都是建立在对文章形态的相对独立地位的认识基础上的。正是由于有了这一明确的认识,魏晋六朝的写作学才获得了突飞猛进的发展,在历史上大放异彩。

如此等等,都标志着一个发生在魏晋六朝中的重要历史事实:美学形态意识在社会中的普遍觉醒。这一觉醒在我国的美学史上,同样是具有开天辟地的意义。这一觉醒,是中华美学的全面觉醒的决定性的历史内容和历史标志。

这一历史性的大嬗变在美学思想中的集中表现,就是以下几个基本范畴的兴起。

1. 象

将"象"的概念引入审美的范畴,赋予它以明确的美学意义,是魏晋六朝时期美学思想的另一重大飞跃。

"象"的本初意义专指古代普遍存在于亚洲大地的长鼻象,甲骨文中的"象"字,就是据象的形状而造。《说文》:"象,南越大兽,长鼻牙,三年一乳。像鼻牙四足尾之形。"《诗经·鲁颂·泮水》:"元龟象齿,大赂南金。"由于古代气候的变化,"象"在我国北方绝迹,关于"象"的概念也发生了相应的变化。《韩非子·解老》云:"人希见生象也,而得死象之骨,案其图以想其生也。故诸人之所意想者,皆谓之象也。""象"的含义由具体的"象",嬗变为想象,亦即意中之图像。由于这一由具象化向观念化的转化,它的概括范围也得到了极大的扩展,泛指一切可见可视的客观事物的图像在人的大脑中的留影,也就是韩非子所说的"无状之状,无物之象"。在此基础上,人们又逐渐认识到了在描摹和创造过程中发生的表象与实物之间的相似关系,如《系辞》中所说"拟诸形容,象其物宜",于是"象"的含义中又增加了"相似"的新义,也就是《系辞》中所说的:"象者,像也。"

由此可知,在我国古代,"象"与"形"虽然都是事物状貌的反映,实际是存在极大差异的。大致而言,"形"所反映的是事物的实貌,"象"所反映的是事物的虚貌,亦即客观事物在人类大脑中的投影。这一投影,虽然发自客观事物,却受之于主观心理,是主观与客观共同发生作用的结果。这种具有双重内涵的体认方式,清晰地表现在《老子》的哲学表述之中。在《老子》的五千言中,有五处提到了"象":

湛兮,似或存,吾不知谁之子,象帝之先。(四章)

无状之状,无象之象,是谓惚恍。(十四章)

道之为物,惟恍惟惚。惚兮恍兮,其中有象;恍兮惚兮,其中有物;窈兮冥兮,其中有精;其精甚真,其中有信。(二十一章)

执大象,天下往。(三十五章)

大方无隅,大器晚成,大音希声,大象无形。(四十一章)

第一则中的"象",是"相似"之意。第二、三则中讲的是道之象的特点:它是一种意想中的恍恍惚惚、若有若无、不可名状的心灵内视的感觉。第四、五则所说的"大象",实指"大道之象",亦即道之本体的法相,它将一切有形之象和无形之象都融合成为一个博大完美的整体,体现着现象与本质统一的理想境界。从中可以看出,在我国古代的文化视野中,"象"既不是一个纯心的范畴,也不是一个纯物的范畴,而是一个心物交融的范畴。这种独特的认识模式,构成了中华美学中的意象论与西方模仿论截然有别的特点。

由老子最先开拓的这种象中有意、意中有象、以象传心、以象传理的认识模式,就是《易传》中的认识理论的基本依据。《易传》是老子意象理论的具体

运用和具体展开。它对老子意象理论的具化意义,具体表现在以下两个方面:

一是用"象"这个范畴来概括整部《易经》,从而把它升举到了人类认识世界规律性的根本依据的高度。这就是《易传》所说的:

> 《易》者,象也。象也者,像也。

"《易》者,象也",是说《易》这种独特的认识方法的关键问题,就是一个"象"的问题。"象也者,像也",是对"象"的认识意义所做的阐释:"象"之所以具有认识的功能,就在于它具有"像"的功能,也就是象征的功能。运用"象"的象征功能,来对事物的深层蕴涵进行显示和诠释,这就是《易》的独特的认识原理。对此,唐代经学大师孔颖达在《周易正义》中做出了明确的阐释:

> 《易》卦者,写万物之形象,故《易》者象也。象也者像也,谓卦为万物象者,法像万物,犹若乾卦之象法像于天也。

卦象来自万物的形象,这是"象"的第一重内涵。卦象作为万物形象,它因此具有"法象万物",在本质上与万物相通、万理相通的品格,易而言之,也就是一种象征性的品格,这就是"象"的第二重内涵。就这一点来说,它与《诗经》中的比喻,是极其相似的:"凡《易》者象也,以物象而明人事,若《诗》之比喻也。"

这就是"象"的认识意义和《易》的最基本的认识原理。

二是对"象"这一特定的认识过程的具体程序的揭示上。这一具体程序,集中表现在以下两个方面:一个是"观物取象",一个是"立象以尽意"。

《易传》对"象"的认识过程的第一重规定性,就是"观物取象"。这就是《系辞》中所说的:

> 古者包牺氏之王天下也,仰则观象于天,俯则观法于地,观鸟兽之文与地之宜,近取诸身,远取诸物,于是始作八卦,以通神明之德,以类万物之情。

又说：

> 圣人有以见天下之赜，而拟诸其形容，象其物宜，是故谓之象。

它明确告诉我们：《易》象的本原是自然万物，是人类对自然万物的心理再现。这种心理再现，不是一种对物象外表的简单模拟，而是一种对事物的内在特性的蕴涵，具有极大的理性概括力量，足以和宇宙运动中的深奥微妙的道理相通。因此，对"象"的选取过程，必然同时也是一个创造的过程。这一创造的过程，是严格地建立在"观物"与"取象"的基础上的。"观"就是对自然万物的直接观照和直接感受，"取"就是在"观"的基础上的选择、提炼与概括，这一选择、提炼与概括的过程，实际也就是一个创造与升华的过程。"观"者观万物之具象，"取"者，取与神明之德相通以及与万物之情相类的具有普遍意义的东西，目的是为了"尽意"，亦即揭示其具有普遍意义的本质和规律。

《易传》对"象"的认识过程的第二重规定性，就是"立象以尽意"。这就是《系辞》中所说的：

> 子曰：书不尽言，言不尽意。然则，圣人之意，其不可见乎？ 子曰：圣人立象以尽意，设卦以尽情伪，系辞焉以尽言，变而通之以尽利，鼓之舞之以尽神。

这里所说的"言"，是指用来进行逻辑思维的概念符号系统。所谓"言不尽意"，是指这种抽象的概念符号系统在表情达意中的局限作用。而"象"作为自然万物的直观形态，可以补抽象思维之不足，以其"生命之树常青"的原生品格，对语言所无法表达的某种深邃隐秘的情思，进行潜移默化的显示。"言不尽意"与"立象以尽意"这两个命题，实际是一个问题的两个方面。它明确昭示人们：表达思想感情的方式，除了语言方式之外，还有形象方式。形象方式的基本特点，也在《系辞》中得到了明确的揭示：

> 其称名也小，其取类也大，其旨远，其辞文，其言曲而中，其事肆而隐。

这不仅是对"象"的认识特征的哲学概括,也是对"象"的美学特征的哲学概括。作为一种具有通用意义的思维模式来说,它必然会渗入美学的领域中,对美学领域中的概念创新,产生重大的影响。这种影响在汉代的时候,就已经开始表现出来。司马迁对屈原《离骚》的美学评价,就是一个典型的例子:

> 其文约,其辞微,其志洁,其行廉,其称文也小,而其指极大,举类迩而见义远。

显然,这段美学评价,就其思维模式的基本特征来说,是与《系辞》中关于形象思维的普遍性特征的理性辐射密不可分的。

但是,关于"象"的范畴的哲学认识向美学领域中的广泛辐射,却是魏晋六朝时候的事情。其原因就在于当时发生在玄学领域中的"言意象"之辨。王弼的《周易略例·明象》,就是对这一论辩问题所做的理论总结。他从系统的高度明确指出:

> 夫象者,出意者也。言者,明象者也。尽意莫若象,尽象莫若言。言生于象,故可寻言以观象;象生于意,故可寻象以观意。意以象尽,象以言著。故言者所以明象,得象而忘言;象者所以存意,得意而忘象。

这一系统揭示在认识论上的普遍意义就在于,它将"象"明确视为与"意"并举的范畴,这对"象"这个在内涵上长期杂糅的概念来说,实质上是一次成功的剥离:对其中的主体因素和客体因素互相交错的成功剥离。由于这一剥离,"象"获得了不依附于心的独立的范畴地位,心与物的关系,物与言的关系,也因此而显示得更加清晰。这一系统性的认识,作为一种具有普遍意义的思维模式,深刻地推动了象的范畴从哲学领域向美学领域的渗透和转化的过程。陆机《文赋》中所说的"恒患意不称物,文不逮意",就是哲学中的意象理论向美学中的意象理论渗透、映射和转化的具体例证。

但是,《易传》中的意象理论毕竟是一种泛认识的哲学理论,哲学的认识理论可以启迪美学的认识理论,但绝不能代替美学的认识理论。因为《易传》中所说的"象",实际是一种"卦象","卦象"属于抽象的符号系统的范畴,符

号系统只能具有代表实物系统的品格,绝不具有等同实物系统的品格。这就是钱钟书在《管锥篇》中所深刻阐述的:

> 《易》之有象,取譬明理也,"所以喻道,而非道也"(语本《淮南子·说山训》)。求道之能喻而理之能明,初不拘泥于某象,变其象也可;及道之既喻而理之既明,亦不恋着于象,舍象也可……词章之拟象比喻则异乎是。诗也者,有象之言,依象以成言,舍象忘言,是无诗也,变象易言,是别为一诗甚且非诗矣。①

由此可知,《易》中之象和艺术中的象,"二者貌同而心异",是两个迥然有别的范畴:前者虽然包含着某种象征的因素,但在本质上毕竟属于抽象思维的范畴,后者则纯粹属于形象思维的范畴,二者之间可以相通,但绝不等同。由哲学范畴的"象"演化为美学范畴的"象",不仅是人类认识长期积累的结果,也是人类艺术实践长期积累的结果。在艺术的实践中,作者对心物交融的领悟,归根结底是通过血肉丰满的审美形象表现出来的,对审美形象的把握,才是真正具有美学意义的把握。而作为一个审美形象来说,绝不是一般意义的心象或一般意义的物象所能奏效的,也不是一般意义的心物交融之象所能奏效的,而必定是一种具有足以动人心弦的力量的形与足以动人心弦的力量的神的统一,是一种寓神似于形似的统一。在这一个水乳交融的统一体中,对神的重视与对形的重视,对心的关注与对物的关注,都是同等而无偏的。这种形神兼具的象,才是真正具有美学意义的象。

这种对"象"的美学体认,广泛地表现在当时品藻人物的基本方法上。魏晋六朝人品藻人物的基本方法,就是以形观神的方法,实质上也就是以外征内、以象见意的方法。这种方法,集中表现在刘劭的审美经验中。刘劭将人区分为内在的不可见的精神和外在的可见的感性形态两个对应的方面,认为人的气质和行为具有九种征象,称为"九征",即神、精、筋、骨、气、色、仪、容、言。其中,"神"为"九征"之首,并据此提出了"征神见貌则情发于目"的由外以及内、由形以征神的基本法则和技术要领(《人物志·九征》)。《魏志·钟会

---

① 钱钟书:《管锥编》第1册,中华书局1979年版,第12页。

传》中，就有这种据目观人的记载："中护军蒋济著论，谓观其眸子，足以知人。"嵇康也曾用观眸子的方法来评价人物："卿瞳子白黑分明，有白起风，恨量小狭。"（《世说新语·言语》）嵇康还从美学理论的高度，对这一普遍性的规律进行了深刻的概括："形恃神以立，神贵形以存。"（嵇康：《养生篇》）

这种对"象"与"意"的关系的美学体认，也灵动地反映在当时的文学创作中。王羲之云："仰观宇宙之大，俯察品类之盛，所以游目骋怀，足以极视听之娱，信可乐也。"（《兰亭集序》）王羲之所说的，实际也就是意与象的美学关系的问题。所谓"仰观宇宙之大，俯察品类之盛"，就是一个对象的观照与感应的过程。"宇宙之大"，"品类之盛"，指的是大自然的物象。所谓"游目骋怀，足以极视听之娱，信可乐也"，指的是一个"意"的生发过程，"游目骋怀"，"极视听之娱"，"信可乐也"，指的是应物斯感所生发的"意"。这种"象"是具有观赏意义的物象，而不是借象譬理的象征性符号，这种"意"是由观赏所生发的感情，而不是由卦象所显示的吉凶之理。显然，王羲之所体认的"象"，已经不是一般意义的哲学范畴的"象"，而是严格意义的美学范畴的"象"了。

魏晋六朝时期的绘画理论，则从更加具有技术意义的层面上，对"象"的美学范畴做出深刻的体认。东晋画家顾恺之提出了"以形写神"的美学主张，他说：

> 人有长短，今既定远近以瞩其对，则不可改易阔促，错置高下也。凡生人亡有手揖眼视而前亡所对者，以形写神而空其实对，荃生之用乖，传神之趋失矣。空其实对则大失，对而不正则小失，不可不察也。一像之明昧，不若悟对之通神也。（《魏晋胜流画赞》）

"以形写神"的第一重内涵，就在于重视形对于神的"实对"关系。所谓"实对"，就是画家在表现人物时，要确切把握表现对象在特定环境中的特定神态和动作，这样才有可能传神。如果"空其实对"，凌空表现，或者"对而不正"，对应不准确，都会使形与神之间产生距离，不可能达到传神的目的。因此，在表现人物的形态的时候，必须精细入微，一丝不苟，具有形似的基础品格。这是通向神似的必由之路：

　　若长短、刚软、深浅、广狭，与点睛之节，上下、大小、醲薄，有一毫小失，则神气与之俱变矣。（《魏晋胜流画赞》）

　　"以形写神"的第二重内涵，就在于重视形与神之间的"悟对"关系。"悟对"，相对于"实对"而言，指以心会物，以心会心，领悟和把握特定人物在特定环境中的特定的精神状态。唯有把握了这种精神状态，才能真正进入神似的境界。"一象之明昧，不若悟对之通神也。"神似的境界是比形似的境界更加高级的境界。

　　"以形写神"的第三重内涵，就在于重视形似与神似之间的融合为一。实现融合为一的关键，就在于抓住人物或事物中最具有对本质的显示意义的美学特征，也就是顾恺之所说的"传神写照，正在阿堵中"：

　　顾长康画人，或数年不点睛。人问其故，顾曰："四体妍媸，本无关于妙处，传神写照，正在阿堵中。（《世说新语·巧艺》）

　　"点睛"，正是最能体现人的精神的"阿堵"所在。在人与物的形态中，不是所有的"形"都具有美学的意义，而只有具有美学特征的"形"，才真正具有美学的显示意义和通向人类精神世界的力量，亦即"通神"的力量。这种力量，在顾恺之的绘画实践中充分地表现出来：

　　顾长康画裴叔则，颊上益三毛。人问其故，顾曰："裴楷俊朗有识具，此正是其识具。"看画者寻之，定觉益三毛如有神明，殊胜未安时。（《世说新语·巧艺》）

　　这种力量，实际也就是典型细节的力量。正是这种特定的力量，将外在的形似与内在的神似的融合成为有机的整体。在"阿堵"——它的现代称谓就是典型——中，实现形似与神似的统一，这才是"象"的理想境界和艺术家的最高本领。

　　这三重内涵，实际也就是"象"的美学范畴的具体内涵。而谢赫的"气韵生动"理论，则是对"象"范畴的更加高级的要求，将魏晋六朝时期关于"象"的范畴的美学体认,推进到了全面成熟的阶段。就这些论见所涉及的范畴来说,它涵盖了现代西方"形象"学范畴的基本领域,而在对灵动性的追求上,则远远超越于西方形象论的认识范畴,蕴涵着远比西方丰富的理性信息。

前人和时人在"象"范畴上的这些卓越的认识成就,对于刘勰的美学开拓来说,无疑是又一份极其难得的理论材料和又一个极具活力的理论基点。

2. 丽、绮靡、采

魏晋六朝时期美学思想的重大开拓,还表现在曹丕对诗的形式特征"丽"的标举上。

在《典论·论文》中,曹丕除了"文以气为主"的历史性论见外,还提出了一个同样重要的命题:"诗赋欲丽"。用"丽"这个形态学的概念来对诗赋的本质特征进行概括,这无疑是对儒家"志于道"的传统教义的重大突破。

先秦以来,在儒家礼教思想的统治下,文学的政治伦理内涵被升举到了绝对化的地位,而文学的形态却成了长期的认识灰区。按照儒家的传统观点,是从不把艺术的形式美及艺术形式的审美价值放在引人注目的位置,以免喧宾夺主,冲淡其内容的神圣性的。这就是《乐记》中所特别强调的:

> 礼乐皆得,谓之有德,德者得也。是故乐之隆,非极音也;食飨之礼,非致味也。清庙之瑟,朱弦而疏越,一唱而三叹,有遗音者矣;大飨之礼,尚玄酒而俎腥鱼,大羹不和,有遗味者矣。是故先王之制礼乐也,非以极口腹耳目之欲也,将以教民平好恶,而反人道之正也。

惟其如此,对"丽"的标举,实际是对一种非儒化的美学范畴的标举。它在美学上的重大意义就在于,它赋予了文学以独立的存在价值和范畴地位,赋予了文学的形式以独立的存在价值和范畴地位,也对文学形式的美学特征进行了深刻的体认。就前者来说,它是文学对自己不再依附于政治伦理的独立地位的自觉,就后者来说,它是文学形式对自己独立的美学价值和不容混淆的美学特征的自觉。径而言之,所谓"文学的自觉",就是文学对自己的美学归属在理论上的明确化,以及文学形式对自己的美学特征和审美价值在理论上的明确化。这两个明确化,都是在曹丕所提出的"诗赋欲丽"这一新思维的推导下实现的。这也就是鲁迅之所以将魏晋时代称为"文学的自觉时代"的

原因:

> 他说诗赋不必寓教训,反对当时那些寓训勉于诗赋的见解,用近代的
> 文学眼光看来,曹丕的一个时代可说是"文学的自觉时代",或如近代所
> 说是为艺术而艺术的一派。①

在陆机的《文赋》中,对文学的美学归属和文学形式的美学特征和审美价值的体认,又得到了新的开拓,这就是他所提出的"诗缘情而绮靡"的美学主张。较之曹丕"诗赋欲丽"美学论断,陆机的美学主张有了两处重大的拓展。一是对诗的内容属性的明确标示——"缘情",一是对诗的形式的美学特征的认识的进一步深化——"绮靡"。关于"缘情"的问题,前节已有专论,此处不赞。下面,专就"绮靡"的问题做一点展开性阐述。

何谓"绮靡"? "绮"的本义是细绫,一种有花纹的丝织品。《说文》:"绮,文缯也。"《汉书·高帝纪》:"贾人无得衣锦绣绮縠纻罽"。师古注:"绮,文缯,即今之细绫也"。(《汉乐府·陌上桑》):"湘绮为下裙,紫绮为上襦。"引申为文彩华丽。《七命》:"流绮星连"。注:光色也。"靡",与节俭相对,是繁盛的意思。《周礼·地官司市》:"以政令禁,物靡而均市"。靡也含有美丽动人的意思,但两者的侧重点并不相同。绮重文彩之华丽,靡重文彩之艳盛。绮靡相连,指诗歌形式的华艳品格。陆机所说的"亦蒙荣与集翠","暨声音之迭代,若五色之相宣","藻思绮合,清丽芊眠,炳若缛绣,凄若繁弦",就是对这种生气蓬勃的华艳品格的由衷赞美和具体展示。

显然,作为对诗的形式特征的集中概括,"绮靡"相对于"丽"来说,要鲜明很多,也具体很多。"丽"只是一种表层印象的标举,而"绮靡"则是对声色的标举,对声色的标举,实际也就是对形象的鲜明性的标举。正是由于这一明确的标举,才有沈约对声律美学的追求,最终导致了刘勰对形态美学的全面开拓。

从曹丕到陆机到沈约对"丽"的范畴的开拓,对于刘勰在形态美学上的历

---

① 鲁迅:《魏晋风度及文章与药及酒之关系》,《鲁迅全集》第3卷,人民文学出版社1973年版,第490—491页。

史性开拓,同样是具有导航意义和基石意义的。

(五)关于美的方法论意识的觉醒

魏晋六朝的美学自觉,包含着对美学方法论的自觉。魏晋六朝对美学方法论的系统营构,集中表现在对"术"的范畴的开拓上。

术,本义指城邑中的道路。《说文》:"术,邑中道也。"引申为方法、策略、手段、技艺。例如:"孤不度德量力,欲信大义于天下,而智术浅短,遂用猖獗,至于今日。"(《三国志·诸葛亮传》)"臣有百胜之术"(《战国策·魏策》),"古之学术道者"(《礼记·乡饮酒义》)。

"术"作为一个方法论的概念,在我国历史上出现得相当早。但是对它的使用,大都是在道家的以道释技的自然之道的领域中,或是儒家的治平之道的政教领域中。前者如庄子关于"庖丁解牛"的论述,强调术之根本在顺乎自然;后者如孟子关于"弈秋"的论述,强调术之根本在遵循规矩。他们对术的体认,都是在哲学的层面上进行的。在美学与文学的领域中,方法论的问题则很少有人提及。

两汉时期,由于个人著述的兴起,创作方法的问题开始受到了社会的关注。当时对屈赋评价的争辩中,已经涉及对屈原作品的美学特征和创作方法的体认的问题。如:"其文约,其辞微……其称文小而指极大,举类迩而见义远。"(司马迁《史记·屈原传》)"其文弘博丽雅,为辞赋宗,后世莫不斟酌其英华,则象其从容。"(班固《〈离骚〉序》)"《离骚》之文,依诗取兴,引类譬喻。故善鸟香草,以配忠贞;恶禽臭物,以比谗佞;灵修美人,以媲于君;宓妃佚女,以譬贤臣;虬龙鸾凤,以托君子;飘风云霓,以为小人。其词温而雅,其义皎而朗。凡百君子,莫不慕其清高,嘉其文采,哀其不遇,而愍其志焉。"(王逸《离骚经序》)"所谓金相玉质,百世无匹,名垂罔极,永不刊灭者矣。"(王逸《楚辞章句序》)当时的赋家,在谈自己的创作体会时,也涉及方法论的问题。司马相如说:"合綦组以成文,列锦绣而为质,一经一纬,一宫一商,此赋之迹也。赋家之心,苞举宇宙,总揽人物,斯乃得之于内,不可得而传。"扬雄说:"诗人之赋丽以则,辞人之赋丽以淫。"(《法言·吾子》)如此等等,都明显地涉及艺术创作中的许多方法论的问题,诸如对内容的美学要求的问题,对形式的美学要求的问题。但是,这些具体的方法论的论见相当分散零碎,大都是片言只语,并不具有完整的范畴意义。

魏晋六朝时期，由于社会观念的普遍开放，和由此带来的美学自觉，美学方法论的问题受到了全社会的普遍重视。一切具有审美意义的方法论表现，都成了全社会共同的赞赏对象。《世说新语》中的"巧艺"专章，就是典型的例证。这种社会风尚的理论集合，就是这一时期的美学论著中对方法论的关注。

美学方法论表现在曹丕的《典论·论文》中，就是它对文体世界的划分和对各种文体的美学特征所做出的深刻揭示。在我国的美学史上，它第一次对文章世界做出了四体八类的明确划分，而且对每一种体式的美学特征做出了精当的概括："奏议宜雅，书论宜理，铭诔尚实，诗赋欲丽。"这一划分和概括，为文章创作的美学实践，提供了明确的工程目标。尽管它没有对"术"做出公开的标举，实际上已经凭借着它的实践性品格，深深渗入了"术"的隐性范畴。

对"术"的更加自觉的开拓，鲜明地表现在陆机的《文赋》之中。

探索"作文之利害所由"，是《文赋》的根本宗旨。这一宗旨本身，决定了它对理论科学的追求，必然同时也是对工程科学的追求。这就是作者在它的序中所明确表述的：

> 余每观才士之所作，窃有以得其用心。夫放言遣辞，良多变矣，妍蚩好恶，可得而言。每自属文，恒患意不称物，文不逮意。盖非知之难，能之难也。故作《文赋》以述先王之盛藻，因论作文之利害所由。

"知"属于理论科学的范畴，"能"属于工程科学的范畴，从某种意义上说也是属于"术"的范畴。陆机认为，对于"作文"这一美学实践来说，"能"是一个比"知"更加直接也更加重要的范畴。因此，他不仅从"知"的角度阐述了系列的美学理论问题，而且从"能"的角度对这些问题进行了工程学的解答，归纳成为系列的技术要领。如：

酝酿的技术要领："伫中区以玄览"；"颐情志于《典》《坟》"；"瞻万物而思纷"。

构思的技术要领："收视反听，耽思傍讯，精骛八极，心游万仞"。

灵感的技术要领："竭情而多悔，率意而寡尤"，"方天机之骏利，夫何纷而不理"。

结构的技术要领："立片言以居要，乃一篇之警策"；"理扶质以立干，文垂条而结繁"。

遣辞的技术要领:"选义按部,考辞就班";"其会意也尚巧,其遣言也尚妍。暨音声之迭代,若五色之相宣"。

如此全面的方法论阐述,赋予了"术"以具体的美学内涵,推动着全社会对美学方法论的不断追求。顾恺之的"点睛"巧艺和"传神写照,尽在阿堵中"的卓越体认,陶潜、谢朓在诗歌技法上的不断创新,沈约在声乐论上的历史性开拓,就是这种追求的具体成果。这些实践经验和理性认识的积累,使前人所提出的泛"术"的认识范畴,在魏晋六朝的美学土壤中获得了极大充实。显然,这对于刘勰在美学方法论上的历史性开拓,是大有裨益的。

正是以上的诸多层面,共同构成了魏晋六朝美学思想的辉煌大厦。几乎可以说,现代美学思想中所涉及的一切范畴,无一不在这一特定的历史空间中得到了充分的开发,而最后在刘勰的巨制中得以全面集中与完成。就这些范畴的广度、深度和力度来说,至今没有任何一家别的理论可以超越。这一空前鲜后的美学思想环境,就是刘勰的历史性创造的得天独厚的理论前提和实践前提。如果没有前人和时人所提供的这一得天独厚的美学思想环境,刘勰在美学思想上的历史性开拓,就会是无源之水和无本之木而成为难以想象的事情。

三、文学思想的空前活跃

从魏晋开始,随着社会思想观念的嬗变,文学的地位与功能也发生了大变化,日益改变了宣扬儒家伦理政治而强寓教化训勉的庙堂面貌,越来越多地被用来表现作家个人的思想感情和对美的追求。由此形成了中国文学史上一次重大的飞跃,带来了文学的繁荣。鲁迅将这一时代称为"文学的自觉时代","这时代的文学的确有点异彩"。① 这一时期的文学开拓,具体表现在以下方面。

(一)文学观念的重大变化

两汉时期,人们对文学本质的认识长期拘囿于美刺教化的功利性范畴和

---

① 鲁迅:《魏晋风度及文章及药与酒之关系》,《鲁迅全集》第 3 卷,人民文学出版社 1973年版,第 488,491 页。

"天人合一"的经学性范畴,文学一直处于政治与经学的附庸地位,未能获得真正独立的发展。魏晋南北朝时期,由于农民起义的冲击以及统治者自身的腐朽,传统的意识形态已经失去了独尊的优势,人们逐渐从经学的禁锢中解脱出来,把更多的注意力投向社会现实,把写人作为文学的根本关注点,把抒发情性作为文学的主要功能,使文学的观念焕然一新。曹丕的《典论·论文》,就是文学观念更新的具体显示。"文章经国之大业,不朽之盛事"的论断,是中国历史上第一次将文学与经国相连,赋予文学以如此崇高的社会地位。"不假良史之词,不托飞驰之势",则是对文学独立性的明确表述;在中国历史上,文学第一次获得了独立自主的品格。文学的独立地位,又是与"文笔"之辨联系在一起的。很长时期中,文学与非文学混淆在一起,不能把握住她们各自的不同特点。魏晋以后,文章的种类日益繁多,具有了可比的属性,文学的特点也日益突现出来。《典论·论文》说:"诗赋欲丽"。陆机《文赋》表述说:"诗缘情而绮靡"。这些认识虽然是就具体文体而言的,但在概念的更新上具有极其重大的显示意义,它标志着对文学功能的认识巨大飞跃:由"言志"到"缘情"的革命性飞跃。也标志着对文学的形态特征的认识飞跃:美的形态是文学不可或缺的外部特征。这些认识,都是前无古人的。到了南北朝的后期,文学观念的更新更是层出不穷。

(二)对美的创造的自觉追求

由于传统经学教条已经失去了对社会思想的控制力量,也由于城市经济的繁荣与士族门阀奢侈腐化的高消费需要,美的创造成了社会的广泛追求。这种追求在文学领域中表现得特别集中和明显。这和文学观念的更新有关。当文学不再被看做政治教化的工具,而注重表现作者个人心灵的感受与向往以后,美的创造就成了它首要的任务与自觉的追求。文学领域中追求"新变"的风气,就是这种自觉追求的历史见证。所谓"新变",就是不愿再沿袭旧的内容、形式、风格,而力求为社会提供具有独创特征和个性特征的美。

这种美的创造首先体现在内容的多样化方面。建安文学侧重于"世积乱离,风衰俗怨"的社会化感受,从社会美的角度独标一格地写出了"慷慨以任气,磊落以使才"的抒情作品。何晏从理性美的角度,独有灵犀地创造了玄言诗。陶渊明从自然美的角度,别出心裁地创造了的田园诗,谢灵运、谢朓则在此基础上推而广之,完成了从玄言诗到山水诗的转变。甚至人体之美,也前无古人地成了文学的内容,这就是齐梁时期的"宫体诗"。尽管它们在美学品位上和艺术价值上各不相同,但就对美与"新变"的自觉追求来说,是并无二致的。

追求美与新变,也导致了文学形式的不断嬗变。对音律的追求,就是此段文学的最大特色。以诗歌为例,魏晋南北朝时期是五言诗的全面成熟时期,也是七言诗由探索走向逐渐成熟的时期。与此同时,律体也开始形成。齐永明年间沈约等人提出的"四声八病"说,就是律体的理论依据和直接的催化剂。在此基础上产生的"永明体",就是律诗的开端。到了南北朝后期,五律已大体成型。南北朝民歌中广泛运用的五言短诗,经过文人的改造,演变成五言绝句体。七律与七绝也粗具雏形。除此之外,追求修辞的华美,也成了当时的普遍风气。多种多样的修辞手法,多种多样的写作技巧,都在对美与新变的追求中涌现出来并迅速走向成熟,为作家对美的塑造提供了多样化的表现手段。重视文学的形式美,是当时普遍性的文学作风。从社会学的角度来看,这一作风诚然与士族门阀"讹滥浮靡"的生活追求有关,而且转过来又助长了这种"讹滥浮靡"社会风气。但从文学发展的角度来看,对艺术形态的重视和追求,正是对文学不可或缺的本质属性——审美属性的认识深刻化的反映。郭绍虞对此进行了极其透辟的表述:"南朝的文学批评,因当时骈俪之重在藻饰,故其作风当然较偏于艺术方面而与道分离;因此,反容易使一般人认清了文学的性质,辨识了文学的道路。"①对文学的审美性质的"认清",又反过来推动了人们对艺术形态的自觉追求。如此辗转强化,为唐代文学的繁荣奠定了坚实的形态学的基础。

追求美与新变,必然导致作家风格的多样化。曹操的作品有如"幽燕老将,气韵沉雄",曹植的作品有如"三河少年,风流自赏",孔融的作品体气高妙,阮籍的作品曲折渊放,嵇康的作品峻切挺拔,陆机的作品绮丽雅致,孙绰的作品神超形越,陶渊明的作品高洁旷远,王羲之的《兰亭序》平易清隽,左思的作品雄迈勃郁有如涧底之松,谢灵运的作品清新秀丽有如池塘春草,鲍照的作品雄恣奔放有如"疾风冲塞",谢朓的作品清丽悠远有如"霞散成绮",凡此种种,都极具个性,互不雷同,有如群星璀璨,虽大小远近明暗各不相同,但都具

---

① 郭绍虞:《中国文学批评史》,百花文艺出版社1999年版,第97页。

有不可代替的属性。这就为后来者进行风格学的研究,提供了丰富生动的感性材料。

追求美与新变,必然导致文学体式的多样化。以诗歌而言,就有五言与七言之分,古诗与律诗之异,律诗与绝句之别,诗歌的体式获得了极大的增扩。以文章而言,魏晋南北朝的文章较之以史传与政论为主的两汉散文,更为丰富多样。各种实用性的文体,都获得了普遍的发展,如檄、碑、诔、序、记、注、书信等,它们都普遍注意文采,追求艺术性的美,出现了不少情真事实,理足气雄,语言精美的作品,如《兰亭集序》、《致陈伯之书》、《水经注》、《洛阳伽蓝记》等。在文章的表现形式方面,有骈体,也有散体。小说也初具规模,分成了"志怪"与"志人"两大体式,都取得了相当高的成就。《搜神记》就是前者的代表,《世说新语》就是后者的代表。这些多样化的体式,为后来者进行文体学的研究,提供了具体依据和良好范例。

(三)作家群峰的崛起

由于文学受到普遍的重视,许多文人都把它当做一种高雅的社交活动来参加,并乐此不疲,于是作家的群峰就纷纷崛起。作家的集团化,是魏晋南北朝文学的一个重要特点。建安时代,以曹氏父子为中心,结成了历史上第一个重要的文学集团——"建安七子"。此后,文学集团层出不穷,难以尽数。举其要而言之,魏末有以阮籍、嵇康为首的"竹林七贤",西晋有包括陆机、左思在内的"二十四友",东晋时有以王羲之、谢安为中心的"兰亭之集"的文学交游,刘宋临川王刘义庆招纳了以鲍照为首的众多文士,南齐竟陵王萧子良周围有著名的"竟陵八友",梁代昭明太子组成的大型"文选"集团。他们所从事的是平等的文学活动,而不是汉代"以倡优视之"的活动。

作家群峰的崛起是文学发展的结果,又是推动文学发展的重要动力。在文学的集团活动中,作家可以在最短距离内互相交流,互相影响,以集团的优势促进文学的新变,开创和统领文学潮流。同时,在一个文学集团中,由于人的接近性和思想的接近性,容易形成感情的共鸣与思想的共识,有利于文学思想的形成和发展,在社会上造成比较广泛而重大的影响。而不同的文学集团之间,由于彼此的差异势必形成激烈的竞争和冲突,势必在思想上和形态上各辟蹊径以标新立异,催化着文学的新变与作家风格的多样化。这些方方面面的现象和影响,最终会以文学风气和社会风气的形式表现出来,成为一种历史性的存在。

诚然,就文学集团推波助澜形成的文学风气和社会风气而言,从来都是良莠杂陈,存在着品位上的重大差别的。在魏晋南北朝时期,既有"慷慨磊落"的文学风气与社会风气,也有"讹滥浮靡"的文学风气和社会风气,两者从来都是相对照而存在,相斗争而发展的。作为历史存在来说,两者都是历史发展的推动力量,它们的区别只是角度的不同而已。历史的发展从来都是合力运动的结果,是一个螺旋式上升的过程。螺旋式的上升,从来都是依靠两个相反的力量来实现的。正面的推引,反面的刺激,这就是《文心雕龙》得以脱颖而出的复杂文学风气环境和社会风气环境。

(四)文学主题的深刻化与多样化

魏晋六朝时期文学主题的深刻化和多样化,与这一时期中社会思想的大开拓有关。随着儒学对社会思想的失控和玄学思想的兴起,人的个体价值和个体意识开始受到社会的重视,由此而产生了社会观念和文学观念的深刻变化。文学活动褪下了它庙堂教化的神圣面纱,而具有了"缘情"的个性化品格,使人成了开始自觉的人,文学成了表现人的觉醒过程的自觉文学。无疑,在意识形态领域中,是一种具有革命意义的变化,可以称得上从孔子以来"千年名教之奇变"。更重要的是,这种变化是在玄学的思辨中以"自然"这一宇宙本体作为最高依据而实现的。这就使人的个性意识具有了"自然而然"的绝对性理论品格,也使文学对人的个体关注和表现具有了同样的理论品格和实践品格。"自然"成了文学解放思想的精神旗帜,人对天地万物的个性化感受成了文学的焦点与共同主题。文学从人的精神解放与作家的自我解放中获得了前所未有的灵感,文学的主题也从这一关系到人的精神解放的认识领域中达到了前所未有的深度和广度。为着了解这一主题的深刻性和多样性,我们不妨将这一时期中以自然为最高依据的文学主张和由此衍生的文学主题,与法国卢梭的"天赋人权"学说做一跨文化、跨时空的比较。任何不心存偏见的人都会发现,尽管在政治思想的历史内涵上并不相同,但就立论依据的自然性来说,两者是并无二致的。这一比较,清晰地标志出了我国魏晋南北朝文学思想和文学主题所达到的历史性的高度与深度。

魏晋六朝文学主题的深刻性和多样性,常常以深邃的哲理蕴涵表现在具体作品中。阮籍的《咏怀诗》,就是文学与哲理结合的最早典型。在诗中,作者以审美的方式完全否定了传统道德对个人生命的意义,排斥了将个体融化在专制统治的群体事业中的可能,以自己独特的孤独、愤懑与虚无的心理感受,表现了自己对个体价值、这一价值面临的困境,以及解脱的途径与可能的广泛探索,与对精神解放的强烈追求。陶渊明的田园诗和谢灵运的山水诗,则是从人与自然的关系的角度,对文学主题进行了独标一格的开拓。他们的诗有一个共同的出发点,即从宇宙的高度来感受和思考个体生命的意义,认为个体生命不仅在社会中存在,而且从更高的意义上说,也是面对这个宇宙而存在的。以自然的博大与永恒,自由与自足,来对照社会的动乱与残酷,虚伪与束缚,必然萌生出对世俗生活的淡漠,对自然的喜悦和重返自然的渴望。表现和赞美个体生命与自然的和谐,在人与自然的和谐中追求精神的解脱和快意,就成了他们基本的人生态度,也是他们作品的最基本的主题。

这一文学主题的深刻化和多样化,给中国古代文学的面貌带来了极大的改变。它使文学摆脱了简单地、就事论事地反映社会生活的传统,转入了对天地万物和社会生活的本质关注,表现了作者更为深邃的心理活动,并把读者引入了与宇宙运动相关相通的更高层次的思考。文学的内涵,也因此而变得更加丰富、更加凝练、更加深沉,推动着文学向唐代的大成熟与大繁荣迅跑,也给了《文心雕龙》更加深刻的观照角度和理论支点。

综上可知,魏晋六朝文学确实是中国文学史中一段具有非常重要地位的文学。它所进行的开拓,具有"空前而启后"的属性:"它不囿于传统的思想,所以是空前;它又能范围后来的作者,指导后来的批评家,所以又是启后。"①如果没有如此广阔、如此深刻的文学开拓,《文心雕龙》从美学的高度对文学进行如此全面、如此深刻的概括,是不可想象的事情。

四、写作学思想的空间拓展

伴随美学观念的更新和文学自觉化的逐步实现,魏晋六朝的写作学思想,也获得了历史性的重大拓展。具体表现在以下方面。

(一)对写作的崇高地位和永恒价值的标举

曹丕对文学地位和价值的标举,是在"文章"这一泛文学的大平台中进行

---

① 郭绍虞:《中国文学批评史》,上海古籍出版社 1979 年版,第 54 页。

的。将"文章"视为"经国之大业"与"不朽之盛事",这就意味着赋予文章写作以最高的社会地位与存在价值。这一特殊的地位与价值不是随意性的,而是由它特定的社会功能所决定的。文章写作的社会功能,被曹丕概括为以下两个方面:

一是"经国"的功能。经国就是管理国家。管理国家依靠政令。政令的物质形态就是文章。典章诰命自不必说,是管理国家的直接媒介,而就诗赋来说,也是经国状况的一种感情反映,与国事之兴衰息息相通。古代的"观风",就是文章经国的典型例证。由此可见,"经国"的功能中,实际包括两种不同的交际功能:一是实用的功能,一是审美的功能。曹丕所说的"奏议宜雅,书论宜理,铭诔尚实",就是对前者的理论概括,曹丕所说的"诗赋欲丽",就是对后者的理论概括。

二是"不朽"的功能。"不朽"的功能实际也就是永恒的录记与传播的功能。文章的不朽,主要来自两个方面:一是来自它的内容的不朽。文章的内容来自社会的精神文明,人类的精神文明具有代代相传的属性。二是来自它的形态的不朽。文章的形态来自书面语言的体式性结构,书面语言是世界上最稳定的符号系统,体式性结构是世界上最明确的录记结构和传递结构。这就是文章之所以能够代代流传的根由。

曹丕这些精辟的论见,不仅是文学自觉化的理论纲领,也为写作学获得自己独立的社会地位奠定了具有关键意义的理论基石。

(二)对写作学的根本属性的体认

写作学要取得独立的学科地位,还必须凭借对它的根本属性的体认。这一历史性的开拓,同样是在魏晋南北朝这一特定的文化条件下实现的。

在相当长历史时期中,古人只有"文章学"的静态观念,而没有"写作学"的动态观念。他们对创作成品的关注,远远超出了对创作过程的关注。在先秦时期,以作品为研究对象的文章学,就已经达到了相当高的水平,而关于文章创作过程的知识,则一直是认识的灰区。

魏晋南北朝以后,随着人的意识的觉醒,儒家传统的"述而不作"的观念已经不再具有对社会的垄断力量,文章创作也逐渐由代圣立言到个人立言的下移过程,文章创作的动态过程及这一过程中的相应的方法论要领,开始受到了社会的广泛关注。于是写作学这一门新兴的科学,便从文章学的基础上破茧而出。

写作学从文章学的温床中破茧而出,鲜明地反映在陆机的《文赋》中。《文赋》的论述对象并不仅仅针对文学,而是针对广义的文章。它在文学研究中的系列理论创造,实际都是在文章学的工作平台上进行的。它所说的"文赋",不单是文学之赋,而是兼及各体文章之赋。从这一点来说,《文赋》与传统的文章科学并没有什么明显的区别。但是,就其关注的重点和论述的角度来看,却已经出现了与传统文章学迥然有别的理论新质。这一理论新质,首先表现在它对"作"的集中观照和特别标举上:

> 余每观才士之所作,窃有以得其用心。夫其放言遣辞,良多变矣,妍蚩好恶,可得而言。每自属文,尤见其情。恒患意不称物,文不逮意。盖非知之难,能之难也。故作《文赋》,以述先士之盛藻,因论作文之利害所由,它日殆可谓曲尽其妙。至于操斧伐柯,虽取则不远,若夫随手之变,良难以辞逮。盖所能言者,具于此云尔。

陆机所说的"作"、"作文"、"属文"、"放言遣辞",都指的是创作的实践过程。陆机认为,文学论与文章论的核心问题,是"作文利害之所由"的问题。从静态的"文"转化为动态的"作",从对作品论的关注转化为对创作论的关注,这是人类认识的极大扩化和深化。由于这一认识的飞跃,写作科学的最基本的属性——实践性,作为写作学与文章学的第一个根本性的区别,才得以充分地显示出来。这就为写作科学的建立,提供了一个坚实的理论基点。

这一理论新质,也表现在它对"能"的集中观照和鲜明标举上。陆机认为,创作过程中的"意不称物,文不逮意"的问题,并不是一个"知之难"的问题,而是一个"能之难"的问题。陆机对"能"的开创性的标举,实际也就是对工程论和方法论的开创性的标举。传统的文章科学是研究文章的性质、功能、价值、地位、美学特征以及文学批评的基本原则的纯理论科学,并不研究具体创作的工程技术过程与工程技术要领,是严格意义的认识论科学,而不是方法论科学。从对文章的认识论关注到对文章的方法论关注,这是对传统的文章科学的极大充扩。由于这一认识的飞跃,写作科学的最基本的属性——工程性,作为写作学与文章学的第二个根本性的区别,才得以充分地显示出来。这就为写作科学的建立,提供了又一个坚实的理论基点。

这一理论新质,也表现在它对创作阶段的特别关注和明确划分上。陆机对创作过程进行分阶段的工程性观照,科学地划分为酝酿、构思、遣辞三个基本阶段,并一一进行方法论的策划和因应,使写作科学的工程属性在具体的工作环节中显示得更加细致。由于这一认识的深化和具化,写作科学的阶段性,作为写作学与文章学的另一个根本性的区别,才获得了充分的显示。这就为写作科学的建立,提供了另一个坚实的理论基点。

这一理论新质,还表现在它对为文之"用心"的集中关注和特别标举上。陆机将为文之"用心",视为写作运动的关键和自觉的理论目标。他说:"余每观才士之所作,窃有以得其用心。"他所说的"用心",具指写作运动中的心理因素,诸如玄览、耽思、心游、缘情、兴会、会意等。这些,就是写作运动的内在根由,而遣词造句,则是这一内在根由的外在表现。对此,陆机一一做出了具体的阐述。这样,就在相当深刻的程度上触及了写作运动的本质和机制的问题。陆机的这些理论建树,就是刘勰以心总文的写作学理论体系的直接张本,也是刘勰建立独标一格的"心哉美矣"的美学心理学的重要依据。

(三)对文体世界的系统划分

对文体世界的系统划分,是写作学自觉的重要组成部分。这一重大的历史性开拓,同样是在魏晋南北朝这一特定的历史时期中实现的。

在先秦时期,就已经出现了原始的文体观念。所谓"五经",就是先人对文体划分的朴素体认。汉代以后,诗赋这两种文体的某些特点开始受到了学界的关注,但对文体世界的综合研究,则是一个长期的灰区。

对文体世界进行系统研究的理论起点,是曹丕的《典论·论文》。曹丕按照"本同末异"的总原则,将文体世界划分为四科八类,以各自的美学形态特征相区别:"奏议宜雅,书论宜理,铭诔尚实,诗赋欲丽。"这种辨析虽然有点粗疏,但具有极高的理论概括力量。它从全面把握文体运动状况的视野下,使文体分类及其特征的研究从汉代班固、蔡邕等的零星、个别的研究阶段,推进到全面、综合研究的新阶段。

陆机的《文赋》,是对文体世界进行系统研究的进一步具化和深化。它将文体世界的划分,由原来的四科八类扩展到十类,而对其特征的概括,也更加具体、更加细致、更加接近本质。特别是"诗缘情而绮靡,赋体物以浏亮"的概括,不仅是一种形态层面上的概括,也是一种功能层面和内涵层面上的概括。以功能与内涵作为划分文体的依据,这是前无古人的一大创举。不仅这一概括的本身开辟了一代文学新风,成为文学自觉的重要标志,而由这一深刻的概括所开辟的衡量文体的全新角度——功能学与内涵学的角度,也因此而具有了普遍性的品格。刘勰划分文体世界的综合性尺度,即本之于此。

文体世界的划分日趋细密的过程,也是对文体世界的宏观结构的辨析越来越清晰的过程。这一具有开拓意义的辨析,就是历史上著名的"文笔"之辨。

所谓"文笔"之辨,实质上就是文学与非文学之辨。在相当长的历史时期中,文学性文体与实用性文体,是混淆在一起的,无论是审美的作品还是实用的篇什,只要是书面形式的文本,都统称文章。

对"文"与"笔"的区分,始于魏晋以后。大抵"文"指有韵的文本,"笔"指无韵的文本。在曹丕的四科八体的区分中,已经隐含着两种大类的区别:奏议、书论,属于无韵的"笔"的大类,诗赋、铭诔,属于有韵的"文"的大类。陆机的《文赋》分析了十种文体的美学特征,其次序为诗、赋、碑、诔、铭、箴、颂、论、奏、说,前七种有韵,后三种无韵,也是按照两种大类的区分来进行排列的。陆机对诗与赋的文体特征的概括,实际已经涉及"有韵之文"的大类的普遍性特征了。

刘宋时期,文笔之分开始显化。范晔《狱中与诸甥侄书》云:"手笔差易,文不拘韵故也。"这里所说的"手笔",就是无韵的文本,这里所说的"文",泛指文本,意思是"手笔"的创作比较容易,因为在文本上不必拘泥于用韵。颜延之也将"文"与"笔"视为两个对举的文体概念:"(宋)太祖问延之:'卿诸子谁有卿风?'对曰:'竣得臣笔,测得臣文。"(《宋书·颜峻传》)元嘉三十年,刘骏举兵讨伐刘劭,颜竣为刘骏撰写檄文,刘劭因此而查问颜延之。《宋书·颜延之传》载云:

> 及义师入讨,竣参定密谋,兼造书檄。劭召延之,示以檄文,问曰:"此笔谁所造?"延之曰:"竣之笔也。"又问:"何以知之?"延之曰:"竣笔体,臣不容不识。"

对话中所说的"笔",具指"檄文"。檄文是一种无韵的文体。对话中三次使用"笔"字来进行称谓,可见这一称谓在当时的专门性和固定性,也说明了当时的文笔相分的广泛性。

文笔的区分,是文学自觉的一种表现,也是文体世界中的一大进步。但是,如果对这一区分进行绝对化的理解和对待,又会形成新的认识误区。这一误区主要表现在以韵与采之有无,作为划分文体高下的唯一依据,以此决定文体的优劣,认为有韵有采的作品,绝对地优越于无韵无采的作品。持有这种观点的代表人物就是颜延之。"颜延之以为:'笔'之为体,'言'之文也;经典则'言'而非'笔',传记则'笔'而非言。"(《总术》)颜延之将文体世界划分为文、笔、言三个部分,将"文"列为有韵有采的文体,将"笔"列为无韵有采的文体,将"言"列为无韵无采的文体。他认为古代的经典,除了诗经之外,都是不具文采的"言",其地位自然要比作为"笔"的传记要低。这些错误的论见,遭到了刘勰的非议和抨击。刘勰认为:"圣贤书辞,总称文章,非采而何?"辞采理所当然是普遍属于一切文体的,但表现在具体的体式中,却又是"可强可弱"的。作品的价值并不决定于文采的多少和脚韵的有无,而在于内容的深刻和坚实难移的品格。这就是刘勰所特别昭示的:"经传之体,出'言'入'笔','笔'为'言'使,可强可弱。六经以典奥为不刊,非以'言''笔'为优劣也。"由于这一拨正,就将前人与时人对文体世界的系统划分的理论积累,推进到一个更加接近本质的境地。

(四)写作实践对文学(文章学)思想的深层渗透

由于对文体的愈分愈细,人们对文体的运作规律的认识愈益具体。对文体规律的认识愈益具体,与写作实践的关系愈益密切,愈具有对实践的指导力量,愈加推动着写作实践与文学(文章学)的交融。将写作实践全面引入文学(文章学)的理论范畴,是魏晋南北朝的一大文化创新。它的首创者,就是挚虞。

挚虞在文体研究上的主要贡献,是汇编了我国古代第一部文章总集——《文章流别集》,汇集了各种文体的典范性作品,并且撰写了我国古代第一部文章学专论——《文章流别论》,对各种文体的源流、演变和基本规律,进行了系统的论述。魏晋六朝编选总集的风气大盛,实由挚虞首创。他不仅为广大读者提供了"类聚区分"的大量范文,而且通过对范文的分析和归纳,提供了

各种文体的具体的写作要领和方法,在理论上实现了从文章学向写作学的跨越。以赋的写作为例,他明确告诫广大作者:

> 夫假象过大,则与类相远;逸辞过壮,则与事相违;辩言过理,则与义相失;丽靡过美,则与情相悖。此四过者,所以背大体而害政教。

诚然,他以"政教"为归依的指导思想是不足取的,但是,他对具体文体的写作方法的论述,却是相当精辟的。这些论述的重大意义表现在两个方面:

一是在写作实践上为广大作者提供了可操作性的规范:"作者继轨,属辞之士,以为覃奥,而取则焉"(《隋书·经籍志》)。"取则",就是赋予广大作家以精良的技术武装,这对于推动文学(文章)写作的进一步繁荣和文学理论及写作学理论的进一步繁荣,是大有裨益的。

二是为写作科学的建立,提供了良好的理论基点。这一理论基点,就是写作科学的实践性。传统的文学理论是研究文学的性质、功能、价值、地位、美学特征以及文学批评的基本原则的纯理论科学,很少触及具体的工程技术过程与工程技术要领,是严格意义的认识论科学,而不是方法论科学。挚虞通过对文学的实践成果——作品的研究,探索和揭示各种文体在写作实践中的得失与要领,这对于文学理论来说,是一种极大的充实;而对于写作科学来说,也是一个极好的孕育过程。一旦时机成熟,它就会带着文学理论的认识论基因和文学写作实践的方法论基因分娩而出,成为独立的自我。《文心雕龙》开宗明义所说的"文心者,为文之用心"中的"为文",就是"写作"的别称。"文心"之学是从属于"为文"之学的,"文心雕龙"之学的实体,实际就是写作之学。从写作科学的角度独辟蹊径来研究文艺学——走向实践的文艺学,这是魏晋南北朝文学的一大创举。这一创举,发端于挚虞,而大成于刘勰《雕龙》与钟嵘《诗品》。这就是张溥在《汉魏六朝百三名家集题词》中所说的:"《流别》旷论,穷神尽理,刘勰《雕龙》,钟嵘《诗品》,缘此起议"。

刘勰的写作学系统理论,就是对前人和时人的诸多论见进行扬弃的结果。不管是正面的资料,还是负面的资料,都是刘勰在写作学系统理论的开拓中的重要依据,从正面或者从反面支持着他在理论高峰上的攀登。

综上可知,《文心雕龙》的诞生绝非偶然,而是非常时代的非常赐予:"社会秩序的大解体,旧礼教的总崩溃、思想和信仰的自由、艺术创造精神的勃发,使我们联想到西欧十六世纪的'文艺复兴'。这是强烈、矛盾、热情、浓于生命彩色的一个时代。"①混乱不平的社会政治给了它造就事业的环境、动因和动力,繁荣的经济给了它在意识形态上进行创新的基础性依据,兼容的哲学给了它认识论与方法论的武装,开放的美学给了它一种特别广阔的人性关怀和精神视野,自觉的文学科学与写作科学给了它在学术上进行观照与开拓的感性积累、理论积累和技术积累。

诚然,这是一个既存在希望又存在污秽和血的时代,是一个光影并存、新旧交错的时代,而统治者的腐败与社会的苦难超越了中国历史上的任何时代。但是这些都丝毫无碍于新生事物的诞生,反而会成为新生事物诞生不可或缺的温床,就像婴儿的诞生离不开产妇的污血,荷花的开放离不开水底的污泥一样。"在那动荡不安,但却有利于思考的时代,最具开创意义的文学批评论著的产生并不令人感到意外。"②正是如许的对立与统一,如许的肯定与否定,如许的否定与再否定,如许的光明与污秽,构成了历史的合力运动,赋予新生事物的诞生以得天独厚的时代机遇。

正是这一特定的时代环境,为《文心雕龙》的诞生做好了世界观和方法论的充分准备,也做好了思维对象和理论材料的充分准备,使得这一前无古人、后鲜来者的美学巨制、文学理论巨制、写作学巨制和文化学巨制,得以从这一得天独厚的沃土中破土而出,应运而生。而刘勰,也确实抓住了这一时代的最佳赐予,并及时转化为美学创新、文学创新、写作学创新和文化学创新的理论契机与实践契机,"趋时必果,乘机无怯"(《通变》),于是获得了具有历史意义与世界意义的成功。

---

① 宗白华:《美学散步》,上海人民出版社1981年版,第177页。
② 《法国拉鲁斯大百科全书》"文心雕龙"词条,见《文心雕龙学刊》1984年第2辑,第237页。

第三章　《文心雕龙》渊源论

非常事物必有非常渊源,非常渊源造就非常事物。《文心雕龙》的出现同样如此,它既是历史文化中的一大创造,又是历史文化发展的必然产物。对其历史文化根源进行"振叶以寻根,观澜而索源"的剖析,对于我们确切把握这一巨制的内涵与意义,是大有裨益的。

《文心雕龙》的历史文化根源,集中表现在以下三个方面。

第一节　《文心雕龙》的认识论根源

所谓认识论根源,是指认识客观事物时最基本的哲学依据。《文心雕龙》认识客观事物最基本的哲学依据,如同中华文化的基本构成一样,来自三个方面:儒家学说,道家学说,佛家学说。《文心雕龙》最基本的指导思想,就是三家学说的系统融合。

一、儒学根源

儒家学说是《文心雕龙》认识客观事物的首要依据。这种依据的首要性,是由它所要解决的问题和所要达到的目的所决定的,是时代的历史性选择的必然结果。

《文心雕龙》所要解决的问题,可以分为三个层面:一是文风讹滥浮靡的问题;二是世风卑下衰萎的问题;三是人风失衡失正的问题。它所要达到的目的,也可以分为三个层面:正文风;正世风;正人风。这三大问题的焦点只有一个:人心问题。这三大目的的枢纽也只有一个:正人心。亦即刘勰所说的:"矫讹翻浅,还宗经诰"(《通变》),"正末归本,不其懿欤"(《宗经》)。从最深的层面来看,也就是正人心的问题。

正人心是解决社会问题的关键。那么,在中国诸多学说之中,哪一家学说最具有解决这一问题的能力呢?

诚然,儒道佛三家学说,无一不涉及人的问题,但角度是并不相同的。道学的角度是"自然",它强调宇宙运动的客观性和自然性,也强调宇宙运动的无为性,其基本的人生态度是遁世的而非入世的,是顺应的而非进取的,是重视个人自由的而非社会公益的。它所关注的人的自由,专重"自然人"的自由,而非"社会人"的自由。这种哲学,本身就是一种自外于社会人生的认识体系,当然是不会关注社会人生中的种种问题并具有解决这些问题的兴趣和能力的。佛学的角度是"涅槃",亦即超脱,这是一种比道学更加虚幻的"四大皆空"的学说,它所关注的是来生而非现世,它所强调的是礼佛修行而非积极进取。这种哲学,同样是一种自外于社会人生的认识体系,也同样是不会关注社会人生中的种种问题并具有解决这些问题的兴趣和能力的。唯一以社会人生为焦点,以经世致用为己任的哲学,就是儒学;唯一对社会人生饶有兴趣并且具有解决社会人生中诸般问题的能力的学说,也就是儒家学说。因此,儒学在历史的运动中必然进入社会生活的前沿,成为中华民族最基本的指导思想,也会成为《文心雕龙》解决文风、世风、人风的最基本的指导思想。对此,范文澜做出了明确的表述:"刘勰撰《文心雕龙》,立论完全站在儒学古文学派的立场上……褒贬是非,确是依据经典作标准的。这是合理的主张,因为在当时,除了儒学,只有玄学和佛学,显然玄学佛学不可以作褒贬是非的标准。"①

儒学所具有的解决社会人生问题的兴趣和能力,是由其独特的哲学性质和哲学内容决定的。从性质来说,"儒学古文学派的特点是哲学上倾向于唯物主义,不同于玄学和佛学"②。从内容来说,儒家学说是以人为本的哲学,"人本"中的"人",指的是"社会人",而非"自然人",这是儒学最根本的逻辑起点和理论支点。儒学认为,人是宇宙的中心,是改造自然和创造万物的能动力量,理所当然应该受到最大的关注。孟子所说的"民为贵,社稷次之,君为轻"(《尽心下》),就是对人的地位的崇高性的最明确的表述。但儒家所说的

---

① 范文澜:《中国通史》第 2 册,人民出版社 1994 年版,第 530 页。
② 范文澜:《中国通史》第 2 册,人民出版社 1994 年版,第 530 页。

人,并非单个的人,而是被血缘链接在一起的"家庭人"和"社会人"。人是各种社会关系的总和,通过人伦的链接而组织成一个大家庭——宗法社会。家庭不仅是人口繁殖的单位,也是自然经济下的生产单位,于是,家与国就联成一个不可分割的整体。家是人伦的范畴,国是土地的范畴。血缘和地缘,都具有永恒存在的意义。儒家哲学,实际是建立在血缘和地缘基础上的认识体系。这一认识体系是世界上最具凝聚力的认识体系,是我们民族的精神生命的源泉之一。中华民族之所以数千年不分裂,中华文化之所以历万劫而不衰,世界四大文明古国之所以独秀于中华,显然是与这一重要的精神源泉密不可分的。胡适对此表述了极其精辟的见解:"自然主义和孔子的人本主义,这两极的历史地位是同等重要的。中国每一次陷入非理性、迷信、出世思想,——这在中国很长的历史上有过好多次——总是靠老子和哲学上的道家的自然主义,或者靠孔子的人本主义,或者靠两样合起来,努力把这个民族从昏睡中救醒。"①

儒学的基本内容集中表现在它的圣人的人格形象及其经典著作之中,这也是它在民族文化中发挥主导作用的基本依据。体现在《文心雕龙》中,就是对"文之枢纽"的明确表述:"本乎道,师乎圣,体乎经,酌乎纬,变乎骚:文之枢纽,亦云极矣。"根据这五个纲领性的篇章,我们可以将儒学对《文心雕龙》的主导意义洞悉无遗。

"道"在《文心雕龙》中是儒学与道学的兼容范畴,既指自然之道,也指圣人的伦理教化之道。二者的连接点是:"道心惟微,神理设教。光采元圣,炳耀仁孝。"(《原道》)"道"通过"圣"来体现,"圣"通过"经"来体现,三者组成了密不可分的系统关系:"道沿圣以垂文,圣因文而明道。"(《征圣》)"因文",属于写作的范畴,"明道"属于"政治教化"的范畴。"因文明道"就是写作的最根本的宗旨,而圣人立言的具体言行,就是文章写作的规范:"含章之玉牒,秉文之金科","征之周孔,则文有师矣"。这就是为文必"征圣"的原因。

"圣因文而明道",圣人是通过经书来明道的,对于明道来说,经书是"性灵熔匠,文章奥府,渊哉铄乎,群言之祖"(《宗经》),所以必须"宗经"。"宗经",就是宗法经书,以经书为标准,效法经书的模式来写作。经书对于写作的典范意义就在于:"文能宗经,则体有六义:一则情深而不诡,二则风清而不

---

① 胡适:《胡适学术文集》上册,中华书局1991年版,第554页。

杂,三则事信而不诞,四则义直而不回,五则体约而不芜,六则文丽而不淫。"这就是《文心雕龙》为写作所制定的具有普遍意义的具体法则,也是刘勰衡量和评价作品的具体标准。这些标准,与儒家所提倡的伦理道德是相通的。所谓"光采玄圣,炳耀仁孝"(《原道》),所谓"自非谲敌,则唯忠与信"(《论说》),所谓"辟礼门以悬规,标义路以植矩"(《奏启》),就是对儒学伦理道德标准的具体表述。

刘勰是儒学的信奉者,但并非盲目的崇拜者,对待儒学的道、圣、经,都能采取一种难能可贵的通变的与辩证的态度。这种态度,在《正纬》与《辨骚》中体现得相当明显。

刘勰认为,"道"、"圣"、"经"是必须尊重和遵循的,但这三样圣物并不是凝固的存在,不是铁板一块与一刀而切的东西,而是与时俱进、与世推移的动态性的存在。它继承着历史的旧质,又不断增添时代的新质,焕发出时代的光辉。屈原的骚,就是经的杰出继承和开拓,是经的发展与新变的典型代表。它和经的渊源关系是:"自风雅寝声,莫或抽绪,奇文郁起,其《离骚》哉!固已轩翥诗人之后,奋飞辞家之前,岂去圣之未远,而楚人之多才乎!"(《辨骚》)但是,作为时代新变的产物来说,它却遭到了种种非议,被认为是儒学经典之外的异端。为了在历史的运动中维护经的传统,刘勰对骚的属性和地位做出了专门的辨析。

"将核其论,必征言焉。"刘勰从四个方面进行了细致的比较,找出了它和经书相同的地方:"陈尧舜之耿介,称汤武之祗敬,典诰之体也;讥桀纣之猖披,伤羿浇之颠陨,规讽之旨也;虬龙以喻君子,云霓以譬谗邪,比喻之义也;每一顾而掩涕,叹君门之九重,忠怨之辞也:观兹四事,同于《风》《雅》者也。"但《离骚》并非《风》《雅》的简单重复,而是时代发展的产物,它蕴涵着许多时代的新质,体现着文学的新变。这些新质与新变,也被刘勰归纳为四个方面:"诡异之辞";"谲怪之谈";"狷狭之志";"荒淫之意"。"摘此四事,异乎经典者也。""同"说明了它与经书的继承关系,"异",说明了它与经书的开拓与新变的关系。它既是"取熔经意",又是"自铸伟辞","故能气往轹古,辞来切今,惊采绝艳,难与并能矣"。

"辨骚"是为了"辨变","辨变"是为了确立儒学继承中的"通变"性原则。"文律运周,日新其业。变则甚久,通则不乏。"继承是为了创新,否则,就毫无价值可言。创新必须继承,否则,就失去了进步的基础。正是凭借这种通变的辩证的认识论视野,使得《文心雕龙》获得了一种既超越古人又超越时人的认识优势,至今仍是我们进行科学思辨的典范。

更难得的是,它对"新变"本身,也是采取辩证的态度具体对待的。它只肯定值得肯定的新变,而绝不肯定不值得肯定的讹变。人类的历史发展中实际存在两种截然相反的运动过程:一是向上运动的前进过程,二是向下运动的后退过程。就人类历史运动的整体过程来说,是一个曲折向上的过程。正因为存在着曲折,就难免存在着曲折处的回流与逆进。这就使得人类的历史形态变得格外复杂:某些分明的上进过程却打着复古的旗号,某些分明的逆进过程却打着新变的旗号。两汉的谶纬,就是打着经书的旗帜篡改经书,打着新变的旗号进行复古的典型例证。为着维护经典儒学的非神学的本来面貌,为着捍卫"新变"原则的科学内涵,《文心雕龙》在总纲中对纬书进行了全面的辨析。

刘勰明确认为,纬书并非对经书的补充与配合,而是对经书的歪曲和伪造。他举出了奇正不合、广约不伦、天人不符、先后不当等四个方面的"伪",将它弄虚作假、愚惑世人的本质揭露无遗。这对于维护儒学的科学性传统,是大有裨益的。更具有认识论的启迪意义的是,即使对这样的大伪之作,刘勰也不全盘否定,而是采取"芟夷谲诡,采其雕蔚"的一分为二的作法:对其中的虚伪矫托之处,痛加挞伐与排斥;对其中的民间传说与古代神话,则旗帜鲜明地予以肯定和保护,认为是"神宝藏用,理隐文贵"。这些,都是科学认识论的极好典范。

《辨骚》与《正纬》,都是对新变的阐述,但角度并不相同。《辨骚》是从正面立意,从正向的角度为文学的新变原则提供积极的典型;《正纬》是从反面立意,从反向的角度为文学的新变原则提供消极的典型。一正一反,两相对照,更具有说服的力量。

"文之枢纽",在体现《文心雕龙》的认识论根源方面,是一个完整的多维体。就分工来说,《原道》、《征圣》、《宗经》三篇重在继承,《正纬》、《辨骚》两篇重在发展。在继承与发展的融会中,将它的认识论的视野拓展到前人与时人都难以逾越的境界。这种境界,实际上就是一种兼容并蓄的境界。

这种可贵的兼容性,在《文心雕龙》其他篇章中也充分表现出来。刘勰虽然主张作品的思想内容应以儒家的政治伦理观念为准绳,但他对儒家以外的思想学说,并不笼统地加以排斥,而是给予实事求是的评价。《诸子》篇除肯定儒家著作之外,对其他来自《管子》至《淮南子》各家的书,也都做出了实事求是的评价,从文辞到内容,都肯定有加,如说《鬼谷子》"每环奥义",《吕氏春秋》"鉴远而体周",等等。他对于法家商鞅、韩非提倡"弃孝废仁"并不赞同,仍说"韩非著博喻之富",从艺术上进行了肯定。他对道家较多好感,除赞美《列子》"气伟而采奇"之外,还特别提到鬻子是周文王之友,老子是孔子之师。《论说》篇对何晏、王弼的玄学论文评价相当高,誉为"师心独见,锋颖精密"。对深受老庄影响的"异端"人物嵇康、阮籍的诗文,也不存任何偏见,屡加赞美,称之为"嵇志清峻,阮旨遥深"。对于佛学中的东西,既不谀美,也不回避,而是按照自己的宗旨,取他山之石以为用。

　　这种在以人为本基础上的兼容并蓄的文化品格,是我们民族天性的反映。中华民族实际是一个民族大家庭,中华文化是多民族文化共同融合的结果。儒家人本哲学中所关注的"人",实际是"推己及人"地将整个人类都涵盖于其中的。"海纳百川,有容乃大。"正是这种以人为本之"大",造就了我们民族之大,民族天性之大,民族胸襟之大,民族的认识论视野之大。也正是儒家哲学这一强大的历史渊源,在认识论上为刘勰博大精深论著的构建,提供了合目的性的总依据。如果没有这一崇高的目的性的支撑和由于这一崇高目的所生发的博大的民族天性的支撑,《文心雕龙》"文之枢纽"中的广阔而又鲜明的认识论视野,就会成为不可想象的事情。

二、道学根源

　　道家哲学,是《文心雕龙》的第二个认识论根源。

　　老子创立的道家学说,是我国传统文化的重要组成部分。鲁迅曾经说过:"中国的根柢全在道教。"[①]胡适也说过:"在那样早的时代(公元前六世纪)发展出来的一种自然主义的宇宙观,是一件真正有革命性的大事……是经典时代的一份最重要的哲学遗产。"[②]英国研究中国科技史专家李约瑟同样认为:

---

① 鲁迅:《致许寿裳》,《鲁迅选集》第 4 卷,人民文学出版社 2004 年版,第 378 页。
② 《胡适学术文集》上册,中华书局 1991 年版,第 553—554 页。

"中国如果没有道家,像大树没有根一样。"①儒道两家相反相成,共同构成中华文化的主体。

儒学以"社会人"为本,由此造成了人群的强大凝聚力,也造成连串严重的问题:一是偏重集体人格而忽视个人人格,使个性受到极大的压制,被淹没在群性的海洋中而消逝于无形。二是它所倡导的集体人格是以儒家的道德理想人格为代表的,和现实人格之间存在着极大的距离,这就必然培育出一种矫饰和虚伪的精神出来。三是思维的主观性、武断性和简陋性,在宇宙论与本体论方面几乎是一片空白,不具备形而上学的完备体系。它通常都用简单判断的方式来表述思想,不利于系统性思维的运行。四是它对鬼神的暧昧态度,常常被利用为造神活动的温床。两汉的谶纬,就是明证。

魏晋六朝的文风不正、世风不正的问题,从表面上看是当时社会脱离了儒学正轨的结果,从深层面看是儒学自身的诸多弱点的积累所造成的精神总崩溃和总失控的结果。儒学何以拯救自己的灵魂,走出信仰的危机、信心的危机、信任的危机? 这是解决文风与世风的关键。

儒学要想解决这些重大问题,不能从它本身找到解决这些问题的力量,而必须从它的对立面中去寻找这种力量。它的对立面所具有的东西,正是自己所最缺乏也最需要的东西。这就是刘勰开辟第二认识论根源的真正原因。

刘勰寻找这种矫正性的力量,也找到了这种矫正性的力量。这种力量集中表现在道学的自然之道中。

"道"本来是指道路的道,后来引申具有规律、规范的含义。春秋时期,人们用来表示自然天象的运行规律,以及人类社会的行动准则,如"天道"、"人道"等。《老子》赋予"道"以特定的含义,把它作为哲学的最高范畴,视为世界万物的总根源和宇宙运动的最高法则,并给以系统的哲学论证。

《老子》中的"道"的含义是极其复杂的。一方面,说"其中有象","其中有物","其中有精,其精甚真"(《老子》二十一章),指的是具有物质属性的实体。另一方面,它所说的"道",又是"复归于无物",属于"无状之状,无物之象",是一种恍恍惚惚,不可捉摸的东西,是一种"无可名之而强名之"的混沌性的存在。尽管《老子》对这一本原性存在的认识含混不清,具有人类童年时

---

① 李约瑟:《中国之科学与文明》第2册,台北商务印书馆1975年版,第255页。

代的某些特点,但它所涉及的范畴却具有极大的认识意义。它能概括出一个最高实体的"道"作为世界万物的本原,并从总体上说明宇宙的构成问题,比仅用自然的特殊实物的性质和作用,如五行学说的金、木、水、火、土,八卦学说的天、地、风、雷、水、火、山、泽,来说明事物的多样性及其统一性这一原始唯物主义命题,不能不说是人类认识的极大深化和扩化。

以"道"作为依据,《老子》中提出了两大命题:一是道生万物的命题,一是道法自然的命题。这两大命题对中华民族思想的促进作用就在于:

第一,极大地降低了传统人格神(天、上帝、鬼神)的主宰人类命运的权威。天地一般是作为自然界的概念在使用,天之道具有了自然法则的内涵,来与人之道这一人类社会法则相对相称。由于"道"的权威性,一切原本神秘的东西都褪去了神秘的面纱,接受自然法则的检验。孔子所敬畏的"天命",墨子所宣扬的"天志",在以"道"为核心的哲学体系中已经荡然无存。鬼神的权威地位,在道学的光照下丧失殆尽。"以道莅天下,其鬼不神"(六十章)这就使"道"具有了鲜明、彻底的无神论色彩。这是发展科学的基本的前提和坚实基础。道的旗帜实际就是自然的旗帜,高举自然的旗帜意味着自然哲学对人本哲学的极大扩充与修正,赋予《文心雕龙》的认识论以人本的(社会的)与自然的双重视野。

第二,"道"对万物的主宰作用,是规律性的自然作用。自然规律的主宰与上帝鬼神的主宰,是两个完全不同的范畴。"道者,万物之奥"(三十四章)。"奥",含有"主宰"的含义。马王堆出土的《老子》中"奥"均作"注",与"主"相通。"大道氾兮,其可左右,万物恃之而生而不辞,功成不名有,衣养万物而不为主。常无欲,可名于小;万物归焉而不为主,可名为大。以其终不自为大,故能成其大。"(同上)这种主宰只是自然规律的制约作用,它在天地中无处不在,万物依靠它生长,却不干预和统制万物,不夸耀自己的成功和伟大,只是让万物顺应自然而无为。这就是"道"的力量之所在,是它所以伟大和获得成功的地方。这样,"道"这个超越万物的主宰,实际就是自然法则的化身,以自然无为的普遍规律在起作用。这对于造神论与造物主的种种谬论与主张来说,无异是一堵不可逾越的墙。

第三,"道"是宇宙运动的终极范畴和最高准则,它凌驾于万物之上而将人与自然的全部范畴融为一体。这种统率万物的属性使它获得了一种超越万物的视野,具有极其广阔、极其深刻的概括力量。道家之"道"的概括力量,远非儒家的"天道"、"人道"、"圣人之道"所能比拟。儒家哲学的最高概念是"天",认为天是万物的由来,道家哲学的最高概念是"道","道"是"万物之所然也,万理之所稽也"(韩非:《解老》),是一个比"天"更大的概念,它在天地之先,为天地之母。"有物混成,先天地生,寂兮寥兮,独立而不改,周行而不殆,可以为天下母,吾不知其名,字之曰道,强为之名曰大。"(《老子》上篇)以道为宗,这就赋予了"名教"以"自然"的制约,也赋予了自然以"名教"的内涵,从而将自然之道与人伦之道,在解决世风不正和文风不正的前提下,凝为有机的整体。

第四,"道"是对宇宙本原的探索,也就是刘勰所说的"振叶以寻根,观澜而索源"的探索。这种本体论的探索,为我们民族的思维提供了一个新颖而深刻的范畴,而且提供了一条新颖而深刻的思路,推动儒学的思维摆脱经验论的拘囿,获得一种系统性的眼光,由关注事物的"已然"、"当然"到关注事物的"本然"。"文以载道,明其当然;文原于道,明其本然。识其本,乃不逐其末。"(纪昀:《原道评语》)

《文心雕龙》的道学根源,集中表现在《原道》中。《原道》是《文心雕龙》"文之枢纽"中的压卷之作,是枢纽中的枢纽,关键中的关键,对其学术品位的提升,具有决定性的意义。

《原道》开宗明义的一句话就是:"文之为德也大矣,与天地并生者何哉?"以设问的方式,突出"文之为德"的意义之大。"德"者,"得道之谓也",也就是文作为"道"的体现而获得的重大意义,是可以与天地并生的。"得道"是为文的重大意义的终极依据,刘勰将这个具有本原意义的"道"作为论"文"的逻辑起点和核心性的理论支点,这在认识论上具有极大的凝聚优势和开拓优势。这一认识论优势具体表现在以下方面:

其一,统摄万物的优势。

宇宙本体是概念中的最高范畴,它以统率万物的哲学优势,将一切分门别类的具体的"道",都无一例外地纳入到自己的范畴之中,使一些平时不相隶属的概念,都在它的统率下凝聚成为一个整体。

"道"是天地万物之本,也是"文"之本。一个"德"字,标示出道的意义由万物的普遍性到"文"的特殊性的延伸。"文"有两个含义:一是指广义的

"文",一是指狭义的"文"。广义的"文",指宇宙万物的美学表现形式。比如:"日月叠璧,以垂丽天之象",这就是"天文"——天的美学表现形式;"山川焕绮,以铺理地之形",这就是"地文"——地的美学表现形式。"傍及万品,动植皆文",任何事物都有它外在的美学表现形式,这些外在的美学表现形式——"文",无一不是"道"的自然外化形态,"夫岂外饰,盖自然耳"。作为万物之灵的人,是"五行之秀",自然也是道的覆盖范围,具有独特的"道之文":"夫以无识之物,郁然有彩,有心之器,岂无文欤?""人文"也就是"言之文",属于狭义的"文"的范畴。不论是广义的"文"还是狭义的"文",作为"道"的体现这一点是一致的,都是"道之文"。

　　《文心雕龙》是研究"言之文"的专著。他先从"道之文"谈起,目的是为了站在本体论的高度来揭示"言之文"的终极性的发生学依据,使这种判断具有最广泛的概括意义和权威意义。但"道"是不能离开特定的"德"而存在的。"德者,道之舍,物得以生生。"(《管子·心术上》)"德"是"道"在具体客观事物中的具体体现,是与事物之"理"相依的事物自身的特殊规律。因此在《原道》篇中,还进一步从"人文"的起源、发展,阐明了它的本质及特点。刘勰根据传统的说法,认为《周易》的八卦是人文的起源:"人文之元,肇自太极,幽赞神明,易象为先。"从伏羲到孔子,历代圣人都为发展"人文"做出了贡献。他们所创造的"人文",无一不是"道心"的反映,也无一不是"道心"的确切表述:"莫不原道心以敷章,研神理而设教。"通过道与圣的链接,通过圣与文的链接,就把"道—圣—文"组成了一个整体:"道沿圣以垂文,圣因文而明道。"这样,就把道学的自然之道与儒学的伦理之道,有机地结合到了一起:将自然之道具体化为儒家的圣人之道,使体现最高规律和终极思维的自然之道具有匡正社会的实践意义,又把儒家的圣人之道上升为普遍的自然规律的体现,抽象化为具有本体论意义的真理,使它具有更大的说服力量和理论上的概括力量。

　　这样,就将儒—道—佛、道—圣—文、意—象—言、天—地—人、人—心—辞等如此诸多范畴,以"道"为最高依据,"兼解以俱通","随时而适用",织进了一个极其广阔的思维网络之中。《文心雕龙》之所以能"体大思精",原因就在这里。

　　其二,立准树则的优势。

　　"道"在运动状态中所表现出来的基本性质就是"自然无为"。"自然"者,自然而然之谓,"无为"者,顺应客观规律而动之谓。"自然"是"道"的基本属性,也是宇宙运动最基本的准则:"人法地,地法天,天法道,道法自然。""自然"并非道以外的存在,而是蕴涵在道之中的一种具有准则意义的运动状态与运动属性,这种运动状态与运动属性,都是不以人的意志为转移而自动、自主、自为地进行和显现的。

　　"自然"不仅是"道"的属性和准则,也是"文"的属性和准则。刘勰之所以标举自然之道,目的在于匡正当时形式主义的文风与世风。纪昀在对《原道》的评语中曾经明白揭示:"齐梁文藻,日竞雕华。标自然以为宗,是彦和吃紧为人处。"这是中肯之论。

　　刘勰在《文心雕龙》中反复申述自然之旨,从艺术构思到创作技巧的所有环节中,都体现了这种以自然为美的最高准则。《神思》篇中强调艺术构思要任其自然,而不能以人为去强制:"秉心养术,无务苦虑,含章司契,不必劳神。"《养气》篇又进一步指出,艺术构思"宜从容率情,优柔适会",而不宜"秉牍以驱龄,洒翰以伐性"。原因是:"率志委和,则理融而情畅,钻砺过分,则神疲而气衰。"《体性》篇论作家个性与风格的关系,强调要符合"自然之恒姿"。他在《定势》篇中,标举"自然之势":"势者,乘势而为制也。如机发矢直,涧曲湍回,自然之趣也。"《情采》篇论文学内容与形式的关系,主张以自然本色为贵,反对过分的人为修饰:"夫铅黛所以饰容,而盼倩生于淑姿;文采所以饰言,而辩丽本于情性。"《隐秀》篇中主张"自然会妙",反对"雕削取巧":"或有晦涩为深,虽奥非隐雕削取巧,虽美非秀矣。故自然会妙,譬卉木之耀英华;润色取美,譬缯帛之染朱绿。"《明诗》中他推重诗人感情的自然流露,反对矫揉造作:"人秉七情,应物斯感,感物吟志,莫非自然。"主张"为情而造文",鄙薄"为文而造情"。这类议论几乎贯通于全书,构成一种极其鲜明的审美理想,来对抗和批判不正的文风和世风。

　　其三,交融互补的优势。

　　儒学之道与道学之道在本体论中的融合,对双方都具有消解和补足的作用。儒学与道学是一种对立性的存在。二者在文化特质上的根本差异,主要表现在以下几个方面:

　　一是在文化控制上,前者注重"教化",后者注重"自化"。儒学以"礼"设教,以教化人,向社会灌输一种以伦理为核心的道德规范,实现对社会的控制。这一控制在表面上高举"大公"、"爱民"、"仁义"的旗帜,实际是"以己之私为天下之大公",以理想人格的崇高性掩盖现实人格的卑劣性,以亲情的温馨性掩盖等级政治的残酷性,具有极大的欺骗性与虚伪性。老子提倡"朴"文化的"自化"控制,就是针对儒家礼文化在"教化"控制中出现的这种名实背离弊端的消解与补救。老子针锋相对地指出:"失道而后德,失德而后仁,失仁而后义,失义而后礼。"他明确认为,礼的强化过程是与道的失落过程同步而生的,正是礼的强化导致了道的失落。一个社会如果不能遵循自然之道,达到自然与人文的和谐统一,便一定会以人为的"教化"将某种官方的文化规范强加于社会,实行礼教的文化控制。这种"以名责实"的简单强制,就是名实背离、礼崩乐坏的最根本的文化根源。唯有以自然为宗,实行潜移默化的"自化",才能走出这种文化的尴尬。

二是在文化理想上,儒学追求伦理,道学追求事理。儒学的礼文化的起始点是人道,从人道讲到天道,以天道说明人道,形成"仁者爱人","齐之以礼","知性知天"这样一个天人合一的哲学思想体系和政治思想体系。道学的朴文化的起始点是宇宙本体,再据宇宙本体来反观社会人生,形成"人法地,地法天,天法道,道法自然"这样一个天人两分的哲学思想体系和政治思想体系。儒家从人道讲到天道,以人道归属天道;道家从天道讲到人道,以天道统属人道。儒家的"伦理",实际是以"损不足以奉有余"的社会伦理法规为准则的,其所谓"忠孝仁义",所谓"法令""利器",都是保护那些"为政者"、"食税者"、"有为者"、"贵生者"的既得利益的手段,对于天下百姓而言,只能使他们"田甚芜"、"仓甚虚"、"民弥贫"、"盗贼多有",陷于水深火热之中。这就是天下大乱的政治根源。老子一针见血地指出:"夫礼者,忠信之薄,而乱之首"(三十八章),要解决这个问题,唯有对礼带来的诸多弊端进行消解。要对礼带来的诸多弊端进行消解,真正解决"不足"与"有余"的问题,唯有依靠"自然无为"的道:"孰能有余以奉天下,唯有道者。"(七十七章)他明确认为,只有遵循自然之道以求事理,才能克服伦理法规和等级制度所造成的等等弊端。

三是在文化取向上,儒家重视群体,道家重视个体。儒家礼文化的伦理追求,是将其人伦道德准则推行于整个社会,使各阶层之间和人与人之间,都能按照具有宗法和等级特征的"礼义"伦理原则,各安其分地从事各种社会活动。因此,礼文化特别重视群体的作用,重视群体内部关系的调整。众所周知,群体是不能离开个体而存在的,礼文化在强调群体作用的同时,也必然会重视全体对个体的熏陶与同化,这就是它所倡导的"正心"、"诚意"等"修身"工夫。这一套着手于个体的修身工夫,仍然是着眼于"齐家"、"治国"、"平天下"的群体目标,是以按照伦理原则组织社会和维护封建社会秩序为其根本出发点的。道家则与此相反,朴文化的事理追求,是一切人生活动必须符合自然之道。这种"自化"性追求的价值取向,是个体作用的充分发挥,其根本的着眼点是个体内部生命的拓展。这一生命的拓展与个性的张扬,对于礼文化中以群压人,以权压人的种种弊端,具有良好的消解作用和批判作用。

从上述的比较分析中不难看出,儒家的礼文化与道家的朴文化,正好是一对矛盾中互相对立的两个方面,它们既有互消互解的方面,又有互补互济的方面。二者在本体论层次上的融合,并不是一种简单的算术和的关系,而是一种复杂的化学和的关系,意味着一种全新的合成视野的形成。正是这一种兼有二者之长而无二者之短的开放式的全新视野,为《文心雕龙》建立自己全新的开放式美学体系提供了认识论的强大支持。具体表现在以下方面:

群性与个性的兼容。儒学的价值取向是群性的完整,道学的价值取向是个性的自由。"儒家强调人的社会责任,道家强调人的内部的自然自发的东西……孔子重名教,老、庄重自然。"实际上,"它们是彼此不同的两极,但又是同一轴杆的两极"。① 在《文心雕龙》中,在"本于道"的前提下,群性的价值取向与个性的价值取向,都获得了各得其所的体现。群性的体现是在文学的方向上,"征圣"、"宗经"就是文学方向的统一界域。个性的体现是在文学的内容与形式的多样性上,"体性"、"程器"就是对文学风格多样性的具体说明。在这统一的系统结构中,文学群性以方向的确定性引导着文学个性的健康发展,文学个性以表现的多样性支持着文学群性的定向功能。

依经与率性的并蓄。"依经立论"与"率性委和"是两种对立的文学理念,而刘勰却把它们熔冶于一炉,这就形成了《文心雕龙》理论体系深刻的内在矛盾。

所谓"依经立论",就是以儒家经典作为准则"以立义",将文学视为社会

---

① 冯友兰:《中国哲学简史》,北京大学出版社1985年版,第26、22页。

教化的工具。所谓"率志委和",就是不受束缚,独抒性灵,将文学作为表现个人情感的手段。从表面上看来,二者是不可以调和的。但是,在《文心雕龙》中,却相当巧妙而又极为合理地解决了二者的统一问题。二者统一的基点有三个:一是共同的本体。不管是圣心经论也好,还是个人情感的表现也好,实际都是"道心"的体现,都是"道之文"。二是圣心经论也同样是圣人情志的个性化表现,同样具有"感物吟志,莫非自然"的属性,同样具有审美的功能。三是个人情感的表现只要真正体现"道心",成为"道之文",也完全可以获得圣心经论那种"鼓天下之动"的效果。这三个基点,都具有双向调节的属性:既以经论为据,又以情性为据。以经论为据,是为了促进情性的上移;以情性为据,是为了促进经论的下移。不管是上移还是下移,都是对文学范畴的极大扩充,也是对人性范畴的极大扩充。

言志与缘情的融合。"依经"与"率志"的矛盾,还表现在"言志"与"缘情"的关系上。在《文心雕龙》中,同样依靠对概念的更新和范畴的调整,使它们各得其所。

"言志"属于儒家的诗教范畴,"志"指圣人之志,主张以圣人之志教化天下,"缘情"属于魏晋六朝的文学新貌,"情"指自然之情,主张以情性的张扬自化应感。二者的着眼点和下手处,都是判然有别的。《文心雕龙》的博大之处就在于,它将这两个不同的范畴巧妙地融合为一体。这一融合具有潜移默化的属性:这一跨越范畴的融合是在概念的并存、对接与转换的过程中进行的。最为明显的融合,是《文心雕龙》明诗篇对诗歌的本质和特点的界定。一方面,他依经立论,认为诗是志之所之,"在心为志,发言为诗",并认为所言之志必须"义归无邪",起到"持人情性"的作用。另一方面,他又把"志"与"情"统归入"道"的范畴,认为都是"道心"的自然反映,二者之间实际上并没有不可逾越的鸿沟,具有可以通用的属性。具体见诸以下几段被当做经典的名言中:

> 民生而志,咏歌所含。
> 人秉七情,应物斯感,感物吟志,莫非自然。(《明诗》)

其中所说的志,并非专指圣人之志,而是人人生而具有的情志,普属于所有的人。"感物吟志"是指一种自然触发的情感,并非庙堂之圣物,而是圣人之志的下移。

这种"情"与"志"通用的现象,广见于《文心雕龙》的其他篇什中:

> 昔诗人什篇,为情而造文;辞人赋颂,为文而造情。何以明其然?盖
> 风雅之兴,志思蓄愤,而吟咏情性,以讽其上,此为情而造文也;诸子之徒,
> 心非郁陶,苟驰夸饰,鬻声钓世,此为文而造情也。(《情采》)

其中所说的"志思"、"情性"、"心",实际都是"情"的等值符号,标志着常
人之情的升举。只要具有真情,就能与天地之心相通,可观可兴,与圣人之志
原无本质区别。这就是范文澜所说的:"可知诗人什篇,皆出于性情,盖苟有
其情,则耕夫织妇之辞,亦可观可兴。汉之乐府,后世之谣谚,皆里闾小子之
作,而情文真切,有非翰墨之士所敢比拟者。"(《文心雕龙注》)这是切中肯綮
之论。

尚质与尚文的统一。尚质是道学朴文化的美学追求,主张不事雕饰,"返
璞归真","信言不巧,巧言不信"。尚文是儒学礼文化的美学追求,主张"言之
无文,行而不远"。质与文分属于两个不同的范畴,但在《文心雕龙》的认识场
中,由于本体的共同性,二者有机地融为一体。这种"兼解以俱通"的跨范畴
融合,在《情采》篇中表现得极为鲜明:

> 圣贤书辞,总称"文章",非采而何?夫水性虚而沦漪结,木体实而花
> 萼振:文附质也。虎豹无文,则鞟同犬羊;犀兕有皮,而色资丹漆:质待文
> 也。若乃综述性灵,敷写器象,镂心鸟迹之中,织辞鱼网之上,其为彪炳,
> 缛采名矣。

这里所讲的质与文的关系,也就是文学的内容与形式的关系。所谓"文
附质",是指形式必须依附一定的内容。所谓"质待文",是指内容必须依靠一
定的形式才能表现。二者必须并重,不应有所偏废。但,就具体的文章体式而
言,质与文之间又存在着随机组合的关系,不同质的文体要求着不同形式的文
采,不可一概而论。《孝经》垂典,丧言不文"。老子在思想上"疾伪",主张
"美言不信",但在论文写作中,仍是重视文采的。"五千精妙,则非弃美矣。"

（《情采》）

看起来似乎矛盾，实际上，真理恰恰就在矛盾的对立与统一之中。二者统一的基点有两个：一是二者关系的主从性。内容是主导的，形式是从属于内容的。"夫铅黛所以饰容，而盼倩生于淑姿；文采所以饰言，而辩丽本于情性。"（《情采》）二是文采分量的恰当性。文采必须恰如其分：要"为情而造文"，"为情者要约而写真"，不能"为文而造情"，"为文者淫丽而烦滥"。这样，就使这对立的两个方面，都能各得其所。

道家哲学的历史渊源，在认识论上为刘勰博大精深论著的构建，提供了合规律性的总依据。

三、佛学根源

佛学是中华文化的三大组成部分之一，佛学的影响必然直接或间接地反映在刘勰的思维结构之中。由于刘勰与佛教的特殊关系，会使这种反映比一般人更加深刻而又明显。但是，人的能动性毕竟是反映论中同样重要的因素，又使这种反映具有人的个性化的诸多特点，以或明或暗，或浅或深，或偏或全的诸多形态表现出来。不承认这种影响或过分夸大这种影响的存在，都是不符合历史的实际的。综观《文心雕龙》全书，每一个不心存偏见的人都会承认：这种影响是客观存在的，而在《文心雕龙》的全部认识论结构中并不是占有主导地位的。但是，这种影响在《文心雕龙》的认识论的系统结构中，究竟具体表现在什么地方，至今仍是龙学中的认识灰区。下面，作者愿略陈浅见，就教于方家之前。

（一）对佛学平等意识的吸收

"平等"一词出于佛学的独创。竺道生在他的《法华经疏》中根据《泥洹经》佛性学说，明确地提出了"佛性平等"的范畴，倡导"普度众生"，"佛光普照"，"慈航普渡"，"佛法平等"，"众生平等"，"一切众生，皆有佛性，有佛性者，皆得成佛"，"一阐提人皆得成佛"。这些观念破除了等级的拘囿，将佛性的大门向所有的人敞开，甚至向所有的生命敞开，极大地扩充了佛性的覆盖范围。平等观念在中华文化中具有新思维的属性，对于消解传统文化中根深蒂固的等级观念极有裨益。儒家文化中没有平等的观念，只有等级的观念。道学文化中有"齐物"的观念，但这个"齐"字只限于物性的范畴，并不涉及人性平等,是"物我一体"的意思。自然观念中虽然蕴涵着冲决束缚、走向自由的内容,毕竟与平等的观念有一定的距离,从自然中不能直接推导出平等的观念来。佛学是古代平等观念的主要源泉。正因为如此,历史上许多志在推动社会前进的先进分子,都不约而同地从这一观念中获得启发,以此作为批判等级制度的最基本的哲学依据。

刘勰也同样如此。他在《灭惑论》中,明确表述了他对这一范畴的关注与认同:

> 幽数潜会,莫见其极……总龙鬼而均诱,涵蠢动而等慈。权教无方,不以道俗乖应;妙法无外,岂以华戎阻情?

佛性平等观念在哲学领域中的延伸和泛化,就是人性平等观念和人格平等观念。人性平等观念和人格平等观念在文学领域中的具化,就是《文心雕龙》对人所固有的情志的普遍性的明确认定:"人秉七情,应物斯感,感物吟志,莫非自然"(《明诗》),"民各有心,勿壅惟口"(《颂赞》),"文辞鄙俚,莫过于谚,而圣贤诗书,采以为谈;况逾于此,岂可忽哉"(《书记》),"民生而志,咏歌所含"(《明诗》)。这种遍及人人的美学概括,只有在"平等"这一遍及人人的哲学概括的前提下才能实现的。正是这一遍及人人的美学概括,为具有革命意义的缘情理论提供了明确的依据。

在具体的衡文中,也鲜明体现了平等的原则。《文心雕龙》的衡量对象中,涉及各种身份的人物,上下尊卑,帝王将相,平民百姓,色色俱有。刘勰临文不苟,不凭"良史之辞",不谀"飞驰之势",根据"三准"的标准,秉公而断,一视同仁,都能给予实事求是的评价。"谓渠哪得清如许,为有源头活水来。"这一源头活水,就是衡文的公正性,而屹立在公正性后面的,就是那在作文面前人人平等和在标准面前人人平等的坚定理念。这一坚定理念也表现在对作家风格的分析与评价中。刘勰明确认为,作家的风格具有"各师成心,其异如面"的个性化的属性。构成作家风格的要素是"才"、"气"、"学"、"习",四者都是"情性所铄,陶染所凝"的结果,与社会地位及权势没有直接的因果关系。这种分析,非常客观,不带有任何社会偏见,对所有作家都是一视同仁。很难设想,如果没有坚定的平等理念的支持,衡文与衡人的公正性与客观性,能够表现得如此充分。

（二）对佛学心性意识的吸收

佛教在心物关系上标举以"心"为本的圆融通贯，非常重视人的主体在认识世界中的能动作用。佛教大乘学将这种作用提升到本体的高度，认为"心"是世界的本源，提出了"心性"至上的理念，主张"三界所有，皆心所作"（《大智度论》），"心生则种种法生，心灭则种种法灭"（《大乘起信论》），强调"心"有集起、创造的力量，并提出了创造性思维的种种要领和具体方法。在此基础上，佛教实现了心的范畴的整体化和系统化，创建了世界上最精密的心性学体系，从根本上确立了人的精神的主体地位。

这一理论体系，从魏晋南北朝时期起，在我国的文化领域中获得了广泛的接受和发展，并迅速融入了文学与艺术的理论及创作中。谢灵运说："必求性灵真奥，岂得不以佛经为指南邪？"（何尚之：《答宋文帝赞扬佛教事》，《弘明集》卷十一）颜延之说："崇佛者以治心为先。"（《庭诰》）徐遵明主张"师心"自造（《魏书·儒林传》），谢灵运称赞慧远所造佛像："摹拟遗量，寄托青彩，岂唯像形也笃，故亦传心者极矣。"（《佛影铭》）萧子显则说："文章者，盖情性之风标，神明之律吕也。蕴思含毫，游心内运……"（《南齐书·文学传论》）梁简文帝《玄虚公子赋》云："心溶溶于玄境，意飘飘于白云，忘情物我之表，纵志有无之上。"如此等等，就是具体的历史见证。身居定林寺多年的刘勰，则是此一新潮理念的总其大成并且阐述最充分的前驱者。刘勰对佛学中的心性之学极为重视，认为"佛法练神"（《灭惑论》），标举佛学中的心性之学是一种"动极神（心）源"的学术，是心性科学中的最高境界，称其为"般若之绝境"（《论说》），从中吸取了许多具有积极意义的东西，作为认识论的基本依据，创造性地融化在《文心雕龙》博大精深的体制中。

"心"是《文心雕龙》中的核心概念之一。如果说"道"是它的本体，"人"是它的宗旨，"文"是它的实体，那么，"心"就是它的总纽与总汇。《文心雕龙》的"心"与儒、道两家所说的"心"的最大区别，是范畴上和相应的人性层次及理性层次上的差别。中华文化中所说的"心"，是儒道佛三家学说的集萃，各有各的范畴。析而言之，儒家心性论侧重于政治伦理学说，在学术上归属于以道德经验为基础的人本哲学的范畴，道家心性论崇尚天道自然学说，在学术上归属于以自然经验为基础的自然哲学的范畴，佛家心性论则侧重人的理性的升华与精神的解脱,在学术上归属于以本体论为基础的精神哲学的范畴。三家学说,都具有对人性的普遍关怀和对于理想人性的普遍追求,各有各的逻辑侧重和对客观世界的概括优势与认识局限,但就其对世界的概括深度与理性高度来说,佛教的"三界唯心"的心性理念,占领了三家心性说的制高点。这是因为,佛教心性论对世界的概括是本体论层次的形而上的终极层面的概括,这种概括在理性上显然是超越于儒道两家所做出的主体论或客体论的经验性概括的。而《文心雕龙》的"心",则是集三家学说之精华,使其相济相生而相得益彰的理论成果。惟其如此,必然在中华传统的心学领域中,注入一种全新的理性新质——将人本主义、自然主义和解脱主义熔为一炉,将伦理人性、自然人性、宗教高纯人性铸为一范,将治世、治身、治心合为一体的理性新质。正是这种新质,赋予《文心雕龙》的"心"以一种前所未有的逻辑说服力量和美学感染力量,也赋予了它以一种特别自觉的美学追求与力学追求。这种具有整体、系统与能动的属性的自觉追求,是佛学安身立命的根基,是佛家心性说的最大特色,也是人类对心的认识的极大扩充。宗炳在《画山水序》中所说的"应目会心","万趣融其神思",张璪在《历代名画记》中所引述的"外师造化,中得心源",即本于此。刘勰所标举的"心哉美矣","言之文也,天地之心哉","原道心以敷章,研神理而设教","心生而言立,言立而文明",就是这种关于"心"的新思维的具体阐发。显然,如此灵动、强大的"心"的功能,如此广阔、深邃的理论范畴,是只能从佛家"心性"学说中才能找到依据的。《文心雕龙》中的"神理设教"和"以心总文"的理论纲领虽然源出多门,但作为一个本体论的范畴来说,主要是发端于此,也只能发端于此。这就是范文澜在《文心雕龙注》中,之所以将"为文之用心"之"文心"与"阿毗昙心"中"管统众经,领其会宗"的"佛心"进行会释的根由。[①]

　　但是,《文心雕龙》之"心",并非般若之心的简单引入与移植。般若之心以"空无"为最高依据,《文心雕龙》之心属于形象思维的范畴,以"应物斯感"、"神与物游"、"物与神交"的反映论为基本前提,这是二者之间的本质性区别。它虽然从佛学的唯心论中吸取了不少认识论的精华,却绝非简单"拿来",而是将它融化在自己心物交融的认识论体系中。这就使它具有来自佛

---

①　范文澜:《文心雕龙注》下卷,人民文学出版社1958年版,第728页。

学心性,又高出佛学心性的哲学品格,也具有以儒学古典唯物主义认识论为主导,又不受其拘囿,而是兼容并蓄、博采众长的哲学品格。这种异质文化的互相冲突、互相融汇,构成了中国古代绚丽灿烂的文化图景。如果没有这一历史前提,《文心雕龙》的以心总文的美学主张,将成为不可想象的事情。

（三）对佛学慈悲意识的吸收

慈悲是佛教价值观的核心部分,以其独特的理论主张,鲜明地体现了佛教人文精神的人性高度与理性深度,构成为人道主义思想的卓越形态,给予人类的人生价值观念以极大的品位提升。

"一切诸佛法中慈悲为大。"（《大智度论》）"大慈大悲"是对佛性的最高要求。其具体内涵是:"大慈与一切众生乐,大悲拔一切众生苦;大慈以喜乐因缘与众生,大悲以离苦因缘与众生。"（同上）所谓"大",即慈悲的无限扩大。它的覆盖对象,包括六道一切众生。而从另一方面来说,菩萨的慈悲又是长远的,是尽未来际永不改变的。这种要求表现在精神品格上,就是"无缘大慈,同体大悲。"所谓无缘,就是没有任何亲疏、爱憎之分,所谓同体,就是将众生和自己视为一体。径而言之,就是一种"无我"的境界。观音菩萨"寻声救苦"的精神形象,就是具体例证。而地藏王菩萨"我不入地狱,谁入地狱"的悲愿深心,更是这种精神境界的极致。

人类的各种宗教和哲学学派,在人生价值观上无一不表现出对人类的关怀和热爱。但就这种关怀和热爱的广度和深度而言,事实上是存在着极大差异的。佛教的慈悲意识与儒家的仁学意识的比较,就是具体例证。

二者之同,集中表现在以下方面。

其一,道德本体的价值追求相同。佛教慈悲观与儒家仁学观对道德本体的价值追求,都可以用两个字来概括,就是"爱人"。佛教慈悲观的核心,就是以爱心去帮助众生,觉悟众生,解救众生,使众生摆脱生死轮回的苦境,到达常、乐、我、净的涅槃境界。儒家仁学观的核心,就是以仁爱之心待人,以"仁德"塑造君子的理想人格,以仁德的君子人格去实践"仁道",从而成为儒学理想中的"仁人",最终实现"天下归仁"的"仁政"目标。二者都是从终极关怀的角度对人的生存发展和价值追求提出的理性导向,是解决人生终极问题的道德价值理论,并立于人类道德建设的巅峰。

其二,在各自体系中的核心地位相同。佛教慈悲观和儒家仁学观,都是实现其最高道德目标的思想基石和根本准则。"佛心者,大慈悲是。"(《观无量寿经》)佛教是慈悲的宗教,以慈悲观为根本准则,将慈悲精神渗透到整个佛教教义之中。儒家仁学观以仁爱为其核心,以修养仁德、成就仁德为君子之仁道,将仁德推行于天下的仁政之中,要求君子无论是在个人的伦理修养中,还是在社会政治理想的实现中,必须始终坚持仁爱的立场丝毫不变。

其三,在中华民族精神文明建设中所发挥的积极作用相同。佛教的慈悲观作为佛教教义的根本准则,随着佛法的弘传,对中国古代社会伦理道德的发展产生了深远的影响。与佛教慈悲观相伴而生的有佛教的众生平等观、大乘佛教菩萨行的自觉觉他、拔苦救难的修行观,不仅成为佛教徒修行的根本准则,而且也成为世人深刻的伦理道德认同的崇高目标,为中华民族博大心胸、宽容慈悲、舍己救人、助人为乐等理性品德的形成,提供了温馨的人格典范和深厚的逻辑土壤。儒家的仁学观,以"仁爱"为本,以追求"仁德"为崇高目标,讲求"克己复礼",讲求"里仁为美",讲求"仁者安仁",在具体的道德修养中,包含了非常丰富的内容,成为君子仁人塑造崇高人格的思想准则和行为准则。两者都是中华民族的精神支柱,均在中华民族品德的形成中发挥了积极的建设性作用。

二者之异,集中表现在以下几个方面。

其一,覆盖范围不同。儒家仁学观所覆盖的对象是具体的政治网络上的人:君臣、父子、大夫、诸侯,只要这些具体的人能够兼相爱,那么社会就会和谐安定。佛教"慈悲"观的对象是指"一切众生"。所谓众生——就是一切有灵性的动物都包括在内。比较可知,佛教"慈悲"观所体现出来的尊重生命,敬畏自然,对世间万物生灵的慈悲怜惜之心,比儒家"仁学"观所倡导的人与人之间的兼相亲爱,在内容上更广泛,在形式上更具体。

其二,阐发角度不同。儒家的仁爱观,是立足于儒家的人本思想,构筑关于人的伦理道德和社会政治理想的学说,他从中国古代宗法伦理的角度,阐述"仁德"的内容,构建了将"仁德"推行于家庭、国家、社会的政治理想,从而形成以"仁学观"为核心的儒家思想。佛教的慈悲观是佛教关于佛教徒修行过程中所持的基本观念。它的理论基础是佛教的缘起性空论,它所阐述的是,佛教徒对于众生解救的义务和对世界的基本看法。因此,佛教的慈悲观,是基于佛教世界观基础上的对于自身修行所持的根本观念。

　　其三,逻辑基点不同。佛教慈悲之心的逻辑基点是无我。它所标举的予乐拔苦与慈航普渡,是建立在缘起性空和万物一体的基础上的,是一种对众生苦难的不分彼此、平等视之的无所不包的悲悯。而儒家的仁爱则是一种以我为基点的推此及彼的爱。"仁者以其所爱,及其所不爱。"《(孟子·尽心》)在儒家的观念里,爱有亲疏之分,仁正是将小范围的亲亲敬长之心推广开来爱和自己相关的人,进而扩大到泯除亲疏差别,做到"老吾老以及人之老,幼吾幼以及人之幼"。《(孟子·梁惠王上》)若用比喻来对比"慈悲"与"仁"的话,则慈悲像阳光一样,普照大地,一视同仁的温暖众生。而"仁爱"则是如同心圆一般,以自己为圆点,逐渐扩充,达于天下。由此造成了这种关怀在人性内涵上的明显差别:儒家的仁爱是一种有我之境,惟其有我,所以强烈执著,血肉丰满;也惟其有我,也容易陷入偏执痴迷的拘囿。佛教的慈悲是一种无我之境,惟其无我,所以在人类精神的追求上无住无限,清纯精进。也惟其无我,所以虚无淡泊,汗漫无依,容易陷入消极无为的泥坑。两种观念,各有各的优势与不足。而就其人性深度及理性高度而言,佛教慈悲中所倡导的无我无私的形上性境界,显然是超越于儒家仁学所倡导的"齐家治国平天下"的功利性境界的。

　　这种相同性品格,是普遍人性的普遍规律的表现;这种相异性品格,是民族文化特色的表现。由于前一品格,二者很容易融合成为一个有机的整体;由于后一品格,赋予了二者以互补与互激的综合效应。主要表现在以下方面。

　　一是对儒家仁爱观的人性广度的充扩。佛教的慈悲观,是一种彻底的博爱观,关注的是一切有情众生在苦难生存环境中的精神解放。它从宗教哲学的特定角度,在阶级社会的特定环境中,弥补了儒家仁学观的空间局限,极大地开阔了仁人志士的胸襟和全民族的伦理道德视野,提升了国人的博爱境界。《文心雕龙》对社会等级所造成的精神苦难的锥心裂骨的悲悯("将相以位隆特达,文士以职卑多诮,此江河所以腾涌,涓流所以寸折者也"),对魏晋时代战乱的心理后果的满含血泪的感叹("良由世积乱离,风衰俗怨,并志深而笔长,故梗概而多气也"),就是具体的理论见证。显然,这种对社会众生苦难的发自肺腑的同情,是以前的以伦理教化为核心的文学理论与文学创作中所从未曾涉及,而只能是表现在佛教慈悲观的影响之后的。这些理论中不仅闪烁着儒家仁学救世济民的思想光辉,也同时闪烁着佛教普度众生的思想光辉。正是由于人性与佛性的有机结合,这种思想的光辉才如此亮丽辉煌。

二是对儒家仁学观的人性深度的提举。佛教的慈悲观,使国人认清了儒家仁学观的不足和缺陷,推动着儒家伦理道德的积极更新。孔子的仁学观,是为仁人君子构建的修身、齐家、治国、平天下的思想体系,它以中国古代的宗法制"亲亲"原则为指导,带有浓厚的等级观念和功利观念,在社会稳定时期,易于为统治阶级作为世俗教化的工具,而在社会动荡时期,其作用就表现得无能为力。相反,佛教的解救众生出离苦难的慈悲观念和英勇无畏的救世精神,则会发挥出巨大的作用。二者的融合,必然给儒家的仁学观中,注入全新的道德血液和理性血液,使儒家的仁学变得更加精进,更具有牺牲精神,也更具有对社会的批判力量和改造力量。《文心雕龙》中对讹浅文风的批判和对社会等级的勇猛无畏的批判,谭嗣同《仁学》中的"以心挽劫"的战斗号召,就是具体的例证。

三是对儒家仁学观的人性力度的提举。佛教慈悲观,是悲与智的结合。悲是一种感情的激发,智是一种理性的启迪。这就必然赋予人以自觉的理性和崇高的感情,激励着佛教大众与志士仁人在救世济人的精神旗帜下奋斗不已。儒家仁学观与佛教慈悲观的结合,这就意味着在儒家仁学所激发的人性动力中,注入了更多的理性因素,使其在理想人性的领域中相激而相荡,相得而益彰。刘勰《文心雕龙》中所说的"生也有涯,无涯惟智……文果载心,余心有寄",就是典型例证。"生也有涯,无涯惟智",来自佛教慈悲观所激发的对人生无常的深度悲悯,"文果载心,余心有寄",来自儒家仁学的"忧国忧民"的崇高理念。二者的结合,既在"忧国忧民"的现实平台上展现了悲智的理性启迪,又在"缘起性空"的平台上展现了仁爱的现实追求,从人性的最高界面将作者独特的精神境界和理论主张表现得淋漓尽致。

(四)对佛学解脱意识的吸收

佛教以解脱为人生的终极理想。《大般涅槃经·如来性品》云:"真解脱者,名曰远离一切系缚。"《金光明经玄义》云:"于诸法无染无住,名为解脱。"解脱指脱离束缚,自在无碍。径而言之,就是从人生的烦恼痛苦和生死流转的束缚、困境中脱却开来,获得解放和超越,进入自由自在的理想境界。

　　佛教创始人释迦牟尼在寻求解脱的修证中,总结出"四谛"即四种真理。该理论体系以论定人生的价值是苦和分析苦的成因为出发点,以指示解脱诸苦的途径为中心,以解脱境界"涅槃"为归宿,构成早期佛教的基本教义,强调依"八正道"而行,即得解脱。后来又提出佛教修行者的实践总纲"三学",即戒学、定学和慧学。随着小乘佛教发展为大乘佛教,佛教的解脱之道也发生变化,这就是在理论上力图超越小乘佛教对人生过于负面和悲观的看法,在修行上突出强调智慧的关键作用,重在以观照真理和证取真理为解脱。中国佛教继承和发展了印度佛教的解脱主义学说,更着重转向内心的探索、转换和提升,以求得人生的解脱。如禅宗宣扬心即佛,佛即心,求得心,即成佛。这实质上是把心性修养看做人生解脱的必由之路。

　　佛教解脱观无疑是包蕴了极为复杂的唯心主义因素的,但是作为一种历史性的文化资源来说,唯心与唯物从来就是相对照而存在,相斗争而发展的辩证统一体,包蕴于其中的积极因素同样是不可否认的。佛教解脱观对中华文化的积极影响,主要表现在以下方面。

　　其一,提供了一个对现实人生进行反观的窗口。正是这一由理想人生对现实人生的反观,凸显出二者之间的理性差距和美学差距,使人能以长远的终极的眼光客观而冷静地反思人生的苦难历程,审视人性自身的缺陷。由于这一冷静客观的审视,必然给人类的人生价值观中,注入一种强大的自我批判精神和自我激励精神,推动人们不断地努力规范自己,提高精神境界的理性品位和美学品位,实现由自然人性向无我无私因而无忧无虑的理想人性的飞跃。这种独重于佛学中的精神品格反映在文学的领域中,就是一种极其鲜明的批判现实主义精神和美学理想主义精神。刘勰对世风中的"等级"丑陋和文风中的"讹浅"丑陋的义愤填膺的批判,显然是与佛教解脱观中的理想人格的启迪密不可分的。

　　其二,为改善社会人生提供了新的战略途径。改善社会人生是儒道释三家哲学的共同追求,但就具体途径而言,却是各不相同的。儒家与道家关注的是现实的此岸人生,佛家关注的是理想的彼岸人生。佛家认为现实人生是人类痛苦的根源,唯有脱离了现实人生的苦海,才能获得理想人生的自在与自由。佛家所选择的途径,就是心理的解脱。从表层来看,这一途径在主观与客观的矛盾中似乎回避了客观现实的决定性存在,过分强调了心的能动作用,带有明显的唯心色彩。但从深层次来看,仍然不失为一项富有远见的战略决策。其远见性就在于,在解决主客观矛盾的过程中,外在的"缘"的改变并非一蹴可就的易事,唯有内在的"因"即心性的觉悟才能更好地实现"转依",达到解脱的境界。佛学中的"善法欲"的追求(即净化人生的愿望),在逻辑上即发端于此。

佛教的这一通过改变庸俗人心从而改变庸俗人性进而改变庸俗人生与庸俗世界的"智的超越"的独特的战略思路,也为中国文学所接受,并在中国文学的现实主义的土壤中获得了充分的发展。刘勰所标举的以心总文和以文鼓天下之动,最终实现"矫讹翻浅,还宗经诰"的寓社会纲领于文学纲领之中的远见卓识的理论纲领,即张本于此。刘永济先生论定《文心雕龙》有"有匡救时弊之意","实怀亡国之惧","按其实质,名为一子,允无愧色"①,在逻辑上即依据于此。

其三,为心的能动性发挥提供了完整的理论指导。佛教以心为要,以心为法,也以心为力,强调改造人心,完善心灵,提升人性,以此作为改造人生的凭借。为此,佛教还就伦理道德、知解智慧等方面设计了一系列心性化的修持方法。在长期的历史发展中,佛教对于其宗教实践中出现的各种心理现象进行探讨和总结,从中概括出一个完整的理论体系。佛教所标举的"万法唯心",就是这一理论体系的总旗帜。这一具有卓越的心理学品格的理论体系在思路之新颖,内涵之博大,分析之精微,体系之精密方面,达到了使许多现代学者都叹为观止的地步。这就是梁启超所精辟指出的:"佛法就是心理学","佛家对于心理分析,异常努力,愈析愈精……我敢说一句话,他们的分析是极科学的,若就心理构造机能那方面说,他们所研究自然比不上西洋人;若论内省的观察之深刻,论理上施设之精密,恐怕现代西洋心理学大家还要让几步哩。"②这一断语,是极其公允的。

佛教在心之理与心之力方面的这一卓越的理论造诣,给中国文学带来了极其丰富的认识论资源。众所周知,文学在本质上属于灵魂的艺术,而心学则是文学作为灵魂艺术的灵魂,就这一点来说,它与佛教的解脱思维一样,都是

---

① 刘永济:《文心雕龙校释》,中华书局1962年版,第1—2页。
② 《梁启超佛学文选》,武汉大学出版社2011年版,第333、341页。

以心为要和以心为法并以心为力的。惟其如此,文艺心理学对佛教心理学的吸收也必然是深刻而又广阔的。《文心雕龙》中的"控引情源"的系统理论,对文学中"风力"与"骨力"的自觉追求,即发端于此,并得力于此。

(五)对佛学辩证意识的吸收

佛学是一种以唯心作为绝对出发点和总归宿的哲学,但在思维辩证论上却又是在人类的辩证法史上占有领先地位的科学。

在存在论上,佛学标举"三界唯识,万法唯心",认为宇宙生命和事物是一元的,属于心物一元论的范畴。从认识论来看,它又具有明显的相对论色彩,认为宇宙不是绝对独立存在的,宇宙之外还有一个"空"与之并存,两者是对立统一体,不可分割。这就是《般若波罗蜜多心经》所说的:"色不异空,空不异色;色即是空,空即是色。受想行识,亦复如是。""色",从广义上说就是指宇宙,从狭义上讲是指客观事物。宇宙作为一种存在形态,包括两部分,即客观世界和主观世界。宇宙的存在形态是:客观的,运动的,变化发展的,有时间和空间限制的,形态各异的。无疑,这是对世界存在的真实性的总概括。"空",是一种另类的存在形态,其基本特征是:非客观的,静止的,永恒不变的,没有时间和空间限制的,贯穿万物如一的。佛学认为,"色"是宇宙运动的总形态,"空"就是这一总形态借以发生的总根由。所谓"缘起性空",就是对这一总根由的集中表述。"空"不是一种具体的事物,因此不能够用一个具体的概念来形容,实际上,是对一种否定性的绝对理念的总体认和总表述。通过对现实生活的痛苦性的否定,来达到对否定一切存在的绝对理念的追求,这就是佛学在世界观上和人生观上的基本思路。"色空",就是它在方法论上的总概括和总浓缩。

佛学这一一元论与二元论并具的独特的世界观和方法论在思维方式上的集中表现,就是它的综合思维与分析思维并茂的双重的思辨优势:由于它的一元论的哲学属性,它必然具有整体思维与综合思维的优势,由于它的二元论的哲学属性,它必然具有分析思维与精密思维的优势。这种独特的思维结构,必然赋予它一种独特的理性品格:佛学的三藏十二部经典,包括八万四千法门,从客观世界的形形色色,说到人类内在心灵的妄念无明,在时间方面是贯串了过去、现在和未来,在空间方面是穷尽了三千大千世界。如此完美的理论体系,如此周密的推理方法,在中外古今思想界中可以说是独一无二的。对此,许多思想家与科学家都给予极高的评价。孙中山赞誉佛教为"救世之仁"①，认为"研究佛理可补救科学之偏。"②恩格斯的称誉是："辩证的思维——正因为它是以概念本性的研究为前提——只对于人才是可能的，并且只对于较高发展阶段上的人（佛教徒和希腊人）才是可能的。"③爱因斯坦的称誉是："完美的宗教应该是宇宙性的，它超越一个人化的神，无须死板的教条及教义，包含自然现象和精神领域，基于对自然和精神的体验而融为一体，只有佛教才能符合这些条件"④。赵朴初对它的称誉是："佛教哲学蕴藏着极深的智慧，它对宇宙人生的洞察，对人类理性的反省，对概念的分析，有着深刻独到的见解……它以独特的思想方法和生活方式，给予人们以新的启发，使人们得以解放思想，摆脱儒学教条，把人的精神生活推向另一个新的世界。"⑤这些称誉，都是恰如其分的。

这就是佛教之所以能够顺利融入中华传统文化之中，并能推动中华文化进入更高阶段的根由，也就是《文心雕龙》之所以能够获得远远超出于前人的文化视野，从而创造出如此辉煌的文化成果的根由。

以上三个方面，就是《文心雕龙》观照客观事物的最基本的指导思想。在这一多维统一的认识论结构中，道学是其体，儒学是其用，佛学是其法，三者以儒学为主导共相为济，相得益彰。所谓"体"，具指道家自然之道的哲学理念在文学运动中的本体论地位。所谓"用"，具指儒家"经世致用"的哲学理念在文学运动中的方向论地位。所谓"法"，具指佛家"万法唯心"的哲学理念在文学运动中的方法论地位。而刘勰所说的"道沿圣以垂文，圣因文而明道"、"原道心以敷章，研神理而设教"，就是对三者之间的系统机制的总体概括。这一总体概括，就是《文心雕龙》在理论开拓上总的哲学凭借。显然，《文心雕龙》这一博大精深的文学理论体系，是与这一博大精深的哲学体系的强大支持密不可分的。也就是罗宗强所精辟指出的："他不是哲学家，但就其思想的深刻性，就其理论的系统与

---

① 孙中山：《军人精神教育》，见《孙中山选集》下册，广东人民出版社 2006 年版，第 107 页。

② 孙中山：《三民主义》，见《孙中山选集》上册，广东人民出版社 2006 年版，第 456 页。

③ 《马克思恩格斯全集》，人民出版社 1971 年版，第 565 页。

④ 载［1954，from Albert Einstein：The Human Side，edited by Helen Dukas and Banesh Hoffman，Princeton University Press。

⑤ 赵朴初：《要研究佛教对中国文化的影响》，《法音》1986 年第 2 期，第 2—3 页。

严密程度而言,他在众多杰出的思想家中,可以说毫不逊色。"①这一评语,既是对其理论的哲学高度的称许,也是对获得这一理论高度的哲学根源的称许。如果没有这一哲学根源的强大支持,《文心雕龙》在理论上的空前鲜后的开拓,就会成为无源之水和无本之木而难以存在,更不可能千古相传了。

第二节　《文心雕龙》的方法论根源

方法论就是关于认识世界、改造世界的根本方法的学说。《文心雕龙》在它所从事的体大思精的研究中,不仅具有强大的认识论武装,也具有强大的方法论武装。这一强大的方法论武装,同样是"站在巨人肩膀上的攀登",是对以和谐为核心的历史文化遗产进行创造性继承和开拓的结果。具而言之,可以归纳为以下几个方面。

一、折衷的认识方法

刘勰在《序志》中,对《文心雕龙》的折衷方法,进行了明确的表述:

> 夫诠序一文为易,弥纶群言为难。虽复轻采毛发,深极骨髓,或有曲意密源,似近而远,辞所不载,亦不胜数矣。及其品列成文,有同乎旧谈者,非雷同也,势自不可异也;有异乎前论者,理自不可同也。同之与异,不屑古今,擘肌分理,唯务折衷。

"擘肌分理,唯务折衷",是贯穿于《文心雕龙》终始的基本方法。所谓"折衷",是指观照事物时必须看到构成事物的两个不同的方面,把它看做一个统一体,而不要只强调其中的一个方面。只有用这种方法,才能对客观事物构成全面性的认识,否则,就会陷入认识的片面性中:"知多偏好,人莫圆该……各执一隅之解,欲拟万端之变。所谓东向而望,不见西墙也。"(《知音》)其结果必然是"徒锐偏解,莫诣正理"(《论说》)。实际上,"正"与"反"两个方面,是完全可以"兼解以俱通"(《定势》),共融于一体的。

---

① 　罗宗强:《魏晋南北朝文学思想史》,中华书局1996年版,第247页。

刘勰的这种方法论思想,显然与儒学的"中庸"直接相关。

中庸作为方法论,是孔子以仁为标志的人本哲学思想的必然产物。他的明确主张是:"中庸之为德也,其至矣乎! 民鲜久矣。"(《论语·雍也》)所谓中,即中正,中和,所谓庸,即用也,常也。因此,中庸即是"用中为常道也"(《礼记·中庸》)。它的实质就是:"执其两端,用其中于民。"中庸的要领是"允执其中"(《论语·尧曰》),而要做到"持中",必须把握两端,即矛盾的对立面,离开两端即无所谓"中"——对立面的统一、联结、协调、平衡等。"持中",就是兼容,唯有兼容才能避免偏于一个极端的危险。兼容并不是否认矛盾,也不是回避矛盾的斗争和解决,而是尽力不激化矛盾,尽力以度的把握来消化矛盾,使矛盾在统一体的内部得到解决,在量变的积累中达到质变的目的,以减少冲突与决裂的破坏作用。径而言之,就是"求大同"。为着求大同,既要反对过头,也要反对不及,而是恰如其分。另一方面,还必须做到"和而不同"。"和而不同"含有这样的思想内容:孤立的、单一的因素不能构成完美的事物,只有多种因素特别是对立因素的统一与和谐,只有让方方面面都能各得其所,才能形成完美的事物。这就是孔子所说的:"质胜文则野,文胜质则史。文质彬彬,然后君子。"(《论语·雍也》)

孔子的这一方法论思想,在《荀子》和《易传》中得到了进一步的发挥。《荀子》说:

> 万物为道一偏,一物为万物一偏,愚者为一物一偏,而自以为知道,无知也。(《天论》)
>
> 圣人知心术之患,见蔽塞之祸,故无欲,无恶,无始,无终,无近,无远,无博,无浅,无古,无今,兼陈万物而中县衡焉。(《解蔽》)

《荀子》主张从事物的对立与统一中去把握世界。《易传》从"一阴一阳谓之道"这一根本观点出发,同样主张要把事物相反的两个方面统一起来。这些朴素的辩证思想,都是刘勰"折衷"的方法论的渊源。刘勰所说的"同之与异,不屑古今,擘肌分理,唯务折衷",与《荀子》所说的"无古,无今,兼陈万物而中县衡焉",在思维指向上是完全一致的。

刘勰的折衷方法,也与佛学所提倡的"圆通"、"圆照"密不可分。"圆通"

是佛学的一种辩证思维方式,强调对事物的全面把握,要求圆融周密地认识事物,善于发现事物各个侧面之间的多维性联系,通过相通的一面将其融会成为一个有机的整体。如《鸠摩罗什传》曰:"其新文异旧者,义皆圆通,众心惬服,无不欣赞焉。"《佛陀寺碑文》曰:"况法身圆对,规矩冥立。"僧祐《弘明集序》曰:"夫觉海无涯,慧境圆照。"这一思维方式,也为刘勰所创造性吸收,成为《文心雕龙》理论的重要组成部分。如:

> 原乎论之为体,所以辨正然否……故其义贵圆通,辞忌枝碎。(《论说》)
> 诗有恒裁,思无定位;随性适分,鲜能圆通。(《明诗》)
> 沿根讨叶,思转自圆。(《体性》)
> 若骨采未圆,风辞未练……虽获巧意,危败亦多。(《风骨》)
> 自非圆鉴区域,大判条例,岂能控引情源,制胜文苑哉?(《总术》)
> 夫篇章杂沓,质文交加,知多偏好,人莫圆该。(《知音》)

刘勰的折衷方法,是儒、道、佛三家方法论的卓越综合。正是凭借这种富有包容性的认识方法,刘勰才能将文与道,道与心,心与文,文与辞,辞与义,意与象,心与物,奇与正,情与志,隐与秀,才与学,体与势,情与采,文与质,常与变,本与末,一与多,如此繁多的范畴精美和谐地组织在同一的思维网络之中,达到了"弥纶群言,精研一理"的全面系统的思维境界。正是由于这一卓越的思维境界,赋予了刘勰的理论创造一种特别的理性品格,他在著《文心雕龙》时,才能如鱼得水,使该著成为我国中古文论史上的巅峰。前人往往用"体大思精"、"识周虑圆"来评价《文心雕龙》,就是指该著在思想上的深刻周密与理论体系上的完备而言的。《文心雕龙》这一成就的取得,固然与儒学中的"折衷"的思维方式的支持密切相关,也是与佛学的"识昧圆通"的思维方式的影响密不可分的。就其思维方式的辩证性的高度与深度而言,与佛学的关系显然更为密切。这就是香港国学大师饶宗颐所精辟指出的:"诗家大都以振奇为胜,而刘氏乃以'圆通'为贵,诗而圆通,则不易有惊人之语矣。此一圆照之态度,与其看做儒家,毋宁说是于释氏为近,更合情实。"①

---

① 饶宗颐:《梵学集》,上海古籍出版社1993年版,第183页。

二、通变的认识方法

"折衷"是从横向联系的角度认识事物的基本方法,"通变"是从纵向联系的角度认识事物的基本方法。在《通变》中,刘勰对这种从与时俱进中把握事物的本质和规律的认识方法,进行了明确的表述:

> 文律运周,日新其业。变则可久,通则不乏。趋时必果,乘机无怯。望今制奇,参古定法。

"通"是对塞的改变,"变"是对常的改变。"通变"合为一词,就是奉常适变。即在遵循常则的基础上开拓创新,在开拓创新的目标下遵循常则。这一认识方法把天地万物和人类社会一切事物的发展变化,都当做变中有常、周而复始的循环去认识和思考,强调事物的运动变化,主张在运动中去把握事物的本质和规律,以达到既"日新其业"又"通则不乏"的双重目的。这一具有鲜明辩证法色彩的认识方法,主要是来自《易经》的影响。

> 通变之谓事。(《系辞上》)
> 一阖一辟谓之变,往来不穷谓之通。(同上)
> 穷则变,变则通,通则久。(《系辞下》)

刘勰把《易传》的"通变"方法,应用到了文学上,提出了通变方法论的系列主张:

> 夫设文之体有常,变文之数无方。何以明其然也?凡诗赋书记,名理相因,此有常之体也;文辞气力,通变则久,此无方之数也。名理有常,体必资于故实;通变无方,数必酌于新声。故能骋无穷之路,饮不竭之源。然绠短者衔渴,足疲者辍途,非文理之数尽,乃通变之术疏耳。(《通变》)

刘勰认为,变与常是对立的统一,二者必须相并而行。"变"属于革新的范畴,"通"属于常则的范畴,二者互为前提,相反相成,缺一不能为济。就"设文之体"来说,它是"有常"的,属于宗经的范畴,所以要"资于故实","还宗经诰"。但另一方面,刘勰认为"时运交移,质文代变"是文章运动的必然规律,主张"通变则久","通变无方"。所谓"通变则久",是指只有通变,文与质才能与时俱进,"骋无穷之路,饮不竭之源"。所谓"通变无方",是指文与质的变化只有大法,没有成法,没有死法,只有活法,也就是《易传》所说的"不可为典要,惟变所适",即不可拘泥于固定的程式,而必须从时代的新质中吸取方法论的营养。也就是刘勰在《明诗》中所昭示的:"诗有恒裁,思无定位,随性适分,鲜能圆通。"主张诗有恒常不变的体裁格式,而诗人的思想感情,却没有固定不变的框框,只能随着自己的才性,选择适合自己天分的某种体式,创做出具有个性特色的作品,这才是通变的要旨。

这样,就将"通"与"变"两个不同的范畴,在"奉常适变"的大前提下,巧妙地融为一个统一的逻辑整体。这一具有辩证意义的逻辑整体,实际就是历史与逻辑的融合为一。就这一点来说,与现代的辩证法是一脉相承与一理相通的。

三、统摄的认识方法

"统摄"是从事物的系统联系的角度认识事物之间的结构关系的方法。所谓系统联系,就是事物内部的部分与整体之间的"本与末"、"一与多"的结构关系。在《总术》篇中,刘勰对这种认识方法作了明确的表述:

> 文场笔苑,有术有门。务先大体,鉴必穷源。乘一总万,举要治繁。思无定契,理有恒存。

他认为在文章的园地里,有技巧也有门路。首先要致力于总体,观察事物必须探索源头。要善于抓住关键来带动全局,掌握要点来处理繁多的现象。他把这种方法称为驭文之"总术"。"总术"者,总揽之术。显然,这种认识方法与老庄所倡导的"一毂统辐"、"得其环中"的方法,是密切相关的。老子在《道德经》中说:"三十辐共一毂,当其无,有车之用"。他认为,没有车毂中间的空隙,就没有车论的作用。老子以此来说明本与末的关系,认为"无"是本,"有"是末,"一本"可以率"万有"。庄子的"得其环中"论是对老子这种方法论思想的发挥。《齐物论》云:"枢始得其环中,以应无穷。"环者,门上下两横槛之洞,承受枢之旋转者也。枢一得环中,便可旋转自如,而应无穷。"得其环中",就是善于抓住关键,以本统末。王弼把这种认识方法做了进一步的阐发,归纳为"崇本息末"、"以寡治众"的基本命题,将这种总揽的认识方法表述得更加具体:

> 母,本也;子,末也。得本以知末,不舍本以逐末也。(《老子注》,第五十二章)
>
> 夫众不能治众,治众者,至寡者也;夫动不能治动,制天下之动者,贞夫一者也。故众之所以得咸存者,主必致一也。(《周易略例·明象》)

《文心雕龙》中,这种总揽的认识方法是贯穿于全部内容的。所谓统摄,就是抓住事物的主要矛盾和主要矛盾的主要方面,以达到"振本而末从,知一而万毕"的目的(《章句》)。从"文之枢纽"来说,道是最根本的,"心生而言立,言立而文明,自然之道也","辞之所以能鼓动天下者,乃道之文也"。抓住了道,就等于抓住了总揽一切的关键。但道心惟微,不好把握,只能通过圣与经来把握。"道沿圣以垂文,圣因文而明道",圣与经是把握道的关键,所以必须"征圣"和"宗经"。在"征圣"与"宗经"这一对矛盾中,由于经的"恒久之至道,不刊之鸿教"的属性,经又成了矛盾的主要方面。刘勰认为,善于宗经,就可以"一毂统辐"、"得其环中",总揽全局。他对经的评价是:"根柢槃深,枝叶峻茂,辞约而旨丰,事近而喻远。是以往者虽旧,余味日新;后进追取而非晚,前修久用而未先。可谓泰山遍雨,河润千里者也。"他论述文学的历史发展,认为尽管情况复杂,但都离不开时代的制约和影响:"故知文变染乎世情,兴废系于时序,原始以要终,虽百世可知也。"抓住了这个基本原理,一切都会迎刃而解:"蔚映十代,辞采九变,枢中所动,环流无倦。"在对待文学发展的继承和创新关系上,必须掌握变与常的关键所在,这就是"凭情以变通,负气以适变"。《体性》篇中,刘勰指出,八种基本的文学风格之间的复杂的交叉融合,可以形成多种多样的风格,但其关键,还是在于"情"与"辞"的独异性上:"辞为肌肤,志实骨髓"。只要解决了辞与情的个性化这一"环中"性的问题,就能创造出恰到好处的风格来:"八体虽殊,会通合数;得其环中,则辐辏相成。"情与辞不仅是风格的关键,也是镕裁的关键:"夫百节成体,共资荣卫;万趣会文,不离辞情。"《文心雕龙》的创作论与文章论的核心,就是"剖情析采"的问题,抓住了这一关键,其他各个具体的表现方法与技巧,都有了归依,迎刃而解。"是以驷牡异力,而六辔如琴;并驾齐驱,而一统毂辐:驭文之法,有似于此。"(《附会》)

刘勰这种统摄的认识方法,集中表现在《总术》篇中。总术,并不是指在《文心雕龙》的方法系统之上,还另有一个总的方法,而是指"乘一总万,举要治繁"的总揽之术。表现在认识论的领域中,就是刘勰所标举的"九变之贯"之术。对此,刘永济先生发表了极其精辟的见解:

> "九变复贯",语本逸《诗》……《荀子·天论》,有"不知贯不能应变"之文。杨倞注曰:"贯,条贯也。"条贯即一贯。一贯者,不变之常理,与九变对文,意甚分明。舍人所谓九变之贯,即指文学原理而言。盖辞有质文,因时而异,理无二致,不以代殊,故曰"九变之贯",犹言万变之宗也。①

正是这种总其纲维的统摄方法,赋予了《文心雕龙》的方法论以系统辩证的哲学品格,这就是它之所以能进入体大思精的卓越境界的另一物质保证。

四、神思的认识方法

"神思"是刘勰在《文心雕龙》中提出的一个极其重要的方法论概念。神思属于形象思维的范畴,是刘勰建立自己博大精深的美学理论的最基本的方法论思想。

严格地说,"神思"这个范畴的提出并非刘勰的首创。最早从哲学领域涉及这个范畴的,是庄子的《让王》篇,所谓"形在江海之上,心存魏阙之下",就是指"神思"而言的。最早从美学领域涉及这个范畴的,是东晋高僧慧远。他在《万佛影铭序》中说:"神道无方,触象而寄"。这就是刘勰所说的"神用象通"的最基本的理论依据。文论家陆机《文赋》中所说的"精骛八极,心游万仞",虽然是一般性的概括,但与刘勰对"神思"的论述十分接近。玄言诗人孙绰在《游天台山赋》的序中,也谈到了有关"神思"的问题,说:"余所以驰神运

---

① 刘永济:《文心雕龙校释》,中华书局1962年版,第167页。

思,昼咏宵兴,俯仰之间,若已再升者也。"孙绰所说的"驰神运思",也就是驰骋神思的意思,与刘勰所说的"神思方运"在指向上是完全一致的。

从美学的角度明确而完整地提出"神思"这一概念的,是刘宋时期著名佛学家与美学家宗炳。宗炳在《画山水序》一文中,提出了神思的确切概念与系列的卓越见解:"峰岫嶤嶷,云林森眇,圣贤映于绝代,万趣融其神思。"这种对创作过程中心物交融的见解,与刘勰"神与物游"的认识,是并无二致的。此外,宗炳还提出了"应目会心"、"澄怀味象"、"象外之意"、"闲居理气"等等见解,都可在《文心雕龙》中找到对应的继承与开拓关系,如:"目既往还,心亦吐纳"(《物色》),"登山则情满于山,观海则意溢于海"(《神思》);"陶钧文思,贵在虚静"(《神思》);"思表迁旨,文外曲致,言所不追,笔固知止"(《神思》);"清和其心,调畅其气"(《养气》)。这些,就是刘勰神思方法的重要根源。

刘勰的"神思"方法论体系中,还包括了"玄览"、"顿悟"、"虚静"、"物色"等具体的认识方法。这些具体方法,同样来自道学、玄学与佛学的多元性影响,而与佛学中的形象思维方法的关系尤为密切。

佛学有"根尘"之说,崇尚以"象"施教,要求在感受外部世界时"六根"并到,"耳根声尘"和"眼根色尘"等量齐观。这一思维方式广泛地运用在佛学的宣传中,常常用来对其理想境界进行形象化的渲染,借以感染教育僧徒,增强接受效果。法胜所造的《阿毗昙心论》的著名经典,就是典型例证。慧远对其美学形态的称赞是:"其颂声也,拟象天乐,若云籥自发,仪形群品,触物有寄。若乃一吟一咏,状鸟步兽行也;一弄一引,类乎物情也。情与类迁,则声随九变而成歌;气与数合,则音协律吕而俱作。拊之金石,则百兽率舞;奏之管弦,则人神同感。斯乃穷音声之妙会,报自然之众趣,不可胜言者矣。"这一独特的思维方式与传播方式,对我国古代的型塑理论与声律理论,产生了深远的影响。

刘勰《原道》中"旁及万品,动植皆文"的文道理论,及这一理论在《情采》中的关于"形文"、"声文"、"情文"的具体展开,无疑与佛学的这种感知方式有密切关系。佛学的这种寓神于形的思维方式,在《文心雕龙》一书中曾多处仿效,如《原道》篇中曰:"龙凤以藻绘呈瑞,虎豹以炳蔚凝姿;云霞雕色,有逾画工之妙,草木贲华,无待锦匠之奇。"《隐秀》篇中曰:"夫隐之为体,义生文外,秘响旁通,伏彩潜发,譬爻象之变互体,川渎之韫珠玉也。"《文心雕龙》多通过形象思维来进行类比论证,给理论思维插上形象的翅膀,这种思维方式与佛学经典之启发,同样是密不可分的。

五、因明的认识方法

因明学是古代印度佛学所创立的逻辑学说。"因"指推理的根据、理由;"明",指知识、智慧、学说、学问。因明学说原是导源于辩论术,目的是指明对方学说的错误,证明本派学说的正确。在长期的辩论中,系统总结了各派论证、推理的方法,以"五支作法"为中心,形成了一套逻辑推理的基本原则,被称为"因明学"。由于这一圆融通照的方法论的凭借,佛学的论著通常都表现出一种结构谨严,文理密察,立论绵细,气势恢弘的特点,极具无微不察的思辨优势和无攻不克的论辩优势,达到"辩证法的较高发展阶段"。佛学的这一独特的方法论,也显性地或者隐性地表现在刘勰的《文心雕龙》中,与本土文化中的朴素的辩证思维水乳交融,为这一博大精深的巨制的开拓创新提供了强大的工具和武器。

《文心雕龙》对佛学因明学的显性吸收,集中表现在以下方面:

对"正理"的标举:"然滞有者,全系于形用;贵无者,专守于寂寥。徒锐偏解,莫诣正理。"(《论说》)"正理"是因明学的专用术语,早在龙树的《方便心论》的《相应品第四》中就已经出现:"助发正理,是人则名解真实论。"专指古印度逻辑学的经典作品和基本原则。佛学中的因明之学,即发端于此。

对"般若"中的因明造诣的标举:"动极神源,其般若之绝境乎?"刘勰明确认为,表现在般若中的那种"动极神源"的境界,就是理论思维的最高境界,也就是因明学的最高境界。刘勰对"般若"的标举,实际也就是对因明学的标举。

对"圆"的标举:"圆"不仅是对思想内容的最完美的形态的美学要求,也是对思想方法的最完美的形态的美学要求,其中也包括对因明学的最完美形态的美学要求。这一源自佛学的逻辑原则,以普遍性的美学要求的形式,贯穿于《文心雕龙》的全部内容中。如:

> 义贵圆通,辞忌枝碎;必使心与理合,弥缝莫见其隙;辞共心密,敌人

不知所乘。(《论说》)

　　沿根讨叶,思转自圆。八体虽殊,会通合数,得其环中,则辐辏相成。
(《体性》)

　　必使理圆事密,联璧其章。(《丽辞》)

　　绳墨以外,美材既斫,故能首尾圆合,条贯统序。(《熔裁》)

　　《文心雕龙》中,"圆"这一佛学术语直接出现12次,变相出现(如球,环,
首尾一体,珠,圜)7次,涉及篇章共17篇,将枢纽论、创作论、作品论、鉴赏论
等各个方面,都纳入以"圆"作为美学标志和方法标志的逻辑体系之中。显
然,这一方法论体系的概括力度和开掘力度,是儒家传统的"中庸"的朴素辩
证的逻辑体系所不能具备的,是对传统的中庸方法的极大充扩与深化。这一
充扩与深化集中表现在三个地方:一是将"中庸"的"执两用中"的两极性的
"两",演化成为"首尾圆合"的"三谛通融的"的"两",使对立的统一成为没有
任何距离的合一,赋予对立的统一以更加纯粹的品格。二是赋予中庸"执两
用中"的静态结构以动态的视野,使"执两用中"的静态过程扩化成为一个"动
极神源"的无限过程。三是赋予中庸"执两用中"的方法体系以真正意义的美
学品格。中庸的"执两用中"的"中",是凭借对度的把握来实现的,但是对度
的把握归根结底是通过人来实现的,而人作为社会关系的总和,又总是生活在
各种功利关系之中,因此,要想在度的把握上"不偏不倚",实际是相当困难的
事情。而因明学的逻辑方法,则是以"色空"为最高宗旨的逻辑方法,是世界
上最不受功利拘囿的逻辑方法。正是这一逻辑方法,使"和谐"这一三学共同
的文化理想在美学的领域中,具有了现实的可能性和可行性,并将它推进到极
致的完美境界,即所谓"圆浑"之境。显然,刘勰在文心理论上的成功开拓,是
与这一优势方法论的凭借密不可分的。如果没有因明学的参与与支持,文心
理论上的博大与精深,将会成为不可想象的事情。

　　刘勰对因明学的隐性吸收,主要是对因明法则的熟练运作。刘勰长期
从事佛学研究,"博通经论","为文长于佛理"(《梁书》),对因明学具有极
高造诣。他所写的《灭惑论》与《梁建安王造石城寺石像碑铭》,就是该造诣
的具体证明。这一卓越造诣,也以逻辑学的普遍品格鲜明表现在《文心雕
龙》的语言表述中。这一专著条分缕析、思虑周密,充分表现了一种前无古

人的逻辑修养。显然,这是与刘勰长期研究佛教典籍,受佛家逻辑的影响分不开的。

综上可知,《文心雕龙》在方法论上所表现出来的自觉意识和运作功力,确实是前无古人,后鲜来者的。这种意识与功力的渊源,不仅来自传统方法的熏陶,也来自佛学方法的影响。正是凭借二者所汇合而成的明确的方法意识和强大的运作功力,《文心雕龙》才真正在理论的开拓上实现了陆机所提出的"笼天地于形内,挫万物于笔端"的崇高目标,使它在思维的周密性与体系的博大性上拥有了向西方美学鼻祖亚里士多德挑战的力量。"海纳百川,有容乃大。"这就是我们民族历千年而不衰的最主要的原因。

第三节　《文心雕龙》的学术论根源

学术论是指某一门具体学科的研究中所涉及的学术观点与相关知识的综合,易而言之,就是对存在物及其规律的学科化论证。《文心雕龙》作为一部体大思精的学术著作,不仅从社会生活与哲学中吸取了广泛营养,也从前人许多专业性的理论成果中吸收了多样性学术精华。下面专就写作学、美学、心理学、语言学及社会学五个方面,作一点寻根溯源的探讨。

一、写作学根源

"文心者,言为文之用心也。"(《序志》)"为文"就是写作。从根本实体来看,《文心雕龙》是一部专门研究"文章作法"的书,写作学是它借以立论的第一大学术支柱。这一学术支柱,是对前人学术成果进行继承和发展的结果。

中国是一个文章古国,写作学的历史与我们民族的历史一样悠久。从结绳记事开始,写作就进入了我们民族生活之中。周代产生了文章总集《尚书》,其中《尧书·舜典》的"诗言志",被认为是中国诗论"开山的纲领"(朱自清:《诗言志辨·序》)。而《周书·毕命》的"辞尚体要",以对内容与形式关系的正确论述,给后世以深刻的影响。孔子的著作中,提出了"文犹质也,质犹文也"、"言之无文,行而不远"、"文质彬彬"、"尽美尽善"等系列的写作原则。孟子的"养气"说,开了后世文气理论的先河,影响极为深远。老子标举自然朴实,反对矫饰浮夸,主张"见素抱朴",认为写作要"致虚极,守静笃"。

成书于战国时期的《易传》，对写作原则与功能也有许多论述："言有物"，"言有序"，"修辞立其诚"，"鼓天下之动者存乎辞"，"出其言善，则千里之外应之，出其言不善，则千里之外违之"。汉代毛亨《诗大序》，是我国第一篇诗歌理论专论，认为诗歌的特征是"抒情言志"，所谓"在心为志，发言为诗，情动于中而形于言"，这比单提"诗言志"更加全面。前人的这些学术主张，都鲜明地反映在《文心雕龙》中，成为它的系统理论的基础依据。

魏晋六朝时期是写作学理论的系统化时期。曹丕的《典论·论文》是写作学理论重大开拓的标志，除了第一次把文章的社会作用提到了"经国之大业，不朽之盛事"的高度之外，还对孟子"文气"论进行了拓展，提出了"文以气为主"的风格论观点。刘勰"摛文必在纬军国，负重必在任栋梁"的"文章之用"的写作宗旨，以及"情与气偕"的理论主张，即发端于此。陆机的《文赋》是一部论述文章写作原理的专著，重点是解决"意不称物，文不逮意"的表达问题，也涉及文章写作过程中的诸多理论问题。他所提出的"缘情"说，比传统的"言志"说前进了一大步。刘勰对"为文之用心"的理论开拓，即以此作为入门之阶。挚虞的《文章流别论》开创了写作方法论研究的新阶段。他以具体作品为依据，通过不同作品的比较，归纳出各种文体的写作要领，来具体指导写作的进程。方法论是写作学的基本内容与本质特征，也是它与文艺学及美学等理论科学的最大区别。写作学由一般意义的认识论科学到方法论科学的飞跃，是以文体学的研究为中介的。将实践性与多维性的概念引进文学与文章的领域中，依据文体来研究写作，依据作品来研究文体，依据文体来研究具体的运作要领，是《文章流别论》的基本思路，也是它的最大特点。这一思路和特点，标志着写作学的自觉阶段的到来。刘勰的"论文叙笔，则囿别区分，原始以表末，释名以章义，选文以定篇，敷理以举统"的文体研究方法，即以此作为张本。

以上种种理论建树，为《文心雕龙》构建自己系统性的写作科学，提供了丰富的理论材料。作为系统性的写作科学，《文心雕龙》是从西周到魏晋六朝的写作科学的最高综合与总结，又是踏在历史巨人肩膀上的更高的攀登。"不述先哲之诰，无益后生之虑。"（《序志》）正是凭借前人学术资料的积累，刘勰在写作科学上的历史性开拓，才具有了坚实的基础。

二、美学根源

"夫以无识之物,郁然有采,有心之器,岂无文欤","心哉美矣"。美学是《文心雕龙》建造体大思精的理论大厦的第二大学术支柱。

美是人类生活中普遍性与永恒性的范畴,美学与民族生活的进程同步发展。先秦时期是我国美学思想产生和形成的时期,出现了不少具有经典意义的学术成果,其中对后世影响最大的是儒家与道家。儒家美学的中心是美与善的一致性,要求美善统一,标举美与艺术的教化功能。儒家以人为本,重视人的社会化,力求在维护宗法等级的前提下,实现个体与社会、人与自然的统一,把美与艺术视为实现这种统一所必需的一种精神手段。儒家美学以孔子为奠基人,中经孟子、荀子、《周易》与《乐记》,而不断深化与丰富。道家标自然以为宗,追求自然无为的美学境界,认为真正的美就是摆脱外物的奴役,在精神上获得绝对的自由。道家把审美同超功利联系在一起,极大地深化和扩化了对美的基本属性的认识,与儒家相比更加接近美学的本质。

魏晋六朝是我国美学走向自觉的时期。这一时期的美学开拓,是与玄学及佛学对人生哲理的探讨相联系的。在"百家争鸣"式的热烈论辩中,深入地接触到了人的本质的问题,具有比前代远为深刻而广阔的思辨性质。这些思辨中所提出的许多范畴,都直接或间接地涉及形象思维的特征及其美学规律的问题。比如王弼、欧阳建等人关于言象能否尽意的论辩,实际上就深深涉及了形象思维区别于理论思维的根本特征的问题。慧远的"形尽神不灭论",从最根本的哲学属性上看无疑是唯心主义的,但他对"神"区别于"形"的许多特性的认识,如能动性,超越时空的属性,空灵性,等等,却又是极其具体,极其细致,也是极具普遍意义的。它在理论上明确区分了构成美的两大要素——形与神,认为美与佛都是"神"表现于"形"的结果,是神与形的内在的统一,这是对形象思维的本质属性的明确揭示。顾恺之、宗炳的"传神写照"、"以形写神"的美学理论,皆发源于此。此外,僧肇的"妙悟"理论,道生的"顿悟"理论,也有与形象思维相通的地方。它们所涉及的,实际是形象思维的基本属性与基本方式的问题,与艺术思维中经常出现的灵感现象密切相关。道生的"佛性平等"、"众生平等"的见解,对情志的下移与文学的自觉,产生了极大的催化作用。这些美学新思维表现在各种专门性的文学艺术理论上,就是曹丕的《典论·论文》,嵇康的《声无哀乐论》,陆机的《文赋》,顾恺之的《论画》,宗炳的《画山水序》。

前人的这些理论成果,都从各个不同的角度,为《文心雕龙》建造体大思精的理论大厦,提供了丰富的美学砖瓦。举其大者,例如:刘勰关于美的本体的体认,就来自道家自然美学的启迪;刘勰关于美的社会功能的体认,就来自对儒家美善一体的美学思想的继承;刘勰关于"心哉美矣"的崇尚,就来自对佛家心性美学的吸收;刘勰关于风骨的标举,就来自对道家的气力理论的远程依据,也来自对曹丕"文以气为主"的理论主张的近程依据;刘勰的"人秉七情,应物斯感"的美学理论,就来自对佛学中的"佛性平等"的美学思想的汲取;刘勰的"写气图貌"的理论,与顾恺之、宗炳的"传神写照"、"以形写神"的美学理论密不可分。如此等等,无一不可以找出鲜明的理论渊源关系。

三、心理学根源

"文心者,为文之用心也。"(《序志》)"百年影徂,千载心在。"(《征圣》)"文果载心,余心有寄。"(《序志》)心理学是《文心雕龙》借以立论的第三大学术支柱。对前人心理学成果的继承和发展,是《文心雕龙》获得成功的不可或缺的理论前提之一。

对人心的重视,是中华文化的重要特征。我国很早就有心理学思想,心理性命之学源远流长。孔子是我国第一个教育心理思想家,他从心理发展论、性习论、学知论等基本观点出发,对学习心理、德育心理、差异心理和教师心理等诸多方面,都做出了相当系统的论述。他把整个生命都视为心理发展的过程,提出了终生发展观和发展阶段论的思想。孟子的哲学思想中,也有丰富的心理学内涵。以心释仁,是孟子人性论的核心命题。他明确认为:"仁,人心也","君子所性,仁义礼智根于心"(《尽心》),强调"反身而诚","存心"。这些论述,为主体之心树立了极大权威,赋予"心"以道德本体的品格,极大地提高了心理学的社会地位。在智能心理方面,他既看到了智能形成的先天因素,也看到了其后天因素。在学习心理方面,他提出了深造自得、循序渐进、博约结合、积极思维、专心致志、戒骄戒躁、持之以恒等基本原则和方法。孔孟的这些论述,为我国古代心理学的发展,奠定了坚实的基础。

荀子是我国第一个具有比较完整的普通心理学思想的学者。他提出了"形具神生"和"精合感应"等朴素唯物主义形神观和心物观,强调了教育和师法在化性起伪中的作用。在认识心理方面,他对感知的产生、种类以及错觉的问题,都提出了唯物的见解。他对"虚壹而静"的论述,涉及人的记忆、注意和思维的问题。他还对注意的问题做了特别的考察,揭示出了感知过程中一条极其重要的普遍规律:"目不能两视而明,耳不能两听而聪"(《劝学》),"心不使焉,则白黑在前而目不见,雷鼓在侧而耳不闻","心枝则无知,倾则不精,贰则疑惑"(《解蔽篇》)。这些见解,将孔孟的心理学思想进行了系统化的拓展。

汉代王充的《论衡》,对心理学的发展做出了积极的贡献。在形神观方面,他第一次明确提出了"形朽神亡"的唯物主义论断,认为"能为精气者,血脉也。人死血脉竭,竭而精气灭"。在心物观方面,他科学地提出了"如无闻见,则无所状"的论断,明确认为"形须气而成,气须形而知"。他在总结历史上各派人性论的基础上,独辟蹊径提出了善恶相兼论,并肯定人性是可以通过教育转变和发展的。在认识心理方面,他揭示了感知的某些规律,提出了思维在认识过程中的作用,以及感知与思维的关系,论述了在感知过程中"方圆画不俱成,左右视不并见"的问题。在情感心理方面,他阐述了情感与需要的关系及情感的作用,既看到了先天的生理欲望,又看到了后天的社会欲望。在智能心理方面,他继承和发展了传统的智能概念,把智与能看做是两个既互相区别又互相联系的概念,合称为"智能"。他批判了先知、生知论,对智能的早熟给予了唯物主义的解释。

魏晋南北朝时期,随着玄学与佛学的兴起,我国心理学思想也进入了百家争鸣的局面,为心理学增加了许多新鲜的内容。玄学领域的"有无"之辨,实际上就是对"有限"与"无限"的思辨,这一思辨的实质就是对世界与人类认识的无限性的肯定。这一认识从本体论的高度,极大地扩充了人类思维的认识空间。玄学的另一贡献,就是对"意象言"关系的思辨。这一思辨的心理学意义就在于,它所揭示的普遍性的心理规律,与形象思维的规律息息相通,使人们对形象思维的认识更加明确而具体。佛学的"形神相离"理论虽然在根本的哲学结论上是唯心主义的,但从心理科学的角度来看,它对人类形象思维的特殊性、功能、方式的认识,以及它对心之力与美的独特追求,也是极其深刻博大,具有普遍的心理学意义的。它的顿悟说、妙悟说、圆照说、心力说、心美说等范畴,给后世心理科学带来了丰富的学术营养。

所有这些,都从各个不同的角度,为《文心雕龙》体大思精的理论大厦的建造,提供了不可或缺的心理学的建筑材料。举其大者,例如:刘勰对"感物吟志"理论的阐发,就来自道家的自然心理学的启迪,也来自对儒家的德育心理学的吸收;刘勰对"情—事—辞"、"风—骨—采"的三维关系的发挥,就来自对玄学中"意—象—言"三维关系的参照;刘勰对"神思"的体认,就来自佛学中的"形神相离"理念的启迪,也来自对陆机《文赋》中关于形象思维理论的汲取;刘勰的"养气"理论,既与孟子的"养心"之说密切相关,也与道家的"虚静"之说一脉相承,还与荀子的"用心专一"的感知理论息息相通;刘勰的"气有刚柔"的"体性"理论,与孔子所说的"知者乐水,仁者乐山,知者动,仁者静"的论见,同出一辙。如此等等,无一不清晰地显示出根与叶之间的一体相连的关系。

四、语言学根源

"心生而言立,言立而文明","言之文也,天地之心哉"(《序志》)。将语言纳入"文学—文章"的范畴,从"文学—文章"的角度探索语言的属性、运作规律与技巧,是文学学走向成熟的重要标志,也是写作学走向自觉的重要标志。这一标志集中表现在《文心雕龙》的《声律》、《练字》、《丽词》、《章句》、《比兴》、《夸饰》、《事义》等专章之中,也集中表现在贯穿于全书的关于"情与采"、"志与辞"、"辞与采"的论述之中。这些深刻而完整的见解,是与前人的语言学成果密不可分的。对前人语言学成果的继承与发展,是《文心雕龙》借以立论的第四大学术支柱。

我国语言学历史悠久,论述相当丰富。关于文字起源的记载,最早见于《易经·系辞传》:"包羲氏之王天下也,仰则观象于天,俯则观法于地,观鸟兽之文与地之宜,近取诸身,远取之物,于是作八卦,以观神明之理……上古结绳而治,后世圣人易之以书契,百官以治,万民以察。"《系辞》还对语言的社会功能进行了明确的表述:"鼓天下之动者存乎辞。"孔子所说的"辞达而已矣","情欲信,辞欲巧","修辞立其诚",老子所说的"信言不美,美言不信",就是先秦时期思想家对语言运作法则的基本见解。春秋战国时期哲学思想界的"名实之辨",也具有丰富的语言学内涵。"名"与"实"的问题,反映在语言学上,就是词与客观事物的关系问题,实质上也就是语言的本质问题。荀子在《正名篇》中做出了正确的结论:"名无固宜,约之以命,约定俗成谓之宜,异于约则谓之不宜。"这一论断透辟地说明了事物与名称的关系,也指出了语言学的社会本质。这些成果,虽然具有零碎支离的特点,但为后世语言学的建立与发展,提供了基本的指导思想。

到了汉代,语言学获得了长足的发展。两汉时期,出现了《尔雅》、《方言》、《说文解字》、《释名》四部重要的语言学著作。这四部专著是我国语言学的经典性著作,为后世语言学在文字学、方言学、词汇学、音韵学、训诂学的研究,做出了奠基性和开路性的工作。

魏晋南北朝时期,由于佛学的兴盛和梵文的影响,我国兴起了语音的研究。我国的语言学家吸收了外来的语言文化,联系了汉语的实际,创造性地分析出汉语的声母、韵母和声调系统,将汉语的美学规律揭示得更加充分。

前人的这些语言学建树,都从各个不同的层面,有力地支持了刘勰在语言理论上的历史性开拓,以砖瓦的形式砌入《文心雕龙》系统理论的整体结构之中,成为该著的有机组成部分。举其大者,例如:刘勰对语言的"鼓天下之动"的人文价值的体认,就来自《易经·系辞》的垂训;刘勰对语言运作的基本法则——"衔华佩实"法则的标举,就来自孔子的"言之无文,行而不远"与"修辞立其诚"的理论主张,以及老子的"信言不美,美言不信"的见解;刘勰的"言意"理论,就是对王弼与陆机的"言意"理论的吸收;刘勰的修辞理论,就是以六经的名句和两汉的佳作为范例的形上性的绅绎与发挥;刘勰的声律理论,与佛学的声明理论密切相关。如此等等,无一不显示出它的学术渊源的博大与精深。

五、社会学根源

"唯文章之用,实经典枝条,五礼资之以成,六典因之致用,君臣所以炳焕,军国所以昭明"(《序志》),"摛文必在纬军国,负重必在任栋梁"(《程器》)。将写作的宗旨明确纳入社会学的广阔视野之中,从"经世致用"的角度规范写作的功能,从而达到"矫讹翻浅,还宗经诰"的端正文风与人风的社会目的,是《文心雕龙》的一大历史性的理论开拓与实践开拓。这一历史性的重大开拓,与前人的社会学思想的有力支持是密不可分的。对前人社会学思想成果的继承和发展,是《文心雕龙》借以立论的第五大学术支柱。

对人群关系的关注,是中华文化的核心内容,更是儒家文化的逻辑起点和理论支点。儒学的核心为两大主题,即"礼"与"仁",二者都是建立在对人群关系的关注的基点上的。

何谓"礼"?《广雅》:"礼,体也,得其事体也。"孔子认为,"礼"作为维系社会的精神纽带,对维护社会的和谐与稳定起到整体性的促进作用和保证作用,故对其极为重视。《左传·隐公十一年》载孔子的话说:"礼,经国家,定社稷,序民人,利后嗣者也。"孔子不仅将"礼"纳入了"治国"的范畴,还进一步赋予它以普遍性的品格,将其纳入了人群关系的全面领域之中。儒家学说对家庭的关注,也是由于对礼的维护,体现了其在家庭社会学范畴的理论已处于高度系统化程度。这种角色要求,实际上是一种具有强大约束力的社会规范。孔子引用《尚书》"孝乎惟孝,友于兄弟,施于有政",认为在家庭伦理问题上秉持正确态度,才具有参与政治的资格,主张从政者首先应当是全民道德方面的表率:"为政以德,譬如北辰,居其所而众星拱之。"(《论语·为政》)推而广之,家国同构,修身、治家与治国被有机地联系到了一起。

孔子及他的儒家学派对"礼"的阐发的社会学意义,是极其重大的。"礼"既然是对人之为人的本质追求的保证,所指向的必然是一种极高的道德约束力。这一极高的道德约束力对人类文明发展的重要意义,可以概括为以下两个方面:其一,"礼"将人作为自然中最高贵的一员作了提升,将人通过本质规定的形式,从动物族中提升出来,成为人之异于禽兽的一个表征。这就明确了人的尊严,体现了人的自觉,为自己本质的确定和完善、为人本身的发展提供了动力,使人类不断超越自身。其二,"礼"既是一种文明的标志,那么"复礼"本身就不应该简单理解为是对旧体制的眷恋,而应当理解为先人对文明生活的向往与追求。在孔子心目中,"周礼"不再是一种神圣的仪式,而是已经与理想道德画上了等号,代表了社会秩序的和谐,是当时所能设想的体现人类文明的最完美的规范。惟其如此,对"礼"的标举,实际也就是对自身奋斗目标的追求,对自身既成文明的维护。正是这一对理想的文明境界的锲而不舍的追求,不仅培养了炎黄子孙高尚文雅、彬彬有礼的精神风貌,而且也使中国赢得了"礼仪之邦"的美誉。

在阐发"礼"的主题的同时,孔子也提出了"仁"的主题,为"礼"的主题画龙点睛。何谓"仁"?"仁"就是"爱人"的意思。《论语·颜渊》云:"樊迟问仁,子曰:爱人。"也是"泛爱众"的意思。《论语·学而》云:"弟子,入则孝,出则悌,谨而信,泛爱众,而亲仁。"“仁”属于道德修养的范畴,是一种最完美的道德品质。孔子认为,只有那些具有“仁德”的人,才算是真正的人。但是人并不是生而为“仁人”的,人需要自我修养与自我完善的自觉实践,才能成为真正的人。所以孔子说:“为仁由己,而由人乎哉?”(《颜渊》)这一修养过程的核心内容,就是培育恭、宽、信、敏、惠五种品德:“恭则不悔,宽则得众,信则人任焉,敏则有功,惠则足以使人。”(《阳货》)这实际上是用宽容爱人的道德,来规范主体的修养,调节人际关系,实现群体的和谐,进而推动全人类的和谐。

　　孔子及他的儒家学派对“仁”的阐发的社会学意义,主要表现在以下几个方面:其一,它为人的社会化指出了优化的精神途径。这一精神途径就是:以爱作为依据,以个人的道德修养作为起点,以宗亲的自然联系作为中介,向社会的诸多层面进行情感性与逻辑性的双向延伸,将整个社会置于人性的网络联系之中,赋予人的社会联系以一种特别温馨的感性品格和特别庄重的理性品格。这种特别的感性品格和理性品格的并具,就是中华古代社会结构之所以如此稳定的根由。其二,它为社会化的人树立了优化的楷模。这一优化的楷模,就是他所说的“仁人”。所谓“仁人”,就是具有崇高的道德品质的人。这种人能够严格按照“仁”的方式进行社会实践,妥善处理人群之间的关系,在群体需要的时候挺身而出,不惜“杀身成仁”,担负起天下的兴亡。其三,它为社会的和谐制定了优化的政策。这一优化的政策,就是儒家所说的“仁政”。所谓“仁政”,就是以“泛爱众”作为精神支柱的政治模式。其具体内容就是:以民为本,发政施仁,清正廉明,博施济众。这样,就将个体和群体,家事与国事,在崇高的道德追求下,融合成为一个有机的整体。

　　这两大主题,一外一内,一表一里,赋予了我们民族以一种特殊的精神品格与行为规范:群体至上,见义勇为,崇尚和谐,积极进取。这一具有鲜明的社会学内涵的精神品格与行为规范,数千年一脉相传,构成了我们民族最基本的文化传统和性格特征。刘勰撰写《文心雕龙》的文化动因和精神动力,即源自于此。该著所具有的“子书”的文化属性,即张本于此。刘勰对社会中的倾斜现象的批判和矫正所凭借的诸多理论材料,主要是吸收于此。

　　如此种种,就是刘勰的巨制借以生发的学术温床。

　　源盛流方远,根深叶自荣。以上的种种历史沉积,为刘勰构建自己博大精深的理论大厦,奠定了认识论、方法论与学术论的坚实基础。但是,《文心雕龙》绝不是前人理论成果的简单重复和简单堆砌,而是对它们的重新组织与进一步的扩化、深化与升华。刘勰的深刻和巧妙之处不仅表现在他对前人成果的全面吸收和继承上,更主要的是表现在他对前人成果的再造与创新上:他将前人的成果纳入时代的新视野之中,融进时代的新质,借以解决时代的新问题,由此达到了一种富有时代特色的新境界,也就是他所说的"文律运周,日新其业"、"趋时必果,乘机无怯"的境界。他所运用的方法,就是一种继承与创新互相结合的方法,也就是他所说的"望今制奇,参古定法"、"参伍因革,通变之数"的方法。这种方法与所达到的境界,都是不见于前人而独秀于斯人的。继承前人而不拘囿于前人,开拓创新而不背离蕴涵在前人成果中的普遍规律,在通与变的结合中走向深刻,在继承与创新的并重中实现腾飞,这就是《文心雕龙》之所以成为《文心雕龙》的另一个重要根由。

第四章 《文心雕龙》属性论

每一部著作都有自己特定的学科属性。但是,对《文心雕龙》这样一部体大思精的巨制而言,它的学科定位,却是相当困难的事情。人们从各个不同的角度,对它的学科属性提出了自己的认识,仁者见仁,智者见智,至今未能形成系统性的共识。概括而言,大致有以下几种见解:"文章作法"说;"文学理论"说;"文学批评"说;"美学理论"说;"子书"说;"既是…又是"说。等等。这些认识,都包含了部分真理,但都不能从整体上说明《文心雕龙》的确切属性。任何整体都是以系统的形态出现的,而系统,从来都属于"形态—结构—功能—属性"的统一范畴。在这一统一范畴中,事物的属性并不直接决定于任何一个单一的要素,而是众多要素的复杂因果关系的合力运动的结果。上述诸多论见的不全面性,是显而易见的。

下面,试对《文心雕龙》的整体属性进行逐层掘进的分析,以就教于方家之前。

第一节 《文心雕龙》的撰写目的

世界上的一切创造,都是主体与客体交相作用的结果,总是与主体的意向密切相关。因此,论著的撰写目的,常常就成了人们了解其属性的便捷通道。

《文心雕龙》的撰写目的究竟是什么? 这与作者所面对和力图解决的文风问题密切相关。魏晋南北朝,是文化思想上空前活跃与繁荣的时期,又是统治阶级空前腐败,社会风气浮靡讹滥的时期。社会风气不正在文化领域的集中表现,就是文风的讹滥浮靡。古代文献中对齐梁文风不正的严重状况,有过许多披露。《隋书·李谔传》云:"江左齐梁,其弊弥甚,贵贱贤愚,唯务吟咏。

遂复遗理存异,寻虚逐微,竞一韵之奇,争一字之巧。连篇累牍,不出月露之形;积案盈箱,唯是风云之状。"陈子昂《修竹篇叙》说:"仆尝暇时观齐梁间诗,彩丽竞繁,而兴寄都绝。"释皎然《诗式·明四声》云:"沈休文酷裁八病,碎用四声,故风雅殆尽。""风雅殆尽"、"兴寄都绝"这八个字,一针见血地概括出了齐梁文风的堕落和贵族文人的空虚。

面对此种严重形势,作为孔孟经典儒学忠实信奉者的刘勰,绝不可能袖手旁观,必定奋起抗争,高举传统文化大旗,融会时代文化新质,进行针锋相对的批判和矫正。《文心雕龙》,就是他进行战斗的武器。这一明确的战斗性目的,清晰地表现在《序志》的表述中:

> 唯文章之用,实经典枝条,五礼资之以成,六典因之致用,君臣所以炳焕,军国所以昭明。详其本源,莫非经典。而去圣久远,文体解散,辞人爱奇,言贵浮诡,饰羽尚画,文绣鞶帨,离本弥甚,将遂讹滥。盖《周书》论辞,贵乎体要;尼父陈训,恶乎异端。辞训之异,宜体于要。于是搦笔和墨,乃始论文。

这一鲜明的撰写目的,以坚定不移的战斗态势和批判指向,贯穿于《文心雕龙》的全书之中:

> 宋初文咏,体有因革,庄老告退,而山水方滋,俪采百字之偶,争价一句之奇,情必极貌以写物,辞必穷力而追新,此近世之所竞也。(《明诗》)
>
> 榷而论之,则黄唐淳而质,虞夏质而辨……宋初讹而新。从质及讹,弥近弥澹。何则?竞今疏古,风末气衰也。(《通变》)
>
> 昔诗人什篇,为情而造文……而后之作者,采滥忽真,远弃风雅,近师辞赋。故体情之制日疏,逐文之篇愈盛。故有志深轩冕,而泛咏皋壤,心缠几务,而虚述人外。真宰弗存,翩其反矣。(《情采》)
>
> 自近代辞人,率好诡巧,原其为体,讹势所变。厌黩旧式,故穿凿取新,察其讹意,似难而实无他术也,反正而已……势流不反,则文体遂弊。(《定势》)

矫正文风是《文心雕龙》最基本的撰写目的,但绝不是唯一目的。刘勰《文心雕龙》的杰出之处,并不仅仅在于他提出并从理论上解决了当时严重存在的文风不正的问题,而是在于他站在比文风更高的文化层面上,提出并在理论上解决了这一问题。所谓更高的文化层面,是指他在立意上并不是就事论事,就文论文,而是"振叶以寻根,观澜而索源",对文风问题的根由做出了深刻的系统性思考。他看出了文风的问题,实际是与社会风气相连的,而社会风气的问题,实际就是人风与人心的问题。文风的"离本",归根结底,是由于人风与人心的"离本"。因此,要解决文风讹滥的问题,必须正本清源地解决人风讹滥和人心讹滥的问题。文风问题是浅层次的外在的问题,人风与人心问题则是深层次的内在的问题。从人风与人心的高度与深度来观照文风的问题,从文风的实处来矫正人风与人心的失衡与失序,这正是刘勰"乘一总万"的战略思路的出类拔萃之处,也是他的战略目的的博大深邃之处。

正文风,是刘勰撰写《文心雕龙》的基本目的;正人风,正人心,则是刘勰撰写《文心雕龙》的深层目的。这两个目的,一是显性的,一是隐性的;一是直接的,一是间接的;一为战术性的,一为战略性的。前者因后者而深刻,后者因前者而具体,具有表里相成的属性。前者因其明显,已经成为社会的共识。后者因其隐微,不易为学界所觉察。最先对《文心雕龙》的深层目的进行探讨和揭示的,是刘永济先生:

> 盖我国文学传至齐梁,浮靡特甚,当时执政者类皆苟安江左,不但不思恢复中原,而且务为浮靡奢汰,其政治之腐败,实已有致亡之势;彦和从文学之浮靡推及当时士大夫风尚之颓废与时政之隳弛,实怀亡国之惧,故其论文必注重作者品格之高下与政治之得失。按其实质,名为一子,允无愧色。①

《文心雕龙》以文风为切入口,实际牵涉到了广泛的社会问题。其批判指向,从总体意义上来看,是针对整个社会的不良风气的,甚至涉及了当时社会体制上的门阀专政所带来的诸多不公不平的问题。诚然,这些批判是隐微的,

---

① 刘永济:《文心雕龙校释》,中华书局 1962 年版,第 1—2 页。

但就其指向来说，却又是极其强烈的。《序志》中所说的"执丹漆之礼器，随仲尼而南行"的梦境，就是他的政治抱负与社会使命感的形象展现。这些深沉的心理信息，将刘勰《文心雕龙》深层的子书涵蕴充分地透示了出来。《程器》中的社会批判色彩，也是极其鲜明的。细绎其文，可得三重意义：一是愤慨位卑者之易遭讥谤；二是讥讽权势者之怠其职责，而以文采邀誉；三是标举"文武之术，左右惟宜"的作文、做人、做事的统一。这三重意义从表面上看似乎都不连贯，实际都是对当时门阀制度的批判。从第一重意义，"可见尔时之人，其文名藉甚者，多出于华宗贵胄，布衣之士，不易见重于世"。根由就在于"上品无寒门，下品无士族"的门阀制度："六代选拔人才，终不出此制，于是士流咸重门第，而寒族无进身之阶，此舍人所以兴叹也。"从第二重意义，"可见尔时显贵，但以辞赋为勋绩，致国事废弛。盖道文既离，浮华无实，乃舍人之所深忧，亦《文心》所由作也。"第三重意义，从表面上看似乎有点脱题，实际是深中时弊的见解。六朝文风之文弱，实由于士风的文弱。颜之推《家训》对此做出了明确的表述："贵游子弟，多无学术，至于谚云'上车不落则著作，体中何如则秘书'，无不熏衣剃面，傅粉施朱，驾长檐车，跟高齿屐，坐棊子方褥，凭斑丝隐囊，列器玩于左右，从容出入，望若神仙。夫射御书数，古人并习，未有柔靡脆弱如齐梁子弟者。士习至此，国事尚可问哉？"刘永济先生由此顺理成章地得出结论："然则舍人此论，不特有斯文将丧之惧，实怀神州陆沉之忧矣，安可谓之不为典要哉？学者借古镜今，于世风俗尚，孰是孰非，当知所取舍矣。"①

　　《文心雕龙》的社会批判指向和社会导向作用，是广见于全书的。《风骨》不仅是对文风的美与力的正面倡导，也是对人风与世风的美与力的正面倡导。《通变》不仅是对文风变化规律的理性概括，也是对社会运动的普遍规律的理性概括。"穷变通久"、"望今制奇，参古定法"的战略思想与战略对策，不仅适用于文风的建设，也适用于人风与世风的建设。

　　由此可见，《文心雕龙》的撰写目的，确实具有明显的双维属性。但这并不是两重目的的凌乱堆积，而是二者之间的水乳交融。《文心雕龙》的巧妙之处就在于，它将深层的撰写目的潜移默化于它的基本目的之中：着手处虽在文

---

① 刘永济：《文心雕龙校释》，中华书局1962年版，第190页。

风,终极鹄的实在人风。二者的交点是人心,焦点也就是人心。人心正了,就可以"乘一举万",文风、人风、世风一切都会随之端正过来。刘勰之用心可谓深矣。对这一高远的目标,刘永济先生作明确的揭示:"舍人惧斯文之日靡,摅孤怀而著书,其识度闳阔如此,故其所论,千载犹新,实乃艺苑之通才,非止当时之药石也。"①可谓一针见血之语。

《文心雕龙》撰写目的的双维性,也表现在作者的个人动机与社会动机的有机融合上。刘勰撰写《文心雕龙》的个人动机,明确表现在《序志》的表述中:

> 夫宇宙绵邈,黎献纷杂,拔萃出类,智术而已。岁月飘忽,性灵不居,腾声飞实,制作而已。夫人肖貌天地,禀性五才,拟耳目于日月,方声气乎风雷,其超出万物,亦已灵矣。形同草木之脆,名逾金石之坚,是以君子处世,树德建言。岂好辩哉,不得已也。

树德建言,以实现个人生命的价值,这是刘勰撰写《文心雕龙》的个人动机。但这一个人动机并不自外于社会,而是包容于社会之中的。因为他的"树德建言",并不是一项个人的事业,而是一项端正文风、世风与人风的社会性事业。他的个人价值的实现,正是在社会性的事业中完成的。这种价值观,正是经典儒学思想的本质性内涵。矫正文风与世风,这就是他"随仲尼而南行"的具体行动。个人意向因社会功利而实现,社会功利因个人意向而强烈鲜明。二者之间的辗转强化,就给《文心雕龙》的撰写,注入了一种特别强大的精神动力。这也是《文心雕龙》之所以"千载长新"的一个重要的主体原因。

《文心雕龙》撰写动机的多维统一属性,决定了它在学科属性上,也必然具有同样特点。

第二节 《文心雕龙》的基本属性

从最基本的层面来看,《文心雕龙》的学科属性属于写作科学的范畴。要

---

① 刘永济:《文心雕龙校释》,中华书局 1962 年版,第 192 页。

确切了解这点,有必要先对写作学的基本范畴,作一点基础性的探讨。

写作学是一门专门研究写作实践及其规律的科学。工程性、书面性、博大性与多维性,是它最基本的学科特征。所谓工程性,是指目的在于实践的工具和方法系统的综合设计与综合运作的属性。之所以说写作学属于工程科学的范畴,而并不属于理论科学的范畴,是因为它立意在实践,指归在运作,以传授系统的写作方法、要领与技巧为要务,而不以理论的研究为能事。从最根本的层面上说,写作是思维工程和相应的语言工程以及传播工程,写作学具有思维工程、语言工程与传播工程所必然具有的全部属性。所谓书面性,是指对工程材料的特别规定性。写作的载体,必须是严格意义的书面语言。书面语言不仅给写作成果的最终表述提供了可靠的录记工具,而且在于它渗入了写作的全部过程,是写作思维之所以如此博大、精美、深刻的决定性因素。对书面语言的重视,对书面语言运作规律的系统研究,是写作科学的重要特征。所谓博大性,是指它的知识范围和工作范围,覆盖自然世界和人类社会生活的全部领域。凡是存在书面表达的地方,就有写作科学的存在。陆机所说"笼天地于形内,挫万物于笔端",就是这一属性的形象说明。所谓多维性,是指与多种学科与多种门目互相临近、互相渗透而不可分离的属性。如写作学与文艺学,写作学与语言学,写作学与审美学,写作学与思维科学,写作学与传播科学,等等,它们之间纵横交错,难解难分,都以自己的相关部分为写作学提供直接的或间接的营养。而在写作的内系统运动中,这种多侧面、多层次的共容性,也表现得相当明显。

由于写作学的这些特征,写作科学与其他有关学科常常交叉纠葛在一起。为着确切了解写作学的基本特征,有必要在相邻学科之间,作一点辨析性的工作。

文学学与写作学,是两门极其靠近的学科。自古以来,文学与文章就是一对连体的婴儿,在难舍难分中共同成长。从齐梁时代开始,随着文笔之辨的逐步深入,文体世界的划分才开始明确起来:以"缘情"为主的文学和以实用为主的文章(非文学)。文学学以狭义文学为研究对象,探讨纯文学的基本原理与基本法则,进入了理论科学的范畴;写作学以传统的广义文学为研究对象,既探讨文学文体的制作方法与要领,也探讨实用性文体的制作方法与要领,进入了工程科学的范畴。文学学与写作学的分离,使二者都走上了自觉发展的道路:文学学因研究对象的单一而精化,写作学因研究对象的多维而扩化,二者都相得而益彰。

随着二者的分离,文学学与写作学的各自界域也更加清晰:文学学侧重于"理"的研究,属于理论科学的范畴,写作学侧重于"术"的研究,属于工程科学的范畴;文学学研究对象的单一性,写作学研究对象的多维性;文学学专门从审美的角度研究人的灵魂生活,写作学既从审美的角度研究人的灵魂生活方面的语言表达,也从实用的角度研究人类生活一切领域的语言表达。文学学与写作学之间,既有相异的方面,又有相容的方面:写作学可以从工程科学的角度,为文学学中的文体学研究提供方法论的支持,而文学学也从理论科学的角度,为写作学中的文学文体的制作方法与要领,提供高瞻远瞩的理论指导。

写作学与语言学,也存在着千丝万缕的联系。语言是写作的基本载体,语言学是写作学的基本组成部分。但写作学对语言学的吸收,也是从工程科学的总角度出发的。写作学并不研究一般意义的语言理论,而是从文章形态与文体形态的角度,探讨书面语言运作的方法、要领和技巧。二者的区别就在于:语言学属于理论科学的范畴,写作学属于工程科学的范畴。研究对象的纯一性与多维性的区别,研究范围的固定性与广阔性的区别,同样是二者之间最根本的区别。

写作学与哲学、美学、心理学,也存在着千丝万缕的关系。哲学是写作学的认识论的总依据,美学是写作学最根本的精神追求,心理学涉及写作学的核心内涵,它们从各个不同的角度,给写作学提供了重要的指导思想。但写作学并不是一般意义的哲学,不是一般意义的美学、心理学与社会学,也不是四者属下的一个分科,它具有自己独立的学术品格。写作学的工程性、书面性、广阔性与多维性,是这一独立性的重要标志,使它能与哲学、美学与心理学明显地区别开来。

写作学与文章学,是一体两翼的学科,二者都以书面语言为基本载体,以书面表达的整体形态为研究对象。但从研究角度来说,二者的侧重点并不相同。写作学侧重写作活动的动态性流程,文章学侧重写作活动的静态性结果。写作学是文外谈文,以写作过程为依据,探讨文思的孕育、构思、外化、传播与反馈的种种方法、要领和技巧;文章学是文内谈文,以文章为依据,探讨写作成品的主旨、材料、结构、体式、表达方式以及相关技法的种种规律和得失。一属技术科学,注重工程应用;一属基础理论,注重知识传授:二者都具有自己独立性的品格,有时平行,有时交叉,但绝不能重合,也不能互相代替。从总的发展趋势来看,现代文章学出现了两大倾向:一是与写作学结合,以文章分析的具体性为作文方法提供依据,而成为写作科学的重要组成部分;二是与文学学结合,以文学评论的方式成为文学理论的重要组成部分。在这种跨功能的结合中,二者之间既是相互为济的,又是皎然可辨的。

《文心雕龙》的写作学属性,具体表现在以下方面。

一、《文心雕龙》的工程性品格

对"术"的重视,是工程科学最显著的特点。《文心雕龙》的工程性品格,首先表现在作者对"术"的特别关注上:"才之能通,必资晓术,自非圆鉴区域,大判条例,岂能控引情源,制胜文苑哉?"(《总术》)

《总术》是作者对作文方术的总表述。"总"者,"乘一总万,举要治繁"之谓,"总术"即"心总要术"(《神思》),也就是"总揽"之术。用什么东西进行总揽?这就是"文心"。以心总文,以文载心,发挥心的优势,进行美的制作,这就是刘勰所提出的总体性的工程战略。这一工程战略,鲜明地标示在它对书名含义与撰写缘起的阐述中:

> 夫文心者,言为文之用心也。昔涓子《琴心》,王孙《巧心》,心哉美矣,故用之焉。古来文章,以雕缛成体,岂取驺奭之群言雕龙也。
>
> 生也有涯,无涯惟智。逐物实难,凭性良易。傲岸泉石,咀嚼文义,文果载心,余心有寄。(《序志》)

"为文"就是作文,也就是写作。作文是"文心"的根本实体,"雕龙"是"文心"的美学形态。"文心雕龙"者,凭借文心进行雕龙之谓,这就是作者对"为文"之术的根本主张的高浓缩概括。《文心雕龙》全书,都是围绕这一根本性的工程战略展开的。对"术"的重视,是《文心雕龙》最基本的学术定位和学术定格。这一点,在《总术》中做出了极其鲜明的强调:

> 凡精虑造文,各竞新丽,多欲练词,莫肯研术。落落之玉,或乱乎石;

碌碌之石,时似乎玉……才之能通,必资晓术,自非圆鉴区域,大判条例,
岂能控引情源,制胜文苑哉?

是以执术御篇,似善弈之穷数;弃术任心,如博塞之邀遇。

文场笔苑,有术有门。

"总术",就是"以心总文"之术,也就是作者所明确标举的"心术"。

夫心术之动远矣,文情之变深矣。(《隐秀》)
心术既形,英华乃赡。(《情采》)

心的"术"化,也就是心的工程化。文心,从实质上说,就是心理工程。以
心理工程驱动语言工程,达到"文果载心"的战略目的,这就是刘勰的最深立
意之所在。

《文心雕龙》"以心总文"的工程战略,是以其明确的工程战略理论作为指
导的。这一工程战略理论,清晰地表述在关于"文之枢纽"的论述中:"盖文心
之作也,本乎道,师乎圣,体乎经,酌乎纬,变乎骚,文之枢纽,亦云极矣。"所谓
"文之枢纽",也就是指作文的关键所在。所谓"本乎道,师乎圣,体乎经,酌乎
纬,变乎骚",实际就是解说作文的枢纽:文心的根由、标准和基本法则。刘勰
明确认为,"言之文也,实天地之心哉",而其具体表现,就是圣人的言行与经
典:"道沿圣以垂文,圣因文而明道。"圣心、经心、人心,无一不是道心的表现,
而文心,就是它们在作文领域中的总集合。把握住了文心,也就是把握住了道
心、圣心、经心、人心,把握住了整个"天地之心"。"《易》曰:'鼓天下之动者
存乎辞。'辞之所以能鼓天下者,乃道之文也。"(《原道》)因此,把握住了文
心,即把握住了道之文,也就是把握住了作文制胜的关键。刘永济先生所说的
"文以心为主,无文心即无文学"①,在逻辑上即立基于此。

刘勰的枢纽论主张不仅将以心统文的工程学原理揭示得淋漓尽致,也将
文心运作最基本的工程法则覆盖无遗:自然法则,宗经法则,尚美法则,通变法
则。《原道》就是对自然法则的标举,《宗经》、《征圣》就是对宗经法则的标

---

① 刘永济:《文心雕龙校释》,中华书局1962年版,第101页。

举,《正纬》、《辨骚》就是对通变法则与尚美法则的标举。这一严密的理论体系,不仅为"以心总文"的写作战略提供了科学的依据,也为这一战略的实践,提供了强大的方法论武装。

自《明诗》至《书记》为《文心雕龙》的文体论部分,刘勰谓之"论文叙笔",分别阐述了三十多种文体的原理、要领和技法,也都是围绕着"术"的问题展开的。每篇都包括"原始以表末,释名以章义,选文以定篇,敷理以举统"四项内容,不但阐发了各种文体的源流,揭示了它的名称与性质,评述了有代表性的文章,而且提出了各种文体的写作规范和基本要求。举《明诗》篇来说,作者总共阐述了三个方面的内容:诗的基本原理;举证具体作品,探讨成败得失;揭示诗的体式运作的基本规律和基本规范。诗理是诗术的依据,诗作是诗术的具体形态,诗体的基本规律与基本规范是诗术运作的大法。显然,这些以"术"为中心的内容及其阐述方式,是和一般的文学理论判然有别的,也和一般的文学评论判然有别的。

从《神思》至《附会》是《文心雕龙》的创作论部分,刘勰谓之"剖情析采",通论写作过程中各个阶段的运心方法以及运辞与运采的方法,主要包括三部分的内容:一是构思立意与布局谋篇的问题,如《神思》、《养气》、《熔裁》、《附会》等篇;二是阐述文章写作的体制、风格、美学追求与力学追求的问题,如《体性》、《情采》、《风骨》、《通变》、《定势》等篇;三是阐述语言运作的系列方法和技巧,如《章句》、《练字》、《丽辞》、《声律》、《比兴》、《夸饰》、《事类》、《隐秀》、《指瑕》等篇。这一部分是写作方法论的系统论述,不但涵盖了文学写作的领域,也涵盖了实用写作的领域。

从《时序》到《程器》等5篇为第四部分,从主体、客体与受体的不同角度,对前三部分的工程理论与实务做出了重要的补充。《时序》、《物色》两篇阐述写作与时代的关系以及与客观世界的关系;《才略》、《程器》两篇阐述了作者的主体修养问题;《知音》篇则论述了文章鉴赏的态度和方法。这几个问题,对于具体的写作实践都是至关重要的问题。

综上所述,可以看出《文心雕龙》的四个部分,都是围绕"为文之用心"这个宗旨展开的。在这个宗旨的统率下,既提出了写作的工程战略理论,又论述了各体文章写作的基本规范、原则和方法;既论述了文心在写作运动中的重要意义,也论述了文心在写作运动中的阶段性形态及其运作方法;既论述了客体因素在写作中的重要作用及其工程要领,也论述了主体因素、受体因素在写作中的重要作用及其工程要领。所有这些,都立意在实践,指归在运作,都是它所固有的工程属性的表现。这一属性及其诸多表现,都是写作学所独具而为其他学科所不具的东西。

二、《文心雕龙》的书面性品格

写作是人类运用书面语言能动地认识世界并理想地改造世界的系统活动。书面性贯穿于写作运动的全程,是写作运动的一个决定性因素。它对写作的重要意义,并不仅仅表现在写作成果的最终生成上,更主要的还表现在它作为主体意识的一个基本层面,实际上已经深深渗入了写作活动的所有环节之中。如果消除了书面性因素,写作活动与一般性的思维活动会毫无区别,就不会再是写作活动了。它在写作运动中的重要作用,主要体现在以下方面:

其一,文字因素对写作的重要作用。

人类创造文字的唯一目的,就是写作。文字对写作的意义,除了直接表现在为写作提供牢固可靠的录记工具之外,还表现在它对人类思维空间的极大扩充上。文字的使用克服了语言交际中的时空局限,使得人类历史上所产生的一切知识,都利用载体的超时空性而大量地、系统地流传下来,成为后来者继续攀登的基点。如果只有语言而没有文字,人类大脑"加工厂"的材料来源,势必局限于个人的直接经验,它的信息量必定极为有限,不可能充分发挥它的思维潜力,更不可能推动人类思维能力的不断发展并进而推动人类文明的不断进步了。从这一意义上说,人类社会的一切进步,无一不显示出文字的功绩。文字的创造,是人类文明的真正起点。这就是恩格斯所说的:"从铁矿石的冶炼开始,并由于文字的发明及其应用于文献记录而过渡到文明时代。"①文字对写作的重大意义,还表现在它作为语言的规范化与精粹化形态,它的传播必定具有统一和规范语言、提高语言表达效益的作用。这就使得凭借文字进行表达的写作成果,既具有为全民族、全社会成员普遍接受的可能性,也担负着纯洁语言,发展语言,提高全民族与全社会语言素质的重任。

其二,内在形式对写作所具有的重大作用。

---

① 《马克思恩格斯选集》第4卷,人民出版社1995年版,第22页。

写作的最终成果是书面文本,但是,这一书面成果的形成实际是贯穿于写作的全程,而并非一蹴而就的。写作的书面化特征所具有的形式化意义,并不只在写作主体构思成熟意欲诉诸表达时才出现,而是随着写作实践过程不断积累和扩充,逐渐内化于主体的思维结构之中,成为作者的主体意识因素——"为文之用心",自始至终参与、制约和支配着写作的运行。径而言之,在写作过程中,内化与外化从来都是相并而行的。二者之间并不存在一个"翻译"的过程,也不存在一个对接的过程,而是一个水乳交融的过程。众所周知,世界上绝没有无形式的内容,也没有无内容的形式,二者之间,从来都是密不可分的。就像人类的胚胎一样,内在的生命内容与外在的生命形式,从来都是同步生长的。这种内化于写作主体意识之中的对写作的形式化的要求,就是写作主体的内在形式感。它是主体统摄写作活动的"内在尺度"。它决定着写作主体对写作对象进行感知的形式选择:形象思维的形式,或者逻辑思维的形式。也决定着主体对表达方式的选择:文学创作运用含蓄性与暗示性的方式,驱动和吸引读者去领悟形式中所深蕴的意义;理论写作对表达方式的选择则在于直接揭示物象与意义之间的逻辑联系。

其三,外在形式对作者与读者互相沟通的保证作用。

写作的书面性特征的存在,实际上以文章这一决定性的结构,为读写双方的相互沟通,建造了一座坚固的桥梁。读者通过这一外在的形式因素,确切了解了作者的"用心",也将自己的"用心",融合于外在的形式因素中,使它具有自己的主体色彩。而其结果,就将读者因素也渗入了写作的范畴,既强化了读者的作者意识,也强化了作者的读者意识,使写作的活动成为双向的活动。所谓写作规范,文体规范,实际是作者与读者互相制约的结果。这种制约,是在书面化的特定范畴中进行的。

写作的书面化品格,在《文心雕龙》中体现得相当鲜明。

《文心雕龙》的书面化品格,首先表现在它对文字的人文意义的强调上:

人文之元,肇自太极。幽赞神明,《易》象惟先。(《原道》)

太极是道的称谓,也是道的符号的称谓。作为道的符号,实指《易》象八卦。上文中的"太极"与《易》象并举,是骈文中"互文足义"的表述,前后讲的是同一件事情。八卦,是我国最古的书面表达符号,是文字的先行,具有"准文字"的属性。刘勰将这种准文字的创制,视为人文的起点,这是对文字作用的最高标举。这一震古烁今的论断,与恩格斯所说的"文字的发明及其应用"是"过渡到文明时代"的"开始"的见解,有异曲同工之妙。

刘勰还进一步认为,文字是言语的"体貌",是文章的"宅宇",是"官治民察"的大器,文字的创制,是惊天地而泣鬼神的大事:

> 夫文象列而结绳移,鸟迹明而书契作,斯乃言语之体貌,而文章之宅宇也。仓颉造之,鬼哭粟飞;黄帝用之,官治民察。(《练字》)

所谓"体貌"、"宅宇",是指写作的书面化的特定形态;所谓"观治民察",是指写作的书面化的特定功能。赋予文字以如此之高的地位,对文字的作用认识得如此透彻,这在我国历史上,是并不多见的。

《文心雕龙》的书面化品格,还表现在对字词句篇的系统关系的洞悉和揭示上:

> 夫设情有宅,置言有位;宅情曰章,位言曰句。故章者,明也;句者,局也。局言者,联字以分疆,明情者,总义以包体,区畛相异,而衢路交通矣。(《章句》)

具而言之,这就是:

> 夫人之立言,因字而生句,积句而成章,积章而成篇。篇之彪炳,章无疵也;章之明靡,句无玷也;句之清英,字不妄也。振本而末从,知一而万毕矣。(《章句》)

对书面化的构成因素及其系统联系做如此全面的论述,这是任何一种文学理论著作所无法做到,而注定由"文章作法"所完成的事情。

《文心雕龙》的书面性品格,更加充分地表现在它对语言运作要领与技巧的传授上。

用字的要领与技巧：

> 一字诡异,则群句震惊。三人弗识,则将成字妖矣。后世所同晓者,虽难斯易;时所共废,虽易斯难。取舍之间,不可不察。(《练字》)

刘勰明确认为,"心既托声于言,言亦寄形于字",因此,读声必须具有"宫商"的和谐,写字必须具有形体均匀的美感,"讽诵则绩在宫商,临文则能归字形矣"。为此,他提出了下列要领：

> 是以缀字属篇,必须拣择:一避诡异,二省联边,三权重出,四调单复。(《章句》)

"诡异者,字体瑰怪者也。"刘勰举出了曹摅的诗:"岂不愿斯游,褊心恶呴呶。"诗句中的"呴呶"两字,就是大煞风景的诡异字。"两字诡异,大疵美篇,况乃过此,其可观乎!"

"联边者,半字同文者也。"所谓"半字同文",就是字的半边相同。古今描摹山水,常常联用山旁水旁的字,以唤起视觉美感;如果用在平常的文章里,"则龃龉为瑕,如不获免,可至三接,三接之外,其字林乎",那就和字书没有两样了。

"重出者,同字相犯者也。"所谓"同字相犯",就是同一个字在句中的重复。刘勰认为,在一般的情况下,字的重复出现是不可取的,应尽力避免。但形式毕竟是为内容服务的,"若两字俱要,则宁在相犯",不要为了避免重复而影响内容的表达。刘勰所说的,实际上是同义词的精当选择的问题。他把这种选择视为一种语言功力的表现:"故善为文者,富于万篇,而贫于一字,一字非少,相避为难也。"

"单复者,字形肥瘠者也。"所谓"字形肥瘠",是指字的笔画的多或少。如果搭配不当,势必影响美观:"瘠字累句,则纤疏而行劣;肥字积文,则黯黕而篇暗。"要领是肥瘠交错,疏密有致:"善酌字者,参伍单复,磊落如珠矣。"

章句的要领与技巧：

夫裁文匠笔,篇有大小;离章合句,调有缓急。随变适会,莫见定准。

根据内容的变化加以调配,"随变适会",是处理章句问题的总原则。总的要求是:

句司数字,待相接以为用;章总一义,须意穷而成体。其控引情理,送迎际会,譬舞容回环,而有缀兆之位;歌声靡曼,而有抗坠之节也。(《章句》)

为了达到此种整体和谐的境界,刘勰提出了系列的具体做法:

寻诗人拟喻,虽断章取义,然章句在篇,如茧之抽绪,原始要终,体必鳞次。启行之辞,逆萌中篇之意,绝笔之言,追媵前句之旨;故能外文绮交,内义脉注,跗萼相衔,首尾一体。(同上)

刘勰还从反面对此进行了延伸性的论证:

若辞失其朋,则羁旅而无友,事乖其次,则飘寓而不安。是以搜句忌于颠倒,裁章贵于顺序,斯固情趣之指归,文笔之同致也。(同上)

关于声律的运作要领与方法,刘勰也辟出专章,进行了全面的阐发:

言语者,文章关键,神明枢机;吐纳律吕,唇吻而已。(《声律》)

刘勰明确认为,语言的声律,"本于人声者也"。人的发音符合五音,本于生理的自然结构。声律实际是一种"声与心纷"的"内听"。它比"外听"的音乐难以把握:"响在彼弦"的音乐,可以按照乐律去"手定","声萌我心"的声律,只能根据文辞去考求。声律的要领在于和谐:

凡声有飞沉,响有双迭。双声隔字而每舛,迭韵杂句而必睽;沉则响

发而断,飞则声飏不还,并辘轳交往,逆鳞相比。(《声律》)

和谐是声音美的基本原则。如果违反了这一原则,就会在声律上陷于困境之中:

怅其际会,则往蹇来连,其为疾病,亦文家之吃也。(同上)

正确的做法只能是:

声画妍蚩,寄在吟咏,滋味流于字句,气力穷于和韵。异音相从谓之和,同声相应谓之韵。韵气一定,则余声易遣;和体抑扬,故遗响难契。属笔易巧,选和至难;缀文难精,而作韵甚易。虽纤意曲变,非可缕言,然振其大纲,不出兹论。(同上)

此外,刘勰还对修辞的方法与技巧,进行了系统的专章论述,如《丽辞》、《夸饰》、《比兴》、《事类》、《隐秀》。这些论述,将它的书面性品格,表现得淋漓尽致。

三、《文心雕龙》的博大性品格

所谓博大性是指在工作范围与知识范围上包罗万象、覆盖无垠的属性。写作学是人类运用书面语言能动地认识世界并理想地改造世界的系统活动。客观世界的运动是无穷无尽的,人类对客观世界的认识同样是无穷无尽的,写作作为人类认识的完整性的书面表达,它的工作范围和知识范围也必定是博大无垠的。写作学涉及人类生活的一切领域,人类生活的一切领域都存在着书面表达的问题,因此,博大性也就必然成为写作科学的一个重要特征。在《文心雕龙》中,具体表现在以下方面。

认识领域的博大性。《文心雕龙》以宇宙本体为认识论的基点,由此构成的视野,是广阔无垠的。"言之文也,天地之心哉。"它将天地万物,都囊括于其中,也将人类全部生活覆盖无遗:

　　　　文之为德也大矣,与天地并生者何哉?夫玄黄色杂,方圆体分;日月
　　叠璧,以垂丽天之象;山川焕绮,以铺理地之形,此盖道之文也。仰观吐
　　曜,俯察含章,高卑定位,故两仪既生矣。惟人参之,性灵所钟,是谓三才。
　　为五行之秀,实天地之心。心生而言立,言立而文明,自然之道也。(《原
　　道》)

　　天地万物,都属于写作的范畴。自然界是如此:"傍及万品,动植皆文。"
人类社会生活同样如此:"夫以无识之物,郁然有采,有心之器,岂无文欤?"
"人文"遍及人类生活的一切领域,而写作,就是人文的书面表达,也同样是遍
及人类生活的一切领域的。

　　　　夫《易》惟谈天,入神致用。故《系》称旨远辞文,言中事隐。韦编三
　　绝,固哲人之骊渊也。《书》实记言,而训诂茫昧,通乎尔雅,则文意晓然。
　　故子夏叹《书》,"昭昭若日月之明,离离如星辰之行",言昭灼也。《诗》
　　主言志,训诂同书,摛风裁兴,藻辞谲喻,温柔在诵,故最附深衷矣。《礼》
　　以立体,据事制范,章条纤曲,执而后显。采掇片言,莫非宝也。《春秋》
　　辨理,一字见义,五石六鹢,以详备成文,雉门两观,以先后显旨。其婉章
　　志晦,谅以邃矣。(《宗经》)

　　《易》属于哲学的范畴,《书》属于公用文书的范畴,《诗》属于文学的范
畴,《礼》属于政治伦理的范畴,《春秋》属于史学的范畴。大至经国大业,小至
五石六鹢,无不覆盖于写作的视野之中。写作学确实可以称得上"笼天地于
形内,挫万物于笔端"的科学了。

　　功能论领域的博大性。写作的功能,同样是覆盖无垠的。"鼓天下之动
者存乎辞",就是这一博大功能的集中表述。写作功能的博大性,也从《文心
雕龙》中清晰地表现出来。

　　《文心雕龙》明确认为,书面表达是人文的起点:"人文之元,肇自太极,幽
赞神明,《易》象为先。"书面表达的重要意义就在于:"言之文也,天地之心
哉!"因此,写作活动是关系到天地人心的活动。要正人风,正世风,必须从端
正文风作起。《文心雕龙》是一部矫正浮靡讹滥文风的写作学专著,它不仅以

数百年积累而成的不正的文风作为自己的战斗目标,而且具有矫正世风和人风的战斗意义,实质上是对中华传统文化的正本清源。通过写作上的正本清源来实现文风上的拨乱反正,通过正文风来正人风,通过正文心来正人心,从而实现天下大治,这就是《文心雕龙》的博大宗旨。诚然,这一宗旨是极具理想主义色彩的,但是,它的逻辑起点与理论支点是"道"的规律运动的永恒性法则,因此,它又是极具理性主义色彩的。"辞之所以能鼓动天下者,乃道之文也",正是"道",为写作功能的博大性提供了明确的方向保证和强大的动力保证。

《文心雕龙》的宗旨,虽然并没有在当时实现,但是,它的崇高的目标与博大的功能,却在我国文化事业的历史发展中以长效的方式表现出来,发挥着"鼓动天下"和"鼓动历史"的作用。由它在写作学的苗圃中所播下的新苗,在唐代的风雨中终于长成了参天的大树,它本身也就成了唐代文学繁荣的理论先声。《文心雕龙》中所标举的"风骨"——"美"与"力"的目标,是文学的永恒性与终极性的追求,至今还辐射在我们的美学世界中。

方法论领域的博大性。写作学是一门以方法论为重点的科学。方法是达到目的的途径和手段,目标从来都是借方法而实现的。认识领域的博大性与功能领域的博大性,也必然在它的方法论领域中表现出来。

《文心雕龙》方法论的博大性,首先表现在它的"以心总文"的"总术"的博大性上。文心原道,实天地之心。心的领域是博大无垠的,包容万物,无遮无挡,将天地人生凝为一体。把握了文心,也就是把握了人类和世界。就具体方法而言,"为文之用心"也是极其博大的。写作的内核是"心",但绝不是一般意义的"心",而是一种由于对"道"的契合和对书面语言的契合而更加精化与强化的"心"。写作思维绝不是即兴式的思维,也不是实践性的思维,而是一种以规范化的书面形式明确录记的整体性与系统性的思维。这种整体性与系统性的思维,是以哲学、美学、心理学与社会学四大方法论的武装作为依据和后盾而实现的。"神思",就是文心运动的基本方法。超越时空,把握整体,把握本质,就是"神思"所追求的博大的思维目标,也是它所能达到的博大的思维境界。所谓"形在江海之上,心存魏阙之下",所谓"陶钧文思,贵在虚静",所谓"枢机方通,则物无隐貌",所谓"结虑司契,垂帷制胜",就是此种境界和方法的具体展现。

《文心雕龙》运心方法的博大性,与它运辞方法的博大性互为表里。刘勰明确认为:"心生而言立,言立而文明,自然之道也。"(《原道》)思维的到位依靠语言的到位来体现,语言的到位依靠思维的到位来完成,二者密不可分,都具有无遮无垠的属性。这一无遮无垠的属性,是以字词句篇运作的系列规范与技法来保证的。孔子所说的"辞达而已矣",就是对语言的无遮无垠的通达力量的强调与标举。刘勰则将二者都纳入写作的方法论范畴中,视为构建写作大厦的关键:"神居胸臆,而志气统其关键;物沿耳目,而辞令管其枢机。枢机方通,则物无隐貌;关键将塞,则神有遁心。"言以足志,意以尽言,这就是运心与运辞所希望达到的博大境界。这种境界,正是写作立文的根本:"情者文之经,辞者理之纬;经正而后纬成,理定而后辞畅,此立文之本源也。"(《情采》)

四、《文心雕龙》的多维性品格

所谓多维性,是指在结构上的多元统一属性。写作是一项综合性的实践活动。就外系统运动而言,它是思维工程、语言工程与传播工程的有机统一,就内系统运动而言,它是认识与表达,内容与形式,主旨与材料,美学与力学,以及形象与义理,思想与情感,诸多层次与层面的有机组合。这种统一,是由文心的内在结构所原发,而最终以文章的形态来体现的。

文章是写作运动的终极产品,文心是文章的灵魂,文章是文心的物质外壳。文心的内在结构本身,就是"意—象—言"的多维统一体。外化为文章之后,它的"意"演化为文章的主旨,它的"象"演化为文章的题材,它的"意"与"象"的融合过程演化为文章的思路与框架,它的"言"演化为完整的字辞句篇。它们仍然是一个有机的整体。正是由于有了文章,认评、表达与传播才有了共同的本体。正是由于这一共同的本体,"意—象—言"才能融合为一,思维工程、语言工程与传播工程才能融合为一。

单就文章这个具体的终极工程而言,它也是多维统一的。先就文章的内容来看,它是主旨与材料的统一。主旨中蕴涵着思想、情感、意向、信念、意志、志向、指向等多种内涵,是人心与物理,天地之心与作者之心的有机统一。材料中包含人、事、景、物、理诸多方面,它们又从不同的角度组成一个有机的整体。

再就文章的形式而言,它也是多维统一的。字统一于词,词统一于句,句统一于段,段统一于篇。它们之间,既是一种力学的组合,也是一种美学的组合。就力学的组合而言,它以最精粹的运动态势,使内容表现得鲜明突出,富有说服与感染的力量。就美学的组合而言,它以感性的形态,使接受者赏心悦目,在精神上潜移默化。

写作科学的这种多维性品格,在《文心雕龙》中表现得相当鲜明。

(一)《文心雕龙》对写作多维性的阐述

刘勰明确认为,写作是"意—象—言"的三维统一。他的这一认识,集中表现在《神思》的论述中:

神用象通,情变所孕。物以貌求,心以理应。刻镂声律,萌芽比兴。结虑司契,垂帷制胜。

"神"、"情"、"心"、"理"、"虑",属于"意"的范畴。"象"、"物"、"貌",属于"象"的范畴。"声律"、"比兴",属于"言"的范畴。心神靠物象来通达,物象则用它的形貌来吸引和打动作家,作家则从心里产生情思来作为回应。然后,再推求文体的声律,运用多种多样的修辞手法,赋予内容以美的形态。写作,就是这三个层面有机统一的结果。

刘勰的这一认识,贯穿于《文心雕龙》全书:

仰观吐曜,俯察含章……心生而言立,言立而文明,自然之道也。(《原道》)

辞为肌肤,志实骨髓。(《体性》)

这是对"心"与"言"的关系的深刻揭示。

人禀七情,应物斯感。感物吟志,莫非自然。(《原道》)

这是对"物"与"情"关系的深刻揭示。

岁有其物,物有其容。情以物迁,辞以情发。(《物色》)

这是对"物—情—辞"三者联动关系的深刻揭示。

写作运动的"枢纽"中的多维统一的属性,也在《文心雕龙》中得到了鲜明的揭示:

盖文心之作也,本乎道,师乎圣,体乎经,酌乎纬,变乎骚:文之枢纽,亦云极矣。(《原道》)

从最深的根源来看,《文心雕龙》的枢纽本身,就是一个多维性统一的结构。文心原道,实天地之心。道法自然,是文心的最高准则。道心惟微,圣心就是道心的具体表现,经心就是圣心的直接录记。"道沿圣以垂文,圣因文而明道","道—圣—文"三者是一个统一体。"正纬"与"变骚"是对这一三维体的重要补充。

就写作工程属性的内部结构来说,同样是多维统一的。"文心者,言为文之用心也",这是对思维工程的认定。"心生而言立,言立而文明",这是对语言工程的认定。"鼓天下之动者存乎辞","太山遍雨,河润千里者也",这是对传播工程的认定。写作工程,就是三者统一的工程。刘勰无一遗漏地将它们揭示了出来。

(二)对文体世界的多维性的阐述

刘勰明确认为,文体世界的多维性,首先表现在"文"与"笔"的划分上:"若乃论文叙笔,则囿别区分。"(《序志》)"文",指韵文,"笔",指无韵文。有韵、无韵之别,实际就是审美文体与实用文体之别。由此划分出两大文体群:文学文体群与实用文体群。文学文体群包括:诗、乐府、赋、颂赞、祝盟、铭箴、诔碑、哀吊、杂文、谐隐,共10种。实用文体群包括:史传、诸子、论说、诏策、檄移、封禅、章表、奏启、议对、书记,共10种。二者之间的区别,不仅是功能上的,也与思维方式有关。文学的思维方式是神思型的,抒情与描绘是它主要的表达方式。实用文体的思维方式是逻辑思维型的,论说与记叙是它主要的表达方式。就表达方式而言,也同样是多维统一的。

（三）对文章结构层面的多维性的阐述

文章作为书面表达的最终形态，同样是一个多维统一的整体。它的结构层面，被刘勰以经书为据概括为六个层面：

> 故文能宗经，体有六义：一则情深而不诡，二则风清而不杂，三则事信而不诞，四则义贞而不回，五则体约而不芜，六则文丽而不淫。（《宗经》）

这既是衡文的标准，也是构成文章的六大要素：情、风、事、义、体、文。情与风有内外之别，统属于思想情感的范畴。事与义有表里之异，统属于题材的范畴。体属于结构的范畴，文属于语言的范畴。文章，就是上述诸多方面的有机统一。浓缩而言，也就是《熔裁》中所说的"三准"：

> 是以草创鸿篇，先标三准：履端于始，则设情以位体；举正于中，则酌事以取类；归余与终，则撮辞以举要。

在《风骨》篇中，则表述为"风—骨—采"三个方面："若风骨乏采，则鸷集翰林；采乏风骨，则雉窜文苑，唯藻耀而高翔，固文笔之鸣凤也。"这一论断，同样是根据文章结构的多维性得出的。

综上所述可知，《文心雕龙》具有写作学的全部基因。写作学所固有的全部属性，《文心雕龙》无不具有。在我国古代的写作学著作中，《文心雕龙》的写作学属性最为鲜明，也最为系统，最为完整。即使和现代写作科学相比，《文心雕龙》也足称楷模而了无愧色。范文澜将《文心雕龙》定位为"作文的法则"，认为"《文心雕龙》的根本宗旨，在于讲明作文的法则"。[1] 王运熙认为，"《文心雕龙》是一部详细研讨写作方法的书，它的宗旨是通过阐明写作方法，端正文体，纠正当时的不良文风。"[2]这些见解，都是极其允当的。

---

[1]　范文澜：《中国通史》第 2 册，人民出版社 1994 年版，第 531 页。
[2]　王运熙：《文心雕龙的宗旨、结构和基本思想》，《复旦大学学报》1981 年第 5 期，第 83 页。

第三节　《文心雕龙》的深层属性

人类对客观事物的认识,是一个"从现象到本质,从比较深刻的本质到更深刻的本质"的不断深化的无限过程。① 如果说,写作学属性是对《文心雕龙》"比较深刻的本质"的理论概括的话,那么,"深层属性"就是对它"更加深刻的本质"的理论概括了。这种"深层属性",来自它的认识论依据的深刻性、系统性和创造性所具有的学术品格。

诚然,从最基本的层面来看,《文心雕龙》确实是一部写作学专著,但绝不是一般意义的写作学专著,而是一部用多种学科武装起来的具有独特认识视野与开掘力度的写作学专著。它的指导思想中,具有多种多样的科学内涵:哲学性,美学性,心学性,社会学性,等等。它们无一不代表当时最高的认识水平,具有自成一家,炳耀千载的理论品格。这就使《文心雕龙》不仅具有写作学的基本属性,也必然具有由于认识论依据的强大性所赋予的更加深刻的理论品格。这些深层次的理论品格,可以概括为以下方面。

一、哲学品格

《文心雕龙》并非专门哲学著作,但就其认识论依据来说,它的哲学品格是极其鲜明的。《文心雕龙》的哲学品格,集中体现在它对儒家人本论视野、道家本体论视野、佛家心性论视野的兼容并蓄上。它将道学"自然设教"的思辨优势,儒学"伦理设教"的思辨优势,佛学"心理设教"的思辨优势,在力挽颓风的历史使命下,有机地融合成为一个认识论的整体。这一认识论整体在哲学上的高度、深度和广度,在中国历史上堪称方法论的楷模。它的兼容性的理论品格,无论在中国范围内或是世界范围内,至今没有任何一部著作可以超越。

《文心雕龙》本体论的认识视野,鲜明反映在它的压卷之章的《原道》中。

"原道"者,本原于道之谓。这里的"原"已不是先秦两汉的宇宙构成论所说的"源",而是本体论意义的"原",即不是把"道"看做"文"的起源,而是看

---

① 《列宁全集》第55卷,人民出版社1990年版,第191页。

做文所从生发的根本实体。"文原于道,明其本然"(纪昀)"本然",也就是文之为文的终极原因。

刘勰明确认为,"道"是文之所以为文的本质规定和终极原因:

> 玄黄色杂,方圆体分。日月叠璧,以垂丽天之象;山川焕绮,以铺理地之形,此盖道之文也。(《原道》)

世界上的一切文采,都是"道"的反映。"道"是什么?"道"就是宇宙运动的总规律和总法则,这一总规律和总法则可用两个字来概括,这就是"自然":"夫岂外饰,盖自然耳。"人文也不例外,"言之文也,天地之心哉","心生而言立,言立而文明,自然之道也"。

刘勰将"道"的范畴引入《文心雕龙》中,这就为对"文"的认识提供了一个终极性的理论依据,对这一终极性理论的标举,实际就是将宇宙运动的普遍性法则,赋予了"文"的运动,使它具有同样广阔而深刻的哲学内涵。这一广阔而深刻的哲学内涵,就是《文心雕龙》独特的战斗力和开拓力之所在。纪昀说:"齐梁文藻,日竞雕华,标自然以为宗,是彦和吃紧为人处。"黄侃认为:"彦和之意,以为文章本由自然生,故篇中数言自然。"刘永济先生也说:"舍人论文,首重自然。"这些论断,都是极其精辟的。

但是,刘勰对本体论的标举,绝非道家哲学的简单重复与移植,而是对它的选择、改制和深化。他吸取了道家自然哲学的精华,却剔除了其中"以无为本"的虚无性的消极内容,而实之以儒家人本哲学的"经世致用"的积极内容。"道心惟微",不可捉摸,而孔孟之道却是对现实问题的解答。刘勰在哲学上的睿智与巧妙之处,就是将这两个不同范畴的体系,在扬长避短、存优汰劣基础上,有机地链接在一起:"道沿圣以垂文,圣因文而明道。"道以圣为寄寓,圣以经为寄寓,经是政治教化的最高依据也是作文的最高楷模:"经也者,恒久之至道,不刊之鸿教也……极文章之骨髓者也。"于是,道学中以道为宗的自然哲学和儒学中以人为本的人本哲学,就在"为文"的总目标下,熔铸成为一体。道家的自然哲学因儒家人本哲学的参入而实化,儒家的人本哲学因道家自然哲学的参入,而获得了由于对事物运动的终极原因的把握及最高运动法则的遵循所具有的宏观视野。

　　毋庸置疑,刘勰《文心雕龙》的认识论的主导层面,是儒家的经典理论。但它也绝不是孔孟之道的简单重复。众所周知,任何事物都具有光影并存的属性,儒家哲学同样如此。它的以人为本的思想,既是一种强大的凝聚力量,但它所固有的上尊下卑的等级观念,又构成了对人性的强大束缚。这种束缚,在封建伦理的思想体制下,是不可能消除的。

　　刘勰在哲学上的第二个睿智与巧妙之处,就在于他运用了道学与佛学的某些范畴,对儒学的这一缺欠,进行了某些消解和平衡。这一平衡和消解的因素,一个是道学中的自然哲学,一个是佛学中的心性哲学。

　　儒学人本哲学与道学自然哲学的融合,赋予了人本哲学新的视野,使它在认识论上获得了极大的扩充。径而言之,就是将儒学"明其当然"的构成论宇宙观提到了"明其本然"的本体论的高度。儒家哲学中含有天命论的神学因素,而道家的自然哲学则认为自然是宇宙的最高主宰,自然法则是宇宙运动的根本法则,这就必然构成对神学的彻底排拒。对自然是宇宙运动的终极根源的认识,支持儒学摆脱神学的束缚,走向科学的轨道。而它的自然主义的精神,对于启动人的个性自觉,支持人在精神上"冲决网罗",追求个性的解放,也是极有裨益的。二者的融合,对双方都具有创新的意义。

　　佛学的心性哲学,也在《文心雕龙》中得到了良好的选择、提炼和标举。诚然,佛学在本质上是一种唯心主义的哲学,但在思辨科学方面,却又是世界上成就最大、水平最高的学术体系。它在三个方面赋予了《文心雕龙》以重大影响:一是平等意识,二是心理设教,三是思辨方法。

　　平等意识。儒家哲学以人伦为逻辑起点与理论支点。人伦是血的链接,是一种建立在长幼尊卑基础上的链接。基于此种链接方式建立起来的社会伦理,必然是"上尊下卑"的等级制的伦理。这种等级制的伦理关系,就是封建社会借以存在的文化基础。在封建伦理的意识体系中,只有等级意识,没有平等意识可言。"君君臣臣父父子子","君要臣死,不得不死","天王圣明,臣罪当诛",就是此种等级意识的典型表现。道家哲学以自然为逻辑起点和理论支点,标举清静无为,物我同化。它虽然有物性平等的主张,但并没有人性平等的主张。在道家的文化土壤中,同样缺乏平等意识借以生发的直接因素。佛学标举"众生平等","佛法平等","佛性平等","人人皆有佛性,皆能成佛"，尽管这是为宗教宣传服务的，但是，平等作为一个普遍性的人性要求与人性范畴，却对我们民族的文化具有极大的补充和激活作用。在我国古代，佛学的平等意识是我们民族建立朴素平等观念的唯一源泉，有力地推动了我们民族思想的更新和发展。直到清末的王夫之、康有为、谭嗣同，他们吸收平等意识的主要渠道都是佛学，谭嗣同的《仁学》就是证明。

《文心雕龙》对平等意识的吸收和标举，主要表现在以下方面。

其一，是对人皆有情的认定。在佛学"人人皆有佛性"思想的启迪下，刘勰明确认为，"志情"并非圣人专利，同样属于所有的人："民生而志，咏歌所含"；"人秉七情，应物斯感，感物吟志，莫非自然"。这一认识，就是"诗缘情"说的理论依据。正是在这一理论的指导下，我国文学实现了从"诗言志"到"诗言情"的历史性飞跃，开始了文学自觉的时代。

其二，衡文标准的一体化。《文心雕龙》是对南北朝以前所有具有代表性文章的历史性总结和评价。它所涉及的作者中，有封建帝王，也有臣民百姓，在政治地位上相差悬殊。刘勰丝毫不考虑这些差别，既不"为尊者讳"，也不对卑者进行歧视。在衡文中坚持同一标准，秉公而断，据理而评，绝不搞双重标准。

其三，对门阀特权的批判。南北朝实行门阀制度，崇尚世族特权，等级极其森严。"上品无寒门，下品无世族"，就是当时社会不公的典型写照。《文心雕龙》对此种社会不公现象深表不平，激愤之情溢于言表，旗帜鲜明地进行了批判："将相以位隆特达，文士以职卑多诮，此江河所以腾涌，涓流所以寸折者也。"（《程器》）他的同情，显然是站在寒族一边的。

心理设教。每一种哲学都有自己的理论重点和作用于社会的特定方式。儒学的理论重点是伦理，作用于社会的方式是"伦理设教"。道学的理论重点是自然，作用于社会的主要方式是"自然设教"。佛学的理论重点是心性，作用于社会的主要方式是"心理设教"。佛学的"心理设教"，在《文心雕龙》中表现在以下几个方面。

其一，对"心理设教"的标举。"心"是儒家哲学中的普遍范畴，孟子所说的"人性善"的问题，实质上就是对"人心"的基本属性的认定问题。"心之官则思"，"哀莫大于心死"，就是对"心"的功能及其重要意义的表述。但是，将"心"作为明确的施教对象，对此进行工程性的系统研究，则是大行于佛学之中。《文心雕龙》对"心理设教"的标举,集中表现在它的根本宗旨之中:"文心者,言为文之用心也","文果载心,余心有寄"。"文以载心"是对"文以载道"的历史性突破,它将"道—圣—文"都汇集于此心之中,使它们具有人人可及的文化品格,远比"文以载道"广阔和深刻。

"道心惟微,神理设教。"这是刘勰在《原道》中所提出的纲领性主张。"神理",就是"心理",并无神秘主义的内涵。"神"的本意就是"精神"活动,"心之官则思","心"是人类精神活动的主宰,因此,"神"与"心"可以在意义上相通。"神理设教",就是心理设教。这种历史性的突破,只有在佛学的"以心为教"的特定认识场中才能实现的。将佛学的唯心主义认识论方法用之于写作论的研究,由此提炼出唯物主义的"文心"理论体系,这对于佛学来说,同样是一个历史性的突破。这种历史性的突破,只有在中华文化的特定认识场中才能实现的。

其二,对"心理设教"方法论的系统阐述。将形象思维与逻辑思维在认识方法上明确区分的,始自佛家。佛家的"般若思维",实际就是形象思维。佛家的"因明"之学,实际就是逻辑思维。诚然,形象思维与逻辑思维属于人类思维科学的普遍范畴,并非佛家的独创和专利,但就研究的自觉性和认识的明确性及系统性而言,佛家是发其大端和集其大成者。对这两种认识方法的系统认识,也在《文心雕龙》中鲜明地表现出来。《神思》、《物色》、《情采》、《风骨》、《明诗》、《诠赋》等篇,就是对形象思维的认识方法的系统阐述,《论说》等篇就是对逻辑思维的认识方法的系统阐述。

其三,对"心理设教"的理想境界的自觉追求。佛家的"心理设教"不是一般意义的说教,而是具有明确的美学追求与力学追求的心理交流。所谓"世间好语佛说尽",所谓"天花乱坠",所谓"天女散花",就是这种美与力的境界的形象展示。这种美与力的追求,也在《文心雕龙》中鲜明地表现出来。所谓"风骨",所谓"定势",所谓"风清骨峻",就是对文心的力学追求,所谓"采",所谓"遍体光华",就是对文心的美学追求。唯有美与力的兼容,唯有风骨采的齐备,才是文心的理想境界:"若风骨乏采,则鸷集翰林,采乏风骨,则雉窜文苑,唯藻耀而高翔,固文笔之鸣凤也。"这种崇高的美学理想,只有在儒道佛三家认识论所形成的综合性认识场中,才能从历史文化的深层中浮现出来。

思辨方法。《文心雕龙》对佛学心性哲学的创造性吸收,也在其卓越的思辨方法上鲜明地表现出来。该著在内容上无与伦比的博大精深,在结构上古今难匹的周严细密,显然是与它强大的思辨方法体系的强大支持密不可分的,其中,也包括佛学所特有的思辨方法在内。举其要者,如佛学辨证法,佛学因明法,佛学中道法,佛学圆照法,等等。这些方法的核心内容及其所独具的哲学品格,已在渊源论中做出了具述,此处不赘。

正是儒道佛的融合,赋予了《文心雕龙》高瞻远瞩的认识论品格。如此崇高博大的哲学品格,如此开放无垠的视野,在中国历史上是绝无仅有的。"海纳百川,有容乃大。"这就是《文心雕龙》在认识论上如此博大精深的原因。也正因为如此,《文心雕龙》不仅在写作学上代表当时的最高成就,也在哲学上代表了当时哲学的最高成就,并且是中国文化思想史上兼容并蓄的楷模。将《文心雕龙》称为中国历史上的哲学巨制,允无愧色。

二、美学品格

《文心雕龙》并非专门的美学著作,但就其指导思想来说,却是一部具有完整的美学理论体系的巨制。"文",是《文心雕龙》中使用频率最高的词汇。广义的"文"指美饰,与美的范畴相通,渗透于全部内容。《文心雕龙》的美学理论蕴涵在对写作学理论与实务的阐述中,而又自成系统,斐然成家。它在美学上的卓越建树,可以概括如下。

（一）美学本体论的开拓

《文心雕龙》是我国第一部站在宇宙运动的高度,对美的本原进行揭示的著作。《原道》开宗明义便说:

> 文之为德也大矣,与天地并生者,何哉? 夫玄黄色杂,方圆体分。日月叠璧,以垂丽天之象;山川焕绮,以铺理地之形,此盖道之文也。仰观吐曜,俯察含章……言立而文明,自然之道也。

这里所说的"文",指广义的文采,也就是"道"的感性形态。这种感性形态,即是"美"。这种美,作为道的外现,与天地并生,广泛表现在自然界的各个方面。其在"性灵所钟"的人类,则发而为文章。不管是"声文"、"形文"、

"情文",都是自然生发,都是道的表现。

刘勰从宇宙起源的角度来探讨"文"的发生学根由,这就无异于把对"文"的本体、属性、功能的探讨,提举到宇宙运动的高度,赋予它以终极判断的意义。"道"是一个终极性的概念,具有最广阔的覆盖面,它将天地人凝为一体,将自然美与人文美熔为一炉。它使美的概念得到了极大的扩充,也使"文"的地位得到了极大的提高。在人类历史上,第一次最为明确地把"文"提到了"与天地并生"的地位,也是第一次最为明确地将美扩展到覆盖万物的领域。更有意义的是,它以宇宙本体为依据,将天上的圣火盗到了人间,将宇宙运动的根本法则——自然法则,赋予了美学的运动,使它获得了一种永恒的动力和同样永恒的价值尺度。

这种博大的美学视野,只能出现在以博大著称的中华文化场中,而作为中华文化的广阔汇集和深度浓缩的《文心雕龙》,也就必然成为展示这种博大美学视野的最佳历史窗口。这就是《文心雕龙》之所以能与西方美学之祖亚里士多德的《诗学》并称于世的一个重要原因。

(二)美学本质论的开拓

《文心雕龙》在美学上的杰出建树,不仅表现在本体论的广度开拓上,也表现在本质论的深度开拓上。本质,指事物自身所固有的根本特质。关于美的本质的问题,长期众说纷纭,莫衷一是,至今仍是人类认识的灰区。为了确切显示出刘勰的开拓功力,有必要进行一点跨越时空的比较。

对美的本质的揭示,是美学史上的斯芬克斯之谜。柏拉图的美学著作《大希庇阿斯篇》中,通过希庇阿斯与苏格拉底的对话,对美下了多种定义:从具体事物"漂亮小姐"、"美的酒罐"、"美的母马"、"美的竖琴",到抽象概念"美在恰当"、"美在有益"、"美是视觉与听觉的快感",都未能中其肯綮,柏拉图最后只能以一声长叹"美是难的"结束。

尽管"美是难的",历代美学家仍然探索不已。归纳起来,大致有以下几种见解:

主观论。认为:"美并不是事物本身里的一种性质。它只存在于观赏者的心里,每一个人心见出一种不同的美。"(休谟)这种认识的缺失是,颠倒了美与美感的关系,用美感代替了美,用审美经验覆盖了美的属性。显然,这种认识是不全面的。

客观论。这种观点,以英国美学家乔德的《美的客观性》为代表,认为美是一种客观存在,是客观事物自身的物质属性,不以人的意志为转移。这种观点完全排斥了人在审美过程中的能动作用,显然也是不全面的。

主客观统一论。这种观点,以法国美学家狄德罗为代表,认为:"一个存在物,由于我们注意它的关系而美,我并不是说由我们的想象力移植过去的智力的或虚构的关系,而是说那里的实在关系,借助于我们的感官而为我们的悟性所注意到的实在关系。"①这种说法进一步接近了真理,但仍然留下了不少的灰区。这种认识,实际是在二者之间的徘徊,常常混淆了美与审美之间的区别。

社会关系说。这种观点,以俄国普列汉诺夫《艺术论》为代表,认为美有一定的客观性,但又不是纯粹的自然属性,而是自然物的社会属性,随着社会变化而不断发展。这种观点在强调美的客观性同时,又强调了美的社会性,从社会学的角度深化和具化了对本质的认识。但是,有所重必然有所轻,它终究不能回答关于自然美的许多问题。

形式说。这种观点的代表人物是古希腊的亚里士多德,认为美决定于事物的形式特征,形式是美存在的根本条件,提出了"美在形式"的论见:"美要依靠体积与安排,一个非常小的活东西不能美,因为我们的观察处于不可感知的时间内,以致模糊不清;一个非常大的活东西,例如一个一万里长的活东西,也不能美,因为不能一览而尽,看不出它的整一性。"②这种朴素的美学观念,对于艺术的感知与创造具有方法论的指导意义,对欧洲的美学发展产生过深远的影响,但是,由于它对形式因素的偏重,必然在理论上忽视对内容因素的概括。它与美的本质的距离,是显而易见的。

人的本质力量对象化说。这种观点出自马克思《1844 年经济学—哲学手稿》,强调美是人类社会实践的产物,正是人的社会实践,培育了"人的感觉"与"人的快乐",培育了人的"感受的丰富性",概而言之,培育了"美的体验"。这种"美的体验",是专属于人的:"主体的、属人的感性的丰富性,即感受音乐的耳朵,感受形式美的眼睛,简言之,那些能感受人的快乐和确证自己是属人

---

① 《西方美学家论美和美感》,商务印书馆 1980 年版,第 133 页。
② 亚里士多德:《诗学》,人民文学出版社 2002 年版,第 22 页。

的本质力量的感觉……是以往全部世界史的产物。"由此得出结论:"一方面为了使人的感觉变成人的感觉,而另一方面为了创造与人的本质和自然本质的全部丰富性相适应的人的感觉,无论从理论方面来说还是从实践方面来说,人的本质力量的对象化都是必要的。"所谓"人的本质力量",指人改造自然的力量,所谓"对象化",指人的本质力量在"对象世界"中的显现。这种见解无疑是比较深刻和全面的,曾经风靡于中国的美学论坛。但是,马克思的论见原本是针对劳动的属性说的,是在社会实践决定人作为"类"的决定性作用的大前提下说的。将劳动的属性直接认定为美的本质属性,这种推理方式未免过于简单了。它不能回答一个极其重要的问题:美作为人的本质力量的感性显现,与一切劳动成品作为人的本质力量的感性显现,在本质上到底有什么不同? 它也不能回答自然美中的一些问题:自然美中有许多是人的本质力量至今无法达到的领域,这种美显然是不能用简单的"社会实践"或者"艺术生产"所能解释的。

上述诸多论见,各有短长,显示出人类对美的本质的认识的不断综合化的总趋势。但这种综合化的认识受到接连不断的挑战而始终未能形成普遍性的共识,原因是在综合化的理论链条中一直存在着一个严重的缺口:未能在主观与客观、主体与客体、自然与人的诸多层面之间,提供坚实可信的纽结点。正因为如此,它在理论上的覆盖范围始终是有限的,始终无法走出片面性的阴影。

有比较才有鉴别。面对"美是难的"这一历史性的斯芬克斯之谜,最好还是倾听一下我们的先人在《文心雕龙》中的大声发言。这对于我们理解美的本质,在理解美的本质的过程中理解我们先人的美学建树,是具有双重裨益的。

"美是难的",难就难在它是来自宇宙运动之谜。来自宇宙运动之谜,只能借助宇宙运动之钥才能打开。这就是刘勰解决这一难题的独特思路。

这一宇宙运动之钥,就是宇宙的本体——道。道是万物的本原,也是万美的本原。道作为一个终极性概念,具有最强大的统率力量和最广阔的概括范围,无论主观或客观,无论主体或客体,无论自然或人,无论天文地文人文,无论声文形文,无一不属于道的范畴。"文之为德也大矣,与天地并生者何哉? 夫玄黄色杂,方圆体分。日月叠璧,以垂丽天之象;山川焕绮,以铺理地之形:此盖道之文也。仰观吐曜,俯察含章;高卑定位,故两仪既生矣。惟人参之,性灵所钟,是谓三才。为五行之秀,实天地之心。心生而言立,言立而文明,自然之道也。"任何一个自然物都是如此:"傍及万品,动植皆文:龙凤以藻绘呈瑞,虎豹以炳蔚凝姿;云霞雕色,有逾画工之妙;草木贲华,无待锦匠之奇。夫岂外饰,盖自然也。"(《原道》)

美原于道,美的本质原于道的本质。道的本质就是一种永恒而又自然的运动,一种昂扬奋进、生生不息的力量,也就是我们古人所说的"天地之大德曰生","天行健,君子以自强不息"。表现在文章上,就是刘勰所说的"风骨":"斯乃化感之本原,志气之符契也。是以怊怅述情,必始于风,沉吟铺辞,莫先于骨。故辞之待骨,如体之树骸,情之含风,犹形之包气。"所谓"风骨",就是蕴涵在美中的感染力量,它是美之所以成为美的决定性因素。宏观而言,这种感染力量来自道的感召力量:"易曰:'鼓天下之动者存乎辞'。辞之所以能鼓动天下者,乃道之文也。"微观而言,这种感染力量来自人的志气的感应力量:"斯乃……志气之符契也。"概而言之,这种感染力量,就是道的奔腾不息的运动态势在人的身上辐射出来的一种健康向上、昂扬奋进的精神力量。这种精神力量的感性显现,就是美的本质之所在,也就是美之所以成为美的真正根由。因此,风骨对于美学活动的成败,具有决定性的意义:"若丰藻克赡,风骨不飞,则振采失鲜,负声无力。是以缀虑裁篇,务盈守气,刚健既实,辉光乃新,其为文用,譬征鸟之使翼也。"

"风骨"是美的本质的命题,从《文心雕龙》所特别标举的三大文学作品中获得了证明。一是《诗经》,刘勰认为它之所以具有历久不衰的美学魅力,就在于它是"含风"之作:"《诗》总六义,风冠其首,斯乃化感之本原,志气之符契也。"二是《离骚》,刘勰认为它是"惊才风逸,壮志烟高,山川无极,情理实劳"、"气往轹古,辞来切今,惊采绝艳,难与并能"的"骨髓所树"之作,这些评语,实际就是对《离骚》中的"风骨"的具体表述。因为它是"骨髓所树",所以成为中华民族的美学典范。三是建安文学,刘勰认为它是中国美学史上的一座高峰,给予了极高的评价:"观其时文,雅好慷慨,良由世积乱离,风衰俗怨,故志深而笔长,并梗概而多气也。"这一评价,同样是对"风骨"的具体表述,也是对"风骨"的美学魅力的具体表述。这三个范例,都是对美的本质的确证。

据此可知,刘勰所标举的美的本质——"风骨",并不是一个绝对化的理念,而是一个与宇宙运动的总动势相符契,与时代运动的总动势相符契,又与人的志气运动的总动势相符契的范畴。它与天地同原,与时代俱进,又具有人的个性化特征,是一种宇宙化的人格精神,又是一种人化的宇宙精神,而这种精神,又来自宇宙的自然运动。这种运动从来都是物质性的,而非精神性的。所有这些由于道的统率而在美学领域中实现的总集合和总凝聚,就是美的本质——人类奔突奋进、昂扬向上精神在自然运动中的感性显现。

　　观千剑而后识器。和上述诸多论见相比,我们先人刘勰对美的本质的创见,无论就其广度、高度或者深度而言,在世界美学史上都是独树一帜的。人类在美的本质的历史性开拓中苦苦寻觅的那把连接贯通之钥,那把将自然美、社会美与艺术美融为一体的钥匙,实际早就存在于《文心雕龙》之中。这把来自宇宙的钥匙,就是自然的运动;自然的运动的总动势,就是将三者融为一体的总依据和总根源。自然运动是一个终极性的概念,远比"社会实践"的层次高。无论是自然还是人,无论是人的社会实践或者自然的客观存在,无论是天文地文人文,都在自然运动的总范畴中获得了集中和凝聚,而在"五行之秀,实天地之心"的"人"的本质上集中表现出来。

　　人的本质是什么? 刘勰认为,这就是"性灵所钟",也就是人能够感应世界并且作用于世界的灵气。人心是道心的涵蕴,又以文心的形式集中表现出来。道心、人心、文心在审美过程中的总集合,就是人的昂扬向上、奔突奋进的精神态势。这种"天地之大德曰生"、"天行健,君子当自强不息"的精神态势,不仅是对宇宙的基本属性的精神概括,也是对人的本质力量的精神概括。宇宙的本质力量不是什么神秘莫测的东西,就是奔突奋进、化生万物的自然、自在的动势。人的本质力量也不是什么深奥莫名的东西,就是感应万物、创造万物的自然而又能动的力量。美就是二者的总集合,既是宇宙运动的本质力量在感性世界中的集中体现,也是人的本质力量在感性世界中的集中体现。显然,刘勰的美的本质在"风骨"的命题,已经将"人的本质力量的对象化"的命题涵盖于其中,并比后者更加全面,更加自然,逻辑起点更高,理论支点更加坚实。

　　刘勰关于美的本质是"风骨",而"风骨"就是人的昂扬向上精神的感性显现的著名论断,是指导中国中古文学艺术走向辉煌的美学支柱。它在理论上的普遍性与正确性,在西方古代文论家郎吉弩斯的《论崇高》的钜制中得到了跨越历史的证明。郎吉驽斯指出:"崇高风格到了紧要关头,象剑一样突然脱鞘而出,象闪电一样把所碰到的一切劈得粉碎,这就把作者的全副力量在一闪耀之中完全显现出来。"因此,他要求作品要有力量与气魄、深度与强度,要"象迅雷疾电一样,燃烧一切,粉碎一切",惟有这样的作品才具有"动人之力"。他明确认为,这种不可抗拒的动人力量,就在于它超越平凡的品格:"不平凡的文章对听众所产生的效果不是说服而是狂喜,奇特的文章永远比只有说服力或是只能供娱乐的东西具有更大的感动力。"①概而言之,"崇高"就是"巨大的威力"、"迷人的魅力",力量是"崇高"的本质。郎吉驽斯对以"力"为核心的"崇高"的标举,与刘勰的以"心力"为核心的"风骨"的标举,是隔地隔时而不隔心的。他所列举的这些"惊心动魄"情愫 的力学表现,无一不与刘勰所标举的"风骨"息息相通。"崇高"与"风骨"有一个最根本的共同之处——"力",这是二者的基本特质。"崇高"以西方文学最高理想的含义,证实了我们先人刘勰以中华文化场为逻辑依据所提出的超级命题的真理性。

(三)美学方法论的开拓

刘勰在美学方法论上的开拓,首先体现在对形象思维方法的系统阐发上。

刘勰把审美的过程,明确视为形象思维的过程。这一过程,大致由"物色"、"神思"、"情采"、"指瑕"、"知音"等阶段组成。据此,他一一进行了具体的阐述。

"物色",就是对美的发现,它通过观察、感受与采集去完成,是一个"神与物游"、"物与神交"的心理过程。它的方法论的要领是:"物有恒姿,而思无定检",体貌有尽,而心思无穷,因此,体物之妙,不在追求形似,而在得其精神。要得其精神,不在"窥情风景之上,钻貌草木之中",而贵在心理的把握,使"物色尽而情有余"。"是以四序纷回,而入兴贵闲;物色虽繁,而析辞尚简;使味飘飘而轻举,情晔晔而更新。"(《物色》)唯有如此,才能收到"情往似寄,兴来如答"的良好效果。

"神思",就是美的整化,也就是对美的构思,这是一个以想象为纽带、以意象的整一化为目的的"神用象通,情变所孕,物以貌求,心以理应"的心理过

---

① 郎吉驽斯:《论崇高》,见朱光潜《西方美学史》,人民文学出版社 2002 年版,第 109—110 页。

程。它的方法论要领是:"陶钧文思,贵在虚静,疏瀹五藏,澡雪精神。积学以储宝,酌理以富才,研阅以穷照,驯致以怿辞,然后使玄解之宰,寻声律而定墨;独照之匠,窥意象而运斤;此盖驭文之首术,谋篇之大端。"刘勰认为,"陶钧文思"的前提,就是"养气"。所谓"养气",就是顺乎心气之自然,而不必强为。《神思》篇云:"神居胸臆,志气统其关键。"又云:"秉心养术,无务苦虑。含章司契,不必劳神。"《养气》篇云:"水停以鉴,火静而朗,无扰文虑,郁此精爽。"这样,才能虑明气静,自然神旺而思敏。

"情采"就是美的外化,也就是对美的传达。通过造型来体现美,是艺术的普遍规律。文学是语言的艺术,语言是文学造型的特定手段。运用语言描绘形象,借助形象寄寓感情,凭借感情对大千世界进行审美评价,是文学对美的传达的基本方法。它的要领主要有两个:一是语言的规范化。首先要做到写字的规范:"缀字属篇,必须练择:一避诡异,二省联边,三权重叠,四调单复。"(《练字》)其次,要做到章句的规范化和系统化:"夫人之立言,因字而生句,积句而成章,积章而成篇。篇之彪炳,章无疵也;篇之明靡,句无玷也;句之清英,字不妄也。振本而末从,知一而万毕矣。"(《章句》)二是辞采的运用。所谓"辞采","大体不出声色……指声色因事义之充实而发之光辉,可以发皇耳目者也"。①也就是语言的形象性。语言的形象性,实际是一种借助想象而实现的心理效应,"声"即"声觉"效应,"色"即"视觉"效应。并非所有的辞语都具有这种唤起想象和联想的心理效应,只有得事物之神韵的辞语,才具有这种效应。这样的辞语,只能由对美的领悟而得,也由对辞语的反复寻觅推敲而得。刘勰认为,情与采密不可分,情主内,采主外,情是内容,采是形式,二者应当自然适会:"情者文之经,辞者理之纬,经正而后纬成,理定而后辞畅:此立文之本源也。"(《情采》)明白了这一点,才能"择源于泾渭之流,按辔于邪正之路,亦可以驭文采矣"。

"文学之事,作者之外,有读者焉。"②"指瑕"、"知音"就是指对美的传播所做出的反馈。"指瑕"是一种指出美的传达中的瑕疵的负性反馈,"知音"是一种对美的传达进行鉴赏和共鸣的正性反馈。二者都发生在写作的另一

---

① 刘永济:《文心雕龙校释》,中华书局1962年版,第107页。
② 刘永济:《文心雕龙校释》,中华书局1962年版,第186页。

极——读者身上,标志着写作运动的最后完成。

美的传达中的瑕疵,主要表现在以下四个方面:一是措辞失理;二是立言违理;三是用词伤义;四是拟人不伦。晋宋以后,瑕疵更加严重,刘勰认为,美学表达的瑕疵,是极难隐藏的,比白玉上的瑕点更难磨灭:"斯言之玷,实深白圭","斯言一玷,千载弗化"。因此,在表达中必须十分慎重,反复斟酌,不要留下愧疚:"若能櫽括于一朝,可以无惭于千载也。"

美的表达中的鉴赏与共鸣,是千载难逢的事情:"知音其难哉! 音实难知,知实难逢,逢其知音,千载其一乎!"难就难在"篇章杂沓,质文交加,知多偏好,人莫圆该",因此必然"文情难鉴,谁曰易分"。其实,音是可知的,关键是掌握要领:一是"觇文":"缀文者情动而辞发,观文者披文以入情,沿波讨源,虽幽必显。世远莫如见面,觇文辄见其心。"二是博观:"凡操千曲而后晓声,观千剑而后识器;故圆照之象,务先博观。"三是卓识:"岂成篇之足深? 患识照之自浅耳","心之照理,譬木之照形,目瞭则形无不分,心敏则理无不达"。唯有"深识见奥"的人,才能感受到作品深奥处的美,表现出由衷的喜悦,"譬春台之熙众人,乐饵之止过客"(《知音》)。

这些美学论述,不仅是中国美学思想的最高综合与总结,也是中国美学思想的革命性的突破和发展,具有前无古人,后启来者的学术品格。把《文心雕龙》视为中国古代美学理论的最高成就与世界古代美学理论的最高成就,允无愧色。

三、心学品格

《文心雕龙》并非专门的心理学著作,但就其认识论依据来说,却是一部以心理学为指导思想的著作。"心",是《文心雕龙》中使用频率仅次于"文"的词汇,总共出现114次,渗入全部内容之中,而又自成体系,斐然成家。它在心学方面的卓越建树,可以概括为以下方面。

(一)对心的本体的深刻阐发

刘勰是我国第一个对心的本体进行探索和揭示的学者。他明确认为,"文心原道",道是万物的本原,也是文心的本原。"道",就是宇宙运动的总趋势和总规律,是客观性与物质性的存在。这就赋予他的命题以鲜明的唯物色彩。所谓"人本七情,应物斯感。感物吟志,莫非自然",所谓"情以物迁","随物宛转"，所谓"目既往还，心亦吐纳"，就是这种能动反映论的确证。正是在宇宙运动的总范畴中，文心获得了"笼天地于形内，挫万物于笔端"的概括力量，为"以心总文"的写作战略提供了终极性的理论依据。

（二）对心之美的明确追求

将美引入心学的范畴，将心引入美学的范畴，实现二者的双向渗透，以心之美作为"为文之用心"的明确追求，这是刘勰在心学与美学双重开拓中的一大创举。刘勰明确认为，美原于道，与天地并生，是万物的普遍属性，也是心所固有的属性："夫以无识之物，郁然有彩，有心之器，岂无文欤？"广义的"文"，就是美饰，与美的内涵相通。"言以文远"的论断，实际就是对"心以文远"的论断，也就是对"心以美远"的论断。"心哉美矣"，就是他对心之美的总论断，也是他对心之美的崇高评价与明确追求。这一追求的最高境界，就是"风骨"。"风骨"是美的本质，对"风骨"的追求，是一种逼近本质的追求，它赋予文心之美以更加高远的目标。

对心之美的明确追求，必然使《文心雕龙》具有鲜明的美学心理学的理论品格。美学心理学在世界范围内的普遍繁荣，是20世纪中期以后的事情，而在此前的1500年，我们的先人刘勰，就提出了美学心理学的明确范畴，并且进行了如此全面的论述。他的博大精深的论述，至今还具有足以使人耳目一新的启示意义。这不能不说是一个历史的奇迹。

（三）对心之力的明确追求

刘勰不仅将美引入了心学的范畴，将心引入了美学的范畴，而且更进一步将二者的统一范畴引入了力学的范畴。对心之力与美之力的自觉追求，同样是刘勰的一大创举。

在中国文化史上，第一个提出"心力"的概念的人，就是刘勰。

　　　博见为馈贫之粮，贯一为拯乱之药，博而能一，亦有助于心力矣。（《神思》）

"心力"的概念直接或间接地广见于《文心雕龙》全书："鼓天下之动者存乎辞。"（《原道》）辞的内核即心。辞之力本于心之力。心之力不仅可以跨越空间，也可跨越时间：

百年影徂,千载心在。(《尊经》)

文之思也,其神远矣。故寂然凝虑,思接千载;悄焉动容,视通万里。吟咏之间,吐纳珠玉之声;眉睫之前,卷舒风云之色。其思理之致乎?(《神思》)

"思理之致",也就是"心理之致",是"心之力"之所致。而"风骨",则是它的集中体现:

练于骨者,析辞必精;深乎风者,述情必显。捶字坚而难移,结响凝而不滞,此风骨之力也。

潘勖锡魏,思摹经典,群才韬笔,乃其骨髓峻也;相如赋仙,气号凌云,蔚为辞宗,乃其风力遒也。(《风骨》)

因此,对风力骨力的自觉追求,概而言之,对心之力的自觉追求,必然成为最高的美学原则,也是美学创造的制胜之道:

蔚彼风力,严此骨鲠。才锋峻立,符采克炳。(《风骨》)

(四)以心总文的卓越战略

既然心之力具有如此巨大的制胜效益,那么,"以心总文"的"总术",必然成为写作的总体战略。这一总体战略,不仅是一大美学创举,也是一大心学创举。

"总术"者,总揽之术,亦即"乘一举万,举要治繁"的"心总要术"的原理和方法。既然文心是写作运动的根本,那么,只要抓住了这个根本,就可以带动全局:"情者文之经,辞者理之纬;经正而后纬成,理定而后辞畅:此立文之本源也。"这就是《文心雕龙》最根本的立意之所在。对此,刘永济先生做出了精辟的揭示:

舍人论文,每以心与文对举,而侧重在心。本篇所谓总者,即以心术总文术而言也。夫心识洞理者,取舍从违,咸皆得当,是为通才之鉴;理具于心者,义味辞气,悉入机巧,是为善弈之文。然则文体虽众,文术虽广,一理足以贯通,故曰"乘一总万,举要治繁"也。①

又说:

　　舍人论文,辄先论心。故《序志》篇曰:"夫文心者,言为文之用心也。"盖文以心为主,无文心即无文学。善感善觉者,此心也;模物写象者,亦此心也;继往哲之遗绪者,此心也;开未来之先路者,亦此心也。②

"文果载心,余心有寄。"刘勰用心之深,心术之巧,尽在此中矣。

(五)对美学心理的系统阐发

对美学心理的系统开掘,是《文心雕龙》的一个杰出贡献。

中国的美学思想与心理学思想都出现得较早,但将二者融合为一体,却是魏晋以后的事情,刘勰就是此一融合的集大成者。将审美的心理过程引入写作,赋予美学以心理学的视野,实现美之术与心之术、美之力与心之力的妙合无痕,是《文心雕龙》的一个创举。具体表现在以下方面。

1. 文心范畴的创建

刘勰是中国历史上第一个提出"文心"范畴的人。他给"文心"所下的定义是:"文心者,言为文之用心也。"文心即写作的用心,也就是写作过程中系列的心理活动,简称为写作思维。刘勰认为,写作思维与一般性的思维的最大不同之处,就在于它的审美性:"心哉美矣","形立则章成矣,声发则文生矣。夫以无识之物,郁然有彩,有心之器,岂无文乎"。刘勰巧妙地利用了"文"的含义的多重性,既赋予了"文"以"文章"的内涵,又赋予了它以"文饰"——美的内涵,将两个既联系又区别的概念,潜移默化地融合在一起。文心既属于文与心的统一范畴,也属于文与美的统一范畴,实质上就是美学心理学的整体性范畴。这个"前无古人,后启来者"的具有独创性的范畴,是《文心雕龙》"以心总文"的"总术"的理论依据。它为美学心理学向写作学的深层渗透,提供了

----

① 刘永济:《文心雕龙校释》,中华书局1962年版,第166—167页。
② 刘永济:《文心雕龙校释》,中华书局1962年版,第101页。

坚实的工作平台。

2. 对文心范畴中诸多关系的系统阐述

真理总是具体的。"具体之所以具体,因为它是许多规定的综合,因而是多样性的统一。"①刘勰的文心范畴,同样是如此。它的诸多层面之间的系统联系,在《文心雕龙》中都得到了具体的阐发。

其一,对文与心的关系的揭示。刘勰认为,文与心都本原于道,属于"道"的总范畴。就文来说,它是道的自然运动的感性形态:"文之为德也大矣,与天地并生者何哉? 夫玄黄色杂,方圆体分;日月叠璧,以垂丽天之象;山川焕绮,以铺理地之形:此盖道之文也","傍及万品,动植皆文:龙凤以藻饰呈瑞,虎豹以炳蔚凝姿;云霞雕色,有逾画工之妙;草木贲华,无待锦匠之奇。夫岂外饰,盖自然也。"

就心来说,它是道的自然运动的内在浓缩。文心者,人心也。人心者,"性灵所钟","为五行之秀,实天地之心"。文心是人"为文之用心":"心生而言立,言立而文明,自然之道也","夫以无识之物,郁然有彩,有心之器,岂无文乎"。

在道的前提下,文与心构成了有机的统一。文是道的外现,心是道的内蕴。"辞之所以能鼓天下者,乃道之文也。"(《原道》)"文心",就是"道之文"在人的写作心理运动中的总范畴。

其二,对心与物的关系的揭示。刘勰明确认为,心物之间,存在着感召与呼应的关系:

> 人秉七情,应物斯感。感物吟志,莫非自然。(《明诗》)

这种感应的关系,实际是一种双向交流的关系:或是以心逐物,"心随物以宛转",或是物来感心,"物与心而徘徊",二者是密不可分的统一体。而美,就是二者的"密附"所生发出来的自然结果:

> 春秋代序,阴阳惨舒,物色之动,心亦摇焉……是以献岁发春,悦豫之

---

① 《马克思恩格斯全集》第30卷,人民出版社1995年版,第42页。

情畅;滔滔孟夏,郁陶之心凝;天高气清,阴沉之志远;霰雪无垠,矜肃之虑深。岁有其物,物有其容;情以物迁,辞以情发。一叶且或迎意,虫声有足引心,况清风与明月同夜,白日与春林共朝哉!(《物色》)

其三,对心与辞的关系的揭示。刘勰认为,"道心惟微",无由自现,必须凭借载体才能显示出来。这个"心之器",就是语言:"心生而言立,言立而文明,自然之道也。"二者的关系是主与从、表与里关系:"情者文之经,辞者理之纬;经定而后纬成。理定而后辞畅。"(《情采》)

其四,对辞与文的关系的揭示。辞是心的物质外壳,文是辞的美学形态。刘勰认为,"言以文远",语言靠文采才能流传久远。"圣贤书辞,总称文章,非采而何?"文采附丽于语言,是为内容服务的。辞与文的统一,实质上是质与文的统一:"夫水性虚而沦漪结,木性实而花萼振:文附质也。虎豹无文,则鞟同犬羊;犀兕有皮,则色资丹漆:质待文也。"(《情采》)二者密不可分,缺一不能为济。

这些论述,不仅实现了中国古代心理学的体系化,也使它在基本范畴上获得了极大的拓展,为美学心理学的发展奠定了坚实基础。将《文心雕龙》视为美学心理学的经典之作,是当之无愧的。

四、社会学品格

《文心雕龙》并非一部研究社会问题的专著,但就其指导思想来说,却具有鲜明的社会批判色彩。这种色彩,涵蕴在对写作学理论与实务的阐述中,而又体系严密,斐然成家,具有完整的学术品格。具体表现在以下方面。

(一)写作宗旨的社会性

《文心雕龙》的宗旨,具有明确的社会干预的属性:矫正当时浮靡讹滥的文风与世风。刘勰所处的时代,是一个战乱频繁,"礼崩乐坏"的时代。儒家经典对社会的控制力量,已经严重动摇,社会风气追逐浮华,陷入了全面的腐败之中:"去圣久远,文体解散,辞人爱奇,言贵浮诡,饰羽尚画,文绣鞶帨,离本弥甚,将遂讹滥。"刘勰认为,这是对于民族文化传统的严重背离,毅然起而抗之,进行矫正:"盖《周礼》论辞,贵乎体要;尼父陈训,恶乎异端;辞训之异,宜体于要,于是搦笔和墨,乃始论文。"(《序志》)

（二）对社会风气的批判

文风本原于世风，世风决定着文风。要想解决文风的问题，必须兼及世风的问题。因此，《文心雕龙》的批判指向，不仅是针对不正的文风的，也是针对不正的世风的。它对世风的批判，集中在门阀制度带来的士庶悬殊上。对此，他通过写作学的阐述，表达了系列的看法。

1. 对世族权贵的两重人格的揭露

> 古之将相，疵咎实多。至如管仲之盗窃，吴起之贪淫，陈平之污点，绛灌之谗嫉，沿兹以下，不可胜数。孔光负衡据鼎，而仄媚董贤，况班马之贱职，潘岳之下位哉！王戎开国上秩，而鬻官嚣俗，况马杜之磬悬，丁路之贫薄哉！（《程器》）

这一段文字，不是对个别现象的表述，而是运用借古证今和以古讽今的方式，对专制社会的腐败性的普遍规律进行透辟的揭示。表面上是揭露古代将相的表里不一，实际是针砭当时门阀世族的道德虚伪和人格腐败。纪昀将这段文字斥为"非为典要的有激之谈"，也从反面证明了这一点。

2. 对谀贵诮卑的社会恶习的抨击

> 盖人禀五材，修短殊用，自非上哲，难以求备。然将相以位隆特达，文士以职卑多诮，此江河所以腾涌，涓流所以寸折者也。名之抑扬，既其然矣；位之通塞，亦有以焉。（《程器》）

"东方恶习，尽此数言。"（鲁迅：《摩罗诗力说》）刘勰对等级森严的门阀制度所产生的势利恶习的愤懑与不平，亦从此数言中和盘托出。

3. 对权贵尸位素餐的揭露和讥刺

> 士之登庸，以成务为用。鲁之敬姜，妇人之聪明耳，然推其机综，以方治国，安有丈夫学文，而不达于政事哉！（《程器》）

这是借妇人"以方治国"之聪明，来反讥当时权贵学文而不达政事的昏聩。它对时弊的针砭,可谓一针见血。

4. 对武备荒弛的忧虑和警示

> 文武之术,左右惟宜,邵縠敦书,故举为元帅,岂以好文而不练武哉!
> 孙武兵经,辞如珠玉,岂以习武而不晓文也!(《程器》)

只要参照一下当时的时代背景,对此中的立意就会了如指掌。史称"齐梁之际,内难九兴,外寇三作",是社会危机空前严重的时候。而世族偏安江左,仍然过着糜烂腐朽、醉生梦死的生活,耽好声色,沉沦歌舞,志衰神疲,体羸气弱,不仅无上马杀贼之力,且无恢复中原之心。其具体情景,载于《颜氏家训·勉学篇》中:"梁朝全盛之时,贵游子弟,多无学术,至于谚云'上车不落则著作,体中何如则秘书',无不熏衣剃面,傅粉施朱,驾长檐车,跟高齿屐,坐棋子方褥,凭斑丝隐囊,列玩器于左右,从容出入,望若神仙,夫射御书数,古人并习,未有柔靡脆弱如齐梁子弟者。士习至此,国事尚可问哉?"刘勰"文武并重"的主张,就是针对此种颓风所做的矫正。

5. 对为国进贤的呼吁和期待

> 君子藏器,待时而动。发挥事业,固宜蓄素以绷中,散采以彪外,梗楠其质,豫章其干,摛文必在纬军国,负重必在任栋梁,穷则独善以垂文,达则奉时而骋绩。若此文人,应梓材之士矣。(《程器》)

在《诸子》篇中,也表达了同样的思想:"身与时桀,志共道申。"这既是寒士不遇于时的愤懑、自励、自勉,是对压抑人才的门阀制度的抨击,也是对为国进贤的呼吁和期待,都是着眼于社会而发的。

(三)解决社会问题的总战略

刘勰认为,文风问题与世风问题,都是"去圣久远",离本脱范所造成的。要正世风,必须先正文风。要正文风,必须先正文心。实现这一系统工程的关键,就是"以心挽劫":通过文心,矫正人心,通过人心,矫正世风,使天下复归于治。所谓"文心",是一个"本乎道,师乎圣,体乎经,酌乎纬,变乎骚"的完整的心理结构,属于"道心"、"圣心"、作者之心的统一范畴。社会的根本问题是文化心理失衡和失范的问题,因此,只要抓住了这个关键,就必然具有"乘一举万"的力量,使社会耳目为之一新。

这种力量,刘勰称为"羽翼经典"的力量。这种力量,充分体现在孔子的决定性影响中:"至夫子继圣,独秀前哲,熔钧六经,必金声而玉振;雕琢情性,组织辞令,木铎起而千里应,席珍流而万世响,写天地之辉光,晓生民之耳目矣。"(《原道》)这就是刘勰极力标举并决心继承与发扬的东西,也是他以文心为"总术"的原因。所谓"夜梦执丹漆之礼器,随仲尼而南行",就是此种意念与决心的形象显示,也是他的整体战略的形象显示。

显然,这一构想具有乌托邦的成分。但是,作为一种文化理想来说,却是极其高远的,而且事实上也在中国文化的发展中产生了巨大的影响。唐代文化的繁荣与文风、世风的刚健,是与这一整体战略的前驱作用分不开的。

正是由于这些社会学因素,纪昀把《文心雕龙》称为"发愤而作",是"郁郁乃尔"的"有激之谈"。这种看法无疑是片面的,但同时也是深刻的。它的深刻性就是见人之所未见,洞察出了作者小心隐藏着的社会学的意蕴。片面性在于,由于维护等级专制的政治需要,它对这一深刻的社会学指向做出了否定的判断,错误认为是"不为典要"的东西。

真正对《文心雕龙》中的社会学品格进行鲜明揭示的学者,是刘永济先生。他把《文心雕龙》的深层内涵直接称为"子书"。"子书"者,具有"诸子百家"属性的书,也就是对社会问题持有独见卓识的书。且看刘永济先生对《程器》所做的深刻分析:

> 细绎其文,可得二义:一者,叹息无所凭借者之易召讥谤;二者,讥刺位高任重者,怠其职责,而以文邀誉。于前义可知尔时之人,其文名籍甚者,多出于华宗贵胄,布衣之士,不易见重于世。盖自魏文时创为九品中正之法,日久弊生,宋齐以来,循之未改,至隋文开皇中,始议罢之。是六代甄拔人才,终不出此制。于是士流咸重门第,而寒族无进身之阶,此舍人所以兴叹也。于后义可知尔时显贵,但以辞赋为勋绩,致国事废弛。盖道义既离,浮华无实,乃舍人之所深忧,亦文心之所由作也。(《程器》)

据此,刘永济先生对其"子书"属性做出了明确的论断:

彦和《序志》,则其自许将羽翼经典,于经注家外,别立一帜,专论文章,其意义殆已超出诗文评之上而成为一家之言,与诸子著书之意相同矣。①

这些论断,都是极其精当的。将《文心雕龙》称为一部具有鲜明的社会学品格的"子书",当之无愧。

第四节　《文心雕龙》的整体属性

任何事物都是多样性的有机统一,《文心雕龙》同样是如此。《文心雕龙》的属性是多维的,但并非多种属性的简单堆积,而是它们的系统总和。所谓总和,是指它对全部属性的一无所缺的兼容和并蓄,所谓系统,是指所有的诸多属性,都统属于一个整体,按照统一的工作机制运作。它的系统关系,可以概括为以下几个方面。

一、层次划分

它的层次,可以划分为内与外两个工作平台:

外在的工作平台。这就是写作学,也就是范文澜所说的"文章作法"。写作学是它最基本的学术实体,也是它最基本的操作平台。《文心雕龙》的全部内容,无论是枢纽论、创作论、文体论、批评论,都是依托这个平台展开的。这个平台的性质,决定了《文心雕龙》的最基本的性质。

内在的指挥平台。这就是蕴涵在写作学中的指导思想。《文心雕龙》的指导思想,由哲学、美学、心理学、社会学四大学科组成,这四大学科的统一范畴,构成一个对写作运动具有优势控制作用的指挥中心。这一指挥中心卓越的学术品格,赋予它的工作平台以同样的学术品格。这种深层次的学术品格借浅层次的学术品格以自见,却又具有自己独立的学术地位和完整的学科体系,独标一格,斐然成家。这一指挥平台的多维属性,决定了《文心雕龙》在学术上的多维性品格。

---

① 刘永济:《文心雕龙校释》,中华书局 1962 年版,第 1 页。

二、系统关系

两个平台之间的系统关系,具体表现在两个方面:一是指挥平台内部的系统关系,二是指挥平台与操作平台之间的系统关系。这些复杂的网络关系,可以概括在下面的图象里:

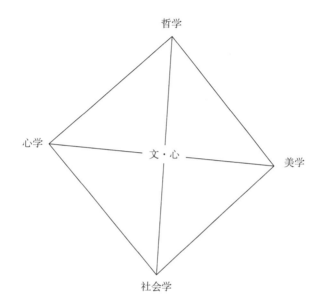

从图象可以看出:指挥平台内部的系统结构,由哲学、美学、心理学、社会学四大层面组成。其中,哲学是枢纽,是《文心雕龙》认识论的总依据。美学与心学是两翼,是《文心雕龙》方法论的总依据。社会学是鹄的,是《文心雕龙》方向论的总依据,是它的总价值取向和总工作目标。而"文心",则是四者的总交汇。其系统关系是:以哲学为总纽,发挥美学与心学的方法论优势,在社会学的总价值取向下,以文心为焦点,对写作学进行深层切入。

指挥平台与操作平台之间的系统连接,就是"文心"。二者的系统关系,是虚与实、表与里、基础与上层建筑之间的关系。其系统机制是:在哲学的宏观统率下,以写作学为特定的认识对象,在"心哉美矣"和"为文之用心"的特定界面上,以美学统心学,以心术总文术,实现端正文风与世风的历史使命。

三、整体性质

《文心雕龙》不是一般意义的写作学专著,而是具有博大精深指导思想体系的多学科的学术专著。它的基本实体的文章写作学与其指挥平台的多学科之间,是水乳交融,密不可分的。这一包罗万象而又以写作学为基本实体的学术系统,在整体属性上属于美学心理写作学范畴,是美学与心理学在哲学与社会学的系统参与下对写作学的深层切入。哲学是其本,美学是其经,心学是其纬,写作学是其用,社会学是其的。四大指导性学科因聚焦写作学而实化,写作学因四大指导学科的切入而博大精深。这一个五维式的认识角度,在世界美学史与写作学史中,都是独标一格的。在实践关系上,它属于理论科学与工程技术科学的统一范畴。因此必然赋予《文心雕龙》以理论性与实践性融合为一的属性。它的每一个指导思想,都涉及我们民族文化的重要组成部分。而它所企图解决的问题,无一不涉及社会发展的整体和历史发展的整体。惟其如此,它必然具有一种与天地之心直接相通的品格,一种与民族文化直接相通的品格,一种与社会实践直接相通的品格。也惟其如此,它不仅是探悉写作科学的金科,也必然成为了解我们民族的文化构成以及蕴涵在其中的东方智慧的最具有整体意义的通道。

　　《文心雕龙》体大虑周的整体性的学术品格,绝不是简单的学术切割所能尽悉底蕴的。这是一个具有创造精神的民族在特定历史阶段的特殊创造,这种特殊创造是任何一个别的民族所无法重复,也是任何一个别的历史阶段所无法重复的。对这种特殊创造所具有的学术品格,实际上是领略不尽的,因为它的学术内涵确实太丰富了,丰富得几如人类的文化史本身。经历了1500年的探索,我们才跋涉到这一座巍峨圣殿的门口,就足以使我们为之倾倒。正如该著作者所说:"文之为德也大矣,与天地而并生者何哉?"(《原道》)这一永恒性的论断对于《文心雕龙》的学术属性本身来说,同样是恰如其分的。

第五章 《文心雕龙》结构论

要想对事物进行整体性的把握,必须首先进行结构性的把握。但是,这对于《文心雕龙》这一巨制来说,却是一件颇费踌躇的事情。原因就在于,这一部由 50 个专章所构成的理论大厦博大精深,要想对其结构进行全面把握,远非一蹴之能可就。虽然作者在《总序》中绘制了一份路径全图,昭示了自己的立文纲领,从总体来看,确实条理清晰,衢路通达;但是,由于作者认识的历史局限性,古今思维习惯与表达习惯的差异性,以及历代流传中所产生的变异性,难免存在结构上的模糊与失当之处。它与完整的逻辑结构之间,还存在一定距离。为了理清它的篇目结构之间的逻辑关系,历史上不少学者作过许多研究,为现代人的科学解读提供了丰富的理论资料。下面,试沿着前人的理论足迹,对此进行历史性归纳,以求进一步接近深蕴在该著中的真理。

第一节 《文心雕龙》结构的传统解读

刘勰的《文心雕龙》,是一部具有严密的科学体系和组织结构的美学与写作学巨制。在《序志》篇中,刘勰曾对全书的结构,作过一个概括性介绍:

> 盖《文心》之作也,本乎道,师乎圣,体乎经,酌乎纬,变乎骚。文之枢纽,亦云极矣。若乃论文叙笔,则围别区分,原始以表末,释名以章义,选文以定篇,敷理以举统,上编以上,纲领明矣。至于剖情析采,笼圈条贯;摛神性,图风势,苞会通,阅声字,崇替于《时序》,褒贬于《才略》,怊怅于《知音》,耿介于《程器》,长怀《序志》,以御群篇:下篇以下,毛目显矣。位理定名,彰乎大易之数,其为文用,四十九篇而已。

　　显然,刘勰在撰写这一巨制之前,在结构上是有过一番周密筹划的。根据说明可以知道,《文心雕龙》全书内容分"上篇"和"下篇"。上篇包括两部分:枢纽论和文体论,共25篇。下篇包括三部分:创作论、批评论与序志论,同样25篇。下面试根据传统的体认模式,对诸多篇章间的网络关系进行具体阐述。

一、"文之枢纽"系列

　　自《原道》至《辨骚》5篇,是本著的第一部分,被《序志》称为"文之枢纽",开宗明义地提出了它的理论核心和基本法则。

(一)《文心雕龙》的理论核心

　　《文心雕龙》的理论核心,明确地体现在道、圣、经三位一体的理论结构中。

　　《原道》是《文心雕龙》开篇之作。刘勰之所以把它置于如此重要的地位,是因为它讲的是"文"的本原问题,这是他的写作学理论的核心依据。他明确认为,文原于道,实天地之心,与天下万物一样,都是"道"的体现。所谓"道",就是宇宙运动的总动势和总法则,其集中表述,就是"自然"。刘勰所说的"文",有广狭二义。广义的"文",指宇宙万物的感性形态,泛指文采。比如"日月叠璧,以垂丽天之象",这就是"天文"——"道"表现在天上的文采;"山川焕绮,以铺理地之形",这就是"地文"——"道"表现在地上的文采。"傍及万品,动植皆文":"龙凤以藻绘呈瑞,虎豹以炳蔚凝姿","云霞雕色","草木贲华",这就是万物之文——"道"赋予万物的文采。狭义的"文"专指"人文"。人是"性灵所钟","为五行之秀,实天地之心",自然也是道之文的表现范围:"夫以无识之物,郁然有采,有心之器,岂无文欤?""人文"是狭义的"文",也就是用语言文字来表现的文章。将"天文""地文""动植皆文"与"人文"并举而同置于"道"的统率之下,是为了突出人文的本体属性。这一属性具有四大理论作用:一是赋予文章以"与天地并生"的崇高地位;二是在本体论的高度使文与美自然合一,使自然美、社会美、艺术美融为一体;三是以道的运动为总依据,使道与心,道心与文心,自然合一;四是以道为总依据,确定了文心运动的总法则——自然法则。"道"是万事万物的总范畴,将万事万物置于它的统率之下,不仅具有终极性的权威意义,而且显得天然合理。

　　但是,刘勰并没有停止在对"文"的广泛意义的说明,在此基础上,他还进一步从"人文"的起源、发展,对"人文"的本质和特点进行了深度开掘。他以古史为据,明确认为《周易》的八卦这种准文字的录记符号,是人文的起源:"人文之源,肇自太极,幽赞神明,易象为先。""太极"有两个含义,一是指宇宙运动的本身,二是指宇宙运动的符号——易象,也就是八卦。显然,这是指第二义说的,因为"道(太极)→天地→人→文"的基本原理,早在前段中就已经说得非常清楚。此处是专就"人文"的话题说的,属于第二级概念范畴,没有必要将第一级概念再行重复。而从骈文"互文见义"的表达方式来看,前两句和后两句说的是互相补足的同一意思,"肇自太极"与"易象惟先"的含义是一样的。意思是强调文字的发明是人类文明的起点,以此说明写作对于人类文明的重要作用。所谓"幽赞神明",也并非神秘的称谓,"幽赞"者,深助之意,"神明"者,古代指人的精神和智慧,也就是心性:"积善成德,而神明自得,圣心备焉。"(《荀子·劝学》)"幽赞神明",就是深深襄赞心理活动,也就是强调文字的运用对于深佐人类精神与智慧的重要作用。这些阐释,实际就是对"文以载心"的根由及其重要作用的深刻论证,也是对写作的本质的明确认定和深刻论证。

　　但是"道"的规律毕竟属于普遍规律的范畴,道心不能自现,并不能直接制约和指导写作的运动,而必须借圣以征。圣人已远,必须借经以宗。"天道难闻,犹或钻仰;文章可见,胡宁勿思？若征圣立言,则文其庶矣。"(《征圣》)因此,作为道的人文化和具体化,作者自然地也必然地提出了"征圣"与"宗经"的问题。

　　征者,验也,证也。也就是刘永济先生所说的:"圣人之心,合乎自然,圣人之文,明乎大道。事本同条,不容疑似。然则圣心之道虽不可见,而圣人之心尚可得闻,《征圣》者,由文以见道可也,故次于《原道》。"宗者,推崇效法之谓。经是圣心的录记,也是道心的表现,像道一样具有永恒的垂范意义。"经也者,恒久之至道,不刊之鸿教也。故象天地,效鬼神,参物序,制人纪;洞性灵之奥区,极文章之骨髓者也。"(《宗经》)二者皆本于自然且准之于自然,但角度并不相同:"盖《征圣》之作,以明道之人为证也,重在心。《宗经》之篇,以载道之文为主也,重在文。圣心合天地之心,故繁、简、隐、显,曲当神理之妙。经文即自然之文,故详、略、先、后,无损体制之殊。二义有别,显然可见。"①二者具有统一而非同一的关系,相互补充,从不同的角度共同对道心进行体现和验证。

由于这些密不可分的关系,道、圣、文必然凝聚为三位一体的整体:"道沿圣以垂文,圣因文而明道"。具体表现在写作运动中,就是:"原道心以敷章,研神理而设教。""神理"者,心理也。这一整体结构的核心,就是文心。文心就是道心、圣心、经心的总集合,也是作者志气的总符契。"文心"是《文心雕龙》的理论核心,《原道》、《征圣》、《宗经》的三位一体结构,就是这一理论核心得以娩出的理论前提。

(二)写作运动的核心法则

《文心雕龙》三位一体的理论核心,从哲学的高度实现了美学、心学与写作学的融合,赋予写作学以一种特殊的宏观视野。在这种"美—心—文"一体化的理论体系中,写作不再是一般意义的文字表达活动,而是以美为经、以心为纬、以鼓天下之动为用的系统活动。为此,在"文之枢纽"中,从整体的角度相应地提出了写作运动的核心法则:自然法则;执正驭奇法则;文质并重法则。

1. 自然法则

自然性是宇宙运动的总属性,也是文心运动的总法则。在"文之枢纽"中,刘勰对此进行了深刻的阐发和明确的标举:

> 心生而言立,言立而文明,自然之道也。
>
> 傍及万品,动植皆文……夫岂外饰,盖自然耳。
>
> 若乃《河图》孕乎八卦,《洛书》韫乎九畴,玉版金镂之实,丹文绿牒之华,谁其尸之,亦神理而已。

自然,即自然而然,不假外力,也不加矫饰之谓。自然不仅是"文心"在认识论上的总依据,也是它在具体运作中的总法则和总价值取向。这是《文心雕龙》向浮靡讹滥的文风发起攻击的最直接的战斗武器。标举自然,必然反对矫伪。古代纬书,就是矫伪的典型。为了树立经的权威,也为了树立自然法

---

① 刘永济:《文心雕龙校释》,中华书局1962年版,第3页。

则的权威,实有进行"打假"的必要。于是,《正纬》篇也就进入了"文之枢纽"之中。

所谓"正纬",就是对古代纬书中的荒诞乖谬进行揭露和匡正。刘勰大力匡正纬书之谬,目的是要维护自然法则的权威地位,也是要维护经典儒学的纯洁性与神圣地位。他明确指出,"图箓之见,乃昊天休命,事以瑞圣,义非配经",认为"经足训矣,纬何豫焉",指向极其鲜明。但是,他对纬书并不一概否定,而是采取具体分析的态度:

> 若乃羲农轩皞之源,山渎钟律之要,白鱼赤乌之符,黄金紫玉之瑞,事丰奇伟,辞富膏腴,无益经典而有助文章,是以后来辞人,采摭英华。

本篇赞语"芟夷谲诡,采其雕蔚",就是这种一分为二态度的集中表述。他对纬书中生动丰富的历史故事和奇特的描绘手法的肯定,实际上反映了一种重视文采的审美要求和审美标准。

2. 奇正相生法则

刘勰对经的标举,并非是一种简单的重复和生硬的移植,而是一种与时俱进的继承和开拓。这一思想,清晰地表现在《辨骚》的内容中。

所谓"辨骚",指对屈原辞赋与经的关系的辨正。之所以需要进行辨正,是为了以屈赋为依据,探讨文心流变的必然性和必要性,赋予文心以动态性的视野。刘勰认为,屈赋继轨风诗,来源端正,又是风诗体制的创造性发展,是一种才气的表现:"轩翥诗人之后,奋飞辞家之前,岂去圣之未远,而楚人之多才乎!"就其基本精神而言,"陈尧舜之耿介,称禹汤之祗敬,典诰之体也;讥桀纣之猖披,伤羿浇之颠殒,规讽之旨也;虬龙以喻君子,云霓以譬谗邪,比兴之义也;每一顾而掩涕,叹君门之九重,忠怨之辞也:观此四事,同于风雅者也"。就其表现形态来说,"托云龙,说迂怪,丰隆求宓妃,鸩鸟媒娀女,诡异之辞也;康回倾地,夷羿彃日,木夫九首,土伯三目,谲怪之谈也;依彭咸之遗则,从子胥以自适,狷狭之志也;士女杂坐,乱而不分,指以为乐,娱酒不废,沉湎日夜,举以为欢,荒淫之意也:摘此四事,异乎经典者也"。异于经典的地方,可以用一个字来概括,这就是一个"奇"字:"自风雅寝声,莫或抽绪,奇文郁起,其《离骚》哉!"

　　刘勰认为,同,是道心的自然运动的普遍性表现;异,是时代流变的结果。和诗经相比,屈赋在内容上和形式上都发生了极大的变化。它的"难与并能"之处,集中表现在它的感情容量、审美对象以及审美方式的极大扩展上。如果说"诗言志""思无邪"是诗经的基本内涵的话,那么,"叙情怨","述离居","论山水","言节候",就成了屈赋的新鲜面貌。在抒情方面更加深沉曲折,在描绘方面更加生动细腻。这既是摹经的结果,也是立异的结果。屈赋的卓越之处就在于,既能"宗经","取熔经意",又能"立异","自铸伟辞"。"故《骚经》《九章》,朗丽而哀志;《九歌》《九辩》,绮靡以伤情;《远游》《天问》,瑰诡而慧巧;《招魂》《大招》,耀艳而深华;《卜居》标放言之致,《渔父》寄独往之才。故能气往轹古,辞来切今,惊采绝艳,难与并能矣。"

　　对骚的辨正,实际是对文章传统的辨正,也是对文学新变的辨正。刘勰认为,正确的传统不仅是宗经的,也是宗骚的。宗经并非封闭式的概念,而是一个开放式的概念。宗骚并非否定传统的概念,而是一个有所遵循的概念。世界常变常新,传统常变常新,这是宇宙运动的自然趋势,但就其基本结构要素来说,又是具有恒常的属性,总是按自身规律而运行。辨骚,既是确定文学传统的地位,也是确定文学新变的地位。新变必须在遵循传统的基础上进行,传统必须在促进新变的前提下发展,二者之间是继承与发展的对立统一关系,是一个问题的两个方面。刘勰由此归纳出一条重要的文章法则:"酌奇而不失其贞,玩华而不坠其实"。这一法则,贯穿于全书之中:

　　　　旧练之才,则执正以驭奇;新学之锐,则逐奇而失正。(《定势》)
　　　　奇正虽反,必兼解以俱通。(《定势》)
　　　　览华而食实,弃邪而采正。(《诸子》)

　　正是对奇的规范,奇是对正的发展。二者相离而两失,相得而益彰。

　　3. 文质并茂法则

　　刘勰对骚的辨正,也是对文与质关系的辨正。

　　楚辞的出现,是儒家经典文风的一大嬗变。刘勰指出,楚辞文风的特色,就在一个"艳"字:"惊采绝艳,难与并能","金相玉式,艳溢锱毫"。"艳",就是重视文采。文采是文章的固有形态:"无识之物,郁然有采,有心之器,岂无文欤。"圣贤书辞,从来都是具有文采的:"圣贤书辞,总称文章,非采而何?"但是,文采并不是可以随意外加的东西,而必须是内在情思的自然流露:"夫岂外饰,盖自然耳。"正确的做法只能是文与质的并茂:"玩华而不坠其实"。

刘勰认为,文质并茂是文章写作的金科玉律:"然则志足而言文,情信而辞巧,乃含章之玉牒,秉文之金科矣。"

这一核心法则,是贯穿于《文心雕龙》全书的。在"论文叙笔"的系列论述中,明确主张,各种文体都必须:

> 舒文载实。(《明诗》)
> 文虽新而有质,色虽糅而有本。(《诠赋》)
> 华实相胜。(《章表》)

反之,对那些"有实无华"(《书记》)、"华不足而实有余"(《封禅》)、"或文丽而义睽,或理粹而辞驳"(《杂文》)的现象,则表示明确的否定。

在"剖情析采"的系列论述中,强调在创作过程的每一阶段与方面,都必须贯彻华实并茂法则:

> 情者文之经,辞者理之纬,经正而后纬成,理定而后辞畅:此立文之本源也。(《情采》)
> 万趣会文,不离情辞。(《熔裁》)
> 若风骨乏采,则鸷集翰林,采乏风骨,则雉窜文苑,唯藻耀而高翔,固文章之鸣凤也。(《风骨》)

二、文体论系列

《文心雕龙》的第二大部分,被作者称为"论文叙笔"部分,从《明诗》到《书记》共20篇,专门阐述文体区分的基本理论和文体运作的基本要领。刘勰明确宣示,这种区分是在文体世界的两大体群的明确分工的基础上进行的:"若乃论文叙笔,则囿别区分。"所谓"文",是指来自口语而有较强文采的文体,如诗歌文体。所谓"笔",是指来自书面语言因而文采相对较弱的文体,如公文文体。"文"的体群就是文学体裁系列,在古代包括诗、乐府、赋、颂赞、祝盟、铭箴、诔碑、哀吊等,其功能是感情信息的交流。"笔"的体群就是非文学体裁系列,包括史传、诸子、论说、诏策、檄移、封禅、章表、奏启、议对、书记等,其功能是实用信息的交流。

文笔的划分,对两大体群的发展都具有极大的意义。长期以来,文学与非文学的界限混淆不清,文学的审美功能与非文学的实用功能总是杂糅在一起,严重妨碍了它们独立发展的自觉化过程。文学文体的自觉化发轫于魏晋,而大成于齐梁,刘勰的《文心雕龙》就是集其大成和发其大端者。这一划分,使文学写作与非文学写作既具有统一的归属,又具有明确的分工范围。《文心雕龙》"弥纶群言,精研一理"的写作学属性,就是建立在这一"文笔之辨"的基础之上的。

刘勰对文体的阐述,着手于文章体式的分类探讨,而着眼于各体文章的写作规律与规范的系统揭示。文体论的基本纲领,被刘勰明确表述为下面一段话:"原始以表末,释名以章义,选文以定篇,敷理以举统,上篇以上,纲领明矣。"这四条纲领,就是《文心雕龙》构建文体论体系的基本依据。显然,刘勰受过前代文体论《典论·论文》、《文章流别论》等的启发,但是他没有简单因袭,而是在总结前人学术成就的基础上,融会贯通,开拓创新,使其进一步条理化、程序化,具有更加广阔而深刻的概括力。

所谓"释名以章义",就是诠释文体之名,揭示所以命名之义,也就是循名以责实。如:"诗者,持也,持人情性。""赋者,铺也,铺采摛文,体物写志也。""论者,伦也;伦理无爽,则圣意不坠。""释名"是以文字为依据对文体之名进行训释,"章义"是依据训释对文体的本质特征进行概括,揭示该体命名的意义之所在。字训一般采取传统的声训方式,"章义"则是他自己的精辟发挥。

所谓"原始以表末",就是推究文体的渊源缘起,阐述文体的流变轨迹。从实质上看,也就是一种"振叶以寻根,观澜而索源"的历史性考察,是对全过程的系统把握。例如《诠赋》,从"昔召公称"至"斯盖别诗之原始,命赋之厥初也",就是对赋的"原始"的表述,目的是揭示其渊源:"赋也者,受命于诗人,拓宇于楚辞。""荀况《礼》《智》,宋玉《风》《骚》……斯盖别诗之原始,命赋之厥初也",就是对赋的缘起的表述。从"秦世不文,颇有杂赋"、"兴楚而盛汉"到"草区禽族,庶品杂类",就是它的"表末"部分,阐述其历代的流变状况。惟其如此,文体的本质性特征,显示得更加充分。

　　所谓"选文以定篇",就是选出该体的代表性作品,权衡得失,树立楷模。例如《论说》:"详观兰石之《才性》,仲宣之《去伐》,叔夜之《辨声》,太初之《本玄》,辅嗣之《两例》,平叔之二论,并师心独见,锋颖精密,盖论之英也。"既有正面标举,也有负面批评,例如:"逮江左群谈,惟玄是务;虽有日新,而多抽前绪矣。至如张衡《讥世》,颇似俳说;孔融《孝廉》,但谈嘲戏;曹植《辨道》,体同书抄;言不持正,论如其已。"通过正反对照,示人以学习仿效的典范。这种典范,又是建立在文章评论的基础上的,因此极有说服的力量。

　　所谓"敷理以举统",就是敷陈该体文章的写作原理,标举其体制格局与写作要领。例如《论说》,它从论说文"辨正然否"的基本功能出发,归纳出"心与理合"、"辞共心密"、"义贵圆通,辞忌枝碎"的写作要领,并以"析薪"为喻,概括出"破理"的关键所在。从而,将论说文的体制格局与写作要领,揭示无遗。

　　这四个方面的阐述,既是具体的,又是概括的,既是历史的,又是逻辑的,将微观与宏观,事实与规律,理论与实践,纵横交错地链接在一起。犹如四根支柱,有力地支撑起文体论的大厦,标志着古代文体论的成熟,而且为下一步创作论的开拓,提供了坚实的工作平台。

三、创作论系列

　　《文心雕龙》的下编,被作者称为"剖情析采"部分。按照传统的解读方式,下编又可分为互相区隔的三个部分:从《神思》至《总术》为创作论部分,从《时序》至《程器》为批评论部分,最后一章为序志部分。创作论是下编的核心内容。

　　如果将创作论纯归于"文学创作"的范畴,就大失于刘勰的初衷了。创作论是建立在文体论基础上的,文体的覆盖范围遍及文与笔,是一个开放性的体系,这就必然使创作论具有同样属性。文体世界本来就是一个整体,它之所以划分为二,只是因为人类认识的需要,实际上它的内部之间并未割裂,而是存在着千丝万缕的联系,从最根本的层面来看,都统属于"以心总文"的总范畴。创作论的研究是一个整体性的研究,既包括文学的创作规律与方法,也包括非文学的创作规律与方法。创作也就是创造,本来就是普及于人类的一切活动的,当然包括非文学的写作在内。所谓创作论,实质上就是覆盖文与笔的写作方法泛论。这并非《文心雕龙》的局限,而恰恰是刘勰眼光博大之处。也正是由于如此,《文心雕龙》的写作学属性也就体现得更加鲜明。

但是,刘勰的博大视野还不仅表现在外系统运动的普遍联系上,更主要地表现在对内在系统运动的深层透悉上。创作论的"笼圈条贯",是在"剖情析采"的独特的心理平台和语言平台上进行的。刘勰认为,创作不仅是一个文字表达的过程,更主要地是一个以言载心的文心运动过程。创作的运动,实质上是文心的运动。创作的全部过程,实际上都是在文心的参与和统控下进行的。也正因为如此,创作论实质上是各体文章的普遍性规律的论述。《神思》,既是对神思心理机制的专门阐述,又是文心运动中所有范畴的总汇集,完成着一身而二任的学术使命。

文心运动的总范畴,被刘勰集中表述在下列文字里:

> 故思理为妙,神与物游。神居胸臆,而志气统其关键;物沿耳目,而辞令管其枢机。枢机方通,则物无隐貌;关键将塞,则神有遁心。是以陶钧文思,贵在虚静,疏瀹五藏,澡雪精神。积学以储宝,酌理以富才,研阅以穷照,驯致以怿辞,然后使元解之宰,寻声律而定墨;独照之匠,窥意象而运斤。此盖驭文之首术,谋篇之大端……是以意授于思,言授于意,密则无际,疏则千里。(《神思》)

这段话作为"驭文之首术,谋篇之大端",明确提出了文心运动中内在的结构要素与结构关系,并涉及文章创作的全过程。

就文心运动的内在结构要素而言,刘勰提出了"物—意—言"三要素的卓越见解。所谓"物",是指客观世界的运动,它是文心得以生发的根本原因。所谓"意",是指作者的心灵对外物的感应,它是神物交融的结果。所谓"言",就是用以载心的媒介。这三者都是普属于各体文章的。它们之间的结构关系,可以概括为以下方面:

一是物与情的关系。"神与物游",就是通常所说的心物交接、情景交融的关系。这是人类情思借以生发的根由,也是文心运动的起点。这一论点的充分展开,就是《物色》专章。

二是言与物的关系。刘勰认为:"物沿耳目,而辞令管其枢机。枢机方通,则物无隐貌。"辞令,是事物的符号;对物的表现,必须在辞令的基础上进行。这一论点的充分展开,就是《练字》、《章句》、《声律》、《情采》、《指瑕》等专章。

三是意与思的关系。意是思的精化,也是思的成熟,思是意的过程,也是意的孕育。所谓"意授于思",实质上是一个兴象的意象化或逻辑化的飞跃过程。这一飞跃,是通过"神思"来实现的,神思也就是构思。构思是对文章的全面筹划,从立意到篇章结构,再到表达方式,都是它的设计范围,是一种"建筑的蓝图",或者说"大脑中的建筑"。解决了这一问题,才能进入外化的过程,"然后使元解之宰,寻声律而定墨;独照之匠,窥意象而运斤"。它意味着文心运动中思维工程的结束和语言工程的开始。这就是刘勰将它称为"驭文之首术,谋篇之大端"的原因。《文心雕龙》中《神思》、《定势》、《情采》、《镕裁》、《附会》等专章,就是意与思关系的具体阐述。

四是意与言的关系。"言语者,文章关键,神明枢机。"(《声律》)语言是传达文心的唯一媒介。文心工程不仅是一项思维工程,也是一项语言工程,从本质上看,它是一项"以心总文"的系统工程。语言与思维相并而行,自始至终参与写作的全部过程,而在文心的外化阶段,语言则扮演着决定性的角色,是文心外化的决定性因素。所谓"言授于意",就是将文思化为语言,赋予它以确定的物质形态。文章,就是这一物质形态的最后完成。"体物为妙,功在密附",所谓"密附",固然与美学的技巧有关,但归根结底还是由文学语言的恰当性和精粹性来实现的。《文心雕龙》中,《声律》、《章句》、《丽辞》、《比兴》、《夸饰》、《事类》、《练字》、《隐秀》、《指瑕》等专章,就是对言与意关系的具体阐述。

五是文心与民族美学理想的关系。每个民族都有自己的美学理想,这一美学理想原发于民族的性格,体现着民族文化的基本精神。中华民族是一个至大至刚的民族,它在美学上所追求的也必定是一种至大至刚的境界。《风骨》,就是我们民族这一美学追求的集中体现。所谓"风骨",就是蕴涵在感情中的生气和感染力,它上应于天地之心,下寓于人生事义,既是"化感之本源",又是"志气之符契"。这种追求的最大特点,就是它的美学理想与它的力学理想的融合为一:"夫翚翟备色,而翾翥百步,肌丰而力沉也,鹰隼乏采,而翰飞戾天,骨劲而气猛也:文章才力,有似于此。若风骨乏采,则鸷集翰林,采乏风骨,则雉窜文苑,唯藻耀而高翔,固文章之鸣凤也。"《风骨》篇就是此一认识的具体阐述。

六是通与变的关系。对通与变的论述是刘勰创作论中的核心内容,《通变》篇就是对这一论题进行全面探讨的专门篇章。他认为,文学创作既具有"变则可久"的属性,也具有"通则不乏"的属性。所谓通,指对规律与规范的遵守和继承,所谓变,指对材料与方法的创新和变革。这就是他所昭示的:"夫设文之体有常,变文之数无方,何以明其然耶? 凡诗赋书记,名理相因,此有常之体也;文辞气力,通变则久,此无方之数也。名理有常,体必资于故实;通变无方,数必酌于新声。"这两方面,必须紧密结合而不能分离。只有遵守这一具有根本意义的美学法则,文学创作才能进入"骋无穷之路,饮不竭之源"的理想境界。其具体渠道,主要有两条:一是"凭情以会通,负气以适变",一是"望今制奇,参古定法"。

七是分与总的关系。文心是一个系统活动,有术有门,纵横交错,涉及的范围极其纷繁复杂,那么它的总法究竟在哪里呢? 刘勰认为,要想对它进行全面把握,必须运用"乘一举万"的方法,这种方法,被刘勰称为"总术"。"总术"者,总揽之术也。总揽,就是抓住主要矛盾,带动全盘。这一主要矛盾,就是文心,总揽之术,就是"以心总文"之术。抓住文心,就足以带动全局:"文场笔苑,有术有门。务先大体,鉴必穷源。乘一总万,举要治繁。思无定契,理有恒存。"

刘勰对结构上的总分关系的具体阐述,集中体现在《总术》中。《总术》相当于创作论的序言,是对创作原理与方法的总揭示。由于《文心雕龙》把《序志》置于最后,所以《总术》也相应地放到了创作论的末尾。它并不是对"剖情析采"问题的系统总结,而是这些问题的理论升华和全局总揽。也就是刘永济先生所指出的:"舍人论文,每以文与心对举,而侧重在心。本篇所谓总者,即以心术总摄文术而言也。"①

这七个方面的内容,构织成一个严密的系统网络,将创作过程中所涉及的各个阶段和方面的原理与法则概括无遗,被认为是《文心雕龙》中的理论精华部分。

四、批评论系列

下编中从《时序》至《程器》的五篇,从文学宏观联系的特定角度,对文风

---

① 刘永济:《文心雕龙校释》,中华书局1962年版,第166页。

与时代的关系,心与物的关系,文学和作家才识及道德水平的关系,提出评论,并对文学批评的原理和方法进行探讨,被学界归入文学批评论的专门领域。其具体内容,可以概括为以下方面。

一是文学与时代潮流的关系。刘勰在《时序》中,从历代政治面貌与社会风气等方面,对作家作品及其发展情况,进行了系统性的评论,并以此为据对文学与时代潮流的关系,进行了系统性的探讨。他高瞻远瞩地认为,"时运交移,质文代变",文学与时代有着密切的关系,它绝不是一个凝固的概念,而是一个与世推移的范畴。"文变染乎世情,兴废系于时序",这是文学运动的普遍规律。正因为如此,文学的创作必须遵守一条最基本的准则:"趋时必果,乘机无怯。"这一认识,就是它的创作论所具有的开放视野的重要根源,也是文学批评的重要的外在依据。

二是文学与自然景物的关系。《物色》从自然景物、时序变迁方面来评论《诗经》、《楚辞》、汉赋及"近代以来"的创作情况,由此归纳出一些具有普遍意义的美学原理与法则。刘勰认为,文心的生发不是无源之水,无本之木,而是心物交融的结果:"岁有其物,物有其容;情以物迁,辞以情发。"客观世界是文心最基本的源泉,"是以诗人感物,联类不穷;流连万象之际,沉吟视听之区。写气图貌,既随物以宛转;属采附声,亦与心而徘徊",然后才能进入"登山则情满于山,观海则意溢于海"的境界。这一过程对于文心运动具有三大意义:一是积累第一性的材料(物象),二是积累新鲜强烈的情绪(情以物兴),三是提供新鲜生动的词汇(物沿耳目,而辞令管其枢机)。从某种意义上说,《物色》,就是对文心生发的原理与方法的专门论述。这也就是诸多学者,将它列为创作论与批评论的边缘领域的原因。

三是文学与作者才识的关系。《才略》篇,就是评论历代名家的才能识略之高下,并进而探讨对其作品风格与艺术成就所生影响的专门篇章,属于文学批评中的作家论的范畴。纪昀评《才略》曰:"《时序》篇总论其世,《才略》篇各论其人。上下百家,体大而思精,真文苑之巨观。"(黄叔琳:《文心雕龙辑注》)刘永济解释"才略"二字说:"才略者,才能识略之谓也,属之人。"①可谓切中肯綮之语。

---

① 刘永济:《文心雕龙校释》,中华书局1962年版,第183页。

　　《文心雕龙》对九十八家"才略"的论述,其学术意义究竟是什么呢?《才略》篇首开宗明义云:"九代之文,富矣盛矣;其辞令华采,可略而详也。"这就是说,所谓论作家的才思识略,最终都是落实到"文"的"辞令华采"上的。也就是刘勰在本篇中论潘岳时所说的:"潘岳敏给,辞自和畅,钟美于《西征》,贾余于哀诔,非自外也。"即是说"辞令华采"是由内在的"才略"表现出来的。"辞令华采",即艺术表现形式方面的特点,属于文章体制风格方面,而就个人来说,就是作家的个体风格。这就将作家才略的问题,提到了知人论世的高度,为文学批评提供了具有普遍意义的方法论准则。

　　四是对文学批评的原理与方法探讨。《知音》篇就是这一探讨的具体展开。刘勰明确认为,文心以"鼓天下之动"为目的,这一目的是依靠传播与接受而实现的。因此,在文心的运动中,既有"缀文者"的因素,也有"观文者"的因素,二者密不可分:"夫缀文者情动而辞发,观文者披文以入情,沿波讨源,虽幽必显。"文心的传播与接受,是作者因素和读者因素二者交相作用的结果。关键就在于鉴赏和品评,才能真正发现作品的价值并促成作品价值的实现:"盖闻兰为国香,服媚弥芳;书亦国华,玩绎方美;知音君子,其垂意焉。"

　　但是,要达到"知音"的境界,并非一件容易的事情:"知音其难哉!音实难知,知实难逢,逢其知音,千载其一乎!"造成这一困难的原因,一方面在于心理定式的拘囿,另一方面在于知识的障碍。再加上作品风格的多样化和读者个性的多样化,更给接受带来诸多障碍。消除这些障碍的关键,就在于"博观":"凡操千曲而后晓声,观千剑而后识器。故圆照之象,务先博观。"唯有博观,才能克服心理上与知识上的障碍,在接受中才能"无私于轻重,不偏于憎爱",然后"平理若衡,照辞如镜"。他还对作品的鉴赏,提出了"六观"的具体方法:"将阅文情,先标六观:一观位体,二观置辞,三观通变,四观奇正,五观事义,六观宫商。斯术既行,则优劣见矣。"这既是作者对文心进行表达的基本要领,也是实现读者对文心进行接受的基本要领。

　　五是文学与作者品行的关系。《程器》是刘勰从品德修养与政治才能方面评论作家的专门篇章。在刘勰看来,文学批评不只是就文论文,而必须联系作家的思想品德和社会抱负进行。他主张应该文行一致,"贵器用而兼文采",一个作家应该"蓄素以弸中,散采以彪外,楩柟其质,豫章其干",具有"摛文必在纬军国,负重必在任栋梁"的远大理想,才算是"梓材之士"。如果"务华弃实","不护细行",那么文章虽然华美,终归"有文无质",不可能获得很高评价。惟其如此,品德修养与政治才能不仅是作家修养的主要内容,也必然成为对作家进行批评的基本准则,是知人论世中的重要内容,也是对文心的主体修养的集中开发。

《程器》、《知音》、《才略》三篇谈的都是文学批评的准则,但角度各不相同。《程器》篇谈的是作家批评的准则,《知音》篇谈的是作品批评的准则,而《才略》篇则是运用上述两个准则来进行作家作品的批评。三篇文章之间的内在联系,是极其紧密的。

五、序志

《序志》是《文心雕龙》"以驭群篇"的总序。"序"者引言,"序以建言,首引情本"(《诠赋》),通常用来介绍著作的缘起、宗旨、内容和体制,是作者与读者之间的直接对话,目的是使读者对全书有一个总体印象。根据《淮南子》和《史记》的先例,刘勰将总序置于全书的最后。它着重说明以下问题:

其一是阐述书名含义。"文心"是"为文之用心","雕龙"指雕刻龙文,比喻"古来文章,以雕缛成体"。"文心雕龙"四字,应作一个偏正结构来解读:"雕龙"是正,具指动作内容,"文心"是偏,具指动作凭藉。合而言之,即借"文心"以"雕龙"之谓。也就是:发挥心的优势,进行美的制作。这就是全书总的战略主张。这一战略主张,将心与美有机地融合为一体,赋予了《文心雕龙》一种独特的学术品格:美学心理写作学。《文心雕龙》四字,就是这一独特学术品格的鲜明标示。

其二是说明撰写的目的。撰写的目的有三:其一是树德建言,超越时空,扬名后世:"宇宙绵邈,黎献纷杂,拔萃出类,智术而已。岁月飘忽,性灵不居,腾声飞实,制作而已……是以君子处世,树德建言。岂好辩哉,不得已也。"其二是敷赞圣旨,论文致用,端正社会上的讹滥文风:"文章之用,实经典枝条……而去圣久远,文体解散,辞人爱奇,言贵浮诡,羽饰尚画,文绣鞶帨,离本弥甚,将遂讹滥。盖《周书》论辞,贵乎体要;尼父陈训,恶乎异端;辞训之异,宜体于要,于是搦笔和墨,乃始论文。"其三是振叶寻根,观澜索源,弥补前人写作学理论之缺失,陈述"先哲之诰",以益"后生之虑"。

其三是介绍全书的基本内容和结构体例。刘勰在《序志》篇中,把全书分为"文之枢纽"、"论文叙笔"、"剖情析采"三大组成部分。"文之枢纽"是全书的理论纲领,包括《原道》、《征圣》、《宗经》、《正纬》、《辨骚》五篇,旨在阐明《文心雕龙》"本乎道,师乎圣,体乎经,酌乎纬,变乎骚"的指导思想和理论基础。"论文叙笔"是全书的"文体论"部分,其中包括有韵之"文"和无韵之"笔"两大体群,共计 20 篇,涵盖 35 个文种。大体按照"原始以表末,释名以章义,选文以定篇,敷理以举统"四个方面加以系统阐述。"剖情析采"是全书的"创作论"部分,共计 24 篇。它在"论文叙笔"的基础上,"笼圈条贯:摛《神》、《性》,图《风》、《势》,苞《会》、《通》,阅《声》、《字》,并论述了创作实践中的"情采"、"熔裁"、"章句"、"比兴"、"夸饰"、"事类"、"隐秀"、"才略"、"知音"、"时序"、"程器"等诸多问题,而以《总术》作结。总术,即总揽之术,也就是"以心总文"之术,是对全书写作方法论的系统总结和特别强调。它以全书写作方法的最高纲领的地位,将写作的方法全部纳入了文心的统率之下,而使《文心雕龙》在理论的品格上出现了质的飞跃。

通观全书,可以发现以下的结构特点:

其一是"总—分—总"的结构格局。全书的开头部分,是"文之枢纽",总论文章写作的核心原理,结尾是"序志",是对全书缘起、内容与立意的总阐释。中间的"文体论"、"创作论"与"批评论",则是内容的具体展开,属于分论的范畴。这样就形成了首尾圆合的结构格局,融谨严与浩荡为一体,铸原理和实务于一炉、门户井然、条绪统贯,蔚为大观。

其二是虚与实相结合的思维程序。在"枢纽论"与分论的总部署上,遵循以虚导实的认识路径,从本体论的高度对全著的学术内容进行高屋建瓴的统摄和导入。在"文体论"、"创作论"及"批评论"的部署上,则遵循由实入虚再入实的认识路径。"文体论"属于技术科学的范畴,侧重"术"的传授。"创作论"属于工程科学的范畴,侧重工程理论的阐述。"批评论"是由理论向实践的再次飞跃,是理论对实践的针对,又是实践向理论的升华。从发生学的根由来看,人类的理论认识,都是从实践中积累而来,先有技术科学,后有工程科学,然后应用于实践,最后又上升为理论科学。由实入虚,由虚入实,辗转互动,符合人类认识路径的自然面貌,由一个台阶跃向另一个台阶,体现出人类认识的不断上升的过程,具有循序渐进的思维属性,便于理解和把握。

其三是纵横交错的网络连接。"文体论"与"创作论",都是对写作法则的阐述,但角度判然有别。"文体论"是对文章体式的系统论述,侧重于文本学的静态分析,属于文章要素之间的横向联系的范畴。"创作论"是对写作要领的阐述,侧重于过程论的动态分析,属于写作阶段之间的纵向联系的范畴。径而言之,"文体论"属于外在的文章论的范畴,"创作论"属于内在的文心论的范畴。前者是后者的外在形态,后者是前者的内在蕴涵。而"批评论"则是从宏观联系的角度,对二者的实践成果所作的历史评论和理性延伸。这三根逻辑纽带,在"以心总文"的总方向下,组成了一个有机的整体。

　　其四是乘一总万的系统机制。《文心雕龙》的系统机制,就是以心术总摄文术,作者将这一系统机制称为"总术"。"总术"者,总揽之术也。所谓"文之枢纽",实际上就是"文心"的理论依据和基本规范,是文章写作的指挥平台。所谓"论文叙笔",实际上就是"文心"对各类文章的体式的具体要求。所谓"剖情析采",实际上就是文心运动的具体过程和具体要领。这两个方面,一横一纵,一外一内,一表一里,共同构建成文章写作的工作平台。"夫心识洞理者,取舍从违,咸皆得当,是为通才之鉴;理具于心者,义味辞气,悉入机巧,是为善弈之文。然则文体虽众,文术虽广,一理足以贯通,故曰'乘一总万,举要治繁'也。"

　　它的结构机制是:以写作学为特定认识对象,以心学为认识途径,以美学为价值尺度,在"心哉美矣"的大前提下,以美学统心学,以心术总文术,实现"文—心—美"三者的有机统一,构建成一个博大精深的理论体系。

　　正是由于弥纶如此众多的方面,也正是由于拥有如此众多的优势,《文心雕龙》才构建成如此博大精深的学术大厦,历百代而不朽。

第二节　《文心雕龙》结构中的逻辑错位与缺失

　　从总体来看,《文心雕龙》的结构确实衢路通达,浑然一体。但是由于历史对人类认识的局限性,以及历史与逻辑的非同一性,它在结构的微观层面上也存在某些逻辑性的缺失。根据现代的理性思辨视野,可以将前人的这些逻辑性的失误,概括为以下几个方面。

一、首与尾的结构性错位

从现代思维逻辑来看,通常都是筹划在前,总结在后,缘起在前,结果在后,蓝图在前,建成在后。先有整体的通览,然后才有分步的细阅。《序志》是全书的总序,是对全书缘起与体例的全面介绍。"序者,绪也。"(《尔雅》)"绪者,丝端也。"(《说文》)其作用就在于引导。"序以建言,首引情本。"(《诠赋》)既然是"首引",就应该放在"首引"的位置。《序志》的系统位置,应该在开卷之首,而不应在闭卷之处。放在闭卷之处,形同"雨后送伞",就不能充分发挥它应有的作用了。

诚然,魏晋以前,有将"序"写在文后的做法,如司马迁的《史记·太史公自序》、刘安的《淮南子·要略》、扬雄的《法言·序》,王充的《论衡·自纪》、许慎的《说文解字·叙》,就是具体例证。但,这并不是绝对的。汉代著名叙事长诗《孔雀东南飞》的"序",就置于全诗之首,著名诗论《毛诗序》,就置于诗三百之首。魏晋以后,这种做法更加普遍,就长篇书著而言,与刘勰同时的钟嵘的《诗品》与萧子显的《文选》的"序",都是置于该著之首。这种对传统的变革,是有利于读者的接受的。刘知几《史通·序例》云:"孔安国有云:'序者,所以叙作者之意也。'窃以书列典谟,诗含比兴,若不先叙其意,难以曲得其情。"这一见解,是符合文体发展的必然趋势的。唐宋以后,序与跋严格分离,这种将序置于文首的现象,就成了文体的定式。

《文心雕龙》中这一结构性错位之处,已为刘永济先生所指出,并且在他的《校释》(正中版)中进行了逻辑性的正位:"《校释》之作,原为大学诸生讲习汉魏六朝文学而设。在讲习时,不得不对彦和原书次第有所改易。所以校释首《序志》者,作者自序其著书之缘起与体例,学者所当先知也。"[1]这一论见,是确有见地的,也是确有依据的。台湾著名龙研学者张立斋誉之为:"刘氏名为校释,稍偏于书后文评之类,且移《序志》为首,编次不同于原著,而颇便于讲授,与杨升庵之评点相类,固不乏心得而有益于初学者也。"[2]可谓公允明睿之语。

---

[1] 刘永济:《文心雕龙校释》,中华书局1962年版,第3页。
[2] 张立斋:《文心雕龙注订》,国家图书馆出版社2010年版,第4页。

二、内与外的结构性错位

就人类认识形成的自然过程来说,是先外后内,由表及里,由现象到本质的。但在人类的理论思维和实践思维中,为了实现整体性和快捷性的把握,通常都是首先把握内在机理,然后再兼及其他,依据本质去驾驭现象,根据整体去驾驭局部,根据内容去驾驭形式。先外后内,是思维的初级形态,以内驭外,则是思维的高级形态。这也就是刘勰采用"乘一总万,举要治繁"思维战略的理论依据。文心运动是文章写作的内在机理,文章体制是文章写作的外在形态,前者是后者的理论前导,后者是前者的具体运用。

按照这一思维的逻辑进行考量,《文心雕龙》上下编的结构位置,显然是与科学的自然思路存在较大的逻辑差距的。上编"文体论"是对文章体式运作的规范和基本方法的阐述,在学术属性上属于分论性的技术科学的范畴。下编"创作论"是对文心运动基本原理与要领的阐述,在学术属性上属于统论性的理论科学的范畴。人类的实践是一个能动的过程,这一"能动"的属性,集中表现在理论对实践的指导性上。从这点出发,其逻辑顺序应该是认识论在前,方法论在后,先讲内在性的文理科学,后讲外在性的文体科学。据此,应该将"创作论"置于"文体论"之前,将"文体论"置于"创作论"之后,才更符合自然思路。这一点已为刘永济先生所明确指出,并进行了逻辑性的正位:"再次为下编,再次则上编者,下编统论文理,上编分论文体,学者先明其理论,然后以其理论与上编所举各体文印证,则全部瞭然矣。"①

三、虚与实的结构性错位

内与外的关系,往往又和虚与实、总与分的关系交织在一起。虚者,理论思维之谓,实者,实证思维之谓。总者,总体概括之谓,分者,分部论证之谓。按照人类认识形成的自然过程来说,当然是先有实践,后有理论,先有分部认识,后有整体认识。但人类的认识既有反映性的一面,也有能动性的一面。认识不仅反映客观世界,也引导人类改造客观世界。在改造客观世界的过程中,人类的理性通常都是领先于实践的,往往是先有理论的指引,然后才有自觉的实践,先有总体的认识,然后才有分部的认识。因此,在科学著作中,通常都是

---

① 　刘永济:《文心雕龙校释》,中华书局 1962 年版,第 3 页。

认识论在前,方法论在后,方法论依据认识论而高瞻远瞩,认识论因方法论而具体入微。这就是"文之枢纽"之所以置于"文体论"与"创作论"之前的原因,也是《序志》之所以必须置于全卷之首的原因。

但是,《文心雕龙》的结构中,也有不切合这一思维规律的现象,《总术》就是一个典型的例子。《总术》是对"以心术总文术"的工程战略的总体阐释,属于理论思维的范畴,其逻辑位置理所当然应该置于"创作论"的首位,总统文心运作的方法与要领。而结果却排到了该系列的末位,虽有升华之益,却无统领之功了,无异于雨后之送伞。显然,这是不符合科学的自然思路的。周振甫在《文心雕龙注释·前言》中说:"二十篇'剖情析采'内,末篇《总术》,该是创作论的序言。"①这一学术主张,是切中肯綮的。他在《文心雕龙选译》中,将《总术》的位置进行了逻辑的修正,置于创作论之首,使其统摄群篇的功能,由于有了鲜明的标志和确切的系统位置,而获得了充分的发挥。林杉的《文心雕龙创作论疏鉴》,亦循此做法。

四、篇章链接中的结构性错位

《文心雕龙》在篇章连接中的结构性错位,主要表现在"创作论"的某些环节中。"创作论"的内在机制是以心总文的系统运动。文心系统运动是一个循序渐进的心理过程和工作过程,其工作程序具有严格的环环相扣的属性。刘勰将《神思》视为"驭文之首术,谋篇之大端",置于文心运动的第一环节,就横向性的理论而言确实是极富创见的,但就工程程序而言,却是并不十分妥帖的。因为在构思之前,还必须有文心主体的先期准备过程和文心材料的采集过程。如果没有这两个不可或缺的阶段,文心的构思势必成为无源之水,无本之木。《物色》是专论文心生发与意象生成的篇章,据理应该置于《神思》之前,而不应置于编末的文心评论的篇章系列中。《养气》的逻辑位置应该在文心运动的先期阶段,却放置到了《指瑕》之后与《附会》之前。《知音》是专论文心接受的篇章,据理应该置于创作论之末,标志着文心运动的最后完成,却放到了与创作过程并不直接相关的创作论之外的横向性的系列专论之中:《才略》第四十七,《知音》第四十八,《程器》第四十九。由于篇章顺序的错

---

① 周振甫:《文心雕龙注释》,人民文学出版社1981年版,第14页。

位,必然造成诸多环节的错位,它的阶段运动的完整形态和循序渐进的运动过程,不能充分显示出来。这样,就会造成许多认识上的灰区,以致有某些专章找不到确切的归属范畴,只能孤悬于系统之外,成为与前后左右没有任何内在关系的孤岛,纵令强行纳入,仍显得十分生硬。也就是梁绳祎所说的:"《时序》、《才略》两篇,体例相同,理当相邻,乃把中间夹了一篇《物色》,不伦不类。"①这种衢路混乱的状况,必然使得"以心总文"的总体战略,很难顺利地落到各专章的实处,达到"弥纶群言,研精一理"的目的。

五、"三准"中的结构性失缺

"三准"是对文心构成的草创层面的概括,也是对文心构思的基本内容的概括。无疑,这一概括是极其深刻的,但就其具体的工作程序来说,却又是不够全面的。显然,它还缺失了一项不可或缺的重要内容——关于结构的构思。这一部分的内容对于文心构思的逻辑意义,实际已经在《神思》中获得了间接的强调:"视布于麻,虽云未贵,杼轴献功,焕然乃珍。"其具体内容,已经阐述在《附会》与《镕裁》的专章中。作为"草创鸿文"必须"先标"的准则,理所当然应该对此做出纲领性的概括。光有"设情"、"酌事"、"撮辞"三项还不够,必须加上"驱万涂于同归,贞百虑于一致"的结构性内容,才能使文心的构思进入"首尾圆合,条贯统序","如乐之和,心声克协"的理想境界。这一逻辑性的缺失,也在《知音》的"六观"中表现出来。刘勰云:"是以将阅文情,先标六观:一观位体,二观置辞,三观通变,四观奇正,五观事义,六观宫商。斯术既行,则优劣见矣。"六个方面,面面俱到,但进行逻辑性考量的时候,就会发现,由于缺少了结构的因素而不能成为完整。这些地方,都是需要我们在进行现代解读的时候进行补足的。

六、"文体论"中的结构性失误

从《明诗》到《书记》,都属于文体论的范畴,共计 20 章,涉及的文体 35种,又细分为 144 类。和前人相比,确实清晰了许多。但另一方面,由于划分

---

① 梁绳祎:《文学家刘彦和评传》,见《文心雕龙研究论文集》,人民文学出版社 1990 年版,第 65 页。

过细,也难免出现烦琐杂乱的现象。以诗歌为例,本书中圃别区分为"诗"、"乐府"、"赋"、"颂赞"、"祝盟"、"铭箴"、"诔碑"、"哀吊"、"杂文"、"谐隐"10种文体,每种文体中又根据不同的交际环境与交际功能划分为若干细类,如"杂文"里就列举了"对问"、"七"、"曲"、"操"、"弄"、"引"、"吟"、"讽"、"谣"、"咏"诸种名目。这种划分的失误就在于:对枝叶的过分标异,必然会干扰对主干部分的求同,而文体的普遍规律和要领,通常都表现在同类文体的共同性上。对同类文体的共同性的忽视和对它们的个异性的过分重视,是不利于对普遍规律的把握的。事实上,同类事物之间具有触类旁通的属性,举一可以反三,乘一可以总万,是用不着面面俱到的。再如公文文体,本书中圃别区分为"诏"、"策"、"檄"、"移"、"封禅"、"章"、"表"、"奏"、"启"、"议"、"对"等诸多文种,一一加以详细阐述,这对于写作学史来说,确实是提供了诸多史料,但对于写作方法的传授来说,并不是一种优化的结构方式。时序推移,文体代变。由于公文与时代生活关系密切,这一属性表现得特别明显。前代的公文体式,大多不能适用于后代。可以有益于后代的,只是其中具有普遍意义的某些"基因",而不是这些文体的现成模式。因此,对文体的阐述,必须侧重普遍规律和普遍原理的揭示,而不能是对诸多文体的现成模式的面面俱到的讲解。无论是诗歌文体,是论说文体,是史传文体,是实用文体,最好是举其大类,突出普遍规律和原理,自然纲领昭晰,条贯统绪。

七、学者解读中的结构性错位

关于结构失序的问题,必须作具体分析。结构本身的错位固然是一个原因,学者的理解错位则是另一个原因。对《总术》的逻辑位置的诸多非议,就是一个典型的例子。

纪昀认为,《总术》的系统指向是不明确的,置于《文心雕龙》的结构中,看不出它的"命意之本",是一个"文有讹误,语多难解","不甚相属,未喻其意"的篇章(纪昀评语)。黄侃也认为,《总术》只是一个对前面诸多内容进行一般性"总会"与"丁宁"的篇章,在整体结构中并无特别的意义和价值。他说:"此篇乃总会《神思》以至《附会》之旨,而丁宁郑重以言之,非别有所谓总术。"(《札记》)究其原因,就在对"术"字和"总"字的误读。

"术"之本义,就是"邑中道也"(《说文》)。引申而言,凡可由之以行者皆曰"术"。《礼记·乐记》:"然后心术形焉。"《注》云:"术,所由也。""所由"既可指具体的事情,也可指抽象的技艺与原理。刘永济先生明确认为,本篇之术,指原理而言,"犹今言文学之原理也"。掌握了原理,就可以理相通,写作中的许多问题都可迎刃而解:"盖原理既明,则辨体必精,安有疑似违误之论"。对"术"的强调,并非指一般性的技术而言,而是"以明体要也"。"总",即"总摄"之义。"本篇所谓总者,即以心术总摄文术而言也。"①

由此可见,《总术》是全著中的核心理论的所在,是一个具有关键意义与全局意义的篇章,绝非一般性的文章技艺。"知音其难哉!音实难知,知实难逢,逢其知音,千载其一乎!"难怪刘勰要如此惆怅于知音了。推其原因,就在于"岂成篇之足深,患识照之自浅耳"。这就必然会造成错误的判断,连大家巨硕也莫能例外。"纪氏既以文章技艺视此术字,又于所谓总者,未能致思,故谓辨明疑似一段,与上下文不相属。"②可谓一针见血之语。

学者解读中的结构性错位,也表现在对书名的误读上。长期以来,人们将"文心雕龙"四字当做并列结构进行解读,认为"文心雕龙"就是"文心与雕龙",也就是"文学的内容与形式"的意思。英国《大百科全书》中关于《文心雕龙》的词条是:"中国文心:文学的内容和形式"。法国《大百科全书》中的相关词条是:"中国文心:文学的内容美和形式美"。这种解读方式的广泛性,是不言而喻的。但从逻辑上看,却不是一种最好的解读方式。诚然,文心属于内容范畴,雕龙属于形式范畴,但从最一般的层面上来看,内容与形式二者之间从来就不是并列的关系,更不是一种相互隔离的关系,而是主导与从属之间的关系。特别是在《文心雕龙》的理论体系中,作者所标举的是"乘一总万,举要治繁"的"以心总文"的写作战略,这就必然使得这种主导与从属的关系,显示得更加鲜明。显然,正确的解读方式应该是偏正式的解读方式:凭借文心,进行雕龙。径而言之,就是以心雕龙,亦即发挥心的优势,进行美的制作。这种偏正式的解读方式,才更加符合作者的原意。

学者解读中的结构性错位,还表现在对狭义"文"字的误读上。有些学者认为,狭义的"文"字,专指"文学"而言,而不是指"文章"而言。特别在"剖情

---

① 刘永济:《文心雕龙校释》,中华书局1962年版,第166页。
② 刘永济:《文心雕龙校释》,中华书局1962年版,第167页。

析采"部分,更认为是专门论述文学创作理论的篇章。实际上,作者说得很明白,文采并非文学的专属:"夫文以足言,理兼《诗》《书》。"对于文采而言,文与笔之间只有"可强可弱"之别,而绝无"可有可无"之分。所谓"情",在《文心雕龙》的词汇体系中是一个对思想与情感兼容并包的综合性范畴,通常是指"情思",属于写作学的普遍范畴,并非专指文学的艺术情感。刘勰云:"故立文之道……五情发而为辞章,神理之数也。""辞章",指文章,包括文学而并非专属文学。就"创作"二字来说,创作就是创造,创造不仅属于文学,也同样属于非文学。再就《神思》中的"想象"二字来说,也不是文学构思的专属,同样运用在非文学文体的构思中。人类的一切创造性思维,都离不开想象的参与,非文学中的创造性思维,也同样是如此。概而言之,"文"与"笔"两个体群之间的区别,不是对某些文学因素或理性因素的"有无之别",而是"强弱之别",二者之间可以共容于文章的统一世界中,而并没有不可逾越的鸿沟。将文章与文学绝对分离,不承认文章对文学的包容性,片面强调文学的"独尊性",将《文心雕龙》视为专门研究文学理论的著作,而拒不接受其写作学理论品格的存在,这种看法和做法显然是"无益后生之虑"的。刘勰说得很明白:"六经以典奥为不刊,非以'言''笔'为优劣也。"(《总术》)文学"独尊"论者,可以从中获取教益。

最使学者棘手的,是对最后五篇的归类。"后五篇"包括《时序》、《物色》、《才略》、《知音》、《程器》。它们与前面的创作论严格地区隔开来,相互之间没有密切的联系,但都是撇开具体的写作,从某个特定的角度单独探讨有关文学的某些重大问题,组成了一个独立的小群落。这一小群落的范畴归属究竟是什么? 概括而言,大致有以下几种见解:"文学评论"说,"文学批评"说,"副论"说,"余论"说,"文学鉴赏"说,"文学史论"说,"作家论"说,"杂论"说,等等。这些聚讼纷纭的问题,至今没有形成具有公论意义的见解。至于该部分与创作过程的内在联系的问题,以及它们间的逻辑关系的问题,更是龙学研究中的灰区,至今无人能在理论上给予明确的答案。

对结构上的失误进行纠正,是一件很不容易的事情。诚如恩格斯所言:"在一切意识形态领域内传统都是一种巨大的保守力量。"①也就是列宁所说

---

① 《马克思恩格斯选集》第 4 卷,人民出版社 1995 年版,第 257 页。

的:"千百万人的习惯势力是最可怕的势力。"①刘永济先生的学术经历,就是典型的例证。刘永济先生曾对《文心雕龙》结构上的某些明显的错位现象进行正位,并已写成了正式的书稿;该书稿又是武汉大学中文系学生学习汉魏六朝文学的讲义,在课堂上使用多年,人人都称便利,并已在正中书局正式出版。但1962年在中华书局出版时,这一极具开拓意义的想法和做法受到了编辑部的否定,最后只能作罢。对此,刘永济先生在《校释》的前言中做出了专门的说明:"此次中华书局印行时,又接受编辑部同志意见,为便于一般读者计,仍将校释依刘氏原书次第排列,盖供一般读者之阅读,与专为课堂少数同学讲习应有所不同也。附此表达谢意。"②再如关于《物色》篇的逻辑位置的问题,海内外学者从逻辑的角度发表置疑性见解者,有七人之多。但在具体的理论演绎中敢于对其逻辑位置进行变通性思考者,至今无有。

改革者的事业确实是艰难的。但追求真理是人的本性,不以任何习惯的势力和权威的意志为转移。为了实现龙学研究的现代化、系统化和工程化,进行古与今的对接与转化不可避免。对于前人的学术成果,我们既要照着说,也要接着说。不照着说,我们就会失去前进的基点,不接着说,我们就会失去前进的意义。为了完成这一承前启后的艰难任务,我们必须在继承前人传统的基础上,一步一步地开拓新路,一步一步地接近真理,一步一步地将该著的理论精华融入现代人所能接受的理论形态中去。

集中而言,就是牢牢把握以下两个基本点:一是尊重历史的真实,二是尊重现实的真实。所谓尊重历史的真实,就是在认知刘勰的理论体系时,"首先需要以实事求是的态度揭示它的原有意蕴,弄清它的本来面目,并从前人和同时代人的理论中去追源溯流,进行历史的比较和考辨,探其渊源,明其脉络"③,而不是随心所欲地对原来的历史存在进行改动。"在没有可靠证据之前,仍以尊重原著为是。"④所谓尊重现实的真实,就是在解读和运用刘勰的理论体系时,必须符合现代的科学思路,对准现实生活中的课题进行发挥,借以解决现代人所面临的诸多问题。也就是王元化所说的:"根柢无易其故,而裁

---

① 《列宁全集》第39卷,人民出版社1986年版,第24页。
② 刘永济:《文心雕龙校释》,中华书局1962年版,第4—5页。
③ 王元化:《文心雕龙创作论》,上海古籍出版社1984年版,第96页。
④ 牟世金:《雕龙集》,中国社会科学出版社1983年版,第283页。

断必出于己。"①概而言之，著述者是古人，而接受者是今人，这两方面都是客观的真实存在，都必须尊重；而最有发展意义的真理，就在二者的折衷与和谐之中。涂光社说得很好：

> 刘勰明确地介绍了《文心》的理论体系，是不容后人妄改的。但是，这并不妨碍今人突破原有体系结构的限制，按照现代理论的系统、范畴、专题去研究、提炼、分解和组合《文心》的文学思想和理论成果。问题只在于必须分清何处是古人的认识和成果，何处是今人的探索、演绎和改造而已。②

吕永也表达了同样的见解：

> 我完全赞成"在没有可靠证据之前，仍以尊重原著（通行本篇次）为是"这个观点。但这并不意味着不能对此进行探索和商榷。事实上，范文澜先生的《注》、刘永济先生的《校释》、杨明照先生的《校注》、王利器先生的《校证》、周振甫先生的《注释》，都是一面保留通行本篇次、一面献疑的。因为篇次问题，实际上涉及《文心雕龙》理论体系的逻辑结构，不能不了了之。而且，"疑有错乱"说似乎比"符合原意"说的理由更充分，所以一面采取慎重的态度，保留通行本原貌，一面采取积极的态度，继续讨论《文心雕龙》的逻辑结构，还是很有必要的。③

这些见解，都是极其公允的，代表了学界的公论和朝气。本著对《文心雕龙》结构的逻辑形态的开拓的逻辑起点与学术勇气，即发端于此并受益于此。

第三节 《文心雕龙》结构的逻辑形态

所谓逻辑形态，是指由规律的客观性所决定的内在的本质性联系的外在

---

① 王元化：《文心雕龙创作论》，上海古籍出版社1984年版，第95页。
② 涂光社：《文心十论》，春风文艺出版社1986年版，第239页。
③ 吕永：《文心雕龙下编的逻辑结构》，《湘潭大学学报》1988年第4期，第43页。

显示。这是一种突破"已然"的拘囿而向"必然"的飞跃。它所显示的,不是"历史的外在性或偶然性",而是"纯粹从思维的本质去发挥思维进展的逻辑过程"。① 径而言之,就是凭借人类的理性,对"已然"形态中的某些链接不当之处做出逻辑性修正。一部书可以有不同的解读方式,逻辑形态就是一种直接诉诸理性链接的解读方式。

这一解读方式的科学性和必要性就在于,人类对客观事物的认识从来就不是一步到位的,它总是经历着由比较深刻的本质向更加深刻的本质的不断进化的过程。这一过程,实际就是逻辑对历史的检验和超越的过程。正是由于有了这一过程,人类历史的进步才能获得充分的显示,人类前期的认识暗区才能被后来者所开拓的更加深刻的真理所照亮。也就是马克思在《政治经济批判导言》中所说的:"人体解剖对猴体解剖是一把钥匙,低等动物身上表露的高等动物的征兆,只有在高等动物本身已被认识之后才能理解。因此,资产阶级经济为古代经济提供了钥匙。"②

这一钥匙对于《文心雕龙》结构的现代解读来说,也是具有极大的启示意义的。按照这一方法,我们对《文心雕龙》结构的体认除了以古证古的方法之外,还需要把它去和后来更加发展了的文艺理论的结构进行比较和考辨,将它纳入现代文化视野中进行阐释和体认,使其既具有历史的品格,又具有逻辑的品格。这就要求我们既要尊重历史的现实,又要摆脱"以古证古"的拘囿,按照现代的思维方式对历史的存在进行更加合乎人类理性的阐释。惟其如此,我们对历史存在的科学意义与现实意义的体认才能更加全面和深刻。否则,我们将会永远在古人认识论的历史模式中徘徊,没有文化发展之可言了。也就是王元化所一针见血指出的:"拘泥于以古证古的办法,往往不免陷入以禅说禅的困境。而永远不能用今天科学文艺理论之光去清理并照亮古代文论中的暧昧朦胧的形式和内容……这是很不正常的现象。"③

在这一古今对接的开拓性领域中,前哲与时贤做出了诸多建树,并已获得了广泛的认同。刘永济先生的《校释》(正中版)与周振甫的《选译》,就是卓越的典范。基于这些具有开拓性意义的学术主张的指引和激励,本著勇敢地

---

① 黑格尔:《小逻辑》,商务印书馆1980年版,第55页。
② 《马克思恩格斯选集》第2卷,人民出版社1995年版,第23页。
③ 王元化:《文心雕龙创作论》,上海古籍出版社1984年版,第313—314页。

承担了这一对《文心雕龙》的结构进行全息的逻辑性思辨和修正的历史任务。下面,试将自己的一管之见,呈献于学界大方之前。

一、总序

《文心雕龙》的卷首,应该是《序志》。"长怀《序志》,以驭群篇",这才是刘勰的初衷。为了发挥其"以驭群篇"的功能,理所当然应该置于卷首。

《序志》的基本内容是,自序撰写本书的立意、目的、体例与期望,对全书内容进行系统介绍。先有此全面介绍,读者方能登高望远,顾盼自如,对《文心雕龙》的内容和立意有一个整体性的了解,留卜深刻印象。所谓"开头如爆竹,骤响易彻",所谓"起步如凤头,顾盼自如",即此之谓。它在全著中统领意义,集中表现在以下几个方面。

其一,对书名的阐释。《文心雕龙》的书名,就是《序志》内容的总浓缩和总标举,也是对全书内容总的美学概括。"文心者,言为文之用心也。"雕龙者,"古来文章,以雕缛成体,岂取驺奭之群言雕龙也。"对"文心雕龙"四字,应作偏正式解读:凭借"文心",进行"雕龙",亦即发挥文心优势,进行美的制作。这就是《文心雕龙》最根本的战略主张,也是本书最深立意所在。

其二,对撰写目的的说明。《文心雕龙》的撰写目的有三:一是敷赞圣旨;二是矫正讹风;三是继往开来,建立完整的写作学理论体系。这三个方面的内在联系相当紧密:敷赞圣旨是体,矫正讹风是用,建立完整的写作学理论体系是以体致用的杠杆,是赞圣与矫讹的工具前提和现实结果。"振叶以寻根,观澜而索源,不述先哲之诰,无益后生之虑。"这就是对撰写目的的总体概括。

其三,对体例的阐发。《文心雕龙》的体例,被作者划分为"文之枢纽","论文叙笔","剖情析采"三个部分。"文之枢纽"述文章写作的核心理论,"论文叙笔"述各类文体的基本规范和基本要领,"剖情析采"述文章写作的基本原理与要领。从理论思维的前导性来看,"剖情析采"部分应该置于"文之枢纽"之后,更能衢路通畅,顺理成章。

其四,对该著的期望。《文心雕龙》的期望,就是"文以载心,余心有寄"。所谓"文以载心",有两重含义:一是载作者之用心,也就是作者撰写《文心雕龙》的三重目的;二是载"为文之用心",也就是他在《序志》的赞语中所特别叮咛的:"逐物实难,凭性良易。"这是全书的关键所在,也是作者的期待所在。

"茫茫往代,既沉予闻,眇眇来世,倘尘彼观也。"他将他对历史的困惑和感慨,留到了书里,也将他对未来的期待和自信,留到了书里。

二、枢纽论

《文心雕龙》的第一部分,是"文之枢纽",共计 5 章。这是全书的理论依据,是全书的指挥平台,具有总论的属性。"文之枢纽",实质上是"为文之用心"之枢纽,亦即文心之枢纽。从逻辑上看,总论的内容,可划分为以下四个专门方面:

(一)《原道》:对文心本体的深度思辨

《原道》是正文中开宗明义的篇章,旨在先声夺人,高屋建瓴,从宇宙运动的高度,揭示文心的本原。将文心运动的本原定位于宇宙运动的自然趋势,具有三重理论意义:一是赋予文心以至高无上地位:"文之为德也大矣,与天地并生者何哉?"二是确定文心运动的最高法则——自然法则。三是为文心的美学规范、心学规范和力学规范提供终极性理论依据。

(二)《征圣》、《宗经》:对文心的人文依据的认定

文心原道,实天地之心。文心以道为原,以道心为本,固然可以增强文心的崇高性和权威性,但道心毕竟是貌漠的东西,不便于直接的把握和具体的运作,因此有必要将这天上的最高依据,转化为人间的最高依据。"道心惟微,神理设教","神理",就是"心理",特指圣人的心理。圣人的心理之所以具有"设教"的功能,是因为圣心与道心原本是相通的:"道沿圣以垂文,圣因文而明道。"而经典,就是圣人之心的录记和见证,也是文心的最高典范。"经也者,恒久之至道,不刊之鸿教也。故象天地,效鬼神,参物序,制人纪;洞性灵之奥区,极文章之骨髓者也。"以经典为作文法则的依据,才可循正而行,不致陷入歧路,那样写成的文章也就接近成功了。"天道难闻,犹或钻仰;文章可见,胡宁勿思? 若征圣立言,则文其庶矣。"

(三)《正纬》:对文心的人文依据的空间性辨正

文心运动以圣人经典为最高的人文极则,是建立在对胜任经典的辨正思辨的基础上的。它所"宗"的"经",是以孔孟为代表的经典儒学的"经",而不是那些矫托经书实则谬称天命的"谶纬"。这种空间辨正的必要性就在于:经典儒学以民族利益为归依,谶纬谬论以帝王私利为鹄的,前者不尚鬼神,后者

崇尚天命,前者标举仁义诚信,后者尊奉阴谋伪饰,前者坚持儒家正统,后者扭曲儒家正统。二者性质完全不同,所以必须在思想上划清界限,以免混淆。不辨正就不足以去伪存真,不足以拨乱反正,更不足以宗经征圣。但另一方面,对"纬"书也要辩证对待。纬书的内容和方向固然是错误的,必须批判和摈弃,但是,其中的某些传说,仍然具有文献意义和文化意义,有益于写作词库的扩充。

(四)《辨骚》:对文心的人文依据的时间性辨正

从纵向来看,"时运交移,质文代变",经典对文心的典范作用绝不是一成不变的,而是与时俱进和与世推移的。经典的典范作用在不断发展,而绝非铁板一块。屈原的楚骚就是典型例证。和诗经相较,楚骚既有相同之处,也有相异之处,既有继承,也有发展。通变是历史发展的必然规律。正是由于通变,楚骚才能进入"气往轹古,辞来切今,惊采绝艳,难与并能"的境界。因此,对于文心运动来说,既要继承经的传统,又必须发扬楚骚趋时而进的精神。唯有如此,才是真正意义的继承,也才是真正意义的发展。

三、创作论

按照刘勰《序论》篇的提示,文体论的结构位置被设置在紧承"文之枢纽"之后的"上篇",标定为"上篇之上,纲领明矣",而创作论的结构位置则被设置在"叙文论笔"后的"下篇",标定为"下篇以下,毛目显矣"。无疑,刘勰这一结构安排对于突出他的"矫讹翻浅,还宗经诰"的理论用心来说,是具有一定的积极意义的。但是,随着时世的推移,支持这一理论用心的逻辑依据已经发生了诸多变化,而现代的思维习惯和接受习惯也已大异于前人,需要我们从更高的层面和更有时代意义的角度,重新对其结构的位置和其中的层次关系进行逻辑的审视与辨正,以突出《文心雕龙》中的理论精华,并获得更能符合时代需要的接受效果。下面试将自己的一管之见,就正于大方之前。

(一)关于《文心雕龙》创作论结构的逻辑思辨

"文律运周,日新其业。"(《通变》)要想对《文心雕龙》创作论结构进行超越历史的逻辑思辨,首先必须确切把握《文心雕龙》所由发生的历史文化环境中所发生的诸多变化,以及现代思维方式的诸多超越。

1. 历史文化环境中发生的诸多变化

与刘勰所处的时代相比,文化环境已经发生了诸多的变化。具体表现在以下几个方面。

其一,刘勰所痛心疾首的"去圣久远,文体解散"、"离本弥甚,将遂讹滥"的文风混乱现象,在唐代的文学辉煌中得到了彻底的纠正,他所提出的"矫讹翻浅,还宗经诰"的历史任务,已经胜利完成,并演化成为历代的文学繁荣。"宗经"的文学旗帜意义,逐渐为文学本身的美学规律所代替,具化成为"以心总文"与"藻耀而高翔"的具有普遍意义的理论大旗,引领着历代作者的文学长征。随着这一时代的巨变,"宗经"的旗帜已经失去了原有的战斗意义。以此作为逻辑依据所设置的以"秉经制式"为旨归的文体论的领先性的结构地位,自然也已经不复存在。

其二,随着社会生活的发展,许多文体淡出了文坛,例如文学文体中的"七"体、"赋"体、"骚"体、"连珠"体、"四言诗"体、骈体,等等;也有许多文体在内容与形式上发生了极大的嬗变,例如古代为封建皇权服务的"诏策奏对"与现代为社会管理服务的公文之间的具有革命意义的区别,等等。即使同样是诗歌,古今的体式之间也已经发生了极大的变化,远非一千五百年前的诗体理论所能简单概括。由于这一重大的变化,《文心雕龙》文体论中的诸多内容对于现代的文体写作来说,已经不再具有全面的和直接的规范意义,而只能作为一般性的理论材料提供借鉴和参考。诚然,这一借鉴和参考同样是一种学术价值的表现,但就其逻辑顺序来说,已经不再适宜居于领先性的结构位置上了。

2. 现代思维方式的诸多超越

文章结构作为文章思路的集中反映,总是与作者所处时代的思维方式的基本特征息息相关,而对这一思路的体认,又总是与读者所处时代的思维方式与接受方式的基本特征密不可分的。这两个基本特征,实际都是人类文化进步的本质性特征的外在反映,并总是与人类历史发展中承前启后的本质属性密切相关。《文心雕龙》的结构方式,同样是如此。

《文心雕龙》结构中所反映出的思维方式的基本特征,既是民族传统思维方式的历史积淀的集中荟萃,又是对时代新质的创造性吸收。前者具见于《文心雕龙》的理论体系中,就是整体思维、直观思维、辩证思维与折中思维的荟萃。这四种思维方式作为中华传统哲学中的精华,赋予了《文心雕龙》的方法论以一种特别的思维效益:整体思维赋予它一种天人相接的无限广阔的认识视野,直观思维赋予它一种聪灵敏锐的感悟能力,辩证思维赋予它以一种全面性的认识效果,折衷思维赋予它一种和谐包容的思想境界。正是这些独秀于中华的思维方式,为《文心雕龙》的理论开拓奠定了坚实的方法论基础。但是毋庸讳言,传统的方法论中也存在诸多理性局限,在给它带来认识上的广阔、和谐、聪敏、全面的诸多效益的同时,也带来了松散、朦胧、含糊、粗疏的诸多弊端。产生这些弊端的根本原因,就在于传统思维方式中缺乏分析性的因素,必然使它与逻辑性的思辨之间存在相当大的距离。这也就是我国古代的理论思维的发育之所以长期迟缓的原因。

这种状况直到魏晋南北朝时期,才获得了重大的改变。以抽象思维见长的玄学思维与以逻辑思维见长的佛学思维的兴盛,就是具体的例证。这些时代的新质也必然会融入传统的方法论体系中,赋予传统的方法论以更高的思维效益。《文心雕龙》的方法论,就是对二者进行有机融合的结果。正是这种传统精华与时代新质的融合,赋予《文心雕龙》的思维方式以一种整体思维与分析思维兼备的科学性品格。也正是凭借这一独特的科学性品格,《文心雕龙》构成了自己博大精深的理论体系。这就是《文心雕龙》之所以能够独标一格并具有如此深远影响的根由。

但是,人类认识的进步是没有穷期的。"预支五百年新意,到了千年又觉陈。"(赵翼:《论诗》)随着科学技术的突飞猛进,现代系统科学又以其独特的先进性登上了方法论的平台,构成了现代人独特的认识视野和接受视野。将《文心雕龙》的逻辑结构纳入现代系统方法论的认识平台,是当代人体认与接受前人理论硕果的不可或缺的逻辑门槛。要跨越这一门槛,首先必须运用现代系统科学对《文心雕龙》的结构方式,进行全面的逻辑审察与调适。而要进行全面的逻辑审察与调适,首先必须洞悉二者之间的异同。下面试对此做出简要辨析。

诚如恩格斯所言:"每一时代的理论思维,从而我们时代的理论思维,都是一种历史的产物,在不同的时代具有非常不同的形式,并因而具有非常不同的内容。"①当代系统科学作为一种历史的产物,同样是如此。由于历史的渊源关系,它与前人的理论思维之间必然具有诸多共同的地方。由于时代的渊

① 《马克思恩格斯全集》第20卷,人民出版社1971年版,第382页。

源关系,它与前人的理论思维之间必然具有诸多相异的地方。这种历史的共同性具体表现在《文心雕龙》系统思维与当代系统科学的比较中,就是它的一些最为基本的内容和特质与现代系统科学的基本理论有着内在的,本质的一致性。例如,关于世界一体性的体认,关于整体与要素关系的体认,关于要素与要素关系的体认,关于方法论的基本原则的体认,等等。二者虽然在表述的语言上存在着古与今的差距,但在学理上却是并无二致的。时代的差异性具体表现在《文心雕龙》系统思维与当代系统科学的比较中,主要是"青出于蓝而胜于蓝"的程度上的差异——新时代的新学术所具有的新的理论高度。在这一新的理论高度所形成的逻辑视野的审视下,《文心雕龙》中的某些逻辑缺失,就越来越清晰地凸显出来。这些缺失集中表现在以下方面。

其一,系统动态性上的逻辑缺失。

现代系统科学明确认为,系统都是作为过程而展开的。正是这一运动的过程,实现了各种要素的整合,实现了要素与整体的整合,实现了"要素—结构—功能—环境—目的"诸多方面的整合,使系统真正成为一个具有生命意义与现实意义的有机整体。否则,一切要素、结构、功能、环境与目的,都将成为平面式的逻辑虚拟而毫无实践的意义可言。惟其如此,动态性原则必然成为现代系统理论中具有决定性意义的原则,成为标志系统的科学高度的最高尺度。

如果我们运用这一最高尺度对《文心雕龙》的结构进行衡量的话,就会发现,它的理论体系中的动态性因素却因静态性因素的并列而难以凸显。静态性因素具见于《文心雕龙》的理论体系中,就是它的文体论部分。动态性因素具见于《文心雕龙》的理论体系中,就是它的创作论部分。在《文心雕龙》的理论体系中,二者是被置于并列与平行的结构位置上的,一个列入"上篇以上,纲领明矣"的结构位置,一个列入"下篇以下,毛目显矣"的结构位置。显然,这是一处逻辑上的严重错位。众所周知,文体作为静态性的形式因素,从来都是严格从属于文学创作的动态性过程的,不可能直接对枢纽论做出充分的整体性的理论发挥。能够直接对枢纽论做出充分的整体性的理论发挥的,只能是整体的运动过程的自身。这一整体的运动过程的总集合与总集中,就是剖情析采的完整的运动过程。因此,为着弥补这一逻辑上的缺失,形成现代系统科学的认识优势,理所当然应该将创作论移置于文体论的结构位置之前。而文体论作为创作论的从属部分,理所当然应该移置于创作论之后。这样必然带来三大逻辑上的重大利益:其一,使系统思维中的动态性原则获得彰显。其二,使动态性与静态性之间的主从关系得以体现。其三,使整个系统的内在的逻辑链接更加紧密清晰,主线更加突出鲜明。

其二,系统层次性上的逻辑缺失。

现代系统科学中的层次性原则,要求人们在认识和改造系统对象时,一定要遵循其层次特性,注意整体与层次之间以及层次与层次之间的相互制约关系。运用层次性的原则矫正系统关系上的结构疏漏,是实现《文心雕龙》的现代接受所必须跨越的第二道逻辑门槛。

《文心雕龙》系统关系上的层次疏漏,主要表现在文体论与创作论的范畴畛域的模糊上。按照《序志》的表述,文体论与创作论属于上编与下编之间的空间并列关系。但从二者所属的范畴来说,却是形式与内容的关系。从形式逻辑的层面来看,二者诚然是一种并列的关系。但从辩证逻辑的层面来看,却又是一种"沿隐以至显,因内而符外"(《体性》)的动态关系,也是一种主与从、本与末的从属关系。如果对这一复杂的多维关系不能全面反映,而仅执意于简单的并列关系,并执意于上与下位置中的领先地位,势必产生逻辑的误读与误导。例如周振甫在谈到《文心雕龙》三个组成部分之间的关系时说:"'论文叙笔,则囿别区分',先从文体论入手。在文体论里'敷理以举统',敷陈各体文的创作理论,再归纳为创作论。因此,创作论是从文体论中概括出来的;'文之枢纽'的论文体系,是从文体论和创作论中归纳出来的,没有文体论就没有创作论,也就没有全书的完整体系。"①

这种看法,显然是对辩证逻辑的乖离和对本末关系的颠倒,也是大背于《文心雕龙》的原意的。众所周知,《文心雕龙》的理论体系的"入手"处并非"文体"论,而是枢纽论,而以宗经为理论旗帜的文体论,只是以"原道"为理论核心的"枢纽"论中的一个分论点而已。无论是文体论与创作论,都是原发于枢纽论并以枢纽论作为总体依据所作的具体发挥。而就文体论与创作论二者的范畴关系来说,创作论的范畴大于文体论的范畴,创作属于内容与形式统一的整体范畴,而文体只是这一整体范畴中的一个形式因素。刘勰明确告诉我

---

①　周振甫:《文心雕龙今译》,人民文学出版社1986年版,第542页。

们,文学运动是一种"情动而言形,理发而文见"(《体性》)的运动,"情动"是主,"文见"是从,"情动"为本,"文见"为末。创作论属于"情动"的范畴,属于"本",文体论属于"文见"的范畴,属于"末"。将创作论移置于紧承枢纽论之后的前导位置,在逻辑上才更符合刘勰的意旨。这样既反映了二者之间在形式逻辑层面上的并列关系,又反映了二者之间在辩证逻辑层面上的本末关系,才能从根本上避免简单化的误读与误导。

其三,系统阶段性上的逻辑缺失。

现代系统科学中的层次性原则,还要求人们在认识和改造系统对象时,一定要关注和把握它的纵向过程中的阶段性。现代系统科学明确认为,阶段性作为系统纵向运动的连续性和间断性的统一的集中标志,具有一种中介的作用。正是凭借这一作用,分割在不同时空条件下的各种不同的要素,才能组合成为一个循序渐进、有条不紊的整体。遵循系统运动的阶段性原则,注意阶段与阶段之间的明确划分和有机统一,是现代科学思维的逻辑前提。惟其如此,运用阶段性的原则矫正系统关系上的结构疏漏,就成为实现《文心雕龙》的现代接受所必须跨越的第三道逻辑门槛。

《文心雕龙》理论体系在系统关系上的阶段性疏漏,主要表现在创作论阶段划分的疏漏和模糊上。下面试对刘勰自己所制定的结构线索,作一点简要的逻辑分析。

创作论作为一种以心总文的纵向运动,是由系列的层次与阶段连缀而成的。其基本的结构线索,已在《序志》中获得了明确的标示。从刘勰的标示中,可以绎绎出以下几个相对独立的结构序列:

第一序列:《神》《性》序列,亦即文心构思与文心主体修养的方法序列。

第二序列:《风》《势》序列,亦即文心运动的原理系列。

第三序列:《会》《通》《声》《字》序列,亦即文心外化的方法序列。

第四序列:《时序》《才略》《知音》《程器》序列,亦即文学的接受与批评的方法序列。

第五序列:《序志》序列,亦即统驭群篇的总序。

显然,刘勰的这一段表述,是具有极强的统贯性力量的,它将下编中的诸多篇章,按照创作的自然顺序与自己的理论意图以及各范畴所处的地位,贯通成为文之理,笼圈条贯,条理井然,显示出我国中古时期文学创作理论的最高成就。但是,如果从微观思辨的角度与现代系统思维的层次原则进行考量,它在逻辑上的诸多疏漏之处,也是极其明显的。具体表现在以下几个方面:

其一,创作论中的原理论的结构位置问题。该系列由《总术》、《通变》、《风骨》、《情采》、《定势》五篇构成,其理论指归是从整体上探讨创作的基本原理,为创作过程提供明确的理论导航。这一部分,按照刘勰的以道统术的指导思想,理所当然应该置于剖情析采的最前面,以发挥其理论导向作用。

其二,在文术论的领域中,按照文心运动的自然顺序,处于第一位置的应该是主体的修养。刘勰在文学创作上的总的战略思想,是"以心总文",但是刘勰所说的"心"并非一般意义的凡心,而是具有极其灵敏的感应能力并与天地之心相通的"文心"。这种能将天地之心与天下之心融为一体的湛然空灵的"文心",是文心运动的决定性凭借。但是,这一决定性的凭借并非自然生成的,而是修养的结果。《文心雕龙》中的《养气》与《体性》,就是专门论述作家主体修养的篇章。因此,这一理论序列在《文心雕龙》的创作论中,必然具有前导性和先期性的意义和地位。

其三,在文术论中处于第二位置的,应该是"体物"——文心的生发。《物色》就是"体物"的具体过程和具体方法。没有心与物的交融,没有心物交融中所生发的意象,文学的创作就会成为无源之水,无本之木。惟其如此,《物色》必然是构思之前的必要的材料准备。犹如织麻为布的过程,如果没有"麻"的先期贮备,"杼轴献功,焕然乃珍"就会成为一句空话。

其四,在文术论中处于第三位置的,应该是"神思"——文学创作的构思。《神思》,就是专门论述这一构思过程的原理与方法的篇章。"神思"作为一个"神用象通,情变所孕。物以貌求,心以理应"的心理过程,实际也就是文学材料的系统化与组织化的过程。由于有了这一过程,文心的运动才能实现由感性向理性、由局部向整体的思想飞跃。"神思"标示着文学创作的过程的正式开始。

其五,在文术论的领域中处于第四位置的,应该是文心的外化序列。它所包括的篇章主要有:《熔裁》、《附会》、《章句》、《声律》、《丽辞》、《比兴》、《夸饰》、《事类》、《练字》、《隐秀》、《指瑕》。正是凭藉这些具体的表达手段,《文心雕龙》在内容上和语言上才成为一个"外文绮交,内义脉注"的整体。

其六,处于文术论第五位置的,应该是文心的接受序列。"鼓天下之动者存乎辞",文章以接受为终极目的。《知音》是论述文章接受的原理与方法的专章,理所当然应该置于文术论的末尾,标示着文心运动的最后完成。

其七,处于文术论第六位置的,是文心运动的余论序列,主要是《时序》、《程器》、《才略》三篇,对《文心雕龙》中的某些专门性的理论课题,进行延伸性的理论探讨。

其八,《序志》的逻辑归宿。《序志》是一篇总揽全书的自序,置于书尾就失去了它的"以驭群篇"的作用,应该移置于全书之首。

只有站在现代系统科学的高处对这些逻辑上的疏漏进行修正,我们才能真正领会到前人的用心,才能充分符合现代人的思维方式,从而获得广泛的接受。也就是王元化所深刻指出的:"对于萌芽形态尚未成熟的文学现象,只有用后来已经成熟的发达形态文学现象才能加以说明。"①惟其如此,我们对前人的理论成果,既要尊重其历史原貌,又要从发展的角度来观照。尊重其历史原貌,才能拥有确凿的依据。从发展的角度观照,才能把握其深层本质。二者都是不可或缺的。

(二)关于《文心雕龙》创作论结构的逻辑修正

《文心雕龙》的第二部分"创作论",共计24篇,是对"以心总文"理论的展开性论述。根据现代系统论的层次原则以及刘勰的已然安排与逻辑的科学分析,可划分为以下几个专门方面:创作原理论,文术论,延伸论。

1. 创作原理论

"创作论"作为一个相对独立的理论组成部分,也具有自己完整而又明确的理论纲领:对创作的总原理与总法则的总体性概括。这一对下编的诸多内容具有统率意义的理论核心,具体包括以下五个方面:总术论,通变论,风骨论,定势论、情采论。

(1)总术论

以心总文,是《文心雕龙》的总体性的战略主张,《总术》则是这一战略主张在方法论上的集中阐述。本篇明确认为,文体虽众,文术虽多,而皆源自此心,心术是文术的关键,抓住了心术,就可以提举全局:"务先大体,鉴必穷源。乘一总万,举要治繁。"也就是刘永济先生所深刻体认的:"文体虽众,文术虽

---

① 王元化:《文心雕龙创作论》,上海古籍出版社1984年版,第312页。

广,一理足以贯通,故曰:'乘一总万,举要治繁'也。"①故应置于创作论之首,以统率全编,犹如枢纽论之置于全著之首一样。

（2）通变论

《通变》篇是刘勰对文学发展的总规律与文学创作的总方法的总概括。刘勰在该篇中提出了"望今制奇,参古定法"与"凭情以会通,负气以适变"的理论主张与工程方法,前者谋求古与今的会通,后者强调内与外的契合。刘勰认为,这是文学创作必须遵循的根本原理与根本方法,如果能够照此实践,就会"采如宛虹之奋鬐,光若长离之振翼,乃颖脱之文矣",否则,"若乃龌龊于偏解,矜激乎一致,此庭间之回骤,岂万里之逸步哉!"这个具有根本意义的原理与方法,在逻辑上自然成为创作论的立论基础和思想核心,成为该部分的理论纲领的重要组成部分。

（3）风骨论

《风骨》篇是刘勰对文学作品的总体性的美学要求的总概括。刘勰认为,情与辞是文学的两大要素,但是作为优秀的文学作品来说,仅有这两大要素还是远远不够的,还必须对情与辞的内质提出更高的美学要求。"风"是作品中"情"的内质美,其主要特征是生气蓬勃、清新真切,富有美学的感染力量。"骨"是作品中"辞"的内质美,其主要特征是峻拔遒劲,在内涵上富有理性的说服力量。刘勰认为,"风"和"骨"都由"气"所原发,都是人的内在的真实生命所喷发出来的鼓天下之动的力量。一篇诗文如果达到了"文明以健,风清骨峻"的境界,就会像鸟的双翅那样高高飞起,这篇作品就获得了真正的艺术生命。这种高品位的作品,又是与高品位的艺术形式结合在一起的。他将这种高品位的艺术形式,称为"采"。他将这种风骨采齐备的作品,称为"藻耀而高翔"的"文章之鸣凤",推举为文学作品的最高境界。刘勰对优秀作品做出此种规定,既总结了汉魏以来的成功的艺术经验,也针砭了文坛存在的"为文而造情"和"言贵浮诡"的时弊,从理论上为文学创作的高品位化提出了明确的美学规范和完备的工程要领。从逻辑上看,《风骨》篇与其说是对某种特定风格形态的论述,不如说是对具有整体意义和本质意义的美学追求的系统阐发,是一个具有全局意义和统摄意义的篇章,理所当然应该成为创作原理论的

---

① 刘永济:《文心雕龙校释》,中华书局1962年版,第166页。

组成部分。

（4）定势论

《定势》篇是刘勰对文章体势的总原理与总法则进行总体性论述的篇章。

刘勰所说的"势"，具指文章的"乘利而为制"的自然动势："如机发矢直，涧曲湍回，自然之趣也。"他明确认为，这种内蕴在文章体态中的自然动势，是由情所原发，而由体所具形，然后构成一种具有美学意义的驱动力量和感染力量。他将"情—体—势"之间的互动关系，视为文学创作的普遍规律："夫情致异区，文变殊术，莫不因情立体，即体成势也。"

刘勰的这一体认，实际就是对文章结构的美学功能的总概括，也是对文章结构的总原理的总概括。因为文章体态的总集中，实际就是它的结构。所谓"自然之趣"，从本质意义上说，就是这种蕴涵在事物结构中的美学应力。所谓"机发"与"涧曲"，就是指事物特定的结构。所谓"矢直"、"湍回"，就是指特定结构中所蕴涵的特定功能。刘勰所说的这些比喻，就是对"情—体—势"三者之间的逻辑关系的形象论证，也是对结构的美学原理的形象证明。

由此可知，定势者，以情定体，以体定势之谓也，实际就是对结构的美学原理与力学原理的总概括。也就是刘永济先生所深刻体认的："舍人论体势相因之理，实具条贯与谐和两义。条贯者，一篇之中，构体宜与其情同符。谐和者，一体之内，取势宜与其体合节。与情同符，则情更明。与体合节，则体更显。譬之营造，宗庙之作，所以表肃敬之情也，故其结构规模，宜极庄严宏丽之致，使人入其中者，一望而生恪恭寅畏之心，此条贯之论也。而宗庙之中，大而一楹一柱，小而一疤一牖，无不与礼制相成，绣闼香帏，固不可施，茅茨土阶，亦非所适，此谐和之谓也。"[①]永济先生所昭示的"条贯"与"谐和"二义，实际就是结构之义，只是未说破而已。将二义归结为"结构"，使刘勰之用心更加明确，也使刘释更加清晰。

在《定势》中，刘勰不仅揭示了结构运作的总原理，还进一步提出了实现这一总原理的总法则，诸如"循体而成势，随变而立功"，"执正以驭奇"，"因利骋节，情采自凝"，等等。这些原理与法则，在结构论的范畴中组成了完整的认识论体系与方法论体系，为他创作论中的工程理论，提供了明确的指导

---

① 刘永济:《文心雕龙校释》,中华书局 1962 年版,第 114 页。

思想。

(5)情采论

《情采》是刘勰对作品内容与形式关系的总原理与总法则进行总体论述的专章。他所说的"情",具指作品的思想内容,他所说的"采",具指作品的艺术形式。刘勰明确认为,二者的关系,是一种对立统一的辩证关系。他将这种辩证关系,全面概括为以下三个方面:其一,情采共存的关系。这就是他所说的:"夫水性虚而沦漪结,木体实而花萼振,文附质也。虎豹无文,则鞟同犬羊;犀兕有皮,而色资丹漆,质待文也。"其二,情主采从的关系。这就是他所说的:"故情者文之经,辞者理之纬;经正而后纬成,理定而后辞畅:此立文之本源也。"其三,采对情的积极作用。这就是他所说的:"言以文远,诚哉斯验。心术既形,英华乃赡。"

刘勰的这种文质相称、经纬相成、华实相扶,情采并茂的美学理念,就是他论述文学创作的原理与方法的具有根本意义的指导思想,贯彻于他的全部理论内容之中。例如,《神思》篇标举"神居胸臆,而志气统其关键;物沿耳目,而辞令管其枢机",《物色》篇标举"写气图貌,既随物以宛转;属采附声,亦与心而徘徊",《熔裁》篇标举"万趣会文,不离辞情","美锦制衣,修短有度,虽玩其采,不倍领袖",《附会》篇标举"必以情志为神明,事义为骨髓,辞采为肌肤,宫商为声气,然后品藻玄黄,摛振金玉,献可替否,以裁厥中",《知音》篇标举"缀文者情动而辞发,观文者披文以入情,沿波讨源,虽幽必显",等等,无一不以这一具有根本意义的美学原则作为统摄。

以上五个篇章,共同组成了《文心雕龙》创作论的理论纲领。《文心雕龙》下编中剖情析采的诸多篇章,就是这一理论纲领的具体展开。

2. 文术论

"才之能通,必资晓术。"(《总术》)《文心雕龙》的理论纲领,是凭借系列的文学创作方法来实现的。这些方法,具体包括以下几个方面。

(1)主体修养之术:《体性》、《养气》

刘勰认为,情性作为文学创作的能动因素,总是与主体的修养状况密切相关的。因此,要想顺利而高效地进行创作,首先必须进行主体的修养。具而言之,一是作家艺术个性的修养,一是作家精神状态的修养。

作家艺术个性的修养,就是《体性》中所论述的内容。"体"指作品的体貌,相当于今天所说的风格,"性"指作家的创作个性。刘勰认为,二者之间,是一种"沿隐以至显,因内而符外"的关系。作品的风格与作家的创作个性对于文学创作的意义,就在于它是"笔区云谲,文苑波诡"的主体依据。如果没有这种生发于主体的个性化的风格和才性作为基础,文学创作势必陷入千人一面的泥坑之中而很难有所作为。惟其如此,培养个性化的创作才性以形成个性化的创作风格,便成为文情运作的第一前提。

在文章中,刘勰还进一步从四个方面分析作家才性的构成:一曰才,二曰气,三曰学,四曰习。他说:"才有庸俊,气有刚柔,学有浅深,习有雅郑,并情性所铄,陶染所凝,是以笔区云诱,文苑波诡者矣。"这里,"才"与"气"属于先天禀赋的范畴,即所谓"情性所铄","学"与"习"属于后天素养的范畴,即所谓"陶染所凝"。他认为,这两个方面都是不可或缺的,而重点则应该放在后天的习染上,即将先天的禀赋纳入后天的"功以学成"的习染之中,使其更加完善。这就是他所昭示的:"故童子雕琢,必先雅制,沿根讨叶,思转自圆,八体虽殊,会通合数,得其环中,则辐辏相成。故宜摹体以定习,因性以练才,文之司南,用此道也。"

作家的精神状态的修养,就是《养气》中所论述的内容。所谓"养气",指本于自然之道,加强主体的心理修养,使主体获得一种自然和谐的心境,从而使文学创作之树常青。这种自然和谐的心境对于文学创作的重要意义就在于,"陶钧文思,贵在虚静",只有在"虚静"的心态下,心物之间才能畅通无阻。而这种心境的获得,必须凭借心理的修养。也就是刘勰所昭示的:"玄神宜宝,素气资养","吐纳文艺,务在节宣,清和其心,调畅其气",以保证整个创作过程能够文思常利。清人纪昀曾评之云:"此非惟养气,实亦调养文机。"可谓得其真髓。

惟其如此,它必然成为制胜文苑的重要的心理前提,成为进入创作过程的另一道重要的门槛,也必然成为创作的前期准备的重要环节。

(2)文心生发之术:《物色》

心与物的交融,是文心生发的根由,而《物色》,则是对这一心物交流过程的具体阐述。从逻辑上说,心与物的交融是文学创作的真正意义的起点。惟其如此,紧接在创作论的纲领论之后领起全部运情之术的篇章,也必然是《物色》。将《物色》置于《总术》三篇之后与《神思》之前,正是对这一逻辑关系的明确反映。

刘勰认为,作家的感情作为文学的第一要素,是心与物交相作用的结果。这就是他在《物色》中所昭示的:"情以物迁,辞以情发","目既往还,心亦吐纳"。这一特定的美学心理过程对于文学创作的意义就在于,这种"物色之动,心亦摇焉"中所形成的兴象,就是文学运动的初始材料。文学创作中的构思与行文,就是以兴象作为不可或缺的基础进行的。如果没有这一基础,文学的创作就会成为无根无据的事情。这就是刘勰在《神思》中所说的:"视布于麻,虽云未贵。杼轴献功,焕然乃珍。"诚然,麻之所以造就为布,离不开机杼的献功,但是这一献功,是建立在麻的基础上的。如果离开了麻这一初始材料,也就没有以后的高级成品了。在麻与布的关系中,麻在前,布在后,这是不言而喻的。

"物色",就是一个获得文学创作的初始材料的专门过程。这一过程所凭借的工程手段,就是"体物"。"体物",是驱动"神与物游"的原动力,是获得美学兴象的决定性渠道。惟其如此,"体物"必然成为《物色》的真正意义的理论核心,该篇的全部内容实际都是围绕这一核心展开的,是该篇最具有开拓意义的所在。将《物色》视为《神思》的"配合"与"延伸",而不承认它的独立的领先性的范畴地位,显然是一种逻辑上的误读。

(3)文心构思之术:《神思》

《物色》是研究文学创作初始材料的生发之术的专论,而《神思》则是研究将这些初始材料通过构思的手段进行组织化和系统化,使其凝聚成为完整篇章的原理与方法的专章。这一过程所凭借的工程手段,就是刘勰所说的"神思",亦即艺术想象。之所以必须凭借这一特定的心理过程,是与构思所承担的特定的工程任务密不可分的。

构思所要完成的工程任务,就是实现物、情、辞这三大要素的融合为一。物与情的融合,具指在整体层面上的物的情化与情的物化,并由此而升入理的境界,亦即主旨的形成和主旨对全部材料的整体性统摄。这就是刘勰所说的:"神用象通,情变所孕。物以貌求,心以理应。"所谓"神用象通",具指在创作过程中想象与外物相触相通。所谓"情变所孕",具指思想感情在想象活动中对构成意象或物象的孕育和制约作用。物、情、辞的融合为一,就是内容的辞化。也就是刘勰所说的:"意授于思,言授于意。"所谓"意授于思",具指作者的思想化成了文章的内容,所谓"言授于意",具指文章的内容化成了文章的语言。唯有通过这一由博反约,由表及里,由粗及精,由隐至显的博而能一的工作过程,由外物向情辞的转化,以及由部分向整体的升华,才能获得成功。

这一由博反约,由隐至显,由粗及精,由部分凝聚为整体的"杼轴献功"的心理工程,之所以必须凭借想象这一特定的心理过程来实现,是由于正是在这一自由的心理空间之中,物、情、辞才能获得自由碰撞的机会,三者之间的具有创新意义的融合才能成为可能。径而言之,作家在构思中离不开想象,想象始终伴随着物象,而物象又始终伴随着作家的思想感情。也就是刘勰在《神思》中所说的:"登山则情满于山,观海则意溢于海,我才之多少,将与风云而并驰矣。"正是这一自由的飞驰过程,驱动着物、情、辞的合而为一的过程,将三者融合成为一个有机的整体。

《神思》的全部理论内容,都是围绕这一理论命题与工程命题展开的。显而易见,《神思》的宗旨绝不是论述一般意义的艺术想象,而是从工程学的角度论述凭借想象所进行的艺术构思。因此,从逻辑的顺序来看,它理所当然是应该置于专论体物的《物色》篇之后,与专论文心外化的系列篇章之前的。

4. 文心外化之术:《镕裁》、《附会》、《章句》、《声律》、《丽辞》、《比兴》、《夸饰》、《事类》、《隐秀》、《练字》、《指瑕》

文心的完成形态,是它的终极性文本,这一文本,是借助书面语言进行外化的结果。这一工作之所以必要,就在于构思是一个使自己明白的过程,它所凭借的语言是一种内在的心理语言。而外化则是一个使别人同样明白的过程,它所凭借的语言是一种外在的规范化的社会共同语言。这两种语言之间,是存在极大的差距的。这就是刘勰所昭示的:"方其搦翰,气倍辞前,暨乎篇成,半折心始。何则?意翻空而易奇,言征实而难巧也。"(《神思》)要解决这一内化与外化之间的差异,是一件颇费踌躇的事情。据此,紧接在《神思》之后,刘勰提出了诸多的因应方法。对这些因应方法的系统论述,主要是以下三个篇章:《镕裁》,《附会》,《章句》。

这系列篇章的共同的工作任务,就是实现文心的整体表达,但具体表现在各个篇章中,却各有各的切入口和侧重点。《镕裁》篇的切入口是材料学领域内的"杼轴献功",侧重对材料与意义的提炼与剪裁。"镕"主化,化所以炼意;"裁"主删,删所以修文。表里相应,内外相成,然后使其融会成为一个意显事熔,辞精文达的内容整体。《附会》篇的切入口是结构学领域内的"杼轴献功",侧重布局谋篇,将内容组织成为一个条贯统绪的结构整体。《章句》篇的切入口是语言学领域内的"杼轴献功",侧重对字词句章的组织与连贯,通过章句相接,义脉相通,使全篇融贯成为一个"外文绮交,内义脉注,跗萼相衔,首尾一体"的篇章整体。

三个篇章,界定着实现文章整体化的三个不同的角度,而实现文章整体化的总目的则是一致的。正是这一共同的目的,使这三个篇章具有姊妹篇的属性,理所当然应该归入同一的逻辑序列中。之所以将《章句》的位置调整到《附会》之后,是由于它们在文心外化过程中的自然顺序与逻辑地位所决定的。从文心外化的自然过程来看,通常都是先处理宏观性的结构问题,然后再调整微观性的词句的组合问题。在宏观性的结构问题全部解决之前,是不可能分出精力去解决微观性的词句的组合问题的。从二者的逻辑地位来看,结构的安排是大范围的安排,词句的安排是小范围的安排,二者的关系是树林与树木的关系,理所当然应该是先本后末,置《章句》于《附会》之后。

本序列中的其他七个篇章,就是以上三个篇章的具体展开。文心的外化离不开书面语言的运作,书面语言的运作离不开特定的方法和技巧。这些特定的方法和技巧,是语言运作获得成功的技术凭借。本书中从《声律》到《指瑕》的系列篇章,就是对这些技术武装的系统阐述。这些方法论的阐述在逻辑顺序上不像"原理类"那样紧密,它反映着一种静态的平列关系,从辞术的专门角度,支持着文心外化过程的全面完成。

《声律》

《声律》是专论文学语言中的声、韵、调的原理与方法的篇章。这些原理与方法,是魏晋南北朝声律研究成果的集中概括与总结,从而为唐代近体诗的繁荣与古汉语美学特质的形成,奠定了坚实的理论基础和技术基础。

由于"声律"是文学语言的具有本质意义的美学特征,理所当然应该置于修辞群术之首。

《丽辞》

《丽辞》是专论对偶的修辞原理和修辞方法的篇章。这一修辞方法运用在文学创作中,"丽句与深采并流,偶意共逸韵俱发",读之有敲金戛玉之声,阅之有珠联璧合之感,构成一种独特的整齐和谐的感性之美和辩证相生的理性之美。我国唐代近体诗的繁荣与古汉语的美感特质的形成,同样是与这一修辞方式的技术支持密不可分的。

由于"丽辞"是文学语言的音乐性的重要组成部分,理所当然应与"声律"相伴。

《比兴》

"比兴"是中国文学中进行形象化的最为古老的修辞手法,早在《诗经》和《离骚》中就被广泛运用,与"赋"连在一起被共称为"诗三纬"。但是,从原理上与方法上对其进行系统的论述,却是在《文心雕龙》的辞术论之中。《比兴》,就是论述这一修辞手法的专章。

何谓"比"?"比者,附也","附理者切类以指事",径而言之,就是运用形象的事物比附抽象的事理,亦即现代所说的比喻手法。何谓"兴"?"兴者,起也","起情者依微以拟议",径而言之,就是凭借生动的形象引发情思,寄寓隐微的道理,亦即现代所说的暗喻与象征的手法。二者的美学功能就在于"拟容取心",赋予语言表达以鲜明生动的形象美,委婉幽深的含蓄美,和浓郁强烈的抒情美。刘勰所说的"惊听回视,资此效绩",就是对这一独特的美学功能的集中概括。

"比兴"、"夸饰"、"事类"、"隐秀",都是语言形象化的美学手段,故此应该紧密相连。

《夸饰》

"夸饰",是楚辞、汉赋中进行形象化的常用手法。但是从理论科学上和工程科学上进行系统性的探讨和总结,同样是始于《文心雕龙》。《夸饰》,就是该著的创作论中专门研究这一修辞手法的原理与方法的篇章。

刘勰所说的"夸饰",就是现代所说的"夸张",即运用夸大的语言突出事物的美学特征,使其形状与数量发生极大的变异,因而更能接近事物的本质真实,以获得"因夸以成状,沿饰而得奇"的震撼人心的艺术效果。用刘勰的话来说,就是:"发蕴而飞滞,披瞽而骇聋。"根据这一美学原理,刘勰提出了"夸而有节,饰而不诬,旷而不溢,奢而无玷"的系列的美学原则和工程对策,以强大的技术凭借支持着历代作家在文学创作上走向成功。

《事类》

"事类"也是一种具有形象化意义的传统性修辞手法。它的源头可以追溯到我国早期文学作品《诗经》,其中已经有"人亦有言"、"先民有言"的字样。《左传》中就有诸侯之间朝聘盟会时"赋诗言志"的记载;孔子也曾教育儿子孔鲤:"不学《诗》,无以言。"在魏晋南北朝的骈体文中,对这一手法的运用更是蔚然成风。但是,将其作为一种专门的语言现象置于修辞科学的范畴中进行系统的研究,则是从刘勰的《文心雕龙》开始。该著的《事类》篇,就是专门研究这一修辞手法的美学原理与工程要领的篇章。

刘勰所说的"事类",就是现代人所说的"引用"。所谓"引用",是指在说话或写文章中,用他人的具有经典意义的事例或言词作为根据来表达自己的情思,使其具有生动形象、含蓄委婉、典雅富赡的特定的美学韵味,以此来增强语言的说服力与感染力,有效地证明观点或抒发感情,使内容更加充实和丰富。也就是刘勰所说的:"明理引乎成辞,征义举乎人事,乃圣贤之鸿谟,经籍之通矩也。"根据这一明确的体认,刘勰提出了"综学在博,取事贵约,校练务精,捃理须核,众美辐辏,表里发挥"的系列的美学原则和操作要领,将这些理论体认落到工程科学的实处,为历代作家提供理论与技术的双重借鉴。

《隐秀》

《隐秀》也是古代诗文中的常用的形象化修辞手法。在《诗经》与汉代的诗歌中,这种手法就已经得到广泛的应用。但是,将其作为一种专门的语言现象置于修辞科学的范畴中进行系统的研究,则是从刘勰的《文心雕龙》开始的。该著的《隐秀》篇,就是专门研究这一修辞手法的美学原理与工程要领的篇章。

刘勰所说的"隐",指"文外之重旨",即现代人所说的"含蓄",具指意未尽露,耐人寻味的修辞手法。刘勰所说的"秀",指"篇中之独拔",即现代人所说的"警策",具指精练扼要,深切动人的修辞手法。"隐以复意为工,秀以卓绝为巧"。"隐"与"秀",一个隐入,一个秀出,一个"情在词外",一个"状溢目前",一个有着含蓄的意境,一个具有鲜明的形象。这两种修辞格既迥然有别,又交相为用,相反相成,达到自然会妙的境界。即通过"状难写之景如在目前",达到"含不尽之意于言外";而且和"比兴""夸饰"往往存在交叉关系。所以紧接在专论形象化修辞方法的《比兴》、《夸饰》后而比较合理。通行本把它放在《练字》篇后,显然是与逻辑不合的。

《练字》

"练字"是古代在诗文写作中的字形修辞手法。其内容主要是通过对字形的精心选择造成视觉的美感,实现"声画昭精,墨采腾奋",以利于对文章的表达与接受。这种语言现象大兴于汉代的赋体与魏晋南北朝的骈体中,而将这一语言现象置于修辞学的范畴中进行系统性探究,则始于《文心雕龙》。该著中的《练字》,就是专门研究这一修辞手法的美学原理与工程要领的篇章。

关于《练字》的逻辑位置,范文澜认为:"《练字篇》与上四篇不相联接,当直属于《章句篇》。《章句篇》云:'积字而成句';又云:'句之清英,字不妄也'。"①这一论见实际是一种误读。"因字而成句"和"字不妄"之"字",是从句法角度讲的"字义",属于篇章结构学的范畴,而《练字》所说"言亦寄形于字",却是从文字学、书法学角度讲的"字形",属于修辞学的范畴,二者在学术层面上是并不相同的。所以在论述文心外化之术后,再从语言书写符号的角度论述字体的历史演变和"缀字"的美学要领,才是真正合乎逻辑的。

《指瑕》

《指瑕》是《文心雕龙》中专门研究语言表达的准确性的原理与工程方法的篇章,相当于现代人所说的"消极修辞"。对"消极修辞"的研究在孔子的《论语》中就已经发其端倪,他所说的"辞达",就是具体例证。但是对这一修辞现象进行系统的理论研究和工程学开拓,却是奠基于并大成于刘勰的《指瑕》。

"消极修辞"与"积极修辞"具有相辅相成的关系,理所当然应该放在分论"积极修辞"各篇后面,以成全璧。

5. 文心接受之术:《知音》

文心以接受为目的和最后完成,其具体渠道就是交流。文心的交流过程,也是一个对作品的评论过程。但是,在刘勰的概念系统中,文学批评不仅是读者的主体活动的范畴,更是写作学理论自身不可或缺的重要范畴。因为刘勰在阐述这一理论与方法时所持的视野,并不是一种单向的批评家的视野,而是同时包容了作家的视野。他所说的"知音",就是"知"与"音"两重视野的总汇合。该篇的全部内容,都是在这一双向视野的对举和交汇中展开的。如"知"与"音"的对举与交汇:"音实难知,知实难逢"。"缀文者"与"观文者"的对举和交汇:"缀文者情动而辞发,观文者披文以入情"。惟其如此,他不仅将

_____

① 范文澜:《文心雕龙注》下卷,人民文学出版社 1958 年版,第 626 页。

文学创作纳入了文学批评的范畴之中,也将文学批评纳入了文学创作的范畴之中,而后者在刘勰的理论体系中,占有更加重要的地位。这是因为,本著的学术属性,是写作学著作,不是文学批评著作。将《知音》从逻辑上归入文学创作的序列,更符合它的本质属性,也更符合文心以接受为目的的总规律和总目标。《文心雕龙》的原道中所昭示的"鼓天下之动者存乎辞。辞之所以鼓动天下者,乃道之文也",就是对这一总规律与总目标的明确标举。因此,从逻辑的归属上看,将《知音》归入创作论的文心接受之术的序列中,是更为恰当的。

由于这一逻辑的正位,文学的四要素"世界—作者—作品—读者",才得以在"道之文"的总高度下融合成为一个统一的整体,标志着文学创作的真正意义的全面实现和最后完成。

1. 延伸论:下编最后诸章的逻辑归属

《文心雕龙》下编的最后,是从《时序》至《序志》的诸章。这些篇章的逻辑关系与逻辑归属,一直是龙学界的认识灰区。聚讼纷纭的具体内容,大致涉及以下几个方面:

(1)关于下编结构的系统划分

关于下编结构的系统划分问题,龙学界长期存在以下两种见解。

一是二分法的见解。它将下编划为两个板块:其一是"剖情析采"部分,包括由《神思》到《程器》的24个篇章。其二是"归余于终"的总结部分,也就是《序志》一章。在二分法的见解中,还有一种大体相同但略有差异的看法,即将"剖情析采"部分收缩为从《神思》到《总术》的19个篇章,将总结部分扩大为从《时序》到《序志》的6个篇章。

一是三分法的见解。它将下编划为三个板块:其一是"剖情析采"部分,被称为"创作论"部分,包括由《神思》到《总术》的19个篇章。其二是与"剖情析采"相连而生的部分,包括由《时序》到《程器》的五个篇章,被称为附论、批评论、文史论、作者论、鉴赏论,等等,而批评论则是其通用称谓。其三是它的《序志》一章,被称为结论部分。

无疑,上述的每一种见解都包含着部分真理,但也存在某种不够周密之处。大抵而言,二分法侧重各个篇章之间的普遍性联系,将"剖情析采"视为一个统一整体,但也表现出了一种笼统与混沌的属性,看不出各个部分之间的特殊联系。三分法是对二分法的开拓,它改变了原来的笼统性和混沌性,将下编中的后五篇从原来的一体化状态中剥离出来,赋予了它相对独立的系统地位,使其特殊性联系得以充分显示出来。但是,作为一个相对独立的结构成分的自身系统属性,却因为脱离了原来归属而变得游移不定起来。人们虽然给予它各种各样称谓,却没有一个称谓能够恰如其分地反映出其特定的系统属性,以及它与"创作论"的系统关系。特别是,学者们的认定大都采取直断和臆测的方式进行阐述,而不是采取逻辑论证的方式,也必然缺少变不确定性为确定性的力量。

那么,下编结构划分的逻辑模式究竟应该是怎样的呢?我们在考量这一问题之前,最好还是回到"还宗经诰"的原点上来,看一看刘勰在《序志》中的那段概括性阐述。从刘勰的阐述中,可以发现三条重要的理论事实。

其一,下编的25篇中,除了《序志》之外,都是在"剖情析采"的大纲目的统率下展开的。"剖情析采",是24篇共同的逻辑归属。惟其如此,"长怀《序志》,以驭群篇"的《序志》,理所当然应该从该编之末,移置于全著之首。

其二,在对24篇的概括性阐述中,阐述的句式却存在明显的区隔。《时序》之前的部分用的是三字句式的排比,《时序》之后的部分用的是五字句式的排比。它清楚地说明:这两部分之间,既具有统一的关系,也具有相对独立的关系;既具有与"剖情析采"的相关性,也具有与"剖情析采"的相异性。将二者进行区隔,是符合刘勰原意的。从这点来说,三分法是优胜于两分法的。

其三,这种划分,只是一种符号学的外在区隔,它还必须接受区隔间的内在的逻辑关系的检验。长期以来,对下编区隔的划分之所以显得如此朦胧,称谓之所以显得如此生硬乏力,就是因为这个问题始终没有得到很好的解决。因此,我们还必须就此做出进一步的分析。

(2)创作论与后五篇之间的内在逻辑关系的分析

下编的最后五篇中,又可分成迥然有别的两组,一组是《物色》与《知音》两篇,一组是《时序》、《才略》、《程器》三篇。《物色》所阐述的是心物交融的原理与方法,而这一特定的心理过程,正是文心所由生发的心理根由与物质根由,也正是文学创作的起点。它理所当然应该归入创作论的序列中,成为文学创作的第一道程序。《知音》所阐述的是文学接受的原理与方法,而这一特定的心理过程正是文心运动的最后完成的总标志。它理所当然应该归入创作论的序列中,成为文学创作的最后一道程序。顺理成章,这两篇应该移置于创作论的逻辑序列中,成为创作论的有机组成部分,而不再归属于结尾之中。

对创作论进行逻辑的剥离之后的剩余部分,是《时序》《才略》《程器》三篇。这三篇与创作论序列之间,既存在相异关系,也存在相通关系。

二者之异,具体表现在以下方面。

其一,范畴属性的差异。创作论是关于文学的内容与形式的工程原理和运作要领的阐述,后三篇是关于与创作有关的诸多外在因素的美学意义及其普遍规律的阐述。一个属于形下学范畴,一个属于形上学范畴;一个属于方法论范畴,一个属于认识论范畴;一个属于工程科学范畴,一个属于理论科学范畴。

其二,观照角度的差异。创作论是对写作内在过程的纵向性观照,采取的视角是凭依于内系统运动的微观性角度。后三篇是对写作的外在过程的横向性观照,采取的视角是凭依于外系统运动的宏观性视角。径而言之,一个属于诗内功夫的观照范围,一个属于诗外功夫的观照范围。

其三,理论内容的差异。创作论的内容,是阐述创作内在过程中各个美学阶段的原理与实务。它以为文之用心(情)以及为文之用形(采)二者的关系作为主线,论及作者临文前的主体修养(养气),临文中的艺术构思的原理与方法(神思),风格的原理与运作要领(体性),创作的美学要求与力学要求(风骨),文章结构的原理与要领,文章行文的方法与技巧,文章写作艺术的继承与创新的原理与要领,等等。后三篇的内容,是阐述影响创作的各种重大的外部因素的具体现象与普遍规律。这些对文学的发展具有重大制约意义的外部因素,被刘勰概括为以下几个专门的方面:一是文学与时代潮流的关系,二是文学与作者才情的关系,三是文学与作者品行的关系。这三个方面,就是下编从《时序》到《程器》三个专章的论述内容。

从哲学层面上说,后者显然具有高于前者的理论品格,具有更加深刻、更加广泛的概括力量。而从实践层面来看,前者则显然具有优于后者的工程品格,具有更加具体的实用意义。

二者之通,具体表现在以下方面。

其一,对"剖情析采"这一大纲目的针对性相同。它们的视角虽然不同,但都是对"剖情析采"的大纲目的具体展开。

其二,两个单元之间,存在着不可分割的逻辑联系。前者是对文学创作实务的论述,后者是对文学创作实务在宏观视野中的审视与升华。前者是后者的认识基础,后者是前者的认识飞跃。犹如登上山顶之后对全山与全程的博观与回照,由于视野的增扩,又看到了许多更具有宏观意义的风景,收到"临别秋波那一转"的强化效果。所谓"会当凌绝顶,一览众山小",即此之谓。这种关系,实际就是一种认识的深化与延伸的关系。它是相对独立的,又是纵横交错,密不可分的。也就是现代诗人艾青所描绘的:

> 一棵树,一棵树
>
> 彼此孤立地兀立着
>
> 风与空气
>
> 告诉着它们的距离
>
> 但是在泥土的覆盖下
>
> 它们的根伸长着
>
> 在看不见的深处
>
> 它们把根须纠缠在一起

其三,这种根与根之间的"纠缠",这种"临别秋波那一转"的回视,作为一种更换视角后的反思与深思,不仅是对下编 24 篇在"剖情析采"大纲目下的整体连缀,也是对全著"为文之用,四十九篇而已"的"首尾圆合"的总收束和总完成。就写作艺术而言,则是一种"结尾如撞钟,清音有余"的总延伸和总辐射。它将文之枢纽中的宏观性的理论主张,在经过"论文叙笔"与"剖情析采"的具体发挥之后,又提升到历史发展的总规律、人文关系的总规律以及写作与作者才略关系的总规律的宏观层面上,进行实践论与认识论的双重观照,进一步走近文心运动的本质,给广大读者以更多的教益。

(3)对后三篇的逻辑整体的确切称谓应该是什么?

称谓是对事物内在的逻辑联系的本质性反映。弄清楚了二者之间复杂的逻辑关系,对这种逻辑关系的确切称谓,自然会顺理成章地浮现出来。能够对如此复杂的逻辑关系进行全息反映的书面符号,就是"延伸论"。为着证明这一称谓的合理性与全面性,我们不妨将它与当前的种种称谓做一点简单比较。

当前对后三篇的称谓,大致有以下几种:批评论,鉴赏论,文史论,作者论,附论,杂论,等等。这些称谓的名不副实的片面性,是显而易见的。以"批评论"的称谓来说,它的概括范围只能及于《程器》与《才略》,与《时序》了不搭界。以"文史论"来说,可以覆盖《时序》,同样不能兼及其余。"杂论"的称谓能够进行算术层面上的简单概括,但不能进行几何层面上的复杂概括,它只能将三个篇章捏合成为一种杂乱无章的散沙式堆积,而不具有任何的逻辑意义。"附论"的称谓所显示的是一种主与从的关系,虽然在从属的层面上具有将三个篇章凝为一体的概括力量,但是,这种概括只能是对它的系统地位的矮化和缩化,势必造成对这一独立单元在下编中的升华性地位的严重损害。

比较可知,最具有确切的逻辑概括力量的称谓,只能是"延伸论"这一称谓。它的这种确切的逻辑概括力量就在于:它反映了三个篇章在逻辑上的相关性,又反映了这三个篇章与前面的 21 个篇章在逻辑上的相关性;既反映了二者之间的区隔关系,也反映了二者之间的发展关系。将这一称谓赋予创作论最后的理论飞跃部分和高屋建瓴部分,应该是极其允当的。

四、文体论

"论文叙笔"的文体论是《文心雕龙》的重要组成部分,与"剖情析采"的创作论共同组成该著的主体内容,一直受到龙研学界的广泛关注。但是,从逻辑学的角度对其理论意义、理论内容及其逻辑位置进行深层探索,却很少有人触及。下面,试对此做出一点管窥。

(一)文体论的理论意义

文章是文心的书面化的决定性结构,是文心运动的终极性形态,而文体是文章不可或缺的形态规范。文体作为文章分类学的范畴,在我国出现得很早,孔子删诗,就是一项按体整理的工作,"五经",就是五种不同的文体。以后曹丕的《典论·论文》,陆机的《文赋》,挚虞的《文章流别论》,都有关于文体分类的论述。但是从逻辑的高度对其进行明确的囿别区分和系统分析,却是以刘勰的"论文叙笔"为大端与大成。

将文体归入独立完整的认识范畴进行研究是文学自觉的一个重要标志,其理论意义具体表现在以下几个方面。

1. 对文学研究领域的极大扩充

我国传统的文学研究通常都采取整体研究的方法,重视动态的研究和内容的研究,而忽视静态的研究与形态的研究。刘勰的文体论研究,就是对这一研究模式的极大开拓与扩充。

刘勰的文体论研究以文章的体式作为专门研究对象,以对文章体式的规律与规范的系统把握作为明确的理论目标,这是他的前人所未曾充分涉及的。文章的体式属于形态学的范畴,形态学的研究从静态的角度研究文心的运动,将文心的运动定格于文章平面运动的平台中,更便于对文心的外在形态的把握。文心运动则是一个内在的纵向运动,内在运动具有非视觉的属性,纵向运动是一个瞬息万变的过程,二者都是难以觉察的。而形态运动则是一个外在的横向运动,外在运动具有可视觉的属性,横向运动是一个由此及彼依次延伸的过程,二者都是可以静观细察的。从文体论的角度出发,有利于对作品进行横向性比较和历史性考察。

文体论与创作论的交会,实际就是静态研究与动态研究两个角度的交会。创作论的把握因文体论的把握而具体,文体论的把握因创作论的把握而深刻。二者互相补充,才能对文学的运动进行全息性的把握,全面实现《文心雕龙》文质兼备的理论宗旨。这也就是刘勰之所以既设"剖情析采"的专门序列,又设"论文序笔"的专门序列的一个重要的逻辑根由。

2. 突出以经为范的理论纲领

以经为宗,是《文心雕龙》理论体系中重要的理论纲领,而以五经作为总源头和总范式的文体论,则是对这一理论纲领的逻辑承接和具体发挥。"《宗经》篇把众体之源归于经书,不仅仅是为了推演理论体系的需要,还有其更深层的理论意义。即把当时的文体尽可能纳于经书的属下,通过对经书之体的研究,为其文体论找到'正式'。"①用刘勰《宗经》篇的话说,就是"察经以制式"。这一"正式"的理论意义,具体表现在以下几个方面:

其一,为刘勰建立文体论理论框架提供了卓越的范例,启发了刘勰文体论四项内容结构的组成;而且也为原属于不同经书的各种文体的规格要求提供了总的规范。《宗经》篇总结出的经书的写作特点,直接或间接地规定和制约

---

① 詹福瑞:《宗经与〈文心雕龙〉的理论体系》,《河北大学学报》1994 年第 4 期,第 49 页。

着各种文体规格要求的内容。

其二,以经为范,实际也就是以文质兼备的文学传统为范。这就是《征圣》篇所说的:"志足而言文,情信而辞巧,乃含章之玉牒,秉文之金科矣。"在"敷理以举统"的内容里,刘勰遵照圣文的准则,从内容与形式两方面提出"衔华而佩实"的创作要求,也正是以此作为张本。

其三,它赋予了文体的规范性以一种特别的崇高性和可信性的品格。这种品格来自我们民族长期的历史实践,并在这种长期的历史实践中获得了不容怀疑的证明。对五经范式的认同,实际就是对文学规律的认同,也就是对我们民族的历史文化的认同。惟其如此,它在理论上必然拥有历史与逻辑的双重的论证力量和说服力量。这也是它之所以可以世代相传而永不磨灭的根由。

3. 对矫正讹滥文风的现实针对

"矫讹翻浅,还宗经诰。"《文心雕龙》的撰写目的,就是矫正当时的讹滥文风,实现"正末归本"的文化目标。这一不良文风的集中表现,就是刘勰所说的"失体成怪"、"文体解散"、"文体遂弊",而其根本原因,就是在体制上"离本弥甚",即背离了古已有之的各种文体的自身规定性和固有体制。惟其如此,对以经为总规范的文体论的阐释和标举,实质上也就是对实现这一宗旨的具有整体意义与分类意义的工程对策的阐释和标举,而文体论各篇,就是据此所做的"敷理"与"举统"。也正是由于这一系统性的阐释和标举,本书的"正末归本"的宗旨才获得了鲜明的理论旗帜和强大的方法论武装。正是凭借这一理论旗帜和方法论武装,这一"矫讹翻浅"的社会任务才得到了社会的普遍重视,并在以后的历史实践中获得圆满完成。也就是王少良在他的论文中所昭示的:"《文心雕龙》有矫正当时靡弱文风的现实目的,因此刘勰论文体,实际上也就是在剖示正体,让人们看到这种文体基本的体制规格,试图通过这样的途径来达到端正文风的目的。"①

4. 为后人文体写作提供了完整的方法论

刘勰以前的文体论都是比较简单,并未形成完整的理论体系,用刘勰的话

---

① 王少良:《〈文心雕龙〉文体论的文学理论意义》,《辽宁师范大学学报》2008 年第 3 期,第 88 页。

来说,就是"各照隅隙,鲜观衢路"。将文体研究提升为文章形态规范的系统理论,自刘勰始。在《文心雕龙》的文体论中,刘勰通过一系列有代表性的文章和作品,总结出文章体式运作上的经验与教训,并对各种文体的形态特点和美学要求做出了理论性的概括,建造了一个周密完整的文体论体系,为后人进行各种文体的写作,提供了"体备而周详"的方法论上的指导。例如《明诗》篇指出,四言诗的写作"则雅润为本",五言诗"则清丽居宗",应能"持人情性",起"顺美匡恶"的作用。《史传》篇指出,史传的编写应遵循"按实而书"的原则,选材要有"寻繁领杂之术",掌握"务信弃奇之要",结构的安排要明确"头讫之序,品酌事例之条",从而使史书传记起"表征盛衰,殷鉴兴废"的作用。《论说》篇指出,论说文的写作,首先应"弥纶群言","研精一理",立论要"师心独见,锋颖精密",说理"义贵圆通,辞忌枝碎","论如析薪,贵能破理",以获得"弛张相随"、"喻巧而理至"的艺术效果。公务文书的写作,因适用对象、适用范围不同而有不同的要求。这些精当而深刻的理论总结,发前人所未发,见后人所难见,广泛涉及文章分体写作中有关文章形态规范的各个方面,反映了各体文章写作的特点和规律,给各体文章的写作提供了有效的方法论指导。

尽管刘勰在《文心雕龙》中论述的各种古代文体中很多都已随着社会的发展而进入了历史的尘封中,但是他所总结的文体写作理论中的具有普遍意义的内容,在当代诸多的文体领域中,仍然不失理论上的指导意义。诸如诗歌写作、历史传记写作、议论文写作、公文写作以及日常应用文的写作,等等。历史从来都是现实的历史,现实从来都是历史的现实,这一往来不穷的普遍规律,同样是适用于文体运动的古今关系中的。

以上诸多建树,无一不是文体论领域中空前鲜后的理论创举。正是凭藉这些卓越的开拓,刘勰实现了文学创作的内容论与形态论的统一,过程论与体式论的交融,理论内容与现实针对的结合,古与今的会通,由此构起了《文心雕龙》的以创作论与文体论为双翼的理论整体。这一雄健而不可或缺的双翼,正是《文心雕龙》之所以能够翱翔于历史太空的逻辑凭借。

(二)文体论的理论内容

有关文体论的内容从《明诗》到《书记》共计 20 章,涉及的文体共 34 种,144 类。从逻辑的归属上看,可以概括为以下几个方面。

1. 对文体论的基本范畴的界定

在刘勰以前,虽然早有文体的分类,大都带有自发的性质,通常是用"同类相属"的归纳方法进行划类,以经典作为大类的依据,根据直觉,以文衡体,牵连比附,构成网络。对于文体的范畴,长期缺乏明确认识。

我国写作学史上第一个对文体具有明确的范畴观念的学者,就是刘勰。他在对每一种文体的阐述中,自始至终都扣紧了三个关键性的范畴:功能,结构,形态。

关于功能范畴的,如:

> 诗者,持也,持人情性。(《明诗》)
> 史者,使也;执笔左右,使之记也。(《史传》)
> 章以谢恩,奏以按劾,表以陈请,议以执异。(《章表》)

关于结构范畴的,如:

> 圆者规体,其势也自转;方者矩形,其势也自安:文章体势,如斯而已。(《定势》)
> 夫京殿苑猎,述行序志,并体国经野,义尚光大。既履端于倡序,亦归余于总乱,序以建言,首引情本;乱以理篇,写送文势。(《诠赋》)
> 敷表绛阙,献替黼扆。言必贞明,义则弘伟。肃恭节文,条理首尾。(《章表》)

关于形态范畴的,如:

> 若夫四言正体,则雅润为本;五言流调,则清丽居宗。(《明诗》)
> 原夫登高之旨,盖睹物兴情。情以物兴,故义必明雅;物以情观,故词必巧丽。丽辞雅义,符采相胜,如组织之品朱紫,画绘之著玄黄,文虽新而有质,色虽糅而有本,此立赋之大体也。(《诠赋》)
> 奉辞伐罪,非唯致果为毅,亦且厉辞为武。使声如冲风所击,气似欃枪所扫,奋其武怒,总其罪人,惩其恶稔之时,显其贯盈之数,摇奸宄之胆,

订信慎之心。使百尺之冲,摧折于咫书,万雉之城,颠坠于一檄者也。(《檄移》)

文体就是结构、形态、功能三者统一的综合范畴。这一综合范畴的整体表现,就是各种文体独特的美学风格:

是以模经为式者,自入典雅之懿;效《骚》命篇者,必归艳逸之华……自然之势也。(《定势》)

正是形态、结构、功能三者的自然动势,构成了各种文体的美学特色:

是以括囊杂体,功在诠别,宫商朱紫,随势各配。章表奏议,则准的乎典雅;赋颂歌诗,则羽仪乎清丽;符檄书移,则楷式于明断;史论序注,则师范于核要;箴铭碑诔,则体制于弘深;连珠七辞,则从事于巧艳。此循体而成势,随变而立功者也。(《定势》)

刘勰对构成文体范畴的基本要素的清晰理念,就是他揭示文体规律、划分文体类别、阐释文体运作要领的认识论依据。

2. 对文体研究的基本方法的论述

刘勰在文体学研究中的历史性建树,并不仅仅在于对这些文体本身的认识,还在于他研究这些文体时所采用的科学方法体系。这一方法体系,即《序志》篇中标举的文体论四大层面:"若乃论文叙笔,则囿别区分:原始以表末,释名以章义,选文以定篇,敷理以举统。"

所谓"原始以表末",即通过历史考察的方法,研究各种文体的源流演变,把握其来龙去脉。如《诠赋》篇讲到赋的渊源来自郑庄公之赋《大隧》,士苏之赋《狐裘》,赋的体裁起源于《诗经》,在《楚辞》里才扩大了疆界。到了荀子的《赋篇》和宋玉的《风赋》与《钓赋》,才正式有了"赋"的称谓,成为一种独立的文体。接着又论述了汉以后大赋和小赋的演变情况,一直讲到晋代郭璞、袁宏等人的作品。又如《论说》篇对"论"体的渊源的阐释:"圣哲彝训曰经,述经叙理曰论……昔仲尼微言,门人追记,故仰其经目,称为《论语》。盖群论立名,始于兹矣。"正是凭借这些寻根溯源的详尽的历史把握,对各种文体的逻辑把握才有了坚实的文化基础。

所谓"释名以章义",即从文体的命名上揭示各类文体的性质和特征。如《明诗》篇对"诗"的解释,首引《尚书·尧典》中"诗言志"的说法,继引《毛诗序》"在心为志,发言为诗"以印证,然后给"诗"下了这样的定义:"诗者持也,持人情性。"又如:"乐府者,声依永,律和声也。"(《乐府》)"赋者,铺也,铺采摛文,体物写志也。"(《诠赋》)"论者,伦也。伦理无爽,则圣意不坠。"(《论说》)等等。刘勰不仅能用精粹的文字来概括各种文体的主要特征,而且不乏新颖的见解。在刘勰之前,还没有人对各种文体名称做过全面的解释工作。后世论文体者,如明代吴讷的《文章辨体序说》、徐师曾的《文体明辨序说》,直至晚清林纾的《春觉斋论文》,对文体名称的解释,大多根据或引用刘勰的解释。

所谓"选文以定篇",意即选取各种文体的代表作品加以比较,从而洞悉其特性和规律,并从中获取方法论的教益。例如《诠赋》篇举出荀卿、宋玉、枚乘、司马相如、贾谊、王褒、班固、张衡、扬雄、王延寿十家,认为他们是"辞赋之英杰"。还特别列出枚乘的《梁王菟园赋》、司马相如的《上林赋》、贾谊的《鵩鸟赋》、王褒的《洞箫赋》、班固的《两都赋》、张衡的《二京赋》、扬雄的《甘泉赋》、王延寿的《灵光赋》等著名辞赋,并指出了它们在文体运作上可资效法之处。魏晋的辞赋家,他列举的有王粲、徐干、左思、潘岳、陆机、成公绥、郭璞、袁宏等,赞誉他们是"魏晋之赋首"。又如《檄移》篇,列举隗嚣讨伐王莽新朝的《移郡县檄》、陈琳的《为袁绍檄豫州》、钟会的《移蜀将吏士民檄》、桓温的《檄胡》文等历史名作作为典范,称其为"得檄之体"、"并壮笔也"。通过这些精粹的评述,对各种文体的基本规范进行具体的展示。亦即《铭箴》篇中所说的:"故铺观列代,而情变之数可监,撮举异同,而纲领之要可明矣。"

所谓"敷理以举统",即阐发各体文章的体制特色和运作要点,以指导文章的写作。例如:"原夫登高之旨,盖睹物兴情。情以物兴,故义必明雅;物以情观,故词必巧丽。丽词雅义,符采相胜,如组织之品朱紫,画绘之著玄黄,文虽新而有质,色虽糅而有本,此立赋之大体也。"(《诠赋》)"故授官选贤,则义炳重离之辉;优文封策,则气含风雨之润;敕戒恒诰,则笔吐星汉之华;治戎燮伐,则声有洊雷之威;眚灾肆赦,则文有春露之滋;明罚敕法,则辞有秋霜之烈。此诏策之大略也。"(《诏策》)"郊祀必洞于礼,戎事必练于兵,田谷先晓于农,断讼务精于律,然后标以显义,约以正辞。文以辨洁为能,不以繁缛为巧;事以明核为美,不以深隐为奇。此纲领之大要也。"(《议对》)等等。这些论述,指引读者从文体写作的高度,去把握文体运作的基本法则和基本要领。

这四个方面相辅相成,共同组成了文体研究的方法论的内容。前三层面是第四层面的材料基础,第四层面是前三层面的逻辑概括与理论完成,从而抽象出各体文章的写作规范和要求。这种规范和要求,就是各篇的结穴之所在。具而言之,就是用历史的发展眼光,敏锐地观察各种文体在历史演变的长河中不同阶段所出现的不同特点,区别辨析各种文体的"同"与"异"。这样,文体论中的诸多层面,就在分析与综合、具体与抽象、历史与逻辑的统一中,自然地融合成为一个有机的理论整体。《文心雕龙》的文体论之所以能达到前所未有的历史高度,就是以这一科学的研究方法和发达的逻辑思维为基础的。

3. 对文体的基本类别的论述

认识论的明确和方法论的完整,必然使刘勰对文体类别的划分极其严密和清晰。

《文心雕龙》文体分类的严密性和清晰性,首先体现在对"文"与"笔"两大体群的辩证关系的明确认识上。"文"与"笔"的概念起源很早,但对二者之间的辩证关系的明确论述,却始于《文心雕龙》:

> 今之常言,有"文"有"笔",以为无韵者"笔"也,有韵者"文"也。夫文以足言,理兼《诗》《书》,别目两名,自近代耳。颜延年以为:"笔"之为体,"言"之文也;经典则"言"而非"笔",传记则"笔"而非"言"。请夺彼矛,还攻其盾矣。何者?《易》之《文言》,岂非"言"文?若"笔"不"言"文,不得云经典非"笔"矣。将以立论,未见其论立也。予以为:发口为"言",属翰曰"笔",常道曰经,述经曰传。经传之体,出"言"入"笔","笔"为"言"使,可强可弱。六经以典奥为不刊,非以"言""笔"为优劣也。(《总术》)

刘勰明确认为,"文"不是某类文体的专门属性,而是所有文体的普遍属性。无论哪种文体,都应该有文采。文采的有无,不是区分文体优劣的依据。但是,"文"与"笔"毕竟还是有区别的,这种区别的真正根由并不在于"韵"

的有无,也不在于文采的有无,而是在"言"(言语,"发口为言")与"笔"(语言,"属翰曰笔")的差异。这一差异,就是文采的"含量"在文体中"可强可弱"的根源。有些文体直接来自口语和生活,如诗歌,文采的"含量"自然比较强。"经传之体,出'言'入'笔'",属于书面语言的范畴,文采的"含量"自然比较弱。

刘勰所标举的"论文叙笔",实际就是文学与非文学的囿别。他所非议的,并非文与笔的划分的本身,而是这种划分的依据。"今人"的划分依据的失误就在于:对文学的口语性原则的忽视,与对文采的普遍性原则的偏离。刘勰的主张是:文采普遍属于所有文体,不能以文采的"有无"作为划类的依据,而应以言语和语言的差异以及由此带来的文采的"强弱"作为划类的依据。事实上,他并没有否定文与笔的区别,他的文体论中文与笔的区分是相当清晰的。他只是将划分的标准置于更加坚实的理论基础上罢了。

刘勰的上述见解,使得文学文体和非文学文体的"剥离",具有了可靠的形态学依据。口语是文学最基本的形态学基础,"文采强",是文学最基本的美学特征,这二者都是构成文学的形态特征的决定性依据,再加上"诗缘情"这一内容上的决定性依据,就足以将纯文学从先前长期纠葛不清的泛文学状态中划分开来。

《文心雕龙》文体划分的严密性和清晰性,也体现在对各类文体的划分上。文体论系列中总共包括 20 个专章,从宏观上看是按照诗歌文体(文学)与实用文体(非文学)两大体群进行囿别区分的。从《明诗》到《谐隐》,属于诗歌文体系列(文学),从《史传》到《书记》,属于实用文体系列(非文学)。文学体群中包括"诗"、"乐府"、"赋"、"颂赞"、"祝盟"、"铭箴"、"诔碑"、"哀吊"、"杂文"、"谐隐"10 种文体。非文学体群中涉及的细类 100 余种,但从具有代表性的大类来看,只有"史传"、"论说"、"公文"、"一般应用文"四种。这种五分法的文体结构,比原先的烦琐杂乱的细类划分要清晰许多,也更符合于文体流变中大类不变的历史规律,对于现代人的文体运作则具有更大的借鉴意义。对这些大类的阐述,最好采取"以点概面"和"以点带面"相结合的方式,既要突出它们的普遍规律和共同特点,又要顾及大类中诸多文种各自的特殊规律和个异性特点。以点概面,才能重点突出,脉络清晰;以点带面,才能深入细致,特性鲜明。

4. 对各类文体美学要求的论述

刘勰认为,美是宇宙万物的自然形态,也是文章的自然形态。"夫以无识之物,郁然有采,有心之器,其无文欤?"作为天地之心的普遍性表现,美理所当然应该覆盖所有的文体。这就是他所明确强调的:"古来文章,以雕缛成体","圣人书辞,总称文章,非采而何?"对所有的文体提出一无例外的美学要求,是刘勰的一大革命性的开拓。这一革命性的开拓,从文章的内容美与形式美两个层面,鲜明体现在他对文体的系统论述中。

刘勰将"情"视为文章内容美的根本所在。他说:"情者文之经","文质附于性情","为情而造文","吐纳英华,莫非情性","凭情以会通,负气以适变"。他明确认为,这一普遍性的美学原则是适用于所有文体的:"夫情致异区,文变殊术,莫不因情立体,即体成势。"刘勰对情的美学要求有以下几个,一是真,就是他所说的:"情信而辞巧"。二是深,就是他所说的:"情深而不诡。"三是自然,就是他所说的:"夫铅黛所以饰容,而盼倩生于淑姿;文采所以饰言,而辩丽本于情性。"四是适要,就是他所说的:"故为情者要约而写真","情周而不繁,辞运而不滥。"。

情虽然是内容美的普遍性要求,但具体表现在各种文体中,在强度上、属性上、形态上却又是千差万别的,每种文体都有自己的特定要求。见之于诗体中,是:"诗者,持也,持人情性","婉转附物,怊怅切情"(《明诗》)。见之于楚骚,是:"《骚经》、《九章》,朗丽以哀志;《九歌》、《九辩》,绮靡以伤情"(《辨骚》)。见之于赋体,是:"原夫登高之旨,盖睹物兴情","触兴致情,因变取会"(《诠赋》)。见之于颂赞体,是:"三闾《橘颂》,情采芬芳","约举以尽情,昭灼以送文"(《颂赞》)。见之于檄移体,是:"声如冲风所击,气似枚枪所扫,奋其武怒,总其罪人,惩其恶稔之时,显其贯盈之数,摇奸宄之胆,订信慎之心,使百尺之冲,摧折于咫书;万雉之城,颠坠于一檄者也。"(《檄移》)见之于哀吊体,是:"情主于痛伤,而辞穷于爱惜。"(《哀吊》)见之于议对体,是:"总要以约文,事切而情举。"(《议对》)见之于史传体,是:"腾褒裁贬,万古魂动","褒见一字,贵逾轩冕;贬在片言,诛深斧钺"(《史传》)。即使在论说文体中,尽管它的主要功能是"论如析薪,贵能破理",但接受者毕竟是一种有情的存在,同样离不开感情的参与:"班彪《王命》,严尤《三将》,敷述昭情,善入史体","范雎之言疑事,李斯之止逐客,并顺情入机,动言中务,虽批逆鳞,而功成计合"(《论说》)。各种文体中的情的存在方式,都是各不相同的。

刘勰认为,文章之美,除了根源于内在的情感外,还来自它外在的文辞形式,他将文辞形式的美称为"文采"。并将文章的内容美与形式美的统一,视为文章美学的最高理想:"若风骨乏采,则鸷集翰林;采乏风骨,则雉窜文囿;唯藻耀而高翔,固文笔之鸣凤也。"对文章形式美的大力强调和普遍追求,不仅集中表述在他的枢纽论中,也覆盖于在他的创作论的全息论述之中。见之于《序志》,是:"古来文章,以雕缛成体。"见之于《征圣》,是:"志足而言文,情信而辞巧,乃含章之玉牒,秉文金科矣。"见之于《神思》,是:"吟咏之间,吐纳珠玉之声;眉睫之前,卷舒风云之色","刻镂声律,萌芽比兴"。见之于《物色》,是:"写气图貌,既随物以宛转;属采附声,亦与心而徘徊。"见之于《定势》,是:"绘事图色,文辞尽情,色糅而犬马殊形,情交而雅俗异势。"见之于《情采》,是:"圣贤书辞,总称文章,非采而何","言以文远,诚哉斯验。心术既形,英华乃赡。"

但是,文采具体表现在各类文体中,就像它的内容的感情美一样,在强度上、属性上、形态上,却又是千差万别的。每种文体都有自己对文采的特定要求,必须进行特定的美学适应。这就是刘勰在《定势》中所明确指出的:"括囊杂体,功在铨别,宫商朱紫,随势各配。章表奏议,则准的乎典雅;赋颂歌诗,则羽仪乎清丽;符檄书移,则楷式于明断;史论序注,则师范于核要;箴铭碑诔,则体制于宏深;连珠七辞,则从事于巧艳:此循体而成势,随变而立功者也。"具而言之,见之于骚体,是:"金相玉式,艳溢锱毫。"见之于赋体是:"铺采摛文","蔚似雕画"。见之于颂赞体,是:"镂形摛文,声理有烂。"见之于祝盟体,是:"立诚在肃,修辞必甘。"见之于议对体,是:"文以辨洁为能,不以繁缛为巧;事以明核为美,不以环隐为奇。"见之于封禅体,是:"弘律蟠采,如龙如虬。"见之于史传体,是:"文非泛论,按实而书","立义选言,宜依经以树则;劝戒与夺,必附圣以居宗"。见之于论说体,是:"弥纶群言,而研精一理","词深人天,致远方寸","转丸骋其巧辞,飞钳伏其精术"。如此等等,千姿百态,各不雷同,给文章的写作在体式上提供广阔的美学选择空间。

5. 对各类文体工程要领的论述

刘勰的文体论不仅是一门精辟的理论科学,也是一门极具工程意义的实践科学。其实践性品格,具体表现在对各类文体的工程要领的系统阐述上。刘勰将方法论视为写作实践的决定性凭借。他说:"才之能通,必资晓术,自非圆鉴区域,大判条例,岂能控引情源,制胜文苑哉!"他的这一理念,鲜明地贯彻在他的文体论中,成为文体论的重要组成部分。他对论说文体的工程方法和工程要领的系统阐述,就是具体例证。这一系统阐述的主要内容,可以概括为以下方面。

(1)弥纶群言,研精一理

"弥纶群言,而研精一理",是刘勰对论说文体的功能和特点的精辟概括,也是他对论说文写作的总要领的鲜明标举。所谓"弥纶群言",是指对各种相关论见的观照,所谓"研精一理",是指通过精密的研究,将诸多论见熔裁成为一个辨正然否的统一的理论结构。刘勰明确认为,要写好论说文,首先必须尽力搜集相关材料,充分吸取前人的研究成果,以便拥有充分证据来论证自己的论点。而研究与论证的目的,就在于从更高和更新层面上,去对事物的本质和规律做出更加深刻、更加正确的揭示和体认。二者的逻辑关系是:前者是后者的前提和基础,后者是前者的目的和旨归。由于前者,作者就可以广取各家之长,排弃各家之短,使自己的论说具有全面性,避免片面性。由于后者,作者才可能将与论说有关的诸多方面,融会成为一个具有全新意义的有机整体,超出各家已有的成就,解决各家所没有解决的问题,进一步走近事物的规律和本质。刘勰的这一工程学主张,是他"博而能一"的结构学理念的具体化,对于论说文的写作,具有普遍性的指导意义。

(2)师心独见,钩深取极

"师心独见","钩深取极",是刘勰对论说文写作提出的第二个工程要领。所谓"师心独见",就是独出心裁而不落窠臼,所谓"钩深取极",就是对事物深层本质的探求和把握。由于前者,论说文的写作才能自标一格,见人之所未见,发人之所未发,具有自己独立的学术生命。由于后者,论说文的写作才能真正具有深度,具有"辨正然否"和揭示本质的力量。二者相关相成,相得而益彰。

对此,刘勰举出了魏晋时代的优秀论文作为例证:"详观兰石之《才性》、仲宣之《去伐》、叔夜之《辨声》、太初之《本无》、辅嗣之两例、平叔之二论;并师心独见,锋颖精密,盖论之英也。"这些名作证明了一条重要的真理:论说之

"英",就在于创造性上,这正是它的生命之所在。这是因为,从根本上说,论说文的写作是一种"独步当时,流声后代"的探索未知的活动,一种认识真理的活动,它必须有所发现、有所发明、有所创造、有所前进。否则,纵是写得再好,也毫无意义可言。刘勰还从反面举出了汉末以及东晋江左文人的一些文章,尖锐地指出了缺乏创造性的种种弊端。他说:"逮江左群谈,惟玄是务,虽有日新,而多抽前绪矣。至如张衡《讥世》,韵似俳说;孔融《孝廉》,但谈嘲戏;曹植《辨道》,体同书抄。"不管是"多抽前绪",还是"体同书抄",指的都是重复、罗列前人的看法,而没有自己的见解。这些做法,无疑都是论说文写作的大敌。刘勰的这一工程学主张,是他"变则可久,通则不乏"的发展理念的具体化,对于论说文的写作,同样是具有普遍性的指导意义的。

(3)心与理合,辞共心密

刘勰认为,论说文的本质特征就是说理,而说理,是以严格的逻辑形态和规范的语言形态进行的。他说:"论者,伦也;伦理无爽,则圣意不坠"。"伦理",从某种意义上说,就是论证的条理,也就是思维的逻辑性。逻辑性,是理论思维正确运行的决定性的形态保证。唯有遵守逻辑的规范,才能达到"心与理合"的理想境界。所谓"心与理合",有两重含义:一是指心与客观事物的本质和规律的契合,二是指心与思维规律——逻辑的契合。这两种契合,又都是通过语言形态表现出来的,这就必然要求第三种契合,即和语言规范的契合。对逻辑规范和语言规范的遵守,是论说文写作的第三条重要的工程要领。这就是刘勰所明确指出的:"故其义贵圆通,辞忌枝碎,必使心与理合,弥缝莫见其隙;辞共心密,敌人不知所乘:斯其要也。"

对此,刘勰举出了文章学史上的许多具例。他认为晋代的论说文有许多名作,但最高成就的桂冠,却只能属于当时的佛学论文。何者? 就因为它在"动极神源"上,能进入心学的至境。佛学之所以能获得如此超绝的理论思维成就,是与它独特的思维方式——"般若"思维方式密不可分的。"般若"思维方式的独特的理性概括力量,就来自它的独特的逻辑运用方式——因明的思辨方式,因明是恩格斯所称许的世界上思辨水平最高的形式逻辑。这种逻辑的论证力量,是远非一般的形式逻辑所能比拟的。佛学的成就,就是这种逻辑的说理力量和相应的语言表意力量在空间维度上的具体证明。

对于这一"循理而运斤"的工程要领,他又用喻证方式,从反面进行了进一步证明:"是以论如析薪,贵能破理。斤利者,越理而横断;辞辨者,反义而取通;览文虽巧,而检迹知妄。"如果违反逻辑规范和语言规范进行横断和诡辩,没有不失败的。他谆谆告诫论说文作者,要想通天下之志,绝不能采取这种非逻辑和非语言规范的"曲论"方式,而只能采取"循理而运"的"正论"方式,这才是君子的大作为:"唯君子能通天下之志,安可以曲论哉?"

(4)时利义贞,动言中务

刘勰认为,论说文的说理,归根结底是不能离开现实生活的实际需要的,因此,他对论说文的写作,提出了时利性与中务性的工程学要求。所谓"时利性",就是对当时形势的健康发展具有推动作用的属性。所谓"义贞性",就是符合真理、符合正义的属性。所谓"中务性",就是切中事务要害,一发而中其枢机,确实有益于解决实际问题的属性。径而言之,一篇优秀的论说文,必须在社会实践中具有以下三重工程品格:一是合目的性品格,二是合真理性品格,三是合事务性品格。这就是他在《论说》中所强调的:"凡说之枢要,必使时利而义贞;进有契于成务,退无阻于荣身。"

刘勰认为,唯有这种合时合理合利的境界,才是论说文写作的理想的工程学境界。对此,他举出了"李斯之止逐客"、"邹阳之说吴梁"、"敬通之说鲍邓"三个具体例证。这三篇论说文之所以能够在当时极端复杂、极端险恶的情况下获得如此重大的历史性成功,"功成计合","危而无咎",就是这三性合一的综合效应的结果。这一工程学的标举,对于论说文的写作,同样是具有永恒的垂范意义的。

(三)文体论的逻辑位置

随着创作论位置的逻辑修正,文体论的位置必然后移。这一移换的理由已经具见于前文,此处无须赘述。需要说明的是,这一重大的逻辑修正,鲜明标示出创作论在全著中的主导地位的提升,使著中的精华成分更加突出,但并不意味着文体论的理论意义的下降,而只是意味着它在理论上的进一步深化。下面试作几点简要的辨析。

刘勰置文体论于前导地位,是为了获得三处逻辑上的利益:一是突出"秉经为式"的纲领性地位,二是为了突出"矫讹翻浅"的现实目标,三是为了对古往今来的文体问题进行集中的归类研究。这三项逻辑利益,是否会因为逻辑位置的更换而淡化或消失?

　　笔者认为,这种顾虑纯属多余。任何一种理论主张,都必须接受时代与历史的双重制约,而不会是永恒不变的僵化存在。一种理论主张的辐射强度的变化,是历史选择的结果。刘勰对文体论地位的强调同样是如此。随着一千五百年的沧海桑田,"矫讹翻浅"的现实目标早已经变成了大唐与大宋的文学繁荣,"秉经为式"的纲领性地位,也早已被由刘勰所首倡并为历代作家所奉为圭臬的系列明确的美学范畴所代替,而文体论研究也为历代的文体研究所延续并已具有了独立的形态学品格。和文体论原来的历史建树相比,后者在学术的层级上显然要超越许多,在理论内容上也要具体许多,丰富许多。在这新的历史条件下再原封不动地坚持先前的理论主张,显然已经失去了意义。

　　事实上,在文体论的"前导"性的理论地位"瘦身"之后,它所固有的理论价值,才能充分地表现出来,这就是它作为形式因素的地位。实际上,在摆脱了经学的羁绊之后,文体才真正获得了自由之身,它的形式意义才获得真正的凸显。先内容后形式,置形式于静态的平台中细观默察,更便于对文章体式的把握。文心运动是一个内在的纵向运动,内在运动具有非视觉的属性,纵向运动是一个瞬息万变的过程,二者都是难以觉察的。文体运动是一个外在的横向运动,外在运动具有可视觉的属性,横向运动是一个由此及彼依次延伸的过程,二者都是可以静观细察的。从文体论的角度出发,有利于对作品进行横向性比较和历史性考察。两个角度互相交织,互相补充,因内而符外,因外而证内,统一而不同一,相通而不相同,这样才能将写作的原理、方法和要领,阐述得更加充分。

　　对被历史所颠倒了的东西重新颠倒过来,是历史与逻辑统一的必然结果。

　　(四)对《文心雕龙》结构的逻辑模式的总图示

　　根据以上分析,可以用下面的图示,对《文心雕龙》结构的逻辑模式,做出集中的概括,以收一目了然之效。

《文心雕龙》结构逻辑模式图示

总 序
《序志》

枢纽论
《原道》 《征圣》

《宗经》 《辨骚》

《正纬》

创作论

文理论
《总术》 《通变》

《风骨》 《情采》

《定势》

文术论
主体修养论

《体性》 《养气》

文心生发论

《物色》

文心构思论

《神思》

文心外化论

《熔裁》 《附会》

《章句》 《声律》

《丽辞》 《比兴》

《夸饰》 《事类》

《练字》 《隐秀》

《指瑕》

文心接受论

《知音》

延伸论
《时序》 《才略》

《程器》

文体论

韵文（文类）
《明诗》 《乐府》

《诠赋》 《颂赞》

《祝盟》 《铭箴》

《诔碑》 《哀吊》

《杂文》 《谐隐》

散文（笔类）
记叙文体

《史传》

论说文体

《诸子》 《论说》

应用文体
《诏策》 《檄移》

《封禅》 《章表》

《奏启》 《议对》

《书记》

第六章 《文心雕龙》书名论

　　对非常事物称谓的解读,犹如对其博大内涵的领悟一样,从来就不是一览无余,一蹴即就的事情。《文心雕龙》的书名同样如此。从它诞生后的 1500 年来,对它玲珑剔透的书名的解读,一直众说纷纭,至今未能尽窥其秘。书名是一部著作的思想内容和理论宗旨的总浓缩和总标示,对书名解读的朦胧,势必造成对著作思想内容和理论宗旨的整体性的误导、误读和误解,将读者引入认识的歧途之中。特别是对于一部伟大的著作来说,这种“晦伏”的情况,确实是一件值得“同惜”的事情。“天地间物,莫奇于书;奇则秘,秘则不行,此好古者所为同惜也。”①为此,笔者不揣浅陋,有如冯允中所期待的那样,“于其晦伏之余,广而通之”,做了一点系统性辨正,以就教于大方之前。

第一节 《文心雕龙》书名解读的历史寻踪

　　关于《文心雕龙》书名的含义,刘勰在《序志》一开始就给予了说明:

　　　　文心者,言为文之用心也。昔涓子《琴心》,王孙《巧心》,心哉美矣,故用之焉。古来文章,以雕缛成体,岂取驺奭之群言雕龙也。

　　作者说得很清楚:“文心”是专指“为文之用心”说的,也就是“为文”过程中系列的心理活动。“雕龙”是指对龙文的雕刻,泛喻美的制作。对这两个词

---

① 冯允中:《文心雕龙序》,见杨明照《文心雕龙校注拾遗》,上海古籍出版社 1982 年版,第 725 页。

语的字面意义的解读,历朝历代都没有重大的分歧。从齐梁到两宋,很少有人对书名的含义产生过特别的注意和辨析。历史上第一个对《文心雕龙》的书名进行解读的是元代的钱惟善。他在《文心雕龙·序》中说:

> 其为书也,言作文者之用心;所谓雕龙,非昔之驺奭辈所能知也。①

这种解读方式的特点,是将组成书名的两个词语分别进行解释,将它们的算术和直接当成其总体意义。

明代的叶联芳在他写的《文心雕龙序》中。也作了类似的表述:

> 文,生于心者也;文心,用心于文者也;雕,刻镂也;龙,灵变不测而光彩者也;又笼取也。观乎命名,则其为文也可知矣。②

这种分做两部分进行解读的方式,一直沿袭至今,几乎成了定式。如当代周振甫(《文心雕龙注释》)对书名的解读:

> 《序志》是全书总序。先说明《文心雕龙》命名的含义,"文心"是探索作文的用心……"雕龙"指雕缛成体,是就文采说。全书正贯彻了这种探索文心和讲究文采的观点。③

在《文心雕龙今译》中,周氏对此又做出了进一步的阐发:

> "文心"是讲作文的用心,这是一;"雕龙"指雕刻龙文,比作文的要讲究文采,这是二。讲作文的用心,就把讲作文的纲领,讲创作论、文体论、文学评论都包括进去了。讲文采,就把当时南朝人看重文采的特点显示

---

① 　钱惟善:《文心雕龙序》,见杨明照《文心雕龙校注拾遗》,上海古籍出版社 1982 年版,第724 页。
② 　叶联芳:《文心雕龙序》,见杨明照《文心雕龙校注拾遗》,上海古籍出版社 1982 年版,第729 页。
③ 　周振甫:《文心雕龙注释》,人民文学出版社 1981 年版,第 539 页。

出来了。①

这种"并列式"的"分而不合"的解读模式,成了当代龙研学者的主流模式。如:

> 《文心雕龙·序志》一开头就说:"夫文心者,言为文之用心也。"明确指出其书是讲如何用心做文章的。下文解释"雕龙"两字的含义说:"古来文章,以雕缛成体,岂取驺奭之群言雕龙也。"……
>
> 刘勰用"雕龙"名书,当是说其书论述作文之法,像雕龙那样非常精细。②

这种"并列式"解读模式,在国际龙学界也颇为盛行。如美国学者施友忠在其《文心雕龙》英译本的"导言"中所说的:"文心"一词是指用心创作作品,"雕龙"一词则是强调作品的修饰方面。并将《文心雕龙》的书名译为:《文学的心和龙的雕刻:中国文学思想与形式研究》(*The literary mind and the carving of dragons:A study of thought and pattern in Chinese literature*)。他在直译之后复为意译,将这种"并列式"的理解方式表述得更加充分。这种解读模式,在俄语中也相当流行。据李逸津的论文《〈文心雕龙〉在俄罗斯》的介绍,《文心雕龙》的书名在俄语中译为:"Резной дракон литературной мысли"(文学思想的雕刻的龙)或"Литературная мысль и резнойдракон"(文学思想与雕刻的龙)。③

1986年,李庆甲发表了他的论文《〈文心雕龙〉书名发微》,对《文心雕龙》书名的解读模式提出了自己的看法。他认为,这些解读方式普遍地存在一个非常明显的缺陷:"都把'文心'和'雕龙'二个词错误地看成平列而互不关连的结构","致使'文心'与'雕龙'二者在逻辑上联系不起来"。我国国内学人的解读方式也同样是如此:"国内各种《文心雕龙》的现代汉语译本虽未译书

---

① 周振甫:《文心雕龙今译》,中华书局1986年版,第442页。
② 王运熙:《中国文学批评通史》第2卷,上海古籍出版社1996年版,第330—331页。
③ 李逸津:《〈文心雕龙〉在俄罗斯》,《天津师范大学学报》1994年第2期,第66页。

名,但从其对刘勰书名自释的译文中仍可看出译者们在对书名的理解上,同样存在着类似的问题。"对此,他明确地提出了自己的学术主张:

> 笔者认为"文心"与"雕龙"二者联系紧密,不是互不关连;它们之间是主从关系,不是平列关系。"文心"者,"言为文之用心也",是探讨文章写作的用心的意思,用今天的话来说,即论述文学创作的原理之谓。"文心"一词提示了全书的内容要点,在书名中处于中心位置。"雕龙"一词出典于战国时代的驺奭,"所谓雕镂龙文",本有两层含意:一个是形容其文采富丽,另一个是极言其工夫精深细致。刘勰是在肯定的意义上运用这个典故的。他在书名中所用的"雕龙",主要吸取了后一层意思,用以说明自己这部书是怎样地"言为文之用心"的。这就是说,"雕龙"二字在书名中处于从属位置,它为说明中心词"文心"服务。如果串讲,"文心雕龙"四个字的意思就是:用雕镂龙文那样精细的工夫去分析文章写作的用心。基于这样的认识,笔者认为《文心雕龙》的书名翻译为现代汉语则是:《文术精说》。统观《文心雕龙》全书,刘勰确实当之无愧地做到了这一点,名实完全相副。①

作者关于"'文心'与'雕龙'二者联系紧密,不是互不关连"的见解,无疑是正确的。众所周知,任何事物都具有整体的属性,整体不是部分的算术和,是不容许简单地进行切割的。唯有整体的把握,才能通向对本质的把握。"分而不合"的"并列式"的解读方式,实际就是一种对整体进行简单切割的方式,这就是造成了许多与书名的本质性内涵相去甚远的肤浅见解的方法论根由。这些见解的肤浅性主要表现在,它们对书名内容的归纳,无一例外地都归纳为内容和形式两大块,如美国《大百科全书》对《文心雕龙》书名的翻译:《中国文心:文学的内容和形式》,法国《大百科全书》对书名的翻译:《中国文心:文学的内容美和形式美》。这种解读方式,不仅无助于对二者之间的逻辑联系的揭示,而且必然造成对《文心雕龙》这一伟大著作的内容的极大"矮化",因为文学的内容与形式的问题,是人类早就解决了的最一般性的认识问题,如

---

① 李庆甲:《〈文心雕龙〉书名发微》,《文心雕龙学刊》第3辑,第350页。

果《文心雕龙》研究的竟是这样一些尽人皆知的初级性的问题,那么,这一颗"中国的文心"就太平庸无奇,没有永恒的学术价值可言了。显然,这是一种严重的误读和误解。对这种误读和误解进行拨正,对于正确理解和保护《文心雕龙》非常的学术品格,是非常必要的。

李庆甲在该论文中所提出的主从式的解读方式,是对传统的并列式的解读方式的重大突破,在当代的龙学研究中得到了相当广泛的认同。例如石家宜《〈文心雕龙〉系统观》对《文心雕龙》书名的解读:

> 言为文之用心,若雕刻龙文然。

这种理解方式与李文虽有程度上的差异,但就其基点而言,则是基本相同的:

> 所谓主从关系,说得明确一点,就是:"文心"是书名的主干,"雕龙"则是如何去探讨"为文之用心"的说明和规定。刘勰强调自己的书是用"雕龙"那样的工夫去揭示"文心"的,或者说是像雕刻龙文那样精细地探讨和揭示为文之用心的,这"精细"自然包括了文字本身的研究。
>
> 这样,我们就可以把《文心雕龙》之旨意完整地理解为:言为文之用心,若雕镂龙文然。①

再如王运熙《文心雕龙探索》对《文心雕龙》书名的解读:

> 《序志》篇指出,"文心"是"言为文之用心",也就是讲如何用心写文章……雕龙是指言辞修饰得很细致,犹如"雕镂龙文"……刘勰这里意思是说,自古以来的文章注意写得美丽细致,他这部书细致地讨论作文之道,故采取过去"雕龙奭"的说法,名叫《文心雕龙》。如用现代汉语,大致可以译成《文章作法精义》。②

---

① 石家宜:《〈文心雕龙〉系统观》,江苏古籍出版社2001年版,第273—274页。
② 王运熙:《文心雕龙探索》,上海古籍出版社1986年版,第1页。

这种主从式的解读方式,也涌入了当代国际龙学的领域中。如克利瓦卓夫《论刘勰的美学观》对《文心雕龙》书名的解读:

> 刘勰的著作《文心雕龙》这样译成俄语可能更精确些——《被心灵孕育而成的像雕刻的龙一般美丽的文学》。①

诸多见解,都是时代进步的产物,和"一加一"的旧模式相比,具有更多的真理性品格。但是,毋庸讳言,这些解读方式虽然进一步走近了本质,却仍然存在某些欠妥欠当之处。主要表现在以下方面:

一、论证的贫乏

以李庆甲《〈文心雕龙〉书名发微》为代表的上述诸多见解,都重视整体把握的问题,这是他们超出前人与时人的地方。无疑,科学的把握必须是整体的把握,整体的把握必须具有"内在关联"的属性。那么,"文心"与"雕龙"之间的"内在关联"的系统机制又是怎样的呢? 这两个异面存在的逻辑交点在哪里? 特别重要的是,这一逻辑交点的语言形态又是怎样显示出来的? 这是解决问题的关键所在,却又是以李文为代表的诸多"主从"说的论见所没有正面回答的问题。李文关于"文心"与"雕龙"之间存在着"主从关系"的论断,仍然以内容与形式的宏观联系作为唯一依据,而采用直断的方式进行表述,缺乏必要的语法学依据和具体清晰的逻辑论证过程,难以使人信服。将"雕龙"这一"雕缛龙文"的特定活动解释为"极言其工夫精深细致"的特定属性,将"岂"字中原本具有的否定意义解释为"肯定的意义",也没有提出可靠的论据,同样缺乏信度。众所周知,缺乏语言学根据的论断与没有经过充分论证的命题,必然存在极大的主观随意性。主观随意性的表述,是缺乏真正的说服力量的。

二、逻辑的错位

李文中所说的"主从关系",就一般性的判断来说无疑是正确的,但是具

---

① 克利瓦卓夫:《论刘勰的美学观》,见《古代文学理论研究》第 11 辑,上海古籍出版社 1986 年版,第 110 页。

体落实到确定何者为"主"何者为"从"的时候,却又陷入了逻辑混乱的认识灰区之中。李文的论断是:"'文心'一词提示了全书的内容要点,在书名中处于中心位置……'雕龙'二字在书名中处于从属位置,它为说明中心词'文心'服务。"显然,这一逻辑的定位是将"全书的内容要点",直接当成"书名中"的"中心位置"了。众所周知,"全书的内容要点"与"书名中"的"中心位置"虽然具有统一与相通的属性,但毕竟不是同一性的范畴。作为"全书的内容要点"的语言标志的"文心"与作为"书名中"特定语法位置的语言标志的"文心",实际是两个迥然有别的概念。"文心"具体运用在"书名"这一特定的语言结构中,它所具有的语法属性已经不再是一个表示"为文之用心"的名词性的概念,而是一个用来对谓语进行修饰与制约的具有"工具与方式"意义的状语性的概念了。在状谓结构的主从关系中,处于中心位置的只能是谓语,而绝不能是状语。李文将书名中的"主从关系"定为"心主龙从"的关系,显然是一种严重的逻辑错位,是对书名中由语法所规定的逻辑顺序的颠倒。这也就是李文及其诸多的同道将《文心雕龙》的书名,解读成为"用雕镂龙文那样精细的工夫去分析文章写作的用心"的逻辑根由(对此所作辨正,详述于下节)。

三、概念的转移

　　作者所希望建立的判断,是对"文心"和"雕龙"之间的内在关系的判断,而在最后的陈述中,却转换成了对"文术"与"精义"之间以及"文章作法"与"精义"之间的一般性的外在关系的判断。众所周知,"文心"与"文术"是两个不同概念,分属于不同范畴,不具有可以互相替换的属性。"雕龙"与"精义"是两个交叉而不重合的概念,各有各的范畴,同样不能互相替换。显然,这种随意发挥的判断,同样是很难具有说服的力量的。

四、总体概括的苍白

　　名与实必须相副,书名必须是对全书的精华和宗旨的总强调和总标示。也正因为如此,它必须具有广阔而深刻的总体概括力量。所谓"广阔",是指它必须具有包举全部内容的品格;所谓"深刻",是指它必须具有揭示事物本质的品格。《文心雕龙》体大思精,弥纶群言,被称为"持独断以定群器,证往哲以觉来彦"(明·张之象),"述作之金科,文章之玉尺"(明·顾起元),甚至被称为"进窥天地之纯"（清·章学诚），"东则有刘彦和之文心，西则有亚里士多德之诗学，解析神质，包举洪纤，开源发流，为世楷式"（鲁迅），足见其内容之博大与精深。而经过"主从化"的处理后，竟成了一个极其简单、片面的称谓。书名的神奇与伟大之处荡然无存，可以"进窥天地之纯"的"文心"，缩化成为一个纯技术性的词汇"文术"，甚至最一般化的概念"文章作法"。可以作为文章写作的美学理想的"雕龙"，缩化成为一个专门体现刘勰本人写作《文心雕龙》的技术特点的"精细"和"精义"，这就与《文心雕龙》的原义相去太远了。和它博大精深的"实"比较起来，对它的书名的解读实在是太贫瘠、太苍白了。这样的"整体"性的书名，既没有覆盖全书的力量，也没有贯彻本质的力量，"无益于后生之虑"，只能给读者对书名的解读造成新的误读、误导和误解，给龙学的研究造成新的"同惜"和"同憾"。

非常的事物必有非常的内涵，非常的内涵必有非常的称谓。《文心雕龙》实际就是刘勰自己对这一伟大事物的伟大内涵的伟大称谓。对于《文心雕龙》解读中的诸种不顺，不是由于刘勰本人的表达不当的原因，而是由于后人认识的局限性，没有对他已经天才地进行过的表述去进行正确理解造成的。历史似乎和我们开了一个不大不小的玩笑，它给我们提供了一座宝库，却又将"芝麻开门"的密码故意隐藏了起来，推动人们继续攀登，穷搜不已，一步一步地去接近本质。

困难之所在，往往又是希望之所在。随着龙学研究的走向世界，《文心雕龙》的译本越来越多。翻译讲究语言的准度和信度，准度和信度来自对事物的名与实的确切理解。于是，对书名的正确解读问题越来越受到世界学者的重视，努力在继承中进行跨越。本著中所作的探索，就是前人脚印的伸延，是这世界性的长长链接中的一个小小的链条。如果没有前面的"长长"，也就没有这区区的"小小"了。这就是本人在探索中的凭借和自勉。

第二节 《文心雕龙》书名含义的形态学分析

"文心"与"雕龙"之间，究竟存在一种怎样的内在关系？二者连缀起来，到底表达了怎样一种完整的意思？这一完整意思的形态学依据究竟在哪里？这是问题的关键之所在，也是解决问题的困难之所在。

　　"芝麻开门"的密码之所以如此难以寻觅,就在于刘勰对书名的表述过于隐秘,过于细微,有如神龙藏于雾中,难见真形,远非通常的解读方式所能破译。但是,任何事物都具有自己特定的存在方式,这种存在方式总是与物质世界的运动密不可分的。因此,只要我们对具体事物进行具体的、耐心的、循序渐进的形态学分析,就一定会发现某些蛛丝马迹,循着并透过这些蛛丝马迹,就有可能一步步接近事物的本质。语言的内涵同样如此,总是和特定的"物质外壳"联系在一起的。这一"物质外壳"不是一个随意性的符号堆砌,而是一个具有明确的语法规定的决定性的结构,以约定俗成的方式表述着它所特有的意义。紧扣着语言形态的规定性,是确切地把握它的特定内涵的决定性的渠道。这就是本节的立意之所在。

　　语言的形态具有狭义和广义两种类型。狭义形态指词法与句法的规定性,广义形态指语言片断的宏观联系性和相关性。下面,试进行分别阐述。

一、书名的狭义形态学分析

　　狭义形态学分析包括词汇学分析和语法学分析两个基本范畴。

　　从词汇学的角度来看,《文心雕龙》的书名,是由两个词语构成的:一是"文心",一是"雕龙"。根据刘勰在《序志》中的表述,"文心"的词汇意义指"为文之用心",也就是写作过程中系列的心理活动。"雕龙"的词汇意义指"雕镂龙文",也就是喻指美的制作。这一词汇学的认定,是龙学界的普遍性共识,任谁也没有异议。

　　在此基础上,我们再来作语法学分析。

　　语法学包括词法和句法两个层面。

　　从词法关系来看,"文心"的词类属性是名词,是对事物名称的表述。"雕龙"的词类属性是动词,是对事物的动作、情况、变化的表述。这一认定,同样是龙学界不争的共识。

　　就句法关系来看,"文心"与"雕龙"之间的句法关系,是建立在名词与动词之间的关系的基础上的。名词与动词之间关系,可以概括为以下几种基本形态:

　　一是主语和谓语之间的关系,也就是陈述与被陈述之间的关系。主语回答"谁"或"什么"的问题,一般放在句子的前面。谓语回答"是什么"或"怎么

样"的问题,一般放在主语的后面。如:

> 齐师伐我。(《左传·庄公十年》)
> 孟子见梁惠王。(《孟子·梁惠王上》)
> 庄子钓于濮水。(《庄子·秋水》)

"齐师"是名词,在句子中是发出"伐"这一动作的主体,"伐"是动词,是句子中的主体所发出的动作。二者之间的组合,就是对"谁"在"做什么"的问题所做出的判断。

二是状语和谓语之间的关系。"在古代汉语中,名词有时可以直接用作状语……表示所使用的工具或方式,含有'用……'的意思。"①

具体例证如:

> 权使其士。(《战国策·赵策》)
> 箕畚运于渤海之尾。(《列子·汤问》)
> 上曰:"人告公反。"遂械系信。(《史记·淮阴侯传》)
> 十九人相与目笑之。(《史记·平原君列传》)
> 群臣后至者,臣请剑斩之。(《汉书·霍光传》)

"权使"就是"用权术驱使"的意思,"箕畚"就是"用箕畚"的意思,"械系"就是"以械系之"的意思,"目笑",就是"以目笑之"的意思,"剑斩",就是"以剑斩之"的意思。

一个名词和一个动词之间,只能有这两种关系,一是主谓关系,一是状谓关系。这是由于在古代汉语中,名词既可用作主语,组成主谓关系的句法结构,又可用作状语,组成状谓关系的句法结构。除此之外,不可能构成第三种关系。那些以并列关系为基础的"一加一"的理解之所以错误,原因就在这里。

排除了并列关系,还剩下两种关系:一是主谓关系,一是状谓关系。那么,

---

① 程希岚:《古代汉语》,吉林人民出版社1984年版,第183—184页。

在这两种关系中,又如何正确进行辨析和区分呢? 如果这个问题没有得到解决,主观随意的判断仍然不可避免。

对此,《古代汉语》同样进行了明确的回答:

> 普通名词用作状语,同名词用作主语一样,其位置都在谓语(动词)的前边。怎样判别它是主语还是状语呢? 就一般情况说,凡谓语(动词)前面的名词在意思上不能认为是主语的,即不能同谓语(动词)构成陈述和被陈述关系的,就应该认为是用作状语。①

根据这一普遍规律进行衡量,"文心"与"雕龙"之间的句法关系,就昭然若揭了。"雕龙"指美的制作,属于动词的范畴。那么,谁是这一动作的发出者呢? 进行美的制作的逻辑主体,只能是特定的人——作者,而不能是别的东西;别的东西只是作者进行美的制作的工具与凭借,而不能是主体本身。显然,"雕龙"这个动词与前面的名词"文心"之间,在逻辑上是不能构成"陈述与被陈述"的关系的。"文心"不能成为"雕龙"的主语,而只能是动作的一种凭借、依据和方式。根据非此即彼的判断原则,"就应该认为是用作状语"。将"文心雕龙"的句法关系认定为状谓关系,是符合词法和句法的规定性的。

所谓"状谓关系",在语法上是一种修饰与被修饰、制约与被制约的偏正关系。具体表现在《文心雕龙》的书名中,就是"文心"这一特定的工具与凭借对"雕龙"这一特定的运动状态的促进与制约的关系。在这一特定的语言结构中,"文心"处于状语的位置,属于事物的动作或状态借以进行或者完成的工具和方法的范畴,在语法关系上为"偏"。"雕龙"处于谓语的位置,属于事物的动作或状态的范畴,在语法关系上为"正"。"偏"是"正"的凭借和工具,"正"是"偏"的目的和完成。所谓"文心雕龙"者,"以文心雕龙"之谓也,径而言之,也就是以"文心"作为根据和凭借进行"雕龙"之谓也。

刘勰所非议的与此相对的"群言雕龙",就是这种工具关系的有力佐证。众所周知,语言从来都是属于工具的范畴,"雕龙"的主体只能是人,而不能是工具本身。所谓"群言雕龙",也就是运用"群言"进行"雕龙"的意思。"群言

① 程希岚:《古代汉语》,吉林人民出版社1984年版,第186页。

雕龙"是驺奭的特定行为,"文心雕龙"是刘勰的战略主张,二者所强调的,都属于工具论和方法论的范畴,但在战略方向上却是截然不同的。二者在战略方向上的差别,集中表现为战略武器上的差别:一是凭借语言,二是凭借文心。表现在句法上,就是状语的差别。这就是刘勰在介绍自己的理论主张时之所以要旗帜鲜明地使用一个"岂"字来划清界限的原因。

狭义形态学的分析,为确证"算术和"式的解读方式的错误,提供了坚不可摧的形态学依据。对状谓关系的认定,既是对并列关系说的进一步突破,也是对主从关系说的进一步具体化。据理说,文心与雕龙之间的内在关系,已经可以呼之欲出了。但是,由于主从关系是一个相当庞大的家族,对主从关系系列中的状谓关系的认定,虽然使我们对未知领域的探索范围缩小了许多,也集中了许多,却仍然不是对书名本质的最终的和全面的揭示。因为"状谓关系"仍然是一个大概的范围,它只能说明了二者之间的限制与被限制的关系,而不能说明究竟是一种怎样的限制与被限制的关系,更不能说明到底是哪一个层面上的修饰与被修饰的关系。这样,在进一步接近本质的过程中,在排除了许多旧有的朦胧之后,又势必留下许多新的朦胧。例如,有的学者对书名的状谓关系的理解是:

> "文心"与"雕龙"合而为书名,意即像雕刻龙纹那样,精心地论述"为文之用心"。①

这种解读方式,将"雕龙"当做了状语,将"文心"当做了谓语,显然是不符合词性对语法的制约关系的。众所周知,"雕龙"实指"雕缛文体","雕缛文体"在词汇属性上属于动词的范畴,在语法属性上属于谓语的范畴。用做状语的应当是"文心"这个名词。《古代汉语》教材明确宣示:"凡谓语(动词)前面的名词在意思上不能认为是主语的,即不能同谓语(动词)构成陈述和被陈述关系的,就应该认为是用做状语。"显然,林杉的解读方式是不合乎语法规范的。至于将"雕龙"的覆盖范围,局限于作者的"论述"的精心状态,更是对修饰范围、修饰规模和修饰程度的严重削弱。

---

① 林杉:《文心雕龙创作论疏鉴》,内蒙古教育出版社1997年版,第9页。

滕福海也对二者之间的"从属"关系,进行基本类似的理解:

> "雕龙"标明了该书形式的特点。"文心雕龙"就是以雕镂龙文般华丽的文句和精美的结构,去论说文章理论的根本性问题。因此,我以为,该书书名可翻译为:华美地阐述为文之用心;或者翻译成:美谈文章精义。①

滕论与林论在语言的表述上虽然存在着精粗之分,详略之别,但在对修饰的方向、规模和层次的认定上却是一致的。在修饰与被修饰的方向上,都看做是"雕龙"制约"文心"的关系,也就是"以雕镂龙文般华丽的文句和精美的结构,去论说文章理论的根本性问题"的关系。在修饰规模上,把"文心"和"雕龙"的关系,局限于作者个人的工作方式的范畴,局限于"该书形式的特点"的范围内,将作者对美的形态的普遍性追求,缩小成为作品的特定风格特征。在制约程度上,将修饰与被修饰的关系,看做是一种具有"像"的属性的外在性的相似关系,而不是一种内在的制约与被制约的关系。实际上就是将这种深层的全面的制约关系,局限于一种一般性的外在性的浅层次的修饰与被修饰的关系的范围内。

这种解读,势必带来隔靴搔痒之感。如果真是如解读的那样,这个通过"文心"所表达的对美学心理的普遍追求,势必成为对"文章精义"的平俗追求,这个通过"雕龙"进行传达的"美"字,也就专属于作者个人的写作风格表现和工作方式而不具有任何普遍意义,《文心雕龙》就是一部专门表现作者个人"精心"地进行论述的写作态度和写作技巧的书,只是一本由作者精心写就的"写作要义"或"文章精义",而不是一部论述文心与雕龙关系的具有普遍的学术意义的巨制了。显然,这样的解读方式和书的实际内容之间,是存在相当大的距离的。特别是,对于这一修饰的方向、规模和层次的认定,缺乏一个明确的论证过程,这样的结论,同样是不具有真正的说服力的。

因此,关于修饰与被修饰的关系的定向,关于"状"与"谓"之间具体的"度"与"量"的制约状况的确定,只能是在进行更加充分的形态学论证之后,

---

① 滕福海:《〈文心雕龙〉这个书名是什么意思?》,《文史知识》1983 年第 6 期,第 122 页。

才能获得更有说服力的确证。既然狭义形态学不能帮助我们全面解决这一个变不确定性为确定性的问题,我们只有在更加广阔的范围中进行更加深入的探索和分析。这种广角性的探索和分析,属于广义形态学范畴。

二、书名的广义形态学分析

语言的广义形态,也就是语言运作的宏观环境。

语言的使用,总是在一定的环境下进行的。这样的环境,就是语境。语境,作为同某一语言片断有关的全部因素的总和,对语言的使用具有不可忽视的宏观制约作用,因此,也就必然成为我们把握语言片断的确切含义的重要依据。

语言环境包括客观因素和主观因素两个方面。客观因素指语言系统自身的在宏观联系中表现出来的规定性,主观因素指语言运作中交际者所特有的思想特征、心理特征、行为特征和方法特征。

(一)语境中的客观因素分析

语境中的客观制约因素,集中表现为上下文的关系。"文心雕龙"这一语言片断,与上下文中诸多语言片断,具有直接的补充、印证的关系。

1. 关于"心"字的系统解读("具有统摄意义的修饰")

"心"是书名中的一个核心词汇,也是全书中的一个核心词汇。对"心"字的确切把握,是我们了解书名含义的核心关键。对这一个字,刘勰本人曾经做出过特别的强调:

> 夫"文心"者,言为文之用心也。昔涓子《琴心》,王孙《巧心》,心哉美矣,故用之焉。(《序志》)

"心"绝非一般意义称谓,被刘勰视为最美的东西。那么,"心"之美究竟美在哪里?这是刘勰据以命名的根本原由。这点,我们还得从"心"的本意和刘勰的理解方式谈起。

在儒家的概念系统中,"心"具有以下几重意义:一是指生理功能,如:"心,人心也,在身之中,象形。"(《说文》)一是指心理功能:"心之官则思。"(《孟子》)代指大脑。"他人有心,余忖度之。"(《诗·小雅》)"汝心之固"

（《列子·汤问》），指思想。"日月阳止，女心伤止"（《诗·小雅》），指内心情感。不管取何种意义，视野都比较狭窄，偏重"心"的静态意义和工具意义。显然，"文心"中的以"用"的运动属性为基本特点的"心"，与儒家传统的静态的"心"，是存在着一定的距离的。"文心"之"心"绝不是儒家静态特征的"心"的简单重复，而必定既是它的继承，又是它的伸延和极大扩展。

"文心"中的"心"的新义，为范文澜在《文心雕龙注》中所首先注意并明确指出：

> 《释藏》迹十释慧远《阿毗昙心序》："《阿毗昙心》者，三藏之要颂，咏歌之微言，管领众经，领其会宗，故作者以心为名焉。有出家开士，字曰法胜，渊识远鉴，探深研机，龙潜赤泽，独有其明。其人以为《阿毗昙经》源流广大，难卒寻究，非赡智宏才，莫能毕综。是以探其幽致，别撰斯部，始自界品，讫于问论，凡二百五十偈。以为要解，号之曰心。"彦和精湛佛理，《文心》之作，科条分明，往古所无。自《书记》篇以上，即所谓界品也，《神思》篇以下，即所谓问论也。盖采取释书法式而为之，故能觖理明晰若此。①

范文澜所说的"阿毗昙心"的最大特色，就是"心"对万事万物的统领作用。所谓"管领众经，领其会宗"，就是这一作用的具体表现。这是佛学对心的独特的解悟。佛家非常重视人的主体在认识世界中的作用，认为"心"是世界的本源，主张"三界所有，皆心所作"（《大智度论》），"心生则种种法生，心灭则种种法灭"（《大乘起信论》），强调"心"有统领万物的属性和集起、创造的力量，在此基础上实现了心的范畴的整体化和系统化，创建了世界上最精密的心理学体系。佛学所理解的心较儒学理解的心，在视野上和内涵上，都要广阔许多，深刻许多。唯有这样的"心"，才能容纳丰富的美学内涵和力学内涵，才能实现《文心雕龙》中如此众多的内容的系统化和组织化。"彦和精湛佛理"，在"折衷"与"兼容"的情况下，采用了佛学中的某些心性方法，"采取释书法式而为之"，来开拓自己的学术领域，就不足为怪了。"心哉美矣"，"动极

---

① 范文澜：《文心雕龙注》下册，人民文学出版社1958年版，第728页。

神(心)源,其般若之绝境乎","言之文也,天地之心哉",就是这种"心"的极大扩化的例证。

以"心"为名,就是突出"心"的统领万物的属性。表现在"文心雕龙"的语言片断中,就是"文心"统领"雕龙"的结构关系。它清晰地表明:"文心"是"雕龙"的内在依据,"雕龙"是"文心"的外在表现。这种内在的逻辑关系,决定"文心"与"雕龙"之间的"状谓"关系,不是一般性的修饰与被修饰的关系,而是在根本层面上的统摄与被统摄的关系,决定与被决定的关系。径而言之,一个"心"字所突出的,除了它所固有的词汇意义之外,还有它深层的文化意义,以及由于这一词汇意义和文化意义所融合而形成的系统意义:"文心"对"雕龙"的决定性的统摄地位和统摄作用。它所强调的是这样一种关系:唯有凭借文心,才能实现雕龙,唯有发挥心的优势,才能进行美的制作。

2. 关于"岂"字的系统解读

"文心"与"雕龙"之间的统摄与被统摄的结构关系,也从刘勰在对"雕龙"的表述中所使用的一个具有强调意义的词语"岂"字上体现出来:

> 古来文章,以雕缛成体,岂取驺奭之群言雕龙也。(《序志》)

何谓"岂"?

一是表示反诘语气,相当于现代汉语的"难道"、"怎么"等意思,表示对字面意义的否定。如:

> 岂非计久长?(《战国策·燕策》)
> 赵王岂以一璧之故欺秦耶?(《史记·陈涉世家》)
> 岂若吾乡邻?(柳宗元:《捕蛇者说》)

二是表测度语气,表面上看来不作肯定,实际上是疑而有定。用法相当于现代汉语的"大概"、"恐怕"、"或许"等语气,是用祈使语气表述的肯定判断。如:

> 将军岂有意乎!(《战国策·燕策》)

岂人主之子孙必不贤哉！(《战国策·赵策》)

将军岂愿见之乎！(《三国志·诸葛亮传》)

　　那么,本句中的"岂"字的含义,到底属于哪一种呢?

　　古代汉语关于语气的规定性明确地告诉我们:第二种是用在"揣度"语气中的。"揣度"只能用之于人,不能用之于己。这里刘勰是在表述自己命名为"雕龙"的根由,显然应当运用确凿无疑的口吻,而不能运用揣度推测的语气。如果是"揣度"语气,那就成了自己"揣测"自己的意向,是不合乎逻辑的。因此,用在这里的判断,不可能是用揣度语气表述的肯定判断。根据二律背反原理,只能是用反问语气表述的否定判断。元代钱惟善《文心雕龙序》中所说的"所谓雕龙,非昔之驺奭所能知也"中的斩钉截铁的否定判断,就是对刘勰句中的"岂"字进行正确解读的历史性范例。

　　这就出现了以下问题:"古来文章,以雕缛成体",是肯定判断,而后面的反问句所领起的,却是否定判断。对同一事物的判断,为什么会出现前后矛盾的情况呢?

　　实际上并不矛盾。任何事物都具有多层面属性,判断所涉及的层面必然是多层次、多侧面的。判断不仅有肯定与否定之分,在肯定与否定的象限内还有规模与程度的差别,有整体判断和部分判断的区别。这些差别,是需要我们细细地进行具体的辨析的。诚然,刘勰对"古来文章,以雕缛成体"无疑是肯定的。但是,他所肯定的是这种历史性的延续中所体现的美学追求的明确方向,而不是这种美学追求中所积淀的只具个别意义而不具普遍意义的"群言雕龙"方法。"群言雕龙"的方法,实际是一种形式主义方法,与刘勰的主张是背道而驰的。刘勰的主张是"文心雕龙",即凭借文心进行雕龙,而不是"群言雕龙",亦即单纯凭借语言进行雕龙。径而言之,刘勰所肯定的是"雕龙",也就是文章写作中对美的形式主义追求的积极方向,他所否定的是"群言雕龙",也就是文章写作中对美的追求的消极方法,而不是"雕龙"本身。这种做法,就像给弄脏了身子的孩子洗澡一样,否定的是孩子身上的"脏"物,而不是孩子本身,对孩子的"肯定"与对"脏物"的否定,是一个问题的两个方面,二者是密不可分的。之所以选定驺奭充当否定的对象,因为他在"群言雕龙"方面具有与驺衍相同的突出的反面表现。这些表现,广见于古代史籍中:

骄衍非圣人,作怪谈。(桓宽:《盐铁论·论邹》)

骄衍之书,无实事之验,华虚夸诞,无审察之实。(王充:《论衡·案书》)

骄奭者,齐诸骄子,亦颇采骄衍之术以纪文……骄衍之术迂大而闳辩,奭也文具难施。淳于髡久与处,有得善者,故齐人颂曰:"谈天衍,雕龙奭,炙毂过髡。"(司马迁:《史记·孟子荀卿列传》)

由此可知,书名中所标示的"雕龙",绝非一般意义的语言美饰,而是在"文心"统摄下的美的修饰。"言岂取者,是用雕龙一辞,而非效法雕龙之体。"①"其文无异,其义则不尽相同……文心乃就才情而论文,雕龙乃就技巧而论文。"②这一个"岂"字,就是对"雕龙"的非唯形式化的特定内涵与方向的特别强调和特别标示,是从"雕龙"的角度对"文心"的统摄作用的再次强调,也是刘勰对自己独步于前贤也大异于时俗的学术主张的总核的再次强调。刘勰的这一高远用心的理论指向和学术意义,已为清代文论家凌廷堪所明确指出:"言之精兮为文,文之心兮不纷;以文阐文兮徒迹,以心授心兮乃神……用雕龙兮命篇,匪谈天兮好奇。"③这一论断,是切中肯綮的。

(二)语境中的主观因素分析

语境中的主观因素,指作者的思维方法背景,作品的基本宗旨和整体指向。它们同样是语言内涵的宏观制约因素。具体表现在《文心雕龙》中,就是它的方法论和宗旨对语言含义的宏观制约作用。

1. 对书名含义的方法论印证

《文心雕龙》最根本的认识方法,集中表现在下列两个方面:一是"总"的方面,二是"分"的方面。

"总"的方面。指"乘一总万,举要治繁"的认识方法。

---

① 张立斋:《文心雕龙考异》,见詹锳《文心雕龙义证》下册,上海古籍出版社1989年版,第1901页。

② 李曰刚:《文心雕龙斠诠》,见詹锳《文心雕龙义证》下册,上海古籍出版社1989年版,第1902页。

③ 凌廷堪:《祀古辞人刘舍人勰》,见杨明照《文心雕龙校注拾遗》,上海古籍出版社1982年版,第441页。

在《总术》篇中,刘勰对这种认识方法作了明确的表述:

> 文场笔苑,有术有门。务先大体,鉴必穷源。乘一总万,举要治繁。思无定契,理有恒存。

他把这种方法称为驭文之"总术"。"总术"者,总揽之术。显然,这种认识方法与老庄倡导的"一毂统辐"、"得其环中"方法,是密切相关的。《齐物论》云:"枢始得其环中,以应无穷。""得其环中",就是善于抓住关键,以本统末。王弼把这种认识方法做了进一步阐发,归纳为"崇本息末"、"以寡治众"的基本命题,将这种总揽的认识方法表述得更加具体:

> 母,本也;子,末也。得本以知末,不舍本以逐末也。(《老子注》,第五十二章)
>
> 万物无形,其归一也。何由致一? 由于无也。由无乃一,一可谓无已。(《老子注》,四十七章)
>
> 夫众不能治众,治众者,至寡者也;夫动不能治动,制天下之动者,贞夫一者也。故众之所以得咸存者,主必致一也。(《周易略例·明象》)

《文心雕龙》中,这种统摄的认识方法是贯穿于全部内容的。所谓统摄,就是抓住事物的主要矛盾和主要矛盾的主要方面,以达到"振本而末从,知一而万毕"的目的(《章句》)。刘勰这种认识方法的总理,集中表现在它的《总术》篇中。总术,并不是指在《文心雕龙》的方法系统之上还另有一个总的方法,而是指总揽之术,统摄之术。具而言之,就是以心术总文术,以用心之术总雕龙之术。正是这种"乘一总万,举要治繁"的总揽的方法,赋予了《文心雕龙》的方法论以系统辩证的哲学品格,这就是它之所以能进入体大思精的卓越境界的另一个物质保证。

《文心雕龙》的书名,就像它的全部内容一样,都是在这一"总术"的运作下完成的,而书名则是这一"总术"的集中体现和高度浓缩。"文心雕龙"者,以"文心"总摄"雕龙"之谓也。唯有这种解读方式,才是与本书的方法论保持一致而不发生抵牾的解读方式,才能够给予书名以最恰切的解读。

分的方面。指"擘肌分理,唯务折衷"所达到的方方面面的和谐。

"擘肌分理,唯务折衷",是贯穿《文心雕龙》的另一个基本方法。所谓"折衷",是指观照事物时必须看到构成事物的两个不同的方面,把它看做一个统一体,而不要只强调其中的一个方面。只有用这种方法,才能对客观事物构成全面性的认识,否则,就会陷入认识的片面中:"知多偏好,人莫圆该……各执一隅之解,欲拟万端之变。所谓东向而望,不见西墙也。"(《知音》)其结果必然是"徒锐偏解,莫诣正理"(《论说》)。实际上,"正"与"反"两个方面,是完全可以"兼解以俱通"(《定势》),共融于一体的。

这种"兼解以俱通"的基本方法,也反映在书名的制作中。惟其圆该通达,形质并重,所以书名于"文心"之下再益以"雕龙"二字,既从内容的角度标示出"文心"的主导作用,又从形式的角度标示出"雕龙"的不可或缺的赋形作用。这样,才能使书名的表述更加和谐,更加全面。"造化赋形,形体必双,神理为用,事不孤立。"(《丽辞》)由于高下相须,互相对应,"文心"总揽"雕龙","雕龙"赋形"文心","文心"与"雕龙"二者之间的统摄与被统摄的关系才能表现得更加鲜明充分。

2. 对书名含义的宗旨论印证

写作的宗旨,同样对语言的含义具有宏观的制约作用。

《文心雕龙》的写作宗旨,有大与小两个目标。就大目标而言,是为了正齐梁浮靡之世风,也就是进行严肃的社会批评,唤起疗救世风的注意,以挽颓波于既倒。这就是刘永济先生所深刻指出的:

> 历代目录学家,皆将此书列入时文评类。但彦和《序志》,则其自许将羽翼经典,于经注家外,别立一帜,专论文章,其意义殆已超出诗文评之上而成为一家之言,与诸子著书之意相同矣。彦和之作此书,既以子书自许,凡子书皆有其对于时政、世风之批评,皆可见作者本人之学术思想,故彦和此书亦有匡救时弊之意。①

要端正世风,必先端正人风,要端正人风,必先端正心术,要端正心术,必

---

① 刘永济:《文心雕龙校释》,中华书局 1962 年版,第 1 页。

先端正文心。端正义心,是这一系统工程的关键。这就是刘勰之所以如此重视文心的原因,也就是刘勰之所以要将文心置于为文的主导地位的原因。为了达到这一崇高的社会学的目的,"文心"与"雕龙"的关系也只能是统摄与被统摄的关系,而绝不能是其他的关系。

如果说刘勰所追求的大目标是他博大的社会学目标,那么他的小目标就是具体实现这一博大目标的具体途径,亦即他的精深的学术性目标与切实可行的工程性目标,径而言之,就是提供从根本上端正浮靡文风的战略武器。为此,他"上下而求索"地研究了古代的全部写作理论,他发现了它们都有一个共同性的不足,这就是缺乏宏观思辨的优势,都只能"各照隅隙,鲜观衢路",而不能"振叶以寻根,观澜而索源",找到那个解决问题的根本。正是为了找到那个"根本",作者才写作了这部前无古人,后鲜来者的著作。这个"根本",就是"文心"。这就是作者在赞语中所特别强调的:

> 生也有涯,无涯惟智。逐物实难,凭性良易。傲岸泉石,咀嚼文义。文果载心,余心有寄。

这实际就是刘勰对《文心雕龙》宗旨的总揭示,也是他对书名内涵的总宣示。整个赞语,都是围绕一个"心"字展开的:"智"是"心"的外在伸延,"性"是"心"的内在涵蕴。"文义"是对文心的内质与外形的思辨,"泉石"是对开发文心的特定心态——"虚静"的要求,"咀嚼"是对文心的"质"与"形"的融合的特定的品味过程。"文果载心",就是"以文载心"的战略目标的总实现。"余心有寄",就是作者对这一战略意图的全力追求和诚挚期许。

"以文载心"作为《文心雕龙》全部内容的总概括和作者独特的战略主张的总浓缩,也就是书名的本质性内涵的总显示。由这一总显示所制约的书名中的结构关系,必然是同构性的,只能是统摄与被统摄的关系,而不可能是其他的关系。

根据上述论证可知,不管从何种角度进行观照,书名中的结构关系和相应的内涵关系,都只能通向一个决定性的解读方式之中,这就是:凭借为文用心,进行美的制作。唯有这样的概括,才是将方方面面覆盖无遗的概括,才是最全面、最熨帖的概括。当然,就文字的表述来说,可以是多种多样的。诸如:凭借文心,进行雕龙:发挥心的优势,进行美的制作;以心雕龙;借文心而雕龙;以文载心;以文心总文章;等等。但是,有一点却是确定无疑的:文心对雕龙的主导地位以及二者之间的统摄与被统摄的关系,是不可动摇的。"文心"与"雕龙",是《文心雕龙》理论大厦的两块不可或缺的基石,而二者之间的"统摄与被统摄"的关系,则是二者之间的系统性的纽带。如果没有这根纽带,整个理论大厦就会成为一盘散沙。以前在对书名的解读中之所以出现如许的灰暗与朦胧,就在于没有很好把握二者之间的系统关系。惟纲举而后目张,惟举要而后治繁,惟折衷而后切要,唯有掌握了文心这个纲,把握了文心和雕龙之间的系统关系,我们才能拥有"芝麻开门"的钥匙,准确地理解书名的内容,并进而顺利地跨入这座巍峨的理论大厦中去。

第三节　《文心雕龙》书名的学术意义

一个事物的名称,往往就是它的基本范畴的标示。这一基本范畴在人类认识史上所具有的开拓性意义,实际也就是它所具有的学术意义。对学术范畴的明确标示,是书名的真正意义之所在,也是书名的真正立意之所在和真正价值之所在。对书名中所涉及的学术范畴的概括与揭示越是全面,越是深刻,越能切合书名的本质性内涵,也越能帮助我们从宏观的角度去认识书名的本质性内涵。

《文心雕龙》的书名所标示的学术范畴,共有以下四个:一是"文心"学的范畴,二是"雕龙"学的范畴,三是"为文"学的范畴,四是它的整体战略学的范畴。下面,试一一进行阐述。

一、书名对"文心"范畴的明确标举

"文心"这一概念是刘勰的独创。"文心者,言为文之用心也。"在刘勰的概念系统中,"文"属于广义美的范畴。所谓"日月叠璧,以垂丽天之象;山川焕绮,以铺理地之形",所谓"傍及万品,动植皆文:龙凤以藻绘呈瑞,虎豹以炳蔚凝姿;云霞雕色,有逾画工之妙;草木贲华,无待锦匠之奇",所谓"林籁结响,调如竽瑟;泉石激韵,和若球锽",所谓"心生而言立,言立而文明",就是"文"的美学内涵的具体解说。这种充塞于万物中的美的焦点和集中体现,就是人,在人身上的焦点和集中体现,就是心。所谓"两仪既生矣,惟人参之,性灵所钟,是谓三才,为五行之秀,实天地之心",所谓"夫以无识之物,郁然有彩,有心之器,岂无文欤",就是对文与心的关系的具体解说。"文心"的概念,既属于美学的范畴,也属于心学的范畴,是美学与心学的统一范畴。将"文心"载入书名,就是对美学与心学的综合范畴——美学心理学的明确标举。

将美引入心学的范畴,将心引入美学的范畴,实现二者的双向融会,以心之美作为"为文之用心"的明确追求,将"控引情源"的心术视为"制胜文苑"的文术的决定性前提和凭借,是刘勰的一大历史性的发明和发现。"心哉美矣",就是他对心之美的总论断,也是他对心之美的明确标举。这一明确标举,必然使《文心雕龙》具有鲜明的美学心理学的理论品格。"文心"学,就是对美学心理学的集中标示。将"文心"载入书名,实际也就是在世界学术之林中高高举起美学心理学的学术旗帜,标示着这门学术正式登上了世界文化的大舞台。

正式地鲜明地提出美学心理学的完整、独立的学术范畴,《文心雕龙》是世界文化史中的第一次。刘勰之前,有人论文体,有人论文意,有人论文辞,有人论文术,有人论文用,这些刘勰都有论及,但却能以文心为本,归之自然之道,故能别开新境,超越前人,垂范千古。这就是清代学者章学诚所精辟指出的:"古人论文,惟论文辞而已矣。刘勰氏出,本陆机氏说而昌论文心……可谓愈推而愈精矣。"①也就是台湾学者王礼卿所深刻体认的:"总明论文之心法,极文章众妙之源……盖文之义用,深矣广矣,虽变化错综,要皆一心之所运,故文之形神众妙,皆可以心摄之。则凡本书之枢机纲要毛目,悉括其中。惟此明心之法,乃能入神而超迹,是以为全书之本。"②与西方的美学心理学史进行比较,西方建立美学心理学的范畴,是最近二百年来的事情。而在此前的一千余年,我们的先人刘勰,就提出了美学心理学的明确范畴,并在书名中进行了旗帜鲜明的标举,这不能不说是一个历史的奇迹。在世界美学史中,这一开创范畴的功绩,是任谁也不能抹杀的。

---

① 章学诚:《文史通义·文德》,见杨明照《文心雕龙校注拾遗》,上海古籍出版社1982年版,第440页。

② 王礼卿:《文心雕龙通解》下册,台北黎明文化事业股份有限公司1986年版,第912—913页。

二、书名对"雕龙"范畴的明确标举

"古来文章,以雕缛成体"。"雕缛"也就是对美学形态的自觉追求。书名对"雕龙"的标示,实际也就是对形态美学范畴的明确标举。

我国的形态美学正式登上历史舞台,是齐梁时代的事情。在此之前相当漫长的历史岁月中,美学形态始终从属于以伦理道德为最高价值取向的美学内涵,缺乏独立的学术地位,很少有人触及,实际上是一个历史性的认识禁区。在儒家的认识系统中,伦理道德是美的极则,社会的主流层面长期追求着一种"思无邪"的超感官的精神美,美的形态被视为对伦理道德的干扰。魏晋南北朝以后,特别是齐梁以后,随着时代的嬗变,社会上的美学观念发生了极大变化,美学形态开始受到普遍关注。人们开始把注意力集中到对于艺术的感性形态的具体考察上,将美与艺术视为给人以感性愉悦的重要对象,十分注意观察和探讨美的感性形态的构成和特征。刘勰是我国历史上第一个从理论上对美学形态进行系统研究的学者,他的以"雕龙"为标志的形态美学系统论见,就是这些探索和研究的最高综合与系统总结。他的美学形态理论不仅为文心理论的工程化提供了明确的工程要领,也提供了精湛的技术武装。这一技术武装就是他对结构、语言、修辞以及文体方面的具体运作方法和技巧的系统阐述。

以"雕龙"作为标题,实际就是赋予形态美学以独立的学术地位和鲜明的理论旗帜。由于有了这面旗帜,人们才能方向明确地并理直气壮地进行"雕龙"的活动,在"文心"的主导下实现着并扩大着对美的形态的追求,推动着文学创作走入"风清骨峻,遍体光华"的美学境地。如果没有对"雕龙"的明确标举,魏晋南北朝的"文学自觉"和大唐文学的空前繁荣,都是不可想象的事情。

三、书名对"为文"范畴的明确标举

"文心"者,言为文之用心也。"质"与"形"密不可分,"文心"是依附着"为文"的实体而存在的。对"文心"范畴的标举,同时也是对"为文"范畴的标举。径而言之,也就是对写作学范畴的明确标举。

古代文论侧重于"言",孔子的"言之无文,行而不远",就是对以"言"为中心的传统文章学范畴的明确界定。《文心雕龙》侧重于"为文",《序志》中的"文心者,言为文之用心也",就是对以"为文"为中心的写作学范畴的明确界定。"言",指语言表达;语言表达的完整形态,就是文章。文章,是一种静定性和单一性的书面语言结构。"为文"即作文,作文的最后成品是文章,而就其本身来说,却是一种以言载心的活动。"为文",是一个动态性和多维性的工作流程。将"文"与"为"连接在一起,将二者凝成一个统一的范畴,是刘勰的一大创举。从静态的"文"的范畴到动态的"为文"的范畴,是人类认识的极大飞跃,标志着以文心为内核的写作系统理论的正式降生,也标志着写作的自觉时代的到来。

"写作的自觉"不仅体现在由"文"向"为文"的飞跃上,同时也体现在由"述而不作"向"作"的本质性的突破上。在刘勰以前漫长的历史进程中,人们对写作属性的认识,曾经是十分神秘的,也是十分朦胧的。人们通常都把"文"置于"圣人立言"的神圣范畴,只有静态的经——圣人之"言"的概念,没有动态的"为文"——为全社会服务的写作的概念。对于社会的大多数来说,一般是与写作无缘的。直到魏晋南北朝以后,随着社会观念的嬗变,写作开始走下了神圣的神龛,具有了社会化的品格。刘勰对"为文"的标举,实际也就是对写作的社会化、自然化而非神圣化品格的标举。由神圣化的"代圣立言"到自然社会化的"人秉七情,应物斯感,感物吟志、莫非自然"和"心生而言立,言立而文明,自然之道也",这同样是刘勰一大创举。如果没有这一范畴的突破与观念的更新,大唐文学的普遍繁荣,大唐诗歌的社会化规模,同样是不可想象的事情。

四、书名对"以心总文"整体战略的明确标举

"文心雕龙"者,以文心总文章之谓也。对"文心雕龙"的标举,实质上也就是对以文心总文章的总体战略的标举。

"以心总文",是《文心雕龙》最根本的战略主张。它明确认为,文心原道,实天地之心,也是作者志气的符契。文心是文学的本质性内涵,在写作运动中具有"乘一举万,举要治繁"的作用。《总术》就是对这一战略思想的明确标举:"文场笔苑,有术有门。务先大体,鉴必穷源。乘一总万,举要治繁。思无定契,理有恒存。""大体",根本之谓。写作之根本在"为文之用心",抓住文心,就足以启动全局。惟其如此,"以心总文"必然成为文学创作过程的总枢纽。对"以心总文"的标举,实际也就是对文心运动的"乘一总万,举要治繁"

的总法则的总标举。也就是刘永济先生所昭示的:"文体虽众,文术虽广,一理足以贯通,故曰:'乘一总万,举要治繁'也。"①

"以心总文"的战略,同时也就是"以美总文"的战略。"心哉美矣",文心也就是美心。"文心",实际就是美学与心学的统一范畴,它以美学心理的方式,对写作运动进行深层的切入。无疑,这是写作史上前所未有的一大创举。更使人叹为观止的是,这种美学心理的追求,又是与一种明确的力学追求结合在一起的。这种追求,集中表述在他对"风骨"的论述里。"风骨"是"心之力"的集中表现,也是"美之力"的集中表现,属于美学心理学中的"动力学"的范畴。所谓"《诗》总六义,风冠其首,斯乃化感之本源,志气之符契也",所谓"怊怅述情,必始乎风,沉吟铺辞,莫先于骨",所谓"辞之待骨,如体之树骸,情之含风,如形之包气",所谓"风清骨峻,遍体光华",都是对这种美学心理中的力学因素的标举和追求。它将《文心雕龙》的审美理想,推到了心理美学与心理力学的极致。从而,将美学、心理学、写作学、力学,在宇宙科学的终极高度,熔铸成一个有机的整体,构建成世界上最博大精深的写作学理论体系——美学心理写作学理论体系。这一理论体系,至今是世界写作史中的峰巅。

刘勰以上的种种精辟见解,都集中浓缩在书名的标示中。刘勰对"文心雕龙"书名的标举,从最高的和最后的层面来看,实际上也就是对"以文心总文章"的写作总体战略思想的明确标举。这一总体战略思想的先进性,可以从1987年5月荷兰提尔堡《国际写作专题讨论会研究报告》得到证明。该报告向世界同行宣示:"研究报告认为,写作并非只是一门课程,在写作与思维之间存在着共生的关系。""教师在进行写作教学时,要帮助学生发展写作能力和相关的思维能力。"②这种见解,代表当代世界写作理论界对写作及其理论的最新认识,其基本精神与刘勰"以心总文"的卓越见解竟是完全一致的,但就时间而言,刘勰的战略主张却整整领先了1500年。而就学术的深度来说,刘勰所提出的美学心理学的范畴与提尔堡国际会议中所提出的一般性的思维范畴比较,在层次上的差别更是不能以道里计。作为炎黄子孙,我们确实可以为我们卓越的先人感到骄傲的。

① 刘永济:《文心雕龙校释》,中华书局1962年版,第167页。
② 《国际写作学专题讨论会研究报告》,见《欧美开展提高学生阅读和写作能力的研究》,《中国教育报》1987年9月3日,第4版。

　　对著作内涵的集中概括,是书名的深刻用心之所在,也是它的学术意义之所在。《文心雕龙》书名所标示的学术内涵,确实是相当丰富,相当精粹,而且是具有不可代替的属性的。任何主观性和片面性的解读,都会对它的完整性带来损害,难以达到尽善尽美、熨帖妥当的境地。这正是它的价值之所在,也是它的书名解读之所以如此深邃广袤以至难以穷尽的原因。对崇高事物的领悟,从来都是无穷无尽的。对书名中所涉及的学术内涵的概括与揭示越是全面,越是深刻,越能接近书名的本质性内涵。这一追求,已经延续了一千余年,还得世世代代地延续下去,不断地从中吸取永不枯竭的学术教益。

第七章 《文心雕龙》地位论

当世界还处于中世纪黑暗的时刻，一颗文化巨星在华夏苍穹中升起，这就是《文心雕龙》。

《文心雕龙》是世界文化中的一枝奇葩。它不仅是世界写作史中的典范之作，至今独步于全球，而且也是世界美学史中的奠基之作，可以和《诗学》媲美。它对于人类的教益是多方面的，无论在哲学上，美学上，心理学上，社会学上，写作学上，都具有空前鲜后的理论品格，对于体现中华文化的博大精深，具有直接的代表意义。它在中国文化发展中的意义，也是很不寻常的。魏晋南北朝是中华民族在文化上大融合的时代，是学术思想大解放的时代，也是"文学自觉"的大转折时代，而《文心雕龙》就是这一文化大融合的结晶，是学术思想大解放的结果，也是"文学自觉"时代的一座理论丰碑，对我国历史进程的影响极其深远。我国唐代文学繁荣的理论准备，实发端于此，也大成于此。而最主要的，是它对中华民族精神的代表意义。中华民族是一个最富有兼容属性和创新精神的民族，而《文心雕龙》就是这一兼容属性和创新精神在学术上最生动的楷模。将《文心雕龙》称为中华文化精神的完美代表，允无愧色。

《文心雕龙》在中国历史上和世界历史上的崇高地位，可以概括为以下方面。

第一节 《文心雕龙》对中华文化精神的代表意义

中华民族是一个由众多民族融汇而成的民族大家庭。兼容并包，和谐向上，是这个大家庭得以生成和发展的决定性的文化前提，也是中华民族最根本的民族天性。从最基本的层面来看，中华文化以人作为根本。人是一个最具开放性的范畴,必然赋予中华文化以同样开放的品格,也赋予中华文化以一种特别博大的视野:"奄有四海,为天下君。"(《尚书·大禹谟》)这种"四海一家"的大一统的空间观念和博大胸怀,就是我们民族天性在远古生活中的朴素表现。对兼容与和谐的精神追求,是中华文化的最大特色。春秋战国时代的诸子争鸣,使得这种"和则生物"、"兼容并蓄"的民族天性锻炼得更加坚实,表现得更加鲜明,并由此而形成了一种历史性的传统。

《文心雕龙》,就是儒、释、道三学交融、共创辉煌的卓越代表。在一千五百年前,刘勰就勇敢地说出了关于人类文化的统一性的真理:"经典由权,故孔释教殊而道契;解同由妙,故梵汉语隔而化通。感有精粗,故教分道俗;地有东西,故国限内外。其弥纶神化,陶铸群生,无异也。"(《灭惑论》)儒佛之间是如此,儒道之间同样如此。"道沿圣以垂文,圣因文而明道"(《原道》),二者之间并不存在不可逾越的鸿沟。这种多维统一的文化属性,鲜明贯串于《文心雕龙》的全书之中,以最完美的历史丰碑的形态,将中华文化的兼容和谐的基本精神,淋漓尽致地展示无遗。具体表现在以下方面。

一、对"惟务折衷"的方法论的鲜明标举

《文心雕龙》之所以能成为一部辉映古今的巨著,除了作者的知识视野的广阔性之外,还有一个很重要的原因,就是运用了一种极具包容力的科学的认识方法。这就是他在《序志》中所明确阐述的:

> 夫诠序一文为易,弥纶群言为难。虽复轻采毛发,深极骨髓,或有曲意密源,似近而远,辞所不载,亦不胜数矣。及其品列成文,有同乎旧谈者,非雷同也,势自不可异也;有异乎前论者,非苟异也,理自不可同也。同之与异,不屑古今,擘肌分理,惟务折衷。按辔文雅之场,环络藻绘之府,亦几乎备矣。

何谓"折衷"?"折"的本意是"断"。《管子·小匡》云:"决狱折中,不杀无辜,不诬无罪。""折中"者,以"中"为断也。何谓"中"?"中,和也。"(《说文》)何谓"和"?"和,相应也。"(《说文》)"和,谐也。"(《广雅》)径而言之,就是以最佳的适度实现对立面的兼容与和谐。刘勰对"折衷"的标举,即发端

于此。

"中和"的文化理念,在我国历史上源远流长。中国最古老的典籍之一的《尚书》就提出了"协和万邦"的文化理想:"克明俊德,以亲九族。九族既睦,平章百姓。百姓昭明,协和万邦。"这一理念贯穿于中华民族整个发展过程中,在中华民族大融合和中华文化精神的形成中起了重要的作用,为历代炎黄子孙所继承和弘扬。周太史史伯提出"和实生物,同则不继"的思想(《国语·郑语》)。《老子》将"和"视为事物发展的普遍规律:"万物负阴而抱阳,冲气以为和。"孔子在《论语·学而》中,将"和为贵"视为社会发展和历史发展的最高理想,说:"礼之用,和为贵。先王之道,斯为美。"《荀子·礼论》强调:"天地合而万物生,阴阳接而变化起。"《礼记·中庸》对"和"的理念进行了更加具体的阐发:"喜怒哀乐之未发谓之中,发而皆中节谓之和。中也者,天下之大本也。和也者,天下之达道也。致中和,天地位焉,万物育焉。"认为"中"是天下的本根状态,"和"是天下的最终归宿,阴阳和合,刚柔相济,万物方得以生生不息。

"中和"作为中华文化的基本精神,也鲜明地体现在我国的佛学中。我国的佛学来自印度,印度佛学中也同样具有深厚的和谐意蕴。印度佛学大师龙树的《中论》,就是这一东方意蕴的杰出代表,它的核心是阐明一种观察宇宙事物的方法,也就是所谓"中道观"。这种方法的特点就是要求人们要超越两端,不即不离。《中论》的宗旨,集中表现在它的第一偈的"八不"中:"不生亦不灭,不常亦不断,不一亦不异,不来亦不出。"径而言之,就是在诸多的对立中寻找出最好的平衡。这种认识方法,与我国儒家的"执其两端而用之"以及道家的"抱阳而负阴,冲气以为和"的认识方法,极其相近,都是对兼容与和谐的强调和标举。

印度佛教传入中国后能够演化成为中国化佛教并为全民族所普遍接受,缘由就在于它的核心理论的和谐性。和谐不仅是儒、道的最高文化理想,也是中华佛学的最高文化理想。中华佛学的核心思想是慈悲中道、普度众生。认为"诸法因缘生",一切事物的产生、发展都是有原因和条件的,一因不能生果,世间万物都处在多种因果相续相连的关系之中,息息相关,具有一种和合共生的关系。表现在人与人之间关系上,佛教主张自他不二,"于诸众生,视若自己"(《无量寿经》)"无缘大慈、同体大悲",主张营造理想和谐的社会环境。在缘起论的基础上,还形成了佛教的平等理念,主张"是法平等,无有高下"(《金刚经》)以平等化解冲突,缔造和平。表现在人与自然的关系上,佛教基于"依正不二"的理念,视生命主体与生命环境为同一体性,认为草木非情皆有性,主张人与生存环境相和谐。表现在人与心的关系上,佛教主张"心净则佛土净"(《维摩诘经》),倡导身心之间的和谐,主张以内心的平和与安定,来带动外界的和谐与安宁。这种认识,就是儒、道中的和谐哲学与印度佛学中的中观思想的有机融合。

刘勰的"折衷"论的主张,就是对中华文化这一为儒道佛三家所普遍认同的核心理念的总概括、总体认和总标举。这一囊括三家文化精神而总归和谐一体的总概括、总体认和总标举,是我国文化发展史上的第一次。尤为难得的是,他还将这一形而上的文化理念升举到实践论的高度,明确标定为"擘肌分理"的具有"惟务"性意义的方法论依据。这就必然赋予它以一种特别自觉的实践品格。这种自觉的方法论品格,同样是不见于先贤而独秀于刘勰的。就这一点来说,将其视为中华辩证法的自觉的集中的代表,应该是当之无愧的。

二、对三学兼容的"文之枢纽"的系统构建

《文心雕龙》对兼容并包的文化精神的代表意义,同时表现在"文之枢纽"中对三学兼容的总体思路的系统构建上。

《文心雕龙》的"文之枢纽",开宗明义的篇章是《原道》,标举"道"是"文"的本原,确定全书的逻辑起点和统率就是一个多元文化的理论结构。是全部内容的理论制高点。刘勰所说的这个包容万物的"自然之道",与道家哲学中所说的"道生万物"、"道法自然"的"道",是极其接近的。诚然,儒家有儒家之"道",佛家有佛家之"道",但在内涵上并不相同。佛家之"道",指"菩提",即"四大皆空"的虚无境界。儒家之"道",指伦理教化。道家之"道",指宇宙运动的自然动势。显然,作为"文之枢纽"的"道",不可能是"四大皆空"的菩提境界,这种绝对虚无的境界是不可能作为解决现实生活中文风浮靡讹滥问题的理论依据的。也不可能是儒家的"道",因为《序志》中已经说得相当明白:"盖《文心》之作也,本乎道,师乎圣,体乎经,酌乎纬,变乎骚:文之枢纽,亦云极矣。"很明显,"道"与"圣"、"经"不是同一个范畴,如果"道"属于儒家的"文以载道"中所说的"道"的范畴,那就必然和"圣"、"经"等同和重合,也就

用不着设立《原道》这个专章了。纪昀对二者之间在哲学属性上的区别,曾经做出过明确的阐述:"文以载道,明其当然。文原于道,明其本然。""当然"属于实践论的范畴,"本然"属于认识论的范畴。"本然"这一本体论的视野,是道家所独具而儒家所不具的。范文澜对此也做出过透辟的揭示:"按彦和于篇中屡言'心生而言立,言立而文明,自然之道也';'夫岂外饰,盖自然耳';'故知道沿圣以垂文,圣因文而明道'。综此以观,所谓道者,自然之道。"

"道沿圣以垂文,圣因文而明道",顺着这一逻辑链条,于是道家之道与儒家之道,在纲领中自然融合为一了。将儒家之道纳入本体论的统率之下,使它获得一种宏观的视野,将道家之道纳入伦理论的基础之中,使它获得一种现实的眼光,这是一个重大的文化拓展。但是,这一重大的文化拓展的最终集结点,却是落在一个"心"字上的。心性论虽然是中华文化传统的认识范畴,而最精深的心学,则是涵蕴在佛学的经典之中的。这就是梁启超所明确指出的:"佛家说的叫做'法'。倘若有人问我:'法'是什么? 我便一点不迟疑答道:'就是心理学。'不信,试看小乘俱舍家说的七十五法,大乘瑜伽说的百法,除却说明心理现象外,更有何话? 试看所谓五蕴,所谓十二因缘,所谓十二处、十八界,所谓八识,哪一门子不是心理学? 又如四圣谛、八正道等种种法门所说修养工夫,也不外根据心理学上正当见解,把意识结习层层剥落……我敢说一句话,他们的分析是极科学的,若就心理构造机能那方面说,他们所研究自然比不上西洋人;若论内省的观察之深刻,论理上施设之精密,恐怕现代西洋心理学大家还要让几步哩。"[1]佛学对心在认识世界中的决定性意义的强调和标举,广见于佛教典籍中。如马祖就说:"汝等诸人各信自心是佛,此心即是佛心……心外无别佛,佛外无别心。"(《景德传灯录·大正藏第51卷》)希运进一步说:"唯此一心即是佛","性即是心,心即是佛,佛即是法"(《景德传灯录·大正藏第四十八卷》)。

而刘勰,则是将这一世界上最精深的心学融入"文之枢纽"之中的首创者。刘勰的成功开拓,集中表现在他对"神理设教"的鲜明标举上。

"神理"一词广见于古代典籍,为儒道释三家所习用,而就内涵来说,却又各自不同。儒家所说的"神",是对万事万物变化莫测的属性的一种称谓:"阴

---

① 《梁启超佛学文选》,武汉大学出版社2011年版,第333,341页。

阳不测之谓神"(《系辞上》),"神也者,妙万物而为言者也"(《说卦》)。道家
所说的"神",是对人的生命元气的一种称谓:"纯粹而不杂,静一而不变,淡而
无为,动而以天行,此养神之道也。"(《庄子·刻意》)"神者生之本也,形者生
之具也。"(司马谈:《六家要旨》)佛学所说的"神理",是对四大皆空的佛性心
理的一种专门性的称谓,特指"般若之心",也就是具有大智慧的人心。"神
理",实际也就是佛家的心理。由于佛学的根本思想是"人人皆有佛性,人人
皆可以成佛",因此,佛学所说的"神理",也是普及于人人的。如果我们撇开
"般若"的神秘面纱来说,"神理"也就是具有普遍意义的人心,或者说是以佛
心作为基本依据的人心。这就是梁启超之所以讲佛学与心理学是为同一范畴
的原因。

这种特指"般若之心"并广及人人之心的"神理",在佛学的经典著作中不
乏例证。《高僧传·支遁传》:"幼有神理,聪明秀彻……郗超后与亲友书云:
'林法师神理所通,玄拔独悟。实数百年来,绍明大法,令真理不绝,一人而
已。'"僧佑《出三藏记集卷第二》中说:"法宝所被远矣。夫神理本寂,感而后
通,缘应中夏,始自汉代。"又如《胡汉译经音义同异记第四》中说:"夫神理无
声,因言辞以写意;言辞无迹,缘文字以图音。故字为言蹄,言为理筌,音义合
符不可偏失。是以文字应用弥纶宇宙,虽迹系翰墨,而理契乎神。""神理"一
词是当时佛教的通用词语,所指的都是佛家的神理。

这种表述,也广见于刘勰的佛学著作之中。

> 彼皆照悟神理,而鉴烛人世,过驷马于格言,逝川伤于上哲。(《灭惑
> 论》)
> 夫道源虚寂,冥机通其感;神理幽深,玄德思其契。(《石像碑》)
> 镇南将军江州刺史建安王,道性自凝,神理独照,动容立礼,发言成
> 德,英风峻于间平,茂绩盛乎鲁卫。(《石像碑》)

刘勰三次运用了"神理"的概念,都是指佛性心理。这个"神"不是神妙或
自然的意思,而是指佛性,"神理"是佛性的普遍心理。

比较可知,不管就广度而言或是就深度而言,儒道佛三家的"神理"是判
然有别的。三家的体认各有自己的侧重点,但都包含有心理学的内容,而佛家

所特重和独重的"心",则是绝对的形而上学的"心",是外延最广的"心",是"心"的概念中的最高层次。惟其如此,它必然具有凌驾于其他心学概念之上并统率一切心学概念的品格。这是我们对三者进行比较和辨析的重要依据。

那么,刘勰在"文之枢纽"中所使用和特别标举的"神理",到底是归属于哪一家的"神理"呢?现在我们再看《文心雕龙》的"文之枢纽"中的四处"神理":

> 河图孕乎八卦,洛书韫乎九畴,玉版金镂之实,丹文绿牒之华,谁其尸之,亦神理而已。(《原道》)
>
> 莫不原道心以敷章,研神理而设教,取象乎河洛,问数乎蓍龟。
>
> 道心惟微,神理设教。光采玄圣,炳耀仁孝。龙图献体,龟书呈貌。天文斯观,民胥以效。
>
> 《经》显,圣训也;《纬》隐,神教也。圣训宜广,神教宜约;而今《纬》多于《经》,神理更繁,其伪二矣。(《正纬》)

第一例中的"河图孕乎八卦,洛书韫乎九畴,玉版金镂之实,丹文绿牒之华",是对大自然中的"人文"现象的形而下性的描述,作者由此得出的结论"谁其尸之,亦神理而已",则是对前面所说的种种现象的形而上性的概括与升华。作者明确告诉我们:这种概括与升华,是在"而已"这一最高级别的具有"唯一"性意义的判断词的引领下进行的。这就必然使这一判断与升华,具有最高层次的概括力量。而能够完成这种囊括一切的最高层面的概括任务的概念,只能涵蕴在佛学的"神理"之中。佛学的"神理"就是"佛心",从最普遍的意义上说,也就是人类心灵的功能的能动性。对人类心灵的功能的能动性的强调,是佛学观照世界的基本依据和基本方式,也就是它最具有概括广度和深度的地方。这种大面积的和高深度的概括,是只能在佛学的平台上进行并且凭借佛学"神理"的纯心理学内涵才能完成的。因此,对"谁其尸之,亦神理而已"的正确解读是:谁是主宰?只不过是将万事万物囊括无遗的一种(佛性)心理而已。"众生心即是佛心,佛心即是众心。"(神会禅师语)"神理"的普遍性内涵就是"心理"。

第二例中的"原道心以敷章,研神理而设教"是一种并列性的句子结构,

"道心"与"神理"并举,二者在概念上属于同一层次。"道心"是对道学的基本精神的概括和标举,"神理"是对与此相对的另类精神的概括和标举,对应极其鲜明。能与道心对应的概念,在儒家的概念系统中是不存在的。道心是一个本体论的概念,儒家属于实践论的范畴,在逻辑上属于统率与被统率的关系,也就是"道沿圣以垂文,圣因文而明道"的关系。因此,就逻辑地位的对应性来说,这里所说的"神理"只能是佛学心理,而不可能是儒家所标举的"阴阳不测之谓神"之"神道"之理。只有佛学层面的"神理",才具有与"道心"对等的逻辑品格。也就是马宏山所说的:"如果说,'神道'和'神理'完全同义,那么刘勰为什么在《原道篇》两次说'神理设教',而不说'神道设教'呢?从这点我们可以明白,正是由于'神道'和'神理'意义有不同之处,属于儒家的'神道'不能够表达佛教的'神理'(佛性)的意义,刘勰这才把儒家惯用的'神道设教'改为'神理设教'的。"①

　　第三例赞语中所说的"道心惟微,神理设教",是一种因果性的句子结构。前者是因,后者是果。作者认为,正是由于道的基本精神精微渺漠,所以必须凭借"神理"——它的核心内涵就是具有普遍性内涵的人类心理,来进行把握和体认。显然,这样的认识模式,是只能存在于佛学之中的。另一个理由是,紧承其后的是"光采玄圣,炳耀仁孝"。显然,这是对儒学基本思想的概括和标举。既然后面有了这一鲜明的强调和标举,它的前面肯定就不是同一范畴的标举,在逻辑上必然属于既非道也非儒的第三范畴——佛学的范畴,否则就是冗余混乱而毫无意义可言了。

　　第四例句中有三个"神"字。每一个"神"字,都是心的演化,都与"神理"的普遍性内涵——"心理"曲折相通。"神教"作为与"圣训"相对应的范畴,并非神灵的教诲,而是指自然现象对人类心灵的启迪。作者认为,"圣训"来自圣人的教诲,所以十分显豁,"神教"来自自然现象对人类心灵的启迪,所以比较隐晦。惟其如此,"圣训"——圣人的直接教诲,通常都是表述得相当全面的,"神教"——经由自然现象的心理启迪,通常都是表述得比较简约的。可是现在却是《纬》书的篇幅多于《经》书的篇幅,而在心理内容上也更为繁复,显然是不合逻辑的。

---

①　马宏山:《〈文心雕龙〉之"道"再辨》,《新疆大学学报》1981年第3期,第73页。

　　综上可知,刘勰在"文之枢纽"中所说的"神理",来自佛学中的佛性心理。但是刘勰对佛学心性论的吸收,绝不是一种简单的移植,而是一种为我所用的改造与融合。刘勰对佛性论的巧妙而深刻的改造,集中表现在他对佛学中的"空灭"思想的剔除和摈弃上。刘勰对佛学心性论的吸收,是一种方法论的吸收,而绝不是一种方向论的吸收。佛学将心作为世界的本原,据此强调人类心灵在认识客观世界中的无限"法力"。而刘勰则与此相反,他以世界的物质性作为心的凭借,由此来体认和开发人类心灵在认识世界中的可贵的能动性的功能。他所说的万物"原道",就是对这一物质本原的鲜明标举。他所说的"道",具指天道,亦即宇宙运动的自然规律,是纯物质的存在。表现在人心上,"人禀七情,应物斯感",同样来自物质的运动。径而言之,他吸收的是佛学的思维艺术,而不是佛学的空无内容。他在"文之枢纽"中对"神理"的引入,本质上是对域外先进心理科学的引入,是一种剔除其唯心论的内容而吸收其先进方法的引入。而他在《序志》中所说的"文果载心,余心有寄"的"以文载心"的总旨,就是从对佛学心理的改造中所获得的思想精华的总浓缩。

　　刘勰以"神理"这一佛学的专门术语作为切入口,将他对佛性论的深刻体认巧妙地融入与儒道学说的系统组合中。他的"文之枢纽",就是这一系统组合的总体包容。这一总体包容的系统机制是:以道(自然)为原,以儒(经)为宗,以佛(心)为用。这一系统机制的外在显示,就是以下两句具有关键意义的话。第一句是:"道沿圣以垂文,圣因文而明道。"顺着这一逻辑链条,于是道家之道与儒家之道,在纲领中自然融合为一了。第二句是:"道心惟微,神理设教。光采玄圣,炳耀仁孝。"顺着这一逻辑链条,"神理"之道就成了道家之道在方法论上的自然补足和自然扩延,并往下延入儒家之道的领域中,将三者融为一个整体。三者之间的逻辑关系是:以"道法自然"作为文学发生的总根源,以"征圣宗经"作为文学运动的总依据,以"乘一总万"的"文以载心"作为文学运作的总法则。道学使他的思想洒脱通达,具有自然的品格,儒学使其思想始终以人为本,立足社会,效力于社会,具有经世致用的品格,佛学使他的思想博大精深、逻辑严密,具有圆通的品格,正是这三种品格的总融合,构成了一个总天地于文内,挫万物于心中的完美绝伦的理论结构。这一理论结构,既是三学兼容的卓越成果,也是三学兼容的重要见证。

三、三学兼容在全著内容中的深层渗透

《文心雕龙》对儒道佛基本精神的兼容性不仅表现在它的文学纲领中,也具体而微地涵蕴在它的全部内容中。这种深层性的渗透包括两种类型,一种是显性的吸收,一种是隐性的吸收。所谓显性的吸收,是指具有明显的话语标志的吸收。这种吸收,主要表现在对儒、道思想的继承上,这是《文心雕龙》获得理论材料的主要源泉。例如对"道"、"自然"、"经"、"圣"的主导地位的鲜明标举,对儒、道理论材料的广泛引用,等等,由此构成了该著的理论主体。对佛学的显性吸收并不十分明显,有迹可寻的主要有以下几处。一是对"般若"之学的论辩艺术的肯定和标举:"动及心源,其般若之极致乎?"一是对"圆照之象"的肯定和标举:"圆照之象,务先博观。"由此构成了该著理论的重要补充。所谓隐性的吸收,是指虽然没有形态标志,但是可以隐约感到而且确实存在的潜移默化的融合。这种融合,主要是对佛学的认识论与方法论的借鉴和融合。下面试举其核心范畴"文心"作为例证,对三学兼容在全著内容中的深层渗透,作一管窥。

"文心"具指"为文之用心"。刘勰认为文心是文学之本,在文学创作活动中具有"乘一总万,举要治繁"的决定性的统率意义和控制意义,由此开辟出一个前无古人的认识范畴。这一范畴,是刘勰独特的"以心总文"的系统理论的逻辑起点和理论支点。这一历史性开拓,同样是儒、道、佛三家文化视野的综合作用的卓越成果。

"心"的存在为儒道佛三家所重视。佛学以心为本,中华本土文化也素有以心为本的传统。但三家所做出的体认,实际是角度迥异而各有侧重的。

儒家对"心"的观照和体认,采取人性论与道德论的角度。孔子认为,仁是人性之所本,也是人心之所本,人之所以为人,是因为具备"仁爱之心"。他说:"仁者,人也。"(《礼记·中庸》),又说仁者"爱人"(《论语·颜渊》),"泛爱众而亲仁"(《论语·学而》)。孔子以此作为逻辑起点和理论支点,建立了一个以崇高的道德心理为极则的完整的伦理哲学体系,为儒学的建立奠定了坚实的理论基础。孟子在此基础上做出了进一步的完善与强调,将仁义之心,提升到人性的根本标志的高度:"人之所以异于禽兽者几希,庶民去之,君子存之。舜明于庶物,察于人伦,由仁义行。"他不仅将"仁义之心"视为人与禽兽的分水岭,也视为君子与小人的分水岭:"君子所以异于人者,以其存心也。

君子以仁存心,以礼存心。仁者爱人,有礼者敬人。爱人者,人恒爱之;敬人者,人恒敬之。"并且进一步认为,这种以仁为核心的道德心理,也是人性的根本保证:"无恻隐之心,非人也;无羞恶之心,非人也;无辞让之心,非人也;无是非之心,非人也。恻隐之心,仁之端也;羞恶之心,义之端也;辞让之心,礼之端也;是非之心,智之端也。人之有是四端也,犹其有四体也。"(《孟子·公孙丑上》)在此基础上,他还赋予仁义之心以"治天下"的经世济民的社会使命:"人皆有不忍人之心。先王有不忍人之心,斯有不忍人之政矣。以不忍人之心,行不忍人之政,治天下可运之掌上。"这样,就从心、性、仁三者的关系上,对仁进行了论证,视仁为人心的本质属性和人性的基本内容,从而解决了仁的来源和根据问题,把孔子的仁学推进到心性论的深度和本体论的高度,既赋予了"仁"以更加鲜明的心理学内涵,也赋予了"心"以更加充实的伦理学内涵,将"仁"与"心"在社会理想与道德心理的层面上,熔铸成为一个博大精深的整体。这一独特的认识结构,就是中华文化中的主流。

道家对"心"的观照和体认,采取"法乎自然"的本体论角度。道家认为,"道"是万物之所本:"道生一,一生二,二生三,三生万物。""人法地,地法天,天法道,道法自然。"(《老子》)因此,在道、人、心之间,必然形成严密的逻辑链接:道之本性为自然,人源于道,道之性亦即人之性,所以,人之本性亦是自然。由道而性,进而至于心,心的本性也是自然。这就是《老子》所说的"无心",《庄子》所说的"心斋",《淮南子》所说的"天心",陈抟所说的"心法"。他们一脉相承,标举以人心而合天心,追求虚静无为的心理境界和社会境界,以此作为逻辑起点与理论支点,建立了一个与儒学截然有别的思想体系。表面上看来,道家关于人心与天心的观点似乎脱离实际,玄虚无着。但在其逍遥旷达的胸怀中,却永远贯穿着一种尊重客观规律的自然理性和独立不羁、超越向上的人格精神。正是这种独特的自然理性和人格精神,以它独特的文化理念支持着和补充着儒家的以人为本的伦理哲学,也消解着儒家伦理哲学中的唯血统论和唯意志论的消极因素,二者相倚相生,推动着中华文化的向上发展。

佛家对"心"的观照和体认,采取本体论与认识论的双重角度。佛家将"缘起性空"视为世界的本原:"未曾有一法,不从因缘生,是故一切法,无不是空者。"(龙树:《中论·四谛品》)所谓"缘起",就是因缘和合而生起,也就是一切都由各种主客观条件组合而生而有。所谓"性空",是说凡是依靠众缘的组合而生而有的事物,都没有真实的自体,缘聚则生,缘散则灭,都是空幻的东西。空幻是世界的本原,而人类的心灵,则是对这一本原进行集中把握的最高载体。这就是它所说的:"三界唯心,万法唯识"。由于这一角度,必然赋予佛学以一种凌驾于一切存在之上的本体论的品格和一种极其强大的能动性的品格。这种品格,是佛学之所独秀而本土心学之所不具的。从认识论的角度来说,佛学所说的心,并非唯心主义的东西,而是心与物的辩证统一体:"心即是色,色即是心;心外无色,色外无心。互具互摄,故名不二。"(一如:《三藏法数》)这里所说的心,不是一般意义的凡心,而是一种具有性空品格的大彻大悟的佛心。这种佛心的获得,是对于凡心进行改造的结果。而对凡心的改造,在佛学的理论体系中,是凭借一整套具有科学意义与美学意义的思维方式进行的。因此,心理学必然在佛学的土壤中获得充分的发育和长足的发展,使它成为世界上最高级的辩证科学。这就是孙中山、梁启超、恩格斯、爱因斯坦之所以给予佛教的思维科学品格以极高评价的原因。也就是赵朴初所深刻指出的:"佛教哲学蕴藏着极深的智慧,它对宇宙人生的洞察,对人类理性的反省,对概念的分析,有着深刻独到的见解……它以独特的思想方法和生活方式,给予人们以新的启发,使人们得以解放思想,摆脱儒家教条,把人的精神生活推向另一个新的世界。"[①]惟其如此,它才能够顺利融入中华传统文化之中,为中华文化的发展提供新的动力。如果没有这一新的动力,六朝文化与大唐文化的勃兴以及中华文化的持久繁荣,就会成为不可想象的事情。

刘勰所倡导的"文心",就是儒、道、佛三家之"心"的总融汇和总升华。他根据自己"擘肌分理,惟务折衷"的文化理念和文学创作的普遍规律,对三家所体认的"心"进行了系统的扬弃和全新的组合,熔铸成为世界上最完美的理论结构——"心哉美矣"的"文心"工程。在这一精美绝伦的理论结构中,三家之"心"的精华都获得了自己恰如其分的系统位置,在新的系统机制中形成强大的系统合力,闪烁出中华文化所特有的博大精深的光辉。下面,试从它的系统机制的基本取向中,对其逻辑链接的完美性做出集中探析。

(一)本体论取向——以道学为原

刘勰在《序志》中明确指出,天地之间的一切存在,都是自然之道所衍生。

---

① 赵朴初:《要研究佛教对中国文化的影响》,见《赵朴初文集》下卷,华文出版社 2007 年版,第 798 页。

文学运动同样是如此:"心生而言立,言立而文明,自然之道也。"显然,这里所说的"自然之道",是具有本体论意义的道家之道。将"自然之道"视为文学运动的总根源,这就意味着将文心置于本体论的普遍联系的总高度,以最广阔的外延,将整个宇宙人生概括无遗,将天文人文凝聚成为一个浑然的整体。这就是刘永济先生所说的:"文学封域,此为最大。"①无疑,这一概括高度,是远远超出儒家伦理学所标举的"文以载道"的狭小范围的。这一美学思想上的重大突破,已为清代学者纪昀所指出:

> 文以载道,明其当然;文原于道,明其本然,识其本乃不逐其末。首揭文体之尊,所以截断众流。②

也就是黄侃所具体阐发的:

> 《序志》篇云:'《文心》之作也,本乎道。案彦和之意,以为文章本由自然生,故篇中数言自然,一则曰:心生而言立,言立而文明,自然之道也。再则曰:夫岂外饰,盖自然耳。三则曰:谁其尸之,亦神理而已。寻绎其旨,甚为平易。盖人有思心,即有言语,既有言语,即有文章,言语以表思心,文章以代言语,惟圣人为能尽文之妙,所谓道者,如此而已。此与后世言文以载道者截然不同。③

这一重大的美学突破具体表现在文学运动的总的指导思想中,就是两个具有根本意义的审美原则的确立:一是对美的普遍性法则的确立,一是对美的自然性法则的确立。由于前一法则的确立,必然赋予中国文心以一种特别广阔、特别开放的美学视野,一种将整个世界囊括无遗的巨人视野。由于后一法则的确立,必然赋予中国文心以一种崇尚自然的美学风格,一种以雅丽清真为极则的文学传统。

---

① 刘永济:《文心雕龙校释》,中华书局 1962 年版,第 2 页。
② 黄叔琳:《文心雕龙注》,台北世界书局 1986 年版,第 2 页。
③ 黄侃:《文心雕龙札记》,上海古籍出版社 2000 年版,第 5 页。

（二）价值论取向——以儒学为本

"文心"的内在逻辑的严密性与深刻性,不仅表现在理论基点的博大性和卓越性上,还表现在理论内涵的具体性和现实性上。这一以具体性和现实性作为本质特征的理论内涵,来自对儒家以人为本的文化视野的成功吸收。它以道家的"自然之道"作为树基立极的总纲,实际上就已经将儒家的人文之道覆盖于其中了:"道沿圣以垂文,圣因文而明道。"自然之道是圣人之道的终极根由,圣人之道是自然之道的具体形态,而文学与文心则是二者之间的物质纽带与自然载体。顺着这一逻辑链接,儒家之心就自然无痕地融入了文心的理论结构中。

刘勰在文心内在结构营造中的巧妙与高明之处,就在于他以《周易》作为连接道与儒的桥梁,实现了由抽象的形上性的道家之"道",到具体的形下性的儒家之"德"的过渡,将道家本体论中的普遍联系与崇真尚朴的两大法则,水乳交融地转化为以儒家圣人之"道"作为实际楷模的"写作之道"的具体内容。具而言之,《原道》开篇借用老子"道—德"的文化理念,从根本上提升"人文"的地位,为文学高悬起一个统一而覆盖无垠的标准,并为其后"征圣"与"宗经"之说建立根据。以此作为逻辑纽结,他将道法自然的普遍规律,转化为文学自身的特殊规律,将"道"这一"万物母"的最高存在,具体落实于"人文"之中,转化为以儒家思想为主导的圣人之"道",而在随后的《征圣》《宗经》二篇中,更进一步将其落实为从儒家经书中总结出来的具有经典性意义的为文法则。这些具有鲜明的儒家色彩的为文法则,可以简括为以下方面:

对文学的社会性功能的标举。刘勰认为,文学的功能,就是鼓天下之动:"《易》曰:'鼓天下之动者存乎辞。'辞之所以能鼓天下者,乃道之文也。"(《原道》)这种鼓动天下的力量,来自它与社会生活的广阔联系:"唯文章之用,实经典枝条。五礼资之以成,六典因之致用,君臣所以炳焕,军国所以昭明。"(《序志》)儒家的创始人孔子,就是一个典型的例证:"至夫子继圣,独秀前哲,熔钧六经,必金声而玉振;雕琢性情,组织辞令,木铎起而千里应,席珍流而万世响,写天地之辉光,晓生民之耳目矣。"(《原道》)表现在个人身上,就是一种陶铸性情的力量:"作者曰圣,述者曰明,陶铸性情,功在上哲。"(《征圣》)

由于这一标举,必然赋予文心以一种忧国忧民的现实性品格——儒家文化最基本的精神品格。

对文学风貌的雅丽性的崇尚。刘勰根据孔子文质并重的文学主张以及儒家文风的基本特征,提出了自己在文学风貌上的美学理想:"圣文之雅丽,固衔华而佩实者也。"(《征圣》)所谓"雅",是对文学内容的高尚性的要求:所谓"丽",是对文学形式的生动性的要求。刘勰认为,唯有二者的兼具,才是文学的理想境界:"志足而言文,情信而辞巧,乃含章之玉牒,秉文之金科矣。"

由于这一崇尚,必然赋予文心以一种文质兼备的美学追求——儒家美学最基本的美学追求。

对经典著作的楷模意义的揭示。刘勰将儒家五经,视为文章写作的圭臬,认为这些历史性著作中,蕴涵着六条具有普遍意义的美学法则:"文能宗经,则体有六义:一则情深而不诡,二则风清而不杂,三则事信而不诞,四则义直而不回,五则体约而不芜,六则文丽而不淫。"这六大美学法则,是对儒家写作经验的全面概括,也是对文章的美学构成的具体要求。

由于这一揭示,必然赋予文心以一种榜样的启迪——儒家经典著作在写作方法上的美学启迪。

对文章体式的历史渊源的概括。刘勰以儒家五经作为依据,概括出文章体式的历史渊源:"故论说辞序,则《易》统其首;诏策章奏,则《书》发其源;赋颂歌赞,则《诗》立其本;铭诔箴祝,则《礼》总其端;记传盟檄,则《春秋》为根。"由于这一历史性的概括,从根源处理清了各种文体的源流关系和区分关系,这对于确切把握各类文体的运作规律和推动文体的发展,是极有裨益的:"穷高以树表,极远以启疆,所以百家腾跃,终入环内者也。若禀经以制式,酌雅以富言,是即山而铸铜,煮海而为盐也。"

由于这一概括,必然赋予文心以一种广阔的文体参照系统——由儒家源远流长的写作史所构建和证明的文体参照系统。

对文学的尚气之旨的倡导。刘勰以儒家尚气之旨作为根据,对文学中的力学因素进行了鲜明的倡导。这就是他在《风骨》中所具体阐发的:"夫翚翟备色,而翾翥百步,肌丰而力沈也;鹰隼乏采,而翰飞戾天,骨劲而气猛也。文章才力,有似于此。若风骨乏采,则鸷集翰林;采乏风骨,则雉窜文囿。"所谓"风",就是对情思中的美学感染力的标举,所谓"骨",就是对事义中的美学感染力的标举,所谓"采",就是对词语中的美学感染力的标举。而风骨采的统一,则是这种美与力融合为一的理想境界,也是文章气力的理想境界。这就是刘勰所说的:"情与气偕,辞共体并,文明以健,珪璋乃骋","唯藻耀而高翔,固文笔之鸣凤也"。

由于这一倡导,必然赋予文心以一种刚健挺拔的力学追求——由儒家尚气之旨所原发的蓬勃向上的力学追求。

这些来自儒家文化视野的为文法则,构成了刘勰"文心"的具体内容,以文学特殊规律的形态,将天地之文演化为具体的人文,也将天地之心演化为具体的人心。

(三)方法论取向——以佛学为用

"文心"的内在逻辑的严密性与深刻性,不仅表现在它的理论内涵的具体性和现实性上,还表现在它将这一理论内涵付诸实践的方法论的巧妙性和高效性上。他所提出的方法,就是以心总文的方法。这一不见于前人而独秀于《文心雕龙》的方法体系,来自对佛学以心为本的文化视野的成功吸收。它以佛家的"万法唯心"作为逻辑依据,将儒家的人文之道进行了再一次升华,将其转化为运心之道:"神理设教"。"神理"在佛学的文化视野中,就是"心理"的等义语。以心理作为平台进行教化,是佛学的独门妙谛。在佛学的概念系统中,万法缘心,佛理就是法理,法理就是心理。这就是梁启超所深刻指出的:佛家所说的"法","就是心理学"。①

标举以心总文,就是将佛学的"以心为本"的心理科学融化于儒家的以人为本的文学理论之中。它的内在的逻辑链接是:道—圣—文—心

　　　　第一链接:道—圣　"道沿圣以垂文"
　　　　第二链接:圣—文　"圣因文而明道"
　　　　第三链接:文—心　"文心者,言为文之用心"
　　　　"乘一总万,举要治繁"
　　　　"文果载心,余心有寄"

四者之间的系统机制是:自然之道是万事万物的终极根由,圣人之道是自然之道的具体形态,文学是二者共同作用的结果,而文心作为天地之心与人心

---

① 《梁启超佛学文选》,武汉大学出版社2011年版,第333页。

的融合,则是文学的核心和总纽。顺着这一逻辑链接,佛学的睿智之心就自然无痕地融入了文心的理论结构中。

佛学之心对文心的系统意义,具体表现在软件建设与硬件建设两个方面。

软件构建方面

佛学的思维方式,是"人类辩证思维较高发展阶段"上的思维方式。[①] 它以独特的视角和视野,赋予文心以一种全新的思维能量和思维品格,极大地强化了文心的思维效益。这一独特的视角与视野的集中表现,就是它独特的心理意识。具体包括以下方面:

1. 心本意识

佛学将心视为世界的本体,主张"三界唯心,万法唯识",认为只要明心见性,即可观照一切。《大乘本生心地观经》卷八云:"三界之中,以心为主,能观心者,究竟解脱,不能观者,究竟沉沦。"毋庸讳言,这种"唯心是法"的认识论,既有其能动性的积极方面,又有其极端唯心论的消极方面。但是,佛学作为"人类辩证思维相对高级发展阶段"上的思维方式,自身就具有消解和制衡消极因素的能力。这种能力来自它的"心物不二"的唯物理念。佛学所说的"空",并非绝对的空,而是心与物的共同体。在"空"的大视野中,心与物属于同一性的范畴。这就是《大乘起信论》所说的:"色不自色,因心故色,心不自心,因色故心。"特别是在"原道"这一总的存在论的统率下,佛学中的唯心论的消极因素得到了更加全面的消解,而其中的唯物论的积极因素则得到了更加深刻的增强。这就必然赋予佛学之心两种独特的文化品格:包容万物的能动性品格与心物交融的唯物性品格。前者就是刘勰借以建立文心在为文运动中"乘一总万"地位的心理学依据,后者就是刘勰借以建立文心运作方法系列的工程学依据。如果没有这一独特的心理意识的支持,文心中的"以心总文"的宏观战略以及相应的方法论的建立,就会成为无法想象的事情。

2. 平等意识

佛学倡导"是法平等,无有高下"(《金刚经》),这对于本土文化中根深蒂固的等级意识来说,无疑是一种极大的消解和超越。集中反映在刘勰的文心理论中,就是对"情"的具有革命意义的体认和标举:

---

① 恩格斯:《自然辩证法》,人民出版社 1972 年版,第 201 页。

> 民生而志,咏歌所含。
>
> 人秉七情,应物斯感,感物吟志,莫非自然。
>
> 情者文之经,辞者理之纬。经正而后纬成,理定而后辞畅。

这里所说的"民",具指芸芸众生。这里所说的"情",具指人人皆有的自然之情,而不再是传统诗教中所尊崇的"圣人之志"。将这种人人之情置于"文之经"的神圣地位,显然是对传统文论中的等级意识的极大突破,是对文学的心理空间的极大拓展。这种革命性的突破与拓展,是只有在"众生平等"的佛性心理的参与和支持下才能实现的。如果没有这种革命性的心理因素的参与和支持,中国的文学将永远在等级意识的狭隘泥沟中爬行,大唐文学的思想解放和普遍繁荣,是不可能成为历史的现实的。

3. 心静意识

佛学心理与道学心理中都有着鲜明的心静意识,但就其基本角度来说,却又是大有区别的。

道学所倡导的"虚静"属于本体论的范畴,具指排斥智慧,纯任自然无为的混沌状态。这就是老子所说的:"绝圣弃智","少思寡欲","绝学无忧"。而庄子所说的"心斋"、"坐忘",就是通向这种心理境界的具体渠道。

佛学所倡导的"虚静"则属于方法论的范畴,具指"气虚神朗"、"无幽不彻"的大智状态,也就是一种激活人类智慧以洞悉事物隐微的心理状态。这就是支遁所说的:"何以虚静间,恬智翳神颖。"(《不眴菩萨赞》)僧肇所说的:"玄心独悟。"(《百论序》)僧祐所说的:"朗然悬解。"(《中论序》)道安所说的:"自非至精,孰达其微。"(《十二门经序》)而就具体渠道来说,则是"戒"、"定"、"慧"三者的结合。慧远在禅智论中对此做出了具体的阐发:

> 试略而言:禅非智无以穷其寂,智非禅无以深其照,则禅智之要,照寂之谓。(慧远:《庐山出修竹方便禅经统序》)

禅属于佛教戒、定、慧三学中的定学,智属于慧学,禅与智的关系实际上就是静与智的关系。佛学认为,静与智是相互依存的,定能发慧,智由禅起,禅定没有智慧就不能穷尽寂灭,智慧没有禅定就不能深入观照。禅与智是不可分割的两个方面：

> 其相济也，照不离寂，寂不离照，感则俱游，应必同趣，功玄于在用，交养于方法。其妙物也，运群动以至一而不有，廓大象于未形而不无。无思无为而无不为，是故洗心静乱者，以之研虑；悟微入微者，以之穷神也。（同上）

寂与照相济相成，共同感应。其妙用则能使人统摄、运转各种事物于心中，达到察微洞隐的境界。这种积极境界，就是慧远所说的"念佛三昧"境界：

> 夫称三昧者何？专思寂想之谓也。思专则志一不分，想寂则气虚神朗。气虚则智恬其照，神朗则无幽不彻。（慧远：《念佛三昧诗集序》）

那么，刘勰文心理论中所标举的"虚静"，到底来自谁家呢？且看看刘勰的文本：

> 是以陶钧文思，贵在虚静，疏瀹五藏，澡雪精神。积学以储宝，酌理以富才，研阅以穷照，驯致以怿辞，然后使元解之宰，寻声律而定墨；独照之匠，窥意象而运斤：此盖驭文之首术，谋篇之大端。（《神思》）

他明确地告诉我们："虚静"是"陶钧文思"的心理前提和心理保证。"陶钧文思"是一种烛隐察微的积极的心理状态，而绝不是一种绝学弃智的消极的心理过程。显然，这种心理状态只能来自佛家的大智大慧，而不可能来自道家的混沌无知。而就具体渠道来说，刘勰所标举的是"修心"、"积学"、"酌理"、"研阅"、"驯致"五条渠道，这些渠道和"禅智"论中所说的"洗心"、"研虑"、"穷神"、"智恬"是一理相承的，而与道学中的"心斋"、"坐化"的隔绝智慧的途径是迥然有别的。显然，刘勰的心静理念中虽然蕴涵着儒道佛三家文化的因素，但从最直接的层面来看，主要是对佛学的心静意识进行吸收的结果。这种吸收同时也是一种改造与升华：一是肯定了"虚静"是"驭文之首术，谋篇之大端"，将"虚静"纳入了为文之用心之中，并将其提升到了审美和艺术活动的最为突出的位置;二是揭示了审美虚静的特征是"神用象通,情变所孕,物以貌求,心以理应",这就将形象思维与逻辑思维都纳入了文心的美学视野之中,也更加符合文艺创作和鉴赏的普遍规律;三是在相当程度上脱去了纯粹的佛教禅智论的神秘外壳,把一个宗教意味浓厚的哲学范畴引入文艺领域,吸收了其合理性的"内核",并将其成功地改造成为具有深刻的审美意蕴的范畴。这三点都是刘勰的创举。由于这一创举,使文心在理论结构上的多维统一的属性表现得更加鲜明。

4. 心力意识

赋予心学以力学的品格,是佛学的一大发明。佛学不仅将心视为世界的本体,也将心视为一种认识世界和改造世界的能动性力量。佛学认为,心力是化感的本源,是造就万事万物的原动力:"百千法门,同归方寸,河沙妙德,总在心源。"(《五灯会元》)因此,佛学非常重视以心传心的推动力量和影响力量,并将这种力量具体归结为蕴涵在佛性中的逻辑说服力量和美学感染力量。佛学所说的"顽石点头"与"天花乱坠",就是这种"佛法无边"的心理力量的生动描述。这一理念表现在刘勰的文心理论中,就是他对"心力"的鲜明标举和明确追求:

> 博见为馈贫之粮,贯一为拯乱之药,博而能一,亦有助于心力矣。(《神思》)
> 故练于骨者,析辞必精;深乎风者,述情必显。捶字坚而难移,结响凝而不滞,此风骨之力也。
> 若风骨乏采,则鸷集翰林;采乏风骨,则雉窜文囿;唯藻耀而高翔,固文章之鸣凤也。(《风骨》)

刘勰所说的"心力",绝不是对佛性心力的简单重复,而是对它卓越的改造与升华。刘勰所吸收的是佛学心力学中具有普遍意义的动力学品格和方法论教益,而绝不是佛学心力中的性空学内涵。心力见之于文心,不是指"缘起性空"的说服力量和感染力量,而是指为文之用心中的逻辑说服力量和美学感染力量,心的力学品格虽然如故,而就说服和感染的内容而言,早已经换成了自然之道与圣贤之道的积极内容了。所谓"风骨之力"、"风力"、"骨鲠"、

"骨力"、"藻耀而高翔","符采克炳",就是对这种具有积极意义的逻辑说服力量与美学感染力量的具体概括,是佛学的运心方法和儒道的运心内容融合为一的结果。正是这种有机的融合,推动着中国传统的"重气之旨"跃入到"风骨"论的更高阶段,使中华文学的尚力风格发育得更加充分,表现得更加鲜明。

5. 心美意识

佛学不仅赋予心学以力学品格,将心视为宇宙万物的动力源泉,视为人的本质力量的最高体现,也赋予心学以美学品格,将心视为宇宙万物中最美的存在,视为人的本质力量的对象化的最高体现。这两种品格都来自同一的哲学依据:"三界唯心,万法唯识。"在佛学的文化视野中,"心"是"空"与"色"的辩证统一,二者互相否定,却又包容在心的统一体中。心既是一个"空"的存在,又是一个"色"的存在。"色"的存在,也就是"美"的存在。这就从根本上给"心"注入了美的内涵。佛学所说的"菩提",就是对心美的最高概括。

这一理念反映在刘勰的文心理论中,就是他对"心美"的鲜明标举和明确追求。具体表现在以下方面。

其一,确立"美"在文心中的核心地位。

这一地位,鲜明表述在他对"心"的美学价值的赞美中:"夫文心者,言为文之用心也。昔涓子琴心,王孙巧心,心哉美矣,故用之焉!"将具有普遍意义的"心"视为审美的对象进行赞美和标举,这是对儒道两家文化视野的重大突破。在儒家的文化视野中,"心"是"仁义"的最高载体,而能体现"仁义"的心只能是圣贤之心,因此儒家所赞美的从来都是圣贤之心,所关注的从来都是"得人心者得天下"的伦理教化之心,而绝不是一般的人人之心,更不是一般的具有工程意义的"琴心"和"巧心"。在道家的文化视野中,"心"是"无为"的最高载体,而能体现"无为"的"心",只能是"绝圣弃智"、"闭目塞聪"的物化与圣化之心,而绝不能是充满智慧与机巧的工程意义的"琴心"与"巧心"。要将这种"人人之心"和这种具有工程意义的"琴心"和"巧心"置于审美对象的位置进行直接的赞美和标举,需要三个心理前提:一是对心的平等性的体认,二是对心的超功利性的体认,三是对心的工程性的体认。这三个心理前提,都不可能全面存在于儒家的文化视野之中而只能存在于佛学的文化视野之中的。如果没有佛学文化视野的参与和支持,刘勰这一认识上的突破,将成为不可想象的事情。

其二,强调"心"作为审美主体的无穷活力。

这种发自主体的审美活力,具体表述在他对"心物感应"的体认中:

> 故思理为妙,神与物游。神居胸臆,而志气统其关键;物沿耳目,而辞令管其枢机。枢机方通,则物无隐貌;关键将塞,则神有遁心。(《神思》)
>
> 春秋代序,阴阳惨舒,物色之动,心亦摇焉。(《物色》)
>
> 春日迟迟,秋风飒飒,情往似赠,兴来如答。(《物色》)

刘勰的这些体认除了继承传统的源自天人合一的心物感应说之外,显然还受到了南朝佛教的影响而表现出新的特点。佛教般若学认为,现象世界的一切皆是因缘和合而成,一切事物都是互为条件、互相依存。表现在人类的认识领域中,就是心与物之间的密不可分的辩证关系。这就是佛学经典中所常说的:"心物不二","心不自心,因物故心,物不自物,因心故物"。刘勰对心物关系的强调,以及对心在心物关系中的主导地位的标举,在逻辑上即发端于此。我国重视性灵的诗学传统,在逻辑上同样发端于此。

其三,强调"心"作为美学受体的无穷活力。

刘勰的这一历史性开拓,集中表述在他对"知音"的系统认识中。就其理论根由来说,除了继承传统的"和谐"理念以及"同声相应,同气相求"的同构理念之外,显然还受到南朝佛教的影响而表现出新的特点。这些不见于前人的新特点,集中表现在他对以"知音"为标志的接受美学范畴的建立上。这一范畴的建立,植根于以下几个和佛学密切相关的美学理念:

一是普遍接受的美学宗旨。刘勰所标举的"知音",不是一般意义的美学接受,而是一种具有特定要求的美学接受,这就是全社会的普遍接受。刘勰将此定为审美活动的最高宗旨:"兰为国香,服媚弥芬;书亦国华,玩绎方美。"(《知音》)赋予接受以"国"的广阔性,这是我国历史上的第一次。显然,这是对传统文化视野的重大突破。在儒家文化视野中,虽然早就萌发了"鼓天下之动"的接受理念,但由于上尊下卑的伦理观念的影响,接受的理念长期拘囿在"上行下效"的绝对服从的礼教规范中,普遍接受的理念很难获得良好的发育,更不可能发展为普遍接受的美学理想。在道家文化视野中,接受从来都是一种凭借"自然无为"来进行的我行我素的活动,也同样不可能生发普遍接受的理念,更不可能以普遍接受作为美学的理想。而在佛学的文化视野中,却正是它的要谛之所在:佛学的最高宗旨就是"慈航普渡","普度众生",而其实践前提就是人人皈依佛法,人人可以皈依佛法,也就是促使人人成为佛学的知音,也相信人人可以成为佛学的知音。这一普遍接受的哲学视野,就是刘勰的普遍接受的美学宗旨的逻辑基点。也只有佛学,才能为他的这一理论开拓,提供如此明确、如此强大的逻辑基点。

　　二是主、受对等的美学地位。刘勰所标举的"知音",不是一般意义的美学接受,而是一种具有特定结构关系的美学接受,这就是主、受地位对等的全方位的美学参与。他说:"夫缀文者情动而辞发,观文者披文以入情,沿波讨源,虽幽必显。"注意到"缀文者"与"观文者"的同时存在,将"缀文者"与"观文者"置于一个统一的美学过程中进行观照,并以对举的方式来显示二者之间的平等的逻辑地位,这是我国历史上的第一次。显然,这是对传统文化视野的重大突破。在儒家的文化视野中,接受的过程从来都是一个主体对受体的单向灌输过程,而绝不是一个双边双向的交流过程,只重视作者作为的过程,却忽视读者作为的过程。在道家的文化视野中,接受从来都是一种凭借"自然无为"来进行的我行我素的活动,对作者与读者的能动性都进行了否定。而在佛学的文化视野中,却正是它的要谛之所在:佛学的最高原则就是"众生平等","佛法平等"。表现在接受的过程中,就是施加者和接受者在心智地位上的平等:"修证在一心","万法尽在自心"。认为学佛并不艰难,人人皆可成就,关键在于发挥接受者的"自性"的作用,也就是接受主体的能动作用:"一念迷即是众生,一念觉即是佛。迷者迷自性,觉者觉自性;十方诸佛因觉自性而成佛。若识自性,一悟即至佛地。"(《般若品》)这一心智平等的佛学视野,就是刘勰的主受同参的美学理念的逻辑基点。也只有佛学,才能为他的这一理论开拓,提供如此明确、如此强大的逻辑基点。

　　三是圆融通照的审美方式。刘勰所标举的"知音",不是一般意义的美学接受,而是一种以特定审美方式作为可靠保证的美学接受。这种特定的审美方式,就是刘勰所强调的"圆照之象"。"圆照"的理念,来自龙树的中观论。龙树将世界的组成分成两个对立的层面:俗谛(现象、世间识),真谛(佛性、法性)。他主张将二者统一起来进行观照,既要看到现象的性空,又要看到现象的假有,综合空假二谛,使之不偏于真,也不偏于假,合乎中道。龙树把中道提高到一般方法论的高度,主张"三谛圆融",强调"圆融"就是全面把握一切事物现象的实相的途径与方法。这种圆融无碍的最高认识境界。实质上也就是一种左右逢源、毫无挂碍的"圆"美境界。在此境界中,具象与抽象、一与多、本质与现象等达到了完全无碍的统一,即佛家所说的"一即一切,一切即一"。表现在审美的领域中,就是对审美对象的全面审视和全面把握。圆则能融,融则能通,能通能融,所以能入心无滞,获得普遍性的接受效果。这就是刘勰所说的:"故心之照理,譬目之照形,目了则形无不分,心敏则理无不达。"而"圆照",则是这种"目了"、"心敏"的逻辑前提,也是普遍接受的可靠保证:"夫唯深识鉴奥,必欢然内怿,譬春台之熙众人,乐饵之止过客"。刘勰的这一体认,显然是与佛学的"圆融"理论具有直接的渊源关系的。

　　硬件建设方面

　　佛学不仅赋予心学以理论科学的品格,也赋予心学以工程科学的品格。将用心视为具体的精神实践活动,强调用心之术在用心活动中的决定性作用,是佛学的一大发明。佛学将"法"视为与佛经、僧人并列的存在,称为"佛家三宝",可见它对"术"的重视程度,由此而取得了极大的传播效益和接受效益,这也是它之所以能够说服亚洲并走向世界的根由。佛学的独特心法,以其普遍性品格将我国传统心术理论提升到了工程科学的境界,而刘勰的文心,则从美学心理工程学的角度,对此进行了创造性的吸收和融合,为我国美学工程学的发展,提供了卓越的方法论楷模。这些源自佛学而融合于文心中的美学心术,主要有以下内容。

　　其一,对佛教辩证法的吸收。

　　辩证法是关于自然、人类社会和思维的运动和发展的普遍规律的科学。在先秦时期,这一标志人类思维的理性高度的思辨方法的初级形态,就已经相当普遍地运用在我国的哲学典籍中。《老子》中所说的"无陂不平,无往不复",《易传》中所说的"一阴一阳之谓道",就是对这一思维方法的核心法则——对立统一法则的朴素表述。随着佛教的传入和佛教所特有的辩证思维方法的影响,我国的传统辩证法获得了极大的理性提升,使中国的本体论思想达到前所未有的高度。这一具有积极意义的理性提升,具体表现在以下方面。

　　一是对客观世界的集中性的把握能力的超越。

客观规律具有集中性的特点,科学的范畴体系应能反映这个特点。科学的目的,一方面是尽可能地全面了解客体的内部联系,另一方面是要通过最少数的基本概念和基本关系来达到这个目的。"一种理论的前提的简单性越大,它所涉及的事物的种类越多,它的应用范围越广,它给人们的印象也就越深。"①因此,集中性就必然成为物质世界统一性的基础,这正是科学范畴所必须具有的最一般的逻辑性质。而佛教辩证法,就是这种最集中、最精粹的图象。这一图象的总浓缩,就是一个最简单的概念——空。正是凭借这个最简单的概念,它将整个物质世界和精神世界,融合成为一个有机的整体,真正进入了爱因斯坦所标举的那种完满的理性境界:"在世界图象中尽可能地寻求逻辑的统一,即逻辑元素最少。"②

佛教辩证法的这种举一总万的概括力量,在世界辩证法的群峰中,是独一无二的。黑格尔辩证法被认为是西方辩证法之最,将对世界的联系概括成质量互变、对立统一、否定之否定三项基本规律,以此成就其博大与精深。而佛教大乘仅用一个"空"字,就将以上诸多内涵覆盖无遗。虽然二者各有不能代替的理性优势,但就"逻辑元素最少"所获得的最大概括能力来说,空观的辩证法显然是超出于黑格尔的辩证法的。这一强大的方法论武装,就是恩格斯之所以给予佛教辩证法以如此崇高的评价,称其为"处在辩证法的较高发展阶段"的缘由,也就是刘勰之所以能建立《文心雕龙》以道为原、以经为宗、以心为术的博大精深的理论体系的根本性依据。刘勰据此所建立的理论体系在世界文论中的理性高度和美学深度,至今没有任何一家别的体系可以超越。

二是对客观世界的全面性的把握能力的超越。

全面性是辩证法的理性高度的第二个重要尺度。列宁指出:"要真正地认识事物就必须把握住、研究清楚它的一切方面、一切联系和'中介'。"③这是对于全面性的基本规定。所谓"一切方面、一切联系",归根结底都是对立的两个侧面的联系。"统一物之分为两个部分以及对它的矛盾着的部分的认识,是辩证法的实质(是辩证法的'本质'之一,是它的基本的特点或特征之

① 《爱因斯坦文集》第1卷,商务印书馆1976年版,第15页。
② 《爱因斯坦文集》第1卷,商务印书馆1976年版,第344页。
③ 《列宁选集》第4卷,人民出版社1995年版,第419页。

一,甚至可说是它的基本的特点或特征)。"①全面性要求从对立统一的观点去研究任一逻辑范畴,并规定着辩证思维范畴对立同一的对称性和统一性。这是辩证思维范畴的根本特征,也是辩证思维范畴的核心问题。

佛教辩证思维的深刻和巧妙之处就在于,它将客观世界的对立与统一并不视为两个不同的范畴,而是视为两个圆融无碍的范畴。"空即是色,色即是空"(《般若波罗密多心经》),就是它对大千世界所持的总理念。《华严经》指出,在这个"空"的世界里,"一多相摄,重重无尽",有着无限的空间,无尽无穷的广阔天地。融通自在的宇宙实相,非有非无的中道理体,无所执著所生之自性清净心,构成了"空"的丰满内涵。这就是说,宇宙间森罗万象,一切事物的生灭变化,都是在以空为核心的普遍联系中相互为因(主要条件),相互为缘(辅助条件),"此有故彼有,此生故彼生。此无故彼无,此灭故彼灭"(《杂阿含经》卷四十七),于是一切存在都归于了一体。这一无所不包的因果网络,是独见于佛教而不见于其他哲学中的。由于有了这一网络,人类"笼天地于形内,挫万物于笔端"的认知理想,才能变成可以实现的认知现实。《文心雕龙》之所以能够进入"弥纶群言,而研精一理"的境界,显然是与这一思维方式的有力支持密不可分的。

三是对客观世界的具体性的把握能力的超越。

辩证思维是思维由抽象上升到具体的过程,具体性是辩证法的理性高度的第三个重要尺度。列宁指出:"'真理总是具体的'——已故的普列汉诺夫常常喜欢按照黑格尔的说法这样说。"②所谓具体性,就是以具体同一性为核心的属性,它规定着辩证思维范畴体系的逻辑推演的顺序,即这种体系必须是一个不断由抽象到具体的螺旋上升的系统整体。每一范畴对其前一范畴来说是具体的,而对其后一范畴来说则又是抽象的,前者蕴涵后者,而后者又在较高阶段上包含着前者,整个系统形成一个否定之否定的连续过程。

在这一点上,佛教辩证思维同样表现出了卓越的理性品格。在佛教概念系统中,理与事从来都是相并而提的。佛教中所说的理体,主要指作为一切诸法本原之"真如"、"实相"、"法界"、"真心"等。它是湛然常存、凝然不动、寂

① 《列宁全集》第55卷,人民出版社1990年版,第305页。
② 《列宁全集》第40卷,人民出版社1986年版,第292页。

静无为、不生不灭的;佛学中所谓的事法,则是指充斥于世间的森罗万象。在佛教看来,理体虽寂静无为,不生不灭,但世间之森罗万象却都是它的体现。这就将本质与现象,抽象与具体,融合成为一个圆融无碍的整体。更难得的是,它将数的规定性,明确地注入了对真理的规定性中。如中国佛教唯识宗,运用严密的逻辑分析方法,把世界上一切事物和现象,包括物质现象和心理现象,自然现象和社会现象,归纳成五位百法,作了详尽的论述。它的内容包括了宇宙观和人生观、心理学和伦理学以及认识论、因果论、真理论等各个方面。佛教中所说的"二谛圆融","三自性","十玄","六相","八不","八识","十二法门",等等,就是对佛教辩证思维的具体性的具体规定和具体展示。尽管这种分析是唯心主义的,看起来也比较烦琐,但是这种细致的分析方法,对于人类认识的发展,无疑是起了一定的作用。它扩大了我们的视野,深化了我们的思维方法,在认识论上为我们民族的思维方式的精细化提供了先进的思维模式和丰富的思想资料。《文心雕龙》在概念阐述上的精细性和理论体系上的严密性,即发端于此并得力于此。

四是对客观世界的变动性的把握能力的超越。

变动性,就是客观事物永恒运动的属性。这一属性的重要意义就在于,客观事物的普遍联系,实际上就是它们之间的相互转化和发展。因此,列宁指出:"辩证逻辑要求从事物的发展、'自己运动'(像黑格尔有时所说的)、变化中来考察事物。"①它一方面规定辩证思维的范畴体系必须是一个纵向联系的运动过程,从而表现出流动范畴的特征,另一方面也规定着这种范畴体系应是开放的,而不是封闭的。

在这一点上,佛教的辩证思维同样表现出足可垂范于世人的卓越的理性品格。其高超之处就在于,它不仅将事物的变动性视为事物的根本属性,也将事物的恒常性同样视为事物的根本属性,明确认为,森罗万象既具有"诸行无常"的一面,也具有"常住不二"的一面,二者之间是一种圆融无碍的关系。对此,僧肇在《物不迁论》中曾经做出过极其深刻的理论发挥。他根据"昔物不至今"的前提,得出了"物不迁"的结论,并形象地描绘说:"旋岚偃岳而常静,江河竞注而不流,野马飘鼓而不动,日月历天而不周。"他既不承认"动"的绝

---

① 《列宁全集》第40卷,人民出版社1986年版,第291页。

对属性,也不承认"静"的绝对属性,认为二者之间是相互依存、相互否定的关系。他既以"无常"来破除人们的"常见",又以"物不迁"破除人们对"有物流动"的执著,既不执著于"常",也不执著于"无常",两者双遣双遮,最终达到非动非静、动静俱泯的中道。也就是他所说的:"是以人之所谓住,我则言其去;人之所谓去,我则言其住。然则去住虽殊,其致一也。"①这样,就在"色空不二"的大前提下,将对立与统一融合成为整体。显然,佛教辩证法这一熔相对与绝对为一炉,铸"不迁"与"无常"于一体,汇现象的短暂性与规律的永恒性为一致的理性概括能力,对于传统的朴素的两分法来说,是一极大的理性升举。刘勰对通与变的关系的深刻体认,即以此作为张本。这就是它在理论材料上虽然主要来自《周易》,而在理性概括的高度上和深度上却远远超出于《周易》的根由。

其二,对佛教因明学的吸收。

《文心雕龙》是一部"体大思精"、"识周虑圆"的巨制,它的构建,必然有一个强大的逻辑体系的支持。这一强大的逻辑体系,不仅来自对中华传统论辩术的继承与开拓,也是与对佛学因明方法的借鉴和融合密不可分的。对此,刘永济先生做出了明确的表述:"彦和此书,思绪周密,条理井然,无畸重畸轻之失,其思想方法,得力于佛典为多。"②周振甫也持有同样见解:"刘勰《文心雕龙》的所以立论绵密,这同他运用佛学的因明是分不开的。"③王元化则对此做出了更加具体的阐述:"佛学自汉末流入中土,到了刘勰的时代,用佛家的话来说,正是'如日中天'。刘勰自少时入定林寺依沙门僧佑居处,就已开始钻研佛法。佛家的重逻辑精神,特别是在理论的体系化或系统化方面,不能不对他起着潜移默化的作用。六朝前,我国的理论著作,只有散篇,没有一部系统完整的专著。直到刘勰的《文心雕龙》问世,才出现了第一部有着完整周密体系的理论著作。因此,章学诚称之为'勒为成书之初祖'。这一情况,倘撇开佛家的因明学对刘勰所产生的一定影响,那就很难加以解释。"④这些论断,都是极为精当的。

---

① 《中国哲学史资料简编:两汉—隋唐部分》下册,中华书局1963年版,第470页。
② 刘永济:《文心雕龙校释》,中华书局1962年版,第2页。
③ 周振甫:《文心雕龙注释》,人民文学出版社1981年版,第6页。
④ 王元化:《文心雕龙创作论》,上海古籍出版社1984年版,第304—305页。

因明学的方法体系,主要由整体结构、概念、命题、推理等具体的逻辑方法组成,赋予论证过程以可靠的理性形态的保证。这一体系的全面完善虽是初唐以后,但由于它是与佛教经典共生的工程科学,它在南北朝时期就已经获得了广泛的传播。刘勰作为定林寺中的一个专司文字工作的专业工作者,他对这一门逻辑科学的把握,必定远比一般的学者直接和深刻。下面试对刘勰在《文心雕龙》中对因明方法论的创造性吸收,作一展开性的品读。

(一)对自觉逻辑意识的鲜明标举

刘勰对因明之学的创造性吸收,首先表现在自觉的逻辑意识上。

所谓逻辑意识,具指对论证过程中逻辑运作的重要性和必要性的自觉体认,集中而言,就是关于构思推理与组织结构的原理和方法的重要性和必要性的自觉意识。我国的理论论证活动在先秦时期就已经获得了极大的发展,但对这一论证活动的方法论的自觉认识而言,长期是处于自发的朦胧状态的。究其原因,固然与理论与实践发展的不平衡性的普遍规律有关,也是与我们民族特定的思维习尚与价值取向密不可分的。由此形成的历史文化现实是,在我国的哲学领域中长期未能建立逻辑学的独立范畴,未能出现关于逻辑学的专论。由于缺少逻辑学的有力支持,我国的理论论证长期停留在散论、语录及随兴感悟的层面,长期未能在大型的理论著作的撰写上实现零的突破。也就是王国维所深刻指出的:

> 吾国人之所长,宁在于实践之方面,而于理论之方面则以具体的知识为满足,至于分类之事,除迫于实际的需要外,殆不欲穷究之也。夫战国议论之盛,不下于印度六哲学派及希腊诡辩学派之时代。然在印度,则足目出,而从数论声论之辩论中抽象之而作因明学,陈那继之,其学遂定。希腊则有亚里士多德自哀利亚派诡辩学派之辩论中抽象之,而作名学。而在中国,则惠施、公孙龙等所谓名家者流,徒骋诡辩耳,其于辩论思想之法则,固彼等之所不论,而亦其所不欲论者也。故我中国有辩论而无名学。①

---

① 王国维:《论新学语之输入》,见《王国维论学集》,中国社会科学出版社 1997 年版,第386 页。

　　王氏的这一论见,获得了学界的广泛认同。郭沫若在《青铜时代·后记》中,认为王国维的"我中国有辩论而无名学"的见解"是正确的"。① 在《十批判书·后记》中,他更具体地做出先秦无逻辑学的结论:"整个说来,无论是先秦名家、墨家辩者、或其他学派,关于名辩的努力,都没有达到纯粹逻辑术的地步。"② 熊十力也持同样观点:"中国学者,其所述作,不尚逻辑,本无系统。即以晚周言之,《论语》、《老子》,皆语录体。庄子书,则以文学作品,发表哲学思想。《易》之十翼,特为后儒传疏导先路。即法家墨家故籍稍存者,条理稍整,亦不得称为系统的著作。"③

　　他们从各个不同的角度,说出了一个共同的理论事实:在中国古代一个相当长的历史时期中,确实存在过逻辑学意识的非自觉的状态和逻辑科学的朦胧状态。但是,这种具有初级意义的不成熟状态,在魏晋南北朝时期已经获得了根本性的改善,《文心雕龙》就是具体的历史见证。下面试举出一些代表性的理论片段,对刘勰在该著中表现出来的鲜明的逻辑意识,做出一点审美性的管窥。

　　　　视布于麻,虽云未贵,杼轴献功,焕然乃珍。(《神思》)

　　　　论者,伦也。伦理无爽,则圣意不坠。(《论说》)

　　　　理形于言,叙理成论。词深人天,至远方寸。阴阳莫贰,鬼神靡遁。说尔飞钳,呼吸沮劝。(《论说》)

　　　　论如析薪,贵能破理,斤利者越理而横断,辞辩者反义而取通:览文虽巧,而检迹如妄。唯君子能通天下之志,安可以曲论哉!(《论说》)

　　这些代表性的片段粗看似乎毫不涉及逻辑二字,细读方知字字通向逻辑的核心范畴。

　　第一片段运用比喻的方式,强调出结构在思维整体化中的具有决定性意义的组织作用。这一作用,正是思维整体化不可或缺的物质凭借。而逻辑,就是运用这一物质凭借来实现思维的组织化和整体化的理性规则。惟其如此,

---

① 《郭沫若全集》第1集,人民出版社1982年版,第612页。

② 郭沫若:《十批判书》,东方出版社1996年版,第508页。

③ 《熊十力集》,群言出版社1993年版,第284页。

结构、组织与逻辑三者之间,必然具有同构性的存在意义。对结构与组织在思维整体运动中的意义与作用的标举,也就必然直接通向或间接通向对逻辑在思维整体运动中的意义和作用的标举。这一鲜明的标举,实际就是对逻辑的核心范畴的标举,也就是对自觉的逻辑意识的标举。如此深刻的体认和如此鲜明的标举,是不见于刘勰的前人而只能独见于长期接受佛学著作熏陶的斯人的。

第二片段至第四片段,是对"理"在论证中的意义和作用的直接强调。刘勰在这里所说的"理",具指客观事物的自然规律和人类思维的自然规律。而现代人所说的"逻辑",在范畴上就是二者的有机融合。刘勰在这里所说的"理",实际就是"逻辑"的别称。第二片段中所说的"伦理无爽",实际就是指逻辑无违。他将这点,视为"圣意不坠"的理性保证,即视为表现真理和验证真理的不可或缺的标尺。不以圣人之言为绝对真理,而以"理"为检验真理的尺度,以"伦理无爽"作为检验和捍卫"圣意不坠"的理性前提,这一理性高度,同样是不见于前人而独见于斯人的。第三片段是对"理"在"行言"与"成论"中的重大征服力量的强调。他将这种蕴涵于逻辑中的征服力量,视为无往弗届、无坚不摧的力量。赋予逻辑以如此强大的影响力量,也是具有开拓性的。第四片段,是从反面对逻辑在论证中的不可或缺性进行强调,明确认为逻辑是"通天下之志"的唯一通道,任何违背逻辑法则的论理,没有不陷入失败的泥坑。这种唯一性的强调,使逻辑在论证真理中的作用,表述得更加鲜明。

这些不着话语标签但确实具有范畴意义的旗帜鲜明的认识,是不可能产生于传统的朦胧性的范畴领域中,而只能产生于体系完整的因明学的范畴领域之中的。因明学的核心概念,就是一个"理"字。无论是古因明学还是新因明学,无一不以"理"字作为自己的理论旗帜。因明学有三部经典性著作,一部叫《正理经》,一部叫《因明正理门论》,一部是《正理滴论》,都以"理"字相标举。所谓"正理",即对真理的探求,而因明,就是"正理"的具体路径。《因明正理门论》开宗即云:"为欲简持能立能破义中真实,故造斯论。"《正理滴论·总诠》云:"众人所务,凡得成遂,必以正智为其先导。"就这一点来说,与刘勰在上述理论发挥中所秉持的"理"字,是一脉相承和一理相通的。

(二)对文章结构方法的逻辑学品格的明确体认

刘勰对逻辑在思维形成中的重要地位和作用的认识,还表现在他对文章结构方法论的逻辑学品格的明确体认上。他凭借《附会》、《镕裁》、《章句》诸篇,建立了一整套相当完备的谋篇布局的方法体系。这一方法体系的核心,就是"总文理"、"统首尾"、"定与夺"、"合涯际"四个方面。这就是他在《附会》中所昭示的:"何谓附会?谓总文理,统首尾,定与夺,合涯际,弥纶一篇,使杂而不越者也。若筑室之须基构,裁衣之待缝缉矣。"这四个方面既是文章行文结构安排的重要原则,而就其内在的理性内涵而言,同时也就是文章思维结构的合逻辑性安排的重要原则。下面,试对这四个方面的逻辑学意义,做一点振叶寻根的探讨。

所谓"总文理",就是总领全文的脉络,使文章的结构安排能够紧密围绕着主旨有条理有次序地展开。从思维运动的角度来说,文理就是文章思维结构的总依据和总脉络。这一具有总体意义的生命点,在文章学中被称为主旨,在古因明中被称为"宗",在现代逻辑学中被称为"命题"。正是由于这一与"宗"具有同样属性与同样地位的"文理",文章结构和思维结构才能融合为统一的整体,文章的"外文绮交,内义脉注,跗萼相衔,首尾一体"的整体形态才具有现实的可能。赋予文章的结构以如此完美的整体性和有序性的美学期待,在我国的文论史中自《文心雕龙》开始。将"总文理"视为这一崇高期待的逻辑依据,也同样自《文心雕龙》开始。显然,《文心雕龙》在方法论上的这一超越前人的创举,是与因明中的核心概念"宗"的同构性的启迪以及刘勰的创造性的吸收密不可分的。这就是他所标举的"文理"与因明中所标举的"宗"如此相似,而又如此相得的历史根由和现实根由。

所谓"统首尾",是强调文章的开头和结尾两个部分必须对全文起到统领的作用。刘勰认为,"首尾圆合"是体现文章主旨与实现文章整体化的关键性举措,也是文章谋篇布局的理想境界。他的这一前无古人的理论主张,同样可以从因明学中找出其方法论的依据。在因明学的概念系统中,"首",属于"宗"的位置,"尾"属于"结"的位置。"宗"与"结"的"圆合",标志着"宗"的确立和逻辑结构的圆满完成。就这一点来说,刘勰所说的首尾圆合和因明学中所规定的宗结相援,显然是具有认识上和方法上的传承和借鉴意义的。

所谓"定与夺",是指在文章结构过程中对材料或语言所作的取舍,从而使文章结构疏密相间,精练简洁,主干突出。这就是刘勰在《镕裁》中所昭示的:"规范本体谓之镕,剪截浮词谓之裁。裁则芜秽不生,镕则纲领昭畅。譬绳墨之审分,斧斤之斫削矣。"刘勰的这一理论主张与因明学中的宗因一致性的规定,是极其相合的。所谓"宗因一致",即现代逻辑学所说的"同一律"。刘勰所说的"规范本体",就是对同一律的正面因应,刘勰所说的"剪裁浮辞",就是对同一律的反面因应。就这一点来说,《文心雕龙》与因明学之间的传承关系和借鉴关系,同样是表现得极其鲜明的。

所谓"合涯际",是指对于文章段落之间、层次之间进行的衔接工作。其工作要领,就是一个"合"字。也就是《附会》中所昭示的:"若统序失宗,辞味必乱;义脉不流,则偏枯文体。夫能悬识凑理,然后节文自会,如胶之粘木,石之合玉矣。"他明确认为,唯有善于"合",才能过渡自然,连接紧密,文气贯通,进入环环相扣、通体圆浑的境界。他的这一体认与因明学中对"合"的标举,无论是就范畴而言或是就功能而言,都是完全吻合的。

概而言之,刘勰所提出的这些谋篇布局理论,既符合写作实践活动的发展规律,也符合人们思想活动的认识规律;既是中国古代传统谋篇布局理论的精华,也是对佛教因明学进行借鉴和吸收的理论成果。由于这一理论成果,不仅极大提高了我们民族的理性思维的水平,也极大地提高了古代文论的学术水平。这一历史的传承关系,是谁也不可能抹杀的。

(三)对因明论证方法的卓越运作

刘勰对因明方法的吸收,不仅表现在他自觉的逻辑意识和布局谋篇的理论中,也具体表现在《文心雕龙》自身逻辑运作的卓越实践中。下面,试以陈耀南《文心雕龙的逻辑运用》中所提供的材料作为基本依据①,并在此基础上扩而充之,做一点管窥式的品读。

其一,整体结构的逻辑运作。

佛经的体例极其严密,严格按照"宗、因、喻、合、结"的"五分作法"的逻辑顺序展开,界域分明,井然有序,融会成为一个多样统一的有机整体。《文心雕龙》具有同样的体例特征,全著由枢纽论—文体论—文心论—序志论四大板块组成,体现出由总到分再到总、由理论到实践再到理论、由抽象到具体再到抽象的完整而清晰的认识过程。枢纽论五篇为全著的总论,相当于因明中的"宗"。"纲领"与"毛目"对应于"心论"中的"界品"与"问论",相当于因明

----

① 饶芃子编:《文心雕龙研究荟萃》,上海书店 1992 年版,第 311 页。

中的"因"与"喻","序志"为全著的总揽,相当于因明中的"合"与"结"。这一认识过程与人类思维的规律性既是一致的,又是独创的。由分到总,由实践到理论,由具体到抽象,是人类思维的自然过程,属于归纳论证范畴。在这自然过程前加上"总"、"理论"、"抽象"的前导,是人类思维的提高过程,属于演绎论证范畴,具有高屋建瓴的思维态势。如此严密而又精深的逻辑结构,是先前的任何一部子史著作所不能具备的。显然,这是与对佛经逻辑体例的吸收密不可分的。

其二,概念结构的逻辑运作。概念是逻辑思维的起点。逻辑思维要求概念的准确性,讲求对概念的澄清,以至定义的说明。《文心雕龙》中,刘勰对所使用的许多重要名词的内涵与外延,都进行了明确的界定。例如:

> 夫文心者,言为文之用心也。(《序志》)
> 诗者,持也,持人情性。(《明诗》)
> 经也者,恒久之至道,不刊之鸿教也。(《宗经》)

这些"释名章义"的定义,既能揭示"大类",又能揭示"属差",与逻辑的规定性高度符合,将事物的内涵本质与外延范围概括无遗,为判断与推理的精密性奠定了坚实的基础。

其三,类属划分的逻辑运作。《文心雕龙》中,为着辨析的精密,常常把一个"种概念"划分为几个"属概念",进行概念上的"擘肌分理",以便于对事物的属性"囿别区分"。如:

> 故文能宗经,体有六义:一则情深而不诡,二则风清而不杂,三则事信而不诞,四则义直而不回,五则体约而不芜,六则文丽而不淫。(《宗经》)
> 若总其归涂,则数穷八体:一曰典雅,二曰远奥,三曰精约,四曰显附,五曰繁缛,六曰壮丽,七曰新奇,八曰轻靡。(《体性》)
> 草创鸿笔,先标三准:履端于始,则设情以位体;举正于中,则酌事以取类;归馀于终,则撮辞以举要。(《熔裁》)

这些划分,以数的方式对分概念进行区分,使其各自属性显示得更加精确细致,以获得化抽象为具体的逻辑功效。这种条分理析的分类方式,实以佛学因明中的"带数释"为张本。与"带数释"相较,既得"带数释"之细致与清晰,又无"带数释"之烦琐与沉闷,显示出一种清新而又精细的独特的理性之美。

其四,命题构建的逻辑运作。由若干概念组合成判断,是人类思维的基本形式,表诸文字就是"命题"。《文心雕龙》中的许多陈述句,在实质上都是一种深刻的判断。如:

> 道沿圣以垂文,圣因文而明道。(《原道》)
> 心生而言立,言立而文明,自然之道也。(《原道》)
> 辞之所以能鼓动天下者,乃道之文也。(《原道》)

这是一种全称肯定的"定言判断"。有些陈述句的语气比较缓和,留有商酌余地,属于"或然命题"的范畴。如:

> 前史以为运涉季世,人未尽才,诚哉斯谈,可为叹息!(《时序》)
> 文果载心,余心有寄。(《序志》)
> 若征圣立言,文其庶矣。(《征圣》)

有些判断,语气果决,代表刘勰的明确主张,属于"必然命题"的范畴。如:

> 趋时必果,乘机无怯。(《时序》)
> 必结言于四字之句,盘桓与数韵之辞,约举以尽情,昭灼以送文,此其体也。(《颂赞》)

有些判断,含有若干相容或不相容的"选肢",属于"选言命题"的范畴。如:

> 且才分不同,思绪各异,或制首以通尾,或尺接以寸附。《附会》
> 机敏故造次而成功,虑疑故愈久而致绩。难易虽殊。并资博练。(《神思》)

是以文之英蕤,有秀有隐。隐也者,文外之重旨者也;秀也者,篇中之独拔者也。隐以复意为工,秀以卓绝为巧。斯乃旧章之懿绩,才情之嘉会也。(《隐秀》)

有些判断,含有某种条件关系,属于"假言命题"的范畴。如:

文能宗经,体有六义。(《宗经》)

若统绪失宗,辞味必乱;义脉不流,则偏枯文体。夫能悬识腠理,然后节文自会,如胶之粘木,石之合玉矣。(《附会》)

这些判断,内容确切深刻,形式丰富多样,格式精美规范。不仅是古代命题运作之精华,亦无愧为现代命题运作之楷式。

其五,演绎推理的逻辑运作。演绎推理就是运用已知的一般性的原理作为"前提",推出新的结论的逻辑过程。演绎推理一般由大前提、小前提、结论三部分组成,通称为三段论式。这一逻辑规范,在《文心雕龙》中运用得相当熟练。如:

大前提:心神养于虚静("寂然凝虑,思接千载;悄焉动容,视通万里")

小前提:文思出于心神("文之思也,其神远矣")

结论:是以陶钧文思,贵在虚静。

三段论式属于间接演绎推理的范畴。有时,也可以根据一个前提直接进行演绎推理。《文心雕龙》中,有许多以一个前提直接推出结论的例子。如:"情以物兴(前提),故义必明雅(结论);物以情观(前提),故词必巧丽(结论)。"(《诠赋》)

这些论断,逻辑严密,音节铿锵,斩钉截铁,余味无尽。

其六,归纳推理的逻辑运作。归纳推理是由特殊判断推出一般判断的逻辑程序。在《文心雕龙》中,这一程序也同样运用得极其熟练。如:

鉴照洞明而贵古贱今(特殊判断之一)

才实鸿懿而崇己抑人(特殊判断之二)

学不逮文而信伪迷真(特殊判断之三)

知音其难哉(一般判断)

很多情况下,《文心雕龙》中的归纳与演绎是交叠运作的。如阐释"道"与"文"的关系这一纲领性的问题时,就使用了这种交叠的推理方法,由此推导出"文章出于自然"的结论。其他相关的文章理论,也由此而顺利展开。有如流水行云,令人领略不尽。

其七,类比推理的逻辑运作。类比推理是从两个对象之间在属性与道理上的某些相同之处,推出它们之间其他属性与道理也会有类似的地方。也就是刘勰在《事类》中所昭示的:"事类者……据事以类义,援古以证今者也。"具体运用在《文心雕龙》中,如:

夫桃李不言而成蹊,有实存也;男子树兰而不芳,无其情也。夫以草木之微,依情待实,况乎文章,述志为本,言与志反,文岂足征?(《情采》)

圆者规体,其势也字转;方者矩形,其势也字安:文章体势,如斯而已。(《定势》)

这一精巧的推理过程,通过因明学中"喻"支理论与中国诗经"比兴"理论的融合,将逻辑与美学,哲理与诗情,熔铸成为浑然的一体。百代之下,有使人仰头而视,折然而服者。

综上可知,《文心雕龙》在方法论上所表现出来的自觉的逻辑意识和运作功力,确实是前无古人,后鲜来者的。这种意识与功力的渊源,不仅来自传统方法的熏陶,也来自佛学方法的影响。正是凭借二者所汇合而成的明确的方法论意识和强大的运作功力,《文心雕龙》才真正在理论的开拓上实现了陆机所提出的"笼天地于形内,挫万物于笔端"的崇高目标,使它在思维的周密性与体系的博大性上拥有了向西方美学鼻祖亚里士多德挑战的力量。"海纳百川,有容乃大"。这就是我们民族历千年而不衰的最主要的原因。

其三,对佛教声明学的吸收。

　　声明学是佛学体悟与传播佛经的重要手段之一。《楞严经》云："此方真教体,清净在声闻。"佛教生活中离不开声明,例如:讲经,即是凭借语言的乐声做佛事,诵经,亦是借助语言的声律美,唱梵呗、偈赞也同样离不开"声明"。随着佛学的传入,这种注重乐音的佛事方法也渐渐大行于中土。出于佛事与译经的需要,印度文体与中土文体中的声律美都得到了自觉的体认和融合,双方的声律特点及其规律也逐渐显示了出来。慧皎《高僧传》云："什每为叙论西方辞体,商略同异。云:天竺国俗,甚重文制,其宫商体韵,以入弦为善。"而讲经说法要"转读","转读"是用韵律语言歌咏佛经。《高僧传》又云："天竺方俗,凡是歌咏法言,皆称为呗;至于此土,咏经则称为转读,歌赞则号为梵音。"梵文中有类似字母的"悉昙",有类似声母的"体文"与类似韵母的"摩多",均被融入汉语的声调理论中,反切也从此趋于精细。四声之辨与永明体之兴,实发端于此。这就是陈寅恪在《四声三问》中所明确指出的:"所以适定为四声,而不为其他数之声者……实依据及摹拟中国当日转读佛经之三声。而中国当日转读佛经之三声又出于印度古时《声明论》之三声也。据天竺围陀之《声明论》,其所谓'声'者,适与中国四声之所谓声者相类似。即指声之高低言,英语所谓 Pitch accent 者是也。"又说:"故中国文士依据及摹拟当日转读佛经之声,分别定为平上去之三声。合入声共计之,适成四声。于是创为四声之说,并撰作声谱,借转读佛经之声调,应用于中国之美化文,此四声之说所由成立。"而周颙与沈约,则是"四声说"的首创者与永明体的首创者,显然,这与二人的佛学渊源是密不可分的。"一为文惠之东宫掾属,一为竟陵王之西邸宾僚,皆在佛化文学环境陶冶之中,四声说之创始于此二人者,诚非偶然也。"①

　　刘勰的声律理论,是对沈约"四声"说的吸收与升华。与沈约一样,刘勰认为声律是构成文学创作的关键:"故言语者,文章关键,神明枢机,吐纳律吕,唇吻而已。"他所提出的声律美的基本原则是:"凡声有飞沉,响有双叠","沉则响发而断,飞则声飏不还"。这与沈约提出的"宫羽相变,低昂互节",也是完全一致的。但是,刘勰的声律理论绝不是对沈约"四声"说的简单重复,而是一种历史性的大拓展。这种大拓展具体表现在以下方面:

---

① 《陈寅恪集·金明馆丛稿初编》,三联书店 2001 年版,第 367—377 页。

　　一是赋予声律论以本体论的品格。刘勰声律论的一个重要特点，就是具有牢固的本体论支撑，而不是就技法而论技法。刘勰在《声律》开篇便鲜明地提出"音律本于人声"的理念，使自己的声律理论牢牢建立在"人"的基础之上："夫音律所始，本于人声者也。声含宫商，肇自血气。先王因之，以制乐歌。故知器写人声，声非学器者也。"这个观点是和儒家传统的音乐、诗教观念一脉相承的。《乐记》中讲"凡音之起，由人心生也。人心之动，物使之然也。感于物而动，故形于声。"司马迁也说过，"乐者，音之所由生也，其本在人心感物也"。

　　进一步的追问是："人声"写什么？刘勰的回答是："声萌我心"。这就是刘勰在《声律》中所具体阐发的："响在彼弦，乃得克谐，声萌我心，更失和律，其故何哉？良由外听易为察，内听难为聪也。故外听之易，弦以手定，内听之难，声与心纷；可以数求，难以辞逐。"

　　高度重视心在声中的主导性地位和决定性作用，是刘勰声律理论最基本的特色。显然，这里所说的"心"，已经不是儒家视野中的伦理意义的笼统抽象的"心"，而是佛家视野中的既具有本体论意义又具有普遍现实意义和普遍心理学意义的"心"，是"外听"与"内听"辩证统一的具体的"心"。"外听"指外器的声音；"内听"指内心的感受。刘勰认为，"内听"不是一个单面的实体，而是一个矛盾体。它由两个方面组成，一个方面是"心"（情），另一个方面是"声"（器）。"内听"之所以"难为聪"，就是因为它的"声与心纷"。解决这一矛盾的关键，就在于以心为准，也就是以情为本。从最根本的层面来看，诗乃心声，韵随情发，诗律者，心律也。有了这个最重要的基点，才能让"心之声"通过"文之声"自然而然地表现出来。这种认识，是对声律的理论品格的极大升举。它赋予声律以一种博大的美学视野：宇宙、人心、人情、万物、乐律的一体化。这就是刘勰所说的"声文"、"形文"、"人文"在天地之心中的融合为一。

　　这一远远超越于沈约纯技术性的"四声八病"说的创造性的拓展，是绝不可能离开佛学心性论的参与的。六朝时期，汉译佛教哲学则以大乘佛教的佛性论取代了中国传统哲学的心性论。"佛性论由中国哲学史中一个支流上升为主流……从而把中国哲学的发展向前推进了一大步。"[1]佛性论标举"三界

————————

① 　任继愈：《禅宗与中国文化》，《社会科学战线》1988年第2期，第82页。

唯心,万法唯识","三界所有,皆心所作",将心视为宇宙的核心、世界的本原,视为成佛的真实根据和绝对主体。这一理念的弘扬,极大地促进和推动了中国诗学对人的心性的理解和观照。表现在《文心雕龙》中,就是对主体心性作用的强调:"心生而言立,言立而文明";"神用象通,情变所孕,物以貌求,心以理应。"刘勰所谓的"心"是宇宙本体之"心"与主体不变之"心"的冥合,是由此而生的具有强烈冲动的"为文之用心"。它不但是审美主体的主宰,而且是整个审美活动过程的根本,是"立文之本源"。将声律论营建为文心论的有机组成部分,在逻辑上即发端于此。

二是赋予声律论以方法论的品格。刘勰的声律论不仅具有完整的理论科学的品格,也具有系统的工程科学的品格。它的工程科学的系统性,集中表现在它的以"和韵"作为美学追求的方法论的标举上。

"和韵"是刘勰声律论的核心追求,也是他最基本的工程纲领。这就是他所明确指出的:"是以声画妍蚩,寄在吟咏,滋味流于下句,风力穷于和韵"。何谓"和"?"异音相从谓之和",具指句内双声叠韵及平仄间的和谐。何谓"韵"?"同声相应谓之韵",具指句尾音韵的和谐。"和"求的是"异"的合理配合,要求文句之中声调平仄错落有致;"韵"求的是"同"的合理配合,要求各句脚韵的同声相应。刘勰认为,"和韵"是诗文声律和谐的关键,如果合乎"和韵",诗文便具有"玲玲如振玉"、"累累如贯珠"的和谐的乐音效果;如果不合乎"和韵",便会音韵不谐,"其为疾病,亦文家之吃也"。怎样才能获得这种和谐的乐音效果而避免这种"文家之吃"呢?刘勰提出一系列的具体原则。如:对双声叠韵的处理;对平仄的处理;对前后左右关系的调整;正确的调声态度,对"韵"的处理,等等。

刘勰的这些论见,显然是对"四声"说的极大充扩。它给"四声"理论在文学创作中的实践,提供了一个切实可行的操作系统。这一操作系统的提出,既是继承儒家乐教传统与诗教传统的积极成果,也是与佛学声明在方法论上的强大支撑密不可分的。传统乐教与诗教中虽然已经注意到了"韵"的存在,却并未给予"声调"、"双声"、"叠韵"等声律因素以自觉的注意。对声律的自觉运用和全面研究,是佛学的题中应有之义,更是佛事的当家本领。这就是刘勰之所以如此精通声律,在我国文论史中第一个写出《声律》与《丽辞》两个专章,从理论上开启大唐诗风的根由,也是刘勰在声律理论的广度与深度上之所以能够远远超越于同时期的声律大师沈约的根由。

其四,对佛教形象学的吸收。

"以像设教"是佛学体悟和传播佛经的另一条重要渠道。

早期的佛教禁忌直接表现佛陀,"十诵律"里就有"佛身不可造"的记载。但他们在实际传播过程中发现,形象的直观性、可感性、生动性易为广大受众所接受,逐渐采取了形象设教的有效方法。这就是《大般涅槃经》中所明确指出的:"诸佛如来……为令(众生)安住于正法故,随所应见而为示现种种形象。"(《大般涅槃经卷九·菩萨品》)这种方法,也在我国六朝的佛学领域中得到了深刻的体认和鲜明的标举:"借微言以津道,托形象以传真"(慧皎)(《高僧传卷九·义解论》),"睹形象而曲躬"、"闻法音而称善"(道高:《重答李交卅书》),"岂唯象形也笃,故亦传心者极矣"(谢灵运:《佛影铭》),"理贵空寂,虽镕范不能传;业动因应,非形相无以感"(沈约:《竟陵王造释迦像记》)。由于这些有力的推举,宗教圣像以及有关神灵故事的雕刻、壁画、文学故事应运而生。这些形象化手段,对佛教的宣扬和传播,起了重要的作用。佛学之所以能够融入中土,是与这种以像为教的手段密不可分的。

这种形象化的方法,诚然是为宗教宣传服务的,但是就它的造型手段及其美学原理来说,却又是具有普遍意义的东西。这些具有普遍意义的东西,必然具有普遍性的品格,也必然在我国的文学艺术中以普遍规律的形式深刻地表现出来,极大地提升着我国文艺创作的形象化品格。我国魏晋六朝时期在建筑艺术、雕塑艺术、绘画艺术、书法艺术、小说艺术、诗歌艺术等方面的辉煌成就,就是具体的范例。《文心雕龙》在形象理论上的博大精深,固然与对本土文化中的优质基因的继承密切相关,也是与它对佛学像教艺术的卓越吸收和重大拓展密不可分的。《文心雕龙》对佛学造型艺术的吸收和拓展,集中表现在对"象"的概念的美学拓展上。刘勰是我国历史上第一个将"象"的概念引入美学领域,赋予"象"的概念以确切的美学品格的学者。他的这一历史性的拓展,具体表现在以下方面。

一是赋予"象"以"心"的内涵。刘勰对"象"的概念的体认,是在"心物一体"的总范畴中进行的。正是在这一特定的文化视野中,"心"与"象"的逻辑关系,才获得了充分的显示:象因心生,心因象起,二者互为因果,密不可分。表现在《文心雕龙》中,就是他所明确表述的:"神用象通,情变所孕。物以貌求,心以理应。""玄解之宰,寻声律而定墨;独照之匠,窥意象而用斤。"赋予"象"以如此明确的心理学内涵,这是我国美学史上的第一次。这一历史性的拓展,显然是与"三界唯心,万法唯识"的"即心即物"的特定的文化视野的支撑密不可分的。

　　二是赋予"象"以"物色"的形态。刘勰不仅赋予"象"以"意象"的丰富内涵,也赋予"象"以多彩多姿的"物以貌求"的感性形态。这就是他在《原道》中所生动描述的:"夫玄黄色杂,方圆体分,日月叠璧,以垂丽天之象;山川焕绮,以铺理地之形。"他明确认为,这种美的原生形态,实际是属于客观世界的一切存在的:"傍及万品,动植皆文:龙凤以藻绘呈瑞,虎豹以炳蔚凝姿;云霞雕色,有逾画工之妙;草木贲华,无待锦匠之奇。"他在《物色》中将这种感性的形态,统称为"物色",认为这就是"情"的外在依据,也就是诗人"感物吟志"的具体对象:"是以诗人感物,联类不穷。流连万象之际,沉吟视听之区。写气图貌,既随物以宛转;属采附声,亦与心而徘徊。"赋予"象"以如此明确的形态学内涵,这是我国美学史上的第一次。这一历史性的拓展,同样是与佛学中的"色不异空,空不异色"的特定的文化视野的支撑密不可分的,也是与对佛教造型艺术的借鉴密不可分的。

　　三是赋予"象"以"辞采"的媒介。刘勰不仅赋予"象"以多彩多姿的"物象"的感性形态,而且进一步将这种感性的形态转化为具有感性效应的语言形态。这种特定的语言形态,就是他所说的"辞采"。"辞采",就是语言美。刘勰认为,将"物象"转化为"意象",再将"意象"转化为文学形象,都是在"辞采"的基础上进行的:"物沿耳目,辞令管其枢机。"正是由于"辞令"的凭借,"写物图貌,蔚似雕画","巧言切状,如印之印泥,不加雕削,而曲写毫芥",才成为具体的文学现实。对此,他从我国《诗经》中拈出了系列范例:"故'灼灼'状桃花之鲜,'依依'尽杨柳之貌,'杲杲'为出日之容,'瀌瀌'拟雨雪之状……并以少总多,情貌无遗矣。"赋予"象"以如此明确的语言学内涵,这是我国美学史上的第一次。这一历史性拓展,固然是我国尚文传统发展的必然结果,也是与佛教讲经中卓越的叙事艺术的启迪和借鉴密不可分的。佛典宣扬佛教教义,常用记事文体。写人,着重描画起其音容笑貌,写物,着重描画其形态构造,精雕细琢,形象逼真,叙事情节曲折,波澜起伏。如果没有这一特定的方法论的凭借,刘勰的"形似论"与"辞采论"的美学开拓,将会成为不可想象的事情。

四是赋予"象"以"传心"的功能。佛学将"象"视为"以象传心"的工具和媒介。这就是佛家所说的："借微言以津道，托形象以传真"；"理贵空寂，虽镕范不能传；业动因应，非形相无以感"。佛学所说的"真"、"心"，即佛性的大慈大悲的具有普遍意义的人情。刘勰所说的"神用象通，情变所孕。物以貌求，心以理应"，"拟容取心"，即发端于此。和易学的"圣人有以见天下之赜……系辞焉，以断其吉凶"的传统理念比较，在功能上有了重大的差异：易象的"卦象"所传递的是"天理"与"吉凶"的信息，文心的"形象"所传递的是"物色之动，心亦摇焉"的"人情"的信息；前者的功能主体是"圣人"，后者的功能主体是"人人"；前者实现的是推理的功能，后者实现的是审美的功能。这种功能性的拓展，是我国文论史上的第一次。这一重大的历史性开拓，同样是不能离开佛教的平等意识以及以象传心的明确理念的支撑的。

海纳百川，有容乃大。《文心雕龙》就是中华文化精神完美的学术聚焦和理性浓缩。这一文化精神的基本内涵，就是儒家所代表的人本精神、道家所代表的自然精神和佛学所代表的心力精神。《文心雕龙》所体现的，实际上是中华文化精神的骨髓和根本方向。这一骨髓和根本方向，就是对兼容并包、和谐向上的精神态势的自觉追求。这一自觉追求，就是我们民族生存与发展的最根本的精神依据。

在中国历史上，能够站在兼容向上的高度，对儒释道三家的文化精华进行"弥纶群言，研精一理"的系统融合，并进而对民族文化的基本精神进行全面体现的唯一学术著作，就是《文心雕龙》。将《文心雕龙》视为中华文化精神的有血有肉的完美代表，允无愧色。这就是《文心雕龙》千余年来如此深刻地切入了我们民族的生活，在海内外具有如此广泛而重大影响的原因。

第二节　《文心雕龙》在学术上的崇高地位

《文心雕龙》是一部体大思周的学术巨制。它在学术上的崇高地位，是由它在诸多学科领域中的卓越贡献所表现和证明的。这些贡献可以概括为以下方面。

一、对写作学的卓越贡献

写作学是《文心雕龙》最基本的学术实体。《文心雕龙》的学术成就,首先表现在对写作学的卓越贡献上。

(一)对古代文论的系统综合与总结

中国是一个文章大国。"人文之元,肇自太极。"从远古的八卦开始,中国就逐步进入了书面表达的文明时期,写作事业一代比一代繁荣。我国历史上积累的写作经验极其丰富,理论成果层出不穷。

前人的成果,就是后人继续攀登的理论起点和资料库存。但是毋庸讳言,前人成果中也是存在着严重局限性的。这些局限性主要表现在两个方面:一是"独尊儒术"所造成的指导思想的片面性,严重妨碍了这些成果的融合。二是长期的实证思维与经验思维所造成的支离性,资料虽多,大都片言只语,零碎杂乱,未能构成完整体系。也就是刘勰所深刻指出的:"各照隅隙,鲜观衢路……并未能振叶以寻根,观澜而索源"(《序志》)纵有点点闪光,也长期隔绝在历史的尘封中,未能形成燎原之焰。

这一"振叶以寻根,观澜而索源"的历史任务,也就历史地落到了刘勰肩上。刘勰的《文心雕龙》,就是对这一浩瀚的历史遗产的系统综合与总结。从人文之元开始,经先秦孔子、孟轲、荀卿,至汉代的刘安、扬雄、桓谭、王充、班固、王逸,到魏晋的曹丕、曹植、陆机、挚虞、李充、葛洪,刘勰对各家文论典籍,以及《周易》的《系辞》、《礼记》的《乐记》和《毛诗》的《序》,无不网罗务尽,妙抉其心。囊十代之文变风云,罄二千年之汗牛充栋,纵意渔猎,旁搜远绍,取精用弘,条分缕析,蔚成大观。在这部三万七千字的著作里,刘勰论述了 35 种文体,163 位作家,涉及的作品在千篇以上,涉及的时间跨度在两千年以上。"探幽索隐,穷神尽状,五十篇之内,百代之精华备矣。"①就历史资料之充实与完整,结构规模之宏大与周密,立意之博大与精深而言,中外有史以来之写作学著作,至今无出其右者。

但刘勰对前人成果的综合与总结,绝非一种简单归类与堆砌,而是建立在对前人成果的理性思辨和全面评价基础上的系统再造。这一历史性思辨,集

---

① 孙梅:《四六丛话论》,见杨明照《文心雕龙校注拾遗》,上海古籍出版社 1982 年版,第 438 页。

中体现在《序志》的表述里：

> 详观近代之论文者多矣：至于魏文述典，陈思序书，应瑒文论，陆机《文赋》，仲洽《流别》，弘范《翰林》。各照隅隙，鲜观衢路；或臧否当时之才，或诠品前修之文，或泛举雅俗之旨，或撮题篇章之意。魏典密而不周，陈书辩而无当，应论华而疏略，陆赋巧而碎乱，《流别》精而少功，《翰林》浅而寡要。又君山公干之流，吉甫士龙之辈，泛议文意，往往间出，并未能振叶以寻根，观澜而索源。不述先哲之诰，无益后生之虑。

这一"振叶以寻根，沿波以讨源"的浩大的重建工程，集中表现在两个方面：一是建立功能强大的指挥平台。"文之枢纽"，就是对这一指挥平台的系统阐述。它以儒、道、释三家认识论的综合优势，将历史文化中的诸多方面，从宇宙本体的高度和人本哲学的实处，为解决作文规范的问题，凝聚成为有机的理论核心。这一强大的理论核心，就是将诸多方面汇为一体的逻辑支点和内在纽带。二是建立功能强大的工作平台。这一工作平台中包括两个界面：一是文心界面，二是文体界面。文心界面阐述"为文之用心"的原理、方法和要领，文体界面阐述各类文章的体式运动的特点、规范和要领。二者从纵向与横向的角度，将文章写作的基本法则概括无遗，也将历史文论中诸多具有积极意义的范畴、心得、方法概括无遗。将《文心雕龙》称为从中国有史至魏晋齐梁数千年写作科学的最高综合和全面总结，允无愧色。

（二）对写作学理论的重大开拓

《文心雕龙》既是对前人文论成果的全面总结，也是对前人文论成果的重大开拓。《文心雕龙》的开拓性，主要表现在以下方面。

其一，写作科学的综合性范畴的建立。

传统写作学侧重于"言"，孔子的"言之无文，行而勿远"，就是对以"言"为中心的传统写作学范畴的明确界定。《文心雕龙》侧重于"为文"，《序志》中的"文心者，言为文之用心也"，就是对以"为文"为中心的写作学范畴的明确界定。"言"，指语言表达；语言表达的完整形态，就是文章。文章，是一种静态性和单一性的书面语言结构。"为文"即作文，作文的最后成品是文章，而就其本身来说，却是一种以言载心的活动。"为文"，是一个动态性和多维性的工作流程。比较可知,以"言"为中心的传统写作学,实际上属于文章学的范畴。由单一的静态的文章学范畴进入综合的动态的写作学范畴,是一次重大的学术飞跃。由于动态性和综合性写作学范畴的建立,人类对写作的认识得到了极大的扩充:从纵向来看,文章学属于单阶段的静态研究,刘勰的文心理论属于多阶段的动态过程的研究,"文心准备→文心生发→文心构思→文心外化→文心交流",是一个完整的工作流程。这一工作流程的内涵,远比文章学的单一性和静态性的内涵丰富。从横向来看,文章学是一个单要素和单层面的结构,侧重于书面表达的研究。文心理论是"物—意—辞"三维统一并涉及流通领域的多因素、多层面结构,侧重于"文果载心"的系统运动。显然,和文章学相比,文心理论是一个学术层次更高、认识内涵更加广阔的范畴。正是由于有了这样广阔的范畴,我国的写作科学的发展,才进入了自觉化和系统化的康庄大道。

其二,"以心总文"战略的确立。

"以心总文",是《文心雕龙》最根本的战略主张。它明确认为,文心原道,实天地之心,也是作者志气的符契。文心是写作的本质性内涵,在写作运动中具有"九变之贯"的战略作用。《总术》就是对这一战略思想的明确标举:"文场笔苑,有术有门。务先大体,鉴必穷源。乘一总万,举要治繁。思无定契,理有恒存。""大体",根本之谓。写作之根本在"为文之用心",抓住文心,就足以启动全局。刘勰的这一独标一格的战略主张,不仅是我国文论史上之首倡,也是世界文论史上之仅有。孙梅称其为"总括大凡,妙抉其心"①,沈叔埏誉其为"惟灵心之结撰,出妙理之纷繁"②,章学诚赞其为"古人论文,惟论文辞而已。刘勰氏出,本陆机氏说而昌论文心"③,凌廷堪颂其为"言之精兮为文,文之心兮不纷,以文阐文兮徒迹,以心授心兮乃神"④,这些评语,都是极有见地的,也

---

① 孙梅:《四六丛话论》,见杨明照《文心雕龙校注拾遗》,上海古籍出版社1982年版,第438页。

② 沈叔埏:《文心雕龙赋》,见杨明照《文心雕龙校注拾遗》,上海古籍出版社1982年版,第439页。

③ 章学诚:《文史通义》,见杨明照《文心雕龙校注拾遗》,上海古籍出版社1982年版,第440页。

④ 凌廷堪:《祀古辞人九歌梁刘舍人勰》,见杨明照《文心雕龙校注拾遗》,上海古籍出版社1982年版,第441页。

是极其允当的。我国千年相续的以心相尚的诗学传统,在理论上即立基于此,并大成于此。

"以心总文"的战略,同时也就是"以美总文"的战略。"心哉美矣","言之文也,天地之心哉",美与天地共生,文心也就是美心,二者都是自然之道的体现。"文心",实际就是美学与心学的统一范畴,它以美学心理的方式,对写作运动进行深层的切入。无疑,这是美学史上前所未有的一大创举。更使人叹为观止的是,这种美学心理的追求,又是与一种明确的力学追求结合在一起的。这种追求,集中表述在他对"风骨"的论述里。"风骨"是"心之力"的集中表现,也是"美之力"的集中表现,属于美学心理学中的"动力学"的范畴。所谓"《诗》总六义,风冠其首,斯乃化感之本源,志气之符契也",所谓"怊怅述情,必始乎风,沉吟铺辞,莫先于骨",所谓"辞之待骨,如体之树骸,情之含风,如形之包气",所谓"风清骨峻,遍体光华",都是对这种美学心理中的力学因素的标举和追求。它将《文心雕龙》的审美理想,推到了心理美学与心理力学的极致。从而,将美学、心理学、写作学、力学,在宇宙科学的终极高度,熔铸成一个有机的整体,构建成世界上最博大精深的写作学理论体系——美学心理写作学理论体系。这一理论体系,至今是世界写作史中的峰巅。

刘勰"以心总文"的写作战略思想的先进性,可以从1987年5月荷兰提尔堡《国际写作专题讨论会研究报告》得到证明。该报告向世界同行宣示,写作并非只是一门课程,在写作与思维之间存在着共生的关系,主张教师在进行写作教学时,要帮助学生发展写作能力和相关的思维能力,强调创造性的写作。这种见解,代表当代世界写作理论界对写作及其理论的最新认识,其基本精神与刘勰"以心总文"的卓越见解是完全一致的。作为炎黄子孙,我们确实可以为我们卓越的先人在文化上的领先性感到骄傲的。

其三,文笔区分的形态学思辨。

魏晋南北朝时期,随着写作的繁荣,文体的种类逐渐增多,文与笔的问题开始浮现出来。但是由于缺乏确切的形态学依据,人们对二者的区分,仍然是相当朦胧的。通常都以文采的有无,或韵的有无,作为区分的依据。刘勰认为,这些依据是不够准确的。"文以足言,理兼《诗》《书》","心生而言立,言立而文明,自然之道也",既然文采普遍属于一切文章,文采之有无,韵之有无,就不足为据了。"何者?《易》之《文言》,岂非'言'文;若'笔'为'言'文,不得云经典非'笔'矣。将以立论,未见其论立也。"刘勰的主张是:"发口为'言',属笔曰'翰',常道曰经,述经曰传。经传之体,出'言'入'笔','笔'为'言'使,可强可弱。六经以典奥为不刊,非以'言''笔'为优劣也。"这一主张,实际就是他对文笔区分的形态学思辨。刘勰认为:文笔划分的依据并不在于文采的有无,而是在于文采含量的强弱。文采强弱的真正原因,在于口语与书面语言的区别。文学语言是生活语言,文采性相对较强,经传语言是"出'言'入'笔'"的书面语言,文采性相对较弱。文采的强与弱的区别,文学与非文学的区别,只是一种自然性的区别,而不是划分"优劣"的依据。

这一论见的卓越之处就在于:既坚持了文体世界的统一性,又坚持了文体世界的可分性;既坚持了文体世界中审美要求的统一性,又坚持了文体世界中审美要求的差异性。这就为文学与非文学的划分,提供了远比前人确切的依据。这一确切依据,不仅使文体世界的划分有据可依,而且对文学的自觉化和独立化发展,提供了文体学的依据和动力。

其四,写作批评论体系的建立。

写作批评是写作学的一个不可分割的组成部分。我国的写作批评产生很早,魏晋南北朝时期开始进入了全面繁荣阶段。但从理论上和方法论上对其进行全面总结和引导,建立写作批评理论的完整体系的,则以刘勰的《文心雕龙》为大端。它在《体性》、《养气》、《才略》、《知音》、《程器》、《指瑕》等诸多篇章中,对批评家的修养、态度、批评标准等重要领域,都进行了深刻论述,并以广布于全书的批评实践,对这一博大精深的批评论体系进行了具体展示。《文心雕龙》批评论是我国写作批评史上的一座高峰,对后世产生了极其深远影响。

由此可知,《文心雕龙》绝非一般意义的写作学,而是一部以哲学、美学、心理学、社会学作为明确的指导思想,对写作学进行深层切入的文化百科全书,这种深层切入决非一般意义的切入,而是在儒、释、道三家精华的交融下实现的、直接联系着民族的本性和智慧的最高层次的文化归纳。它不仅揭示了写作运动的最深刻的本质与规律,而且从学术的角度体现出中华民族最基本的文化精神——兼容、尚美、创新、自强。《文心雕龙》的问世,标志着中国历史上和世界历史上最有创见、最博大精深的百科全书式的写作学理论体系,正式登上了人类文化的大舞台。

二、对美学的卓越贡献

《文心雕龙》在学术上的卓越贡献,不仅表现在它的工作平台的无与伦比的高性能上,也表现在它的指挥平台的无与伦比的学术品格上。它的指挥平台由美学、哲学、心理学、社会学四大学科组成,其中每一学科,都具有独树一帜、斐然成家的学术地位,是该门学术史上一座崛起的高峰。

《文心雕龙》对美学的卓越贡献,可以概括为以下方面。

(一)关于美的本体的创见

本体,指形成现象的终极原因。在中国美学史上,第一个从本体论的高度探讨美的本原的,就是刘勰。《原道》篇开宗明义指出:

> 文之为德也大矣,与天地并生者何哉?夫玄黄色杂,方圆体分。日月叠璧,以垂丽天之象;山川焕绮,以铺理地之形:此盖道之文也。仰观吐耀,俯察含章,高卑定位,故两仪既生矣。惟人参之,性灵所钟,是谓三才。为五行之秀,实天地之心。心生而言立,言立而文明,自然之道也。

广义的"文",即"文饰"之意,也就是美的同义语。刘勰认为,"道"是万事万物的本原,也是美的本原。宇宙间一切有文采的事物,无一不根源于"道",是"道"的表现。刘勰所说的"道",到底指谁家之道?他的《序志》说得很清楚:"盖《文心》之作也,本乎道,师乎圣,体乎经,酌乎纬,变乎骚:文之枢纽,亦云极矣。"显然,作为具有统率意义的第一级概念来说,所原之道绝非儒家伦理教化之道,如果是的话,势必与第二级概念"圣"、"经"等同,也就失去第一级概念的统率意义,而成为冗余的表述了。再从它对"自然"的强调来看,无疑与老子标举的"道"属于同一范畴。老子之道是一个关于宇宙运动的总动势和总法则的总概念,这一概念的核心就是"道法自然"。"舍人论文,首重自然。"①良有以也。

刘勰标自然之道为万美之宗的重大理论意义,就在于:一是赋予美学以宇宙运动的宏观视野。在这一宏观视野中,万事万物都以"自然"作为同一的终极性依据而高度集中,进入世界的一体性结构之中。"傍及万品,动植皆文",

---

① 刘永济:《文心雕龙校释》,中华书局1962年版,第2页。

"言之文也,大地之心哉",就是这一视野的展示。如此广阔的美学视野,在世界美学史中是无与伦比的。正是由于这一独特的美学视野,美学领域中的诸多范畴,才能在《文心雕龙》的理论体系中兼容并包,折衷共济,镕铸成为一个整体,成为世界上最博大精深的美学体系。二是赋予美学以明确的价值论取向及方法论取向。在自然法则的指引下,才能形成对浮靡讹滥文风的针锋相对的战斗力,也使正确的文风有向可循,有则可依。这也就是纪昀所说的:"齐梁文藻,日竞雕华,标自然以为宗,是彦和吃紧为人处。"三是赋予美学以客观性的理性内涵。宇宙运动是一个客观性的存在,标自然以为宗,也就是标客观规律以为宗,标科学以为宗。这种"自然主义宇宙观"的确立,不仅是哲学领域中"一件真正有革命性的大事",也是美学领域中"一件真正有革命性的大事"。[①] 它标志着美学与神学的彻底决裂,也标志着美学与政治伦理学的分野。从而,给美学的自觉与文学的自觉,提供了一个坚实的逻辑起点和理论支点。四是为洞悉美的本质提供了最广阔也最直接的观照窗口。以自然为宗,是一种贴近本体的把握。贴近本体是把握本质的最近渠道。以本体为据,也必然以本体的本质属性为据。这就为洞悉美的本质,构建了便捷的思维平台,顺理成章地通向对美的形态和美的本质的认识。

（二）关于美的本质的创见

美的本质究竟是什么? 这是世界美学史上的千古之谜。《文心雕龙》依据东方特有智慧,对此做出了独标一格的回答:

> 《诗》总六义,风冠其首,斯乃化感之本原,志气之符契也。是以怊怅述情,必始乎风,沉吟铺辞,莫先于骨。故辞之待骨,如体之树骸,情之含风,犹形之包气。

刘勰明确认为,"风"是"化感之本源",也就是美学感染力借以生发的根由。"风"与"气"相通,即蕴涵在人类感情中的生命活力和精神力量。这种情中之力之所以震撼灵魂,从宏观来说,是因为它是天地之心的体现:"辞之所以能鼓动天下者,乃道之文也";从微观来说,是因为它是作者"志气之符契":

---

① 《胡适学术文集》上册,中华书局1991年版,第553页。

"神居胸臆,志气统其关键","意气峻爽,则文风清焉"。这种来自宇宙运动和生命运动的情之力与美之力的有机统一,也就是美的本质之所在。"风骨"是一种力的象征,刘勰所说的"化"、"感"、"志"、"气"、"骨",都是一种生命活力和精神力量,属于美学中的力学范畴。"风骨",就是刘勰对美的本质的中国式概括。

从力学的角度去探索美的本质,将美的本质定格于力学的范畴,是《文心雕龙》的一大创举,也是它的一大学术特色。这就必然使它的美学理想必然是美与力的有机统一:"若风骨乏采,则鸷集翰林,采乏风骨,则雉窜文囿,唯藻耀而高翔,固文章之鸣凤也。"

刘勰对美的本质的创见与追求,与当代人"人的本质力量对象化"的热门认识,虽然在政治经济背景和时空位置上相去悬殊,但在基本范畴上却有许多类似的地方:一是以力学作为观照角度基本相同;二是以人作为关注点基本相同;三是对美与力的统一性的追求基本相同,四是对人的本质力量在于创造的理念基本相同。二者之间的区别仅仅在于:"人的本质力量对象化"说依据社会实践的范畴获取真理,"风骨"说通过"道"——宇宙运动的总范畴获取真理。相对而言,前者具有独特的实践论深度,后者具有独特的系统论广度,前者侧重揭示劳动创造之美的本质性内涵,后者侧重揭示天上与人间的一切美的本质性内涵。二者在认识上的独特性,都是不可代替的,而就认识的基本范畴来说,却又是基本相容与相通的。它说明了一条极其重要的真理:尽管人类的文化中存在许多差异,对真理的认识有深浅精粗之别,但人类的文化毕竟是一个整体,通向真理的总动势实际并无二致。盲目拒外和妄自菲薄,都是毫无根据的。

（三）关于美的形态的创见

任何本质都依托现象而存在,任何现象都有自己特定的存在方式。美的存在同样是如此。中国美学史和世界美学史上第一个对美的形态进行系统论述的学者,就是刘勰。刘勰的创见,可以概括为以下两个方面:

其一,是对美的形态的要素分析。

刘勰认为,美的形态就是形象:"神用象通,情变所孕。物以貌求,心以理应。"他的"草创鸿篇,先标三准"的见解,不仅是对文章写作准则的标举,也是对构成形象的要素的分析。"三准"中的情、事、辞,实际也就是构成形象的三个决定性因素。情指对事物的美学感受,通过"神与物游"、"物与神交"而生发,属于美的内在蕴涵。事指引发情思并使情思有所寄寓的事物,它既是内之情思所表现,又是外之辞采所因依。辞,指对事物进行美学表述的辞采,也就是刘勰所说的"物沿耳目,而辞令管其枢机"。从而,将美的形态因素清晰而精微地绅绎了出来。如此准确而全面的绅绎,是中国与世界美学史上的第一次。

其二,是对美的形态的组合分析。

美的形态并非要素的凌乱堆积,而是要素的有序性统一。刘勰认为,美的形态构成,基本上遵循着下述程序:

心物交融—意象形成—为情造文

心物交融是主体的"神"("神居胸臆,而志气统其关键"),与客体的"物"("物色之动,心亦摇焉"),交相作用的过程。"情以物迁","应物斯感",就是这一过程的心理沉积。物的变化促使情思发动,情思发动促使万物生辉。由此而使心物相洽,情景交融。

意象形成,是对心物交融中生发的表象进行序化和精化的高级过程,也就是"心之思"的过程。这一心理过程中包括想象、联想、分析、组合等诸多方面。通过这些心理纽带,情、物、辞三者在更加广阔的领域中进行了定向性的美学融合,构建成完整的意象。

为情造文是意象的外化阶段,也就是"沿隐以至显,因内而符外"的阶段。构思中形成的意象,是一种运用心理语言进行内在表述的心理形象,心理形象是不具有外在的可见性的。为情造文,就是运用外在的书面语言,将心中的意象进行完整的外化的过程,也就是"情—物—采"在更高层次上融为一体的过程。所谓"辞以情发",所谓"情者文之经,辞者理之纬;经正而后纬成,理定而后词畅",所谓"写气图貌,既随物以宛转;属采附声,亦与心而徘徊",所谓"意授于思,言授于意",就是对三者系统组合的完整表述。

这既是对美的形态形成的基本过程的深刻认识,也是对审美过程的阶段论的深刻揭示。这些发现,都是前无古人,后鲜来者的。

(四)关于美学通变的创见

将美学与历史辩证的法则结合在一起,赋予美学以历史辩证的通变视野,关注美学的历史运动,从中总结出美学运动的普遍规律,这是刘勰在美学史中的另一大开创性的贡献。刘勰明确认为,美学发展的历史,从来就是"时运交移,质文代变"的运动史,是"文律运周,日新其业"的变革史。美学运动的普遍法则,就是通变法则:"变则可久,通则不乏。"通变并非对传统的"彻底否定",而是在继承基础上的创新。继承与创新,是对立的统一,互为前提,缺一不能为济。正确的做法只能是对两个方面的兼顾:"望今制奇,参古定法。"这些创见在理论上的全面性和深刻性,在我国古代是罕见其匹的。

(五)关于诗学观念的革命性突破

"诗言志"是我国经典性的诗学观念。在古代诗教中,"志"专指"圣人之志",属于伦理教化的范畴,不含个人情感。朱自清云:"'诗言志'是一句古话,'诗'这个字就是'言''志'两个字合成的。但古代所谓'言志'和现在所谓抒情并不一样;那'志'总是关联着政治或教化的。"①到了两汉时期,《诗大序》比较系统地阐述了儒家传统的诗歌理论,把言志与抒情结合起来,发展了儒家"诗言志"的观点:"诗者,志之所之也;在心为志,发言为诗。情动于中,而形于言。"但这一诗学认识,是严格局限于"发乎情,止乎礼义"的伦理教化的范畴之中的,只具有量变的意义,而并不具有质变的意义。"诗缘情",是西晋陆机在其《文赋》中提出的诗学观点:"体有万殊,物无一量……诗缘情而绮靡,赋体物而浏亮。"这一观点,不仅概括了诗赋的文体特征,而且揭示了诗的抒情性质。和《毛诗序》比较,"缘情"是一个不再依附于"止乎礼义"的独立概念,在一定程度上具有与"言志"遥相对峙的属性。但是,陆机对"言志"与"缘情"在认识范畴上的区别,并不是十分明确的。要对二者进行明确划分,必须具备一个新的认识角度,而这,是《文赋》所无力完成的。在认识范畴上,仍然没有实现真正意义的突破。

在认识范畴上对二者进行明确划分的,是刘勰的《文心雕龙》。刘勰云:"人秉七情,应物斯感。感物吟志,莫非自然。"他第一次将情纳入了自然的范畴,而且对自然之情的运动过程,进行了具体而完整的展示:

　　　　春秋代序,阴阳惨舒。物色之动,心亦摇焉。
　　　　岁有其物,物有其容。情以物迁,辞以情发。

---

①　朱自清:《经典常谈》,见《朱自清选集》第2卷,河北教育出版社1989年版,第25页。

　　　　　山杳水匝,树杂云合。目既往还,心亦吐纳。春日迟迟,秋风飒飒。
情往似赠,兴来如答。

　　刘勰所说的"情",不是圣人的伦理教化之情,而是普遍人性中的自然之
情。这种"情",是严格属于个人的心理活动,不再是"礼义"的从属。在我国
古代哲学中,"自然"与"伦理"是两个对立的范畴。将"情"明确纳入"自然"
的范畴,这就意味着文学与政治教化在意识形态上的正式分流。这一意识形
态上的"分流",是诗学革新的逻辑起点和理论支柱。从此,情才从儒家集体
人格的桎梏下解放出来,获得了个性人格的品格,抒情才成为人人有份的活
动,文学才成为人人可以从事的事业,文学在社会上的普遍繁荣才成为可能。
　　诗学观念的变革,标志着人性意识的觉醒,也标志着文学自觉时代的真正
到来。刘勰的"自然情论",是诗学观念变革中最深刻的变革,是一种跨越范
畴的变革。就变革的深度和广度而言,我国历史上没有任何一位美学理论家
可以比拟。刘勰的"自然情论",既是人性意识觉醒时代和文学自觉时代的产
物,又是这一觉醒时代和自觉时代的理论升华和继续发展的理论前导。如果
没有这一前导,唐代诗歌的普遍繁荣,是不可想象的事情。
　　以上诸多重大贡献,在美学史上不仅是首创性的,也是领先性的。他所提
出的诸多观点,几乎覆盖了中外美学史中的全部理论范畴,至今仍是美学领域
中一切开拓者的灯塔,也是一切"独尊"论者和机械论者不可逾越的防火墙,
以理性引导和理性批判的双重优势,发挥着"述先哲之诰"以"有益于后生之
虑"的作用。
　　其他,关于美的造型手法,美学风格,美学批评,自然美论,等等,刘勰都有
足以自立成家的卓越见解,对美学历史发展产生了树极立则的深远影响。窥
一斑可知全豹,不再冗述。

　　三、对心学的卓越贡献
　　心学是《文心雕龙》指挥平台中的一个重要的理论依据。它深深蕴涵在
写作学的理论之中,而又自成体系,在理论上成为该学科发展史中的丰碑。
《文心雕龙》对我国和世界心理学的卓越贡献,可以概括为以下方面。
　　其一,对美学心理学的首创。

将美学与心理学融合成为一个统一的学术范畴,《文心雕龙》是世界文化史中的第一次。"文心者,为文之用心也",就是这一范畴的确切界定。"文心"的范畴既是心学的范畴,也是美学的范畴,从最根本的层面来看,则是美学与心学的统一范畴。实现二者统一的终极性依据,就是"道",道是美的本原,也是心的本原,这同一的本原,就使二者的融合成为极其便捷,也极其自然的事情。这一概念体系,是我们民族的特殊智慧和骄傲。西方建立美学心理学的范畴,是最近二百年来的事情。和《文心雕龙》比较,时间差距在一千年以上。

其二,对心学实用化的先行。

心理学的实用化,是当代世界的开发性课题。但我们的前人刘勰在1500年前,就将心理学的基本原理,运用在写作之中。《文心雕龙》"以心雕龙"的的整体战略,就是建立在心学实用的基础之上的。就这一战略思想来说,固然是人类历史上的第一次,就心学的实用化——走向实践的心理学来说,同样是世界历史上的先行者。

其三,对心之力的开创性标举。

对美学心理中的力学因素进行跨范畴的揭示和标举,是《文心雕龙》的一大发明。"心力"这一心理学中的力学范畴在我国的正式提出,始自刘勰:"博见为馈贫之粮,贯一为拯乱之药,博而能一,亦有助于心力矣。"(《神思》)对心之力的标举和追求,广见于《文心雕龙》全书。这一范畴,至今是世界美学研究的前沿领域。所有研究者,无一不从中获取教益。

四、对哲学及社会学的建树

《文心雕龙》的指导思想中,还包括哲学与社会学的学术成分。像指导思想中其他学术成分一样,其存在是化入写作学中的,但就其自身来说,又独标一格,足以斐然成家。

《文心雕龙》在哲学上的突出建树,首先表现在对儒、释、道三家哲学的融合上。儒家人本哲学,道家自然哲学,佛家心性哲学,各有各的认识优势,又各处于不同认识领域中,在我国的认识史上,它们之间的矛盾和冲突是从未停息过的。魏晋南北朝时期,它们之间的冲突,更具有短兵相接的态势。冲突的过程,也是互相消长,互相融合,最后走向一体化的过程。刘勰云:"经典由权,故孔释教殊而道契;解同由妙,故梵汉语隔而化通。但感有精粗,故教分道俗;地有东西,故国限内外。其弥纶神化,陶铸群生,无异也。"(《灭惑论》)这一论断,就是对这种大融合的学术性总结。不仅如此,刘勰还将这一哲学大融合作为自己的核心依据,运用于写作学等诸多学科的开拓中。《文心雕龙》就是这一哲学大兼容的生动体现和光辉典范。它从学术角度,对中华文化的兼容性品格,做出了具体展示和深刻证明。

《文心雕龙》在哲学上的另一个重大建树,就是对我国认识方法论的极大拓展。《文心雕龙》中,既有以实证为特点的儒家方法论,也有以理证为特点的道家方法论,还有以心证为特点的佛家方法论。儒家方法论侧重对人际关系的研究,道家方法论侧重对自然关系的研究,佛家方法论侧重对心性关系的研究,各有其独特的思辨优势。刘勰在《文心雕龙》中则将它们镕为一炉,铸成一个兼采众家之长的方法论体系。其思维之博大性,实得力于道家,其思理之细密性,实得力于佛家,其思旨之务实性,实得力于儒家。不仅如此,它还能以儒家方法论之"实",消解道家与佛家方法论中之"虚",又以佛道之"清净虚无",消解儒家之"拘谨褊狭",使其各得其所。这一兼容特色的方法论体系,是我国学术史上的第一次。《文心雕龙》的"体大思周",实得力于此。它对佛学因明方法的成功应用,至今还是中国文化和世界文化的结构论中无以逾越的高峰。

《文心雕龙》对社会学的重大建树,集中表现在它对社会平等意识的标举上。中华传统文化的主导层面是儒家伦理文化。伦理文化侧重血缘的链接,以长幼定尊卑,强调宗法等级,推崇上尊下卑的集体人格,压抑个体人格。等级是儒学的生存依据,在这种负性的文化土壤之中,平等意识是很难滋生,更难以茁壮成长的。墨子在他生活的时代,曾经提出过"赏不当贤,罚不当暴"的社会不平等问题。为了推行他的平等学说,他只能借助于"天意",认为:"虽天亦不辨贫富、贵贱、远迩、亲疏,贤者举而尚之,不肖者抑而废之。"(《墨子·尚贤中》)这种借天立论的认识,并没有产生任何"火种"的作用,原因是这一来自天上的声音,与地上的真理相去太远,而在等级森严的社会中,纵是天上的声音,也是具有极大的垄断性的,不能由一般人所发出。天自有天的代言人,这就是人间的"天子"。天子是天上与人间的垄断者,唯有他的声音才具有代表天意的绝对权威。墨子的"天意平等"的思想,仅仅是在承认等级差别下的有关兼爱的一点小小的祈求罢了。纵是这么一个小小的祈求,也遭受到了儒者的严厉攻击。孟子指责说:"杨氏为我,是无君也;墨氏兼爱,是无父也。无父无君,是禽兽也。"(《孟子·滕文公》)荀子也抨击墨子的兼爱学说是"僈差等",是在"欺惑愚众"(《荀子·非十二子》)。墨子的平等意识,很快就遭到了历史的尘封。

但是,要求平等毕竟是人类的天性。有如地火的运行,遇有适当机会,就会奔突而出。魏晋南北朝时期,随着社会的动乱,儒家思想已经失去了对社会进行全面控制的力量,于是,各种长期受到压抑的思想竞相涌出,互较短长。玄学就是一种针对儒学的批判力量。在玄学与儒学的激烈碰撞中,人性意识和个性意识逐渐苏醒。嵇康、阮籍,就是这一思潮的杰出代表。佛学也在这一特定时刻获得了迅猛的发展,佛学中的佛性平等、佛光普照、慈航普渡的意识在社会上的广泛传播,更加速了平等观念的普及过程。佛性属于普遍人性的范畴,指普遍人性中的真善美成分。佛学认为,"佛身是常,佛性是我,一切众生,皆有佛性。"(《泥洹经》)这"一切众生"中,甚至包括"一阐提人",即与佛学毫无缘分的恶人。显然,这种以人性向善作为基本依据的概括,是对人性平等的最广阔的概括。刘勰长期寄寓沙门,对佛性平等的意识,理解得远比一般人深刻。"总龙鬼而均诱,涵蠢动而等航。权教无方,不以道俗乖应;妙化无外,岂以华戎阻情?"(《灭惑论》)就是他对人性平等的精湛理解。禀承这一认识,他将"情"视为众生同具的东西:"人禀七情,应物斯感,感物吟志,莫非自然"(《明诗》),"民生而志,咏歌所含"(《明诗》),"民各有心,勿壅惟口"(《颂赞》)。在这一概念系统中,诗歌的功能得到了极大的拓展,不再是专吟圣人教化之"志"的工具,而是广抒众人自然之情的普遍需要。"志"属于教化的概念,"情"属于自然的范畴,二者的内涵是迥然不同的。在具体的衡文中,他也秉承平等的观念,超脱于社会等级及"为尊者讳"的拘囿,依理而断,秉公而评,毫无半点顾忌。这在古代社会意识中,无异是一个革命性的创举。

《文心雕龙》对社会学的重大建树,也表现在他对门阀制度的社会批判上。《文心雕龙》并非专门性的社会学著作,但对当时门阀制度带来的社会不公现象,却是怀有强烈的不满情绪的,并从对写作方法的论述中表露出来。所谓"将相以位隆特达,文士以职卑多诮:此江河所以腾涌,涓流所以寸折者也",就是作者对这种门阀垄断的愤怒与感慨。作者的心理反应也就是他所做出的社会批判,是为长期压抑在社会底层的贫寒文士,喊出历史性的不平,实际上也是对文风不正的社会原因所做出的探索和揭露。这对于后世认识门阀制度的丑恶本质,从社会根源上思考文风不正的问题,全面推动社会的进步过程,是大有裨益的。

第三节　《文心雕龙》对唐代文学繁荣的重大影响

魏晋南北朝是"文学的自觉"时代。《文心雕龙》既是这一时代巨变的产物,又是这一时代巨变的理论升华。这一革命性的理论升华,反过来又推动着时代巨变的历史进程。

之所以说它是"革命性的理论升华",是因为刘勰在从事理论活动的时候,具有明显的否定与批判的色彩。《文心雕龙》是以浮靡讹滥的六朝文风作为对立面而出现的,它的历史使命就是以文论的方式对这一倾斜的时代进行拨乱反正,重振中华文化之辉煌:"唯文章之用,实经典枝条;五礼资之以成,六典因之致用,君臣所以炳焕,军国所以昭明,详其本源,莫非经典。而去圣久远,文体解散,辞人爱奇,言贵浮诡,饰羽尚画,文绣鞶帨,离本弥甚,将遂讹滥。盖《周书》论辞,贵乎体要;尼父陈训,恶乎异端;辞训之异,宜体于要,于是搦笔和墨,乃始论文。"这就必然使他具有双重的历史身份:既是旧时代的掘墓人,又是新时代的助产士。当旧的社会制度因它自身的罪恶而毁灭的时候,作为它的对立面的文化新芽绝不会随之毁灭,相反,它会随着这一否定、再否定的波浪式过程,而获得更加强大的生命。就像黑夜的星星在黎明前隐没,而让自己的全部光辉在新一天的太阳中继续闪烁。如果没有星星的隐没,也就没有太阳的升起,而星星的隐没,也就必然成为太阳升起的前奏。

《文心雕龙》对随之而来的时代的历史性影响,也同样如此。它是隐性的,潜移默化的,但作为新时代的理论前导来说,确确实实是存在着的。继《文心雕龙》而起的时代,是中国文化史上最辉煌的时代——大唐时代。大唐文风是对六朝文风的全面否定,也就必然是对《文心雕龙》所进行的历史性批判与开拓的全面继承。这一历史性继承,可以概括为以下方面。

一、从宏观方面来看

宏观方面是指基本的文化观念对整个社会发展的广泛影响。这一影响的集中表现,就是文学观念的革命性嬗变。由于以《文心雕龙》为大成的"缘情"说的广泛传播,"诗言志"的陈规不再具有号召的力量,而"诗缘情"的观念勃然兴起。由此产生了两个重大的变化:文学功能的下移和文学创作队伍的下移。文学不再是政治教化的工具,而是抒发自然之情的舞台。随着文学功能的嬗变,文学创作的队伍也相应地扩大,由代圣立言的少数贵族与御用文人,扩充为"人秉七情,应物斯感,感物吟志,莫非自然"的芸芸众生。这一社会化的文学格局,就是唐代文学繁荣的最根本的原因。唐代文学格局的社会性,可用以下几个数据得到证明:唐代诗歌现存近五万首,仅《全唐诗》所录作者即达二千二百多家,总一千卷。而时间跨度比唐朝还长五六十年、诗歌创作颇称发达的魏晋南北朝时期,据《全汉三国晋南北朝诗》的统计,今存诗仅四十五卷。唐代开宗立派、影响久远的大家,不下二十人,李白、杜甫、白居易,负有世界声誉,其余特色显著、在文学史上有一定地位的诗人,也有百人之多。诗歌作者来自不同的社会阶层,有工匠、舟子、樵夫、婢妾等被剥削、被压迫的劳动人民,也有出身于世家豪族的上层人物,而其基本队伍则是有出身于寒素之家的下层知识分子。实际上,《全唐诗》远不能算"全"。《全唐诗》所据的蓝本是胡震亨的《唐音统签》,共 1033 卷(内诗 1000 卷)。胡氏曾据《旧唐书·经籍志》等八种书目,统计出唐人集 690 家,总 8292 卷,他推测说:"约略此八千卷,文笔定四占其三,诗大抵为卷二千止矣。余以千卷签唐音,存亡之数,其犹幸相半也乎?"(《唐音癸签》卷三十)那么,唐诗的实际总数,应为现存的一倍,当在十万首以上,这还是以有限的文献为根据的保守估计。由此可见,唐代文学的社会化规模达到了怎样的程度,对文学繁荣的支撑具有怎样的力度了。当然,唐代文学繁荣的原因是多因素的,但是,就像威武雄壮的大合唱不能缺少威武雄壮的序曲一样,如果没有《文心雕龙》在理论上的先期准备,如此广泛的社会发动,是难以想象的事情。

宏观方面的影响,也表现在对大唐气象的先期酿造上。所谓大唐气象,就是一个繁荣兴旺的王朝所特有的精神态势。概括地说,就是一种特别开阔的文化视野,一种特别奔放的开拓态势,一种特别高远的精神追求。具而言之,就是"海内存知己,天涯若比邻"的博大,"长风破浪会有时,直挂云帆济沧海"的执著,"林暗草惊风,将军夜引弓。平明寻白羽,没在石棱中"的勇猛,"欲穷千里目,更上一层楼"的旷远。这些心理状态的总和,就是一种兼容并包、昂扬向上、与时俱进的文化精神。这种精神在唐代的成长与成熟,固然与唐代特定的经济政治背景有关,但也绝不可能脱离它的前期酝酿的推动作用。构成中华文化精神的几个基本的方面,虽然古已有之,但在学术上的完整表述和全面展示,却集中于《文心雕龙》中:折中、风骨、通变。《文心雕龙》的学术思想,就是这一特定的文化气象的典范。《文心雕龙》所使用的基本方法——"惟务折衷",就是从方法论的角度对"兼容并蓄"精神的具体展现。《文心雕龙》对"风骨"的标举,实际也就是对昂扬向上精神的标举。《文心雕龙》中对"文律运周,日新其业,变则可久,通则不乏,趋时必果,乘机无怯"的标举,实际也就是对与时俱进精神的标举。这三大基点,是中华文化精神的总浓缩,也是中华文化之所以千年不败的总根由,也是大唐文化盛象的具有决定意义的总渊源。如果没有这一历史文化渊源的前期滋润,大唐气象就会成为无源之水,无本之木。

宏观方面的影响不仅表现在思想和精神气象的前期准备,还表现在对大唐文学繁荣的前期性的技术准备上。《文心雕龙》不仅是我国古代文学理论的大成,也是我国中古文学创作方法论的最大集中和最高总结。纵向来看,从唐虞直至齐梁,将历代的创作经验囊括务尽。横向来看,从神思论到定势论,从文体论到章句论,从情采论到丽辞论,从比兴论到隐秀论,从指瑕论到时序论,从物色论到程器论,将创作领域中所涉及的种种方法覆盖无遗。单从文体来说,就有 33 大类,每大类中又包括若干小类。单从修辞方法来说,就包括"丽辞"、"比兴"、"夸饰"、"事类"、"声律"、"练字"、"隐秀"七种。这一强大的方法武装,是大唐文学繁荣的技术保证。刘勰所提供的这一强大的技术武装,对于大唐文学的全面繁荣,是大有裨益的。

二、从微观方面来看

真理总是具体的。而具体之所以成为具体,总是与"质的多样性"在细部表现上的生动性和丰富性密不可分的。为了对《文心雕龙》的历史性影响进行深层性的把握,除了综合性的宏观考察之外,还必须进行有关历史实践过程中的"多样性统一"的微观考察。

《文心雕龙》与紧承其后的唐代在文学思想上的微观联系,可以概括为以下几个方面。

（一）与陈子昂在文学思想上的关联性

陈子昂是"一扫六代之纤弱"（宋刘克庄：《后村诗话》），首开大唐一代新风的代表性作家。陈子昂的文学思想，集中表述在他的《修竹篇序》里：

> 文章道弊，五百年矣！汉魏风骨，晋宋莫传，然而文献有可征者。仆尝暇时观齐梁间诗，采丽竞繁，而兴寄都绝，每以永叹。思古人，长恐逶迤颓靡，风雅不作，以耿耿也。一昨于解三处，见明公《咏孤桐篇》，骨气端翔，音情顿挫，光英朗练，有金石声。遂用洗心饰视，发挥忧郁。不图正始之音，复睹于兹，可使建安作者相视而笑。

该篇中突出地强调了"风骨"与"兴寄"这两个最基本的文学观念，并对缺乏"风骨"与"兴寄"的六朝颓靡文风进行了尖锐的抨击，以此作为自己对于大唐新文学的基本理念。和《文心雕龙》比较，二者最基本的文学理念，无论在范畴上或者在方向上，不仅是相通的，而且是相同的。

先说"取向"。

> 建安之末……观其时文，雅好慷慨，良由世积乱离，风衰俗怨，并志深而笔长，故梗概而多气也。（《时序》）
>
> 去圣久远，文体解散，辞人爱奇，言贵浮诡，羽饰尚画，文绣鞶帨，离本弥甚，将遂讹滥。（《序志》）
>
> 仆尝暇时观齐梁间诗，采丽竞繁，而兴寄都绝，每以永叹。思古人，常恐逶迤颓靡，风雅不作，以耿耿也。（陈子昂：《修竹篇序》）

比较可知，二者都取向于昂扬刚健的建安文学，而否定颓靡柔弱的六朝文学。

次说"风骨"。

《文心雕龙》在我国文学史上，最先将它定位于美学中的力学范畴，作为美的本质加以极力的标举。陈子昂紧接在刘勰之后，将"风骨"作为自己最高的美学追求：

> 文章道弊,五百年矣!汉魏风骨,晋宋莫传,然而文献有可徵者。
> (陈子昂:《修竹篇序》)
>
> 一昨于解三处见明公《咏孤桐篇》,骨气端翔,音情顿挫,光英朗练,
> 有金石声……可使建安作者相视而笑。(同上)

　　陈子昂所说的风骨,与刘勰所说的风骨,无论在范畴上还是方向上,都是一致的。他将刘勰美与力统一的文学理念,完整地纳入了自己的概念体系中,作为与美的本质指向直接相关的审美要求,对唐代的文学发展进行了成功的导航。

　　再说"兴寄"。"兴寄"是我国文学中的古老范畴,既指特定的艺术表现手法,又指艺术内容的真实性和针对性。将兴寄纳入内容与形式的统一范畴,实现范畴的系统化和明确化,自《文心雕龙》开始。刘勰认为,文学的内容就是心物交融所激发的真情实感,这就是文学的生命之所在。情对于文学的意义就在于:"情者文之经,辞者理之纬,经正而后纬成,理定而后辞畅,此立文之本源也。"但是情的生发不是无源之水,无本之木,而必有其物质的根源,这一根源就是外物对内心的感应。这一内外相感的心理状态,就是比兴。"比者,附也","写物以附意,飏言以切事者也"。"兴者,起也","起情者依微以拟议",即托物起兴。比与兴都依靠客观事物而发;没有客观外物,固不会触发情思;没有物象,情思也会失去寄寓的依托。唯有这种内外交感、形神兼具的感情,才是真实与充实的文学内容。

　　刘勰是我国文学理论史上第一次全面论述兴寄理论的学者,陈子昂则是刘勰兴寄理论的继承者和开拓者。他以"兴寄"作为衡量作品内容的价值标准,表达了自己明确的美学追求:

> 仆尝暇时观齐梁间诗,采丽竞繁而兴寄都绝,每以永叹。(《修竹篇序》)
>
> 夫诗可以比兴也,不言曷著?(《喜马参军相遇醉歌序》)
>
> 蜀山有云,巴水可兴。(《赠别冀侍御崔司议诗序》)

　　陈子昂凭借"风骨"、"兴寄"和反对颓靡文风这三面大旗,开创了一代文

学新风。"文坛若准平吴例,合著黄金铸子昂。"陈子昂在推动唐代文学发展中的重要功绩,确实是不可抹杀的。那么,托起陈子昂的"巨人之肩"是什么呢?《文心雕龙》的理论前导作用,同样是功不可没的。

(二)与李白在文学思想上的关联性

《文心雕龙》对历史进程的重大影响,也表现在与李白文学思想的关联性上。二者在文学思想上的共同性并非历史的偶合,而是来自文化依据的共同性,这就是儒释道的一体性。刘勰是在文学思想上对儒释道的认识论进行兼容并蓄的理论先行者、集其大成者和发其大端者,李白则是在文学思想上及这一文学思想的实践上的坚定的后继者和成功的开拓者。

李白是唐代的伟大诗人,他的文学思想散见于诗中,不但体现了他本人的创作主张和价值取向,而且反映了盛唐诗人共同的审美趣味和审美标准。

李白最突出的文学思想,就是标举魏晋风骨,强调清真自然,反对雕凿矫饰。

标举魏晋风骨,是李白诗歌最基本的价值取向。李白继承了陈子昂的诗歌革新大业,崇尚昂扬刚健的美学风貌,反对齐梁以来的片面追求形式的浮靡绮丽的诗风。"蓬莱文章建安骨"(《宣州谢脁楼饯别校书叔云》),就是他在审美标准上的正向取值,"自从建安来,绮丽不足珍"(《古风·第一》),就是他在审美标准上的负向取值。他明确宣示:"梁陈以来,艳薄斯极,沈休文又尚以声律,将复古道,非我而谁与?"(孟棨:《本事诗》)他说的复古,其实是革新。他的美学追求,是建造清新刚健的诗歌风貌,扫荡六朝以来柔弱浮靡的诗风,完成陈子昂诗歌革新的伟业。李白的全部作品,都是朝着刘勰所说的"风清骨峻,遍体光华"的美学境界不断升华的。与刘勰的美学追求,无论就范畴而言还是就方向而言,都是一致的。他以自己的诗歌实践,证实了由《文心雕龙》首倡而由陈子昂所继承的美学理论,也实现了刘勰与陈子昂前后相承的美学理想。

清新自然是李白最基本的美学准则。这一准则形象地表述在《古风·第三十五》中:

> 丑女来效颦,还家惊四邻。寿陵失本步,笑杀邯郸人。一曲斐然子,雕虫丧天真。棘刺造沐猴,三年费精神。功成无所用,楚楚且华身。大雅

思文王,颂声久崩沦。安得郢中质,一挥成斧斤。

　　李白认为,诗歌应当写得真率自然,像西施的美貌那样,出自天真本色,丑女效颦,矫揉造作,丧失天真,徒增笑料。那种"棘刺造猴"的文风,是对庸俗时尚的迎合,从诗歌创作的业绩来说,只是徒费精神,毫无可取。为此,他标举西周雅颂的淳朴自然的诗风,呼吁"运斤成风"的巨手,彻底改变六朝以来诗歌创作的柔靡风貌。孟棨《本事诗·高逸》所载的"将复古道,非我而谁?"即是此意。

　　李白崇尚清真自然的文学主张,在他的作品和有关文献中,是屡见不鲜的。从他的美学价值取向来看,他以建安文学作为坐标原点与画线依据,将清真自然的"建安风骨"作为价值正向,而将"绮丽不足珍"的后建安文学作为价值负向,把绮丽与清真作为对立的两极,来确立自己的是非标准。"清水出芙蓉,天然去雕饰"(《赠江夏韦太守良宰》),就是这一美学标准的鲜明表述。这一标准,也体现在他强烈的美学趣味中。对于前代诗歌,他情有独钟的是其清新自然的方面。他特别欣赏谢灵运《登池上楼》"池塘生春草"这种清新真率,浑然天成的诗句,赞之为:"梦得池塘生春草,使我长价登楼诗。"(《赠从弟南平太守之遥》)并将这一清新自然的意境,融入自己的诗作之中:"他日相思一梦君,应得池塘生春草。"(《送舍弟》)他也非常欣赏谢朓诗歌的清新秀美:"解道澄江静如练,令人长忆谢玄晖"(《金陵城西楼月下吟》),"蓬莱文章建安骨,中间小谢又清发"(《宣州谢朓楼饯别校书叔云》),"诗传谢朓清"(《送储邕之武昌》)。这些,将他崇尚清真自然的美学标准表现的更加具体细致。

　　李白崇尚清新自然的文学思想,固然与唐代文化思想的开放性密切相关,也不能离开刘勰的理论影响。"道法自然",是《文心雕龙》的最根本的认识论依据。对自然清真的崇尚,是遍及于他的全部内容的:

　　　　人禀七情,应物斯感。感物吟志,莫非自然。(《原道》)
　　　　心生而言立,言立而文明,自然之道也。
　　　　云霞雕色,有逾画工之妙;草木贲华,无待锦匠之奇。夫岂外饰,盖自然耳。

而对矫揉造作、丧失天真的齐梁文风,则进行旗帜鲜明的批判:

> 自近代辞人,率好诡巧,原其为体,讹势所变,厌黩旧式,故穿凿取新,察其讹意,似难而实无他术也,反正而已。(《定势》)
>
> 后之作者,采滥忽真,远弃风雅,近师辞赋,故体情之制日疏,逐文之篇愈盛。(《情采》)
>
> 俪采百字之偶,争价一句之奇,情必极貌以写物,辞必穷力而追新。(《明诗》)

细相对照,就会发现,在对文学的清新自然的崇尚上,不管就指导思想而言,还是就认识范畴与指向而言,李白思想与刘勰思想之间的相同性和继承性,都是极其明显的。这并不奇怪,自然主义哲学不仅是刘勰文心美学的认识论依据,也是李白发展浪漫主义诗心的认识论依据,兼容性是他们共同的文化品格,这就是二者如此贴近的最大原因,也就是刘勰之所以能够对李白产生跨越时代的影响,并能够将这一唐代文学的峰巅置于自己文学思想的辐射范围之内的最大原因。

(三)与白居易在文学思想上的关联性

刘勰文学思想的兼容性和博大性,必然使它对各家各派的文学思想,都具有广阔的覆盖范围和强大的引导力量。就像它对李白文学思想的前导作用和继承关系一样,对白居易的文学思想具有同样鲜明的影响。二者之间的关联性,可以概括为以下方面。

对文学要素的共同体认。在我国文学理论史上,刘勰首次对文学的结构要素,进行了明确的细绎,认为文学是"情志"、"事义"、"声律"与"辞采"的系统组合:"以情志为神明,事义为骨髓,宫商为声气,辞采为肌肤"(《附会》)。白居易提出的诗的定义是:"诗者,根情、苗言、华声、实义"(《与元九书》)。就结构要素而言,与刘勰的提法是完全一致的。

对"自然情论"的共同体认。所谓"自然情论",是一种关于感情的普遍性与自主性的见解。刘勰的表述是:

> 民生而志,咏歌所含。(《明诗》)

　　民各有心,勿壅惟口。(《颂赞》)

　　总龙鬼而均诱,涵蠢动而等慈。权教无方,不以道俗乖应;妙化无外,岂以华戎阻情?(《灭惑论》)

白居易的表述是:

　　上至圣贤,下至愚骏,微及豚鱼,幽及鬼神,群分而气同,形异而情一,未有声入而不应,情交而不感者。(《与元九书》)

　　二者共同的哲学依据,就是佛学的"万物有情"、"众生平等"和"佛性平等"的理念。将佛学中的这一理念引入文学理论的首倡者,就是刘勰,而白居易,则是紧承刘勰之后的开拓者。他们使儒家悲天悯人的思想,在范畴上得到了更加广阔而深刻的升华。

　　对师圣宗经、崇尚六义的共同体认。对儒家思想的主流地位的共同标举,对师圣宗经、崇尚六义的共同体认,是刘勰与白居易在文学思想上的另一根前后相承的理论纽带。

　　师圣宗经,崇尚六义,反对浮靡柔弱的六朝文风,是刘勰论文最基本的指导思想。对此,他做出了明确的表述:

　　论文必征于圣,窥圣必宗于经。(《征圣》)

　　经也者,恒久之至道,不刊之鸿教也。故象天地,效鬼神,参物序,制人伦,洞性灵之奥区,极文章之骨髓者也。(《宗经》)

　　昔诗人什篇,为情而造文;辞人辞赋,为文而造情。何以明其然?盖风雅之兴,志思蓄愤,而吟咏情性,以讽其上,此为情而造文也;诸子之徒,心非郁陶,苟驰夸饰,鬻声钓世,此为文而造情也。故为情者要约而写真,为文者淫丽而烦滥。而后之作者,采滥忽真,远弃风雅,近师辞赋,故体情之制日疏,逐文之篇愈盛。(《情采》)

　　推崇"风雅比兴"的诗歌传统,反对浮靡柔弱的六朝余风,是白居易论诗最基本的指导思想:

为诗意如何? 六义互铺陈。风雅比兴外,未尝著空文。(《读张籍古乐府》)

文章合为时而著,诗歌合为事而作。(《与元九书》)

晋宋已还……于时六义浸微矣,陵夷矣。至于梁陈间,率不过嘲风雪弄花草而已。(《与元九书》)

两相对照,虽然在表述的精粗详略上存在着区别,体现出后起转精的特点,但在基本范畴和基本价值取向上,是一脉相承,并无二致的。

(四)与韩愈文学思想的关联性

《文心雕龙》对唐代文学的深远影响,也在它与韩愈文学思想的关联性与一致性上鲜明地表现出来。二者之间的相继相承关系,主要表现在以下方面。

1. 对"文以明道"的共同崇尚

"文以明道"是刘勰与韩愈在文学功能论上共同的理论主张。二者在论证方式上、思维角度上与认识途径上虽有许多区别,但在基本方向上和核心范畴上,却是极其接近的,具有鲜明的继承与开拓的关系。

刘勰对文学本原的体认,是以自然之道作为逻辑起点的,这就必然赋予他的文原理论以一种高屋建瓴的本体论品格。这一独特品格,也就是《文心雕龙》之所以能够屹立于世界文论之峰巅而始终没有任何一部别的理论可以超越的原因。但是,就其理论目标和逻辑归宿来说,却是为了解决文风不正与世风不正的现实问题。前者属于形上范畴,后者属于形下范畴。为了弥合二者之间的逻辑差距,刘勰巧妙地设置了一个中介性的逻辑纽带,这就是对自然之道与人文之道的内在逻辑关系的体认:"心生而言立,言立而文明,自然之道也。"这种专属于人的"言之文"是"道之文"的特定表现。它的最完美的形态,就是圣贤之文。圣贤之文之所以能够成为人文的完美形态,就在于它与道心的一致性:

爰自风姓,暨于孔氏,玄圣创典,素王述训,莫不原道心以敷章,研神理而设教,取象乎《河》、《洛》,问数乎蓍龟,观天文以极变,察人文以成化;然后能经纬区宇,弥纶彝宪,发挥事业,彪炳辞义。故知道沿圣以垂文,圣因文而明道,旁通而无滞,日用而不匮。《易》曰:"鼓天下之动者存

乎辞。"辞之所以能鼓天下者,乃道之文也。(《原道》)

通过这一逻辑纽带,刘勰将自然之道顺理成章地具化为人文之道,将人文之道具化为圣贤之道,将圣贤之道具化为以心统文的写作之道。这一写作之道的最基本的理论核心,就是对文与道的一致性以及文以明道的社会功能的标举。刘勰所说的道,是对儒道佛三家学说的和而不同的大包容,而就其核心价值取向和理论的现实目标来说,始终是以儒家的人本之道作为主旋律的。这一主旋律的集中表现,就是对"征圣"与"宗经"的标举。但是,刘勰所说的"征圣"与"宗经",并不是对儒家教义的简单重复,而是在新的哲学视野与新的时代视野中的一种创造性的体认:在本体论的宏观视野的支持下,通过"还宗经诰"的战略途径,以实现"矫讹翻浅"的现实目标。显然,刘勰的这一理论主张,与汉儒、宋儒的"文以载道"的理论主张之间,是存在着本质性的差别的。它以独特的兼容性和主旋律的鲜明性,对文道关系做出最深刻、最全面的阐释,以鲜明的辩证品格奠定着并规范着我国文以明道的写作学传统。后世所谓"文以贯道"、"文以明道"、"文以载道",无一不从中吸取理论营养。韩愈的"文以明道"的战略主张,就是这一传统的最直接的延续和拓展。

与刘勰的理论主张相比,韩愈对文道关系的体认则要径直很多,也纯一很多。韩愈所说的道,专指儒家之道,韩愈所标举的"文以明道",专指以"古文"的形态去阐明"仁与义为定名,道与德为虚位"的孔孟之道。也就是他自己所鲜明表述的:"修其辞以明其道"(《争臣论》),"读书著文,歌颂尧舜之道"(《上宰相书》)。用他的门人李汉的话来说,就是:"文者,贯道之器也。不深于斯道,有至焉者不也。"(《韩愈文集序》)显然,在对道的理解上,二者之间是存在着广义与狭义的差别的。但是,就文与道的一致性来说,二者的主张却是并无二致的,就对文道并重的标举来说,二者价值取向同样是并无二致的。二者之同,是大处的共同,是方向性的共同;二者之异,是方法性的差异,是小处的差异。如果没有刘勰的"文以明道"作为理论前导,韩愈的"文以明道"的理论主张将是无源之水与无本之木,而成为不可想象的事情。

2. 对"重气之旨"的共同推崇

刘勰与韩愈在文学思想上的继承关系,还表现在对重气之旨的共同推崇上。这一前后相承的历史性延续,全面渗透在二人的理论主张中。

"气"是中华传统文化中普遍使用的核心范畴。儒道佛三家都有自己对气的独特的哲学体认,而刘勰则是三家智慧的集合者和折中者,也是继曹丕之后将气的理念全面引入文学领域的进一步升举者与集大成者。大体而言,儒家视野偏重于伦理哲学,道家视野偏重于自然哲学,佛家视野偏重于心性哲学。刘勰的卓越之处就在于,他不拘一家之见,而博采众家之长,秉"惟务折衷"精神,从兼容并蓄中走近文气的本质。《文心雕龙》的"文之枢纽",就是这种在哲学的总范畴和总高度上进行兼容的具体例证。所谓"文之枢纽",实际也就是"文气之枢纽",它以道家自然之道为逻辑前提,以儒家人本之道为现实归宿,以佛家心性之道为方法借鉴,由此组成一个对文气进行全息观照的认识论平台,将上至宇宙运动的普遍规律,下至人性运动的普遍规律,深至心性运动的普遍规律,无一遗漏地化入文学的领域中。

惟其如此,刘勰所体认的文气,绝不是一般意义的概念,而是一个具有终极属性的概念。他所指的文气绝非一般的元气修养之气,也不是一般意义的道德修养之气或辞气修养之气,而是一种将所有的多维之气化入其中的具有整体生命意义之气,是一种对于文学来说具有总纲意义的文学之气:它是生命运动的总动力,也是文学运动的总动力,是文学创作的总依据、总尺度和总追求。《文心雕龙》的理论核心,就是以心论文,实际也就是以气论文。这一"重气之旨"作为《文心雕龙》的理论纲领,贯彻于全部理论体系之中。刘勰的这些系统论述,将我国传统的文气理论推进到了全面成熟的境界。我国历代的重气之旨,皆以此作为最直接的理论源泉和最切近的方法依据。

韩愈的重气之旨虽然受益于众多前人,但从其核心范畴的高度、广度和深度来说,就其理论源泉的切近程度来说,主要取法于刘勰的系统理论,是刘勰重气之旨的直接继承与延伸。如果说刘勰是我国历史上文气理论的系统开拓者,韩愈就是这一系统理论的自觉倡导者与全面实践者。这种历史的承启关系,主要表现在以下方面。

其一,是对文气在文学中的核心地位的共同体认。

韩愈也像刘勰一样,将文气置于文学的核心地位进行体认。他说:

> 气,水也;言,浮物也;水大而物之浮者大小毕浮。气之与言犹是也,气盛则言之短长与声之高下者皆宜。

　　韩愈将气视为水,将语言艺术视为浮物,将前者视为后者的决定性动力和根由,将后者视为前者所决定的驱动对象和驱动结果。他的这一认识视野,实际就是道家本体论的认识视野。就这一喻证本身来说,也是直接出自庄子的《逍遥游》:"且夫水之积也不厚,则负大舟也无力……风之积也不厚,则其负大翼也无力。"因此,韩愈对言与气关系的体认,是一种具有鲜明的本体论色彩的体认。径而言之,他在现实针对性中采取的是儒家的价值标准,而在认识方法论上采取的是道家的自然哲学。这一儒道结合的认识视野,与刘勰的"道沿圣以垂文,圣因文而明道"的理论主张,是大同小异的。这一特定的认识视野极大地升举了他在判断中的概括力量,赋予他的判断以一种斩钉截铁的揭示力量和居高临下的洞察力量。正是在这样广阔视野中,文气在文学中的决定性作用与决定性地位,才能充分显示出来。就这一强调的深刻程度与鲜明程度来说,与《文心雕龙》中的理论主张,也是大同小异的。

　　其二,对"气"的多样性内涵的共同体认。

　　真理总是具体的,而具体之所以成为具体,就在于它的内在的质的规定的多样性。韩愈对"气盛"的决定性意义的体认同样是如此。这一体认,与刘勰在《文心雕龙》中的体认,是完全一致的。具体可以归纳为以下三个方面:

　　一是对自然万物之气的概括。如:

　　　　雷威固已加,飓势仍相借。气象杳难测,声音吁可怕。(《县斋有怀》)

　　　　十月阴气盛,北风无时休。(《洞庭湖阻风赠张十一署》)

　　　　二年流窜出岭外,所见草木多异同。冬寒不严地恒泄,阳气发乱无全功。(《杏花》)

　　二是对生命生理之气的概括。如:

　　　　马之与人,情性殊异,至于筋骸之相束,血气之相持,安佚则适,劳顿则疲者,同也。(《上张仆射第二书》)

　　　　人皆谓童子耳目明达,神气以灵。(《赠张童子序》)

　　　　若有德及气力尚壮,则君优而留之,不必年过七十尽许致事也。

(《论孔戣致仕状》)

三是对人文精神之气的概括。如：

> 我年十八九,壮气起胸中。(《赠族侄》)
> 文字锐气在,辉辉见旌麾。(《寄崔二十六立之》)
> 自笑平生夸胆气,不离文字鬓毛新。(《奉酬振武胡十二丈大夫》)

在韩愈的概念系统中,气的这三个层面的内涵,实际是相辅相成而密不可分的。第一层面的气指自然万物的生命状态,是文气借以生发的客体依据,第二层面的气指作者生命生理的个性状态,是文气借以生发的主体依据,而第三层面的气指人文精神的个性状态的气,则是客体与主体的总融合。正是这一总融合,构成了文气的核心内涵,也就是韩愈所说的"气盛言宜"之"气"的本质性内涵。正是这一本质的规定性,将自然的生命活力与人的生命活力,将作者的生命活力与作品的生命活力,融为浑然的一体。韩愈的这一体认与刘勰的体认,不管是就范畴的规模上或是逻辑的程序上,都是完全一致的。他们都在历史的不同阶段上,将文气的丰富内涵做出了相同的体认,并将它推进到历史的极致。

其三,对养气的理论主张与具体方法的共同阐发。

韩愈与刘勰之间在气论问题上的继承关系,还鲜明地表现在对养气的理论主张及其具体方法的共同性上。

像刘勰一样,韩愈也鲜明地提出了"养气"的理论主张,并从工程学的角度,对养气的具体的方法,做出了许多的筹划和阐述。他明确认为,气之"盛"与"醇",是长期修养的结果。在《答尉迟生书》中,他特别指出文章作者要"慎其实",即重修养:"夫所谓文者,必有诸其中,是故君子慎其实。实之美恶,其发也不掩。本深而末茂,形大而声宏,行峻而言厉,心醇而气和,昭晰者无疑,优游者有余。体不备不可以为成人,辞不足不可以为成文。"他还指出,深厚的修养不是短时间可以完成的,不能急于求成,要经历长久的积累:"将蕲至于古之立言者,则无望其速成,无诱于势利,养其根而俟其实,加其膏而希其光。根之茂者其实遂,膏之沃者其光晔,仁义之人,其言蔼如也。"(《答李翊书》)他将文气修养的具体途径,集中概括为以下两条:一是蓄志养气的道德修养,这就是他所说的"行之乎仁义之途";二是培才增识的才学修养,这就是他所说的"游之乎诗书之源"。

这些理论主张与具体途径,与刘勰的"素气资养,玄神宜宝"、"吐纳文艺,务在节宣,清和其心,调畅其气"的理论主张,以及"积学以储宝,酌理以富才,研阅以穷照,驯致以怿辞"的具体途径,虽然在表述上存在着广狭之分与虚实之别,但从战略方向与战术方法来看,二者是惊人相似并且是一脉相承的。

3. 对文学批判功能的共同重视

刘勰与韩愈在文学思想上的继承关系,还表现在对文学批判功能的共同重视上。这一前后相承的历史性延续,全面体现在二人的理论主张与创作实践中。

其一,是撰写宗旨的批判性。

《文心雕龙》是一部高举传统文化大旗,融会时代文化新质,对六朝浮靡讹滥的文风进行针锋相对的批判和矫正的书。这一明确的战斗目的,清晰地表现在《序志》的表述中:

> 唯文章之用,实经典枝条;五礼资之以成,六典因之致用,君臣所以炳焕,军国所以昭明,详其本源,莫非经典。而去圣久远,文体解散,辞人爱奇,言贵浮诡,饰羽尚画,文绣鞶帨,离本弥甚,将遂讹滥。盖《周书》论辞,贵乎体要;尼父陈训,恶乎异端。辞训之异,宜体于要。于是搦笔和墨,乃始论文。

但是刘勰对六朝浮靡文风的批判,绝不是通过对儒家道德的简单说教来实现的。刘勰《文心雕龙》的杰出之处,并不仅仅在于他提出了当时严重存在的文风不正的问题,而是在于他站在比文风更高的文化层面上,提出并在理论上解决了这一问题。所谓更高的文化层面,是指他在立意上并不是就事论事,就文论文,而是"振叶以寻根,观澜而索源",对文风问题的根由做出了深刻的系统性思考。他看出了文风的"离本",归根结底,是由于人风与人心的"离本"。因此,要解决文风讹滥的问题,必须解决人风讹滥和人心讹滥的问题。而要解决人风讹滥和人心讹滥的问题,必须解决以心术总文术的问题,也就是凭借与天地之心息息相通的文心去进行雕龙的问题。这正是刘勰"乘一总万"的战略思路的出类拔萃之处,也是他的战略目的的博大深邃之处。正文风,是刘勰撰写《文心雕龙》的基本目的;正人风,正人心,则是刘勰撰写《文心雕龙》的深层目的。这两个目的,一是显性的,一是隐性的,一是直接的,一是间接的,一为战术性的,一为战略性的。前者因后者而深刻,后者因前者而具体,具有表里相成的属性。这就是刘永济先生所深刻指出:

> 盖我国文学传至齐梁,浮靡特甚,当时执政者类皆苟安江左,不但不思恢复中原,而且务为浮靡奢汰,其政治之腐败,实已有致亡之势;彦和从文学之浮靡推及当时士大夫风尚之颓废与时政之骤弛,实怀亡国之惧,故其论文必注重作者品格之高下与政治之得失。按其实质,名为一子,允无愧色。①

刘勰的这一批判性的文学功能观,也鲜明地体现在韩愈古文运动的核心性的理论主张中。这一核心主张,就是他对"不平则鸣"的深刻见解。

> 大凡物不得其平则鸣。草木之无声,风挠之鸣;水之无声,风荡之鸣。其跃也,或激之;其趋也,或梗之;其沸也,或炙之。金石之无声,或击之鸣;人之于言也亦然。有不得已者而后言,其歌也有思,其哭也有怀。凡出乎口而为声者,其皆有弗平者乎?(《送孟东野序》)

韩愈认为,"不平则鸣"是万事万物的普遍规律,但表现在为何而鸣上,却是存在着极大的强度差别和品位差别的。大抵而言,"鸣"的形态存在两种类型,一是"鸣国家之盛",一是"自鸣其不幸",究竟属于何种形态,并不决定于作者自己,只能决定于历史发展的总形势:"抑不知天将和其声,而使鸣国家之盛耶? 抑将穷饿其身,思愁其心肠,而使自鸣其不幸耶? 三子者之命,则悬乎天矣。"而就其美学强度和艺术价值来说,韩愈认为,不和之鸣是远胜于"和鸣"的。这就是他在《荆潭唱和诗序》中所明确指出的:"夫和平之音淡薄,而

---

① 刘永济:《文心雕龙校释》,中华书局1962年版,第1—2页。

愁思之声要妙;欢娱之辞难工,而穷苦之言易好也。是故文章之作,恒发于羁旅草野。至若王公贵人,气满志得,非性能而好之,则不暇以为。"

韩愈的这一论见,实际也就是对文学的批判功能的标举。这一标举,固然和孔子"诗可以怨"以及屈原、司马迁的"忠怨之辞"有远端的继承关系,而就理论层面的继承来说,则直接来自刘勰。将"矫讹翻浅,还宗经诰"标为文学革新的总目标,始自《文心雕龙》。将文学批判的目标指向倾斜的世风与文风,进行"振叶以寻根,观澜而索源"的矫正,也是始自《文心雕龙》。刘勰是文学批判在理论上的自觉者与发端者,而韩愈,则将这种批判的自觉运用在古文运动中,是这一理论的自觉的继承者和开拓者。正是由于有了先行者的奠基,后继者的开拓才如此理直气壮,一往无前。

其二,是创作实践的批判性。

刘勰对文学的批判性的体认,还表现在他自己的写作实践中。

《文心雕龙》以文风为切入口,实际牵涉到了广泛的社会问题。其批判指向,从总体意义上来看,是针对整个社会的不良风气的,甚至涉及了当时社会体制上的门阀专政所带来的诸多不公不平的问题。《序志》中所说的"执丹漆之礼器,随仲尼而南行"的梦境,就是他的政治抱负与社会使命感的形象展现。这些深沉的心理信息,将刘勰《文心雕龙》深层的子书涵蕴充分地透示了出来。《程器》中的社会批判色彩,也是极其鲜明的。细绎其文,可得三重意义:一是愤慨位卑者之易遭讥谤;二是讥讽权势者之怠其职责,而以文采邀誉;三是标举"文武之术,左右惟宜"的作文、做人、做事的统一。这三重意义从表面上看似乎都不连贯,实际都是对当时门阀制度的批判。刘永济先生由此顺理成章地得出结论:"然则舍人此论,不特有斯文将丧之惧,实怀神州陆沉之忧矣,安可谓之不为典要哉?"①

《文心雕龙》的社会批判指向和社会导向作用,是广见于全书的。《风骨》不仅是对文风的美与力的正面倡导,也是对人风与世风的美与力的正面倡导。《通变》不仅是对文风变化规律的理性概括,也是对社会运动的普遍规律的理性概括。"穷变通久"、"望今制奇,参古定法"的战略思想与战略对策,不仅适用于文风的建设,也适用于人风与世风的建设。《文心雕龙》的巧妙之处就在

---

① 刘永济:《文心雕龙校释》,中华书局1962年版,第190页。

于,它将深层的撰写目的潜移默化于它的基本目的之中:着手处虽在文风,终极鹄的实在人风。二者的交点是人心,焦点也就是人心。刘勰之用心可谓深矣。这一高远的目标,在刘永济先生的《校释》中,得到了明确的揭示:"舍人惧斯文之日靡,摅孤怀而著书,其识度闳阔如此,故其所论,千载犹新,实乃艺苑之通才,非止当时之药石也。"①可谓一针见血之语。

韩愈对文学批判性的体认,也同样体现在他自己的创作实践中。他以文体革新为切入口,在形式上将批判的矛头指向僵化的骈文,在内容上则对准社会上的各种黑暗与倾斜进行广泛的挞伐。这一不平之鸣,具体表现在以下两个方面:

一是为生活中的诸多不平而鸣。《送孟东野序》是为"东野之役于江南也,若有不解者然"而鸣其不平;《讳辩》是为李贺遭遇不平而鸣;《蓝田县丞厅壁记》为崔斯立之被黜而鸣;《柳子厚墓志铭》为柳宗元遭受迫害鸣不平。《毛颖传》是对"赏不酬劳,以劳见疏,秦真少恩哉"的官场现实的控诉和鞭挞,《感二鸟赋》是他对"惟有羽毛之异,非有道德智谋"的不正之风的不平,和对"遭时者,虽小善必达,不遭时者,累善无所容焉"的丑恶现实的愤慨。

二是以庙堂之位直接干预社会现实,抵制社会中的恶劣风气。如《御史台上论天旱人饥状》对"群臣之所未言,陛下之所未知"的灾情的"发言真率,无所畏避"的如实反映,和停征赋税,以救民命的紧急呼吁。这种反映和呼吁,实际也就是对专制政权追求虚假的形象工程的腐朽风气以及横征暴敛不顾人民死活的黑暗政治的不留情面的揭露和批判。而在《谏迎佛骨表》中,则以更大的政治勇气和理论勇气对宪宗荒谬的宗教思想和错误的宗教政策进行了更具有挑战意义的批判。这种勇气和胆略,将文学的批判精神推至了"好收吾骨瘴江边"的道义极致和生命极致,对刘勰的"风骨"理论做出了最好的实践论解读与继承。

4. 对文学通变的共同标举

刘勰与韩愈在文学思想上的继承关系,还表现在对文学通变的共同标举上。

刘勰的文学发展观,是建立在"通"与"变"的辩证统一基础上的。这就必

① 刘永济:《文心雕龙校释》,中华书局1962年版,第192页。

然赋予其发展理念以双重的认识论内涵:既是重视规律性的,义是重视能动性的。表现于前者,就是他对"变"这一总趋势和总动力的特别重视:"文律运周,日新其业。变则可久,通则不乏。趋时必果,乘机无怯。"表现于后者,就是他对"通"这一总前提和总目的的特别重视:"故练青濯绛,必归蓝蒨,矫讹翻浅,还宗经诰。"所谓"通",是对客观事物的历史一贯性的普遍规律的概括,所谓"变",是对客观事物的日新月异的属性的概括,也是对人类的创新能力的无穷属性的概括。"通"与"变"的辩证统一,规律与创新的辩证统一,就是"通变"作为一个逻辑整体的深刻内涵,也就是刘勰所特别标举的:"斯斟酌乎质文之间,而櫽括乎雅俗之际,可与言通变矣。"

由于"通"的核心内涵就是与常则的一致性,因此,"通"与"变"的关系,实质上就是"常"与"变"的关系。径而言之,就是因与革的关系,也就是变与不变的关系。将"通变"视为对立统一的辩证范畴,视为继承与革新的逻辑统一体,以通统变,纳变于通,是刘勰对前人认识论与实践论的一大历史性的综合与飞跃。由于这一历史性的综合与飞跃,人们才得以从更高的层面和更直接的窗口,来观照文学运动中的通塞并存的复杂情况和文学健康发展的逻辑前提与普遍规律,制定正确的发展战略。韩愈古文运动的理论纲领,即发端于此。

韩愈的古文运动的逻辑基点,就是对道与道统的认同。他所说的"道",指中华文化的基本精神。他明确认为,中华文化的基本精神,就是以孔孟经典儒学为代表的"先王之教"。所谓道统,是指这种精神的历史一贯性:"尧以是传之舜,舜以是传之禹,禹以是传之汤,汤以是传之文武周公,文武周公传之孔子,孔子传之孟轲。轲之死,不得其传焉。"这种精神是我们民族安身立命的依据:"如古之无圣人,人之类灭久矣。"(《原道》)这就是韩愈之所以高举道义之旗以济古今之溺的根由。显然,对这一传统文化精神的认同,是属于"通"的范畴。

但是,韩愈绝不是一个食古不化的儒学教条主义者。他对儒学的推举,目的是为了推动文学的革新,帮助文学走出当时形式主义的泥坑,走上合乎规律的正道。"盖学所以为道,文所以为理耳。"(《送陈秀才彤序》)规律在哪里?就在人类的历史实践里。历史是规律与逻辑的载体,事物的规律就蕴涵在历史与逻辑的结合里。强调传统,强调历史,真正的目的是遵循规律。而遵循规律的目的,就是在规律的指导下创新。径而言之,道是依据,是尺度,而创新才是目的,才是价值的真正实现。这就是韩愈所标举的:"夫百物朝夕所见者,人皆不注视也,及睹其异者,则共观而言之。夫文岂异于是乎?"对此,他举出了汉代的例子:"汉朝人莫不能为文,独司马相如、太史公、刘向、扬雄为之最。然则用功深者,其收名也远。若皆与世沈浮,不自树立,虽不为当时所怪,亦必无后世之传也。"他据此断言,创新是文学发展的最根本的规律:"今后进之为文,能深探而力取之,以古圣贤人为法者,虽未必皆是,要若有司马相如、太史公、刘向、扬雄之徒出,必自于此,不自于循常之徒也。若聖人之道,不用文则已,用则必尚其能者,能者非他,能自树立,不因循者是也。"(《答刘正夫书》)所谓"圣人之道",实际就是创新之道。这才是他的古文运动的真谛所在。

他的这一理论主张,也从他的散文写作中充分地表现出来。秉承"唯陈言之务去"的写作原则,他直接向千百年来积淀而成的僵化的话语模式进行冲击,用词有意打破骈俪常规,避熟滑而趋奇险,破齐整而求错落,在自由的表述之中获得惊听回视的艺术效果。他的《原道》、《答李翊书》、《马说》、《祭鳄鱼文》、《谏迎佛骨表》等诸多篇什,就是这一历史性突破的具体见证。更使整个社会受到震撼的是,他甚至惊世骇俗地"以文为戏",打破了千百年来儒者所恪守的按部就班的议论方式,尝试用小说的笔法来说理,寓深意于诙谐之中。如《毛颖传》,就是典型例证。他的文风具有难以捉摸的特点,时而险怪,时而狂肆,时而平易,实际上都是对传统文章"雅正"体格的解构和跨越,目的都是为了创新。

韩愈对诗歌格式也进行了重大突破。我国诗歌发展到盛唐,在体裁、格律和美学崇尚方面,都形成了固定模式,其典型代表就是律诗。律诗固然给诗人抒情提供了凝练形式,但其严格的句法和韵律规则也极大限制了诗歌的艺术空间,如不改弦更张,很难再有发展余地。韩愈的"以文为诗",就是一次成功的艺术跨越。他有意拆解今体诗的严格模式,注入散文的笔法和章法,行文有意避偶俪而求错落,如"春与猿吟兮,秋鹤与飞","淮之水舒舒,楚山直丛丛",等等。更使人叹为观止的,是对于古代辞赋中铺排手法的密集吸收和运用,甚至包括对佛经偈颂的表现手法的吸收和运用,由此形成自己雄奇怪险的不可重复的独特风格。这就是赵翼在《瓯北诗话》中所精辟概括的:"自沈、宋创为律诗后,诗格已无不备。至昌黎又斩新开辟,务为前人所未有。如《南山诗》

内铺列春夏秋冬四时之景，《月蚀诗》内铺列东西南北四方之神，《谴疟鬼》诗内历数医师、炙师、诅师、符师是也。又如《南山诗》连用数十'或'字，《双鸟诗》连用'不停两鸟鸣'四句，《杂诗》四首内一首连用五'鸣'字，《赠别元十八》诗连用四'何'字，皆有意出奇，另增一格。"纵是在格律诗的严格范式中，韩愈也能进行体制性的创造，《答张彻》这一首五律，就是典型范例："《答张彻》五律一首，自起至结，句句对偶，又全用拗体，转觉生峭。此则创体之最佳者。"他在"创句"上，也有别开生面的表现："昌黎不但创格，又创句法。《路旁堠》云：'千以高山遮，万以远水隔。'此创句之佳者。"(《瓯北诗话》)如此等等，千方百计地突破现成规则，而从这种突破之中努力寻求一种新的美质。从而，将一个"变"字，表现得淋漓尽致。司空图评韩诗"驱驾气势，若掀雷抉电，撑抉于天地之间"(《题柳州集》)，张戒说韩诗"颠倒崛奇，姿态横生，变态百出，可喜可愕，可畏可服"(《岁寒堂诗话》)，皆缘于此。

　　显然，韩愈对"变"的体认与对"通"的体认是一种对立统一的体认。正是这种"通"与"变"的融合，赋予了他这种高屋建瓴的独特智慧。从远端的继承关系来说，固然离不开《易传》的总启示，但从近端的继承关系来说，更主要的则是与刘勰《通变》理论直接相契的。将通与变两个不同的认识层面融合成为一个统一的逻辑整体，始自《文心雕龙》，将前人的变易理论用于对文学发展的总规律的观照，同样始自《文心雕龙》。这一继承关系的普遍意义就在于：从表面看来，好像是复古，实际是对本质与规律的认同。因为历史与逻辑，总是相共而生的。对历史的肯定，实际就是对蕴涵在历史深处的普遍规律的肯定。没有继承，创新就失去基础与前提。没有创新，继承就失去目的和意义，二者从来都是相辅而相成，相得而益彰的。这就是刘勰通变理论的意义之所在，也是韩愈古文运动的真正意义之所在，更是二者之间的继承关系的真正意义之所在。

　　综上可知，唐代文学理论中的许多基本范畴和重要论断，都可以从《文心雕龙》中找到它们的理论基因。这种影响虽然是潜移默化的，但确实是深远强大的。犹如高山之巅的一座云雾缭绕的丰碑，尽管时隐时现，人们甚至难以觉察，但由它所辐射出的历史信息，却远及于广袤的时空，给人类历史的进程以深深的教益。这就是胡适从哲学上所深刻感悟的：

"小我"不是独立的存在,是和无量数小我有直接或间接的交互关系
的;是和社会的全体和世界的全体都有交互影响的关系的;是和社会世界
的过去和未来都有因果关系的……这种种过去的"小我",和种种将来无
穷的"小我",一代传一代,一点加一滴;一线相传,连绵不断;一水奔流,
滔滔不绝:——这便是一个"大我"。"小我"是会消灭的,"大我"是永远
不灭的。"小我"是有死的,"大我"是永远不死,永远不朽的。①

《文心雕龙》对中国文学的影响,绵延不绝于它诞生后的千余年历史之
中。我们对大唐文学繁荣的集中关注,只是为了叙述方便。纵观从中古到近
代的中国文学理论发展史,可以发现,千余年来我国文学理论发展中的许多基
本范畴和重要论断,都可以从《文心雕龙》中找到它们的理论基因,而在某些
问题上,甚至可以说至今还没有任何一家可以达到《文心雕龙》的论述所曾达
到的广度、高度和深度。唐宋以后盛极一时的以创造意境为中心的追求"韵
外之致"、"象外之象"与"别趣"、"妙悟"的"神韵"派诗歌理论,就是刘勰"义
生文外,秘响旁通,伏采潜发"的"隐秀"理论的历史承接与延伸。我国古代浪
漫主义文学理论的一个基本特点,就是十分重视浪漫主义的现实基础,这也是
以《文心雕龙》中所强调的"酌奇而不失真,玩华而不坠其实"、"夸而有节,饰
而不诬"的美学主张作为圭臬的。明清的性灵学派的"独抒性灵,不拘格套"
的学术主张,与刘勰《文心雕龙》中关于性灵的系列见解也是一脉相承的。在
我国文学史上第一个提出"性灵"范畴的就是刘勰。所谓"两仪既生矣,惟人
参之,性灵所钟,是谓三才"(《原道》)),所谓"洞性灵之奥区"(《宗经》),所
谓"综述性灵,敷写器象"(《情采》),就是具体例证。而在文学的与时俱进的
观念上,刘勰的通变理论带给后世的影响更是显而易见的。明代公安派反复
古的主要武器就是强调文学是发展变化的,主张"惟夫代有升降,而法不相
沿,各极其变,各穷其趣,所以可贵"(袁中道:《叙小修诗》)),这也正是刘勰
"文律运周,日新其业,变则可久,通则不乏"的"通变"理论的基本观点。李贽
的"童心"理论是刘勰"天地之心"的历史性开拓,王夫之的情景交融说与《文
心雕龙》中有关心物关系的论述也有明显的渊源关系。姚鼐关于阴柔之美与

① 《胡适文集》第 2 卷,北京大学出版社 1998 年版,第 529 页。

阳刚之美的主张,虽是与《周易》的影响有关,但我国历史上第一个将《周易》这一哲学性的命题明确地转换成为美学性的命题的,就是刘勰。《体性》中所说的"气有刚柔"、"风趣刚柔",就是这一美学命题的历史滥觞。至于刘勰的"神思"说、"风骨"说、"虚静"说,更为历代文论家所尊奉,至今还在发挥着重大的影响。"自陈隋下讫五代,五百年间作者,莫不根柢于此。"(孙梅:《四六丛话论》)这一评语,用来评论五代以后直至于现代,也是同样允当的。

第四节　《文心雕龙》与《诗学》的跨文化比较

《文心雕龙》不仅是我国古代美学史的峰巅,也是世界美学理论宝库中的瑰宝。关于它在世界美学史中的崇高地位,鲁迅曾经作过明确的评价:"东则有刘彦和之《文心》,西则有亚里士多德之《诗学》,解析神质,包举洪纤,开源发流,为世楷式。"①为了确切了解《文心雕龙》在世界文论中的崇高地位,有必要沿着鲁迅的历史足迹,在东西方两座美学高峰之间,作一点跨文化的比较。

一、《文心》与《诗学》的相同性比较

世界文化是一个整体。各个民族尽管在生活地域和生活方式上存在许多差别,但对真理的追求并无二致,通向真理的道路并无二致,在对普遍规律的体认上总有许多相同或相通的地方。特别是各民族中那些足称楷式的事物之间,这种相同或相通的属性就更加明显。东方的《文心》与西方的《诗学》,就是具体的见证。二者之间的共同性,可以概括为以下方面。

(一)在各自文化圈内的峰巅地位相同

《诗学》是古希腊进步文艺思想与哲学的最高综合与总结,也是西方历史上第一部运用科学的观点和方法,对文艺中的美学问题进行系统研究的专著,被公认为欧洲美学的鼻祖。它在古代曾遭长期尘封,公元前1世纪,才得以面世。15世纪随着文艺复兴大潮进入欧洲美学舞台,成为马克思主义美学诞生前各派美学主要的概念依据和直接的思想来源。车尔尼雪夫斯基对《诗学》

---

① 《鲁迅全集》第8卷,人民文学出版社1981年版,第332页。

的评价是："《诗学》是第一篇最重要的美学论文,也是迄至前世纪末叶一切美学概念的根据","亚里士多德是第一个以独立体系阐明美学概念的人,他的概念竟雄霸了二千余年"。①

　　《文心》是中华有史至齐梁的进步文艺思想与哲学思想的最高综合与总结,也是东方历史上第一部运用科学的观点和方法,对文艺中的美学问题进行系统研究的专著。它初问世时曾遭到冷遇,幸遇知音沈约推重,才渐渐进入流通领域,并随着大唐文化的繁荣而走向世界,成为一部对东方美学最具有代表意义的专著。诚然,在刘勰之前,中华美学已经有了近千年历史,出现了孔丘、荀况、老庄这些具有精辟美学见解的思想家,但整体说来,还处于美学的萌芽阶段,未能构成完整的理论体系。《文心》是我国历史上第一部以独立完整、博大精深的体系来阐明美学观念的著作,中华美学中的主要范畴,皆集其大成与发其大端于此,并扩散于整个东方和世界。将刘勰的《文心》称为中华美学的鼻祖和峰巅,是恰如其分的。日本著名龙学专家兴膳宏对《文心》的评价是:"早在公元5世纪末就出现如此切实可靠的构想及如此博大精深的理论体系的作品这一事实,可以视为中国文明早熟的成长发展的现象之一","《文心雕龙》因其不易仿效的杰出的独创性,而成为冠绝中国文学批评史的存在"。② 莫斯科大学教授波兹涅耶娃在1970年写的《中世纪东方文学》中明确认为:"对于该时代的艺术实践做出最高概括的,是刘勰的论著《文心雕龙》五十篇。"③苏科学院研究员克利夫佐夫在1978年第一期的《远东问题》杂志上发表过《关于刘勰的美学观点》的论文,称《文心》为:"中国旧文学批评史上最伟大、最深刻的文学批评和美学专著……中国文学批评在刘勰以前的任何时候都没有提出过如此宏大的任务——彻底研究文学从始至终的最重大的问题,或者如刘勰用形象的语言所说的'振叶以寻根'。刘勰出色地担负起所提出的任务,表现出机敏和富有洞察力的智慧。"

　　《诗学》与《文心》,二者所属的文化圈虽有东西之分,但在各自文化圈中所处的巅峰位置,却是并无二致的。

---

　　① 车尔尼雪夫斯基:《美学论文选》,人民文学出版社1957年版,第124、129页。

　　② 兴膳宏:《文心雕龙论文集》,齐鲁书社1984年版,第109页。

　　③ 波兹涅耶娃:《中世纪东方文学》,见张少康等《文心雕龙研究史》,北京大学出版社2001年版,第322页。

2. 理论体系的博大性与完整性品格相同

《诗学》是西方第一部从理论内容到理论形态都比较完整的美学与文论专著。全书现存二十六章,共分为三大部分:一至五章阐述艺术的起源、本质和分类,六至二十三章阐述悲剧的原理和要领,最后三章阐述史诗的原理和要领。这三大部分,都围绕着一个核心理论而展开,这就是"模仿"。"模仿"论是贯穿《诗学》全部美学理论的中心论题。亚氏认为,模仿是人的天性,艺术起源于模仿,艺术的本质就是对"行动中的人"的模仿。艺术的模仿具有"求其相似而又比原来的人更美"的品格。[①] 史诗、喜剧、悲剧等艺术都是模仿,它们的区别在于模仿的媒介、对象和方式各不相同。全书以"模仿"为逻辑线索,构成了一个严密的理论体系,将艺术本质论、艺术起源论、艺术功能论、艺术结构论、艺术分类论、艺术批评论、艺术心理论、艺术理想论、艺术风格论、艺术技法论等诸多范畴,凝聚成为一个整体,有如众流之源,将西方古代美学中的基本概念囊括无遗。

《文心》是中国第一部从理论内容到理论形态都最完整的美学理论与文论专著。全书五十篇,共分为四大部分:第一部分一至五篇,阐述"为文之枢纽";第二部分六至二十五篇,阐述各类文体的写作规范与写作要领;第三部分是第二十六篇至四十九篇,阐述创作的原理、规律和要领;第四部分是全书的总序,解释书名,介绍写作缘起与旨趣,而归本于体要。这五大部分,都围绕着一个核心理论展开,这就是"原道"。"原道"论是贯穿《文心》全部美学理论的中心论题。刘勰认为,道是万物的本原,也是一切美的本原。道即宇宙运动的基本规律,具有覆盖无垠的理论品格。道心在艺术中的浓缩,就是文心,"文心者,言为文之用心"。"心哉美矣",文心也就是求美之心。文心来自自然,又通过"圣"与"经"和社会生活相通:"道沿圣以垂文,圣因文而明道。"由此构建成一个"以心术总文术"的完整的美学理论体系,将美学本体论、美学本质论、美学形态论、美学功能论、美学心理论、美学理想论、美学心力论、创作过程论、美学分类论、美学批评论、美学风格论、作家修养论、美学技法论等诸多范畴,熔铸成为一个体大思精的整体,将东方美学中的基本概念网罗罄尽。

两相比较,虽然在认识论依据的广度与深度以及基本范畴的数量、广度与

---

① 亚里士多德:《诗学》,人民文学出版社 2002 年版,第 43 页。

深度方面存在着某些差别,但就理论体系的博大性与完整性品格而言,二者都是堪称楷式的。

3. 思维方式的周密性与深刻性品格相同

《诗学》以科学思辨著称,它讲求知,重自然,对一切事物都要作学理上的探究,是西方形式逻辑的鼻祖。其思维方式,着重从宏观到微观,从感性到知性再到理性,重视从客观对象出发,经过逻辑分析与综合,以达到体系的建立。亚氏指出,他写《诗学》的原则是"依自然的顺序,先从首要的原理开头。"①他很善于把研究的对象和其他相关的对象区分开来,找出其同异,然后再就对象本身由类别到种差,层层掘进,条分缕析,逐步找规律,下定义。例如,他先把"艺术"和"理论科学"及"实践科学"区别开来,指出艺术的特点就在创造,然后再从广义艺术中"剥离"出人们普遍称谓的"美的艺术",亦即"模仿的艺术",指出这类艺术的特点就在于"模仿",又根据"模仿"的"媒介"、"对象"、"方式"的不同,来区别"史诗"、"颂诗"、"讽刺诗"、"悲剧"、"喜剧"等艺术种类的特质、规律以及彼此之间的异同关系。分析过程中,通常采取归纳与演绎两种逻辑工具交错使用的方式,将一般与特殊,现象与本质,历史与逻辑,紧密地融合在一起,极具系统思维的色彩。

《文心》具有同样的思维品格,它同样讲求知,重自然,对一切事物都作学理上的研究,在形式逻辑的应用上同样堪称典范。有些人认为,东方文论只讲"点悟"、"兴会",是"直觉思维"和"经验感悟",这种看法是非常片面的。《文心》的思维方式,固然具有民族的文化特色,但作为一个完整的理论体系,它同样着重从宏观到微观的伸延,从感性到理性的飞跃,重视从客观对象出发,经过逻辑的分析与综合,以达到理论体系的建立。以《原道》为例,就是"依自然的原理,先从首要的原理开头"的历史性典范。为了证明文原于道的普遍规律,刘勰举出了"天文"、"地文"、"人文"三组现象,归纳出它们共同的本原:"盖道之文也","自然之道也"。在具体的思维过程中,他将归纳与演绎两种逻辑手段,有机地融合在一起:

　　　傍及万品,动植皆文:龙凤以藻绘呈瑞,虎豹以炳蔚凝姿;云霞雕色,

---

① 亚里士多德:《诗学》,人民文学出版社2002年版,第3页。

有逾画工之妙;草木贲华,无待锦匠之奇。夫岂外饰,盖自然耳。至于林籁结响,调如竽瑟;泉石激韵,和若球锽:故形立则章成矣,声发则文生矣。夫以无识之物,郁然有彩,有心之器,其无文欤?

它的逻辑论证过程,显示得非常清楚。"动植皆文"的论断,是以"龙凤"、"虎豹"、"云霞"、"草木"诸多客观事物的共同属性为依据的,论断与论据之间,具有严格的一致性。论断的明确性,是建立在诸多论据的确凿性的基础上的,因此,具有颠扑不破的理性说服力量。根据这些事实,刘勰又进一步归纳出"夫岂外饰,盖自然耳"的结论。这些结论,都是感性向理性的飞跃,具有一般性和必然性的品格。他又以这一普遍性与必然性的结论为依据,对"有心之器"的"文"的自然性进行了三段论式的演绎论证,从更大的范围中推断出一个新的结论来。这一推断的前提是普遍规律,因此富有雄辩的力量。

上述材料证明,在思维的严密性与深刻性方面,《文心》与《诗学》相较,毫无逊色。逻辑思辨是人类天性,绝不会独钟西方而独吝东方。西方形式逻辑中所采用的全部方法与程序,《文心》中一无所缺,而在理性层次和精密程度上则有以过之。刘勰的理性思辨方法,来自印度因明之学,因明是世界上思辨水平最高的形式逻辑,远非一般形式逻辑所能比拟。

4. 对后世美学理论的深远影响相同

《诗学》是西方美学的鼻祖,其概念体系具有莫可代替的"法典"权威,在西方"雄霸了二千余年",对美学发展产生了深远影响。它的核心理论"模仿"说,标举艺术的本质就是"模仿","模仿者所模仿的对象,是在行动中的人"①。这一见解,被视为西方现实主义理论的源头。它标举模仿的艺术的任务不是简单地再现事物外形,而是表现其内在本质,"按照可然律或必然律可能发生的事"②,"画家所画的人物应该比原来的人物更美"③

这一见解,就是后世"典型"说的滥觞。它的"利用似是而非的推断""把谎话说圆"的主张,是后世"艺术幻觉"说的初祖。它的"按照人本来的样子来描写"和"按照人应当有的样子来描写"的主张,就是后世现实主义和浪漫主

---

① 亚里士多德:《诗学》,人民文学出版社 2002 年版,第 6 页。
② 亚里士多德:《诗学》,人民文学出版社 2002 年版,第 24 页。
③ 亚里士多德:《诗学》,人民文学出版社 2002 年版,第 86 页。

义两种创作方法的依据。《诗学》中关于悲剧的系列卓见,对后世的影响也极其深远。从莎士比亚、高乃依、莱辛、黑格尔到车尔尼雪夫斯基,两千多年来的悲剧理论中所提出的主要范畴,大多以《诗学》为蓝本。这些历史事实,就是车尔尼雪夫斯基将《诗学》称为"第一篇最重要的美学论文,也是迄至前世纪末叶一切美学概念的根据"的原因,也是他将亚里士多德称为"第一个以独立体系阐明美学概念的人,他的概念竟雄踞了二千余年"的根由。

《文心》是东方美学的鼻祖,它的概念体系同样具有莫可代替的丰碑地位,在东方"领袖文坛"1500余年,对美学的发展产生了同样深远的影响。它的核心理论是"原道"说,标举美学的本原就是"自然"。所谓"自然",就是宇宙运动的普遍规律和自然动势,这就是万物所由生发以及美所由生发的终极根由,也是美学运动最根本的法则。"言之文也,天地之心哉","心生而言立,言立而文明,自然之道也"。这一见解,就是东方美学最根本的哲学依据。他认为道心在社会生活中的表现,就是由"经"与"圣"所代表的民族文化传统:"道沿圣以垂文,圣因文而明道"。这一见解,就是后世审美取向的最基本的价值依据。他强调"情本自然",标举"人禀七情,应物斯感,感物吟志、莫非自然",这一认识是魏晋以来具有革命性的"缘情"说的理论化和深刻化,从根本上改变了儒家以伦理教化为中心的狭隘的文学观念,为文学的自觉提供了明确的理论武器,推动着文学观念的下移,为大唐文学艺术的繁荣,奠定了坚实的理论基础。他强调"风骨"是"化感之本源,志气之符契",标举感情中的力学因素,主张"风骨采"齐备的艺术。这一见解,就是后世"风骨"理论的滥觞,审美理想的极则。他所阐发的"剖情析采"理论,就是后世"创作"论的理论依据。他所阐发的"论文叙笔"理论,就是后世"文体论"的理论依据。其他,如"美学形态论"、"美学结构论"、"美学功能论"、"作家修养论"、"美学风格论"、"美学批评论"、"美学技法论",等等,无一不卓然成论,妙抉其心,创承前启后之业,建继往开来之功。我们完全可以说,《文心》是自隋唐至清末为止我国一切美学的主要概念依据和直接思想来源。以"风骨"、"比兴"说为例,这两个理论范畴是唐代陈子昂、李白进行诗歌革新的理论旗帜,正是在这两面大旗的指引下,他们的革命性变革才具有了如此巨大的攻坚力量、开拓力量和"鼓天下之动"的号召力量,完成了"一扫六朝文学之纤弱,缔造大唐文学之新风"的历史性伟业。后世的风骨理论和比兴理论,无一不从刘

勰的学说中获得理论依据,"其衣被词人,非一代也"。诚如我国历代著名学者所评价的:

　　刘生吐英辩,上下穷高卑。下臻宋与齐,上指轩从羲。岂但标八索,殆将包两仪。人谣洞野老,骚怨明湘累。立本以致诘,驱宏来抵巇。清如朔雪严,缓若春烟羸。或欲开户牖,或将饰缨緌。虽非倚天剑,亦是囊中锥。皆由内史意,致得东莞词。(唐·《陆龟蒙文集》)

　　风雅之道,孔圣之删备矣;美刺之说,卜商之序明矣。降自屈宋,逮乎齐梁,穷诗源流,权衡辞义,曲尽商榷,则成格言,其惟刘氏之文心乎! 后之品评,不复过此。(宋·孙光宪:《白莲集》)

　　勰文藻翩翩,读之千古如掌,晋魏之滥觞乎? (明·胡维新:《两京遗编序》)

　　扬榷古今,品藻得失,持独断以定群嚣,证往哲以觉来彦,盖作者之章程,艺林之准的也。(明·张之象:《文心雕龙序》)

　　统二千年之汗牛充栋,归五十首之掐肾擢肝,捶字选和,屡参解悟,宗经正纬,备著源流。此文心所以探作家之旨,而上下其议论也。(清·孙梅:《四六丛话论》)

　　《文心》对后世的影响,不仅是一个民族性的范畴,也是一个国际性的范畴。早在一千余年前,随着各国遣唐使者的来华和丝绸之路的开拓,我国的先进文化就已扩散到了世界,其中包括了《文心》这一"统二千年之汗牛充栋,归五十首之掐肾擢肝"的巨制。日本高僧遍照金刚的《文镜秘府论》,就是例证。改革开放以来,随着中西文化交流的扩大,《文心》对世界文化的影响日益深广,在世界文化中的崇高地位日益受到广泛尊重。可以预期,随着中国进入世界的进程的加速和世界一体化时代的到来,《文心》对世界的影响和它在世界美学史上的地位,会获得更大提升。

二、《文心》与《诗学》的相异性比较

　　《文心》与《诗学》,既有相同性的一面,也有相异性的一面。诚如毛泽东所言:"对于物质的每一种运动形式,必须注意它和其他各种运动形式的共同

点。但是,尤其重要的,成为我们认识事物基础的东西,则是必须注意它的特殊点,就是说,注意它和其他运动形式的质的区别。只有注意了这一点,才有可能区别事物。"①为了全面认识《文心》在世界文化历史中的崇高地位,我们还有必要对二者进行相异性比较。

(一)文化精神中的相异性

《文心》是中华文化精神的完美代表。它所标举的"折中"、"风骨"、"通变",就是中华民族崇尚天人和谐、崇尚宽容博大、重视道德人格的天性和智慧在学术领域中的高度浓缩。由此体现出一种独特的文化精神:博大精深、兼容并蓄、自强不息、与时俱进。《文心》就是这一人文传统的典型例证。

《诗学》是西方文化精神的重要组成部分。它所标举的"模仿"、"必然"、"秩序"、"比例",就是西方民族崇尚科学思辨、重视条分缕析的天性和智慧在学术领域中的高度浓缩。由此体现出一种独特的文化精神:谨严、求实、精微、创新。《诗学》就是这一科学传统的典型例证。

两者之间的差异,非常明显。一个以天、地、人的和谐为文化的极则,一个以天、地、人的对立为理性的基点。一个崇尚宏观视野的博大,一个重视微观视野的精细。一个标举"以心制物"的表现的灵秀,一个推崇"以物摹心"的再现的逼真。一个以道德为核心,重视人的品格的完善,一个以求知为鹄的,重视科学的发现与发明。一个崇尚"美在风骨",标举美学中的心力与骨力,一个崇尚"美在人生",标举美学中的必然与典型,一个崇尚美与善的融合,一个崇尚美与真的统一。如此等等,构成截然不同的文化色彩。这两种色彩,都是人类智慧的表现,并无高下优劣之分。

(二)核心理论中的相异性

"模仿"是《诗学》的理论核心。所谓"模仿",是指对"行动中的人"的遵循,实际上就是以现实的人生作为艺术模仿的对象。对现实生活的关注,是《诗学》的美学理论的最根本的出发点和归结点。

"原道"是《文心》的理论核心。所谓"原道",是指对宇宙运动的普遍规律和自然动势的遵循,实际上就是以天地人的一体化作为文学艺术的终极根由。对宇宙运动的普遍规律和自然动势的关注,是《文心》美学理论的最根本

---

① 《毛泽东选集》第 1 卷,人民出版社 1991 年版,第 308 页。

的出发点和归结点。

　　"原道"说与"模仿"说相比,在范畴属性和方向上都存在着明显区别。"原道"说属于本体论范畴,"模仿"说属于实践论范畴。一个侧重于"体",一个侧重于"用";一个侧重于"明其本然",一个侧重于"明其当然",一个侧重方向论的把握,一个侧重方法论的把握。本体论范畴是一个终极性范畴,它比实践论范畴具有更高、更广的概括范围。以实践论为基点的美学能对艺术美的本质与规律做出深刻的阐释,却无法说明自然美的存在。以本体论为基点的美学将天地人都置于同一的本原之中,也将天上人间的一切美都置于同一的本原之中,在许多分散的事物之间建立起广阔而深刻的联系,使事物的本质体现得更加鲜明。

　　(三)其他同一性范畴中的相异性

　　在《文心》与《诗学》的其他同一性范畴中,也在方向上、方法上、程度上存在着许多差别,体现出东西文化的各自特色。

　　以功能论范畴为例,《诗学》认为,诗歌具有两种重要作用,一是使人获得知识,一是给人提供快感,而前者更为重要。亚氏认为,模仿与求知原本密不可分,都是人的天性的自然表现;模仿的对象并非现实世界的个别与偶然的现象,而是"有普遍性的事",也就是事物的规律和本质。① 艺术在给予人知识的同时,还能引起人们的快感,是同一过程中的两个方面:"求知不仅对哲学家是最快乐的事情,对一般人亦然。"②这些认识,就是西方美学的基本原理。而《文心》则主张,诗歌的作用主要是"持人情性",镕铸性灵,促进人的人格的完善化,推动社会的教化过程。刘勰明确认为:"文"与"道"密不可分,以文心体现道心,"原道心以敷章,研神理而设教",是顺理成章的事情。艺术与人品密不可分,人品是艺品的决定性前提和依据,因此,"发挥事业,固宜蓄素以弸中,散采以彪外,梗楠其质,豫章其干"(《程器》)。两种功能观相较可知,一重求知,一重教化,一重美与真的统一,一重美与善的和谐:二者在价值取向上,存在着明显区别。

　　以典型论范畴为例,《诗学》与《文心》都从不同角度,提出了文学典型论

---

　　①　亚里士多德:《诗学》,人民文学出版社2002年版,第25页。
　　②　亚里士多德:《诗学》,人民文学出版社2002年版,第10页。

问题。《诗学》认为:"诗人的职责不在于描述已发生的事,而在于描述可能发生的事,即按照可然律或必然律可能发生的事……诗所描述的事带有普遍性。所谓'有普遍性的事',指某一种人,按照可然律或必然律,会说的话,会行的事,诗要首先追求这目的,然后才给人物起名字。"[①]这便是西方艺术典型论的滥觞。《文心》则主张:"乘一总万,举要治繁"(《总术》),"以少总多,情貌无遗"(《比兴》),"称名也小,指类也大"(《神思》)。它从哲学角度,说明了同样道理。两相比较可以看出,刘勰是从宏观层面上把握文学艺术中的"一"与"万","少"与"多","要"与"繁","小"与"大"的辩证关系,由此而覆盖于文学作品的规律。这便是中华美学中的"总术"论的初祖。"典型"与"总术",都是对特殊与一般、现象与本质、偶然与或然的关系的揭示,但从理论的层面来看,亚氏的概括具有微观思辨的精细性和确凿性优势,刘勰的概括则具有宏观思辨的博大性和通透性优势。两种优势,都是不可代替的。

其他,如艺术起源论范畴,艺术结构论范畴,艺术分体论范畴,艺术批评论范畴,艺术风格论范畴,等等,都是《文心》与《诗学》二者共同的认识领域。二者在这些领域内的同中之异,同样是很明显的,在这些范畴中各自的理论优势,也同样是不可代替的。

(四)理论容量的相异性

《诗学》与《文心》,都是博大精深的学术著作,但就其理论容量而言,二者之间的差别却是极其明显的。《诗学》内容所覆盖的时间跨度是数百年,涉及的学科主要是文艺学和美学,在美学学科中所涉及的领域仅限于艺术美学,论述的文体主要是史诗和悲剧两种,涉及的作家38人,涉及的作品49篇(部)。《文心》内容所覆盖的时间跨度是从有史至齐梁的两千年,是"蔚映十代,辞采九变"的历史总结。涉及的学科有哲学、美学、心理学、社会学、历史学、语言学、写作学、文章学、文学学等多种,是诸多学科对写作学的深层切入,被称为"弥纶群言,研精一理"的"体大虑周"之作。它在美学学科中所涉及的领域,覆盖自然美学、社会美学和艺术美学三个范畴。论述的文体共计35种,涉及的文学、文章形式共计150余种,涉及的作家163人,涉及的作品千篇(部)以上。凡此种种,都能条分缕析,蔚为大观。其理论容量之浩瀚,理论规模之博

---

① 亚里士多德:《诗学》,人民文学出版社2002年版,第24—25页。

大,理论结构之严密,理论范畴之丰富,理论信息之密集,理论气势之恢弘,理论形态之完美,都远远超过了《诗学》,堪称世界学术之绝。如此完备的百科全书,在世界历史上,极其罕见。

(五)理论形态的相异性

《诗学》与《文心》,在理论形态上存在着相当明显的差异。《诗学》是根据讲稿整理而成,在表达上具有口语的特点:朴实,平易,通畅,流散,疏放。由于尘封二百年才得以面世,形态的完整性受到了严重的影响,缺失、讹误和前后矛盾之处时有所见。《文心》是作者精雕细刻之作,是用散文诗的形态写成的艺术哲理,生动形象,精练深刻,抑扬顿挫,舒徐婉转,具有使人百读不厌的美学魅力和理论品格。日本学者国原吉之助对此说出了一段真挚的内心感受:"我无法忘记刚开始翻阅《文心雕龙》时所感到的惊讶。与之相比,亚里士多德的《诗学》、贺拉斯的《诗艺》等西欧古代文学批评或文学理论著作,顿时黯然失色。"①这一感受不仅是对《文心雕龙》博大精深的理论内容的由衷赞美,也是对其精美绝伦的散文诗式的理论形态的顶礼膜拜。这种礼赞对于《文心》来说,绝非虚美之语。

(六)《文心》中的独异性范畴

与《诗学》相较,《文心》中还有许多"人无我有"的独异性范畴,更足以显示其学术上的崇高地位。诚如列宁所说:"判断历史的功绩,不是根据历史活动家没有提供现代所要求的东西,而是根据他们比他们的前辈提供了新的东西。"②这些"新的东西",就是中华文化对世界文化所做出的独特贡献。下面试摘其要者作一简略介绍。

总术论范畴。"以心总文",是《文心》最根本的战略主张。它明确认为,写作的根本就在"为文之用心",抓住文心,就足以"乘一总万",总揽全局。这一"以心总文"的战略,也就是"以美总文"的战略。"文心",实际就是美学与心学的统一范畴,以美学心理的方式,对写作运动进行深层的切入。无疑,这是世界美学史与写作史上空前鲜后的一大创举。它将美学、心理学、写作学、力学,在宇宙科学的终极高度,镕铸成一个有机的整体,构建成世界上最博大

---

① 国原吉之助:《司马迁与塔西佗》,日本筑摩书房《世界古典文学全集》月报 1970 年第 4 期。

② 《列宁全集》第 2 卷,人民出版社 1984 年版,第 154 页。

精深的"美学心理写作学"理论体系。这一理论体系,是世界美学史中之绝唱。

心力论范畴。对美学心理中的力学因素进行跨范畴的探索,对美学心理运动提出明确的力学要求,对"心之力"进行确切的标举并置于美学的最高理想的位置,是《文心》的又一创举。刘勰论文,辄先论心。舍人论心,必随论力。心是文的总汇,力是心的极则与美的自觉追求,由此建成独步世界历史的美学理论体系。"心力"概念的正式提出,始自刘勰:"博见为馈贫之粮,贯一为拯乱之药,博而能一,亦有助于心力矣。"(《神思》)他的"风骨"论则是心之力的理论化和系统化。这一范畴,至今还是世界美学研究的前沿领域。所有研究者,无一不从《文心》中获取教益。

美的形态学范畴。世界美学史上第一个对美的形态进行系统论述的学者,就是刘勰。刘勰的创见,可以概括为两个方面:其一,是对美的形态的要素分析。刘勰认为,美的形态就是形象。他的"草创鸿篇,先标三准"的见解,不仅是对衡文准则的标举,也是对构成形象的要素的分析。"三准"中的情、事、辞,实际也就是构成形象的三个决定性因素。如此准确而全面的绅绎,不仅是中国美学史上的第一次,也是世界美学史上的第一次。其二,是对美的形态的组合分析。刘勰认为,美的形态的构成,基本上遵循着下述的纵向程序:心物交融→意象形成→为情造文。这一程序,实际也就是艺术创作的基本过程。这些发现与揭示,都是独步于世界美学理论之圣坛的。

过程论范畴。刘勰是世界美学史与写作学史上,第一个对创作的具体过程,从美学心理工程科学的角度,进行全面系统阐述的学者。他将创作的过程概括为以下几个基本阶段:创作准备(文心修养)阶段→创作采集(文心生发)阶段→创作构思(心授于意)阶段→创作外化(意授于言)阶段→创作批评(文心交流)阶段。这既是创作的完整过程,也是文心运动的完整过程,归根结底是"以心术总文术"的完整过程。对这一深层过程的清晰揭示,是刘勰对世界美学理论和创作理论的独特贡献。他所达到的高度、深度和广度,不仅是亚氏所未曾达到的,也是现今世界上无人可以超越的。

其他,如枢纽论范畴、修养论范畴、体式论范畴、风格论范畴、辞采论范畴、通变论范畴,镕会论范畴,等等,无一不是东方文化的特殊智慧和东方文论的独异属性的光辉体现,无一不是"有益后生之虑"的"先哲之诰",足以成为后人继续攀登的坚实基础。

通过上述比较,可以清楚看出:二者之同,是普遍性规律的表现,二者之异,是民族文化特色的表现。不管是哪种形态,都是世界性与历史性的学术地位的崇高表现,足以垂范世界,启迪永恒。也就是当代著名学者张少康所深刻指出的:"从某种意义上说,《文心雕龙》更有许多超过《诗学》的地方。它显然比《诗学》有更为严密的理论体系,更加丰富的思想内容。"①这些事实有力地证明:《文心》完全可以和世界历史上任何一部杰出的文论名著媲美,中华的美学理论毫不逊色于西方的美学理论,中华文化毫不逊色于世界上任何一种其他的文化。我们有权利为我们先人的历史性成就感到荣耀和骄傲,我们更有责任在先人的基础上继续攀登,创造出使后人感到荣耀与自豪的理论业绩。

---

① 张少康:《文心雕龙新探》,齐鲁书社1987年版,第1页。

第八章 《文心雕龙》研究论

对非常事物之解读与接受,必有非常之过程。诚如王安石所云:"世之奇伟、瑰怪、非常之观,常在险远,而人之所罕至焉。"(《游褒禅山记》)正是由于险远,必有为世所不能全部释读或不能全部接受的属性。越是崇高,越是深厚,距离越远,隐藏越秘,释读与接受越难。人们的释读与接受过程,实际也就是一个逐渐缩短距离的过程。必须经历漫长岁月,随着认识的增进和积累,以及时代机缘的风云际会,始能逐步有所领悟,而终获全貌,豁然开朗。有如陈年佳酿,遇佳节而开盖,时愈久而弥香。对《文心雕龙》的认识过程同样如此。这一段与时俱进的探索轨迹,包括两个方面的内容,一是关于版本研究的内容,一是关于义理研究的内容。为着阐述的方便,本章侧重从义理的方面进行研究,而将版本学的研究留置于后面的专论之中。

第一节 我国古代《文心雕龙》研究的历史轨迹

中国古代的《文心雕龙》研究,萌芽于唐宋,成长于元明,崛起于清代。千百年来,对《文心雕龙》的阅读、吸收、实践、研究,几乎延绵不断。本节专就古代《文心雕龙》研究的历史轨迹,做一摘要的回顾。

一、《文心雕龙》研究的萌芽时期

从齐梁至宋代,是龙学的萌芽时期,也就是《文心雕龙》的社会传播、审读、吸收与运用的时期。

或者是出于必然,或者是出于偶然,《文心雕龙》的产生过程与对它的研究过程几乎是同步生发的。沈约对穷途末路的刘勰著作的"大重",是该书得以进入流通领域的特殊机遇,也是该书得到的第一次研究与评价。

据理说,有了如此沉重的分量和如此显赫的推荐,《文心雕龙》应该大重于时,而实际上终齐梁之世,刘勰在文坛上基本是默默无闻的。那些最有能力对他做出评价的文宗巨擘,如萧统,萧绎,对他的学术存在始终未置一词。究其原因,一是由于他人微言轻,不足以引动上层的特别重视和社会的广泛关注。二是由于在相当长的时间内,人们未能洞悉它的真正的文化内涵,一直将它当做"文章作法"的小术看待,未能给予足够的重视。三是由于任何一种理论面世的时候,通常都有一个"使用"的过程,"使用"的过程也就是实践性的"研究"和"消化"的过程。这一过程是长期的,隐性的,潜移默化的。使用中的研究通常都不表现在理论的评价上,而是表现在对内容和方法的吸收上。这种吸收,可以从下面两件事情上集中反映出来。

一件是《昭明文选》的体例。无论从该书文体分类来看,还是从选文标准来看,与刘勰《文心雕龙》中的主张,是极其相似的。这绝非一种偶然巧合。刘勰是昭明太子的通事舍人,"昭明太子好文学,深爱接之"(《梁书》),他在该书的编写中发挥影响,是顺理成章的事情。

一件是萧绎《金楼子》中部分内容的全同。《金楼子·立言》下篇:"管仲有言:'无翼而飞者,声也;无根而固者,情也。'然则声不假翼,其飞甚易;情不待根,其固非难。以之垂文,可不慎欤?"又云:"古来文士,异世争驱。而虑动难固,鲜无瑕病。陈思之文,群才之隽也,武帝诔云:'尊灵永蛰。'明帝颂云:'圣体浮轻。'浮轻有似于蝴蝶,永蛰颇疑于昆虫,施之尊极,岂其当乎!"《文心雕龙·指瑕》云:"管仲有言:'无翼而飞者,声也;无根而固者,情也。'然则声不假翼,其飞甚易;情不待根,其固匪难。以之垂文,可不慎欤? 古来文才,异世争驱;或逸才以爽迅,或精思以纤密,而虑动难圆,鲜无瑕病。陈思之文,群才之俊也,而武帝诔云:'尊灵永蛰。'明帝颂云:'圣体浮轻。'浮轻有似于蝴蝶,永蛰颇疑于昆虫,施之尊极,岂其当乎?"二者不仅在范畴上与指向上完全相同,而且在语气上和文字上都是大同小异的。这一现象说明,《文心雕龙》确实已经在同时代的著作中辐射了它的影响。这种未贴标签的潜移默化的影响,不仅是它在社会上广泛传播与认同的标志,也是一种实践性研究的标志。

这种沉潜性的吸收现象与研究现象不仅发生在刘勰的生活时代,而且延伸至唐宋时代。

唐代对《文心雕龙》的理论研究并不多见,而对文学实践的影响却极其鲜明。刘勰所提出的基本主张、基本范畴和基本的文学规范,都为大唐文学的开拓者陈子昂、李白、白居易、韩愈所继承。他们在文学革新中所高举的"风骨"、"比兴"、"自然"、"气盛言宜"的旗帜,实际就是未贴标签的《文心雕龙》的旗帜。这是一种不事张扬的审读和吸收,是实践对《文心雕龙》的正确性的无言的研究和体认。如果没有这些革新性的美学范畴作为理论上的前导,大唐文学的繁荣将成为不可想象的事情。其中的许多对应之处,在本著的第六章"地位论"中已有详尽阐述,此处不赘。

日僧遍照金刚的《文镜秘府论》是《文心雕龙》在海外的阅读与消化。《文心》中的许多观点,都被潜征暗引而化入《文镜》之中,同样可以看成是一种无言的研究和体认。这种潜移默化的关系,实际也就是一种由理论向实践的转化关系,是一种通过特定的实践对特定的理论进行特定的体认、模仿、吸收、消化与转化的关系,也是一种特殊的无特定标志的理论研究关系。这一工作发生在一千余年前的大唐岁月中和万里之外的海外空间中,更使人感到这种研究机缘的可珍与可贵,以及《文心雕龙》这一理论成果的历史影响的博大和深远。

在实践上与理论上首次对《文心雕龙》做出"贴上标签"的明确反映的,是史论家刘知几。刘知几将《文心雕龙》视为自觉的追随对象,在义理精神、基本观点与基本方法上刻意进行仿效。孙梅《四六丛话》云:"按《史通》一书,所心摹手追者,《文心雕龙》也。观其纵横辨博,固足并雄,而丽藻遒文,犹或未逮。"[1]《史通·自序》云:"词人属文,其体非一,譬甘辛殊味,丹素异彩,后来祖述,识昧圆通,家有诋诃,人相掎摭,故刘勰《文心雕龙》生焉。若《史通》之为书也,盖伤当时载笔之士,其义不纯,思欲辨其指归,殚其体统……自《法言》以降,迄于《文心》而往,固以纳诸胸中,曾不懑芥者矣。"[2]在这一旗帜鲜明的宣示中可以看出:在匡救时弊,担当社会批评职责,弘扬"疾虚妄"的理性主义精神方面,与刘勰《文心雕龙》是一脉相承的。在内容的具体展开中,刘勰"振叶以寻根,观澜而索源"、"擘肌分理,唯务折衷"、"乘一总万,举要治繁"等诸多思维方式和研究方法,"宗经"论、"通变"论、"史传"论等诸多学术观点,都融入了《史通》之中,成为它最基本的认识论、方法论与学术论的依

---

① 孙梅:《四六丛话论》,见杨明照《文心雕龙校注拾遗》,上海古籍出版社 1982 年版,第439 页。

② 刘知几:《史通》,岳麓书社 1993 年版,第 103 页。

据。在行文上,《史通》骈散兼备,错落有致,仿效的迹象相当明显。

宋代是龙学相对沉寂的时代。究其原因,一是唐代的文学革新已经完成,理论上的开拓相对减弱。二是随着专制政权的稳固,儒家道学思想的统治日益增强,势必导致对兼容学术的排斥。唐宋大儒们所倡导的"文以载道"和"文以明道",是儒家的独尊之道,与《文心》的自然之道不是同一范畴,必然视同异类,而不予以重视。在这种气候下,《文心雕龙》必然被看成"写作之道"的小术,而不足以登大雅之堂。终宋一代,很少见到专门性的研究,只是作为文献资料被各种类书所征引。《宋史·艺文志》著录有"辛处信注《文心雕龙》十卷",说明宋代已有注本,但并未传卞。它为社会对《文心》的研究的逐步深入,提供了一条信息。在理论的潜移默化方面,集中表现在苏轼对刘勰自然论的文道观与自然论的文学方法论的继承与发展上,以及严羽"兴趣"说对刘勰"隐秀"说的吸收上。虽是羚羊挂角,但在基本思路上仍可找到明显的化入痕迹。

二、文心雕龙研究的发展时期

从元代到明代,随着印刷技术的提高,社会对《文心》的阅读更加普及。版本很多,序跋与评论也很多,一改两宋之沉寂。据杨明照《文心雕龙校注拾遗》所提供的资料,明代有关《文心雕龙》的评论有12条,序言13篇,刻本14种,其阅读与研究的普及程度可想而知。究其原因,一是由于儒家道统与文统已如强弩之末,独尊的文化局面难以继续维持,社会上的各种思潮都蠢蠢欲动,对学术的探究风气开始活跃起来。二是由于宋代理学发展变易而成新儒学——以主体内省为主要特征的王阳明心学,文艺思想和审美意识产生了很大的变化,出现了冲决网罗的自然化与多元化的倾向。这一新的历史条件下的文化自觉,给《文心雕龙》的研究提供了合适的气候和土壤。而《文心雕龙》作为一部具有鲜明美学心理学色彩的文论百科全书,与王阳明的心学在"反传统"方面有许多类似之处。明代公安派的"要以出自性灵者为真诗耳……以心摄境,以腕运心,则性灵无不毕达,是之谓真诗"(江盈科:《敝箧集序》)的性灵说,与刘勰的"诗者持也,持人情性"(《明诗》)的"自然情"说,具有明显的继承关系。文体研究在明代也很盛行,对文体分类和各体研究,多引证《文心雕龙》的理论作为依据。对《文心雕龙》的评论,一改先前的泛泛而论的情况,开始转入对许多实质性问题的深层研究。

元代的《文心雕龙》研究,以钱惟善为元至正本撰写的序言为代表。从某种意义上讲,该序是中国第一篇正式贴上了《文心雕龙》学术标签的研究论文。其主要理论贡献在于,明确指出了刘勰以儒家思想为依据的写作宗旨:

> 自孔子没,由汉以降,老佛之说兴,学者日趋于异端,圣人之道不行,而天地之大,日月之明,固自若也。当二家滥觞横流之际,孰能排而斥之?苟知以道为原,以经为宗,以圣为征,而立言著书,其亦庶几可取乎。呜呼!此《文心雕龙》所由述也……其立论井井有条而不紊,文虽靡而说正,其旨不谬于圣人,要皆有所折衷,莫非六经之绪余尔。①

虽然文中的某些说法有值得商榷之处,但钱氏所说的《文心雕龙》思想的主导层面为儒家思想的观点,还是符合历史的实际的,为后来许多"龙学"研究者所接受。他对全书宗旨的概括,对"折衷"的方法论的强调,也是极具理论的深度的。

逮至明代,《文心雕龙》在社会上得到广泛的流传,众多汇集了时人校勘、考证、注释成果的《文心雕龙》版本相继问世,而附着于其上的序跋、评点也大量涌现,标志着对《文心雕龙》义理的系统研究开始形成。其中比较突出的理论建树,主要有以下几个方面。

其一,是张之象的《文心雕龙》序。张之象是明代万历年间著名的出版家,他梓行《文心雕龙》所写的序,综合了时人所作序文的见解,对该著做出了较为全面的评论。他说:

> 今览其书,采撷百氏,经纬六合,溯维初之道,阐大圣之德,振发幽微,剖析渊奥;及所论撰,则又操舍出入,抑扬顿挫,语虽合璧,而意若贯珠。纲举目张,枝分派别,假譬取象,变化不穷。至其扬榷古今,品藻得失,持

---

① 钱惟善:《文心雕龙序》,见杨明照《文心雕龙校注拾遗》,上海古籍出版社1982年,第724页。

独断以定群嚣,证往哲以觉来彦,盖作者之章程,艺林之准的也。自非博极群书,妙达玄理,顿悟精诣,天解神授,其孰能与于此耶?①

这段文字,对《文心雕龙》的理论内容与学术价值做出了相当精粹的概括,并以"博及群书,妙达玄理,顿悟精诣,天解神授",来评论刘勰独标一格的多元化的认识论结构和方法论结构,是切中肯綮的。刘勰以儒学为宗,同时吸收佛老百家之学,张之象能兼照博观,并不取一而排其众,对刘勰进行圆通的体认,这是他远远高出于前人与时人的地方。这一理论上的超越,对于深化对《文心雕龙》的思想渊源的体认,具有极大的启迪意义和推动意义。

其二,是杨慎的评点。杨慎(1488—1559 年),字用修,号升庵,四川新都人,明代著名学者和文学家,是明代系统研究《文心雕龙》的开创者。他的研究,体现在评点上。他的评点用五色笔写成,标明自己对各种学术问题的重视程度,以唤起人们的关注。从总体上看,杨慎的评点偏重于辞藻,对义理的阐发较少。但在这为数不多的对义理的阐释中,并不缺乏精义。例如,在《明诗》篇的批语中对刘勰以性情论诗的肯定,就是具体的例证。

其三是曹学佺的评点。曹学佺(1574—1647 年),字能始,福建人,明代诗人和文论家。他在杨评的基础上,又对《文心雕龙》添加了批语,共 57 条。除在文字章法上偶有评点外,基本都侧重在对"心"和"风"的探讨。其评点虽不多,却是在认真校勘、深入研究《文心雕龙》的基础上做出的,故能对《文心雕龙》的整个构架和体系有所探索和概括。后人重视曹评,大都看重其评本的序言。曹序的价值主要有两点:首先,强调"风"的重要,将其视为《文心雕龙》创作论的灵魂:"夫云霞焕绮,泉石吹籁,此形声之至也;然无风则不行,风者,化感之本原,性情之符契。诗贵自然,自然者,风也;辞达而已,达者,风也。"②曹氏将"风"视为"化感之本原,性情之符契",认为《风骨》、《通变》、《定势》、《熔裁》、《声律》、《比兴》和《物色》等诸多篇章,无一不与"风"有关。其次,以此作为逻辑基点,试图建立"文之枢纽"与下面各篇之间的联系,将全书上下

① 张之象:《文心雕龙序》,见杨明照《文心雕龙校注拾遗》,上海古籍出版社 1982 年版,第731 页。

② 曹学佺:《文心雕龙序》,见杨明照《文心雕龙校注拾遗》,上海古籍出版社 1982 年版,第736 页。

贯通起来。此论虽有未莹之处,但这一系统分析的方法,仍是具有积极意义的,是经过了精心考核、独立思考之后所下的结论,对于《文心雕龙》研究的整体性品格的提升,不失为一种有益的尝试。

曹学佺最有价值的批语,是他对"诗以自然为宗"的审美原则的标举。《明诗》篇之批语曰:"诗以自然为宗,即此之谓。"他将"达",也归入了"以自然为宗"的命题中,说:"达者,自然也。"又说:"彦和不易言诗,乃深于诗者也,'其易也将至'则近于自然矣。"①这一见解,是我国龙学研究中的首创,是一种更加接近本质的概括。但是,在具体的发挥中,由于过于侧重其自然性的一方面,而忽视了人的能动性的一方面,与刘勰的原意产生了一定的距离,这是其认识疏漏之处,这一疏漏又是与时代的局限性密不可分的。而专就这一美学原则本身而言,如果我们能够加上特定的前提,则是完全可以成立并具有鲜明的前瞻意义的。范文澜《文心雕龙注》中所说的"彦和论文以循自然为原则",即以此为张本。

综上可知,从元代到明代,《文心雕龙》日渐进入社会的文化生活,引起文化知识界的广泛重视。对该著的学术价值和理论内涵,已有了比较明确的认识,从版本研究的形下性层面逐步进入了义理研究的形上性层面。它标志着《文心雕龙》的研究已经由自发的阶段进入了自觉的阶段,为龙学研究的正式诞生,奠定了坚实的理论基础和材料基础。

三、《文心雕龙》研究的大成时期

清代是我国文化思想第三次大解放的时期,也是龙学正式诞生的时期。

清代是紧接农民起义之后而勃兴的王朝。儒家思想的过熟,给社会思想的解放提供了现实的需要和有利的条件,而大乱与大治的更替,更是学术思想发展的良好气候与土壤。尤其是鸦片战争后中西文化的对撞与融合,更给学术发展提供了特殊机遇。在诸多因素的综合作用下,我国的龙学,在经历了漫长的阅读准备之后,正式登上了文化舞台。

龙学诞生的标志,表现在以下方面。

一是研究队伍与材料的空前猛增。据《文心雕龙校注拾遗》提供的资料

---

① 张少康等:《文心雕龙研究史》,北京大学出版社 2001 年版,第 78—79 页。

统计,清代评论《文心雕龙》的文化名人共计31人,评论材料共计41条(篇),足为明代的两倍,形成了社会性解读的高潮。

二是校注方面的日益精确化和系统化。清代学者考订和纠正了《文心雕龙》的历代版本流传中造成的文字和资料的一些错误,并对许多重要的地方进行了注释,为对原著理论的正确解读,提供良好的文本依据。黄叔琳的《文心雕龙》辑注本,就是其中的集大成者。

黄叔琳,字崑圃,顺天大兴县人,康熙辛未年进士,授编修、侍讲、浙江巡抚等职。乾隆三年完成《文心雕龙辑注》。这一辑注本充分吸收前人考订校勘之成果,纠他人之讹误,补前代之失缺,学识渊博,文风严谨,引经据典,资料翔实,代表清代《文心雕龙》版本的最高水平。现代龙学版本专家杨明照对该注本的评价是:"刊误正伪,征事数典,皆优于王氏训诂、梅氏音注远甚,清中叶以来最通行之本也。"(《文心雕龙校注拾遗》)这一版本的发行,为龙学的研究提供了良好的物质前提。纪昀的评点,即以此书为据。

三是研究内容的深刻化。对研究内容的深层掘进,集中表现在纪昀、孙梅与章学诚的评论上。

在《文心雕龙》研究史上,对理论阐释首发先声的学者,就是纪昀。

纪昀,字晓岚,河北献县人,学识渊博,长于考证。乾隆十九年(1754年)进士,官至礼部尚书,《四库全书》总纂。纪昀对《文心雕龙》的评论,完成于1771年,时值他因罪谪戍乌鲁木齐,得"恩命赐还"等待重新授职之初,一生中最难得的清净无遮时刻。他不仅对文字的正误,做出了相当精细的增补订正,而且对《文心雕龙》的理论,有许多深刻独到的阐发,所作的品评有220条之多。他开宗明义,对《原道》做出了石破天惊的评语:

> 自汉以来,论文者罕能及此。彦和以此发端,所见在六朝文士之上。
> 文以载道,明其当然。文原于道,明其本然。识其本乃不逐其末,首揭文体之尊,所以截断众流。①

用"明其本然"来标举《原道》的要旨与理论价值,是究其根本的开掘,是对

①　黄叔琳:《文心雕龙注》,台北世界书局1986年版,第2页。

《文心雕龙》指导思想的直接把握。"原道"的思想固然不是刘勰的发明,但是将它纳入"自然之道"的范畴,并以此作为最根本的认识论依据,从而揭示出文学与美学之本原,则是刘勰的首倡。而对刘勰的这一"首倡"第一次进行明确的认定和有力的标举的,则是纪昀。刘勰以"自然之道"去解释"道"的含义,进而确立了崇尚自然的美学观。纪昀对此做出了深刻的理论评价:"齐梁文藻,日竞雕华;标自然以为宗,是彦和吃紧为人处。"纪昀在龙学研究中的另一重大贡献,是对《文心雕龙》的现实针对性的明确揭示,他把它概括为"务塞淫滥"四字(评《乐府》)。这三个关键处的"点破",极大地提升了《文心雕龙》研究的理论水平。

当然,纪昀理解的"道"与刘勰理解的"道",毕竟还是具有相当距离的。纪昀所理解的"道",归根结底是儒家的独尊性的正统之道,刘勰所理解的"道"是宇宙运动的自然动势与普遍规律统率下的儒、释、道三家兼容并蓄之道,二者在范畴上是并不相同的。但是,纪昀在许多关键问题上的论断,却为后世从理论的高度对《文心雕龙》进行研究,奠定了坚实的基础。将纪昀称为从理论上对《文心雕龙》进行研究的先行者,近代龙学研究与现代龙学研究的承前启后、继往开来的纽结式人物,是极其允当的。

在《文心雕龙》的研究史上,首次对该书的理论意义和学术品格进行分析和标举的学者,就是孙梅。孙梅是《四六丛话》的编撰者。在该著中,他曾对《文心雕龙》做出了相当深刻的评论:

> 赋家之心,包括天地;文人之笔,涵茹古今。高下在心,渊微莫识。尔其征家法,正体裁,等才情,标风会,内篇以叙其体,外篇以究其用,统二千年之汗牛充栋,归五十首之掐肾擢肝,捶字选和,屡参解悟;宗经正纬,备著源流。此《文心》所以探作家之旨,而上下其议论也。
>
> 按士衡《文赋》一篇,引而不发,旨趣跃如。彦和则探幽索隐,穷神尽状;五十篇之内,百代之精华备矣。其时昭明太子纂辑《文选》,为词宗标准。彦和此书,实总括大凡,妙抉其心。二书宜相辅而行者也。自陈隋下讫五代,五百年间作者,莫不根柢于此。呜呼,盛矣。[①]

---

① 孙梅:《四六丛话论》,见杨明照《文心雕龙校注拾遗》,上海古籍出版社1982年版,第438页。

　　这两段文字的理论意义就在于:一、它明确指出了"文心"理论的重要意义及其对历代作家的指导作用。在龙学研究中,将"文心"视为一个专门的范畴加以强调,把它当做作品"高下"的决定性依据和"作家之旨",这是第一次。二、揭示了《文心雕龙》对于中华文化进行全面总结的理论品格,赋予它以"统二千年之汗牛充栋,归五十篇之掐肾擢肝"、"五十篇之内,百代之精华备矣"的崇高地位。这一认识高度,是前人所未能达到的。三、指出了它对隋唐五代作家的决定性影响,明确认为:"自陈隋下讫五代,五百年间作者,莫不根柢于此。"这一历史性的概括,也是前无古人的。四、对《文心雕龙》博大精深的理论规模,做出了极其全面准确的评价。"探幽索隐,穷神尽状",揭其理论之精深,"总括大凡,妙抉其心",示其内容之博大与精粹。

　　在《文心雕龙》的研究史上,首次对《文心雕龙》的方法论进行深入分析,并对它的理论特色进行历史性概括的学者,就是章学诚。章学诚,字实斋,浙江会稽人,乾隆四十三年进士,官国子监典籍,擅长史论与文论,著有《文史通义》等名作。他对《文心雕龙》的理论特色和方法论深有研究,有许多独到的见解:

　　　　古人论文,惟论文辞而已矣。刘勰氏出,本陆机氏说而昌论文心;苏辙氏出,本韩愈氏说而昌论文气。可谓愈推而愈精矣。(《文史通义·文德》)
　　　　诗品之于论诗,视《文心雕龙》之于论文,皆专门名家,勒为成书之初祖也。《文心》体大而虑周,《诗品》思深而意远。盖《文心》笼罩群言,而诗品深从六艺溯流别也。论诗论文而知溯流别,则可以探源经籍,而进窥天地之纯,古人之大体矣。此意非后世诗话家流所能喻也。(《文史通义·文理》)①

　　这些见解在龙学中的理论意义就在于:一、通过历史的比较,清楚揭示出《文心雕龙》与历史上一切文论在"论文"方法上的最大区别,就在于侧重点的

①　章学诚:《文史通义》,见杨明照《文心雕龙校注拾遗》,上海古籍出版社1982年版,第440—441页。

根本不同：一是"论心"，一是"论文辞而已"。这是对《文心雕龙》的本质属性的深刻辨析。《文心雕龙》是世界上第一部以"论心"为特点的写作学著作，章学诚则是对这一特点进行鲜明体认的第一人。二、对《文心雕龙》的"沿波讨源"的通贯方法的揭示和标举。章学诚认为，学术之道，在得其源流，通观综虑，而达其大观，走近事物的本质。这就是《文心雕龙》最基本的认识方法，也是它在众多文论中之所以能鹤立鸡群的原因。"论诗论文而知潮流别，则可以探源经籍，而进窥天地之纯，古人之大体矣。"这种独特的通贯式的美学视野，以《文心雕龙》为典范，远非后世之诗话家所能望其项背："此意非后世诗话家流所能喻也。"章学诚的这一揭示，在龙学的方法论研究中，是极具前沿意义的。三、对《文心雕龙》学术特色的全面概括与弘扬。"体大虑周"，言其体系之宏大与细密，"笼罩群言"，言其理论内容之丰富与和谐，"探源经籍而进窥天地之纯"，言其理论渊源之高古与精粹，这些评价都是极其精当的，也是前无古人的。对《文心雕龙》的学术特色的历史性定评，即以此为依准。

第二节 《文心雕龙》研究的现代飞跃

"世界潮流，浩浩荡荡。顺之则存，逆之则亡。"（孙中山）[1]20世纪初，是中国社会发生剧烈变革的时代，也是中国的文化思想发生革命性飞跃的时代。延续了数千年的专制统治受到了时代潮流的强大冲击而终于土崩瓦解，现代科学与民主自由的新理念在中华大地上汹涌澎湃。五四新文化运动，就是这一时代新潮的集中表现。这一时代的新潮赋予了国人现代化的新视野，也给了他们许多新的思维方法，促使他们的精神面貌为之一新。在这种情况下，对龙学的研究也必然产生革命性的飞跃，进入了一个现代化和深刻化的崭新时期。

20世纪上半叶的龙学工程，就研究的基本队伍来看，已不再是士大夫圈内的探讨，而是广大社会范围内的研究，特别是大学课堂上的研究。就研究的基本方法来看，已不再是简单的点评与感悟，不是传统的以经注经的方法，而是凭借现代的思辨手段，进行客观的完整的科学的逻辑论证。就研究的基本

---

[1] 孙中山：《题辞》，见陈旭麓编《孙中山集外集》，上海人民出版社1990年版，第660页。

内容来看,已不再是局部的、点滴的开掘,而是全面的、系统的、专门性的钻研。就研究的基本目的来看,已不再是一般性的解读的需要,而是吸取理论性和工程性营养以开拓出新的学科的实践需要。就研究的文化属性来看,已不再是封建道统内的小心翼翼的求证,而是站在民主革命基点上的无所顾忌的批判与弘扬,是对龙学中的民主性与科学性因素的自觉开掘与运用。概而言之,随着思想的解放,我们民族中被长期压抑的文化精神和创造性活力,都在学术的研究中释放了出来,也在龙学的研究中表现了出来,作为封建正统的理性批判力量和新文化的创新性力量登上了历史的舞台,有力地推动着中国历史的现代化进程。

20 世纪上半叶开始的龙学飞跃所取得的历史性成就,可以概括在以下的基本数据里。

学术专著:13 种

李详:《文心雕龙补注》

黄侃:《文心雕龙札记》

范文澜:《文心雕龙注》

范文澜:《文心雕龙讲疏》

叶长青:《文心雕龙杂记》

朱恕之:《文心雕龙研究》

庄适:《文心雕龙选注》

杜天縻:《广注文心雕龙》

刘永济:《文心雕龙校释》

陈益、薛恨生、诸纯鉴、冰心主人等的多种"新式标点本"

文学批评史家的专门评价:

陈钟凡:《中国文学批评史》

罗根泽:《中国文学批评史》

朱东润:《中国文学批评史大纲》

傅庚生:《中国文学批评通论》

评论文章:各家论文近百篇。特别是鲁迅的《摩罗诗力说》和《诗论题记》,对于龙学的深化,具有极其深刻的指路意义。

学术阵地:在各个大学中建立了稳定的研究基地。如北京大学,南开大学,武汉大学,复旦大学,等等。

下面,试对这不寻常的历史时期中推动龙学激进性飞跃的代表性学者的成就,作一点略窥一斑的介绍。

一、鲁迅(1881—1936 年)——现代龙学研究第一基石

20 世纪初,是中国社会发生剧烈变革的时期,也是中国的文化思想发生革命性飞跃的时期。延续了数千年的专制统治受到了时代潮流的强大冲击而终于土崩瓦解,现代科学与民主自由的新理念在中华大地上汹涌澎湃。这一时代的新潮赋予了国人以现代化的新视野,也给了他们许多新的思维方法,促使他们的精神面貌焕然一新。在这种情况下,对《文心雕龙》的研究也必然产生革命性的飞跃,进入了一个现代化和深刻化的崭新时期。而鲁迅,则是这一革命性飞跃的奠基者与前驱者。

鲁迅对现代龙学研究的革命性开拓,首先表现在他对《文心》"心力"说的历史继承和现代深化上。

"文心"是《文心雕龙》中的核心范畴,而"心力"则是这一核心范畴中的核心价值取向。这一价值取向,明确表述在《神思》的论断中:"博见为馈贫之粮,贯一为拯乱之药,博而能一,亦有助于心力矣。"也鲜明表述在《风骨》生动的比喻中:"夫翚翟备色,而翾翥百步,肌丰而力沉也,鹰隼乏采,而翰飞戾天,骨劲而气猛也;文章才力,有似于此。"所谓"风骨",所谓"骨劲而气猛",实际就是对文心中的力学追求的崇尚和标举。由于这一崇尚和标举,将始自魏晋的"文学自觉"推至历史的极致。这一以"心力"相尚而以"风骨"作为表征的美学理想,正是大唐文学繁荣的理论前导,也是我国文学历代相承的民族风格的精神支柱。

但是毋庸讳言,任何历史的现象都具有自身的局限性。刘勰所标举的"骨劲而气猛"的"心力",毕竟是封建体制内的心力,它只能在"征圣"、"宗经"的前提下,推动着民族文化的进步过程,而不可能具有对封建体制进行突破的力量。特别是当这一陈旧的社会体制和思想体制已经过于成熟而失去原来的积极意义的时候,在这体制中成长的美学理想也必然会失去原来的积极意义而面临着革命性的变革,在通与变的双重契合中融进时代的新质,在理论上获得一种全新的诠释。鲁迅对"心力"的继承与开拓就是如此。

　　鲁迅,本名周树人,字豫才,浙江绍兴人。1902—1908 年留学日本,是我国民主革命的先锋战士。1905—1907 年,以孙中山为首的革命派和以康有为、梁启超为首的改良派展开大论战时,鲁迅旗帜鲜明地站在革命派一边,发表了《摩罗诗力说》、《文化偏至论》、《破恶声论》等"立意在反抗,指归在动作"的重要论文,提倡"二十世纪的新精神",批判封建专制的罪恶和改良派的欺骗行为,借以唤醒国人"立狂风怒浪之间,恃意力以辟生路"[①],为冲决网罗而斗争。

　　鲁迅的基本思路是:救国必先救心,救心必经由文学的发动。文学发动的关键,就在于发挥文学中的"心力"。"心力"是《文心雕龙》中独特的认识范畴,鲁迅"妙抉其心",将它与"摩罗"的事业融合,作为革命性的思想武器加以标举。他明确认为:"盖人文之留遗后世者,最有力莫如心声。"心声的集中表现就是诗心,诗心是民族灵魂的标志,与民族的生命共终始:"古民神思,接天然之阏宫,冥契万有,与之灵会,道其能道,爰为诗歌。其声度时劫而入人心,不与缄口同绝;且益曼衍,视其种人。递文事式微,则种人之运命亦尽,群生辍响,荣华收光;读史者萧条之感,即以怒起,而此文明史记,亦渐临末叶矣。"[②]诗人之职责,就是振奋人心,给人心灌注一种特别的积极向上的精神活力,推动生活前进。"盖诗人者,撄人心者也。凡人之心,无不有诗,如诗人作诗,诗不为诗人独有,凡一读其诗,心即会解者,即无不自有诗人之诗。无之何以能解? 唯有而未能言,诗人为之语,则握拨一弹,心弦立应,其声澈于灵府,令有情皆举首,如睹晓日,益为之美伟强力高尚发扬,而污浊之平和,以之将破。平和之破,人道蒸也。"[③]这些见解,无论是范畴上还是方向上,与刘勰的"文心"说及"心力"说是完全一致的。

　　正因为"文心"有如此伟力,历代统治者都绝不允许这种深蕴在诗歌中的心力自由释放,而必然将其纳入自己的正统与道统的严格控制之下,"设范以囿之",不给它以半点松动的可能。对此,鲁迅举出了屈原的例证。屈原同样是一个饱受伦理拘囿的诗人,他的"心力"的充分燃烧,是在"茫洋在前,顾忌皆去"的最终时刻,实际上是凭借生命的牺牲所做出的最后的反抗。"惟灵均

---

① 鲁迅:《文化偏至论》,见《坟》,人民文学出版社 1973 年版,第 43 页。
② 鲁迅:《摩罗诗力说》,见《坟》,人民文学出版社 1973 年版,第 45 页。
③ 鲁迅:《摩罗诗力说》,见《坟》,人民文学出版社 1973 年版,第 51 页。

将逝,脑海波起,通于汨罗,返顾高丘,哀其无女,则抽写哀怨,郁为奇文。茫洋在前,顾忌皆去,怼世俗之浑浊,颂己身之修能,怀疑自遂古之初,直至百物之琐末,放言无惮,为前人所不敢言。"但纵令这一最大胆的生命放歌,仍是有许多顾虑的。"然中亦多芳菲凄恻之音,而反抗挑战,则终其篇未能见,感动后世,为力非强。"这正是刘勰与鲁迅古今同慨的地方:"刘彦和所谓才高者菀其鸿裁,中巧者猎其艳辞,吟讽者衔其山川,童蒙者拾其香草。皆著意外形,不涉内质,孤伟自死,社会依然,四语之中,函深哀焉。"①"怅望千秋一洒泪,萧条异代不同时"(杜甫:《咏怀古迹》),这就是中国诗人和中国诗坛的共同命运。诗歌中的"心力"不仅得不到与时俱进的积累和强化,反而在岁月的流逝中日趋黯淡,文学对生活的影响也越来越小。"故伟美之声,不震吾人之耳鼓者,亦不始于今日。大都诗人自倡,生民不耽。试稽自有文学以至于今日,凡诗宗词客,能宣彼妙音,传其灵觉,以美善吾人之性情,崇大吾人之思理者,果几何人?上下求索,几无有矣。"②这就是我国除了建安时代和大唐盛世之外通常都是诗心无力的真正原因,也是从刘勰开始一直延至鲁迅,都在寻找"建安风骨"这种诗心中的力学因素的原因。

刘勰提出了"心力"的范畴,他将这种"鼓天下之动"的力量,归结为"自然之道"——宇宙运动的总动势的力量。但在现实生活的运动中,他并没有找到这种力量。在封建道统的长期延续中,是不可能找到更不可能发展这种异化的力量的。这种异化的力量虽然早已孕育在历史的土壤中,但是,它的苗壮成长却是在社会的结构发生重大嬗变的时候。而鲁迅,就是这一历史嬗变时期的文化前驱者。为着实现新文化的启蒙,他需要这种"鼓天下之动"的力量,他也找到了这种"鼓天下之动"的力量。这种力量,就是东方"诗心之力"的"风骨"学说和西方"立意在反抗,指归在动作"的"摩罗"精神的有机融合。他赋予古老的东方命题以时代的新质,又赋予现代的西方精神以东方的睿智,使二者构成一种相得益彰的美学战斗力——摩罗诗力。

鲁迅的这一认识,是对刘勰文心理论的极大扩充。它将东方的心力理论与西方"争天拒俗"的反抗精神有机地融合在一起,构成一种强大的心理战

① 鲁迅:《摩罗诗力说》,见《坟》,人民文学出版社1973年版,第52页。
② 鲁迅:《摩罗诗力说》,见《坟》,人民文学出版社1973年版,第52页。

力。这种在中华民族古老传统中所深蕴并由西方现代文化精神所激活的心理战力,无论对我们民族的生存和发展,或是对中华文学的生存和发展,都是必不可缺的。

刘勰是世界上第一个倡导"心力"的美学理论家,而鲁迅就是将这种美学中的力学因素用于文学发动和社会发动的研究者与实践者。这种思想上的飞跃和目标上的飞跃,使龙学的研究进入了一个前所未有的境界。鲁迅一生中对文学的"匕首与投枪"的战斗力量的追求,在理论上实发端于此。

鲁迅对现代龙学研究的革命性开拓,也表现在他对《文心》社会批判思想的标揭和深化上。他在《摩罗诗力说》中旗帜鲜明地指出:

> 中国汉晋以来,凡负文名者,多受谤毁,刘彦和为之辩曰:人禀五才,修短殊用,自非上哲,难以求备。然将相以位隆特达,文士以位卑多诮。此江河所以腾涌,涓流所以寸折者。东方恶习,尽此数言。①

所谓"东方恶习",是指门阀等级所形成的社会偏见。这种偏见,是封建礼教所造成的文化恶果。对"东方恶习"的揭露和批判,也就是对封建道统的揭露和批判。对封建道统的揭露和批判,实际上在它刚刚形成的时候就已经发生,如《老子》所说的"民之饥,以其上食税之多",孟子所说的"民为贵,社稷次之,君为轻",就是古代民主思想的最初火种。正是由于有了这一可贵的火种,才有了战国时期百家争鸣的第一次思想大解放。这一火种在魏晋南北朝的特定时刻,又熊熊燃烧起来,于是才有了我国历史上的第二次思想大解放。《文心雕龙》就是第二次思想大解放的文化丰碑,标志着文学走出经学附庸获得独立生命的开始。鲁迅所处的时代,是封建主义与民主主义总决战的时代,是中国人民彻底扫荡封建道统的时代,也是我国历史上第三次思想大解放的时代。五四运动,就是这一思想大解放的高峰。这三次思想大解放的具体内容以及广度与深度,诚然各不相同,而就其批判"东方恶习"的共同指向来说,却是并无二致的。鲁迅用"东方恶习,尽此数言"八字,不但揭露了封建社会数千年来一脉相承的丑恶本质,也标揭了我们民族数千年来一脉相承的战斗

---

① 鲁迅:《摩罗诗力说》,见《坟》,人民文学出版社1973年版,第61页。

指向和民主性的文化精神。这是对《文心雕龙》所代表的文化精神的最高标举,也是革命民主主义战士的鲁迅之所以如此推崇这部作品的最大原因。

但是,鲁迅的社会批判绝不是刘勰社会批判的简单重复,而是在新的历史条件下对前人学术思想的历史扬弃和现实针对。这一具有革命意义的开拓,集中表现在对传统诗教的批判上。鲁迅认为,文学的本质就在于"撄人心",但由于"诗言志"、"持人性情"与"思无邪"的儒家正统诗学观念的束缚,中国诗坛真正能"撄"人心之诗歌实在是少而又少。他一针见血指出:"中国之诗,舜云言志;而后贤立说,乃云持人性情,三百之旨,无邪所蔽。夫既言志矣,何持之云? 强以无邪,即非人志。许自由于鞭策羁縻之下,殆此事乎?"究其根由,就在缺乏个性:诗歌中本应存在的撄人心的"独立自由之志",变成了在"鞭策羁縻之下"的毫无个性可言之志。鲁迅认为,正是这样一种文学传统,使千百年来充斥诗坛之作多为"颂祝主人,悦媚豪右之作",即或"心应虫鸟,情感林泉"的韵语,也多"拘于无形之囹圄,不能抒两间之真美"。在这种压抑个性的文化环境中,是不允许人们有半点个性化的感情表现的,"倘其嗫嚅之中,偶涉眷爱,而儒服之士,即交口非之。况言之至反常俗者乎?"①

鲁迅对这种压制反抗精神的正统诗教进行了断然的否定。他认为"中国之治,理想在不撄",而"不撄"的根由在于"为帝大禁","为帝大禁"的根由则在于"其意在保位,使子孙王千万世,无有底止"。惟其如此,它必然将一切民主和个性的因素,扼杀在摇篮之中:"故性解之出,必竭全力死之。"②在鲁迅看来,无论是孔子"温柔敦厚"之诗教、老子的"不撄之治",或是柏拉图"谓诗人之乱治,当放域外",都是毁灭诗的真正价值的"权术",是对富有个性的人的情感的"设范以囚之"。

要突破这一精神的囚笼,必须寻找出一种另类的力量。他也像刘勰一样,将屈原视为具有革新意义的文化力量的总代表,赋予屈原的反抗精神以极高的评价:"放言无惮,为前人所不敢言。"但是,和正统诗教的强大存在相比,这种另类的力量毕竟是有限的:"然中亦多芳菲凄恻之音,而反抗挑战,则终其篇未能见,感动后世,为力非强。"③就其影响之所及来说,同样是极其有限的。

---

① 鲁迅:《摩罗诗力说》,见《坟》,人民文学出版社1973年版,第51—52页。
② 鲁迅:《摩罗诗力说》,见《坟》,人民文学出版社1973年版,第51页。
③ 鲁迅:《摩罗诗力说》,见《坟》人民文学出版社1973年版,第52页。

鲁迅所深深感慨的"孤伟自死,社会依然"的历史现实,就是对这一古今相续的历史宿命所做的真实展示。

鲁迅高瞻远瞩地指出,要想走出这一历史的瓶颈,关键就在于既要继承从屈原到刘勰的社会批判的民族传统,又要别开生面地"求新声于异邦"。他所说的"新声",指以西方摩罗诗派为代表的"立意在反抗,指归在动作"的现代诗魂,也就是彻底反封建的文化精神。而弘扬摩罗诗力的目的,就是在以屈原为代表而以刘勰为大成的中华传统的社会批判精神中,注入时代新质,赋予传统的社会批判以更加精进、更加勇猛、更加自觉的品格,以促进中华文化的复兴。具而言之,就是:"外之既不后于世界之思潮,内之仍弗失固有之血脉,取今复古,别立新宗,人生意义,致之深邃,则国人之自觉至,个性张,沙聚之邦,由是转为人国。人国既建,乃始雄厉无前,屹然独见于天下。"①

鲁迅的这些论述,既是对刘勰社会批判思想的继承,又是对刘勰社会批判思想的极大拓展。他在《文心雕龙》的社会批判思想中注入了一种时代的新质——彻底反封建的民主主义的新质:将对以"东方恶习"为焦点的浮靡讹滥文风的批判,升华为对整个封建正统诗教的批判,将"征圣宗经"的体制内的批判,升华为"超脱古范,直抒所信"的体制外的批判,将"怨而不怒"的"为力非强"的批判,升华为"立意在反抗,指归在动作"的"刚健不挠"、"雄桀伟美"的批判。由于这一历史性的拓展,龙学的研究才具有了现实针对性的远大目标,成为中华文化复兴的重要组成部分,真正进入了现代学术的康庄大道。

赋予《文心雕龙》以如此浓烈的时代新质,赋予《文心雕龙》的研究以如此自觉、如此重大的社会学目标,鲁迅是龙学研究史上的第一人。

鲁迅对现代龙学研究的革命性开拓,还表现在他对文化比较的现代逻辑方法的开创性的吸收和运用上。

我国的文学,长期都是在极端封闭的文化环境中成长的,很少接触外来文学的影响。由于"屹然出中央而无校雠",它的发展必然十分顺利,十分辉煌,也必然埋下故步自封的劣根性。这就是鲁迅所说的:"惟无校雠故,则宴安日久,苓落以胎,迫拶不来,上征亦辍。"②鲁迅认为,要改变这种状况,关键在于

---

① 鲁迅:《文化偏至论》,见《坟》,人民文学出版社 1973 年版,第 43 页。
② 鲁迅:《文化偏至论》,见《坟》,人民文学出版社 1973 年版,第 29—30 页。

将它汇入整个世界文学发展的大格局中进行体认,置于中国文化现代化的总过程中加以把握。具而言之,就是运用文化比较的方法,以近代西方文学作为参照系,重新对我国的传统文学进行审视,找出二者之间的共同性和各自特色,从中吸取时代新质和方法资源,促进传统文学的现代转化和中华文化的复兴。鲁迅所进行的文化比较,也别开生面地运用在对文心雕龙的研究中。

鲁迅在现代龙学研究中对文学比较的吸收,首先表现在他对文学比较观念的理论体认和鲜明标举上。在我国现代文学发展史上,鲁迅第一次振聋发聩地提出了文学比较的主张:"欲扬宗邦之真大,首在审己,亦必知人,比较既周,爰生自觉。自觉之声发,每响必中于人心,清晰昭明,不同凡响。"①他所著述的《摩罗诗力说》、《文化偏至论》、《破恶声论》,就是这一主张的完整表述和鲜明标举。由于这一体认和标举,中国的文学与文论才获得了一种睁开眼睛看世界的广阔视野,也获得了一种通过比较把握事物本质的逻辑方法。这种具有现代新质的文化精神和逻辑方法,是中国文学实现现代转型的文化前提,也是传统龙学向现代龙学转型的工具保证。

鲁迅在现代龙学研究中对文学比较方法的吸收,也反映在他的具有开创意义和示范意义的文学评论上。这一历史性的实践,集中表现在以下两个方面:

一是对东西诗力的比较。这种跨文化的比较,被鲁迅放置在以摩罗诗派为代表的西方诗力和以屈原为代表的东方诗力之间进行。通过这一比较,鲁迅不仅找出了二者之间的力度差异,也找到了产生这种力度差异的根本原因,这就是封建礼教和封建诗教的长期拘囿。这一深层的揭示,也就是对中国现代诗力建设的战斗方向和价值取向的明确标定。

鲁迅所标定的这一具有鲜明民主主义色彩的战斗方向和价值取向,实际也就是现代龙学研究的战斗方向和价值取向。这是因为从形而上的层面来看,鲁迅在摩罗诗力与屈原诗力之间所进行的平行比较,实际就是对以"风骨"为核心理念的《文心》理论和以"冲突"为核心理念的《诗学》理论的间接比较。由于这一比较,积淀于"风骨"论中的历史局限性及其历史根由才能充分显示出来,推动人们走出历史的瓶颈,在反封建的总目标下进行现代文心的

---

① 鲁迅:《摩罗诗力说》,见《坟》,人民文学出版社1973年版,第48页。

建设,将传统的"风骨"之力的美学目标,改造成为具有现代民主主义新质的美学目标。

二是对东方文心和西方诗学的比较。鲁迅的平行研究不仅善于揭示东西文论的各自之异,也善于发现二者的普遍和共同之处。这就是他对《文心雕龙》与亚里士多德《诗学》所作的美学比较:

> 篇章既富,评骘既生。东则有刘彦和之《文心》,西则有亚里士多德之《诗学》。解析形质,包举洪纤,开源发流,为世楷式。①

这一论断是极其精当的。鲁迅将刘氏与亚氏置于同等的历史地位,不仅由于他们都代表了各自民族美学理论的最高成就,而且都代表了各自民族文化精神中最光辉、最有力量的一个方面——突破常规、解放思想的方面。关于这点,鲁迅在《诗歌之敌》中做出了鲜明的阐述。该文说,亚氏的老师柏拉图是"反诗歌党的大将",无独有偶,"和我国古今的道学先生的意见,相差似乎无几"。又说:"他的高足弟子亚里士多德做了一部《诗学》,就将为奴的文艺从先生的手里一把抢来,放在自由独立的世界里了。"②显然,鲁迅之所以推崇亚氏《诗学》,除了美学的原因之外,也与它追求解放的精神品格密不可分。

《文心雕龙》中,也具有同样的精神品格。在刘勰的时代里,文学刚刚从汉代经学的附庸地位中解放出来,成了一门独立的学科,开始走上了"文学自觉的时代"。《文心雕龙》就是这一"自觉"时代的产物,也是这一"自觉"时代的美学纲领和文化纲领。刘勰所标举的"自然之道",实际就是对"文以载道"说的异化和突破。这种敢于突破常规的精神,正是《文心》与《诗学》所同具的最可宝贵的精神。鲁迅对二者的并举,实际也就是对"为奴的文艺"与"经学的附庸"的鄙薄,对独立自由文学的向往,对阻挠思想解放的道学腐儒的轻蔑。通过这一跨文化的比较,将东西文化中最光辉的东西,也将自己思想中最光辉的东西,充分地凸现出来。

鲁迅的这种跨文化的大视野比较,不仅是龙学研究中的第一次,也是中西

---

① 《鲁迅全集》第8卷,人民文学出版社1981年版,第332页。
② 《鲁迅全集》第2卷,中国人事出版社1998年版,第1366—1367页。

美学比较和中西文化比较中的第一次。它极大地提高了《文心雕龙》在世界美学史上的历史地位,也极大地扩充了龙学研究的视野。它赋予了龙学研究以世界性的眼光,也赋予了世界以中华美学的强大震撼。将中国美学与西方美学置于同一的坐标系中进行比较,既有利于世界了解中国美学,也有利于中国了解世界美学,极大地缩短了中国美学与世界美学的心理距离与学术距离。

以上三大贡献,无一不是现代龙学研究中的独创,无一不是历史的丰碑。将鲁迅称为20世纪龙学激进性飞跃的奠基者与引路人,允无愧色。

二、黄侃(1886—1935年)——现代龙学研究第二基石

黄侃,字季刚,现代著名语文学家,湖北蕲春人。曾留学日本,师事章太炎,潜心国学。回国后先后任北京大学、武昌高等师范(武汉大学前身)、北京师范大学、中央大学、金陵大学等校教授,著有《音略》、《说文略说》、《文心雕龙札记》、《黄侃论学杂著》等多种著作。

黄侃的《文心雕龙札记》,原是1914—1919年任教于北大时所编写的授课讲义。龙学走上大学讲台,自黄侃开始。1919—1926年,转教于武昌高等师范,任职期间对讲义进行了系统整理,使其升华成为自成体系的书稿,并将其内容陆续刊载于《华国月刊》、《国学厄林》。1927年,该著在北京文化书社结集出版。1962年由中华书局增扩再版。

《札记》自面世以来,就在全国学术界产生了广泛的影响,对推动《文心雕龙》研究的科学化和现代化起到了重大的作用。诚如台湾学者李曰刚在《文心雕龙斠诠》中所说的:"民国鼎革以前,清代学士大夫多以读经之法读《文心》,大则不外校勘、评解二途,于彦和之文论思想甚少阐发。黄氏《札记》适属稿于人文荟萃之北大,复于中西文化剧烈交绥之时,因此《札记》初出,即震惊文坛,从而令学术思想界对《文心雕龙》之实用价值、研究角度,均作革命性之调整,故季刚不仅是彦和之功臣,尤为我国近代文学批评之前驱。"①这一评语,是恰如其分的。

黄侃对龙学研究的贡献,可以概括为以下方面。

---

① 李曰刚:《文心雕龙斠诠》,台北国立编译馆1982年版,第2515页。

（一）对"原道"的深刻辨析

"原道"是《文心雕龙》的枢纽,也是解读《文心雕龙》的总钥。在龙学研究史上,有不少人表达了自己的论见,但始终未能超出儒家文化的范围。黄侃从哲学渊源和现实文化斗争的高度,对这一根本性的问题做出了触及本质的辨析:

> 《序志》篇云:"《文心》之作也,本乎道。"案彦和之意,以为文章本由自然生,故篇中数言自然,一则曰:心生而言立,言立而文明,自然之道也。再则曰:夫岂外饰,盖自然耳。三则曰:谁其尸之,亦神理而已。寻绎其旨,甚为平易。盖人有思心,即有言语,既有言语,即有文章,言语以表思心,文章以代言语,惟圣人为能尽文之妙,所谓道者,如此而已。此与后世言文以载道者截然不同。

黄侃明确认为,刘勰所倡导的"自然之道"与后世所说的"文以载道",在范畴上是针锋相对的。对此,他做出了翔实的考证。

"原道"二字,最初见于《淮南子》中的《原道》篇,是探究万物本原的意思。

> 详淮南王书有《原道》篇,高诱注曰:原,本也。本道根真,包裹天地,以历万物,故曰原道,用以题篇。此则道者,犹佛说之"如",其运无乎不在,万物之情,人伦之传,孰非道之所寄乎?

关于"道"的含义,黄侃援引了《韩非子》、《庄子》中的解释,作为准确解读的依据:

> 《韩非子·解老》篇曰:道者,万物之所然也,万理之所稽也。理者,成物之文也;道者,万物之所以成也。故曰:道,理之者也。物有理不可以相薄。物有理不可以相薄,故理之为物之制。万物各异理,而道尽稽万物之理,故不得不化。不得不化,故无常操。无常操,是以死生气禀焉,万智斟酌焉,万事废兴焉。《庄子·天下篇》曰:古之所谓道术者果恶乎在?

曰:无乎不在。

黄侃由此得出结论:刘勰所标举的"自然之道",严格属于"万物所由然"的广义范畴,而不是"文以载道"的"一家之道"的狭义范畴。

> 案庄、韩之言道,犹言万物之所由然。文章之成,亦由自然,故韩子又言圣人得之以成文章。韩子之言,正彦和所祖也。道者,玄名也,非著名也,玄名故通于万理。而庄子且言道在矢溺。

黄侃还从文化斗争的高度,对当时桐城余绪的卫道士们所鼓吹的"文以载道"的主张,进行了旗帜鲜明的驳斥和批判:

> 今曰文以载道,则未知所载者即此万物之所由然乎?抑别有所谓一家之道乎?如前之说,本文章之公理,无庸标榜以自殊于人;如后之说,则亦道其所道而已,文章之事,不如此狭隘也。夫堪舆之内,号物之数曰万,其条理纷纭,人鬓蚕丝,犹将不足仿佛,今置一理以为道,而曰文非此不可作,非独昧于语言之本,其亦胶滞而罕通矣。察其表则为谖言,察其里初无胜义,使文章之事,愈痟愈削,寖成为一种枯槁之形,而世之为文者,亦不复撢究学术,研寻真知,而惟此窾言之尚,然则阶之厉者,非文以载道之说而又谁乎?①

刘勰的"原道"说,实际就是对封建道统的哲学否定,是对自然规律的理性认同。这是刘勰文心理论的最深刻之处,也是黄侃对《文心雕龙》的论述的最深刻之处。这两种理论境界,都是其他人所不曾达到的。但也毋庸讳言,在黄侃的论见中,在主流正确的大前提下,还有某些需要斟酌之处。对儒学的"一家之道"的批判中,只看到自然之道与儒家之道的对立性一面,而没有同时看到二者之间的兼容性的一面,是有点失于偏颇的。事实上儒学的领域绝非铁板一块,在它的内部存在大儒和犬儒两个不同的范畴。以孔孟为代表的

---

① 黄侃:《文心雕龙札记》,上海古籍出版社 2000 年版,第5—6页。

民本性的经典儒学,和后世形形色色的官本性的犬儒之学,二者之问存在极大的差别,必须区别对待。刘勰在这点上就作得比较妥帖,他将"本于道"与"体乎圣"这两个对立的方面,在经过精心选择和界定之后,纳入了一个统一的范畴之中。他以"自然之道"的博大与客观,去消解儒家之道的褊狭与主观,又以儒家之道的务实和执著,去消解"自然之道"的虚无和无为,使二者都相得而益彰。无疑,在这一点上,是值得后贤们很好地进行品味的。

(二)对"神思"的科学阐释

黄侃认为,"神思"的问题,实际就是艺术想象的问题。对此,他做出了明确的诠释:

> 此言思心之用,不限于身观,或感物而造端,或凭心而构象,无有幽深远近,皆思理之所行也。寻心智之象,约有二端:一则缘此知彼,有斟量之能;一则即异求同,有综合之用。由此二方,以驭万理,学术之原,悉从此出,文章之富,亦职兹之由也。①

"神思"被黄侃明确地定位于"心智之象"的形象思维的范畴,这种特定思理的特定机制,就是超越时空,"不限于身观",为达到"寻心物之象"的艺术目的,自由地"感物造端"与"凭心构象"。它的特定功能,表现在两个方面:"缘此知彼"的"斟量之能"和"即异求同"的"综合之用"。惟其"斟量",所以有比较,有修正,有选择,然后才有形象的精粹;惟其有综合,所以有组合,有增扩,有集中,然后才有形象的典型。这一精化过程,实际也就是内心与外境的符会过程。关于这一符会过程的基本原理与要领,黄侃进行了鞭辟入里的分析和阐释:

> 内心与外境,非能一往相符会,当其窒塞,则耳目之近,神有不周;及其怡怿,则八极之外,理无不浃。然则以心求境,境足以役心;取境赴心,心难于照境。必令心境相得,见相交融,斯则成连所以移情,庖丁所以满

---

① 黄侃:《文心雕龙札记》,上海古籍出版社2000年版,第93页。

志也。①

黄侃认为,在艺术想象的过程中,以心求境,敏在境前,是获得成功的关键。实际上,这也就是对刘勰"神思"理论中的心的能动作用的强调与揭示,从而,将刘勰所说的"思理之妙,神与物游"的心理运动过程,从宏观到微观,从基本原理到工程要义,揭示无遗。

黄侃还进一步认为,联想与想象不仅是艺术创作的必要前提,是"文章之富"的所"由",也是驾驭万理的"学术之原"。他虽然对这一命题没有作展开性的论述,其中的道理实际是非常清楚的。任何创造性的学术必须有超越现实生活的属性,而任何对现实的超越,都必须借助想象以运行。这一论断,是对刘勰"神思"理论的极大扩充,赋予了它以普遍性的广义方法论品格。

(三)对"风骨"论的独特见解

黄侃对"风骨"的阐释,紧扣原文原义进行,赋予阐释以确凿的训诂学依据。他认为,"风"与"骨",实际是两个比喻词,"二者皆假于物以为喻",比喻的对象就是"意辞"。他说:"风骨之名,比也;意辞之实,所比也。"据此,他得出了一个极其明确的结论:"风即文意,骨即文辞"。这一总命题在龙学研究中的影响,极其深远。

黄侃的这一论见的可取之处就在于:一是紧扣原文原词发挥,形态学依据确凿,思维作风严谨。二是紧扣内容与形式两个层面进行辨析,基本思路是正确的。这种"两分法"的分析格局为西方所通用,黄侃在此做出了具体的示范。

但是,它的瑕疵之处也是显而易见的。

其一,在内涵的深度与广度上与《文心雕龙》的原来的表述并不完全符合。"怊怅述情,必始乎风,沉吟铺辞,莫先于骨",刘勰所标举的"风骨",是一个与"情辞"相对应而又对"情辞"具有决定性意义的心理因素。这一心理因素绝非普通的内容,而是内容中具有"化感之本源,志气之符契"的决定性的内容,这一心理因素所借以表现的形式绝非普通的形式,而是形式中对"感人心者,莫先于风"具有支持与显示力量的决定性的形式。显然,这种内容中具

---

① 黄侃:《文心雕龙札记》,上海古籍出版社 2000 年版,第 93 页。

有决定性意义的内容,这种形式中具有决定性意义的形式,远非简单的"文意"与"文辞"两个概念所能概括的。

其二,前后矛盾,不能自圆其说。他一方面提出"风即文意,骨即文辞"的总命题,另一方面又做出"风缘情显,辞缘骨立"的具体阐释,两种提法在逻辑上是互相排斥的。在前一提法中,"风"与"文意"具有同一的属性,"骨"与"文辞"具有同一的属性。在后一提法中,"风"与"情"(情即文意)具有对举的属性,"骨"与"辞"(辞即文辞)具有对举的属性。同一与对举不能并存,这是不言而喻的。尽管他的具体阐释中不乏合理性因素,但对总命题来说毕竟是局部性的东西,无法从根本上纠正总命题中判断的片面性。

究其原因,在于辩证不周。黄侃忽略了一个重要的基本事实:内容与形式都具有多层面的属性。内容有表层与里层之分,形式同样有表层与里层之别。内容与形式是对立的统一,二者之间既具有判然可分的属性,又具有互相纠葛而密不可分的属性。质而言之,内容中蕴涵着形式的因素,形式中也蕴涵着内容的因素。这就必然给认识的对象增加许多的变量,而不能简单认定。诚然,文情属于内容因素,但文情中还有一个深蕴其中的具有决定性意义的内容因素,这就是"风"。"风"属于"文意"的范畴,但并不等于"文意",而是"文意"中的"化感之本源,志气之符契",是一种涵蕴在"文意"中的美学感染力。诚然,"文辞"属于形式因素,但文辞从来都不是一个简单的符号学的范畴,而是名与实的统一。"名"(符号)是"实"(事义)之"名"(符号),"实"(事义)是"名"(符号)之"实"(事义),二者从来都是互相依从的。"文辞"这一形式因素中,还蕴涵着一个既是形式因素又是内容因素的东西,这就是"骨"。"骨"是"文辞"的"实",亦即文辞所表达的事义。事义对于文辞来说,无疑是属于内容的范畴,它寄寓在语言之中而语言也因此而具有了意义。事义对于情思来说,它又属于形态(形式)的范畴,它以自己的存在寄寓情思,使情思因此而鲜明,而事义也因此具有了意义。在《文心雕龙》的概念系统中,"辞"是"骨"的形态,"骨"是"情"的形态,"情"是"风"的形态,"风"是"道"的形态。此中的种种复杂关系,是黄侃所没有理清的,也是他的弟子范文澜所没有完全理清的。这两位大师在龙学研究中创建了不朽的功勋,也留下了许多的未竟之处,留给了下一根接力棒的接棒者。

（四）独特的研究方法

黄侃研究《文心雕龙》的方法中,既有清代的考据学因素,也有现代西方思辨科学的因素。具体表现在以下两个方面。

一是"循实反本"的方法。"循实反本"是我国传统的研究方法。所谓"循实",就是重视事实,重视实证;所谓"反本",就是重视本原,重视历史。根据前者,他经常使用"循名责实"的研究方法:诠释、考据、校勘、笺证。根据后者,他往往使用历史与逻辑相结合的思辨方法。这些科学的方法和谨严求实的学风,为龙学研究的现代化,树立了良好的楷模。

二是"理论与实践结合"的方法。黄侃在龙学研究中,既重视学术的系统性,也重视理论的现实针对性。根据前者,他对文心理论中的许多关键性概念和基本原理,都做出了精辟的条分缕析。根据后者,他运用《文心雕龙》的相关原理,针对时代的邪风进行旗帜鲜明的批判与抨击。这种理论与实践结合的方法和古为今用的研究作风,同样是值得我们学习的。

三、范文澜（1893—1969 年）——现代龙学研究第三基石

范文澜,字芸台,浙江绍兴人。受业于黄侃,1917 年毕业于北京大学,我国著名历史学家和哲学家。先后在南开大学、北京大学、北京师范大学等校任教,讲授中国历史、《文心雕龙》、社会学等课程。1925 年在天津出版《文心雕龙讲疏》,随后又出版了《文心雕龙注》。我国最有权威的《中国通史简编》,即出自他的手笔。

范文澜的《文心雕龙注》,是现代龙学研究奠基之作的重要组成部分,台湾学者王更生称其为"投石问路的凭借","石破天惊"的作品,是极其允当的。（《文心雕龙范注驳正·序》)《范注》的历史性贡献,具体表现在以下几个方面。

（一）注释的完善性

《范注》在注释上的完善性,具体表现在以下方面。

1. 博取众家之长

《范注》在前人注释的基础上做了许多校勘考证的工作,采集众家之长,纠补各家之失,熔铸学术之精,成就一家之言。《例言》中对此做了明确表述:"《文心雕龙》以黄叔琳校本为最善,今即依据黄本,再参以孙仲容先生手录顾

（千里）黄（荛圃）合校本,谭复堂先生校本,林木虎雄先生校勘记,及友人赵君万里校唐人残写本。"又说:"黄注流传已久,惜颇有纰缪,未餍人心……今此重注,非敢妄冀夺席,聊以补苴昔贤遗漏云尔。"其资料之丰富,见解之深刻,体系之严密,学风之谨严,足以为世楷式。尽管其中还有许多未尽之处,但至今仍是广大学者研究龙学的主要依据。

2. 注与论的结合

范文澜在注释中一改前人"述而不作"的陈规,大胆地采用了注论结合的做法,既注意文字与资料的疏通,更注意理论上的阐发,将"事"与"意"融合成为一个有机的整体。作者在《例言》中说:"昔人颇讥李善注《文选》,释事而忘意。《文心》为论文之书,更贵探求作意,究极微旨。"为此,他在校注文字与事实的同时,极其重视对原著理论内涵的阐释,揭示其中"微旨"。这是对旧本的极大突破。具体表现在以下方面:一、除征引典籍作校注外,还常常引用前人见解。比如对《原道》篇"玄黄"的注释,除了交代来历之外,还征引《文言》《周易集解》中的说法,来说明其意义。二、在注释中表达自己的创见。如对《神思》中"意翻空而易奇,言征实而难巧"的注释,不啻是一篇独出心裁、玲珑精美的小论文。

3. 史与释的结合

范文澜的注释中,很重视文史资料的印证与理论阐释的结合,这也是与旧注本大不相同的地方。范注为了读者深入阅读和研究的方便,引征了大量有关的作品。对于一些重要的理论问题,则在附录中荟萃了一些在观点上比较接近的理论资料作为补充和参考。关于作品征引,例如《论说》中提到许多的论说作品,注文不仅注明出处,而且还引录全文。这就是他在《例言》中所说的:"刘氏所引篇章,亡佚者自不可复得,若其文见存,无论习见罕遇,悉为抄入。便省览也。"关于理论资料的征引,例如《明诗》的注文中,就录有《南齐书·文学传论》、《毛诗序》、《诗谱序》、《诗品序》等。这对于广大读者了解刘勰文学思想的理论依据和时代背景,从文学史的大格局中把握刘勰的文学理论,是极有裨益的。实际上,这就是一种巧妙的无声引导——引导读者在史与论的结合中走向深刻。

（二）理论上的重大开掘

《范注》在理论上的重大开拓,可以概括为以下方面。

1. 对《文心》学术属性的探索

《文心雕龙》的学术属性问题,长期都是龙学研究中的认识灰区。我国龙学史上第一个对这个貌似琐屑而实则关系本质的问题进行正式辨析的学者,就是范文澜。他在《中国通史》中,对《文心雕龙》的学术属性做出了明确的表述:

> 《文心雕龙》的根本宗旨,在于讲明作文的法则,使读者感到处处切实,可以由学习而掌握文术。
>
> 系统地全面地深入地讨论文学,《文心雕龙》实是唯一的一部大著作。
>
> 《文心雕龙》是文学方法论,是文学批评书,是西周以来文学的大总结。①

在《文心雕龙注·例言》第五条说:

> 《文心》为论文之书,更贵探求作意,究极微旨。

这些提法虽然还有许多未尽之处,但它的开路之功却是不可埋没的。由此开辟的《文心雕龙》属性论的范畴,至今还是众多学者的探索领域。

2. 关于《文心》理论渊源的见解

范文澜认为:“刘勰撰《文心雕龙》,立论完全站在儒学古文经派的立场上”,“褒贬是非,确实是依据经典作标准的。这是合理的主张,因为在当时,除了儒学,只有玄学和佛学,显然玄学佛学不可以作褒贬是非的标准”,“刘勰是个虔诚的佛教徒,但在《文心雕龙》里,严格保持儒家的立场,拒绝佛教思想混进来,就是文字上也避免用佛书中语,可以看出刘勰著书态度的严肃。”②这一见解,也在他的《文心雕龙注》中明确地表述了出来:

---

① 范文澜:《中国通史》第 2 册,人民出版社 1994 年版,第 531 页。
② 范文澜:《中国通史》第 2 册,人民出版社 1994 年版,第 530 页。

　　　　按彦和于篇中屡言"心生而言立,言立而文明,自然之道也";"夫岂
外饰,盖自然耳";"盖知道沿圣以垂文,圣因文而明道"。综此以观,所谓
道者,即自然之道,亦即《宗经》篇所谓"恒久之至道"……彦和所称之道,
自指圣贤之大道而言,故篇后承以《征圣》、《宗经》二篇,义旨甚明,与空
言文以载道者殊途。①

　　这一见解在学术界不仅具有极大的前驱性,也具有极大的代表性,在标举
经典儒学在《文心》的社会价值取向中的主导地位方面,确实旗帜鲜明,不失
为重要的一家之言,但其不周之处也是显而易见的。中华文化从来都是兼容
性的文化,而并非独尊性的文化。独尊文化实际是对中华文化精神的根本扭
曲,尽管为历代统治者所支持,实际上从来也没有真正实现过。纯而有纯的东
西,不管是理论上或是实践上,都是不可能的。特别在魏晋南北朝那种群雄并
起,礼崩乐坏,儒学的独尊地位荡然无存,而"三教同源"思想成为社会时尚的
特殊情况下,更不可能有这种"拒绝混进"的可能。以佛学为例,它在我们民
族共同语中流下的词汇,据专家统计共有 3 万 6 千个之多,如"平等"、"光
明"、"觉悟"、"一刹那"、"世界"、"天花乱坠"、"天女散花"、"当头棒喝","不
二法门",等等,至今还活在我们的语言里。"拒绝"了这些"混进",我们的语
言就不再成为完整。

　　再就刘勰在《序志》中所作的表述来看:"盖《文心》之作也,本乎道,师乎
圣,体乎经"。很明显,如果"本"的是儒学的一家之道,与后面所说的"师圣"
与"宗经"属于同一范畴,何必再乱费口舌?至于"道沿圣以垂文,圣因文而明
道"的引文,更不能作为"彦和所称之道,自指圣贤之大道"的依据,恰恰相反,
只能作为非圣贤之道的依据。在刘勰的表述中,"道"与"圣"是两个对举性范
畴,并非同一性范畴。将对举的范畴说成是同一性的范畴,在逻辑上是说不
通的。

　　范氏的说法和黄侃的说法相比,是一次曲度很大的迂回和反复。黄侃明
确认为:"道者,玄名也,非著名也,玄名故通于万理。而庄子且言道在矢溺。"
他并且还据此"万理之道"对以"一家之道"为特定内涵的"文以载道",进行

――――――――――
　　①　范文澜:《文心雕龙注》上卷,人民文学出版社 1958 年版,第 3—4 页。

了坚决勇猛的驳斥和抨击,谆谆告诫后世学者:"文章之事,不如此狭隘也";"后来君子,庶无瞽焉"。而范氏却认为:刘勰所说的道是"圣贤之大道",它与"文以载道"并非"殊途",而只是"与空言文以载道者殊途"而已。无疑,这种维护"文以载道"的观点,对于黄侃思想来说,对于五四思想来说,都并不是一个很和谐的音符。

至于将"避免用佛学中语",当做"可以看出刘勰著书态度的严肃"的依据,在逻辑上更说不通了。态度的严肃与否,并不是以是否使用佛学的语言为判断标准的。如果这个标准成立的话,现在每个使用"世界"这个词汇的人,都得划入"不严肃"一类了。这种说法,显然是不够严肃的。

但是,作为渊源论范畴的前驱者来说,厥功甚伟,不可抹杀。它的贡献不在于提出了一个可以为世楷式的结论,而在于提出了一个极有探索意义的问题,这个问题至今还在吸引广大学者探索不已,一步步地接近本质,接近真理。如果没有前人提出的问题引路,也就没有后人前赴后继的攀登。

3. 在风骨论上的见解

范氏在风骨论上基本继承了业师黄侃的见解,但在范畴的辨析上,出现了明显的灵活和清晰之处,表现出了"青出于蓝而胜于蓝"的品格。他以"虚实"两字为标准,对黄侃没有解决的"风"与"文意","骨"与"文辞"的关系与区分的问题,进行了再思考:

> 风即文意,骨即文辞,黄先生论之详矣。窃复推明其义曰:此篇所云风情气意,其实一也,而四名之间,又有虚实之分。风虚而气实,风气虚而情意实,可于篇中体会得之。辞之与骨,则辞实而骨虚。辞之端直者谓之辞,而肥辞繁杂亦谓之辞,惟前者始得文骨之称,肥辞不与焉。①

这一见解,是对黄侃论见的极大扩充与深度订正。黄论的缺失就在于将两个不同的范畴生硬地重合为一,结果不能自圆其说。范论的高明之处就是在维护原论的前提下,开辟出另一条蹊径,对它进行范畴内的区分,使它得以圆通。具而言之,就是既承认"风"与"文意"之间"即"的关系,承认"骨"与

---

① 范文澜:《文心雕龙注》下卷,人民文学出版社 1958 年版,第 516 页。

"文辞"之间"即"的关系,又强调它们之间在"虚"与"实"方面的囿别区分。实际上是根据"虚实"的标准,对它们重新进行区分。在这新的坐标系中,有些概念即使出于同一象限中,也因为具有不同的坐标位置而有所区别。从表面来看,"辞之端直者谓之辞,而肥辞繁杂亦谓之辞",但以"虚实"论之,则"辞实而骨虚","惟前者始得文骨之称,肥辞不与焉"。由此可知,"风"是一种有特殊内涵的"文意","骨"是一种有特殊内涵的"文辞"。正是这一特殊的规定性,使二者得以区分出来。

毋庸讳言,"虚实"的概念仍然是相当朦胧的,实际上并没有确定的具体的范畴界域。大抵而言,"实"属外,"虚"属内,"实"指形体,"虚"指精神,"实"指器用,"虚"指本原。即使范氏自己,也只能"于篇中体会得之",而不能提出确切的形态学依据。这种同一范畴中的相异性辩证,属于辩证思维和系统思维的范畴,在范文澜所处的时代中,显然是不能苛求的。范氏的贡献并不在于他提出了"虚实"的分类标准,而在于他的这种区分的本身所具有的意义。将黄侃混淆在一起的"风即文意,骨即文辞"的这一对连体婴儿进行"分离",这就是一次相当成功的手术了。正因为有了这一次的分离,广大学者才得以从对举的角度,对二者的深层关系继续进行开掘,然后才能将接力棒传递得更远,从比较深刻的本质走向更加深刻的本质。

4. 对整体结构的揭示

范文澜是我国龙学研究中第一个对《文心》的整体结构进行揭示的人。关于《文心》的理论体系,范氏曾做出以下的解说:"《文心》上篇剖析文体,为辨章篇制之论;下篇商榷文术,为提挈纲维之言。上篇分区别囿,恢弘而明约;下篇探幽索隐,精微而畅朗。"范氏将上篇25篇,绘制成"排比至有伦序"的图表(表见下页):

诚然范氏对《文心》结构的体认是相当精辟的,可称"取材之富,考订之精,前无古人,洵彦和之功臣矣。"(1936年开明版范注本附《校记》)但在概括的全面性上,似乎还有未尽之处,比如《原道》论在全文中的总揽性的位置和作用,《正纬》、《辨骚》在全文中的位置和作用,均未能得到应有的显示。显然,这并不是偶然的疏忽,而是一种认识上的局限性的反映。具而言之,与传统的独尊儒术思想的影响有关,也与他对全文体例的逻辑模式的理解有关。尽管他也像许多大师一样,将"道"列入了"自然之道"的范畴,赋予它以本体

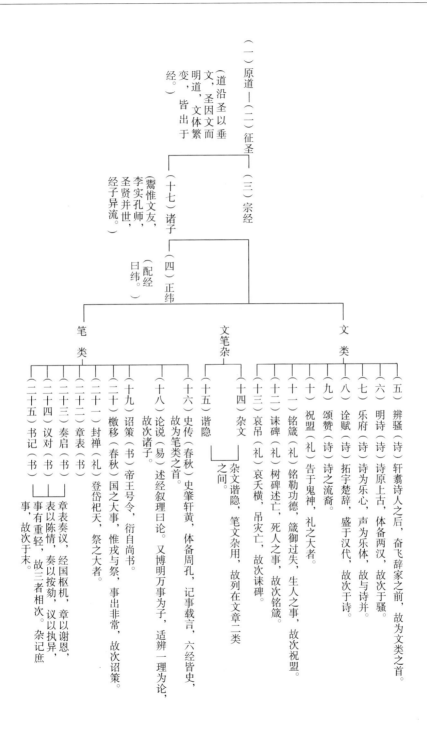

（一）原道——（二）征圣——（三）宗经
（道沿圣以垂文，圣因文而明道，文体繁变，皆出于经。）

（十七）诸子
（爰惟文友，李实孔师，圣贤并世，经子异流。）

（四）正纬
（配经曰纬。）

文类

笔类

文笔杂

（五）辨骚（诗）轩翥诗人之后，奋飞辞家之前，故为文类之首。

（六）明诗（诗）诗原上古，体备两汉，故次于骚。

（七）乐府（诗）诗为乐心，声为乐体，故与诗并。

（八）诠赋（诗）拓宇楚辞，盛于汉代，故次于诗。

（九）颂赞（诗）诗之流裔。

（十）祝盟（礼）告于鬼神，礼之大者。

（十一）铭箴（礼）铭勒功德，箴御过失，生人之事，故次祝盟。

（十二）诔碑（礼）树碑述亡，死人之事，故次铭箴。

（十三）哀吊（礼）哀天横，吊灾亡，故次诔碑。

（十四）杂文
（十五）谐隐
杂文谐隐，笔文杂用，故列在文章二类之间。

（十六）史传（春秋）史肇轩黄，体备周孔，记事载言，六经皆史，故为笔类之首。

（十七）诸子
（十八）论说（易）述经叙理曰论，又博明万事为子，适辨一理为论，故次诸子。

（十九）诏策（书）帝王号令，衍自尚书。

（二十）檄移（春秋）国之大事，惟戎与祭，事出非常，故次诏策。

（二十一）封禅（礼）登岱祀天，祭之大者。

（二十二）章表（书）

（二十三）奏启（书）章表奏议，经国枢机，章以谢恩，表以陈情，奏以按劾，议以执异，事有重轻，故三者相次。

（二十四）议对（书）

（二十五）书记（书）杂记庶事，故次于末。

论的意义,但最后还是将"自然之道"纳入了圣人经学的"恒久之至道"的范畴:"所谓道者,即自然之道,亦即《宗经》篇所谓恒久之至道。"(范注:《原道》注)这种矛盾的现象实际并不奇怪,《文心雕龙》是中国历史上最具有兼容属性的学术,从来都只能从兼容性的角度来解读,才能获其全貌。而兼容性的角度,并非每一个时代都能充分具备的。它得之于唐,而又失之于宋,就是明显的例子。时代的机遇是一道铁的门槛,纵令大师也不能随意跨越。这就是龙学研究进展缓慢,并经历了如许坎坷曲折的真正原因。前代大师留下的遗憾,只能由后代的大师从更新的角度去继续开拓了。历史的辩证法从来都是如此。

四、刘永济(1887—1966 年)——现代龙学研究第四基石

刘永济,字弘度,湖南新宁人,我国著名古典文学专家,现代龙学研究中第一个对《文心》的系统理论进行全面释义和深度开发的学者。1928 年任东北大学教授,1932 年任武汉大学中文系教授,文学院院长,继黄侃、范文澜之后将龙学研究引进大学课堂。他的《文心雕龙校释》,就是专为武汉大学诸生讲习汉魏六朝文学而写成的讲义稿,最初于正中书局出版,1962 年由中华书局重印,在海内外产生了重大的影响。张少康称其为中国现代龙学史上,"继黄侃《文心雕龙札记》之后又一部影响广泛的理论研究力作"①,《二十世纪湖南人物》称其为"龙学的四大基石之一"②,《武汉市志·人物志》称其为"所撰《文心雕龙校释》,与黄侃、范文澜同项专著齐名,其匠心独到,发前人所未发者亦多。"③台湾学者沈谦称其为"截至目前为止,在释义方面还没有人能够超过黄侃、刘永济两位先生"。④ 这一著作在现代龙学研究中的开拓性意义,可以概括为以下几个方面。

(一)对《文心》立论根本的深刻标揭

刘永济是我国龙学研究中第一个对《文心》的立论根本进行标揭的学者。

---

① 张少康等:《文心雕龙研究史》,北京大学出版社 2001 年版,第 166 页。

② 何梓林:《二十世纪湖南人物》,湖南人民出版社 2001 年版,第 200 页。

③ 武汉市地方志编纂委员会主编:《武汉市志·人物志》,武汉大学出版社 1999 年版,第 180 页。

④ 中国古典文学研究会主编:《文心雕龙综论》,台北学生书店 1988 年版,第 463 页。

他在《原道》篇的释义中明确指出:"舍人论文,首重自然。"这一鲜明的论断,即是对刘勰论文根本的确凿不移的界定和标揭。在"自然之道"的问题上,他有自己特别圆通的理解:"此所谓自然者,即道之异名。道无不被。大而天地山川,小而禽鱼草木,精而人纪物序,粗而花落鸟啼,各有节文,不相凌杂,皆自然之文也。"他不仅标揭了道的广义内涵,也标揭了道的狭义内涵:"文家或写人情,或模物态,或析义理,或记古今,凡具伦次,或加藻饰,阅之动情,诵之益智,此皆自然之文也。文学封域,此为最大。"①将两重内涵沟通起来,举重若轻地将自然之道的大范畴化入了为文之道的小范畴中。不仅如此,他还在为文的基点上,实现了"自然之道"和"圣贤之道"的沟通。在《征圣》的释义中,他鞭辟入里地指出:"此篇分三段。初段论文必征圣之理","次段明圣心精微,故其文曲当神理","末段言圣文易见,以足成文必征圣之论"。由此顺理成章地得出结论:"《征圣》者,由文以见道可也。"②

显然,这里所说的"道",并非伦理教化之道,而是在自然之道指导下并由圣贤之心来体现的为文之道。刘永济认为,这种具有典范意义的为文之道,也在古代经典中深刻地表现出来。之所以必须"宗经",同样是为文之道的自然需要。《宗经》释义云:"经文自有典则,足为后人楷模,实其真因也。"③经文的典则意义,同样来自"自然":"圣心合天地之心,故繁、简、隐、显,曲当神理之妙。经文即自然之文,故详略先后,无损体制之殊。"④这些论述,实际上就是"自然之道"在为文领域中的具体化,将自然之道、圣心之道、经文之道的诸多层面,都天衣无缝地纳入了为文的范畴中。这样,"自然之道"也就成了统领为文之术的根本原则,而圣心之道与经文之道也就自然合拍地成了为文之术的具体典范。不贴标签,不落言筌,而面面俱到,精要无遗。这种圆通识见与通透眼光,是远远超越于前人的。

《校释》还进一步认为,刘勰"首重自然"的立论根本在创作领域内的集中表现,就是对"为文之用心"的强调。对此,刘永济做出了特别的标揭:

---

① 刘永济:《文心雕龙校释》,中华书局 1962 年版,第 2 页。
② 刘永济:《文心雕龙校释》,中华书局 1962 年版,第 3 页。
③ 刘永济:《文心雕龙校释》,中华书局 1962 年版,第 6 页。
④ 刘永济:《文心雕龙校释》,中华书局 1962 年版,第 3 页。

　　舍人论文,辄先论心。故《序志》篇云:'文心者,言为文之用心。'盖
文以心为主,无文心即无文学。善感善觉者,此心也;模物写象者,亦此心
也;继往哲之遗绪者,此心也;开未来之先路者,亦此心也。①

　　"首重文心",是《文心》立论根本的另一层面,也是《校释》内容的第二个
基本点。"首重自然",是他对《文心》立论根本的哲学概括,"首重文心",是
他对《文心》立论根本的写作学与美学概括。"首重自然"是对《文心》认识论
支点的集中把握,"首重文心"是对《文心》工程学支点的集中把握。二者一虚
一实,一体一用,从两个不同的侧面,将《文心》的两大关键揭示无遗。抓住了
这两个基本点,就足以"乘一总万,举要治繁",深及骨髓,总揽全局,可谓深得
舍人之用心矣。

　　(二)对"总术"的创造性解读

　　"总术"的含义究竟是什么? 长期是众说纷纭,莫衷一是的问题。纪昀的
评论是:"此篇文有讹误,语多难解","其言汗漫,未喻其命意之本"。② 黄侃
《札记》云:"此篇乃总会《神思》以至《附会》之旨,而丁宁郑重以言之,非别有
所谓总术。"认为"术之于文,等于规矩之于工师,节奏之于矇瞍"③,属于"基
本功"的范畴。《范注》云:"文体虽多,皆宜研术。"他所理解的"术",同样属
于"用字造句,合术者工而不合术者拙,取事属对,有术者易而无术者难"的
"规矩"范畴。④ 刘永济独辟蹊径,对这一问题进行了别开生面的深度开掘。
他的开掘,集中在两个字的正确解读上。一个字是"术"字,长期以来,人们将
它理解为"技艺",实际是一种误读。他通过对"术"字的本义的考察,认为"术
有二义:一为道理,一指技艺",而在本篇之中,应指前者而不是指后者。他
说:"本篇之术属前一义,犹今言文学之原理也。"对此,他又根据《总术》文本
的语境关系,作了展开性的论述:

　　下文"圆鉴区域,大判条例"八字,晓术者之能事。本书各篇,凡涉及

---

① 刘永济:《文心雕龙校释》,中华书局1962年版,第101页。

② 《四部备要》第100册,中华书局1989年版,第101页。

③ 黄侃:《文心雕龙札记》,上海古籍出版社2000年版,第208—209页。

④ 范文澜:《文心雕龙注》下卷,人民文学出版社1958年版,第657页。

原理者,皆其事也。盖原理既明,则辨体必精,安有疑似违误之论。篇中"精"、"博"、"辨"、"奥"四者,即疑似之例也。颜氏以经典非言之文者,则违误之证也。至"多欲练辞,莫肯研术"云云,则斥但讲枝末,而忽视本原者之辞也。讲枝末者,但求敷藻设色之法,谐声协律之功,若今传四声八病之说,繁苛枝碎,殆其遗矣。舍人当时,类此者定多,故作《总术》一篇,以明体要也。①

将"术"的概念从"技术"的层次提到"原理"的层次,极大地扩充了广大研究着的认识视野,而又言之成理,持之有据,使人不能不仰头而视,俯首而思,而又不能不折然而服。

第二个字就是"总"字。"总"字有两个基本含义,一是作代词,指"全面"、"全体",一是作动词,指"总揽"、"集束"、"统领"。一般人的理解都专指前者,刘永济的理解则专指后者。对此,他做出了明确的辨析:

> "术"之义既如上述,"总"之说亦当明辨。舍人论文,每以文与心对举,而侧重在心。本篇所谓总者,即以心术总摄文术而言也。夫心识洞理者,取舍从违,咸皆得当,是为通才之鉴;理具于心者,义味辞气,悉入机巧,是为善弈之文。然则文体虽众,文术虽广,一理足以贯通,故曰:"乘一总万,举要治繁"也。②

《校释》将"总术"理解和标揭为"以心术总摄文术"的总揽通摄之术,这是龙学研究史上具有革命意义的突破,它将研究《文心》的关注点,从技术科学的层面,提升到了根本原理的层面,从而将《文心》最根本的工程战略,总摄无遗。这一认识上的飞跃,为龙学的现代化和工程化研究,开辟出了一个广阔的新天地。

(三)对"虚静"的揭示

"陶均文思,贵在虚静。""虚静"理论是《文心》中的一个重要内容。但

---

① 刘永济:《文心雕龙校释》,中华书局1962年版,第166页。
② 刘永济:《文心雕龙校释》,中华书局1962年版,第167页。

是,"虚静"的要谛究竟为何? 致"虚静"的工程要领究竟是什么? 却长期是广大研究者认识上的灰区。对此,《校释》从心理修养的角度,进行了精辟的论述。

刘永济明确认为:"修养心神,乃为文之首术。"心神修养的最高境界,就在虚静。所谓"虚静",就是老聃所说的"守静致虚"之意。这种心境对于创作成败的决定性意义就在于:

> 惟虚则能纳,惟静则能照。能纳之喻,如太空之涵万象;能照之喻,若明镜之显众形。一尘不染者,致虚之极境也;玄鉴孔明者,守静之笃功也。养心若此,湛然空灵。及其为文也,行乎其所当行,止乎其所当止,不待规矩绳墨,而有妙造自然之乐,尚何难达之辞,不尽之意哉?

养心的关键,就在于"去俗"。刘永济谆谆告诫广大学者:

> 心忌在俗,惟俗难医。俗者,留情于庸鄙,摄志于物欲,灵机窒而不通,天君昏而不见,以此为文,安从窥天巧而尽物情哉? 故必资修养。①

这样,就将作文、做事、做人,融合成为一个统一的系统工程。无疑,这一"致虚静"的工程是极其广阔的,但又是切实可行的。高瞻远瞩的理论品格与可操作性的实践品格的有机结合,这正是刘永济在龙学开拓上的最大特色,也是最能表现他独特的理论功力与实践功力的地方。

(四)对"三准"的独见

"三准"是刘勰在《镕裁》篇中提出的重要准则。很多学者都以一般性的作文"程序"视之,并不予以特别的重视。《校释》则从众人意外别出眼目,提出了许多独标一格的见解。

刘永济高瞻远瞩地认为,"三准"②的问题并非简单的文学模式问题,而是对文学的决定性要素"三事"的认定问题。"三准"是根据"三事"制定的,要

---

① 刘永济:《文心雕龙校释》,中华书局1962年版,第101页。
② 刘永济:《释刘勰的"三准"论》,见《文心雕龙研究论文集》,人民文学出版社1990年版,第651页。

确切地把握"三准",必先洞悉文学的决定性要素"三事"。通过观澜索源,他
从孔孟先贤的文学思想中找到了文学要素的基本依据:

孔子	志意	言	文书
孟子	志义	辞事	文
庄子	意	语	书
扬雄	心	言	书
刘勰	情	事	辞

刘永济认为,表中诸词,尽管存在着"字同而义异"、"义同而字异"的情
况,但都有对应规律可循,在文学的三个层面的划分上所处的相对位置是确定
不移的。"三准"的"设情"、"举事"、"撮辞",正是对文学的三个结构成分
"情"、"事"、"辞"三个层面的遵循。他的这一剖析,使刘勰蕴涵在"三准"中
的关于文学要素的思想清晰浮出了历史的水面。

刘永济不仅从"三准"中成功地绅绎和"剥离"出了"情—事—辞"三个美
学范畴,而且系统地揭示了三者的系统关系:

情(情思)……属内者。
↓
事(事义)外之声色所因依。事义充实,则声色俱茂,声色与事义不
称,则为浮藻。
↓内之情思所表现。事义允当,则情思倍明,事义与情思不符,则为
滥言。
辞(声色)……属外者。①

这一精微的美学辨析,将对艺术构成具有决定意义的三个美学范畴的系
统机制,揭示无遗。这种三分法的艺术结构,是对艺术的内容与形式之间复杂
的辩证关系的精确表述。无论是内容中的形式因素,或是形式中的内容因素,
都可在这一具有中介层面的结构中得到合理解释。这对于先前的"内容—形

---

① 刘永济:《文心雕龙校释》,中华书局 1962 年版,第 107 页。

式"两分法的艺术结构来说,在理论上是一个极大的突破和补足。将美学的系统思辨和哲学的辩证思维引入龙学研究中,刘永济是当之无愧的前驱者。

(五)对"风骨"的睿识

关于"风骨"的问题,黄侃提出过"风即文意,骨即文辞"①的总命题,在相当长的时间中几乎成了定论。刘永济对此做出了重要的开拓。他明确认为,"风骨"对于文心运动的决定性意义就在于:"情辞须有风骨","文之风采必资风骨","文之情辞不称,声采失调者,皆无骨乏风之故也"②。"风"被他定义为"运行流荡之物,以喻文之情思也","就其所以运事义以成篇章者言之为'风'"。"风"与"气"同义,"本篇所指,则在事义得情思之运行而生之力量,可以摇荡性灵者也"③。与现在人们所常说的艺术感染力同义。将"风"定位于"可以摇荡性灵"的"力量"的范畴,自刘永济开始。他将"骨"定义为"树立结构之物,以喻文之事义也","就其所以建立篇章而表情思者言之为'骨'"④,与现在人们所常说的艺术表现力同义。将"骨"定位于"事义"的范畴,视为一种支撑情思的结构性因素,也自刘永济开始。和黄侃的论见相比,在概念的精确性上有了很大的变化:

其一,黄侃的总命题中所说的"风骨"与"意辞"属于同一性的范畴,所强调的是一个"即"字。永济先生所说的"风骨"与"情辞"属于统一而又具有对举属性的范畴,所强调的是一个"故"字。在《校释》的概念系统中,"风"是"情"的决定性因素,"骨"是"辞"的决定性因素,二者之间有内外之分,虚实之别,因果之异。和黄侃的总命题比较起来,显然,刘永济的见解更加深刻,更加圆通,也更加接近事物的本质。

其二,黄侃所说的"骨"指"文辞",刘永济所说的"骨"指"事义"。"事义"是语言的内涵,是语言的艺术表现力量的决定性因素。众所周知,语言的艺术表现力并不决定于它的符号,而是决定于它的内涵。如果内涵不充实的话,纵令繁采艳辞,也只能"味之必厌"。刘勰云:"沉吟铺辞,莫先于骨。故辞之待骨,如体之树骸。"显然,刘勰所说的这种对于"铺辞"具有先决作用的东西,绝

---

① 黄侃:《文心雕龙札记》,上海古籍出版社 2000 年版,第 101 页。
② 刘永济:《文心雕龙校释》,中华书局 1962 年版,第 106 页。
③ 刘永济:《文心雕龙校释》,中华书局 1962 年版,第 107 页。
④ 刘永济:《文心雕龙校释》,中华书局 1962 年版,第 107 页。

非"文辞",而必定是"文辞"赖以"树立结构"的决定性的内在支撑力量。这一树立"结构"的内在的决定性的支撑力量,就是语言的内涵——事义。符号是语言之"名",事义是语言之"实",二者本来就是对立性的统一体。黄侃看到了语言之"名"——"文辞",刘永济则深及语言之"实"——"事义",而且将其区分为同一范畴中的两个不同的层面,这是对前人认识的极大拓展。

(六)对文心运动过程的通观

将创作的过程视为文心运动的系统过程,是刘永济独特的学术视野。他把创作过程中每一个阶段和方面,都一无例外地看成文心运动的特定阶段和方面。"养气"是文心运动的准备阶段:"务令虑明气静,自然神王而思敏。"①"物色"是文心的萌发阶段:"纯境固不足以谓文,纯情亦不足以称美,善为文者,必在情境交融,物我双会之际矣。"②"神思"是文心的内酝阶段:"内心与外境交融而后文生。"③"镕裁"、"附会"、"情采"、"章句"等是文心的外化阶段:上述的每一个方面,都与文心的文本化息息相关,都是文心外化的必不可缺的程序。"知音"是文心的交流阶段:"文学之事,作者之外,有读者焉……实赖精识之士,能默契于寸心,神遇于千古也。"④

刘永济不仅将创作的每一阶段看做是文心纵向运动的特定形态,也将创作的每一个方面都看做是文心的横向结构的特定形态。他明确指出:"舍人论文,辄先论心"⑤,"舍人论文,以情性为本柢,以理道为准则"⑥,从而将创作的认识论和方法论的一切方面,都统摄于文心的范畴中。纵令像"声律"这种纯专业的范畴,他也能从文心运动的角度,加以解读和体认:"用之者首重切情,必使颂者无佶屈聱牙之病,闻者有声入心通之妙,斯为至善耳"⑦,"盖文艺之美,既贵整齐,又须错综,而其本柢仍在情思。准情思以为文,则疾徐高下,错综整齐,自然有序。"⑧

① 刘永济:《文心雕龙校释》,中华书局1962年版,第162页。
② 刘永济:《文心雕龙校释》,中华书局1962年版,第181页。
③ 刘永济:《文心雕龙校释》,中华书局,1962年版,第100页。
④ 刘永济:《文心雕龙校释》,中华书局1962年版,第186页。
⑤ 刘永济:《文心雕龙校释》,中华书局1962年版,第101页。
⑥ 刘永济:《文心雕龙校释》,中华书局1962年版,第43页。
⑦ 刘永济:《文心雕龙校释》,中华书局1962年版,第126页。
⑧ 刘永济:《文心雕龙校释》,中华书局1962年版,第134页。

这种对文心运动的通观视野,是刘永济所独具而其他学者所不具的。这一见解,为《文心》的工程化,为建立以文心为统率的现代写作学理论体系,提供了坚实的理论前提。

（七）对《文心》社会指向与学术属性的深度剖析

关于《文心》的现实针对性问题,前人作了许多论述。概括起来,不外两种:一曰解决衡文之准的无依问题,以刘知几为代表。二曰解决文坛的诸多流弊的问题,以黄、范为代表。两种意见都把《文心》的学术属性定位于文论的范畴。刘永济则独标一格,认为它的指向不仅是批判文风,而且是批判世风。径而言之,是一部具有社会批判和文化批判的鲜明指向的书。他高瞻远瞩地指出,该著的现实针对性,就是"箴时","匡救时弊":"盖我国文学传至齐、梁,浮靡特甚,当时执政者类皆苟安江左,不但不思恢复中原,而且务为淫靡奢汰,其政治之腐败,实已有致亡之势;彦和从文学之浮靡推及当时士大夫风尚之颓废与时政之隳弛。实怀亡国之惧,故其论文必注重作者品格之高下与政治之得失。"因此,就其学术属性来看,绝非一般的文论,而是一部"其意义殆已超出诗文评之上而成为一家之言,与诸子著书之意相同"的书,"实乃艺苑之通才,非止当时之药石也"。刘永济将这部立意深远,识度闳阔的千古奇书,称为:"按其实质,名为一子,允无愧色。"①这一学术定位,是前无古人的,又是极其允当的。为后世学者从文化学与社会学的角度对龙学进行研究,不仅指出了明确的方向和路径,也提供了卓越的范例。

（八）对"文之枢纽"的论证方式的哲悟

《文心雕龙》的"文之枢纽",是由《原》、《征》、《宗》、《正》、《辨》五个篇章组成的论证结构。但是,这一论证结构的论证方式究竟是什么,却一直是人们的认识灰区。解决这一问题的困难就在于,这一完整的论证结构,实际是由两个互相矛盾的板块所组成的:前三章属于正性的范畴,后两章属于负性的范畴。对这两个互相矛盾的板块进行整体性阐释,这确实是一件颇费踌躇的事情。

人们对这一问题的解答,通常采取两种方式:一是撇开逻辑而专看形态,根据《序志》中的表述进行直接的整体认定;二是撇开形态而专看逻辑关系,

---

①   刘永济:《文心雕龙校释》,中华书局1962年版,第1—2页。

将前面三章归入枢纽论的范畴,而对其他两章则加以割裂进行另类处理。显然,这两派论见都包含了部分真理,但都具有以偏赅全的缺失,都缺乏整体概括力量和内在说服力量。我国龙学史上第一个对此进行突破的学者,就是刘永济。他对这一历史性难题所做出的精辟解答是:

> 舍人自序,此五篇为"文之枢纽"。五篇之中,前三篇提示论文要旨,于义属正。后二篇抉择真伪同异,于义属负。负者针砭时俗,是曰破他。正者建立自说,是曰立己。而五篇义脉,仍相连贯。盖《正纬》者,恐其诬圣而乱经也。诬圣,则圣有不可征;乱经,则经有不可宗。二者足以伤道,故必明正其真伪,即所以翼圣而尊经也。《辨骚》者,骚辞接轨风雅,追踪经典,则亦师圣宗经之文也。然而后世浮诡之作,常托依之矣。浮诡足以违道,故必严辨其同异;同异辨,则屈赋之长与后世文家之短,不难自明。然则此篇之作,实有正本清源之功。其于翼圣尊经之旨,仍成一贯。①

这一解答的深刻性与开拓性,集中表现在以下方面。

其一,是对《文心》立论宗旨的全面契合。《文心》的写作目的有两个:一是"贵乎体要",一是"恶乎异端"。二者相反相成,相得相彰,共同构成了《文心》的总纲。表现在"文之枢纽"中,就是立与破、正与反在逻辑结构上的统一性:《原》是总论"文原于道"的道理,《宗》与《征》从"立己"角度进行论证,《正》与《辨》从"破他"角度进行论证,以正反夹击的论辩阵式,形成一种双向求真的说服力量。这种论证结构上的统一性,正是战略目的上的统一性的逻辑反映。揭示《文心》论证结构中这种相反相成的逻辑关系,并将这种逻辑关系置于立论宗旨的总高度进行体认,从中找出其链接依据,这是龙学史上的第一次。

其二,刘永济对"文之枢纽"的论证结构的揭示,实际上也就是对《文心》全著的立破并举、正反兼及的独特的论证方式的普遍性特征的总体概括。这种独特的论证方式,正是《文心》博大精深的内容借以充分展开的方法论凭借,也是它的建设性品格和批判性品格得以充分显示的方法论凭借。对这一

---

① 刘永济:《文心雕龙校释》,中华书局1962年版,第10页。

具有全新意义的论证方式的标揭,是龙学研究中的一大创举。由于这一历史性的开拓,《文心》的学术品格以及相应的论证方式和批判方式才能获得自觉的关注和充分的显示,龙学研究才能由内容领域向方法领域伸延,龙学研究由于对内容与方法的双重关注而更加具体,更具有精密的理论品格和可操作性的工程品格。

其三,刘永济对"文之枢纽"的论证结构的揭示,同时也是对这一独特的论证方式的文化渊源的确切标揭。"立己"与"破他"这两个因明术语,明确地点出了这一论证方式与佛学因明方法之间的渊源关系。"立""破"并举,是因明学最基本的论证法则。《因明正理门论》第一句就是:"为欲简持能立能破义中真实,故造斯论。"《根本说一切有部毗奈耶》也对此做出了明确的标揭:"能立己义,善破他宗。大智聪明,如火腾焰"。"能立"就是证明,"能破"就是反驳,从而形成了一种求真与去假相辅相成的论证程序。这种富有辩证色彩的论证程序,不仅鲜明地体现在"文之枢纽"的论证过程中,也以"同喻"与"异喻"的方式,广泛地表现在《文心》全著的举证过程中。如:

> 练于骨者,析辞必精;深乎风者,述情必显。捶字坚而难移,结响凝而不滞,此风骨之力也。(同喻)若瘠义肥辞,繁杂失统,则无骨之征也。思不环周,牵课乏气,则无风之验也。(异喻)(《风骨》)
>
> 执术驭篇,似善弈之穷数(同喻);弃术任心,如博塞之邀遇(异喻)。(《总术》)
>
> 启行之辞,逆萌中篇之意;绝笔之言,追媵前句之旨;故能外文绮交,内义脉注,跗萼相衔,首尾一体。(同喻)若辞失其朋,则羁旅而无友,事乖其次,则飘寓而不安。(异喻)(《章句》)
>
> 盖风雅之兴,志思蓄愤,而吟咏情性,以讽其上,此为情而造文也;(同喻)诸子之徒,心非郁陶,苟驰夸饰,鬻声钓世,此为文而造情也。(异喻)(《情采》)

《文心》所以成就其博大精深,显然是与佛学方法论的支持密不可分的,而刘永济则是第一个从方法论的角度对此进行明确揭示的学者。这一揭示以细节的真实性与具体性证实了《文心》中的佛学方法论的存在,极大地拓宽了龙学的文化视野,启迪人们突破"独尊儒术"的历史拘囿,从更加广阔的领域去实事求是地体认《文心》中的丰富内涵和具体方法,以更加坚实的步伐走近《文心》的本质。

(九) 对《文心》逻辑结构的探索

我国许多学者对《文心》的结构模式,进行过种种探索。这些探索,都以篇目的自然顺序为依据,根据《序志》中的有关论述进行连贯,并对其合理性进行阐释和证明。这种"体系内的解读方式",对于从整体上理解和把握这一体大虑周的著作的系统联系,竭力使它忠实于原文原意,是极有裨益的。但是,"体系内的解读"是以原体系的固定模式为依据的,而人类的认识总在不断发展,二者之间势必产生种种不相协调的情况。原结构模式中,不可能绝对地正确,而长期的辗转传播,更增加了产生讹误的可能和整体解读的困难。面对这一历史的困惑,只有两种选择:或者是削足适履,或者是破履适足,二者必居其一。

刘永济先生是我国龙学研究史上第一个对《文心雕龙》结构进行通透的逻辑解读和勇敢的逻辑修正的学者。出于教学实践的需要,他以逻辑为依据,按照现代人的解读方式,对原书的结构进行了开拓性的调整。对此,他在《前言》中做出了明确的说明:

> 校释之作,原为大学诸生讲习汉、魏、六朝文学而设。在讲习时,不得不对彦和原书次第有所改易。所以校释首《序志》者,作者自序其著书之缘起与体例,学者所当先知也。次及上编前五篇者,彦和自序所谓"文之枢纽"也。其所谓"枢纽",实乃全书之纲领,故亦学者所应首先瞭解者。再次为下编,再次则上编者,下编统论文理,上编分论文体,学者先明其理论,然后以其理论与上编所举各体文印证,则全部瞭然矣。此校释原稿之编制也。①

显然,这一结构上的调整是符合人类认识的基本规律,也符合文心理论的内在逻辑的。它既表现出了一个教育大师机敏的实践识力,也表现出了一个

---

① 刘永济:《文心雕龙校释》,中华书局1962年版,第3页。

学术大师敢于突破陈规的开拓精神。尽管这一调整在1962年的正式出版时被中华书局的编辑所否定，最后"仍将校释依刘氏原书次第排列"，但它在学术实践上"古为今用"的价值取向，在学术研究上大胆创新的开拓精神，以及这一逻辑结构的科学性品格与工程性品格，至今还留在广大学者心里，激励着更多的学者继续攀登。

五、王元化（1920—2008年）——现代龙学研究第五基石

王元化，湖北江陵人，我国著名文学理论家，华东师范大学教授，中国文心雕龙学会名誉会长。从20世纪40年代起，即从事《文心雕龙》的研究。《文心雕龙创作论》，就是他一生研究龙学的系统总结，但是由于冤假错案所造成的长时期的文化禁锢，1979年始获出版。该著是"十年动乱"结束后，我国文艺理论学界和古典文学研究界影响最大的重要著作之一，是继黄《札》、范《注》、刘《释》之后，在《文心雕龙》义理的阐释与校正方面令人耳目一新的又一部力作。作者把熊十力"根底无易其固，而裁断必出于己"的警句作为理论研究的指导原则，以版本的意释和义校为严格依据，以世界性与民族性相结合的文化视野作为理论平台，以认识范畴的比较分析为特定的逻辑基点，以三个结合（古今结合、中外结合、文史哲结合）为具体的研究方法，凭借其深厚的国学修养和娴熟的现代美学理论知识，通过严谨细致的考证与全面深入的比较，将《文心雕龙》版本的理论的探究上升到现代文艺批评的高度，全面实现了我国龙学研究由传统向现代的转型。因此，该著不仅为《文心雕龙》理论科学的研究，而且也为古代文论研究，开辟了一条崭新的道路。它在《文心雕龙》理论研究中的重大开拓，可以集中概括为以下方面。

（一）文化视野上的开拓

王元化在龙学研究中所秉持的文化视野，是一种世界性与民族性相结合的特别广阔的视野。他以宏大的世界性视野，把中国古代文艺理论的经典文本《文心雕龙》，放进世界文论史、美学史的大坐标系中，进行了系统深入的比较研究。具而言之，就是："以西学为参照系"①，"除了把《文心雕龙》创作论去和我国传统文论进行比较和考辨外，还需要把它去和后来更发展了的文艺

① 王元化：《清园近思录》，中国社会科学出版社1998年版，第287页。

理论进行比较和考辨"①。他强调指出,这种开放的视野对于龙学研究的重要性与必要性,就在于:"如果把刘勰的创作论仅仅拘囿在我国传统文论的范围内,而不以今天更发展了的文艺理论对它进行剖析,从中探讨中外相通、带有最根本、最普遍意义的艺术规律和艺术方法,那么不仅会削弱研究的现实意义,而且也不可能把《文心雕龙》创作论的内容实质真正揭示出来。"②他对《神思篇》中的"视布于麻,虽云未贵,杼轴献功,焕然乃珍"的阐释,就是典型的范例。

注释家向来把"杼轴献功"一语,解释为"文贵修饰"。也就是黄侃在他的《札记》中所说的:"杼轴献功,此言文贵修饰润色。拙辞孕巧义,修饰则巧义显;庸事萌新意,润色则新意出。凡言文不加点,文如宿构者,其刊改之功,已用之平日,练术既熟,斯疵累渐除,非生而能然者也。"③王元化认为,这种看法是不能全面阐释这一比喻的深刻内涵的。诚然,刘勰并不排斥修饰润色的美学作用,但从来不对此做孤立的倡导,而总是将它置于内容与形式统一的范畴中,视为服务内容的一种具有积极意义的美学手段。显然,"杼轴献功"中的内涵,是绝非修辞学的一般性的认识范畴所能涵盖的。为此,他将自己的视野转向了现代的学科领域中,以现代比较成熟的学科作为逻辑凭借,对前人的意蕴进行探索和解读,就像马克思在《〈政治经济学批判〉导言》中所说的那样,"从资产阶级经济"中获得打开"古代经济"暗箱的"钥匙"。具而言之,就是将"杼轴献功"这一比喻置于现代西方的艺术想象理论平台上进行实事求是的体认和解读。也正是在这一"比较成熟"的文化视野的支持下,他终于找到了问题的答案:这一凭"拙辞"孕出"巧义",借"庸事"萌生"新意"的功效,就来自想象活动的作用。这就是他在《释〈神思〉篇杼轴献功说》一篇中所精辟阐发的:

> 在这里,刘勰提出了一个耐人寻味的比喻,这就是用"布"与"麻"的关系,来揭示想象与现实的关系……照刘勰看来,"布"是由"麻"纺绩而

① 王元化:《文心雕龙创作论》上海古籍出版社1984年版,第96页。
② 王元化:《文心雕龙创作论》,上海古籍出版社1984年版,第96页。
③ 黄侃:《文心雕龙札记》,上海古籍出版社2000年版,第95页。

成的,两者质地相若,都具有同样的自然物质成分,从这方面来看,"布"并不贵于"麻",但经过纺绩加工之后,就变成"焕然乃珍"的成品了。没有"麻",纺不出"布",没有现实素材,就失去了想象活动的依据。就这一点来说,想象与现实的关系,正犹如"布之于麻"的关系一样。①

　　刘勰所揭示的,就是这样一个凭借现实生活的"麻",纺织出"焕然乃珍"的艺术形象的"布"的最基本的工作原理。将刘勰的这一蕴涵在比喻中的美学论见认识得如此深刻,阐述得如此清晰,实际也就是对前人与时人在版本解读上的校正。这种校正已经不是一般意义的文字性的校正,也不是一般性的含义上的校正,而是一种理论体系上的校正,这种校正与阐释,实际也就是在一种全新视野下的对原有版本与原有校正的重新解读与深度耕耘。这是前人之所未至而为王氏之所独至的。王氏之所以能够独献其功,显然是与现代西方的艺术想象理论的有力支持密不可分的。

　　(二)观照视点上的精化

　　王元化在龙学研究中的卓越之处,不仅表现在他文化视野的博大性上,也表现在他的研究视点的精微性上。他在《文心雕龙》版本研究中所秉持的观照视点,是一种以思维范畴基本依据的特别精细的视点。他从《文心雕龙》的理论体系中,绅绎出了八个具有关键性意义的命题,作为整体把握的着眼点与下手处:其一是《物色篇》中的心物交融说;其二是《神思篇》中的杼轴献功说;其三是《体性篇》中的才性说;其四是《比兴篇》中的拟容取心说;其五是《情采篇》中的情志说;其六是《熔裁篇》中的三准说;其七是《附会篇》中的杂而不越说;其八是《养气篇》中的率志委和说。王元化的《讲疏》,就是以这"八说"的"释义"作为核心内容的。但是,他对上述八个命题所作的阐释,已经不再是传统的就字论字的"诂释",而是就范畴论范畴的现代释义了。他以文学运动的普遍规律以及人类对文学运动的普遍规律的普遍认识作为总依据,将八个命题一一纳入了对应性的特定范畴中进行展开性的剖析,赋予这些中国式的论断以普遍规律的品格。这些对应性的范畴以及这些命题与范畴之间的对应关系,在"八说"的标题中获得了明确的显示:

---

　　①　王元化:《文心雕龙创作论》,上海古籍出版 1984 年版,第 132—133 页。

心物交融说——关于创作活动中的主客关系(主客论范畴)

杼轴献功说——关于艺术想象(想象论范畴)

才性说——关于风格、作家的创作个性(风格论范畴)

拟容取心说——关于意象:表象与概念的综合(表象论范畴)

情志说——关于情志、思想与感情的互相渗透(情思论范畴)

三准说——关于创作过程的三个步骤(过程论范畴)

杂而不越说——关于艺术结构的整体和部分(结构论范畴)

率志委和说——关于创作的直接性(灵感论范畴)

范畴是反映事物本质属性和普遍联系的基本概念,是人类理性思维的逻辑形式。惟其如此,它在人类的思维中必然具有一种指示器与扭结点的功能:标示出人类在一定历史时代理论思维发展水平,帮助人们认识和掌握自然现象之网的网上扭结。也惟其如此,形成于不同时空中的民族文化才拥有可以比较与沟通的认识论依据。王氏的深刻与巧妙之处就在于,他充分洞悉和把握了这一思维科学的原理,将传统的命题纳入了具有普遍性的思维品格的范畴之中,使它因此也获得了一种普遍性的品格。也正是这种普遍性的品格,在不同类型或不同阶段的理论体系之间,架起沟通的桥梁。王氏的《释〈物色篇〉心物交融说——关于创作活动中的主客关系》,就是典型的例证。

王氏的这一专章,是由正文与附录两部分组成的。正文部分是对刘勰"心物交融"的释义,附录部分是对释义部分的理论发挥,也就是对刘勰"心物交融"说的意蕴与古今中外相关论述的比较分析。这些释义与比较都有一个共同的逻辑基点,就是"创作活动中的主客关系"这一特定的认识范畴。正是凭借这一范畴体系,刘勰的"心物交融"说的美学理念在"释义"中得到了清晰的概括和确切的表述,从而有条件地、近似地反映出永恒运动和发展的客观世界,以逻辑的形式包含、再现着事物形成的历史。而这一美学理念与王国维的"境界"说、龚自珍的出入说、黑格尔的"美的理念"说、别林斯基的"典型"说的同与异的比较,在逻辑上才具有共同的扭结点而成为可能,并在"附录"中获得了充分的发挥。其他各说中的逻辑结构,无一不是如此。如此清晰而又严密的逻辑链接,同样是前人与时人之所不至而为王氏之所独至的理论境界。

（三）研究方法上的创新

王元化在龙学研究中所秉持的研究方法，是一种独出心裁的多维统一的方法，也就是他在《关于鲁迅研究的若干设想》(1981 年)中所说的"综合研究法"。《文心雕龙创作论》，就是这一"综合研究法"的深刻实践。所谓"综合研究法"，就是"把古与今和中与外结合起来，进行比较对照，分辨同异，以便找寻出在文学发展上带有规律性的东西"。① 也就是他所说的"三个结合"："即古今结合，中外结合，文史哲结合。"②

所谓"古今结合"，就是把古代文论中的理论命题与当代文艺理论中的重大问题联系起来，用今天发展了的文艺理论去审视剖析古代文论，在比较和考辨中探其渊源，明其脉络，加深对这些问题的思考，赋予中国古代文论研究以崭新的现实意义。例如从《物色》篇的"心物交融"联系到创作的主客体关系的问题，从《神思》篇的"杼轴献功"说联系到艺术想象的问题，从《比兴》篇的"拟容取心"说联系到艺术表象的问题，从《镕裁》篇的"杂而不越"说联系到艺术结构的整体和部分的问题，等等。

所谓"中外结合"，就是把中国的古代文论和外国文论加以比较，辨析同异，从而探究那些中外相通，带有最根本、最普遍意义的艺术规律和艺术方法，并由此揭示出我国传统文论的民族特色。例如刘勰的"心物交融"说与黑格尔"美的理念"说以及别林斯基的"典型"说的比较，刘勰"比兴"说与歌德"意蕴"说的比较，刘勰"才性"说与威克纳格"风格"说的比较，等等。有比较才有鉴别，有鉴别才有选择，有选择才有交流和融合，从而有力地推动着中华传统文论的现代化过程，也有力推动着中华文论走向世界的进程。

所谓"文史哲结合"，就是将古代文论置于广阔的历史背景中与高瞻远瞩的哲学视野中来考察，既以历史的实据来证明刘勰思想的发展轨迹，又从哲学方面去追溯其思想发展的根由，力求在哲学观照和历史考辨中把握艺术创作的一般规律。例如，从魏晋玄学的"言意之辨"来说明刘勰《神思》篇的"言意"理论的渊源，以荀子的"虚壹而静"说来考辨刘勰的"虚静"说的滥觞，等等。也就是他在《文心雕龙创作论》跋语中所深刻指出的："我国古代文史哲

---

① 王元化：《文心雕龙创作论》，上海古籍出版社 1984 年版，第 312 页。
② 王元化：《文心雕龙创作论》，上海古籍出版社 1984 年版，第 311 页。

不分,后来分为独立的学科,这在当时有其积极意义,可说是一大进步,可是今天在我们这里往往由于分工太细,使各个有关的学科彼此隔绝开来,形成完全孤立的状态,从而和国外强调各种边缘科学的跨界研究的趋势恰成对照。我认为,这种在科研方法上的保守状态是使我们的文艺理论在各个方面都陷于停滞、难以有所突破的主要原因之一。"①惟其如此,"假如不搞综合研究法,我们的理论就很难有所突破"②。也惟其如此,"文学理论的研究往往不得不依靠史学、哲学、美学等已有的科研成果"③。王氏的八说所取得的理论成功,就是这一方法的有效性的具体证明。

尤为难能可贵的是,王氏在倡导研究方法大力更新的同时,并不否定和排拒传统的研究方法,相反,他吸收了乾嘉学风中的合理因素,以坚实的训诂考证作为自己综合研究的起点和基点。在《文心雕龙》的综合研究中,他始终坚持"根柢无易其固,而裁断必出于己"的治学原则,对关键术语、概念的训释追根溯源,敢于提出新说。最具代表性的是他对《物色篇》中的"物"字的考证。

《文心雕龙》用"物"的地方共有48处,散见于《原道》、《宗经》、《明诗》、《物色》等篇中。范文澜在《文心雕龙注》中释《神思篇》"神与物游"之"物"为"外境",释"物沿耳目"之"物"则为"事也,理也",前后不一致。王元化根据《经籍籑诂》所辑从先秦到唐代关于"物"的训释共50余例,对此进行了细致考辨,认为"物"的本意是"杂色牛",严格地属于感性事物的范畴。据此,他对范《注》将"物沿耳目"的"物"字释为"事也,理也",并进一步概括为"事理"的诠释提出质疑,认为是"失其本义"的,因为"只有感性事物(外境或自然)才能够被感觉器官(耳目)所摄取。至于'事理'则属于抽象思维功能方面,绝不能由感官直接来捕捉。因此⋯⋯说抽象的事理可以通过作为感官的耳目直接感觉到,这显然是不合理的。"王氏结合《段注说文》"牛"篆之意和王国维《释物篇》据卜辞考定"物亦牛名",纠正了《范注》释"物"的不当之处,恢复了"杂色牛"的本义,认为推之以名"杂帛",引申以名"万有不齐之庶物",这才是"心物交融"之"物"的真正含义所在。王氏在"心物交融""物"字解的论证过程中,真正做到了在历史的比较和考辨中,探其渊源,明其脉络,究其底蕴的目

---

① 王元化:《文心雕龙创作论》,上海古籍出版社1984年版,第311页。
② 王元化:《文学沉思录》,上海文艺出版社1983年版,第2页。
③ 王元化:《文学沉思录》,上海文艺出版社1983年版,第59页。

的,将版本学的研究与理论的研究融合成为水乳交融的整体。以一字之微,维护和突出了刘勰理论中的唯物主义积极因素之巨。这种功力和修养,在现代龙学的研究中,是足称楷模而并不多见的。

由于以上突出的学术建树,王元化的《文心雕龙讲疏》,在我国的现代龙学理论研究与龙学版本研究中必然拥有一种里程碑式的历史地位。他凭借其深厚的国学修养和渊博的现代美学理论知识,通过严谨细致的考证,全面深入的比较,以及丝丝入扣的综合分析,遥承20世纪初王国维《红楼梦评论》等著作所开创的"取外来之观念,与固有之材料互相参证"①的传统并大而化之,近继黄《札》范《注》刘《释》的古今中外融会贯通的研究成果,在我国龙研史上第一次对《文心雕龙》的创作理论,做出了既具有中国特色又具有世界意义的裁断和解读,赋予它以普遍规律的科学内涵,将版本研究与理论研究融合成为一个有机的整体,使中华民族特有的美学智慧在现代人的视野中焕发出璀璨的光辉,在具有时代色彩的学术平台上进一步实现了《文心雕龙》义理阐释由传统到现代的转型。因此,该书不仅为《文心雕龙》的探究进而为古代文论的探究,开辟了一条崭新的道路,也为《文心雕龙》走向世界,实现中华美学与世界美学的面对面的对话与交流,奠定了坚实的理论基础。

第三节　《文心雕龙》研究轨迹的逻辑启示

根据上面的历史归纳,可以清楚地看出千余年来龙学研究的峰谷相连的发展轨迹:

图象清晰显示,一千多年龙学研究史中,有过三次高峰:第一次高峰,从隋代至中唐;第二次高峰,从清末到五四;第三次高峰,从新中国成立到三中全会。三次高峰之间,有两次大低谷:第一次大低谷,在宋代的理学统治时期;第二次大低谷,在"文化大革命"的空前浩劫时期。

这一峰谷相间图象,与中国文化运动的总体轨迹图象基本上是一致的。如果从中国文化运动的总体高度来进行解读,我们对这一图象的理论意义和

---

① 陈寅恪:《王静安先生遗书序》,见《王国维文学美学论著集》,北岳文艺出版社1987年版,第434页。

形成原因,就会领会得更加深刻。

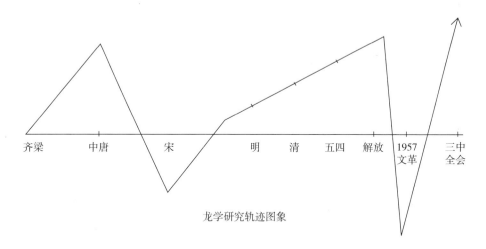

龙学研究轨迹图象

事物的发展总是在高低起伏中进行的,一部民族文化史也不例外。在我国的文化发展中,第一次思想解放的时期是战国诸子争鸣的时期,它营造出了我国历史上的第一次文化繁荣。接踵而来的就是秦始皇"焚书坑儒"的文化大杀戮和汉武帝"罢黜百家,独尊儒术"的文化大禁锢,使中国的文化陷入了第一次低谷之中。魏晋南北朝是我国第二次思想大解放的时期,缔造了我国文化的第二次繁荣,这次繁荣一直延续到中唐以后。接踵而来的是韩愈为维护儒家道统所发动的古文运动和拒佛运动,思想开放之门逐渐关闭,最后演变为宋代的程朱理学,使中国的文化陷入了第二次的低谷之中。明代中期以后文化思想渐渐复苏,至清末而汇成巨流,至"五四"而进入高峰。从清末到"五四",是我国文化思想第三次大解放的时期。1926 年反动军阀张作霖悍然绞死了五四旗手之一的李大钊,不久蒋介石又在全国推行"文化围剿"政策,我国的文化繁荣又迅速跌入了谷底。新中国成立初期,我国的文化思想重新获得了复苏的机遇,到"57"之春时开始步入活跃,"57"之夏以后由于众所周知的原因又陷入了坎坷,至史无前例时期而全面陷入绝境。紧接而来的是三中全会的召开,开创了我国文化思想第四次大解放的局面,我国的文化终于走出了低谷,重新跃入了高峰。

轨迹曲线形成的原因究竟是什么? 这是值得我们深思的。否则,我们将永远陷于历史宿命论的泥坑中而不能自拔。

　　恩格斯在《反杜林论》中深刻指出："运动本身就是矛盾。"①毛泽东将这一辩证法的根本规律表述为："事物发展的根本原因,不是在事物的外部而是在事物的内部,在于事物内部的矛盾性。任何事物都有这种矛盾性,因此引起了事物的运动和发展。"②表现在中国文化运动的历史过程中,就是封建专制的独尊性的"东方恶习"与民族天性的兼容性的民主精华之间的冲突。这一冲突具有不可调和的属性。每当独尊性的"东方恶习"居于主流地位时,思想解放便会相应地陷入低谷,每当兼容性的民主精华获得有利机遇时,思想解放就会相应地跃入高峰。此消彼长,潮起潮落,推动着历史的发展,也推动着文化思想的发展。

　　《文心雕龙》的研究历史同样是如此。《文心雕龙》的诞生本身,就是这一文化冲突的产物。独尊文化的"礼崩乐坏","东方恶习"所造成的极度腐朽和浮靡,是魏晋南北朝的多元文化破土而出的社会前提和特殊机遇。正是在这一特定历史所提供的特定土壤中,兼容性与进步性的花朵才得以盛开。惟同声可以相应,惟同气可以相求,兼容与开放的学术只能属于兼容与开放的时代。大唐是兼容与开放的时代,自然以同样属性的《文心雕龙》作为理论前导。宋代是以理学教条束缚人心的时代,自然对异己性的《文心雕龙》进行忽略和拒绝。清末和"五四"是对"东方恶习"进行全面反思和扫荡的时代,自然对《文心雕龙》这一"东方恶习,尽此数言"的著作特别关注,从中吸取可以和"摩罗诗力"相通的东西。"文变染乎世情,兴废系乎时变。"龙学研究中的潮起潮落,同样是如此。

　　龙学研究的历史轨迹给予我们的逻辑启示,可以概括为以下方面:

　　其一,龙学研究是时代开放程度的试金石。这一试金石的可靠性就在于,《文心雕龙》是中华文化兼容性在学术上的集中体现。"擘肌分理,惟务折衷。""折衷"是《文心雕龙》在方法论上最根本的特色。开放性的学术只能属于开放性的时代,唯有开放性的时代才能容纳开放性的学术。大唐是开放性的时代,《文心雕龙》得其机遇而受到了重视。宋代是以理诛心的封闭时代,《文心雕龙》理所当然受到冷遇与尘封。清末到"五四"是我国学术思想重新

---

①　《马克思恩格斯选集》第3卷,人民出版社1995年版,第462页。
②　《毛泽东选集》第1卷,人民出版社1991年版,第301页。

活跃的时代,《文心雕龙》再一次受到了重视。1956年推行双百方针,《文心雕龙》的研究迅速步入高潮。"57"之夏以后政局逐步走向极左,最后陷于史无前例的文化浩劫中,《文心雕龙》也迅速陷入谷底,留下十年空白。三中全会以"解放思想,实事求是"相标举,《文心雕龙》的研究又得其机遇,迅速走向了繁荣,并进而走向了世界。验之历史,百试不爽。以书可以观时,以书可以验心,以文心之小小,足见社会文化心理潮起潮落之深深。这对于了解社会文化心理的历史演变来说,无疑是一条便捷的通道。

其二,兼容性的认识论是《文心雕龙》的总枢纽,也是解读该著的总钥匙。唯有兼容性的总钥匙,才能打开《文心雕龙》的总库,洞悉其全部精华。所谓"兼容",实际也就是对"独尊"的对立和否定。是"独尊"还是"兼容",是中华文化中两种截然相反的价值观的分水岭,也是对《文心雕龙》进行解读的两种截然相反的方法的分水岭。《文心雕龙》绝非"一家之道",而是众家之道,是众家之道中的精华的总集合。如果把《文心雕龙》所标举的"道"仅看成"文以载道"之"道",那是一种极大的误读和误解。如果真是如此,刘勰势必与他所格格不入的"东方恶习"落入同一范畴,《文心雕龙》的全部思想价值和学术价值就会荡然无存了。兼容性绝不是一个孤立的范畴,它总是与进步性共生的。唯有兼容才能进步,唯有进步才能兼容,二者从来都是密不可分的。鲁迅是民主革命的闯将,他站在反封建的立场上,读懂了《文心雕龙》中对"东方恶习"的社会批判,读懂了它对"心力"的标举。黄侃是"五四"新文化运动的前锋,他站在批判桐城学派的角度,读懂了《原道》中所标举的"自然之道"与"后世言文以载道者截然不同"的内涵,并以此为据,向现实生活深深伸延,归纳出一个石破天惊的结论,使社会之耳目为之一新:"夫堪舆之内,号物之数曰万,其条理纷纭,人鬌蚕丝,犹将不足仿佛,今置一理以为道,而曰文非此不可作,非独昧于语言之本,其亦胶滞而罕通矣。察其表则为谵言,察其里初无胜义,使文章之事,愈痟愈削,寖成为一种枯槁之形,而世之为文者,亦不复撢究学术,研寻真知,而惟此窾言之尚,然则阶之厉者,非文以载道之说而又谁乎?"[①]而纪昀,纵是绝顶聪明,由于"独尊"的拘囿,始终不能接受"自然之道"中的非儒学的广阔范畴,无论"文以载道"或是"文原于道",无论"明其当然"或是

──────────

① 黄侃:《文心雕龙札记》,上海古籍出版社2000年版,第6页。

"明其本然",在角度上虽然有了变化,但在根本范畴上,"推到究极,仍是尊经",始终未能超越独尊之道的雷池半步。纪昀注定是封建文化的卫士,而绝不可能达到黄侃的认识高度。这就是人们所常说的世界观制约的结果。这一规律有力地启示我们:要想在龙学的研究中有所开拓,首先必须从解放思想开始。《文心雕龙》本身就是解放思想的产物,是突破陈规的产物,是文化进步的产物。只有和一切形形色色的独尊之道彻底决裂,只有和"万理之理"息息相通,只有和社会文化进步的总方向保持一致,我们才能真正认识和把握这一兼容性和进步性学术的精髓。否则,永远只能在这一圣殿的大门之外徘徊。

其三,兼容性与创造性是《文心雕龙》的文化命脉,也是中华文化的精神命脉。通过《文心雕龙》去解读和把握这一命脉,是龙学研究的最高文化宗旨。

兼容和创造,是我们民族的伟大天性,也是我们民族借以生存和发展的最根本的精神依据和物质依据。《文心雕龙》,就是这两大天性的集中体现。惟其能纳能容,所以能从古老的自然之道中吸取智慧,也能从佛学中吸取印度文化的智慧,将儒释道三家的精华熔铸成为一个有机整体,创造出一个前无古人,后鲜来者的美学与写作学的全新的理论体系。兼容是前提和保证,创造是目的和结果,二者相得而益彰,构成《文心雕龙》中最深邃的内涵。对这一深邃内涵的把握,是龙学研究中最高层面的把握。鲁迅惟其把握了这一深邃内涵,所以能窥见《文心》中可以与"摩罗诗力"兼容并蓄的"心力",将二者在世界美学历史的总层面上熔铸成"立意在反抗,指归在动作"的批判力量,去实现摧毁旧礼教、建设新文化的时代使命。惟其把握了这一深层内涵,所以能洞悉东方《文心》与西方《诗学》二者共同的崇高价值和历史地位。惟其把握了这一深层内涵,所以对这两大命脉的对立面的"东方恶习",表现出如此强烈的愤慨。黄侃惟其把握了这一深层内涵,所以能对"文以载道"之道和"万理所稽"之道二者的根本区别,认识得如此深刻,对"一家之道"的狭隘性及其压制创造性的恶果,才如此深恶痛绝。这些,都为我们进行龙学研究,指明了前进的方向和攀登的境界。

其四,龙学研究的历史,从来都是先进文化与独尊文化的斗争史。正是二者之间的斗争和消长,构成了龙学研究中的峰谷相间的历史过程,推动着龙学研究由低向高前进不已。这一斗争是长期的,反复的,此消彼长的。诚如柯林伍德所言："历史是凝固的现实,现实是流动的历史。"①也就是爱德华·卡尔所深刻体认的:"历史是现在跟过去之间的永无止境的问答交流","是过去的事件跟前进中出现的将来的目标之间的谈话"。②独尊文化绝不会自动退出历史的舞台,一有机会,就会卷土重来。史无前例时期对《文心雕龙》的疯狂"批判",就是明显的例子。为了彻底走出历史的盘陀路,真正把握民族的文化命运,不再走大起大落的老路,必须从人类历史进步的总方向和总高度,来认识和捍卫《文心雕龙》的文化意义,对独尊文化的"东方恶习"进行全面、彻底、持久的批判,对进步文化进行全面、彻底、持久的弘扬。这就是鲁迅所郑重警告和昭示的:"花样将不断翻新,老谱将不断袭用","战斗正未有穷期"。这一警告和昭示,对于我们今天及以后的龙学研究,仍是具有极大的现实意义的。

其五,《文心雕龙》,是世界文化大融合的产物,对《文心雕龙》的研究,也从来都是一项世界性的活动。这一活动,早在唐代即已经开始。唐代日本僧人遍照金刚的《文镜秘府论》,就是典型的例证。随着我国走向世界进程的加速,《文心雕龙》的研究走向世界的进程也在同时加速。当前,龙学研究已经成为世界显学研究的重要内容,越来越多的地区,越来越多的学者,加入到了龙学研究的队伍里。来自世界的伟大事物,必然走向伟大的世界,历史的辩证法从来都是如此。我国龙学会成功举办的历次《文心雕龙》研究国际学术讨论会,就是现代生活对这一历史规律做出的有力证明。可以预期,随着中华的崛起,《文心雕龙》这一条东方之龙,一定会以自己独特的智慧,为世界人民做出更大的贡献。

其六,《文心雕龙》是实践的产物,对《文心雕龙》的研究,从最根本的层面来看,也是实践的产物。学以致用,为实践服务,是理论研究的根本宗旨,也是理论研究的温床和根本动力。对《文心雕龙》的研究同样如此。唐代的龙学研究,就是鲜明的范例。这种研究方式虽然是未贴标签的,潜移默化的,但却是对《文心雕龙》的用精取宏,将其精华深深渗入了时代的生活中,成为建设新型文化的重要依据,于是缔造出了一代崭新的文风。陈子昂、李白、白居易,

---

① 柯林伍德:《历史的观念》,光明日报出版社2007年版,第178页。

② 爱德华·卡尔:《历史是什么?》,商务印书馆1981年版,第28,135页。

无一不从《文心雕龙》中吸取文学创新的理论依据,脉络斑斑可考。《文心雕龙》实际是大唐文学的理论前奏;如果没有《文心雕龙》所做的前期准备,唐代的文学改革和文学繁荣,是不可想象的事情。这种实践性的研究,才是根深蒂固的研究。鲁迅对《文心雕龙》的研究同样是如此,潜移默化,不事张扬,但实际上已经深深切入《文心雕龙》的理论核心之中,从最根本的层面上对其进行了系统的把握,并将这种把握直接运用于现实的斗争之中,成为推动生活前进的强大动力。鲁迅对"摩罗诗力"的开拓,对"东方恶习"的批判和抨击,对《文心》与《诗学》在世界美学史中的崇高地位的并举,就是这一实践性开拓的范例。鲁迅的"论时事不留面子"的匕首投枪式的战斗作风,他的"横眉冷对千夫指"的铁骨钢筋式的文学骨气,他的立足中华、面向世界的广阔的文学视野,无一不和《文心雕龙》的潜移默化有关。惟其立足实践并且深入实践,所以坚实难移,经得起风吹雨打,足以垂范于永远。这些历史事实有力地启示我们:现代的龙学研究,必须立足于学以致用,立足于理论开拓与实践开拓的并举。就当前龙学研究的总情况来看,在理论的开拓方面,我们已经取得了相当丰硕的成果,而在实践性的开拓方面,则是很不充分的。《文心雕龙》科学,至今没有全面转化为强大的工程科学。截至目前,全国形形色色写作学专著与教材不下千部,各有特色,但真正能对《文心雕龙》进行系统消化的,犹如凤毛麟角,大多缺乏理论科学的指导,而只能在技术科学的层次上简单重复与徘徊。美学理论也同样如此。究其原因,与我们研究中的"纸上谈兵"倾向有关。问题之所在,也就是契机之所在。只要我们对实践性开拓有了足够的重视,只要我们将鲁迅在实践性开拓中为我们做出的典范牢记在心里,这个问题的解决,并不是十分困难的事情。

其七,继承性与开拓性的结合,是龙学研究的优良传统。《文心雕龙》的诞生,就是对传统文化进行继承和创新的结果。没有继承,则创新失去基础;没有创新,则继承失去意义。对《文心雕龙》的研究,从来都是在"述"与"作"的结合中进行的。即使在一个注释中,绝不是前人知识的简单罗列,而必定是对这些知识的精审细择以及独出心裁的领会与发挥。即使在跨文化比较的大界面中,绝不是背祖离宗的哗众取宠,而必定是对原作原文原义的一丝不苟的尊重与遵循。以"述"为据,故字字都有来历,不作任意发挥,由此形成一种特别谨严的学风;以"作"为求,故篇篇都有新意,绝不抱残守缺,由此形成一种特别开放的品格。这种学风与品格,是代代相传的。以"述"为据,故经万变而不离其宗:以"作"为求,故趋时新而乘机无怯。这就是龙学研究历久不衰的原因。

龙学研究的明日辉煌,也许就寄托在以上七个方面的开拓里。

第九章　《文心雕龙》版本论

版本指同一图书的特定内容与特定形态所构成的特定的文本格局。一本书可能因各种原因而有不同版本，如作者修订，发布环境改变，传播过程影响等。研究同一图书的不同版本，是把握该著的流传状况与影响状况的集中窗口，也是发现和改正传播过程中所出现的差错，维护文本的准确性与规范性，方便读者正确理解著作原意的重要的形态保证。

版本学的研究是《文心雕龙》研究的重要组成部分。这一研究的必要性与特殊重要意义就在于，《文心雕龙》是我国文论学的历史典籍中最博大精深、流传最广、版本最多的一部著作，同时又是出现媒介讹误最多、最连绵不断、至今没有定本的一部著作。这些特殊情况既给我们提供了极其丰富的传播信息，又对我们提出了极其艰巨的校勘任务与阐释任务。这些版本学的研究，直接关系着对《文心雕龙》的价值与地位的确切把握，也关系着对该著文本的理解的深度和准度。惟其如此，从明代开始，对《文心雕龙》版本的研究，对该著的善本与定本的锲而不舍的理论探索与出版追求，就成为世代龙学家与龙著出版家的辛苦耕耘的自觉领域。为着总结前人的历史性成果，也为着推动《文心雕龙》版本研究的进一步深入，本著特辟专章，谨将一管之见，奉献于大方之前。

第一节　《文心雕龙》版本流变的历史概况

非常著作的非常生命，总是在一个非常的传播过程中形成，并总是与一个非常的传播过程联系在一起的。从某种意义上说，正是这一个非常的传播过程，检验着并造就着它的非常的学术生命，赋予它以一种足以经历各种坎坷的独特的生命活力。犹如人的生命活力的"所以动心忍性,增益其所不能"的锻造过程一样。

　　《文心雕龙》就是这样一部有着非常传播经历的非常著作。它在1500年前脱颖而出的时候,等待它的并非掌声与鲜花,而是一个极其坎坷也极其沉寂的命运:

> 初,勰撰文心雕龙五十篇,论古今文体,引而次之。既成,未为时流所称。勰自重其文,欲取定于沈约。约时贵盛,无由自达。乃负其书候约出,干之于车前,状若货鬻者。(《梁书·刘勰传》)

　　等级森严的门阀制度,给出身寒素的人才设置种种"士庶天隔"的鸿沟,使他们举步维艰,困顿竭蹶。刘勰不甘心屈居下层,"穷则独善以垂文",发愤著书,希图有所作为,然而其作品欲登"羽翼经典"的大雅之堂,其人欲跻身"原道心以敷章,研神理而设教"的文坛,远不是一件一蹴即就的事情。这就是刘勰在《程器》中所深深感慨的:"将相以位隆特达,文士以职卑多诮,此江河所以腾涌,涓流所以寸折者也。"他的著作的"未为时流所称"的命运,就是这一时代悲剧的必然宿命。

　　但是,非常事物的命运,也是包含着非常人物的主观能动因素在内的。胸怀着"文果载心,余心有寄"的不甘沉沦的期许与自重,刘勰勇于与命运抗争,不惜放下文人的身段,打扮成"货鬻者"的模样,干之于被称为"一代文宗"的沈约的车前,为自己的出版物争取一个交流与取定的机会。皇天不负苦心人,他的著作果然获得了沈约的"大重","谓为深得文理。常陈诸几案"。这一个为沈约"陈诸几案"并因此而开辟了通向仕途的渠道的版本,就是《文心雕龙》的第一个版本。

　　遗憾的是,知音是可望而不可求的:"知音其难哉!音实难知,知实难逢,逢其知音,千载其一乎!"(《知音》)《文心雕龙》的后续版本的传播,就远没有它的第一次那么幸运了。终隋唐宋三代,没有发现过该著的刻本,也很少人正式提及它的名字。它有如一颗深埋地下的种子,无声无息地等待着发芽机会的到来。到元代至正15年,这颗沉潜的种子终于绽出了第一株新芽,这就是由刘贞刻于嘉兴郡学的《文心雕龙》,这是我国目前发现的第一个刻本。到了明清以后,这颗新芽已经蔚然成林。根据杨明照的记录,仅是他所"经眼"的《文心雕龙》版本,就有80余种之多。进入近现代以后,对《文心雕龙》版本的研究,更是进入空前繁荣的阶段,并已发展成为一门世界性的专门学问。

一部作品的传播能经历1500年而不衰,反而越传越盛,这确实是人类文化史上"寡二少双"的奇迹。这一奇迹之所以发生,显然是与该著独特的生命活力的非常的浩盛性密不可分的,也是与我们民族对自己传统文化的非常的执著性与非常的消化能力密不可分的。《文心雕龙》版本的历史流变过程,就是认识这些最珍贵的积极因素的最直接的窗口。下面,试作扼要介绍。

一、隋唐至宋代的版本流变状况

隋唐时期的文人学者对《文心雕龙》的文本直接进行评述的不多,但引用其文字或暗用其观点的还是不乏其人的。魏征《隋书·文学传序》中标举的"文之为用,其大矣哉",陈子昂对"风骨"的标举,日本遍照金刚《文镜秘府论》中对《声律》的引用与对"定位"的理论主张,就是具体的例证。这些例证表明,《文心雕龙》虽然在当时并没有引起社会的普遍重视,但是,作为一部对写作具有指导意义的专著,已经产生了深刻的影响。《隋书》与《旧唐书》俱列有书目,将其归入《经籍志》的正史图书的范围之中,就是社会对其评价的最集中的标志。

但是,作为一种刊刻本来说,隋、唐、宋三个朝代都没有版本保存下来。唐代唯一幸存下来的版本,是一幅手抄的残卷。这一残卷于清光绪二十五年(1899年)发现于敦煌千佛洞石窟,被帝国主义分子匈牙利人斯坦因盗走,现藏于伦敦大英博物馆,编号为斯坦因藏卷第5478号。博物馆说明如下;

> 《文心雕龙》是对文学门类评述的著作。梁朝(第6世纪)刘勰著。全书共50篇,现存第1篇(仅有末段)至15篇(仅有首段)。是用工整的行书缮写在光滑革纸上的手抄本,一部分已变色,长17公分,宽12公分,22叶,或22丁。①

---

① 《伦敦博物馆展品解说辞》,见户田浩晓《文心雕龙研究》,上海古籍出版社1992年版,第107—108页。

我国现代龙学专家杨明照对文献做了专门的介绍：

> 甘肃敦煌莫高窟旧物,被匈牙利人斯坦因劫去,今藏英国伦敦东方图
> 书馆。自《原道》篇赞"龙图献体"之"体"字起,至《谐隐》第十五篇名止。
> 字作草体。册叶装,四界,乌丝栏。共二十二叶。每叶二十行至二十二行
> 不等。卷中"渊"字"世"字"民"字均阙笔。"民"字亦有作"人"字者。由
> 《铭箴》篇"张昶"误为"张旭"推之,盖出玄宗以后人手。"照"字却不避。
> 屡以所摄景本与诸本细勘,胜处颇多。吉光片羽,确属可珍。实今存《文
> 心》最古最善之本也。①

这一手抄本被学界称为敦煌本。敦煌本虽非完本,却是现存《文心雕龙》
诸本中最古老的版本,在该著的传播史上,具有准母本的意义。该版本以最接
近原本的真实面貌,为校正其他版本的讹误,提供了重要的参照系统。

迄今为止,还没有见到《文心雕龙》的宋代版本,但是,著目则广见于各种
书籍中。王尧臣等奉敕撰写的《崇文总目》文史类,郑樵《通志》艺文类,马端
临《文献通考·经籍考》,等等,都载有《文心雕龙》的书目。根据《宋史·艺文
志》的记载,宋代曾经发行过一个由辛处信做注的《文心雕龙》版本,也同样没
有流传下来。但这只是文献保存中的一处空白,而不是版本流传中的一处断
裂。从《太平御览》中的大量引文来看,对《文心雕龙》的出版与研究虽然比较
沉寂,但事实上依然在扎扎实实地运行,从来没有中断过。犹如地下的潜流,
不事声张,悄悄汇集,一当运行到了适当的地点,就会喷薄而出,转化成为一条
地上的大河。

二、元明时代的版本流变状况

从元代到明代,由于封建文化的衰退和社会意识的趋新,社会上的文化需
求日益强烈,产生于变革时代并代表变革时代的通变趋势的《文心雕龙》,日
渐受到文化知识界的重视,该著的阅读范围与研究范围日渐扩大。而就出版
技术来说,经历宋代的技术繁荣之后,已经进入了普及化的阶段,书肆遍及全

---

① 杨明照:《杨明照论文心雕龙》,上海科学技术文献出版社 2008 年版,第 189 页。

国各地。适应这一趋势,《文心雕龙》的版本迅速更新,有如雨后春笋一般的登上了文化的大舞台。据上海社会科学院林其锬统计,自唐以降可见者不下百余种,绝大部分都出现在元明时期。下面试根据曾经亲眼目睹诸种版本的海内外著名学者杨明照、户田浩晓、林其锬、詹锳等所提供的资料,对其中最具代表性的版本,作一概括性的介绍。

（一）元至正十五年(1355 年)嘉兴郡学刻本

上海图书馆藏,分订二册。

此本于元代至正乙末由刘贞主持刻于嘉兴郡学,是今存最早的单刻本。据亲眼目睹该版本的学者的介绍,此本框高 232 毫米,宽 156 毫米,乌丝栏,蝴蝶装。卷前有"曲江钱惟善"作于"至正十五年龙集乙末秋八月"的《序》云:"嘉兴郡守刘侯贞,家多藏书,其书皆先御史节斋先生手录。侯欲广其传,思与学者共之,刊梓郡庠,令余叙其首……余尝职教于其地而目击者,故不敢辞……侯可谓能世其家学者,故乐为之序。"继有目录二葉,下有"徐乃昌读"印。卷首第一行顶格题"文心雕龙卷第一",次行下署"梁通事舍人刘勰彦和述",卷末隔数行顶格作"文心雕龙卷第 X",中缝上鱼尾之上记数,中署"文心雕龙",下鱼尾之上记刻工姓名。正文每半叶十行,行二十字,五篇一卷,共十卷。卷五缺第九页,《隐秀》篇自"始正而末奇"起有缺文,下接"朔风动秋草",中脱四百字,看来是整缺一版。又《序志》篇自"则尝夜梦执丹漆之礼器"的"梦"字起,迄"观澜而索源"的"而"字止,共脱 322 字。书中版面或有漫漶,尤以《史传》、《声律》、《程器》、《序志》诸篇为甚,当是雕板使用时间过久所造成。

此本是诸多明刻的祖本。在敦煌残卷发现以前,是《文心雕龙》版本校勘的主要依据。它既具有佐证唐写本的作用,反过来又可以校正唐写本中的不足,如此双向观照,截长补短,为厘定最接近原意的《文心雕龙》文本,提供最具有原始意义的依据和参照系统。故此,王元化在为影印元至正本所作《前言》中说:"明清以来,研究《文心雕龙》的学者都很重视这个刊本,凡见到此书的莫不引为刊刻或校勘的依据……资料价值,弥足珍重。"①

---

① 张少康等:《文心雕龙研究史》,北京大学出版社 2000 年版,第 39 页。

(二)明弘治十七年(1504 年)冯允中刻活字本

北京图书馆藏,分订为四册。

卷首有《重刊文心雕龙序》,云:"余素粗知嗜文,每览是书,辄爱玩不忍释。然惜其摹印脱略,读则有叹。兹奉命江南,巡历之暇,偶闻都进士玄敬,家藏善本,用假是正,既慰夙愿矣……惟是石渠具草之用,皂囊封事之作,以迪后彦而备时需者,不可一日缺。则是篇能无益乎!此予捐廪而行之者,盖有以也……弘治十七年岁在甲子四月上浣日,文林郎监察御史郴阳冯允中书于姑苏行台之涵清亭。"

正文每半叶十行,每行二十字。首叶第一行顶格"文心雕龙卷第一",次行下署"梁通事舍人刘勰"。五篇一卷,共十卷。《隐秀》篇和《序志》篇缺文与元至正本同。卷末刻"吴人杨凤缮写"。最后有吴人都穆跋,称:"梁刘勰《文心雕龙》十卷,元至正间尝刻于嘉兴郡学,历岁既久,板亦漫灭。弘治甲子,监察御史郴阳冯公出按吴中,谓其有益于文章家,而世不多见,为重刻以传……吴人都穆识。"显然,此本系从元至正本而出。

(三)嘉靖十九年(1540 年)汪一元私淑轩刻本

北京大学图书馆藏,分十卷装订。

卷首有方元祯序,据此知道该著嘉靖庚子刻于新安。板心下方有"私淑轩"三字,下栏右方有刻工姓名。正文每半页十行,每行二十字。五篇相接,共分十卷。其款式为:

文心雕龙卷之一

梁通事舍人刘勰撰　明歙汪一元校

此本从弘治本出,而略有增改。《隐秀》篇与《序志》篇的缺文与至正本相同。

(四)万历七年(1579 年)张之象本

卷首有张之象序,云:"……牙生辍弦于钟子,匠石废斤于郢人,作之难,知之难也!方今海内文教振兴,缀学之士,竞崇古雅,秘典奇篇,往往间出。独是书世乏善本,伪舛特甚,好古者病之。比客梁溪,友人秦中翰汝立藏本颇佳,请归研讨,始明徹可诵……予遂梓之,与史通并传,不使掩没;又安得如休文者,共披赏哉!勰作书之大旨本末,语在序志及梁书列传,故不论。论其时之遇不遇,类如此。万历七年岁次己卯春三月朔旦,碧山外史云间张之象撰。"目录前刻有《梁书·刘勰传》及订正、校阅者名氏,每卷后附刻校者姓名。首叶顶格是"文心雕龙卷之一",次行下署"梁通事舍人东莞刘勰撰"。正文每半叶十行,每行十九字,五篇相接,分卷另起。《隐秀》篇与《序志》篇均有缺文,与至正本同。此本不止一刻,原刻、改刻、覆刻互有不同,凡经杨明照之眼者即有五种。北京图书馆与北京大学图书馆均有藏本。

(五)万历三十七年(1609年)梅庆生音注本

该本是经过明代诸多专家学者集体校雠过的版本,堪称集明代《文心雕龙》校勘之大成的善本,其注释方面的成就也具有承前启后的意义。卷首有许延祖楷书署:"万历己酉嘉平月,江宁顾起元序"。序云:"升庵先生酷嗜其文,咀嗳菁藻,爰以五色之管,标举胜义,读者快焉。顾世复文谕,驳蚀相禅,间摭戡定,犹俟刿除。豫章梅子庚氏,既撷东莞之华,复赏博南之鉴,手自校雠,博稽精考,补遗刊衍,汰彼淆讹。凡升庵先生所题识者,载之行间,以核词致。至篇中旷引之事,毕用疏明;旁采之文,咸为昭晰……万历己酉嘉平月江宁顾起元撰于懒真草堂。"序后为《梁书·刘勰传》、杨慎与张含书并梅氏识语、凡例、文本雠校姓氏十人、音注雠校姓氏二十二人。篇末有都穆跋、朱谋㙔跋。正文每半叶九行,行十八字。五篇相接,分卷则另起。音校厕正文当字下,双行。注附当篇后,所引书间有篇名低一格;标注辞句外,均双行。杨慎批点以五种符号代其五色。现藏于杨明照书室。

其款式为:

    杨升庵先后批点文心雕龙卷之一
    梁　通事舍人刘　勰　著
    明　豫　章　梅庆生音注

(六)万历三十九年(1611)王惟俭训故本

卷首有王氏序,云:"夫文章之道,盖两曜之丽天;缀文之术,则六辔之入握;不禀先民之矩,妄意绝丽之文,纵有骏才,将逸足之泛驾;岂无博学,终愚贾之操金。此彦和文心雕龙所由作也……固宜昭明之鉴裁,深被爱接;隐侯之名胜,时置几案者也。惟是引证之奇,等绛老之甲子;兼之字画之误,甚晋史之己亥。爰因诵校,颇事笺释,庶畅厥旨,用启童蒙……万历己酉夏日,王维俭序。"后接《南史·刘勰传》、凡例、目录。卷末为杨慎与张含书并王氏识语。首页首行顶格:"文心雕龙卷之一";次行下署:"河南维俭训"。正文每半叶十行,每行二十字。各篇自为起讫,注附当篇后,低一格,双行。板心左下栏注明每篇字数,每篇卷末最后一行载明写刻人姓名。所校之字,于各篇赞文末句右下方隔一格侧注明。全书所校与所疑的字的总数,均统计在《凡例》中:"是书凡借数本,凡校九百零一字,标疑七十四处。其标疑者,即墨□本字,以俟善本,未敢臆改。"在前人的版本中,校出如此数量的讹字与疑字,足见其用功之勤与水平之高,也足见其校雠之慎重。后世某些学者所臆断的"明人好作伪"之不足为据,亦于此可见。而就其注释部分来说,虽然比较简略,却为后世注释《文心雕龙》开了先河。据詹锳考证,清代黄叔琳《文心雕龙辑注》中的许多注解,就来自该著,这也就是《辑注》中之所以在原校姓氏表上,明确标上王氏姓名的原因。

《文心雕龙训故》世间流传很少,今北京图书馆与山东图书馆存有藏本。

(七)天启二年(1611 年)曹批梅庆生六次校定后重修本

本书卷首是曹学佺撰写的《文心雕龙序》,云:"……雕龙苦无善本,漶漫不可读,相传有杨用修批点者,然义隐未标,字伪犹故。吾友梅子庚从事于斯,音注十五而校注十七,差可读矣。予以公暇,取青州本对校之,间一签其大旨,是亦以易见意而少补兹刻之易见事易诵者也。江州与子庚将别书。万历壬子仲春,友人曹学佺撰。"紧承其后的,是顾起元的《文心雕龙批评音注序》。就款式、板心刻字、板式大小、刊刻字体乃至于断板处,均与金陵聚锦堂本相同,具有鲜明的梅本特色。但和其他梅本相比,它有了几处明显的变化:其一,是每篇都加上了曹学佺的眉批。其二,是补刻了《隐秀》篇的缺文两板。其三,删去了其他梅刻本《隐秀》篇后的三条跋语,另刻跋语云:"朱郁仪曰:《隐秀》中脱数百字,旁求不得,梅子庚既以注而梓之。万历乙卯(1615 年)夏海虞许子洽与魏功甫万卷楼搜得宋刻,适存此篇,喜而录之,来过南州,出以示余,遂成完整,因写寄子庚补梓焉。子洽名重熙,博奥士也。原本尚缺十三字,世必再有别本可续补者。"

詹锳用该本和聚锦堂本对勘,有以下的重大发现:

发现有些加墨钉和换字的地方都很精细,例如《明诗》篇"昔葛天氏乐辞云",曹批梅六次本挖去"云"字,空一格,与敦煌写本合;"玄鸟在曲"的"在"字改作"有"字,"六义环深"的"环"字改作"瓌"字,"清曲可味"的"曲"字改作"典"字,与唐写本和《太平御览》都合。可见这次的校定是很细心的。最值得注意的是增补的《隐秀》下半篇两版,字的刻法和原版有区别。其中"凡"字、"盈"字、"绿"字、"炜"字都和其他各篇这些字的笔画不同。最特别的是"恒溺思于佳丽之乡"的"恒"字,缺笔作"恒"。胡克家仿宋刻《文选》,"恒"字就缺笔作"恒","盈"字也不同。这可见抄补《隐秀》篇时,照宋本原样模写,而梅庆生补刻这两版时,也照宋本的原样补刻。

詹锳由此得出结论:"不能轻信纪昀、黄侃指控《隐秀》篇补文为伪造的一些说法。"①

詹氏的这一卓越见解,获得了周汝昌的支持。通过二氏的据理力争,前人的大功绩才不致被埋没,在新的时代中重新焕发出璀璨的光辉,吸引更多的人进行研究。

该本是明代《文心雕龙》善本的典范。今藏北京图书馆与天津图书馆。

（八）天启七年（1627 年）谢恒抄、冯舒校本

卷首目录,次正文。黑格纸,白文每半叶九行,每行二十字。五篇相接,分卷另起。其款式是,首行顶格:"文心雕龙卷第一";次行下署:"梁通事舍人刘勰彦和述"。《序志》篇末有默庵老人跋语一条,钱功甫跋语一条,冯舒跋语四条。钱功甫跋曰:"按此书至正乙未刻于嘉禾,弘治甲子刻于吴门,嘉靖庚子刻于新安,癸卯又刻于建安,万历己酉刻于南昌。至《隐秀》一篇,均之阙如也。余从阮华山得宋本钞补,始为完书。甲寅（1614 年）七月二十四日书于南宫坊之新居。"冯舒的跋语是:

　　功甫姓钱,讳允治,郡人也。厥考讳谷,藏书至多。功甫卒,其书遂散为云烟矣。余所得《毗陵集》、《阳春录》、《简斋词》、《啸堂集古录》,皆其

---

① 詹锳:《文心雕龙义证》上卷,上海古籍出版社 1989 年版,第 24—25 页。

物也。岁丁卯(1627年),予从牧斋(钱谦益)借得此本,因乞友人谢行甫(恒)录之。录毕,阅完,因识此。其《隐秀》一篇,恐遂多传于世,聊自录之。八月十六日,屏守居士记。

南都有谢耳伯校本,则又从牧斋所得本,而附以诸家之是正者也。雠对颇劳,鉴裁殊乏。惟云朱改,则必凿凿可据。今亦列之上方。闻耳伯借之牧斋,时牧斋虽以钱本与之,而秘《隐秀》一篇,故别篇颇同此本,而第八卷独缺。今而后始无憾矣。(冯舒之印)

丁卯中秋日阅始,十八日始终卷。此本一依功甫原本,不改一字,即有确然知其误者,亦列之卷端,不敢自矜一隙,短损前贤也。屏守居士识。(上党冯舒印)

崇祯甲戌(1634年)借得钱牧斋赵氏钞本《太平御览》,又校得数百字。[1]

据詹锳考证,这个钞校本曾经钱遵王、季振宜收藏,何焯的所谓校宋本《文心雕龙》,就是校的这个本子,而黄叔琳辑注本则是从何焯校本翻刻的。上引钱功甫、冯舒跋语,陆心源《皕宋楼藏书志》、张金吾《爱日精庐藏书志》都曾辗转传录。钱功甫校宋本在钱牧斋后即已失传。这个本子就是以钱功甫本为底本的唯一钞校本了。

这些跋语,清晰记下了宋版《隐秀》篇重新获得的来龙去脉,为宋版《隐秀》篇的存在的确实性提供了重要的佐证。

该抄本原藏铁琴铜剑楼,今藏北京图书馆。

三、清代的版本流变状况

清代盛行考证之学,极大地推动了《文心雕龙》版本的精确化与完善化的过程,在明代《文心雕龙》版本的万紫千红的基础上,又获得了进一步的发展。其代表性的版本,主要有以下几种。

(一)沈岩临何焯批校本《文心雕龙》

首钞钱功甫跋与沈岩临何焯跋。底本是曹批梅庆生第六次校定重修本。

---

① 冯舒:《跋》,见杨明照《文心雕龙校注拾遗》,上海古籍出版社1982年版,第751—752页。

钱跋与冯舒校本同。何跋云："康熙甲申(1704年),余弟心友得钱丈遵王家所藏冯已苍手校本,功甫此跋,已苍手钞于后,乙酉携至京师,余因补录之。已苍以天启丁卯从宗伯借得,因乞友人谢行甫录之,其《隐秀》一篇,恐遂多传于世,聊自录之。则两公之用心颇近于隘,后之君子不可不以为戒。若余兄弟者,盖惟恐此篇传之不广或被湮没也。乙酉除夕呵冻记。"

除此之外,还有两篇跋语。一篇是《刻批点文心雕龙跋》,行书,云:"始徐兴公得是批点本示予,予因取他刻数种复正之。比至豫章,以示朱郁仪氏、李孔章氏,彼各有所正,而郁仪者加详矣。然讹缺尚亦有之。今岁焦太史读予是本以为善也,当梓,而会梅子庚氏慨文章之道日猥,盍以是书为程为则,乃肆为订补音注,使彦和之书顿成佳本……万历三十有七年绥安谢兆申撰。"另一篇用小字书写,云:"此谢耳伯己酉年初刻是书时作也。未尝出以示予,其研讨之功实十倍予。距今一十四载,予复改补七百余字,乃无日不思我耳伯……因手书付梓,用以少慰云。天启二年壬戌仲东至日麻原梅庆生识。"

这一辗转过录的手钞本,真实记录了梅本在社会上的流传情况与接受情况,说明《隐秀》篇的补正是获得当时广大学者的认可的,并且是当做善本来接受的。

此本今藏南京图书馆。

(二)乾隆六年(1741)姚培谦刻黄叔琳辑注养素堂本

此本以天启梅庆生音注六次校定重修本为底本,在注释上主要集辑了梅庆生、王惟俭两家的注,在校勘上主要是以梅、王两家及何焯批校本为据。卷首有黄氏的自序,云:"刘舍人文心雕龙一书,盖艺苑之秘宝也。观其苞罗群籍,多所折衷,于凡文章利病,抉摘靡遗;缀文之士,苟欲希风前秀,未有舍此而别求津逮者。若其使事遣言,纷纶葳蕤,罕能切究。明代梅子庚氏为之疏通证明,什仅四三耳;略而弗详,则创始之难也。又句字相沿既久,别风淮雨,往往有之。虽子庚自谓校正之功五倍于杨用修氏,然中间脱讹,故自不乏,似犹未得为完善之本。余生平雅好是书,偶以暇日,承子庚之绵蕞,旁稽博考,益以友朋见闻,兼用众本比对,正其句字。人事牵率,更历寒暑,乃得就绪;覆阅之下,差觉详尽矣……时乾隆三年岁次戊午秋九月,北平黄叔琳书。"接后是例言、《南史·刘勰传》、原校姓氏、目录。卷末是姚培谦跋语,云:"此书向乏佳刻,少宰北平先生因旧注之阙略,为之补辑,穿穴百家,翦裁一手。既博且精,诚足以为功于前哲,嘉惠于来兹矣……乾隆六年辛酉仲秋,华亭姚培谦谨识。"每卷前均列有参订人姓氏,卷终附有"男登贤云门登縠春畲校"字样。正文每半叶九行,每行十九字。五篇相接,分卷另起。注附当篇后,低一格,标注词句外,均双行。眉端间有黄氏评语。其款式为:首行顶格"文心雕龙卷第一",下署"北平黄叔琳崑圃辑注";次行下署"梁刘勰撰",与之三行并列署"吴趋顾、进尊光"与"武林金、甡雨叔""参订"。

《辑注》是自乾隆以来到现代最通行也最有影响的注本,四库全书所录,即此版本。杨明照的评价是:"刊误正讹,征事数典,皆优於王氏《训故》、梅氏《音注》远甚,清中叶以来最通行之本也。"①

此本今藏北京图书馆。

(三)乾隆《四库全书》本

《四库全书》系乾隆敕辑,于乾隆三十八年(1773 年)始修,历时十年编成,是我国古代官修的一部最大的丛书,分经、史、子、集四部,故名四库。《四库全书》中录入"集部"的"诗文评"中的《文心雕龙》,有两种版本。第一种是"内府"所藏的《文心雕龙》本,第二种是江苏巡抚采进的《文心雕龙辑注》本。前者以徐焴所校的汪一元本为底本,卷首为提要,云:"……是书自至正乙未刻于嘉禾,至明弘治、嘉靖、万历间,凡经五刻。其《隐秀》一篇,皆有阙文。明末常熟钱允治,称得阮华山宋椠本,钞补四百馀字。然其书晚出,别无显证,其词亦颇不类……阮氏所称,殆亦影撰,何焯等误信之也。至字句舛讹,自杨慎、朱谋㙔以下,递有校正,而亦不免於妄改。"承后是原书,白文,每半叶八行,每行二十一字。五篇相接,分卷另起。书中多剜改,已非底本之原貌。《隐秀》篇中的四百字缺文,已经获得钞补。其款式:首叶第一行顶格是"文心雕龙";次行下署"梁刘勰撰"。后者是黄叔琳养素堂本的原刻,书中偶有差异。卷首为提要,云:"《文心雕龙辑注》十卷(江苏巡抚采进本),国朝黄叔琳撰。叔琳有《研北易钞》,已著录。考《宋史·艺文志》有辛处信《文心雕龙注》十卷,其书不传。明梅庆生注,粗具梗概,多所未备。叔琳因其旧本,重为删补,以成此编。其讹脱字句,皆据诸家校本改正……较之梅注,则详备多矣。"接后是《辑注》原书。每半叶八行,每行二十一字,五篇相接,分卷另起。注附于当篇后,

① 杨明照:《杨明照论文心雕龙》,上海科学技术文献出版社 2008 年版,第 206 页。

低一格,标注词语系大写,所作注释用双行小楷。其款式为:首行顶格"文心雕龙辑注卷一";次行、三行下分别署"梁刘勰撰","吏部侍郎黄叔琳辑注"。

通过《四库全书》的严格的官方审定,这两种版本在《文心雕龙》的诸多版本中脱颖而出,正式获得了善本的地位。尽管《四库全书提要》中对《文心雕龙》"隐秀"篇中的补文的真实性提出了武断的见解和超越学术批评范围的"丑诋",但这毕竟是一个局部性的问题,无损于整体性的评价。这对于推动《文心雕龙》版本的优化、范化和定化,是大有裨益的。

《四库全书》的文津阁本今藏北京中国国家图书馆,文溯阁本今藏甘肃省图书馆,文渊阁本今藏台北故宫博物院。

(四)乾隆五十六年(1791)张松孙辑注本

卷首有张氏序,序后为凡例,共八条。其第五条云:"注释梅本简中伤烦,黄本烦中伤杂,且皆附载各篇之后,长者累纸不尽,难于翻阅。愚于参考之中略加增损,即各注当句之下。其重出叠见者概从略焉。""凡例"后是《梁书·刘勰传》、杨慎与张含书并梅氏识语、元校姓氏(沿用黄本)及目录。此本虽参照梅氏《音注》及天启本黄氏《辑注》刊刻,然亦间有不同。注释多所删削,是梅本与黄本的缩略本,双行,厕正文当句下。每半页九行,每行十八字,篇自为起讫。其款式为:

　　文心雕龙卷之一
　　梁刘　勰撰　长州张松孙鹤坪辑注
　　明杨　慎批点　男　智莹乐水校

(五)王谟汉魏丛书本

《汉魏丛书》,乾隆五十六年王谟刻。卷首有佘诲序,卷末有王谟跋。此本虽由何允中《汉魏丛书》本出,然亦间据别本校改。如《征圣》篇"虽欲此言圣"句"此言"字下,增"'此言'二字,'訾'字之讹"的八字夹注;《诠赋》篇"合飞动之势"句之"合"字,改为"含"字。《隐秀》篇有补文,注云:"从宋本补入。"实际是从黄叔琳本补入。正文每半页九行,每行二十字。五篇相接,分卷则另起,其款式为:首行顶格为"文心雕龙卷一",次行下署"梁东莞刘勰著　张遂辰阅"。

此本今藏北京大学图书馆。

（六）清道光十三年（1833年）卢坤两广节署本

原刻为芸香堂朱墨套印。书名页后面书牌题"道光十三年冬刊于两广节署"，左下方有"粤东双门氏芸香堂承刊"字样。底本为黄氏养素堂本，纪评即附于底本之上，黄评黑字，纪评朱字。刻印精工，粲然可见。

纪昀对《文心雕龙》的校评，举正黄《注》中的疏失凡二十多处，有不少独到透辟的见解。并首次划出《文心》篇目顺序和段落层次，批语多揭示原文旨意，集文字考证与理论批评于一体，给研读者许多启示。黄注与纪评相辅相成，前者集前人校注之大成，后者发理论阐释之先声，将《文心雕龙》的阐释学研究与版本学研究，推进到一个新的阶段。

正文每半叶十行，行十一字。篇自为起讫。注附当篇后，低一格；标注辞句外，均双行。卷终有"嘉应廪生吴梅修校"字样。其款式为：首行顶格"文心雕龙卷第一"，次行下署"梁刘勰撰"，三行下署"北平黄叔琳注"，四行下署"河间纪昀评"。

此本今藏杨明照书室。

综上可知，经过一千余年的历史流变，《文心雕龙》的版本终于具有了基本上无缺无讹的完善化与规范化的形态，成了可解可读可赏可析的真正意义的文化瑰宝。这一完善化与规范化的版本形态，正是我们的龙学先贤世代相继的锲而不舍的追求目标，也是他们世代相承的精心校勘的结果。清代四库全书中的《文心雕龙》版本，就是这一历史性追求与历史性成果的历史性总结。但是，这一历史性总结在永不断流的历史长河中，毕竟还是阶段性的成果。人类文化的历史是无穷无尽的，对伟大文化现象的研究也同样是无穷无尽的。前人的这些历史性成果，为后人的继续攀登准备了坚实的基础，支持着他们在更高的学术层面上继续开拓，从《文心雕龙》版本的传统性与素朴性的研究阶段向现代性与科学性的研究阶段飞跃。

第二节 《文心雕龙》版本学研究的现代开拓

《文心雕龙》版本的历史流变过程与历史研究过程，从来都是相倚相偕地进行的。《文心雕龙》版本的流变，以版本的研究为前提：流变正是研究成果

的直接体现。《文心雕龙》版本的研究,以版本的完善为目的:研究的成果正
是版本从讹缺到完善的演化的决定性动力。由此推动着版本的不断更新,一
步步地走上完善化与规范化的境界。

　　《文心雕龙》版本研究之所以如此重要和必要,是由于以下两个历史原
因:一是《文心雕龙》在内容上的博大精深与在表达上的古雅深奥,需要在接
受上进行必要的阐释与疏导,否则难以尽窥其秘。二是由于《文心雕龙》的古
本已经不存,后继的版本在辗转的流传中出现了不少的讹缺,需要在版本上进
行不可或缺的校雠和补正,否则别风淮雨,难辨真伪。这一基础性的工作,从
宋代就已经露出了端倪。《宋史·艺文志》著录中的"辛处信《文心雕龙注》十
卷"的记载,就是这一工作的具体例证。明代以后,随着读者群的扩大与读者
接受的逐步深入,对《文心雕龙》版本的完善化与普及化的要求更加迫切,对
版本的研究更加自觉,取得的成果也越来越丰硕。仅以梅本系列为例,即经历
了七次重大的版本更新,而每一次的更新,都涵蕴着一个由庞大的学者团队联
合进行的科学研究的过程。杨慎、王维俭、梅子庚、曹学佺、徐燉,等等,就是这
一卓越的学术团队的杰出代表。在东南各地对《文心雕龙》宋本的穷搜苦觅,
对前人《文心雕龙》版本的七次更新,就是他们在版本研究中的艰苦奋斗与由
此取得的卓越成果的集中展现。这种追求完善、追求规范的版本学努力,为清
代的学者所继承和发展,将这一前赴后继的研究推进到更高更深的阶段。黄
叔琳的辑注与纪昀的评点,就是这一更高更深阶段的卓越成果,而《四库全
书》中的《文心雕龙》的完善版本,就是历代版本研究的最高综合与总结,为传
统性的版本研究画上了一个阶段性的完美句号。

　　但是毋庸讳言,作为一项阶段性的成果,由于时间与空间的限制,它的历
史局限性也是相当明显的。具体表现在以下几个方面:一是探究方法的单一
性,一般都偏重于文字的校勘和考证,普遍忽视于理论的阐释与发挥。二是文
化视野的封闭性,一般都偏重于经学的解读,普遍忽视纯美学和纯文学的发
挥。三是表达方式的传统性,一般都偏重于片言只语的直觉式的评点和感悟,
忽视于综合性的分析和论证。

　　这种传统的版本研究方式,在现代的历史条件下发生了极大的嬗变。鸦
片战争改变了我国传统的封闭式的文化结构,中国人在时代潮流的冲击下开
始睁开眼睛看世界,在世界的大文化场中吸收新知,一步一步地进入了现代的

文明。特别是"五四"的前后,这一时代的潮流更是汹涌澎湃,推动着时代文化观念和思维方式以及理论材料的更新。这一时代的新潮,也在《文心雕龙》的版本研究中鲜明地表现出来:探究方法由单一走向多样,既重视文字的校勘和考证,也重视宏观的思辨和理论的阐释与发挥;文化视野由封闭走向开放,既重视对固有诗学的继承,也重视对海外新知的吸取;表达方式由传统走向现代,既重视简略的评点和感悟,也重视综合的分析和论证。由此开始了《文心雕龙》版本研究的新纪元:由传统的研究模式向现代的研究模式的飞跃。也就是张少康在《文心雕龙研究史》中所深刻指出的:"1840 年鸦片战争以后,中国社会进入了一个半封建、半殖民地的时代。西方科学、文化大量输入,开始了东西文化的激烈碰撞和逐渐融合。西方的一些学术研究方法,也逐渐为中国学者所注意。这个时期《文心雕龙》的研究虽然大部分还是对传统研究的继续延伸,但也发生了前所未有的某些新变化,最为引人瞩目的是新的、自觉的科学研究之萌芽,它主要表现在对刘勰及其《文心雕龙》作比较全面、深入的理论研究上,而刘师培、黄侃在北京大学讲授《文心雕龙》便是这种自觉的科学的研究之代表。"①这一论断不管是用于评价黄侃在《文心雕龙》理论研究中的重大建树,还是用于揭示现代龙学版本研究的基本特征,都是极其允当的。

　　下面,试对《文心雕龙》版本研究的现代开拓中具有代表意义的建树,进行一点管窥式的介绍。在对国内的代表性建树的概括中,由于黄侃、范文澜等大师的历史性成果已在第八章中进行了详尽的介绍,此处不再赘述。

一、大陆学者的龙著版本学开拓

　　新中国成立后,《文心雕龙》的版本学研究得到了长足的发展。特别是新时期以后,随着社会思想的第二次解放,更是进入了繁荣兴旺的显学阶段。对《文心雕龙》版本的研究有如群星璀璨,各种新版的涌现有如雨后春笋,将这一延续了一千余年的热门课题推进到了前所未有的显学境界。下面,试摘其代表性的成果,进行概括性介绍。

----

① 　张少康等:《文心雕龙研究史》,北京大学出版社 2001 年版,第 129 页。

（一）杨明照在龙著版本研究中的卓越建树

自明代杨慎批点《文心雕龙》以来，对原文校注已蔚然成风。清代黄叔琳《辑注》开出原校 34 家姓氏，就是对前人校补增删成果的总结，代表着前代龙学版本研究的总集中。范文澜的《文心雕龙注》在黄叔琳注本的基础上大加充实，网罗古今，使其更加完善。"但落叶尚未扫净，还得再事点勘。因为一字一句的差错，并非无关宏旨。"①于是便有了后来学者的举正补遗的继续开拓。杨明照《文心雕龙校注》系列，就是这一学术建树的杰出代表。

杨明照（1909—2003 年），字弢甫，四川大足人，四川大学资深教授。20世纪 30 年代初，入重庆大学学习，在词学家吴芳吉的熏陶之下，开始接触《文心雕龙》。1936 年秋，进入燕京大学研究院国文部，在郭绍虞指导下，继续《文心雕龙》研究。1937 年，在燕京大学《文学年报》上发表《范文澜文心雕龙注举正》的著名论文。1939 年，《文心雕龙校注》定稿，作为研究院硕士学位论文通过。1958 年，由上海古典文学出版社出版。该著是在清人黄叔琳注和李详补注的基础上的"校注拾遗"，首印《文心》原文，次附黄叔琳注和李详补注，末以作者的校注拾遗殿后。此后，杨氏对《文心雕龙》的校注工作从未间断，屡屡对原校注进行拾遗补正、修订整合，分别于 1982 年出版了《文心雕龙校注拾遗》，2000 年出版了《增订文心雕龙校注》，2001 年又出版了《文心雕龙校注拾遗补正》。这一系列丛书，即所谓杨明照《文心雕龙》校注四书。

杨明照在《文心雕龙》版本研究中的历史性建树，主要表现在以下方面。

1. 补订前人版本校勘中的诸多疏漏

在杨氏之前的《文心》校勘史上，黄叔琳《文心雕龙辑注》与范文澜《文心雕龙注》，均曾独领一代龙学风骚，成为世人独重的著作。杨氏在悉心阅读之余，仍感有未尽之处。他曾说："研阅既久，觉黄、李两家注有补正的必要。"②后来又说："范《注》是在黄《注》的基础上发展起来的，固然提高了一大步，有很多优点；但考虑欠周之处，为数也不少。"③为了补正前人之不足，他倾注了七十年的学术生命，在自己的"龙学四书"中精研故训，博考事实，厘正时贤之谬误，补订时贤之疏漏，并因此成为现代龙学版本研究的一代宗师。

---

① 杨明照：《文心雕龙校注拾遗》，上海古籍出版社 1982 年版，第 19 页。
② 杨明照：《文心雕龙校注》，上海古典文学出版社 1958 年版，第 471 页。
③ 杨明照：《杨明照论文心雕龙》，上海科学技术文献出版社 2008 年版，第 147 页。

杨氏对版本疏漏的补订,首先表现在对句读失误的改正上。杨氏认为,阅读古书,标点正确与否关乎对文意的理解,不可忽视。他说:"断句偶有不当,是会损害原著的修辞之美的。"①据此,他对前人与时人所作句读,进行了精心审校和改正。例如,《时序》中的"尽其美者何乃心乐而声泰也"12字,"范注"本、庄适《选注》本、赵仲邑《译注》本的文本形态是:"尽其美者何?乃心乐而声泰也。"杨氏认为此12字乃紧承上文"有度继作,政卓民暇,'熏风'诗于元后,'烂云'歌于列臣"四句而来的赞美之辞,在语气上属于感叹,而不是设问,故将其订正为:"尽其美者,何乃心乐而声泰也!"并引《史记》、《汉书》、《三国志》、《世说新语》等书中"何乃"连文的诸多具例作为佐证,以证范注之"非是"②。明确认为两字应当连读,"这样才显出上下辞气摇曳之态",若如范注所断,则"索然寡味矣"③。比较可知,杨氏的校定不仅表达出了语境中的宏观联系,而且表达出了作者的特别感情,在语气上和神韵上是远胜于时贤的。此后詹锳《义证》亦列举了古书中大量"何乃"连文的例证,王利器《校证》、祖保泉《解说》等都如杨氏所断。

再如《诔碑》中的"在万乘则称天以诔之"9字,"黄注"、"范注"皆断为一句,杨氏则依唐写本,于"在"前增添一个"其"字,并于"乘"下加逗号,表述为:"其在万乘,则称天以诔之。"关于此一句式,他从《文心雕龙》的文本中举出了系列的佐证:"其在三代,事兼诰誓。"(《诏策》)"其在金革,则逆党用憸。"(《檄移》)"其在文物,赤白曰章。"(《章表》)杨氏的改正,既有唐写本的形态依据,也符合刘勰的行文习惯,又赋予文本以流畅的文势,显然是优胜于黄注与范注所作的文本表述的。王利器《校证》、詹锳《义证》、祖保泉《解说》,都对此一校正进行了认同。

凭借标点之勘正,使《文心雕龙》文本的神韵与"修辞之美"尽现无遗。杨氏在《文心雕龙》版本研究中的根底之深厚与用心之精微,于此可见一斑。

杨氏对版本疏漏的补订,也表现在驳正前人与时人校字之非上。校勘古书,最基础的工作就是校正文字。《文心雕龙》是一部流传了一千多年的名著,在辗转抄刻过程中衍生了脱漏讹变等各种各样的错误。虽然前人和时贤

---

① 杨明照:《杨明照论文心雕龙》,上海科学技术文献出版社2008年版,第148页。
② 杨明照:《文心雕龙校注拾遗》,上海古籍出版社1982年版,第334页。
③ 杨明照:《杨明照论文心雕龙》,上海科学技术文献出版社2008年版,第148页。

在这方面已经做了大量的勘正工作,但有时也不免出现误勘的现象:"正文未误而以为误","正文本误而以为不误","正文未衍而以为衍","正文本衍而以为不衍",等等。对这些校字之非的再正,是一件远比一般性校正更加复杂的事情。也是一件更能显示学者的非常功力的事情。对此,杨氏做出了勇敢的担当,将抉发纠正前人之非作为其勘校工作的重要内容。其重大建树集中表现在以下方面:

其一,对"正文未误而以为误"的校字之非的再正。如《声律》"声非学器也"之"学"字,黄、范两家均校为"效"。杨氏认为"学"字不误,因为从训诂角度看,《广雅·释诂》三:"学,效也。"再以本书《物色篇》"喓喓学草虫之韵"相比证,足以证"学"字不误。①

其二,对"正文本误而以为不误"的校字的再正。如《乐府》中的"乐盲被律"。范《注》云:"此云'乐盲'当指大师瞽矇而言。"杨氏以唐写本为据,认为"盲"是"胥"之误。《礼记·王制》:"大胥,小胥。"郑玄《注》云:"胥,乐官属也。"杨氏断云:"此作'乐胥',与上句'诗官'相对。《玉海》卷一百六引作'胥',不误。当据改。范《注》非是。"②

其三,对"正文未衍而以为衍"的校字之非的再正。如《丽辞》:"指类而求,万条自昭然矣。"范《注》云:"案'万'字衍,'自'为'目'之误,当做'指类而求,条目昭然',即上所云四对也。"杨氏认为,范氏的勘校是错误的。他说:"'万条'喻其多,如他篇所言'众条'、'众例'然。'万'字非衍文,'自'字亦未误。'指类而求,万条自昭然矣',盖即触类自能旁通之意。是说由已经论列者类推,并非复述上文之'四对'。范《注》误。"③杨氏的这些论证,言之成理,持之有据,富有极强的可信度和说服力。

其四,对"正文本衍而以为不衍"的校字之非的再正。如《征圣》:"则圣人之情,见乎文辞矣。"范《注》云:"唐写本无'文'字。案'文'谓文章,'辞'谓言辞。义有广狭,似不可删,循绎语气,亦应有'文'字。"杨氏认为:"唐写本无'文'字,与《易·系辞》下合。极是。"对此,他又举出了《抱朴子外篇·钧世》中的"情见乎辞,指归可得"作为佐证:"亦可证'文'字之衍。'辞'即文辞,古

①　杨明照:《文心雕龙校注拾遗》,上海古籍出版社1982年版,第269页。

②　杨明照:《杨明照论文心雕龙》,上海科学技术文献出版社2008年版,第151页。

③　杨明照:《杨明照论文心雕龙》,上海科学技术文献出版社2008年版,第151页。

籍中不乏其例。"由此得出掷地有声的结论:"本是衍文,范注又从而为之辞,非是。"①

杨氏对版本疏漏的补订,还表现在对许多前人所未触及或不得其解的疑难问题的勘校上。如《总术篇》"动用挥扇,何必穷初终之韵"句,向来不得其解,无人为之校注。何焯云:"'挥扇'未详。"郝懿行云:"按'动用挥扇,何必穷初终之韵'二句未详。"范文澜云:"'动用挥扇'两句未详其义。"杨氏反复研求,终于找到了一条明确的思维路径:"二语既承上'张琴'句,其义必与鼓琴事有关。"

杨氏由此悟出其中的蛛丝马迹,于是引《说苑·善说》篇为其出处。该篇云:"雍门子周以琴见乎孟尝君……雍门子周引琴而鼓之,徐动宫、徵,微挥羽、角,初终,而成曲。孟尝君涕浪汗增欷而就之,曰:'先生之鼓琴,令文立若破国亡邑之人也。'"杨氏由此悟出:"舍人遣辞,即出于此。如改'用'为'角',改'扇'为'羽',则文从字顺,涣然冰释矣。"②杨氏见识广博,并能融会贯通,故能发人之所未发,解决了这一千古难题,使后世读者受益匪浅。

杨氏校注字字征实,语语心得,以泰山不移的坚实性与海纳百川的包容性,对前人的校注成果进行了精细的审校和全面的超越,在新的历史条件下有力地推动了《文心雕龙》版本的完善化进程,确实可称为现代龙学版本校注的峰巅。台湾龙学家王更生赞誉说:"中外学术界,凡举范文澜《文心雕龙注》为治学津逮者,不可不以先生《校注拾遗》来发伏摘疑,为疗病之良药也。"③可谓切中肯綮之语。

2. 致力有关版本文献资料的全息搜求

《文心雕龙》为历代所重,留下的版本学文献极其丰富。对这些珍贵资料进行全息搜集和系统整理,是杨氏的第二大学术献功。这一献功,主要是以他特有的"附录"方式进行的。杨氏在他的《文心雕龙校注》系列中开辟了一个专门的"附录"领域,标"小序"云:"刘舍人《文心雕龙》,向为学林所重。历代之著录、品评,群书之采撷、因习,前人之引证、考订,与夫序跋之多,版本之众,

① 杨明照:《杨明照论文心雕龙》,上海科学技术文献出版社2008年版,第152页。
② 杨明照:《文心雕龙校注拾遗》,上海古籍出版社1982年版,第331页。
③ 王更生:《岁久弥光的"龙学"家》,台北文史哲出版社2000年版,第35页。

均非其它诗文评论著所能比拟。惟散见各书,逐一翻检,势难周遍。今分别辑录,取便省览。其别著二篇及疑文数则,亦附后备考。"①凡与版本的抄刻、流传与反馈有关的文献材料,杨氏都旁搜远绍,兼收并蓄,并精心梳理,提要钩玄,分门别类,叙次井然,形成自己鲜明的研究特色。这一研究的具体内容,可概括为以下方面。

其一,对历代版本具体实貌的系统把握。

《文心雕龙》历代相传,新新不已,留下了诸多版本。"《文心雕龙》版本之多,在历代诗文评专著中,是寡二少双的。"②杨明照是我国龙学史上第一个对该著众多版本的具体实貌及流变行程进行系统研究的学者。他在这一很少有人问津的领域中所进行的开拓性耕耘和由此取得的历史性成果,同样是"寡二少双"的。

杨氏对唐以下《文心雕龙》版本之寓目者与未见者广为搜罗,又归为写本、刻本、选本、校本、注本等几类,进行精细的辑录,倾注了大量心力。以《增订》本为例,于已见本中收集到写本 8 种,单刻本 27 种,丛书本 10 种,选本 13 种,校本 19 种,共 77 种;于未见本中收入写本 4 种,刻本 16 种,校本 14 种,注本 3 种,共 37 种。综计其已见与未见者,共 114 种。杨氏家藏的珍本,达 22 种。在如此众多版本中,杨氏"一一详为勘对","分别写有校记,并识其行款"。③ 他在《文心雕龙》版本校勘上之所以能全面超越前人与时人,他的许多断语之所以具有如此坚实难移的品格,显然是与如此众多版本的有力支持密不可分的。

其二,对版本渊源关系的考订。

《文心雕龙》版本众多,它们之间的渊源关系,却很少有人提及,一直是龙学研究中的灰区。杨明照是我国现代龙学史上,第一个对此做出系统研究的学者。他不仅对历史上众多龙著版本进行了系统的分类和辑录,而且清晰地理出了它们之间内在的传承关系。对这一内在基因的把握,赋予了他一种特别的识力:对版本所自从来的底本的一目了然的识别。他对涵芬楼影印的

---

① 杨明照:《文心雕龙校注拾遗》,上海古籍出版社 1982 年版,第 415 页。

② 杨明照:《我是怎样学习和研究〈文心雕龙〉的》,《四川大学学报》1983 年第 2 期,第 61 页。

③ 杨明照:《增订文心雕龙校注》,中华书局 2000 年版,第 1009 页。

《文心雕龙》底本的辨正，就是具体例证。

　　涵芬楼影印本有两种形态，一为单行，一收在《四部丛刊》中，扉页后的书牌均题为"影印明嘉靖刊本"。在《四部丛刊》本中还有简要说明："前后无刻书序跋，审其纸墨，当是嘉靖间刻。"这样的推断似乎持之有据，言之成理，是不容置疑的。但杨明照却凭借其丰富的版本学知识，考定出了它的本来面貌："夷考其实，乃万历三年张之象所刻，并非什么嘉靖本。"其核心依据，就是该本与万历七年张之象刻本以及真正意义的嘉靖本如汪一元本或佘晦本的"展卷齐观"。前二者的比对结果是："彼此的版式、行款、字体、刻工姓名以及板框的大小宽狭，无一不相吻合。"后二者的比对结果则是："不仅审其纸墨了无相似处，它们的风格也判若天渊。"杨氏由此得出结论："可见影印本《文心雕龙》的底本，确为万历七年张之象所刻无疑。"①这一掷地有声的结论，是经得起历史与逻辑的双重检验的。

　　杨明照的版本识力不仅表现在对过去历史公案的审断上，还表现在对未来版本学研究的战略策划上。这一战略策划的总集中，就是高瞻远瞩地提出了《文心雕龙有重注必要》的战略主张。他所提出的第一理由，就是对范《注》的"底本不佳"的勘断。范《注》卷首《例言》条称："《文心雕龙》以黄叔琳本为最善，今即依据黄本。"但经杨明照"夷考其实"之后，实际"大谬不然"。与黄叔琳养素堂本比对，杨氏发现二者中诸多迥然有别的地方："如《风骨》篇'乃其骨髓峻也'句的'峻'作'畯'，《通变》篇'臭味晞阳而后异品矣'句的'晞'作'睎'，《序志》篇'大哉圣人之难见也'句的'也'作'哉'，不仅与黄叔琳养素堂本不同，而且都是错了的。"究其根由，实出于底本之误："黄本中无此错误，出现此一错误的版本是《四部备要》本……只有常见的《四部备要》本才作'畯'作'睎'作'哉'。"而《备要》本书牌上所标榜的，则是"据原刻本校刊"。显然，这就是驱使范氏"误信为真"的根由："'例言'上声称是依据黄本，实际是《四部备要》本。"②这一勘断有理有据，对于推动龙著的版本研究跃向新的平台，极有裨益。

　　其三，对历代版本传播与影响状况的全面汇集。

---

　　①　杨明照：《杨明照论文心雕龙》，上海科学技术文献出版社2008年版，第185页。
　　②　杨明照：《杨明照论文心雕龙》，上海科学技术文献出版社2008年版，第147—148页。

　　《文心雕龙》问世以来,历代著录、品评、序跋、引证等文字层出不穷。对这一重要学术资源的重视与整理,同样是杨氏的一大献功。杨氏治《文心雕龙》,凡与之有关的材料都广为搜罗,细加考订,以见《文心雕龙》在历史上的流传与影响,给研究者提供相当多的便利,为人们研究《文心雕龙》在历史上的流传和影响提供了一个全景视野。如"品评"一项,搜集了专书以外的九十七家之评,正如辑者所说:"历代之褒贬抑扬,观此亦思过半矣。"①

　　由于拥有如此深厚的历史学术资源,他对龙著的地位和影响的认识才如此确切而深刻,具有远非一般学者所能企及的深度和高度。且看他在前言中对龙著地位和影响所作断语:

　　　　从上面所钞的第二、三、四、五、六附录短序中,已不难看出《文心雕龙》在历史上地位之高,影响之大。其范围远远超出文学理论批评之外,遍及经史子集四部,绝非《诗品》、《二十四品》、《六一诗话》、《后山诗话》、《四六话》、《韵语阳秋》、《四六谈尘》、《文则》、《沧浪诗话》、《修辞鉴衡》、《姜斋诗话》、《渔洋诗话》、《谈龙录》、《随园诗话》等诗文评论著所能望其项背。再就那五部分附录中所辑的资料看:如梁代的沈约、萧绎,隋唐五代的刘善经、陆德明、颜师古、孔颖达、李善、卢照邻、刘知几、日本空海、白居易、陆龟蒙、徐锴,宋代的孙光宪、李昉、晏殊、黄庭坚、洪兴祖、吕本中、吴曾、施元之、程大昌、洪迈、祝穆、王应麟,元代的胡三省、潘昂霄、陶宗仪,明代的吴讷、徐祯卿、杨慎、唐顺之、陈耀文、冯惟讷、谢榛、王世贞、胡应麟、徐师曾、梅鼎祚、钟惺、张溥、胡震亨、方以智,清代的冯班、周亮工、马骕、顾炎武、王夫之、叶燮、阎若璩、汪师韩、朱彝尊、王士祯、何焯、惠栋、沈德潜、杭世骏、戴震、钱大昕、卢文弨、袁枚、王鸣盛、孙志祖、纪昀、赵翼、梁玉绳、郝懿行、张云璈、江藩、顾广圻、刘宝楠、马国翰、严可均、阮元、梁章钜、曾国藩、刘熙载、李慈铭、谭献、孙诒让、王闿运、王先谦,近代的刘师培、林纾、姚永朴、孙德谦、李详、章炳麟等八十余人,都是各个历史阶段的著名专家、学者,无论是品评、采撷、因习,或者是引证、考订,都足以说明他们对《文心雕龙》之重视,同时也说明了《文心雕龙》在历史

<hr />

　　①　杨明照:《文心雕龙校注拾遗》,上海古籍出版社1982年版,第432页。

上是有它的崇高地位和巨大影响的。①

对《文心雕龙》版本的流传与影响状况及龙著的历史地位,做出如此广阔而又深刻的历史性概括,是我国现代龙学研究中的第一次。这一概括的颠扑不破的力量,来自历史的事实。这些历史事实作为一种宝贵的学术资源,已经为杨氏所全面采集,并系统地辑录在他的"附录"之中。实践是检验真理的最高标准,也是检验真理的唯一标准。这就是他的版本学建树之所以被称为龙学研究的"小百科全书"的根由,也就是他据此做出的论断之所以如此虎虎生风而又无隙可击的根由。

3. 锻造了独标一格的版本勘校方法系统

杨明照在龙著版本研究中的历史性贡献,还表现在他对独标一格的方法系统的锻造上。在他长达七十年的学术生涯中,他不仅创造出了具有巅峰意义的版本学研究成果,也摸索出了一整套独出心裁而又卓有成效的工作方法。根据他在全国高等院校古籍整理研究规划会上的经验介绍,可以概括为以下方面。

其一,熟读全书。

杨明照根据自己的治学经验明确认为,版本学的研究必须是"从熟读本文开始的"。研究《文心雕龙》同样是如此,他将《文心雕龙》版本研究的入门处定为"熟读全书",主张:"全书五十篇,无论长的、短的,喜欢的、不喜欢的,都要读熟,熟得倒背如流最好。"杨氏认为,这种传统的读书方法,有以下几个好处:一是有助于融会贯通,"对上、下篇的理解,也才有较为全面、较为系统的可能"。二是有助于以后收集注释、校勘、考证诸方面的资料。"如果读得不熟,纵然碰到有关的资料,很可能白白放过。"三是有助于"学习它的写作技巧和分析方法"。他坦诚告诉全国同行,他对龙著之所以如此熟悉,信手拈来,原因就在于"能读会背"。只要读熟了,就可以终身受益:"相隔虽已五十年,背起来还不怎么东拉西扯哩。"

其二,比对不同版本。

杨氏主张:"校对的版本越多越好。见得多才有所比较,容易发现问题;

---

① 杨明照:《文心雕龙校注拾遗》,上海古籍出版社1982年版,第17—18页。

也才容易引起注意,加以思考。"对此,他举出了《乐府篇》"缪袭所致"的句子。该句在唐写本中作"缪朱所改"。"改"胜于"致",是显而易见的,而"袭"与"朱"的是非,则很难遴定。缪袭之后刘勰之前,模拟汉铙歌的有谁? "朱"究为何人? 多年未能指实。杨氏"一直惦记在心",穷搜不已。后终在《乐府诗集》卷十六"鼓吹曲辞"小序中找到了答案:"唐写本的'朱'字乃'韦'之形误,'缪韦所改'者,谓缪袭所改写《魏鼓吹曲》十二篇与韦昭所改写《吴鼓吹曲》十二篇也。"杨氏将此归功于多种版本的比对和启迪:"假如不是受唐写本的误书的启发,今本的'袭'字是很难觉察为误的。"

　　凭借多样性的版本进行精确的勘正,是杨氏在龙著校勘上获得丰硕成果的重要原因:"我先后校对过的本子有写本、刻本、选本(只限于明代)、名人校本,共计七十二种。这些不同类型的版本,对我的帮助都很大。因为一字一句的谬误,并非无关宏旨,而是判断正确与否的重要依据。"①

　　其三,翻检各种类书。

　　杨氏认为,类书是对古籍进行校注的"不可或缺的手段"。而在具体使用类书的时候,对各代类书都要兼收博采:"唐宋类书编纂的时间早,使用价值大,这是学术界所公认的。但明代的类书,也不容忽视。"对此,他举出了《声律篇》"良由内听难为聪也"八字的例证。这八个字,与下"故外听之易,弦以手定;内听之难,声与心纷"四句文意不属。黄叔琳校云:"'内'元作'外'。王《训故》本改。"又眉批云:"'由'字下,王本有'外听易为而'六字。"指出六字是原有脱误。范文澜《注》谓王本之白框为"巧"字,刘永济《校释》则疑是"力"字。杨氏认为:"这些论见好像都讲得通。其实纯出推测,并无根据。"他据明徐元太的《喻林》,终于找到了答案。该类书的卷八九中引有此文,作"良由外听易为察,内听难为聪也"。这一引文,显然是远胜于前人和时人的校文,可称为极善之文本的:"不仅上下文意一贯,其'察'字之佳,也为范、刘两家所意想不到者。"

　　杨氏还根据自己多年的校书经验,郑重提醒学者:"古籍在辗转钞刻的过程中,孳生了各式各样的错误。类书也不例外。使用时应慎重将事,以免又出

---

　　①　杨明照:《我是怎样学习和研究〈文心雕龙〉的》,《四川大学学报》1983 年第 2 期,第 61 页。

现新的错误。"①这一拳拳的忠告,对于广大学者获得版本研究的成功,同样是大有裨益的。

其四,广泛涉猎有关典籍。

杨氏认为,《文心雕龙》是一部产生了深远影响的巨制,与该著文本直接或间接有关的典籍,是相当多的。为着获得勘校的精确性,必须广泛涉猎,从中吸取宝贵的勘校依据。二者之间的相关性,集中表现在以下两个方面:一是典籍中的龙著引文,"其胜处当然可校勘用"。二是典籍中的"某些论述",也是"印证"文本的"最好资料"。对此,杨氏举出了《才略》中的"孙楚缀思,每直置以疏通"二句作为例证。范文澜《注》云:"本传及文选均载楚书(即遗孙皓书),观其指陈利害,深切著明,措辞率直,无所隐避,殆所谓'直置疏通'也。'直置'不可解,'置'或'指'之误欤?"杨氏认为,范说是错误的。其一错是:"此二句当是指其诗言,非谓所作遗孙皓书也。"依据是:"'子荆零雨之章',沈约曾称之;钟嵘《诗品》中亦特为标举;萧统且以入选。"其二错是:"直置"是当时"评文论诗"的"常语",原本非错。依据是:"《文镜秘府论·十体篇》:'直置体者,谓直书其事,置之于句者是。'是'置'字未误。《宋书·刘穆之传》:穆之曰:'…而公功高勋重,不可直置。'又《谢方明传》:(刘穆之)白高祖曰:'谢方明可谓名家驹,直置便自是台鼎人。'"由此顺理成章地提出结论:"足见为当时常语。"②

杨氏这一鞭辟入里的辨正方式,为我们凭借相关典籍进行版本考证,提供了卓越范式。

其五,勤于钞录。

杨氏认为,版本勘校全凭资料的精确,而精确的资料全在于平时的积累。他说:"平时不管阅读哪一部书,哪一种书,凡是认为与自己科研有关的资料,都应随手全部钞录备用。万万不能马虎、躲懒(打省略号或写'云云'字样都不好)。不然的话,一旦要用时,不是记不起了,就是要付出更大的劳力,耗去更多的时间。"钞录时尤其要注意的是:"现存的书,必须注明篇名或卷数以及

① 杨明照:《我是怎样学习和研究〈文心雕龙〉的》,《四川大学学报》1983年第2期,第61页。
② 杨明照:《文心雕龙校注拾遗》,上海古籍出版社1982年版,第360页。

版本,佚亡的书,则应注明出处(某书某卷或某篇)。"对此,杨氏特别举出了严可均《全文》里的"墨钉"与马国翰《玉函山房辑佚书》里的"白匡"的反面例证,语重心长地提醒学者:"墨钉"与"白匡"之所以发生,"大概就是由于一时的疏忽后来无法补上的吧。"

对于第二手、第三手资料,杨氏的经验是,钞录完毕后最好能核对原书。即使当时有所不便,撰写论文或专著时,则非跟踪追查不可。他认为:"这样,既对读者负责,也对自己负责,才是实事求是的治学态度。否则一盲引众盲,辗转滋误。"对此,他举出了《宗经》中"夫《易》惟谈天"至"表里之异体者也"一大段作为例证。范《注》云:"陈先生曰:'宗经篇易惟谈天至表里之异体者也二百字,并本王仲宣《荆州文学志》文。'案仲宣文见《艺文类聚》三十八,《御览》六百八。"杨氏夷考发现,实际大谬不然:《类聚》卷三八引的王集《荆州文学记·官志》,根本没有这段文字;《御览》卷六百七中,也同样没有。其卷六百八所引"自夫子删述……表里之异体者也"二百余字,明标为《文心雕龙》,并非什么《荆州文学志》。原来陈伯弢是据严辑《全后汉文》卷九一为言;范文澜所注出处,则是移录严书。都不曾翻检《类聚》和《御览》,为严可均所误导。而严可均的致误,则是来自明代倪焕的刻本《御览》或周堂的铜活字本《御览》。它们在卷六百七引《荆州文学记·官志》一则后,即接"夫《易》惟谈天……表里之异体者也"一百一十八字。既有错简,又脱书名,严可均遂误为王粲集《荆州文学记·官志》中的文字,以致造成系列的学术尴尬。杨氏由此郑重告诫学界同人:"过信第二手、第三手资料而不跟踪查阅原书,是有可能上当的呵!"①

其六,反复求真,务臻至善。

杨明照认为,校书是一项"随扫随生"的"扫尘"活动,绝不可能一蹴而就,必须反复"补缀",始克有成。惟其如此,校勘必然是一项不断超越前人而永无止境的事业,也必然是一项不断超越自己的永无止境的事业。他在龙著校勘上的毕生投入和不断创新,就是这一学术理念的具体展示,也是这一卓越方法的具体范示。杨氏的这一卓越的学术理念和学术方法,集中表现在他的《文心雕龙》校注四书的不断超越的鲜明的学术品格之中。

---

① 杨明照:《我是怎样学习和研究〈文心雕龙〉的》,《四川大学学报》1983年第2期,第63页。

龙著校著四书作为杨明照竭尽毕生精力的学术成果,都以《文心雕龙》的校注作为工作内容,但在学术层次上,却体现出了一个由发生到发展再到成熟的循序渐进的过程。这一历时半个世纪的发展过程,实际也就是杨氏在学术上一步接着一步锲而不舍地求真求善的过程。为着探索这一方法的具体内容,下面试从四书中校注容量的递增与校注质量的递精两个方面,作一点简单的比较。

四书校注容量的递增状况,可以概括为以下几个基本数据。

校注条文数量的变化:《拾遗》本在《校注》本的基础上多出 600 多条,《补正》本又在《拾遗》本的基础上多出 100 多条。在这些新增条目中,有的是前未出校而后增补的,有的是前未出注而后增补的。

校注中所用来比对的版本数量的变化:《校注》本中所用来比对的版本有 28 种,《拾遗》本中增至 72 种,《增补》本中递增至 80 种。

《附录》中所收材料的门类的变化:《校注》本分为"刘勰著作二篇"、"历代著录与品评"、"前人征引"、"群书袭用"、"序跋"、"版本"六项。《拾遗》本分为"著录"、"品评"、"采摭"、"因习"、"引证"、"考订"、"序跋"、"版本"、"别著"九项。《增订》本在《拾遗》本的基础上增加"校记",即潘重规撰写的《唐写文心雕龙残卷合校》,共十项,又在"序跋"一项后增附其自著的《文心雕龙隐秀篇补文质疑》一文。四书《附录》所录的门类,同样是依次递增的。

这些数据,标示出了一个在容量上不断增扩,不断超越的学术发展过程。

四书校注质量的递精状况,可从下面条文的比对中窥其一斑。

《议对》"然仲瑗博古"条。《校注》本校云:

瑗,宋本《御览》五九五引作援;梅本改作远,按《后汉书·应劭传》:"劭字仲远。"章怀注:"谢承书曰:《应世谱》并云字仲远,《续汉书》、《文士传》作仲援,《汉官仪》又作仲瑗,未知孰是?"据此,应劭之字,诸书已不一致,舍人原从何书作,实难断定;然瑗、援形近,必有一是,似不必仅据范书遵改为远也。

《拾遗》本同于《校注》本,都对应劭之字持保留态度:

　　按应劭之字,仲远、仲援、仲瑗本不一致;舍人原从何书虽不可知,然"援"、"瑗"形近,谅有一是,似不必仅据范书遽改为"远"也。

到了《补正》本,这一问题始得解决:

　　应劭之字,仲瑗、仲援、仲远不一致;章怀注范《书·劭传》,亦未定其孰是孰非。惠栋《后汉书补注》云:"《刘宽碑阴》有故吏南顿应劭仲瑗,洪适云:'《汉官仪》作瑗。'《官仪》既劭所著,又此碑据,则知远、援,皆非也。"是舍人此文之作仲瑗,信而有证矣。《水经河水注》东阿县下引应仲瑗曰:"有西故称东。"亦作仲瑗。可资旁证,不必仅据范《书》遽改为"远"也。

　　在众多资料中披荆斩棘,终于证得此处必为"瑗"字。杨氏在勘校中用功之深与勤,于此可以尽见。在反复推移中走近本质的勘校方法,亦于此可以尽悉。

　　杨明照的这些历史性的建树,代表了当代大陆学人研治《文心雕龙》版本的最高水准,在海内外产生了巨大的影响。日本著名汉学家户田浩晓教授撰写专文,给予了很高的评价,认为该著中"有不少发前人所未发的见解","自民国以来一直到战后《文心雕龙》研究的名著"。① 台湾学者王更生说:"这是杨氏呕心沥血之作,在《文心雕龙》的研究上,为后人树立了一个新的断代。"②牟世金的评价是:"自范文澜、杨明照的注本问世之后,无论港台或大陆,近三十年来的注本,无不以范、杨二家为基础。"③复旦大学李庆甲教授,称其为"研究《文心雕龙》的'小百科全书'"④,这些评语,都是符合历史的实际的。

　　(二)王利器龙著版本研究的卓越建树

　　王利器在龙著版本校注中的诸多创获,是现代《文心雕龙》版本学研究的

①　户田浩晓:《读杨明照氏的〈文心雕龙注〉》,日本《大安杂志》1960年第12期。
②　王更生:《文心雕龙导读》,台北华正书局1977年版,第70页。
③　牟世金:《台湾文心雕龙鸟瞰》,山东大学出版社1985年版,第22页。
④　李庆甲:《建国以来文心雕龙研究概述》,《复旦大学学报》1984年第5期,第105页。

另一重大的学术成果。

王利器(1912—1999 年),中国古典文学研究家,校勘学家。字藏用,号晓传,四川江津人。1941 年毕业于四川大学中文系,后在北京大学文科研究所当研究生。先后任教于四川大学、北京大学、北京政法学院。1954 年起在人民文学出版社工作。后任中国社会科学院特约研究员,北京大学、四川师范大学兼职教授。他在龙著版本勘校中的卓越建树,集中表现在以下三个方面。

1. 出版《文心雕龙校证》系列著作

1951 年,王利器以《黄注》与《范注》为底本,于校勘方面加以扩大补充,写成《文心雕龙新书》。《新书》除卷首《序录》及五十篇文本校勘外,尚有附录六种,即著录、序跋、杂纂、原校姓氏、王惟俭训故本校勘记和杨明照《梁书·刘勰传笺注》。作者校勘所据的版本相当宏富,自唐以下凡二十七种,并广泛旁及于前人与时贤的诸多勘校成果,无愧为一部集大成的校本。作者所秉持的宗旨,就是在《序录》中所说的:"本书的主要贡献是收罗《文心雕龙》的各种版本,比类其文字异同,终而定其是非。"这种"理证兼该"的境界,对于推动《文心雕龙》版本的完善化和方便读者的阅读,极有裨益。

1957 年,被错划为右派,十年浩劫,历尽坎坷,仍然矢志不渝,钻研不已。粉碎"四人帮"后,作者重新焕发学术青春,对该著进行精细加工,在原书基础上又增至正本、弘治本、王惟俭训故本等重要版本,共达三十种,又援用历代有关史料五十余种,改名为《文心雕龙校证》,1980 年于上海古籍出版社出版。王氏之于《文心雕龙校证》,考订精细,上下求索,每定一字,下一义,皆以历史之总和为准,力求有合于刘勰原书,而无害于天下后世,无愧为一部集大成的校本。如《书记》篇"观此众条","众"原作"四"。黄注云"'四'疑作'数'"。范注云:"'四条'疑作'六条'"。王利器校曰:"案'四'乃'众'之坏文。《檄移》篇'凡此众条'、《铭箴》篇'详观众例'、《乐府》篇'观其《北上》众引'、《诔碑》篇'周胡众碑',句法与此相同,俱用'众'字,今据改正。"又如《总术》篇云:"今之常言,有文有笔,以为无韵者笔也,有韵者文也。"自清人阮元、阮福父子倡言文笔之分,后有作者,言人人殊,不得真解。王氏据日本弘法大师造《文镜秘府论》西册《论文笔十病得失》引《文笔式》、《大正新修大藏经》等文献,终于弄清了其中的确切含义:"文者,诗、赋、铭、颂、箴、赞、序、诔等是也;笔者,诏、策、移、檄、章、奏、书、启等也。即而言之:韵者为文,非韵为笔。"如此等等,其言明而清,其据核而实,其理精而当,以证成刘氏之说,使《文心雕龙》成为可解可证之书。因而《人民日报》评介为:"《校证》出版,《文心雕龙》才有可读之本"。①。

王利器《文心雕龙校证》系列和杨明照《文心雕龙校注》系列,均"集自来各版本各校本之大成,堪称《文心》之两伟大功臣"②,被学界称为"《文心雕龙》校勘史上的双子星座"③。二者各有所长,相为参用,基本可保证文字的准确无误。

2. 为范《注》的重版修订献功

范文澜的《文心雕龙注》承前启后、继往开来,被视为《文心雕龙》研究史上的一座里程碑,至今仍是《文心雕龙》最通行的读本和"龙学"入门的阶石。但是该著之所以拥有如此崇高的地位,绝非一蹴即就,而是通过多次修订而实现的。其中具有决定意义的一次修订,就是是在1958年的人民文学出版社的重版。这一版本,是范注的最后订正本。该注之所以能在当代流行不衰,凭借的就是这一具有极高的学术质量的版本。这一版本的学术质量的获得,固然与范氏的谨严风格密不可分,也是与责任编辑的鼎力配合融为一体的。

当时任该著责任编辑,承担约请、审读、勘校、增补的全部责任的学者,就是王利器。据王利器《我与〈文心雕龙〉》一文回忆,当他提出重版的约请时,范氏开始并不同意,认为是"少作",存在不少问题。他则表示这次做责任编辑,一定尽力把工作做好。在整理过程中,他订补了500多条注文,交范氏审定时,范氏完全同意,并提出:"你订补了这么多条文,著者应署我们两人的名字才行。"作者认为这是责任编辑的分内工作,不同意署他的名字。而在作者自己的《文心雕龙校注》一书中,他为范注解所订补的500余条注文均未采用。④ 这一段龙坛佳话并不为多少人所知,人们一直以为"范注"由开明本到人民文学本的修订工作就是范老本人做的。龙研学者李平将这两种版本放在一起比勘对照,发现两者差别确实不小,除一些简单的字句正误外,重要的订

① 《文艺新书:〈文心雕龙校证〉》,《人民日报》1980年12月26日,第8版。
② 李曰刚:《文心雕龙斠诠》,台北国立编译馆1982年版,第19页。
③ 李平:《〈文心雕龙〉研究的回顾与反思》,《安徽师范大学学报》1999年第1期,第72页。
④ 王利器:《我与文心雕龙》,见《王利器学述》,浙江人民出版社1999年版,第222—223页。

补也不少。他将自己的考证结果写成了两篇论文,一篇是《王利器"范注"订补柬释》,一篇是《王利器"范注"订补再考》。下面试据李平考证所提供的线索,对王氏在范注重版中的订补之功,作一点管窥式的品读。

其一,拾遗之功。

"范注"以字句校雠之严谨与典故引证之详细著称,但遗珠之憾也时或有之。对此,王利器在可能的范围内作了增补。增补校字如:《隐秀》"并思合而自逢,非研虑之所求也。""求",黄校:"元作果,谢改。"王利器补注:"案果疑课字坏文,本书《才略篇》'多役才而不课学。'即与此同义。陆机《文赋》'课虚无以责有,叩寂寞而求音。'则课亦有责求义,谢氏臆改非是。"增补用典如《诸子》赞曰:"辨雕万物,智周宇宙。"王利器补注:"《庄子·天道篇》'辨虽雕万物不自说也。'此彦和所本。《情采篇》亦引此文。"

这些增补本着"补苴昔贤遗漏"的目的,对完善"范注"具有重要意义。

其二,订正之功。

"范注"以"黄注"为基础,充分吸收前人校注成果,并参以近人在《文心雕龙》研究中的最新创获,在名物训诂、故实征引方面确有总结前人之功。但是,不可否认,"范注"也还存在一些明显疏漏之处,如引文不够精确,判断有失武断等。王利器在为"范注"重版做责编时,对其中的错误不足之处做了大量的订正。订正判断之误,如《序志》"茫茫往代,既沈予闻"。开明本注曰:"沈一作洗。《庄子·德充府》:'不知先生之洗我以善耶。'陶弘景《难沈约均圣论》云:'谨备以谘洗,原具启诸蔽。'洗闻洗蔽,六朝人常语也。"王利器于人民文学出版社本订正曰:"案《战国策·赵策》赵武灵王曰:'学者沈于所闻。'此彦和所本,作洗者不可从。"杨明照也认为当做"沈",谓"其作'洗'者,乃'沈'之形误。"又如《辨骚》注引屈原《九章·悲回风》"浮江淮而入海兮,从子胥而自适",开明本误为《九章·橘颂》,人民文学出版社社本订正为《九章·悲回风》。

其三,充扩之功。

"范注"校字、征典每有不完备之处,王利器在订正过程中常予以充扩,使其更加完整。例如,《颂赞》:"赞者,明也,助也。""范注":"谭献校云:'案《御览》有助也二字,黄本从之,似不必有。'案谭说非。唐写本亦有助也二字。"王利器补充曰:"下文'并飏言以明事,嗟叹以助辞。'即承此言为说,正当补助也二字。"又如《定势》赞曰:"枉辔学步,力止襄陵。""襄",谢云当做"寿"。"范注"谓:"作寿陵是。"并引《庄子·秋水篇》:"子独不闻夫寿陵余子之学行于邯郸欤? 未得国能,又失其固行矣,匍匐而归耳。"王利器补证:"本书《杂文篇》'可谓寿陵匍匐,非复邯郸学步。'正作寿陵不误。"

正是凭借这些一丝不苟的校勘补正所获得的完美的学术质量,"范注"才成为一部影响如此深远的巨制。范氏的开拓之功固与历史共存,王氏的襄助之功同样与该著共存。

3. 出版《文镜秘府论校注》

出版《文镜秘府论校注》,是王利器在龙学版本研究中的第三大献功。

《文镜秘府论》是日本高僧遍照金刚(法名空海)于 9 世纪编撰的一部中国文论著作,该著作为中古时期中日文化交流的具体见证,对于研究中国六朝至唐代的文论在世界上的传播状况,具有很高的史料价值。一千多年来,《文镜秘府论》一直在日本流传,直到清末始再传回中国。我国较早对该著进行著录和介绍的,是清代学者杨守敬,他在《日本访书志》中曾论及《文镜秘府论》,说:"此书盖为诗文声病而作,汇集沈隐侯、刘善经、刘滔、僧皎然、元兢及王氏、崔氏之说。今传世唯皎然之书,余皆泯灭。按《宋书》虽有平头、上尾、蜂腰、鹤膝诸说,近代已不得其详。此篇中所列二十八种病,皆一一引诗,证佐分明。"这是我国学者首次认识到此书的研究价值。

1930 年,储皖峰就根据杨守敬之说,专取《文镜秘府论》中论病部分校印问世,名《文二十八种病》,在当时颇受中国文学批评史研究者的重视。从 50 年代直至 70 年代中期,由于受当时思想意识形态的影响,人们大多不敢、不愿过多评述中国诗歌理论史上有关诗歌形式、作法的材料,对《文镜秘府论》自然就很少论及了。

首先打破这种研究局面的著作,是周维德校点的《文镜秘府论》。该著1975 年出版于人民文学出版社,是大陆出版的《文镜秘府论》的第一部完整校点本。王利器紧随其后,也于 80 年代初出版了《文镜秘府论校注》。和周著相比,王著校勘更精、且作了十分详细的注释。作者在注释中抉微索隐,新见迭出,使得《文镜秘府论》涉及的许多中国文学批评史上的理论问题源清流明,显示了校注者渊博的学养、精微的思辨和超凡的学识。特别具有开拓意义的是,王氏通过对该著的校注,清晰地凸显出了它与《文心雕龙》之间的渊源关系,具有极高的版本学意义。这种非寻常的版本学意义,具体表现在以下两个方面。

一是二者之间的影响意义。《文心雕龙》在唐代的流传状况,长期是文论史上的灰区。《文镜秘府论》中所辑录的诸多资料,是探悉当时文学思想状况的最集中的窗口,也是了解《文心雕龙》的社会投影的最直接的窗口。王氏巧妙地利用了这一特定窗口的折射功能,在校注的条文中,清晰地显示出了二者之间的渊源关系。在该著的诸多校注条文中,直接涉及二者的源源关系的,达73条。从这些精确的条文中,充分地显示出了《文心雕龙》对《文镜秘府论》的影响。例如《南卷》之《论文意》云:"夫置意作诗,即须凝心,目击其物,便以心击之,深穿其境。如登高山绝顶,下临万象,如在掌中。"王氏注云:

> 《文心雕龙》《神思》篇:"夫神思方运,万涂竞萌,规矩虚位,刻镂无形。登山则情满于山,观海则意溢于海,我才之多少,将与风云而并驱矣。"即此意也。

凭借"即此意"三字,就将二者之间的渊源关系确切地概括无遗。

又如《南卷》之《论体》云:"凡制作之士,祖述多门,人心不同,文体各异。较而言之:有博雅焉,有清典焉,有绮艳焉,有宏壮焉,有要约焉,有切至焉。"王氏在注文中将六者都归入刘勰的《体性》篇的渊源之中,云:"盖博雅与远奥相等,清典与典雅相类,绮艳与繁缛、轻靡相值,宏壮与壮丽相垺,要约与精约相侔,切至与显附相俦也。"

再如《地卷》之《十七势》。王氏注云:"古今言文者,多言文势。"而将其总源头,都归入刘勰的《定势》篇中。

如此等等,无一不言之凿凿,指向鲜明。不仅确切地指出了《文镜秘府论》中的思想之所由,也具体展示了《文心雕龙》在唐代的广泛流传状况及其为社会普遍接受并远播海外的状况。《文心雕龙》的历史地位,由此而获得了充分的凸显,也为学界循此线索进行更加全面的研究,提供了良好的工作平台。

二是二者之间的对勘意义。《文心雕龙》在唐代的流传除敦煌残卷外,极少文本依据。《文镜秘府论》中的几段《文心雕龙》的引文,不仅是版本流传的珍贵资料,也是版本校勘的重要依据。凭借这一反映唐代版本真实面貌的文本片段,王氏进行了双向的勘校,校正了存在于二者之中的文本错误,使其更臻完善。

见之于《文镜秘府论》文本的勘正中,如《天卷》之《四声论》中的"音有飞沈"。王氏校语云:"'音',《雕龙》作声。案:《谢灵运传论》言'浮声切响',浮切犹清浊,亦即彦和之所谓飞沈也。《高僧传》十三《昙智传》:'时有道朗、法忍、智欣、慧光,并无余解,薄能转读:道朗捉调小缓,法忍好存击切,智欣善能侧调,慧光喜骋飞声。'"又如"逆鳞相批"。王氏校语云:"'批',《雕龙》作'比'。《韩非子·说难》篇:'夫龙之为虫也,柔可以狎而骑也;然其喉下有逆鳞径尺,若人有婴之者,则必杀人。'《雕龙》作'比',义胜,此取譬鳞之相比耳,本无批婴之义。"

见之于《文心雕龙》文本的勘正中,如"叠韵离句其必暌",王利器注云:"'离',《雕龙》作'杂'。"在其《文心雕龙校注》中云:"'离'原作'杂',据《文镜秘府论》改。谓用叠韵字各在一句也。"又如"寄在吟咏,滋味流于下句"。王氏注云:"《雕龙》重'吟咏'二字,非是,《玉海》四五引《雕龙》与本书同,当据以删订《雕龙》。"

王氏的这一双向性的校勘,使《文镜秘府论》与《文心雕龙》两部巨制,都在学术质量上有了极大的提升。赵朴初撰诗颂云:"多君致力勤,校注良不苟。今古文字缘,亲情天地久。"[1]这一赞誉,是恰如其分的。

(三)詹锳在龙著版本研究中的卓越建树

在众多的《文心雕龙》校释著作中,詹锳的《文心雕龙义证》可以说是后出转精的杰作。

詹锳(1916—1998年),我国著名龙学专家,字振文,山东聊城人。1934年考入北京大学,从余嘉锡修目录学、从郑天挺修校勘学,又从胡适、罗庸、闻一多、陈寅恪、钱穆、刘文典、朱自清、冯友兰诸先生修古典文学、史学和哲学。1938年大学毕业后,先后在西南联大、浙江大学、安徽大学、山东师范学院从事古典文学教学与研究工作。1948年赴美留学,1953年获心理学博士学位回

---

[1] 赵朴初:《〈文镜秘府论校注〉颂》,《社会科学战线》1979年第2期,第94页。

国,任职于河北大学,主要从事于古代文艺理论的研究,《文心雕龙义证》(上海古籍出版社 1989 年版),就是他的代表性成果。该著荣获 1991 年河北省第三届社科成果著作类一等奖,1992 年上海出版新书优秀著作一等奖,1992 年全国古籍整理优秀著作一等奖。

詹锳在龙著版本研究中的卓越建树,主要表现在以下几个方面:

1. 对龙著版本研究的自觉倡导

詹锳是一个具有鲜明的版本意识的学者。他在北大受业时,即从诸多国学大师的教学中受到了良好的版本学与文献学的熏陶,掌握了传统的训诂校勘方法,并建立了以据为征,重视考证的明确的学术理念。这一理念,已经作为《义证》编撰的“总原则”,明确标举在该著的“序例”中:“无征不信”。据此,他采用了古人独擅而今人所不擅的编写方法:“我们要像清朝的汉学家研究经书那样,对于《文心雕龙》的每一句话,每一个字,都要利用校勘学、训诂学的方法,弄清它的含义;对于其中每一个典故都要弄清它的来源,弄清刘勰是怎样运用自如的;并且根据六朝的具体环境和时代思潮,判明它应该指的是什么。”①其目的就在于为《文心雕龙》的解读和研究,提供比较可靠的形态学基础。如此明确的版本意识与方法论意识,在我国龙学界是罕见其匹的。也正是在这一明确的学术追求的激励与支持下,他的《义证》成了我国龙学版本研究的集大成之作,将龙学版本研究推进到一个由于其详尽、系统、精湛而无法超越的峰巅。也为我国的龙学版本研究,提供了一个来自传统而又超越传统的独标一格的方法系统。他的这一献功,受到了当代龙研学者的衷心称誉:“詹氏以多年功力,完成《文心雕龙义证》,是希望在范文澜注之后,筑起新的学术阶梯,将传统学术研究的薪火代代相传,笔者窃以为其目的是达到了。”②这一评语,是恰如其分的。

2. 对龙著版本叙录的进一步完善

《文心雕龙》在流传过程中所形成的版本之众,和由此带来的异文之多,是我国历史上任何一部文论著作所无法比拟的。为了正确理解原文的本意,对如此众多的版本进行搜罗与整理,就成为《文心雕龙》研究中一项重要的基

---

① 詹锳:《文心雕龙义证》上卷,上海古籍出版社 1989 年版,第 3 页。
② 张连科:《20 世纪〈文心雕龙〉研究》,《辽宁大学学报》2001 年第 4 期,第 77 页。

础工作。在当代众多的"龙学"研究者中,王利器、杨明照都曾对《文心雕龙》的版本进行过整理。王利器《校证》在"序录"中列出了校勘时所依的本子,杨明照《校注》的《附录》部分更是专门罗列了"版本"一项。但由于这一工作过于庞杂,二者都仍有未厌人心之处。于是这一进一步完善的工作,便历史地落到了詹氏的肩上。

詹氏一贯重视龙学版本的研究整理工作,早在1980年,就在《中华文史论丛》第三期上发表了《〈文心雕龙〉板本叙录》,后收录于《义证》之中。詹氏强调:"《文心雕龙》是我国文学理论批评史上最有影响的一部著作,可是由于古本失传,需要我们对现存的各种版本进行细致的校勘和研究,纠正其中的许多错简,才能使我们对《文心雕龙》中讲的问题,得到比较正确的理解。"为此,他在对王、杨二氏所依版本进行复核的基础上,于《文心雕龙》版本的搜罗整理用力甚勤,在北京、上海、天津、南京、济南等地广泛搜集,又创获了许多新的成果。下面,试对其历史性建树,进行概括性的介绍。

其一,广搜博采,务求完备

王氏《校证》与杨氏《校注》在龙著版本的叙录上,已经做了诸多穷搜尽辑的工作。詹氏《义证》则在对二氏所依各本予以复核的基础上,辗转各地补充王、杨之所未见者,使其进一步完善。

例如海内仅存之最早刻本——元至正十五年刊本《文心雕龙》十卷,当时范、杨、王都说没见过这一刻本,杨明照《校注》将元至正乙未嘉禾本列于"未见"者中,詹氏则对其进行了详细的校勘与考订。他从序题下方的"安乐堂藏书记"印和"明善堂览书画印记",得出这个本子在清代曾经怡亲王收藏的结论,因为根据《藏书纪事诗》卷四第一百九十三页记载,"安乐堂印"、"明善堂印"都是怡亲王藏书的印记。他从钱惟善序中得知这个本子是乙未年嘉兴知府刘贞刻的。此外,詹氏还指出有不同的元刻本存在,今藏上海图书馆的元刻本与黄丕烈的藏本可能不是一个来源,因为元至正刻本的下落一直不明,从黄丕烈《荛圃藏书题识》卷十载《文心雕龙》跋语和傅增湘《徐兴公校〈文心雕龙〉跋》就可以看出。这些考订可谓发前人所未发,对《文心雕龙》的校勘具有重要的价值。

再如詹氏收录的徐𤋮校汪一元私淑轩刻本,已成今世罕见之本,从徐𤋮父子所抄录的许多篇序跋来看,他们用来校勘的许多版本,有的已经失传,后人多根据他们所抄补的序跋,才知道有过这些版本。詹氏的叙录为后来的研究者透露了某些信息。还有天启七年谢恒抄、冯舒校本,陈鳣校养素堂本,顾谭合校本等都是詹氏新增校勘所得。这些版本对于《文心雕龙》的校勘,都是具有非常重要的参考价值的。

其二,叙录详细,考订精审

版本的考订主要着眼于版本的收藏、版式特点、凡例序跋、源流及存佚等方面。《校证》叙录极为简略,仅仅是交代其校勘所用的本子,并不做详细考订。《校注》的叙录略微详细,但是仍不够充分,只交代了版本的行款梗概。《义证》于每种版本的考订都甚为详细,对上自元至正本、下至近世发现的唐写本等版本的相关情况作了系统的介绍,其中还不乏自己的独到收获。下面试以对元至正本的三家叙录的比较,对詹氏的此一特色作一管窥式的领略。

王利器的叙录是:

> 元至正十五年嘉禾刊本,每半叶十行,行二十字,上海图书馆藏,今称元本。
>
> 传校元本,元至正中嘉兴郡学刊本,每半叶九行,行十七字,北京图书馆藏,底本为广东朱墨套印纪评本。今称传校元本。①

杨明照的叙录是:

> 元至正本　上海图书馆藏
>
> 卷首有钱惟善序,知为至正十五年刊于嘉兴郡学者,字画秀雅,犹有宋椠遗风。海内仅存之最早刻本也。惟刷印较晚,板面间有漫漶处。《史传》、《封禅》、《奏启》、《定势》、《声律》、《知音》、《序志》等篇,皆有漫漶字句。除《隐秀》、《序志》二篇有脱文并非各脱一板。足见此二篇之有脱文,非自至正本始。外,卷五亦阙第九叶《议对》篇自"以儒雅中策"之"儒"字起至《书记》篇"详观四书"之"四"字止,板心上鱼尾上记字数,下鱼尾下记刻工杨青、杨茂、谢茂(或止有一谢字)姓名。白文。每半叶十行,行

---

① 王利器:《文心雕龙校证》,上海古籍出版社1980年版,第21页。

二十字。五篇相接,分卷则另起。其款式:

　　文心雕龙卷第一

　　梁通事舍人刘　勰彦和述

　　原道第一

【附注】此本一九八四年上海古籍出版社已景印出版。又按:黄丕烈所校元本,行款悉与此本同,字则有异。当非一刻。伦明所校元本,字既有异,行款亦复不同。首行大题"文心雕龙卷之一",次行题署"梁通事舍人东莞刘勰撰";每半叶九行,行十七字。则又另为一刻也。①

詹锳的叙录是:

　　元至正十五年(一三五五)刊本《文心雕龙》十卷。

　　结一庐藏书,今藏上海图书馆,二册。

　　卷首为钱惟善《文心雕龙序》,序题下方有"安乐堂藏书记"印和"明善堂览书画印记"。从这两颗印章说明这个本子在清代曾经怡亲王收藏。根据《藏书纪事诗》卷四第一百九十三页,"安乐堂印"、"明善堂印"都是怡亲王藏书的印记。

　　钱序中说:"嘉兴郡守刘侯贞家多藏书,其书皆先御史节斋先生手录。侯欲广其传,思与学者共之,刊梓郡庠,令余叙其首……余尝职教于其地而目击者,故不敢辞……侯可谓能世其家学者,故乐为之序。至正十五年龙集乙未秋八月曲江钱惟善序。"

　　可见这个本子是乙未年嘉兴知府刘贞刻的。序文下注"雪川杨清之刊"。

　　其次为"文心雕龙目录",下有"徐乃昌读"印。正文每半叶十行,每行二十字。其款式为:

　　文心雕龙卷一　梁通事舍人刘勰彦和述

　　原道第一

　　线口本。板心有的注"谢茂刊",有的注"杨清刊"。

---

① 杨明照:《杨明照论文心雕龙》,上海科学技术出版社2008年版,第195—196页。

　　黄丕烈《荛圃藏书题识》卷十载《文心雕龙》跋语说:"顷郡中张青芝家书籍散出,中有青芝临义门先生校本,首载钱序一篇,亦属钞补,爰录诸卷端素纸,行款用墨笔识之。噫! 阮华山之宋本不可见,即元刊亦无从问津,徒赖此校本留传,言人人殊……聊著于此,以见古刻无传,临校全不足信有如此者。甲子十一月六日,荛翁記。"

　　的确临校本是不能全信的,即如北京图书馆藏傅校元本《文心雕龙》(底本是广朱墨套印纪评本)注明:"元至正嘉兴郡学刊本,每半叶九行,行十七字。"而我经眼的元至正嘉兴刊本却是每半叶十行,每行二十字。

　　《荛圃藏书题识》卷十又载:"戊辰(一八〇八)三月,得元刻本校正,並记行款。"

　　傅增湘《徐兴公校〈文心雕龙〉跋》中说:"《文心雕龙》一书……传世乃少善本,阮华山之宋椠,自钱功甫一见后,踪迹遂隐。即黄荛圃所得之元至正嘉禾(嘉兴)本,后此亦不知何往……辛巳五月十九日藏园识。"

　　以傅增湘这样的藏书家和校勘学家,都不知道元至正刻本《文心雕龙》的下落。现在上海图书馆藏的元刻本,可能和黄丕烈的藏本不是一个来源。总之,这是我们今天所能看到的最早的刻本。

　　这个本子的《隐秀》篇,自"而澜表方圆"句后有缺文,下接"朔风动秋草",中间脱四百字。元刻本每半叶二百字,看来是整缺一板。又《序志》篇在"则尝夜梦执丹漆之礼器"的"梦"字以下有缺文,下接"观澜而索源",中间脱三百二十二字。

　　这个本子是许多明刻本的祖本。范文澜《文心雕龙注》、杨明照《文心雕龙校注》、王利器《文心雕龙校证》中都说没有见过这一刻本,可见是稀世之珍。但是它有两处大的脱漏,其他错简的地方也很多。我们不能因为它是今存最早的刻本,就忽略了其中的许多错简。这是我们必须细心校勘的。①

　　比较可知,詹氏的叙录远比二氏详尽具体。詹氏不仅介绍了元至正本的收藏、行款、版式、序跋中的诸多细节,而且交代了版本的产生及源流情况,片

_____

① 詹锳:《文心雕龙义证》上卷,上海古籍出版社1989年版,第10—11页。

善不遗,使读者据此对这一版本能够有充分的了解。对所搜罗的32种异本,无一不是如此。詹氏用心之勤,学风之实,于此可见一斑。

其三,正误释疑,溯源讨流

詹氏的版本叙录,不仅搜罗广泛、材料精详,而且在版本渊源的正误释疑上,做出了卓越的贡献。如对明王惟俭《训故》本的考订,就是具体例证。

王惟俭《训故》本是流传极少的版本,不为世人所重,王杨二氏对其所作的考订极为简略,特别是对其与黄氏辑注本的渊源关系,更是只字未提。《义证》则对其进行详细校勘,不仅介绍了刊刻时间、馆藏地点、卷首序语、刊刻缘起、写作凡例、款式、行款、跋语等情况,而且还写有校记,为王惟俭在《辑注》本中的具有决定性意义的传承地位提出自己的独到见解。詹氏云:"《文心雕龙训故》世间流传很少,清黄叔琳《文心雕龙辑注》的注解部分,有很多是从这里抄去的。黄叔琳的序中只提到是在梅庆生音注本的基础上加工的,而没有提《文心雕龙训故》,只在原校姓氏表上最后加了王惟俭的姓名。其实所谓'黄叔琳注',有多少是黄氏或其门客注的呢?"①詹氏的这一辨正,是极具发人深省的震撼力量的。与王氏《训故》对勘就可发现,《辑注》袭用的事实是不容否认的,而黄氏却没有提及《训故》,无疑这是一处重大的疏漏。詹氏的这一辨正,不仅理清了一件长期混沌不清的公案,伸张了学术的公道和正义,还原了历史的真相,也将集清代龙学研究之大成的《辑注》的历史渊源关系真正显示出来。杨明照评价《辑注》谓:"刊误正讹,征事数典,皆优于王氏训故、梅氏音注远甚,清中叶以来最通行之本也。"②杨氏并未指出黄氏《辑注》对王氏《训故》的袭用,而詹氏对此却有清醒的认识,无疑这是对杨氏学术的极大补足。无论是从学术道德上说,还是从学术功力上说,都是足称楷模的。

詹氏的这些工作对于辨别、比较、确定各版本的优劣,为进一步的字句校注与理论研究提供真实可靠和完整优良的材料依据,极有裨益。其所录各本,大多考订详备,深得同行赞同,在《文心雕龙》校勘史上具有重要的地位。

3. 对龙著文本校注的卓越献功

詹氏在龙著版本研究中的卓越建树,更直接而集中地表现在他对龙著文

---

① 詹锳:《文心雕龙义证》上卷,上海古籍出版社1989年版,第21页。
② 杨明照:《杨明照论文心雕龙》,上海科学技术出版社2008年版,第206页。

本的校注上。

　　《义证》以前,《文心雕龙》校注方面就已经取得了巨大的成就,例如具有里程碑意义的范注,被誉为"小百科全书"的《校注》,被称为"双子星座"的《校证》。尽管如此,但在"弥纶群言而研精一体"的"集注"本的创辟方面,仍是一个长期的学术灰区。《义证》之撰写,就是对这一历史空白的填补。也就是作者在书中所宣示的:"把《文心雕龙》的每字每句,以及各篇中引用的出处和典故,都详细研究,以探索其中句义的来源","使读者手此一编,可以看出历代对《文心雕龙》研究的成果,也可以看出近代和当代对《文心雕龙》的研究有哪些创获"。①

　　他在该领域的卓越献功,具体表现在汇校与集注两个方面。

　　汇校方面。

　　《义证》视校勘为论证原著本义的入门之阶,对其十分重视。它在《校证》原文的基础上,遍采众家的校勘成果,兼善乐同,勘误订正,使全书具有了汇校的鲜明特征。其基本方法,就是以王利器《校证》为底本,上下参稽、旁征博引,充分吸取各家的校勘成果,以达到"弥纶群言,而研精一理"的目的。其学术建树,可以概括为以下方面。

　　一是充分利用各家校语来勘正错字误简。如《宗经》"义既挺乎性情",《义证》引用了几家校语来校对"挺"字:

　　　　《校证》:"'挺',原作'极'。唐写本及铜活字本《御览》作'挺',宋本《御览》、明钞本《御览》作'埏'。按'挺'、'埏',俱'挺'形近之误,《老子》十一章:'埏埴以为器。''挺',与'匠'义正相比,今改。"桥川时雄:"极字不通。挺、极形似之误。挺字始然反。《老子》:'埏埴以为器。'《释文》引《声类》云:'柔也。'河上公注云:'和也。'"斯波六郎同意赵万里《校记》之说,谓应作"埏'",是"作陶器的模型"。又说:"此字又可作动词用,如《老子》第十一章'埏埴以为器',《荀子·性恶》篇'故陶人埏埴而为器',《齐策》三'埏子以为人'等。"潘重规《唐写文心雕龙残本合校》:"'挺'盖'挺'之讹。《说文》:'挺,长也。'《字林》同。《声类》云:

　　①　詹锳:《文心雕龙义证》上卷,上海古籍出版社1989年版,第3页。

'柔也。'(据《释文》引)《老子》:'挺埴以为器。'字或误作'挻',朱骏声曰:'柔,今字作揉,犹燥也。凡柔和之物,引之使长,搏之使短,可析可合,可方可圆,谓之挻。陶人为坏,其一端也。'"

遍采众家之后,詹氏进而确凿无疑地指出:"'挺'通'挻',此处犹言陶冶。"①

詹氏不仅从众家校语的博采与折中中获得真知,也从对众家互相对立的勘校结果的反复比对和辨正中走近更加深刻的本质,以进一步完善《文心雕龙》的校勘工作。如他对《神思》"物以貌求,心以理应"的勘正,就是具体例证:

> "应"字,元刻本、弘治本、佘本、王惟俭本、两京遗篇本均作"胜",那样和末句"垂帷制胜"的"胜"字重复。张之象本、梅本并作"应",今从之。这两句话说,所求于事物的是它的外部形象,而内心通过理性思维形成感应。《校注》、《校证》均谓"应"字当做"胜",解说迂曲,今所不取。②

由于他的辨正是以众家之言作为基础的,所以具有极强的说服力量,使人乐于认同。

二是利用各家校语来删补原文的衍文和脱文。如《诸子》"斯则得百氏之华采,而辞气之大略也。"原"气"下有"文"字,《义证》引用几家校勘成果来删除衍文:

> 《校证》:"'气'下原有'文'字……'文'盖'之'字之误衍……今据删。"范注:"'文'疑是衍字。《论语·泰伯》篇:'曾子曰:出辞气,斯远鄙倍矣。'郑玄注曰:'出辞气能顺而说之,则无恶戾之言出于耳。'彦和谓循此则得诸子之顺说,不至为鄙倍之言所误也。"《校注》:"按无'文'字是。'文'盖'之'之误(《章表》篇"原夫章表之为用也",元本等误'之'为

---

① 詹锳:《文心雕龙义证》上卷,上海古籍出版社1989年版,第61页。

② 詹锳:《文心雕龙义证》中卷,上海古籍出版社1989年版,第1008页。

'文',是其例),而原有'之'字亦复书出,遂致辞语晦涩。《诏策》篇'此诏策之大略也',《体性》篇'才气之大略哉',句法与此相同,可证。"①

在此基础上,詹氏指出梅本"气"字下空二格,无"文"字,从而可以看出"气"后并无"文"字,应删去。

《义证》还引用各家校语来补充脱文。如《颂赞》篇:"风雅序人,故事兼变正;颂主告神,故义必纯美。"其中的两个"故"字皆是后补的,《义证》引《校证》与《校注》校之。

　　《校证》:"原无'故'字,据唐写本、《御览》补。又《御览》'兼'作'资'。"《校注》:"《御览》、《唐类函》引,亦有两'故'字,与唐写本合。"②

三是对各家校语的补足和充实。詹氏在汇集众家校语的同时,也进一步提供证据,补证前说,使这些校勘更加充实,更具可靠性。如《奏启》"必敛饬入规,促其音节,辨要轻清,文而不侈,亦启之大略也。"《校证》的校语是:"'饬',元本、冯本、汪本、佘本、张之象本、两京本、梅六次本、张松孙本、吴校本作'辙',王惟俭本作'辙',何允中本、日本活字本、梅本、凌本、陈本、钟本、梁本、徐校本、清谨轩钞本、日本刊本作'散',黄本改作'饬'。"《义证》进一步补证了《校证》的说法,说:"按曹能始批梅六次本亦作'敛辙入规'。沈岩录何焯云:'则启之无取乎冗长明矣。刘、柳之启,后世之不戾于古者也。'按'辙'、'辙'义通,均指轨辙。黄本臆改为'饬',非是。"③这一补证,进一步完善了《文心雕龙》的校勘工作,使其具有更加准确的概括力量和更加强大的说服力量。

集注方面。

詹氏既将精审的文字校勘当做确切理解《文心雕龙》原文本意的阶梯,也将可靠的字句注释当做进入《文心雕龙》殿堂的路径。他撰写这部洋洋大著的方法是:"上自经传子史,以至汉晋以来文论,凡是有关的,大都详加搜考。

---

① 詹锳:《文心雕龙义证》中卷,上海古籍出版社1989年版,第655页。
② 詹锳:《文心雕龙义证》上卷,上海古籍出版社1989年版,第316页。
③ 詹锳:《文心雕龙义证》中卷,上海古籍出版社1989年版,第875页。

其次是参照本书各篇,辗转互证。再其次是引用刘勰同时人的见解,以比较论点的异同。再就是比附唐宋以后文评诗话,以为参证之资。对于近人和当代学者的解释,也择善而从,间有驳正。"①这样,既见树木,又见森林,将资料的把握与体系的把握、微观的把握与宏观的把握,融合成为一个有机的整体,使其具备了会注集解的性质,富有集大成的意义。他在集注上的历史性建树,可以概括为以下方面。

其一,广搜博集,详考语源

《义证》秉持"无征不信"的编写原则,对经传子史以至汉晋以来的文论,凡是有关的,大都详加搜考。这些材料是刘勰撰写《文心雕龙》时所借鉴和依靠的原始材料,是其见解的认识论渊源与方法论渊源。据卷末的"主要引用书目"统计,搜考的相关的经传子史以至汉晋以来的文论约七十种,其中具体的篇目则更多。凭借这一丰富的资料库存,《义证》为对《文心雕龙》的义理研究,提供了翔实的语源材料,为读者正确理解原文奠定了坚实的基础。下面试举《义证》对《神思》"陶钧文思,归在虚静"的注语,作一管窥式的领略。

　　《荀子·解蔽》篇:"心何以知?曰:虚一而静。心未尝不藏也,然而有所谓虚;心未尝不动也,然而有所谓静……不以所已藏害所将受,谓之虚……不以梦剧乱知,谓之静。"杨倞注:"不蔽于想象嚣烦而介于胸中以乱其知,斯为静也。"可见"虚静"就是排除杂念。

　　《老子》第十六章:"致虚极,守静笃。"

　　《庄子·天道》篇:万物无足以挠心者故静也……水静犹明,而况精神……夫虚静恬淡,寂寞无为者,天地之平,而道德之至……虚则静,静则动,动则得矣。

　　《淮南子·精神训》:"使耳目精明玄达而无诱慕,气志虚静恬愉而省嗜欲。"《文赋》:"收视反听,耽思傍讯。"又云:"罄澄思以凝虑。"《养气篇赞》:"水停以鉴,火静而朗。"

---

① 　詹锳:《文心雕龙义证》上卷,上海古籍出版社1989年版,第3页。

通过这些周详的引注,将"虚静"的语义学渊源展示务尽,也将其确切含义概括无遗。

再如对《明诗》"王、徐、应、刘,望路而争驱"的注释。黄注仅引典证明前一句;"范注"也只是先引用《魏志·王集传》为前句所本,再引曹丕《典论·论文》:"斯七子者,于学无所遗,于辞无所假,咸以自骋骐骥于千里,仰齐足而并驰"以指明"望路而争驱"语本此。《义证》释义则更为全面,除征引《典论·论文》和《魏志·王集传》外,还引用了曹植《与杨德祖书》:"昔仲宣独步于汉南,孔璋鹰扬于河朔,伟长擅名于青土,公干振藻于海隅,德琏发迹于北魏,足下高视于上京。当此之时,人人自谓握灵蛇之珠,家家自谓抱荆山之玉",更详细地证明了此语之所本。

这些全面、详细的用典考证,为读者正确理解原文的确切含义提供了可靠的依据。

其二,辗转互证,相互发明

《义证》的旨归是"兼采众家之长",而不是"突出个人的一得之见",因此它的主要内容是对众家注语的汇集,而不是自己在注释上的重大发挥,目的在于"使读者手此一编,可以看出历代对《文心雕龙》研究的成果,也可以看出近代和当代对《文心雕龙》的研究有哪些创获",力图以自己的基础性工作,为读者的进一步攀登提供可靠的阶梯。这就必然赋予他的集注具有极其广阔的包容性和极其强大的启发性。这两大特性,是他的《义证》远远超出一般注释之作的所在,也是该著最有价值的地方。

《义证》在注释内容上的包容性,集中表现在它包罗万象的基本框架上。这一基本框架,由以下四个层面熔铸而成:文内互证、共时互证、古今互证与中外互证。

所谓文内互证,就是文本前后相关字句之间的相互参证。《文心雕龙》前后各篇常有互相发明之处,抓住这些相关字句进行释义,既可以节约笔墨,又是以刘释刘的最可靠的本证,而且还有助于读者从整体上把握文义。例如《章表》:"肃恭节文。"《义证》参照《乐府》篇"辞繁难节",《诔碑》篇"读诔定谥,其节文大矣",《书记》篇"若夫尊贵差序,则肃以节文",《镕裁》篇"然后舒华布实,献替节文",《附会》篇"夫能悬识腠理,然后节文自会",辗转互证。注《镕裁》篇"然后舒华布实,献替节文"句中的"节文"时,参考《定势》篇"虽复契会相参,节文互杂"以证之。注《定势》篇"虽复契会相参,节文互杂"时,又参考《附会》篇"夫能悬识腠理,然后节文自会"以证之。注《诔碑》篇"其节文大矣",又参照《书记》篇、《章表》篇语;注《书记》篇"肃以节文",又参照《章表》《诔碑》篇语。"节文"一词的释义,通过同一认识系统与话语系统中的辗转互证,不仅获得了全息性的阐述,也更加符合刘勰的一贯思想和语言风味。

所谓共时互证,就是引用刘勰同时代人的见解,较其异同,力图从异与同的比较中显出刘勰的本意,及其与时代思潮的关系。

共时相同者,如《风骨》篇"题解"中关于"风骨"之义的理解:

《世说.赏誉》篇:"殷中军道右军清览贵要。"注引《晋安帝纪》:"(王)羲之风骨清举也。"《世说·容止》篇:"时人目王右军飘如游云,矫若惊龙。"

《晋书·赫连勃勃载记·论》:"其器识高爽,风骨魁奇,姚兴睹之而醉心,宋祖闻之而动色。"

《宋书·武帝纪》:"身长七尺六寸,风骨奇特。家贫大志,不治廉隅。"又引桓玄语:"昨见刘裕,风骨不恒,盖人杰也。"《南史·宋武帝纪》:"风骨奇伟,不事廉隅小节。"

《南史·蔡樽传》:"风骨梗正,气调英嶷。"

谢赫《古画品录》:"六法者何? 一、气韵生动是也,二、骨法用笔是也……"。

《古画品录》:"不兴之迹,殆莫复传,唯秘阁之内一龙而已。观其风骨,名岂虚哉!"

王僧虔《能书录》:"王献之,晋中书令,善隶稿,骨势不及父,而媚趣过之。"

《法书要录》卷一南齐王僧虔论书:"郗超草书,亚于二王,紧媚过其父,骨力不及也。"

梁武帝《书评》:"蔡邕书骨气洞达,奕奕如有神力。""蔡邕书骨力洞达,爽爽有神。"

袁昂《书评》:"王右军书如谢家子弟,纵复不端正者,爽爽有一种风气……陶隐居如吴兴小儿,形容虽未成长,而骨体甚骏快。"①

通过詹氏的这些详细的征引与汇集,可以发现当时社会生活的各个领域中对"风骨"这一具有民族特色的美学范畴的普遍崇尚。而这,正是我们洞悉刘勰"风骨"理论的实践论根源的最直接的凭借,也是我们理解刘勰风骨理论的含义的最可靠的依据。

共时相异者,如《通变》篇"题解"中关于"通变"的不同理解:

> 《颜氏家训·书证》篇:"所见渐广,更知通变。"
> 萧子显《南齐书·文学传论》:"若无新变,不能代雄。"

颜、萧二氏对"通变"这一概念的理解,与刘勰的理解具有迥然的差异。颜氏所说的"通变"具指不偏不执,灵活变通,重点在于"变"。萧氏所说的"新变"具指与时俱进,不断创新,重点在于新。而刘勰所说的"通变"则是具指常与变的辩证统一,也就是刘永济所正确阐释的:"在明穷变通久之理","变其可变者,而后不可变者得通"。显然刘勰所提出的范畴是远比颜、萧二氏全面和高远许多的。通过比较,充分显示出了刘勰的通变理论的博大精深的理论品格,引导读者正确理解刘勰"通变"词语中的远远超出于时代的先进内涵。

从这比较中,不仅有助于我们更清楚地理解刘勰的本意,而且有助于见出各家观点的异同,加深对刘勰文本的理解。

所谓古今互证,就是比附唐宋以后历代文评诗话以为参证。如对《神思》篇"意翻空而易奇,言征实而难巧也"所作的注语:

> 张怀瓘《书断序》:"心不能授之于手,手不能授之于心。"苏轼《答谢民师书》:"求物之妙,如系风捕影,能使是物了然于心者,盖千万人不一遇也,而况能使了然于口与手?"
> 钱钟书《谈艺录》附说第十六:"Lessing 剧本 Emilia Gallotti 第一幕第四场有曰:'倘自成即为图画,不须手绘,岂非美事!惜自眼中至腕下,自

---

① 詹锳:《文心雕龙义证》中卷,上海古籍出版社 1989 年版,第 1041—1043 页。

腕下至毫颠,距离甚远,沿途走漏不少'……此皆谓非得心之难,而应手之难也……夫艺也者,执心物两端而用厥中。兴象意境,心之事也;所资以驱遣而抒写兴象意境者,物之事也。物各有性,顺其性而恰有当于吾心,违其性而强有就吾心,其性有必不可逆,乃折吾心以应物。一艺之成,而三者具焉。自心言之,则生于心者应于手,出于手者形于物……自物言之,则以心就手,以手合物……夫大家之能得心应手,正先由于得手应心。"

钱钟书《管锥编》第三册:"法国一大画家(Delacroix)尝叹:'设想图画,意匠经营修改,心目中赫然已成杰构,及夫着手点染,则消失无可把捉,不能移着幅上。'"

张严《文心雕龙文术论诠》:"盖文章随情奔放,故曰'易奇';文章缀辑不易,故曰'难巧'。制作而一任情感之奔放,必致'意不称物,文不逮意'。盖思想之表达,须乞灵于文字,而文字之缀辑,又往往不能尽如理想。故思想发为言语,已有一层障碍;言语移译而为文字,又是一层障碍。如袁伯修云:'口舌,代心者也;文章,又代口舌者也。展转隔碍,已恐不如口舌矣。'故曰:'暨乎篇成,半折心始。'"①

这些跨越古今的有关资料,从时间上与逻辑上筑起了学术贯通的桥梁,将这一重要的美学范畴的发展过程清晰地显示出来,为理解刘勰的观点及其历代延伸,提供了重要佐证。

所谓内外互证,就是将大陆学者与海外学者的注释互相参证。《义证》不仅对大陆的注释资料片善不遗,还引录了台湾地区 20 世纪 60 年代至 80 年代初《文心》的众多研究成果以及香港地区、日本的一些研究成果。以《才略》篇的注语为例,其中辑录台湾学者李曰刚的注语 13 条,沈潜的注语 9 条,日本学者斯波六郎的注语 6 条。这种内外兼容的广角镜式的注释体系极大地拓宽了文心雕龙的研究视野,全息地反映了并有力地支持了龙学的全球化进程。也由于这一世界性学术平台上的相互参证,使对《文心雕龙》文本的理解更趋精确。

---

① 詹锳:《文心雕龙义证》中卷,上海古籍出版社 1989 年版,第 996 页。

《义证》在注释内容上的广阔的包容性,造就了它在龙学研究上的深刻的启发性。《义证》无疑是龙学研究史上无与伦比的资料汇编,但同时也是一部以自己的全部资料支持和启迪广大学者在版本学上与义理学上继续开拓的资料汇编。它的深刻的启发性品格,具体表现在以下两个方面:一是在如此丰富的资料库存和如此多样化的学术视角的交会中,许多新的观点就会在交互的启迪中脱颖而出。例如詹氏自己的诸多"一得之见",就是在此一独特的学术平台上造就的成果。如果没有如此优越的资料支持,他的许多超越先贤与时人的学术发现,就会成为难以想象的事情。二是他的特别广阔的辑录方式,实际也是他的独特的研究方式的体现,这就是纵横交错的比较方式。正是这一独特的认识方式,赋予研究者一种"笼天地于形内,挫万物于笔端"的视野、胸襟和胆略。这种独特的视野、胸襟和胆略,对于龙学研究的进一步开拓来说,是具有极大的启发作用和借鉴作用的。

4. 对《隐秀》篇补文真伪的精辟考证

詹锳在版本研究中的卓越建树,还表现在他对《隐秀》篇补文真伪的精辟考证中。

《隐秀》篇自元代起已成残文。现存最早的《文心雕龙》刻本为元至正十五年本,此篇自"始正而末奇"至"朔风动秋草"的"朔"字共四百字整为阙文。明代诸刻本也沿袭了这种状况。明末清初时,由于诸多学者的辗转搜寻宋版,这久阙的四百字终于获得了补正,《文心雕龙》重为完椠。其后,又为影响极大的黄叔琳辑注本所接受,一直延续至今。

最早对《隐秀》篇补文提出疑义的是乾隆时人纪昀,他在《四库全书总目》卷195《文心雕龙》提要的批词中说:"此一页词殊不类,究属可疑。'呕心吐胆',似摭玉溪《李贺小传》'呕出心肝'语;'锻岁炼年',似摭《六一诗话》周朴'月锻季炼'语。称渊明为彭泽,乃唐人语;六朝但有征士之称,不称其官也。称班姬为匹妇,亦摭钟嵘《诗品》语。此书成于齐代,不应述梁代之说也。且'隐秀'三段,皆论诗而不论文,亦非此书之体,似乎明人伪托,不如从元本缺之。""癸巳三月,以《永乐大典》所收旧本校勘,凡阮本所补,悉无之,然后知其真出伪撰。"此后,这一判断长期为人们普遍接受,近人黄侃,今人范文澜、刘永济、杨明照、王达津等,均同意此说,并提出了一些新的证据,力证补文乃明人伪造,黄侃甚至索性自己另作了一篇很长的《新隐秀篇》。

沧海横流,方显出大家本色。面对这种舆论一律,几成定论的情况,詹锳挺身而出,多次撰写论文,通过深入考察研究,引述大量资料,力排众议,指出补文就是宋版原文,不应怀疑。他对此做出的有力驳正,具体表现在以下几个方面。

其一,从文本来源上对"伪作说"进行辨正,力证补文之真。

詹氏首先考察了补文的传抄过程,指出当时有许多学者专家都称见过这一全文,若系赝品,是很难轻易"瞒得过"这些学问家的"眼力"的。据此,他先介绍了天津图书馆藏曹批梅六次校定本《文心雕龙》,其中刻有朱郁仪的一条跋语,说明《隐秀》篇全文的补正和刻传的来历。跋云:"朱郁仪曰:《隐秀》中脱数百字,旁求不得,梅子庚既已注而梓之。万历乙卯夏,海虞许子洽于钱功甫万卷楼检得宋刻,适存此篇,喜而录之,来过南州,出以示余,遂成完璧,因写寄子庚补梓焉。子洽名重熙,博奥士也,原本尚缺十三字,世必再有别本可续补者。"子庚即梅庆生,经他刻印而得以流传。又据北京大学图书馆藏嘉靖汪一元私淑轩刻本《文心雕龙》,载有徐𤊹父子的题记和跋语。其中徐勃的第四条跋语云:"第四十《隐秀》一篇,原脱一板。予以万历戊午之冬,客游南昌,王孙孝穆云:'曾见宋本,业已抄补。'予从孝穆录之。予家有元本,亦系脱漏,则此篇文字既绝而复搜得之,孝穆之功大矣。因而告诸同志,传抄以成完书。古人云:'书贵旧本',诚然哉!己未年秋日兴公又记。"这些记载,六证齐全,时间、地点、人物、事件、原因、结果,凡是构成真实性的各个要素,一无所缺。如此巨大的补正工程与出版工程的后面,站立着的实际是一个庞大的学者团队。仅凭纪、黄二氏的片言只语,弃如此确凿的历史事实于不顾,将如此庞大的学者团队一棍子打入另册,归入造假者的行列,不仅难掩千秋悠悠之口,也难塞当时万众的公义之心的。也就是《文心雕龙学综览》中所深刻指出的:"实际上见过该篇全文的,除钱功甫,还有钱谦益、朱郁仪、梅庆生、徐𤊹父子、冯舒、胡夏客等人,而这些人都是学识广博,见闻丰富,有的还对《文心雕龙》研究达几十年之久,补文若假,能把这同时代的人全都瞒过么!"①

其二,以文本内容为据对"用词不类"说进行辨正,力证补文之真。

针对纪、杨、王诸氏提出的"呕心吐胆"、"锻岁炼年"问题,詹氏予以有理

---

① 杨明照主编:《文心雕龙综览》,上海书局1995年版,第171页。

有据的辩驳:"按《文心雕龙·神思》篇说:'扬雄辍翰而惊梦',这是根据桓谭《新论》来的。《新论·祛弊》篇说:'余少时……尝激一事而作小赋,用精思太剧,而立感动发病。弥日瘳。(扬)子云亦言成帝时,赵昭仪方大幸。每上甘泉,诏令作赋,为之卒暴,思虑精苦,赋成遂困倦小卧,梦见其五脏出在地,以手收而内之,及觉,病喘悸,大少气,病一岁。由此言之,尽思虑,伤精神也。'《才略》篇也说:'子云属意,辞人最深……而竭才以钻思。'这些都和《隐秀》篇补文中所说的'呕心吐胆,不足语穷'的状态是一致的,不见得刘勰'呕心吐胆'这句话就出于李商隐《李贺小传》中所说的'呕出心肝'。"①而《神思》篇中所说的"张衡研《京》以十年,左思练《都》以一纪","这和《隐秀》篇补文'锻岁炼年,奚能喻苦',正可以互相印证"。不见得"锻岁炼年"就是从欧阳修来的。至于纪批说:"称渊明为彭泽,乃唐人语",以此作为"伪作"的依据,詹氏认为这尤为荒谬,因为"鲍照《鲍氏集》卷四有《效陶彭泽体》诗一首",而且全书对某些作家只提到一次的很多,不足为怪,更不足为据。

其三,对黄侃质问补文中为何缺张戒《岁寒堂诗话》引文的力驳。

关于黄侃质问补文中为何缺张戒《岁寒堂诗话》引刘勰语"情在词外曰隐,状溢目前曰秀",詹氏认为"质问是毫无力量的",因为"《隐秀》篇的脱简不止一处……这两句究竟应该补在什么地方,则是无法确定的"。② 同时,他还征引了周汝昌的观点加以补充。周氏在《〈文心雕龙·隐秀篇〉旧疑新论》一文中也同样认为,黄侃的这一论据"无有多大价值",因张戒引刘勰语只是转述大意,并非抄录原文,即古人所常用的"撮述"。《诗话》另一处引述《情采》篇的意引方式,就是具体例证。周氏明确指出:"张戒的'情在辞外曰隐,状溢目前曰秀'十二个字,不是原文,也可以从《隐秀》始终未逸之文来审辨。盖彦和在文章开始,已经为隐为秀下了'界说'。即'隐也者,文外之重旨者也。秀也者,篇中之独拔者也。'以后又说:'夫隐之为体,义生文外','彼波起辞间,是谓之秀'(补逸文)。那么,刘彦和还要在'原文'中另一处第三次地为隐秀下定义吗?"③显然,这也是一处"意引"。"意引"不等同于原文,是不具有对原文的证据效力的。

① 詹锳:《文心雕龙义证》下卷,上海古籍出版社 1989 年版,第 1515 页。
② 詹锳:《〈文心雕龙〉的风格学》,人民文学出版社 1982 年版,第 91 页。
③ 詹锳:《文心雕龙义证》下卷,上海古籍出版社 1989 年版,第 1524 页。

其四,从补文的版面特征对"伪作说"进行辨正,力证补文之真。

詹氏还对增补的《隐秀》下半篇两版的印刻特征,进行了细致入微的探究。他发现该版的字的刻法和明代的版面有了明显的区别。最特别的是,"恒溺思于佳丽之乡"的"恒"字的末笔缺省。詹氏认为,"这显然是避宋真宗的讳"。他由此得出结论:"可见当抄补《隐秀》篇时,就照着宋本的原样模写,而梅子庚补刻这两板时,也照着宋本的原样补刻。"他据此反问"伪作说"的主张者:"明朝中晚年还没有根据缺笔鉴定板本的风气,假如阮华山作伪,怎么会伪造得那么周到呢?"

詹氏在版面上所发现的第二个对"伪作说"进行辨正的论据,是补文中所留下的十三字的空缺。詹氏认为,这些阙文对补文的真实性的证信力,就在于它在逻辑上所具有的反向证明的力量:"假如明人伪造这段补文,尽可以完全补起来,为什么故弄玄虚,还要阙十三个字呢?"

詹氏在版面上所发现的第三个对"伪作说"进行辨正的论据,是该本跋语的证信力。这段跋语出自朱谋㙔之手。朱谋㙔是当时身份显赫的王孙,远非世井之辈。这一特殊的现实身份本身就是一种强大的反驳力量:"如果硬说补文是明人伪造的,那么朱谋㙔这段跋语也必然是伪造的。为什么这段跋语交代补文的来源这么清楚,而且人证物证俱在。何况朱谋㙔是朱明王朝的宗室,这样尊贵的王孙,有谁敢伪造他的跋语呢?"①

显然,这三个问题,都是"伪作说"的主张者在逻辑上所无法回答的,从而从一个重要的侧面,进一步证明了补文的真实性。

其五,从刘勰理论的连贯性上对"伪作说"进行辨正,力证补文之真。

黄侃斥补文为"伪作"的另一依据,就是与刘勰整体思想的矛盾性。他说:"详此补亡之文,出辞肤浅,无所甄明,且原文明云:'思合自逢,非由研虑,即补亡者,亦知'不劳妆点',无待裁镕。乃中篇忽羼入'驰心'、'溺思'、'呕心'、'煅岁'诸语,此之矛盾,令人笑诧,岂以彦和而至于斯?"詹氏认为,黄侃的这一论断过于武断了。对此,他举出了刘勰在《神思》中的一段论述:"若夫骏发之士,心总要术,敏在虑前,应机立断;覃思之人,情饶歧路,鉴在虑后,研虑方定。机敏故造次而成功,虑疑故愈久而致绩。难易虽殊,并资博练。"詹

---

① 詹锳:《文心雕龙义证》下卷,上海古籍出版社1989年版,第1522页。

氏认为,这一段引文,实际就是刘勰对天工与人巧关系的整体概括:"自然美与人工美并重。"这一思想表现在《隐秀》篇中,就是刘勰所说的:"故自然会妙,譬卉木之耀英华;润色取美,譬缯帛之染朱绿。朱绿染缯,深而繁鲜;英华曜树,浅而炜烨。"显然,这是一种双扇式的概括,无论是"自然会妙",还是"润色取美",都是艺术表现之所必须,绝非是一种单向式的偏重。"二者在表面上似乎矛盾,实际是相辅相成的。"詹氏由此得出掷地有声的结论:"从以上的辗转互证,可以看出《隐秀》篇的思想,和《文心雕龙》其他各篇的理论体系是完全一致的。《隐秀》篇的补文和全篇的文学理论也是统一的。"①这一论点的建立,进一步增强了补文真实性的说服力量。

詹锳在《隐秀》篇补文的真伪问题上力主补文之真,不仅对于恢复《文心雕龙》的本来面貌具有十分重要的意义,而且在学术上的创新精神和勇气方面,为学界做出了极好的楷模。面对这一绵延数百年的学术公案,著者不为纪昀、黄侃、范文澜的"明人造伪"的名人定见所囿,在极端孤立的情境下坚持独立思考,广考博参,材料凿凿,从版本和内容两方面力证其真,为版本真伪的鉴定争取了一个广阔的学术空间。这种学术胆识与学术功力,对于中华文化的复兴来说,具有极大的启示意义。

由于以上诸多方面的重大建树,詹锳的《文心雕龙义证》这一巨制受到了龙学界的广泛赞誉。张少康称其为"本世纪《文心雕龙》研究方面一部集大成之作"②,《文心雕龙学综览》称其为"用中国传统的治学方法研究《文心雕龙》的硕果"③,张连科称其为"从宋代以来有代表性的各家注释到今人研究的不同见解,从经、史、子、集到诗文评语,从当时人的观点到刘勰自己的论述,作者旁征博引,辗转互证,借以探究刘勰的本意,一扫主观空疏之弊。承前人之长处,示来者以轨范"④。这些评语,都是符合历史的实际的。

(四)周振甫在龙著版本研究中的卓越建树

历史新时期以后,随着龙学的兴盛,《文心雕龙》的版本也逐渐出现了大众化的趋势。这些具有普及意义与现代意义的版本的特点,一是版本话语的

---

① 詹锳:《〈文心雕龙〉的风格学》,人民文学出版社1982年版,第104页。

② 张少康等:《文心雕龙研究史》,北京大学出版社2001年版,第354页。

③ 杨明照主编:《文心雕龙学综览》,上海书局1995年版,第310页。

④ 张连科:《二十世纪〈文心雕龙〉研究》,《辽宁大学学报》2001年第4期,第77页。

现代转换。二是版本典故的简易解读；三是版本内容的通俗诠释。周振甫《文心雕龙注释》与《文心雕龙今译》，就是这一大众型版本的典型范本。

《文心雕龙注释》是周振甫综合了黄叔琳、范文澜、杨照明和王利器等人的相关著作，补进了自己的阐释与发挥，总集成书的，1981年出版于人民文学出版社。该著由两个部分组成：一部分是"注"，类似传统经学的"集注"，荟萃了迄今为止有关《文心雕龙》研究的重要成果。另一部分是"说明"，用流畅的现代汉语白话文，借助当代大家熟悉的思维规范与话语规范，解释了《文心雕龙》的思想内涵。该著因其"融会贯通、深入浅出"的学术特色而备受读者欢迎，被誉为"范《注》以来最为完备的白话注释本"，"以往黄叔琳、范文澜、杨明照三家注皆详于典实，该书则因词、义兼释而形成自己的特色"①。

《文心雕龙今译》是周氏为着突破古代骈文的语言障碍，实现古文版本的现代转化的著作。周氏1961年应北京《新闻业务》杂志的约请，选译《文心雕龙》的部分篇从第5期起连载，直至1963年第8期止。1980年，集合成为专著在中华书局出版，命名为《文心雕龙选译》。1986年又进行了进一步的扩充与修正，更名为《文心雕龙今译》出版。该著的特色是，依据文意把每篇文章分成若干段，于每段之下配有精当的译文，便于与原文对照。这种直译法一般说比意译难度要大，它要求完全忠实于原作的意义、精神和风貌，又要符合现代人的话语方式和思维习惯。而周氏的《今译》则是这一古与今的对接与转换的卓越范式。以《神思》篇的一两句为例：

　　　原文：神思方运，万涂竟萌；规矩虚位，刻镂无形。登山则情满于山，观海则意溢于海，我才之多少，将与风云而并驱矣。
　　　译文：想象开始活动，各种各样的念头纷纷涌现，要在没有形成的文思中孕育内容，要在没有定形的文思中刻镂形象。一到登山，情思里充满了山上的景色；一到观海，意想中便腾涌起海上的风光。要问我的才力有多少，好像将要同风云一起奔驰而无法计算了。

可以看出，这段译文既把握了刘勰的原意，又没有死守章句，明白晓畅，一

---

① 李平：《〈文心雕龙〉研究的回顾与反思》，《安徽师范大学学报》1999年第1期，第72页。

气贯通。它不同于一般辞书上对"神思"单纯停留在字面上的理解，不把它看做是一般的"神随意往，留心思考"之谓的静态称谓，而是从"神思"在书中实际运用的本来意义去探寻，看做是对作家创作准备的心理要求。整篇译文把握住这一层意思，阐述十分周密，切中肯綮。这样，既从话语上阐明了它的现代含义，又保留了刘勰的理论体系的完整，对接而不失其真，转化而不失其神，这确实是难能可贵的。

《今译》本的献功，还表现在它的简释的卓越成就上

《今译》本于书后附有100多条"词语简释"，专门对该著的常用词语进行系统阐释，这在大陆学术界可算是一项带有开创性的工作。这项成果凝聚了撰者几十年潜心研究的心血，也反映了其治学之严谨。下面试举数例，以作一管之窥。

关于"一"的阐释。周氏将见之于《文心雕龙》中关于"一"的论述，概括为以下三重含义："数之始"，"同"，"统一"。周氏在词语阐释上的新颖深刻之处，就在于将其"一"的概念提到哲学的高度进行辩证性的精辟发挥："一和多是相反的两个概念，刘勰已把这两个概念引入创作中，只是他不称为一多罢了。"对此，他举出了《文心雕龙》中的诸多例证。如《神思》称"贯一为拯乱之药，博而能一，亦有助乎心力矣。"用一和乱、博和一来指一与多的关系，提出以一救乱的战略主张。又如《章句》称"振本而末从，知一而万毕矣"用一与万相对，标举万中知一，亦即抓住根本。再如《总术》称"乘一总万，举要治繁"，用一和万喻比要与繁的关系，主张抓住要害，来处理繁多的现象，以顺利地完成创作。周氏由此揭示出刘勰的一个具有普遍意义的思维方法——以一总万的方法。这一方法，正是刘勰之所以能高屋建瓴而成其大业的具有决定性的哲学凭借。于概念之细微而尽见思维方法之大局，周氏用功之深，亦于此可以具见。

关于"风骨"的阐释。周氏明确认为，"刘勰的讲风骨，是从文体论中概括出来的。"如《明诗》论建安文学"慷慨以任气，磊落以使才"，其中所讲的气的慷慨，即是指"风"。《诔碑》称"观杨赐之碑，骨髓训典"，其中所讲的"骨髓训典"，即是指"骨"。《章表》称"文举之荐弥衡，气扬采飞"，即"有风"。"孔璋称健，则其标也"，即"有骨"。所谓"有风"，就是《风骨》篇所说的"情之含风，如体之包气"。周氏认为，"风是对述情说的"，也就是刘勰所说的"斯乃化感

之本源,志气之符契也"。述情"要求有生气,能感动人,使人受到感化。但这种述情,还要符合志气,即情志结合,不是光讲缘情的,所以称意气骏爽。"所谓"有骨",就是"对铺辞的要求,像体之树骸,这就要同理意相结合"。概而言之,就是"要求从情志到事义,都具有感化作用。"①这样,就用现代的话语,将古人所提出的概念的深刻内涵,生动而又确切地表述了出来,成为现代人所易于理解并乐于接受的美学理念。

关于"采"的阐释。《今译》认为,"采"具有两重内涵:其一是与"风骨"相对的广义形态学的内涵,具指对风骨的美学内容互相契合的美学形态。其二是与"骨"相对的狭义形态学的内涵,具指对事义进行承载的辞藻。周氏认为,这种和"风骨"结合的"采"既离不开辞藻,又绝不是一般意义的辞藻,它绝不是"外加涂饰的采",而是"巧笑倩盼所构成的采"②。径而言之,"采"就是文章内容本身所具有的精理秀气的外在折光。这个解释也是很有见地的,既符合刘勰的原意,又符合当代的美学见解,将古与今的美学体认融合在一个统一的范畴之中。这一对接与转换,对于推动了古典美学的现代化进程与推动现代人对优秀传统文化的继承与发展的进程,都是极有裨益的。

由于它具有集校、译、注、释于一书的诸多优点,无疑也将在这四个方面同时便利于读者,成为一部学懂《文心雕龙》并全方位地把握刘勰文学观的极具现代意义与大众意义的好教材。2004 年,以该著为底本,由杨国斌译为英语,命名为《文心雕龙》(汉英对照),在外语教学与研究出版社出版,以准确流畅的双语形态向世界发行。

二、台湾学者的龙著版本学研究献功

台湾的《文心雕龙》版本研究,是中国龙学的重要组成部分。就其研究成果与特色而言,可以和大陆学者的研究成果并驾齐驱而相互补充,共同体现中华龙学在版本研究中所取得的成就和所达到的水平。下面,举出几部代表性著作,进行概括性的介绍。

(一)张立斋《文心雕龙注订》与《文心雕龙考异》

台湾政治大学教授张立斋 1967 年于正中书局出版的《文心雕龙注订》,

---

① 周振甫:《文心雕龙今译》,中华书局 1986 年版,第 484—486 页。
② 周振甫:《文心雕龙今译》,中华书局 1980 年版,第 512—513 页。

是台湾最早出版的一部对《文心雕龙》版本进行校勘注释的专著。作者认为，黄叔琳注本与范文澜、杨明照诸注本，都未尽善，还有落叶待扫之处，力图在诸本基础上再下一翻纠错改正功夫，使其更臻完美。根据这一学术追求，他在"自序"中毫不遮掩地指出了范、杨诸注中的不足之处，并在后面内容中一一进行了评述和改正。如《乐府》篇"艳歌婉娈，怨志訣绝"，张氏认为"艳歌"泛指艳体之歌，"非如范《注》专指古辞艳歌行也"。又举《论语》"诗可以怨"为"怨志"所本，言"范《注》校本从唐写本作'宛志訣绝'非是"。复指出："范《注》以为称宫体云云，非是"，"范《注》以宫体始于梁，尤误"。他从范氏对此二句的注里，就找出四处不妥，可谓精审。除针对范《注》外，他也评骘各家，如《明诗》篇"三六杂言"，黄《注》引《文章缘起》，言起于晋汉，范《注》引汉郊祀歌等，张氏则举《周南. 螽斯》《卷耳》为例，认为"范《注》失考，黄《注》亦误"。又《乐府》篇"叔孙定其容与"，范《注》与杨明照《校注拾遗》都据唐写本作"容典"，张氏评道："范《注》误。又杨《校》从唐本作容典，亦非。"这些审校，言之凿凿，有理有据，不乏大家风度。但毋庸讳言，张著在揭人之误和补人之漏时，有时也有过当之处，往往又留下某些新的瑕疵。王更生称许张著有"行文简要"的优点，也指出其在正讹补阙方面的某些不足。① 这些评语，都是符合实际的。

《文心雕龙考异》是张氏的第二部版本学研究的力作，1974 年出版于正中书局。该著指出杨明照《文心雕龙校注》、王利器《文心雕龙新书》的诸多失误，言："二氏之作，于校雠则每失，于论断则频误。兹就唐本十余篇中，王氏失校者，有二十余条，杨氏失校者，达三百四十余条。"②他将二氏的失误，归结为校勘方法的不够周密。吸取二氏的教训，他改用了以对校法为经，理校法为纬的方法，而罕用本校法与他校法。此书历经八年，精校出一千二百余条，对校勘颇有贡献。虽仍不可避免有底本名称混淆与原文校文错误等缺失，例如将"张之象本"误为"嘉靖本"。但平心而论，在早年善本不易得见的情形下，犹能以荜路蓝缕的精神从事研究，且取得相当成果，在台湾龙学的发展史中，其开拓之功是不可埋没的。

---

① 王更生：《近六十年来研究概观》，《中华文化复兴月刊》1974 年第 3 期。
② 张立斋：《文心雕龙考异》，. 台北正中书局 1974 年版，第 1 页。

（二）潘重规《唐写文心雕龙残本合校》

潘重规（1908—2003 年），安徽婺源人。南京中央大学中文系毕业，黄侃的及门弟子。曾任东北大学、暨南大学、四川大学、安徽大学诸校中文系教授。1949 年去台，任台湾师范大学国文系教授兼国文研究所所长。作为章黄学派的嫡系传人，长期从事文化典籍的研究工作。《唐写文心雕龙残本合校》，就是他的《文心雕龙》版本研究的重要成果。

敦煌残卷现藏英国伦敦博物馆，是《文心雕龙》这一世界名著的现存最早之手抄版本，至为珍贵。自发现以来即深受学者重视，或撰校记，或加题记，不一而足。然以正文章草难识，或未见原卷，或所据复印件中有脱漏，致有见所据参差，因疑原卷或有异本。为此，潘氏乃亲赴英伦摄得原残卷影本，并据以校俗本，共得 577 条，比赵万里多出一百条。潘氏特撷录诸家题记，详列校文，并附原卷摄影，成《唐写文心雕龙残本合校》一书，1970 年出版于香港新亚研究所。

该著爬罗剔抉，每多发明，是历来以唐写校俗本中最完善的一部。如《祝盟》篇"毖祀钦明"，范、王、杨各家皆据唐写本作"唖"，唯潘氏指正为"喵"（即"歆"），"歆"、"钦"形近易讹。又潘氏于序文亦指出杨明照、王利器各家误校，如"《祝盟》篇'故知信不由衷'，唐本亦已乙正，而校者又以为误倒。"王更生称之为"以铃木首开风气，而潘氏成就最大"，"为从来以唐写校俗本，成就最大最完善者"①，确非虚语。

（三）李曰刚《文心雕龙斠诠》

李曰刚（1906—1985），字健光，江苏盐城人，台湾龙学界领军学者。早岁就读于国立中央大学中国文学系，师从黄侃，深受其学术熏陶。毕业后，历任教学、政务与报纸编辑工作，对国学的研究从未中断。1949 年东渡台湾后，重新走向讲坛，担任台湾师范大学国文系教授，兼任国文系主任，潜心国学，精究四库，尤致力于《文心雕龙》版本校勘与理论阐发工作。他的《文心雕龙斠诠》，就是多年国学研究的系统总结，1982 年出版于台北国立编译馆。

《文心雕龙斠诠》是一部在内容上熔校、注、释、论于一炉，在篇幅上长达 2500 余页的巨制与力作。其书体例，前有自序、例略、原校姓氏及校勘据本，

---

① 王更生：《文心雕龙研究》，台北文史哲出版社 1979 年版，第 134、136 页。

后有附录六种，末为引用书目 300 余种，主体为对 50 篇的"校诠"。"校诠"包括四个方面：一是"题述"，相当于题解；二是"文解"，即对原文的直译；三是校勘；四是注释。如此恢弘的结构，是不见于前人与时人而独见于此书的。

该著的学术特色，集中表现在以下三个方面。

其一，是视野广阔，论见深刻。就像它对黄《札》的评论一样，它自己也具有同样的"革命性"的学术品格——"中西文化之剧烈交绥"的开放性品格。正是由于有了这种极可宝贵的品格，故能排除己见，兼容并包。也就是王更生所赞誉的："每下一义，确能博采众长，每校一字，必通引中外各家相比勘。"①惟其如此，该著对龙学的研究才如此准确深刻，在校勘和注译上能见人之所未见，发人之所未发，故能成就其深与大，"成为台湾目前最好的校本"②。它对"文之枢纽"中诸多核心概念的阐释和订正，就是典型的例证。李氏在校勘中特见功力之所在，就是突破前人训诂的局限，而在概念范畴上大做文章，见出新意。在《原道》篇的"题述"中，他开宗明义就旗帜鲜明地表述了自己对这一重大命题的见解，说："此原道者，原文学艺术根本之道。《序志》篇云，'文心之作也，本乎道。'所谓道者，即自然之道。文心之原道，原其自然以成文理之道也。与淮南名同而旨异。"然后引出黄侃与刘永济的有关论述对此做出了具体的发挥，说："黄师以为文原于道，乃文章本由自然生；刘氏以为文崇自然，自然者即道之异名。二家之说，词异而义同。"又联系《原道》篇的辞章对"道"字进行了逐一的考辨，最后一笔归拢，对上述观点进行了斩钉截铁的认定，说："考《原道》篇中言及'道'者凡七次：'此盖道之文也'、'自然之道也'、'莫不沿道心以敷章'、'故知道沿圣以垂文'、'圣因文而明道'、'乃道之文也'、'道心惟微'，细加体味，则知所谓道，即自然之道；所谓道之文，即自然之道之文。自然者，客观事物是也。道乃原则或规律，自然之道可谓客观事物之原则或规律之文。而客观事物之原则或规律，即为宇宙间之真理，文学艺术产生之根源在此。"③与黄氏与刘氏的论见相较，既是一种继承的关系，又是一种发展的关系，在表述的清晰性、概念的纯粹性与逻辑链接的紧密性上，都表现出了一种青出于蓝而胜于蓝的学术品格。因为"道"字虽然仍是这一"道"字，

---

① 王更生：《文心雕龙导读》，台北华正书局 1977 年版，第 84 页。
② 牟世金：《台湾文心雕龙研究鸟瞰》，山东大学出版社 1985 年版，第 15 页。
③ 张少康等：《文心雕龙研究史》，北京大学出版社 2000 年版，第 520 页。

而在内涵上却已经融入了时代新质,在范畴上已经广阔许多,深刻许多了。

不仅如此,为了真正把握"文原于道"的实质内涵,他还以文学史为据,对历史上两种截然不同的文道观做出了对照性的比较分析:"自彦和以'文原于道'相号召后,学者希风承流,起而附会缘饰者不一而足,然多昧于其本旨,辄以道德伦理观念局限文学内容。逮于唐宋,因而建立道统文学之理论,寝假而有'文以贯道'、'文以明道'、'文以载道'乃至'文便是道'等说,竞相标榜,虽命题同属论道,而寓意大相径庭。"紧接其后,他阐述了韩愈、柳宗元、周敦颐、朱熹四家之文道说的各自要旨,鞭辟入里地总结出两种论见之间的本质性差异,说:"总之,韩、柳、周、朱四贤之论文与道,以道为文之质,文为道之形,与彦和之以道为文之所本,文为道所生,迥然有别。盖彦和所谓道,乃自然之道;四贤所谓道,完全囿于儒家之道。自然之道充其极,固可包容儒家之道,但绝非以儒家之道拘执其范围。"①这就使他的校勘已不再是一般性的文字校勘,而是一种意识形态层面上的校正了。

但是,他并不认为二者之间是一种相互决裂的存在,相反,他认为这种自然之道与儒家的圣人之道,在《文心雕龙》的理论体系中又有其统一性的地方。这种对立统一的辩证关系,在《征圣》篇的"题述"中得到了透彻的发挥。他明确认为,《征圣》的宗旨,就是以圣人之立言作为"文学极则":"谓立言当证验之于圣人遗文,有所师法,庶可近道也。"他将二者之间的关系,概括为以下四个方面。一是"道—圣—经"的相通性:"夫圣人之心,合乎自然,圣心之文,明乎大道,事本同条,不容疑似。然则圣人之道虽不可见,而圣人之文犹可得闻。征圣者,由文而见道可也。"二是"经"在文章写作中的典范性:"宗经者,尊经也,言尊奉经体以为文也……彦和所以主文须宗经者,亦以经之所言,皆常行、常道、常典、常法,如无所不通之径路,而可行之久远耳。"三是以"宗经"作为战旗对当时文坛的讹滥风气痛加针砭:"若寻其时代背景,则知彦和之倡宗经,实为当世文坛振衰救弊之革命号召。"这样,就将《原道》、《征圣》、《宗经》,在逻辑上熔铸成为一个不可分割的整体。四是与"通变"的一体性:"彦和之宗经说,并非主张文学复古,其所以高举经典以为文学改良运动之大纛者,乃针砭时弊……食古能化,推陈出新,此为彦和宗经之真意所在。彦和

---

① 张少康等:《文心雕龙研究史》,北京大学出版社2000年版,第521页。

之宗经与其创作论之通变说,有后先须济之关系。'宗经'之后势必继之以'通变'!宗经乃起步,通变是终宿;宗经系手段,通变是目的。"①这些精辟的论述,是非常有见地的,也是符合刘勰的文学思想的实际的。在视野的广度上和认识的深度上,都有超出于前人与时人的地方。

其二,对"真善美之读本"的自觉追求。

李曰刚在《斠诠》的"序言"中,明确宣示了自己在撰写本著中自觉的学术追求:"谨愿以一己寝馈斯业十数年之所得,就正同好,期能披沙拣金,借石攻错,而可玉成一真善美之读本,有裨后进之讲习。所谓'真',指文字斠订精确,文字绎解信达,而求其实质之本真;所谓'善',指题旨阐发透辟,词义阐释详明,而求其体用之完善;所谓'美',指词说铺叙雅丽,关节排比清新,而求其形式之优美。必也三者俱备,则雕龙之董治,乃可谓有成;而斠诠之撰著,亦可告不虚矣。"②这一明确的追求,都在他的著作中获得了相当突出的表现。

"真"表现在《斠诠》中,就是它的文字校订的精确性和语言绎解的信达性。这种属性集中表现在两个方面:一是进行比对的材料的详尽性。凡是时贤的代表性著作,如黄之札,范之注,刘之释,杨之拾,王之证,无一不搜罗务尽,纳入他的论证系统中,使其校订的合理性与可信性坚实难移。二是在论证中的惟务折衷的精细性。对各种论见,都能兼容并顾,不偏不倚,对"度"的问题进行最佳性的把握。他对《总术》篇的"动用挥扇"的校订,就是典型的例证。范注:"动用挥扇二句,未详其义。"黄叔琳无注,杨明照旧本亦无注。《拾遗》本注云:"按此文向无注释,殆书中之较难解者。"杨氏以《说苑·善学》篇为据,以为改"用"为"角",改"扇"为"羽","则文从字顺,涣然冰释矣。"台湾诸家皆从于此。而李氏则认为仍有未当之处:"就字形之误而论,仅更正'用'、'扇'二字,甚合情理。惟'动角'、'挥羽'二词皆平列对称,与上文'伶人'、'告和'二词一纵一横之性格有异,非丽辞常态。"因据嵇康《琴赋》中的"田连操张",校"动用挥羽"为"田连挥羽"(李善注,田连乃"天下善鼓琴者也")。李氏认为,原文"动用挥扇"之误的根由就在于:"'田'先误为'用',传写者以'用连'不辞,又改'连'为'动'而乙之。语虽勉通,而不知与上文'伶

---

① 张少康等:《文心雕龙研究史》,北京大学出版社 2000 年版,第 521—522 页。
② 张少康等:《文心雕龙研究史》,北京大学出版社 2000 年版,第 519 页。

人'不相对应矣。"①这一校正既合乎事理,又合乎语法,显然是超越于前贤与时贤而更加接近刘勰原本之真实性的。

"善"表现在《斠诠》中,就是它的题旨阐发的透辟性和词义阐释的深刻性。这种独特的理论深度,来自两个方面:一是对当代文学理论的吸收。如他在《神思》进行阐释的时候,就引进了西方的自然主义理论,明确提出:"彦和《神思》篇所揭示之文学创作理论,与现代欧美极力倡导之自然主义美学思潮,亦属不谋而合。"他精辟地认为刘勰所说的"神与物游"的这种"内在之心神与外在的物境相交游",实际上就是西方所说的"移情"作用,而刘勰的高明之处则是"更将移情作用时,心神如何与外物交融而后文生之理,剖析入微。"②他根据西方艺术心理学理论,将《神思》中的"意"解读为"意象"。这种高屋建瓴的理论境界,是非常富有新意的。二是版本研究与理论研究的紧密结合。他明确认为,唯有这种二者兼具的研究,才能消除种种讹误,在对意蕴的把握上达到升堂入室的境界:"去今近千四五百年,由于辗转传抄重复翻刻,文字之讹误、衍夺乃至颠倒、错乱,随在多有,虽自元明以迄近今,不乏校本校记,而遗漏悬疑,仍不能免,非汇集多方绩业,清楚历史积案,作通盘彻底之斠勘,不易恢复其本来面目。又其属辞瑰玮,用事纷纶,浅学难于憧憬,非周详注释,显豁直解,并深入探讨其篇旨,逐层发挥其意蕴,不能洞悉其宫室之美,百官之富。"③正是由于这种自觉的体认,使他对《文心雕龙》版本的研究在更加彻底和更加全面的层面上,突破了乾嘉学者们习用的以经注经模式的瓶颈,换成了一种理论探索和系统把握的方式,开辟出龙学研究的新局面。

"美"表现在《斠诠》中,就是它的词说铺叙的典雅性和句式排列的整齐性。《斠诠》不仅重视《文心雕龙》的美学理念和美学方法,而且自觉地对这些理念和方法躬行实践,既追求理论内容的真与善,也追求语言表达的美。《斠诠》中的语言美,具体表现在以下两个方面:一是语言的雅洁性。它的语言,是一种浅近的文言文,以单音节词占优势,以极其俭省的符号表达思想,显得

---

① 牟世金:《台湾文心雕龙研究鸟瞰》,山东大学出版社 1985 年版,第 27 页。
② 张少康等:《文心雕龙研究史》,北京大学出版社 2001 年版,第 523 页。
③ 张少康等:《文心雕龙研究史》,北京大学出版社 2001 年版,第 518—519 页。

特别简练,自然,流畅,既和刘勰的行文风格接近,又能为现代人所能接受。上面的引文,就是他的行文风格的例证。二是讲究句式的整齐对称,具有一种和谐均衡的建筑美感和节奏鲜明的音乐美感。它的很多句子,具有骈体文的某些特征。如:"宗经乃起步,通变是终宿;宗经系手段,通变是目的","深入探讨其篇旨,逐层发挥其意蕴","圣人之心,合乎自然;圣人之文,明乎大道",等等。

毋庸讳言,和他所标举的"真善美"的高远境界相较,他的业绩还是存在相当距离的。它在"真善美"方面所取得的胜处固为人所称道,但其过于详尽而使人视为烦琐与较少发明之处,亦常为论家所指出。相较而言,这毕竟是瑕不掩瑜的事情。赋予《文心雕龙》的研究以真善美的明确追求,这是龙研史上的第一次,再加上他自己的自觉的身体力行,更属难能可贵,就这一点来说,无疑是应该予以肯定的。

其三,方法灵活,形式新颖。这种独标一格的形式与方法,首先表现在它的体例的独特上。它的体例由以下两部分所构成:一是"题述",二是"文解"。"题述"是"阐明全篇要旨及段落结构",对其基本思想作简要的分析和论证。"文解"对原文进行阐释,分为"直解"、"斠勘"、"注释"三个部分。"直解"就是语体今译,"斠勘"即根据各种不同的版本作文字差异之考证与校正,"注释"则是注明典故出处与词语含义,也有某些理论含义的分析。这样,就将龙学研究中的校、注、译、论四大板块熔铸成为一个有机的学术整体。这一具有百科全书品格的巨制,计有 2580 页,169 万余言,堪称海内外龙学之第一巨制。

这种方法的灵活性与形式的新颖性,也从它的每一个构成部分中表现出来。见之于"直解"中,是突破刻板的直译,运用较为灵活的方式诠解文意。表现在"注释"中,有别于旧注的"多重典实而略于词意",对一般字词也认真作注。表现在"斠勘"中,是"取材宏富,言之有据","能博取众长,并补正部分前人之失,从而完成了一个目前较为完善的校本"。①

正因为具有上述三大特点,此书在台湾龙学界产生了极其深远的影响,被

---

① 牟世金:《台湾文心雕龙研究鸟瞰》,山东大学出版社 1985 年版,第 16、25、26 页。

誉为融"黄《札》、范《注》、刘《释》、杨《校》的优点"于一体的"集大成者"。①
除台湾学者多据以为说外,大陆学者如冯春田,日本学者甲斐胜二等,多加以
征引。1995年,中国《文心雕龙》学会于年度会议中推李曰刚为中国著名
"《文心雕龙》学家"之一。

(四)王更生在龙著版本研究上的重大建树

王更生,1928年生,河南汝南县人,1949年流离转徙至台湾,1963年成为
师大夜间部国文系第一届毕业生。其后又相继完成师大国文研究所硕士、博
士班学业,获文学博士学位。1972年9月,受台湾师大邀聘,任该校国文系、
国文研究所教授,并曾兼任中央大学、东吴大学客座教授。

王更生孜孜从事学术研究,著述甚丰,尤其在《文心雕龙》的研究上,更是
硕果累累,是继李曰刚而起的领军者。他不仅是龙学理论的卓越开拓者,也是
龙著版本研究的集大成者。更难得的是,他将这两方面的研究内容融合成为
一个有机的整体:凭借一丝不苟的版本勘校,为理论的开拓提供可靠的依据;
也凭借精深的理论把握,为版本的勘校和阐释提供高度、深度和准度。而二者
的宗旨,就是他所宣示的:"抉发其精深的妙境,俾此一部旷古绝今的文论宝
典,能真正作为发展民族文学的张本。"②这一以复兴民族文化为己任的崇高
而又执著的宗旨,就是他如此重视版本校勘,并明确宣示愿为此"聊尽绵薄"
的根由,也就是他在龙著的理论研究和版本研究中取得双重硕果,成为台湾现
代龙学领军人物的根由。他在龙著版本研究上的重大建树,主要表现在以下
方面。

1. 关于《文心雕龙》版本源流的全息性考证。

1976年,王更生在台北文史哲出版社出版了力作《文心雕龙研究》,其中
的第三章"《文心雕龙》版本考",就是专门对《文心雕龙》的版本的历史状貌
与流变渊源进行全方位考证和介绍的篇章。《文心雕龙》的版本研究,以杨明
照与王利器最为深入。杨明照的建树主要体现在《文心雕龙校注拾遗》中,王
利器的建树主要体现在《文心雕龙校证》中,两书的出版时间都在王更生的专
章之前。王更生在充分吸收二氏的前期成果的同时,又研究了台湾保存的重

① 王更生:《文心雕龙导读》,台北华正书局1977年版,第84页。
② 王更生:《文心雕龙研究》,台北文史哲出版社1979年版,第15页。

要龙著版本,而这恰恰是二氏所无法做到的。因此,必然赋予其版本研究以一种特别的学术优势:将海峡两岸的学术优势融为一体的学术优势。他既运用了大陆学者的成果极大地充实了自己的科研成果,也用自己的科研成果极大地补益了大陆学者在版本研究中的诸多不足。他精心考校并详细介绍的版本,共有72种:计手写本9种,单刻本18种,评注本13种,校本20种,选本12种。于唐、宋、元、明、清的版本中可得而言者,几乎囊括而尽,可与杨明照与王利器所掌握的资料的宏富性相媲美。其中有不少珍贵的版本,是独见于台湾而不见于大陆的。

见之于手写本方面,例如台北故宫博物院藏有清文渊阁钦定四库全书本《文心雕龙》十卷写本,一函四册,有新安石岩方元桢《文心雕龙序》。王氏云:"疑此四库本系以明嘉靖庚子歙邑汪一元校刻作底本,而又酌加勘校,增删以成者。"又如清文渊阁钦定四库全书黄叔琳辑注本《文心雕龙》十卷,系江南巡抚采进,四库馆臣据黄氏辑注手抄而成。王氏对其来龙去脉及其文本状貌,一一详加描述,娓娓如数家珍。这两种版本,是杨明照与王利器所未曾经眼而不知其详的。单刻本方面,王更生所说台湾故宫博物院所藏明弘治甲子冯允中吴门本,在冯允中序前有都穆序,载明此本乃按元至正本嘉兴郡学本重刻,是目前尚存的几种明弘治甲子冯允中吴门本中最好的一种。这同样是北京图书馆藏书中所未见的,也是杨明照与王利器所未曾经眼的。王更生所提供的这些详细而又精确的资料,对于全面研究《文心雕龙》的版本,具有非常重要的参考价值。

2.《文心雕龙范注驳正》(台北华正书局1979年版)

该书对范注给予了充分的肯定,认为它的出版"如石破天惊,给我国学术界带来相当的震撼,同时也奠定了范文澜先生在中国学术界的地位","而国外若东方的日本、韩国,西方的美国、法兰西,凡欲问津中国古典文论者,几乎都拿它作为投石问路的凭借。"①在此前提下,他也对范注中诸多疏失,做出了详细论述,直言无隐地指出了其中六大问题:"采辑未备"、"体例不当"、"立说乖谬"、"校勘不精"、"注解错讹"、"出处不明"。其中与版本勘校直接相关的,主要是以下三个方面。

---

① 张少康等:《文心雕龙研究史》,北京大学出版社2001年版,第272页。

其一是范注在版本叙录中的不够完善。该著在书前只附录了铃木虎雄的黄叔琳《文心雕龙》校勘记,而未收我国前人于是书之序跋、评点、著录。显然,这是一处疏漏。这一疏漏,后来在杨明照的《拾遗》中获得了补足。

其二是范注在篇章结构序列的图示上的错乱。在范注上篇的图示中,王更生指出了以下两条错误:一是"组织系统"缺乏根据,与《序志》篇的思路大相径庭。二是"按列顺序错误",如文体论中的《诸子》篇与文原论中的《宗经》篇并列;《正纬》篇错置在《诸子》篇下;《辨骚》篇放在文体论的序列中。王氏认为,《辨骚》篇属于"文之枢纽"的组成部分,《诸子》并不属于"文之枢纽"之中,这是明载于《序志》篇之中的。范注将《辨骚》归入文体论,将《诸子》归入"文之枢纽",显然是不合原意的。就这一点来说,王氏的批评言之成理,持之有据。但范注对文体论所作的"文类"、"笔类"、"文笔杂"的三类区分,作为一家之言,仍有存在价值,不能说"毫无根据"而一概否定。就这一点来说,王氏似乎有点言之过重了。关于范注下篇的图示的问题,王氏认为该图示"牵强附会",致"体性"分途,"风骨"异帜,"通变""定势"散置众篇之下,"附会""物色"异路争趋。这一批评,是切中肯綮的。针对这一疏失,他提出了一个进行补正的图示。王氏图示的内容是:以《总术》为中心,以"控引情源"和"制胜文苑"为两翼,以《神思》至《定势》作为"控引情源"部分,以"情志为神明,事义为骨髓,辞采为肌肤,宫商为声气"作为"制胜文苑"部分,列《情采》至《物色》于其间,以《养气》与《熔裁》沟通两大部分,由此构成一个有机的整体。其中虽然仍有不够完善之处,与范氏图示相较,就结构之连贯与逻辑之严密来说,显然是极大地胜出于蓝了。这对于推动范注的进一步完善,是大有裨益的。

其三是"校勘不精"、"注解错讹"、"出处不明"的疏误。王氏所指出的这些讹误,共计172处,并一一进行了重新的补正。毋庸讳言,这些疏误大都已被日本斯波六郎的《文心雕龙范注补正》、张立斋的《文心雕龙注订》、杨明照的《文心雕龙范注举正》与《文心雕龙校注》以及王利器《文心雕龙新书》诸家所指出和校正,但将诸家的校雠成果归类分析,汇集在一个条分缕析的统一体系中,仍然是与作者的再审再察之功密不可分的,其中也有个别条目是他自己独力耕耘的成果。这些大面积的补正,使《文心雕龙》的版本更臻完整,使《文心雕龙》的解读更臻完善。

3.《文心雕龙读本》(台北文史哲出版社1985年版)

王更生于"龙学"既有精深考证,又有通俗推介。他筹思十载结撰而成的《文心雕龙读本》,就是这样一部深入浅出、化精深内容为通俗文本的著作。该著有校有注,有释有译,不仅为初学入门者提供致远之车马,而且为专家查阅资料提供济海之舟航。也就是他在《序言》中所说的:"更生筹思十载,聚材盈箧,承前哲今贤之辉光,朋侪故旧之切磋,殚思竭虑,苦心经营,成此一部《文心雕龙读本》上下册,八十余万字。学者研读《文心雕龙》,欲借彦和之说以畅此'为文用心'之旨者,本书倘亦犹乎致远之车马,济海之舟航乎!"①《读本》体例依次为"解题"、"正文"、"注释"、"语译"、"集评"、"问题讨论与练习"。如此详备之内容,既承前贤之故旧,又创自家之新目,彰显出校注与释译并行而以释译为主的特点。他所作的释译,实际就是一种古与今之间话语的对接与转换,集中而言,也就是古与今之间的龙著版本的对接和转换。这里仅就《读本》在话语释译上的建树,作一点简单介绍。

王氏明确认为,翻译是校勘、注释成果的进一步深化和具体体现,是学者学术功力的进一步升华。故此,他在其普及性《读本》中,对文本的准确性与审美性有一种特别的重视与追求。他在该著"凡例"中申明,文言译成语体如中西文互译一般,皆要以"信达雅"为原则。王氏自言完全采取直译方式,以求其信;"严守彦和行文脉络,体察其字例、辞例、文例及全篇布局,与习惯用语的真意",以达乎舍人意旨;"置词陈义务求文雅典正",以求免于浅陋村俗。他的美如流水行云,清如三秋潭底的释译话语,就是这一"信达雅"原则的卓越实践。下面试以《神思篇》"古人云:'形在江海之上,心存魏阙之下。'神思之谓也。"为例,取诸家译文为参比对象,对王氏的译文特色和成就做一点管窥式品读。

郭晋稀《文心雕龙译注解十八篇》的译文是:

> 古人曾经说:"有些人隐居在江海之外,心可能仍眷恋着朝廷的爵禄",这种身在这儿、心在那儿,思考不受道路远近、时间久暂限制的情况,就叫做神思。

①　王更生:《文心雕龙读本》上篇,台北文史哲出版社1985年版,第8—9页。

　　陆侃如、牟世金《文心雕龙译注》的译文是：

　　　　古人曾经说："有的人身在江湖，心神却系念着朝廷。"这里说的就是
　　精神的活动。

　　王更生《文心雕龙读本》的译文是：

　　　　古人曾经说："有形的身体，虽隐居于山村海岛之上，但是他们的内
　　心，却可以思念着朝廷的爵禄。"这种身在江海，而心存魏阙的想象，就是
　　所谓"神思"的奥秘了。

　　相较可知，王氏译文采取直译方式，以"想象"二字直贯其本质，既一针见
血，充分达意，又措辞文雅，富有神韵，具有一种特别的生动性与确定性的品
格。这种"真"、"善"、"美"兼具的语言品格，是广泛表现在他的全部释译文
本中的。下面再举数例进行说明。

　　　　原文："故思理为妙，神与物游。"
　　　　陆牟《译注》："由此观之，构思的妙处，是在使作家的精神与物象触
　　合贯通。"
　　　　王氏《读本》："由此观之，思维的活动是微妙的。作家精神与外界的
　　景物交通触合，而后构成文章。"

　　同一个意思，在王氏的笔下，就要透彻许多，完整许多，清爽许多。因为它
不仅说出了原文的静态的话语意义，而且将这种意义置于"构成文章"这一动
态的过程中，使其意义和价值充分地显示出来。而这，正是刘勰文本的理论真
谛之所在：刘勰所说的想象不是一般意义的"想象"，而是实际运用在"文章构
成"过程中并为"文章构成"的具体目的服务的"想象"。真理总是具体的。正
是这一具体的表述，使文本中所涵蕴的真理成了具体的真理。这就是他的译
文远比陆译透彻、完整、清爽的根由。

原文:"关键将塞,神有遁心。"

陆牟《译注》:"若是支配精神的关键有了阻塞,那么精神就不能集中了。"

王氏《读本》:"若意志阻塞不通时,就证明他心神不定,精神就不能集中了。"

陆牟对原本的话语意义,进行了确切的直译,而王氏在传达话语意义的同时,还将其内在的逻辑关系透视无遗:所谓"关键",实际就是指现代心理学所明确标出的"意志",古今之间,虽有表述之别,但就范畴而言,则是并无二致的。这样就举重若轻,将一个古代的词语完整地纳入了现代人的思维轨道之中,既符合古人的原意,又符合现代人的话语习惯和思维特点,在古与今之间进行了无隔化的对接与转换。

原文:"张衡研京以十年,左思炼都于一纪。"

陆牟《译注》:"张衡思考作《二京赋》费了十年的时光,左思推敲写《三都赋》达十年以上。"

王氏《读本》:"张衡构思二京赋,钻研了十年的工夫,左思揣摩三都赋,消耗了十二个寒暑。"

《读本》译文措辞讲究变化,《译注》重复使用"十年",《读本》前句用"十年的工夫",后句用"十二个寒暑"。王氏的表述在准确达意的前提下,又讲究用词变化之美,力避同一词语反复出现,显然是更接近原著的以美相尚的行文风格的。

原文:"阮瑀据案而制书,祢衡当食而草奏。"

陆牟《译注》:"阮瑀在马鞍上就能写成书信,祢衡在宾会上就草拟成奏章。"

王氏《读本》:"阮瑀靠着马鞍替曹操写好书信;祢衡在宴会上,顷刻之间,草成了鹦鹉赋。"

《读本》译文中的"靠着马鞍"、"替曹操"、"写好"、"顷刻之间"、"草成"、"鹦鹉赋"的描述,显然要比《译注》中的"在马鞍上"、"写成"、"草拟"、"奏章"的概述,要生动许多,具体许多,也细致许多。王氏凭借自己文质兼备的散文诗式的语言表述,曲尽文意,妙达文旨,既完善了句子结构,又烘托出了现场气氛,既丰富了阅者见闻,又补足了文意,有益于对文本的接受和理解。

如此等等,不仅真实地表达出了刘勰的原意,也传达出了原文中所深蕴的美学魅力。在实现古今文本的对接与转换上,开辟出了一条崭新的蹊径。诚然,王《读》在注释与译文方面尚有未当之处,但作为一部雅俗结合的社会性"读本"来说,其特色是极其鲜明,影响是极其深远的。前此虽有《文心雕龙》教材的编纂,但正式以"读本"为名,并正式进入广阔的社会流通领域之中的,始于王氏此书。

三、世界学者的龙著版本学研究献功

龙学自唐代中外文化之交流开始就成了一门世界性的科学,进行龙学研究的学者遍布全世界。对于世界各地的学者来说,他们对《文心雕龙》这一博大精深的异域文化的把握,肯定会遇到更多的接受障碍,也会对版本学的研究付出更多的阐释工夫和勘正工夫,而由此也会取得显著的成果,与本土的龙学研究互相补充与相得益彰。在这一世界性的龙学开拓中,日本学者的贡献最为突出。

《文心雕龙》在日本的流传,始于一千年前遍照金刚的《文镜秘府论》的介绍。到9世纪末,藤原佐世所著《日本国见在书目》已有《文心雕龙》十卷的名目。到十七八世纪,日本出现了两种自己的《文心雕龙》刊本(尚古堂本和冈白驹本)。冈白驹本又称"冈白驹校正句读本",既有初步校订,又加注了音读和标点,对日本学者阅读与研究此书更为方便。

日本现代的《文心雕龙》版本学研究始于20世纪20年代,以铃木虎雄的《敦煌本文心龙校勘记》(1926年)与《黄叔琳本文心雕龙校勘记》(1928年)的发表为标志。铃木氏在版本校勘方面作风扎实,一丝不苟,深深地影响了日本后来众多的龙学研究者,使日本龙学在校勘、注释等领域更趋缜密。特别是他最先用敦煌本进行校勘,其成果为范文澜注本所采用,对我国的龙学版本研究产生了重要的推动作用。

在嗣后的日本《文心雕龙》版本学研究中,最具影响的人物是户田浩晓、斯波六郎和兴膳宏三人。

（一）户田浩晓

1910 年生。1934 年入立正大学,专攻中国语言文学。1944 年任立正大学文学部讲师,1949 年升任副教授,1954 年升任教授。他在《文心雕龙》版本学研究中的重大贡献,主要是出版了两部影响深远的著作:一是《文心雕龙译注》上下两巨册(东京明治书院 1974、1978 年分别出版),是《文心雕龙》的现代日语翻译,并带有典故渊博的详细注释。二是《文心雕龙研究》专著一部(中译本于 1992 年由上海古籍出版社出版),这是他数十年龙学研究成果的集中荟萃,其中的重要论文有:《黄叔琳本文心雕龙校勘记补》、《文心雕龙何义门校宋本考》、《关于冈白驹的文心雕龙开板》、《关于文心雕龙梅庆生音注本的异板》、《文心雕龙校本的制作》,等等。这些成果,获得我国著名龙学专家杨明照的极高评价:"户田浩晓教授友邦耆宿,学林宗师,研治《文心雕龙》有年,于舍人书爱之笃,习之久,知之审,了然于心,自能融会贯通,无入而不自得。"①其学术特色,具体表现在以下方面。

1. 资料丰赡,考证缜密

全书中使用的资料非常详备丰富,远远超出一般学者之所能提供。古往今来凡是有关《文心雕龙》和刘勰的文献,无一不搜罗务尽,寻根索源,如数家珍。"故实也好,版本也好,中国的,日本的,无不得心应手,随其驱遣。"②他对《文心雕龙》版本的把握,就是具体的例证。第四编第二章《文心雕龙校本的写作》中,列举所用的版本凡 21 种,均是他所亲眼目睹的第一手材料,其中有 14 种竟为其自藏。海外的研究学者中,有如此丰赡的版本储备,确实是不多见的。杨明照誉之为"良书盈箧",可谓恰如其分。

他将这些丰赡的资料储备,都得心应手地运用于版本考证中,形成了自己独特的条分缕析的缜密风格。他对《体性》篇篇名探源的考辨,就是具体例证。这一考辨,是按照一个严格的逻辑程序进行的。这一程序的具体内容,包

---

① 杨明照:《〈文心雕龙研究〉序》,见户田浩晓《文心雕龙研究》,上海古籍出版社 1992 年版,第 2 页。

② 杨明照:《〈文心雕龙研究〉序》,见户田浩晓《文心雕龙研究》,上海古籍出版社 1992 年版,第 2 页。

括以下几个相递而进的严密步骤。下面,试对这一特见工夫的考辨过程,作一点具体的领略。

第一步,对《体性》篇的意旨进行确切界定。这就是他开宗明义所说的:"《文心雕龙·体性篇》,是论述作品的文体(Style)和作家天性(Natyre)相关问题的篇章。"以此作为基点,对"文体"一语进行范畴学的辨析。户田认为,刘勰所体认的"文体"与徐师增《文体明辨》的书名中所说的"文体",在含义上是大相径庭的。《文体明辨》的书名中所说的"文体",指"文学的种类(Genra),即样式、类型等",但是,在《文心雕龙》中没有那种意思,"《文心雕龙》以某一作家作品的独特性和特有的修辞手法为主,旨在对厚重的文章和轻靡的文章,清新的文章和繁缛的文章,理性的文章和热情的文章等各种不同作风和风格的文学加以论述"。这样,就赋予了"文体"二字,以明确的范畴定位:文学风格的范畴。他以《体性》篇中对"八体"的论述,对此做出了具体的证明。

第二步,对"体性"二字的字面根源进行振叶寻根的排查。户田氏根据"此篇名'体性'二字,带有'体和性'的意思,二字同为名词"这一线索,在中国的古代典籍里搜罗务尽。在《国语·楚语》中,他找到了"且夫制城邑,若体性焉。首领股肱,至于手拇毛脉。大能掉小,故变而不动"的用例,在《商子·错法篇》中,找到了"圣人之存体性,不可以易人。然而功可得者,法之谓也"的用例。但是就内涵来看,与刘勰所说的意思是截然不同的。"前者的体性,有肉体产生并具备的性能之意,后者则是肉体加天性的意思。"在《庄子》里也可看到"体性"的字面,如《庄子·天地篇》"夫明白入素,无为复朴,体性抱神,以游世俗之间者,汝将固惊邪"之句。但是,"这一'体性'有'体其性'之意,因这里的'体'字用作动词,故与《国语》、《商子》不能相提并论。"这些意思,与《文心雕龙·体性》中所说的"风格"的意思,显然不属于同一的范畴。因此,"以《国语》或《商子》中的'体性'之意直接作为《文心雕龙·体性篇》篇名的根据是困难的。"

也惟其如此,"《体性》篇篇名的典据只能再向别处寻求"。于是,顺着刘勰撰著《文心雕龙》壮年时代的经历和知识结构,顺理成章地想起了佛教经典。

第三步,从佛学经典之中寻求《体性》篇篇名的由来。他在《法华经》的

"药草喻品第五"中,找到了一段重要语句:

> 唯有如来,知此众生,种相体性,念何事,思何事,修何事,云何念,云何思,云何修,以何法年,以何法思,以何法修,以何法得何法。

但是,户田氏并不满足于这一卓越的发现,认为"药草喻品中的'体'、'性'仅根据佛教学者的解释来看,与《文心雕龙》'体性'之间,还有相当大的距离"。据此,他举出了同一经典的"方便品第十二"中一段更加显豁的文字:

> 唯佛与佛,乃能究尽,诸法实相。所谓诸法,如是相,如是性,如是体,如是力,如是作,如是因,如是缘,如是果,如是报,如是本末究竟等。

户田认为,"作为《体性》篇篇名的典据,实在没有比上述方便品文字更契合的了"。但是,他仍然不满足于这一已经相当精辟的考证,他还要追求更加精辟的考证。这更加精辟的典据,就是竺道生对此所作的更加显豁的"疏文":

> 如烟是火相,能烧是性,相据于外,性主于内,体相性之通称。

根据竺道生的阐释,"相"是事物能被感知的外在形态,"性"是事物固有的内在属性,"体"是两者总合的名词,即事物的外在形态与内在属性融合为一的实体。也就是他所比喻的:"烟"是"火"这一事物存在的外在形态,能燃烧是"火"的内在固有属性,对这种外在形态与内在属性的统一性的把握是"火"的实体。户田氏将这一方便品中的"性—相—体"的关系移用于实际的文学现象中进行考察,在契合性上——获得了确切的证明:

> 贾生俊发(性),故文洁而体清(相);
> 长卿傲诞(性),故理侈而辞溢(相);
> 子云沈寂(性),故志隐而味深(相);
> 子政简易(性),故趣昭而事博(相);

　　孟坚雅懿(性),故裁密而思靡(相);

　　平子淹通(性),故虑周而藻密(相);

　　仲宣躁锐(性),故颖出而才果(相);

　　公干气褊(性),故言壮而情骇(相);

　　嗣宗俶傥(性),故响逸而调远(相);

　　叔夜儁侠(性),故兴高而采烈(相);

　　安仁轻敏(性),故锋发而韵流(相);

　　士衡矜重(性),故情繁而辞隐(相)。

　　户田氏由此斩钉截铁地做出结论,"正是由于作家的性和作品的相成'表里必符'的关系,当把这两者作为一体的事物理解时,才有可能产生那最初列举的典雅、远奥乃致轻靡等八种文体。"至此,已经将他的"《文心雕龙·体性篇》篇名是直接由于《法华经》"的考证,进行到了无隙可击的境界,仍不满足,仍认为"论断还多少带有一点危险",还要在考证上再下一番工夫。这一番工夫,就是他对《法华经》进入刘勰思想中的现实性的考证。①

　　第四步,对《法华经》与刘勰的阅读关系的考证。这一细致入微的考证包括以下内容:一是关于《法华经》在定林寺的存在的确实性的考证;二是刘勰整理过定林寺佛学典籍的确实性的考证;三是刘勰《文心雕龙》中存在某些佛学词汇的确实性的考证。由此进一步证明:"在《妙法莲华经》中探求《体性》的篇名,绝不是没有道理的。"考证至此,可说已经臻于尽善尽美,户田氏犹不止步,还要向着最后的峰巅攀登。这最后的峰巅,就是对刘勰佛学思想在其整体思想结构中的明确切定位的考证。

　　第五步,对刘勰佛学思想在其整体思想结构中的地位的考证。户田氏明确指出,尽管佛教思想存在与《文心雕龙》中的典据是如此确凿,他对一部分学者"以为佛教思想是《文心雕龙》文学论基调"的主张,表示"不敢苟同"。理由是:"《文心雕龙》——特别是《神思》以下诸篇——屡屡可以看到老庄系谱的用语,但却不能说老庄思想是写作《文心雕龙》决定动因,因而同样不能成为其文学论的基调。"他认为《文心雕龙》文学论的基调,出自儒家的五经之

---

① 户田浩晓:《文心雕龙研究》,上海古籍出版社1992年版,第76—78页。

学。对这一根由,他已经在第一编第一章第三节的"著作动机与文学论的基调"中做出了详尽的考辨。据此,他掷地有声地做出了最后的结论:"《文心雕龙》文学论的根干,是以五经为文学理想的儒教主义。如果拘泥于四十九篇中散见的佛教语和老庄语,忽视《序志》篇中的记载,就会犯本末倒置的错误。"①

其考证之缜密与治学之谨严,即此可见一斑。

2. 雠校周详,持论允当

《文心雕龙》流传的时间久远,流传的社会范围极其广阔,在辗转钞刻的过程中,难免滋生了诸多讹误,或脱简,或漏字,或以音讹,或以文变,犹如落叶,扫净还生,严重影响了文本的阐释与接受。为着实现文本的规范性和对文本解读的精确性,前人和时人在这方面做了大量的校勘疏导的工作,对我们今天的研究有极大帮助。这一基础性的工作,也郑重而周详地出现在日本的龙学研究中,特别是户田浩晓的龙学研究中。他的《文心雕龙研究》第三编"文心雕龙诸本"中的一、三两章,就是从事雠校的具体范例和卓越楷模。

本编的第一章,是户田浩晓集中论述作为校勘资料的文心雕龙敦煌本的学术价值与运作方法的专章。他在得到敦煌本的照片胶卷并进行仔细考察以后,发现铃木虎雄校勘记中许多未及之处,在参照海内外学者的研究成果的基础上,使用了二十种《文心雕龙》版本加以比较分析,从六个方面对《文心雕龙》的版本进行了校勘和订正:纠正形似之讹,纠正音近之误,纠正语序的错倒,补脱文,删衍文,订正记事内容。每一个方面,均举出了具体的例证。这一校勘的重大的学术意义集中表现在以下几个方面:一是纠正一般情况下不易发现的重大讹误12处;二是对凭借写本纠正其他版本的讹误进行了卓越的示范;三是展示和证明了敦煌写本在《文心雕龙》原文方面所具有的特殊的资料价值。这与单纯地把敦煌写本只当成一种古老的文本相比,显然是一种认识上的极大深化和研究方法上的极大进步。四是将校勘与释义进行了有机的融合。也就是他自己所说的:"以往刊本中意义难解之处,对照敦煌本后,不少地方即可以豁然贯通。"五是对敦煌本中的讹误,进行了卓有成效的校正和实事求是的评价。他所纠正的讹误,共计11处。他所做的评价是:"这些是'一

---

① 户田浩晓:《文心雕龙研究》,上海古籍出版社1992年版,第80页。

望可知'的小疵,并不会大大减去敦煌本的价值。在这个意义上说,敦煌本的出现,实在是学界额手称庆的大事。"他更卓有远见地预言:"残卷不足全书的三分之一,目前还无由睹其全文。倘能得其全豹,见到五十篇全文,则《隐秀》篇脱文等问题,便可一举解决。"①如此详尽的校雠境界和由此达到的理论境界,在世界龙学的研究中,确实是足充风范而并不多见的。

这种境界,也表现在第三章对梅氏系列的五种不同版本的周严细密的校勘中。该章对梅本的五种不同版本的概要、文字比较和校刻先后,分为三节论述,并列有比较表,使五种不同版本的字句异同,纤毫毕现。他明确指出:五种异版"乍看之下版本酷似","细看之下方知成于不同刻工之手,不是同一版本的部分挖改,而是完全不同的版本"。如果再加上他所未曾经眼的"陈长卿本","梅庆生音注本至少有六种不同的版本","很清楚,把六种不同的版本总称为梅本来进行校勘是不行的"。他由此得出结论说:"以前以聚锦堂本作梅本的铃木博士及笔者的校勘记,并杨明照氏的校注,如今都有加以订正的必要了。"②这种校勘与论证的细度和深度,特别是这种唯实是从而敢于否定自己之非的学术精神,更是值得时人效法的。

他不仅在校雠上表现出一种无隙可击的周详性,也在持论上表现出一种不偏不倚、无过无不及的允当性。他对冈白驹本在校订上的学术价值的评价,就是典型的例证。

在第三编第四章第四节中,户田浩晓对冈白驹本在校订上的成绩与不足进行了全面的介绍。他将冈本的"令人瞩目的校订成绩",条分缕析地概括为以下五个方面。

第一,《原道》篇中有"夏后氏兴,业峻鸿绩"之句,冈本改正为"峻业鸿绩"。户田认为,明代的刊本均为"业峻鸿绩",无一本作"峻业"。显然,这是冈本自行改定的。从骈体文的对称关系来看,"因下对鸿绩,以峻业文意为胜",这才合乎目的性与规律性的要求。"冈白驹于此颇能断然改订,可以称得上有识见。"③

第二,《诏策》篇中有"自教以下,则又有命。《诗》云:'有命在天',明为

---

①　户田浩晓:《文心雕龙研究》,上海古籍出版社1992年版,第120—121页。

②　户田浩晓:《文心雕龙研究》,上海古籍出版社1992年版,第165页。

③　户田浩晓:《文心雕龙研究》,上海古籍出版社1992年版,第194页。

重也。《周礼》曰：'师氏诏王'，为轻命"之语。诸本皆然。惟梅庆生音注本作"自教以下，则又有命。《诗》云：'有命自天'，明命为重。《周礼》曰：'师氏诏王'，明诏为轻"。而冈本作"自教以下，则又有命。《诗》云：'有命在天'，命为重也。《周礼》曰：'师氏诏王'，命为轻"。三本相较，诸本多处文意滞涩难通，梅本一气贯通，句式整齐，主谓关系鲜明突出。"冈本在句式的整齐上不及梅本，诗的原句也未从今本改正。但它对底本作最小限度的改正却成功地疏通了文意，或者更接近刘勰当时的原貌也未可知"。

第三，《比兴》篇中的"马融赋云：繁缛络绎，范蔡说之"，诸本并同。至黄叔琳本改为"范蔡之说也"。而冈本早在黄本出现之前就已经做出了同样的改正："范蔡之说"。二者改正的依据都来自《文选》中的《长笛赋》。其所以不补加"也"字，也像前面所说的情况一样："尽可能不增减底本的字数，而使文意通畅，正是他的校订态度"。径而言之，就是既要使文意畅通，又要忠实于底本的态度。户田认为，这同样是一种识见的体现。

第四，同一《比兴》篇还有"襄楚信谗，而三闾忠烈，依《诗》制《骚》，讽兼比兴"之语。梅本作"衰楚"，其他明本均作"襄楚"，尚古堂本亦作"襄楚"。改为"楚襄"，始于黄本。冈本则改为"楚怀"。户田认为，这一改正是有道理的："《离骚》作于楚怀王时代之说始于《史记》的《屈原列传》，后王逸的《楚辞章句》承其说"，而"刘勰的文章，是基于王逸的《楚辞后序》写成的"，"如果是那样的话，则此处原本理应作'楚怀'"，"冈白驹改为'楚怀'，也许与刘勰原书的面貌更近"。

第五，《养气》篇中有"战代枝诈，攻奇师说"之语，除《两京遗篇》本与王惟俭《文心雕龙训故》本外，其余明清诸本均作"枝"，杨明照、王利器等的最近版本同样是依据黄本作"枝"。而冈本则作"技"。户田认为，"'枝诈'语意难通"，应以"技"字为"正"。"《说文》释'技'为'巧也'，'技诈'，应解作'巧诈'"，"况《两京遗篇》作'技诈'，即为一例，故应作技字为是"。因此，冈本的改定"不失为有识之见"，"即使这一改定与他无关，冈本的正确度也是不容否定的"。①

但是，他同时也指出了"底本正确而冈本误校的许多地方"。这些失误的

---

① 户田浩晓：《文心雕龙研究》，上海古籍出版社1992年版，第196—197页。

地方,主要表现在以下方面。

一是字词的误刻。如"芉"字误刻为"竿"(《声律》),"稺"字误刻为"雅"(《征圣》),"奠"字误刻为"尊"(《祝盟》),"侯"字误刻为"候"(《铭箴》),"含"字误刻为"舍"(《诏策》),"典"字误刻为"興"(《诏策》),"瞻"字误作"贍"(《物色》),"傅"字误作"傅"(《程器》),等等。

二是句读的误读。如《议对》篇中"风恢恢而能远,流洋洋而不溢,王廷之美对也"句,冈白驹读为:"风恢恢而能远流,洋洋而不溢,王廷之美对也",从"流"字处断开。又如《明诗》篇的"采缛于正始,力柔于建安",训读为"采一缛于正始,力柔一于建安",显然是将"采"字解作动词了。户田认为,这都是"校订不精所生的误读"。

根据以上对冈本的长处与不足所进行的评述,他得出了以下的历史性的结论:"即使有上述之缺陷,在黄叔琳本还没有产生的时代,作为一个日本人,不仅加以训点,且在校勘应具的善本大都不能见到的情况下,正确地改正了不少底本中的误字,其学识是不容否定的。冈白驹的著作过去曾给予不太高的评价,他训点的《文心雕龙》虽然没有他人的著作可资比较,但过分列举其缺点加以贬斥是不对的。因此,冈本不仅仍是今天广大的世界《文心雕龙》读者有益的参考书,其价值也是永不磨灭的。"①这一结论,是合情合理,恰如其分的。

3. 方法新颖,见解深刻

在户田浩晓所采用的方法系统中,既包括中国传统的训诂方法,也包括西方的多视角的综合分析方法。他以训诂作为严格的形态学依据,以事物的多维联系作为结构框架,建立了自己既广阔无垠又坚实难移的认识格局,借此走近事物的本质。他这种具有综合分析特点的方法体系中,大致有以下几种具体形态:

一是"内相"学与"外相"学相结合的方法。"外相"学指手段和工具,属于形态科学的范畴。"内相"学指目的和内容,属于心理科学的范畴。户田浩晓将二者融合成为一种内外兼备的具有系统意义的全相科学,在书中运用内、外学结合的方法,"不仅考察、诠释《文心雕龙》的'内相',更对其外相作了大

---

① 户田浩晓:《文心雕龙研究》,上海古籍出版社 1992 年版,第 199 页。

量的校勘考证工作,使之成为本书的鲜明特点。"①

二是宏观视野与微观视角相结合的方法。所谓宏观视野,是指对事物的全局性与长远性的把握。所谓微观视角,是指对事物的局部性和细节性的把握。前者具有高瞻远瞩、深谋远虑的思维优势,犹如望远镜下的真实,后者具有烛隐察微、精分细辨的思维优势,犹如显微镜下的真实。而户田氏的巧妙之处就在于,他将二者融合成为一个有机的整体,形成一种具有独特的理性开掘力量的综合视野。他对"《文心雕龙》与《文选》的关系"的论述,就是这一综合视野具体运用的例证。在《文心雕龙》与《文选》之间建立历史的继承关系,是一种宏观的战略视野的表现。但是,对这一宏观联系的具体证明,却又是凭借微观层面的论证来实现的,这就是对思维的基础细胞——基本范畴的演变过程的具体而微的阐述。他将这一基本范畴的演变过程,定格为三个基本概念的对应关系:《文心雕龙·神思篇》"神思"——《南齐书·文学传论》"神思"——《文选序》"沈思",以表明"三者的编纂顺序和用语上的影响关系"。由此得出结论:"《文选序》中的'沈思',可以说是绾结在《文心雕龙·神思篇》和《南齐书·文学传论》同一条延长线上的"。这样,就察微见巨地将三者在逻辑上凝聚成为一个有机整体,有力地证明了一个重大的理论事实:"《文选》编纂流行之际,刘勰已经去世,但《文心雕龙》和《文选》,换言之,刘勰与萧统之间,在文学上曾有很深的渊源关系。"②这一重大命题,正是我国学者论证探索多年而一直没有找到援证的论题,终经户田之手而获得大成。

三是时间运动与空间运动综合观照的方法。时间指物质运动在过程中的持续性与顺序性,空间指运动着的物质在结构上的广延性与伸张性。二者作为客观事物最基本的存在方式,对于认识客观事物的本质具有普遍的凭借作用。司马迁所说的"究天人之际,通古今之变",就是对这一方法的标举。户田浩晓创造性地吸取了这一方法,巧妙地将二者熔铸成为一种时与空双向观照的独特视野,卓越地运用在龙学的研究中。他对刘勰与白居易的影响关系的论述,就是具体的例证。他从刘勰的"原道"、"宗经"的文学主张与白居易的《与元九书》中的"夫文尚矣,三才各有文:天之文,三光首之;地之文,五材

---

① 户田浩晓:《文心雕龙研究》,上海古籍出版社1992年版,第295页。
② 户田浩晓:《文心雕龙研究》,上海古籍出版社1992年版,第103页。

首之;人之文,六经首之。就六经言,《诗》又首之"的文学主张的横向性的比较分析与纵向性的比较分析中,揭示出了二者之间在学术范畴上的相通相合,而在时间先后上的相继相承之处。凭借这一横与纵的双向分析,他得出了使人耳目一新的结论:"刘彦和与白乐天,前者从《易经》包含的道中寻求文学的根源,后者则从《诗经》的讽喻精神中看出文学的本质,尽管两者之间存在不同之处,但在由语言表达,为文字缀成作为人文精华的诗歌文章之类,必须有效地维持、宣传古圣人制订的人类生活的规范,即'道',必须有助于政教风化等方面,却完全是一致的。尽管我们在白乐天的诗文里没有直接看到刘勰的名字和《文心雕龙》的名字,但在成于他之手的《白氏六帖·室类集》卷二十九'豹'门'炳蔚'一语的注解中,却有'文心:虎豹以炳蔚凝姿'之语,这正是《文心雕龙·原道篇》中的文字。"这种寓横向分析于纵向分析之中的方法,也是前人之所不具而为户田氏之所独建其功的。

四是理论视野与实践视野相结合的方法。很多龙学家对《文心雕龙》的地位和价值的研究,都是偏重对文学理论的影响方面的观照,大多忽视了对文学创作的影响方面的观照。易而言之,都将《文心雕龙》的重大影响,局限在文学理论家的接受的层面上,很少有人研究对作家的影响。户田浩晓对刘勰与白居易的影响关系,就是对这一朦胧区域历史性突破。

户田氏认为,刘勰与白居易在文学思想中尽管存在许多的不同,"前者从《易经》包含的道中寻求文学的根源,后者则从《诗经》的讽喻精神中看出了文学的本质",但在"有语言表达,为文字缀成作为人文精华的诗歌文章之类,必须有效地维持、宣传古圣人制订的人类生活的规范,即'道',必须有助于政治风化等方面,却完全是一致的。"尽管人们未能在白氏的诗文中直接看到刘勰的名字和《文心雕龙》文字,但户田氏却从成于白氏之手的《白氏六帖·事类集》卷二十九"豹"门"炳蔚"一语的注解中找到了重要的佐证:"文心:虎豹以炳蔚凝姿"。户田式由此得出极有说服力的结论:"这正是《文心雕龙·原道》篇中的文字。这也许可以说足以推察白乐天与《文心雕龙》关系的材料吧!"

以此作为逻辑扭结,户田氏理出了二者之间内在的诸多相同与相通之处:对"情"的共同标举,对"道"与"圣"的共同推崇,对"六义"的共同重视,对"风雅"的共同崇尚,等等。他将这种种的共同性,都归入其总的根源——文学价值观的共同性中。这一共同的价值观的基本内涵,就是他所说的"以美为文学成立的重要条件,以载道为文学理想"。他深刻地指出,刘勰的这一最基本的文学理念,既是《昭明文选》据以衡文的理论依据,也是《白氏长庆集》进行创作的理论前导。这一高远的文学理念,在《昭明文选》中已经"开花":"一部《文选》,就是一部罗列刘勰在其不朽名著《文心雕龙》中曾高度评价的前代文学作品的精华集,与陈代徐陵'撰录艳歌'的《玉台新咏》大异其趣。"接着又在《白氏长庆集》中"结果":"那正是唐代屈指可数的大诗人以刘勰文章载道说为创作基础写出的作品集。"二者之间的逻辑关系是:"刘勰从《易经》的哲学演绎,构筑了文章载道说的理论,把五十篇伟大的文学论留给了后世;而白乐天则从《文心雕龙》中摄取了文章载道的理论,把《诗经》推崇到文学中至尊无上的地位,通过开始制作《秦中吟》十首,《新乐府》五十篇这些所谓社会诗的创作活动,使自己成为把文章载道说理念移向创作实践的人。"

这些独标一格的多维式与双向式的观照方法,构成了他独特的思维方式。这一独特的思维方式,是他在龙学的研究中取得的如此卓越的建树的重要原因。

由于户田浩晓的这些突出的学术成绩,他受到了世界龙学界的共同推崇。我国龙学泰斗杨明照在为《文心雕龙研究》撰写的序文中,爰集《文心雕龙》句缀成一联以冠序端,"聊表敬佩之情"。其联曰:"志惟深远沿波讨源事必胜任才实鸿懿叙理成论文果载心",并在序文中称其为"友邦耆宿,学林宗师"。[①]这些赞誉,都是毫无虚夸而极其允当的。

(二)斯波六郎

斯波六郎(1894—1959 年),日本广岛大学教授。斯波六郎对于六朝文学,尤其是对《文心雕龙》的研究,有显著之成就。1952 年发表《文心雕龙范注补正》,对范文澜《文心雕龙注》加以补充订正,共得四百余条,是在杨明照之《文心雕龙范注举正》之后对范注之再补正。补充了范文澜未言及之典故,亦阐述了与杨明照不同之意见,对于典故引证尤详。例如对《宗经》篇"经也者,恒久之至道,不刊之鸿教也"的注释,范注的释语中只对"经"字作注,斯波六郎《补正》则具体、详细和深入很多:"杜预《春秋经传集解·序》:'左丘明受经于仲尼,以为经者不刊之书也。'《周易·恒·彖》:'天地之道,恒久而不已

---

① 户田浩晓:《文心雕龙研究》,上海古籍出版社 1992 年版,第 1—2 页。

也。'"此注不仅对"经"的文化意义做出了鲜明的强调,而且对《文心雕龙》与《周易》的文化渊源关系,提供了一条新的例证。这些补正,都是切中关键的。其对《文心雕龙》版本的进一步完善所做的贡献,应该为世界龙学界所共同记住。

1952年以后陆续发表的《文心雕龙札记》,是斯波六郎的又一力作。他利用以往版本校勘研究之成果,以训诂为中心,对《文心雕龙》的文本做了详细的诠释。但因斯波六郎之逝世而未竟,仅有《原道》至《宗经》四篇。

(三)兴膳宏

兴膳宏,日本龙学界卓有建树的学者,京都大学文学部教授。1936年生,福冈县人,著名汉学家吉川幸次郎的学生。1966年在京都大学攻读博士学位,研修六朝文论,而《文心雕龙》则是他倾力探讨的重点对象,1968年出版了日本第一部日文全译本《文心雕龙》。该著以范注作为文本依据进行日语解读,内容包括训读、意译与注释三个部分,卷末附有两万多字的"解说",对刘勰以前的文学批评史,作者生平,《文心雕龙》思想、结构、文体、修辞、对后世的影响、版本等各个方面,进行详尽介绍。该著在译注上所取得的跨文化的重大成功,被日本神户大学教授釜谷武志赞为"以带有非常流利的现代日语与日本传统的文雅的训读文这两种译文和其他注释本未曾有过的较细的注解为特征"[1],被户田浩晓誉为"日本出版全译《文心雕龙》的嚆矢,其著中引用了历来注释书中不载的大量典故,裨益后学,其功甚巨。"[2]

作者在该著的"解说"中所表述的许多见解也是极有理论深度的。例如他对《文心雕龙》在世界文化中的崇高地位的评价:"早在公元5世纪末就出现具有如此切实可靠的构想及如此博大精深的理论体系的作品这一事实,可以视为中国文明早熟的成长发展的现象之一,必然引起我们的关心。"又说:"《文心雕龙》因其不易仿效的杰出的独创性,而成为冠绝中国文学批评史的存在。"如此精辟的文化评价竟出自一个外国学者之笔下,使人不能不对他敏锐的世界性眼力和深厚的汉学功底油然而生敬佩之心。又如他对刘勰的身世与思想结构的论述,认为:"刘勰的佛学修养没有在《文心雕龙》中得到直接的

---

① 张少康等:《文心雕龙研究史》,北京大学出版社2001年版,第312页。
② 户田浩晓:《文心雕龙研究》,上海古籍出版社1992年版,第32页。

反映。《文心雕龙》的中心思想完全是儒教的。但是我们应当充分考虑佛学修养在刘勰的观点上所起的触媒作用。"这种论见,也是具有创见而又极其精当的。

在欧美的龙学界中,华裔汉学家施友忠的《文心雕龙》英语译本最为突出。施友忠祖籍福建福清,1902年生,1926年入北平燕京大学哲学系研究院,师从冯友兰、黄子通,1934年就读美国南加州大学研究所,1939年获博士学位。1942年任教成都燕京大学。1945年赴美,任教于西雅图华盛顿大学,直至1973年退休。1959年,英译《文心雕龙》由哥伦比亚大学出版社出版,作为一种具有开创性意义的学术活动,在西方世界产生了比较广泛的影响。

施友忠虽然没有对《文心雕龙》的理论体系做过系统的阐发,但他的流畅的译文本身就是一种文化阐释、版本勘正与语言对接的工作,从来就不能离开文化的比较研究,离不开精确的意义理解和文字商酌的。这一对接和转化的工作,本身就是一种最深刻、最具体的体认和消化,一种最具有立竿见影的现实意义的理论研究。例如他对《文心雕龙》中的16个"神"字的不同的译语,就是具体的例证。正是这一条分缕析、细致入微的工作,为《文心雕龙》版本的走向西方世界,铺成了语言对接和认识对接的大道。也就是张少康在《文心雕龙研究史》中所公正评价的:"施友忠虽然没有对《文心雕龙》作太多专门的理论研究,但他在翻译的过程中对《文心雕龙》的体会和认识还是很深刻的,能够比较正确地把握刘勰的文学思想。他的译文无疑对《文心雕龙》在西方的普及和研究的发展,起到了极其重要的作用。应该说他在'龙学'走向世界的过程中,是建立了很大的功勋的。"①

根据以上概括介绍,可以清楚看出现代龙学版本研究以及与此相关的龙学理论研究的发展轨迹。这一历史的轨迹告诉我们:20世纪是龙学版本研究取得长足发展的时期,也是龙学理论取得重大发展的时期。这两个相辅相成的过程,从来都是难舍难分的过程:版本学研究为理论开发提供材料学依据,理论开发为版本研究提供方法论武装。20世纪龙学的跨越式发展,就是这两个方面自觉结合并互相促进的结果。这些重大的成果集中表现在以下方面:

一是大体上补足和勘正了一千余年流传中所产生的版本疏漏和讹误,使

---

① 张少康等:《文心雕龙研究史》,北京大学出版社2001年版,第321页。

《文心雕龙》由原来的"别风淮雨","读则有叹"的版本,补正成为既合乎原貌,又合乎规律和目的的版本,将古人"得为完善之本"①,"庶畅厥旨,用启童蒙"②的殷切希望,成为完美的现实。

二是建立了一个完整的版本诠释体系。这一诠释体系可以从多种角度对文心雕龙版本做出可靠性的解说,使它的文字含义与理论含义都能得到准确而又通畅的表达。

三是对《文心雕龙》理论体系的开发。现代《文心雕龙》版本的研究已经由对基本形态学的关注,转入对其理论范畴与理论体系的关注,并进而转入对其实践意义的关注。从版本学的研究中把握《文心雕龙》的理论体系并用之于现代的美学实践与写作实践,已经成了现代龙学研究与龙学版本研究的明确的学术追求。

四是《文心雕龙》版本的跨文化转化。它已经突破了汉语的界域,扩延成为多语种的文本,在世界性的范围中与广大读者进行交流。

这些重大的学术成果既记载着现代龙学研究与龙学版本研究的辉煌过去,也激励着这一全球共享的学术研究走向更加璀璨的未来。

---

① 黄叔琳:《文心雕龙序》,见杨明照《文心雕龙校注拾遗》,上海古籍出版社 1982 年版,第739 页。
② 王惟俭:《文心雕龙训故序》,杨明照:《文心雕龙校注拾遗》,上海古籍出版社 1982 年版,第 734 页。

文心雕龙通论

傅璇琮谨书

【中编】

刘业超　著

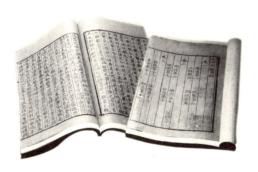

人民出版社

目　　录

中编　文心论

中编　文心论

第十章　文心范畴论

　　《文心雕龙》的逻辑结构，由枢纽论、文心论和雕龙论三大板块组成。枢纽论是对全书总纲的系统论述，属于哲理论的范畴；文心论是对全书的内在工作平台的系统论述，亦即对"以心术总文术"的原理、法则和要领的系统论述，属于"控引情源"的心术论的范畴；雕龙论是对全书的外在工作平台的系统论述，也就是对文章的形态运动的原理、法则和要领的系统阐述，属于"制胜文苑"的文术论的范畴。三大板块的有机统一，构成《文心雕龙》博大精深的理论内涵和实践内涵。本著中编文心论，就是对刘勰独特的"以心术总文术"理论体系的集中概括和具体展开。

　　像任何一门学科一样，文心学说也有自己借以认识现实和表述认识成果的特定范畴。这些范畴反映了人对某一特定领域进行认识的经验，以及从某一特定角度掌握世界的特殊规律。从认识论的观点来看，范畴是关于客观事物特性和关系的最一般、最本质的基本概念。范畴的巨大认识意义就在于，作为人类思维对客观事物本质联系的概括反映，它们是表现世界之规律性的逻辑形式，是人类"认识世界的过程中的梯级，是帮助我们认识和掌握自然现象之网的网上扭结"①。因此，对范畴的认识，也就是对规律和本质的认识，对人类认识的阶段性和完整性的认识。它不仅标志着人类认识的科学化和深刻化的阶段性水平，也记录着人类认识不断完善化的历史过程。

　　刘勰的文心学说，是一个由表及里、因内符外的多层面的认识结构，是"由比较深刻的本质向更加深刻的本质"不断深化的理论成果。对其理论范畴的基本定位，可以概括为以下方面。

---

① 　《列宁全集》第55卷，人民出版社1990年版，第78页。

第一节　文术:文心范畴的第一层面

"文术"是文心理论中的基本术语。"文场笔苑,有术有门。"(《总术》)"文术"是从工程学的特定角度,对作文的规律、原则、要领和方法的系统性概括。就其学术属性来说,文术论大概相当于当代文艺理论中的创作论的范畴。对文术的关注和标举,是文心理论中独特的开拓性领域和最基本的学术特色,标志着写作科学的自觉化和深刻化时代的到来。

中国是世界上的文章大国,从先秦以来,典章文籍汗牛充栋。但是,截至两汉时期,创作论并不十分发达。受经学"文以载道"的拘囿,文学批评的关注点始终集中在文学的政治教化作用方面,创作论长期停留在"依经立论"的范围内。纵有某些感悟,也只局限于只言片语的经验性表述,未能上升到工程科学的系统高度,研术之习远未形成。

魏晋南北朝时期,随着经学的衰微和多元文化的兴起,文学自觉的时代终于到来,研术之风也在社会上盛行起来。曹丕的《典论·论文》,陆机的《文赋》,挚虞的《文章流别论》,葛洪的《抱朴子》,就是这种风气的体现。刘勰对文术的明确倡导与标举,则是这种时代潮流的最高综合与总结,也是创作论由潜科学向显科学飞跃的里程碑。

刘勰在创作论上的历史性开拓,首先表现在赋予创作论以工程科学的品格上。魏晋南北朝以前,对写作的研究长期停留在文章学的层次。文章学的研究是对写作成品的静态研究,侧重于对文章的基本规律与规范的归纳与揭示,就学术属性来说,属于理论科学的范畴。创作论的研究是对写作过程的动态研究,侧重于对写作行为(为文)的基本规律、法则与要领的归纳和揭示,就学术属性来说,属于工程科学的范畴。写作科学作为工程科学最根本的标志以及它与文章学的根本区别,就是对术的重视。

将"术"的概念作为专门性的术语引入创作论中,使创作论具有鲜明的工程科学的品格,是刘勰的一大创举。《总术》就是对文术的重要性的集中论述:

　　　凡精虑造文,各竞新丽,多欲练辞,莫肯研术……夫不截盘根,无以验利器;不剖文奥,无以辨通才。才之能通,必资晓术,自非圆鉴区域,大判条例,岂能控引情源,制胜文苑哉!

刘勰认为,文才的通达,必须依靠通晓文术。对文术的重视与否,是创作是否获得成功的重要条件。如果是"执术驭篇",则犹如善于下棋的人精通招数;如果是"弃术任心",就好像赌博的人专靠运气。二者在效果上是迥然不同的:

故博塞之文,借巧俛来,虽前驱有功,而后援难继,少既无以相接,多亦不知所删,乃多少之并惑,何妍蚩之能制乎?若夫善弈之文,则术有恒数,按部整伍,以待情会,因时顺机,动不失正。数逢其极,机入其巧,则义味腾跃而生,辞气从杂而至。视之则锦绘,听之则丝簧,味之则甘腴,佩之则芬芳:断章之功,于斯盛矣。

惟其如此,"才之能通,必资晓术"。创作过程中的各个环节,无一不涉及"术"的问题。

见之于《神思》,是对驾驭文思,保持文思畅通之术的论述:

是以陶钧文思,贵在虚静,疏瀹五藏,澡雪精神。积学以储宝,酌理以富才,研阅以穷照,驯致以怿辞,然后使元解之宰,寻声律而定墨;独照之匠,窥意象而运斤:此盖驭文之首术,谋篇之大端。

见之于《风骨》,是对构成风骨的基本法则与要领的标举:

故练于骨者,析辞必精;深乎风者,述情必显。捶字坚而难移,结响凝而不滞,此风骨之力也。若瘠义肥辞,繁杂失统,则无骨之征也;思不环周,索莫乏气,则无风之验也。昔潘勖锡魏,思摹经典,群才韬笔,乃其骨髓峻也;相如赋仙,气号凌云,蔚为辞宗,乃其风力遒也。能鉴斯要,可以定文;兹术或违,无务繁采。

见之于《通变》，是对继承与革新的原则与方法的强调：

　　夫设文之体有常，变文之数无方，何以明其然耶？凡诗赋书记，名理相因，此有常之体也；文辞气力，通变则久，此无方之数也。名理有常，体必资于故实；通变无方，数必酌乎新声；故能骋无穷之路，饮不竭之源。然绠短者衔渴，足疲者辍涂，非文理之数尽。乃通变之术疏耳。

见之于《镕裁》，是对构思之初先要立下的三项准则的昭示：

　　凡思绪初发，辞采苦杂，心非权衡，势必轻重。是以草创鸿笔，先标三准：履端于始，则设情以位体；举正于中，则酌事以取类；归余于终，则撮辞以举要。然后舒华布实，献替节文；绳墨以外，美材既斫，故能首尾圆合，条贯统序。若术不素定，而委心逐辞，异端丛至，骈赘必多。

见之于《附会》，是对布局谋篇的要领和方法的通诠：

　　凡大体文章，类多枝派，整派者依源，理枝者循干。是以附辞会义，务总纲领，驱万途于同归，贞百虑于一致；使众理虽繁，而无倒置之乖，群言虽多，而无棼丝之乱。扶阳而出条，顺阴而藏迹，首尾周密，表里一体：此附会之术也。

见之于《章句》，是对造句分章的方法和要领的阐述：

　　章句在篇，如茧之抽绪，原始要终，体必鳞次。启行之辞，逆萌中篇之意，绝笔之言，追媵前句之旨。故能外文绮交，内义脉注，跗萼相衔，首尾一体。若辞失其朋，则羁旅而无友；事乖其次，则飘寓而不安。是以搜句忌于颠倒，裁章贵于顺序，斯固情趣之指归，文笔之同致也。

对于作品的欣赏与批评，也有一个"术"的问题。《知音》云：

　　凡操千曲而后晓声,观千剑而后识器;故圆照之象,务先博观。阅乔岳以形培塿,酌沧波以喻畎浍。无私于轻重,不偏于憎爱,然后能平理若衡,照辞若镜矣。是以将阅文情,务先六观:一观位体,二观置辞,三观通变,四观奇正,五观事义,六观宫商。斯术既形,则优劣见矣。

　　"术"不仅是创作论的全息性内涵,也是文体论的普遍性追求。"敷理以举统",是文体论的核心内涵。所谓"理",既是对文体规律的概括,也是对文体运作的基本法则与要领的概括。"理"与"术",是融合为一的同义表述。无论是"原始以表末",还是"释名以彰义",或是"选文以定篇",最后都要落到"敷理以举统"的"术"的方法论的实处。如《论说》中对论说之要领和方法的精辟论述:

　　原乎论之为体,所以辨正然否,穷于有数,究于无形,钻坚求通,钩深取极,乃百虑之荃蹄,万事之权衡也。故其义贵圆通,辞忌枝碎,必使心与理合,弥缝莫见其隙,辞共心密,敌人不知所乘:斯其要也。是以论如析薪,贵能破理。斤利者,越理而横断;辞辨者,反义而取通;览文虽巧,而检迹知妄。唯君子能通天下之志,安可以曲论哉?

　　在文体论中对"术"的强调和标举,也可从《诠赋》中见其一斑:

　　原乎登高之旨,盖睹物兴情。情以物兴,故义必明雅;物以情观,故词必巧丽。丽词雅义,符采相胜,如组织之品朱紫,画绘之著玄黄,文虽新而有质,色虽糅而有本,此立赋之大本也。然逐末之俦,蔑弃其本,虽读千赋,愈惑体要;遂使繁华损枝,膏腴害骨,无贵风轨,莫益劝戒,此扬子所以追悔于雕虫,贻诮于雾縠者也。

　　对"术"的关注和强调,广泛地表现在文心学说的每一个层面之中,构成着文心学说的前无古人的学术特色。它不仅赋予文心学说以工程科学所特有的实践性品格,也赋予它以自觉化和系统化的理论品格。
　　所谓实践性品格,是指它的可操作性的鲜明特征。由于这一鲜明特征,写作学得以从传统文章学的母腹中娩出,获得自己独立的生命。以文术为特别标志和集中追求的写作学的产生,是传统文章学观念的质的飞跃。在传统文章学范畴中,"文"只是"载道"的工具,是"经"的特定载体。"经"是"圣人之言",非一般人所能染指。对"文"的研究,只能附属于对"道"的研究。圣人之所以能文,不是依靠"术"的作用,而是依靠"道"的作用。"道"对于圣人来说,是一种"天纵地设"的先验性的东西,是"生而能之"的东西,不是"学而能之"的东西。在这种思想体制下,社会上的"为文"必然拘囿在"述而不作"的牢笼之内,不存在自由创作的可能,也不存在对创作方法进行探索和交流的可能。刘勰文心学说对文术的强调和标举,是对"圣人立言"的神秘面纱的大胆撕裂,是对传统观念的极大解放与扩充,标志着文学(文章)的创作已经属于人人,成为一项社会性的公共事业,文学(文章)的创作方法已经属于人人,成为一项社会性的公共技术。文学(文章)的社会化过程与它的工程化过程是同步发生的,二者互为条件,互为保证,有力地推动着社会的进步过程和写作实践的进步过程。这一品格,在本著的雕龙论中有详尽阐述,此处不做具体展开。

所谓理论品格,是指它对文术的归纳与论述的系统化和深刻化的鲜明特征。刘勰文心学说中所标举的文术,不是一般意义的支离破碎的小术,而是一项巨细无遗的系统工程。这一系统工程在方法科学上的鲜明特征,具体表现在以下方面:

一、宏观、中观与微观的有机统一

刘勰对文术的重视,首先表现在对宏观性的工程战略的全局性把握:"文场笔苑,有术有门。务先大体,鉴必穷源。乘一总万,举要治繁。思无定契,理有恒存。"(《总术》)他明确认为,文学创作过程虽然千变万化而没有定契,但是创作本身总是有一定的规律和方法可以遵循的。运用文术时,必先坚持一条最根本的原则:把握大体,统观全局,然后才能恰如其分地运用各种各样具体的文术。文术,是为内容的全局性表达服务的。唯其如此,才能做到"乘一总万,举要治繁",使各种具体的方法和技巧都能获得各得其所的积极效果。如果违反了这一总体性的工程原则而去盲目地追求技巧和方法,就会良莠不分,在文术的运作上出现种种顾此失彼或适得其反的偏向:"精者要约,匮者亦鲜;博者该赡,芜者亦繁;辩者昭晰,浅者亦露;奥者复隐,诡者亦曲。或义华而声悴,或理拙而文泽。"(《总术》)那么,文术也就失去应有的意义了。

宏观性的工程战略的实施,不能离开中观性的具体工程方法的运用。所谓中观性的文术,是指某一门类的专门性方法和技术,属于战役性方法系列的范畴。表现在文心理论中,就是对创作的各个具体环节的方法系列的论述和标举。文学(文章)创作是一个完整的运动过程,包括构思、结构、剪裁、章句、修辞等诸多方面。对于创作的完整过程而言,每一个具体的环节,都离不开对文术进行运用和驾驭的专门性的方法系列,从各个不同的领域支持着和完成着创作的整体化过程。下面,试举结构领域的方法系列为例,以见其一斑。

所谓结构,就是对内容的顺序、繁简、融贯等诸多方面的组织与安排。这些组织和安排,被刘勰称为"附会"与"镕裁"。二者作为整体化的组织保证,是通过一系列的方法和技巧来实现的。"附会"的总原则和总要求是:"总文理,统首尾,定与夺,合涯际,弥纶一篇,使杂而不越"。"总文理,统首尾"的方法是遵循主旨和脉络去"整派"和"理枝":"凡大体文章,类多枝派,整派者依源,理枝者循干。是以附辞会义,务总纲领,驱万塗于同归,贞百虑于一致,使众理虽繁,而无倒置之乖,群言虽多,而无棼丝之乱;扶阳而出条,顺阴而藏迹;首尾周密,表里一体;此附会之术也。"(《附会》)"定予夺"的方法就是"镕裁":"规范本体谓之镕,剪裁浮词谓之裁。裁则芜秽不生,熔则纲领昭畅,譬绳墨之审分,斧斤之斫削矣。"(《镕裁》)具而言之,就是按照熔裁的三项准则进行运作。"合涯际"的方法是:"章句在篇,如茧之抽绪,原始要终,体必鳞次。启行之辞,逆萌中篇之意,绝笔之言,追媵前句之旨;故能外文绮交,内意脉注,跗萼相衔,首尾一体。若辞失其朋,则羁旅而无友,事乖其次,则飘寓而不安。是以搜句忌于颠倒,裁章贵于顺序,斯固情趣之指归,文笔之同致也。"(《章句》)概而言之,结构的技术也就是系统化的技术。虽然涉及方方面面,提到中观性的层面来看,原理和法则实际只有一条:"驷牡异力,而六辔如琴;并驾齐驱,而一毂统辐:驭文之法,有似于此。去留随心,修短在手,齐其步骤,总辔而已。"(《附会》)

各种专门性的方法系列中,又可从微观上分成许多细小的技艺,这些微观性的技艺,是实现战役目标的具体途径和手段,属于战术性的范畴。以修辞为例,就包括"比兴"、"事类"、"夸饰"、"隐秀"、"声律"、"丽辞"等诸多领域,每一领域都有自己特定的方法和要领,从更加细小、更加具体的范围内实现着自己独特的工程性的战术任务。

宏观、中观、微观,战略、战役、战术,无论是哪一个层面的技术,都在文心理论中融化成为有机的整体,从工程学的实处,科学地指引着写作的全息性过程。如此周密的写作工程理论体系,在世界文化中是罕见其匹的。

二、理论科学、工程科学与技术科学的有机统一

文心学说既具有实践性品格,也具有理论性品格。它的实践,是理论指导下的实践;它的理论,是指导实践的理论。表现在文术体系上,必然具有理论科学、工程科学与技术科学三者融合为一的鲜明特征。

所谓理论科学,是指以发现为核心,对事物的本质及其运行规律进行探索和揭示,并归纳为真理的系统知识。所谓工程科学,是指以理论科学为依据,以创制为核心,集成科学和技术,进行综合施工来解决实际问题的系统知识。所谓技术科学,是指在工程科学指导下的关于特定的工具和方法的具体运作的工艺要领和技巧的系统知识。文心学说关于“文术”的基本原理的系统论述,无一不以其高瞻远瞩的概念、原理体系作为认识依据,有据而发,循理而行,表现出了理论科学所特有的“掌握本质和规律”的鲜明品格。《文心雕龙》中的“枢纽论”,就是典型的例证。该著对开发文心活力的基本途径的系统设计,对文心阶段运动及体式运动的基本要领、法则和方法系列的系统策划和阐述,表现出了工程科学所特有的理论结合实际的鲜明品格。该著对每一种具体文体或每一个具体的写作环节的要领与方法的策划和阐述,则具有技术科学所特有的工艺性和实效性的鲜明品格。文心学说将三个层面的科学结合在一起,使它们各得其所,相得益彰。也就是《总术》篇中所昭示的:“文场笔苑,有术有门。务先大体,鉴必穷源。乘一总万,举要治繁。思无定契,理有恒存。”这32个字,就是对三位一体的完整表述。刘勰所讲的“术”、“门”,就是对技术科学的集中概括。刘勰所说的“大体”、“穷源”,就是对“术”与“门”的学理依据和工程依据的集中概括。刘勰所说的“一”、“要”、“源”、“理”,就是对工程科学之所凭依的理论科学的集中概括。

理论科学以认识论的优势,引导写作实践成为有明确指导思想和目标的自觉实践;工程技术科学以方法论的优势,使写作学的理性认识体系能够转化

成"改造世界"的实践。理论科学使工程技术科学登高望远,摆脱经验主义的拘囿。工程技术科学使理论科学能脚踏实地,摆脱教条主义的拘囿。从而,将学与术,认识论与方法论,理论性与实践性,在文心理论中凝聚成一个"整体性的真理"。这就是文心理论具有博大精深的学术内涵和广泛适用的实践价值的重要原因。

三、文章学与写作学的有机统一

文心理论对文术的论述,不仅是写作学借以立论的基本依据,也是传统文章学的革命性拓展。文章学与写作学的有机融合,是刘勰对文术的系统论述的另一个鲜明特征。

文章是先秦以来的传统范畴。"文章"概念的典型用例,见于《论语·公冶长》:"夫子之文章,可得而闻也。夫子之言性与天道,不可得而闻也。"义疏解释为六艺,也就是孔子编纂的六经。"文章"的含义即本原于此。两汉以后,基本上沿袭着先秦以来的旧说,专指"依经立论"的文物典章:"文章谓文物典章,稽古以立文垂训者也。"(何焯:《义门读书记》)《汉书·卜式传》云:"明年当封禅,式又不习文章。"《汉书·宣元六王传》云:"臣闻诸侯朝聘,考文章,正法度,非礼不言。"这两例所表示的都是文章与礼制的密不可分的关系,是对传统用法的沿袭。但《汉书》中也有用"文章"泛指广义的书面表达的例证。《艺文志》云:"战国从衡,真伪分争,诸子之言纷然殽乱。至秦患之,乃燔灭文章,以愚黔首。"《地理志》云:"司马相如游宦京师诸侯,以文辞显于世,乡党慕循其迹。后有王褒、严遵、扬雄之徒,文章冠天下。"到了王充的著作《论衡》中,这种广泛意义的观念更加明显。如:"学士有文章,犹丝帛之有五色之巧也。"(《量知篇》)"夫文人文章,岂徒调墨弄笔,为美丽之观哉。"(《佚文篇》)"汉世文章之徒,陆贾、司马迁、刘子政、扬子云,其材能若奇,其称不由人。"(《书解篇》)等等。三国时代,以曹丕《典论·论文》"文章经国之大业,不朽之盛事"为开端,对"文章"一词的使用,继承了班固、王充开始的用法,普遍纳入了泛指"属文著述"的开拓性范畴。从魏晋南北朝开始,"文章"脱离了经学的母体,逐渐在社会上取得了自己独立的地位。然而,"文章"与"礼乐法制"共生的渊源关系,毕竟是一个客观事实,必然对后来文章的发展产生或明或暗的制约作用。《典论·论文》将"文章"定位于"经国之大业,不朽之盛事",固然是对文章地位的标举,同时也是对文章所固有的神圣化的光环的承认和强调。"经国之大业"毕竟是圣人的事业,绝非一般凡人所能染指。"文章"纵然已经摆脱了附庸经学的地位,也依然拖着依附政治的沉重枷锁,虽然获得了相对的独立性,仍然不完全属于它自己。

文章理念的社会化和平民化的真正起点,是刘勰的"以自然为宗"的有力开拓。刘勰的文章理念不再属于经学附庸的范畴,也不再属于政治附庸的范畴,而是属于自然的范畴。从某种意义上说,自然的范畴,也就是走下神龛的凡人化的范畴。根据"人禀七情,应物斯感,感物吟志,莫非自然"的逻辑,根据"民生而志"的历史事实,文章的写作绝非少数圣人的专利,人人可得而为之。"文果载心,余心有寄。""载心"是对"载道"的革命性拓展。"道"属于圣人,"心"属于人人。由于这一开放性的文章理念的建立,圣人之文与凡人之文,实用之文与抒情之文,都在体现"道"的大前提下,纳入了"文章"的范畴。这一范畴的广度、深度和高度,在历史上和世界上,都是独一无二的。

文章学所走过的历程同样如此。传统文章学是专门研究文章的学问。由于传统意义的文章属于经学的附庸,研究文章的学问也必然成为附庸于经学研究的学问。传统文章学是一门"依经立论"的学问,不以开拓创新为鹄的,而以"述而不作"为指归。出于对圣人的个人崇拜,它把文章写作视为圣人个人的天才的表现,对文术的研究表现出一种特殊的忽视和冷漠,将文章学的研究内容严格局限于对经学理论进行解说的范畴。具而言之,经学是文章学的特定内涵,文章学是经学的特定形态,二者实际上是融合为一的。

东汉末年经学的崩溃,给传统文章学的创新,提供了极其有利的历史机遇。曹丕的《典论·论文》,陆机的《文赋》,挚虞的《文章流别论》,葛洪的《抱朴子》,李充的《翰林论》,等等,都是对这一历史机遇所做出的回应。而刘勰的文心理论,就是这些历史性回应的最高综合与理论升华。

刘勰对传统文章学的革命性开拓,具体表现在他对"为文"这一全新学科的缔建上。"文"是传统文章学理论最根本的理论焦点和形态标志,"为文"是刘勰文心理论最根本的理论焦点和形态标志,这是二者最根本的分水岭。"文"是静态的、平面的、程式的、规范的,"为文"是动态的、开放的、实践的、创造的。由"文"到"为文",这是范畴上的重大突破,由此带来一连串的革命性

飞跃:对文术的重视代替了对经术的重视和对文术的漠视,对写作风格的标举
代替了对圣人一家之言的顶礼膜拜,对写作创新性的追求代替了"述而不作"
的盲从和愚昧,对写作的自然化与大众化的倡导代替了圣人之作的独尊与专
断。凡此等等,都是我国古代学术中的民主思想的最生动、最丰富的表现,也
有力地推动了我国写作学理论的科学化进程,从文化上和理论上托起了我国
作为写作大国的历史性地位。

但是,刘勰对传统文章学的突破,并不是对它的取消和否定,而是对它的
创造性的继承和发展。这一创造性的继承和发展,具体表现在以下方面:

其一,消解了传统文章学中的经学的神秘性和独尊性内涵,而重新赋予它
以普遍性及自然性的文章学内涵。经学依然保有崇高的地位,被称为"恒久
之至道,不刊之鸿教",但这一崇高地位并不表现在经学思想的独尊上,而是
在文章体式的典范性上:"故文能宗经,体有六义:一则情深而不诡,二则风清
而不杂,三则事信而不诞,四则义直而不回,五则体约而不芜,六则文丽而不
淫。""义"者宜也,也就是基本法则的意思。这些法则,对于文章的写作或对
文章的评论来说,都是具有普遍性的指导意义的。

其二,刘勰的文章研究是对表现在文章中的内容与相应的方法系统中的
基本原理、法则、要领与规范的研究,目的在"探作家之旨"(孙梅:《四六丛话
论》),"明立言之有常"(刘师培:《文说序》),为文章的制作提供津梁和圭臬。
就立论的宗旨和方法来说,刘勰的文章研究和"述而不作"的传统文章学研究
具有本质性的区别。径而言之,它不是为论经而论经,更不是为论经而论文,
也不是为论文而论文,而是为论"为文"而论文。不管是对具体文体的探讨或
是对具体文章的探讨,目的只有一个:为文章的制作提供指南。这就从一个重
要的侧面,充实了写作学的内涵,使它在理论科学上更加全面,在工程技术科
学上更加具体,也更加生动细致。

其三,刘勰的文章研究通过对文体渊源的探讨和文章得失的分析,为写作
的要领、规范和方法提供文本性的依据。文本性的依据是静态性的依据,但同
时也是最精确的依据,是检验方法系统的工作效益的基本形态依据。从写作
世界的公转运动来看,文章是写作的成品,又是社会传播与接受的决定性依
据,是三者的公共点和扭结点。将文章学纳入写作学的范畴,实际也就是将产
品与产品的生产以及产品的流通这三个层面,置于一个一体化的范畴之中。

这三个角度都是制约写作的重要方面,都有其独特的认识优势和工作优势。这就必然使写作学的视野更加开阔,更具有对实践的切入力量。

综上可知,文心理论的基本层面,就是建立在以"文术"为中心的工程科学的基础上的。工程性,是它的学术属性定位的决定性依据。由于这一独特的理论品格和实践品格,文心理论的写作学属性是极其鲜明的。从最基本的层面来看,文心理论不是一般性的文章(文学)理论,也不是一般性的文章(文学)评论,而是文章(文学)制作的系统理论。质而言之,包容在《文心雕龙》中的学术领域尽管是多元性和多样性的,但从整体上看,都是融会于写作学的大框架之中的。文心理论在整体上的写作学属性,已由刘勰自己在《序志》中进行了清晰的表述:"文心者,言为文之用心也。""为文",是对文心范畴的基本界域的明确界定。刘勰对此又进行了特别的强调和倡导:"岁月飘忽,性灵不居,腾声飞实,制作而已。""为文","制作",即作文与写作的同义表述,也是对文心理论的写作学属性的明确表述。文心理论进入流通领域后,第一个对它的基本属性进行明确揭示的是沈约:"约便命取读,大重之,谓为深得文理。"(《梁书·刘勰传》)"文理",既指文章之原理,也指"为文"之原理,属于文章学与写作学的统一范畴。唐代刘知几将文心理论的属性归入"属文"的范畴,云:"词人属文,其体非一,譬甘辛殊味,丹素异彩;后来祖述,识味圆通,家有诋诃,人相掎摭,故刘勰文心生焉。"(《史通·自序》)明代何良俊将文心理论归入"作文之法"的范畴,云:"刘勰《文心雕龙》……作文之法,盖无不备矣。"(《四友斋丛说文》)清代谭献称为"辞人之圭臬,作者之上驷"(《复堂日记》),张之洞称之为"诗文之门径","操觚家之圭臬"(《𫐐轩语·语学》)。这些历代相承的看法,一直沿袭至今。范文澜认为:"《文心雕龙》的根本宗旨,在于讲明作文的法则"①。刘永济先生认为,《文心雕龙》的根本宗旨,是矫正写作中的浮靡讹滥风气,从最基本的层面来看,该书是一部彰明"文理"以"归本于体要"而指导写作循轨运行的书:"舍人著书,以时流好辩,致文理不彰,篇体讹失,特著此书,平章众作,以明体要耳。"②王运熙认为,"《文心雕龙》是一部详细研讨写作方法的书,它的宗旨是通过阐明写作方法,端正文体,纠正当时

---

① 范文澜:《中国通史》第2册,人民出版社1994年版,第531页。
② 刘永济:《文心雕龙校释》,中华书局1962年版,第191—192页。

的不良文风。"①认为《文心雕龙》虽然可以"当做一部文学理论专著来研究"，"但从刘勰写作此书的宗旨来看，从全书的结构安排和重点所在来看，则应当说它是一部写作指导或文章作法，而不是文学概论一类书籍"。② 这些一脉相承的观点，对于我们正确理解文心理论基本层面的学术属性和范畴定位，是具有极大的启示意义和导向意义的。

第二节　心术：文心范畴的第二层面

人类对客观事物本质的认识，总是经历着由"比较深刻的本质"向"更加深刻的本质"不断掘进的过程。刘勰对文心范畴的把握同样是如此。从文心范畴发展的动态过程来看，对"文术"的把握，只是对文心范畴的初级本质的把握。尽管这一把握已经使他在理论上远远超越前人，足以名标青史，但还远不是认识的尽头。如果说"文术"是对文章写作的方法论驾驭，那么，内蕴于"文术"之中并对"文术"进行驾驭的力量，又是什么呢？从逻辑运动的必然规律来说，这是一个需要继续探索的问题。

刘勰勇敢地接受了逻辑必然律的挑战，对这一高屋建瓴的问题，进行了大胆的探索和深刻的回答。他明确认为，这种更深层次和更高层次的驾驭力量，就是"心术"："心术之动远矣，文情之变深矣"（《隐秀》）；"心术既形，英华乃赡。"（《情采》）他以此作为逻辑起点和理论支点，揭开了文心范畴的第二重面纱，赋予了它以写作心理学的鲜明品格，进一步走近了文心的本质。

"心术"最早见于《庄子·天道》："此五末者，须精神之运，心术之动，然后从之者也。""心术"，意即心的功能。唐成玄英疏："术，能也。心之所能，谓之心术也。"《礼记·乐记》云："应感起物而动，然后心术形焉。"郑玄注："术，所由也。"《管子·七法篇》："实也，诚也，施也，度也，恕也，谓之心术。"《汉书·礼乐志颜注》云："术，路径也。心术，心之所由也。"

魏晋南北朝以后，"心术"的概念开始进入了写作学的范畴。陆机《文赋》

---

① 王运熙：《文心雕龙的宗旨、结构和基本思想》，《复旦大学学报》1981 年第 5 期，第 83 页。

② 王运熙：《文心雕龙探索》，上海古籍出版社 1986 年版，第 7 页。

云:"余每观才士之所作,窃有以得其用心。""用心",也就是"心术"的意思。它标志着写作心理学思想的最初萌发,为刘勰"文心论"思想的建立,做出了良好的前期准备。刘勰的"文心论",就是对前人"心术论"的继承和拓展。

将"心术"的概念作为专门性的术语引入创作论中,使创作论具有鲜明的心理科学的品格,是刘勰的一大创举。心术作为写作心理学的基本范畴与逻辑纽带,渗透于文心理论的每一个环节之中。宏观而言,《原道》就是对写作学的心术属性的集中论述。刘勰认为,一切文饰,不管是"天文","地文","人文",抑或"动植之文",都是出于"自然",由"自然之道"而产生的。"人文"的独特性就在于人的独特性:人是"性灵所钟"的"有心之器",因此,人之文必然反映出人所独具的"天地之心"的特点。刘勰的这种论证,是以对人在自然中的特殊地位的认识为前提的。他认为人是"天地之心"的说法,源于《礼记·礼运》:

> 人者,天地之心也,五行之端也,食味、别声、被色而生者也。

何谓"天地之心"?《礼记正义》疏云:

> 天地高远在上,临下四方,人居其中央,动静应天地。天地有人,如人腹内有心,动静应人也,故云天地之心也。王肃云:人于天地之间,如五脏之有心矣。人乃生之最灵者,其心五脏之最圣者也。

《礼记》所说的"天地之心",具有两重并不相悖的含义:一是指人在天地之间所处的"腹内有心"的特殊位置,二是指人对天地万物"动静相应"的特殊的感应能力。刘勰以此作为依据,在"文原于道"的大前提下,对人之文的特殊性进行了深刻的揭示。刘勰认为,人之文的特殊性就在于它是"有心之器"所生发的"有心之文"。这种"有心之文"与"动植皆文"的区别,就在于"有心"与"无心"的根本性差异。动植无"心",只能受动地对自然的动势进行反映,人独有心,故能运用文字组成文章,自觉而能动地对自然的动势进行反映。"心生而言立,言立而文明,自然之道也。"(《原道》)因此,文章在本质上属于思维的范畴,是天地万物在人类心灵中的反映:"言之文也,天地之心哉。"(同上)顺理成章,文章的制作在本质上也必然属于思维运动的范畴,必然是"为文之用心"的全息性运动过程的反映。也正因为如此,"心术"必然成为"驭文之首术,谋篇之大端"(《神思》)。

这一认识,是对写作本质的认识的根本性飞跃。长期以来,人们将写作运动看成是一个单纯运用书面语言制作文章的活动,称为"立言"的活动。刘勰认为,立言的本质是立心,心是文的根本。先有"心生"然后才有"言立",然后才有"文明"。在这一系统活动中,"心"是具有前导性意义和统率性意义的。从最根本的层面来看,文章写作的过程,实际是"原道心以敷章,研神理而设教"的过程。这样,就把"立言"的范畴,升举到了"立心"的高度,赋予写作学以"心术论"的理论品格。"心术论"是一个比"文术论"更高和更深的认识论与实践论范畴,它意味着心术对文术的统率。这一统率的意义就在于:心术是文术的根本。抓住了这一根本,就能"乘一总万,举要治繁",从更高的层面上掌握写作的原理、方法和要领,更有效地进行写作。

对写作的思维属性的揭示和标举,标志着人类对写作观念的革命性创新。这一创新的先进性与前瞻性,可以从下面的跨文化与跨时空的比较中获得证明。1987年5月在荷兰提尔堡通过的《国际写作专题讨论会研究报告》中,对写作的本质是思维的研究结论进行了郑重的宣布。这种见解,代表当代世界对写作本质的最新认识,而它的基本精神与刘勰的"以心总文"的卓越见解竟是完全一致的。以思维为主导构建现代写作学理论体系,已经成为一项全球性的开发项目。就时间而言,刘勰在同一领域中的开发,领先了几近1500年。

刘勰的以心术总摄文术的思想,不仅表现在整体性的论述中,也表现在对写作过程中各个具体环节的阐述中。写作的外在过程通常都由以下环节组成:写作的主体准备,写作材料的采集,写作的构思,写作的成文,写作的交流。刘勰高瞻远瞩地认为,每一个写作环节后面,都对应地内蕴着一个深刻的心理运动过程。具而言之,写作的主体准备阶段,就是作者的心理修养阶段,《养气》、《风骨》、《程器》等篇就是这一心理过程的集中论述。写作材料的采集阶段,就是作者对万物进行心理感受以形成兴象的"神与物游"阶段,《物色》篇就是这一心理过程的集中论述。写作的构思阶段,就是作者运用想象进行"大脑中的设计"的阶段,《神思》篇就是对这一心理过程的集中论述。写作的外化阶段,就是以言载心的阶段,也就是思维成果的书面化阶段,《附会》、《镕裁》、《情采》、《章句》等篇,就是这一心理过程的集中论述。写作的交流阶段,也就是作者内蕴在作品中的思想与读者的思想进行交流与融合的阶段,《知音》、《指瑕》等篇就是这一心理过程的集中论述。凡此种种,无一不鞭辟入里,烛隐察微,深得思理之妙。

刘勰文心论的卓越之处,不仅表现在对"用心之学"的系统论证上,而且表现在对"用心之术"的具体阐述上。对写作过程中各个阶段"用心"的工程要领,刘勰都一一进行了深及骨髓的探索和揭示。下面,试对这一系统性的写作心理工程,作一点概括性的介绍。

一、关于作家心神修养的心术要领

刘勰明确认为:修养心神乃为文之首术,而其关键,一在蓄志,二在养气。蓄志养气的重要性与必要性就在于:"神居胸臆,而志气统其关键。"(《神思》)"志者,气之帅也;气者,体之充也。"(《孟子·公孙丑》)志决定着生命运动与心理运动的方向,气决定着生命运动与心理运动的强度。"志气之清浊,感应之利钝存焉。"①蓄志养气的根本要领,就在于"虚静":"陶钧文思,贵在虚静。"虚则无遮无挡,能容能汇,有如海纳百川,山集万木。静则无惊无扰,能观能照,有如水停以鉴,火静而朗。致虚致静的具体途径,就是"疏瀹五脏,澡雪精神。积学以储宝,酌理以富才,研阅以穷照,驯致以怿辞。"(《神思》)特别难能可贵的是,刘勰还深刻认为,作家的心理修养不是一个孤立的问题,它与作家的社会实践密不可分。五脏之疏瀹,精神之澡雪,归根结底是通过人格实践来实现的,而人格的实践,归根结底是通过人的社会实践来实现的。社会实践,是人的心理修养的最实际的领域,是培养和造就人的优化心理的最佳场所。"若夫屈贾之忠贞,邹枚之机觉,黄香之淳孝,徐干之沉默,岂曰文士,必其玷欤?"(《程器》)因此,作家的心理修养,必须在社会大舞台上进行:"安有丈夫学文,而不达于政事哉?"作家的心理修养,还必须与身体的锻炼结合进行,做到"文武之术,左右皆宜",像左右手那样和谐。"郤縠敦书,故举为元帅,岂以好文而不练武哉?孙武《兵经》,辞如珠玉,岂以习武而不晓文也?"(《程器》)一言以蔽之,真正的作家,必须是全面发展的人,作家的心理修养,

①　刘永济:《文心雕龙校释》,中华书局1962年版,第101页。

必须是全面发展的心理修养："摛文必在纬军国,负重必在任栋梁,穷则独善以垂文,达则奉时以骋绩。若此文人,应《梓材》之士矣。"(《程器》)

二、关于感物动心的心术要领

写作的采集过程,就是作家的耳目感应世界的过程,也就是感物动心,触景生情的心理过程。它的工程要领,被刘勰归纳为以下几个方面:

一是感物吟志,顺其自然。刘勰明确指出,事物的运动是心理运动的原因:"物色之动,心亦摇焉。"心对物的感应,是一个自然而然的过程:"人秉七情,应物斯感,感物吟志,莫非自然。"(《明诗》)自然性的原则,就是真实性的原则,它要求物的真实性,也要求情的真实性,更要求物的真实与情的真实的一致性和融洽性。"桃李不言而成蹊,有实存也;男子树兰而不芳,无其情也。夫以草木之微,依情待实,况夫文章,述志为本,言与志反,文岂足征?"(《情采》)自然性原则,也是水到渠成的原则:"从容率情,优柔适会"(《养气》)。要善于等待感情在感物中的积满而流,而不能急于求成,"为文而造情"。也就是刘勰在《神思》中所说的:"是以秉心养术,无务苦虑;含章司契,不必劳情也"

二是沉吟视听,流连万象。人对物的感应,主要是通过视听的渠道来实现的。视听,是心理运动的起点。要想获得丰富的意象积累,必须充分发挥视觉和听觉的感应功能。视觉和听觉对万象的感应,从来就不是一次完成的,必须在反复观察和反复品味中不断深化,不断扩充。"是以诗人感物,联类不穷;流连万象之际,沉吟视听之区。写气图貌,既随物以宛转;属采附声,亦与心而徘徊。"(《物色》)"联类不穷","万象之际","视听之区",是对观察对象的多样性与广阔性的工程要领的强调,"不穷","流连","沉吟",是对观察的持久性和反复性的工程要领的强调。惟其多样和广阔,故能成就观察的博识;惟其持久和反复,故能成就感应的深刻、强烈和鲜明。惟其深刻,故"吟咏所发,志惟深远"。惟其博识,故"体物为妙,功在密附"。惟其深刻,故能"笼天地于形内",惟其博识,故能"挫万物于笔端"。"然则屈平所以能洞鉴《风》《骚》之情者,抑亦江山之助乎?"顺理而推,从方法论的角度来看,屈原之所以能洞鉴《风》《骚》之情,同样是与"流连万象之际,沉吟视听之区"的心术分不开的。

三是心物会通,情境融贯。心与物游的过程,是一个双向互动的过程。心与物的互动主要表现在两个方面:"有物来动情者焉,有情往感物者焉:物来动情者,情随物迁,彼物象之惨舒,即吾心之忧虞也,故曰'随物宛转';情往感物者,物因情变,以内心之悲乐,为外境之懽戚也,故曰'与心徘徊'。"①二者的角度虽然存在着明显的区别,但就心物交融的总结果来说,是并无二致的。"前者我为被动,后者我为主动。被动者,一心澄然,因物而动,故但写物之妙境,而吾心闲静之趣,亦在其中,虽曰无我,实亦有我。主动者,万物自如,缘情而异,故虽抒人之幽情,而外物声采之美,亦由以见,虽曰造境,实同写境。"②融合的关键,就在于"会通"。"会通",也就是心与物、情与境之间的融会通贯:"纯境固不足以谓文,纯情亦不足以称美,盖为文者,必在情境交融,物我双会之际矣。"③双会并非一半对一半的简单并列,而是以情为主导和以物为外在形态的有机整体,归根结底,"体物为妙,功在密附"是为"吟咏所发,志惟深远"服务的,这才是对"会通"本质的真正把握。"逐物实难,凭性良易"(《序志》),"物色尽而情有余着,晓会通也。"(《物色》)

四是以少总多,善于适要。刘勰认为,世间万象杂呈,四时纷回,而"物貌难尽",为此,他提出了"以少总多"和"善于适要"的工程要领。所谓"善于适要",就是善于抓住事物的特征和总要。事物的总要亦即它的要害和本质,通常都是与事物的特征连在一起的,抓住了事物的特征,就能抓住事物的要害和本质,就能"以少总多","举要治繁",获得良好的观察效果和感应效果。刘勰举出了《诗经》中的许多例子:"故'灼灼'状桃花之鲜,'依依'尽杨柳之貌……并以少总多,情貌无遗矣。"惟其如此,所以形态生动,寄托深远,经百代而长新,历千年而不朽:"巧言切状,如印之印泥,不加雕削,而曲写毫芥。故能瞻言而见貌,即字而知时矣。"刘勰谆谆告诫后来者高度重视《诗经》、《楚辞》的这一成功的工程经验,"参伍以相变,因革以为功",在历史的流变中进行继承和创新:"《诗》《骚》所标,并据要害,故后进锐笔,莫与争锋。莫不因方而借巧,即势以会奇,善于适要,则虽旧弥新矣。"(《物色》)

---

①　刘永济:《文心雕龙校释》,中华书局 1962 年版,第 180 页。
②　刘永济:《文心雕龙校释》,中华书局 1962 年版,第 180—181 页。
③　刘永济:《文心雕龙校释》,中华书局 1962 年版,第 181 页。

三、关于结虑构思的心术要领

写作的结虑构思过程,就是作家对全文的主旨、结构、表达方式进行统一筹划的过程,也就是在大脑中进行"一毂统辐"的整体设计的心理过程。这一心理过程的工程要领,被刘勰归纳为以下方面。

一是对构思机制的系统把握。刘勰认为,写作的构思工程,是一个心物合一的艺术思维过程,也就是对意象进行系统化和组织化的心理策划过程。构思的心理工程,是凭借"神思"的心理形态来实现的。所谓"神思",也就是想象的意思。"古人云:'形在江海之上,心存魏阙之下'。神思之谓也。""神思"的独特的心理功能,就是对时空范围的突破,让思想自由碰撞、自由组合和自由飞翔。正是这种自由的心理运动,打破了原来的心理定势,使事物呈现出新的面貌。神思的过程,实际也就是对事物的基本要素重新进行心理组合的创造性过程。因此,把握构思的心术要领的关键,就是把握神思的心术要领。把握住了神思的心术要领,就能"乘一总万,举要治繁",从关键处和要害处,卓有成效地完成构思这一系统性的心理工程。

二是对启动神思的心理前提的把握。要想把握神思的心术枢机,首先必须把握启动神思的心理前提,这一心理前提就是虚静:"陶钧文思,贵在虚静,疏瀹五脏,澡雪精神。"所谓"虚静",就是无惊无扰、无惧无怖、无偏无执、无私无畏的心理境界。也就是刘永济先生所说的:"惟虚则能纳,惟静则能照。能纳之喻,如太空之涵万象;能照之喻,若明镜之显众形。一尘不染者,致虚之极境也;玄鉴孔明者,守静之笃功也。养心若此,湛然空灵。及其为文也,行乎其所当行,止乎其所当止,不待规矩绳墨,而有妙造自然之乐,尚何难达之辞,不尽之意哉?"①

但是,虚静绝非虚无,而是一种特殊意义的充实。这种特殊意义的充实,就是四种积极的物质因素对神思运动的全程参与和强力支持:"积学以储宝,酌理以富才,研阅以穷照,驯致以怿辞。"(《神思》)"积学以储宝"指学问的渊博,"酌理以富才"指卓越的辨析才能,"研阅以穷照"指丰富的生活阅历,"驯致以怿辞"指顺循情性的文辞绅绎。学、才、历、辞四大要素,是启动和支持想象的物质前提。虚静的心理前提与学、才、历、辞的物质前提齐备,神思运动才

---

① 刘永济:《文心雕龙校释》,中华书局 1962 年版,第 101 页。

能卓有成效地运行。这就是刘勰所特别强调的:"然后使元解之宰,寻声律而定墨;独照之匠,窥意象而运斤:此盖驭文之首术,谋篇之大端。"(同上)

三是对志气与语言的把握。刘勰认为,志气与语言,是神思运动的两大凭借:"神居胸臆,而志气统其关键;物沿耳目,而辞令管其枢机。枢机方通,则物无隐貌;关键将塞,则神有遁心。"(同上)志气对于神思运动的意义就在于:"夫志,气之帅也;气,体之充也。"(《孟子》)"气"指人的元气,也就是人的生命元质,与人的生命活力的强度密切相关,是人的生命活动的动力之源。这一整体性的动力之源,决定着生命活力的强度,由此而决定着人的生理特征和气质个性等稳定的心理特征。志指生命活力的统率,也就是心之所向。志决定着生命运动的整体方向,体现着人生最根本的价值取向和目标追求。志与气的合一,就是生命运动的总方向和总动力的合一,构成着生命运动的内在本体,决定着生命运动的全领域和全过程,也从最深的层次决定着人的精神运动的全领域和全过程。神思运动虽然天马行空,摆脱了常规思维的羁绊,可以自由组合,率意创新,但从最根本的层面来看,最终还是受志气这一生命运动和精神运动的总关键制约的。神思运动虽然千姿百态,随意赋形,但无一不是作家内在生命本体的外在延伸,作家志气的外现。神思的质量,归根结底是由志气的品位决定的。具有志的优势,神思运动才具有明确高远的方向;具有气的优势,神思运动才具有强大的驱动力量。因此,要想高效益地进行神思,必须在志气的培养上多下工夫,并在具体的想象活动中充分发挥志气的关键作用。也就是苏轼所昭示的:"志一气自随,养之塞天地,孟轲不吾欺。"(《答王定国》)

辞令对于神思运动的重要意义就在于:语言是思维运动的物质外壳,也是神思运动的物质凭借。神思是对事物的变形和再造,事物是神思的对象和材料。而就人对事物的认识而言,从来都是名与实的统一,二者密不可分,具有同步运动的属性。没有名,事物的形态无由区分,没有实,事物的名就失去了意义。神思作为对事物的变形和再造,是在语言的基础上进行的。外物能否在大脑屏幕上并最终在文本上清晰地显示出来,辞令起着枢机性的作用。文辞丰富,表达能力强,文思才能顺利运行;文辞贫乏,表达能力差,文思就会滞塞难行。

由此可知,志气是感应之符,辞令是兴象之府。神思的过程,实际就是心与物游的过程。志气是心的统帅,辞令是物的标志,因此必然成为神思运动的两大凭借。也就是刘永济先生在《校释》中所说的:"辞令之工拙,兴象之明晦系焉;志气之清浊,感应之利钝存焉。"正因为如此,"二者之于文事,若两轮之于车焉。千古才士,未有舍是而能成佳文者。"①

四是对神思过程中的心理节奏的科学把握。刘勰认为,神思的过程是一个循术而动的过程,也是一个水到渠成的过程。因此,要用心训练科学的思维方法,善于等待时机的自然成熟,而不能苦求硬索:"或理在方寸,而求之域表,或义在咫尺,而思隔山河。是以秉心养术,无务苦虑;含章司契,不必劳情也。"(《神思》)正确的做法是"率志委和"。"率志委和"就是随着心意,和顺自然,保持一种比较宽舒适意的心情,迎接神思的自然萌发,而不能施加任何强迫。"率志委和,则理融而情畅,钻砺过分,则神疲而气衰:此性情之数也。"(《养气》)宽舒的心理节奏,是神思萌发不可或缺的温床。"夫学业在勤,故有锥股自厉;志于文也,则有申写郁滞。故宜从容率情,优柔适会。若销铄精胆,蹙迫和气,秉牍以催龄,洒翰以伐性,岂圣贤之素心,会文之直理哉!"(同上)显然,强迫的做法是违背思维运动的基本规律,注定是不可能获得良好的工作效益的。遵循思维规律与违背思维规律,它们的工作效益是迥然不同的:"率志以方竭情,劳逸差于万里:古人所以余裕,后进所以莫遑也。"正因为如此,在构思中必须对心理节奏进行科学的把握:"是以吐纳文艺,务在节宣,清和其心,调畅其气,烦而即舍,勿使壅滞;意得则舒怀以命笔,理伏则投笔以卷怀,逍遥以针劳,谈笑以药倦,常弄闲于才锋,贾余于文勇:使刃发如新,腠理无滞。"(同上)

五是对"博而能一"准则的把握。刘勰明确指出,神思运动的过程,是一个由博反一的过程。神思的初始阶段,是一个万象并呈的无向运动和无序运动阶段:"神思方运,万涂竞萌,规矩虚位,刻镂无形。"(《神思》)随着在志气统率下和辞令襄赞下的心物交融的深化,神思逐步向着系统化方向发展,开始了"驱万涂于同归,贞百虑于一致"的精化与序化过程,最后构成一个"一毂统辐"、"百节成体,共资荣卫"的有机整体。开始必须博,博指观察与体验上的博见,"博见为馈贫之粮"。最后必须一,一指思想与结构上的贯一,"贯一为

---

① 刘永济:《文心雕龙校释》,中华书局1962年版,第101页。

拯乱之药"。把握了这两个基本点,神思才能卓有成效地运行:"博而能一,亦有助于心力矣。"(同上)

六是对情思在神思运动中的核心地位的把握。神思是构思作品的心理筹划,其内容涉及许多方面。概而言之,关于主旨的构思,关于材料与结构的构思,关于表达方式及语言的构思,等等,都属于构思的工作范围。在构思的诸多层面中,何者为"乘一总万"的层面? 刘勰对此做出了明确的揭示,这就是情思。情思在构思中的核心地位,表现在以下方面:

"神用象通,情变所孕。"(《神思》)情思是唤起并引导想象的决定性的心理因素,也是想象之所以千差万别的主体原因。

"情动而言形,理发而文见。"(《体性》)情思是决定文学形式的内在因素。

"情不待根,其固匪难。"(《指瑕》)情思是文学特定的美学功能中的感染力量。

"按部整伍,以待情会。"(《总术》)情思是贯串全局的线索和纽带。

概而言之,情思是神思运动中的核心因素,作家的构思活动和创作活动自始至终都离不开情思的引导,都需要情的参与。把握住了情思在构思中的主导地位,就可以带动全盘。这就是刘勰在《情采》中所昭示的:"情者文之经,辞者理之纬;经正而后纬成,理定而后辞畅:此立文之本源也。"

四、关于行文传达的心术要领

写作的行文传达过程,实际就是以言载心的过程:"夫情动而言形,理发而文见,盖沿隐以至显,因内而符外者也。"(《体性》)。这一过程的工程难度就在于:从表面上来看,这似乎是一个单纯的语言工程,而实际上是一个意物相称,言意相契的心理工程。这一心理工程的复杂性和困难性就在于:"意—象—言"三者,本来就是三个异面性的存在,分属于三个不同的层面。"意"属于主体世界的范畴,"物"属于客体世界的范畴,"言"属于工具世界的范畴。要想实现三者的统一,绝非一蹴可就的事情。最早从创作的角度提出三者关系问题的陆机,也无法弄清其中的奥妙而只能发出深长的慨叹,而寄希望于后人:"每自属文,尤见其情。恒患意不称物,文不逮意,盖非知之难,能之难也。故作《文赋》以述先士之盛藻,因论作文之利害所由,他日殆可谓曲尽其妙。"

刘勰就是对陆机所提出的千古难题进行"曲尽其妙"的工程性解答的人。

刘勰认为,解决意物相称的难点,不仅在于物的多样性和多变性,也在于心的多样性和多变性,"纷哉万象,劳矣千想"(《养气》),二者都是不容易把握的东西。以物类而言,"仰观吐曜,俯察含章……傍及万品,动植皆文",其纷繁复杂可见一斑。以物态而言,"岁有其物,物有其容",其姿态之多样化和动态化无须他证。以心而言,"各师成心,其异如面",同样是纷繁复杂,各具一格的。以纷繁复杂、姿态各异之心,去感知纷繁复杂、姿态各异之物,其难度可想而知。

但是困难之所在,也就是契机之所在,这一契机就是心在感知世界中的主导性和能动性。不管作家塑造的形象存在怎样的差别,归根结底是他们各自志气的符契,都打上了他们各自感情的烙印,寄托的是他们各自不同的思想感情。从最根本的层面来看,文学活动是一个表现和交流感情的活动。因此,在写作的行文中,心物之间的障碍,言意之间的障碍,归根结底必须依靠感情的表现和交流来沟通,依靠感情的美学形态来沟通,实际也就是依靠心的表现和交流来沟通。感情,是文学的核心内涵。因此,要想确切反映客观世界,除了"物以貌求"的观察和体验之外,还必须发挥作家个性化的主体优势:"神用象通,情变所孕。物以貌求,心以理应"(《神思》),"逐物实难,凭性良易"(《序志》)。发挥情性的优势,是实现心物交融的关键。为此,他提出了"三准"的主张。三准之中,情是关键性的和主导性的。"设情以位体",就能带动全盘,不仅解决意物相称问题,也能从根本上解决言意相称问题。

言意相称问题,除了"秉心"之外,还有"养术"问题。以言载心,固然离不开心术修养,也离不开语言艺术修养。语言之所以能够载心,第一是由于语言与思维本来就是同时产生并且同步而动的。"心生而言立,言立而文明,自然之道也。"(《原道》)第二个原因是,写作中所使用的语言不是一般意义的语言,而是一种比日常口语更加精粹、更加规范、更有表现力的语言。这样的语言,非自发而成,实修养而得。掌握了精良的运载工具,就能"一言穷理","两字穷形",在艺术传达中达到"以少总多,情貌无遗"的境界。第三个原因,是文章的独特功能。文章是一种体式化、整体化与书面化的语言表达。它的特定的体式是对特定情感形态和交际目的的最佳适应和明确标志。它的整体化的形态使它具有完整的结构和系统化的表达功能,正是这一独特系统化的表达功能,使它具有"笼天地于形内,挫万物于笔端"(《文赋》)的表达效果。它不以单词取胜,而以整体为功,在方方面面的精心组合中取得出乎意外的表达效果。何者? 系统化和组织化的结果。也就是刘勰所昭示的:"拙辞或孕于巧义,庸事或萌于新意;视布于麻,虽云未贵,杼轴献功,焕然乃珍。"(《神思》)

"万趣会文,不离辞情。"(《熔裁》)辞与情,是传达的两大凭借,二者都可由"秉心"和"养术"获得解决。解决了这两个问题,表达中的通与塞的问题,也就迎刃而解了。

五、关于交流反馈的心术要领

交流反馈的过程,从文学的流通来看,是以文传心、以文知心的过程,就读者的心理运动来说,也就是以心知心,以心评心的过程。刘勰将这一双向运动的过程,直接称为"知音"。他将"知音"纳入了心术的范畴,进行了系统的阐述。

刘勰认为,"知音"是相当困难的事情:"知音其难哉! 音实难知,知实难逢,逢其知音,千载其一乎!"(《知音》)困难就在于:一是"古来知音,多贱同而思古",形成了"文人相轻"的恶劣习气,造成接受的严重障碍。二是文学作品是个性化的成果,"才性异区,文辞繁诡","各师成心,其异如面"(《体性》),见仁见智,难以区分优劣。三是读者的审美价值取向都具有鲜明个性色彩。"知多偏好,人莫圆该。慷慨者逆声而击节,酝藉者见密而高蹈,浮慧者观绮而跃心,爱奇者闻诡而惊听。会己则嗟讽,异我则沮弃,各执一隅之解,欲拟万端之变,所谓东向而望,不见西墙也。"(《知音》)四是知识和阅历的局限性。见识浅陋,往往会产生珠砾混淆,凤雉不辨的情况:"鲁臣以麟为麏,楚人以雉为凤,魏氏以夜光为怪石,宋客以燕砾为宝珠。形器易征,谬乃若是;文情难鉴,谁曰易分?"(同上)

但是,换一个角度看,"知音"又是完全可以实现的。实现"知音"的契机,被刘勰概括为以下方面:一是文本的共同性。作者的传达媒介和读者的接受媒介,都是同一文本。文本是一个解读作品的决定性结构,而不是随意性结构,它不仅录记着作者明确的思维路线和思维成果,也以明确的指向启迪着和影响着读者的思维路线和思维成果。这就是刘勰所说的:"缀文者情动而辞发,观文者披文以入情,沿波讨源,虽幽必显。世远莫如见面,觇文辄见其心";"志在山水,琴表其情;况形之笔端,理将焉匿?"(《知音》)二是"理"的客观性和普遍性。"思无定契,理有恒存"(《物色》)。思维虽然没有定式,道理却是普遍而永恒的存在,可以成为"放之四海而皆准"的依据,和鉴别是非优劣的客观标准。三是语言与文体的规范性。书面语言和文章体式是全民性和规范化的运载工具,体现着解读方式的共同性和统一性。这一共同而统一的解读方式无论对于作者或读者,都具有相同的意义,都具有通向心灵的功能:"觇文辄见其心"(《知音》),"启函而识体,因体而会心"(《文体明辨·序》)。

知音的实现,离不开心术的运用。心术的要领,被刘勰概括为以下方面:

一是博观。刘勰认为,鉴别来自比较,比较来自博观:"凡操千曲而后晓声,观千剑而后识器;故圆照之象,务先博观。"唯有博观,才能打破偏见,走出浅陋,获得全面的认识:"无私于轻重,不偏于憎爱,然后能平理若衡,照辞如镜矣。"(《知音》)二是紧扣文本。"缀文者情动而辞发",文本是缀文者的情思的完整录记,也是他的心音的决定性依据。惟披文方可入情,要想走近缀文者的情思,必须完整地阅读和理解文本。三是提高识照能力。文心交流中的心理障碍,在很大程度上和接受者的识照能力不足有关。"岂成篇之足深,患识照之自浅耳。"只要提高了识照的能力,问题就会迎刃而解。"心之照理,譬目之照形,目瞭则形无不分,心敏则理无不达。"(《知音》)四是善于见异。心之价值,并不表现在同处,而是表现在异处,而对"异"的发现和认同,是相当不容易的事情。"俗监之迷者,深废浅售",深刻的东西却遭到抛弃,浅薄的东西反受到欣赏,这也是屈原所深深感慨的:"文质疏内,众不知余之异采。"唯有真正的知音,才能发现这种"异采":"见异惟知音耳。""见异"的心理途径是是进行美学欣赏:"夫惟深识鉴奥,必欢然内怿,譬春台之熙众人,乐饵之止过客。"刘勰认为,作品也如兰花一样,越欣赏越美。他谆谆告诫后世的知音君子"盖闻兰为国香,附媚弥芬;书亦国华,玩绎方美。知音君子,其垂意焉。"(《知音》)五是采用折衷的认识论。折衷就是不偏不倚,无过亦无不及,在对作品的分析与评价中准确地把握度的规定性,防止偏见与片面性的拘囿。"同之与异,不屑古今。擘肌分理,唯务折衷。"(《序志》)六是遵循科学的观文程序:"将阅文情,先标六观:一观位体,二观置辞,三观通变,四观奇正,五观事义,六观宫商。斯术既形,则优劣见矣。"(《知音》)

以上论述充分说明,写作问题不仅是一个"为文"之术的问题,同时也是一个"用心"之术的问题。心术论是文心论范畴的第二层面,它实现着思维科学对写作科学的深层渗透。用"心术"论的思想来观照和解决写作原理和方法的问题,是对"文术论"的极大深化,也是写作学的极大进步。它标志着一门新兴科学——写作心理学的正式诞生。截至目前,由刘勰所缔造的这一门新兴科学,依然在世界范围内处于领先性与前瞻性的地位,有力地指引着和推动着世界范围内写作心理学和文学心理学的发展进程,没有任何一本别的著作可以将它代替。

第三节　心美:文心范畴的第三层面

文心作为一个完整的理论范畴,它的丰富的内涵还远远不止于此。既然心术是文心的深层内涵,那么,这一深层内涵的更深内涵又是什么呢? 心术是文术的更高追求,那么心术的更高追求又是什么呢? 这就是刘勰继续掘进的理论问题和工程问题。

刘勰在自己的文心理论中,对这些"更深刻的本质"进行了深刻的揭示。"心哉美矣",他明确认为,心术的核心内涵,就是心美。从而,将写作心理学的范畴,进一步推向了美学的领域,实现了美学对文心的深层切入。使写作学的学术品位得到了进一步的升举。这一前无古人、后鲜来者的深层切入,可以概括为以下方面。

一、美学对文心理论的宏观切入

美学对文心理论的宏观切入,是通过语义学和哲学的双重切入来实现的。从语义学的角度和哲学的角度对"文"进行宏观性的美学解读,是刘勰的一大创举。现将其基本内容作一简要介绍。

(一)关于"文"的美学属性的语义学解读

"文"是《文心雕龙》中使用频率最高的字,根据统计,共出现了583处之多,含义极其丰富多样。广义而言,指美饰,如"虎豹无文,则鞟同犬羊"(《原道》)。中义而言,指文化,文学,文章,如"昔子政品文,诗与歌别"(《乐府》)。狭义而言,指作品的辞藻,如"轻靡者,浮文弱植"(《颂赞》)。不管何种含义,都具有感性形态的外在形式,都普遍地属于"美饰"的范畴。

　　"文"作为一种具有美饰意义的感性形态,必然以审美作为自己的存在方式的基本特征。"文"的本义,就是"装饰"的意思。《广雅·释诂》:"文,饰也。"《韩非子·解老》称:"文为质者饰也。"刘勰《情采》篇云:"文采所以饰言"。正因为如此,"文"成了"美"的特定称谓:"文犹美也。"(郑玄语)"文"作为一种审美的形式,也就顺理成章地纳入了美学的范畴。所谓"采"、"章"、"文采"、"文章",都是作为审美形式的"文"的同义表述。

　　刘勰虽然没有直接地说出"文"即是美,但他在对"天文"、"人文"的论述中,都极为明确地把"文"所特有的诉之于感官的美学属性表述了出来。他将日月的"叠璧"之形,"山河"的"焕绮"之貌,"龙凤"的"藻绘","虎豹"的"炳蔚","云霞雕色"的"有逾画工之妙"的姿容,"草木贲华"的"无待锦匠之奇"的状貌,"林籁结响"的"调如竽瑟"的节奏,"泉石激韵"的"和若球锽"的韵律,以及六经中的"金声而玉振"的乐音,孔子著作中"木铎起而千里应,席珍流而万世响"的传播效果,都一无例外地纳入了有声有色的感官美的范畴,认为是美的自然表现。从而,从语义学的实处,对"文"进行了美学性的把握,从概念上实现了二者的天衣无缝的融合。

　　(二)关于"文"的美学本原的哲学解读

　　"文"既然是一种审美的形式,那么它这一审美形式的美学本原又是什么呢?

　　刘勰认为,"道"是一切"文"的美学本原,一切的"文",都是"道"的外在显现。不管天文抑或人文,都是"道之文"。那么,"道"又是什么呢?从道学本体论的宏观视野来看,道就是宇宙运动的自然动势。这一自然动势的普遍性概括,就是"自然无为"的总规律,通称为"自然之道"。刘勰认为,万物之文,都是自然之道的表现,都是自然无为的总规律发生作用的结果。易而言之,美是万事万物固有的自然属性,有物必有形,有形必有美,并非出于外加,而是自身属性的自然而然的表现。这种美的属性的终极根源,就是自然之道:"夫岂外饰,盖自然耳。"(同上)

　　刘勰对"文"的哲学解读,以宇宙运动的自然动势为最高依据,有力地证明和揭示了以下的美学真理:

　　一是美的存在的普遍性。美属于一切事物。纵向而言,它"与天地并生",横向而言,它遍及宇宙之内。现之于天,是"日月叠璧",现之于地,是"山川焕采",现之于龙凤,是"藻绘呈瑞",现之于虎豹,是"炳蔚凝姿",现之于"云霞雕色",是"有逾画工之妙",现之于"草木贲华",是"无待锦匠之奇",现之于"林籁结响",是"调如竽瑟",现之于"泉石激韵",是"和若球锽",现之于人是"心生而言立,言立而文明","木铎响而千里应,席珍流而万世响"。所有这一切,都是道的普遍性的自然表现,都是"形立则章成矣,声发则文生矣"的自然结果。一言以蔽之,"自然之道也"。

二是美的形态的多样性。美的存在方式是多种多样的:"一曰形文,五色是也;二曰声文,五音是也;三曰情文,五性是也。"再加上"岁有其物,物有其容"的时间因素和空间因素的作用,更是姿态纷呈,气象万千。在人文的领域中更是如此,由于"各师成心,其异如面"的个性差别,美的形态的多样性表现得更是丰富多彩:"才有庸俊,气有刚柔,学有浅深,习有雅郑,并情性所铄,陶染所凝,是以笔区云谲,文苑波诡者矣。"究其根源,都是自然之道的自然运动的结果:"五色杂而成黼黻,五音比而成韶夏,五情发而为辞章,神理之数也。"(《情采》)

三是美的本源的客观性。美原于道,"道法自然"。自然者,自然而然,不假外力,无为而自为之谓,也就是不以人的意志为转移之谓。因此,道作为美的终极根源,必然是一种客观性的存在。美作为自然之道的表现,也必定是一种客观性的存在。不管是天文、地文、人文,不管是形文、声文、情文,就其终极根源来说,无一不是如此。从哲学本体论的宏观视野看来,宇宙的自然动势本身就是一种最高性的客观存在,是宇宙中一切运动的动力之源。道的存在远在人的存在之前,也远非人的意识所能左右。道的客观性决定着美的客观性。不但自然之文出于自然,"夫岂外饰,盖自然耳",就连人文也是如此,"心生而言立,言立而文明,自然之道也"。

四是审美活动的二元统一性。刘勰明确认为,美的本原是客观性的,但审美的活动却是凭借主观与客观互相融合来实现的。审美活动的制约因素有两个:一个是物,一个是心,缺一不能为济。审美意象的形成,就是心物交融的结果。因此,作家的审美过程,必然是心与物的对立与统一的过程:"写气图貌,既随物以宛转;属采附声,亦与心而徘徊。"(《物色》)一方面要求以物为依据,心随物而婉转,另一方面要求以心为主导,物随心而徘徊。物代表客观世界的实在性,心代表主观世界的能动性,二者不可偏废,而应该相反而相生,和谐而默契。以物我的对立为起点,以物我的交融为鹄的,这才是审美中所要达到的理想境界:"目既往还,心亦吐纳","情往似赠,兴来如答"(《物色》)。

　　五是美的意义的重大性。美不仅与天地共生,在地位上也与天地并重。这种重大的意义,来自美对道的涵蕴。"文之为德也大矣,与天地并生者何哉?"因为有了美,天地万物才发出光辉。由于美与道的一体化,美才具有了动人的力量。因此,从最根本的层面来看,文的美学意义就是对道的表现和涵蕴。"鼓天下之动者存乎辞。辞之所以能鼓天下者,乃道之文也。"(《原道》)道是文的本体,是文的内涵,文是道的形态,是道的外现。但是,"道心惟微",不可自现,必须凭借圣贤之道来进行体现:"道沿圣以垂文,圣因文而明道。"(同上)这就将自然之美与社会之美,有机地融合为一体,将美的陶冶性情的作用与社会教化的作用,有机地融合为一体。"道心惟微,神理设教","写天地之辉光,晓生民之耳目",就是美的自然意义与社会意义的重大性的总体表述。

　　六是美的法则的自然性。"人法地,地法天,天法自然。"自然是宇宙运动的根本规律和根本法则。"道之尊,德之贵,夫莫之命而常自然。"(《老子》)

　　美以自然为宗,自然是美的终极根源,美也必以自然为法,自然法则是美的最高法则。所谓"自然法则",就是以自然为美的最高取向的法则。美的法则的自然性,首先,表现在对自然美的肯定上:"云霞雕色,有逾画工之妙;草木贲华,无待锦匠之奇。"自然美是一种不加雕饰的美,这种不加雕饰的美才是最高层次的美:"铅黛所以饰容,而盼倩生于淑姿;文采所以饰言,而辩丽本于情性。"其次,表现在创作态度的自然上。"自然法则"在创作活动中的集中体现,就是"率志委和":"夫耳目鼻口,生之役也;心虑言辞,神之用也。率志委和,则理融而情畅;钻砺过度,则神疲而气衰:此性情之数也。"(《养气》)"率志委和",就是循心之所至,任气之和畅的意思。径而言之,也就是"以人合天",实现天人和谐统一的意思。二者和谐统一的基础就是自然:就终极根源而言,自然与人都是宇宙运动自然动势的产物,二者本来就是密不可分的。其三,表现在创作过程中对美的规律的遵循上。这些规律包括:真善美合一的规律,"文质相称"的规律,"述志为本"的规律,"志气统其关键"、"辞令管其枢机"的规律,"陶钧文思,贵在虚静"的规律,通变规律,风格规律,等等。

二、美学对文心理论的中观切入

美学对文心理论的中观切入,实际就是美学对文学的理论解读。这一解读,是以人与心这两个基本范畴作为切入口来实现的。

道学标举自然,从哲学本体的宏观视野来看,无疑是正确的。但哲学毕竟是哲学,哲学的解读毕竟代替不了文学的解读。文学的解读是社会学和艺术学的解读,社会学与艺术学的中心是人。文学,也就是严格意义的人学。自然与人,是两个异面的存在,各有各的特殊规律,各有各的哲学。在我国历史文化中,自然哲学的代表是道学,人本哲学的代表是儒学,一个推重自然,一个推重名教,二者之间具有两极性的品格。要想实现二者的接轨,是相当困难的事情。

刘勰不愧为一代宗师,他在我国历史上第一次提出了这一重大的理论问题,也成功地解答了这一重大的理论问题。他所提出的"本乎道,师乎圣,体乎经,酌乎纬,变乎骚"的主张,就是解决这一难题的明确纲领。具体的解读过程,可以概括为以下几个方面。

(一)关于人的美学解读

在美的系统运动中,人究竟处于何种位置?人的作用究竟是什么?这些问题一直是世界美学史上的认识灰区。刘勰运用东方的历史智慧,对此一一进行了深及骨髓的解读。

1. 关于人的美学天性的认识

刘勰认为,人的独特之处,就在于人是有性有灵的"有心之器",这是人与"无识之器"的自然万物的最大区别。在自然界的诸多存在中,独有人具有高度的智能与情感,具有感应万物和创造生活的能力,被称为万物之灵:"两仪既生矣,惟人参之,性灵所钟,是谓三才。为五行之秀,实天地之心。"(《原道》)人是世间最美的存在:"夫人肖貌天地,禀性五才,拟耳目于日月,方声气于风雷,其超出万物,亦已灵矣。"(《序志》)刘勰的这一认识,既是对人的美学解读,也是对美的人学解读,使人不由想起莎士比亚在《汉姆莱特》中那段有名的台词来:"人是一个多么了不得的杰作!多么高贵的理性!多么伟大的力量!多么优美的仪表!多么文雅的举动!在行动上多么像一个天神!宇宙的精华!万物的灵长!"二者有异曲同工之妙,而在时间上,刘勰的理论判断比莎士比亚的戏剧台词足足领先了 11 个世纪,在广度与深度上则远远过之。

更可贵的是,刘勰对人的灵气的具体表现,还进行了具体的论述。他明确认为,人作为万物之灵的"有心之器",就在于他不仅能自发地、自然地感应美,而且能自觉地创造美。

前者被刘勰明确地表述为:

> 人秉七情,应物斯感。感物吟志,莫非自然。(《原道》)
> 民生而志,咏歌所含。(《明诗》)
> 春秋代序,阴阳惨舒,物色之动,心亦摇焉。(《物色》)
> 观山则情满于山,观海则意溢于海。(《神思》)

后者被刘勰明确地表述为:

> 譬诸裁云制霞,不让乎天工;斫卉刻葩,有同乎神匠矣。(《隐秀》)
> 立意之士,务欲造奇,每驰心于玄默之表;工辞之人,必欲臻美,恒匿思于佳丽之乡。呕心吐胆,不足语穷;锻岁炼年,奚能喻苦?(《隐秀》)

人不仅能感受和欣赏自然美,而且能不避艰苦地创造艺术美。艺术美是一种本原于自然美,效法自然美而又巧夺天工足以与自然美并驾齐驱的美:"自然会妙,譬卉木之耀英华;润色取美,譬缯帛之染朱绿。朱绿染缯,深而繁鲜;英华曜树,浅而炜烨。"(《隐秀》)艺术美是一种比自然美更集中、更鲜明、更深刻的美,是一种蕴涵着、体现着人的能动性和创造性的美。"视布于麻,虽云未费,杼轴献功,焕然乃珍。"(《神思》)他以麻和布的关系为喻说明自然美和艺术美的关系,认为自然本身是美的,但人所创造的"第二自然"——艺术,比自然更美。肯定"杼轴献功",就是承认和标举人所创造的艺术美,也就是认为人所创造的第二自然比第一自然更强烈,更集中,跟鲜明,因而也更美,就像麻与布的关系一样,用麻织成的布比自然状态的麻更加珍贵。

对创造性的追求,自始至终体现在艺术美的创作过程中并成为艺术创作的自觉追求:

> 物有恒姿,而思无定检。(《物色》)

　　文律运周,日新其业。变则可久,通则不乏。趋时必果,乘机无怯。望今制奇,参古定法。

　　设文之体有常,变文之数无方……譬诸草木,根干丽土而同性,臭味晞阳而异品矣。(《通变》)

　　使元解之宰,寻声律而定墨;独照之匠,窥意象而运斤;此盖驭文之首术。谋篇之大端也。(《神思》)

感受美和创造美是人类与生俱来的天性,人人具有普遍性的美学追求,具有自觉地感受美和自觉地创造美的能力,这是人性最基本的特点:"心生而言立,言立而文明,自然之道也";"夫以无识之器,郁然有采,有心之器,岂无文欤!"这些,都是自然之道的普遍规律所决定的自然而然的事情:"言之文也,天地之心哉!"(《原道》)

2. 关于人在美学运动中的特殊地位的体认

人在宇宙运动中处于一种特殊的腹心地位。刘勰说:

　　仰观吐曜,俯察含章,高卑定位,故两仪既生矣。惟人参之,性灵所钟,是谓三才,为五行之秀,实天地之心。心生而言立,言立而文明,自然之道也。(《原道》)

刘勰认为,在宇宙之间,唯有人可以与天地相配,被称为"三才"。人在宇宙中所处的地位,是"天地之心"的地位。所谓"天地之心",一指它的"腹心"位置:"天地高远在上,临下四方,人居其中央,动静应天地。天地有人,如人腹内有心,动静应人也,故云天地之心也。"一指它感应天地的能力:"人于天地之间,犹五脏之有心矣。人乃生之最灵者,其心五脏之最圣者也。"(《礼记正义·疏》)人在自然运动中的腹心地位,也必然在美学运动中表现出来。人作为"五行之秀,实天地之心",与"道心"具有相同和相通的属性:"道沿圣以垂文,圣因文而明道。"道是美的终极根源,文是道的美学形态,作为"五行之秀,实天地之心"的人,就是道与文之间的中介,将三者连接成为一个整体。道心是美的决定性内核,而人心与道心又具有相通的属性,因此人心必然具有与美相通的属性,人也必然具有与美相通的属性。人之文,是"道之文"的一种特定的形态,同样属于自然之道的范畴:"言之文也,天地之心哉!"(《原道》)正因为如此,人就成了"道—圣—文"之间的中介和逻辑纽带,在美学的范畴中将三者紧密地连接成为一个整体。

人不仅是美学运动中的中介性因素和扭结性因素,也是美学运动中的能动性因素。人的能动性,集中表现在他对美的创造的自觉性上。所谓"自觉性",就是"为文之用心"在创作中的主导地位和全程参与。人作为"有心之器",是美的有意识的创造者:"属意立文,心与笔谋。"人的创作活动,都是在心的引导下进行的自觉活动:"必以情志为神明,事义为骨髓,辞采为肌肤,宫商为声气;然后品藻玄黄,摛振金玉,献可替否,以裁厥中:斯缀思之恒数也。"(《附会》)

人在美学运动中的能动性地位,也从人的社会实践中鲜明地表现出来。人之所以从事美学活动,归根结底是由人的实践活动所决定,审美是人从事社会实践的特定手段,目的是为了推进社会实践的进程。"写天地之辉光,晓生民之耳目",就是二者关系的明确表述。前者属于审美的范畴,后者属于社会实践的范畴,前者是因,后者是果,前者是手段,后者是目的。二者都是人的能动性的具体表现,又以人的能动性为基点融合成为一体。

(二)关于心的美学解读

人之所以美,在于有心。"有心之器,其无文欤?"(《原道》)"心哉美矣"(《序志》)。心之美是文心美学中的核心命题。那么,心的美学属性究竟是什么? 心的美学作用究竟是什么? 心之美的个性化形态究竟是什么? 心之美的理想境界究竟是什么? 这是美学理论界长期存在的朦胧区。刘勰对此一一进行了深刻的美学解读。

1. 关于心的美学地位的认识

在宇宙中,人是最美的存在:"为五行之秀,实天地之心"(《原道》)。在人的身上,心是最美的存在:"昔涓子《琴心》,王孙《巧心》,心哉美矣,故用之焉。"(《序志》)人心之美,来自它对道的蕴涵。"文之所以能动天下者,乃道之文也。"美是道的外现,人是道与美的中介,心是人感应道的内涵和美的形态的特定通道和具体器官,三者从来都是一个整体。人对道的感应绝非照相式反映,而是一种能动式反映,心就是这种反映活动的主宰和内核。"文"是外在的美学形态,它的内核——"心",就是生发美学形态的内在依据。人的心,作为道心的个性化形态,具有与道心一致的属性:"言之文也,天地之心哉!"(《原道》)文心,作为立文之本,并非纯粹是主观的,而是主宰万物之道的一种特定的表现。道是宇宙运动的自然动势,是不以人的意志为转移的客观存在。文心原道,实天地之心。从最高的层面上说,心即是道,文心即道心,"道之文"在"人文"方面的表现即是心之文。文以道为本在人文领域中的具体表现,就是文以心为本。文心是心与道的统一,也就是心与物的统一。心不仅是主观的,也是客观的,是主观与客观相融合的。正是这一融合,构成了文心。文心,从根本上构成了文章的核心。一言以蔽之,文心是艺术美的根本。也就是刘永济先生所说的:"盖文以心为主,无文心即无文学。"这是对心的美学地位的力透纸背的说明。

心的美学地位决定了它的美学属性。心的美学属性集中表现在审美之心和创美之心的纯洁性上。唯有美的心灵才能感应和创造美的事物,唯有美的心灵才能畅通无阻地进入美学的运动之中。心灵美既是写作的首要条件,也是一切艺术表现的决定性前提。这就是刘勰之所以如此重视"陶钧文思,贵在虚静。疏瀹五脏,澡雪精神"的逻辑根由。

2. 关于心的美学作用的认识

心的独特的美学地位和美学属性,决定了它的美学作用的重大性。刘勰认为,心的美学作用具体表现在以下几个方面。

其一,心是审美的中心。审美的过程就是心物融合为一的过程,它既是一个以心观物的过程,也是一个以心观心的过程。心是审美的必要前提,是审美的中心,也是审美的凭借和主导。不管是对美的发现或是对美的表现,都是在心的参与下进行的。他在《知音》中说:"心之照理,譬目之照形,目瞭则形无不分,心敏则理无不达。"没有心的参与,就没有心物的交融,也就没有审美的活动和创作的活动。文学欣赏的全息性过程,实际都是在"心总要术"的总纲下围绕心术而进行的。心术是审美的主导和凭借:"心术既形,英华乃赡"(《情采》)文学的创作过程,实际就是以文传心和以文知心的过程:"夫缀文者情动而辞发,观文者披文以入情,沿波讨源,虽幽必显。世远莫如见面,觇文辄见其心。""百年影徂,千载心在"(《征圣》)。"标心于万古之上,而送怀于千载之下"(《诸子》)。文学的根本目标,就是以文载心:"文果载心,余心有寄。"(《序志》)

其二,心是创造艺术美的凭借。刘勰认为,文以心为主。文心作为心、物、道的统一,不仅是审美的凭借,也是文学创作的凭借。心是创作的主导,统率创作的全程。因此,文学创作"必以情志为神明,事义为骨髓,辞采为肌肤,宫商为声气"(《附会》)。易而言之,也就是"情动而言形,理发而文见,盖沿隐以至显,因内而符外者也"(《体性》)。它们的内在关系是:"情者文之经,辞者理之纬,经正而后纬成,理定而后辞畅。"(《情采》)在文学的诸多因素之中,"情"是第一性的。刘勰认为,确定心在艺术美创作中的主导地位,是文学创作的根本法则:"此立文之本源也。"(同上)

既然是心创造着美,既然创造美的过程是"心"的积极活动的过程,那么,就必须充分发挥"心"在创造美的过程的主导作用。为此,必须充分"养气",为心的主导作用的发挥提供优化的工作环境和良好的心理前提。而在具体的工作过程中,必须充分发挥心的统率作用:"去留随心,修短在手,齐其步骤,总辔而已。"(《附会》)这种"总辔"的作用,也是一种权衡的作用:"凡思绪初发,辞采苦杂,心非权衡,势必轻重。"(《镕裁》)概而言之,美的创造过程,也就是用心的过程。只要以心作为凭借,文学创作过程中的种种问题,都会迎刃而解:"心生而言立,言立而文明,自然之道也。"(《原道》)

其三,心是"文"与"质"统一的纽带。"文"与"质"的关系,是美的内容和形式的关系,体现在具体作品中,是"情"与"采"的关系。美的内容与美的形式,是对立的统一,相附而后相生,缺一不能为济。刘勰说:

> 夫水性虚而沦漪结,木体实而花萼振,文附质也。虎豹无文,则鞟同犬羊,犀兕有皮,而色资丹漆,质待文也。(《情采》)

那么,"文"与"质"统一的内在机制又是什么呢? 刘勰认为,这就是"心"。他明确指出:"文质附于性情。"性情也就是心,心是"文"与"质"的共同符契,是二者之间的内在纽带,是二者融为一体的决定性因素。他说:

> 是以联辞结采,将欲明理;采滥辞诡,则心理愈翳。固知翠纶桂饵,反所以失鱼。"言隐荣华",殆谓此也。是以"衣锦褧衣",恶文太章;"贲"象穷白,贵乎反本。夫能设模以位理,拟地以置心,心定而后结音,理定而

后摛藻,使文不灭质,博不溺心,正采耀乎朱蓝,间色屏乎红紫,乃可谓雕琢其章,彬彬君子矣。(《情采》)

他强调文质统一的关键就是"定心",也就是强调心在文质统一中的决定性作用。"心"既是"文"之本,也是"质"之本。有了这个"本",二者才能存在,二者的统一才成为可能。从正面来说:"夫以草木之微,依情待实,况乎文章,述志为本,言与志反,文岂足征?"从反面来说,"有志深轩冕,而泛咏皋壤,心缠几务,而虚怀人外,真宰弗存,翩其反矣。"(《情采》)也就是刘永济先生所阐释的:"故采之本在述情,而其用亦在述情","采固以称情敷设为贵,情亦因敷采得当而显。不足,固情不能达;太过,亦情为之掩。"①可称的论。

(三)关于辞的美学解读

道是美的内涵,美是道的体现。但是,美对道的体现,总是要通过某种感性形态来呈现的。在文学领域中,这种特定感性形态就是辞。刘勰对辞的美学解读,可以概括为以下方面。

其一,辞是美的特定载体。刘勰认为,美的载体是多种多样的。"立文之道,其理有三:一曰形文,五色是也;二曰声文,五音是也;三曰情文,五性是也。五色杂而成黼黻,五音比而成韶夏,五情发而成辞章,神理之数也。"(《情采》)"声文","形文","情文",都是美学的特定形态。文学是语言的艺术,它以"辞采为肌肤"(《情采》),辞就是文学呈现美的特定载体。从最根本的层面来说,文学的内涵是情思。情思的运动离不开心物的交融,心的生发从来都在语言的基础上进行,而对物的表述也从来不能离开对语言的运作:这两者都是以辞作为凭借的。这就是刘勰所说的:"辞为心使"(《章表》);"物沿耳目,而辞令管其枢机。枢机方通,则物无隐貌。"辞是传心的工具,也是呈美的工具,是二者的共同工具。作者通过辞来表达自己的心灵美,读者通过辞来解读作者的心灵美:"缀文者情动而辞发,观文者披文以入情。"正是由于有了辞这个特定载体,道、心、物、美才能融合成为浑然的整体。

其二,美是辞的特定要求。文学创作的语言不是一般意义的语言,而是有着明确的美学追求的语言。"圣贤书辞,总称文章,非采而何?"(《情采》)

---

①　刘永济:《文心雕龙校释》,中华书局1962年版,第116、118页。

"采"，就是语言的文采，也就是语言的形象性。不是所有的语言都具有对情感的表现力量，只有具备文采的语言才具有发皇耳目而表现情感的功能。"'采'者，大体不出声色。本篇所指，则在声色因事义之充实而发之光辉，可以发皇耳目者也。"①有声有色，足以发皇耳目，表现感情，是文学语言最基本的特点，也是文学语言的特定要求："物以情观，故辞必巧丽。"(《诠赋》)"虎豹无文，则鞟同犬羊。"(《情采》)无文心固无文学可言，无文采亦无文学可言。"圣文之雅丽，固衔华而佩实者也。"(《征圣》)

其三，心是辞采的依据和主导。心属于内容的范畴，辞采属于形式的范畴，形式虽然具有自己的独立地位，但归根结底是从属于内容，为表现内容服务的。心是辞采的依据，也是辞采运作的主导。"心术既形，英华乃赡。"(《情采》)辞采之英华，只有在"心术"的统率下才得以充分表现。"情者文之经，辞者理之纬，经正而后纬成，理定而后辞畅，此立文之本源也。"(《情采》)心是经，辞采是纬，纬从属于经，辞采从属于心。也就是刘永济先生所阐释的："采之为物，实以明情表思为用。"②如果违背了这一普遍规律，就会出现乖谬的状况："言与志反，文岂足征？""真宰不存，翩其反矣。"(《情采》)

其四，辞是心与物的美学中介。文学的运动是心与物游、物与神交的运动，心与物的统一，是文学最根本的要求。二者的统一，是以辞作为中介来实现的。

辞是心之符契。刘勰明确认为："辞为心使。"(《章表》)强调思想不能脱离语言而存在，心只有通过辞，才能充分地显示出来。他的这一美学命题，与当代中国美学界人人引用的马克思的名言"思想是不能脱离语言而存在的"(《经济学手稿》)，有异曲同工之妙。

辞也是物之符契。任何事物，都是名与实的统一。有是物之实必有是物之名，有是物之名必有是物之实；有是物之名才能称是物之实，有是物之实才可称是物之名。辞与物从来都处于同步运动的状态的。掌握了辞，就掌握了物的枢机："物沿耳目，而辞令管其枢机。枢机方通，则物无隐貌。"(《神思》)

辞是物与心共同的物质依据和物质符契，就必然成为二者共同的美学中

---

① 刘永济:《文心雕龙校释》，中华书局1962年版，第107页。

② 刘永济:《文心雕龙校释》，中华书局1962年版，第116页。

介,将二者紧密地联为一体。所谓意象,所谓意境,就是心、物、辞三者水乳交融的美学境界。

三、美学对文心理论的微观切入

美学不仅在理论科学的层面上,对文心进行了全面的解读,也在工程技术科学的层面上,进行了微观性的切入。这种具有工程学意义的美学解读,就是对各个写作环节所进行的美学统摄与调控。具体表现在以下方面。

（一）文心准备中的美学统摄与调控

文学的运动是一项以语言为媒介,对美进行欣赏、感悟和创造的审美活动。心是审美活动的根本和凭借,一切审美活动都必须在心的平台上进行。但是,心在存在者品位上是有差别的。唯有美的心灵,才能感受和创造美的事物。因此,刘勰明确认为,对心的美学化的修养是走向审美的前提。心的美学化修养,主要是指一种"虚静"的心理境界。对此,已具述于前文,此处不赘。

（二）物色中的美学统摄与调控

物色指客观事物的感性形态。用在《文心雕龙》中,特指对客观事物感性形态的观察、感受与体验。这一观察、感受和体验的动态过程,实际也就是兴象的积累和文心的萌发过程。刘勰将这一体物摄色的过程纳入了审美的范畴,从美学心理工程的角度,进行了深刻的解读,提出了系列的工程要领。

审美愉悦的要领。审美愉悦来自审美过程中心与物的感情交换。它将感受世界的过程,同时也看做一个审美享受的过程,带着对生活的热爱来观察生活,在观察中激发感情和兴趣,以感情和兴趣作为动力来推动观察和感受的过程。"物色之动,心亦摇焉。"这种"心亦摇焉"的心理状态,来自人类热爱生活的本性:"若夫珪璋挺其惠心,英华秀其清气,物色相召,人谁获安?"热爱生活,是体物的前提。动心与动情,是观察生活的基本要领。在观察与体验中动心与动情的理想境界是:"目既往还,心亦吐纳。春日迟迟,秋风飒飒。情往似寄,兴来如答。"（《物色》）

审美深化的要领。对客观事物的美学感受,不是一次完成的,它必须经历一个反复推移,不断扩延,不断深化的过程。"是以诗人感物,联类不穷;流连万象之际,沉吟视听之区。"（同上）这种观察和体验不仅是持久的、广泛的,也是极其细致的。在"诗人感物"的过程中,不能走马观花,而必须在"万物"之中反复地徘徊流连,仔细观察,细细品味。唯有"窥情风景之上,钻貌草木之中",才能体物入微而得物之全貌与细貌,在表现中才能做到逼真,在逼真中得其具美。

审美精化的要领。刘勰认为,观察和体验并不在于多多益善的材料堆砌,而在于审美对象之精粹。惟其精粹,才具有强大的美学感染力量。材料的精粹,来自据其要害,得其本质,善于"适要"。刘勰举出了《诗》、《骚》的例子:"《诗》《骚》所标,并据要害,故后进锐笔,怯于争锋。"正是由于抓住了要害,所以能以少总多,情貌无遗:"故'灼灼'状桃花之鲜,'依依'尽杨柳之貌,'杲杲'为日出之容,'瀌瀌'拟雨雪之之状,'喈喈'逐黄鸟之声,'喓喓'学草虫之韵;'皎日''嘒星',一言穷理;'参差''沃若',两字穷形:并以少总多,情貌无遗矣。虽复思经千载,将何易夺?"(《物色》)

审美强化的要领。观察与体验中的审美活动,是以心与物的结合为基础的。"写气图貌,既随物以宛转,属采附声,亦与心而徘徊。"(《物色》)"与心徘徊"与"随物宛转"都是体物的重要方式,但"与心徘徊"在体物中具有主导的和能动的作用。审美感受的强与弱,固然与外物的刺激强度有关,但更与内在的心的感应强度密不可分。"物有恒姿,而思无定检。"(《物色》)因此,人的感情投入,会对审美的过程产生极大的强化作用。感情是一种极大的个性化力量,会推动自然的人化和人的自然化,激励客观事物发出人的个性所特有的强烈光辉,使审美的活动更加丰富、鲜明、生动。这也就是刘勰所强调的:"生也有涯,无涯惟智。逐物实难,凭性良易。"(《序志》)

审美创新的要领。新陈代谢是宇宙运动的普遍法则,在体物审美的领域中同样如此。刘勰明确认为,世界常变常新,体物审美的方法也必须常变常新。即使是前人审美体物的成功经验,也必须"因方以借巧,即势以会通"。唯有"晓会通",才能在前人的基础上"参伍以为变,因革以为功",才能掌握"适要"的方法和技巧,达到"物色尽而情有余"的最优化境界。"物色尽而情有余者,晓会通也。"(《物色》)

(三)构思中的美学统摄与调控

构思就是作家运用想象对审美经验进行系统化的筹划和组织的过程。这一组织化和系统化的过程,也就是审美的创造性升华的过程。这一过程,刘勰不仅进行了美学理论的解读,也进行了美学工程的探讨,将构思的过程完整地纳入了审美的范畴,并从美学的角度,提出了系列的工程要领。

发挥艺术想象的美学要领。艺术想象是美学构思的心理凭借。情是美学运动的根本动力,也是美学想象的根本动力。艺术想象,源于人类对理想生活的崇高追求。从最根本的层面来看,实际也就是人类对世界的完美状态的感情追求。这种追求,实际也就是一种人生境界的追求。所谓"思理为妙,神与物游",实际是生命运动驱动下的感情运动的结果。"登山则情满于山,观海则意溢于海",就是情感与想象同步运动的生动表述。构思的全过程,都是在情思的参与和主导下完成的。构思的结果,实际也就是感情孕育的结果。"神用象通,情变所孕。物以貌求,心以理应。"(《神思》)因此,要发挥美学想象的作用,首先必须发挥感情的驱动作用和孕育作用。要发挥感情的作用,首先必须发挥志气与辞令的关键作用。"神居胸臆,而志气统其关键。"志气是生命之本,也是感应之符,既关系到生命运动的方向和强度,也关系到感情运动的方向和强度,最终关系到艺术想象的高度、广度和深度。"志气之清浊,感应之利钝存焉。"但是,艺术想象离不开物的参与,物的参与离不开辞的参与。"物沿耳目,而辞令管其枢机。"辞令是兴象之府,兴象是感情的心理录记。"辞令之工拙,兴象之明晦存焉。"二者对于想象的成败利钝,具有决定性的影响。因此,要想使艺术想象富有成果,必须对志气与辞令进行美学性的修养。这一修养的核心,就是致虚静。

率志委和的美学要领。关于养心的问题,刘勰还提出了"率志委和"的主张。所谓"率志委和",指一种从容适性、直抒胸臆的自然性的心理状态和工作态度。他说:

> 夫耳目鼻口,生之役也;心虑言辞,神之用也。率志委和,则理融而情畅;钻砺过分,则神疲而气衰:此性情之数也。(《养气》)

他所说的"性情之数",就是美学创作心理的总规律。从最根本的层面来看,这一总规律也就是"自然之道"在创作活动中的具体体现:"心生而言立,言立而文明,自然之道也。""心生"的过程,是人的性情的自然流露过程。"率志委和",就是对这一自然过程的自然性契合。人的性情流露属于审美的范畴,本身就是一件快乐无比的"畅神"的事情,它与学习知识的艰苦过程具有本质上的区别,在工作态度和方式上也存在本质上的差异。在刘勰看来,文学创作的全过程都是审美的过程,审美的过程本身就是一个顺性而行,轻松自如,从容愉快的过程:"率志以方竭情,劳逸差于万里。"(《养气》)其中的苦与乐,是不可同日而语的。

为了做到"率志委和",在文学创作的全过程中,特别是在构思这一关键性的活动中,必须紧扣个性进行,体现自己个性固有的特色:"适分胸臆,非牵课才外。"(同上)要根据自己的个性、气质、才华、能力去进行创作,而不要去做与自己的才性不相符合的事情。审美愉悦是一种源于人的性灵的自然天性,是作家真实性情的自然流露,来不得半点勉强和生硬。这就是刘勰之所以如此重视"率志委和"这一美学要领的重要原因。

入兴贵闲的美学要领。"率志委和"在构思运动的美学心理节奏和工作节奏上的表现,就是"入兴贵闲"。所谓"入兴贵闲",是指对构思中的宽舒闲逸的心理节奏和工作节奏的崇尚和强调。刘勰认为,文学运动是感情的自然流露,自然流露的前提就是不容许任何强制。自然流露的过程,是一个自积而满,积满而流的过程,这本身就是一个可待而不可求的过程。唯有耐心等待,优柔适会,才有不期而遇的机会。如果机会不成熟,纵是锥股悬梁,也不会取得真正的效果。正确的做法只能是以逸代劳,以逸待兴:"且夫思有利钝,时有通塞,沐则心覆,且或反常,神之方昏,再三愈黩。是以吐纳文艺,务在节宣,清和其心,调畅其气,烦而即舍,勿使壅滞。意得则舒怀以命笔,理伏则投笔以卷怀,逍遥以针劳,谈笑以药倦,常弄闲于才锋,贾余于文勇:使刃发如新,腠理无滞,虽非胎息之万术,斯亦卫气之一方也。"(《养气》)

刘勰所昭示的,不仅是一般性的构思规律和要领,也是美学创造的规律和要领。人类的一切创造性思维,都是在宽舒闲适的心理环境中萌发的。保持宽舒闲适的心情,在基础性的准备上多下工夫,来等待和迎接灵感的萌发,是创造性思维获得成功的关键,也是内行的工作法则:"若夫善弈之文,则术有恒数,按部整伍,以待情会,因时顺机,动不失正。数逢其极,机入其巧,则意味腾跃而生,辞气丛杂而至。视之则锦绘,听之则丝簧,味之则甘腴,佩之则芬芳:断章之功,于思盛矣。"(《总术》)

(四)外化中的美学统摄与调控

外化是紧接构思而来的美学步骤:"然后使元解之宰,寻声律而定墨;独照之匠,窥意象而运斤。"外化就是对构思中所形成的艺术形象的传达。运用语言进行艺术形象的塑造,是外化的根本性的美学目的。这一美学工程虽然不是天工,却可以媲美天工,甚至超越天工:"譬诸裁云制霞,不让乎天工,斫卉刻葩,有同于神匠矣。"(《隐秀》)但是,这种介质化的美学工程的完成,并非一蹴即就的事情。它的困难就在于:构思是一个心理工程,外化是一个语言工程,二者之间,有时存在着极大的差距。"方其搦翰,气倍辞前,及乎成篇,半折心始。何则?意翻空而易奇,言征实而难巧也。"(《神思》)意念是抽象的,用语言所塑造的形象是具体的,要想实现抽象意念的具体化和形象化,除了心物的充分交融之外,还必须凭借熟练的语言运作艺术,而语言运作艺术的获得,必须靠长期的领悟和训练而得,是一件很不容易的事情。艺术的语言是一种具有声色效应的语言,日常的语言是一种征实性的语言,二者具有极大的差别。从日常语言中提炼出艺术性语言,必须进行长期反复的美学筛选。唐代诗人所说的"吟安一个字,捻断数茎须","两句三年得,一吟双泪流",清代作家所说的"字字看来都是血,十年辛苦不寻常",就是这种艰苦的筛选过程的真实写照。这种艰苦的筛选过程,实际也就是一个对语言的审美过程,亦即通过感情的运动来发现生活美及相应的语言美的过程。解决这一难题最根本的要领,就是"窥意象而运斤"。语言审美中最根本的凭借,就是意象。意象不仅是心与物的有机融合,也是"心—物—辞"三者的有机融合。语言的造型归根结底是依据意象来进行的。与意象的一致性,是语言美最根本的要求。而其具体方法,就是"博练"。作家在外化的功力上虽然千差万别,但是在'博练"二字上却是完全相同的:"难易虽殊,并资博练。"(《神思》)"博"者,博见之谓。"凡操千曲而后晓声,观千剑而后识器;故圆照之象,务先博观"(《知音》)。博见由学习而得,包括对"积学"、"酌理"、"研阅"、"怿辞"诸多方面的学习。"练"者,熟练精纯之谓。俗语云"熟能生巧",即此之谓。熟练精纯由实践而得。概而言之,博见能得人之语言运作技巧,熟练能得己之语言运作技巧。养术若此,也就没有难状之美,不尽之意了。

(五)交流中的美学统摄与调控

交流是紧承外化的美学步骤。这一步骤的独特之处,就在这一审美活动不由作者单方面完成,而由作者与读者共同完成。交流的过程,实际就是以文知心,以心知心的过程。刘勰从美学的角度对这一过程不仅进行了深刻的理论解读,而且从实践的角度提出了系列的工程要领。这些美学性的工程要领,可以概括为以下方面。

情感性法则。刘勰明确认为,情是文学美的核心,文学的交流实际也就是情的交流,而情则是读者与作者共同的凭借。"缀文者情动而辞发,观文者披文以入情,沿波讨源,虽幽必显。世远莫见其面,觇文辄见其心。"只要抓住了情这一凭借,就可实现通畅的美学交流。"夫志在山水,琴表其情,况形之笔端,理将焉匿?"(《知音》)

欣赏性法则。唯有情才能感受情。唯有心才能感受心。以心入心,以情会情,是阅读与欣赏的基本渠道。要想对作品中的深刻内涵进行美学的把握,读者必须鉴识深远,洞察其里,对作品产生强烈的理性共识和感情共鸣,从中感受到一种内心的喜悦,并以这种喜悦作为心理动力,推动着和深化着审美的进程。"夫唯深识鉴奥,必欢然内怿,譬春台之熙众人,乐饵之止过客。"美与欣赏是一个双向的存在,因为有美才有了欣赏,也因为有了欣赏,美才变得更美。对此,刘勰举出了欣赏兰花的例子:"盖闻兰为国香,服媚弥芬。"艺术作品同样如此:"书亦国华,玩绎方美。"他殷勤致意后人:"知音君子,其垂意焉。"(同上)

博观性法则。情的交流以心为凭借,但是,心对情的感应能力是存在高低优劣的品位差别的。"心之照理,譬目之照形,目瞭则性形无不分,心敏则理无不达。"唯有心敏的人,才能充分而深刻地感应作品中的情思。心敏来自对心蔽的超越。刘勰认为,心之蔽就在于:"文人相轻";"文情难鉴";"知多偏好,人莫圆该"。究其根源,不出浅陋二字:"岂成篇之足深,患识见之自浅耳。"破除之法,就在博观:"凡操千曲而后晓声,观千剑而后识器。故圆照之象,务先博观。阅乔岳以形培塿,酌沧波以喻畎浍。"惟其如此,才能破偏破执,允公允平:"无私于轻重,不偏于憎爱,然后能平理若衡,照辞如镜矣。"(《知音》)

见异性法则。美以异为贵。美学的交流,以见异为尚。异者,与众不同,特出独拔之谓。异是对平庸的超越,是人类创新性的一种表现,见异是审美中的高层追求。由于异是美的深层内涵,一般读者很难发现它的存在价值。"俗鉴之迷者,深废浅售,此庄周所以笑《折杨》,宋玉所以伤《白雪》也。昔屈平有言:'文质疏内,众不知余之异采。'"可谓历史性的同慨。刘勰认为,真正的"知音",并不在于赏同,而在于见异。见异,就是欣赏具有创造性的高层次的美。唯有真正的知音,才能真正发现和感受这种非凡之美:"见异唯斯知音耳。"刘勰又从正面举出了扬雄的例子。扬雄自称:"心好沉博绝丽之文"。"沉博绝丽",是他与众不同的高层次的审美价值取向。"其不事浮浅,亦可知矣。"刘勰认为,这种美学价值取向,应该成为一种普遍性的追求:"夫唯深识鉴奥,必欢然内怿……知音君子,其垂意焉。"(《知音》)

第四节　心力:文心范畴的第四层面

真善美的统一是文心范畴的最高规范。这一最高规范的理想界面,就是风骨采的有机融合。那么,这一融合的逻辑基点究竟是什么呢? 尽管刘勰并未对此做出专章性的论述,但从他的概念系统来说,他的认识是极其明确的,这就是"心力"。刘勰对美学中的力学内涵的系统认识,可以概括为以下几个方面。

一、对道的力学体认

文心原道,实天地之心。那么,道又是什么呢? 老子的阐释是:"道生一,一生二,二生三,三生万物。"(《老子》第四十二章)在道家的概念系统中,"道"是一个无限生长的概念,而其根由,来自宇宙运动的创化万物的生命活力:"万物负阴而抱阳,冲气以为和。"(同上)惟其如此,道必然成为宇宙万物借以生发的总根由,也是宇宙运动的总动力源,因而必然具有化生万物并囊括万物的力量。也就是庄子所说的:"通天下一气耳。"(《庄子·知北游》)老庄的这一建立在宇宙动力学基础上的哲学理念,也为刘勰所吸收,并创造性地运用在对"文"的发生的阐释中,将"文"定义为"道之文"。所谓"道之文",即自然运动的伟力所创化的天地之文。正是由于以宇宙动力作为最高依据,他才如此广远地看到了天地之文的一体性,看出了宇宙运动创化天地之文的无远弗届的力量。这一事实,就是文心原道的第一重理由。道的这种创化万物之文的伟力,也在大地上的诸多景物中鲜明地表现出来。由此构成了文心原道的第二重理由:"傍及万品,动植皆文……夫岂外饰,盖自然耳。"表现在人文的领域中,亦复如此:"故形立则章成矣,声发则文生矣。夫以无识之物,郁然有采,有心之器,其无文欤?"(《原道》)人文同样是自然之道的自然运动的产物。自然运动创造了人,因此,也必然囊括人所创造的一切,包括人文在内。这就是文原于道的第三重理由。

所有的这些推理,都是建立在宇宙的自然运动的总原理的基础上的,这一原理的核心,就是道的力学属性,也就是老子所说的"冲气以为和"。"冲",就是对道的力学属性的总概括,也是对"气"的力学属性的总概括。"气"是"道"的同义语,它和道的关系是:"道者,气之根也;气者,道之使也。必有其根,其气乃生;并有其使,变化乃成。"(王符《潜夫论·本训》)"气"作为"道"的形下性的存在方式,其力学属性表现得更加直接,更加鲜明:"流水不腐,户枢不蠹,动也。形气亦然。"(《吕氏春秋·尽数篇》)也就是王充所昭示的:"人之精,乃气也,气乃力也。"(《论衡·儒增》)"道"与"气"一内一外,一体一用,共同推动着天地万物的创化过程,其中也包括文学的创化过程。刘勰在《文心雕龙》中所标举的"素气资养"、"情与气偕",就是对"气"的范畴的引入和发挥。

刘勰将"道"与"气"引入文心的运动中,不仅作为"文"的生发的最高依据,也作为文心运动的最高依据。这一依据具有双重的理论品格:它既是美的发生的本体论依据,也是美的发生的动力学依据。"《易》曰:'鼓天下之动者存乎辞。'辞之所以能鼓天下者,乃道之文也。"(《原道》)刘勰明确认为,道之所以具有化生万物的力量,就在于它本身就是一个永恒性的力学结构:力是运动的原因,运动是力的存在方式。文之所以具有鼓动天下的力量,凭借的就是道的自然动势的"旁通而不滞,日用而不匮"的力量。这就从最根本的层面上,高屋建瓴地将美学纳入了力学的范畴。刘勰的这一认识与当代的格式塔理论在基本思路上有异曲同工之妙,而在高度与深度上则远远过之,在时间上领先一千余年。

二、对人的力学体认

刘勰认为,道是创化万物的原动力量,也是创化人并进而创化人文的原动力量。人既是宇宙运动的产物,又是宇宙运动所具有的创造力量的集中代表。人的这一特殊属性,是由他在宇宙运动中的特殊地位所决定的:"两仪既生矣,惟人参之,性灵所钟,是谓三才。为五形之秀,实天地之心。"(《原道》)人处于天地之间的腹心位置,与天地上下之"气"相通相应,其创造力必然比万物更加强大,更加鲜明。"夫人肖貌天地,禀性五才,拟耳目于日月,方声气乎风雷,其超出万物,亦已灵矣。"(《序志》)人是万物之灵的"有心之器",他能凭借自己的心去灵敏地感应天地之心,凭借自己的心去自觉地和能动地创造属于第二自然的人文。这也就是老子将人列为"四大"之一的根由:"故道大,天大,地大,人亦大。域中有四大,而人居其一焉。"(《老子第二十五章》)"大",是老子对人的力学品格的总标举,也是刘勰对人的力学品格进行体认和发挥的总依据。

在刘勰的概念系统中,人之为"大",就在于他所具有的能动性和自觉性的创造力量。人类所创造的文,与天地之文是同样伟大的:"言之文也,天地之心哉!"(《原道》)言之文的创造性力量,集中表现在圣人的经典中:"木铎起而千里应,席珍流而万世响;写日月之辉光,晓生民之耳目矣。"(同上)人是道与文的中介,也是将道的创造性力量转化为文的创造性力量的中介。而创造性力量,则是"道—圣—文"三者共同的凭借和纽带,也是三者共同的价值依据。这就是刘勰"道沿圣以垂文,圣因文而明道"命题中所深蕴的道理。

三、对心的力学体认

刘勰还进一步认为,人的创造性力量来自心的创造性力量。人之所以是人,就在于他有心。心是人的创造力的源泉。鲜明地提出"心力"的概念,对心之力进行明确的标举,赋予心学以力学的理论品格,是刘勰文心理论的最大特点。刘勰对心的力学品格的最直接的解读和对"心力"范畴的最直接的标举,明确载于《神思》篇中:

　　　博而能一,亦有助乎心力矣。(《神思》)

我国心理学史上明确提出"心力"的概念,将"心"纳入力学的范畴,赋予"心"学以力学的品格,实发端于此。这一概念,或明或暗,深深渗入了全书之中:

　　　乐本心术,故响浃肌髓。(《乐府》)

> 百年影徂,千载心在。(《征圣》)
>
> 形在江海之上,心存魏阙之下。(《神思》)
>
> 心术之动远矣。(《隐秀》)
>
> 鼓天下之动者存乎辞。(《原道》)

"响浃肌髓"所显示的,是"乐"所本的"心术"在震撼人心上的力学强度。"千载心在"所显示的,是心在跨越时间中的力学强度。"形在江海之上,心存魏阙之下"所显示的,是心在跨越空间中的力学强度。"心术之动远矣",则是对心的运动态势的强大性所做的总体概括,也是对心的力学范畴的总体强调。"鼓天下之动者存乎辞",虽然讲的是辞的力量,实际显示的是心的力量。"心生而言立",辞的"鼓天下之动"的力量归根结底来自心的"鼓天下之动"的力量。"鼓天下之动者存乎心",是"鼓天下之动者存乎辞"的理论前提和必然性的推论结果。力,是文心运动的最高追求,也是它所特有的一条隐性的逻辑纽带。这一条纽带,实际上是通贯于全文之中的。刘勰所倡导的"体性"之说、"养气"之说、神思"之说与"风骨"之说,即张本于此。

四、对文学的力学体认

心的力学追求表现在文学的领域中,就是对风骨采的追求。

(一)对风的力学体认

何谓"风"?《广雅释言》云:"风,气也。"气,指云气,这是"风"的本初意义。在长期的历史发展中,儒家将"风"纳入了伦理教化范畴:"风,风也,教也,风以动之,教以化之。"(《毛诗序》)道家将"风"纳入宇宙的自然运动范畴:"大块噫气,其名为风。"(《庄子·齐物论》)"道始于虚霩,虚霩生宇宙,宇宙生元气。元气有涯垠,清阳者薄靡而为天,重浊者凝滞而为地……天地之袭精为阴阳,阴阳之专精为四时,四时之散精为万物。"(《淮南子·天文训》)从先秦至两汉,经过荀子、王充的辗转消化和嬗变,"风"与"气"又逐渐具有了生命科学的内涵,被看成是与万物和人的生命以及人的情感、智慧、才能、体魄、寿夭密切相关的东西,属于生命能量和生命物质的综合范畴。荀况云:"凡言神者,莫近于气,有气斯有形,有形斯有好恶喜怒之情矣。故人有情,犹气之有形也。"(《杂言下》)王充云:"人之善恶,共一元气。气有多少,故性有贤愚。"

（《论衡·率性》）不管采取何种角度，"气"都具有力学内涵："人之精，乃气也；气乃力也。"（王充：《论衡·儒增》）将气作为生命学与个性学的范畴引进文学领域的首倡者是曹丕，他明确地提出了"文以气为主"的主张，认为气是作家生命的元质，具有作家内在的生命本体的属性，并以气为依据建立了文学主体论的理论体系。刘勰将前人的许多观点冶炼成为一炉，在此基础上提出了自己富有独创性的观点。他一针见血地指出：

　　《诗》总六义，风冠其首，斯乃化感之本源，志气之符契也。

　　刘勰这一美学判断的独创性，就是赋予风以明确的力学内涵。篇首说的"诗总六义，风冠其首"，是取"诗教"化育万物的传统思想作为理论的起点，目的是进一步探索其根本原因。刘勰认为，"风"在文学中之所以具有如此重要的冠首性地位，决定性的原因有两个，一是"化感之本源"，二是"志气之符契"。从"化感之本源"来看，"化感"是依靠感情运动中所产生的感化力量来实现的，感情运动本身就属于力学的范畴。"本源"属于本体论的追索，从最根本的层面来看，情的感化力量的总根源是道。道作为化生万物的力量的总源泉，既属于哲学的范畴，也属于宇宙力学的范畴。道也就是气。气是风骨的内在根据。"《风骨》一篇，归之于气，气属风也。"（曹学佺：《文心雕龙·序》）"气即风骨之本。"（黄叔琳）"气即风骨。"（纪昀）道之动也就是气之动，气之动也就是力之动。这就从终极根源上，也从功能论的角度上，对风做出了明确的力学定位。再从"志气之符契"来看，"志气"是生命运动的方向和强度的综合范畴，生命运动的方向和强度在宏观上与宇宙力学息息相通，在微观上又与生命力学息息相通。这就从人学论与文学论的双重角度，对风的力学属性做出了进一步的论证。在此基础上，他明确地提出了"风力"的鲜明概念："蔚彼风力，严此骨鲠。才锋峻立，符采克炳。"标举"风力"是美的最高表现，也是美的最高追求。

　　将"风"纳入力学的范畴，在美学中突出力学的明确追求并将这种追求视为美学的理想境界，是刘勰的独特发明。刘勰认为，不是所有的情都能动人，只有具有力学内涵的情才能动人："情之含风，如体之包气。"风之力，是情之所以动人的根本原因。径而言之，所谓风，实际就是一种具有特殊素质的情，也就是具有强大的力学内涵的情。刘勰认为,力学的内涵是情之所以能动人的决定性因素。所谓"情与气偕",也就是"情与力偕"。

风是蕴涵在情思中的美学感染力,风力是作品获得审美价值的根本原因:"捶字坚而难移,结响凝而不滞,此风骨之力也";"昔潘勖锡魏,思摹经典,群才韬笔,此其骨髓峻也;相如赋仙,气号凌云,蔚为辞宗,乃其风力遒也。"反之,如果没有风骨之力,即使文采再华丽,也不可能动人心弦,只能使文采暗淡无光,声韵索然无味:"若丰藻克赡,风骨不飞,则振采失鲜,负声无力。"文学作品的优劣成败,实系于此:"能鉴斯要,可以定文,兹术或违,无务繁采。"

"怊怅述情,必始乎风。"对风力的标举,实际也就是对蓬勃奋发的壮气之美的标举。刘勰这一最根本的美学思想,是贯穿于他的文心理论的全部内容之中的。通观全书,刘勰一再要求文章要"奋飞",要有一种蓬勃奋发的力量:

　　缀虑裁篇,务盈守气,刚健既实,辉光乃新,其为文用,譬征鸟之使翼也。(《风骨》)

　　唯藻耀而高翔,故文章之鸣凤也。(《风骨》)

　　自风雅寝声,莫或抽绪,奇文郁起,其《离骚》哉! 固已轩翥诗人之后,奋飞辞家之前,岂去圣之未远,而楚人之多才乎?(《辨骚》)

　　嵇康师心以遣论,阮籍使气以命诗,殊声而合响,异翮而同飞。(《才略》)

　　延寿灵光,含飞动之势。(《诠赋》)

　　文举之荐祢衡,气扬采飞。(《章表》)

　　至于邯郸受命,攀响前声,风末力寡,辑韵成颂,虽文理顺序,而不能奋飞。(《封禅》)

　　是以规略文统,宜宏大体,先博览以精阅,总纲纪而摄契,然后拓衢路,置关键,长辔远驭,从容按节,凭情以会通,负气以适变,采如宛虹之奋鬐,光若长离之奋翼。(《通变》)

所谓"建安风骨",就是这种在精神力量上蓬勃奋飞的楷模。刘勰称建安文学云:"慷慨以任气,磊落以使才"(《明诗》);"观其时文,雅好慷慨,良由世积乱离,风衰俗怨,故志深而笔长,并梗概而多气也"(《时序》)这实际就是对富有风力的壮气之美的由衷的礼赞。

（二）对骨的力学体认

风是蕴涵在作品情思中的内在的美学感染力，那么，对这种美学的感染力进行形态学支撑的力量又是什么呢？刘勰认为，这一树立结构之物，就是"骨"。"风清骨峻"，是刘勰理想的美学境界。"风清"是对风力的称谓，"骨峻"，是对骨力的称谓，"风清"是"骨峻"的前提，"骨峻"是"风清"的基础。"风清"是对文学内容的最高要求，"骨峻"是对文学形态的最高要求。二者相对并举，又相互为济，具有对立统一的关系。

何谓"骨"？刘勰云："辞之待骨，如体之树骸。"又云："沉吟铺辞，莫先于骨。"长期以来，学者对"骨"的理解存在极大差距，聚讼纷纭，莫衷一是，概括起来，不出两种观点："骨即文辞"说，以黄侃为代表；"骨即事义"说，以刘永济先生为代表。前者以书中的辞骨并举为据，后者以书中的"三准"为据，并可从"事义为骨髓"中找到佐证。这两种观点的不可调和之处就在于，一则立论于形式，一则立论于内容，在范畴上各处于事物之一极，犹如水火之不能兼容。

实际上，两位大师都有正确之处，也有不够全面之处。辞骨对举，显然不是同一事物。骨绝非文辞的同义语，而是一种具有特殊质素的文辞。辞骨之间的关系如此密切，显然，不是两种异面的存在，而应该属于统一范畴。那么，对两种互不相容的观点进行弥合的基点又是什么呢？

这基点就是对"文辞"与"事义"、"内容与形式"的全面把握。

何谓"辞"？古今的解读方式存在着极大的差距。今人将辞严格地归入语言媒介的范畴："辞：言辞，文辞。"（《辞海》）古人将辞归入名与实统一的范畴："辞者，意内而言外也。"（段玉裁）刘勰自己的理解是"辞者理之纬"，"理定而后辞畅"，"名实相课"，辞属于名与实统一的范畴而绝非名实分离的范畴。显然，"骨即文辞"说和"骨即事义"说都有缺失，黄侃所说的"文辞"中本应包括事义之"实"的内涵，而刘永济先生所说的"事义"中本应包括文辞之"名"的内涵。段玉裁的训诂，是我们理解"骨"的确切含义的钥匙。两位大师的观点，实际是同一事物的两个方面，合而观之，真谛全出。

再以内容与形式关系而言，也具有相对的属性，不能简单划分内外，而必须辩证分析。对于情思而言，情思是内涵，事义是情思的具体形态，情思属内，事义属外，情因事而生，事因情而显。就事义而言，事义是内涵，语言是事义的表述,事义属内,语言属外,事义是语言内核,语言是事义载体,言以事为据,事因言而明。径而言之,事义是情思与语言二者之间的中介。以艺术作品而言,情思的存在方式是形象,形象的存在方式是语言。以说理文而言,思想的存在方式是逻辑,逻辑的存在方式是语言。无论是哪一种格局,都是情理属内,语言属外,事义属中,存在于二者之间,将三者融为一体。也就是刘永济先生所昭示的:

> 外之声色所因依。事义充实,则声色俱茂,声色与事义不称,则为浮藻。
> 内之情思所表现。事义允当,则情思倍明,事义与情思不符,则为滥言。①

这种"声色俱茂"、"情思倍明"的作用,也就是骨的作用。在"情志为神明,事义为骨髓,辞采为肌肤,宫商为声气"的系统结构中,如果缺少具有"骨髓"意义的"事义"的支撑,情志与辞采都会无所归依,整篇作品就会成为一盘散沙。但是刘勰"风骨"论的最大意义,还不在这里。"骨"固然属于事义与文辞的统一范畴,但绝非二者的同一范畴,它在二者的统一范畴中,还具有自己特定的要求,这就是对蕴涵在语言所表述的事义中的劲健峻拔的逻辑力量的追求:

> 鹰隼乏采,而翰飞戾天,骨劲而气猛也。
> 风清骨峻,遍体光华。
> 蔚彼风力,严此骨鲠。
> 捶字坚而难移,结响凝而不滞,此风骨之力也。
> 陈琳之檄豫州,壮有骨鲠。

骨力是刘勰的明确追求。刘勰将"骨"这一原本属于材料学和语言学的范畴,向力学的范畴进行了升举,极大地深化和扩化了骨的内涵。不仅如此,

---

① 刘永济:《文心雕龙校释》,中华书局1962年版,第107页。

他还揭示了一条获得骨力的有效途径:"结言端直,则文骨成焉。""结言"属于名与实的统一范畴。"端直"不仅是对文辞的要求,也是对事义的要求。何谓"端直"? 端者,正也,真也,直者,不曲不枉也。表现在文学的形态中,正与真指名实相符,准确通达;不曲不枉指严谨精粹,恰如其分。这既是对语言之名(语言形式)的要求,也是对语言之实(语言内涵)的要求。骨力之有无,是辞的表达力的强与弱的内在依据。也就是刘勰所说的:"义直而不回"(《宗经》),"言必贞明,义必弘伟"(《章表》)。能够做到这一点,骨力自然雄强劲健,风力自然蓬勃奋发。"故练于骨者,析辞必精,深乎风者,述情必显。捶字坚而难移,结响凝而不滞,此风骨之力也。"

风与骨,既有相通的属性,又有相异的属性。二者都属于美学中的力学范畴,二者的统一,不仅是美学基础上的统一,也是力学基础上的统一。二者的区别,是角度上的区别:风之力侧重于情思,骨之力侧重于文辞与事义;风之力侧重于文学的内涵,骨之力侧重于文学的形态;风之力侧重于美学的感染力,骨之力侧重于美学的表现力。罗宗强有云:"'风骨'是属于力的概念……'风'是指强烈的感情的感染力、鼓动力;'骨'则是指事义的逻辑力量。"[1]叶朗说:"风是一种情感的力量,而骨则是一种逻辑的力量。"[2]皆为切中肯綮之语。

(三)对采的力学体认

"采"是与风骨相对而立的美学因素。既然作为文学内涵的风骨具有力学的属性,那么,作为文学形态的"采",又会具有怎样因应性的品格呢? 这是刘勰继续探索的重要问题。

刘勰明确认为,力学的追求和力学的品格,不仅是属于风骨的,也是属于辞采的。关于"采"与"力"的辩证关系,《风骨》篇中有一段极其精辟的论述:

> 夫翚翟备色,而翾翥百步,肌丰而力沉也;鹰隼乏采,而翰飞戾天,骨劲而气猛也。文章才力,有似于此。若风骨乏采,则鸷集翰林;采乏风骨,则雉窜文苑:唯藻耀而高翔,固文章之鸣凤也。

---

① 罗宗强:《非〈文心雕龙〉驳议》,《文学评论》1978 年第 2 期,第 61 页。
② 叶朗:《中国美学史大纲》,上海人民出版社 1985 年版,第 234 页。

采作为美的形态,"大体不出声色"。① 声色是普遍性的美学形态:"五色杂而成黼黻,五音比而成韶夏,五情发而成辞章,神理之数也。"文学就是"五情发而成辞章"的艺术。运用语言的手段塑造形象来达到审美的目的,是文学独特的美学功能。因此,文学的语言绝非一般意义的语言,而必须是具有文采的语言。"圣贤书辞,总称'文章',非采而何?"文学语言的文采,是通过它独特的声色效应来实现的。这种效应,从发生学的角度来说,来自"物色"的作用。"春秋代序,阴阳惨舒,物色之动,心亦摇焉。"物色就是自然形态的"声色",辞采是通过艺术加工进行强化和深化的"声色",二者虽有粗精之分,程度之别,但在作为美学的外部形态这一点上,是并无二致的。"譬诸裁云制霞,不让乎天工,斫卉刻葩,有同于神匠矣。"(《隐秀》)"心亦摇焉",是声色独特的美学作用的直接结果。声色的动人之力,来自美学的感性魅力。这种魅力源于自然:"夫岂外饰,盖自然也。"对这种魅力的感受,同样源于自然:"四时之动物深矣。若夫珪璋挺其惠心,英华秀其清气,物色相召,人谁获安?"由此可知,辞采实际就是蕴涵在语言中的发皇耳目,足以唤起形象思维的美学力量。正是这种强大的美学形态的力量,承载着风骨的美学内涵而高翔。如果失去了采的美学表现力量的外在配合,文学就会沦为生野粗犷而有如"鸷集翰林",如果失去了风骨的美学感染力量的内在充实,文学就会流为柔弱无力而有如"雉窜文苑"。不管属于哪一种情况,不管是内在力量的缺失还是外在力量的缺失,都会导致文学的失落和文学价值的丧失。正确的做法只能是风骨采三方面都富有力量,在刚健有力的共同基础上实现三者的水乳交融:"唯藻耀而高翔,固文章之鸣凤也。"这种具美具力的境界,才是文学的理想境界。

刘勰不仅从理论上明确地将"采"纳入了力学的范畴,赋予它以鲜明的力学品格,而且揭示了通向采中之力的具体渠道。这些渠道是:

其一,采与风骨的紧密结合。文采实际是蕴涵在辞中的美学魅力,这种诉诸声色的惊听回视力量,是依从风骨的美学感染力量而存在的。在二者的关系中,风骨处于根本性与主导性的地位:"桃李不言而成蹊,有实存也;男子树兰而不芳,无其情也。夫以草木之微,依情待实,况乎文章,述志为本,言与志反,文岂足征?"如果"丰藻克赡,风骨不飞,则振采失鲜,负声无力。"(《风

---

① 刘永济:《文心雕龙校释》,中华书局 1962 年版,第 107 页。

骨》)缺乏风骨之力的文采,必然是柔弱无力的文采。这种文采无美可言,只能使人厌恶:"繁采寡情,味之必厌。"

其二,自然性。采的力量来自自然的力量。"云霞雕色,有逾画工之妙;草木贲华,无待锦匠之奇。夫岂外饰,盖自然耳。"(《原道》)自然的动人力量是一种本色天然、尚朴崇真的力量。唯有遵循自然性的法则,不加矫饰,本色天然,辞采才真正具有发皇耳目之功效。"铅黛所以饰容,而盼倩生于淑姿;文采所以饰言,而辩丽本于情性。"(《情采》)唯有从情性中自然生发的文采,才是真正具有强大表现力量的文采。如果违反了这一美学法则,为文而造情,就会"繁华损枝,膏腴害骨","真宰忽存,翩其反矣"。

其三,精粹性。采的力量也来自精粹的力量。所谓精,就是扣其特点,据其要害,以少总多,善于适要。刘勰举出了《诗经》中的大量例子:"故'灼灼'状桃花之鲜,'依依'尽杨柳之貌,'杲杲'为出日之容,'漉漉'写雨雪之状,'喈喈'逐黄鸟之声,'喓喓'学草虫之韵;'皎日''嘒星',一言穷理;'参差''沃若',两字穷形:并以少总多,情貌无遗矣。"这些例子,都是紧扣特点、据其要害的杰作。惟其如此,所以具有以少总多,举要治繁的非凡功力,获得"一言穷理"、"两字穷形"的表达功效。这种由于精粹而获得的高强度的表达力度,具有千年难夺的品格:"虽复思经千载,将何易夺?"(《物色》)

需要说明的是,采不仅是一种强大的形象表现力量,也是一种强大的逻辑表现力量。语言的表现力量不仅在于再现形象,而且在于再现逻辑。不管是感性还是理性,都有着美的存在,也有着力的存在。美与力都是宇宙的自然运动,普属于万事万物,也理所当然将形象思维与逻辑思维都囊括无遗。所谓"鼓天下之动者存乎辞",不仅是针对艺术性作品说的,也是针对说理性作品说的。以上单论"声色",只是为了论述的方便而已。至于逻辑思维中的风力、骨力和采力的具体辨析,留待文体论中展开。

根据以上论述可知,文学的理想境界,就是风骨采统一的境界。风骨采的统一,实际也就是心的外在美和心的内在美的统一,二者都统一于力学范畴,是具美和具力的水乳交融。对美提出力学的要求,对力提出美学的要求,由此实现心之美与心之力的有机结合,是世界美学史上一项独创。它的重大的理论意义就在于:心之力是人的本质力量的最高体现,心之美是人的本质力量的感性形态的最高表现,二者的结合实际是终极意义上的结合,标志着美学的最高层次的追求和人性的最高层次的追求。这种崇高的理论境界,至今没有任何一种别的理论可以超越。

第五节 总术:文心范畴的总体把握

文心是一个体大思精的系统结构。它的范畴的空间性,已经具见于上述诸多层面的论述中。但是,这些诸多层面,并不是一个简单的算术堆积,而是一个整体性的理论结构,而整体,总是由它的内在机制来体现的。那么,它的内在机制又是什么呢?把握文心范畴整体的关键又在哪里呢?这又是一个富有挑战性的问题。

对此,刘勰进行了深刻的回答:"文心者,言为文之用心也。"这一论断明确告诉我们:"为文"是文心最基本的工作平台,也是文心的基础范畴。这一基础范畴,实际也就是写作学的范畴,它的集中标志,就是"文术"。但是"文术"并非孤立的存在,它在结构上来自"用心",并且在功能上走向"用心","用心"是"为文"的内在控制因素和决定性的结构力量,是一个比基础范畴更加深刻的范畴,实际也就是写作心理学的范畴,它的集中标志,就是"心术"。"心术"也不是孤立的存在,这是因为"文"是一个含义极其丰富的范畴,"傍及万品,动植皆文",它不仅具有文学的内涵,也具有广义美的普遍性内涵。而就心而言,"心哉美矣",心与美也是密不可分的。因此,文的范畴与心的范畴必然通向美的范畴,它的集中标志,就是"心美",实际也就是写作心理美学的范畴,是一个比写作心理学更加深刻的范畴。写作心理美学也不是对文心认识的极限,因为心与美都有自己特定的追求,这种追求,就是对它们的理想境界的追求。刘勰明确认为,美学与心学的理想境界,就是风骨采统一的境界。对风骨采一体化的要求,实际就是对美学与力学的一体化的追求。所谓"心力"、"风力"、"文骨"、"风骨"、"骨劲气猛"、"藻耀而高翔"、"风清骨峻,遍体光华"、"文章鸣凤",就是对美学中的力学追求和力学中的美学追求的鲜明表述。这一追求是最高层面的追求,原因就在于:心之力是人的本质力量的最高体现,心之美是人的本质力量的感性形态的最高表现,二者的结合实际是终极意义上的结合,标志着美学的最高层次的追求和人性的最高层次的追求的合而为一。这样,就将文心的理论范畴推到了它的最高层面——心理力学与美学力学的层面,"风骨采"就是这一层面的集中标志,标志着文心理论的最高境界和最后完成。它以文术为用,以心术为本,以美学为导,以力学为鹄,构建成了一个严谨周密的理论整体。相对于基础平台来说,心理学、美学与力学是建立在基础平台上的指挥平台,是三大学科对写作学的深层切入。正是这一深层切入,赋予了写作学以心理学、美学与力学的理论品格,也赋予了心理学、美学、力学以写作学的实践品格。文心的范畴实际就是写作学、心理学、美学与力学四个层面融合而成的整体范畴。

　　对于这样一个体大思精的理论整体的把握,绝非易事。对此,刘勰交给了我们一把"乘一总万"的钥匙,这就是"总术"。"总术"者,总揽之术也,也就是以心术总摄文术的总原理与总方法。心是文心范畴的逻辑纽带和中介,是"为文"的原创性依据:"心生而言立,言立而文明,自然之道也"(《原道》),"文果载心,余心有寄"(《序志》);又是审美的核心和凭借:"思理为妙,神与物游","人秉七情,应物斯感,感物吟志,莫非自然"(《明诗》),"缀文者情动而辞发,观文者披文以入情,沿波讨源,虽幽必显。世远莫如见面,觇文辄见其心"(《知音》)。心同时也是心力生发的凭借,所谓心力、风力、骨力以及采的发皇耳目之力,无一不与心有关。文心的运动,实际是心与心之间的交换与交流的运动,是以道心为终极依据,以圣心为宗法,以人心为归依,以鼓天下之心为目的的系统运动。所有这一切方面,都是围绕一个"心"字运行的。"万趣会文,不离辞情。"(《熔裁》)情即心,辞即心的特定形态。因此,心必然是文心运动的关键,抓住了心就足以把握文学的整体。也就是刘永济先生在《神思》篇的校释中所说的:"盖文以心为主,无文心即无文学。"[1]如此等等,就是这一巨制所以命名为《文心雕龙》的原因。"文心雕龙"者,凭借文心进行雕龙之谓,也就是"总术"的真正内涵。全书的总学理,全系于此。

---

　　①　刘永济:《文心雕龙校释》,中华书局 1962 年版,第 101 页。

第十一章　文心本体论

　　刘勰对"文心"系统理论的构建,是从一个极具普遍意义的哲学范畴开始的,这就是对文心本体的思辨。

第一节　关于文心本体的系统思辨

　　何谓本体? 本体即形成现象的根本实体,也就是事物借以发生的终极根由。对文心的生发根由作终极性的哲学思辨,是《文心雕龙》最根本的认识方法,也是它独特的认识起点。《原道》就是对文心本体的集中论述。

　　刘勰在《序志》中明确告诉人们:"文心之作也,本乎道。"文心原道,这一点任谁也没有异议。但是,龙学界对"道"的理解却从来都是众说纷纭,莫衷一是的。概括起来,主要有两种观点:一种认为,文心所原之道是指儒家之道;另一种认为,文心所原之道是指道家之道。对文心所原之"道"的属性的辨析,也就必然成为对文心本体进行思辨的关键。

　　要想弄清这一问题,先得从儒家之道与道家之道的根本分歧谈起。

　　儒家之道是人本之道,它以人作为认识世界的逻辑起点和理论支点,以建立和谐的人际关系为终极鹄的,标举积极用世,以德治国,是一种以伦理为归依的政治哲学体系。道家之道是自然之道,它以自然作为认识世界的逻辑起点和理论支点,以建立自然无为的生活方式为终极鹄的,标举清净无为,物我同化,是一种以自然为最高楷式的哲学体系。胡适称孔孟经典儒学为"人本主义哲学",称老庄经典道学为"自然主义哲学",认为"自然主义本身最可以代表大胆怀疑和积极假设的精神。自然主义和孔子的人本主义,这两极的历史地位是完全同等重要的"①,可谓一针见血之语。

儒学与道学,是两极性的意识形态,针锋相对,互相消解。在立意基点上,儒学标人伦以为宗,以社会伦理的根本规范为最高准则,道学标自然以为宗,以宇宙运动的根本规律为最高准则。在价值取向上,儒学提倡名教,主张用世,道学提倡清静,主张无为;儒学标举主观能动性,道学标举客观规律性。在思维方法上,儒学主张实证,道学主张思辨;儒学重视"明其当然",道学重视"明其本然";儒学重视"立竿而见影",道学重视"观澜以讨源";儒学重视统一之理,所谓"普天之下,莫非王土,率土之滨,莫非王臣";道学重视演变生发之理,所谓"道生一,一生二,二生三,三生万物"。正因为二者的两极属性,从先秦开始,二者都是制约对方的挑战性力量。中国文化思想的历史,主要就是二者碰撞、冲突和消长的历史。

但是,二者之间的碰撞、冲突与消解的过程,同时也是互相融合、互相补充的过程。这是由于自然与人的两极,本身就是密不可分的对立统一体,缺一不能为济,相得而后益彰。反映在意识形态上,就是以人为中心的儒学与以自然为中心的道学之间的兼容与统一。这种兼容与统一的属性,在我国第二次思想大解放的魏晋南北朝时期,表现得格外鲜明。道学、玄学、儒学与佛学的交融,就是典型例证。这是中华民族最危险的时刻,也是民族生命活力表现最充分的时刻。长期积存在民族文化深处的社会元气与思维活力,在生死存亡之际终于喷薄而出,以兼容的优势酿造出一种奇异的文化繁荣。这种对以儒家为代表的人本哲学与以道家为代表的自然哲学的包容,正是我们民族借以生存和发展的决定性力量。我们民族之所以历万劫而不朽的核心秘密,就在这里。《文心雕龙》之所以经百世而不衰的生命之源,也就在这里。

这一生命之源在《文心雕龙》中的集中反映,就是《序志》中对"文之枢纽"的鲜明表述:"盖文心之作也,本乎道,师乎圣,体乎经,酌乎纬,变乎骚,文之枢纽,亦云极矣。"刘勰明确宣告世人:文心的最根本的指导思想本身,就是一个兼容性的认识论结构,而绝非一元化的结构。它的最根本的思想原则,就是"擘肌分理,唯务折衷。"这一"文之枢纽",就是儒道佛融合的产物,也是这一融合在《文心雕龙》的指导思想中的生动表现。在礼崩乐坏、群雄并起的社

---

① 《胡适学术论文集》上册,中华书局1991年版,第554页。

会条件下,在意识形态上标举"三教同源"的特定历史时期,认定《文心雕龙》具有纯而又纯的儒学品格,那是不可想象的事情。兼容性的时代只能产生兼容性的学术,绝不可能产生独尊性的学术,这是顺理成章的逻辑推理。再从思维结构与相应的语言结构来看,"本"是对"从"而言的,"本"是对"从"的统率,是一个在思维层次上比"从"更高的范畴。既然"圣"与"经"属于儒学的范畴,如果再将"道"也列入"儒家之道"的范畴,那就势必将二者划入同一平面之中,那也就失去了"本"与"从"的对举意义了。

将"本乎道"之"道"认定为道家之道,除了逻辑学的依据之外,还有许多表现在形态学上的微观依据。这一微观依据的集中表现,就是它的词汇学标志——"自然"。

"自然"是道家之道的核心内涵。道家把"道"当做万物的本原,而"道"的根本属性就是"自然"。老子云:"人法地,地法天,天法道,道法自然。"(《老子》,第二十五章)又说:"道之尊,德之贵,夫莫之命而常自然。"(《老子》,第五十一章)《庄子·知北游》对"道"的理解是:"天不得不高,地不得不广,日月不得不行,万物不得不昌,此其道欤?"所谓"自然",就是不以人的意志为转移的宇宙运动的"不得不然"的动势。这一动势是永恒的,也是"无所不在"的,它不在万物之上,而是在万物的运动之中。论道而以宇宙运动的自然动势为最高依据,是道家的独创,而为儒家所未有。

有些学者将道家关于"道"的理念理解为黑格尔的"绝对精神",将它列为"客观唯心主义"的范畴,这是一种极大的误读。我们且看看老子对"道"的经典性表述:

> 有物混成,先天地生。寂兮寥兮,独立而不改,周行而不殆,可以为天下母。吾不知其名,字之曰道,强为之名曰大。(《老子》)

显然,这是对宇宙运动的朴素解释。"先天地生"的并非绝对精神,而是宇宙的永恒不息的运动态势。所谓"道","是一个过程,一个周行万物之中,又有不变的存在的过程。"[1]这一绝对的过程,实际就是宇宙运动的自然动势。

---

[1]　《胡适学术文集》上册,中华书局1991年版,第553页。

宇宙运动是物质的运动,也是永恒的运动。运动是物质的存在方式。"没有运动的物质和没有物质的运动是同样不可想象的。"①因此,我们有充分的理由可以说,作为宇宙运动的自然动势的"道",实际是一种自然主义的宇宙观与方法论,从最根本的哲学属性上看,属于唯物主义的范畴。"在那样早的时代(公元前6世纪)发展出来的一种自然主义宇宙观,是一件真正有革命性的大事。"②正因为它具有这种独特的思维特质,它必然具有下述的"战斗性"的科学品格:"用人的理智反对无知和虚妄、诈伪,用创造性的怀疑和建设性的批评反对迷信,反对狂妄的权威。大胆的怀疑追问,没有恐惧也没有偏好,正是科学的精神。"③这种科学的精神,就是它在"中国每一次陷入非理性、迷信、出世思想"时,能够"将这个民族从昏睡中救醒"的力量的源泉。

但是,哲学的思辨毕竟代替不了美学的思辨。将"自然之道"的思辨引入对文心发生的终极原因的美学思辨中,刘勰是第一个首创者。刘勰明确认为,像天地万物一样,文的美学本原是自然之道:

> 文之为德也大矣,与天地并生者何哉? 夫玄黄色杂,方圆体分:日月叠璧,以垂丽天之象;山川焕绮,以铺理地之形。此盖道之文也。

"天文"、"地文"是如此,"人文"同样是如此:

> 仰观吐曜,俯察含章,高卑定位,故两仪既生矣。惟人参之,性灵所钟,为五行之秀,实天地之心。心生而言立,言立而文明,自然之道也。

作为"道"的表现,"傍及万品,动植皆文"。作为"有心之器"的"人文",也不能例外:

> 傍及万品,动植皆文:龙凤以藻绘呈瑞,虎豹以炳蔚凝姿;云霞雕色,有逾画工之妙;草木贲华,无待锦匠之奇。夫岂外饰,盖自然耳。至于林

---

① 《马克思恩格斯全集》第20卷,人民出版社1971年版,第65页。
② 《胡适学术文集》上册,中华书局1991年版,第553页。
③ 《胡适学术文集》上册,中华书局1991年版,第557页。

籁结响,调如竽瑟;泉石激韵,和若球锽。故形立则章成矣,声发则文生矣。夫以无识之物,郁然有彩,有心之器,岂无文欤?

这一推理是极具说服力的。宇宙运动是一切运动形式的最高形态,它对一切运动形式具有最广泛的概括力量。纵向而言,它先天地而生。横向而言,它遍及天地万物。将"文"的运动置于宇宙运动的大坐标系中,这就必然赋予文的产生以终极形态的客观规律性的依据。所谓"自然",就是对这一普遍性与必然性的概括性表述。

但是,刘勰的"文原于道"的理念并不是以道学的独尊来代替儒学的独尊。刘勰在认识论上的根本主张是"擘肌分理,惟务折衷","折衷"只承认多样性的统一,它与任何形式的"独尊"都是不相容的。任何形式的独尊都只能带来思想与学术的堕落,汉代的经学就是典型例证。正是为了清除独尊的流毒,刘勰才提出了"原道"的主张,力图破除一家之理的拘囿,实现"万理之理"对各家各派的"一家之理"的统摄。这种哲学上的统摄并非一种"上尊下卑"式的兼并,而是在理论品位上的普遍升华。

刘勰的这一主张,在《诸子》篇中得到了具体阐发。春秋战国时代,百家争鸣,皆各辟蹊径,互不依靠,生机蓬勃。待汉武帝定儒家于一尊,汉以后的作家写文章,都依靠儒家思想,因人成事,抱残守缺,再也不愿别开生面,独立思考,文章中的思想活力就慢慢衰萎了。"夫自六国以前,去圣未远,故能越世高谈,自开户牖;两汉以后,体势浸弱,虽明乎坦途,而类多依采。"(《诸子》)依靠儒家的"一家之道"进行写作是文章致败之源,依靠道家的"一家之道"去写作,同样是致败之源。东晋时道家思想泛滥,作家用道家思想来写作,结果严重脱离了社会现实:"自中朝贵玄,江左称盛,因谈余气,流成文体。是以世极迍邅,而辞意夷泰;诗必柱下之旨归,赋乃漆园之义疏。"(《时序》)陷入"浮浅"的泥坑而不能自拔,而文学的生命活力也就荡然无存:"江左篇制,溺乎玄风,嗤笑徇务之志,崇盛忘机之谈。袁孙以下,虽各有雕采,而辞趣一揆,莫与争雄。"(《明诗》)刘勰认为,这种依靠一家之道的做法,实际上是一种"季世"的做法,而其结果只能加速"季世文学"的衰萎过程,对此,他表述了深深的叹息:"前史以为运涉季世,人未尽才,诚哉斯言,可为叹息。"(《时序》)

由此可见,兼容则荣,独尊则衰,历史的规律从来都是如此。需要进一步辨析的是,刘勰所标举的"兼容",并非不同事物在体积上的简单堆砌,也不是他们之间的"一半对一半"的数学拼接,而是一种系统性的有机组合。每一因素在系统中的地位固然与数量的多少相关,但具有决定性意义的是它在整个系统中的位置。每一种因素都在自己特定的系统位置上发挥作用,而且都能各如其位。各得其所。"自然之道"在文心运动中的系统作用,就是对文的发生的终极原因,做出哲学上的解释。哲学上的指向作用从来就不是一种孤立的存在,它必须依靠具体的方面和过程来体现。《文心雕龙》是一部美学与写作学的著作,它更需要有具体的美学典范和写作学典范来支持。"道"是一个多层面的范畴,它既包含着本体论意义的道,也包含了许多方法论意义的道。本体论意义的道和"圣"与"经"所代表的写作方法论意义的道,本身就是一个不可分割的整体:"道沿圣以垂文,圣因文而明道。"所谓"文之枢纽",实际就是本体意义的自然之道和作为文章的美学典范的"师乎圣,体乎经,酌乎纬,变乎骚"的具体方法论之道的系统组合。提倡"宗经"与"体圣",目的是标举写作的"六义"。不管是标举"本道根真"的自然之道也好,不管是标举"师圣体经"的"六义"之道也好,目的只有一个:从根本上解决文风不正的问题。

　　但是,"道"与"文"的关系,毕竟只是一种外系统运动的关系,它所揭示的只是道与文在终极层次上的普遍性联系,终究代替不了更深层次的内系统运动中的诸多联系。文心运动是一种特殊的"人文"运动,与"天文"、"地文"存在着范畴上的区别,在道的普遍规律的统率下,它的本体必定具有自己独特的形态。这就是《文心雕龙》所进一步思辨的问题。

　　《文心雕龙》探讨了这一问题,也深刻地回答了这一问题。它明确认为,"人文"与"天文"、"地文"的最大区别,就在于"人"是"有心之器",是"性灵所钟"的"五行之秀"与"天地之心","人文"也必定是"有心之文"。"心"是人所特有的感应器,也是"道"与"人"之间的"中介":"人何以知道?曰心。"(荀子:《解蔽》)"心生而言立,言立而文明,自然之道也。"(刘勰:《原道》)从最高的层面来看,文心就是自然之道在人文中的特定运动过程和运动形态,是"道心"与"人心"的统一。人心极具灵性,对内可以感应自身,反映人的智术,对外可以感应万物,反映宇宙的一体化与多元化的运动过程。但是,刘勰对心的理解,并不是纯主观的。他认为人的内在的心也是主宰天地万物的自然之道的一种具体表现。他将这种具体表现称为"道心"。"道心"就是"人心"对

"自然之道"的心理体认。道心是微茫的,它通过"圣心"来体现。圣心是渺漠的,它通过经典著作来体现。经典著作是多样化与分散化的,它通过文章写作的基本法则——"六义"来体现。在这个意义上说,文以道为本,也就是文以心为本。"道心"就是"道"与"心"融合为一的统一范畴。文心,就是道心,是道心在"为文之用心"中的具体形态。正因为如此,文章写作的过程,必然是一个"原道心以敷章,研神理而设教"的过程。也正因为如此,它才具有"辞之所以能鼓天下者,乃道之文也"的强大功能。

道心是道的具体化,文心是道心的具体化。而文心作为道化与圣化的人心,作为人心中最美的形态,又是以道心为主导的诸多层面的统一体。文心是道心的体现,但绝非道心的抽象、直接的表达,而总是要借助对物的描绘才能显现出来。在文心的运动中,心与物是不可分割的统一体。所谓"人秉七情,应物斯感",所谓"物色之动,心亦摇焉",就是对这种统一关系的确切表述。这种统一的关系是建立在双向互动的基础之上的,一方面,是心随物动,即所谓"随物而宛转",另一方面,是物随心动,即所谓"与心而徘徊",如此辗转运动,使二者成为水乳交融的整体。

心与物的一体化,又是通过"辞"这一特定的媒介来表现的,辞是文心的不可或缺的物质外壳。对此,刘勰做出了许多精辟的论述:

情者文之经,辞者理之纬;经正而后纬成,理定而后辞畅:此立文之本源也。(《情采》)

万趣会文,不离辞情。(《镕裁》)

物沿耳目,而辞令管其枢机。(《神思》)

辞为心使(《章表》)

心敏而辞当。(《附会》)

辞共心密,敌人不知所乘。(《论说》)

夫耳目鼻口,生之役也;心虑言辞,神之用也。(《养气》)

刘勰认为,辞是心的形式,心是辞的内容,辞必须正确表达心,否则,就会成为严重的累赘:

况乎文章,述志为本,言与志反,文岂足征?(《情采》)

采滥辞诡,则心理愈翳。(《情采》)

繁采寡情,味之必厌。(《情采》)

若术不素定,而委心逐辞,异端丛生,骈赘必多。(《镕裁》)

文心作为一个完整的美学心理结构,它还在审美的诸多层面上存在着千丝万缕的关系。集中而言,一是辞与采的关系,一是意与象的关系。

所谓辞,是指一种具有表意功能的语言符号。语言符号是建立在概念基础上的,每一个词就是一个概念,语言是词的总集合,也是概念的总集合。任何概念,都具有抽象的属性,而审美属于形象思维的范畴。那么,建立在抽象思维基础上的语言系统,怎么能完成形象思维的任务呢?

刘勰深刻认为,一般的语言符号是并不具备形象思维的功能的,具备形象思维功能的是语言中具有特殊质素的语言,他将这种特殊质素的语言,别出心裁地称之为"采"。"'采'者,大体不出声色。本篇所指,则在声色因事义之充实而发之光辉,可以发皇耳目者也。"[①]"采"不是一般的表意语言,而是一种具有表情功能的语言。在生活中,事实上只有形象才能激发感情,而"采"作为一种具有声色效应的特殊语言的特殊功能,就在于它所使用的语言符号所表达的事义的充实性以及它与情感的一致性和对情感的暗示性所具有的唤起想象的力量,正是这种想象的力量将事物的形象有声有色地再现在心灵的屏幕上。不是所有的语言都具有声色的效应,也不是所有的语言都具有唤醒想象的力量。这种具有美学魅力的语言有如沙砾中的金沙,虽然极其稀少,事实上却是存在的。发现语言中的这种沙中之金,正是作家的特殊本领。古人所说的"一字之用,尽得风流","一字之用,境界全出",就是指对"采"的成功运用。从根本上说,"采"的美学魅力和内容的美学感染力及美学表现力是互为表里的,它们之间的系统关系,被刘勰概括在下列的表述里:"若风骨乏采,则鸷集翰林,采乏风骨,则雉窜文苑,唯藻耀而高翔,固文章之鸣凤也。"(《风骨》)

所谓"意",指情思,所谓"象",指物象。表现在形象思维中,"意"与"象"

---

① 刘永济:《文心雕龙校释》,中华书局 1962 年版,第 107 页。

是不可分割的,通称为意象。意象作为一个美学的范畴,是心、道、物、辞的最高融合与统一,是作家创作的最基本的追求和依据。这就刘勰所说的:"玄解之宰,寻声律而定墨;独照之匠,窥意象而运斤。"(《神思》)"意象"绝非抽象之"意",而是"神用象通"的有血有肉之"意"。在文学中,作者"为文之用心"是通过栩栩如生的"意象"体现出来的。意象既是客观世界的物之象,也是主观世界的心之象,是二者的有机统一。而具有文采的语言,则是文学对意象进行表现的媒介,是意象的直接现实。通过辞采描绘意象,通过意象表现情感,通过情感对世界做出美学的评价,这就是文学审美的全部过程,也是文学审美的全部原理。

从以上分析可以看出,在文心的诸多层面中,无论是物还是心,无论是情还是辞,无论是意还是象,无一不是自然之道的体现,无一不以自然之道为终极原因和最高动力,无一不在自然之道的统摄下运行,由此而融贯成为一个完整的美学结构。以文心的本体为集中观照点,我们可以对文心的系统机制做出下面的概括:

其一,道是宇宙运动的自然动势,这一动势是万物之动的总规律和总动力源。正因为如此,宇宙的运动必然是一体化的运动。这种一体化的运动,具有绝对性和永恒性的品格。从最高的层面来看,文原于道,宇宙运动的总动势是文的运动的总根源。

其二,道在人心中的具体形态就是道心。人是"有心之器",心是人与道的中介,道心是道与人心的契合。文心就是道化和圣化了的人心,既体现着道的客观规律性,又体现着人的主观能动性。

其三,在文学中,文心绝非道心的简单的、抽象的"移植",而是心与物的有机交融。文学拒绝抽象,拒绝抽象的理性,它只承认形象,只承认形象化的真理。道、心、物、辞、采,最终都统一于具有审美作用的意象之中。意象就是这一形象真理的具体的表现形式。以意象为依据进行美学活动,是作家工作的基本法则。这就是刘勰所说的:"玄解之宰,寻声律而定墨;独照之匠,窥意象而运斤。"(《神思》)

其四,文心的载体是语言,语言是意象的直接现实,也是文心的物质外壳。语言的造型功能,来自"采"的声色效应。"情—事—辞—采"作为文学的四要素,是不可分割的整体。

其五,鼓天下之动是道心运动的社会功利目的。文学以审美的形态传播着道心的深刻的社会内容,"原道心以敷章,研神理而设教","写天地之辉光,晓生民之耳目"。因此,道心与文心是融合为一的。"鼓天下之动者存乎辞。辞之所以能鼓动天下者,乃道之文也。"(《原道》)这既是道心的体现与实现,也是文心的体现与实现,从最高的层面来看,是道在人类生活中的体现与实现。

刘勰以道为起点,又以道为归宿,牢固地构建了一个以道为本体,以心为中介,以言为外壳,以采为美饰,以鼓天下之动为终极目的的首尾圆合、条贯统序的文心美学系统。刘勰所说的道,是将天地人覆盖无遗的宇宙运动的永恒动势,实际也就是宇宙一体化的运动态势和运动过程,标志着人与自然的和谐,主观与客观的统一,审美与实用的融合。这一由天地人所融贯而成的广阔无垠、生生不息、新新不已的宇宙运动的永恒动势,就是美与文得以发生的终极根源,也是美与文实现自身价值的永恒取向。这是中华文化最根本的出发点,也是中华美学最根本的出发点。这一个建立在宇宙运动的自然动势上的美学、文学与写作学的工作平台,是世界上最新颖独特的工作平台。它的视野的广阔性及其与天地万物联系的自然性、全息性和紧密性,一千五百年来,没有任何一家别的理论可以超越。

第二节 刘勰文心本体论的理论意义

文心本体论是文心美学体系的基本出发点。这一以自然为宗的终极性认识的重大理论意义,可以概括为以下几个方面。

一、文心理论体系的逻辑原点

欧几里得有一句名言:"如果你能给我一个支点,我就可以将地球撬动!"这一个"支点"之所以如此难觅,主要有三个原因:一是这个点必须是极其稳定而牢固的,二是这个点是全部力学运动的集合点,它必须具有统摄全局的力量。三是这个点不可能和地球处于同一平面,而必须是高出于地球的地方。由于第一个原因,"支点"必须具有某种"绝对"、"永恒"和"普遍"的属性,唯有绝对、永恒和普遍的品格,才是真正稳定和牢固的品格。由于第二个原因,

"支点"必须具有凝聚和通贯的力量,唯有凝聚和通贯,才能实现力的强化和集中。由于第三个原因,"支点"必须具有高远的属性,唯有高远的属性,才能获得力臂的优势。

"撬动地球"也是黑格尔的追求。就像欧几里得想撬动地球一样,黑格尔想撬动的是美学理论体系。他深深知道"支点"的重要性,他深深懂得"绝对"、"永恒"、"普遍"、"集中"、"高远"这些品格对于"支点"的支撑力度的决定性意义。他自认为找到了这个"支点",他将这个独出心裁的"支点"称为"绝对精神"。

显然,黑格尔的命题是存在着许多缺陷的。它的最根本的缺陷就在于:他所说的"绝对精神",本身并不具有"绝对"的属性。众所周知,精神从来都是相对于物质,并且从属于物质的。孤立、片面地强调精神的决定性作用,必然陷入唯心主义的泥坑。建立在唯心主义基础上的美学理论体系,由于支点的虚弱性而必定行之勿远。他所留下的只能是少许的成功,和大量的遗憾。

然而,在古老的东方,却有这样的圣哲找到了这把神秘的关于"绝对"之钥。这个圣哲就是老子,这把"绝对"之钥就是"道"。老子认为,在万事万物的背后,都有一个通贯一切并使它们化生不已的东西,他将这个在发生学上具有根本意义的东西,勉强地称为"道"。"道"作为万物的根本,宇宙的终极存在,没有固定的形体,超出了人的感知范围,却又不是一片空白,而是"恍兮惚兮"的"有"与"无"的矛盾统一。"道"的特点是"独立而不改,周行而不殆",径而言之,就是不随外物的变化而消失,它自身的存在方式又是永远运动不息的。运动是"道"的绝对属性,正是由于它的运动不息才产生了天地万物。所谓"道",就是对宇宙运动的自然动势的总称谓。宇宙运动的自然动势,是天地万物得以发生的原动力和总根源,宇宙中的一切都是由它派生出来的。不管是在品位上还是在顺序上,"道"都是先于一切,超于一切,统摄一切,而又内含于一切之中的。

"道"是宇宙运动的终极范畴和最高准则,它凌驾于万物之上而将人与自然的全部范畴融为一体。这种统率万物的属性使它获得了一种超越万物的视野,具有极其广阔、极其深刻的概括力量。道家之"道"的概括力量,远非儒家的"天道"、"人道"、"圣人之道"所能比拟。儒家哲学的最高概念是"天",认为天是万物的由来,道家哲学的最高概念是"道","道"是"万物之所然也,万理之所稽也"(韩非:《解老》),是一个比"天"更大的概念,它在天地之先,为天地之母。以道为宗,这就赋予了"名教"以"自然"的制约,也赋予了自然以"名教"的内涵,从而将自然之道与人伦之道,在解决世风不正和文风不正的前提下,凝为有机的整体。这种概括的力量,来自视点层级的峰巅性及由此带来的视野的广阔性。也就是我们古人所形象表述的:"会当凌绝顶,一览众山小"(杜甫:《望岳》),"不为浮云遮望眼,只缘身在最高层"(王安石《登飞来峰》)。

"道"作为宇宙运动的自然动势,不仅具有绝对性的品格,也具有客观性、永恒性和普遍性的品格。对"道"的标举,就是对宇宙运动的绝对性、客观性、永恒性和普遍性的标举,实际也就是对客观规律的绝对权威的标举。对客观规律的绝对权威的标举,这就意味着对神学权威的消解和抵制。对客观规律的弘扬和对神学权威的消解与抵制,这对于维护和促进民族文化的科学性,是大有裨益的。

将"道"的理念引入文学与文论的范畴,是刘勰的一大发明。但是,作为文心运动的总枢纽,"道"的理论意义远非一般性的认识论所能概括。宇宙运动是世界上最广阔、最永恒的运动。标自然以为宗,就是赋予文心美学以宇宙运动的宏观视野。在这一特定的宏观视野中,万事万物都以"自然"作为同一的终极性依据而高度集中,进入宇宙的一体化结构之中。所谓"标自然以为宗",实际就是以自然之道作为总的理论依据和总的理论纽带的原点,贯穿起它的全部概念和全部体系。这一理论依据和理论纽带的原点的巧妙性就在于,它并非某一家的认识论,而是一种兼容性的认识论。具而言之,"标自然以为宗"的理论意义并不在于建立了以自然为宗的认识论体系和美学理论体系,而是在"标自然以为宗"的导向下建立了宇宙一体化的宏观视野。正是在这一特定的认识场中,建成了以兼容为基本特色的文心理论体系的总的理论枢纽。这一理论枢纽的兼容属性,具体表现在以下方面。

(一)认识论结构的兼容性

"标自然以为宗"是文心理论枢纽的首发点,而绝不是文心理论枢纽的全部内容。道是一个统摄一切的概念,它将万物涵盖无遗,也将儒、道、释三家的认识论涵盖无遗。万物来自自然的这一普遍规律不仅适用于道家,也适用于儒家和佛家。对儒、道、释三家哲学的兼容,是文心理论枢纽的鲜明特点。

　　刘勰明确认为,道是天地万物的本原,也是圣贤之道的本原。它们之间的内在关系是:"道沿圣以垂文,圣因文而明道。"圣心与道心,从最高的层面来看,二者本来就是相通的:"爰自风姓,暨于孔氏,玄圣创典,素王述训,莫不原道心以敷章,研神理而设教。"(《原道》)"道"指自然之道,"圣"指儒家之道。这样,就将"自然"与"名教"融化成为一体。他以"自然"去消除和制约"名教"中的迂腐,又以"名教"去消除和制约"自然"中的虚无,使二者都相得而益彰。

　　这种融合,既是巧妙的,也是深刻的。它的巧妙之处,就在于它所标举的"道"中,兼容着儒家的"圣贤之道"的某些具有积极意义的质素,体现出一种"圆照之象,务宜博观"的恢弘品格。它的深刻之处,就在于这种兼容是在自然之道的"本原"下实现的,实质上是运用自然主义哲学对儒家的人伦主义哲学所作的某种消解与升华,也是对自然主义哲学自身的深化与升华。这种融合、消解、深化与升华,实质上是一种方法论意义上的革命,是认识角度的极大改变和学术视野的极大扩充。从某种意义上说,它标志着一种思想上的解放:突破儒家"文以载道"的拘囿,走向顺乎自然的"文以明道"的圆照境界的解放。

　　在我国历史上,最早从理论上指出这一观念上的重大变化及其重大意义的学者,是清代的纪昀,他说:"标自然以为宗,是彦和吃紧为人处。"这一"标自然以为宗",就是对刘勰最根本的哲学思想和审美理想的明确标示,也是对"文以明道"和"文以载道"的根本性区别的明确标示。二者之间的区别就在于:"文以载道,明其当然;文原于道,明其本然。识其本,乃不逐其末。"(《原道·评语》)这种入木三分的见解,不仅反映出他个人的智慧,也反映出封建社会末期思想解放的普遍趋势。

　　在我国历史上,第二个从理论上和实践上对这一思想上的变革进行深度阐发的学者,是近代著名的国学大师黄侃。黄侃明确提出,文心所原之道,绝不是"文以载道"的儒家礼教之道,而是道家所标举的自然之道。"自然之道",就是韩非所说的"道者,万物之所然也"。"韩子之言,正彦和所祖。"惟其如此,用儒家之道去体认文心所原之道,实际是对刘勰原意的扭曲。对这种人自己来说,是一种犬儒的伎俩,对社会来说,则是思想僵化的厉阶。黄侃对此进行了义正词严的驳斥和批判:

道者,玄名也,非著名也,玄名故通于万理。而庄子且言道在矢溺。今曰文以载道,则未知所载者即此万物之所由然乎? 抑别有所谓一家之道乎? 如前之说,本文章之公理,无庸标榜以自殊于人;如后之说,则亦道其所道而已,文章之事,不如此狭隘也。夫堪舆之内,号物之数曰万,其条理纷纭,人纛蚕丝,犹将不足仿佛,今置一理以为道,而曰文非此不可作,非独昧于语言之本,其亦胶滞而罕通矣。察其表则为谀言,察其初里无胜义,使文章之事,愈精愈厉,寖成为一种枯槁之形,而世之为文者,亦不复撢究学术,研寻真知,而惟此窾言之尚,然则阶之厉者,非文以载道之说而又谁乎?①

　　“文以载道”和“文心原道”的差别,不是一般意义的差别,而是根本方向上的差别:思想禁锢和观念革新的差别。这正是文心原道理论在方法论上的最大价值之所在。改革开放的理论只能产生于改革开放的时代,也只能解读于改革开放的时代。这就是刘勰在 1500 年前的礼崩乐坏的特定时刻能够创建如此高远的认识论的原因,也是在封建王朝末期的纪昀和辛亥革命胜利后黄侃之所以如此深刻地解读“道”的真正内涵的原因。唯有真正变革的时代,才能对前人思想上的变革体认得最真切,最深刻。这也是黄侃之后的近百年中很少有人如此解读“道”的自然主义内涵,而在历史的新时期之后又重新受到社会青睐的原因。

　　刘勰以自然为最高依据,不仅实现了儒学与道学的沟通,也于潜移默化中实现了道学与佛学的沟通。他对“道心”的标举,是对道的标举的进一步延伸。“道心”中不仅具有“道”的内涵,也具有“心”的内涵。“神”即“心”,“神理”也就是心性之理。“神理设教”,也就是心性设教。心性设教,是佛家哲学的重要特点。佛家非常重视人的主体在认识世界中的作用,认为“心”是世界的本源,提出了“心性”的范畴,主张“三界所有,皆心所作”(《大智度论》卷二十九),“心生则种种法生,心灭则种种法灭”(《大乘起信论》),强调“心”有集起、创造的力量,并提出了创造性思维的种种要领和具体方法,在此基础上实现了心的范畴的整体化和系统化,创建了世界上最精密的心理学体系。刘勰

---

① 黄侃:《文心雕龙札记》,上海古籍出版社 2000 年版,第 6—7 页。

对佛学中的心性之学极为重视,认为"佛法练神"(《灭惑论》),标举佛学中的心性之学是心理科学中的最高境界,称其为"动极神(心)源,其般若之绝境"(《论说》),从中吸取了许多具有积极意义的东西,作为认识论的基本依据,创造性地融化在文心理论的枢纽之中。

文心的理论枢纽,就是儒、释、道三位一体的理论结构。这一"三位一体"结构并不是三者的算术总和,也不是体积上的凌乱堆积,而是三者的系统组合。自然之道是它的本体论依据,儒家之道是它的价值论依据,佛家心性之道是它方法论的重要补充。这一个跨越三种文化范畴的"弥纶群言,研精一体"的大兼容结构之所以能够成立和建立,就在于它的逻辑起点和理论支点的强劲性。这一无以复加的强劲性来自高于一切并生发一切的宇宙运动的自然动势。从终极处去寻找普遍性的理论依据,这就是它之所以在理论上具有如此强大的统摄力、通贯力和凝聚力的原因。平心而论,这种跨越文化的雍容智慧,这种包容万物的博大视野,在世界文化之林中是罕见其匹的。

(二)学术论结构的兼容性

自然之道不仅是文心认识论结构的逻辑原点,也是文心学术论结构的逻辑原点。由于这一逻辑原点的兼容性,文心的学术论结构也具有明显的兼容属性。具体表现在两个方面:一是学科之间的兼容性,一是学科内部的兼容性。

学科之间的兼容性

刘勰明确认为,不管是"天文","地文",还是"人文",都是"道"的体现。以天地之文来说,"玄黄色杂,方圆体分;日月叠璧,以垂丽天之象;山川焕绮,以铺理地之形,此盖道之文也"。以动植万品来说,"傍及万品,动植皆文:龙凤以藻绘呈瑞,虎豹以炳蔚凝姿;云霞雕色,有逾画工之妙;草木贲华,无待锦匠之奇。夫岂外饰,盖自然耳"。以人来说,"为五行之秀,实天地之心",作为"性灵所钟"的"有心之器",理所当然也是有文的:"心生而言立,言立而文明,自然之道也。"

"文"是一个多义性的概念,就广义而言,是指文饰,也就是美。就狭义而言,是指人文,也就是文学与文章。不管是广义的文还是狭义的文,都是自然之道的表现。"鼓天下之动者存乎辞。辞之所以能鼓动天下者,乃道之文也。"所谓"道之文",既是对文的本质的概括,也是对美的本质的概括。这就从事物发生的终极高度,实现了文与美的沟通,也实现了文学与美学的沟通。

不仅文与美是"道"的体现,"心"也是"道"的体现,"心生而言立,言立而文明,自然之道也"。心是人与道的中介,也是美与道、美与文的中介。"心哉美矣",这既是对心的美学评价,也是对美的心学评价。这就从事物发生的终极高度,将美学与心学,文学与心学,美学、心学与人学,熔铸成为一个统一的整体。

"文心者,言为文之用心也。"文心理论,就是哲学、美学、心理学、文学学(文章学)、写作学等多种学科的兼容。如许学科之所以能"一拍即合"地融贯为一,原因就在于整个世界在终极根由上的统一性和同一性。这种统一性和同一性,将方方面面的学科领域,都纳入了一体化的范畴。由刘勰所提出的这种"兼解以俱通"的一体化的认识论范畴,在现代量子力学理论缔造者马克思·普朗克的重要论文《世界物理图象的统一性》中,得到了跨越历史的深刻证明和真挚回应:"科学是内在的整体,它被分割为单独的部门不是取决于事物的本质,而是取决人类认识能力的局限性。实际上存在着从物理到化学通过生物学和人类学到社会科学的连续链条。"[1]这种多学科的融贯性,就是文心理论之所以能经历一千余年风雨历程而始终颠扑不破的重要根由。

学科内部的兼容性

文心理论结构的兼容性,也从学科的内部结构中鲜明地表现出来。下面,试就其美学理论结构的兼容性以见其一斑。

文心美学理论结构的内在兼容性,首先表现在自然美与人文美的统一上。

承认自然美的存在,赋予自然美以独立的地位,并将其纳入美学的整体范畴进行系统论述,是刘勰文心理论的重要内容。《原道》篇中所讲的"道之文",既包括人类的语言文字所构成的人文之文,也包括"天文"、"地文"、"动植万品之文"所构成的自然之文。自然之文也就是自然事物之美。自然美是一种客观的存在,它以宇宙运动的自然动势为终极根源,与天地而并生。见之于天的文采是:"日月叠璧,以垂丽天之象。"见之于地的文采是:"山川焕绮,以铺理地之形。"见之于动植万品的文采是:"龙凤以藻绘呈瑞,虎豹以炳蔚凝姿;云霞雕色,有逾画工之妙;草木贲华,无待锦匠之奇。"这些自然之美,都是

---

[1] 《高等教育研究》,北京大学出版社1982年版,第88页。

独立于人的意志之外,不以人的意志为转移的客观实在:"夫岂外饰,盖自然耳。"

刘勰对自然美的肯定与系统论述,是世界美学史上的一大创举。在西方美学中,从柏拉图到黑格尔,都一致对自然美采取鄙视的态度,拒不承认自然美的存在。柏拉图要人们把美的自然事物"看得渺乎其小","卑卑不足道"①,强调自然美不过是"上界事物在下界的摹本",仅仅是"幻相"。② 普罗提诺也说:"自然事物本身也还各按一定蓝本抄袭出来的","心灵的伟大就在于对尘世事物的鄙视"。③ 黑格尔也是否定和鄙视自然美的,他曾说:"尽管人们常谈到各种自然美——古代人比现代人谈得少些——从来却没有人想到要把自然事物的美单提出来看,就它来成立一种科学,或作出有系统的说明","人们从来没有单从美的观点,把自然界事物提出来排在一起加以比较研究。我们感觉到,就自然美来说,概念既不确定,又没有什么标准,因此,这种比较研究就不会有什么意思。"他由此得出结论:必须"把自然美排除于美学范围之外"。④

和西方的美学大师相比,刘勰对自然美学的系统论述确实具有遥遥领先的理论品格,他以自己卓越的系统认识体现出中华文化特有的智慧,在道的一体化的统摄下,将自然之美与人文之美都纳入了一个统一的范畴,极大地扩充了人类对美学的认识范围。

广义的人文美指人类的文化美。狭义的人文美指人类的语言、文字、文章(文学)之美。文心理论中所涉及的人文美,属于狭义的范畴。人文美与自然美都是客观的现实存在,都以宇宙运动的自然动势为终极根由,都是道的永恒规律的自然体现。但就表现形态和生发过程来说,又有各自不同的特点和各自特殊的运动规律。就时间来说,自然美与天地并生,其存在的历史以亿万斯年作为计算单位,人是后天地而生的,其存在历史只有几百万年。"仰观吐曜,俯察含章,高卑定位,故两仪既生矣,惟人参之。性灵所钟,是谓三才,为五行之秀,实天地之心。"从终极根源上看,人与自然都是宇宙运动自然动势的

---

① 柏拉图:《文艺对话集》,人民文学出版社 1963 年版,第 271、273 页。
② 柏拉图:《文艺对话集》,人民文学出版社 1963 年版,第 126、274 页。
③ 《西方美学家论美和美感》,商务印书馆 1980 年版,第 60、57 页。
④ 黑格尔:《美学》第 1 卷,商务印书馆 1979 年版,第 5、6 页。

产物,故统称为"三才"。但人和自然具有本质的区别,这就是人所特具的灵性。人是"性灵所钟"的"有心之器",这就使它在"三才"中占有特殊的地位:"为五行之秀,实天地之心。"

有心与无心,是人与自然的根本区别。以对道的体现而言,天地万物之文都是对宇宙运动的自然动势的被动的非自觉的反映,唯独人之文,以主体与实践的优势,对宇宙运动的自然动势进行能动的自觉的反映。正因为如此,人文既有师法自然的品格,也具有师法人心的品格。也正因为如此,世界上除了现实美之外,还有艺术美的存在,艺术美才具有来自现实美又高出现实美的品格。这种品格,同样是宇宙运动的自然动势的自然结果:"心生而言立,言立而文明,自然之道也。"

人文美与自然美既是并列的存在,又是统一的存在。易而言之,都是统摄于自然之道的存在。二者的相异性使它们各自具有特殊的规律,二者的统一性使它们具有共同的规律性。正因为如此,二者之间必然出现相互的渗透与融合。"物色之动,心亦摇焉",这是物对心的渗透:"神思方运,万涂竞萌","观山则情满于山,观海则意溢于海",这是心对物的渗透。这一双向的互动产生了两个结果:对自然的执著,必然使美具有纯真的品格;对情采的执著,必然使美具有"雕龙"的品格。不管是"随物以宛转",还是"与心而徘徊",都是美的规律的表现,都是美的不可或缺的方面。

文心美学理论结构的内在兼容性,也表现在审美与创作过程中诸多层面的对立统一上。

情与物的统一。关于美的审识与创作,刘勰提出了"心物交融"的系统理论。他明确认为,审美与创作的过程,实质上是情(心、神、意)与物(景、象)交互作用的过程。在《物色》篇中,刘勰明确提出了"情以物迁",即情感随着外物的变化而变化的命题,在《诠赋》中,又进一步提出了"情以物兴"和"物以情观"的问题。《神思》中所说的"登山则情满于山,观海则意溢于海",就是这种"心物交融"的境界的具体写照。这种心物交融之所以能够实现,同样是自然动势的必然结果:

> 春秋代谢,阴阳惨舒,物色之动,心亦摇焉。盖阳气萌而玄驹步,阴律凝而丹鸟羞。微虫犹或入感,四时之动物深矣。若夫珪璋挺其惠心,英华

秀其清气,物色相召,人谁获安?是以献岁发春,悦豫之情畅;滔滔孟夏,
郁陶之心凝;天高气清,阴沉之志远;霰雪无垠,矜肃之虑深。岁有其物,
物有其容;情以物迁,辞以情发。一叶且或迎意,虫声有足引心,况清风与
明月同夜,白日与春林共朝哉!

　　情与文的统一,以情论文,强调情感体验与语言表达在审美中的重要作
用,是文心理论的基本主张。刘勰明确认为,"感物吟志"是自然而然的事情:
"人禀七情,应物斯感,感物吟志,莫非自然"。而情与辞,又具有同步运动的
属性。形之于外的语言,是内蕴于中的感情活动的物化形态:"辞以情发"
(《物色》),"情动而辞发"(《知音》),"情动而言形,理发而文见"(《体性》)。
情是美的内涵,文是美的形式。没有情的内涵的文,必然是"雉窜文苑"的文。
没有美的文采的情,必然是"鸷集翰林"的情。前者"繁采寡情,味之必厌"。
后者"虎豹无文,则鞟同犬羊"。惟情与文的兼备,才是文学的理想境界:"唯
藻耀而高翔,固文章之鸣凤也。"(《风骨》)
　　基于这种认识,刘勰认为艺术的核心本质和根本功能,就是以情感人,以
美动人,而在情与文的对立统一中,情是更具根本性的:"铅黛所以饰容,而盼
倩生于淑姿;文采所以饰言,而辩丽本于情性。"他将文学作品称为"情文",提
倡"为情而造文",反对本末倒置地"为文而造情"。正确的做法是实现文与情
的统一,使二者都能相得而益彰:"故情者文之经,辞者理之纬;经正而后纬
成,理定而后辞畅:此立文之本源也。"(《情采》)
　　不管是情还是文,终极根源都是道。道作为情与文的共同之原对二者的
统摄作用,不仅表现在认识论上,也表现在方法论上:

　　　故立文之道,其理有三:一曰形文,五色是也;二曰声文,五音是也;三
　　曰情文,五性是也。五色杂而成黼黻,五音比而成韶夏,五情发而成文章,
　　神理之数也。

　　这是对构成文采的具体方法的阐述。这些具体方法,刘勰明确认为,都是
由"神理之数"所决定的。所谓"神理之数",也就是道的自然运动的决定性
作用。

作品的镕裁,同样是取法于自然:

> 骈拇枝指,由侈于性;附赘悬疣,实侈于形。一意两出,义之骈枝也;同辞重句,文之疣赘也。
> 辞如川流,溢则泛滥。权衡损益,斟酌浓淡。芟繁剪秽,弛于负担。(《熔裁》)

刘勰认为,在人的身体上,不能存在多余的器官:任何多余的器官,对于人的正常生活来说,都会带来累赘。在河流中,不能存在超出河床的河水:河水超出河床,就会泛滥成灾。文章的镕裁同样是如此:每一个部件都必须精心斟酌,恰如其分,不能有任何多余的东西。

文章的体势,也是以自然之势作为楷式的:

> 夫情致异区,文变殊术,莫不因情立体,即体成势也。势者,乘利而为制也。如机发矢直,涧曲湍回,自然之趣也。圆者规体,其势也自转;方者矩形,其势也自安:文章体势,如斯而已。(《定势》)
> 是以模经为式者,自入典雅之懿;效《骚》命篇者,必归艳逸之华;综意浅切者,类乏蕴藉;断辞辨约者,率乖繁缛:譬激水不漪,槁木无阴,自然之势也。(《定势》)

在修辞手法中也同样是如此。以对偶为例:

> 造化赋形,支体必双;神理为用,事不孤立。夫心生文辞,运裁百虑,高下相须,自然成对。(《丽辞》)

文心的理论体系,就是由以上诸多层面构成的整体。这一博大精深的整体之所以能够构成,并且能够颠扑不破,是与它强大的逻辑内应力分不开的。这一严密的逻辑结构的逻辑原点与逻辑线索,就是无所不在、无所不包的"道"。

二、文心美学法则的理论前提

"标自然以为宗",是文心理论体系的逻辑原点,也是刘勰确定文心美学的根本法则的理论前提。

"自然",是道家之道的核心概念。"自"有"本原"的意思,"然"有"如此"的意思。"自然"即"自然而然",不以外在力量为主宰的必然动势之谓。《老子》云:"有物混成,先天地生。寂兮寥兮,独立而不改,周行而不殆,可以为天下母。吾不知其名,强字之曰道,强为之名曰大。"(《老子》,第二十五章)这一先天地而生的"莫之命而常自然"的运行不已、生生不息的永恒动势,就是道,也就是自然。世界万物,都由这种生生不息、新新不已的宇宙的自然动势所生发,所以径直地说,"自然"乃是宇宙本体,世界万物的本源的别称。

"自然"作为中国艺术哲学的重要范畴,以美学理论的形态出现,是南北朝时期。刘勰是在艺术哲学理论中"标自然以为宗"的先行者和集大成者。他不仅以此作为理论原点构建了文心理论的完整的认识论体系,也以此为依据建立了文心理论的完整的方法论体系。它的方法论体系中最根本的美学法则,就是自然法则。

所谓"自然法则",就是以自然为文心美学的最高取向的法则。刘勰明确认为,文心源于自然,它像宇宙万物一样,体现着和遵循着自然动势的客观规律,既不以人的意志为转移,更不以神的意志为转移,而以宇宙运动的自然动势的客观规律为转移。他把文学的全部要素"情—物—辞—采",都纳入自然动势的客观规律的范畴。情:"人禀七情,应物斯感。感物吟志,莫非自然。"物:"阳气萌而玄驹步,阴律凝而丹鸟羞,微虫犹或入感,四时之动物深矣。"辞:"心生而言立,言立而文明,自然之道也。"采:"五色杂而成黼黻,五音比而成韶夏,五情发而成辞章,神理之数也。"文学的功能,同样是遵循和体现自然动势的客观规律的:"鼓天下之动者存乎辞。辞之所以能鼓天下者,乃道之文也。"

"自然法则"在创作活动中的集中体现,就是"率志委和":

　　夫耳目鼻口,生之役也;心虑言辞,神之用也。率志委和,则理融而情畅;钻砺过度,则神疲而气衰,此性情之数也。(《养气》)

率,遵也,循也。委,随属也。"率志委和",就是"循心之所至,任气之和畅"①的意思。径而言之,也就是"以人合天",实现天人和谐统一的意思。二者和谐统一的基础就是自然:就终极意义而言,自然与人都是宇宙运动自然动势的产物,二者本来就是密不可分的。

"率志委和",是文学通向自然法则和实现自然法则的具体途径。刘勰认为,这一具体途径的具体楷式,就是圣人的经典:

> 故文能宗经,体有六义:一则情深而不诡,二则风清而不杂,三则事信而不诞,四则义贞而不回,五则体约而不芜,六则文丽而不淫。扬子比雕玉以作器,谓五经之含文也。(《宗经》)

剖而析之,这一楷式实际包括了自然法则的三个方面:一与三是对"真"的标举,二与四是对"善"的标举,五与六是对"美"的标举。

自然法则中的"真"的内涵

真实性是文心美学运动的第一原则。刘勰所说的"真",包括两个方面:"情深而不诡",指感情的真实,亦即主体的真实;"事信而不诞",指事义的真实,亦即客体的真实。

感情的真实,就是在创作中必须具有真情实感,也必须实现情感的真实表现。刘勰谓之"写真"。真情实感是文学的"真宰",没有"真宰"的文学必然是虚假的文学,无任何价值可言:

> 真宰不存,翩其反矣。夫桃李不言而成蹊,有实存也;男子树兰而不芳,无其情也。夫以草木之微,依情待实;况乎文章,述志为本:言与志反,文岂足征?(《情采》)

感情的真实是通过事义的真实来体现的,真情与真相密不可分,唯有真实的形象才能寄托真挚的感情。但刘勰所说的真实的形象,并不是对客观事物的机械再现,而是美学的真实。具而言之,它是艺术的真实,而不是现象的复

---

① 王元化:《文心雕龙创作论》,上海古籍出版社 1984 年版,第 281 页。

制,是表现的真实,而不是模仿的真实,是心理与伦理的真实,也是事理的真实。艺术的真实是以不违背事理的规律性为前提的:"饰穷其要,则心声蜂起,夸过其理,则名实两乖。"基于这一认识,刘勰对形象的虚假性进行了猛烈的抨击:

> 自宋玉景差,夸饰始盛。相如凭风,诡滥愈甚:故上林之馆,奔星与宛虹入轩;从禽之盛,飞廉与鹪鹩俱获。及扬雄甘泉,酌其余波:语瑰奇,则假珍于玉树;言峻极,则颠坠于鬼神。至东都之比目,西京之海若,验理则理无可验,穷饰则饰犹未穷矣。又子云羽猎,鞭宓妃以饷屈原;张衡羽猎,困玄冥于朔野。变彼洛神,既非魍魉;唯此水师,亦非魑魅。而虚用滥形,不其疏乎! 此欲夸其威而饰其事,义暌剌也。(《夸饰》)

刘勰反对不切实际的过度夸饰,却又主张"旷而不溢,奢而无玷"的合情合理的夸饰:

> 自天地以降,豫入声貌,文辞所被,夸饰恒存。虽诗书雅言,风俗训世,事必宜广,文亦过焉。是以言峻则嵩高极天,论狭则河不容舠,说多则子孙千亿,称少则民靡孑遗,襄陵举滔天之目,倒戈立漂杵之论,辞虽已甚,其义无害也。(《夸饰》)

一言以蔽之,"夸饰在用",贵在得当:"若能酌《诗》《书》之旷旨,翦班马之甚泰,使夸而有节,饰而不诬,亦可谓之懿也。"(《夸饰》)

自然法则中的"善"的内涵

"天行健,君子以自强不息。"(《易传系辞》)向善性是自然法则中另一个重要内涵。"善,德之建也。"(《国语·晋语》)道德来自人类的自然本性:"人性之善也,犹水之就下也,人无有不善,水无有不下。言水诚不分东西矣,然岂不分上下乎? 性即天理,未有不善者也。"儒家将人性之善概括为"仁义礼智"四个方面:"恻隐之心,人皆有之;羞恶之心,人皆有之;恭敬之心,人皆有之;是非之心,人皆有之。恻隐之心,仁也;羞恶之心,义也;恭敬之心,礼也;是非之心,智也。仁义礼智,非由外铄我也,我固有之也。"(《孟子·告子章句上》)

"善"在文心运动中的表现,就是"风清而不杂"与"义直而不回"。

"风",指感情中所深蕴的精神驱动力量。刘勰《风骨》篇云:"诗总六义,风冠其首,斯乃化感之本源,志气之符契也。"唯有含"风"之情,才是真正具有教化意义和动人力量的情。"情之含风,犹形之包气。""风"是情的教化意义和动人力量的根源和决定性因素。从终极意义上来看,"风"的动人力量来自"道":"鼓天下之动者存乎辞。辞之所以能鼓天下者,乃道之文也。""清",指"风"对"道"的体现的"纯粹"境界。"风"对"道"的蕴涵越是精纯,教化作用越是深刻,动人力量越是强大。"风清骨峻,遍体光华",就是文心之善的理想境界。

"义",谓事之宜。"行而宜之之谓义。"(韩愈:《原道》)指义理和道德的合宜性。"直"者,正也。"回"者,邪曲也。"义直而不回",指在义理与道德上的正确不邪。表现在文心运动中,就是"持人情性",使其与道心保持一致,而义归无邪:"诗者,持也,持人情性,三百之蔽,义归无邪,持之为训,有符焉耳。"(《明诗》)

这两个方面,都是对文心运动的社会教化作用的标举和强调。刘勰明确认为,文心运动的目的,就是促进和引导社会道德的向上运动过程。文心的社会功利作用,集中表现在对人的情性的引导与塑造上。刘勰所说的"晓生民之耳目","研神理而设教"(《原道》),"吟咏情性,以讽其上"(《情采》),"洞性灵之奥区"《宗经》,"情感七始,化动八方"(《乐府》),就是对文心的社会功利作用的具体解说。

自然法则中的"美"的内涵

美原于道,与天地并生。"美"作为文心运动的自然法则中的重要内涵,被刘勰概括为两个最基本的层面:"体约而不芜"和"文丽而不淫"。

"约",即"精练","简洁",也就是"以少总多","举要治繁"。"体"指"体制",也就是文章的组织方式和结构方式。刘勰认为,"体约"是文章自然美的基本要求。对此,他进行了多层面的标举和弘扬:

《书》云辞尚体要,弗唯好异。(《征圣》)
义典则弘,文约为美。(《铭箴》)
若毛公之训诗,安国之传书,郑君之释礼,王弼之解易,要约明畅,可

为式矣。(《论说》)

　　综学在博,取事贵约。(《事类》)

　　皎日嘒星,一言穷理;参差沃若,两字穷形,并以少总多,请貌无遗矣。
(《物色》)

　　饰穷其要,则心声锋起,夸过其理,则名实两乖。(《夸饰》)

"要约"的反面是"繁芜"。"繁芜"是违背自然的赘疣,只能使人感到丑
陋。对此,刘勰进行了多层面的批判和警示:

　　骈拇枝指,由侈于性,附赘悬疣,实侈于形。一义两出,义之骈枝也;
同辞重句,文之疣赘也。(《镕裁》)

　　去圣久远,文体解散,辞人爱奇,言贵浮靡,饰羽尚画,文绣鞶帨,离本
弥甚,将遂讹滥。(《序志》)

　　文以辨洁为能,不以繁缛为巧;事以明核为美,不以深隐为奇:此纲领
之大要也。(《议对》)

　　《周书》云:"辞尚体要,弗唯好异。"盖防滥也。(《风骨》)

"丽"即文辞的"雅丽",也就是明雅秀丽。"雅丽"的反面是"淫侈"与"质
木"。"淫侈",指文采的滥施无度,其结果必然是"繁采寡情,味之必厌"。
"质木",指文采贫乏,其结果必然是"虎豹无文,则鞟同犬羊"。(《情采》)"雅
丽"就是语言自然美的恰如其分形态。对"雅丽"之文,刘勰做出了系统性的
阐释:

　　圣文之雅丽,固衔华而佩实者也。(《征圣》)

　　原夫登高之旨,盖睹物兴情。情以物兴,故义必明雅;物以情观,故辞
必巧丽,丽辞雅义,符采相胜。(《诠赋》)

　　商周丽而雅。(《通变》)

　　雅丽黼黻。(《体性》)

由此可见,"要约"与"雅丽"是不可分割的整体,都是"为情而造文"在美

学形态中的自然性表现。"文采所以饰言,而辩丽本于情性。"情的真伪,是美的真伪的根本前提。"为情者要约而写真,为文者淫丽而烦滥。"这都是"五情发而为辞章"的"神理之数"的规律性运动的必然结果。

概而言之,对自然法则的标举,也就是赋予文心美学理论以客观性的理性内涵。宇宙运动是一个客观性的存在,标自然以为宗,就是标客观规律以为宗,标科学以为宗。自然法则的权威性,来自自然之道的权威性。以自然作为文心运动的最高法则,这就是以客观世界的真实性作为文心运动的最高标的。从自然的高度去探索文心运动的规律,赋予文心运动的规律以自然法则的天经地义的品格,是《文心雕龙》独特的理论品格,也是《文心雕龙》"标自然以为宗"的另一项重大的理论成果。这种"自然主义宇宙观"的确立,不仅是哲学领域中"一件真正有革命性的大事",也是美学领域中"一件真正有革命性的大事"。① 它标志着美学与神学的彻底决裂,也标志着美学与政治伦理学的分野。从而,给美学的自觉与文学的自觉,提供了一个坚实的逻辑起点和理论支点。这样,就将文心运动中"真"、"善"、"美"的三个层面,在自然法则的总高度,融合成为一个统一的整体。这一和谐统一的整体,就是刘勰文心运动最根本的法则,也是他希望达到的最高的美学境界。

这个和谐统一的审美理想和工作理想之所以能够形成,就在于对自然之道的标举和遵循。

三、推动文学自觉的理论武器

魏晋南北朝是我国文学自觉的重要时期。刘勰的"标自然以为宗"的文心理论,是文学自觉运动在理论上的系统总结和实践上的科学依据。

周秦以来,我国的文学理论拘囿于"依经立论"的范畴,缺乏独立的学术品格,长期成为经学附庸。东汉末年,经学统治趋于全面崩溃,社会理性开始全面复苏,进入了我国历史上第二个思想大解放时期。文学思想空前活跃,许多与传统的意识形态迥然有异的见解接连涌现出来,推动着文学观念的自觉化和深刻化的历史进程。诚如鲁迅所言:"汉末魏初这个时代是很重要的时代,在文学方面起一个重大的变化","说诗赋不必寓教训,反对当时那些寓训

---

① 《胡适学术文集》上册,中华书局1991年版,第553页。

勉于诗赋的见解,用现代的眼光看来,曹丕的一个时代可说是'文学的自觉时代'"。①　其中最有代表性的前行性见解,主要是以下几种:

(一)"文章经国之大业,不朽之盛事"

儒家传统的价值取向是:"弟子入则孝,出则悌,谨而信,汛爱众,而亲仁,行有余力,则以学文。"(《论语·学而》)认为"不朽"的事情是:"太上有立德,其次有立功,其次有立言,虽久不废,此之谓不朽。"(《左传》襄公二十四年)在儒家的坐标系中,道德伦理的价值高于并重于一切,其次是立功,再其次是立言,总称为"三不朽"。有缘从事"三不朽"的人,都是"治国平天下"的圣人之徒,绝非统治圈外的平民百姓。所谓"劳心者治人,劳力者治于人",即此之谓。从事政务活动和写作活动,是统治者的垄断性的特别权利,一般平民是休想问津的。

曹丕在他的《典论·论文》中,提出了一种截然相反的见解:"文章经国之大业,不朽之盛事。年寿有时而尽,荣乐止乎其身,未若文章之无穷。是以古之作者,寄身于翰墨,见意于篇籍,不假良史之辞,不托飞驰之势,而声名自传于后。"将文学的地位提举到与"经国之大业"并列的高度,这无疑是突破了传统观念的束缚,反映出了一种全新的价值尺度。这一全新的价值尺度,是文学自觉的一个重要的理论标志,同时也是推动文学走向自觉的一个重要的理论前提。

(二)"文以气为主"

这是《典论·论文》中所提出的又一个重要命题。曹丕将先秦以来关于"气"的见解,特别是孟子的"养气说",从哲学的范畴引入了美学的范畴,第一次提出了关于作家风格的见解。他明确认为:"文以气为主"。他所说的"气",指作者的秉性气质。"气"因人而异,表现在作品中各不相同:"气之情浊有体,不可力强而致。譬诸音乐,曲度虽均,节奏同检,至于引气不齐,巧拙有素,虽在父兄,不能以移子弟。"这就是后世"文气"说的张本。

曹丕"文气"说的创新意义就在于:将生命的个性化概念,首创性地移入了文学的领域中。在儒家思想占统治地位的经学时代,人们的个性往往是受到压抑的。经学要求文学必须为封建礼教服务,达到"经夫妇,成孝敬,厚人

---

① 《鲁迅全集》第 3 卷,人民文学出版社 1973 年版,第 486—491 页。

伦,美教化,移风俗"的目的,只能表现所谓的"天理",而不允许自由地表现
"人欲"。传统儒家人格的价值取向崇尚集体人格,主张个体人格对集体人格
的从属。儒家所标举的"思无邪"的圣人人格,实际就是一种以道德实现为最
高宗旨的集体人格的总代表。汉末至魏,随着儒家影响的急剧下降以及由此
带来的对个体生存意义的积极反思,人作为个体的自我意识获得了空前的觉
醒,这一切使得曹丕所说的"气"不同于前代。也就是当代著名美学家李泽厚
所深刻指出的:"曹丕所说的'文以气为主'的'气',已不再是一个单纯的哲学
范畴,而具有明确的美学意义了。而且这种意义与《乐记》中所说的'乐气'以
及孟子所说的'浩然之气'有了重要区别。"这一历史性的区别就是:"《乐记》
所说的'乐气'之'气',以及孟子所说的'浩然之气',在根本上是充满于个体
心中一种真诚无伪的,并且绝对高于个体其他一切情感的,普遍性的伦理道德
情感。曹丕所说的'气',虽并不排斥伦理道德情感,但是他所强调的主要方
面,却是作为创造主体的艺术家个人所具有的气质、个性、天才。在这里,
'气'主要被理解为艺术家个人天赋的气质、个性,以及和这种气质、个性相连
的艺术家个人的才能。"①显然,曹丕的"文气"说是对传统的文学无个性说的
离经叛道,是对作者的主体意识的自觉。这一自觉,对于推动文学冲决"依经
立式"的无生命模式而获得独立的生命,是大有裨益的。

(三)"诗缘情而绮靡"

魏晋南北朝的文学不仅开始了对作者主体意识的觉醒,也开始了对文学
的内在特征与外在特征的觉醒。陆机《文赋》中关于"诗缘情而绮靡"的论断,
就是这一觉醒的鲜明标志。

从周秦以来,儒家就形成了"诗言志"的诗教传统。所谓"志",专指圣人
的政治教化之志,不是指个人的思想感情。"'诗言志'是一句古话;'诗'这个
字就是'言''志'两个字合成的。但古代所谓'言志'和现在所谓'抒情'并不
一样;那'志'总是关联着政治或教化的。"②政教的功能,是儒家诗教的核心
功能。孔子所说的"诗三百,一言以蔽之,曰思无邪",就是对这一功能的明确
表述。

---

① 李泽厚:《中国美学史》第 2 卷上册,中国社会科学出版社 1987 年版,第 31—32 页。

② 《朱自清选集》第 2 卷,河北教育出版社 1989 年版,第 25 页。

　　在汉代,情、志并举,但对情的规定始终相当严格,标举"发乎情,止乎礼义",情依旧明确从属于儒家伦理教化的范畴之中。

　　"诗缘情"是西晋陆机在其论文《文赋》中提出的理论观点。《文赋》在阐述文体特点时写道:"体有万殊,物无一量……诗缘情而绮靡,赋体物而浏亮……"陆机的原意只不过是区分不同文体的体式特点,而客观上不仅深刻地概括了诗歌发展的新的时代大走向,而且在客观上揭示了诗歌所固有的抒情性质和崇尚绮靡的美学特征。由于时代的风云际会,这一理论观点的影响极为深远,具有开一代风气的重大意义。它标志着诗歌从根本上摆脱了"言志"说儒家思想的桎梏,走出了"止乎礼义"的历史泥泞,进入了一种容政教、抒情、审美于一体的更加广阔的领域。对这一历史性的突破,李泽厚在《中国美学史》第二卷中进行了深刻的概括:

　　　　说"诗缘情",即是说诗是由情而生的。这和儒家传统的"诗言志"的说法有重要区别。虽然在儒家"诗言志"的"志"里也不是没有"情",但占重要地位的不是"情",而是孔子所说过的"志于道"的"道"。所以"诗言志"实即诗言"道","载道"。其中"情"对于"道"只有次要的、从属的意义……陆机则不同,他极为明确地提出了"诗缘情"……虽然陆机讲"缘情",也讲"颐情志于典坟",但他所说的"情志",如我们所已指出的,是和个体的人生的志趣、理想的追求感叹相联系的,不同于《乐记》和《毛诗序》中所说的那种直接从属于政治伦理道德的感情。①

　　承认诗歌形式的美学特征的存在,这同样是一个历史性的突破。在儒家传统诗学中,诗的美学形式从来都是从属于内容因素而存在,就它自身而言,从来没有构成独立的美学范畴,也没有人去进行具体的研究。对文学的形式因素提出明确的美学要求,陆机是勇敢的开拓者。对诗歌提出"绮靡"的要求,实际上就是向诗歌提出审美的要求。"绮靡"的要求不仅是针对诗歌的内容因素的,更主要的是针对诗歌的形式因素的。他不仅从宏观上注意到了对辞藻和结构的美学要求,主张"其会意也尚巧,其遣言也贵妍",而且从微观上

---

　　① 李泽厚:《中国美学史》第2卷上册,中国社会科学出版社1987年版,第270—271页。

注意到了对音韵的美学要求,主张"暨音声之迭代,若五色之相宣",认为音韵之美要像色彩之美那样和谐调适。这些见解,对于推动文学建立自己独立的工作体系,是大有裨益的。

(四)"文章之与德行,犹十尺之与一丈"

儒家的传统观念,重德轻文,视德为根本,视文为枝末。葛洪却大胆地推翻了这一结论,针锋相对地提出了"文德并重"的见解:"文章之与德行,犹十尺之与一丈,谓之余事,未之前闻……且夫本不必皆珍,末不必悉薄。譬若锦绣之因素地,珠玉之居蚌石,云雨生于肤寸,江海始于咫尺尔。则文章虽为德行之弟,未可呼为余事也。"(《尚博》)他认为天地万物各有其德行实用,也各有其文采光辉,必须并重而不可偏废。他还进一步认为,德行见于行为,属于粗的方面,容易表露,文学出于创造,属于精的方面,其术难精。他说:"德行为有事,优劣易见;文章微妙,其体难识。夫易见者粗也,难识者精也。夫唯粗也,故诠衡有定焉;夫唯精也,故品藻难一焉。"(《尚博》)他的这些看法,不但推翻了历来不敢动摇的德本文末的传统观念,在曹丕《典论》的基础上进一步提高了文学的价值和地位,而且在实际上已经接触到了艺术高出于生活的深层问题,极大地拓宽了文学自觉化和独立化的领域。

刘勰的文心理论,是前人文学自觉化理论的最高综合与总结。他不仅将前人的诸多论见完整地融入自己的体系中,使它们具有了系统理论的属性,而且使它们在理论层次上产生由量变到质变的飞跃而进入更高的境界。这一文学自觉理论在文心理论体系中的系统化和深刻化过程,是在"标自然以为宗"的总纲下进行的。

我们且看看文心理论对曹丕文章地位论的深化过程。

　　　文之为德也大矣,与天地并生者何哉?夫玄黄色杂,方圆体分:日月叠璧,以垂丽天之象;山川焕绮,以铺理地之形。此盖道之文也。仰观吐曜,俯察含章,高卑定位,故两仪既生矣。惟人参之,性灵所钟,是谓三才,为五行之秀,实天地之心。心生而言立,言立而文明,自然之道也。

两相比较,就可以看出:曹丕对文章地位的确定,是在儒家思想的坐标系中进行的,是儒家体系中的内部定位的调整,属于体制内的扩充,尽管文章的

地位已经获得了升举,但对政治教化的从属地位并未获得升举。"虽则肯定
了文章的价值,但是依旧不脱儒家的见地。""文章尽管为不朽盛事,但是离不
开经国大业……论调总还以儒家为中心。"也正因为如此,曹丕的《论文》,也
必然是"就文论文,并没有什么理论的根据。"①而文心理论则以道作为认识论
的最高依据,将对文章地位的确定置于宇宙运动的自然动势的大坐标系中进
行,它不再是儒家体系中的内部定位的调整,而是儒家体制外的兼容性的大视
野下的大扩充。在这全新的大视野中,可以和文章作比较的参数已经不是
"经国之大业",也不再是"人生之不朽",而是在宇宙运动统摄下的天地本身。
文章的地位不仅与经国之大业并存,与立德、立功、立言并荣,而且进而与天地
并存,与日月齐光。由有限的不朽进而为无限的不朽,由统治者决定的不朽进
而为由宇宙规律决定的不朽,实际也就是超越统治者的不朽,由人世生活中的
不朽进而为天地万物的不朽,这在文学(文章)地位上是一种由量变到质变的
极大升举,它的理论容量是此前的任何一种理论所不能容纳的,由此所释放出
来的理论能量和推动生活前进的能量,也是任何一家其他理论所不能企及的。

　　表现在"文气"说上也是如此。"文气"说的实质,是强调作家个性的存
在。对作家个性的标举,实际也就是对"止乎礼义"的儒家格套的挣脱和否
定,其理论意义是极其重大的。但曹丕对命题的阐述过于简略,未能提出理论
的证明,基本上属于经验论证的范畴,其说服的力量是极其有限的。这一论见
融入文心理论之后,在理论上获得了极大的升举。刘勰认为,"文气",也就是
作者的情性。作者的情性是道的自然反映,又是与作者的志气与个性互相符
契的结果。情性本于自然:"人禀七情,应物斯感,感物吟志,莫非自然。"情性
的多样性,同样来自自然:"才有庸俊,气有刚柔,学有浅深,习有雅郑,并情性
所铄,陶染所凝","各师成心,其异如面"。情性的多样性,是作品风格多样性
的原因:"是以笔区云谲,文苑波诡者矣。"(《才略》)对多样化文学风格的倡
导,也就是对一元化的"思无邪"模式的冲击和否定。没有个性的文学势必是
无生命的文学,对文学个性的标举,实际也就是对文学生命的标举和对文学大
繁荣的标举。这一标举的理论依据,就是情性的自然。

　　刘勰在"诗缘情"的理论上,也进行了极大的强化与深化。在"标自然以

---

① 郭绍虞:《中国文学批评史》,上海古籍出版社1979年版,第43页。

为宗"的前提下,诗缘情被纳入了自然生发的范畴:"民生而志,咏歌所含。"诗缘情是与生俱来的事情:"人禀七情,应物斯感,感物吟志,莫非自然。"既然情性与人俱生,理所当然属于人人。既然情性无论贵贱属于人人,那么文学同样无论贵贱也当然属于人人。这一认识,对文学作者的社会地位的上下尊卑进行了彻底的否定,而将一种在文学面前人人平等的朴素观念注入了文坛,有力地推动了文学的下移和文学作者队伍的下移,使文学的事业逐步扩化成为一项社会性的事业。从圣人的事业到"莫非自然"的事业,从"经国之大业"到"民生而志"的事业,这无疑是一场革命性的大飞跃。这一场由量变到质变的大飞跃,是在一种"革命的政治哲学"的指导下进行的。胡适所称的"革命的政治哲学",就是老子的道学。中国哲学中最强大的批判力量,实际就蕴涵在道学的自然主义哲学之中:"这个在《老子》书里萌芽,在以后几百年里充分生长起来的自然主义宇宙观,正是经典时代的一份最重要的哲学遗产。自然主义本身最可以代表大胆怀疑和积极假设的精神。"①

概而言之,在"标自然以为宗"的理论前提下,有关文学自觉的各种观念,都凝聚成为一个整体,具有了系统化和深刻化的理论品格。这种理论品格,来自自然哲学所固有的天经地义的属性。这种属性,来自运动中最高的运动——宇宙的终极运动。这一自然运动,将一切运动形态都囊括而尽,也将一切运动形态的总规律概括无遗。这就是"标自然以为宗"在推动文学自觉上所独具的特殊的开掘力量和凝聚力量的根由。

四、探索文心本质的理论阶梯

以自然为宗,是一种紧贴终极根源的把握。紧贴本体是把握本质的最近渠道。标自然以为宗,不仅是对文心本体的深刻揭示,也是探索文心本质的不可或缺的理论阶梯。

何谓本体?本体即事物借以生发的根本实体,也就是事物产生的终极根由。本体实际就是一种本原性的现象,是形成现象的根本实体。本质是事物的内部联系,它由事物的内在矛盾构成,是事物的比较深刻的一贯的和稳定的方面。如果说本体是对事物所从发生和发展的外部环境的一般规律的整体概

---

① 《胡适学术论文集》上册,中华书局 1991 年版,第 554 页。

括,那么,本质就是对事物自身的根本属性的整体概括。本体与本质,一侧重于外部环境,一侧重于内在结构,在范畴上具有相通而不相同、统一而非同一的属性。从某种意义上说,本体是本质与现象之间的中介。把握了这一中介,才能顺利地向前伸延,实现从现象向本质的飞跃。因此,弄清了文心本体的问题,也就为洞悉文心本质提供了由外及内的最广阔也最直接的观照窗口。否则,对本质的探索,永远只能在外部环境的一般联系中徘徊。

标自然以为宗,是刘勰对文心本体的深刻揭示。赋予文心的本原以宇宙运动的自然动势的总根源,这就必然推动人们从最高层面上去"振叶以寻根,观澜而索源",去寻找文心的最高本质。以自然为宗,是一种紧贴终极根源的把握。紧贴本体是把握本质的最近渠道,为洞悉美的本质提供了最广阔也最直接的观照窗口。以本体为据,也必然以本体的本质属性为据。这就为洞悉美的本质,构建了便捷的思维平台,顺理成章地通向对美的形态和美的本质的认识。这一最高本质并不是什么神秘莫测的东西,而就存在于这一自然运动的本身。这一生生不息、新新不已的自然动势是宇宙万物得以化生的终极根由,也是宇宙万物最深层的本质借以表现的最高根据。所谓文心的本质,实际就是这种自然动势所体现的宇宙精神的感性显现,我们的古人将它称为"气"。"气"是一种来自宇宙运动的永恒的生命活力。宇宙运动在本质上属于力学的范畴,文心在本质上也必然属于力学的范畴。"风骨"就是文心的美与力的决定性因素,也就是文心的核心本质。

文心本体论是文心本质论的理论中介和理论前提。有了文心本体论的突破,然后才有文心本质论的突破。从最根本的层面来看,文心本体论与文心本质论的突破,实际也就是美的本体论与美的本质论的根本性突破。将美的本体置于宇宙运动的自然动势之中,进而将美的本质认定为这一宇宙运动的自然动势所蕴涵的基本精神的感性显现——"风骨",这是人类美学史上具有开拓意义的理论创举。关于美的本质问题,下面设有专章,此处不赘。

第三节 刘勰文心本体论的实践意义

"标自然以为宗"不仅是文心理论的总枢纽,也是文心理论走向社会实践的总纲领。标自然以为宗,就是赋予文心美学的理论与实践以明确的价值论取向及方法论取向。在自然法则的指引下,才能形成对浮靡讹滥文风的针锋相对的战斗力,也使正确的文风有向可循,有则可依。这一总纲对我们民族文风的形成和世代相传,产生了极其深远的影响。

从先秦时起,我们民族就崇尚自然质朴的文风。老子云:"信言不美,美言不信。"孔子曰:"文,犹质也,质犹文也","质胜文则野,文胜质则史"。将自然之道自觉而系统地引入为文之道中,作为文学创作和文学批评的一条重要的美学法则,是刘勰的独特贡献。"自然"作为艺术哲学的重要范畴,在刘勰的文心理论中占有枢纽性的位置。纪昀认为:"齐梁文藻,日竞繁华,标自然为宗,是彦和吃紧为人处。"黄侃认为:"案彦和之意,以为文章本由自然生,故数言自然。"刘永济先生也说:"舍人论文,首重自然。"刘勰对以自然为宗的写作法则的倡导和标举,在实践上对我们民族形成以自然为尚的文风,产生了世代相传的规范作用。

刘勰所倡导和标举的以自然为宗的理论纲领对于写作实践的导向意义和规范意义,主要是以下几个方面:

其一,将文的生发纳入宇宙的自然运动的总范畴中进行体认,实际上是对美的普遍性与自然性的最高层面的论证,也是对文必有采的天然合理性的最高层面的论证。"心生而言立,言立而文明,自然之道也"。对美的追求,在写作实践中是天经地义的事情。这一终极性的理论依据,支持着作家们突破礼教思想的束缚,理直气壮地按照美的规律,去进行美的制作。

其二,将自然美明确地纳入了美学的范畴,从理论上与实践上极大地扩充了美学的认识领域和表现领域。由于对自然美的自觉,对自然美的描摹和赞赏成了中华美学与文学中一道特别亮丽的风景。自然不仅成了美学与文学的直接的自觉的表现对象,也成了兴寄比喻的自觉的间接的表现对象,使人类的各种感情都有具体的形象寄附。如以玉比德,以杨柳喻离别,以清风明月寄相思,以山喻崇高,以水喻智慧,等等,形成了中华民族所特有的审美文化内涵和审美文化韵味。

其三,文学(文章)创作是作家思想感情的自然流露。"人秉七情,应物斯感,感物吟志,莫非自然。"这一自然流露的最高标的,就是与自然之道的一致性:"鼓天下之动者存乎辞。辞之所以能鼓天下者,乃道之文也。"道在文中的鼓动力的集中表现,就是"风骨":"《诗》总六义,风冠其首,斯乃化感之本源,志气之符契也。是以怊怅述情,必始乎风,沉吟铺辞,莫先于骨。故辞之待骨,如体之树骸,情之含风,犹形之包气。""气"也就是道。"情与气偕,辞共体并",是情感流露的极致,也是美学表现的最高境界。由此形成了中华民族以风骨为尚的美学传统。

其四,作家的思想感情不仅在表现上是自然流露的,就其形成过程来说,也是自然萌发的,是外物与内情自然融合的结果。惟其自然融合,所以生气蓬勃,清新动人:"故自然会妙,譬卉木之耀英华"(《隐秀》)。这种自然萌发之情,是任何人工的雕琢所不能比拟的。重视文章内容的自然性,是文章获得成功的思想保证。

其五,作家的语言表达,也必须是自然的。语言的自然性,表现在它以达旨为功,而不以雕饰为能。"情者文之经,辞者理之纬,经正而后纬成,理定而后辞畅:此立文之本源也。"(《情采》)语言是为内容服务的,语言必须表现真情实感,否则,必然是"繁采寡情,味之必厌"。重视语言表达的自然性,是文章获得成功的形态保证。

其六,文学的风格是作家气质、才情、学养的个性化差异的自然表现,是"表里必符"的自然结果。作家风格的形成是一个自然的过程,是一个"各师成心,其异如面"的过程,因此,对文学风格的多样性必须尊重,绝不能采取"一言以蔽之"的独尊方式,而必须采取兼容的方式:"八体虽殊,会通合数,得其环中,则辐辏相成。"对于作者来说,通向风格天成的道路,就是"率志委和"的道路:"故宜摹体以定习,因性以练才,文之司南,用此道也。"(《体性》)

概而言之,从六朝以来,由于《文心雕龙》的承前启后的倡导和推动,我们民族最基本的写作法则与美学法则就逐渐在历史的积淀中形成。这一为全民族所普遍接受的法则,就是以自然作为美学与文学的最高规范和标的的法则,也是以自然作为美学与文学最基本的方法体系的法则。这一以自然为宗的写作法则与美学法则,为以后的世世代代的作家所遵循,由此形成了我们民族所特有的自然朴实、清新刚健的文风。这种文风,在唐代表现为陈子昂对"风骨"和"兴寄"的崇尚,表现为李白对"清水出芙蓉,天然去雕饰"的标举,表现为王维对"肇自然之性,成造化之功"的崇尚,表现为白居易对新乐府的倡导:"其辞质而径,欲见之者易喻也。其言真而切,欲闻之者深戒也。其事覈而实,使采之者传信也。其体顺而肆,可以自播于乐章歌曲也。总而言之,为君为臣为民为物为事而作,不为文而作也。"在宋代表现为苏轼"诗画本一律,天工与清新"的艺术主张,在元代表现为元好问对陶渊明的称赞:"一语天然万古新,豪华落尽见真淳"。在清代表现为袁枚的诗学见解:"独抒性灵,不拘格套。"这种自然朴实、清新刚健的文风,是世代相传的。王国维标举"古今之大文学,无不以自然胜"①,鲁迅主张"有真意,去粉饰,少做作,勿卖弄"②,冰心主张"总而言之,这其中只有一个字——'真'。所以能表现自己的文学,就是'真'的文学……微笑也好,深愁也好。洒洒落落,自自然然的画在纸上"③,巴金主张"艺术的最高境界,是真实,是自然,是无技巧"④。千余年来,这种文风一脉相传,从未间断,成为民族文学风格的基本楷式。"问渠哪得清如许,为有源头活水来。"(朱熹:《读书有感》)这千年不断的源头活水,与刘勰对以自然为宗的写作法则与美学法则的标举,是密不可分的。

①　王国维:《宋元戏曲考》,见《王国维戏曲论文集》,中国戏剧出版社 1984 年版,第 85 页。
②　鲁迅:《作文秘诀》,《鲁迅选集》第 3 卷,人民文学出版社 1958 年版,第 224 页。
③　《冰心论创作》,上海文艺出版社 1982 年版,第 116 页。
④　巴金:《探索集》,人民文学出版社 1986 年版,第 41 页。

第十二章　文心本质论

文心本质的问题,是文心理论中另一根本性问题。文心本体论是对文心所从发生和发展的外部环境的一般规律的探索,文心本质论则是对文心本身的根本属性的剖析。众所周知,"外因是变化的条件,内因是变化的根据,外因通过内因而起作用"①。探讨文心本质的问题,就是从内因上把握文心的最一般的规律性的问题。只有内与外的同时把握,才是我们所希望实现的完整的把握。

第一节　关于文心本质的诸多论见

文心本质的问题,一直是当代龙学中聚讼纷纭,莫衷一是的问题。概括起来,大致有以下两条基本思路:一是哲学的思路,二是文学的思路。由此形成了各家各派的诸多论见。

一、哲学的思路

文心理论是以深刻的哲学思想作为指导和依据的体系,开篇的"文之枢纽"诸章,就是对这一哲学依据的具体解说。在这一组枢纽性的篇章中,刘勰明确提出了"本乎道,师乎圣,体乎经,酌乎纬,变乎骚"的理论纲领,为后人把握文心的本质提供了总的文本学依据。对于这一点,向无异辞。但是,对于"道"的含义,时贤却各有各的解读方式,由此形成了对文心本质的理解的严重分歧。概括而言,有以下几种见解。

---

① 《毛泽东选集》第 1 册,人民出版社 1991 年版,第 302 页。

　　道家之道说。标举文心所原之道主要是老庄道学中的自然之道。持此论最力的是张少康和蔡钟翔。张少康在《文心雕龙新探》中明确表述说："刘勰在《文心雕龙·原道篇》中所要说明的中心问题便是指出文的本质乃是'道'的体现"，"刘勰所说的广义的'文'所体现的'道'，是说的宇宙万物内在的普遍规律，这是近于老庄所说的那种哲理性的'自然之道的。'"①蔡钟翔也同样认为："《文心雕龙》中占主导地位的是'自然之道'，而不是儒家之道"，"刘勰的'自然之道'是贯串于《文心雕龙》始末的重要指导思想。'自然之道'的思想是先秦道家哲学和魏晋玄学中的精华，它推动刘勰去探索文学的内部规律，并取得了高出于同时代人的理论成就。刘勰的哲学思想的高度决定了他的文学理论的深度。"②周振甫也持有类似的观点："刘勰讲'自然之道'，这个'道'来自道家，不是来自儒家。"③

　　这些论见逐渐进入了主流的位置，获得了越来越多的人的认同。但是，对道家自然之道的具体解读，依然存在着不少的分歧。有些学者将自然之道看成"绝对精神"，有的看成"普遍规律"，有的看成是"自然规律"，有的看成是"超自然的绝对理念"，如此等等，至今还梳理不出一个头绪来。

　　儒家之道说。标举文心所原之道为儒学中的伦理教化之道。前人评论《文心雕龙》，大多把它归入儒家之列。近代持此论最力的是范文澜。他明确认为，刘勰所标的自然之道，实际并非道家之道，而是儒家的圣贤之道。他说：

　　　　按彦和篇中屡言"心生而言立，言立而文明，自然之道也"，"夫岂外饰，盖自然耳"，"故知道沿圣以垂文，圣因文而明道"。综此以观，所谓道者，即自然之道，亦即《宗经篇》所谓恒久之至道……彦和所称之道，自指圣贤之大道而言，故篇后承以《征圣》、《宗经》二篇，义旨甚明，与空言文以载道者殊途。④

----

　　① 张少康:《文心雕龙新探》，齐鲁书社1987年版，第23、28页。
　　② 蔡钟翔:《论刘勰的"自然之道"》，见《文心雕龙研究论文集》，人民文学出版社1990年版，第362、373页。
　　③ 周振甫:《谈刘勰论"文之枢纽"》，见《文心雕龙研究论文集》，人民文学出版社1990年版，第343页。
　　④ 范文澜:《文心雕龙注》上卷，人民文学出版社1958年版，第3—4页。

杨明照也持有类似的观点,他说:"文原于'道',是刘勰对文学的根本看法,也是全书的要旨所在。篇中的论点既然出自《周易》,而《周易》又是儒家学派的著作,从总的倾向来看,刘勰写作《文心雕龙》时的指导思想应该是儒家思想。"①

佛家之道说。标举文心所原之道为佛学中的色相心性的般若之道。持论最力的是马宏山。他极力强调:"五项准则(即'文之枢纽'的五个方面)既不能彼此孤立,也不互相等同,而是有本有末,有主有从,有体有用,有真有伪。其中一以贯之的是作为佛家思想的'道'。刘勰的指导思想是以佛统儒,佛儒统一。"明确认为:"刘勰之所谓'道',根据刘勰称呼'道'为'神理'这一名称来看,'道'就是'佛道',亦即'佛性'"。②

二、文学的思路

文学的思路即紧扣文学的内在规律去探索文心本质的思维路径。它和哲学思路的区别就是,它不从天地万物的宏观联系中去寻找"为文之枢纽",而是直接从为文的本身去寻找。但就具体的解读方式而言,有的侧重于"心",有的侧重于"经",有的侧重于"美",有的侧重于心物关系。于是在这一小块理论面积上,又形成了众说纷纭的局面。下面试作简介。

本质在"心"论。强调刘勰文学论之根本在心,认为心是文学运动的决定性因素。持论最力的是王元化,他说:"在刘勰的文学起源论中,'心'这个概念是最根本的主导因素。从'心生而言立,言立而文明'这个基本命题来看,他认为'文'产生于'心'。通过'心'这一环节,使道—圣—文三者贯通起来,构成原道、征圣、宗经的理论体系。"王元化对此进行了辩证的分析:"刘勰在文学起源论中把'心'作为文学的根本因素,但是他在创作论中却时常提到'心'与'物'的交互作用。"③张少康也持有同样的观点:"所谓'文心',乃以心

---

① 杨明照:《从文心雕龙原道,序志两篇看刘勰的思想》,见《文心雕龙研究论文集》,人民文学出版社1990年版,第135页。

② 马宏山:《论〈文心雕龙〉的纲》,见《〈文心雕龙〉研究论文选》上册,齐鲁书社1987年版,第255、258页。

③ 王元化:《刘勰的文学起源论与文学创作论》,见《文心雕龙研究论文集》,人民文学出版社1990年版,第467、469页。

为文之本,反映了刘勰文学本体论的认识和见解",而在对"心"作具体阐述的时候,同样强调了心物之间的辩证关系,主张"心自然不仅是主观的,同时也是反映了客观的"。①

本质在"宗经"论。强调刘勰文学论之根本在"宗经",认为"经"是文学的决定性因素。当代学者中持论最力的是詹福瑞,他说:"原道的主要目的似乎不在于建立所谓'自然之道'的理论原则本身,而是突出经书的载道性质,确立经书的普遍性指导意义。《宗经》是总论的理论核心。"他由此推出一个结论:"说《宗经》篇是《文心雕龙》的'总纲',恐怕更合乎《文心雕龙》的理论实际。"②

本质在"美"论。强调刘勰文学论之根本在对"美"的标举,认为"美"是文学的决定性因素。当代学者中持论最力的是日本学者兴膳宏与户田浩晓。兴膳宏明确表述:"刘勰认为文学在本质上说来是美的表现。""文章的生命在于美"是构成《文心雕龙》"全书的基调"。③ 户田浩晓也持有同样的观点,他说:"文章(文学)犹如龙披鳞甲那样具有美的本质,由此产生《文心雕龙》的名称。"④

在我国学者中,易中天持有类似的观点:

　　　　所谓"文学的自觉",首先体现在作为一种美学原则,"为艺术而艺术"否定、取代了"为政教而艺术"的传统观念……作为它的对立面,"为艺术而艺术"强调的是文学艺术的独立地位。文学和经学分家,艺术与政治脱离,从而一改过去那种附庸地位而成为独立的意识形态。⑤

易中天强调指出:以刘勰为代表的"文学自觉时代"最基本的文学观念是:"文学应该'以能文为本',而文是一种有'滋味'的审美形式。如果说得再

---

① 张少康:《文心略论》,见《文心雕龙研究荟萃》,上海书局 1992 年版,第 250,253 页。
② 詹福瑞:《〈宗经〉与〈文心雕龙〉的理论体系》,《河北大学学报》1994 年第 4 期,第 47,52 页。
③ 兴膳宏:《〈文心雕龙〉论文集》,齐鲁书社 1984 年版,第 103,192 页。
④ 户田浩晓:《文心雕龙研究》,上海古籍出版社 1992 年版,第 6 页。
⑤ 易中天:《文心雕龙美学思想论稿》,上海文艺出版社 1988 年版,第 5 页。

明白一点,那就是:文学是以审美形式为特质的","只有把审美看做艺术的主要特质,才会对形式美进行不懈的探求"。① 他并不否定文学的功利目的和使用价值,但是这种目的和价值的实现,是以审美作为决定性前提的:"文学的功利目的和实用价值,只有在对读者产生了审美作用时才能实现,因此,文学必然是审美的。"②

本质在"反映"论。强调刘勰文学论之根本在对"客观现实"的标举,认为"反映客观现实"是文学的本质和决定性因素。当代学者中持论最力的是陆侃如和刘绶松。陆侃如说:

> 刘勰的文学观基本上是唯物的,这表现在他在一切重要问题上都把客观现实当做文学的决定性因素:文学孕育于客观现实又反映着客观现实;文学创作不是凭作者的主观臆造,作者的情感必然来自客观事物;文学的发展变化,也是随客观现实的变化而变化的。③

陆侃如将"反映"论视为文学的生命。他强调地指出:"纵贯《文心雕龙》全书的中心思想,就是崇实主真。"④

刘绶松强调说:

> 有着心灵和感受的人类,同样是应该有文学的;他们的文学就建立在自然环境和社会环境所给予他们的具体感受上面。离开环境和人类自身对于环境的感受,也就没有所谓文学。这就是"自然"的道理:"夫岂外饰,盖自然也。"这种关于文学的源泉和文学与现实的关系的理解,是基本上符合现实主义的美学原则的。

刘绶松还进一步认为:

---

① 易中天:《文心雕龙美学思想论稿》,上海文艺出版社1988年版,第7—8页。
② 易中天:《文心雕龙美学思想论稿》,上海文艺出版社1988年版,第54页。
③ 陆侃如:《刘勰论创作》,安徽人民出版社1963年版,第16页。
④ 陆侃如:《刘勰论创作》,安徽人民出版社1963年版,第23页。

　　所有这些,都说明了一个问题:"歌谣文理,与世推移";"文变染乎世情,兴废系于时序"。同时也跟着说明了:文学是人类社会生活的真实反映,文学是反映人民的生活和心灵的苦、乐的一面准确的镜子。①

　　这两种见解,都程度不同地将现代马克思主义的反映论,注入了1400年前的古人的认识中,构成了一道独特的时代景观。

　　种种论见,不一而足。每一种论见,都包含了部分的真理。在学术问题上,见仁见智,并不足怪。但是,如果长期停留在见仁见智阶段,实际就意味着我们的认识长期处于不确定的朦胧状态,这毕竟不是我们追求的理论目标。截至目前,对文心本质的认识仍然是龙学界的一个灰区。因此,我们绝不能满足于当前这种众说纷纭的状态,而必须在此基础上前进一步,在变不确定性为确定性的过程中更加接近本质,提出一种足以对文心的本质进行全面概括的见解,也就是刘勰所说的"弥纶群言,而研精一理"的境界。为着实现这一理论目标,我们不妨先对本质探索中一些明显的失误,作一点方法论上的检讨。

　　当代文心本质探索中的迷误,主要表现在以下方面。

　　(一)本体与本质的混淆

　　本体与本质,本来是两个不同层面的范畴。本体,指事物所自从来的根本实体,从某种意义上说,也就是事物借以存在和发展的生成体和寄寓体。本体属于事物的外部联系的范畴,它所标示的,就是人民常说的"毛与皮"的统属关系与制约关系。弄清了事物的本体,人们才能"振叶以寻根,观澜而索源",从宏观上确切把握它在系统运动中的坐标位置,洞悉它的本质联系。本质,指事物内在的根本性质,也就是事物之间借以互相区别的根本特质。本质属于事物的内在联系的范畴。

　　但是,有的学者却将二者视为同一的范畴。以对《原道》的解读为例:

　　《原道》以论述文的本质为主旨。文的本质是什么?《原道》指出,文的本质是"道之文"。用现代的语言来说就是:富于美感特征的文是反

──────────
　　① 刘绶松:《文心雕龙初探》,见《〈文心雕龙〉研究论文选》,齐鲁书社1987年版,第179—182页。

映、表现道的文,反映道、表现道的文是富于美感特征的文。简括一句话就是:文的本质在于它有美的属性和反映道的功能。这一观点贯串全文,是《原道》的中心思想。①

　　《原道》是《文心雕龙》全书的第一篇。刘勰之所以把它放在这样重要的地位,是因为它讲的是文学的本质问题……刘勰在《文心雕龙·原道》篇中所要说明的中心问题便是指出文的本质乃是"道"的体现。②

　　显然,这是对"本原"与"本质"两个概念的混淆,将"本"的"本原"意义误解为"本质"的意义了。实际上,本体与本质,相通而不相同,统一而非同一,各有各的认识领域,具有不可代替的属性。从词义来看,"木水之有本原。"(《左传·昭公元年》)"原,水泉本也。""木下曰本。"(《说文》)"原道"之"原",是"本原"与"根源"的意思,并非本质的意思。从逻辑关系看,二者的区别也是相当明显的。青出于蓝,冰生于水,从发生学的角度看,蓝是青的本体,水是冰的本体。但从根本属性来看,青胜于蓝,冰寒于水,二者分别属于不同的范畴。通俗地说,本体与事物的关系,犹如母体与子体之间的关系,二者密切相关,但并不全同。本体是洞悉本质的一个最简捷的窗口,但绝不能等同和代替本质。将本体当做本质,是一种误读。这种误读又造成了一种误导,驱使许多学者将《原道》当做探究文心本质的专章,满足于用文的本原来充当文的本质,将"道"既当做文心的本原又当做文心的本质。这种将外因当做内因的做法,在理论上是极其苍白的。"所有的范畴都有本质,但是,本体的本质和其他范畴的本质,如和性质、数量的本质,是有不同的。只有本体的本质才是第一的、主要的本质;其他范畴的本质,都是次要的、第二的。"③这才是我们所希望达到的理论目标。

　　(二)宏观和微观的脱节

　　对文心本质的论见的纷纭,也与宏观与微观两个视角的脱节有关。有些学者坚持宏观的视野,重视文心运动的外系统联系的研究,侧重于"文外谈

---

① 李庆甲:《〈文心雕龙〉与佛家思想》,甫之、涂光社编:《〈文心雕龙〉研究论文选》,齐鲁书社1988年版,第159页。
② 张少康:《文心雕龙新探》,齐鲁书社1987年版,第23页。
③ 汪子嵩:《亚里士多德关于本体的学说》,人民出版社1983年版,第119页。

文",认为"原道"之"道"是哲学意义之"道"。有些学者坚持微观的视野,重视文心运动的内系统联系,侧重于"以文论文",认为"原道"之"道"是"文学(文章)"意义之"道"。结果,"各执一隅之解,欲拟万端之变,所谓东向而望,不见西墙也"。实际上,宏观与微观,是密不可分的。宏观世界是事物运动的外部依据,微观世界是事物运动的内部依据,缺一不能为济。表现在文心运动中,宏观的哲学论是它最根本的指导思想,以普遍规律的认识优势赋予它以登高望远的理论品格;微观的文学(文章)论是它具体的工作法则,以特殊规律的认识优势赋予它以脚踏实地的实践品格。如果没有哲学论的导航,文学论势必永远停留在自我封闭的"圣人之道"的泥坑中而不能自拔,再也没有任何突破的可能,更不用说"文学的自觉"了。如果没有文学论的务实,哲学论势必局限在空洞溘漫的境地而失去意义,定会大大违背《文心雕龙》的初衷,也就没有这部体大思精的著作了。

正确的做法只能是哲学论与文学论的有机结合。所谓"有机结合",就是水乳交融的统一,而不是油水分离的拼接。现在龙学界的基本认识是:既承认"原道"的哲学论地位,又承认"征圣""宗经"的文学论地位,却又将二者视为各自分离的关系,而不承认二者之间的统属关系。显然,这是一种油水分离的做法,而不是一种水乳交融的做法。这种做法,与作者"振叶以寻根,观澜而索源"的理论追求,以及"原道第一"的系统序列的精心设计,是存在着相当大的距离的。诚然,《文心雕龙》是一部研究"为文之用心"的理论著作,它当然要研究作文之道;但是,这绝不是一般意义的作文之道,而是具有强大的认识论武装的作文之道,是"本乎道,师乎圣,体乎经,酌乎纬,变乎骚"的作文之道。要想做到这点,必须对那些倾斜的看法进行端正,将注意力放在宏观和微观在逻辑上的契合点上。找出了这个契合点,宏观与微观的水乳交融才具有真正的可能,文心的本质才能显示得更加充分。

(三)独尊与兼容的冲突

中国文化发展的历史行程,基本上是儒家文化处于主导地位的行程。这一特定的文化行程,养成了一种根深蒂固的心理定势:一元文化独尊的心理定势。魏晋南北朝是我国历史上独尊文化衰退、多元文化勃兴的特殊时期,是我国历史上一个在思想上和理论上极其活跃的时期。《文心雕龙》就是这一历史时期的杰作。而我们今天的不少学者,却依然运用传统的一元化的文化模式对它进行解读。解读的方式尽管多种多样,在文化模式上却几乎完全相同,无论"主儒"论、"主道"论或者"主佛论",都离不开一个"主"字。即使标举"兼容"论的学者,实际也是"以儒统道"、"以道统儒"或是"以佛统儒",总离不开一个"统"字。纵令是书面上标举百家兼容,实际上仍是一家为主。显然,这种狭隘的封闭的思维态势,与《文心雕龙》的开放式的思维结构,是互不相容的。

要想把握开放式的思维结构,必须运用开放式的思维方式,而不能运用一家一派的思维方式。所谓"开放式"的思维方式,也就是刘勰所说的"弥纶群言,研精一理"、"擘肌分理,唯务折衷"那种兼容并蓄的思维方式。兼容并蓄并不是一种算术的堆积,而一个系统的工程。要真正把握这一系统工程,洞悉它的深层本质,首先必须摆脱一元化文化模式的历史性束缚,真正投身于文化兼容的海洋之中,沿着系统思维的正确航道,一步一步去接近文心的本质。

(四)历史与现实的混同

每一个民族的学术,都具有自己特定的历史文化背景,具有不可混淆也不容代替的概念系统和理论体系。如果随意进行跨文化和超时空的移植和嫁接,就会严重脱离本民族的文化实际,造成违背传统的文化扭曲。这种文化扭曲的现象,也存在于现当代龙学的研究中。它的集中表现,就是对"现实主义反映论"的生硬移植。

现当代用"现实主义反映论"的术语去套解文心理论的最具代表性的著作,是刘绶松的《〈文心雕龙〉初探》,该作在龙研中最先使用了这一现代性的术语,并且做出了特别的强调:

　　出现在我国齐梁之际的《文心雕龙》,应当这样认为,它是当时文学斗争中的一个产物,而它的不朽的价值,则在它宣扬了属于现实主义范畴的进步的文学思想,反对和驳斥了当时由于统治阶级的竭力提倡而风行一时的颓废主义和唯美主义的文学倾向。

这种充满时代色彩的见解,是与他的鲜明的"人民性"与"斗争性"的坚定立场联系在一起的:

　　不难看出,这样一个文学风气,是怎样地违反着时代与人民的要求,而且会给当时的社会以怎样恶劣的影响。出身于一个没落的贵族家庭而日益走向贫苦生活的刘勰,他是不会不看到当时人民的水深火热的生活状况的,他是不会不要求用文学这个武器来为改善国家的政治和人民的生活而斗争的;这样,他能够对当时文学创作上的这种恶劣倾向熟视无睹,不闻不问吗? 显然是不能的。

据此,他提出了一整套"古为今用"的"对号入座"的见解:

　　因此,所谓"政化贵文",跟我们现在所说的文学为政治服务,当然也有不小的距离,但它到底肯定了政治和教化是离不开"文"的帮助的;这样,也就是在某种程度上肯定了文学为政治服务的积极有效的作用。"事迹贵文",这是说"文"应当成为国家和社会的许多重大事件的忠实记录;这样,也就是在某种程度上肯定了文学具有使人们通过它而认识生活的巨大效能。"修身贵文",则是说,"文"不仅可以表达人们的情感和意愿,而且也可以提高人们的情操和品质;这样也就是在某种程度上指出了文学的对人们具有巨大的教育意义。①

显然,这些见解大大超越了刘勰文心理论的实际。将刘勰穿上社会主义现实主义的红色服装,让古人表演"社会主义美学原则"的体现者的角色,这种将历史与现实混同,将历史学术强行纳入现代理论轨道的做法,在今天看起来似乎有点不可理喻,但在我国历史上一个相当长时期中,不仅是一种真实的存在,而且是一种相当普遍的存在。这种紧跟政教潮流的做法,对政教实际一无所补,对学术则是极端有害。也就是张少康在《文心雕龙研究史》中所正确指出的:"当时学术界对现实主义、形式主义的内涵的理解本身就存在着先天的狭隘性和功利性的缺陷,当这些观念渗透到《文心雕龙》研究领域时,其弊端也就可想而知。"②

---

① 刘绶松:《〈文心雕龙〉初探》,见《〈文心雕龙〉研究论文选》,齐鲁书社1987年版,第176—185页。
② 张少康:《文心雕龙研究史》,北京大学出版社2001年版,第207页。

今天,这种争先恐后地"向东方寻找真理"的做法,已经逐渐淡化,而另一种"向西方寻找真理"的做法,又在改革开放的大旗下争先恐后地涌起。不管是"唯东"还是"唯西",都是对中国文化实际的脱离。离开自己民族的文化实际,去盲目追求海外的"红色文明"或"蓝色文明",都是不可取的。我们并不排斥一切外来文化,但是我们的立足的基点必须是自己的民族文化。"文学艺术中对于古人和外国人的毫无批判的硬搬和模仿,乃是最没有出息的最害人的文学教条主义和艺术教条主义。"①正确的做法只能是:"对于外国文化,排外主义的方针是错误的,应当尽量吸收进步的外国文化,以为发展中国新文化的借镜;盲目搬用的方针也是错误的,应当以中国人民的实际需要为基础,批判地吸收外国文化。"②惟其如此,我们才能真正摆脱各种教条主义束缚,运用中国人自己的智慧和方式去接近文心的本质。

(五)对古代学术的方法论苛求

在建国后相当长一段历史时期中,方法论是思想学术领域的热门追求。当时的时尚是以方法论的属性作为判断学术价值的决定性依据,几乎所有的龙学论文,都连篇累牍地对《文心雕龙》的方法论属性做出详细的分析和定位,以此来取得安全保证。唯心与唯物的争论,成了龙学研究中的一个焦点。但是,这一场"思想路线上的斗争"在理论上并不具有真正的开拓意义,在实践上也没有取得任何积极性的成果。众所周知,任何事物都具有相反相成的属性,可以并存而不相害,缺一不能为济。思想方法上同样如此。对此,蔡元培在《〈北京大学月刊〉发刊词》中做出了明确的表述:

> 《礼记》《中庸》曰:"万物并育而不相害;道并行而不相悖。"足以形容之。如人身然,官体之有左右也,呼吸之有出入也,骨肉之有刚柔也,若相反而实相成。各国大学,哲学之唯心论与唯物论,文学、美术之理想派与写实派,计学之干涉论与放任论,伦理学之动机论与功利论,宇宙论之乐天观与厌世观,常樊然并峙于其中,此思想自由之通则,而大学之所以为大也。吾国承数千年学术专制之积习,常好以见闻所及,持一孔

---

① 《毛泽东选集》第3卷,人民出版社1991年版,第860页。
② 《毛泽东选集》第3卷,人民出版社1991年版,第1083页。

之论……论者知其一而不知其二,则深以为怪。今有月刊以宣布各方面之意见,则校外读者,当亦能知吾校兼容并收之主义,而不致以一道同风之旧见相绳矣。①

更何况,古人的方法论并不是十分成熟的,更不是纯而又纯的,具有极大的朦胧性和混沌性。古人朴素的思维方式,与现代马克思主义所要求的精密的辩证唯物主义,事实上是存在着极大的理论差距的。结果,势必成为主观随意性的"贴标签",不能解决任何实质性的问题,反而在思想方法上带来极大的混乱。标签贴得越多,意味着禁区越多,安全感越少,越使人望而却步。对于许多敏感性与深层性的问题,人们都采取小心回避的态度,不敢再去探索。进行"物"性研究者众多,进行"心"性研究者寥寥;进行求同性研究者众多,进行立异性研究者寥寥;进行一般性研究者众多,进行开创性研究者寥寥。尽管对"本质"的探索也是一种时尚,而对"文心"本质进行深入探索的人,几乎绝无仅有。这种情况,不能不说是一种时代的尴尬。

以上种种迷误,从反面深深启迪我们:对于系统性学术,必须进行系统性把握。系统性把握,是打开文心本质之锁的唯一钥匙。这一认识,激励着也指引着我们继续向上攀登。

第二节　关于文心本质的系统思辨

任何理论体系都是建立在概念基础上的。要想确切把握文心的本质,我们不妨从概念辨析这一最基础的工作做起。

什么是"本质"?《辞海》的辞条上阐述得非常清楚:

> 本质是事物的内部联系。它由事物的内在矛盾构成,是事物的比较深刻的一贯的和稳定的方面。现象是本质在各方面的外部表现,一般是人的感官所能直接感觉到的,是事物的比较表面的零散的和多变的方面。任何事物都有其本质和现象。本质从整体上规定事物的性能和发展方

---

①　刘军宁:《北大传统与近代中国》,中国人事出版社1998年版,第557—558页。

向。人们对事物的认识过程是"从现象到本质,从不甚深刻的本质到更深刻的本质的深化的无限过程"。

析而言之,要认识事物的本质,必须从以下几个方面的具体规定性去进行探讨:

其一,任何事物,都是现象与本质的统一体。现象表现为事物的存在方式,本质反映着事物的根本性质;现象表现着事物的外部特征,本质反映着事物的内在矛盾;现象具有多样性、分散性,变化性,本质具有同一性、集中性和稳定性;现象表现着事物的非本质属性,本质表现着事物的根本属性或事物的质的规定性的属性。因此,要认识一个事物的本质,就必须透过事物的运动形式和事物现象,来把握事物的内在特殊矛盾及其运动规律。一个特定的事物,具有多样的属性,而本质的属性却始终只有一个,它是客观事物在外部条件下运动的最根本的原因。

其二,不同的事物具有不同的本质属性,本质属性决定事物的性质。世界上事物的千差万别,就是由它们各自不同的特殊的本质属性所决定的。本质属性是各个对象的根本特征,有了它,不同对象之间的区别与鉴别才成为可能。

其三,任何事物,虽然时刻在发生量变和局部的质变,但它们都必须具有质的相对的稳定性和规定性,否则就成了不确定的东西,人们就无法去认识和鉴别它们。本质属性通贯于事物发展过程的始终。本质属性改变,意味着事物的全面异化和对该事物的彻底否定。

其四,既然任何事物都有本质,本体作为事物的最终根源,当然也具有本质的规定性。本体的本质是本体自身中具有决定性意义的东西。事物的本体只能揭示出它所从来的根源,这一根源能够大体说明它的发生学上的质素,但不能揭示出其中具有决定性意义的质素。本质属于内在矛盾的范畴,本体属于外在矛盾的范畴。二者相通而不相同,统一而非同一,具有不能代替的属性。

根据上述关于"本质"含义的具体界定,第一节中所举出的诸多论见的不足是显而易见的。众所周知,本质就是"区别","区别"就是矛盾的特殊性。"任何运动形式,其内部都包含着本身特殊的矛盾。这种特殊的矛盾,就构成一事物区别于他事物的特殊的本质。"①这正是诸多论见所没有解决的问题。诸多论见都从文心的某些方面揭示了文心的某种属性，但均未能揭示出文心之所以是文心并且专属于文心的规定性——它之所以能在理论世界中自标其异的内在依据。具而论之，如果文心的本质是"道"，而"道"同时也是万物的本原，那么，文心与万物在根本性质上又有何区别呢？不言而喻，"道"是它们的共同属性，而不是文心的本质属性，它只能说明文心具有"道"的属性，而不能揭示出文心所特有的"个性化"的本质属性。如果说文心的本质是"心"，而"心"是具有普遍意义的"思之官"，那么，文心与"思之官"的"心"在根本性质上又有何区别呢？不言而喻，"心"是它们的共同属性，而不是文心所特有的本质属性。它只能说明文心具有某种归属于"心"的属性，同样不能揭示文心所特有的根本属性。如果说文心的本质是"宗经"，而"宗经"是封建社会上层建筑的普遍属性，那么，文心与一般的上层建筑在根本性质上又有何区别呢？不言而喻，"宗经"是它们的共同属性，而不是文心所特有的本质属性。它只能说明文心具有某种可以归属于"经"的属性，同样不能揭示文心所特有的本质属性。如果说文心的本质是"美"，而"美"是"与天地并生"的普遍存在，那么，文心之"美"与"天地万物"之美又有什么区别呢？不言而喻，"美"是它们的共同属性，而不是文心所特有的本质属性。它只能说明文心具有某种归属于"美"的属性，同样不能揭示文心所特有的根本属性。至于文心"既具有心的本质，又具有物的本质"、"既具有自然之道的本质，又具有伦理之道的本质"的"双重本质论"的非科学性，那更是显而易见了。众所周知，本质具有同一性，唯一性，稳定性，这些属性，都是与"两重性"不能共容的。"两重性"表面看来似乎很公允，很平衡，实际是忘记了"主要矛盾和矛盾的主要方面决定事物的本质"的最基本的辩证法则，必然使事物的本质模糊化而成为不确定的因而也难以把握的东西。从某种意义上说，纯粹是在玩弄为列宁所嘲笑的"拿两个或更多的不同定义把它们完全偶然地拼凑起来"的文字游戏。②

　　直至目前为止，龙学界还没有提出关于文心本质的令人信服的见解。原因在于他们所做出的诸多努力，实际上都是在外部研究上各执一端地下工夫：

① 《毛泽东选集》第1卷，人民出版社1991年版，第308—309页。
② 《列宁全集》第32卷，人民出版社1963年版，第83页。

他们所探究的只是文心与它周围诸多因素的联系——本质性联系。"本质性联系"诚然由事物的本质所原发,但"本质性联系"并非"本质属性"的同义语,因为本质性联系是外部的,而本质属性是严格属于内部的质的规定性。前者属于外系统运动的范畴,后者属于内系统运动的范畴。在现当代文心理论的研究中,这两个范畴始终是混淆在一起而并没有进行真正的"剥离"的。这种不同范畴之间的一般性的相同与相通,是造成认识模糊的重要原因。要想获得对文心本质的正确认识,必须从"剥离"做起。

本质在哪里?本质涵蕴在现象里,而本体实际也就是事物借以生成的终极存在,也就是终极现象。从最高的层面来看,本体是现象的终极性集中,也是本质的终极性集中:本质集中涵蕴在本体之中,就像龙珠深藏在龙腹中一样。也正因为如此,本体也就必然成为我们探索和揭示本质的最切近的窗口:不是用本体充当本质,而是凭借本体走近本质。

这一系统思辨的第一步骤,就是对"道"的本质进行动态性的观照和思辨。

"道"的本义指"道路"。"《说文》:"道,所行道也,一达谓之道"。将"道"引入哲学领域,将"道"视为最高的实体范畴,用以说明世界万物产生的根源及其运动变化的普遍规律的创始者,是老子。不少学者将老子哲学定位于"客观唯心主义",这是一种严重的误读。老子之道实际上是一种以天体运行作为根本依据的"天道"。对"天道"的标举,是它的道学思想的理论基点:

天之道,其犹张弓欤?高者抑之,下者举之,有余者损之,不足者补之。天之道,损有余而补不足,人之道则不然——损不足以奉有余。(《老子》第七十七章)

老子是以天道作为最高依据,来对人道进行批判的。天道,是"道"的基本内涵:

孰能有余以奉天下?唯有道者。(《老子》第七十三章)

"有道者"在"行为方式"上与"天道"是完全一致的。"道"和"天道"在意

义上是完全一致的。由此可见,道实际上也就是天道。又如:

> 天之道,利而不害。圣人之道,为而不争。(《老子》第八十一章)

这里所说的"圣人之道"也就是普遍意义的"道",它与"天道"具有同样的性质。更足以说明,老子所说的"道",实质就是"天道"。

天道是天体运行之道。所谓"天道有常",就是"天行有常"。老子的道,实际是对天体运动的规律性的混沌认识和朴素总结。这点,已为我国的哲学名家所正确指出。早在 20 世纪 50 年代,任继愈就明确指出:"老子哲学的基本观念——道——是从'天道'发展而来的。"他列举了大量天文学材料,对此进行了充分的阐述:

> 老子的哲学的基本观念——道——是从"天道"发展来的。老子用当时天文学的知识对宇宙的奥秘进行了探索,根据天文学的知识(当时科学成就)以反对有人格的上帝支配一切,这是春秋时期唯物主义哲学的主要使命。这一使命老子完成得很好。只有掌握了当时足够的天文学知识,才会有效地说明天变不足畏,天道不神秘,有客观规律可循。也只有具备了一定的天文学知识,才会使人相信天不能对人类降祸、降福(天地不仁)。有了天文学知识,就能有效地说明天象的变化,天道的运行有周期,有规律,是客观存在的,它不以人的意志为转移。[1]

张岱年也表述过同样见解:"先秦唯物论的理论根据就在于当时天文学的成就","道的观念是从天道观念转化而来的。"[2]这些见解,为我们正确理解"道"的本质,开辟了科学的渠道。

道的实质是天道,天道是对宇宙运动的规律的理性概括。凭借这把钥匙,我们走出了古代哲学的朦胧与混沌,比较明确地看出"道"的科学内涵。"道"作为"宇宙运动"的现象的总体概括和运动规律的普遍绅绎,在《老子》的文本

---

① 任继愈:《中国哲学史论》,上海人民出版社 1981 年版,第 227 页。
② 张岱年:《中国哲学发微》,山西人民出版社 1981 年版,第 278、21—22 页。

中实际已经表述得相当清楚,无须赘述。析而言之,老子所说的"道",具有以下的基本特征:

其一,是物质性的特征。"有物混成","其中有象","其中有物","其中有精","其中有信","飘风不终朝,骤雨不终日。孰为此者,天地",就是对"道"的客观实在性的描述和概括。

其二,是运动性的特征。"道"并不是静态的物质,它时刻都处于一种运动的状态中。"独立不改,周行而不殆","大曰逝,逝曰远,远曰反",就是对它的运动状态的描述和概括,实际也就是对天体运动的状态和规律的描述和概括。天体是一个"大音希声""大象无形"的庞大的运动体,时隐时现,空阔无垠,"迎之不见其首,随之不见其后"。远非人的感觉器官特别是古人的感觉器官所能全息把握。因此,在古人的视野中,必然是"视之不见,听之不闻,搏之不得""不可致诘,故混而为一"的"恍恍惚惚"的混沌体。这种朦胧性,不仅是古人认识水平的原始性特征的反映,也是天体运动固有的朦胧性特征的反映。

其三,是能量性的特征。运动以能量为凭借。能量是运动的根本原因。所谓"道冲,而用之则不盈,渊兮,似万物之宗","玄牝之门,是谓天地根。绵绵若存,用之不勤","虚而不屈,动而愈出","道之出口,淡乎其无味,视之不足见,听之不足闻,用之不足既",就是对天体运动所凭借的宇宙能量的无穷无尽而又幽深隐秘的特征的描述和概括。这一巨大的宇宙能量,就是天体运动的根本原因,也就是天地万物借以形成的根本原因。它虽然不能用人的感官充分感知,但从天体运动循环不息的状态来看,它确乎是存在的,而在逻辑思维中是可以认识的。

其四,是规律性的特征。"道"之动,是天体的规律性运动,"道"是规律的异称,老子将它称之为"常","常"也就是规律。"独立不改,周行而不殆","反者,道之动",都是规律性的表现。"知常曰明。不知常,妄作,凶。知常容,容乃公,公乃王,王乃天,天乃道,道乃久。"唯有和规律保持一致,才能"殁身不殆","天长地久"。

其五,是生长性的特征。"道"具有化生万物的属性。这一化生万物的属性来自宇宙运动的自然动势。"道生一,一生二,二生三,三生万物。万物负阴而抱阳,冲气以为和",就是这一基本特征的描述与概括。所谓"道生一",

是指宇宙运动的统一性所产生的混沌总体。二指阴与阳的对立,三指对立的两个方面产生的第三者,由此而生发出丰富多彩、千差万别的大千世界。究其根源,就在于"道"的化生万物的作用:"生之畜之,生而不有,为而不恃,长而不宰。是谓玄德。"

其六,是绝对性的特征。上述的五个特征,都具有绝对性的意义。就物质性来说,"道"标志着"先天地生"的最根本的构成规律,标志着万物的终极根源,被称为"万物之母"。就运动性来说,它描述着和概括着一切运动中最博大、最永恒的运动状态——宇宙运动。这一运动,是天地间一切运动的最高根源和最后根源,也是天地万物借以生发的根本原因。就能量来说,"道"标志着宇宙运动借以发生的取之不尽、用之不竭的总动力源。就规律来说,"道"标志着宇宙运动的最根本的规律——自然无为。

这些特征,是古人对以天体运动为依据的"道"的基本特征和基本规律的概括,也是老子所说的天道自然的具体内涵。由此可知,"道"既属于"物"的范畴,又属于运动与能量的范畴,也属于规律的范畴,集中而言,属于"物质—能量—运动—规律"的综合范畴。那么,构成这一综合范畴的扭结点又是什么呢? 这就是问题的症结所在,也就是它的本质所在。

能够将四者凝聚成为一个整体的扭结点,就是运动本身。"道"作为天体的运动,是存在于人的意识之外的客观存在,理所当然属于物质的范畴。但天体不是一般意义的物质,而是运动着的物质,它具有运动所具有的全部特点。物质与运动共生,运动与能量共生,规律与运动共生。这样,四者之间必然凝聚成为一个密不可分的整体。这一运动着的整体体现着宇宙运动的自然动势的基本规律:"人法地,地法天,天法道,道法自然。""道法自然",就是对"道"的本质的最高综合与概括。

"天乃道","道"的本质,就是自然。所谓"自然",也就是"自然动势"之谓,具有鲜明的力学属性。道之动,生生不已,奔突奋进,独立不改,周行而不殆,就是这种自然动势的本质力量的集中表现。

从宇宙运动的最高层面来看,"道"的本质与天地万物本质普遍相通;从终级根源来看,天地万物无一而非"道"的自然动势的本质力量的产物。但是,普遍性只能反映着事物的外在联系,不能直接揭示事物的本质。事物的本质只能涵蕴在它的特殊矛盾之中。那么,文心作为道的自然动势的本质力量的普遍反映,它的特殊矛盾,它的足以和其他的普遍反映互相区别的独特之处又在哪里呢？这是刘勰专门的探索领域,也是需要我们继续探索的问题。

文心和别的"自然动势的本质力量的普遍反映"的最大区别就在于:

首先,它是一种"文"的现象。"文心者,言为文之用心也。"从根本属性上看,"文"属于"美"的范畴。因此,文心中所反映的"道",也必然具有"美"所固有的形态特点,这就是它所独具的感性形态。文心中所反映的"自然动势的本质力量",绝非抽象的规律,而必定是天地万物的有声有色的形象。"自然"赋予文心的形态,必定是美的形态。美是文心中所蕴涵的"道"的特定载体。这就是刘勰所说的:"龙凤以藻绘呈祥,虎豹以炳蔚凝姿;云霞雕色,有逾画工之妙;草木贲华,无待锦匠之奇。夫岂外饰,盖自然耳。"(《原道》)这种感性形态在"言文"(文学/文章)中的存在方式,就是"采"。"采"就是文学/文章中的"声色",实际也就是涵蕴在美学形态中的"可以发皇耳目"的艺术感染力量。

其次,它也是一种"心"的现象。"道"的自然动势的本质力量作用于"文心",是通过"人"这个"天地之心"的特定中介来实现的。当它作用于人的时候,又是通过"心"这一特定的中介和"心与物游"这一特定的方式来实现的。具而言之,"道"的自然动势的本质力量,是以一种特定的心理内涵表现在文心之中的。这种特定的心理内涵,被我们的古人称为"气",也就是曹丕所说的"文以气为主"。"气"作为"道"的运动形态,具有力的属性。所以老子说:"万物负阴而抱阳,冲气以为和。"这种气的'冲荡过程,便是一种真力弥满、雄浑劲健的造化过程和创化过程。所以王充说:"人之精,乃气也,气乃力也。"(《论衡·儒增》)高诱也说:"气,力也。"(《吕氏春秋·审时》注)这种力,也就是古人所说的"天行健"、"天地之大德曰生"的造化伟力。这种蕴涵在自然动势中的生生不息、奔突奋进的伟力表现在文心之中,就是一种蓬勃向上的心理态势。正是这种与自然动势息息相通的强大的心理活力,构成了文学运动中的"化感之本源",产生出了强大的美学感染力。日本学者林木虎雄也持有同样的观点,在《中国古代文艺论史》一书中明确认为,"气指精神底活力"。[①]这种强大的心理活力,实际属于心物交融的范畴。也就是刘勰所说的"心与

---

① 铃木虎雄:《中国古代文艺论史》上册,上海北新书局 1928 年版,第 49 页。

物游","物与神交","感物吟志,莫非自然"。这种由心物交融所激发并与自然动势的伟力息息相通的精神活力,就是文学内容中的"化感之本源"——"风骨"。

概而言之,文心的本质来自道的本质。道也就是气,气即宇宙生机。宇宙的生机是万物生生不已的总动力源。反映在人文中,就是对人的生命强度的力学追求。这一力学追求的人文标志,就是风骨采。风骨采作为"道"的自然动势的本质力量的"特殊性"存在,是美的形式和力的内涵的有机统一。美的形式的具体形态就是"采","采"是"道"的自然动势所具有的化生万物的本质力量在文学形式上的集中表现。力的内涵的具体形态就是"风骨","风骨"是"道"的自然动势所具有的化生万物的本质力量在文学内容上的集中表现:"斯乃化感之本源,志气之符契也","怊怅述情,必始乎风,沉吟铺辞,莫先于骨。故辞之待骨,如体之树骸,情之含风,犹形之包气"(《风骨》)。这种全息性表现在文心的形式与内容中的那种蓬勃郁奋的本质力量,实际也就是自然运动中所广泛涵蕴的化生万物的生生不息、新新不已的物质力量的心理折光,是物之力所转化的心之力,是大自然的蓬勃奋进的生气所折射于人心的蓬勃奋进的心理态势。"风骨"作为宇宙力学和心理力学的统一范畴,必然成为文心内容的决定性的核心和关键:"其为文用,譬征鸟之使翼也。"

由此可知,"风骨采"的统一,就是文心的"比较深刻的一贯的和稳定的方面",是"从整体上规定事物的性能和发展方向"的方面,也就是文心之所以成为文心的决定性依据,亦即文心的本质。易而言之,文心的本质,就是蕴涵于风骨采中的蓬勃奋发、生生不息的生命活力与精神活力。这种"与天地并生"的活力,作为宇宙运动的本质力量与人的生命运动的本质力量的自然契合,以及自然之道与人的志气的符契,是宇宙动势的造化活力与人的创造性的生命活力的有机统一,并以美的感性形态表现出来。正由于如此,风骨采的统一也就顺理成章地成了文心美学的最高追求和文学评论的最高价值取向:"若风骨乏采,则鸷集翰林,采乏风骨,则雉窜文苑,惟藻耀而高翔,固文笔之鸣凤也。"(《风骨》)将美的本质具化为对风力骨力采力的自觉追求,是中华美学独特的理论品格。这里不再赘述。

第三节　刘勰文心本质论的理论意义和实践意义

刘勰关于文心本质的系统论述,在我国文学发展史上具有划时代的意义。具体表现在以下两个方面。

一、刘勰文心本质论的理论意义

将"风骨采"纳入"心力学"的范畴,以此作为凭借来深刻揭示文心的本质,是刘勰的首创。这一对文心本质的心力学解读,标志着中国文学理论从"比较深刻的本质"向"更加深刻的本质"的重大飞跃,也标志着文心理论的全面成熟和最后完成。

"风""骨""采"的含义,是经历了长期的历史嬗变的。"风"的本初含义指大自然的空气流动。《殷墟文字甲编》:"今日不风。"《说文》:"风动虫生"。《尔雅释言》:"风,气也。"道家将"风"与"气"纳入了自然哲学的领域,赋予它以万物本源的意义,并向宇宙力学和生命科学的领域伸延。儒家以风能动物为喻,赋予"风"以伦理教化的意义。《毛诗序》云:"风,风也,教也;风以动之,教以化之……上以风化下,下以风刺上;主文而谲谏,言之者无罪,文之者足戒,故曰风。"自先秦至两汉,"气"作为生命之元和生命活力的凭借,在当时的"元气论"中得到了发展。魏晋时,随着对人物的品藻,"风"与"气"成了对人物的精神风貌的美学表现进行评价的特定概念,如:

> 王子平与人书,称其儿风气日上,足散人怀。(《世说新语·赏誉》)
> 羲之高爽有风气。(《宋书·袁淑传》)
> 庾道季云:廉颇、蔺相如虽千载上死人,懔懔恒如有生气。(《世说新语·品藻》)

魏晋南北朝时,"风"与"气"作为品藻人物精神风貌的概念,也渗透于对书画的评价中。如:

> 神韵气力,不逮前贤;精谨微细,有过往哲。(《画品·评顾骏之》)

虽气力不足,而精彩有余。(《画品·评夏瞻》)

虽擅名蝉雀,而笔迹轻羸。非不精谨,乏于生气。(《画品·评丁光》)。

体韵遒举,风彩飘然。(《画品·评陆绥》)

刘勰所使用的"风"、"气"的概念,既是对前人概念的历史性继承,又是对前人概念的跨越式开拓和创造性发展。具而言之,刘勰所说的"风"、"气",不再是一个单一的哲学范畴,也不再是一个单一的生命科学的范畴或单一的相术学的范畴,也不是单一的心理科学或品藻科学的范畴,而是将诸多范畴融合为一的具有丰富内涵的美学范畴。刘勰所说的"风"、"气",实际就是从终极根源的总高度,从宇宙力学与生命力学的总强度,从社会伦理学的总广度,从心力学的总深度,对涵蕴在人类感情中的美学感染力所做出的总解读和总揭示。请看刘勰对"风"(气)的特定内涵的特定表述:

诗总六义,风冠其首。风者,化感之本源,志气之符契也。

"诗总六义,风冠其首。"这是对"风"的社会教化意义的概括。"化感之本源",这是对"风"的本体论意义的概括。"志气之符契",是对"风"的生命论意义的概括。

怊怅述情,必始乎风。

情之含风,犹形之包气。

深乎风者,述情必显。

情与气偕,辞共体并。文明以健,珪璋乃聘。

"情与气偕","情之含风,犹形之包气","怊怅述情,必始乎风",是对"风"与"情"的关系的明确揭示,也是对"风"的存在位置及其作用的概括。

蔚彼风力,严此骨鲠。才锋峻立,符采克炳。

相如赋仙,气号凌云,蔚为辞宗,乃其风力遒也。

故练于骨者,析辞必精,深乎风者,述情必显。捶字坚而难移,结响凝而不滞,此风骨之力也。

是以缀虑裁篇,务盈守气,刚健既实,辉光乃新,其为文用,譬征鸟之使翼也。

翚翟备色,而翩翥百步,肌丰而力沉也;鹰隼乏采,而翰飞戾天,骨劲而气猛也:文章才力,有似于此。

这些论见,就是对"风"的力学属性的揭示和概括。

综上可知,刘勰所说的"风"(气),实际就是涵蕴在作品感情中,并与宇宙的自然动势息息相通,也与人的生命动势息息相通的蓬勃奋发的精神力量,这就是情之所以动人的决定性根由。刘勰对"风"的这种解读,是历史概念的最高综合与总结,它所具有的理论高度,是空前鲜后的。

"骨"同样是一个历史性概念。"骨"的本初意义是机体骨骼,还含有以骨立干的意思。"骨,肉之覈也"(《说文》),"骨者,髓之府"(《素问》),属于生理材料学的范畴。"骨为干","肾主骨,张筋化髓,干以立身"(《灵枢》),属于生理结构学和生理力学的范畴。汉代以后,随着察举选士制度的施行,"骨"成了一个品鉴人物的概念,指人的"骨相"特征和相应的才性品格特征,"骨"的内涵开始向人的精神品质方面延伸。王充《论衡·骨相》云:"察表候以知命,犹察斗斛而知容矣。表候者,骨法之理也。"又云:"贵贱贫富,命也;操行清浊,性也。非徒命有骨法,性亦有骨法。"魏晋以后,品鉴人物的风气更加盛行,"骨"被赋予了一种形体美学上和相应的精神美学上的肯定意义,使用得相当普遍。如:

羲之风骨清举。(《世说·赏誉》)
时人道阮思旷骨气不及王右军。(《世说·品藻》)
刘裕风骨不恒,盖人杰也。(《宋书·武帝纪》)
旧目韩康伯,将肘无风骨。(《世说·轻诋》)

随着对人物的品鉴,"骨"的概念也移植于对书画与文章的品鉴中。如:

《三马》隽骨天奇。(顾恺之:《魏晋胜流画赞》)

不兴之迹,殆莫复传,唯秘阁中一龙而已。观其风骨,名岂虚成。(谢赫:《画品·评曹不兴》)

骨气洞达,爽爽有神。(袁昂:《书评·评蔡邕》)

善笔力者多骨,不善笔力者多肉。多骨微肉者谓之筋书,多肉微骨者谓之墨猪。多力丰筋者圣,无力无筋者病。(卫夫人:《笔阵图》)

刘勰所说的"骨",就是对这些历史概念的继承和开拓。所谓继承,是指基本范畴上的一致性:在形态学、结构学和材料学的范畴上,二者之间是前后相通的。所谓开拓,是指对"骨"的内涵的极大丰富和对"骨"的范畴的极大充扩。刘勰所说的"骨",不再是一个"骨相"学的术语,也不再是一个人物品藻学和书画鉴赏学的术语,而是一个与文学的本质息息相通的专门性的美学术语。"骨"在本质上属于力学的范畴,专指文学作品中借以树立结构的核心材料。所谓"骨力",就是这种富有内在逻辑力量的核心材料所具有的对"风"的美学支撑力和表现力。"骨"不再是一个朦胧的概念,而是一个与美学的力学内涵直接相连的有关美学形态的力学属性的概念。将"骨"的普遍性内涵引入文心理论中,赋予它以明确的材料力学和结构力学的属性,并以此作为观照文心本质的特定窗口,是刘勰的一大创举。这一创举,清晰地表现在《风骨》的表述中:

沉吟铺辞,莫先于骨。故辞之待骨,如体之树骸。

"骨"不是"辞",而是"辞"赖以树立的依据。这一依据不是别的东西,而是"辞"所表现的"事义"。"辞"并非孤立的东西,而是名与实的统一,"实"就是"名"中的现实内涵,也就是"事义"。这就是刘勰所昭示的:"事义为骨髓"。而事义,又必须依靠语言,才能充分表现出来。因此,"骨"必然成为情思与辞采的中介,内接情思,外接辞采,既是情思的逻辑载体,而它自身又以辞采为载体。这也就是刘永济先生所说的:"'骨'者,树立结构之物,以喻文之事义也。事义者,情思待发,托之以见者也。就其所以建立篇章而表情思者言之为骨。"它与内之情思和外之声色的关系是:"外之声色所因依。事义充实,声色俱茂,声色与事义不称,则为浮藻。内之情思所表现。事义允当,则情思倍明,事义与情思不符,则为滥言。"①

正因为它具有双重载体的属性,所以必然具有双重的制约功能:既制约着情思表现的美学强度,也制约着声色表现的美学强度。这种双重的制约功能,将文学的内容与形式凝聚成为一个整体。所谓"结言端直",就是指语言与事义的契合性而言的。这种名与实的一致性,就是形成文骨的决定性依据。把握了事义,措辞才有明确的针对性:"练于骨者,析辞必精。"反之,如果辞采浮靡,言不副实,条理混乱,语无伦序,就必然缺乏逻辑的说服力量和美学的表现力量,而毫无骨力可言:"若瘠义肥辞,繁杂失统,则无骨之征也。"

刘勰所说的"骨",就像他所说的"风"一样,具有极其鲜明的力学属性。"昔潘勗锡魏,思摹经典,群才韬笔,乃其骨髓峻也;相如赋仙,气号凌云,蔚为辞宗,乃其风力遒也。"喻而言之,就是:"翚翟备色而翾翥百步,肌丰而力沉也;鹰隼乏采而翰飞戾天,骨劲而气猛也。""风力遒"、"骨髓峻"、"翰飞戾天,骨劲气猛",都属于力学的范畴。也正因为如此,二者常常组成一个统一的词语—"风骨",如:"捶字坚而难移,结响凝而不滞,此风骨之力也","风骨乏采,则鸷集翰林,采乏风骨,则雉窜文苑,唯藻耀而高翔,固文章之鸣凤也"。

"采"也是一个历史性概念。在古籍中,"采"与"色"相联,还含有摘取的意思,延而伸之,有采摘物色之美以为饰的意思。如:"以五采彰施于五色"(《尚书·益稷》)"取鸟兽之材以章明物色采饰"(《左传·隐公五年疏》)"采葑采菲"(《诗经·邶风·谷风》)。刘勰所说的"采",与历史概念基本是一致的,但在内涵上又有极大的充扩。刘勰所说的"采",不再是一个关于"色"的单一性的概念,也不是关于一般性的美饰的概念,而是一个对文学语言的声色美进行全面概括的专门性的美学术语。这一美学术语的核心内涵,就是文学语言中所涵蕴的美学魅力。具而言之,就是文学语言中诉诸听觉的音韵之美和诉诸视觉的形态色泽之美所具有的艺术感染力量,也就是刘永济先生所说的"发皇耳目"以"明情表思"的力量。用刘勰的话来说,就是"巧言"中的那种足以"惊听回视"、"发蕴而飞滞,披瞽而发聋"、"动心惊耳"的艺术感染力量。表现在具体作品中,就是屈赋所具有的那种"惊采绝艳"、"金相玉振"的

---

① 刘永济:《文心雕龙校释》,中华书局 1962 年版,第 107 页。

力量:"叙情怨,则郁伊而易感;述离居,则怆怏而难怀;论山水,则循声而得貌;言节候,则披文而见时。"这就是对"采"之力的具体展现。

"采"与"风骨"是有机整体。"风骨"是"采"的内在蕴涵,"采"是"风骨"的外在形态,三者之间具有密不可分的属性:"风骨乏采,则鸷集翰林,采乏风骨,则雉窜文苑,唯藻耀而高翔,固文章之鸣凤也"。但三者并不是并重的概念,它们在层面上和地位上是存在着差别的。"风骨"作为文心的内涵,对于"采"来说是处于主导地位的,"采"作为文心的外在形态,对于"风骨"来说是处于从属地位的。"夫铅黛所以饰容,而盼倩生于淑姿;文采所以饰言,而辩丽本于情性。"(《情采》)在"风骨采"的统一体中,"采"固然必不可缺,而"风骨"却始终是具有决定性意义的:"若丰藻克赡,风骨不飞,则振采失鲜,负声无力。"(《风骨》)概而言之,"风骨采"的统一实际也就是文学诸要素在美学与力学基础上统一。文心在本质上是一个"风骨采"一体化的美学力学结构。"风"是这一结构中的核心,"骨"是支撑与表现"风"的内在的美学形态,"采"是支撑和表现"骨"的外在的美学形态。三者的统一,就是文心的本质。

概而言之,文心的本质,就是蕴涵在作品的"风骨采"中的蓬勃奋发的艺术感染力量和艺术表现力量,这种蓬勃奋发的精神力量,是宇宙运动的本质力量、人的生命运动的本质力量以及文学自身运动的本质力量三者融贯的自然结果和集中体现。因此,揭示了文心的本质,实际也就是揭示了宇宙运动的本质、生命运动的本质和美学运动的本质。这样,就从最高、最深的层面上,将以上的诸多方面凝成一个有机的整体,也将文心运动中的宏观、中观、微观三个界面,以及每个界面所含内与外两个层面,从理论上凝成一个有机的整体,标志着文心理论的最高综合和最后完成。

刘勰的"风骨采"理论,也从本质论的高度,为以生命向上为明确追求的全新的审美理想的建立,提供了确切的理论依据和价值尺度。从秦汉以来,儒家思想占据了社会思想的主流,"思无邪"和"温柔敦厚"成了衡量文学价值的首要依据。魏晋以后,随着儒家思想禁锢的衰微,美学思想也发生了很大的变化。曹丕"文以气为主"的学说,就是在审美理想和审美价值尺度上进行探索的先声,而刘勰,就是继曹丕而起的自觉的开拓者。刘勰痛感南朝文风的绮靡,深憾文学价值的低落和生命活力的低落,思欲有以振之,所以从本质论的高度,对这一决定文学价值和生命力的关键所在的重大的理论问题,进行了全面而系统的探索。"风骨",就是他所取得的开拓性的理论成果。他强调说:"能鉴斯要,可以定文,兹术或违,无务繁采。"并以此作为战斗的武器,向南朝的浮靡之风发起了强大的攻击。由于这一主张的深刻性和隽永性,从此,"风骨"便成了一个衡量文学价值的重要标准,为历代作家所尊奉。唐代文学家所推崇的"建安风骨"和"比兴",宋代理论家所提倡的"兴趣",明代理论家所崇尚的"神韵",清代理论家所倡导的"格调"、"性灵"、"肌理",乃至近人王国维所标举的"境界"和鲁迅所标举的"摩罗诗力",无一不从"风骨"得到启发,无一不具有力学的内涵,无一不以美与力作为自己的最高追求。

二、刘勰文心本质论的实践意义

实践是检验真理的唯一标准。文心本质论的重大意义,不仅从理论上鲜明地表现出来,也从实践上具体地表现出来。

文心本质论的实践意义,首先表现在它高举"风清骨峻,遍体光华"的美学旗帜,对齐梁"习华随侈,流遁忘反"的浮靡无力的文风所做的针锋相对的批判和排拒上。这一批判和排拒不是一般意义的否定,而是站在本质论高度,直接对准要害处的进击。以风骨采作为衡量文风的价值尺度,实际上就是以文学的本质作为决定性的评价依据,因此,必然具有不可抗拒的理性挑战力量和逻辑说服力量。这种强大的实践性力量,在刘勰的当世就从反与正两个方面鲜明地表现了出来。从反面来说,就是社会上消极势力对它的普遍排斥和冷淡,"既成,未为时流所称"。从正面来说,他受到了当时文坛上具有改革色彩的沈约与昭明太子萧统的重视。"约便命取读,大重之,谓为深得文理,常陈诸几案。""昭明太子好文学,深爱接之。"(《梁书·刘勰传》)萧统所标举的"丽而不浮,典而不野,文质彬彬,有君子之致"(《全梁文·答湘东王求文集及诗苑英华书》),正是刘勰风骨采论中的基本观点。刘勰的风骨采论的价值标准,也对比他稍后的钟嵘的《诗品》产生了相当显著的影响。钟嵘在《诗品·序》中提出诗歌创作要"干之以风力,润之以丹采",认为这样才能"使味之者无极,闻之者动心,是诗之至也"。《诗品》还将这一美学标准,深深渗透于对具体作品的评价中,以此作为评定诗歌艺术价值的基本依据。如对曹植诗歌的评价:"骨气奇高,辞采华茂,情兼雅怨,体被文质,粲溢今古。"又如对刘桢诗歌的评价:"仗气爱奇,动多振绝。真骨凌霜,高风跨俗。"在基本范畴上和价值取向上,与刘勰的风骨采的主张,是并无二致的。它使刘勰的风骨采之说,显示出了更大的实践意义。

刘勰文心本质论的实践意义,更鲜明地表现在它对唐代文学革新的促进上。

就像任何新生力量的成长总是需要一个不可或缺的过程一样,就像耕耘和收获之间总是间隔着一段不可或缺的距离一样,刘勰对刚健向上文风的倡导和对消极文风的批判与排拒,在他所生活的齐梁时代并没有收到普遍性的社会效果。他有如一颗坚硬的种子,深深埋在地底,默默积累着生命的力量,等待着生长的历史机遇。这一有利的历史机遇,就是大唐时代的到来。唐代是一个在三百年分裂后和隋末农民起义的大动荡后重新崛起的王朝。新兴的统治阶级出于振兴王朝的政治需要和教化需要,绝不可能容忍齐梁文风的继续泛滥,它急于培育一种刚健向上的文风,来代替浮靡堕落的齐梁风尚。于是刘勰的具有鲜明的力学追求的风骨采论,便破土而出,受到了社会上的广泛认同,成了唐代文学革新的一面鲜明的理论旗帜,在唐代文学的繁荣中发挥了重大的作用。

在唐代初年,率先对"文章道弊"的现实进行发难而力倡文学革新的前驱者,就是陈子昂,他所举的理论旗帜就是"建安风骨":

> 文章道弊,五百年矣。汉魏风骨,晋宋莫传,然而文献有可征者。仆尝暇时观齐梁间诗,采丽竞繁,而兴寄都绝,每以永叹。窃思古人,常恐逶迤颓靡,风雅不作,以耿耿也。一昨于解三处,见明公《咏孤桐篇》,骨气端翔,言情顿挫,光英朗练,有金石声。遂用洗心饰视,发挥幽郁,不图正始之音复睹于兹,可使建安作者相视而笑。(《修竹篇序》)

陈子昂在这篇序里,表露了他对文学革新的明确见解。他反对六朝以来的内容空虚、采丽竞繁的浮靡文风,标举骨气端翔,音情顿挫的刚健风格,推重建安风骨和正始之音,标志着唐代文学革命的开始。陈子昂的历史性呼吁,在社会上激起了强大的回声。"梁陈以来,艳薄斯极,将复古道,非我而谁?"(李白)所谓复古,就是恢复以建安文学为代表的刚健文风。以风骨为标志的美学理想和价值尺度,深深渗入唐代诗人和理论家的心灵之中,成了他们进行创作实践和文学批评实践的根本性的理论依据。李白论诗云:"蓬莱文章建安骨,中间小谢又清发。俱怀逸兴壮思飞,欲上青天揽明月。"(《宣州谢朓楼饯别校书叔云》)"自从建安来,绮丽不足珍,"(《古风·大雅久不作》)高适论诗云:"东道有佳作,南朝无此人。性灵出万象,风骨超常伦。"(《答侯少府》)"建安风骨"从此成了一种时代的美学追求,造就了大唐文学的独特的刚健有力的文学风貌。对此,殷璠在他的《河岳英灵集·序》中,曾经做出了历史性的总结:"武德初微波尚在。贞观末标格渐高。景云中颇通远调。开元十五年后,声律风骨始备矣。"所谓"风骨始备",就是盛唐文学的成熟状态,标志着文学革新的全面完成。"论功若准平吴例,合著黄金铸子昂。"(元好问)陈子昂作为横挽颓波开辟盛唐气象的前驱者来说,确实是功不可没的。而陈子昂所高举的"风骨"的战斗旗帜,以及由此带来的盛唐文学的硕大丰收,实际也就是刘勰风骨采理论的实践性成果。刘勰的"风骨采"论作为大唐文学的理论先声和在文学革新中扶正祛邪的战斗武器,同样是功不可没的。

第四节　关于美的本质的中国式思考

"心哉美矣",文心本质的问题,同美的本质的问题,是息息相通的。美的本质的问题,是一个古已有之,至今未决的世界性难题。那么,根据刘勰解决文心本质问题的基本范畴和基本思路,是否会有助于我们对这一世界性的难题提出一份中国式的答卷呢? 这就是本节所要着力探索的问题。

一、前人探索世界性难题的基本思路

美的本质的问题,在世界历史上一直是众说纷纭、莫衷一是的难题。概括起来,大致有以下三条基本思路和相应的基本观点。

(一)主观论

主观论认为　美不是客观事物自身的属性,而是审美者的主观感受。因此,美的本质不在于物,而在于心。从主观心理去探讨美的本质,是这一学说的共同特点。柏拉图认为,美是理念的体现,唯有理念才是"真正的实在",才是"美本身"的实质所在。任何东西只有体现了美的理念,才成其为美。他说:"这美本身,加到任何一种事物上面,就使那件事物成其为美,不管它是一块石头,一块木头,一个人,一个神,一个动作,还是一门学问。"①

休谟从主观心理感受出发研究美的本质,认为美只是一种主观的愉快,与客观事物自身的属性没有关系。他说:"美并不是事物本身里的一种性质。它只存在于观赏者的心里,每一个人心见出一种不同的美。这个人觉得丑,另一个人可能觉得美。"②

黑格尔从绝对精神出发,论证"美就是理念的感性显现"③,认为"美是理念,即概念和体现概念的实在二者的直接的统一,但是这种统一须直接在感性的实在的显现中存在着,才是美的理念"④。

克罗齐从心灵表现方面研究美的本质,认为美的本质在于心灵的直觉。他说:"美不是物理的事实,它不属于事物,而属于心的活动,属于心灵的力量。"⑤

这些见解的侧重点不尽一致,但都是从精神世界去研究美的本质,认为美是精神的产物,美的本质存在于精神之中。显然,它们的理论基点是存在着严重的缺陷的,因此不可能科学地揭示出美的本质来。

(二)客观论

与主观论的思路相反,历史上也有不少美学家从事物本身去探索美的本质,认为美是一种客观存在,美的本质存在于客观事物自身的属性之中,不依赖于人的主观意识,也不依赖于审美者的主观评价,由此形成了一个与上述见解针锋相对的理论体系。

毕达哥拉斯从事物的自然形式去研究美的本质,认为"数的原则是一切事物的原则","整个天体就是一种和谐和一种数"⑥,肯定美就在于事物各部分之间的对称和比例的和谐。

亚里士多德从事物特定的感性形式入手,以客观事物本身为依据去探索

---

① 柏拉图:《文艺对话集》,人民文学出版社1963年版,第188页。

② 北京大学哲学系美学教研室编:《西方美学家论美和美感》,商务印书馆1980年版,第108页。

③ 黑格尔:《美学》第1卷,商务印书馆1979年版,第142页。

④ 黑格尔:《美学》第1卷,商务印书馆1979年版,第149页。

⑤ 克罗齐:《美学原理　美学纲要》,朱光潜译,外国文学出版社1983年版,第107—108页。

⑥ 《西方美学家论美和美感》,商务印书馆1980年版,第13页。

美的本质,认为美的本质就在感性事物本身。他说:"一个美的事物……不但它的各个部分应有一定的安排,而且它的体积也应有一定的大小,因为美要依靠体积与安排。"①

博克以经验事实作为出发点,对美的本质进行了研究,肯定了美的客观性,认为美是物体的某些属性。他说:"我们所谓美,是指物体中能引起爱或类似情感的某一性质或某些性质","美大半是物体的一种性质,通过感官的中介,在人心上机械地起作用","美的外形很有灵效地引起某种程度的爱,就像冰或火很有灵效地产生冷或热的感觉一样"。②

苏联在 20 世纪 60 年代兴起的"自然学派",是客观论的美学思想在当代的开拓与发展。自然派把自然界本身的属性和规律奉为圭臬,认为美受到纯自然属性的决定性的制约,因而从现实世界和自然现象本身中去寻找引起对象审美关系的特殊物理属性和生化属性,力图在它们中揭示美的本质。德米特里耶娃在 1960 年出版的《论美》专著,把和谐、多样性的统一视为"关于美的概念的本原"。她还以森林为例,说明了自己的观点:

> 森林里大部分飞禽走兽,它们的生活仿佛由繁复精细的网络连缀编织而成,也只有通过这种交陈杂错,生活之轮才能滚动。而它们的集积综合是绚丽斑斓、丰富多姿、生气盎然的整体——森林。处在自然界这种和谐中的也有无休止的生存竞争;青春、衰老、死亡和诞生在这里融汇成充满无数变异转换、无数戏剧冲突的活的川流,活的链条。③

自然派的美学家还进一步认为,自然界的进化发展是美的本质的客观基础。这一观点在波斯彼洛夫的专著《审美和艺术》中得到了典型的表述。在确定自然美时,波氏完全否定了人的标准,标举自然美的基本原则是活的自然有机体进化发展水平,以及它们在自己的物种中的完善程度,而对于无机自然界,则是它的存在的组织化程度。由此他得出了一个结论:唯有自然科学家才

---

① 亚里士多德:《诗学》,罗念生译,人民文学出版社 2002 年版,第 22 页。
② 《西方美学家论美和美感》,商务印书馆 1980 年版,第 118、121、119 页。
③ 德米特里耶娃:《论美》,见凌继尧《苏联当代美学》,黑龙江人民出版社 1986 年版,第 41 页。

最擅长对自然界生命做出审美判断,因为他们能够科学地"在每个'种'和'属'中辨别出它的当之无愧的代表"。① 这一结论将自然美与自然科学完全混同了起来,将美学研究者的职能完全转移到了自然科学家的身上,实际就是对美学作为一门学科的学术地位的直接取消。

我国美学家蔡仪也持有与"自然学派"相类似的美学观点。他说:"物的形象是不依赖于鉴赏者的人而存在的,物的形象的美也是不依赖于鉴赏者的人而存在的","我们日常生活中所谓客观事物的美,即在于客观事物本身,不在于欣赏者的主观作用。客观事物的美的形象关系于客观事物本身的实质……而不决定于观赏者的看法"。② 据此,他提出了"美是典型"的理论:"我们认为美的东西就是典型的东西,就是个别之中显现着一般的东西;美的本质就是事物的典型性,就是个别之中显现着种类的一般。"③

以上论述,尽管具体内容并不完全相同,但都从客观世界出发去探索美的本质,认为美是客观事物的属性,其理论基点无疑是正确的。但由于偏重于自然形式的研究,往往忽略了对自然存在的社会内涵的关注,并不充分具备辩证法的理论品格,仍然未能全面地揭示出美的本质来。

(三)关系论

关系论认为,美既不是绝对独立于主观意识之外的客观事物的自然属性,也不是绝对与客观事物无关的主观意识。美是一种关系,存在于各种条件、要素和关系之中。

在美学发展史上,正式提出"美在关系"这一命题的,是狄德罗。他认为,美是客观存在的,但绝不是凝固不变的,它随着不同的要素、条件和关系而变化。他说:"组成美的,就是关系","我说一个存在物,由于我们注意它的关系而美,我并不是说由我们的想象力移植过去的智力或虚构的关系,而是说那里的实在关系。"④他所说的关系,是指事物之间的结构关系,以及人与事物之间的审美关系,这种关系客观地存在于自然、现实生活和艺术领域之中,是不以

---

① 波斯彼洛夫:《审美和艺术》见凌继尧《苏联当代美学》,黑龙江人民出版社1986年版,第43页。

② 蔡仪:《唯心主义美学批判集》,人民文学出版社1958年版,第56,78页。

③ 蔡仪:《美学论著初编》,上海文艺出版社1982年版,第68页。

④ 《西方美学家论美和美感》,商务印书馆1980年版,第131、133页。

人的主观意识为转移的现实存在。为此,他举出了卢浮宫的门面作为例证:"我的悟性没有给事物添一点东西进去,没有去掉一点东西。不管我想到或一点也没有想到卢浮宫的门面,其一切组成部分照旧有这种或那种形式,其各部分间也照旧有这种或那种安排。不论有人无人,卢浮宫的门面并不减其美。"①

关系说在美学史上影响很大,后继者从不同的视角对关系说进行了延伸性的探索,形成了不同内容的关系学说。概括而言,有以下两种类型:

主客关系说

主客关系说主张,美的本质既不全在客观,也不全在主观,而在主客关系之中,在主观与客观的统一体之中。

德国的立普斯,是这种观点的倡导者。他认为,审美的"对象"无疑是一种客观的存在,但"对象"的存在并非审美的"原因",二者之间是一种异面的存在。"审美欣赏的'对象'是一个问题,审美欣赏的原因却另是一个问题。美的事物的感性形状当然是审美欣赏的对象,但也当然不是审美欣赏的原因。毋宁说,审美欣赏的原因就在我自己,或自我,也就是'看到''对立的'对象而感到欢乐或愉快的那个自我。"②因此,唯有"对象"与"原因"的统一,才是美的本质所在。他将这种统一的状态称为"移情",即主体与客体之间的距离的消失:"移情作用就是这里所确定的一种事实:对象就是我自己,根据这一标志,我的这种自我就是对象;也就是说,自我和对象的对立消失了,或则说,并不曾存在。"③

朱光潜的美学理论,就是这一见解的继承和拓展。他认为:"美不完全在外物,也不完全在人心,它是心与物婚媾后所产生的婴儿。美感起于形象的直觉。形象属物而却不完全属于物,因为无我即无由见出形象;直觉属我却又不完全属于我,因为无物则直觉无从活动。美之中要有人情也要有物理,二者缺一都不能见出美。"④据此,他给美下了这样一个定义:"美是客观方面的某些事物、性质和形状适合主观方面意识形态,可以交融在一起而成为一个完整形

① 《西方美学家论美和美感》,商务印书馆1980年版,第133—134页。
② 《西方美学家论美和美感》,商务印书馆1980年版,第272页。
③ 《西方美学家论美和美感》,商务印书馆1980年版,第274页。
④ 《朱光潜美学文集》第1集,上海文艺出版社1981年版,第485页。

象的那种特质。"①

这种见解,以兼容折中、不偏不倚的姿态出现,曾经产生过相当大的影响,但由于它实质上踟蹰在主观说和客观说之际,迂回于美与审美之间,因此和美的本质之间仍然存在着一段相当长的距离。

社会关系说

社会关系说试图用社会实践的观点解释美的本质,一方面认为美是客观的,另一方面又认为美离不开人类的社会生活,强调美是客观性与社会性的统一,标举美在本质上就是客观的社会生活的属性。

社会关系说的前驱者是俄国的车尔尼雪夫斯基。他批判了黑格尔关于美的本质的唯心主义观点,提出了"生活就是美的本质"的著名论点:"在通常的概念中,主要的是观念;在我们的观念中,主要的是生活;就审美范围而言,别人把生活理解为仅仅是观念的表现,而我们却认为生活就是美的本质。"②具而言之,就是:"美包含着一种可爱的、为我们的心所宝贵的东西……在人觉得可爱的一切东西中最有一般性的,他觉得世界上最可爱的,就是生活……所以,这样一个定义:'美是生活';'任何事物,凡是我们在那里面看得见依照我们的理解应当如此的生活,那就是美的;任何东西,凡是显示出生活或使我们想起生活的,那就是美的'。"③他的这些观点,开辟了认识的新途径,开始从客观的人类社会生活来追究美的本质和本源。但是由于生活是一个历史性的概念,对生活的把握也并不是一件容易的事情,必然使得他的定义中具有不可调和的内在矛盾。正如普列汉诺夫所正确指出的:"依据车尔尼雪夫斯基的见解,那就是:一方面,现实中的美的事物自身就是美的;但是另一方面,他自己又说明,我们觉得美的,仅仅是符合我们关于'美好的生活',关于'应当如此的生活'的观念的产物。因此,生活自身并非就是美的。"④

苏联20世纪50年代在解冻大潮中脱颖而出的社会派美学家,是社会关系说理论的极大充实者。他们以马克思1844年《手稿》中关于自然在社会劳动中被"人化"的观点为依据,并承袭着车尔尼雪夫斯基和普列汉诺夫的美学

① 《朱光潜美学文集》第3集,上海文艺出版社1983年版,第71—72页。
② 《车尔尼雪夫斯基美学论文选》,人民文学出版社1957年版,第64页。
③ 车尔尼雪夫斯基:《艺术与现实的审美关系》,人民文学出版社1979年版,第6页。
④ 普列汉诺夫:《美学论文集》第1卷,人民出版社1983年版,第306页。

思想,对苏联正统的美学理论进行了重大的修正和开拓。万斯洛夫的《美的问题》,就是这一学派的代表性著作。该著认为,美的本质是社会—历史的,又是自然的,但是,这里所说的"自然"绝不是一般意义的自然,而是专指"人化了的自然"。他说:"美仅仅属于在实践过程中被'人化了'的现象,也就是仅仅表现于经过时间改造过的或者尚未改造的形态范围。审美属性按其自身的存在来说是自然的,因为它们乃是物质的、感性的、依赖于自然界的物质、特性和规律。然而,按其本质来说,审美属性又是社会的,因为它们体现的是人以及由社会形成的人的特点和属性,客观上适应于人的生命活动的某一方面。"万斯洛夫还认为,即使未经改造过的自然界的美,也同样属于"自然的人化"的范畴:"月亮、星星、山岭、大海没有为人的活动所改变。但是,它们在一定意义上也是为人们的实践所掌握了的,这是指它们在实践中起着一定的作用,成为人们生活活动的条件和前提,包含在他们的关系范围内,在他们的生活中具有实际的意义。正因为如此,它们才能够具有审美的意义。"①鲍列夫在他的《美学》中还进一步将美纳入了"社会价值"的范畴,认为早在宇宙纪元之前很久,就被列入生产实践利益的领域:根据这些星体,人们辨别方向,计算时间,确定季节。他由此得出结论:"美不取决于某一个人的感知,而取决于对象对人类的真实价值。这种审美属性是社会的,因为它受生产制约,生产把整个周围世界纳入人的活动的领域,使每一对象与人发生一定的关系。因此,美,这是现象的最广泛的、真正的社会意义,它对人类的肯定的价值。"②

我国美学家李泽厚,也同样以马克思的《手稿》为理论依据,标举着与苏联社会关系说学派类似的美学观点。李泽厚认为自然本身无所谓美,只有自然物和人类社会发生了关系,成为"人化的自然"之后,才具有美的意义。他说:"美与善一样,都只是人类社会的产物,它们都只对于人、对于人类社会才有意义。"他还进一步认为,自然美也同样属于社会性的客观存在的范畴,如果没有社会存在,也就没有自然之美可言。"自然美既不在自然本身,又不是人类的主观意识加上去的,而与社会现象的美一样,也是一种客观社会性的

————————

①　万斯洛夫:《美的问题》,见凌继尧《苏联当代美学》,黑龙江人民出版社1986年版,第40—41页。

②　尤·鲍列夫:《美学》,上海译文出版社1988年版,第60页。

存在。"①

社会关系说的论见是对传统的美学理论的重大开拓。但是,在它突出客观社会性的同时,也出现了忽视客观自然性的弊端,在它突出劳动价值的同时,也出现了将劳动与审美等同与合一的混沌,在论点和论据之间,也还存在着某些不够契合之处。这些,都是在理论上不够完整的表现。因此,尽管它开辟出了一条比前人的思路更加宽广、更加现实的思维路径,但仍然未能确切地揭示出关于美的本质的普遍性真理。

如此等等。从柏拉图的"美是难的"开始②,人类对美的本质的探索已经继续了两千余年,虽然在一步步接近真理,但至今没有取得根本性的突破。它有如司芬克斯之谜,至今还横亘在美学大殿之旁,向现代人提出理论上的挑战。

二、难题之难到底难在哪里

诚如狄德罗所言:"人们谈论最多的事物,像命运安排似的,往往是人们最不熟悉的事物,许多事物如此,美的本质也是这样。"③美的事物举目可见,对美的本质的解读却又如此曲折,如此艰难。那么,到底难在哪里?

难题之难,首先难在美的现象的无穷无尽的开放性上。美的现象来自天、地、人的总集合,这种无限开放的属性在空间运动中的表现,就是它的形态的无限多样性和广阔性。"美是到处都有的。"④上至天文,下至地理,中至人文,美无处不在,无论在自然界,在社会生活中,在艺术领域里,美都以各个不同的形态普遍地存在着。就以现实美来说,有的是经过"人化"的第二自然,有的是以原生的自然形态呈现的第一自然,二者在属性上具有极大的区别,却同属于审美对象的范畴。美的现象的无限开放性在时间运动中的表现,就是它的无限的变异性,具有瞬息万变的属性,稍纵即逝,使人难以捉摸,难以全面把握。这种在现象上的无限的多样性、广阔性和变异性,远不是一般的视野所能普遍容纳,也远不是某一个关于本质的观念所能统一框范的。美的本质是客

① 李泽厚:《美学论集》,上海文艺出版社 1980 年版,第 59—61 页。
② 柏拉图:《文艺对话集》,人民文学出版社 1963 年版,第 210 页。
③ 《狄德罗美学论文选》,人民文学出版社 1984 年版,第 1 页。
④ 罗丹:《艺术论》,人民美术出版社 1978 年版,第 62 页。

观的、普遍的、永久的，而美的事物则是个别的、具体的、多样的，这就势必造成
美的现象对美的本质的淹没和掩盖，犹如身入幽深的黑洞，再强的光亮也无由
全息通贯，总要留下许许多多的暗区，不能将它所容纳的无限时空照亮。黑格
尔由此得出一个结论："乍看起来，美好像是一个很简单的观念，但是不久我
们就会发现：美可以有许多方面，这个人抓住的是这一方面，那个人抓住的是
那一方面；纵然都是从一个观点去看，究竟哪一个方面是本质的，也还是一个
引起争论的问题。"[1]这就是美的现象之所以如此丰富多彩、如此神秘动人的
客观原因，也是寻找美的本质之所以如此艰难、如此曲折的客观原因。

难题之难，其次难在主体对美的感受的无穷无尽的多样性、相对性和易变
性上。审美的主体是人，"人心之不同，如其面焉"，人是一个个性化的存在，
也是一个个异性的存在。面对同一的客体对象，可因时代、地域、地位、教养、
性格、气质、性别、年龄的不同，呈现极大的审美差异。即使同一个人，对于同
一的对象，在不同的条件下，往往也会做出不同的审美评价。这些审美评价的
差异，既不能进行逻辑的论证，也不能进行逻辑的检验，难以遵循统一的标准。
这种无限多样性和个异性的主体感受，也同样淹没和掩盖着美的本质的普遍
性与客观性，使其难以客观地、全面地显示出来，给认识和把握美的本质造成
极大的困难。

难题之难，同时难在文化视野和认识方法的制约性上。自从柏拉图提出
美的本质的难题以后，由于东西方信息的闭塞，对这一难题的探索基本是在西
方文化的工作平台上进行的。西方哲学的逻辑起点和理论支点，就是自然与
人的对立。在这里，我们不妨对西方哲学的基本行程，进行简单的回顾。

西方哲学史上最早的学派——古希腊的米利都学派的代表人物泰利士，
就从本体论的角度，提出了"万物的本原是水"的著名命题，这一命题实质上
已经将自然与人明确地区分开来，立足于主体世界的外面和对面，来对世界的
本原进行思考了。这一本体论的命题，就是西方天人相对、主客二分的思维路
径的端倪。赫拉克利特把世界看成"不是任何神所创造的，也不是任何人所
创造的"[2]，并且认为，"互相排斥的东西结合在一起，不同的音调造成最美的

①　黑格尔：《美学》第 1 卷，商务印书馆 1979 年版，第 21 页。
②　《西方哲学原著选读》上卷，商务印书馆 1981 年版，第 21 页。

和谐,一切都是斗争所产生的"。① 他把世界运动的规律称为"逻各斯",亦即
世界的道理。这些见解,将主客二分的认识论思想表述得更加明确。普罗泰
戈拉站在人本的立场上,首次喊出了"人是万物的尺度,是存在者存在的尺
度,也是不存在者不存在的尺度"的呼声②,侧重点似乎由自然转向了人,但
是,就命题的基本前提而言,依旧是人与自然的对立与分离。从苏格拉底的
"通过思想媒介来研究存在",到柏拉图的"理念"论,再到亚里士多德的"研究
全部实体的本性"的哲学主张,虽然在哲学的基本观点、倾向上存在"唯心"与
"唯物"的原则分歧,但在主客二分的认识论的思维路径上,却是大同小异的。

古希腊形成的这种主客对立的哲学思路,为整个西方的文化思想的发展
奠定了基础,也限定了它的方法论的基本走向。这一走向,虽然有利于自然科
学的发展,但也驱动西方哲学一天天陷入人与自然的不可解决的矛盾中。直
到近代,这一矛盾仍然未能得到很好的解决。恩格斯曾经指出:"十八世纪并
没有克服那种自古以来就有并和历史一起发展起来的巨大对立,即实体和主
体、自然和精神、必然性和自由的对立;而是使这两个对立面发展到顶点并达
到十分尖锐的程度,以致消灭这种对立成为必不可免的事。"③显然,这种绝对
化方法论,是不可能对无限开放的美学现象的普遍性本质,进行完整的概括
的。结果必然是:侧重于客体论的概括,不能全面反映美的能动性的方面,侧
重于主体论的概括,不能全面反映美的客观性的方面,侧重于关系论的概括,
则往往将美与审美两个不同的范畴混淆到了一起。美是一个整体,是多种现
象、关系综合而成的生命整体,对生命整体的"主客二分"的简单切割,不管是
唯物的还是唯心的,都注定是不可能达到目的的。

三、对世界性难题的中国式解答

难题是一个难解之题,并非是一个无解之题。其实,那把解题的钥匙,早
就隐藏在长期被西方所忽略的中华文化的宝库中,这就是蕴涵在中华文化中
的最根本的内核——天人一体的思维方法。刘勰对文心本体与本质的揭示,

---

① 《古希腊罗马哲学》,三联书店1957年版,第19页。
② 《西方哲学原著选读》上卷,商务印书馆1983年版,第54页。
③ 《马克思恩格斯全集》第1卷,人民出版社1956年版,第658页。

就是依据这一思维方法进行的,实际也就是对美的本质这一世界性难题的中国式解答。

刘勰对美的本质的系统思辨,是从一个东方独有的极具普遍意义的哲学范畴开始的,这就是"道"。《原道》就是对美的终极根由的集中论述。

刘勰明确认为,美原于道,他说:"文之为德也大矣,与天地并生者何哉?夫玄黄色杂,方圆体分;日月叠璧,以垂丽天之象;山川焕绮,以铺理地之形:此盖道之文也。""道"是宇宙运动的终极范畴和最高准则,它凌驾于万物之上,而将人与自然的全部范畴融为一体。这种统率万物的属性,使它获得了一种笼天地于形内的视野,具有极其广阔、极其深刻的概括力量。"道"的无限的概括力量,远非西方的"理念"、"比例"、"典型"所能比拟。"道"作为"万物之所然也,万理之所稽也"(韩非:《解老》),是一个比自然世界,也比人的世界,比物质世界,也比精神世界,更加广阔的概念,它在天地之先,为天地之母。

"道"作为宇宙运动的自然动势,不仅具有绝对性的品格,也具有客观性、永恒性和普遍性的品格。对"道"的标举,就是对宇宙运动的绝对性、客观性、永恒性和普遍性的标举,实际也就是对客观规律的绝对权威的标举。正由于道所具有的这些无限开放性的品格,也就必然成为足以"撬动"无限开放性的美的现象的最强有力的支点。

刘勰以道为逻辑起点和理论支点,牢固地构建了一个以道为本体的美学认识场。在这一认识场中,无论是天文还是地文,无论是人文还是动植之文,都具有由自然所原发的统一的属性。天之美与地之美固然是"道之文也",人之美也是如此:"性灵所钟,是谓三才,为五行之秀,实天地之心。心生而言立,言立而文明,自然之道也。"动植之美,同样是如此:"龙凤以藻绘呈瑞,虎豹以炳蔚凝姿;云霞雕色,有逾画工之妙,草木贲华,无待锦匠之奇。夫岂外饰,盖自然也。"从而,将有关美的方方面面,凝聚成为一个无所不包的整体。

刘勰所说的道,是将天地人覆盖无遗的宇宙运动的永恒动势,实际也就是宇宙一体化的运动态势和运动过程,标志着人与自然的和谐,主观与客观的统一,审美与实用的融合。这一由天地人所融贯而成的广阔无垠、生生不息、新新不已的宇宙运动的永恒动势,就是美得以发生的终极根源,也是美实现自身价值的永恒取向。这一个建立在宇宙运动的自然动势上的美学的工作平台,是世界上最新颖独特的工作平台。它的视野的广阔性及其与天地万物联系的自然性、全息性和紧密性,一千五百年来,没有任何一家别的理论可以超越。这就是黑格尔所说的:"外延最广,也就是内含最深。精神的内涵愈深,则它的外延亦愈广,因此它的领域也愈大。概念愈是高级,它的明确性亦愈大……愈确定,愈发挥,愈深邃。"①

美源于道,还不是对美的本质的最终揭示,而只是对美所从生发的环境的一般规律的揭示,但却为我们进一步认识美的内在属性的最一般的规律,提供了一扇最直接、最切近的观照窗口。

本质既是普遍性的范畴,也是特殊性的范畴。从终级根源来看,天地万物无一而非"道"的自然动势的本质力量的产物。但是,普遍性只能反映着事物的外在联系,不能直接揭示事物的本质。事物的本质只能涵蕴在它的特殊矛盾之中。那么,美作为道的自然动势的本质力量的普遍显现,它的足以和其他事物互相区别的独特之处又在哪里呢? 这是需要我们继续探索的问题。

刘勰通过对文心本质的揭示和论证昭示我们:美的本质的特殊性,就在于它的感性的形态和力学的内涵。他把美的感性形态称为采,把美的力学内涵称为风骨,强调风骨采是美的事物之所以成为美的决定性依据,"风骨"篇就是这一美学观点的集中论述。刘勰对风骨采的系统论述,不仅全面揭示了文心的本质,也为我们把握美的普遍性本质提供了一把具有通用意义的钥匙。

"采"是什么?"采"是"道"的自然动势所具有的化生万物的本质力量在感性形态上的集中表现。"风骨"是什么?"风骨"是"道"的自然动势所具有的化生万物的力学内涵的集中表现。这种全息性表现在文心的形式与内容中的那种蓬勃郁奋的生命力量,扩大而言实际也就是广泛涵蕴在美中的本质力量:原发于宇宙运动和生命运动的永恒的向上动势和生命活力。这种永恒的向上动势和生生不已的生命活力,在我国的《易》中得到了完整的表述:"天地之大德曰生","天行健,君子以自强不息","生生之谓易"。向上是宇宙运动最根本的属性,是生命运动最根本的属性,也是美之所以成为美的决定性的根由。

具而言之,美的本质就是宇宙运动的自然动势所蕴涵的蓬勃奋发、生生不息的生命活力的向上态势,在天地万物中的普遍性的感性显现。这种永恒性

---

① 黑格尔:《哲学史讲演录》,商务印书馆1964年版,第32页。

的生命活力的向上态势,是宇宙动势的造化活力与人的创造性的生命活力的遥相照应和自然契合,并以美的足以发皇耳目的感性形态普遍地表现出来,造化天地万物也推动人类蓬勃向上,永无穷期。这就是美的真谛所在。

四、对中国式解答的实践性验证

实践是检验真理的唯一标准。为着证明上述中国式解答的科学性,我们不妨对它进行审美实践的全方位验证。

（一）自然美领域中的验证

自然美就是自然事物之美。大海奔腾,黄河九曲,劲马秋风塞北,杏花春雨江南,这些足以使人"幸福地战栗"的事物,都属于自然美的审美范畴。那么,这些美的自然事物之所以成为美的决定性因素,到底是什么呢?

从美学形态的基本类型来看,自然美分为阳刚(壮美)与阴柔(秀美)两种不同类型。为了具体把握蕴涵在自然事物中的美的本质,我们最好是对自然美进行分类性的验证。

所谓阳刚型的自然美,在西方的概念系统中称作"崇高",一般指自然事物在体积上的庞大和力学上的强大。"层岚叠嶂包含着一种逼人的魅力,汪洋大海则以其浩瀚无边而动人心魄。"①康德将它表述为"数学的崇高"和"力学的崇高"。所谓"数学的崇高"是指"无法较量的伟大"。所谓"力学的崇高"是指一种力量上的强大:"高耸而下垂威胁着人的断岩,天边层层堆叠的乌云里面挟着闪电与雷鸣,火山在狂暴肆虐之中,飓风带着它摧毁了的废墟,无边无际的海洋,怒涛狂啸着,一个洪流的高瀑,诸如此类的景象,在和它们相较量里,我们对它们抵拒的能力显得太渺小了。但是假使发现我们却是在安全地带,那么,这景象越可怕,就越对我们有吸引力。"②我国的姚鼐,则把这种阳刚型的自然美表述为:"其得于阳与刚之美者,则其文如霆,如电,如长风之出谷,如崇山峻崖,如决大川,如奔骐骥;其光也,如杲日,如火,如金镠铁。"(《复鲁絜非书》)

这些论见来自古今中外,表述的内容不尽相同,但就其基本指向而言,却

---

① 荷加斯:《美的分析》,人民美术出版社 1986 年版,第 38 页。
② 康德:《判断力批判》上卷,商务印书馆 1964 年版,第 101 页。

又具有惊人相似之处：一致认为自然事物中的阳刚之美，在本质上是一个无限性的力学范畴。这种力并非一般性的物理意义的力，而是一种造化万物的力，是一种赋予万物以生机与活力的永恒的自然动势。这种对于人类来说处于绝对超越地位的自然伟力所具有的郁勃向上的永恒动势，就是阳刚型的美的自然事物所以成为美的决定性的原因。这一认识，与刘勰所标举的风骨的范畴，在本质上是息息相通的，实际也就是从自然世界中的阳刚型的美的事物的特定角度，对"美的本质就是宇宙运动的自然动势所蕴涵的蓬勃奋发、生生不息的生命活力和向上态势，在天地万物中的普遍性的感性显现"这一中国式答卷的有力证明。

所谓阴柔型的自然美，在西方概念系统中称作"优美"，一般指具有和谐、秀丽特点的美。用立普斯的话说："凡不是猛烈地、粗暴地、强霸地，而是以柔和的力侵袭我们，也许侵入得更深些，并抓住我们内心的一切，便是'优美的'。"[①]也就是姚鼐所说的："其得于阴与柔之美者，则其文如升初日，如清风，如云，如霞，如烟，如幽林曲涧，如沦，如漾，如珠玉之辉，如鸿鹄之鸣而入寥廓；其于人也，漻乎其如叹，邈乎其如有思，暖乎其如喜，愀乎其如悲。"[②]

阴柔在形态上和阳刚存在明显的区别，具有另一种类型的特征："小、光滑、逐渐变化、不露棱角、娇弱以及颜色鲜明而不强烈。"[③]但是，从根本属性上来看，同样属于生命运动的范畴，是生命运动中的一种静谧、轻柔的力学状态。生命的运动具有多种多样的状态，既有激烈对抗的状态，也有静谧和谐的状态，无一而非生命活力的表现，无一而非生命向上运动的表现，无一而非美的本质的表现。大雁排空无疑是美，是生命向上性的写照，"天苍苍，野茫茫，风吹草低见牛羊"无疑是美，是生命向上性的写照；小草茵茵同样是一种美，是生命向上性的证明，"细雨鱼儿出，微风燕子斜"，"好雨知时节，当春乃发生，随风潜入夜，润物静无声"，同样是一种美，是生命向上性的证明。向上是生命的本质，也是美的本质，普遍属于一切生命的运动。我们的世界由于有了生命的向上运动而变得美丽。

---

① 《西方美学史资料选编》下卷，上海人民出版社1987年版，第819页。
② 《中国历代文论选》下册，中华书局1963年版，第204页。
③ 博克：《论崇高与美两种观念的探源》，见《西方美学家论美和美感》，商务印书馆1980年版，第122页。

由此可知,美的魅力,实际也就是一种向上动势对生命的感召力。审美,实际也就是对生命向上的感召力的解读和领悟。美之所以具有美的魅力,就在于它具有一种向上的生命活力。这就是美的"化感之本原"和美之所以动人的决定性的根由。

(二)社会美领域中的验证

向上运动对生命的感召力,同样表现在社会美的领域中。

所谓社会美,是指社会事物、社会现象和社会生活中的美。它不仅根源于实践,而且本身就是实践的最直接的表现,是一种肯定的积极的生活形象。那么,社会美之所以成为美的决定性因素到底是什么呢? 这一问题,我们同样可以从阳刚和阴柔两种类型分别论述。

社会美的阳刚形态是,人与自然的激烈对抗,人与人的激烈对抗。前者以人定胜天的形式说明了人的自由创造力量的美丽,诸如古代的大禹治水,四大发明,当代的原子裂变,宇宙航行,三峡平湖。后者以光明战胜黑暗的方式说明了人的自由创造性力量的美丽,诸如中国历史上此起彼伏的农民起义,欧洲历史上翻天覆地的巴黎起义,美洲历史上惊心动魄的独立战争,20 世纪 40 年代全世界的艰苦卓绝的反法西斯战争。这些波澜壮阔的美的事物,无一不是人的本质力量的集中表现,无一不是生命运动的向上性的直接证明。

社会美的阴柔形态是,人与自然的恬适,人与人的恬适。前者以人与自然的和谐表现了自然的创化力量和人的创造力量的相得与共进所特具的美丽,诸如"采菊东篱下,悠然见南山"。后者以人与人的和谐表现了人的创造力量的相得与共进所具有的美丽,诸如爱情的滋润,友情的交流,强者对弱者的关心和救助,弱者与弱者的共勉与自强。这些轻柔细腻的美的事物,同样是生命运动的特定形态,是生命运动的向上性的直接证明。

(三)艺术美领域中的验证

向上运动对生命的感召力,同样表现在艺术美的领域中。

所谓艺术美是指艺术作品之美。人对现实的审美关系,集中反映在艺术美中。艺术美来源于自然美和社会美,是现实美在观念形态上的反映,是心与物交融化一的结果。艺术美是观照美的本质的最直接、最集中的窗口。

我们先从白居易的一首小诗谈起。

赋得古原草送别

离离原上草,一岁一枯荣。野火烧不尽,春风吹又生。

这首诗作于贞元三年,作者时年 16 岁,是时难年荒之后的一篇准备应考的习作。据唐代张固《幽闲鼓吹》的记载,作者这年自江南入京,将习作集投献名士顾况,顾初不以为意,甚至还拿他的名字取笑:"米价方贵,居亦弗易。"及读至"野火烧不尽"二句,不禁大为嗟赏,说:"道得个语,居亦易矣。"并广为延誉。这一段大伏大起的审美经历明确地告诉我们,"野火烧不尽"二句具有怎样的美学震撼力,也明确地告诉了我们,一个名士折服于一个少年诗人之前的具体过程。为什么这两句少年语具有如此强大的美学魅力,足以在瞬刻之间改变了一个名士的傲慢与偏见?原因就在于"个语"中强烈地蕴涵了并鲜明地体现了生命向上运动的永恒动势。这种永恒的向上动势,实际也就是美的本质,亦即美之所以成为美的决定性的根由。我们试用"代入法"进行一下效应性的检验:如果诗句改为"野火烧易尽,春风吹不生",生机立刻荡然无存,也就没有任何的美学魅力可言了。足见生命向上运动的永恒动势的感性显现,就是美的本质。美与不美,全决于此。

这一普遍性的规律,也可从托尔斯泰日记所记载的一次成功的审美经历中获得证明:

　　昨天,我走在翻耕过两次的休闲地上。放眼四望,除开黑油油的土地——看不见一根绿草。尘土飞扬,灰蒙蒙的大道旁却长着一丛牛蒡,只见上面绽出三根枝芽:一根已经折断,一朵乌涂涂的小白花悬垂着;另一根也受到损伤,污秽不堪,颜色发黑,脏乎乎的茎秆还没有断;第三根挺立着,倾向一边,虽也让尘土染成黑色,看起来却那么鲜活,枝芽里泛溢出红光,——这时候,我突然回忆起哈泽·穆拉特来。于是产生了写作愿望。把生命坚持到最后一息。虽然整个田野里就剩下它孤单单的一个,但它还是坚持住了生命。①

---

① 康·波穆诺夫:《托尔斯泰传》,天津人民出版社 1981 年版,第 333—334 页。

显然,牛蒡"把生命坚持到最后"的感性显现,实际也就是美的本质力量的向上性的感性显现。托尔斯泰由此获得了对美的本质的领悟,完成了他的世界名作《哈泽·穆拉特》。

美之为美的决定性根由——昂扬向上的永恒动势,也在世界性名作中普遍地体现出来,雪莱的《西风颂》就是典型的例子:

> 冬天来了,
> 春天还会太远吗?

这实际也就是雪莱对生命运动的普遍规律和美的普遍性本质的解读。也正因为如此,它才能给世世代代的人们以永恒的美学启迪。

这种昂扬向上的生命动势,也鲜明地体现在莱蒙托夫的《孤帆》诗作中:

> 在大海的蔚蓝色的浓雾里,
> 一片孤帆闪着白光。
> 它在寻求什么,在这遥远的异地,
> 它留下了什么,在那自己的故乡。
> 波浪在汹涌,海风在呼啸,
> 桅杆弯起腰来发出轧轧的声响。
> 唉,它不是在寻求幸福,
> 可也不是为了逃避幸福。
> 它的下面是澄清的碧色的水流,
> 它的上面是金黄色的阳光。
> 而它,不安地,在祈求风暴,
> 仿佛只有在风暴中才有安详。

体现在泰戈尔的散文诗《游思集》中:

> 你抑郁地卷向前去,永恒的游思,在你无形的冲击下,周围死水般的空间激起了粼粼的光波……

体现在高尔基、鲁迅、茅盾的作品中：

海　燕

高尔基

狂风吼叫……雷声轰响……

一堆堆乌云，像青色的火焰，在无底的大海上燃烧。大海抓住闪电的箭光，把它们熄灭在自己的深渊里。这些闪电的影子，活像一条条火蛇，在大海里蜿蜒游动，一晃就消逝了。

"暴风雨！暴风雨就要来啦！"

这是勇敢的海燕，在怒吼的大海上，在闪电中间，高傲地飞翔；这是胜利的预言家在呐喊：

"让暴风雨来得更猛烈些吧！"

雪

鲁迅

暖国的雨，向来没有变过冰冷的坚硬的灿烂的雪花。博识的人们觉得他单调，他自己也以为不幸否耶？江南的雪，可是滋润美艳之极了；那是还在隐约着的青春的消息，是极健壮的处子的皮肤。雪野中有血红的宝珠山茶，白中隐青的单瓣梅花，深黄的磬口的腊梅花；雪下面还有冷绿的杂草。蝴蝶确乎没有；蜜蜂是否来采山茶花和梅花的蜜，我可记不真切了。但我的眼前仿佛看见冬花开在雪野中，有许多蜜蜂们忙碌地飞着，也听得他们嗡嗡地闹着。

白杨礼赞

茅盾

那是力争上游的一种树，笔直的干，笔直的枝。它的干呢，通常是丈把高，像是加以人工似的，一丈以内，绝无旁枝；它所有的丫枝呢，一律向上，而且紧紧靠拢，也像是加以人工似的，成为一束，绝无横斜逸出；它的宽大的叶子也是片片向上，几乎没有斜生的，更不用说倒垂了；它的皮，光滑而有银色的晕圈，微微泛出淡青色。这是虽在北方的风雪的压迫下却保持着倔犟挺立的一种树！哪怕只有碗来粗细罢,它却努力向上发展,高到丈许,二丈,参天耸立,不折不挠,对抗着西北风。

这些作品,无论是阳刚型的,或是阴柔型的,都以自己昂扬向上的气势,获得了永恒的生命品格。

对昂扬向上的生命动势的标举,也是诺贝尔文学奖的崇高宗旨。该奖的授奖条件中明确规定:一是"在近年里",二是"写出了最优秀的理想主义倾向的作品"。所谓"理想主义倾向",实际也就是昂扬向上的倾向。海明威的《老人和海》,福克纳的《熊》,川端康成的《伊豆的舞女》,无一不以其昂扬向上的倾向震撼了世界的心灵,因此而获得了世界性的荣誉。这种昂扬向上的生命动势,是诺贝尔作家的自觉追求。对此,福克纳在领奖答辞中做出了明确的体认和表述:

> 我感到诺贝尔文学奖不是授予我个人,而是授予我的劳动——一辈子处在人类精神的痛苦和烦恼中的劳动。这种劳动并非为了荣誉,更非为了金钱,而是想从人类精神原料里创造出前所未有的某种东西……作家必须把这些铭记于怀,必须告诫自己:最卑劣的情操莫过于恐惧。他还要告诫自己:永远忘掉恐惧。占据他的创作室的只应是心灵深处亘古至今的真情实感、爱情、荣誉、同情、自豪、怜悯之心和牺牲精神,少了这些永恒的真情失感,任何故事必然是昙花一现,难以久存……人是不朽的,并非在生物中唯有他留有绵延不绝的声音,而是人有灵魂,有能够怜悯、牺牲和耐劳的精神。诗人和作家的职责就在于写出这些东西。他的特殊光荣就是振奋人心,提醒人们记住勇气、荣誉、希望、自豪、同情、怜悯之心和牺牲精神,这些是人类昔日的荣耀。为此,人类将永垂不朽。诗人的声音不必仅仅是人的记录,它可以是一根支柱,一根栋梁,使人永垂不朽,流芳百世。

（1950 年 12 月 10 日于斯德哥尔摩）①

---

① 福克纳:《诺贝尔文学奖受奖词》,见《福克纳评论集》,中国社会科学出版社 1980 年版,第 254—255 页。

　　这是诺贝尔作家对诺贝尔文学宗旨的领悟和解读,也是他们对美的本质的领悟和解读。它从审美实践的最高层面上,对美的本质就是生命运动的向上性真理,做出了最切实的证明。

　　我们还可以从屠格涅夫的两次迥然不同的美学经历,对美的本质进行对比性的证明。

　　1861 年,屠格涅夫完成了中篇小说《父与子》。当时俄罗斯正处于社会变革的前夜,传统的贵族自由主义势力和新兴的民主主义势力处于生死搏斗的状态,《父与子》就是新旧两种思想激烈交锋的缩影。但是,由于世界观的限制,作者对民主主义势力的代表人物巴扎洛夫做出了与当时社会前进的蓬勃态势不甚相称的艺术表现,给他安排了一个生理与心理同时死亡的结局。巴扎洛夫的告别辞是:"俄罗斯需要我……不,俄罗斯不需要我……俄罗斯需要的只是鞋匠,裁缝,屠户……"显然,这样的艺术形象是与生命向上运动的总动势背道而驰的。屠格涅夫因此得罪了广大的俄罗斯青年,受到了他们的猛烈抨击。他的许多朋友,都因此而与他疏远。

　　但是,他在晚年写的散文诗《门槛》中,却表现出了一种完全不同的美学境界。作品运用"梦"的形式,通过门槛前的宣誓似的对话,塑造了一位决心为人民的解放献出一切的俄国女革命家的崇高形象。为了投入人民的正义事业,她情愿经受任何考验和痛苦,无论是"寒冷,饥饿,憎恨,嘲笑,轻视,监狱,疾病,甚至于死亡",她都做好了充分的思想准备,回答是:"我知道。我准备好了。我愿意忍受一切的痛苦,一切的打击","我不需要感激,不需要怜悯,也不需要声名",甚至"准备去犯罪"。《门槛》表现出了俄罗斯革命先行者勇往直前、一无所惧的浩然气势。这种气势,正是时代本质的感性显现,也是美的本质的感性显现。正是由于这点,它具有了强大的美学魅力,屠格涅夫也重新受到了俄罗斯年轻一代的尊崇和敬重。他在国外逝世的消息传回时,俄罗斯成千上万的年轻人为他举行了隆重的葬礼,追悼会散发的传单背面,庄严地印着《门槛》的散文诗,犹如旗帜一样引导着俄罗斯生活的向上进程。

　　凡此种种,都从不同侧面说明了同一真理:生命运动的向上性的感性显现,确实是美之成为美的决定性因素。诚然,这是一个东方式的真理,因为它只能涵蕴在天人一体的东方文化之中。但是,它绝不是东方所独有的真理,因为形成这一真理的诸多要素,实际早就存在于西方前哲的论述中,只是由于天人两分的思维方式的定势作用,未能凝聚成为一个统一的逻辑基点,所以长期未能从根本处说破而已。当我们对西方美学史进行回眸时,就会发现,无论是"和谐"说也好,"典型"说也好,"绝对理念"说也好,"理想生活"说也好,"人的本质力量的对象化"说也好,实际都含有向上运动的因素。将这些向上运动的因素在天人合一的大认识场中凝成一个整体,从宇宙运动的最高处和生命运动的最高处明确地揭示美的普遍性本质,则是东方文化的独特视野,也是东方文化对世界文化的独特贡献。这一点,确实是值得炎黄子孙感到自豪的。

第十三章　文心形态论

　　形态是事物的存在方式,亦即在一定条件下的结构和状态。众所周知,现象是本质的现象,本质是现象的本质,二者是密不可分的。"文心"的特定内涵,同样具有特定的形状和结构。正是这一特定的形状和结构,赋予其内涵以坚实形体。本章就是文心存在方式的专论。

第一节　文心在"为文"运动中的系统位置

　　"文心者,言为文之用心也。"(《序志》)"文心"与"为文"共生,并且是在"为文"这一特定领域中运行。因此,要把握"文心"的形态,首先必须弄清"为文"的科学内涵。

一、写作的系统运动

　　"为"者,"造作"之谓。《尔雅》:"造作,为也。"《周礼·春官·典同》注云:"为,作也。""为文",就是作文,也就是写作。将"文"与"为"连接在一起,将二者凝成一个统一的范畴,是刘勰一大创举。从静态的"文"的范畴到动态的"为文"的范畴,是人类认识的极大飞跃,标志着写作的自觉时代的到来。

　　写作是一项与人类俱生的活动。有人类必有交流,有交流必有写作。"人文之元,肇自太极","太极"实际上就是一种原始形态的写作。在长期的历史发展中,写作以其独特的功能和效益,创造着、录记着、传播着人类的文明,推动着历史前进。人类历史的前进,又反过来推动写作实践和写作理论不断发展。

　　但是,在刘勰以前漫长的历史进程中,人们对写作属性的认识,曾经是十分朦胧的。人们通常都把写作置于"圣人立言"的特殊范畴,对于社会的大多数来说,一般是与写作无缘的。直到魏晋南北朝以后,随着社会观念的嬗变,写作开始走下了神圣的神坛,具有了社会化的品格。刘勰就是这一写作自觉时代的集大成者。他不仅在我国历史上第一次明确提出了"为文"的观念,而且第一次提出了关于写作的系统运动的观念。刘勰关于写作系统运动的观念,是建立在四个对写作运动具有明显的制约作用的基本要素的基础上的。

一是"物"的要素。"物"指写作的对象,也就是作家在写作过程中所反映的客观世界。写作是一项"笼天地于形内,挫万物于笔端"的创造性活动,而被作家心目所笼摄的天地万物都是写作的客体。客观世界是人类精神活动的物质依据,也是写作的源泉。"人秉七情,应物斯感,感物吟志,莫非自然。""物"是第一性的,"感"是第二性的。物质运动千差万别,感物之情也千姿百态,写作运动因而必然会异彩纷呈。

二是"心"的要素。"心"指人作为"有心之器"的精神本体,属于写作主体的范畴。"心生而言立,言立而文明,自然之道也。""心"对于"文"的重要意义就在于,"心"是"为文"的凭借。人类对客观世界的认识,绝不是一个简单的机械过程,而是一个"心物交融"的能动过程。写作中所涉及的自然,已经不是原原本本的"第一自然",而是经过作者的心灵加工和改造过的"第二自然"。这种"自然",是作者微妙的内宇宙和广阔的外宇宙的结合。它既具有客观真实性的品格,又具有主观真实性的品格,是自然的人化,又是人的自然化。而"心"——作者个性化的思维结构,就是将"第一自然"改造成为"第二自然"的灵敏、高效的"加工厂"。这一"加工厂"的加工效益,归根结底是由人的志气决定的:"神居胸臆,而志气统其关键。"志气体现着人生的整体方向和生命强度,是人的思维能力和思维动力的统帅和原动力。人的志气有高低雅俗之分,人的能力与动力有强弱优劣之别,由此必然造成心灵运动方式的千差万别。心灵运动方式的千差万别,必然会带来对客观世界的认识的千差万别,也必然会带来写作活动的千差万别。

三是"辞"的要素。"辞"指书面语言系列,亦即按照语言规范和文体规范组织起来的字、词、句、段、篇的决定性结构,属于写作载体的范畴。辞对于写作活动的重要意义就在于,"心"与"物"的融合,是在"辞令"的基础上实现的,而辞令既是心的媒介,所谓"言为心声""辞为心使"是也,又是物的媒介,所谓"物沿耳目,而辞令管其枢机"是也。同时在于,写作活动也是一项心与心的交流活动,写作活动中的心灵交流,同样是在辞令的基础上进行的,所谓"观文者披文以入情"是也。因此,辞必然成为写作活动借以进行的不可或缺的凭借,犹如"肌肤"之于人体那样重要。具而言之,"情者文之经,辞者理之纬",语言是主体认识和反映客体的物质外壳,又是心灵运动得以显现,并因此而进入流通领域的物质手段。而书面语言则是语言表达的最精粹的形式,是心灵运动"沿隐以至显,因内而符外"的最佳承载工具。如果没有"辞令",既不能"状难写之景"以"逐物",也不能"含不尽之意"以"适心",写作就会成为"心想无凭"的东西,历史就会倒退到"结绳纪事"以前的时代,也就谈不上"百年影徂,千载心在"的人类文明了。

四是"知音"的要素。"知音"指写作的接受对象,亦即"披文以入情"的"观文者",属于受体的范畴。将"观文者"引入写作运动的范畴,是刘勰的另一创举。受体对写作运动的意义就在于,它不仅是作者"心声"的接受者,也是社会生活的实践者。他们的社会实践是作者进行写作实践的主要内容,他们的接受趋势在客观上体现着社会生活发展的总趋势,也在客观上影响着和制约着作者在写作中的思维趋势,就像市场机制影响着生产机制一样。写作运动就其终极效应而言,是一项"鼓天下之动"的社会工程,这一重大效应,是通过社会的接受去实现的。如果没有接受者,产品就会失去了市场,生产就失去了意义。

客体、主体、载体、受体,是写作系统运动的四大要素。但是,事物的整体性质不是简单地由其构成与制约要素所直接决定的,而必须是由这些要素之间的错综复杂的系统关系来决定的。这种内在的系统关系,可以概括为以下图象(图见下页):

写作客体与写作主体的结合,构成认识与被认识的关系,反映与被反映的关系,创造与被创造的关系,统称为认识关系。这种关系是写作关系中最基本的内容,是写作运动的基础与中心环节。

但是,发生在写作运动这种认识中的关系,是凭借特定的手段——书面语言系列,并按照"鼓天下之动"的特定目的来进行的,因此,写作关系绝不是一种简单的双边关系,而必然是一种错综的多边关系。除了主体与客体之间的认识关系外,还包含着认识与媒介的关系,表达与媒介的关系,以及接受与反

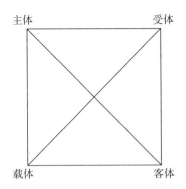

馈的关系。

　　写作运动中的认识与媒介的关系以及表达与接受的关系,都是通过写作载体来实现的,统称为表达关系。"缀文者情动而辞发,观文者披文以入情",二者的角度虽然不同,但都以同一的载体为凭借。载体是主体认识、反映、再造客体的媒介和工具,又是主体、客体、受体三者之间的物质纽带。载体在写作运动中具有三种功能:思维的物质外壳,表达的物质手段,传播的运载工具。这三种功能,都统一在载体对主体、客体、受体的表达关系中。正因为这种关系,人类对客观世界的能动反映,才具有了可表、可见、可传的物质形态,写作才获得了坚实的机体。

　　受体与其他要素的关系主要表现在两个方面:一是由于有了受体,主体通过载体对客体进行的认识,才能进入流通领域,才具有了"鼓天下之动"的社会实践意义。这种关系,是表达与接受的关系,思维与实践的关系,统称为传播关系。读者既是对客观世界的认识的接受者,又是将这种认识转化为社会实践的实行者。文章从理想地到现实地改造客观世界,主要是通过传播去进行,通过读者去实现的。二是受体的作用也直接地或间接地通过主体的读者意识表现在写作的孕育、构思、行文及修饰的过程中,它能通过对主体的反馈影响和制约着主体的思维方向和思维强度,引导写作运动朝着追求最优化的认识效益和接受效益的方向发展。这种发生在主体与受体之间的关系,是原发与反馈的关系,是反馈与调整的关系,统称为反馈关系。

　　认识关系,表达关系,传播关系,反馈关系,都以自然之道为终极根源,以"原道心以敷章,研神理而设教"为价值取向和普遍法则,凝聚成为一个整体,构成了写作运动的系统机制。它以认识为核心,以表达为机体,以接受为指归,以理想地改造世界为终极目的,驱动着写作向前运动,体现着写作的整体性质:写作就是人类运用书面语言能动地认识世界,并且将这种认识用之于交流,从而理想地改造世界的系统活动。

根据这一定义,我们对写作运动的工程性质和写作科学的学术性质,就能一目了然了。写作运动究竟是一项什么性质的工程?认识关系使它成了一项灵魂工程,表达关系使它成了一项语言工程,传播与反馈关系使它成了一项社会工程。我们据其系统属性一言以蔽之,曰系统工程,它是一项集灵魂工程、语言工程、社会工程于一体进行综合施工的系统工程,是一项以灵魂工程为主体,语言工程为载体,社会工程为目的的"笼天地于形内,挫万物于笔端"、"写天地之辉光,晓生民之耳目"的大跨度的综合工程。而写作科学,也绝不只是一门单纯的思维科学、语言科学或社会学科学,而必定是一门将三者融合为一的独立的开放的多样性统一的系统科学。

写作运动这一综合性的系统工程,就是文心借以存在的根本实体。

二、文心在写作运动中的系统位置

写作运动的系统机制,清晰地标示出了文心在写作系统运动中的系统位置——四边形结构中的"重心"位置。这是主体、客体、载体、受体四个"引力场"的集汇点,是四种写作关系的交叉点和平衡点。

所谓"为文之用心",实际包含着四个方面的心理活动:关于认识的"用心",关于表达的"用心",关于传播的"用心",关于反馈的"用心"。它们的活动方式和活动内容并不完全相同,但都发自此心,寄寓此心,承载此心,并最后汇集于此心。四种关系无一不以心为起点,以心为归宿。就认识而言,认识是心对物的观照,无心则无照。就表达而言,表达是心的外化,无心则表达失去内涵。就传播而言,传播是心的扩化,无心则传播失去意义。就反馈而言,反馈是心的调整,无心则调整失去依据。也就是王元化所说的:"'文'产生于'心',故'心'这一概念是最根本的主导因素"。① 这就是为什么刘勰在《序志》中做出"文果载心,余心有寄"的强调的原因。

---

① 王元化:《文心雕龙创作论》,上海古籍出版社1984年版,第71页。

正因为"文心"如此重要,它在写作的系统运动中,就不能不居于"乘一总万"的核心地位,犹如心脏对于人的机体一样。写作的系统运动,就其本质而言,是一种文心的运动,即在特定范围内和特定目的下采取特定手段进行的思维运动。只有抓住了这个启动器和主发动机,写作的系统机制才能高效运行,犹如心脏的搏动带动全身血液的运行一样。这就是《文心雕龙》"以心术总文术"的科学立论的总根据。刘勰所说的"乘一总万,举要治繁",不仅是对文心的"总术"的理论概括,实际也就是对文心的系统功能的理论概括。

刘勰关于文心在写作运动中的主导地位的科学见解,已经成为当代世界的共识。1987 年 5 月在荷兰提尔堡召开的国际写作专题讨论会上通过的《研究报告》,就是具体的历史见证。该报告中所提出的关于"写作与思维之间存在着共生的关系"的见解和"帮助学生发展写作能力和相应的思维能力"的呼吁,代表当代世界写作理论界对写作及其理论的最新认识,而它的基本精神与刘勰的卓越见解竟是完全一致的。

当然,文心在写作运动中的主导位置,是依靠整个系统的运动来实现的,它绝不是孤立的、抽象的、超物质的东西,而是心物交融的结晶,是自然运动和生命运动的自然结果。"心"作为"思之官"的大脑结构而言,本身就是一种物质的存在。"心"的运动过程是"神与物游"、"物与神交"的"应物斯感"的过程,它由物质世界的运动所激发,而且不可或缺地包容着"物"的内涵,是"物"与"心"的统一体。语言是人类思维的物质外壳,是传播与交流的物质工具。读者是物质世界中最具能动性的有血有肉的物质存在。写作的运动同时也是一个物质的运动,这是毋庸置疑的。我们在这里强调文心的主导地位,是指它的系统意义而言的;就哲学范畴来说,是指精神对物质的能动作用而言的。在这一点上,我们的先人在1500 年前就表现出了系统思维和辩证思维的良好品格和卓越智慧,为后人解放思想树立了极好的楷模。

第二节　文心的空间运动形态

文心是写作运动的主发动机和心脏,这是专就它在外系统运动中的基本形态而言的。那么它在内系统运动中的基本形态又是怎样的呢? 文心的内系统运动具有两种不同方式:一是横向性的空间运动,二是纵向性的时间运动。

本节专就文心的空间运动形态进行论述。

刘勰在《熔裁》篇中,提出了"三准"的法则,作为布局谋篇的基本依据,曰摄情,曰类事,曰撮辞。"他所谓'三准',乃是指从作者内心形成作品的全部过程中所必然有的三个步骤。"①这三个步骤所涉及的情、事、辞,实际就是文心空间结构的层面。情指情思,事指事义,辞指语言。刘永济先生将三者的空间关系,制成了图表,使人一目了然:

情(情思)……属内者。

↓

事(事义)外之声色所因依。事义充实,则声色俱茂,声色与事义不称,则为浮藻。

↓内之情思所表现。事义允当,则情思倍明,事义与情思不符,则为滥言。

辞(声色)……属外者。②

刘永济先生以"事义"作为中介,将三者连贯了起来,组成了一个统一的结构,给我们认识文心的空间形态开辟了一条很好的思路。但上面的图表毕竟是平面性质的。我们据此对文心的横向结构进行更加具体的扩展,力求将它的立体结构展示于广大读者之前。

第一层面:文心的内核——情思层面。

情思,即"神与物游"、"物与神交"所激发与凝聚而成的思想感情。情是人对物的美学判断,思是人对物的理性判断。神何以能与物游? 物何以能与神交? 原动力在于作者的志气。人的志气是天地之心的符契,是天地之心在人的本质力量中的个性化的集中表现。"志,心之所之也"(《说文》),指人的志向,即人生的追求方向。"气者生之元也"(《文子·守弱篇》),指生命的元气,即生命运动的动力。"志"决定着人生的整体指向,"气"决定着生命力的整体强度。志气是人的能动性的集中浓缩点,也就必然成为文心内核的核心。

---

① 刘永济:《释刘勰的"三准"》,见《文心雕龙研究论文集》,人民文学出版社 1990 年版,第651 页。

② 刘永济:《文心雕龙校释》,中华书局 1962 年版,第 107 页。

所谓"神居胸臆,志气统其关键",就是指志气对心灵的统率作用而言的。情思实际就是作者的志气与外部世界间的撞击所发出的精神火花。志气有高下、崇卑的品位之分,撞击有强弱、缓急的力度之别,情思也就必然有雅俗、精粗、强弱、深浅之异。这种差别,既表现在方向上,也表现在力学强度与美学强度上。这就不是文章的主旨所以千差万别的最根本的主体根由。

志气制约着情思,情思制约主旨。情思是志气的生发,主旨是情思的浓缩。这三者之间的辩证关系,构成了文心的内核。

第二层面——事义层面(外核)。

就像细胞核必须和细胞质共存才能实现生命的运动一样,文心的内系统运动同样需要外围物质的支持才能运行。

"情思"是应物斯感的产物。外物激起内情之后,并不立即消逝,而是和情思互相渗透,融合在内核的外围,成为支撑内核的外核。内核蕴涵着事物的本质。"情"是人的本质,"理(思)"是物的本质。外核包蕴着体现和显示情思的现象:情有情的现象,理有理的现象。内核与外核的关系,实质上就是本质与现象的关系。世界上绝没有无本质的现象,也绝没有无现象的本质,二者是相倚相生,共存共济的辩证统一体。刘永济先生所说的"事义",实际上也就是指融化于情思中的"现象":不管是形象还是逻辑,都是情思的特定载体,都属于"现象"的范畴。他把"事义"这一特定的文心现象视为文心空间结构中的中间环节,极其精辟地指出了它的结构意义:"外之声色所因依","内之情思所表现"。这一层面的特殊意义,就在于它内接情思,外接语言,因此必然成为文心定位的关键点。抓住了它,就能兼顾两头,协调本质—现象—语言三者之间的关系。所谓题材,实际上就是最能体现"情思"(本质)的"事义"(现象)。所谓主旨,就是最能概括"事义"(现象)的情思(本质)。现象与本质,内核与外核,共同构成着文心的内容。根据文心的内容,才能定出相应的"声色"(语言)。刘勰所说的"窥意象而运斤",理论根据就在这里。

通过最能体现本质的现象,去显示或者证明最能概括现象的本质。只有真正抓住了现象,才能真正抓住情思;只有真正抓住情思,才能真正抓住现象。这就是内外核结构关系中所隐藏的深层秘密。

第三层面——语言层面(外壳)。

刘勰说:"心生而言立。""心"与"言"是共生共存的。没有"言"的承载,文心的内核与外核就会失去外壳而不能成型,就像失去了细胞膜的细胞不能生存一样。

语言的外壳功能,是通过它对情思和现象的传达作用来实现的。

语言是一种有声的符号系统。作为符号而言,它既是某种声音的标志,又是某种意义的标志。我们先从语音的传达作用谈起。

语音由音韵和节奏组合而成。"声萌我心"(《声律》),声与心符,心以声显,声音的高低、轻重、长短,节奏的疾徐、抑扬、顿挫,都和人的心理信息息息相通,是传达情思的最直接最鲜明的媒介。音乐就是利用这种机制直接传达人类的情思,诗歌则借助韵律的翅膀以飞翔。如李白《早发白帝城》诗,以轻快恬适的音韵和流畅滑润的节奏传达出诗人轻松欢快的心情,李清照的《声声慢》"寻寻觅觅,冷冷清清,凄凄惨惨戚戚",由低音调的叠声词构成七个等长的音步,通过缓慢迟涩的节奏,传达出无限悲怆、空旷、寂寞、无所归依的感情。抗日战争时田间的"鼓点"诗,以高昂的音韵和抑扬顿挫、快速跳跃的旋律,传达出自己豪迈乐观、一往无前的精神状态。

但是,语音与音乐的传达功能并不是完全相同的。刘勰的《声律》篇明确告诉我们:音乐属于"外听"的范畴,可以使用乐器进行规范,"外听之易,弦以手定";语音是一种"心声",属于"内听"的范畴,"内听之难,声与心纷;可以数求,难以辞逐"。原因就在于,语音具有双重的符号意义。语音绝不是简单的摹声或仅仅是运用音韵和节奏直接表达情绪,它的音韵与节奏在接受感情影响的同时,还要受到语义的支配。语义是传达情思的最主要的手段。人类运用语音来表达情思和展示现象,通常是不直接诉诸音韵和节奏,而是通过语义来实现的。诗歌翻译成其他民族语言时,就音韵和节奏而言已经发生了极大的变化,但情思和景象依然完整如故。这就是语义对传达情思和现象的决定性意义的证明。

语义之所以能传达情思和展现现象,是因为语义的内涵是概念。概念是思维的基础,它通过抽象概括的事物来反映世界的运动,也就是借助词而以抽象和概括的形式来反映世界上的一切。这对于逻辑思维来说,是不会存在任何实践上的障碍的,语言的抽象性与逻辑思维的抽象性,不会构成任何矛盾。而对于形象思维来说,问题就复杂化了。语言本身的抽象性和概括性,怎能起到传达具有个性特征的感性和感情现象的作用呢? 这一问题的挑战性,时至今日我们还依然能够感觉到。

　　针对这一问题,刘勰提出了关于"采"的卓越见解。"采"属于辞的范畴,但绝不是一般意义的辞,而是一种具有特殊美学效应的辞。这种特殊的美学效应,就在于它的发皇耳目的强大魅力。具而言之,就是文学语言中诉诸听觉的音韵之美和诉诸视觉的形态色泽之美。用刘勰的话来说,就是"巧言"中的那种足以"惊听回视"、"发蕴而飞滞,披瞽而骇聋"、"动心惊耳"的艺术感染力量。表现在具体作品中,就是屈赋所具有的那种"惊采绝艳"、"金相玉质"的力量:"叙情怨,则郁抑而易感;述离居,则怆快而难怀;论山水,则循声而得貌;言节候,则披文而见时。"

　　这种形象再现的功能,来自"思理为妙,神与物游"的心理功能,亦即想象与联想的功能。这一心理功能,已为现代科学所充分证明。现代科学明确告诉我们:文学以语言为媒介传递信息的过程,是一个间接性的过程。语言符号经过作者的选择和组合,就能变成一种特殊的刺激物,通过人的感官,作用于人的大脑,产生想象和联想,引起系列的表象活动,从而获得一种如睹如闻的形象感。

　　它的系统机制其实并不复杂。诚然,语言本身并没有形象性,但是,在具体的思维过程中,概念和表象不是截然分开的。比如,当我们提到"蓝色"这个概念的时候,我们绝不只想起了抽象的概括的"蓝色",而且会想起储存在自己记忆仓库中的各种具体事物的活生生的"蓝色"。"概念"只是某种事物的一般属性的"总账号",表象则是"总账号"下的具体"账目"。对此,日本学者保坂荣之介做了非常透辟的比喻说明:

　　　　字词存储和表象存储就像是记录、保存信息的图书馆,而字词存储中的语言信息可以说是为了查找表象存储中的形象信息的图书索引。"火箭"这个词就是"火箭"这个形象的索引卡片,"自行车"这个词就是"自行车"这个形象的索引卡片;"卡片"与"图书"(即形象)一起被记录,保存在大脑这个图书馆中。所以,当我们听到"火箭"、"自行车"这些词语时,就能够将与它们有关的信息作为具体的形象在头脑中再现。①

────────────

　　① 　保坂荣之介:《提高记忆力与集中力》,中国农机出版社1984年版,第25页。

　　这就是说,语言之所以能传达感情和形象,并不在于语言本身的形象性,而在于它对形象和感情的引索性。所谓引索,就是第二性刺激所激发的想象和联想。这就是巴甫洛夫所说的:"由于成年人过去的全部生活的关系,词是与那些达到大脑半球的一切外来的和内在的刺激相联系着,并随时成为这些刺激的信号,随时代替这些刺激,因而词也能够随时对有机体引起那些刺激所能引起的行为和反应。"①

　　可见"言为心声"的普遍真理,是适用于各中思维形态的。语言既能通过概念传达理性的信息,又能将概念转化为"刺激"的"信号",传达感觉与感情的信息。因此,在文心的内在系统中,它就必然和"情思—事义"紧密地结合在一起,成为文心的内核与外核的不可或缺的支撑体——外壳。

　　内核—外核—外壳,三者组成了一个严密的内在系统。这个系统,以志气为关键,以情思为主导,以事义为中坚,以辞令为媒介,志以运情,情以摄象,象以撮辞,辞以明志,组成一个完整的思维结构,并以这个完整的思维结构为心脏和主发动机,推动着外系统(即整个写作系统)的"公转运动",犹如太阳的自转带动整个太阳系的公转运动一样灿烂辉煌。

　　下面,就是文心的内在机制的全息图象。

　　我们且举出一篇千古传诵的作品,对文心的内在机制进行细细品味和具体解说。

　　　　左迁至蓝关示侄孙湘
　　　　　　　韩　愈
　　一封朝奏九重天,夕贬潮州路八千。
　　欲为圣明除弊政,肯将衰朽惜残年。
　　云横秦岭家何在,雪拥蓝关马不前。
　　知汝远来应有意,好收吾骨瘴江边。

　　核心:兼济天下的崇高志向和一往无前的浩然正气。

　　"欲为圣明除弊政",其志向之高洁可见。"敢将衰朽惜残年",其正气之

---

① 巴甫洛夫:《第二信号系统》,《心理学科普园地》1982 年第 1 期。

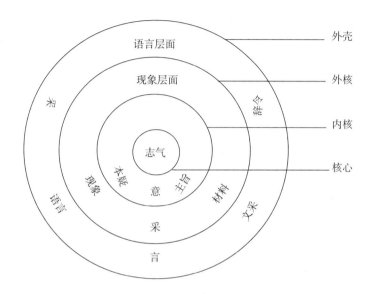

浩盛可知。志与气皆平生所养,一与外物相接,势必喷薄而出,激起强烈情思。

内核:临险阻而刚强不屈之情,持正义而抑郁不平之思。

作者兼济天下,义无反顾的志气,面对昏庸腐朽的现实,必然挺身抗争。虽贬谪八千里外,身窜瘴江之边,其志不泯,其气不衰,而其情愈炽。持正义而历尽坎坷,必然不平;抚国事而思除弊,必然不屈。秉浩然之志与浩然之气,必然有浩然之情与浩然之思。无他,"志气统其关键"尔。此一浩然之情与浩然之思,就是全诗的主干和宗旨。全篇的"酌事","撮辞",皆遵循此干而务明此旨。

外核:显示不平与不屈的事义。

事义是情思的载体,情思因事义而起,并表现在事义之中。

第一重事义——贬谪的根由。贬谪的根由起于"一封朝奏"。九重藐漠,天意难测,伴君伴虎,其谁不知,面对弊政而欲以一封奏章除之,不复计较个人利害。其"不屈"之情,尽见于此"不屈"之事中。此为第一重不屈。"贬",处分之重。"夕",处分之速。"路八千",处分之苛。三者皆足见九重之寡情,亦足见作者"不平"之情之浩盛。此为第一重不平。

第二重事义——对贬谪的心理反应。"欲为圣明除弊政",足见用心之光明磊落,却遭此酷烈的惩处,以"本心"与结果对照,突出其反差之大,更显其

"不平"之心。此为第二重不平。"肯将衰朽惜残年",衰朽固惜而不自惜,即使残年远窜亦不自惜,更见其鞠躬尽瘁,死而后已之情。此为第二重不屈。

第三重事义——贬谪途中的情景。"云横秦岭","雪拥蓝关",窜途之艰难,内心之抑郁,于景物中和盘托出。秦岭已峻,更兼云横,不仅阻断归途,甚至遥望家乡之方向都被云遮雾罩。蓝关已险,更兼雪拥,马尚不前,人何以堪。无罪无辜,何以至此?苦极,痛极,亦不平之极。此为借沿途景物所展现之第三重不平。

第四重事义——对侄孙湘的嘱托。"知汝远来应有意",亲人远来之意无非是相惜相怜,相救相助之意,而作者却不改初衷,将此种心意一笔撇开,单嘱以"好收吾骨瘴江边"之事。"好收吾骨",即之死靡他,宁死不屈之意的形象展现。"瘴江边",即面对绝境,毫不退缩的英风的具体写照。此为借所托之事所展现的第三重不屈。

可见情思与事义,是密不可分的。"事义允当,则情思倍明,事义与情思不符,则为浮藻。"事义与情思,需相得而益彰。何谓"相得"?即事与情在逻辑上的一致性:"事义允当,则情思倍明,事义与情思不符,则为滥言。"①

外壳:述事状物的辞令。

欲显其情,必借相关之事;欲状其事,必借相关之辞。朝奏而曰"一封",极言同道之稀,敢为天下先的心情之切。政见而曰"奏",表明政见之堂堂正正。天而曰"九重",状朝廷之难测难通。辞令具备,则事义彰明,孰是孰非,纤毫毕露。贬而曰"夕",与"朝"相对,极言其速。"路"而曰"八千",极言其远。其速其远,益见其苛。非此数字,遭"贬"一事无由具体呈现。无此"贬"字,则朝廷之寡情与作者的不平不屈之心皆失去依据。再如状窜途之险阻,则用"秦岭"、"蓝关"两词。状"秦岭"之峻而用"云横",状"蓝关"之险而曰"雪拥",更是峻上加峻,险上加险。一"横"一"拥",写尽此中景象,道尽此中辛酸,使沿途之经历,尽呈眼底,作者之喟叹,即在画图之中。然后不屈不平才有生根之处。后有秦岭云横,前有蓝关雪拥。前进无路,后退无方。窜途之事于此尽矣,不平之心亦于此极矣。"来"而曰"远",状来人心情之切,来意之专。"远来"而曰"知",状己心之明,己意之专。己意为何?见于所托之事。所托

---

① 刘永济:《文心雕龙校释》,中华书局1962年版,第107页。

之事为何？见于所撮之词。生而曰"骨"，明绝无后退可言，虽九死其尤未悔。"潮州"而曰"瘴江"，言未来之险恶尽在意中。"瘴江"、"收骨"二词，写尽面对险恶而一往无前的气概。

　　统观其诗，辞与事合，事与情谐，情与志契。字字切要事义，事事切要情思，而情思又与事义相符契。所举之事，皆不平不屈之事，所表之情，皆不平不屈之情，所撮之辞，皆彰明不平不屈之事义之辞。核心—内核—外核—外壳，环环相扣，层层相因，组成了一个完整的心理结构。这一完整的心理结构，就是文心的空间结构。组成这一心理结构的三个层面，实际也就是构成文心的三个要素。所谓"风骨采"，实际也就是对"情事辞"三个要素的美学追求与力学追求。二者之间的区别是："情事辞"属于"体"的范畴，"风骨采"属于"用"的范畴。就空间结构而言，二者处于同一的层面上。刘永济先生云："若情思不能运事义，则文风荏弱；事义不能表情思，则文骨萎靡，故曰：'风骨不飞。''风骨不飞'，则符采无发皇耳目之效，故曰：'振采失鲜，负声无力。'……由此观之，'情'、'事'、'辞'三名，从其用言之，则为'风'，为'骨'，为'采'，而采又以风骨为其根本。"①文心的空间结构形态，就是此一论断的依据之所在。

第三节　文心的时间运动形态

　　写作的系统运动同时也是一种"沿隐以至显，因内而符外"的纵向运动。任何纵向运动都是分阶段进行的。写作运动的全过程由感受、构思、行文、交流四个阶段所构成。作为这一运动的心脏和主发动机的文心，也必然具有相应的阶段性形态和运动方式。

一、文心的孕育阶段

　　文心的孕育阶段就是感受外界刺激，积累信息，触发情思的阶段。客观世界向主体发出的刺激有两种形式：第一性刺激和第二性刺激。第一性刺激指直接来自客观世界的直观刺激，也就是刘勰所说的"物沿耳目"、"物色相召"，

---

　　①　刘永济：《文心雕龙校释》，中华书局1962年版，第107—108页。

现代人所说的"生动的直观"、"意识和外部世界的直接联系"。① 它是人类获得外部信息的主要来源。第二性刺激指间接来自客观世界的条件反射——信号刺激,也就是刘勰所说的"积学以储宝"的知识积累,是人类获得外部信息的补充来源。二者都属于"应物斯感"的范畴。

刘勰"应物斯感"理论的科学性,在现代科学中获得了证明。现代脑生理科学清晰地告诉我们:当客观刺激物作用于主体时,首先是在感觉细胞内部立即产生物理的和化学的变化。这种变化刺激着大脑分析器的外周神经末梢,产生传入神经中枢的冲动。由于刺激物和刺激方式的多样性能够在"传入神经"的多样性中反映出来,中枢神经才能实现对刺激物的精细的分析与综合。"当刺激物作用于感受器时,就立即产生物质运动形式这一系列复杂的变化……刺激作用和神经过程之间,始终保持着对应的关系。因此中枢神经能够获得关于刺激物的正确的信息,心理活动能够正确地反映客观世界。"②大脑神经系统把刺激以表象的形式贮存在记忆仓库里。这就是人类进行思考以认识客观世界的初始依据,是思维运动的起点,也是文心孕育的起点。外部世界的刺激纷至沓来,它的辐射范围具有全方位的性质,万象纷呈,杂乱无章,不可能形成清晰的理性蓝图,却能摇撼作者心灵,强烈刺激着作者的情绪,并且唤起丰富的联想和想象,使原来的表象贮存产生新的运动,激起更加强烈的情绪,推动作者锲而不舍地探求它的理性意义,并不可抑制地萌发出一种强烈的表达冲动。

这些心理活动就其哲学类型来说,都属于感性的范畴,表象是它的基本形态。所谓表象,就是在心灵屏幕上所映现并在记忆中保存的客观事物的形象。表象对于文心的孕育,具有以下意义:其一,它是主体和客体结合的心理链条。客观世界以表象形式进入主体心中,它是文心外核的初始材料,是写作的素材。不管是形象型思维还是逻辑型思维,无一不以表象为基础。其二,它是激发作者情思的刺激物。"人禀七情,应物斯感。"(《明诗》)感情的运动与表象的运动总是同步进行的,表象的积累过程也是一个感情的积累过程。"登山

---

① 《列宁专题文集·论辩证唯物主义和历史唯物主义》,人民出版社 2009 年版,第 135,16页。

② 曹日昌:《普通心理学》上册,人民教育出版社 1980 年版,第 46 页。

则情满于山,观海则意溢于海"(《神思》),就是此种心理活动的形象说明。这种感情的积累不仅是激发写作动机的心理依据,也是最后构成文心内核、确定作品思维指向的主体依据。刘勰在论述建安风骨形成的原因时说:"观其时文,雅好慷慨,良由世积乱离,风衰俗怨,并志深而笔长,故梗概而多气也。""世积乱离,风衰俗怨",属于刺激物的范畴,"志深而笔长"、"梗概而多气"属于写作动机和思维指向的范畴,二者之间存在着因与果的关系。这种关系,也为文学创作的实践所证明。歌德在谈到《少年维特之烦恼》的创作体会时说:"使我感到切肤之痛的、迫使我进行创作的、导致产生《维特》的那种心情,无疑是一些直接关系到个人的情况。原来我生活过,恋爱过,苦痛过,关键就在这里。"①"生活过,恋爱过"的表象积累,是《维特》的题材的最初依据。"切肤之痛"的强烈感受,是作家进行写作的心理起点,也是形成主旨的重要依据。歌德用"关键"两个字,特别强调了表象的积累与感情的积累对于孕育文心的决定性意义。其三,表象是引发联想和想象的刺激物,联想和想象都是在表象的基础上进行的。联想就是新表象和记忆库存中的旧表象之间所建立的联系,想象就是已知的表象与相关的未知表象之间所建立的联系。由于表象与表象之间的动态联系,时空的限制才得以突破,作者的视野也因此而扩大,故能"寂然凝虑,思接千载;悄焉动容,视通万里",使得"笼天地于形内"成为可能。表象与表象之间的联系,构成了表象的系列组合,这种组合就是通向理性认识的桥梁,推动作者从系统联系中去探索各个表象的整体意义,选择出最具有整体意义的表象系列作为最佳构件输入文心。表象与表象的联系,也导致了情绪的强化和集中,形成强烈的感情运动。感情运动是认识活动的催化剂和强化剂,使得文心更具有个性的活力,推动写作过程向前发展。

需要着重指出的是,文心孕育阶段中的感觉、感知,和实践思维及直觉思维中的感觉、感知,虽然在哲学上属于同一范畴,但就其自觉程度、灵敏程度以及形成表象的鲜明程度来说,是并不完全一样的。实践思维与直觉思维中的感觉、感知都受到个人日常生活范围的限制,具有受动性与非自觉性的特点。而在文心运动中的感觉、感知,是一种职业性的心理活动形态。它为写作而进行并在写作中进行,具有明确的自觉性与目的性。它所采取的方式,也具有职

---

① 《歌德谈话录》,人民文学出版社1978年版,第18页。

业性的特点,如观察、调查、采访、体验、辑录,等等。在长期的职业训练中,作家的感觉器官在捕捉信息方面远比一般人敏捷,他的感应能力也远比一般人强劲。因此,现实生活在他的心灵中留下的刻痕也必然比一般人深刻,表象贮存也必然比一般人生动鲜明,具有更大的信息意义,从而高效率地"通过常在注意的听觉和视觉,把现实世界的丰富多彩的图形印入心灵里"。[①] 也就是刘勰所说的:"体物为妙,功在密附。"(《物色》)

二、文心的深化阶段

文心的深化阶段是筛选素材,提炼主旨,布局谋篇的运筹阶段,具而言之,也就是对表象进行整理加工使之构成完整系列,从而具有整体认识意义的内在理性飞跃阶段。"情—理—象"的融合为一,就是在这一阶段里实现的:"神用象通,情变所孕。物以貌求,心以理应。"(《神思》)"情—理—象"的融合为一,就是刘勰所说的"意象"。"意象"的形成,是文心的内在成熟的根本标志。

文心的内在成熟,来自人类大脑的特定功能。人类的大脑活动,具有整体性和综合性的特点。人类的认识绝不会停留于感觉和感知的阶段,绝不会满足于对事物表面的认识,而是发挥大脑的多种功能,在巨大的经验范围内进行生动活泼的联系与反联系,从而把握到它的整体意义,进入理性的王国。这一理性的王国,就是刘勰所说的"道心"。"道心",就是"鉴周日月,妙极机神"之心,也就是"思合符契"之心。现代心理科学对这一由感性认识进入理性认识的创造性的飞跃过程进行了清晰的揭示,明确认为这一飞跃过程,是通过对信息的处理和加工来实现的。

人类的大脑具有运算功能。所谓运算,就是为探求"解决问题"的最优方案而进行的运筹和计算。选择与组合就是运算的具体内容。选择就是对表象进行鉴别,去粗取精,汰劣存优。组合就是将经过选择而具有系统意义的信息进行联系与反联系,由此及彼,由表及里,按照一定的程序进行链接,构成完整的逻辑系列或者形象系列。不同的组合构成不同的系列,不同的系列具有不同的认识意义。这一过程,属于刘勰所说的"熔裁"的范畴:"裁则芜秽不生,熔则纲领昭畅,譬绳墨之审分,斧斤之斫削矣。"(《熔裁》)如此反复推移,层层

---

① 黑格尔:《美学》第1卷,商务印书馆1979年版,第357页。

递进,一步步通向对事物本质的完整理解。这一复杂的运算过程,是从人类能动地认识客观世界和理想地改造客观世界的意愿出发,遵从共同的思维逻辑并体现着作者的思维个性,以系统组合的形式追求着最优化的思维效益和审美效益。所谓"认识效益",是指认识契合客观事物的整体和本质所能达到的广度、深度和精度,也就是刘勰所说的"思合符契"的广度、深度和精度。"最优化"是指这种程度的最佳状态。认识的最佳状态由结构(系统组合)的最佳状态所体现和支撑,结构是实现最佳效益的物质保证。因此,运算的过程实质上就是确定最优化的文心结构以获得最优化的认识效益的过程。这一过程由以下几个层面所组成:

其一是定"向"——即确定主旨。有了主旨,文心的结构才有了内核。这就是刘勰所说的"设情以位体"。有了主旨,系统结构才有鲜明的指向。

定"向",也就是主旨的到位。

其二是定"象"——即确定题材。有了题材,文心的结构才有充实的外核,主旨才能坚挺有力。这就是刘勰所说的"酌事以取类"。"取类者,取事之与情相类者而用之也。"[①]也就是说,根据系统指向的要求选取最有系统意义的材料。指向与材料之间,必须具有一致性。

定"象",也就是事义到位。

其三是定"序"——即材料经过组合后所形成的顺序,这一顺序规定着材料的系统位置,具有将全部材料整合为一的功能。系统位置引导着文心运行的具体路线,使我们对客观事物的理性认识和审美感受能凝成整体。这就是刘勰所说的"博而能一"(《神思》),"驷牡异力,而六辔如琴;并驾齐驱,而一毂统辐"(《附会》)。

定"序",既结构到位。

其四是定"度"——即系统材料必须符合系统位置对它的量与质的要求。这一要求的具体化就是对材料的"熔裁"。"裁则芜秽不生,熔则纲领昭畅。"(《熔裁》)只有"权衡损益,斟酌浓淡,芟繁剪秽",才能使材料合度,恰到好处,获得整体的优势。

定"度",即材料的量与质的到位。

———————————

① 　刘永济:《文心雕龙校释》,中华书局1962年版,第121页。

有向、有象、有序、有度，从四个方面将思维本质的抽象性，思维内容的丰富具体性，以及思维路线的确定性与思维材料的量度性，融为一体，标志着设计任务的完成。文心的设计是大脑中的建筑，即刘勰所说的"窥意象而运斤"中的"意象"，苏轼所说的"胸有成竹"。也就是马克思所说的："劳动过程结束时得到的结果，在这个过程开始时就已经在劳动者的表象中存在着，即已经观念地存在着。"①

"大脑中的建筑"，或者说"意象"，"胸有成竹"，标志着文心的成熟状态——系统思维的形成。

三、文心的外化阶段

"文果载心，余心有寄。"(《序志》)文心的外化阶段就是运用书面语言及系列方法技巧将构思的成果，进行传达组成文章的阶段，也就是"意授于思，言授于意"的阶段。这个以言载心的过程既给予文心以坚实的外壳，使它得以定型和外化，又使文心在稳定的可见性的语言系统中走向强化。行文使内蕴的心转化成了外现的心，使"大脑中的建筑"变成了现实中的建筑。

文心的"可见性"，极大强化了系统思维的效益。这是因为：其一，文心的外在化，给作者提供了一个审视自己心理活动的机会和环境。心理活动与语言传达之间，实际是存在相当大的距离的。"方其搦翰，气倍辞前，暨乎篇成，半折心始。何则？意翻空而易奇，言征实而难巧也。"(《神思》)由书面语言所固定下来的心理活动，不再是心想无凭、稍纵即逝的朦胧飘忽的东西，而是有字为据可供检验的严密的篇章实体。它可以前后照应，上下勾连，让人慢慢品味，细细推敲，从容舒缓地进行比较、验证、调整，在反复推移中获得最优化的处理。不深不透的思考，不确切的概念和表象，以及一切非系统化的东西，都会在外化过程中经受检验和调整。这就必然使得系统构件更加精粹，系统组合更加合理，系统功能更加精悍有力。其二，内在的心理活动转化为用视觉符号录记和传达的外在的心理活动，由于视觉符号的鲜明性与持久性的刺激效应，会带给作者以新的美学兴奋，给作者的文心注入新的活力，有利于作者带着愉快与自信的心情，从更加客观、广阔的视野中，重新进行更加全面、更加细

---

① 《马克思恩格斯全集》第23卷，人民出版社1972年版，第202页。

致的思考。其三,文心运动中包括意象、理解、求向、求象、求序、求度以及对接受心理的预测和适应等多项内容,它们都是在同步运动的紧张状态下进行的。"一心难以二用",在作者的内在心理活动中,只能使它们得到宏观的协调,不可能使它们在微观上得到同步的完善。而在外化的过程中,动态的心理活动变成了定型的静态的心理活动,有利于作者分阶段地、单项目地进行分步调整,使其一一完善,达到局部的精细、全局的完美、整体的和谐。

凡此种种,都使得文心更加精粹,文章更加完美,可接受性进一步加强,美学和力学的统一得以实现。曹雪芹写《红楼梦》,"批阅十载,增删五次",以致"字字看来都是血",就是在外化中精益求精,使文心获得强化的生动例证。

四、文心的交流阶段

"鼓天下之动者存乎辞。"(《原道》)这种鼓天下之动的效应,是通过文心的传播与交流来实现的。文心的交流与接受,是作者与读者共同参与的结果,作品,则是他们共同的媒介和凭借。

文心的运动过程不仅是一个自身的认识过程,而且是一个以接受为目的而进行的传达与交流的过程。"没有生产就没有消费,没有消费就没有生产。"①精神产品的流通关系亦复如此。作者与读者,写作与阅读,虽然各处于对方之外,分别具有独立性和封闭性,却又凭借作品在"流通"中彼此沟通,相互开放,构成了互不可缺的依存关系。也就是刘勰在《知音》中所昭示的:"缀文者情动而辞发,观文者披文以入情,沿波讨源,虽幽必显。世远莫见其面,觇文辄见其心。"读者的阅读过程,就是感受和理解文心并进行反馈的"知音"过程,也就是作者与读者的心灵双向交流,作者的写作实践与读者的社会实践双向转化的过程。就读者而言,他对文章所传达的系统思维的接受(正反馈),会转化为对社会实践的调整,从理想地到现实地去改造客观世界。他的拒绝(负反馈),会导致从相反的方向去思考和寻找结论,最终会给他的社会实践带来影响。就作者来说,读者的正反馈会增强他写作的信心,鼓励和推动他的文心按照原定的方向运动。读者的负反馈会促使他对自己的文心重新进行痛苦的反思和审视、调整与修正,进行新的适应。不管是哪一种类型的反馈,都

---

① 《马克思恩格斯选集》第2卷,人民出版社1995年版,第11页。

会从接受的角度对作者的写作提出新的要求,而其结果都会给文心带来新的飞跃,

文心的接受是文心运动的理想境界,也就是刘勰所标举的"知音"境界。文心的接受,标志着文心运动的终极飞跃和最后完成。

第四节　文心运动形态的基本特点

思维是人类独有也为人类普遍具有的高级神经活动。"为文之用心"则是人类思维活动中的一种综合性与创造性的特定形态。这一特定的心理活动形态,具有以下的基本特点。

一、定向性

"为文之用心"是一种定向性的心理活动。

首先,因为它具有明确的自觉的本体追求。文心原道,实天地之心。文心就是自然之道的感性显现和理性显现。具体表现在文章中,就是对"道心"的追求。"道心"就是自然之道的普遍规律在文心中的普遍性内涵。自然之道最根本的运动法则,就是"博而能一",这就必然从终极根源上赋予文心运动以同样的形态品格。

其次,因为它具有明确的自觉性目的:"原道心以敷章,研神理而设教",以"道之文"为凭借,达到"鼓天下之动"的目的。要想达到这一目的,必须完整地认识客观事物,并实现系统的传达与交流。这就使得,它必然和直觉性思维活动和实践性思维活动有所区别。直觉性思维活动是受动性的,不自觉的,非逻辑的;实践性思维不追求表达与交流。而在文心运动中,不管是对表象的积累和贮存,还是对信息的加工和处理,始终瞄准着最优化的认识和传达这一目的,去求向、求象、求序、求度,最后组成指向明确的思想系列或形象系列。这一程序的最高指挥,就是现代人所常说的世界观、人生观,也就是刘勰所说的"志气统其关键",它是人的能动性的最集中的表现。它以特有的介入功能和参与功能激发和指导人们认识客观世界和改造客观世界。文心内核的核心就是这个主宰生命方向和生命强度的志气,因此,文心必然会在志气的统控下运行,而且是这种志气的最直接的表现,它必然按照与志气相符契的特定方向

运动。

文心运动的定向性,也与它的表达手段的确定性有关。文章形态的序列性,提供了最稳定的系统位置和系统组合,使进入篇章的每一个概念或表象都鲜明确切地固定在连贯成链的系统位置上,构成一个"百节成体,共资荣卫"的决定性结构,保证着系统运动的指向。古人常说的"言之有序","有本可依","言立而文明",实际上就是指外化的"言"对文章内容的依据作用。这些客观的依据,是以体现和保证统一的指向为前提的。没有统一的指向,"序"与"言"就无意义可言。没有"序"与"言",指向就会消失无存。

文心运动的定向性,集中表现在文章的主旨上。主旨是写作主体通过对材料的选择和组合所体现出来的一种贯串全文的意向。它来自作者的志气,是作者志气面对具体事物时的精神辐射。它由客观世界的丰富性所蕴藉,为整个篇章的决定性结构所支撑,统率着文章内容的定向运行。刘勰所说的"设情以位体",就是指主旨的定向作用而言的。"意犹帅也,无帅之兵,谓之乌合。"(王夫之:《姜斋诗话》)如果没有主旨统率,材料就会成为一盘散沙。文章必有主旨,这是文心运动固有的特性——定向性所决定的。

二、系统性

文心运动的系统性来自客观世界的多样性和统一性,也来自作者认识客观事物的多角度性和有序性。文心运动追求对客观事物的完整认识,客观事物从来都是多层次、多侧面的,对客观事物的认识,无论审美认识或者理性认识,都必然经历一个由此及彼、由表及里的求索过程。这就决定了认识的层次性,以及各个层次之间的关联性和序列性。这种认识绝不是一步到位的,它由点到线,由线到面,由面到体,构成一个完整严密的网络系统。这个网络系统的外化形态,就是文章的结构。结构就是文章构件间的组织和衔接,是作者依据认识与传达的目的对材料所作的有机组合与布置。结构的基本内容包括层次和段落,过渡和照应,开头和结尾等。段落和层次标志着认识的阶段和顺序,过渡和照应标志着认识阶段的相连或相关,开头和结尾标志或暗示认识的范围、意义,或思路运行的背景、气氛和趋势。于是客观世界的丰富性就通过众多的材料有机地组织在一个统一的网络里,每一件材料都有自己的系统位置并在自己的系统位置上发挥作用,统一体现着系统结构所决定的方向,实现着统一的系统功能——对客观事物的完整的认识和这种认识的完整的传播，即有向、有象、有序、有度的认识与传播。

下面，举出元人马致远的小令《天净沙》，试作一具体印证：

> 枯藤老树昏鸦，小桥流水人家，古道西风瘦马，夕阳西下，断肠人在天涯。

这首小令几乎全用名词组成，粗看东鳞西爪，似乎是互不相干的物象堆砌。细读才领悟，每一物象都服从于一个总的目标：展现游子天涯漂泊的悲惨境遇与凄苦心情。每一个名词都映照出一幅悲怆的天涯景物，景物中蕴藉着天涯游子寂寞悲凉的心态。众多的心态画面（意象），从各个不同的角度组合成了心灵的立体图象（意境）——对天涯游子的境遇与心情的整体感受。这种完整的审美认识，是按照清晰而又严密的序列进行的，它由自然（枯藤老树昏鸦）到人间（小桥流水人家），然后到自己（古道西风瘦马），由形到神，由外及内。瘦马夕阳——其形可睹；断肠人在天涯——其心可知。层层渲染，步步加深，由远及近，由人及己，由景及情，向读者放射出定向的集束信息流，使读者获得鲜明而又强烈的整体认识。这种认识效果，是由内蕴在文章结构中的文心的系统性所带来的。

三、创新性

"文律运周，日新其业。"（《通变》）文心运动是一种富有开拓性和独创性的与时俱进的心理活动。

文心运动的创新性首先来自写作客体——客观事物的丰富性和变异性。"岁有其物，物有其容"（《物色》），"生生之谓易"（《易传》），整个世界都处在与时俱进的变易状态中，变易是万事万物的根本法则。"物色之动，心亦摇焉"，存在决定意识，客观世界的常变常新必然会带来人的认识对象的常变常新，也必然会带来主体素质和思维方式的常变常新。而其结果，必然会带来文心的常运常新和写作的常写常新。

苏轼的前后《赤壁赋》就是典型的例子。同一个地点赤壁，同一个作者苏轼，前者写得如此豪迈乐观，后者写得如此峭拔冷峻，不管是立意还是结构，其至表达方式和语言风貌,都迥然有别,互不雷同。这是因为时过境迁,所感之物自是不同,感物之情当然不同。凝而为文,必然立异标新。

文心运动的创新性,也来自作者思维个性的千差万别。"人心之不同,如其面焉"(《左传》),"各师成心,其异如面"(《体性》),"境一而触境之人之心不一"(叶燮:《己畦文集·黄叶村庄诗序》)。表现在文心的运动中,必然是"才有庸俊,气有刚柔,学有浅深,习有雅郑,并情性所铄,陶染所凝,是以笔区云谲,文苑波诡者矣。"(《体性》)。即使面对同一时空条件下的同一事物,也因为人人都"有他的'自我'"①,所得的认识也必然见仁见智,各不相同。同一个夕阳,在王之涣的眼里是:"白日依山尽,黄河入海流。欲穷千里目,更上一层楼。"在李商隐的眼里则是:"夕阳无限好,只是近黄昏。"同样是一根手杖,巴尔扎克雕上的铭言是"我粉碎了一切困难",弗洛伊德雕上的铭言是"一切困难粉碎了我"。叶圣陶对此中道理有一段精辟的论述:"凡是真有'自我'的作家,即发挥得烂熟的题材也能写出鲜花似的作品来,因为精神所寄不同强为,一定是新鲜,一定是创作,决不是烂熟的陈套。"②作家的思维个性,是创新的内在依据。正因为如此,唐代画家张璪所说的"外师造化,中得心源"(张彦远:《历代名画记》),为历代作家奉为圭臬。

文心运动的创新性,也来自读者的求新心理。"新陈代谢"是宇宙运动的基本规律,喜新好异是人之常情,心之恒理。求新是客观世界的运动性的心理折射,唯有新鲜刺激才能在大脑中留下深痕。"古来知音,多贱同而思古",如果撇开其中"文人相轻"的思想,单论"文人相轻"的原因的话,"思古"中也有"思异"的内涵。"思异"是一种更具普遍性的心理规律:"见异唯知音耳。"为了获得接受的效益,文心运动必然对这种心理进行适应,使作品内容和形式都能新颖独特,脱俗出众,"在人意中又出人意外",使读者乐于接受。

文心运动的创新性,还和它的载体的性质有关。"蔚映十代,辞采九变。枢中所动,环流无倦。"(《时序》)人类的语言除了基本的词根和基本语法之外,都是趋时而变的。特别是其中最灵敏的部分——词汇,更是时刻处在变动和创新之中。生活的日新月异,必然带来认识的日新月异,同时也会带来语言

---

① 《叶圣陶谈创作》,上海文艺出版社1982年版,第32页。
② 《叶圣陶谈创作》,上海文艺出版社1982年版,第33页。

的日新月异。从而推动载体的日臻完美,为文章形式的创新开辟广阔的天地。文章形式的创新,又转过来支持和推动文章内容的创新。

"变则可久,通则不乏。趋时必果,乘机无怯。"(《通变》)创新性是文心运动最根本的特点,也是文章生命力的根基所在。"昔老子欲死圣人,庄生讥毁孔子,然至今其书不废;荀卿言性恶,亦得与孟子同传。何者? 见从己出,不曾依伴半个古人,所以他顶天立地,今人虽讥讪得,却是废他不得。"①好文章之所以能够千古流传,秘密就在这里。

四、外化性

文心运动是一个"沿隐以至显,因内而符外"的三级生发的思维过程。和一般的思维运动相比,文心运动除了具备"感性→理性"两个普遍性的哲学阶段之外,还必须成熟到可以外化的地步。外化认识不只是内在认识的简单换位,而且是内在认识的进一步精化和强化,是思维过程中的一次新的飞跃。这就是刘勰所说的:"当其搦翰,气倍辞前,暨乎篇成,半折心始。何则? 意翻空而易奇,言征实而难巧也。"(《神思》)郑板桥依据绘画的道理,对此做出了进一步的阐发:

> 江馆清秋,晨起看竹,烟光,日影,露气,接浮动于疏枝密叶之间。胸中勃勃,遂有画意。其实胸中之竹,并不是眼中之竹也。因而磨墨、展纸、落笔倏作变相。手中之竹,又不是胸中之竹也。②

郑板桥所说"眼中之竹"、"胸中之竹"、"手中之竹"的区别与转化,就是文心运动中的"象→意→文"三级生发的形象解说,而"手中之竹"就是文心外化最生动的比喻说明。

文心运动具有两重目的:认识与交流。认识是一个"使自己明白"的内在过程,它通过感性到理性的飞跃来实现。交流是一个"使别人同样明白"的过程,它通过表达与传播来实现。因此,文心运动不能只是一个为认识而进行的

---

① 袁宏道:《与张幼于书》,见《袁宏道集笺校》上册,上海古籍出版社 2008 年版,第 501—502 页。

② 《郑板桥集》,上海古籍出版社 1979 年版,第 154 页。

内在的心理过程,而且必然是将这种认识进行显现的外化的心理过程。内在的心理过程是外化的心理过程的基础,外化的心理过程是内在心理过程的显现与延伸,两者相通但并不相同,有时甚至存在相当大的差距。陆机说:"恒患意不称物,物不逮意。"刘勰说:"当其搦翰,气倍辞前,暨乎篇成,半折心始。"都是指两者之间的差距而言的。苏轼对个中之理认识得更加具体:"求物之妙,如系风捕影,能使物了然于心者,盖千万人不一遇也,何况于口于手者乎?"(《答谢民师书》)"物—心—手"之间本来就存在一定差距的。在认识上突破物与心之间的差距以"求物之妙"已自不易,在表达上突破心与手之间的差距那就更难了。写作之艰难,也就在这里。

但是任何事物中都含有两重性,有"不逮"与"不称"的差距,就必然会产生"逮"与"称"的突破。人为万物之灵,凭借人的能动性以及发挥能动性的各种方法和手段,人类在事实上是能够正确地全面地认识并传达客观事物,而且还能够巧夺天工地创造客观事物的。风不可"系",以帆"系"之,影不可"捕",以象"摄"之。物不可明,以理察之。心不可测,以事验之,以情度之。情可以事达,事可以辞达。万物皆理,皆可以理相通,以心相应,以术相格。欧几里德有一句名言:只要能给我一个支点,我就可以将地球撬动。这就是说,人类解决问题的潜力是无穷无尽的,关键是找到解决问题的方法和手段。在文心运动中,是通过发挥各种认识手段和表达手段的综合效应,来进行准确、全面、生动、活泼的外化的。

文章效应

心理活动的外化并非只有"不称""不逮"的一面,还有促使心理活动的序列化、深刻化、整体化和稳定化的一面,这就是文章的效应。所谓文章,就是将成熟的文心包蕴于其中的完整的书面语言系统,这一系统,"因字而生句,积句而成章,积章而成篇"(《章句》),构成一个决定性的结构,将内容与形式融为一体。文章所使用的书面语言的规范性及篇章的序列性保证了系统思维的内容与过程的确切性、精密性及整体性,文字符号的稳定性使系统思维的内容及其过程具有不可移易的稳定性。文章不仅提高了思维的质量,而且使认识与交流的目的合而为一,因而获得了既反映现实又在时空上超越现实的双重效应。"人文之元,肇自太极。"(《原道》)正是由于有了书面语言和用书面语言写成的文章,人类的文明才能代代相传,绵延不绝。

主体能力效应

人的大脑都具有思维和外化的功能。但就其主体能力来说,存在着极大的程度差别。"淮南崇朝而赋《骚》,枚皋应诏而成赋,子建援牍如口诵,仲宣举笔如宿构,阮瑀据案而制书,弥衡当食而草奏:虽有短篇,亦思之速也。"(《神思》)这种卓越的主体能力一方面来自天赋,更主要的来自后天的学养。"才由天资,学慎始习,斫梓染丝,功在初化,器成采定,难可翻移。"(《体性》)一切天赋能力的发展,都离不开"用进废退"的进化规律。人类的大脑本身,就是"自然选择"的结果。王安石《伤仲永》中所提到的方仲永,七岁能诗,表现了良好的外化能力,但由于没有得到后天的培育,几年之后,就"泯然如常人矣"。

"功以学成。"(《体性》)也就是契诃夫所说的:"写作所需要的一切才能都是从实践中锻炼出来的。记住——得真正埋头苦干才行。"①承认天才、发展天才而不依赖天才,这就是前代大师们在外化上具有如此卓越的主体能力的真正原因。

实践效应

文心外化既是一种灵魂工程,也是一种语言工程。任何工程活动都需要技术的参与,而技术从来都具有熟能生巧的属性。外化实践是获得外化能力的决定性途径。实践出真知,卓越的外化能力,从来都在不断的实践中形成。凡是大有成就的作者,无不强调一个"做"字。有人问苏轼:"学文如何?"答曰:"前辈但看多做多而已。"(苏籀:《栾城先生遗言》)欧阳修谓:"为文有三多:看多、做多、商量多。"②清代美学家郑板桥,在68岁时曾为一幅竹画题诗,对自己的经验做出了精辟的总结:"四十年来画竹枝,日间挥写夜间思。冗繁删尽留清瘦,画到生时是熟时。"同样是强调了实践的效应。清人唐彪对此中之理阐述得更加清楚:"学人只喜多读文章,不喜多做文章;不知多读乃借人之功夫,多做乃切实求己功夫,其益相去远也。人之不乐多做者,大抵因艰难费力之故;不知艰难费力者,由于手笔不熟也。若荒疏之后作文艰难,每日即一篇半篇亦无不可。渐演至熟,自然易矣……沈虹野云:'文章艰涩由于不

---

① 石尔:《外国名作家创作经验谈》,浙江人民出版社198年版,第313页。
② 《历代诗话》,中华书局1981年版,第305页。

熟,不熟由于不多做。'信哉言乎!"(《读书作文谱》)

借鉴效应

作品是文心的外化形态,也是作者的外化技术的展现。"凡操千曲而后晓声,观千剑而后识器。"(《知音》)阅读作品不仅是一种传播的方式,也是一种对别人展现在作品中的外化方法和经验进行学习和借鉴的方式。所谓"读书破万卷,下笔如有神",所谓"熟读唐诗三百首,不会吟诗也会哼",所谓"好书不厌百回读,熟读深思子自知",都是古人经验的总结。这里所说的"读书",不仅是指书中的思想和材料,而且包括了书中的外化方法在内的。对名家外化的方法和经验的学习与借鉴,同样是一种获得卓越的外化能力的重要渠道。这就是元代程端礼所深刻阐述的:"读书如销铜,聚铜入炉,大鞲扇之,不销不止,极用费力。作文如铸器,铜既销矣,随模铸器,一冶即成,只要识模,全不费力。所谓劳于读书,逸于作文者此也。"(《程氏家塾读书分年日程》)

反馈效应

作家卓越的外化技能的获得,是心与手之间,人与我之间,不断传输,不断反馈,不断对照与调整,最后走向成熟的过程。这一过程,实质上就是刘勰所说的"指瑕"与"去瑕"的过程。

刘勰所说的"指瑕"理论,演化成苏轼与郑板桥所说的"心手相验"理论。这一理论的科学性,已经获得了现代科学的证明。现代脑科学明确告诉我们:作家在进行外化技能训练中,不但通过大脑指挥功能器官"以心命手",而且在神经系统中进行心与手的双向交流,发生无数次的"返回传入",根据实际的效果,找出活动中的误差,既"以心验手",又"以手验心",在相互的检验中发现"不逮"与"不称"之处,进行反复推移,不断调整,逐步做到"心手相应",自然流畅。最后,由于技术上的精湛,"心手相应"可以发展到自觉的甚至"自动化"的境界,即"成竹在胸,一挥而就"的"下笔如有神"的境界,被称为"天才"。实际上,这种"天才"的获得,同样是在"心手相验"与"心手相应"的多次"往返传入"中不断精化而达到"炉火纯青"的结果。

自觉的"心手相验"到"心手相应",是一个内在的反馈过程,他动的"心手相验"到"心手相应",是一个外在的反馈过程。外在反馈指内行的批评指正或理论与规律的比较验证。外化技能既需要通过自我反馈来提高,更需要外在的反馈来去瑕与精化。外在反馈是不同水平之间的相验与相应"返回传入"的能量更大,更具有客观性和公正性。"与君一席话,胜读十年书。"师承,是踏在巨人肩膀上的攀登,对形成卓越的外化能力极有裨益。

由此可见,"心手相应"的准确外化是完全可以实现的。只要全面发挥上述诸多效应,人类不仅可以完整地认识客观世界,而且可以凭借特定的媒介,生动、准确地显现自己心灵中的客观世界。

只有文心的外化运动才能获得这种"笼天地于形内,挫万物于笔端"的效益。追求这种效益,正是文心运动的一个基本特点。

五、审美性

"人秉七情,应物斯感,感物吟志,莫非自然。"(《明诗》)人是有灵有肉的存在。文心运动的过程,不仅是一个认识的过程,同时也是一个感情运动的过程。人在认识世界的时候,绝不是绝对中立的,总是同所交之物发生这样或那样的关系,同时他自身也处在一定的环境状况之中。在这些关系和状况的影响下,个体会由于所交之物是否符合自己的需要而分别采取肯定或否定的态度。这种态度是潜意识的、本能的心理活动,但引起的生理反应却是非常强烈的。所谓感情,就是这种态度所激发而引起生理反应的心理体验。"新松恨不高千尺,恶竹应须斩万竿。"(杜甫:《将赴成都草堂途中有作》)松、竹本为自然之物,但在诗人的眼里却成了两种不同价值的存在。一则激起自己愉悦向往的心情,二则引发厌恶弃绝的心情。一是以爱的形态表现出来,二是以憎的形态表现出来。爱和憎,就是由不同的态度引起具有不同生理特征的心理体验。

审美就是通过对客观事物的心理体验,对客观事物的完美性所做出的感情评价。它对文心运动具有以下重要作用:

其一,对表象运动进行美学审视和调控

表象是思维的材料和起点,但表象本身并不能直接进入思维,思维是在运算的过程中进行的。是什么推动人类去运算呢?就是这些表象所激起的感情。感情是驱动人民追求真理的强大动力。"没有人的感情,就从来没有也不可能有人对真理的追求。"[①]表现在文心的运动中,同样是如此。没有"亦余

---

① 《列宁全集》第25卷,人民出版社1988年版,第117页。

心之所善兮,虽九死其犹未悔"的情感,就没有"路漫漫其修远兮,吾将上下而求索"的追求。"情者文之经,辞者理之纬,经正而后纬成,理定而后辞畅,此立文之本源也。"(《情采》)情感是文心的受孕,是文心的理性内涵的根基。

但表象与情感的运动有积极和消极之分。积极的表象与情感启动积极的文心,消极的表象与情感启动消极的文心。因此,对表象的运动进行美学的审视和调控,有助于作家在感情上"扶正祛邪",保证文心运动沿着正轨运行。

建安作家对表象与情感的关注方式,是一个积极性的实例。建安作家大都出身中下层,无不饱经时代的忧患,他们所关注的表象是"世积乱离,风衰俗怨"的情景,由此激发的感情必然是"慷慨以任气,磊落以使才"的蓬勃向上的感情,由这种感情所酝酿出来的文学必然是蓬勃向上的文学。齐梁宫体作家对表象与情感的关注方式,则是一个消极性的实例。齐梁宫体作家大多是宫廷贵族,他们所关注的表象就是穷奢极欲的色情享受的情景:"目随色而变易,眼逐貌而转移。观五色之玄黄,玩七宝之陆离。著华丽之窈窕,耽冶容之透迤。在寝兴而不舍,亦日夜而忘疲劳。"(萧衍:《净业赋》)由此产生的感情必然是腐朽庸俗的感情,由这种感情所酝酿出来的文学必然是浮靡荒淫的文学。

这些迥然有别的现象,也广泛地表现在世界的文学中。契诃夫和莫泊桑,都以写小市民的生活见长。契诃夫在收集小市民生活的素材时,严肃地警惕着他们生活中的"梅毒",绝不让它们污染自己的艺术感受和美学理想,善于对这些表象进行"艺术性"[①]处理,绝不让这些"梅毒"传入文心之中,所以他的作品始终深沉有力。莫泊桑成名之后放松了警惕,反而欣赏这些庸俗低级的表象,使他的文心减色不少。果戈理写《死魂灵》续集的时候,由于搜集素材时在感情上出现了消极性倾向,让消极表象和绝望情感包围了自己,结果越走越偏离正道,最后只能痛苦地将手稿付之一炬。

可见在文心孕育中的审美体察,对"腹中胎儿"的健康成长,具有怎样重要的意义了。

其二,对构思活动进行美学审视和调控

---

① 契诃夫:《文学杂谈》,见《外国名作家创作经验谈》,浙江人民出版社1981年版,第303页。

　　构思活动属于理性活动范畴,但感情活动并不因之消失,而是与认识紧密地结合到了一起,凝聚成形象系列或者逻辑系列,使认识与情感都更加系统化了。"神用象通,情变所孕,物以貌求,心以理应。"(《神思》)这一系统化和理性化的过程,自始至终都是在感情活动的参与下完成的,实际是二者的同步强化的结果。认识因感情而强化,更具有对实践的概括力和推动力。感情因认识而警策,更具有感染力和说服力。感情运动过程从来都是与审美过程同步发生,并且相互为济的。就形象思维而言,作者的情志本身就直接与形象系列相通,与审美过程相连。就逻辑思维而言,感情虽不直接表现在文章内容之中,却间接地表现在他对真理的热情追求之中,以及他为追求真理而苦心经营的完美的逻辑结构之中。对真理的完美性的追求来自他对真理的热爱。正是这种爱,推动他苦心孤诣去寻觅足以显示真理的完美的逻辑系列。真理及真理的存在方式本身,就是一种特定的理性美。这种特定的美,同样是在审美的过程中形成和显现的。试看刘勰《文心雕龙》精美的逻辑结构:

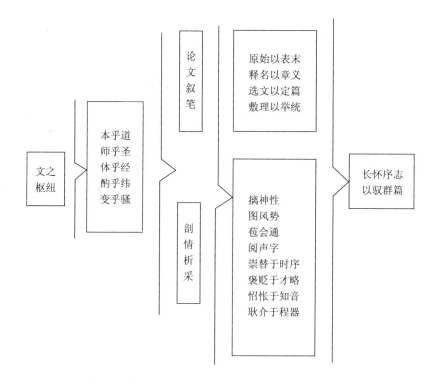

它的逻辑结构犹如一串珍珠,颗颗相连,内义脉注,跗萼相衔,首尾一体。是如此和谐,齐整,如此爽心悦目。如果在理性的活动中没有美学的审视和调控,是不可能设计出如此精美动人的建筑框架的。

其三,对外化的美学审视和调控

外化就是给文心内容提供恰当的外在形式。只有美的形式,才能体现深沉有力的内容。"若风骨乏采,则鸷集翰林;采乏风骨,则雉窜文苑。"(《风骨》)"风骨"指内容的力度而言,"采"指美的形式而言。有内在之力而无外在的美,犹如鹰隼,不能使人愉悦。有外在的美而无内在的力,犹如雉鸡,不能使人振奋。正确作法是"唯藻耀而高翔,固文章之鸣凤也"。应当有如凤凰,既有高翔之力,又有"藻耀"之美,这才是文心外化的理想境界。

因此,对文心的外化过程必须进行美学的审视,使内容与形式获得完美的契合。对词语的响度和色度,布局的灵活巧妙或谨严细密,节奏的张弛,句式的疏密,修辞手法的运用,都要符合美的规律,具有"惊视回听"的美学效果。孔子说:"言之无文,行而不远。"只有美的东西,才能畅通无阻。否则,就会是"虎豹无文,则鞟同犬羊",赏心悦目的效果就会荡然无存了。

总之,在文心运动的全过程中,都经历着美学的检验和选择。为着实现完美的认识与交流的目的,文心运动的每一步骤都必须经得起这种审视和检验。"心哉美矣。"正因为文心中本来就含有对美的追求,所以才这样美丽芬芳。

六、体式性

文心运动既是一种"各师成心,其异如面"的个性化活动,又是一种在思维的体式上具有严格规定性的活动。刘勰明确指出,文心运动中存在着两种迥然不同的构造方式和工作方式,形成既互相联系又互相区别的两种认识格局:一是形象型文心运动,其根本特点被概括为"综述性灵,敷写气象","诗人什篇,为情而造文"(《情采》);一是逻辑型文心运动,其根本特点被概括为"论也者,弥纶群言,而研精一理者也","原夫论之为体,所以辨正然否,穷于有数,究于无形,钻坚求通,钩深取极,乃百虑之筌蹄,万事之权衡也"(《论说》)。

刘勰这一论见的科学性,已经获得现代科学的证明。现代心理学奠基人巴甫洛夫在他的学术专著《二十年经验》中明确提出："生活明显指出两种范畴的人——艺术家和思想家,他们在思维方式上有明显的区别。作家和艺术家能从整体上全面地、完美地把握现实,毫无割裂地把握生动的现实。思想家则恰恰是把现实分割开来,并且仿佛以此消除现实,即把现实造成某种暂时的骨骼。"①

由此可知,形象型与逻辑型两种文心运动的根本区别,首先在于它们把握世界的不同方式,也就是它们关注世界的不同角度。形象型文心运动关注以人为中心的现实整体,侧重从"性灵"的角度探索有血有肉的人生;逻辑型文心运动关注以"物—理"为中心的现实的局部,侧重从自然规律的角度探索"没有血肉的骨骼"——从总体联系中分解出来的局部世界。

关注世界的不同角度必然决定认识世界的不同途径。形象型文心运动通过生动直观的形象系列去认识整体的世界,而逻辑型文心运动则通过抽象概念组成的逻辑系列去认识局部的世界。形象和概念,是异质而等值的认识手段,二者能动地认识世界的总目的并无二致,不过一个用形象去再现,于再现中潜移默化地启示真理,一个用概念去推理,于推理中直接证明真理。

但是,众所周知,形象总具有个性特征,它必定是独特的个别的感性存在。那么,形象型格局也能进行归纳与概括,分析与综合,以求得对本质的普遍性认识吗? 它又是怎样进行这一抽象的推理过程的呢?

刘勰的文心理论,对此做出肯定的回答。刘勰将"经"称为"恒久之至道,不刊之鸿教"(《宗经》),是将《诗》也明确纳入了"经"之中,赋予它以同样的真理性品格的。《诗》作为形象型的认识格局之所以能够反映事物的本质,就在于文心原道,实天地之心,道是万事万物的普遍规律,因此文心必然与万事万物的本质息息相通。这也就是现代文艺心理学所深刻阐述的:"艺术思维的力量不仅在于反映完整的东西,而且在于抓住本质的东西,看出人们社会—心理生活现象体系中最有特点的东西。"②

形象型思维既然同样是一种能"抓住本质"的心理活动,那么它和逻辑思维的等价过程又是怎样的呢? 这就是通过对表象的选择与组合,来达到最广

---

① 巴甫洛夫:《二十年经验》,莫斯科医学书籍出版社 1951 年版,第 306 页。
② 科瓦廖夫;《文艺创作心理学》,福建人民出版社 1983 年版,第 28 页。

泛的概括与综合。

作家艺术家对现实的观照与感受,从来都是有选择的。在气象万千的物质世界中,他首先选择了这个物质世界中最具有能动性的物质——物质世界的中心——人,作为观照和感受的重点。人为"五行之秀,实天地之心",抓住了"人",就等于抓住了与人息息相通的天地万物。在对人的观照与感受中,他选择了最能代表人的能动性的部分——人的心灵,作为重点。"万趣会文,不离辞情"(《镕裁》),"感人心者,莫先乎情。"(白居易:《与元九书》)抓住了"情",就等于抓住了人。在对于人的观照和感受中,凭着职业敏感,他非常注意那些极富个性魅力的灵魂现象,选择那些与灵魂活动微妙相连和曲折相通的生动直观的东西,选择那些别人并不觉察实则与灵魂活动息息相关的新鲜有趣、可以引起美感的东西。这些特定的灵魂现象,具有"写气图貌,既随物以宛转;属采附声,亦与心而徘徊"的美学效应。对此,刘勰举出了许多具体的例子:"故'灼灼'状桃花之鲜,'依依'尽杨柳之貌,'杲杲'为出日之容,'瀌瀌'拟雨雪之状……并以少总多,情貌无遗矣。"(《物色》)选择的过程实际就是一个去粗取精,弃伪存真的"求质"过程,它所保存下来的东西,是那些对于认识世界具有本质意义的东西,即那些本质性的灵魂信息。他的选择服从于他的组合,他在选择个别的灵魂现象时,也利用经验库中丰富的信息贮存去充实它,使它更加完整,更加生动,成为同类事物中最完善的存在。通过选择与组合塑造成的"这一个",必然同时又是"许多个"的代表。通过个性去认识共性,通过典型去认识生活的本质,通过"举要、获得""治繁"的效益,通过选择与组合去获得概括、归纳、综合的效果,通过审美判断去代替是非判断,从而通过完整的灵魂去认识完整的人生,通过完整的人生去认识完整的世界。这就是形象型文心运动的认识格局。这是一种特殊的理性活动,或者说是一种依托精巧感性活动进行的精巧的理性活动。它把外在的推理过程,巧妙地"隐藏"在形象与形象的关系中,蕴藉在事件与事件的联系里。

逻辑思维以铁的逻辑表达着清晰的思辨,形象思维以美的含蓄内蕴着清晰的思辨,这两种思维体式的差别在写作中构成了基本思路的差别,语体的差别,语言风格的差别,最后构成了两大文体群的差别。只有掌握了这些差别,才能在文体、方法、语言的选择及思路的合乎规范的运行中,形成优势的认识格局,收到优化的认识效果与表达效果。

但是,世界上的任何事物都不是绝对封闭的。两种思维体式的关系也是如此。情与理都是道的涵蕴,都以心为中介而集中表现出来,二者本来就是密不可分的。这并不仅仅因为形象思维本身就内蕴着理性的因素,逻辑思维本身也不能脱离表象的基础;也不仅仅因为任何一种思维格局都需要多种语体、方法的配合;而且也不仅仅因为现实生活中已经存在着两种格局互相融合互相渗透的"边缘性"文体;更重要的是,科学与艺术本身就是一对同胞的姊妹:"科学能帮助艺术家们拨开虚假和臆测的迷雾,用真理的眼睛去看清世界,而艺术则是形象地反映世界,使科学家得以从另一个高度上去看待自己的使命,为探索真理之美而倾倒。"[1]也就是说:真理,是美的光芒;诗,是真理的预感。科学——理智的诗,艺术——情感的诗。二者既有相异性,又有相容性。

二者的相异性要求作家在文心的运作中严格按照不同体式的规范运行,二者的相容性要求作家在文心的运作中突破体式的局限表现出足够的灵活性和创造性。表现在两种格局上的才能虽然因人而异,但对伟大作家来说,都发展得相当充分。如曹丕,他的诗歌证明了他卓尔不群的形象思维能力,他的《典论论文》证明了他出类拔萃的逻辑思维能力。这两种能力的获得,都是在严格遵守思维体式的规范性的前提下实现的。因此,"艺术家同科学家一样,应努力使自己的想象力和逻辑的力量、自觉因素和理性因素的力量平衡起来。"[2]这种发育良好的"平衡",同样是循范而行的结果。

需要说明的是,思维的体式性并非作家与科学家的专利。事实上,一切社会实践都离不开这两种思维方式的参与。但是,一般性的参与是一回事,体式化的运作是另一回事。前者属于自发的本能的范畴,后者则属于自觉的专业化与专门化的范畴。无论就思维的规范化程度来说,或者就思维的质度和力度来说,二者之间都是不可比拟的。思维活动的体式性,是文心这一特定的思维活动与一般性的思维活动的重大区别之一。

七、多维统一性

"外文绮交,内义脉注,跗萼相衔,首尾一体。"(《章句》)文心运动是认识

---

①　苏霍金:《艺术与科学》,三联书店1986年版,第263页。

②　《高尔基文学论文选》,人民文学出版社1958年版,第293页。

与表达,内容与形式,主旨与材料,美学与力学,以及形象与哲理,思想与情感的多维统一。这种统一,是由文心内在结构所原发,而以文章的形态来实现的,是"杼轴献功,焕然乃珍"(《神思》)的结果。

文章是文心运动的最后完成。文心是文章的灵魂,文章是文心的载体。文心的内在结构本身就是"意—象—言"的统一体。外化为文章之后,它才变成了有血有肉的实体。它的"意"演化为文章的主旨,它的"象"演化为文章的题材,它的"意"与"象"的融合过程演化文章的思路和框架,它的"言"演化为具体的篇章,它们仍然是一个统一体。由于有了文章,认识与交流才有了同一的载体。正是由于有了这个同一的载体,灵魂工程、语言工程与社会工程的大三维才能合而为一,即"旨—体—用"的三维统一。

单就文章这个语言工程而言,也是多维统一的。先从内容来看,文章的内容包括材料和主旨。材料指容纳在篇章中的人、事、景、物、理,主旨指通过对人、事、景、物、理的有机组合显示出来的整体意向,包括人的思想感情,趣味,在这里,材料与主旨,形象与哲理,是统一的。这不仅仅指形象景物与情意的一般意义的一致性,而是指它们在力学基础上和美学基础上的水乳交融和相互为济。具体来说,材料的突破,可以带来观点的飞跃,观点的更新,可以发现材料中蕴涵的新的意义。特别是形象塑造的成功和抒情境界的完美所包含的认识内涵,更是无穷无尽的,以致《红楼梦》虽已研究几百年仍不断有新的发现。而思想的博大,生活经验的丰富,感情世界的深广,创作方法的成功,又是成功塑造形象和寄寓深邃哲理的保证。

再就文章形式而言,也是多维统一的。字统一于句,句统一于段,段统一于篇,篇统一于整体,整体统一于主旨。这种统一,既是一种力学的统一,也是一种美学的统一。主旨是人的志气的集中体现,志气决定着生命运动的方向和强度,是一个力学的矢量,也是一个美学的矢量。文章通过主旨,将思维内容的力学范畴和思维形式的美学范畴,有机地融为一体。

概而言之,天地有形,则"物以貌求"。物中蕴理,则"心以理应"。心以言显,则"辞共心密"。结果,将多种因素都统一于文心(文章是其书面形态)之中。陆机所说的"笼天地于形内,挫万物于笔端"(《文赋》),刘勰所说的"如乐之和,心声克协"(《附会》),就是文心运动的多维统一性的形象解说。唯有文心,才具有这种囊括万物于一体的功能。这确实是人类所创造的奇迹中最大的奇迹。难怪刘勰要用"文之为德也大矣"（《原道》）来赞美它,赞美人类精神文化中这种多维统一的奇迹。

第五节　刘勰文心形态论的理论意义和实践意义

刘勰关于文心形态的论见,是文心系统理论的重要组成部分,标志着文心理论体系的全面成熟与最后完成,也标志着美学形态的自觉时代的全面开始。它的理论意义与实践意义,可以概括为以下方面。

一、理论意义

刘勰关于文心形态的系统论见,是我国美学形态理论的历史性发端和革命性拓展。

我国的形态美学正式登上历史舞台,是齐梁时代的事情。在此之前相当漫长的岁月中,美学形态始终从属于以伦理道德为最高价值取向的美学内涵,缺乏独立的学术地位,很少有人触及,实际上是一个历史性的认识禁区。在儒家的认识系统中,伦理道德是美的极则,追求一种"思无邪"的超感官的精神美,美的形态被视为对伦理道德的干扰。魏晋南北朝以后,特别是齐梁以后,随着时代的嬗变,社会上的美学观念发生了极大变化,美学形态开始受到普遍关注。人们开始把注意力集中到对于艺术的感性形态的具体考察上,将美与艺术视为给人以感性愉悦的重要对象,十分注意观察和探讨美的感性形态的构成和特征。刘勰的形态学系统论见,就是这些探索和研究的最高综合与系统总结。

刘勰对形态美学所做出的历史性开拓,可以概括为以下方面。

（一）关于文质关系的创新思维

文质关系的问题,实际上也就是美的内涵与美的形态的统一的问题。最早提出这一命题的是孔子:"质胜文则野,文胜质则史。文质彬彬,然后君子。"（《论语·雍也》）原意指人的内在素质和外在风度的统一。刘勰将这两个概念用作专门的美学理论术语,引入文心的理论体系中,在内涵上进行了极大的创新。这一创新具体表现在:

1. 对文质关系的明确定位

孔子对文质关系的认识,是从道德修养的角度出发的,仁义道德在儒家理论体系中具有高于一切并重于一切的地位。文与质的关系,实际上是一种从属关系,是内容决定形式,而形式并不具有独立地位的关系。刘勰的表述则明确许多,也广阔许多。他说:

> 夫水性虚而沦漪结,木体实而花萼振,文附质也。虎豹无文,则鞟同犬羊;犀兕有皮,则色资丹漆,质待文也。(《情采》)

刘勰所强调的,不是一种简单的从属关系,而是一种双向互动关系。他一方面认为"文"是"附"于"质"的,没有"质","文"就无法存在;另一方面又认为,"质"也是有"待"于"文"的,没有"文","质"同样不能表现出来。将"文"的观念从文质对应的角度提出来,赋予它以与质互动的独立地位,这是对美学形态的重要地位和独立价值的极大标举。

刘勰对美学形态的重要性和独立地位的标举,是建立在自然之道的认识论基础之上的。刘勰认为,美学形态的重要性和独立性,来自自然之道的永恒的规律性运动:"夫岂外饰,盖自然耳。"(《原道》)这是他最根本的立论依据。他从自然之道的总高度,赋予了美学形态以客观性和普遍性的品格。正是这一理论品格,支持着当时的和以后的作家们挣脱传统的文质观的束缚,实现美学形态观念的极大解放,理直气壮地关注和从事美学形态的营造,然后才有美学形态的繁荣。正是美学形态的繁荣,在理论上也在方法上有力地支持了唐代文学的繁荣。

2. 对"文质附于性情"的标举

刘勰关于文质关系的创新思维,还表现在对文质统一的决定性的深层依据的揭示上。

刘勰认为,文质之所以能够统一,是因为二者之上还存在着一个更加根本的东西——"性情"。对此,他做出了明确的表述:"细味孝老,则知文质附于性情。"(《情采》)"性情"是不见于儒家经典而为刘勰所独创的概念。"情"指"应物斯感"的心理活动;"性,质也"(《广雅》),指事物的本质。前者属于心的范畴,后者属于理的范畴。因此,文与质的统一,实际也就是情与理的统一。"夫铅黛所以饰容,而盼倩生于淑姿;文采所以饰言,而辩丽本于情性。故情者文之经,辞者理之纬,经正而后纬成,理定而后辞畅,此立文之本源也。"

(《情采》)这里所说的情,并非"思无邪"的圣人之情,而是人人与共的自然之情:"人禀七情,应物斯感,感物吟志,莫非自然。"这是对情的内涵的极大充扩。这里所说的理,并非仁义道德的圣贤说教之理,而是"道法自然"的客观普遍之理。这是对理的内涵的极大充扩。这里所说的"文",并不是专指圣贤的经文,而是指"无识之物,郁然有采,有心之器,岂无文欤"的文采,也就是一切美的事物的外在形态。这是对文的内涵的极大充扩。这样,就将文与质的统一,在理论上转移到了新的基点上。情、理、文,都是自然之道的产物。外统一于道,内统一于心。道是心的依据。心是道的中介,文是道的外现。这样,就将美的内涵与形态,从最高的层面上有机地融成一个整体。这是对儒家美学观念的重大突破与更新,其美学意义是极其深刻的。

(二)关于文心形态的系统解析

文心是美的内容和美的形态的独特的统一体。从内容来说,美是显现在感性形态中的自然的和人的本质力量;从形态上说,美是显现自然的和人的本质力量的感性形态。这一特定的感性形态,正是美的内容得以存在的特定方式。而就这一感性形态自身而言,又是以多种多样的材料属性与结构方式表现出来的。对此,刘勰做出了系统的解析。

1. 对文心空间形态的系统解析

时间与空间,是一切事物最基本的存在方式。文心的美学形态,首先表现在它的空间结构中。

> 凡思绪初发,辞采苦杂,心非权衡,势必轻重。是以草创鸿笔,先标三准:履端于始,则设情以位体;举正于中,则酌事以取类;归余于终,则撮辞以举要。(《镕裁》)

这里所说的"三准",指文心美学形态的三个空间层面:情、事、辞。实际也就是文学的三要素。情是属内者,事是属中者,辞是属外者。这种三维性的划分,具有明显的辩证品格。这是因为,内与外,内容与形态,都具有相对的意义。由于对应的对象不同,内容与形态的具体属性就有所不同。因此,文心美学形态的每一个结构要素,都具有"属内"与"属外"的双重属性。对于道而言,情性是道的具体的存在方式。对于情性而言,事义是它的具体的存在方式。对于事义而言,辞采是事义的存在方式。数者环环相扣,层层相依,构成一个空间性的有机整体。

刘勰的这一美学论见,远较西方论见明确、深刻和全面。西方美学对形态美的构成的把握主要有两个角度:一是对物质要素的关注,二是对物质要素的组合法则的关注。就物质要素而言,主要有色彩、形体和声音。这种划分无疑是正确的,却又是不够全面的,也是缺乏整体性的。对于语言而言,形象属内,语言属外,语言是表现形象的物质材料,形象是语言所表达的特定内容。对于情思来说,情思属内,形象属外,形象是表达情思的物质材料,情思是形象所表达的特定内容。形象具有双重属性,它既是美的表层内容,又是美的深层内容情感的第一形态。形象具有相对性的双重范畴:既属于内容的范畴,又属于形态的范畴。刘勰将此中之理确切地表述为"独照之匠,窥意象而运斤"。"意象"是情感的物质形态,"运斤"(辞令)则是"意象"的物质形态。至于色彩、形体和声音,只不过是一种造型的材料而已,是直接构成形象的要素而非直接构成美学内容的要素,应该归入第二形态的范畴。西方美学将形象归入内容的范畴,显然是忽略了"形象"(属于刘勰所说的"事义"的范畴)的双重属性了。在第二形态的划分方面,刘勰除了声、色、形之外,还加上辞令。辞令是具有声色效应并足以发皇耳目的语言符号。文学的美学形态,就是由辞令来承当的。就组合法则而言,西方现代美学中所提出的形态美的基本法则,诸如整齐一律法则,平衡对称法则,对立统一法则,和谐法则,几乎一无所缺地在刘勰的论见中得到了充分的包容和发挥,并且还提出了完整而具体的工程对策。除此之外,他还提出了为中华文化所派生并为中华美学所独具的美学法则:天人一体法则、自然法则、以心总文法则、以少总多法则,等等。这些法则,无一不闪烁中华文化所独有的智慧之光,给世界的形态美学以深深的理论启迪。

2. 对文心时间形态的系统解析

文心的美学形态,也表现在它的阶段运动中。

文心运动过程是一个"沿隐以至显,因内而符外"过程。世界美学史中第一个揭开这一过程的秘密,对它进行具体的分段论述的,就是刘勰。刘勰将这一过程划分为以下阶段:

文心萌发阶段,亦即"应物斯感"阶段。文心的存在方式——表象。

文心构思阶段,亦即"神用象通,情变所孕,物以貌求,心以理应"阶段。

文心的存在方式——意象。

　　文心的外化阶段,亦即"心生而言立,言立而文明"的阶段。文心的存在方式——文章。

　　文心的传播阶段,亦即"知音"的阶段。文心的存在方式——交流与反馈。

　　刘勰对每一阶段的形态和运作要领,都做出了详尽的论述。这些论述,就是他的创作论的主要内容。他的论述的深度和广度,将文学形态理论中的诸多范畴几乎囊括无遗,至今仍被世界美学家与文学理论家奉为圭臬。当代文学创作理论中的"四段划分",即本于此。

　　(三)关于文心形态特点的系统揭示

　　对文心美学形态特点的揭示,是刘勰在美学理论上的另一独特贡献。

　　"文心者,言为文之用心",是一种特定的美学心理活动。这一特定心理活动与一般心理活动在形态上到底有什么区别,从来是并且至今是美学史上的认识灰区。刘勰凭借深厚的理论功力,在 1500 年前就通过他的理论体系对此进行了系统的归纳,明确概括为以下几个基本方面:定向性、系统性、创新性、外化性、审美性、体式性、多维统一性。刘勰对此不仅进行了理论的阐述,而且提出了具体的美学法则和工程要领。这些概括和阐释,从特殊矛盾的角度,极大地充扩了文学心理学的理论内容,也极大地充扩了形态美学的理论内容,使它们更加走近美学形态的本质,特别是美学心理形态的本质,赋予它们以具体的物质规定性。

　　这些理论成果,就其深刻性和系统性而言,不仅在中华美学中独标一格,在世界美学史中,也是前无古人,后鲜来者的。

　　二、实践意义

　　文心理论在本质上是一门实践的科学。"为文之用心"中的"为"字,就是它的实践品格的鲜明显示。走向实践,是文心理论的最高目标。实践依靠技术,技术需要物质的配合,物质离不开形态的因应。凡此种种,都涉及形态的问题,需要形态科学来做出回答。刘勰的形态学理论,就是对这些问题的明确解答。他在文心形态理论上的开拓,不仅推动了美学形态理论自身的飞跃和完善,而且为文心系统理论的工程化,提供了坚实的逻辑桥梁和可靠的技术保证。它的实践意义,可以概括为以下方面。

（一）提供了明确的工程战略

"文果载心,余心有寄。"(《序志》)"以心总文",是《文心雕龙》在形态经营中最根本的工程战略方向。它明确认为,文心原道,实天地之心,也是作者志气的符契。文心是写作的本质性内涵,在写作运动中具有"乘一举万,举要治繁"的作用。也正因为如此,"心术"必然成为"驭文之首术,谋篇之大端"。抓住了文心这个"大体",就足以带动全盘。

这一工程战略,给写作的实践带来了根本性的飞跃。长期以来,人们将写作运动看成单纯的"立言"活动。刘勰认为,立言的本质是立心,心是文的根本。先有"心生"然后才有"言立",然后才有"文明"。在这一系统活动中,"心"是具有前导性和统率性意义的。从最根本的层面来看,文章写作的过程,实际是"原道心以敷章,研神理而设教"的过程。这样,就把"立言"的范畴,升举到了"立心"的高度,赋予写作学以"心术论"的理论品格和实践品格。"心术论"是一个比"文术论"更高和更深的范畴,它意味着心术对文术的统率。这一统率的意义就在于:心术是文术的根本。抓住了这一根本,就能"乘一总万,举要治繁",从更高的层面上掌握写作的原理、方法和要领,更有效地进行写作。

刘勰文心论的卓越之处,不仅表现在对"用心之学"的系统论证上,而且表现在对"用心之术"的具体阐述上。对写作过程中各个阶段"用心"的工程要领,刘勰都一一进行了深及骨髓的探索和揭示。

（二）提供了系统的美学法则

刘勰对文心美学形态的构建不仅提出了明确的工程战略,也提出了系统的美学法则。

从构成形态美的物质材料的总体关系来看,主要是提出了以下法则:

天人一体法则。刘勰认为,天与人是一个不可分割的整体,人是"五行之秀,实天地之心",天与人都是自然动势的产物。人的本质力量与自然的本质力量都来自道的本质力量,道的本质力量就是"天行健,君子以自强不息"的那种永恒的向上力量。这种永恒的向上力量,实际也就是美的本质。美的本质,蕴涵于天地万物。美的形态亦复如此,它作为美的本质的感性显现,同样表现于天地万物。正因为如此,人才能在心理上与自然之美的形态息息相通,人与自然才能形成紧密的联系和默契:"物色相召,人谁获安?是以献岁发春,悦豫之情畅;滔滔孟夏,郁陶之心凝;天高气清,阴沉之志远;霰雪无垠,矜肃之虑深。岁有其物,物有其容;情以物迁,辞以情发。一叶且或迎意,虫声有足引心,况清风与明月同夜,白日与春林共朝哉?"也正因为如此,人才能通过天地万物的美的形态去感应和把握天地万物的本质力量,并将人的本质力量和天地万物的本质力量凝聚成为一个整体:"若乃山林皋壤,实文思之奥府……屈平所以能洞监《风》《骚》之情者,抑亦江山之助乎?"(《物色》)

自然法则。"标自然以为宗",是文心理论体系的逻辑原点,也是刘勰所确定的形态美学的核心法则。自然法则是文心美学形态的最高价值取向。这样,就将文学的全部要素"情—物—辞",从终极根源上纳入自然动势的客观规律的总范畴,也把文心的美学形态纳入了自然动势的总范畴。"心生而言立,言立而文明,自然之道也。"(《原道》)"五色杂而成黼黻,五音比而成韶夏,五情发而成辞章,神理之数也。"(《情采》)

"自然法则"在形态中的集中体现,就是"率志委和"。径而言之,也就是"以人合天",实现天与人的和谐统一。二者和谐统一的基础就是真、善、美的一体性。这种一体性,就是自然法则的具体内涵。

概而言之,对自然法则的标举,也就是赋予文心美学形态以客观性的理性依据。宇宙运动是一个客观性的存在,标自然以为宗,就是标客观规律以为宗,标科学以为宗。自然法则的权威性,来自自然之道的权威性。以自然作为文心美学形态的最高法则,这就是以客观世界的真实性作为文心美学形态的最高标的。从自然的高度去探索文心美学形态的规律,赋予文心运动的规律以自然法则的天经地义的品格,是《文心雕龙》独特的理论品格。它从形态的特定领域中,标志着美学与神学的彻底决裂,也标志着美学与政治伦理学的分野。从而,给美学的自觉与文学的自觉,提供了一个坚实的形态学依据。

以少总多法则。构成美学形态的物质材料既具有量的规定性,也具有质的规定性。以少总多,就是刘勰对这一规定性的明确表述。

刘勰认为,美学的形态材料不以多取胜,而以精取胜。对此,他举出了《诗经》中的例子:"'皎日''嘒星',一言穷理,'参差''沃若',两字穷形;并以少总多,情貌无遗矣。虽复思经千载,将何易夺?"它们之所以具有这种卓越的形态学品格,就在于它们最有特征,最有代表性,这些特征与代表性和事物的本质与要害是息息相通的。"且《诗》《骚》所标,并据要害,故后进锐笔,怯与争锋。"材料虽少,美学信息却极其丰富,极具有对内容的显示力量。刘勰将这种以精取胜的方法称为"巧言切状",对其美学效应进行了特别的标举:"故巧言切状,如印之印泥,不加雕饰,而曲写毫末。故能瞻言而见貌,即字而知时也。"(《物色》)这种"巧言切状"的方法,表现在语言的运作中,就是"析辞尚简":"物色虽繁,而析辞尚简,使味飘飘而轻举,情晔晔而更新。"(《物色》)

这一法则,与西方"典型"说相较,也是具有独创意义的。从表面上看,似乎有某些相通之处,但西方的典型属于内容范畴,与形态法则无涉。作为美学形态法则而言,以少总多是西方所不具而为刘勰所独具的。

从部分与部分之间的组合关系来看,主要是提出了以下法则:

整齐法则

整齐一律是同一形状的不断重复所形成的一致性。这种重复,使事物的形态呈现出一种节奏运动所特具的整齐一律的美学性质,体现出一种庄严肃穆的气象,给人以崇高的美感。我国古代诗歌的美学形态,就是这一法则的具体体现。对此,刘勰做出了精辟的阐述。

刘勰认为,诗歌的整齐一律,首先来自韵律与节奏的作用。韵律与节奏就是反复出现的同一乐声:"异音相从谓之和,同声相应谓之韵。韵气一定,余声易遣。"(《声律》)诗歌结构中的顺序性,就是依据节奏和韵律来安排的:"古之佩玉,左宫右徵,以节其步,声不失序。音以律文,其可忽哉!"(《声律》)

整齐一律法则,也表现在诗歌文字的组合上。"寻二言肇于黄世,《竹弹》之谣是也;三言兴于虞时,《元首》之诗是也;四言广于夏年,《洛汭之歌》是也;五言诗见于周代,《行露之章》是也。"(《章句》)不管是哪一种类型,都在文字的组合上具有定式的特点,由此形成整齐一致的美学风貌,就是这一法则的具体运用。

对称法则

对称是事物的对偶性排列。刘勰认为,对称是造化赋形的普遍规律,也是美学形态的基本法则:"造化赋形,支体必双,神理为用,事不孤立。"表现在文章的写作中同样是如此:"夫心生文辞,运裁百虑,高下相须,自然成对。"(《俪辞》)对称具有相反相成的属性,以对立统一的形态赋予人以连贯的视野和动态的美感:"体植必双,辞动有配。左提右挈,精味兼载。炳烁联华,镜静含态。玉润双流,如彼珩佩。"刘勰从古籍中举出了许多"率然成对"的范例,如皋陶所说的"罪疑惟轻,功疑惟重",益所说的"满招损,谦受益"。在《易》中,这一法则作为一种自觉的美学追求,更加广泛地表现了出来:"《易》之《文》《系》,圣人之妙思也。序《乾》四德,则句句相衔;龙虎类感,则字字相俪;乾坤易简,则宛转相承;日月往来,则隔行悬合。虽句字或殊,而偶意一也。"(《俪辞》)刘勰自己的《文心雕龙》,就是俪辞运用的典范。

适度法则

适度指数量上的恰如其分。刘勰认为,美不以材料堆砌为尚,而以恰如其分为功。所谓"恰如其分",就是采的形式与情的内涵的恰当契合,既不可过,又不可不及。也就是《熔裁》中所说的:"美锦制衣,修短有度,虽玩其采,不倍领袖。"过则"繁采寡情,味之必厌",不及则"虎豹无文,则鞟同犬羊"。正确的做法是"要约而写真",错误的做法是"淫丽而烦滥"。"适度"的关键是发挥情性的统率作用:"心定而后结音,理正而后摛藻,使文不灭质,博不溺心,正采耀乎朱蓝,间色屏于红紫,乃可谓雕琢其章,彬彬君子矣。"(《情采》)

和谐法则

和谐是形态美的最高法则。和谐,即多样性的完美统一。"多样"指组成整体的各个部分之间在形式上的区别性和差异性,"统一"指组成整体的各个部分之间在结构上的关联性和一致性。多样统一是宇宙运动最基本的结构方式:"道生一,一生二,二生三,三生万物。万物负阴而抱阳,冲气以为和。"(《老子》第四十二章)表现在美学形态的构成中,就是刘勰所说的:"骊牡异力,而六辔如琴,并驾齐驱,而一毂同辐。"(《附会》)表现为具体的文章形态就是:"章句在篇,如茧之抽绪,原始要终,体必鳞次。启行之辞,逆萌中篇之意,绝笔之言,追媵前句之旨。故能外文绮交,内义脉注,跗萼相衔,首尾一体。"(《章句》)和谐,是一切美学形态所追求的理想目标:"如乐之和,心声克协。"(《附会》)

以上诸多法则实际上就是形态构建的工程要领。它们的工程意义就在于:构成美学形态的物质材料,必须按照一定的美学法则组织起来,才会具有审美的特性,才能符合美学施工的技术要求。因此,对这些法则的标举,实际也就是对形态构建的工程法则和工程要领的明确揭示和传授,这对于文心理论的工程化是大有裨益的。

（三）提供了精湛的技术武装

刘勰的形态理论不仅为文心理论的工程化提供了明确的工程要领,也提供了精湛的技术武装。这一技术武装就是对结构、语言、修辞、文体方面的具体运作方法和技巧的系统阐述。

《熔裁》、《附会》、《章句》,是对结构技术和技巧的系统总结。《章句》、《练字》、《声律》、《事类》,是对语言之美的具体分析和对相应的语言运作方法和技巧的全面归纳。《俪辞》、《事类》、《比兴》、《夸饰》、《隐秀》,是对修辞手法的专门阐述。除此之外,还详尽地阐述了 20 种常用文体的体式,对每种文体,都能"原始以表末,释名以章义,选文以定篇,敷理以举统"（《序志》）,既讲明其原理和历史沿革,又阐发其基本规范和运作要领,并以具体的文章相证。这些文章,实际也就是写作实践的楷模。凡此种种,都从各个不同的角度,为文心的形态构建——文章写作,提供了不可或缺的具体方法和技术保证。

刘勰的以上贡献,都属于工程科学的范畴。当代的写作理论和创作理论的基本框架和所涉及的基本范畴,都本源于此。就系统化程度和实践性力度而言,至今没有任何一家写作工程理论与美学工程理论可以超越。

第十四章　文心修养论

文心者,人心也。文心的基础层面就是人心。但是,文心绝非一般意义的人心。这是因为,文心除了具备人心的质素之外,还必须具备"天地之心"的质素,具备可以与宇宙运动的总规律直接或间接相通的品格。惟其如此,它才具有可以"鼓天下之动"的力量。事实上并非所有的人心都具备这种品格,只有"湛然空灵"的心才具有这种品格。故必资修养。

文心的修养,是写作运动中"斫梓染丝,功在初化,器成采定,难可翻移"的前期性准备,是文心系统运动的基础性工程。这一基础工程,是写作运动取得成功的决定性前提。重视文心修养在文心运动中的特殊地位和特殊意义,赋予文心修养以"做人、做事、作文"的全息性内涵,是中华美学的独特的理论范畴,也是刘勰独特的学术贡献。现将刘勰对此做出的系统论述,概括为以下几个方面。

第一节　刘勰对文心修养重要性和必要性的理论体认

一、心在文心运动中的系统位置

"文心者,言为文之用心也。"(《序志》)从"用心"这个特定角度来看,"心"是为文之本,是文心运动的核心依据。"心生而言立,言立而文明,自然之道也"(《原道》),即此之谓。刘勰对心与文的这种关系,有极为广泛的论述。例如:

> 夫以无识之物,郁然有采,有心之器,岂无文欤?(《原道》)
> 标心于万古之上,而送怀于千载之下,金石靡矣,身其销乎?(《诸

子》)

　　必使心与理合,弥缝莫见其隙;辞共心密,敌人不知所乘。(《论说》)

　　原夫章表之为用也,所以对扬王庭,昭明心曲。(《章表》)

　　心术既形,英华乃赡。(《情采》)

　　心既托声于言,言亦寄形于字。(《练字》)

　　觇文辄见其心。(《知音》)

　　夫心生文辞,运裁百虑,高下相须,自然成对。(《丽辞》)

　　各师成心,其异如面。(《体性》)

　　嵇康师心以遣论,阮籍使气以命诗。(《才略》)

　　隐心而结文则事惬,观文而属心则体奢。(《哀吊》)

　　在我国的传统文化中,"心"作为人所独具的灵府,具有思维器官和精神本体的双重属性,是一个内涵相当空灵、相当广阔的概念。举凡"神"、"理"、"思"、"情"、"意"、"趣",都属于心的范畴,是心的具体内容的具体形态。"心"与"神"的界域基本相同。"用志不分,乃凝于神"(《庄子·达生》),"夫人用神思虑……一身之神,在胸中为思虑"(《论衡·卜筮》)。"原道以心,即运思于神也。"(曹学佺:《文心雕龙序》)"神"即是心,是心的一种聚精会神的工作状态。在通常的情况下,心与神是可以互举的。刘勰所说的"神用象通",可以解读为"心用象通",刘勰所说的"神与物游",可以解读为"心与物游"。刘勰"神居胸臆,而志气统其关键"这一著名论断明确告诉我们:"神"的位置与"心"的位置,实际都在人的同一的胸腔之内,神与心在基本范畴上实际是重合为一的。"理",指"心"在抽象思维方面的内容。所谓"述理于心,著言于翰"(《书记》),所谓"心与理合"(《论说》),所谓"心敏则理无不达","心之照理,譬目之照形"(《知音》),即此之谓。这里所说的"理",实际也就是"心",不过侧重从理性因素的角度进行表述而已。"情",指"心"所包含的感性心理内容。从文学作品来说,是以表现感情为主的,"情"就是"心"在文学中的具体形态。所谓"人禀七情,应物斯感,感物吟志,莫非自然",所谓"情以物兴","物以情观",所谓"情动而言形,理发而文见",即此之谓。这里所说的"情",实际也就是"心",不过侧重从感情因素的角度进行表述而已。"意"也是"心"的一个侧面,指人的内心意念或文章主旨。《神思》云:"是以意授于思,言授于意,密则无际,疏则千里。"《论说》云"伦理无爽,则圣意不坠。"《养气》云:"意得则舒怀以命笔"。"意"也就是"心",是一种具有定向性和明确性的心理活动。上述种种,实质上说的都是心与文的关系,是对心在文中的重要作用的全息性证明。

但是,刘勰对心的理解,绝不是单一的主观角度的。承认主观的能动作用而不唯主观的能动作用,重在主观与客观的折中与统一,这正是刘勰文心论的深刻和巧妙之处。他明确认为,人和客观世界上的万事万物,都是宇宙运动的产物,都是自然之道的一种外化,人虽高于万物,是万物之灵,"为五行之秀,实天地之心",但从终极层面来看,也是道的体现。世界上的一切"文",无论是天文、地文、"动植之文",都是自然之道的体现。人作为"天地之心",是以自己的心与天地直接相通的,所以人文是道的最高最美的表现,人的心也就自然成为道的最高最美的表现。心是自然之道的符契,从这个意义上讲,心也就是道,"道之文"在"人文"上的表现也就是"情文"——"心之文"。"五色杂而成黼黻,五音比而成韶夏,五情发而成辞章,神理之数也。"(《情采》)文以心为本,从终极层面来说,也就是以道为本。刘勰所说的道,是本体意义的"天道","天道"是客观世界的最高集合和总体依据。心既然是这种自然之道的反映,它也必然具有这种自然之道所具有的客观属性。正是通过这一点,刘勰从认识论的最高层面上,将文学的主观属性与客观属性有机地统一了起来。刘勰对于心与物的关系的认识,就是这种心与道的关系的具体展开。

刘勰明确认为,在文心的运动中,"心"并不是一种纯抽象的存在,它总是与某种特定的事物相伴而行的。具而言之,心的发生离不开某种事物的感兴,是一个"应物斯感"的过程。心的表现离不开某种事物的寄寓,是一个"酌事以取类"的过程。心与物的关系,实际是一个双向互动的关系:一方面,心要受到物的感兴和触发,受到物的制约;另一方面,物也要受到心的渗透和寄寓,受到心色主宰。这种双向互动的过程,实际也就是二者的有机统一的过程。刘勰所说的心"随物以宛转",物"与心而徘徊",就是对这种心物交融境界的具体表述。这既是一个心的物化的过程,也是一个物的心化的过程。而其最后结果,就是使"心—物—道",融为一个有机的整体。文学中的形象,就是这种"心—物—道"有机整体的美学显示:既是物的显示,又是心的显示,也是道的显示。

　　但是,这还不是对文心结构的最完整的表述。它还需要一样东西,这就是它借以凝聚成形的物质媒介。这一不可或缺的媒介就是"辞"。"辞"是心的直接现实,是物的形式外壳,也是道的载体。无论是心、是物、是道,三者都不能离开语言,都必须通过辞,才能展现在人们眼前,成为作品中的现实存在。因此,刘勰反复强调了语言在文心运动中的作用的问题。《序志》云:"文果载心,余心有寄。"《声律》云:"言语者,文章关键,神明枢机。"《章表》云:"辞为心使。"《附会》云:"心敏而辞当。"《论说》云:"辞共心密。"《养气》云:"夫耳目鼻口,生之役也;心虑言辞,神之用也。"语言的作用不仅表现在与心的关系中,也表现在与物的关系中。《物色》云:"故巧言切状,如印之印泥,不加雕削,而曲写毫芥。"《神思》云:"物沿耳目,而辞令管其枢机。"《夸饰》云:"神道难摹,精言不能追其极;形器易写,壮辞可得喻其真。"语言的作用,也表现在与道的关系中。《原道》云:"'鼓天下之动者存乎辞。'辞之所以能鼓天下者,乃道之文也。""言之文也,天地之心哉。""心生而言立,言立而文明,自然之道也。"

　　刘勰的这种认识,是在道的运动大场中进行的,也就是在文心的外系统运动中进行的。刘勰在《镕裁》中所说的"三准",是在文心的内系统运动中进行的,是专就作文本身说的。二者之间,在提法上似乎存在某些区别,实际只是角度不同而已。不管采取何种坐标系,它的结构要素的功能的基本取向是并无二致的:道是文心运动的最高目的和终极动力,心是文心运动的主导,物是文心运动的反映对象,辞是文心运动的媒介和物质纽带。在这相连而动的系统结构中,心是诸多因素的交汇点和总枢纽,是文心中的核心。文心的运动,归根结底是人心的运动。文心的修养,归根结底是人心的修养。在这一点上,刘勰的表述自始至终都是极其鲜明的。

二、心在文心运动中发挥作用的必要前提

　　心是为文的根本。发挥心的优势,是文心运动取得成功的关键。但事实上并不是所有的心,都具有灵敏通达地感应万物并与自然之道息息相通的品格。唯有湛然空灵,一尘不染的虚静的心灵,才具有这种无往弗届的力量。这种强大的心理功能,实际是修养的结果。这就是刘勰所标举的:"陶钧文思,贵在虚静,疏瀹五脏,澡雪精神。"(《神思》)

"虚静"就是一种纯净清明、一尘不染的心理状态。具而言之,就是一种无私、无畏、无惊、无扰、无忧、无虑,而惟以"率志委和"、"优柔适会"是务的心理状态。这种优化的心理状态,就是文心高效工作的心理前提。这一前提的必要性就在于,在精神的劳动中,惟虚才能容,惟静才能照,惟其如此,才能从纷纭万物中看到道的规律性运动,真正把握事物的本质。这就是《老子》第十六章所说的:"致虚极,守静笃。万物并作,吾以观复。夫物芸芸,各复归其根。归根曰静,静曰复命。复命曰常,知常曰明。不知常,妄作凶。知常容,容乃公,公乃全,全乃天,天乃道,道乃久,没身不殆。"也就是《庄子·天道》所说的:"圣人之静也,非曰静也善,故静也;万物无足以挠心者,故静也。水静则明烛须眉,平中准,大匠取法焉。水静犹明,而况精神! 圣人之心静乎? 天地之鉴也,万物之镜也。夫虚静恬淡寂漠无为者,天地之平,而道德之至。"这种特定的心理状态,是道学特定的大智慧的集中体现,也是《文心雕龙》中反复强调的具有根本意义的指导思想。刘勰所说的"纷哉万象,劳矣千想。玄神宜宝,素气资养。水停以鉴,火静而朗。无扰文虑,郁此精爽"(《养气》),就是对前人心态理论的历史性总结和创造性延伸。

刘勰所标举的虚静的心态,实际是一种最能体现我们民族精神高度的道德境界和美学境界,也是一种无偏无执的方法论境界。获得这种最优化的心理境界,是文心活跃的关键,也就必然成为文心修养的最高目标。'如果这一根本问题没有得到解决,一个作家纵有再好的才能,也只能陷于一己之私利所织成的庸俗之网中,最终难以成为大器:"心忌在俗,惟俗难医。俗者,留情于庸鄙,摄志于物欲,灵机室而不通,天君昏而无见,以此为文,安能窥天巧而尽物情哉?"结论只有一个,就是:"故必资修养。"[①]

文心的修养,无疑是一项复杂的系统工程,牵涉到人的心理素质和心理能力的诸多方面。而就其核心层面来说,可以集中为两个最基本的扭结点:一是志气,二是辞令。这就是刘勰所特别强调指出的:"神居胸臆,而志气统其关键;物沿耳目,而辞令管其枢机。枢机方通,则物无隐貌;关键将塞,则神有遁心。"(《神思》)何为"志气"? "夫志,气之帅也,气,体之充也。"(《孟子·公孙丑》)"志"标志着生命运动的总方向,"气"标志着生命运动的总强度,二者

---

① 刘永济:《文心雕龙校释》,中华书局 1962 年版,第 101 页。

对生命的整体运动和文心的整体运动都具有直接的统率意义和驱动意义。志气作为道的个性化的符契,从最根本的层面上决定着生命运动的方向和力度,也决定着文心运动的方向和力度。蓄志和养气的问题,是文心修养的关键。辞令是文心的结构要素中的另一个最基本的扭结点。"辞为心使。"(《章表》)"心生而言立,言立而文明,自然之道也"(《原道》)。心的运动从来都是在语言运动的基础上进行的。也正因为如此,语言的修养必然成为文心修养的重要内容。除此之外,还涉及"积学以储宝,酌理以富才,研阅以穷照"(《神思》)等诸多方面的修养问题。由此构成一个高性能的精神劳动平台,赋予文心运动以高质量和高效益。这种高质量与高效益的精神劳动,从来是,也只能是文心修养的结果。

概而言之,文学创作依靠创造性的精神劳动。创造性的精神劳动依靠高品位的心灵。高品位的心灵只能来自刻苦的长期修养。一个作家的文心修养,是一个作家所能达到的美学高度的决定性前提,也是一个作家的成败利钝的关键。文心运动的优劣通塞,全系于此。

第二节　刘勰对文心修养的具体途径的系统论述

文心的修养,是一项艰难复杂的系统工程。

这一工程的艰难性就在于,心理修养的过程,实际是一个弃旧图新,洗心革面的过程。所谓"疏瀹五脏,澡雪精神",就是对这一"洗心革面"过程的明确表述。洗心革面的重点,就是强大的志与气的建设。志气建设需要一种强大的心理动力,这种强大的心理动力只能来自作家不平常的人生经历。唯有那些受过大挫折的人,才能经受战胜自我的心理磨炼,才能安于虚静并甘于虚静。这就是司马迁在《报任少卿书》中所特别强调的:"盖西伯拘而演《周易》,仲尼厄而作《春秋》,屈原放逐,乃赋《离骚》,左丘失明,厥有《国语》,孙子膑脚,《兵法》修列,不韦迁蜀,世传《吕览》,韩非囚秦,《说难》、《孤愤》。《诗》三百篇,大抵贤圣之所由作也。此人皆意有所郁结,不得通其道,故述往事,思来者。"这一个"发愤"的过程,实际就是一个最好的心理磨炼过程。正是这一"艰难困苦"的生活过程和心理过程,给作家的心灵提供了非常的活力和动力,这是生活赠与作家的"玉汝与成"的厚礼。

　　文心修养的复杂性就在于,文心的结构和制约文心的结构性因素,都是多样性和多层面性的。从最基本的层面来看,大致可分为四个方面:志气、阅历、学识、才力,这四个方面,互相联系,互相补充,共同构建着和制约着文心修养的全息过程。任何一个方面的缺欠,都会给文心功能的实现带来重大的影响。因此,文心的修养必须综合地进行。

　　这就决定了,文心的修养必然具有系统工程的属性。虚静是文心修养的总体性的美学要求,蓄志养气是文心修养的核心环节,阅历修养、学识修养、才力修养,是文心修养的重要内容。下面,试一一进行具体阐述。

一、志气修养

　　"神居胸臆,志气统其关键。"(《神思》)志气,是文心运动中的方向盘和原动力,它直接关系到对客观世界进行反映的深度、高度、广度和强度。"志气之清浊,感应之利钝存焉。"[1]

　　人各有志,但志的品位相差悬殊。有些人的人生追求是取法乎上,尽意于高雅:"若夫屈贾之忠贞,邹枚之机觉,黄香之淳孝,徐干之沉默";有些人的人生追求是取法乎下,钟情于庸鄙:"至如管仲之盗窃,吴起之贪淫,陈平之污点,绛灌之谗嫉"(《程器》)。刘勰认为,作家志气的修养,应该是取法乎上,而不应该是取法乎下。他所崇尚的志气,是一种以天下为己任的救世济时的宏伟胸怀,以及为了实现这一宏伟的人生目标而一往无前的朝气和勇气。刘勰所标举的"摛文必在纬军国,负重必在任栋梁"(《程器》),就是此种人生境界的理论概括。刘勰所说的"不有屈原,岂见《离骚》? 惊才风逸,壮志烟高"(《辨骚》),就是此种精神境界的人格表率。

　　刘勰所倡导的志气,就是指这种高远的人生追求而言的。刘勰明确认为,人生如果没有高远的追求,纵有再好的才能,在人格上只能永远窜伏于平庸卑下的地位:"彼扬马之徒,有文无质,所以终乎下位也。"(《程器》)也就是诸葛亮所说的:"夫志当存高远……若志不强毅,意不慷慨,徒碌碌滞于俗,默默束于情,永窜伏于凡庸,不免于下流矣。"[2]有了远大的志向,才有宽阔的襟怀,才

---

①　刘永济:《文心雕龙校释》,中华书局 1962 年版,第 101 页。

②　诸葛亮:《诫外生书》,见《诸葛亮集》,中华书局 1960 年版,第 28 页。

有容纳万物的胸臆和明辨是非的能力,才有一往无前的气势和魄力。也就是苏轼所说的:"不如昌其志,志一气自随。养之塞天地,孟轲不吾欺。"①这就是他们之所以出类拔萃并能历万代而不朽的最根本的主体原因。

但是,这种高瞻远瞩的精神优势,不是能够一蹴而就的。志向来自生命的实践,只有实践才能造就高远的志向。志向是需要用"身体力行"的人生实践去充实和体现的。它的力量,来自生命的整体运动。没有生命的整体运动作中坚,志向就会成为无用的空壳。也就是刘勰在《程器》中所强调的:"是以君子藏器,待时而动。发挥事业,固宜蓄素以弸中,散采以彪外,梗楠其质,豫章其干……穷则独善以垂文,达则奉时以骋绩。若此文人,应《梓材》之士矣。"没有这种"作为","志"就不可能形成和体现,也就不可能产生"惊风雨,泣鬼神"的精神效应。

蓄好了志,生命的运动才有了崇高坚定的方向,文心的运动才有了可靠的导航器和理想启动器。但生命的运动除了生命的方向之外,还必须有生命活力的强度。所谓"慷慨以任气"(《明诗》),所谓"梗概而多气"(《时序》),就是这种生命活力的强度的具体展现。这种生命活力的强度,同样是由"养气"来实现的。

"气"之所以要养,因为它同样存在着品位的差别。气有朝气,也有暮气,有锐气,也有钝气,有勇气,也有怯气。作家所要培养的气,就是刘勰所说的"无扰文虑,郁此精爽"的清明之气。这种清明之气根源于孟子所说的"浩然之气"。它的具体内容就是"富贵不能淫,贫贱不能移,威武不能屈",径而言之,就是一种与道义保持一致的至大至刚的气概、胆略和魄力。这三种心理因素构成一种积极向上,朝气蓬勃,坚持正义,一往无前的高强度精神状态。正是这种高强度的精神状态,支持着仁人义士去突破束缚,实现自己崇高的人生目标,对万难而不惧,历万劫而不悔。

刘勰认为,这种高强度的精神状态,同样是修养的结果。他根据"性情之数",将这一修养的基本渠道和理想境界,做出了精辟的概括:"率志委和,则理融而情畅;钻砺过分,则神疲而气衰:此性情之数也。"(《养气》)"率志委和",就是刘勰所标举的养气的总纲领。所谓"率志",指顺应情志,使主体的

_____

① 苏轼:《答王定国》,见《苏东坡全集》上册,中国书店 1986 年版,第 468 页。

血气获得充分的发挥。惟其血气充盈,所以至大至刚,一无所惧。所谓"委和",指随顺自然,与天地之心谐和。惟其得天地之心,所以至高至远,一无所蔽。惟其至大至刚,至高至远,所以无惊无乱,无忧无荡,达到"清和"与"精爽"的纯之又纯的理想境界,亦即物我一体的理想境界。也就是苏轼所深刻体认和发挥的:"夫气之所加,则己大而物小,于是乎受其至大而不为之惊,纳其至繁而不为之乱,任其至难而不为之忧,享其至乐而不为之荡。"①

"克惊"、"克乱"、"克忧"、"克荡"既是"养气"的四大心理效应,那么,对"浩然之气"的培养过程,也必然是一个对"惊、乱、忧、荡"四种精神束缚的克制过程和"己大而物小"这一主体意识的强化过程以及自然和谐意识不断扩充的过程。克惊、克乱、克忧、克荡,就是养气的具体途径,"己大而物小"与得天地之和,就是养气的具体目标。刘勰所说的"水停以鉴,火静而朗",就是此种心理功效的形象比喻。

验于前人的艺术实践,就能具体见出这一修养的心理功效。

气有惧则衰。"大抵书画贵胸中无滞,小有所拘,则所谓神气者逝矣。"②神气一逝,文心就失去了奔突的力量。惟其如此,"去惧"必然成为养气的第一要务。在这一点上,屈原为我们提供了最好的楷模。屈原的《离骚》以气盛著称,被刘勰称为"气往轹古,辞来切今,惊采绝艳,难与并能"之作。这一浩盛之气在作品中的集中表现,就是面对王权至上的政治现实积极抗争而毫无畏惧的精神气势:"讥桀纣之猖披,伤羿浇之颠陨";"虬龙以喻君子,云蜺以譬谗邪";"每一顾而掩涕,叹君门之九重"(《辨骚》)。这种放言直谏的至大至刚的精神气势从何而来? 屈原自己说得极其明白,这是战胜恐惧的结果:"亦余心之所善兮,虽九死其尤未悔。"正是这一理念支持着诗人面对险阻而一往无前,"路漫漫其修远兮,吾将上下而求索。"这种无所畏惧的勇气,同样是修养的结果:"纷吾既有此内美兮,又重之以修能。"(《离骚》)正因为他平生有如此卓越的素养,所以在任何情况下都不会使心灵受到束缚,都能保持着心理的自由,发而为诗,才如此汪洋恣肆,行乎其所当行,止乎其所当止,达到"事物的终极状态"。

---

① 苏轼:《上刘侍读书》,见《苏东坡全集》上册,中国书店 1986 年版,第 354 页。
② 葛立方:《韵语阳秋》,上海古籍出版社 1984 年版,第 183 页。

刘勰的《文心雕龙》，同样是以气取胜的杰作。作者孑然一身，困顿于社会底层，不顾人微言轻，而以"正末归本"自命，敢于高举"原道"、"征圣"、"宗经"之大旗，向浮靡讹滥的世风与文风进行理论的批判，其气势之豪雄可见一斑。这种惊天地而泣鬼神的浩然之气，同样是战胜恐惧的心理结果。这一战胜恐惧的核心凭借，就是他对儒家理念的深入梦魂的坚持："予生七龄，乃梦彩云若锦，则攀而采之。齿在逾立，则尝夜梦执丹漆之礼器，随仲尼而南行。旦而寤，乃怡然而喜，大哉！圣人之难见哉，乃小子之垂梦欤！自生人以来，未有如夫子者也。"这一心理追随的过程，实际也就是他的养气过程。这一养气过程，也就是他战胜恐惧和积累勇气的过程。正是这一勇气的积满而流，他毅然地"搦笔和墨，乃始论文"，缔造出足以羽翼经典的千秋伟业。

气有扰则沮。扰来自内外的骚动。属内者曰忧，属外者曰乱。惟养气者善于进行心理调节，排忧克乱，保持内心的纯一，使真气不泄，正气不衰，得以全心全意去追求自己的远大目标。司马迁经历坎坷，身负奇辱，依然不改对"究天人之际，通古今之变，成一家之言"的崇高事业的忠诚，"就极刑而无愠色"，潜心写作《史记》，心不旁骛，直至胜利完成任务，就是克忧克乱，保持正气不衰的成功例证。如果他做不到这点，他的生命也就不会"重于泰山"，也就没有《史记》这部"史家之绝唱，无韵之《离骚》"的巨制了。刘勰本人也是一个克扰养气的楷模。他从小就生活在一个"早孤"、"家贫"，"依沙门僧祐，与之居处，积十余年"的特殊环境中，其忧其乱，可谓极矣。可是他并没有为环境所压倒，依然珍藏着"彩云若锦"之思与"执丹漆之礼器，随仲尼而南行"之梦，"笃志好学"，坚持着"摛文必在纬军国，负重必在任栋梁"的人生理想和"文果载心，余心有寄"的学术信念，其心之定，其气之纯与雄，足以垂范久远。正是凭借这种特殊的心理优势，他写出了我国历史上"体大思精"的美学理论巨制和写作学理论巨制，历百代而不朽。他的这种优势的心理状态，就是克扰养气的结果。

气有荡则浊。荡即沉溺于物，浊即失去高雅的情操。"饱食暖衣，逸居而无教，则近于禽兽。"(《孟子·滕文公》)古往今来一切大有作为的文人，都不过于追求物欲，主张"静以修身，俭以养德，非澹泊无以明志，非宁静无以致远"(诸葛亮:《诫子篇》)。这一理念在魏晋六朝时发展成为"气清"与"气浊"的严格区分。"气清"指思想上的清真纯一，也就是《世说新语·赏誉》中所标举的:"清真寡欲,万物不能移也。""岩岩清峙,壁立千仞。""气浊"指思想上的贪婪鄙秽,也就是《世说新语》的"方正"与"规箴"篇中所规戒的:"王含作庐江郡,贪浊狼藉。""王夷甫雅尚玄远,常嫉其妇贪浊,口未尝言钱字。"刘勰在《程器》中对"屈贾之忠贞,邹枚之机觉,黄香之淳孝,徐干之沉默"的崇尚,对"管仲之盗窃,吴起之贪淫,陈平之污点,绛灌之谗嫉"的鄙夷,即本于此。

气与才总是联在一起的。"夫翚翟备色,而翾翥百步,肌丰而力沈也;鹰隼乏采,而翰飞戾天,骨劲而气猛也。文章才力,有似于此。"(《风骨》)文章才力,来自气力。"气清则才清,气浊则才浊","气清则才善,气浊则才恶"。(《河南程氏遗书·卷22》)。这是不以人的意志为转移的。清才只能来自清气,清气只能来自"清真"。只有物质上的"清真",才能保证着精神上的真正"富有"。这就是司马迁所说的:"古者富贵而名摩灭,不可胜记,唯倜傥非常之人称焉。"(《报任安书》)刘勰自己就是一个屈居下层而获得特殊精神优势的人:"勰早孤,笃志好学。家贫,不婚娶,依沙门僧祐,与之居处,积十余年,遂博通经论。"(《梁书·刘勰传》)贫苦生活的磨炼,是刘勰写作《文心雕龙》的特殊动力和特殊原因。他所说的"穷则独善以垂文,达则奉时以骋绩"(《程器》),就是他对这一在清贫的生活中所养成的清真之志与请真之气所作的精辟概括。正是在这一特定志气的推动下,他付出了自己无垢无尘无尤无悔的一生。

这种通过艰苦生活的磨炼以克荡的养气方式,在我国历史上具有普遍性的品格,受到历代文学大师的认同。杜甫在《天末怀李白》中发出了"文章憎命达"的慨叹,白居易在《序洛诗》中称"文士多数奇,诗人尤命薄"。韩愈《荆潭唱和诗序》主张"欢娱之辞难工,穷苦之言易好",认为"文章之作,恒发于羁旅草野,至若王公贵人气满志得,非性能而好之,则不暇以为。"欧阳修更明确地提出了"诗穷而后工"的系统性见解:

> 予闻世间诗人少达而多穷,夫岂然哉!盖世所传诗者,多出于古穷人之辞也。凡世之蕴其所有而不得施于世者,多喜自放于山颠水涯,外见虫鱼草木风云鸟兽之状类,往往探其奇怪,内有忧思感愤之郁积,其兴于怨刺,以道羁臣寡妇之所叹,而写人情之难言,盖愈穷则愈工。然则非诗之能穷人,殆穷者而后工也。(《梅圣俞诗集序》)

　　前人的这些经验,也许不会得到时人的普遍赞同,认为这只是自然经济条件下的一种文化偏至现象,并不具有普遍的理论意义。但纵观世界文学历史,钱可通政者有之,钱可通神者有之,钱可通文者古今无有。由此可知,当物质上的凭借不再存在的时候,就是主观能动性最发扬蹈厉的时候,也是人的精神优势表现得最鲜明和发挥得最充分的时候。这种精神优势,只能来自艰苦生活的锻炼,是任何物质所不能代替的。这就是"澹泊以明志,宁静以致远"的理论根由,也是养气必须克荡的理论根由。

　　二、阅历修养

　　"山林皋壤,实文思之奥府⋯⋯然则屈平所以能洞监《风》、《骚》之情者,抑亦江山之助乎?"(《辨骚》)文心是心与物的有机融合。这种有机融合,主要生发于作者的亲身阅历之中。阅历对于文心修养的意义,主要表现在以下方面。

　　(一)阅历对志气的磨砺作用

　　"君子处世,树德建言,岂好辩哉? 不得已也!"(《序志》)所谓"不得已",就是对人生阅历在志气形成中的"不得不为"的磨砺作用的深刻概括。"蓄志"并非"闭门修养",而是亲身去参加社会人生的具体实践。社会生活是磨砺志气的最好磨石,只有生命实践才能造就高远的志向。"摛文必在纬军国,负重必在任栋梁,穷则独善以垂文,达则奉时以骋绩"(《程器》),这种高远的志向,无一不是在具体的社会实践中锻造出来的。

　　刘勰在《辨骚》中所推崇的屈原的"壮志烟高"的形成过程,就是一个典型的例证。屈原的"蝉蜕秽浊之中,浮游尘埃之外,皭然涅而不缁,虽与日月争光可也"的救国救民的崇高志向,就是在楚国处于危急存亡的特定历史时刻,在救国救民的具体"政事"中锻造出来的。正是这一危急存亡的复杂的环境,磨砺了他崇高的理想和高远的抱负:"惟党人之偷乐兮,路幽昧以险隘。岂余身之惮殃兮,恐皇舆之败绩。"他愿意挺身而出,作楚王的先驱:"乘骐骥以驰骋兮,来吾导乎先路!"环境愈是艰难,对祖国的眷念愈深,对人民的感情愈挚,志向愈是坚定:"长太息以掩涕兮,哀民生之多艰。""亦余心之所善兮,虽九死其犹未悔。"(《离骚》)最后以沉江的行动实现了自己与祖国共存亡的誓言。

　　刘勰本人的坎坷经历,同样是具体例证。他所生活的时代,是我国历史上最混乱的"礼崩乐坏"的时代。他在《序志》中所说的"去圣久远,文体解散,辞人爱奇,言贵浮诡,饰羽尚画,文绣鞶帨,离本弥甚,将遂讹滥",就是这一时代的文化投影。而他自己出身的贫贱无依,更使他对这种社会的失衡与失序体会得远比一般人深刻。这就是他之所以立下追随孔子的高远志向的原因:"齿在逾立,则尝夜梦执丹漆之礼器,随仲尼而南行。"正是这一高远的志向,推动他走上了撰写《文心雕龙》以"羽翼经典"的人生之路:"盖《周书》论辞,贵乎体要,尼父陈训,恶乎异端,辞训之异,宜体于要。于是搦笔和墨,乃始论文。"

　　人的志向,就是这样锻造出来的。孟子有一段名言:"天之将降大任于斯人也,必先苦其心志,劳其筋骨,饿其体肤,行拂乱其所为,所以动心忍性,增益其所不能。"(《孟子·告子下》)生活对于作家的最大意义,就在于锻造了作家的生命方向,从而锻造了作家本人的灵魂。这一方向和灵魂对于文心的运动来说,是具有决定性意义的。人的生活阅历对于锻造人的志向来说,同样是具有决定性意义的。

　　作家的感情的生发过程,同样是如此。

　　(二)阅历对"物色"的积累作用

　　"山沓水匝,树杂云合。目既往还,心亦吐纳。"(《物色》)文心的生发过程,是心与物融合为一的过程。它既是一个材料的积累过程,同时也是一个情思的积累过程,这两个过程实际是同步进行,共相为济,并互相强化的。因此,这个"物"并不是一般意义的"物",而是与"心"有密切联系的"物"。人生的亲经亲历则是这种联系的最直接、最深刻的形态。

　　刘勰认为,描写事物的要点,就在于能与所写的事物密切接触和结合。因此,要能真实地反映自然景物,就必须深入细致地观察描写的对象:"流连万象之际,沉吟视听之区。"在徘徊流连之中,熟悉客观事物的具体情貌,从而写出优秀的作品出来。屈原的"江山之助",就是典型的例证。反映社会生活也是如此。《程器》云:"安有丈夫学文,而不达于政事哉?"《议对》篇则说"若不达政体而舞笔弄文",那就只能在形式上"空骋其华",不可能写出内容深刻的作品出来。正确的做法只能是,写什么就必须熟悉什么:"郊祀必洞于礼,戎事必练于兵,佃谷先晓于农,断讼务精于律。"只有认真地观察万事万物,才能得到万事万物之真和万事万物之理,才能卓有成效地进行写作。

刘勰在《原道》中对材料的积累提出了一个总的要求:"观天文以极变,察人文以成化。"具而言之,就是对万事万物的"博览"与"博见"。对此,刘勰进行了反复的强调:"博见足以穷理"(《奏启》),"博览以精阅"(《通变》),"博见为馈贫之粮"(《神思》),"将赡才力,务在博见"(《事类》)。这些见解,对于我们今天,仍是具有启示意义的。

三、学识修养

"功以学成","事义浅深,未闻乖其学"(《体性》)。向历史文化遗产学习,也是文心修养的重要途径。

刘勰强调直接经验对开发文心活力的重要意义,并不否定间接经验——知识经验的重要意义。刘勰所说的"事类",就是专就间接经验而言的。"文章由学,能在天资。才自内发,学以外成。"(《事类》)才与学密不可分。人不能事事亲经亲历,事实上多数的经验都是间接经验的东西。人类之所以能成为万物之灵,不仅在于他能够积累直接经验,更在于他能将别人的经验,转化为自己的经验,在于对间接经验的继承、积累和发展。人类的直接经验和做出的文化创造都具有社会性,可以用符号系统记录下来,成为公共积累,为每一个社会成员所使用。这种公共积累既来自直接经验,又补充和指导着直接经验,推动人类的文明不断地向前发展。

间接经验对于文心活力的开发,具有以下的意义。

(一)扩展思维

个人的直接经验由于生活经历的时空限制,无论怎样丰富,较之社会的总积累,较之系统化的知识,总是微乎其微的。所以优秀的作家总是既重视直接经验,也善于从社会总积累中支取他们需要的"信息库存",来验证、补充自己的经验库存,扩展思维领域,增加写作素材,使自己对客观事物的认识更加深刻,更加全面,使文心运动更加活跃和更富有成果。这就是刘勰所说的:"夫经典沉深,载籍浩瀚,实群言之奥区,而才思之神皋也。"(《事类》)

司马迁不生于秦末,而对陈涉、项羽、刘邦、项羽、吕后的种种事迹了如指掌,历历如数家珍。刘勰不与屈贾、邹枚、黄香、徐幹同时,而对"屈贾之忠贞,邹枚之机觉,黄香之淳孝,徐幹之沉默"的品格尽悉无遗,真切如自己出。何者?"《大畜》之象,'君子以多识前言往行',亦有包于文也。"(《事类》)显然,除了他们自身素质的卓越和直接经验的丰富之外,还和间接经验给他们提供的营养密不可分。所谓"博览"、"博见",不仅是指对亲经亲历的感知,也是指对间接经验的感知而言的。如果"学问肤浅,所见不博",就会"所作不可悉难,难便不知所出",陷于孤陋寡闻的境地。

(二)承师传艺

世界上的一切专门技艺,无一不是经验积累的结晶。一部分得之于己,大部分受之于人。受之于人的经验,对于接受者来说都是间接的知识经验。有的经验并已概括为规律,口传书载,代代相传。要是没有这一种学识的传承,则各种技艺都会永远处于封闭的原始阶段,人类的文明就没有进步的可能了。文心运动是微妙灵敏的心灵活动,更需要有微妙灵敏的用心之术。"才之能通,必资晓术。"否则,文心就会盲目运行,毫无整体活力之可言了。

刘勰对"宗经"的标举,实际也就是对前人的知识经验的工程形态的标举。他将"宗经"的意义,概括为两个方面。一是思想上的传承:"经也者,恒久之至道,不刊之鸿教也。"二是文术上的范式:"故文能宗经,体有六义:一则情深而不诡,二则风清而不杂,三则事信而不诞,四则义直而不回,五则体约而不芜,六则文丽而不淫。"这两个方面,都是通过对间接经验的吸收和转化来实现的。正是由于有前人的师范在,后人才有章可循,有法可依,避免了在文心运动中的盲目性。也就是刘勰所昭示的:"若禀经以制式,酌雅以富言,是即山而铸铜,煮海而为盐也。"(《宗经》)

刘勰的这一承师传艺的理论主张,是贯穿于他的全部著作中的。他不仅以经为师法,也以历代名家的著作为楷模,从中吸取知识经验的教益。他的创作论与文体论的诸多篇章中,都有对历代名作的论述或作家成功的写作经验的介绍。这对于读者掌握驭文之术来说,是大有裨益的。

(三)提供语言规范

人类间接的知识经验,大多是通过书载的形态来进行的。因此,学习间接的知识经验的过程,必然同时也是一个对书面语言和外化技艺的积累过程。读书可以丰富语言词汇,提高语言文字的运用能力。一切古今名作,都是语言大师精心构筑的语言工程。他们的作品,是书面语言运作的典范。掌握了这些语言典范,才能熟练地表达思想和情感,文心才能高效率运行。刘勰认为,

古代圣贤的经书,就是各体文章的语言运作的样板:

> 夫《易》惟谈天,入神致用。故《系》称旨远辞文,言中事隐,书编三绝,固哲人之骊渊也。《书》实记言,而训诂茫昧,通乎尔雅,则文意晓然。故子夏叹《书》,"昭昭若日月之明,离离如星辰之行",言昭灼也。《诗》主言志,诂训同《书》,摛风裁兴,藻辞谲喻,温柔在诵,故最附深衷矣。《礼》以立体,据事制范,章条纤曲,执而后显,采掇片言,莫非宝也。《春秋》辨理,一字见义,五石六鹢,以详备成文,雉门两观,以先后显旨。其婉章志晦,谅以邃矣。《尚书》则览文如诡,而寻理即畅;《春秋》则观辞立晓,而访义方隐。此圣文之殊致,表里之异体者也。(《宗经》)

这些历史文化中的经典性著作,都是历史淘洗过的文化精华。每一种经书不仅在思想上具有典范的意义,也在文体的运作上和语言的运作上具有典范的意义。惟其如此,它们就必然具有一种特殊性的历史品格:"性灵熔匠,文章奥府。渊哉铄乎,群言之祖。"这也是刘勰之所以"论文必征于圣,窥圣必宗乎经"的一个原因。

(四)熏陶气质和素质

"夫才由天资,学慎始习,斫梓染丝,功在初化,器成采定,难可翻移。"(《体性》)人类知识经验的总汇——书籍所提供的文化素养,其熏陶作用是不可低估的。它陶冶性情,影响人的兴趣、爱好、性格、气质和能力,从而促进心理个性特征的积极发展,给人的心灵增添整体的活力。这种活力既表现在智力方面,也表现在动力方面。以智力而言,文化素养使个体的注意、感应、记忆、想象、运筹等基本的心理活动能力受到深刻的锻炼,使人视野开阔,思维细密,感情丰富,辨察敏锐,增扩内在的理性强度和审美精度。就动力而言,文化素养培育着人的气质和性格,进而影响到人的志气——生命运动与文心运动的总枢纽。

刘勰对人类知识经验的熏陶作用给予高度的肯定。他明确认为,经典著作是圣人思想情感、道德素质、能力素质以及人格状况的真实记录,因此,在做人与作文方面,必然具有不容忽视的规范作用。"夫作者曰'圣,'述者曰'明'。陶铸性情,功在上哲。夫子文章,可得而闻,则圣人之情,见乎文辞矣。"(《征圣》)这种熏陶的作用不仅是深入骨髓的,也是全方位的,不仅影响人格,而且影响文心与文章。"义既埏乎性情,辞亦匠乎文理,故能开学养正,昭明有融","譬万钧之洪钟,无铮铮之细响矣"(《宗经》)。

在这全方位的熏陶中,志气的熏陶是主导性的。学习前人间接知识经验的过程,首先是一个学习志气的过程。学习志气是一种间接的人生实践和人格实践,即通过优秀人物的人生实践去领会与效仿优秀人物的远大志向和浩然气势,把优秀人物的志向和气势中具有普遍意义的优势成分融入自己的志气之中。这也是学习圣人文章的一项重要内容。"况乎文章,述志为本","辞为肌肤,志实骨髓"。学习经典作品,不仅是学习它的语言和写作经验,最重要的是学习蕴涵在作品中的志气,并将其足以垂范的志气转化为自己志气的组成部分。以学诗为例,学诗者何?首先就在学志。这就是刘勰所说的:"大舜云:'诗言志,歌永言。'圣谟所析,义已明矣。是以'在心为志,发言为诗',舒文载实,其在兹乎?"(《明诗》)文天祥的《正气歌》,就是一个典型的例子。《正气歌》是一篇述志的作品。通过作者的自述,我们可以知道,在他的志气中,融进了前代多少优秀人物的志向和正气:"在齐太史简,在晋董狐笔,在秦张良椎,在汉苏武节。"正因为如此,作者的志气才如此高远坚定,指引着他的生命直到最后一息,照耀着他的每一篇作品,使人肃然起敬。关于这种高远坚定的志气的熏陶过程,文天祥在《衣带诗》(绝命诗)中表述得相当清楚:"孔曰成仁,孟曰取义。惟其义尽,所以仁至。读圣贤书,所学何事?而今而后,庶几无愧。""成仁""取义",代表着生命的最高追求。读圣贤书,关键在于学到他们的生命运动的整体指向和浩然正气。并用之于生命的实践,培养自己同样高远坚定的志气,去实现人生的最高追求。文天祥以自己的光辉生命,证明了学习志气的重要意义。

四、才力修养

文心运动需要才力的参与。才力修养是文心修养的系统工程的重要组成部分。蓄志养气,是文心运动的方向保证和动力保证。阅历修养和学识修养,是文心运动的材料保证。才力修养,是文心运动的能力保证。

才力与内在的生命素质有关:"才力居中,肇自血气。"(《体性》)另一方面,又与学密不可分:"文章由学,能在天资。才由内发,学以外成。"先天素质的作用毋庸否定,后天的修养更具有能动的意义:"才为盟主,学为辅佐。"(《事类》)才与学之间,从来都是相辅相成,相得而益彰的。一切才能,实际都是学习的结果。而"晓术",则是养才的核心硬件。"才之能通,必资晓术。"(《总术》)"术"是在文心运动中"控引情源,制胜文苑"的技术凭借,是"才之能通"的物质基础。刘勰的创作论,就是道与术结合的理论成果。

在《文心雕龙》的创作论中,刘勰将文术的内容概括为以下几个方面:"物色之动,心亦摇焉"的感应之术;"杼轴献功,焕然乃珍"的构思之术;"驱万涂于同归,贞百虑于一致"的结构之术;"设情有宅,置言有位"的行文之术;"目了则形无不分,心敏则理无不达"的知音之术。这五个方面,实际也就是作家进行文学创作所不可或缺的才力的五个基本方面,也是作家进行才力修养的基本内容。其中的每一个方面,刘勰都在相应的篇章中做出了专门的论述。本著据此在相关篇章中做出了专门性的阐发,并在《写作艺术论》中做出了集中性的发挥。此处不再具体展开。

如此等等,从诸多的方面汇成了一个完整的方法论体系,将文心的修养正式纳入方法论的范畴。这是我国文论史上的第一次,也是世界文论史上的第一次。刘勰的这一献功,极大地开拓了文论学的视野,赋予《文心雕龙》以一种"作家摇篮"的特殊品格。这种以人为本的品格是中华文论最大的理论特色,它对"才童学文"与"童子雕作"的人文关怀,它对作家成长过程的悉心关注,是独秀于中华文论而罕见于其他民族文论之中的。

第三节　刘勰文心修养论的历史意义与现实启迪

文心的修养,是文心运动所不可或缺的基本工夫的修炼,也就是创作的前期准备。这种未雨绸缪的准备之所以必要,是因为这种基本工夫的修炼具有决定全程与决定全局的意义。其一,是其基础性意义:"才由天资,学慎始习,斫梓染丝,功在初化,器成采定,难可翻移。"(《体性》)这一前期性的修养对于作家的主体建设具有终身性的影响。其二,是对具体构思过程的制约作用:"驭文之首术,谋篇之大端。"(《神思》)一篇文章的成败,实系于此。

对创作的前期准备进行全面的研究和开拓,是刘勰的一大历史性贡献。它在理论上的全面性、深刻性和可操作性,至今没有任何一家别的理论可以超越。它的历史意义和对现实的启迪意义,值得我们很好领略。

一、文心修养论的历史意义

刘勰是我国美学史上和写作学史上,对文心修养进行系统研究和开拓的前驱者和集大成者。《养气》、《体性》、《程器》、《才略》等,就是他所建立的专章。从某种意义上说,《征圣》、《宗经》也同样是对文心修养的经典性阐述。这一系统理论的重大历史意义,集中表现在对文心修养的理论范畴和系统理论的构建上。

中国是一个古老的文章大国。早在春秋战国时期,文章写作就获得了极大的繁荣,也积累了相当丰富的写作经验,其中包括了文章写作的前期准备的经验。如孔子所说的做人的规范,读书的经验,运用文采的经验,孟子所说的蓄志养气的经验,等等。这些修养工夫虽然与文学创作的基本工夫密切相关,但从最根本的层面来看。更多的是属于做人的基本规范。由于历史的局限性,这些有关创作前期准备的认识都是分散的,零碎的,大都属于哲学的范畴。我国历史上第一次从美学的角度提出文心修养问题的,是曹丕。他在《典论·论文》中,明确地提出了"文以气为主"的命题,将孟子所提出的"养气"主张,正式纳入了美学的领域。刘勰的文心修养理论,就是前人经验的历史性总结和创造性发展。

刘勰对文心修养的历史性贡献,首先表现在他对文心修养的理论范畴的明确标举上。他在文心的系统运动中,开辟了一个独特的并独立的理论视点:对创作前期准备活动的基本规律的系统研究。他以它的文心理论为依据,深深切入了这一个对写作的全程运动具有决定性影响的特定的阶段运动之中。这一个阶段,也就是人们常说的"诗外功夫"的阶段。这一理论范畴,作为作者对客观事物的基本特性和本质联系的概括反映,标志着人类对这一问题的认识的深入和成熟,足以显示一门学问独立存在和走向科学化的历史进程。这一理论范畴赋予相关的表象和经验以一个集中的窗口,使之在历史意识中得到系统的保存和自觉的发展,构成人类的一个特定的认识领域。这一大成于刘勰的认识领域,是独见于中华文论而不见于西方文论之中的,是中华文论对世界文论的独特贡献。

刘勰的历史性贡献,还表现在他所建立的以蓄志养气为核心全方位修养文心的理论体系上。这一系统学说的基本要点和系统机制,可以概括为以下几个方面。

一是对人的特别关注。文心的准备,首先是对人的准备。之所以必须将人的准备置于文心准备之首,是由于人在宇宙运动中和文心运动中的特殊地位所决定的。刘勰认为,人是天地人所组成的"三才"中的中心环节,"为五行之秀,实天地之心",是"性灵所钟"的万物之灵。在人与自然的关系中,人是一个最具有能动性的存在。"道沿圣以垂文,圣因文而明道。"(《原道》)所谓"圣"固然是指圣人而言的,但从最广泛的人文意义来看,也是指人的因素而言的。人能感应自然运动的基本规律,也能创造万物,创造人文。人所创造的人文,具有可以和天地之心相通的属性。"言之文也,天地之心哉!"文章,就是人类创造的足以体现天地之心的最美丽的精神花朵。如果没有人的存在,天地万物都会成为一堆死物,一切创造都会成为一句空话,也就没有文章之可言了。而人,在素质上是存在着品位的差别的。只有高素质的人,才能充分而灵敏地感应天地之心。人的高素质,是修养的结果。人的准备问题,实际也就是人的高素质的准备的问题。

以人为中心,是中华美学的最基本的指导思想,也是刘勰文心修养理论的最基本的逻辑起点和理论支点。以人为中心,也就是以人性建设、人格建设和人的基本素质的建设为中心。由此必然直接推导出两个极其重要的观点:文学即人:文学的准备首先是人的准备——作者的人格、人性和人的基本素质的准备。这种思想,与我们民族以民为贵和以人为本的民族精神是一脉相通的。这就是刘勰的文心修养理论得以牢牢树立并历万世而不朽的最根本的文化基础。

二是对人心的特别关注。人的准备首先是人心的准备。之所以必须将心的准备置于人的准备之首,是由于心在人的能动性中的特殊地位所决定的。刘勰认为,人之所以是人,就在于人是"有心之器"。人心是人身上最具能动性的存在,文章的创作首先离不开人心的参与。"心生而言立,言立而文明,自然之道也。"而心,同样是存在着品位上的差别的。只有高品位的心,才能承担反映天地之心的重任。高品位的心,同样是修养的结果:"陶钧文思,贵在虚静,疏瀹五脏,澡雪精神。"虚则能容,静则能照,唯有湛然空灵的心,才足以窥天巧而尽物情。

　　三是对志气的特别关注。人心的准备首先是志气的准备。之所以必须将志气的准备置于心的准备之首,是由于志气在人心中的特殊地位所决定的。刘勰认为,"神居胸臆,志气统其关键。"志是心之所向,制约着生命运动的方向;气是体之所充,制约着生命活力的强度。二者对于生命的运动的品位,具有直接的决定意义。也正由于如此,立志必须高远,养气必须浩盛。所谓"摛文必在纬军国,负重必在任栋梁","惊才风逸,壮志烟高",所谓"气往轹古,辞来切今","慷慨以任气,磊落以使才",即此之谓。

　　四是对道德的特别关注。志气的准备,与道德的熏陶密不可分。高远浩盛的志气,从来都是道德熏陶的结果。刘勰所说的"夫作者曰'圣',述者曰明。陶铸性情,功在上哲",所谓"泛论君子,则云'情欲信,辞欲巧,此修身贵文之征也'",就是指道德的熏陶而言的。道德是人性的基本规范,是人格的理想模式,也是人性的基本保证。一个不遵守社会基本公德的人,是无法进入人性的理想境界,也不可能具有高远浩盛的志气的。正由于如此,道德的准备,就必然成为志气准备的精神保证。

　　五是对阅历的特别关注。志气的修养,也是在人生的经历中实现的。这也就是孟子所说的:"天之将降大任于斯人也,必先苦其心志,劳其筋骨,饿其体肤,困乏其身,行拂乱其所为,所以动心忍性,增益其所不能。"屈原志气的高洁境界,就是典型的例子。没有"秽浊"、"尘埃"的曲折经历的磨炼,就没有对"秽浊""尘埃"的超越,也就不可能有"蝉蜕秽浊之中,浮游尘埃之外,皭然涅而不缁者也"的高洁了。

　　除此之外,才学的修养也是文心修养的重要内容。文心的运动,固然离不开方向和动力,也离不开学力和才力。志气与才学,二者实际上是互相促进,相得而益彰的。唯有高远浩盛的志气,才能激发雄厚高深的才学,唯有雄厚高深的才学才能蕴涵高远浩盛的志气。

　　凡此等等,无一不是修养的结果。文心的修养,实际是一个以主体为集中关注点的全方位的系统工程:"是以陶钧文思,贵在虚静,疏瀹五脏,澡雪精神。积学以储宝,酌理以富才,研阅以穷照,驯致以怿辞,然后使元解之宰,寻声律而定墨;独照之匠,窥意象而运斤;此驭篇之首术,谋篇之大端。"(《神思》)在这多样性的方面中,人的修养是根本,心的修养是焦点,志气的修养是关键,阅历的修养是基础,道德的修养是保证,才学的修养是辅佐,由此构建成一个完整的系统工程。这一系统工程的全面性、深刻性和可操作性,是没有任何一家别的理论可以超越的。

刘勰的以人为根本、以心为焦点、以志气为关键的文心修养论不仅是完整的创作准备理论,也是培养青年作家的完整的教育理论。千余年来,一直为人们奉为圭臬,成为培育文学人才的基本规范:"扬榷古今,品藻得失,持独断以定群器,证往哲以觉来彦,盖作者之章程,艺林之准的也"①,"自陈隋下讫五代,五百年间作者,莫不根柢于此。"②这一模式的正确性和有效性,不仅在历史上获得了广泛的证明,而且在现代生活中得到了深刻的论证。鲁迅、郭沫若、茅盾、冰心、巴金等大师的成才经历,尽管各不相同,但有一点却是共同的,他们都经历了刘勰所明确标举的文心修养的所有方面:志气修养,阅历修养,知识修养,才力修养。这些诸多方面的修养荟萃成为作家作为人的素质的整体修养,正是这一以人为根本、以心为焦点、以志气为关键、以阅历为基础、以才学为辅佐的系统工程,造就了作家本人,赋予了他们以出类拔萃的文学能力,成就了一番伟大的文学事业。新中国培养文学人才的学府——鲁迅艺术学院,在培养文学人才上虽然存在着古今的差别,但在基本思路上,与刘勰的系统理论是一脉相承的。苏联学者 A. 科瓦廖夫曾经提出过培养青年作家的"系统设计",就基本范畴和基本的理论视野而言,显然是受益于刘勰系统理论中以人为本的主张,而在"蓄志养气"方面,则远未能达到刘勰所已经达到的高度。对人的重视、对心的重视、对志气的重视、对道德的重视、对审美的重视,是中华文论的特定内涵,也是中华民族的特殊智慧之所在。也正因为如此,《文心雕龙》引起了现代俄罗斯学者的广泛兴趣。"人们之所以对刘勰的著作表现出如此大的兴趣,是有许多理由的。其中包括,此书反映着作者自己的美学观念。正因为如此,它才引起人们的重视。"③

---

① 张之象:《文心雕龙序》,见杨明照《文心雕龙校注拾遗》,上海古籍出版社 1982 年版,第731 页。

② 孙梅:《四六丛话论》,见杨明照《文心雕龙校注拾遗》,上海古籍出版社 1982 年版,第438 页。

③ 克利瓦佐夫:《论刘勰的美学观》,见《古代文学理论研究》第 11 辑,上海古籍出版社1986 年版,第 96 页。

二、关于文心修养的现实性审视和历史性思考

我国 20 世纪前期成长起来的作家,不管自觉与否,无一不经历了文心修养的过程。这也是那个时代之所以大师辈出的一个重要原因。但也毋庸讳言,在进入新中国以后,我们在培养文学新人方面虽然做出了许多不可磨灭的成绩,但就人才的质量状况而言,和前代大师之间未免存在某些距离。原因是多方面的,其中也和文心修养中的某些缺失不无关系。这点,已为许多有识之士所指出。良药苦口利于病,下面试以刘勰文心修养的系统理论作为历史的参照系,对现代文心修养中的某些缺失,做一点简略的分析。

(一)现代文心修养中的诸多缺失

现代文心修养中的缺失,主要表现在以下方面。

1. 唯实践化倾向

唯实践化的倾向,就是一种只重视生活实践和创作实践,不重视创作前的系统修养的倾向。径而言之,也就是一种偏重于“作”,而忽视“作”前的“诗外功夫”的修炼的倾向。这种倾向,既从理论上表现出来,更大量地从培养文学新人的具体实践上表现出来。

唯实践化的理论表现,首先反映在现代龙学研究中的理论灰区上。关于文心修养的问题,本来早已由刘勰在理论上进行了全面的阐述,他所建立的以“养气”为中心的系统理论,已为历代的文论家所继承。历代作家在成才前的准备过程,大多循此规范进行。进入现代以后,由于社会制度和文化思想的剧烈变革,许多传统的东西受到了现实的否定,人们如饥似渴地“向西方寻找真理”,紧接着又是全力以赴地“向东方寻找真理”,唯独忘记了在自己的土地上寻找真理,忘记了自己优良的文化传统中的精蕴。许多为人们所熟悉的东西又重新变得陌生起来。即使有个别先驱者在坚守着自己的文化阵地,并对此进行现代的审视和改造,努力在弥合古与今、中与外之间的认识距离,而应者寥寥,未能成为气候。《文心雕龙》的研究同样是如此。新中国成立以后,百废待兴,《文心雕龙》的研究也空前地繁荣起来。特别是进入历史新时期以后,龙学更已成为一门世界性的显学。出版的专著数以百计,发表的论文可以车载斗量。可是,由于心理定势的原因,唯独在文心修养这一关键性的范畴上,长期很少有人系统研究。这一点,已为龙学专家所指出:“多年来,在龙学研究中,刘勰的‘养气’说,似乎是一个被冷落、被忽视的课题,据专家统计,从

1907 年至 1985 年的 70 年间,公开发表的专题论文只有 3 篇;对《神思》篇的专题研究虽然相当多,而较少专论对文思开塞起着关键作用的'志气',这或许正为后人的探求,留下一份珍贵待采的宝藏。"①这种情况,是与"文心修养论"的研究意识的淡薄,扩而言之,是与"作家"研究意识的淡薄,密切相关的,归根结底,是与"文心修养"论的范畴意识的灰暗有关的。"到目前为止,《文心雕龙》作家论研究应当包括哪写内容,'龙学'界并没有一个大致认同的规范。这与'作家'论研究意识的淡薄有关,因为'作家论'还没有跟'创作论'、'风格论'一样成为相对独立的研究对象,比如《文心雕龙学综览》在'专题研究综述'和'论文摘编'两部分都不设'作家论'就是一个明证。在《文心雕龙》下篇研究中,专门阐析《才略》篇的论文不多,专论《程器》篇的更少。"②

唯实践化的理论表现,也反映在现代文学研究中的理论灰区上。

在相当长的历史时期中,由于政治形势的需要,我国的文学理论研究,是在苏联文学理论的绝对范式下运行的。季摩菲耶夫的《文学原理》,是新中国的第一部指导性的文学理论教材,在我国的文学理论的建设中产生了极其深远的影响。这本著作的基本立意,就是重视文学的社会意识本质,和以形象为基本手段的本质性特征,以此作为基本的逻辑起点和理论支点,建立起了以无产阶级文学为政治标志的理论体系。不可否认,这一体系在揭示文学的本质和特征方面,有其独到之处,不失为一家之言。但是,它也存在着一个严重的缺陷,这就是对文学主体的忽视。请看该著的基本结构:

季摩菲耶夫著:《文学原理》(平明出版社 1955 年版)

第一部　概论

第一章　文学的思维性

第二章　形象性

第三章　形象的概念的历史的内容

第四章　艺术性

第二部　文学作品的分析

---

① 林杉:《文心雕龙创作论疏鉴》,内蒙古教育出版社 1997 年版,第 68—69 页。

② 张少康等:《文心雕龙研究史》,北京大学出版社 2001 年版,第 495—496 页。

　　整部著作,都是对文学规律的静态表述,看不出文学创作的动态化的过程,也看不出作家在文学中的位置。作者的作用,在这里受到了严重的漠视。之所以出现这种情况,固然和苏联固有的文学观念有关,也和季氏对文学的社会意识本质以及文学的形象性的本质特征的机械唯物论的和庸俗社会学的理解有关。此外,也和该著对世界文化的封闭式态度有关:在整部著作中,既没有对西方文论的引述,也没有对东方文论的引述,只有清一色的俄罗斯的文学材料和文学思想。显然,这样的理论体系是不够全面的,因此,它必然受到本国同行和世界同行的扬弃。遗憾的是,在苏联批判这一部曾经炙手可热的著作的时候,恰恰是我国闭关锁国的非常时期,它在理论上的片面性和狭隘性在我国理论界所造成的影响,至今还在我国的文学理论中明显地表现出来。请看我国 20 世纪末出版的文学理论教材的基本结构:

　　陈传才　周文柏著:《文学理论新编》(中国人民大学出版社 1999 年版)

第一编　文学活动论

第二编　文学本质论

第三编　文学作品论

第四编　文学批评论

第五编　文学发展论

　　就学术视野来说,当然比季氏的视野恢弘许多,但是,就对文学主体的忽视来说,并没有根本性的超越。在这种理论环境中,对文心的修养是无从谈起的。

　　但是,人类的认识总是与时俱进的。随着现代化进程的加速,我国的文学思想也开始活跃起来,放眼世界和认祖归宗两大思潮同时在中华的大地上涌起。文学的主体性重新受到了我国学者的重视,文心的修养问题开始成为文学理论家的关注点。请看新世纪我国文学理论教材的崭新面貌:

　　张小元主编:《文艺学概论》(天地出版社 2001 年版)
　　第一编　文学与文本
　　第二编　文学与作家
　　第三编　文学与读者
　　第四编　文学与社会
　　第五编　文学与史论

　　赋予作家论以独立的范畴地位,是我国现代文学思想的重大突破,是我国现代文学理论走向完整化和系统化的标志。对作家的主体地位的重视,必然带来对作家作用的重视。对作家作用的重视,必然带来对作家在创作前的系统准备的重视。这种重视,也清晰地反映在该著的第二编的具体阐述中:

　　第二编　文学与作者
　　第五章　创作过程
　　第一节　创作过程的主要环节
　　第二节　创作动机
　　第三节　创作灵感
　　第六章　创作主体
　　第一节　创作主体的构成条件
　　一、创作主体的基本条件
　　二、创作主体的智力构成条件
　　三、创作主体的心理构成条件
　　第二节　创作心境
　　一、创作心态

该著在第六章中的诸多内容,实际就是对刘勰文心修养论的继承和发展。使人如睹故国旌旗,顿生亲切之感。它说明了一个重要的端倪:中国的文学理论已经开始走出了半个世纪的朦胧,在认祖归宗中重新找到了自己坚定的位置。这是可痛的事实,但终究是可喜的事实。

唯实践化的理论表现,也反映在现代写作学研究中的理论灰区上。

新中国成立以后,在我国的高校文科中,普遍开设了"写作学"的课程。但在相当长的时期中,"写作学"是以"多写多练"作为自己的基本出发点的,大都偏重于语言运作和文体运作的技能训练,很少注意到作者的主体修养。在写作教程的基本布局上,大多局限在写作构成论和写作体式论的范围之内,学术视野相当狭窄。请看20世纪80年代初期写作教材的基本结构:

路德庆主编:《写作教程》(华东师范大学出版社1982年版)

第一章　写作基本训练

第二章　记叙文体写作训练

第三章　议论文体写作训练

第四章　说明文体写作训练

第五章　应用文体写作训练

到了90年代以后,随着写作学研究的逐步深入与教学经验的积累,以及《文心雕龙》研究的推动,主体修养的问题开始受到了写作学理论界的普遍关注,并从写作教材上凸显了出来。请看世纪之交的新一代写作教材的基本结构:

张杰:《大学写作概论》(武汉大学出版社1997年版)

对比之下,新一代写作学教材的学术视野就要广阔多了。显然,作者所说的"作者的修养",实际也就是刘勰文心修养的系统理论的现代伸延。将"作者的修养"纳入教材之中,是现代写作理论的重大飞跃。它以鲜明的主体意识和教育意识标志着写作学的教学已经走出了唯实践论的泥坑,走上了自觉化和理性化的康庄大道。

在培养文学新人的具体实践方面,也同样经历了唯实践论的干扰和对唯实践论的否定过程。

新中国成立后,培养青年作者的工作已经纳入了国家的计划之中,成了一项神圣的国家行为,各级宣传部门、作家协会与出版机构,都承担着培养青年作家的使命。但是,由于当时认识水平的局限性,对青年作者的培养大多是按照"从战争中学会战争"的模式进行的。这种模式的特点就是强调作者的政治思想和生活实践对创作的绝对性的决定意义,而不重视创作前的系统教育的重要作用。不少文学理论家和青年作者认为,作家是生活优势和政治优势培养出来的,有了这两个优势,就可以直接转化为创作的优势。至于其他的基本工夫的问题,是可以通过"多写多练"的方式来解决的,不需要专门学习。这种追求速成的做法,虽然在开始的时候似乎易见成效,但是后劲极其有限。

众所周知,"水之积也不厚,则其负大舟也无力"。作家的成才过程同样是如此。"功以学成",作家成才所需要的一切条件,都是教育的结果。作家的本人以及他的一切学养与才能,无一不是教育的结果。教育是对实践的极大提升,也是对人的实践能力的极大提升。一个没有经过专门训练的人,是不可能掌握真正的创造性本领的。曾经家喻户晓的高玉宝、崔八娃,后来湮没无闻,就是典型的例子。这也就是刘勰所谆谆告诫的:"才之能通,必资晓术","是以执术驭篇,似善弈之穷数;弃术任心,如博塞之邀遇。故博塞之文,借巧傥来,虽前驱有功,后援难继;少既无以相接,多亦不知所删,乃多少之并惑,何妍蚩之能制乎? 若夫善弈之文,则术有恒数,按部整伍,以待情会,因时顺机,动不失正。数逢其极,机入其巧,则义味腾跃而生,辞气丛杂而至。视之则锦绘,听之则丝簧,味之则甘腴,佩之则芬芳:断章之功,于斯盛矣。"(《总术》)

"十年树木,百年树人。"一切人才都是教育的结果。只要教育的路子对了,文学大师的大量涌现,并不是高不可攀的事情。

2. 非系统化倾向

文心的修养是一个以志气修养为关键的心理修养和能力修养的多样性统一的系统工程。在志气的修养中,以生命运动的根本方向和生命活力的总体强度为核心,涉及政治思想修养、方法论思想修养、道德思想修养、文化思想修养、美学思想修养等诸多方面。每一个方面都对文心具有直接或间接的制约作用。但是,这种作用绝不是平均的,而是平衡的。所谓平衡,是指构成系统的各个方面,都在自己的系统位置上发挥作用,各如其位,各如其分,而且具有不可以代替的属性。在这一系统性的组合中,政治思想对人的精神活动起着统率的作用,从而也对文学创作起着统率的作用。而其他的方面,也在各自的系统位置上发挥着各自的不可或缺的作用。缺一则不能称其为完整,必然造成整个系统的倾斜,损害培育文学新人的事业和文学创作的事业。

其一,唯政治化倾向

从最根本的层面来看,文学总是为一定的政治路线服务的。"先王圣化,布在方册,夫子风采,溢于格言;是以远称唐世,则焕乎为圣;近褒周代,则郁哉可从:此政化贵文之征也。"(《征圣》)但是,"为政治服务"绝不等于"唯政治服务"。政治对文学的影响,实际是一种远程的效应,是通过对社会的经济生活的作用进而对整个社会生活的作用而辗转实现的。政治作为社会的上层建筑,直接指挥着社会经济生活的全部进程,从而也间接影响着文学创作的过程。但在文学和政治之间,并不直接存在着统率和被统帅的关系。政治对社会生活的现实进程负责,文学对人类的灵魂活动的理想进程负责,二者之间,在属性与功能上实际是存在着极大的差别的。如果不承认这种差别,如果政治绕过经济基础和整个社会生活而直接对文学进行行政性的指挥,就会给文学造成极大的损害,甚至会使文学面临灭顶之灾。秦始皇"以吏为师",将整个文学都纳入了政治的范畴,可谓极尽"统率"之能事,结果使整个秦代的文坛都沦为一片荒漠。汉代统治者豢养专门的御用文人,为皇家制作歌功颂德的大赋,可谓极尽"服务"之能事,结果除了一堆文化垃圾,很少留下什么真正具有价值的东西。从"大跃进"到"文化大革命",直接为政治服务的文学达到了史无前例的地步,实行了对文艺的绞杀,结果留下的只是历史的尴尬。它证明了一条重要的真理:客观规律是不可抗拒的,也是不容扭曲的,否则就会受到历史的惩罚。这些深刻的教训,是有益于后生之虑的。

文学诚然是一种社会意识形态,所有的意识形态诚然是社会存在的反映,而社会存在总是在政治的指挥棒下运行的。从这一意义上讲,文学当然离不开政治的统率。但是,文学又是一种具有自身规律的特定的社会意识,它除了接受社会意识的普遍规律的制约之外,还要接受美学规律和道德规律等特殊规律的制约。长期以来,恰恰在这一至关重要的问题上,受到了严重的忽视。一些错误的观念将审美心理和道德心理,都视为"资产阶级人性论"的表现,使它们在文学理论中成了讳莫如深的灰区和禁区。这种做法,势必使文学思想的修养沦为单一性的政治思想的修养。显然,这是违反了艺术发展客观规律的基本法则的。这样的心理修养,必然是畸形的、片面的,是不利于文学新人的健康成长的。

其二,对审美修养的忽视

长期以来,由于对政治思想的片面强调,审美的问题成了文学理论中的禁区,整个文学界形成了反映论一枝独放的局面。这种局面直到 20 世纪 80 年代后,才有明显的改变。它所造成的理论误导、观念束缚和实践错轨几近半个世纪,给文学新人的成长带来了难以估量的损害。由此直接或间接引发的机械唯物论的观念和庸俗社会学的文风,至今还在困扰着我们的文坛。

审美修养对于培养文学新人的不可或缺的意义,就在于文学作为一种社会意识形态,除了一般社会意识形态的共同本质之外,还具有和其他社会意识形态互相区别的特殊本质。这一特殊本质,就是它的审美特性。文学是一种审美的意识形态,是对生活的审美反映。审美是人类掌握世界的一种特定方式,是人与世界的一种无功利的、形象的和情感的关系状况的精神反映。"无功利"是文学在价值取向上的基本特征,"形象"是文学在手段上的基本特征,"情感"是文学在功能上的基本特征。这三者,都属于审美的特定范畴,赋予了文学以审美意识形态的特质。正是这一特质,构成了文学之所以是文学的决定性依据,使它与哲学、政治、道德、宗教等文化因素区别开来,使文学拥有自己独立的生命,而不致成为其他社会意识形态的附庸。把握了文学的审美特质,文学新人才能从根本上把握了文学的真谛,才能懂得自己最根本的历史使命,洞悉文学创作的全部奥秘与技巧,使他的工作成为真正内行的工作。

审美对文学的作用,还表现在对作家本人的造就方面。作家是用心灵工作的人。心灵工作的高效率在于"虚静",而审美是达到"虚静"的重要渠道。它赋予文学新人以一种湛然空灵的眼光和豁达的胸襟,推动作者超脱平庸,站在生命哲学的高度,去观照蕴涵在万事万物中的生命运动的普遍规律,领悟生命向上运动的永恒动势和本质力量。这种力量在文学中的表现,就是"风骨"。"风骨"也是文学的最高境界。唯有审美,才能培养出这种胸怀广阔,趣味纯雅,志气高远的高质量的人,唯有审美才能培养出这种热爱生活、热爱生命的高质量的心灵,唯有这样的人和这样的心灵才能创作出具有风骨的高质量的作品。"伟大的事业都出于宏远的眼光和豁达的胸襟",而要"洗刷人心","一定要于饱食暖衣高官厚禄等等之外,别有较高尚较纯洁的企求。要求人心净化,先要求人生美化。"[1]否则,培养文学新人的工作,就会成为一句空话。

其三,对道德修养的忽视

道德修养对于培养文学新人来说,同样是不可或缺的。道德修养的意义就在于,文学以人为本,而人则以德为本。"言以行立,行以言传。"(《宗经》)人格是文章的精神前提,道德是人格的社会规范。文品和人品,从来都是密不可分的。"人之邪正,至观其文,则尽矣决矣,不可复隐矣。爝火不能为日月之明,瓦釜不能为金石之声,潢污不能为江海之涛澜,犬羊不能为虎豹之炳蔚,

---

① 朱光潜:《谈美　谈文学》,人民文学出版社1988年版,第12页。

而或谓庸人能以浮火眩世,乌有此理也哉? 使诚有之,则其所眩者,亦庸人耳。"(陆游:《上辛给事书》)亦即王国维所说的:"故无高尚伟大之人格,而有高尚伟大之文学者,殆未之有也。"[1]也就是鲁迅所说的:写作是一种"人格的自动控制",是"思想与人格的表现"[2]。

　　诚然,人性中具有阶级性的内涵,但是,这绝不能成为非道德化的依据,更不能成为政治可以代替道德的依据。就像道德是具体的一样,阶级性也同样是具体的。阶级性从来就不是什么孤立的东西,它只有在社会性的大前提下才能存在。人作为一种类属的存在,从来就是一个整体。社会是一个比阶级更加高层,更加广阔的范畴,它作为人与人关系的总和,将一切人,一切阶级都包容于其中。生活在社会整体中的人,不仅要遵守本阶级的"游戏规则",更要遵守全社会共同的"游戏规则"。否则,整个社会就会成为一盘散沙,各个阶级就成为互不来往的各自孤立的群体,也就没有社会之可言了。就像各种身份的车,行驶在同一的公路上,必须遵守共同的交通规则一样。道德作为人类生存的公共行为规范,从最根本的层面来看,从来都是普属于全人类,并且是随着社会的进步而进步的,其中虽然含有统治阶级的腐朽性的质素,但就其主流来说,从来都是以大多数人的生活方式和行为方式的向上运动的总趋势作为基本取向和价值尺度的,否则就不能世世代代相继相承和与时俱进了。

　　再从文学自身的规律来看。文学的对象是人,对人的行为进行评价的最基本的尺度是道德。如果我们没有掌握道德的尺度,就无从对人的行为进行评价,对人的生活的表现也就无从谈起。惟其如此,道德必然成为制约文学的最直接、最切近的因素。撇开道德的检验而独重政治的统率,必然是一种舍近求远的统率,这样的统率必然是徒劳无功的。众所周知,道德的检验是最基础的检验,从某种意义上说,也就是"人兽之分"的检验。一个经不起道德检验的人,是不可能经得起政治检验的。

　　文学自身的规律,还包括它的特定属性和特定功能。文学绝非一般意义的意识形态,而是以审美作为自己的本质性特征的意识形态。美是真与善的统一。对"真"与"伪"的划分和对"美"与"丑"的划分,都必须以道德为前提。

---

① 王国维:《文学小言》,见《王国维论学集》,中国社会科学出版社1997年版,第312页。
② 《鲁迅全集》第1卷,人民文学出版社1981年版,第396页。

因此,文学的审美价值和作家自身的道德修养密切相关。道德修养深厚,作家才"敢于直面惨淡的人生,敢于正视淋漓的鲜血",才能够殒身不恤地说出真理和捍卫真理。道德评价正确,作品才能表现出高尚的审美情操,善恶分明,正气凛然,足以垂范于千古。文品就是人品。一个经不起道德检验的人,也必然是一个与美无缘的人,也就没有文学可言了。

(二)对现代文心修养中诸多缺失的历史性思考

上述诸多缺失,从心理根源来说,都与认识上的缺欠有关。唯实践化倾向根源于教育意识的淡薄,唯政治化倾向根源于系统意识的淡薄,非审美化倾向根源于审美意识的淡薄,非道德化倾向根源于道德意识的淡薄。而就其总的认识论根源来说,则是根源于传统文化意识的淡薄,集中表现为文心修养意识的淡薄。文心修养意识是中华文化中源远流长的意识,在孔孟时代就已鲜明地表述出来,到了刘勰时更是集其大成,开辟出了明确的理论范畴,构建了以蓄志养气为核心的完整的理论体系和工程体系,引导着世世代代的文人走向成才之路。这一理论体系,有力地支持着我国的文学大国、文章大国和教育大国的地位,它的科学性和实效性,已经获得千年历史的检验和证明。当代文坛出现的诸多尴尬,归根结底是由于背离了我们博大精深的文化传统而造成的。文化传统是我们民族智慧的总根源,背离了自己的传统,势必有如一艘失舵的航船,只能在汪洋大海中随风漂泊。这就是我们百年来只知道"向西方寻找真理"和"向东方寻找真理",唯独忘记了在自己的土地上同样承接着真理的总根源,也就是造成百年尴尬的总根源。

世界是一个整体,人类是一个整体。在这一整体中,每一个民族都有认识真理和揭示真理的能力,也都有自己走近真理的特定角度和方法。这就是人类的文化之所以如此丰富多彩的原因。故步自封,狂妄自大,固然是错误的,崇洋媚外,数典忘祖,同样是错误的。唯有对人类文化的兼容并蓄,才能帮助我们全面地走近真理。正因为如此,不论古今中外,只要是科学性的东西,我们就要继承和坚持,只要是非科学的东西,我们就要排斥和抛弃。文心修养理论是科学的理论,是我们民族智慧的体现,我们必须予以尊重和重视。文学的繁荣靠人才。文学人才的成长靠教育,特别是文心修养方面的教育。只要这一关键性的问题解决了,中国文学和中国的文学人才走出历史的尴尬,恢复我们先人曾经拥有过的文学大国和教育大国的光荣,是完全可以指日而待的。

第十五章　文心萌发论

　　"心生而言立,言立而文明,自然之道也。"(《原道》)在刘勰的概念系统中,"心生"也就是文心的萌发。

　　文心的萌发是文心运动的起点。刘勰明确认为,这一特定的心理过程是在"应物斯感"、"物与神交"的心物交流中进行的。"春秋代序,阴阳惨舒,物色之动,心亦摇焉。"(《物色》)这一主体与客体之间的对立与同化的过程,实际上就是表象的产生与积累的过程。所谓"表象",就是人类的大脑通过对事物的感知而形成的感性形象。"诗人感而后思,思而后积,积而后满,满而后作。"(《乐动声仪》)古人所说的这一特定的心理过程,就是指心物交流的表象运动而言的。

　　感而后思→积而后满→满而后作,是心物交流的全息过程,也是文心萌发的完整历程。"感而后思"就是刘勰所说的"应物斯感",标志着文心的阴阳交合。"满而后作",就是刘勰所说的"意象"的形成,标志着灵胎受孕的完成。而其中心环节则是"积而后满",就是刘勰所说的"诗人感物,联类不穷。流连万象之际,沉吟视听之区"(《物色》),标志着文心萌发的持续过程。"情思"的"积与满"是在"表象"的"积与满"的基础上同步进行的。惟其"积而后满",才能溢出为奇,然后才有进入"玄解之宰,寻声律而定墨,独照之匠,窥意象而运斤"(《神思》)的下一阶段的文心运动的可能。因此,表象积累的广度与厚度,对于文心的萌发及文心运动的全息过程,都具有关键性的意义。

　　《文心雕龙》的"物色篇",就是专门阐述心物交合的基本原理和感物动心的基本方法的篇章。下面试以此作为基本依据,对刘勰所提供的基本范畴、基本理论以及基本方法,做出系统性的概括和延伸性的探索。

第一节　刘勰对文心萌发的理论体认

刘勰对文心萌发的理论体认,是以心物的交会作为逻辑起点和理论支点的。

我国对心物关系的理论探索,始于先秦时期对天人关系的哲学思辨。庄子所说的"天地与我并生,而万物与我为一"(《齐物论》),就是这一哲学理念的滥觞。《系辞下》中,对这一心物相通的理念,从方法论的层面上做出了进一步的发挥:"古者包牺氏之王天下也,仰则观象于天,俯则观法于地;观鸟兽之文与地之宜,近取诸身,远取诸物……以类万物之情。"这些哲理性的体认,为"情"与"物"的沟通,准备了坚实的心理桥梁。

最早将这一哲学的思辨引入美学领域,将其演绎成关于艺术创作的动因的论断的,是《礼记·乐记》:"凡音之起,人心生也。人心之动,物使之然也","音之所由生也,其本在人心感于物也"。我国美学史上的"物感说",即发端于此。魏晋时期,陆机以其诗人和理论家的双重智慧深化了心物感应观点。在《文赋》中他提出"应感之会"观点,在其他一些诗赋中多次提到"触感"(《行思赋》)、"感物"(《思归赋》)等概念,并具体阐述了人心与物候之感应相通的道理,承前启后地对"物感"论作了重要开拓。

但是毋庸讳言,前人的这些理论性成果,大多是感悟式的只言片语,或者实践性的经验描述,距离系统理论还有相当大的距离。构建物感说的系统理论的任务,便历史地落到了刘勰的肩上。刘勰对文心萌发的理论体认,就是对前人实践经验和理论探索的总集中与总升华。刘勰在这一领域中所做出的历史性开拓,可以集中概括为以下方面。

一、刘勰对心物交会的美学属性的理论体认

将心物交会纳入审美范畴进行体认,赋予感物的对象与过程以美学的品格,是刘勰的一大发明。他在这一美学领域中所做的历史性开拓,可以概括为以下方面。

(一)对"物"的美学体认

刘勰对"物"的体认,不是一般的认知意义的体认,而是具有鲜明审美

色彩的体认。在刘勰的概念系统中，"物"不仅是人类感知的对象，也是人类进行审美的对象。他在《物色》等系列篇章中对"物色"的体认，就是具体例证。

何谓"物色"？"物，万物也。"（《说文》）指天下万物的实体。"色"，指天下万物的"色相"，即《坛经》中惠能所说的："心量广大，犹如虚空……能含万物色象，日月星宿，山河大地。"显然，刘勰所说的"物"，并非一般意义之"物"，而是一种具有严格的"色"的规定性的"物"，具指天下万物多姿多彩、栩栩生辉的感性形态。也就是李善在《文选·物色类》注中所说的："有物有文曰色，风虽无正色，然亦有声。"可见，"物色"并不仅指天下万物本身，更重要的是天下万物的形式美。从这点上看，刘勰论心物关系而以"物色"名篇，是别具深意的，既不同于陆机在《文赋》中所说的"瞻万物而思纷"，也不同于钟嵘在《诗品序》中所说的"气之动物，物之感人，故摇荡性情，形诸舞咏"，而更注重于自然景物的美学形态。这样，就赋予了自然万物一种双重性的品格：既具有认知对象的品格，又具有审美对象的品格。从而将《原道》中所做的"动植皆文"的哲学论断，从文心运动的起点处与入手处，演绎成为万物可以审美的美学判断。这一美学判断，就是刘勰在《物色》开篇中所昭示的：

> 春秋代序，阴阳惨舒，物色之动，心亦摇焉。盖阳气萌而玄驹步，阴律凝而丹鸟羞，微虫犹或入感，四时之动物深矣。若夫珪璋挺其惠心，英华秀其清气，物色相召，人谁获安？是以献岁发春，悦豫之情畅；滔滔孟夏，郁陶之心凝；天高气清，阴沉之志远，霰雪无垠，矜肃之虑深。岁有其物，物有其容；情以物迁，辞以情发。一叶且或迎意，虫声有足引心。况清风与明月同夜，白日与春林共朝哉！

刘勰在这段文字里，集中论述物对心的感发作用。作者指出自然节候的变化引起物的变化，物的变化感发人的心灵。这里的"物"，就是"物色"，它所强调的，是"物"作为审美客体的形式美。与传统意义的"色"进行比较就会发现，传统的"色"涵盖面窄而固定，偏重于事物的形貌姿态的实在性，而"物色"的"色"涵盖面宽而活，侧重于事物的美的形态的生动性与多样性所发出的动人心弦的美学光辉："它既不等于颜色，却又不排斥颜色，不等于形象，又不排斥形象,不等于生气,又不排斥生气,不等于情态,又不排斥情态。"①显然,物在"物色"的话语环境中,已经不只是一个简单的认知对象,而是作为审美的客体而存在的具有普遍美学价值的审美对象了。这就从文心生发的起始处,将物色纳入了文心运动的全息过程。也为文心运动的系统理论的建立,提供了一块坚实的逻辑基石。

(二)对"感"的美学体认

刘勰对"感物"的美学属性的体认不仅体现在对"物色"的深度探究上,也体现在对"感"的创造性开拓上。将"感"纳入审美感知的领域中,赋予它以审美主体的品格,是刘勰在心物关系探究上的第二大重要建树。他在《物色》等系列篇章中对"感"的理论发挥,就是具体例证。

何谓"感"?《说文解字》云:"感,动人心也,从心,咸声。"指外物触动人心的感知过程。也就是《周易·系辞上》所说的:"易无思也,易无为也,寂然不动,感而遂通天下之故。"显然,这里所说的"动人心"与"感而遂通",都是指认识论领域中的感知,而不是审美论领域中的感知。《礼记·乐记》将"感"的理念引入了艺术的领域中:"凡音之起,由人心生也。人心之动,物使之然也。感于物而动,故形于声","乐者,音之所由生也,其本在人心之感于物也"。"感"用在这里已经具有了某种审美感知的色彩,但还不是一个纯粹的美学概念。纯粹的审美感知是一种区别于日常感知并能揭示事物的审美属性的特殊感知,具指人与世界之间的一种无功利的、形象的和情感的关系状态。这种特殊的关系状态,在《乐记》中是并不存在的。表现在《乐记》中的关系状况,只是一种以践行伦理教化为功利目的,以儒家伦理哲学为观照对象,以理性的抽象思辨为心理特征的关系状况,这种关系状况下的感知与对事物的审美属性的特殊感知,是有着根本范畴的区别的。

对审美感知的自觉,是在六朝时期。陆机第一次将"物感说"运用到文学创作理论中:"遵四时以叹逝,瞻万物而思纷:悲落叶于劲秋,喜柔条于芳春;心懔懔以怀霜,志眇眇而临云。"陆机在这里所说的,就是审美领域中的"感"的具体表现和具体内容。无疑,陆机的体认是深刻的,但并不是十分全面的,因为他的体认只是对他个人经验的描述,和系统的理论概括之间,还有相当大

---

① 刘建国:《"物色"考辨》,《苏州大学学报》1997年第4期,第59页。

的距离。

对审美感知的真正意义的理论自觉和系统完成的实现,是刘勰的历史功勋。刘勰在对"感"的美学体认方面的重大开拓,具体表现在以下几个方面:

其一,赋予"感"的对象以明确的审美规定性。刘勰在《物色》等系列篇章中所说的"感"的具体对象,不是一般意义的"物",而是具有"色"的规定性的"物",是"物色之动"之"物",是"物色相召,人谁获安"的具有美学魅惑力量的感性世界。这与《易传》中所说的"感而遂通"的对象——"天下之故",是迥然有别的。

其二,赋予"感"的目的以明确的审美规定性。刘勰在《物色》等系列篇章中所说的"感"的目的,绝非功利性的,而是自然性的。他所说的"感物吟志,莫非自然",就是对这一美学属性的明确表述。自然,即无为,无为即无功利。就这一点来说,是《乐记》之所不具,《文赋》之所不全具,而为刘勰之所独具的。

其三,赋予"感"的方式与境界以明确的审美规定性。刘勰在《物色》等系列篇章中所说的"感"的方式,是心对物的愉悦及心与物之间的和谐互动的情感交流。刘勰所说的"目既往还,心亦吐纳","情往似赠,兴来如答",就是此种方式与境界的形象描绘和理论概括。这与一般意义的"感物动心",无论是就方式而言,或是就程度而言,还是就状态而言,都是大相径庭的。

刘勰的这些体认不仅是深刻的,也是全面的。他继承了六经和先秦诸子以及时人中的一些观念,并将那些尚未脱离哲学、道德伦理学领域但蕴涵文学、美学、心理学原质的理论表述,进行了理论上的升华和话语上的转换,确立了以自然美为逻辑依据和历史依据的审美感知理论与相应的文心生发理论,使传统的"感物动心"说由于他的开拓达到了逻辑上的峰巅。

二、刘勰对心物交会的系统机制的理论体认

文心的萌发来自心与物的系统运动,那么,驱动这一系统运动的内在机制又是什么呢?这是我国文论史上的一个长期的暗区,也正是刘勰进行历史性开拓的领域。刘勰在这一重大理论问题上的历史性建树,主要表现在以下方面。

（一）对心物互动关系的深刻体认

刘勰在有关赋的创作要领的论述中，清楚地告诉我们，"睹物兴情"的审美过程，是包含了两个相反相成的进程的：一是"情以物兴"，另一是"物以情观"。所谓"情以物兴"，具指作家的情思是因物的感触而兴起的，在这里"物"是起主导作用的，情是因物而起的，因此，"物"是第一性的，"情"是第二性的。由此，刘勰得出了"岁有其物，物有其容；情以物迁，辞以情发"的结论。他把外物、外境作为触动人心的主导方面，认为情作为人的主观因素，是由客观的物所引起的，这确实是具有朴素的唯物主义因素的。

但是，刘勰绝不是一个机械的唯物主义者，他既看到了物质决定精神的方面，也看到了精神反作用于物质的方面。他所说的"物以情观"，就是对"心"的能动作用的明确体认。刘勰认为，诗人的感物是一种"联类不穷，流连万象"的生理活动与心理活动，这一活动中既包含了心随物动的方面，也包含了物随心动的方面。他所说的"随物以宛转"，是就心物运动过程中物主心随的运动态势而言的，他所说的"与心而徘徊"，是就心物运动中心象对物象的加工与改造的能动作用而言的。他还进一步认为，这种"思无定检"的能动作用，正是突破"物有恒姿"的拘囿的原动力量，是"物色尽而情有余"的心理根由。正是由于心象对物象的能动作用，人类对客观世界的感知才能如此多彩多姿并升华为具有个性意义的审美感知，人类所创造的艺术世界才能如此生动精彩。他在《物色》赞语中所说的"山沓水匝，树杂云合。目既往还，心亦吐纳。春日迟迟，秋风飒飒。情往似赠，兴来如答"，就是这一心物交会所达到的审美境界的形象描绘与理论概括。

刘勰这一美学体认的理论高度与实践深度，是远远超出于陆机与钟嵘在同一论题上的理论建树的。在1500多年前，刘勰就能将审美感知过程中主体与客体辩证统一的两个相反相成的进程，生动形象地展现了出来，并且对它的特点做出了如此具体、如此明确的理论概括，确实是非常难能可贵的。这对于我国古典美学和文艺理论来说乃至对于世界的古典美学与文艺理论来说，都是一个极为重大的创造性贡献。

（二）对辞在心物运动中的枢机地位的理论开拓

刘勰对心物运动系统机制的深刻体认，还体现在他对辞与心物关系的精辟论见上。在我国的文论史上，刘勰第一次完整地探究了"物—情—辞"三者的全息关系,不仅揭示了文心萌发中物与情的互动关系,也揭示了同一过程中物与辞的互动关系以及情与辞的互动关系,并且明确地将辞定位为这一系统运动中的"枢机"。他所说的"言语者,文章关键,神明枢机",就是对这一理论论见的集中表述。这一理论开拓的具体内容,可以概括为以下方面。

其一,对物与辞关系的系统体认

在刘勰的概念系统中,物与辞虽一实一虚,分属于不同范畴,但在文心的萌发、形成与表现的过程中,却又是一个不可分割的同步运动的整体。他将二者之间的这种不可分割的属性,归结为语言在形成表象和表达意象中的"枢机"性。他明确认为,人类对外物的感知固然可以凭借耳目的官能作用,但物象的入心入脑从而生发出表象的运动,以及最终对意象进行外化的运动,都必须凭借语言的献功。这一语言的献功,是表象运动与意象运动由隐至显的决定性的驱动力量与显示力量。也就是他在《神思》中所昭示的:"物沿耳目,而辞令管其枢机。枢机方通,则物无隐貌。"所谓"物沿耳目",就是指官能的外在感觉而言的,所谓"辞令管其枢机",就是指语言在形象思维中的具有决定性意义的组织作用与驱动作用及其在外化中的表达作用而言的。二者虽然同属感知,但一表一里,一浅一深,一外一内,在体现人的主体性与能动性的程度上以及反映客观事物的审美价值的程度上,是大不相同的。而语言,则是这种由低级的官能感觉转化为高级的心灵感悟及其外在显示的决定性凭借。正是凭借这一决定性因素,文学作为语言艺术的审美作用,才能顺着"沿隐以至显,因内而符外"的路径成为现实的可能。也就是刘永济先生所深刻阐释的:"'物沿耳目',与神会而后成兴象;辞令者,兴象之府也,故曰'管其枢机'。然则辞令之工拙,兴象之明晦系焉。"①可谓深得其肯綮之语。

其二,对情与辞关系的系统体认

刘勰不仅对心物运动中的物与辞之间的密不可分关系进行了系统研究,也对同一运动过程中的情与辞之间密不可分的关系进行了全面探讨,将情与辞视为文学创作的两大决定性因素和"立文之本源"。下面,试对这一具有开拓意义的美学命题,作一点管窥式解读。

刘勰主张,辞与情的关系,是一种形式与内容的关系,也是一种承载与被

---

① 刘永济:《文心雕龙校释》,中华书局1962年版,第101页。

承载、显现与被显现、未形与既形的关系。"心术既形,英华乃赡。"(《情采》)如果没有这一关系,人类的审美情思就不可能获得外在显示,也就没有文学这一语言艺术的发生和发展了。惟其如此,语言必然成为心与物借以沟通的纽带,也必然成为心与心借以沟通的纽带。也就是他在《体性》中所强调的:"情动而言形,理发而文见,盖沿隐以至显,因内而符外者也。"也惟其如此,情的生发过程,必然是辞的生发过程。而文学创作,就是这两个过程融为一体的结果。

更难能可贵的是,在刘勰的理论体系中,语言参与并不是一种局部性与阶段性参与,而是一种全面性与全程性参与,从文心的萌发到构思到表达到流通,全部环节都通贯无遗。心物交会过程中不仅有情感的激发与想象的驰骋,还有表象的运动,意象的生成,直至意象的外化与转化,而所有这些方面,最终都统一于内在的情与外在的辞。而文章,就是二者的完美融合。从而,将文学最根本的美学特征揭示无遗:运用语言来塑造形象,运用形象来进行审美,这就是文学作为语言艺术的最根本的特征。

凭借以上的全息性分析,刘勰将语言因素引入文学的萌发与构成中,从而将情、物关系与文学创作的语言表现问题密切联系在一起,建构成为一个严密的三维互动的美学整体。这一美学整体,正是文心萌发在认识论上的总依据。无疑,这是世界美学史上的一大创举。在西方的美学领域中,这一重大的理论秘密,直到20世纪初期才由英国美学家鲍山葵所揭开:"艺术家的受魅惑的想象就生活在他的媒介的能力里;他靠媒介来思索,来感受;媒介是他的审美想象的特殊身体,而他的审美想象则是媒介的唯一特殊灵魂。"[1]而早在公元6世纪,刘勰就已经认识到文学的审美想象与作为媒介的文学语言之间的密不可分的关系,并且强调语言在表象运动中的枢机地位,以此作为文心萌发的理论纲领。这确实是可以让我们为前人的卓越智慧感到自豪的。

三、刘勰对表象运动的属性与特点的理论体认

对表象运动的系统研究,是刘勰文心萌发理论的重要内容之一。

表象运动是文心萌发的决定性凭借和核心环节。所谓表象,具指心物交

---

[1] 鲍山葵:《美学三讲》,上海译文出版社1983年版,第31页。

会在大脑中所留下的映象,属于感性心理活动的范畴。刘勰所说的"流连万象之际,沉吟视听之区",就是对表象形成过程的生动描述。感觉和知觉是表象运动的前提,表象是感觉和知觉的记忆留存,而客观事物的刺激则是它们的共同依据。这就必然使它具有"心"与"物"的双重属性:它既不属于物质的范畴,也不属于严格意义的意识范畴,而是把物质和意识联系起来的中间环节。这一中间环节虽然只是反映客观事物的个别属性和外部特征的简单的初级的心理活动,却又是个体感知外部世界的唯一通道,是人类认识世界的起点。作为"神与物游"的初级产品,它是刘勰所说的"窥意象而运斤"的逻辑前提和美学依据,是文心运动的起点。它的基本特征,主要表现在以下方面。

(一)直接性

"人禀七情,应物斯感。"(《明诗》)表象是直接作用于感觉器官的客观事物的个别属性和外部特征在人类大脑中产生的映象。这种映象,是主观世界和客观世界得以沟通的直接渠道。这种联接的直接性质,首先表现在它对客观事物所发出的刺激的依赖性,亦即客观地存在于人类大脑之外的自在之物的实在性。这就是说,表象所反映的必须是在现实时空条件直接接触到的客观事物,是"物色相召"条件下的客观事物,而不是过去的、未来的或者间接的事物。也就是说,只有当客观事物的现实实体以一系列的声、光、温、味、气息、光滑度等各种属性直接作用于感觉器官,并传入神经中枢时,才能产生有关物体或现象的表象。这就决定了所有的表象都必须具有直观的形态。但从另一个角度来看,这种联结的直接性质也表现在对主体的能动作用的依赖性。因为从表象的形成和表现来说,它又是直接依于人类个体存在的实在性的,亦即在一定的主体身上形成、表现和存在着的,而主体又是存在着"各师成心,其异如面"(《体性》)的差别的。这就是说任何表象都要受人的个性倾向、知识经验和感应能力状况等主体因素的影响和制约而打上个性化的印记。

表象运动的直接性,具有双重的内涵:它既直接受制于客观世界的"物色相召"的真实性,也直接受制于主观世界的"人禀七情"的真实性。表象,就是二者相互依从、相互作用的结果。如果没有这种"物色之动,心亦摇焉"的主观与客观的直接联系,就不可能产生表象,更不会出现表象的分解和聚合这一系列的心理运动了。

（二）形象性

表象的形象性，是指它从来都是客观事物的具体生动的实象，即绝非抽象的概念。这种实象，是物体状貌的心理复现。对于感知过的听觉表象，就像客观事物留存在耳际一样；对于感知过的视觉表象，就像客观事物留存在眼前一样。刘勰所说的"故巧言切状，如印之印泥，不加雕削，而曲写毫芥。故能瞻言而见貌，即字而知时也"（《物色》），就是对表象的形象性的具体展示。特别对于受过专门训练的文学家和艺术家来说，他们对客观事物的心理再现能力远远超出一般的人，他们在观察一件东西之后，就能将"整件东西"都"移入"自己的大脑中，一旦将它们转化为艺术作品时，就能栩栩如生地再现出来，成为他们进行艺术创作的基本依据。南齐的谢赫描绘人物画像无须对看，只需一览，便可操笔。唐代吴道子于大同殿画嘉陵江300余里山水，并无蓝本，只凭心记，一日而毕，被苏轼称为"天下之能事尽矣"[1]。根据苏轼记载，龙眠居士作《山庄图》，"使后来入山者，信足而行，自得道路，如见所梦，如悟前世。见山中泉石道路，不问而知其名。遇山中渔樵隐逸，不名而识其人"[2]。表象的形象性及其"心理刻痕"的隽永性，于此可见一斑。

表象的形象性不仅是艺术思维的起点，也是逻辑思维的起点。惟其如此，表象既可以是形象思维的基础依据，也可以是逻辑思维的基础依据。刘勰对比兴原理的阐述，就是对此中道理的具体展开。

刘勰认为，比兴作为修辞方法，既具有"起情"功能，也具有"附理"功能，一侧重"依微以拟议"的美学审视，一侧重"切类以指事"的理性概括，二者在思维属性上是迥然有别的。但是，从美学原理与思维原理来看，二者都属于"拟容取心"的理论范畴。所谓"拟容"，指比拟事物的形象，就这一点来说，二者是相同的。所谓"取心"，指摄取外物给人的情感上的或意义上的心理体认，就这一点来说，二者是大相径庭的。表象运动的形象性之所以具有逻辑思维的功能，是因为不管是何种属性的思维，都必须反映客观世界的具体性。艺术思维从"情"的角度反映客观世界的具体性，逻辑思维从"理"的角度反映客观世界的具体性。这种形象性，实际也就是它的概括性的表现。刘勰所说的

---

① 《吴道子辞条》，见《辞海》，上海辞书出版社1979年版，第732—733页。
② 苏轼：《李伯时山庄图后》，见《苏东坡全集》上册，中国书店1986年版，第304页。

"喻巧而理至",就是具体例证。但是,二者之间在思维方式上和价值取向上,毕竟是有区别的:艺术思维沿着生动可感的道路进行概括,结果形成了各种艺术意象,最终定格为艺术作品中的艺术形象;逻辑思维沿着抽象的道路进行概括,一步步走近事物的本质,最后成为各种各样概念和观念。因此,不管是艺术思维还是逻辑思维,都以感性为共同基础,又以感性为分道扬镳的地点。刘勰认为,这是由于产生情思的时间环境不同,诗人言志的手法也必然存在着类型上的区别:"盖随时之义不一,故诗人之志有二也。"(《比兴》)

（三）多变性

表象运动的多变性是客观世界的多变性的反映。世界上的万事万物都处于永不停息的运动之中。时间在不断变化,于是有春夏秋冬,有世纪,有光年。空间在不断变化,于是有上下左右,东南西北。事物自身也是在不断变化的,于是有孕育和萌生,有发育和成熟,有衰老和消亡。每一事物都有自己特定的运动轨迹和存在方式,又千丝万缕地联系在一起,自转,公转,碰撞,聚合,分解。所谓"岁有其物,物有其容",就是对客观事物的多变性的形象性概括。面对着多变性的世界,人通过感觉和感知所获得的表象,也必然是白云苍狗,瞬息万变,多彩多姿的。

表象运动的多变性,也与人的感应能力的多档次性以及感觉与感知过程中的多角度性有关。"才有庸俊,气有刚柔,学有浅深,习有雅郑,并情性所铄,陶染所凝"(《体性》),人的感应能力和方式也必然"各师成心,其异如面",存在极大的个体差异。表现在表象中,必然存在着度的差异,物象映摄的广度、深度、速度、亮度和强度,就会各个不同,就像摄像机的镜头的质量与角度影响着摄像效果一样。此外,还与人在感觉与感知中的心理位置密切相关。人的感觉与感知不是一种机械的反映,而是带着一定的关系状况的能动的反映。由于关系状况的不同,对客观的映象也会带上各自的感情色彩而出现差异。《诗经》云"杨柳"而曰"依依",云"雨雪"而曰"霏霏",这已经不是一般的物象,而只能是征人戍卒眼中的特定映象,惟其所痛者深,才能所见者真,惟其所见者真,故其所感者切。这就必然使表象带有个性化的特点而异彩纷呈。

表象运动的多变性决定了表象的纷呈性、不定性和可塑性。正因为如此,表象运动才有不断深化的可能。

刘勰的这些系统性的体认,为后世作家把握表象运动的基本规律,卓有成效地进行文心的萌发,提供了理论的指南。

第二节　刘勰关于文心萌发的方法论开拓

刘勰的文心萌发论不仅是理论的科学,也是实践的科学。他在这一美学领域中的历史性建树不仅表现在他的理论系统的完整性与深刻性上,也表现在他的方法系统的科学性与实效性上。刘勰在工程科学上的重大开拓,主要表现在以下方面。

一、关于构建优化心理环境的工程主张

文心孕育的成功,决定于表象积累的丰厚。但是,对表象的采摄和积累,是有一定的工程难度的。表象运动的直接性需要事必亲经,而时空的限制却又是不能跨越的障碍,这就必然造成反映活动中的空白域野。表象的形象性,造成了信息的模糊性和多义性。从具有多种内涵的形象中辨识出真实的基本信息,会受到主体结构的限制。主体精神品位的高低,关系状况的亲疏远近,感情的爱憎好恶,都会对真实地反映客观事物造成难以逾越的鸿沟。表象运动的多变性形成表象的纵横交错,万涂竞萌,真假莫辨,优劣纷呈。这也就是人们所常说的:"外行看热闹,内行看门道。"所谓"门道",就是知识经验和生活经验,即先前的表象积累。这种积累的总汇,就构成了人的识见。人的识见是识别客观事物心理根据,常常表现为一定的心理定式。这种心理定式简化了人的反映过程,又给人的反映过程带来了一定的局限性,束缚着反映的范围和程度。这种心理定式的片面性和稳定性都是很不容易突破的。刘勰所说的"将相以位隆特达,文士以职卑多诮;此江河所以腾涌,涓流所以寸折者也"(《程器》),就是对社会性表象运动中的心理定势的束缚性的历史性概括。苏轼的《石钟山记》,则是对自然性表象运动中的心理定式的束缚性及超越束缚的艰难性的形象性说明。

要想实现表象积累的丰厚,必须对上述三种束缚进行全面的超越。这种超越,是依靠科学技术手段的不断进步来实现的。但技术优势的发挥,从来都离不开心理环境的保证作用。特别是对于心理工程来说更是如此。因此,提

供优化的心理环境,以心理的突破带动和支撑技术的突破,就必然是达到博采的重要通道和必要前提。

那么,这种对博采起保证作用的心理环境究竟是怎样的呢? 这就是刘勰所说的"神与物游"、"物与神交"的双向运动的心理状态,它发轫于一种自觉的运动意识,构成一种"以动对动"、"以活对活"的灵动激荡的心理机制。所谓"目既往还,心亦吐纳",所谓"情往似赠,兴来如答",就是此种心理机制的生动境界。也就是苏轼所深刻体认和发挥的:"不留于一物,故其神与万物交,其智与百工通。"①苏轼把"不留于一物",当做"神与万物交"的心理前提,可谓深得刘勰系统理论的精髓,可以作为我们对这种微妙的心理机制进行具体领会的依据和借鉴。

所谓"不留于一物",首先是指观察者要摆脱具体事物的羁绊,在精神上处于超脱的状态,也就是"虚己以应物"。唯有"虚己应物",才能"究千变之容"。② 虚己,就是摆脱自身物欲的干扰。"水停以鉴,火静而朗。"(《养气》)唯有实现对物欲和俗念的超越,人的注意力才能高度集中,"应物"的能力才能充分发挥出来,观察者对世界的感知才能十分灵敏,映象才高度清晰,才能进入"心与物游,物与神交"的"睹于无形,见所不见"的境界。现代心理学证明:"人只能在同一瞬间内意识到同时作用于它的许多事物中的有限部分,其原因一方面是由于感受器接受刺激量的有限性,另一方面也受制于大脑皮层的机能特点。"③一心不可二用,只有"虚己"才能给"感受器刺激数量"提供一个无遮无挡的大脑空间。"吾心本体,原自纯一,物欲劳扰之则不空;本来光湛,物欲锢蔽之则不明。是故虚则必灵。"④"虚己"还有第二层意思,就是摆脱观察者自身关系状况的干扰,唯有摆脱了这种容易引起感情倾斜的关系状况,才能突破自身地位的束缚,然后持心平正,见所难见,闻所难闻。"思与知所以远且大者,以其心之空明,无弗届也。"⑤这就是苏轼所以追求"已外浮名更外身"的精神境界的根由。

---

①　苏轼:《书李伯时山庄图后》,见《苏东坡全集》上册,中国书店 1986 年版,第 305 页。

②　《陆机集》,中华书局 1982 年版,第 98 页。

③　曹日昌:《普通心理学》上册,人民教育出版社 1980 年版,第 94 页。

④　《朱舜水集》下册,中华书局 1981 年版,第 498 页。

⑤　贺贻孙:《水田居激书》卷 2,见《水田居文集》,道光丙午敕书楼藏版。

　　古人的这些见解,无疑是独到而精辟的,但并不是十分全面的。自我的存在对于反映世界来说既有局限性的一面,也有强化性的一面。感情和物欲无疑会对客观全面的反映构成不可忽视的障碍,但"有欲而后有为","有情而后有作",感情和物欲也会推动人们去更深刻地反映客观世界。局内者有局内者的优势,这种优势就在于近,近者所见者细,所感者切,所知者深。局外者有局外者的优势,这种优势就在于远,远则视野开阔,所感者隽永,所知者全面,从容不迫,不躁不执。它的劣势也在于远,远则不见细貌,远则淡漠疏冷。

　　还是王国维说得全面:"诗人对宇宙人生,须入乎其内,又须出乎其外。入乎其内,故能写之;出乎其外,故能观之。入乎其内,故有生气。出乎其外,故有高致。"①所谓"入乎其内,出乎其外",实际就是指观察者的心理位置的运动状态。通过观察位置的变化,来实现心理的平衡,使主观和客观获得统一。"于动静二界中观种种相,随见得形。"②从而达到反映的深刻和全面。

　　"不留于一物"的第二重内涵,就是不局限于客观事物的一时一地的定格映象,而要关注客观事物的历史发展的长长链条。也就是刘勰所说的:"诗人感物,联类不穷"(《物色》),"圆照之象,务先博观"(《知音》)。事物多变,必有多象。我们眼之所及、身之所历的映象,只是客观事物在长长的历史发展中某一瞬间的留影。这一瞬间是静止的,而事物本身却是处在永不停息的运动状态中的。"达者寓物以发其辩,则一物之变,可以尽南山之竹。"③就博采而言,是绝不可能以获得一幅定格的静态映象感到满足的。通过一个链环去把握客观映象的历史长串,才是表象运动所追求的目标。

　　但是,表象运动的直接性,又妨碍我们去获得只有靠亲身经历才能获得的东西;时空的束缚,是感觉和感知难以逾越的鸿沟。然而人类毕竟是万物之灵,他毕竟有能力跨越时空的鸿沟而绝不会让自己的心理处于封闭的状态,他依靠的是"形在江海之上,心存魏阙之下"的联想和想象的桥梁。联想和想象实际就是"目视"的延长,是"目视"与"心视"的广阔联系和有机统一,是直接经验与间接经验之间的自由碰撞与聚合。正是由于这种联系、统一、碰撞、聚合与延长,我们对客观事物的全程运动和整体运动的反映才成为现实的可能。

---

① 王国维:《人间词话》,人民文学出版社1960年版,第220页。
② 董逌:《广川画跋》,中华书局1985年版,第5页。
③ 苏轼:《书黄道辅品茶要录后》,见《苏轼文集》第5册,中华书局1986年版,第2067页。

　　"不留于一物"的第三重内涵,就是关注事物与事物的横向联系,以开放的心理态势去感应客观世界的系统运动。这就是庄子所说的"以天合天",刘勰所说的"物虽胡越,合则肝胆",苏轼所说的"天机之所合"。客观世界的"天机"就是万物相连,息息相关,一理相通。世界本来就是一个整体。只有从整体的角度出发,才能反映出客观事物的全部丰富性、生动性和深刻性。物既自为动,又相为动,在动与动之间实现着力学的平衡。在天地人三元合一的大体系中,人作为思维主体与实践主体的"五行之秀"与"天地之心",只有在心理上保持相应的动势,才能与万物的动势保持平衡。犹如摄影,如果不具备可变性的观照点和广角性的镜头,是不可能将时空交错中的万千物象尽览无余的。陆机所说的"观古今于须臾,抚四海于一瞬",刘勰所说的"寂然凝虑,思接千载;悄焉动容,视通万里",就是这种纵横交错的观照方式的理论概括。关于它的具体的操作方式,我们可以从杜甫的诗歌中识其端倪。"窗含西岭千秋雪,门泊东吴万里船。"从静态观之,"窗"、"西岭"、"千秋"、"雪",都是互不相涉的异面存在;"门"、"东吴"、"万里"、"船",也都是互不相干的封闭性物象。但从动态观之,象中有象,物中有物,物与物相接,象与象相连,情与情相应。"窗"可"含"西岭之雪,西岭之雪又可蕴千秋之变;"门"可"泊"东吴之船,东吴之船又可蕴万里之程。近可含远,今可接古。万物皆静,万象在静中相映;万物皆动,万象在动中相融。静是相对的,暂时的,动是绝对的,永恒的,从不停息的。这就要求我们必须具备一种活的眼光。唯有心动与物动同步运行,才能看出大千世界中瞬息万变、此消彼长、无穷无尽的种种物象。没有活的眼光,是不能看透和看全这个不断变化着而又互相联系着的活的世界的。

　　由此可见,心态与物态的契合,是博采的不可或缺的心理前提。刘勰与苏轼之所以标举表象运动中的灵动激荡的心态,正是为了和变动的世界取得契合。这种以运动意识为核心的灵动激荡的心态,和文心运动的总心态"虚静"并不矛盾。"灵动激荡"是走向"虚静"的前提和渠道。灵则不黏不滞,不黏不滞才能无遮无挡,无遮无挡才是虚的最高境界。动则能积,积则能满,满则能平,平则能正,正则能照,惟平惟正,才能纯一。纯一是静的最高境界。而激荡,则正是灵动的强化因素。没有灵与动的准备,没有激与荡的强化,就不可能实现向虚静的飞跃。唯有这诸多方面的统一,才能使作家从内外各种束缚和各种限制中超越出来,形成"水停以鉴,火静而朗"的优势的心理环境,从而映天地于心内,照万物于象中,真正达到博采的目的。

二、关于文心萌发的基本途径与要领的工程学因应

优化的心态是采积材料的心理前提。但作为一项工程而言,它毕竟属于软件的范畴。软件可以影响工程的程序,但代替不了工程的具体措施。采积作为一项工程,是通过下列"硬件"措施去进行的:一是观察,二是辑录。

(一)观察

观察是一种有目的、有步骤的主动的感知,是通过人的感觉器官直接获得外部信息的活动。刘勰在《原道》中所说的"观天文以极变,察人文以成化",《物色》中所说的"流连万象之际,沉吟视听之区","窥情风景之上,钻貌草木之中",就是对观察活动的具体写照。它是人们认识客观世界的起点,也是作家采积材料的最主要的途径。只有在观察的基础上,"然后能经纬区宇,弥纶彝宪,发挥事业,彪炳辞义"(《原道》)。也就是鲁迅所说的:"此后如要创作,第一须观察。"①

感知是人类的本能,而观察则是一种独特的感知,是一种通过系列的方法和技巧来实现的职业性与专门性的感知。根据刘勰的系统理论与历代大师的成功经验,这些"学而后能"的方法与技巧,可以概括为以下方面。

1. 专心致志,全神贯注

"水停以鉴,火静而朗。无扰文虑,郁此精爽。"(《养气》)"养气",实际就是对"专心致志"的心理境界的追求。专心致志是人的心理活动对一定对象的指向和集中。对一定对象的指向和集中是外部事物得以入心的唯一门户,是观察通塞的关键,因而也必然是观察的决定性的心理起点。

所谓指向,是指心理活动的范围和对象。人在专心致志时,心理活动总是有选择地反映一定的对象而忽略其他的东西,这样,就保证了注意的专一。所谓集中,是指心理活动倾注于被选择的对象的稳定和深入的程度。人在注意时,心理不仅指向一定的对象,而且集中于该对象上,而其他的活动就会受到抑制,这样,就保证了全神的贯注和全身心的投入。

由于专心致志的这两个特性,所以它能调节心理活动的方向,组织心理活

――――――――

① .《鲁迅选集》第4卷,人民文学出版社2004年版,第446页。

动的内容,保持心理活动的稳定,因而保证了观察活动的效果,使映象清晰、完整、深刻。这一心理规律,我们的古人在两千年前就已做出了丰富的经验性把握和朴素的理论性归纳,并成功地运用于观察的实践活动中。荀子《劝学篇》云:"目不可两视而明,耳不可两听而聪。"《解蔽篇》云:"心不使焉,则白黑在前而目不见,雷鼓在侧而耳不闻。"这些论见明确地告诉我们:人如果不专注于一定目标,就会形成视而不见、充耳不闻的局面,人对外部世界的感知就会一事无成。这一理念也明显地表现在刘勰的见解中。刘勰所说的"钻貌草木之中","沉吟视听之区","随物以宛转","与心而徘徊",无一不是"专心致志"的形象显示,无一不是对"专心致志"的强调和标举。前人在这一问题上的认识的科学性,已为现代心理科学所广泛证明。世界著名心理学家乌申斯基精辟指出:"注意是一个唯一的门户,只有经过这个门户,外在世界的印象或者较为接近的神经机体的状况,才能在心理引起感觉。如果印象不把我们的注意力集中在它身上,那么它虽然可以影响我们的机体,但我们是绝不会意识到这些影响的。"①由此可知,注意是一切心理活动的开端和前提,是观察进入积极状态的必备条件。

一切大有成就的作家与作品,在观察事物时都是非常专注的。刘勰在《物色》中所举出的《诗经》中的体物名句,无一不是专心观察的所得:

> 故"灼灼"状桃花之鲜,"依依"尽杨柳之貌,"杲杲"为出日之容,"瀌瀌"拟雨雪之状,"喈喈"逐黄鸟之声,"喓喓"学草虫之韵。"皎日"、"嘒星",一言穷理;"参差"、"沃若",两字穷形:并以少总多,情貌无遗矣。

表现的生动来自观察的细致,观察的细致来自"水停以鉴,火静而朗"的心理专注。这种鲜明的心理效应以及相应的美学效应,也在刘勰自己的观察中反映出来:

> 阳气萌而玄驹步,阴律凝而丹鸟羞。
> 春日迟迟,秋风飒飒。(《物色》)

---

① 乌申斯基:《人是教育的对象》第1卷,科学出版社1959年版,第218页。

以一个"萌"字,就将春气初生的适意之情状和盘托出,一个"步"字,就将玄驹匆忙奔走的生态展现无遗。以一个"凝"字,就将秋霜初降的肃杀之状描绘务尽,一个"羞"字,就将丹鸟藏粮备冬的情态跃然纸上。以"迟迟"二字,将春日的景物特征与心情特征写得韵味无穷,以"飒飒"二字,就将秋风之形声气貌写得呼之欲出。何者?以其所见者真,所知者深。这种感知的真实性与深刻性,又是以观察的专注性为前提的。若非"水停以鉴,火静而朗"的悉心体察,是不可能进入如此细致入微的美学佳境的。

只有注意力高度集中的人,才能进入此种"化境"。在这种境界中,"物在灵府,不在耳目,故得于心,应于手"(符载:《观张员外画松石图》)。注意力不集中,外物很难进入耳目;即使进入了耳目,也是朦胧恍惚,很难进入灵府。也就是孟子所说的那句名言:"不专心致志,则不得也。"(《孟子·告子上》)

2. 圆照之象,务先博观

"水之积也不厚,则其负大舟也无力。风之积也不厚,则其负大翼也无力。"(庄子:《逍遥游》)文心运动同样是如此,它必须在丰厚的表象积累的基础上才能顺利运行。丰厚的表象积累,只能来自对客观事物的博观。"凡操千曲而后晓声,观千剑而后识器。故圆照之象,务先博观。"博观,是全面认识客观事物的决定性的工程要领。

博观,就是观察的全方位发动。世界上一切事物的运动状态都是全方位的。无论是时间的运动还是空间的运动,都以长长链条的形态出现,正是这些长长的链条,组成了事物的整体。而时间的运动和空间的运动又常常交织在一起,自转的运动和公转的运动常常交织在一起。只有从众多的变量所组成的系统运动中,才能全面地反映出事物的整体形态。因此,我们对事物的观察,也必须是全方位的。我们聪明的先人早在《易经》这部"通天下之至变"的古老著作中,就已经提出了"仰则观象于天,俯则观法于地,观鸟兽之文与地之宜,近取诸身,远取诸物"的系统观物的主张。当然这是指卦象而言的,但卦象也是物象的一种,在观察的方法论上是具有普遍意义的。司马迁所说的"究天人之际,通古今之变"就是这种系统主张的历史延伸。刘勰所说的"岁有其物,物有其容","写气图貌,随物宛转",同样反映了一种开放的运动观念。据此,他提出了"博观"的明确主张,并进行了反复的强调:"圆照之象,务先博观"(《知音》),"博见足以穷理"(《奏启》),"博见为馈贫之粮"(《神思》),"将赡才力,务在博见"(《事类》)。所谓"流连万象之际,沉吟视听之区","视通万里","思接千载",就是博观的具体写照。而其总的目标,就是"情貌无遗",也就是陆机所说的"笼天地于形内,挫万物于笔端"。这些主张和方法,显示了中华民族在思维艺术上的深邃的智慧。它们开启了现代系统论的先河,并且在视野上、主张上和基本方法上一脉相承。

观察的全方位性,首先是指在观察中注意客观事物的时间位置和它的历史发展过程。任何事物都经历着由兴而盛,由盛而衰的历史过程,都有它的过去、现在、未来的时间位置。在特定的历史阶段,都有其特定的形态。正是这一长长的历史链条,组成了事物的整体。只有将这些变化无穷的形态连贯起来而不囿于一时一事,我们才能将它看清、看全,把握它的全貌,进行完整的反映。刘勰对文学时序的纵向观察,就是一个典型的范例。

刘勰认为,"近代之论文者多矣",但都"各照隅隙,鲜观衢路",缺乏历史性的眼光。为了纠正前人之蔽,他采取了"振叶以寻根,观澜而索源"的察物方式,对我国上起轩辕下迄晋宋的 17 个朝代的文学状况进行了悉心的观照,由此得出了"故知文变染乎世情,兴废系乎时序,原始以要终,虽百世可知也"的历史性结论。这一科学结论,就是他统摄全著的重要的方法论之一。《文心雕龙》中的《征圣》、《宗经》、《辨骚》的立意的方法论依据,即发端于此。刘勰在理论上所获得的成功,与这一科学方法论的运用,是密不可分的。

观察的全方位性,同时也是指察物中必须关注事物运动的空间位置的变化状态。"圆者规体,其势也自转;方者矩形,其势也自安。"(《定势》)任何事物的运动,都离不开特定的空间环境,它的属性必须在一定的空间位置上才能显示出来。因此,把事物的整体和全貌看清,必须联系相关的空间变化。作家观察的敏锐性和深刻性,就在于他特别注意整体运动中多种物象的广阔联系。刘勰所说的"仰观吐曜,俯察含章","振叶以寻根,观澜而索源","善附者异旨如肝胆",即此之谓。世界是一个整体,而整体作为多样性的统一,从来都是犬牙交错,光影并呈的:正与邪,善与恶,真与伪,美与丑,雅与俗,强与弱,盛与衰,交织成全色的图象。在这一全色的图象中,人作为"性灵所钟,是谓三才,为五行之秀,实天地之心",始终处于画面的中心,各种现象无一不是人的现象。如果离开了"天地人"之间的广阔而多重的联系,各种生活现象的属性就不能显示,更无法构成一个统一的整体。

3. 体物为妙,功在密附

为着对客观事物进行具体、确切的反映,刘勰提出了"体物为妙,功在密附"的主张。所谓"密附",即密切地符合真相,"如印之印泥,不加雕削,而曲写毫芥"。这种"瞻言而见貌,即字而知时"的功效,是依靠观察的全息性发动来实现的。全息性是指组成客观事物的各点各面所发出的信息的总和所构成的立体性。世界上的一切事物都是由多层面组成的立体。要准确地进行反映和认识,必须全面地观察和透辟地审照组成立体的各个层面。

全息性观察,就是要把构成事物的方方面面,点点滴滴,都要看清看全,不要留下任何盲区。唯有掌握全貌,才能构成立体的画面,将客观事物中的多样性的构成和人类感情中的多样性构成表现得淋漓尽致。刘勰所赞誉的《诗经·小雅·采薇》,就是一个典型的范例。

采薇采薇,薇亦作止。曰归曰归,岁亦莫止。
靡室靡家,玁狁之故。不遑启居,玁狁之故。

采薇采薇,薇亦柔止。曰归曰归,心亦忧止。
忧心烈烈,载饥载渴。我戍未定,靡使归聘。

采薇采薇,薇亦刚止。曰归曰归,岁亦阳止。
王事靡盬,不遑启处。忧心孔疚,我行不来!

彼尔维何?维常之华。彼路斯何?君子之车。
戎车既驾,四牡业业。岂敢定居?一月三捷。

驾彼四牡,四牡骙骙。君子所依,小人所腓。
四牡翼翼,象弭鱼服。岂不日戒?玁狁孔棘!

昔我往矣,杨柳依依。今我来思,雨雪霏霏。
行道迟迟,载渴载饥。我心伤悲,莫知我哀!

　　该诗以一个返乡士卒的口吻，追述了远征在外的情景与心情。作者所展现的画面，是由三种色调所构成的。第一种色调是哀怨抑郁的冷色调，即展现战场生活的艰苦和对家园的思念。第二种色调是激昂振奋的暖色调，即展现战场杀敌的威武雄壮的场面。而结尾则是两种色调的总集合和总集中：返乡途中的坎坷路径和百感交集的复杂心情。正是凭借这支多色调的彩笔，诗人将戍卒的艰苦、哀怨而又充满豪情也充满悲伤的生活，如此真实地呈现在读者面前，震撼着世世代代读者的心灵。这种功效，就是全息性观察的结果。

　　这种"密附"的功效，也从它的细节描绘中鲜明地表现出来。写"采薇"，作者所展现的是"薇"的三种不同的生态画面："薇亦作止"，"薇亦柔止"，"薇亦刚止"，借"薇"的生长变化过程来巧妙地暗示了"薇"这种野菜与戍卒生活的不可分离的关系，也借此突出了戍卒思归的苦苦期待的心情，与诗中的"岁亦莫止"、"岁亦阳止"等契合照应，将边疆戍卒在艰难生活中的苦苦思归的情景和盘托出。写"戎车"，作者所展现的同样是多种多样的场景："四牡业业"，"四牡骙骙"，"四牡翼翼"。以"四牡业业"突出军容的威武，以"四牡骙骙"突出军力的强盛，以"四牡翼翼"突出阵势的严整。与诗中的"岂敢定居？一月三捷"契合照应，将战士的爱国之情尽现无遗。

　　观察的全息性发动，是建立在感觉器官的全功能发动的基础上的。眼、耳、鼻、舌、肤，是人的五种感觉器官，各有其特定的感觉功能，组成一个多角度、多层面的感觉系统。感觉器官的全功能发动，是作家全息性感知世界的物质前提。

　　"五色杂而成黼黻"。在人类的感觉系统中，视觉居于主导的地位。视觉通过光学结构的变化来获得客观事物的信息，构成美的"形文"。人类在认知客观世界的过程中，绝大部分的信息是由视觉提供的。所谓"眼见是实"，就是人类对眼睛在观物中的可信程度的经验性的概括。感应万物，视觉为先。作家的眼睛是他的才能的重要保证和标志。刘勰在《文心雕龙》中所描绘的"玄黄色杂，方圆体分，日月叠璧，以垂丽天之象；山川焕绮，以铺理地之形"这些清晰鲜明的画面，就是眼睛工作的结果，是视觉的美学效应。

　　"五音比而成韶夏"。听觉是人类感知世界的另一重要渠道。听觉通过声学结构的变化来感知客观事物的信息，构成美的"声文"。它在人类感觉系统中的重要意义，就在于它像视觉一样可以独立成象，即听觉形象。听觉形象也像视觉形象一样可以转化为统觉,反映出客观世界的整体性。刘勰在《物色》中对听觉渠道的观察给予的重视与视觉渠道是同等的:"诗人感物,联类不穷。流连万象之际,沉吟视听之区。写气图貌,既随物以宛转;属采附声,亦与心而徘徊。"刘勰在《文心雕龙》中所赞誉的美学画面"'喈喈'逐黄鸟之声,'喓喓'学草虫之韵",就是耳朵工作的结果,是听觉的美学效应。

视觉与听觉两种功能的同时发挥,是刘勰在观察中所追求的理想境界。这就是他在《神思》中所标举的:"吟咏之间,吐纳珠玉之声;眉睫之前,卷舒风云之色。"除此之外,他也不忽视肤觉、嗅觉和味觉的感知功能。在人类的感觉系统中,这三种器官虽然不能独立成象,却都是人类获得外部信息的补充来源,常常依附着"视"与"听"而发挥作用。例如"阳气萌而玄驹步,阴律凝而丹鸟羞",个中的"阳气萌"与"阴律凝"不仅蕴涵着丰富的视觉信息,也蕴涵着丰富的肤觉信息——关于温度变化的自然信息。"春日迟迟,秋风飒飒"的画面中,透示的是"春日"与"秋风"的全息信息:有色,有声,有触,有香,有味,它所唤醒的是关于大自然的春日与秋风的整体记忆。这就是它耐人寻味的地方。这也是一切名句与佳作令人领略不尽的地方。

4. 并据要害,以少总多

"《诗》《骚》所标,并据要害,故后进锐笔,怯与争锋。"(《物色》)

所谓"要害",即事物的要点和关键之所在,也就是此一事物之所以成为此一事物而不是其他事物的决定性根据之所在,易而言之,也就是它的本质性特征。只要抓住了事物的本质性特征,就能具有充分显示本质的力量,收到"以少总多,情貌无遗"的美学效果。刘勰认为,《诗》《骚》中的系列名句之所以具有难以超越的艺术魅力,原因就在这里。在观察中发现和抓住这种与本质直接相通的特殊现象,是作家观物的特殊本领和基本法则。刘勰所说的"并据要害",就是对这一法则的强调。

《文心雕龙》许多生动的描绘,就是这一观物方式献功的结果。例如:

> 献岁发春,悦豫之情畅;滔滔孟夏,郁陶之心凝。天高气清,阴沉之志远;霰雪无垠,矜肃之虑深。(《物色》)

以一个"畅"字,就将"献岁发春"之情展示务尽,以一个"凝"字,就将"滔滔孟夏"之心概括无遗,以一个"远"字,就将"天高气清"之志和盘托出,以一个"深"字,就将"霰雪无垠"之虑跃然纸上。何者?"并据要害",故能以少总多,情貌无遗。

这种观物的方式,也表现在《文心雕龙》的论证过程中。"风骨"篇中对翚翟与鹰隼的区别的观察以及据此所得出的结论,就是典型的范例:"夫翚翟备色,而翩翥百步,肌丰而力沈也;鹰隼乏采,而翰飞戾天,骨劲而气猛也。""翚翟备色,而翩翥百步"是一种本质的现象,"肌丰而力沈"则是此一现象的本质。"鹰隼乏采,而翰飞戾天"是另一种本质的现象,"骨劲而气猛"则是此一现象的本质。由于抓住了本质的现象这一"要害",所以一发而贯其本质,将二者判然分开,使蕴涵在其中的道理昭然若揭。惟其抓住了本质的现象,所以顺理成章地进入现象的本质。

苏轼根据自己在人物肖像画方面的经验,在《传神记》中对此一观物方法进行了具体发挥。他认为,画人的关键就在于"得其意思所在"。所谓"意思所在",实际就是神气之所在,也就是基本的美学特征之所在。画家重视画眼,就因为眼睛正是人的神气最集中的地方:

> 传神之难在目。顾虎头云:"传神写影都在阿睹中,其次在颧颊。"吾尝于灯下顾自见颊影,使人就壁模之,不作眉目,见者皆失笑,知其为吾也。目与颧颊似,余无不似者。

客观事物都是由许多的现象组成的,再现客观事物的关键,就在于抓住"意思之所在"的现象。表现在人物身上,这种"意思之所在"的现象实际是"各有所在"的,不可一概而论,需要敏锐辨察。"凡人意思各有所在,或在眉目,或在鼻口。虎头云:'颊上加三毫,觉精彩殊胜。'则此人意思,盖在须颊间也。优孟学孙叔敖抵掌谈笑,至使人谓死者复生,此岂举体皆似,亦得其意思所在而已。"苏轼认为,这是一个具有普遍意义的美学法则:"使画者悟此理,则人人可以为顾、陆。"

关于这种"得其意思之所在"的察物方法,我们还可以举出《正午牡丹》的例子:

　　　　欧阳公尝得一古画牡丹丛,其下有一猫,未识其精粗。丞相正肃吴公与欧公姻家,一见曰:"此正午牡丹也。何以明之? 其花披哆而色燥,此日中时花也;猫眼黑睛如线,此正午猫眼也。有带露花,则房敛而色泽。猫眼早暮则睛圆,日渐中狭长,正午则如一线耳。"此亦善求笔意也。(《梦溪笔谈·识画》)

　　由于抓住了特点,所以判断准确,一发而贯其本质。

　　这些成功的观察,与作者善于抓住事物的特征分不开的。对于伟大的艺术家来说,客观世界中的一切都是具有性格的。只要抓住了事物的特点,事物就能真正"活"起来。

　　要怎样才能发现事物的特点呢? 比较观察是一个非常有效的常用方法。有比较才能对照,有对照才能现异呈奇,揭示事物别的本质。比较观察的方法有三种:纵比观察,横比观察,奇正比较观察。

　　纵比观察就是对同一事物在不同阶段中的形态差异进行比较性观照,从比照中发现每个阶段的特点与共同规律。《文心雕龙》"时序"与"通变",就是卓越的范例。通过前者,作者揭示了"质文沿时,崇替在选"、"文变染乎世情,兴废系乎时序"的普遍规律。通过后者,作者揭示了黄唐以来各个阶段文学发展的基本特点,并对楚汉以后愈演愈烈的"从质及讹"的趋势敲起了警钟:"黄唐淳而质,虞夏质而辨,商周丽而雅,楚汉侈而艳,魏晋浅而绮,宋初讹而新。从质及讹,弥近弥澹,何则? 竞今疏古,风昧气衰也。"这种认识的深度,是与纵比观察的献功密不可分的。

　　横比观察就是对同类事物或同一事物的不同侧面的差异进行横向的对照,显示出不同事物或不同层面的各自的"个性"特征,将不同的事物或同一事物的不同层面严格地区分开来。刘勰在《文心雕龙》中所使用的诸多对比,如"将相以位隆特达,文士以职卑多诮,此江河所以腾涌,涓流所以寸折","执术驭篇,似善弈之穷数;弃术任心,如博塞之邀遇","翚翟备色,而翾翥百步,肌丰而力沈也;鹰隼乏采,而翰飞戾天,骨劲而气猛也",等等,就是具体的范例。

　　奇正比较的观察方法,是将同一事物的常规状态与非常规状态进行比较,来发现其深刻的个性特征的极限状态的观察方法。物极必反,物反必极,对某一具体事物而言,反常往往是正常的一种特殊形态,即事物的极限或超极限形态。在这种特殊的形态中,常常隐藏着事物的最具有本质意义的特征。刘勰所说的"奇正虽反,必兼解以俱通"(《定势》),就是对这一方法的理论概括。而他对屈原《离骚》的辨析,就是这一观察方法的成功运用。他从同于《风》《雅》的"正"的方面和异于经典的"奇"的方面进行比较,深刻地揭示出了《离骚》的本质性特征:"酌奇而不失其贞,玩华而不坠其实","虽取熔《经》旨,亦自铸伟辞"(《辨骚》)。刘勰认为,这就是它能屹立于文学的巅峰,历千古而不朽的根由:"故能气往轹古,辞来切今,惊采绝艳,难与并能矣。"

5. 察物体情,观感结合

观察是通过人的感觉器官对客观事物的信息进行直接的捕捉。但是人的感情活动是看不见、听不到、摸不着的内在心理运动,但它又是人的实践活动的一部分,需要我们去感知。感知人的情感活动,是通过观察与体验相结合的方式来进行的。

体验就是人们通过感知和感受,进而对客观事物进行情绪交流的一种体察活动,也就是刘勰所说的"目既往还,心亦吐纳"(《物色》),既属于感知活动的范畴,也属于感情活动的范畴。体验有两种形式:内体验与外体验。内体验属于内审的范畴,是对自己的情感活动的感知和审察。外体验属于外审的范畴,是指对别人情感的感知和审察。我们在这里所说的体验,主要是指外体验而言的。

"象显可征,虽愚不惑;形潜莫睹,在智犹迷。"(李世民:《大唐三藏圣教序》)情感活动是"形潜莫睹"的东西,感受别人的心理反应和生理反应,是相当微妙也是相当困难的事情。"饥寒劳困之苦,虽告人,人且不知。知之,必物我无间者也。杜少陵、元次山、白香山,不但如身入间阎,目击其事,直与疾病之在身者无异。"①这说明,人心之隔膜,在于各个个体所处的环境状况和关系状况不同,这就必然造成对客观事物态度的不同,因而情感活动也就各不相同。要使并不相同的感情活动得以相通,关键在于感情上的"物我无间"和"人我无间",也就是心与心之间能够互相沟通。感知人心的具体渠道,就是刘勰所精辟指出的:"神用象通,情变所孕。物以貌求,心以理应。"(《神思》)

① 刘熙载:《艺概》,上海古籍出版社1978年版,第65页。

所谓"神用象通",是指人的精神活动可以凭借物象进行沟通,"情变所孕"是指人的精神活动的多变性也是感情参与的结果。所谓"物以貌求",是指外物靠形貌求得表现和把握,"心以理应",指内心则据情理做出反应。

这一工程渠道的科学性就在于,情的生发与交流,不能离开物的应感作用,而物的应感作用,又从来都与观察密不可分。诚然,人的感情活动是看不见、听不到的内在心理运动,而引发人的感情活动的根由和表现感情活动的形态却从来都是可闻可见,可触可感,可以凭象而知,凭心而应的。因此,只要扣紧感情生发和表现的物质环境,就可以把握在这种环境下必然生发和表现的感情活动的基本倾向。这就是"物以貌求,心以理应"的理论依据。

从心理学的角度来看,"物以貌求,心以理应"实际上就是一种精神上的亲身经历:以自己的精神,经历别人的精神,不仅"身入"生活,而且"心入"生活,以心入心,以情入情。这种同感的力量来自一种道德的驱动力,来自对别人的关怀和同情,同时也来自一种想象与联想的心理驱动力。二者互相结合,以想象和联想为羽翼,以道德作为鼓动羽翼的气流,实现精神上的"参入",来沟通心理上和生理上的隔膜。径而言之,就是诉诸审美和审丑,诉诸联想和想象,进行感情上的"移植"。也就是"梦往神游,揣摩推测",使自己在感情上进入"角色",达到苏轼所说的"物化"与"人化"的境界:"与可画竹时,见竹不见人。岂独不见人,嗒然遗其身。其身与竹化,无穷出清新。庄周世无有,谁知此疑神?"[①]这种物我一体,人我一心的境界,都是靠美学的道德驱动力和想象的心理驱动力来实现的。

设身处地、将心比心的想象,不是主观的随心所欲的"代言心事",而必须是与观察相结合,以表象为依据而进行的合理的综合。这是因为,任何情感活动都有其物质的原因和物质的环境。世界上绝没有无缘无故的爱,也没有无缘无故的恨。而激发感情的物质原因和物质环境是可以观察的,可以验证的。

设身处地的"地",就是指这种物质根由和物质环境的客观依据作用而言的。因此,掌握了这个"地",我们就可以理解和把握在这个"地"上长出来的感情之花。存在决定意识,这是认识的根本规律,也是感情的根本规律。了解了存在,也就能够具体地了解感情。试看《离骚》中最动人的名句:

---

① 苏轼:《书晁补之所藏与可画竹》,见《东坡全集》上卷,中国书局1986年版,第229页。

　　　　长太息以掩涕兮,哀民生之多艰。

　　屈原表达在这里的情,就是一个"哀"字。何以具见其哀?"民生之多艰",就是"哀"之所从生发的物质根由,"长太息以掩涕",就是"哀"借以表现的物质形态。感情活动不仅是一个心理反应的过程,而且是一个生理反应的过程。就生理反应而言,它同样是属于物质范畴的,可以由观察而感知。情由物生,又借物显,所以具有同感的力量。

　　再看《离骚》结尾的荡气回肠的感情表达:

　　　　驾八龙之婉婉兮,载云旗之委蛇。
　　　　抑志而弭节兮,神高驰之邈邈。
　　　　奏《九歌》而舞《韶》兮,聊假日以媮乐。
　　　　陟升皇之赫戏兮,忽临睨夫旧乡。
　　　　仆夫悲余马怀兮,蜷局顾而不行。

　　正当诗人借助想象的翅膀远翔的时候,忽然看到了一幅使他灵魂震撼的画面:仆夫悲怆马儿也眷恋,蜷曲回首不肯前行。这一画面中的所透示的感情,就是对祖国的永不忘怀的热爱。画面中所展现的,就是这种大忠大爱借以生发的环境、根由和表现。只有彻底了解了这个物质的前提,才能洞悉生活在这个环境中的人们的心情,并对这种心情产生强烈的共鸣。也就是说,体验因观察而具体,观察因体验而深化。先有动情之物,然后才有感物之情,二者相辅相成,相得益彰。

　　这种特定的心路历程,也在《文心雕龙》中清晰地表现出来。如:"将相以位隆特达,文士以职卑多诮,此江河所以腾涌,涓流所以寸折者也。"作者所展现的是社会地位的殊异与由此带来的人生命运的殊异,这种殊异就是寒士的感慨之情所由生发的物质环境,抓住了这一物质环境,就能将寒士的感慨之情洞悉无遗。

　　(二)辑录

　　"经典沉深,载籍浩瀚,实群言之奥区,而才思之神皋也。"(《事类》)这种对"群言"进行广泛采集的活动,就是辑录。

辑录,就是通过对写作成品的阅读,来采集材料,孕育文心的活动。"积学以储宝"(《神思》),这种材料虽然都属于间接生活经验,属于第二性刺激的范畴,但对于孕育文心来说,同样是不可缺少的。"假舆马者,非利足也,而致千里;假舟楫者,非能水也,而绝江河。君子生非异也,善假于物也。"(荀子:《劝学篇》)辑录,就是"善假于物"的采集活动。

善假于物,实际是一种间接的观察。一个人不能事事亲经亲历,除了自己的生活经验之外,还需要人类历史经验的总库存来不断地进行检验和补充。孕育文心离不开直接的生活经验,也离不开间接的生活经验。在某种情况下,还需要更多地借重于间接的知识经验,如写学术论文和历史著作就是如此。也就是刘勰在《事类》中所标举的:"至于崔班张蔡,遂捃摭经史,华实布濩;因书立功,皆后人之范式也。"

辑录所得材料,就其信息意义来说,既有间接性的方面,又有快速性、集中性和精粹性的方面。特别是对于搜集的有心人和具有敏锐的洞察力的专家来说,它的信息能量是相当强大的。《文心雕龙》就是具体例证。

辑录需要科学的方法。世界上的书本资料浩如烟海,为了高效率地从中获取对孕育文心有用的材料,必须采取相应的工程措施。根据刘勰的系统理论和后贤的经验,这些措施可以概括为以下方面。

1. 定向性阅读

"博见为馈贫之之粮,贯一为拯乱之药,博而能一,亦有助乎心力矣。"(《神思》)"博而能一",不仅是构思的基本要领,也是辑录的基本要领。辑录与一般阅读不同之处,就在于它具有明确的目的性:为孕育文心而搜集和积累知识材料。这种阅读,不是陶冶性的,不是消遣性的,不是宣泄性的,也不是一般意义的求知性的,而是"定向性"的。文心运动是定向性心理运动,它需要定向性材料作为基础和依据。定向性的阅读,是获得定向性材料的前提。

能否养成定向性阅读与博览性阅读相结合的习惯,是一个学者治学能力的高低的重要标志,也是他治学有无成就的关键。在博与专的关系中,我们的古人认为,专作为一个定向性因素,相对于博来说,是更具有先行性意义的。只有在专的明确方向的指引下,知识的渊博才会真正具有意义。这就是荀子在《劝学》中所昭示的:"锲而舍之,朽木不折;锲而不舍,金石可镂。蚓无爪牙之利,筋骨之强,上食埃土,下饮黄泉,用心一也。蟹六跪而二螯,非蛇鳝之穴无可寄托者,用心躁也。"所谓"用心一",就是自始至终都是围绕作者的用心进行,并为体现这一用心服务的。

《文心雕龙》的写作,就是凭借阅读的"贯一"获得成功的卓越范例。该著的材料来自方方面面。从纵向来看,来自一种"振叶以寻根,观澜而索源"的全程式概括。这种概括上起轩辕,下迄晋宋,共历 17 个朝代。全书征引书文共有 1466 处,全书论及的作家有 918 人,论及的作品有 1035 篇(部)。从横向的包容规模来看,来自一种"驱万涂于同归,贞百虑于一致"的全方位式概括,涉及的学科,有 10 种之多:哲学,美学,伦理学,社会学,文化学,心理学,历史学,文献学,语言学,写作学。就文体而言,包括 35 大类,90 细类。仅就修辞来说,涉的辞格就有 11 种之多:比喻、起兴、夸张、引用、对偶、摹状、复叠、练字、含蓄、警策。材料虽然浩如烟海,但都是围绕一个统一的理论目的以及一个统一的理论纲领而集中。这一统一的理论目的就是:"矫讹翻浅,还宗经诰。"这一统一的理论纲领,就是:"本乎道,师乎圣,体乎经,酌乎纬,变乎骚:文之枢纽,亦云极矣。"这一理论纲领的最后集中与最高浓缩,就是:"以心总文"。惟其如此,所以能将千年的文化积淀运之于掌,营建出如此博大精深的理论大厦。

2. 博览性阅读

向属于线的范畴。线必须以面做支撑,才能雄阔有力。阅读也是如此。主攻方向确定之后,必须对同一方向或相关方向的书籍进行广泛阅读,使信息的积累在向的集中中具有量的优势。对此,刘勰提出了"综学在博,取事归约"的主张,标举定向集中下的数量优势。他一再强调说:"识千曲而后晓声,观千剑而后识器","狐腋非一皮能温,鸡蹠必数千而饱"。刘勰举出了扬雄的例子:"夫以子云之才,而自奏不学,及观书石室,乃成鸿采。""观书石室",就是博览群书的意思,这就是扬雄在写作上成为一代名家的原因。如果观书不博,就会成为孤陋寡闻的人。刘勰举出了张子的例子:"魏武称张子之文为拙,以学问肤浅,所见不博,专拾掇崔杜小文,所作不可悉难,难便不知所出,斯则寡闻之过也。"(《事类》)

博览,就是泛读。它不是一般意义的浏览,而是在定向规范下的广泛阅读。所谓"读万卷书",就是指这种如饥似渴的广积博搜而言的。多读书,不光是指数量多,也是指对不同类型、不同时代、不同观点、不同流派的作品的兼收并蓄。这就是陆机《文赋》中所说的:"收百世之阙文,采千载之遗韵,谢朝花于已披,采夕秀于未振"。清代的袁枚对此也有深刻体会:"专习一家,硁硁小哉! 宜善相之,多师为佳。地殊景光,人各身分。天女量衣,不差尺寸。"①也就是鲁迅所说的:"必须如蜜蜂一样,采过许多花,这才能酿出蜜来,倘若叮在一处,所得就非常有限,枯燥了。"②他们所强调的,都是一个同样的道理:博采众长,获得方方面面的知识,方可自成体系,独具一格。

博览与定向性阅读应该互相结合,方可相得而益彰。博览,应该是定向指导下的博览,否则,知识就会支离破碎而无所归依。定向,应该是博览基础上的定向,否则,知识就会孤立无援而难成大器。这就是刘勰主张二者兼容并蓄的原因:"博而能一,亦有助乎心力矣。"对此,胡适进行了历史性的继承和现代性的阐发,可以为我们提供教益:

　　理想中的学者,既能博大,又能精深。精深的方面,是他的专门学问。博大的方面,是他的旁搜博览。博大要几乎无所不知,精深要几乎惟他独尊,无人能及。他用他的专门学问做中心,次及于直接相关的各种学问,次及于间接相关的各种学问,次及于不很相关的各种学问,以次及毫不相关的各种泛览。这样的学者,也有一比,比埃及的金字三角塔。那金字塔高 480 英尺,底边各边长 764 英尺。塔的最高度代表最精深的专门学问;从此点依次递减,代表那旁收博览的各种相关或不相关的学问……宋儒程颢说的好:"须是大其心使开阔,譬如为九层之台,须大做脚始得。"我曾把这番意思编成两句粗浅的口号,现在拿出来贡献给诸位朋友,作为读书的目标:

　　为学要如金字塔,

　　要能广大要能高。③

2. 精研性阅读

精研性阅读是一种"集中优势兵力打歼灭战"的采积方法。这一方法的

①　袁枚:《续诗品》,见郭绍虞《续诗品注》,人民文学出版社 1963 年版,第 148 页。

②　《鲁迅选集》第 4 卷,人民文学出版社 2004 年版,第 550 页。

③　胡适:《读书》,见《胡适文集》第 4 册,北京大学出版社 1998 年版,第 129—130 页。

特点,就是抓住关键性的知识部位,或基本信息最密集的地方,进行"步步为营"的攻读,点点滴滴的消化,弄懂弄通弄透,务求融会贯通。这种阅读方式,可以获得"点"的优势。有了这种扎扎实实的"点"的优势,"向"的优势才有坚定难移的支撑,"面"的优势才能得到蒂固根深的保证。对此,刘勰进行了明确的强调和标举。他说:"综学在博,取事贵约,校练务精"。(《事类》)他还说:"至精而后阐其妙,至变而后通其数。"并明确地提出了"研阅以穷照"的方法论主张。这一主张,既是察物的基本要领,也是阅读的重要方法,因为无论是采集直接的生活信息或是间接的知识信息,都有一个"穷照"的问题,而"研阅",则是通向"穷照"的唯一通道。"研阅"的问题表现在阅读中,也就是精研性阅读的问题。精研性阅读,就是一种反复深入、咬文嚼字、一丝不苟的阅读方式。有时为着洞悉某一问题的底蕴,阅读者常常对材料中的细情末节或事物的锱铢之别,都寻根究底,品其神韵,探其精义,揭其要领。钻之愈深,思之愈精,获益愈大。

精研性阅读,实际上就是一种深钻细究的间接观察,也就是对别人的观察成果和写作成果中的材料的再观察,目的是为了穷搜尽集客观事物的基本信息和深层信息。这些深深隐藏在客观事物中的朦胧信息,通常都是原作者或广大读者由于视野的局限和知识的局限而未能全部发现和揭示的。这就需要我们有比原作者或其他读者更加精细、更加敏锐的眼光。

刘勰自己,就是精研性阅读的楷模。为了撰写《文心雕龙》,他阅读了历代的文论著作。他的阅读过程,同时也是一个对前人的研究成果进行再研究与再观察的过程,一个全面扬弃的过程。这就是他在《序志》中所说的:

> 详观近代之论文者多矣:至于魏文述典,陈思序书,应场文论,陆机《文赋》,仲洽《流别》,弘范《翰林》,各照隅隙,鲜观衢路,或臧否当时之才,或铨品前修之文,或泛举雅俗之旨,或撮题篇章之意。魏典密而不周,陈书辩而无当,应论华而疏略,陆赋巧而碎乱,《流别》精而少功,《翰林》浅而寡要。又君山、公干之徒,吉甫、士龙之辈,泛议文意,往往间出,并未能振叶以寻根,观澜而索源。

正是由于精研细读,他掌握了前人的文化成果,也洞悉了前人著作中的总的缺欠,就在于"各照隅隙,鲜观衢路",而未能"振叶以寻根,观澜而索源"。据此,他针锋相对地提出了"本乎道,师乎圣,体乎经,酌乎纬,变乎骚"的战略纲领,使他的著作在理论的高度与深度上都极大地超越了他的前人,成为我国古代文论的群峰之巅。

4. 创造性阅读

关于读书方法论的问题,刘勰不仅强调一个"博"字,也强调一个"新"字。"文律运周,日新其业"。这一个"新"字,是刘勰对文心运动的总归律的总强调,也是他对读书方法论的重要概括。"新",就是"变通"的意思:"变则可久,通则不乏"。惟其如此,文心的材料才会源源不断,文心的运动才会常运常新。"物色尽而情有余者,晓会通也。"(《物色》)"晓会通",就是善于变化,不墨守陈规的意思。"读书破万卷,下笔如有神"(杜甫),"破",就是创造性阅读的形象表述。创造性阅读,就是将书读活。

书要读活,最重要的是必须做到以下三个方面。

其一,结合实际。

书本知识都有抽象性的一面,没有抽象,则不能概括;而世界,却总是具体的。我们只有将书本上的知识同表象记忆的库存结合起来,在知识与表象之间相互验证,相互补充,融为一体,才能成为真正具有认识活力的材料。孔子云:"学而不思则罔,思而不学则殆"。"学",是积累间接知识的过程,"思",是结合实际进行消化的过程。有思,学才活,有学,思才荣。活,就是二者的辩证统一。

对此,刘勰举出了屈原的例子。屈原既是传统的经书文化的继承者,又是传统的经书文化的通变者。"离骚之文,依经立义",但绝不是经书文化的简单重复。它结合着自己时代的实际,对传统的经书文化进行了大力的改造,体现出了鲜明的时代特色。"《楚辞》者,体宪于三代,而风杂于战国,乃《雅》《颂》之博徒,而辞赋之英杰也。观其骨鲠所树,肌肤所附,虽取镕经意,亦自铸伟辞。"正是由于它对前人知识文化的活用,所以表现得如此出类拔萃,成为我国古代文化中的一座难以企及的丰碑,"故能气往轹古,辞来切今,惊才绝艳,难与并能矣"。

苏轼的《石钟山记》,也是我国古代活学知识的生动例子。苏轼在学习知识中的聪明巧妙,就在敢于根据实际对所学的知识进行验证。实践是检验真理的决定性依据,苏轼亲临其境进行考察,纠正了古人的误识,弄清了石钟山所以称为石钟山的千古之谜。他从中深刻体会到:"事不目见耳闻,而臆断其有无,可乎?"苏轼的这一求知过程向我们证明,要想获得真知,非联系实际进行活学不可。否则,我们就会像李渤那样成为历史嘲笑的对象。

其二,融会贯通。

客观世界是一个系统存在。客观世界所发出的各种信息也是互相沟通连贯的。因此,我们要想把书读活,就必须解决阅读中各种知识的连贯和融合的问题,亦即知识的系统化问题。

所谓系统化,是指在定向指引下进行多角度、多层面的搜集和融合。"譬三十之辐,共成一毂"。不管是何种领域的知识,只要和课题直接或间接相关,都要搜集务尽,并能互相通贯,融为一体。唯有通贯,才能成为系统的知识。所谓"贯一为拯乱之药",即此之谓。所谓"贯一",就是心理上和事理上的通贯为一。

刘勰就是一个能将各种知识融会贯通的楷模。他对佛学、道学、儒学无不精通,对美学、语言学、社会学、历史学、心理学、文章学、写作学等无不知晓,他的知识视野可谓广阔了。但是真正有意义的还在于,他能将这些门门类类的知识都通贯于"为文之用心"的总课题中,所以能成就其博大精深。求学应如金字塔,既能广博又能高。博与高的统一,就在于互相通贯,凝成系统化的整体。

其三,惟务折衷。

刘勰在阅读中实现融会贯通,也是与"惟务折衷"的思维方法的运用密不可分的。"惟务折衷"就是追求不偏不倚的思维境界。具而言之,就是要看到事物不同乃至互相对立因素各自的合理性,并且把这些合理之处集中并协调统一起来,以获取全面公允之论。正是凭借这种"折衷"之术,他排弃了各家观点的片面性,吸收其合理因素,归纳整合出最完善的理论认识。这一完善的理论境界,具体表现在以下方面:

一是实现了儒道佛三家哲学的融合为一。这就是他在《灭惑论》中所明确表述的:"至道宗极,理归乎一;妙法真境,本固无二……梵言菩提,汉语曰道……权教无方,不以道俗乖应。妙化无外,岂以华戎阻情?是以一音演法,殊译共解,一乘敷教,异经同归。经典由权,故孔释教殊而道契,解同由妙,故梵汉语隔而化通。但感有精粗,故教分道俗;地有东西,故国限内外。其弥纶神化,陶铸群生无异也。"

刘勰认为三学之别仅在于"精粗"、"道俗"、"华戎"这些形迹方面,而其"道"是相同的,导化群生的目的是相同的。凭借这一折衷以求同的思想方法,刘勰找到了三学之间的通融之处,并在更高的层次上建立了自己的方法论体系。正是在这一方法论体系的指导之下,他高瞻远瞩地实现了道圣文三者的统一:"道心惟微,神理设教","道沿圣以垂文,圣因文而明道"。凭借这一高瞻远瞩的知识平台,他的《文心雕龙》的撰写才具备了坚实的逻辑基础。

二是实现了"法古"和"新变"的融合为一。在齐梁文坛中,出现了两种截然相反的理论见解。一种是新变派的主张:"在乎文章,弥患凡旧,若无新变,不能代雄。"(萧子显:《南齐书·文学传论》)一种是法古派的主张:"古者四始六艺,总而为诗,既形四方之气,且彰君子之志,劝美惩恶,王化本焉。"(裴子野:《雕虫论》)面对齐梁文坛的分歧,刘勰提出的原则是:"望今制奇,参古定法。"(《通变》)在这一原则的凭借下,吸收了两派中的合理因素,剔除了其中的片面见解,解决了这一历史的纷争,建立了自己既合规律又合目的的科学发展战略思想体系。《文心雕龙》中的《辨骚》、《通变》、《时序》,就是这一战略体系的集中表述。

三是实现了文学理论中诸多对立范畴的统一。诸如才与性、风与骨、情与采、言与意、华与实、通与变、文与质、隐与秀、心与物、辨约与繁缛、浅近与远奥、典重与轻靡,等等。对于这些相互对立的范畴,刘勰或细致分析它们内涵及其优劣得失,或陈述它们在特定阶段的历史形态,再运用"折衷"原则搭构它们之间辩证统一而又兼容的逻辑理路,从而建构了一个完整全面的理论体系,将方方面面的知识融会成为一个有机的整体。

三、关于感物动心的心理调控的方法论因应

在刘勰的认识场中,文心的孕育过程既是一个材料的积累过程,又是一个感情的积累过程。这两个过程,实际是同步进行的。"情以物兴","物以情观"(《诠赋》),"思理为妙,神与物游"(《神思》),"目既往还,心亦吐纳"(《物色》),材料激发感情,感情强化材料,二者互相促进,相得益彰。在这一对矛盾中,由于主题的能动性,感情的积累在二者的同步运动中总是占着主导的位

置的。"神居胸臆,志气统其关键。"(《神思》)无论是意识的运动或是感情的运动,都是在志气的统率下进行的,感情运动与意识运动具有不可分离的属性。现代心理科学对这一古老的命题做出了明确解读,认定感情的运动受制于认识活动中枢的大脑皮层:"情绪过程是被皮下机构调节的,而评价、认识等过程则是大脑皮层的机能,只有大脑皮层能评价经验的感情性质,并组合这种情绪为怕、怒、爱或恨。大脑皮层促成感情体验,下丘脑促成情绪表现"。①由此可知,情感绝不是一种超越意识的存在,而意识的调控,则可从心理机制上促进和保证文心孕育过程的顺利运行。通过意识去激发感情,通过感情去强化搜集的能力,通过材料再去强化感情,通过感情再去强化材料。在意识和感情之间,在感情和材料之间,辗转强化,而其总枢纽,就是意识对情感的调控。

心理调控和前面所说的心理环境虽然都是属于心理活动范畴,但在功能和机制上是并不相同的。心理环境指文心全程运动的前期性的心理准备,这种准备是为了获得一定的"惯性",为文心运动的进行提供心理前提,使文心运动能在一个合适氛围中进行。心理调控则是在文心运动的采集过程中直接发挥调节作用和控制作用。前者的作用属于远程性和软件性范畴,后者属于近程性和硬件性范畴,它对采集工程的作用是远远超过心理环境的外围性影响的。

我们的古人在一千多年前,就已经注意到了"心控"对于采积材料和酝酿感情的重要作用。刘勰在《序志》中,就鲜明地提出了"逐物实难,凭性良易"的命题。所谓"凭性",就是发挥心的优势以"逐物"。"枢机方通,则物无隐貌;关键将塞,则神有遁心。"(《神思》)从心性着眼,从关键着手,这确实是富有远见的工程对策。

刘勰所标举的"心性",在中华概念系统中,具指直接制约人的中枢神经的某些特定的心理"链条",也就是刘勰所标举的最基本的心理规范:"励德树声,莫不师圣"(征圣),"光采元圣,炳耀仁孝"(原道)。就其要者而言,即道德意识、审美意识和理性意识。这三种意识之所以能直接制约人的感情,是因为人的感情中既有本能性的一方面,更有社会性的一方面。自然性的感情来

---

① 曹日昌:《普通心理学》下册,人民教育出版社1980年版,第59页。

自人的个性化的"血气",社会性的感情则来自人的个体与群体之间的历史适应。这种历史适应,就是刘勰在《原道》中所特别强调的:"两仪既生矣,惟人参之,性灵所钟,是谓三才。为五行之秀,实天地之心。"所谓"性灵所钟",所谓"五行之秀,实天地之心",实际也就是对人性的独特性的强调。人性的独特性的核心,就是社会性。而道德意识、审美意识和理性意识,就是人的社会意识的集中表现。正是这种长期的历史适应,产生了规范化的人性意识,使得人和动物在行为方式与心理方式上真正区别开来。人性意识的前提就是这种保证个体和群体能够融洽相处的道德规范、美学规范和理性规范。而其自觉形态,就是道德意识、审美意识和理性意识。这三种意识都由中枢神经直接控制和调节,并通过它们调节和控制人的社会性的感情,保证着人按照人所特有的姿态生活,具有人所特有的灵性和感应能力。人的感情运动的方向、强度、广度和深度,外制于客观事物的刺激的方向、强度、广度和深度,内制于这三种意识的取向、强度、广度和深度。这三种意识的淡化、模糊或者丧失,就意味着人的社会性感情和相连的感应灵性的淡化、模糊或者丧失。庄子所说的"哀莫大于心死",孟子所说的"失其本心",他们所说的"心",主要是以这三大意识为内涵和标志的。三大意识死亡,人与社会在感情上就无法沟通,人的灵性和感应万物的能力,也就会严重扭曲畸变,甚至荡然无存。

对文心孕育的心理调控,主要是通过发挥这三种意识的内在驱动作用而实现的。下面试根据刘勰的相关论述,做一点管窥式体认。

(一)道德意识的调控

人的道德意识的总集中,就是孔子所说的"仁"与孟子所说的"性善",其具体内涵,就是儒家所标举的同情心理,责任心理,羞恶心理。这三种心理是人性意识的最基本的表现,也是使人心得以通向人心的三条最基本的心理渠道。强化这三种心理,俱可以拓宽心物相交、心心相应的心理渠道,增强人对世界的感应能力,增大察人观物、体心验情的效益。

1. 同情心理

孟子说:"恻隐之心,人皆有之"(《告子上》),"恻隐之心,仁之端也"(《公孙丑上》)。这是世界上有关同情心的最古老的命题。同情是人类最基本的道德心理,也是人产生利他美德和仁爱感情的根源。俗话所说的"兔死狐悲,物伤其类",就是这种心理的表现。它来自人类向群的天性,来自对群体的认同。人类有了这种恻隐的心理,才能将心比心,推己及人。由于有了这个心理中介,心与心才能相通,人类在精神上才能成为一个整体。这样一个由同情所凝聚的精神整体,清晰地体现在孟子的一段名言里:"老吾老以及人之老,幼吾幼以及人之幼。天下可运于掌。"(《孟子·梁惠王上》)这一个朴素的真理已经镌入联合国总部的花岗石铭牌,为世界人民所接受和信奉。由此可以证明,对于整个人类而言,都是人同此心,心同此理的。作家的内宇宙之所以如此宽广,他之所以"能纳""能容",无遮无挡,他对人及其生存吧空间的感受之所以能如此灵敏、强烈、深刻、持久,就是因为他能够"兼爱"——同情心理中的最高层次。爱之愈深,感之愈切,察之愈细,应之愈深。

凡有成就的作家,无一不具有这种"兼爱"的道德心理。屈原"哀民生之多艰",因此才"上下而求索"。司马迁与屈原一样,怀着人道主义的悲悯情怀,对人间的一切苦难和人生的种种悲剧充满同情。这就是他在《游侠列传》中所表述的:"昔者虞舜窘于井廪,伊尹负于鼎俎,傅说匿于傅险,吕尚困于棘津,夷吾桎梏,百里饭牛,仲尼畏匡,菜色陈蔡。此皆学士所谓有道仁人也,犹然遭此灾,况以中材而涉乱世之末流乎?其遇害何可胜道哉!"刘勰同样如此,对人间的不幸充满悲天悯人的情怀:"将相以位隆特达,文士以职卑多诮,此江河所以腾涌,涓流所以寸折者也。"(《程器》)这种情怀,正是一个作家担当世界的心理渠道。如果没有这一心理渠道,他就不可能与人生的苦难相通,也就不可能鼓天下人心之动了。

惟其如此,同情人民的苦难,就必然成为是历代作家的心理传统。杜甫关心天下的不幸者,因此对天下苍生的痛苦感受得如此深切。他的《茅屋为秋风所破歌》,他的"三吏""三别",他的《兵车行》,无一不是出自对不幸者的怜悯。白居易的《卖炭翁》、《观刈麦》、《琵琶行》,篇篇出自他对下层人民的爱。曹雪芹写《红楼梦》,他所感受的生活内容是如此博大的大观园里的芸芸众生的命运。"都云作者痴,谁解其中味?"原动力就是作者的"悲天悯人"的情怀。古往今来一切优秀的作家都有一个共同的特点,就是对人间的痛苦有一种特殊的感受,能够灵敏地感受天下细微的忧患和愁思,他们感同身受,甚至比身受还要深沉强烈。李绅不是农民,但他的悯农诗中对农民的苦难观察得如此细致,感受得如此强烈,根由就在于这种同情的心理。同情心理,是作家感物应心的最深邃的灵性,是与天地之心、人类之心得以相通的"灵犀"。

强化同情心理,则万物入目入心,人我方能一体。这是观物察心的第一要务。

2. 责任心理

责任心理是人类向群的天性对共同的生存条件和生存空间所表现出来的关切。这种道德心理激发人们"以天下为己任",从"大我"的角度,去关切和参与客观世界的运动。屈原的《离骚》,就是这种心理的典型形态:"岂余身之惮殃兮,恐皇舆之败绩!忽奔走以先后兮,及前王之踵武。"刘勰也具有同样的心理特征。表现在《序志》中,就是他对自己崇高的社会期待:"齿在逾立,则尝夜梦执丹漆之礼器,随仲尼而南行。"表现在《程器》中,就是他明确的社会担当:"摛文必在纬军国,负重必在任栋梁,穷则独善以垂文,达则奉时以骋绩。"由于主体的放大,以及主体与客体之间联系的紧密化,必然带来感知能力和感受能力的强化、扩化和敏化。《九章·抽思》中的名句"愿摇起而横奔兮,览民尤以自镇",就是典型的例证。"摇起而横奔"的冲动与"自镇"的冷静从容是两种在理性含量上截然不同的心理状态,诗人明确地告诉我们,这一心理的转化,就是"览民尤"的结果,径而言之,就是责任意识参与下的心理结果。

刘勰之所以撰写《文心雕龙》,也是与这种心理的支持与推动密不可分的。这就是他在《序志》中所宣示的:"唯文章之用,实经典枝条……而去圣久远,文体解散,辞人爱奇,言贵浮诡,饰羽尚画,文绣鞶帨,离本弥甚,将遂讹滥。盖《周书》论辞,贵乎体要,尼父陈训,恶乎异端,辞训之异,宜体于要。于是搦笔和墨,乃始论文。"他明确地告诉人们,他之所以毅然提笔写作,是出于一种端正文风与端正人心的社会责任,正是这一崇高的责任意识,在心理上推动着和支持着他获得了完全的成功。

我国明代东林书院的门联,清楚地说明了责任心理世代相承的历史性品格,也说明了责任心理与感应能力之间的有机联系:

> 风声雨声读书声声声入耳
> 国事家事天下事事事关心

惟其以天下为己任,将世界置于自己的责任范围,所以"事事关心"。惟其"事事关心"，所以声声入耳，色色入目，灵敏而博大地感应客观世界的运动。

正是这种道德心理，激发出崇高的爱国主义感情和集体主义感情。在这种"大我"感情的驱动下，人们才能超越"小我"的束缚，获得更加博大的视野。获得远比一己之私所能获得的更多、更广、更强而有力的自然信息和心理信息。杜甫《闻官军收复河南河北》的感受，陆游对"三万里河东入海，五千仞岳上摩天"的感受，柳宗元对"捕蛇者"的苦难和苛政暴敛的感受，无一不是这种忧国忧民的道德心理激发的结果。

培养强烈的责任心理，调动这种责任心理的"逐物"的强大内驱力，是增强感应能力，扩大感应范围，增加感应深度的重要保证。

3. 羞恶心理

孟子说："羞恶之心，人皆有之"（《告子上》），"羞恶之心，义之端也"（《公孙丑上》）。羞恶之心，是人类对自己的丑恶行为的一种内省性的判断能力。人类由于有了这种心理，才有勇气对自己进行道德审视，自己的大脑中枢才能和自己的感情进行"扪心自问"的自我交流，从而转向对真理与正义的关注，在感情上向真理和正义认同，他对真理和正义的现象及其反面的现象的感应才会灵敏而强烈。如果一个人失去了羞耻心理，人性的规范就很难对他再起作用，他对真理和正义的感应就会麻木不仁，人所固有的灵性就会扭曲或者丧失，这就是孟子所说的"心死"。

"知耻近乎勇"。羞恶之心是向上，向善，向真，从而实现人格自我完成的原动力，也是一种激发人们关注善与恶、真与假、美与丑之间的斗争的内在驱动力。这种驱动力，推动屈原如此坚决地与"党人"的丑态划清界限，宁愿投身请流也不愿与之为伍。这就是他在《离骚》中所宣示的："宁溘死以流亡兮，余不忍为此态也。鸷鸟之不群兮，自前世而固然。何方圆之能周兮，夫孰异道而相安！屈心而抑志兮，忍尤而攘垢。伏清白以死直兮，固前圣之所厚。"这种心理状态，就是屈原坚持真理与正义的基本动力，也是他写作《离骚》的基本动力。

这种强大的心理动力，也在《文心雕龙》中鲜明地表现出来。正是在这种"义之端"的正义认同的推动下，刘勰在《辨骚》中肯定了屈原的崇高人格："蝉蜕秽浊之中，浮游尘埃之外，皭然涅而不缁，虽与日月争光可也。"并且明确认为,这种正义的心理,是屈原的最可宝贵的精神财富之一。正是在这一精神财富的凭借下,他的感应世界的能力才如此聪灵敏锐:"故其叙情怨,则郁伊而易感;述离居,则怆怏而难怀;论山水,则循声而得貌;言节候,则披文而见时。"这就是屈原之所以成为文学宗师的重要根由:"故能气往轹古,辞来切今,惊采绝艳,难与并能矣。"

刘勰自己,也具有同样强烈鲜明的正义认同。这种正义感的集中表现,就是他对讹滥文风的坚决抵制和批判:

> 盖风雅之兴,志思蓄愤,而吟咏情性,以讽其上,此为情而造文也;诸子之徒,心非郁陶,苟驰夸饰,鬻声钓世,此为文而造情也。故为情者要约而写真,为文者淫丽而烦滥。而后之作者,采滥忽真,远弃风雅,近师辞赋,故体情之制日疏,逐文之篇愈盛。故有志深轩冕,而泛咏皋壤。心缠几务,而虚述人外。真宰弗存,翩其反矣。(《情采》)

这种强烈的道德厌恶与正义认同,就是刘勰"搦笔和墨,乃始论文"的重要驱动力之一。这种强烈的丑恶蔑视与正义激发,在我国的文坛中是世代相承的。

同情心理,责任心理,羞恶心理,三者组成的系统机制就是刘勰所说的"凭性",也就是历代所崇奉的"良心"。"良心"实际就是人的主体意识在道德心理中的集中表现,它既是人性的基本内涵,又是它的重要标志,是人的灵性得以表现的心理依据。"道沿圣以垂文,圣因文而明道"。它以严格的道德规范激发着人的感知向良知和良行的方向运动。利用这种效应来激活和催发主体的感应能力,是现代思维科学和写作科学领域中的开拓性域野。长期以来,"良心"在我国是学术的禁区,是"唯心主义"和"抽象人性论"的同义语,实际上这是不必要的"作茧自缚"。现代生理学和生理化学已经能用脑电图和体电图对人的道德反应及相应的官能反应做出清晰的显示。现代测谎器就是根据人的羞耻心理的官能反映设计出来的。日本根据"同感反映"创造出了"感情契合显示器",用之于公关活动和婚姻介绍。当国际上在惊叹中国古代的智慧,并且将这种智慧成功地应用于现代生活中的时候,我们更应该有勇气把早被古人提出并已被现代心理学和生理化学证明了的道德——良心机制,运用在最需要这种机制进行激活和催发,以获得优化的感应能力的文心孕育之中。

(二)审美意识的调控

审美意识指人对待客观世界的美学态度的意识过程,一般称为美感。从审美意识的基本形态来看,向以审美观照和审美享受为中心。观照指对外物的感知而言,享受是指精神上的感受而言。精神上的感受实际上就是对外物的感知的深化。在感知世界过程中的审美参入,会加深和扩大我们对客观世界的感应和体验。它对文心孕育的作用,主要表现在以下方面。

首先,这种精神上的享受,会加深我们对感知对象的兴趣和热爱。从而使感知世界的过程,同时也就成了一个欣赏世界的过程和热爱生活的过程。刘勰所说的"率志委和,则理融而辞畅","入兴贵闲……使味飘飘而轻举,情晔晔而更新"(《养气》),就是审美享受所带来的感知效应的具体展示。由于在精神上获得了愉悦,注意会更加专一,而且会乐此不疲,坚持不懈,甚至可以废寝忘食,出神入化。

其次,这种精神上的愉悦,对主体是一种很好的陶冶,使主体的素质获得全面的改善。感觉器官就会更加灵敏,感知世界的能力会因此而进一步强化和深化。屈原就是一个典型的例子:"屈平所以能洞鉴《风》《骚》之情者,抑亦江山之助乎?"(《物色》)

特别是对于艺术型的文心孕育来说,它的作用就更加直接了。审美观照和审美享受的过程,也就是一个物以情观、情以物兴的过程。这些观情、动情、兴情之物,这些因物而兴而动而观之情,就是我们所要采集的艺术原料。"傍及万品,动植皆文。"(《原道》)美无处不在,而对美的发现,是不能依靠一般的感知活动去实现的。审美观照和审美享受的过程,就是发现美的过程。唯有美的东西才能使人愉悦,唯有使人愉悦的现象才叫做美。在观照中的精神愉悦这一灵敏的心理天平,会引导作家清晰而细致地衡量出生活中那些具有美学价值的东西,从事美的发现,而不是平淡无奇地展现一切东西。作家以自己的心和情作为美的衡器;在美的发现中,世界上没有比这更灵敏、更细致、更精微的定性根据和计量工具了。

审美对感知的参入,主要通过以下方式进行:

一是观感结合,双向渗透。

构成审美意识根本特性的因素，与其说是意志的，不如说是情感的，与其说是知性的，不如说是感性的。因此，这种"观"与"感"，具有密不可分的属性，二者水乳交融，紧密地照应融合，相倚相生，相辅相成，成为审美体验的和谐整体。所谓"目既往还，心亦吐纳"，就是这种和谐统一的心理境界的具体展现。

观感结合，是通过物我之间的双向交流来实现的。这里所说的双向交流，也就是现实生活与感知主体之间的双向交换与渗透。其具体表现形式，就是动情和移情。动情，就是主体的感动，即刘勰所说的"情往似赠"。移情，就是以情兴物，使物具有观照者的感情因素，即刘勰所说的"兴来如答"。

动情，使主体客体化了，使自然世界成了人的世界和情的世界。

移情，使客体主体化了，使人的世界和情的世界成了自然世界。

人的自然化和自然的人化，必然使人与自然在精神上融为一体。从这样的角度去感知万物，才能体物入微，物我无隙，形神兼得。这种效应，只有在审美意识的参与下进行观照才能实现。

二是形映其真，状照其善。

真善美是三个同胞的姊妹。美是一种使人感到愉悦的心理体验，真是这种使人感到愉悦的心理体验的前提，而善，则是真的完美的形态。三者紧密相连，缺一不可，构成了审美意识对观照的全息性参入的系统内涵：在求真、求善中求美。

真实是美的生命。"真宰弗存，翩其反矣。"(《情采》)真与美总是相并而生，相偕而济的。求真，使我们不满足于客观世界中那些虚假的现象，而去追求事物的真相实貌。这种追求既是理性范畴的，同时又是美学范畴的。由于求真这一美学意识的参入，获得客观事物的真实信息就会成为我们精神上的需要。也就是刘勰所精辟指出的："夫桃李不言而成蹊，有实存也；男子树兰而不芳，无其情也。夫以草木之微，依情待实；况乎文章，述志为本。言与志反，文岂足征？"失去了"真"的内涵，也就无"美"可言，只能使人感到厌恶："繁采寡情，味之必厌。"(《情采》)

求美的过程，同时也会带来求善的效应。审美是一个精神享受的过程。在审美的过程中，人民不仅追求一般的精神享受，而且只求最大的精神享受。最大的精神享受，是以客体的最为完善的状态为前提的。为着获得最大的精神享受,人们在观照事物时势必对引起美感的事物的极限状态进行"世间何物最关情"的穷搜。这种求善的穷搜过程,也就是对典型材料的发现和积累的过程:通过情来发现美,通过美来发现善,从而一步步走向客观事物的尽善尽美的状态——蕴涵丰富的自然信息和心理信息的优质材料。这种优质材料,刘勰在《物色》中曾经举出《诗》《骚》中的许多实例进行具体的展示,并对它们强大的艺术表现力量进行了理论上的概括:"《诗》《骚》所标,并据要害,故后进锐笔,怯与争锋。"这种优质材料,也就是袁枚所说的"生金":"亦有生金,一铸而定。"(《续诗品》)对于大有作为的作家来说,这种搜求是永不停息的。"世之奇伟瑰怪非常之观,常在于险远,而人之所罕至焉。故非有志者不能至也。"(王安石:《游褒禅山记》)这也就是艾青在《诗论》中所说的:"渴求着'完整',渴求着'至美,至善,至真实',因而把生命投到创造的烈焰里。"①这种"烈焰",只能由审美的情感所点燃。

(三)理性意识的调控

文心的孕育是一个感情运动过程,但绝不是一个盲目的超意识过程。"神用象通,情变所孕。物以貌求,心以理应。"(《神思》)在文心孕育的过程中,情与理从来都是是密不可分的:"思无定契,理有恒存"(《总术》),"神理共契,政序相参","山川无极,情理实劳"(《辨骚》)。也就是现代诗人艾青在他的《诗论》中所具体发挥的:"人是最高级的动物,在眼、耳朵与鼻孔之外,还有脑子。诗人只有丰富的感觉力是不够的,必须还有丰富的思考力,概括力,想象力。"②在材料的采集中,许多的理性因素已经在直接地或者间接地进行影响了。采集者在事先都会有一定的打算,有的还有明确具体的安排,来保证采集工作的顺利进行。采集中的比较、辨析、归纳、求真、求美、求善,同样也离不开理性心理的参入的。因此,如果我们在采集工作中自觉运用理性意识进行参入和调控,会带来极大的效益。

根据对刘勰的相关理论的概括及其自身的采集实践的成功经验的归纳,可以将理性心理的参入和调控,概括为以下三个方面。

其一,唯物意识对采集活动的参入和调控。

---

① 艾青:《诗论》,人民文学出版社1980年版,第216页。

② 艾青:《诗论》,人民文学出版社1980年版,第182页。

唯物意识,就是物质第一性的能动反映的意识。它认为世界是物质的,意识是对物质的反映;这种反映,是以实践为基础的能动的辩证的过程。刘勰所说的刘勰所说的"人禀七情,应物斯感","既随物以宛转","亦与心而徘徊",就是这种意识在感知活动中的具体展示。这种意识参入到感知的过程之中,会引导我们尊重和关注客观世界的实在性,同时也关注和重视主观世界的能动性。在这双向的观照中,既把客观世界的现象当做人类精神现象的物质根源,又把人类的精神现象当做客观世界的现象所以如此灵动的心理依据;既重视第一性刺激对感知世界的关键性作用,认为这是一道"铁门槛",也重视心理体验对感知的深化作用。在唯物意识的参入下,我们对世界的感知才如此实在、生动和深刻。

其二,辩证意识对采集活动的参入和调控。

辩证意识就是关于事物的普遍联系和发展的意识。它把世界看做对立的统一,"一阴一阳谓之易",由此推动着事物的变化和发展。刘勰所说的"枢中所动,环流无倦","变则可久,通则不乏",就是对这一意识的理论概括。刘勰所说的"古来辞人,异代接武,莫不参伍以相变,因革以为功,物色尽而情有余者,晓会通也",就是这一意识在感知活动中的具体运用。这种意识体现在感知活动中,能引导我们用活的眼光去关注活的世界,关注事物之间的相互联系和事物之间的差异以及量变和质变之间的数量关系,从而达到全面感知客观事物的目的。

其三,系统意识对采集活动的参入和调控。

系统意识就是把世界上的万事万物都看成一个相联而动的系统。所谓系统,就是互相联系又互相制约,并在运动中实现一定功能的一种有序性的整体。刘勰所说的"三十之辐,共成一毂","务先大体,鉴必穷源,乘一总万,举要治繁",就是对系统意识的具体阐发。系统意识体现在感知活动中,就是关注客观事物的组成要素、内在联系、运动机制及其功能,从而达到从整体上感知客观事物的目的。

这三种意识,构成了我们认识世界的方法论体系,而且首先构成了我们感知世界的方法论体系。这一方法论体系,是我们感知世界的望远镜、显微镜和指路灯,指引着和保证着我们认识世界的起点处(感知)不会迷失方向,误入歧途。我们在前面阐述的有关观察、辑录活动中的诸多方法,就是这一方法论体系的具体化和实践化。如果我们全面掌握了这种先进的方法论体系，我们就可以找到更多的工程对策和技术措施，充分发挥理性对感性的引导优势，更有成效地实现全面而准确地感知世界的阶段性目的和全程性目的。

四、关于文心萌发完成的工程学概括

文心萌发的完成，就是指材料与情思"积满而流"的势不可遏的冲动状态。刘勰所说的"登山则情满于山，观海则意溢于海，我才之多少，将与风云而并驱矣"（《神思》），就是这一状态的具体写照。这种由于材料与情感的满积而形成的喷薄状态，也就是苏轼所具体发挥的"不能不为之为工也"①的心理状态。

所谓"与风云而并驱"，就是一种由于材料与情感的满积而产生的对客观事物的本质进行认识与表达的强烈的内心要求。这种要求既来自客观世界的外在刺激，也来自作者的志气的内在刺激。外刺激迫使作者不得不"正视"客观事物的存在，内刺激激发作者敢于"正视"客观事物的存在。内外相搏，必然激起强烈的精神火花，驱动作者带着充沛的激情和追求真理的渴望，继续跨入写作的设计与传达的阶段。苏洵曾以风与水的际会作为此种心理状态的比喻："无意乎相求，不期而相遭，而文生焉。是其为文也，非水之文也，非风之文也，二物者非能为文，而不能不为文也。物之相使而文出于其间也，故曰：此天下之至文也。"②苏轼所说的"不能不为之"，指的也就是这种不期然而然并且不得不然的情况。

这样的事实，在我国的文学史上是屡见不鲜的。《史记·太史公自序》中说："昔西伯拘羑里演《周易》；孔子厄陈蔡作《春秋》；屈原放逐，著《离骚》，左丘失明，厥有国语；孙子膑脚，而论兵法；不韦迁蜀，世传吕览；韩非囚秦，《说难》《孤愤》；《诗三百篇》，大抵贤圣发愤之所为作也。"司马迁所举的这些作者和作品，都是"与风云并驱"而"不能不为之"的具体证明。他的《史记》，也是在这种强烈的冲动下写成的。这就是刘勰所说的："缀文者情动而辞发"；"盖风雅之兴，志思蓄愤，而吟咏情性，以讽其上，此为情而造文也"。所有优秀的作品，都是在这种情况下写出来的。

"与风云而并驱"不仅是一个"能为"的过程，而且也是一个"无为而为"

① 苏轼：《南行前集叙》，见《苏东坡全集》，中国书局1986年版，第307页。
② 苏洵：《仲兄字文甫说》，见《三苏全书》第6册，语文出版社2001年版，第247页。

和"自然而为"的过程。这就是材料与情思的满积而产生的自然喷发:"诗人感而后思,思而后积,积而后满,满而后作。"(《乐动声仪》)也就是方东树所说的:"思积而满,乃有异观,溢出为奇。"①这种自然而然的"溢",是由于"其胸中无所不有,天地之高下,古今之往来,政治之污隆,道术之淳驳,苞罗旁魄,如数一二,及其境会相感,情伪相逼,郁陶骀荡,无意于文而文生焉"②。这种由于满积而产生的自然喷发,"如决水之放溜,如大块之噫气,如万卉之遇春而坼,鹏羽久息而飞"③。随触而发,浩浩荡荡,无遮无挡。何者?"机发矢直,涧曲湍回,自然之趣也。"(《定势》)所积愈厚,其势愈雄。也就是苏轼所深刻体认的:"如水之赋形","行乎其所当行,止乎其所当止","胸中自有万斛泉源","故能随触而发","随地而出"。

"与风云而并驱"的过程,同时也是一个"有所为而为"的过程。材料和感情的积累触发了作家的使命感,想要对所见所闻的事进行干预,从而勃发了强烈的写作冲动,并且凝聚成为坚强的写作意志。这就是刘勰在《序志》中所宣示的:"盖《周书》论辞,贵乎体要,尼父陈训,恶乎异端,辞训之异,宜体于要。于是搦笔和墨,乃始论文。""岂好辩哉?不得已也!"也就是苏轼所倡导的:"有为而作,精悍确苦,言必中当世之过,凿凿乎如五谷必可以疗饥,断断乎如药石必可以伐病。"④这就要求我们敢于正视现实,敢于激浊扬清。如果没有这种大无畏的勇气和意志,纵有万卷在胸,也很难有文心受孕的可能。纵是受孕,也只能是"死胎"或"软骨胎"。气萎者纵遇惊天动地的事变,不过能为虫鸣鼠啾,或者豕奔犬窜。惟气盛者能挺身而出,以天下为己任,仗义执言,作洪钟巨响,振聋发聩。凡是文学大师,无一不具有这种敢作敢当的气盛而言的品格。韩愈为民除弊,明知九重难越,敢萌"谏迎佛骨"之心,终成气壮山河之表。欧阳修刚正不阿,"世之不说者哗而攻之,能折困其身而不能屈其言"。当吕夷简陷害范仲淹时,朝廷张榜诫百官不得越职言事。人人对事情真相洞若观火,但无人敢萌发著文言事之心。独欧阳修不计利害,不为权势所屈,连夜写了《与高司谏书》,力陈曲直,痛斥奸佞。如果欧阳修没有这种由庄严的

---

① 方东树:《昭昧詹言》,人民文学出版社1961年版,第1页。
② 钱谦益:《瑞芝山房初集序》,见《牧斋初学集》第33卷,四部丛刊本。
③ 沈德潜:《吾友于斋诗序》,见《归愚文集》第8卷,乾隆教忠堂刻本。
④ 苏轼:《凫绎先生诗集叙》,见《苏东坡全集》,中国书店1986年版,第310页。

使命感和正义感所激起的浩然正气和坚强意志,面临此种巨变,早已气沮神丧,纵有文心在育,亦必"胎死腹中",就不会有此雄文的娩出了。

由此可见,"与风云而并驱"的磅礴激动状态,实际是指三个方面的成熟:材料的成熟、感情的成熟和写作意志的成熟。这三者是文心萌发的完成的基本标志。它们为文心的深化和外化作好了充分的准备,以强大的心理动势推动文心向更高的阶段继续发展。

第三节　刘勰文心萌发论的历史文化意义与世界文化意义

刘勰关于文心萌发的理论体认,集中表述在他的《物色》篇中。但是,对《物色》宗旨的理解,在龙学界至今仍是众说纷纭的认识灰区。有的学者认为该篇宗旨是"提出写景的重要","讲景物的感人"[1],有的认为是"论修辞之事",[2]有的认为"《物色》篇是专门讨论文学创作中的人和自然关系的"[3]。如此等等,不一而足。它们虽然都包含了部分的事实和真理,但就其论证的深度与准度而言,远未能切中该项论题的肯綮,也远未能具有对刘勰文心萌发论的理论意义与世界文化意义的概括力量。究其原因,就在于这些诸多论见基本上还是局部性领域中的就事论事的浅表分析,而不是联系龙著的全部理论内容与理论目标所作的系统思维。众所周知,对事物本质的把握,必须是整体的把握,而整体的把握,必须是以多样性的统一为前提的。也就是刘勰所昭示的:"博而能一,亦有助乎心力矣。"(《神思》)为了实现刘勰所提出的这一理论目标,真正进入前人所标举的"进窥天地之纯"的理论境界,下面谨将一得之见,奉献于大方之前。

一、关于《物色》宗旨的深度体认

要把握刘勰文心萌发论的理论意义与世界文化意义,必先把握《物色》篇的理论意义。而要把握《物色》篇的理论意义,必先全面把握《物色》篇的理论

① 周振甫:《刘勰论物色》,《文艺理论研究》1982年第4期,第97页。
② 刘永济:《文心雕龙校释》,上海中华书局1962年版,第180页。
③ 张少康:《〈文心雕龙〉的物色论》,《北京大学学报》1985年第5期,第94页。

宗旨。那么,刘勰《物色》篇的理论宗旨究竟是什么呢?

审读上述诸多论见的理论内容就会发现,他们所做的概括,自始至终都是围绕一个基本的逻辑基点展开的,这就是心与物的关系。诸多论见对这一逻辑基点的重视无疑是正确的,但是,如果因此就将心与物的关系直接认定为作者的理论指向,那就未免太简单化了。众所周知,在逻辑论证的系统结构中,逻辑的基点只是理论运动的起点。逻辑运动的起点并不等于理论运动的全部过程,更不等于其核心结论和最后结论。因为任何逻辑运动的核心结论和最后结论不仅受制于它的最基本的逻辑依据,更主要的是受制于它的宗旨和思路,而其宗旨与思路,又是受制于它的总体性的理论目标和其总体性的逻辑结构的。唯有把握《文心雕龙》的总体性的理论宗旨和总体性的逻辑思路,才能全面把握《物色》篇的真正立意之所在。唯有全面把握《物色》篇的真正立意之所在,才能真正把握其理论意义之所在。那么,刘勰在《文心雕龙》的论证过程中所秉持的总体性的理论宗旨和逻辑思路,又是什么呢?

关于《文心雕龙》的总旨,刘勰在《序志》篇中,已经做出明确阐释:"夫'文心'者,言为文之用心也。""为文"即"写作","用心"即"如何用心思",刘勰的目的就是探讨写作思维的规律,揭示写作行为的奥秘。也就是范文澜所指出的:"《文心雕龙》的根本宗旨,在于讲明作文的法则。"刘勰的这一明确的理论指向,是贯通于该著的全部篇章之中的,《物色》也不能例外,它必然是"为文之用心"的长长链接中的一个不可或缺的环节。径而言之,刘勰对"心物"关系的探究是为对"为文之用心"的总探究服务的。那么,在"为文之用心"的总逻辑框架中,"心物"关系的意义与作用又是什么呢?

刘勰在《物色》中说得很清楚,"心物"关系的作用,就是外物对心灵的激荡作用和心灵对外物的感应作用,而表象则是这一双向互动作用的美学心理结晶。刘勰所说的"物色之动,心亦摇焉","物色相召,人谁获安","随物以宛转,与心而徘徊",就是对这一心物交感过程的生动描绘。而他所说的"'灼灼'状桃花之鲜,'依依'尽杨柳之貌,'杲杲'为出日之容,'瀌瀌'拟雨雪之状,'喈喈'逐黄鸟之声,'喓喓'学草虫之韵",就是对心物之动的美学心理成品的形象展示。特别具有逻辑显示力量的是,在这一前一后的两个界面之间,他使用了一个极其醒目的关联词语——"故"字,将二者之间的因果关系充分凸现出来:心物互动是表象生成的前提,表象生成是心物互动的初级成品,而文心的萌发则是二者融合为一的结果。以此作为逻辑起点和理论支点,刘勰进一步阐述了文心萌发的工程方法与要领,由此构成了一个关于文心生发的原理与方法的完整的认识论系统。

刘勰的这一心物交融而后文生的理论思想,是全面表现在全著的理论体系中的。见之于《原道》中,是对自然之文与人文在本原上的同一性的哲学阐述,见之于《诠赋》中,是对"情以物兴,物以情观"的文体论阐述,见之于《神思》,是对"神用象通,情变所孕。物以貌求,心以理应"的创作论阐述。所有这一切阐述,无一不本之于"为文之用心",而"为文之用心"无一不本之于"心、物、辞"的三维运动。而《物色》,就是对"为文之用心"的初始形态的发生的原理与方法的系统阐述。

由此可知,刘勰在《物色》中对心物运动的阐述,实际上就是对表象运动的阐述;对表象运动的阐述,实际就是对意象生成的初始过程的阐述;对意象的生成的初始过程的阐述,实际就是对文心生成的初始过程的阐述。这一理论开拓的重大意义就在于,他所揭示的心物运动的美学原理与相关的工程方法,不仅联系着与制约着文学发生的初始阶段,同时也联系着和制约着文学运动的全息环节和全息过程,具有牵一发而动全身的意义。因为由此形成的"心物辞"的动态组合所构成的"意象",正是文学审美的最高境界,也是文学运动的决定性的美学动力和内在纽带。正是由于有了表象的生发,然后才有意象的升华;正是由于有了意象的升华,然后才有"使元解之宰,寻声律而定墨;独照之匠,窥意象而运斤"的外化的飞跃;正是由于有了外化的飞跃,然后才有"缀文者情动而辞发,观文者披文以入情"的接受与转化的飞跃。凡此等等,都是围绕着"心物辞"的关系而凝聚成为一个美学的整体的。惟其如此,"心物辞"的关系问题,也必然是刘勰创作理论的枢纽。将专论"心物辞"关系的《物色》篇视为创作论之纲领,是顺理成章的事情,也是《物色》的最大的理论意义之所在。这就是当代学者郭外岑所精辟指出的:"《物色》篇上承'文之枢纽'部分,由《原道》篇生发而来,下又统摄'剖情析采'诸篇,为创作论总纲,在全书中确有举足轻重的重要意义和地位。"[1]这一见解,是极具启发意义的。

---

[1]　郭外岑:《〈物色〉的理论意义及其在〈文心雕龙〉中的地位》,《西北师大学报》1986 年第 1 期,第 26 页。

下面,试以《物色》作为集中视窗,对刘勰文心萌发论的理论意义,做一点展开式的领略。

二、刘勰文心萌发论的理论开拓意义

在我国的文论史中,对文心萌发进行专题性的研究,始于刘勰。刘勰在这一课题研究上的历史性建树,不仅开中国文论之先河,而就《文心雕龙》自身的以"为文之用心"为纲领的理论体系的构成来说,也无异于奠定了具有决定性意义的基石。下面,试对其重大的理论开拓意义,作一点简要介绍。

(一)刘勰文心萌发论的本体论开拓意义

从本体论的高度对文心生发的根源进行终极性体认,是刘勰的一大理论创举。他的《原道》篇,就是这一高屋建瓴的哲学体认的集中表述。

刘勰在《原道》中明确告诉人们,宇宙间的一切事物,无一不具有美的形态。就天地来说:"玄黄色杂,方圆体分,日月叠璧,以垂丽天之象;山川焕绮,以铺理地之形。"就动植万品来说:"龙凤以藻绘呈瑞,虎豹以炳蔚凝姿;云霞雕色,有逾画工之妙;草木贲华,无待锦匠之奇。"究其根由,皆原于道的生发:"此盖道之文也。"以此作为天经地义的逻辑依据,他对"有心之器"的人类所创造的人文,进行了不容辩驳的推理:"夫以无识之物,郁然有采,有心之器,其无文欤?"他的结论是明确而又肯定的:"心生而言立,言立而文明,自然之道也。"他由此归纳出了一个具有普遍意义的道理:文章本由自然生,而自然则是文心运动的最高法则。他的这一理论体认,奠定了《文心雕龙》全书以论"言为文之用心"为旨归的理论基础,从根本上确立了矫正浮靡讹滥的形式主义文风的理论根据,为《文心雕龙》理论体系的构建提供了统摄群言的核心。清儒纪晓岚对此一历史性开拓曾给予很高评价:"自汉以来,论文者罕能及此。彦和以此发端,所见在六朝文士之上。"又说:"文以载道,明其当然,文原于道,明其本然。识其本而不逐其末,首揭文体之尊,所以截断众流。"近代学者黄侃称之为:"案彦和之意思,以为文章本由自然生,故篇中数言自然……此与后世言文以载道者截然不同。"当代学者刘永济称之为:"舍人论文,首重自然","文学封域,此为最大"。皆切中肯綮之语。

但是毋庸讳言,刘勰的文心原道的理论主张中固然不乏博大精深之处,由于其过于抽象与恢弘,在理论的阐述中也存在着难以理解和把握之处。鲁迅

《汉文学史纲要》就此发表评论说:"梁之刘勰,至谓'人文之元,肇自太极'(《文心雕龙·原道》),三才所显,并由道妙,'形立则章成矣,声发则文生矣',故凡虎斑霞绮,林籁泉韵,俱为文章。其说汗漫,不可审理。"①鲁迅的这一说法无疑是正确的,但从刘勰的理论全局来看,这一问题实际是已经获得了相当完善的解决的。《物色》篇,就是对这一理论缺欠进行有力补足的专章。如果我们将《原道》与《物色》进行比对性审读就会发现,二者之间在理论的层次上虽有极大差别,但在基本研究对象和基本认识范畴上,却又是存在着诸多相通与相同之处的。二者之间的同构性,具体表现在以下方面。

其一,逻辑基点的共同性。见之于《原道》,是对天文与人文皆本之于自然之道的昭示。见之于《物色》,是对物候之动、物色之动、人心之动的相关性的强调。二者的逻辑基点,都是天与人的一体性。而自然之道,则是这种一体性的总依据。

其二,认识范畴的共同性。《原道》的认识范畴,包括万物之文、天地之心、言之文三个方面。《物色》的认识范畴,包括物色、情兴、辞采三个方面。二者在认识的范围上虽有广狭之分,而就基本范畴而言,完全是一致的。

其三,理论目标的共同性。《原道》的理论目标,是探讨文心运动的本体根源。《物色》的理论目标,是探讨文心萌发的现实根源。二者虽然在角度上并不相同,但在对文心根源的探究上,是并无二致的。

比较可知,《原道》与《物色》在理论上的内在联系是极其紧密的。二者之间在认识角度上虽然不尽相同,在认识层次上虽然有所区别,但是,就其理论目标、理论范畴、理论基点来说,则是一脉相连和一理相通的:《物色》的理论内容,实际就是对《原道》中所提出的文原于道的本体论问题的现实回答、逻辑延伸与理论完备,而《原道》的理论内容,实际就是对《物色》中所提出的文心萌发的现实过程的美学原理及工程要领的本体依据与哲学前导。这就必然赋予《物色》以一种特别的理论属性:本体论与学理论融合为一的属性。它的本体论属性赋予它的学术论属性以一种覆盖万物的天经地义的品格,它的学术论属性赋予它的本体论属性以一种可以审理的具体现实的品格。这两种品格的兼容,是刘勰《物色》篇之所独具而其他文论之所不具的。

---

① 《鲁迅全集》第10卷,人民文学出版社1973年版,第522页。

（二）刘勰文心萌发论的学术论开拓意义

刘勰的文心萌发理论不仅是文心枢纽论的不可或缺的逻辑补充，也是他借以构建"剖情析采"的文学创作理论的基础依据和逻辑纽带。其重大学理意义，具体表现在以下方面。

1. 文学创作全息理论的逻辑起点

文学创作是一项整体性的全息活动。文心萌发是进入这一全息活动的入门之阶。那么，对于这一入门之阶的理论体认又是什么呢？这是一个前人在哲学上虽多次提及而在文学理论上极少开掘的认识灰区，而刘勰，就是打开这一认识灰区，赋予文学创作的理论体认以全息性品格的学者。《物色》，就是他的这一理论探索的开拓性成果。

从先秦时期起，我们的前人就已经开始探讨文学创作的发生论问题。《易·系辞下》中所说的"仰则观象于天，俯则观法于地，观鸟兽之文与地之宜，近取诸身，远取诸物……以类万物之情"，就是对文学创作发生的动因进行探索的滥觞。

但是，《周易》之"象"，还只是对世界的形而上层面上的一般性把握，虽然包含了审美意象的萌芽，却绝不能说已经具备了审美理论的特殊性品格，自然也不能认为《周易》的"象"论就是一种美学或文学理论。文论或美学意义上的文学创作发生论，是日后的理论家以《周易》"象"论为根基加以生发创造而逐渐丰富成熟起来的学术成果，而刘勰则是其中一位将前人的理论成果创造性地融入文学创作理论中的卓越的开拓者和集大成者。

刘勰在文学创作动因探索上的理论建树，集中表现在他对文学创作中"物情辞"三维关系的深刻阐述上。他在《物色》中明确认为，"物色—情感—辞采"这三者是文学创作的三大要素，正是这三者的融合为一，构成了文学创作的内在的核心内容。这一内在的核心内容，就是他在《神思》中所说的"意象"。而文心的萌发，则是这一内在核心内容的初始形态，也就是现代人所说的"表象"，"表象"就是"物情辞"风云际会的初级性的美学成果。正是凭借这一"情以物迁，辞以情发"的三维交会所生发的表象运动，情物辞融合为一的意象境界才得以在构思中形成，然后才有文学创作的物化形态的完成。也就是刘勰在《神思》中所昭示的："然后使元解之宰，寻声律而定墨；独照之匠，窥意象而运斤。"这一全息性运动的逻辑基点，就是"物情辞"三维统一。而文心的萌发,就是三维统一的起点。

惟其如此,刘勰对文心萌发的理论体认,必然具有牵动全局并覆盖全盘的理论意义。《文心雕龙》中的剖情析采的整个理论体系,就是以此作为理论基点建立起来的。我国美学史上千载绵延的"意象"说,即奠基于此。现代的文学创作理论虽然已经有了诸多发展和进步,但就其基本的逻辑关系而言,仍然没有超出这个由刘勰所首创的三元合一的框架范围。

2. 文学创作全程理论的逻辑纽带

刘勰的文学创作理论不仅是对文学的全部要素进行全面概括的全息性理论,也是对文学创作的全方位过程进行全面概括的全程性理论。对文学的创作进行全程性的理论概括,同样是刘勰的一大历史性献功。这一历史性献功的核心内容,就是为构建文学创作全程理论提供了一条清晰的逻辑纽带。

对文学创作理论进行全程性阐释,并不始于刘勰的"剖情析采"。在刘勰之前,陆机已经在《文赋》中对文学创作的全程做出了分段性的生动展示。他将创作的过程,划分为以下几个阶段。第一阶段:创作冲动的产生。他将创作冲动的根源,归结于四时景物变化之感于人心。这就是他所说的:"伫中区以玄览,颐情志於典坟。遵四时以叹逝,瞻万物而思纷;悲落叶于劲秋,喜柔条于芳春:心懔懔以怀霜,志眇眇而临云。"第二阶段:创作的构思。他将构思的心理凭借,归结为想象的过程。这就是他所说的:"收视反听,耽思傍讯,精骛八极,心游万仞……观古今于须臾,抚四海于一瞬。"第三阶段:艺术传达。他将艺术的传达,归结于辞令的献功。这就是他所说的:"选义按部,考辞就班;抱景者咸叩,怀响者毕弹。"陆机的这些全程性的论述,是我国文学创作理论日趋精确和日趋自觉的重要标志。

刘勰的"剖情析采"理论,就是在陆机理论基础上的进一步的完善和成熟。就对全程运动的阶段性划分及相应的美学视阈而言,二者之间的继承关系是显而易见的。但是,刘勰的"剖情析采"理论绝不是陆机创作论的简单重复,二者在理论的层次上的差别同样是极其鲜明的。二者之间的最大差别就是,《文赋》中的理论体认实际是一种个性化的美学描述,它虽然生动传神,却并不具有普遍性的概括力量。而刘勰的"剖情析采"理论,则是纯形上性的逻辑推理,是以人类认识的规律性为依据从而直接切入本质的理性认识。惟其如此,他对文学创作的理论本质的把握,必然远比《文赋》中的体认深刻。

　　这一为刘勰"剖情析采"理论所独具而为《文赋》所不具的深刻性的集中表现,就是对"意象"这一美学范畴的独创和独重。刘勰在《神思》中所说的"元解之宰,寻声律而定墨;独照之匠,窥意象而运斤",就是对这一范畴的集中标示。所谓"意象",就是"物情辞"融合为一所形成的内视性的美学形象。在刘勰的概念系统中,这一外源于物而内发于心的内视形象,正是文学创作的决定性的内在依据。文学创作的全程运动之所以划分为不同的阶段,就是由意象运动的不同形态所决定的:由初始的朦胧形态的表象,进入完整的内视形象的意象,再进入由语言所物化的艺象,再进入读者心中的艺象,无一不是意象运动的内在驱动的结果。而表象作为意象构成的基础细胞,自始至终都是贯穿于意象的全程运动之中的,也是贯穿于文学创作的全程运动之中的。如果说意象运动是文学创作的内在驱动力量,那么,表象运动——意象运动的初级形态和初始形态,则是贯穿于文学创作的全程中从而将各个不同的创作阶段融为一体的逻辑纽带。正是凭借意象运动的内在驱动力量和表象的自始至终的逻辑贯穿力量,文学创作的各个阶段,才能融贯成为一个统一的整体。

　　因此,从严格的逻辑意义上说,刘勰"剖情析采"理论体系的领军性篇章,应该是《物色》。《物色》是一个比《神思》更加具有前驱意义和贯穿意义的篇章。因为刘勰的创作全程理论的纲领是"意象"论,而《物色》中的表象论,则是意象论的逻辑起点与基础细胞,也是其创作全程理论的逻辑纽带。如果没有《物色》中所提供的逻辑起点、基础细胞与逻辑纽带,刘勰的创作全程理论将成为一盘没有内在联系的散沙,而失去其整体的理论意义。这正是《物色》的理论价值中最突出的价值表现,也是必须对其逻辑位置进行调整,使其居于领军性地位的根由。

　　(三)刘勰文心萌发论的工程学开拓意义

　　刘勰文心萌发论不仅是考自然之理,立必然之则的理论科学,也是据既知之理,求可成之功的工程科学。它在工程科学上的重大建树,就是将物情辞交会而后文生的原理致诸运用,使其具化成为可以实际操作的方法体系。这一方法体系的内容,主要有以下几个方面。

　　其一,关于"入兴贵闲,优柔适会"的方法论主张。

　　其二,关于"诗人感物,联类不穷"的方法论主张。

　　其三,关于"巧言切状,并据要害"的方法论主张。

其四,关于"目既往还,心亦吐纳"的方法论主张。

其五,关于"以少总多,情貌无遗"的方法论主张。

其六,关于"体物为妙,功在密附"的方法论主张。

其七,关于"善于适要,虽旧弥新"的方法论主张。

其八,关于"物色虽繁,析辞尚简"的方法论主张。

其九,关于"摛表五色,贵在时见"的方法论主张。

如此等等。在上节中已经详述,此处不再具体展开。

这些方法论主张,都是围绕物色与情辞的交会而生发文心这一总的工程目标所提出的具体的方法对策。凭借这些方法对策,刘勰将自己关于文心萌发的基本原理的系统见解,具化成了可以实际操作的工程科学,使二者相得而益彰:学主知,术主行;学术论因工程论的实践功能而充实,工程论因学术论的认识功能而深刻。这种学与术共相促进的理论境界,是我国文论史上的一大创举。它不仅从工程科学的实处,解决了陆机在《文赋》中所提出的"非知之难,能之难也"的历史性难题,也为后世写作科学的建构,提供了既具有理论高度又具有实践深度的绝佳的样板。

三、刘勰文心萌发论的深远历史影响

刘勰的文心萌发理论的形成,绝不是偶然的,而是在总结先秦至六朝一千多年的文学创作经验和吸取历代学者研究成果的基础上,进行理性升华的结果。在我国古典文论中,将文学创作的动因作为一个专门课题进行全面研究,并由此开拓出以物情辞的会合与交融而后文生为逻辑基点的意象论的理论范畴,刘勰还是第一次。正是凭借这一具有发端意义和纽带意义的理论范畴,刘勰既高屋建瓴地又顺理成章地实现了文学创作发生的本体论根源与学术论根源的融合,并以此作为坚实的学术平台,构建了他的创作论的完整体系。刘勰对于文学创作发生的原理与实务的深刻认识和充分论述,在我国的文论史中具有里程碑的意义,影响极其深远。下面,试对该学说贯通古今的深远影响,作一点管窥式的介绍。

刘勰的文心萌发论的不注标签的隐性辐射力量,最早表现在钟嵘的《诗品》中。《诗品》的撰写,约在公元513年至公元518之间,比《文心雕龙》晚了十多年。二者同为齐梁时期文学理论的巅峰之作,在诗歌生发的理论主张上,

有诸多一脉相承与一理相通之处。

其一,从诗的兴起的现实根由来讲。在刘勰看来,文学创作的生发在于时序的变替转换,景物的荣衰动静。诗人有感于自然界的变化,因而"情以物迁,辞以情发",于是"在心为志,发言为诗"。钟嵘也强调自然界景物对引发诗兴的影响:"若乃春风春鸟,秋月秋蝉,夏云暑雨,冬月祁寒,斯四候之感诸诗者也。"无论是就理论材料而言,或者是就逻辑框架而言,都是大同小异而了无缝隙的。

其二,从诗的兴起的本体论根由来讲。在刘勰看来,自然是万物所由生发的终极根由,也是诗心萌发的终极根由。所谓"夫岂外饰,盖自然耳",所谓"言之文也,天地之心哉",所谓"神用象通,情变所孕。物以貌求,心以理应",就是对文心兴发的本体论根由的集中表述。钟嵘也持有同样的观点:"气之动物,物之感人,故摇荡性情,行诸舞咏。"钟嵘所说的"气",也就是"自然"的别名。他同样认为,情之动来自物之动,物之动来自自然之动,将自然的运化视为万物之动的终极根由,也视为诗心萌发的终极根由。赋予诗心萌发的根由以本体论的品格,不仅为刘勰所首创,也为钟嵘之所首同。钟嵘对"自然英旨"的标举,是一个重要的佐证。

其三,从二者所据的基本范畴来看。在刘勰的概念系统中,他对诗心萌发的现实根由的体认,是置于物情辞的三维关系的逻辑平台中进行的,而三者关系的总集中和总升华,就是意象的形成。"意象",就是他对诗心萌发的总原理和诗心运动的总范畴的总概括。钟嵘虽然没有直接提出"意象"的词语,但他对诗心兴发的原理的表述中,实际已经将构成意象的三项要素概括无遗。他的"气之动物,物之感人,故摇荡性情,行诸舞咏"与"干之以风力,润之以丹彩,使味之者无极,闻之者动心"的经典性表述,就是具体例证。他所说的"物",就是对刘勰所说的"物色"的等义表述,他所说的"摇荡性情",就是对刘勰所说的"情以物迁"的等义表述,他所说的"润之以丹彩",就是对刘勰所说的"辞以情发"的等义表述。他所说的"使味之者无极,闻之者动心",虽然没有说出具体的针对性,实际就是指物情辞三者的交会与融合所形成的审美意象而言的,只是没有说破而已。二者之间在认识范畴上的同构性,同样是极其鲜明的。

比较可知,二者之间确实存在着诸多的相近相似与相通相同之处。诚然,这种表现在不同著作中的共同之处与他们所处的时代的接近性有关,也与他们对同一的文化传统的继承有关。但是,作为具有经典意义的著作,它们的理论价值绝不只是对文化传统的简单承继,也绝不只是时代文化成果的简单汇集与时代水平的简单的平均值,它们必然具有远远高出于历史也远远高出于时代,并足以引领时代潮流的地方。具体表现在刘勰的文心萌发论中,主要有以下几点:一是本体论的高度,二是辩证法的深度,三是范畴论的精度。这三个具有峰巅意义的量度,是刘勰之所独具而为刘勰的前人与时人之所不具的。因此,将刘勰的文心萌发理论视为历史上的最高成就与时代的最高成就,将晚出十余年的钟嵘的同构性与同义性的见解视为对前者的继承与发展,既是合乎历史的实际的,也是符合学术发展的普遍规律的。

　　唐代以后,随着文学意识的进一步自觉和文学创作的极大繁荣,刘勰的文心萌发论的影响更加广泛而又深入。比如盛唐诗人王昌龄在所作的《诗格》中,明确地提出了关于诗歌意境的理论主张,说:

　　　　诗有三境:一曰物境。欲为山水诗,则张云石泉峰之境,极丽绝秀者,神之于心,处身于境,视境于心,莹然掌中,然后用思,了然境象,故得形似。二曰情境。娱乐愁怨,皆张于意而处于身,然后驰思,深得其情。三曰意境。亦张之于意而思之于心,则得其真矣。(《诗有三境》)

　　他将诗歌的创作过程,划分为三个依次递进的美学层次。一曰"物境",具指心物交会所形成的"视境于心"的"境象",也就是刘勰所说的"物色之动,心亦摇焉"的直观性的心理图象。二曰"情境",具指在情物交融的驱动下进入"驰思"状态的心理形象,也就是刘勰所说的凭借"登山则情满于山,观海则意溢于海"的"神思"所构成的"意象"。三曰"意境",具指"张之于意而思之于心"的具有"真"的品格的艺术形象,也就是刘勰所说的"神用象通,情变所孕。物以貌求,心以理应"的以"自然"为极则的美学境界。这三个方面的总集中和总概括,就是王昌龄所说的理想的诗学境界:"搜求于象,心入于境,神会与物,因心而得。"(《诗有三思》)王昌龄的这些理论阐述,就是他构建"意境"说理论的基本依据,也正是刘勰意象论的核心内容,二者之间的脉络关系是极其清晰的。

　　唐天宝大历间的释皎然,在王昌龄意境说的基础上提出了"取境说"的理论主张,认为"诗情缘境发"(《秋日遥和卢史君》),"缘境不尽曰情","诗人之思初发,取境偏高,则一首举体便高;取境偏逸,则一首便逸。"(《诗式·辨体有一十九字》)又云:"夫不入虎穴,焉得虎子?取境之时,须至难至险,始见奇句。成篇之后,观其气貌,有似等闲,不思而得,此高手也。"(《诗式·取境》)他把诗歌的基本因素解析为"情"与"境"的有机统一,以此作为立论的逻辑基点和理论起点。白居易也表达了同样的理论思想:"大凡人之感于事,则必动于情,然后兴于嗟叹,发于吟咏,而形于歌诗矣。"(《策林六十九》)旧题白居易《金针诗格》又云:"内意欲尽其理,外意欲尽其象,内外含蓄,方入诗格。"画家张璪则从美学的角度,提出了同样的理论主张:"外师造化、中得心源。"(张彦远:《历代名画记》)如此等等,虽然角度各异,深浅不同,但就其逻辑基点而言,皆立基于外物与内情的辩证统一,并将这一统一视为文学发生的现实根由和生命凭借。就这一点来说,都是宗祧于刘勰的以意象论为核心的文心萌发理论的。唐代文学的繁荣,与这一理论思想在文学创作的起首处的强力主持,是密不可分的。

　　进入宋代以后,对以心物关系为核心的意境论的研究更加具体,更加精粹。欧阳修所提出的"穷而后工"说,就是这一研究中重大的理论建树。欧阳修基于对文学与现实关系的深刻认识,提出诗文创作"穷而后工"的观点。他在《梅圣俞诗集序》中说:

　　　　予闻世谓诗人少达而多穷,夫岂然哉?盖世所传诗者,多出于古穷人之辞也。凡士之蕴其所有,而不得施于世者,多喜自放于山巅水涯之外,见虫鱼草木风云鸟兽之状类,往往探其奇怪,内有忧思感愤之郁积,其兴于怨刺,以道羁臣寡妇之所叹,而写人情之难言,盖愈穷则愈工。然而非诗之能穷人,殆穷者而后工也。

　　欧阳修高屋建瓴地指出,心与物的交会与融合,并非简单的算术堆砌,而必须是一种外在的人生磨炼和内在的心理煎熬的有机统一。"工"的前提是"穷",唯有经历这种刻骨铭心的困厄,心与物的会集与交融才能进入一种非寻常的优质性的审美境界。这种特别强烈、特别真切、特别深刻的审美境界,就是感人至深的优秀作品所以喷薄而出的决定性根由。

欧阳修的这一精辟的理论体认赋予传统的心物论以鲜明的实践论品格与社会学品格,也赋予了传统的心物理论以更加自觉的美学追求,极大地增强了传统心物理论的现实性内涵。它所达到的理性高度,是六朝与唐代的学者所远未能企及的。但是,就其心物交会而后文生这一逻辑基点来说,和刘勰的奠基性的体认仍然是一脉相承的,是刘勰心物辩证统一论在新的历史条件下的逻辑延伸与理论完善。刘勰的《时序》中对建安风骨的评论,就已经对特殊的人生经历与特殊的文学建树之间的内在关系,做出了相当清晰的理论发挥:"观其时文,雅好慷慨,良由世积乱离,风衰俗怨,并志深而笔长,故梗概而多气也。"如果没有刘勰的这一前导性的理论阐发,欧阳修的以人生经历为决定性凭借的"穷而后工"的体认,也就会失去历史依托而成为无源之水与无本之木了。

对刘勰文心萌发理论的继承和发展,也鲜明地表现在苏洵与苏轼父子的"风水相遭"说的重大的理论建树上。苏洵将文学创作中的心物交会与融合的关系,视为一种风与水相遭相遇的自然和合的关系,并将这种自然和合的关系,明确归结为文学发生的美学根由:"无意乎相求,不期而相遭,而文生焉。"他所说的"风",喻指变动不居的世间万物,他所说的"水",喻指人的博大恢弘的内在胸怀。苏洵坚定认为,文学的发生,必须是二者同时发生作用的结果:"是其为文也,非水之文也,非风之文也,二物者非能为文,而不能不为文也,物之相使而文出于其间也。"(《仲兄字文甫说》)而这,也就是"天下之至文"之所以生发的决定性凭借。苏轼在此基础上进行了进一步的探索,从艺术工程学的角度对心物之间的辩证关系做出了系统的阐发,诸如"神与万物交"说,"随物赋形"说,"境与意会"说,"得其意思所在"说,"静故了群动"说,"不能为之乃工"说,等等。苏氏父子的这些理论发挥,使刘勰所首倡的心物辩证统一而后文心生发的美学理念表述得更加鲜明,也更加具体,而二者之间的基因关系,也表现得更加直接、更加明显。

刘勰的意象说为核心的心物理论,在明清以后得到了更加广泛的认同和开拓。如明代宋濂《叶夷仲文集序》说:"及夫物有所触,心有所向,则沛然发之于文。"胡应麟《诗薮》说:"古诗之妙,专求意象。"何良俊《四友斋丛说》说:"意象俱新"。方东树《昭昧詹言》评鲍照诗说:"意象才调,自流畅也。"又评

杜甫诗说:"意象大小远近,皆会逼真。"清代沈德潜《说诗晬语》评孟郊诗说:
"意象孤峻"。刘熙载《艺概·赋概》说:"在外者物色,在我者生意,二者相摩
相荡而赋出焉。"吴乔《围炉诗话》说:"人心感于境遇,而哀乐情动,诗意以
生。"一直延续到近人王国维的"境界说":"词以境界为上。有境界自成高
格。""文学之事,在内足以摅己,而在外足以感人者,意与境二者而已……苟
缺其一,不足以言文学。"如此等等,都在心与物、情与景的关系上作了不同的
探求和研究,而无一不是对刘勰意象说的深度开发与逻辑延伸。

这种围绕心物关系所进行的理论开发,一千余年从未中断,由此形成了中
华文学与中华文论的以意象为宗的独特的民族传统。这一传统根植于民族文
化沃土,深得中华文化智慧,将复杂的艺术创作纳入心物关系框架,并做出了
富有民族独创性的解答,从而使它弥久弥新,在西方话语充斥文艺理论的今
天,依然焕发出遮挡不住的智慧之光。而刘勰作为意象论的首创者,在推动这
一民族特色的文学传统与文论传统的自觉形成中所发挥的前导之功,也是不
可埋没的。

四、刘勰文心萌发论的世界文化意义

刘勰以心物交感为核心的文学发生理论不仅是中国文论史上足称博大精
深的学术丰碑,也是在世界文论中足以与西方诗学以模仿为核心的文学发生
理论并驾齐驱的理论硕果。为了确切把握刘勰文心萌发理论的世界文化意
义,以利于全面认识刘勰学术建树的理论价值和理论特色,促进中华文化与世
界文化的平等交流,下面试用历史比较的方法,对二者之间的同与异,作一点
简略品读和双向式鉴赏。

(一)刘勰心物感应说与亚氏模仿说的相同性比较

刘勰心物感应说和亚里士多德模仿说分别是东西方对文学发生根由进行
体认的重要理论,都具有独标一格的学术品格并因此雄踞于各自的文化圈中,
经历漫长的风雨而屹立不移。但是由于人类共同的起源及接近的生理与心理
结构,在审美思想上也会存在诸多相近相同之处,辐射出人类共有的智慧之
光。具体表现在以下方面。

1. 在各自理论体系中的枢机性地位相同

亚氏"模仿说"和刘勰"心物感应说"在各自的理论体系中,都具有一种特

殊重要的枢机性地位：它们对文学发生的根由所作的深度探索，不仅是对该论题所做的理论阐释，也是对文学的本质所做出的逻辑延伸，因此必然具有一种统摄全局的理性辐射力量。径而言之，就是一种以点及面、据微知著的逻辑通贯力量。这种独特的逻辑通贯力量，正是人类智慧之光的集中闪烁，也就是巨制之所以成为巨制的地方。

见之于亚氏的"模仿"说中，就是它对探索文学发生的逻辑起点的选择的深刻性和巧妙性。这一逻辑起点，就是对人的本性的关注：

> 一般说来，诗的起源仿佛有两个原因，都是出于人的天性。人从孩提时候起就有模仿的本能（人和禽兽的区别之一，就在于人最善于模仿，他们最初的知识就是从模仿得来的），人对模仿的作品总有一种快感……模仿出于我们的天性，而音调感和节奏感也是出于我们的天性。①

将"出于人的天性"的"模仿"视为文学的起源，是亚里士多德的一大创举。他所说的"模仿"，实际就是一种获得"快感"的审美需要。亚氏认为，这种通过模仿获得审美快感的自然过程，就是文学所以发生的终极根由。这一体认的深刻性和巧妙性就在于，以"人的天性"作为认识论的起点和依据，实际也就是一种具有终极意义的本体论的把握。立足于人性的高处对文学发生的根源问题进行体认，也就是将该问题置于本体论的视野下进行体认。由于视野的极大扩张，人与世界的审美关系也就在这一特定的视窗中鲜明地显示出来。惟其如此，构成审美的各种因素，势必在模仿这一特定概念中集中："史诗和悲剧、喜剧和酒神颂以及大部分双管箫乐和竖琴乐——这一切实际上是模仿。"在这一最高的理论界面中，文学的发生论与本质论这两个相通而并不相同的范畴必然成为一体化的认识领域，而模仿也必然成为人类精神生活中最基本的审美范畴，在西方美学中获得元范畴的地位和意义，成为一面具有整体意义的理论旗帜。

亚里士多德的这些智慧的光辉，也在刘勰的"心物交感说"的逻辑起点中以自己独特的方式耀眼地闪烁出来。这一逻辑起点，就是它对心物关系的

---

① 亚里士多德：《诗学》，人民文学出版社 2002 年版，第 10 页。

关注：

> 春秋代序,阴阳惨舒,物色之动,心亦摇焉。(《物色》)
> 人禀七情,应物斯感。感物吟志,莫非自然。(《明诗》)

　　将出于"自然"本性的"心物感应"视为文学发生的根由,则是刘勰的一大发明。他所说的"自然",实际就是对宇宙运动的普遍规律的认同。他认为自然运动是万物化生的总根由,也是人文发生的总根由。具体表现在文学创作的过程中,就是心与物的交感和融合,这就是文学发生的终极根由。这一体认的深刻性与巧妙性就在于,立足于"自然"的终极高度对文学发生的根源问题进行审视,也就是将该问题置于本体论的视野下进行体认。由于视野的极大扩张,人与世界的审美关系也就在这一特定的视窗中鲜明地显示出来。惟其如此,构成审美的各种因素,势必在"心物感应"这一特定概念中集中:"神用象通,情变所孕。物以貌求,心以理应。"(《神思》)"故情者文之经,辞者理之纬;经正而后纬成,理定而后辞畅:此立文之本源也。"(《情采》)在这一以心物关系为核心的理论界面中,文学的发生论与本质论这两个相通而并不相同的范畴必然成为一体化的认识领域,而由此形成的意象也必然成为人类精神生活中最基本的审美范畴,在东方美学中获得元范畴的地位和意义,成为一面具有整体意义的理论旗帜。

　　以本体论作为认识的依据进行具有天经地义品格的论证,是人类最高智慧的表征。就这一点来说,二者是不谋而合的。也惟其如此,二者都必然具有一种特别的难以超越的理性高度,这也就是二者之所以在世界上获得普遍认同的哲学根由。

　　2. 对文学发生的基本要素的体认相同

　　亚氏"模仿说"和刘勰"心物感应说"对文学发生的基本要素的体认,也具有诸多相同相近之处。

　　亚氏在提出一切艺术"实际上是模仿"的命题的同时,也指出了它们内部的"三点差别":"即模仿所用的媒介不同,所取的对象不同,所采的方式不同。"这"三点不同",实际就是对模仿的构成要素的概括,也就是对文学发生的基本要素的概括。除此之外,还有一项不可或缺的构成要素,这就是他在强调"模仿者所模仿的对象是行动中的人"的表述中所说的"模仿者"。这样,就在"模仿"的总范畴下,将文学发生中的审美关系,分解为模仿者,模仿对象,模仿媒介,模仿方式四个方面。所谓"模仿者",具指文学发生中的审美主体。所谓"模仿对象",具指进入主体的审美视野的审美客体。所谓"模仿媒介"与"模仿方式",具指审美中的承载工具的审美载体。正是这三者的辩证统一,推动着文学的发生并最终发展成为完整的艺术作品。亚氏的这一清晰而又全面的要素划分,是西方美学史上的第一次,作为古典美学中的经典性成果,至今仍被西方美学界与文论界视为圭臬。

刘勰在他的"心物感应说"中,将文学的发生,归结为"心—物—辞"三者的辩证统一,其集中性表述是:"情以物迁,辞以情发。""诗人感物,联类不穷。流连万象之际,沉吟视听之区。写气图貌,既随物以宛转;属采附声,亦与心而徘徊。"(《物色》)虽然在观照的角度上和话语的表达上与亚氏各标一格,在内涵的深浅精疏上各有优长,但就对构成文学发生的基本要素所属范畴的体认而言,却存在着惊人相似的地方。刘勰所说的"物",具指客观世界的多样性与生动性,被刘勰视为"物色相召,其谁获安"的外在动因,与亚氏的"模仿对象"极其对应,同属于审美客体的范畴。刘勰所说的"情"、"心"、"感",具指人对外部世界的反应的能动性,被刘勰视为"情往似寄,兴来如答"的内在动因,与亚氏"模仿者"极其对应,同属于审美主体的范畴。刘勰所说的"辞"、"采"、"声",具指主客交感中的物质纽带,被刘勰视为"沿隐以至显,因内而符外"的中介层面,与亚氏的"模仿媒介"与"模仿方式"极其对应,同属于审美载体的范畴。

无论是就分析的精细性与逻辑的严密性而言,还是就概括的全面性与洞察的深刻性而言,二者在人类古代美学相关学术领域中,都是可以比肩而立的卓越丰碑。

3. 对文学发生的价值取向的体认相同

亚氏与刘勰在文学发生理论上的相同性,也在他们共同的艺术理想上鲜明地表现出来。

二氏的文学发生理论作为人类文化开创时期朴素的意识形态,都认为美在对立的统一,把和谐作为艺术的最高理想。和谐作为一个哲学范畴,其本质含义是讲在矛盾的对立中强调双方的相互依存,相互平衡,即"中和"的思想。亚氏说:"美德就是中间性,中庸是最高的善和最高的美。"①"从多中求一,从相异得相同……自然也追求对立的东西,也正是从它们中,而不是从相同的东西中,才产生了和谐,就像自然将雌雄结合在一起,而不是将每对相同性别的生命结合一样。"②刘勰说:"同之与异,不屑古今,擘肌分理,唯务折衷。"(《序志》),"渊乎文者,并总群势;奇正虽反,必兼解以俱通;刚柔虽殊,必随时而适用。"(《定势》)都是对这一理念的集中表述。这一哲学理念是他们美学思想的共同灵魂,从而形成了他们艺术追求的一个共同倾向,即都以和谐作为艺术的最高境界,而这一最高境界的具体内容,就是真善美的有机统一。

亚氏认为,诗人对客观世界的模仿绝不是随意性的,而是有着明确的价值追求的。他在《政治学》中昭示说:"音乐应该学习,并不只是为着某一个目的,而是同时为着几个目的,那就是(1)教育,(2)净化,(3)精神享受,也就是紧张劳动后的安静和休息。"③

他所说的"教育",指文学必须具有对生活本质的启迪功能,也就是他所说的:"诗比历史更富于哲学意味,更被严肃的对待;因为诗所描述的带有普遍性,而历史则叙述个别的事。"④"他所说的"普遍性",就是对艺术的真理性的明确标举:"艺术,正如大家所说的,是在真正的理性指导之下的某种创制的品质,相反,如果在虚伪的理性指导之下,那就没有艺术。"⑤

他所说的"净化",指文学必须具有对情感的陶冶功能,也就是他在《诗学》第六章对悲剧下的定义中所说的:"借以引起怜悯与恐惧来使这种情感得到陶冶。"他将这种陶冶的功能,归入文学的崇善的价值取向之中,将善视为美的内容和目的。他旗帜鲜明地宣示说:"美是一种善,其所以引起快感,也正是因为它'善'。"⑥还说:"在一切科学和艺术里,其目的都是为了善。而最大的善,最高的善,一切善中最有权威的善——这就是政治学里的善——善就是正义,换句话说,也就是全体公民的共同利益。"⑦

---

① 《亚里士多德全集》第 8 卷,中国人民大学出版社 1992 年版,第 36 页。
② 《亚里士多德全集》第 2 卷,中国人民大学出版社 1991 年版,第 618 页。
③ 朱光潜:《西方美学史》,人民文学出版社 2002 年版,第 86 页。
④ 亚里士多德:《诗学》,人民文学出版社 2002 年版,第 24—25 页。
⑤ 《亚里士多德全集》第 8 卷,中国人民大学出版社 1992 年版,第 124 页。
⑥ 朱光潜:《西方美学史》,人民文学出版社 2002 年版,第 82 页。
⑦ 《亚里士多德全集》第 9 卷,中国人民大学出版社 1994 年版,第 98 页。

他所说的"精神享受",指文学必须具有使人愉悦的审美功能,也就是他所说的:"人对于模仿的作品总是得到快感。"①而快感之所以成为快感,又是以模仿对象的感性形态的赏心悦目的属性为前提的。也就是他在《伦理学》中所昭示的:"处于最佳状况下的感觉,每一项活动都是最完美地指向它的最佳对象。这样的现实活动是最完美的,也是最快乐的。正如理智和思辨一样,最完美的感觉也最快乐。而最完美的感觉就是那种处于良好状况的,对自身最好对象的感觉。"②他所说的"最好的对象",就是指具有美学魅惑力量的感性形象,他所说的"最完美的感觉",就是指"最快乐"的心理感觉。正是这两个方面,构成了审美的完整内容,体现出了他对文学的审美价值的明确标举。

综上可知,亚里士多德所说的"真善美",实际就是艺术模仿中的三种价值取向的系统关系的集中概括。"真"指主体对客体的充分把握,表现为主体在艺术模仿中的合客观性与合规律性,即达到了真理的境界。"善"指道德上合乎规范,表现为主体在艺术模仿中的合理性、合目的性。"美"指艺术模仿活动中对人的本质力量的肯定,表现为主体在艺术模仿行为上的愉悦感和自由感,是在真和善的基础上达到的主客载体高度统一状态。其中,真是善与美的基础,侧重于艺术内容的客观性;善是真的结果和美的前提,侧重于艺术价值的进步性和正义性;美是真与善的统一,侧重于人的精神的自由性。三者之间,相互渗透,在同一对象上和同一的过程中密不可分地融合成为一个整体,将人类的崇尚和谐的艺术理想发挥得淋漓尽致。这一崇高的艺术追求,就是文学的生命活力永不枯竭的根由,也是《诗学》在两千年漫长岁月中所以获得西方美学界与文论界的普遍认同的根由。

在刘勰的理论体系中,也表达出了同样博大精深的理论主张,和同样可以为世楷式的理论高度。

从《文心雕龙》的枢纽论来看。刘勰在枢纽论中所提出的"原道"的主张,就是他对"真"的明确标举。所谓"道",就是对宇宙运动的总规律和总法则的总称谓,也就是对客观世界的真理性的总概括。从这一总概括的具体内涵而言,无疑与亚式所标举的"逻各斯"并不完全相同,但就二者对客观世界的规

---

① 亚里士多德:《诗学》,人民文学出版社 2002 年版,第 10 页。
② 《亚里士多德全集》第 8 卷,中国人民大学出版社 1992 年版,第 220 页。

律性在文学中的决定性作用的强调的共同性而言,就二者作为美与善的决定性前提的体认的共同性而言,则是并无二致的。

作为"道"的逻辑延伸和现实深化,他顺理成章地提出了"宗经"的理论主张。"经"是儒家对社会伦理教化之学的集中论述,其核心内容是建立以仁义为总纲的社会道德规范体系。刘勰对"经"的标举,实际也就是对文学的社会功能的标举。也就是他在《序志》中所昭示的:"唯文章之用,实经典枝条,五礼资之以成,六典因之致用,君臣所以炳焕,军国所以昭明,详其本源,莫非经典。"就其社会功利至上的价值取向来说,与亚氏所说的"在一切科学和艺术里,其目的都是为了善",以及他所说的"善就是正义,换句话说,就是共同利益",无论是就实践的高度而言或就理论的深度而言,都是处于同一的理性层次上的。

刘勰的枢纽论中,也明确地提出了对美的标举。刘勰在《原道》中所说的"文",具指天地万物的感性形态:"龙凤以藻绘呈瑞,虎豹以炳蔚凝姿;云霞雕色,有逾画工之妙;草木贲华,无待锦匠之奇。"这种使人赏心悦目的感性形态,实际也就是美的存在方式,而这种美的存在方式,也正是"物色之动,心亦摇焉"的现实根由。刘勰认为,这些异彩纷呈的美学形态,无一不是"道"的外在显现,而"道"则是这种普遍性的美学形态的终极根由。这就是他在开宗明义中所昭示的:"文之为德也大矣,与天地并生者何哉?夫玄黄色杂,方圆体分,日月叠璧,以垂丽天之象;山川焕绮,以铺理地之形:此盖道之文也。"他所说"道之文",就是他对"自然规律"与"美学形态"的哲学关系的集中概括,也就是他对艺术的"真"与"美"的一体性关系的集中概括。刘勰的这些理论体认,与亚氏所说的"惟妙惟肖的图象看上去引起我们的快感"①以及"人们有充分的理由追求快乐,因为它把生活变得更加完美,使它成为每个人都乐于选择的事情"②进行比较,虽然在表述的方式上各标一格,但在对真善美的一体性的体认上,则是并无二致的。

刘勰的真善美有机统一的艺术理想,不仅从哲学的宏观层面上表现出来,也在文学创作规范的中观层面上具体而细致地表现出来。他对"六义"的标举,就是具体的例证。他说:"文能宗经,体有六义:一则情深而不诡,二则风

---

① 亚里士多德:《诗学》,人民文学出版社2002年版,第10页。
② 《亚里士多德全集》第8卷,中国人民大学出版社1992年版,第221页。

清而不杂,三则事信而不诞,四则义贞而不回,五则体约而不芜,六则文丽而不淫。"所谓"六义",即文学创作的六项艺术准则。其中情深、事信确立的是"真"的原则:"情深而不诡",指情感的真实,"义直而不诞"指形象的真实。风清、义直确立的是"善"的原则:"风清而不杂",指精神因素的纯正,"义直而不回"指伦理道德的正直刚毅。而体约、文丽确立的是"美"的原则:"体约而不芜",指文章简约而有表现力,"文丽而不淫"指文章雅丽而有感染力。这样,就将真、善、美三个方面在文学创作的基本准则的逻辑框架中,融合成为一个有机的整体。

更为难得的是,在《风骨》篇中,他从艺术理想的高度,对真善美的一体性的命题进行了更具有微观浓缩意义的强调,这就是对"风骨采"的统一性的标举。他所说的"风",具指作品中"情"的内质美,而这一内质美的决定性凭借,就是他所说的"化感之本源",亦即引领社会普遍向上的精神力量。在我国传统的文化场中,这种蕴涵在人类感情深处的促人向上的力量,实际就是"善"的感化力量和激励力量。因此,刘勰对"风"的标举,实际上也就是对"善"的标举。他所说的"骨",具指作品中的语言的内质美。这就是他所说的:"辞之待骨,如体之树骸。"他说得很清楚,"骨"不是语言,而是语言借以"树骸"的内质。语言属于"名"的范畴,与"名"相对的是"实","实"就是语言所依据的事义。语言与事义的关系,是表与里的关系。刘勰对"结言端直,则文骨成焉"的论断,实际也就是对事义的"端直"性在文骨生成中的决定性作用的论断。所谓端直,就是公正无偏、精确可信的意思。表现在对事义的表达中,就是合乎事实、合乎规律的意思。而"真",就是对事实和规律的总称谓。因此,刘勰对"骨"的标举,实际也就是对"真"的标举。他所说的"采",具指作品中的形式美。他明确认为,文学的形式美,是文学作品不可或缺的组成部分。这就是他在《情采》中所说的:"综述性灵,敷写器象,镂心鸟迹之中,织辞鱼网之上,其为彪炳,缛采名矣。"他对"采"的标举,实际就是对"美"的标举。他明确认为,风骨采的统一,才是文学的理想境界。这就是他在《风骨》中所说的:"若风骨乏采,则鸷集翰林;采乏风骨,则雉窜文囿;唯藻耀而高翔,固文笔之鸣凤也。"他对风骨采融为一体的艺术理想的标举,实际也就是对真善美融为一体的艺术理想的标举。这种对真善美最集中、最直接、最鲜明的标举,是为刘勰之所独具而为亚氏之所不具的。

与西方诗学相比,刘勰在这里所显示出来的学术品格,不仅完全可以和西方诗学并驾齐驱,而且比西方诗学更加全面深刻、更加玲珑剔透。这一历史文化事实雄辩地证明了一条颠扑不破的真理:东西方虽然处于世界的两极,但由于人类的共同性以及人类生存空间的共同性,在文化上总要表现出诸多的共同性特征。这一共同性特征,对于破除种族优越论的迷信和种族自卑论的精神枷锁,是极好的理论依据。就这一点来说,我们完全有理由为人类共同的文化创造感到自豪,也完全有理由为我们智慧的先人所达到的同样的文化高度感到自豪。

(二)刘勰心物交感说与亚氏模仿说的相异性比较

由于人类共同的起源及接近的生理与心理结构,在文学的发生上会有诸多共同的理论主张,反映出人类共同的智慧,同时,也由于生活环境、民族习俗、社会形态等诸多因素,也会导致理论主张上的诸多差异,反映出不同国家、不同民族的文化特色和审美特色。对这些理论主张上的差异性进行实事求是的辨析,对于我们深刻理解刘勰心物感应论的理论价值和学习其他民族文化的精华,推动世界文化的平等交流,是大有裨益的。下面,试对刘勰心物感应说与亚氏模仿说的相异性,作一点管窥式的探索。

1. 哲学基础上的差异

刘勰心物感应说与亚氏模仿说的相异性,首先表现在哲学基础的非同构性上。

刘勰心物感应说的哲学基础,是中华传统文化中的"天人合一"的宇宙观。所谓"天人合一",具指人与自然的和谐统一关系,即强调天与人的和谐一致,"认为天和人不是相对待之二物,而乃一息息相通之整体,其间实无判隔"。① 这一学说由来已久,从夏商时的"神人以和"开始,春秋战国时的百家都有其天人合一说,其中最主要的是儒家倡导的道德意义上的"以天合人"说,和道家崇尚的自然意义上的"以人合天"说。但不管是儒是道,都是以赞美生命意志的创生化育力量为出发点:"大哉乾元,万物资始,乃统天"(《易·乾象》),"子曰:'夫大人者,与天地合其德,与日月合其明,与四时合其序'"(《周易·文言》)。他们所崇尚的"天人合一",其实合的就是生生不息、变动

① 张岱年:《中国哲学大纲》,江苏教育出版社2005年版,第183页。

不居的生命大德。也正是由于这一覆盖万物的生命大德,将宇宙中的万事万物都凝聚成为一个统一的整体。这一天人一体的整体观,就是中华传统文化的哲学基点,也是中国哲学与诗学之间所构成的内在联系的基本特性。刘勰《物色》中的"春秋代序,阴阳惨舒,物色之动,心亦摇焉"的心物合一的文学发生论的哲学依据,即本原于此。

亚氏的模仿说的哲学基础,是西方传统文化中的"天人相分"的宇宙观。所谓"天人相分",就是将自然与人视为两个并列和对立的范畴。在人与自然的关系上,西方哲学一开始就表现出控制与征服自然的强烈欲望。希腊神话中普罗米修斯对神威的反抗,帮助人类第一次支配了火这种自然力,就是这一哲学理念的最初显示。古代希腊哲学家都热衷于哲学本体的探讨,将水、火、数、原子,都视为自然的本质。同时,他们也不断地寻求着人与自然的质的区别。苏格拉底"认识你自己"的箴言被置于神庙的门楣上,而另一个哲学家普罗泰戈拉则以"人是万物的尺度"的论断,进一步推动了人与自然的质的区分的认识过程,由此形成了一个以天人相分作为逻辑起点的独标一格的文化体系,开辟出了一系列的对立的范畴:人与自然,灵与肉,主与客,情与理,质料与形式,现象和本质,等等。这一天人相分的宇宙观,就是西方传统文化的哲学基点,也是西方哲学与诗学之间所构成的内在联系的基本特性。亚里士多德的以"引起感觉的东西是外在的"、"要感觉就必须有被感觉的东西"①为逻辑依据的艺术"模仿"说,在哲学上即本原于此。

2. 审美模式上的差异

刘勰心物交感说与亚氏模仿说的相异性,还表现在审美模式的非同构性上。

刘勰与亚里士多德在艺术理想上都追求主体与客体的有机统一,认为主客体合而为一的物化境界,是艺术创作的最高境界。但在具体处理二者的审美关系时,由于中西哲学观念的制约,他们的组合方式存在着明显的结构性歧异,由此构成了两种迥然有别的理论主张。

与中国哲学思想相一致,刘勰的心物交感说的侧重点不是审美的对象与实体,而是审美主体对审美客体的感受。在"心"与"物"这一矛盾结构的同在

① 《亚里士多德全集》第3卷,中国人民大学出版社1992年版,第44页。

体中,"重视的不是认识模拟,而是情感感受……强调得更多的是对立面之间的渗透和协调,而不是对立面的排斥与冲突"①。他认为对生活的反映,主要不在对物象的摹写,而在于表现人的内心情志,强调一切物象都要融入人心,变成内心情志,以此实现二者的有机统一。这就是他在《明诗》篇中所昭示的:"人禀七情,应物斯感。感物吟志,莫非自然。"也就是他在《物色》篇中所强调的:"写气图貌,既随物以宛转;属采附声,亦与心而徘徊。"他在这里指出的物我关系是:物与心互动,在物我之间,我之"心"最为重要,"心"对外物的体察和揣摩使诗人内在的情感与外物互相渗透,相互融合,进而达到一种心物两融的最高审美境界。刘勰的具有东方特色的"以心总文"美学理论体系,在战略思想上即立基于此。

亚氏的"模仿"说则与此截然相反,其逻辑关系的侧重点不是审美主体对审美客体的感受,而是对审美的对象和实体的本质性和真实性的直接观照,不是把审美的重点放在由物而生发的情上,而是直接瞄准客观事物的本身。在这种特定的审美模式里,审美客体只是纯粹的客观对象,审美主体用克制约束的态度去看待客观事物,凭借冷静的观察与理性的认知去把握事物的本质,实现对"真"的真实再现。也就是他在《诗学》中所说的:"史诗诗人应尽量少用自己的身份说话,否则就不是模仿者。"②虽然"模仿说"也强调艺术家的生活态度与观点,但并不要求审美客体具有和主体相似的精神,而是要使审美客体突出它自己,越是它自己的本来面目就越美,因为人是带有原罪的,像人就不妙了。惟其如此,它所追求的美必定是一种以物作为焦点的不落情迹的美。亚氏的具有西方特色的"以物总文"的美学理论体系,在战略思想上即立基于此。

3. 艺术境界取向上的差异

刘勰心物交感说与亚氏模仿说在审美模式上的差异,也必然会在关于艺术境界的理论主张上表现出来。见之于刘勰的心物说中,就是对意象论的标举。见之与亚氏的模仿说中,就是对典型论的标举。

意象是刘勰对艺术形态的最高的美学追求。他在《神思》篇中所说的"元

---

① 李泽厚:《美的历程》,中国社会科学出版社 1985 年版,第 63 页。
② 亚里士多德:《诗学》,人民文学出版社 2002 年版,第 74 页。

解之宰,寻声律而定墨;独照之匠,窥意象而运斤",就是对这一艺术境界的集中表述。"意象",具指在构思中所形成的心与物融合为一的美学境界。刘勰认为,这种由主观情意和外在物象互相融合而形成的心理形象。是艺术发生的根本原因,也是艺术审美的最高境界。这就是他在《神思》赞语中所昭示的:"神用象通,情变所孕。物以貌求,心以理应。"从而,赋予心与物的交融以双向互动的能动品格,并在"理"的"天地之心"的总高度,将天心、人心、物之神以及物之形,凝聚成为一个"道之文"的美学整体。而文学作品,就是这一美学整体在与语言文字参与下"沿隐以至显,因内而符外"的艺术成果。刘勰的这一深刻体认,就是我国历一千余年而不中断的意境理论的雏形。我国文学创作中的以表现为鲜明特征的民族风格,在美学理论上即大成于此。

典型作为亚氏对艺术境界的最高的美学追求,具指对事物模仿的真实性和必然性的辩证统一。也就是他在《诗学》中所昭示的:"历史家描述已发生的事,而诗人却描述可能发生的事,因此,诗比历史更富于哲学意味,更被严肃的对待:因为诗所说的多半带有普遍性,而历史则叙述个别的事。所谓普遍性是指某一类型的人,按照可然律或必然律,在某种场合下会说的话,会做的事——诗的目的就在于此。"①这一论断,是亚里士多德为典型说所确立的最精辟的定义,虽然他没有使用典型这个词。从他的论述中,典型的同一性与理想性都已涵盖其中。亚里士多德所确立的典型说影响了西方关学史两千多年。大体说来,西方传统美学 18 世纪以前强调普遍性,18 世纪以后强调特殊性,但就其基本模式而言,都没有超出亚里士多德的这一美学论断的范围。

比较可知,刘勰所标之"意象"与亚氏所举之"典型",是"美学中平行相等的两个基本范畴"②。它们一重内,一重外,一重主,一重客,一重情,一重理,一重艺术内蕴的气韵生动与韵味无穷,一重艺术形态的清晰精实与血肉丰满。有如双峰对峙,二水争流,各竞其秀,各呈其妙。二者共立于人类文化的源头,既各标其异,又互相补益,而绝不能互相代替。

4. 艺术创作方法上的差异

刘勰"心物说"与亚氏"模仿说"在艺术境界上的差异,也必然会在关于艺

---

① 　亚里士多德:《诗学》,人民文学出版社 2002 年版,第 24—25 页。

② 　李泽厚:《美学论集》,上海文艺出版社 1990 年版,第 325 页。

术创作方法论的理论主张上表现出来。虽然二者都看到了主观与客观两方面的因素,但其侧重点却是各不相同的:"心物说"要求真实地表现内心情志,"模仿说"则强调真实地再现客观事物。就是说,"心物说"讲"表现","模仿说"讲"再现",由此形成了两种截然不同的艺术创作方法论的理论主张。

刘勰认为,文学的发生过程,是心物双会而融合为一的过程。他虽然将物视为文学发生的本原,但在心物关系中的逻辑起点,却是在审美主体方面,将情视为艺术中的主动性与能动性的动力。他所说的物,并非与人无涉的物,而是与人交相感应之物,亦即具有生命意识与生命特征的含情蕴气之物。这就是他在《物色》中所形象描述的:"山沓水匝,树杂云合。目既往还,心亦吐纳。春日迟迟,秋风飒飒,情往似赠,兴来如答。"

刘勰的这一美学理念反映在他的创作方法论中,就是对"情"在艺术创作中的枢纽地位的标举:"情者文之经,辞者理之纬;经正而后纬成,理定而后辞畅:此立文之本源也。"(《情采》)具而言之,诗人的"感物吟志",并不拘于自然物本身的美,更重要的是将自己的"情"、"志"对象化于自然之中,不仅要在自然美中融进自我,更要让自然美直接表达自己美的理想与美的人格,从而形成一种心物之间的融汇交流,将诗人之情意真挚地浸濡于外在的物象之中,也将外物完全为诗人的情思所把握,从而成为心化之物与物化之心。这一心化之物与物化之心,就是他所追求的"意境"的核心内涵,而实现心的物化和物的心化的艺术表现方法,就是他所标举的表现论的创作方法。这一表现论的创作方法的核心内涵,就是对写心的侧重。也就是钱钟书所精辟指出的:"目击道存,惟我有心,物如能印,内外胥融,心物相契,举物即写心,非罕譬而喻,乃妙合而凝也。"[1]刘勰的这一美学主张,既是中华传统的创作方法的实践总结,也是中华传统的创作方法的自觉的理论前导,一千五百年来一直被我国的作家奉为圭臬。

与刘勰的以写心为主导的表现论的创作方法论截然相反,亚氏"模仿"说的逻辑起点是从艺术的审美客体方面起步的,不是把重点放在由物所生发的情上,而是置于事物的本身。亚氏认为,艺术是对自然的模仿,自然就是不以人的意识为转移的真实的现实世界。模仿要凭借客观外物,是以再现客观事

---

[1] 钱钟书:《谈艺录》,中华书局 1984 年版,第 232 页。

物历史的和现实的存在状态为归宿的,它要求艺术形态的真实性、精确性和客观性,惟其如此才能引起人们的审美愉悦。他说:"人对于模仿的作品总是感到快感,经验证明了这一点:事物本身看上去尽管引起痛感,但惟妙惟肖的图像看上去却能引起我们的快感。"①亚氏将这种快感,归结为人类"求知"的天性:"求知是人类的天性"②,"求知不仅对哲学家是最快乐的事,对一般人亦然……我们看见那些图象所以感到快乐,就因为我们一面在看,一面在求知,断定某一事物是某一事物。"③根据这一体认,创作的直接动机就是为了追求最大限度地对客观外物进行逼真展示,真实地再现事物的本质及其规律。为了达到这一目的,逼真性和客观性就成了艺术形态的核心素质和必然要求,而对这一核心素质和必然要求进行集中理论概括的"再现"说,也就成了西方现实主义文学的美学原则的逻辑核心,历两千余年而绵延不断。

对照可知,刘勰与亚氏对创作方法论所持的理论主张,一重写心,一重写物,一重传神,一重传形,一重"情往似赠,兴来如答"的交流与融洽,一重"照事物原有的样子"与"应有的样子"的再现与张扬,一重情感性的优美与超脱,一重理智性的重大与崇高:二者在表现方法上各臻其妙而又相互为济,共同丰富着人类艺术创作方法论的宝库,并立于人类历史文化的峰巅。

5. 对语言属性与作用的认识差异

亚氏"模仿说"与刘勰"心物说"在理论上的差异,也在它们关于语言属性与作用的体认上表现出来。虽然二者都看到了载体在主客的融合中不可或缺的存在意义,但对它在文学发生中的地位、功能、价值以及运动状况的具体理解,却又是各标一格的,鲜明体现了中西不同的文学语言观。具体表现在以下方面。

其一,对文学构成中的语言地位的不同体认。

亚里士多德与刘勰对语言在文学构成中的地位的体认大相径庭。"工具"说与"枢机"说,就是他们对同一问题所提出的两种截然不同的理论主张。

亚里士多德将语言视为人表达思想的工具。他明确认为:在思想、语言、实在的三元关系中,语言是思想的符号,其作用是用词语表达意义。这就是他

---

① 亚里士多德:《诗学》,人民文学出版社 2002 年版,第 10 页。
② 亚里士多德:《形而上学》,商务印书馆 1959 年版,第 1 页。
③ 亚里士多德:《诗学》,人民文学出版社 2002 年版,第 10 页。

在《解释》篇中所昭示的:"口语是思想的符号","口语是心灵的经验的符号,而文字则是口语的符号"。① 这些符号所表示的意义与思想,源自对客观存在的真实现实的模仿,而语言则是联系思想和实在的纽带。亚里士多德将这一特定的纽带称为"工具",他说:"字是模仿的工具,而声音也是我们的一切官能中最宜于用来模仿的现成的工具。"②诗人作为模仿者和表演者,就是凭借这一特定工具来模仿实在,创造出文学作品的。惟其如此,在文学的发生与构成中,语言只是一个与内容无涉的纯媒介因素,既不能对审美主体构成直接影响,也不能对审美客体构成直接影响。语言之所以成为文学的构成要素,并不是由于它本身具有审美属性,而是凭借它的工具属性来为审美服务。这就是亚里士多德语言地位观的核心内容。

与此截然相反,刘勰在承认语言具有表现实在的功能的同时,在物、思、言三者关系中,更突出强调了语言的枢机作用。他明确认为,语言是事物进入人心的枢机,因为耳目所沿的物象,只是人的感觉器官的反应和经验,不可能进入"物无隐貌"的境界,唯有借助语言的介质,事物才能成为思维活动和审美活动的具体对象,事物的全貌及其本质才能被全面认识和全面显现。如果语言出现障碍,必然引发艺术思维和艺术表达的障碍,也就没有文学的生发与表达的可能了。这就是刘勰所说的:"意授于思,言授于意,密则无际,疏则千里。或理在方寸而求之域表,或义在咫尺而思隔山河。"(《神思》)惟其如此,整个艺术思维过程,实质上就是创作主体寻找恰当的语言以孕育意象和表现意象的过程,而语言,就是将作家的一切印象、感情和思想固定下来的决定性的纽带。正是在这个意义上,文学作品实质上是一个语言构筑的世界,没有语言就没有文学。这就是刘勰将"言语"视为"文章关键,神明枢机"的根由,也是他之所以将情与辞视为文学创作的两大核心因素的根由。

两者相较,一立基于工具之微,一立基于枢机之重,地位迥然不同。西方语言观的务实性与东方语言观的博大性,西方语言观的割裂性与东方语言观的浑融性,皎然可辨。

其二,对语言功能的不同理解

---

① 亚里士多德:《范畴篇　解释篇》,三联书店 2011 年版,第 59,63 页。
② 亚里士多德:《修辞学》,. 三联书店 1991 年版,第 149 页。

亚里士多德与刘勰在对语言功能的体认上,也存在着重大的歧异。"实用"说与"缛采"说,就是他们对同一问题所提出的两种截然不同的理论主张。

在思想、语言、实在三元关系中,亚里士多德把实在视作第一位,认为语言只是思维借以描述实在并作用于实在的一种工具。因此,在论及语言功能时,他非常强调语言表达的实用功能。他明确认为:"修辞术就是论辩术的对应物,因为二者都论证那种在一定程度上是人人都能认识的事理。"①"认识事理",就是他赋予语言功能的特定内容。据此,他给修辞学下的定义是:"一种能在任何一个问题上找出可能的说服方式的功能。"②为着实现说服的目的,他主张可以利用一切"可能的说服方式",其中主要是逻辑论证的方式,也包括表达感情和描绘事物的方式。但是,前者是主导性的,后者是从属性的,而"实用",则是二者的共同目标。径而言之,就是将语言的美学功能,统统归结在"说服"的功能中。在《修辞学》第三卷第七章中,他以演讲为例详细论述了这一问题,说:"在谈到暴行的时候要使用愤怒的口吻,在谈到大不敬或丑恶的行为的时候使用厌恶和慎重的口吻,在谈到可称赞的事情的时候使用欣赏的口吻,在谈到可怜悯的事情的时候使用忧郁的口吻,其余以此类推。"目的是"使人认为事情是可信的","认为演说者说的是真话"。③易而言之,演讲者所以在演讲过程中带有情感、具有个性,只是为了一个明确的实践目的:真实生动地模仿实在。

文学语言在他看来同样是如此。他在《诗学》里非常详尽地探讨了简单音、名词、语气等言辞问题,明确指出这些与言词有关的问题"属于演说艺术,不属于诗的艺术"④。只有认识到这一点,我们才能理解为什么在诗学上,亚里士多德将语言表达方式的最高境界定位于"明晰而不流于平淡"⑤。他所标举的"正确性"、"明晰性"、"适合性",从根本上说都是要求语言表达方式与实在相一致,目的也是为了更好地模仿实在。也就是他在《修辞学》里明确指

---

① 亚里士多德:《修辞学》,三联书店 1991 年版,第 21 页。
② 亚里士多德:《修辞学》,三联书店 1991 年版,第 24 页。
③ 亚里士多德:《修辞学》,三联书店 1991 年版,第 164—165 页。
④ 亚里士多德:《诗学》,人民文学出版社 2002 年版,第 57 页。
⑤ 亚里士多德:《诗学》,人民文学出版社 2002 年版,第 65 页。

出的:"所有这一切都是一种炫耀,目的在于讨听众的欢心。"①

由此可见,亚氏所说的语言表现情感和性格,是非常有限的。他的修辞术实际是一种实用的话语艺术:"所有的人几乎都要用到它们,因为每个人都要试图讨论问题,确立论点,保护自己,驳倒他人。"②由此带来的学术后果必然是语言的实用功能的极度强化,和语言审美功能的极度淡化。这也就是西方美学史中长期没有语言美学的学术地位的历史根由。

与此相反,刘勰对语言的功能则持有更加全面的见解。在他看来,语言不仅具有认识功能,也具有审美功能,这两种功能实际都是"道之文"的外在辐射,原本就包孕在语言符号之中而密不可分的。这就是他在《原道》中所强调的:"文之为德也大矣,与天地并生者何哉……仰观吐曜,俯察含章,高卑定位、故两仪既生矣;惟人参之,性灵所钟,是谓三才,为五行之秀,实天地之心。心生而言立,言立而文明,自然之道也。"他站在自然哲学的总高度昭示人们:语言与事物密不可分,也与人心密不可分。由于前者,它必然是事物的载体、成为认识客观世界的媒介。由于后者,它必然成为感情的载体,成为认识人心的媒介。惟其如此,语言的认识功能与审美功能就在这里找到了最佳的逻辑结点,浑然天成地融合成为整体。

刘勰明确认为,这种包孕在语言符号之中的浑然一体的属性。具体表现在以下两个方面。

一是语言符号的内涵方面。刘勰认为,语言符号所包容的内涵,是物、情、辞的统一。刘勰将三者置于一个严密的逻辑框架中:"岁有其物,物有其容;情以物迁,辞以情发。"(《物色》)析言之,情由物生,辞缘情发,"物"与"辞"经"情"的中介,构成思维而形诸文字。径而言之,"物"是"辞"的本源,也是情的本源;"辞"是"物"的载体,也是情的载体;物是认识的对象,也是审美的对象;情是认识的内容,也是审美的内容。这样,就从逻辑上,将情、物、辞融合成为一个有机的整体,也将语言的认识与审美的两重功能,融合成为一个有机的整体。刘勰所说的"是以诗人感物,联类不穷;流连万象之际,沈吟视听之区。写气图貌,既随物以宛转;属采附声,亦与心而徘徊"(《物色》),就是这种物情

---

① 亚里士多德:《修辞学》,三联书店1991年版,第148页。
② 亚里士多德:《修辞学》,三联书店1991年版,第21页。

辞一体化运作的形象展示,也是对语言的认识功能与审美功能的同步运作的形象展示。这种浑然一体的理论境界,是独见于刘勰的语言功能理论而不见于亚氏的语言理论之中的。

二是语言符号的形式方面。刘勰认为,文学作品既然是语言组合的结果,那么作品的美学魅力不仅要从语言的内涵中去寻找,也应从语言形态自身中去分析。他将语言的形式美,视为它的自然属性,说:"言之文也,天地之心哉。"表现在人文中,就是文章的文采:"古来文章,以雕缛成体"(《序志》),"圣人书辞,总称文章,非采而何"(《情采》)据此,他对文学创作中的修辞手法进行了系统的研究,不仅阐述其表现功能,而且从听觉与视觉的角度进一步强调了语言能指层面自身独特的审美价值:不光要传递语义学信息,而且要传递美学信息,其语言形式本身也是美的。具体的美学要领主要是两条:"讽诵则绩在宫商,临文则能归字形。"所谓"绩在宫商",就是语言的音韵与格律的悦耳性:"声转于吻,玲玲如振玉;辞靡于耳,累累如贯珠"(《声律》),"丽句与深采并流,偶意共逸韵俱发"(《丽辞》)。所谓"能归字形",就是依字形而规划文面,使字形的排列符合美学的要求。这些宝贵的理论建树,是集中华语言美学之大成,也是对亚氏美学理论中的认识灰区的有力补足。

其三,对语言在文学中的运动状态的不同理解

亚氏与刘勰对语言在文学中的运动状态的体认,也是大相径庭的。"媒介"说与"由隐至显"说,就是他们对同一问题所提出的两种截然不同的理论主张。

亚氏认为,文学作为对客观实在的模仿,是通过它的特定媒介——语言来实现的,语言是诗人再现客观实在的决定性凭借。这就是他在《诗学》中所说的:"史诗只用语言来模仿,或用不入乐的散文,或用不入乐的韵文。"[1]他将媒介的不同,视为各种艺术品种互相区别的重要原因,也是文学之所以成为文学的重要原因。但是,由于他将语言的模仿功能定格在"传达"的范畴,并始终在这一环节中进行理论发挥,就必然造成对语言功能的全息领域和全息过程的严重忽略。具而言之,他对语言的模仿功能的观照,只是局限在"传达"的狭窄领域,而并不涉及孕育与构思的诸多环节。即使在"传达"的环节中,他

---

① 亚里士多德:《诗学》,人民文学出版社 2002 年版,第 4 页。

所做的理论阐释也只是蜻蜓点水似的表述,并不具有普遍的规律性意义。惟其如此,对语言在文学运动中的全息状态与全息过程的认识,就必然成为亚氏理论体系中的灰区。他所做出的回答只是能指与所指关系层面的横向性和静态性的回答,而不是过程论层面的纵向性和动态性的回答。读者只能从舞台表演的角度和讲演接受的角度,约略看到语言表达对感情表达与思维表达的重要制约作用,却不能看到构思运动中语言与思维的互动关系和互动过程,更遑论文学孕育中的关系和过程了。亚氏所留下的这一历史性的理论缺陷,直到近现代才由西方后哲所逐步补正。

　　与亚氏的理论主张迥然有别,刘勰认为文学语言参与从构思到表达到接受的全部环节与全部过程,并且是这一全息环节和全息过程的"关键"和"枢机"。这就是他在《声律》篇中所精辟概括的:"言语者,文章关键,神明枢机。"他的这一论断,是覆盖于文学创作的全部过程中的。具见于心物交感的阶段,就是他在《物色》中所昭示的:"岁有其物,物有其容;情以物迁,辞以情发。"他清楚地告诉人们:在文学发生的初始阶段,语言就已经深深地渗入了文学创作之中,表现为虚位的规矩和无形的镂刻,虽然还处于胚胎阶段,但已经开始作用于作者的思维,使思维从形象向语言的表达转化。具见于文学的构思阶段,就是他在该篇中所指出的:"写气图貌,既随物以宛转;属采附声,亦与心而徘徊。"他明确告诉人们,心物的交感向心物交融的深化与升华,同样是在语言的参与下完成的,正是在物、情、辞的交相融合中,文学的心理蓝图——"意象"才得以构成,然后才有下一步的"元解之宰,寻声律而定墨;独照之匠,窥意象而运斤"的外化与物化的可能。具见于文学的行文阶段,就是"定墨"与"运斤"的具体运作,也就是对"意象"的语言传达的过程。正是通过这一语言过程,文学的意象才实现了"沿隐以至显,因内而符外"的转化,成为真正的艺术作品。具见于文心的接受阶段,就是刘勰在《知音》篇中所说的:"缀文者情动而辞发,观文者披文以入情。"他明确告诉人们:语言不仅是"缀文"的决定性凭借,也是"观文"的决定性凭借。正是由于有了这一凭借,"觇文辄见其心"才成为可能,人类文明的传播才成为可能。

　　由此可见,刘勰在文学语言运动状态上所持的理论主张,是一种全程参与和全方位参与的理论主张。这一主张的全面性和深刻性,是远远超出于亚氏媒介论的理论主张的。我国学者杨星映据此指出:"这说明在对文学特性、文学语言特征的把握上,中国人曾经走在最前面。"①这一论断,是合乎实际的。

　　上述比较清楚告诉我们:二者之同,是人性的共同性与客观规律的普遍性的表现,二者之异,是民族文化特色的表现,也是民族特殊智慧的表现。不管是哪种形态,都是世界性与历史性的学术地位的崇高表现,都有助于加深对刘勰文心发生理论进而对其系统理论的理解。关于刘勰在世界文化中的崇高地位,我们已经在上编的地位论中做过了宏观性的论述,此处是从文学发生理论的细微处做出一点深度的补充,使中华美学对世界美学的贡献显示得更加清晰和具体,犹如显微镜下的精微观察,以补放大镜与望远镜中之不足。这里虽然付出了不少笔墨,但笔者认为,作为献给我们智慧先人的一瓣心香,这是值得的,因为从文学的入口处对文学理论所做的把握,是最单纯最直接的把握,也是最具有掘进力的把握。唯有通过这细部的比较和领略,我们才能对刘勰在每一个理论环节上的深刻用心,获得真正的理解。

---

　　①　杨星映:《文章关键　神明枢机》,《贵州社会科学》2006 年第 4 期,第 138 页。

第十六章　文心构思论

由于大脑的多功能性及其协调性的能动效应,人类不仅能从现象上感知客观世界,而且能透过感知,获得真知;透过现象,洞悉本质;透过纷纭混乱的无序状态,理出事物之间的有机联系;透过局部,看到整体。也就是刘勰所说的:"驱万涂于同归,贞百虑于一致。"(《附会》)这一心理过程,将孤立、分散的表象或概念,"镕铸熔成器",构成有向、有序、有度的系统化的心理结构,实现由感性认识到理性认识、由审美感受到审美理想的内在的心理飞跃。文心的构思,就是这一心理飞跃在写作运动中的集中体现。

文心的构思,是作家在材料积累、感情积累和创作意志的充盈状态的基础上,以心理活动的方式,创造出完整的呼之欲出的形象结构或逻辑结构的心理过程。这一过程上承文心运动的萌发阶段,推动着表象运动或概念运动的进一步深化和序化,下接文心运动的外化阶段,为文心的文本化提供决定性的内在依据。它犹如一座桥梁,连接着文心运动的全息过程,以其独特的创造性品格和系统化品格,决定着文心运动的成败。

文心构思的基本内容,集中概括在刘勰的下面一段表述里:

> 草创鸿笔,先标三准:履端于始,则设情以位体;举正于中,则酌事以取类;归余于终,则撮辞以举要。(《熔裁》)

所谓"草创",就是文心运笔前的构思。文心构思的内容主要是:关于"情"的构思,即关于主旨的构思;关于"事"的构思,即关于材料与布局的运思;关于"辞"的构思,即关于表达的体式与方式的构思。

对文心构思进行系统性和专门性研究,刘勰是我国文论史上的先行者和集大成者。将文心构思与想象置于同一的心理过程,是刘勰独特的历史贡献。在此基础上,刘勰还提出了系列的工程对策和技术方法,为后世的构思实践提供了指路的明灯。现在试根据刘勰的经典性论述及其历史性延伸,特别是就其工程理论与工程方法的现代启示意义,作一概括性的阐述。

第一节 刘勰关于主旨构思的理论体认

"履端于始,则设情以位体。"(《镕裁》)"况乎文章,述志为本。"(《情采》)刘勰在这里所说的"情"、"志",也就是前人所常说的"意",现代人称为主旨。对主旨的确立,是文心构思的第一步骤和核心内容。

主旨是作者通过对材料的选择与组合所体现出来的一种贯串全文的意向。"情者文之经,辞者理之纬,经正而后纬成,理定而后辞畅:此立文之本源也。"(《情采》)主旨作为文心运动的指挥棒与系统结构及系统功能的核心,在形成系统并且实现系统运动的指向方面,具有决定性的意义。主旨的提炼支配着和带动着构思的全程,是从内部联系各方面的纽带。这也就是刘勰将"情理设位",视为"文采行乎其中"的前提的根由。

一、主旨形成的心理机制与工程要领

主旨是情思的浓缩与升华。情思来自人的精神世界与客观事物的撞击,主旨则是这种撞击所激发的精神火花中那个最亮的亮点。这一亮点,反映着作者对事物本质的体认和基本意向。正是这个最亮的亮点,将心与物凝聚成为一个有机的整体,也将情与理凝聚成为一个有机的整体,使全部亮点都获得了生气。

刘勰明确认为,主旨的形成过程,就是由对现象的把握到对本质的把握的心理探索与心理飞跃的过程。这一特定的心理过程,是一种"文之思也,其神远矣"的想象性的心理活动过程。这种特定的心理活动对于写作构思的意义就在于,它为主旨的形成提供了一个不可或缺的心理平台:"思理为妙,神与物游。"所谓"神",指人的精神世界,所谓"物",指客观事物的表象或概念,所谓"游",指一种极度自由的心理空间。正是在这无拘无束的心理空间中,物与物能够进行自由的碰撞,心与物能够进行自由的碰撞,心与心能够进行自由的碰撞,古与今能够进行自由的碰撞,远与近能够进行自由的碰撞。这一自由碰撞的过程,也就是自由结合、自由选择和自由组合的过程。这一自由结合、选择、组合的过程,也就是事物的本质逐步显现和作者对本质的认识逐步深化和对事物的感情逐步强化的过程。所谓主旨,就是对事物本质的把握。对本质的把握,意味对整体的把握,也意味着对主旨构思过程的收束。这一过程,就是刘勰所科学总结的:"神用象通,情变所孕。物以貌求,心以理应。""神用象通",是主旨构思的起点,"情变所孕",是主旨构思的深化,"物以貌求",是主旨构思的实化,"心以理应"是主旨构思的理性飞跃与升华,标志着这一心理过程的最后完成。

那么,在这一特定的心理过程中起决定作用的因素是什么呢? 刘勰对此进行了清晰的揭示:"神居胸臆,而志气统其关键;物沿耳目,而辞令管其枢机。枢机方通,则物无隐貌;关键将塞,则神有遁心。"他明确认为,主旨构思的核心要素有两个:一个是"神",即作者的精神世界的总集中,另一个是"物",即客观事物的表象或概念的总积累。就"神"而言,对"神"起统率作用的关键是"志气",就"物"来说,对"物"起统率作用的枢机是辞令,即具有美学表现意义和逻辑概括意义的语言。主旨的提炼,归根结底是这两个关键性因素发挥作用的结果。语言的枢机通畅了,事物的形貌与本质就会昭然若揭。心神的关键通畅了,作者对事物本质的把握就会得心应手,主旨的构思就能圆满完成。

刘勰认为,要发挥这两大关键的功能,就在于"秉心养术"。"秉心",就是秉持优化的心理状态。这一特定的心理状态,就是他所标举的"虚静"状态。进入这一状态的途径,就是"养气"。"养术",即培养构思的能力和素质。获得这一能力和素质的途径,就是他所所标举的"博练"。这两个方面的内容已在"文心修养论"中进行了阐述,此处不赘。

事实证明,刘勰的这种"养气"、"博练"之说是正确的。屈原的"人生各有所乐兮,予独好修以为常",杜甫的"读书破万卷,下笔如有神",白居易学文"以至于口舌成疮,手肘成胝,既壮而肤革不丰盈,未老而齿发早衰白",这些都是刘勰所倡导的"澡雪精神"、"积学以储宝"、"酌理以富才"的方法论主张的正确性的具体例证。屈原的"江山之助"的丰富经历,为《离骚》在立意上的高远性奠定了坚实的基础。司马迁早年三次出游的所见所闻,为他在立意中所表现的"究天人之际,通古今之变,成一家之言"的广阔视野提供了得天独厚的前提。李白早年壮游,不但培养了他对祖国大好山河的热爱,更形成了他豪放不羁的性格与文风。杜甫半生漂泊,历经唐朝由盛而衰的转变,才有了"诗史"的伟大成就。这些,就是刘勰所说的"研阅以穷照"的正确性的具体例证。杜甫的"语不惊人死不休"与贾岛的"两句三年得,一吟双泪流"等,是他们对于文辞的极度认真态度的写照,与刘勰所标举的"驯致以怿辞"的主张,是完全一致的。显然,他们鲜明深刻的立意艺术与他们独特的语言工夫,是密不可分的。

表现在刘勰自己身上,同样是如此。《文心雕龙》的理论材料,来自一种"振叶以寻根,观澜而索源"的全程式概括。这种概括上起轩辕,下迄晋宋,共历 17 个朝代。全书征引书文共有 1466 处,论及的作家有 918 人,论及的作品有 1035 篇(部)。"五十篇之内,百代之精华尽矣。"①如此全面地综述两千年来的文学现象,诠品前修得失,探索文学规律,这在我国文学史上还是破天荒的第一次。在"积学以储宝"方面,堪称楷模。在辨明事理方面,他集中了儒道佛三家哲学之精华,获得了三家方法论的思辨优势,在"酌理以富才"方面,古今难及。在人生阅历方面,他所经历的是寒士的另类人生,对社会文化的倾斜与人民的苦难,感同身受。如此坎坷的经历,我国文论史上所仅有。在"研阅以穷照"方面,无愧典范。在语言艺术的修养方面,无论"练字"、"章句"、"声韵"、"修辞",无一不处于时代的峰巅。在"驯致以怿辞"方面,可称绝唱。正是由于他具有如此深厚的知识功底和思维功力,所以在主旨的提炼上能如此出类拔萃,以其独特的思想光辉照耀千年青史。

二、刘勰对高品位主旨的美学要求

主旨的形成过程,从逻辑的层面来看,就是一个"心与理合"的过程。所谓"理",就是对事物的规律和本质的概括。这一心理过程并不复杂:分析、综合、比较、抽象、系统化、具体化。可是,就其所产生的精神成品来说,却又是存在着品位上的千差万别的。在"神与物游"的心理活动中,既可产生出感天地

① 孙梅:《四六丛话论》,见杨明照《文心雕龙校注拾遗》,上海古籍出版社 1982 年版,第438 页。

而泣鬼神的高品位的主旨,也可产生出"风末气衰"的主旨。在我国的文论史上,第一个对这种现象进行系统性的研究,并提出明确的美学要求的学者,就是刘勰。刘勰的《体性》与《风骨》,就是研究这一历史性课题的专论。下面,试做一管之窥,以飨读者。

(一)主旨构思中的品位差异的根由

认识客观世界并使这种认识和态度集中的基本环节并不复杂,可是,为什么由此产生的主旨在质量上的差别却又是如此巨大呢? 其原因已经清晰地显示在刘勰对主旨形成的系统机制的阐述中:"故思理为妙,神与物游。神居胸臆,而志气统其关键;物沿耳目,而辞令管其枢机。枢机方通,则物无隐貌;关键将塞,则神有遁心。"(《神思》)主旨的形成,是"神"与"物"融合为一的结果,主旨在品位上的纯驳平陂高下的差别,同样是这两大要素在品位上的差别的矛盾运动的结果。"神居胸臆,志气统其关键。"(《神思》)"志气"属于人人,而在质量上则千差万别。"志"者"心之所之",而"人心之不同,如其面焉"。"气"者"体之所充",而"气之清浊有体,不可力强而致"。这就是"笔区云谲,文苑波诡"的根由。

这些差别具体表现在主旨的形成中,可以概括为以下几个方面。

1. 主体强度的差异

主体的强度主要表现在志气与识见的品位。

"神居胸臆,志气统其关键。""志"关系到生命运动的方向,"气"关系到生命活力的强度,"识见"关系到生命运动的能力,三者构成了系统的精神驱动力,形成强大的精神优势。这一精神优势的强度,决定着对外在世界的撞击力的强度,从而影响着由这种撞击所形成的"精神原"的活力和质量的品位。

屈原在《离骚》中的高远的立意,就是典型的范例。屈原胸怀祖国,不与世俗为伍,"蝉蜕秽浊之中,浮游尘埃之外,皭然涅而不缁,虽与日月争光可也",所以在立意上足以感天地而泣鬼神,"故能气往轹古,辞来切今,惊采绝艳,难与并能矣"(《辨骚》)。刘勰自己同样是如此,他的志向清楚地表述在《文心雕龙》的"序志"中:"齿在逾立,则尝夜梦执丹漆之礼器,随仲尼而南行。"这一人生的追求,就是他确立《文心雕龙》宗旨的精神依据:"盖《周书》论辞,贵乎体要,尼父陈训,恶乎异端,辞训之异,宜体于要。于是搦笔和墨,乃始论文。"(《序志》)

刘勰的这一论见与实践,为历代文论家所继承和阐发。唐代的柳冕说:"气生则才勇,才勇则文壮,文壮然后可以鼓天下之动。"(《答杨中丞论文书》)宋代的范开说:"器大者声必闳,志高者意必远。"(《稼轩词序》)清代的叶燮说:"志高则其言洁,志大则其辞弘,志远则其旨永。"(《原诗》)姚鼐说:"其胸中所蓄,高矣,广矣,远矣,而偶发之为诗,则诗与之高广且远焉。"(《荷塘诗集序》)现代的鲁迅则说:"从喷泉里出来的都是水,从血管里出来的都是血。"①这些论见与刘勰的主张,是一脉相承的。

2. 客体强度的差异

"思理之致,神与物游。"(《神思》)撞击是一种双向的运动。撞击的强度不仅决定于主体的精神强度,也决定于外部世界的物质强度。因此,主旨的活力与质量的品位,也会受到客体的直接影响。"意"并非先验的东西,它是通过人类的大脑从生活中提炼出来的。思想来自"事实"。"事实"的活力与质量的品位,决定着主旨的活力与质量的品位。古今中外没有一部意旨高深的作品,不是外部世界的重大深广的事实强烈刺激的结果。惟其所见者真,所识者广,所感者切,故所悟者深。也就是刘勰对建安文学所深刻体认的:"观其时文,雅好慷慨,良由世积乱离,风衰俗怨,并志深而笔长,故梗概而多气也。"(《时序》)

我们再看看孔子的"苛政猛于虎"这一意旨的娩出过程:

> 孔子过泰山侧,有夫人哭于墓者而哀。夫子式而听之,使子路问之曰:"子之哭也,壹似重有忧者?"而曰:"然。昔者,无舅死于虎,吾夫又死焉,今吾子又死焉。"夫子曰:"何为不去也?"曰:"无苛政。"夫子曰:"小子识之,苛政猛于虎也。"

这一过程清晰地告诉我们:是"事实"在积累"情绪",是"事实"在酝酿"思想"。是"苛政猛于虎"的沉重的现实,启示着和驱动着孔子如此沉重地思考,从而归纳出如此沉重的意旨。这一主旨所具有的沉重的分量,就来自孔子所亲自面对的"事实"的沉重的分量,和他对这一事实的体验的沉重的分量。

---

① 《鲁迅选集》第2卷,中国青年出版社1957年版,第187页。

只有沉重的生活,才能如此沉重地驱动人按照如此沉重的方向,进行如此沉重的思考,归纳出如此沉重的历史性主旨。

司马迁的《酷吏列传》,同样是一个典型的例证。司马迁在我国历史上第一次将"酷吏"作为一种触目惊心的社会现象来进行集中的认识,从中入木三分地揭示出了一条历史性的真理:"行其酷者酷吏也,而成其酷者天子也。太史公深慨焉,故于众人之传,一则曰'上以为能',再则曰'上以为能'。上既能之,则深文曲法何所不至……太史公大书特书,屡书不一,书其垂诫,岂在郅都诸臣哉!此作传之本意也。"①这一"本意",也就是黄震所一针见血指出的:"迁之微文见意,往往如此,而武帝之无道昭昭矣。"②如此沉重的主旨,同样来自沉重的客观现实,是沉重的客观现实驱动着一个身受其害的作家进行如此沉重的思考,提炼出一个如此沉重的"本意"来。这一独特的"客体优势",就是李晚芳所说的:"太史公亲睹其害,不胜叹息痛恨于当时也……想太史落笔时,哀惨填胸,虽事属本朝,而讳不胜讳,故随事直书,善恶自见。"③

刘勰自己的"世积乱离"的经历,同样是他的主旨的深刻性借以生发的物质根由。刘勰出身寒门,这是他的第一重不幸。"早孤",这是他的第二重不幸。"家贫,不婚娶",这是他的第三重不幸。"依沙门僧祐,与之居处,积十余年",将青春岁月消耗于青灯古佛之间,对一个怀抱"达则奉时以骋绩"的壮志的人来说,更是最大的不幸。但正是这种种的大不幸,赋予了他一种特殊的心理素质和一种特别高远的眼光,以及一种端正世道人心的特别的责任感。这种来自苦难生活的特殊心理素质、特殊眼光和特殊责任感,就是他造就《文心雕龙》"正末归本"的崇高宗旨的心理依据。

3. 撞击过程强度的差异

主观世界和客观世界的撞击程度,除了和对应双方各自的强度有关之外,还和撞击过程本身的强度有密切关系。归根结底,撞击是必须依靠撞击的过

---

①　张云璈:《简松堂文集·读酷吏传》,见杨燕起《历代名家评史记》,北京师范大学出版社1986年版,第706页。

②　黄震:《黄氏日抄·史记》,见杨燕起《历代名家评史记》,北京师范大学出版社1986年版,第702页。

③　李晚芳:《读史管见·酷吏列传》,见杨燕起《历代名家评史记》,北京师范大学出版社1986年版,第703—704页。

程来实现的。这一过程的反复性、持久性和深刻性，直接关系到"心与物游"的撞击强度，关系到释放出来的精神能量的品位。为着积累撞击的能量，撞击的过程从来都是反复进行的："是以诗人感物，联类不穷。流连万象之际，沉吟视听之区。写气图貌，既随物以宛转；属采附声，亦与心而徘徊。"（《物色》）表现在社会生活中同样是如此。屈原与司马迁曲折的人生经历，就是典型的范例。惟其久长，所以"郁陶"。惟其"郁陶"，所以刻骨铭心。惟其刻骨铭心，所以沁人心脾，豁人耳目。何者？ 以其所知者深，所感者切也。也就是唐彪所具体发挥的："盖作文如攻玉然，今日攻去一层，而玉微见；明日又攻去一层，而玉更见；再攻不已，石尽而玉全出矣。"（《读书作文谱》）

　　所谓撞击过程的反复性、持久性和深刻性，实际上也就是指思维过程的反复性、持久性和深刻性。惟其"世积乱离，风衰俗怨"，所以"志深而笔长，梗概而多气"（《时序》）。人类的思维从来就不是一步到位的，也不是一蹴而就的，它总是经历着一个反复推移、坚持不懈的精益求精的理性运动过程。而对主旨的运思，更是集中地解决最敏感、最具有重大意义和针对意义的问题，更需要这样一个反复推移、反复运筹的精益求精的过程。主旨作为客观世界的"问题"的发现及其解答，它的实质就是对客观事物的一种理念（直接的是非判断），或者一种感念（间接的审美判断）。归根结底，属于意识形态的范畴，是量变到质变的升华，感性到理性的飞跃。如果没有过程的强烈——持久、反复和深刻，也就没有精神成果的博大和精深了。所谓"大器晚成"，即此之谓。

　　对本质与规律的求索过程，是一个苦思、多思与深思的过程。在我国的写作史上，不乏这种苦思、多思、深思以求精的例子："相如含笔而腐毫，扬雄辍翰而惊梦，桓谭感疾于苦思，王充气竭于沉虑，张衡研京以十年，左思练都以一纪。"当然，时间的长短不是创造性发现与解答的唯一要素，有的人"虑疑故愈久而致绩"，也有的人"机敏故造次而成功"："淮南崇朝而赋骚，枚皋应诏而成赋，子建援牍如口诵，仲宣举笔似宿构，阮瑀据鞍而制书，祢衡当食而草奏。"这种差异只是时间上的差异，并非程序上的差异，就精益求精的过程来说，都是"至精而后阐其妙，至变而后通其数"的产物，都是"反复"、"持久"和"深刻"地进行理性运动的结果。"若学浅而空迟，才疏而徒速，以斯成器，未之前闻。"（《神思》）这种情况只能获得肤浅的认识，不可能获得深刻的领悟。这种粗制滥造的主旨，是绝不可能具有质量和活力的品位优势的。

主旨虽然存在着品位的差别,但就文学的主流层面来说,从来都坚持着取法乎上的主张。诗骚的传统,就是取法乎上的传统。孔子所标举的"诗三百,一言以蔽之,思无邪",屈原所标举的"亦余心之所善兮,虽九死其犹未悔","路漫漫其修远兮,吾将上下而求索",就是对这一传统的经典性的表述。这一传统,在《文心雕龙》中获得了全面的继承和弘扬。刘勰的"风骨"理论,就是一种追求文学的美学理想的理论,也是一种对高品位的主旨进行明确追求的理论。这一高远的美学追求,推动着我国的文学向更高的思想领域前进不已。

(二)刘勰对高品位主旨的美学追求

对高品位主旨的美学追求,是刘勰自觉的理论倡导。

标举"情"在写作中的统率作用,是刘勰最基本的理论主张,但绝不是他最高的理论主张,因为他还有更高的理论主张在。这一更高的理论主张,就是他对"风"的标举。刘勰所说的"风",是一个涵蕴于"情",但又比"情"更加高级的范畴。这就是他在《风骨》中所昭示的:"《诗》总六义,风冠其首,斯乃化感之本源,志气之符契也。"他明确地告诉人们:"风"是人心化感的本源,又是人的志气的符契,是生发与制约"情"的决定性因素。只有将"情"升举于"风"的境界,才真正具有最强大的感化力量,这才是文学的理想追求。

所谓"风",并不是什么神秘莫测的东西,在刘勰的概念系统中,"风"属于"气"的范畴,而从宇宙运动的终极高度来看,归根结底属于"自然之道"的范畴。"风"的化感力量,归根结底来自"气"的化感力量,"气"的化感力量归根结底来自"自然之道"的创化万物和化感万物的力量。这就是刘勰在《风骨》的赞语中所标举的:"情与气偕,辞共体并。文明以健,珪璋乃聘。"也就是他在《原道》中所昭示的:"《易》曰:'鼓天下之动者存乎辞。'辞之所以能鼓天下者,乃道之文也。"

"道之文",是刘勰最高的美学追求。合道之旨,是刘勰对高品位主旨的权衡标准。由于"含道量"的不同,主旨存在着极大的品位差别,表现出"纯驳平陂高下之不同"。"若非慎辨而去取之,则差若毫厘,缪以千里矣。"①追求高品位的主旨,是大家工作的基本法则,也是刘勰明确的理论主张。

---

① 刘熙载:《艺概》,上海古籍出版社 1978 年版,第 45 页。

所谓高品位的主旨,就是具有功能强度和结构强度的主旨。下面,试做一点具体的领略。

1. 高品位主旨的功能强度

高品位主旨的功能强度,就在于调动全部材料凝聚成为一个统一的思想去实现一个远大的目标——"鼓天下之动"。它之所以能鼓动天下,在于它所内蕴的"道"的力量。"辞之所以能鼓天下者,乃道之文也。""道",就是与天下万物相通之理,与天下万人相通之情。古人将它称之为"天地之心",我们可以理解为客观世界的规律性与人性本身的规律性。因此,主旨的"鼓天下之动"的功能强度,就是它所蕴涵的"天地之心"的精神强度,也就是"问题"与"解答"中关于客观世界规律性与人性本身规律性的深度和广度。这一"天地之心"的深度和广度,是"问题"与"解答"有无分量与可接受性的最基本的依据。

主旨的分量与可接受性,集中表现在它的社会优势上:它必须为天下人所共重,为天下人所共思。也就是说,它必须从现实生活中找到天下之人普遍关注的"问题"和普遍认同的"解答"。这一"问题"与"解答",关系到当代人的生存和发展,或者关系到人性本身的健康向上。前者被视为主旨的重大性品格,后者被视为主旨的崇高性品格。苏轼的《潮州韩文公庙碑》的开头语,为我们提供了卓越的范例:"一言而为天下法",就是对"重大"的历史性概括;"匹夫而为百世师",就是对"崇高"的形象性展示。惟其重大,故与社会大多数人的利益息息相通;惟其崇高,故与人类向上的总趋势丝丝入扣。这就是韩文之所以能"鼓天下之动"的根由。

古往今来一切名作的主旨,无一不具"重大"与"崇高"的精神品格。刘勰写《文心雕龙》,其立意是以整顿文风为杠杆推动六朝文化走出历史的低迷而重归于正道。他的立意,与我们民族昂扬向上的文化传统与坚持这一传统的顽强意志是一脉相通的,由此获得了一种可与万人契合并可与历史共存的精神品格。杜甫的"三吏三别",以形象的方式凸显了劳动人民在战乱中的痛苦,强烈地抒发了对不幸者的同情,和对统治者的暴行的憎恶。它的立意,与社会的普遍要求息息相通,也与人性的基本内涵——同情、责任、羞耻——息息相通。他的主旨的社会重大性,使他的作品获得了"诗史"的赞誉。他的主旨的人性高度,使他获得了"诗圣"的称号。正是这两个高度,使他的作品的主旨获得了质量和活力的高品位。因此动人心弦,千古不朽。范仲淹的《岳阳楼记》的主旨,是歌颂"先天下之忧而忧,后天下之乐而乐"的崇高精神。这种精神,正是人性中最有价值的东西,对于推动人性的向上发展,具有重大的意义。所以感人至深,映照千古。《水浒传》与《荡寇志》,一着眼于多数人对少数人的造反有理,认为"官逼民反,乱自上作",一着眼于少数人对多数人的镇压有理,认为"贼民好乱,诛戮乃安"。其品位之高低,判然有天壤之别。

当然,"社会高度"和"人性深度",都具有特定时代内涵,却都是对前人高度和深度的突破,是他们所处的时代中的创造性思维的结晶,代表着一个历史阶段的社会高度和人性深度。这不仅是对文学作品而言的,就是科学名作的主旨,也同样是如此。张仲景写《伤寒论》,其立意是为了拯救天下苍生于瘟疫肆虐的水深火热之中。李时珍写《本草纲目》,其立意是为民族的生存提供一道安全的保护。魏源写《海国图志》,其立意是为民族的反帝爱国斗争提供知识上的导航。诚然,就科学著作而言,以理性的追求为直接的目标,它的立意的"重大"与"崇高"不一定鲜明地表现在行文中,却是推动作家发现"问题"和获得最优化"解答"的根本动力,是其作品获得理性高度的精神保证。

"社会高度"和"人性深度",都是客观世界的规律性和合目的性的集中表现。这两个高度的实现,必须以对客观世界(自然和人)的规律性的深刻把握为基础。因此,主旨的强度,同时也决定于"问题"与"解答"的科学高度。刘勰所说的"原道心以敷章,研神理而设教","心与理合",实际也就是对主旨的科学性的强调和标举。如果主旨不具备科学性,就不可能与自然世界契合,也不可能与人的世界相通,必然会成为谬误,纵使能蒙蔽视听于一时,最终会被人类和历史所抛弃。汉代的造神哲学,现代的法西斯主义,就是鲜明的例子。

科学高度的最高层次是哲理高度。哲理就是万理之理,是人们对整个世界(自然界、社会和思维)的根本观点的总体系。一部优秀著作的主旨,一方面是它对某一特定现象的"问题与解答",同时又如一把多功能的钥匙,可以打开很多的锁,使人对客观世界的总的运动规律豁然开朗。刘勰的《文心雕龙》,就是典型的范例。该著所提供给人们的,不仅是关于写作的特殊规律,也是关于天地之心的普遍规律,关于宇宙运动的普遍真理。古往今来一切名作,无一不具有这种普遍性的精神品格,如陶渊明的《桃花源记》,苏轼的《赤壁赋》,曹雪芹的《红楼梦》,鲁迅的《雪》、《故乡》,等等。它们的主旨,无一不具有深邃的哲学内涵，使人对宇宙与人生领略不尽。只要看过《故乡》的人，都不会忘记提示主旨的那句至理名言：

希望本无所谓有，无所谓无，正如地上的路，地上本无路，走的人多了，也就成了路。

这既是对故乡的生活所提出的问题和答案，又是对人与环境的关系的问题和答案，也是对人类历史运动的总趋势的总问题和总答案。

就自然科学和社会科学著作的主旨而言，凡是出类拔萃的作品，其哲理内涵同样是相当丰富的。我国古代的《黄帝内经》的主旨，既是对人的生理与病理中诸多问题的解答，也是对质变与量变、内因与外因、制约与能动等诸多普遍规律的概括。这些普遍规律，不仅适用于人的保健与养生，也触类旁通于宇宙人生。司马迁的《史记》，意旨是"究天人之际，通古今之变"，它在哲学上的辐射力量，同样是遍及于宇宙和人生的。当然，不是说所有名作都具有深邃的哲学内涵，但是，主旨中的哲学内涵对于它的理性强度的品位来说，无疑是一个重要的参数。

社会高度、人性深度、哲理高度，是高品位主旨的功能强度的三项重要内涵，也是古往今来一切大有成就的作家在主旨的开拓上为之毕生拼搏的三大目标。这种追求，永远是无穷无尽的。

2. 高品位主旨的结构强度

"情理设位，文采行乎其中。"（《熔裁》）主旨是思维的启动点和集中点，又是调动全部材料和情思进入系统位置形成系统思维的主脑。没有这个主脑，全部材料和情思就会成为"无帅之兵，谓之乌合"。因此，高品位的主旨，必须具有这种统率全部材料和情思组成严密的系统的"以一总万"的结构强度。这种结构强度，具体表现在以下方面：

其一，贯摄力。

贯摄力就是主旨所具有的弥纶群言，归于一体的统摄力和贯串力。这种整体化的力量来自材料的系统组合的结构功能，而主旨则是这一系统组合的整体指向。整体指向的强度，首先是由这一系统组合的强度来决定的。系统组合绝非一般意义的外在联系的材料拼合，它既要求有材料的同质性，也要求有材料的定位性,还要求有各系统位置的同构性。这三者的品位差别,决定着系统结构的品位差别,最终决定着贯摄力的品位差别。

贯摄力实质上就是主旨对材料的凝聚力。表现在同质性上,就是材料指向中心,中心统摄材料,从而凝聚成为一个和谐的整体:"道味相附,悬绪自接。如乐之和,心声克协。"(《附会》)表现在定位性上,则是材料与系统位置的契合性。每个系统位置都有自己特定的系统作用——对全局的作用。"骖牡异力,而六辔如琴。"惟其方方面面都进入"一毂统辐"的状态,整体的优势才会因主攻方向的单一和鲜明而充分地体现出来。同构性就是各系统位置之间的有机联系和整体指向的一致性。主旨对整体运动的贯摄力,归根结底是通过这些"内在链条"去实现的。这些"内在链条",是主旨得以体现的决定性结构。主旨对文章贯摄力的强度,在很大程度上取决于这些"内在链条"的结构强度。这就是说,"内在链条"不是各部分间一般意义的联系,而是具有本质意义的联系。它不是一种简单的自然联系,而是一种显性的或隐性的逻辑联系。正是这种深刻的理性联系,不可抗拒地推导出和指引着思维运动的总指向——主旨。从内在的逻辑联系上实现主旨对全部思维过程的统摄,是主旨功力的最集中的表现,也是名家工作的基本法则。

其二,掘进力。

主旨的结构力不仅表现在统摄思维,总领全篇方面,而且表现在驱动思维步步深入,层层掘进方面。这种在认识上由浅入深,不断掘进的力量,是逻辑运动的自然性和必然性的驱动力量。也就是刘勰在《定势》中所说的:"夫情致异区,文变殊术,莫不因情立体,即体成势也。势者,乘利而为制也。如机发矢直,涧曲湍回,自然之趣也。"所谓"情",就是主旨,所谓"体",就是用以体现主旨的形式结构,所谓"势",就是主旨蕴涵在文章形式结构中的"乘利而为制"的自然性与必然性的逻辑驱动力量。这一逻辑运动是围绕着主旨——"问题与解答"进行的。"问题"在不断驱动逻辑的行程,逻辑的行程在不断"解答"着问题,直至获得最深刻的答案。布设在主旨中的提出和解答问题的角度,在全局上直接关系着"切入"事物的"深度"。因此,具有结构强度的主旨,在逻辑运动中必然是"群龙之首",是逻辑结构中的关键点和总突破口,也是"牵一发而动全身"的功能点。

刘勰的《文心雕龙》的"群龙之首"是关于"文心"的秘密,揭开了这个秘密就势如破竹地剖开了美学运动和写作运动的全过程,获得了关于以心术总文术的系统理论和系统方法。这就是《文心雕龙》的"为文枢纽"所以献功的地方。施耐庵《水浒》的总"切入口"是"乱自何作",从而锐不可当地剖开了封建社会的全部现实生活,获得了关于封建政治关系的总答案。范仲淹的《岳阳楼记》,以"览物之情,得无异乎"作为总"突破口",剖析了形形色色的人心,最后揭开了"仁者之心"的全部内涵。刘勰所说的"据要害",不仅是针对事物的本质性的美学特征而言的,也是针对事理逻辑的关键处而言的。有了对逻辑运动的深刻把握,才能把"斤"运用在事理的关键处,然后才能收到"寸辖制轮,尺枢运关"的效果。顺风而呼,声传百里;顺领而顿,百毛皆顺。其势使然。

切入的准度与开掘的深度,是衡量主旨的结构强度的重要依据。主旨的掘进与掘井的过程有相通之处:第一锹——定井位,最后一锹——冒井水。"定井位"的问题就是对开掘角度的选择,井位选得好,就容易接近充沛的水源,事半而功倍。"冒井水"的问题,就是古人所说的"立片言以居要",在关键性的一掘中让真理的清泉汩汩涌出。井位决定着井水的深度,"问题"决定着"答案"的深度。"井位——井水",这就是完整的井。"问题——答案",这就是完整的主旨。

高品位的主旨,是对客观事物的最优化的总体认识。这种精粹的总体认识,是选择的结果,也是提炼的结果。就选择而言,作家对客观事物的总体认识是多种多样的,有"生意",有"熟意",有"精意",无选择不足以超庸脱陋,出类拔萃。就提炼而言,作家对客观事物的总体认识从来就不是一步到位的,它总是经历着一个由浅入深、由表及里的不断追索和不断掘进的过程。无提炼不足以超脱肤浅,呈奇现异。主旨的博大精深,是反复持久、锲而不舍的选择与提炼的结果。"至精而后阐其妙,至变而后通其数。"(《神思》)这是主旨提炼的最高境界,也是提炼主旨中通向成功的必由之路。

第二节　刘勰关于题材构思的理论体认

"举正于中,则酌事以取类。"(《镕裁》)所谓"酌事以取类",就是对题材的构思。

"事与情类而情显。"①主旨是通过题材的相应性来体现的。所谓题材,就是实现文心的定向运动的构造材料。这些系统构件,来自作者通过各种采集手段所获得的总积累,但绝不是简单的"原始积累"。在"原始积累"和"系统构件"之间,还存在着一个不可或缺的工艺过程:对原始材料的鉴别、精选和提炼的运思过程,也就是刘勰所说的"酌事以取类"的过程。"夫山木为良匠所度,经书为文士所择,木美而定于斧斤,事美而制于刀笔,研思之士,无惭匠石矣。"(《事类》)由此而获得的材料,和原始材料之间已经存在着质的差别:它的强度和精度都已经大为强化,而最主要的是它已具有一种可以和系统直接相通的意义——对系统的组合意义,也就是刘勰所说的"百节成体,共资荣卫"的意义。这就是题材运思的具体目标。

一、对材料的鉴别与选择

"综学在博,取事贵约。"(事类)材料的运思过程,也就是一个由博返约的精化过程。这一过程,是通过对材料的鉴别和选择来实现的。

材料的选择就是去粗取精、弃劣存优的取舍。要决定取舍,首先必须进行鉴别。

鉴别,就是通过反复分析、比较、甄别,对客观事物的本质特征和系统意义的"确认"。鉴别宜精,它要求作者以历史的、系统的、逻辑的科学态度和方法,从对象的实际情况出发,对其本质的特征和系统意义做出结论。鉴别的目的是为了选择;唯有存优汰劣,才能获得具有信息强度和结构强度的优质材料。"沙里淘金",金是淘洗出来的,"吹落黄沙始到金"。在采积材料时,讲究一个"博"字,锐意穷搜,多多益善。材料越多,选择才具有广阔的天地。在选择材料时则相反,讲究一个"约"字,必须严格把关,百般挑剔,使进入作品的每件材料都具有"以少总多"的品格。选择愈精,质量愈优。杂质愈少,强度愈大。

刘勰所说的"博"与"约"、"多"与"少"之间的关系,实际就是一种质与量之间的深刻的辩证关系。质的后面,必有量的制约;量的中间,必有质的规定。惟量多才能鉴优汰劣,惟优质才能具有最大的能量。在严选的过程中,数量会

---

① 刘永济:《文心雕龙校释》,中华书局1962年版,第121页。

极大地减少,但能量却会大为增强。最后剩下的精华,只是原始材料中极少的一部分,却是全部材料的能量的最大集中。

所谓优质材料,就是这种在系统的契合方面,信息的负荷方面,以及对接受心理的可容性方面,具有最大能量的材料。其基本规范如下。

（一）对系统的契合力

原始材料来自不同的时间和空间,具有不同的系统归属,它们本来就是异质纷呈的。各种材料形态不同蕴意有别,体现着客观事物不同属性和不同的运动状态。一个材料又有多方面的含义,可以说明不同的问题。它们被作者采积之后,即脱离了原来所属的系统范围,成为零碎的东西,不再具有原来的系统意义。就像花粉离开了花就不再具有花的整体意义一样。这些零碎散乱的东西要成为新的系统构件,必须具有与新的系统相通之处,即它们的意蕴,必须与新的系统的总体指向保持一致。系统的总体指向——主旨,就是衡量材料的同向性的准绳。"博而能一,亦有助乎心力矣。"一个主旨所统率的材料,不管它们各自的"个性"如何,但都必须含有能体现这个总体指向的因素。所谓"驷牡异力,而六辔如琴,并驾齐驱,而一毂统辐",即此之谓。这种同向性从而也是同构性的因素,是材料与系统能够契合的根本保证。否则,不管它的意蕴怎样丰厚,对系统毫无意义。纵使强行纳入,也只会破坏整体的和谐,妨碍系统指向的显现。这就是刘永济在《校释》所精辟指出的:"事义允当,则情思倍明。事义与情思不符,则为滥言。"刘永济所说的"事义",就是题材,"情思"就是主旨,"允当"就是指二者的契合。

苏轼的《留侯论》,就是一个典型的例证。

对于张良这个叱咤风云的历史人物,可以认识的东西是很多的。苏轼既不写他指挥若定的谋略,也不写他兴汉倾秦的功勋。关于张良作为军事家政治家的才学识胆,通篇不着一字。何者？这是系统契合的需要。因为这篇文章的主旨,是在揭示张良之所以成为张良的最根本的原因,就在一个"忍"字。围绕这个"忍"字,作者选择了以下几个材料:

1. 受书于圯上之老人

2. 郑伯肉袒牵羊以迎楚

3. 勾践之臣妾于吴

4. 汉高养其全锋卒胜项羽

5. 假应韩信为王之请

6. 张良之状貌

每一份材料都分属于不同的时空,但都内蕴着一个"忍"字,因此,都能与总指向契合,成为整体的有机部分,获得了"情思倍明"的思维效益和表达效益。

(二) 对信息的荷载力

运动是客观世界的本质。但进入作品的材料,只是瞬息万变的客观世界的微不足道的一部分。所谓"笼天地于形内",绝不是,也不可能是将整个世界都纳入作品,而是巧妙地将天地万物的总规律和总趋势纳入几个最具有显示意义的"形"中。文章的材料,必须能"以少总多"地对客观世界的运动进行高度集中和高度灵敏的概括与反映,以一滴水尽现大海的波澜壮阔,以一粒沙展示沧海桑田的无穷变化,以一片树叶透出宇宙的万种生机。这样的材料,必须是与客观事物的本质直接相通,具有对信息的高强度荷载力的现象。信息荷载力越大,就越具有对本质的显示功能,越具有"以少总多,情貌无遗"的品格。

这种具有高强度荷载力的材料,就是古人所说的"物之极致",也就是今人所常说的典型材料。典型就是同类事物中最完备的形态——极限状态。惟其最完备,所以信息量最集中,负荷力最大,最具有显示本质的力量。

为着说明其中的"材料力学"的奥秘,我们试对刘勰所标举的《诗经》中的一个范例,进行具体的剖析。

昔我往矣,杨柳依依。今我来斯,雨雪霏霏。

景物的动人之处,就在于它对思想的包容力和对心理信息的负荷力。"依依尽杨柳之貌",它所显示的,不是一般意义的状貌,而是征人离家时的特定景色。这种景色,是一年中最美的景色,也是最能体现家之温馨,最能激发远行之人对家的眷恋的景色,最使人刻骨铭心的景色。"杨柳依依",是家园之美的集中标志,也是眷恋之情的集中标志,所以具有"尽"的品格,具有"以少总多,情貌无遗"的显示力量。"雨雪霏霏"尽征旅之貌,是征夫戍卒的悲苦生活的典型状态,同样具有"以少总多,情貌无遗"的品格。两相对照,倍增眷恋,也倍感凄怆。因此,它能拨动万众的心弦,引起强烈的共鸣。

"情貌无遗",就是将某种景观、画面、境界写透写尽,达到尽善尽美无以复加的地步。在我国古代的诗词中,这样的画面是不胜枚举的。试以杜甫《春望》中关于战后荒凉景象的描绘为例:

国破山河在,城春草木深。感时花溅泪,恨别鸟惊心。

第一个镜头,明无物也。国家残破,万物皆亡,唯有山河还在,说明其他都已荡然无存。战争之酷,破坏之惨,和盘托出,一笔写尽。第二个镜头,明无人也。城市本为人烟辐辏之处,如今满街草木深深,行人断绝之状可想而知。城市沦为葱茏莽野,唯草木代替人踪,人间竟成何世! 第三、四个镜头,明无心也。花鸟本是赏心悦目之物,如今见之闻之反使人溅泪惊心,则心情之颤悸可知矣。死者固已长已,而幸存者亦不复生趣。人间之惨苦,百姓之辛酸,宁有过于此者? 凭借四个小小镜头,将战争中天地万物尽汇于笔端,任谁也无法再置一词。优质材料对思想感情的负荷力,于此可见一斑。

当然,材料的荷载力,是根据全文的系统结构来安排,以达旨为目的的。它的总原则是"适度",即恰如其位,恰如其分,而不能"越位"和"过分"。材料的荷载力是统一的,而不是均一的。所谓"万绿丛中红一点,动人春色不须多",就是这个道理。如果我们不是系统地对待这个问题,处处"逞强","逞能",往往造成"主宾相抗"或"主弱宾强"的被动局面。该强则强,该弱则弱,该密则密,该疏则疏,这才叫"适度"。如果离开了整体的和谐,则再好的材料和再大的荷载力也无强势可言了。

(三)真实性

客观世界是实实在在的存在。只有真实的信息,才能准确地反映客观世界的变动,才能取信于广大读者。"真宰弗存,翩其反矣。"(《情采》)一个虚假信息的输入,会造成整个思维系统的紊乱。因此,真实就成了材料的第一生命。唯有在材料的选择上"酌奇而不失其贞,玩华而不坠其实"(《辨骚》),作品才能获得永久的美学魅力和理性说服力而流传于世。

所谓真实,有两重意思。一是指存在的确凿性,二是指存在的必然性。就确凿性而言,它要求可靠无误,不添枝加叶,虚编乱造,要恰如事物的本来面目。这是人类认知客观事物的最基本的要求。就必然性而言,它必须反映本质的真实,必须是规律性的表现,而不是偶然的、个别的现象。这是人类能动地把握客观世界的高级要求。文心的运思是一种创造性的思维活动,它所追求的认识是从现象到本质的全息性认识。这种认识所赖以进行的材料,也必然是现象的真实和本质的真实二者兼备的材料。

真实性,是写作材料的普遍性的价值品格。但是,由于人类把握世界的基本类型的差异及相应的文章体式类型的差异,真实性的具体形态也是存在着类型上的差别的。在认知和思辨的领域中,材料的真实性表现为科学性的形态,即客观真实性的形态,也就是刘勰所说的"事信而不诞"(《宗经》)的形态。这种真实,具有绝对性的品格:真有其物,确有其事,严格地合乎实际,不带半点主观臆断。在论文、新闻、史传、公文等文体所使用的材料中,就必须具有这种"客观真实性"的品格。刘勰所标举的古代经典,就是具体的范例。

在艺术思维的领域中,材料的真实性具有想象性和虚构性的形态,即客观真实性与主观真实性融合为一的形态,也就是刘勰所说的"意象"形态。这种艺术的真实,从本质上说是一种"感觉——感受——感情"的系统运动所体现的灵魂的真实,它来自生活的自然真实却又高于这种自然形态的真实。艺术真实具有相对性的品格:既具有"形似"的属性,又具有"神似"的属性。所谓"形似",是指现象的真实;所谓"神似",是指表现在人类感情中的本质的真实。在刘勰的系统主张中,二者实际上是密不可分的。刘勰所说的"文贵形似",并非贬义的表述。所谓"密附"、"写真"、"如印之印泥"、"事信而不诞"、就是对形似所达到的逼真境界的标举。但是,光有形似还是远远不够的。形似毕竟属于现象真实的范畴,而文学所追求的境界从来都是本质的真实——"道"的真实,也就是神似的真实。刘勰所说的"据要害","适要","情信","情深而不诡",实际也就是对神似的标举。现象真实是本质真实的自然前提,本质真实是现象真实的理性概括和美学升华,二者从来都是相互促进,相得益彰的。如果一件材料经不起现象真实的检验,也绝不可能经得起本质真实的检验。如果一件材料虽然经得起现象真实的检验而不能经受本质真实的检验,也就失去了概括和表现客观事物的意义。正确的做法只能是寓神似于形似之中,举形似于神似之境。也就是王若虚所说的:"画而不似,则如不画……妙在形似之外,而非遗其形似。"(《滹南诗话》)可谓深得此中之三昧了。

（四）新颖性

"文律运周,日新其业。"（《通变》）新颖是世界不断运动的标志和产物。唯有新颖的材料,才能反映客观世界永不停息的运动;唯有新颖的材料,才能适应读者与时俱进的求新心理。文章是信息的载体,新颖是信息的生命,信息的新颖度直接决定着文章的认识效益和传播效益。"摛表五色,贵在时见"（《物色》）,即此之谓。也就是李渔所说的:"人惟求旧,物惟求新。新也者,天下事物之美称也。而文章一道,较之他物,尤加倍焉。"[1]如果题材陈旧,是不可能引起读者的阅读兴趣的,更不用说启动读者去思考了。

新颖,就是新鲜别致。就"新鲜"而言,它必须是刚刚出现的,别人还未来得及发现的新生事物。就"别致"而言,它必须出类拔萃,独占风流。这种新生事物往往是客观事物宏观发展的微观先兆,标志着更加广泛的变化就要到来。正因为如此,它对客观世界的运动,才具有如此深刻的代表性和概括力,是运动的全面及其发展的显示器。

屈原的楚辞,就是在题材上刻意求新的典范。"托云龙,说迂怪,丰隆求宓妃,鸩鸟媒娀女,诡异之辞也;康回倾地,夷羿弊日,木夫九首,土伯三目,谲怪之谈也。"这些材料,都是"经典"中从来没有出现过的事物,在当时来说,甚至是惊世骇俗的东西。正是凭借这种材料上的新颖性,营建出了楚辞"金相玉质,百世无匹"的独特风格。"故能气往轹古,辞来切今,惊采绝艳,难与并能矣。"（《辨骚》）

司马迁的《史记》,同样是在题材上刻意求新的楷模。《史记》中所提供的秦汉史实,都是中国历史上的"独家信息",其切近程度几乎达到了零距离的境界。它全息性地展现了我国历史上第一次农民大起义的波澜壮阔的实景,展现了当时形形色色的风云人物,也展现了汉帝国统治下的社会的方方面面,酷吏、游侠。无所不包。正因为如此,它在学术上才具有难以逾越也难以代替的品格,成为我国历史学上的一座高峰。

为着具体领会新颖材料的理性魅力和美学魅力,我们不妨举出苏轼的《刑赏忠厚之至论》的例子。这篇应试文最使主考欧阳修注意的是这样几句

---

[1]　李渔:《闲情偶寄》,中国纺织出版社 2007 年版,第 203 页。

话："皋陶曰杀之三,尧曰宥之三"。这几句话,是他所从未见过的。欧阳修为此寝食不安,查遍了古今典籍,深感"后生可畏"。苏轼高中进士后,欧阳修还专门向苏轼询问这件材料的出处。苏轼答曰："事在三国志《孔融传》","意其如此"。欧阳修大为惊叹："此人可谓善读书,善用书,他日文章必独步天下。"(杨万里:《诚斋诗话》)新颖材料之震撼力,于此可见一斑。

从新生事物中求新,是题材获得新颖度的重要渠道,但绝非唯一渠道。新生事物虽然层出不穷,但比起已经存在的东西来说,究竟是有限的。人类对客观事物的认识无穷无尽,旧事物中也存在许多不曾被人们全部认识的东西。这些虽然早已发生但并未被人们发现或充分认识的东西,对于我们来说,仍然是具有新鲜独特的属性的。关键的问题就是必须具有求新的本领,即发现事物新鲜侧面的能力。这种能力,来自作者敏锐的眼光和巧妙的认识角度。归根结底,来自感情的原动力和识见的鉴别力。"世有伯乐而后有千里马",惟心之新方可得物之新。这种"虽旧弥新"的工程方法,是材料获得新颖度的普遍性渠道。

关于这种以心之新求物之新的方法,刘勰做出了精辟的论述："物有恒姿,思无定检。"明确认为,客观事物新新不已,但都有一定的"恒姿",即特定的基本形态,而人类的思想感情却是变化无穷的。要想从有穷有尽的"恒姿"中去发现那些新颖独特的东西,关键在于发挥志气与情思在感应客观世界中的能动作用。"吟咏所发,志惟深远,体物为妙,功在密附。"有了新鲜独特的思想感情,就能随物以宛转,比较容易找到新鲜的事物来作为依托,"因方以借巧,即势以会奇,善于适要,则虽旧弥新矣。"(《物色》)"适要"者,"中物"之谓也,而其内核则在于"中情"。物象之新,关键在于有新的情味。"情往似赠,兴来如答","物色尽而情有余者,晓会通也"。既穷物象之新,又有新情新意含蕴不尽,这才是真正通晓求新之道。

(五)可接受性

文章以接受为目的,而接受是通过材料去进行的。材料的可接受性,首先表现在材料的负荷要使人愉悦,不要使人厌恶。对材料的抵触,必然造成对文章的整体指向的隔膜和阻抗。唯有愉悦,才能克服接受的障碍,使蕴涵在材料中的情思畅通无阻。所谓"繁采寡情,味之必厌",就是指接受中对运材不当所造成的心理阻抗而言的。因此在选材时,必须对材料及其载体进行美学的检验,赋予它含情蕴趣和赏心悦目的美学品格,"使玩之者无穷,味之者不厌",以利于读者的通畅接受。

所谓美学的检验,即要求材料既要具有生动的属性,又要具有高雅的属性。这二者,是衡量美的最基本的尺度。唯有生动,才能克服枯燥;唯有高雅,才能远离庸俗。枯燥与庸俗,都是与美无缘的东西,都是接受的鸿沟。凡是材料中夹有这两种因素的,在选择中必须予以剔除或者进行沉淀处理,使其进入刘勰所标举的"雅丽之文"的美学境界。雅者,合道之谓。"辞之所以鼓动天下者,乃道之文也。"唯有体现道的基本精神——"天行健,君子以自强不息"的精神,才能具有为天下人所普遍接受的动人力量。古代的《诗经》,就是典型的例子。孔子所说的"诗三百,一言以蔽之,曰思无邪",就是对《诗经》的雅的属性的历史性概括。惟其高雅,故"旁通而不滞,日用而不匮"(《原道》),成为我国历史上的"群言之祖"。凡是违反了这一美学法则的作品,无一不受到历史的排拒。浮靡淫俗的齐梁宫体诗,就是典型的例证。丽者,生动传神之谓。唯有生动传神,才能发皇耳目,惊听回视,具有极强的震撼力量和媚惑力量。对此,刘勰举出了《诗经》中的许多例子:"'灼灼'状桃花之鲜,'依依'尽杨柳之貌,'杲杲'为出日之容,'瀌瀌'拟雨雪之状,'喈喈'逐黄鸟之声,'喓喓'学草虫之韵;'皎日''嘒星',一言穷理',参差''沃若',两字穷形。"(《物色》)正是由于它们具有"丽"的属性,所以具有永恒的艺术魅力和长久的接受效益,"虽复思经千载,将何易夺?"(《物色》)凡是违反了这一美学法则的作品,无一不陷于历史的尴尬之中。对此,刘勰举出了晋代玄言诗的例子:"自中朝贵玄,江左称盛,因谈余气,流成文体。是以世极迍邅,而辞意夷泰;诗必柱下之旨归,赋乃漆园之义疏。"(《时序》)使用这种枯燥无味、脱离现实的材料来创作诗赋,是注定不可能获得广大读者的青睐的。玄言诗在诗坛上有如过眼云烟,很快就被历史所忘记。

美学的过滤,是实现选材雅丽的重要渠道。《红楼梦》中关于秦可卿与贾珍之间的"不尴不尬"之事的材料选择,就是一个成功的范例。曹雪芹对这件事既不回避,也不着意渲染,而是根据主旨的需要和审美的法则,冷静地、巧妙地、恰如其分地做出了隐化和淡化的处理,既能"写气图貌,象其物宜",达到"使味飘飘而轻举,情晔晔而更新"的美学境界,又引导、启发和保护了读者高雅的情操,避免了对主旨的严肃性和崇高性的干扰。结果《红楼梦》获得了广泛的流传,被誉为"封建社会的百科全书"。而《金瓶梅》却直接展现并大肆渲染这些纯属于动物生理本能的场面——"只有内分泌而没有灵魂"的场面,结果大大削弱了整部作品的美学价值,妨碍了它在社会上的广泛流传。

材料的可接受性除了审美效应之外,还要考虑它的社会效应。所谓社会效应,就是对社会产生的作用和效果。这种效应可能是积极的,也可能是消极的。唯有积极效应的材料,才能获得社会的普遍认同和广泛接受。孔子的著作就是典型的例子。孔子著作中所用的材料,无一不涉及对社会的存在和发展具有重大意义的"恒久之至道,不刊之鸿教":"故象天地,效鬼神,参物序,制人纪;洞性灵之奥府,极文章之骨髓者也。"这些内容,就是我们民族最基本的文化理念和精神支柱。"故能开学养正,昭明有融","后进追取而非晚,前修久用而未先,可谓太山遍雨,河润千里者也"(《宗经》)。这就是孔子的著作之所以历百世而不朽的根由。消极效应的材料,必然受到社会的普遍抵制和拒绝。这些材料,主要是指对民族的生存和国家的利益以及人性的健康向上带来负面影响的东西,如敌视社会,背叛祖国,造谣污蔑,丑化人性,损害人的尊严,等等。历史上那些认贼作父的汉奸文学,阴谋文学,诲淫诲盗文学,罗织罪名陷害无辜的文学,宣扬"贼民好乱,诛戮乃安"的文学,无一能够广泛流传,原因就在这里。

在选材中不考虑读者的可接受性,不考虑美学效益和社会效益,是一种由个人主义心理所造成的错觉。在文心构思中,势必造成自我封闭和自我孤立,这与写作以接受为目的的宗旨是背道而驰的。写作必须有读者,读者的职能不仅是接受的,而且是合作的。这样,作者实际上是处于与整个社会的合作关系之中。承认这种关系并在选材中自觉依靠这种关系,作家才能使作品血肉丰满,强健有力。如果忽略了这种关系,就会使作品生僻枯涩,内容贫乏。

二、对材料的剪裁

根据主旨的需要,对选定的材料进行结构性的加工,安排材料的系统位置,研究用料的数量范围,使材料和位置充分契合,各得其所,这就叫剪裁。剪裁就是"量体裁衣",目的是为了使进入作品的材料,都能符合结构的要求。用刘勰的话来说,就是"皆中绳墨":"绳墨以外,美材既斫,故能首尾圆合,条贯统绪"(《镕裁》)。从而实现全部构件的统一运作,在统一运作中获得整体的功能。也就是茅盾所说的:"一篇作品应当是一个完整的有机体,这就是说,作品人物、情节的描写都不是可以随便增删的。也就是说,作家在处理人物、情节、环境描写等等的时候,应当精心计划,该有的就必须有,该去的就必须去,该长的就必须长,该短的就必须短,这样的工作,叫做剪裁,是写作中一个重要的工作。"①这一段话,作为前人经验的历史总结和现代延伸,是具有普遍性的工程意义的。

剪裁的主要任务有两个:定位与定量。

(一)定位

"篇章户牖,左右相瞰。"(《镕裁》)文章的众多构件,不能杂然纷存,必须分类排队,使它们一一按部就班,各如其位。"形生势成"(《定势》),这是一个材料与结构双向契合的问题。从材料的角度来看,它必须符合系统位置的特定要求,何者为先,何者为后,何者为主,何者为次,何者为隐,何者为显,都要根据主旨的定向需要和材料的属性与强度状况,进行通盘的考虑和反复的调整。

唐代日本高僧遍照金刚根据刘勰的镕裁理论,在《文镜秘府论》中对此进行了具体的阐发:"既已定限,次乃分位。位之所据,义别为科。众义相因,厥功乃成。故须以心揆事,以事配辞。总取一篇之理,析成众科之义。"②材料的同向性与同构性既已确定之后(系统归属),还必须解决"分位"的问题,要根据材料的内容和主旨的取向确定材料的适当位置。只有这样,才能重复发挥材料的使用价值,并且使得全文"众义相因,厥功乃成。"

我国古人的诗文,是非常重视材料的位置效应的。《诗经·黍离》,就是一个典型的例子:

> 彼黍离离,彼稷之苗。行迈靡靡,中心摇摇。知我者,谓我心忧。不知我者谓我何求。悠悠苍天,此何人哉?
> 彼黍离离,彼稷之苗。行迈靡靡,中心如醉。知我者,谓我心忧。不知我者谓我何求。悠悠苍天,此何人哉?

---

① 茅盾:《新的现实和新的任务》,见《茅盾全集》第24卷,人民文学出版社1996年版,第277页。

② 遍照金刚:《文镜秘府论》,人民文学出版社1980年版,第155页。

彼黍离离,彼稷之苗。行迈靡靡,中心如噎。知我者,谓我心忧。不知我者谓我何求。悠悠苍天,此何人哉?

本篇是东周大夫悲悼宗周覆亡之作。旧臣们过故都宗庙宫室,所见尽为禾黍,悯故国之不存,彷徨而不忍离去。全诗的材料分为三个画面,第一幅画面突出"彼稷之苗"的生态和由此引发的"中心摇摇"的心态,第二幅画面突出"彼稷之穗"的生态和由此引发的"中心如醉"的心态,第三幅画面突出"彼稷之实"的生态和由此引发的"中心如噎"的心态。三幅画面之间,色调相似,旋律相似,观照的对象相似,但物色之浓淡与心态之强弱却存在着鲜明的程度差别,每一章都代表着一个特定的生态层次和感情层次,体现出一个由淡到浓,由弱到强的挥之不去、却又永远无法忘记的生态运动过程和感情运动过程。全诗层层递进,步步加深,回环往复,缠绵悱恻。纵百代之下,足以荡气回肠。这种强大的美学魅力,与材料的特定的位置效应,是密不可分的。

我国古人的诗文写作,是非常讲究材料的位置效应的。杜甫的"花近高楼伤客心,万方多难此登临"(《登楼》),兴味盎然,具有极大的美学震撼力量,但如果将两句的位置交换,就会"兴味索然"。何者? 两句之间,是一种因与果的关系,"花近高楼伤客心"是"果","万方多难此登临"是"因"。"果"所展现的是一种极其反常的事物情貌,"因"所展现的是产生此一反常现象的原因。先说"果",必然使人感到事物的突兀性,先声夺人,造成悬念,以震撼读者的心灵,驱动读者去寻找产生这一不寻常现象的不寻常的原因。如果先说"因",就会平淡无奇,无悬念之可言,一眼就可窥见事物的底蕴,失去了耐人寻味的力量。苏轼《韩文忠公墓碑》,开头就是"匹夫而为百世师,一言而为天下法",把韩愈的最不寻常的人格价值和历史地位放在关键性的领头位置,如惊雷之震耳,一起步就获得了震撼人心的效果。古人所说的"起要美丽","骤响易彻",即此之谓。范仲淹的《岳阳楼记》以"噫,微斯人,吾谁与归"结尾,将信息最密集和分量最重而又一直小心掩盖着没有说破的材料——"斯人"及自己对"斯人"的仰慕,作为一道告别的彩门留在读者的最后注视里,将"古仁人之心"向现实生活伸延,向具体的人生伸延,使读者得到更加广阔的思维空间,可谓清音有余,耐人寻味。这些效应,都是通过材料对位置的契合而实现的。

在古代的公文写作中,也同样讲究材料的位置效应。如"事出有因","查无实据","罪无可逭","情有可原",是古代公文的常用套语,都有其特定的对材料的概括意义。但由于位置的不同,它们所显示的实际意义就大不相同。"事出有因,而查无实据",得出的结论是"免究";"查无实据,而事出有因",得出的结论是"追究"。"罪无可逭,而情有可原",得出的结论是"从宽";"情有可原,而罪无可逭",得出的结论是"从严"。传说曾国藩将幕僚原拟的奏章中"屡战屡败"的位置更换为"屡败屡战",意义和效果就迥然有别,他不但免除了重罚,反而获得了朝廷的嘉奖。这些事例生动地说明,对材料的定位,是绝不能掉以半点儿轻心的。

(二)定量

定量,就是对材料的繁简和详略进行规划,使它在数量上恰如其分,也就是茅盾所说的"该长的就必须长,该短的就必须短"的问题。但"长与短"的问题究竟应该如何具体掌握,还是需要我们进一步去进行思考和解决的。

刘勰认为,材料中的繁与略的问题,与作家的个性与爱好密切相关,"谓繁与略,随分所好","思赡者善敷,才核者善删","善删者字去而意留,善敷者辞殊而意显",各有各的表达优势,不可一概而论。不管是哪一种情况,都应以达意为目的:"字删而意缺,则短乏而非核;辞而言重,则芜秽而非赡。"(《镕裁》)

遍照金刚对此也有一段精辟的论述:

> 文之大者,藉引而申之;文之小者,在限而合之。申之则繁,合之则约。善申者,虽繁不得而简;善合者,虽约不得而增。皆在于义得理通,理相称惬故也。若使申而越其义,合而遗其理,疏秽之起,实在于兹。

"义得理通,理相称惬",是处理材料的总原则。在体现主旨的大前提下,再来规划材料的分量。"文之大者,藉而申之。"对主旨的体现具有重大作用的,就要充分展开,重点突出,写透写足,"虽繁不得而简"。"文之小者,在限而合之。"对体现主旨的作用比较小的,就要有所限制而尽量压缩归聚,点到便止,"虽约不得而增"。繁与简是辩证的统一,都要适旨和适度。"申而越其义"则为滥,"合而遗其理"则为疏。"过"与"不及"都是不到位的表现,都是不合剪裁的要求的。应当如刘勰在《镕裁》中所说:"美锦制衣,修短有度,虽玩其采,不倍领袖。"适可而止,适度而行,这才是剪裁的大法。

在详略的安排中,除了循旨适度的要求外,还要考虑读者的接受心理。凡人在材料的接受上皆喜新厌旧,略古重今。对此,古人总结出了许多成功的经验:"久则举略,近则论详,略则举大,详则举小。"(荀子:《非相篇》)"题理轻者宜略,重者宜详。"(唐彪:《读书作文谱》)"作文,他人所详者我略,他人所略者我详。"(佚名:《丽泽文说》)这些经验,对于我们都是具有良好的借鉴意义的。

第三节　刘勰关于结构构思的理论体认

刘勰不仅在主旨构思与题材构思的系统理论方面做出了创造性的开拓,也在文章结构的构思理论方面做出了前无古人的建树,建立了一整套相当完备的文章谋篇布局的理论体系。《文心雕龙》中的《镕裁》、《附会》、《章句》与《定势》,就是刘勰研究结构理论的专章。这一理论、体系,既符合写作实践活动的发展规律,也符合人们思想活动的认识规律,成为历代作家的圭臬。下面,试做一点管窥式的介绍。

一、刘勰对结构的系统机制和系统功能的体认

"博见为馈贫之粮,贯一为拯乱之药,博而能一,亦有助乎心力矣。"(《神·思》)刘勰认为,在文心的运动中,主旨依靠相应的材料来体现,但绝不是众多材料的算术堆积,而必须是它们的"博而能一"的有机组合。也就是他所特别强调的:"视布于麻,虽云未贵,杼轴献功,焕然乃珍。"这一"杼轴献功"的过程,也就是结构献功的过程。

结构,就是构件与构件之间的联系与秩序。刘勰所说的"附会",实际就是结构的同义称谓。"何谓'附会'?谓总文理,统首尾,定予夺,合涯际,弥纶一篇,使杂而不越者也。若筑室之须基构,裁衣之待缝缉矣"。这些见解,是极其全面,也是极其精辟的。以此作为基本的理论纲领,下面试对刘勰关于结构的机制与功能的理论,做出一点具体的体认。

（一）刘勰对结构系统机制的体认

刘勰所标举的"博而能一"，就是对结构的系统机制的总概括。

何谓博？指事物的构成因素的多样性。见之于文章生发的宏观过程来说，它来自三个方面：心—物—辞。见之于文章生发的微观过程来说，它来自主体、客体、载体、受体各个因素的方方面面。文章就是如此众多的方方面面汇集而成的，是"笼天地于形内，挫万物于笔端"的结果。

文章来自方方面面，但绝不是方方面面的算术堆积，而是方方面面融化为一的结果。所谓"一"，是指由博返约的"驱万途于同归，贞百虑于一致"的演化过程。这一过程，实质上就是一个由现象向本质的飞跃与升华的过程。这一过程，也就是刘勰所说的"神与物游"的过程。具体表现在结构上，就是一个组织化和系统化的过程："视布于麻，虽云未贵，杼轴献功，焕然乃珍。"（《神思》）

刘勰用纺麻为布的事例，形象地说明了整体大于部分的道理，也说明了整体所以大于部分的道理，这就是它的系统性。系统性，就是将所有相关的因素融合为一的属性。事物的方方面面之所以能够融合成为一个有机的整体，凭借的是结构的功能。

结构是作品内容的构造与组合，也就是构件与构件之间的联系与秩序。这种有机性的联系，是客观事物系统运动的内在链条的反映，也是人类对客观事物的系统运动的系统认识的内在链条的反映。第一个"内在链条"是指客观事物中实际存在的内在联系即事理逻辑链（自然逻辑链）而言的，第二个"内在链条"是指人类思维的内在联系即思理逻辑链而言的。这两个内在联系都具有普遍规律的性质，一个属于客体的范畴，另一个属于主体的范畴。只有二者的统一，才能使人类的思维进入理性的境界，构成对客观事物的完整的正确的反映。这就是"神与物游"而后理归于一以及文归于一的根由。

但是，对于文心的运动来说，它在营建结构时远远不能满足于两个"内在链条"的把握。两个链条的统一，仅仅是人类认知客观世界的一般性要求。它可以反映"物之恒貌"与"物之恒理"，却远远不能反映"思无定检"——个性化的思维。这种个性化的思维不仅体现在它的多样化的主旨中，而且也深深渗入到它的多样化的结构中。作者在选择构件及其组合方式的时候，绝不是为了单纯地反映客观事物，而且要以人的主体地位明确地表达自己对客观事物的态度和意向。这种态度和意向,主要是通过对材料的组合方式而巧妙地表现出来的。这就是说,他在自然逻辑和思理逻辑的大前提下,还要"设情以位体",巧妙地布设出最能体现自己意向的认识程序,以实现自己的主旨。这种认识程序的巧妙性,就在于主体能动性与客观规律性的双重契合。自然中的一切存在都是相互联系着的,一切事物都是互相交织,互相交换,互相转变的。这种无限纷纭复杂的情况,势必驱使人们由于感觉极其繁杂而难于感受。为了有所感受,作家必须对客观世界中的各种联系进行重新选择和与重新组合,使我们的认识获得最精粹、最简洁的程序。通过这种最优化的程序,把事物和事物的联系,在感觉所能接受的范围内,尽可能单纯、尽可能简练地呈现出来。只有这样,才能对分散的世界构成集中的认识,才能将自己的意向在这集中的认识中充分地表现出来。不仅如此,作家认识程序的巧妙性还在于:在自然界中,由于时空的局限性,人们很难发觉事物之间的全息联系,也很难认识事物的整体运动,人们通常都只能在事实中看到由自然逻辑所决定的相随关系,这种相随关系往往是隐晦的、朦胧的、片断的。因此作家在营造认识路线时,必须突破这种时空的局限,在事物之间贯穿一种鲜明、完整而且容易觉察的联系。这种联系,就是凭借想象建立起来的感情联系。"人禀七情,应物斯感,感物吟志,莫非自然。"(《明诗》)作家的每一个认识步骤,都寄托和渗透着自己的感情,他凭借自己的感情将分散的世界联成一个整体,使得物与物的联系中,内蕴着情与情的联系。不仅文学创作是如此,非文学作品的结构同样离不开情的连贯作用,因为作者本身就是有情的;只是由于思维格局的差异性,在情的浓与淡,显与隐,台前与台后等方面,有所不同罢了。

作家认识程序的巧妙性还在于:作品结构的营造,最终还要适应语言表达的特定要求。写作的最终成品是语言文本,人类对语言的表达和接受,具有线性的特征。所谓线性特征,是指使用语言进行表达时,只能以在时间中存在的先后承续的单向度的声音形式为人们所接受和理解。径而言之,就是字只能一个一个地写,话只能一句一句地说,思想只能一层一层地表达。这就是刘勰所说的:"夫人之立言,因字而生句,积句而成章,积章而成篇。"它们之间的关系,是一种"如茧之抽绪,原始要终,体必鳞次"的线性关系。这种依序渐进,一线贯通的语言程序,必然赋予思维的程序以同样的线性特征。说书人常说的"花开一朵,话分两头","剪断截说","花开两朵,各表一枝",就是思维在语言表达中的线性化特征的表现。所谓思路,就是思维程序的线性化形态。这也就是叶圣陶所说的:"思想是有一条路的,一句一句,一段一段,都是有路的,好文章的作者是绝不乱走的。"①

这三种巧妙性都是人的主体性的鲜明表现,是人脑的灵动性与自然逻辑的机械性显著不同的地方。人脑在营建结构时,既要遵循自然逻辑,又要遵循思理逻辑,也要遵循情感的逻辑,最终还要遵循语言的逻辑。作品的认识程序,就是四者融合的结果。自然逻辑是表层的可见性的外在结构,思理逻辑和感情逻辑是深层的隐蔽性的内在结构,语言逻辑则是内在结构和外在结构的物质外壳。内在结构是外在结构的原动力,外在结构是内在结构的物化形态与延伸,物质外壳则是二者的可见性依据。三者的结合,将认识的公共性和情思的个性化以及思路的确定性统一于主旨的运行中,在材料上,情思上和思路上实现着整合化的任务。

(二)刘勰对结构系统功能的体认

刘勰在结构构思上的历史性献功,还表现在他对结构功能理论的深度耕耘上。根据《文心雕龙》的相关论述,可以将他对结构系统功能的体认,概括为以下方面。

1. 刘勰对结构的整合功能的体认

"若情数诡杂,体变迁贸,拙辞或孕于巧义,庸事或萌于新意;视布于麻,虽云未贵,杼轴献功,焕然乃珍。"(《神思》)将结构的功能视同于织麻为布的功能,是刘勰在结构功能理念上的一大历史性的开拓。他以此为喻明确地告诉人们:事物的功能,是组织化的结果,而结构,就是实现组织化的决定性的手段。如果没有杼轴的献功,乱麻永远是乱麻,永远不可能经由经与纬的特定工序,而成为与乱麻不可同日而语的精美绝伦的工艺品。杼轴之所以具有变麻为布的功能,是依靠经线与纬线的严格区分与组合来实现的,它凭借着经与纬之间的矛盾运动,实现着由麻转化为布的全部工序:定向、定位、定序、定度。

事物有结构则整,无结构则散。结构就是一种有向、有位、有序、有度的系统组合,是一种最紧密、最完整的联系状态。它以具体的方向,固定着系统的运动趋势。以具体的序列,固定着每一个构件的位置;以具体的数量,固定着

---

① 叶圣陶:《语文教育论集》上册,教育科学出版社1980年版,第144页。

每一个位置的规模。这些具体的规定性,形成着并规定着事物的结构,使它成为一个统一的整体,发挥出整体性的功能。

具体表现在文章中,"定向",就是对主旨的规定性:"履端于始,则设情以位体。"(《镕裁》)"定位",就是对题材位置的规定性:"章句在篇,如茧之抽绪,原始要终,体必鳞次","搜句忌于颠倒,裁章贵于顺序"(《章句》)。"定量",就是对题材量度的规定性:"权衡损益,斟酌浓淡。芟繁剪秽,弛于负担"(《镕裁》)。惟其如此,所以它能"驱万涂于同归,贞百虑于一致,使众理虽繁,而无倒置之乖,群言虽多,而无棼丝之乱。扶阳而出条,顺阴而藏迹,首尾周密,表里一体",构成一个指向鲜明,组合严密的"杂而不越"的整体。

刘勰的这一结构理念,为历代文论家所继承。明代王骥德在《曲律·章法》中说:"作曲,犹造宫室者然。工师之作室也,必先定规式,自前门而厅,而堂,而楼……前后左右,高低远近,尺寸无不了然胸中,而后可施斤斫。"[1]李渔则以另外的比喻说明了此中的道理:"至于结构二字,则在引商刻羽之先,拈韵抽毫之始,如造物之赋形,当其精血初凝,胎胞未就,先为制定全形,使点血而具五官百骸之势。倘先无定局,而由顶至踵,逐段滋生,则人之一身,当有无数断缕之痕,而血气为之中阻矣。"[2]这些见解,皆发端于此。

2. 刘勰对结构的通贯功能的体认

结构是自然逻辑、思理逻辑、感情逻辑和语言逻辑的综合形态。凡是规律性的东西,都具有顺理推移和顺序伸延的动势。这种动势,使各个位置上的构件形成了"物—理—情—辞"的衔接,而不再是孤立的东西。《镕裁》所说的"情理设位,文采行乎其中",《情采》所说的"情者文之经,辞者理之纬;经正而后纬成,理定而后辞畅",《文镜秘府·定位篇》所说的"义须相接","势必相依",都是指规律的动势而言的。由于有了这种以理相推,以情相应,以物相连,以言相接的动势,各种构件之间才能"上下符契,先后弥缝",否则,就会造成"统绪失宗,辞味必乱"的情况,枝枝节节互相隔离,"义脉不流",思路梗塞,内在的思维结构和外在的语言结构也就会随之崩裂支解。

结构的通贯功能,表现在文章中就是文气的"行乎其所当行,止乎其所当

---

① 王骥德:《曲律》,湖南人民出版社1983年版,第121—122页。

② 李渔:《闲情偶寄》,中国纺织出版社2007年版,第194页。

止"的动势。这种矫若游龙的文气来自思维的动势,而思维的动势来自规律的动势。由于符合和凭借规律(自然规律、思理规律、情理规律和语言规律),文气在文章中获得了运动的灵活和自由。刘勰的"枢纽"论的结构,就是一个典型的范例。它一起笔就树立了道的通贯万物的本体论地位,以此作为文之原的总依据。然后顺理而推,"道沿圣以垂文,圣因文而明道",牢牢建立起"道—圣—文"三位一体的理论纲领,以高屋建瓴之势,领起全著,贯通全部内容。

苏轼的《前赤壁赋》,也是一个可以对此进行具体阐释的例证。它以月夜泛舟起兴,由景生情,由情入理,由理入事,抒发了自己对人生的博大精深的美学感悟。事象多类,事理多层,感情多样,而都能一线贯通,共资荣卫。作品的材料组合与情思的运动跌宕起伏,矫若游龙,而又宛转自如,天衣无缝。为什么连贯得如此紧密自然? 这是结构中所隐藏的逻辑运动的动势效应的结果。

"月出东山","水光接天","纵一苇之所如,凌万顷之茫然",景色之美尽呈眼底。"人禀七情,应物斯感,感物吟志,莫非自然。"如此美景必然引发如此愉悦畅快的美情:"于是饮酒乐甚,扣舷而歌",随后才有洞箫"倚歌而和"的场面,然后才有"如怨如慕,如泣如诉"的感动和留恋。由于有如许的留恋和感动,才有"舞幽壑之潜蛟,泣孤舟之嫠妇"的忧伤和悲慨。由于如许深沉的悲慨与忧伤,才引发了关于人生有限而宇宙无穷的迷惑与怅惘。惟其有如此深沉的迷惑与怅惘,才生发出如此透彻、如此深刻的感悟:宇宙无尽藏,关键在"共适"。惟其有如此深刻、如此透彻的感悟,在现实人生中才有如此充分的"适意":"肴核既尽,杯盘狼藉。相与枕藉于舟中,不知东方之既白。"而作者无欲无畏的崇高纯洁的生活态度和审美理想,也就在这最后的一笔里酣畅淋漓地凸显了出来。有如多米诺骨牌,第一块牌的倒下,必然引起第二块牌的倒下,依次递动,传至全体。

寻根而索源,如此精美的艺术结构,如此不可阻挡的通贯力量,与刘勰在理论上的倡导与实践上的范示,是密不可分的。

3. 刘勰对结构的蓄势功能的体认

"形生势成,始末相承。湍回似规,矢激如绳。"(《定势》)"形"是事物系统位置的连接和组合。这些各自不同的位置在系统中的地位并不是均等的,存在着主与次、虚与实、伏与引、多与寡、强与弱、正与奇的差别。由于这些差别,就会生发一定的能量关系。这种由于相对位置而生发的相互作用所具有的能量,就叫做位能,或者称为势能,也就是"势"。"势",就是蕴涵在结构中的应力。"故善战人之势,如转圆石于千仞之山者,势也。"《孙子兵法·兵势》"位"是"势"的根源,"势"是"位"所产生的一种冲发力。这种冲发力是隐藏在结构之中,由结构来统一实现的:"如机发矢直,涧曲湍回,自然之趣也"(《定势》)。

结构中所隐藏的功能,远不是"井然有序"和"集散为整"等老生常谈所能概括的。隐藏在结构中的"乘利而为制"的力量,犹如兵法中的阵势一样变化莫测,威力无穷。《孙子兵法·兵势》中,将这种由于"位"所形成的组合优势看成最强有力的东西:"激水之疾,至于漂石者,势也;鸷鸟之疾,至于毁折者,节也。故善战者,其势险,其节短,势如彍弩,节如发机。"又说:"故善战者,求之乎势,不责之于人","奇正之变,不可胜穷也。奇正相生,如循环之无端,孰能穷之哉?"就是对这种凭借结构的预设应力而产生的强大效应的形象阐释。

这种"形生势成"的效应,也鲜明地表现在文学作品的结构中:"圆者规体,其势也自转;方者矩形,其势也自安:文章体势,如斯而已。"(《定势》)我国古代以战争为题材的诗歌作品多如牛毛,而最震撼人心的却是《木兰辞》与杜甫的《石壕吏》这两篇似乎与正面战场相距甚远的作品。它们独特的心理冲发力量,就隐藏在他们独特的结构方式里。二者共同的结构方式是:将残酷的正面战争隐向后台,将普通百姓的日常生活推向前台;将战争淡化,将人物在战争中的心态或遭遇显化。这种在战争之外写战争的谋篇格局所形成的冲发力,曲曲折折却不可抗拒地将读者的注意力导向了一个远比血与火的战场更加惊心动魄的战场——心理战场:在正义战争中人间儿女自觉保家卫国的心理战场,和在非正义战争中深受战争蹂躏的下层百姓怨恨穷兵黩武的统治者的心理战场。这是一个全新的认识领域,它所蕴涵的心理信息和精神能量,远比正面战场深刻,强烈,丰富,集中。这就是"机发矢直,涧曲湍回"的"蓄势"与"出锋"的力学效应的具体展示。它们所独具的美学高度和思想深度向我们证明:对结构功能的理解和把握,绝不能单纯地停留在"整合"与"连贯"这两个一般性的层次上,而必须在"蓄势"与"出锋"方面下足工夫。

"蓄势"与"出锋",就是在结构上利用位置的组合效应蓄积能量,然后在关键处全锋而赴,喷薄而出。这是结构功能的最高层次,也是名家巨匠毕生追求的目标。第一层次与第二层次的功能,一般人都能把握,因为将分散的东西进行整合和连贯,并不是十分困难的事情。第一层次解决的是言之有序的问题,第二层次解决的是言之有贯的问题,第三层次解决的是言之有锋亦即言之有力的问题。唯有最有承载力的结构,才能承载最有力的思想和情感。

为战与为文,都是"用心"的活动,都是需要谋略而且讲求谋略的活动。重视结构中的蓄势功能,将兵法与文法中的结构视为同一性的用心范畴,是中华民族独特智慧的表现。"我论文章公论战,千秋一样斗心兵。"(袁枚:《题岳飞庙》)从战略的角度而不单纯从战术的角度去开发结构中的力量——阵法的力量和篇法的力量,是兵家与文家共同的美学追求与力学追求。而刘勰,则是我国历史上第一个将兵法中的阵势理论引入文法中的结构理论的先驱者。《文心雕龙》中的"定势"篇,就是这一独标一格的结构理论的认识论概括和方法论概括。当代世界上许多先进的结构理论,如法国艾丹·苏瑞奥的"戏剧功能和组合方式"理论,美国罗伯特·史柯尔斯的关于"小说模式"的理论,法国格雷马斯的"情节结构模式"理论,无一不具有出奇制胜的特点,而就其基本思路而言,无一可以超越刘勰在 1500 年前所标举的"结构—功能"的相连性和同一性的基本范畴,亦即"形生势成"的基本范畴。随着这些研究的具体化和深入化,隐藏在结构中的"力",会获得更加充分的显示。中华民族所独具的智慧,也会在现代科学的发展中获得更加充分的证明。

二、刘勰对结构的工程要领的系统阐发

在《文心雕龙》的篇章中,刘勰不仅建立了关于结构的系统机制与系统功能的理论体系,而且将他深刻的理论认识演化为具体的工程对策,提出了一整套关于文章谋篇布局的具体方法。这一方法论体系的核心纲领,就是他在《附会》中所昭示的:"何谓附会? 谓总文理,统首尾,定与夺,合涯际,弥纶一篇,使杂而不越者也。"这一方法论体系,既符合写作实践活动的工程规律,也符合人们思想活动的认识规律;既是中国古代传统谋篇布局理论的精华,也是现代写作实践活动中极有导航意义的宝贵遗产。

根据这一工程学纲领,可将刘勰在布局谋篇方法论方面的历史性建树,概括为以下方面。

（一）关于"总文理"的工程学说

标举"总文理"的工程学说，是刘勰对文章谋篇布局理论的第一大建树。

所谓"总理"，即总领全文的脉络，使文章的结构安排能够紧密围绕着主题有条理有次序地展开。刘勰认为，文章是一个多样性统一的整体，它的内部存在着源与流、干与枝的网络关系。为着把握这一整体，必须把握总源与总干，从而领起全部支流与枝叶。这就是他在《附会》中所深刻阐述的："凡大体文章，类多支派，整派者依源，理枝者循干。是以附辞会义，务总纲领。驱万途于同归，贞百虑于一致，使众理虽繁，而无倒置之乖；群言虽多，而无棼丝之乱。"

所谓"总纲领"，即提纲挈领，以使纲举目张，为全文的组织结构构建框架。"晓其大纲，则众理可贯。"（《史传》）"总纲领"，是"总文理"的核心举措。唯有能够"总纲领"，方能有效地"总文理"。刘勰所说的"纲领"，就是文章的主旨。这就是他所明确标举的："夫才童学文，宜正体制，必以情志为神明，事义为骨髓，辞采为肌肤，宫商为声气，然后品藻玄黄，摛振金玉，献可替否，以裁厥中：斯缀思之恒数也。"刘勰认为，结构的安排，必须统筹兼顾文章的各个构成要素，并妥善地加以调配。其中，"情志"乃是文章的"灵魂"和"纲领"，文章的其他各个要素如"事义"、"辞采"、"宫商"（声调音节），等等，它们的取舍也都必须以主旨的表现为依归。

无疑，这是一个富有战略意义和系统意义的理论认识。世间任何事物都具有多样性统一的属性。要想对事物进行整体性的把握，必须遵循"乘一总万，举要治繁"的总原则。所谓"一"，就是其中的主宰。文章结构的安排同样是如此："履端于始，则设情以位体"（《镕裁》）"情理设位，文采行乎其中"（《情采》）。假如没有把主题作为"纲领"，作为"灵魂"和"统帅"，那么，材料的取舍，语言的运用，声调音节的选择，都会失去衡量和判断的依据，文章的结构将会杂乱无章，将难以收到"驱万途于同归，贞百虑于一致"的艺术效果。因此，刘勰把作者在文章中所表达的"情志"即文章的主旨，视为"神明"，强调"务总纲领"，把依据文章主旨表现的需要来安排结构，视为"缀思之恒数"。刘勰的这一"乘一总万"的理论主张，极大地开拓了我国结构理论的视野，赋予它以朴素的系统科学的理论品格。这一特殊的贡献，在我国的文论史上乃至世界文论史上，都是前无古人的。

刘勰的这一卓越的理论主张,也以具体的结构实践卓越地表现在他的《文心雕龙》巨制中。该著的"文之枢纽",就是领起全部内容的总纽。而在总纽中,又设以"原道"为核心的总关键,建立起严格的层级统摄。惟其主旨鲜明,条理清晰,所以通贯有力,一气贯通,将两千年之汗牛充栋,化入五十篇之掐肾擢肝,成为一个体大思精的整体。

刘勰的这一高远的理论主张与典范式的结构实践,是历代作家与文论家的圭臬。南北朝时代文论家范晔曰:"情志所托,故当以意为主,以文傅意。以意为主,则其旨必见;以情傅意,则其辞不流。然后抽其芬芳,振其金石。"(《艺苑卮言》卷一)唐代诗人杜牧《答庄充书》有云:"凡为文以意为主,以气为辅,以辞采章句为之兵卫。"(《樊川文集卷》十三)明代徐师曾《文体明辨序说》亦云:"文以意为主,主明则气胜,气胜则精彩从之而生。"清代王夫之《姜斋诗话》也说:"无论诗歌与长行文字,俱以意为主。意犹帅也,无帅之兵,谓之乌合。"(《姜斋诗话》)如此等等,皆发端于此。

(二)关于"统首尾"的工程学说

标举"统首尾"的工程学说,是刘勰对文章谋篇布局理论的第二大建树。

所谓"统首尾",就是以文章的首部与尾部作为特殊的功能点,在逻辑上和语言上实现全文的贯通。而"统首尾",就是实现全文贯通的重要的技术凭借。

刘勰认为,文章是一个由众多的构件所组成的有机整体:"百节成体,共资营卫。"(《熔裁》)但是,在这个有机整体中,它的组成构件在系统地位上却又是存在着千差万别的歧异的。根据它们的系统位置来说,可以分为三个部分:首、中、尾。这种关系,也就是层次与层次的连接关系。层次是事物发展的阶段性与连续性的反映,也是思维运行的阶段性与连续性的反映。它标示着客观事物发展的阶段进程,也标示着人对客观事物的认识的阶段进程。正是这些阶段性进程的总集合,组成了一个完整的语言整体和逻辑整体:"章句在篇,如茧之抽绪,原始要终,体必鳞次。启行之辞,逆萌中篇之意;绝笔之言,追媵前句之旨;故能外文绮交,内义脉注,跗萼相衔,首尾一体。"(《章句》)

这种结构三分的方法是有道理的。始、中、终,是一切客观事物发展的形态规律。任何事物都经历着矛盾的发生、发展和结束的三个阶段。人类的认识是从发现问题开始的,然后才有分析问题和解决问题的连续性行程。这三者的完备,是结构形态的完整性的主要标志。

这三大构件群,各有各的不可代替的特定作用,也各有各的不可代替的美学要求。

刘勰将文章的开头,称为进入作品的"启行之辞"。这一特定的系统位置的特定的系统意义就在于,它标志着一个完整的"为文之用心"的起点。因为有了这么一个起点,它才能在认识上领起全文,在接受上引人入胜。

为着发挥这一系统位置的作用,刘勰提出了明确的美学要求:"首唱荣华"。"荣华",是对美与力的总概括。领起全文,靠力的冲发。引人入胜,靠美的吸引。这种美与力,是由开头部分的材料中所蕴藏的"能量"所提供的。这种心理能量,来自"启行之辞"中所包孕的"问题"的启动力量。起笔就是"起意",而意之起,都是由于问题的提出或发现。这个问题,或由作者直接提出,或内蕴在材料中由读者去潜思默识。开头的力度,就来自"问题"的强度、灵度和锐度。

有些问题,是直接在起首处鲜明提出的。例如《文心雕龙·原道》的奇峰突起的开头:"文之为德也大矣,与天地并生者何哉?"这个"问题"的意义就在于:它从宇宙运动的总高度,来探讨文的发生论根由,一起笔将读者的注意力引向事物的本体论范畴,赋予问题的思辨以一种特别博大高远的视野,由此开辟出一条关于文学本质的崭新的思路。苏轼《水调歌头·丙辰中秋》的开头:"明月几时有?把酒问青天。"这个问题的意义就在于:它对青天明月的发问,实际也就是对天上人间的生活情景的想象和向往。对天上人间生活的想象和向往,实际也就是对地上人间的总体性的美学审视与现实评价,由此而引发出自己对人间生活的执著关切和对人间理想生活的真诚祈望和祝愿。这一美好的祈望与祝愿,就是对"问题"所做出的总解答。

有些问题,是间接地隐藏在起首处的逻辑结构之中的。例如李斯《谏逐客书》的开头:"臣闻吏议逐客,窃以为过矣。"这是一个间接在起首处提出的问题。一起笔,提出了一个旗帜鲜明的判断:对"逐客"之议的否定。这一判断中蕴涵着一个问题:"逐客"之"过",到底"过"在哪里?判断能否成立,决定于它对由此必然引发的这个问题的解答。一个完整、周密的思维过程,就从这里开始。

有些问题,是隐含在起首处的事物之中的。例如《岳阳楼记》的开头,初看是记述重修岳阳楼的缘起,实际是介绍滕子京的特殊身份和他的特殊政绩。他的特殊身份是"谪守",他的特殊政绩是"政通人和,百废俱兴"。这一特殊身份与特殊政绩之间的特殊矛盾,必然蕴涵着一个特殊的问题:他的特殊的心态究竟是什么? 一个探索和揭示这种特殊的仁人之心的完整的思维过程,就从这里拉开序幕。

有的开头,是作者感情的直接抒发。实际上,这一抒发本身就出自某一问题的强烈激发,这一问题就深深隐藏在作者强烈的感情之中。例如李白《蜀道难》的开头:"噫吁嚱,危乎高哉,蜀道之难难于上青天!"在古代,最难的事情莫过于上青天,为何说"蜀道之难难于上青天"? "蜀道之难",到底难在哪里? 由此衬托出的人生道路之艰难,到底难在哪里? 然后才有对"畏途巉岩"的具体展现,这些生动形象的艺术展现,就是对"问题"所做出的探索和解答。

开端的"美"是与"力"结合在一起的。美的要领在于新颖和谐,力的要领在于贲张振奋。"匹夫而为百世师,一言而为天下法",有如万仞奇峰拔地而起,雄奇壮阔,新颖和谐。这种魅力,来自一种内在的心理张力。"一言"极言其轻,"天下法"极言其重;"匹夫"极言其卑,"百世师"极言其尊。极轻何以成为极重? 极卑何以成为极尊? 这一巨大的反差,使问题尖锐鲜明地摆到了读者面前,驱动读者对它进行思考,迫不及待地去寻求它的答案。

开端是驱动思维的力的机括,也是吸引读者注意的美的彩门。一篇文章的美与力,就从这里起步。占据着这个灵敏的制高点,就意味着一半的成功。

中躯是结构的中坚层次。开头只是拨动机器运转的机括,中躯才是机器运转的实体。开头只是一道迎客登临的彩门,中躯才是真正的登堂入室。所谓"堂室",就是容量最多,负荷最大的所在,是文章的"浩荡"之处。中躯有如主战场,是真正决定胜负之所在。如果中躯无力,开头再美再有力也是没有意义的。这就是刘勰所特别强调的:"若首唱荣华,而媵句憔悴,则遗势郁湮,余风不畅。此《周易》所谓'臀无肤,其行次且也。'"(《附会》)因此,作者不仅应当重视开头,而且应当重视中躯。中躯的成功,才是实实在在的成功。

《文心雕龙》的结构,就是典型的范例。《文心雕龙》的中躯,是文体论与创作论两大部分,是全著内容的具体展开,共包括四十四个专章,全著的精华,皆汇集于此。正是由于中躯部分的充实,《文心雕龙》开头部分所提出的高瞻远瞩的三位一体的理论纲领,才能真正落到有理有据的实处,全著才能获得重大的成功。

　　结尾,即"收笔","收意",是文章的总结束。它是中躯的自然延伸,事物矛盾运动的必然结果。从思维学的角度来看,"收意"就是思维的总完成和总结束,也是它的主旨的总显示。刘勰认为,这是文章最要着力之处:"若夫绝笔断章,譬乘舟之振楫;会词切理,如引辔以挥鞭。克终底绩,寄深写远。"(《附会》)结尾处之所以需要特别着力,其一是由于这是最后的冲刺,犹如乘舟之抢滩,不进则退,必须鼓勇而进,驱动全部情思喷薄而出,实现自己的写作目标。其二是由于结构上的结束,并不意味着思维上的封闭或者空白。问题找到了答案,答案又会在辐射中引发出新的问题和新的思考。这种见于言外的"余味",来自规律性运动的惯性,是一种在更高层次上的必然性伸延。这种伸延,必须凭借强大的心理压力或心理张力,以形成气壮山河的心理集中和心理喷发。这种心理的集中与喷发具有两种形态:一是外向式喷发,将思维向系统外的有关空间扩散,即所谓"结句如撞钟,清音有余",显得深沉隽永,余味不尽。《孔子过泰山侧》的结语就是典型的范示:"小子识之,苛政猛于虎也。"于绝句断章之处集中喷发,使意旨显露无遗,足以振聋发聩,照耀千年青史。《文心雕龙·序志》的结语,同样是此中的杰作:"言不尽意,圣人所难,识在瓶管,何能矩矱。茫茫往代,既沉予闻;眇眇来世,倘尘彼观也。"寄深写远,令人领略不尽。一是内向性的伸延,实际上是一种"力截奔马"的反弹。由于"不止而止"的强劲的瞬间制动,必然造成反向的强大动势,驱动人们从新的角度对已经形成或即将形成的结论重新进行思考。李白的《越中览古》的结尾,就是这种"豹尾艺术"的典型例证。作者在展现越王勾践破吴归来的极度繁盛之后,骤然以"只今唯有鹧鸪飞"的极度冷落场景结束,在三扬之后猛然一抑,在最后的瞬间扭转前面已经形成的思维定式,宣布了他对封建帝王不可一世的富贵尊荣的历史裁决。这一结句,可谓峭拔悍健,力挽千钧。两种结尾方式,一柔一刚,一显一隐,各有各的美学优势与力学优势,都为历代名家巨匠所崇尚,各适其性,各得其用。

　　刘勰的这些卓越论见以及卓越实践,为历代作家与文论家所继承与弘扬。白居易云:"首章标其目,卒章显其志。"(《新乐府序》)元人乔吉云:"作乐府亦有法,曰:凤头、猪肚、豹尾六字是也。"明人谢榛《四溟诗话》云:"起句当如爆竹,骤响易彻;结句当如撞钟,清音有余。"清人李渔云:"开卷之初,当以奇句夺目,使人一见而惊,不敢弃去","终篇之际,当以媚语摄魂,使之执卷流连,若难遽别"。① 刘熙载说:"兵形象水,惟文亦然。水之发源、波澜、归宿,所以示文之始、中、终,不已备乎?"②这些论述,都是对刘勰论见的具体发挥。

(三)关于"定与夺"的工程学说

标举"定与夺"的工程学说,是刘勰对文章布局谋篇理论的第三大建树。

所谓"定与夺",就是确定各个构件在材料和语言上的量度规模。刘勰认为,各个构件之间,由于系统位置之不同,它们在内容和语言的度量上,也是存在着极其明显的差别的。刘勰以植物的生态特征,对此进行了形象的喻证:"扶阳而出条,顺阴而藏迹。"他认为文章中的笔力分布,不是平均的,而是有轻有重,有疏有密的。有些地方应该大力突出,就像树木在阳光下枝条招展;有些地方应该刻意隐藏,就像树木在阴影处枝叶收敛。

正是由于存在着这种系统位置上的差别,各个不同位置上的内容和语言必须进行不同量度的恰当因应。这一因应的过程,也就是取舍的过程。进行取舍的最基本的工程手段,就是"镕裁":"规范本体谓之镕,剪截浮词谓之裁。裁则芜秽不生,熔则纲领昭畅,譬绳墨之审分,斧斤之斫削矣。"(《镕裁》)所谓"镕",就是对作品的内容进行全面的熔铸成器的规范:定向、定位、定序、定度。所谓"裁",就是依据规范对文章的材料和语言进行剪裁:"权衡损益,斟酌浓淡。芟繁剪秽,弛于负担。"

刘勰将镕裁的过程,比喻成工师的"绳墨之审分,斧斤之斫削"。"绳墨",是工师对材料进行取舍的依据,那么,作家对材料进行取舍的"绳墨"又是什么呢? 刘勰对此做出了明确的回答:主旨。这就是他在《附会》中所强调的:"去留随心,修短在手;齐其步骤,总辔而已。"他所说的"心",就是主旨。他所说的"总辔",就是凭借主旨的定向作用实现对全部内容的优化布局。"情理设位,文采行乎其中。"内容与语言的详略疏密,从来都是以表达主旨的需要为依据的。主旨好比"绳墨",是材料的定位依据,也是材料的定量依据。文章的内容与语言,必须按照表达主旨的需要遵守位的规定性,也要按照表达主旨的规定性遵守量的规定性。如果材料超越了"绳墨"对位与量的规定性,就

---

① 李渔:《闲情偶寄》,中国纺织出版社 2007 年版,第 261 页。
② 刘熙载:《艺概》,上海古籍出版社 1978 年版,第 40 页。

会对主旨的表达带来负性的影响。对此,刘勰举出了肢体畸形的例子:"骈拇枝指,由侈于性;附赘悬疣,实侈于形。"这种病态的现象,是健康的肢体所不取的。

文章结构同样是如此。它的位与量不是随意性的,而是受整个有机体的总体运动对每一个构件的位与量的规定性的严格制约的。就每一个构件的量度来说,既不能不足,也不能超越本分,而只能在服从大局的前提下恰如其分和恰如其位。也就是刘勰所强调的:"夫画者谨发而易貌,射者仪毫而失墙;锐精细巧,必疏体统。故宜诎寸以信尺,枉尺以直寻,弃偏善之巧,学具美之绩:此命篇之经略也。"刘勰认为,在服从大局的前提下进行取舍,这才是布局谋篇的巧妙之处。

对此,刘勰举出了历史上正反两方面的例子:"昔张汤拟奏而再却,虞松草表而屡谴,并事理之不明,而词旨之失调也。及倪宽更草,钟会易字。而汉武叹奇,晋景称善者,乃理得而事明,心敏而辞当者也。以此而观,则知附会巧拙,相去远矣。"(《附会》)刘勰认为,张汤与虞松在写作上的失误就在于"事理之不明"与"辞旨之失调",倪宽更草与钟会易字的成功就在于"理得而事明"与"心敏而辞当"。刘勰将这些问题,与文章的谋篇布局连到了一起,认为一个是正确地领会事理和把握意旨,所以在文章的内容与语言的熔裁上获得了卓越的成功;一个是不能正确地领会事理和把握意旨,所以在文章的内容与语言的熔裁上陷入了尴尬的境地。惟其如此,文章的谋篇布局并非只是单纯的形式安排问题,它与"事理"的明确与否有着密切的关系,也与语言的选用有极大的关系。也惟其如此,"张汤拟奏"、"虞松草表"的失败,归根结底是取舍安排的失败;"倪宽更草"、"钟会易字"的成功,归根结底是取舍安排的成功。刘勰以此昭示人们:只有"理得而事明",才能正确地把握主旨;只有正确地把握主旨,才能正确地把握结构;只有正确地把握结构,才能有效地进行"定夺",取得谋篇布局的成功。

刘勰不仅在工程理论上为我们进行了深刻的阐释,也在写作实践上为我们提供了卓越的楷模。刘勰的《辨骚》,就是一个紧扣"绳墨"进行"与夺"的典型范例。该篇在材料的布局上,以屈骚与《诗经》的异同辨析为重点。显然,这一布局与前人的论证结构大相径庭。何者?这是由于它独特的主旨所决定的。《离骚》之辨,是服从于它的总枢纽的:"盖《文心》之作也,本乎道,师

乎圣,体乎经,酌乎纬,变乎骚:文之枢纽,亦云极矣。"(《序志》)刘勰明确地告
诉人们,《文心雕龙》的写作,是以文学创作的根本规律作为依据的:文学创作
须从根本上寻源于天道自然,在法则上效法圣人,在体制上遵循经籍,在辞采
上酌取纬书,在变化上学习屈骚。《辨骚》之"辨",就是为这一理论目标服务
的。"辨"只是手段,"变"才是它的主旨的真正所在。这一主旨的集中表述,
就是刘勰所说的:"虽取镕《经》意,亦自铸伟辞。"为说明这一主旨,所以刘勰
重用了两个方面的材料:四"同"是"取熔经意"的逻辑依据,借此体现出文学
发展中的继承性的方面,四"异"则是"自铸伟辞"的逻辑依据,借此体现出文
学发展中的创新性的方面。继承与创新的辩证统一,就是刘勰通过对离骚的
辨析所表现出来的深刻思想和主张。这一思想和主张之所以表现得如此鲜明
有力,就是"定与夺"的材料效应献功的结果。这一卓越的工程实践,就是这
一卓越的工程理论的有力证明。

　　刘勰的这一卓越的工程理论与工程实践,为历代作家与文论家所继承与
发挥。宋代欧阳修的名作《醉翁亭记》的别出一格的开头名句"环滁皆山也"
的改定过程,就是典型的例证。据《朱子语类》记载:"欧公文亦多是修改到妙
处。顷有人买得他的《醉翁亭记》稿,初说'滁州四周山',凡数十字;末后改
定,只曰'环滁皆山也'五字而已。"以起笔处之疏淡为重点处之浓墨重洒预留
地步,以起笔处的含蓄避免审美的疲劳,而将全部的审美兴奋集中于关键处的
喷发,这种巧妙的阵势布设,就是刘勰所倡导的"扶阳而出条,顺阴而藏迹"的
结构艺术的成功运用。藏大象于片言之中,明百意于只字之外,欲浓而故淡,
先隐而后发,达到妙造精工的地步。清代唐彪《作文谱》则在理论上对此做出
了具体的发挥,云:"详略者,要审题之轻重为之。题意轻者为略,重者宜详。"
主张文章的轻重疏密,要根据主题思想的需要来定,凡同主题关系密切,最能
反映主题、说明问题的材料,要展开详写细写,否则略写。这些卓越的实践与
理论,无一不发端于此。

　　(四)关于"合涯际"的工程学说

　　标举"合涯际"的工程学说,是刘勰对文章布局谋篇理论的第四大建树。

　　"合涯际"就是使文章的各个构成部分密合无隙,衔接成为一个有机的整
体。通过这种化滞为通的衔接,使文章上下远近融会得周密无间,脉络连贯,
借以实现文章的整体化和系统化,是刘勰在文章结构的运作中所提出的重要

的工程方法。

这种化滞为通的衔接之所以必要,是因为文章内容都是作者为了表达文意对客观材料进行选择以后重新组合起来的,这样,就会在文章的层次、段落间不可避免地出现一些组合的"痕迹",甚至"断痕"。如果不加弥合,势必造成义脉的阻塞。也就是刘勰所说的:"若统绪失宗,辞味必乱;义脉不流,则偏枯文体。"消除这些阻塞的方法,就是进行弥合,也就是进行意义上和语言上的衔接。就其实质而言,就是进行逻辑上的通贯。这种通贯,有近程性的,有远程性的。近程性的就是过渡,也就是刘勰所说的:"章句在篇,如茧之抽绪,原始要终,体必鳞次"(《章句》)。远程性的就是照应,也就是刘勰所说的:"启行之辞,逆萌中篇之意;绝笔之言,追媵前句之旨。"(《章句》)惟其如此,才能获得整体化和系统化的结构效果:"夫能悬识腠理,然后节文自会,如胶之粘木,石之合玉矣。"(《附会》)

"胶之粘木",就是对过渡方法的形象比喻,具指文章结构上的外在衔接。它往往使用一些过渡词语、过渡句或者过渡段,在形式上起到粘联文章各个组成部分的作用。构件之间需要转换与衔接的情况,主要有以下几种:前后内容的属性的变化,前后内容的数量的变化,前后内容的时空范围的变化,前后内容的表达方式的变化,等等。在这些异面空间的情况下,必须使用过渡,以实现思路的畅通与语言的连贯。这种过渡,是"制首以通尾"的整体化的需要。如果处理得好,就能浑然一体。否则,就会陷入"统绪失宗","义脉不流"的思想混乱与语言混乱之中,也就没有文章之美可言了。

"石之合玉",就是对照应方法的形象比喻,具指文章结构上的远程性的内在衔接。它主要依靠思想内容的前后关联、呼应,实现文章前后内容上的相互沟通呼应。也就是刘勰所说的:"首尾相援","制首以通尾","启行之辞,逆萌中篇之意;绝笔之言,追媵前句之旨"。由于这种前前后后,里里外外,远远近近的关照和呼应,才能全面、细致反映出客观事物之间千丝万缕的联系,使文章内容完整,结构严谨,而且不时唤起读者的联想和回味,通过多角度的信息刺激,深化读者对内容的理解。照应的形态有以下几种基本类型:首尾照应,前后照应,题文照应,等等。

刘勰的这一工程方法,为历代作家与文论家所继承。唐彪《读书作文谱》中所说的"过文乃文章筋节所在。已发之意赖此收成,未发之意赖此开启。

此处联络最宜得法"，李渔在《闲情偶记》中所说的"每编一折,必须前顾数折,后顾数节。顾前者,欲其照应;顾后者,便于埋伏"。这些精辟的工程学主张,即张本于此。

三、结构的美学规范和力学规范

"熔范所拟,各有司匠,虽无严郭,难得逾越。"(《定势》)刘勰认为,出于反映客观事物发展规律的需要和表现主旨的需要,也出于适应接受心理的需要,结构必须符合一定的美学规范和力学规范。根据刘勰的相关论述,可以将结构的美学规范集中概括为以下几个方面:完整、严谨、和谐、自然。

所谓完整,就是在形态上有头,有身,有尾,前后连贯,彼此照应,过渡自然,各个部分都连贯成为一个整体。刘勰所说的"首尾圆合,条贯统绪",就是对"完整"的理论概括。也就是朱光潜所具体阐释的:"一个艺术品必须为完整的有机体,必须是一件有生命的东西。有生命的东西第一须有头有尾有中段,第二是头尾和中段各在必然的地位,第三有一股生气贯注于全体,某一部分受影响,其余各部分不能麻木不仁。"[1]只有这样的形态,才能给读者带来心理上的平衡和唤起情感上的愉悦。

所谓严谨,就是各构件之间的联系必须紧密无隙,构成一种必然性的联系。刘勰所说的"章句在篇,如茧之抽绪,原始要终,体必鳞次","外文绮交,内义脉注,跗萼相衔,首尾一体",就是对"严谨"的具体解说。义无可加,方可云严,接不容隙,方可曰谨。所谓"如胶之粘木,石之合玉",即此之谓。孔子的《春秋》,就是严谨美的典范:《春秋》辨理,一字见义,五石六鹢,以详略成文,雉门两观,以先后显旨。"正因为如此,它才达到了"褒见一字,贵逾轩冕,贬在片言,诛深斧钺"的美学与力学的极致境界,为历代作家所称颂。在现代的文坛中,只有鲁迅的作品结构才能经得起如此推敲颠扑,是现代严谨美当之无愧的代表。

所谓和谐,是指各组成部分的均衡和匀称。也就是说,不仅要构件齐备,一无所缺,一无所懈,还要求整体布局的适中和构件对于整体的适度,在不同的各个部分之间实现统一和完整。统一和完整就是协调。唯有协调才能实现

---

① 朱光潜:《谈美　谈文学》,人民文学出版社1988年版,第183页。

和谐,唯有和谐才能使美得到充分显现。这就是刘勰所说的"百节成体,共资荣卫","骈牡异力,而六辔如琴;并驾齐驱,而一毂统辐",然后才能进入"如乐之和,心声克协"的境界(《附会》)。古人所说的"凤头、猪肚、豹尾",就是对和谐美的比例关系的形象表述和理论概括。如果一篇文章的结构是头大躯小,或者尾大不掉,那就成了不堪入目的丑物了。

所谓自然,是指结构要像客观事物之间的天然联系那样浑然无痕,毫无斧凿的印迹。也就是刘勰所说的:"云霞雕色,有逾画工之妙;草木贲华,无待锦匠之奇。夫岂外饰,盖自然也。"(《原道》)自然,就是不假外饰,本色天然的意思。具体反映在文章的结构上,就是两个最基本的规定性,一是与主旨的契合性,二是与客观规律的契合性。与主旨的契合性,就是刘勰所强调的:"夫情致异区,文变殊术,莫不因情立体,即体成势也。"与客观规律的契合性,就是刘勰所强调的:"势者,乘利而为制也。如机发矢直,涧曲湍回,自然之趣也。"(《定势》)

结构的美学魅力,总是与它的力学张力相配合的。它不仅是美的组合,也是力的组合。因此,文章的结构既要符合美学的规范,又要符合力学的规范。根据刘勰的相关论述,可以将结构的力学规范集中概括为以下几个方面:强势,砺锋,冲发。

强势

"善战者,求之乎势。"(《孙子兵法·兵势》)势,是位置的组合所产生的能量蓄积效应。"形生势成,始末相承。湍回似规,矢激如绳。"(《定势》)刘勰所说的"自然之趣",就是"形生势成"的必然性。湍的迂回来自涧形的曲折,矢的弹射力来自弓背与弓弦所组成的弧形。这些相对位置的矛盾与组合的形态,决定着张力的大小和运动的方式。文章的布局也是如此。它对材料及其系统位置的布设,是以"强劲中的"为目的的。这种"机发矢直"的力度,不仅决定于材料本身的强度,——信息量的密集度,更决定于材料与材料的关系——数量关系和位置关系。主与次、详与略、虚与实、开与合、显与隐,这些相对位置和相对数量的关系的多元统一,决定着整体能量的大小和方向。只有对它们进行巧妙的布设,才能"因形而生势",造成能量的定向积聚,在定向的积聚中造成冲发的优势。

"扶阳而出条,顺阴而藏迹。"(《附会》)唯有对"次"的舍弃和淡化,才能造成"主"的集中和强化。我国的花鸟画,为了突出花鸟本身之美,将花鸟的背景进行了隐化和淡化。我国的京戏,为了突出人本身的美,也不进行舞台布景。这种组合,就是为了造成能量的定向积聚。《水浒传》中写林冲当"八十万禁军教头"的生活,淡化了他的教头生涯,详写了他与高衙内的冲突。正是这一冲突,造成了材料信息的定向积聚:顷刻中掀起了情节的波澜,展开了林冲性格的特点及其变化的必然趋势,揭开了"官逼民反"的这一主旨的序幕,因而"势如弩,节如发机",一挥手就造成了读者注意力的定向集中。这种效应,就是结构的蓄势效应。"任势者,其战人也,如转木石。木石之性,安则静,危则动,方则止,圆则行",全在人的布设。"故善战人之势,则转圆石于千仞之山者,势也"。文章结构的"得势",与战阵之"势"并无二致,全在组合与变化之中。就其方法来说,都是无穷无尽的:"凡战者,以正合,以奇胜……奇正相生,如循环之无端,孰能穷之哉?"《孙子兵法·兵势》

砺锋

"《诗》、《骚》所标,并据要害,故后进锐笔,怯于争锋。"(《物色》)所谓"据要害",既是一个蓄势的问题,也是一个砺锋的问题。刀必有刃,有刃方利。阵必有锋,有锋方锐。所谓"锋",是指阵势中尖锐犀利的部分,即系统中的主攻层面。有了锋,势才能定向集中;有了势,锋才能脱颖而出。然后才有对准要害的集中冲发,对准本质的集中展示。文章的结构中,虽然包容着许多层面,但就能量的"分配"来说并不平均,而是有所侧重的。文章的指向主要是由这一结构中的主攻层面来体现的。唯有突出重点,才能有利于主攻方向上的集中,才能势如破竹,所向披靡。

刘勰所标举的"'依依'尽杨柳之貌",就是典型的范例。边疆戍卒生活经历中的"锋",就是有关"杨柳依依"的故园生活的刻骨铭心的记忆。这些血泪交流的故园记忆,就是洞悉戍卒苦难生活的最直接的窗口。由于能"养其全锋",所以一当冲发,就会喷薄而出,势如破竹,具有极大的美学震撼力量。

冲发

"势者,乘利而为制也。如机发矢直,涧曲湍回,自然之趣也。"(《定势》)冲发是结构中对力的作用点的"乘利而为制"的选择。长长的锋口是由很多的点所组成,而最强大、最直接、最尖锐的着力点只有一个,这就是矢簇。表现在材料的组合中,就是一个足以牵动全局的、直接通向中心的突破点。这一个突破点,在力学上具有两重意义。一是触发:它是各种力的交织点,牵一发可动全身。无疑,这必须是一个内涵非常丰富而且极具敏感性的问题,是包容着重大的本质意义的某种现象,或者是思维活动中具有关键性意义的一个"扣子"。易而言之,它是引发问题的问题,通向本质的门户,打开思维局面的枢纽。二是凝聚。突破点既是系统运动的引发点,又是合力运动的最后攻坚点。无疑,这就是对"问题"的最集中的解答,是对要害处的总攻击。这种集中优势兵力的总攻击力,通常都是以"立片言以居要"的形式,在文章的高潮中或关键处显示出来。

刘勰认为,这种"机发矢直"的力的冲发,通常都集中在文章的结尾处。结尾处是矛盾的总交汇处,也是矛盾的总爆发处,是最需要心力也最见出心力的地方。所以他主张全力冲发:"若夫绝笔断章,譬乘舟之振楫;会词切理,如引辔以挥鞭。克终底绩,寄深写远。"刘勰所标举的《诗经·小雅·采薇》的结尾,就是典型的范例:

> 昔我往矣,杨柳依依。今我来思,雨雪霏霏。行道迟迟,载渴载饥。我心伤悲,莫知我哀!

戍卒返家,百感交集,酸甜苦辣,齐聚心头,人莫知哀,唯有对着苍天痛哭。其寄托之遥深,足以感天地而泣鬼神。

刘勰《文心雕龙·序志》的结尾,也是在冲发上极见功力的范例:

> 生也有涯,无涯惟智。逐物实难,凭性良易。傲岸泉石,咀嚼文义。文果载心,余心有寄。

在这依依惜别之际,将自己关于人生价值的总理念,关于以心总文的总见解,关于抗拒庸俗世风的总态度,以及对于该学术的未来前程的总期待,都在此一关键处一笔收拢而和盘托出,与读者进行披心沥胆的直接交流,使读者的心灵受到久久的震撼。

这些,都是结构的力学效应的证明,也是结构的基本的力学规范。结构力学的基本法则,就是集中与扼要。"势"是"位"的集中与扼要,"锋"是"势"的集中与扼要，"芒"是"锋"的集中与扼要。"故善战者，其势险，其节短，势如彍弩，节如发机。"唯有对材料的巧妙布局，才能获得这种能量的集中与扼要，造成强大的积聚与爆发，去高效益地体现文章的主旨。

结构中的力学要求和美学要求是统一的。刘勰所赞美的"凤凰"，就是"骨"与"采"统一的形象性标志，也是结构中的美学与力学相互统一的规范性的象征。有内在的骨力，才能劲猛以高翔；有外在的魅力，才能赏心而悦目。这就是刘勰在结构上所追求的境界。

文心的构思中还包括关于表达的体式与方式的构思的内容。这部分的内容将在《文心外化论》中集中论述，此处不赘。

第四节　刘勰关于文心构思中多种心理过程参与的理论体认

文心的构思是一个由感性到理性的飞跃过程。在这一思维的总过程中，包含着多种心理因素和多种心理过程的参与。就心理因素而言，有心境、情感、意志、动机，等等。就心理过程而言，有想象、知觉、灵感，等等。前者给运思的总过程提供动力和方向，后者给思维的总过程提供"建立联系"的方法和技巧。关于前者，我们已经做了许多论述。这里，着重谈一谈想象、直觉、灵感这三者对运思过程的参与的问题。

一、想象

文心构思过程的创造性品格与系统化品格，是通过特定的心理机制来实现的，这就是想象，也就是刘勰所说的"神思"。文心的构思过程，实际也就是想象的过程。刘勰所说的"文之思也，其神远矣"，"寂然凝虑，思接千载，悄焉动容，视通万里"，就是对这一心理状态与工作过程的形象描绘。文心的构思之所以必须在想象的心场中进行，是由于想象的独特的心理属性和心理功能所决定的。

想象的思维过程和思维形式的特殊性，首先表现在它超越时空的心理功能上。《神思》中所说的"寂然凝虑，思接千载；悄焉动容，视通万里；吟咏之间，吐纳珠玉之声；眉睫之前，卷舒风云之色"，就是这一心理状态的形象描绘。一般的思维形式和心理过程都是对现实存在的直接反映,而想象则是根据已有表象对非经验领域的心理伸延。这种心理延伸实际是一种间接的心理感知,是对现实存在的超越。由于它不受时间和空间的拘囿,所以必然具有无往勿届的属性。正是凭借这种心理功能,作家才能突破自己经历的限制,在广阔无垠的时空范围内观照万事万物,将分散在各个时空范围中的万事万物集中在自己的视野之中,作为构思的材料,根据表达主旨的需要,实现"神用象通,情变所孕。物以貌求,心以理应"的美学使命。

想象的思维过程和思维形式的独特性,还表现在它自由碰撞的心理功能上。想象作为一种表象的运动,是在打破原来的思维定式和材料之间的旧有联系的基础上进行的,它的心理学本质就是完全、彻底的自由思考。刘勰所说的"神思方运,万涂竞萌,规矩虚位,刻镂无形",就是这种自由式的心理运动状态的理论表述。这种运动状态的自由性,主要表现在两个方面:一是分解的自由性,即将原来的系统完全碾成碎末,使系统中的元素成为自由的元素。二是组合的自由性,即这些已经和原系统完全脱钩的自由元素,在自由的碰撞中进行自由的组合,最后熔铸成具有达旨意义的新的系统。自由的碰撞,自由的元素,自由的组合,自由的系统,这四者就是新材料、新结构、新思路、新主旨得以产生的主要途径,也是艺术构思得以完成的根本凭借。

想象的思维过程和思维形式的独特性,也表现在它生发和强化情感的心理功能上。想象是在表象的基础上进行的,一切表象都是心与物游、物与神交的心理结果。"人禀七情,应物斯感,感物吟志,莫非自然。"物与神交的过程,既是一个感知外物的过程,同时也是一个生发与强化感情的过程。刘勰所说的"登山则情满于山,观海则意溢于海",就是这种想象与情感同步运动的形象性表述。这种由想象所引发的感情运动,不仅是文心运思的心理动力,也是文心运思的核心内容。正是这一"神用象通,情变所孕"的特定过程,推动着心与物的统一。这一心物统一过程的最后结果,就是意象的形成。对意象的经营,这正是艺术构思的核心内容与核心目的。

想象的思维过程和思维形式的独特性,还表现在它的创新功能上。艺术构思的目的,不仅是为了能动地认识客观世界,而且是为了理想地改造客观世界。理想地改造客观世界的过程,本质上是一个创造性思维的过程。而想象,就是创造性思维的根本性的心理凭借。这一凭借作用既来自它所特有的自由组合的功能,也来自它源于现实生活而又高于现实生活的独特品格。径而言之,在想象运动中所生发的新元素、新组合,并不是纯意识形态领域的东西,也不是无中生有的东西,而是现实生活在人类审美理想烛照下的特定形态,是依据审美理想对现实生活的再组织和再创造。正是自由元素、自由组合、审美理想三者的融合,支持着、推动着和实现着这一再组织和再创造的过程,支持着、推动着和实现着艺术构思的过程。而想象,则是三者在运动中的共同的方法论凭借。刘勰所说的"拙辞或孕于巧义,庸事或萌于新意,视布于麻,虽云未贵,杼轴献功,焕然乃珍",就是对想象的创新功能的精辟阐述。"杼轴献功"的过程,就是一个将"麻"织造为"布"的组合过程。"拙辞或孕于巧义,庸事或萌于新意"的过程,就是现实存在的平凡性和想象的新奇性相互交织的过程。正是由于想象的参与,平凡的生活才出现了"焕然乃珍"的新面貌。

想象运用在构思的过程中,是由多种多样的工程措施来保证的。根据刘勰的系统论述和历代作家的实践经验,这种以自由联系为内在杠杆和总体特征的思维方式,可以概括为以下几种基本类型:类比性思考;夸饰性思考;换元性思考;串异性思考;反向性思考;辐射性思考,等等。这些思维方式不仅运用在艺术构思中,也运用在理论构思中。例如换元性的思考方式,就是代数学借以建立的理论基础。逻辑论证中的反证法,就是反向思考的具体表现。逻辑论证中的例证法,就是类比思考的具体表现。逻辑思维与形象思维,实际上是既相异,又相通的。在想象的思维方式和思维过程上,也是如此。这些具体方法,在本著的《刘勰写作艺术论》中有详尽的论述,此处不作具体展开。

由于想象在构思中的决定性的地位和作用,它受到了历代理论家与作家的特别重视,被看成是诗艺术的主要内容。刘勰所说的"思理之致",就是对想象在文心运思中的特定作用和特定地位的恰如其分的标举。

二、灵感

"若夫骏发之士,心总要术,敏在虑前,应机立断……机敏故造次而成功"(《神思》),"思合而自逢,非研虑之所课也"(《隐秀》)。刘勰在这里所说的,就是灵感在文章构思中的作用。

灵感是人们在创造性思维活动中因偶然机遇而豁然开朗,思路贯通,某种新形态、新观念、新思维突然呈现的心理状态,是一种长期寻觅中的猝然发现,长期困踬中的突然顿悟的"理融而情畅"(《养气》)的心理现象。这种心理状态和现象,不仅给作者的创造性构思过程注入了一种特别的感情动力,而且以其"山重水复疑无路,柳暗花明又一村"的独特的心理功能,推动着运思过程由量的积累向质的飞跃的突进。由于这一开塞为通的独特的心理功能,灵感受到了作家的特别重视,广泛运用在运思的过程中,成为创造性运思的重要方法论凭借。

我国文学理论史上第一个对灵感的心理特征进行系统描述的学者,是陆机。他说:

> 若夫应感之会,通塞之纪,来不可遏,去不可止。藏若景灭,行犹响起。方天机之骏利,夫何纷而不理。思风发于胸臆,言泉流于唇齿。纷葳蕤以馺遝,唯毫素之所拟。文徽徽以溢目,音泠泠而盈耳。及其六情底滞,志往神留,兀若枯木,豁若涸流,览营魂以探赜,顿精爽而自求。理翳翳而愈伏,思轧轧其若抽,是故或竭情而多悔,或率意而寡尤。虽兹物之在我,非余力之所戮。故时抚空怀而自愧,吾未识夫开塞之所由也。(《文赋》)

在这段精辟的创作心理描述中,陆机全面地揭示了灵感的偶然性、突发性、创造性的心理特征和"开塞之所由"的心理功能,也留下了一个深奥的研究课题:产生这种独特的心理状态和心理功能的心理机制又是什么呢?径而言之,灵感作为三大特征借以表现的寄寓和开塞的决定性根由,那么,这种心理特征和心理功能究竟又由什么来决定的呢?

刘勰的文心理论,就是对这一历史性课题的深刻解答。他高瞻远瞩地告诉我们:文心运思的过程,自始至终都是一个心物交融的过程。但是,心与物的交融从来就不是一步到位,而是在反复推移中逐步完善的。之所以需要反复推移,是因为心与物之间,物与物之间,通常都存在着许多的错位现象:有时心在此而物在彼,有时物在此而心在彼,有时此物在此而彼物在彼。刘勰所说的"意授于思,言授于意,密则无际,疏则千里。或理在方寸而求之域表,或义在咫尺而思隔山河",就是对这种错位现象的理论概括。正是由于如此,心与物的同化过程,物与物的同化过程,必然是一个极其曲折、漫长、艰难的寻觅过

程。这一同化过程,也就是刘勰所说的"情会"的过程:

> 若夫善弈之文,则术有恒数,按部整伍,以待情会,因时顺机,动不失正。数逢其极,机入其巧,则义味腾跃而生,辞气丛杂而至。视之则锦绘,听之则丝簧,味之则甘腴,佩之则芬芳:断章之功,于斯盛矣。

这既是对"总术"的理论概括,也是对灵感的心理机制的理论阐发。他明确地告诉我们,灵感的关键就是"情会"。所谓"情会",就是情思与材料的充分会集与融合。运思中的梗塞,实际就是情思与材料中的某些关键性要素的缺位所造成的。关键性要素的到位,是运思由量变向质变飞跃的根本原因,也是豁然开朗,猝然顿悟的根本原因。他还进一步告诉我们:"情会"是不能强求的,因为它通常都不是发生在"殚精竭虑"的工作过程中,而恰恰发生在"率志委和"、"优柔适会"的心理状态中。要想获得这种心理状态,关键在于"节宣":

> 是以吐纳文艺,务在节宣,清和其心,调畅其气,烦而即舍,勿使壅滞。意得则舒怀以命笔,理伏则投笔以卷怀,逍遥以针劳,谈笑以药倦,长弄闲于才锋,贾馀于文勇,使刃发如新,腠理无滞。虽非胎息之万术,斯以卫气之一方也。(《养气》)

现代心理科学的长足发展,证明了前人见解的真理性,也极大补足了前人见解中的未尽之处,进一步揭开了灵感神秘的面纱,将它内在的心理机制揭示无遗。

所谓灵感,说到底就是一种平时"从不相关"的异面存在之间的巧妙的"串连"而已。这就是诺贝尔奖金得主杨振宁根据毕生创造性思维的经验所一针见血指出的:"所谓灵感是一种顿悟,在顿悟的一刹那间,能够将两个或以上,以前从不相关的概念串连在一起,以解决一个搜索枯肠仍未解决的难题,或缔造一个科学上的新发现。"[1]"串连",就是破除旧联系,建立新联系。

---

① 杨振宁:《谈灵感涌现有赖于知识积累》,《文汇报》1985 年 2 月 3 日,《文摘专栏》。

灵感的"巧妙",就在建立先前从未联系过的联系。这种新的联系的建立,往往是偶然的,突发的,创造性的,稍纵即逝的,这就是它之所以长期披上神秘面纱的原因。

灵感之所以具有以上的心理特征,归根结底来自新联系建立的特殊过程。一般的认识过程中所建立神经联系,大都是在那些最经常活动的细胞群之间进行的,联系的模式也是比较固定的,往往是旧有神经模式的延伸、改革或变通。创造性思维则不同,它无模可袭,无式可依,它必须建立前所未有的神经联系,以构成崭新的系统。要建立新的神经联系,光靠原来的常规细胞群和常规的联系方式,是远远不够的。它必须激活那些平时处于沉潜状态的神经细胞群,并通过紧张与松弛交相作用所造成的神经张力,进行高能量的发散与集中,不断探索并力图尝试着在有关的细胞群中建立一种新的联系,形成一种"陌生"的而又可以接受的思维网络。这种新联系的建立,一般都是通过反复推移来实现的,是搜索枯肠的结果。但是在创造性思维中也有特殊的状况,由于某种特殊的机遇,当大脑中枢正处于高效运转状态和"通"与"塞"的关键时刻,某一外界刺激使那些需要立即发挥作用的沉潜细胞群突然被激活,原来一直受阻并难以接通的思维"电路"因而突然接通,于是满盘皆活,豁然开朗。一种新的联系,一个新的思维网络,就在这一瞬间形成。这就是顿悟,也就是我们古人所说的"得其机遇"。它实际上是紧张搜索中某些沉潜细胞群突然苏醒、投入并互相契合的结果。瓦特从壶盖的冲动发现了蒸汽的驱动作用,牛顿从苹果落地发现了物与物之间的引力联系,都是由于这种契合而茅塞顿开的心理效应。在文心的运思中,这样的例子就更多了。屈原作品的绮靡奇幻的意境,来自"江山之助"的启迪,曹植的《七步诗》来自兄弟相残的激发,白居易的《燕诗示刘叟》,得意于刘叟的"高飞背母"的特殊经历的触发。苏轼的"千山动鳞甲,万谷酣笙钟"的名句,产生于梦境之中。艺术作品的创作同样是如此,张彦远《画论》中说:"开元中,将军裴旻善舞剑,道子观旻舞剑,见出没神怪。既毕,挥毫益进。时有公孙大娘,亦善舞剑器,张旭见之,因为草书,杜甫歌行述其事。"张旭自己也说:"吾见公主担夫争路而得笔法之意,后见公孙氏舞剑器而得其神。"(李肇:《唐国史补》)另一位草书大圣怀素则说:"观夏云多奇峰,辄常师之。夏云因风变化,乃无常势;又遇壁折之路,一一自然。"(陆羽:《僧怀素传》)

偶然性的契合,实际是必然性的一种特定形态。灵感绝不是什么神秘的东西。"得之在俄顷,积之在平日。"①如果没有平时的长期积累,是不可能有俄顷的爆发的。这种爆发,实际就是"万事俱备,只欠东风"时的那个得"风"的机遇的契合。如果不是"万事俱备",纵遇"东风"也是毫无意义的。这一点,已经成为举世的共识。这一共识,可以看成是产生灵感的最基本的心理规律。这也就是灵感可贵而不可恃,可求而不可待的原因。

但是,对于文心的运思来说,最有意义的不是认识到这一普遍性的心理规律,而是根据这一心理规律去进一步探讨和转化为各种具体的调控措施,为灵感的孳生提供"温床",以"所求"实现"所贵"。因此,试根据古理今论,提出下面的具体做法,使这一东方的智慧更趋完整。

第一,强化对一定对象的迷恋性和思维的目的性。

"诗人感物,联类不穷。流连万象之际,沉吟视听之区。"(《物色》)灵感的产生虽然是突发的,却是建立在长期探索基础上的。从思维的性质来看,人类的一切思维活动都具有解决问题的目的性。所谓灵感,实际上就是找到了解决问题的钥匙。"找到"必须是,而且必然是"长期寻觅"的结果。"长期寻觅"只能来自明确的目的性和强烈的迷恋性。唯有目的性和迷恋性才能形成心理的专注,唯有心理的专注才能使大脑高效率工作,唯有高效率工作才能推动大脑迸发出超常的活力,使沉潜的神经细胞苏醒,投入解决问题的过程。王国维《人间词话》所说的"众里寻他千百度,蓦然回首,那人却在,灯火阑珊处",就是此种心理状态的生动比喻。"寻他",是明确的目的性;"千百度",是强烈的"迷恋性"。凭借二者的互动,然后才有"蓦然回首"的惊喜。

从思维的过程来看,灵感的产生实质上就是一种潜思维向显思维的转化和飞跃。所谓"潜思维",就是没有进入显思维过程的神经细胞群的工作状态,它并不由中枢神经直接调控,但它同时也在暗中工作,有如后备部队待命休息,随时可以作为主力军投入战斗一样。钱学森说得很好:

> 灵感实际上是潜思维。它无非是潜在意识的表现。人的大脑复杂极了,我在这里与同志们交谈,用的那一部分叫显思维,或叫显意识,这我可

① 袁守定:《谈文》,见詹锳《文心雕龙义证》中册,上海古籍出版社 1989 年版,第 981 页。

以直接控制,有意识地控制。那个潜意识,控制不了,没有办法控制。但是它同时在工作,就是不知道它怎样工作,它工作的状态怎样。我想大家在工作中也会有体会,苦思冥想不得其门,找不到道路,然而不知怎么回事,它突然来了。这就叫灵感。我们在科学工作中也有这样的情况。常常一个问题,醒着的时候总是想不起来,不想时,或夜里作梦,却忽然来了。这说明潜意识在工作。你自己不知道,可是它在试验。试验行了,它就通知显意识,这就成了你的灵感。①

这种"自己不知道"的工作,这种深入梦魂的心理活动,绝非人类的意识所能直接控制,只能靠如醉如痴的迷恋性和锲而不舍的目的性所激发的强烈持久的大脑活力才能充任。

迷恋性和目的性,是启动潜思维的原动力,是灵感萌发的前期准备。没有这种特定的前期准备,灵感借以萌发的那种锲而不舍、隐而不失的潜在心理活动就不可能长期坚持,更不可能在特殊的机遇下产生突发性的质变。这就是王国维之所以如此标举"第一境"和"第二境"并把它们视为"第三境"的必要前提的原因。

第二,专注是迷恋性和目的性的最高凝聚。

"观山则情满于山,观海则意溢于海。"(《神思》)凡是有成就的文学家和艺术家,其迷恋性与目的性所形成的专注的心理品质,都是惊人的。唐代诗人李贺在苦思中专注到"是儿要呕出心乃已耳",贾岛专注到"忘身"与"入神"的境界,冲撞了韩愈的马头被卫卒扣留,仍然"推敲"不已,宋代画家文与可专注到"身与竹化"的地步。这种由于迷恋性和目的性所形成的独特的心理状态,就是他们的灵感所以常常迸发的不可或缺的心理前提。

为了在文心的运思中获得灵感,我们首先必须创造和培养这种心理前提——对思维对象的迷恋性和目的性,并且将二者凝聚成为专注的心理品质。这是通向灵感的必由之路。

第三,心理张度的调控。

---

① 《钱学森同志与本刊编辑部座谈科学、思维与文艺问题》,《文艺研究》1985 年第 1 期,第 7 页。

灵感是人类大脑在高度亢奋之下各种神经细胞群勃发活力并互相沟通所形成的那种最活泼、最有效率的思维态势。大脑的满负荷工作是灵感产生的必要前提,但灵感却恰恰不是产生在满负荷的工作状态中,而是产生在苦苦搜寻的紧张状态转向松弛的时候。单纯的紧张不能直接触发灵感,单纯的松弛也不能触发灵感,只有在张弛交替中的某个瞬间才能萌发灵感。

早在1500年前,刘勰就提出了关于思路通塞与张弛合度关系的精辟见解:"或理在方寸,而求之域表,或义在咫尺,而思隔山河。是以秉心养术,无务苦虑,含章司契,不必劳情也。"(《神思》)要解决"方寸"与"域表"的矛盾,"咫尺"与"山河"的矛盾,关键在于得此通塞的契机。契机之得,不在劳情苦虑,而在保持心理的和谐,使心与物、心与理、物与物、物与理自然契合,使灵感成为自然生发的有感而悟,水到渠成,而不必在迟与速上过多计较。"机敏故造次而成功,虑疑故愈久而致绩",这是思维方式的个性差异所造成的,与思维质量没有必然联系。不管是机敏的灵感思维,还是虑疑的常规探索,不管是"造次而成功",还是"虑久而致绩",都是为了由塞变通,总的目的都是为了解决问题。只有张弛合度的心理和谐,才能促进问题的解决。如果张弛过度,就会使"机敏"与"虑疑"二者的优势并失。

刘勰所提出的这一命题的正确性,获得了现代实验心理学的证明。美国心理学家克雷奇在《心理学纲要》中根据大量的实验数据做出了明确的阐述:"当动机很弱的时候,动物很容易被无关的因子引到问题以外,趋向于无目的的行动,而在动机非常强烈的情况下,动物则集中注意力于目的物,而把情境中其他的,对于解决问题却很重要的特点都排除在外。还有,累次失败挫折的反应,当某种刻板式的反映已证明无效时,例如发脾气,尖声喊叫,都妨碍动物作解决问题的努力。"作者认为,这和对人类的观察是一致的:"动机太强不仅会导致紧张,也会使解决问题的效率减少。"他由此得出了一条重要的心理规律:"问题解决者动机强度的增加,解决问题的效率也随之而增加,直至达到一个最高点。超过这一点,动机强度的任何提高,造成了解决问题能力的降低。"①

古理今论从不同的层面和渠道,证明了一条重要的心理规律:灵感是在紧

---

① 克雷奇:《心理学纲要》上册,文化教育出版社1982年版,第254—257页。

张中孕育,在松弛中降生的灵胎,是紧张与松弛的辩证统一的结果。心理的张弛合度,是灵感萌发的心理前提。在文心的运思中把握住这条重要的心理规律,自觉地调节心理的强度,创造一个张弛合度的心理温床,对于促进灵感的萌发,是大有裨益的。

第四,保持思维的灵活性。

"至精而后阐其妙,至变而后通其数。"(《神思》)灵感的萌发固然取决于高度专注、张弛合度的创造性思维活动,但也是和思维方式的灵活性与随机性密不可分的。所谓思维方式的灵活性与随机性,就是"凭情以会通,负气以适变"。具而言之,就是不"钻牛角尖",不"吊死在一棵树上",而是不断地变换角度、方向和方法,从事物的多层次、多侧面中去寻求尽可能多的联系渠道,以不拘一格的方式,不断地开拓新的思路,变塞为通。

要不断开拓出新的思路,必须不断突破原有的心理定势。要突破原有的心理定势,必须大胆而熟练地采用越轨思维。所谓"越轨"思维,又叫逆向思维,就是摆脱传统的、惯性的思维模式和思维路线的一种思维。这种思维方式的特点,一是对材料范围的超越,二是对思维角度与思维方法的超越。由于对材料范围的超越,思维活动突破了原来的固定领域,转移到了大脑皮层的新的部位,就会调动许多原来处于沉潜状态的神经细胞群投入工作,使原来隐藏在那些"被遗忘"或"被忽略"的角落里的沉潜细胞群浮现出来,成为思考的新对象和解决问题的新参数。由于思维角度和思维方法的超越,原来建立的细胞群之间的联系就会被冲破,新的兴奋中心和新的神经扩散与集中的网络就会形成,于是在更广阔的范围内重新建立起神经细胞群之间的联系,超越常规的新思路和新模式也就应运而生。

在越轨思维中获得灵感而构成创造性思维的例子,在历史上是屡见不鲜的。曹冲称象的故事,就是越轨思维的产物。凡在科学上与文学上有重大突破与重大建树的成果,无一不与越轨思维有关。屈原的楚辞,就是对《诗经》传统模式的超越。"自风雅寝声,莫或抽绪,奇文郁起,其《离骚》乎?"正因为如此,"故能气往轹古,辞来切今,惊采绝艳,难与并能矣"(《辨骚》)。"我言秋日胜春朝",是对"自古逢秋悲寂寞"的超越,"吾意独怜才",是对"众人皆欲杀"的超越,"先天下之忧而忧,后天下之乐而乐",是对"为物喜""以己悲"的超越。惟其有了这些超越,生活才能日新月异,文坛才如此绚丽多姿。

当然,越轨思维也不是绝对的。新与旧是对立的统一,"循轨"与"越轨"都是有轨的。所谓越轨,实际上就是在旧轨上铺设新轨,是旧轨的改制与延伸。如果没有旧轨作为依据和对照,新轨也无由制成。"轨"意味着理性的原则。越轨是为了使思维更加符合理性的原则,而不是随心所欲地违反理性的原则。人们可以异想天开,可以跨越思维方式的常轨,却不能跨越理性的原则。这就是刘勰所谆谆告诫的:"及其品列成文,有同乎旧谈者,非雷同也,势自不可异也;有异乎前论者,非苟异也,理自不可同也。"(《序志》)否则,不仅不能获得灵感,反而成为荒唐和乖谬了。

第五,及时捕捉灵感。

"方其搦翰,气倍辞前,暨乎篇成,半折心始。何则?意翻空而易奇,言征实而难巧也。"(《神思》)灵感具有极大的易逝性,犹如兔起鹘落,稍纵即逝,去不可挽,来不可期。这是因为潜意识中所建立的神经细胞群的联系是暂时的,脆弱的。当灵感萌发之后,由于各种心理因素的错综运动,最恰当的组合在沉潜细胞与兴奋细胞的碰撞下,不久就会失去其和谐和稳定,思维"电路"的突然接通也可能被旧的习惯性联系或其他环境因素的干扰而突然"断路",灵感状态也就会随之消失。灵感是不可能储存的,它必须及时转化为显思维,才能获得持久的生命。

因此,对灵感的捕捉必须非常及时。"若夫骏发之士,心总要术,敏在虑前,应机立断。"(《神思》)也就是金圣叹所具体发挥的:"文章最妙是此刻被灵眼觑见,便于此一刻被灵手捉住,盖于略前一刻也不见,略后一刻便也不见,恰恰不知何故,却于此一刻忽然觑见,若不捉住,便更寻不出。"(金圣叹:《读第六才子书西厢记》)由于没有及时捕捉以致"断弦离柱箭脱手"的憾事,是屡见于文坛的。"满城风雨近重阳"的残篇名句,就是恶吏催租致使灵感中断而不可接续的实例。

对灵感及时捕捉的方法因人而异,但有一点却是共同的:及时转化为显思维,或者及时记录下来,成为今后进行显思维的重要依据。唐时的李贺采用"诗筒",将灵感所得的慧词佳句随时记下投入其中。苏轼梦中得佳句"千山动鳞甲,万户醭笙钟",醒来立即记下,缀入诗作之中。

这些见解和做法,都是对刘勰论见的进一步完善。而刘勰的灵感理论,就是以上诸多论见与做法的滥觞。

三、直觉

刘勰云:"人禀七情,应物斯感;感物吟志,莫非自然。"(《明诗》)"神用象通,情变所孕。物以貌求,心以理应"。(《神思》)刘勰在这里所说的,就是直觉在文章构思中的作用。

直觉是一种对客观事物的内在本质及其生命意蕴进行直接感悟的思维方式。一般的认识过程通常是由两个阶段所构成的:先是感性认识,然后经过反复分析、选择、组合的逻辑推理过程,逐步提升为理性认识。直觉思维的特殊性则在于将两个阶段合而为一,在一刹那的直接体察中,就达到了对事物的本质和生命意蕴的把握,而把中间的逻辑推理过程简化和隐化了。这是一种由感性到理性的直接升华,就像物质由固态到气态的直接转化而跳过了液态一样。正是由于这一"升华",直觉采取感知的形式,却取得了直接把握事物本质的积极生命意蕴的效果。直观与思维的瞬间统一,是直觉思维最基本的心理特征。它意味着一种高功能的透视力,将感知和领悟,目遇与心会,观察与发现,在一瞬间完整地同步实现。

这一"实现"到底是怎样完成的? 产生这一心理功能的心理机制究竟是什么? 这是一个极具理论高度的课题。我们的古人不仅对此进行了成功的实践,还进行了生动深刻的理论开拓,为我们留下了极为丰富的工程经验和理论遗产。刘勰就是其中的杰出代表。

刘勰在他的文心理论中明确指出,在艺术直觉中,不是所有的"物色",都具有直接显示本质的力量。真正具有直接显示本质的力量的"物色",只能是那些极具特征、击中要害的东西。对此,他举出了《诗》《骚》中的许多范例:"故'灼灼'状桃花之鲜,'依依'尽杨柳之貌,'杲杲'为出日之容,'瀌瀌'拟余雪之状,'喈喈'逐黄鸟之声,'喓喓'学草虫之韵;'皎日''嘒星',一言穷理,'参差''沃若',两字穷形:并以少总多,情貌无遗矣。""《骚》述秋兰,'绿叶''紫茎'。"这些感性事物所具有的"以少总多,情貌无遗"的显示力量,就在于它们所独具的特征性和要害性,正是这一特征性与要害性,赋予它们以不可重复也不可代替的品格:"《诗》《骚》所标,并据要害。故后进锐笔,怯于争锋。"正是凭借这种独特的品格,感性事物具有了"乘一举万,举要治繁"的概括力量和对本质与生命意蕴的显示力量:"事得其要,虽小成绩,譬寸辖制轮,尺枢运关也。"(《事类》)这就是直觉之所以能凭借直观洞悉事物的本质与生命意蕴的原因。

刘勰还进一步认为,直觉的洞察力量,也与人的知识经验与实践经验的总积累密切相关。这是因为,对事物的本质性特征和要害的发现和把握的能力,归根结底来自实践,是知识与经验长期积累的结果。"将瞻才力,务在博见。"(《事类》)"凡操千曲而后晓声,观千剑而后识器。"(《知音》)惟见多而能识广,惟识广而能慧眼辨真,惟慧眼辨真而能鞭辟入里,惟鞭辟入里而能一发而贯其本质。知识经验与实践经验的总积累,是直觉思维的内在依据和理性凭借,它以理性所特有的概括力量,支持着直觉的正确运行。

对事物本质性特征和要害的把握以及知识经验的总积累,是组成直觉的系统机制的两个不可分割的方面。二者相辅相成,互相促进,制约着直觉思维的运行,缺一即不能为济。正是二者的结合,将感性与理性,观察与发现,目遇与心会,现象与本质,有机地融为一体。

刘勰的系统论见的正确性,得到了现代创造心理学的证明,并在现代创造心理学的框架内获得了长足的拓展。现代创造心理学在前人论见的基础上,凭借现代的实验手段,进一步揭开了直觉思维的秘密。它明确认为,直觉思维在实际上并没有省掉推理的过程。其所以能够简化,是因为它输入的是最能体现事物本质的信息,也就是众多信息中最有显示力的有用信息。这些基本信息是从众多信息中淘选出来的精华,数量很少,但极为精粹。创造者在创造过程中之所以能够运用直觉思维,主要靠他对这些基本信息的敏感。他所简化了的,实际上是那个漫长的反复的淘选过程,而并不是推理过程,只是使推理的过程更快速、更简便罢了。

创造者凭借基本信息进行推理的事例是很多的。以医学而言,我国传统医学对病情的诊断,就是通过"望闻问切"的直觉掌握几个基本信息,就可进行对症施治,并不需要进行烦琐的全面检查。军事科学上也是如此,《曹刿论战》就是一个典型的范例。初看毫不经意,实际上是一个由于富有经验而举重若轻的高浓缩的推理过程,是实证思维的一种特定形态。直觉思维的可靠性,也就在这里。

在文学创作上,这样的例子就更多了。凭借基本信息进行创造性的思维和表达,是作家工作的基本法则,也是作家创作才能的基本标志。所谓"即景会心",实际上就是对景物中的基本信息的捕捉和领悟,而绝不是也不可能是对"全景"的概括无遗。对"全景"的概括无遗不仅是难以实现的,也是毫无必要的。全景中真正通向本质的有用信息只有那么几个。抓住这"几个",也就是抓住了全体。作家的艺术直觉之所以能卓有成效,就在于他善于抓住几个珍贵的基本信息直接进入思维的过程,因此才能在瞬间进行准确的概括。这也就是"《春秋》辨理,一字见义"(《宗经》)的根由,也就是《诗经》中许多卓越的语句具有"一言穷理"、"以少总多"(《物色》)的美学概括力量的根由。

王维的"大漠孤烟直,长河落日圆",就是一个典型的范例。茫茫沙海,信息万千,而作者却捕捉住了一缕从地平线上升入高空的孤烟,将寥廓的大漠与寥廓的天空连为一体,使孤寂的氛围由于远方那可望而不可即的人烟而充满渴望和向往,显得更加孤寂而沁人心脾。"长"与"圆"也是两个精心捕捉的基本信息。塞外边关,广袤无垠,人的视线无遮无挡。在这一特定情境下,那一泻千里的黄河才会尽收眼底。由于其远,更显其长直。由于长直,更能显示出紧依其旁的落日之圆,使二者相映而益彰。凭借这几个基本信息,诗人不但写尽沙漠深处的自然景观,而且自然而然地渗入了自己孤寂中对宇宙生机的感慨、探求与渴望。抓住了基本信息,就能景到情到,自然贴切,意味深长。

由此可知,直觉思维的准确性和快速性,是依靠基本信息的效应来实现的。基本信息的获得,与作者的经验和学识无法分开。从某种意义来说,直觉思维就是走捷径。唯有对通向目的的全部路径了如指掌,才有走捷径的可能。否则就很可能误入歧途,欲速则不达。所谓"艺高人胆大",就是这个道理。这就是刘勰之所以如此重视"秉心养术"的根由。

在我国文学史上,刘勰的"神用象通"的直觉说的影响极其深远。钟嵘的"直寻"说,严羽的"妙悟"说,王夫之的"即景会心"说,等等,都是它的历史性的继承和发展。

第五节　刘勰关于文心构思成熟的理论体认

文心的构思过程,是一个"杼轴献功,焕然乃珍"的组织化的过程,正是这一组织化过程,将孤立分散的表象或概念"熔铸成器",构成有向、有度、有序的系统化的意象结构或者逻辑结构,从而实现由感性到理性的飞跃。这一有向、有度、有序的系统化的心理结构的全面完成,是文心构思的成熟的总体标志。由于文心运动具有艺术型与科学型两种形态,文心运思的成熟也表现出各自不同的具体形态。下面,试分别进行探讨。

一、艺术型文心运思的成熟形态

艺术运思是作家在创作动机的指导下和自觉表象运动的基础上,借助想象和联想,以心理活动和艺术概括的方式,创造出完整的内心形象——艺术形象的思维过程。意象是作家在进入文字表达之前,在心中形成的心理形象。艺术运思的过程,实际上就是一个心物交融不断深化和精化的过程。这一心理过程的最后结果,就是艺术形象的诞生。艺术形象是作家心理活动的"向、度、序"的总集中,是艺术运思成熟的总体标志,也是艺术构形的总体依据。刘勰所说的"玄解之宰,寻声律而定墨;独照之匠,窥意象而运斤",就是指这一总标志和总依据而言的。

这一总标志与总依据的完善性,具体表现在以下几个方面。

一是内视性。内视性即艺术意象在作者心灵屏幕上栩栩如生、可视可睹的属性。刘勰说"窥意象而运斤",王昌龄提出写诗之前应"视境于心,莹然掌上",苏轼说"执笔熟视,乃见其所欲画者",郑板桥所说的"胸中之竹",都是对这种属性的强调。经过艰苦的思索,心与物融为一体,未来作品的基本内涵与基本形式以意象的形态在繁杂的材料中逐渐浮现出来,并逐渐"烂熟于胸",日夜浮现于脑际,莹然如在眼前,与自己的生命融为一体。这种内视形象所具有的鲜明性品格,正是艺术运思成熟的首要标志。

二是完整性。意象的完整性,是要求从整体上把握和营造内心形象,突出其总体性的精神意蕴,追求各组成部分之间的统一与和谐,以其血肉丰满、首尾通贯的自成一体的生命性品格,体现出它本身所固有的思想价值和美学价值。一旦孕育成熟,它甚至可以按照它所固有的行为逻辑和情感逻辑作用于作家的心理,改变作家预设的先在意图,依据自身的逻辑去扮演属于自己的角色,实现着自己的行动自由。也就是刘勰所说的"道味相附,悬绪自接。如乐之和,心声克协"(《附会》)的境界。这种内视形象所具有的生命性品格,是艺术运思成熟的另一个重要标志。

三是深刻性。意象的深刻性,是要求它具有普遍性的内涵和概括性的力量,也就是体现事物本质及其生命意蕴的力量。它既是个性化的美学存在,又是"以少总多"的典型性代表;既是客观事物的反映,又是主观情志的寄托;既具有合目的性的属性,又具有合规律性的属性,还具有合自然性的属性。也就是刘勰所强调的:"《易》曰:'鼓天下之动者存乎辞。'辞之所以能鼓天下者,乃道之文也。"(《原道》)"合道性",就是深刻性的总集合。"道",就是宇宙运动和生命运动的总动势和总规律。惟其如此,意象必然具有"天地之心"的崇高品格,意象中对道的蕴涵必然成为艺术运思成熟的集中体现和最高标志。艺术形象之所以具有"鼓天下之动"的力量,原因就在这里。

二、科学型文心运思的成熟形态

科学型文心运思,是作家在创作动机的指导下和自觉概念运动的基础上,借助概括、判断、推理等思维形式,来直接揭示客观事物的本质和规律的思维过程。这一个由感性认识向理性认识飞跃的过程,自始至终都是在概念的逻辑性组合的基础上进行的。逻辑结构的诞生,就是这一心理过程的最后成果。刘勰在《论说》中所强调的"心与理合,弥缝莫见其隙;辞共心密,敌人不知所乘",就是这一逻辑结构的形成与完善的总标志。这一总标志作为理性认识的合目的性和合规律性的方法论凭借和可靠性保证,必然成为科学型文心运思成熟的总体标志,也是它进行外化的总依据。这一总标志和总依据的完善性,具体表现在以下几个方面。

一是一致性。逻辑结构的基本构件就是论点、论据和论证。完整的逻辑结构形态就是三者的交融和统一。为此,它要求观点和材料水乳交融,亦即用观点统率材料,用材料证明观点,也要求将这一水乳交融的过程,有机地组织在严密的推理过程中。"论者,伦也。伦理无爽,则圣意不坠。"(《论说》)伦,就是材料的系统化和组织化过程,也就是心与理的交融化和统一化过程。材料是分散的、无序的,而观点却是集中的、有序的。唯有实现二者之间的系统契合,观点才具有对材料的制约力量,材料才具有与观点同构的属性;观点才能获得材料的支持,材料才具有证明观点的意义。在一致性的前提下,逻辑结构的整体性才能得以完成,逻辑的理性概括力量才能得到充分的显示和实现。

二是圆通性。所谓圆通性,就是将论证的过程置于事物矛盾运动的大坐标系中,对事物在各种条件下的属性进行辩证的分析,借此突破形式逻辑的静态格局,实现论点与材料的动态统一。也就是刘勰在《序志》中所强调的:"擘肌分理,唯务折衷。"这种论证模式常常把否定和肯定多层次地交织在一起,形成一种螺旋形不断伸延的论证格局。这种格局要求在论证的过程中,要多层次、多侧面、多方式地分析问题,要善于作正反两方面的分析,不能只从一个方向、一个平面、一条直线上去分析问题,真正进入到"心与理合,弥缝莫见其隙;辞共心密,敌人不知所乘"的境界中去。因此,它具有极其广阔的观照视野和很强的说服力。

三是本质性。所谓本质性,就是深入事物内部把握其决定性因素及事物运动的普遍规律的属性。本质是对现象而言的,现象与本质之间,具有对立与统一的关系。透过现象洞悉本质,这才是逻辑运动的真正目标。因此,逻辑结构不能满足于一般化的推理正确的层次,而是要求从琐碎、芜杂的现象和假象中摆脱出来,透过枝节把握根本,赋予论证的过程与结论以真理性的品格。也就是刘勰所强调的:"乘一总万,举要治繁"(《总术》)。逻辑结构,就是这一特定品格的方法论保证。人类之所以能够以理论的方式把握世界,根源就在于此。

四是具体性。所谓具体性,是指逻辑结构中所包容的必然性联系的丰富性及由此所揭示的对事物的质的规定的确切性。也就是刘勰所强调的:"博而能一,亦有助乎心力矣"(《神思》)。刘勰明确认为,任何事物的本质,在结构上都具有多样统一的属性。论证中的必然性联系越是丰富,对事物的质的规定性的揭示越是确切,对事物本质的把握越是具体。为着把握事物本质,在论证过程中就要具体分析论点中所包含的一系列具体的规定性,而不能笼统地"以意为之","越理而横断"。此外,还必须注意论据的具体性,也就是在分析的过程中应包含着感性的材料,实现理论的与实践的结合,历史的与逻辑的结合。在得出结论后还应针对具体的现象进行有的放矢的分析,使理论所具有的批判力量充分地显示出来,以推动生活前进的现实行程。

意象结构或逻辑结构的形成和完善,标志着文心运思阶段的完成。它赋予文心的外化以确切的心理蓝图,"然后舒华布实,献替节文",推动着文心的运动由"胸中之竹"向"手中之竹"的继续飞跃。

第十七章 文心外化论

　　文心的外化就是以"文"载"心",也就是"人之立言,因字而生句,积句而为章,积章而成篇"(《章句》)。"心"是作者在运思中所形成的内化性的系统思维,"文"就是这种系统思维的篇章化。文章是文心外化的直接目标,也是文心运动的终极形态。"心"是"文"的内涵,"文"是"心"的外现。这种外化的必要性就在于,再完美、再精密的系统思维,也不能凭借内在的思考展示于人。只有赋予它以物质的外壳,思想或形象才能获得清晰可辨、具体可感的客观形态,和读者之间的交流才会成为现实的可能。这就是刘勰所说的:"言语者,文章关键,神明枢机"(《声律》),"心生而言立,言立而文明,自然之道也。"(《原道》)文心的外化效应不仅在于此。行文的过程不仅是一个"文以见志"的思维转化过程,而且是一个"文以足志"的思维深化过程。众所周知,写出来的文章和即兴说出的话语,在精度和强度上是大不相同的。因此,外化对于精神成果的最后完成,不能不具有极其重要的意义。

　　刘勰是我国文论史上对文心外化的系统理论进行系统研究的前驱者和集大成者。他的历史性建树,集中表现在以下方面。

第一节　刘勰文心外化的系统理论与工程原理

　　刘勰的文心外化的系统理论与工程战略,是建立在对言与意的关系的革命性体认的基础上的。

　　在我国的文论史上,言与意关系长期是人们聚讼纷纭、莫衷一是的认识灰区。从先秦时期起,学术领域中就出现了两种截然相反的论见:一种论见主张"言可尽意",另一种论见主张"言不尽意"。

　　前一种论见的秉持者,主要是以孔子为代表的儒家。《论语·尧曰》说:
"不知命,无以为君子也。不知礼,无以立也。不知言,无以知人也。"由知言
进而知人,也就是在逻辑上承认了一个前提:言中带有主体的意向和感情,知
言不单单是知道言的表面意思,而且能透过言得知表达主体的观念和情感。
《论语·卫灵公》:"子曰:辞达而已矣。"进一步肯定了语言的达意功能。《墨
子·经上》:"闻,耳之聪也。循所闻而得其意,心之察也。言,口之利也。执
所言而意得见,心之辩也。"认为用"心""循所闻"、"执所言",便可得其"意",
对于语言的表情达意的作用也是给予肯定的。

　　后一种论见的秉持者,主要是以老庄为代表的道家。道家主张行"不言
之教",认为"无言"是道的本质的最高表现。《老子》中说:"知者不言,言者
不知。"《庄子·天道篇》云:"语之所贵者意也,意有所随。意之所随者,不可
以言传也。"主张言语最可贵之处在于意义,意义自有旨趣相随。意义所伴随
的旨趣,是不能用言语来传达的。

　　无疑,这两种观点都承载了部分的真理,但都具有片面性和绝对化的倾
向,都只能自是其是而不能容人之是,因此很难形成具有辩证意义和兼容意义
的共识,也不能对言意运动的系统机制做出深度的揭示。特别是,这两种论见
都只是哲学层面的探究,与实用性的学理之间还存在相当大的距离,因此对写
作活动的直接影响是极其有限的。

　　发端于先秦时期的学术争端,一直延续到魏晋时期,在玄学的参与下发展
成为三个各标其异的学派。一是以荀粲为代表的言不尽意说,其核心表述是:
"盖理之微者非物象之所举也。今称立象以尽意,此非通于意外者也;系辞焉
以尽言,非言乎系表者也。斯则象外之意,系表之言,固蕴而不出矣。"在他看
来,卦象所表达的意义并非圣人之意的全部,而只是圣人之意的一部分。圣人
的精微之意和深奥之言根本就不是卦象符号和经典文字所能表达的,因此说
"言不尽意"。这种言不尽意说就是他把儒家经典视为糠秕的理论根据。二
是欧阳建的言尽意说。他的核心表述是:"理得于心,非言不畅;物定于彼,非
名不辩。言不畅志,则无以相接;名不辩物,则鉴识不显。"(《言尽意论》)就是
说,对事物规律的了解,只有靠语言才能表达;对客观事物的辨认,只有靠名称
才能识别。语言如果不能表达思想,人和人就无法交流;名称如果不能辨别事
物,人就无法获得认识。三是以王弼为代表的得意忘言说,其核心性表述是

"得意在忘象,得象在忘言"。他一方面肯定言、象具有表达意义的功能,另一方面又强调言、象只是表达意义的手段,为了不使手段妨碍目的,可以把手段忘记。

这三种论见在认识范畴上和认识方法上较前人有了明显的进步,但是前人所留下的两大深度缺陷依然没有获得解决:一是对言意运动的系统机制的失语,二是对哲理向学理转化与学理向术理转化的缺失。由于这两大深层次的问题未能得到解决,必然会给文心外化的实践带来诸多的困惑。陆机《文赋》中所说的"夫放言遣辞,良多变矣,妍蚩好恶,可得而言。每自属文,尤见其情,恒患意不称物,文不逮意,盖非知之难,能之难也",就是对这一理论尴尬与实践尴尬的经典性表述。陆机对此只能发出无门而入而又无可奈何的慨叹:"虽兹物之在我,非余力之所戮。故时抚空怀而自惋,吾未识夫开塞之所由。"

对这一理论与实践的双重灰区进行开拓的历史任务,辗转地落到了历史巨人刘勰的肩上。刘勰在自己的时代中勇敢地回答了这一历史性的挑战,以自己特有的方法论的优势,深刻地解答了这一历史性的难题,有力地推动了我国文心外化理论的发展。

一、刘勰对文心外化的系统理论的论述

刘勰是有强烈的时代责任感及独创精神的文论家,他对前人遗留下来的思想资料采取的是批判接受的态度,绝不人云亦云。在《序志》篇中,他明确申明了自己的这种态度:"品列成文,有同乎旧谈者,非雷同也,势自不可异也;有异乎前论者,非苟异也,理自不可同也。同之与异,不屑古今;擘肌分理,唯务折衷。""惟务折衷"是刘勰最基本的认识方法,也是他对文心外化的系统理论进行系统把握的逻辑凭借。正是在这一高瞻远瞩的方法论的支持下,他将对文心外化的系统机制的审视,置于矛盾的对立与统一的认识平台中,赋予它以一种极具理性概括力的整体性品格和辩证性品格。他明确认为,文心外化的能动过程,是建立在意与言的矛盾运动的基础上的。意与言之间,既有统一的关系,又有对立的关系。文心的外化,就是意与言的对立统一的结果。文心外化中的意与言的矛盾运动的全息状态,被刘勰辩证地概括为以下几个方面。

（一）言与意的统一性

言与意的统一性，是刘勰文心外化运动的逻辑起点和理论支点。

刘勰明确认为，思维的运动必须依赖于语言的运动。"辞为心使"（《章表》），语言是思维借以产生的工具，也是思想借以存在和交流的物质外壳。"缀文者情动而辞发，观文者披文以入情，沿波讨源，虽幽必显。世远莫见其面，觇文辄见其心。"（《知音》）思维在语言的基础上存在，语言在思维的基础上运行，思维运动的过程与语言运动的过程，是一个同步运动的过程，是同一运动过程的两个不可分离的方面。

二者之所以不可分离，原因就在于心不能自现，而必须借助语言这一特定的工具才能得以表现。也就是刘勰在《物色》中所昭示的："写气图貌，既随物以宛转；属采附声，亦与心而徘徊。"具而言之，从物与意的关系来看，意是"心与物游"、"物与神交"的产物。物是思维的对象，又是引发思维的原因。但是，这种大脑中的"物"，是以辞的形态存在的。"物沿耳目，辞令管其枢机。枢机方通，则物无隐貌。"（《神思》）意就是心对物的反映，而言则是心物沟通的枢机。没有言，物就不能成为大脑中的间接性与概括性的存在。如果没有物的间接性与概括性存在，意就会成为虚无缥缈的东西。从物与言的关系来看，言是物的符号性称谓，属于"名"的范畴，物是言的内容性实体。属于"实"的范畴。事物的"名"与"实"，本来就是一个统一的整体。从思维的发展来看，语言是人类思维发展的强力杠杆。它不仅使人类思维摆脱直觉时空的拘囿，以它特有的间接性与概括性赋予思维以无限的内涵和外延，而且为人类思维向无限高度发展提供了物质保证。这一物质保证的总标志就是运用语言记载下来的人类知识的总库存，这一总库存就是人类思维无限发展的智力基础。"夫经典沉深，载籍浩瀚，实群言之奥区，才思之神皋也。"（《事类》）再从"意、象、言"的运动的终极层面来看，三者都是由道所原发并以道为终极鹄的运动，在本质上是一种"心—言—文"一体化的运动："心生而言立，言立而文明，自然之道也。"它的宗旨，只有一个："鼓天下之动者存乎辞。辞之所以能鼓天下者，乃道之文也。"（《原道》）鼓动天下是辞达的证明，也是意达的证明，同时也是辞可达意的证明。

另一方面，语言的运动也依赖于思维的运动。"情者文之经，辞者理之纬，经正而后纬成，理定而后辞畅。"（《情采》）情与理作为语言的内在制约因素,属于思维的范畴。语言是思维的形式,思维是语言的内容,二者从来都是互相制约的。没有语言,思维就不能产生和发展;没有思维,语言也不能产生和发展。许多动物都能发出声音,而语言却为人类之所专有,这正是因为人类的语言是与思维结合在一起的缘故。语言并非纯粹的声音,而是包含有意义的结合物。语言中所蕴涵的意义,正是思维成果或思维材料在语言中的表现。它虽然并不等于思维,却来自思维,而它本身则是语言成分中的内容部分。"桃李不言而成蹊,有实存也;男子树兰而不芳,无其情也。夫以草木之微,依情待实,况乎文章,述志为本,言与志反,文岂足征?"(《情采》)"述志",就是表达自己的思维。如果语言不能表达思维,它就会成为毫无意义的东西。再从人类的语言交际的现实目的来看,人类运用语言,从来都是以思维的活动为前提的。人类之所以运用语言,就是为了表达和交流思想。"缀文者情动而辞发,观文者披文以入情","世远莫见其面,觇文辄见其心",即此之谓。再从语言的发展来看,语言的发展主要表现为语义的变化。语义的变化主要来自概念的变化,概念的变化主要来自思维内容和思维方式的变化,思维内容和思维方式的变化主要来自社会生活的变化。这些诸多变化,具有一体化运动的属性。"文变染乎世情,兴废系于时序。"所谓"世情"、"时序",就是生活变化和相应的思维变化及语言变化的总集合。"蔚映十代,文采九变。枢中所动,环流无倦。"这一发展和变化是永不停息的。语言的常变常新,正是思维的常变常新和生活的常变常新推动的结果。

语言与思维的统一性,为文心外化的可实现性,提供了坚实的物质基础。人类的文化历史充分证明:言作为意的工具和物质外壳,是可以尽意的。孔子的文章,就是一个历史性的范例:"夫子文章,可得而闻,则圣人之情,见乎文辞矣。"(《征圣》)

但是,言与意的通达,绝不是一蹴即就的事情。这是因为,言与意的关系中,除了一致性的方面之外,还有对立性的方面。

(二)言与意的对立性

对言与意的对立关系的体认,是刘勰文心外化理论的辩证性开拓。根据刘勰的相关论述,可以将其理论内容概括为以下几个方面。

1. 范畴的差异

刘勰认为,意与言分属两个既互相联系又迥然有别的范畴。"方其搦翰,气倍辞前,暨乎篇成,半折心始。何则? 意翻空而易奇,言征实而难巧也。"(《神思》)"意"属于思维的范畴。"言"属于表意工具的范畴。

刘勰将"人禀七情,应物斯感,感物吟志,莫非自然"(《明诗》)的反映性,视为思维的本质规定性。这一规定性具有两个明确的内涵:一是心理对象的间接性,二是心理内容的概括性。间接性指对象的非直观性。人类的思维是在概念运动的基础上进行的,概念是对事物本质的抽象。正是这一抽象,赋予了事物以普遍性的内涵,使人类以心理的方式把握事物的本质和规律成为可能。概括性指超越对事物的个体实在性的把握的属性,惟其如此,它才能实现从个别到一般、从现象到本质、从片面到全面、从感性到理性的飞跃。

刘勰将"夫情动而言形,理发而文见,盖沿隐以至显,因内而符外者也"(《体性》)的工具性,视为语言本质的规定性。这一规定性具有三个明确的内涵:一是从属性,二是约定性,三是交流性。从属性指它对思维活动的服务性和依从性。语言不是一种独立的社会现象,它从来都是依从于思维的过程并服务于思维的过程,承担着"媒介"和"物质外壳"的使命。约定性是指它的生成过程的随机性和非本质性。语言与它所指称的事物之间并没有必然的、内在的联系,而只有外在的非本质的符号学的联系。这种符号学的联系是某一社会和民族的习惯的产物,是约定俗成的结果。也就是《荀子》所说的:"名无固宜,约之以命,约定俗成谓之宜。"交流性是指它承载思维过程和思维成果的中介属性。思维是一个使自己明白的过程,唯有通过语言的表达才能具有特定的物质外壳,才能用之于交流,转化为使别人同样明白的过程。"心生而言立,言立而文明,自然之道也。"(《原道》)即此之谓。

从最根本的规定性和特征来看,思维和语言是两个异面的存在。思维是一种包含物质内容的精神现象,在本质上属于精神运动的范畴,语言是一种包含精神内容的物质现象,在本质上属于物质运动的范畴,二者之间既具有不可分离的品格,也具有不可代替的品格。这就是在文心的外化中常常出现"辞不达意"、"意不称物"现象的根本原因。

2. 功能的差异

思维和语言,各有各的特定功能。

思维是人脑的一种功能,它的作用就是反映客观现实的存在,把握客观事物的本质和规律,使人们借以能动地认识客观世界并理想地改造客观世界。

刘勰所说的"神用象通,情变所孕。物以貌求,心以理应",就是对思维功能的集中表述。语言是人类的思维媒介和交际媒介,它的作用是为人们的思维与交际的进行,提供一种物质化的承载工具和传播工具。刘勰所说的"夫缀文者情动而辞发,观文者披文以入情",就是对语言的媒介作用的集中表述。反映是思维的特定功能,对反映过程和结果的承载与传播是语言的特定功能。语言是思维的载体,思维是语言所承载的对象。反映的功能与承载反映的功能,二者相通而不相同,统一而非同一。犹如相片和承载相片的胶卷,二者密不可分,却是两种不同的存在,也不具有同一的功能。正是由于功能的不同,二者才如此密不可分,结合成为一个整体,而绝不能互相代替。这种功能上的差异,也是思维和语言难以充分契合的一个重要原因。

3. 结构的差异

思维和语言,各有各的系统结构。

"设情有宅"(《章句》)。"论者,伦也。"(《论说》)思维是概念、判断和推理的链接。"置言有位","人之立言,因字而生句,积句而为章,积章而成篇"(《章句》)。语言是字、词、句、篇的链接,二者虽然具有一定的呼应关系,却绝非一种对应的关系,更不是一种重合的关系。概念的内容和词义的内容并不是同一的东西。词义中可以包含非概念因素的东西,如感情色彩,风格色彩,形象色彩,等等,也可以和概念的单位范围不一致。同一的概念可以运用不同的词来表达,同一的词也可以表达不同的概念。再以结构方式而言,思维的结构遵守着逻辑的准则,语言的结构则遵守着语法的准则。逻辑和语法,属于两个不同的范畴,二者之间并不存在直接的对应关系。同样的逻辑范畴可以有不同的语言体现,同样的语言范畴也可以有不同的逻辑体现。因此,二者之间既不能自由地转化,也不能自然地转化。这也是文心的外化之所以难以充分实现的一个原因。

4. 运动规律的差异

思维的运动和语言的运动,各有各的规律。

"论者,伦也,伦理无爽,则圣意不坠。"(《论说》)思维运动的规律是客观现实运动规律的反映。客观现实的运动规律在人类大脑中的集中体现就是逻辑规律。逻辑规律,是全人类性的规律。人类的思维活动都是按逻辑规律进行的,逻辑规律是全人类进行思维的根本依据和理性保证,全人类都按照同一的规律进行思考,从而获得洞悉真理的能力。

"篇之彪炳,章无疵也;章之明靡,句无玷也;句之清英,字不妄也。"(《章句》)语言运动的规律是民族生活方式和文化特征的反映,是历史积淀的产物,具有非逻辑的属性。约定俗成是它最根本的运动规律。这就必然使得语言的规律具有独特的民族特征。由于各民族生存环境的千差万别以及社会劳动方式的千差万别,各个民族的语言系统也是千差万别而互不相同的。

思维运动的逻辑性造成了人类思维的共通性,语言运动的约定俗成性造成了对人类思维的表达的千差万别性。这一根本规律上的差距也是思维和语言难以充分契合也难以充分交流的一个重要原因。

5. 运动方式的差异

思维和语言,各有各的运动方式。

思维的运动作为客观世界运动的心理反应,是一种全息性和全方位性的运动,其运动过程是一个"驱万涂于同归,贞百虑于一致"的多维多极的立体过程,具有无穷无尽的运动空间。语言的运动作为思维世界的符号反映,是一种"章句在篇,如茧之抽绪,原始要终,体必鳞次"的单维、单极的线性运动,由于受制于符号世界的有限规模,它对思维的运载空间也是受到限制的。具而言之,思维所面对的客观世界无限多样,无限丰富,而语言所面对的符号世界却只有几十个音位,几千个音素,几百个句型,几十个修辞格,几百万个词汇。凭借单维、单极、有限的符号世界,去反映多维、多极、无限的思维世界,两种方式的差异之大和契合之难,是可想而知的。这就是为了熟练地表现思维,必先刻苦学习语言的原因。

6. 阶段形态的差异

思维与语言的运动,各有各的不可混淆的阶段形态。特别是在文心的外化运动中,二者之间的差异性表现得更加复杂,也更加明显。

思维的运动是从感性认识向理性认识飞跃的运动。感性认识和理性认识,是思维运动的两个特定的阶段。对事物的本质和规律的把握,标志着理性飞跃的实现和思维的完成。刘勰所说的"三准",就是实现理性飞跃的具体过程。但是,就文心运动而言,理性的飞跃,并不意味着思维运动的结束,它还必须经历一个"然后舒华布实,献替节文"的外化过程。文心运动是一个三级飞跃的运动:感性飞跃,理性飞跃和外化飞跃。在文心的全程运动中,感性认识向理性认识的飞跃,只是一个思维的内化过程。所谓内化过程,就是诉诸自心的内在心理过程。内化思维中的承载工具是内部语言。内部语言是一种混沌的、情境性的、意象合一的、无声的语言,具有明显的初级属性。这种初级属性的语言,是不具备交际的功能的。由内部语言所承载的内化思维,不能直接用之于交流。

文心运动不仅是一个使自己明白的过程,而且是一个"鼓天下之动"的过程。"鼓天下之动",是通过外化来实现的。所谓外化,就是思维的书面化。文心外化的过程,既是一个思维外化的过程,也是一个语言外化的过程。所谓思维外化的过程,就是一个思维的定化和显化的过程。由于思维的定化和显化,思维本身也更加精确、更加系统、更加精粹。这就必然实现思维的再次飞跃:在理性飞跃的基础上进一步实现外化的飞跃。所谓语言的外化过程,就是由内部语言向外部语言飞跃的过程。外部语言是一种高度规范化的语言,远比内部语言精密,也远比内部语言具有更加强大的承载功能。因此,文心的外化过程不仅是一个语言的定化、精化和强化的过程,也是一个思维的定化、精化和强化的过程。刘勰所说的"方其搦翰,气倍辞前,暨乎篇成,半折心始"的根由,就在这里:"意翻空而易奇,言征实而难巧也。"(《神思》)

(三)言与意的对立统一的系统机制

刘勰对文心外化的系统理论的历史性开拓,不仅表现在他对言与意的对立统一的辩证把握上,而且表现在他对二者的对立统一的系统机制的深刻洞悉上。刘勰突破前人的认识局限,独标一格地将言意关系置于文学构思的特定平台上进行体认,从诗学的角度揭示出言意关系的总根由。这就是他在《神思》中所昭示的:

　　神居胸臆,而志气统其关键;物沿耳目,而辞令管其枢机。枢机方通,则物无隐貌;关键将塞,则神有遁心。

这段话明确指出,"神思"有两个重要因素:一是志气,二是辞令。志气统其关键,辞令管其枢机。"志气"属于"情思"的范畴,"辞令"属于"语言"的范畴,二者一内一外,从主体与载体的双重角度形成系统的合力,形成文心运动的总枢纽,制约着言与意的矛盾运动,对文心运动的全息过程产生决定性的影响。所谓"枢机",就是他对语言在文心外化运动中乃至在文心的全程运动中与情思相联而动的特定地位和特定作用的明确界定。这就是他在《情采》篇中所说的:"故情者文之经,辞者理之纬;经正而后纬成,理定而后辞畅:此立文之本源也。"也就是他在《体性》篇中所说的:"夫情动而言形,理发而文见,盖沿隐以至显,因内而符外者也。"

他认为情与辞的关系,在地位上来说是经与纬的关系,在形态上来说是隐与显的关系,二者都从属于文心运动的外化过程而密不可分的。唯有把握了这一逻辑枢纽,才能实现二者的完美结合,既打开思维的大门,又打开语言的大门,推动着文心的外化进入"物无隐貌"和神无"遁心"的理想境界。

将前人的哲理论述引入诗学论述的范畴,无疑是刘勰的一大历史性的功勋。在我国文论史上第一次提出语言枢机说的美学命题,无疑是刘勰的另一历史性功勋。但是,刘勰在言意问题上的历史性建树远未停滞在这一点上,他还对这一问题进行了更深层次的探索。这一探索的核心,就是怎样才能充分发挥语言枢机的功能。

刘勰将语言领域中某些表达暗区,视为客观存在的事实。他所说的"密则无际,疏则千里。或理在方寸而求之域表,或义在咫尺而思隔山河"(《神思》),就是对这一难以捉摸的暗区的具体举证。这种意与辞互不契合的情况,有时连圣人与大师也难以避免:"言不尽意,圣人所难"(《序志》),"古来文才,异世争驱……而虑动难圆,鲜无瑕病"(《指瑕》)。要想解决这种语言尴尬的问题,只能在也必须在语言枢机的总纲领下进行。这也就是刘勰之所以如此重视语言的枢机地位和枢机作用的逻辑根由。

但是刘勰在枢机论中所标举的"志气"与"辞令",已经不是一般意义的"情"与"辞",而是具有特定美学内涵的"情"与"辞"。在刘勰的概念系统中,"志气"是一个与"天地之心"相通的概念,具指一种与自然之道互相契合的具有特定美学内涵的人文之情,也就是他所说的"鼓天下之动"的情。他所标举的"风",就是这种特定的高品位的"情"的理想境界。所谓"情之含风,犹形之包气"(《风骨》),就是对这种高品位的"情"的具体展示。他所说的"辞令",不是指一般意义的语言,而是指一种具有特定的美学效应的"辞采"。他在《征圣》中所标举的"圣文之雅丽",《辨骚》中所标举的"惊采绝艳","金相玉式,艳溢锱毫",他在《情采》中所强调的"圣人书辞,总称文章,非采而何",

"若乃综述性灵,敷写器象,镂心鸟迹之中,织辞鱼网之上,其为彪炳,缛采名矣",就是对这一深刻体认的具体阐释。

凭借这些深刻的理论阐述,刘勰将他对言与意的对立统一的系统理论的体认,推进到了前无古人、后鲜来者的理论境界。这一理论境界,既是他在文心外化过程中所具体追求的美学目标,也在逻辑上推动他为了实现这一高远的美学目标,而在工程科学的领域中奋进不已。

二、刘勰对文心外化的工程原理的论述

语言与思维的统一性,为文心的外化创造了有利的理论契机。但是,语言与思维的对立性,又为文心外化的充分实现,带来了难以逾越的现实鸿沟。文心外化的系统机制,就是二者矛盾运动的辩证统一。它高瞻远瞩地启示着人们:文心的外化是可以实现的,又是难以实现的。"才之能通,必资晓术。自非圆鉴区域,大判条例,岂能控引情源,制胜文苑哉!"(《总术》)解决这一千古之难的关键,就在于找到一个合理的工程对策。刘勰的历史性贡献就在于,他不仅从理论上系统地论证了这一千古难题,更重要的是他还从实践的高度,提出了跨越这一历史性鸿沟的系统性的工程对策。这一工程对策,可以概括为以下方面。

(一)以心总文的总体战略

以心总文,是文心运动的根本战略。体现在文心外化的过程中,就是发挥思维的主导作用,实现语言与思维的充分契合。刘勰所说的"情者文之经,辞者理之纬,经正而后纬成,理定而后辞畅"(《情采》),就是对这一外化战略的总体性的理论概括。

这一外化战略的合理性和深刻性就在于:思维和语言的运动,是共生和并济的一体化运动。但是,就一体化运动的阶段形态而言,相互的依从并不意味着在统一体中的地位和作用的均等。文心外化是在文心内化的基础上进行的。文心的内化过程,就是形成系统思维的过程;文心的外化过程,就是内在的系统思维定化为外在语言的过程,也就是内在的系统思维的文章化的过程。文心内化是文心外化的心理前提,文心外化是文心内化的物质形态。这就必然使思维和语言之间,存在着先与后的关系。惟其如此,"意在笔先",就必然成为文心外化的基本准则。刘勰所说的"履端于始,则设情以位体;举正于

中,则酌事以取类;归余于终,则撮辞以举要"(《镕裁》),就是对这种关系的理论概括。内在的系统思维是文章的内容,外在的书面表达是内在的系统思维的物质形式。内容是统一体中的决定性因素,形式是统一体中的依从性因素。"情动而言形,理发而文见。"(《体性》)这就必然使得思维和语言之间,存在着主与从、统率和被统率的关系。惟其如此,重视"意"在为文中的统摄地位,就必然成为文心外化的另一基本准则。刘勰所说的"况乎文章,述志为本","联辞结采,将欲明理"(《情采》),就是对这种关系的理论概括。抓住了这两个基本准则,就意味着抓住了主要矛盾的主要方面,就足以"乘一举万",带动全盘。所谓"文果载心,余心有寄"(《序志》),就是刘勰对这一外化战略的明确标举,也是对这一战略的强大工程效应的总期待和总评价。

刘勰的这一战略思想,是文心外化的总的理论纲领,为历代作家奉为圭臬。

(二)执术驭篇的技术武装

文心的外化,不仅需要认识论上的跨越,也需要方法论上的跨越。方法论上的跨越,才是最根本的跨越。对此,刘勰提出了自己的系统论见。

刘勰认为:"文场笔苑,有术有门。"(《总术》)工程上的难题,只有依靠工程的手段才能解决。"术",是解决"通塞"问题的关键。对此,他提出了"执术驭篇"的明确主张。"术",指方法、技巧和要领,属于技术科学的范畴。众所周知,任何一项生产活动,都是凭借一定的技术手段来实现的。在精神生产的领域中,同样是如此。术对于外化的意义就在于,它是语言运作的物质前提和技术保证,从某种意义上说,它是文心外化活动的"第一生产力"。文心外化中的一切问题,归根结底,是凭借一个"术"字来解决的。言之能否尽意的问题,同样是如此:

> 是以执术驭篇,似善弈之穷数;弃术任心,如博塞之邀遇。故博塞之文,借巧傥来,虽前驱有功,而后援难继;少既无以相接,多亦不知所删,乃多少之并惑,何妍蚩之能制乎? 若夫善弈之文,则术有恒数,按部整伍,以待情会,因时顺机,动不失正。数逢其极,机入其巧,则义味腾跃而生,辞气丛杂而至。视之则锦绘,听之则丝簧,味之则甘腴,佩之则芬芳;断章之功,于斯盛矣。(《总术》)

术,在外化过程中主要是指书面语言的运作技术,包括词法,句法、章法和篇法。语言是约定俗成的符号体系,这一体系是由许多的约定俗成的法则所组成的。书面语言是在社会语言基础上形成的专用于书面表达的符号系统,具有比社会语言更加严格的规定性。只有全面掌握并严格遵循这些法则的规定性,才能准确无误地进行表达,读者才能准确无误地进行接受。此外,还必须掌握修辞的方法和技巧。修辞是一种语言的美饰技术,赋予语言的表达以生动和深刻的品格。唯有掌握了这些技术,才能"巧言切状","曲写毫芥",达到"笼天地于形内,挫万物于笔端"的境界。

书面语言是一种高度规范化的符号系统,书面语言的技术是一门专门的学问。"功以学成"(《体性》),它不是自发形成的,必须经过长期训练和临摹才能熟练掌握。对书面语言的学习是全方位的,语法知识、词汇、修辞方法,都是学习的内容,而文章则是书面语言及其运作技术的集中荟萃。特别是那些经典性的文章,更是学习书面语言及其运作技术的最佳教材。白居易的成长过程,就是一个典型的范例:"昼课赋,夜课书,间又课诗,不遑寝息",以至于"口舌成疮,手肘成胝"(《与元九书》)。熟读经典性文章,是掌握书面语言的重要途径。"夫以子云之才,自奏不学,及观书石室,乃成鸿采。"(《事类》)所谓"读书破万卷,下笔如有神"(杜甫),"熟读唐诗三百首,不会吟诗也会吟"(孙洙),就是前人成功经验的历史性总结。

(三)对名家外化技艺的师承

世界上一切专门技艺,都是在长期的工程实践中不断积累经验的结晶。有的经验已经概括为普遍规律,口传书载,代代相传。有些经验体现在产品中,产品本身就是生产技艺的具体展示,为人们提供方法论的借鉴。文心的外化同样是如此,要是没有这种技艺的传承,文心的外化将永远处于从零开始的封闭和摸索的原始阶段,外化的技艺就没有进步的可能了。

"若征圣立言,则文其庶矣","征之周孔,则文有师矣"(《征圣》)。对名家外化技术的师承,是掌握外化技术的重要渠道。

对外化技艺的师承是广义的。除了名师的亲自指点之外,更有普遍意义的是对写作学的系统知识的学习,以及对名作的行文技巧的揣摩和归纳。所谓"操千曲而后晓声,观千剑而后识器",即此之谓。有关写作学的系统知识,是知识经验的理论形态。对名作的行文技巧的揣摩和归纳,是知识经验的工程形态。《文心雕龙》就是前者的代表之作，《文选》就是后者的代表之作。不管是哪种形态的师承，对于文心的外化来说，都是具有垂范意义的。所谓"昭明勒选，六代范此规模；彦和著书，千古传兹科律"①，就是对二者历史价值的标举，也是对师承技艺这一普遍规律的标举。"若禀经以制式，酌雅以富言，是即山而铸铜，煮海而为盐也。"（《宗经》）唯有师承而后艺精，唯有艺精而后得心应手。我国作为文章大国的历史地位历千年而不衰，和这种世代相继的技艺师承是密不可分的。

（四）在多作多练中走向精湛

"摹体以定习，因性以练才"（《体性》），"难易虽殊，并资博练"（《神思》）。

文心的外化过程是一个实践的过程。文心外化的技艺虽然可以得之于他人的经验，但归根结底还是得之于自己的实践。唯有得之于自己实践的技艺，才是最深刻和最切实的技艺，是最具实效的工夫。从外化实践中走向精湛，是提高外化技艺的最根本的途径。屈原就是一个明显的范例。"观其骨鲠所树，肌肤所附，虽取熔经意，亦自铸伟辞。"（《辨骚》）"自铸伟辞"，就是语言的实践工夫。这种工夫，是任何间接的工夫所无法代替的。惟其如此，"故能气往轹古，时来切今，惊采绝艳，难与并能矣。"

刘勰的这一工程主张为历代作家奉为圭臬，凡有成就的作家，在谈到语言运作的方法时，无一不强调一个"做"字。"顷岁孙莘老识欧阳文忠公，尝乘间以文字问之。云：'无它术，惟勤读书而多为之，自工。'"（《东坡志林》）清作家郑燮用自己的艺术实践，说明了艺术表达中熟能生巧的道理："四十年来画竹枝，日间挥写夜间思。冗繁削尽留青瘦，画到生时是熟时。"（《题画诗》）文论家唐彪的《读书作文谱》对此进行了理论性的阐发，明确提出了"文章惟多作始能精熟"的命题。他说："学人只喜多读文章，不喜多作文章；不知多读乃藉人之功夫，多作乃切实求己功夫，其益相去远也。"他还说："谚云：'读十篇不如作一篇'。盖常作则机关熟，题虽甚难，为之亦易；不常作，则理路生，题虽甚易，为之则难。沈虹野云：'文章硬涩由于不熟，不熟由于不多作。'信哉

---

① 阮元：《四六丛话后序》，见杨明照《文心雕龙校注拾遗》，上海古籍出版社1982年版，第444页。

言乎!"这些经验,与刘勰的理论主张是一脉相承的。

多做多练绝不是"弃术任心"的盲目的实践,而必须在"执术驭篇"的前提下进行,惟其如此才能收到真正的效果。"执术驭篇,似善弈之穷数;弃术任心,如博塞之邀遇。""执术驭篇"与多做多练是一个问题的两个方面,必须相辅相成,始克有济。

(五)在字斟句酌中走向完善

文心外化的过程是一个字连句接的过程:"夫人之立言,因字而生句,积句而成章,积章而成篇。"字句章篇,是文心外化的基本形态,也是文心外化的基本手段。"工欲善其事,必先利其器"(《论语·魏灵公》),要想实现文心外化的完善,必先实现外化手段的完善。这就是刘勰所特别强调的:"篇之彪炳,章无疵也;章之明靡,句无玷也;句之清英,字不妄也:振本而末从,知一而万毕矣。"(《章句》)语言手段的"无疵"、"无玷"、"无妄",是反复拣择的结果。"是以缀字属篇,必须拣择。"(《练字》)惟其如此,文心外化的过程,必然是一个字斟句酌的精益求精的过程。"故善为文者,富于万篇,贫于一字,一字非少,相避为难也。"(《练字》)惟其字字不苟,句句不苟,在语言的表达上才能真正具有"捶字坚而难移,结响凝而不滞"的力量(《风骨》)。所谓"褒见一字,贵逾轩冕,贬在片言,诛深斧钺"(《史传》),就是这种入骨三分的表达力量的见证。

从字斟句酌中走向完善,是文心外化的普遍规律。无论是起草的过程或是修改的过程,都是一个对语言进行反复锤炼以追求完美的过程。杜甫的诗句"为人性僻耽佳句,语不惊人死不休",贾岛的诗句"两句三年得,一吟双泪流",顾文炜的诗句"为求一字稳,耐得半宵寒",就是这一过程的形象写照。但是,字斟句酌并非是对"慢功"的崇尚,而是对"精功"的崇尚。不管是"快功"还是"慢功",总的目的都是为了一个"精"字。离开了"精"字,在行文速度上的快与慢都毫无意义可言。这就是刘勰所谆谆告诫的:"若学浅而空迟,才疏而徒速,以斯成器,未之前闻。"(《神思》)

(六)在商量切磋中获取教益

由于客观世界的复杂性,由于人类认识过程的曲折性,也由于语言表达手段的专门性,文心的外化过程,从来就不是一步圆满的过程,而必然是出现瑕疵、发现瑕疵和改正瑕疵的过程。这就是刘勰所昭示的:"古来文才,异世争驱。或逸才以爽迅,或精思以纤密,而虑动难圆,鲜无瑕病。"(《指瑕》)要解决瑕疵和造就完美,固然需要作者在行文中的慎重,更主要的还得依靠与友人的商量切磋:"兰为国香,服媚弥芬;书亦国华,玩绎方美。"(《知音》)这是因为,人对自己的心理定势的超越,是十分困难的事情。走出这一困境的工程途径,就是:"圆照之象,务先博观。"(《知音》)在知音者的赏鉴与切磋中改正瑕疵和成就完美,就成了文心外化取得成功的必由之路。

凡是有成就的作家,无不重视商量切磋,从中获取成功的教益。曹植与邺下文人的交往,刘勰与沈约的交往,李白与杜甫的交往,白居易与元稹的交往,苏轼与欧阳修的交往,就是典型的范例。这也是他们之所以能在写作上取得成功的一个重要原因。

如此等等,刘勰从诸多的层面与角度,将文心外化的系统理论与工程原理熔铸成为浑然的一体。其理论内容的科学性、系统性与前瞻性,不仅是前人与时人所难以望其项背的,也是今人所难以超越的。它不仅是中国特色语言美学理论借以建立的坚实难移的理论依据,也是历代作家在具体行文中所尊奉的实践指针。时至今日,仍能在文心外化的前沿性课题的研究上,给我们以诸多的理论启迪与实践教益。

第二节 刘勰对文心外化层级形态的系统论述

"夫文象列而结绳移,鸟迹明而书契作,斯乃言语之体貌,而文章之宅宇也。"(《练字》)文心的外化过程,是一个逐级生发的过程:不仅是一个以言载心的过程,而且是一个以字载言的过程。文字是语言的书写系统,语言赋予思维以物质性的声音外壳,文字又进一步赋予语言以视觉性的形体。易而言之,以言载心的过程,归根结底是凭借以字载言的过程来实现的。所谓文心的外化,实质就是指文心表达的书面化。文心的书面化过程,同样是一个逐级生发的过程:"人之立言,因字而生句,积句而成章,积章而成篇。"(《章句》)字、句、章、篇,是书面表达的层级形态。它们对于书面表达的重要作用,可以概括为以下几个方面。

一、字——书面表达的基础材料
"夫文象列而结绳移,鸟迹明而书契作,斯乃言语之体貌,而文章之宅宇也。"(《练字》)字是书面表达的基础材料。它在书面表达中的意义就在于,字作为词的书面形态,也必然具有词所固有的思维品格和语言品格。词是概念的载体,概念必须依靠确切的词语才能固定和储存。人类的理性认识,是建立在概念运动的基础上的。概念是反映客观事物的一般的本质属性的思维形式,是思维的细胞。有了概念才能进行判断,有了判断才能进行推理,然后才能产生合乎逻辑的结论。文心的外化运动是一种思维的书面化的运动,它同样必须借概念以行。表现在文本中,就是必须借词以行,极而言之,也就是借字以行。惟其如此,在文心的外化中,思维的平台、语言的平台、文字的平台,才能融合成为一个整体。字在书面表达中,具有以下的重大作用:

(一)表义作用

"立文之道,惟字与义。"(《指瑕》)字是表达的基础工具,义是表达的中心内容。二者之间的一致性,是通过字的表义作用来实现的。

字是意义、声音、形体的统一体。在古代汉语中,由于词的单音节属性,一个字也就是一个词,字的意义也就是词的意义。词义是词的内容,也就是人们对客观事物、现象以及各种关系的概括认识。这种概括认识,是概念的语言体现。正是这种体现,赋予语言以思维的功能,又赋予思维以语言的形态,使二者成为不可分离的统一体。概念是思维的基础,词是概念的体现,字是词的书写符号,而意义,则是三者相连的特定纽带。在文章中,人类的系统思维是通过字的连缀体现出来的,每一个字都是这一系统思维的有机组成部分。一个字的精当,就会给整体的表达带来光辉。所谓"褒见一字,贵逾轩冕;贬在片言,诛深斧钺"(《史传》),即此之谓。一个字的错误,就会给整体的表达带来损害。所谓"一字诡异,则群句震惊。"(《练字》)惟其如此,卓越的书面表达,必须从"练字"开始。唯有字的"不妄",才能实现句的"清英",唯有句的"清英"才能实现章的"明靡",唯有章的"明靡"才能实现篇的"彪炳"。在这一金字塔式的层级结构中,下一个层级都对于上一个层级具有决定性的意义。而"字"是最下层的层级,万丈高楼从地起,因此,"练字"在文心的外化中就必然具有一种特别的重要性。这就是历代作家对"练字"如此重视的根由。

(二)表象作用

字作为词的书面形态,不仅具有表义的功能,而且具有表象的功能。刘勰所说的"烛照之匠,窥意象而运斤"、"物沿耳目,而辞令管其枢机",就是对字词的表象功能的深刻揭示。这一特定功能,是文学作为语言艺术的最基本的美学支点和实践前提。

文学形象的基础载体是字词。字词不仅是表意的符号,也是表象的符号。表意与表象虽然分属于两个不同的范畴,但并不互相冲突,只是反映事物的角度的差异,而就认识的本身而言,二者之间实际上是兼容而共存的。这不仅由于在人类认识的全息过程中,表象是表意的感性前提,表意是表象的理性飞跃,二者本来就是共生共济的,而且由于在文学创作的实际过程中,字词对文学形象的传达,主要是通过字词所表示的意义来实现的。语言的词义,通常都有概念性和指物性的两个方面。语言作为"意"的符号,具有抽象性的品格,而作为指物的符号,又具有具体性的品格。文学语言,就是一种具有具体性品格的语言。但这种具体性又是通过语义的概念性表现出来的。所谓文学形象,实际只是这种语义的概念性在人类心灵屏幕上所唤起的一种想象。

唤起对事物的想象,是字词作为符号刺激所具有的心理功能。文学形象所反映的并不是一种实在的真实,而只是一种心理的真实:通过字词作用于读者的心灵,唤起读者的想象,借助想象将文字符号转化为系列的文学形象,能动地复现在读者心灵的屏幕上。径而言之,它只是一种符号刺激下的心理效应:感觉的真实,感受的真实和感情的真实。刘勰所说的"金声而玉振","金相玉式","惊采绝艳","论山水,则循声而得貌","言节候,则披文而见时",实际都是字词应用的心理效果。这种效果虽是间接的,却又是强大的:"故巧言切状,如印之印泥,不加雕削,而曲写毫芥。故能瞻言而见貌,即字而知时也。"所谓"'灼灼'状桃花之鲜,'依依'尽杨柳之貌,'杲杲'为出日之容,'漉漉'拟雨雪之状,'喈喈'逐黄鸟之声,'喓喓'学草虫之韵;'皎日''嘒星',一言穷理,'参差''沃若',两字穷形,并以少总多,情貌无遗矣"(《物色》),就是对这种效果的生动展示和有力证明。

(三)表音作用

"标情务远,比音则近。吹律胸臆,调钟唇吻。"(《声律》)字词的概念内涵或意象内涵,是凭借它特定的物质形式表达出来的:一是字音的形式,二是字形的形式。字的音形作为特定的承载手段,不仅具有对概念或表象的承载作用,而就这一形式自身来说,也是具有惊听回视的审美作用的。特别是在汉字的体系中,文字的形式美表现得格外鲜明。这种独特的形式美,赋予汉字以直接的音乐性品格和直接的绘画性品格。这就是我国作为世界诗歌大国和文章大国的特定的文化前提。

对汉字的音乐性品格的重视,是中华文学的独特传统。远在《诗》、《骚》之中,汉字的声律美就已经初步地表现了出来。到了魏晋南北朝时期,"音韵蜂起",诗文的音乐美成了一种时尚的追求,对声律艺术及声律理论的探讨也蔚然成风。刘勰对声律理论的系统研究,就是这一时代性开拓的历史性总结。刘勰的这些理论建树,将他对"采"的追求,落到音乐美的实处,为后世声律艺术的发展,奠定了坚实的理论基础。刘勰的这一历史性的建树,可以概括为以下几个方面。

1. 对声律的系统机制的揭示

对声律的系统机制的揭示,是刘勰在声律理论方面的第一大历史性的建树。在刘勰的声律理论之前,沈约虽然已经提出了四声的规则,但对四声的原理的认识,却是极其朦胧虚幻的。真正用理性的光辉照亮这一片学术的暗区,赋予声律以科学性品格的学者,就是刘勰。这就是他在《声律》中所昭示的:

> 夫音律所始,本于人声者也。声合宫商,肇自血气,先王因之,以制乐歌。故知器写人声,声非学器者也。故言语者,文章关键,神明枢机,吐纳律吕,唇吻而已。古之教歌,先揆以法,使疾呼中宫,徐呼中徵。夫宫商响高,徵羽声下;抗喉矫舌之差,攒唇激齿之异,廉肉相准,皎然可分。

刘勰明确地告诉人们,声律"本于人声",人的语音受人的血气决定。语音表现在文章中就是字音,字音作为文章关键与神明枢机,是用"唇吻"表现出来的乐音的吐纳,以此实现表达思想感情和进行社会交际的任务。不仅如此,刘勰还在我国的文论史上,第一次揭示了声韵字调的差异与口腔发音部位的关系:"夫宫商响高,徵羽声下;抗喉矫舌之差,攒唇激齿之异,廉肉相准,皎然可分。"他科学地将语音中宫商五音之不同,归结为喉舌唇齿等发音部位与发音情态的差异。刘勰认为,这就是声律产生的根本原因。这无疑是一个重大的理论发现。在刘勰之前,还从来没有人对声律运动的系统机制说得如此确切清楚。这样,就将他的声律论牢牢地建定在人的自然生理规律的基础之上,标志着我国的声律理论告别了原始的神秘与朦胧,正式走上了科学化发展的康庄大道,其影响是极其深远的。

2. 对"音以律文"的基本法则的阐发

对"音以律文"的基本法则的阐发,是刘勰声律论的第二大历史性的建树。刘勰对声律理论的开拓,目的在于实现语言表达中的声律和谐之美。因此,他又从审美实践的角度,对此提出了"音以律文"的系列的工程规则。这些工程法则,可以集中概括为以下几个方面。

第一,注意字音的"飞沉"。刘勰昭示人们,凡字声都有"飞"与"沉"的调类区别:"沉则响发而断,飞则声扬不还。""飞"声的调类特征是"声扬不还",大致相当于后人所说的"平"声;"沉"声的调类特征是"响发而断",大致相当于后人所说的"仄"声。刘勰认为,一句诗文中不能只有低沉,这样诵读起来就像断了气一样;也不能一味地飞扬,诵读起来就会过于平直,缺少抑扬顿挫的节奏和韵律。要使声音具有回环之美和节奏之律,就要做到飞与沉相应交错:"辘轳交往,逆鳞相比",即平声与仄声的交错。也就是沈约在《谢灵运传论》里面所说的:"欲使宫羽相变,低昂互节,若前有浮声,则后须切响。"刘勰提出的这个原则虽然没有沈约的"四声八病"说那么具体,但他把"四声"转化为飞沉两个方面,正是对四声法则的理论升华,对后来唐代律诗中平仄的形成起到了重要的导航作用。唐代律诗的形成,正是把四声简化为平仄,并做适当的调配而形成的。以杜甫诗为代表的唐代律诗的全盛,不仅实现了声律的金石之规,同时又不失自然之真,就是对刘勰的飞沉理论的前导性的有力证明。

第二,注意字音的"双叠"。刘勰在汉语语音史上第一次论述了有关"双声、叠韵"问题,将"响有双叠",视为字音组合中的一条重要的美学规律。所谓"双声",指声母相同的字,如参差,流连,褒贬,踟蹰,抑扬,朗丽,等等。所谓"叠韵",指韵母相同的字,如窈窕,葳蕤,宛转,徘徊,绮靡,怆怏,等等。刘勰揭示它们的组合规律是:"双声隔字而每舛,叠韵杂句而必睽。"认为两个双声字之间不能"隔字",两个叠韵字之间也不能"杂句",如果搭配失当,读起来就会佶屈聱牙,成为"文家之吃"。而如果按照规律去进行安排,就会获得朗朗上口的良好的修辞效果。这一美学法则,成为历代字音修辞之圭臬。唐代诗歌艺术的繁荣,与这一美学原则的理论导航与技术支持,是密不可分的。

第三,对"切韵之动"与"讹音之作"的辨分。刘勰的声律法则,不仅从"双声"和"叠韵"中做出了规范,而且还在"方言"和"正音"的用韵上,也提出了明确的美学要求：

> 诗人综韵，率多清切，《楚辞》辞楚，故讹韵实繁。及张华论韵，谓士衡多楚，《文赋》亦称不易，可谓衔灵均之余声，失黄钟之正响也。凡切韵之动，势若转圜；讹音之作，甚于枘方。免乎枘方，则无大过矣。（《声律》）

他以诗骚作为比较，明确指出，方言的押韵是很不规范的，应以《诗经》作为"正响"。并以陆机为例，认为他"多楚"音，"衔灵均之声馀，失黄钟之正响"，不足为法。认为《诗经》所代表的是"切韵之动"的规范，楚骚与陆赋所代表的是"讹音之作"的方音，它们的修辞效果是大相径庭的："凡切韵之动，势若转圜；讹音之作，甚于枘方。"通过对比，明确主张在诗文创作中，应该用标准音来押韵，以获得"清切"的美学效果而避免"枘方"的错失。这一美学原则来自对儒家传统的"正音"理论的继承，但将这一理论演化为具体的工程科学，则自刘勰开始。这一美学法则，同样是支持唐代诗歌繁荣的重要的理论凭借与技术凭借。

第四，注意用韵的转换。刘勰在《章句》中，还谈到了换韵的法则问题。他说："若乃改韵从调，所以节文辞气。贾谊、枚乘，两韵辄易；刘歆、桓谭，百句不迁；亦各有其志也。"认为"改韵从调"，是"节文辞气"的需要，但要注意对频度的掌握。换得太频，就会"声韵微躁"，而"百句不迁"，又会造成审美的疲劳。最好的办法是持折中的态度："妙才激扬，虽触思利贞，曷若折之中和，庶保无咎。"主张在换韵中既不要过分频繁，也不要百句不迁，而是本着"折之中和"的美学原则，既无过又无不及，获得不疏不密，无躁无缓的最优化效果。这一主张，对于诗文的音乐美的实现，也是具有实际的指导意义的。

3. 对声律美的理想境界的标举

对声律美的理想境界的标举，是刘勰的声律论的第三大历史性的建树。

刘勰关于声律运作的美学理想，就是他在《声律》中所强调的："是以声画妍蚩，寄在吟咏，滋味流于下句，风力穷于和韵。异音相从谓之和，同声相应谓之韵。"刘勰认为，语言的声律是否和谐，决定着文章的滋味与风力，关系着文章的妍媸。声音节律离不开语音链接中的声、韵、调的选择和组合，而这一链

接的妍媸之分,只有在吟咏中才能品味和辨别。刘勰所标举的"异音相从谓
之和,同声相应谓之韵",就是衡量妍媸的总依据,也是声律美的核心追求。

何谓"和"?"异音相从谓之和",具指每句诗中的飞沉交替所形成的抑扬
起伏的节奏感。何谓"韵"?"同声相应谓之韵",具指诗歌语言形式中由同韵
字押韵形成的回环美。这两个方面,各有各的审美侧重:"和"求的是"异",要
求文句之中声调平仄错落有致;而"韵"求的是"同",要求各句句末所用之韵
和谐一致。刘勰认为,"和韵"是诗文声律和谐的关键,声律之美,正是二者对
立统一的结果。如果达到"和韵",诗文便具有了和谐的音乐美,"玲玲如振
玉"、"累累如贯珠";如果不能"和韵",便会音韵不谐,就像是人得了病一样,
"其为疾病,亦文家之吃也"。

刘勰提出的"和"、"韵"之说,是他对诗文音乐美的理想的确立。他的这
一美学理想,正是寻求诗歌音韵美的一种有效的理论探求。这一深刻的理论
探求,实质上也就是对诗文形式美的本质性内涵的明确揭示。黑格尔说:"音
节和韵是诗的原始的唯一的愉悦感官的芬芳气息,甚至比所谓富于意象的富
丽辞藻还更重要。"①而刘勰则在此之前的一千余年,说出了同样深刻的真理。
正是这一深刻的真理,为我国后来的诗歌声律美的实现指明了方向,也张扬了
形式批评的魅力。它以理论旗帜的形态,从形式美学的高度,赋予我国唐代诗
文的发展以明确的美学方向,有力地推动了我国作为世界上的诗文大国的成
长过程。

清代散文大家刘大櫆,对这种自然节奏的金声玉振、酣畅淋漓的美学效
应,曾进行过系统的总结和精辟的论述:"盖音节者,神气之迹也;字句者,音
节之矩也。神气不可见,于音节见之;音节无可准,以字句准之。音节高则神
气必高,音节下则神气必下。"他不仅揭示了"神与气偕"的总理,也具体提出
了"因字求声","因声求气"的工程对策:"一句之中,或多一字,或少一字;一
字之中,或用平声,或用仄声;同一平字仄字,或用阴平、阳平、上声、去声、入
声,则音节迥异,故字句为音节之矩。积字成句,积句成章,积章成篇。合而读
之,音节见矣;歌而咏之,神气出矣。"他对近代散文中不讲求音节美的做法和
说法,提出了毫不含糊的批评:"近人论文,不知有所谓音节者,至语以字句,

---

① 　黑格尔:《美学》第3卷下,商务印书馆1981年版,第68—69页。

则必笑以为末事。此论似高实谬。作文若字句安顿不妙,岂复有文字乎?"①
这一深刻的见解,即是对刘勰声律理论的继承和发挥。我们古人的这种"音
节—文字—神气"一体化的见解,对于现代散文写作,是具有现实的借鉴意义
和启迪意义的。

(四)表形作用

汉字是一种以形表意的符号体系。六书里面,象形字作为汉字构形的基
本符号,是纯象形的。指事字在象形字基础上表示抽象事物。形声字和会意
字是合体字,都是运用象形字和指事字来组合的。这种直接诉诸视觉的造字
方式,以其独特的描绘性品格,赋予想象和联想以极其广阔的空间,具有丰富
细腻的修辞效果。刘勰的《练字》,就是探讨组成文章的文字的视觉美感的
专章。

刘勰认为,字形构造有简单的和复杂之分,所以字形排列起来有美与丑之
别:"字形单复,妍媸异体。"(《练字》)惟其如此,不仅要追求字音的声律美,
也要追求字形的形体美:"心既托声于言,言亦寄形于字,讽诵则绩在宫商,临
文则能归字形矣"(《练字》)为了突出字形的形体美,他提出了明确的工程
对策:

> 是以缀字属篇,必须拣择:一避诡异,二省联边,三权重出,四调单复。

刘勰在这里提出了对"缀字属篇"进行"拣择"的四条美学原则。第一条
就是避开诡异,诡异就是不常见的怪异字。他举出了西晋曹摅"岂不愿斯游,
褊心恶讻呶"的例子。认为"两字诡异,大疵美篇。"第二条就是减少联边。联
边,就是偏旁相同的字。他认为在"状貌山川"中,古今都运用联边的方式,但
不宜用在一般的文章中,"施于常文,则龃龉为瑕"。实在不可避免,可接连用
三个,如果超过三个,就与字典没有区别了。第三条就是权衡重出,重出就是
同一个字的重复使用。刘勰认为,对这种情况要慎重考虑,要像《诗》、《骚》那
样适当运用,既不刻意滥用,也不刻意回避,总以内容为主,"若两字俱要,则
宁在相犯"。第四条就是调整单复。单是笔画少的字,复是笔画多的字。刘

---

① 刘大櫆:《论文偶记》,人民文学出版社1959年版,第6页。

勰认为，"瘠字累句，则纤疏而行劣；肥字积文，则黯黕而篇暗"，只有细加斟酌，对它们"参伍单复"，才能收到"磊落如珠"的审美效果。

以上四个方面，是刘勰对字形审美理论的独特建树，也是对我国独特的字体修辞艺术及其美学要领的精辟总结。他的这些理论建树，为历代作家所继承与发展，广泛地运用在文学的文字表述中。以海神庙对联为例：

浩海汪洋波涛涌溪河注满，雷霆霹雳霭雲雾霖雨雰霏。

上联都是水旁，利用对水字的逐渐叠加的视觉刺激，极力唤起对"水"的诸多状态的想象和联想，渲染一种与水有关的浓厚的艺术氛围，将读者引入淋漓荡漾、横无际涯的水境之中。下联都是雨旁，利用对雨字的逐渐叠加的视觉刺激，极力唤起对"雨"的诸多状态的想象和联想，将读者引入电闪雷鸣、云遮雾漫的雨境之中。上下交相辉映，将海神行云布雨的当家本领写透写尽。这种凭借字形进行的审美方式，是独见于汉字而不见于其他任何文字的。会意字是多种相关字形及相关意义的系统组合，有如一首小意象诗和一幅小意象画，展示着中华民族所特有的生活理念和特殊智慧，赋予人们以理性的启迪和美学的熏陶。如"止戈为武"，"人言为信"，"日月为明"，"刃心为忍"，等等。对字形的分拆与组合，也是汉字表达中的一种极具情趣的修辞方法。如：

琴瑟琵琶，八大王一般头面；魑魅魍魉，四小鬼各自肚肠。

（冯梦龙：《古今谈概》）

这是明代翰林唐皋出使外国时应对方要求写的对联。上联将八个王字联边并列，突出中华大国的博大宽宏的王者风范，并以此与对方共勉。下联将四个鬼字联边并列，突出对小人的鬼蜮心肠的轻蔑，并以此与对方共警。这种别出心裁的想象和联想，这种秘响旁通的巧妙组合，都是依托字形的视觉效应而随机生发的，玉润珠圆，含蓄蕴藉，耐人寻味。

台湾著名作家余光中对这一修辞艺术进行了卓越的继承与发挥，收到了惊听回视的美学效果。他在《听听那冷雨》中写道：

惊蛰一过,春寒加剧。先是料料峭峭,继而雨季开始,时而淋淋漓漓,时而淅淅沥沥,天潮潮地湿湿,即连在梦里,也似乎有把伞撑着。而就凭一把伞,躲过一阵潇潇的冷雨,也躲不过整个雨季。连思想也都是潮润润的。

这一段文字,就是对前人的联边艺术与重出艺术的自觉的仿效。就联边而言,他一口气写出了珠串般的水旁的字类:淋淋漓漓,淅淅沥沥,潮潮,湿湿,潇潇,润润,达 16 字之多。就重出而言,他所运用的联边,无一不同时具有重叠的形态,重叠词语共有 8 对之多。凭借两种修辞方式,将"清明时节雨纷纷"的景色特征写透写尽写绝。如此卓越的修辞功力,到底来自何处? 他在文中做出了明确的回答:来自民族文化的熏陶:

一个方块字是一个天地。太初有字,于是汉族的心灵他祖先的回忆和希望便有了寄托。譬如凭空写一个"雨"字,点点滴滴,滂滂沱沱,淅淅沥沥,一切云情雨意,就宛然其中了。视觉上的这种美感,岂是什么 rain 也好 pluie 也好所能满足? 翻开一部《辞源》或《辞海》,金木水火土,各成世界,而一入"雨"部,古神州的天颜千变万化,便悉在望中,美丽的霜雪云霞,骇人的雷电霹雹,展露的无非是神的好脾气与坏脾气,气象台百读不厌门外汉百思不解的百科全书。

从方法论的角度来看,显然是与刘勰练字理论的启迪密不可分的。余光中受益于刘勰者多矣,刘勰之衣被词人者亦于此可见。

二、句——书面表达的初级形态

"位言曰句","句者,局也。局言者,联字以分疆"(《章句》)。句子是文章中具有相对独立的语法地位的结构单位。句子的这一重要地位,在 1500 年前就已被刘勰所深刻揭示:"置言有位","位言曰句","句者,局也。局言者,联字以分疆。"(《章句》)他明确地将句子看成"置言"的基本单位和语言分疆的基本依据。这是因为,句子绝不是字词的简单集合,而是字词的具有严格规定的组合。这就是刘勰所说的:"若辞失其朋,则羁旅而无友;事乖其次,则飘寓而不安。"刘勰所说的"朋"与"次",指的就是这种语法的规定性。

句子同时也是文章中具有相对独立的思想地位的结构单位。"因字而生句"(《章句》)。句子是字词的系统化组合。所谓系统化,一是指它的序列化,二是指它的整体化。正是这种序列化和整体化,实现了词义的定向组合,赋予句子以明确的意义。句子是字词按照一定的规则构成的具有严格的序位规定的语言单位和意义单位。"句司数字,待相接以为用。"(《章句》)所谓"用",就是表达思想的作用。单个的字词,并不具有表达思想的作用,字词只有组成句子时,才真正具有了表达思想的功能。这是因为,和词或词组相当的思维形态是概念,概念不能独立表达思想。人类思想的基本形态是判断和推理,判断和推理作为概念与概念之间的逻辑联系,绝不是某一个概念所能单独承担的,也不是概念的凌乱堆积所能承担的。和判断或推理相当的语言形式,是句子或句群。也正由于如此,句子就必然成为思想表达的基本形态。

句子在文心外化中的重要作用,具体表现在以下方面。

(一)句子在情思传达中的基础地位

句子是情思传达的基本形态。不管是传理还是传情,都必须凭借句子这一特定的语言形态才能进行。

传理就是对抽象思维的传达。"论者伦也,伦理无爽,则圣意不坠。"(《论说》)抽象思维,是凭借概念、判断、推理进行的思维。概念是抽象思维的建筑材料,判断是抽象思维的基本形态,推理是凭借判断所做出的理性延伸。三者之中,判断是抽象思维的中心环节,是抽象思维的决定性形态。而判断与句子,又是密不可分的统一体:句子,是判断的语言表现形式;判断,是句子的思想内容。当人们对客观事物有所认识,要对客观事物的性质和存在状况做出判断时,就必须借助句子的形式。正是由于有了句子,概念与概念之间才建立起逻辑的联系,对客观事物的性质和状况所做出的判断才成为可能,人类的理性认识才能获得真正的显示。这就是刘勰所崇尚的逻辑与语言融合为一的完美境界:"心与理合,弥缝莫见其隙;辞共心密,敌人不知所乘。"(《论说》)如果没有句子,就没有确定的陈述对象,也没有确定的陈述内容,不管是词与词还是概念与概念,都会成为一盘散沙而不具任何认识意义。

句子不仅具有传理的功能,也有传情的功能。传情就是对形象思维的传达。形象思维,是凭借表象运动所进行的思维。表象是形象思维的建筑材料,意象(情境)是形象思维的基本形态,艺术形象是凭借意象所做出的美学延伸。三者之中,意象是形象思维的中心环节,是形象思维的决定性形态。而意象与句子,又是密不可分的统一体:"元解之宰,寻声律而定墨;独照之匠,窥意象而运斤。"(《神思》)句子,是意象的语言表现形式;意象,是句子的美学内容。当人们对客观事物有所感悟,要对客观事物的性质和存在状况做出审美判断时,就必须借助语言的形式。而语言的基础形态,就是句子。正是由于有了句子,表象与表象之间才建立起美学的联系,对客观事物的性质和状况所做出的美学评价才成为可能,人类的美学感悟才能获得真正的显示。如果没有句子,就没有确定的表述对象,也没有确定的表述内容,不管是词与词还是表象与表象,都会成为一盘散沙,不具有任何的审美意义。

这里,我们可以举出一个具体的例子:

　　　　一片,一片,又一片,四片,五片,又六片,七片,八片,又九片。

这些"片",指的都是雪。但是,这样的表象,只能使人感到单调沉闷,无丝毫美感可言。何者? 就在于它语不成句。这些词组所表现的,都是静态的景物堆砌,缺乏内在的有机联系,使人不知所云。这样的景物堆砌是不可能唤起任何感情活动的。但是如果将这些表象组织成一句话,那气象就会迥然不同:

　　　　一片,一片,又一片,
　　　　四片,五片,又六片,
　　　　七片,八片,又九片,
　　　　飘落草丛都不见。

前三节是乾隆的"御制诗",第四节是纪晓岚的增补。这一增补,实际上是给前面的诸多"雪片"加上了一个谓语,使它们在语言表达上融贯成为一句完整的话。正是这一句完整的话,将诸多的表象熔铸成为一个统一的艺术整体。

由此可知,文心外化的全部动态过程,实际都是建立在句子的基础上的。句法,实际是最高的语法层级。语言运作的技巧,无一不是通过句子体现出来的技巧,修辞的技巧,无一不是修句的技巧。从词到句的生发,实际是从概念到思想的升华,从表象到情境的飞跃。惟其如此,句子必然是反映世界和认识世界的铁的语言门户、逻辑门户和美学门户。也惟其如此,对句子的表达作用的重视必然成为文心外化的主攻点。这也就是我们的古人刘勰之所以如此重视句子的表达作用,将它定位于"位言曰句"的全局性位置的原因。

(二)句子在形式美学中的重要作用

句子不仅是字词意义的有机组合,也是字词形式的有机组合。句子在字词形式美学中的作用,具体表现在以下两个方面。

1. 旋律化的作用

汉字是世界上最具音乐美的文字。但是汉字的音乐之美,绝不是某一个单独的汉字的字音所能表现的,它只能表现在这些字音的所组成的言语之中。"故言语者,文章关键,神明枢机,吐纳律吕,唇吻而已。"(《声律》)句子,就是这种"吹律胸臆,调钟唇吻"的系统组合的基本形态。正是句子的形态,使字音组合中的高低起伏、平仄交错、抑扬顿挫的调式特征,以及回环往复的律式特征,得以充分地显示出来,构成一种完整的旋律美。古代格律诗的诗句,就是典型的例证。

2. 画面化的作用

汉字也是世界上最具绘画美的文字。它的结构的象形性和会意性,赋予它以象表意的绘画品格。联边和拆分的修辞手法,就是汉字绘画功能的具体例证。但是,汉字的绘画功能绝不是某一个单独的字形所能承担的。单独的字形只能表达单独的概念或表象,单独的概念或表象不能表现完整的思想和情感。完整的思想和情感,只能表现在概念与概念或表象与表象的有机组合之中。这种有机组合的基本形态,就是句子。正是句子,使字形偏旁的连缀或字形构件的重新组合,具有了明确的系统位置和系统意义。也正是句子,使汉字字形中的画面美得以充分显示出来。一切修辞手法,都是在句子的平台上进行并为体现句子的意思服务的。如果没有句子,字形的美学组合就失去了逻辑的依据,也失去了存在的意义。

三、章——书面表达的高级形态

"因字而生句,积句而成章。"(《章句》)章是句的集合,是书面表达的高级形态。这种集合,是在"明情"的前提下进行的。"章者,明也","明情者,总义以包体"。章是句的意思的集合,是文章总体内容中的一个相对完整、相对独立的组成部分。句的集合是章的特定形式,"明情"是章的特定功能。这就必然使"章"具有双重的属性:它既属于语言结构的高层级范畴,又属于思维结构的高层级范畴。二者实际是一个问题的两个方面,思维与语言,本身就是对立统一的存在。而"章",就是二者之间的对立统一的特定的高层级载体。

这一特定载体在书面表达中的特定作用,可以概括为以下方面。

(一)对方面性内容的系统组合

"章总一义,须意穷而成体。"(《章句》)章是文章内容的整体结构中某一个方面性内容的意义形态,是整个思维结构中的一个相对独立的逻辑方面。这一个不可或缺的逻辑方面,是句意的系统组合的结果。每一句话都有自己特定的意思,而章则是句的意思的定向集中。这种内容上的定向集中,是靠两个东西来实现的:一是靠章旨的作用,二是靠次序的作用。章旨是章的内容的指挥棒和灵魂,指挥着句的意思的定向运行,凝聚成为一个统一的意向。次序则以系统位置的固定性,标示着各个句子在章中间的先后顺序,这一先后顺序实际也就是逻辑运动的先后顺序,而作者对事物的意向和态度,就鲜明地表现在由这种逻辑运动的先后顺序所显示的逻辑联系之中。下面,试以《魏风·伐檀》为例,进行具体解说。

> 坎坎伐檀兮,置之河之干兮,河水清且涟猗。不稼不穑,胡取禾三百廛兮? 不狩不猎,胡见尔庭有悬貆兮? 彼君子兮,不素餐兮!
> 坎坎伐辐兮,置之河之侧兮,河水清且直猗。不稼不穑,胡取禾三百亿兮? 不狩不猎,胡见尔庭有悬特兮? 彼君子兮,不素食兮!
> 坎坎伐轮兮,置之河之漘兮,河水清且沦猗。不稼不穑,胡取禾三百囷兮? 不狩不猎,胡见尔庭有悬鹑兮? 彼君子兮,不素飧兮!

诗篇的宗旨是表现劳动者对统治者的不劳而获的愤慨和不平。全篇共分三章,每一章都是这种不平之情的一个特定的表现形态。第一章是伐檀时的所见所闻所感,第二章是伐辐时的所见所闻所感,第三章是伐轮时的所见所闻所感。每一章中的内容,都是由句子的意思连贯而成,句与句之间存在内在的逻辑联系,每一句话都是这种愤慨与不平的具体因由和具体表现。如第一章的前三句,是劳动者伐檀情景的具体展现。第四句至第七句,是由此引发的与统治者不劳而获的生活情景的鲜明对比。最后一句,是对这一鲜明对比所做出的理性判断和美学判断。这三个小层次之间,第一层是引发第二层的逻辑前提和感情前提,第一层和第二层又是引发第三层的逻辑前提和感情前提。由所见所闻到所感再到所悟,一气呵成,凝聚成为一个有机的思想整体和感情整体。这一相对完整、相对独立的思想整体和感情整体,又是诗篇的整体的思想结构和感情结构中的一个组成部分。三个相对完整、相对独立的思想部分和感情部分,从三个不同的方面,辗转强化,融贯成为一个统一的思想整体和感情整体。

（二）对方面性语言的系统组合

章既是对方面性意义的系统组合,也是对方面性语言的系统组合。前者是后者的决定性的内容,后者是前者的决定性的形式。

所谓方面性语言,就是具有相对完整、相对独立的结构形态的语言。章作为语言运用中最大的结构单位,是系列句子的系统集合的结果。这一句子集合的形态意义,具体表现在以下方面。

1. 章是互相连贯的句子集合

"章者,明也","明情者,总义以包体"(《章句》)。章中的系列句子,在语法上是独立的,在语意上是互相连贯的。这种句与句之间的衔接性,通常表现在各句之间某一成分的共用或相关上。所谓成分共用,是指句子群落共用一个表示时间、地点或对象的成分,表明它们表述的意思属于同一个语意范围。例如《伐檀》的前三句的陈述对象,都是"伐木者"。这种语言成分上的共同性,使它们构成了一个小型的句子群落,统一表述着伐木者辛勤劳动的情景。"不稼不穑……胡见尔庭有悬貆兮"这几句的陈述对象,都是"君子"。这一个小型的句子群落,统一表述着"君子"不劳而获的情景。两个句子群落之间,由于位置上的相对和语义上的截然相反,表现出一种鲜明的对比关系。这种鲜明的对比关系,就是生发第三个句子群落的逻辑依据和语言依据。"彼君子兮",就是对上一句子群落的陈述对象的总体概括,"不素餐兮",就是对上一句子群落的陈述内容的总体概括。章就是在句子群落的基础上形成的更大的句子集合。表现在散文中,由于不受格律的限制,句子集合的方式会更加多样。除了成分共用和语义的相关之外,还有代词替代、重复用词、使用关联词语、使用插入语,等等。而句子集合的规模,也会更加庞大。

2. 章具有明确的思想指向

章作为句子的方面性集合,是以表达一个在全句群中具有方面性意义的思想为目的的。这个方面性意义的思想,就是章的中心思想。"章总一义,须意穷而成体。"(《章句》)具有明确思想指向,是"积句以成章"的本质性要求。因此,章不仅是某一特定方面的句子群落的连贯和衔接,而且必须是其中每个句子意思的总集中。这一特定方面的句子群落的连贯和衔接,实际就是句子意思总集中的特定的语言环境。一章的思想指向是一章的灵魂,它向每一个句子灌注生气,让它们在各个不同的系统位置上,体现出一个统一的意向。每个专章中都涵蕴着一个专门的思想,每个专门的思想都统率着一个特定的专章。唯有对这个专门的思想进行充分的体现,句子群落才能组合成为真正的方面性的整体。

3. 章具有确定的起讫范围

"断章有检","其控引情理,送迎际会,譬舞容回环,而有缀兆之位;歌声靡曼,而有抗坠之节也"(《章句》)。"章"作为方面性句子群落的总集合,在结构上必然是一个多层面统一的整体。章的这种多层面统一的属性,集中体现在逻辑结构和语言结构的可分性上。一个完整的章节,通常都是由诸多层段所构成的。这些层段所承担的逻辑功能,大抵不出"起承转合"四个方面。这四个方面,实际也就是人类思维运动的普遍性进程。它不仅表现在篇中间,也表现在组成篇的章中间。"起"标志着思维运动的起点,"承"标志着思维运动的发展,"转"标志着思维运动的转折,"合"标志着思维运动的集合与完成。表现在语言集合上,和"起"有关的句子群落就是章的起始部分,和"合"有关的句子群落就是章的结束部分。"起"和"始"标志着章的特定范围。"起承转合"四者兼备,标志着章在结构上的完善和完成。例如《伐檀》,"坎坎伐檀"是"起","置之河之干兮,河水清且涟猗"是"承","不稼不穑……胡见尔庭有悬貆兮"是"转","彼君子兮,不素餐兮"是"合"。这一有迹可寻、有踪可辨的逻辑形态,是在章这一特定的语言形态中表现出来的。逻辑从内在的角度界定着语言的范围,语言从外在的角度界定着逻辑的行程,正是二者之间的互动,使章的语言范围和逻辑行程,都成为可以分析的东西。

(三)对方面性乐音的系统组合

章不仅是思维运动的方面性形态,也是语音运动的方面性形态。汉语的语音美不仅表现在它的字词的声韵和音调上,也不仅表现在字词声韵和音调的句式组合上,更集中表现在它的字词的声韵和音调的章式组合上。字词相当于乐符,单个的乐符只是构成旋律的材料,材料本身并不具有成品的意义。句相当于乐节,乐节是乐音的初级形态,是旋律形成的基础。章相当于乐章,乐章是乐音的高级形态,是旋律借以充分表现的语言环境和音乐环境。在我国古代,乐章的“章”和文章的“章”是密切相关的。“章,乐竟为一章。”(《说文》)古代的诗章,就是诗歌的章段与乐章融合为一的具体形态。

《诗经》中的作品,就是典型的范例。前面所举的《伐檀》,就是由三个独立的乐章组成的。一乐章用的是“寒”韵,平声,音域宽厚低沉,如泣如哭,表现出一种深沉执著的困惑之情。第二乐章用的是“德”韵,仄声,音域窄狭尖利,如怨如怒,表现出一种激越不平的恨苦之情。第三乐章用的是“谆”韵,平声,音域圆浑悠长,如呻如诉,表现出一种汹涌连绵而又难解难消的痛楚无奈之情。这三个乐章,都以自己独特的韵律和节奏组成独特的旋律,体现出不同的感情色彩,使蕴涵在各章中的思想表现得更加鲜明。

散文中同样是如此。散文中没有严格的韵律限制,但在它的章式结构中,仍然表现出自然节奏所固有的旋律美来。散文的旋律美,主要表现在它的节奏感上。构成散文节奏感的因素,一是平仄的交错,二是句子的排列方式。在一章的句子群落中,字词的声调要配合恰当,使平声与仄声互相错开,形成高低起伏,抑扬顿挫的波动效应。句子的字数,也与内在的情愫状况密切相关。“离章合句,调有缓急。”(《章句》)短句表现出短促的情调,长句表现出周严细密的情怀,整齐的句式形成激昂磅礴的气势,长短交错的句式形成大起大落、跌宕起伏的氛围。“言为心声”,如此种种,实际都是心理的律动状态的外在表现。“其控引情理,送迎际会,譬舞容回环,而有缀兆之位;歌声靡曼,而有抗坠之节也。”(《章句》)这一强大的美学效应,都是在章这一特定的语言环境中实现的。也正是凭借着章这一特定的语言平台,语言中的旋律之美,才能表现得如此鲜明充分。

四、篇——书面表达的完整形态

"夫人之立言,因字而生句,积句而为章,积章而成篇。"(《章句》)篇是书面表达的完成形态和完整形态,是书面表达最后构成为文章的决定性的形态标志。它以完整的语言结构承载着完整的内容结构,使文心具有了可视、可读、可传、可存的系统性的物质外壳。正是这一特定的物质外壳,将文心运动的内容要素、形式要素和功能要素,熔铸成为一个统一的整体。文章,就是对这一特定整体的特定称谓。

文章的完整性,具体表现在以下方面。

(一)内容的完整性

文章内容的完整性,集中体现在它的主旨的统一性上。

"情者文之经,辞者理之纬,经正而后纬成,理定而后辞畅:此立文之本源也。"(《情采》)主旨作为文心外化的最高统帅,在形成思维整体和相应的语言整体方面,具有决定性的指挥意义。文章的内容虽然包罗万象,但都是在主旨的统一指挥下进行,并以符合统一的旨意为前提的。否则,全部作品就会成为一盘散沙而失去意义。所谓"一物携二,莫不解体"(《总术》),"振本而末从,知一而万毕"(《章句》),就是对这一规律的明确揭示。也就是刘熙载所说的:"物无一则无文,盖一乃文之真宰,必有一在其中,斯能用夫不一者也。"[1]刘熙载所说的"一",就是指文章的主旨。正是凭借这个特定的"一",文章内容中的方方面面,才融贯成为一个统一的整体。

因此,"积字而成句,积句而成章,积章而成篇"的过程,不仅是一个语言的集合过程,也是一个情思的集合过程。这个集合过程,自始至终都是在主旨的统一指挥下进行的。主旨既是这个总过程的总指向和总指挥,又是这个总过程的总结论和总归宿。这个总结论和总归宿,实际也就是全篇内容的最高综合与总结。惟其如此,主旨必然是内容整体化的根本动力和根本方向,也是内容整体性的根本保证和根本标志。

(二)逻辑的完整性

文章内容的完整性,从来都是建立在它的逻辑的完整性的基础上的。

每一篇文章的内容,都是一个完整的逻辑行程。这一个完整的逻辑行程,

---

[1]　刘熙载:《艺概》,上海古籍出版社1978年版,第48页。

反映着客观事物运动过程的规律性和人类认识过程的规律性,也界定着文章思想运行的具体路径。这一具体的思维路径,就是文章在内容上凝聚成为一个整体的内在依据。刘勰所说的"总文理",实际就是指文章的思想逻辑而言的。惟其在总体上把握住了文章的内在逻辑,才能"节文自会,如胶之粘木,石之合玉"(《附会》),以明确的思维路线,实现"统首尾,定予夺,合涯际,弥纶一篇,使杂而不越"的整合任务,将方方面面的内容融贯成为一个严密的思维过程,熔铸成为一个统一的思维整体。

文章逻辑的完整性,集中表现在它的思维路径中的有序性和系统性上。

任何事物都是多样性的统一。一篇文章的思想,从来都是几个思维层面或思维阶段的集合。但是,这种集合绝不是随意性的,也不是凌乱性的,而是按照事物自身的规律和人类认识的规律,有序地和系统地进行的。有序和系统,是逻辑运动的本质性特征。文章中的每一个章节,都是思维过程中的某一个阶段或某一个层面的反映。文章层次的先后,来自事理和思理中的方面性或阶段性的先后。文章层次之间的衔接,来自事理或思理的各个层面或阶段之间的逻辑联系。惟其有序和衔接,才能形成"起承转结"的完整思路,由此及彼,由表及里,由现象到本质,由部分到全体,将思维过程中的各个层面和阶段,融贯成为一个统一的思维过程和有机的思维整体。文章的结构,就是这一统一的思维过程和有机的思维整体的内在逻辑的外在显示。

(三)语言的完整性

文章不仅是一个统一的思维整体,也是一个统一的语言整体。文章思维的完整性,是建立在它的语言的完整性的基础上的。篇,就是语言表达的完整形态和最高形态。

文章语言的完整性,首先表现在它的向心性上。文章中的所有语句,虽然在意义上和语法位置上各不相同,但都服从主旨的总摄,围绕主旨展开。也就是刘勰所昭示的:"凡大体文章,类多枝派,整派者依源,理枝者循干。是以附辞会义,务总纲领,驱万涂于同归,贞百虑于一致,使众理虽繁,而无倒置之乖,群言虽多,而无棼丝之乱。"(《附会》)所谓"总纲领",也就是总摄于主旨之下。惟其如此,这种语言的总集合才真正具有"首尾圆合,条贯统绪"的系统意义,将篇内的全部字词句章,凝聚成为一篇密不可分的文章。

文章语言的完整性,也表现在它的连贯性上。文章中的字句,虽然分布在各个不同的系统位置上,但各个系统位置之间都存在着千丝万缕的语法联系和逻辑联系,前后左右互相衔接照应,自始至终一线贯通。这就是刘勰所说的:"章句在篇,如茧之抽绪,原始要终,体必鳞次。启行之辞,逆萌中篇之意,绝笔之言,追滕前句之旨。"(《章句》)惟其如此,"故能外文绮交,内义脉注,跗萼相衔,首尾一体",从意义上、语法上、音韵上、节奏上,融贯成为一个充满生气的语言系统和音韵系统。

（四）体式的完整性

文章的完整性,也表现在它的体式的完整性上。

所谓体式,指文章文本的体裁和相应的格式。体裁是文章的内容、结构、形态、功能四者合一的综合范畴,它以明确的体制对各类文章的基本面貌进行量与质的结构性规定,规范着书面表达的循轨运行,实现其特定的交际功能。刘勰所说的"因情立体,即体成势"(《定势》),"才童学文,宜正体制"(《附会》),即此之谓。也就是徐师曾所说的:"文章之有体裁,犹宫室之有制度,器皿之有法式也。"①惟其如此,体式必然成为文章完整性的形态依据和形态标志,代表着文章文本的诸要素之间浑然一体的和谐关系,以"约定俗成"的方式,规范着文章文本的整体面貌。如果破坏了这种和谐关系,就会失去文章文本在形态上的依据性和规范性,文章的完整性也会荡然无存。

文章体式的完整性,首先表现在它的综合性上。体式作为内容对形式的特定契合和形式对内容的特定要求,是内容与形式同时发生作用的结果。体式所受的制约是多方面的:从文章文本的社会功能来看,为着实现不同的交际目的,可以形成文章文本的类属特征;从思维的方式来看,写作主体在思维方式上的差异,可以形成文章文本的类属特征;从运语的方式来看,写作载体在表达方式上的选择,可以形成文章文本的类属特征;从材料的属性来看,写作客体在属性上的区别,可以形成文章文本的类属特征。每一个类属特征,都有自己特定的形态表现与形态要求。文章体式,就是这些类属特征的系统综合,也是这些形态表现与形态要求的系统综合,它们从各个不同的方面进行总体性的荟萃,凝聚成为一个统一的整体。惟其如此,体式也就必然成为文章的交际功能、思维属性、语体方式、结构方式的总规范和总标志。

---

① 　徐师曾:《文体明辨序说》,人民文学出版社 1962 年版,第 77 页。

　　文章体式的完整性,还表现在它的全文本性上。文章体式是对文章文本的总规定和总规范,它以约定俗成的格式和程序,将文本中的全部书面符号,都纳入了自己的规范和规定之中。无论是交际方式还是表达方式,无论是思维方式还是内容属性,无论是标题的方式还是布局谋篇的方式,都有具体的规定,不允许随意改变。一篇文章,只能有一种体式,作者在写作中必须遵守这一体式对形态、结构和功能的具体规定和规范,并将这些规定和规范全面地纳入它的全部文本之中:"镕范所拟,各有司匠,虽无严郛,难得逾越。"(《定势》)否则,就会造成极不和谐的状况,使整个接受都陷入极度的混乱之中。这就是清代费锡璜所说的:"诗主言情,文主言道。诗一言道,则落腐烂。"①

　　文章体式的完整性,也表现在它的类属性上。同类的文章,必须遵守该类的体式,体现出该体式所固有的类属特征,并以此与另类文章的文本形式相区别。也就是刘勰所昭示的:"章表奏议,则准的乎典雅;赋颂歌诗,则羽仪乎清丽;符檄书移,则楷式于明断;史论序注,则师范于核要;箴铭碑诔,则体制于宏深;连珠七辞,则从事于巧艳:此循体而成势,随变而立功者也。"这种"形生势成,始末相承"的自然动势及由此而产生的类属特征,是普遍属于同一体式中所有的文章文本的。

　　(五)风格的完整性

　　文章文本的完整性,还表现在它的语言风格的完整性上。

　　语言风格是作者在语言运作中表现出来的一种与众不同的美学作风和美学气派。这种作风和气派,具有个体性的鲜明特征。个体性,是指语言风格的个性化的属性。言如其人,其异如面。不同的作者,具有不同的运语个性。这就是刘勰所说的:"才有庸俊,气有刚柔,学有浅深,习有雅郑,并情性所铄,陶染所凝,是以笔区云谲,文苑波诡者矣。"(《体性》)

　　这种个性化的美学作风和美学气派,是以整体性的格局表现出来的。整体性,是指这种美学风貌不是枝节性和局部性的,而是一种全美,即独特的内容和独特的形式在和谐统一中产生出来的不可分割的整体表现。这种整体表现的具体形态,就是作者在表情达意、宣事达理中所运用的一系列具体的方法和技巧的总和。它与作者性格和人格的整体表现直接相通,反映着并受制于

---

　　①　费锡璜:《汉诗总说》,见王夫之《清诗话》,上海古籍出版社1963年版,第946页。

性格和人格的整体状态,即人的精神世界的整体状态。因此,语言风格的类型虽然多种多样,但对于一个作者和一篇文章而言,却是具有严格的同一性的。在一篇文章中,篇幅或长或短,只有一种语言风格。它作为一种特定的美学风貌,渗透在语言表达的全部过程中,表现在它的全部字词句章里,既由全文所体现,又通贯于全文。

语言风格的完整性,是文章完整性的重要驱动力量,也是文章完整性的重要标志。如果在一篇文章中出现两种不同的风格,就会在接受心理中出现由于心理定势的不断转换而造成割裂和混乱的感觉。只有一体化的风格,才能造成稳定的心理定势,给读者带来信任感和亲切感。风格支离驳杂的东西,是不能以整体的形态取信于人的。因此,合作写书中,最后必须由一个人统稿,才能浑然一体。初学写作者模仿语言风格时,最好是根据自己的性之所近专练一种,才能取得成功。

第三节　刘勰对文心外化基本规范的系统论述

“心既托声于言,言亦寄形于字。”(《练字》)语言是一切事实和思想的物质外壳,而作为文心直接现实的书面表达,则是这一物质外壳的精粹形态。书面表达既是一项“言以达志”的交际工程,又是一项“以雕缛成体”的美学工程,是二者的同步实现。惟其如此,它对语言运作的方法系统,必然提出相应的精粹化的要求。明确书面表达的具体要求,把握信息传输的基本规范,提高书面表达的精粹度,是实现文心外化的重要保证。

文心外化的基本规范,可以概括为以下方面。

一、传真性

“酌奇而不失其真,玩华而不坠其实。”(《辨骚》)传真性,是书面表达的决定性要求。

所谓传真性,就是通过符号输出信息的确实性和准确性。书面表达的传真性,首先表现在作者所使用的符号的规范性上。“篇之彪炳,章无疵也;章之明靡,句无玷也;句之清英,字不妄也。”(《章句》)即作者所使用的语言,必须合乎语法、合乎逻辑。语法和逻辑是体现人类的思维规律和语言习惯的客观法则,如果用词不当,词序不妥,句子成分残缺,语言结构混乱,或者思理不合逻辑,就会造成意思的模糊和失真,甚至造成认识上的错误。众所周知,如果语言不通,是不可能正确地传情表意,宣事达理的。

刘勰曾经为我们举出了古文中的某些用语不当的例子:

(1)曹植《武帝诔》:"幽闼一启,尊灵永蛰。"

(2)曹植:《明帝颂》:"翱翔万域,圣体浮轻。"

(3)司马相如:《上林》:"奏陶唐之舞,听葛天之歌,千人唱,万人和。"

(4)潘岳悼内兄,曰"感口泽";伤弱子,云"心如疑"。

(5)崔瑗之诔李公,比行于黄虞。

(6)向秀之赋嵇康,比拟李斯之罪诛。

这些句子,都是存在着严重的语病的。(1)中的"蛰",指动物的冬眠,"施之至尊,岂其当乎?"(2)中的"轻浮",是轻飘浮飞之状,"有似于蝴蝶",用来形容"圣体"的哀荣,显然是不恰当的。(3)中的"千人唱,万人和",是不符合"葛天之歌"的实际的。"按葛天之歌,唱和三人而已。"(4)中的"感口泽",指母亲死后留在杯圈上的口水的印痕。"母没而杯圈不能饮焉,口泽之气存焉尔。"(《礼记·玉藻》)"感口泽"专门用来纪念亡母;"心如疑",专门用来表现对死去父母的眷念。潘岳用来悼念内兄和幼子,是不合于伦理,也有乖于逻辑的。(5)中的比拟,是不伦不类的。比拟的基本原则是同类相比,而李公之与黄帝、虞舜,一为当代的官吏,一为古代的圣君,在时代上和身份上都不具有可比的属性。(6)中用李斯之罪诛,比拟嵇康之遭戮,同样是不称和失类的。李斯是秦始皇的宰相,在争权夺利中被杀,嵇康品德高尚,因不愿同流合污而被害,二者在性质上是完全不同的。

由此可见,要想准确地表情达意,必须使用规范化的语言。唯有规范化的语言,即在语法和逻辑上丝毫无误的语言,才具有传真的能力。否则,即使有再好的内容,再深的意蕴,也会因传达的障碍而变形和失真,严重损害其价值品位。"凡巧言易标,拙辞难隐,斯言之玷,实深白圭。"(《指瑕》)这就是为什么古往今来一切写作大师,都对自己作品中的语言的使用采取审慎态度的原因。

　　语言的传真性不仅决定于传输手段的可靠性,还决定于信息本身的确实程度。信息必须符合事实,符合真理。语言是反映客观事实和客观真理的,因此运用语句既要符合语法,符合逻辑,又必须名实相符,恰如其分。这就是刘勰所说的:"真宰弗存,翩其反矣","言与志反,文岂足征?"(《情采》)要做到名实相符,恰如其分,既要解决方法的问题,也要解决态度的问题。就方法问题而言,传真主要决定于观察的细致或思考的周密。这就是刘勰所标举的:"体物为妙,功在密附。"刘勰从《诗经》中举出的"'灼灼'状桃花之鲜,'依依'尽杨柳之貌,'杲杲'为出日之容,'瀌瀌'拟雨雪之状,'喈喈'逐黄鸟之声,'喓喓'学草虫之韵;'皎日''嘒星',一言穷理,'参差''沃若',两字穷形",就是成功的范例。如果观察不细,或者考虑不周,单凭主观臆测而贸然运笔,就会在表达上造成严重的失误。苏轼在《石钟山记》中所说的"事不目见耳闻,而臆断其有无"的"李渤之陋",就是典型的反面例证。

　　表达的准确性,还和作者的态度和作风有关。早在两千多年前,我们的祖先就在《易传》中提出了"修辞立其诚"的明确主张。"诚",就是指态度和作风的端正。刘勰认为,古代圣人所标举的"情欲信,辞欲巧",就是这种心正与言正融合为一的楷模。具体表现在他们的著述中,就是"事信而不诞"、"义直而不回"的鲜明的美学特征。正是这一鲜明的美学特征,使他们的著述获得了一种"恒久之至道,不刊之鸿教"(《宗经》)的历史性品格。而与此相反的,则是汉世以后的浮诡讹滥的文风。究其根由,就在于态度上的失正。态度上的失正,必然会带来语言表达上的失实。这就是刘勰在《史传》中所深深感慨的:"虽定、哀微辞,而世情利害。勋荣之家,虽庸夫而尽饰;迍败之士,虽令德而常嗤,吹霜煦露,寒暑笔端,此又同时之枉,可为叹息者也!"

　　这种任情失正与用辞失实的情况,对于整个社会文化的发展来说,会带来人心失衡与社会失序的灾难性后果:"然史之为任……负海内之责,而赢是非之尤,秉笔荷担,莫此之劳……若任情失正,文其殆哉!"(《史传》)虽然讲的是史官,但就其思想覆盖范围而言,是遍及于全部社会的文化领域。尽管作家与文论家肩上的担子还称不上"海内之责",但他们同样笔扛千钧,得承担"是非之尤":影响千千万万的世人对文学作品与社会生活的评价。如果他们评论文章与生活时"任情失正",不能秉笔直书,那么文学就会离正道越来越远,最终走向末路。这就是刘勰之所以重视史家之"素心"与文家之"素心"的原因："析理居正,唯素心乎!"正是这种强烈的责任心与正义感,培养了刘勰严谨求实的著书立说态度,使得《文心雕龙》在历代卷帙浩繁的文论著作中大放异彩,获得永恒的学术生命。

表达的准确性还表现在对接受心理的充分契合上。辞以达意,不仅是达作者心中之意,归根结底还要入读者之心,达读者之意。因此,语言表达必须有的放矢,不仅对准情思,对准事义,还要对准读者的接受心理。"见异唯知音"(《知音》)。对美的接受和欣赏,从来都是双向互动的结果。唯有知音才能真正懂得音乐中的美学奥秘,也唯有在音乐中对知音的审美要求进行充分的适应和契合,才能获得知音的充分接受和欣赏。刘勰所说的"夫唯深识鉴奥,必欢然内怿,譬春台之熙众人,乐饵之止过客",就是对接受心理的理论概括。《战国策》中的《触詟说赵太后》,就是一个卓越的楷模。触詟之所以能够成功地说服赵太后同意送长安君去齐国当人质,以换取齐国的出兵援赵,运用的就是这种针对接受心理进行丝丝入扣的心理契合和心理诱导的方法。刘勰在《论说》中所说的"顺情入机,动言中务",就是针对这种巧妙的语言表达方法来说的。这也就是战国时代的纵横家们之所以能够在当时历史的舞台上,凭借他们的语言表达,而获得"一人之辩,重于九鼎之宝;三寸之舌,强于百万之师"的历史性效果的根由。

刘勰的这一对接受心理进行能动契合的工程论见,在当代生活中得到了广泛的运用。周恩来在万隆会议上关于"求同存异"的演说,中美联合公报中关于"海峡两岸的中国人都认为只有一个中国"的措辞,都是由于符合多边的接受心理而使表达获得普遍认同的卓越范例。如果在表达上出现了和接受心理背离的状况,即使在语法和逻辑上毫无错误,也很难取得"达心"的效果。所谓"话不投机半句多",就是明显的例证。

信息传递的准确性,是一种综合的效应,是各种因素同时到位的结果。文心外化的完整内涵是由三个层面构成的:知之——言之——至之。所谓"达",就是三者的同步实现。"知"是"言"的前提,"至"是"言"的目的,"言"是"知"与"至"的桥梁和枢纽。"知"是既是言外的工夫,又是言内的工夫,它来自言前而见诸言后,靠知识渊博、体物入微、思维细密做后盾。"至"是言后的功效,靠语言所传递的事实与真理以及它们与接受心理之间的契合而实现。

　　就"言"的范围来说,既有"能言"的问题,还有"敢言"的问题。"能言"的问题,除了对语法和逻辑精通,对表述对象和接受对象了如指掌之外,还要解决词汇量的问题。储存的词汇越多,达物达心的能力越强。我国历史上的伟大诗人杜甫写诗上千首,陆游写诗上万首,却很少看到重复的词句。据《红楼梦语言词典》的统计,该书的用词量为 2 万 4 千 5 百有余。① 如果词汇量少了,纵令能言之亦不能尽之,纵令能及其粗宏处亦不能及其精微处。"胸藏万汇凭吞吐,笔有千钧任翕张。"(郭沫若)只有掌握了丰富的词汇,表达才能准确地传物传心,坚实难移,历千载而不朽。

　　但是,"能言"还必须和"敢言"相结合,才能尽得其真。宋代的高若讷,身为言官,既有"进言"的职责,又有"能言"的本领,就是没有"敢言"其真的胆略,结果到了需要出来说话的时候,反而噤若寒蝉,而敢言其真的欧阳修却能挺身而出,言以足志,将自己的见解表述得淋漓尽致,传诵千古。以现代历史而言,旧中国"万家墨面没蒿莱"的情景是人人共睹的客观真实,而"敢有歌吟遍地哀"者,只有以鲁迅为代表的寥寥数人。大跃进中的浮夸是人人共睹的客观现实,而直言不讳向党和人民说出真相者,唯彭大将军一人而已。可见"敢"字对于语言表达的传真性的重大意义。

　　"敢"字之所以如此至大至刚,磅礴天地之间,直贯真理和事实,是因为它是人类志气的一种表现。也就是刘勰在《序志》中所昭示的:"是以君子处世,树德建言,岂好辩哉? 不得已也!""志气"是"准确"的道德前提,也是"真实"的人格前提。如果失去了这种崇高的道德前提和人格前提,就会如韩愈在《送李愿归盘谷序》中所讥讽的那样:"伺候于公卿之门,奔走于形势之徒,足将进而趑趄,口将言而嗫嚅。"人一旦失去了真实的自我,也就会同时失去表达真实和真实表达的能力了。

　　书面表达的传真性,是语言的规范性、体物察理的精确性、对接受心理进行适应的精审性,以及作者的知识、志气、胆略等各种因素综合作用的结果。这是文心外化的第一要求,也是实现文心外化的最基本的保证。

　　①　周定一:《红楼梦语言辞典·凡例》,商务印书馆 1995 年版,第 2 页。

二、生动性

生动性,指文本语言中所涵蕴的生气勃勃,新鲜活泼的传形与传神的美学感染性。刘勰明确认为,语言不仅具有认识的功能,也具有审美的功能,正是凭借语言的审美功能,运用语言的媒介对流光溢彩的生态世界进行栩栩如生的美学再现,才成为现实的必要与可能。这就是他在《原道》中所昭示的:

> 傍及万品,动植皆文:龙凤以藻绘呈瑞,虎豹以炳蔚凝姿;云霞雕色,有逾画工之妙;草木贲华,无待锦匠之奇。夫岂外饰,盖自然耳。至于林籁结响,调如竽瑟;泉石激韵,和若球锽:故形立则章成矣,声发则文生矣。夫以无识之物,郁然有采,有心之器,其无文欤?

刘勰所强调的由"有心之器"所生发的"采",就是指语言的生动性而言的。他将这种语言的生动性,视为文学的本质性表现:"古来文章,以雕缛成体","圣贤书辞,总称文章,非采而何"(《情采》)。在刘勰的概念系统中,这种文学的本质性表现,实质上就是一种对语言的美学装饰。这就是他所说的:"铅黛所以饰容,而盼倩生于淑姿;文采所以饰言,而辩丽本于情性。"刘勰认为,"盼倩生于淑姿"、"辩丽本于情性"这些内在的因素对于美的表现来说,无疑是具有第一性意义的,但是"铅黛所以饰容"、"文采所以饰言"这些外在的美饰,对于美的表现来说同样是不可或缺的。"虎豹无文,则鞟同犬羊;犀兕有皮,而色资丹漆。"内容可以决定形式,形式也可以决定内容,二者之间从来都是相辅相成的。惟其如此,"缛采"便成为文学语言的必然性要求:"若乃综述性灵,敷写器象,镂心鸟迹之中,织辞鱼网之上,其为彪炳,缛采名矣。"(《情采》)

那么,作为认识媒介的语言,又是怎样获得生动性的审美功能的呢? 这是刘勰的前人与时人所未曾回答而由刘勰所深刻回答的问题。刘勰在人类的认识史上,第一次揭开了这一重大的学术秘密:作为认识媒介的语言获得生动化的美学功能的秘密。这一学术秘密,就是对"术"的巧妙凭借。这就是刘勰在《总术》中所标举的:"才之能通,必资晓术,自非圆鉴区域,大判条例,岂能控引情源,制胜文苑哉!"

他所说的"术"具体表现在文心的外化中,就是使语言获得生动化的美学效果的饰文之术。概括而言,大致有以下三种类型。

其一,选取具有声色效应的词语,对客观事物的形貌进行直接的描摹。也就是刘勰在《物色》篇中所昭示的:"体物为妙,功在密附。故巧言切状,如印之印泥,不加雕削,而曲写毫芥。"这种境界,就是形似与神似融合为一的境界。刘勰认为,进入这一境界的关键,就是善于抓住事物"要害",即最能体现事物本质的美学特征:"以少总多,情貌无遗矣。"对此,刘勰举出了《诗经》中的许多范例,如:"'灼灼'状桃花之鲜,'依依'尽杨柳之貌,'杲杲'为出日之容,'漉漉'拟雨雪之状,'喈喈'逐黄鸟之声,'喓喓'学草虫之韵",等等。他认为这些生动性的语言表述,是具有永恒的艺术魅力的:"虽复思经千载,将何易夺?"

刘勰自己在语言表述上通过"写气图貌"的方式所获得的生动性效果,也是具有楷模意义的。如:

> 日月叠璧,以垂丽天之象;山川焕绮,以铺理地之形。
> 阳气萌而玄驹步,阴律凝而丹鸟羞。
> 山沓水匝,树杂云合。目既往还,心亦吐纳。春日迟迟,秋风飒飒,情往似赠,兴来如答。

这些绘声绘色的描摹,不仅具有画的品格,也具有诗的品格,以其生动性的语言表述,获得"惊听回视"的美学效果。

其二,运用多种修辞手法实现语言的生动化表述。刘勰非常重视语言的修辞艺术。他在《才略》篇中说:"及乎春秋大夫,则修辞聘会,磊落如琅玕之圃,焜耀似缛锦之肆……赵衰以文胜从飨,国侨以修辞扞郑,子太叔美秀而文,公孙挥善于辞令,皆文名之标者也。"刘勰认为,这些春秋时代的名家大师之所以能在语言的表达上,获得如此卓越的成功,显然是与他们卓越的修辞艺术密不可分的。他在《征圣》中所说的"精理为文,秀气成采,鉴悬日月,辞富山海",就是对这种语言美的理想境界的标举。而进入这一理想境界的美学渠道,就是修辞。这也就是他将"缛采"视为文章表达的应有之义的逻辑根由。

据此,刘勰对修辞手段进行了专门的研究,对各种常用修辞方法的含义、特征、作用、分类及其运用的原则与要领,做出了十分透彻的阐述,既辩证灵活又系统全面。诸如:"比兴","夸饰","事类","隐秀","丽辞","声律",等等。无一不条分缕析,取精用宏,堪称我国修辞学领域的一份宝贵的理论遗产,足资后人借鉴。

刘勰自己的巨制,就是运用修辞手段进行生动表述的卓越典范。其种种闪光之处,已具述于本著的《文心雕龙写作艺术论》的专章,此处不赘。

其三,运用新鲜别致的词语进行表达。刘勰在《时序》中说:"文律运周,日新其业,变则可久,通则不乏。"他明确认为,生生不已与新新不已,是宇宙运动的基本规律,也是文心运动的基本法则。特别在语言表达的领域中,更是如此:"夫设文之体有常,变文之数无方,何以明其然耶? 凡诗赋书记,名理相因,此有常之体也;文辞气力,通变则久,此无方之数也。名理有常,体必资于故实;通变无方,数必酌于新声;故能骋无穷之路,饮不竭之源。"惟其如此,对语言新颖性的追求,必然成为实现文心外化的生动性的一条重要的美学渠道。据此,刘勰提出了一系列的工程主张。

刘勰高瞻远瞩地指出,语言的常变常新的属性,从本质上说,来自客观世界的常变常新的属性。他说:"文变染乎世情,兴废系乎时序。"(《时序》)他将客观世界的变化,视为文学变化与语言变化的根本原因。因此,要实现语言的新颖性,必须首先洞悉和把握客观事物的新颖性。而要洞悉和把握客观事物的新颖性,只有通过精审细致的观察。精审细致的观察不仅是获得新颖题材的决定性的方法凭借,也是获得新颖语言的决定性的方法凭借。这就是他之所以如此重视"流连万象之际,沉吟视听之区"的缘由。

但是,刘勰并不认为"物色"就是对客观事物的简单模仿,因为客观事物状貌多多,事实上并不是每一状貌都具有深刻的美学意义。他明确认为,真正的新颖性,必须是"时见"性与"适要"性的完美结合。所谓"时见"性,就是随机出现并及时发现的属性。这就是他所说的:"至如《雅》咏棠华,'或黄或白';《骚》述秋兰,'绿叶'、'紫茎'。凡摛表五色,贵在时见,若青黄屡出,则繁而不珍。"(《物色》)刘勰所说的"时见",即事物的初现与初见的时新形态,也就是事物的美学特征体现得最集中与最鲜明的形态。所谓"适要"性,就是与人心最相契合的属性,也就是与人的本质力量最相契合的属性。刘勰所举出的《诗经》中"'灼灼'状桃花之鲜,'依依'尽杨柳之貌"的范例,就是这种契合的具体展现。这就是《诗经》的诗情与语言历久弥新的美学根由。

　　刘勰还深刻认为,语言的新颖性的获得,也是与对前人语言材料与语言方法的继承与革新密不可分的。这就是他所昭示的:"因方以借巧,即势以会奇,善于适要,则虽旧弥新矣。"具而言之,就是根据表达思想感情的需要,在旧有的语言材料与方法中注入时代性和个性化的新质素,使其呈现崭新的美学面貌,借以表达自己新鲜独特的思想感情,这样,就能化旧为新了。刘勰自己的语言运作,就是这一"虽旧弥新"的卓越范例。他所常用的词汇中,在内涵上无一不在前人的基础上做出了重大的扩充。就以他所标举的"道"来说,既含有儒家的伦理哲学的因素,又含有道家的自然哲学的因素,还含有佛家的心性哲学的因素。它的词义中的这种兼容性与博大性的内涵,是他的前人与时人所从不具而为刘勰所独具的,所以新气盎然,发人深省,使人耳目为之一新。

三、简练性

　　刘勰在《文心雕龙·宗经》篇提出:"辞约而旨丰"、"体约而不芜"。《物色》篇云:"物色虽繁,而析辞尚简。"《铭箴》篇又云:"义典则弘,文约为美。"统观《文心》全书,以"简"与"约"字论文者随处可见。显然,简练性是刘勰对文心外化所提出的另一条重要的美学要求。

　　简练性,就是运用尽可能简约的语词,容纳尽可能丰富的意蕴的属性。简练性对于书面表达的重要意义就在于,终端输出的信息量,并不取决于语辞的多少,而取决于它所涵酿的"乘一举万,举要治繁"的内在容量的大小。径而言之,也就是取决于语句对信息的负荷力的大小。也就是刘勰所昭示的:"句有可削,足见其疏;字不得减,乃知其密。"(《镕裁》)"意少一字则义阙,句长一言则辞妨。"(《书记》)这就要求我们在"言简"和"意赅"两方面下工夫,也就是他在《宗经》中所标举的:"辞约而旨丰"。他所说的"辞约",是指语言的精粹而言的,他所说的"旨丰",是指思维的精粹而言的。"言简"的目的是为了"意赅","意赅"的关键又在于增强语言对思维的内在包容力。他以二者的辩证关系作为依据,系统地提出了实现语言表达的简约化的工程方法与要领。

　　(一)乘一总万　举要治繁

　　刘勰深刻的哲学理念是,天地万物虽然纷纭复杂,但实际上都是有根可据,有本可依的。因此,只要抓住了这个根本,就可以对事物的整体进行极其精粹的把握和表达。这就是他在《总术》中所昭示的："务先大体,鉴必穷源。乘一总万,举要治繁。"他所说的"一"与"要",也就是他在《物色》中所说的"据要害"与"善于适要",都是指这一具有统摄意义的"根本"而言的。所谓"根本",就是事物的本质。抓住了事物的本质,就是抓住了事物的整体。因此,运用最精粹的语言直贯事物的本质,借以对事物的整体进行最具有概括意义的把握和表达,就必然成为一种最具有简练意义的把握和表达。

对此,刘勰从两个方面进行了具体的发挥:一是从逻辑思维的表达方面,一是从形象思维的方面。

从逻辑思维的表达方面来说,刘勰举出了孔子的"春秋笔法"的卓越楷模:"《春秋》辨理,一字见义。"(《宗经》)也就是他在《史传》中所说的:"褒见一字,贵逾轩冕;贬在片言,诛深斧钺。"孔子何以能致此? 就在于洞悉事物的本质,洞悉通向本质的各种现象,然后才能在阐释事理时一发而中其要害,贯其本质,进入此种简约绝伦而震撼千古的美学境界。《春秋》中所记的"郑伯克段于鄢"的史实,就是具体的例证。郑伯与共叔段是亲兄弟,为争权夺利而刀兵相见。孔子对这次战争,巧妙而深刻地用一个"克"字来概括和评价。"克"者,克敌致胜之谓也。手足亲情而曰克敌制胜,战争之性质与统治者丑恶的灵魂,于此昭然若揭,而夫子对此之批判与讨伐,亦溢于言表。显然,这种辞约旨丰的语言概括力量,是与孔子对这次战争的本质的深刻把握密不可分的。"春秋笔法"之简约,于此可见一斑。"春秋笔法"的工程原理,亦于此可窥一管。

从形象思维的表达方面来说,刘勰十分推崇《诗经》中的"两字穷形"、"一言穷理"的洗练的语言表现手法。他从中总结出一条艺术规律:"以少总多,情貌无遗。"这一艺术规律的逻辑枢纽,就是他所深刻指出的:"《诗》、《骚》所标,并据要害。"(《物色》)所谓要害,就是与事物的本质相通的具有普遍意义的美学特征。《诗经》中的"灼灼"之所以能状尽"桃花之鲜","依依"之所以能写尽"杨柳之貌","杲杲"之所以能摹尽"出日之容","漉漉"之所以能拟尽"雨雪之状",其美学之秘密就在于此。这种方法与现代"典型化"的方法,完全是一理相通和一脉相承的。艺术的典型化——这就是《诗》《骚》之所以能够"以少总多,情貌无遗"的原因,也是它之所以能够在语言的表达上获得"虽复思经千载,将何易夺"的永恒的美学魅力的原因。

刘勰自己的语言表达,也是我们学习"一言穷理","两字穷形"的楷模。试看他在《物色》中所作的形象描绘:

> 阳气萌而玄驹步,阴律凝而丹鸟羞。
> 山沓水匝,树杂云合。目既往还,心亦吐纳。春日迟迟,秋风飒飒,情往似赠,兴来如答。

在上一则的表述中,他用一个"萌"字,就写尽了春阳初至时万物欣欣向荣的生态,用一个"凝"字,就绘出了秋日烟光凝聚的充满肃杀之气的景物特点,用一个"步"字,写出蚂蚁在春阳下急急奔忙的神态,用一个"羞"字,写出萤火虫在秋夜中时灭时明的躲闪羞涩的娇容。在下一则的表述中,他用一个"沓"字写出山的美学特征,用一个"匝"字,写出水的美学特征,用一个"杂"字,写出树的美学特征,用一个"合"字,写出云的美学特征,以"迟迟"二字,写尽春和景明中的风物与心情,以"飒飒"二字状尽秋风肃杀下的惆怅和伤感。如此等等,无一不可点可圈,具有"但着一字,占尽风流"的美学效果,可以垂范于久远。

(二)删繁就简　弛于负担

"辞如川流,溢则泛滥。权衡损益,斟酌浓淡。删繁就简,弛于负担。"(《镕裁》)删繁就简,弛于负担,是实现语言表达的简练化的第二项不可或缺的工程措施。

对书面表达进行调整损益之所以必要,是因为人对客观事物的认识从来就不是一次完成和一步到位的,很可能出现无效输出或者重复输出的情况:"立本有体,意或偏长;趋时无方,辞或繁杂。"这种"偏长"与"繁杂"的情况,对于系统输出来说,是一种严重的干扰。它不仅不利于对客观事物的整体运动状况和整体性质的把握,反会分散人们对通向事物的整体运动状况和整体性质的基本信息的关注,削弱信息传输的效果。这些无效的输出表现在语言中,就是浮词。浮词是表达中的累赘。也就是刘勰所说的:"骈拇枝指,由侈于性;附赘悬疣,实侈于形。一意两出,义之骈枝也;同辞重句,文之疣赘也。"解决的办法就在一个"裁"字。"剪截浮词谓之裁,裁则芜秽不生。"(《镕裁》)刊落了浮词,深义才能充分显露。删掉了多余的,剩下的才是最好的。

　　刘勰不仅深刻地阐述了"删繁就简"的工程原理,也具体地提出了相应的工程要领。

　　其一,炼辞必须以炼意为基准。

　　刘勰认为,意是辞的内在依据,也是对辞进行权衡损益的具体标准。因此,要实现语言表达的简约化,必须在炼意的统摄下进行。他所说的"镕裁",就是对炼意与炼辞的相连与互动关系的集中标举:"规范本体谓之镕,剪截浮词谓之裁。裁则芜秽不生,镕则纲领昭畅,譬绳墨之审分,斧斤之斫削矣。"(《镕裁》)"斧斤之斫削"必以"绳墨之审分"为依据,"绳墨之审分"必借"斧斤之斫削"而完成,二者从来都是密不可分的。

　　表现在具体的行文过程中,就是炼意的先行性和统摄性:"情理设位,文采行乎其中。""情理设位"的具体步骤,就是刘勰所说的"三准":"草创鸿笔,先标三准:履端于始,则设情以位体;举正于中,则酌事以取类;归馀于终,则撮辞以举要。"然后才是对语言表达的简约化的精心营造:"三准既定,次讨字句。""讨",斟酌、探究之意。"讨字句",就是考察字句运用是否切当,其目的就是解决对浮辞进行删削的问题。决定删削与否的依据,就是与主旨关系的疏密:"句有可削,足见其疏;字不得减,乃知其密。"所谓"疏",就是与主旨无关的"浮辞",所谓"密",就是与表达主旨密切相关的"正采"。刘勰认为,只有将浮辞彻底删削,进入无可再削和无可再减的"正采"境界,才是简约的理想境界。而进入这一境界的逻辑前提,就是以主旨作为基准,在刊落浮词上花大气力与下大工夫。

　　刘勰的这一工程方法,为历代作家奉为圭臬。欧阳修的《醉翁亭记》这一白璧无瑕的名作的修改过程,就是对这一方法的卓越运用。据朱熹《朱子语录》的记载:"欧公文亦多是修改到妙处。顷有买得《醉翁亭记》稿,初说滁州四面有山,凡数十字,末后改定,只曰'环滁皆山也'五字而已。"为何要作如此重大的修改? 这是由主旨所决定的。本文的主旨是表现"醉翁亭",而不是它四面的山。如果过于突出四面的山,必然造成对"本体"的忽视和偏移。显然,"初说滁州四面有山,凡数十字"是文中的"浮辞",必须毫不可惜地删除务尽,而以"环滁皆山也"的区区五字对外围性的景物一笔收拢,轻轻导入后面的具有主体意义的画面中。这一修改所带来的语言表达,何等精练脱洒。如果对原稿中的喋喋部分不尽加刊落,会使文章冗长沉闷,主弱宾强,意蕴淡薄,精光销竭。简约化表达的要谛,于此可窥一斑。

其二,权衡损益,斟酌浓淡。

刘勰认为,文心的外化不仅要"善删",也要"善敷"。文章的繁与简,都可以是语言精粹性的表现,而精粹性的是否,归根结底要随内容而定。为了恰如其分地表现主旨,在语言的运作上应该随分而定,该繁则繁,该简则简。该增则增,该删则删。这就是他在《熔裁》中所昭示的:

> 精论要语,极略之体;游心窜句,极繁之体。谓繁与略,适分所好。引而申之,则两句敷为一章,约以贯之,则一章删成两句。思赡者善敷,才核者善删。善删者字去而意留,善敷者辞殊而义显。字删而意缺,则短乏而非核;辞敷而言重,则芜秽而非赡。

他认为繁与略,与文章体式的规定性有关,也与作者的思维习惯与才能有关,应该在"适分所好"的前提下,"权衡损益,斟酌浓淡",使其"美锦制衣,修短有度,虽玩其采,不倍领袖"。不管是哪种方式,都以达旨为目的。言辞的删削不能造成意义的缺损,语言的繁复既不能淹没文章的主旨,也不能偏离意义的指向。善删的标准是"字去而意留",善敷的标准是"辞殊而义显"。如果违背了这一标准,就会走向事物的反面,陷于"短乏而非核"或者"芜秽而非赡"的语言尴尬之中,也就无美可言了。

其三,以作家作品为师,吸取教益。

刘勰认为,正确处理繁略以实现表达的精粹化的最实际的方式,还是研究作家和作品。在《镕裁》篇中,他从历史上为我们举出了东晋时期两个具有楷模意义的作家,一个是谢艾,另一个是王济。前者在语言表达上的特点被张骏称为"繁而不可删",后者在语言表达上的特点被张骏称为"略而不可益"。刘勰认为,这两个特点,就是运用镕裁与通晓繁略的尽境的标志:"若二子者,可谓练镕裁而晓繁略矣。"如果以他们的作品作为教材,就可以懂得"练镕裁而晓繁略"的具体的工程要领与方法了。

除此之外,他还从警戒世人的角度,举出了两个反面的例证,一个是陆机,另一个是陆云。这两兄弟在语言的表达上各有特点:"士衡才优,而缀辞尤繁;士龙思劣,而雅好清省。"但两人都不以此为病,反而当成优点。"及云之论机,亟恨其多",却又称"清新相接,不以为病"。刘勰认为,这是为兄弟之情所蒙蔽的结果:"盖崇友于耳。"而就陆机来说,其病主要是受了一种错误的美学理念的拘囿,这就是他所标举的:"榛楛勿剪,庸音足曲。"认为杂乱丛生的小树可以不必砍去,平庸的音调可以凑成完美的歌曲。刘勰一针见血地指出,这些作法与看法,实际都是违背了镕裁的"美锦制衣,修短有度"的基本法则的。巧如陆氏兄弟尚且陷入此种语言表达的尴尬之中,更不要说其他的平庸者了。

正反对照,优劣分明。在繁与略的问题上究竟应当如何处理,读者自然就会了然于心而应之于手了。

（三）义生文外　含蓄蕴藉

语言的负荷力,不仅表现在语言内涵的丰富性中,而且表现在它的内涵对读者的无穷无尽的启示性中。所谓启示性,就是启发读者自己去广阔思考,通过作者所提供的信息,去开启出原来储存于记忆库中的信息群,对作者所提供的信息进行丰富的补充和拓展。这样,作者所提供的信息,就成了"引动"信息的触媒。作者所提供的信息并不很多,但却极富于"传染"性,犹如酵母发酵一样,孳生出无数的生命体来。这种奇特的传输效应,就是刘勰所说的"隐"的表达方式。这种表达方式,同样是文心外化的简练性的更高层次的方法论凭借。

语言的"隐"性表达,就是含蓄蕴藉,促人思考的美学方式。刘勰所说的"隐也者,文外之重旨者也","夫隐之为体,义生文外,秘响旁通,伏采潜发","隐以复意为工"(《隐秀》),就是对这种语言表达方式的理论概括。也就是刘知几所具体阐发的:"言近而旨远,辞浅而义深,虽发语已殚,而含意未尽。使夫读者望表而知里,扪毛而辨骨,睹一事于句中,反三隅于字外。晦之时义,不亦大哉!"[1]我们古人的这种理解与主张,与现代西方作家海明威所提出的"冰山原理",是异曲同工的。海明威云:"冰山在海里移动很是威武雄壮,这是因为它露出水面只有八分之一。"[2]他们说的,都是关于含蓄蕴藉的"以小见大"和"以少总多"的原理及其效应。它的普遍意义就在于:在信息的传输中,

---

① 刘知几:《史通》,岳麓书社1993年版,第63页。
② 宇清:《外国名作家谈写作》,北京出版社1981年版,第417页。

如果是"1（符号）+1（内涵）= 1（信息）"，就传真性而言已经充分实现，但就传真效率来说，并不不是十分成功的。真正优化的传输效益应该是"1+1 = ∞"。"∞"就是含蓄蕴藉所追求的"言有尽而意无穷"的目标。

"将欲征隐，聊可指篇。"（《隐秀》）关于"隐"的美学特征，刘勰是用一系列具体的诗篇来说明的。《古诗十九首》中的《行行重行行》，是他举出的第一篇典范之作。下面，试对其"意生文外"、"秘响旁通"的语言表达方式，作一点官窥式的赏析。

> 　行行重行行，与君生别离。相去万余里，各在天一涯。道路阻且长，会面安可知？胡马依北风，越鸟巢南枝。相去日已远，衣带日已缓。浮云蔽白日，游子不顾返。思君令人老，岁月忽已晚。弃捐勿复道，努力加餐饭。

该篇不直接说离别之苦，不直接说思妇的幽怨，只用几个独出心裁的细节，委婉隐曲地将此情此景表现得淋漓尽致，给予读者以一种难以忘怀的感动。就语言表达而言，也是极其简约和精粹的。"行行重行行，与君生别离"，是该诗的第一层。以"行行重行行"的双重性的叠字语式，对行人渐行渐远的行程进行了延伸性的描述，寥寥五字就将初别时两情依依的情景和盘托出。"相去万余里，各在天一涯。道路阻且长，会面安可知"，是该诗的第二层。凭借几个基本的时空数据，对天各一方的久别相思的情景进行了艺术的定格，将初别的瞬间悲痛转化为长久的悲痛。"胡马依北风，越鸟巢南枝"，是该诗的第三层。以"胡马"与"越鸟"各自不同的生态属性为喻，表示对人心异化的猜测和忧虑，使久别之痛更加具有锥心刺骨的属性。"相去日已远，衣带日已缓。浮云蔽白日，游子不顾返。思君令人老，岁月忽已晚"，是该诗的第四层。以"衣带日缓"的典型细节，写尽思妇的憔悴与难堪，将岁月已晚而相见无期的种种希望、失望与绝望，推至无以复加的境界。"弃捐勿复道，努力加餐饭"，是该诗的第五层。以极其平淡之语，强自相慰与自慰，实则是将此离情别恨推至极处。不悲之悲，是无处可告之悲，方是世上最大最深之悲；不恨之恨，是无处可诉之恨，方是最大最深之恨。寥寥十字，就将其怨其恨，其泣其诉，吞吐而出而又尽泻无遗。在古代诗歌中，就艺术表现的精粹性与简约性而言,该诗确实是足称楷模的。

其他,刘勰还举出了乐府中的《饮马长城窟行》,曹植的《野田黄雀行》,刘桢的《赠从弟三首》中的第二首等系列作品,对"义生文外"的含蓄蕴藉的表达方式做出了具体的阐释。这些阐释对于我们进行简约化和精粹化的语言表达,都是具有实际的示范意义的。

（四）引乎成辞　举乎人事

"明理引乎成辞,征义举乎人事,乃圣贤之鸿谟,经籍之通矩也。"(《事类》)刘勰所说的"引乎成辞"与"举乎人事",具指用典的修辞方法。巧妙地运用典故进行修辞,也是实现语言表达的简练化的重要的工程途径。

典故是一个民族的历史实践的积淀,具有特定的历史文化内涵,蕴涵着丰富的文化心理信息。不仅体现着一种集体记忆,而且能历久弥新,唤起共识之中的人文意义,既能体现民族感性的共悦,也能产生理性的默契。也就是刘勰在《宗经》中所昭示的:"夫经典沉深,载籍浩瀚,实群言之奥区,而才思之神皋也。"这一丰富的文化资源的选用对于语言表达的简练化的工程意义,具体表现在以下几个方面。

其一,表达功能的多样性。

典故作为一种语言的修辞方式,其表达功能是极其广阔的。它既可以运用在逻辑思维的领域中,也可以运用在形象思维的领域中。这一多样性的功能,赋予它一种多路出击的表达力量。这一表达力量,赋予它一种特别"凝练"的语言品格。

运用在逻辑思维的领域中,就是为逻辑的论证提供历史性的论据。由于这些论据来自历史的深处,它的正确性与可靠性已为人类的长期实践所反复证明,所以具有极其强大的说服力量。刘勰在《事类》中所举出的"昔文王繇《易》,剖判爻位。《既济》九三,远引高宗之伐,《明夷》六五,近书箕子之贞",和"胤征羲和,陈《政典》之训;盘庚诰民,叙迟任之言",就是这一方法的卓越运用。他所说的"高宗之伐",是商高宗讨伐鬼方的典故。这一典故,就是《既济》卦的第三个阳爻的爻辞的立意依据。他所说的"箕子之贞",是箕子遭受商纣王的逼害仍守正不阿的典故。这一典故,就是《明夷》卦的第五个阴爻的爻辞的立意依据。这两种方式,都是征引成事的方式。除此之外,还有征引成言的方式:胤国的国君去征讨羲和,引用了《政典》中的训辞;殷君盘庚告诫人民,引用了迟任的话。刘勰认为,这两种方式虽然在角度上并不相同,一是事典,二是语典,但在"援古以证今"的总目标上,是并无二致的。

这种"援古以证今"的表达方式,在刘勰自己的语言表达中,也运用得相当普遍。下面试举《明诗》中开头一段中的语典,做一点管窥式的赏析。

> 大舜云:"诗言志,歌永言。"圣谟所析,义已明矣。是以"在心为志,发言为诗",舒文载实,其在兹乎!诗者,持也,持人情性;三百之蔽,义归"无邪",持之为训,有符焉尔。(《明诗》)

该段的逻辑依据,是由四则经典性的引语所构成的。刘勰首先引出了《尚书·舜典》的话,对诗的含义做出了总体性与本原性的概括。然后引出了《毛诗序》的话,对诗的"舒文载实"的结构原理进行了进一步的逻辑延伸。继而引用了《诗纬·含神雾》的话,明确认为诗的本质性的美学功能,就是"持人情性",赋予了"志"以更加丰富、更加具体的个性化内涵与社会化内涵。最后,又引出了孔子《论语·为政》中的话,对"情"的端正性提出了明确的美学要求。刘勰通过这一连串的引语,对诗的含义、特征、作用与美学要领,做出了谨严、精确的系统阐释,由宏及微,由表及里,由抽象到具体,构建成完整的逻辑链接。而其逻辑依据,尽在权威性的历史典籍之中。惟其字字有来历,句句是精华,所以具有一种气势磅礴的论证力量,使人欣然折服。

运用在形象思维的领域中,就是为形象的塑造提供具有意象意义的成辞与成事。这些精心选择的成辞与成事之所以具有塑造形象的功能,就在于它们具有多样化的美学作用:类比的作用,借代的作用,起兴的作用,比喻的作用,等等。概而言之,它们本身就具有形象性的特征,而作为一个历史性的人人知晓的形象片断,同时也具有唤起想象和联想,唤起对比和对照,唤起融化与重组的种种功能,犹如酵母之催化多种多样的发酵过程一样。而由于这些材料都是经过历史的长期汰洗的艺术精华,其美学的造型力量与感染力量,也必定远比一般性的现实材料隽永、强烈和深刻,融入更多的具有普遍意义的感情内涵。刘勰对此举出了刘劭《赵都赋》中的名句作为范例:"公子之客,叱劲楚令歃盟;管库隶臣,呵强秦使鼓缶。"该片断中精心地运用了两个历史典故,一是毛遂登坛定纵的典故,二是蔺相如折冲廷争的典故。凭借这两个典故,刘劭不仅再现了虎虎生风的现场情景,而且以此作为联想和类比的依据,艺术地概括出生在这一英雄土地上的"燕赵之士"的独特的充满豪侠之气的精神风貌,唤起临文怀想的审美情怀。因此,获得了刘勰极高的评价:"用事如斯,可谓理得而义要矣。"

其二,语言表达的俭省性。

用典是对成辞与成事的运用。成辞与成事是读者早已烂熟于心的历史存在和语言存在。要唤起这些原本就已经存在并使一个民族深受感动的心理记忆,原本就并不需要很多的语言符号来进行表达的,往往是几个基本的符号就够了。特别是,成辞与成事作为一种历史的积淀,是一个民族在历史的实践过程中长期打磨和不断完善的文化成果,蕴涵着丰富的文化心理信息。如果我们能恰当运用,就能在极为有限的语言中渗入高浓缩的历史文化内涵,使表达更加精粹,也更为经济。犹如酿酒中的酵母,如果恰如其分的话,少量的使用就可以收到良好的发酵效果。也就是刘勰所昭示的:"故事得其要,虽小成绩,譬寸辖制轮,尺枢运关也。"(《事类》)这也就是刘劭在《赵都赋》中之所以能凭借寥寥几个语言符号,就能将"燕赵之士"的历史英风重新展现于后世读者眼前的原因。

刘勰的这一美学理念和工程方法,被历代诗人奉为圭臬,成为诗歌语言表达的精练化的重要途径。唐代刘禹锡的《乌衣巷》,就是卓越的范例:"朱雀桥边野草花,乌衣巷口夕阳斜。旧时王谢堂前燕,飞入寻常百姓家。"诗人凭借"朱雀桥"、"乌衣巷"、"王谢堂"区区三个历史性的地名,就将当年王谢两个贵族的豪华生活纳入了诗歌的画面中,灌注了多少历史文化信息和多少沧海桑田的历史感慨,给表达增添了无与伦比的历史厚重感。再如文天祥的《正气歌》:"在齐太史简,在晋董狐笔。在秦张良椎,在汉苏武节。为严将军头,为嵇侍中血。为张睢阳齿,为颜常山舌。或为辽东帽,清操厉冰雪。或为出师表,鬼神泣壮烈。或为渡江楫,慷慨吞胡羯。或为击贼笏,逆竖头破裂。"诗人凭借一串简单的历史人名和一串微细的历史事件,就将一个民族坚贞不屈的历史传统展现得淋漓尽致,感人至深。如此等等,无一不是这一语言表达方法的简练性效果的具体见证。

刘勰在用典上不仅提出了明确的认识理论,也提出了系统的工程要领与美学要求,将对用典的理论体认落到可操作性的实处。在用典的工程要领上,他指出:"综学在博,取事贵约,校练务精,捃理须核,众美辐辏,表里发挥。"(《事类》)这就是说,积累学问在于渊博,选取事例贵在简约,考察选择必须精细,采摘事理必须确实。只有做到以上几点,才能充分发挥典实的作用。在用典的美学要求上,刘勰提出了两条:一是"事得其要",即抓住故实的要害,切中事物的肯綮。二是"用人若己",即切合语言运作的机宜,能与特定的语境融合成为浑然的一体,进入自然天成的美学境界。刘勰的这些工程主张和美学主张,为后世的用典操作,提供了可贵的指针。

刘勰自己的语言表达,就是这一方法的卓越范示。在《知音》篇中,他凭借区区的"知音"二字,就将古代俞伯牙与钟子期之间在音乐的表达与接受的双边活动中心领神会的历史故事,栩栩如生地再现了出来。以此作为类比的依据,他探讨了关于文学的创作与接受的关系的种种深刻的原理与工程要领,为我国接受美学的建立奠定了坚实的基础。以区区的两字之微,开拓出如此广阔的理论阵地,其语言表达的简练性,于此可见一斑。而用典对于实现语言表达的作用,亦于此可见一斑。

刘勰的这些卓越的理论论见与实践经验,为历代作家与文论家所继承和发展。宋代陈骙的主张是:"言简而理周,斯得其简也。"①清代的李渔也持有同样的观点,他说:"意则期多,字惟求少。"②我们的古人不仅把简练当做书面表达的基本要求,而且当做书面表达的炉火纯青的境界:"凡文笔老则简,意真则简,辞切则简,理当则简,味淡则简,气蕴则简,品贵则简,神远而含藏不尽则简,故简为文章尽境。"③这一理论传统与实践传统,对于我们今天实现语言表达的简练性,是具有现实的指导意义与借鉴意义的。

四、通贯性

文章作为书面表达的总集合和总完成,是以形态的整体性作为不可或缺的结构性依据的。实现书面表达整体化的最基本的工程纽带,就是它的各个形态要素之间的通贯性。所谓通贯性,就是融为一体而一气贯通的美学属性。刘勰所说的"外文绮交,内义脉注,跗萼相衔,首尾一体"(《章句》),就是对这

---

① 陈骙:《文则》,书目文献出版社 1988 年版,第 12 页。
② 李渔:《闲情偶寄》,中国纺织出版社 2007 年版,第 247 页。
③ 刘大櫆:《论文偶记》,人民文学出版社 1989 年版,第 8 页。

种属性的全面概括。获得这种属性,是实现语言表达整体化的关键。而对这种具有系统意义的属性的要求,也必然成为文心外化的基本规范的重要内容之一。

那么,要怎样才能在语言的表达中,获得这种不可或缺的美学属性呢? 对此,刘勰在《镕裁》、《附会》、《章句》、《风骨》、《养气》、《体性》、《定势》等系列性的篇章中,做出了相当详尽的阐述,为我们留下了宝贵的理论财富和经验财富。下面试做一点简要的概括。

(一)以文旨相贯

"情理设位,文采行乎其中。"(《情采》)刘勰认为,辞与意是密不可分的,而意与辞的关系,从来都是统摄与被统摄的关系。因此,语言表达必须在意旨的统摄下进行,而语言表达的连贯性,也同样必须在意旨的统摄下才能够完美地实现。这就是他在《附会》中所明确指出的:"凡大体文章,类多枝派,整派者依源,理枝者循干。是以附辞会义,务总纲领,驱万涂于同归,贞百虑于一致,使众理虽繁,而无倒置之乖,群言虽多,而无棼丝之乱。扶阳而出条,顺阴而藏迹,首尾周密,表里一体。"

所谓"总纲领",就是总揽主旨。刘勰认为,整理支流必须顺着主流,修理枝条必须依循主干。因此要实现语言表达的连贯性和整体性,必须在主旨的统摄下进行。只要抓住了主旨,就能驱使各个部分奔向共同的目标,调整各种思虑归于统一,使繁复多样的文理汇集在一起,却没有前后颠倒的错误,使多种多样的语辞会合在一起,却没有乱丝一样的纠结。该突显的地方得到了充分的突显,该收敛的地方得到了恰当的收敛,首与尾关系密切,表与里融为一体。这种境界,才是语言表达的整体性和连贯性的理想境界。

为着对这一理想的语言境界进行具体的体认,我们可以举出刘勰所引为楷模的刘桢《亭亭山上松》,做一点简略的赏析。

> 亭亭山上松,瑟瑟谷中风。风声一何盛,松枝一何劲。
> 冰霜正惨凄,终岁常端正。岂不罹凝寒? 松柏有本性。

第一层,起首两句。以"松"、"风"并起开篇,写出青松傲骨凌风的全息英姿。第二层,紧承四句。描写青松勇斗强风冰霜而不失端正的情态,进一步突出青松坚强不屈的动态形象。第三层,最后两句。承前后启,画龙点睛,以设问的方式作结,赞美了青松坚贞不屈的内在本性,点明主旨。全诗以对青松的礼赞作为焦点,由静及动,由点到面,首尾连贯,表里一体,将全部思想与情感,凝聚成为一个生动感人的语言整体。

刘勰自己的语言表达,也是以文旨相贯的卓越范例。该著的语辞多达37746 字,全书征引书文 1466 处,论及作家 918 人,论及作品 1035 篇(部),涉及帝王 86 人,涉及朝代 17 个,论及文体有大类 35 类,细类 78 类,论及专篇共49 篇。① 如此纷繁的语言材料群,为我国文论史上之所仅见。却井然有序,浑然一体,其"陶冶万汇,组织千秋"之恢弘②,其"纲领昭畅,而条贯靡遗,什伍严整,而行缀不乱,标其门户,而组织成章,雕镂错综,而辐辏合节"之贯一③,亦为我过文论史上之所仅见。何者? 就在于他成功地发挥了"为文之枢纽"对全著的统摄作用。这就是他在《序志》中所昭示的:"盖《文心》之作也,本乎道,师乎圣,体乎经,酌乎纬,变乎骚:文之枢纽,亦云极矣。"这一枢纽,就是全著的总纲。总纲,就是多样化统一的总依据。"贯一为拯乱之药,博而能一,亦有助乎心力矣。"正是在这一"拯乱之药"的统摄之下,如此众多的意义材料和相应的语言材料,才能够"因字而生句,积句而为章,积章而成篇",顺理成章地连贯成为一个"外文绮交,内义脉注"的体大思精的有机整体。

刘勰的这些论见与经验,已具述于构思论与写作艺术论中,本节不再做具体展开。

(二)以文气相贯

"气以实志,志以定言"(《体性》),"气盛而辞断"(《檄移》)。凭借"气"的动势实现语言表达的通贯化和整体化,是刘勰所提出的第二条重要的工程途径。《文心雕龙》中的《养气》、《体性》、《风骨》、《定势》,就是从各个不同的角度对文气进行集中论述的篇章。

刘勰之所以如此重视气的作用,是由于气作为文心运动的总范畴中的总

---

① 贾树新:《〈文心雕龙〉数据信息》,《吉林大学学报》1987 年第 1 期,第 91—94 页。

② 原一榼:《两京遗篇序》,见杨明照《文心雕龙校注拾遗》,上海古籍出版社 1982 年版,第435 页。

③ 载玺:《文心雕龙序》,见杨明照《文心雕龙校注拾遗》,上海古籍出版社 1982 年版,第730—731 页。

核心,在文章的通贯中具有特殊的驱动作用。气者,动之原。有气就有动,有动就有势,有势就能"驱万涂与同归,贞百虑于一致"(《附会》),将反映在文章中的世界的多样性凝聚成为一个整体,也将文章中的语言表达的多样性凝聚成为一个整体。这就是我们古人之所以如此推崇"重气之旨"的原因,也就是我们古人之所以如此重视气的全局性的贯通作用——"气贯"的原因。

"文气"是中华文化场中对文章的气势和气脉的特定称谓。为着确切把握它的含义及其特定的功能意义,我们不妨对这一认识范畴及其工程意义,做一点展开性的阐述。

"气"作为一个哲学概念,在先秦两汉的典籍中是屡见不鲜的。《周易·系辞》:"精气为物。"认为万事万物都由元气积聚而成。《孟子·公孙丑上》说,"气,体之充也",认为"气"是人的生命力量的本源。《淮南子·原道训》也持有同样的见解,说:"气者,生之元也。"王念孙疏云:"元者本也,言气为生之本。"他们的种种见解,都从各个不同的角度,对"气"鼓万物之动的生命学属性与力学属性进行了朴素的阐述,为我国文气理论的发展奠定了坚实的哲学基础。

曹丕是我国历史上第一个将"气"的概念引入写作学领域之中的文论家,他将"气"与"文"这两个不同的概念融合成为一个统一的认识范畴,独标一格地提出了"文以气为主"的主张:

> 文以气为主,气之清浊有体,不可力强而致。譬诸音乐,曲度虽均,节奏同检,至于引气不齐,巧拙有素,虽在父兄,不能以移子弟。(《典论·论文》)

以气论文,自曹丕始。曹丕所说的"气",主要是指作家个人天赋的气质和个性,以及与这种气质和个性紧密相连的独特的艺术才情。曹丕认为,这种主体性的心理因素和生理因素,是文章写作中的主导力量。所谓"文以气为主",就是对这种个性化的主体因素在写作中的主导作用的强调和标举。对"重气之旨"的强调和标举,标志着对先秦两汉以名教为核心的传统的非人本化和非个性化的诗教的大胆跨越。这在中国美学史上,无异于一次范畴上的革命性突破:由社会性本位的文学观向个性化本位的文学观的全面转移。这就为"文学的自觉",提供了具有根本意义的理论支点和逻辑起点。

更加重要的是,"文气"与哲学上的"气",不仅在本质上是相通的,而且在最高的层面上是相同的。就"气"的终极意义而言,就是万事万物的"元气"。所谓"文气",实际也就是"元气"在作者与文章上的具体表现。气的终极内涵就是鼓万物之动的生命活力。"形随气而动。""人之精,乃气也,气乃力也。"(《论衡》)"流水不腐,户枢不蠹,动也;形气亦然。"(《吕氏春秋》)表现在作品中,就是作者的个性化的精神活力。从最高的层面上来看,所谓"重气之旨",实际也就是推崇和强调作家个性化的精神活力在写作中的主导地位的意旨。这一"重气之旨"的美学宗旨,是对我国美学传统的总体概括和最高概括,为我国历代作家奉为圭臬。而曹丕的《典论》,就是这一绵延至今的美学传统在理论上的自觉的发端者和倡导者。

但是,曹丕的文气说毕竟是开拓性的事物,难免有许多"密而不周"的地方。刘勰的"文气"理论,就是对前人文化成果的系统拓展。这一历史性的拓展,可以集中概括为以下方面。

1. 对文气的多样性内涵的精细辨析

曹丕所说的"气",主要是作者的主体之人"气",而不是文章之文"气"。作者的人气虽然在写作中具有重要的主导作用,但对于写作来说,毕竟是属于"文外工夫"的范畴,不能等同也不能代替文章自身之气。那么,文章自身之气又具有怎样的形态和怎样的系统联系呢?这是曹丕语焉不详而为刘勰所独辟的认识领域。

在刘勰的概念体系中,"气"是一个多层面的系统性概念。除了作者的主体之气外,还有客体之气、作品之气、词语之气等多样性的内涵。

刘勰认为,文章是"天地之心"的反映:"言之文也,天地之心哉!"那么,文章之气,同样也是天地之气的反映。但是,这种反映绝不是外物的简单"移植",而是心物交融的结果。表现在"心"的方面,就是主体之气,也就是主体的个性化的气质、才性和兴趣。所谓"齐气"、"逸气",就是此种个性化的人"气"亦即内"气"的特定表现。表现在"物"的方面,就是客体之气,也就是外物所具有的生命活力的基本特征的表现。所谓"阳气萌而玄驹步,阴律凝而花鸟羞",所谓"珪璋挺其惠心,英华秀其清气",所谓"天高气清,阴沉之志远",就是此种物"气"亦即外气的特定表现。而作品之文"气",就是内外之气互相冲击和融合的结果。刘勰所说的"物色之动,心亦摇焉","目既往还,心亦吐纳",就是此种内外之气的冲击与融合的特定过程的表述。刘勰所说的"情者文之经"、"情与气偕"中的"情",就是对这一总结果的表述。这个"情",是表现在作品中之"气",也就是文章的内容。刘勰所说的"慷慨以任气"、"气形于言"、"气往轹古,辞来切今"中的"气",实际也就是"情"的同义称谓,与曹丕所说的"气之清浊有体"之"气",在范畴上存在着极大的差异。

情作为内容的范畴,总是与理并称的。所谓"情理设位,辞采行于其中",所谓"情者文之经,辞者理之纬,经正而后纬成,理定而后辞畅",就是明显的例证。情与理之间虽然存在着角度的差异,但从最高的层面来看,都是"气"与"道"的体现。情之中内蕴着理的因素,理之中也内蕴着情的因素,二者之间本来都是一个密不可分的整体。所谓文章之"气",就是二者融合为一的结果。

文章的情理是通过辞采表现出来的。辞采作为情理的外化形态,与气的运动存在着密不可分的关系。对此,刘勰表述了自己的系列见解:

> 精理为文,秀气成采。(《附会》)
> 情者文之经,辞者理之纬,经正而后纬成,理定而后辞畅。(《情采》)
> 事昭而理辨,气盛而辞断。(《檄移》)
> 藻盈乎辞,辞盈乎气……放怀寥廓,气实使之。(《杂文》)
> 文辞气力,通变则久。(《通变》)
> 数逢其极,机入其巧,则义味腾跃而生,辞气丛杂而至。(《附会》)

刘勰明确认为,辞采作为表现文章情理的形式因素,同样属于"气"的总范畴,是"气"在文章形式中的特定形态。因此,在气与辞之间,必然存在着源与流、主与从、决定与被决定的关系。刘勰所说的"秀气成采","经正而后纬成,理定而后辞畅","气盛而辞断",就是对这种特定关系的理论概括。也正因为如此,在刘勰的概念系统中,辞与气总是连称或者并称的。所谓"辞气丛杂而至",所谓"文辞气力",所谓"气往轹古,辞来切今",就是具体的例证。这就使得在文章的内部,也必然存在着气的层次关系:文章的内容之气——文气,与文章的形式之气——辞气。文气是辞气的内核,辞气是文气的外现。文气的强弱决定着辞气的强弱,辞气的强弱体现着文气的强弱,二者之间同样是融合为一而密不可分的。这种辞气一体化的认识,就是韩愈"气盛言宜"的辞气说的张本。

由于这一深刻的辨析,"气"这一概念中的多样性内涵,就得到了精细的剥离。它将曹丕所说的"气",归入了"体性"的范畴,将外物之气归入了"物"的范畴,将作品之"气"归入了"情"与"辞"的范畴。这样的各归其类,就使概念中的每一个侧面都有特定的"宅位",它们之间的相互联系,得以一目了然。而曹丕所混淆不清、语焉不详的作品之气,就在"情"这一特定的窗口中,充分而鲜明地显示了出来。

2. 对文章气势的通贯原理的系统阐发

刘勰对文气论的历史性开拓,还表现在他对文章气势的深刻体认中。《定势》篇,就是刘勰集中论述文章气势的专章。

刘勰明确认为,文章的形成过程,无一不是一个由情而体、由体而势的自然运动过程。这就是他在该篇的开宗明义中所昭示的:"夫情致异区,文变殊术,莫不因情立体,即体成势也。""体"与"势"之间的系统关系是:

> 势者,乘利而为制也。如机发矢直,涧曲湍回,自然之势也。圆者规体,其势也自转,方者矩形,其势也自安:文章体势,如斯而已。是以模《经》为势者,自入典雅之懿,效'骚'命篇者,必归艳逸之华,综意浅切者,类乏酝藉,断辞辨约者,率乖繁缛。譬激水不漪,槁木无阴,自然之势也。

刘勰说得明白,"势",就是文章体制中所表现出来的一种具有力学功能的必然性的运动趋势,也就是《通变》篇所说的"文辞气力"在特定程式下的自然动势。这种动势,原发于气,气制约着情,情制约着体,体制约着势,势体现着气,形成一种"环流不倦"的系统运动。具体表现在文章的行文中,就是"体"对"势"的激发作用与制约作用。所谓"圆者规体,其势也自转,方者矩形,其势也自安",就是他对这种制约与被制约、激发与被激发、凝聚与被凝聚关系的形象性喻证。他明确认为,正是"文辞气力"构成了文章体制的物质基础,若没有语言文字,那么文章之"体"就不存在,也就没有文势之可言了。而"体"则是语言表达的总程式和总格局,亦即它的具有总体意义的结构方式。

如果没有"体"的激发、制约与凝聚的组织作用,语言的表达将成为一盘散沙,也就失去了语言表达的意义了。

那么,在文章的体制中,到底是一种怎样的组织因素,对文章语言的整体性的运动趋势,起着全程性和全局性的激发与制约的作用呢? 按照刘勰的认识路线,归根结底是"气"发生作用的结果。"气"作为"体"得以整体运行的总动力和总机制的集中表现,就是它的贯穿于体制之中的隐性的运思路线。运思路线的连贯性表现在逻辑思维的过程中,就是论述的循理而运的逻辑属性。这就是他所说的:"论者,伦也。伦理无爽,则圣意不坠","论如析薪,贵能破理"。他所说的"伦"与"理",就是对这种循理而运的逻辑属性的强调。表现在形象思维的过程中,就是感情生发过程的自然属性的连贯性。这就是他所说的:"人禀七情,应物斯感。感物吟志,莫非自然。"一切"自然"的运动,无一不具有规律的属性。文学的运动同样是如此,文学的运动由心与物两个要素所组成,物的运动从来是遵守着物理逻辑的运动,心的运动从来都是遵守着思理逻辑的运动,因此文学的运动也必然是有规律可循的运动。

文心的规律性运动在文章体制中的总集合的总标志,就是它的运思路线的完整性与连贯性,也就是他所特别强调的"义脉":"义脉不流,则偏枯文体。"(《附会》)"义脉"就是他对文章的运思路线的总称谓。这一具有流动性特征运思路线的具体内容,就是刘勰所说的:"总文理,统首尾,定与夺,合涯际,弥纶一篇,使杂而不越者也。"(《附会》)正是由于遵循这一严密的思想路线,文章的语言表达才能进入"道味相附,悬绪自接。如乐之和,心声克协"的整体化与通贯化的美学境界。

由此可知,"气"的这一组织全局和贯通全局的造势功能,实际上也就是文章思路的内在的逻辑力量所具有的组织化与系统化的功能。这是因为作者在布局谋篇营造思维路线的时候,绝不是随意性的,而是严格遵守事物自身的运动规律的规定性、人类感情的运动规律的规定性和人类理性的运动规律的规定性,这三个规定性的总集中,就是文章体制中所深深隐藏的逻辑的驱动力量。这种强大的心理驱动力量与语言驱动力量,就是文章中的气势的真实内涵。刘勰所说的"是以模《经》为势者,自入典雅之懿,效"骚"命篇者,必归艳逸之华,综意浅切者,类乏酝藉,断辞辨约者,率乖繁缛",就是这种特定的体制生发特定的气势——逻辑驱动力量的具体证明。《经》的体制(结构方式)

生发出《经》所特有的逻辑驱动力量,表现出《经》所特有的美学特征,《骚》的体制(结构方式)生发出《骚》所特有的逻辑驱动力量,表现出《骚》所特有的美学特征。这就是"体"之所以激发和制约"势"的内在的工作原理。

刘勰的这一理论体认,已为历代文论家所普遍接受。韩愈云:"气,水也;言,浮物也。水大而物之浮者大小毕浮;气之与言犹是也,气盛则言之短长与声之高下者皆宜。"(《答李翊书》)苏轼云:"吾文如万斛泉源,不择地而出,在平地滔滔汩汩,虽一日千里无难。"(《文说》)刘大櫆云:"古人行文至不可阻处,便是他气盛","论气不论势,不备"。(论文偶记》)张裕钊云:"文以意为主,而辞欲能副其意,气欲能举其辞。譬之车然,意为之御,辞为之载,而气则所以行也……得其气,则意与辞往往因之而并显。"(《答吴至父书》)。曾国藩云:"为文全在气盛,欲气盛全在段落清。"(《辛亥七月日记》)。如此等等,无一不是对刘勰的文势论的继承与发挥,推动着这一古老而又朦胧的美学课题,一步一步地走出了中古时代的朦胧,逐渐进入了近代的可操作性的美学工程科学的领域。

进入当代以后,这一理论的深层秘密更为广大学者所洞悉和揭示。陈冠宇精辟指出:"气,即文中脉络条理是也。文中之气,犹电报之电路,虽无形状可见,却有脉络可寻。"①朱光潜说:"文人所谓'气',也还只是一种筋肉的技巧。古今大艺术家在少年时所下的功夫大半都在模仿这种筋肉的技巧……作诗文者都要先把气势声调练得娴熟……正如小儿学徒,打网球者学姿势,跳舞者学步法一样。"②叶圣陶说:"作者思有路,遵路识斯真。"③裴显生主编的《写作学新稿》则对"气"作了更加明晰的界定:"'气'即'文气',就是贯通于一篇文章之中的一般内在的逻辑力量,亦即'思路'。"④刘锡庆《基础写作学》在讲述"写作的行文阶段"时,专辟"贯通文气"一节讨论文气。他认为:"所谓'文气',包含着两个方面的意义,一个方面———也是它最重要的一个内容,应该是其内在的那种逻辑力量;另一个方面,即'气'的外在表现形式,才是所谓自然音节、语气的问题。"他对"内气"的体认是:"这个'内气',其实不是别的什么,正是作者的'思路'———即思想前进的轨迹———在文章表述上的一

①　陈冠宇:《国文讲座·作文法》,上海商务印书馆1939年版,第6页。
②　朱光潜:《美学文集》第1卷,上海文艺出版社1983年版,第220页。
③　叶圣陶:《语文教学二十韵》,《人民教育》1962年第6期,第7页。
④　裴显生:《写作学新稿》,江苏教育出版社1987年版,第150页。

个显现","思路所具有的这种'内在逻辑'在通篇文章中的自然显现,即古人说了许多又说不大清楚的所谓'文气'。"①这些论述,将刘勰文势论的真谛,阐述得更加充分。刘勰文势论的实践意义,也因此得到了广泛的重视,并逐步转换为现代写作学的重要内容。

3. 对以气贯文的工程机制的论见

刘勰在气势理论上的历史性建树,还表现在他对以气贯文的工程机制的卓越论见上。

刘勰在《定势》中所提出的"圆者规体,其势也自转,方者矩形,其势也自安"的"自然之势"的见解的正确性,已为现代科学的发展所充分证明。现代的思维科学和逻辑科学明确告诉我们:人类思维的运行过程,是遵循一定的路径的。这一思维的路径,是一个遵理而行和循序而动的逻辑行程。正是这一逻辑的行程,以严格的准则和程序的规定性,保证着思维的确定性和理由的充足性,推动着思维定向运行,一步步地走近真理。刘勰所说的"乘利而为制",实际就是一种逻辑的贯摄效应。正是这种由逻辑线索所串贯起来的逻辑联系,将文章中的诸多事义及相应的词语,在认识上连贯成为一个统一的整体。这就是刘勰所昭示的:"论者,伦也,伦理无爽,则圣意不坠"(《论说》),"夫能悬识腠理,则节文自会,如胶之粘木,石之合玉矣"(《附会》)。他所说的"伦"、"伦理"、"腠理",指文理,也就是文章内在的逻辑联系;他所说的"节文自会",指逻辑的连贯功能。这与现代的逻辑理论,是一脉相承的。

文气的通贯力量来自逻辑的通贯力量。逻辑的通贯力量,来自逻辑准则和逻辑程序对思维的规范力量和驱动力量。那么,刘勰对这些具有规范意义的逻辑元件,又做出了怎样的理论反映,给后人留下了怎样的理论启迪呢?

现代的思维科学与逻辑科学将逻辑的准则概括为同一律、不矛盾律、排中律、理由充足律四个方面。这四个方面,是现代人的理性思维的可靠性的决定性保证,体现出现代人的文明高度。但是,如果认为这是今人的独擅及古人的绝对性的认识灰区,那就有背于事实者远矣。事实是,水有源,树有根,在前人的认识中,早就已经萌生了真理的新芽。我们今天的现代文明,无一不是在前人开拓的基础上进一步完善的结果。在逻辑准则的认识上同样是如此。同一

---

① 刘锡庆:《基础写作学》,中国广播电视大学出版社1985年版,第208—209页。

律要求人们在思考问题的时候,应有一个确定的对象、中心或范围;对某件事情或某个问题的认识尚未完成以前,不能随便转移问题。惟其同一,才能保证思维的定向进行,使其具有确定性的形态。刘勰所说的"务总纲领"、"乘一总万",就是对同一律的明确标举。正是这一准则,推动着人类的思维"驱万涂于同归,贞百虑于一致,使众理虽繁,而无倒置之乖,群言虽多,而无棼丝之乱",凝聚成为一个有机的整体。不矛盾律和排中律则是同一律的引申,是同一律的反面规定,要求人们在同一的思维过程中,对同一的思考对象,不能同时产生两种相互矛盾或模棱两可的看法,只能做出一个唯一正确的判断,以此来保证思维的确定性。刘勰所说的"阴阳莫忒,鬼神靡遁","一物携贰,莫不解体",就是对这一条逻辑准则的明确标举。充足理由律要求人们在思维的过程中,对于自己提出的任何一个重要的思想或观点,都能提出充足的理由,使其具有必然的属性,具有对真理进行全面性概括的力量。也就是刘勰所说的:"义贵圆通","擘肌分理,唯务折衷"。

这四条准则,从四个不同方面,规范着、组织着和保证着思维的循轨运行,赋予思维以科学性与美学性的双重品格。逻辑之所以具有不可抗拒的说服力量与感染力量,原因就在这里。而刘勰在1500年之前,就在逻辑科学与思维科学的高精密领域中,以朴素的语言准确无误地说出了如此重大的真理,确实是可以使后人为中华民族的智慧感到自豪的。

逻辑的通贯力量,集中表现在逻辑结构的完整性之中。所谓逻辑结构,就是逻辑的组织形态。表现在文章中,就是合乎逻辑要求的思维路径。唯有合乎逻辑要求的思维路径,才能驱动和保证人类的思维沿着正确的轨道运行,一步一步地走近真理。思维路径中的逻辑力量的具体形态,以及逻辑力量对思维路径的具体要求,可以概括为以下方面:

一是"顺序"。"搜句忌于颠倒,裁章贵于顺序。"(《章句》)"顺序",是对思路的步骤性和条理性的要求。这种步骤性和条理性,既是客观事物在时间运动或空间运动中的阶段性或方面性的先后次序的反映,又是人对客观事物的认识的阶段性和方面性的先后次序的反映,是二者的有机统一。简而言之,就是将客观事物在运动过程中的先后次序,有机地融化在作者的认识路径的先后次序之中,使它成为一个有条不紊的线性流程。这一线性流程,引导着人们沿着优化的思维路径,一步步地走近真理。也就是刘勰所说的"章句在篇,如茧之抽绪,原始要终,体必鳞次"、"使众理虽繁,而无倒置之乖,群言虽多,而无棼丝之乱"的井井有条的境界。

二是"衔接"。这是对思路的"连贯性"的要求。所谓连贯,就是要找到思维的各个方面之间或各个阶段之间的相互联系,一线贯通地表达思想。如前面的意思和后面的意思之间,此一意思和彼一意思之间,观点与材料之间,事情与感情之间,画面与意蕴之间,如此等等,都必须具有内在的联系。这种联系,有的是相对关系,有的是相反关系,有的是因果关系,有的是承接关系,有的是递进关系,有的是转折关系,有的是衬托关系,有的是引申关系,不管何种形态,都必须具有紧密的关联,形成环环相扣的链接,而不能随意中断。刘勰所说的"首尾圆合,条贯统序"(《镕裁》),"外文绮交,内义脉注,跗萼相衔,首尾一体"(《章句》),就是对这一要求的明确强调。

三是"区分"。衔接和区分,是辩证的统一。衔接是一个"组合"的过程,而"组合"从来都是建立在"区分"的基础上,以区分为前提的。所谓"区分",就是对事物之间的相异性与相同性的界划:对相同的意思加以集中,勿使分离孤立;对相近的意思加以辨析,勿使混淆模糊;对相接的意思加以序列,勿使颠倒错置。这种区分,是顺序赖以建立的依据,也是衔接赖以形成的基础。刘勰所说的"设情有宅,置言有位","区畛相异,而衢路交通"(《章句》),"繁略殊形,隐显异术"(《征圣》),"辞理庸俊","风趣刚柔","事义浅深","体式雅郑"(《体性》),等等,就是对"区分"这一逻辑要求的鲜明标举。

四是"变化"。刘勰明确指出,"变化"是天地万物的总规律,也是文学运动的总法则。他所说的"文律运周,日新其业。变则可久,通则不乏"(《通变》),就是这一哲学理念的集中表述。根据这一理念,他认为人类的思维不是客观事物规律性的简单移植,而是人类刻意求新的思维化的结果,是人类根据自己认识世界和评价世界的需要而进行了"离合同异,以尽厥能"(《章句》)的能动性的心理加工的结果。这些心理加工的具体表现,就是对思维路径的巧妙布设:"抑引随时,变通适会"(《征圣》),"采故实于前代,观通变于当今"(《议对》),"刚柔以立本,变通以趋时"(《镕裁》),"随变适会,莫见定准"(《章句》),"凭情以会通,负气以适变"(《镕裁》),等等。凭借这些巧妙的布设,将奇与正、正与反、详与略、抑与扬、隐与显、虚与实、开与合等诸多方面,相反相成,构成诸多变化。正是这些变化,改变了客观事物规律的模式性品格,使人类对客观世界规律的把握更具有个性化的特色,更具有美学的生动性品格和力学的强劲性品格。这就是客观规律虽然只有一个,而作者对这一规律的认识路径却各不相同的原因。

五是"周严"。"周严"是对思路的周到性和严密性的要求,主要是指思维材料的各个部分之间和思维路径的各个环节之间,都具有内在的必然性联系,不要出现互相矛盾或互不相干的现象,真正做到一线贯通,天衣无缝,无懈可击。刘勰所说的"伦理无爽,则圣意不坠","心与理合,弥缝莫见其隙;辞共心密,敌人不知所乘"(《论说》),就是对这一逻辑要求的具体阐述。这也是逻辑之所以具有不可抗拒的说服力量的重要根由。

以上诸多方面,就是逻辑的通贯力量的具体形态和具体规范。正是这些形态和规范,从各个方面以必然性的形式保证着和驱动着思维的循轨运行,一步步地走近真理。文气的通贯力量,实际就是这种顺理而推、循轨而进的必然性的力量。这种力量,在议论文的思路中表现得特别清晰。试看墨子的《非攻》:

> 今有一人,入人园圃,窃其桃李,众闻则非之,上为政者得则罚之,此何也?以亏人自利也。至攘人犬豕鸡豚者,其不义又甚入人园圃窃桃李。是何故也?以亏人愈多,其不仁兹甚,罪愈厚。至入人栏厩,取人马牛者,其不义又甚攘人犬豕鸡豚。此何故也?以其亏人愈多。苟亏人愈多,其不仁兹甚,罪益厚。至杀不辜人也,扡其衣裘,取戈剑者,其不义又甚入人栏厩,取人马牛。此何故也?此其亏人愈多。苟亏人愈多,其不仁兹甚矣,罪益厚。当此,天下之君子皆知而非之,谓之不义。今至大为攻国,则弗知非,从而誉之,谓之义。此可谓知义与不义之别乎?

> 杀一人,谓之不义,必有一死罪矣。若以此说往,杀十人,十重不义,必有十死罪矣;杀百人,百重不义,必有百死罪矣。当此,天下之君子皆知而非之,谓之不义。今至大为不义,攻国,则弗知非,从而誉之,谓之义。情不知其不义也,故书其言以遗后世;若知其不义也,夫奚说书其不义以遗后世哉?

> 今有人于此,少见黑曰黑,多见黑曰白,则以此人不知白黑之辩矣;少尝苦曰苦,多尝苦曰甘,则必以其人为不知甘苦之辩矣。今小为非,则知

而非之；大为非攻国，则不知非，从而誉之，谓之义，此可谓知义与不义之辩乎？是以知天下之君子也，辩义与不义之乱也。

文章先从"入园窃桃李"的小事谈起。这件事情的"亏人自利"的属性，是举世公认的。然后以此作为逻辑起点和理论支点，进行了广泛的推理：既然"入园窃桃李"是"亏人自利"的不义行为，那么，那些类似并远甚于"入园窃桃李"的行为，如"攘人犬豕鸡豚"、"取人之马牛"、"杀不辜人，拖其衣裘，取戈剑"，直至"攻人之国"的行为，到底属于什么性质的行为？根据依理相推的逻辑准则，同样是属于"亏人自利"的不义行为，而"攻国"，则是这些不义行为中最大的不义行为。

在此基础上，作者又进行了进一步的剖析：既然窃国是最大的不义行为，那么赞美窃国究竟属于什么性质的行为？作者同样运用了类比推理的方式，对此进行了深刻的论证：面对小"非"，人人知其为"非"，面对大"非"，人人反而不知其为"非"，这是一种违反逻辑的荒谬现象，对于认识主体来说，则是一种黑白颠倒的思想行为。究其原因，就在于"辩义与不义之乱"。只要牢牢把握住"亏人自利为不义"这一核心判断，一切是非纠葛，就会迎刃而解。窃国者的不义本质。也就昭然若揭了。

作者从小而大，自浅而深，由此及彼，由表入里，层层推理，步步递进，将道理说尽说透，使论敌理屈词穷，无言可对。这种以理相推的"沛然莫之能御"的折服力量，就是流转运行于文章之中的旺盛的文气的驱动力量，而其本质内涵，正是逻辑的通贯力量。

逻辑的以理相通的连贯力量，也表现在记叙性的文章中。试看《桃花源记》的开头：

> 晋太元中，武陵人捕鱼为业。缘溪行，忘路之远近。忽逢桃花林，夹岸数百步，中无杂树，芳草鲜美，落英缤纷；渔人甚异之。复前行，欲穷其林。林尽水源，便得一山。山有小口，仿佛若有光；便舍船从口入。初极狭，才通人；复行数十步，豁然开朗。

这是一篇按照虚拟逻辑写成的艺术作品，但就其虚拟逻辑本身而言，却是严格按照必然性的方式遵轨而行和循路而进的。"晋太元中",点出特定的时间,"武陵",点出特定的空间,"捕鱼为业",点出人物的特定职业。这一特定的背景,就是故事发生的必然性的总根由。正是由于当时的战乱频仍,捕鱼人才会孤身远出,向无人之处寻找生活,才会"缘溪"而行,以至"忘路之远近"。惟其"忘路之远近",才有"忽逢桃花林"的惊异,然后才有对桃林奇景的观赏,以及"复前行,欲穷其林"的愿望和行动。惟其"欲穷其林",才到达"林尽水源"的地方,才看到山,看到山的小口,看到小口中"仿佛若有光",然后才有"豁然开朗"的种种发现。也正是由于"忘路之远近",才有后来的"遂迷不复得路"的寻觅和怅惘。文段中的全部事义,环环相扣,步步相连,自然贴切,合情合理,无懈可击。这种一线贯通,婉转流畅的文气,同样是建立在事理逻辑和情理逻辑的基础上的。

在抒情作品中,同样是如此。试看唐代金昌绪的五绝《春怨》:

　　　　打起黄莺儿,莫教枝上啼。啼时惊妾梦,不得到辽西。

前两句具有内在的因果关系:"啼"是缘由,"打"是结果。第三句与第一、二句存在着第二层的因果关系:"啼时惊妾梦"是缘由,"打起黄莺儿,莫教枝上啼"是结果。第四句与第一、二、三句之间存在着第三层的因果关系:"不得到辽西"是总缘由,"打起黄莺儿,莫教枝上啼。啼时惊妾梦",是总结果。它们之间,在文气上同样是一气贯通的。历代诗家讲诗,皆举此诗作为"意脉贯通"、"诗要联属"的楷模,说它"从首到尾,语脉联属,如有理词状"。[①] 这种在思路上一气贯通的力量,同样是事理逻辑与情理逻辑所具有的必然性联系的体现。

(三)以文术相贯

语言表达的通贯既是一种内在的通贯,也是一种外在的通贯。内在的通贯指思理上与事理上的相贯,主要通过逻辑运动中的必然性联系来加以实现。外在的通贯指语言上的相贯,主要通过文术的组织作用来加以实现。这些文术覆盖写作行文的各个方面,包括"晓其大纲"的方法,"明白头讫之序"的方

---

① 　魏庆之:《诗人玉屑》,上海古籍出版社1978年版,第121页。

法,"弥缝文体"的方法。前两个方法已经在别的章节中做出了详细的阐述,此处不再具体展开。下面,专就"弥缝文体"的方法,进行一点概括性的介绍。

刘勰所说的"弥缝文体",是指文章章句之间的"如胶之粘木,石之合玉"的有机联系。他明确认为,语言的表达过程,是一个"因字而生句,积句而为章,积章而成篇"的层级式的组合过程。这一组合,是在"区畛相异"的基础上所建立的"衢路交通",为了消除"区畛相异"的隔膜,就必须进行一番"合涯际"的工作,犹如"裁衣之待缝缉"。唯有消除了"涯际"的区隔,才能真正进入"衢路交通"的通贯化与整体化的理想境界。其具体的工程方法,大致有以下几种。

1. 首尾相援

刘勰在《附会》中,明确提出了"首尾相援"的语篇运作方法。所谓"首尾相援",具指文章的开头章段与结尾章段在意义上的吻合性和在语辞上的衔接性。首与尾是两个特殊的章段,篇首是"启行"之辞,亦即文章的开宗明义之处,犹如迎客的彩门,给予读者的印象特别鲜明。结尾是"断笔"之语,亦即文章的收束之处,犹如送客的津梁,给予读者的印象特别深刻。二者在位置上虽然不同,但在逻辑上都有一个共同点,就是"会词切理",即对主旨的向心趋势。它们一前一后,在两个关键性的位置上彼此呼应关照,既标志着文章起讫的鲜明界域,也实现着文章思路与语篇结构的圆满完成,不但给人一种结构谨严,浑然一体的感觉,而且可以产生总揽全文,突出题旨的效果。这就是刘勰所昭示的:"原始要终,疏条布叶。道味相附,悬绪自接。"(《附会》)惟其如此,刘勰对于"始末相承"的衔接方法,给予了特别的重视和强调。他认为做到"首尾周密"的关键有两个:一是"制首以通尾",二是"克终底绩,寄深写远"。具而言之,既要做到"首唱荣华",具有开启下文的力量,也要在"绝笔断章"之处用足气力,具有照应前文的力量。刘勰明确认为,只要做到了这一点,就能在篇章结构的完整性与通贯性上,进入无以复加的完美境界:"惟首尾相援,则附会之体,固亦无以加于此矣。"(《附会》)

刘勰赞誉为"惊才风逸,壮志烟高"的《离骚》,就是"首尾相援"的卓越范例。下面,试做一点管窥式的赏析。

《离骚》的开头从"帝高阳之苗裔兮",至"来吾道夫先路",共24句。屈原在这一部分中用素描手法总写己志,追述了自己的世系、品德以及自己为国尽忠、为民请命的人生抱负。屈原的这一独特的人生追求,就是他独特的政治历程和心路历程的动力依据和逻辑起点。

《离骚》的结尾从"灵氛既告余以吉占兮,历吉日乎吾将行",至"仆夫悲余马怀兮,蜷局顾而不行",共36句,再加上"乱曰"5句。屈原在这一部分中细述了自己在去留问题上的思想斗争,表现了对祖国的难以割舍的深厚感情,和以死报国的决心,给他光辉的生命历程画上了一个具有永恒意义的句号。

正是凭借这种首与尾的呼应和映照,屈原的贯串于生命全程而永不背弃的深挚的爱国主义感情和热爱进步、憎恶黑暗的光辉峻洁的人格,才能获得了典型化的品格并因此融合成为一个鲜明完美的美学整体和流水行云式的语言整体,他的"壮志烟高"的不朽的精神形象,才能以历史丰碑的形态,高高矗立于我们民族的诗坛,辐射出与我们民族共久远的美学魅力。

我们还可以举出刘勰所推崇的曹植名作《野田黄雀行》,作为具体的范式。

> 高树多悲风,海水扬其波。利剑不在掌,结交何须多!
> 不见篱间雀,见鹞自投罗?罗家见雀喜,少年见雀悲。
> 拔剑捎罗网,黄雀得飞飞。飞飞摩苍天,来下谢少年。

开头四句运用比兴的手法,烘托出自己所处的环境的险恶性。倾诉权柄属人而无法把握命运的无限悲凉。结尾四句运用象征的方式,写出自己高远的政治抱负和对精神自由的渴望。起首是现实的遭遇,结尾是理想的追求,以"剑"字开头,又以"剑"字收尾,一反一正,一实一虚,一悲一壮,一怨一诉,两相映衬,相济相生,将自己在政治迫害下的诸多感慨和愿景,表现得淋漓尽致,在情思上和语言上融合成为一个浑然的美学整体。显然,曹植诗歌的"慷慨以任气,磊落以使才"的艺术特征的表现,与这一"首尾相援"的篇章方法的运用,是密不可分的。

刘勰的这一工程主张,是对历代文章写作实践活动的经验总结,其理论建树对后世的写作实践活动和理论研究都产生深远的影响。白居易所说的"首章标其目,卒章显其志"(《新乐府序》),谢榛所说的"起句当如爆竹,骤响易彻;结句当如撞钟,清音有余"(《四溟诗话》),毛宗岗在《全图绣像三国演义》

第一百十五回总评中所说的"又有读书至终篇,而复与最先开卷之数行相应者……如此首尾连合,岂非绝世之奇文",都是受到刘勰的启示而作的具体发挥。

2. 前后照应

刘勰认为,文章句段间的照应,也是实现语言表达的整体化和连贯化的重要方法。

所谓"照应",指句段之间的前后左右的互相关照和联系。也就是刘勰所昭示的:"启行之辞,逆萌中篇之意,绝笔之言,追媵前句之旨。"(《章句》)。径而言之,就是要瞻前顾后,使文意上下互相一致,文辞内外相互应对,句段之间互相牵连,无论在内容上还是形式上都形成一个浑然一体的系统。

照应的方法一般由呼笔与应笔两部分组成。所谓呼笔,指先行性的提示与埋伏,也就是刘勰所说的先行之辞"逆萌中篇之意"。所谓应笔,指后行性的印证与生发,也就是刘勰所说的后行之辞"追媵前句之旨"。前者是事物之源,后者是事物之流,前者是事物之因,后者是事物之果。正是由于二者的有机联系,事物之间的逻辑关系才得以清晰地显示出来,章句之间才能建构成为一个浑然的整体。如果语句之间缺乏必要的照应,就会陷入"羁旅而无友"的孤立无援的困顿之中,文章就会支离破碎,也就没有整体性与连贯性之可言了。照应得好,就能使文章结构紧凑,层次分明,犹如"胶之粘木,石之合玉",成为浑然的整体。

根据刘勰的有关论述及其写作实践的范示,可将照应划分三种类型:首尾照应,前后照应,题文照应。首尾照应实际就是他所说的"首尾相援",已在前文中做出了专门的介绍,此处不赘。下面,试结合古代的典范性作品,对前后照应与题文照应的方法,做一点具体的体认。

所谓前后照应,指前面语句中的伏笔与后面语句中的应笔之间的呼应与关照。通过这种远程性的思维链接和语言链接,将事物之间内在的逻辑关系清晰地显示出来。例如,《史记·项羽本纪》"鸿门宴"中有这样一处细节:

　　沛公旦日从百余骑见项王,至鸿门,谢曰:"臣与将军戮力而攻秦,将军战河北,臣战河南,然不自意能先入关破秦,得复见将军于此。今者有小人之言,令将军与臣有隙。"项王曰:"此沛公左司马曹无伤言之;不然,籍何以至此。"

作者似乎随便提及曹无伤,丝毫不引起人们注意。直到刘邦脱险回营,才一笔做出回应:"沛公至军,立诛杀曹无伤。"

这实在是惊人之笔,通过这一照应,它极其自然地把刘邦和项羽的性格勾勒了出来,也将事物之间的诸多的因果关系构成完整严密的逻辑链接和语言链接,使其成为声气相通的整体。而照应的弥合语言之功,于此可以具见。

刘勰自己对照应的运用,也是堪称典范的。他的《原道》篇,就是具体的例证。

《原道》篇的开宗明义,就是石破天惊地提出了一个具有震撼意义的美学命题:"文之为德也大矣,与天地并生者何哉?"所谓"文之为德",指"文"作为"道"的外在显示,所谓"大",指空间的广远无垠。这两句话,实际就是对"道之文"的无所不在的属性的总标举。以此作为逻辑起点与理论根基,开始了一个严密的思维过程和相应的语言表达过程。

为了证明这一重大的美学命题,他从七个方面进行了深刻的论证:其一是天地之文的原道性,其二是人以及人文生发的自然根由,其三,"傍及万品,动植皆文"的原道性,其四,"人文之元"的创发过程的原道性,其五,"玄圣创典,素王述训"的"原道心以敷章,研神理而设教"的原道性,其六,对"道—圣—文"之间的系统关系的揭示,其七,对"文"的原道属性的总概括。每一个方面,无一不紧扣一个"道"字或与"道"相关的称谓发挥,无一不以"道"的语辞或与道相关的语辞对起首处所提出的"道之文"的美学命题,做出直接的或是间接的照应。每一处的照应,无一不是它的思想的逻辑延伸与相应的语言延伸,无一不具有推动语言表达的完整化和连贯化,使其气势充沛而一气贯通的强大功能。这种将照应一连推进七层的功力,在我国的文章史上,可称绝唱。

在前与后的照应中,还包括题文照应的内容。所谓题文照应,就是内容中的语辞与标题中的语辞之间的相互关照和呼应。标题是全篇的总窗口,是全篇"文理"与"纲领"的总集中。文与题的照应,实际就是思维内容与思维目标之间的相互关照和呼应,可以驱动思维和相应的语言表达,顺着标题所指引的目标运行,顺理成章地汇集成为一个严密的思想整体和相应的语言整体。

刘勰的《原道》,不仅是前后照应的卓越范例,也是题文照应的杰出范例。

从题文照应的角度来看,篇首所提出的美学命题,实际也是一处直指标题的照应,其他的七处前后照应,同时也是对标题的关照和呼应。这样,就使它的每一个方面的表达,都获得了贯一性的品格,使本已十分细密的针线,变得更加细密。

我们还可举出唐代齐己的《早梅》,从形象思维的角度对题与文的照应方法,做出一点简略的品读与赏析。

> 万木冻欲折,孤根暖独回。前村深雪里,昨夜一枝开。
> 风递幽香出,禽窥素艳来。明年如应律,先发望春台。

通观全诗,都是围绕一个"早"字发挥。首联"孤根独暖"是"早";颔联"一枝独开"是"早";颈联禽鸟惊奇窥视,亦是因为梅开之"早";末联祷祝明春先发,仍然是"早"。首尾一贯,处处照应标题,将早梅不畏严寒、傲然独立的美学形象,栩栩如生地刻画了出来。而就语言来说,婉转流畅,一气呵成,浑然天成,可称杰作。题文照应之功,前后呼应之力,于此可以尽见。

3. 上下衔接

刘勰的"合涯际"、"裁衣之待缝缉"的工程论见中,还包括语言表达中的"相接以为用"的方法。所谓"相接以为用",具有两层内涵:一是指句子内部的相接,也就是他所说的"因字而生句"的组合,这种组合,依靠"句之清英,字不妄也"的句法来加以解决,不属于本节的讨论范围。二是指章与章之间的组合,也就是他所说的"积章而成篇"的组合。在章与章之间,有时会出现"区畛相异"而造成的"辞失其朋,则羁旅而无友"的隔绝梗塞的情况,需要某种特定的语言手段进行承上启下的衔接和弥合,来驱动文气的畅通。这种发生在层次与层次之间或段落与段落之间的衔接和转换,就是我们今天所说的过渡。它是上下文连接贯通的纽带,起到一种承上启下、穿针引线的作用。

这种承上启下、穿针引线的作用,一般发生在以下几种情况中:一是语言表达的话题更换时,二是内容容量变化时,三是事物运动的时空环境变化时,四是表达方式变化时,五是事物的逻辑关系变化时。以上的诸多变化,属于不同的话语层面,如果没有特定的语言标示进行过渡,极易混淆不清而使文气梗塞。其具体的语言手段,大致有以下三种:过渡词语,过渡句,过渡句群。也就是刘勰所说的:"理资配主,辞忌失朋。"(《章句》)就是说,要从具体的上下文出发,使句子、段落在形式上构成一种关联,使人觉得有着密不可分的联系。这些工程方法,早已广泛地运用在先秦、两汉的诗文之中。刘勰的"合涯际"的理论论见,就是对前人光辉实践的理论升华。下面试举数例,进行一点管窥式的体认。

屈原的《离骚》,是上下衔接的卓越范例。该著由三部分组成,每一部分都有一个专门的话题。第一部分的话题是述往,即追述自己美好人格和远大抱负的形成过程。第二部分的话题是述今,即展现自己在现实的政治生活中的种种坎坷和困顿。第三部分的话题是对未来的抉择,即细述自己在去留问题上的思想斗争,表现了对祖国的难以割舍的深厚感情和以死报国的决心。这三个话题分属于不同的时空范围,因此屈原运用过渡的手段进行了巧妙的衔接与转换。在第一部分的结尾处,他运用了一个过渡的句群:

　　　惟草木之零落兮,恐美人之迟暮。
　　　不抚壮而弃秽兮,何不改乎此度也?
　　　乘骐骥以驰骋兮,来吾道夫先路也!

这一句群既是对成长历程和理想人格的承接,又是对现实时空的开启。由此紧凑而流畅地转入了现实人生的话题之中,将自己在现实政治关系中的坎坷曲折的生活历程与心路历程,将自己的坚强与不屈,痛苦和斗争,一一展现在读者面前。

在第二部分与第三部分的交会处,也有一处卓越的句群性的过渡:

　　　芳菲菲而难亏兮,芬至今犹未沫。
　　　和调度以自娱兮,聊浮游而求女。
　　　及余饰之方壮兮,周流观乎上下。

"芳菲菲而难亏兮,芬至今犹未沫"是对自己在现实时空中的永不背弃的理想人格的坚持,"和调度以自娱兮,聊浮游而求女。及余饰之方壮兮,周流观乎上下",是对解脱现实痛苦、追求精神自由的渴望。由此举重若轻地将话题转入了未来时空范围之中,开启了对未来生活中的去留问题的探索,希图用精神上的遨游,忘记现实生活中的痛苦。但是,正当他决定离故土以远行的时候,突然又出现了一处新的转折:

> 陟升皇之赫戏兮,忽临睨夫旧乡。

这一处陡然的大跌宕,是通过过渡句来完成的。"陟升皇之赫戏兮"是对未来时空的承接,"忽临睨夫旧乡"是对现实时空的开启。一句之下,上承下接,将过去、现在与未来,将痛苦、留恋和坚贞,将个人、祖国与乡土,融合成为一个浑然的整体。

通过这四处过渡,《离骚》笔力之豪雄与文气之通畅,固于此可以具见,而过渡的"合涯际"之殊功与方法,亦于此可以尽见无遗。

关于过渡的具体运作,还可以举出贾谊的《过秦论》(上)作为例证。

《过秦论》(上)在结构上共分5段,由以下三部分组成。

第一部分(1至3段),叙述秦王朝的勃兴过程。该部分又分为三个不同的历史时期。第一层(1段),叙述秦孝公的崛起。第二层(2段),叙述秦惠文王、秦武王与秦昭襄王的功业。由于上下话题的转移,作者在这一、二层的交会处做了过渡:"孝公既没,惠文、武、昭襄蒙故业,因遗策,南取汉中,西举巴、蜀,东割膏腴之地,北收要害之郡。"承上启下,将两层的内容与相应的文字融合成为一体。第三层叙述秦始皇统一全国的功业。作者再次运用过渡的方法,对上下文之间的"涯际"进行了弥合和转换:"及至始皇,奋六世之余烈,振长策而御宇内,吞二周而亡诸侯,履至尊而制六合,执敲扑而鞭笞天下,威震四海。"所谓"奋六世之余烈",是承上之言,所谓"振长策而御宇内",是启下之语。上承下启,将上下的内容与语言表达的"涯际"弥合无痕。

第二部分(第4段):叙述陈涉起义和秦王朝的覆灭。随着话题的根本性转换,作者再次运用了过渡的方法:"始皇既没,余威震于殊俗。然陈涉瓮牖绳枢之子,氓隶之人,而迁徙之徒也。""始皇既没,余威震于殊俗"是对上文的承接,"陈涉瓮牖绳枢之子"是对下文的开启。这两个话题之间,本来存在着根本性质上的对立,作者运用了一个关联词语"然",就举重若轻地完成了这一具有重大逻辑意义的转换,将全部话题顺理成章地纳入了对秦的速亡过程进行叙述的语言轨道之中。

第三部分(第5段):论述秦王朝迅速灭亡的原因。就表达方式而言,是由叙述向论证的转换。从内容的容量关系来看,是由分到总的汇集。从逻辑关系来看,是由对立向统一的飞跃。为弥合这些逻辑畛域与语言畛域上的隔阂,作者用了一个关联词语"且夫"进行了强而有力的过渡与弥合。"且夫"是一个句首助词,具有以下三重表达作用:一是表示意思的进一步的延伸。二是引起议论,提起新的具有理性意义的话题。三是内容容量上的进一步增扩。具见于本文中,一是用来表示由现象向本质的进一步寻索,二是用来表示由形下性的叙述的方式向形上性的议论方式的飞跃和转化。三是用来进行由分到总的更进一层的概括。这样,就将它的全部内容与相应的语言表达,都一气呵成地导入了它的最后的结语中:"何也? 仁义不施而攻守之势异也。"

这一精彩的结语是对全文内容与语言的总概括,而就其语言结构而言,同样是一处精彩的过渡:"何也"这一设问,是对前面全部内容与语言的总汇集和总承接,"仁义不施而攻守之势异也"这一结论,是对"何也"这一总承接的总回答和总开启。一问一答,一上一下,一承一启,将一个具有震撼意义的结论,理直气壮地表述了出来,使千秋万代的读者不能不仰头而视,折然而服。

前人的这些精彩的过渡艺术,就是刘勰提出他的"合涯际"的工程方法的实践性前提,而刘勰自己的语言实际,同样是我们学习"过渡"的卓越范式。下面试举《辨骚》为例,做一点管窥式的赏析。

《辨骚》的语篇由5个自然段组成,在结构上可分为四个部分。

第一部分从起首至"玩而未核者也"止,叙述辨《骚》的根由:"褒贬任声,抑扬过实,可谓鉴而弗精,玩而未核者也。"

第二部分从"将核其论"起,至"异乎经典者也"止,对屈骚与《诗经》的异同,做出具体的辨析。由于上下话题的变换,作者运用了一处过渡进行衔接和转换:"将核其论,必征言焉。""将核其论",是对上文中五家之论的承接,"必征言焉",是对本部分中的具体辨析的开启,上承下启,使上下文融为一体。

第三部分从"故论其典诰则如彼"起,至"难与并能矣"止,以"四同"与"四异"作为依据,进一步揭示屈骚的根本性的美学特征:"虽取熔《经》旨,亦自铸伟辞。"认为这就是屈骚之所以"气往轹古,辞来切今,惊采绝艳,难与并能"的根由。在本部分的起首处,为着弥合话题的进一步延伸所带来的缝隙,作者再一次做出了过渡："故论其典诰则如彼,语其夸诞则如此。固知《楚辞》者,体宪于三代,而风杂于战国,乃《雅》、《颂》之博徒,而词赋之英杰也。""故论其典诰则如彼,语其夸诞则如此",是对上文的"四同"与"四异"的承接,"固知《楚辞》者……"是对下文中的屈骚美学特征的开启。上承下启,将两部分的思想材料与相应的语言材料,缝缉得天衣无缝。

第四部分从"自《九怀》以下"起,至"假宠于子渊矣"止,论述《楚辞》对后世的重大影响以及学习《楚辞》应当遵循的美学原则。为着适应和弥合这一新的话题,作者在本部分的起首处再一次运用了过渡的方法:"自《九怀》以下,遽蹑其迹,而屈宋逸步,莫之能追。"这一句话,既是对上部分中所说的"难与并能"的美学成就的逻辑承接,又是对下面所说的"其衣被词人,非一代也"的逻辑延伸。上接下延,有如桥梁之连接,使思想的流动与相应的语言的流动畅通无阻。

正是凭借这些卓越的过渡艺术,《辨骚》的全部结构,融合成了一个"纲领昭畅"、"条贯统序"的整体。这种卓越的语言艺术,从实践的角度为我们提供了杰出的楷模,使我们对他的独标一格的语言美学理论的领会和体认更加深刻、更加真切。

(四)以声律相贯

将声律的艺术自觉地纳入篇章的构建中,以乐音的力量来组织语言,增进语言表达的通贯性和流畅性,是刘勰的另一项重要的理论主张和工程主张。他所说的"音以律文"说,就是对这一主张的集中标举,而他所开辟的《声律》与《丽辞》两个篇章,就是他的这一理论主张与工程主张的具体展开。

刘勰所说的"声律",具指语音的韵律、节奏、抑扬以及句子的长短所组成的语声旋律。它以人类"血气"的律动作为基础,构建成一个统一的和声系统,反映着人类感情的律动和语言的律动。他明确认为,言为心声,而声的运动总是遵守着旋律的规范性的。因此,要实现心理运动的和谐,必须实现语言运动的和谐,而要实现语言运动的和谐,必须实现语言的声律运动的和谐。这就是他所说的:"循声律以定墨"(《神思》),"声得盐梅,响滑榆槿","吹律胸臆,调钟唇吻"(《声律》)。这一方法,在前节中已做介绍,此处不赘。

以上四个方面,既是对语言表达的美学要求,也是实现这一美学要求的具体的工程方法。正是这些明确的美学要求和具体的工程方法,构成了一个完整的务虚与务实兼备的语言美学体系,从语言表达的角度支持着我国成为一个文章大国的建设过程。如此博大精深的语言美学体系,是独见于中华文论而不见于世界上其他任何一种文论体系中的。至今仍以它的理论的完整性与深刻性,给中华文化的传人们以实践的范示和理论的启迪,并将它深远的文化影响,远远辐射于我们国土之外。

第十八章　文心接受论

"兰为国香,服媚弥芳;书亦国华,玩绎方美。"(《知音》)文心运动的本质就是心与心之间的交换与交流,这种交换与交流从来都是双边和双向进行的。没有哪一件优秀的写作成品不最终和读者发生联系,没有哪一个优秀的作家不直接地或间接地接受读者的影响。这种联系和影响,又反过来制约着文心运动的全程。生活——作者——作品——读者,这四维构成了螺旋式上升的环状系统,首尾相衔,互相驱动,循环不已。如果缺少了接受这一个链节,其他链节都会失去意义,文心的系统运动就不能进行。

重视读者的接受效应,将文心的运动既看做是一个"用心"的过程,也看做是一个"知心"的过程,从二者的关联中进行动态的和双向的考察,探索和总结接受的规律,并按照接受的规律自觉地进行写作和传播,是刘勰文心理论中的一个重大的开拓领域。这一开拓包括两方面的内容:对接受规律的系统揭示和对接受规律的灵活运用。掌握了这些规律和工程法则,有助于扩大"为文之用心"的视野,提高写作的效益,推动作者和读者更加自觉地去实现"鼓天下之动"的崇高目的。

第一节　刘勰关于文心接受过程的理论体认

"良书盈箧,妙鉴乃订。"(《知音》)作品的价值,最终决定于读者的接受。但是,读者对文心的接受,绝不是一蹴而就的易事,而是一个极其艰难曲折的过程。这就是刘勰所深为感慨的:"知音其难哉!音实难知,知实难逢,逢其知音,千载其一乎?"下面试根据刘勰的美学体系,对文心接受中的诸多困难,以及克服这些困难的理论机制和工程途径,做一概括性阐述。

一、读者接受中的多种心理阻抗

知音之难,首先来自读者不健康的接受心理对作品接受的阻抗。

其一是"贱同思古"的心理。"夫古来知音,多贱同而思古,所谓'日进前而不御,遥闻声而相思'也。"对此,刘勰举出了秦皇汉武的例子:"昔《储说》始出,《子虚》初成,秦皇汉武,恨不同时;既同时矣,则韩囚而马轻。"(《知音》)据理说,从善如流是人的本性,为什么"鉴照洞明"的君王,也会在审美判断上造成如此重大的失误?为什么这一显然对接受真理不利的陋习,会长期流传?这是一个颇费踌躇的问题。

远在先秦时期,我们的古人就已经对这种崇古贱今的陋习,进行过毫不留情的揭露和批判:"夫尊古而卑今,学者之流也。"(《庄子·外物》)后代有识之士,无不口诛笔伐。西汉刘安《淮南子·修务训》云:"世俗之人,多尊古而贱今。"东汉王充《论衡·齐世》云:"今世之士者,尊古卑今……贱所见,贵所闻也。"曹丕《典论·论文》云:"常人贵远贱近,向声背实,又患暗于自见,谓己为贤。"东晋葛洪的击鼓而攻尤为激烈:"世俗率神贵古昔而黩贱同时……虽有益世之书,犹谓之不及前代之遗文也。是以仲尼不见重于当时,《太玄》见蚩薄于比肩也。俗士多云今山不及古山之高,今海不及古海之广,今日不及古日之热,今月不及古月之朗,何肯许今之才士不减古之枯骨!重所闻,轻所见,非一世之所患矣。昔之破琴剿弦者,谅有以而然乎?"(《抱朴子·尚博》)

这种陋习,虽然遭到历代智士的抨击,却又是历代不绝的。现代不少学者常用"文化心理积淀"来进行解释,实际并不全面。因为就文化心理而言,从来都是多样性因素的统一,既有陋习因素,也有反陋习因素。这就是雨果所说的:"美与丑靠近,善与恶并存,光明与黑暗相共。"[1]在一个民族的文化心理中,绝不可能只有消极的积淀,而没有积极的积淀。用这种消极的积淀来概括一个民族的文化心理,并以此作为产生这种陋习的宿命论依据,显然是与一个民族向上的总过程不相符合的。那么,这种代代相因的陋习,又来自一种怎样的根由呢?

刘勰根据自己在坎坷人生中刻骨铭心的感悟,给我们揭示了其中的端倪:

---

① 雨果:《克伦威尔序言》,见伍蠡甫《西方文论选》下卷,上海译文出版社 1988 年版,第168 页。

它的深藏不露却又覆盖一切的权势背景。众所周知,封建社会中的绝对化的特权体系,是建立在世袭基础上的。世袭是特权的决定性依据。权力的世袭是一个历史性范畴。统治者唯有获得历史性的权力优势,才可能获得现实性的权力优势。向历史的倾斜,实际也就是向权势的倾斜。这种由历史优势所支撑的权势倾斜和由权势优势所支撑的历史倾斜,反映在文心的传播中,就是一种接受上的倾斜。这就是刘勰所深为感慨的:"将相以位隆特达,文士以职卑多诮;此江河所以腾涌,涓流所以寸折者也。名之抑扬,既其然矣,位之通塞,亦有以焉。"(《程器》)"名之抑扬"与"位之通达",都是权势作用的结果,而权势的作用又是历史作用的结果。权势对接受的扭曲与历史对接受的扭曲,从来都是相并而行的:"勋荣之家,虽庸夫而尽饰,迍败之士,虽令德而嗤埋,吹霜煦露,寒暑笔端,此又同时之枉,可为叹息者也。"(《史传》)这种严格的上尊下卑的历史性的等级差异,就是造成尊古贱今的文化价值取向的总根源。

从政治生活的具体进程来看,这种尊古贱今的文化价值取向,还与社会的现实功利密切相关。为什么会出现"《储说》始出、《子虚》初成,秦皇汉武,恨不同时;既同时矣,则韩囚而马轻"的矛盾现象?归根结底是由当政者的政治统治的需要所决定的。"恨不同时",是对文章现实价值的肯定。但这种认识上的肯定,又是建立在不与作者直接发生现实功利联系的基础上的。一旦"同时",就发生了现实的功利关系的直接联系。这种联系对统治者的生存,势必构成一种现实的或潜在的威胁。"水可以载舟,亦可以覆舟,吾岂不惧乎?"开明如大唐之主尚且如此,何况狭隘刚愎如秦皇汉武者。妒才忌能,自古皆然。武大郎开店,统治者绝不会容许一个比自己高明的人在思想上对自己进行直接的指挥,损害自己至高无上的权力基础的。这就是"韩囚而马轻"的现实根由。作为一种保护性的心理反射,社会对接受的选择,也势必采取贵远而疏今的方式。从古迄今的所谓"三缄其口",所谓"盖棺论定",所谓"茶楼酒馆,无谈国事",就是具体例证。

重古轻今的接受心理,还和美学接受自身的规律性密不可分。美学接受过程,是一个超越功利的精神活动过程。超越功利,是美学接受的前提。为着实现对功利的超越,要求读者与审美对象之间保持一定心理距离。刘勰所说的"入兴贵闲","陶钧文思,贵在虚静","水停以鉴,火静而朗",即此之谓。

时间距离,是形成心理距离的基本因素之一。贵古贱今,就是这种时间距离的具体形态。现实存在只有转化为历史存在之后,时间距离才能充分显示出来,人们才不会受到现实功利的羁绊而坦然地面对世界,实践中的事物才具有审美品格。

惟其如此,尊古贱今虽然在"共时"范围内会构成对接受的障碍,而在"历时"范围内,最终还是对接受有利。这是因为,由"共时"向"历时"的转化过程,既是一个接受滞后的过程,同时也是一个审美认识的深化过程。正是由于这一由现时向历史的转化,统治者所强加的许多炙手可热的权势的包装和对异己存在的偏见,才会被岁月的流逝所消解,客观公正的评价才具有现实的可能,历史文化的向上运动过程才能得到鲜明的显现。这就是柳宗元所深刻阐述的:"凡人可以言古,不可以言今。桓谭亦云:亲见扬子云,容貌不能动人,安肯传其书? 诚使博如庄周,哀如屈原,奥如孟轲,壮如李斯,峻如马迁,富如相如,明如贾谊,专如扬雄,犹为今之人,则世之高者至少矣。由此观之,古之人未始不薄于当世,而荣于后世也。"①孔子不遇于当时而遇于万世,刘勰不遇于当时而遇于百代,原因也就在这里。

其二是"崇己抑人"的心理。刘勰举出了班固与曹植的例子:"班固、傅毅,文在伯仲,而固嗤毅云:下笔不能自休。及陈思论才,亦深排孔璋;敬礼请润色,叹以为美谈;季绪好诋诃,方之于田巴:意亦见矣。"(《知音》)这种陋习,也是由来有自的。魏文称:"文人相轻,自古而然。"究其原因,大概有以下方面。

一是接受者生存空间的狭隘性的制约。由于汉字的复杂性,中国古代的作者与读者绝大多数都是知识分子。在漫长的封建社会中,由于经济结构的单一性,知识分子除了入仕做官,再没有别的荣身之路,社会为他们提供的发挥才智的空间是非常狭小的。这就必然引发他们对生存空间的争夺。文章是学而优则仕的必由之路,也是他们完成"经国之大业"的主要手段。为着获得自己的生存空间,势必产生打击别人、抬高自己的心理倾向。这种心理倾向,集中表现在对别人文章的压抑、贬损甚至罗织成罪和对同党文章的吹捧和标举上。这种源自权势的争夺的极端形态,就是致人死命的文字狱。从靳尚诬

---

① 柳宗元:《与杨京兆凭书》,见《柳河东集》下册,上海人民出版社 1974 年版,第 488 页。

陷屈原,到李斯中伤韩非,到"乌台诗案"构织苏轼的死罪,再到明清以后愈演愈烈的文字阴谋和文字阳谋,就是具体例证。

二是接受者在社会生活中的封闭性的制约。封建社会是以自然经济为主体的社会,自然经济是一种以地域的封闭为特点的经济,这就必然使整个社会生活具有封闭性的特点。又加以我国地域辽阔,更增加了文人之间交往的困难。"独学而无友,则孤陋而寡闻。"(《礼记·学记》)孤陋寡闻势必夜郎自大,夜郎自大势必敝帚自珍,敝帚自珍势必崇己抑人。

三是接受者的接受兴趣的多样性的制约。"篇章杂沓,质文交加,知多偏好,人莫圆该。"(《知音》)作品的风格是多种多样的,读者的接受兴趣也是多种多样的。仁者见仁,智者见智,慷慨者为慷慨的作品而击节,蕴藉者为蕴藉的作品而喝彩,浮华者为浮华的作品而动心,逐奇者为奇异的作品而耸动。人人都以自己的兴趣和爱好,作为接受的标准。"会己则嗟讽,异我则沮弃,各执一隅之解,欲拟万端之变。"这种心理状态,势必造成"东向而望,不见西墙"的接受后果。

知音之难,也来自读者不完整的知识结构对作品接受的阻抗。

读者在进行审美活动的时候,是以他的知识结构作为前期准备和参照系统的。如果知识结构残缺浅薄,就不可能对审美对象进行正确把握,势必造成许多荒谬而贻笑大方。刘勰举出了楼护的例子:"君卿唇舌,而谬欲论文,乃称'史迁著书,谘东方朔'。于是桓谭之徒,相顾嗤笑。"为此,刘勰向读者提出了谆谆告诫:"彼是博徒,轻言负诮,况乎文士,可妄谈哉!"(《知音》)

"妄谈"的根由在于"信伪迷真"。"信伪迷真"的根由在于"学不逮文"。"学不逮文"的原因,除了接受者知识结构和能力结构的制约之外,还和客观世界本身的复杂性以及文情的隐秘性密切相关:

> 夫麟凤与麏雉悬绝,珠玉与砾石超殊,白日垂其照,青眸写其形。然鲁臣以麏为麟,楚人以雉为凤,魏氏以夜光为怪石,宋客以燕砾为宝珠。形器易征,谬乃若此;文情难鉴,谁曰易分?(《知音》)

客观世界纷纭复杂,现象与本质常常交织混淆,若非亲历亲经,纵令大才也无从明其真谛。况人的经历有限,而客观事物无穷,疏漏失察在所难免。特别是在文情运动的领域内,隐秘深深,不能具见,见仁见智,相异悬殊。各执一隅之解,难尽万端之变。这一点,更增加了接受中的困难。

以上种种,都是接受中难以逾越的鸿沟,也就是刘勰之所以发出"知音其难哉","酱瓿之议,岂多叹哉"的感慨的根由。

二、实现接受的理论机制

"夫志在山水,琴表其情,况形之笔端,理将焉匿?"(《知音》)获得读者的接受是困难的,却又是可以实现的。古人所说的"知音",就是文心获得良好接受的具体范例,也是作者的创作与读者的接受契合为一的理想境界。

古代的五经,则在更加广阔的层面上,对此提供了现实的论据。中国是世界上以礼义治国的文明古国,以礼义为核心的中华文明历四千年而不朽,至今依然雄踞于世界民族之林,何者? 显然,这是与古代经典的传播力量和世代读者对这些经典的接受力量密不可分的。这就是刘勰在《宗经》中所特别强调的:

> 三极彝训,道深稽古。致化惟一,分教斯五。性灵熔匠,文章奥府。渊哉铄乎,群言之祖。

这种"太山遍雨,河润千里"的力量,不仅来自经典本身的永恒的说服力量和熏陶力量,也来自世代读者对经典的全身心的传播与接受的力量。"道沿圣以垂文,圣因文而明道"(《原道》),这种历数千年而不衰的传播与接受力量,就是中华民族的永不枯竭的精神力量的源泉,也是中华民族最大的凝聚力之所在。这种传播与接受的广阔、深刻与牢固的程度,在世界文明史中是罕见其匹的。它从实践的角度,为文心接受的可实现性,做出了富有说服力的证明。

文心的接受是可以实现的。文心接受的理论契机和实践契机就在于:作者和读者,虽处于文心运动的两极,但他们都是认识和实践的主体;他们之间的区别,只是认识和实践的角度差异,就认识和实践的总依据——客观世界的存在来说,却是毫无区别的。表现在作品中,客体和载体,对作者和读者的意义都是相同的。同样的地位——主体地位;同样的对象——客观世界的运动;

同样的媒介——书面语言;同样的目的——能动地认识世界和理想地改造世界;同样的终极依据——自然之道。这些,就是解决这一难题的理论依据和实践依据,也就是文心接受的内在工作原理。这一内在工作原理,具体包括以下方面。

(一)道:文心接受的总体依据的共通性

文心原道,实天地之心。道是万物的本原,是笼万物于一体的最高存在。不管是作者的表达还是读者的接受,都以道的自然运动为最高准则。从宇宙运动的终极层面来看,尽管万物各别,万心各异,道作为万事万物的动力根源和普遍规律却只有一个。万物与万心,都是道的体现。不管是作者的心或是读者的心,归根结底都是天地之心的反映,都是对道心的认同。惟其如此,道必然具有最大的公凝力和公信力,具有穿越一切心理鸿沟的力量。只要是合道的东西,就能符合万物的本质,为千万人心所接受。"鼓天下之动者存乎辞。辞之所以能鼓天下者,乃道之文也。"(《原道》)道之文,就是合道之文。所谓"原道心以敷章,研神理而设教",就是这种"道之文"的具体形态。惟其"道沿圣以垂文,圣因文而明道",故能"旁通而不滞,日用而不匮",获得了历百世而不衰的接受效果。

(二)物:文心接受的客体依据的共通性

物作为道的体现,是一种客观的存在。"人禀七情,应物斯感。感物吟志,莫非自然。"(《明诗》)物不仅是作者的感应对象,也是读者的感应对象。作者与读者之间,虽然在接受上处于文心运动的两极,但就他们生存于其中的客观世界而言,却是共同的。"物有恒姿",这个世界给予他们的感性刺激,也是共同的。尽管"思无定检",人对客观事物的感受可能各有不同,而对所感之物来说,却只有一个,其基本属性和基本规律并不以人的主观意志为转移。"情以物迁,辞以情发",相应的物必然引发相应的情,相应的情必然根源于相应的物。这就是刘勰所说的:"是故献岁发春,悦豫之情畅;滔滔孟夏,郁陶之心凝;天高气清,阴沉之志远;霰雪无垠,矜肃之虑深。"(《物色》)这一普遍规律,无论是对作者还是对读者,都是具有共通性的。因此作者所提供的事义,绝不是一个随意性的美学结构,而是一个决定性的美学结构。作者通过事物表现感情,读者通过作者所提供的事物理解和接受作者涵蕴在事物中的感情。事物是作者表达感情的依据,也是读者理解和接受作者感情的依据。这一依据对于作者还是对于读者来说,其意义是相同的,也是相通的。循言可以知物,循物可以知状,循状可以知情,就是客体的共通性发生作用的必然结果。这一结果,是可以重复的,可以分析的,也是可以验证的。

(三)心:文心接受的主体依据的共通性

"山沓水匝,树杂云合。目既往还,心亦吐纳。"(《物色》)人对世界的感应,是通过他的心去实现的。文心,是缀文者反映在作品中的"用心",也是披文者通过阅读所要把握的"用心"。"心",是二者之间共同的主体依据。但是,人心具有个性化的属性,"各师成心,其异如面。"(《体性》)那么人心之间,具有共通的属性吗?

回答是肯定的。如果心与心之间没有共通属性,人类的交流就会成为不可能的事情,人类社会就不可能存在,也就没有写作活动可言了。那么心的共通性,具体表现在什么地方呢?

从最基本的层面来看,心与心之间的共通性,是凭借道的总摄力和公信力来实现的。天地万物都是道的自然造化的产物,而人更是这些自然造化中"性灵所钟"的存在,"为五行之秀,实天地之心"。人之灵秀在于心。心之灵秀在于思。惟其有思,故能自觉地感应和反映自然世界的运动:"原道心以敷章,研神理而设教,取象乎《河》《洛》,问数乎蓍龟,观天文以极变,察人文以成化;然后能经纬区宇,弥纶彝宪,发挥事业,彪炳辞义。故知道沿圣以垂文,圣因文而明道,旁通而无滞,日用而不匮。"(《原道》)这种无遮无挡、无远弗届的力量,都是道心运动的结果。道心者,就是体现了自然之道的人心。人心的力量,来自道的力量。惟其"道沿圣以垂文,圣因文而明道",才能在人心的交流中产生"旁通而无滞,日用而不匮"的强大效果。道,是文心接受中的决定性的通贯力量。文心只要具有道心的品格,就可以在心与心的交流中获得这种入心无隙的共通力量。古代经典中的文心之所以能世代相传,决定性的原因就在这里。

(四)情:文心接受的内容依据的共通性

情作为文章内容的核心存在,是"心与物游"和"物与神交"的结果。不管是心的运动还是物的运动,都接受着道的普遍规律的制约,又以自己的特殊规律表现出来。所谓情,实际就是心与物的统一,是心的规律与物的规律同时发生作用的结果。物的运动规律,是心的运动规律的物质前提,心的运动规律,是物的运动规律的心理显现。逻辑,就是二者融合为一的规范性形态。任何规律性的东西,都具有公通的属性。这种公通的属性,来自对理的遵循:"必使心与理合,弥缝莫见其隙;辞共心密,敌人不知所乘。"(《论说》)这里所说的"理",包括物理,心理,也包括语言之理。惟其三者契合,才能进行确切的思维和表达。而逻辑,则是理的共通性的决定性保证,也是情的共通性的决定性的内在依据。

　　情与理从来都是相并而生的。人之所以成为万物之灵,不仅在于人有感情,而且在于人有理性。理性是情感的主宰,是比情感更加高级的心理存在。情理之所以动人,是"应物斯感"的结果,也是事理逻辑和情理逻辑发生作用的结果。这种无往弗届的力量,来自逻辑的力量,只要是合乎事理逻辑、思理逻辑和情理逻辑的东西,就能在心灵中畅通无阻,获得广泛的接受。刘勰所说的"伦理无爽,则圣意不坠",李白所说的"马色虽不同,人心本无隔",李煜所说的"人生长恨水长东",苏轼所说的"人有悲欢离合,月有阴晴圆缺,此事古难全",就是对情理的公通性的理论强调和实践展示。这就是古人之情理与今人之情理,庙堂之情理与市井之情理,尽管沟壑纵横而仍能畅通无阻的根本原因。

　　(五)辞:文心接受的形式依据的共通性

　　"言语者,文章关键,神明枢机。"(《情采》)"心生而言立,言立而文明,自然之道也。"(《原道》)语言是文心外化中的决定性的形态依据,也是文心传播中和文心接受中的决定性的形态依据。作者通过语言来表达自己的思想感情:"缀文者情动而辞发"。读者通过语言来理解和接受作者的思想感情:"观文者披文以入情"。语言是双向沟通的共同的载体依据。语言的共通性,具体表现在以下方面。

　　一是语言形态的规范性。语言是一种约定俗成的符号系统。一经确定之后,又是固定的,而不是随意性的。它的词汇、语法和文本体式,都是整个民族生活的文化积淀,反映着整个民族的生活方式和思维方式的基本特点,并以全社会普遍公认的规则表现出来。这些规则对整个社会成员来说,都具有强制的属性,规范着全社会的语言运作。只要按照这统一的规则去进行语言运作,就可获得全社会成员的共同理解。

　　二是语言内涵的逻辑性。语言是内容和形式的统一。在形式上,语言必须接受词汇、语法和体式的制约,在内容上,语言必须接受逻辑的制约。语言的形式规则,是全民族共同的。语言的内容规则,实际就是思维的规则,思维的规则是普遍属于全人类的。这就是语言不仅可以在本民族的文化平台上畅通无阻,即使翻译成别的民族语言,也同样可以获得广泛的理解和接受的原因。

三是语言功能的全民性。语言作为全社会的交际工具,不仅它的产生是全社会性的,它的规则是全社会性的,而且它的功能也是全社会性的。语言的社会交际功能,具有全方位的属性。它既不是某一社会阶层所创造,也不专为某一社会阶层服务,而是整个社会成员所创造,并一视同仁地为整个社会服务的“公器”。易而言之,语言的工具作用,对全社会来说是统一的,对社会全体成员来说是共同的。不管处于何种社会阶层,都使用同一的词汇系统,遵守同一的语法规则和逻辑规则,实现着同一的社会交际功能。惟其如此,帝王可以从“风”中读懂百姓的心声,百姓也可以从“尚书”中洞悉帝王的意旨。也惟其如此,文心的运动才能获得广泛的传播和接受,人类文明的发展过程才永远不会中断。

以上诸多方面,从各个不同的理论位置,构建成文心接受的内在机制,使文心的接受具有理论上的合理性和实践上的可行性。它清楚地证明:文心的接受虽然是困难的,但绝不是不可能实现的。将理论上的合理性转变成为实践上的可行性的关键,就是找到一条具体的工程途径。这就是刘勰在更高层次和更深层次上的开拓领域。

三、实现读者接受的基本途径

“才之能通,必资晓术。”(《总术》)对方法论的把握,不仅是解决文心创作中的系列困难的工程依据,也是解决文心接受中的系列困难的技术保证。它们虽然在文心运动的过程中并不处于同一的系统位置,而就其普遍规律来说,却是并无二致的。根据刘勰的相关论述,文心接受的基本途径,可以概括为以下方面。

(一)端正的接受态度

态度端正,是实现良好接受的心理前提。

所谓态度端正,主要是指一种客观公正的心理状态。文心接受中的诸多阻抗,都来自偏见,而偏见又来自现实的功利关系的束缚。为着实现对作者文心的准确把握和接受,首先必须摆脱现实功利的束缚,以一种客观超脱的态度来对待作品中所反映的现实生活。这种态度,也就是刘勰所一再强调的"入兴贵闲"。

"入兴贵闲",指进入艺术境界之前所必须持有的一种闲适的心态,所谓"无私于轻重,不偏于憎爱",就是这种心态的具体内容。从实质上看,也就是与作品中所反映的现实生活之间的适当的心理距离。这种距离之所以必要,是因为审美本身就是无功利的。由刘勰在一千余年前提出的命题,在现代美学家朱光潜的论著中获得了充分的阐发:

> 看倒影,看过去,看旁人的境遇,看稀奇的景物,都好比站在陆地上远看海雾,不受实际的切身厉害牵绊,能安闲自在的玩味目前美妙的景致。看正身,看现在,看自己的境域,看习见的景物,都好比乘海船遇着海雾,只知它妨碍呼吸,只嫌它耽误程期,预兆危险,没有心思去玩味它的美妙。持实用态度看事物,它们都只是实际生活的工具或障碍物,都只能引起欲念或嫌恶。要见出事物本身的美,我们一定要从实用世界跳开,"以无所为而为"的精神欣赏它们本身的形相。总而言之,美和实际人生有一个距离,要见出事物本身的美,须把它摆在适当的距离之外去看。①

刘勰所说的"陶钧文思,贵在虚静","疏瀹五脏,澡雪精神",就是指这种对现实生活的精神超越和适当的心理距离而言的。这种精神超越和心理距离,是美学的普遍规律的反映,不仅表现在创作的过程中,也同样表现在接受的过程中。惟其如此,才能获得"平理若衡,照辞如镜"的接受效果。

(二)广博的接受基础

"圆照之象,务先博观。"(《知音》)良好的接受不仅需要端正的接受态度,也需要广博的接受基础。

广博的接受基础,首先表现在知识基础的广博上。读者阅读和接受作品的过程,实际是一个对作品中的现实生活进行再认识和再创造的过程。不管

---

① 朱光潜:《谈美　谈文学》,人民文学出版社 1988 年版,第 22—23 页。

是认识还是创造,都必须凭借丰富的学识才能进行,而解决博观的关键,在于广博的阅历。如果没有丰富的生活阅历,是不可能对具体的作品做出准确的接受和反馈的。"岂成篇之足深,患识照之自浅耳。"(《知音》)在"学不逮文"的情况下,就难免发生"信伪迷真"的困惑和尴尬。

广博的接受基础,还表现在审美经验的丰富上。"凡操千曲而后晓声,观千剑而后识器。"对作品中的艺术内蕴的把握,是毫无审美经验的人所难以达到的。要想成为创作的知音者,就必须具有"操千曲"和"观千器"的审美阅历。唯有博观才能广泛地比较,唯有广泛地比较才能确切地把握作家与作品的独特风格。这种独特的风格,实际就是解读作家与作品的用心的特殊密码。唯有掌握了这种密码,然后才能确切地把握作家表现在具体作品中的用心,并做出恰当的反馈。

(三)科学的接受方法

文心的接受固然离不开端正的心理态度和博大的接受基础,但从最直接的层面来看,还得依靠科学的工程方法。根据刘勰的论见,这些具体的工程方法,可以概括为以下方面。

1."披文以入情"

阅读的过程,是一个以意逆志的过程,也就是以读者之心领会作者之心的过程。二者虽分处于文心运动两极,但就其心理目的来说,却是共同的:作者的创作目的是为了表达自己对客观世界的情思,读者的阅读目的是通过作品把握作者对客观世界的情思并进而生发自己对客观世界的情思。就其载体而言,也是共同的:语言是作者表达和传播文心的决定性结构,也是读者理解和接受文心的决定性结构。惟其如此,深入作者的心灵是完全可以实现的。只要遵循着语言的决定性渠道,就能对作者表现在作品中的情思进行准确、全面的把握。也就是刘勰所明确指出的:"世远莫见其面,觇文辄见其心。""沿波讨源,虽幽必显。"这是形态学的普遍规律发生作用的结果:"夫志在山水,琴表其情,况形之笔端,理将焉匿?"

2."熟玩以内怿"

读者阅读作品过程,不仅是一个认识世界过程,也是一个美学欣赏过程。刘勰所说的"兰为国香,服媚弥芳;书亦国华,玩怿方美",就是对阅读过程中的审美参入的明确标举。

　　阅读过程中的审美参入,是深化感知的心理依据,也是生发情思的决定性门槛。

　　首先,这种精神上的享受,会加深我们对感知对象的兴趣和热爱。从而使感知世界的过程,同时也就成了一个欣赏世界的过程和热爱生活的过程。刘勰所说的"深识鉴奥,必欢然内怿,譬春台之熙众人,乐饵之止过客"(《知音》),"入兴贵闲……使味飘飘而轻举,情晔晔而更新"(《物色》),就是审美享受所带来的感情效应的具体展示。惟其如此,才能真正地深入到作品的艺术境界中去,真正地深入到作者表现于作品的用心中去。

　　其次,这种精神上的愉悦,对读者的主体是一种很好的陶冶。审美的能力是在审美实践的过程中锻炼出来的。阅读中的审美参入,虽然具有间接的属性,同样是一种良好的美学锻炼,会使读者的主体素质获得全面的改善,使感觉器官更加灵敏,感知世界的能力也会因此而进一步强化和深化,更有利于由"披文"向"入情"的深化和转化的过程。"心之照理,犹目之照形,目瞭则形无不分,心敏则理无不达。"(《知音》)这一双明亮的眼睛和这一颗灵敏的心灵,就是审美锻炼的结果。"操千曲而后晓声,观千剑而后识器",就是典型例证。

　　3."六观以阅文情"

　　不管是披文以入情的过程,还是熟玩以内怿的过程,都是在对作品的阅读过程中同步发生和同步实现的。作为一个以意逆志的过程,它和创作中的"沿隐以至显、因内而符外"的过程恰好反了一个方向,成了一个"沿显以至隐、因外而符内"的逆向过程。简而言之,也就是一个遵循形式因素把握内容因素的过程。对形式因素进行关照的具体方法,被刘勰概括为以下六个方面:

　　　　将阅文情,先标六观:一观位体,二观置辞,三观通变,四观奇正,五观事义,六观宫商。斯术既形,则优劣见矣。(《知音》)

　　一是观照文章体式的安排。体式是文章形态与功能的总范畴,是对文章的材料、语言方式、交际方式以及情思属性的总体性规定。"夫情致异区,文变殊术,莫不因情立体,即体成势也。"文章的"体"是因"情"的内容和属性来定的,是对情思的内容属性和表达方式的基本规定和基本规范。以"赋"为例,"赋者,铺也,铺采摛文,体物写志也","原夫登高之旨,盖睹物兴情。情以物兴,故义必明雅,物以情观,故词必巧丽。丽词雅义,符采相胜。"所谓"铺采摛文,体物写志","睹物兴情","丽词雅义,符采相胜",就是对这种体式的感情属性及其表现方式的规定性和规范性的明确要求。这种规定性和规范性的意义就在于,就作者而言,是因情而立体的规定和规范,就读者而言,是因体而会心的规定和规范。所谓"启函而识体,因体而会心"①,即此之谓。只有明确了文章的文体属性,才能确切把握它的感情的基本内容和基本属性。惟其如此,把握文章的体式,也就必然成为把握文章感情的第一条重要途径。

刘勰在《哀吊》中,举出了潘岳的哀辞作为例证:

> 及潘岳继作,实踵其美。观其虑善辞变,情洞悲苦,叙事如传,结言摹诗,促节四言,鲜有缓句,故能义直而文婉,体旧而趣新,金鹿泽兰,莫之或继也。

悲苦、激切、婉转,是"哀吊"这一特定文体的感情属性的基本特征。就作者的创作来说,他必须使作品的感情属性符合这一体式要求,就读者的接受来说,他依据作品的体式,就能知道它所内含的感情的基本属性,并据此来评定作品的感情属性是否符合体式的规范。这是评价文章优劣的重要依据之一。如果位体不当,采用的体式与内蕴的感情属性不相符合,就会造成接受上的混乱和阻抗。譬如,"颂"体是专用来表达褒奖的感情的,而陆机所作的《汉高祖功臣颂》中,却夹杂贬斥的感情,显然,这是一处极大的失误,被刘勰称为"末代之讹体"。

二是观照词语的运用。"万趣会文,不离辞情。"(《镕裁》)"情者文之经,辞者理之纬,经正而后纬成,理定而后辞畅。"(《情采》)情思是词语的内在蕴涵,词语是情思的外在形态,二者从来都是密不可分的。就文章的创作来说,"情固先辞","附辞会义",内容决定形式,形式承载内容。就文章的阅读来说,辞是通向情思的先行性存在,由辞而明义,内容依靠形式来体现,形式决定内容。只有通过对词语的把握,才能准确地理解、接受和评价作者的情思。所谓"春秋辨理,一字见义,五石六鹢,以详备成文,雉门两观,以先后显旨。其

---

① 赵梦麟:《文体明辨序》,见《文体明辨序说》,人民文学出版社1962年版,第74页。

婉章志晦,谅亦邃矣"(《宗经》),就是据辞入情的具体例证。

作者的置词,是一种个性化的行为。作者的个性化的情思,是通过他的个性化的语言运作方式来表现的。只有确切把握了作品的个性化的语言运作方式,才能确切把握作者的个性化的情思。

惟其如此,观置辞,也就必然成为"披文以入情"的第二条重要途径。

三是观文章形态的通变。"易,穷则变,变则通,通则久。"(《易·系辞下》)变是变化,通是通畅而无穷。"往来不穷谓之通。"(《易·系辞上》)变与通都属于认识方法论的范畴,具体表现在文章的阅读上,专指文章形态中的有常性与无常性的关系。

> 夫设文之体有常,变文之数无方。何以明其然耶? 凡诗赋书记,名理相因,此有常之体也;文辞气力,通变则久,此无方之数也。名理有常,体必资于故实;通变无方,数必酌于新声:故能骋无穷之路,饮不竭之泉。

刘勰把作品的形态分为"有常之体"和"文辞气力"两个方面。这里所说的"有常之体",不仅指诗赋书记这几种特定文体的具体规范,也泛指各种文体在体制风格方面的基本的规格要求。所谓"名理相因",就是根据各种文体的名目来规定相应的写作之理。即基本的体制规范。刘勰认为,文体的体制规范是恒常性的,是历代相通的,如果背离了这种规范,就会成为"谬体"、"讹体"。这里所说的"文辞气力",指"铺采摛文"方面的具体运作所表现出来的气势和美学感染力量的时代特征和个人特征,这种特征是时代的产物,也是个性的产物,属于风格学的范畴,是"无方之数",纯属于时代生活的多元化的发展空间和作者个人的多元化的创造空间,从来都是变动不已的。文章的形态,就是通与变的矛盾的统一,是普遍规范和普遍规范下的时代风格及个人风格的统一。

无论是"通"的范畴还是"变"的范畴,都是文章情思的制约因素。为着确切把握作品的情思,不仅要把握它的文体规范,也要把握它的时代风格及个性风格。以诗体为例,只要是诗体的作品,都普遍遵守诗体的形态规范和功能规范:"诗言志,歌永言……诗者持也,持人情性"。这种共同性,属于通的范畴。就变的范畴而言,同样是诗的体式,各个时代的作品都有其特定的时代风格,如先秦诗歌的质朴雅驯,建安诗歌的"慷慨任气",正始诗歌的"浮浅"和夹杂

"仙心",晋代诗歌的"轻绮",江左篇制的"溺乎玄风",刘宋文咏的"放情山水","俪采百字之偶,争价一句之奇,情必极貌以写物,辞必穷力而追新"。各个作家的作品,在个性风格上也是各不相同的。同是建安时代的诗歌,同样具有"慷慨任气"的特点:"曹孟德诗如幽燕老将,气韵沉雄,曹子建诗如三河少年,风流自赏。"(敖陶孙:《臞翁诗集·诗评》)只有洞悉了这些时代的风格和个性的风格,才能确切把握作者表现在作品中的情思的本质特征。惟其如此,观照文章形态中通与变的辩证关系,也就必然成为"披文以入情"的第三条重要途径。

四是观奇正。奇正,原属于兵势学的范畴,正指合律,一般,正常,奇指背律,特殊,反常,二者是兵阵的两种不同的布设方式。

> 凡战者,以正合,以奇胜……战势不过奇正,奇正之变,不可胜穷也。奇正相生,如循环之无端,孰能穷之!(《孙子兵法·势篇》)

由于兵势与文势都具有结构学的因素,刘勰将奇正的概念顺理成章地引入了写作学的范畴:

> 渊乎文者,并总群势;奇正虽反,必兼解以俱通;刚柔虽殊,必随时而适用。若爱典而恶华,则兼通之理偏,似楚人争弓矢,执一不可以独射也;若雅郑而共篇,则总一之势离,是楚人鬻矛誉盾,两难得而俱售也。(《文心雕龙·定势》)

刘勰所说的"奇正",指文章形态中两类不同属性的材料和表现方式:"正"是常规的、雅正的一类,"奇"是非常规的、瑰丽奇特的一类。刘勰所说的"总群势","奇正虽反,必兼解以俱通",指对两类不同属性的材料和表达方式的系统组合。他明确认为,组成文章的材料虽然很多,表现方式虽然不一,从最根本的构造属性来看,实际只有两类:常规的"正"和非常规的"奇"。但是,二者的组合并非一加一的简单堆砌,也不是一代一的简单代替,而是一种"总群势"的多样化的统一。径而言之,就是"驱万涂于同归,贞百虑于一致"。这种"一致",就是鲜明体现出系统组合的系统指向——"执正以驭奇",也就是刘勰所标举的"酌奇而不失其贞,玩华而不坠其实"。事物的性质,归根结底是由主要矛盾的主要矛盾方面所决定的,为了确切把握主要矛盾的主要方面,就必须洞悉所有矛盾和所有的矛盾方面以及它们之间的内在联系。表现在阅读的过程中,就是对材料属性和表现方式的全面把握和系统解读。唯有全面把握和系统解读,才不会偏于一隅,才能准确把握作者的真实意向。

关于作品中的这种多层面的矛盾组合的复杂性和兼通性,明代的屠隆曾经表示过相当深刻的见解,他说:

> 今夫天有扬沙走石,则有和风惠日;今夫地有危峰峭壁,则有平原旷野;今夫江海有浊浪崩云,则有平波展镜;今夫人物有戈矛叱咤,则有俎豆晏笑:斯物之固然也。借使天一于扬沙走石,地一于危峰峭壁,江海一于浊浪崩云,人物一于戈矛叱咤,好奇不太过乎?将习见者厌矣。文章大观,奇正离合,瑰丽尔雅,险壮温夷,何所不有?(《由拳集·与王元美先生书》)

特别是阅读大家之作的时候,更要注意对作品材料与表达方式的多层面性的系统把握。以苏轼的《水调歌头·中秋》为例,上穷天宇,下及人间,“有如万斛泉源,不择地而出”,“行乎其所当行,止乎其所不得不止”,将整个宇宙人生囊括务尽,将出世与入世的矛盾概括无遗,极尽汪洋恣肆之妙,使庸目者难以窥其端倪。从方方面面的合观中方才明白:通贯全辞的是他对生活的热爱,对祖国的忠诚,对报国无门的悲怆,归根结底,是一个知识分子对祖国的赤胆忠心。正,在于是,奇,亦在于是。正正奇奇的材料和表现方式,都是围绕这一个“情”字展开的,是这个“情”字表现在结构上的决定性依据。只有全面掌握了这些在矛盾中统一的材料和表现方式,才能确切了解作者的深邃用心。

惟其如此,对多样性材料与表现方式的全息性把握,也就必然成为“披文以入情”的一条重要途径。

五是观事义。“事义”,就是作者在文章中用来体现“情思”的物质材料,径而言之,“‘事义’,即是事实与事理的总称”。① 刘勰所说的“事义为骨髓”,

---

① 刘永济:《释刘勰的“三准”论》,见《文心雕龙研究论文集》,人民文学出版社1990年版,第656页。

"取事以类义",即此之义。

这些"事实与事理"是文心运动的依据和对象,也是为文用心借以显现的寄寓体。而对于语言来说,它是语言表现的直接内容。

事义在文心运动中,具有双重的形态学意义。就内在的涵蕴而言,它是生发情思的物质根由,也是体现情思的物质依据。就外在的表现而言,它是语言所指称的实体存在,是语言形态的语义学依据。所谓语言符号,实际就是事义的符号。所谓情思,实际就是由符号所指称的事义之间的有机联系所生发的感情和思想。情思不能自见,而必须借物以见或借理以见。物与理在作品中不能直见,而必须借辞以见,借采以见,借逻辑以见。

惟其如此,事义就必然成为读者把握作者用心的双重性通道:既用词语来解读"材料——意义",又用"材料——意义"来解读情思。具而言之,李白在《静夜思》中借助语言符号描绘出"明月"的形象,又在这形象中寄托了自己的思乡之情。读者则通过语言所唤起的艺术想象在自己的心屏上再现出明月的形象,由此而唤起了自己的思乡之情。这一特定的题材"明月",就是作者借以表现和寄托情思的特定途径,也是读者借以"披文以入情"的特定途径。唯有通过这条途径,才能达到对作者情思的确切理解。

六是观宫商。宫商指语言的声律美。"夫音律所始,本于人声者也。声合宫商,肇自血气。"声律,是感情运动的自然外现。

汉语的声律美,集中表现在音韵、声调和节奏三个方面。

音韵和感情状态微妙相关。"标情务远,比音则近。"具体表现在诗文中,就是"同声相应"的美学效应。不同韵辙的音色音响与感情状态具有对应关系,只要掌握了这些倚韵寄情的规律,就可以根据音韵的状态,真切地感受到作者的感情状态。也就是西方美学家黑格尔所说的:"韵使音律更接近单纯的音乐,也更接近内在的声音。"①惟其如此,对声韵的把握,必然是凭藉听觉审美以获得理想的美学接受的第一道门槛。

语言的声律美,也表现在声调方面。声调之美,主要表现在声与声之间的平仄协调以及双声叠韵等方面,其要义在于"和"。"异音相从谓之和","和"的美学机制就是通过声调的抑扬顿挫,给人以错落有致的整体感和变化感,从

---

① 黑格尔:《美学》第3卷下册,商务印书馆1981年版。第83页。

而获得美的愉悦。这种异中有同、同中有异所造成的金声玉振的美学效果,引导读者不知不觉地进入作品所布设的音乐旋律和相应的感情境界之中,对作者的用心进行充分的领略。惟其如此,对声调的把握,必然成为凭藉听觉审美以获得理想的美学接受的第二道门槛。

声律之美,还表现在它的节奏方面。节奏,主要是由有规律的"音节"所组成的链接,是"音节"的运动状态。它通过声音的轻重、强弱、高低这些因素的配合,组成了抑扬顿挫而又回环往复的旋律,在整齐与参差,抑扬与平直,重复与回旋之中,形成"玲玲如振玉,累累如贯珠"的美的交响乐,以直接来自心脏和呼吸的自然律动,传达出作者的感情律动,并以此唤起读者情绪的共鸣。读者凭藉这种音节的律动,就可以确切把握作者的感情律动。惟其如此,对节奏的把握,必然成为凭藉听觉审美以获得理想的美学接受的第三道门槛。

音韵、声调与节奏互相配合,共同构成了"观宫商"的具体内容,并由此开拓出表现中华语言美和感受中华语言美的第六条路径。这六条路径,从工程科学的实处,为文心接受的可实现性,提供了强大的技术保证。

四、文心接受的基本类型

读者对文心的接受,有正向接受和负向接受两种基本类型。刘勰所说的"知音",属于正向接受的范畴,刘勰所说的"相轻"、"相贱"、"相嗤"、"相诮"、"指瑕",属于负向接受的范畴,每种类型,都具有特定的基本形态。

（一）文心的正向接受

文心的正向接受,就是对作者用心的全息性契合。具体而言,一是指作者寄寓在作品中的情思获得了读者的认同,也就是刘勰所说的"不刊之鸿教"（《宗经》）;二是指作者的用心获得认同之后,又进一步转化为读者的实践,也就是刘勰所说的"鼓天下之动"（《原道》）。集中而言,就是主旨的实现:前者是"软"的实现,后者是"硬"的实现。本部分阐述的,是"软"的实现的基本形态。

主旨的"软"实现,包括两个方面的内容:情的实现——感情的共鸣,理的实现——理性的共识。

1. 情的实现——感情的共鸣

"缀文者情动而辞发,观文者披文以入情。"（《知音》）在语言的中介下由缀文者之情转化为观文者之情,标志着主旨在情的层面上的实现,也就是感情的同化。

艺术作品的主旨,是通过一个完整的感情结构,对现实生活所做出的美学评价。这一评价,渗透于感情结构之中,以感情倾向的形态出现。所谓共鸣,实际上就是作品的感情结构转化为读者的同质性的感情结构,作品的感情倾向转化为读者的同向性的感情倾向。它以情为起点,以情的运动为过程,以理的升华为归宿,将情的接受和理的接受融为一体。

感情的共鸣不是一步到位的,它具有不同的心理层次,是一个由浅入深的心理运动过程。

感情共鸣的一般层次是感动,即读者受到艺术形象的一定感染而在情绪方面有所触动。刘勰所说的"应物斯感","目既往还,心亦吐纳"(《物色》),即此之谓。刺激物往往是局部性的,内心的触动性往往是表层的。作品的片段和细节,某个特定的场面和事件,人物的某一特定的表现,环境中的某一特定的景物,一段深刻的哲理或者细腻入微的心理,或者形式技巧与语言技巧方面的独出心裁的运用,都可能是触动读者情绪的根由。唐代顾况读白居易的习作,笑为"长安米贵,居大不易",读至"野火烧不尽,春风吹又生",叹曰:"长安米贵,居亦何难。"这种局部性的心理触动,是阅读中的普遍现象。对作品的感情结构和感情倾向的整体同化,是从局部的情绪同化开始的。这种一般层次的共鸣,正是整体共鸣的基础。

共鸣的第二层次是激动。激动是情绪状态的深化和强化。它与感动都属于情绪的范畴,都具有情境性与暂时性的特点,但就其强度和深度而言,二者是并不相同的。在激动的状态下,情绪更加集中,更加强烈,更加持久,其外在表现也更加鲜明。所谓"观山则情满于山,观海则意溢于海"(《神思》),就是这种心理状态的具体展现。就其内涵来说,和作品中的感情倾向有了明显的联系,进一步接近了作品感情结构中的伦理核心。在心理梯级上,激动可以说是情绪与情感的中介。请看下面一段记载:

　　太子及宾客知其事者,皆白衣冠以送之。至易水上,既祖,取道。高渐离击筑,荆轲和而歌,为变徵之声,士皆垂泪涕泣。又前而为歌曰:"风萧萧兮易水寒,壮士一去兮不复还!"复为羽声慷慨,士皆瞋目,发尽上指

冠。于是荆轲就车而去,终已不顾。(司马迁:《史记·刺客列传》)

　　荆轲的慷慨悲歌,使"士皆垂泪涕泣","士皆瞋目,发尽上指冠",说明了接受者的激动状态。这种状态不仅与当时的现场情境有关,更与歌词和曲调所体现出来的仗义轻身、一往无前的感情内涵有关,所以才能激发出如此强烈、集中、持久的心理反应和生理反应。它和感动相比,已进一步接近情感结构中的伦理核心——志气——生命整体运动的总方向和总强度。但这毕竟是一种外围性的反应,接受者还处于"入而未化"的阶段,与情的整体实现还存在一定的距离。

　　感情共鸣的最高层次是"入化",即读者受到作品的感情结构和感情倾向的潜移默化而顿时失去了距离感,不知不觉地全身心进入了化境,与形象同歌同慨,与画面共喜共忧,达到物我同化,如醉如痴的最高审美境界。庄子《齐物论》中所说的"庄周梦蝶"的故事,就是对这种心理境界的形象表述。柳宗元的《始得西山宴游记》中,对这种心理状态做出了更加细致的描述:

　　　　悠悠乎与颢气俱,而莫得其涯;洋洋乎与造物者游,而不知其所穷。
　　引觞满酌,颓然就醉,不知日之入。苍然暮色,自远而至,至无所见,而犹
　　不欲归。心凝形释,与万化冥合。

　　最能说明共鸣有低到高、由浅入深、由弱到强、由局部到整体的完整过程的,是《红楼梦》第二十三回《西厢记妙辞通戏语　牡丹亭艳曲警芳心》中的一段有关共鸣效应的描述。林黛玉在梨香院外侧耳谛听飘过墙来的戏文,表现出了三种心理状态:始则"感慨缠绵","点头自叹",属于感动的范畴;继则"心动神摇",不能自已,属于激动的范畴;当听到"你在幽闺自怜……"一段时,她细细品味"如花美眷,似水流年"八字的韵味,多少回忆、向往与惆怅齐集心头,使她的心和杜丽娘的心同步跳动,以致"越发如醉如痴,站立不住","心痛神驰,眼中落泪"。这就是"入化"的境界。由此可见,"入化"是在"感动"与"激动"基础上的感情深化,是感情倾向上高度一致条件下的全身心的感动和激动。唯有这种感情倾向上的高度一致,才能实现全息性的感情共鸣。

　　这种崇高的表达境界和接受境界不是容易达到的,也不是人人都能达到

的。它既决定于作者表现在作品中的感情结构和感情倾向的美学高度和人性高度,也决定于读者的接受能力、感情结构以及感情倾向的质量,更决定于二者的契合。感情的共鸣,是一种"同声相应,同气相求"的效应,是作者和读者的思想倾向、道德倾向和审美理想趋于一致的结果。这就是"逢其知音,千载其一"的内在根由。但是,趋于一致也并不意味着全同。如果是全同,就没有了差异和距离,也就没有感情的交流与交换了。不管就作者的表达而言还是就读者的接受而言,为着实现文心的良好表达和接受,都必须不断提高自己感情结构和感情倾向的美学高度与人性高度,尽量拓宽自己感情结构和感情倾向中的伦理核心的精粹度和覆盖面,善养"浩然之气",以符合人性向上的总趋势,这是找到知音和不断扩大知音队伍的可靠途径。

2. 理的实现——理性的共识

"理形于言,叙理成论。词深人天,致远方寸。"(《论说》)刘勰认为,道理通过语言来表达,把道理陈述出来就成为"论"。论说之词可以深究天地间的至理,说服天下人的心意。他所说的"致远方寸",就是读者与作者之间的共识。共识,就是理性上的认同。

文章的主旨是对客观事物本质及规律的整体概括。这种整体概括有两种形态:直接的逻辑形态与间接的感情形态。一个运用概念去推理,直接揭示本质,另一个运用形象去再现,曲尽其理,间接显示本质;而就认识本质的总目的来说,二者是并无二致的。情的实现,只是理的实现的一种特殊形态而已。理的实现是主旨实现的最深层的内涵,是接受实现中的最后与最高的实现。

所谓理的实现,就是作品中显性的或隐性的思维结构和思维指向,完整地转化为读者的思维结构和思维指向,因而获得了对作品所证明或内蕴的真理的认同,并且形成了实践真理的意志趋向。这一复杂的心理过程,通过不同的心理层次,由浅入深,由外及内,实现着对理的整体领悟和接受。

理的实现的第一层次,就是验证。验证,是读者对作品中的证明所进行的再证明。"论者伦也,伦理无爽,则圣意不坠。"只有经得起验证的东西,才能被读者视为真理,才能获得读者的信任。材料、观点、推理方式、逻辑结构、逻辑手段,无一不是读者检验和证明的对象。读者的验证集中在两个方面:事实和逻辑。在事实上,要求"事信而不诞";在逻辑上,要求"义直而不回"。事实就是已经存在的东西,逻辑就是各种存在的本质联系的规律性及人类心理形成的规律性。这一理性的过程表现在文学作品的接受中，则是由审美验证和审理验证的融合而实现的。真理的逻辑寄寓在感情的逻辑之中，感情的逻辑通过形象的系列去体现，都是可以验证的客观存在。它因情而入理，因理而悟情，在辗转相因中不断深化和具化，推动着人们从哲理的高度去彻悟和把握其理性内涵，只是表现得更加曲折和隐蔽罢了。

理的实现的第二层次就是信服。信服是作品的思维指向和读者在阅读中形成的思维指向的契合，也就是读者对作者所论证的或启示的真理的深信不疑。这种契合，实际是作品对读者进行成功说服和读者接受了这一成功说服的结果，是作品的雄辩效应和读者的接受效应有机融合的结果。这种契合，不是容易获得的。读者有读者的思维结构和思维指向，有自己的"事实和逻辑"，要想将它们纳入作品的规定性的结构和指向中，不可能不出现心理定势的阻抗。这种阻抗，是依靠蕴涵在作品中的说服力来实现的。作品的说服力，来自事实和逻辑。读者的信服，也同样来自事实和逻辑。这就是二者可以对接和契合的根由，是矛盾统一的关键点。"范雎之言事，李斯之止逐客，并顺情入机，动言中务，虽披逆鳞，而功成计合，此上书之善说也。"（《论说》）历史上这些成功的说服和信服，无一不是"逻辑与事实"发生作用的结果。

当然，这种契合也是相对的。所谓共识，只是思维指向的大体一致。这种大体一致，固然和读者本身的思维结构和思维的整体指向有关，但主要还是作品说服的结果。就作者而言只有加强作品自身的说服功力，才能获得广泛的认同。水到渠自成，关键在于水源的丰盛。

理的实现的第三层次是振奋，即实践真理的强烈的意志趋向。这是理的实现的最高层次。刘勰所说的"志思蓄愤"（《情采》），就是这种强烈的心理境界的集中表述。

"人禀七情，应物斯感。"（《物色》）人对真理的态度绝不是冷漠的。读者在接受真理的时候，既是出乎其外，又是入乎其中。所谓出乎其外，因为真理是不以人的意志为转移的客观规律；所谓入乎其中，因为人是世界的中心，一切客观规律无一不与人的利益息息相关。人在认识世界的过程中，也必然会由于认识主体对实践主体与客观存在之间的功利关系的考虑，而进行心理上与实践上的双重参与，激发出一种实践真理的强烈意志倾向，使真理真正成为实践的指南，推动广大读者为理想地改造世界而奋斗不已。这就是刘勰在

《序志》中所昭示的:"尝夜梦执丹漆之礼器,随仲尼而南行。"这种强烈的振奋,就是他"搦笔和墨,乃始论文"的心理根由。

这种强烈的意志活动,是作者意志与读者意志的辩证统一,是作者意志对读者意志的激发和读者意志在作者意志的激发下自我扩充的结果。作者意志的引导作用和读者意志的扩充作用,二者都是必不可少的。作者以"道之文"鼓天下之动,读者因文中之"道"而奋身而"动"。"动",才是真理的最高宗旨,是接受的整体实现所追求的最高目标。试看抗日战争中千万军民高唱《大刀向鬼子们的头上砍去》的战歌奔赴战场的动人情景,就是接受实现的最高境界的最生动的展示。

(二)文心的负向接受

"文情难鉴,谁曰易分?"(《知音》)由于客观世界的千差万异,也由于读者接受状况的千差万异,有时也会出现负性的接受状况。"鲁臣以麟为麏,楚人以雉为凤,魏民以夜光为怪石,宋客以燕砾为宝珠"(同上),就是具体的例证。表现在文心的传播中,就是对文心的负向接受。

文心的负向接受,指读者对作品中的思维结构、思维指向及文本形式的不契合反应。这种不契合的状况,有的是局部性的,有的是全局性的;有的是积极性的,有的是消极性的;有的出于读者的原因,有的出于作品的原因。不管出于何种情况,最终都会对作者的文心运动的总过程和社会文化发展的总过程,产生直接的或间接的影响。

根据刘勰相关论述,下面试对文心负向接受的多样化形态,进行一点管窥式探析。

1. 从阻抗的规模来看,可以划分为局部性阻抗和全局性阻抗两种形态。

局部性阻抗指读者心理对作品内容与形式的部分不满或拒绝。这种不满或拒绝,并不涉及作品的主旨,也不涉及作品中的核心性材料,而只涉及表达方面的一些无关紧要的个别性的技术问题。读者的心理中,虽有某种小小的隔膜,但和作品的用心之间并不具有根本性的功利冲突,读者的心理阻抗并不具有对抗的属性。刘勰所说的"瑕病",就属于这种类型。"斯言一玷,千载弗化。"这种白璧上的微瑕,会给读者的接受带来许多的不畅和不快,在历史文化的流传中造成永恒的遗憾。

全局性阻抗指读者心理对作品内容与形式的整体拒绝和排斥,集中表现为对作品主旨的拒绝和排斥。这种整体性的负向反应,往往出自读者的思维结构与作品的思维指向的背道而驰,这种背道而驰,又往往与某些读者原来的知识结构和心理定势密切相关,最终与不同社会地位之间的功利性的冲突密切相关。刘勰所说的"贵古贱今","崇己抑人","轻言负诮",就是这种类型在消极领域中的典型表现。刘勰对六朝"繁采寡情"的浮靡文风的排斥和拒绝,就是这种类型在积极领域中的典型表现。

2. 从阻抗的性质来看,可以划分为积极性阻抗和消极性阻抗两种形态。

负向接受的性质,决定于阻抗的对象和接受者的态度。对消极性接受对象的阻抗,必然使阻抗具有积极的性质;对积极性接受对象的阻抗,必然使阻抗具有消极的性质。两种类型的阻抗,对于社会文化发展的作用,是迥然不同的。积极性的阻抗捍卫着传统文化的正确方向,推动着社会文化的发展,消极性的阻抗干扰着真理的传播过程,对文化的发展带来破坏性的影响。刘勰对六朝浮靡文风的阻抗,就是积极阻抗的历史性典范。宋代王安石的《答司马谏议书》中对司马光的保守主义论见的决绝和批判,也是积极阻抗的典型。而司马光致王安石书信中对改革派论见的污蔑、诽谤和攻击,则是消极阻抗的典型。

3. 从阻抗产生的原因来看,可以划分为环境因素阻抗、读者因素阻抗和作品因素阻抗三种形态。

环境因素指读者在阅读中的社会心理背景和历史文化背景。不同的背景产生不同的现实需要和价值取向,形成不同的心理定势和接受视野。治世欣赏"安以和"的声音,乱世欣赏"怨以怒"的声音;有权有势者欣赏唯我独尊、唯我独贵的声音,无权无势者欣赏"坎坎伐檀"、"誓将去汝"的声音;崇尚雅正的民族欣赏雅正的声音,崇尚轻绮的民族欣赏轻绮奔放的声音。与环境因素互相契合的东西,就会在接受中受到广泛的欢迎,与环境因素互相抵牾的东西,就会受到普遍的拒绝。

读者因素指读者的知识结构、思维结构、兴趣爱好、价值取向、思维指向等所决定的接受视野的总体状况。这一总体状况的集中显示,就是他的基本的社会立场。惟同声者方可相应,惟同气者方可相求,惟同利者方可相通。对文心的接受或拒绝,归根结底是由接受主体与接收客体之间的契合状况来决定的。"会己则嗟讽,异我则沮弃。"(《知音》)如果二者之间存在根本指向上的差异和功利性的冲突,或者在知识结构上存在重大的差距,就会出现格格不入的状况。所谓"东向而望,不见西墙"(《同上》,即此之谓。

作品因素指作者的用心所借以显现的文本的内容和形式的基本状况。文本是作者表达文心的决定性依据,也是读者接受文心的决定性依据。作者对读者的说服状况和读者对作者用心的接受状况,归根结底是凭借文本来实现的。如果作者表达在文本中的内容和形式符合读者的接受视野,就会产生"欢然内怿"的正向接受效果。如果文本中的内容与形式与读者的接受视野存在重大的差距,就会出现"酱瓿之议"的负向接受效果。王安石所说的"如君实责我以在位日久,未能助上大有为,以膏泽斯民,则某知罪矣;如曰今日当一切不事事,守前所为而已,则非某之所敢知",就是作品的文本状况在接受中的决定性作用的直接显示。

不管是文心接受中的何种类型和何种形态,都会对文心运动的总过程产生深远的影响。具而言之,正向的接受说明了写作获得了良好的接受效果,它鼓励作者按照原来的思维方向、感情方向与风格特点继续写作。负向的接受说明了读者对作品的思维结构及其指向做出了负性的反馈。负反馈对作者来说不一定是坏事,相反,其中也包含着对作品的思维结构及其指向进行调整和完善的契机。许多名著佳作,一开始并不一定十分完善,是在负反馈的作用下不断校正、调整而臻完善的。曹子建自称"常好人讥弹其文",所谓"讥弹",就是负反馈。他从负反馈中发现了自己的"著述之病",应时改定。白居易通过老妪的负反馈反复修改自己的作品,"不解,则复易之"。范仲淹接受乡儒的负反馈,改"德"为"风"。这样的例子,在历史上是举不胜举的。两种反馈,都会从接受的角度对作者的表达提出新的要求,而其结果都会带来文心运动的新飞跃。

不管是何种类型的接受,都是正常现象,关键在于作者的具体分析和正确对待。刘勰的《正纬》,就是这一具体分析与正确对待的杰出范例。他对《纬》中之"伪",采取了鲜明的批判和拒绝的态度,斥其为"乖道谬典,亦已甚矣"。另外,他对《纬》中的生动的文采,则采取了接受和肯定的态度,称其为"无益经典而有助文章"。他所昭示的"芟夷谲诡,采其雕蔚",就是这一科学认识的集中概括。它以鲜明的辩证品格启迪着后世的传人:面对纷纭复杂的接受状况,贵在心中有数,不能随人俯仰。所谓有数,就是合道,即按规律办事,实事求是。它启迪后人记住文心运动的总理:文心运动的总目的只有一个——

"鼓天下之动者存乎辞"。文心运动的总法则只有一个——"辞之所以鼓天下者,乃道之文也。"(《原道》)不管是文心的表达还是文心的接受,都是遵循这一总目的和总法则而运行的。洞悉了这一点,对文心的接受运动的总原理,就可了然于心而可运之于掌了。

第二节　刘勰关于表达与接受的内在契合的理论体认

"文果载心,余心有寄。"(《序志》)接受是写作的价值和目的的终极体现。但是,接受并非单边单向的活动,它从来都受制于并统一于文心运动的整体过程。如果没有表达的前导作用,接受是不可想象的事情。表达与接受,从来都是一体化的运动。重视读者在接受中的能动作用,并将读者的期待视野自觉地纳入文心运动的总过程中进行内在的契合,是刘勰对接受美学的独特创见,也是中华美学在世界美学中独树一帜的领域。

在我国的美学思想中,很早就涉及了读者与接受的范畴。《易》中就已经提出了"鼓天下之动者存乎辞"的观点。辞的"鼓天下之动"的效应,既是表达的效应,也是接受的效应。实现"鼓天下之动"的接受效应,就是辞的表达的终极目的。这一目的的提出,标志着远在先秦时期,我们的古人就已经接触到了接受在文心运动中的地位的问题。孔子所说的"兴观群怨",就是对诗歌的接受效应的具体概括,也就是对文心运动所企图达到的具体目标的标举。但是,这种目的意识是夹杂在经学阐释的总范畴中的,与其说是美学接受意识,不如说是政治教化的效应意识,不能独立构成明确的美学思想。

在我国美学史上,对前人接受经验进行系统总结和理论升华,明确提出接受的理论范畴的学者,就是刘勰。他在中华美学史直至世界美学史中,第一次提出了关于"观文者"(读者)的概念并深化了知音者的概念,并将这两个概念都统一在"为文之用心"的总概念中,由此构成了一个渗透于全部著作的完整的接受理论体系。这一以读者为焦点的理论体系,包括两个重要的理论范畴:一是关于读者意识的系统思考,二是关于作者适应接受的总体原则的系统思考。

一、关于读者意识的系统思考

所谓读者意识,就是关于读者存在的自觉意识。反映在创作的过程中,就是作者具有为读者服务的写作意向,自觉地将读者的接受视野纳入自己为文的用心之中的心理形态。刘勰所标举的"知音",就是这两种视野融合为一的典型形态,也就是读者意识的典型形态。

刘勰关于读者意识的系统论见,集中反映在他对作者与读者关系的经典性命题中:"缀文者情动而辞发,观文者披文以入情。"(《知音》)这一命题具有三重深刻内涵。

第一重内涵是在中国美学史直至世界美学史上,第一次注意到并明确地提出了"观文者"的概念,并赋予"观文者"以独立的范畴地位。这里所说的范畴,实际也就是明确的美学范畴。这是因为,这里所说的"观文者",已不是儒家概念系统中的"闻道者",不再是一个以伦理政教为中心的概念,而是一个以"情"的接受为焦点的美学概念。"观文者",就是美学的接受者。它与现代所说的文学读者和审美者在提法上虽然不尽相同,但在范畴上并无二致。

对美学接受者的历史性发现,也就是对接受美学的历史性发现。它清晰地并雄辩地表明,早在一千五百年前,被现代西方人所说的"美学概念的革命性突破",实际就已经在中华文化中坚实地开始了它的萌发和孕育的历史性过程。众所周知,范畴是关于客观事物特性和关系的最一般、最本质的基本概念。基本概念的建立,是人类认识的科学化和深刻化的阶段性水平的根本标志,也是人类认识不断完善化的历史过程的记录。惟其如此,读者概念的出现,就必然成为接受美学借以建立的核心基石。人类对接受美学的认识过程,从此才具有了真正的和直接的逻辑起点。

这句话的第二重内涵,就是对"缀文者"与"观文者"的并列关系的深刻揭示。刘勰认为,在文心运动的过程中,"缀文者"与"观文者"处于相对和相反的地位。就"缀文者"来说,是一个以言达意的"沿隐以至显"的过程;就"观文者"来说,是一个"披文以入情"的沿显以至隐的反过程。二者分处于文心运动的两极,各自都以对方的存在为前提:没有"缀文者","观文者"就没有"披文"的依据;没有"观文者","缀文者"就没有"披文"的对象。对作者与读者之间这一相对和并列的关系的揭示,实际也就是创作与接受之间的相对和并列的关系的揭示:没有创作,就没有接受;没有接受,创作也就失去了意义。赋予二者以相对和并列的地位,实际上也就是对创作与接受以同等的重视,赋予了美学和写作学以两只眼睛看世界的广阔视野。这在我国美学史上直至世界美学史上,都是一次革命性的理论开拓。

　　这句话的第三重内涵,就是对"缀文者"与"观文者"的统一关系的深刻揭示。创作与接受虽处于文心运动的两极,却又是一体相连而互不可分的。就内容来说,二者以情相连:缀文者以情缀文,观文者依文入情。角度虽不同,情思本无别。就媒介来说,二者以辞相连:缀文者以辞达意,观文者依文达意。角度虽有别,媒介无不同。情思,是二者得以相通的共同内涵依据。文本,是二者得以相通的共同形态依据。这就必然使二者融合成为一个统一的整体。惟其如此,创作与接受这两个相对、相反的过程,在作者的主体意识中就可以统一成为一个同步运动的过程,也就是将读者的接受视野自觉纳入创作视野之中的过程。唯有这样的过程,才能获得最佳的写作效果和接受效果。刘勰所说的"鼓天下之动者存乎辞,辞之所以鼓天下者,乃道之文也",就是这种效果的最高境界。这种境界,是中华美学的自觉追求,也是中华接受美学的独特追求。这一主客融合为一的美学范畴,是西方接受美学至今未能充分认识而莫衷一是的理论灰区。

　　这三重内涵,就是读者意识的具体内容。也就是刘永济先生在《校释》中所深刻体认的:"文学之事,作者之外,有读者焉。"读者意识标志着一个特定的心理角度,这就是作者与读者的一体化的心理角度。刘勰的贡献不仅在于他提出了这一特定的心理角度,而且在于他将这一心理角度渗透于文心运动的全息性过程之中,赋予文心运动以作者视野和读者视野的双重品格,使他的创作理论和接受理论融合成为一个统一的整体。刘勰的这一重大的美学发现和美学主张,贯穿于《文心雕龙》的全部内容之中。

　　《文心雕龙》的每个篇章,都或隐或显地蕴涵着接受论的叙述角度,都可以直接地或间接地进行接受论的解读。以《原道》为例,"道"作为万事万物的终极根源,不仅是创作论的哲学依据,也是接受论的哲学依据。人作为"五行之秀,实天地之心",本身就是自然运动的结果,"道"的自然运动,是人与人借以沟通的最高依据,原本覆盖于一切人,不管是缀文者还是观文者。惟其如此,"道"就必然成为人与人之间借以沟通的公共性的和永恒性的客观依据。表现在"文"中,同样是如此:"心生而言立,言立而文明,自然之道也","言之文也,天地之心哉"。"道"是"文"的普遍性内涵,是文之所以和万物相通的普遍性依据,也是文之所以与天下之人心相通的普遍性依据。"道"作为自然运动的总动力和总法则,是文章创作的总理,也是文章接受的总理。一切文章现象,一切创作与接受,无一不以道的运动为核心。只要抓住了这个总核心,就能在物与物之间,物与心之间,心与心之间,畅通无阻,在创作与接受之间畅通无阻。刘勰所说的"道沿圣以垂文,圣因文而明道",就是道与文融合为一的典型形态,文与心融合为一的典型形态,从某种意义上说也是创作与接受融合为一的典型形态。惟其如此,在文心的运动中,才能进入"旁通而无滞,日用而不匮"的境界。所谓"鼓天下之动者存乎辞,辞之所以鼓天下者乃道之文也",就是对这种境界最完整的理论概括和美学追求。

接受论的内涵,也隐性地或显性地蕴涵在《神思》的基本原理中。易而言之,《神思》中的许多美学原理,对于美学的接受来说,也同样是适用的。"神思"指写作的构思,而其核心就是对主旨的构思。作者在确定主旨的时候,不仅仅是考虑到自己感情的表达需要,也同时考虑到观文者"披文以入情"的接受需要。因此,作者表达之情和读者期待并可以接受之情,绝不能是南辕北辙的东西。他必须先谋而后动,瞄准读者的感情需要再"设情以位体"。作者之情与读者之情得以契合的根本依据,就是二者的合道性。主旨的合道性,就是文章之所以具有鼓动天下的力量的根本原因。因此,足以鼓动天下的主旨,绝非一般意义的主旨,而必定是合道的主旨。所谓"木铎起而千里应,席珍流而万世响",即此之谓。

合道,既是对作者构造情思的根本性要求,也是对读者接受情思的根本性要求。就通向道的渠道来说,二者也是殊途而同归的。心与道相通的决定性的心理前提,就是虚静。虚则能容,静则能照,惟虚惟静,可以照万物而悟万理。这一普遍规律,无论是对创作或是接受,都是普遍相通的。就"神思"而言,致虚静的过程,是一个"疏瀹五脏,澡雪精神"的过程。就"知音"而言,是一个"无私于轻重,不偏于憎爱"的过程。角度虽然不同,致虚静的心理渠道并无二致,合道的总目的与总要求并无二致。对此,刘永济先生做出了深刻的体认和诠释:"所谓'入情见心,欢然内怿'者,苟非以我心魂,接彼精魄者,何能臻此?盖性灵领受者,必在天君澄澈,世虑尽消之时,其事于'陶钧文思,贵在虚静',功用正等也。"①可谓一针见血之语。

---

① 刘永济:《文心雕龙校释》,中华书局 1962 年版,第 187 页。

接受论的内涵,也深深涵蕴在《风骨》篇的诸多美学法则之中。"风者,化感之本源,志气之符契。"所谓"化感",就是在接受者身上体现出来的一种心理效应。产生这种化感效应的本源,实际就是道的动人力量。"鼓天下之动者存乎辞。辞之所以鼓天下者,乃道之文也。"在文心的运动中,这种道的力量并不是什么虚无缥缈的东西,而就是深蕴在人类感情中的人的本质力量——向上奔突的永恒动势所具有的美学感染力量和理性说服力量。"情之含风,如体之包气。"只有符合生命向上运动的永恒动势的富有生命活力的东西,才是真正动人的东西,也就是含"风"的东西。情之动人在于风。风之动人在于气。气之动人在于力——生命运动的永恒活力。"风力",既是指作者在自然运动中所受之感化,也是指读者在文本运动中所受之感化,这种感化,都是从接受的特定角度所获得的。对人类的情感提出力学的要求,也是从接受的特定角度发出的。正是这一角度,使"风"的内涵及其表达意义与接受意义,以实践性的品格清晰而完整地显示出来。

对"骨"的论述同样如此。"事义为骨髓","骨力"就是事义之允当与充实所具有的足以动人的力量。力学的范畴是作用与反作用共相为济的范畴,也是发出与接受共相为济的范畴。赋予事义以力学的内涵与骨力的品格,同样是对接受这一特定角度的遵循和显示。所谓动人的力量,从最终的层面来说,实际就是鼓动读者的力量。这正是刘勰在《风骨》篇中的自觉追求。这种追求,是中华美学之所独具而西方美学之所不具的东西。

接受论的内涵,也蕴涵在有关表达的方法论之中。刘勰所特别标举的关于"味"的方法论原则,既是关于表达的方法论的原则,也是关于对接受进行适应的方法论原则。"味",指对审美对象的欣赏和品味以及相关的美学滋味。以"味"作为评价艺术优劣的依据,实际就是以读者的接受心理作为评价艺术优劣的依据,也就是以读者的接受心理作为选择艺术表达方法的依据。所谓"繁采寡情,味之必厌",就是以读者接受的负性状态,对"繁采寡情"的方法做出否定的评价。所谓"物色虽繁,而析辞尚简;使味飘飘而轻举,情晔晔而更新",就是以读者接受的正性状态,对"析辞尚简"的方法做出肯定的评价。所谓"摘表五色,贵在时见"的方法论主张,实际也就是对"若青黄屡出,则繁而不珍"的喜新厌旧的接受心理所做出的适应。其他,如"惊听回视","动心惊耳","金声玉振",等等,都是某一特定表达方法的特定接受效应的外在显示。表达是为接受所进行的表达,接受是据表达所进行的接受。在中华的美学理论和美学实践中,二者从来都是融合为一的。

窥一斑而知全豹,接受论的内涵,确实是广泛渗透于《文心雕龙》全部内容之中的。我们传统的美学理论中存在着接受美学的完整内涵,这一点是丝毫不用怀疑的。当然,任何新生事物都必须经历一个逐步完善的过程,和当代的接受美学比较,在某些方面难免显得有点儿简略和粗糙。这是丝毫不足奇怪的。前人的简陋和粗糙,正是后人的丰富和精细的基础。如果没有当年的简陋和粗糙,也就没有今天的丰富和精细了。就基本角度和基本范畴来说,古与今并无二致,而就将接受视野融化于创作视野这一高屋建瓴的美学主张来说,当代世界上没有任何一家别的理论可以超越。就这一点来说,我们完全有权利为我们的古人感到自豪的。

二、作者适应接受的基本法则

文心运动以接受为目的,这就要求作者必须重视读者在写作中的地位,并在写作过程中通过对接受的适应和契合,充分发挥读者的能动作用。但是,对接受进行适应和契合的问题,实际是一个"众口难调"的问题。要解决这一难题,除了洞悉读者意识这一工程原理之外,还必须掌握方法论的工程法则。下面试根据刘勰的系统论述,对作者适应接受的总体性的工程法则,进行概括性的探讨。

(一)引导性法则

作品的接受是"缀文者"与"观文者"的双边运动的结果。在现代的接受理论中,人们争论不休的是:二者之中,到底以谁为主导呢?这个使现代美学界困惑不已的问题,实际是一个没有答案的问题。二者之间,就像蛋与鸡的关系一样,互以对方的存在为前提,具有循环无端的属性。无论是作者主导论或是读者主导论,都是不够全面的。

刘勰接受理论的巧妙性就在于:他避开了具有循环关系的两端,瞄准两端的中介点进行径直的切入。这一中介点就是作品:"缀文者情动而辞发,观文者披文以入情。"(《知音》)所谓"辞""文",就是指作品的中介性而言的。缀文者为情而造文,观文者披文以入情,"文"作为二者的中介,也正是这一循环运动的轴心。作品既是生产的标志,也是消费的标志,又是生产和消费统一的标志。正是作品,将创作与接受的对立的两极连接成为一个整体。以作品作为焦点,就可以对创作与接受的两极性运动做出全面的观照。刘勰之所以如此重视"宗经",实际就是重视作品在流通中的纽带作用。所谓"木铎起而千里应,席珍流而万世响"(《原道》),就是凭借作品发挥作用的具体展示。如果没有这些经典性的作品,没有这些"木铎"与"席珍","圣因文而明道"就会成为一句空话。"木铎"与"席珍"的作用,就是引导的作用。这种引导的作用,与孔子所主张的"循循善诱",在道理上是一脉相承的。

"万趣会文,不离辞情。"作品的性质,不管它在各种环境和接受结构中被解释成什么,都只能从它自身的"文本"中表现出来。文本,是由作者创造出来的。作品的内蕴是文心。文心是体现作者思维意向的完整的思维结构。这一完整的思维结构,是由完整的语言结构所固定的决定性结构。正是这一内外统一的决定性的文本结构,引导着读者的定向思维。读者在接受中的主体性和能动性,他对作者用心的"补充和解释"的"具体化",都是在这一"由字而生句,积句而成章,积章而成篇"的决定性结构的定向引导下进行的。所谓"诗无达诂",尽管"诂"可以多种多样,但都是在诗的决定性的文本结构的引导下生发的。如果没有"诗"的决定性的文本结构,也就无"诂"之可言了。先有作者在写作中的巨大的能动性,然后才有读者在接受中的巨大的能动性。当然,读者在接受中的能动性,又可以反过来激发作者在写作中的能动性,二者互生互补。但这种"反过来"并不能成为"读者决定作家"的理由,而只能是作家通过作品引导读者的理由。因为读者"决定"作家的那些因素——接受结构,早就已经融化在作者的"以接受为目的"的思维结构和语言结构之中,成了创作活动的内在因素,它早已隶属于将整个接受过程融解于其中的创作活动中,最终凝聚成为文本中的决定性结构。这两个能动性的融合和两个过程的融合,都是通过作品来实现的。归根结底,是作品在引导读者,是作家通过作品中的接受结构在引导读者,是"制音"通过"音"在引导"知音",是"艺术对象"创造出懂得艺术和欣赏美的"艺术大众"。如果不能做到这一点,如果产品不能引导接受,如果"音"不能引导"知音",如果艺术不能引导艺术大众,那么人类的物质文明和精神文明就会原地踏步,再也不可能发展和进步了。

反一角度来看,如果否定了作者的引导作用,推行"读者主导"的主张,在实践中会出现怎样的情况。众所周知,读者是一个多元多层的群体。承认"读者主导",就等于承认多中心。多中心就等于无中心。文心运动是一种定向性的运动,它只能有一个指向,一个中心。它对读者的适应只能是整体的适应,而不可能是单元的适应。它对各个单元的适应,是纳入整体的适应中来实现的。以一手而调众口,如果每一张口都要主宰个中之味,那么,这一个"手"字和"调"字也就失去意义,个人之味与众口之味也就不再具有相通的属性。——进行迎合,表面上看来各得其所,皆大欢喜,实际上无异于画地为牢,作茧自缚。社会性的交流就会离析成为行业性的交流甚至个人性的交流,写作也就会丧失其"鼓天下之动"的广阔作用而失去其存在价值。

迎合既不可能,也不可取。社会的接受结构和读者的主体结构,也是在不断变化的。纵使能够迎合于一时,终将为历史向上的动势所淘汰。汉赋与六朝的宫体诗,就是典型的例证。

作品对读者的引导作用,不是作者的单边作用,而是将接受因素转化为创作活动的内在因素,从而隶属于整个过程并融解于其中的自觉活动的综合作用。这种"自觉",就是作者的"读者意识"。所谓作者的"读者意识",就是作者以接受为目的,自觉地把读者的接受结构纳入自己的思维结构与表达结构之中的心理状态。"文果载心,余心有寄。"所载何心?为文之用心也。为文之用心为何?秉天地之心以鼓天下之动也。从最终的目的来看,作者之心本来就是为读者而"用"的,也是为读者而"运"的。作者具有读者意识,实质上就是作者的"思维—表达"结构和读者的接受结构在作者心理上的融合,它是读者精神存在和现实存在间接而持久地对作者的写作发生作用的具体表现,也是作者对读者接受状况进行整体适应的心理保证。

作者的读者意识,集中表现在为读者而写作的根本方向上。读者是一个社会性的群体,而社会则是人际关系的总和。构成社会主体的决定性力量,是天下苍生。写作的崇高目的是"鼓天下之动",而天下从来都是以苍生为中坚的。离开了这些"匹夫",也就无天下可言了。为读者而写作,就是为广大生民而写作。因此,古往今来一切大有成就的作家,无一不在思想上与感情上和天下苍生融为一体,以天下为己任,忧国忧民,并且自觉地或自发地将这种崇高的思想感情凝聚成具体的写作指向。从屈原的"哀民生之多艰",杜甫的"安得广厦千万间,大庇天下寒士俱欢颜",白居易的"但歌生民病",龚自珍的

"化作春泥更护花",鲁迅的"我以我血荐轩辕",一直到当代的"我为人民鼓与呼",一根红线,世代相连。正因为他们的作品有如此鲜明夺目的人民性,所以深深扎根人民心里,历万劫而不朽。

惟其将读者装在心里,惟其具有明确的目的意识和责任意识,就必然会在写作中处处想到读者的精神存在和现实存在,就会将读者的接受结构以集团意向的张力,自觉地纳入自己的思维结构和语言结构中,对读者所喜闻乐见的内容和形式,进行体验入微和贴心入化的适应。白居易将自己的作品向老妪征求意见,以期获得天下共赏的接受效果,就是典型例证。工程方向问题解决了,工程方法问题也就迎刃而解了。

（二）重气性法则

"神居胸臆,志气统其关键。"(《神思》)气是道的运动的具体形态,即宇宙运动所勃发的生机。这种生机,具有永恒向上的动势,推动着生命的向上运动过程。所谓"天行健,君子当自强不息","天地之大德曰生","生生之谓易",就是对气的向上动势的理论概括。文心原道,实天地之心。获得气的优势,是获得心的优势的决定性前提。惟其如此,"重气之旨","气盛言宜",也就必然成为作者对接受进行内在契合的工程枢纽:"气以实志,志以定言,吐纳英华,莫非情性。"(《体性》)

气表现在作品中,就是它的情感、材料和语言中的蓬勃向上的生命活力所构成的美学张力和理性张力。刘勰所说的"风骨采",就是他对作品中这种与气相偕的美学张力和理性张力的完整概括,也是他对重气之旨的明确标举。文章的美学感染力量和理性说服力量,实发端于此。作者对读者的接受进行契合以获得鼓天下之动的效应,其工程方法的根本性的入手处,也就在这里。

"风",就是"与气相偕"之情。不是所有的情都具有动人的效应。唯有与气相偕的情才具有动人的效应。为了占领心灵的阵地,必须赋予情思以"气"的优势,也就是一种蓬勃向上的生命活力。"意气俊爽,则文风清焉。""俊爽",就是一种乐观豪迈的精神品格。这种精神品格,通常表现为一种道义上的重大性和规律上的深刻性,也就是人们所常说的永恒的真理。情的力度决定于风的力度。风的力度决定于它所体现的人性深度和理性深度。如果在表达中能够自觉地对此进行契合,使作品中的情思具有"与气相偕"的精神品格,也就是具有体现人性深度和理性深度的力量,那就会有如风之动物,使人折然而服,欣然而从,获得良好的接受效果。

"风与气偕"的本质性内涵,就是对人类精神的向上性的标举。人类灵魂永远向上。一切能唤醒人的尊严,恢复人的生命意识,坚定人对真理的信念,促进人类灵魂永远向上的作品,都是具有"如风之动物"的品格的作品,都会永随着人类精神生活和物质生活的向上运动而流传不朽。屈原的爱国主义诗篇,李白崇尚个性自由的诗篇,杜甫对弱者同情的诗篇,白居易的"但歌生民病"的诗篇,如此等等的世代相传,就是历史的见证。它们从文学实践的角度,证明了"重气之旨"理论在接受领域的正确性。

"骨",就是"与气相偕"的事物与事理。事物与事理,是情思借以生发和表现的寄寓体,也就是情思中的动人之力借以生发和表现的物质依据。不是所有的事物与事理都具有动人的效应。唯有与气相偕的材料才具有动人的力量。为了占领心灵的阵地,除了赋予情思以"气"的优势之外,还必须赋予事义以"气"的优势,也就是赋予事物与事理以一种蓬勃向上的生命活力。"结言端直,则文骨成焉。"言是事义的符号,对语言的选择实际是对事义的选择。"端"指端庄,无偏无邪之谓也。"直"指正直,无曲无枉之谓也。径而言之,就是选材必须具坚而难移、切中要害的形态品格。所谓"练于骨者,析辞必精",即此之谓。"析辞之精",实际就是析材之精。"骨",实际就是最精粹的材料。材料的精粹性,主要表现在它的生动性、精要性和合逻辑性上。生动性者,"曲写毫芥"、"情貌无遗"之谓也。精要性者,"以少总多"之谓也。合逻辑性者,"伦理无爽"之谓也。凡是具有这三种属性的材料,都是具有动人之力的材料,都可以取得良好的接受效应。刘勰在《物色》篇中举出了《诗经》中的许多例子,对优质材料的表现效益及相应的接受效益做出了充分的论证,明确认为,与气相偕的材料所具有的美学魅力是永恒性的:"虽复思经千载,将何易夺?"何者? 以气自雄耳。有气自然有力,有力自然动人。从接受学的角度来对此进行观照,对表现学中的取材原理,就会看得更加清楚,体会更加深刻了。

"采"就是与气相偕的语言。语言是文学的载体,但不是所有的语言都具有塑造艺术形象的功能,唯有与气相偕的语言才具有在读者的大脑屏幕上激发想象以形成形象的效应。这种独特的艺术接受效应,是通过辞采来实现的。辞采,就是一种经过特殊打制的具有声色效应的语言。这种语言,从内涵来说,来自事义之充实所发出之光辉,从形态来说,来自修辞之巧妙所突出之生气。唯有这样的语言,才真正具有对形象思维的激发力量。刘勰在《物色》中所举出的"虽复思经千载,将何易夺"的例子,既是与气相偕的事义的例子,也是与气相偕的语言的例子。唯有这种与气相偕的语言,才具有"瞻言而见貌,即字而知时"的永恒的美学魅力,获得世世代代读者的欢迎。这也就是杜甫之所以"语不惊人死不休"的根由。

风骨采是一个统一的整体,是美学与力学的融贯。"若风骨乏采,则鸷集翰林,采乏风骨,则雉窜文苑,惟藻耀而高翔,固文章之鸣凤也。"三者兼备,文心可运于掌,鼓天下之动可运于掌。

(三)折衷性法则

"擘肌分理,唯务折衷。"(《序志》)从折衷中走向兼容,从兼容中走向博大,从博大中获得鼓天下之动的接受效益,是作者对接受进行契合的重要原则。

兼容性表现在读者层面上,就是在"鼓天下之动"的总目标下,对社会接受视野和接受结构的兼容并蓄。社会作为一个整体,是人与人关系的总和。兼容性法则表现在读者层面上,实质上也就是社会性法则。

兼容性法则,就是求大同、存小异的法则。读者多元多层,而社会的根本利益、道德规范、语言规范、美学规范、思维规范,却是共同的。求大同,就是遵守规范。存小异,就是承认差别。小异是服从大同的。对"小异"的适应,必须在遵守"大同"的前提下进行。否则,将会为社会所不容,为历史所抛弃。"辞之所以能鼓天下者,乃道之文也。""道"就是客观世界的普遍规律。这一个人人都必须遵守的客观规律,就是"大同"的深刻内涵。正因为它具有如此强大的内在张力,它才能维持着社会的整体性和一致性。唯有依道而行,才能在千态万状的多层多元的社会中沟通无阻,为天下人所认同。

兼容性法则,也就是覆盖无遗的广泛性法则。雅与俗,智与愚,贤与不肖,敌我友,都是"天下"的组成部分。整个"天下",都是作品的覆盖域野和交流范围。所谓"有教而无类"(孔子),所谓"太山遍雨,河润千里"(刘勰),即此之谓。这一广泛的适应性和可接受性,从思想上和道义上来自作家以天下为己任的崇高天职,在技术上来自文章的多种功能。文章的功能大致有五种:认识、审美、教育、交际、组织。这五种功能,都直接面向整个社会并足以覆盖整个社会。由此可见,作者和作品对接受所具有的开拓潜力是无穷无尽的,它的可接受范围是无边无际的。孔子的著作原本是讲课教材,后来却为整个民族奉为世代相传的文化宝典。骆宾王的《讨武曌檄》针对武曌一人,震撼千年青史。韩愈的《祭鳄鱼文》教训蠢然一物,辐射世道人心。林觉民烈士的《与妻书》是与妻子的个人对话,却使世代人心深受感动。这些都是作品强大的接受功能所获得的全位性接受效益的例证。

概而言之,作品具有怎样的开拓力,就具有怎样的接受域野。接受的广泛性是人类写作希望达到、可以达到、而且是现代人已经正在达到的目标。但是,作品的开拓力,不单是一个技术问题,它需要有强大的精神支柱和人格支柱:博大的胸怀,开阔的眼光和浩然的志气。唯有心里装着"天下苍生"的人,"天下苍生"的"心里"才能装下他,才能真正实现广泛的接受。名家名作能超越时间和空间,获得世界和历史的广泛接受,秘密就在这里。

折衷性法则,也就是与社会发展总趋势保持一致的法则。社会是不断发展变化的,要想实现广泛的接受,必须在思维内容、方向、方法以及语言表达的形态上,顺天应人,与时俱进,适应历史潮流和人心走向,牢牢把握住历史发展的总趋势。也就是刘勰所昭示的:"文律运周,日新其业。变则可久,通则不乏。"(《通变》)那些能与日月同光的作品,都是与历史发展的总趋势保持一致的作品。道理并不复杂:读者的接受来自需要,人类的需要总是受历史发展的总趋势所制约的。所谓"文变染乎世情,兴废系乎时序",即此之谓。如果脱离或者背离历史发展的总趋势,也就必然会背离广大读者的需要,纵令能依仗权势红极一时,最终会门庭冷落,为历史的尘埃所湮没。《荡寇志》不能流传,《水浒传》不胫而走。康梁维新之作众口交誉,保皇之作众口交詈。《洪波曲》与《甲申三百年记》被誉为丰碑与明镜,《李白与杜甫》被识家讥为:"甫白操持孰劣优,春兰秋菊总无俦。蚍蜉欲撼参天树,不废江河万古流。"①千例万证,毫厘不爽。

折衷性法则,同时也与对传统性的认同密切相关。任何接受,都不能离开文化心理背景。文化心理,是在民族历史文化的大背景中形成的一种普遍性的心理定势。这一心理定势,具有鲜明的传统特色。具有鲜明的传统特色,是

---

① 程千帆:《被开拓的诗世界》,上海古籍出版社1990年版,第353页。

作品获得广泛接受的重要前提,也是作者适应接受的重要举措。

　　所谓传统特色,集中表现为作品中的传统风格。作品的传统风格,是指一个民族的优秀作品群所表现出来的一种大致相同的美学规范。刘勰认为,六经就是这一美学规范的集中代表。刘勰之所以大力标举"宗经",就是为了树立古代经典的美学规范地位。由六经所集中代表的这种独特的美学风貌,是历史形成和历史选择的结果,体现着一个民族的物质生活方式与精神生活方式的总的特点,是"民族魂"的自然流露。它的流露范围,大致包括民族地域特色、民族风俗特色、民族性格特色等方面,这些方面在文本中的总融会,就是民族形式,也就是刘勰所称的"正式"。民族形式就是在民族范围内通用的表达形态。这种表达形态,是在长期的历史发展过程中形成的,具有相对的稳定性。刘勰所说的"设文之体有常","体必资于故实",就是对民族形式的历史性和稳定性的强调。只有运用这种稳定的形态进行表达,才能获得本民族的广泛接受。

　　传统形式的基本形态就是民族共同语。它是由语系、语法、语音、语汇、成语、谚语、歇后语,和文章体制以及工具与方法系统等诸多方面所构成的历史总汇。这一历史总汇,构成民族的共同性的表达风格。中华民族的表达风格,被刘勰概括为"雅丽之文"。"雅"者正也,得道为正。"丽"者,美也,动人为美。所谓"酌奇而不失其贞,玩华而不坠其实",就是"雅丽之文"的基本规范。对此,刘勰举出了屈原的作品作为范例:"《骚经》《九章》,朗丽以哀志;《九歌》《九辩》,绮靡以伤情;《远游》《天问》,瑰诡而慧巧;《招魂》《大招》,耀艳而深华;《卜居》标放言之致,《渔父》寄独往之才。"惟其如此,所以"气往轹古,辞来切今,惊才绝艳,难与并能"。这就是对民族形式的美学魅力的具体展示,也是对民族形式的永不衰竭的接受效应的有力证明。

　　折衷性表现在认识论层面上,就是在自然之道的总依据下,对多种思维材料和思维角度的兼容并蓄。这种兼容并蓄的思维品格,被刘勰标举为:"擘肌分理,唯务折衷。"刘勰所说的"折衷"与儒家所说的"折中",具有极大的范畴性差异,其丰富内涵远非儒家"折中"论所能包括。为了厘清概念上混乱,这里有必要做出一点简略的辨析。

　　司马迁《史记·孔子世家》云:"孔子布衣,传十余世,学者宗之。自天子王侯,中国言'六艺'者折中于夫子,可谓至圣矣。"《汉书·禹贡》云:"四海之内,天下之君,微孔子之言,亡所适中。"颜师古注云:"折,断也。非孔子之言,则无以为中也。"可知儒家所说的"折中",并非一种广泛的思维方法,而是特指以孔子言行为标准,折中于圣道,在本质上属于伦理哲学的范畴。刘勰所标举的"唯务折衷",却是以客观性的"势"与"理"来作为折断是非的依据的:"及其品列成文,有同乎旧谈者,非雷同也,势自不可异也;有异乎前论者,非苟异也,理自不可同也。""势"指客观规律的自然动势,"理"指事物的内在的客观规律。刘勰所说的"折衷",就是折衷于客观的"势"与"理",本质上属于自然哲学的范畴。刘勰认为,自然之道是具有高出于圣人之道的品格的,所谓"道沿圣以垂文,圣因文而明道",即此之谓。

刘勰所说的"折衷",就是对客观真理和客观事实的无偏无执、面面俱到的广阔包容和灵活把握。所谓"奇正虽反,必兼解以俱通;刚柔虽殊,必随时而适用",就是对"折衷"的基本内涵的完整概括。正是这种无偏无执、博大恢弘的思维品格,赋予了作者以明察秋毫的辨析能力,也赋予作品以"心与理合,弥缝莫知其隙,辞共心密,敌人不知所称"的折服力量。其具体的工程要领,可以概括为以下方面。

一是大体性法则。大体性原则,就是关注事物的"大体"和"渠路"的原则。它要求人们在进行思维和表达时,"务先大体,鉴必穷源",注重对事物的整体性研究和历史性研究,从事物的全息性联系和历史性联系中走近规律和本质。这一工程原则对于接受的意义就在于:整体性和历史性是事物存在的基本形态,也是真理和本质的存在的具体方式。惟其如此,对整体性和历史性的关注,也就必然成为通向真理和本质的必由之路。如果违背了这一基本的工程原则,就不能全面反映事物的本质,产生良好的接受效果。

对此,刘勰举出了魏晋文论中的许多例子:"魏典密而不周,陈书辩而不当,应论华而疏略,陆赋巧而碎乱,《流别》精而少功,《翰林》浅而寡要。又君山公干之徒,吉甫士龙之辈,泛议文意,往往间出。"而其根由,就在于"各照隅隙,鲜观渠路","未能振叶以寻根,观澜而索源"。径而言之,就是思维和表达的片面性和非辩证性。这也就是刘勰之所以要发奋写作《文心雕龙》的原因。

在《文心雕龙》的巨制中,刘勰根据大体性的辩证原则,对前人许多争论不休的问题,进行了全面性的和历史性的辨析,提出了一系列对立统一的美学命题,如文与道,心与物,情与理,文与质,情与采,多与少,通与变,一与万,隐与秀,才与学,等等。他深深懂得这些对立因素相互之间的联系与依从,因此,他不偏于一面,不执于一端,而是运用辩证的方法来阐述它们之间的复杂关系。惟其无偏无倚,故能"平理若衡,照辞如镜"。惟其"平理若衡,照辞如镜",故能成为中国文论之峰巅,历百世而不朽。

二是圆通性法则。"圆",性体周遍之谓,指认识的周严细密,达到无隙可击的境地。"通",妙用无碍之谓,指理论与言辞的融贯通畅,经得起实践与人心的检验,具有照物无遗,入心无隙的品格。刘勰认为,任何事物都不是孤立的存在,事物内部的各个方面也不是孤立的存在,事物的本质和规律只能存在于它和其他事物的广阔联系之中,存在于它内部各个方面的紧密联系之中。为着把握事物的本质和规律,以及引导读者把握事物的本质和规律,就必须重视思维与表达的"圆通":"故其义贵圆通,辞忌枝碎;必使心与理合,弥缝莫见其隙;辞共心密,敌人不知所乘。""心与理合"、"辞共心密"的境界。就是"圆通"的完美境界。只有这种境界,才能获得使天下咸服的接受效果。《文心雕龙》本身,就是典型范例。

《文心雕龙》是一部在结构上极其周严细密的理论巨制:

> 盖《文心》之作也,本乎道,师乎圣,体乎经,酌乎纬,变乎骚:文之枢纽,亦云极矣。若乃论文叙笔,则囿别区分,原始以表末,释名以章义,选文以定篇,敷理以举统:上篇以上纲领明矣。至于剖情析采,笼圈条贯,摛神性,图风势,苞会通,阅声字,崇替于《时序》,褒贬于《才略》,怊怅于《知音》,耿介于《程器》,长怀《序志》,以驭群篇:下篇以下,毛目显矣。位理定名,彰乎大易之数,其为文用,四十九篇而已。

一切篇章,都是按照严密的逻辑顺序安排的,方方面面,毫发无遗,有门有户,纲领晓畅,将有关"文心"运作的理论与实践,融贯成为一个统一的整体。这种博大精深的认识结构和表达结构,足以使一切读者的灵魂受到震撼,犹如仰望高山之巅,不能不凛然而敬,折然而服。这就是"圆通"的力量。

三是适要性法则。所谓适要,就是控其要害,制其关键。它要求我们在对事物进行思维和表达的时候,善于突出重点,瞄准事物的主要矛盾和矛盾的主要方面进行深入集中的剖析,一针见血地揭示出事物的本质和规律。这一工程方法的科学性就在于:事物虽然包容着诸多的方面,但绝非诸多方面的简单算术和,而总是有一个统率各个部分并驱动着各个部分相连而动的枢纽。抓住了这个总纽,就可以撇开纷乱的现象,顺利地走近事物的本质和规律。刘勰所说的"乘一总万,举要治繁","得其环中,辐辏相成",就是对这一工程方法的集中概括和明确标举。

刘勰的《文心雕龙》,就是运用这一工程法则的楷模。就宏观联系而言,他紧紧抓住了"道"对天地万物的统率作用,以此作为对"文"的本原和本质进行认识的总依据,有如一根红线,贯串于全部内容之中。就微观联系而言,他紧紧抓住每一个系统方面的枢纽,作为对整个系统方面的本质属性和本质特征进行认识的依据。以此贯串整个系统方面。例如,他在论述文章的结构要素的时候,就明确认为,尽管要素多多,总离不开"情"与"辞"这两个基本要素:"夫百节成体,共资荣卫;万趣会文,不离辞情。""辞"与"情"是写作中的两大关键,抓住了这两大关键,其他具体的艺术表现方法问题,都会有所归依而条分缕析。古人所说的"纲举目张","顺领而顿,百毛皆顺",即此之谓。惟其如此,他的论述和表达,就具有一种由于重点突出而特别鲜明也特别精粹的品格,给读者留下特别强烈的理性震撼。这也就是《文心雕龙》之所以获得世代读者青睐的一个重要原因。

兼容性法则,就是社会目的的广阔性与思维方式的广阔性二者的融合。伟大的目标造就着伟大的视野,伟大的视野造就着伟大的目标,二者常常都是共相为济的。有了二者的共相为济,实现良好的接受才具有强大的社会保证和强大的逻辑保证。

(四)蕴藉性法则

蕴藉性法则,就是作者通过作品的表达,巧妙地吸引读者与自己同步思考,从而将表达的过程直接变成一个接受的过程的工程方法。这种作者与读者同步而动的工程方法,主要由两个工程环节所构成,一个就是刘勰所说的"隐",另一个就是他所说的"秀"。

隐,指形象对情思的含蓄性。"隐也者,文外之重旨者也。""情在辞外曰隐。"隐就是深藏在形象和语言中的意蕴。"隐以复意为工",以深藏不露为美。"隐之为体,义生文外,秘响旁通,伏采潜发,譬爻象之变互体,川渎之韫珠玉也。"惟其深藏不露,才促人思考,耐人咀嚼,趣味无穷。隐的过程实际也就是吸引和"邀请"读者参与思考的过程。作者通过形象提出了一个具有多样性内涵的问题,推动着读者去进行积极的思考,探索深蕴在其中的结论。这一探索的过程,本身就是一个推动接受和获得接受的过程。《诗经》中的"比兴",就是具体范例。

秀,指情思对形象的激发性与升华性。"秀也者,篇中之独拔者也。""状溢目前曰秀。"径而言之,秀就是形象和语言中所流溢出来的具有美学震撼力的内涵。"秀以卓绝为巧",以精警挺拔为尚。惟其出类拔萃,远非庸目凡心所能测度,故惊心动魄,使人迷惘惊诧,振奋莫名,经历着一个由疑而信、由信而兴的过程,这一个由疑而信、由信而兴的心理过程,同样是一个吸引和"邀请"读者参与的过程。读者在心理上直接参与的过程,也就是一个激发思考和接受的审美过程。这就是刘勰所说的:"始正而末奇,内明而外润,使玩之者无穷,味之者无厌矣。"刘勰举出了《怨歌行》中的例子:"常恐秋节至,凉飙夺炎热。"凉飙驱走暑气,本是舒爽愉快的事情,却使人感到"恐惧",这是一种"反常"的现象。惟其"反常",必使读者久久沉思,对造成这种"反常"现象的原因探索不已。最后豁然开朗:这是妇女以扇自喻,恐秋凉扇捐,人老遭弃。从渴望爱情而不愿见弃的妇女的角度来看,这种恐惧又是合情合理的:"意凄而词婉,此匹妇之无聊也。"在反常合道中,产生强大的心理震撼,使读者玩之无穷,味之不厌,获得良好的接受效果。

隐与秀实际是一个问题的两个方面,具有共存而并济的属性。隐,是对形象的生动性和厚实性的美学要求,唯有隐,才能避免情思的直露与浅薄,才具有耐人咀嚼的形态力量。秀是对意蕴的深刻性和独拔性的美学要求,唯有秀,才能避免平庸和晦暗,才具有促人思考的意蕴张力。"隐处即秀处。"①没有隐的蕴藉,就没有秀的喷薄。没有秀的喷薄,隐的蕴藉也就失去了意义。故隐之极处,通常也就是秀之极处,秀之极处,通常也就是隐之极处。例如:"美人卷朱帘,深坐蹙娥眉。但见泪痕湿,不知心恨谁。"(李白:《情怨》)无端而怨,无声而泪,突兀而生,不知为谁,其事之秘可见一斑,其心之曲亦可见一斑。这是隐的范畴。隐正是秀的由头,一个"卷"字,就将其中深藏不露的消息泄露无遗。卷帘者,遥望远人之用心也。先是卷帘而望,次是望眼欲穿而久坐以待,

---

① 刘永济:《文心雕龙校释》,中华书局 1962 年版,第 157 页。

然后是紧蹙娥眉而苦待,然后是无声之泪的默默湿润。由爱而生怨,由怨而生悲,由悲而生缠绵悱恻,难舍难分,最后还是归结为爱,种种心情,皆喷薄而出,将一个"情"字所具有的动人力量推至极处,使读者的心灵受到强烈的震撼。这又是秀的范畴。可见,隐与秀,从来都是密不可分的。

隐与秀作为蕴藉的两种特定的方式,不仅是对形象塑造的最基本的美学要求,也是对形象接受的最基本的美学要求,同时也是吸引读者进行参与和接受的重要的工程举措。这就必然使它具有美学原理与工程手段的双重属性。不管从哪一种属性来说,它所独具的激发功能和启发功能,对于文学的表达与接受,都是具有关键意义的。惟其如此,蕴藉性法则,也就必然成为作者对读者的接受进行适应的重要渠道。

（五）通变性法则

"变则可久,通则不乏。"（《通变》）依律而运,往来不穷曰通,一阖一辟,日新其业曰变。在表达中贯彻通变性的法则,是作者适应接受的另一个重要的工程举措。

文学事业是日新月异的事业,又是有律可循的事业。通是变的历史依据与逻辑依据,否则,变就会成为盲目的摸索而陷入迷途。变是通的现实价值和现实目的,否则,通就会成为僵死凝固的东西而失去意义。"易穷则变,变则通,通则久。"（《周易·系辞下传》）唯有二者的辩证统一,才能真正产生积极的作用:"名理有常,体必资于故实;通变无方,数必酌于新声:故能骋无穷之路,饮不竭之泉。"（《通变》）文学的发展,就是二者辩证统一的结果。

通变不仅是创作的基本法则,也是适应接受的基本法则。通变对于接受的重大意义,主要表现在以下方面。

1. 通变是读者接受的现实凭借

读者的接受过程,实际是一个被说服的现实过程。要想说服一个人的心灵,必须具有强大的现实凭借。这一凭借通常来自两个方面:一是历史的与逻辑的凭借,也就是人类先前的实践经验及其理论概括,这是人类判断现实是非的基本依据。"原始以要终,虽百世可知也。"（《时序》）历史的规律性,属于通的范畴。唯有符合规律,才能获得人们的普遍接受。二是现实发展需要的凭借。"文变染乎世情,兴废系于时序。"（同上）生活是一个日新月异地向上运动的过程,需要人们对此做出不断的反应和适应。唯有符合这种不断变动的需要,才能取得读者的认同。这种随世而移的动势,属于变的范畴。这两者,都是可以获得良好接受的现实契机。只要抓住了这两个契机,就可以实现成功的接受。

惟其如此,作者在表达的时候,必须取得古与今、继承与发展的双重优势。具而言之,就是遵守"望今制奇,参古定法"(《通变》)的工作原则。"望今制奇",就是自觉契合现实生活的不断变动的迫切需要,"趋时必果,乘机无怯"。"参古定法",就是参照历史发展的普遍规律,从中获取教益。就历史的契合而言,"设文之体有常","体必资于故实",写作中的某些基本的原则和方法,是代代相因,必须继承的,惟其如此,才能保证写作的循轨运行。就现实的契合而言,"变文之数无方","通变无方,数必酌于新声",写作中的"文辞气力",是趋时而动的,惟其如此,才能赋予文章以新鲜的内容和形式。这两个方面,是矛盾的对立和统一,唯有融合为一,才能取得积极的接受效果。

屈原的《离骚》,就是通与变融合为一的成功范例。"《离骚》者,体宪于三代,而风杂于战国,乃《雅》《颂》之博徒,而词赋之英杰也。""体宪于三代"属于继承的范畴,故能"参古以定法"。"风杂于战国"属于发展的范畴,故能"望今而制奇"。由于它正确地处理了通与变的关系问题,所以它必然具有历史的与现实的双重品格:"虽取容经意,亦自铸伟辞"。惟其如此,它才具有表达与接受的双重优势:"故能气往轹古,辞来切今,惊采绝艳,难与并能矣。"这也就是《离骚》之所以代代相传的原因。

六朝文学,则是脱离传统盲目附今的反面典型。"今才颖之士,刻意学文,多略汉篇,师范宋集,虽古今备阅,然近附而远疏矣。"(《通变》)刘勰认为,这种脱离传统、盲目附今的做法,是与通变相因的普遍规律背道而驰的。"夫青生于蓝,绛生于蒨,虽逾本色,不能复化。"(同上)色的变化中只能允许超越,不能允许违背。如果违背了它的本色,再好的色也无法继续存在。以"讹新"著称的六朝文学曾经风靡一时,最终陷入了"风昧气衰"的绝境,就是历史的见证。它从反面沉重地告诉我们:发展并非坏事,但必须在继承传统的前提下进行,才能避免误入歧途而收到积极效果,这才是通变的真谛。"故练青擢绛,必归蓝蒨,矫讹翻浅,还宗经诰,斯斟酌乎质文之际,而櫽栝乎雅俗之间,可与言通变矣。"

2. 通变是读者接受的心理凭借

人在接受中通常都凭借着两种心理定势,另一种是从旧的心理定势,一种是求新的心理定势。前者属于通的范畴,后者属于变的范畴。对这两种心理定势的适应和契合,同样是获得良好接受效应的工程举措。

从旧的心理定势是事物运动的历史性与规律性的心理折射。历史与规律是人们多次检验过的东西,是人类的公共资源,具有永恒的公信力量。犹如陈年的佳酿,时愈久而弥香。援古以证今,叙理而成论,就容易被人们所接受。所谓"腾褒裁贬,万古魂动",所谓"词深云天,致远方寸,阴阳莫忒,鬼神靡遁",即此之谓。

求新的心理定势是事物运动的多样性和变异性的心理折射,它与接受外界刺激的生理机制密切相关。越是新、快的刺激,越能引起人类大脑的兴奋,越能留下深刻的印象,越能引起人们的重视。刘勰所说的"凡摛表五色,贵在时见,若青黄屡出,则繁而不珍"(《物色》),"夫唯深识鉴奥,必欢然内怿,譬春台之熙众人,乐饵之止过客"(《知音》),就是这个道理。明代的江盈科,对此进行了更加透彻的表述:"新者见嗜,旧者见厌,物之恒理。唯诗亦然,新则人争嗜之,旧则人争厌之。"(《袁石公敝箧集序》)而就其理论渊源来说,即本于此。

刘勰的高明之处,就在于他绝不将对旧的认同和对新的追求这两种心理态势,视为互相对立的东西,而是看成对立统一的东西。他既反对盲目的守旧心理,也反对盲目的求新心理,而是标举对二者的融合为一。主张"执正以驭奇",反对"逐奇而失正",认为正确处理新旧关系与奇正关系的关键,就在于"适要":"善于适要,则虽旧弥新矣。"惟其如此,它在接受心理上必然具有一种特别和谐的品格:喜新而不厌旧,推陈而后出新,在冲突中顾及全盘,在对立中实现统一,犹如帆当八面之风,无往而不达。能进入此种境界,则通变之能事尽矣,接受之能事尽矣。

以上法则,都是通向接受的工程门户。概而言之,要想获得优化的接受效果,必须具有足以动人的力量:或以情动人,或以理动人。以情动人即以美动人,见之于风骨,见之于采,见之于蕴藉。以理动人即以逻辑动人,见之于兼容,见之于折衷,见之于"兼解以俱通",见之于"随时而适变",见之于"伦理无爽,则圣意不坠",见之于"一人之辩重于九鼎之宝,三寸之舌强于百万之师"。

情与理的动人之力,归根结底来自道的鼓万物以行的力量,情的动人的力量和理的服人的力量,都是在道的大前提下表现出来的。文章的合道性,是表达中的最根本的凭借,也是读者接受的最根本的凭借。道的"鼓天下之动"的力量,是通过作品的导引作用来实现的。道是表达与接受的总纲,情与理是表达与接受的内核,语言和声色是表达与接受的外壳,导引是作品与读者融为一体的纽带,这样,就将接受完整地纳入了表达的范围中,使二者融合成为一个整体。表达与接受的内在契合,是中华接受美学最根本的文化特征和理论主张,也是中华接受美学常被人忽视的原因,却又是中华美学中最有理论高度和实践深度的地方。今天,随着中华的崛起,中华文化受到了世界的尊重,中华接受美学的学术特色和理论价值,也为越来越多的人所公认。中华接受美学跻身于世界学术之林,是可以指日而待的。

第三节　刘勰文心接受理论的历史意义、世界地位和现实启迪

刘勰的接受美学理论,是我国中古美学接受思想的最高综合与总结,又是中华接受美学理论的系统升华。它有如一座高耸入云的山峰,屹立于中华接受美学的历史中,以其鲜明的中国特色与博大精深的理论蕴涵,向世界辐射着中华美学所独具的文化光辉,启迪着千秋万代的写作实践和审美实践的现实过程。下面,试就其历史意义、世界地位和现实启迪,进行一点浅陋的分析。

一、刘勰美学接受理论的历史意义

刘勰美学接受理论的历史意义,集中表现在它对前人成果的继承和超越上。

在我国的先秦时期,就有了关于传播、接受、作者与读者关系的丰富论述。《易》经所说的"鼓天下之动者存乎辞",就是对辞的传播效应与接受效应的明确标举。孔子云:"朝闻道,夕死可矣。"所谓"闻道",就是对道的接受。孔子又说:"诗可以兴,可以观,可以群,可以怨。"所谓"兴观群怨",就是诗歌传播效应与接受效应的具体形态。孔子还说:"言之无文,行而不远。"所谓"行",就是指言的传播与接受,所谓"文",就是指文采对"言"的传播与接受的推动

作用。凡此等等,犹如点点星光,闪耀在古代文化的夜空,证实着我国古代接受思想的存在,也为刘勰的继续攀登,提供了坚实的基础。

但是,这些点点滴滴的接受思想,都是在儒家"文以载道"的特定范畴中表现出来的。儒家思想将一切社会意识形态都纳入了伦理教化的范畴。孔子所说的"诗三百,一言以蔽之,思无邪",《礼记·乐记》中所说的"审声以知音,审音以知乐,审乐以知政,而治道备矣",就是这种论见的典型表述。这种以伦理教化治理天下的主张,产生了两种效果。一是形成了意识形态对社会的直接控制作用,这一直接的控制作用必然使表达、传播与接受都统一于对社会的直接控制之中,统一于以人为本的社会文化结构之中。这就是接受思想在我国古代如此发达的社会学根由。二是这种意识形态对社会的直接控制,具有极大的垄断性与狭隘性,在政治上表现为对儒家的独尊,对众家的压制。在文化上表现为政治与文学的混淆,美学与文学沦为政治的附庸与载道的工具而失去了自身的存在价值。在传播上表现为对读者的忽略,将传播的过程简单地视为"述而不作"的灌输过程,将作者的灌输直接代替了读者的接受,严重忽视了读者在接受中的能动作用。这就是我国美学以及接受美学在魏晋六朝以前长期未能取得自己独立的发展空间的重要原因。

对这种良莠并存的历史现象进行勇敢的扬弃,将接受的普遍性规律从政教文化中"剥离"出来并成功地引入美学的范畴,为我国接受美学的建立奠定坚实的理论基础的学者,就是刘勰。刘勰在接受美学的系统开拓中的历史功勋,可以概括为以下方面。

一是对美学接受领域中的读者概念的系统揭示。

关于读者存在的隐性意识,在我国出现得相当早,但在先秦两汉时期,很少有专门的论述。魏晋南北朝时期是文学鉴赏和批评理论高度发展和繁荣的时期,曹丕、陆机、挚虞、葛洪、沈约等人,都曾对这一问题进行过探讨,但均未能提出有关读者意识的明确范畴。对"观文者"这一特定范畴的提出,是刘勰的历史性首创。这就是他在《知音》中所说的:"观文者披文以入情"。他所说的"观文者",就是作品的接受者。刘勰对"观文者"概念的提出,不仅是对接受的人化属性的明确认定,也标志着作为接受主体的人在美学领域中的明确地位,标志着美学从伦理哲学中的正式剥离和美学接受从伦理接受中的正式剥离。由于有了这个以读者作为集中关注点的核心概念,美学向接受领域中的深度延伸和接受美学的正式建立,才具有了坚实的逻辑基点和理论支点。

更难能可贵的是,刘勰不仅提出了"观文者"的概念,而且通过"缀文者情动而辞发,观文者披文以入情"的明确论述,将它置于与其他相关概念的广阔联系之中,使它的范畴意义和范畴地位得到了充分的显示和确切的界定,赋予了它以鲜明、坚实的美学品格和接受美学品格,使它成为一个"作者——作品——读者"三维互动的系统性概念。这一系统性概念的内涵之丰富和确切,在我国历史上乃至世界历史上,都是具有前无古人的开拓性意义的。西方文论界正式提出"读者"的概念是20世纪80年代,被认为是文学理论发展史中的"革命性进步"。而就其基本的理论框架而言,就是"作者——作品——读者"三维互动关系。不管人们对此做出怎样的文化比较,这种理论上的前后呼应关系,是任何人都无法否认的。

二是对读者接受的现实过程与工程方法的系统探索。

"知音其难",是千古的浩叹,也是千古的认识灰区。解开这一千古之谜而对读者接受的现实过程进行明确的揭示,凭借卓越的工程理论与工程方法,化"音实难知"为"音实可知",则是刘勰的另一大历史性的功勋。

刘勰将读者进行接受的"知音"过程,双向地概括为"夫缀文者情动而辞发,观文者披文以入情"(《知音》)的过程。"文"是作者表达情思的语言依据,也是读者理解作者情思的语言依据。因此,读者接受的过程,也必然是将作者表现在文本中的情思凭借语言进行领会和把握的过程。这一"沿隐以至显"的过程,实际也就是一个由读者主体完成的再转化和再创造的过程。

刘勰认为,这一过程中的主要困难,主要表现在以下两个方面:一是"音实难知",二是"知实难逢"。

所谓"音实难知",具指接受客体的多样性和复杂性。"夫篇章杂沓,质文交加。"(《知音》)文学作品的数量浩繁,质量参差,体裁丰富多彩,风格千姿百态。且不同体裁有不同要求,不同的风格有不同特点。所谓"笔区云谲,文苑波诡"(《体性》),就是对这种复杂性状况的描绘。刘勰认为,这就是在接受中容易产生误读的外在根由:"夫麟凤与麇雉悬绝,珠玉与砾石超殊,白日垂其照,青眸写其形。然鲁臣以麟为麇,楚人以雉为凤,魏民以夜光为怪石,宋客以燕砾为宝珠。形器易征,谬乃若是;文情难鉴,谁曰易分?"(《知音》)

所谓"知实难逢",具指接受主体的局限性和复杂性。"知多偏好,人莫圆该。"(《知音》)从接受主体来看,接受者往往具有强烈的主观性,难以客观公允地对待作家作品:"故魏文称'文人相轻',非虚谈也。"(《知音》)接受主体的主观性,具体表现在以下两个方面:其一,源于鉴赏者的主观偏见。作品的高低优劣,鉴赏者本来"鉴照洞明",却出于某种社会需要乃至个人的需要而厚古薄今,崇己抑人。其二,接受者的孤陋寡闻,缺乏鉴赏能力,"学不逮文,而信伪迷真"。如上述"鲁臣"、"楚人"、"魏士"、"宋客"等这些鉴赏者们见识有限,当然只能望文生义,难免指鹿为马,优劣颠倒。刘勰认为,这就是在接受中容易产生误读的内在根由。

对接受中所遇到的困难的分析,实际也就是从实践的角度对接受的现实过程的揭示。这一分析和揭示本身,就是一大首创性的历史功勋。但这还只是他通向更大的历史功勋的一个逻辑平台。刘勰更大的历史功勋,就是他不仅从理论上提出了"知音其难"的问题和剖析了"知音其难"的问题,而且从工程科学的实处提出了解决这一问题的系列途径和方法。刘勰不仅是我国历史上第一个对"知音其难"的千古难题进行现实的研究和理论的归纳的学者,也是我过历史上第一个对此提出系列针对性的工程对策的学者。他从社会心理学、读者心理学、文化传播学等多种角度,对接受中的心理障碍及清除心理障碍的工程举措,进行了系统的剖析和归纳。他明确认为,只要采取科学的态度和科学的手段,知音其难的问题,是完全可以解决的。据此,他提出了一个完整周密的工程性纲领:

第一,"圆照之象,务先博观"。强调鉴赏者必须具有丰富的审美知识和审美修养:"凡操千曲而后晓声,观千剑而后识器。"

第二,"平理若衡,照辞如镜"。强调实事求是的科学态度是知音的关键:"无私于轻重,不偏于憎爱。"

第三,"目瞭则形无不分,心敏则理无不达"。强调敏锐的审美能力是知音的前提。

第四,"将阅文情,先标六观"。强调科学的阅读方法是知音的技术保证:"一观位体,二观置辞,三观通变,四观奇正,五观事义,六观宫商。"

这些工程对策,就其深刻性与系统性而言,无论是在我国美学发展的历史上乃至世界美学发展的历史上,都是前无古人而足为楷式的。

三是对接受的具体目标和理想境界的明确标举。

　　对美学接受的具体目标和理想境界的深刻揭示和明确标举,是刘勰的又一历史性的功绩。他在《知音》中的系统论述,就是对这一目标和境界的具体解说和理论概括。

　　刘勰明确认为,知音者,知心也。"世远莫见其面,觇文辄见其心。"(《知音》)知心是美学接受的核心内容,也是美学接受的具体目标。所谓"心",就是作者涵蕴在作品中的思想感情。作品的文辞,就是这种思想感情的外在形态。通过对"文"的把握实现对"情"的把握,就是美学接受的具体渠道:"缀文者情动而辞发,观文者披文以入情,沿波讨源,虽幽必显。"这一论见,赋予了前人的"知音"喻说以清晰的理论内涵和确切的工作目标,实际也就是对接受的理论机制的深刻揭示。由朦胧性的"知音"喻说,到清晰性的"知心""入情"的理论主张,这是一次质的重大飞跃。这一重大的理论飞跃,不仅是我国美学史上的第一次,在世界美学历史上也是罕见其匹的。

　　不仅如此,他还提出了对"知音"的理想境界——"见异"的追求。"昔屈平有言:'文质疏内,众不知余之异采。'见异唯知音耳。"(《知音》)所谓"见异",就是发掘和洞察深蕴在作品中的独特的心志与情思,发现作家、作品的独创性之所在。刘勰将这种深层次的发掘和洞察,视为"知音"的最高价值之所在。历史上许多优秀之作,就是由于情思的深蕴而曲折,往往被"俗鉴"所误读,导致"庄周所以笑折杨,宋玉所以悲白雪"的遗憾。针对这种"曲高和寡"的现象,刘勰特别提出了"见异"的审美主张。他明确认为,只有真正的"知音",才能发现和把握作品内在的"异采"——独特的审美价值。鉴赏者也只有在这种"深识鉴奥"中才能"欢然内怿"——获得内心的愉悦和满足,达到审美享受的极致。

　　刘勰对屈原创作的辨析,可谓知"音"见"异"的典范。在众说纷纭,莫衷一是之中,他力排众议,对屈原的创作进行了全面而深入的鉴赏。他首先批评了当时的一些"褒贬任声,抑扬过实"的评论,指出他们"鉴而弗精,玩而未核"的弊端。接着,从屈原《离骚》与经典的比较、楚辞的发展历史、屈原创作的特点以及对后世的影响等方面进行了全面的考辨,揭示了屈原作品的独创性的"异采":"观其骨鲠所树,肌肤所附,虽取熔《经》旨,亦自铸伟辞。故《骚经》、《九章》,朗丽以哀志;《九歌》、《九辩》,绮靡以伤情;《远游》、《天问》,瑰诡而慧巧;《招魂》、《大招》,耀艳而深华;《卜居》标放言之致,《渔父》寄独往之才。

故能气往轹古,辞来切今,惊采绝艳,难与并能矣。"从而高度肯定了屈原在文学史上的独特地位,以及"衣披辞人,非一代也"的深远影响。这些评价中肯而又精当,实为"深识鉴奥"的高层次的"知音"之论的楷模。

对美学的接受提出如此崇高的标准,以创造作为创作与接受的共同追求,这在我国的美学史上和世界美学史上,同样是具有开拓性意义的。

四是对驱动接受的美学动力的明确标举。

怎样才能使"文"具有鼓动天下的接受效应? 文章鼓动天下的美学动力究竟是什么? 这是刘勰以前从来没有人进行过系统探索的历史性灰区。刘勰明确认为,这一足以震撼人心,使人人乐于认同和乐于接受的力量,就是"道"的创化万物的力量:"《易》曰:'鼓天下之动者存乎辞。'辞之所以能鼓天下者,乃道之文也。"(《原道》)"道"的运动形态就是"气","气"具体表现在文章中,就是"风骨"。"风骨"是文章中的"化感之本源,志气之符契",是驱动接受的本质性力量。"故练于骨者,析辞必精,深乎风者,述情必显。捶字坚而难移,结响凝而不滞。此风骨之力也。"(《风骨》)这种"风骨之力",既是作者表现在作品中的美学感染力量,也是作品之所以获得广泛接受的美学媚惑力量。对此,刘勰举出了前人的两个具体例证:"昔潘勖锡魏,思摹经典,群才韬笔,乃其骨髓峻也;相如赋仙,气号凌云,蔚为辞宗,乃其风力遒也。"刘勰将"骨髓峻"与"风力遒",视为获得"群才韬笔"与"蔚为辞宗"的接受效果的美学驱动力量。也就是他在赞语中所精辟概括的:"情与气偕,辞共体并。文明以健,珪璋乃聘。""聘",就是获得珍视与重视的意思。《礼记·儒行》:"儒有席上之珍以待聘。"即此之谓。"情与气偕,辞共体并"是"珪璋乃聘"的接受效应借以实现的动力和前提,"珪璋乃聘"的接受效应是"情与气偕,辞共体并"的目标和结果。径而言之,是风骨之力所驱动的结果。一言以蔽之,文章必须写得风清骨峻,遍体光华,才能像珍贵的玉器那样为人所珍视和重视。建安文学与大唐文学之所以千百年脍炙人口,具有永恒的接受魅力,根由就在于此。

刘勰所提出的这一美学接受规律,构成了中华接受美学的核心内涵和基本特色,对于形成以阳刚尚气为基本特色的"藻耀而高翔"的中华文风,具有直接的导向意义。从诗骚到大唐,从大唐到鲁迅,从鲁迅到毛泽东,代代相传,绵延不已,无一不遵此规范而获得接受的成功。如此深远的影响,在我国的文论史上,是没有任何一家别的理论可以超越的。

五是对表达与接受的一体化战略思想的明确标举。

刘勰的睿智和深刻,不仅表现在他对读者存在的显性发现,也不仅是他对接受过程的历史性揭示和接受理想的明确标举,更主要的还在于他将"缀文"与"披文"两个属性不同的活动,置于一个统一的过程中,并且明确地显示出二者之间的不可分离的关系,这种关系是通过作品这一特殊的中介性存在来实现的。作品的中介性具体表现在:"缀文"之"文"与"观文之文"属于同一的语言学文本,"缀文者情动而辞发"之"情"与"观文者披文以入情"之"情",具有同一的美学内涵。惟其如此,作为辞与情有机统一的作品,必然成为表达与接受的纽带,而表达与接受的一体化,也就具有了现实的可能。

赋予写作以表达与接受的双重视野,将接受的过程直接纳入表达的过程进行内在的契合与适应,将美学接受理论潜移默化于美学创作理论之中,是刘勰美学理论的重大特色,也是中华美学理论的最大特色。这一特色,渗透于《文心雕龙》的全部理论行程之中。

《原道》中所说的"《易》曰:'鼓天下之动者存乎辞。'辞之所以能鼓天下者,乃道之文也",就是从哲学的高度,对"辞——道——天下"三者关系所做的总体性的概括,也就是对这一双重视野的总表述。刘勰明确认为,无论是作品中表现作者之心的"辞",抑或是由此鼓起的"天下"之心,都来自道的本体;作品中辞的鼓天下之动的力量,归根结底来自道的创化万物和容纳万物的力量。这种无往弗届的力量,就是辞之所以鼓动天下的根由,也就是作者通过辞所表达的心能为天下人心所普遍接受的根由。"辞"与"文"是就表达的角度说的,"鼓天下之动"是就接受的角度说的。在这一博大的视野中,创作(辞)与接受(天下)凭借道的共同依据融合成为一个不可分割的逻辑整体。这一逻辑整体,既是创作的总依据,也是接受的总依据。正是这一总依据,赋予了中华接受美学一种特别广阔、特别和谐的理论品格。而刘勰的接受理论,就是这一理论品格的集中显示。

创作与接受的和谐,是刘勰文心理论的理想追求。这一自觉的理论追求,是渗透于他全部的理论行程之中的。所谓"繁采寡情,味之必厌",就是典型的例证。"繁采寡情",是从表达的角度来说的,"味之必厌",是从接受的角度来说的。再如:"故才高者菀其鸿裁,中巧者猎其艳辞,吟讽者衔其山川,童蒙者拾其香草。"（《辨骚》）"其"是对作者与作品的概括，"才高者"、"中巧者"、"吟讽者"、"童蒙者"是对接受者的多样性的概括。这两个方面都是发生在同一的逻辑过程中的。再如："夫隐之为体，义生文外，秘响旁通，伏采潜发……使玩之者无穷，味之者不厌矣。"（《隐秀》）前一层意思是因，后一层意思是果，前者属于表达的范畴，后者属于接受的范畴，二者共同构成一个完整的逻辑结构，将双重的视野融合成为一个整体。

惟其如此，他既能站在表达的角度来观照和适应接受，又能站在接受的角度来反观和要求写作。也惟其如此，写作的过程必然是一个为接受而写作的过程，接受的过程也必然是一个对写作做出积极反馈的接受过程。如此广阔的双向视野，如此紧密而直接的两极性的心心联系，就是刘勰在接受美学中所明确追求的理论目标和实践目标。这一高瞻远瞩的美学战略思想和接受战略思想，在我国的文论史上，是具有发大端与集大成的意义的。

这五大建树，奠定了中华接受美学的理论基石，显示了中华美学独特的理论视野和文化追求。其中任何一项，都具有领先于学界并照耀于无穷的学术品格，都足以使他永垂不朽。

二、刘勰美学接受理论的世界地位

刘勰的美学接受理论不仅是中华美学海洋中的一座永恒的灯塔，也是世界接受美学群峰中一座不朽的峰巅。为了确切认识刘勰接受理论的世界地位，我们不妨对西方美学接受理论的历史轨迹，进行一点跨文化的简单介绍和历史比较。

西方美学发端于古希腊时期，以亚里士多德《诗学》为代表。在亚氏《诗学》中，不仅提出了西方美学体系中的诸多核心范畴，也蕴涵了极其丰富的美学接受思想。虽然它并未开辟专门的美学接受领域，也未设置探究美学接受的专章，但是作为一个具有确切学术内容的理论先导，却是零散而广泛地涵蕴在他的诸多美学领域中，并具体而深刻地存在着的。下面，试做一点管窥式的领略。

其一，蕴涵在艺术目的论中的美学接受思想。亚氏在《政治学》中从社会学的总高度，将艺术的目的，明确概括为以下方面："音乐应该学习，并不只是为着某一个目的，而是同时为着几个目的，那就是（1）教育，（2）净化，（3）精神享受,也就是紧张劳动后的安静和休息。"①在《诗学》中,他从悲剧角度对艺术的社会功能做出了具体发挥:"借引起怜悯和恐惧,来使这种情感得到陶冶。"②他所说的这些目的和功能,事实上都是凭借接受者的接受去实现的。虽然他并没有直接提出接受者的概念,但已经深深隐藏于他的崇高的社会目的中和他对艺术功能的体认中,给作家的审美活动,提供了明确的审美目的和强大的精神动力。

亚氏的这一理论体认,和刘勰《文心》中的卓越见解极其相似。刘勰对同一问题所持的理论主张是:"夫作者曰圣,述者曰明。陶铸性情,功在上哲。"(征圣)同样是以精神净化为艺术的崇高旨归。而实现这一旨归的凭借,也同样是社会的美学接受:"鼓天下之动者存乎辞。"(《原道》)二者作为世界美学的高峰,在这一问题上所持的理论主张,虽然在语言的表述上不尽相同,但在代表人类对艺术目的的普遍追求和对社会接受的普遍重视来说,在人类的接受美学的历史发展过程中,都是具有开启先河、为世楷式的积极意义的。

其二,蕴涵在艺术发生论中的接受论思想。亚氏认为,艺术起源于人类模仿客观世界的天性。这种本能实际是普属于社会人人的:既属于创作者,也属于接受者。而艺术创作,就是对二者的双向适应和契合。因为在艺术的创作中,接受者的存在,事实上早已暗暗地涵蕴在作者的艺术设计中:作者所做的一切设计,他对客观世界所做的一切逼真性的展现,都是为着引发创作者所期待于接受者的"恐惧与怜悯之情"的发生,而凭借模仿生动的直观来唤起这种"恐惧和怜悯之情"以获得心灵的净化,正是艺术之所以成为艺术的地方。也就是《诗学》第十四章论悲剧所说的:"恐惧与怜悯之情可借'形象'来引起,也可借情节的安排来引起,以后一办法为佳,也显出诗人的才能更高明。情节的安排,务求人们只听事件的发展,不必看表演,也能因那些事件的结果而惊心动魄,发生怜悯之情;任何人听见《俄狄浦斯王》的情节,都会这样受感动。"③他所说的"引起",就是就接受者的"情"而言的。

亚氏的这一以人的自然本性为逻辑依据的艺术发生论的理论体认,与刘勰的以自然之道为逻辑依据的艺术发生论的体认,虽然在语言的表述上不尽

① 朱光潜:《西方美学史》,人民文学出版社2002年版,第86页。
② 亚里士多德:《诗学》,人民文学出版社2002年版,第16页。
③ 亚里士多德:《诗学》,人民文学出版社2002年版,第36页。

相同,但二者在哲学上都属于本体论的范畴,在美学上都涉及了审美与接受的领域。二者都因立论依据的高远而在逻辑上获得了一种高屋建瓴和坚实难移的理论品格:都从艺术发生的源头处,对古代美学接受思想的存在状况,做出了深刻的证明和具体的展示。

其三,蕴涵在艺术形态论中的接受论思想。亚氏认为,艺术的形态不是随意性的,而是有着明确的美学要求的。他将这些美学要求,概括为以下两个原则:一是整体性原则,二是适度性原则。这两个原则中,实际都是蕴涵着极其丰富的接受学的内容的。关于整体性原则,他说:"史诗的布局应像悲剧的布局那样,按照戏剧的原则安排,环绕着一个整一的行动,有头、有身、有尾,这样它才能像一个完整的活东西,给我们一种它特别能给的快感。"①

他所说的"给人特别的快感",就是针对接受者而言的。关于适度性原则,他说:"一个活东西或一个由许多部分组成之物——不但它的各部分应有一定的安排,而且它的体积也应有一定的大小;因为美要依靠体积与安排,一个非常小的活东西不能算美,因为我们的观察处于不可感知的时间内,以致模糊不清;一个非常大的东西,譬如一个一万里长的活东西,也不能算美,因为不能一览而尽,看不出它的整一性。因此情节也须有相当的长度(以易于记忆者为限),正如身体,亦即活东西,须有相当的长度(以易于观察者为限)一样。"②

他的着眼点是诗的目的和效果。他所说的"因为一眼看尽,辨认不清","因为不能一览而尽,看不出他的一致性和完整性","以易于记忆者为限","以易于观察者为限",如此等等,都是以接受者的视野和视象作为立论依据,而以获得"引起恐惧和怜悯的感情"的"悲剧效果"为目的的。由此可知,他提出的这两大要求,既是对模仿对象的形态的规律性的适应,也是对接受对象的心理规律的适应,都是具有深厚的接受学蕴涵的。

亚氏的这一理论主张与刘勰的理论主张,也是极其相近的。刘勰在关于艺术形态的体认中,同样提出了整体性与适度性的美学原则。《文心雕龙·附会》说:"故宜屈寸以信尺,枉尺以直寻;弃偏善之巧,学具美之绩:此命篇之经略也。"他把文学的整体构成比喻为丈、尺、寸的关系,局部应相对地服从整

① 亚里士多德:《诗学》,人民文学出版社2002年版,第69页。
② 亚里士多德:《诗学》,人民文学出版社2002年版,第22页。

体,局部需美,整体更需适度、和谐,这才是最完美的艺术形态,即"具美"的形态。在这种理想的美学形态中,同样是蕴涵着丰富的接受思想的。因为这种形态不仅是表现客观世界的美学凭借,也是获得"鼓天下之动"的接受效应的美学凭借,这两个美学凭借,都被他置于一个共同的美学纽带"文本"中而连接成为一个统一的整体:"夫缀文者情动而辞发,观文者披文以入情,沿波讨源,虽幽必显。"他所说的"缀文者",就是指创作者而言的,他所说的"观文者",就是指接受者而言的,而他所说的"文",就是指艺术形态对"缀文者"与"观文者"的双向连接性而言的。他的这些见解,无一不直接涉及艺术形态中的接受学内涵,无一不是对形态学中的接受学内涵的深刻阐述。

综上可知,在人类的中古时期,接受美学就已经深深涵蕴在东西的两座美学的高峰中,为历代接受美学的发展提供了可贵的圭臬。鲁迅曾从东西文学比较的角度,对二者的历史地位做出了"开源发流,为世楷式"的并称不朽的评价,这一评价不仅是针对二者的美学建树而言的,也是包括二者在接受美学方面的重大开拓而言的。但是,由于东西世界观和方法论的民族性与地域性的差异,二者在接受美学的理论范畴的历史发育的程度上,又是存在着明显的差别的。主要表现在以下方面。

(一)读者概念的纯粹度、鲜明度与系统化程度的差异

在《诗学》中,并没有直接而明确地提出关于读者的概念,即使就外围性的信息来说,也是相当朦胧的。在《诗学》第四章中他这样写道:

> 人对于模仿的作品总是感到愉快。经验证明了这一点:事物本身看上去尽管引起痛感,但惟妙惟肖的图像看上去却能引起我们的快感。例如尸首或最可鄙的动物图像。(其原因也是由于求知不仅对哲学家是最快乐的事,对于一般人亦然,只是一般人求知的能力比较薄弱罢了)。我们看到那些图像所以感到愉快,就因为我们一面在看,一边在求知,断定每一事物是某一事物。比方说,"这就是那个事物";假如我们从来没有见过所模仿的对象,那么我们的快感就不是由于模仿的作品,而是由于技巧或着色或类似的原因。①

————————

① 亚里士多德:《诗学》,人民文学出版社 2002 年版,第 10 页。

亚氏在这里所说的"人",实际就是对读者的隐性存在的远程称谓。这一称谓中,透露出以下几个方面的理论信息:

一是他进行认识的总依据,是模仿说。模仿是主体对客体的体认,并不直接包含传播和接受的因素,是一个封闭性的概念。其内涵和外延相当狭窄和固定,严格属于求知的范畴,而不属于传播与接受的范畴。

二是亚氏所说的"人",是一个具有多重性内涵的泛指性的概念,也就是对"一般人"的称谓,涵盖所有为求知而进行模仿的人,既包括审美的人,也包括实践的人,而主要是指实践的人,具有鲜明的实用色彩。和纯美学接受中的人,存在相当大的距离。

三是亚氏所说的"人",是一个静态的闭合的概念,它只能反映出模仿与被模仿的关系,而不能反映它与写作过程中诸多因素的内在联系。

和刘勰的读者概念相较,东西方之间的认识差异是相当明显的。亚氏的读者概念,是一个杂糅的、模糊的、表层的概念,刘勰的"知音"概念,则是一个纯粹的、清晰的、深层的概念。就认识论的层次而言,一个属于初级形态的范畴,一个属于成熟形态的范畴。这种差异,不仅是文化特色的差异,也是认识角度与学术层次上的差异。西方的模仿论固然有许多优点,但就它对有关接受者所做的阐释来说,无论是从广度来说还是从深度来说,刘勰的阐释是远远超过亚氏的诠释的。

(二)作者的读者意识的自觉化程度与系统化程度的差异

刘勰的读者意识是一种系统的意识,是一种关于"作者—读者—作品"之间的循环相因的意识。这种意识,是渗透于他对文心运动所做的阐述的全部内容之中的。它赋予了文学以双重的美学视野:既从作者的角度审视读者的接受期待,又从读者的角度审视作者的传达期待。"缀文者情动而辞发,观文者披文以入情",就是这种三元并峙的理论主张的典型例证。这就必然使刘勰的读者意识具有一种特别开放的学术品格,足以将文心运动的全息过程涵盖无遗。相较之下,亚氏的读者意识则狭窄很多。亚氏所提出的"快感"、"洗涤心灵"的概念中虽然涉及隐性的读者意识,但是这些概念实际上是一些由主体意识所原发的封闭性的概念,它不能回答作者、读者与作品的三边关系中的诸多问题。这些问题,是只有在"作者—读者—作品"的一体化的视野中才能解决的。这种视野,是为刘勰所独具而为亚氏所不具的。这就必然使得刘勰的读者意识在自觉化程度和系统化程度上远远超越于亚氏的读者意识。

（三）创作与接受之间的疏密程度的差距

刘勰的美学接受理论是一种以人为本、以道为宗的理论。从人的角度来看，创作与接受都属于人的主体活动的统一范畴，二者之间原本就存在着共通的属性。从道的角度来看，万物皆源自于道，万物皆以道相通，二者之间同样存在着共通的属性。在这一特定的文化视野中，创作与接受的关系必然是极其紧密的一体化关系。而亚氏的美学接受理论是一种以物为本的理论。人与物之间的关系，被诠释为模仿与被模仿的关系。这种关系是一种人物两分的关系，创作与接受之间只有以物为焦点的外在联系，没有以人为焦点的内在联系。这种关系，必然是极其松散的、疏远的，很难形成一个统一的认识场。这也是西方接受美学思想发展如此缓慢的主要原因。

西方读者概念和读者意识的明确化和清晰化，是从贺拉斯的《诗艺》开始的。贺拉斯是西方美学界第一个正式提出"读者"概念的人。他说：

> 庄严的长老奚落毫无教益的著作，傲慢的骑士轻视索然寡味的诗歌；寓教于乐的诗人才博得人人认可，既予读者以快感，又使他获益良多。这样的作品可以使书商腰囊饱和，使作者扬名海外，流芳百世而不湮没。①

概念的清晰和明确，是范畴的基点和起点。从这个意义上说，贺拉斯才是西方接受美学的真正意义的鼻祖。贺拉斯不仅提出了这一关键性的概念，而且进一步提出了对作者、作品与读者之间的关系的深刻见解。他明确认为，诗歌的创作原是为了使人感到愉悦，惟其如此，他要求诗歌必须具有牵系读者心灵的艺术感染力量："一首诗不仅要美，它还须具有魅力，能够引带听众的心灵随意之所之。"②这些观点，在思维的基本取向上与刘勰的系统理论有相通之处，但就范畴的深刻性和系统性来说，二者之间的距离是相当明显的。

紧接着古希腊罗马美学理论而登上历史舞台的，是中世纪漫长的基督教文化统治。在基督神学禁锢下，西方接受美学陷入了一种"实际的停滞状

---

① 《缪灵珠美学译文集》第1卷，中国人民大学出版社1998年版，第54页。
② 《缪灵珠美学译文集》第1卷，中国人民大学出版社1998年版，第43页。

态"。美学和文艺成了神的直接的传声筒,接受成了灌输和愚弄的同义词。在这种文化愚昧和文化专横的情况下,不管是作者的主体地位或者读者的主体地位都会"蒸发"于无形,关于读者的概念和有关的系统概念自然也就会消失于无形。历史学家将这段漫长的中世纪时期称为"黑暗时期",是恰如其分的。

但是,人类历史毕竟是一部向上发展的历史。随着文艺复兴时代的到来,教会的精神独裁被摧毁,古希腊罗马许多深刻的思想重新获得了人们的重视,其中也包括了接受论的思想。在卡斯特尔维特罗的《亚里士多德〈诗学〉的诠释》中,重新提出了关于读者的概念,并对读者在文学功能中的价值地位进行了鲜明肯定和标举:"诗必须逼真地描绘出人们的遭遇,以逼真的描绘来娱乐读者……诗的发明完全是为了娱乐读者,诗是使平民大众赏心的乐事。"①

真理有如接力棒,以读者存在为聚焦点的接受论思想,也是一代一代向前传递的。接过卡斯特尔维特罗的接力棒的是布瓦洛,布瓦洛承袭了前人以美动人、寓教于乐的接受思想,并将它提到真善美的统一的高度。他认为唯有真善美统一的境界,才是最受读者欢迎的境界。而这,正是文学功能之所在,也是读者接受的关键之所在。他说:

> 无数著名的作品载着古圣的心传
> 都是利用着诗来向人类的心灵扩散;
> 那许多至理名言能处处发人深省
> 都由于怡人之耳然后能深入人心。②

特别难得的是,他将真善美的艺术要求,明确地纳入了读者的接受视野中,使作者和读者的关系更加密切,作者关于读者存在的意识更加具体。他说:

> 那么,你的缪斯要多发些谠论鸿言,

---

① 缪朗山:《西方文艺理论史纲》,中国人民大学出版社 1985 年版,第 321 页。

② 布瓦洛:《诗的艺术》,见张秉真《西方文艺理论史》,中国人民大学出版社 1994 年版,第 165 页。

处处能把善和真与趣味融成一片。

一个贤明的读者不愿把光阴虚掷，

他还要在欣赏里能获得妙谛真知。①

接力棒的传递在一代一代地进行，从布瓦洛的"真善美"说，到狄德罗的"美在关系"说，从莱辛的"化美为媚"说，到歌德的"美在特征"说，从康德的"审美与认识的相异与相通"说，再到黑格尔的"美是理念的感性显现"说，西方的美学思想在一代接着一代地镶嵌发展，越来越精密，越来越具体，越来越具有指导美学实践的价值。但是，毋庸讳言，这些长足的进步主要是表现在创作理论的方面，而就接受理论而言，从贺拉斯以后实际并没有出现过突破性的发展。接受理论并没有获得真正的重视，更没有获得具体的展开。在西方的诸多美学著作中，没有一部著作在接受美学理论方面比《文心雕龙》提出更多、更深和更广的理论问题和给予合理的回答。按照现代接受理论的说法，西方在 20 世纪 70 年代之前，从来就没有过接受美学的存在，否则，他们就不会自称是"对人类美学理论的革命性挑战"了。

西方真正意义的接受美学，是在 20 世纪 60 年代中期。以姚斯和伊瑟尔为代表的联邦德国的康斯坦茨学派提出来的。与传统的批评鉴赏理论相较，它具有以下几个方面的质的飞跃。

一是作品概念的不同。传统美学理论所理解的文学作品是指由作者完成的语言文本，作品与文本的含义是完全切合一致的。但在现代接受美学的概念系统中，文学作品与文学的语言文本却成了必须严格区分的概念。现代接受美学认为，任何文学文本都具有未定的属性，都不是决定性和自足性的存在，而是一个多层面的未完成的图式结构。它的存在本身并不能产生独立的意义，它的意义的实现最终必须依靠读者的阅读所产生的具体化来完成。现代接受美学将文学作品分解为这样的两极：一极是未定性的文学文本，另一极是读者阅读过程中的创造性的体验和充实，这一体验和充实被称为"具体化"。唯有两极的融合，才能构成完整的文学作品。这就是伊瑟尔所说的：

---

① 布瓦洛：《诗的艺术》，见张秉真《西方文艺理论史》，中国人民大学出版社 1994 年版，第 165 页。

"文学文本具有两极,即艺术极和审美极。艺术极即作者的本义,审美极是由读者来完成的一种实现。从两极性角度看,作品本身显然既不能等同于文本,也不能等同于具体化,而必定处于二者之间。"①这也就是说,没有读者的阅读,没有读者对作品的体验和充实,文本就会失去意义。

二是读者作用的不同。传统美学理论将读者的接受看成被动的灌输活动;现代接受美学将其视为文学作品的构成要素,认为接受的过程是一个能动创造的过程,赋予读者的创造以广阔而生动的自由天地。它明确宣示,文学作品不是作者独家创作出来的,而是合力运动的结果,是作者与读者共同创造的结果。作品价值的实现就在于它的具体化,而具体化的过程最终是由读者来完成的。"读者绝不是被动的部分,绝不仅仅作为一种反应,相反,它自己就是历史的一个能动的构成。一部文学作品的历史生命如果没有接受者的积极参与,是不可思议的。因为只有通过读者的传递过程,作品才进入一种连续性变化的经验视野。"②因此,没有读者就没有文学作品的历史生命,"文学史就是文学作品的消费史,即消费主体的历史"③。所谓"消费主体",就是读者。径而言之,文学的历史,首先是读者的历史,是读者接受的历史。惟其如此,读者在接受中,必然具有举足轻重的意义。

三是读者地位的不同。现代接受美学明确认为,在文学作品的两极性结构中,读者是第一性的,文本是第二性的。在读者的接受中,决定性的因素是读者的"期待视野",这种"先期性结构"是纯主观的。现代接受美学所说的文学作品,只存在于人的主观观念之中,而并不与客观现实生活的反映相关。这就是姚斯奉为圭臬的一句话:"历史什么也不是,只是在历史学家的头脑里,将过去重新制定一番而已。"④

现代接受美学对读者存在的强调是人类认识的一大飞跃,它使人类对读者在接受中的能动作用与能动地位的认识更加鲜明、更加深刻,为现代美学飞跃式发展提供了一个新的角度和全新的视野。但是,与《文心雕龙》的接受理论进行比较,它的局限性和非逻辑性也是极其明显的。具体表现在以下方面。

---

① 伊瑟尔:《阅读活动——审美反应理论》,中国社会科学出版社 1991 年版,第 29 页。
② 姚斯:《接受美学与接受理论》,辽宁人民出版社 1987 年版,第 24 页
③ 姚斯:《接受美学与接受理论》,辽宁人民出版社 1987 年版,第 6 页。
④ 姚斯:《接受美学与接受理论》,辽宁人民出版社 1987 年版,第 26 页。

首先是它将接受的过程归结为读者的纯主观过程,这是一种绝对化的认识方法。众所周知,一切观念都来自经验,都是客观现实的反映——正确的或歪曲的反映,意识的能动性是在物质世界的客观性这一决定性的前提下表现出来的。世界上绝没有无物质依据的先验性的意识活动,也没有纯主观的意识过程,因此,将读者的"具体化"过程视为纯粹由读者所原发而与作品毫不相干的纯意识过程和纯主观过程,显然是不符合人类认识的普遍规律的。

其次是对创作过程和接受过程的隔离,这是与文学活动的开放性本质和实际过程背道而驰的。现代接受美学将接受视为纯粹由读者发动而与作者无关的"自由创造"活动,势必造成接受活动的封闭化和文学功能的盲目化,最终会造成文学疆界的消失和文学文本的取消,实际上也就是对文学的取消。这种认识显然是极端片面的,这些理论家似乎忽略了这样一个最基本的事实:创作与接受虽然处于文学活动的两极,却又共处于一个密不可分的统一体中,互为因果,互为前提,缺一不能为济。二者的关系,实际就是一种生产和消费的关系。众所周知,生产是为消费而进行的生产,消费是在生产的前提下进行的消费。如果没有创作,接受就会失去依据,如果没有接受,创作就会失去意义。

再次是对接受的具体过程和具体方法的忽视。现代接受美学虽然在理论上大力标举读者在接受中的决定性意义,并进行了相当深刻的研究,但是,这些研究缺乏工程科学的强大支持,它在实践上必定是极其贫乏而盲目的。现代接受美学至今没有提出美学接受的理想境界和达到这种境界的相应方法,也没有提出接受所企图达到的具体目标和具体渠道。众所周知,理论的生命就在于指导实践,如果不具有可操作的意义,任何理论都不可能走得很远。这也就是现代接受美学其兴也勃,其衰也速的一个重要原因。

现代西方接受美学在理论上的这些尴尬与苍白,实际是西方美学发展的历史性特色长期积累的结果。西方美学以天人相分为哲学基础,以个人自由为价值取向,以"模仿"为理论支点,重视人与自然的外在联系,而不重视人与人的内在联系。这一文化基因既是西方美学的特殊优势之所在,也是它的特殊不足之所在。在西方美学的特定领域中,由于这一文化基因的历史性制约,它对文学的社会功能的体认必然是朦胧的,它的接受科学注定是不可能得到充分发展的。从亚里士多德到现代的姚斯和伊瑟尔,在接受美学上始终未能达到刘勰"知音"学说的高度,未能达到"鼓天下之动"学说的高度,也远未能具有工程科学的实践品格。这些重大的理论问题和实践问题,注定要由"天人一体"和"以人为本"的东方美学来完成。刘勰,正是刘勰,也只有刘勰,将这些世界性的难题解决得如此完美,有如陈年佳酿,愈久弥香。何者?这是东西文化的差异性所决定的。这就是当代国学大师钱穆所昭示的:"'天人合一'观,是中国古代文化最古老最有贡献的一种主张。西方人常把'天命'与'人生'划分为二……此一观念影响所及,则天命不知其所命,人生亦不知其所生,两截分开,便各失其本义。绝不如古代中国人之'天人合一'论,能得宇宙人生会通合一之真相。"①所谓"会通合一",就是"人—我—物"之间的浑然一体的思想境界:"中国思想,则认为天地中有万物,万物中有人类,人类中有我。由我而言,我不啻为人类中心,人类不啻为天地万物之中心,而我又为其中心之中心。而我之与人群与物与天,寻本而言,则浑然一体,既非相对,亦非绝对。"②这种博大精深的境界,是只能存在于中华的以天人合一为集中标志的文化广场之中的。这一文化差异表现在方法论上,就是综合与分析的各自侧重和由此带来的历史性影响。也就是季羡林所深刻指出的:"从最大的宏观上来看,人类文化无非是东方文化与西方文化两大体系。其思维基础一是综合,一是分析。综合者从整体着眼,尊重事物间的普遍联系,既见树木,又见森林。分析者注重局部,少见联系,只见树木,不见森林。"③这就是东西接受美学在思想体系上和发育程度上产生重大差异的根由。

有差异才有比较,有比较才有鉴别,有鉴别才有选择,有选择才有取长补短,共同进步。惟其如此,各个民族之间,才有文化交流和文化互补的必要和可能。这种相互间的交流和互补,实际上是从来没有停止过的。我们的古人将它表述为:"四海之内皆兄弟"。歌德将它表述为:"每一国文学如果让自己孤立,就会终于枯萎,除非它从参预外国文学来吸取新生力量。"④也惟其如

---

① 钱穆:《中国文化对人类未来可有的贡献》,《中国文化》1991年第4期,第93页。

② 钱穆:《中国文化思想史》,见季羡林《东西文化议论集》上册,经济日报出版社1997年版,第77页。

③ 季羡林:《东西文化议论集》上册,经济日报出版社1997年版,第64页。

④ 歌德:《文学上的无短裤主义》,见朱光潜《西方美学史》下卷,人民文学出版社2002年版,第425页。

此,我们既要敢于肯定别人的长处,也要敢于肯定自己的长处。刘勰的接受美学理论确实是我们东方美学中的一株奇葩,这一点已经受到世界有识之士的公认。一个最基本的事实摆在世界人民的面前:在1500年之前,我们的古人已经撰就了《知音》的专章,这一专章实际就是关于接受美学的系统理论。它不仅将古代的接受美学的基本范畴覆盖无遗,而且将现代接受美学中的基本范畴覆盖无遗。而就范畴的广度、深度和力度来说,就其理论体系的全面性、具体性和可操作性来说,至今没有任何一家别的理论可以超越。它过去是,现在是,将来也必定是人类接受美学海洋中一座永不熄灭的灯塔。这一灯塔不仅是中国人民永远的自豪,也是世界人民永恒的骄傲。随着中华民族的崛起,这一伟大的文化光辉将以更大的热力普照于全球。

三、刘勰美学接受理论的现实启迪

刘勰美学接受理论是六朝时期特定历史条件下的产物。六朝时期是我国历史上一个大分裂、大动乱的时期,同时也是我国历史上文化思想空前活跃的时期。一方面,它以其动荡腐朽、黑暗恐怖著称于中国历史;另一方面,它又以其灿烂的思想文化深深启迪着后人。但也毋庸讳言,六朝文化作为我国历史上的多元并存的文化,除了它的活跃性和创造性的独特风采之外,还具有相当明显的失衡性和失范性的不足,由此带来了美学中的任意性、低俗性、浅薄性和轻靡性等诸多弊端。这些特点和弊端,固然和当时创作思想上的混乱有关,主要还是来自接受中的混乱。刘勰的美学接受理论,既是对当时文学自觉和接受自觉的历史性继承和升华,也是对当时美学接受中的失衡与失范的混乱状况以及由此形成的轻靡文风所做出的理论批判和工程对策。这一理论批判和工程对策作为一种普遍规律的反映,对于后世美学接受中的循轨运行,具有普遍性的借鉴意义。特别是对于我国正处于社会转型阶段的当代文学的发展,指导当代文学走出由于社会转型所带来的困惑与朦胧,具有直接的参照作用。

将当代文学与六朝文学进行跨时空的比较,也许是并不十分恰当的事情。但是,历史毕竟是一个前后相承的整体,在历史的前后相承中总有某些似曾相识的地方。当代文学与六朝文学的相似之处,就在于它们都存在由一元文化走向多元文化的共同前提,以及由此带来的美学价值取向的朦胧和美学接受中的失衡与失范。诚然,造成这种现象的原因迥然不同,一个是由于封建社会中的长期战争和分裂,另一个是由于现代社会经济与文化的大转型,但在由此引起的文风的轻靡和接受的失范上,却是极其类似的。

我国当代文学中的轻靡和失范,集中表现在它的市场化的偏向上。当代文学原本是以一元化的政治体制作为自己的生存依据的,庄严华贵,代圣立言,具有明显的政治传声筒的特点。改革开放以后,我国逐步进入了市场经济的历史时期。在市场经济的条件下,当代文学又发生了新的一轮转型变化。由于市场经济对我国来说是一种全新的事物,当代文学对此所做出的适应中难免出现一些应对无范、行止失当的弊端。市场经济的运行机制,被简单地套用于文学的管理体制之中,不加分析地把文学活动全方位地推向了市场。其直接的结果是把商品生产的价值原则和价值标准简单地移入了文学产品的生产和消费之中,无视文学产品的精神文化价值和社会效应。这一结果的总积累,就是文学的商品化偏向的发生。文学消失了它的神圣的光环,由政治的传声筒,蜕变为商品的传声筒。文学也由社会代言人的地位,蜕变为纯粹个体化和个性化的地位。盲目追求时尚,也成了当代文学在市场经济条件下的另一弊端。性、暴力、隐私、黑幕、休闲、怪异,成了当代文学中的主要内容。如此等等,使当代文学成了一种纯粹迎合市场的"快餐文化",而不再具有引导时代潮流的意义。文学世界异彩纷呈,繁荣兴旺,唯独缺少了一点思想,缺少了一点"鼓天下之动"的力量。而"迎合"某一部分人的特殊需要而忽视社会的普遍需要,"迎合"多元化的个性心理而忽视一元化的公共准则,就是产生这些弊端的根本原因。就这一点来说,当代文学与六朝文学是并无二致的。惟其如此,曾经在我国六朝时期对轻靡文风进行过历史性批判的刘勰接受美学,也必然成为后世拨乱反正、扶正祛邪的一座导航的灯塔。

刘勰对轻靡文风进行拨乱反正的成功经验,可以概括为以下方面。

一是确立美学接受的最高依据。

刘勰明确认为,从终极层面进行观照,美学接受中的种种混乱,都来自对道的背离。要想实现美学接受的循轨运行,必须从确立道的最高依据地位开始。所谓道,就是覆盖一切的宇宙运动的总规律和总法则。这一绝对性的存在,就是天地万物的总动力源,也就是天地万物得以相通、人与天地万物得以相通的总根由。惟其如此,只要是合道的东西,就能体物无滞,入心无隙,畅通无阻:"故知道沿圣以垂文,圣因文而明道,旁通而无滞,日用而不匮。《易》曰:'鼓天下之动者存乎辞。'辞之所以鼓天下者,乃道之文也。"

刘勰所确立的这一总法则,对于我们当代的文学活动,同样是具有深刻启示意义的。"道"表现在今天的现实生活中,就是客观世界的普遍规律。当代文学之所以长期徘徊,直至今日之步履艰难,最根本的原因就在于未能遵循客观世界运动的普遍规律。过多的主观唯心的货色,掺杂在我们的美学理论和文学理论中,混淆了我们的视听,误导了我们文学活动的进行。不管是当代文学前期的唯政治功利的文艺思想还是新时期的唯市场功利的文艺思想,实际上都是相当片面的真理:它们都包含了部分的真理,但远不能包含全部的真理。真正的真理只能体现在矛盾的平衡和统一之中,而并不体现在矛盾的简单对立之中。用一种简单的全面否定代替另一种简单的全面否定,绝不是通向真理的康庄大道。唯有对客观规律的严格遵循,才是走近真理的唯一正道。具而言之,就是树立美学规律和文学规律的绝对权威,尊重美学和文学的普遍规律,严格按照美学和文学的规律从事美学和文学的实践活动。我们先前走的弯路和现在走的弯路,都是由于不按规律办事而是按照某些人的主观意志办事造成的。树立"道"而不是"神"的绝对权威,将"道"的客观性的绝对权威从"神"的主观性的绝对权威的禁锢下解放出来,是当代文学走出泥淖的最根本出路。

二是确立美学接受的价值取向。

美学接受的终极依据的绝对权威,是通过它的价值取向具体表现出来的。刘勰认为,美学接受的正确的价值取向,既不是唯社会功利的价值定位,也不是唯个性张扬的价值定位,而只能存在于二者的和谐统一之中。我国历史上的唯社会功利的一元论的价值观造成了汉代文学的狭隘和浅薄,魏晋南北朝的多元化的文学是对经学一元论文学的全面否定,结果是走向了另一个极端,这就是文学的虚无化和贫乏化,最终陷入了轻靡的泥坑之中。因此,正确的对策只能是既要继承传统,又要面对现实。所谓继承传统,就是继承以《诗》《骚》为代表的历史传统,这一历史传统的最大特点就是自觉地体现和代表天下苍生的利益和意志,重视文学的"鼓天下之动"的社会功能。所谓面对现实,就是承认和尊重人类感情的自然性和多样性,承认和尊重文学中的"情"的本质性内涵。对"情"的发现,是魏晋六朝文学的重大开拓。刘勰明确认为,二者从来都是不可偏废的。他所说的"师圣"、"宗经",就是他对《诗》《骚》传统的强调。他所说的"才有庸俊,气有刚柔,学有浅深,习有雅郑,并情性所铄,陶染所凝,是以笔区云谲,文苑波诡者矣",就是他对时代个性的张扬。唯有既雅且丽,既重视社会功利又尊重时代个性,才是美学接受的正确取向。"擘肌分理,惟务折衷",这是刘勰对六朝文风进行拨乱反正的总的战略对策。这一对策,对于指导当代文学走出价值失向的泥坑,仍然是具有直接的参照意义的。

三是标举美学接受的理想目标。

刘勰明确认为,"文章之用,实经典枝条",文学事业绝不是个人的事业,而是关系到世道人心的大业。"鲁之敬姜,妇人之聪明耳,然推其机综,以方治国,安有丈夫学文,而不达于政事哉?"因此美学接受的理想目标,绝不是自我的适性,也绝不是少数人的私语,而必须是和整个社会的交流。所谓"鼓天下之动者存乎辞",就是这种接受的理想境界。孔子文章的接受效果,被刘勰称为"木铎起而千里应,席珍流而万世响,写天地之辉光,晓生民之耳目",屈原辞赋的接受效果,被司马迁称为"其衣被词人,非一代也",就是此种境界的具体例证。在当代文学中,此种博大的境界仍然是不可或缺的。造成当代文学的低俗性、浅薄性和封闭性的原因固然很多,而缺乏高远的接受目标则是其中的一个重要原因。一部纯粹以包装自我为接受目的作品,是不可能具有对人的共性的包容的。要想为天下人所接受,必须具有与天下人所共通并为天下人所共重的人性品格和美学品格。色情文学只能在色情圈子里流行,暴力文学只能在暴力圈子里流行,阴谋文学只能在阴谋圈子里流行,专政文学只能在专政圈子里流行,广告文学只能在广告圈子里流行,结果是使文学活动成为一种纯粹的孤芳自赏的"行业"行为或者纯粹的个人自我发泄的官能行为。这样的文学,原本就不是着眼于与天下人的交流,理所当然会受到天下人的共同拒绝。我国当代的"自我写实"和"自我暴露"作品的昙花一现的命运,就是典型例证。当代文学要想走出由于轻靡而导致毁灭的怪圈,必须走出自我封闭的小天地,走向"鼓天下之动"的大目标。"不述先哲之诰,无益后生之虑。"中国的文学,从来都是忧国忧民的文学。惟其忧国忧民,所以具有鼓天下之动的效果。这是我们应该永远牢记在心的。

四是标举美学接受的战略动力。

　　刘勰对轻靡文风进行拨乱反正之所以能够在当时取得理论上的成功和在后世获得实践上的成功，不仅在于他提出了美学接受的高远目标，而且在于他还进一步提出了实现这一高远目标的战略动力，这一足以鼓动天下的力量，就是涵蕴在作品中的"风骨"。"风骨"作为"道"在文学中的集中体现，就是蕴涵在感情和事义中的美学驱动力量和感染力量。刘勰认为，这种直接与"道"相通的力量，就是"化感之本源，志气之符契"。事实上并不是所有的情思与事义都能动人，唯有蕴涵风骨并与人的志气契合的情思与事义才真正具有动人的力量。"风骨"对于驱动接受来说，是具有决定性意义的东西。"昔潘勖锡魏，思摹经典，群才韬笔，乃其骨髓峻也；相如赋仙，气号凌云，乃其风力遒也。"这就是风骨的动人力量的具体展示。风骨并不是什么神秘的东西，作为"道"的集中体现，它就是生活运动中蓬勃奋发、昂扬向上的永恒动势。这一永恒动势实际就是宇宙运动的本质，也就是生活运动和美学运动的本质。只要在精神上体现了这一本质，就能与万物相通，与万心相应，足以鼓天下之动。所谓"天行健，君子以自强不息"，所谓"文以气为主"，所谓"气盛言宜"，就是这个道理。轻靡，实际上就是缺乏风骨的症候。这是六朝文学的致命伤，也是当代文学的致命伤。一种"风末气衰"的文学，是没有生命的文学，这样的文学是不可能取得社会的广泛接受的。赋予文学以"情与气偕，辞共体并"的美学品格，是获得这种战略动力的具体途径。大唐文学之所以能走出六朝轻靡的泥坑而获得如此重大的成功，就是在风骨的大旗下实现的。这对于当代文学来说，具有"验方"的意义。

　　五是提出美学接受的系列方法。刘勰的《知音》，就是对接受过程中的具体问题所做出的具体分析和具体的工程对策。刘勰认为，知音——成功的美学接受是一件极其困难的事情，但绝不是一件不可以实现的事情。实现的关键就是充分发挥"术"的作用。这些"术"包括端正接受心理，秉持"唯务博观""无私于轻重，不偏于爱憎"的科学态度，采取"六观"科学程序，以及"见异"的美学追求，等等。"斯术既形，则优劣见矣。"这些方法，是接受获得成功的必由之路。这对于当代文学走出接受的灰区来说，同样具有直接的工程意义。

　　如此种种，都是前人经验的历史概括和理论升华。这些建树，就是大唐文学走出六朝轻靡的迷雾而在接受上获得如此盛大成功的理论先声。如果没有刘勰的接受理论的前导,大唐文学中普遍存在的对"知音"范畴的美学自觉,就会失去明确的理论依据而成为不可想象的事情。王勃的"海内存知己,天涯若比邻"(《送杜少府之任蜀州》),李白的"钟期久已没,世上无知音"(《月夜听卢子顺弹琴》),杜甫的"百年歌自苦,未见有知音"(《南征》)),白居易的"七弦为益友,两耳是知音"(《船夜援琴》),张祜的"玉律潜符一古琴,哲人心见圣人心"(《听岳州徐员外弹琴》),韩愈的"知音者诚希,念子不能别"(《知音者诚希》),贾岛的"素琴弹复弹,会有知音知"(《送别》),"知音如不赏,归卧故山丘"(《题诗后》),刘叉的"作诗无知音,作不如不作。未逢赓载人,此道终寂寞"(《作诗》),就是这一美学自觉的具体例证。他们一致认为一个作者如果没有自己的知音读者,其作品便无以欣赏,其价值也无从实现。这些由实践建树所充分证明并获得历代传承的理论建树,不仅是值得我们珍惜的,也是值得我们信赖的。我们的前人曾经依靠这一光芒四射的灯塔,驶出了六朝轻靡的浅滩,进入了大唐文学的深港,我们当代的传人也一定会仰仗着这一真理的指引,走出当代轻靡的文风,走进比大唐文学更加辉煌的境界的。

当然,历史绝非简单的重复,但由历史所证明的规律却从来属于永恒。规律的力量是任何势力所不能阻挡的。腐朽并不可怕,从放大的时空来看,腐朽是新生的前夜,没有果壳的腐朽就没有新芽的萌发。这一普遍规律曾经验证于六朝文学向大唐文学的飞跃,也会在当代文学的演变中充分体现出来。也许,这是一个相当漫长而且艰难的历史过程,却也是一个一定会实现的历史过程。因为种子在地下的沉默,并不意味着它的死亡,而正是勃然而兴的前期准备。不是不发,时候未到。时候一到,一切都发。历史的辩证法从来都是如此。

文心雕龙通论

傅璇琮谨书

【下编】

刘业超　著

人民出版社

目　　录

下编　雕龙论

下编　雕龙论

第十九章 雕龙范畴论

"古来文章,以雕缛成体。"(《序志》)雕龙,就是对文心外化借以实现的文本的美学制作方法和技巧的系统概括。雕龙的最后完成形态和完整形态,就是文章。

雕龙属于文章形态美学的范畴。这一范畴的巨大认识意义就在于,作为人类思维对文章美学形态中的本质联系的概括反映,它们是表现文章美学形态的规律性的逻辑形式。赋予文章的美学形态以独立的范畴地位,是刘勰的一大创举。从美学形态的角度,赋予文心以坚实的美学实体,标志着《文心雕龙》"以心总文"理论体系的全面完成,使《文心雕龙》在世界文化史中独标一格的地位显示得更加鲜明。惟其如此,它必然具有普遍性的美学意义,给人类的认识带来深远的影响。

第一节 雕龙范畴的辩证属性

人类对雕龙范畴的清晰认识,是随着文质关系亦即内容与形式关系的逐步明确而实现的。刘勰对这一问题的辩证见解,就是对该范畴基本属性进行确切把握的学术标志。它既是对历史的继承和发展,也是对当时现实中的形态美学中的新变的批判性吸收和创造性开拓。

以孔子为代表的儒家主流层面,对文质关系的认识,从表面上看来是比较平衡的。在《论语·雍也》中,孔子明确地提出了文质并重主张:"质胜文则野,文胜质则史,文质彬彬,然后君子。"但是,由于封建伦理道德在意识形态中的绝对统治地位,孔子所说的"质",必然受到这一大前提的制约,表现出以礼义为纲的绝对化品格:"君子义以为质,礼以行之,逊以成之,君子哉!"(《论语·卫灵公》)而"文",则必然成为"载道"工具而失去其独立地位,成为"道"的附庸。这就是孔子所说的:"绘事后素"(《论语·八佾》)。这种质先文后、质主文从的趋势,随着儒家地位的不断上升而愈益强化,愈到后来愈益明显。墨子认为:"故食必常饱,然后求美;衣必常暖,然后求丽;居必常安,然后求乐。为可长,行可久,先质而后文,此圣人之务。"(《墨子闲诂附录·墨子佚文》)他认为,正像"求美"、"求丽"、"求乐"必须以"常饱"、"常暖"、"常安"为必要前提一样,"文"的产生也必须以"质"的存在为必要前提。扬雄的文质观是:"有人焉,曰姓孔而字仲尼,如其门,升其堂,伏其几,袭其裳,则可谓仲尼乎? 曰:其文是也,其质非也。敢问质? 曰:羊质而虎皮,见草而说,见豹而战,忘其皮之虎矣。圣人虎别,其文炳也;君子豹别,其文蔚也;辩人狸别,其文萃也。"(《法言·吾子》)他认为事物的根本区别在于内在的"质",而不是外在的"文"。刘安的观点同样是如此:"必有其质,乃为之文。"(《淮南子》)在这种文质观的指导下,不仅文章的内容"质"必然走入圣人所提倡的伦理道德的绝对化范畴,而且文章的形式"文"也会拘囿于圣人所著的经典的绝对化范畴。径而言之,这里所说的"文",已经不是一般意义的"文学形式",而是特指圣人之经典的特定的神圣形式。这就是司马光所历史性概括的:"古之所谓文者,乃诗、书、礼、乐之文,升降进退之容,玄歌雅颂之声。"(《答孔文仲司户书》)由此可知,儒家所理解的"文质"的统一,不是一般意义的内容与形式的统一,而是内容与形式在儒家道统下的统一,是伦理道德的特定的神圣内容与"载道"的特定的神圣形式的统一。在这种特定统一的特定格局下,文章形式是不可能具有独立的范畴地位的。

魏晋南北朝是儒家思想极度衰落的时代,是统治者极度虚弱和极度腐朽的时代,也是我国文化思想空前活跃的时代。重视美与新变,重视文学的形式美,是当时普遍性的文学作风。对形式美的追求,具有双重属性。从社会学角度来看,这一作风诚然与士族门阀"讹滥浮靡"的生活追求有关,而且转过来又助长了这种"讹滥浮靡"社会风气。但从文学发展角度来看,对艺术形态的重视和追求,正是对文学不可或缺的本质属性——审美属性的认识的深刻化的反映。郭绍虞对此进行了极其透辟的表述:"南朝的文学批评,因骈俪之重在藻饰,故其作风当然较偏于艺术方面而与道分离;因此,反容易使一般人认清了文学的性质,辨识了文学的道路。"①对文学的审美性质的"认清",又反过来推动了人们对艺术形态的自觉追求。如此辗转强化,为唐代文学的繁荣奠定了坚实的形态学基础。

刘勰对传统的文质观和齐梁的文质观,从本体论的哲学高度进行了科学的扬弃,以"折衷"的方式提出了自己充满辩证色彩的形态理论。他的形态理论最基本的指导思想,可以概括为以下方面:

一是文章的内容与形式的共生关系。刘勰以自然界的事物为据,对"质"与"文"的互相依附的关系做出了深刻的论证。他说:

> 水性虚而沦漪结,木体实而花萼振:文附质也。虎豹无文,则鞟同犬羊,犀兕有皮,而色资丹漆:质待文也。若乃综述性灵,敷写器象,镂心鸟迹之中,织辞鱼网之上,其为彪炳,缛采名矣。(《情采》)

刘勰所说的"文附质",是指一定的形式必须依附一定的内容,犹如"沦漪"必须依附于"水","花萼"必须依附于"木"一样。刘勰所说的"质待文",是指一定的内容必须凭借一定的形式才能完美地表现出来,犹如虎豹离不开它的皮毛,犀牛的皮革离不开色彩一样。这种互相依从的关系,归根结底来自道的自然运动。这就是他在《原道》中所说的:"日月叠璧,以垂丽天之象;山川焕绮,以铺理地之形,此盖道之文也","龙凤以藻绘呈瑞,虎豹以炳蔚凝姿;云霞雕色,有逾画工之妙;草木贲华,无待锦匠之奇。夫岂外饰,盖自然也"。也就是他在《情采》中所说的:"五色杂而成黼黻,五音比而成韶夏,五性发而成辞章,神理之数也。"他把"文附质"与"质待文"的依从关系,看做是自然运动本身所具有的自然属性,看做是根源于自然运动的普遍规律。这就为文质的统一做出了自然哲学的论证,由此证明文章的内容与形式也应当是互相依从的。这样就将文质统一的基点进行了极大提举,由儒家原来的礼义教化的狭隘界面,提高到了"自然之道"的本体论的广度和高度,也就是宇宙运动的普遍规律的广度和高度。显然,这是对文质关系的认识的极大飞跃。这一基点性的飞跃,必然带来文章内容范畴的极大扩充,也会带来文章形态范畴的极

_____

① 郭绍虞:《中国文学批评史》,百花文艺出版社1999年版,第97页。

大扩充。

从文章的内容层面来看,儒家传统的"内容论"是偏重于"君子"修养的,属于礼义教化的范畴。所谓"诗言志",所谓"思无邪",主要是指圣人之"志"而言的,也就是指伦理道德规范对社会成员的规定性。这一拘囿在礼教链条中的内容范畴,是相当狭小的,而且是越来越窄,越来越小的。刘勰所理解的文章的内容,是偏重于"情性"的,属于自然人性的范畴。所谓"文质附于性情","人禀七情,应物斯感,感物吟志,莫非自然",就是这一见解的典型表述。在这种内容论的指导下,文章在内容上必然走下神圣的道德殿堂,容纳广阔的生活内涵,成为抒写人人情性的东西。正是这一范畴上的革命性的突破,文学的自觉才获得了坚实的理论基础。

从文章的形式层面来看,儒家传统的"形式论"虽然也主张"言之无文,行而不远",但归根结底是从属于"辞达而已矣"这个大前提的,主要是偏重于语言的载道作用,范畴相当狭窄。它只看到了"言"的表意作用,而不能充分认识"言"的审美作用,更看不到"采"的美学作用。将"采"引入文章的形态,赋予文章形态以鲜明的美学品格,是刘勰的一大创举。刘勰明确认为,美属于一切事物,自然也包括文章的形态。"圣人书辞,总称'文章',非采而何","若乃综述性灵,敷写器象,镂心鸟迹之中,织辞鱼网之上,其为彪炳,缛采名矣"。刘勰所说的"采",泛指美的修饰,也就是刘永济先生所精辟概括的:"采,大体不出声色……可以发皇耳目者也"。① 刘勰认为,这种"发皇耳目"的美学效应,是普属于一切美学形态的:"立文之道,其理有三:一曰形文,五色是也;一曰声文,五音是也;一曰情文,五性是也。五色杂而成黼黻,五音比而成韶夏,五情发而成辞章,神理之数也。"(《情采》)这样,就将美的形态的范畴,由儒家传统的"言文"的范畴,扩展到"声文"、"形文"、"情文"都囊括于其中的普遍性的形态学范畴。由实务性的表意范畴扩展为表意与审美的统一范畴。无疑,对于文章的美学形态来说,这同样是一种范畴上的革命性的变革。由于这一范畴上的极大突破,文章的美学形态才得以成为一个独立的自觉的学科领域——雕龙学,文章形态美学才得以成为一门独立的自觉的科学。

二是文章的内容决定文章的形式。刘勰所说的"文附质"、"质待文"这两

---

① 刘永济:《文心雕龙校释》,中华书局 1962 年版,第 107 页。

个方面,并不是一种简单的算术和的关系,而是一种主导与从属的系统关系,是文章的内容决定文章形式的关系。刘勰对此做出了明确的强调:"铅黛所以饰容,而盼倩生于淑姿;文采所以饰言,而辩丽本于情性。"上述两个比喻,精辟地阐明了文章内容决定形式,形式必须为内容服务的道理。据此,刘勰做出了理论上的概括:"故情者文之经,辞者理之纬;经正而后纬成,理定而后辞畅。"这一概括,成了文章形态美学中千古不易的真理。

三是文章形式对文章内容的能动作用。刘勰认为,文章内容与形式的关系,绝不是一种单向的制约关系,而是一种双向的互动关系。这种互动关系集中表现在,不仅内容有决定形式的作用,形式也有影响内容的能动作用。前者表现在"文"必"附质"的方面,后者表现在"质"必"待文"的方面。径而言之,没有"质"的"文"固然不能成其为文,而没有"文"的"质"也不能成其为"质"。对此,刘勰举出了虎豹、犀兕的内质与外形的比喻:"虎豹无文,则鞟同犬羊;犀兕有皮,而色资丹漆。"它清楚地表明:虎豹之所以成为虎豹,除了虎豹的内质之外,还必须具有虎豹的特定的外皮,如果虎豹失去了它的内质借以表现的特定的外皮,那它就与犬羊没有区别了。也正因为如此,文章形式对于文章内容而言,必然具有依附与独立、受动与能动的双重品格。对这种双重品格的标举,同样是刘勰的一大创举。因为在这一双重品格中,不仅包含着对儒家传统的"文质彬彬"论的继承,也包容着对美学形式的能动作用与独立地位的标举。赋予文章的美学形态以能动的与独立的学术地位,同样是对美学形态范畴的重大拓展。

四是对内容和形式的三维关系的认识。

文章的内容与形式的关系,并不是一种简单的非此即彼的关系。实际上二者之间还存在一个不能忽略的中介点。这一中介点具有内容与形式的双重属性:既与内容相接又与形式相接的属性。这种存在于文章中的系统关系,集中表现在它的三维性的系统结构上。对此,刘勰在《镕裁》篇中进行了明确的阐述:

是以草创鸿笔,先标三准:履端于始,则设情以位体;举正于中,则酌事以取类;归余于终,则撮辞以举要。

　　所谓"三准",固然是就文章写作中的三个步骤而言的,但,之所以采取这三个步骤,又是与文章的系统结构密不可分的。三者之间的系统关系,被刘勰清晰地表述为:"夫才童学文,宜正体制,必以情志为神明,事义为骨髓,辞采为肌肤,宫商为声气;然后,品藻玄黄,摛振金玉,献可替否,以裁厥中:斯缀思之恒数也。"(《附会》)所谓"情志",是文章的核心层面,是属内者,属于文章内容的范畴。所谓"事义",指文章的题材及其组合方式,是属中者,属于文章内在形态的范畴。所谓"辞采"、"宫商",指文章的语言美饰及其组合方式,是属外者,属于文章外在形态的范畴。在这一多维的结构中,既蕴涵着内容和形态的关系,又蕴涵着形态与形态的关系。"情志"与"事义"、"辞采"及"宫商"的关系,是内容与形式的关系;"事义"与"辞采"、"宫商"的关系,则是内在形态与外在形态的关系。"事义"是属中者,具有双重的结构作用和形态功能,既与内在的"情志"具有密不可分的结构关系,又与外在的"辞采"、"宫商"具有密不可分的结构关系。就内在形态而言,它是体现情思的形态依据,在本质上属于"材料——结构"学的范畴。就外在形态而言,它是措辞敷采进行外在修饰的形态依据,在本质上属于"媒介"学的范畴。在诸多层面的系统结构中,"事义"既是属内者,又是属外者:就情思而言,它是属外者;就"辞采"、"宫商"而言,它又是属内者。也就是刘永济先生所精辟论述的:"事义之在文章,实双关情思与声色",既是"内之情思所表现",又是"外之声色所因依"。① 可谓切中肯綮之语。

　　由此可知,"雕龙"作为文章内容的存在方式,包含着紧密相连的两个方面:一是中介层面的属性和组织方式,亦即它的质料的属性及组织方式,也就是它的内在形态;二是与中介层面相关联的外部诸要素的材料属性和组织方式,亦即它的外在形态。内在形态决定于事物的内在材料的基本属性及其组合方式的感性特征,体现着事物内在要素的构成关系,因而是与事物内容紧密联系、不可分割的。犹如人体之骨骼,惟其有了骨骼,然后才能"树立结构",生精填髓,支撑着生命的运动。外在形态决定于事物的外在材料的基本属性及其组合方式的感性特征,体现着事物外在要素的构成关系,因而是与事物的内在形态紧密联系、不可分割的,犹如人体的具体外观。惟其有了外观,然后

---

① 刘永济:《文心雕龙校释》,中华书局 1962 年版,第 107 页。

才能血肉丰满,表现出生命的完整和美好。外在形态是文章质料的寄寓,内在形态是文章内容的寄寓。而文章,就是内容与形式的统一体,也是内在形态与外在形态的统一体。运用外在形态表现文章的质料,运用文章的质料表现文章的内容,这就是三者之间"沿隐以至显,因内而符外"的形态运动的系统机制。在这一系统机制中,内在形态与外在形态之间,内容与形式之间,犹如生命运动本身一样,从来都是浑然一体的。

文章,就是语言美学、质料美学、文章美学三个层面融合为一的整体形态。雕龙的范畴,就是三者融为一体的综合范畴。正是这一范畴,为文心的运动提供了坚实的物质基础。

第二节　雕龙范畴的基础性层面——语言美学层面

"辞为心使。"(《章表》)雕龙是文心的物质形态,这一物质形态的基础就是语言。语言对于雕龙的重要意义,就在于意与言的密不可分的关系。这一关系,是人类认识世界的逻辑依据,也是雕龙范畴的理论支点。

言与意的关系问题,是中国历史上的一大难题。只有了解了这一难题的来龙去脉,我们才能确切了解刘勰雕龙范畴的基础含义。

在我国历史上,长期存在两种互相对立的观点:一种是孔子的观点。《左传·襄公二十五年》中记载了孔子的一段话:"言以足志,文以足言。不言,谁知其志?"《周易·系辞》云:"子曰:'书不尽言,言不尽意',然则圣人之意,其不可见乎?"孔子的见解,显然是倾向于"言能尽意"的观点的。另一种是老庄的观点。老子主张"道可道,非常道。名可名,非常名","道常无名",认为语言的表现能力是极其有限的,最深刻的生命体验是无法用通常的语言所能表达的。《庄子》对"言不尽意"的观点表述得更加明白:"世之所贵道者,书也;书不过语。语有贵也;语之所以贵者,意也。意有所随;意之所随者,不可以言传也。"庄子认为,书本上的文字不过是"形与色也",口头上的语言不过是"名与声也",而"道"是无形无色,无声无名的,怎么能用"形与色"的文字和"名与声"的语言来进行表达呢? 他由此得出结论说:"筌者所以在鱼,得鱼而忘筌;蹄者所以在兔,得兔而忘蹄;言者所以在意,得意而忘言。"(《天道》)

言意之辨,也是魏晋玄学中的一个重要的讨论题目。王弼对此进行了历

史性的总结,表述了相当全面的哲学见解。他在《周易略例·明象》中说:

> 夫象者,出意者也。言者,明象者也。尽意莫若象,尽象莫若言。言生于象,故可寻言以观象。象生于意,故可寻象以观意。象以意尽,象以言著。

这是说,象(卦象)是表达意(思想)的工具,语言是明象的工具;达意要通过象,明象要通过言。表面上说的是卦象,实际上是作为普遍性的认识原则提出来的。所谓"意",指的是普遍规律,所谓"象",指的是体现普遍规律的现象;所谓"言",指的是语言。这段话,是对"言能尽意"的明确表述。但是,紧接着他又提出了进一层的推理:

> 故言者所以明象,得象而忘言。象者所以存意,得意而忘象。犹蹄者所以在兔,得兔而忘蹄;筌者所以在鱼,得鱼而忘筌也。然则言者象之蹄也,象者意之筌也。

这是王弼关于言象意的第二层意思。认为语言是用来明象的,如果已经明确了象的意义,就可以把语言忘掉;象是用来体现意的,如果已经得到意,就可以把象忘掉。根据这种认识,他又进行了第三层的推理:

> 是故,存言者,非得象者也;存象者,非得意者也。象生于意而存象焉,则所存者非其象也;言生于象而存言焉,则所存者乃非其言也。

这是说,在言与象之间,言是表层性的,象是深层性的;如果固守着言的拘囿,就掌握不了象的意义。在象与意之间,象是表层性的,意是深层性的;如果固守着象的拘囿,就掌握不到意的内涵。据此,他又进行第四层推理:

> 然则忘象者乃得意者也,忘言者乃得象者也。得意在忘象,得象在忘言。故立象以尽意,而象可忘也。重画以尽情,而画可忘也。

最后的结论是"言不尽意"。从表面看,似乎与开头意思截然相反,实际是第一层意思的辩证性伸延。第一层意思是对"意—象—言"三者的统一性的强调,后三层意思是对"意—象—言"三者的非同一性的强调。"意—象—言"三者的关系,是"本质—现象—工具"之间的关系,通过语言这一特定的工具去表述现象(以言明象),通过现象去体现本质(以象明意),就是这一认识过程的系统机制。但是,三者之间,又是存在一定距离的,是一种统一而非全等,相通而不相同的关系。语言工具可以用来表述现象,但语言工具并不等于现象,现象可以用来表现本质,但现象并不等于本质。认识的目的是为了把握本质,语言和现象只是达到本质的中间环节而已。因此,人类的认识绝不能停留在语言的初级阶段,也不能停留在现象的中级阶段,而必须升华到本质的高级阶段。所谓"得兔忘蹄,得鱼忘筌",就是对认识的高级阶段的追求。诚然,"象生于意"是一种颠倒了的世界观,说明了古人在认识上的局限性。将"意—象—言"的关系最后聚焦为一个"忘"字,显然是过于绝对化了,在强调三者之间相异性的品格时,显然又忽略了三者之间的相容性的方面。但是,"王弼要求认识通过名词概念去把握现象后面的本质,而不要停留在表面的现象上,这一点是深刻的。"①

将王弼的哲学论断转化为美学论断的第一个学者,就是陆机。他在《文赋》中表述说:"恒患意不称物,文不逮意,盖非知之难,能之难也。"明确认为,意象言三者之间"不称"与"不逮"的问题,主要是一个"能"的问题,也就是作家的艺术实践的能力的问题。他的这一认识,为后人从美学工程学的角度来解决意象言的关系问题,开辟了一条很好的思路。

刘勰雕龙范畴的基础理论,就是对王弼的哲学论断和陆机的美学论断的历史性总结和时代性升华。他的系统性的美学见解,可以概括为以下方面。

一、对"言能尽意"的充分肯定

刘勰明确认为,"意象言"三者都来自自然之道的运动,都是对道的不同角度的体现,三者之间从来都是密不可分的。以言与意的关系来说,"言为心使",语言是思维的工具。心不能自现,而必须借助语言这一特定的工具才能

---

① 任继愈:《中国哲学史简编》,人民出版社 1978 年版,第 199 页。

得以表现。以物与意的关系来说,意是"心与物游"、"物与神交"的产物。"人禀七情,应物斯感",物是思维的对象,又是引发思维的原因,也是思维的寄寓体。如果没有物,意就会成为虚无缥缈的东西。从物与言的关系来说,言是物的符号性称谓,物是言的内容性实体。"意、象、言"的运动,都是由道所原发并以道为终极鹄的运动,在本质上是一种一体化的运动:"心生而言立,言立而文明,自然之道也。"它的宗旨,只有一个:"鼓天下之动"。鼓动天下是辞达的证明,也是意达的证明,同时也是辞可达意的证明。在《神思》中,则从语言的功能的角度,对言可达意进行了明确的论断:"物沿耳目,而辞令管其枢机。枢机方通,则物无隐貌"。所有这些论述,都从不同的角度,证明了一个共同的真理:言是可以尽意的。孔子的文章,就是一个历史性的例证。"夫子文章,可得而闻,则圣人之情,见乎文辞矣。"(《征圣》)

二、对"言难尽意"的辩证分析

但是,刘勰认为在言与意之间,既有能达的一面,也有难达的一面。从思维的主体来看,"神道难摹,精言不能追其极。""神道"者,心道也,指深邃隐秘的心理活动。"人心之不同,如其面焉。"远非一般人所能尽悉。从语言的媒介作用来看,也具有一定的物质局限性,与思维的空灵性有一定的距离:"意翻空而易奇,言征实而难巧。"这也必然给语言对思维的表达带来相当大的困难。这种困难,即使圣人也难避免:"言不尽意,圣人所难。"(《序志》)

特别是在艺术思维中,"言不尽意"的情况更是具有普遍性。原因就在于:

艺术思维是一种特殊属性的思维。艺术思维与科学思维的本质性区别就在于,艺术思维用形象说话,科学思维用逻辑说话。语言是建立在概念基础上的网络体系,它在本质上属于抽象思维的范畴。语言的抽象性与思维的抽象性是可以直接相通的。但对于艺术思维来说,语言的抽象性却成为它表达意蕴的严重障碍。艺术思维的形象性与思维工具的抽象性之间,必然出现某种不能兼容而互相排斥的品格。具而言之,语言主理,艺术缘情;语言以概念为基点,艺术则以意象为基点;语言是对实在的缩写,艺术则是对实在的夸饰;语言是一个断然的抽象化过程,艺术则是一个持续的具体化的过程。语言和语言艺术之间,并没有本质上的联系。要在这两个互不隶属的体系之间建立一体化的关系,显然是并不容易的事情。

再从它们所面对的世界来说,艺术所面对的自然世界是多维的、立体的、感性的,语言所面对的语言世界是一维的、线形的、理性的;艺术所面对的自然世界是持续的整体,语言所面对的语言世界,是分章、分段、分节、分句、分字的;艺术所面对的自然世界是无限多样、无限丰富的,而语言所面对的语言世界是有限而单调的,它只有几十个音位,几千个音素,几百个句型,几十个修辞格,几百万个词汇。凭借单维、抽象、分散、有限的语言世界,去反映多维、具体、整体、无限的自然世界,其困难是可想而知的。

复从它们反映意蕴的基本格局和基本渠道来看,语言是人类思想的直接现实,它以概念为凭借,通过约定俗成的大众化和程式化的格局,直接表述思想;语言艺术是人类审美体验的直接现实,借助语言唤起想象,借助想象唤起形象,借助形象激起美学意蕴。语言可以直接通向思想;语言艺术只能借助语言描绘形象,再借助形象曲折而间接地通向思想。语言的运动是一个理性化、社会化和程式化的过程,艺术的运动是一个情绪化、个性化和创造性的过程。二者之间,无疑是会存在某种距离的。

正因为如此,在艺术思维的范畴中,言不尽意的情况就必然成为普遍性的现实。刘勰对此发出了深沉的感慨:"方其搦翰,气倍辞前,暨乎篇成,半折心始。何则? 意翻空而易奇,言征实而难巧也。"正是言与意的根本性区别以及艺术思维与科学媒介的范畴性差距,造成了这种"不称"与"不逮"的历史性困窘,并由此而造成了写作上的许多尴尬:"是以意授于思,言授于意,密则无际,疏则千里。或理在方寸而求之域表,或义在咫尺而思隔山河。"对此,刘勰发出了深沉的历史性慨叹:"至于思表纤旨,文外曲致,言所不追,笔固知止。至精而后阐其妙,至变而后通其数,伊挚不能言鼎,轮扁不能语斤,其微矣乎!"(《神思》)这一慨叹是理论对事实的承认和面对,又激励着理论对事实的挑战做出勇敢的回应。这一勇敢的回应,正是刘勰之所以成为刘勰的地方,也是《文心雕龙》所以成就其博大精深的地方。

三、对"执术驭篇"的明确主张

发现问题,目的是为了解决问题。"言难尽意",并不是对"言能尽意"的否定,恰恰相反,是对"言能尽意"所做出的方法论补充,从更高的层面上,将这一历史性的命题真正落到方法论的实处。

刘勰继承了陆机的重在实践的见解,并将这一见解提举为"术"的范畴,将"术"作为解决"尽意"问题的总关键。据此,进行了系统的论述。

刘勰认为:"才之能通,必资晓术。"(《总术》)为此,他提出了"执术驭篇"的主张。术,指方法、技巧和要领,属于技术科学的范畴。众所周知,任何一项生产活动,都是凭借一定的技术手段来实现的。在精神生产的领域中同样是如此。术对于雕龙的意义就在于,它是雕龙科学走向实践的物质前提,在某种意义上说,它是雕龙的生产活动的"第一生产力"。生产中的一切问题,归根结底,是凭借一个"术"字来解决的。言之能否尽意的问题,同样是如此:"执术驭篇,似善弈之穷数;弃术任心,如博塞之邀遇。"他所说的"术",主要表现在以下两个方面:心术与文术。心术是对"为文之用心"的具体方法的论述。"虚静",就是心术的核心要领。对此,已在前面做出了详尽的阐述,此处不赘。文术,是对为文的具体方法的论述,从最基础的层面来看,也就是对用言之术的论述。径而言之,也就是解决语言艺术中语言与艺术中许多矛盾的具体方法的论述。在这里我们试做具体的展开。

刘勰认为,语言艺术在本质上属于艺术的范畴,语言艺术中的语言,已经不是一般意义的语言,而是具有艺术属性的语言。运用具有艺术属性的语言来完成语言艺术的特定使命,是刘勰独特的学术思路。为此,他提出了一个独标一格的范畴——"采"。"采"就是对语言艺术中的具有特殊属性的语言的总概括。

何为"采"?"采"的本义是多色的丝织品:"衣必文采,食必粱肉。"(晁错:《论贵粟疏》)引申为彩色:"吾令人望其气,皆为龙虎,成五采。"(《史记·项羽本纪》)也含有美饰的意思。《左传·隐五年》云:"取材以彰物,采谓之物。"《疏》云:"取鸟兽之材以彰明物色,采饰谓之为物。"将"采"作为语言美饰的特定称谓引入文章美学范畴的第一个学者,就是刘勰。刘勰将"采"界定为"情"的对应物,是情的不可或缺的形态。他明确认为,美的内容和美的形态,是不可分离的。"虎豹无文,则鞹同犬羊;犀兕有皮,而色资丹漆"。表现在人文中也是如此:"圣贤书辞,总称文章,非采而何?"(《情采》)采对于文章制作的美学意义就在于,情不能自现,必须借物以现;物不能自显,必须借采而显。"文采所以饰言"(《情采》)采就是蕴涵在语言中的一种独特的美学效应。这种独特的美学效应也并不是什么神秘的东西,它实际就是某些经过精心选择的语言所具有的声色效应。

语言艺术之所以需要这种声色效应,是由于它所提供的形象的间接性所决定的。文学并不能给读者提供直观的和直接的形象,文学的形象性是通过想象所唤起的,是一种大脑中的形象。唤起想象的媒介就是语言。语言符号之所以具有唤起想象以再现形象的功能,就在于它的指物性。但事实上并不是所有的语言,都具有指物的属性,都具有这种唤起形象记忆的美学效应。能够具有这种特定功能的语言,是作家凭借自己的美学经验精心挑选和巧妙制作的语言。这就是刘永济先生所指出的:"盖人情物象,往往深赜幽香,必非常言能尽其妙,故赖敷设之功,亦如冶玉者必资琢磨之益,绘画者端在渲染之能,迳情直言,未可谓文也。"[1]这种具有声色效应的美学力量,与其说来自语言的力量,不如说来自语言所凭借的事义的力量。但是,如果没有精当或者巧妙的语言表述,那些具有声色效应的事义,是不能充分地表现出来,也不可能具有即物生情的美学媚惑力量的。也就是刘永济先生所昭示的:"采者……在声色因事义之充实而发之光辉,可以发皇耳目者也。"[2]事义是风情的内在支撑力量,而采,就是这种赋予事义以"发皇耳目"的美学功效使之生动而深刻地表达风情的语言力量,风骨采三者之间,原本就是一个不可分割的美学整体。

由此可知,"采"来自语言,但绝非一般社会交际意义的语言,而是具有美学功能的语言。这种语言的获得,来自两条渠道:一是"精言",二是"巧言"。

所谓"精言",是指那些最具有表现力量的词语。这些词语的表现力量,来自作家对事物的美学特征和本质的洞悉和把握。这种洞悉和把握,又是对客观事物长期观察和体验的结果。对此,刘勰进行了剥茧抽丝的论述:

> 是以诗人感物,联类不穷;流连万象之际,沉吟视听之区。写气图貌,既随物以宛转;属采附声,亦与心而徘徊。故"灼灼"状桃花之鲜,"依依"尽杨柳之貌,"杲杲"为日出之容,"瀌瀌"拟雨雪之状,"喈喈"逐黄鸟之

---

① 刘永济:《文心雕龙校释》,中华书局1962年版,第117页。
② 刘永济:《文心雕龙校释》,中华书局1962年版,第107页。

声,"喓喓"学草虫之韵;"皎日""嘒星",一言穷理;"参差""沃若",两字穷形:并以少总多,情貌无遗矣。虽复思经千载,将何易夺?(《物色》)

这种精当的语言表达,也表现在《春秋》的写作中:"《春秋》辨理,一字见义,五石六鹢,以详略成文,雉门两观,以先后显旨。其婉章志晦,谅以邃矣。"(《宗经》)

我国历史上的"推敲"的逸事,"语不惊人死不休"的自勉,"为安一字稳,捻断数茎须"的寻觅,"两句三年得,一吟双泪流"的苦功,都是前人对"精言"的锲而不舍的追求的具体例证。

精言的获得有如沙里淘金,毕竟是有限的。"天道难摹,精言不能写其极;形貌易写,壮辞可得喻其真。"(《夸饰》)所谓"壮辞",也就是刘勰所说的"巧言":"吟咏所发,志惟深远,体物为妙,功在密附。故巧言切状,如印之印泥,不加雕削,而曲写毫芥。故能瞻言而见貌,即字而知时也。"(《物色》)"巧言",就是语言的技巧,也就是修辞的手法。如比兴,对偶,夸饰,事类,声律,隐秀,等等。正是这些手法,为语言的艺术化提供了强大的技术武装,赋予了一般性的社会交际语言以美学的品格。唯有这种具有美学品格的语言,才是作为语言艺术的文学所需要的语言。

由此可知,雕龙的基础范畴,归根结底属于语言美学的范畴。"执术驭篇",即执美学之术来驾驭语言。这种语言,绝不是一般意义的交际语言,而必定是具有美学光辉的语言。刘勰将这种闪耀美学光辉的语言,称之为"采"。

语言的美学化,是雕龙范畴的基本内涵和基础层面,也是整个雕龙活动的最基本的物质基础。雕龙的形态,就是建立在美学语言的基础上的。语言艺术需要的是艺术化的语言。艺术化的语言是由一般性的社会交际语言改造而成的,是语言美学化的结果。掌握"虚静"的运心要领和精言、巧言的语言运作技巧,是实现语言美学化的重要渠道。

站在这一美学体系的系统高度,立足于雕龙艺术的美学范畴之中,许多历史性的难题都迎刃而解。所谓"言不尽意",实际就是指一般性的语言难以尽艺术思维之意。所谓"言能尽意",实际是指艺术语言能够尽艺术思维之意。所谓"得意忘象,得象忘言",实际是指艺术只有超越工具的局限,才能够进入对本质的把握。归根结底，在语言艺术中，语言借美学的优势以尽意。而"采"，就是语言中的美学光辉的集中体现。风骨采互相融合，镕铸成为一个有机的美学整体，也以自己独特的美学大视野，将历史上这些互相矛盾的命题，顺理成章地融贯成为一个逻辑化的整体。

　　明确地标举出"采"的范畴，将"采"置于语言美学的高度，赋予"采"以雕龙范畴的基础层面的学术意义，刘勰是世界历史上的第一个前驱者。他所做出的理论开拓，至今仍是世界上一种具有领先意义的学术主张。当前风靡世界文坛的"语言革命"与"二次征服"，在基本思路上与刘勰的学术主张是一脉相承的，而就哲学的高度与美学的深度而言，至今没有任何一家学派可以超越。

第三节　雕龙范畴的中坚性层面——材料美学层面

　　"情志为神明，事义为骨髓，辞采为肌肤。"（《附会》）雕龙的范畴是一个多层面的结构。辞采是它的基础层面，是作品的最外层，有如肌体的肌肤，是它的"比较深刻"的形态。"事义"是它的第二层，是它的中坚层，有如肌体的骨骼，是它"更加深刻"的形态。

　　"事义"，就是作者在文章中用来体现"情思"的材料及其组织方式，径而言之，就是文心运动所凭借的物质材料。这些物质材料是文心运动的依据和对象，也是为文用心借以显现的寄寓体。而对于语言来说，它是语言表现的直接内容。

　　将雕龙的范畴解析为"情—事—辞"的三维结构，高度重视"事义"在雕龙范畴中的特殊的能动作用，是刘勰文章形态美学理论的一大创举。他的系统性的学术见解，可以概括为以下方面。

一、事义在雕龙中的系统位置和美学作用

　　刘勰在《镕裁》中明确提出了"三准"的主张。所谓"三准"，指作品写作过程中必然有的三个步骤。这三个步骤，涉及了三件事情：情，事，辞。"情"指"情思"，即作者有什么思想感情要表述成作品；"事"指"事义"，即作品用来表述思想感情的事实或事理依据；"辞"指"辞采"，即作品用怎样的语言去

描写这些事实或道理，才能使自己的思想感情表达得鲜明突出。这三件事情构成了三个层面：内—中—外。"情思"在工程学中处于"履端于始"的位置，在结构学中处于核心位置。"事义"在工程学中处于"举正于中"的位置，在结构学中同样处于中间位置。"辞采"在工程学中处于"归余于终"的位置，在结构学中处于外层位置。

这三件事情，都在雕龙的运动中扮演着重要的角色，发挥着不可或缺的美学作用。"情思"扮演着"主宰"的角色，所谓"志气为神明"，所谓"情者文之经"，所谓"并驾齐驱，而一毂统辐"，即此之谓。"事义"扮演着内外相依的"骨骼"的角色，所谓"桃李不言而成蹊，有实存也"，所谓"沉吟铺辞，莫先于骨"，所谓"辞之待骨，如体之树骸"，即此之谓。"辞采"扮演着"肌肤"的角色，所谓"沿隐以至显，因内而符外"，所谓"披文以入情"，所谓"情动而辞发"，即此之谓。而就事义而言，由于它所处的中间位置和中坚位置，更具有一种特殊能动的美学作用。这种特殊能动的美学作用，具体表现在以下方面。

（一）内之情思所凭借

雕龙的核心层面就是情思。情思的发生，是"神与物游"、"物与神交"的结果。所谓"人禀七情，应物斯感，感物吟志，莫非自然"，即此之谓。从发生学的角度来看，物是第一性的，情是第二性的。如果没有外物的激发，情无由自生。人类的诗情画意，无一不是"物色之动，心亦摇焉"的产物，屈原的《离骚》，就是典型的例子："屈平所以能洞监《风》《骚》之情者，抑亦江山之助乎？"（《物色》）外物不仅是情思赖以发生的凭借，也是情思赖以表现的凭借。人类的感情和思想，特别是那些隐秘深邃的审美性情思，是很难直接表现出来的，必须借助外物的形象才能达到目的。这就是王弼所昭示的："夫象者，出意者也。言者，明象者也。尽意莫若象，尽象莫若言。言生于象，故可寻言以观象。象生于意，故可寻象以观意。意以象尽，象以言著。"[1]刘勰将此中的道理表述为："情用象通，情变所孕。物以貌求，心以理应。"（《神思》）"象"，也就是"事义"的意思，所谓"事切而情举"，"名实相课"，即此之谓。"事义"与"骨"，属于同一范畴，"骨"实际就是与情思相类的事义，是情思借以表现的内在支撑力量。《风骨》中，以"瘠义肥辞"作为"无骨之征"，就是具体佐证。刘

---

① 《王弼集校释》下册，中华书局1980年版，第609页。

勰在阐述"骨髓峻"的道理时,举出了潘勖的《策魏王九锡文》作为范例,认为这篇名作的"使群才韬笔"的力量,来自从经典中所获得的"骨髓峻"的力量,也就是情思的精纯和材料的精粹所具有的力量。"风"的力量与"骨"的力量,实际是共相为济的。以鹰隼为例,惟其"骨劲"方能"气猛",惟其"气猛",然后才能"骨劲",二者是密不可分的。所谓"蔚彼风力",就是对"情思"的概括,所谓"严此骨鲠",就是对"事义"的概括,所谓"文明以健",就是对二者的密不可分的属性的美学概括。

文章的意蕴,就是情思与事义融合为一的结果。事义作为意蕴的物质形态,总是与意蕴密不可分的。这就是《文心雕龙》中风与骨总是并称的原因。也就是刘永济先生所昭示的:"情思者,发于作者之心,形而为事义","事义者,情思待发,托之以见者也"。二者总是共相为济的:"事义允当,则情思倍明。事义与情思不符,则为浮藻。"①

(二)外之辞采所因依

事义作为客观世界的具体形态,不仅是意蕴得以表现的物质凭借,也是辞采借以鲜明的物质实体。辞采与事义的关系,具体表现在以下方面。

1. 事义因辞采而鲜明

言与象的密不可分的关系,是一个历史性的命题。王弼从哲学上对此进行了系统的阐发:"夫象者,出意者也。言者,明象者也。尽意莫若象,尽象莫若言。"刘勰的言象观,就是王弼这一见解在美学领域中的继承和发展。刘勰明确认为:在文章的写作中,对事物的表现,是依靠辞采这一特定的美学手段来实现的。他说:"物沿耳目,而辞令管其枢机。枢机方通,则物无隐貌。"(《神思》)辞令,就是辞采,实际也就是一种借助声色的美学效应。声色的效应是一切美的事物之所必需。"虎豹无文,则鞟同犬羊;犀兕有皮,则色资丹漆",就是这一效应的具体例证。文学作品同样是如此,辞令对于表现事物的美学意义就在于,辞令主管着表达事物的总枢机。只要将这一总枢机接通了,世界上的一切事物,都可以毫无遗漏地展现出它的鲜明的形貌来。所谓"巧言切状,如印之印泥,不加雕削,而曲写毫芥",就是这一效应的理论概括。所谓"'灼灼'状桃花之鲜,'依依'尽杨柳之貌,'杲杲'为出日之容,'漉漉'拟雨

_____

①　刘永济:《文心雕龙校释》,中华书局 1962 年版,第 107 页。

雪之状"(《物色》),就是具体例证。

辞采属于语言学与美学的双重范畴。就语言范畴而言,语言是事物的符号,事物是语言的实体性内涵。就美学范畴而言,一切美都是存在于具体的感性的事物之中的,离开了具体的事物,就没有美与审美之可言。

2. 辞采因事义而充实

辞采是事物的美饰,骨是采的根本。辞采的发皇耳目的效应,来自事义本身之充实与精粹所具有的美学光辉。"夫桃李不言而成蹊,有实存也。"辞采只是修饰的手段,而不是修饰的目的,修饰的目的是为了展现事物的情貌进而体现蕴涵在情貌中的情思。"夫铅黛所以饰容,而盼倩生于淑姿;文采所以饰言,而辩丽本于情性。"辞采不可能离开事物的实体而存在。如果辞采不能与事义契合,就会造成"振采失鲜,负声无力"的消极后果。

这一点,在文学作品中表现得特别明显。文学作品的意蕴,并不是用语言来直接解说的。语言只是事物的外在符号,不是事物本身。真正具有审美意义的东西是事物本身。事物本身是引起情思的原因,也是情思活动的具体内容,又是情思活动赖以表现的实质性载体。文心的内涵是情思。情思赖形象与意境以表现。形象和意境,在媒介上固然离不开辞采的装饰,但在本质上则是属于事义的范畴。

由此可知,事义在雕龙的范畴中,实具有关系全局的美学意义。对内而言,它关系到情思的美学力度,这就是人们所常说的"风力","风力"实际是建立在"骨力"的物质基础上的。"事义允当,则情思倍明,事义与情思不符,则为滥言。"对外而言,它关系到辞采的美学力度。辞采的美学力度,实际也是建立在骨力的基础上的。"事义充实,则声色俱茂,声色与事义不称,则为浮藻。"事义的这种"情动而托事,事明而采见"的特殊的能动作用,来自它双重的美学属性。对于情思来说,它是体现情思的材料,属于形态的范畴。对于辞采来说,它是辞采的实体内涵,属于本体的范畴。正是由于如此,"故事义之在文章,实双关情思与声色。若情思不能运事义,则文风荏弱;事义不能表情思,则文风委靡,故曰:'风骨不飞。''风骨不飞',则符采无发皇耳目之效,故曰:'振采失鲜,负声无力。'"也正因为如此,"精于析辞者,文中事义,剖析微茫,文体因而整练,故曰:'练于骨。'善于述情者,文中情思,含孕醇厚,文意因而渊深,故曰:'深乎风。'而骨练风深者,色泽声音亦缘之而并美,故曰:'捶字坚而难移,结响凝而不滞。'"①

　　将文章视为"情—事—辞"的三维结构,将"事义"析为文章形态中的一个独立的构成要素,是人类美学思想上的一个极大的飞跃。在此之前,人们通常都用"内容—形式"的两分法对文章的结构进行概括,将材料拘囿于"内容"的范畴,这实际是一种片面性的表现。众所周知,内容和形式都具有相对的属性,艺术作品的这些或那些层次是属于内容还是属于形式,从来都不是铁板一块的。实际上,其中的每一个层次相对于比它高的层次来说是形式,相对于比它低的层次来说则是内容。艺术作品的所有组成部分和层次在实际上都是相互支持,共相为济的。承认材料的双重属性和特殊的能动作用,更符合艺术的实际,也使艺术创作具有双面刃的品格:既具有抵御形式主义的力量,也具有抵御教条主义的力量。它有力地启迪世世代代的人们自觉地置思想于材料的实处,也置材料于情思的深处,又将材料与思想的融合共置于语言美学的精处,从而实现风骨采融为一体的"风清骨峻,遍体光华"的美学追求。这种崇高的美学追求,在1500年以前曾经是刘勰反对讹滥文风的重要的理论武器,至今还在中华文化中发挥着重大的影响。

二、事义在雕龙中的基本形态

　　人类认识世界的用心方式存在着范畴上的差别。遵循着这一总的规律,雕龙的材料属性及其构造方式也必然存在着类型上的差异,形成既互相联系又互相区别的构造格局。根据刘勰的论述,事义在雕龙中的基本形态,大致可以概括为以下几种基本类型。

　　(一)理论型

　　理论型事义关注着以"物—理"为中心的客观世界的物质运动,侧重探索从整体中分离出来的专门性和局部性的事物的内在本质和普遍规律。概念和逻辑是理论型雕龙形态的基本材料。它通过抽象的概念组成的逻辑系列去进行推理,寻找构成事物整体性的种种内在联系,以及这些联系的发展规律,使人们从本质的高度去认识客观世界,达到以理论的方式把握世界的目的。刘勰所说的"原乎论之为体,所以辨正然否,穷于有数,追于无形,钻坚求通,钩

---

① 刘永济:《文心雕龙校释》,中华书局1962年版,第107—108页。

深取极,乃百虑之筌蹄,万事之权衡也"(《论说》),即此之谓。

抽象性是理论型雕龙形态的本质属性。理论思维是一个运用论据证明论点的抽象性的心理过程,这一抽象性心理过程赖以进行的基本材料就是概念。判断组成的逻辑推理体系。无论就概念而言或是就逻辑而言,都是抽象的。诚然,抽象思维不能离开事实而存在,抽象思维起点是事实,它的论据离不开事实,它的目的也是为了作用于现实生活中的事实。但是,在抽象思维的范畴中,事实已经失去了原来的立体的形象生动性,或是浓缩为高度概括的事件叙述,或是转化为一串串的数据,或是演变为一张张的表格,或是升华为具有普遍意义的原理和法则,演化成为概念性的东西。

就其基本框架来说,必须是一个"心与理合""辞共心密"的严密的逻辑网络。"论者,伦也,伦理无爽,则圣意不坠。"(《论说》)概念的组合绝不是一种随意性的堆砌,而必须是一种合乎目的和合乎思维规律的系统。具而言之,就是以中心论点为核心,以并列或递进的系列判断组成的一个旨在证明论点的真理性的严密的论证体系。时空关系在逻辑网络中失去了地位,占据它的位置的是事理和思理,也就是刘勰所说的"弥纶群言,而研精一理":一般与个别,整体与部分,主要和次要,原因与结果,现象与本质,等等诸多方面的内在联系。以此来保证理论思维的同一性、无矛盾性、明确性,赋予它以真理的品格。

(二)艺术型

艺术型雕龙形态关注着以人的"情思"为中心的现实生活的整体运动,侧重探索有血有肉的人生。形象是艺术型雕龙形态的基本材料。它通过生动直观的感性事物的系列组合,去反映生活的运动,表达作者对现实生活的审美感受,推动人们从普遍性的高度去体认人与自然的本质力量,达到以艺术的方式把握世界的目的。刘勰所说的"情以物兴","物以情观","铺采摛文,体物写志","写物图貌,蔚似雕画",即此之谓。

形象性是艺术型雕龙形态的本质属性。艺术思维是一个借助形象对客观世界的本质和规律进行审美体认的心理活动。这一感性化的心理过程赖以进行的基本材料就是意象。意象是意与象的有机融合,是"心与物游""物与神交"的能动产物,既是心化的物,又是物化的心。这一心物交融的过程,也就是作家对现实生活进行审美感受的过程。意象是艺术的初级形态,艺术形象则是意象的系统化形态,是艺术的完成形态。前者是艺术的审美本体,后者是艺术的存在本体,而就基本范畴来说,二者是一致的。表现在具体的文本中,形象就是作品赖以形成并广泛地表现在作品中现实生活的系列图景:引发与寄托作者情思的人、事、景、物的生动具体的情貌。运用语言描绘现实生活的系列图景,来寄寓作者对现实生活的审美感受和审美评价,就是艺术创作的最基本的美学原理。刘勰所说的"元解之宰,寻声律而定墨;独照之匠,窥意象而运斤",就是我国古代对"意象"范畴的开创性揭示,也是对艺术创作的核心原理的原创性总结和标举。

但是,形象总是具有个性的特点的,它必定是独特的个别的感性存在。那么,艺术型的雕龙形态也能进行归纳与概括,分析与综合,以求得对本质的普遍性认识吗?感性化的生活材料,也具有反映生活运动的本质和普遍规律的品格吗?它又是怎样进行这一抽象的推理过程的呢?如果这个问题不能从理论上得到解决,刘勰的雕龙理论是无法全面建立起来的。

刘勰的"原道"理论以及"事类"理论,就是对这一难题的合理解答。

刘勰明确认为,万物原道,道是万物的终极根由。世界上一切美的形态,都是道的表现。不管是"声文"、"形文"、"人文",无一不是如此。"五色杂而成黼黻,五音比而成韶夏,五情发而为辞章,神理之数也。"(《情采》)雕龙属于"人文"的范畴,在终极根源上是与道息息相通的。道,就是自然运动的普遍规律。与道的相通性,正是"人文"之所以能鼓动天下的美学力量的根源:"'鼓天下之动者存乎辞',辞之所以能鼓天下者,乃道之文也。"(《原道》)也正是由于如此,从哲学上看,形象是可以反映事物的本质和规律的。

不仅如此,刘勰还从美学心理学的角度,对这一理论难题,做出了进一步的阐释。他认为,人之所以能感应万物的美的形态并且做出审美反映,是由人所特具的灵性所决定的。人不是一般的自然物,而是"性灵所钟"的"五行之秀"与"天地之心"。人作为天地之间的"有心之器",凭借自己灵敏的"心",能够运用自己独特的人文去感应天地万物的运动——"天地之心",体认以道为集中标志的本质和规律:"言之文也,天地之心哉!"(《原道》)刘勰还对人感应"天地之心"的具体方式与途径,做出了明确的揭示:"神用象通,情变所孕。物以貌求,心以理应。"(《神思》)他将这种人所独具的灵性,同样归结于自然的赐予:"人禀七情,应物斯感。感物吟志,莫非自然。"(《明诗》)他的

《物色》篇,就是从美学心理学的角度,对这一具体的美学心理过程所做出的具体的阐述。

那么,凭借事物的形象体现规律和本质的具体的美学机制又是怎样的呢?刘勰认为,这就是对材料的选择和加工。"夫山木为良匠所度,经书为文士所择,木美而定于斧斤,事美而制于刀笔,研思之士,无惭匠石矣。"(《事类》)"择"与"度"指选择的过程,"定于斧斤"与"制于刀笔"指加工再造的过程。具有美学意义的材料,是精心选择与再造的结果,也就是现代人所说的"典型化"的结果。"典型化"并非现代人的专利,更非西方人的专利,刘勰所说的"乘一总万,举要治繁","钩深取极","以少总多,情貌无遗","并据要害","善于适要",等等"拟容取心"的做法和过程,实际就是对典型化的明确标举。刘勰所说的"风骨采",实际也就是这种典型化追求的美学尺度。这种崇高而又博大的美学追求,是现代任何一种美学理论所未能超越的。

这种"以少总多,情貌无遗"的"钩深取极"的过程,实际也就是情与理、个别与普遍、特殊与一般互相融合的"拟容取心"的典型化过程。选择与再造,就是实现二者有机融合的美学手段。作家对现实的观察和感受,永远是有选择的。在气象万千的物质世界中,他首先选择了这个世界中最具有能动性的存在——人,作为自己关注的重点。在对人的观察与感受中,他选择了最能代表人的能动性的部分——心,作为重点。在观察与感受人的灵魂活动的时候,凭着职业的敏感,他非常注意那些极富个性魅力的灵魂现象,选择那些别人并不觉察实则与灵魂活动息息相关的新鲜有趣、可以引发美感的东西,特别是那些极富风骨因而与自然及人的本质力量息息相通的东西。"选择"的过程就是一个去粗取精、弃伪存真的"求质"过程。它所保存下来的东西,是那些对于认识世界的整体运动具有本质意义的东西,即与自然之道向上运动的总趋势息息相通的灵魂信息,也就是刘勰所说的"天地之心"。他的选择,又是与他的"再造"配合进行的。"心与物游"、"物与神交"的过程,既是一个选择的过程,也是一个心理加工的过程。通过选择与再造,使现实现象更加完整、更加生动,更具有体现本质和规律的力量。意象就是这一选择与再造的初级成果,艺术形象则是其终极成果和成熟状态。通过选择与再造塑造出来的"这一个",必然同时又是"许多个"的代表,具有个性和普遍性的双重品格。通过个性去体认共性,通过典型去体认本质,通过选择与再造去获得概括、归纳、综合的效果,通过审美判断去代替是非判断,从而通过艺术的形象去认识完整的灵魂,通过完整的灵魂去认识完整的人生,通过完整的人生去认识完整的世界,这就是艺术型雕龙运动的基本格局。这是一种特殊的理性活动,或者说是一种"以象明意"的依托精巧的感性活动进行的精巧的理性活动。它以美的含蓄内蕴着深刻而隽永的思辨:它把外在的推理过程,巧妙地隐藏在形象与形象的关系中,事物与事物的联系里。

（三）认知型

认知指人们感知、认识世界,获得关于世界的知识,运用这些知识解决实践中存在的问题的系列心理活动。它常常与实践的过程相伴而生,是人类对客观世界的直接反映。这种直接的经验式的反映方式,是人类思维的基础形态。但就它自身而言,又是一种独立的思维形态。它不同于理论的方式通过理性的思辨和逻辑的论证来掌握世界,也不同于艺术的方式通过审美的方式来掌握世界。它通过人与客观世界的直接接触,使客观世界与人的知识经验储备之间形成直接联系,在主体感知客观世界的发展变化情况的同时,直接做出相应的意义判断和价值评价,实现人对世界的掌握。通常所说的新闻文体、史传文体、公文文体、日常应用文体,就属于这种类型。

知识经验是认知型雕龙形态的基本材料。这些材料,既可以是具体的事物和事件,也可以是抽象的事理。知识性和客观性,是认知型材料的本质性特征。所谓知识性,是指认知性材料的信息属性。它们的认知依据,通常都是人类已有的各种具有信息意义的知识经验。写作主体通常都是通过运用人类已有的某种知识经验来介绍和解说他所确认的某种客观事实或客观事理,从而使阅读者能够真正理解和接受写作者陈述的认知内容,从中获取实践性的教益。这就是刘勰所说的:"丗辟草昧,岁纪绵邈,居今积古,其载籍乎?"(《史传》)也就是他所说的:"大舜云:'书用识哉!'所以记时事也。"(《书记》)"原乎载籍之作也,必贯乎百氏,被之千载,表征盛衰,殷鉴兴废。使一代之制,共日月而长存,王霸之迹,并天地而久大。"(《史传》)这既是对"史传""书记"的文体特征的表述,也是对认知性材料的知识性特征的理论概括。所谓客观性,是指认知性材料的非介入的属性。在这些材料中,通常都不外现作者的感情倾向,也不证明作者的什么观点,而只是根据人类已经掌握的知识,原原本本地、公正无偏地介绍已然的事实或者事理,目的是为了使阅读者理解和接受作者对某种事实或者事理的存在所做出的确认,吸取自己所需要的信息,以改善自己的实践。刘勰所说的"纪传为式,编年缀事,文非泛论,按实而书"、"析理居正"、"世历斯编,善恶偕总"(《史传》),"庶务纷纶,因书乃察"(《书记》),即此之谓。

第四节　雕龙范畴的全息性层面——文章美学层面

文章是文心的全息性载体,也是雕龙的最后完成形态和全息性形态,是文心与雕龙的有机统一。从最根本的层面上说,雕龙的范畴,也就是文章美学的范畴。刘勰对文章的内涵、作用以及实现其作用的具体渠道的系统见解,可以概括为以下几个方面。

一、文章内涵的多样性统一

文章的内涵是历史演变的结果,具有多样统一的属性。而刘勰,就是这多样性统一的首倡者和标举者。

文章的本初意义是彩色。《周礼·考工记》:"青与白谓之文,赤与白谓之章。"这个"文"与"章"都是色彩的意思。春秋战国时代的文献,凡是用到"文章"这个词的,大都是文采的意思,从属于美学的范畴。如:"巍巍乎其有成功也,焕乎其有文章"(《论语·泰伯》),"夫子之文章,可得而闻也"(《论语·公冶长》)。这里所说的文章,《何晏集解》云:"章,明也,文采形质著见,可以耳目循。"也就是文采的意思。再如《庄子》中的"灭文章,散五彩",《荀子·乐论》中的"其文章匿而采",屈原《橘颂》中的"青黄杂糅,文章烂兮",无一不是如此。

赋予"文章"以书面表达的完整形态的意思,是汉代的事情。《史记·儒林传》云:"明天人之际,通古今之义,诏书律令,文章尔雅,训词深厚。"这里的"文章",指的是"诏书律令"的书面表达形态,不专指色彩,已经不再专属于美学的范畴,而是转属于社会学和语言学的综合范畴。班固《两都赋序》云:"至于武宣之世,乃崇礼官,考文章。"这里所说的"文章",是指考卷上的书面表达的整体性形态而言的。《后汉书·肃宗孝章帝纪》云:"敷奏以言,则文章可采;明试以功,则政有异绩。"同样是专指书面表达的整体性形态。至于三国时曹丕《典论·论文》的"文章者经国之大业",南北朝颜之推《颜氏家训·文章》中所说的"文章",任昉的《文章缘起》中所说的"文章",更是对书面表达的整体性形态的明确称谓。在魏晋南北朝时期,这种新的解读方式已经成为意识形态领域中的主流。

显然,两种解读方式之间,存在着范畴上的差别。在相当长的历史时期中,人们将"文章"中的双重内涵当做两个不同的词语来看待:一个是"彣彰",一个是"文章"。《说文解字》云:"文,错画也。象交文。"段玉裁注:"错画者,文之本义,彣彰者,彣之本义。义不同也。"在《说文解字》中,"文"是"文字"的意思,也就是《说文序》上说的"依类象形,故谓之文"。"章",在《说文》中是:"乐竟为一章,从音,十。十,数之终也。"段注:"歌所止曰章。"据此可以断定,"文章"的本义是书面表达的有所止的章节,也就是书面表达的完整形态。"彣彰",《说文》九篇上云:"彣,戫也。"《说文》七篇上:"戫,有彣彰也。"这个"戫"字,实际就是《论语·八佾》"郁郁乎文哉,吾从周"中的"郁"。《论语·邢昺》:"郁郁文章貌。""彰",《说文》解释为:"彰,彣彰也。"段注:"彰,明也,通作章。"不管是"彣"还是"彰",都从彡旁。《说文》:"彡,毛饰画也,象形。"也就是色彩鲜明的意思。《说文》对"彩"的解释,就是"文章也"。这一组辗转互训的词,都是色彩鲜明的意思。据此可以断定,"彣彰"的本义就是色彩鲜明。

有些学者因此认为:"古代有两个文章:一个是'彣彰',一个是'文章'……什么时候'文章'才有了现在的意思呢?那是到了汉代。"还说:"我认为作为书面的'文章'的含义是文章的本义,这是合乎'文章'的词义发展实际的。"① 这种看法在突出二者的差异上,确实具有一定的道理。但是,它却忽略了二者的相关性和统一性,将两个多样性统一的概念,生硬地划分了。将两个本来共生共容的概念,视成了两个互不相容而必须彼此代替的东西,将美学的范畴与书面表达的范畴视成了互不相容的此长彼消的存在。这种看法,同样是不完全符合历史的实际的。

"彣彰"与"文章",并非两个词语,而只是一种异体的字形。《集韵》云:"彣,古通文。"又云:"彰,通作章。"两种字形可以互相通用。就其意义而言,

---

① 张寿康:《文章修饰论》,商务印书馆1994年版,第2—3页。

虽然侧重点并不相同,这两种解读方式,在古代实际是同时存在的,只是在汉代以后,"彣彰"的本义中的"郁郁"内涵已经由"色彩""文采"所代替,而"文章"的本义中的"文辞"内涵则因为表述的集中而更加鲜明。二者之间是一种一词多义的关系。这种现象,实际是词义由单一向多样不断发展的结果。这一发展过程,是一个分化与统一同时进行的过程,是不同的范畴融合为一的过程。表现在文章内涵的发展过程中,就是文章的美学内涵和文章的语言学内涵融合为一。

文章所具有的这种多样统一的属性,是由刘勰独标一格地揭示和完成的。刘勰以自然之道作为理论支点,对这一博大精深的理论工程进行了成功的解答。

刘勰明确认为,自然之道是世界上一切文采的终极根源。"文之为德也大矣,与天地并生者何哉? 夫玄黄色杂,方圆体分;日月叠璧,以垂丽天之象;山川焕绮,以铺理地之形:此盖道之文也。"(《原道》)这里所说的"文",是指广义的"文采"而言的。"人文"同样是如此:"心生而言立,言立而文明,自然之道也。"这里所说的"文",是"言之文",属于语言表达的范畴。这样,在自然之道的总摄下,言与文自然地融合成了一个统一的整体。"圣贤书辞,总称文章,非采而何?"这一个言与文融合而成的整体,就是文章。文章中既包含着道的因素,也包含着心的因素,也包含着美的因素,而都承载于文章的总体中。

二、文章的整体化功能

文章,是诸多因素的共同载体。统一与整合,是文章最基本的美学功能。文章以书面表达的整体形态,实现着诸多因素的统一和整合。

文章是"道—心—物—文"的完美统一。文章的核心是文心。文心原道,而人"为五行之秀,实天地之心"。这样就将道与心融为了一体。人之心,是"应物斯感"的结果。这样一来就将心与物融为了一体。物,又是以言作为物质载体的。"物沿耳目,而辞令管其枢机。"这样就将物与言融为了一体。就辞令而言,在文心的运动中,是一种有组织的完整形态:"夫人之立言,因字而生句,积篇而成章,积句而成篇。"(《章句》)这种"缀字成篇"的有组织的完整的书辞形态,就是文章。"圣贤书辞,总称文章。"文章,就是文心运动的最后完成形态。正是文章这一特定的书辞载体,将"道—心—物—言"拢摄为一个统一的整体,实现着"笼天地于形内,挫万物于笔端"的美学使命。

文章也是"风骨采"的完美统一。"风骨采"是美学的最高追求,而文章则是实现这一崇高追求的现实形态。"风",来自文章所蕴涵的道的"鼓天下之动"的力量。"骨",来自文章材料与情思的一致性与典型性所具有的"捶字坚而难移,结响凝而不滞"的力量,"采",来自语言的声色效应所焕发的"惊听回视"的美学光辉。三者都借文章的形态而融为有机的整体,统一于文章之中。这就是刘勰所说的理想的美学境界:"风清骨峻,遍体光华","惟藻耀而高翔,固文章之鸣凤也"。

就文章自身的形态结构而言,又是字、词、句、章、篇的完美统一。文章是"缀字成篇"的有机组织,"积字而成句,积句而成章,积章而成篇",是一个"外文绮交,内义脉注,跗萼相衔,首尾一体"的文辞结构。它有首,有中,有尾,有门有户,衢路交通,左右通达,构成一个"百节成体,共资荣卫"的严密的语言整体。

上述诸多统一,从最根本的学术范畴来看,就是文心范畴与雕龙范畴的统一。文心属于"为文之用心"的范畴,雕龙属于"为文之用言"的范畴,这两个过程的共同性的最后完成形态,就是文章。文章作为力的内容和美的形态的完美统一,作为情思的内容和书辞的形式的完美统一,是文心与雕龙二者的共同形态。文章以完整的语言美学形态,将文心与雕龙这两个相关相连而共为表里的范畴,融合成为一个完美的整体。

三、文章实现整体化的基本途径

"章句在篇,如茧之抽绪,原始要终,体必鳞次。"(《章句》)这种"百节成体,共资营卫"(《熔裁》)的书面表达的整体形态,就是文章。语言表达的整体化过程,也就是语言表达的文章化过程。文章以系统的语言结构承载着系统的文心结构,使文心具有了可视、可传、可存的物质形式。正是这一特定的物质形式,将文心运动的诸多内容要素和形式要素熔铸成为一个整体。文章实现整体化的基本途径,根据刘勰相关论述,可以概括为以下方面。

(一)达旨的整体化

"情理设位,文采行乎其中。"(《熔裁》)情思是思维结构的核心,也是语言结构的核心。"情者文之经,辞者理之纬。经正而后纬成,理定而后辞畅。"

（《情采》）情思在文章中的总集合和总集中，就是刘勰所说的"乘一总万"的"一"，亦即主旨。主旨在文章的运动中具有统率的作用。文章的内容和形式的诸多因素，都受主旨的统一指挥。"振本而末从，知一而万毕。"（《章句》）达旨是获得整体化的根本前提。

所谓达旨，一是指语言的声、色、势、态、义的内涵，都应与主旨浑然一体。也就是刘勰所说的："附辞会义，务总纲领，驱万涂于同归，贞百虑于一致，使众理虽繁，而无倒置之乖，群言虽多，而无棼丝之乱。"（《附会》）例如《诗经》中的"昔我往矣，杨柳依依"，被刘勰誉为"依依尽杨柳之貌"。"依依"之妙，并不在于它的本身，而在于它在表达中的系统效应，即与主旨契合一致的统一性和通贯性。"依依"之美，是离不开它特定的情境和语境的。"依依"，形容树枝柔弱，随风摇摆的形态。以"杨柳"为引发，以离家为背景，更能显出背井离乡的依恋和惆怅。"往"是"来"的对照，"昔"是"今"的对照，"杨柳"是"雨雪"的对照，"依依"是"霏霏"的对照，通过连串的对照，衬托出征人悲惨的处境和凄凉的心情。这正是诗歌的主旨之所在，也就是"依依"的表现力量之所在。如果不具备这种与主旨的一致性，再美的词也会失去其系统意义，成为一粒断线的散珠。

达旨的第二重含义是指围绕文章的主旨而形成的语言本身的逻辑整体性。"设情有宅，置言有位。"（《章句》）文章的语言是一种"驷牡异力，而六辔如琴，并驾齐驱，而一毂统辐"的系统组合（《章句》）。字词句章篇之间，由于主旨的通贯作用，融合成为浑然的一体。句与句之间的联系，段与段之间的联系，是一种意义上和逻辑上的联系，犹如人周身的血管一样，是一贯相通的。"章句在篇，如茧之抽绪，原始要终，体必鳞次。启行之辞，逆萌中篇之意，绝笔之言，追媵前句之旨；故能外文绮交，内义脉注，跗萼相衔，首尾一体。"（《章句》）字字句句围绕中心，字字句句为主旨服务。

达旨的第三重含义，就是围绕主旨而形成多种表达方式的统一。一篇文章，通常都是用多种表达方式来进行表达的。每种表达方式，都从不同的角度，为主旨的展开和显现服务。以史传为例，既要运用"按实而书"，"使之记也"的记叙方式与说明方式，也要运用"腾褒裁贬"的议论方式与抒情方式。这多种多样的表达方式都互相配合，共容于一篇文章之中，统一于一个目标：体现主旨。

语言含义、语言结构、运语手段这三面达旨，书面表达的整体形态才能形成，书面表达才真正具有系统意义。这种系统意义，主要是由主旨的定向功能所决定的。有了方向，然后才有序列和结构，才有整体。这就是刘勰之所以标举"履端于始，必设情以位体"的原因。也就是郑板桥在《题画》中所说的："不文不章，虽句句是题，直是一段说话，何以取胜？画石亦然，有横块，有竖块，有方块，有圆块，有倾斜侧块。何以入人之目？毕竟有皴法，以见层次，有空白，以见平整，空白之外有皴；然后大包小，小包大，构成全局。尤其用笔用墨用水之妙，所谓一块元气结而为石矣。"郑板桥的见解，就是对刘勰所提出的美学命题的充分展开和形象解说。

（二）达事的整体化

"才童学文，宜正体制：必以情志为神明，事义为骨髓，辞采为肌肤，宫商为声气……斯缀思之恒数也。"（《附会》）事义是语言表达的物质性内涵，是语言运作的直接依据。事义作为客观世界的物质性运动的具体内容，有其自身的逻辑。事义的逻辑性运动的过程，也就是它的整体化的过程。因此，把握事义运动的逻辑行程，就可以实现对事义的整体把握，从而实现语言表达的整体化。

通过达事实现语言表达的整体化，是议论文体的基本格局。"论者，伦也。"（《论说》）"伦"就是逻辑。逻辑，也就是事物运动和思维运动的客观规律。议论文体的材料结构，是一个完整的逻辑结构。正是由于如此，发而为文，它才具有"伦理无爽，则圣意不坠"的论证品格，具有"心与理合，弥缝莫见其隙；辞共心密，敌人不知所乘"的论证力量。

通过达事实现语言表达的整体化，也是记叙文体的基本格局。记叙的基本特征就是"按实而书"，"实"就是实际事物和实际运动过程。任何事物的运动过程，都是一个完整的由时间与空间组成的自然逻辑过程，也是一个人类认识的思理逻辑过程。这一特定过程，是人类对客观事物进行整体把握的重要渠道，也是制作文章进行整体表达的重要依据。刘勰所说的"纪传为式，编年缀事，文非泛论，按实而书"（《史传》），即此之谓。

通过事义的通达实现语言表达的整体化，也是文学文体的基本格局。不同的是，文学文体通常都把外在的逻辑线索隐藏了起来，转化成了内在的情理逻辑的方式。"万趣会文，不离辞情。"（《熔裁》）把握住了事义的事理逻辑和情理逻辑,也就可以把握语言的整体结构,实现语言表达的整体化。《诗经·采薇》,就是一个很好的例证。该诗描叙戍卒在外长期征战的凄苦经历和哀伤心情,表达了诗人忧世悯人的情怀。该诗在景物的描述上跌宕起伏,造成历史时空与现实时空的交错,使人应接不暇。初看东鳞西爪,似乎有点儿散乱,实际是军旅倥偬的特定经历和由此引发的特定心情的特定写照。点点滴滴,都由事物的事理逻辑和情思的情理逻辑所原发,合乎戍卒生活与心理的特定的逻辑规范。发而为文,回环往复,一唱三叹,将征夫戍卒的特定的生活经历和特定的心情熔铸成为一个有机的艺术整体和相应的语言整体,获得荡气回肠的美学效果。

(三)达体的整体化

"体"就是体裁,即类属性文章形态的特定的体式规范。这种体式规范,对于类属性文章形态的生成,具有特定的驱动意义和趋向意义:"形生势成,始末相承。"(《定势》)"形"指事物的结构和形态,"势"指事物运动的能量和趋势。刘勰认为,二者具有"始末相承"的内在因果关系。"势"生于"形","形"实际是一种位置的效应,这种位置的效应就是能量和动势得以生发的物质根由。"势者,乘利而为制也。""势",就是在位置效应下的自然趋向。"如机发矢直,涧曲湍回,自然之趣也。"

在文章的运动中同样是如此。文章形态的特定的体式规范,决定着文章形态的特定的结构方式,文章形态的特定的结构方式,产生着一种特定的功能和运动趋势,也就是向类属性文章共同具有的美学特征和功能特征趋同的自然动势。事物有各种各样的结构形态和由此生发的运动状态,文章的体势——由体式规范所生发的运动状态,也同样是如此。"圆者规体,其势也自转;方者矩形,其势也自安:文章体势,如斯而已。"

体式规范的效应,对于类属性文体的共同性的结构、形态、功能、特征的形成,具有决定性的意义。这是因为文本是一个决定性的结构,文章的结构、形态、功能、特征,都是附丽在文本之上的,就像位置效应决定事物的运动态势一样。这种自然的动势,犹如镕范一样,各种文体都有自己特定的范式,虽然没有严格的界限,实际上是难以逾越的。正因为如此,"是以模经为式者,自入典雅之懿;效《骚》命篇者,必归艳逸之华;综意浅切者,类乏蕴藉;断辞辨约者,率乖繁缛:譬激水不漪,槁木无阴,自然之势也。"

体势的范式效应,是一种"因利骋节,情采自凝"的整体效应。概而言之,情思的属性决定着文体的属性,文体的属性决定着文章的形态、结构、功能的属性。文章的形态、结构、功能,都是具有整体性的,它们也必然赋予语言表达以同样的品格。具体地说,体式规范着语言运动的整体形态,并由这种特定的整体形态蕴藉着文章的结构,从而在社会交际活动中体现着和实现着特定的社会功能。只有根据体式规范进行表达,才能在形态上保证文章的完整性、结构的优势性和功能的确定性,并以体式的规定性实现材料属性、语言属性、结构格局和功能属性的一体化。然后才可以"驱万涂于同归,贞百虑于一致",在"形态—结构—功能"上凝成一个有机的的整体。

(四)达境的整体化

"万趣会文,不离辞情。"(《镕裁》)而"辞情"又是与所由生发的特定环境密不可分的。辞情环境有广狭之分。广义的辞情环境指辞情运动中的时间、地点、场合、对象等客观因素和使用语言的主体的身份、思想、性格、修养、处境、心情等主观因素所构成的外部环境。语言的外部环境决定着语言表达的特定的感情色彩或理性色彩以及相应的表达风貌。这种由外部环境所决定的特定的语言风貌,是弥漫于并通贯于全部篇章之中的,犹如一条坚韧的纽带,将全部语言凝聚成为一个有机的整体。屈原的《离骚》,就是具体的例证。《离骚》是"离忧"之作,"忧怨"是它的语言的外部环境的基本特点,也是它的文本的整体风貌的基本特点。这点,《史记·屈原列传》做出了明确的阐析:

> 屈平嫉王听之不聪也,谗谄之蔽明也,邪曲之害公也,方正之不容也,故忧愁幽思而作《离骚》。《离骚》者,犹离忧也。夫天者,人之始也;父母者,人之本也。人穷则反本,故穷苦倦极,未尝不呼天也,疾痛惨怛,未尝不呼父母也。屈平正道直行,竭忠尽智以事其君,谗人间之,可谓穷矣。信而见疑,忠而被谤,能无怨乎? 屈平之作《离骚》,盖自怨生也。

《离骚》的情辞环境是如此,由此形成了《离骚》所特具的"离骚者犹离忧也"的整体性的语言风貌。《史记》有《史记》的情辞环境,由此而形成了《史记》所特具的疏荡恢弘而又沉郁蕴藉的整体性的语言风貌。

狭义的辞情环境指文章上下文之间的关系和联系所构成的感情运动与相

应的语言运动的内在环境。由于对狭义环境的适应,在文章表达的遣词造句上,也必然表现出不同的特定风貌,并且在文体的范围中各标其异。比如说,公文语言的庄肃精要,外交语言的圆通高雅,学术语言的严谨深邃,文学语言的形象生动,等等。

内在的语言环境使每一处语言表达不再是孤立的存在。它的实际意义不仅决定于它本身,而且决定于它与上下左右的系统联系。这种系统联系的系统意义,常常在"合而观之"中显示出来。"启行之辞,逆萌中篇之意,绝笔之言,追媵前句之旨。"(《章句》)在上下勾连、左右通达中组成整体,共同体现着系统的意义。如宋玉的《风赋》,第一部分描述君主的"雄风",第二部分描述百姓之"雌风",它的系统意义就在二者的鲜明对照之中,通过对照,寄寓对百姓生活的同情和对君王骄横跋扈生活的讽谏。正是这一"合观"的内在语言环境,使语言的多方面内涵,凝聚成为一个有机的整体。

中国古代有不少因上下语境的系统联系,而使孤立看来并不恰当的表达,变得精妙无比的佳话。李白的"白发三千丈,缘愁似个长。不知明镜里,何处得秋霜",就是一个典型的例证。单看第一句确实乖谬至极,上下连接则合情合理,生动无比。这一效应,实际就是通过情辞的内在环境来实现的。

(五)风格的整体化

语言表达的风格指的是主体在语言的运用中所表现出来的个性特色。言亦犹人,"各师成心,其异如面",不同作者,就有不同运语方式,表现出独特的语言风格。这就是刘勰所说的:"才有庸俊,气有刚柔,学有浅深,习有雅郑,并情性所铄,陶染所凝,是以笔区云谲,文苑波诡者矣。"(《体性》)对于这种"自然之恒姿",刘勰举出了贾谊、司马相如、扬雄、刘向等系列例证:

> 贾生俊发,故文洁而体清;长卿傲诞,故理侈而辞溢;子云沉寂,故志隐而味深;子政简易,故趣昭而事博;孟坚雅懿,故裁密而思靡;平子淹通,故虑周而藻密;仲宣躁锐,故颖出而才果;公干气褊,故言壮而情骇;嗣宗俶傥,故响逸而调远;叔夜俊侠,故兴高而采烈;安仁轻敏,故锋发而韵流;士衡矜重,故情繁而辞隐。

风格的类型虽然多种多样,但对于一个作者和一篇文章而言,却具有严格的同一性。在一篇文章中,篇幅或长或短,只有一种语言风格。豪放者通篇豪放,藻丽者通篇藻丽,俊逸者通篇俊逸,沉郁者通篇沉郁。风格由全文所体现,又统贯于全文。如果在一篇文章中出现两种不同的风格,就会在接受心理中由于心理定势的不断转换而造成割裂感和混乱感。只有一体化的风格,才能造成稳定的心理定势,给读者带来信任感和亲切感。在风格上不伦不类、支离破碎的东西,是不能以整体的形态取信于人的。

在文章中自然地并且自觉地形成和表现自己的语言风格,是语言表达整体化的重要凭借和途径,也是作家成熟的重要标志。因此,在合作写书中,最后必须由一个人统稿,才能浑然一体。初学写作者模仿语言风格时,最好根据自己的个性特点专练一种,才能在语言的表达上获得整体化的效果。

书面表达的整体化的五条渠道,并不是孤立的。它们共处于文心外化的统一过程中,从各个不同的侧面和角度将完整的文心结构融入完整的语言结构之中。这一融化为一的结果,就是文章——书面表达的整体形态。

第五节　雕龙范畴的开拓意义

"雕龙"是文章形态美学的总范畴。对"雕龙"范畴的创建和开拓,犹如对"文心"范畴的创建和开拓一样,都是刘勰对世界文化的独特贡献。刘勰是我国美学史上第一个对美的形态进行总体性和系统性论述的学者。他在文章形态美学中所提出的命题和在范畴上所做出的开拓,几乎覆盖了现代形态美学的一切领域,为后人的继续攀登提供了广泛而深刻的理论教益。刘勰在雕龙范畴中所做出的历史性开拓,可以概括为以下方面。

一、赋予美学形态以独立的范畴地位

在相当长的历史时期中,由于封建伦理在意识形态中的绝对统治地位,传统意义上的"质"与"文"的关系,必然受到这个大前提的制约,表现出以礼义为纲的绝对化品格,而"文",则必然成为"载道"的工具而成为"伦理之道"的附庸。这种质先文后、质主文从的趋势,随着儒家地位的不断上升而愈益强化,愈到后来愈益明显。

赋予文学的形式因素以独立的范畴地位而加以自觉的和专门的研究,是

魏晋文学自觉的产物。而刘勰所提出的"雕龙"范畴,则是从整体上对这一大趋势所做出的系统概括和理论升华。它在美学形态科学上的开拓意义,具体表现在以下方面。

一是标志着文学形态在观念上的解放。在刘勰之前,关于美学形态的观念,始终是相当封闭,相当抽象,也相当朦胧的,具有依附性和从属性的鲜明特征。虽有哲人的只言片语和对这些只言片语的解释,也只是对"质先文后"的教条的一般性的说教,缺少具体性和专门性的分析。只强调质"附"文的方面,而不重视文"待"质的方面。第一个从观念的总高度对此进行突破的勇敢的开拓者就是刘勰。刘勰石破天惊地提出"圣贤书辞,总称文章,非采而何"的"采"的概念,将采明确地归属于美学形态的范畴。这一范畴对于文学的重要意义就在于,没有质固然没有文,没有文,也同样没有质:文与质对于文学都是具有决定意义的因素。"夫水性虚而沦漪结,木体实而花萼振:文附质也。虎豹无文,则鞟同犬羊;犀兕有皮,而色资丹漆:质待文也。若乃综述性灵,敷写器象,镂心鸟迹之中,织辞鱼网之上,其为彪炳,缛采名矣。"(《情采》)

置美学形态于文质互动的独立范畴,赋予美学形态以与内容因素相并而立的决定性的结构地位,这在我国美学史上是没有先例的。它虽然没有对儒家传统的文质观提出针锋相对的批判,但在实质上已经在旧瓶中装进了全新的酒浆,是传统文学形态观念的极大扩充和革命性嬗变。正是这一重大嬗变从理论上支持着也激励着社会理直气壮地研究美学形态的规律,在"衔华而佩实"的美学理想的指导下,推动着文学和美学的健康发展。大唐文学的普遍繁荣,显然是与这一概念上的重大突破的有力支持密不可分的。

二是标志着我国中古时代美学形态总体性研究的理论平台和工作平台的全面完成。"雕龙"实际就是文章美学形态的总称谓和总范畴。由于有了这个统一的范畴,才有对美学形态因素的诸多方面的总关注和总联系,从而使美学形态的基本规律和基本方法显示得更加充分,更加鲜明,也更加系统。这一理论平台和工作平台的坚实性和广阔性,在我国历史上和世界历史上,都是空前鲜后而足以垂范于久远的。

它的坚实性表现在它的理论基础的深刻性和牢固性。它的理论基础来自"道"的自然运动,正是这一自然运动赋予了万事万物以美的形态,"心生而言立,言立而文明,自然之道也"。世界上一切美的形态,都是自然规律的反映:

"傍及万品,动植皆文:龙凤以藻绘呈瑞,虎豹以炳蔚凝姿;云霞雕色,有逾画工之妙;草木贲华,无待锦匠之奇。夫岂外饰,盖自然也。"(《情采》)正是美的形态的自然属性,将美的形态凝为一个统一的整体。将美的伦理属性升华为美的自然属性,是人类认识的一个极大的飞跃,而这一飞跃,又是以宇宙运动的自然法则作为最高依据的。如此坚实的形态美学理论体系,在我国历史上,进而至于世界历史上,都是具有独标一格的品格的。

它的广阔性表现在它的构成上的多样性和统一性。雕龙作为文学与文章形态要素的总体综合,它的内涵中包容着文章美学形态的一切方面,诸如质料,体式,风格,结构,语言,修辞,等等,而其目的只有一个,就是从各个不同的角度和方面,将内容与形式融为一个有机的整体,赋予文心以有血有肉的物质形态。所谓"古来文章,以雕缛成体",即此之谓。所谓"情者文之经,辞者理之纬,经正而后纬成,理定而后辞畅",亦此之谓。刘勰对形态要素的每一个方面,都有详尽的阐述,不仅提供理论的指导,而且提供方法论的范例。如此博大的形态美学理论体系,如此巨细不遗的认识论与方法论系统,在我国历史上,进而至于世界历史上,都是并不多见的。

二、对文学自觉的推动作用

"文学自觉"指的是对文学的独立性和价值性的理论发现和现实践行,自觉地对文学的本质特征和发展规律进行探讨和揭示,促进文学按其自身规律向前发展。这一具有革命性意义的文学运动发生于我国魏晋南北朝时期,其核心内容主要有:一是对文学的抒情性的标举,二是对文学的想象性的领悟,三是对文学的形式美的重视。抒情性属于对文学功能的自觉,想象性属于对文学思维方式的自觉,形式美属于对文学形态孵自觉。这三个方面,都是文学内在规律和特殊矛盾的体现,是文学之所以是文学而不是别的东西的决定性依据。这一赋予文学以独立品格的历史性运动的理论发动,发轫于曹丕的《典论·论文》,发育于陆机的《文赋》、挚虞的《文体流别论》与葛洪的《抱朴子》等系列代表性著作,而刘勰所建立的雕龙范畴,则是这一文学运动在意识形态上的总集中和总升华。这一总集中和总升华不仅是文学的美学形态借以建立和发展的总体性理论依据,也是与此密切相关的文学的美学内容借以建立和发展的重要参证。下面试对其在理论上与实践上的独特献功,以及由此所生发的对文学自觉的历史性与社会性的重大推动作用,做一概括性介绍。

(一)理论上的推动作用

刘勰的雕龙范畴,是认识文学形态的本质特征与发展规律的总窗口和总依据,也是认识与此密切相关的文学内容的本质特征与发展规律的重要侧窗和重要佐证。它在理论上对文学自觉的推动作用,集中表现在以下方面。

其一,就宏观而言。刘勰对雕龙范畴的开拓,是以本体论的自然之道作为认识论的总凭藉进行的。自然之道的凭藉,是认识论的终极凭藉,由此所得出的纲领性结论,必然具有天经地义的认识品格和最高层面的概括力量。

诸如对文学形态发生根由的揭示:"文之为德也大矣,与天地并生者何哉……此盖道之文也","心生而言立,言立而文明,自然之道也","言之文也,天地之心哉","傍及万品,动植皆文……夫岂外饰,盖自然耳"。

对文学形态的美学本质的揭示:"圣贤书辞,总称文章,非采而何","若乃综述性灵,敷写器象,镂心鸟迹之中,织辞鱼网之上,其为彪炳,缛采名矣","五色杂而成黼黻,五音比而成韶夏,五情发而为辞章,神理之数也"。

对文学形态的明道功能的揭示:"'鼓天下之动者存乎辞'。辞之所以能鼓天下者,乃道之文也","熔钧六经,必金声而玉振;雕琢性情,组织辞令,木铎起而千里应,席珍流而万世响,写天地之辉光,晓生民之耳目矣"。

对文学内容与文学形式关系的揭示:"水性虚而沦漪结,木体实而华萼振,文附质也。虎豹无文,则鞟同犬羊;犀兕有皮,而色资丹漆:质待文也","情者文之经,辞者理之纬:经正而后纬成,理定而后辞畅,此立文之本源也"。

对文学形式的理想的美学境界的追求:"圣文之雅丽,固衔华而佩实者也","酌奇而不失其贞,玩华而不坠其实","若风骨乏采,则鸷集翰林;采乏风骨,则雉窜文囿:唯藻耀而高翔,固文章之鸣凤也"。

如此等等,无一不是具有本体论意义的高瞻远瞩的广阔概括,无一不是对美学形态的本质与规律的深层切入,无一不是对他的前人与时人所未曾提及或语焉未尽的具有历史意义的重大真理的革命性拓展。这就必然赋予他的理论创造以一种全新的并足以领袖群伦的科学品格,将他的前人与时人在文学自觉方面的理论创新,从哲学的制高点上和时代的新视野上推进到更高更远的境界,一种足以使人耳目一新的境界。

其二,就中观而言。刘勰对雕龙范畴的开拓,不仅是凭藉其独特的认识论层面的优势实现的,也是凭藉其独特的方法论优势实现的。刘勰在范畴开拓中所使用的方法,就是他所特别标举的"惟务折衷"的方法。正是凭藉这种最具有包容力的方法,他将道家的自然辩证法、儒家的历史辩证法和佛家的因明辩证法,融为有机的一体,汇成一种特别广阔而又特别绵密的具有全方位意义的观照视角。正是在这种特别开放的多维性视角的观照下,文学运动的规律和本质才能获得全息性的把握,从而将前人与时人的理论创造镕铸成为系统性的整体。正是这一系统化的升华,在方法上全面地提升了文学自觉的理性品格,指引着文学自觉沿着正确的轨道运行。

其三,就微观而言。刘勰对雕龙范畴的开拓,也是凭藉其独特的学术论优势实现的。反映在他的概念系统中,就是他的理论构成的具体性。集中表现在以下方面。

一是理论结构的具体性,即构成理论的要素群的多元统一的属性。具体表现在雕龙的概念系统中,就是他的概念在空间结构上的可分析性和可组合性。见于"雕龙"的总概念中,就是"事、辞、采"的密不可分而又皎然可辨的结构关系。表现在"辞"的概念中,是"字、句、章、篇"的密不可分而又皎然可辨的结构关系。表现在"篇"的概念中,就是"体性"、"体式"、"章句"、"镕裁"、"附会"、"练字"的密不可分而又皎然可辨的结构关系。表现在"体性"中,就是"数穷八体"的密不可分而又皎然可辨的结构关系。如此等等,这就必然使他所提出的每一条真理,都是凭藉具体的概念所具体证明的具体的真理。这种微观结构上的具体性品格,是他的前人与时人的理论创造所无法具备而为刘勰之所独备的。

二是理论行程的具体性。集中表现在雕龙的概念系统中,就是他的概念在形成和发展过程中的阶段和连贯的清晰性。这种时间运动中步武相连的清晰性,实际就是历史的逻辑运动和逻辑的历史运动在人类的意识领域中融合为一的结果。凭藉这一有机的融合,人类在认识上的进步过程才能清晰地显示出来,成为可以比较和验证的具体现实,从中吸取理性的教益。刘勰在"论文叙笔"中所进行的"原始以表末"的"囿别区分",在《时序》中所概括出来的关于"蔚映十代,辞采九变"的事实和规律,在《事类》中关于"据事以类义,援古以证今"的认识方法的标举,在《通变》中关于"变则可久,通则不乏"的文学运动规律和运动法则的概括,等等,就是具体的例证。正是这种历史与逻辑的双重依据,使他的每一个概念都具有坚实难移的品格,足以成为万世的楷模。

三是质的规定的具体性。刘勰雕龙理论的具体性,也从他对理论的核心范畴的核心内容的一发而贯其本质的揭示中鲜明地显示出来。例如,他对美的本体论根由的揭示:"道之文"。他对道的本质性内涵的揭示:"盖自然也"。他对人的本质性内涵的揭示:"为五行之秀,实天地之心"。他对心的本质性内涵的揭示:"心哉美矣"。他对美的本质性内涵的揭示:"蔚此风力,严此骨鲠"。他对文学的本质性内涵的揭示:"万趣会文,不离辞情"。如此等等,无一不是对事物本质的"无可翻移"的深层切入,无一不具有一针见血的概括力量。如此确切精当的本质揭示,是中华文论中之仅见,将中华文论推进到更高的理性境界。

(二)工程技术上的推动作用

文学内容的自觉,是文学形式自觉的前驱力量;文学形式的自觉,是文学内容自觉的空间拓展和技术保证。径而言之,科学技术作为第一生产力的作用,不仅表现在物质生产的过程中,同样表现在精神生产的过程中。"文场笔苑,有术有门。"从某种意义上说,由工具和方法系所组成的文学形式,实际也就是文学的物质武装,是文学"生产"中的"科学技术"因素。雕龙范畴对文学形式的标举和强调,实际就是赋予文学自觉以形态学的支持。它以物质的优势,对文学内容的扩充提供强大的支持力量,推动着文学进步的全息过程。如果没有这种强大的技术支持,魏晋文学的自觉和大唐文学的繁荣,都将成为不可想象的事情。

(三)对文章内容与形态统一的美学机制的开创性揭示

文章是内容与形态的有机统一,从终极层面来看,也就是文心与雕龙的有机统一。但是,在相当长的历史时期中,人们对二者统一的机理的认识是相当模糊的。人们通常都用"内容决定论",对此进行解释,似乎只要内容确定,形式就会自己"紧跟"上去进行配合。至于二者统一的基础和机制究竟是什么,那就很少有人去探讨了。

刘勰是我国历史上第一个揭开这一深层秘密的人。关于文章的内容与形式统一的逻辑支点的问题,刘勰将它归结于自然之道的运动。所谓"心生而言立,言立而文明,自然之道也",即此之谓。关于这一点,已贯彻于《文心雕龙》的全文,此处毋庸赘说。这里只着重谈一谈文章内容与形态统一的美学机制的问题。

刘勰针对文章的"镕"法,着重地提出了"三准"的主张。所谓"三准",乃是指从作者内心形成作品的全部过程中所不可或缺的三个步骤:其一是"设情以位体",其二是"酌事以取类",其三是"撮辞以举要"。这三个步骤,实际也就是针对文章作为内容与形式的有机统一体的三个层面的对应性筹措。"情—事—辞",是刘勰对文章整体结构的基本划分。这种"三维模式"在认识论上的先进性就在于它改变了只沿一根轴线单层面考察文学(文章)现象的格局。两分法突出了内容和形式的对立属性,将内容和形式视为互不相涉的静态的封闭的范畴。三分法不仅突出了内容和形式的相分与相异之处,而且突出了二者之间"你中有我,我中有你"的相对与相通的属性,将内容与形式视为动态的开放的和相对性的范畴。在三分法的坐标系中,内容和形式都不具有绝对的意义。"事义"对于情思来说,固然属于形态的范畴;但是,事义对于辞采来说,它又属于内容的范畴了。"事义"作为情思与辞采之间的中介性层面,它既是"外之声色所因依",又是"内之情思所表现",因此在整个结构中必然具有独特的"骨骼"作用,使内容和形式密不可分的属性显示得更加明显、更加充分。这样,就赋予了文章的结构以一种空间性的品格,从而极大地扩充了"两分法"的认识视野。这种三维式的结构模式,更具有反映本质的理性力量。刘勰的"风骨采"的美学追求,就是以此作为理论依据的。

现代文学理论中的关于"文学内形态"和"文学外形态"的划分,实际也就是刘勰在1500年前的见解的现代伸延。尽管古今之间存在着精与粗的区别,详与略的区别,但就基本思路而言,实际是一脉相通而并无二致的。

(四)奠立了文章美学工程科学的坚实基础

雕龙范畴的建立,不仅意味着对文章形态美学进行系统研究的理论平台的建立,也意味着对文章美学形态制作的具体方法进行系统研究的工作平台的建立;不仅赋予了文章形态美学以总体性和系统性的品格,也赋予了它实践性的品格。

雕龙范畴的实践性品格,首先表现在它对雕龙运作的总法则的明确标举上。这一总法则,就是自然法则。刘勰所标举的内容与形式的统一,绝非一般意义的统一,而是在自然法则基础上的统一。所谓自然法则,就是以自然为最高的美学取向,崇真尚实,率性委和的法则。刘勰认为,真正意义的形态美,从来都是情性的自然流露，而绝不是辞采的简单堆砌。所谓"铅黛所以饰容，而盼倩生于淑姿；文采所以饰言，而辩丽本于情性"，即此之谓。如果违反了自然法则去进行过度的修饰，就会走向美的反面："采滥辞诡，则心理愈翳。固知翠纶桂饵，反所以失鱼。'言隐荣华'殆谓此也。"这些旗帜鲜明的标举和批判，从正与反的双向角度，为文章美学形态的运作和健康文风的建设，确立了明确的价值标准和具体的美学方向，也为历代读者反对浮靡讹滥的文风，提供了有力的战斗武器。

雕龙范畴的实践性品格，也表现在它对文章制作的基本纲领和美学程序的明确标示上。

所谓"三准"，实际就是文章美学制作的总的纲领和总的工作程序。它不仅是对衡文准则的标举，也是对构成文章的要素的分析和对文章制作的科学程序与过程的归纳。"三准"中的情、事、辞，实际也就是构成文章的三个决定性因素。对"三准"的标举，实际就是对文章美学结构的科学性的标举，也是对文章制作的科学程序和科学过程的标举。它使一个心想无凭的过程，变成一个有准可依的过程；使一个"辞采苦杂"的过程，变成一个"条贯统绪"的过程。如此准确而全面的理论性绅绎，如此精密而系统的方法论传授，如此精深博大的实践性导航，不仅是中国美学史上的第一次，也是世界美学史上的第一次。

雕龙范畴的实践性，还表现在它对文章制作的具体方法和技术手段的系统传授上。

刘勰所标举的雕龙的基本纲领和工作程序，是建立在具体的工具与方法系统的基础上的。这些具体的制作手段和方法，就是实现这些基本纲领和工作程序的技术保证。所谓"镕裁"、"附会"，所谓"体式"、"定势"、"章句"、"练字"、"声律"，所谓"夸饰"、"比兴"、"事类"、"丽辞"，就是文章美学制作的具体的技术手段和方法。赋予文章的美学制作以如此强大的技术武装，是刘勰对人类文化的又一大贡献。这些技术武装的精良性、实效性与全面性，至今没有任何一家美学形态理论可以超越。

以上诸多方面，都在雕龙的总范畴中得到系统的阐发，并因此而大成于并独秀于世界形态美学之林。这些阐发，无一不具有独标一格的品质。所有这一切研究成果的总荟萃，就是一种全新型的写作科学体系的全面形成。它将

"为文之用心",化作具体的雕龙之术,渗透于文章写作的全部过程之中,以一种特别的中国作风和中国气派,缔造着我国文章大国的地位,指引着世世代代的人们进行卓有成效的写作。如此博大精深的写作理论体系,不仅在我国历史上是无与伦比的,即使在世界历史上也是绝无仅有的。

第二十章　雕龙形态论

形态是客观事物的存在方式。"雕龙"作为文章内容的存在方式,犹如它所属范畴的结构一样,是一个多层面的整体。这种存在于形式范畴中的系统结构,包含着紧密相连的两个方面:一是中介层面的属性和组织方式,亦即它的材料的属性及组织方式,也就是它的内在形态;二是与中介层面相关联的外部诸要素的材料属性和组织方式,亦即它的外在形态。外在形态是文章材料的寄寓,内在形态是文章内容的寄寓。运用外在形态表现文章的材料,运用文章的材料表现文章的内容,这就是文章之所以能够"沿隐以至显,因内而符外"的形态运动的系统机制。在这一系统机制中,内在形态与外在形态之间,犹如生命运动本身一样,从来都是浑然一体的。文章,就是二者融为一体的结果。

第一节　雕龙的内在形态

雕龙的内在形态,就是构成文章内容的材料学层面,也就是刘勰所说的"事义为骨髓"的层面。"事义",就是作者在文章中用来体现"情思"的材料及其组织方式,径而言之,"事义",即是事实与事理的总称。由于文章内容存在着功能上的差别,比如有些文章具有审美的功能,有些具有思辨的功能,有些则具有认知的功能,因此在质料的属性及其组合方式上,也必然存在类型上的区别。下面,试一一进行具体的阐述。

一、文学性材料的属性及组合方式

文学性事义作为文学性内涵的内在载体,是从属于文学的特定属性与特定功能的。文学属于艺术的范畴,它的材料属性和组织方式也必然具有艺术所固有的特征。

(一)形象性

"元解之宰,寻声律而定墨;独照之匠,窥意象而运斤。"(《神思》)一切艺术都具有用形象表现意蕴的属性。意蕴是艺术的内容,美学形象是艺术的载体。文学作为一种语言的艺术,它的形态属性也同样是如此。运用形象性的特定材料来表现情思,是文学最根本的形态学特点和工作原理。

形象性,是文学事义的总体特征。

文学与现实的关系,是建立在人与自然以及人与人的审美关系的基础上的。人不仅通过思维,而且以全部的感觉、感受、感知和感情,在与现实世界的交流中,不断地感悟宇宙运动及生命运动的本质和规律,不断地肯定自己和激励自己在"天行健,君子以自强不息"的道路上攀登不已。由于宇宙运动及生命运动本身就是具体可感的运动,因此,文学对于对象世界的把握,也必定是具体可感的把握。这就是刘勰所说的"道之文"的把握:"夫玄黄色杂,方圆体分;日月叠璧,以垂丽天之象,山川焕绮,以铺理地之形:此盖道之文也。"所谓"道之文",就是"道"的感性形态。道是美的形象的核心内涵,美的形象是道的物质载体。表现在文学艺术的材料上,必然具有"写气图貌,蔚似雕画","属采附声","金相玉质"的属性和特征。没有形象的载体,文学艺术的内蕴是无法得到显示的。

但是,刘勰又明确认为,形象绝非纯自然的再现,而必定是人的"心"的能动反映的结果,这是由人在宇宙运动中的特殊地位所决定的。人是"性灵所钟,为五行之秀,实天地之心",因此,对对象世界中的道心的感知和把握,也就必然落到"人"的肩上。人对"物"的美学审视和感悟,是通过"心"去进行的,所谓"形象",实际就是心物交流与融合的结晶,是物象与心象的统一。这就是刘勰所说的:"神与物游","物与神交"。"既随物以宛转","亦与心而徘徊"。心与物的交流与融合的具体形态,就是刘勰所说的"意象":"玄解之宰,循声律而定墨,独照之匠,窥意象而运斤。""意象"就是心态化的物象,或者物态化的心象,二者虽然角度各异而又是融合为一的,都是文学形象的具体存在方式。

构造形象的最基本的感性要素,刘勰的雕龙理论中,被清晰地概括为以下几个方面：

一是"色"的因素。"色"见之于美的形态，就是刘勰所标举的："龙凤以藻绘呈瑞，虎豹以炳蔚凝姿；云霞雕色，有逾画工之妙；草木贲华，无待锦匠之奇。""色"的因素表现在文学的形象中，就是《诗经》中的"'灼灼'状桃花之鲜，'依依'写杨柳之貌"的视觉画面，表现在屈原作品中，就是"金相玉式，艳溢锱毫"，"惊采绝艳，难与并能"的美学效果。

二是"声"的因素。"声"见之于美的形态，就是刘勰所标举的："林籁结响，调如竽瑟；泉石激韵，和若球锽；故形立则章成矣，声发则文生矣。""声"的因素表现在文学形象中，就是"'嘤嘤'逐黄鸟之声，'喓喓'学草虫之韵"的声觉画面，和"声转于吻，玲玲如振玉；词靡于耳，累累如贯珠"的声读效果。

三是"形"的因素。"形"见之于美的形态，就是刘勰所标举的"写气图貌"，"巧言切貌"，"瞻言而见貌"。"形"的因素表现在文学形象中，就是《诗经》中的鲜明画面："'杲杲'为出日之容，'瀌瀌'拟雨雪之状"，"'皎日''嘒星'，一言穷理；'参差''沃若'，两字穷形；并以少总多，情貌无遗矣。"（《物色》）

这些造型要素，在形象中并非凌乱的算术堆积，而是一种符合规律的美学构建。这些基本规律，可以概括为以下方面：

对称平衡规律。刘勰认为，一切美的形态，都具有对称平衡的属性："造化赋形。支体必双，神理为用，事不孤立。"表现在文章质料的结构中，也必然是："篇章户牖，左右相瞰"，"高下相须，自然成对"。（《丽辞》）唯有这种合乎美学规律的组合，才能使文学的内在结构成为美的结构，给广大读者带来美的愉悦。

多样统一规律。刘勰认为，一切美的材料，都具有"类多枝派"的属性："五色杂而成黼黻，五音比而成韶夏，五情发而成辞章，神理之数也。"（《情采》）所谓"黼黻"，所谓"韶夏"，所谓"辞章"，无一不是多样统一的结果。"多样"指整体中所包含的各个部分在形态上的区别和差异性，"统一"指各个部分之间的某种关联、呼应、衬托的关系。多样统一的规律，是构成美学形态最根本的规律。刘勰对此进行了反复的强调："是以驷牡异力，而六辔如琴；并驾齐驱，而一毂同辐。驭文之法，有似于此。"（《附会》）惟其如此，才能达到"如乐之和，心声克协"的美学境界。

乘一总万规律。"乘一总万"，是宇宙运动的普遍规律。万物皆来于

"道"，"道"即是"一"："道生一，一生二，二生三，三生万物。"(《老子》)"一"作为万物所生的总理，也必然具有总摄万物的作用。这一哲学规律表现在文学材料的组合中，就是"原道心以敷章，研神理而设教"的总机理。这一机理表现在"总术"上，就是"乘一总万，举要治繁"的准则。"乘一总万"者，以心总文之谓也，即以道心串起万物。所谓"理派者依源，理枝者循干"，所谓"博见为馈贫之粮，贯一为拯乱之药，博而能一，亦有助乎心力矣"，所谓"情者文之经，辞者理之纬，经正而后纬成，理定而后辞畅"，所谓"振本而末从，知一而完毕矣"，就是对这一规律的具体解说。

　　善于适要规律。所谓"善于适要"，就是善于抓住事物的美学特征。刘勰认为，"四序纷回"，"情貌难尽"，因此在组合材料营构形象的时候，既不需要也不可能面面俱到，点滴无遗。为此，他提出了"以少总多"的主张。怎样才能"以少总多"呢？就是善于据其"要害"，突出事物的美学特征。他举出了《诗经》中许多成功的范例："故'灼灼'状桃花之鲜。'依依'尽杨柳之貌，'杲杲'为日出之容，'瀌瀌'拟雨雪之状，'喈喈'逐黄鸟之声，'喓喓'学草虫之韵；'皎日''嘒星'，一言穷理；'参差''沃若'，两字穷形：并以少总多，情貌无遗矣。"唯有这种合规律和目的的组合，才是具有美的魅力的组合："虽复思经千载，将何易夺？"(《情采》)

　　(二)情感性

　　文学是一项"为情而造文"的活动。形象是感情的寄寓体，而感情则是形象的本质性内涵："情者文之经，辞者理之纬，经正而后纬成，理定而后辞畅。"(《情采》)这就必然使它的材料及其组合方式，具有"情化"的鲜明特征。具体表现在以下几个方面。

　　情感是文学材料形成的心理动力。文学材料的形成，是心物交融的结果，而心与物的交融，从来都是在"情往似寄，兴来如答"的感情驱动下实现的。"春秋代序，阴阳惨舒，物色之动，心亦摇焉"。正是这种"物色相召，人谁获安"的心理驱动，然后才有对材料的感受、采集和积累，最后才有伟大作品的诞生。屈原写作《离骚》，就是典型的例证："怀朕情而不发兮，余焉能忍此终古！"司马迁对此进行了精辟阐发："屈平疾王听之不聪也，谗谄之蔽明也，邪曲之害公也，方正之不容也，故忧愁幽思而作《离骚》。《离骚》者，犹离忧也……屈平正道直行，竭忠尽智以事其君，谗人间之，可谓穷矣。信而见疑，忠而被谤,能无怨乎? 屈平之作《离骚》,盖自怨生也。"(《史记·屈原列传》)这也就是文学事义之所以具有如此鲜明的感情色彩的心理根由。

　　情感是文学材料构成的重要因素。文学的创作过程,就是刘勰所说的"玄解之宰,循声律而定墨,独照之匠,窥意象而运斤"的过程。从本质上说,文学材料属于"意象"的范畴。意象作为情思与物貌的统一,既是情化之物,又是物化之情,而情则是"意象"中的决定性的构成因素:感情深深涵蕴在它的全部感性质料之中,全部感性材料从各个不同侧面鲜明地体现着感情。"昔我往矣,杨柳依依,今我来斯,雨雪霏霏",就是鲜明的例证。"体物为妙,功在密附。""密附"者,物附于情而密不可分之谓。如果没有感情,全部感性材料就会成为一堆死物。所谓"登山,则情满于山,观海,则意溢于海",就是对情与象的同步运动的形象展现,也是对感情在文学材料中的存在方式的具体解说。正由于如此,文学材料中的"含情量",就成了检验它的美学价值取向的重要依据,也是对材料进行取舍的重要依据。所谓"履端于始,则设情以位体",就是对这一美学规律的理论概括。

　　情感是提炼文学质料的重要手段。"情往似寄,兴来如答"的过程,不仅是对生活进行审美感受的过程,也是对文学质料进行提炼和选择的过程。这一过程,实际也就是刘勰所说的"为情而造文"的过程:"盖风雅之兴,志思蓄愤,而吟咏情性,以讽其上,此为情而造文也。"(《情采》)"情"是"造文"的依据,也是提炼和选择材料的依据。这一依据的美学意义就在于:情化的选择和美学的选择总是相伴而行的。只有美的东西,才能动情;只有动情的东西,才是真正的美。"设情以位体",以感情作为依据对文学的质料——意象进行美学的检验和选择,是作家的工作法则。惟其如此,才能保证文学质料成为真正具有美学价值的质料,用这样的质料构成的作品,才是真正具有美学价值的作品。

　　情感是统贯文学材料的特定纽带。情感在文学材料的组合过程中,还起着一种统率和连贯的作用。刘勰所说的"三准",实际都是在"情"的统率下进行,并且以情通贯于全部过程的。所谓"履端于始,则设情以位体",就是确立"情"对材料的主导地位。所谓"举正于中,则酌事以取类",就是以情作为依据去选择和确定足以显示"情"的材料,实际也就是"情"对"事"的渗透和延伸。所谓"归余于终,则撮辞以举要",就是以事作为依据去选择和确定足以显示事的语言表达,实际上也就是"事"对"辞"的渗透和伸延。自内向外观之,情是事的内涵,事是辞的内涵;自外向内观之,辞是事的表现,事是情的表现。所有这一切,都是以情作为起点,又以情作为归宿进行的,是"以情志为神明,事义为骨髓,辞采为肌肤,宫商为声气"的系统运动。这样,就"沿隐以至显,因内而符外",将全部材料与语言在情的凝聚下成为一个整体。

情感,也是激活读者进行接受的重要因素。与文学传达的"沿隐以至显、因内而符外"的过程相反,文学的接受过程是一个"沿显以至隐,因外而符内"的逆向过程。所谓"缀文者情动而辞发,观文者披文以入情",就是对这一双向过程的理论概括。

以语言为媒介的文学质料,是读者从作品中首先接触到的审美对象。文学质料之所以能成为审美的对象,就来自它所特具的动情作用。文学材料并非一般的物象,而是情化的物象,也是物化的情思。读者与物象的交流过程,同时也是与作者内蕴在物象中的情思的交流过程。文学材料中的点点滴滴,都是作者感情的寄托。"志在山水,琴表其情。""山水"就是感情的感性显现,也是感情的特定寄寓体。作品以具体的感性的形象诉诸读者的感觉器官,读者凭着自己的生活经验、知识储备、理想、道德原则去感受、体验、感悟和理解它,从而引起情感活动,并进一步引起共鸣,产生美感。形象感染力的强弱,取决于形象中所内蕴的感情的强弱。"风骨",就是这种感情力度的理想境界。"情与气偕,辞共体并。"气者,力也。正是这种追求,推动人们去热爱生活,并进而领悟和探索以"道"为焦点的宇宙运动和生命运动的本质力量,去建设更加美好的生活。文学的美学价值的最高实现,也就在于这里。

(三)虚拟性

文学是一项"神与物游"、"物与神交"的意识活动。"物有恒姿,而思无定检。"心中之象和现实之象,属于两个不同的范畴。这就必然使文学的材料及其组合方式,具有凭虚构象的鲜明特征。具体表现在以下几个方面。

1. 形象生发方式的虚拟性

文学的意象是想象的产物,而想象,是一个对客观事物进行虚拟的心理过程。"古人云:'形在江海之上,心存魏阙之下',神思之谓也。"(《神思》)"神思",就是对客观事物的虚拟。虚拟的具体内容,就是"神与物游"。这种"神游"之物,绝不局限于眼前之物,而是一种"联类不穷"的东西。这种东西,实际是一种物化的心象和心化的物象。正是由于它是心理性的东西,所以才具有极大的自由性和能动性的品格:"文之思也,其神远矣。故寂然凝虑,思接千载;悄焉动容,视通万里;吟咏之间,吐纳珠玉之声;眉睫之前,卷舒风云之色,其思理之致乎?"正是这种跨越时空的自由性和能动性的品格,突破了人的现实视野的局限性,使文学的意象得以从整个世界的无穷联系中生发出来。《离骚》的质料,就是典型的例子:从"陈尧舜之耿介,称汤武之祗敬",到"讥桀纣之猖披,伤羿浇之颠陨",从"虬龙以喻君子",到"云蜺以譬谗邪",从"托云龙,说迂怪,丰隆求宓妃,鸩鸟媒娀女",到"康回倾地,夷羿弊日,木夫九首,土伯三目",如此众多的质料,无一不是从想象和联想中生发。惟其如此,才能达到"气往轹古,辞来切今,惊采绝艳,难与并能"的境界。

2. 形象存在方式的虚拟性

想象也是意象的存在方式。

文学的质料——意象,不仅生发于虚拟之中,而且存在于虚拟之中。文学的意象是一种"既随物以宛转","又与心而徘徊"的心理性的东西,心念本身就是对客观世界的虚拟,而不是客观世界的物质存在。所谓"昔我往矣,杨柳依依,今我来斯,雨雪霏霏",所谓"桃之夭夭,灼灼其华",所谓"其雨其雨,杲杲日出",所谓"雨雪瀌瀌,见晛曰消",所谓"参差荇菜,左右流之",所谓"桑之未落,其叶沃若",它们都是人类大脑中的存在而非现实中的存在,是所想之象而非实在之物。这点,在《离骚》的质料中显示得更加清楚。《离骚》的材料被刘勰称为"诡异之辞"、"谲怪之谈",就是指它的存在方式的虚拟性而言的。

3. 形象组合方式的虚拟性

想象不仅是意象的存在方式,也是意象的组合方式。文学的意象并非凌乱的算术堆积,而是整体性的系统组合。这一系统组合,是在想象的心理过程中并凭借想象的心理工具才得以实现的。

刘勰明确认为,想象既是一个"万途竞萌"的心理过程,也是一个"驱万途于同归。贞百虑于一致"的心理过程。不管是"万途竞萌"还是"驱同"、"贞一",实际都是想象的特定的心理功能和心理表现。"万途竞萌",来自想象的超越时空的自由性与能动性品格,正是这一品格,使被时空所割裂的世界同时呈现在作家的眼前。"驱万途于同归,贞百虑于一致"来自想象的凝聚万物使

万物与情同化的整一性和系统化品格,正是这一品格,将分散的世界以情志为
内核凝聚成为一个心理上的整体。

径而言之,想象过程中的"万途竞萌"的局面与"驱同"、"贞一"的局面,
实际都是在一个统一的指挥中心的统率下进行的,这一统一的指挥中心,就是
志气:"神居胸臆,志气统其关键。"神者,心灵之谓,亦即心理活动之谓。志气
作为生命运动的根本方向,也是感情运动和相应的"表象—意象"运动的根本
方向,驱动着"表象—意象"的定向运动,使它们凝聚成为与志气相符契的整
体。这也就是刘勰所特别强调的:"才童学文,宜正体制,必以情志为神明,事
义为骨髓,辞采为肌肤,宫商为声气。"惟其如此,文学的"表象—意象",才能
"道味相附,悬绪自接","如胶之粘木。石之含玉",成为浑然的一体。

4. 形象传达方式的虚拟性

"物沿耳目,而辞令管其枢机。"(《神思》)文学意象的传达,是以语言为
中介的。语言不是事物的物质性存在,而只是称谓事物的一种符号系统。任
何符号系统对于符号所标示的物质对象来说,都具有虚拟意义。语言对于文
学形象的虚拟意义,具体表现在以下方面。

其一,形象塑造的间接性。

语言符号并不具有直接的造型意义,它所塑造的形象不能像音乐、舞蹈、
绘画一样直接作用于人的感官。语言作为文学形象的载体,它本身并不具有
形象性。文学形象所反映的并不是一种实在的真实,而只是一种心理的真实:
通过语言作用于读者的心灵,唤起读者的想象,借助想象将文字符号转化为系
列的文学形象,能动地复现在读者心灵的屏幕上。径而言之,它只是一种符号
刺激下的心理效应:感觉的真实,感受的真实和感情的真实。这种形象对于人
的感官来说,必然具有间接的属性。刘勰所说的"金声而玉振","金相玉式",
"惊采绝艳","论山水,则循声而得貌","言节候,则披文而见时",实际都是
辞采应用的心理效果。这种效果虽是间接的,却又是强大的:"故巧言切状,
如印之印泥,不加雕削,而曲写毫芥。故能瞻言而见貌,即字而知时也。"(《物
色》)

其二,形象表达的含蓄性。

语言对文学形象的传达,主要是通过语言所表示的意义来实现的。语言
的词义,通常都有概念性和指物性的两个方面。语言作为"意"的符号,具有

抽象性的品格,而作为指物的符号,又具有具体性的品格。文学语言,就是一种具有具体性品格的语言。但这种具体性又是通过语义的符号表现出来的。任何符号都具有人造的属性,语言符号和它所代表的意义与事物之间并没有必然的联系。所谓文学形象,实际只是这种语义的符号在读者心灵屏幕上所唤起的一种想象,无论就这种想象性的形象而言,或是就语言符号本身的表达功能而言,都是存在着一定的模糊性和多义性的。这种模糊性和多义性在形象传达中的集中表现,就是它的含蓄性。

所谓含蓄,就是刘勰所说的"文外之重旨","思表纤旨,文外曲致"。具而言之,就是在语义的选择上,不仅使用它的本意,还经常使用它的引申义、借代义、比喻义、比拟义和双关义,使文学语言具有多样性的含义,也使由此构成的文学形象具有同样丰富的含义,从而收到言有尽而意无穷的美学效果。这也就是刘勰所反复强调的"称名也小,指类也大","义生文外,秘响旁通,伏采潜发"。惟其如此,才能给读者的联想和想象提供广阔的空间,做到"以少总多,情貌无遗",使有限的文学形象充满无限丰富的内容。

其三,形象意蕴的深刻性。

文学形象的载体是语言。语言不仅是表象的符号,也是表意的符号。它既具有再现客观事物的优点,又具有透视思想感情的长处;既可以借助各种虚拟造型的方法含蓄地表达感情,又可以运用概念"穷于有数,追于无形,钻尖求通,钩深取极",直截了当地表明自己的观点。所有这些,都必然使象与意、情与理、个别与一般、理想与现实,在文学的形象中具有可以直接相通的属性,使文学形象在所有的艺术形象中成为涵蕴最深刻的形象。

文学形象蕴涵的深刻性的集中表现,就是它极大地拓宽和掘深了艺术真实的内涵。文学形象的虚拟来源于生活,又高出于生活,它既是生活原生态的再现,又是人类审美理想的表现。这一审美理想,被刘勰定位于"道"的范畴:"'鼓天下之动者存乎辞。'辞之所以能鼓天下者,乃道之文也。""道"是宇宙运动和生命运动的终级根源和最高存在,而文学形象归根结底都是"道心"的感性显现。"言之文也,天地之心哉!"这就从宇宙运动和生命运动的最高层面上,赋予文学形象以最深刻的"天地之心"的内涵。这一深刻内涵,是"言之文"的文学形象所独具的:"心生而言立,言立而文明,自然之道也。"正是这一内涵,使文学形象不仅成为真正具有审美意义的存在,也成为一切艺术形态中思想内涵最丰富、最深刻的存在。

（四）新奇性

文学世界是现实世界的虚拟形态。虚拟不仅使文学世界具有了真与善的品格，也因而具有了美的品格。美作为宇宙运动和生命运动本质力量的感性显现，总是和蓬勃向上、日新月异联系在一起的。新奇，是文学形象的本质性特征之一。对此，刘勰做出了系列的精辟论述。

刘勰明确认为："文律运周，日新其业。"（《通变》）文学的这种与时俱进的属性，集中反映在它的质料的新奇性上。这是由以下因素所决定的。

一是由于客观世界的常变常新。"四时之动物深矣"，伴随着宇宙的时间运动和空间运动，万事万物都在不停运动之中，每时每刻都表现出变化万千的神采。"阳气萌而玄驹步，阴律凝而丹鸟羞"，生活中每时每地都存在着许多美丽新奇的东西。这些美丽动人的事物，在世界上是千差万别的，也是无穷无尽的。"岁有其物，物有其容"，各具特色，各具个性，互不重复，互不雷同，让人目不暇接，领略不尽。文学是客观世界的反映，客观世界的新奇性是文学世界新奇性的物质前提。正是这一物质前提，为文学形象的新新不已提供了客观依据。

二是由于人的个性的千差万别。刘勰认为，文学形象并非客观世界的简单再现，而是心物交融的结果。"纷哉万象，劳矣千想。"二者都是无穷无尽的。而就人的"心"来说，"心"的"千想"是人的思维的个性化差异所决定的。"才难然乎？性各异禀。"由于秉性不同，思维方式也必然各个不同，生发的形象也必然具有千差万别的品格，赋予文学形象以千奇万异的特点。这就是刘勰所深刻概括的："才有庸俊，气有刚柔，学有浅深，习有雅郑，并情性所铄，陶染所凝，是以笔区云谲，文苑波诡者矣。"这就是文学形象之所以新新不已的主体根由。

三是由于人的喜新好异的接受心理。喜奇好异，是人的天性，是人类审美活动的心理基础。物以新为贵，以奇为珍，唯有新奇的事物，才能吸引人的注意，产生惊听回视的效果。刘勰举出了《小雅·裳裳者华》的例子："裳裳者华，或黄或白。""棠裳者华"之所以使人感到美，就在于它是刚刚绽放的，是一种不断变化而没有定型的形态。这种形态，只有在及时而见的状况下才能发现，所以如此新鲜娇嫩，楚楚动人。刘勰还举出了《离骚》中的"秋兰兮青青，绿叶兮紫茎"的例子,在美学原理上与前句相同。刘勰据此总结除了一条重要的美学规律:"凡摛表五色,贵在时见,若青黄叠出,则繁而不珍。"明确指出:顺时而见、与众不同的东西,才能给人美感,使人感到珍贵。如果是重复出现和千篇一律的东西,人们就会感到厌倦,再也不会把它当做审美的对象加以珍贵了。这就是文学形象之所以新新不已的接受心理学根由。

四是语言的常变常新。"物沿耳目,而辞令管其枢机。"语言作为事物的称谓,总是与事物并存而俱进的。事物常变常新,也必然带动语言的常变常新。语言运动的这一规律,被刘勰概括成一个经典性的论断:"蔚映十代,文采九变。枢中所动,环流不倦。"(《时序》)表现在文学语言的形态上,也必然是千状万态,新新不已的:

> 若夫笔句无常,而字有条数:四字密而不促,六字格而非缓,或变之以三五,盖应机之权节也。至于诗颂大体,以五言为正,唯祈父肇禋,以二言为句。寻二言肇于黄世,竹弹之谣是也;三言兴于虞时,元首之诗是也;四言广于夏年,洛汭之歌是也;五言见于周代,行露之章是也。六言七言,杂出诗骚;两体之篇,成于西汉。情数运周,随时代用矣。(《章句》)

不仅可以运用多种多样的句子结构来表达多种多样的事物和情感,而且还可以借助多种多样的修辞手法来进行修饰,让各种各样姿态各异的事物表现得更加新奇生动。运用夸饰的手法,可以"因夸以成状,沿饰而得奇";运用事类,可以"众美辐辏,表里发挥";运用比兴,可以"写物以附意,飏言以切事","比则畜愤以斥言,兴则环譬以托讽";运用丽词,可以"左提右挈,精味兼载","玉润双流,如彼珩佩";运用隐的手法,可以"深文隐蔚,余味曲包,辞生互体,有似变爻";运用秀的手法,可以"言之秀矣,万虑一交,动心惊耳"。如此等等,目的只有一个,以语言的新奇表现形象的新奇:

> 立意之士,务欲造奇,每驰心于玄默之表;工辞之人,必欲臻美,恒匿思于佳丽之乡。呕心吐胆,不足语穷;锻岁炼年,奚能喻苦?故能藏颖词间,昏迷于庸目;露锋文外,惊绝乎妙心。使蕴藉者蓄隐而意愉,英锐者抱秀而心悦。譬诸裁云制霞,不让乎天工;斫卉刻葩,有同乎神匠矣。(《隐

秀》)

语言的新奇,是文学形象的新奇的媒介学根由。

以上种种根由,归根结底,都来自一个总的根由——道的运动的常变常新。道的运动是规律性的自然运动,因此,文学形象的常变常新也是有一定的法则可循的。这些法则,被刘勰归纳为以下几个方面:一是"执正驭奇"法则。二是"洞晓情变"的法则。三是"参伍因革"的法则。这三条法则,在《外化论》与《写作艺术论》中已有详述,此处不赘。

二、理论性材料的属性及组合方式

理论性事义作为理论性内涵的内在载体,是从属于思辨类文章的特定属性与特定功能的。思辨属于抽象思维的范畴,它的材料属性和组织方式也必然具有抽象思维所固有的特征。这些特征,在《文心雕龙》中可以概括为以下方面。

(一)抽象性

"原夫论之为体,所以辨正然否。穷于有数,究于无形,钻坚求通,钩深取极;乃百虑之筌蹄,万事之权衡也。"(《论说》)思辨,是一种在"形而上"的范畴中进行的"穷于有数,究于无形"的心理活动。抽象性,是它最基本的思维特征。它的工作方式是舍弃具体形象,依靠概念、判断、推理的逻辑形式,对客观事物或事理进行分析、评论或者理论探讨,以达到"弥纶群言,而研精一理"的目的。概念、判断、分析、概括、推理,都属于抽象思维的范畴。思想是思辨的内容,概念和逻辑是思辨的载体,运用逻辑性的特定材料来表现思想,是思辨最根本的形态学特点和工作原理。刘勰所说的"穷于有数,追于无形,钻坚求通,钩深取极"(《论说》),既是对这一思维形态的基本属性的完整概括,也是对它的质料的基本属性和形态特征的完整概括。

惟其如此,它在材料上和属性上必然与文学形象存在着明显的差别。

一是思维方式上的差别。文学性事义以形象塑造为主,运用想象、联想等思维方式,"综述性灵,敷写器象","巧言切状,如印之印泥,不加雕削,而曲写毫芥"。思维的对象主要是具体的感性的生活现象和内心表象。而理论性事义则以逻辑构建为主,运用抽象、概括、分析等思维方式,"理形于言,叙理成论"，"弥纶群言,研精一理"。思维的对象主要是从现实生活中抽象概括出来的概念、判断、命题等逻辑形式。

二是表达方式上的差别。文学性事义要求再现生活中的具体形象的形态特征,"图状山川,影写云物"(《比兴》),为此,它常常使用叙述、描写的表达方式,有时还使用虚构、夸张和变形的方式进行形态上的突出。理论性事义要求逻辑地表述客观事物的本质和规律,主要是运用逻辑论证的方式进行说理。"论者,伦也。伦理无爽,则圣意不坠。"(《论说》)逻辑的方式是一种纯客观、纯理性的方式,既不允许虚构,也不允许夸张,唯以客观的规律性是务。表现在行文上,"文以辩洁为能,不以繁缛为巧;事以明核为美,不以环隐为奇"(《议对》)。虽然有时也运用叙述的方式,但那只是对作为论据的事实的表述,这种表述往往是点到便止,不做铺叙,以不损害思辨性质料的理性色彩为前提,严格从属于"论者伦也"的逻辑论证的总体格局。

三是表现对象上的差别。文学性事义的表现对象是生活中新鲜生动的人、事、景、物,作者在选取材料时,固然要经过加工处理,但并不破坏原有的生动性和质感性,选取的是对象具体的个性化的生命特征和细节特征。"故'灼灼'状桃花之鲜,'依依'尽杨柳之貌,'杲杲'为日出之容,'瀌瀌'拟雨雪之状,'喈喈'逐黄鸟之声,'喓喓'学草虫之韵;'皎日''嘒星',一言穷理;'参差''沃若',两字穷形:并以少总多,情貌无遗矣。"(《物色》)而在理论性材料中,作者要表现的主要对象是思想观点,事物的本质和规律,以及足以支持这些观点、本质和规律的根据和论证方法。这些观点、本质、规律、论据、方法,都是生活现象的理性升华。作为理性升华,它们不能按照生活的原样以感性的形态出现在思辨的质料中,而必须对现象进行抽象和概括,把感性事物抽象成能体现其特性或本质的概念、判断和命题,并将他们构建在完整的逻辑框架中。概而言之,必须使材料成为理性化的质料。"必使心与理合,弥缝莫见其隙;辞共心密,敌人莫知所乘:斯其要也。"(《论说》)

四是情感态度上的差别。文学性事义的功能是以情感人,因此在塑造形象时,作者通常都会注入特定的情感。情感是形象的灵魂和生命。"故情者文之经,辞者理之纬,经正而后纬成,理定而后辞畅:此立文之本源也。"(《情采》)。而理论性事义重在以理服人,因此,在材料中要求作者淡化情感,使其论述具有严格的客观性。"论如析薪,贵能破理。"(《论说》)"破理",是思辨性事义的中心目标和价值取向。过于强烈的情感流露，不仅会削弱观点的客观性，也会冲淡论述的思辨性和理性色彩，这对于逻辑论证来说是极为不利的。

它不是借助形象来寄寓真理，而是借助概念和逻辑来直接揭示真理。

（二）说理性

说理，是理论性事义的特定功能。思辨性作品中，无论是思想观点，还是论据与论证方法，都是为说理服务的。"论也者，弥纶群言，研精一理者也。"目的是为了揭示事物的本质和规律，辨析是非对错，为评价事理提供一个理性的标准。"原乎论之为体，所以辨正然否；穷于有数，究于无形，钻坚求通，钩深取极；乃百虑之筌蹄，万事之权衡也。"（《论说》）这就必然使它的质料，具有一种鲜明的推论属性。思辨性文体的质料，不是对客观事物的存在性的表层陈述，而是作者依据已有理论对客观事实的一种推论和论证，以抽象的方式把握有关对象的内在结构，形成对有关对象的内在本质与规律的理论见解，从而以理论的方式实现对世界的把握。

理论方式的把握和认知方式的把握的明显区别就在于，认知方式的把握重在陈述，而理论方式的把握重在证明。道理很简单：认知性的质料既然是对已然性客观事实的一种确认，它的客观性和可靠性实际上已经获得了现实生活的证明，只需通过陈述就可以为广大读者所普遍理解和广泛接受。而思辨性质料则是对客观事实的必然性的一种推论，推论不等于已然，因此必须经过逻辑论证的严格检验，才能使它的结论为广大读者所普遍承认和广泛接受。

（三）逻辑性

"论者，伦也；伦理无爽，则圣意不坠。"（《论说》）"伦"即条理，也就是思辨的层次性和秩序性。"无爽"，即合乎事理规律和思理规律，也就是合乎逻辑。推论的过程从来都是依靠逻辑来完成的。只有运用逻辑的方法并严格遵循一定的逻辑路径，才能将推论的质料组织成一个严密的逻辑体系，保证这种推论的圆通性和正确性，使它在事理规律上和思理规律上无隙可击，具有颠扑不破的真理性品格，从而实现从理论上把握世界的目的。"故其义贵圆通，辞忌枝碎，必使心与理合，弥缝莫见其隙；辞共心密，敌人不知所乘：斯其要也。"否则，就会陷入诡辩和谬误的泥坑而不能自拔，距离真理越来越远："是以论如析薪，贵能破理。斤利者，越理而横断；辞辨者，反义而取通；览文虽巧，而检迹知妄。唯君子能通天下之志,安可以曲论哉?"(《论说》)"曲论",就是违反逻辑的诡辩,违反逻辑的诡辩是不能经受实践的检验,也不可能具有真正的说服力量的。

理论性材料的"通天下之志"的说服力量,实际就是一种蕴涵在材料中的逻辑力量。所谓"一人之辩,重于九鼎之宝,三寸之舌,强于百万之师",就是这种思辨力量的具体展现,而其根源,实在于逻辑的力量:"转丸骋其巧辞,飞钳伏其精术。"所谓"转丸""飞钳",就是精湛的逻辑方法和巧妙的逻辑过程的概括称谓,这就是战国纵横家们之所以能驰骋于当时的时代风云中的方法论凭借。

理论性材料的逻辑性特征,具体表现在以下方面。

一是存在方式方面。"论者,伦也。"(《论说》)逻辑是思辨性质料的最基本的存在方式。它不仅是理论性材料中最基本的推论依据,也是它最基本的结构形式。理论性材料是一个由概念、判断、推理等层面组织而成的思维结构,这一结构是按照事理逻辑和思理逻辑的严格顺序构建而成的。思维结构的构建过程本身,就是一个科学推理的逻辑化的过程。逻辑是从现象走向本质的决定性步骤和途径,也是根据已然推断必然的决定性标准和凭借,它贯串于推理的全部过程中,保证着也检验着推理的正确运行。一切概念、判断和推论都必须组织在逻辑的框架中,才真正具有真理性的品格。这就必然使思辨性材料,在形态上成为一个"心与理合"、"辞共心密"的逻辑整体。

二是基本方法方面。理论性材料的逻辑性,不仅是由它的整个逻辑过程来进行支持,也是由它的全部逻辑方法来进行保证的。刘勰通过他的理论论述和作品分析,对此进行了明确的阐述。所谓"邹阳之说吴梁,喻巧而理至",所谓"伊尹以论味隆殷,太公以辨钓兴周",就是对他们借以立论的喻证法的标举。所谓"宋岱郭象,锐思于几神之区;夷甫裴颁,交辨于有无之域","动极神源,其般若之绝境乎",就是对他们借以立论的演绎法的标举。所谓"陆机《辨亡》,效《过秦》而不及,然亦其美矣",所谓"范雎之言事,李斯之止逐客,并顺情入机,动言中务,虽披逆鳞,而功成计合,此上书之善说也",就是对他们借以立意的归纳法和类比法的标举。这些方法,都是由现象走向本质,由个别走向一般的理论工具。它们从各个不同的角度,保证着逻辑推理的顺利运行。

三是语言风貌方面。逻辑是事物之间的本质性联系的理性形态。这一形态，又是通过语言来进行表述的。这就必然使得理论性材料的语言表述具有鲜明的逻辑性特征——直接通向本质的特征。这一特征集中表现在它的语言风格的明辨简洁上："标以显义，约以正辞，文以辨洁为能，不以繁缛为巧；事以明核为美，不以环隐为奇：此纲领之大要也。"(《议对》)如果不达事理而舞文动笔，空骋其华，"固为事实所摈"；即使讲得有道理，"亦为游辞所埋"。思辨性质料的语言美不在于它的发皇耳目的功效，而在于它所依托的逻辑力量的理性美。逻辑性的语言是直接通向真理的语言，真理本身就是非常朴素的东西。声色的装饰只能干扰和弱化理性的思辨，而无助于对本质和规律的把握。这就是刘勰通过喻证的方式所谆谆告诫的："昔秦女嫁晋，从文衣之媵，晋人贵媵而贱女；楚珠鬻郑，为熏桂之椟，郑人买椟而还珠。若文浮于理，末胜于本，则秦女楚珠，复在于兹矣。"(《议对》)

三、认知性材料的属性和组合方式

认知性材料是认知性思维所凭借的特定材料。认知，指人们感知、认识客观世界的丰富性，获得关于客观世界的知识，借以解决实践中的诸多问题的系列心理活动。人类的思维既有以形象为凭借的艺术思维，也有以逻辑为凭借的抽象思维，还有以客观事实为凭借的认知思维。认知思维属于"实践、精神"的范畴，是人类思维的基础性形态。认知性的文体，是写作世界中运用最广的文体，是人们获取信息的重要来源。刘勰文体论中所举出的众多的公文文体、日常应用文体以及史传文体，都属于认知性文体的范畴。根据刘勰的论述，认知性文体的文本质料的基本特征，可以概括为以下方面。

(一)陈述性

认知性文体的文本材料，是客观世界中的已然事实或者事理。所谓认知，就是对这些已然的事实或者事理的一种确认。这些质料，就是认知的对象与依据。正因为它们都是已然性的东西，所以既不需要运用逻辑去进行理性的证明和推断，也不需要运用形象去进行美学的赏析与感悟，它只需要对已然性的事物或者事理进行客观的陈述。这种陈述，是经过作者严格选择过的，这种选择本身，同时也是作者对已然事物或者事理的信息意义的一种评价和确认。但是，就像对已然事实的展现是通过陈述的方式来实现的一样，对已然事实或

事理的评价同样是凭借陈述来实现的。陈述,是认知性质料最基本的存在方式和表现手段。史传的文本就是典型的例子:

> 开辟草昧,岁纪绵邈,居今识古,其载籍乎! 轩辕之世,史有仓颉,主文之职,其来久矣。《曲礼》曰:"史载笔。"史者,使也。执笔左右,使之记也。古者左史记事者,右史记言者。言经则《尚书》,事经则《春秋》也。(《史传》)

刘勰所说的"载"、"纪",就是"陈述"的同义语。他所说的"居今识古",就是对这种陈述的信息意义的明确表述。

(二)客观性

认知性材料作为对已然性事实或者事理的陈述,必然具有客观性的品格。认知性材料的客观性,主要表现在以下方面:

一是对已然性事物或事理的原发性状貌的严格遵循。陈述的目的不同于审美或者思辨的目的,它既不是为了证明作者的某种观点,也不是为了交流对某种感性事物的审美感受,而只是为了使读者理解和接受作者对客观事物或者客观事理所做出的某种确认。因此,认知性质料的陈述,必须是一种严格意义的实录。"文非泛论,按实而书。"作为对已然事实或事理的确认,它必须具有"信史"的品格。刘勰举出了荀况的例子:"荀况称录远详近;盖文疑则阙,贵信史也。"如果"弃同即异,穿凿傍说","莫顾实理",就会陷入"讹滥"的泥坑而不能自拔,认知性质料也就失去了认知的意义了。

二是作者态度的客观性。客观性见之于人,就是作者对所陈述的事实或事理的态度的公正性。刘勰认为,人作为一个社会的存在,从来都是生活在一定的关系状况之中的。由丁现实利害关系的制约,因此,在"记编同时"中,由于感情上的倾斜失当,难免不产生"时同多诡"的现象:"勋荣之家,虽庸夫而尽饰,迍败之士,虽令德而嗤埋,吹霜煦露,寒暑笔端,此又同时之枉,可为叹息者也。"(《史传》)这种诬枉回邪的现象,与认知的公正性是不能共容的。要维护认知质料的公正性,关键在于出以公心:"故述远则诬矫如彼,记近则回邪如此,析理居正,唯素心乎。"

"素心",也就是公心的同义语。所谓公心,是是非之心,是善恶之心,更是功利之心。刘勰认为，正确的做法是将这些关系状况都置于社会规范之中，以社会之是非为是非，以社会之功利为功利，以社会之善恶为善恶。社会规范的总依据，就是圣贤的经典："是立义选言，宜依经以树则；劝戒与夺，必附圣以居宗：然后诠评昭整，苛滥不作矣。"（《史传》）惟其如此，对已然事实或事理的确认，才能真正具有"褒见一字，贵逾轩冕；贬在片言，诛深斧钺"的现实品格和历史品格，对现实和历史发挥"表征盛衰，殷鉴兴废"的作用，"使一代之制，共日月而长存，王霸之迹，并天地而久大"。

（三）实务性

认知性文本的质料，都是现实生活的实际进程在已然事实或已然事理上的如实反映，它们都来自现实生活并且走向现实生活，具有鲜明的实务属性。不管是史传还是公务文书或是日用文书，无一不是如此。以史传为例，"史者，使也；执笔左右，使之记也。古者左史记事者，右史记言者。"（《史传》）这里所说的"言"与"事"，就是当时实际的政治生活过程，这里所说的"记"，就是对这一政治实务的如实记录和如实陈述。公务文书同样是如此。诏策是最高统治者用来发布政令的文书，"皇帝御宇，其言也神。渊嘿黼扆，而响盈四表，唯诏策乎？"反映在文本的质料中，就是皇帝发布政令的具体实务："一曰策书，二曰制书，三曰诏书，四曰戒敕。敕戒州部，诏诰百官，制施赦命，策封王侯。策者简也。制者，裁也。诏者，告也。敕者，正也。"（《诏策》）。再以章表奏议来说，"章表奏议，经国之枢机"，是臣下将自己的施政实务向皇帝的如实报告，也就是对朝廷管理国家的具体实务的如实陈述。"章以谢恩，奏以按劾，表以陈情，议以执异。"如此等等，无一不具有实务性的鲜明特征。

内在形态的整体形式，就是承载意蕴的完整的材料结构，亦即意蕴的材料化。意境（意象）就是这种材料化的集中形态。意境在艺术作品中表现为感情境界，即形象的系统组合所形成的生活情景和心理情景。意境在论说作品中表现为理性境界，即概念的逻辑组合所形成的理性境界和思辨境界。意境在认知作品中表现为知识境界，即信息的系统组合所形成的客观真实的现场情景。内在结构的整体形态，是它的外在结构的整体形态的内在依据和表达内容。刘勰所说的"窥意象而运斤"，即此之谓。

第二节 雕龙的外在形态

"言语者,文章关键,神明枢机。"(《声律》)雕龙的最后完成,是借助语言及相应的工具方法系统来实现的。语言及相应的工具方法系统,是它的事义的特定载体。运用语言及相应的方法系统来表达事义,运用事义来表达情思,是雕龙的全部工作过程,也是它最根本的理论机制和工作原理。语言以外在层面的形式,构成了雕龙范畴的不可分割的组成部分。对此,刘勰从语言、结构、体式、风格四个方面,进行了系统的论述。

一、语言在雕龙中的作用

"辞采为肌肤,宫商为声气。"(《附会》)刘勰所说的"辞采",就是文章写作中所使用的语言及相应的工具方法系统。"人之立言,因字而生句,积句而成章,积章而成篇。"(《章句》)"心生而言立,言立而文明,自然之道也。"(《原道》)语言是人类进行思维的工具,也是将思维的过程和结果进行完整表达的工具,而就它本身来说,它既是一种表现抽象内涵的符号系统,具有表意的功能,又是一种感性形态的美学存在,具有美饰的功能。根据刘勰的论述,语言在雕龙中的作用可以概括为以下方面。

(一)语言在雕龙中的思维作用

"雕龙"的过程,按照刘勰的观点,实际是一个"意授于思,言授于意"的过程(《神思》),也就是运用语言形成思想和表达思想的过程。这一特定过程,在"精研一理"的抽象思维的范畴中表现得极其明显。在抽象思维中,语言具有直接形成思想和表现思想的作用。"意授于思",通过语言的内化运动来实现;"言授于意",通过语言的外化运动来实现。所谓"意",就是作者对客观事物的本质和规律进行概括、判断和推论所表现出来的一种见解和观点。"理形于言,叙理成论"。推断的过程是一个以言论理的过程,表意的过程是一个以言叙理的过程,二者都是在语言的基础上进行的,是同一过程的两个方面。二者的契合来自它们共同的基本属性——抽象性和概括性。人类的思维是建立在概念的基础上的,概念就是对具体事物的抽象。人类的语言是建立在词汇的基础上的,词汇是概念的符号,是抽象性概念的再次抽象。抽象性和概括性,使思维具有直接揭示事物本质的功能,也使语言具有直接表达事物本质的功能。惟其都具有抽象的属性,所以都具有概括的属性;惟其具有概括的属性,所以能进行抽象的思维和表达抽象的思维。

语言能够体现思维和表达思维,也和语言的工具属性有关。孔子早就提出了"辞达而已矣"的主张。所谓"达",不仅是对语言的美学要求,也是对它的工具属性的一种认定。"言为心声",语言既具有体现心声的功能。又具有表达心声的功能。语言之所以能成为思维的工具,因为人类的思维是建立在概念、判断和逻辑规则的基础上的;所谓思想,就是运用概念、判断和逻辑规则作为手段进行推理的过程和结论。逻辑作为思维形式的最基本的现实形态,就是判断;判断最基本的语言形态,就是句子和句子的群落。语言以其作为概念、判断和逻辑规则的物质外壳的身份使思维得以实现,又以使概念、判断和逻辑规则成为现实的组织思想的手段的作用成为体现思想的一种不可或缺的手段。没有语言,就没有句子及句子的群落。没有句子及句子的群落,也就没有逻辑。没有逻辑,也就没有思维。由此可见,语言,是思维的基本工具,也是表达的基本工具。如果没有语言这个特定工具,思维的体现和表达,都是不可想象的事情。

语言能够进行思维和表达思维,还和二者共同的系统属性有关。人类思维运动的整体形态是逻辑,"论者,伦也,伦理无爽,则圣意不坠。"(《论说》)逻辑是概念与概念之间的内在的理性链接,正是这种理性的链接所构成的系统网络,实现着思维过程的整体化,"驱万途于同归,贞百虑于一致,使众理虽繁,而无倒置之乖,群言虽多,而无棼丝之乱",以系统的方式保证着"心与理合"的推断过程。这种系统的方式,不仅是御理之法,也是御文之法:"章句在篇,如茧之抽绪,原始要终,体必鳞次。启行之辞,逆萌中篇之意,绝笔之言,追媵前句之旨;故能外文绮交,内义脉注,跗萼相衔,首尾一体。"(《章句》)对逻辑的遵循过程和对语法的遵循过程都是在系统化的过程中同时进行并同时完善的。这两个过程实际也就是同一过程的两个方面:逻辑化的过程属于系统化过程的内涵方面,语法化的过程属于系统化过程的形式方面,实际上,二者都是不可分离的。"联辞结采,将欲明理。"(《情采》)"明理"是"联类结采"的逻辑内容,"联类结采"是"明理"的语言形式,二者从来都是浑然一体的。

（二）语言在雕龙中的表象作用

语言不仅具有表义的功能，而且具有表象的功能。在文学作品中，"写物图貌,蔚似雕画"（《诠赋》）的形象世界,就是借助语言的表象作用来实现的。"诗人感物,联类不穷;流连万象之际,沉吟视听之区。写气图貌,既随物以宛转,属采附声,亦与心而徘徊。故'灼灼'状桃花之鲜,'依依'尽杨柳之貌,'杲杲'为出日之容,'漉漉'拟雨雪之状,'喈喈'逐黄鸟之声,'喓喓'学草虫之韵;'皎日''嘒星',一言穷理;'参差''沃若',两字穷形:并以少总多,情貌无遗矣。"（《物色》）这就是对辞采的表象功能的具体展示和理论概括。

从严格的意义上说,语言是一种抽象性和概括性的东西,何以能具有这种"图状山川,影写云物"（《比兴》）的功能的呢? 我们的古人究竟是怎样对这一难题进行思辨,并在思辨中表现出一种博大精深的理性品格的呢? 这确实是值得我们细细观照的问题。

刘勰对这一问题的认识,可以概括为以下方面。

其一,是对形象思维的特殊属性的认识。

刘勰明确认为,文学思维是一种"诗人感物,联类不穷"的形象思维。这种特定的思维,是建立在联想和想象基础上的心理活动。所谓"文之思也,其神远矣。故寂然凝虑,思接千载;悄焉动容,视通万里;吟咏之间,吐纳珠玉之声;眉睫之间,卷舒风云之色;其思理之致乎",就是对"神思"的具体展示和理论概括。这种独特的"心与物游"的心理活动,是凭借表象来进行的。所谓"表象",就是客观事物在作家心灵中的映象。所谓"随物以宛转"、"与心而徘徊",就是表象运动的具体过程和具体形态,这是人类感知万物的基础和起点。而"窥意象而运斤"中的"意象",就是表象运动的心理完成状态。

神思是以表象为基础的思维,而辞令就是表象的载体。刘勰认为,"物沿耳目,而辞令管其枢机",二者从来都是密不可分的。二者的契合,就在于名与实的统一性。我们的古人认为,"名"属于对事物的指称,"实"属于指称所指的实际事物,二者实际是互为表里的:"名逐物而迁,言因理而变,此犹声发响随,形存影附,不得相与为二。"（欧阳建:《言尽意论》）径而言之,"言"与"意"都是建立在"物"的基础上的,"言"、"意"、"物",实际是一个不可分割的统一体,三者之间,具有可以相通的属性。名与理都来自物,是物的理性升华。但是,物上升为理之后,并不会完全消失,而是仍然保存在人的感知记忆中,作为理的具体形态而存在。这就必然使得辞令具有双重的品格:既有指意的品格,又有指物的品格。这就是刘勰得出"物沿耳目,而辞令管其枢机。枢机方通,则物无隐貌"的论断的理论前提。

但是,这种"物"已经不再是现实世界之实物,而只是作者心中的虚象。辞令的表象功能,就是借助辞令中的词义来引发表象的记忆,使它们在心屏上得以再现出来,从而产生更加深刻的表象运动,通过表象的运动来达到自己的美学目的。这就是文学的造型原理。

其二,是对形象思维的特定语言手段的认识。

并不是所有的辞令,都具有"唤起"表象运动的功能。"神道难摹,精言不能追其极;形器易写,壮辞可得喻其真。"(《夸饰》)形象思维对表象运动的表达,是凭借特定的语言手段来实现的。"巧言切状,如印之印泥,不加雕削,而曲写毫芥。"(《物色》)所谓"巧言",也就是"敷采"。文采并非一般性的语言,而是具有发皇耳目效应的"巧言切状"的语言。根据刘勰的论述,雕龙的"巧言"手段,可以概括为以下方面。

1. 特定的语言表达方式

表象运动的语言表述,主要是通过描绘的方式来实现的。描绘,就是运用叙述与描写的方式对客观事物的状貌进行"写气图貌""属采附声"的表述。所谓"瞻言而见貌,即字而知时",就是这种表述活动的成功境界。刘勰认为,它的要领是"物色虽繁,而析辞尚简","简"就是"以少总多",抓住事物的本质和要害,突出事物的美学特征,来达到"情貌无遗"的美学目的。刘勰举出了《诗经》中的许多范例。为了领略《诗经》的形象描绘的永恒的美学魅力和卓越的表达方法,我们不妨对刘勰所标举的"'依依'尽杨柳之貌"的艺术场面,进行具体的解读。

昔我往矣,杨柳依依。今我来斯,雨雪霏霏。

这首诗写的是征人长年在外的思家之情。"昔"与"今",是对征人生活的概括性叙述。征人的生活无疑是千头万绪的,而作者只将它归纳为"昔"与"今"两个时间段,这两个时间段又是与征人的特定经历——"往"与"来"紧密相连的,代表着征人生活的两极,形成鲜明的对照。配合叙述,诗人又运用了描写的手法:"杨柳依依"写出离家时难舍难分的情貌,"雨雪霏霏"写出征途中的艰难跋涉的情貌。"《诗》《骚》所标,并据要害。"这些情貌,都是事物的美学特征的展示,所以入骨三分,具有永恒的美学魅力:"虽复思经千载,将何易夺?"(《物色》)

2. 特定的语言强化手段

为了加强辞采的表象功能,作家在文学作品的语言表达中,采用了许多强化性的表达手段。基本上可以分为语音造型和修辞造型两种类型。刘勰所提出的《声律》论与《丽辞》论,就是对前者的理论阐释,刘勰所提出的《比兴》论、《夸饰》论、《事类》论、《隐秀》论等篇章,就是对后者的所做的理论阐释。这两个方面的阐释,在我国的文论史上,都是具有开创意义和典范意义的。

语音造型手段

汉语是世界上最具有音乐性的语言。"吹律胸臆,调钟唇吻。"(《声律》)它的独特的音调和韵律以及节奏方式,使它具有可以和音乐相通的属性。发挥汉语语音的音乐功能,可以对表象的描绘和感情的表达产生极大的强化作用。刘勰将语言中的"宫商",誉为"声得盐梅,响滑榆槿",视为文章的基本要素之一。

语音的形象性首先表现在它的声律上。中国古典文学向来很重视文学作品的声律美。早在南朝时期,汉字就被分成平、上、去、入四声,音律美就在诗歌创作中占据十分重要的地位。沈约曾明确提出"前有浮声,后有切响"的主张,主张平声与仄声的交替使用。刘勰继承和发展了沈约的观点,在《文心雕龙》中辟有《声律》、《乐府》等专章,对语言的声律美进行了系统的探讨和标举。他认为,声律是人的生理和心理的规律性运动的文化表现,是情感的寄托,也是情感的最直接的反映。"声律所始,本于人声","声含宫商,肇自血气"。因此,它必然成为人类感情的最直接的反映。这点,在诗歌中显示得特别明显:"故知诗为乐心,声为乐体;乐体在声,瞽师务调其器;乐心在诗,君子宜正其文。'好乐无荒',晋风所以称远;'伊其相谑',郑国所以云亡。故知季札观乐,不直听声而已。"声韵的妍蚩,"寄在吟咏";"吟咏滋味",主要表现在字句上。实现语音美的关键,就是字句间的和谐合韵。"异音相从谓之和,同声相应谓之韵"。将这两个问题解决了,文章的声律美就鲜明地表现出来:"声转于吻,玲玲如振玉,辞靡于耳,累累如贯珠。"(《声律》)《诗经》、《楚辞》

的"金声而玉振"的美学效应,皆本于此。

语音的形象性也表现在它的运词的灵活性和排列的可塑性及可控性上。古汉语以单音词占优势,基本上是一词一字,一字一形,运词自由灵活。每一个字、每一个词,都是一个完整的美学结构,可以允许人们精雕细刻,追求完美。在句子的排列上,无拘无束,可以自由组合,自由伸缩,具有极大的可塑性和可控性。刘勰所说的"立文之道,唯字与义","富于万篇,而贫于一字",就是对这种追求的理论概括和具体展示。古汉语中的词语锤炼,实际是建立在字的基础上的:"夫人之立言,因字而生句,积句而成章,积章而成篇。篇之彪炳,章无疵也;章之明靡,句无玷也;句之清英,字不妄也。"这种语言组合和语言追求,是世界上最精细的语言组合与语言追求。无论是诗歌中还是散文中,这种词语的形象性锤炼,都可以达到尽善尽美的境地,体现了最充分的形态价值。这就是我国古代诗歌和散文在句式上如此整齐,在用词上如此精当的形态学根由。

语音的形象性还表现在对事物声音的摹写上。

汉语中有一些直接模拟声音的象声词。恰当运用象声词,可以产生如临其境的效果。刘勰举出了《诗经》中的例子:"'嗜嗜'逐黄鸟之声,'喓喓'学草虫之韵。"在《诗经》中,我们还可以找出相当多的范例来:

> 关关雎鸠,在河之洲。窈窕淑女,君子好逑。(《关雎》)
> 伐木丁丁,鸟鸣嘤嘤。嘤其鸣矣,求其友声。(《伐木》)
> 呦呦鹿鸣,食野之苹。我有嘉宾,鼓瑟吹笙。(《鹿鸣》)
> 坎坎伐檀兮,置之河之干兮,河水清且涟猗。(《伐檀》)
> 鸿雁于飞,肃肃其羽。之子于征,劬劳于野。(《鸿雁》)

诚然,象声词在词语中并不占有很高的比例,而词语的表象作用主要是通过词义的表达作用来实现的,但是,象声词的"声音图片"作用,确实是具有惊听回视的美学魅力的。如果我们抽掉了上述句中的象声词,它们的表象力量和诗意就会减色许多。

修辞造型手段

修辞,就是运用多种语言手段,对事物进行美学修饰,使其美学特征显示得更加突出,更加具有惊听回视的力量。根据刘勰论述,这些常用的修辞手段可以概括为以下几类:比兴,夸饰,对偶,隐秀,事类,等等。这些手段,已详述于《写作艺术论》中,此处不再赘述。

二、结构在雕龙中的作用

"视布于麻,虽云未贵,杼轴献功,焕然乃珍。"(《神思》)所谓"杼轴献功",就是专就结构的组织化和整体化功能说的。结构是一个多层次性的概念。深层结构,指文章思想情感的各个部分之间的组合关系,中层结构指文章质料的各个部分之间的组合关系,表层结构指文章篇章各个部分之间的组合关系。本节中所说的结构,是专就表层结构而言的。

表层结构作为一个形式因素,属于雕龙外在形态的组成部分。根据刘勰的系统论述,结构在雕龙外在层面中的形态作用,可以概括为以下几个方面。

(一)达旨的作用

作者创作文章,目的是为了表达某种旨意。旨意是文章的主导。所谓"为情而造文",所谓"设情以位体",都是就旨意的主导作用而言的。文章的结构,就是要使文章的旨意得到完美的体现和定化。因此,文章的旨意对于文章的结构来说,必然具有双重的组合意义。一是旨意对结构的统率作用。文章的旨意,是作者确定篇章结构的决定性依据,是贯穿于篇章结构中的一根红线。这就是刘勰所明确表述的:"何谓'附会'?谓总文理,统首尾,定予夺,合涯际,弥纶一篇,使杂而不越者也。""附会",就是结构的同义语。结构的内涵虽然包罗多样,但都是在"文理"的总摄下进行的,都以符合旨意为前提。否则,全部作品就会成为一盘散沙而失去意义。"情者文之经,辞者理之纬,经正而后纬成,理定而后辞畅。"盖此之谓也。二是结构对旨意的表达作用。文章的旨意,是运用质料的系统组合和语言的系统组合来实现的。这种系统组合,具有"骊牡异力,而六辔如弦,并驾齐驱,而一毂统辐"的属性。这种属性,实际也就是多样性统一的属性。这种属性和这种属性所具有的"博而能一"的力量,只有在结构中才能充分显示出来。如果没有"博"在结构上的支持,"一"就会成为一句空话而不具有任何的理性说服力量和美学感染力量。概而言之,旨意是结构的灵魂保证,结构是旨意的组织保证。在雕龙形态的构建中,二者从来都是密不可分的。

（二）整合的作用

博而能一的力量，来自结构所具有的整合的力量。

整合的力量，是化多元为一元的力量。这种力量不是一种简单的算术和的堆砌力量，而是一种在向心旋转的运动场中形成的系统力量。这种力量的根本特征，就在它的有序性和向心性。它的每一个部分，都是整体的部分，在各个不同的位置上体现着整体的方向，在各个不同的位置上发挥着自己特定的作用，将各种各样的材料及相应的语言，融合成为一个"百节成体，共资荣卫"的有机整体。这就是刘勰所精辟阐述的："章句在篇，如茧之抽绪，原始要终，体必鳞次。启行之辞，逆萌中篇之意，绝笔之言，追媵前句之旨；故能外文绮交，内义脉注，跗萼相衔，首尾一体。"（《章句》）

（三）导向的作用

结构不仅具有指向旨意的作用，而且具有指示思维路径和引导思维步骤的作用。

结构与思路，是一个问题的两个方面，二者之间具有外与内的关系。结构是客观事物运动过程的阶段性和连贯性的反映，也是作者对客观事物的认识的能动过程的阶段性和连贯性的反映。这两个"反映"，实际就是事理逻辑、情理逻辑和思理逻辑的总集合，也就是文章结构中所涵蕴的思维路径的总浓缩。文章作为一个美学建筑，它也是有门有户，有路可通的。这就是刘勰所明确表述的："篇章户牖，左右相瞰。"（《镕裁》）"文场笔苑，有术有门。"（《总术》）思路作为作者认识问题的阶段和顺序，通过对材料及语言的组合，确定地体现在文章的结构中，为读者的阅读提供导航。读者的接受，实际是按照作者所设计的思维程序循序进行的。文章的文本是一个决定性的文本，这一文本中具有决定性的思维程序，引导着读者的阅读与接受的进程。不管是"缀文者情动而辞发"，还是"观文者披文以入情"，他们所遵循的都是同一的"文"，同一的"情"，同一的组合方式和同一的思维路径。这一思维路径为事物的内在逻辑关系所原发，并与语言的逻辑关系和线性特征保持一致，以"心与理合，辞共心密"的方式，引导着阅读和接受的普遍性过程。惟其如此，文章作为雕龙的成品，才能够进入广阔的流通领域，发挥着鼓天下之动的作用。

三、体式在雕龙中的作用

体式是文章的结构、形态、功能三者合一的总范畴,它以明确的思维方式、功能属性、表达格式和解读方式,对各类文章的基本面貌进行量与质的结构性规定,规范着写作的表达与接受的循轨运行,对写作的成败产生极大的影响。根据刘勰的系统论述,体式在雕龙中的作用,可以概括为以下几个方面。

(一)定势的作用

"夫情致异区,文变殊术,莫不因情立体,即体成势也。"(《定势》)体者,文章体式之谓。势者,文章体式所具有的自然动势之谓,也就是对蕴涵于作品形态中的美学驱动功能和交际驱动功能的总称谓。文章的情思、体式与动势三者之间,具有内在的有机联系:文章的美学动势与功能动势,决定于它的体式:文章的体式,决定于它的情思。所谓"因情立体,即体成势",就是对三者之间自然生成的连环关系的理论概括。"三者事如连环,故曰'因'、曰'即',明其由于自然,未容假借也。"①

"形生势成,始末相承。"(《定势》)文章体式之所以能够决定文章的体态,是由于"体式"是文章类群形态的基本规范,这一规范中涵蕴着对某类文章的思维方式、语言表达方式、交际方式和解读方式的系列规定性。这些规定性,正是某类文体之所以成为某类文体并鲜明表现出某类文体固有的美学特征和力学特征的根由。文章的形态规范并不是随意制定的,而是在历史的发展过程中自然形成的,它既是规律性和目的性的反映,又是社会和历史的自然运动的结果。这些规定像语言本身一样具有约定俗成的属性。只要遵守类群形态的基本规范,就会自然生成一种原本就涵蕴在规范中的范式效应。"如机发矢直,涧曲湍回,自然之趣也。"(《定势》)文章体式对文章体态的决定作用,也同样是如此:

> 是以模经为式者,自入典雅之懿;效《骚》命篇者,必归艳逸之华;综意浅切者,类乏蕴藉;断辞辨约者,率乖繁缛:譬激水不漪,槁木无阴,自然之势也。

---

① 刘永济:《文心雕龙校释》,中华书局1962年版,第114页。

　　具而言之,效仿形象思维的文体,必然表现出形象思维所特有的美学特征和力学特征:以情感人、以象动人的思维方式,摹物写象的表达方式,感情交流的交际方式,想象与联想的解读方式。效仿抽象思维的文体,必然表现出抽象思维所特有的美学特征和力学特征:据理相推、重在证明的思维方式,"理形于言,叙理成论"的表达方式,以理相通的交际方式,逻辑推理的解读方式。仿效认知思维的文体,必然表现出认知思维所特有的美学特征和力学特征:辨假识真的思维方式,据实而报的表达方式,以事相通的交际方式,摄取信息的解读方式。正因为如此,各种文体就表现出各自不同的姿态来:

　　　　章表奏议,则准的于典雅;赋颂歌诗,则羽仪乎清丽;符檄书移,则楷式于明断;史论序注,则师范于核要;箴铭碑诔,则体制于宏深;连珠七辞,则从事于巧艳:此循体而成势,随变而立功者也。虽复契会相参,节文互杂,譬五色之锦,各以本采为地矣。

　　我们完全可以把这种"因形生势"的效应,称为模式效应。但是,这种表现在类群形态上的模式效应,是并不妨碍具体作品的个性化表达的。因为体式的模式化动势和作家的个性化动势,实际是同时发生,同时存在的。体式在制约作家,作家同样在制约体式。同样是诗体,三曹可以表现出"慷慨以任气"的风格,陶渊明可以表现出恬淡旷远的风格。不管是哪一种风格,都只有在遵守体式规范的大前提下,才能充分地表现出来。

　　(二)通变的作用

　　"文律运周,日新其业。"(《通变》)雕龙的形态就像它的内容一样,从来都是与时俱进,新新不已的。雕龙形态的通变,固然是历史运动的产物,而就它自身而言,总是伴随着体式的运动而运动,并总是以体式的变化为其结果的。体式作为文章整体形态的总规范,反映着时代风云的变化,也反映着文坛自身潮起潮落的变化,也就必然在雕龙形态的通变中具有重要的导向作用。

　　屈原的《楚辞》就是典型的例子。"自风雅寝声,莫或抽绪,奇文郁起,其《离骚》哉?"《楚辞》是对《诗经》的新变。这一新变的范围,当然首先是表现在内容方面的。《诗经》反映的主要是西周时代的社会生活,《楚辞》反映的是战国时代的社会生活。战国时代风云变幻的生活,远非《诗经》的体式所能容

纳。为了表现时代的内容,需要有,而且必然有新的体式的诞生。这种新生的
体式就是骚体。骚体是一种源自《诗经》却远比《诗经》广阔、艳丽的文体:

> 固知《楚辞》者,体宪于三代,而风杂于战国,乃《雅》《颂》之博徒,而
> 词赋之英杰也。观其骨鲠所树,肌肤所附,虽取镕经意,亦自铸伟辞。故
> 《骚经》《九章》,朗丽以哀志;《九歌》《九辩》,绮靡以伤情;《远游》《天
> 问》,瑰诡而慧巧;《招魂》《大招》,耀艳而深华;《卜居》标放言之致,《渔
> 父》寄独往之才。故能气往轹古,辞来切今,惊采绝艳,难与并能矣。
> (《辨骚》)

由此可知,"时运交移,质文代变",是集中表现在文风的嬗变上的,而文
风的嬗变,又是集中表现在文章体式的嬗变上的。一个代表性的时代必有代
表性的文体,一个代表性的文体推动着和反映着一个代表性的时代,二者是互
为表里并且是同步进行的。这就是文章史和文学史的基本规律。表现在作家
身上也同样是如此:一代作家的才华,不仅表现在他们对生活反映的广阔性和
深刻性上,而且表现在他们对新生文体的创造上,二者同样是互为表里并且是
同步进行的。由《诗经》的典雅到《楚辞》的艳丽是文风的一大嬗变,由两汉辞
赋的艳丽到建安五七言诗的风骨,是文风的再一次大嬗变,由建安的五七言诗
的风骨到永明格律诗的新丽,并进而导致大唐文学的繁荣,是文风的又一次大
嬗变。这些嬗变,无一不以文体的嬗变为焦点,无一不以体式的新变推动着时
代的进步和文学的繁荣。因此,自觉地把握住文体变化的过程和规律,在旧与
新的融会中去推动新生文体的降生过程,对于文学的发展,是极有裨益的
事情。

(三)导读的作用

文体同时也是对读者的理解方式和交际范围的规范。"形生而势成",一
定文体是与一定的理解、接受方式以及交流方式联系在一起的。每种文体,都
有自己独特的理解方式和交流方式,或者说独特的"阅读密码"。体式不仅是
文章写作的规范,也是文章接受的规范。它既制约着作者在写作中循范而行,
也引导着读者在接受中循范而行。循范而行,是正确表达和正确接受的形态
保证。只有掌握了这些规范,才能在文章的体制上有所遵循,才不会造成理解

和接受的混乱。比如说,文学文体是运用想象和联想的方式进行解读的,思辨性文体是运用逻辑推理的方式进行解读的,认知性文体是运用摄取信息的方式进行解读的,如果我们在解读方式上发生了错位的现象,文章中的内容,就会成为不可理解的东西。再如回文诗歌,有独特的语言表达方式和阅读方式,如果没有掌握它的"钥匙",将不得其门而入。

（四）聚焦的作用

文体的作用还表现在对文章科学的促进上。"设文之体有常"（《通变》）,有了明确的体式,才有明确的分类。有了明确的分类,才有知识和经验的定向集中,才有理性的升华和飞跃。对文体的分类过程,实际上也就是集中研究和确切把握各类文章的共同规律的过程,也就是现代人所说的"把内在的尺度运用到对象上去"①的自觉性的过程。这一自觉过程的意义就在于,它赋予了写作的形态以确切的规范:"陶者尚型,冶者尚范,方者尚矩,圆者尚规,文章之有体也,此陶冶之型范,而方圆之规矩也。"（顾尔行:《刻文体明辨序》）刘勰所说的"论文叙笔","原始以表末,释名以彰义,选文以定篇,敷理以举统"（《序志》）,都是围绕体式进行的。文体学是文章学的基本内涵,也是文选学的基本依据。掌握了"类"的优势,才能真正掌握"法"的优势。掌握了"类法"的优势,才能真正掌握各类文章的本质和规律,然后才能达到如刘勰所说的"因利骋节,情采自凝"（《定势》）的境地,也就是今人朱自清所说的"仿佛夜行有了电棒"②的境地。

四、风格在雕龙中的作用

"情动而言形,理发而文见,盖沿隐以至显,因内而符外者也。"（《体性》）这种隐与显、内与外的全息融会在文章形态中的集中表现,就是被刘勰在《体性》中称为"体"的风格。风格是作家的创作个性在作品有机整体中通过语言结构显示出来的独特的美学风貌。这一因人而异的美学风貌,是作家精神个性与审美追求在作品美学形态上的集中反映,折射着文章形态的臻于至善和美学魅力的蓬勃充盈。因此,对文学风格的标举,实际就是对文学形态的至善

① 《马克思恩格斯全集》第42卷,人民出版社1979年版,第97页。
② 朱自清:《文心序》,见夏丏尊、叶圣陶《文心》,中国青年出版社1983年版,第3页。

性的标举,而对文学形态的至善性的标举,也就是对风格化在雕龙中的美学导向作用的标举。下面,试根据刘勰的系统论述,对此做出一点管窥式的阐述。

（一）风格在文学形态制作中的美学导向作用

文学形态是艺术风格生成的基本凭借,但并非一切文学形态都可自然地生发出艺术风格,而只能生发于成熟性的文学形态中。这种成熟性的文学形态绝不是随意性的,而是有着严格的品格要求的。这一严格的品格要求,对于文学形态的至善化构建,具有明确的导向作用。其具体内容,主要包括以下几个方面。

独创性品格

文学风格的特征及其成熟的首要标志,就是它的独创性品格。每一种成熟的事物都有其与众不同的特殊本质,对事物的形态起着规定性的作用。对文学风格而言,这一特殊本质就是它的独创性。风格首先意味着那些仅属于作家自己的东西,就是由作家的才能、气质、学养、习染四者共同构成的精神个性方面的差异所造成的创作倾向和美学特征。也就是刘勰所昭示的:"才有庸俊,气有刚柔,学有浅深,习有雅郑,并情性所铄,陶染所凝,是以笔区云谲,文苑波诡者矣。"(《体性》)这种云谲波诡的各标其异的文苑胜状,就是"各师成心,其异如面"的美学成果,而这,正是优秀作家之所以能够自成一家的美学根由,也是优秀作家之所以能够历万世而不朽的历史根由。对此,刘勰举出了从"贾生俊发,故文洁而体清"直至"士衡矜重,故情繁而辞隐"的系列的历史例证。这些具体的文学事实和深刻的理论体认,从历史与逻辑的双重角度,有力地启示我们:独创是风格的第一凭借,是风格的生命之源。要想在文学形态的构建中臻于至善之境,首先必须占领独创性的战略高地。这就是清代文论家袁枚《题岳飞庙》中所深刻体认的:

　　　　不依古法但横行,自有云雷绕膝生。
　　　　我论文章公论战,千秋一样斗心兵。

也就是俄罗斯文论家别林斯基所精辟指出的:

　　　　风格就是把思想和形式密切融汇起来,而在这一切上面按下自己的个性和精神的独创性的印记。①

独创是文学的生命,也是文学风格的生命。能明乎此,创新之要义与风格之真谛可尽悉于心,而文学形态的风格化构建亦可尽运于掌。

整体性品格

文学风格的特征及其成熟的第二标志,就是它的整体性品格。

所谓整体性,具指臻于至善的美学形态的整体和谐而不可分割的属性。它要求反映在作品中的美学风貌,必须是多维统一性的,而绝不能是局部性与片面性的。在这一多维统一体中,具体包括以下三重关系:

其一,是创作主体与创作对象的融合为一。这就是刘勰所昭示的:"人禀七情,应物斯感,感物吟志,莫非自然。"心与物的融合为一,这是文学根植的决定性前提,也是文学风格所以生发的决定性基础。

其二,是文学的内容与形式的融合为一。这就是刘勰所昭示的:"情者文之经,辞者理之纬;经正而后纬成,理定而后辞畅。此立文之本源也。"(《情采》)内容与形式的融合为一,这是文学生命的源泉,也是文学风格臻于至善的价值依据。

其三,是文学形态自身的融合为一。这就是刘勰所昭示的:"外文绮交,内义脉注,跗萼相衔,首尾一体"(《章句》),"驱万涂于同归,贞百虑于一致"(《熔裁》)。文学形态的融合为一,这是文学审美的集中窗口,是文学风格的美学魅力的集中显示。

正是凭借这种全方位的有机融合,实现了文学作品的方方面面、里里外外、前前后后、上上下下的诸多侧面和诸多层次的美学质素的总集合与总升华,又将这一总集合与总升华,渗透于文学形态的方方面面、里里外外、前前后后、上上下下之中的。而风格,就是这一总集中与总升华在美学风貌上的总结晶,是文学美的最高境界。刘勰所说的"沿隐以至显,因内而符外",就是对这一覆盖无垠而又浑然一体的美学结构的精辟概括。也就是姚鼐所深刻体认的:"夫文者,艺也。道与艺合,天与人一,则为文之至"(《敦拙堂诗集序》),"夫文章一事,而其所以为美之道,非一端。命意、立格、行气、遣辞,理充于

---

① 《别林斯基论文学》,上海新文艺出版社1958年版,第227页。

中,声振于外,数者一有不足,则文病矣"(《与陈硕士书》)。这就是文学风格之所以如此动人的美学根由。

稳定性品格

文学风格的特征及其成熟的第三标志,就是它的稳定性品格。

风格的稳定性,是风格表现在时间结构上的鲜明特点,具指作家所积累的成熟的艺术经验、技能技巧、艺术语言等表现在作品中的风味和情致的连贯性与定型性。文学风格是随着作家世界观、艺术观的成熟而成熟的,而世界观、艺术观形成之后,没有一定条件是不会轻易改变的,它会贯串在作家一系列作品中,使同一作家的不同作品,出现大致相同的风采、情调、韵味、气势和氛围,构成稳定性的美学特征。也就是刘勰所昭示的:"才难然乎! 性各异禀。一朝综文,千年凝锦"(《才略》),"器成采定,难可翻移"(《体性》)。

稳定性是作家风格形成的重要标志。如果说独创性给作家作品的美学风貌按上的是作家精神个性的印章,那么稳定性所按上的则是更有分量的历史性的印章。正是凭借这种稳定性的美学品格,分散于诸多作品中的艺术特色得以连贯成为一个浑然的美学整体,从时间的角度显示出作家作品的整体性的美学风貌,赋予作家作品的美学风貌以历史与美学的双重品格:由于对历史的凭借,作家的美学风格表现得更加鲜明;由于对美学的凭借,作家风格的历史脉络显示得更加充分。也正是由于二者的结合,文学的风格才走出了臆想的朦胧,而真正成为在时间链条的链接下可以确切把握的学术事实。刘勰《时序》对历代文学风格的辨析和把握,《体性》中对历代作家的创作风格与创作个性的关系的辨析和把握,才如此精细确凿,坚实难移。这一重大的逻辑效益,即得益于此,也得力于此。

多样性品格

文学风格的特征及其成熟的第四标志,就是它的多样性品格。

多样性具指风格类型的丰富多彩的属性。这种属性既是伴随独创性而生发的,也是作为整体性、稳定性的辩证因素和互济因素而存在的。现实世界本身无限丰富的多样性,艺术家各不相同的创作个性,以及艺术欣赏者审美需要的多样性,决定了艺术风格的多样化。刘勰所说的"总其归途,则数穷八体",就是对这一无限丰富的风格世界的基本类型的美学描述,而他所说的"时运交移,质文代变",就是对这种变动不居的美学规律的理论概括。即使是同一艺术家的作品,也并不排除具有多样风格的可能性。如《辨骚》所述:"《骚经》、《九章》,朗丽以哀志;《九歌》、《九辩》,绮靡以伤情;《远游》、《天问》,瑰诡而慧巧,《招魂》、《大招》,耀艳而采深;《卜居》标放言之致,《渔父》寄独往之才。"同是骚体,同一作者,由于境遇不同,情态不同,不同作品的风格情趣自是不同。刘勰认为,这种风格的多样性,正是造就屈原在文学上的无人可及的伟大与崇高的美学根由:"故能气往轹古,辞来切今,惊采绝艳,难与并能矣。"

作家创作风格的多种多样,带来了文学风格的丰富多彩。文学风格的丰富多彩,带来文学的极大繁荣。刘勰所说的"笔区云谲、文苑波诡",就是指无限多样化的不同艺术风格而言的,也是指艺术风格的多样化极大地促进了艺术的繁荣和发展而言的。文坛能够臻于这种"云谲波诡"的境界,则文坛之盛事尽矣。作家之作品能臻于这种"云谲波诡"的境界,则风格之盛境尽矣。

以上四个方面,共同构成了文学风格的丰富内涵。这四个方面的丰富内涵,实际也就是文学形态构建的高层性和总体性的美学规范。它从审美的角度,给予广大作家在文学形态的臻于至善的成功构建,以总体性的美学引导。

(二)风格在文学接受中的美学导向作用

风格的美学导向作用,也表现在对文学作品的接受中。

接受者作为文学审美的另一极的"观文者",其艺术趣味与审美取向同样是多种多样而又经常变化的:"知多偏好,人莫圆该。慷慨者逆声而击节,蕴藉者见密而高蹈,浮慧者观绮而跃心,爱奇者闻诡而惊听。"(《知音》)文学创作中多种多样的独特风格的出现,就是对这种多样性审美需要的广阔适应和满足。这种适应和满足对于读者的美学导向意义就在于,文学的独特风格是一种独特的美学吸引力,它吸引接受者在"同声相应,同气相求"的心理氛围中反复咀嚼、回味,获得"欢然内怿"的审美效果:"夫唯深识鉴奥,必欢然内怿,譬春台之熙众人,乐饵之止过客。"(《知音》)刘勰认为,这才是"知音"的真谛和最高境界。

惟其如此,对风格的把握,必然成为文学欣赏与接受中的核心性的把握。也就是刘勰在《知音》中所昭示的:"昔屈平有言:'文质疏内,众不知余之异采。'见异唯知音耳"。他明确告诉我们:"知音"作为文学接受的最高境界,是以"见异"作为逻辑前提的。所谓"异",就是作品的个性、特色、独创性,也就是作品的风格。风格是文学的生命，没有风格，就没有文学，也没有文学的接受。而他在六观中的第一观中对"位体"的强调，实际也就是从方法论的角度对作品把握的第一性的具体途径的强调。范论释云："一观位体，《体性》等篇论之。"①而《体性》篇谈的是风格，其所指是极其鲜明的。刘勰将"体"视为观文的第一位的要领，其意旨也是极其鲜明的。二者在角度上并不完全相同，但就对风格在文学接受中的主导地位的强调而言，则是一脉相承的。

（三）风格在作家创作能力培育中的美学导向作用

风格的美学导向作用，还表现在对作家创作能力的培育中。

刘勰认为，作家的创作能力的形成固然和先天的禀赋有关，也是和后天的培育密不可分的。体与性的结合，是培养创作能力的有效途径，而其核心内容，就是对前代具有楷模意义的作品风格的摹习。这种能力的培育，从童子雕琢时代就已经开始。他说：

> 故童子雕琢，必先雅制，沿根讨叶，思转自圆。八体虽殊，会通合数，得其环中，则辐辏相成。故宜摹体以定习，因性以练才，文之司南，用此道也。

以前人经典性的作品风格作为能力培育的主要内容，是刘勰独树一帜的理论主张。他所标举的"雅制"，具指以五经为代表的风格雅正的作品。刘勰以五经作为学习写作的范式，实际就是标举"衔华而佩实"的诗学传统对于文学创作的导向意义，以此作为一种审美理想，使其融入作家的创作个性中，以保证创作方向的正确。他所说的"沿根讨叶"，并非对前人风格的简单移植，而是主张对各体风格的作品应广泛地学习和模仿，并且能够融会贯通，"得其环中"。环中，轴心也，此指风格的基本法则和基本规范。他认为诸多的美学风格，实际都是围绕风格的基本法则和基本规范而运动不已的，犹如车轮的辐条聚集于居中的轴心。这一轴心，就是作家才性与习染的有机融合。

据此，他高瞻远瞩地提出了两条具体的培育途径。其一，摹体以定习，就是取法雅正风格，以确定自己的良好习尚。其二，因性以练才，就是按照个性

---

① 范文澜：《文心雕龙注》下卷，人民文学出版社1958年版，第717页。

特点,来锻炼写作才能。前者是对风格中的美学规范的严格遵循,后者是对风格中的个性因素的灵活顺应。有了前者所提供的目标和规范,作家的创作才有明确的美学方向,作家的创作才能顺着正轨运行,才能使创作紧紧连接着自己民族的诗魂;有了后者所提供的独立的精神个性,作家的创作才有鲜明的个性特色,才能使创作跃动着永不衰竭的生命活力。也就是刘永济先生所精辟指出的:"学苟不慎,则习非难返,而习与性违,亦劳而少功。故宜摹雅体以定习,因天性而练才。"①可谓深得刘勰育才之道精髓之语。而风格在育才中的关键作用,亦于此可以尽知。

以上四个方面,共同构成了雕龙的外在形态。这一外在形态的整体形式,就是文章。文章作为内容和形式的统一,标志着"以心总文"的最终实现和"以文载心"的最后完成。

第三节　文章雕缛的基本要领

"古来文章,以雕缛成体。""雕缛",是文章的本质属性在形态上的自然表现和必然要求。但是,反映在具体作品中,形态的雕缛从来都是与内容的构建相偕而行并同步完善的。为了实现二者的和谐统一,必然在指导思想和运作方法中存在着某种方向上和技术上的规定性。这种规定性的总集合,就是它最基本的运作要领。下面,试根据刘勰的相关论述,对文章雕缛的基本要领,作一大致的概括。

一、统一性准则

刘勰认为,形态与内容之间,存在着相依相存、密不可分的辩证关系。他说:"圣贤书辞,总称文章,非采而何? 夫水性虚而沦漪结,木体实而花萼振,文附质也。虎豹无文,则鞟同犬羊,犀兕有皮,而色资丹漆,质待文也。"这些自然现象从各个不同的角度,喻证了一个同一的道理:"文"必须"附质","质"必须"待文",二者必须融合为一,才真正具有意义。因此,统一性的要求,必然是形态运作的首要准则。这也就是刘勰所明确强调的:"情者文之

---

① 刘永济:《文心雕龙校释》,中华书局1962年版,第103页。

经,辞者理之纬。经正而后纬成,理定而后辞畅:此立文之本源也。"

统一性不仅是立文之本源,也是雕缛的最高依据。惟其如此,任何离开形态的内容和离开内容的形态,都受到刘勰的坚决排斥。他既不赞成形态华丽而内容贫瘠的作品,他将这种作品比成"翚翟备色,而翾百步"的雉鸡,也不赞成只有力的内容而没有美的形态的作品,他将这种作品比成"乏采"的鹰隼。关于前者,他举出了司马相如的作品:"相如好书,师范屈宋,洞入夸艳,致名辞宗。然覈取精意,理不胜辞,故扬子以为'文丽用寡者长卿',诚哉是言也!"关于后者,他举出了王逸的作品:"王逸博识有功,而绚采无力。"这两种情况,都是在雕缛的过程中必须尽力避免的。

二、主从性准则

内容与形态的统一并不意味着二者的等量齐观,混为一谈。就二者在写作运动中的系统位置来看,就美学效应的具体程度来看,从发生的先后顺序来看,是存在着主与从、重与轻,先与后的区别的。对此,刘勰做出明确的辨析和阐述。

从写作运动中的系统位置来看。刘勰认为,写作运动是一项"述志为本"的运动,所谓"志",就是作者的情思。情思是文章中的主导层面,形态是文章中的从属层面,二者的关系,是目的和手段的关系。他明确指出,"联辞结采,将欲明理。"明理是目的,联辞是手段,手段与目的密不可分,但从逻辑关系来看,归根结底手段是从属于目的并且为目的服务的。正确的做法只能是"为情造文",绝不能是"为文造情"。所谓"为文造情",实际就是主与次的颠倒,目的与手段的颠倒。刘勰认为,这种颠倒性的认识和做法,就是"采滥忽真"的根由。这样的雕缛方式,是不可取的。

从美学效应的具体表现来看。刘勰认为,美的生发,是由事物的本来属性所决定的:"桃李不言而成蹊,有实存也;男子树兰而不芳,无其情也。"就美学效应的制约因素和表现力度来说,情性是第一性的,雕缛是第二性的。"铅黛所以饰容,而盼倩生于淑姿;文采所以饰言,而辩丽本于情性。"它们的制约力度和表现力度是大不相同的。雕饰的作用只是"饰容",只是为了表现它本来的美,而不是代替本来的美。本来的美是任何外在的装饰所无法代替的。雕缛必须在不违背自然的基础上进行,不违背本色的基础上进行。不违背情性的基础上进行。也就是刘永济先生所说的："采之本在情,而其用亦在述情。"①具有"述情"作用的"采",才是"真文正采"。"为文而造情"的错误,就在于违背了这一最基本的美学准则。这样的雕缛方式,只能使人厌恶,无任何美学价值可言。

从创作的具体过程来看,刘勰认为,情与辞之间,具有原发和继发、先发和后发的关系,情是辞的原发性和先发性存在,辞是情的继发性和后发性存在。所谓"情动而言行,理发而文见",所谓"经正而后纬成,理定而后辞畅",所谓"心生而言立,言立而文明",就是对这一普遍规律的理论概括。刘勰警告说,先有情的优势,然后才能取得辞的优势。如果反其道而行之,离开原发的情去孤立、片面追求继发的辞,就会陷入"翠纶桂饵,反所以失鱼"的尴尬之中。这样的雕缛方式,是不可取的。

因此,文章形态的雕缛,必须在"述情"的目标下进行,在情性的统率下进行。所谓"履端于始,则设情以位体",所谓"情理设位,文采行乎其中",就是对这一准则的明确标举和具体运用。

三、能动性准则

形态是内容的从属,但就它自身来说,又是一个能动性的存在。形态是内容借以显现的物质媒介。如果没有这一媒介,再美的情性也不能直接地、自发地和自动地转化为美的作品。"方其搦翰,气倍辞前;暨乎篇成,半折心始。何则? 意翻空而易奇,言征实而难巧也。"刘勰所说的这种现象,实际就是形态的能动性对内容的制约作用的表现。作品在内容上的充分到位,是通过形态上的充分到位来实现的。惟其如此,除了高度重视内容自身的品位之外,还必须高度重视形态在表达上的能动作用。刘勰对"雕缛"的标举,实际就是对形态的能动作用的标举,也是对发挥形态的能动作用的工作要领的标举。

形态在表达上的能动作用,集中表现在技法的运用上。"才之能通,必资晓术。"技巧和方法,是形态在表达上充分到位的技术保证,也是内容与形态融合为一的技术保证。刘勰认为,这一技术保证是文章在雕缛上获得成功的关键。刘勰主张"执术驭篇",反对"弃术任心",认为前者是行家的工作方式,

---

① 刘永济:《文心雕龙校释》,中华书局1962年版,第116页。

"似善奕之穷数",后者是博徒的侥幸行为,"如博塞之邀遇"。"弃术任心"的文章,在表达上必然是良莠错杂,妍蚩莫辨,混乱不堪的:"博塞之文,借巧傥来,虽前驱有功,而后援难继,少既无以相接,多亦不知所删,乃多少之并惑,何妍蚩之能制乎?"这样的雕缛,就没有任何的美学意义可言了。"执术驭篇"的文章,在表达上必然是"按部整伍"、"动不失正"的全美的形态:"视之则锦绘,听之则丝簧,味之则甘腴,佩之则芬芳:断章之功,于斯盛矣。"刘勰认为,这种境界,就是文章雕缛的理想境界,也是执术驭篇的工作目标。

四、适度性准则

刘勰认为,文章雕缛的核心问题,是一个适度的问题:"美锦制衣,修短有度,虽玩其采,不倍领袖。"所谓"修短有度",就是既要防止"过",也要防止"不及",而以"折衷"为务。所谓"不及",就是文采的缺乏。文采是一种发皇耳目的美学手段,美学手段的缺失,实际也就是"惊听回视"的美学感染力量的缺失。刘勰所说的"鸷集翰林",就是这种只具内容之力而缺乏形态之美的作品的形象标志。所谓"过",就是文采的淫滥。文采淫滥势必产生喧宾夺主的负面效应,它会淹没本色,使内容反而得不到很好的表现,还会败坏读者的审美心理,使读者感到厌恶。刘勰所说的"雉窜文苑",就是这种徒具形态之美而不具内容之力的作品的形象标志。无论是"过"还是"不及",对于文章的雕缛来说,都是一种失误。

因此,必须掌握度的规定性:在"过"与"不及"之间,找到一个最佳的平衡点。找到平衡点的方法,就是善于对矛盾进行调节。对此,刘勰举出了两个例证:"是以衣锦褧衣,恶文太章,贲象穷白,贵乎反本。"所谓"衣锦褧衣",语出《诗·硕人》,就是穿了锦绣,外面还要加上一件细绢罩衫,避免文采过于显露。《正义》云:"锦衣所以加褧者,为其文之大著也。故《中庸》云:'衣锦尚褧,恶其文之大著'是也。"所谓"贲象穷白",语出《易经》卦辞。《贲卦》王弼注云:"处饰之终,饰终反素,故在其质素,不劳文饰而无咎也。"朱熹注云:"贲极反本,复于无色,善补过失,故其象如此。"程颐传云:"所谓尚质素者,非无饰也,不使华没实耳。"两个喻例,说明了一个道理:最佳的雕缛,就是实现文与质的平衡。实现平衡的途径,就是中和,所谓中和,就是善于调节矛盾,使其各得其所。

表现在写作过程中,就是善于在各个具体环节中掌握平衡的分寸,实现各个矛盾方面的兼容与和谐:

> 夸而有节,饰而不诬。(《夸饰》)
>
> 旷而不溢,奢而无玷。(《夸饰》)
>
> 酌奇而不失其真,玩华而不坠其实。(《辨骚》)
>
> 意古而不晦于深,文今而不坠于浅。(《封禅》)
>
> 要而非略,明而不浅。(《章表》)
>
> 使繁约得正,华实相胜,唇吻不滞,则中律矣。(《章表》)
>
> 迭用奇偶,节以杂佩。(《丽辞》)
>
> 昭体则意新而不乱,晓变故辞奇而不黩。(《风骨》)
>
> 使文不灭质,博不溺心,正采耀乎朱蓝,间色屏于红紫:乃可谓雕琢其章,彬彬君子矣。(《情采》)
>
> 如乐之和,心声克协。(《附会》)

也就是刘永济先生所精辟概括和深刻体认的:"采固以称情敷设为贵,情亦因敷采得当而显。不足,固情不能达;太过,亦情为之掩。"①唯有适当而不易,才能真正进入刘勰所标举的"雕琢其章,彬彬君子"的境界。

五、雅丽性准则

文章雕缛中的矛盾平衡不是随意性的,而是在统一的美学标准的规范下进行的。刘勰认为,这个统一的美学标准,就是体现在古代经典中的"雅丽之文"。刘勰在《征圣》中对此做出了明确的标举:"圣文之雅丽,固衔华而佩实者也。天道难闻,犹或钻仰,文章可见,胡宁勿思? 若征圣立言,则文其庶矣。"

何谓"雅"?《玉篇》:"雅,正也。"就是合乎常道,合乎规范的意思。《周礼春宫大师》注云:"雅,正也,言今之正者以为后世法。"诸葛亮《出师表》:"察纳雅言。"《三国志·庞统传》:"当今天下大乱,雅道凌迟。"雅,还有高尚

---

① 刘永济:《文心雕龙校释》,中华书局1962年版,第118页。

美好,不鄙不俗的意思。《史记·张耳陈余传》:"张耳雅游。"王勃《滕王阁序》:"都督阎公之雅望。"雅表现在文章的形态中,就是合乎规范,合乎正式,趣味纯正高尚,远离庸俗怪僻的美学境界。

何谓"丽"? 光彩焕发,与众不同的意思。《广韵》:"丽,美也。"《玉篇》:"丽,好也。"《楚辞·招魂》:"丽而不奇些。"王逸注:"丽,美好也。不奇,奇也。"又有切中的意思。《左传宣十二年》:"射麋丽龟。"注云:"丽,著也。"丽表现在文章的形态中,就是光彩焕发,惊听回视,简约适要的美学境界。

"雅丽"在"圣文"中的集中概括,就是"六义":"一则情深而不诡,二则风清而不杂,三则事信而不诞,四则义直而不回,五则体约而不芜,六则文丽而不淫。""六义"是对内容和形态的全面性的美学要求,前两则属于内容的范畴,后四则属于形态的范畴。三则和四则是对材料雕缛的美学规范,第五则是对结构与体式的雕缛的美学规范,第六则是对语言雕缛的美学规范。各条标准,刘勰都从"圣文"中举出了可资楷模的例证。而《风骨》中所说的"风清骨峻,遍体光华","藻耀而高翔,固文章之鸣凤",就是"六义"的美学追求所希望达到的理想境界,也就是"雅丽"具体的美学内涵。

六、自然性准则

美以自然为宗,自然性准则是文章雕缛的最高纲领。

刘勰认为,自然是美的本原:"龙凤以藻绘呈瑞,虎豹以炳蔚凝采;云霞雕色,有逾画工之妙;草木贲华,无待锦匠之奇。夫岂外饰,盖自然也。"和艺术美相比,自然美本色天成,具有更大的美学魅力:"夫铅黛所以饰容,而盼倩生于淑姿;文采所以饰言,而辩丽本于情性。""盼倩"与"辩丽"这种自然形态的美,是任何外饰所无法代替的。外饰之所以为美,不在于代替自然,而在于效仿自然,具有自然的品格。赋予美学的形态以自然性的品格,是文章雕缛取得成功的关键。

自然性表现在文章的雕缛中,首先就在于作者在文章雕缛中所持心态的自然性,也就是刘勰所说的"虚静"的心态。通向"虚静"的心理渠道,就是"率志委和":"清和其心,调畅其气,烦而即舍,勿使壅滞,意得则舒怀以命篇,理伏则投笔以卷怀,逍遥以针劳,谈笑以药倦,常弄闲于才锋,贾余于文勇,使刃发如新,凑理无滞。"虚则能容,静则能照,惟其如此,才能"从容率情,优柔适会"，将一切天机人巧纳入笔端。

自然性表现在文章的雕缛中，其次在于文章内容的真实性和生动性。这种由于与大自然保持一致而深刻蕴涵于中的真实性和生动性，具体表现在文章的材料与思想两个层面之中。就材料来说，它必须是自然存在的"情貌无遗"的反映，具有大自然的蓬勃生机和个性特点。所谓"'灼灼'状桃花之鲜，'依依'尽杨柳之貌，'杲杲'为出日之容，'漉漉'拟雨雪之状"，就是这种客观世界的真实性和生动性的具体展示。就主体来说，它必须是作者"心与物游"、"物与神交"的真实反映，具有人类心灵的蓬勃生机和个性特点。"灼灼"不仅状出"桃花之鲜"，新人之鲜，而且状出赞美桃花、赞美新人的诗人的"灼灼"的心理状态。"依依"不仅尽现杨柳之貌，也尽出亲人依依之情与征人依依之情。这些，都是"生乎淑姿"和"本于情性"的东西。惟其如此，才使千秋万代的读者为之感动。

自然性表现在文章的雕缛中，还在于文章形态的朴素性和简约性。淡雅清真，是自然美的本质性形态。惟其淡雅清真，更使人感到清新真切。"淳言以比浇辞，文质悬乎千载。"二者在美学的品位上，是大不相同的。因此，成功的语言表达，通常都是"物色虽繁，而析辞尚简"的表达。这种"析辞尚简"的表达，实际是语言表达的尽境。"是以联辞结采，将欲明理；采滥辞诡，则心理愈翳。固知翠纶桂饵，反所以失鱼。'言隐荣华'，殆谓此也。是以'衣锦褧衣'，恶文太章；'贲'象穷白，贵乎反本。"真正的美，从来都是淡雅清真的天然本色的美，而"繁采寡情"的装饰，只能使人感到厌恶。

由此可知，最好的装饰，必须是也必然是最自然的装饰，最好的技巧，必须是也必然是将技巧隐藏于淡雅清真之中的技巧，也就是看不出技巧的技巧。唯有这种没有技巧的技巧，才是最高的技巧。

第四节　雕龙形态理论的重大意义

雕龙形态理论是文章形式因素研究的总集合，也是文章形态制作的美学方法和手段的总荟萃，是"为文"之术的总归纳。正是这一总归纳，为雕龙的系统工程，提供了系统的理论依据和强大的技术武装，并使它具有了鲜明的工程学属性。刘勰就是我国历史上和世界历史上第一个从工程学的角度对这一系统理论和技术武装进行全面、系统开发的先行者与集大成者。他的雕龙形态理论的开拓意义,具体表现在以下方面。

一、对形态理论的系统化开拓

在我国历史上,刘勰不仅第一个赋予了形态学以独立的范畴地位,也是第一个赋予了形态学以系统理论的学术品格。刘勰形态理论的系统性品格,具体表现在以下方面。

(一)对形态的系统机制的深刻揭示。

我国古代的美学形态意识萌发得相当早。先秦时期的文质之辨,实际就已经涉及了关于美的内容和形态的关系的问题。但是,关于形态运动的内在工作原理,在相当长的时期中都是极其朦胧的。从先秦至两汉,人们一直将美学的形态依附于伦理教化的内容,看不到形态的独立的存在价值,更看不到形态与内容的内在结构关系。所谓"质",实际是指伦理道德、政治教化的一般意义的"质",所谓"文",实际是指体现伦理道德、政治教化的一般意义的"文",二者都没有独立的美学意义和文学意义,更不具结构学的意义。

在我国历史上,第一个走出这个朦胧区,对质与文的内在关系进行深层揭示和系统阐述的学者,就是刘勰。刘勰对形态的系统机制的开拓性认识,具体表现在以下两个方面。

第一,从外系统运动的宏观层面来看。刘勰认为,文是道的自然体现:"夫玄黄色杂,方圆体分;日月叠璧,以垂丽天之象;山川焕绮,以铺理地之形:此盖道之文也。"表现在人文的领域中同样是如此:"心生而言立,言立而文明,自然之道也。"以道为宗,这实际就是从宇宙运动总规律的最高处,对文章形态借以发生的根由,进行了明确的认定。以道作为形态运动的终极依据,实际就是赋予了"文"——美的形态以天经地义的存在价值,由于这一存在价值,美的形态才取得了自己无可置疑的独立地位。

第二,从"文"与"质"的系统关系来看。刘勰认为,文与质的关系,是一种双向互动的辩证关系。这种关系,被刘勰具体概括为以下方面。

一是文与质的依存关系。刘勰认为,内容不能离开形态而存在,形态也不能离开内容而存在,须相济而共存,若相离而两失。一方面,文必须"附质",才有内在的依据和意义:"夫水性虚而沦漪结,木体实而花萼振:文附质也。"

另一方面,质必须"待文",才有发皇耳目的美学效应:"虎豹无文,则鞟同犬羊;犀兕有皮,而色资丹漆:质待文也。"

二是文与质的主从关系。刘勰认为,写作运动是一项"述志为本"的运动,所谓"志",就是作者的情思。情思是文章中的主导层面,形态是文章中的从属层面,二者的关系,是目的和手段的关系,手段总是从属于目的并且为目的服务的。再从创作的具体过程来看。情与辞之间,具有原发和继发、先发和后发的关系,所谓"情动而言形,理发而文见",所谓"经正而后纬成,理定而后辞畅",就是对这一普遍规律的理论概括。

三是文与质的能动关系。刘勰认为,形态是内容的从属,但就它自身来说,又是一个能动性的存在,可以反作用于内容,对内容的表达产生积极的影响。这种能动作用的集中表现,就是对方法和技巧的运用。所谓"雕缛",就是对方法和技巧的恰当运用。所谓"动心惊耳",所谓"惊听回视",所谓"金相玉质",就是对方法和技巧的恰当运用所生发的美学效果。正是这一鲜明生动的美学效果,支持着内容表达的成功,也体现着形态运作自身的成功。

四是文与质的审美关系。刘勰认为,对美的追求,是文章的情思运动和形态运动的共同指向,也是二者融合为一的共同基础。从最根本的层面来看,文与质的关系,是一种审美的关系。所谓"道之文",就是这种审美关系的最高的理论概括。文与质的审美关系在文章中的集中体现,就是它的明确的美学追求——"雅丽之文"。正是在这一明确的美学追求的推动下,文章的内容与形态实现了完美的融合,成为一个"鼓天下之动"的美学整体。

这些多层次多侧面的制约关系,从宇宙运动的宏观角度,也从文章运动的微观角度,将文章形态的系统机制揭示无遗:所谓美学形态,就是自然运动所固有的美学本质的外在显现。反映在文章的领域中,就是人的情思在辞采中的特定存在方式。蕴涵在形态中的这种具有辩证意义的制约关系,就是形态运动最基本的规定性,也就是形态运动最基本的内在工作原理。

(二)对形态要素的全面概括

形态作为文章存在方式的总范畴,它的内涵中包容着文章形式因素中的一切方面,对文章的形式因素的认识,是长时期的历史积累的结果。而刘勰,则是这一历史性开拓的集大成者。他将构成文章形态的要素,条分缕析为具有结构意义的诸多门类:材料,体式,风格,结构,辞采,等等。正是这些多样性的形式因素,从各个不同的角度和方面,赋予文心以有血有肉的物质形态,将内容与形式融为一个有机的整体。所谓"情志为神明,事义为骨髓,辞采为肌肤,宫商为声气",就是对形态构成中诸多要素的系统关系的理论概括。刘勰对形态要素中的每一个方面,都有着明确的归类和详尽的阐述:《体性》篇,是对风格理论的专门性阐述。《定势》篇,是对体式理论的总体阐述。从《明诗》到《书记》,是对各种具体文章体式的基本原理的专门性阐述。《事义》、《物色》篇,是对材料理论的专门性阐述。《章句》、《声律》、《练字》篇,是对语言理论的专门性阐述。《镕裁》、《附会》篇,是对结构理论的专门性阐述。

形态要素中的每一个方面,大至总体风貌,小至一字一词,都以多样性统一的理论形式,得到了无一遗漏的阐发。情思附丽于事义,事义附丽于语言,语言附丽于字、词、句、篇,字、词、句、篇附丽于结构,结构附丽于体式和风格,体式和风格附丽于美学和力学的总规范。如此博大精深的形态美学理论体系,如此巨细不遗的认识论系统,在我国历史上,进而至于世界历史上,都是具有难以逾越的典范意义的。

（三）对形态运作方法的系统研究

刘勰不仅对每一形态要素的基本原理进行了深刻的论证,而且对其运作的要领、方法、技巧和规范,进行了系统的研究和阐述。这些研究和阐述,有的是分散和夹杂在相关的理论论证中的,如上面所说的专门篇章,无一不包含方法论的内容。有的是专门研究某一项运作的方法与要领的,如《丽辞》、《比兴》、《夸饰》、《隐秀》,就是专门研究修辞方式和方法的篇章,《总术》就是专门研究总揽之术的篇章,《征圣》、《宗经》、《风骨》,就是专门研究文章规范的篇章,《指瑕》,就是专门研究文章修改方法的篇章。这些系统性的研究,为形态的运作提供了一个完整的方法论系统,保证着形态运作的高效化运行。

如此全面而又具体的方法论系统,在我国的历史上乃至世界历史上,都是具有灯塔和里程碑的意义的。

（四）对形态运作实践的历史总结

刘勰在他的形态理论中,不仅提供了认识论和方法论的历史性导航,而且根据自己的理论和法则,对历史上的许多具体的作家和作品,从方法论的角度进行了系统的分析和总结。例如《征圣》、《宗经》、《辨骚》中对经典作家和经典作品在形态运作上的楷模意义的分析和标举,《丽辞》、《比兴》、《夸饰》、

《事义》、《隐秀》诸篇中对修辞典范的赏析,《物色》中对《诗经》中许多具有造
型意义的词语的赏析和评价,《指瑕》中对历代作品中的失误的方法论分析,
《通变》、《时序》中对历代文风的分析和评价。如此等等,都是对历代形态实
践的方法论的系统总结。通过这些历史性的分析和总结,从方法论的特定角
度,为形态学的发展提供了实践性的依据和动力。

二、为文心理论的工程化提供了科学的方法论凭借

《文心雕龙》是一个"以心总文"的理论体系。这一理论体系对于现实生
活的作用,归根结底是通过具体的实践过程来实现的。理论走向实践,需要一
个中介性的环节,这就是"技术"。技术就是人类在物质生产或精神生产中所
凭借的工具和方法系统。唯有技术,才能进入现实的生产过程,成为直接的生
产力。雕龙的活动和过程同样是如此,为着进行美的制作,同样需要相应的手
段和方法。"雕龙"就是对文章的美学制作活动与过程的总称谓,从最根本的
层面来看,也就是对雕龙过程中所不可或缺的工具和方法系统的总称谓。

但是人类认识的行程与实践的行程,并不总是同步进行的。就实践向理
论的转化来说,通常必须经历着一个升华的过程,就理论向实践的转化来说,
通常都经历着一个转换的过程。第一个过程,通常都是凭借科学的进步来实
现,第二个过程,通常都是凭借技术的更新来实现的。而对科学与技术的追
求,则是理论与实践的进步的决定性动力。这种追求,在人类历史的各个阶
段,并不总是具有自觉的属性的。我国历史上对"文术"的追求就是如此。

从春秋战国时代起,我国的文章写作就逐步进入了相当繁荣的历史时期,
留下的作品可以汗牛充栋。但是,对文章写作的工具和方法系统的研究,却长
期处于不自觉的状态之中。直到两汉时期,文章研究的重点还在它的政治教
化作用,对文章形态的系统研究之习尚未形成。魏晋南北朝时期,是文学自觉
的时期,人们对文章(文学)的形态产生了足够的注意,开始了对"文术"的探
索。刘勰就是这一探索的独秀者和集大成者。他的开拓的历史性贡献,主要
表现在以下方面:

一是对"文术"在雕龙中的重要作用的标举。刘勰认为,"文场笔苑,有术
有门","才之能通,必资晓术":"术"是作文获得成功的不可或缺的技术保证。
这是因为"术"是一种规律的反映,"思无定检,理有恒存",唯有规律的东西,

才是永恒的,长久发挥作用的东西。他强调说:"执术驭篇,似善奕之穷数;弃术任心,如博塞之邀遇。"主张运用文术去驾驭篇章,反对抛弃文术的随心所欲。执术驭篇的作者,由于掌握了规律和相应的技术武装,写出的作品完整和谐,是一个精美的美学整体:"义味腾跃而生,辞气丛杂而至","视之则锦绘,听之则丝簧,味之则甘腴,佩之则芬芳",给人以美的艺术享受。弃术任心的作者,由于处在非自觉的盲目状态,他的创作也必然具有盲目的属性:"虽前驱有功,而后援难继。少既无以相接,多亦不知所删;乃多少之并惑,何妍蚩之能制乎?"即使偶有所获,也往往是玉石杂陈:"落落之玉,或乱乎石;碌碌之石,事似乎玉","或义华而声悴,或理拙而文泽",不能形成一个完美的艺术整体。

刘勰对"文术"的重要作用的标举,在我国古代的美学史和写作学史上,是具有革命性的意义的。赋予文术以独立的范畴地位,这是我国历史上的第一次。明确强调文术在文章表达中的前提作用和保证作用,这也是我国历史上的首创。它撕开了古代圣贤"述而不作"、"神而明之"的神秘面纱,揭示出了技术是写作中的保证性力量的重要真理,从而从形态学的角度和工程学的角度,有力地支持了并推进了"文学自觉"的历史性过程,并为文心理论和雕龙理论的工程化,提供了强大的理论基础和技术基础。

二是对"文术"内容的系统解析。刘勰认为,"文场笔苑,有术有门","术"具有系统的属性。从总体来看,有"总术","总术"即"总揽之术",也就是"以心总文"的总体性的原理和战略思想。从文心运动来看则有"心术",即运心之术,也就是刘勰所说的"心术之动远矣,文情之变深矣"(《隐秀》),"心术既形,英华乃瞻"(《情采》)。从雕龙运动来看,则有"文术",即为文之术。也就是"执术驭篇"之术。刘勰对每一种"术"都做出了具体的分析和阐释,使其在理论上构成一个严密的体系。在这一理论体系和操作体系中,既有关于工程原理的科学分析,也有关于技术要领的具体阐述。这种系统化的知识,在我国历史上和世界历史上,就其规模之博大和开掘之精深来说,是空前鲜后的。

三是对前人文术的系统总结和理论升华。文场笔苑,有术有门。刘勰对前人在文术方面零散的认识和经验,一一进行了历史性的总结,分门别类,做出科学的分析,构建成为完整的理论体系,为后人的继续研究,提供理论的依据和继续开拓的路径。在修辞学方面,章句学方面,体式学方面,结构学方面,风格学方面,都能独辟蹊径,自标一格,足以垂范永远。

这些贡献,为文心运动的文章化,提供了完整的方法论平台。这一平台,就是文心理论的工程化的强大的技术武装和工作凭借。

三、为观照文章形态的审美意义提供了集中的窗口

精神产品的内容美与形态美是统一的,二者之间是一种"沿隐以至显,因内而符外"的辩证统一关系。但在我国相当长的历史时期中,对内容美的问题重视有加,而对形态美的问题是严重忽视的。这既与儒家的礼乐教化的指导思想有关,也与儒家对形态和构建形态的"术"的忽视有关。在相当长的历史时期中,人们对构成形态的基本要素和基本方法知之不详,对这些要素的审美价值知之更少。因此,对形态美学的认识,远未能形成一个独立而统一的范畴。

对这种情况进行革命性变革的前驱者和集大成者,就是刘勰。刘勰在自己时代中,独标一格地赋予文章形态以独立的范畴地位,并给文章形态的制作提供了强大的技术武装,使人们不仅可以理直气壮地对文章的形态美进行研究,而且使它成为可以操作的东西。这样,就使长期隐藏在文章形态中的"声色味气韵",以语言、事义、结构及其运作方法的实体,全息性地展现了出来,成为可以进行审美观照的对象,成为具有美学意义的东西。刘勰所说的"一言穷理","两字传神","喻巧而理至","秘响旁通,伏采潜发","壮词写真","巧言切状","金声玉振","玉润双流,如彼珩珮","骊牡异力,而六辔如琴",等等,都是对形态的审美效应的具体证明,也是对形态的审美效应进行具体分析的方法论范例。审美的过程是一个由表入里、因内符外的过程,如果没有外部形态的依据,审美是不可想象的事情。

四、为现代文坛的拨乱反正提供了有益的借鉴

从1949年10月1日起,我国的历史进入了一个全新的发展时期。在共产党"为无产阶级政治服务"和"为工农兵服务"的文艺方针的指导下,我国的文坛发生了日新月异的变化,成绩是举世公认的。但也毋庸讳言,在这历史性的大飞跃中,由于指导思想上的某些片面性和实践上的某些简单性,也带来了

相当严重的负面影响。这些负面影响,集中表现在对文章内容的偏重和对文章形态的严重忽视上。这种违反美学的基本规律的做法对当代文坛所带来的损害,是难以用一般的叙述所能概括的。我们且看看北京大学校长季羡林在《文学语言概论序》中的一段痛切的陈述:

> 近四五十年以来,我们论文多以所谓马克思主义文艺理论为准绳,这本来是无可厚非的。标准的说法是,思想性和艺术性并重。实则思想性霸占了垄断地位,艺术性成了一句空话……谁要是一强调艺术性,现成的帽子就会落到你的头上。结果是谈虎色变。大家写评论文章,甚至撰写中国文学史,大都是高谈阔论他们所谓的思想性,而对一个作家或一篇文章的艺术性,则只是倒三不着两地、轻描淡写地说上几句空洞的话,应景而已。

由此所造成的后果,实际是对历史传统的大扭曲:"中国过去的悠久的优秀的散文传统,被忽视,甚至被抛弃了。"这绝非危言耸听的话,而是当代文坛的普遍现实:

> 在今天散文坛上(如果有这样一个坛的话),风起云涌,新的著作,层出不穷,看上去煞是热闹。然而夷考其实,则不禁令人气馁。从修辞和风格两个方面来看,今天的散文大体上可以分为两大流派。一派我称之为"搔头弄姿派"。这一派刻意雕琢,在修辞上死下工夫,"语不惊人死不休"。上焉者也还能够写出几篇打扮得漂漂亮亮如七宝楼台一样的文章。下焉者则不知所云。如果认为我夸大其词,我不妨顺手举一个例子。在一个很有水平的很受到欢迎的大型的散文刊物上有一篇叫《外婆与月亮》的文章。开头两句是:"故乡独在遥远,我亦独在遥远。"接下去,类似的语句颇多。我再引上几句:"爱与恨这人类最基本的情感最早便源于外婆的'土炕文化',善良的仙姑善良的老狐善良的月光……"第一个例子让人似懂非懂,第二个例子懂是懂得的,然而语法却怎样也无法分析。现在国内外都有学者提倡"模糊语言学";但是,那里的"模糊"是非常有道理的。这篇文章的"模糊",我却无论如何也说不出道理来。这篇文章

绝不能独擅专利,类似的文章还有不少,这样的文章我称之为"搔头弄姿派",难道还能算是刻薄算是过分吗?

　　另一大流派我称之为"松松散散派"。有人主张,散文的真髓就在一个"散"字上。愿意怎样写,就怎样写,愿意写到哪里,就写到哪里……他们的文章含义并不深远,遣辞造句又有时欠考究。生造的词儿和不通的语法,时有所见。这样的文章确不雕琢,读起来也明白易懂。作为公牍文书、新闻记录,未始不是好文字。然而说它们是文学,则不佞期期以为不可。

　　季羡林认为,这种"有目共睹"的状况的根源,就在于没有处理好内容与形式的关系,以至堕入了以讹为新和以浅为贵的泥坑之中。也就是周扬后来所承认的:"我们过去对形式问题重视是很不够的,似乎一讲形式就是技术至上,就是形式主义。其实形式问题是非常重要的,特别是对艺术来说,更是如此。内容和形式是一个事物的两方面,世界上没有内容的形式,和没有形式的内容是根本不存在的……艺术没有一定优美的形式和独特的风格,就不可能成为好的艺术品。"①季羡林以一个学者的良知,一针见血地指出:"近四五十年以来文学只重视所谓思想性,而根本抹杀了艺术性,流毒所及就造成了这种情况。以中国这样一个散文大国,有这样悠久辉煌的历史传统,到了今天,竟形成这样一个局面,实在不能不让人担忧,让人惋惜。"②其见识之深刻,心情之沉重,期待之殷切,使人不能不想起六朝刘勰"离本弥甚,将遂讹滥"的悲情警示,以及唐代陈子昂"文章道蔽,五百年矣"的慷慨陈词。这些历史的事实有力地启示我们:既然我们的前人在文化的领域中具有这种挽狂澜于既倒的伟力,并且确实在自己的时代中建立了这种挽狂澜于既倒的功勋,我们的今人也一定可以完成历史所赋予的同样使命的。

　　但是,我们也不能不看到,历史绝非简单的重复,我们今天所面对的文坛形势,要比刘勰的时代和陈子昂的时代复杂很多,也严峻很多。因为我们今天所面对的文坛扭曲,已经不是一种单纯的文章扭曲,而是一种具有综合意义的

---

　　①　周扬:《关于社会主义新时期的文学艺术问题》,《人民日报》1979年2月24日,第3版。

　　②　季羡林:《文学语言概论序》,见李润新《文学语言概论》,北京语言学院出版社1994年版,第2—3页。

文化扭曲,这种扭曲,已经深入到整个意识形态领域之中,与整个社会心理的扭曲并存,并且受到这个扭曲的社会文化的支持与保护。季羡林教授所说的"实则思想性霸占了垄断地位","谁要是一强调艺术性,现成的帽子就会落到你的头上。结果是谈虎色变",还只是这一文化扭曲的"流毒所及"中的一斑,实际情况远比这一斑深重。对此,从党的三中全会开始,已经做出了许多拨乱反正的工作,这些工作实际是一种拯救社会危机和重振中华文化的工作。为了走出由极"左"所带来的空前的文化浩劫,邓小平明确主张:"不继续提文艺从属于政治这样的口号,因为这个口号容易成为对文艺横加干涉的理论依据,长期的实践证明它对文艺的发展利少害多"[1],并指出"党对文艺工作的领导,不是发号施令,不是要求文学艺术从属于临时的、具体的、直接的政治任务","写什么和怎样写,只能由文艺家在艺术实践中去探索和逐步求得解决。在这方面,不要横加干涉"[2]。这对于解决文艺的内容与形式的和谐问题,解放文艺生产力,提高文艺作品质量,使文艺更好地按照自身规律健康发展,无疑是有着重大的现实意义和深远的历史影响的。但是,由于历史的惯性运动以及现实生活中的多样化的利益状况,这些英明的举措尽管取得了举世瞩目的成绩,但距离正本清源的既定目标,似乎还存在相当长的里程。

要想走出这一历史的沼泽,在被长期极"左"破坏得混乱不堪的当代文坛中真正实现三中全会所赋予的拨乱反正的历史任务,建设具有中国特色的文化体系和文学体系,我们还必须从更高的层面上,对这种是非莫辨的混乱现象进行根本性的思考,也就是刘勰所说的"振叶以寻根,观澜而索源"的思考。惟其如此,刘勰在形态理论上所做的历史性的开拓工作,也就必然成为当代文坛矫讹翻浅的最切近的借鉴。这一借鉴的现实意义,具体表现在以下方面。

其一,是赋予当代文坛的拨乱反正以明确的理论依据。集中而言,这一理论依据,就是形态与内容的辩证关系。

形态与内容的辩证关系,首先表现在对二者各自的存在价值上。对内容的存在价值,人们已经做出了许许多多的体认,而对形态的存在价值的体认,却为刘勰之所独拓。刘勰在《原道》中认为,形态是"与天地并生"的,是道的

---

① 《邓小平文选》第2卷,人民出版社1994年版,第255页。

② 《邓小平文选》第2卷,人民出版社1994年版,第213页。

运动的自然表现,这实际就是对形态存在的永恒性和合规律性的标举,也是对形态的不可忽视的存在价值的标举。这一自然法则明确地告诉我们:文章的形态绝不是可有可无的东西,而是天经地义的东西。这一天经地义的存在价值和存在意义,就是对唯内容论的具有根本意义的批驳和否定。

对形态因素的重视不仅是合乎天经地义的,也是合乎人文的基本规律的。刘勰对此举出了圣贤书辞的例子:"圣贤书辞,总称文章,非采而何?"就像大自然中一切美的存在离不开美的形态一样,人文领域中同样如此:"若乃综述性灵,敷写器象,镂心鸟迹之中,织辞鱼网之上,其为彪炳,缛采明矣。"(《情采》)这实际也就是对形态的人文地位的标举,也是对形态的合目的性的标举。这一人文法则明确地告诉我们:文章的形态绝不是随随便便的东西,而是极其神圣的存在。这一存在的神圣性,同样是对唯内容论的具有根本意义的批驳和否定。

形态与内容的辩证关系,还表现在二者的相互依从上。刘勰认为,文章形态与内容的关系,是"文附质"与"质待文"的双向互动关系,形态固然不能离开内容而独存,内容同样不能离开形态而独在。离开了形态的内容,必然是"鸷集翰林"的内容,离开了内容的形态,必然是"雉窜文苑"的形态。唯有二者的兼善与和谐,才是一种合乎规律的存在,一种完美的存在。这一美学法则明确地告诉我们:对内容和形态都必须同样重视,绝不能厚此薄彼。唯内容论和唯形态论,都是不全面的真理,都是不可取的。刘勰对这一美学规律的强调,无论是对唯内容论和唯形态论,都是具有根本意义的否定和拨正。

历史丰碑的存在,自然会生发出历史的比较,历史的比较,自然会生发出对一切迷失和错位的矫正,这是不以人的意志为转移的客观规律。刘勰对文章内容与形态的关系的辩证认识,和当代文坛所谓的辩证认识,形成了极其鲜明的历史对照。这一历史对照,正是真理的全面性和真理的片面性之间的逻辑距离。揭示这一逻辑上的差距,然后才能承认这一逻辑上的差距。承认这一逻辑上的差距,然后才能缩短这一逻辑上的差距,实现向真理的认同。这一历史的规律,是任何螳臂所不能阻挡的。

其二,是赋予当代文坛的拨乱反正以隽永的价值标准。集中而言,这一价值标准,就是"雅丽"的美学境界。

刘勰所阐发的形态与内容的辩证关系,不是一般意义的并列关系,而是一种"风清骨峻,遍体光华"的美学上与力学上融为一体的关系。这一融合,是在一个崇高的美学理想的引导下实现的。这个崇高的美学理想,就是"藻耀而高翔,固文章之鸣凤"的美学境界。它的具体形态,就是圣贤文章中所具有的"雅丽"的品格。所谓雅,就是指它的合规范性的品格:对文体规范的遵循,对语言规范的遵循,对美学规范的遵循,对社会道德规范的遵循,归根结底,就是对道的法则的遵循。惟其如此,它才能具有"鼓天下之动"的精神力量。所谓"丽",就是指它美丽动人的品格:"惊听回视"、"动心惊耳"、"发蕴而飞滞,披瞽而发聋"的美学品格。惟其如此,它才能具有"精理成文,秀气成采","气往轹古,辞来切今,惊采绝艳,难与并能"的感染力量。这种美与力融合为一的境界,是美的本质和文学本质的集中体现,是中华诗魂的最高综合与概括,也就必然成为文章写作的理想境界。

刘勰所标举的这一崇高的美学理想,是我国历代文人在文章写作中所遵奉的价值标准,也是我国历代文人对讹滥文风进行斗争的战斗旗帜。这一隽永的价值标准和鲜明的战斗旗帜,实际是对我们民族诗魂具体内涵的质的规定性。它以自己独特的"酌奇而不失其贞,玩华而不坠其实"的美学品格和力学品格,规范着和引导着我们民族的诗魂,在历史的长河中健康地运行,引导着它走出了六朝淫靡的泥沼,走上了世代相传的以风骨采相尚的康庄大道。它也同样会以价值法则所具有的规范性品格,给当代文坛的拨乱反正注入一种历史性的定向力量,犹如母亲的摇篮曲一样唤回迷失的诗魂,紧贴在她的胸脯之上。

其三,是赋予当代文坛的拨乱反正以强大的技术武装。集中而言,这一技术武装,就是《文心雕龙》中所提供的博大精深的方法论系统。

刘勰所建立的形态理论,不仅是一个完整的认识论系统,也是一个完整的方法论系统。在它的方法论系统中,不仅包含对各种工具和手段的阐述,也包含着对它们的工作要领和法则的具体要求。这些具体要求中,既包括着对思想上和技术上的"过"的防范和纠正,也包括对思想上和技术上的"不及"的防范和纠正。例如"六艺",就是对"中和"的严格规定,也是防范和纠正"过"与"不及"的具体的思想保证和技术保证。由于"中和"是《文心雕龙》最基本的方法论思想,它的思想保证作用和技术保证作用是覆盖全部方法系统中的。这一历史的存在,必然从思想上和技术上,赋予当代文坛一种特殊的思想启迪和技术启迪:对"过"与"不及"的明确辨析和坚决抵制的自觉能力和自律能力。启迪广大作者从思想的高度与深度和技术的实处与微处,关注当代文坛中的种种讹滥浮靡现象,并以技术的手段进行卓有成效的纠正。

其四,是赋予当代文坛的拨乱反正以完整的历史凭借。集中而言,这一完整的历史凭借,就是刘勰对宋齐讹风所作的针锋相对的批判和斗争。

刘勰对宋齐文坛讹风的批判和斗争,是在一个特殊的背景下进行的:"去圣久远,文体解散,辞人爱奇,言贵浮诡,饰羽尚画,文绣鞶帨,离本弥甚,将遂讹滥。"(《序志》)其社会环境之复杂与文化形势之酷烈,可称历史之最。而由此所取得的文化成果,却是空前丰硕的:正是这一正本清源、拨乱反正的斗争,从理论上与技术上导致了大唐文学的繁荣。为什么刘勰对当时讹靡文风的斗争,能取得如此重大的历史性成果? 他取得这一历史性成果的最主要的凭借究竟是什么? 这确实是对当代人具有直接的楷模意义,值得当代人细细玩味的。

刘勰矫讹翻浅迎来大唐文学曙光这一历史功绩的决定性凭借,可以归纳为以下方面。

理论优势的凭借。刘勰所凭借的理论不是一般意义的理论,而是以道的自然运动作为最高依据的理论。这一具有天经地义属性的逻辑起点和理论支点,赋予了形态以与天地并生的永恒性品格,也赋予形态与内容的关系以中和的具体要求。形态的永恒性品格是对唯内容论的有力否定,对形态与内容的中和要求是对"过"与"不及"的有力否定。这种否定是具有最高权威的否定,因此也必然具有不可抗拒的批判力量。正是凭借这种强大的逻辑力量,他从认识上排除了来自两个方面的干扰:唯内容论的保守思想的干扰,唯形态论的讹新思想的干扰,使自己立于不败之地。

以逻辑的力量来战胜讹风,是刘勰的第一大成功和巧妙之处。刘勰形态理论中的这种强大的逻辑力量以及他借助逻辑的力量来战胜讹风的成功举措,对于我们今天清除"唯政治"论的封建教化的历史残余以及崇洋媚外的现代积淀,理直气壮地建立与我们民族的诗魂直接相通的健康向上的文风,是具有现实的推动作用和指导意义的。

技术优势的凭借。刘勰之所以能如此顺利地扫荡讹风,不仅因为他充分发挥了他的形态理论中的独特的认识论优势,而且因为他也充分发挥了他的形态理论中的独特的方法论优势。这种独特的方法论优势具体表现在,刘勰所标举和阐发的"术"不是一般意义的"术",而是一种既具有自觉意识又具有系统功能的"术"。将"术"视为"才之能通"的关键,赋予"术"以"制胜文苑"的系统地位,是刘勰的一大历史性开拓。"术"的自觉性赋予了它一种批判性和战斗性品格,"术"的系统性赋予了它一种决胜全局的能动性品格,从而将理论与实践两个方面,将"立"与"破"两个过程,将对规范的坚持及"过"与"不及"的防范和矫正两个层面,都有机地融合成了一个整体。这就使他对技术的传授过程,同时也是一个在技术上对规范和法则进行捍卫和对讹风进行战斗和批判的过程,使它对形态中的某一构件的方法论的阐述过程,同时也是对正风的整体坚持与捍卫和对讹风的整体批判与战斗的过程。众所周知,技术是生产力的第一要素,是直接影响和改变现实进程的决定性力量。惟其如此,技术上的扬弃,必然是最直接、最彻底的扬弃。刘勰之所以能够如此彻底扫除数百年沉积之讹风,归根结底,就在于他构建出一个远比"讹新"之术合理、科学、完整的方法论系统。正是这一技术上的充分准备与它的思想上的充分准备相配合,支持了和造就了大唐文学的繁荣。

以技术的力量来战胜讹风,是刘勰的第二大成功和巧妙之处。刘勰形态理论中的这种强大的技术力量以及他借助技术的力量来战胜讹风的成功举措,对于我们今天从技术的实处清除"唯政治"论带来的思想苍白和艺术贫乏,重建健康向上的文风,同样是具有现实的推动作用和指导意义的。

历史优势与逻辑优势的凭借。刘勰之所以能如此顺利地战胜讹风,还由于他充分发挥了他的形态理论中独特的历史论优势与逻辑论优势。这种独特的认识论优势与逻辑论优势具体表现在,刘勰所标举和阐发的理与术,都是建立在历史凭藉的基础上的,也是建立在逻辑凭借的基础上的。历史是客观事物自身的运动过程,又是人类对客观事物的认识的发展过程,这二者都是人类对客观事物进行理性思辨的物质依据。但是,这一过程并不能直接通向真理,因为历史发展的过程并不是纯理性的,它包含着许多偶然的因素,而且它的运动诡计总是曲折的。因此,它必须经过逻辑的检验和修正,才能真正具有普遍性的指导意义。刘勰的聪明和巧妙之处就在于,他将二者融合成为一个有机的整体:他所归纳的诸多历史事实,绝不是历史事实的简单罗列,而是对合乎逻辑的事实的精心选择,是最能体现逻辑的事实。所谓"师乎圣,体乎经,酌乎纬,辩乎骚",所谓"原始以表末,释名以章义,选文以定篇,敷理以举统",所谓"征之周孔,则文有师矣",就是这种对历史进行宏观层面的与微观层面的逻辑思辨和逻辑归纳的具体例证。

惟其如此,刘勰的形态理论和他对讹风的斗争,必然具有历史的和逻辑的双重优势。它既是历史存在的客观形态,是确凿不移的事实,又是历史经过修正后的最完备的形态,是直接通向本质,通向真理的事实,是事实的真理化形态和真理的事实化形态,是真理和事实的有机结合体。刘勰所肯定的历史事实,实际是历史事实中所蕴涵的真理——对形态建设和文章运动具有普遍的指导意义的真理。刘勰对历史事实的肯定和标举,实际是对真理的肯定和标举。以历史为师,故坚实难移,以逻辑为据,故准确无误。这就是刘勰的形态理论及其反讹斗争的力量之所在,也是他的成功之所在。某些学者将刘勰的这一举措视为"复古",纯粹是一种不求甚解的误读。如果真是这样的话,刘勰就不会对《骚》进行肯定,对《纬》进行批判,对"文律运周,日新其业"的总趋势进行标举了。

以历史与逻辑的力量来战胜讹风,是刘勰的第三大成功和巧妙之处。刘勰形态理论中的这种强大的历史力量与逻辑力量以及他借助历史与逻辑的力量来战胜讹风的成功举措,对于我们今天从历史的深处与逻辑的高处清除讹滥浮浅的风气,重建健康向上的文风,同样是具有现实的推动作用和指导意义的。

典范优势的凭借。刘勰之所以能如此顺利地战胜讹风,归根结底是由于他充分发挥了他的形态理论中独特的典范论优势。这种独特的典范论优势具体表现在,刘勰所标举和阐发的理与术,最后都统率于一个与我们民族的诗魂保持一致并足以体现民族诗魂的美学理想——对风骨采兼备的雅丽境界的明确追求。这种雅丽的境界绝非一种抽象的理念,而是一种具体的规范,具体的传统,具体的标准。作为一种完善的规范,它具体体现在刘勰对"风清骨峻,遍体光华"、"藻耀而高翔,固文章之鸣凤"的标举中。作为一种完备的标准,它具体体现在刘勰对"六义"的阐述中。作为一种崇高的传统,它具体体现在刘勰对经典著作的评价中。这就使它的美学理想的典范性和崇高性,显示得更加鲜明。

美学理想是对客体对象的审美价值属性的至善至美境界的总期待和总追

求,是历史的总浓缩,也是美学规律的总浓缩,它以一种独特的创造性和典范性品格,显示着一个民族的生活理想和美学趣味的总趋势,规范着和引导着审美运动和写作运动的向上进程。正是由于有了这一明确的美学追求,我们民族的审美创造,才真正有了自由和自觉的性质。这就是我们民族的诗魂之所以能够代代相传的原因,也是任何一种讹风都不能在中华的文坛上长久存在的原因。

以美学理想的力量来战胜讹风,是刘勰的第四大成功和巧妙之处。刘勰形态理论中的这种强大的典范力量以及他借助典范的力量来战胜讹风的成功举措,对于我们今天彻底清除文坛中的失衡和失范的现象,重建和我们民族的诗魂保持一致的健康向上的文风,同样是具有现实的推动作用和指导意义的。

矫讹反浅的斗争,是一种全息性的斗争。凭理论的力量以正是非,凭技术的力量以入机巧,凭历史的力量以明得失,凭典范的力量以定从违,这就是刘勰博大精深的战略格局,也是他获得突破性成功的历史经验。"不述先哲之诰,无益后生之虑。"(《序志》)这些经验,都是前人留给我们的宝贵遗产,也是我们今天反讹斗争的现实武装。既然我们的先人可以在那样复杂的文化环境中取得如此重大的成功,我们当代矫讹反浅的斗争,也一定会取得全面的胜利的。历史证明,一个具有悠久历史文化的民族,必然具有一种独特的免疫力量。每当遇到灾难性病变的时候,这种强大的生命活力就会喷薄而出,战胜外来的病毒,恢复机体的健康。对于这一点,是不应该存在任何怀疑的。在20世纪的20年代,鲁迅就已经对此提出了殷切的愿景:"早就应该有一片崭新的文场,早就应该有几个凶猛的闯将。"[1]这一文场大扫荡时代的到来,只是一个或迟或早的问题。"变则可久,通则不乏"(《通变》),历史的规律就是如此。

---

[1]　鲁迅:《论睁了眼看》,见《鲁迅选集》第 2 卷,人民文学出版社 2004 年版,第 90 页。

第二十一章　雕龙体式论

"夫情致异区,文变殊术,莫不因情立体,即体成势也。"(《定势》)文章是文心外化的整体形态。这一整体形态的体式不是随意性的,它既受制于文心的内系统运动,又受制于文心的外系统运动。就前者而言,文章的形态必须保证文章内容的充分外化;就后者而言,文章的形态必须保证它的承载功能与交际功能的充分实现。文章形态的受制性和保证性的集中表现,就是文章的体式。体式是文章的形态、结构、功能三者合一的综合范畴,它以明确的体制对各类文章的基本面貌进行量与质的结构性规定,规范着写作的表达与接受的循轨运行,对写作的成败产生直接影响。惟其如此,对体式的把握,就必然成为文章形态构筑的第一要务。刘勰所说的"才童学文,宜正体制"(《附会》),就是对体式在雕龙中的重要作用的标举。这一标举,在宋代倪思的论见中得到了明确的体认和强调:"文章以体制为先,精工次之,失其体制,虽浮声切响,抽黄对白,极其精工,不可谓之文矣"。[①]

确切把握文章体式的认识论范畴,洞悉文章体式运动的基本规律与基本要领,对于文章的形态构筑具有直接的工程意义。下面,试根据刘勰的相关论见,对体式的基本理论进行系统性的阐述与延伸性的思考。

第一节　刘勰对文章体式的范畴定位

每一门学科都有自己借以认识现实和表述认识成果的特定范畴,文章体式学说同样是如此。体式范畴作为文体运动中诸多方面的本质联系的概括性

---

① 吴讷:《文章辨体序说》,人民文学出版 1962 年版,第 14 页。

反映,是文体运动的规律性的逻辑形式。对这一认识的逻辑形式进行确切的辨析和定位,是一门学科走向成熟的根本标志,也是我们从理论上对该事物进行全面把握的起点和基点。有了这一坚实的起点和基点,我们才能对人类关于文体运动的认识不断完善化的历史过程,进行全面的把握,也因此而对某些天才人物在推动人类认识发展过程中的杰出作用,有一个具体的了解。这一全面的把握和具体的了解,对于我们自觉而高效地进行文章体式的创造性运作,是大有裨益的。

一、体式意识的形成过程

体式意识是与人类的书面表达活动俱生,随着历史的发展而发展,在历史的发展中日趋明确的。

体式作为文章分类学的范畴,在我国出现得很早。"夫文章之体。起于诗书"。① 就《诗经》来说,当时编撰这部诗歌总集的人,就有了"风"、"雅"、"颂"的划分,这种名称的给予和形态的区分,说明先秦时期,就已经萌发了诗歌分体的意识了。孔子删诗,就是一种按体整理的工作。就《尚书》来说,虽然同为散体文章,但已经有了典、谟、训、诰、誓、命六种文类的区别,说明散文分体的意识,在西周时期就已经存在了。至于战国晚期出现的《礼记》,则已有几篇涉及文章体裁的性质、源流和作用了。例如《曾子问》曾对诔文的应用范围和原则加以规定:"贱不诔贵,幼不诔长,礼也,唯天子称天子以诔之,诸侯相诔,非礼也"。而《祭统》对铭文的名称、作用、性质与写作特点,解说得更加详细:

> 夫鼎有铭。铭者,自名也,自名以称扬其先祖之美而明著之后世者也。为先祖者,莫不有美焉,有恶焉,铭之义,称美而不称恶,此孝子孝孙之心也,唯圣者能之。铭者,论撰其先祖之有德善、功烈、勋劳、庆赏、声名列于天下,而酌之祭器,自成其名焉,以礼其先祖者也。

下迄汉代,文体的样式更加多样,关于文体分类的意识更加强化和细化。

---

① 　徐师曾:《文体明辨序说》,人民文学出版社1962年版,第77页。

在刘歆的《七略》和班固的《汉书·艺文志》中，除将部录专书分为"六艺"、"诸子"、"兵书"、"术数"、"方技"五略外，又将单篇诗赋著录为"诗赋略"，并进而将赋又分为屈原赋、孙卿赋、陆贾赋、杂赋四类。蔡邕在《独断》中将天子与群臣之间的上下行文分为8类：策书、诏书、制书、戒书、章、奏、表、驳议。

但是，毋庸讳言，古人对体式的认识，在相当长的历史时期中都是极其朦胧、极其混乱的。"同类相属"，是古人区分文体的最基本的依据。古人所说的类，是根据直观的比较所进行的简单归纳。有些人根据作者作品的个性特点来分，有些人根据文章文本的形态特点来分，有些人根据时间的共同性来划类，有些人根据地域的共同性来划类，具有很大的主观性和随意性，缺乏明确和统一的客观标准。古人所说的"体"，实际是一个关于风格和体式的杂糅概念。由于杂糅，一方面越分越细，另一方面越分越杂，越分争论越多。

这种情况，一直延续到魏晋六朝时期。魏晋六朝时期是文体意识日趋鲜明，日趋自觉，日趋系统化的时期。曹丕在他的《典论·论文》中，鲜明地提出了"文章本同而末异"的理论主张。所谓"本同"是指"经国之大业"这一总的目标相同。所谓"末异"，主要是指类属特征的差异："文非一体，鲜能备善……奏议宜雅，书论宜理，铭诔尚实，诗赋欲丽。此四科不同，故能之者偏也；唯通才能备其体"。曹丕所说的这些特征，虽然包含着体态特征的差异。但主要还是美学风貌的差异。他所说的"体"，从文章分类学方面来说固然有了相当明显的进步，但从文体意识的角度来说，仍然没有走出风格论与体式论杂糅的瓶颈。陆机的《文赋》同样是如此。陆机在《文赋》里将文章划分为十体，并一一指出了它们的风貌特征："诗缘情而绮靡，赋体物而浏亮，碑披文以相质，诔缠绵而凄怆，铭博约而温润，箴顿挫而清壮，颂优游以彬蔚，论精微而朗畅，奏平彻以闲雅，说炜晔而谲诳"。陆机所说的这些文章种类，远远超出了曹丕的归纳，他对各体文章的体貌特征的解说，也远比曹丕所做的解说具体。但是，这些特征仍然属于风格学的范畴，和前人相比，只有量的变化，而没有质的飞跃。陆机是如此，他的后继者挚虞，同样是如此，都没有走出概念杂糅的瓶颈。

这一从认识上突破瓶颈的任务，最后历史地落到了刘勰的肩上。在我国的文章学史上，第一个大胆地走出这一认识的瓶颈，实现体式概念与风格概念的剥离，赋予体式与风格以独立的范畴地位的学者，就是刘勰。《文心雕龙》

中的《定势》和《体性》这两个专章,就是这一成功剥离的理论见证。这一认识论上的剥离和飞跃,是我国体式论和风格论这两大学科领域的自觉化和科学化的真正起点。

二、刘勰对体式范畴的科学定位

体式概念与风格概念的纯化,犹如一对连体婴儿的剥离,原本是一件极其困难的事情。究其原因,就在于这两个相邻、相关的概念过于相似,二者之间相同和相通的东西实在是太多了。这两个概念,都是以"体"作为基本依据的。"体",就是古人对形态的称谓。《大雅·行苇》:"方苞方体,维叶泥泥。"《笺》曰:"体,成形也。"不管是体式还是风格,最后都要从"体"亦即形态上表现出来。而产生形态差异的原因,实际是多种多样的,文章形态的属性,同样是多种多样的。而刘勰以前的人对"体"的辨析,总离不开"以体辨体"的模式,即内系统辨析的模式,缺乏外在的参照系统,犹如以自己的体重衡量自己的体重一样,永远无法得其要领。再加上前人对文章进行分类,主要是采用"同类相属"的实证比较的方式,这种方式本身就具有极大的直观性和片面性,是不可能获得逻辑论证的普遍性品格的。如果不走出实证方法的瓶颈,不管进行实证的材料是何等丰富,也只能原地徘徊,而不可能实现从感性认识到理性认识的飞跃的。

要想解决这一问题,关键在于找到那个足以将二者分开的界面。径而言之,就是找到它们之间的具有本质意义的同中之异的东西。这一个足以将二者截然分开的同中之异的东西,就是二者在范畴上的差异。刘勰就是找到了这一决定性的界面,实现了对二者的成功剥离,从而开创出文体科学和风格科学的新局面的杰出学者。

刘勰的聪明和巧妙之处就在于,他在"体"这一原始概念的混沌性内涵中,看出了由于本体不同和制约因素不同而形成的两种不同的形态;一种是来自人的个性并与人的个性直接相通的形态,一种是来自文本的具有公共意义的形式规范与由此生发的具有公共意义的功能规范。刘勰明确认为,尽管二者都具有形态学的鲜明特征,因此而生发出难解难分的某些共同属性,但从形态借以产生的根源及其作用来说,从形态所涉及的内涵来说,概而言之,从形态的外系统联系来说,二者是判然有别的:前者在根本性质上属于因性生体的范畴,后者在根本性质上属于因形生势的范畴;前者被他称为"体性",后者被他称为"体势",《体性》篇是他对"因性生体"的风格论的系统阐述,《定势》篇是他对"因形生势"的体式论的系统阐述。两个概念之间的同中之异,根据刘勰的相关论述,可以具体概括为以下几个方面。

其一,是所自从来的根本实体的不同。刘勰明确认为,"体性"(风格)所自从来的根本实体是"性"。所谓"性",就是人的个性化的情性和习染。人的情性和习染的差异,是文章的"体性"(风格)千差万别的总根由:"才有庸俊,气有刚柔,学有浅深,习有雅郑,并情性所铄,陶染所凝,是以笔区云谲,文苑波诡者矣"。而"体势"(体式)所自从来的根本实体,则是"形"与"势"。所谓"形"与"势",就是文章文本的特定形态及由此所生发的特定功能。这种特定的形态和特定的功能,是文章的"体势"(体式)具有类的区别的总根由:"形生势成","如机发矢直,涧曲湍回,自然之趣也。圆者规体,其势也自转;方者矩形,其势也自安:文章体势,如斯而已"。

其二,是本质属性的不同。"体性"是人的个性化的精神气质在文章形态中的特定表现,在根本性质上属于个性心理学的范畴。所谓"各师成心,其异如面",就是对体性的根本属性的明确揭示。而"体势"则是语言的特定表达方式及相应的特定功能在文章文本中的表现。在根本性质上属于语言学的范畴。刘勰云:"模经为式者,自入典雅之懿;效《骚》命篇者,必归艳逸之华;综意浅切者,类乏蕴藉;断辞辨约者,率乖繁缛:譬激水不漪,槁木无阴,自然之势也。"他所说的"式",指的就是语言表达的特定格式。这一特定的格式,就是生发文章文本的特定功能的物质依据。就其认识论的学科领域来说,是严格地属于语言学的。

其三,是存在方式的不同。由于本体的不同和本质的不同,它们的存在方式也必然是判然有别的:一个以"神"的方式存在,另一个以"形"的方式存在。体性的存在方式是内在的,体势的存在方式是外在的。体性的存在方式是自由的、自发的、个性的、非控制性的、非模式化的。所谓"各师成心,其异如面",就是刘勰对体性的这一普遍规律的理论概括。体势的存在方式是约定俗成的、受制的、共性的、规范的、模式化的。所谓"镕范所拟,各有司匠,虽无严郛,难得逾越"(《定势》),所谓"式者,则也"(《书记》),所谓"确乎正式"(《风骨》),"哲人之颂,规式存焉"(《章表》),就是刘勰对体势的这一普遍规律的理论概括。

其四,与外部世界的联系方式的不同。体性所反映的是人的个性状况与相应的语言美学形态之间的关系,质而言之,就是"个性—语言—美学形态"之间的关系,从根本上说属于审美活动的领域。体势所反映的是语言表达的特定格式与这种格式所具有的特定功能之间的关系,质而言之,就是"社会—语言—功能"之间的关系,从根本上说,属于社会交际活动的领域。

综上可知,体式与风格这两个概念之间的差异,绝不是一般性的差异,而是一种由系列概念所总汇而成的范畴上的差异。作为系列概念的总结点,体势(体式)和"体性"(风格)各自具有不可代替的独立而且完整的认识论范畴。体式不是什么别的东西,而是一种以语言形态作为特定的外部标志和特定规范,以由此生发的特定的交际功能作为特定目的的"形态—功能"的综合体。"形态—功能",就是体式的核心范畴。

所谓"形态",是指文本在语言表达上的特定格局。这一特定格局不是随意性的,而是规范性的。一方面,它受制于它所表达的情思属性的基本类型;另一方面,它又受制于它所进行的交际活动的属性的基本类型。体式,就是对二者进行适应的总结果。

所谓"功能",是指特定的语言表达方式所具有的"因情立体,即体成势"的特定效能。这种功效主要表现在两个方面:一是表达相应属性的思想感情的功效。例如诗的体式具有表达"情性"思维的功效,所谓"诗缘情以绮靡",即此之谓。论说的体式具有表达理性思维的功效,所谓"论之为体,所以辨正然否,穷于有数,究于无形,钻坚求通,钩深取极,乃百虑之筌蹄,万事之权衡也",就是对这种功效的理论概括。史传的体式具有表达认知思维的功效,所谓"史者,使也;执笔左右,使之记也。古者左史记事者,右史记言者。言经则《尚书》,事经则《春秋》",就是对这种功效的具体解说。二是标示和规定文本的交际方式的功能。每一种体式,都是一种对特定的交际方式和特定的解读方式的规定性。这种规定性具有约定俗成的属性,是规范性的,沿袭性的,而不是随意性的。所谓"式",就是对"体"的特定规范。"式者,则也。"(《书记》)包括模式和法则两方面的含义从宏观而言,审美性的文体具有情感交际的功能,实用性的文体具有实用交际的功能,论说性的文体具有理性交际的功能,都是按照严格的模式和法则进行的。就微观而言,每一类群中又有多种多样的类别,在交际方式和交际范围上又有许多具体的规定和差别。例如,在公文文体中,有的文体是专门对上面陈述情况和意见的,如"章表",有的文体是专门对下面发布命令的,如"诏策",有的文体是专门用来讨伐敌人的,如"檄移",等等。

体式,就是特定的语言形态与由此生发的特定功能的统一体。语言表达的特定形态规范与由此生发的功能规范的相应性,就是体式的最基本的范畴。而体性,则是语言形态和个性心理的统一体。人的个性化的特定心理形态与由此生发的特定语言形态的相应性,则是体性的最基本的范畴。正是这一成功的剥离,赋予了这两个长期杂糅的概念以独立的范畴地位,为这两门学术的长足发展开辟了决定性的门户。

刘勰的这一历史性的范畴定位,得到了历代文论家的验证、认同和拓展。司空图的《诗品》和徐师曾的《文体明辨》,一直到袁枚的《随园诗话》,无一不是遵循着这一明确的范畴定位进行诗歌体式的理论开拓并因此而取得成功的。如果没有刘勰的范畴定位理论的导航,这几部专著的成功是不可想象的事情。在近现代文化环境中,刘勰的科学论见,又在更加深刻、更加广阔的层面上得到了回应和体认。黄侃云:"体斥文章形状,性谓人性气有殊,缘性气之殊而所为之文异状。"①又说:"彼标其篇曰《定势》,而篇中所言,则皆言势之无定也。其开宗也,曰:因情立体,即体成势。明势不自成,随体而成也。申之曰:机发矢直,涧曲湍回,自然之趣;激水不漪,槁木无阴,自然之势。明体以定势,离体定势,虽贤者哲匠有所不能也。"②这就是他对"体势"这一认识范畴的明确体认。显然,在黄侃的概念系统中,风格和体式这两个范畴是判然有别的。王元化云:"刘勰提出体势这一概念,正是与体性相对。体性指的是风格的主观因素,体势则指的是风格的客观因素。"③可谓一针见血之语。但也毋庸讳言,在当代的文论界中,将体式与风格两个概念杂糅使用和错位使用的现象仍时有出现,"文体风格"的说法以及将一切语言现象都纳入风格论范畴的做法还颇为流行。这种在范畴上的错乱现象及其严重危害,已为有识之士所明确指出:"倘将含有风格因素的术语,如像《文心》中的'体'、'体势'、

① 黄侃:《文心雕龙札记》,上海古籍出版社2000年版,第96页。

② 黄侃:《文心雕龙札记》,上海古籍出版社2000年版,第109页。

③ 王元化:《文心雕龙创作论》,上海古籍出版社1984年版,第164页。

'势'统统不加区别地释为风格,至少是忽略了它们各自不能取代的特点,这样做造成了概念上的混乱。"①惟其如此,辨析与弘扬刘勰的范畴论思想,就具有更加迫切的现实意义了。

第二节　刘勰关于文章体式的系统机制与系统作用的理论体认

　　形态与功能,是体式范畴的集中关注点,也是构成体式运动的系统机制的两大核心部件。从最根本的层面来看,文章的体式,就是二者矛盾运动的结果。刘勰所说的"形生势成,始末相承",就是对这一矛盾运动的总原理的集中概括。运用这一普遍性原理来解析体式运动的系统机制,是刘勰的一大发明。而就其最根本的指导思想来说,则来自先秦时期的理论发现和理论创造。揭示这一内在工作原理的认识论根由,探索它在文体运作中的具体作用,是本节所希望达到的理论目标。

一、因形生势理论的历史渊源

　　从先秦起,我们的古人就已经注意到了自然运动中形势相生的现象,并逐步升华为理论认识。春秋时,管仲的《管子》中著有"形势"篇,将形与势置于一个统一的认识范畴。旧注云:"自天地以及万物,关诸人事,莫不有形势焉。夫势必因形而立。故形端者势必直,状危者势必倾,触类莫不然,可以一隅而反。"就是对"形"与"势"的关系所作的具体阐释。战国时,孙武将形生势成的普遍原理运用于兵法学的研究中,写成了著名的兵法十三章。《军形》篇云:"胜者之战,若决积水于千仞之溪者,形也。"孙子认为,战争的胜利,取决于"势",而"势"则生于"形",就像"决积水于千仞之溪"所产生的巨大冲击力量一样。所谓"形",指客观事物的特定形态。所谓"势",指客观事物的特定形态所产生的功能。这一深刻的哲理,在《兵势》篇中得到了更加具体的阐发。他说:"激水之疾,至于漂石者,势也;鸷鸟之疾,至于毁折者,节也。故善战

① 涂光社:《文心雕龙定势论浅说》,《文学评论丛刊》第13辑,中国社会科学出版社1982年版,第45页。

者,其势险,其节短。势如弩弩,节如发机。"这里所说的"节",就是对"形"的恰当利用。因此,"善战者,求之乎势,不责之于人,故能择人而任势。""任势",就是充分发挥形态的造势作用。这才是内行的做法。"任势者,其战人也,如转木石,木石之性,安则静,危则动,方则止,圆则行。故善战人之势,如转圆石于千仞之山者,势也。"

这些论述,清晰地揭示了"形"与"势"的辩证关系。他所说的"形",在自然哲学中就是客观存在的物质形态,具而言之,就是客观物质的质量、数量、位置的系统组合的特定状况。他所说的"势",在自然哲学中就是客观物质的特定形态所生发的特定力学效应。具而言之,就是客观物质的质量、数量、位置的系统组合的特定格局所生发的特定能量。二者的关系,是因与果的关系,前与后的关系,形与力的关系,决定与被决定的关系。这些充满东方智慧的论见,既是对兵法中的形与势的关系的精辟论述,也是对这一普遍性范畴的深刻阐发。这些具有普遍意义的论见,就是刘勰论述文章体式的系统机制的最直接的认识依据和理论纲领。

二、刘勰对体式运动系统机制的精辟论述

刘勰是我国历史上第一个将兵法中的形势理论引入文章体式系统机制研究的学者。《定势》篇的开头一段,就是他根据《孙子》所提出的形势理论对文章体式的系统机制所作的深刻论断:

> 夫情致异区,文变殊术,莫不因情立体,即体成势也。势者,乘利而为制也。如机发矢直,涧曲湍回,自然之趣也。圆者规体,其势也自转;方者矩形,其势也自安:文章体势,如斯而已。

这段话,就是刘勰论述体式运动的总纲领和总结论。他明确指出,体式的系统结构是由三个层面所组成的。第一层面,是"情"的层面,这是体式借以建立和表现的内在依据。第二层面,是"体"的层面,这是"情"的属性借以表现的形态依据。第三层面,是"势"的层面,这是"体"的属性借以表现的功能依据。

所谓"情",是指文章内容中所表现的情思。情思的属性是制约形态的内

在因素。文章的情思在基本属性上是存在着类型上的差异的,这就是文章在表达的形态上存在类型差异的根由。刘勰所说的"因情立体",就是这种内在的制约关系的理论概括。

所谓"体",是指文章的情思借以表现的形态。就这种形态的自身而言,主要是指它的语言表达的特定方式。在文章中,语言的表达方式不是随意性的,而是严格的受制性的。对内而言,它受制于它所表达的情思属性的基本类型;对外而言,受制于它在交流活动中由于形态的特定设置所具有的特定功能。刘勰所说的"即体成势",就是对这种外在的制约关系的理论概括。

所谓"势",是指文章的特定形态在表达与交流中所实现的特定功能。刘勰所说的"如机发矢直,涧曲湍回","圆者规体,其势也自转;方者矩形,其势也自安"(《定势》),就是指形态对功能的决定性作用。表现在体式的运动中,就是文章的形态规范对文章的功能规范的决定作用。刘勰所说的"模《经》为势者,自入典雅之懿;效《骚》命篇者,必归艳逸之华;综意浅切者,类乏蕴藉;断辞辨约者,率乖繁缛:譬激水不漪,槁木无阴,自然之势也"(《定势》),就是对这种内外相生关系的理论概括。

概而言之,"情—体—势"三个层面,构成一种层层相因和层层相制的梯级关系。它以情思为特定内在依据,以形态为特定实体,以功能为特定目的,由此而驱动文章体式的系统运动:体决定于情,势决定于体,而情又决定于势,互相驱动,互相制约,如循环之无端。所谓"因情立体",就是根据作者所要表达的思想感情的思维属性,来确定文章的体式。譬如,要表达逻辑性的思维,就必须运用"论说"类的文体,要表现情感性的思维,就必须运用文学类的文体,要表达认知性的思维,就必须运用实用性的文体。所谓"即体成势",就是特定的形态产生特定的功能。譬如,"诗"的形态生发"诗"的特定的表达功能,实现"诗"的特定的交际目的,《赋》的形态生发《赋》的特定的表达功能,实现"赋"的特定的交际目的,"檄"的形态生发"檄"的特定的表达功能,实现"檄"的特定的交际目的,"箴"的形态生发"箴"的特定的表达功能,实现"箴"的特定的交际目的。这样,就将三个层面建构成一个有机的整体。"体式",就是这个三元合一的整体的特定的形态规范和功能规范。它以规范的强制性,保证着体式运动的循轨运行。

文章的体式,就是三个层面的系统运动的结果。这三个层面,不仅是构成体式的根本要素,也是划分体式类型的决定性依据。由于有了这一精确的客观依据,文章的分类才告别了直观比较的模式,走上了科学思辨的康庄大道。

三、体式在文章表达中的系统作用

文体是作者进行的旨在为读者接受的思维和表达的具体格局。这一格局在文章表达中的系统作用,主要表现在以下两个方面:规范作用与保证作用。具而言之,它以系列的显规则和潜规则,对文章的形态与功能做出种种的规定,借以保证着表达与接受的充分实现。

文章体式的规范作用,首先来自其历史性和社会性:它是历史的产物,也是社会的默契。作为历史的产物,它是历史文化的积淀,是历代人对文章形态及其相应功能进行优化选择的结果:"名理有常,体必资于故实;通变无方,数必酌于新声。"(《通变》)因此,它必然具有代代相因又与时俱进的品格。作为社会的默契,它是社会文化的公共性的产物,是公共意志的表现,势必具有约定俗成的属性,这种属性对于个人来说,是带有一定的强制性的。所谓"设文之体有常",所谓"规范所拟,各有司匠,虽无严郛,难得逾越",就是这种与规范性并生的社会强制性的理论表述。惟其如此,它必然具有极大的心理定势力量,驱动全社会的成员向它普遍认同。只有合乎体式,才能为社会所接受,否则,就会受到社会的拒绝。

文章体式的规范作用,也来自其科学性:它是"情—体—势"三个层面之间优化选择和优化适应的结果,也是"作者—作品—读者"三个方面之间优化选择和优化适应的结果。这一结果,是人类的写作经验和审美经验长期积累并不断升华的产物,是一种规律性的深刻表现。如果违反了这一规律而率意妄为,就会陷于"失体成怪"的极大乖谬之中而不可能获得社会的广泛接受。对此,刘勰举出了六朝辞人的例子:"自近代辞人,率好诡巧,原其为体,讹势所变。厌黩旧式,故穿凿取新,似难而实无他术也。"刘勰认为,这种随意改变体式以求新的做法,看来似乎高深,实际是故意和传统的规范反一调,借以掩盖自己的空虚而已,没有任何可取之处。真正的创新,总是与规律并行的。违反规范就必然违反规律,违反规律就必然会站到真理的反面而成为荒谬的东西。所谓"密会者以意新得巧,苟异者以失体成怪",就是对体式的科学性所具有的保证作用的具体证明。

文章体式的规范性,具体表现为对文章形态与功能的系列规定性。这些规定性,就是文章的特定形态借以实现它特定的表情功能与特定的交际功能的外在保证。

其一,是对情思属性与形态属性的一致性的严格规定。所谓"因情立体",就是对这种一致性的总规定。具而言之,表现情感性的内容必须使用情感性类型的文体,表现思辨性的内容必须使用思辨性类型的文体,表现认知性内容必须使用认知性类型的文体。惟其如此,才能保证思想感情在最优化的形态中获得最充分的表现。

其二,是对形态与功能的一致性的严格规定。所谓"即体成势",就是对这种一致性的总规定。具而言之,要想获得某种特定的功能,必须使用某种特定的体式。譬如,要想对敌人进行讨伐,必须使用"檄"的文体;要想对朋友进行劝诫,就必须使用"箴"的文体。正是这些严格的规定,保证着文章的社会功能在最能体现这种功能的语言形态中获得最充分的体现。

其三,是对读者的理解方式及交际范围的严格规定。一定的文体,总是与一定的理解—接受方式以及交流—交际方式联系在一起的。每种文体,都有自己特定的解读方式,或者说"独特的心理密码"。只有掌握了这些具体的规定性,才能准确地把握它的阅读方式和交际方式,获得良好的接受效果。如果不获得并严格按照这种"密码"去理解,就会造成极大的混乱。例如,在情感性的体式中,为了突出感情的强烈性和鲜明性,常常使用夸饰的表达方式,"因夸以成状,沿饰而得奇"。它所遵守的是艺术的规则,而不是日常的语言逻辑规则:"夸饰在用,文岂循检","辞虽已甚,于义无害"。这种表达与解读的方式,绝不能用在认知性的体式之中。认知性体式的表达方式与解读方式,是"文非泛论,按实而书",它是一种照实的录记,而绝不是一种虚拟性的"壮辞可得喻其真"。二者在解读方式上,是存在根本属性上的区别的,因而也是不可代替,也不能混淆的。否则,就会造成极大的混乱。

大唐诗圣杜甫曾用"霜皮溜雨四十围,黛色参天二千尺"两句诗,描绘武侯庙前古柏的形象和气势,借以抒发自己的情怀。众所周知,这是艺术的真实,应该运用艺术体式的规则进行解读。而《梦溪笔谈》的作者却对此提出訾议说:"四十围乃径七尺,无乃太细长乎?"另一位文人则为杜甫鸣不平,反驳说:"古制以围三径一……武侯庙古柏,当以古制为定,则径四十尺,其长二千尺宜矣,岂得以太细长讥之乎?"(胡仔《苕溪渔隐词话》)实际上,他们都犯了文体接受错乱的毛病,用认知性体式的规则去解读文学作品,结果闹出笑话来。

最典型的例子还是古代的回文诗,如果不懂得这种文体的体式,读者就无法进行阅读,更遑论交流了。

其四,是对文章类别划分的严格规定。文章的体式,是文章分类的客观依据。"设文之体有常",惟其"有常",类的划分才能确切。掌握了"类"的优势,才能真正掌握"法"的优势。同时,由于有了"类"的确切划分,才能有同类知识的定向集中,有利于知识的碰撞与融合。有了分类,各个学科领域的独立性才能在学术范围内清晰地显示出来,有利于学科之间的渗透与融合,其结果是边缘文体和边缘学科的诞生。概而言之,文体的辐射作用覆盖于人类的全部精神文化,随着人类文明的进步,它对人类发展的促进作用会日益扩大和明显。

四、对文体含义的系统归纳

文章体式作为雕龙论中的一个核心概念,属于"情思—结构—形态—功能"的统一范畴。在这一多维性的认识场中,对文体含义的系统把握,具有以下几个基本的观照点。

其一,文章是文心的物质形态。写作成品作为"为文之用心"的精神形成物蕴寓在它的物质形态——书面语言形态中,只有通过它,才能被人类所感知。这种物质形态绝不是杂乱无章的堆积,而是一个由"情—体—势"三个层面有机融合的整体。正是这一有机的整体决定着文章表达的面貌。这种直接可感的面貌,既不是随意性的,也不是单一性的,而是面貌各异,异中有同,同中有类的。

其二,同类的文章都具有共同的"面貌"。这一"面貌"是由"情思—形态—功能"三者所融合而成的结构的类属特征所决定的。所谓"情思",是指文章内容的思维属性。所谓"形态",一是指它的内在结构,即文章的情思与信息载体——题材的思维属性及其组合方式。情思与题材的属性及其组合方式的属性存在着类型的差异,这是形态差异与功能差异的内在原因。一是指它的外在结构,即书面语言的结构。书面语言的属性及其组合方式的属性同样存在着类型上的差别,这是形态差异与功能差异的外在原因。因此,从形态学的角度来看,文体的分类应该在两种尺度中进行:文章的材料学方面和文章的符号学方面。文章的形态具有双重的属性:它一方面是题材的整体结构,另一方面又是书面语言的整体结构。这两个方面都是文体存在的具体方式,是划分文体的客观依据。

形态是从属于功能的。每一种文章形态,都是为着实现某种特定功能的有意识的设计。"圆者规体",是为了"其势也自转";"方者矩形",是为了"其势也自安"。功能,是结构中"因形生势"的自然驱动。结构—形态—功能,三者互相制约,互相契合,互相依从。有某种结构必然表现为某种形态,有某种形态必然实现着某种功能。反过来说也是如此。我们的古人早在1500年前就已经对此进行过充分的理论论证和实践归纳:按照《经》体的范式去进行写作,就会出现《经》的类属特征,闪烁出《经》所特有的典雅的理性光辉,实现以理服人的功能;按照《骚》体的范式去进行写作,就会具有《骚》的类属特征,焕发出《骚》所特有的美艳动人的感性光辉,实现以情感人的功能。所谓"摹经为式者,自入典雅之懿,效骚命篇者,必归艳逸之华",即此之谓。这是"结构—形态—功能"系统作用的结果,是合力运动的综合效应。

其三,"情思—形态—功能"三者统一的焦点,就是文章的体式。所谓体式,就是与文章的感情属性与功能属性直接相通的形态规范。"镕范所拟,各有司匠,虽无严郛,难得逾越。"(《定势》)也就是明代顾尔行所具体阐发的:"陶者尚型,冶者尚范,方者尚矩,圆者尚规,文章之有体也,此陶冶之型范,而方圆之规矩也。"①体式是文章出现类属特征的直接原因。唯有这种使形态规范化的体式,才能保证文章的"结构—形态—功能"的契合性和稳定性,实现文章表达与交流的目的。

根据以上的系统观照,我们不难对文章体式的系统机制及其系统含义,做出下面的系统归纳:

文章体式是"情思—结构—形态—功能"对文章面貌的具体规定。它以体制的形式规范着文章的形态,通过形态内所蕴集的结构应力,去实现自己特定的表达功能与交际功能。

---

① 顾尔行:《刻文体明辨序》,见《文体明辨序说》,人民文学出版社1962年版,第75页。

第三节　刘勰对文体世界的系统划分

文章体式是人类运用书面语言对世界进行精神掌握的一种形态规范。人类对世界进行精神掌握的方式是多种多样的,表现在书面语言中的具体面貌同样是多种多样的。各种文章的体式都是一个独立的系统,各个系统之间互相分隔又互相联系,有如天体运动一样组成一个博大无垠而又秩序井然的文体世界。我国对这一与人类的思维同样广阔、同样深邃的世界的系统划分的探索,开始于先秦时期。但是实践的把握和理论的把握,毕竟是两个迥然有别的范畴。我国的文体分类活动历代都在扩化和深化,而文体分类的系统理论的出现,却是魏晋以后的事情。刘勰是我国历史上第一个对文体的认识论范畴进行科学定位的学者,也是我国历史上第一个对文体的系统机制和系统含义进行系统思辨的学者。正是这些系统的定位和思辨,为文体世界的系统划分,提供了客观的和科学的标准和尺度。惟其如此,对文体世界的系统划分,才真正告别了"同类相属"的直观式的低级阶段而走向了以理相格的高级阶段。由刘勰所提出的这些关于文体分类的标准与尺度的基本理论及其分类论证的具体实践,不仅为历代作家奉为圭臬,而且为现代人的理论开拓和实践开拓提供了强大的方向论依据和方法论依据,支持着现代人的继续长征。

一、文体分类的基本尺度

"因情立体,即体成势。""情"、"体"、"势"三者,既是构成体式的基本层面,也是文体借以分类的基本依据和基本尺度。

（一）情

"情"指文章的思维内容。文章思维内容的基本类型,是它的体式的决定性的内在依据,也是文体分类的内在尺度。所谓"履端于始,则设情以位体",就是刘勰对这一决定性的依据和尺度的明确标举。

就人类思维内容的基本类型来说,不外乎以下三种:情感性思维类型;思辨性思维类型;认知性思维类型。表现在文章的形态规范中,就是三大文体群的分野:文学类文体群,论说类文体群,实用类文体群。

（二）体

"体"指文章的语言形态。文章语言形态的基本类型,是它的体式的外在依据和文体分类的外在尺度。

文章的语言形态的类型,可以从不同的角度去划分。从音韵学的角度来看,可以分为有韵和无韵两种。从排列学的角度来看,可以分为散体、整体和整散相生三种。从语体学的角度来看,可以分为记述、议论、抒情、描写、说明五种表达方式。每一种语言类型,都与一定的思维类型及功能类型紧密地联系在一起。譬如,诗歌的语言是讲究韵律的,句子讲究整齐一律,通常都使用描写和抒情的表达方式。论说文的语言是不讲究韵律的,句式自由疏放而严格讲求逻辑的严密,通常都使用议论的表达方式。实用文一般不讲究韵律,不讲求句式的整齐,也不追求逻辑的严密性,通常都使用记述和说明的表达方式。

（三）势

"势"指文章的社会交际功能。文章的社会交际的性质和范围的基本类型,是文章体式的最终价值依据和文体分类的最直接的尺度。

文章社会交际功能的基本类型,大致可以分为以下三种:审美性交际类型;论辩性交际类型;实用性交际类型。审美性交际类型专务于以形象为载体的感情信息的交流,论辩性交际类型专务于以逻辑为载体的理论信息的交流,实用性交际类型专用于认知信息的交流。

以上三种尺度,是一个多义性和多面性的统一体。所谓多义性,是指尺度的认识论属性、功能论属性、形态论属性的多样性集合。所谓多面性,是指尺度在结构上的内与外、主与从、因与果、隐与显等多面性和多层性上的集中。这两大属性,反映着各种文体之间的差异性与公共性的复杂情况,也是处理文体分类中诸多复杂情况的总依据和总原则。而功能尺度,则是观照体式类别的最直接、最快捷的窗口,是所有尺度的最后集中。系统的事物依靠系统的把握,唯有全面地、辩证地进行系统把握,才能对每一特定的文体进行准确的界定。否则。就会走入以偏赅全的歧途。六朝的前刘勰时期将文体世界简单划分为"文"与"笔"的二元对立的世界,就是典型的例子。

二、刘勰对"文笔"划分的科学思辨

六朝时期,文人们常常把作品分为"文"与"笔"的两类,认为有韵者为文,无韵者为笔。以此作为文体世界的基本划分。范晔《狱中与诸甥侄书》云："手笔差易，文不拘韵故也。"意谓"手笔"写作比较容易，因其不受用韵的限制。《宋书·颜峻传》云："太祖问延之：'卿诸子谁有卿风？'对曰：'竣得臣笔，测得臣文。'"颜延之将"笔"与"文"对举，显然是指两类不同的文体。与刘勰同时的萧绎，在他的《金楼子》中说得更加明确："不便为诗如阎纂，善章奏如伯松，若此之流，泛谓之笔。吟讽风谣，流连哀思者，谓之文。"当代某些学者认为，文笔之辨也是刘勰文体理论的主要依据和基本纲领，举证云：

> 《序志》篇云："若乃论文叙笔，则囿别区分。"指书中《明诗》至《谐隐》十篇是论述有韵的"文"，即诗、赋、颂、赞、铭、箴、诔、碑、哀、吊、对问、七、连珠、谐、隐等文体；而《史传》至《书记》十篇是论述无韵的"笔"，即史传、诸子、论、说、诏、策、檄、移、封禅文、章、表、奏、启、议、对、书信等文体。《文心雕龙》论文体正是按当时人区分文笔的习惯来安排其篇章结构的。①

这种看法自有一定的道理，因为刘勰确实使用了"文笔"这两个当时的"常言"，并且确实将这两个"常言"和文体的"囿别区分"在某些语言结构中联系在一起。但是这一客观事实远远不能代表刘勰在这一问题上所表现出来的全部事实。这里所说的"全部事实"，就是刘勰在文笔问题上的系统思辨。刘勰的系统思辨，集中体现在下面一段论述中：

> 今之常言，有文有笔，以为无韵者"笔"也，有韵者"文"也。夫文以足言，理兼《诗》《书》，别目两名，自近代耳。颜延年以为："笔"之为体，"言"之文也；经典则"言"而非"笔"，传记则"笔"而非"言"。请夺彼矛，还攻其楯矣。何者？《易》之《文言》，岂非"言"文；若"笔"为"言"文，不得云经典非"笔"矣。将以立论，未见其论立也。予以为：发口为"言"，属翰曰"笔"，常道曰经，述经曰传。经传之体，出"言"入"笔"，"笔"为"言"使，可强可弱。六经以典奥为不刊，非以"言""笔"为优劣也。昔陆氏《文

---

① 王运熙：《中国文学批评通史》第 2 卷，上海古籍出版社 1996 年版，第 193 页。

赋》,号为曲尽,然泛论纤悉,而实体未改。故知九变之贯匪究,知言之选难备矣。(《总术》).

这段话明确告诉我们,"文笔"在刘勰的概念系统中,具有自己独特的非时尚化的内涵。刘勰所说的"文笔",实际是一个传统的一元化的概念,而不是一个相对相分的概念。他明确认为,在我国的传统文化中,文与笔原本就是一个统一的范畴。他举出了孔子的一句名言作为依据:"言以足文,理兼诗书。"文采是文体的普遍属性,原本就是包括《诗经》和《尚书》两种文体在内的。以韵之有无为依据,将文与笔分开,只是一种特定的时尚现象,并不能代表历史的普遍规律。因此,刘勰在"文笔"概念的使用中,仍然遵守古义,而不将它们视为两个截然互异的范畴。例如:

> 文场笔苑,有术有门。(《总术》)
> 笔区云谲,文苑波诡者矣。(《体性》)
> 孔融气盛于为笔,祢衡思锐于为文,有偏美焉。(《才略》)
> 庾(亮)以笔才逾亲,温(峤)以文思益厚。(《时序》)
> 明帝崇才,以温峤文清,故引入中书。(《诏策》)
> 温太真之笔记,循理而清通,亦笔端之良工也。(《才略》)
> 草创鸿笔,先标三准。(《熔裁》)
> 文藻条流,托在笔扎。(《书记》)
> 藻耀而高翔,固文笔之鸣凤也。(《风骨》)
> 裁章贵于顺序,文笔之同致也。(《章句》)

所谓"文场笔苑","笔区文苑",是一种骈体文中的"互文"的表达方式,"文场"与"笔苑",是一个意思,目的在获得结构上的平衡与音节上的和谐。"文"也好,"笔"也好,指的都是文章。所谓"孔融气盛于为笔,祢衡思锐于为文"中的异称,对于"文笔"来说也同样是一种"互称"而不是对称,因为这两句话所要突出的"偏美",并不是体式范畴中的"偏美",而是"才略"范畴中的"偏美"。这种"才略"范畴中的"偏美",就是"气盛"与"思锐"的偏异,而不是文与笔的偏异。文与笔是他们两个人在才略上的偏美所借以表现的共同领域。《时序》中所说的"笔才"和"文思"的异称，同样是一种互文，文中所说的"文"与"笔"，都属于文章的统一范畴。"温以文思益厚"中的"文"，实际是指"常言"中"笔"，因为温峤所擅长的，是诏策一类无韵的文体，并不属于"常言"中的有韵之"文"的范畴。《书记》中所说的"笔扎"，仍然不废"文藻"。《风骨》中所说的"藻耀而高翔"，兼指文笔。《章句》中所说的"裁章贵于顺序"，同样是"文笔之同致"。在刘勰的书名叫《文心雕龙》，兼论文笔，是把"笔"统摄于"文"之中的。即使是在单用的时候，也是兼具二义的。"草创鸿笔，先标三准"，"三准"是文章写作的普遍准则，兼及文笔。书名中的"文"，是对"文"与"笔"的统称。概而言之，无论是"文"还是"笔"，在刘勰的概念系统中，都是对文章的称谓。而文章，则是将有韵之"文"和无韵之"笔"，都涵盖于其中的。

这段话也明确告诉我们，刘勰对时尚的以韵之有无作为文体分类依据的见解，在理论上采取了一种明确的批判态度。刘勰认为，文采之有无，并不是区分文学与非文学的决定性依据。这是因为，文采是普遍属于所有文体的。"心生而言立，言立而文明，自然之道也。"语言与文采，从来都是相并而生的。颜延年的错误，就在于他将"言"与"笔"，视为两个对立的范畴，认为有些"言"是有文采的，这种有文采的"言"，被他称为"笔"，例如传记；有些"言"是没有文采的，被他称为"言"，例如经典。他说："'笔'之为体，'言'之文也；经典则'言'而非'笔'，传记则'笔'而非'言'"。刘勰认为，这种说法在逻辑上是自相矛盾的。何者？"《易》之《文言》，岂非'言'文；若'笔'为'言'文，不得云经典非'笔'矣。"因此，这种说法在理论上是不能成立的："将以立论，未见其论立也。"刘勰还进一步指出，这种逻辑上的自相矛盾，来自概念上的混乱。"发口为'言'，属翰曰'笔'，常道曰经，述经曰传。""言"与"笔"之间，是一种体与用的关系，虽有精粗之别，但在根本性质上却是一致的：二者都具有文采，只不过在强弱上具有差别罢了。表现在"经"与"传"上同样是如此："经"与"传"的关系，同样是体与用的关系，都是道的表现，都具有文采，只不过在强弱上有差别罢了。"经传之体，出'言'入'笔'，'笔'为'言'使，可强可弱。"六经与史传，都属于文章的范畴，它们在文体上并不存在优劣的区别。六经之所以被称为"不刊之鸿教"，并不是由于它有文采，而是由于它在内容上的隽永和深刻。"六经以典奥为不刊，非以'言''笔'为优劣也。"

由此可知,刘勰所说的"论文叙笔,乃囿别区分"的问题,实际是指文章体式的系统划分的问题,而不是简单的文笔区分的问题。以韵之有无为唯一依据对文笔进行区分,在理论上是错误的,在实践上是混乱的,从体式运动的系统机制和系统尺度来看,实际是一个缺乏学术意义的虚假命题。因为文体的划分,从来都是系统尺度综合作用的结果,是"因情立体,即体成势"的诸多系统因素的综合作用的结果,而绝非某一个孤立的因素所能单方面决定的,更不是某一个特定的形式因素——韵之有无所能单方面决定的。以韵之有无作为划分文体的唯一依据,势必造成文章体式在功能属性上和思维属性上的混乱,势必造成文学文体和实用文体的混淆,因为这两类文体都可以有韵,而在思维属性上与功能属性上却判然有别,例如诗赋和诔碑、祝盟、铭箴、颂赞、哀吊,一是属于审美文体,二是属于实用文体。有些文体虽然没有韵,但在思维属性和功能属性上,却与有韵的文体处于同一类型,例如杂文谐隐,与诗赋同属于审美文体的类型。因此,刘勰对文笔论的批判,实际上是对文体划分的系统尺度的捍卫和坚持,也是对文章所固有的普遍性的美学品格的捍卫和坚持。这两个方面,正是《文心雕龙》借以立论的基本点。如果刘勰在文体论中放弃了这两个基本点,《文心雕龙》的系统理论就会全面动摇了。

三、刘勰对文体世界的系统划分

有了客观的、明确的系统尺度,才有客观的、明确的系统划分。从《明诗》到《书记》的二十个专章,就是刘勰对文章体式进行"囿别区分"的具体论述。刘勰对文体的这种"囿别区分",绝不是以韵划类的简单运作,而是运用系统尺度进行系统衡量的科学结果。关于文体世界的网络关系,刘勰有一个寻根索源的表述,明确认为,不管文体世界何等纷纭复杂,而就其源头来说,皆出自五经。他说:

> 故论、说、辞、序,则《易》统其首;诏、策、章、奏,则《书》发其源;赋、颂、歌、赞,则《诗》立本;铭、诔、箴、祝,则《礼》总其端;纪、传、盟、檄,则《春秋》为根:并穷高以树表,极远以启疆,所以百家腾越,终入环内者也。

这既是对文体根源的系统概括,也是对文体世界的基本结构的系统概括。

在刘勰的学术视野中,文体世界的基本构成,被"囿别区分"为以五经为标志的五个大板块:以《易经》为标志的论说体群,以《书经》为标志的公文体群,以《诗经》为标志的文学体群,以《礼记》为标志的日常应用体群,以《春秋》为标志的实录体群。这五种体群之间的思维属性、形态属性和功能属性的共同性和差异性,明显地组成三个迥然有别的文体群落:审美性文体群落,思辨性文体群落,实用性文体群落。

(一)审美性文体群落

审美性文体群也就是文学性文体群,这一群落的共同的思维特征和功能特征就是"动情性",也就是刘勰所说的"感物吟志"的属性。它借助人类的情感信息,给人提供愉悦和美,触动和调整人的灵魂,并使人在美的愉悦中获得某种启示。一言以蔽之,就是"以情感人"和"以美动人"。

审美性文体群的这一特定的思维特征和功能特征,是由结构与形态的具体规定性与适应性来体现和保证的。它所传递的信息,是以情感活动为中心的"人生信息"。这些信息的载体,是生动完整的形象。这些形象来自艺术的真实,是通过想象和虚构对生活进行再造的结果。它们是人化的自然,而不是自然的自然。主体化和形象性,是这一文体群的题材的共同属性。就题材的组合方式来看,是主体性的情感联系,而不是简单的自然性联系。径而言之,就是作者为传递感情而对客观世界所进行的审美组合。如"杨柳依依"和"雨雪霏霏",两者之间,本无自然联系,是作者的情感活动,将这个自然事物联系到了一起,组成了征夫戍卒所特别感动的美学世界:"昔我往矣,杨柳依依,今我来斯,雨雪霏霏。"就表达方式而言,审美性文体群是综合性的,而不是单一性的。叙述、描写、抒情,共同承担着运用书面语言刻画形象的任务。就语言属性来说,它是直观性的,多义性的,利用具有感官效应的符号刺激,以及丰富多彩的修辞技法,在读者的脑海中唤起表象记忆,激发形象思维。这些特征的总和,就是审美性文体群共同的形态特征。

在刘勰所论述的文体中,属于审美性文体群的文体,主要是诗、赋、乐府、颂赞、杂文、谐隐,以及诸子中的部分作品。其中,赋颂歌诗,就是后代诗歌的先期体式,杂文以及诸子中的部分作品,就是后代散文的先期体式,谐隐,就是后代小说的先期体式。

（二）思辨性文体群落

思辨性文体群也就是论理性文体群,这一文体群落的功能特征就是以理服人,也就是刘勰所说的"叙理成论","弥纶群言,而研精一理者也"。它直接运用概念、判断、推理的逻辑形式,对客观事物或事理进行分析和归纳,借以揭示事物的本质和内在规律,以理论的方式实现人对世界的把握。

思辨性文体群的"以理服人"的功能特征反映在它的思维属性上,就是它的思维的抽象性和概括性。抽象思维是在感性认识的基础上形成的理性认识。人们在社会实践活动中,接触了形形色色的客观事物。客观事物作为诸多现象的集合,是有许多属性的,其中,有决定性的属性,也有非决定性的属性。事物的决定性属性是仅属于某一类事物,并且又能把这一类事物和其他类事物区别开来的属性。抽象思维就是在大量现象和科学依据的基础上,在思维中把某类事物的决定性属性和非决定性属性区别开来,从而舍弃非决定性的属性而抽取其内在本质的心理过程,也就是刘勰所说的"穷于有数,追于无形,钻坚求通,钩深取极"的心理过程。正是这一由表及里、由现象到本质的心理过程,实现了由感性认识到理性认识的飞跃,形成了许多的概念,于是判断和推理才成为可能,

概括性是抽象思维的另一个重要特征。概括是在分析与归纳的基础上,将某些具有共同属性的事物,或将某种事物的共同特征与属性,所进行的集中与集合。概括的过程也就是以理相推和以理相通的过程,是一个将个别事物的决定性属性,推及为同类事物普遍具有的决定性属性的过程,也就是刘勰所说的"论者,伦也","弥纶群言,研精一理"的过程。正是这一由此及彼、由个别到一般的内在通贯过程,赋予了抽象思维以从整体上深刻把握客观世界的本质性联系的科学品格。

思辨性文体群的"以理服人"的功能特征反映在它的形态特征上,就是它的严密的逻辑性。逻辑是抽象思维借以存在的根本载体,是逻辑思维的决定性的组织形式,也是思辨性文体群在形态上的决定性的标志。逻辑在抽象思维中的意义就在于,概念、判断、推理,是抽象思维的主要形式,但是这些形式的运作不是随意性的,而是有着严格的规定性的。逻辑,就是这些严格规定性的总集合,它以具体的工作准则,规范着和保证着抽象思维的循规运行,赋予抽象思维形式以科学化的品格。刘勰所说的"伦理无爽,则圣意不坠",就是

对逻辑的这种规范作用和保证作用的具体说明。

在刘勰所论述的文体中,属于思辨性文体群的文体,主要是"论说"。在"诸子"中,有一部分属于论说的文体,还有一部分属于散文的文体,需要作具体分析。

(三)实用性文体群落

实用性文体群也就是认知性文体群。这一群落的功能特征,就是它的功利性。所谓功利性,是指写作成品所传递的信息与人的日常生活的关系比较密切,能直接给人们带来某种实际的利益,如提供某种生产、生活的知识,解决某些实际的认识问题和实践问题,规范和调控人们的某种行为。一言以蔽之,就是具有为社会服务的实用价值。

这一特定的社会功能在思维属性上的反映,就是它的认知性。所谓认知,是指人的意识对客观世界的直接感知。它不同于理论的方式通过思辨来把握世界,也不同于审美的方式通过形象来把握世界。它通过人与世界的直接接触,使客观世界与人的知识储备之间形成直接的联系,从而对客观世界的运动做出相应的反映和评价。这种反映和评价,既不是一种审美的感悟,也不是一种逻辑的折服,而是一种对知识信息的体认、验证和陈述。它所表达和传播的信息,既不是情感性的信息,也不是思辨性的信息,而是一种知识性的信息。借助知识信息对客观事物进行体认、验证和陈述,从而达到解决实际问题的目的,就是这种文章体式最基本的思维属性,也是它所实现的最基本的功能。

这一特定的社会功能在文章材料上的反映,就是它的实在性。所谓实在性,就是真有其人,实有其事的实实在在的属性。它既不是艺术形象,也不是抽象概念,而是实实在在的客观存在,是既不允许想象,也不允许虚构的原原本本的客观事物,是严格意义的现象的真实。真实性与客观性,是它们不可逾越的鸿沟。刘勰所说的"实录","左史记言,右史记事",就是这种属性的具体说明。

这一特定的社会功能在形态上的反映,就是它的程序、形式与格式的规定性。实用文体是社会交际的产物,是一种社会性的立言,而不是一种个性化的立言。为了交流传播的方便,社会对这一类文体的写作程序、基本形式和基本格式都有明确的规定,要求每一个社会成员都循轨而行,而不允许随意改变。只有按照这些规定进行思维和表达,才能为社会所接受。否则,就会遭到社会的拒绝。

在刘勰所论述的文体中,属于实用性文体群的文体,主要是祝盟、铭箴、诔碑、哀吊、史传、诏策、檄移、封禅、章表、奏启、议对、书记。其中,大体可以分为三种类型:公务文书类型,纪实文书类型,私务文书类型。公务文书类型是后代公文的先期体式,纪实文书类型是后代史传与新闻的先期体式,私务文书是后代日常应用文的先期体式。

由于这一系统划分,文体世界就彻底告别了纷纭杂乱的状态,而成了一个井然有序的整体。这种划分,既是刘勰的天才创造,也是先秦以来文体运动的必然结果。在我国最古老的"五经"中,实际上就已经孕育了这种三分法的胚胎。五经者,诗书易礼春秋之统称。《诗经》属于审美性的文体,《易经》属于思辨性的文体,《书经》、《礼记》、《春秋》属于实用性的文体。这种划分方式,经过刘勰的系统思辨与归纳,就更加明确,更具有了科学性的品格。不管文体世界这样变化,这种三维合一的基本格局始终不可动摇。惟其如此,它至今还是世界上对文体世界进行科学划分的主要依据和主要模式。

四、文体世界的系统运动

"文律运周,日新其业。"文体世界是相对稳定而又不断变动的世界。

文体世界的稳定性来自体式对形态的规定性和对内容的保证性。这种规定和保证,不是随意外加的,而是合乎规律的:合乎人类社会交际的基本规律,合乎信息运动的基本规律及材料属性的基本规律,合乎语言运动的基本规律,合乎客观事物相互联系的基本规律。对这些客观规律的契合,就是形成文体之间的各种"间隔"的根本原因。尽管体式之间的间隔是灵活的,然而,它的客观的质的规定性仍然是确凿不移的。所谓"规范所拟,各有司匠,虽无严郛,难得逾越",就是对这一道理的明确解说。

但是,这种稳定性毕竟是相对的。"生生之谓易",新陈代谢是宇宙运动的普遍法则,文体世界也必然时刻都处于运动的状态中。文体世界的运动,既表现在它的纵向运动中,也表现在它的横向运动中。纵向而言,"文变染乎世情,兴废系乎时序",它随着"时运交移"的历史运动而运动。也就是姚华所说的:"文章体制,与时因革,时世既殊,物象既变,心随物转,新裁乃出。"(《弗堂类稿》)以诗歌体式为例,先秦时期盛行的是风雅颂体,战国时期盛行的是骚体,汉代盛行的是赋体,魏晋盛行的是五言体,六朝盛行的是永明体,唐代盛行的是律诗绝句体,宋代盛行的是词体,元代盛行的是曲体。各种体式,对于前代来说都是"新裁",都具有不可互相代替的品格。文体世界的这种与世推移、与时俱进的纵向运动,是它的横向运动——内在结构的量变到质变的运动的结果。横向而言,文体世界是一个三维合一的结构:在三大体系的对立和统一中,包含着门类与门类、样式与样式、品种与品种的多元性、多层性的对立和统一。这就是说,文体世界中虽然存在着疆界,但是这种疆界并不是不可逾越的鸿沟。在纵横交错的网络联系中,无时无刻不发生互相渗透的现象,形成各式各样的"边缘地带"。大而言之,审美性、思辨性、实用性三大体群之间,存在着既具有审美文体特征又具有实用文体特征的现象,例如颂赞、祝盟、铭箴、诔碑、哀吊;存在着既具有实用文体特征又具有思辨文体特征的现象,例如议对;存在着既具有审美文体特征又具有思辨文体特征的现象,例如杂文。小而言之,同体系、同门类、同品种之间的相互渗透的现象,也是层出不穷的,例如散文诗,就是诗与赋相互渗透的结果。

　　新兴文体刚出现的时候,常常带有两栖性的特点,给文体的分类带来许多困惑,例如杂文的归属、散文诗的归属、诗剧的归属,等等。遇到这种情况,必须进行系统思辨。文体的演变不管怎样纷纭复杂,它的父体、母体和新体都是具有"符号—材料—结构—形态—功能"的物质依据的。这些依据,既具有质的规定性,又具有量的规定性,并以系统机制的形式统一地表现出来。不管怎样渗透,怎样变化,体式的基本规定性本身是不会变化的。诗歌有诗歌的基本规定性,所以诗歌永远是诗歌。散文有散文的基本规定性,所以散文永远是散文。论文有论文的基本规定性,所以论文永远是论文。公文有公文的基本规定性,所以公文永远是公文。例如现代的报告文学不管抹上怎样浓厚的文学色彩,它在交际功能上、思维的属性上、题材的属性上和组合的方式上,仍然鲜明地表现出新闻的本质特征。现代杂文不管具有怎样的形象感,它的内涵的存在方式毕竟是逻辑的方式,它的"形象"从来都是完整地独立于逻辑结构之外的存在,而只是作为论证的对象或论证的依据的。这些,都使它显示出思辨文体的本质特征。只要我们全面而辩证地掌握了这些质的独特性,文体世界的变动是完全可以认识和把握的。

第四节　刘勰关于文体运作的工程要领的系统论述

"体"与"用"密不可分。"体"是"用"的内在凭借,"用"是"体"的实践延伸。具体表现在文体的运作中,就是"形"与"势"的关系。这就是刘勰在《定势》中所昭示的:"形生势成,始末相承"。所谓"形",指文章体式的形态规定性,所谓"势",就是这种形态规定性中所内蕴的特定属性与功能。也就是刘勰所说的:"势者,乘利而为制也。如机发矢直,涧曲湍回,自然之趣也。圆者规体,其势也自转;方者矩形,其势也自安:文章体势,如斯而已。"刘勰所说的"乘利而为制",实际上就是文体运作的具体过程和具体结果。以此作为理论纲领,刘勰建立了一套完整的运作方法。其具体内容,根据刘勰的相关论述,大致可以概括为以下三个方面:选体、运体和得体。

一、选体

文体世界是丰富多彩的。体式结构的多样性与差异性,必然使得作家在现实的写作过程中,总是面临着选择某种体式结构的必要性。这就是刘勰在《定势》中所昭示的:"夫情致异区,文变殊术,莫不因情立体,即体成势也。"具体表现在写作的过程中,就是量材辨体和量情辨体的敏锐和确切。亦即刘勰所着重指出的:"是以括囊杂体,功在铨别,宫商朱紫,随势各配。"也就是元代顾尔行所深度发挥的:"体欲其辨,师心而匠意,则逸辔之御也。用欲其神,拘挛而执泥,则胶柱之瑟也"①。唯有善于辨别和选择,才能真正进入刘勰所说的"因情立体,即体成势"的境界。

要想实现对文体的最佳选择,在"师心匠意"的时候,首先必须考虑材料的优势状况的契合性。所谓材料的优势状况,具指材料的属性和特点。也就是刘勰所昭示的:"章表奏议,则准的乎典雅;赋颂歌诗,则羽仪乎清丽;符檄书移,则楷式于明断;史论序注,则师范于核要;箴铭碑诔,则体制于宏深;连珠七辞,则从事于巧艳:此循体而成势,随变而立功者也。"这是因为,"因情立体"的过程,实际上在材料的采集中就已经不知不觉地开始了。情思对体式

---

① 顾尔行:《刻文体明辨序》,见《文体明辨序说》,人民文学出版社1962年版,第75页。

的选择性与适应性,归根结底是通过对材料的选择性和适应性来实现的。每
一种材料,都有特定的文体适应范围。宏观而言,有审美性材料、思辨性材料
和实用性材料之分。微观而言,每一体群中又存在着材料属性的千差万别。
材料属性是辨体的基本依据。譬如,具有重大历史价值的材料,就适宜运用史
传文体。具有抒情性和画面性的材料,则适宜运用诗歌类或散文类的体式。
某些性质重要、事实简单而又抽象的材料,则适宜运用论说类的体式。某些具
有现实性和实务性的材料,则适宜运用实用类的体式。也就是范文澜在《定
势》篇注释中所说的:"文各有体,即体成势,章表奏议,不得杂以嘲弄,符册檄
移,不得空谈风月,即所谓势也。"可谓抓住了选体的要旨。

　　其次,要考虑交际的目的。一定的目的,是依靠一定的手段及这种手段所
特有的效应来实现的,而体式,就是手段和效应的载体。出于感情性的交际目
的,必须使用审美性的体群。例如"诗"体:"诗者,持也,持人情性。"出于思辨
性的交际目的,必须使用论说类的体群。例如"论"体:"论之为体,所以辨正
然否,穷于有数,追于无形,迹坚求通,钩深取极;乃百虑之筌蹄,万事之权衡
也。"出于实用性的交际目的,必须使用实用类的体群,例如"书记"体:"夫书
记广大,衣被事体;笔札杂名,古今多品。是以总领黎庶,则有谱、籍、簿、录;医
历星筮,则有方、术、占、试;申宪述兵,则有律、令、法、制;朝市征信,则有符、
契、券、疏;百官询事,则有关、刺、解、牒;万民达志,则有状、列、辞、谚:并述理
于心,著言于翰,虽艺文之末品,而政事之先务也。"出于肯定性的交际目的,
必须使用肯定性的文体,例如"颂"体:"颂者,容也,所以美盛德而述形容也。"
出于否定性交际目的,必须使用否定性的文体,例如"檄"体:"奉辞伐罪,非唯
致果为毅,亦且厉辞为武。使声如冲风所击,气似欀枪所扫,奋其武怒,总其罪
人,征其恶稔之时,显其贯盈之数,摇奸宄之胆,订信慎之心,使百尺之冲,摧折
于咫书;万雉之城,颠坠于一檄者也。"每种文体,都有对手段的规定性与适应
性,给交际目的的实现提供具体的保证。

　　再次,选体要考虑主体的优势,即作者的气质、思维习惯、生活经历、文化
修养、兴趣爱好等个性化特征所具有的思维优势、表达优势和交际优势。刘勰
认为,"势"的生成是"乘利而为制","乘利"就是承顺便利的条件。作家创作
总要充分发挥利用自己的各种艺术长处,设法利用各种对自己有利的条件,
"文势"就是顺着便利条件而自然形成的,就像弩机发箭而直进,涧溪流水而

曲折一样。作家只有"乘利"而作,充分发挥自己的艺术才能,使用自己擅长的文体、语言、技巧、方法,才能最有效地表情达意,理想之文势也在此过程中被创造出来。有的人具有对感情信息的敏感,有的人具有对思辨信息的敏感,有的人具有对实务信息的敏感。各种主体优势,都有与之相适应而又为作者所爱好和擅长的文体。运用自己所爱好和擅长的文体进行写作,就能充分发挥思维、表达与交际的优势。

此外,写作成品的接受对象,也是对文体进行选择的重要参数。读者在精神品位上有雅俗之分,在文化水平上有一般与特殊之分,文体也有相应的区别。刘勰在《通变》篇说:"斟酌乎质文之间,而檃括乎雅俗之际,可与言通变矣。"《定势》篇则从表现方式上论道:"情交而雅俗异势";"若雅郑而共篇,则总一之势离。"他认为雅与俗是格格不入的,两种倾向的表现方式勉强捏合在一起,文章的体势就会分崩离析。他主张文体应以雅体为主,反对作家"适俗"、"附俗",以免滑入"讹新"和"轻靡"的泥坑。但这并不意味着排斥一切来自民间的通俗浅近的材料。《书记》篇说:"夫文辞鄙俚,莫过于谚,而圣贤《诗》、《书》,采以为谈,况逾于此,岂可忽哉!"据此,他提出了中和的审美主张,要求思想上遵循经典规范,实现多元之间的完美结合。这就是他在《定势》中所标举的:"渊乎文者,并总群势;奇正虽反,必兼解以俱通;刚柔虽殊,必随时而适用。"唯有雅与俗方面的"兼解与俱通",才能实现文体与读者的多元层次的契合。唯有文体与读者的多元层次的契合,才能在形态上为读者所喜闻乐见。譬如同样是抒发感情,属于雅体的是诗歌,属于俗体的是歌谣。就以现代来说,同样是如此。同样讲科学道理,属于雅体的为学术论文,属于俗体的为科普论文。

二、运体

运体就是按照文体规范,创造性地进行写作。创造性是规范性的目的,规范性是创造性的保证。运体的要领,就在于实现二者之间的平衡,使二者都相得而益彰。

(一)辩证平衡

规范性与创造性,是矛盾的对立和统一。

文体是文章形态的具体规范。循范而行,必然使工程具有稳定的形态,却又使这种形态具有模式化的特点。模式化对创造性无疑是一种束缚。因此，在具体的形态构建中，作家必然遇到这样的难题：既要利用这种规范的"成型效应"，又必须摆脱这种规范的"模式效应"。为着解决这一难题，刘勰提出了一项高明的对策："设文之体有常，变文之数无方。"（《通变》）也就是金人王若虚所说的："定体则无，大体须有。"（《文辨》）

所谓"有常"、"大体须有"，是指宏观的规定性，也就是对材料、结构、形态、功能的基本属性的规定性。所谓"无方"、"定体则无"，是指具体运作的灵活性，也就是在"有常"、"大体"的大范围内，留给作者广阔的自由空间。例如具体材料的选择，详与略、主与次、正与反、显与隐的安排，表达方式与修辞手法的选择，语言的提炼，技巧的运用，等等，都是属于作者的自主范围。"名理有常，体必资于故实，通变无方，数必酌于新声。"（《通变》）形态的公共性和规范性，并不妨碍内涵的独特性和风格的个异性。形态从来不对思维内容和风格特色本身做出任何规定。在公共性和规范性的形态中，实际蕴纳着千姿百态的内涵。如果做不到这点，那是作者的平庸所致，而绝不是形态束缚的线性结果。"绠短者衔渴，足疲者辍途，非文理之数尽，乃通变之术疏耳。"（《通变》）我国古代的律诗，形态的规定性可谓严格了，但并不妨碍杜甫成为诗圣，李白成为诗仙。何者？晓会通尔。

运体的辩证艺术，是作家才能的重要标志。作家的才能特别鲜明地表现在内涵的丰富性和形态的规范性发生冲突的时候。遇到这种情况，只有两种选择：或者是削足以适履，或者是破履以适足。平庸的人采取前者，追求表面的"像样"而实际上"不像样"；真正的天才都采取后者，宁肯表面上"不像样"而追求实际的"像样"。所谓实际的"像样"，是指内容上的"像样"，也就是刘勰所标举的"设情以位体"这一根本原则上的"像样"。对此，明代的王鏊有一段极其中肯的论述：

> 唐人虽为律诗，犹以韵胜，不以饾饤为工。如崔颢《黄鹤楼》诗，"鹦鹉洲"对"汉阳树"。李太白"白鹭洲"对"青天外"，杜子美"江汉思归客，乾坤一腐儒"，气格超然，不为律所缚，固自有余味也。后世取青媲白，区区以偶为工，"鹦鹉洲"必对"鸬鹚堰"，"白鹭洲"必对"黄牛峡"，字虽切，而兴味索然矣。

由此可知,在文体运作的领域中,从来没有不能被天才所成功跨越的规则。允许创造,这就是规则之所以成为规则的地方。追求创造,这就是天才之所以成为天才的地方。

(二)成其变化

"循体而成势,随变而立功。"(《定势》)成其变化,是运体的重要法则。它表现在两个方面:内在结构的多样性和外在结构的不可重复性。内在结构的多样性指文心的多样性,外在结构的不可重复性指雕龙形态的不可重复性。二者共同构成了"随变而立功"的总枢纽。

文心的多样性以象的多样性为依据,以意的多样性为指归,它们都是不可重复的。以象的变化而言,"诗人感物,联类不穷"。万物新新不已,可供作者自由选择。同一文体中,可以蕴纳不同的材料,具有不同的组合方式。也就是陆机所说的:"笼天地于形内,挫万物于笔端。"以意的变化而言,作者的思维个性与思维角度各不相同,对材料的选择、开发、组合与立意,都具有不可代替的独特性与自由性。也就是刘勰所说的:"各师成心,其异如面。"(《体性》)同一文体中,可以蕴纳各式各样的思想感情,各式各样的表达方式。

表现在外在结构方面,语言的属性及其组合方式的类型同样多姿多态,而作者的语言修养及语言习惯又因人而异。集中表现在文体运作上,也必然具有不可重复的个性面貌。人类的精神活动在内涵上并无模式可言,在形态上也绝不会千篇一律。运用之妙,存乎一心。只要我们在运体中能充分调动如此众多而全部统属于心的具有形态意义的"自由元素",我们完全可以在体式的规定性中进入"骋无穷之路,饮不竭之泉"的境界,亦即苏轼所说的"行乎其所当行,止乎其所当止"的境界。这种境界,也就是在规律中获得自由的境界。

(三)善于创新

"文律运周,日新其业。"(《通变》)一个富有才能的作家,不仅能熟练地运用已有的文体,而且能独出心裁地改造旧体,创制新体,来为自己所要表达的创造性的内容服务。屈原的《离骚》,就是一个典型例子。骚体是一种全新的创造:"自风雅寝声,莫或抽绪,奇文奋起,其《离骚》哉!"(《辨骚》)唯有这种"气往轹古,辞来切今,惊采绝艳"的"金相而玉质"的体式,才能容纳如此丰富复杂的内容,将作者的思想感情表达得如此淋漓尽致。

文体的创新既来自作者的思维需要、表达需要和交际需要,也来自作者的特殊才能。刘勰将"奇文之奋起",直接归之于"楚人之多才"。这一论见已为当代世界学界所普遍继承。苏联学者莫·卡冈明确指出:"寻找新的结构",是由于"艺术家才能的性质,而不是创建的愿望或者本领使他从事某种艺术样式的创作"。① 但是,文体的创造并不是无法可依的。作家的才能,就在于他对"法"的领会比较独到和深刻,用"法"的方式比较灵活和巧妙罢了。这种创新文体的"大法",刘勰在《通变》中做出了十分精辟的论述:"趋时必果,乘机无怯,望今制奇,参古定法。"

趋时,就是适应时代的潮流的需要。每一个时代,都有自己特定的认识对象,都有自己特殊的交际需要。体式有如"容器",容器和容量变化了,旧"容器"就会自然淘汰,新"容器"就会应运而升。以屈原的创作为例,他所处的时代是由割据走向统一的时代。混战使社会陷于痛苦,统一又尚未形成。世积乱离,风衰俗怨,国亡家破,颠沛流离,多少情思郁积于作者心中,远非四言体的"风雅"所能容纳。为着宣泄和交流这种时代的情怀,必然要创造出时代的"鸿裁"。需要是创造之母,而屈原的本身又具有天赋的才力,他"乘机无怯"地抓住了这个契机,于是一拍即合,顺利地完成了这一创造新裁的历史性使命。

"参古"就是参照历史的先绪。一切新生事物都离不开对旧质的改造与翻新。在利用旧体来开创新体方面,我们同样可以举出骚体的例子。"国风好色而不淫,小雅怨诽而不怒,若《离骚》者,可谓兼之矣。"(《史记·屈原列传》)这既是指它的风格的根源而言的,也是指它的形态的根源而言的。离骚"体同诗雅",这一点连对该作进行过"讽味"的扬雄也不否认。刘勰在《辨骚》中曾经对此作过具体核证:"将核其论,必征言焉。故其陈尧舜之耿介,称禹汤之祗敬,典诰之体也;讥桀纣之猖披,伤羿浇之颠陨,规讽之旨也;虬龙以喻君子,云霓以譬谗邪,比兴之义也;每一顾而掩涕,叹君门之九重,忠怨之辞也:观兹四事,同于风雅者也。"但是,骚体并不是风雅体的简单重复,它有许多标新立异的地方。如"托云龙,说迂怪,丰隆求宓妃,鸩鸟媒娀女"等种种"诡异之辞","谲怪之说"。这些夸张性和象征性的表达方式,是楚文化的影

---

① 莫·卡岗:《艺术形态学》,三联书店 1986 年版,第 418 页。

响,来自娱神的巫歌文体。承前方能启后,袭旧才能创新。离开了这一前提,也就没有这一鸿裁了。

"观今",也是"制奇"的重要方法。文体世界的运动,是一种多极渗透的运动。在两种流行文体的边缘地带,就是第三种文体借以生发的温床。只要我们洞悉文体运动的系统规律和各种相邻文体的内在机制与相互关系,不难找到开辟新文体的有利领域。这就是刘勰所昭示的:"譬如草木,根干丽土而同性,臭味晞阳而异品矣。"(《通变》)例如现代的报告文学,深度报道,知识小品,杂文,等等,都是多维融合,望今制奇的结果。

创新的规模是多梯级的。全面创新受时代和历史的制约,非一人的愿望与能力所能奏效。量变——局部的创新,则每时每刻都在发生,人人都可进行。因此,我们既要善于把握时代和历史的契机,在条件具备的时候敢于趋时而上,乘机无怯,又要在现行文体的运用中注意局部的改进。如果急于求成,或者一味追求形态上的诡异,难免不陷入刘勰所告诫的"竞今疏古,风昧气衰"的泥坑之中,也就没有成功之可言了。

三、得体

得体就是充分获得文体所具有的思维优势、表达优势和交际优势。这种优势,是"结构—形态—功能"三者统一的综合效应。为此,我们必须做到以下几点。

(一)得其体式

体式,是文体的外部标志,属于符号学的范畴。所谓"启函而识体,即体而会心",就是外部标志起作用的结果。有了特定的体式,才能对形态进行特定的外部保证,然后才能内蕴相应的结构和功能。因此,在运用文体的时候,必须全面弄清并严格遵守体式的规定性。"镕范所拟,各有司匠,虽无严郛,难得逾越。"(《定势》)例如律诗、绝句,都有严格的格律,词曲的格律更严。依律作诗,按谱填词,文体的形态美才能充分显示,感情信息的交流才能畅通无阻。否则,就会佶屈聱牙,情思梗塞。其他文体也是如此。"凡为文章,犹人乘骐骥,虽有逸气,当以衔勒制之,勿使流离轨躅,放意填坑岸也。"①

---

① 颜之推语,见《文体明辨序说》,人民文学出版社1962年版,第81页。

（二）得其体质

体质，是指体式的内在质性，即对内容与功能的特定的适应性。集中而言，也就是它的内在结构的质性。体质是体式的隐性依据，又是体式与内容的中介点。"盖沿隐以至显，因内而符外者也。"（《体性》）各种文体，都有自己对材料质性及组合方式质性的规定性。宏观而言，审美性文体需要美学性的材料，论说性文体需要思辨性材料，实用性文体需要实务性材料；审美性文体的组合方式是情感性的，论说性文体的组合方式是逻辑性的，实用性文体的组合方式是自然性的。微观而言，各种具体的样式和品种，都有自己对材料属性及组合方式属性的特殊要求。由于内外相符，作者的思维与表达才能即体而得性，读者的接受才能即体而会心。如果违背了这一点，就会成为异质性的结构，比如说，公文的体式，加上戏剧的材料和论说文的组合方式，就会成为不伦不类的东西了。

（三）得其体势

所谓体势，就是文章体式的具体布局中所内蕴的驱动能量，是"因形生势"的系统合力的综合效应。这种驱动能量是在文体范围内通过与体性相应的技法对材料进行优化组合和对语言进行优化组合的结果。根据相应技法进行组合，才能充分发挥形态的系统效应，即"阵势效应"。"形生势成"，是结构（阵势）的整体性的自然驱动："机发矢直，涧曲湍洄"；"圆者规体，其势也自转；方者矩形，其势也自安"（《定势》）。正是这种深蕴在形态中的自然趋势，支持和推动着文体"乘利而为制"，去实现自己特定的思维、表达和交际的功能。而要将这种组合的自然优势强化和活化为"乘利而为制"的自由优势，关键在于发挥"阵法"的作用。"布阵"的技法是很多的，概括而言，有：奇与正，首与尾，虚与实，显与隐，开与合，散与整，刚与柔，即与离，动与静，曲与直，繁与简，等等。贵在"并总群势：奇正虽反，必兼解以俱通；刚柔虽殊，必随时而适用"。也就是王世贞所说的："首尾开合，繁简奇正，各尽其度，篇法也；抑扬顿挫，长短节奏，各尽其致，句法也；点缀关键，金石绮采，各尽其造，字法也。篇有百尺之锦，句有千钧之弩，字有百炼之金。"①组合的艺术实际就是辩证的艺术，贵在根据实际灵活运用，随机应变。而变化之妙，既存乎一心，也在善于

---

① 王世贞语，见《文体明辨序说》，人民文学出版社1962年版，第82页。

学习名家名作的变化之妙,更在于实践不已。刘勰昭示说:"八体屡迁,功以学成。"(《体性》)欧阳修有一句名言:"变化之态,皆从熟处生也。"①可以作为文体运作中"得其体势"的圭臬。

<h2>第五节　刘勰文体论的历史意义、
世界意义和现实意义</h2>

魏晋六朝是文学的自觉时期,自然也是文体的自觉时期。无疑,人类对客观事物的认识,通常都经历着由量变到质变的积累过程。但是,在量变向质变转化的某个临界时刻,总会有某些天才人物勇敢地登上历史的舞台,代表着人类认识的发展趋势,提出自己具有独创意义的见解,实现由量变到质变的飞跃,极大地加速历史前进的步伐。刘勰的文体理论就是如此。作为一座承前启后的丰碑,他以自己独标一格的系统理论代表着我国古代文体理论的最高成就,向千秋万代的读者辐射着中华文化所特有的理论光辉。这种独特的理论光辉不仅在我国历史上具有无与伦比的品格,而且在世界上享有崇高的学术地位。截至今天,依然具有解答各种复杂问题的巨大力量,为人们走出某些灰区提供可靠的指南针。

一、刘勰文体论的历史意义

刘勰的文体理论,是我国古代文体理论的最高综合与系统升华,也是中国特色文体理论的完整代表。我国文体理论的自觉化、系统化和成熟化,以刘勰的文体理论为具体标志。刘勰在文体理论的开拓方面所做出的历史性贡献,可以概括为以下几个方面。

(一)对体式范畴的系统定位

从先秦开始,我国就已经萌发了关于"体"的概念,并开始了文体分类的活动。但是,古人所理解的"体",是一个多义性的范畴,既指体式,又指风格,并没有确切的指向。这种概念杂糅的情况,一直延续到曹丕和陆机所处的时代,始终未能走出这一认识上的灰区。惟其如此,对文体论的研究始终停留在

---

① 欧阳修语,见《文体明辨序说》,人民文学出版社1962年版,第13页。

"依类相推"的阶段,而找不到一个科学化的逻辑起点和理论支点。

在我国历史上,第一个走出这一认识的灰区,对体式的范畴进行明确的系统定位的学者,就是刘勰。他以《体性》和《定势》两大专章,对风格与体式这两个长期杂糅的概念,在意识形态领域中进行了成功的剥离:将体式归入"因形生势"的"形态—结构—功能"的社会语言学的范畴,将风格归入"各师成心,其异如面"的"因性生体"的个性心理语言学的范畴。这一成功的剥离,是建立在对它们各自不同的核心概念和系统机制的确切把握的基础上的。从此,文体和风格,才各自具有了独立的范畴地位。在一个纯化的范畴中,由于摆脱了事物之间非本质联系的干扰,事物内在的本质联系才得以鲜明而集中地表现出来。正是这一范畴的确定,体式理论的深度开发才成为可能。

(二)体式系统机制的全面揭示

刘勰是我国历史上第一个对体式运动的系统机制进行全面揭示的学者。他借助先秦兵法中"因形生势"的普遍真理,对体式运动的深层结构进行了成功的解读,概括出了"因情立体,即体生势"的总体规律。由于这一总体规律的透明化,从理论上对体式运动进行全面的和自觉的把握才成为可能。

(三)体式划分的系统尺度的明确标举

刘勰所提出的"因情立体,即体生势"的系统机制,同时也就是对体式划分的系统尺度的明确标举。构成和制约体式运动的"情—体—势"三个层面,实际也就是文体分类的三大依据。从此,文体划分才正式告别了"同类相属"的主观直觉的简单方式,走上了有据可依的科学轨道。这一系统尺度,为历代文论家所尊奉,至今还是划分体式的最全面的依据。

(四)对文体世界的系统划分和具体分析

刘勰的历史性贡献不仅表现在系统理论的开拓上,也表现在他对文体分类的实践上。由于他所进行的分类是在他的系统理论支持下的分类,因此远比他的前人的分类清晰确切而具有系统化的品格。他对文体世界的所做的三维合一的划分和对通行于当时的三十余种体式所作的专门性论述,都是我国历史上的第一次,就其系统性、深刻性、丰富性和学术视野的广阔性的程度而言,至今还没有任何一家别的理论可以超越。

以上四个方面,构成了刘勰体式论的具体内涵,赋予了它以博大精深的理论品格和实践品格,也使它成了我国文体学历史中的一座难以逾越的峰巅,为历代作家与文论家奉为圭臬。"大率文章体制,须以《文心雕龙》、《文选》两书为据。"①"雕龙一书,溯各体之起源,明立言之有当,体各为篇,聚必以类,诚文学之津筏也。"②这些评语,对于评价刘勰的文体理论的历史意义来说,是恰如其分的。

二、刘勰体式论的世界意义

体式论是《文心雕龙》系统理论的重要组成部分。《文心雕龙》所具有的"东则有刘彦和之文心,西则有亚里士多德之诗学"的世界性的崇高地位,不仅是属于它的创作论的,也是属于它的文体论的。刘勰文体论的世界性的文化品格,集中表现在以下几个方面的跨地域的历史比较中。

（一）东西方文体论范畴的历史比较

西方的文体概念(Style),从古希腊时期到 20 世纪中期,一直具有多样性的内涵:既可指某一时代的文风,又可指某一作家使用语言的习惯;既可指某种题材的语言特点,又可指某一作品的风格特色。它包含文体和风格两个方面的意思。惟其如此,作为一个认识论的范畴,必然具有极大的朦胧性和杂糅性,使人难以确切把握。例如在亚里士多德的《修辞学》中,他这样表述说:

> 不要忘记不同的风格适合于不同的演说。笔写的文章的风格不同于论战的演说的风格,政治演说的风格也不同于诉讼演说的风格。这两种风格都应当精通,精通后者,使我们能掌握正确的希腊语;精通前者,使我们不至于在我们想把事情传达给别人的时候,像那些不会写作的人那样迫不得已而默默无言。笔写的文章的风格最精确不过;论战的演说的风格最适合口头发表。③

显然,这里所说的"风格",实际是对语言的组合方式的称谓。语言的组合方式是社会约定俗成的产物,不是一种"性格的反映",在本质上并不属于风格学的范畴,而是属于文体学的范畴。由于概念的杂糅,这种范畴上的细致

---

① 何焯:《钝吟杂录评》,见杨明照《文心雕龙校注拾遗》,上海古籍出版社 1982 年版,第437 页。

② 刘师培:《文书序》,见杨明照《文心雕龙校注拾遗》,上海古籍出版社 1982 年版,第451 页。

③ 亚里士多德:《修辞学》,三联书店 1991 年版,第188—189 页。

区别无法得到精确的显示。又如：

> 首先促使风格形成的是诗人们，这是因为字是摹仿的工具，而声音也是我们的一切官能中最宜于用来摹仿的现成工具。于是朗读的艺术，表演的艺术以及其他艺术便形成了。由于诗人们似乎是靠风格而获得名声的，所以散文的风格起初也带上诗的色彩，例如高尔斯亚的风格。甚至直到如今，大多数没有教养的人还认为这种演说家的话最漂亮不过。其实不然，因为散文的风格不同于诗的风格。后果表明，如今连悲剧诗人都不照样采用以前采用的风格了，他们像早期悲剧诗人抛弃四双音步长短格而采用短长格那样，抛弃一切不合乎谈话之用的字。①

这一段文字中所说的"风格"，同样是一个范畴驳杂的概念。所谓"高尔斯亚的风格"，指作者的个性化的艺术形态。所谓"散文的风格"、"诗的风格"，指文本的范式化的语言形态。前一形态属于个性心理学的范畴，后一形态属于约定俗成的社会学的范畴。二者使用的是同一个称谓，但在内涵上和范畴上却是迥然有别的。这种概念上的混淆和范畴上的错乱，必然带来辨析上的困难。犹如连体双胞，妨碍了两个本应独立的生命的各自的活动空间，长期处于"你中有我，我中有你"的混沌状态。这一难解难分的混沌状态，是很不利于"文体学"和"风格学"这两门科学的长足发展的。

由于概念的混淆，西方的文体学长期都是从属于风格学而不具有自己独立的学科地位。他们常常用，而且也只能用风格学的观点来解读文体学的现象，而这种解读通常都是收效甚微的。这种状况，已为西方现代语言学界的许多有识之士所明确指出："在风格学的范围内确定语言学的研究对象，这事情本身，和语言学其他部门类似的任务比，就困难得多。这是容易理解的，因为语言要素的风格特点的轮廓常常是薄弱的，有时甚至是模糊不清的，远不如它在词汇或语法方面的基本意义来得明确。就是因为这个缘故，在风格的分析当中，科学的结论实际上往往被印象主义和主观主义的评价所替代。"②这是

---

① 亚里士多德：《修辞学》，三联书店1991年版，第149—150页。
② 毕奥特罗夫斯基：《论风格学的几个范畴》，见《语言风格与风格学论文选译》，科学出版社1960年版，第1页。

因为,二者虽然都具有形态的实在性,但从形态形成的根源和形态自身的属性来说,实际是存在着本质上的差异的:一个出自个人性格的反映,一个出自社会共性的反映;一个出自个性心理的自然表现,一个出自社会规范的强制表现。这两个范畴,实际上是不容许混淆的。为了解决这一概念上的杂糅给认识带来的困扰,西方在"Style"这个包含着两种截然不同质素的概念中,长期都是向审美的价值取向上倾斜,单方面重视文学文体的研究,而使非文学的文体受到极大的忽视。西方从社会语言学的角度对文体学进行深度开发,是20世纪50年代后的事情。为了走出这一瓶颈,西方语言学界想出了在风格学的范畴中划分出"语言学的风格学"和"文艺学的风格学"两个范畴来进行剥离。但是,这种做法实际是对这一矛盾性概念所做的内部修补,"语言学的风格学"这一称谓中仍然包孕着对立的质素而难以自圆其说,远未能实现彻底剥离的理论目的。截至今天,文体学虽然取得了许多可观的成果,但由于两个概念之间的剥离始终未能在理论范畴上正式完成,距离系统科学似乎还存在相当长的路程。

　　我国的文体概念的早期发展过程,在前刘勰时期和西方是极其相似的。从先秦以来,我国的"体"、"体式"的概念也是多义性,"体式"与"风格"这两种截然有别的意义,却共容于一个统一的称谓中,犹如连体双胞一样互相冲突而又难舍难分。由于缺乏明确的范畴定位,文体学与风格学都找不到一个独立的逻辑起点和理论支点,只能在朦胧中自发运行,长期停滞于"同类相聚"的研究状态。刘勰是我国历史上第一个走出这一认识瓶颈的学者。他在自己的著作中特别开辟了两个专章,对"风格"与"体式"这两个貌同而实异的概念,进行了全面而深刻的辨析。他根据二者在本质上的差异,将"风格"定位于"各师成心,其异如面"的个性心理学的范畴,将"体式"定位于"因情立体,即体成势"的"情—体—势"的综合范畴。他将前者称为"体性",将后者称为"体势"(体式)。二者之间的根本性的差异就在于:前者是作者个性的反映,直接受制于人的性格的个性心理状况。所谓"才有庸军俊,气有刚柔,学有浅深,习有雅郑,并情性所铄,陶染所凝,是以笔区云谲,文苑波诡者矣",就是对这一特定范畴的理论解说。后者是文章文本的特定形态及由此所生发的特定功能,这一特定的形态和功能。是作者在交际过程中的思维属性和相应的语言属性的反映,在本质上属于社会语言学的范畴。所谓"熔范所拟,各有司匠,虽无严郛,难得逾越",就是刘勰对对这一特定范畴的理论解说。由于这一严格而清晰的界定,"风格"与"体式"这两个原本杂糅的概念得以彻底剥离,进入了各自的范畴轨道。范畴是表现客观世界的规律性的逻辑形式,对范畴的认识,也就是对规律和本质的认识。由于对范畴的确切把握,我国的文体论科学和风格论科学在历史的进程中都得到了均衡而充分的发展。

比较可知,由于认识范畴的差异,东西方在对"风格—文体"的逻辑把握上走过迥然不同的道路。东方由于认识范畴的纯一,这两门学科都同时得到了均衡的发育和发展,西方由于认识范畴的长期混淆,而产生了许多畸重畸轻的现象。就风格论来说,东西方各有千秋:西方具有具体性、细致性和精确性的微观优势,东方具有广阔性、恢弘性、全面性的宏观优势。就文体论来说,东方的文体论是均衡的理论,文学与非文学并重,每一种文体都得到了良好的发育和发展。西方由于对审美文体的偏重,文学性文体发育和发展得相当良好,而实用性文体却受到了极大的忽视,它的发育和发展远远滞后于东方。这种文体偏重的现象,直到20世纪80年代以后,才开始了自觉的矫正。这些矛盾和差异,既是它们各自优势之所在,也就是它们可以而且必须互相学习的地方。

(二)东西方文体机制论的历史比较

东西方文体论上的差异,还从它们对文体运动系统机制的不同体认上鲜明地表现出来。

西方在"体式、风格"范畴上的杂糅性,必然影响到他们对文体运动的系统机制的确切把握。西方对"风格、体式"的发生原因与运动机理的认识,可以概括为两个基本的方面:一是归依于人的个性的反映,二是归依于语言表达方式对环境的特定适应。这两个方面都以亚里士多德的《修辞学》为滥觞,前者就是亚氏所说的"不同种类或不同习惯的人都有自己的适当的风格","只要一个人能使用适合于表现自己的道德习惯的语言,就能表现自己的性格"[1],后者就是亚氏所说的"风格是由艺术造成的"[2]。所谓"艺术",就是指语言表达的特定方式,也就是他所说的:"词汇上的变化可以使风格显得更庄严,因为人们对风格的印象就像对外地人和同邦人的印象一样。"[3]前者为郎吉弩斯和布封等所继承和拓展,成为"风格、文体"理论的主流层面,从个性心

---

[1]　亚里士多德:《修辞学》,三联书店1991年版,第165页。
[2]　亚里士多德:《修辞学》,三联书店1991年版,第149页。
[3]　亚里士多德:《修辞学》,三联书店1991年版,第150页。

理学的角度对"风格、文体"的系统机制进行了比较全面的研究。后者为历代的语言学家和修辞学家所继承,采取多路出击的方式进行开掘,诸如"结构主义文体论","功能主义文体论","符号主义文体论","文学批评主义文体论",等等,虽然各有斩获,但都偏于一隅,始终未能达成统一的共识。

我国由于很早就摆脱了概念杂糅的困扰,对文体运动的系统机制的认识,远比西方全面、集中而深刻。刘勰借助先秦兵法学中的特殊智慧,在1500年前就对文体运动的系统机制,做出了"因情立体,即体成势"的一针见血的概括。将制约文体运动的三个层面"情—体—势"及其内在关系,清晰而完整地揭示无遗。和西方相较,撇开风格机制论,单就文体机制论而言,无论是从系统化的程度来说,还是从信息的容量来说,不仅是独标一格的,而且是具有领先性的品格的。西方现代的文体理论虽然包罗万象,但就其所涉及的基本范畴来说,至今没有任何一家可以超出刘勰所提出的"思维—形态—功能"的三维合一的总范畴。刘勰文体机制论在认识上所达到的广阔性和系统化的程度,至今没有任何一家别的理论可以超越。从这一点上说,东西方之间的交流空间,必然是相当广阔的,而刘勰文体机制论对西方学界的启迪意义,无疑是极其深远的。

(三)东西方文体划分的历史比较

由于范畴纯度的差异,东西方对文体世界的具体划分,也存在着明显的不同。

西方的文体分类活动,在亚里士多德的《诗学》与《修辞学》中就已经开始。亚氏所列出的文体中,共有史诗、颂神诗、悲剧、喜剧、散文等类,范围局限于文学的领域。作家对文体分类的把握,大致是凭借对题材属性与相应艺术手段的自发领悟,而在理论科学上很少提供有关具体尺度的解说。这种忽视广义文体学与文体分类学而独重狭义文体学的状况,在长期的历史发展中一直延续下来。进入现代以后,由于社会交际的现实需要,实用性文体的写作获得了迅猛的发展,实用性文体的地位在社会的生活中日益凸显,但在意识形态上还远未达到可以与文学文体等量齐观的地步。截至今日,西方的狭义文体学的心理定势一直根深蒂固,广义文体学的领域至今仍是一片灰区,距离建立统一的文体世界的理论范畴还有相当长的路程。

我国的文体分类活动,远在先秦时期就已经开始。我国最古老的典籍

"五经",就是由五种不同的文体组成的:以《易经》为标志的论说文体,以《书经》为标志的公文文体,以《诗经》为标志的文学文体,以《礼记》为标志的日常应用文体,以《春秋》为标志的实录文体。这五种文体,明显地区分为三个"本同而末异"文体群落:审美性文体群落,思辨性文体群落,实用性文体群落,共同组成一个井然有序的文体大世界。在这种广义文体学的大格局中,每一种文体都受到了应有的重视,不仅我国的文学文体发育得相当良好,而且各种思辨性的文体和实用性的文体都得到了长足的发展,有力地支持了我国作为世界文学大国的历史地位,也有力地支持了我国作为世界文章大国的历史地位。这种同步繁荣的文体局面,是为中国所独具而为西方所不具的。

三、刘勰文体论的现实意义

人类对客观事物的认识进程并不总是直线伸延的,有时也会出现许多曲折和反复,甚至某些明显的回潮现象。表现在文体论的发展上同样是如此。在刘勰建立了他的博大恢弘的广义文体论体系的1500年之后的今天,由于社会生活的突飞猛进和中西文化交流的日益深化,我们对文体理论的认识远较前人深刻和全面。但也毋庸讳言,在多元文化的长期渗透下,某些古人早已澄清的沙粒,在经过历史的长期积淀之后又重新泛起,以现代理论的面貌干扰着时人的视听,使人产生认识上的错乱。在这是非莫辨的情况下,刘勰的文体理论,重新获得了作为拨乱反正的理论依据的现实价值。它有如一座光芒四射的灯塔,指引着暗夜中的航程,显示着中华文体理论的永恒的生命活力。

当代文体意识与文体运作中的错乱与刘勰文体论对这些错乱的辨析意义和拨正意义,主要表现在以下几个方面。

(一)当代文体概念中的错乱与拨正

我国的文体概念和风格概念的剥离,在刘勰时代就已经在理论上完成。刘勰将风格定位于个性心理学的范畴,将体式定位于"结构—形态—功能"的统一规范的范畴,从某种意义上说,也就是社会语言学的范畴,使二者的本质特征在各自的范畴局域中得到了鲜明的显现。《体性》与《定势》两个专章,就是他对二者的本质性区别所做出的理论辨析。从此以后,我国学术界一直沿轨而行,各有各的概念系统,各有各的研究范围,很少出现过概念杂糅的现象。唐代司空图的《诗品》,就是专门研究诗歌风格的著作,明代徐师增的《文体明辨》,就是专门研究文章体式的著作。从人类认识的普遍规律来看,从概念内涵的庞杂到概念内涵的纯一,是一种必然的趋势。显然,这是我们明显地先进于西方文体概念的地方。

在通常情况下,都是后进向先进的认同。遗憾的是,在特殊的情况下,也会出现逆行的现象。由于众所周知的原因,中国巨人在鸦片战争中惨败于西方的船坚炮利之下,不仅中国的门户被强行打开,而且中国的民族自尊心也遭到了沉重的践踏。在半殖民地半封建的屈辱命运下,作为世界文化大国的中国开始了"向西方寻找真理"的过程,我国自己的传统文化反而遭到了自己的怀疑和漠视。于是,西方的许多观念犹如潮水般地涌进了中国,以先进文化的姿态雄踞于我国的学术之上。其中固然不乏精华,但也包括了很多远比我们落后的东西,比如体式与风格杂糅为一的"Style"概念。由于这个多义性概念的引入,我国的修辞学界和语言学界,在概念的使用和范畴的界定上,受到了极大的困扰。

请看下面的表述:

> 文体或辞体就是语文的体式。语文的体式很多,也有很多的分类。约举起来,可以有八种分类:(1)民族的分类,如汉文体,藏文体之类;(2)时代的分类,如《沧浪诗话》所举的建安体,黄初体,正始体,太康体,元嘉体,永明体之类;(3)对象或方式上的分类,旧的如《文心雕龙》分为骚、赋、颂赞、祝盟等,新的如《作文法》分为描记、叙述、诠释、评议等等,都属于这一种分类;(4)目的任务上的分类,如通常分为实用体和艺术体等类,或分为公文体、政论体、科学体、文艺体等类,可以说属于这一种分类;(5)语言的成色特征上的分类,如所谓语录体、口头语体、文言体之类;(6)语言的排列声律上的分类,如所谓诗和散文之类;(7)是表现上的分类,就是《文心雕龙》所谓"体性"的分类,如分为简约、繁丰、刚健、柔婉、平淡、绚烂、谨严、疏放之类;(8)是依写说者个人的分类,如《沧浪诗话》所举的苏李体、曹刘体、陶体、谢体、徐庾体、韩昌黎体、柳子厚体之类。①

---

① 陈望道:《修辞学发凡》,上海教育出版社 1976 年版,第 256 页。

　　陈望道所说的八类体式,也就是他对体式的构成因素的分析。其中,(3)、(4)、(5)、(6)类确实是属于体式学的范畴,(1)、(2)、(7)、(8)实际属于风格学的范畴。特别是(7)类,早就为刘勰明确列入"体性"的范畴。显然,这种表述是建立在概念杂糅的基础上的。它将早已为我们的古人所清晰剥离的两个范畴,又重新混淆到了一起。为什么出现这种由确定性向不确定性逆行的现象? 作者在对第7条的重点论述中约略地道出了其中的端倪:

　　　　其中国外修辞的书上说得最热闹、以往我国论文的书上也讨论得最起劲的便是这里的第七种体性上的分类。现在单将这一种分类中的各体,综合中外所说,略述于下。

　　作者说得相当清楚:这种认识来自对"中外所说"的"综合"。见之于"中"的,是刘勰的"体性"的分类,见之于"西"的,是西方多义性的文体范畴,所谓"综合",实际也就是将中国的纯一性的体性(风格)概念,纳入了西方的多义性的"Style"的概念系统之中。东西方对文体概念的理解存在着相当大的距离:"'文体'和'风格'在汉语中原为两个概念,前者是谈文章类别或体裁的语言特征,后者谈作家和作品的语言特征,在英语中均用 Style 一词来表达。就像汉语区分'姐姐'和'妹妹',在英语中都叫做 Sister 一样。当然,Style 还有'风格'的含义,更是一词多义。在实际使用中,我国外语界可能受到欧洲语言的影响,对'文体'与'风格'的区分不如汉语界严密。"①这种多元文化之间的碰撞和冲突,就是造成表达混乱的根由。

　　由于前人对西方文化的盲目师法所造成的学术尴尬,至今还在我们身边不时地表现出来:

　　　　所谓"文体",非指文学作品的体裁,而是指风格。刘勰《文心雕龙》有《体性》篇,"体",是体貌之意,即指现代文学理论中的风格。②

---

① 胡壮麟:《理论文体学》,外语教学与研究出版社 2000 年版,第 1 页。
② 詹福瑞:《中古文学理论范畴》,中华书局 2005 年版,第 135 页。

这种表述的混乱性是显而易见的。将"文体"纳入"风格"的范畴,显然是一种常识性的错误。将"体"与"体性"置于同一的范畴,将"体貌"与"风格"置于同一的范畴,同样是一种常识性的错误。众所周知,"文体"指文章体式(体势),不是指文章的风格。体式和风格是两个在本质意义上迥然不同的概念,二者之间并不存在"即"的关系。指称文章"风格"的是"体性","体性"是一种与内在的个性心理属性直接相通的外在风貌,不是一种"约定俗成"的体貌。这就是体式与体性这两个概念之间最根本的区别,也就是二者之间不能混淆的最根本的原因。

这种错乱的表述,在当代的龙学研究中,是颇为多见的,例如:

> 外在的美与内在的个性,都集中表现在语言的艺术结构上,从而形成不同风格的文体。①

作者做出的第一个判断,无疑是正确的,问题出在由此做出的进一步的推理上。由"外在的美与内在的个性"所形成的艺术结构,并不是"形成""文体"的逻辑依据,而是形成风格的逻辑依据。"不同风格的文体"的提法也是不确切的,"风格"和"文体"完全是两个不同的范畴,另一个属于个性心理学的范畴,一个属于社会语言学的范畴,二者之间不存在修饰和被修饰的关系。

又如:

> 各种不同文体,由于表现不同内容,使用于不同场合,因而形成不同的风格。这的确是很自然。②

文体本身不能"自然"地形成风格,更不能"由于表现不同的内容"和"使用于不同的场合"而形成"不同的风格"。风格即人,是人的个性心理的反映,与"内容"和"场合"没有直接的因果关系。"内容"因素和"场合"因素是制约文体的因素,而不是制约风格的因素。风格的不同是由人的精神本体的个性

---

① 陈思苓:《文心雕龙臆论》,巴蜀书社1988年版,第310—311页。
② 王运熙、顾易生:《中国文学批评通史》第2卷,上海古籍出版社1996年版,第465页。

差异所决定的,而不是由"内容"和"场合"的差异所决定的。

如此等等,不一而足。究其总源,就在于多元文化的碰撞和冲突。这对于我们来说,无疑是一件尴尬的事情,但又是一件充满发展机遇的事情。正是由于多元文化的存在,才有对照、比较和鉴别的机会,然后才有选择、调整和完善的可能。一切理论的成长过程,莫不如此。面对多元文化共存的扑朔迷离的现实,我们既不能故步自封,也不能妄自菲薄,而必须秉着实事求是的原则,敢于坚持我们传统文化中的普遍性的真理,也敢于修正我们传统文化中的非科学性的东西,敢于是所应是,也敢于非所应非。刘勰的纯一性的文体概念是科学性的概念,代表着人类的认识由驳杂向纯一进化的总趋势,它的正确性已为我国作为世界文学大国和文章大国的历史地位所充分证明,理所当然应该受到我们的认同、坚持和捍卫。杂糅的文体概念是一种早已为我们的先人所超越并正在为现代西方学者所超越的非完善性的概念,理所当然应该受到我们的排拒。这一个在概念领域中拨乱反正的过程,也许是一个相当漫长的过程,却是一个一定会全面实现的过程。一个向上的民族,总是在不断的扬弃中成长的。随着中华国力的强大,随着中华文化向外辐射力量的增强,随着龙学的进一步发展和在世界上的进一步普及,刘勰所代表的中国特色文体理论的普遍真理会得到国人的真正理解和重视,也会得到世界学者的普遍尊重与遵循。那时,它在理论上的导向作用和在概念上的规范作用,也就会表现得更加直接,更加强劲,也更加鲜明。

(二)当代文体分类中的错乱与拨正

由于刘勰广义文体理论体系的建立和系统尺度的提出,我国的文体分类具有了科学的框架和明确的标准,从此走上了循轨运行的康庄大道。但是,进入现代社会以后,由于现实生活的急剧变化和西方文化的渗透,某些新兴的文体也以陌生的面貌出现在我们身边,给我们的文体分类带来了极大的困扰。"报告文学",就是一个典型的例子。

为着了解这一文体的来龙去脉,我们不妨做一点简单的述往工作。

20世纪初叶第一次世界大战后,工人运动风起云涌,世界形势瞬息万变,这就迫使有些作家不得不离开书斋,紧扣时代的脉搏,去记录当时山呼海啸的社会生活。适应这种快速反应的需要,当时出现了一种既具新闻性又具形象性的新兴文体,在德国,被称为 Reportage(报告)。1930 年,"Reportage"被我国的左翼作家联盟冠以"报告文学"的名称,从海外正式引入国内。在《无产阶级文学运动新的情势及我们的任务》一文中,明确提出了"创造报告文学"的号召:"经过种种煽动宣传的工作,创造我们的报告文学(Reportage)吧!这样,我们的文学才能够从少数特权者的手中解放出来,真正成为大众的所有。这样才能够使文学运动密切和革命斗争一道的发展,也只有这样,我们作家的生活才有切实的改变;我们的作品内容才能够充满了无产阶级斗争意识。"①在左联的组织和推动下,报告文学作品大量登上了社会的舞台,夏衍的《包身工》,就是其中的奠基性作品。

进入新中国之后,特别是进入历史新时期之后,报告文学更是得到了空前的繁荣。随着报告文学社会地位的不断提升,社会对它的文体属性的关注也越来越密切。从20世纪80年代开始,我国学术界关于报告文学的文体属性进行过几次重大的争论,至今没有定论。概括而言,大致有以下三种观点:

一是"文学体式说"。认为报告文学是文学大类中的一种特定体裁,它的本质属性是文学。它的代表性表述是:

> 所谓"报告文学",即在欧美文坛也还是一件新东西,因而在我们中国,确是"不二价的最新输入"。这一种新样式在外国被称为 Reportage,诚然是报告,也诚然是"文学",可就没有写成"报告文学"——只是"报告",正像"小说"这一样式新登"文坛"之时未尝写成"小说文学"。Reportage 不过是年龄最小而已,其与"小说"同为文学之一部门则一。②

> 报告文学是近代社会的产物,它是一种反映真人真事的年轻的文学体裁,它和小说、诗歌、散文、戏剧、影视文学等各种文学体裁一样,是一种独立的文学样式。③

> 报告文学是通过再现生活中真实而又具有典型意义的人和事,从而表现作家主体意识的一种具有很强的时代性、形象性的新型、独立的文学样式。④

---

① 涂怀章:《报告文学概论》,湖北人民出版社1984年版,第31页。
② 茅盾:《关于"报告文学"》,见周国平《报告文学论集》,新华出版社1985年版,第4页。
③ 周姬昌:《写作学高级教程》,武汉大学出版社1989年版,第415页。
④ 高瑞卿:《文学写作概要》,东北师范大学出版社1989年版,第17页。

二是"新闻体式说"。认为报告文学是新闻大类中的一种特定体裁,它的本质属性是新闻。它的代表性表述是:

> 所谓报告文学,是"报告"和"文学"的有机结合,是运用文学手法表现现实生活中有典型意义的真人真事的独特的新闻性文体。①

三是"边缘体式说"。认为报告文学是一种两栖类的文体,既具有文学的属性,又具有新闻的属性,是二者的有机融合。它的代表性表述是:

> 报告文学是新闻与文学相结合的产物,是用文学手段来表现现实生活中具有典型意义的真人真事的一种文体,既具有新闻性,又具有文学性,是处于新闻与文学之间的一种"边缘"体裁。②

三种说法,都包含着部分的真理,但都不具有说服对方的力量。原因就在于,都缺乏足以使人信服的明确、客观的分类标准。如果没有这样的具有公信力的判断标准,人们是不可能走出各执一端的认识灰区的。遗憾的是,这样的标准,是现代学界很少注意到,并认真加以解决的。

那么,我们到那里去寻找这一打开迷宫的钥匙呢?

钥匙实际是存在的。只是被现代人所忽视罢了。这一把钥匙,就是刘勰在 1500 年前所提出的系统尺度。

刘勰在《定势》中所提出的"因情立体,即体成势"的论断,不仅是对体式运动的系统机制的总体概括,也是他对构成这一系统机制的三个层面"情—体—势"的具体剖析。这三个层面,实际也就是他对文体进行分类的总的系统依据和系统尺度的总揭示。正是由于它是来自系统机制和系统结构,它对于文体分类必然具有最高的依据作用。虽然我们古代并没有显性的"报告文学"的理论表述,但是作为文章分类的系统尺度来说,它的普遍性的品格是覆盖古今的。我们不妨凭借这一尺度,来判断这一桩现代的公案,也以此作为一

---

① 王东成:《新编写作学》,高等教育出版社 1989 年版,第 291 页。
② 路德庆:《普通写作学教程》,高等教育出版社 1991 年版,第 347 页。

个特定的窗口,对刘勰文体理论的生命活力进行现实的观照和具体的检验。

1. 从"情"的尺度来看

"履端于始,则设情以位体。"文章思维内容的基本类型,是它的体式与功能的决定性的内在依据,也是文体分类的决定性的内在尺度。就人类思维内容的基本类型来说,不外乎以下三种:情感性思维类型;思辨性思维类型;认知性思维类型。那么,表现在"报告文学"中的思维内容的类型,究竟是属于哪一种呢?

根据上面代表性的论见可知,报告文学在思维内容上,具有以下的鲜明特点:

(1)就思维对象的属性来看

报告文学的思维对象,是正在发生的社会生活,是"真有其人,实有其事"的社会存在。它是真实的现实,而不是虚拟的现实,也不是抽象的现实。就这一点来说,就使它既自外于艺术思维的范畴——艺术思维以虚拟的现实为特定的思维对象;也自外于理论思维的范畴——理论思维以抽象的现实为特定的思维对象,而只能属于二者之外的认知思维的范畴。

(2)就思维材料的属性来看

报告文学的题材,是现实生活中具有典型形象意义的真人真事。典型形象,是它的思想的重要载体。就这一点来说,它与小说、散文、戏剧文学等体式似乎没有什么区别。但从构成"典型形象"的材料的根本属性来看,二者是迥然不同的。就材料的信息属性而言,文学中的典型形象传递的是情感的信息,报告文学中所传递的是现实生活中的知识性信息,是对现实生活中已经发生的事实的一种认定。认知性与审美性,在思维运动上分属于两个完全不同的范畴。认知性信息属于实用性思维的范畴,审美性信息属于艺术性思维的范畴。

就材料的存在方式而言,二者虽然都具有典型形象的形态,但它们的构造方式却是判然不同的。文学典型来自对生活的再造,想象和虚构是再造的必要性依据;新闻典型来自对生活的摄取和选择,绝对真实是摄取和选择的必要性前提。文学典型是人类心理的折光,反映着人类感情的恒常和隽永的历史性品格,而新闻典型则直接为一定的政治、经济的目的服务,反映着人类在现实功利关系中的趋时而动的时效性品格。一般来说,新闻典型是分散的、片段的、而文学典型是完整的、全息性的。这是由于新闻典型实际是原型,是现实生活中的特定的"这一个",他的典型性是为时空所制约的,记者不可能、也不允许通过想象去将它"复原",他所得到的材料必然像现实生活中的人物和时间一样分散和零碎。记者可以从中理出"内在链条",使它由无序化成为有序化;有序化是整体化的基本标志。这一"内在链条"只能是生活自身的逻辑。记者绝不能"制造"一个"内在链条"强加于人物或事件,因为这种由记者强加的"内在链条",实际就是"想象"。想象是文学材料中的有效添加剂,却又是与新闻材料绝不相容的腐蚀剂。

所有这些材料学的特征,都为艺术思维所不具,也为抽象思维所不具,而为认知思维所独具。报告文学的思维类型,理所当然属于认知思维的范畴。

(3)就思维方式的属性来说

报告文学的思维方式的最大特征,就是对社会生活的现实进程进行客观的、直接的和及时的再现。这种思维的方式,既不同于理论的方式通过思辨来把握世界,也不同于艺术的方式通过审美来把握世界,它通过人与客观世界的有目的的接触,使客观世界的信息与人的知识储备直接沟通,在主体感知客观世界的系统变动的同时,直接做出相应的现实性的情感评价和功利性的价值判断,实现人对世界的"实践—精神"的把握,也就是实用性的把握。认知性——对客观世界进行感知和把握的最直接、最现实、最及时的思维属性,就是这种思维方式的最根本的心理属性。这种具有基础意义和初级意义的思维方式,是报告文学及一切实用性文体所独具,而又为文学性文体及思辨性文体所不具的。

从"体"的尺度来看

"体"指文章的体式,也就是特定的思维属性和功能属性对特定形态的规定性和规范性。形态的规定性和规范性,是文体分类的第二个重要标准。

报告文学在形态上的基本特征,根据学界的共识,就是形象性与真实性的兼备。所谓形象性,是指它在语言表达上的生动性和传神性。"它跟报章新闻不同,因为它必须充分的形象化。必须将'事件'发生的环境和人物活生生地描写着,读者便就同亲身经验,而且从这具体的生活图画中明白了作者所要表达的思想。"①易而言之,就是"用使人感觉到如临其境、使人感动的手段来

---

① 茅盾:《关于"报告文学"》,见周国华《报告文学论集》,新华出版社 1985 年版,第 5 页。

描写生活、再现生活"。① 也就是刘勰所说的"情貌无遗"的属性。所谓真实性,就是"真有其人,实有其事"的确凿无虚的属性。"报告文学的特点就是真人真事。"②"报告文学是写真人真事的,内容必须保持真实性,不能失实。特别是捏造事实,进行诽谤,这是法律所不能容许的。"③也就是刘勰所说的"文非泛论,按实而录"的属性。

这两种形态属性,牵涉两种迥然有别的文体:形象性,常常被视为文学文体的决定性的形态标志;真实性,常常被视为是认知性文体的决定性的形态标志。这两种属性可以共集于一身吗?

当代学界因此提出了"联姻"的说法,认为"报告文学是文学与新闻联姻的产物。"由此得出结论:"报告文学是介乎新闻和文学两种形式之间的作品,因此它既具有新闻性,又具有文学性。"④这种"边缘化"的说法似乎回答了所有的问题,实际什么问题都没有回答。众所周知,"事物的性质,主要是由取得支配地位的矛盾的主要方面所决定的。"⑤那么,在报告文学形态的两重性中,到底是怎样结合的呢? 哪一种是"主要矛盾的主要方面"呢?

由此又产生了两种截然相反的论见:一种论见认为,文学性是报告文学形态的本质属性;另一种意见认为,真实性是报告文学形态的本质属性。于是,在形态性的层面上,又陷入了新的困惑之中。

实际上,对于时人来说,真正的困惑并不在于对两种形态属性中的主导层面的确定的困难,而在于确定的依据的缺失。两种截然相反的论见,实际都是各执一端的主观认定,他们都不可避免地陷入"东隅而望,不见西墙者也"的困境之中。真正的出路只能是凭借系统的尺度做出系统的分析。我们不能不又重新回到了刘勰所提出的系统理论上来,重新获取思维方法上的启迪。

---

① 郭小川:《有关报告文学的几个问题》,见周国华《报告文学论集》,新华出版社 1985 年版,第 283—284 页。

② 夏衍:《关于报告文学的一封信》,见周国华《报告文学论集》,新华出版社 1985 年版,第 338 页。

③ 张友渔:《报告文学涉及的法律问题》,见周国华《报告文学论集》,新华出版社 1985 年版,第 94 页。

④ 如海:《报告文学的特色及其他》,见周国华《报告文学论集》,新华出版社 1985 年版,第 31 页。

⑤ 《毛泽东选集》第 1 卷,人民出版社 1991 年版,第 322 页。

刘勰的系统理论明确地告诉我们:形态问题,并不简单决定于它的本身,而是决定于"情"与"势"的系统制约,是这种内在制约性的外在表现。在真实性与形象性的双重形态属性中,何者为主,何者为从,实际上并不决定于它们自身,而是决定于思维属性与功能属性对它们的选择。

从思维属性的制约性来说,报告文学的思维属性既然是认知性的,那么,表现在形态上也必然具有认知性思维的普遍性特征,这就是对客观事物的信息的接受、认定和组织,都是采取客观无偏的态度进行的,表现在形态上,就是对客观事物的客观性表述。真实性——"文非泛论,按实而书"的属性,就成了它的形态的本质性的要求。形象性——"情貌无遗"的属性,是真实性的一种特定形态。刘勰明确认为,形象性是一个广义性和普遍性的范畴,并不专属于某一类文体。不仅《诗》《骚》可以具有文采,经传也可以具有文采。二者的区别并不在于文采的有无,而只是文采的强弱。并且进一步认为,文采的强弱,并不是决定文章体式优劣的依据。他说:"经传之体,出'言'入'笔','笔'为'言'使,可强可弱。经以典奥为不刊,非以'言''笔'为优劣也。"这就是说,"情貌无遗"的属性,并不是某类文体的专利,既可以属于艺术的真实,也可以属于实录的真实。形象性表现在认知性文体中,实际就是一种"按实而书"前提下的"情貌无遗"的真实,也就是用"情貌无遗"的特定形态表现出来的"按实而书"的真实。"按实而书"是认知性文体的普遍性品格,"情貌无遗"是认知性文体中某些特定体类的特殊性品格。这种特殊性并不在于"有无",而是在于"强弱"。实录性的形象性,是属于"弱型"的形象性,弱就弱在它必须接受"按实而书"的严格限制,而不能率意而行。这种特定的形象性必定是一种纯客观的形象性,而不是带有主观想象的虚拟色彩的形象性。《史记》,就是典型的范例。信史,是它的本质性特征,生动性,是信史的本质性特征的选择性的特定表现形态。形象性,是完全可以附丽于真实性之上的。在二者的相互联系中,生动性是真实性赖以凸显的技术手段,真实性是生动性赖以存在的决定性前提。只要不违背"信"的前提,"实录"完全可以具有"文采"。具有文采的"实录",本质上依然还是实录,就像《史记》,虽然具有"无韵之《离骚》"的文学性特征,它依然是"信史"。

3. 从"势"的尺度来看

"势"指特定的形态所依据和实现的特定的社会交际功能。报告文学的社会交际功能,被当代学界公认为:"将刻刻在变化、刻刻在发生的社会的和政治的问题立即有正确尖锐的批评和反映。"①从最一般的层面来说,也就是刘勰所说的"表征胜衰,殷鉴兴废"的作用。这种对"刻刻在发生的政治和社会问题"所"立即"做出的"批评和反映",这种对现实生活的"表征"与"殷鉴",是直接作用于社会生活的现实进程的,它必定是现实性的、实用性的,而不是思辨性的,也不是审美性的。它的目的,是直接干预、组织、调整或改造社会生活,而不是对情操的陶冶,也不是对事物的本质的纯理性思辨。它是实实在在的物质生活,是不以人的精神存在为转移的客观实在。任何客观实在的东西,都具有客观真实性的品格。"文非泛论,按实而书",就必然成为实用性文体在形态上的普遍属性。唯有这种真实性的形态,才能实现这种实用性的交际功能。报告文学实现的是实用性的交际功能,为着实现这种实用性的功能,它在形态上也必定是实用性的。作为实用性交际的信息保证的真实性与时效性,也就必定成为它的形态中的决定性的要求。这就是夏衍所特别强调的:"报告文学最可贵之处就在于真实,在于时代精神,而不在其它。"②

因此,将报告文学视为文学,无疑是一种误读,因为报告文学虽然具有文学的称谓,但在系统属性上实际属于实用性文体的范畴,并不属于审美性文体的范畴。将报告文学等同一般性的新闻体式,也是一种误读,因为报告文学和一般新闻虽然共属于同一的文体群落,报告文学又具有一般新闻体式所不具的形态特点。将报告文学视为边缘性的无归属的文体,同样是一种误读,因为它虽然在形态上具有文学性和新闻性的双重属性,但从最根本的层面上说,这种文学性是在不违背新闻性的大前提下表现出来的,是从属于并统率于新闻性的文学性,是它的新闻性的一种特定的形态。

由此可以得出结论,报告文学的本质属性不是文学,而是实用性文体群落中的新闻文体,是一种在不违背真实性的大前提下具有某种形象性的新闻文体。真实性是它的本质性品格,形象性是它在新闻文体中的特殊品格。它的特殊品格,是从属于它的本质性品格的。将报告文学定格为文学体式,实际是一种历史的误会。今天,是我们为它正位的时候了。

---

① 茅盾:《关于"报告文学"》,见周国华《报告文学论集》,新华出版社1985年版,第5页。
② 夏衍:《关于报告文学的一封信》,见周国华《报告文学论集》,新华出版社1985年版,第341页。

历史已经给《史记》的文体做出了确凿不移的定位。历史也将证明根据刘勰的系统理论和系统尺度对"报告文学"所做出的文体定位的正确性。

（三）当代文体运作中的讹误与拨正

"文律运周,日新其业。"（《通变》）文体世界时刻都处在不断地变动之中。这种变动并不总是带来积极的结果,有时也会带来某种消极的结果。积极的结果,就是为社会所普遍欢迎的新生体式的产生;消极的结果,就是为某一阶层的人士所独钟而又为社会的主流层面所唾弃的体式的产生。这种消极的体式,也就是刘勰所说的"讹体"。刘勰所处的时代,就是"讹体"泛滥成灾的时代。从某种意义上说,刘勰的《文心雕龙》,就是一部与"讹体"作斗争的书。这就是他在《序志》中所特别昭示的:"去圣久远,文体解散,辞人爱奇,言贵浮诡,饰羽尚画,文绣鞶帨,离本弥甚,将遂讹滥。盖《周书》论辞,贵乎体要;尼父陈训,恶乎异端,辞训之异,宜体于要。于是搦笔和墨,乃始论文。"正是这种旗帜鲜明的斗争,才在历史的长河中荡涤了曾经泛滥成灾的六朝"讹体"的污染,迎来了大唐文学的繁荣。因此,从某种意义上说,刘勰的文体理论,也就成了反对"讹体"的理论旗帜和实践依据。

"讹体"的现象,并非唯一的六朝现象。由于多元文化的渗入,由于社会经济体制的骤然巨变,也由于对时尚事物的过分追求所引起的文化心理的躁动,"讹体"的现象也幽灵似地出现在我国当代的文坛之中。所谓"朦胧诗",所谓"意识流",就曾经在我国文坛上照耀了相当长的时间,直到它难以为继才悄然引退。它们来也朦胧,去也朦胧,至今没有人对它进行过理论上的系统分析。而现在,许多"地摊文体"、"网络文体"等"古怪"现象,又在悄然兴起,而社会公众至今不具备对这种现象进行评价和批判的能力,只能任其自由泛滥,自生自灭。述往方可知今,于是事隔千年之后,我们不能不重新想起了刘勰的反讹斗争和他著名的反讹理论,希望从中得到教益,并且确实获益匪浅。

为了体认刘勰反讹理论的现实意义,我们不妨先对其有关论述做一点简略的梳理工作。

何谓"讹体"? "讹体"就是谬误的文体。讹体的发生,和错误的社会风气与不正的审美倾向密切相关,通常发生在社会的文化信念发生严重倾斜的环境中。六朝,就是一个典型的例子。"自近代辞人,率好诡巧,原其为体,讹势所变。""讹体"是"讹势"的反映,"讹势"生发了"讹体","讹体"又转过来为

"讹势"推波助澜,二者之间展转强化,给社会文化造成极大的腐蚀。

六朝"讹体"的基本特征,根据刘勰的系统认识,可以概括为以下几个方面。

一是"反正"性。反正性就是对一切规律与规范的否定性。刘勰所说的"厌黩旧式,故穿凿取新,察其讹意,似难而实无他术也,反正而已",就是对这一特征的理论概括。具体表现在对传统体式的盲目厌弃,对时尚体式的盲目推崇,以"反正"为唯一的审美取向,以诡巧为唯一的价值追求,以自我为唯一的价值标准。为了"苟异",故意和规律与规范反一调,为了"苟新",不惜以媚俗与怪诞为荣。以为抛弃了传统,张扬了自我,就可进入全新的艺术境界。

二是怪异性。为了"逐奇"与"反正",他们不惜违反语法与逻辑的基本规范,做出种种貌似新奇实为荒谬的表述。刘勰所说的"故文反正为'乏',辞反正为奇。效奇之法,必颠倒文句,上字而抑下,中辞而去外,回互不常,则新色耳",就是对这一特征的深刻揭示。例如鲍照《石帆铭》中的"君子彼想",就是将"想彼君子"的词序故意颠倒。再如江淹《别赋》,好端端的"孤臣堕涕,孽子危心",偏要写成颠三倒四的"孤臣危泪,孽子堕心"。好端端的"心惊骨折",偏要说成"心折骨惊"。这种做法,主观目的是为了追求某种与众不同的奇异效应,结果却陷入了"失体成怪"的泥坑之中而难以自拔。

三是浮浅性。文体运作的诡异并不是由于在内容上确有真知灼见,而仅仅为了在形式上标新立异。这种标新立异,是凭借背祖离宗来获得的一种表面上的新奇效应。这种生硬穿凿的效应,表面上光怪陆离,独标一格,实际上空虚浅薄,别无长术。空虚浅薄,是背离文化传统的必然结果。众所周知,文化传统是一个民族的生命基因,也是文章的生命基因。离开了自己的生命基因,文体的运作必然成为无源之水,无本之木,注定会陷入讹浅的境地。何者?"竞今疏古,风昧气衰也。"

四是异化性。讹体的要害,就在于它对社会规范的整体否定。这一整体否定不仅会造成对社会语言规范和文体规范的大破坏,而且会辐射出一种极端自私和极端颓废的文化观念,造成对整个社会风气的大冲击,加重社会的危机。刘勰所说的"势流不反,则文体遂弊","离本弥甚,将遂讹滥",就是对这一腐蚀的严重后果所做出的理论概括。

"不述先哲之诰,无益后生之虑。"刘勰的这些论见,为我们认识现代的朦胧诗和意识流小说的本质属性,提供了重要的理论依据。

　　朦胧诗进入中国诗坛,是改革开放初期的事情。党的十一届三中全会以后,封闭多年的国门大开,各种新鲜事物犹如潮水般涌入中国,其中也包括"朦胧诗"在内。它以扑朔迷离的存在方式,曾经风靡一时,使人莫知就里。它的基本形态,可以见诸下面的作品。

弧线

鸟儿在疾风中
迅速转向

少年去捡拾
一枚分币

葡萄藤因幻想
而延伸的触丝

海浪因退缩
而耸起的背脊

三原色

我,在白纸上
白纸——什么也没有
用三支蜡笔
一支画一条
画了三条线

没有尺子
线歪歪扭扭的
大人说(他很大了):
红黄蓝

　　　　　是三原色
　　　　　三条直线
　　　　　象征三条道路

　　　　　——我听不懂
　　　　　（讲些什么呵）
　　　　　又照着自己的喜欢
　　　　　画了三只圆圈

　　　　我要画得最圆最圆

　　　　　　　附:《我读我的诗》(摘录)
　　《三原色》这首诗,没什么说的(其实,谁都没什么说的),只要不认为是"儿童诗"就行了……昨天,有个朋友问我,"三条直线"和"三个圆圈"是不是象征这个意思。真的,我没有想到,随意性会留给读者更多的想象空间,让读者和作者共同完成一首诗,不是更好吗……诗,应该给人一种整体的美(或者说整体效果)——不能把诗句割裂开来欣赏。诗句如果可以成为点的话,一首诗就是面。点要为面服务。点不能太工,会破坏面的。让人得到整体美吧。
　　　生活
　　　网。

　　　致蒋经国先生
　　　……

　　这些形形色色的诗歌,都以朦胧自标其异。所谓"朦胧",誉之者称其为"含蓄蕴藉,耐人寻味",称其为"由客体的真实,趋向主体的真实,由被动的反映,倾向主动的创造"①,称其为"通过自己的内心的折光来反映生活,追求意

———————————
　　① 顾城:《"朦胧诗"问答》,《文学报》1983 年 3 月 24 日。

象的新鲜独特、联想的开阔奇丽,在简洁、含蓄、跳跃的形式中,对生活进行大容量的提炼、凝聚和变形,使之具有象征和哲理的意味"①,非之者称其为"语言晦涩,不知所云","如坠五里舞中",称其为"意境的缥缈迷蒙,形象的七拼八凑,想象的漫无边际,情感的无端跳跃,还有什么'交叉对立的色彩'"②,称其为"人们把它们叫做什么都可以,唯独不能叫做诗"③。

孰是孰非,真令人眼花缭乱。我们最好是对朦胧诗的具体形态和具体形态的具体特征进行具体的分析。朦胧诗的具体作品,已具见于前文。朦胧诗的美学特征,被朦胧诗派的理论家集中地概括在下面的表述里:"朦胧的意象,零杂的形象构图,富于运动感的急速跳跃,交叉对立的色彩,标点改进和'语法'的'主观化',哲理和直觉的单独表现溶合,象征隐喻的手法和奇特的语言结构。"④以此作为基本依据,下面试根据刘勰的美学理论进行具体的剖析和解答。

1. 关于"朦胧的意象"问题

意象的朦胧性,是朦胧诗派的逻辑起点和理论支点,是弄清这一重公案的关键。为着弄请这一重是非,我们先弄清以下的问题。

什么是意象?

意象,是显现于文学作品中的寄托了创作主体情思的具体物象。意象作为艺术创作中的表意之象。是"心与物游"、"物与神交"的心物交融的结果。由于它具有心与物的双重属性,也就必然成为文学作品审美形态最一般的具象呈现方式。刘勰所说的"玄解之宰,寻声律而定墨,独照之匠,窥意象而运斤",就是对它在艺术创作中的基础作用的理论概括。

意象运动过程的基本规律

意象运动的过程,既是一个朦胧的过程,又是一个由朦胧走向清晰的过程。

意象运动中的朦胧性表现在,意象运动初起的时候,常常都具有某种"既随物以宛转,又与心而徘徊"的模糊不定的属性。"思绪初发,辞采苦杂。"作

---

① 刘登翰:《一股不可遏制的新诗潮》,《福建文艺》1980 年第 12 期。
② 艾青:《从朦胧诗谈起》,《文汇报》1981 年 5 月 12 日,第 3 版。
③ 公刘:《诗要让人读得懂》,《诗刊》1984 年第 1 期。
④ 林英男:《吃惊之余》,《作品》1981 年第 2 期。

为一种初级阶段的心理活动,它是直观性的,随意性的,情不自禁的,非定向性的,也必然是朦胧含混,杂乱无章的。人们往往因某一物象而受到强烈的感动,但这种感动实际并没有最终的归宿,既不知道确切的原因,也不知道最终的指向。刘勰所说的"神思方运,万涂竞萌,规矩虚位,刻镂无形。登山则情满于山,观海则意溢于海",就是这种初级意象运动的基本心理形态的理论概括。这种模糊不定的"意翻空而易奇"的属性,也就是朦胧的属性。

意象运动中的清晰性表现在,意象运动不会永远停留在朦胧的阶段,它总是在朝着"道之文"的方向发展。"鼓天下之动者存乎辞,辞之所以鼓动天下者,乃道之文也。""道"是宇宙运动的本源,也是人心运动的总规律和总尺度。不管是情还是理,从最终的层面来说,都是属于"道"的范畴。"道"属于普遍规律的范畴,普遍规律从来都是非常准确,从来不具有半点儿含糊性的。"道之文"作为"天地之心"的集中反映,从来就不是什么神秘莫测的东西,也不是什么朦胧恍惚的东西,它就是人类对本质和规律的自然追求。这是因为,人作为万物之灵,不仅在于他有感知、有情绪、有情感,而且在于他有思想,有能够对客观事物的整体与整体运动做出明确的审美判断和理性判断的思想。这种对美、真、善的自然追求反映在意象的运动中,就是对主旨的追求。主旨是意象运动中所提出的总问题和总解答的总集中和总浓缩。这一总问题和总解答的总集中和总浓缩,是人类思维从感性阶段跃入理性阶段的总完成的总标志。这一意象运动的总完成的总标志,从来都是情理交融的,也从来都是清晰的。刘勰所说的"神用象通,情变所孕。物以貌求,心以理应",就是对这一情理交融过程的理论概括,也是他对意象运动的完成形态的清晰性与确定性的美学证明。白居易所说的"诗者,根情,苗言,华声,实义",就是对这一普遍规律所作的具体的诗学阐释。

这种确定性和清晰性,来自两个方面的保证。

一是来自意象组合的系统性的保证。意象运动的过程,是一个由无序向有序不断演化和深化的过程,是一个组织化程度不断增强的过程。它的初级阶段的凌乱性,毕竟是一种阶段性的现象,而绝不是一种全程性的现象,更不是一种整体性的现象。就它的高级阶段来说,意象运动是一个严格的定向和定构的运动。这一转化的关键,就是构思。定向性和定构性,就是构思的成果。定向性具体表现在它的意象的向心性上:所有的意象都是主旨的体现,都必须与主旨保持一致,在主旨的统率下运行。所谓"驱万涂于同归,贞百虑于一致",所谓"万趣会文,不离辞情",所谓"美锦制衣,修短有度,虽玩其采,不倍领袖",即此之谓。定构性具体表现在它的意象的整体性上:所有的意象都具有系统的属性,所有的意象都具有自己确定的系统位置,都在自己确定的系统位置上发挥着为整体服务的功能。所谓"百节成体,共资荣卫",所谓"首尾周密,表里一体",所谓"骊牡异力,而六辔如琴,并驾齐驱,而一毂统辐",即此之谓。这一特定的方向和位置的规定性,就会成为一个决定性的思维结构。这一具有路线、步骤、方向的严格规定性的思维结构,是思维的清晰性的决定性的心理保证。这一决定性的心理保证,无论是对逻辑思维或是对于艺术思维,都是普遍性的真理。人类的一切思维活动,都是变不确定性为确定性的心理过程。就这一点来说,无论是对艺术思维或是对于逻辑思维,都是"本同而末异"的。

一是来自语言组合的系统性的保证。意象的系统运动的过程,同时也是一个语言的系统运动的过程。语言运动的系统性,具体表现在它的语符的连贯性和整体性上。"夫人之立言,因字而生句,积句而成章,积章而成篇。篇之彪炳,章无疵也;章之明靡,句无玷也;句之清英,字不妄也。振本而末从,知一而万毕矣。"这种具有严格规定性的语言结构,是一个决定性的结构而绝非一个随意性的结构。以这样决定性的结构所承载的意象结构,也必定是一个决定性的结构而绝非随意性的结构。这就是刘勰所昭示的:"章句在篇,如茧之抽绪,原始要终,体必鳞次。启行之辞,逆萌中篇之意,绝笔之言,追媵前句之旨;故能外文绮交,内义脉注,跗萼相衔,首尾一体。"这种具有决定性结构的意象组合,必定是一个具有明确的系统指向的因而在内涵上极其清晰的组合,而绝非凌乱的算术堆积因而在内涵上极其朦胧的组合。

朦胧在意象运动中的地位

朦胧是意象运动中的一个确然的存在,但也是一个基础性的和阶段性的存在。意象运动的过程,是一个由无序向有序转化的组织化过程,也是一个由无指向向有指向转化的清晰化过程。在意象的全程运动中,朦胧具有初级阶段的属性,清晰是朦胧的归宿与最后完成。刘勰所说的"视布于麻,虽云未贵,杼轴献功,焕然乃珍",就是对初始材料与加工成品的关系的理论解说,也是对初始材料所具有的初级属性与加工成品所具有的高级属性,初始材料所具有的朦胧属性和组织化的材料所具有的精细属性之间的内在关系的理论解说。

因此,朦胧在意象运动中的地位,必然是基础性的和初始性的,而绝不会是全程性的和本质性的。将朦胧视为意象运动的整体特征,将朦胧性视为艺术形象的本质属性,实际就是将意象运动永远停滞在无指向性的初级阶段上。显然,这是一种以偏赅全的误读。将这种违反规律的片面性见解用之于艺术的实践中,就必然造成艺术创作的无指向性,无指向性实际就是对思想的取消,对思想的取消实际就是艺术的消亡。

朦胧与清晰在美学表达中的辩证关系

对朦胧的片面强调,不仅是违反艺术过程的基本规律的,也是违反艺术方法的基本规律的。

朦胧与清晰,是两个既对立又统一的范畴,二者从来都是相对照而存在,相配合而运作。没有朦胧,清晰就失去了前提,没有清晰,朦胧就失去了意义。"若篇中乏隐,等老儒之无学,或一叩而语穷;句间鲜秀,如巨室之少珍,若百诘而色沮:斯并不足于才思,而亦有愧于文辞矣。"没有"隐",就失去了耐人寻味的力量,有如学识浅薄的"老儒",一叩而窘态毕露。没有"秀",就失去了振聋发聩的力量,就像少珍的富室,虽然琳琅满目也无法增添光彩。这两种情况,都是才力不足的表现,为名家所不取。对于这种相得益彰的关系,我们最好通过马致远《天净沙》来进行具体印证。

　　　枯藤老树昏鸦,小桥流水人家。古道西风瘦马,夕阳西下,断肠人在天涯。

粗看东鳞西爪,零碎散乱,不知就里。但只要读完全篇就会明白,这些散乱的意象实际都是天涯游子的悲苦心情的艺术写照,每一个意象都是这种心情的一个有机的组成部分。这种组合不是随意性的,而是决定性的,是在主旨的统率下进行并且曲曲折折地通向主旨和指向主旨的。没有前面的诸多朦胧,就没有最后的豁然开朗。没有最后的豁然开朗,前面的诸多朦胧就会失去审美的意义。意象的朦胧是通向主旨的清晰的一种具体手法。众所周知,任何手法都是为目的服务的。如果离开了目的,任何手法都会失去存在的价值。

在现代的诗歌中同样是如此。试看法国现代派诗人艾吕雅的名作《自由》：

在我的小学练习本上，
在我的课桌上树皮上，
在沙上，在雪上，
我写着你的名字。

在读过的每一页上，
在空白的每一页上，
不论是石上血上纸上灰上，
我写着你的名字。

在镀金的塑像上，
在战士的武器上，
在君王的冠冕上，
我写着你的名字。

在丛莽中在沙漠上，
在鸟巢在金雀花上，
在我童年的回声上，
我写着你的名字。

在黑夜的奇迹上，
在白昼的面包上，
在订婚的季节上，
我写着你的名字。
……
在失去希求的心绪上，
在毫无屏蔽的孤寂上，

　　　　在死亡的梯级上,
　　　　我写着你的名字。

　　　　在恢复的健康上,
　　　　在消逝的危险上,
　　　　在义无反顾的希望上,
　　　　我写着你的名字。

　　　　凭着这个词语的力量,
　　　　我重新开始我的生活,
　　　　我生来就为了认识你,
　　　　为了呼唤你的名字:

　　　　自由。

　　这首诗是朦胧的,也是清晰的。它的朦胧,造就了它的深厚的蕴藉,它的清晰,造就了它旗帜鲜明的指向。它明确地告诉我们:真正的现代诗并不是纯朦胧的诗,而是朦胧与清晰兼具的诗。朦胧只是一种心绪的积累过程,清晰才是情思的爆发过程。意象可以朦胧,由意象所"引爆"的思想绝不能朦胧。就像黑夜可以朦胧,而夜行人的眼睛绝不能朦胧一样。恰恰相反,黑夜越是朦胧,夜行者的眼睛越是不能朦胧。如果黑夜的朦胧再加上眼睛的朦胧,那么一切夜行都将失去意义。归根结底,朦胧是为清晰服务的。没有清晰指向的朦胧,是毫无意义的朦胧。将朦胧视为诗歌方法的唯一要求,显然是不符合诗歌的基本规律,也是不符合诗歌创作的美学实际的。

　　2. 关于"零杂的形象构图"与"急速跳跃"的问题

　　将"零杂的形象构图"与"富于运动感的急速跳跃"视为朦胧诗的本质性特征和独特的美学优势,同样是不符合美学的基本规律和诗歌创作的美学实际的。

　　"首尾周密,表里一体,此附会之术也。"何谓附会?附会就是组织:"谓总文理,统首尾,定予夺,合涯际,弥纶一篇,使杂而不越者也。"艺术创作从来都是一个集零为整的组织化过程,而绝不是零杂构件的算术堆积过程,也不是一个构件之间互相隔绝的过程。离开了整体的框架,任何"零杂的形象构图"就不再具有系统的意义。惟其如此,命篇之经略只能是:"弃偏善之巧,学具美之绩。"如果过分地强调"零杂的形象构图",或者忽视整体的形象构图而偏重于"零杂的形象构图",势必造成因小失大的乖谬状况:"夫画者谨发而易貌,射者仪毫而失墙,锐精细巧,必疏体统。"表现在具体的作品中,就是"统绪失宗","义脉不流"。这样的文体必定是偏枯的,这样的辞味必定是混乱的。

"富于运动感的急速跳跃"的不合理性,也是显而易见的。"急速跳跃"的问题,实际就是意象运动的节奏的问题。节奏的快慢缓急,同样是从属于表达主旨的整体性安排的。犹如一支歌曲,不必要也不可能声声皆急,不必要也不可能声声皆缓,繁弦急管与浅吟低唱,总是交错出现和配合出现的,贵在缓急有序,自然合拍。这同样是一个组织化的问题:"去留随心,修短有度,齐其步骤,揽辔而已。"白居易的《长恨歌》中的琵琶声,就是对此中道理的形象性证明。美妙的乐曲从来都不是由某个单一的音符或者单一的节奏所构成的,它必定是"大弦嘈嘈如急雨,小弦切切如似雨"的两相默契,是"间关莺语花底滑"的圆润纤缓和"铁骑突出刀枪鸣"的粗犷急促的和谐配合。是由"转轴拨弦三两声"到"轻拢慢撚抹复挑"到"四弦一声如裂帛"最后是"此时无声胜有声"的多阶段的跌宕起伏的奏鸣。片面追求"急速跳跃",以"急速跳跃"作为朦胧诗的根本范式,同样是既不符合美学的基本规律,也不符合艺术创作的实际的。

3. 关于"语法的主观化"与"奇特的语言结构"的问题

"物沿耳目,辞令管其枢机。"语言作为意象运动的外在媒介,是社会制约性而非个人随意性的。它的语音、词汇和语法,无一不是在社会的历史发展中约定俗成的结果。它以严格的规范强制着全社会循轨而行,以决定性的形态保证着社会交流的顺利进行。"夫人之立意,因字而生句,积句而成章,积章而成篇。"字词句篇,都是在严格的社会规范的保证下生成的,而绝不是主观随意的。"篇之彪炳,章无疵也;章之明靡,句无玷也;句之清英,字不妄也:振本而末从,知一而万毕矣。"这个"本",就是社会规范。遵守语言的社会规范,是语言运作的"无疵"、"无玷"、"不妄"的根本性保证。唯有"无疵"、"无玷"、"不妄",才能获得广泛的接受。

语言规范是不允许随意逾越的。任何"奇异的语言结构",都必须以符合语言规范为前提。语言的创新,只能是规范内的创新,而绝不能是规范外的创新。规范外的创新,实际就是怪异的同义语。刘勰明确指出:"怪异"实际是一种"穿凿"性的"取新",一种违反规律的"效奇",一种对"无他术"的掩盖和标榜。"苟异者以失体成怪。"最后陷入"势流不反,则文体遂弊"的绝境。

4. 关于"哲理和直觉的单独表现或熔合"的问题

将"哲理和直觉的单独表现或熔合"视为朦胧诗独特的美学优势和基本特征,同样是经不起美学理论检验的。

哲理在艺术中不能单独表现

哲理指自然和人的基本原理。和一般的真理相比,哲理具有更加丰富、更加深邃的理性内涵和感性内涵,具有远比一般真理广阔的概括力量和美学感染力量。刘勰所说的"道"、"天地之心",就是对艺术中的哲理境界的理论表述。

对哲理境界的追求,是艺术中的最高追求。但是,这种境界的获得,绝不可能是"单独表现"的结果,而只能是系统表现的结果。其理由如下:

其一,哲理是天、地、人的统一性的原理,这一统一性的原理,只能来自天、地、人之间的系统联系。任何系统联系,都不具有单独的和孤立的属性。哲理表现在诗歌中,同样具有系统联系的形态:它必须在天、地、人的广阔联系中表现出来,在诗情画意中表现出来。天、地、人是哲理的自然寄寓体,离开了天、地、人的广阔联系,任何哲理都会失去存在的依据和表现的依据。

其二,哲理是天、地、人的本质联系的反映。任何本质都必须凭借现象才能存在。哲理不可能自现,必须借现象以现。因此,对艺术中的哲理的表现过程,必然是一个"由此及彼,由表及里",由现象到本质的探索过程和领悟过程。离开了对现象的解读过程,就不可能有对哲理的把握。这里所说的现象,就是文学中的艺术形象。文学艺术中的哲理,只能是情化的真理和形象化的真理。离开了艺术形象,离开了诗情画意,文学艺术中的哲理就会成为干瘪枯燥的教条,而不具任何审美的意义。

其三,玄言诗的历史教训。东晋时期的玄言诗,就是"哲理的单独表现"的具体例证。这种抛弃艺术形象、拒绝诗情画意的纯哲理的"单独表现",给艺术带来的损害是难以尽言的。刘勰《时序》云:"自中朝贵玄,江左称盛。因谈余气,流成文体。是以世积迤遭,而辞意夷泰;诗必柱下之旨归,赋乃漆园之义疏。"钟嵘《诗品序》云:"永嘉时,贵黄老,稍尚虚谈。于时篇什,理过其辞,淡乎寡味,爰及江表,微波尚传,孙绰、许询、桓、庾诸公诗,皆平典似《道德论》,建安风力尽矣。"檀道鸾《续晋阳秋》亦云:"正始中,王弼、何晏好庄老玄学之谈,而俗遂贵焉。至过江,佛理尤盛。故郭璞五言,始会合道家之言而韵之,询及太原孙绰转相祖尚,又加以三世之辞,而诗骚之体尽矣。"这些批评,可谓一针见血之语。

直觉在艺术中同样不能单独表现

直觉指未经逐步分析而对解决问题的途径和答案做出快速的径直反映的思维,也就是古代所说的"顿悟"。由于它具有这种刹那间直接把握本质和规律的认识效应,常常受到作家的青睐。先秦的"起兴"说,刘勰的"神用象通"说,钟嵘的"直寻"说,严羽的"妙悟"说,王夫之的"即景会心"说,都是对艺术直觉的意义和规律的具体揭示和总结。

直觉思维确实是一种富有特殊效益的思维。但是,这种效益的获得,绝不可能是"单独表现"的结果,而只能是系统表现的结果。为了对这个问题进行确切的理论把握,我们不妨从直觉思维的心理机制及其活动的基本规律谈起。

人类的思维过程,通常都是由两个阶段所构成的:先是感性认识,然后经过反复分析、选择、组合的逻辑推理过程,才逐步提升为理性认识。刘勰所说的"应物斯感","物色之动,心亦摇焉",就是对感性认识阶段的理论概括。刘勰所说的"原夫论之为体,所以辨正然否;穷于有数,究于无形,钻坚求通,钩深取极;乃百虑之筌蹄,万事之权衡也",就是他对理性认识阶段的理论概括。这两个阶段的区别是很明显的:感性认识是对"有数"——现象的感知,理性认识是对"无形"——本质的洞悉。由"有数"向"无形"转化的关键,就是"穷"、"究"、"钻"、"求"、"钩"、"取",也就是我们今天所说的"分析、组合、选择的逻辑推理"。直觉思维的特殊性就在于将两个阶段合而为一,在一刹那的直接体察中,就达到了对事物的本质的把握,而把中间的逻辑推理的过程简化和隐化了。这是一种感性向理性的直接升华,就像物质中由固态到气态的直接转化而跳过了液态一样。正是由于这一"升华",直觉采取感知的初级形式,却取得了直接把握事物本质的高级效果。直观与思维在瞬间的统一,是直觉思维最本质的特征。

　　直觉思维的这种在刹那间同步完成的"双重把握"到底是怎样实现的呢？至今还是现代心理科学中的灰区。但是，我国古代创造者的许多成功的实践，已经为我们积累了极为丰富的经验，有助于我们揭开它神秘的面纱，把握它的深层秘密和活动规律。

　　试看古代军事科学中对直觉思维的成功运用：

　　　　十年春，齐师伐我。公将战，曹刿请见。其乡人曰："肉食者谋之，又何间焉？"刿曰："肉食者鄙，未能远谋。"乃入见。

　　　　问何以战。公曰："衣食所安，弗敢专也，必以分人。"对曰："小惠未徧，民弗从也。"公曰："牺牲玉帛，弗敢加也，必以信。"对曰："小信未孚，神弗福也。"公曰："小大之狱，虽不能察，必以情。"对曰："忠之属也，可以一战。战则请从。"公与之乘，战于长勺。

　　　　公将鼓之。刿曰："未可。"齐人三鼓。刿曰："可矣。"齐师败绩。公将驰之。刿曰："未可。"下视其辙，登轼而望之，曰："可矣。"遂逐齐师。

　　　　既克，公问其故。对曰："夫战，勇气也，一鼓作气，再而衰，三而竭。彼竭我盈，故克之。夫大国难测也，惧有伏焉。吾视其辙乱，望其旗靡，故逐之。"（《左传·曹刿论战》）

　　曹刿三次成功的决断中，深刻地揭示了直觉思维的核心秘密。原来直觉思维在实际上并没有省掉推理的过程。其所以能够简化，是因为它所凭借的现象并非一般性的现象，而是具有本质意义的现象。他所输入的信息不是一般意义的信息，而是最能体现事物本质的信息，也就是众多信息中最具有显示力的有用信息。对战争的胜负具有决定意义的现象，不是"小惠"，不是"小信"，而是"忠"。断狱以"情"，属于"忠之属"，是具有本质意义的信息。正因为它是本质性的信息，所以具有一票裁决的作用。抓住了这个基本信息，就可以直接通向本质，做出当机立断的裁决。就像掌握了密码，就可立即打开密码锁一样。密码，就是密码锁的本质性信息。"一鼓作气"是直接通向"夫战，勇气也"的本质性信息，"辙乱"、"旗靡"是直接通向"齐师败绩"的本质性信息。曹刿之所以能够将感知和领悟、目遇与心会、观察与发现，在一瞬间确切而完整地实现，就在于他对本质性信息的成功把握。

　　直觉思维的准确性和快速性,是依靠基本信息的"直通"效应来实现的。他所简化了的,实际只是那个漫长的反复的淘选、寻觅过程,只是使推理过程更集中、更快速、更简便罢了。直觉思维绝不是一个超思维的过程,而是一个凭借最精粹的思维材料来进行思维的过程。任何思维的过程都不是"单独的表现",而只能是心理运动的系统表现。直觉思维的系统属性,具体表现在以下几个方面。

　　从获得基本信息的渠道来看。基本信息的获得,从来就不是一个"单独表现"的过程,而是一个与作者的经验与学识相连而动的系统过程。基本信息,离不开与它相关的信息群。基本信息从信息群中的"脱颖而出",离不开信息群的"碰撞"和问题情境的"积压"。因此,只有在全功能的心理发动下,在拥有众多信息的情况下,在问题情境的系统氛围中,刹那间的直接把握才会成为可能。这就是刘勰所特别强调的:"是以陶钧文思,贵在虚静,疏瀹五藏,澡雪精神。积学以储宝,酌理以富才,研阅以穷照,驯志以怿辞,然后使元解之宰,寻声律而定墨;独照之匠,窥意象而运斤:此盖驭文之首术,谋篇之大端。"直觉属于构思的范畴,刘勰所说的这一构思中的系统运动的总理,也同样适用于直觉思维的。从某种意义上说,直觉思维就是走捷径。唯有对通向目标的道路了如指掌,才有走捷径的可能,否则就会"理在方寸而求之域表","义在咫尺而思隔山河"。不得其门,就会误入歧途,欲速而不达。

　　从作者识别基本信息的眼力来看。把握基本信息的能力,也与作者的眼力密切相关。所谓眼力,就是人的思想高度、视角广度,以及美学趣味的纯度所凝聚而成的洞察力。刘勰所说的"水停以鉴,火静而朗",就是对这种洞察力的标举。这种洞察力从来都是人的多方面修养的系统表现,而不是某一个方面的"单独表现"。离开了系统表现,也就没有"眼力"之可言。"所云眼者,亦问其何如眼。若俗子肉眼大不出寻丈,粗俗如牛,目取景亦何堪向人道出?"(王夫之:《姜斋诗话》)这种只有"单独表现"的"俗眼",即使"慢眼细视"尚不能传真察实,何有刹那间直接把握的"快眼"可能? 这是不言而喻的。

　　从直觉思维与逻辑思维的关系来看。直觉思维作为一种特定的思维方式,虽然具有快速性和直接性的优点,但有时是不完善、不全面和不准确的,弄得不好,很可能成为主观臆断。"论者,伦也,伦理无爽,则圣意不坠。"要使直觉思维臻于完善,必须与逻辑思维相配合。逻辑思维是人类思维的常规形态,直觉思维只是这种普遍性的思维方式的一种特定的补充方式,它从属于这种普遍性的形态,但不能代替这种普遍性的形态。事实上,直觉思维在以熟悉的经验和知识为依据进行直接的判断之后,仍然需要用演绎法或归纳法进行检验和校正。《曹刿论战》的结尾处"公问其故,对曰",就是对前面直觉思维的逻辑依据的补充交代,有了这个补充交代,更增加了以理服人和以情感人的力量。

在文心的运动中,直觉思维、逻辑思维和形象思维总是互相补充,相倚相生的。将直觉思维视为朦胧诗中的"单独表现",既不符合思维的基本规律,也不符合诗歌的思维实际的。我们应该重视直觉思维的特殊功效,却不能完全依赖它,而应当将它与其他的思维方式进行系统的表现,使它们都相得而益彰。

至于哲理和直觉"熔合"问题,也必须进行具体的分析,而不能作为一种统一的模式和特定的美学特征进行标榜。任何事物的存在,都是有一定条件的。过分的强调和片面的追求,只能与真理疏远。这里就不再赘述了。

根据以上剖析,试将朦胧诗的基本属性,概括为以下几个方面:

第一,朦胧诗的要害,就在于它的"反正"的属性。不可否认,朦胧诗人中,有不少的佼佼者,但就其创作主张来说和就其每况愈下的作品趋向来说,都是背离美学规律、背离创作规范和背离历史传统的,是以一种反潮流的自外于历史也自外于社会主流的姿态,出现在当代的文坛之上的。"一种新的艺术倾向的兴起,总是以否定传统的面目出现。"(徐净亚)就是这一属性的最鲜明的理论表述。

第二,朦胧诗的"反正性"在形态上的集中表现,就是它的怪异性。怪异性,是朦胧派在语言表达上的狂热追求。它对语言规范的社会性和历史性采取一种轻蔑的态度,将语言纳入"主观化"和任意化的范畴,进行随心所欲的变形和扭曲,甚至到了取消语言,运用简单的视觉符号来代替的境地。林英男对"语法的主观化"与"奇特的语言结构"的理论标举和《生活》、《致蒋经国先生》的诗作,就是这种怪异现象的典型例证。

第三,朦胧诗的"反正性"在内容上的集中表现,就是它的浮浅性。意象的朦胧和语言的失范,必然带来表意的不确定性。表意的不确定性必然带来指向的缺失性。一篇没有明确指向的作品,不管它的意象何等光怪陆离,它的语言何等离奇诡异,在内容上注定是一篇空虚和苍白的作品。由于它的不确定性,它似乎向读者讲了许多,但在思想上和感情上,它并没有、也不可能给读者任何教益,因为实际上它什么也没有说出,它说的只是一个哑谜,一个只有他自己才知道并且不希求别人也知道的哑谜。它的光怪陆离,它的离奇诡异,只不过是"没有什么说的"和"谁都没有什么说的",只不过是一种发泄空虚和苍白的"随意性"的游戏之作而已,只不过是对内容的空虚和苍白的故作高深和巧妙掩盖而已。朦胧诗实际是一种粗糙的半成品,是一种等待别人去继续完成的原材料。充其量,可以称为"诗料",而绝不能称作诗歌。因为和真正的诗歌相比,它缺少了一个重要的成色:思想。这个关键性的成色是作者未能给予读者而需要读者自己去完成的,也是读者希望从作品中得到而始终未能得到的东西。《三原色》作者的自白,就是最有说服力的论据:"《三原色》这首诗,没什么说的(其实,谁都没什么说的)","真的,我没有想到,随意性会留给读者更多的想象空间,让读者和作者共同完成一首诗,不是更好吗?!"

第四,朦胧诗的"反正性"在社会影响上的集中表现,就是它在精神上的异化性。朦胧诗在理论上和艺术实践上对语言规范和美学规律等一切具有传统意义和公共意义的东西的否定,实际是对民族文化传统的否定,最终会导致对人类文化的否定。这种盲目的否定性,是对社会主流文化的腐蚀剂,它无助于培育民族精神,无助于弘扬社会正气,只会助长一种绝对的个人主义情绪和绝望的怀疑情绪,造成文化观念的混乱,最后造成"风昧气衰"的严重后果。朦胧诗的这种极其消极的属性,是和我们乐观向上的诗魂大相径庭的,也是和诗歌作为民族魂的天职格格不入的。

综上可知,朦胧诗与刘勰曾经批判过的"讹"体,在形态上和属性上都是极其类似的。诚然,历史不是简单的重复,但就其基本特征和基本属性来说,古今之间仍然存在着某种共同的基因。惟其如此,前人在同一件事情上的种种深刻的认识和成功的作为,必然会成为后人认识上和方法上的借鉴和依据。正是由于有了这些借鉴和依据,我们对现代讹体的认识和"矫讹翻浅"的作为才有了可靠的凭借。而刘勰文体理论的现实意义和永恒的生命活力,也因此而更加凸显。

第二十二章　雕龙风格论

"笔区云谲,文苑波诡。"(《体性》)文章作为文心外化的整体形态,既是受制性的,又是创造性的。受制性指它必须接受体式的严格制约,不允许有超越规范的任意作为。惟其如此,它才能循轨而行,保证着表达与接受的充分实现。创造性指它在接受体式制约的大前提下,又保留着个人才性、气质、学识、习染得以自由驰骋的广阔空间。这一个性化的自由空间,就是刘勰所说的"体性",也就是后人所说的"风格"。惟其如此,作者的独创性才会在作品中获得充分的表现,文坛才会如此云谲波诡,美不胜收。

明确风格的认识论范畴,确切把握风格运动的基本规律与基本要领,对于发挥作者在创作上的能动作用,推动作者在艺术上的成熟,具有不可忽视的理论意义和实践意义。下面,试根据刘勰的相关论见,对风格的基本理论进行系统阐述,并就某些热点问题进行延伸性思考。

第一节　刘勰对风格的范畴定位

范畴是客观事物的本质属性和本质联系的逻辑形式。对文章风格范畴的定位,也就是对它的本质联系和本质属性的逻辑形式的明确认定。这一逻辑形式的形成与确定,无疑是历史运动的结果,是由量变到质变的不断积累的结果。但是,历史的积累并不排斥天才人物在推动意识形态前进中的特殊作用,特别是在量变向质变飞跃时刻的特殊贡献。刘勰对文章体式与文章风格两个概念的成功剥离就是如此。由于这一剥离,不仅赋予了体式以明确的范畴地位,也赋予了风格以明确的范畴地位。这一明确的定位,为我们从理论上对该事物进行全面把握提供了一个坚实的基点和结点,将人类对风格的理性认识推向了一个空前的高度。本节中,试对刘勰进行范畴定位的基本依据和基本结论,进行具体阐述。

一、风格意识的形成过程

风格意识是与人类的自我意识与创造意识相并而生的。人类的自我意识与创造意识的形成过程,是一个相当艰难、相当漫长的过程。因此,风格意识的形成过程,也必定是一个曲折的过程。

我国古代并没有称谓风格的专门词汇,有关风格的意识通常都用与形态有关的“体”、“辞”、“言”等称谓,或与人的主体性有关的“人”、“志”、“心”、“情”、“性”等称谓,进行表述。早在先秦时期,人们就认识到了诗歌、音乐和舞蹈等艺术形态和人的思想感情之间的密切关系。《尚书·尧典》云:“诗言志。”《乐记·乐本篇》云:“凡音者,生人心者也。情动于中,故形于声。声成文,谓之音。”汉代《毛诗序》综合了这两种观点,提出了更加全面的见解:“诗者志之所之也。在心为志,发言为诗,情动于中而形于言。”与此同时,人们还注意到了内在的心理状态与外在的语言表达之间的密切关系。《孟子·公孙丑》云:“诐辞知其所蔽,淫辞知其所陷,邪辞知其所离,遁辞知其所穷。”《周易·系辞》云:“将叛者其辞惭,中心疑者其辞枝,吉人之辞寡,躁人之辞多,诬善之人其辞游,失其守者其辞屈。”他们认为在语言形态中不仅表现着作者的心境状况,而且反映出他的性格特征。他们的种种论见,都已经涉及构成风格的两个最基本的方面:外在的语言形态和内在的心理形态。

但是,对这两个基本方面的深度认识,却绝不是一件一蹴即就的事情。由于封建礼教的束缚,人们对心理形态的认识和语言形态的认识,长期停留在伦理教化的层面,以圣人之心为心,以圣人之言为言,不敢逾越雷池半步。作者的个性,长期被视为禁区。“情”也好,“志”也好,“体”也好,“辞”也好,都以空泛、僵化的礼义为内涵,以五经为极则。这种文化状况到汉代进入了顶峰。终汉之世,以个性论文辞的主张受到了极大的压抑,未能获得重视和发展。

这种沉闷的理论状况,到了魏晋时期才发生了重大嬗变。黄巾起义的巨澜摧垮了封建大一统的东汉帝国,儒家的名教在社会思想中的绝对权威随之瓦解,于是,以老庄思想为主体糅合儒、法、名诸家思想的玄学应时而兴。魏晋玄学作为对传统经学的否定,具有杂糅众家兼取众长的开放性,又有高精度的理性思辨的特点,它的兴起标志着一种长期受到禁锢的理性的解放与复苏。理性的解放与复苏导致了对人的个性和人的价值的肯定,思辨的精神推动着思维能力的飞跃,思维能力的飞跃又加深了人对自身价值的认识,加速了对个性的发现和追求。在这种开放性的思想环境中,风格意识也获得了突破性的发展。

对个性表现的重视,最早表现在刘劭的《人物志·材理篇》中:

> 刚略之人不能理微,故其论大体则弘博而高远,历纤理则宕往而疏越。抗厉之人不能回挠,论法直则括处而工整,说变通则否戾而不入。坚劲之人,好攻其事实,指机理则颖灼而彻尽,涉大道则径露而单持。辩给之人,辞烦而意锐,推人事则精识而穷理,即大义而恢愕而不周。浮沉之人,不能沉思,序疏数则豁达而傲博,立事要则熿炎而不定……所谓性有九偏,各从其心之所可以为理。

刘劭在这里指出,人的秉气有偏,气质各异,思维表现和语言表现也各自不同。他已经注意到了个性差异和言辞风貌之间的密切关系,将个性的存在深深渗如了人类的才能和各种创造性活动之中。刘劭的这一认识,就是曹丕"文气"理论的张本。

曹丕是第一个将人的个性差异与言辞风貌差异的密切关系引入文学理论中的学者。他在刘劭论见的启迪下,将个性化的精神活力视为人格美的中心内涵,对文学领域中的风格表现进行了深刻的论述。曹丕指出:"文以气为主,气之清浊有体,不可力强而致。譬诸音乐,曲度虽均,节奏同检,至于引气不齐,巧拙有素,虽在父兄,不能以移子弟。"他认为,文章是人的个性化的秉气的表现,这种个性化的秉气体现在作品中,就形成了独特的文章风貌:"王粲长于辞赋,徐干时有齐气……应场和而不壮,刘桢壮而不密。孔融体气高妙,有过人者,然不能持论,理不胜辞。"

曹丕的这一论见,代表着魏晋风格论的最高成就,为魏晋时期的学者所普遍认同。陆机在《文赋》中对此做出了更加明确的体认,认为文章风貌千姿百态,客观事物多种多样。作者在创作中完全可以离方遁圆,打破规矩,根据自己的个性和爱好驰意骋才,自由创造。喜欢奢华的人好为铺陈,思路严密的人追求精当,喜欢明快的人崇尚直率,喜欢畅达的人崇尚旷远。也就是东晋的葛洪所归纳的:"清浊参差,所秉有主,朗昧不同科,强弱各殊气。"(《抱朴子·尚博篇》)"夫才有清浊,思有修短,虽并属文,参差万品。"(《抱朴子·辞义篇》)

这些理论成果,将对风格的认识推向了一个新的阶段,使风格的范畴一步步走向清晰。构成风格的两大要素——形态和个性,都已基本浮出水面,几乎触手可及。但是,实际上还存在着一段相当长的距离。因为上述认识所揭示和认定的东西,并不是风格范畴的本身,而只是构成风格范畴的要素。就风格要素而言,还需要经历一个纯化的过程。就风格要素的融合而言,还需要经历一个逻辑化的过程。概而言之,万事俱备,只欠东风,东风就是最后一次的加工。这一加工过程必须完成两大思维任务:一是实现"体"的纯化,二是实现"体"与"性"的融化。

所谓"体"的纯化,是指对形态的双重性的剥离。"体,成形也。"(《大雅·行苇》笺)形态,是一个具有普遍意义和公共属性的范畴,它既可以表现在社会性的模式和法则中,构成体式的范畴,也可以表现在个性化的自由创造中,构成风格的范畴。这两个完全不同的概念,在相当长的时间中实际是包容在同一的语言载体中的,所谓"体",就是它们共同的称谓。这就势必造成概念的混沌和杂糅,有如连体生命那样难解难分。试看陆机《文赋》中的那段众所周知的论述:

体有万殊,物无一量。纷纭挥霍,形难为状。辞程才以效技,意司契而为匠,在有无而僶俛,当浅深而不让。虽离方而遁圆,期穷形而尽相。故夫夸目者尚奢,惬心者贵当,言穷者无隘,论达者贵旷。诗缘情而绮靡,赋体物而浏亮,碑披文以相质,诔缠绵而凄怆,铭博约而温润,箴顿挫而清壮,颂优游以彬蔚,论精微而朗畅,奏平彻以闲雅,说炜晔而谲诳。

全段都是围绕"体"这个概念所作的阐述,但是,从"体有万殊"到"论达者疏旷",表述的是关于风格的认识,从"诗缘情而绮靡"到"说炜晔而谲诳",表述的是关于体式的认识。由同一个概念所引发的认识,实际上分属于两个完全不同的认识范畴。显然,这种认识上的混乱,是由于概念的驳杂不纯所引起的。概念的驳杂不纯,是特定的概念体系中的积累误差的结果。如果这个问题没有得到解决,对事物的逻辑认识是不可能充分实现的。我国历史上关于风格的范畴和关于体式的范畴之所以长期缠夹不清,原因就在这里。

所谓"体"与"性"的融化,是指二者的逻辑组合。从曹丕开始,"体"与"性"的概念常常被人提及,但是二者之间的内在的逻辑关系,很少有人论及,更遑论系统论证了。由于没有实现这最后的融合,风格的逻辑形式无法获得最后的依据,风格的范畴也必定是长期游移,很难形成明确的认识。

这一建立风格范畴的艰难的历史任务,是前刘勰时期所没有完成也无法完成的。历史的局限性的集中表现,就是认识的局限性。认识的局限性的集中表现就是视野的局限性。要想走出风格论的瓶颈,必须凭借一种全新的视野。这种全新的视野,是曹丕、陆机所不曾充分具备的。时代在期待一种全新的视野,一种前代人所不具而某些后人所独具的视野。时代也在期待一些具有一种全新视野的新人,一种比上代人更少因袭更多创造活力的新人。历史在期待新人,历史也在造就这种新人。刘勰的出现和杰出作为,正是这种历史选择的自然结果和必然结果。

二、刘勰对风格范畴的科学定位

水到渠成固然是一个得其机遇的问题,也和机遇者的杰出作为密不可分。刘勰在风格范畴的科学定位上的杰出贡献,具体表现在以下几个方面。

一是实现"体"的概念的分类剥离方面。

刘勰的聪明和巧妙之处就在于,他在"体"这一原始概念的混沌性内涵中,看出了由于本体的不同和制约因素的不同而形成的两种在属性上互不相同的形态:一种是具有规范意义的形态,它与语言表达的"式"直接相通。另一种是具有个人特色的形态,它与个人独特的"才性"直接相通。刘勰认为,尽管二者都具有形态学的鲜明特征,但从形态借以产生的根源及其作用来说,从形态内蕴的具体属性来说,概而言之,从形态的内外系统联系来说,二者是判然有别的:前者在根本性质上属于因势生体的范畴,后者在根本性质上属于因性生体的范畴。前者被他称为"体势",后者被他称为"体性"。《定势》篇是他对"因势生体"的体式论之"体"的系统阐述,《体性》篇是他对"因性生体"的风格论之"体"的具体阐述。两个概念之间的区别,从此划然而开。其中道理,已经具见于上章,此处不赘。

二是实现体与性的概念的逻辑融合方面。

将"体"与"性"两个长期游离的概念进行零距离的集中观照,实现二者在逻辑上的融合,是刘勰的一大创举。刘勰《体性》篇的开宗明义,就是他对体与性的逻辑关系所做出的精辟论证。

> 夫情动而言形,理发而文见,盖沿隐以至显,因内而符外者也。然才有庸俊,气有刚柔,学有浅深,习有雅郑,并情性所铄,陶染所凝,是以笔区云谲,文苑波诡者矣。故辞理庸俊,莫能翻其才;风趣刚柔,宁或改其气;事义浅深,未闻乖其学;体式雅郑,鲜有反其习:各师成心,其异如面。

刘勰昭示我们:在文章写作中,情与言的关系,理与文的关系,是隐与显的关系,外与内的关系,从本质上说,也就是内容和形式的关系。内容与形式,是一个问题的两个方面,从来都是密不可分的。也就是他在《情采》中所明确阐述的:"情者文之经,辞者理之纬,经正而后纬成,理定而后辞畅:此立文之本源也。"刘勰对体性关系的这一精辟论断,极大地缩短了二者之间的距离,将组成风格范畴的两个基本点"体"与"性",举重若轻地纳入了一个统一的整体之中。所谓"体性",就是对这一统一的逻辑整体的称谓。"体性"这一逻辑整体,也就是风格的完整范畴。

"体性"的范畴并不是体与性的算术和,而是二者之间的系统组合,是由内容和形式熔铸为一的"因内而符外"的整体。在风格论的特定范畴中,"体性"之"体"已经不是一般意义的形体,而是具有鲜明的个性色彩的形体,具体表现为具有庸俊之别的"辞理",具有刚柔之别的"风趣",具有浅深之别的"事义",具有雅郑之别的"体式"。这些"辞理"、"风趣"、"事义"、"体式"上的差别,都是相应的才、气、学、习的差别的表现。所谓"性",就是"才"、"气"、"学"、"习"四者的总集合,所谓"体",就是"辞理"、"风趣"、"事义"、"体式"四者的总集合。两个总集合之间的关系,实际上就是内容和形式之间的关系。风格,就是这种个性化的形态与它所表现的个性化的内容熔铸为一的统一体。这种个性化的内容与形式的统一体,就是作品的个性化的美学风貌。"各师成心,其异如面",就是刘勰对这种个性化的美学风貌的根由所做的集中概括,也就是对这一美学范畴的总定位。

这一总定位的科学性不仅可以得到理论的证明,而且可以从艺术的实践中得到不容置疑的确证。对此,刘勰举出了历代作家的诸多例子:

> 是以贾生俊发,故文洁而体清;长卿傲诞,故理侈而辞溢;子云沉寂,故志隐而味深;子政简易,故趣昭而事博;孟坚雅懿,故裁密而思靡;平子淹通,故虑周而藻密;仲宣躁锐,故颖出而才果;公干气褊,故言壮而情骇;嗣宗俶傥,故响逸而调远;叔夜俊侠,故兴高而采烈;安仁轻敏,故锋发而韵流;士衡矜重,故情繁而辞隐。触类以推,表里必符,岂非自然之恒姿,才气之大略哉!

表现在上述作家身上,体与性之间无一不具有严格对应的"表里必符"的关系。它们都从实践的角度,对这一范畴定位的科学性做出了雄辩的证明。

第二节　刘勰关于风格的系统结构的理论体认

将体与性镕铸成为一个统一的范畴,赋予它明确的"体性"的特定称谓,是刘勰的一大历史功绩。这一明确的范畴定位与称谓定格,是人类对风格的认识进入理性阶段的决定性标志,也是通向理性认识的逻辑通道。由于有了这一逻辑通道,人类对风格内部结构中诸多的本质性联系,才有进一步系统把握的可能。刘勰对风格系统运动的基本原理的全面揭示,可以概括为以下方面。

一、风格的基本要素

风格作为"性"与"体"的系统融合,它的基本要素也来自"性"与"体"的两个方面。

所谓"性",指作者的主体个性。刘勰认为,作者的主体个性,是由以下因素所综合制约的:

其一,是才。"才",指人的才能,在写作运动中集中表现为感觉、感受、理解和分析事物的系统能力。刘勰认为"才由天资",肯定先天禀赋的原生属性,但是,他同时注意到了后天培育对先天禀赋的影响,主张"因性以练才",

"酌理以富才"，"将赡才力，务在博见"。这种以内因为依据、以外因为条件的感受、理解和分析事物的系统能力，是人的语言能力的原发性因素。表现在文章中，就是文章的"辞理"，也就是它的语言特色。人的思维方式和他的语言方式，具有直接的对应关系。人的思维能力和他的语言能力，同样具有直接的对应关系。"故辞理庸俊，莫能翻其才"，就是刘勰对二者的对应关系的理论概括。人的才能具有平庸与俊爽的品位区别，表现在语言上也必然具有同样的品位区别。这种品位上的区别，正是表里相符的自然表现，也是表里相符的必然结果。

其二，是"气"。"气"，指人的气质与风度，也就是他的精神活力的强度。"气"来自先天的禀赋，它与"血"直接相连，所谓"才力居中，肇自血气"，就是对先天属性的理论解说。又受后天影响，所谓"素气资养"，就是对后天影响的明确认定。气内制于血，中附于志，外见于情，是制约人的心理活动的中坚性因素，直接影响着人的个性化的思维品格。它常和"意"、"风"相连，"风"又与"情"相连，组成一连串的心理链条。如"情与气偕"，"是以怊怅述情，必始于风……意气俊爽，则文风生焉"，"思不环周，索莫乏气，则无风之验也"，等等。刘勰认为，人的气质和风度，是人的情趣和气派所从生发的依据。"风趣刚柔，宁或改其气。"风趣，就是表现在人的情韵和气派中的美学趣味的总趋势。气刚则美学趣味趋向于刚正，气柔则美学趣味趋向于轻柔，二者之间具有直接对应而难以更移的关系。

其三，是"学"。"学"，指人的学识。学识对于个性心理的重要作用就在于，它是思维的对象和材料，学识的精粗多寡，直接制约着思维的效益和品位。特别是，学是才与气形成的外因，学识的品位状况，制约着才与气的品位状况，通过才与气的品位状况，又间接制约着个性化思维结构的品位状况。所谓"才为盟主，学为辅佐，主佐合德，文采必霸，才学褊狭，虽美少功"，就是对才与学的密切关系的明确表述，所谓"学业在勤，故有锥股自厉；志于文也，则有申写郁滞；故宜从容率情，优柔适会"，就是对学与气的关系的明确表述。学识在文章形貌上的集中表现，就是"事义"，"事义"就是组成文章内容的材料。"事义浅深，未闻乖其学。"人的学识存在着深与浅的品位区别，反映在文章中就是文章材料（表象系列或概念系列）的深与浅的品位差别。学识深奥的，材料自然深奥，学识浅薄的，材料自然浅薄。这种对应的关系，是任谁也无法改变的。

其四，是"习"。"习"，指作者在写作实践过程中的美学习染。这种美学习染主要表现为他对体式的选择与摹习。体式的选择与摹习和个性心理的关系就在于，作者的这种选择与摹习通常都是受个性化的审美趣味取向和审美价值取向的支配的，而由此所形成的心理定势，又总是直接影响着作者在写作过程中的审美趣味和审美评价，并最终制约着作者审美的价值取向的。而就审美价值取向而言，从来都存在着雅与俗的品位差别。有些体式属于雅正的范畴，例如五经的体式；有些体式属于讹俗的范畴，例如六朝时期的"失体成怪"的讹体。"体式雅郑，鲜有反其习。"这种方法和体式上的品位差别，就是这种美学习染的外在表现。一旦定型，就难以改变："斫梓染丝，功在初化，器成采定，难可翻移。"惟其如此，在"始习"的过程中必须格外慎重，"故宜摹体以定习，因性以练才"。

以上四个方面，就是构建"性"——作者创作个性的基本要素。这四个方面，对于作者来说，无一不是先天禀赋的表现，也无一不是后天学习的结果。所谓"并情性所铄，陶染所凝"，就是对这两种属性的整体概括。这样，不仅将构成性情的要素揭示无遗，也将四者之间的内在关系揭示无遗。

所谓"体"，指文章的个性化的形貌。刘勰认为，作者表现在作品中的个性化的形貌，是由以下因素所综合制约的：

其一，是"辞理"。"理，文也。"(《玉篇》)"井井兮其有理也。"(《荀子·儒效》)辞理即辞采与条理，也就是作者表现在作品中的个性化的运思方式和运辞方式。辞理与才性的密切关系就在于，人的才性的集中表现在"心"，而辞理则是心的具体外现。所谓"心生而言立，言立而文明"，即此之谓。"人之禀才，迟速异分"，人的才性是存在着俊爽平庸的品级差异的，表现在辞理上就是多姿多态的语言特色。对此，刘勰举出了一连串的实例："是以贾生俊发，故文洁而体清；长卿傲诞，故理侈而辞溢；子云沉寂，故志隐而味深；子政简易，故趣昭而事博；孟坚雅懿，故裁密而思靡；平子淹通，故虑周而藻密"，等等。

其二，是"风趣"。"风趣"，就是作者表现在作品中的风神气韵，也就是他的精神态势的基本格调。这种精神格调作为"气"的外现，具有阳刚和阴柔的类型差别。阳刚者表现为博大雄伟的格调，阴柔者表现为轻柔静谧的格调。

刘勰认为,这种区别是"自然之恒资"所决定的,对二者并未做出简单的褒贬性评价,而是将它们纳入一个刚柔相济的辩证体系之中:"奇正虽反,必兼解以俱通;刚柔虽殊,必随时而适用。"

其三,是"事义"。"事义",就是作品中用来表现情思的意象系列或概念系列。"事义浅深,未闻乖其学"(《体性》),"学贫者迍邅于事义"(《事类》)。事义的浅深,来自学识的浅深。表现在作品中,就是意象系列或概念系列的浮浅性和深蔚性的品级差别。事义的浅与深,也是决定文章风貌的重要因素。屈原的楚辞,就是事义深蔚的典范。曹操所批评的张子的作品,就是事义浮浅的例证。

关于事义浮浅瘠薄的例子,刘勰举出了曹操时的张子的作品。"魏武称张子之文为拙,以学问肤浅,所见不博,专拾掇崔杜小文,所作不可悉难,难便不知所出,斯则寡闻之病也。"(《事类》)何者? 所学不深,所见不博之故也。它从反面告诉我们:学识的浅薄,必然产生事义的浅薄,二者之间是具有因果关系的。

其四,是"体式"。"体式"就是作品形态的社会规范。这一社会化的形态规范和作者的个性化的形态表现的关系就在于,社会化的规范是不可改易的,却是可以选择的。作者选择何种体式,是他的个性化的美学倾向的表现,而个性化的美学倾向,又是长期的美学习染的结果。人的美学倾向具有"雅"与"郑"的品级差异,反映在他所使用的体式上也必然具有同样的品级差异。所谓"体式雅郑,宁或改其习",就是刘勰对二者关系的理论概括。所谓"雅",原是对周代宫廷音乐的称谓。"雅者,正也。"(《玉篇》)"雅者,常也。"(《论语·朱注》)泛指体式的纯正性和规范性。所谓"郑",原指春秋战国时代的郑声,郑声具有淫靡邪僻的特点,泛指非纯正的、非规范的体式。显然,刘勰是崇雅而抑郑的。从维护美学趣味的纯正性和文章体式的规范性的角度来看,这种崇抑是正确的,合乎规律的,也是无可厚非的。

才、气、学、习,构成了"性"的范畴。辞理、风趣、事义、体式,构成了"体"的范畴。性与体,又在更高的层面上构成了"体性"的更大范畴。这种条分缕析的具体分析,是我国历史上的第一次,也是世界历史上的第一次。

二、风格的系统机制

刘勰在风格论上的历史性贡献,不仅在于他的成功的要素分析,正是凭借这种成功的要素分析,人们才可以从内部审视风格的细部形态,从多样性的存在方式中把握事物的本质,而且在于他的成功的系统归纳,正是凭借这种成功的系统归纳,人们更可以从动态的角度洞悉风格的整体形态和内在的工作原理,进而从更高的层面上把握风格的更加深刻的本质。刘勰的睿智和巧妙就在于,他从风格的整体结构中分离出了诸多要素,但是,他绝不把这些要素看成简单的算术堆砌,而是看成一种严格的主次关系和统属关系。这样,就为事物的要素之间的排列的有序性,奠定了坚实的逻辑基础。

首先,他在宏观结构的层面上,将"体"与"性"置于"内外相符"的普遍性的大范畴中,作为观照二者关系的总依据。所谓"内外相符"的关系,实际也就是内容与形式的关系。众所周知,内容从来都是形式的内容,形式从来都是内容的形式,二者之间,既是共相为济的关系,又是主导与从属的关系,统属和被统属的关系。内容是主导的方面,形式是从属的方面。所谓"情动而言形,理发而文见,盖沿隐以至显,因内而符外者也"(《体性》),就是对这种关系的理论概括。这样,就从最根本的层面上,举重若轻地将二者融合成为一个有序化的整体。

表现在"体"与"性"的各自领域中,也同样存在着内在的统属关系。在"性"的四大因素中,"才为盟主,学为辅佐","才力居中,肇自血气",他认为相对于学与习来说,才气是主导性的因素,其他是从属性的因素。在体的四大因素中也同样是如此:相对于事义与体式而言,辞理与风趣是主导性因素,其他是从属性的因素。

这种层层相因的统属关系与主从关系,构成了体与性之间以及它们所领有的各种因素之间的有序性的链接。这种链接的最高集合,就是"成心"对体与性的总统辖和总融合。所谓"各师成心,其异如面",就是对这种总统辖和总融合的总概括。"各师成心",是指所有的系统要素都集中于并原发于"成心","成心"是"各"的最高集合和最高主宰。"其异如面",是指由此决定的文章风貌的因人而异的属性。"各师成心"是"其异如面"的总根由,"其异如面"是"各师成心"的必然结果。

何谓"成心"?《庄子·齐物论》:"夫随其成心而师之,谁独其无师乎?"郭象注:"夫心之足以制一身之用者,谓之成心。"林云铭曰:"成心谓人心之所至,便有成见在胸中,牢不可破,无智愚皆然。"综上可知,"成心"绝非一般意义的"心之官则思",而是指一种因人而异的决定性的心理结构和由此产生的心理定势。它的因人而异来自它与人的个性的直接相通,与人的人格实践的直接相通,内发于心,外见于形,"足以制一身用",与人的生命共终始;它的牢不可破来自它的制约因素的系统属性,这种系统属性一经形成,就难以转移,犹如斫梓染丝一样,"器成采定,难可翻移"。

径而言之,"成心",就是人的个性化的心理结构。这一个性化的心理结构,从最高的层面上决定着人的个性化的思维方式和行为方式的总趋势和总高度,这就是文章风格借以生发的总根由,也就是"文如其人"的总根由。人的个性化的心理结构决定着并表现为"其异如面"的心性,人的个性化的心性决定着并表现为文章中的"其异如面"的美学形貌,这就是文章风格的最根本的内在工作原理。

第三节　刘勰关于风格世界的系统划分与系统联系的系统论见

对风格世界的认识,是一个历史运动的过程。我国在先秦时期,就认识到了"人心之不同,如其面焉"的道理,这一道理已经涉及了风格运动的核心本质,但是,这一认识毕竟是一种初级的、抽象的认识,距离具体的、系统的认识,还存在着一段相当长的距离。要对风格世界的运动具有具体的、系统的认识,既需要理论的凭借,也需要实践的凭借,这两个条件的形成都是历史积累的结果。一直到曹丕所处的时代,人们对风格世界的认识还处在"清浊有体"的半朦胧阶段,虽有零碎闪光而不具有系统的规模。对这一问题的系统解决,最终历史地落到了刘勰的肩上。

刘勰是我国历史上第一个对风格世界进行系统划分的学者,也是我国第一个对风格世界的系统联系进行明确揭示的学者。他的系统理论,可以概括为以下方面。

一、风格世界的系统划分

刘勰对风格世界的划分,是以他的系统理论为准绳,又是以具体的作家和作品为依据的。就系统理论而言,他将古代关于"心性"的理论,具体化为

"性"与"体"的两个方面,又进一步在"性"的范畴中具体化为"才、气、学、习"四个方面,在"体"的范畴中具体化为"辞理、风趣、事义、体式"四个方面,并将这些方方面面,熔铸成为一个有机的逻辑整体。这一理论在范畴上的完整性和深刻性,至今没有任何一家别的理论可以超越。就风格分类的实据而言,他是以从先秦到宋齐的作家作品作为坚实依据的,仅在《体性》一篇中,刘勰就一口气举出了十二个作家的作品作为具体例证。正是在这些强大论据的基础上,他在我国历史上第一次提出了关于风格世界的八种基本类型的见解:"若总其归涂,则数穷八体:一曰典雅,二曰远奥,三曰精约,四曰显附,五曰繁缛,六曰壮丽,七曰新奇,八曰轻靡。"下面试对"八体"的具体内容,进行一点简要阐释。

（一）典雅

"典雅者,镕式经诰,方轨儒门者也。"典雅的属性集中表现在以下两个方面:就形式来说,它"镕式经诰",也就是以古代经典著作的表达方式作为镕范;就内容来看,它"方轨儒门",亦即以儒学的思维方式作为楷模。也就是黄侃《札记》所阐释的:"义归正直,辞采微妙,皆入此类。若班固《幽通赋》,刘歆《移让太常博士书》。"范注补充说:"若班固《典引》,潘勗《册魏公九锡文》之流是也。"

（二）远奥

"远奥者,馥采典文,经理玄宗者也。"远奥的属性集中表现在以下两个方面:就形式来说,它"馥采典文",也就是文采含蓄蕴藉;就内容来说,它"经理玄宗",亦即以道学的思辨方式作为楷模。黄侃《札记》释云:"理致幽深,辞采微妙,皆入此类。若贾谊《鵩鸟赋》,李康《运命论》之流是也。"范注补充说:"若阮籍《大人先生传》,嵇康《声无哀乐论》之流是也。"

（三）精约

"精约者,核字省句,剖析毫厘者也。"精约的属性集中表现在以下方面:就形式来说,它"核字省句",也就是字句简练;就内容来说,它"剖析毫厘",亦即思维细密。明察秋毫。也就是黄侃《札记》所说的:"断义务明,练词务简,皆入此类,若陆机之《文赋》,范晔《后汉书》诸论之流是也。"范注补充说:"若贾谊《过秦论》,王粲《登楼赋》之流是也。"

（四）显附

"显附者,辞直义畅,切理厌心者也。"显附的属性集中表现在以下两个方面:就形式来说,它"辞直义畅",也就是文辞朴质平实;就内容来说,它"切理厌心",也就是符合情理,使人心悦诚服。黄侃《札记》阐释说:"语贵丁宁,义求周浃,皆入此类。若诸葛亮《出师表》,曹冏《六代论》之类是也。"范注补充说:"若子政、安仁所作者是。言惟折中,情必曲尽,皆入此类,若刘向《谏起昌陵疏》,潘岳《闲居赋》之流是也。"

（五）繁缛

"繁缛者,博喻酿采,炜烨枝派者也。"繁缛的属性集中表现在以下两个方面:就形式来说,它"博喻酿采",也就是善于修辞,文采富丽;就内容来说,它"炜烨枝派",亦即铺陈备至,意义丰满。黄侃释云:"辞采纷披,意义稠复,皆入此类。若枚乘《七发》,刘峻《辨命论》之流是也。"范注补充说:"若扬雄《甘泉赋》,陆机《豪士赋序》之流是也。"

（六）壮丽

"壮丽者,高论宏材,卓烁异采者也。"壮丽的属性集中表现在以下两个方面:就形式来说,它"卓烁异采",亦即文采卓越,发皇耳目;就内容来说,它"高论宏材",亦即议论高迈,题材宏伟,气象博大。也就是黄侃《札记》所阐释的:"陈义俊伟,措辞雄瑰,皆入此类。扬雄《河东赋》,班固《典引》之流是也。"范注补充说:"若司马相如《大人赋》,潘岳《籍田赋》之流是也。"

（七）新奇

"新奇者,摈古竞今,危侧趣诡者也。"新奇的属性集中表现在以下两个方面:就形式来说,它"摈古竞今",亦即在语言和体式上追求时尚,厌旧趋新;就内容来说,它"危侧趣诡",亦即在情趣上追求诡僻,厌正趋奇。黄侃《札记》释云:"词必研新,意必矜创,皆入此类。潘岳《射雉赋》,颜延之《曲水诗序》之流是也。"范注补充说:"得者如潘岳《泽兰金鹿哀辞》,失者如王融《曲水诗序》是也。"

（八）轻靡

"轻靡者,浮文弱植,缥缈附俗者也。"轻靡的属性集中表现在以下两个方面:就形式来说,它"浮文弱植",亦即文辞轻秀,缺乏骨力;就内容来说,它"缥缈附俗",亦即情思绵细,格调平俗。也就是黄侃《札记》所阐释的:"词须倩秀,意取柔靡,皆如此类。江淹《恨赋》,孔稚圭《北山移文》之流是也。"范注补充说:"若梁元帝《荡妇秋风赋》,徐陵《玉台新咏序》之流是也。"

这八种类型,实际是风格世界的典型代表。它们的典型意义就在于,每一种风格,都来自构成风格的某几种特定的要素,八种风格类型,实际就是风格的八种基础细胞,八种原色。风格"各师成心,其异如面",何止千万。但是,万变不离其宗,八种类型,就是风格世界千差万别的"宗"。不管风格世界怎样风云变化,这八种基础性的东西是衡常和稳定的。它们犹如风格世界中的几个坐标点,有了这几个坐标点,就有了可靠的参照系,界面内的任何一个点都因此而具有了定位的方位依据。惟其如此,它才能从逻辑运动的层面上,将整个风格世界概括无遗。

二、风格世界的系统联系

风格世界既是一个多样的世界,又是一个整体的世界,也是一个动态的世界。风格世界的这三重属性,都是通过它的内在的系统联系来实现和体现的。风格世界的内在的千丝万缕的联系,可以概括为以下方面。

(一)风格要素间的多元性联系

风格世界的多样性,来自风格要素间的多元性的系统联系。

将风格置于体与性统一的范畴,视风格为各种要素的系统组合,是刘勰风格理论的独特视点,也是他研究风格世界的系统联系的逻辑思路。这一认识格局,首先表现在他对构成风格的内容因素和形式因素的并重上。

刘勰明确认为,内容与形式的统一,是风格的本质属性。各种风格,无一不是内容和形式统一的结果。由于内容因素本身的多元属性和形式因素本身的多元属性,而在具体的系统组合中又各有侧重,因此表现出多姿多态的风格类型和多姿多态的美学特征。

表现在典雅型的风格中,就是"镕式经诰,方轨儒门",径而言之,也就是"义归正直,辞取雅驯"。"义归正直",是对内容因素的基本特征的美学概括,"辞取雅驯"是对形式因素的基本特征的美学概括。

表现在远奥型的风格中,就是"馥采典文,经理玄宗",径而言之,也就是"理致幽深,辞采微妙"。"理致幽深"是对内容因素的基本特征美学概括,"辞采微妙"是对形式因素的基本特征美学概括。

　　表现在精约型的风格中，就是"核字省句，剖析毫厘"，径而言之，也就是"断义务明，练词务简"。"断义务明"是对内容因素的基本特征的美学概括，"练词务简"是对形式因素的基本特征的美学概括。

　　表现在显附型的风格中，就是"辞直义畅，切理厌心"，径而言之，也就是"语贵丁宁，义求周浃"。"义求周浃"，是对内容因素的基本特征的美学概括，"语贵丁宁"是对形式因素的基本特征的美学概括。

　　表现在繁缛型的风格中，就是"博喻酿采，炜烨枝派"，径而言之，也就是"辞采纷披，意义稠复"。"意义稠复"是对内容因素的基本特征的美学概括，"辞采纷披"是对形式因素的基本特征的美学概括。

　　表现在壮丽型的风格中，就是"高论宏材，卓烁异采"，径而言之，也就是"陈义俊伟，措辞雄瑰"。"陈义俊伟"，是对内容因素的基本特征的美学概括，"措辞雄环"是对形式因素的基本特征的美学概括。

　　表现在新奇型的风格中，就是"摈古竞今，危侧趣诡"，径而言之，也就是"词必研新，意必矜创"。"意必矜创"是对内容因素的基本特征的美学概括，"词必研新"是对形式因素的基本特征的美学概括。

　　表现在轻靡型的美学风格中，就是"浮文弱植，缥缈附俗"，径而言之，也就是"词须蒨秀，意取柔靡"。"意取柔靡"是对内容因素的基本特征的美学概括，"词须蒨秀"是对形式因素的基本特征的美学概括。

　　这些特征，都总归于体与性的两大要素群，又分属于体与性所属的要素中的某一个特定层面。这些特定的层面表现在具体的风格类型中，又是各有侧重的。从内容来看，典雅与远奥型风格所侧重的是气质与学识，繁缛与显附型风格所侧重的是学识，壮丽与精约型风格所侧重的是才力与气质，新奇与轻靡型风格所侧重的是气质与习染。就形式来看，典雅与远奥型风格所侧重的是体式，繁缛与显附型风格所侧重的是事义，壮丽与精约型风格所侧重的是才力与气质，新奇与轻靡型风格所侧重的是风趣。所谓八体，实际是体与性中的基础性质素的总集合，是构成风格的八种最基本的依据。正是这种由基础性质素所原发的恒定属性和它们间错综复杂的组合关系，从各个不同的侧面体现着八种不同的基本类型在风格世界中的代表性和普遍性，将整个风格世界构成了一个既异彩纷呈，又囊括务尽的整体。

（二）风格类型间的两极性联系

风格世界的动态性，来自风格类型间的两极性的系统联系。

把世界视为"阴阳合德"的整体，将万事万物置于对立统一的范畴中，并将它当做宇宙运动的最根本的规律，是中国哲学最基本的理念。反映在风格世界中，就是风格类型的两极性。刘勰明确指出，在风格世界的八种类型之间，不仅具有相互联系的属性，而且具有两两相对的属性："雅与奇反，奥与显殊，繁与约舛，壮与轻乖。"

两极性联系的深刻性和广阔性，具体表现在以下方面。

1. 赋予风格世界以动态性的品格

矛盾是事物运动、变化、发展的原动力，是新事物不断产生和旧事物不断灭亡的内在依据。正是八体四组间两两相对而又统一的属性，推动着风格世界的系统运动，赋予风格世界以动态性的品格。这种由于对立统一的属性所产生的动力作用，可以概括为以下方面。

第一，两两相对的属性，意味着对立双方相互分离、相互排斥、相互否定的性质和趋势。对立双方是两种不同性质的东西，它们在发展要求和方向上存在着本质上的差异，每一方都要限制和否定对方，同时又总是要突破对方对自己的限制和否定，因而对立面之间必然是互不相容而此消彼长的。雅是对奇的排斥和否定，奇是对雅的排斥和否定。奥是对显的排斥和否定，显是对奥的排斥和否定。繁是对约的排斥和否定，约是对繁的排斥和否定，壮是对轻的排斥和否定，轻是对壮的排斥和否定。这一冲突和斗争的过程，推动着双方的此消彼长。正是由于这一此消彼长的过程，众多的新生形态的风格才得以破土而出，风格世界才能不断发展。

刘勰"矫讹翻浅"的斗争，就是一个典型的例子。所谓"矫讹翻浅"，就是对六朝时浮靡讹怪义风的批判和否定。这种批判和否定，是通过对与讹浅反一调的典雅刚健文风的标举来进行的。唐代陈子昂对"建安风骨"的标举，就是这一斗争的继续和完成。"不破不立，不塞不流，不止不行。"正是由于这一针锋相对的斗争，改变了"风末气衰"的六朝颓风，开创出大唐时代万紫千红的文学风貌。

第二，两两相对的属性，也意味着对立双方之间的相互包容，互相渗透，互相贯通的趋势。"孤阴不生，孤阳不长"，对立的双方的存在都以对方的存在为前提,对立双方的发展都以对方的发展为条件。在矛盾的统一体中,矛盾着的对立面存在着由此达彼的桥梁,包含着相互转化的趋势。相互冲突、限制的过程,同时也就是一个相互渗透、相互促进的过程。矛盾双方都相互吸取有利于自身的因素而得到发展,矛盾双方也相互利用有利于自己的因素促进自身发展,从而推动整个事物的发展。

风格世界中同样是如此。每组对立的风格,既是互相限制,相互冲突的,又是互相补充,互相促进的。每一种风格,都从自己的对立面身上吸取自身的生存和发展所不可或缺的生命元质,以此作为自身生存和发展的必要依据,又以自己的生命元质,作为对立一方生存与发展的依据。具而言之,如果"壮"得不到"轻"的补充和限制,就会异化成为汗漫无边的"壮",汗漫无边的"壮"也就是《文镜秘府论》中所说的"宏壮之失也诞","漫为迂阔,虚陈诡异","壮"的美学优势也就会荡然无存。反过来说,如果"轻"得不到"壮"的制约和补充就会异化成为汗漫无边的"轻",汗漫无边的"轻",也就是《文镜秘府论》中所说的"理不甚会,则觉其浮"。"涉于流俗,则觉其浅","轻"的美学优势也就会荡然无存。每一种风格都是如此,如果失去了对立面的限制和补充,就会走向极端,风格原有的美学优势就会转化成为劣势:"苟非其宜,失之远矣。博雅之失也缓,清典之失也轻,绮艳之失也淫,宏壮之失也诞,要约之失也阑,切至之失也直。"一切生命现象,无一不是矛盾运动的结果。如果没有了矛盾,就没有了生命的运动,也就没有了新生命的诞生。

屈原作品的风格就是在矛盾相生中创化新质的典型例证。在屈原作品中,"雅与奇反"这两种美学特色都杂然并呈。雅的特色具体表现在:"故其陈尧舜之耿介,称禹汤之祗敬,典诰之体也;讥桀纣之猖披,伤羿浇之颠陨,规讽之旨也;虬龙以喻君子,云霓以譬谗邪,比喻之义也;每一顾而掩涕,叹君门之九重,忠怨之辞也:观兹四事,同于《风》《雅》者也。"奇的特色具体表现在:"至于托云龙,说迂怪,丰隆求宓妃,鸩鸟媒娀女,诡异之辞也;康回倾地,夷羿弊日,木夫九首,土伯三目,谲怪之谈也;依彭咸之遗则,从子胥以自适,狷狭之志也;士女杂坐,乱而不分,指以为乐,娱酒不废,沉湎日夜,举以为欢,荒淫之意也:摘此四事,异乎经典者也。"这两种特色既是互相限制、互相否定的,又是互相融合、互相促进的。"论典诰则如此,语其夸诞则如此",二者并存于屈原的作品中,相异相分而又浑然一体。正是由于这一对立中的统一和统一中的对立,构成了奇异的"化学变化",一种"酌奇而不失其贞,玩华而不坠其实"
的"金相玉式,艳溢锱毫"的全新型的风格得以诞生。

(三)风格类型间的交错性联系

风格世界的整体性,来自风格类型间的交错性的系统联系。

事物之间建立联系的方式是多种多样的。从最根本的层面来看,矛盾就
是差异,差异是一个比对抗更加具有普遍意义的范畴。差异无处不在,不仅对
抗性的事物可以构成矛盾的组合,非对抗性的事物间也可以构成矛盾的组合,
一种比对抗性的组合更加广阔的组合。这就必然赋予矛盾组合的具体形态以
无限孳生和无限蔓延的开放性品格。我国古代的八卦,就是这一哲学原理的
成功运用。正是由于抓住了阴阳相生的总理以及联系的随机性的总规律,阴
阳两卦演化成了八卦,八卦演化成了六十四卦,六十四卦演化成对万事万物的
普遍性概括。

风格世界的运动同样是如此。八体之间所建立的联系是多种多样的,既
有对抗性的联系,也有非对抗性的联系,组成了一个既互相对立又互相交错的
整体。下面,根据詹锳《文心雕龙的风格学》中所提供的图象并在它的核心位
置上作了某些补足,试对风格世界的千丝万缕的联系进行逻辑性的展示:

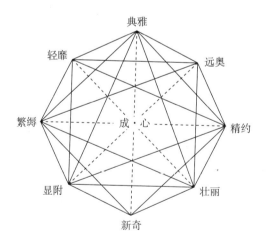

从图象可以清楚地看出,所谓八体,实际是构成风格世界的具有基础意义
的基本类型。它们所具有的基础意义,就在于它们的组合意义。八体远不是
风格世界所有类型的总和,但是以此作为基点所建立的纵向的、横向的和侧向

的联系却是无穷无尽的,足以概括整个风格世界的运动态势。八体有如八种单色,单色是有限的,但是由它们所构成的色调组合却是无穷的。这种组合的无穷性,是人的"成心"的个异性的反映。成心有如圆心,圆上所有的射线都由它所原发并向它集中,由此构成了一个"各师成心,其异如面"的多样性统一的风格世界的整体。惟其如此,所以能够收到"八体虽殊,会通合数","文辞根叶,苑囿其中"的"以少总多"的概括效果。也就是清代刘开所说的:"论及《体性》,则八途包乎万变。"①

需要特别说明的是,八体作为风格世界的逻辑模式中的八个基点,具有纯而又纯的单色属性,与现实风格世界中的风格类型实际是存在着极大距离的。现实风格世界中不存在纯而又纯的单色调的风格,一切风格都具有错综复杂的多色调的属性。在刘勰所举出的诸多代表性作家中,无一不是如此。比如:贾谊作品的风格被称为"文洁而体清","文洁"体现着精约的特色,"体清"体现着显附的特色;司马相如作品的风格被称为"理侈而辞溢","理侈"体现着壮丽的特色,"辞溢"体现着繁缛的特色;阮籍作品的风格被称为"响逸而调远","响逸"体现着典雅的特色,"调远"体现着远奥的特色;陆机作品的风格被称为"情繁而辞隐","情繁"体现着壮丽的特色,"辞隐"体现着远奥的特色。如此等等,远非八体所能框范。不仅作家的总体风格具有"八体屡迁"的风貌,同一作家的各种不同的作品中也可以具有各自不同的特色,如苏轼的前后《赤壁赋》,就是明显的例证。甚至在同一篇作品中也是如此,在此一部分中表现出此一色调,在另一部分中表现出另一色调,如范仲淹《岳阳楼记》中对各种心态条件下的物态画面的多色调的表现。

这些现象,确实使人们感到困惑,误认为刘勰对八体的归纳有点不切实际,甚至认为风格世界并无规律可言。实际上,这些纷纭复杂的现象,正是风格世界的动态性和开放性的深刻表现,是风格世界有规律可循的证明。对风格世界进行了误读的人们显然忽略了两个最基本的事实:一是不管"八体"怎样"屡迁",实际都是"成心"的动态性和多侧面性的表现。因为不管风格的表现怎样"动态"和"多侧面",最终都统属于作者一人,统属于作者的不可代替

---

① 刘开:《书文心雕龙后》,见杨明照《文心雕龙校注拾遗》,上海古籍出版社 1982 年版,第443 页。

的个性化的思维结构。这一个性化的思维结构,对于个性化的作者来说,从来都是恒定的,就像圆心在圆周运动中的地位和作用一样。不管风格世界怎样"屡迁","各师成心,其异如面"的总原理和总规律不会改变。二是不管风格世界是怎样"屡迁","若总其归涂,则数终八体":风格形态纵然千变万化,就其基本色调来说,却尽在八体之中,是八种基本风格的矛盾运动和错综组合的结果。不管风格世界怎样变化,八个基点的基础作用不会改变,八个基点之间的矛盾运动和错综组合的无穷性的趋势不会改变。对此,刘永济先生根据刘勰在各个篇章中的评文之语的汇集,做出了极具说服力的系统阐述:

> 由上列观之,虽约为八体,而变乃无穷。但雅者必不奇,奥者必不显,繁者必不约,壮者必不轻。除极相反者外,类多错综。即一人之作,或典而不丽,或奥而且壮,或繁而兼丽,或密而能雅,其异已多。又或一篇之内,或意朗而文丽,或辞雅而气旺,或思密而篇遒,或情靡而体清。体性参午,变乃逾众。学者于此,每苦纷如。又其评语,不尽取此八体十六字,每以行文之便,用同义之字,如伟丽即壮丽,明绚即显丽之类是也。然皆权衡寸心,而后下语,非可视为空洞之词也。①

可谓深得刘勰之用心者。运用动态的方式来概括动态的风格世界,以此获得"乘一总万,举要治繁"的概括效果,这正是刘勰的卓越和巧妙之处。惟其如此,一千余年来,尽管风格的类型越来越多,但就其基因和基本结构来说,无一能超出八体之外者。

三、刘勰对风格世界的美学导向

风格世界八体并陈,波谲云诡。那么,到底如何区分优劣呢? 风格世界是一个"各师成心,其异如面"的世界,存在着优与劣的品位差别吗? 这些问题,至今还是龙学界的认识灰区。为了洞悉问题的底蕴和做出科学的解答,笔者聊表浅见,以就正于方家之前。

---

① 刘永济:《文心雕龙校释》,中华书局 1962 年版,第 104—105 页。

（一）近现代关于刘勰风格论取向问题的不同论见

关于刘勰风格论取向的问题，近现代学者表述了两种截然相反的见解：

其一是无轻重论，为黄侃所首倡。黄氏认为，风格世界八体并陈，本无轻重，刘勰对八体的区分只是一种分类学的表述，不是一种价值论的表述。他说："彦和之意，八体并陈，文状不同，而皆能成体，了无轻重之见存于其间。下文云：雅与奇反，奥与显殊，繁与约舛，壮与轻乖。然此处文例，未尝依其次第，故知涂辙虽异，枢机实同，略举畛封，本无轩轾也。"①此论独标一格，响应者虽然寥寥，影响却极其深远。

其二是有轻重论，为范文澜所首倡。范氏对黄氏的见解进行了修正，认为："案彦和于新奇轻靡二体，稍有贬意，大抵指当时文风而言。次节列举十二人，每体以二人作证，独不为末二体举证者，意轻之也。"②当代学者中，认同者颇众。陆侃如认为："刘勰对八种风格不是一视同仁的。其中'新奇'和'轻靡'两种，显然是他比较不满的。从其他篇章中的一些论述也可看出这点。"③周振甫认为："就八体看，刘勰对新奇轻靡两体是有不满的。这从他贬斥当时新奇轻靡的文风中可以看到。那末，刘勰对八体是有褒贬的。"④王运熙认为："在对八体的叙述中，可以看出刘勰对新奇、轻靡两体颇不满意，语带贬责。这两体追求新奇或轻靡之风，都迎合时俗好尚，背离古雅的体制。这种批评，实是针对刘宋文风及沿袭刘宋的南齐文风而发。"⑤

如此等等，形成了两个对立的学术营垒。一边站着近代顶级国学大师，另一边站着如此众多的当代学者，双方都有据可证，有理可依，而真理却只有一个。孰是孰非，这确实是一件颇费踌躇的事情。为了解开这一桩公案，笔者不揣浅薄，试做一点辨析和疏导的工作。

（二）论见分歧的症结究竟在哪里？

论辩的双方，各有各的依据，各有各的道理。那么，论见分歧的症结，到底在哪里呢？我们最好从各自的观照点和逻辑思路谈起。

---

① 黄侃：《文心雕龙札记》，上海古籍出版社2000年版，第97页。
② 范文澜：《文心雕龙注》下卷，人民文学出版社1958年版，第507页。
③ 陆侃如：《刘勰论创作》，安徽人民出版社1963年版，第82页。
④ 周振甫：《文心雕龙注释》，人民文学出版社1981年版，第316页。
⑤ 王运熙：《中国文学批评通史》第2卷，上海古籍出版社1996年版，第444页。

　　我们先看看"有轻重"论的观照点和思维指向。范文澜的论见中,对自己的观照点和思维指向做出了明确的表述:"案彦和于新奇轻靡二体,稍有贬意,大抵指当时文风而言。"显然,他所说的"贬意",是针对"当时文风"说的。这一点,也从他的每一个认同者的论见中清楚地表述出来。周振甫表述为:"这从他贬斥当时新奇轻靡的文风中可以看到"。王运熙表述:"这种批评,实是针对刘宋文风及沿袭刘宋的南齐文风而发。"陆侃如所说的"其他一些篇章中的论述",实际也就是刘勰在其他篇章中对当时的偏邪的文风所作的批评。这就是他们立论最根本的理论基点,也就是他们进行论证的最基本的逻辑前提。

　　这一理论基点和逻辑前提,对于解读刘勰风格论的倾向性来说,无疑是具有决定性的依据作用的。"矫讹翻浅",是刘勰的明确的战斗目标。所谓"矫讹翻浅"的问题,也就是对当时社会上泛滥成灾的新奇和轻靡两种偏邪的风格倾向进行批判的问题。这一旗帜鲜明的战斗意向,实际贯彻在《文心雕龙》的全部内容之中,理所当然也包括风格论在内。就这一点来说,范氏所做出的"有轻重"的判断,无疑是正确的。但是,这一判断的正确性,又是严格限制在它特定的判断范围之内的。它的判断范围,就是"指当时文风而言"。"当时的文风"是一个现实性的动态性的范畴,显然,是不涉及风格世界的逻辑模式这一静态性和理论性的范畴的。

　　我们再看看"无轻重"论的观照点和思维指向。黄侃的论见中,对自己的观照点和思维指向,同样做出了明确的表述:"彦和之意,八体并陈,文状不同,而皆能成体,了无轻重之见存于其间。"显然,黄侃所说的"了无轻重",是针对"八体并陈"而言的。"八体并陈"是风格世界的逻辑模式,而不是风格世界的现实状况。它反映着风格世界的逻辑联系,而不是现实联系。风格世界的逻辑联系,是它们所自从来的"体"与"性"中各种结构要素的必然性联系。由此所形成的结构性差异,是它们所自从来的各种结构要素之间在质与量上的差异。由于这种存在的纯而又纯的属性,实际只是一种结构学和符号学的差异。由结构学和符号学所决定的世界,必然是一个静态的世界。在静态的风格世界中,每一种具有符号学和结构学意义的类型,都代表着一个不可或缺的结构方面。八体,实际是八个基本的结构方面的代表。

　　八体的划分是一种结构性的划分,不是一种价值性的划分。事物的属性决定于它们间的系统组合的具体状况,而不决定于某一个单一的结构要素的属性。因此,从这八个基础元素的自身而言,是没有优劣可言的。就这一点来说,黄侃的判断无疑是正确的。但是,这一判断的正确性,又是严格限制在它特定的判断范围之内的。它的判断范围,就是"八体并陈"。"八体并陈"是一个形上性的静态性的范畴,显然,是不涉及风格世界的现实状态这一动态性和价值性的范畴的。

两种论见,在它们各自的认识范围内,无疑都是正确的。二者的不同,是观照对象的不同,逻辑前提的不同,而就其真理性的品格来说,却是相同的。二者都是客观规律的反映:一个反映着形上世界的规律性运动,一个反映着现实世界的规律性运动。"无轻重"论反映着风格世界的逻辑运动的普遍规律,"有轻重"论反映着风格世界的现实运动的普遍规律,二者都是刘勰风格论中的某一个侧面的反映。刘勰的风格论,是两个规律的有机统一,是形上性和形下性的有机统一。正是这种形上与形下兼具的属性,造就了刘勰在风格论上博大精深的理论品格和实践品格。刘勰在风格论上所担负的角色,实际是理论家和评论家的双重角色:在他阐述风格世界的系统构成时,他所关注和突出的是风格世界的逻辑模式,在这一世界中只有相反相成的组合关系,没有优劣轻重的价值关系;在他评论风格世界的现实状况时,他所关注和突出的是风格世界的现实状况,在这一世界中,诸多的逻辑关系都获得了具体化的品格,矫讹翻浅、激浊扬清就成了他特定的工作目标。这就是刘勰的风格论的特别高深卓越之处,也是后世对他的学说的理解产生歧义的原因。

正确的做法是将两种论见合而观之,又分而用之,使其各得其所,从两个有机的侧面,对刘勰的风格理论进行全面的把握。为了达到此一目的,我们还有必要进一步解开下面的认识结点:刘勰对八体的理论性阐述中有没有使用褒贬性的语词和排列手法?"有轻重"论者认为刘勰的针砭对象"指当时文风而言"的判断无疑是正确的,但是,他们扩而延之所做出的"案彦和于新奇轻靡二体,稍有贬意"的判断,却是针对"八体并陈"的逻辑世界的。显然,这是将两个不同的范畴混淆到了一起,结果造成了认识上的杂糅和错位的现象。对此,笔者已在上段中做出了详尽的辨析,使二者在认识范畴上"剥离"开来。但是,"有轻重"论者在树立自己的"于新奇轻靡二体,稍有贬意"的论点时,使用了许多论据,其中最有影响的是三个:一个是"语带贬责",一个是次第排列，一个是正反对举。这些问题，实有澄清的必要。

其一，"语带贬责"的问题。

所谓"语带贬责"的问题，就是指刘勰在对八体中的新奇与轻靡两体进行阐述时的口气问题。王运熙所说的"在对八体的叙述中，可以看出刘勰对新奇、轻靡两体颇不满意，语带贬责"，就是此一举证的代表。为着弄清论据的底蕴，我们不妨再回头看看刘勰对两体所做的阐述：

　　新奇者，摈古竞今，危侧趣诡者也；轻靡者，浮文弱植，缥缈附俗者也。

从现代汉语的角度来看，上面文字中确实不乏"语带贬意"的表述。但是，古文有古文的词汇系统和解读方式。为着确切理解古人的意思，我们不妨运用古汉语的方式来对其中的每一个关键性词语，进行一番"振叶以寻根"的审读。

"新奇"是一个古已有之的旧词。王羲之《东书堂帖》云："亦知足下书，字字新奇。"刘义庆《世说新语·文学》云："支（道林）作数千言，才藻新奇。"《肇论·论主复书释答》云："发言新奇。"陆云《与兄平原书》称其兄陆机之作为"新奇"。此皆为褒义。

"摈"，排斥，弃绝。《后汉书·赵壹传》："恃才倨傲，为乡党所摈。""竞"，比赛，争逐。《诗·商颂·长发》："不竞不绿。"郑玄笺："竞，逐也。""摈古竞今"，弃旧求新之谓，是中性的表述。

危，高耸貌。《庄子·田子方》云："尝与汝登高山，履危石。"侧者，倾斜，不正也。《书·洪范》："无反无侧"。"趣"者，趋也。《诗·大雅·棫》："左右趣之。"《易·系辞下》："变通者，趣时者也。"孔颖达疏："趣向于时也。""诡"，在古代就是"异"的意思，是一个中性词。《增韵》："诡，异也。"班固《两都赋》："殊形诡制，每各异观。"《前汉刘辅传》："此其言必有卓诡切致当圣心者。""危侧趣诡"，就是孤标独拔，超越正轨，追求新异的意思，作者的表述中，使用的全部是中性的词语，没有任何贬责的语气。

我们再细细审读一下刘勰对"轻靡"所作的阐释。

"轻"，《广韵》："重之对也。"《孟子·梁惠王上》："权而后知轻重。"曹植："圣体浮轻。""轻"字的内涵中没有贬义，大抵指一种轻微柔细的状态。李白：

《早发白帝城》"两岸猿声啼不住,轻舟已过万重山",王维《送元二使安西》:"渭城朝雨浥轻尘,客舍青青柳色新。"无一具有贬意。

"靡",《战国策·中山策》高诱注:"靡,犹丽也。"《楚辞·招魂》:"靡颜腻理,遗视矊些。"靡颜就是美丽的容颜。《汉书·韩信传》:"靡衣偷食。"靡衣就是华丽的衣服。"靡"是一个中性词,没有贬意。

"浮",《说文》:"浮,汜也。"《康熙字典》:"顺流曰浮。"范仲淹《岳阳楼记》:"皓月千里,浮光跃金。"浮,就是流动的意思,范氏以状流光溢彩的形貌,没有任何贬意。"弱",《说文》:"弱,挠也。"弱,就是纤柔婉曲的状态。这种状态,是新生事物在前强阶段的普遍状态,没有轻贱的意思。《老子》"弱者道之用",就是对这种状态的哲学概括和普遍标举。陶潜《游斜川》:"弱湍驰文舫,闲谷矫鸣鸥。"卢照邻《长安古意》:"弱柳青槐拂地垂"。都没有贬义。

"植",古义通志。《管子·法法》:"上无固植。"注:"植,志也。"屈原《楚辞·招魂》:"弱颜固植"。"植"作为对志意的称谓,属于中性词。

"缥缈",就是隐约无定的朦胧状态。白居易《长恨歌》:"忽闻海上有仙山,山在虚无飘渺间。"木华《海赋》:"群仙飘渺,餐玉清涯。"王延寿《鲁灵光殿赋》:"忽缥缈以响象,若鬼神之恍惚。"表述中都没有贬意。用在本文中,指志意朦胧,并无贬意。

"俗",《说文》:"俗,习也。"《正韵》"习也。上所化曰风,下所习曰俗。"《礼记·曲礼上》:"入国而问俗。""俗"作为对人的社会地位的一种称谓,没有褒贬意义。引申为世俗,即社会大众,也没有褒贬意义。"附俗",即依从世俗。依从世俗作为一种特定的美学取向,与雅相对,是对立的统一,无褒贬可言。由此可知,"俗"的美学价值并不决定于它自身,而是决定于它与其他美学因素的组合状况。有与雅相接的"俗"——"雅俗共赏"的"俗",也有与陋相接的"俗"——庸俗。《诗经》中的"国风"来自世俗,照样称为经典。白居易的诗歌以俗著称,照样为世所重。应该区别对待,不能一概而论。

综上可知,无论就对"新奇"与"轻靡"的称谓来说,还是就对"新奇"与"轻靡"的美学特征的阐释来说,都找不出丝毫"贬意"来。刘勰对八体的阐述,实际都是一视同仁,没有重此轻彼的意思在内的。将刘勰对当时文风中的"讹而新"与"将遂讹滥"的现象的轻贱转认为对"新奇"与"轻靡"两种风格类型的轻贱,完全是一种不求甚解的误读。这种误读,在论点上是错误的,在论据上是不符合事实的。

"新奇"实际具有两种截然不同的形态:一种是结构意义中的"新奇",另一种是当时文风中的"新奇"。结构意义中的"新奇"是指一种厌旧逐新,孤标独拔,超越正轨,追求卓异的美学特色,也就是黄侃所说的"词必研新,意必矜创"的美学特色。这种美学特色的价值系数,决定于它与其他美学特色的组合状况的适宜程度和优化程度,而不决定于它的自身。因此,就它自身而言,作为一种逻辑意义的纯形上和纯客观的存在,是没有褒贬可言的。而当代文风中的"新奇"则是一种组合失宜而被极端扭曲的"风末气衰"的"新奇",刘勰将它称之为"讹而新"。刘勰所轻贱和批判的是"讹而新",不是所有的"新奇",更不是逻辑结构中的"新奇"。

"轻靡"同样具有两种截然相反的形态:一种是结构意义中的"轻靡",另一种是当代文风中的"轻靡"。逻辑意义中的"轻靡"是指一种文辞艳丽、志意柔婉的美学特色,也就是黄侃所说的那种"辞须倩秀,意取柔靡"的美学特色。这种美学特色的价值系数,同样决定于它与其他美学特色的组合状况的适宜程度和优化程度,而不决定于它的自身。因此,就它自身而言,作为一种结构意义的纯形上和纯客观的存在,是没有褒贬可言的。而当代文风中的"轻靡",则是一种组合失宜而被极端扭曲的"繁采寡情,味之必厌"的文化现实,刘勰将它称之为"离本弥甚,将遂讹滥"。刘勰所轻贱和批判的是"将遂讹滥"的"轻靡",不是所有的"轻靡",更不是结构意义上的"轻靡"。

其二,排列次第的问题。

所谓排列次第的问题,是指刘勰对八体的阐述中的先后顺序的问题。范文澜所说的"次节列举十二人,每体以二人作证,独不为末二体举证者,意轻之也",就是此一举证的代表。为着弄清论据的底蕴,我们不妨再回头看看刘勰在"次节"中所作的阐述:

> 若夫八体屡迁,功以学成,才力居中,肇自血气;气以实志,志以定言,吐纳英华,莫非情性。是以贾生俊发,故文洁而体清;长卿傲诞,故理侈而辞溢;子云沉寂,故志隐而味深;子政简易,故趣昭而事博;孟坚雅懿,故裁密而思靡;平子淹通,故虑周而藻密;仲宣躁锐,故颖出而才果;公干气褊,故言壮而情骇;嗣宗俶傥,故响逸而调远;叔夜俊侠,故兴高而采烈;安仁

轻敏,故锋发而韵流;士衡矜重,故情繁而辞隐。触类以推,表里必符,岂非自然之恒姿,才气之大略哉!

　　这段文字的指向十分清楚,就是对风格的形式因素——体与风格的内容因素——性的"表里必符"的论断。这就是黄侃所说的:"体斥文章形状,性谓人性气有殊,缘性气之殊而所为之文异状。"①也就是骆鸿凯所说的:"体斥文章体格,性即文家材性。缘材性之殊,而发之于文,体格异状。"②为此,刘勰举出了十二个代表性作家的"性气之殊"及其相应的美学风貌之异,作为"表里必符"的具体例证,而不是风格类型的具体例证。"贾生俊发",指贾谊的蕴之于内的特定的"性","文洁而体清",指他的作品中的现之于外的特定的"体","故"指二者的因果关系。这样用以阐明"吐纳英华,莫非情性"之义,也就是"表里必符"之义。下举各例并同。如果要用八体来衡量的话,贾谊的"文洁而体清"大致属于显附与精约的综合范畴。司马相如的"理侈而辞溢",大致属于壮丽与繁缛的综合范畴。如此等等,其中没有一个作家的风格,是八体的对号入座。既然不是八体的对号入座,也就不存在"新奇"与"轻靡"两种类型的缺位的问题。既然不存在两种类型缺位的问题,也就不存在"意轻之也"的问题了。

　　显然,这是一种误读。其误主要表现在将八体的关系误视为一种线性排列的关系。有些论者认为,八体排列的先后顺序,就是刘勰对其美学地位的评价。"典雅"的顺序排在第一,其美学地位自然是第一无疑。"新奇"与"轻靡"的顺序排在最后,其美学地位自然是低贱无比。这种看法,在牟世金的《文心雕龙研究》中表述得相当明确:"列'典雅'为首,释以'镕式经诰,方轨儒门',必有推重和提倡之意;列'新奇'、'轻靡'于尾,释以'摈古竞今,危侧趣诡'、'浮文弱植,缥缈附俗',必有轻视或不满之意。"③这种看法,同样是缺乏逻辑依据和事实依据的。如果八体的排列顺序真的具有美学上的等级意义的话,那又怎么解释排"远奥"于"精约"之前,列"壮丽"于"繁缛"之后呢? 更何况,每一种风格类型从来都是与它的对立面相并而存在的,就以典雅来说,

①　黄侃:《文心雕龙札记》,上海古籍出版社2000年版,第96页。
②　骆鸿凯:《文选学》,中华书局1989年版,第304页。
③　牟世金:《文心雕龙研究》,人民文学出版社1995年版,第347页。

"雅与奇反",雅与奇互相排斥、限制和否定,又互相消长、转化和融化,势必形成你中有我、我中有你的对立统一的格局,最高级别的"典雅"之中,必然融有最低级别的"新奇"的东西,如果没有这种相互的包容,二者都不会存在。屈原的《离骚》,就是典型的例子。更具有辩证意义和辩驳力量的事实是,八体的结构本身就是一个多维组合的开放性的结构,任何开放性的结构都具有"循环之无端"的属性。八体来自八卦的哲学启示,八卦就是一个"循环之无端"的环形结构,它没有起点,也没有终点,终点之处也就是起点之处,既济之后就是未济,任何事物都只是圆周上的一个点,只有相对的地位,没有绝对的地位。惟其如此,它才能正确反映客观事物螺旋式向上运动的无限过程,容天地于形内,纳万物于环中,这正是刘勰的认识方法的博大精深之处。在无限循环的圆周上寻找点的位置的先后,显然是违背了辩证法和数理逻辑的常识,也违背了刘勰的为文的用心的。

其三,正反相对的问题。

有些学者将八体中的两两相对的属性,视为褒贬的依据,认为列于正方的是"褒",列于反方的是"贬"。这种举证方式,具体表现在詹锳的论述中:"(刘勰)把这八体分成针锋相对的两大类……在这两大阵营之中,刘勰到底站在哪一边呢? 他虽然没有作明白的表示,但言外之意,似乎赞成典雅、精约、显附、壮丽一派,而不大附和远奥、繁缛、新奇、轻靡一派。他把前四种不同的风格,运用'风骨'二字表现出来。因为只有前一派风格的作品才气韵生动、笔力雄健的。"①这种论证方式和举证方式同样是不符合事实,也不符合逻辑的,从事实来看,刘勰对前四种并没有一概肯定,譬如对"纬",古人曾将"纬"与"经"并称,可谓"典雅"之致了,刘勰却将它作为"正"的对立面;对后四种也没有一概否定,譬如对《离骚》中的新奇和艳丽,却是倍加赞美,称为"金相玉式,艳溢锱毫","惊采绝艳,难与并能",看不出半点轻贱之意。从逻辑来看,矛盾的对立与统一的关系是一种结构位置的关系,不是一种价值位置的关系。所谓"雅与奇反,奥与显殊,繁与约舛,壮与轻乖",只是说两两的对立中含有一种互相制约、互相消长、互相促进的结构关系,而不是说含有一种孰优孰劣的关系。优劣关系是一种价值关系,价值关系不是由某一个结构位置所

① 詹锳:《文心雕龙的风格学》,人民文学出版社1982年版,第37页。

决定,而是由事物的组合状况的优化程度所决定的。在一定的条件下,典雅可以变为讹滥,例如"纬"。在一定的条件下,新奇可以转化成为典雅,例如《离骚》。离开了组合关系的具体状况来谈优劣,显然是违反了辩证法的基本常识,在逻辑上是不能成立的。

(三)刘勰风格论的价值取向到底是什么?

那么,在以八体为基础所组成的风格世界中,有没有价值取向呢? 如果有的话,风格世界的价值取向又是什么?

这确实是一个极其敏感的问题,却又是一个不容回避的问题。下面试作简要回答,以飨读者。

1. 风格世界中有无价值取向?

风格世界具有两个范畴,一是逻辑意义的范畴,二是现实意义的范畴。对二者必须区别对待。

就风格世界的逻辑范畴来说,是纯形上的,纯理性的,只是对客观存在的一种结构学和思辨学的模拟。作为一种纯客观的、纯理性的存在,是只有符号学的内涵,没有价值因素的内涵的。八体中的每一种类型,实际都是风格世界中某一个结构位置的符号标志,它的具体属性并不简单决定于这位置的本身,而是决定于它与其他位置的组合状况。只有这种组合的状况才能最终决定事物的质与量的规定性。正是这种具体的规定决定着事物的属性和价值。离开了具体的组合关系和数量关系,也就没有事物的属性可言,也没有事物的价值可言。因此,在风格的逻辑世界中,是不存在价值取向的。

就风格的现实范畴来说,是纯形下的,纯实践的。作为人类的一种实践,必然存在功利的趋势,也必然存在价值的因素。人类研究风格,最终是为实践服务。而在人类的实践活动中,是存在着品位上的差别的。反映在风格世界中,同样是如此。风格世界的品位差别,是客观世界的品位差别的深刻反映。就客观世界而言,万事万物优劣纷呈,良莠不齐,各有各的价值表现。就主观世界而言,"才有庸俊,气有刚柔,学有浅深,习有雅郑",这些差别,必然造成"成心"的"各如其面"的差别,也会造成"成心"间的品位差别。风格都是"各师成心"的,也就必然造成风格现实世界的品位差别。惟其有差别,才有比较,惟其有比较,才有进步的可能。否则,人类的创作实践就会各行其是,茫无归依,很难趋优弃劣,风格世界的运动,就再也不是一种向上性的运动了。刘勰对讹风的批判,就是风格世界具有价值取向的最有力的例证。

2. 风格世界的价值取向究竟是什么?

风格世界是一个"各师成心,其异如面"的波谲云诡的世界,那么,刘勰对这一纷纭复杂、变化万端的世界的美学导向又是什么呢? 要想弄清这个问题,我们必须"振叶以寻根,观澜而索源",从最根本的源头处进行探索和把握。

风格世界的运动,是文心的个性化的运动。"文心原道,实天地之心。"从最根本的层面来看,道的自然运动的总规律和总法则,就是文心运动的美学导向的根本依据,也就是风格世界运动的美学导向的根本依据。只要把握了这一总法则和总规律,其他问题就可迎刃而解。

道的自然运动的总规律和总法则,集中表现在它的运动形态的中和性上。从最根本的层面来看,道的运动,就是"阴阳合德"的矛盾运动。矛盾的对立和统一,具有严格的"度"的规定性。正是这种度的规定性,将矛盾的两个对立面维系在最优化的范围内,使矛盾中的各种因素的积极作用都能得到充分的发挥,带来最优化的实践效果。这种度的最佳位置,我们的古人称作"中和"。《书·大禹谟》云:"允执厥中。"《老子》云:"万物负阴而抱阳,冲气以和。"《周易》云:"阴阳合德而刚柔有体。"《论语》云:"中庸之为德也大矣哉!"《荀子》云:"无欲,无恶,无始,无终,无近,无远,无博,无浅,无古,无今,兼陈万物而中县衡焉。是故众异不得相蔽以乱其伦也。"如此等等,都是对这一境界的哲学阐释和理论标举。"和",就是各个矛盾方面的兼容,"中",就是各个矛盾方面的适度。兼容与适度,是中华哲学的最高追求。表现在美学领域中,就是一种和谐的美。刘勰所说的"兼解以俱通","同之与异,不屑古今,擘肌分理。惟务折衷",就是这种美学追求的集中表述,也是对风格世界的具有根本意义的美学导向的集中表述。

刘勰的这一美学导向,首先体现在他对风格的构成要素的阐述上。刘勰的阐述,始终扣紧体与性的两个方面。这就必然赋予风格一种明确的美学要求——内容与形式的双重要求。这种双重性的要求,实际也就是判断风格价值的一条重要的尺度:具有美学价值的风格,必然是内容与形式兼美的风格。只具形式美而不具内容美的风格或者只具内容美而不具形式美的风格,都是不具美学价值的风格。这就是刘勰在《风骨》篇中既贬斥"采乏风骨"的"雉"型风格,也贬斥"风骨乏采"的"鸷"型,而独褒奖"藻耀而高翔"的"鸣凤"型风格的结构论根由。

刘勰的这一美学导向,也体现在他对八体的理论阐述上。他的阐述具有两个鲜明特点:一是赋予八体以对立性品格。这种两两相对的品格,实际也就是对两两平衡的品格的美学要求。所谓"折衷",就是两个对立方面的平衡。之所以要采取对立性的阐述方式,正是为了从两个极点之间来界定真理的界限,防止"过"和"不及",实现两者之间的优化组合和优化平衡。真理,正是矛盾平衡的结果。任何"过"和"不及",都会使真理异化成为谬误。刘勰所批判的"讹新"和"讹滥"的风格的失误,并不在于它们的"新奇"或"轻靡"的类型属性,而在于它们的"失体成怪"和"反正为美",在于它们违反了平衡的美学准则。违反了平衡就会走向极端,走向极端就会扭曲和异化,这就是讹体的要害之处,也就是讹体产生的根由。实际上,每一种类型的风格只要违背了这一美学准则,都可能陷入极端而成为讹体。例如"纬",就是一种"讹典",玄言诗就是一种"讹奥"。刘勰之所以专攻"讹新"与"讹滥"者,是因为在当代的文风中这两种讹误最为突出,最为严重,而并不是因为风格世界中只有这两种类型是讹谬的类型。二是赋予八体以开放性品格。八体作为一种具有基础意义的代表性的风格类型,在风格世界中代表着一种环形的结构关系。八体之间不仅具有两两相对的纵向关系,也有侧向相连的横向关系。八体虽然有限,而由此所组成的系统链接却无尽无穷。"八体虽殊,会通合数,得其环中,则辐辏相成。"刘勰对这种开放性品格的阐述,实际也就是对风格世界的开放性的美学导向的理论阐述。它以明确的理论阐述和鲜明的美学导向,启迪和推动人们运用动态的眼光去对待动态的风格世界,在无穷无尽的风格世界中新新不已。

"道"的自然运动的总规律和总法则,集中表现在它的运动方向的向上性上。"道"的自然运动,是一种蓬勃向上、生生不已、新新不已的运动。《老子云》:"道生一,一生二,二生三,三生万物"。《周易》云:"生生之谓易。""天行健,君子当自强不息。""道"的生命形态就是"气",对道的标举,也就是对气的标举。"气乃力也。"(王充:《论衡·儒增》)"气,力也。"(高诱:《吕氏春秋·审时注》)表现在曹丕的《文论》中,就是"文以气为主"的根本性主张。"重气"之旨,实际也就是重力之旨。刘勰的风骨理论,就是这一重力之旨的美学升华,也是对中华美学的理想境界的完整表述。

　　刘勰认为,美的理想境界,也就是风骨采齐备的境界。所谓"风清骨峻,遍体光华",所谓"唯藻耀而高翔,固文章之鸣凤也",就是对这一美学境界的集中概括。

　　何谓"风"？"风者,化感之本源,志气之符契也"。"风"就是美学化感力借以生发的根由。"情之含风,犹形之包气。"风即是气,气即是力。这种"风力",外与"道"相通,中与志相契,外与情相偕,由此而表现出一种蓬勃向上的生命活力和精神活力。这种蕴涵在感情中的蓬勃向上的生命活力和精神活力,也就是刘勰所说的"高翔"、"奋飞"、"气猛"、"飞扬"、"振翼"。对"风"的标举,也就是对情中的蓬勃向上的美学感染力量的明确标举。

　　何谓"骨"？"辞之待骨,如体之树骸。""骨",就是文辞赖以树立的依据。这一依据不是别的东西,就是"辞"所表现的"事义"。也就是刘永济先生所说的:"'骨'者,树立结构之物,以喻文之事义也。事义者,情思待发,托之以见者也。""骨"是情的依据。情之力,直接来自骨之力。因此,在美学的理想境界中,也必然对"事义"提出具有明确的力学内涵的要求。刘勰所说的"骨力",就是对这一美学要求的集中表述。"骨力",实际就是情之借以树立和支撑之力,它来自事义与情思的契合性和切要性,也就是刘永济先生所说的"事义允当,则情思倍明"。表现在语言上,就是"辞共体并"的精当性,具而言之,就是"结言端直","析辞必精","捶字坚而难移,结响凝而不滞"。对"骨"的标举,也就是对事义中的美学感染力量的明确标举。

　　何谓"采"？"藻耀"之谓也,也就是刘永济先生所说的蕴涵在文辞中的"发皇耳目"的美学感染力量:"'采'者,大体不出声色。本篇所指,则在声色因事义之充实而发之光辉,可以发皇耳目者也。"刘勰认为,"古来文章,以雕缛为体","采"理所当然地是美学的理想境界的不可或缺的组成部分。因此,他对"藻耀而高翔"的美学形态表示了明确的肯定,而对"鹰隼乏采"的美学形态表示了明确的否定。"采",是刘勰对文章的形式因素的明确要求。对"采"的标举,也就是对文辞中的美学感染力量的明确标举。

　　由风骨采三者融合所形成的美学境界,就是刘勰所理想的美学境界,也就是他在风格世界中的明确的美学追求和价值尺度。这一美学追求和价值尺度的灵魂,就是它鲜明的力学内涵,即以蓬勃向上的生命态势和精神态势作为美的最高境界和最高的价值尺度。这一导向的深刻之处,就在于它对美的本质的逼近。从最根本的层面来说,美就是自然运动的本质力量的对象化。美的本质也就是蕴涵在自然运动之中的创化万物的蓬勃奋进的生命活力。对风骨采的标举,也就是对美的本质力量的标举。惟其如此,风骨采的美学导向,也就会成为风格世界的运动中射程最远的灯塔。

"折衷"和"重气"这两大宗旨,是文心运动的最根本的美学理想和价值追求,也就是风格世界最根本的美学导向。这两大宗旨,实际是一个问题的两个方面,"折衷"是它的形而上的方面,"重气"是它的形而下的方面,二者共同构成了风格世界的价值尺度。正是这一明确的导向,引导着历代文风的运行,不管经历多少坎坷曲折,始终不会迷失方向,培育出一代接着一代健康向上、辉煌璀璨的文风。

3. 关于风骨论的刚柔倾向问题的思考

将"折衷"与"重气"视为中华美学理想的核心内涵,视为风格世界的最高价值尺度和美学追求,已经成为我国文化界的一种历史性的共识。但是,对于风骨论的价值倾向问题,学界长期存在着不同的理解。

一种极具广泛性的论见认为,刘勰的风骨论是对阳刚之美的标举,它的价值倾向是偏重于阳刚的。宋明以来的文学评论者使用风骨一词时,大抵侧重于赞美刚健有力的风格。殷璠《河岳英灵集·集论》云:"璠今所集,颇异诸家……言气骨则建安为传,论宫商则太康不逮。""以建安为传",就是以"慷慨以任气,磊落以使才"的阳刚风格为价值依据。纪昀评元代李孝光诗云:"元诗绮靡者多,孝光独风骨遒上,力欲排突古人。"(《四库提要·五峰集提要》)他将风骨与绮靡对举,其崇尚阳刚之意是显而易见的。现代学者中,持这种论见的也不乏其人。刘禹昌云:"它(风骨)具有清新、刚健、明朗、壮丽等美的特点,大致相当于后世批评家所说的'阳刚之美'的艺术风格。"①詹锳云:"风骨大致属于刚性美的风格","风骨就是鲜明、生动、凝练、雄健有力的风格"。②

一种论见认为,刘勰的风骨论是兼及阴阳的。不管是阳刚还是阴柔,不可偏立而必须并重。持这种论见的学者主要是清代的姚鼐。他在《复鲁絜非书》中,运用大量的比喻对阳刚与阴柔的两种美学形态做出了极其详尽的表

---

① 刘禹昌:《文心雕龙选译——风骨篇》,《长春》1963 年第 1 期。

② 詹锳:《文心雕龙的风格学》,人民文学出版社 1982 年版,第 60—61 页。

述:"其得于阳与刚之美者,则其文如霆如电,如长风之出谷,如崇山峻岭,如决大川,如奔骐骥;其光也如杲日,如火,如金镠铁;其于人也,如冯高视远,如君而朝万众,如鼓万勇士而战之。其得于阴与柔之美者,则其文如初升日,如清风,如云,如霞,如烟,如幽林曲涧,如沦,如漾,如珠玉之辉,如鸿鹄之鸣而如寥廓;其于人也,漻乎其如叹,邈乎其如有思,暖乎其如喜,愀乎其如悲。"据此,姚鼐做出了明确的理论归纳:"夫文之多变,亦若是也。糅而偏胜,可也,偏胜之极,至于一有一绝无,与乎刚不足为刚,柔不足为柔者,皆不可以言文。"

在现代学术界中,坚持阴阳错综论并有新颖发挥的学者是刘永济先生。他在《元人散曲选·序论》中明确认为,"阳刚阴柔者,文学之通性,今独以论元人散曲者,惟散曲作者为能造其极,为能尽其用也,抑犹有进者,散曲作者虽尽斯二者之用,斯二者犹未足以包散曲之全。苟核而论之,散曲之中,盖有阴刚与阳柔者焉。阴刚之喻,如霜月凄魄,冰澌折骨。阳柔之喻,如炎曦丽物,烈火镕金。""阳柔"与"阴刚"的观点,实为刘永济先生所首发。对此,他举出了具体的例证:南方作家张可久等人抒壮怀的作品,"则多寒峭。寒峭者,阴刚也。"北方作家赋丽情的作品,仍然是"得力于痛快顽艳者独多","虽别情闺思之作,时挟深裘马之风","毗于阳柔者也"。

两种论见,孰是孰非,令人颇费踟蹰。阳刚具有外在的力学内涵,能直接体现"重气之旨",无疑是一种规律的表现。阴柔具有内蕴的力学内涵,能曲折体现"重气之旨",同样是一种规律的表现。二者的区别,只是概括范围的区别,在"重气之旨"的根本方向上是别无二致的。比较之下,笔者认为第二种观点更加接近本质。理由如下:

其一,从道的基本规律来看。"万物负阴而抱阳,冲气以为和。""气者,力也。"世界上的万事万物,都是阴阳合力运动的结果。阴与阳作为气的具体形态,都是力的存在方式,都具有力的蕴涵。它们之间的区别,不是力之有无的区别,而只是力的形态的区别。无论是阳刚或是阴柔,只要调适得当,都可以达到"真力弥满"的境界。不管是阳刚或是阴柔,在力学的范畴中,都可以是强大的,也都可以是弱小的,强与弱的状况都是可以互相转化的。《老子》所说的"兵强则灭,木强则折",就是阳刚中的力学内涵的弱小性的实践证明和理论概括。《老子》所说的"天下莫柔于水,而攻坚强者莫之能胜",就是阴柔中的力学内涵的强大性的实践证明和理论概括。阴与阳在力学内涵上的强弱,从来都是相对的,相济的,互相制约和互相转化的。唯有"阴阳合德","刚柔相济",才是"气"的完整的表现形式,也是气的向上运动的逻辑前提。因此,从最高的层面来看,对阳刚的绝对标举,视阳刚为风骨中的绝对追求,是不符合道的基本规律的。

其二,从美的基本规律来看。阳刚与阴柔,是美的存在的基本方式。美作为自然运动的本质力量的感性显现,也必然在阳刚与阴柔这两种美学类型中以不同的方式表现出来。阳刚具有奔突喷发的力量美,这种美学形态无疑是刚健挺拔,使人惊心动魄的;阴柔具有含蓄蕴藉的力量美,这种美学形态无疑是温柔细腻,使人荡气回肠的。但是,作为美的本质力量的具体表现来说,这种形态上的区别并不是判断二者的力学差别和价值差别的决定性依据。美的价值的决定性依据,是它们所蕴涵的美的本质力量本身的深度、广度和高度。这种美的本质力量本身的深度、广度和高度,涵蕴在整个广阔的风格世界中,远非某一种美学形态所能独占。衡量美的本质力量的尺度,既不是单一的阳刚之美,也不是单一的阴柔之美,而只能是阳刚与阴柔"合德"的"中和"之美。"中和"是美学的最高境界,也是美学的最高理想。尽管在美的时间性运动和空间性运动中,有时会出现某种偏胜的状况,但是,这种偏胜的状况总是在,而且必须在二者兼容共济的大前提下实现和表现出来的。风骨,作为"重气之旨"在美学中的集中标举,也是对"中和"这一阴阳兼济的最高美学理想的标举。因此,从美的本质力量和美的理想境界来说,对阳刚的绝对标举,视阳刚为风骨中的绝对追求,是不符合美学的基本规律的。

其三,从具体作家的具体作品来看。作家与作品的价值状况,决定于在风骨上的程度状况,决定于对美的本质力量的感性显现的程度状况。这种程度状况,最终是以"中和"为极则,在中和的总规律和总理想的统率下运行的。"中和"是一个"阴阳合德"的范畴,而不是一个阴阳独胜的范畴。就以建安风骨来说,"慷慨以任气,磊落以使才",确实具有鲜明、强烈的阳刚特色。但是,具体表现在具体的作家和作品中,仍然是刚柔相济的。曹操的《短歌行》,慷慨悲凉,可谓阳刚之典范,但其中仍然点缀着"青青子衿,悠悠我心,但为君故,沉吟至今"的秀句,缠绵悱恻,不乏阴柔之美。曹植的《白马》篇豪情满怀,不亚其父之雄风,而《美女篇》则既有天生我才的斩钉截铁的自许,又有生不逢时的绵长哀婉的自嗟,在阳刚中糅进了如许的阴柔。曹丕的《燕歌行》,更是柔婉细丽,妩媚动人,具有阴柔偏胜的特色。但是,就"重气之旨"这一美学追求来说,就"情与气偕,辞共体并"这一核心性的美学表现来说。它们是共同的。"重气"的内涵是相当广阔的,有多种多样的表现形式,"幽燕老将,气韵沉雄"式的阳刚偏胜,固然是建安风骨的表现,"三河少年,风流自赏"式的阴阳兼及,或者"高楼思妇,柔肠寸断"式的阴柔偏胜,同样是建安风骨的表现。

历朝历代的名家名作,无一不是这一普遍规律的表现。李白的作品素以豪放飘逸著称,在美学上属于阳刚偏胜的范畴。但是,在他的阳刚中,依然点缀着《清平调》的妩媚和清丽,表现出阴柔的某种印痕。杜甫的诗作,素以"沉郁顿挫"著称。"沉郁顿挫",是一种既坚韧不拔又含蓄蕴藉的美学集合,"正而能变,大而能化,化而不失本调,不失本调而兼得众调"(胡应麟:《诗薮·内编》),属于阴阳兼济的范畴。元白的诗作中,则表现出更多的阴柔色彩。即使在一个作家的不同作品中或同一作品中,也有阴阳刚柔的着色轻重的差别,不可一概而论。比如苏轼的前后《赤壁赋》,前者雄旷骏爽,睥睨古今,表现出鲜明的阳刚特色,后者凄清寒峭,抑郁幽婉,表现出鲜明的阴柔色彩。再以他的《念奴娇·赤壁怀古》来说,无疑是阳刚之极致,但是,也不乏儿女情深,风流倜傥的秀句,如"遥想公谨当年,小乔初嫁了,正雄姿英发"。如果没有这些"儿女之情"的具有阴柔色彩的秀句的陪衬,词中的"英雄之气"的阳刚之美也就无从以现了。鲁迅的作品是现代阳刚风格的典型代表,他也写出过专门赞美阴柔景物而且极具阴柔特色的诗篇:"无情未必真豪杰,怜子如何不丈夫。试看丛林长啸者,回头时看小於菟。"这首诗不仅是鲁迅风格的集中写照,也是阴柔的力量美和力量强度的形象展示,可以帮助我们从更加直接的角度,对阴柔中的"虎气"进行体认。

由此可知,风骨就是作品中的气力,也就是表现在"情与气偕,辞共体并"的美学形态中的"真力弥满"的蓬勃生气。蓬勃的生气既可表现在阳刚之美中,也可以表现在阴柔之美中。只要具有蓬勃的生气,并且灌注在"情与气偕,辞共体并"的生气蓬勃的美学形态中,就是有风骨,而不在于阳刚与阴柔的区别。将风骨对力的标举拘囿在阳刚一类中,显然是不符合我国文章写作的历史实际的。

其四，从刘勰的系统论述来看。刘勰是我国风骨理论的创建者，也是我国风格理论的创建者。要想从系统理论的根源处弄清风骨论的价值倾向问题，我们最终还得从刘勰的原著中寻找依据。

刘勰的有关论述，可以概括为以下方面。

一是对宇宙形态的基本结构的认识

刘勰对美的形态的认识，是建立在宇宙运动的基本模式的基础上的。这一基本模式，就是"阴阳合德"。在《原道》篇中，他对此做出了开宗明义的表述：

> 文之为德也大矣，与天地并生者何哉？夫玄黄色杂，方圆体分；日月叠璧，以垂丽天之象；山川焕绮，以铺理地之形：此盖道之文也。

刘勰将宇宙中的万事万物，都置于对立统一的总范畴之中。天与地相对，玄与黄相对，方与圆相对，日与月相对，无一不具有"阴阳合德"的属性。在"阴阳合德"的范畴中，只有相反相成的结构关系，没有孰优孰劣的价值关系。这就是他对宇宙运动中的诸多形态进行评价的总依据，也是他对美学运动中的诸多形态进行评价的总依据。

二是对美学形态的基本结构的认识

刘勰认为，美作为道的感性显现，是一个普遍性的范畴，普遍属于天下的万事万物。它们的形态，也必然是各式各样的。

> 傍及万品，动植皆文：龙凤以藻绘呈瑞，虎豹以炳蔚凝姿；云霞雕色，有逾画工之妙；草木贲华，无待锦匠之奇。夫岂外饰，盖自然耳。至于林籁结响，调如竽瑟；泉石激韵，和若球锽：故形立则章成矣，声发则文生矣。

就像宇宙结构中的"阴阳合德"的属性一样，美学形态的基本结构同样是如此。刘勰所展示的美学生态世界无疑是五色斑斓的，但作为基本色调来说，只有两种类型：一种是以龙、虎、豹等作为代表的阳刚美，一种是以凤、云霞、草木贲华、林籁结响、泉石激韵等作为代表的阴柔美。他对这些美的生态所做的陈述，是并列式的，客观性的，没有任何价值上的倾向性和诱导性。他所表现出来的是一种对美的形态的一视同仁的兼容并重,而不是一种厚此薄彼的轻重褒贬。

这种一视同仁的态度,更直接地表现在他对刚柔关系的逻辑定位上。刘勰认为,刚与柔的关系,是一种矛盾的对立与统一的关系。刘勰所说的"壮与轻乖",就是对这一关系的明确表述。"壮"属于阳刚的范畴,轻属于阴柔的范畴,"壮与轻乖"也就是"刚与柔乖"。这一明确的表述,也就是对二者的逻辑关系的明确认定:二者之间的关系,是一种相反相成的结构关系,而绝不是一种孰优孰劣的价值关系。

这种一视同仁的兼容,也鲜明地表现在他对"刚柔"的一体化的称谓上。如"风趣刚柔"、"气有刚柔"(《体性》),"刚柔以立本"(《熔裁》),"势有刚柔"、"刚柔虽殊"(《定势》),等等。"刚柔"同位,组成并列词组,了无轻重,没有任何价值上的倾斜。在《定势》中,他还将自己的这种一视同仁的态度做出了特别的强调:"文之任势,势有刚柔,不必壮言慷慨,乃称势也。"

这种一视同仁的兼容并重,还宏观地表现在他对整个风格世界的动态性视野上。刘勰认为,风格世界是一个动态性的世界,是一个"八体虽殊,而会通合数"的世界。这一普遍规律,也是对刚柔关系的理论概括。刚与柔既然是一种"会通合数"的关系,也就必然是一种互相依从、共相为济的关系,而绝不是一种重此轻彼的关系:"奇正虽反,必兼解以俱通;刚柔虽殊,必随时而适用。"在"兼解以俱通"、"随时而适用"的关系场中,一切存在都是互动的,共相为济的,它的价值决定于合力运动的结果,而不是它的某一个方面。执著于某一个方面,必然如刘勰所说的:"兼通之理偏,似夏人之争弓矢,执一不可以独射也。"违反了"阴阳合德"的美学规律,一切轻重厚薄,都会失去意义。

三是对风骨中的美学追求的核心性阐释

对风骨中的美学追求的具有决定性意义的解读依据,是刘勰本人对这一美学追求的具体内涵进行集中阐释时所凭借的语言结构。要对风骨中的价值倾向进行审定,最后必须凭借刘勰对此所进行的表述中所使用的语言结构,特别是其中的关键性词语。众所周知,真理总是具体的,而具体之所以成为具体,通常都表现为综合,表现为过程,表现为质的规定性。这些关键性的词语,就是质的规定性的确切显示。

刘勰对风骨采中的美学追求的质的规定性,集中表现在"风清骨峻,遍体光华"这一具有总结性意义的语言结构中。它清晰地告诉我们："清"是对"风"的美学追求的质的规定性，"峻"是对"骨"的美学追求的质的规定性，"遍体光华"是对"采"的美学追求的质的规定性。由于"采"具有从属的属性，而且在后面的《辞采论》中会有详尽的论述，此处单就"清"与"峻"两个核心词语，进行全息性的审读。

何谓"清"？"清"的本义为水清。《说文》："清，朗也，澄水之貌。"《释名》："清，青也，去浊远秽，色如青也。"《孟子》："沧浪之水清兮。"《诗经·魏风》："河水清且涟猗。"引申为"直"。《书·尧典》："直哉惟清。""直"，也就是"正"。《说文》："直，正见也。"《博雅》："直，正也。"《玉篇》："不曲也。"《易·坤卦》："直，其正也。"《书·洪范》："天道正直。"又引申为"明"。《诗·鄘风》："子之清扬。"注："视清明曰清。""明"，就是"遍照天下，无幽不烛"的意思。《易传系辞》："日月相推，而明生焉。"疏曰："日月中时，遍照天下，无幽不烛，故曰明。"又引申为品格的纯洁高尚。《楚辞·离骚》："伏清白以死直兮。"《楚辞·渔父》："举世皆浊我独清，众人皆醉我独醒。"

不管就其本义或者引申义来说，"清"作为"浊"的对立面，是一个具有鲜明的价值追求和价值评价意义的词语。"清"作为一种价值评价，是指人的才性、气质和品格中的纯洁、高远、崇高的方面，"浊"作为一种价值评价，是指人的才性、气质、品格中的卑污、鄙俗、低下的方面。汉魏时，人们常用"清浊"来品评人物。王充《论衡·本性》云："孟子相人以眸子焉，心清而眸子瞭，心浊而眸子眊。人生目辄眊瞭，眊瞭禀之于天，不同气也。"从中可以看出，所谓"清"，是对人的个性、气质、才能中的正性方面的推举，所谓"浊"，是对人的个性、气质、才能中的负性方面的批判。曹丕《典论·论文》将"气"引入了美学的理论中，连并也将"清浊"引来作为对作家的精神特色和作品特色进行美学评价的基本依据。这一基本依据的美学意义，在当时的袁准所著的《才性论》中获得了明确的表述：

> 凡万物生于天地之间，有美有恶。物何以美？清气之所生也；物何故恶？浊气之所施也。

在《世说新语》中，用"清"这个词语对人的个性、气质和才能进行赞美的，比比皆是。在当时的流行语言中，"清"与"美"几乎成了同义词，用来作为对人的美好、优秀、卓越的个性、气质、才能的肯定和标举。这种肯定和标举，几乎具有最高级别的价值评价意义。

将"清"作为价值依据引入风骨论中的学者是刘勰。何谓"风清"？"风"是蕴涵在感情中的美学感染力。"清"就是对这种美学感染力的特定的"质的规定性"，也就是对"情"的品格的"质的规定性"。它要求作品中的"情"，必须是具有正面的价值意义的情，也就是具有纯正、高远等优秀的内在质量的情。刘勰认为，表现在感情中的这种纯正、高远的美学追求，正是风清的真谛和价值依据，也就是"风力遒"的真谛和价值依据。对此，他举出了司马相如的《大人赋》作为例证：

相如赋仙，气号凌云，蔚为辞宗，乃其风力遒也。

相如赋仙的"风力遒"，到底"遒"在哪里？就在于它的凌云之气，也就是它在情思上的纯正高远，在气象上的卓越不凡，昂扬向上。黄侃对此做出了一针见血的阐释："相如赋仙二句，此赞其命意之高。"[1]"命意之高"者，命意之清也。命意之清，是风力遒的决定性的根由。"意气峻爽，则文风清焉。"表现于《大人赋》的诚然是阳刚之气，但更深层次的根由还在于赋予这种阳刚之气以向上的精神意义的清气和正气。这就是此赋蔚为辞赋之首的原因。此老可谓深得刘勰之用心者矣。

"清"作为"风"的核心内涵和价值依据，是对风的美学感染力的内在的精神品格的要求，具而言之，也就是对情思的纯正高远的精神品格的要求。这一向上性的精神品格，就是"风力遒"的决定性依据。"清"作为人性向上的普遍性追求和一种具有普遍意义的美学追求，顺理成章是涵盖一切美学类型在内的，是兼及阳刚与阴柔的。只要立意高远纯正，气象昂扬向上，每一种类型的风格都可以进入"风力遒"的境界。"风力遒"的具体形态实际是多种多样的，绝非阳刚美的专利范围。曹丕的风格中具有明显的阴柔特色，照样表现出"梗概以多气"的美学特征。古文八大家的风格在阴阳刚柔上具有极大的区

---

① 黄侃：《文心雕龙札记》，上海古籍出版社 2000 年版，第 102 页。

别,韩、王、老苏是阳刚偏胜型,大苏、小苏、曾是刚柔兼济型,欧、柳是阴柔偏胜型,但是,就其"清"度来说,就其"风力遒"的劲度来说,是没有品级上的差别的。

由此可知,"清"作为风的"质的规定性",是对它的精神品格的标举,而不是偏重阳刚的标举。将"清"这种"质的规定性",视为倾斜于阳刚的规定性,认为唯有阳刚才能进入"风力遒"的境界,是一种明显的误读。

何谓"峻"?"骏"的本义是良马。《说文》:"骏,马之良材也。"《木兰辞》:"东市买骏马。"又通"俊",指杰出的才能。《管子·七发》:"收天下之豪杰,有天下之骏雄。"《史记·屈原贾生列传》:"诽骏疑杰兮,固庸态也。"又通峻。《诗·大雅》:"崧高维岳,骏极于天。"峻,高直挺拔。

综而观之,骏不管是于马,于人,于山岳,都是指一种杰出、高超的材性。表现在"骨"中,就是蕴涵在事义中的那种由于材料的挺拔性而生发的突出的美学感染力量。这种材料的挺拔性具体表现"结言"的端直方面:"结言端直,则文骨成焉。"

"端直"作为文骨的"质的规定性",具有名与实的双重内涵。所谓"实",是指它的内在的材料学内涵。表现在材料学中的"端直",就是事义与真理的一致性,以及事义与情思的一致性。这三者的一致性,通常都通过一个完整的逻辑结构体现出来。"结言端直",就是指由事义所组成的逻辑结构具有精当性的品格,能够准确无误地表现真理和准确无误地表现情思。所谓骨力,就是由事义所组成的逻辑结构的精当性所具有的震撼力量和驱动力量。所谓"名",是指它的外在的语言形态。表现在语言形态中的端直,就是语言与事义的一致性,以及语言和情思的一致性。这三者的一致性,通常都通过一个完整的语言结构表现出来。所谓骨力,从语言的角度说,也就是这一语言结构的精粹性所具有的震撼力量和驱动力量。"结言端直",就是语言表达上的恰如其分,适得其所,也就是刘勰所说的"捶字坚而难移,结响凝而不滞"的语言境界。

对此,刘勰举出了潘勖写的《策魏公九锡文》作为例证,并做出了肯定的评价:

　　昔潘勖锡魏,思摹经典,群才韬笔,乃其骨髓劲也。

锡魏的"骨髓峻"到底"峻"在哪里？刘勰说得很清楚："骏"就"骏"在它对经典著作的精心模仿上，具而言之，就是对《尚书》中的逻辑和语言的精心模仿上。由于这种模仿，使它在逻辑上和语言上具有了一种独特的震撼力量和驱动力量，这就是"群才韬笔"的根由。也就是黄侃所阐释的："潘勖锡魏，此赞其选辞之美。"如果对"选辞"做广义的理解，将对事义的选择和对逻辑形式的选择也包括在内，这一阐释无疑是极其精当的。

由此可知，"骏"作为骨的"质的规定性"，是对它的事义结构的精粹性和逻辑结构与语言结构的精当性的标举，而不是偏重阳刚的标举。

由此可知，骨的力量实际就是事义结构的精粹性和逻辑结构与语言结构的精当性所汇集而成的美学感染力量。对骨力的标举，实际就是对蕴涵在事义的名与实中的逻辑力量和语言力量的标举。这种美学感染力量属于逻辑学和语言学的普遍范畴，不具有对阴阳刚柔的倾向性。只要具有精粹的事义结构和精当的逻辑结构和语言结构，每一种风格的作品都可以进入"骨骏"的境界。古文八大家的作品，就是典型的范例。将"骏"这种"质的规定性"，视为倾斜于阳刚的规定性，认为唯有阳刚才能进入"骨髓骏"的境界，同样是一种明显的误读。

以上诸多方面，从各个不同角度，说明了同一的真理：风骨论的"重气之旨"的美学导向，是兼及阴阳的导向，而绝非偏重阳刚的导向。风骨论中的重气之旨，与折衷论中的中和之旨，是并行不悖而相互为济的：惟其中和，所以博大精深；惟其重气，所以蓬勃向上。这就是中华文化的真谛，也是中华美学理想的真谛和风格世界的美学导向的真谛。之所以花费如许口舌加以澄清者，是因为这一问题关系全局，不能不丝丝入扣。"有同于旧谈者，非雷同也，势自不可异也；有异乎前论者，非苟异也，理自不可同也。"岂好辩哉？不得已也。

第四节　刘勰关于培育健康风格的理论主张

风格是人的个性化的"成心"在文章中的"其异如面"的表现。由于"成心"在精神品位和美学品位上的差别，文章的美学特色也势必存在着清浊良莠的差别，而培育符合美学理想的健康风格的问题，也必然会成为风格理论中具有实践意义的重要内容。

在培育健康风格的问题上,刘勰发表了系统的理论主张。下面试就其基本要领作一简要阐述。

一、刘勰对风格培育的基本战略思想

刘勰认为,风格作为一种个性化的美学特色,是诸多因素的合力运动的结果。其中既有"情性所铄"的先天性因素,如才性与气质,也有"陶染所凝"的后天性因素,如学识和习染。对此,刘勰采取了一种辩证的态度:他从生命学的角度出发,承认人的先天禀赋是一种与生俱来的客观存在,认为"才由天资","才力居中,肇自血气";又从人的主体性和工程科学的实践性出发,承认后天的因素也可以对先天的因素产生重大的影响,标举"习亦凝真,功沿渐靡"。在两种角度折衷的基础上,他提出了自己鲜明的战略主张:一是"功以学成",一是"功在初化"。

所谓"功以学成",具有两个方面的内涵:一是重视后天因素的开发,而不单纯仰赖先天禀赋。"事义浅深,未闻乖其学;体式雅郑,鲜有反其习。"二者都是后天"陶染"的结果。二是将先天的禀赋,纳入后天的"陶染"中,实现二者的并重与俱进。这是因为,先天的禀赋从来都不是一次完成的,还需要一个继续发育的过程。这一继续发育的过程,就是它和后天因素互相结合的过程。以人的才能为例,才能固然来自先天的禀赋,但它的发展也离不开后天的锻炼和学习,所谓"因性以练才",所谓"将赡才力,务在博见",所谓"文章由学,能在天资","才自内发,学自外成",就是对先天、后天交相作用的理论标举。

将健康向上的风格的形成建立在"功以学成"的教育学基础上,无疑是一种极具远见也极具实效的战略决策。健康风格的形成固然和许多先天性的因素有关,但更多还是后天培育的结果。这就是我国历代文风始终沿着健康向上的方向奋进不已的一个重要原因。

所谓"功在初化",就是重视初始教育。刘勰认为,初始教育是一种具有染色效应的教育,必须极其慎重:"才由天资,学慎始习,斫梓染丝,功在初化,器成采定,难以翻移。"惟其如此,儿童学习写作,要以那些具有典范意义并与情性相近的作品为楷模:"摹体以定习,因性以练才。"只有先掌握了根本,才能掌握枝叶,那么思路的运转自然圆通,就能将八种风格融为一体,形成自己独特的风格。

从儿童抓起,从对典范性和相近性作品的摹习抓起,从摹习中培育和锻炼健康风格的基因,为未来的参天大树的成长先打好坚实的基础,这一战略决策同样是富有远见的,卓有成效的,也是影响深远的。古代的《唐诗三百首》,成为一代代儿童学习文学风格的基础教材,就是这一"功在初化"的历史见证。

二、培育风格的具体途径

风格作为文章独创性的突出表现,主要是在后天环境中形成的,是后天培育的结果。将风格形成的多维过程纳入一个自觉的培育过程之中,是刘勰的一大创举。他不仅提出了"功以学成"与"功在初化"的战略思想,而且对培育风格的具体途径问题,提出了自己明确的战略思路。这一战略思路,就是针对风格的构成要素"才、气、学、习"四个方面,进行系统性的培育。其具体内容和具体途径,可以概括为以下方面。

(一)养气

从风格的构成要素在风格中的功能地位来说,"才为盟主",无疑拥有第一的位置。但从发生学的角度来看,"才力居中,肇自血气","气"是才力之原,在风格的形成中,具有领先性的地位。作为对风格培育途径的概括,还得先从养气说起。

气具有双重的内涵:一是元气之气,一是气质之气。前者属于哲理学、伦理学和生命科学的宏观范畴,以清正与浩然相标举。刘勰《风骨》篇和《养气》篇中所标举的"气",属于这种"元气"的宏观范畴。这种具有生命活力和精神活力内涵的气,以清纯的境界为指归,主要靠修养而得。后者属于个性心理学的微观范畴,以血气中的刚性与柔性相区分。刘勰在《体性》篇中所说的"气有刚柔","风趣刚柔,宁或改其气",就属于这种"气质"之气的微观范畴。"气质"是人的相对稳定的心理动力特征。人的心理活动的特点,主要表现在以下几个方面:心理过程的速度和稳定性,如感知觉的速度、思考的快慢、注意力集中时间的长短;心理的速率和节奏;心理过程的强度;心理过程的倾向性,等等。这些特点,都是与生俱来的,"不可力强而致","虽父兄不得以传子弟"。刘勰所说的"气有刚柔"之"气",是指作家气质之"气",而"素气资养"的气,是指具有美学理想意义的"重气之旨"的"气"。这两重内涵,一著之于道德理想和美学理想,一著之于个人禀赋,二者既互相区别,又互相作用。必须细加辨析,不可混淆。

养气,就是对自然元气的培育,也就是对健康的精神素质的培育,这种精神素质,实际属于精神境界的范畴。气之所以要养,是因为人的精神素质存在清浊良莠的品位差别,"养气",就是对具有向上追求的清气和正气的升举,也就是刘勰所说的"素气资养"。养气对于风格培育的意义,就在于它从生命运动的动力原和美学理想的总高度,给作者的创作个性注入具有方向意义和动力意义的弥满的真气,这种真气就是作家培育健康风格的具有决定意义的精神依据和美学依据,也是作家的最高追求,是作家在创作上走向成功的决定性的关键。

养气的要务,就在于蓄志。"神居胸臆,志气统其关键。"气是生命活力的总汇集,志是生命运动的总方向,二者交相作用,而气,总是在志的统率下运行的,因此,对于养气来说,蓄志又具有领先性的作用。这就是苏轼所昭示的:"志一气自随,养之塞天地。"

志也有清浊良莠的品位差别。具有培育意义的志,不是一般的志,而是具有清正内涵的志。对此,诸葛亮在《戒外甥书》中做出了明确的表述:"志当存高远。"志向高远,气势自然情正浩盛,风格自然健康,符合"风清骨峻"的美学理想。

蓄志养气的问题,在本质上是一个人格实践的问题。人格实践表现在两个方面:一是自己的生命实践,二是学习别人的生命实践。刘勰所说的"程器"的问题,就是作家的生命实践的问题。刘勰所说的"征圣"、"宗经"的问题以及"摹体以定习"的问题,其核心内涵也就是向前人的具有楷模意义的生命实践和相应的写作实践进行学习的问题。前者是一个直接修养的过程,后者是一个间接修养的过程,对于健康风格的形成来说,都是不可或缺的。

志气修养的最高境界,就在一个"清"字。"清"就是刘勰所说的"水停以鉴,火静而朗"的无往勿届、无幽不烛的境界。表现在作品中,就是"风清骨峻"的境界。"清"是气的极致,也是养气的极致,是万古诗人追求的目标,也是一个作家终身追求的目标。元好问诗云:"自古诗人呕肺肝,乾坤清气得来难。诗中也有长沙帖,莫作宣和阁本看。"就是对这种追求的形象展示,可谓知气知养者矣。

元气修养对于风格培育的意义是在美学理想的指导和熏陶方面,而不是直接体现在对风格类型的制约方面。对风格具有直接制约意义的"气",是"刚柔之气",也就是气质之气。"风趣刚柔,宁或改其气?"作者气质上的刚与柔,是作品中的美学趣味的刚与柔的心理根由。它源于一种"不可力强而致"的稳定性的个性心理特征,这种心理特征只有结构的差别而没有良莠优劣的品位差别,后天的因素可以对它进行适应而不能对它的稳定性的心理结构进行改变。对此,刘勰提出了"率志委和"、"优柔适会"的对策。这一以"适性"为前提的对策,并不是对"功以学成"的背反,而是将"学"与"习"放在"适性"的基础上进行,使其更加全面,更具成效。具而言之,"摹体以定习"的"体",绝不是一般意义的"体",而必须是性之所近的"体","因性以练才"的"才",绝不是一般意义的"才",而必须是性之所近之"才"。不管是"摹"还是"练",都是在"适性"的基础上进行的。惟其如此,才能使作者的心理特征得到充分的发育,使他的创作个性获得更多的自由空间。这对于创作个性的茁壮成长,是极有裨益的。

(二)富才

"才力居中。"才力在创作的过程中,具有核心性的地位。要培育健康的风格,必须对创作才能的培育,给予特别的重视。

"辞理庸俊,莫能翻其才。"才力表现在创作的过程中,主要是文辞和思理的高下。由于禀赋的不同,人在思维运作和语言运作中的速度、力度和精度上各不相同,有的人聪明睿智,有的人迟钝迁缓,表现出杰出和平庸的品级差别。但是这种差别不是绝对的,因为对人的才力具有制约作用的因素,除了先天禀赋之外,还有后天的学习和实践,勤可以补拙,学可以养才,具有极大的能动性。因此,要想获得卓越的自由创造的能力,必须在才能的培育上下足工夫。

"才之能通,必资晓术。"杰出的自由创造能力来自杰出的方法。要想获得杰出的自由创造能力,必须掌握自由创造的方法和技巧。这一方法和技巧,只能来自对规律的确切把握。"若非圆鉴区域,大判条例,岂能控引情源,制胜文苑哉?"而对规律的确切把握,主要是在学习知识的过程中实现的。关于写作的基本规律,刘勰通过自己的系统理论,已经做出了详尽的阐述。但是,这些阐述只是对于大法的标举,而不是对于定法的标举。要想形成卓越的自由创造能力,实际是只有大法而没有定法的。掌握规律,是自由创造的前提,而灵活应用,才是自由创造的真谛。这就是刘勰所昭示的:"凭情以会通,负气以适变","望今制奇,参古定法","循体而成势,随变而立功"。掌握了这个通与变的道理,才能进入"骋无穷之路,饮不竭之泉"的境界。否则,即使方法再多,也只能是"庭间之回骤",而与"万里之逸步"无缘了。

"才"是一个广阔的范畴。对术的精通,关键还在于实践。一是写作实践,一是社会实践,都是富才的渠道。刘勰所倡导的"宗经"、"征圣"、"辨骚"、"摹体",实际就是对名家名作的成功的创作实践的标举,也是对名家名作成功的写作实践成果对于后人写作实践的楷模意义的标举。刘勰所倡导的"程器",实际就是对人的社会实践的富才作用的标举,也是对优秀作家的成功的社会实践对后人富才的楷模作用的标举。以前人的成功实践为师,以自己的反复实践为用,这是一条历代相传的富才之路。历史实践证明,这确实是一条通向自由创造的成功之路。

（三）博学

"事义浅深,未闻乖其学。"学识的浅深,决定着事义的浅深,进而决定着思想和感情的浅深。因此,要想获得自由创造的能力,必须具有渊博的学识。渊博学识的获得,就在于学习。

渊博的学识对于培育健康风格的意义,就在于才与学存在着密不可分的关系。"文章由学,能在天资,才自内发,学以外成。"人的个性化的创作能力的成长过程,从来都是和相应的思维能力和语言能力同步发生的。而思维能力与语言能力的扩展,又总是伴随着它们的表达对象的扩展而同步扩展的。知识,实际就是思维和语言表达的对象和内在依据,也就是刘勰在《事类》中所说的用来"征义"和"明理"的手段。"将赡才力,务在博见。"知识愈渊博,"征义"和"明理"的手段愈是精强,思维与语言的能力愈是强大。

扬雄的创作经历就是一个典型的例子。"夫以子云之才,而自奏不学,及观书石室,乃成鸿才。"刘勰由此绅绎出一条普遍规律:"才为盟主,学为辅佐,主佐合一,文采必霸,才学褊狭,虽美少功……表里相资,古今一也。"

（四）定习

"习有雅郑",美学的习染是文章风格的构成要素,也是培育作者自由创造能力,形成自己的独特风格的重要途径。

美学的习染存在着雅与郑的品位差别。何谓雅?"雅者,正也。"(《毛诗序》)《史记·三王世家》:"文章尔雅。"诸葛亮《出师表》:"察纳雅言。"又指品德高尚、美好。《荀子·荣辱》:"君子安雅。"注云:"正而有美德者曰雅。"王勃《滕王阁序》:"都督阎公之雅望"。雅表现在文章风格中,就是它的美学趣味的纯正高尚、合乎规范的属性。何谓"郑"?"郑"指与"雅"乐相悖的淫靡之声。表现在文章风格中,就是它的美学趣味的庸俗、低下的属性。

刘勰认为,要想培育健康的风格,必须培育一种健康的美学趣味。这种健康的美学趣味,就是涵蕴在六经中的那种清纯高雅的美学风范。刘勰主张"宗经",主张以经为"范",实际就是对这种高雅纯正的美学风范的标举,和对庸俗邪僻的美学趣味的拒绝。因此,培育健康的风格,必须以经作为范式。

所谓"定习",就是形成坚定不移的高雅纯正的趣味倾向。具体方法,就是"摹体以定习"。"摹体",就是摹写高雅纯正的典范性文体,也就是刘勰所说的"童子雕琢,必先雅制"。之所以要以典范性的文体作为范式,不仅是由于"圣文之雅丽,固衔华而佩实者也"的卓越的美学品格所决定的,也是由于它们"群言之祖"的历史地位所决定的:"故论、说、辞、序,则《易》统其首;诏、策、章、奏,则《书》发其源;赋、颂、歌、赞,则《诗》立其本;铭、诔、箴、祝,则《礼》总其端;纪、传、盟、檄,则《春秋》为根:并穷高以树表,极远以启疆,所以百家腾跃,终入环内者也。"掌握了这些典范性的体式,在风貌的选择上才有正确的导向,在美学趣味的取向上才有历史的依据,才不会迷失方向。

以雅制为范,并不等于拘囿于六经的固定模式之中而拒绝创新,恰恰相反,继承正是创新的必要前提。正与奇是对立的统一,没有正的凭借,奇就失去了依据;没有奇的发展,正就失去了意义。正确的做法,就是"执正以驭奇",使二者都能各得其所。屈原的《楚辞》,就是正与奇统一的结果,是"执正以驭奇"的范例。在刘勰的风格理论乃至他的全部理论中,从来没有拒绝创新的论见。《文心雕龙》最根本的指导思想就是"道",道就是一种新新不已的运动态势,在这种"新新之谓易"的思想场中,是容不下半点儿保守的东西的。诚然,刘勰在批判宋齐讹风时指责过一些"风末气衰"的讹浅怪异的现象,其中也包括"新"与"奇"在内,但是,刘勰所否定的"奇",是"似难而实无它术,反正而已"的"奇",而不是"执正以驭奇"的"奇"。刘勰所排斥的"新",是"讹而新"的"新",不是"日新其业"的"新"。诚然,刘勰在"矫讹翻浅"中提出过"宗经"的主张,但刘勰所说的"宗经",是美学意义的,不是伦理意义的,也不是政治意义的,他所说的"禀经以为式,酌雅以富言",实际是对六经在体式和风貌上的规范意义的标举;他所说的"六义",实际是对体现在经典著作中的具有普遍意义的美学规范的概括。对此,他在《宗经》、《辨骚》与《通变》中已经做出了明确的表述。某些学者将刘勰这些旨在培育健康风格和发展创新能力的论见,贴上"保守"和"复活古典主义"的标签,实际是一种严重的误读。在这里做出某种澄清,是为了"有益后生之虑",想不会造成冒犯。

第五节　刘勰风格论的历史地位和世界地位

刘勰风格论不仅是中国风格论中的一朵奇葩,也是世界风格论中的一支绝唱。它的"为世楷式"的历史地位和世界地位,表现在以下两个方面。

一、刘勰风格论的历史意义

刘勰的风格论,是我国古代风格论的最高综合与系统升华,也是中国特色风格理论的完整代表。我国风格理论的自觉化、系统化和成熟化,以刘勰的风格理论为具体标志。刘勰风格论的历史意义,可以概括如下。

(一)对风格论范畴地位的确定

从先秦开始,我国就已经萌发了关于"体"的概念,也萌发了关于"才性"的概念,但是,这两个概念之间建立内在联系的过程,却是相当漫长的。由于儒家伦理观念的制约,我国的社会本位的心性意识发展得相当迅速,而个性化的心性意识却受到极大的压抑而长期徘徊不前。人们对心理形态的认识和语言形态的认识,长期停留在伦理教化的层面,以圣人之心为心,以圣人之言为言,不敢逾越雷池半步。文章风貌中的社会因素和个性因素,长期混淆杂糅,没有确切的指向。

这种混淆不清的理论状况,魏晋时期才得到了较大的改变。在黄巾起义的冲击下,大一统的东汉帝国崩溃,儒家名教在社会思想中的绝对权威随之瓦解。在这种开放性的思想环境中,风格意识获得了突破性发展。曹丕的《典论·论文》,就是这一质的飞跃的前期标志。他的以气论文的主张,实际就是以个性论文的滥觞。但是由于时代的制约,他对"气"的认识还是相当朦胧的,"气"作为个性心理的形态还不十分鲜明,远不能形成完整的系统理论。

在我国历史上,第一个从系统理论的高度,跨越历史的灰区,赋予风格概念以确切的学术内涵和独立的范畴地位的学者,就是刘勰。他以《体性》和《定势》两大专章,对风格与体式的各自范畴,进行了深刻的辨析和确切的定位,以核心概念的准确性与鲜明性和系统机制的全面性与深刻性,对体式和风格这两个长期杂糅的概念,在意识形态领域中进行了科学的剥离。从此,风格才具有了确切的研究平台和独立的范畴地位。在一个纯化的研究平台和独立的学术范畴中,由于摆脱了事物之间非本质联系的干扰,事物内在的本质联系才得以鲜明而集中地表现出来,风格理论的集中开发和深度开发才成为可能。

(二)对风格系统理论的首创

刘勰不仅是"风格"(体性)范畴的首创者,也是我国历史上第一个赋予风格理论以系统品格的学者。他在风格系统理论上的开拓之功,具体表现在以下方面。

其一,在我国历史上,刘勰第一个将体与性置于"内外相符"的普遍性大范畴中,赋予它们以一体性品格。这种一体性品格,实际也就是对风格的本质属性的结构依据的质的规定性。从内容与形式的结合中去把握风格的本质,是刘勰的一大理论发明。这样,就从最根本的层面上,举重若轻地将二者融合成为一个有序化的整体。"体性"作为这个一体性整体的一体性称谓,实际就是对风格的本质属性和本质联系的总规定和总概括。正是由于有了这一总规定和总概括,人类从最近处观照风格和从最切处把握风格的本质和本质联系,才成为可能。

其二,在我国历史上,刘勰第一个对风格的系统构成进行了科学的解析和阐释。这一解析和阐释,由两个最基本的逻辑层面所构成:要素分析与组合分析。在要素分析中,他根据内在的逻辑关系,将风格拆分为体与性两大制约因素,又将这两大制约因素再离析为更小的结构要素:在"性"中离析出"才、气、学、习"四项要素,在"体"中离析出"辞理、风趣、事义、体式"四项要素,这些要素,就是风格借以生发的物质根由。但是,风格并非这些要素的算术堆积,而是它们的逻辑组合的产物。这种内在的逻辑联系,也在刘勰的组合分析中,得到了鲜明的显示:体是性的外在表现,性是体的内在蕴涵,而"成心",则是二者的总集合和总统率。刘勰以"成心"作为理论核心,以体与性作为逻辑依托,以内在的"才、气、学、习"和外在的"辞理、风趣、事义、体式"作为结构要素,以八体作为美学平台,以"折衷"与"风骨"作为审美导向,建立了一个全面、完整的风格理论体系。这一理论体系无论就理性开拓上的深度、广度和高度来说，或是就其内在联系的紧密度来说，都是前无古人后鲜来者的，至今没有任何一家别的理论可以超越。

其三，在我国历史上，刘勰第一个对风格世界进行了科学性的系统划分。他根据风格要素的多元性和联系方式的多样性，将风格世界划分为八体四反的系统组合。这一组合，具有极大的基础性和动态性，从对立统一的根本层面上，描绘着整个风格世界的运动态势，将波谲云诡的风格世界，融合成为一个无穷无尽的开放性的逻辑整体。以其无远勿届的逻辑辐射力量，赋予风格世界的系统运动以无限广阔的空间，也赋予作者的个性化的创造能力的表现与发展以无限广阔的空间。

其四，在我国历史上，刘勰第一个对风格世界的美学导向进行了鲜明的确定和标举。他明确认为，风格世界尽管波谲云诡，但就其根本的价值取向来说，却是受制于"道"的基本精神的。"道"的基本精神，就是中和与向上的精神。反映在文学的领域中，就是对"折衷"与"风骨"的追求。这一追求，也就是风格运动中的坚定不移的美学导向。所谓"风清骨峻，遍体光华"，所谓"藻耀而高翔，固文章之鸣凤"，就是对这一美学理想的集中概括，也是对风格世界的美学导向的集中标示。这一理想和导向，随着历史的发展已经成为中华文学的普遍性追求和永恒性的价值取向，有如一座永不熄灭的灯塔，指引着世世代代的远航。以它合规律性和合目的性的双重品格，体现着中华文学固有的美学特征，哺育着中华文学世代相传的和谐、向上的优良传统。

（三）对风格工程理论的首创

刘勰不仅是我国历史上理论风格学的首创者，也是风格工程学的首创者。他在风格工程科学上的开拓之功，集中表现在两个方面：一是对"功以学成"和"功在初化"的战略思维的创造性标举。由于这一理论标举，先天性的因素被科学地纳入了后天培育的自觉过程，培育健康向上的风格和文风的战略目标，才具有了坚实的逻辑依据。二是对具体工程程序的创造性策划。这一策划的依据，来自他对风格的构成要素及其组合关系的科学分析。由于这一工程策划，培育健康风格和文风的战略目标，才具有了切实可行的途径。我国的文章历史之所以能够成为风格缤纷、健康向上的历史，原因固然很多，其中最重要的一条就是对健康风格的自觉培育。刘勰就是这一理论的首创者和工程途径的先导者。

刘勰所创建的这一范畴定位、风格理论体系和工程理论体系,是我国中古风格研究的最高综合与总结,是中华风格理论的最高成就的集中代表,也是一代代健康文风的理论温床和实践导向。历代作家和文论家,无一不将它奉为圭臬,从中获取教益。如果没有这一阳光的照耀,我国历代文坛万紫千红,健康向上的辉煌事实,是不可想象的事情。

二、刘勰风格论的世界地位

风格论是《文心雕龙》系统理论的重要组成部分。《文心雕龙》所具有的"解析神质,包举洪纤,开源发流,为世楷式"的世界意义,同样是属于它的风格论的。刘勰风格论的世界性的文化品格,可以从以下几个方面的跨文化的历史比较中,集中地表现出来。

(一)东西方风格的范畴论比较

在西方,"风格"(Style)一词源于拉丁语 stilus,原指记笔记用的铁笔,后引申出比喻意义,表示"组成文字的一种特定方法"或"以文字装饰思想的一种特定方式"。① 由于这一偏重于形式的理解,在西方的词汇系统中,"风格"与"文体"必然共容于同一的概念之中,由此也必然产生以形式作为决定性依据对风格范畴进行定位的学术思路。

西方最早对风格进行范畴定位的学者是亚里士多德,他将风格置于语言形态的范畴,用语言的特色来说明风格。他在《修辞学》中说:"语言的准确性,是优良风格的基础。"②他在《诗学》中说:"风格的美在于明晰而不流于平淡。最明晰的风格是由普通字造成的,但平淡无奇,克勒俄丰和斯忒涅罗斯的诗风格即是如此。使用奇字,风格显得高雅而不平凡。所谓奇字,指借用字、隐喻字、衍体字以及其他一切不普通的字。但是如果有人专门使用这种字,他写出来的不是谜语,就是怪文诗⋯⋯这些字应混合使用,借用字、隐喻字、装饰字以及前面所说的其他种类的字,可以使风格不致流于平凡和平淡,普通字可以使风格显得明白清晰。"③亚氏的这一范畴定位,为西方文论界所普遍认同,

---

① 歌德等著:《文学风格论》,上海译文出版社 1982 年版,第 17 页。
② 亚里士多德:《修辞学》,见《西方文论选》上卷,上海译文出版社 1979 年版,第 91 页。
③ 亚里士多德:《诗学》,人民文学出版社 2002 年版,第 65 页。

由此形成了一条历代相传的西方特色的风格思路:偏重于从作品语言等外部特征来理解风格。德国 19 世纪文论家凯塞尔声称:"风格研究所理解和探求出来的事情就是语言手段作为一种态度的表现的功用。"①法国文艺理论家丹纳也持有同样的观点,他说:"实在说来,这(指文学的风格)是唯一看得见的元素,其他两个元素(指人物和遭遇事故)只是内容;风格把内容包裹起来,只有风格浮在面上。——一部书不过是一连串的句子,或是作者说的,或是作者叫人物说的;我们的眼睛和耳朵所能捕捉的只限于这些句子,凡是心领神会,在字里行间所能感受的更多的东西,也要靠这些句子做媒介。所以风格是第三个极重要的元素,风格的效果必须和其他元素的效果一致,才能给人一个强烈的总印象。"②这种偏重形式的风格理念,代表着西方风格理论的第一层次的发展水平。

西方的这一传统性的风格理念无疑有其正确的一面,但它的偏重形式而忽视内容的片面性,也是显而易见的。由于这种片面的理解,西方的风格理论长期不能和文体理论剥离而取得自己独立的范畴地位,而只能在二者的缠夹中踟蹰不前。为了走出这一理论的瓶颈,不少有识之士对此进行了理性的矫正。法国 19 世纪学者布封就是一个勇敢的开拓者。他在《论风格》中独标一格地提出"风格即人"的重要命题,明确认为:"只有意思能够构成风格的内容,至于词语的和谐,它只是风格的附件……字句的和谐不能构成风格的内容,也不能构成风格的笔调。"③德国学者施皮策也持有同样的观点。他说:"把一切在一位作家的风格方面所值得注意的事情都统一起来,并使它们同他的人格发生关系。"④这一风格理念的开拓性和片面性同样是显而易见的。重视风格中的内在因素和内容因素,这无疑是对传统风格观念的重大开拓,但它又忽视了风格中的外在因素和形式因素,又造成了新的片面性。这种偏重于内容和内在依据的风格理念,代表着西方风格理论的第二层次的发展水平。

人类对真理的认识,总是经历着否定与再否定的曲折过程,每一次的否定,都意味着认识上的一次飞跃。如此一步一步地接近真理。黑格尔在前面

---

① 凯塞尔:《语言的艺术作品》,上海译文出版社 1984 年版,第 393 页。
② 丹纳:《艺术哲学》,人民文学出版社 1996 年版,第 398 页。
③ 布封:《论风格》,《译文》1957 年第 9 期。
④ 凯瑟尔:《语言的艺术作品》,上海译文出版社 1984 年版,第 262—263 页。

两种论见的基础上,又做出了新的论断,将风格中的内在因素和外在因素,融合成为一个整体,从文学风格的外在表现与风格形成的内在根据的联系中来说明风格。他说:"风格一般指的是个别艺术家在表现方式和笔调曲折等方面完全见出他的人格的一些特征。"①这一论见赋予风格以内容和形式统一的内涵,使其具有更加深刻、更加全面的概括力量。这一风格理念和范畴定位代表着现代风格理论的最高成就,为现当代学者所普遍接受。19世纪西方文学理论界的代表人物威克纳格说:"我们说到风格,总是意味着通过特有标志,在外部表现中显示自身的内在特性。"②苏联著名文学理论家卢那察尔斯基说:"毫无疑问,'风格'一词就是作品的构思本身(也就是思想、形象)及其形式方面那些使一部作品和一些其他的作品相通的某种总和。"③波斯彼洛夫说:"风格是艺术作品的富有表现力的形象形式的特点,但它是这种形象形式在它的具体内容的结构细节和语言细节的直接美感的具体统一中表现出来的特点。"④这种内容与形式并重的风格理念,代表着西方风格理论的第三层次的发展水平。

　　和西方相较,我国风格意识的形成和成熟虽然同样走过相当漫长的历史征程,但在质的飞跃方面却比西方快捷许多。在我国的先秦时期,就已经萌发了文体的意识和个性的意识,并已经在这两个概念间建立起某种模糊的联系,为以后风格论的发展奠定了良好的基础。但是由于封建伦理的严重束缚,个性意识的发展受到了极大的压抑,蕴涵在文章形貌中的个性表现也受到极大的压抑,风格意识的发育在相当长的时间中踌躇不前。到了魏晋之际,由于名教的衰落,个性意识获得了极大的发展,作家和作品的关系受到了文坛的重视。在这种开放性的思想环境中,风格意识获得了突破性的发展。曹丕的《典论·论文》,就是这一质的飞跃的前期准备。而刘勰的"体性"理论,则是这一飞跃的最后完善与完成。

　　"体性"是刘勰对风格的特定称谓,也是他对风格范畴的深刻界定。所谓"才性异区,文辞繁诡","各师成心,其异如面",就是这一深刻界定的集中表述。这一界定的深刻性就在于,他将风格定位于体与性的统一范畴,也就是将

---

①　黑格尔:《美学》第1卷,人民文学出版社1997年版,第372页。
②　歌德等著:《文学风格论》,上海译文出版社1982年版,第17页。
③　《苏联作家论社会主义现实主义》,人民文学出版社1960年版,第52页。
④　波斯彼洛夫:《文学原理》,三联书店1985年版,第403页。

风格定位于内容与形式的统一范畴,内在依据和外在依据的统一范畴。而"成心",就是这一范畴的逻辑核心。由这一范畴所标示的认识对象、范围和途径,就是对风格本质的最切近、最全面的认识。和西方的风格意识的三个层次相较,它早已超越了亚里士多德偏重形式的认识层次,也早已超越了布封的偏重内容的认识层次,而早已超前性地进入了黑格尔的认识层次——主客观并重的认识层次。尽管时间差距1200年,但就认识的对象、范围和路径来说,就认识的深刻性和平衡性来说,二者是并无二致的。形成这一认识差距的原因不是别的,除了刘勰个人的天才之外,主要还在于东西方文化背景的差异。中华文化以人为本,在我国的认识系统中,人与文从来就是一个一体化的范畴,体与性的结合是顺理成章的事情,而在西方的概念系统中,主观和客观是一个两相分离的范畴,体与性的一体化是一个相当曲折的过程。这就不难理解,为什么在西方的意识形态领域中,风格范畴的独立性地位至今还没有完全解决的原因了。

(二)东西方风格的结构论比较

东西方对风格的不同理解,还鲜明地表现在对风格结构的不同解读上。

亚里士多德将风格定位于语言形态的范畴。他将语言形态划分为以下几种类型:奇字,普通字、借用字、隐喻字、装饰字。他认为,使用不同类型的字,就会形成不同类型的美学特色:或是清晰,或是平淡,或是高雅。

布封将风格定为"人"的范畴,强调人的主观因素对风格形成的决定性意义。这些主观因素,就是人的"全部智力机能"。他将"智力机能"大致划分为"想","感觉","表达","智慧","心灵","审美力"等几个方面。这就是他在谈到天才的作用时所说的:"风格必须有全部智力机能的配合与活动","所谓写得好,就是同时又想得好,又感觉得好,又表达得好,同时又有智慧,又有心灵,又有审美力。"①

西方第三层次的风格学,在结构分析上才出现了许多重大的拓展。

表现在内在因素的分析方面,主要有:其一,是黑格尔对"情致"的标举。黑格尔从作品的内容中绅绎"情致"的概念,明确认为"情致"是一种"使人的心情在最深刻处受到感动的普遍力量",是"艺术的中心和适当领域","对于

---

① 布封:《论风格》,见胡经之《西方文艺理论名著教程》上卷,北京大学出版社1986年版,第178页。

作品和对于观众来说,情致的表现都是效果的主要的来源。"①他所说的"情致",实际是在讲"情思",也就是饱含作家感情的思想。情思既表现了作家强烈的感情倾向,又表现了作家的思想倾向,所以它必然成为形成作品风格的强大内驱力量。其二,是英国作家柯勒律治对"思想力"的标举。他在《关于风格》中认为,真正伟大的风格必须具有"巨大的思想力"。② 这种"思想力",也就是西方普遍称谓的"识度"。歌德认为,"识度"的集中表现,就是把握知识和事物本性的深度和广度。他说:"风格奠基于最深刻的知识的原则上面,奠基在事物的本性上面。"③其三,是歌德对"格调"的标举。歌德认为,作家的人格和人格理想的格调,也是风格构成的重要因素。他说:"一个作家的风格是他的内心生活的准确标志","如果想写出雄伟的风格,他也首先就要有雄伟的人格。"④其四,是对气质心理学的深层开掘。现代心理科学运用实验的手段,明确地告诉人们:气质是个性形成的自然基础。对一个人来说,"反映的快慢,情绪的强弱,注意集中时间的长短和转移的难易,以及心理活动倾向于外部事物还是内心世界等等",都是"由个体先天的生理机能决定的","又会在环境因素的影响下发生变化的"。惟其如此,"气质可以影响和塑造人格,而人格维度又会影响个体气质"。⑤

　　表现在形式因素的分析方面,主要是传达方式研究的深化和细化。西方现代风格学将风格的形式因素,大致划分为以下几个方面:材料的选择与处理;结构的方式与方法;创作方法的选择与运用;语言运作的方式与方法。其中的每一个方面,都是一个作家的个性特征的特定表现。而语言,作为形式因素的总集合和总完成,在西方的风格理论中更是受到特别的重视。这就是泰勒所说的:"风格是人们运用语言的方式不同而具备的一种功能:它关系到词句的选择安排以及措辞的格式……它不落俗套,然而又是富有意义和充满表现力的。在人们使用的短语中,每个字的选择和变化都会影响在描述事物特

① 黑格尔:《美学》第 1 卷,商务印书馆 1982 年版,第 295—296 页。
② 歌德等著:《文学风格论》,上海译文出版社 1982 年版,第 36 页。
③ 歌德等著:《文学风格论》,上海译文出版社 1982 年版,第 4 页。
④ 《歌德谈话录》,人民文学出版社 1978 年版,第 39 页。
⑤ 简·斯特里劳:《气质心理学》,辽宁人民出版社 1987 年版,第 4,19 页。

征时的整个性质和协调。"①

通过比较可以知道,东西方对风格结构的理解上,既有相同之处,也有相异之处。相同之处就在于它们都重视内容和形式的一体性,都承认结构要素的多元性。但就概括的深度、广度和系统化程度来说,二者之间的差异是相当明显的。

其一,从概括的深度来说。刘勰对风格的内容与形式的双重概括,是一个具有严密的逻辑结构和完整的论证过程的概括。这一逻辑结构的核心,就是"成心","成心"就是作者表现在作品中的个性化的心理结构,所谓"各师成心,其异如面",就是对这一核心概念的逻辑概括和理论标举。黑格尔对风格的内容与形式的双重概括,是建立在布封所作的概括的基础上的。布封所认定的风格结构的核心,就是"人",所谓"风格即人",就是对这一核心概念的逻辑概括和理论标举。"成心"与"人",都是对风格范畴的逻辑核心的接近。但是,"人"是一个一般性的概念,内涵极其宽泛,人类的一切活动,都可以归入"人"的范畴。以"人"作为风格结构的逻辑核心无疑是正确的,但是由于范围太大,这种概括也是不够精密,不够具体,也不够鲜明的。它只能显示风格的一般意义的本质,而不能显示它的更加深刻的本质。而"成心",则是表现在人身上的一种特殊矛盾,是人表现在文章这一特定领域中的特定的心理现象和语言现象。"成心"的范畴是归属于"人"的范畴,是人的范畴中的三级范畴。众所周知,概念的层次愈低,它的外延就愈小,它的内涵就愈具体,愈确定,愈深邃。明确性就愈大,愈能切中要害。"成心"的范畴,是一个远比"人"更加具体、更加精密,更能逼近本质的范畴。它将对人的广泛关注,集中为对人的个性心理在文章中的特定表现的专门关注。由于范围的缩小和集中,对本质的开掘力度势必极大地强化,有如分母愈小,分数的数值愈大一样。

其二,就概括的广度和准度来说。西方对风格结构要素的理解,偏重于人的先天性禀赋方面。布封所说的"智力机能",就是专指人的先天素质而言的。西方风格构成论中所特别关注的"气质",也是属于先天禀赋的范畴。而关于后天因素的问题,西方学者一直很少涉及。刘勰将风格的内在因素划分为"才、气、学、习"四个方面,"才、气"属于先天性的范畴,"学、习"属于后天

① 泰勒:《理解文学要素》,四川大学出版社 1987 年版,第 107 页。

性的范畴。刘勰认为,二者的关系,既是"才为盟主,学为辅佐"的关系,又是"功以学成","习亦凝真"的关系。显然,刘勰的概括范围,远比西方广阔、全面。

再从外在结构的要素分析来说,西方突出的是"语言、题材、结构、创作方法",刘勰突出的是"辞理、风趣、事义、体式"。刘勰所说的"辞理",是语言方式、思维方式和结构方式的综合称谓,在思维方式中涉及了创作方法。刘勰所说的"事义",相当于西方所说的"题材"。这些,是东西方之所共重。应当承认,在创作方法的理解上,西方有比东方深刻的地方。但是,就形式因素内涵的丰富性程度来说,刘勰论见的覆盖面显然要比西方的广阔很多。"风趣"这一形态因素是刘勰之所独重而不具于西方。而就体式来说,西方关注的是体式本身的美学特征,刘勰关注的是作者选择体式时所表现出来的美学趣味的雅与俗的倾向性。显然,刘勰的理解要比西方的理解纯粹和确切很多。

其三,就概括的系统化程度来说。西方对风格要素的理解,是分散性的,零碎性的,随机性的,虽然论家众多,学派林立,都是点到便止,很少有学者进行过专门性和系统性的研究和概括。特别是对风格运动的系统机制,长期是西方的认识灰区。而刘勰所做的研究和概括,却是专门性和系统性的。他所写的《体性》,是世界上最早对风格进行系统研究的专章,也是世界上最有系统意义的风格专论。他对风格的构成要素、要素之间的系统联系,及其内在的工作原理,进行了条分缕析的研究和概括,使它们构成一个严密的逻辑整体。当前世界风格学界所研究的各个范畴和各项重要命题,无一不可以从中找到自己的理论依据。就其理论的透彻性、内在联系的紧密性和范畴的完整性来说,至今没有任何一家别的理论可以超越。

(三)东西方风格的划分论比较

东西方在风格世界的划分方面,也存在着可比性的广阔空间。

西方对文学体式的划分相当精细,也相当确定,而对风格世界的划分,长期都是非常朦胧,从未形成定见的。这和西方风格概念和体式概念的长期杂糅有关,在西方的概念系统中,风格,体式,美学导向,美学境界,长期混淆不清,争论不休,各有各的理解。例如关于"壮美"与"优美"的问题,"崇高"的问题,"文体风格"的问题,"悲剧性与喜剧性"的问题,等等,至今尚未形成明确的学术定位。但就西方学术的主流层面来说,大致是倾向于将"壮美"与

"优美"置于风格的范畴,将"崇高"置于美学境界的范畴,将"文体风格"、"悲剧性与喜剧性"置于体式的范畴。总的说来,西方在风格世界的划分上,从亚里士多德开始,一直是朦胧的,粗线条的。壮美与优美这两种美学类型的划分,实际也就是他们对风格世界进行划分的基础形态。严格说来,西方的风格意识,带有明显的初级属性,这种属性也从他们对风格世界的理解上表现出来。

而在刘勰的概念系统中,对风格世界的理解就要清晰和精细许多。刘勰以中国传统的"阴阳合德"的哲学作为理论依据,以我国历史上的诸多作家作品作为实践依据,将波谲云诡的风格世界,从逻辑结构上划分为两两相对的"八体",以对立统一的动态方式,对风格世界的无穷无尽的组合关系进行了逻辑性的概括。这一概括的意义就在于,它以确切的逻辑模式,鲜明地显示出风格世界的有序性和无穷性,为风格世界的无穷拓展,为多种风格的并存,也为广大读者个性化的创造才能的无尽发挥,提供了强大的理论支持。这一强大的理论支持,是西方风格理论所不具,而为刘勰的风格划分理论所独具的。

(四)东西方风格的导向论比较

西方的风格理论中,没有对导向的专门研究。

由于西方文化的自由主义属性,他们在理论的开拓上常常只作客观的阐述,不做方向上的引导。在西方的风格理论中,具有某种导向意义的论见,是公元1世纪时罗马学者郎吉弩斯的《论崇高》。他所说的"崇高",是指一种庄严雄伟、博大厚重的美学境界。这种境界,来自主观和客观两个方面。就客观来说,大自然中存在着崇高的事物,像尼罗河、多瑙河、莱茵河、大海洋、天上的星光、埃得纳火山等,它使人们感受到大自然的庄严雄伟,博大高超,崇高就存在于这些远比我们更加神圣的事物之中。就主观来说,人生来就有一种追求崇高事物的强烈愿望,而大自然的庄严雄伟、博大厚重的气象,更以潜移默化的方式,培育出人类所特有的向往崇高的审美理想和热爱崇高的审美心灵,培育出自由伟大的思想和激动的感情所构成的伟大的心灵。"崇高",就是这种外在的神圣和内在的神圣融合为一的结果。这种境界表现在人的身上,就是人的崇高的人格。表现在作品中,就是作品的崇高风格。郎吉弩斯认为,诗人必须先有伟大的人格,然后才有崇高的风格,崇高风格是伟大人格在作品中的反映。崇高风格由五个条件所构成:一是"庄严伟大的思想";二是"强烈而激动的情感";三是"运用藻饰的技巧";四是"高雅的措辞";五是"整个结构的堂皇卓越"。他认为,"崇高的思想"是具有决定意义的条件。

特别值得称道的是,郎吉弩斯对"崇高"不仅是作为一种特定的美学境界和特定的美学风格进行介绍,而且是作为一种审美理想进行了鲜明的标举。这种标举具体表现在,他将"崇高"纳入了作品的永恒性价值的范畴,认为"崇高"就是作品的永恒性价值的依据,是社会上对作品普遍认同的依据。他说:"一般讲来,凡是大家所永远喜爱的东西,就是崇高的真正榜样。当所有不同职业、习惯、理想、时代、语言的人们对于某一作品,大家看法完全相同的时候,这种不谋而合、异口同声的判断,使我们赞扬这一作品的信心,更加坚定而不可可动摇。"这种永恒而无远勿届的感染力量,就是崇高的辐射力量。显然,他所做出的阐述,绝不是对一般意义的美学境界与美学趣味的阐述,而是一种对具有普遍性和典范性的美学境界的强调和标举,实际也就是一种对最高的审美需要的追求。因此,也就必然具有审美理想和审美导向的特殊品格。这一点,已经为蒲柏在《批评论》中所特别指出,认为郎吉弩斯的崇高概念,"几乎成为古典主义的标准"。1878 年,著名德国作家卡尔·古茨柯在反对德国文学崇尚浮华风气时,就曾以郎吉弩斯的"崇高"理论作为武器。

但是,作为一种美学导向来说,郎吉弩斯的"崇高"理论中的不足之处,也是显而易见的。它的最大缺欠,就在于缺乏范畴的确定性和理论的系统性。"崇高"是一个相当混杂,也相当朦胧的概念。它既具有美学的内涵,又具有道德学的内涵,还具有某种原始宗教的神秘主义的内涵。而在美学的内涵中,既具有美学趣味的因素,也具有美学风格的因素,还具有美学体式的因素,这就使得它所涵蕴的美学理想的因素变得模糊不清。而在理论的表述上,它只做出了一般性的归纳和直断,而没有进行具体、严密的逻辑论证,结果留下了许多的朦胧区。后人对这些朦胧区进行了深层的开掘,但这些深层开掘的过程又常常是在各个不同的学术领域和学术视野中进行的,人人各是其是,始终没有从中得出一个具有导向意义的结论来。博克的研究将"崇高"归入物理学和带有宗教色彩的心理学的范畴,康德的研究将它归入"数学的崇高"和"力学的崇高"的范畴,车尔尼雪夫斯基的研究将它归入事物数量的纯物质范畴。而对它的范畴定位上,有的将它看成一种文体风格,有的将它看成自然事物的外部特征,有的将它看成是一种美学心理。结果只能从朦胧走向朦胧,距离它原来的"永恒性"的意旨越来越远,分析越来越精密,而范畴也越来越狭小,"旧时王谢堂前燕,飞入寻常百姓家",如今已经成为美学教程中一个与"悲剧"、"喜剧"、"滑稽"、"壮美"、"优美"并列的一般性的美学范畴,再也不具典范和导向的意义了。

郎吉弩斯的"崇高"论和刘勰的"风骨"论比较,二者有许多类似的地方:对力的崇尚和标举,对文学的永恒价值的追求,对蓬勃向上的美学境界的追求。但是,二者之间的差异也是很明显的。这些差异主要表现在以下几个方面。

其一。是导向的明确性程度。

"风骨"论具有确切的范畴定位。"情之含风,犹形之包气":"风"指情思中的美学感染力量。"辞之待骨,如体之树骸":"骨"指事义中的美学感染力量。二者都严格属于美学的范畴。"风骨"在美学范畴中的典范性和导向性地位,也被表述得相当明确:"风清骨峻,遍体光华","唯藻耀而高翔,固文章之鸣凤也。"一个"清"字,是对"风"的"质的规定性",一个"峻"字,是对"骨"的"质的规定性"。一个"唯"字,突出了这种境界在美学范畴中的地位的最高性和唯一性,一个"固"字,突出了这种境界的导向地位的确切不移的属性。"文章"是对这种美学境界借以显示的特定载体的表述,"鸣凤"是对这种具有典范意义的美学境界的形象性称谓。"风骨"作为文学价值的首要标准的地位,也得到了鲜明的强调:"能鉴斯要,可以定文;兹术或违,无务繁采。"每一个字的指向都极其明确,没有半点儿含混不清的地方,可以经受任何语言学和逻辑学的检验,具有变不确定性为确定性的力量。纵使千代之下,它的鲜明的指向和确切的内涵,不容许任何随意性的改易。而"崇高"论的范畴定位却要模糊很多。所谓"崇高",既可指外在的崇高,又可指内在的崇高,没有严格的规定,可以做多维性的解释。因此,它的范畴位置,必然是极不稳定的。而郎吉弩斯对"崇高"的导向地位的表述,也是很不鲜明和确切的,他所做的强调,淹没在关于"永恒性"的命题之中,而难以充分显示。随着时间的推移,"崇高"原有的概念内涵也就渐渐转移,原有的导向地位也就慢慢淡化了。

其二,是导向的全面性程度。

郎吉弩斯对"崇高"的概括,是建立在人与自然的对立和对抗的基础上的。所谓"崇高",实质就是大自然对人的威压和人对大自然威压的抗拒的自然现实和心理现实。由此形成的美学境界,必然是一种具有恐怖和激烈冲突的境界,而不是一种平衡与和谐的境界。这种境界,只能反映出矛盾的对立的一方面,而不能反映出矛盾的统一的一方面。由此形成的美学视野,也必然是倾斜性、随机性和局部性的。它只能反映出暴风雨来临时的情景,而不能反映出暴风雨过去之后的情景。大自然中诚然存在着暴风雨来临时的翻江倒海的情景,但更多还是暴风雨过去后的风和日丽的情景。因此,"崇高"作为一种美学境界来说,必定是特定性的,而绝不是普遍性的。作为一种美学理想来说,必然是不全面的,非全程性的。它可能适应于某个暴风骤雨的时代,而不可能适应于人类历史的全部行程。它在理论上,不可能具有隽永性和全面性的品格。这就是它在文艺复兴中昙花一现又随即淡化无痕的原因。

而刘勰对"风骨"的概括,则是建立在人与自然的兼容与和谐的基础上的。所谓"风骨",实质就是生命运动蓬勃向上的普遍动势在文章中的美学显现。由此形成的美学境界,必然是一种"阴阳合德"的和谐向上的境界。无论是阳刚还是阴柔,无论是主观还是客观,无一不包容于这一生命向上运动的总动势中,无一不包容于风骨这一总范畴中。它既可反映出暴风雨来临时倒海翻江的情景,又可反映出暴风雨过去后风和日丽的情景。这两种情景,实际都是人与自然的本质力量的感性显现。这种本质力量的感性显现,具有对一切健康向上的美学境界的概括力量。惟其如此,它必然具有规范性和隽永性的品格,成为美学境界中的普遍性的追求,犹如一座永恒的灯塔,标志着和引导着中古以来我国世世代代主流文学的发展方向。

其三,是导向的系统性程度。

郎吉弩斯的《论崇高》,原是作者写给朋友的一封书信,旨在表述对当时文风的个人感受,这些感受虽然在论题上比较集中,具有学术论文的某种规模,也不乏真理的点点闪光,但其中的许多概念都缺乏明确的义域,内在的逻辑联系很不紧密,不能凝聚成为一个明确而统一的真理。在论证程序上,大都运用比较和直断的方式而不重演绎,逻辑线索不够严密和清晰,具有相当明显的情境性色彩。作为导向来说,由于它缺乏一个强大的逻辑系统的支持,它必然是多目标的,零碎的,非系统化的。惟其如此,它的指向力量和切入历史进程的力量,也必定是极其有限的。

而刘勰的《风骨》,则是一篇纯粹的学术专论。它以中国哲学中的核心概念——"道"和中国美学中的核心概念——"气"作为最高依据,以美学和文学的基本规律为准绳,以文学的具体构成作为研究对象,对文学风格的理想境界进行了历史的和逻辑的双向研究,由此概括出一个合规律性的和合目的性的并具永恒意义的美学理想。这一美学理想,是中华文化的基本精神和中华美学的基本理念的总集中和总浓缩,在逻辑上具有"乘一总万"的统率力量。而就论证过程来说,作为一篇学术专论,它的每一个论证步骤都是严格合乎逻辑程序的:概念确切,判断鲜明,推理严密,首尾圆合,完全达到了他自己所要求的那种"心与理合,弥缝莫知其隙;辞共心密,敌人不知所乘"的理性境界,具有"穷于有数,追于无形,钻坚求通,钩深取极"的系统化的认识力量。由此所形成的导向,必然是旗帜鲜明、无隙可击的导向。惟其如此,它的指向力量和切入历史进程的力量,也必定是极其强大而无远勿届的。

(五)东西方风格论的实践品格的比较

西方风格论从亚里士多德到康德,都侧重理论的阐述,不做针对性和实务性的展开。而刘勰的风格论则除了透彻的理论论证之外,还具有远比西方鲜明的实践论色彩。这种实践论色彩,具体表现在以下两个方面。

一是对现实中的不正文风的战斗批判。刘勰的理论目标非常明确:"《周书》论辞,贵乎体要;尼父陈训,恶乎异端。辞训之异,宜体于要。于是搦笔和墨,乃始论文。"这是全书立言的宗旨,也是风格论立论的意旨。这一意旨本身,就是实践性的。表现在风格论中,就是他对当时种种讹浅文风的针锋相对的揭露和讨伐。立与破,是他的理论中的两大内容,也是他对理论进行阐述的两大方式。他以战斗的方式来建立他的理论,又以理论的方式来进行战斗,在理论与实践的结合中推动着二者的同步开拓。正是这一历史性的开拓,为大唐文学的激浊扬清和全面繁荣,准备好了良好的先期土壤。

二是提出了培育健康文风的具体战略和途径。刘勰批判讹风的目的,是为了建设健康文风。为此,他提出了"功以学成"和"功在初化"两大战略思路,以及根据风格的构成要素进行针对性培育的具体途径。这一战略和途径的深刻意义就在于,他将风格理论纳入了教育理论之中,赋予他的风格理论以"教程"的鲜明品格。这样,就从育人的高度,从根本上卓有成效地解决了风格运动中的激浊扬清的问题。这一创造性的思路和举措,是刘勰风格论所独具而为西方风格论所不具的。

如此等等,都是刘勰风格理论对世界风格理论的独特贡献。笔者在这里所做的客观比较,无非是通过比较理清自己的理论资源价值,借以"有益后生之虑"。这种"虑",具体表现在三个方面:一是从实事求是的角度尊重自己民族对世界所做的历史性贡献,借以建立民族的自尊心。二是明确自己文化资源的价值所在,以便更好地进行继承和开拓。三是在比较中促进交流,以便建立更加开放的共享和互补的渠道。尊重别人,首先要尊重自己。尊重自己,就是实事求是地对待自己,也实事求是地对待别人。想来不会造成误解。

第二十三章　雕龙镕会论

　　刘勰将文章视为雕龙的整体完成形态,并将这一整体形态视为多样性统一的结果。这就是他在《附会》中所昭示的:"篇统间关,情数稠叠。原始要终,疏条布叶;道味相附,悬绪自接。如乐之和,心声克协。"他明确指出,文章雕缛的系统化与整体化,是一件相当艰难复杂的事情,需要对内容与形式的各个构件进行精心组织,以实现其方方面面的严密与和谐。以此作为逻辑起点和理论支点,他构建了一整套相当完备的谋篇布局的理论体系。他的这一理论体系,共分三个工作层面:思维结构的整体化,材料结构的整体化,语言结构的整体化。这三个工作层面,自始至终都是相联而动、相并而行的,而文章,就是三者融合为一的结果。但是,就各个工作层面自身而言,又具有各自的专门内容,具有各自的理论品格和实践品格。为了论述的方便,刘勰将思想、材料的整体化的宏观和动态的层面,纳入"镕裁"的范畴中,将篇章整体化和语言整体化的微观和静态的层面,纳入"附会"与"章句"的范畴中,分别在《镕裁》《附会》与《章句》三个专章中进行了系统的论述。三个篇章虽然在角度上有所不同,实际都属于文章结构学的总范畴。从结构学的高度对文章的雕缛进行总体性的把握,是刘勰的一大历史性的理论创造和工程创造,由此开辟出了我国文章结构美学的全新范畴,影响极其深远。下面,试根据刘勰的有关论见,进行系统性的阐述,以就正于方家之前。

第一节　刘勰关于文章结构的系统机制的理论体认

　　结构是事物的组织方式。刘勰所说的"若筑室之须基构,裁衣之待缝缉"(《附会》),就是指文章的结构而言的。结构学的把握,是对事物的最深层次的整体性的把握。把文章置于结构学的平台上,来探讨它的整体化的内在工作原理,并对它的工程运作提出明确的美学要求,是文学自觉和文章自觉的重要标志和重要内容,而刘勰则是这一结构自觉的先导者和集大成者。他对文章结构理论的系统开拓,可以具体概括为以下几个方面。

一、刘勰对文章结构维度的重大开拓

先秦时期,我国就萌发了两分法的文章结构理念。孔子说:“质胜文则野,文胜质则史。文质彬彬,然后君子。”(《论语·雍也》)孔子对“质”与“文”的划分,从最普遍的意义上说,也就是对文章内容与形式的两个维度的划分,他所说的“文质彬彬”,也就是对文章的内容与形式两个维度的统一性的标举。这一重要的结构思想经过孔子奠定之后,成了我国美学和文章学的重要传统,为一代又一代的学者所继承。

但也毋庸讳言,孔子所提出的文章结构维度,在本质上是从属于伦理教化这一大认识场的。在独尊儒术的思想专制下,政治学的分析代替和掩盖了一切其他角度的分析,文章的内容和形式都只能效法于儒家经典而成为不能自由分析的东西,这就必然极大地限制了文章结构意识的深化。在整个两汉时期,文章结构学的领域始终没有取得明显的进展。

魏晋以后,由于儒家伦理思想的式微、道家自然思想的崛起以及佛家心性之学与因明之学的融入,社会的认识方法发生了极大的变化。表现在文章结构维度的领域中,就是三个明显的结构性飞跃:

一是对内容属性的体认,由对圣人之志的关注,向人人之情的关注的飞跃。前者由《尚书》的“诗言志”发其滥觞,后者以陆机的“诗缘情”露其端倪。由于这一认识上的飞跃,文章的内容才成为普属于人人的东西,由于普属于人人而成为可以自由表达和自由分析的东西。由于可以自由表达和自由分析,内容结构的神圣面纱才得以撩开,对它的内在的形成过程和结构原理的揭示才有可能成为理论上的现实。

二是对内容的关注角度,由政治学的角度,向美学与心理学的角度飞跃,美学分析与心理分析的方法,逐步取代了以儒家教条进行简单直断的方法。陆机《文赋》中所说的“玄览”、“耽思”、“心游”、“体物”、“应感之会”、“笼天地于形内,挫万物于笔端”,就是这一新的认识角度的具体运用。由于心理学

与美学的凭借,文章内容的空间结构才得以逐步显示出来。

三是对文章内容的生发过程的体认,由主体本位向客体本位飞跃。由于这一飞跃,人的主体存在与物的客体存在在思维的结构中受到了同等的重视,文章内容的发生学根由,得以逐渐地显示出来。陆机《文赋》云:

> 伫中区以玄览,颐情志于《典》《坟》。遵四时以叹逝,瞻万物而思纷;悲落叶于劲秋,喜柔条于芳春。心懔懔以怀霜,志眇眇而临云;叹世德之骏烈,诵先人之清芬;游文章之林府,嘉丽藻之彬彬。慨投篇而援笔,聊宣之乎斯文。

这是陆机对写作酝酿过程的描述,也是对文章内容的形成过程的描述。从描述中可以看出,构成文章内容的两个层面虽然没有得到明确的概括,但实际上已经隐隐地浮现了出来:内情与外物。文章的内容,就是二者融合为一的结果。他所说的"丽藻之彬彬",指的就是文章的形式。该文小序中所说的"恒患意不称物,辞不逮意",则是这种三维式的结构理念的更加浓缩的表述。

这样,就将对文章结构层面的宏观认识,进行了极大的扩充:由文与质的两维领域逐步进入了意(情)、物、辞的三维领域。这一重大的突破,由《文赋》发其端倪,而由《文心雕龙》集其大成,并对这一全新的认识领域进行了明确的理论概括,使它上升到系统理论的高度。刘勰关于文章的三维结构的理论概括,具体表现在他对"六义"、"三准"、"风骨采"等诸多重大理论问题的论述之中。这一系列的论述,无一不是以文章结构的三维性作为整体把握的逻辑依据的。

"六义"指经典作品在整体上所具有的六大楷模意义。刘勰云:

> 故文能宗经,体有六义:一则情深而不诡,二则风清而不杂,三则事信而不诞,四则义直而不回,五则体约而不芜,六则文丽而不淫。(《宗经》)

"体有六义"之"体",指文章的内容与形式融合为一所组成的整体,"六义"指"文能宗经"所具有的六大规范意义。这"六义"中所涉及的六个方面,实际也就是组成文章整体的六个层面。这六个层面,由于其内在的结构关系,又明显地区分为三个基本的范畴："情"与"风"是表与里的关系,同属于主体的范畴;"事"与"义"是具体与抽象的关系,同属于客体的范畴;"体"与"文"是体式与语言的关系,同属于载体的范畴。显然,刘勰所作的概括,已经是一种整体性的逻辑概括。由于这一概括,整体与部分之间的三维关系以及三个维向之间的逻辑关系,得以从更高的层面上清晰地显示出来。特别是,这一概括是以经为据的概括,更使它具有一种特别的典范意义。

"三准"是刘勰对文章的三维结构的更加直接、更加精密的理论表述。刘勰云:

> 凡思绪初发,辞采苦杂;心非权衡,势必轻重。是以草创鸿笔,先标三准:履端于始,则设情以位体;举正于中,则酌事以取类;归余于终,则撮辞以举要。(《镕裁》)

"三准",就是"草创鸿笔"时,为了解决"辞采苦杂"的问题对文章的"本体"所作的先行性的规范,也就是实现文章整体化的三项准则。这一准则的逻辑支点,就是对构成文章整体的结构层面的全方位把握。刘勰将这一结构层面明确地概括为"情"、"事"、"辞"三个方面:"情"指作者的内心,表现在文章中就是它的主旨;"事"指作者内心之所萦系与寄托,表现在文章中就是它的材料;"辞"指作者用以表达事义之言辞,表现在文章中就是它的辞采。这一表述,使得文章整体结构中的三维关系,在创作过程的平台上显示得更加确切,更加透彻。

"风骨采"是刘勰对文章创作的美学理想的完整的理论概括。这一完整的理论概括,同样是建立在三维结构的基础上的。"风"作为"化感之本源,志气之符契",是对情的美学感染力量的特定要求,属于主体的范畴。"骨"作为"体之树骸",是对事义在支撑情思上的强劲性的特定要求,属于客体的范畴。"采"作为声色的效应,是对语言的造型力量的特定要求,属于载体的范畴。

刘勰的这一三维式的文章结构理念,贯穿于《文心雕龙》的全书之中,是全书中一道特别亮丽的理论景观。《文心雕龙》中的许多关键性理论上的开拓,无一不是在这三维的框架下进行并取得成功的。表现在"神思"中,是:

故思理为妙,神与物游。神居胸臆,志气统其关键;物沿耳目,辞令管其枢机。(《神思》)

"神—物—辞"是"神思"范畴中的核心概念,是"神思"范畴的逻辑起点和理论基点。"神"是"情"、"心"的同义称谓,"物"是"事义"的同义称谓,"辞令"是"辞"的同义称谓。不管在称谓上有何变化,从最根本的层面来看,"主体—客体—载体"的三维关系,始终是没有什么变化的。

表现在"物色"中,是"情以物迁,辞以情发"的系统关系。这一系统关系的三个核心层面,是"情—物—辞",依然保持着一种"主体—客体—载体"的三维式的结构关系。

表现在"情采"中,是:

情者文之经,辞者理之纬:经正而后纬成,理定而后辞畅。

五情发而为辞章。(《情采》)

从表面上看,反映在"情采"中的维向结构关系,似乎只是一种简单的双边关系。实际上刘勰所说的"辞"与"情"中原本就已经隐含了物的因素。这是因为,"辞"作为一种表达符号,固然是事物之名的称谓,但也是对事物之实的称谓,而事物之名与实从来都是相统一而存在,相对立而发展的。"事"即"辞"中之实,"辞"即实中之名,二者义本一贯。而"情",就其发生过程和内容构造来说,原本就联系着并包含了"应物斯感"的物质因素。因此,尽管在表达方式上是一种双边式的表述,而在实际的维向上,原已将"情—事—辞"三个层面概括无遗。

刘勰这些系列的理论开拓,无一不是在三维的认识平台上进行和完成的。维度关系,是一种宏观层面的结构关系,它直接决定着对客观事物进行把握的广度和深度。由刘勰所系统建树并明确标举的这种三维结构的认识优势,具体表现在以下方面。

其一,赋予文章的内容以可分析性的品格。

在魏晋以前的相当长的历史时期中,文章的内容构造是不可分析的。这种封闭性来自两个方面。一方面,来自文章内容的神圣性。文章的内容被视为圣人意志的体现,对于圣人的意志,是只能原原本本照搬照办,而不能对它的内在结构进行自由探究的。另一方面,来自文章结构理念的封闭性。传统的二维模式,只能反映内容与形式的对立统一关系和形式绝对服从于内容的统属关系,而不具有对内容中的内在结构的剖析力量。这种对内容的结构进行深层剖析的力量,只能来自对它的结构要素的把握,而这,正是二维式之所不具而为三维式之所独具的。

三维式的这种深层剖析的力量,来自对内容的一分为二:主体与客体的分离。正是由于有了这一分离,心与物才能走出原来的混沌与朦胧而构成两个独立的范畴,主体与客体的自身属性才能成为透明的存在,而文章内容的发生过程及其内在的逻辑关系,才得以通过心与物的运动清晰地显示出来。刘勰所说的"人禀七情,应物斯感。感物吟志,莫非自然"(《明诗》),"才力居中,肇自血气"(《体性》),就是对内容的主体属性的明确体认。刘勰所说的"情以物迁","体物为妙,功在密附"(《物色》),就是对内容的客体属性的明确体认。刘勰所说的"思理为妙,神与物游"(《神思》),"物以貌求,心以理应"(《神思》),"山沓水匝,树杂云合。目即往还,心亦吐纳"(《物色》),就是对主体与客体两个方面的运动过程及其内在的逻辑关系的具体描述。文章的内容,就是这一具体的运动过程的具体的心理成果。这一复杂的认识过程,是严格建立在主与客两个层面的对立统一基础上的。如果没有二者的相分,也就没有这种对立统一关系的显示了。

其二,语言在文章运动中的作用的具体化和透明化。

由于心理过程的具体化和透明化,作为文章整体构成中的第三极的语言与其他两极间的结构关系,也走出了先前的混沌与朦胧而走向清晰,成为可以分析的主体存在和客体存在。

文章内容与语言形式的关系,首先表现在语言形式与文章内容中的主体因素的关系上,也就是言与心的关系上。从主体的角度对文章的内容进行体认,在我国发育得相当早,《左传·襄公二十三年》中所说的"志以发言"和《左传·昭公九年》中所说的"志以定言",就是这种体认的具体表现。到了汉代,扬雄在《法言》中将它表述得更加鲜明:"言,心声也。"但也毋庸讳言,这些论述,都是从伦理哲学的角度对政治生活中的种种经验所进行的理性归纳,并不是直接针对文章的内容结构的。

　　将言与心的关系的哲学思辨纳入文章内容结构的领域,系统地转化和深化为纯语言学与写作学的思辨,是刘勰的一大历史功绩。刘勰所说的"情动而言形,理发而文见","气以实志,志以定言,吐纳英华,莫非情性"(《体性》),就是对文章运动中言与心的关系的完整的理论概括。它从理论的高度,充分肯定了一个重要的理论现实:情志必然是语言的内在依据,语言必然是情志的外在表征。对此,刘勰在《宗经》中举出了孔子的文章作为典型的例证:"夫子文章,可得而闻,则圣人之情,见乎文辞矣。"这一重要的理论事实,就是我国传统语言学与写作学的最基本的理论基点。

　　文章内容与语言形式的关系,还表现在语言形式与文章内容中的客体因素的关系上,也就是言与物的关系上。

　　对言与物的关系的理论关注,萌发于战国后期荀子的名实之辨,而大盛于魏晋南北朝时期的"言—象—意"的逻辑关系之争。从最一般的意义来说,言与象的关系,也就是言与物的关系。对这一复杂的逻辑关系,当时的玄学家王弼表达出了相当深刻的见解。王弼认为:"夫象者,出意者也;言者,明象者也。尽意莫若象,尽象莫若言"。又说:"言生于象,故可寻言以观象;象生于意,故可寻象以观意"(《周易略例·明象》)。这样,就把"意—象—言"三者的关系揭示得非常清楚:"言"是"象"的载体,"象"是"意"的载体;"言"是表达"象"的工具,"象"是表达"意"的中介。根据这一认识机制,人们完全可以通过语言去把握物象,通过物象去把握事物的本质。

　　但是当他论证对事物最高本质的认识机制时,却掉进了唯心主义陷阱中,得出了一个和前面的正确认识互相矛盾的结论:"意以象尽,象以言著。故言者所以明象,得象而忘言;象者所以存意,得意而忘象。"(《周易略例·明象》)就是说,认识的对象与认识的工具与中介是有区别的,语言并不等于事物,事物并不等于本质。人们所要认识的,并非语言,也并非语言所表述的事物,而是事物的本质。这些见解,无疑是正确的,对于认识论的发展是具有启示意义的。但是,在注意到三者之间区别的同时,却又"跨越了小小的一步",使真理变成了谬误。王弼将三者之间的区别夸大到了绝对化的程度,只看到了它们之间的对立性而看不到它们之间的统一性,割裂了三者之间的内在联系,甚至认为"言"与"象"的中介是认识"意"的障碍,得出了"得意在忘象,得象在忘言"的荒谬结论。

　　欧阳建的《言尽意论》,是对王弼论见的修正。欧阳建认为,认识的对象是一个客观存在,客观存在的属性与规律是不以语言、概念、名称为转移的:"形不待名,而方圆已著;色不俟称,而黑白已彰。"客观对象发生了变化,名称与概念也会发生相应的变化:"名逐物而迁,言因理而变"。这些事例证明了一条颠扑不破的真理:客观事物及其属性与规律是第一性的,语言、概念、名称是第二性的。这一对认识对象的唯物主义的还原,为他解决言与物的关系问题,提供了坚实的逻辑起点与理论支点。

　　以此为据,欧阳建旗帜鲜明地肯定了言、名与物、理的关联性及统一性,主观与客观的一致性,以及逻辑认识的可靠性。明确认为:"理得于心,非言不畅;物定于彼,非言不辩"。主观的语言名称完全可以表达客观的认识对象,二者是辩证的统一:"犹声发响应,形存影附,不得相与为二矣。"因此,主体要认识客体,表达思想,可以依靠语言、概念、名称等认识手段,可以通过逻辑认识的途径。概而言之,世界并不神秘,它是可知的,是可以通过认识的手段进行认识的。

　　这两种论见,互相否定,又互相补充,从哲学的角度,推动着古代认识论的发展。

　　在我国历史上,第一个将这种哲学的思辨引入美学与写作学领域的学者,是晋代的陆机。他在《文赋》中所说的"恒患意不称物,辞不逮意",就是具体的例证。但是陆机只是从美学与写作学的角度提出了这一问题,而并没有从美学与写作学的角度解决这一问题。真正从理论上并进而从实践上成功地解决这一重大问题的学者,是刘勰。刘勰对言物关系的理论建树,具体表现在以下方面。

　　一是对语言作为事物的符号在思维中的枢机作用的体认。他说:"物沿耳目,而辞令管其枢机。"(《神思》)物是可以耳闻目睹的客观实在,但是这些客观实在要成为大脑中的思维材料,还必须转化为概念或者表象,而辞令则是对这些概念或者表象进行表达的符号。易而言之,思维只能在辞令的基础上进行,客观事物只有辞令化之后,才能成为思维的材料。惟其如此,辞令必然是客观事物进入大脑的门户。

　　二是对语言的表物功能的体认。刘勰认为,语言作为名与实的统一,它不仅是主体意识的反映,也是客观事物的反映,不仅具有表达思想的功能,也具有写气图貌的功能。他说："故巧言切状,如印之印泥,不加雕削,而曲写毫芥。故能瞻言而见貌,即字而知时也。"对此,他举出了《诗经》中的系列例证:"故'灼灼'状桃花之鲜,'依依'尽杨柳之貌,'杲杲'为日出之容,'漉漉'拟雨雪之状……并以少总多,情貌无遗矣。"(《物色》)

三是对语言的表物功能与表心功能的统一性的体认。刘勰对心物关系与言物关系的分别阐述,只是为了认识与阐述的方便。实际上,在文章创作的现实过程中,不管是心的运动还是物的运动,从来都是同步运行的:表心的过程离不开表物的过程,因为如果没有物的对象,心的活动就失去了依据;表物的过程也离不开表心的过程,因为如果没有心的依据,物的活动也就失去了方向和意义。文章的内容,就是心与物交融为一的心理成果,而语言,则是心与物的公共媒介。无论是心的运动或者物的运动,都必须在语言的基础上进行,而对心与物的交融为一的心理成果的录记,也同样是在语言的参与下完成的。刘勰所说的"写气图貌,既随物以宛转,属采附声,亦与心而徘徊"(《物色》),就是对这种三元互动关系的完整的理论概括,实质上也是对文章的整体性的结构学根由及其运动过程的完整的理论概括。

综上可知:正是"心、物、辞"三者的有机结合,将文章熔铸成为一个不可分割的整体。也正是由于三者的分离,使文章内在的组合关系,充分地显示了出来。显然,这种三维条件下的结构关系,就其视野的开阔性与概括的深刻性来说,就其走出二元对立的极端性而走向多元互动的灵活性与多样性来说,是远胜于二维条件下的结构关系的。

二、刘勰对文章结构的系统性的深刻见解

分析与综合,从来都是同步进行的。对构成文章的三个基本层面进行明确的结构性分离,赋予文章以可分性的品格,是刘勰的一大历史性功绩。对构成文章的三个层面进行结构性综合,赋予文章以系统性的品格,则是刘勰的另一个更加重大的历史性功绩。

刘勰对文章结构的系统性的深刻见解,具体表现在以下方面。

(一)刘勰对文章整体性的深刻见解

在先秦时期的哲学思辨中,人们已经认识到了内容和形式统一的普遍规律,但是,表现在文学与文章学的领域中,对这一普遍规律的体认却是相当朦

胧的。诚然,孔子曾经提出过"文质彬彬"的美学理想,标举内容与形式的统一,但是这种统一实际是一种伦理教化基础上的内容独重的统一,在这种倾斜性的统一中,形式在结构中的作用通常都是受到严重的忽视而难以表现出来的。惟其如此,对文章整体性的认识,也必定是十分朦胧的。

两汉时期,是我国文学形态意识与相应的文学整体意识逐步萌发的时期。而真正的文学自觉时期,则是魏晋南北朝时期。这一时期的文学自觉,是全方位的,它不仅表现在对文学(文章)内容的自觉上,也表现在对文学形式的自觉上。曹丕的"文以气为主"和陆机的"诗缘情而绮靡",就是前者的理论标志,他们对各种文体的美学特征的表述,则是后者的理论标志。这种内容与形式的自觉过程,实际也就是文学整体性的具体化和自觉化的过程。刘勰就是这一整体自觉在理论上的升华者。他对文学整体性的深刻体认,具体表现在以下方面。

1. 本体层面的整体性

本体层面的整体性,来自刘勰对世界一体化的总理念。刘勰认为,天地万物,都是道的自然运动的自然产物,原本就是一个整体。文章也不例外,无论是心的运动还是物的运动或是言的运动,从其发生学的总根由来说,无一不是天地之心的体现,无一不是道的自然运动的自然产物,而文的运动,就是三者总汇为一的结果。这就是刘勰所昭示的:"心生而言立,言立而文明,自然之道也。"(《原道》)由于道的自然运动是一个整体性的运动,反映在天地之心的文章中,也必然具有整体的属性。这一整体属性的最高表现,就是文与道的自然运动的一体性。也就是刘勰所说的:"道沿圣以垂文,圣因文而明道","文之所以鼓天下者,乃道之文也"(同上)。这种最高层面的一体性,就是文章自身的整体性的总体根由和总体保证。

2. 内容层面的整体性

文与道的一体性在文章内容中的反映,就是心与物的一体性。刘勰的《神思》与《物色》,就是从内容论的层面,对这种关系进行研究的专章。

刘勰认为,心与物的运动,是文章的整体性——内容与形式的统一性借以实现和表现的基本过程。这一基本过程,具有互动的属性:它既是一个"情以物兴"的过程,又是一个"物以情观"的过程,这两个不同层面的运动过程,实际自始至终都是交织在一起的。这一心物相接的结果,造成了物的心化和心的物化,最后都汇集为心与物的一体化。文章的内容,就是心物一体化的自然结果。

"表里必符。"(《体性》)内容形成的过程,同时也是形式形成的过程。情的运动、物的运动与辞的运动,从来都是相连而动,同步而生的。惟其如此,内容的一体化过程,必然同时也是形式的一体化过程;形式的一体化过程,必然同时也是内容的一体化过程。"夫岂外饰,盖自然耳。"(《原道》)文章的整体化,就是文章的内容与形式的自然融合的结果,也就是这两个密不可分的过程的自然融合的结果。亦即刘勰所昭示的:"情者文之经,辞者理之纬;经正而后纬成,理定而后辞畅:此立文之本源也。"(《情采》)

3. 形态层面的整体性

文本是文章内容与形式融合为一的最后定型。作为文章的存在方式,它既具有与内容相连而动的属性,又具有自己在形态上的整体属性。文章形态的整体性,具体表现在以下方面。

其一,是文章体式的整体性。

体式是文章的形态、结构、功能三者合一的综合范畴,它以明确的体制对各类文章的基本面貌进行量与质的严格规定,规范着写作的表达与接受的循轨运行。这种蕴涵在体式中的种种规定与规范,是一种整体性的驱动力量,贯穿于它的全部语言、结构和功能之中,赋予文章的形态以一种整体性的美学风貌和交际风貌。这就是刘勰所明确指出的:"是以模经为式者,自入典雅之懿;效《骚》命篇者,必归艳逸之华。"何者?"譬激水不漪,槁木无阴,自然之势也。"(《定势》)

其二,是文章语言的整体性。

文章中的语言不是一种松散性与随意性的存在,而是一种有着严密的层级关系和完整的组织结构的存在。就层级关系来说:"夫人之立言,因字而生句,积句而成章,积章而成篇。"(《章句》)各个层级之间,具有相倚相因的关系:"篇之彪炳,章无疵也;章之明靡,句无玷也;句之清英,字不妄也。"而篇作为字、辞、句、章的最高集合和最后完成,也必然是文章整体性的最高形态和完成形态。就其内在的组织结构关系来说,文章中的语言,是一个相连而动、相贯而行的网络:"句司数字,待相接以为用;章总一义,须意穷而成体。"(同上)这种语言的通贯,是在意义的通贯的统率下进行的,语言的通贯过程与意义的通贯过程,实际是一个同一性的过程。这就必然赋予文章的语言以一种全息性通贯的品格,在这一全息性的通贯中,将文章的语言熔铸成为一个有机的整体,也将文章的内容与语言熔铸成为一个有机的整体。这就是刘勰所昭示的:"章句在篇,如茧之抽绪,原始要终,体必鳞次。启行之辞,逆萌中篇之意,绝笔之言,追媵前句之旨;故能外文绮交,内义脉注,跗萼相衔,首尾一体。"(《章句》)

其三,是文章风格的整体性。

风格是作者的个性化的心理特征在文章风貌上的特定表现。这种个性化的心理特征,来自人的个性化的心理结构。刘勰将这种因人而异的稳定性的心理结构,称为"成心",认为这就是人的文章风貌各自相异的根由:"故辞理庸俊,莫能翻其才;风趣刚柔,宁或改其气;事义浅深,未闻乖其学;体式雅郑,鲜有反其习:各师成心,其异如面。"(《体性》)

"成心"作为"情性所铄,陶染所凝"的一种因人而异的思维定式,是一个多维性和多样性统一的心理结构:它来源于人的全部人格实践和思维实践的整体性,并且贯串于他的全部人格实践和思维实践的整体性之中,而志气则是这一全程性和全息性的人格实践和思维实践的整体性在心理上的最高集合和最高统率。表现在作品中,就是专属于作者个人的"器成采定,难可翻移"的美学风貌。这种美学风貌同样具有整体的属性:它渗透于作者的全部作品中,也渗透于一篇文章的全部内容与形式之中,以独特的思维内容、思维方式和独特的表达方式所凝聚而成的多维性和多样性统一的独特的美学风貌,自标其异。就作品来说,一篇文章自始至终只能表现出一种特定的美学特征,这种特定的美学特征来自它的内容的美学特征和相应的形态的美学特征的总集合。就作者来说,这种特定的美学风貌是他的全部作品的美学特征的总集合,他的全部作品都具有同一性的美学风貌,这一同一性的美学风貌表现在它的全部作品之中。不管是从那一个角度来说,文章的风格,都必定是完整的,纯一的,不可割裂的,因此也必定是独标其异而不可混淆的。

(二)刘勰对文章有序性的深刻见解

文章的整体性,并不是结构要素的简单的算术集合,而是建立在它的内在结构的有序性的基础上的。刘勰所说的"杂而不越","使众理虽繁,而无倒置之乖,群言虽多,而无棼丝之乱"(《附会》),就是对这种属性的明确标举。刘勰对文章结构的有序性的深刻见解,可以概括为以下方面。

1. 逻辑层面的有序性

所谓逻辑层面,就是摆脱现实时空运动的外在性与偶然性,而纯粹从客观事物的构成要素的结构关系去揭示其内在运动的基本原理的层面,具而言之,也就是对情、事、辞三维之间在结构上的系统机制的系统把握。

刘勰认为,内容与形式之间,既具有平面性的结构关系,又具有空间性的结构关系。就前者而言,内容与形式之间,是一种共相为济的并重关系:形式必须依从于内容,内容也必须依从于形式,都以对方的存在为前提。这就是他所明确表述的:“夫水性虚而沦漪结,木体实而花萼振:文附质也;虎豹无文,则鞟同犬羊;犀兕有皮,而色资丹漆:质待文也。”就后者而言,内容与形式之间,是一种主重从轻、先本后末的统属关系:内容统率形式,形式必须在内容的统率下运行。这就是他所明确表述的:“夫铅黛所以饰容,而盼倩生于淑姿;文采所以饰言,而辩丽本于情性。故情者文之经,辞者理之纬。经正而后纬成,理定而后辞畅,此立文之本源也。”(《情采》)刘勰在这一辩证性的结构关系中所发出的理论信息是十分清楚的:既重视内容对形式的主导作用,又重视形式对内容的能动作用,而以二者的共相为济和兼荣并茂作为理想的美学目标。刘勰在《风骨》中所说的“藻耀而高翔,固文章之鸣凤”,就是这种理想境界的形象标志。

刘勰对文章结构的有序性的逻辑把握,更具体、更清晰地表现在他对心(情)、物(事)、辞(采)的系统关系的深刻体认中。

“情志为神明”(《体性》),“文心者,言为文之用心也”(《序志》)。刘勰论文,辄先论心。这是因为,心是人感知万物的决定性凭借,也是文章写作的根本前提。惟其如此,心(情)在文章的三维结构中,必然成为主导性的因素。刘勰所说的“情固先辞”(《定势》),“辞以情发”(《物色》),“为情而造文”(《情采》),就是对心(情)在文章结构中的主导地位和先行地位的明确标举。刘勰“三准”中所说的“履端于始,则设情以位体”的理论依据即本于此。

“事义为骨髓。”(《体性》)刘勰所说的骨髓,是对事义在文章结构中的支撑作用的喻称。事义的支撑作用具有双重属性。一是对情思的支撑作用:事义是情思借以生发的根由,又是情思借以表现的寄寓。刘勰所说的“人禀七情,应物斯感”,“物色之动,心亦摇焉”,“山林皋壤,实文思之奥府”,就是对这一重属性的理论概括。二是对语言的支撑作用：事义是语言表达的直接对象，又是语言表现的直接内容。刘勰所说的"物沿耳目，辞令管其枢机"，"沉吟铺辞，莫先于骨"，"辞之待骨，如体之树骸"，就是对这一重属性的理论概括。这就必然赋予事义以一种中介性的品格：既是属内的情思的形态因素，又是属外的语言的内容因素。惟其如此，它在文章整体化的过程中，必然具有枢机性的作用：不管是情思的运动还是语言的运动，都联系着并汇集在事义的运动中，都因为事义的参入而获得坚实的骨骼和丰满的血肉。刘勰"三准"中所说的"举证于中，则酌事以取类"的理论依据，即本于此。

"辞采为肌肤。"（《体性》）辞是文章的外部形态。它作为一种与"实"相对的符号系统，在文章的结构中具有双重的传达作用：既具有指心的作用，又具有指物的作用，这两种作用都是以语言作为媒介而实现的，也是在语言的基础上融为一体的。心与物的交融，同时也是心与辞的交融以及物与辞的交融，最后是三者的融合为一。刘勰所说的"圣人之情，见乎文辞"（《征圣》），"言之文也，天地之心哉"（《原道》），就是对辞的传心作用的理论概括。刘勰所说的"瞻言而见貌，即字而知时"，"巧言切状，如印之印泥，不加修饰，而曲写毫芥"（《物色》），就是对辞的传物作用的理论概括。这两种作用，实际是同步发生并融合为一的，而语言，则是二者同步发生并融合为一的共同媒介和物质外壳，也是文章整体化的最后完成。惟其如此，它必然成为文章整体化中的定型性因素。刘勰在"三准"中所说的"归余于终，则撮辞以举要"的理论依据，即本于此。

刘勰在"三准"中所说的"始—中—终"，就是对情、事、辞三者之间的逻辑位置的明确称谓。从逻辑关系来看，三者之间，既具有鼎足而立的平面关系，又具有相从而动的层面关系。心（情）是一种原动性的因素，具有统率全局的作用，所以必须置于首要的位置："履端于始，故设情以位体。"物（事）是一种互动性的因素，具有支撑全局的作用，所以必须置于中介的位置："举证于中，故酌类以取事。"辞（采）是一种传达性的因素，具有承载情思和定化情思的作用，所以必须置于殿后的位置："归余于终，故撮辞以举要。"由此构成一种以心揆事，以事揆辞的逻辑链接，通贯于文整体化运动的全程。

2. 时间层面的有序性

文章逻辑层面的有序性表现在具体的写作过程中，就是它在时间层面上的顺序性。

心生而后言立，言立而后文明，这种时间层面上的顺序性既是自然之道的普遍规律的普遍反映，也是心理学与语言学的具体规律的具体反映。因此，在具体的写作活动中，内容的运作与形式的运作必然既是一个同步运动的过程，又是一个分部到位的过程。通常都是先经历运思的阶段，然后才进入运辞的阶段。刘勰所说的"草创鸿笔，先标三准"，就是指下笔之前的运思阶段说的。刘勰所说的"三准既定，次讨字句"，就是指下笔之后的行文阶段说的。这种做法的好处是显而易见的，由于分部到位，既能发挥思想领先的认识优势，又能使行文具有绳墨的遵循而更加准确，更加从容，更富有工程效益。这就是刘勰之所以要从"镕裁"与"附会"两个不同的侧面对文章的整体化进行阐述的原因，也是他在"镕裁"的过程中划分出"镕"与"裁"两个不同的侧面进行工程性适应的原因。

时间层面的有序性，也表现在"三准"的顺序中。"履端于始，则设情以位体"，不仅是对逻辑上的第一性位置的标示，也是对时间上的第一时位置的标示。"举证于中"与"归余于终"同样是如此，它们不仅是对逻辑上第二性与第三性的标示，也是对时间上的第二时与第三时的标示。如此循序递进，先有情的筹划，然后才有事的筹划，最后才有辞的筹划，从逻辑上也从时间上，通贯于运思的全程。

3. 文本层面的有序性

文本是文章的最后完成形态，它以完整的书面语言形式，将完整的内容涵蕴于其中。就这一完整的书面形态的空间结构而言，同样具有鲜明而严格的顺序性。

文章文本的有序性，首先表现在它的篇章结构的有序性上。一篇文章都由若干篇章所构成，这些篇章由于空间位置的差异，又可区分为三个群集性的板块：篇首、篇中、篇尾。三个板块之间，既具有依次递进的属性，又具有前后勾连的属性："启行之辞，逆萌中篇之意，绝笔之言，追媵前句之旨。"（《章句》）这种空间位置上的连贯性，构成井然有序的语言通道，将文章的三大板块在宏观上连缀成为一个有机的整体。

文章文本的有序性，同时表现在它的语言的层级结构的有序性上。"夫设情有宅，置言有位：宅情曰章，位言曰句。"（《章句》）这种畛域上的相异性，是建立在它的层级顺序的基础上:"因字而生句,积句而成章,积章而成篇。"（《同上》）如此字字相衔,层层相附,有如茧之抽绪,将字、辞、句、篇连贯成为一个整体:"故能外文绮交,内义脉注,跗萼相衔,首尾一体。"（同上）

第二节　刘勰关于实现文章整体化的
工程途径的系统论见

　　刘勰的历史性贡献,不仅在于他开拓了文章整体化与规范化的理论工程,而且在于他开拓了文章整体化与规范化的实践工程。他在整体化与规范化实践工程上的卓越之处,就在于根据自己对文章结构的深刻理念,采取了分步到位的开发战略:第一步,集中解决文章内在层面的整体化与规范化的问题,亦即思想与材料的融合为一的问题;第二步,集中解决文章中坚层面的整体化与规范化的问题,亦即材料与篇章的融合为一的问题;第三步,集中解决文章的外在层面的整体化与规范化的问题,亦即篇章与语言的融合为一的问题。"镕裁",就是他解决前一问题的工程途径,"附会"与"章句",就是他解决后面两个问题的工程途径。唯有对三者合观,方能见其精髓。也就是黄侃在阐述《章句》中所深刻指出的:"舍人此篇,当与《镕裁》、《附会》二篇合观。"[1]可谓深得刘勰结构整体思想之要旨。

一、镕裁的基本原理与工程实务

　　情思、材料、语言,是文章的三个不可或缺的组成部分。但是,实现三者的融合为一,却是一件颇费踌躇的事情。因为这种融合,实际是综合制约的结果。就内系统运动来说:材料的整体性必须在情思的整体性的基础上进行,情思的整体性必须凭借材料的整体性才能实现,而材料的整体性又必须凭借语言的整体性才能显现。就外系统运动来说,它的语言表达必须对三个方面进行契合:第一方面,它必须和内容的要求相契合;第二方面,它必须和作者个性化的心理特征相契合;第三方面,它必须和时代的审美趋势相契合。在如此众多的层面之间,常常出现在结构上不相契合、不相适应的情况:"立本有体,意

---

①　黄侃:《文心雕龙札记》,上海古籍出版社2000年版,第144页。

或偏长；趋时无方，辞或繁杂。"（《镕裁》）刘勰认为，解决这一难题的工程途径，就是"镕裁"："蹊要所司，职在镕裁；櫽括情理，矫揉文采也。"（同上）

何谓"镕"？《说文》："镕，冶器法也。"段玉裁注："冶者，销也，铸也。《董仲舒传》曰：'上以化下，下以从上，犹泥之在钧，唯甄者之所为；犹金之在镕，唯冶者之所铸。'师古曰：'镕，谓铸器之模范也。'"又《汉书·食货志》："冶镕炊炭"。应劭注："镕，谓形容也，作钱模也。""镕"的本义是冶金铸器的模型，比喻制式和规范。用在《镕裁》中，"规范本体谓之镕"，具指文章内容的合规范性。也就是刘永济所深刻指出的："撮辞必切所酌之事，酌事必类所设之情。辞切事要而事明，事与情类而情显。三者相得而成一体，如熔金之制器，故曰'镕'也。"①

何谓"裁"？《说文》："裁，制衣也。"《古诗为焦仲卿妻作》："十四学裁衣。"比喻剪截取舍。用在《熔裁》中，"剪截浮辞谓之裁"。"辞者，说事之言。"（《荀子·正名·杨注》）具指义义的合规范性，亦即用来表达情思的材料的适度性和精当性。镕与裁一侧重于思想的整一化和规范化，一侧重于材料的整一化和规范化，二者表里共济，目的都是实现文章在内容上的整体优化。也就是黄侃所精辟阐述的："寻镕裁之义，取譬于范金制服。范金有齐，齐失则器不精良；制服有制，制谬而衣难被御；洰令多寡得宜，修短有度，酌中以立体，循实以敷文，斯镕裁之要术也。"②

镕裁的实质，就是运用"齐"与"制"的方式，赋予文章的思想与材料以整一化与规范化的品格。由于思想与材料的对立性和相异性，刘勰又进一步将镕裁这一整体性的优化活动，从工程学的角度划分为两个相对独立的工作系统：镕法与裁法。

（一）镕法

"规范本体谓之镕"（《镕裁》）。镕法，就是规划本体的方法。规范本体就是在下笔之前，对文章的基本思想所做的整体化筹划。其具体内涵，就是刘勰所提出的"三准"：

① 刘永济：《文心雕龙校释》，中华书局1962年版，第121页。
② 黄侃：《文心雕龙札记》，上海古籍出版社2000年版，第114页。

凡思绪初发,辞采苦杂,心非权衡,势必轻重。是以草创鸿笔,先标三准:履端于始,则设情以位体;举正于中,则酌事以取类;归余于终,则撮辞以举要。然后舒华布实,献替节文;绳墨以外,美材既斫,故能首尾圆合,条贯统序。若术不素定,而委心逐辞,异端丛至,骈赘必多。(《镕裁》)

"三准"是针对"思绪初发,辞采苦杂"的纷纭散乱状况所采取的矫正性措施。刘勰的战略思路是,为了解决"辞采苦杂"的问题,必先解决"櫽括情理"的问题,也就是内容的整一化和规范化的问题。要解决内容的整一化和规范化问题,必先解决对内容的整一化和规范化进行权衡的准则的问题。所谓"三准",就是对内容的整一化和规范化进行权衡和调适的三条准则和三个基本程序。

1. 履端于始,则设情以位体

"情"指文章的情理,亦即文章的主旨。"体"指文章的躯体,也就是文章的事义。"'位体',犹言立干也。"①"设情以位体",就是确立情理在文章事义中的主导地位,也就是刘勰在《总术》中所说的"乘一总万,举要治繁"的统领地位。有了情理作为主干,文章的事义才有确切的归依,文章的内容才有明确的指向,文章的情理才能成为有事义支持的情理,文章的事义才能成为有明确的情理指向的材料。这种情与体的融合,就是文章所要表达的整体性的内容。如果只有情而没有体,或者只有体而没有情,都不能具有整体性的意义。而情与体融合为一的关键,就在一个"位"字。"位"就是确立情理在全部内容中的主干地位。位体,犹如树立旗帜,旗帜树立,则指向鲜明,然后酌事才有所依据。惟其如此,主旨在全文中的主干地位的确立,必然具有高于一切和先于一切的意义。后人所说的"文以意为主","意在笔先","意犹帅也,无帅之兵,谓之乌合",皆发端于此。

每一篇整体优化的文章,无一不具有"设情以位体"的特点,以鲜明的主旨统率其全部材料,在材料与主旨的统一中,辐射出美学的感染力量与理性的说服力量。屈原的《离骚》,就是一个典型的范例。《离骚》之所以如此动人心弦,并不仅仅是由于它展示了如此丰富多彩的神奇事物,而是由于它通过这些

---

① 刘永济:《文心雕龙校释》,中华书局1962年版,第120页。

丰富多彩的神奇事物,体现了一种与生命共终始的博大高洁的情怀:对祖国的永不背叛的忠诚,对人民的永不冷却的热爱,对真理的全力以赴的追求,对谗谄害明的刻骨铭心的愤怨。唯有这种可悬日月的情怀,才是真正动人的东西。正是由于将这种惊天地而泣鬼神的"情"置于主干的地位,将全部材料镕铸成为一个最能显示此一情怀的优化的整体,《离骚》才获得了如此卓越的成功。

2. 举证于中,则酌事以取类

"事"指事义,也就是事实材料或概念材料。"类"具有两重意义,一指性状相似,二指以类相概,也就是具有类的代表性。"酌事以取类",就是酌取切合主旨的具有典型意义的材料,使主旨成为具有具体的理性血肉或感性血肉的主旨,使材料成为具有明确思想指向的材料,使材料和主旨熔铸成为一个有机的整体。这种心与物的契合性,就是"酌事以取类"的工程目标。

这一点,同样可以举出屈原的《离骚》作为范例。屈原寄寓在《离骚》中的高洁的情怀之所以如此动人,是因为这种情怀是通过极其允当、极具有概括力量的事物表现出来的。这些事物具体由以下三个画面所组成:第一画面,从开头到"来吾道夫先路",展示诗人的高尚人格和远大理想的形成过程。第二画面,从"昔三后之纯粹兮"至"周流观乎上下",展示诗人为追求理想和探索未来而苦苦追求的生活历程和心路历程。第三画面,从"灵氛既告余以吉占兮"至结尾,细述了自己在去留问题上的思想斗争,和最后的生命抉择。

凭藉这些跌宕起伏的具体画面,诗人向千秋万代的读者,传递了一条对于我们民族的生存和发展具有决定意义的心理信息:世界上最刻骨铭心的精神力量,那种能让人的生命终生燃烧而且永不熄灭的精神力量,就是对祖国的热爱。这种强大的震撼力量,是心与物融合为一的结果。而其前提,就在于材料的契合力量。画面中的材料之所以如此允当,如此富有概括的力量,是选择和契合的结果。这种选择和契合的依据,就是使材料合乎"绳墨",也就是合乎表现主旨的需要:凡是契合主旨的,则纳入绳墨之中,凡是不契合主旨的,则划入绳墨之外。惟其如此,必然在结构上形成一种系统化的效应:"绳墨以外,美材既斫,故能首尾圆合,条贯统绪。"(《熔裁》)炼材的真谛,就在于此。

3. 归余于终,则撮辞以举要

"撮",聚合也。《后汉书·袁绍传》:"拥一郡之卒,撮冀州之众"。又撮取也。《汉书·艺文志》:"撮其旨意"。《汉书·司马迁传》:"撮名法之要",注:撮,总取也。"撮辞",就是摘取和聚合词语。举要,提出大要。"撮辞以举要",就是摘取和聚合最恰当的词语,对内容中的大要进行标示。

但是,将这句话置于具体的语言环境中进行具体的解读,却是一件众说纷纭的事情。问题就在于:撮辞是一项后期性的活动,而"草创鸿笔,先标三准",则是一项先行性的工作,显然,"先"与"后"在时间上是不能共存的。那么,刘勰所说的"撮辞",到底以何为准? 既然在"三准"中已经提出了撮辞的问题,为什么还要"三准之后,次讨字句",再一次提出语言的问题? 这两次语言活动的内在联系究竟是什么? 由于在这些问题上的歧见,学界形成了对这句话的具体含义的不同理解。

范文澜的理解是:

> 审一篇之警策应置何处。盖篇中若无出语(出语即警策语),则平淡不能动人,故云撮辞以举要。①

刘永济先生的理解是:

> 有了与"情"相类的"事",然后方能依据这些"事"的内容和性质来"属采附声"。这里所说的"采"与"声",就是作品中的辞藻……这样,必然是作品中所敷设的词句都最精炼,都是"事"与"物"的最主要的部分。所以说"撮辞以举要"。②

这两种见解都包含着真理的成分,但是,也都存在着某种不够妥帖的地方。范说的要谛,就在于对构思阶段的语言运动的特殊属性的把握,但将三准中的语言问题仅仅归结为"警策语"的问题,就未免过于坐实,过于狭窄了。

---

① 范文澜:《文心雕龙注》下卷,人民文学出版社1958年版,第546页。
② 刘永济:《释刘勰的"三准"论》,见《文心雕龙论文集》,人民文学出版社1990年版,第655页。

后来的某些学者的"提纲"说,同样是如此。刘说的要谛,就在于对语言运动的普遍属性的把握。这一属性可以覆盖语言运动的全部过程,却不能具体说明"草创鸿笔,先标三准"中的语言运作的特殊性。众所周知,矛盾的普遍性,是不能代替矛盾的特殊性的。显然,这些理解都是与刘勰的原意存在一定距离的。

　　前代学者的思路,无疑都是正确的。他们在认识中所表现出来的缺陷,实际来自时代知识的局限性。刘勰在三准中所涉及的语言问题,实际是一个内在语言与外在语言的复杂关系的问题。这一问题的透明化,是 20 世纪 60 年代以后的事情。

　　现代语言学和现代写作学明确告诉我们:写作运动的全过程,同时也是语言运动的全过程。但是,在这一全程性的运动中,又表现出明显的阶段性的特点:语言内孕阶段的朦胧性与无序性,语言外化阶段的清晰性和系统性。由内孕向外化的转化过程,实际也就是由朦胧性向清晰性、由无序性向系统性的飞跃过程。这就是前苏联心理语言学家维戈斯基所说的:"内部语言就是初始'思想'和最后的外部的语言表述之间必不可少的环节……它的基本任务是将内部思想转变为扩展性语言结构。"①这一转化和飞跃的实现,是建立在对某几个核心信息的确切把握的基础上的。这些核心信息,可能是某个概念或判断,也可能是某个表象或表象集合。这些核心信息,就是思维生发的原点,也就是语言生发的原点。只有把握了这些思维的原点和语言的原点,才有可能进入思维整体运动和语言整体运动的全息过程。

　　刘勰所说的"撮辞",既然是构思中的语言选择,那就绝不是一般意义的语言选择,实际是对内在语言的选择,也就是对发生在内蕴过程中的具有生发意义的语言原点的精心选择。这些具有原生意义的词语对整体思维和整体语言的生发力量,就在于它们对事物本质所具有的提纲挈领的贯摄力量。这种提纲挈领的贯摄力量,也正是选择这些原生性词语的依据。这就是"举要"的真正内涵。

　　这种对事物本质具有提纲挈领的贯摄力量的原生性词语,表现在具体文章中就是文章中的核心词语。这些核心词语,通常都出现在文章的突出部

---

① 卢利亚:《神经语言学》,北京大学出版社 1987 年版,第 6 页。

位之中:标题,开头,结语,线索,等。它们以一种独特的生发力量,通贯于全部文本之中,将全部文本凝聚成为一个有机的整体。古人所说的"立片言以居要,乃一篇之警策","首章标其目,卒章显其志","草蛇灰线","诗眼","文眼","词眼",都是这一规律的具体表现,都是这些原生性的词语发生作用的结果。

屈原的《离骚》,就是一个典型的范例。"离骚者,犹离忧也。"这一个"忧"字,就是作品内容的总缘起和语言文本的总原发,也就是它们的总纽。作品的全部内容和全部语言文本,皆缘此而起:第一部分,忧之根由;第二部分,寻求对忧的解脱;第三部分:忧的永恒结局。"忧"是思维生发的依据,也是语言生发的依据。有了这个关键意象和关键词语的先行到位,然后才有作品的全部内容和全部语言的后继到位,否则,作品的全部内容和全部语言,都会在逻辑上和语法上失去依据。正因为它在全篇中具有"大要"的意义,所以在"撮辞"中必须先行性地将它置于标题的突出位置,以领起全文,以它特有的提纲挈领的逻辑力量,将文章中的全部内容和语言,连贯成为一个有机的整体。

"熔则纲领昭畅,譬绳墨之审分。"(《熔裁》)上述的三条准则,就是对文章本体进行规范的具体绳墨。有了这些具体的规范,文章的整体优化才能在结构上获得有效的保证,然后才能进入"三准既定,次讨字句"的阶段,也就是"裁"的阶段。

(二)裁法

镕与裁,是一个问题的两个方面。镕法"包举全体",是多样性统一的问题,也就是情、事、辞的一体化的正面建设的问题。裁法侧重材料的繁简疏密的斟酌,是对材料中的非一体化和非规范化的消极现象进行处置,以获得一体化和规范化的积极效果的问题。镕则"纲领昭畅",裁则"芜秽不生",目的都是为了实现文章思想、材料与语言融合为一的整体优化。

"剪截浮辞谓之裁"。裁法,就是截浮留实,去芜存精,使其恰如其性、恰如其度的方法,是对材料进行结构性精化的方法。其具体工作要领,被刘勰概括为以下三个方面:

1. 随分所好

"谓详与略,随分所好。"(《镕裁》)所谓"随分所好",就是繁与简的运作必须顺随个性之自然,也顺随内容之自然。

由于个性的不同,人的运材风格和相应的语言风格也各自不同:有的人表现出繁赡的风格,有的人表现出简略的风格。议论精当,语言扼要,是极简练的风格;思想奔放,事义铺张,是极繁赡的风格。繁赡来自对事义的扩展:"引而申之,则两句敷为一章。"(《镕裁》)简约,来自对事义的浓缩:"约以贯之,则一章删成两句。"(同上)才赡则辞赡,才核则辞核,都是人的才力的特定表现,各有各的表达优势,没有优劣可言:"思赡者善敷,才核者善删。善删者字去而意留,善敷者辞殊而意显。"(《镕裁》)例如,孔子的语言表达以简约见长,被刘勰称为"褒见一字,贵逾轩冕,贬在片言,诛深斧钺"(《史传》),庄子的语言表达以丰赡见长,被司马迁称为"洸洋自恣"(《史记·庄子列传》),前者善删,后者善敷,都是语言表达的典范。

内容的不同,也同样表现出事义的繁与略的差别。内容繁赡的地方,事义自然繁赡,语言也相应繁赡;内容简约的地方,事义自然简约,语言也相应简约。如司马迁写蔺相如"完璧归赵"、"渑池之会",一言一动,一笔不漏,都足以显示蔺之性格与胆识,所以重用繁笔。写廉颇的三伐齐、二讨魏、一伐燕的卓越功勋,仅以三四十字带过。何者?此乃兵家常事,是良将之所共有,原本不需多费笔墨。至廉对蔺的妒忌与后来的负荆请罪,则又浓墨重彩。何者?是为了突出二者所共具的"先国难而后私仇"的崇高品格。这正是司马迁的立意之所在,也是他的笔法之所在。

或繁或略,都必须随分而定,以自然为归依。也就是《庄子》中所说的:"长者不为有余,短者不为不足。是故凫胫虽短,续之则忧;鹤胫虽长,断之则悲。故性长非所断,性短非所续。"(《庄子·骈拇》)它的意思是,长短皆由性分,长的不一定是多余,短的不一定是不足,就像凫的腿短,鹤的腿长,都是自然形成的,不能强令其续长或者缩短。文章的语言同样如此,或长或短,不能作硬性规定。后人所常说的"该详则详,该略则略",即此之谓。

2. 修短有度

繁略以"该"为准,那么,"该"以何为准? 这是一个为众多学者所不悟,而为刘勰所独悟的问题。刘勰明确指出,"该",就是"度"的规定性。

"美锦制衣,修短有度。虽玩其采,不倍领袖。"(《镕裁》)刘勰所昭示的"度"的规定性,就是"领袖"对"剪裁"的决定性的法度作用。剪裁之所本在于领袖,运辞之所本在于情思。辞与情的契合性,是"修短有度"的总依据和总法度。刘勰所说的"万趣会文,不离辞情",就是他对这一总依据和总法度的理论概括。

不管是繁还是略,无一不是这一总依据和总法则的具体表现。文章随情长短,随事增减,不以繁略为拘囿。长短只是形式的要求,内容的精良纯粹才是根本。真正区分语言优劣的依据,不是繁与略的形态性区别,而是语言对情事的契合性程度,也就是表情达意的充分性和精粹性程度。丰赡,来自表义的充分,简约,来自表义的精粹,二者的形态虽然各不相同,但在以情的契合性作为决定性依据这一点来说,却是毫无区别的。如果语言不具备这种品格,不管是繁还是略,都没有任何价值可言。这就是刘勰所昭示的:"字删而意阙,则短乏而非核;辞敷而言重,则芜秽而非赡。"也就是魏际瑞所说的:"文章繁简,非因字句多寡,篇幅短长。若庸絮懈蔓,一句亦谓之烦。切到精详,连篇亦谓之简。"(《伯子论文》)

繁简有"度"的理想境界,就是"繁而不可删"、"略而不可益"的语言境界。这两句话来自张骏对谢艾和王济的评价,刘勰认为:"若二子者,可谓练熔裁而晓繁略矣。"

3. 共资荣卫

"百节成体,共资荣卫。"(《镕裁》)事义运作语言运作的恰如其性和恰如其度,都是在"百节成体"的整体优化的大前提下进行的。语言的整体优化,是"百节成体"的结果。而"共资荣卫",则是"百节成体"的结构学保证。

"荣卫",是古人对血脉的称谓。"共资荣卫",指所有各个部分,都凭借统一的血脉而获得生命活力,并因此而;连贯成为一个生命的整体。径而言之,也就是构成内容整体和语言整体的各个部分之间的内在脉络的贯通。

刘勰明确认为,这种具有生命意义的内在网络,实际就是它的由情所原发而连贯于全部内容的思维路径和相应的语言路径。所谓"设情以位体",就是"情"在文章内容中的原发作用和主导地位的确立。所谓"酌事以取类",就是"情"在"事义"中的连贯。所谓"撮辞以举要",就是"情事"中的大要在核心词语中的连贯。这些多层面的连贯,势必形成纵横交错的网络。这一纵横交错的网络,就是思维运行和语言运行的具体路径,也就是刘勰所说的"文理"和"纲领"。遵循着"文理"和"纲领"的路径,文章在内容上和语言上才能"首尾圆合,条贯统绪","篇章户牖,左右相瞰",在结构上融贯成为一个统一的整体。

路径,由顺序和连贯组成。

顺序,指语言的先后次序和思维的先后次序。语言的顺序是一种语法性的次序,反映着语言之间的联系的合规范性。思维的顺序是一种逻辑性的次序,反映着事物之间的联系的合规律性。刘勰所说的"置言有位",属于语法次序的范畴,所谓"章句在篇,如茧之抽绪,原始要终,体必鳞次","因字而生句,积句而成章,积章而成篇",就是语法次序的具体形态。刘勰所说的"设情有宅",属于逻辑次序的范畴,所谓"启行之辞,逆萌中篇之意;绝笔之言,追媵前句之旨",就是逻辑次序的具体形态。文章的路径,是二者同步运动的结果:它以语言表达的线性特征,反映出思维活动的逻辑性质,以明确的语言次序,标示出思维的运行轨迹,从而将文章的内容与形式融贯成为一个序列化的整体。

连贯,指语言的先后次序之间的连接和通贯以及由此显示的逻辑的先后次序之间的连接和通贯。语言的各个层面之间以及逻辑的各个层面之间,都不是孤立和封闭的,都具有一种必然性的内在联系,否则,就会成为一盘散沙,没有整体的意义可言了。这就是刘勰所说的:"若辞失其朋,则羁旅而无友,事乖其类,则飘寓而不安。"这种连接和通贯,是语言的各个层面之间的必然性的内在联系的反映,也是事物的各个层面之间以及事物运动的各个阶段之间的必然性的内在联系的反映。表现在语言中的连贯,通常表现为过渡和照应。表现在逻辑上的连贯,通常表现为事物的各个层面或阶段之间的逻辑关系:承接,递进,并列,转折,因果,总分,分总,等等。这两种不同性质的连贯,实际是同步进行的:语言的线性连贯的过程,同时也是意义的逻辑连贯过程。具而言之,语言的"积字而成句"的外在过程,同时也是在逻辑上"心与理合","辞共心密"的内在过程。惟其如此,文章才能融贯成为一个统一的整体。这个整体在结构上的具体形态,就是刘勰所说的:"外文绮交,内义脉注,跗萼相衔,首尾一体。"(《章句》)

屈原的《离骚》,就是这种"共资荣卫"的范例。它的语言脉络和思维脉络,清晰地表现在作品的运行轨迹之中。就语言关系来说,《离骚》由三个章节所构成:开头叙述自己的生活经历,中篇抒发自己的痛苦和寻觅,结尾表达自己坚定不移的生命信念。就逻辑关系来说,三个板块之间,既具有"章总一义,须意穷而为体"的区分关系,又具有"原始要终,体必鳞次"的连贯关系。就区分来说,这三个章节所表述的,是诗人心路历程中的三个不同的阶段和侧面,它们在整个文章结构中,都具有自己相对的独立性。就连贯来说,这三个板块之间,是互相衔接的,它们之间的衔接,具有必然的逻辑属性:就时间关系来说,它们是"过去—现在—未来"的逻辑链接;就空间关系来说,它们是"现实空间—理想空间—信念空间"的逻辑链接;就因果关系来说,它们是"忧患的形成——对忧患出路的寻觅——对忧患出路的最终决断"的逻辑链接。由此形成一条完整、严密的语言路径和思维路径,犹如茧之抽绪,将诗人在忧患中的思想感情尽现无遗。

二、附会的基本原理与工程实务

"何谓附会?谓总文理,统首尾,定予夺,合涯际,弥纶一篇,使杂而不越者也。"(《附会》)纪昀释云:"附会者,首尾一贯,使通篇相附,而会于一,即后来所谓章法也。"①黄侃释云:"附会者,总命意修辞为一贯,而兼草创讨论修饰润色之功绩者也。"②刘永济先生释云:"其义即今所谓谋篇命意之法……盖百义所以申一意,众辞所以成全篇也。"③王元化释云:"大体说来,所谓附会也就是指作文的谋篇命意,布局结构之法。"④径而言之,附会就是对篇章的整体化布局。这一整体化布局的具体的工程内容是:"总文理,统首尾,定予夺,合涯际"。而"弥纶一篇,使杂而不越",则是这些具体举措的具体的工程目标。一言以蔽之,就是实现篇章的整体化和规范化。

"镕裁"与"附会",都是刘勰的系统论理念在文章结构论上的具体体现,也都是文章整体化的具体方法。刘勰之所以将它们辟为两个专章,是因为二者在角度上和侧重点上各不相同。"镕裁"侧重于对文章内容的整体化和规范化的宏观的、动态性的观照,"附会"侧重于对篇章整体化和规范化的微观的、静态性的观照。前者所要解决的问题,是"情、事、辞"在文章中融合为一

①　黄叔琳:《文心雕龙注》,台北世界书局1986年版,第149页。
②　黄侃:《文心雕龙札记》,上海古籍出版社2000年版,第205页。
③　刘永济:《文心雕龙校释》,中华书局1962年版,第164页。
④　王元化:《文心雕龙创作论》,上海古籍出版社1984年版,第261页。

的根本准则的问题,后者所要解决的问题,是辞与义在篇章中融合为一的具体方法的问题。径而言之,前者的核心问题,是炼意的问题,也就是形成思路的问题,后者的核心问题,是章法的问题,也就是根据思路进行材料布局和语言布局的问题。二者的关系是,前者是后者的宏观依据,后者是前者在篇章中的具体展开和深度延伸。这两个方面,都是不能或缺的。

附会对于篇章构造的重要作用,是一种对材料的系统化和相应的语言系统化的组织作用。这一组织作用的必要性,犹如"杼轴"之于"布麻":"视布于麻,虽云未贵,杼轴献功,焕然乃珍。"(《神思》)正是凭借"杼轴"的组织作用,才能"驱万途于同归,贞百虑于一致,使众理虽繁,而无倒置之乖,群言虽多,而无棼丝之乱"(《附会》),将众多的部分连缀成为一个统一化和规范化的整体。也就是清代剧作家李渔所深刻体认的:"至于结构二字,则在引商刻羽之先,拈韵抽毫之始,如造物之赋形,当其精血初凝,胎胞未就,先为制定全形,使点血而具五官百骸之势。倘先无定局,而由顶及踵,逐段滋生,则人之一生,当有无数断续之痕,而血气为之中阻矣。"①

篇章整体布局的工程实务,可以概括为以下方面。

(一)总文理

"附辞会意,务总纲领。"(《附会》)纲领,就是条理,从最根本的层面来看,也就是文章的思路。刘勰认为,总揽文章的思路,是附辞会意的首要步骤。

总揽思路对于附词会意的决定性意义,就在于语言的运动是在思维的统率下进行的。篇章是材料的总集合,也是语言的总集合。这一总集合之所以能够成为一个有机的整体,是由于主旨和思路的凝聚作用的结果,也是进入篇章中的材料和词语对主旨和思路契合的结果。如果没有思维的统率,语言的运动就会失去对象和依据而成为毫无意义的事情。这就是刘勰所特别标示的:"情理设位,辞采行乎其中","履端于始,则设情以位体"。但是,存在于文章中的思维,已经不是一般意义的即兴思维和实践思维,而是一种具有"体制"形态的理性思维或者艺术思维。刘勰所说的"三准",不仅是对文章构思过程中的三个步骤的理论概括,也是对文章中的"情、事、辞"镕为一体的思维形态的理论概括。这一"情、事、辞"熔为一体的思维结构的形成过程,也就是

---

① 李渔:《闲情偶寄》,中国纺织出版社2007年版,第194页。

思路的具体展开过程。思路，就是思维运行的具体路径，也就是主旨统率全文的具体脉络。对总体的根本把握，凭借于对思路的全面把握。只有全面把握了这一具体路径和具体脉络，篇章中的内容与形式的安排和布局，才有明确的定位依据。这也就是构思必先于行文的原因。

根据刘勰的相关论述，可以将总揽思路的工程要领，具体概括为以下方面。

第一，对"情"（主旨）在篇章结构中的中心地位和原发地位的重视和强调。这一特定地位，来自它在形成思路中的"乘一总万，举要治繁"的特殊作用：它是思路借以形成的逻辑起点和最终归宿，又是驱动思路向前伸延的根本动力。主旨的这一系统作用，犹如人的中枢神经之于人的生命运动一样："才童学文，宜正体制，必以情志为神明，事义为骨髓，辞采为肌肤，宫商为声气，然后品藻玄黄，摛振金玉，献可替否，以裁厥中，斯缀思之恒数也。"（《附会》）主旨是形成思路的根本依据，思路是主旨的逻辑延伸。先有主旨的"位体"，然后才有对事义的选择和通贯，然后才有对辞采与音律的组织和连缀。因此，确立主旨在文章思路中的原发地位和中心地位，就必然成为总揽思路的首务。只有遵循主旨的逻辑延伸去组织材料与语言，才能在篇章的整体化上获得成功。也就是刘勰所说的："驷牡异力，而六辔如琴，并驾齐驱，而一毂统辐。"（《附会》）

第二，对思路中的主脉在篇章结构中的主导地位的重视和强调。篇章的思维网络，是由不同层面的链接关系所组成的，其中既有"主干"的部分，也有"枝叶"的部分。刘勰认为，在篇章思路的总揽中，应当侧重于对主干的把握，而不应该在"枝叶"的琐屑上踌躇不前。他说："凡大体文章，类多枝派。整派者依源，理枝者循干。"他以树木与河流的自然结构作为喻证：树木是主干与枝叶的多样性统一，河流是主流与支流的多样性统一。在这些复杂的组合关系中，主干与主流是第一性的，主导性的，枝叶与支流是第二性的，从属性的。因此，"依源"与"循干"，就成了整体把握的关键。篇章脉络的安排同样是如此，应该全局在胸，从大处着眼，而不能拘泥细节，因小失大。对此，他举出了绘画和射箭的例子："夫画者谨发而易貌，射者仪毫而失墙。"何者？"锐精细巧，必疏体统"，对细节的过于专注，必然造成对大局的偏离。因此，正确的做法只能是突出主脉："故宜诎寸以信尺，枉尺以直寻，弃偏善之巧，学具美之

绩,此命篇之经略也。"(《附会》)

　　刘勰所说的弃偏求具,并不是说对支流与枝叶的全部弃绝,而只是说不能在支流与枝节上过分张扬,以致喧宾夺主,干扰了主脉的突出。正确的做法,就是"权衡损益,斟酌浓淡。"具而言之,就是在详略与明暗上进行妥善处置。对主脉中的材料表达和语言表达应该从详,置于引人注目的鲜明处,对支脉中的表达合语言表达应该从略,置于不引人过分关注的暗淡处。也就是刘勰所说的"扶阳而出条,顺阴而藏迹",即此之谓。

　　第三,对事物的本质与规律的确切把握。对篇章思路的整体把握,归根结底来自对于事物的本质与规律的确切把握。也就是刘勰所说的:"理得而事明,心敏而辞当也。"(《附会》)所谓"理得",就是对事物本质和规律的把握。唯有把握了事物的本质和规律,才能对事物的内在结构关系洞悉无遗。唯有对事物的内在结构关系的洞悉无遗,人的心思才能变得非常灵敏,在语言的选择与连缀上才能确切精当。

　　对此,刘勰举出了"张汤拟奏而再却,虞松草表而屡谴"以及"倪宽更草,钟会易字,而汉武叹奇,晋帝称善"的例子。他明确认为,前者之失,就在于"理事之不明,而辞旨之失调也",也就是没有确切把握事物的本质和规律。后者之得,就在于"理得而事明,心敏而辞当也",也就是确切把握了事物的本质和规律。刘勰认为,这就是附会中的巧与拙的最根本的分野:"以此而观,则知附会巧拙,相去远哉!"(《附会》)

　　(二)统首尾

　　所谓"统首尾",就是实现开头与结尾在结构上的通贯与圆合。这一通贯与圆合的系统意义就在于:开头是篇章的起点,也是思维活动的起点,它标志着一个具有定向意义的心理过程的正式开始;结尾是篇章的终点,也是思维活动的终点,它标志着一个具有定向意义的心理过程的正式结束。起点与终点的圆合和贯通,标志着整个系统的闭合和贯一,犹如圆周运动中的"循环之无端"。惟其如此,首与尾的统贯,对于全篇思路的统贯,必然具有决定性的定点意义和定向意义:以定点的方式界定着和推动着定向运动的全部过程,实现全程运动的整体化。

　　刘勰所说的"首尾圆合",实际是开端与结尾之间在逻辑上的通贯与照应。它在理论上的合理性,已为现代思维科学所证明。现代思维科学明确告诉我们："思维有目的方向性。思维的必要性首先产生于生活和实践过程中在人面前出现新的目的,新的问题,新的活动情况和条件的时候。"①"思维总是指向解决某个任务;思维的过程主要体现在解决问题的过程中。"②因此,从某种意义上说,思维也就是人类为了解决问题而进行的心理过程。人类解决问题的心理过程,通常都由三个阶段组成:提出问题,分析问题,解决问题。它以问题的提出为起点,以对问题的追索为中躯,以对问题的解决为归宿,由此而构成一个完整的心理结构。表现在篇章的思路中,起手部分就是提出问题或引出问题的部分,也就是刘勰所说的"启行之辞"的部分,中介部分就是为解决问题提供理性依据或者美学依据的部分,也就是刘勰所说的"腾句"的部分。结尾部分就是对问题的解答做出最后冲刺的部分,也就是刘勰所说的"绝句断章"的部分。首尾的照应和通贯,标志着问题与答案之间的照应和通贯,也就是思维的起与迄之间的照应和通贯。正是二者之间的照应和通贯,从逻辑上保证着和标示着从问题到答案的整个心理过程的圆满完成。这就是我们历代的先人之所以如此重视首尾的结构作用的缘由。

正是由于首尾部分有如此重要的结构作用,所以它们在工程上必然具有独特的美学品格。刘勰认为,开头部分作为"启行之辞",必须鲜明夺目。这就是他所标举的"首唱荣华",也就是后人所具体阐释的"凤头","起要美丽","开头如爆竹,骤响易彻"。中介部分作为"追腾之句",必须充实丰满,否则,全文的思路就会阻塞不畅。这就是刘勰所昭示的:"腾句憔悴,则遗势郁湮,余风不畅。此《周易》所谓'臀无肤,其行次且'也。"也就是元代乔梦符所说的"猪肚",陶宗仪所说的"中要浩荡"。结尾部分作为"绝笔断章",必须果决有力,寄意深远。这就是刘勰所昭示的:"若夫绝笔断章,譬乘舟之振楫;会辞切理,如引辔以挥鞭。克终底绩,寄深写远。"也就是白居易所说的"卒章显其志",乔梦符所说的"豹尾",陶宗仪所说的"结要响亮"。前人这些经验和体认,都是美学规律的反映,对于我们把握思路的贯通,具有永恒的灯塔意义。

(三)定予夺

"定予夺",就是对篇章内的材料与词语进行取舍,使其合乎整体化的要

---

① 彼得罗夫斯基:《普通心理学》,人民教育出版社 1981 年版,第 357 页。
② 朱智贤、林崇德:《思维发展心理学》,北京师范大学出版社 1985 年版,第 15 页。

求。"定予夺"的工程关键,就在于确定进行"予夺"的根本准则。

篇章是材料的总集合,也是语言的总集合。这一总集合之所以能够成为一个有机的整体,是由于主旨和思路的凝聚作用的结果,也是进入篇章中的材料和词语对主旨和思路的契合作用的结果。因此,主旨和思路,就必然成为对材料与词语进行取舍的决定性依据:主旨,是决定取舍的总原点和总依据,思路作为主旨的具体延伸和具体展开,则是对语言与材料进行取舍的具体绳墨。和主旨保持一致以及和思路保持一致,是对材料和语言进行取舍的根本性准则。这一根本性准则的具体内容和具体的工程要领,可以概括为以下方面。

1. 定向性选择

定向性选择,就是以主旨作为依据和尺度,对进入篇章中的语言和材料,进行同向性与同构性的"一毂统辐"的选择。"毂"指主旨,"辐"指材料和语言。"统",指材料与语言的合旨性,也就是和主旨在属性上和结构上的一致性。这种一致性,是严格选择的结果:它只将合乎主旨要求的材料和语言纳入系统之中,而将所有不合乎主旨要求的材料和语言拒于系统之外。惟其如此,所有进入篇章中的材料,必然具有"道味相附,悬绪自接"的属性,自然融合成为一个和谐的整体。

苏轼的《留侯论》,就是一个典型的例证。

对于张良这个叱咤风云的历史人物,可以论述的东西是很多的。苏轼既不写他指挥若定的谋略,也不写他灭秦兴汉的功勋。关于张良作为军事家政治家的才学识胆,通篇不着一字。何者? 是合旨的需要。因为这篇文章的主旨是在揭示张良之所以成为张良的最根本的原因,就在于一个"忍"字。围绕这个"忍"字,作者选择了以下几个材料。其中的每一件材料,都分属于不同的时空,但都内蕴着一个"忍"字,因此,都能与总指向契合,成为整体的有机组成部分,获得了"情思倍明"的表达效益。

明白了这一基本原理,我们对历史上有关修辞的是非优劣,就可了如指掌了。

第一件:刘勰对曹植《武帝诔》和《明帝颂》的指瑕。

在曹植的《武帝诔》和《明帝颂》中,有两处这样的表述,一处是"尊灵永蛰",一处是"圣体浮轻"。刘勰认为,这两处表述在语言上和材料的选择上,都是不恰当的:"浮轻有似于蝴蝶,永蛰颇疑于昆虫,施之至尊,岂其当乎?"它们的失误,就在对主旨的背离。主旨是赞美帝王的庄严神圣,而材料和语言则是不具庄严神圣意义的昆虫和蝴蝶的形态,这就与主旨南辕北辙了。与主旨背道而驰的选择,是不具系统意义的选择。不具系统意义的选择,必然成为滥言和浮藻,不仅不能表达情思,反而会损害对情思的表达。这就是刘勰之所以把它们列为"瑕疵"的原因。

第二件:关于"一"字的卓越选择。

五代僧人齐己写过一首《早梅》的诗:"万木冻欲折,孤根暖独回。前村深雪里,昨夜数枝开。风递幽香去,禽窥素艳来。明年犹应律,先发映春台!"诗人郑谷读后,认为"数枝非早,不若一枝佳耳",便提笔圈去"数"字,改为"昨夜一枝开",顿时气象一新,被诗坛称为"一字师"(《五代史补》)。何者?"事义允当,则情思倍明。"①《早梅》的意蕴全在一个"早"字,而"数枝"的画面则与"早"字的意蕴存在相当大的距离,不能体现出春光乍现瞬间的蓬勃生机。而"一枝",则是梅花的最早形态,故能最与主旨契合,将诗中的美学意蕴,集中地显示无遗。

第三件:苏轼对陶渊明诗句的订正。

据《东坡志林》记载:陶渊明诗《饮酒第五》传至宋代的时候,出现了两种不同的版本,一种是"采菊东篱下,悠然见南山",一种是"采菊东篱下,悠然望南山"。苏轼认为:

> "采菊东篱下,悠然见南山",采菊之次,偶然见山,初不用意,而景与意会,故可喜也。今皆作"望南山"……便觉一篇神气索然也。

为什么一则"可喜",一则"神气索然"? 关键就在于景与意是否融会的问题,也就是材料与词语是否和主旨契合的问题。该诗的主旨是抒发物我两忘的超然情怀,而"望"是一种有目的性的视觉活动,是有意为之,它所突出的既是对"物"的关注,也是对"我"的关注,与物我两忘的悠然自适的情怀极不相容,反而造成了极大的破坏和干扰,所以使人感到"神气索然"。而"见"则是一种无目的性的视觉活动,是不期而遇之,无意而得之,它所凸显的是一种与

---

① 刘永济:《文心雕龙校释》,中华书局1962年版,第107页。

世无争的心态,这种心态,与全诗所要表现的那种物我两忘的悠然自适的情怀,是完全一致的。事义允当,则情思倍明,所以使人感到"可喜"。

2. 定位性选择

进入篇章中的众多构件,不能杂然混存,必须分类排队,使它们一一按部就班。这是一个材料与结构双向契合的问题。从材料学(含事义材料和语言材料)的角度看,进入系统的一切材料都必须符合系统位置的特定要求,何者为先,何者为后,何者为主,何者为辅,何者为显,何者为隐,都要根据主旨的定向需要和材料的属性和强度的具体状况,进行通盘的考量和反复的调整。这就是刘勰所昭示的:"弥纶一篇,使杂而不越","使众理虽繁,而无倒置之乖,群言虽多,而无棼丝之乱"。也就是遍照金刚在《文镜秘府论·定位篇》中所具体阐释的:"凡制于文,先布其位,犹夫行陈之有次,阶梯之有依也。"

所谓"杂而不越",所谓"阶梯之有依",就是在同向性的前提下,对材料的位置进行分位,也就是根据材料的内容和主旨取向确定材料的适当位置。只有这样,才能充分发挥材料的表现效益,使得全文"条贯统绪",融贯成为一个有机的整体。

范仲淹的《岳阳楼记》,就是一个在材料的定位上足称楷模的例证。

作品的开头,是叙述重修岳阳楼的缘起。在这一缘起中,作者以极其平缓的语气,着重介绍了两件事情:一件是滕子京在巴陵郡的贬谪身份,另一件事是他在巴陵郡"越明年,政通人和,百废俱兴"的卓越政绩。它低调而叙,娓娓而谈,不事张扬,点到便止,实际具有极其强大的震撼能量。这两件事之间存在着极大的逻辑反差和心理反差,这些反差必然产生强大的美学张力,引导和驱动读者去思考一个极具审美意义的问题:这到底是一种怎样的心理境界发生作用的结果。

作者在这"首唱荣华"的关键部位所提出的问题,实际是胸怀大志的改革者怎样对待前进道路上的各种厄运的问题。如此重大的问题,如此重要的部位,作者为什么要对这些具有"凤头"意义的材料进行淡化处理?原因不外以下两个方面:一是出于对身陷厄运中的改革者的保护需要,二是出于安排结构的艺术需要。前者是为了避免树大招风,引起无谓之灾,后者是为了便于蓄势,待引满之后再全锋以出。这样,既能冲发,又有节制,既树立了明确的目标,又不仓促进入战位,这种攻守兼备的部署,确实是深具匠心的。

作品的追媵之辞,不是对开头问题的直接回答,而是一个旁跃,妙合无痕地转入了对迁客骚人登临岳阳楼时的感物之情的娓娓叙述:由于四时景物之不同,感物之情势必存在差异,有因"淫雨霏霏","满目萧然"而悲者,有因"春和景明","心旷神怡"而喜者。作者对各种不同的自然景物和因此引发的心情虽然写得酣畅淋漓,却只做客观展现,不作审美评价。何者? 作者所要突出的美学取向,实际并不在这两个画面的任何一个画面之中,这两个画面只是一种材料上的铺垫和语言上的铺垫,是为了进行最终的飞跃而预先做出的结构上的准备。目的是为最后的评价预先留下地步,使最后的评价具有全锋而出的力量,一种远比一般的评价更加彻底、更加全面的美学概括力量。犹如天炉战术诱敌深入一样,摆在主阵地的只是一个虚套,真正的主战场在最后的合围。中间的逶迤,正是为了引向最后的决战。

闪过一旁,是为了继续蓄势,以利于最后的总爆发。这一总爆发,就是结尾中对感物之情的总的美学评价:对三种不同的"览物之情"的美学比较。对"以物喜"、"以己悲"的世俗之情,表示了自己的拒绝和鄙弃,对"不以物喜,不以己悲"、"先天下之忧而忧,后天下之乐为乐"的"古仁人之心",表示了自己由衷的赞美。最后将这种崇高的赞美,融入对"斯人"的赞美和认同中:"噫,微斯人,吾谁与归?"对"斯人"的赞美和认同,也就是对具有这种精神境界的"今仁人"——以滕子京为代表的身处逆境而心系仁政的志士仁人的赞美和认同。这一赞美和认同,实际也就是对开头所提出的问题的总解答。斯人与滕子京遥相呼应,古仁人之心与今仁人之心遥相呼应,在首与尾的圆合中,将全文凝聚为一个有机的整体。

3. 定量性选择

定量性选择就是对材料和语言的繁简和详略进行运筹和策划。刘勰认为,材料和语言的数量和它所处的位置之间,存在着密切的关系。他以裁衣作为比喻说:"美锦制衣,修短有度。虽玩其采,不倍领袖。"文章同样是如此,构成文章整体的每一个部件,都要符合量的要求,既不能过,也不能不及,而是要恰如其分,适得其所,达到"繁而不可删","略而不可益"的地步。

遍照金刚的《定位》篇中,对此有一段展开性的阐述:

　　　　文之大者,藉引而申之;文之小者,在限而合之。申之则繁,合之则约。善申者,虽繁不得而简;善合者,虽约不可而增。合而遗其理,疏秽之起,实在于兹。皆在于义得理通,理相称惬故也。①

"义得理通,理相称惬",是处理语言和材料的详略的总原则。在体现主旨的大前提下,再来筹划材料与语言的分量。"文之大者,藉而申之",对主旨的体现具有重大关系的,就要充分展开,重点突出,写透写足,"虽繁不得而简"。"文之小者,在限而合之",和主旨的关系比较小的,就要有所限制而尽量压缩归聚,点到便止,"虽约不得而增"。增与减是辩证的统一,都要适旨和适度。"申而越其义",则为"滥","合而遗其理",则为"疏"。"过"与"不及",都是不到位的表现,都是不符合篇章整体化的要求的。唯有"修短有度",才是剪裁的大法。欧阳修的《醉翁亭记》的开头的修改过程,就是典型的范例。

在材料与语言的定量性选择中,除了适旨和适度的要求之外,还要考虑文体的特点和作者的个性特点。有些文体要求简略,属于"精论要语,极略之体",例如诗歌,公文,论说,有些文体要求繁赡,属于"游心窜句,极繁之体",如赋,应该随体而异,充分发挥各种文体的表达优势。表现在个人的爱好中,有的人喜欢详细的表述,有的人喜欢简略的表述,应该"随分所好",充分发挥自己的个性特长。

此外,还要考虑读者的接受心理。"古来知音,多贱同而思古","见异惟知音耳"。思古,就是思异,也就是思新思变。"变则可久,通则不乏。"唯有与这种"求异"的心理契合,才能获得良好的接受效果。表现在材料与语言的量度选择中,就是详异略同,详新略旧,详今略古。对此,前人总结了不少成功的经验,如:"久则论略,近则论详;略则举大,详则举小"(荀子:《非相篇》),"作文,他人所详者我略,他人所略者我详"(《麓泽文说》)这些经验,都是对刘勰定量理论的具体体认,对于我们今天的定量选择,具有直接的借鉴意义。

(四)合涯际

"合涯际"就是弥合边际,使前后章节之间在语言的衔接上与意义的衔接上严丝合缝,融会贯通,犹如"美锦制衣"中的针线的连缀。也就是刘勰在《论

---

①　遍照金刚:《文镜秘府论》,人民文学出版社 1975 年版,第 157 页。

说》中所说的:"义贵圆通,辞忌枝碎,必使心与理合,弥缝莫见其隙,辞共心密,敌人不知所乘。"这种章节与章节之间的严丝合缝,融会贯通,是实现文章整体化的另一项不可或缺的结构性保证。

"合涯际"在文章整体化中的工程作用,可以具体概括为以下方面。

1. 过渡的作用

"善附者异旨如肝胆。"(《附会》)进入文章中的材料,在属性上不尽相同,有些是同构性的,有些是异构性的,这就需要在结构上重新进行转换和衔接,才不至于留下漏洞:"夫能悬识凑理,然后节文自会,如胶之粘木,石之合玉矣。"(《附会》)这种将异构性的材料转换为同构性材料的结构性举措,就是过渡。过渡是章节前后之间某些原本不相隶属的材料得以通贯的桥梁,起上承下接的粘合作用和紧固作用,使结构严密,思路畅通,避免支离破碎。这种转换,常常通过特定的具有关联意义的虚字进行。这就是刘勰在《章句》中所昭示的:"至于'夫惟盖故'者,发端之首唱;'之而于以'者,乃札句之旧体;'乎哉矣也'者,亦送末之常科。据事似闲,在用实切。巧者回运,弥缝文体,将令数句之外,得一字之助矣。"也就是唐彪所具体发挥的:"过文乃文章筋节所在。已发之意赖此收成,未发之意赖此开启。此处联络最宜得法。或作波澜用数语转折而下,或止用一二语直捷而渡。反正长短,皆所不拘。总要迅疾矫健,有兔起鹘落之势方佳也。"(唐彪:《读书作文谱》)

2. 照应的作用

照应,即文章的首与尾、前与后、题与文之间的遥相关照和呼应。这就是刘勰所说的:"惟首尾相援,则附会之体,固亦无以加于此矣。"(《附会》)也就是他在《章句》中所昭示的:"启行之辞,逆萌中篇之意;绝笔之言,追媵前句之旨。"清人毛宗岗在《读〈三国〉法》中,对此做出了具体的发挥:"《三国》一书,有隔年下种,先时伏著之妙。善圃者投种于地,待时而发,善奕者下一闲着于数十着之前,而其应在数十着之后。文章叙述之法亦犹是已。"照应与过渡的区别就在于,过渡所做出的承接,是相邻两部分之间的直接的转换与衔接,照应所做出的承接,是不相邻的两部分之间的远程的关照和呼应。由于这种前前后后,里里外外,远远近近的映照和呼应,才能全面而细致地反映出客观事物之间千丝万缕的联系,使文章内容完整,结构严谨,而且使某些关键性的内容在前呼后应中得到强化,加深读者对文章内容的理解。

三、章句的基本原理与工程实务

章句,就是文章的语言构造,也就是刘勰所说的"措辞"。"措辞"是文章写作中最外层的工作环节和步骤。当作者通过镕裁和附会,对文章的思想结构、材料结构和篇章结构进行恰当的组织和构造之后,下一步就是安章造句的层级连缀工作。安章造句,是安排文章条理,组织文章语言的重要手段,对于文章整体形态的最后形成,具有决定性的工程意义。刘勰的《章句》篇,就是研讨文章语言层级连缀问题的专章。下面试对其具体内容,做一简略介绍。

(一)刘勰对章句概念的阐释

什么是"章"? 什么是"句"?《章句》明确指出,"夫设情有宅,置言有位,宅情曰章,位言曰句。故章者,明也,句者,局也。局言者,联字以分疆,明情者,总义以包体,区畛相异,而衢路交通矣。"这里的"章",相当于当代所说的段落。这里的"句",包括了语气的停顿,相当于今天所说的词组,也包含了今天所说的具有语法意义的句子。

在刘勰的概念系统中,"章"主要是从思想内容的角度来划分的,而"句"则主要是从语言的角度来划分的。"章"的作用是"宅情",具有"总义以包体"的功能,是思想感情的一个具有相对独立性的自然表述单位。"章"的特点是能比较完整地表述一个话题,而且只有这样,才能够"成体"。"句"的作用是"位言",具有"联字以分疆"的功能。也就是说,"句"是把一系列的字,按照一定的模式组合起来形成的语法单位或语气单位。"句"可以表达一个相当的意义,但一般来说,不能表述一个完整的话题。概而言之,意义是章句的内在依据,章句是意义的外在标志和形式基础。因此,无论从范畴上来说,还是从形式上来说,章和句既是"区畛相异"的,又是"衢路交通"的。

刘勰这一划分的深刻性和巧妙性,就在于他将文章的内容与形式分置两个既互相区隔又互相联系的范畴中。惟其互相区隔,二者之间的不同属性与不同功能,才能充分凸显出来。由于功能与属性的充分凸显,语言自身的形态和功能才获得了独立的范畴地位,语言形态美学的建立才获得了坚实的逻辑基础。惟其互相联系,二者之间的互动性与共济性才能获得充分的证明。由于这一凸显,文章在内容上与形式上的统一性与整体性才能获得充分的证明,而通向这一整体性与统一性的工程途径与工程要领,才能真正形成并具有全局性的战略意义。由于前者,必然赋予语言的表达以独立性的品格,由于后者,必然赋予语言的表达以系统性的品格。这两种品格,都是前人语言理论之所不备,而为刘勰章句理论之所独备的。

(二)刘勰对字、句、章、篇的一体性的系统认识

刘勰认为,语言的表达是一个具有系统意义的整体。他将这一整体的系统性的具体表现,概括为以下方面。

其一,语言表达的层次性。他明确指出,语言表达的整体性是由多样性的语言层次所构成的:"夫人之立言,因字而生句,积句而成章,积章而成篇。"(《章句》)。就是说,字、句、段、篇虽然是不同的表达单位,但是,它们是有内在联系的。具而言之,句子是由字组成的,互有关联的句子串联起来表述出一个完整的话题,这就是章了,而章根据一定的意义关系和形式关联串合起来,就形成充分表述一个主题的完整的篇了。字是句的基础,句是章的基础,章是篇的基础。如果其中的任何一个环节出现了瑕疵,语言的表达就会成为断线的珍珠,不再成为完整。

其二,语言表达的顺序性。刘勰认为,语言表达的每一个构件,都是具有位置的规定性的,不能颠倒错乱,而必须循序渐进。这就是他所昭示的:"搜句忌于颠倒,裁章贵于顺序。"(《章句》)他所说的"顺序",具指句段的逻辑顺序。逻辑顺序是事物发展的规律性的集中体现,又是人类思维的规律性的集中体现。只有按照逻辑的顺序运行,语言的表达才能与思维的运动找到最佳的契合点。这一契合点,就是语言的整体性借以实现的内在依据,也是内容的整体性借以实现的外在依据。刘勰所说的"外文绮交,内义脉注"(同上),就是这一属性的理论概括。

其三,语言表达的连贯性。刘勰认为,文章作为一个有机的语言整体,它的语言构件的每一部分中,都是严格存在着内容上的紧密联系和媒介上的紧密联系的。这就是他所昭示的:"章句在篇,如茧之抽绪,原始要终,体必鳞次。"(《章句》)所谓"茧之抽绪",具指思想感情上的一线贯通。所谓"体必鳞次",具指语言表达上的段段相衔,句句相接。由于前者,必然使得文章的表达在内容上具有"内义脉注"的鲜明特征;由于后者,必然使得文章的表达在形式上具有"外文绮交"的鲜明特征。正是这两大特征,从内容与形式的双重角度,鲜明地体现着并有力地推动着语言表达的整体化的过程。

以上三个方面,是语言表达的系统属性的集中表现。刘勰对这一属性所

做的系统表述,是我国文论史上的第一次,也是我国语言学史上的第一次。正是在这一论见的指引下,我国的语言表达理论才真正具有了自觉的品格,我国的文章科学才真正落到了语言科学的实处。这对于推动我国修辞科学与文章科学的发展,是极有裨益的。

(三)刘勰对语言表达的整体化的工程论见

对于语言表达的整体性,刘勰不仅提出了完整的理论认识,也提出了具体的工程方法。他所提出的工程方法,可以集中概括为以下几个方面。

其一,遵其纲领。

这就是他所强调的:"振本而末从,知一而万毕。"(《章句》)刘勰所标举的"本",就是在文章中具有"乘一总万"作用的主旨。文章犹如高楼大厦一样,"因字而生句,积句而为章,积章而成篇",就是这样层层叠叠地建筑起来的,但它绝非胡乱堆砌,而是由"意"所统辖,无论字、句、章、篇,目的均在显意。因此,要实现字、句、章、篇的整体化和规范化,首先必须将所有的这些形式因素置于主旨的统摄下运行。唯有这样的语言表达,才是真正具有整体意义和规范意义的语言表达。

其二,相接以穷意。

刘勰认为造句安章,虽然是"随变适会",千变万化,然而在变中有不变,在无法中也寓有一定之法。这些一定之法的总法则,就是循其顺序,相接以穷意。他昭示说:"句司数字,待相接以为用;章总一义,须意穷而成体。其控引情理,送迎际会,譬舞容回环,而有缀兆之位;歌声靡曼,而有抗坠之节也。"意思是:句由几个字按照顺序排列而成,章由许多句子按照次第相接说明一个完整的意思。不论章句如何变化,在内容上和语言上总是次第相接的。犹如舞蹈,不管如何回环舞动,总是出于舞姿次序的组合;又如唱歌,不管如何婉转悠扬,总是出于节奏次序的组合。而其总目的,就是有条有理地表述一个完整的思想。也就是刘永济所精辟指出的:"此篇于分章造句之法,但挈其大纲,所谓言之有序也。大而一篇之中各章之后先,小而一句之中各字之次第,皆有天然之秩序。赋情则情之曲折,记事则事之本末,论理则理之层次,皆天然之秩序也。"①可谓一针见血之语。

---

① 刘永济:《文心雕龙校释》,中华书局1962年版,第135页。

　　这"天然之秩序"具体表现在分章造句的结构形态中,就是一种全局性的联系和通贯。也就是刘勰所昭示的:"章句在篇,如茧之抽绪,原始要终,体必鳞次。启行之辞,逆萌中篇之意;绝笔之言,追媵前句之旨。"这是说,章句在篇中都是紧密相连,前后照应的。开始的词句,总是潜蕴着中间章节的意思,结尾的语句,总是呼应着前面的意旨。这样来安排章句,才能使整篇"跗萼相衔,首尾一体"。如果章节词句不按一定次序相接,而是彼此隔离,就将如孤身远行,"羁旅而无友";如人到处流浪,"飘寓而不安"。这样,势必会使文章条理杂乱,结构涣散,文章的内容也就无法准确地体现了。据此,刘勰概括出了一条具有普遍性意义的规律:"搜句忌于颠倒,裁章贵于顺序,斯固情趣之指归,文笔之同致也。"

　　在主旨的统摄下遵循一定的次序来写,这就是宅句安章的基本法则。这一条法则无论是对于散文来说还是对于韵文来说,都是符合的。

　　其三,章句无常,字有条数。

　　刘勰认为,安章造句在字数的安排上并没有硬性的定规,但仍有一定的规律。这一规律,就是语言的听觉符号中的语音节奏与字数之间的契合关系和制约关系。这就是他所着重指出的:"四字密而不促,六字格而非缓,或变之以三五,盖应机之权节也。"这一工程主张不仅是针对骈文文体的结构规律而言的,也是针对所有文体的结构规律而言的。就骈文文体而言,他明确揭示了骈文文体的结构规律就是四字与六字的组合,而"三五"用在骈文中,则是对"四六"的随机应变的权宜。这一组合的美学优势,就在于它们具有独特的节奏功能:"四字密而不促,六字格而非缓。"因此,必然成为骈体的正格。此后的历代文论家都称骈文为"四六",在理论上即本源于此。而刘勰,则是第一个揭示出这一美学特征,并从理论上进行阐释与升华的学术开拓者。

　　刘勰的这一工程主张的普遍性的规律意义,就在于它开辟了一个具有独创意义的认识范畴:将乐声节奏的美学原理深深渗入了句子的结构形态中。对句子的结构提出"密"、"促"、"格"、"缓"四大观照角度,显然是对传统的语言学视野的极大开拓,是对时代的审美视野的极大包容。正是在这一全新的语言美学视野的凭借下,他对历史上句子字数变化的总体轨迹,进行了全息性的描述:

　　至于诗颂大体,以四言为正,唯祈父肇禋,以二言为句。寻二言肇于黄世,竹弹之谣是也;三言兴于虞时,元首之诗是也;四言广于夏年,洛汭之歌是也;五言见于周代,行露之章是也。六言七言,杂出诗、骚;而诸体之篇,成于西汉。情数运周,随时代用矣。

　　他由此得出的历史性结论,主要有以下几点:一是句子中的字数的多少,从来都是随时代生活的变化而变化的。二是句子字数变化的总趋势,是由简到繁,由少到多。三是句子字数的整与散,并没有定规,而是不断变化的。随着时代的变化,句子的整与散也必然互相取代。他的这些深刻的论断,不仅已经由在他之前的历史所证明,也由他之后的历史所证明。唐代的以"整言"为特点的律诗的盛行,宋代的以"杂言"为特点的词体的代兴,一直到现代的自由诗的兴起,在美学形态上无一不是在刘勰所提出的"情数运周,随时代用"的普遍规律的启示下运行,无一不是对刘勰所提出的"情数运周,随时代用"的普遍规律的正确性的普遍性证明。1500年来,犹如光芒四射的灯塔,指引着我们诗歌大国的远航。

　　其四,改韵从调,节文辞气。

　　刘勰不仅在理论上和工程方法上将字数的节奏美学功能引入了章句的结构中,也从理论上与工程方法上将转韵与易调的音韵美学功能引入了章句的结构中。他明确认为,韵调是与辞气密切相关的,韵调的变化,往往显示着文义的变化,显示着声情的曲折以及结构的转换:调显示声音的抑扬顿挫之态,韵同音节一样协调声音节奏,表现出各种不同的语气和感情。因此,必须仰赖对韵调的调整来充分展示情态,借以实现内容的整体化表达的目的。这样,就从理论上顺理成章地将用韵与章句紧密地连接到了一起。

　　刘勰还从创作实践的角度进一步认为,这种转换的频率固然与人的个性化的感情结构有关,和时代的文化风貌有关,由此表现出不同的语气特点,但仍然是有普遍性的规律可循的。这一普遍性的规律就是:"两韵辄易,则声韵微躁;百句不迁,则唇吻告劳。"意思是:两韵即转,则文气太促,躁动不安;百句不迁,则声韵单调,唇吻告劳。在刘勰看来,两者皆不足取,而应有所折中:"折之中和,庶保无咎。"这种折衷模式的理想形态,就是陆云所标举的四韵一转:"四言转句,以四句为佳。"认为这种模式最符合节奏韵律之美。

刘勰的这一理论主张和工程学主张,是对当时创作实践中的优化模式的理论总结,有力推进了五言八句诗体与七言八句诗体的繁荣,为唐代律诗篇制的定型打下了认识论基础和方法论基础。惟其如此,它获得了历代文论大家的极高评价。纪昀认为刘勰"论押韵特精"(《文心雕龙辑注》),黄侃《札记》则评曰:"其云折之中和,庶保无咎者,盖以四句一转则太骤,百句不迁则太繁,音宜适变,随时迁移,使口吻调利,声调均停,斯则至精之论也。"这些评语,都是合乎实际的。

其五,虚词之助,弥缝文体。

刘勰很重视虚词在安章造句中的重要作用,但是就其理论视角来说,却又是与他的前人与时人迥然有别的。他的前人与时人所采取的认识角度,是以字论字的训诂角度,而他所采取的角度则是整体通贯的角度。这一通贯的逻辑凭借,就是以文气相贯。他在《章句》中昭示说:"据事似闲,在用实切。巧者回运,弥缝文体,将令数句之外,得一字之助矣。"意思是:汉语虚词貌似闲散,不表达实的意义,然而在文句中穿插弥缝,使文章神态毕出,从而使章句组织得更加严密。刘勰的这一论断,实际是对汉语形态的本质性特征的概括。汉语缺少形态变化,不像印欧系语言那样具有丰富的形态变化,更多地依靠语序和虚词来组织句子,即以气行文,这是汉语区别于印欧语的一个重要特征。揭示了这一重要特征,实际就是抓住了汉语的章句结构的本质。抓住了以气行文这一核心关键,文章章句结构的健康发展问题,就可迎刃而解。

刘勰的这一理论论断,为当时流行的骈体散文矫讹翻浅,提出了正确的导向。六朝盛行的骈体文,句式以四六为主,容易造成文气窒塞。刘勰就此提出如何运用虚字,实际就是对这种刻板的模式进行补益,给其注入一种新鲜的质素——以气行文的活力。径而言之,就是通过对虚词的运用,打破词与词之间的严格的对仗,使其具有散文的某种生命特征,以避免其僵化和枯萎。刘勰的这一见解确属卓见,其论述已远远超越了汉儒讨论虚字的训诂学范畴而具有了文章形态美学意义。这一论见,实际已经在理论上为骈文向古文的转化做出了认识论上和方法论上的准备。正如孙德谦所说:"作骈文而全用排偶,文气易致窒塞。即对句之中,亦当少加虚字,使之动宕……或用于字,或用则字,或用而字,其句乃栩栩欲活……文章贵有虚字旋转其间,不可落入滞相也。"(《六朝丽指》)虚字的参入,正是推动骈文走出"窒塞"而重新获得生命活力的重要根由。而刘勰，就是这一主张的首倡者。现代学者申小龙认为刘勰对虚词的研究属于辞气式的虚词研究，这种研究"从句子节奏和语气入手贯通虚词，在相当大程度上是把握住了古汉语虚词的真谛"①，可称的语。

刘勰自身的骈文，就是这一卓越理论的卓越实践。他的《原道》的首段，就是这一卓越实践的具体例证。该段是对文道关系的总论述，在全篇中具有高屋建瓴的地位。全段由 21 个句子组成。其中，严格属于"四六"体式的句子，只有 5 对，共 10 句。其他，或是纯散体的句式，如"文之为德也大矣，与天地并生者何哉"，"此盖道之文也"，"故两仪既生矣"，"自然之道也"；或虽是四字组合，却并无对仗意义的单边句，如"惟人参之，性灵所钟，是谓三才"。于此可知，刘勰在自己的写作实践中已经成功地赋予了六朝骈文的章句结构以全新的形态。在这一"草色遥看近却无"的全新形态中，散文已经开始挣脱原来崇尚堆砌的呆滞模式，从自由奔放的古文中获取了生命的活力。其中最具活力意义的语言要素，就是对虚词的引入。这一引入对骈体文的"输血"意义，主要表现在两个方面：一是逻辑概括力量的极大增扩，二是文气的运化力量的极大增强。

就前者来说，本段开头两句，就是最好的范例。这两句话的要义是揭示文与道的关系，阐明文原于道的深刻道理，以此总领全篇，进而总领全著。那么，作者究竟是凭借怎样的语言手段与逻辑手段，来深刻表述这一层深刻的内在含义的呢？径而言之，作者是依靠怎样的语言纽带和逻辑纽带在如此众多的概念之间建立起牢固的内在联系的呢？

根据句子结构可知，前一句主要是依靠以下四个虚字："之"、"为"、"也"、"矣"。凭借"之"字的语法意义，取消了"文为德"的独立句子地位，赋予它以陈述对象的地位。由于这一语法结构的改变，陈述的对象由"文"的存在转化成了由"文"体现出来的"道"的存在，这在概念上是一种极大的升举：由一般层面的实践论向终极层面的本体论的升举，在逻辑上将文的具体存在和道的普遍规律紧密地联系在一起。一个"也"字，在语法意义上表示句中的停顿，由此突出判断对象"文之为德"和判断内容"大"之间的陈述关系，将二者在认识上组合成为一个严密的逻辑整体。而紧随其后的"矣"字，则是以语

---

① 申小龙：《语文的阐释》，辽宁教育出版社 1991 年版，第 64 页。

气词的形态,对这一判断进行感情上的赞叹,进一步强化它的理性说服力量。后一句主要是依靠以下五个虚字:"与"、"并"、"者"、"何"、"哉"。凭借一个"与"字,它赋予了"文"以与"天地"相连的属性。凭借一个"并"字,赋予了"文"以与天地共生的属性。凭借一个"者"字,赋予了上述诸多内涵以陈述对象的语法地位和整体性品格。凭借一个"何"字,对产生上述属性的总原因进行总体性的质询。凭借一个"哉"字,对上面的质询表现出一种情感上的强烈关注。正是凭借这些虚词所构成的语言纽带和逻辑纽带,句子中如此丰富的多重含义才结合得如此严密,如此富有理性震撼的力量和美学的感染力量。

就后者来说,本段最后的"为五行之秀,实天地之心,心生而言立,言立而文明,自然之道也",就是最好的范例。句与句之间,不仅以逻辑相贯,以语法相贯,也以文气相贯。这种文气的相贯性,就是字与字连接中的听觉美。这种听觉美之所以能够形成和体现,除了句子字数的整齐之外,和虚词的参入也是密不可分的。正是这些虚词的参入,句子的语气高低起伏,从容舒缓,余味无穷,将音乐、诗歌与散文,融合成为浑然的一体。

刘勰在虚词理论与实践上的导航意义,还表现在对唐宋古文运动的深刻影响上。唐宋古文运动是作为骈文的对立面而兴起的新生事物,其核心主张就是崇尚气盛与流畅,主张散文以散行单句为主,不受格式拘束。表现在章句的构造上,就是由反骈倡散,通过虚词的参入,改变骈体呆滞的语言结构模式,赋予散文以灵活自由的语言活力和思维活力,由此而实现了散文的新生。这一重大的历史性的突破,显然是与刘勰在理论上的开拓之力与实践上的示范之功密不可分的。试看唐宋散文名家的散文成就,无一不集中表现在对虚词的卓越运用上。如韩愈《祭十二郎文》之所以被称为"祭文中的千古绝调"(明代茅坤语),固然是因为叔侄二人刻骨铭心的骨肉之情,而"乎、也、邪、矣"等助词的反复运用确实起到了特殊的表达作用。如果去掉了这些虚词,读起来是绝不会有那种顿足捶胸呼天抢地之情以及边泣边诉吞声呜咽之态的。据《宋稗类钞》记载,欧阳修修改《相州昼锦堂记》一文,将原稿"仕宦至将相,富贵归故乡"改为"仕官而至将相,富贵而归故乡"。增加了两个虚词"而"字,按说于语义并无增补与改变,但在诵读吟咏之后就会发现,语句节奏和文势的形成获得了极大的优化,其神态于此尽出。《醉翁亭记》共用了 21 个"也"。这些"也"字在这篇文章中,发挥了不可代替的"弥缝"作用。这些卓越的艺术成就,显然是与对虚词的自觉参入密不可分的。如果没有刘勰的理论与实践的前导和范示,这些卓越的艺术表现,就会成为无源之水而成为不可想象的事情。

惟其如此,刘勰的虚词理论为世代文论家奉为圭臬,影响极其深远。唐代刘知几说:"夫人枢机之发,娓娓不穷,必有徐音足句,为其始末。是以伊、惟、夫、盖,发语之端也;焉、哉、矣、兮,断句之助也。去之则言语不足,加之则章句获全。"(《史通·浮词》)宋代陈骙说:"文有助辞,犹礼之有宾,乐之有相也。礼无宾则不行,乐无相则不谐,文无助则不顺。"(《文则》)明代谢榛说:"善用助语字,若孔鸾之尾声,不可少也。"(《四溟诗话》)清代刘淇说:"构文之道,不过实字虚字两端,实字其体骨,而虚字其性情也。盖文以代言,取肖神理,抗坠之际,轩较异情,虚字一乖,判于燕越,柳柳州所由发晒于杜温夫者邪!且夫一字之失,一句为之蹉跎,一句之误,通篇为之梗塞;讨论可阕如乎!"(《助字辨略》)现代学者黄侃说:"凡古籍常用之词,类多通假,惟声音转化无定,如得其经脉,则秩序不乱,非夫拘滞于常文者所能悟解也。"(《文心雕龙札记》)郭绍虞说:"虚词是语言的脉络,是文章的脉络。""这个脉络看清了,也就可说抓住汉语语法的中心问题了。"(《语法修辞新探》)如此等等,无一不是对刘勰虚词理论的继承与发挥,无一不以刘勰的理论与实践为张本。

第三节　刘勰文章结构理论的历史意义与现实启迪

刘勰是我国中古时期文章(文学)结构理论的集大成者和系统开拓者。我国历史上对文章(文学)结构的理论自觉,从刘勰开始。他在《文心雕龙》中撰写的《熔裁》、《附会》、《章句》等系列专章,就是这一系统理论的完整记录。这一系统理论作为曹丕的文学自觉的进一步深化和进一步完成,其历史意义及对现代文学结构理论建设的启迪意义,都是极其重大的。下面,试从两个方面,进行简略的阐述。

一、刘勰文章结构理论的历史意义

刘勰的文章结构理论,是我国文章结构系统研究的奠基之作,也是这一领域的千年绝响。它的重大的历史意义,可以概括为以下方面。

（一）对文章结构论范畴的首创

刘勰文章结构理论的历史意义,首先表现在它对文章结构范畴的开创上。

范畴是人类思维对客观事物的本质联系的概括反映。从认识论的观点来看,范畴也就是关于客观事物的特性和关系的最一般、最本质的基本概念。这些最一般、最本质的基本概念反映着人类对某一特定领域的认识经验,以及从某一特定角度掌握世界的特殊规律的特定关注点。它不仅标志着人类对某一事物的认识的科学化和深刻化的阶段性水平,也记录着人类在对这一问题的认识中不断完善化的历史进程。惟其如此,它必然具有普遍性的认识意义,给人类文化的发展带来深远的影响。

刘勰就是文章结构领域中这些最一般、最本质的基本概念的确立者与完善者。他在自己的理论著述中所确立与完善的基本概念,大致可以概括为以下三个系列。

第一系列:关于文章结构的整体性的基本概念

整体性,是刘勰文章结构理论的基本出发点,也是他的结构论中的核心概念。他的《附会》篇,就是这一结构理论的集中表述。"附会",是"附辞会意"的简称,"附辞"就是结合内容来安排文辞,"会意"就是会合文意成为一个整体。《附会》篇开宗明义说:"何谓附会? 谓总文理,统首尾,定予夺,合涯际,弥纶一篇,使杂而不越者也。"就是对结构的整体性理念及其工程要领的具体展开。他对整体性这一核心概念的明确体认,渗透于《文心雕龙》的全部内容之中,集中体现在他对下列核心词语的使用中:"体","具美","总"、"一"、"齐"、"篇",等等。

关于"体"的概念

"体"的本初意义,是对人和动物的身体的总体性概括。《礼记·大学》云:"心广体胖"。《庄子·秋水》云:"此其比万物也,不似毫末之于马体乎?"《说文》:"体,总十二属也。"段玉裁注:"首之属有三,曰顶,曰面,曰颐;身之属有三,曰肩,曰脊,曰尻;手之属有三,曰厷,曰臂,曰手;足之属有三,曰股,曰胫,曰足。"《释名》云:"体,替也,骨肉、毛血、表里、大小,相次第也。"这一关于生命机体的整体性的认识,被刘勰作为文章结构的整体性的基本依据,成功地引入了他的理论体系中:

百节成体,共资荣卫。(《熔裁》)

务先大体,鉴必穷源。(《总术》)

履端于始,则设情以位体。(《熔裁》)

章总一义,须意穷而成体。(《章句》)

首尾周密,表里一体。(《附会》)

跗萼相衔,首尾一体。(《章句》)

锐精细巧,必疏远体统。(《附会》)

刘勰在这里所说的"体",是"百节"组成的"共资营卫"的生命整体。他所说的"大体"、"一体"、"体统",无一不是对文章整体性的强调和标举。整体性,是刘勰最基本的结构理念,是他对营造文章结构的最基本的美学要求,也是他借以构建结构学范畴的核心概念。刘勰的这一核心性的体认,也在一系列相关的词语中广泛而深刻地表现出来。

关于"具美"的概念

"具"者,俱也。《小雅》:"则具是违"。《诗诂》:"俱也。"引申为都、全的意思。陶渊明《桃花源记》:"具答之。"《世说新语·自新》:"具以情告。"范仲淹《岳阳楼记》:"政通人和,百废俱兴。"

"具"作为一个关于整体的称谓,也明确地表述在刘勰的理论阐述中:

故宜诎寸以伸尺,枉尺以直寻,弃偏善之巧,效具美之绩。(《附会》)

"具美",就是整体美。整体性是文章结构的本质性特征,也是对文章结构的最根本的美学要求。刘勰对"具美"的强调和标举,也就是他对文章结构的整体性在美学领域中的具体的体认和标举。特别是,这一结构理念是与"偏善"对照而提出的,这就使它的整体意义表现得更加鲜明。

关于"总"的概念

"总",是一个关于事物的整体会聚的概念。《书·盘庚下》云:"无总于货宝,生生自庸。"孙星衍疏:"总者,《说文》云:'聚束也。'"《淮南子·原道训》云:"万物之总,皆阅一孔。万事之根,皆出一门。"高诱注:"总,众聚也。"张衡《东京赋》:"总集瑞命,备致嘉祥。"薛琮注:"总,会也,集聚也。"郦道元《水经注·汾水》云:"其水二泉奇发,西北流,总成一川。"引申为对事物进行全面把握的意思。这一重意思,鲜明表现在刘勰的结构理论中:

> 附辞会义,务总纲领,驱万涂于同归,贞百虑于一致。(《附会》)
>
> 何谓附会? 谓总文理,统首尾,合涯际,使杂而不越者也。(《附会》)
>
> 驭文之法,有似于此。去留随心,修短在手。齐其步骤,总辔而已。(《附会》)
>
> 章总一义,须意穷而成体。(《章句》)
>
> 明情者,总义以包体。(《章句》)
>
> 务先大体,鉴必穷源。乘一总万,举要治繁。(《总术》)
>
> 所以列在一篇,备总情变,譬三十之辐,共成一毂。(《总术》)

整体是要素的总集合。刘勰对"总"的强调和标举,实际也就是对"整体"的强调和标举。

关于"一"的概念

"一"的本意是数目的起点,序数的第一位。古人将它引入宇宙起源的认识论中,认为它是万物之本源。《老子》云:"道生一,一生二,二生三,三生万物。"《淮南子·诠言》:"一也者,万物之本也。"《说文》:"一,惟初太始,道立于一,造分天地,化成万物。"《文子·久守篇》:"天地未形,窈窈冥冥。浑而为一,寂然清澄。"由此,"一"也就顺理成章地成了整体和全部的数学符号,引申为全与满的意思。《礼记·杂记下》:"一国之人皆欲狂,赐未知其乐也。"一国,也就是全国,举国。王安石《伤仲永》:"传一乡。"范仲淹《岳阳楼记》:"洞庭一湖","长烟一空"。高启《书博鸡者事》:"欢动一城。"引申为统一。《孟子·梁惠王上》:"天下恶乎定? 吾对曰:定乎一。孰能一之? 对曰:不嗜杀人者能一之。"杜牧《阿房宫赋》:"六王毕,四海一。"这些意思,虽然角度并不完全相同,却都由事物的整体性质所原发,并最终归结于事物的整体性质,就其基本内容来说,都是对事物的整体性的强调和标举。

"一"的整体意义,也鲜明地表述在刘勰的结构理论中:

> 乘一总万,举要治繁。(《总术》)

> 跗萼相衔,首尾一体。(《章句》)
>
> 首尾周密,表里一体。(《附会》)
>
> 并驾齐驱,而一毂统辐。(《附会》)

文句中所说的"一",无一不是刘勰对文章结构的整体性的深刻体认的具体证明。

关于"篇"的概念

"篇"是文章表达的整体形态。《说文》:"篇,书也……谓书于简册可编者也。"古代文章写在竹简上,为保持前后完整,用绳子或皮条编集在一起,称为"篇"。《前汉武帝本纪》:"元光元年,诏贤良咸以书对,著之于篇。"《诗关雎疏》:"篇,遍也,出情铺事,明而遍也。"所谓"遍",也就是全面与完整的意思。

"篇"作为一个结构学的概念,被刘勰明确地表述在他的结构理论中:"积章而成篇"。"篇"是文章形式的整体形态,也是文章内容的整体形态。文章的形式和内容,都是在"篇"这一特定的容器中熔铸成型的:"章句在篇,如茧之抽绪,原始要终,体必鳞次。"(《章句》)惟其如此,"篇"必然成为文章整体性的最基本的形态标志和内容标志。"篇"的概念,也就必然成为文章结构概念的重要组成部分。

这些基本概念,从各个不同的角度,将文章结构的本质属性——整体性,鲜明清晰地揭示无遗。就其认识的深度和广度而言,至今没有任何一家别的理论可以超越。整体论是结构论最根本的理论核心,由于这一理论核心的浮出历史的水面,人类对文章结构的认识,才有了科学的逻辑依据。这就必然为我国结构论范畴的建立,奠立了一块具有决定意义的基石。

第二系列:关于文章结构的系统性的基本概念

文章作为一个内容与形式融合为一的整体,并不是内容诸要素和形式诸要素的算术总和,而是它们的有机联系。这一普遍规律,很早就为我们的先人所洞悉,并深刻地反映在他们的哲学理念中。我们古人所说的"道",就是对这一总联系的总表述:"人法地,地法天,天法道,道法万物。"(《老子》第二十五章)他们将万事万物都看成一个整体,而整体之所以能够成为一个整体,就在于它们之间的千丝万缕的系统联系。

关于系统性的哲学理念,也被刘勰成功地引入了他的文章结构的系统理论中,是刘勰文章结构理论的第二个基本出发点,也是他的结构论中的另一个核心概念。他对系统性这一核心概念的明确体认,具体体现在他对下列核心词语的使用中:统、贯、纲领、文理、弥纶、绪、脉、度、序,等等。

关于"统"的概念

"统"的本义是丝的头绪。"统,纪也。"(《说文》)"纪,绪也。"(《方言十》)"茧之性为丝,然非得之女,煮以热汤而抽其统纪,则不得为丝。"(《淮南子·泰族训》)引申为事物之间一脉相承的通贯关系。《孟子·梁惠王下》:"君子创业垂统,为可继也。"《史记·范雎蔡泽列传》:"天下继其统,守其业,传之无穷。"又引申为统一。《公羊传·隐公元年》:"何言乎王正月? 大一统也。"桓宽《盐铁论·刺权》:"人君统而守之则强,不禁则亡。"

"统"作为一个系统联系的概念,被刘勰成功引入并明确地表述在他的文章结构理论中:

> 是以草创鸿笔,先标三准……然后舒华布实,献替节文;绳墨以外,美材既斫,故能首尾圆合,条贯统绪。(《熔裁》)
>
> 何谓附会? 谓总文理,统首尾,定予夺,合涯际,弥纶一篇,使杂而不越者也。若筑室之须基构,裁衣之待缝缉矣。(《附会》)
>
> 篇统间关,情数稠叠。原始要终,疏条布叶。(《附会》)

"统",就是对文章结构之间一脉相承的衔接和通贯关系的表述。正是这种内在的衔接和通贯的关系,"驱万途于同归,贞百虑于一致",将各个原本分离的部分,连缀成为一个"首尾圆合,条贯统绪"的"共资荣卫"的有机整体。犹如"筑室之须机构,裁衣之待缝缉"。刘勰所说的"总文理,统首尾,定予夺,合涯际",实际就是这一系统化的具体展开,而"篇",就是这一系统化的完成形态。它以具体的系统位置,标志着和规范着首与尾、前与后、题与文等诸多层面的系统联系,将文章的方方面面纳入其中,实现着"弥纶一篇,使杂而不越"的结构任务。

关于"脉"与"理"的概念

"脉"的本义是血管。"夫脉者,血之府也。"(《素问·脉要精微论》)"骨著脉通,与体俱生。"(王符《潜夫论·德化》)引申为条理连贯而自成系统。

如:"雪缕青山脉,云生白鹤毛。"(王建:《隐居者》)"理"的本义是纹理。"理者,成物之文也。长短大小、方圆坚脆,轻重白黑之谓理。"(《韩非子·解老》)引申为条理层次。"井井分有其理也。"(《荀子·儒效》)

"圭形石质,苍色腻理。"(刘禹锡《砥石赋》)

"脉"与"理"被刘勰作为文章结构学的概念,明确地运用在他的理论表述中:如:

> 总文理,统首尾,定予夺,合涯际,弥纶一篇,使杂而不越者也。
> 若统绪失宗,辞味必乱;义脉不流,则偏枯文体。(《附会》)

"脉"与"理"作为文章结构学的概念,具指文章思路的系统网络。刘勰明确认为,思路作为文章思想的运行路径和客观事物规律的反映,是实现和体现文章整体性的内在依据,犹如"胶之粘木,石之合玉"一样。这一内在依据的重要意义,主要表现在两个方面:一是由于它是思维活动的逻辑性质的集中体现,这种逻辑的性质,必然赋予文章以循序而进的思维特征。刘勰所说的"论者伦也,伦理无爽,则圣意不坠",就是对这种思维特征的理论概括。二是由于它同时也是语言表达的线性特征的根本要求,这种线性特征,必然驱动语言按照先后顺序以单线的形态纵向延伸。刘勰所说的"体必鳞次","由字而生句,由句而生章,积章而成篇",就是这一特征的具体表现。惟其如此,思路的贯通,必然成为思维的贯通和语言的贯通以及文章整体贯通的决定性保证。思路通贯,文章的各个部件就会自然熔会成为一个整体。如果思路不通贯,整篇文章就会偏枯瘫痪。

刘勰所说的"贯"、"纲领"、弥纶、"度","序",等等,都是对文章结构的系统性的强调和标举。这些基本概念,从各个不同角度,将文章结构的另一本质属性——系统性,鲜明清晰地揭示无遗。由于这一理论核心的浮出历史的水面,人类对文章结构的认识,才更加深刻,更加全面。这一核心性的概念,就是刘勰建立结构论范畴的第二块具有决定意义的基石。

第三系列:关于文章结构的和谐性的基本概念

刘勰关于文章结构的和谐性的鲜明理念,集中表现在他对"和"、"协"、"中"、"圆"等系列词语的表述中。

　　"和",就是和谐、协调的意思。本义是音声的相应相谐。"音声相和。"(《老子》)"鸣鹤在阴,其子和之。"(《易·中孚卦》)《说文》云:"和,相应也。"《广雅》云:"和,谐也。"引申为各组成部分协调地相互联系在一起。

　　"和"的概念,也被刘勰成功地引入了文章结构的理论中。他明确认为:"异音相从谓之和。"刘勰将这种美学层面上的协调和统一,视为文章结构的最高追求:"如乐之和,心声克协。"也就是他在《章句》中所具体阐发的美学境界:

　　　　句司数字,待相节以为用;章总一义,待意穷而成体。其控引情理,送迎际会,譬舞容回环,而有缀兆之位;歌声靡曼,而有抗坠之节也。

　　"和"表现在篇章中,就是它在内容组合与形态组合上的协调性和适应性:适旨性,适位性,适度性,适体性,适性性。适旨性,是指进入篇章中的所有材料,都必须符合主旨的要求,具有体现主旨的意义。刘勰所说的"情者文之经,辞者理之纬,经正而后纬成,理定而后辞畅",即此之谓。如果某一部件偏离了主旨,整个系统都会产生混乱。适位性,是指材料与系统位置和系统顺序的契合性,否则,就会产生严重的破裂和不安。这就是刘勰所特别告诫的:"若辞失其朋,则羁旅而无友,事乖其次,则飘寓而不安。是以搜句忌于颠倒,裁章贵于顺序,斯固情趣之指归,文笔之同致也。"适度性,是指材料在数量上的契合性,也就是刘勰所说的:"美锦制衣,修短有度。虽玩其采,不倍领袖。"惟其如此,才能进入"情周而不繁,辞运而不滥"的恰如其分的理想境界。适体性,是指进入篇章中的所有材料,都必须符合体式的要求,也就是刘勰所说的"因情立体,即体成势"。体式是历史的自然积淀,是文章运动的自然规律的体现。唯有与体式的规定保持一致,才能"乘利而为制",获得自然之情趣。否则,就会陷入"失体成怪"的混乱与尴尬之中,也就没有和谐之可言了。适体性,是指进入篇章中的所有材料,都必须与作者的总体风格相契合,体现出作者性情的个异性特征,也就是刘勰所说的"吐纳英华,莫非情性"。情性是一种"自然之恒姿",自然与和谐,总是相并而生,相连而动的。对情性的契合,是通向整体和谐的重要渠道之一。

　　刘勰所说的"和"、"协"、"中"、"圆",等等,都是对文章结构的和谐性的强调和标举。这些基本概念,从各个不同的角度,将文章结构的另一本质属性——和谐性,鲜明清晰地揭示无遗。由于这一理论核心的浮出历史的水面,人类对文章结构的认识,才真正进入了美学思辨的高层境界。这一系列核心性的概念,就是刘勰建立结构论范畴的第三块具有决定意义的基石。

以上三个方面的基本概念,作为这一特定领域的最一般、最本质的认识,代表着人类在这一特定领域中的认识的成熟状态,为我国文章结构范畴的建立,奠定了坚实的基础。它不仅标志着我们先人对文章结构的认识所达到的科学化的高度和深度,也记录着人类在这一领域的认识中不断完善化的历史进程。惟其如此,它必然具有普遍性的认识意义,成为人类在文章结构的认识发展史上一块光芒四射的里程碑。

(二)对文章结构维度的扩充

刘勰文章结构理论的历史意义,还表现在它对文章结构维度的扩充上。

在相当长的历史时期中,人类对结构的认识,是建立在内容与形式的对立和统一的基础上的。孔子所说的"质胜文则野,文胜质则史,文质彬彬,然后君子",荀子所说的"文情貌用,相为内外表里",就是这一认识的具体表述。这一认识作为普遍性的哲学理念来说,无疑是正确的,但是,具体运用在对具体事物的具体认识上,特别是对文章结构维度的体认上,却又是一件颇费踌躇的事情。这是因为,内容与形式虽然在逻辑上属于一对对立的范畴,实际上是不可能截然相分,也是难以截然相分的。众所周知,内容与形式都以对方的存在为前提,内容从来都是形式的内容,形式从来都是内容的形式,二者之间的差异只是审视角度的差异,实际上是一个同一性的整体。而构成这一整体的两个方面之间的关系,实际是一种相对的关系。对具有同一性整体中的相对性的两个方面进行分离,远不是一蹴可就的事情。惟其如此,在对内容与形式的关系进行具体观照的时候,必然会出现由于依据的不确定性而产生分歧。我国古代的"言意之辨",就是典型的例证。

"言意"的问题,就是思维内容与语言形式的关系的问题。先秦时期,出现了两种截然相反的观点,一种观点主张"言不尽意",认为思维与语言之间,是存在着一定的距离的,二者之间,并不具有同一性的品格。这就是《周易系辞下》中所说的:"书不尽言,言不尽意,然则圣人之意,其不可见乎? 子曰:圣人立象以尽言,设卦以尽情伪。系辞焉以尽其言。"另一种观点则主张"言可尽意",认为思维和语言互相契合、互相依从,二者之间具有严格的同一性品格。这就是《墨子》中所说的:"以辞执意"(《小取》),"执所言而意得见,心之辩也"(《经上》)。也就是《荀子·正名》中所说的:"辞也者,兼异实之名以论意也。"这些形形色色的见解,不仅显示出了认识角度的分歧,也隐隐浮现出了"意、象、言"这三个与人类的思维活动直接相关的基本范畴。这三个基本范畴,实际也就是关于认识人类思维的内容与形式的关系的新思路。

魏晋时期,随着玄学的兴起和注解《周易》等著作的需要,"言意"之辨也就全面地登上了历史的舞台,其代表人物就是王弼和欧阳建。王弼的观点是:

> 夫象者,出意者也。言者,明象者也。尽意莫若象,尽象莫若言。言生于象,故可寻言以观象;象生于意,故可寻象以观意。意以象尽,象以言著。(《周易略例·明象》)

王弼认为,"言、象、意"是一个由表及里、由外及内的认识层次结构:言是"象"的载体,象是"意"的载体,三个层面互为表里,一层一层地通向事物的本质,构建成为一个整体性的认识机制。根据这一认识机制,人们完全可以通过语言去把握物象,通过物象去把握事物的本质。无疑,这种认识是符合认识活动的本质和规律的。但是当他进一步论证对事物的最高本质的认识机制时,却得出了一个和前面的正确认识互相矛盾的结论:

> 忘象者,乃得意者也;忘言者,乃得意者也。得意在忘象,得象在忘言。故立象以尽意,而象可忘也。(同上)

这种认识在注意到三者之间的区别同时,却又"跨越了小小的一步",将三者之间的区别夸大到了绝对化的程度,只看到了它们之间的对立性,而看不到它们之间的统一性,割裂了三者之间的内在联系,甚至认为"言"与"象"的中介是认识"意"的障碍,结果陷入了神秘主义的不可知论的泥坑之中。

作为王弼"言不尽意"说的对立面,欧阳建针锋相对地提出了自己的"言可尽意"的见解。他明确指出,认识的对象是一个客观存在,客观存在的属性与规律是不以语言、概念、名称为转移的:"形不待名,而方圆已著;色不俟称,而黑白已彰"。客观对象发生了变化,名称与概念也会发生相应的变化:"名逐物而迁,言因理而变"。这一对认识对象的唯物主义的还原,为他解决言与意的关系问题提供了坚实的逻辑起点与理论支点。

以此为据,欧阳建旗帜鲜明地肯定了言、名与物、理的关联性及统一性,主观与客观的一致性,以及逻辑认识的可靠性。他明确认为:"理得于心,非言不畅;物定于彼,非言莫辨"。主观的语言名称和客观的认识对象,二者是辩证的统一:"犹声发响应,形存影附,不得相与为二"。因此,主体要认识客体,表达思想,可以依靠语言、概念、名称等认识手段,可以通过逻辑认识的途径。概而言之,世界并不神秘,它是可知的,是可以通过认识的手段进行认识的。

欧阳建的《言尽意论》的结论无疑是正确的,但它的片面性也是显而易见的。他在强调统一性的过程中,同样多走了小小的半步,将三者之间的统一性夸大到了绝对化的程度,只看到了它们之间的统一性,而看不到它们之间的矛盾性,结果陷入了机械唯物主义的简单性和粗糙性之中,同样不能具有完整的真理性的品格。

这两种论见虽然各执一端,但它们各自所具的真理性品格,却都在刘勰的思想上获得了高度的集中与平衡。刘勰在根本结论上吸收了欧阳建的"言可尽意"的学术主张,又在论证方法上吸收了王弼的"意、象、言"依次而分并相连而动的三维式的认识模式,构成了自己对内容与形式的结构关系的明确的哲学理念,并将这一科学的哲学理念成功地运用在文章结构的认识领域中,形成自己独标一格的三维式的文章结构理论。刘勰在《镕裁》中所标举的"情、事、辞"的命题,《风骨》中所标举的"风、骨、采"的命题,就是对这一"三维式"的结构模式的理论概括。

刘勰的"三维式"结构模式是对传统的"二维式"结构模式的革命性开拓。它的开拓性意义,具体表现在以下方面。

1. 改变了"二维式"中的二维对立状态,赋予文章结构以整体性的品格

在传统的"二维式"的结构中,内容与形式通常都处于对立的两极,具有非此即彼的属性:对内容的接近势必造成对形式的疏离,对形式的接近势必造成对内容的疏离。以孔子为代表的儒家在理论上虽然标举"文质彬彬",但从他的具体应用来看,实际上是以"质"为主,以"文"为从的。比如"修辞立其诚"(《周易·乾卦·文言》),是讲人的道德与辞令的关系的,就二者所涉及的

范畴来说,实际也就是内容与形式的关系。孔子认为,二者的关系,是手段和目的的关系,显然是偏重于内容的。又如"绘事后素"(《论语·八佾》),同样是标举先质后文的。由于这种认识上的倾斜性,在相当长的历史时期中,对文章形式的研究成为学术上的灰区。直到魏晋南北朝时期,由于经学的式微和玄学的兴起,才从禁锢中苏醒过来,逐步进入了文学的自觉时期和文学形式的自觉时期。

但是,文学形式的自觉远比文学的自觉迟缓而曲折。从魏晋开始的对文学形式的追求,并不意味着对文学结构观念的自觉。魏晋南北朝时期是文学的自觉时期,但又是从一个极端跃入另一个极端的时期,从唯质论跃入唯文论的时期,结果带来的并不是内容与形式的平衡,而是形式主义的大泛滥。这种极端化的倾向,来源于二维式结构模式本身的局限性。二维式的结构是一种非此即彼的模式,在非此即彼的情况下,是没有平衡可言的。要想实现结构的真正平衡,必须对原来的结构模式和结构观念进行突破。否则,将永远徘徊在历史的循环律中踌躇不前。而刘勰,就是这一全新结构模式和这一全新结构观念的标举者和倡导者。

由刘勰所标举和倡导的三维式的结构模式,是一种摆脱了二元对立的拘囿而以整体为唯一归依的结构模式。处于这一整体中的,不再是没有分解意义的抽象的内容和形式,而是既具有统一意义又具有分解意义的三个相连而动、相递而进、相并而生的具体层面:情、事、辞。三者之间的关系,永远都是共生、并进、循序的活生生的整体关系,而不再是此消彼长的抽象、凝固的对立关系。它的每一个层面中,都包含着内容的因素,也包含着形式的因素,都是内容与形式统一的特定状态:表层状态、中层状态和里层状态。这样,就使文章的整体性,获得了更加具体、更加确切的显示。由于这一概念系统的支持,内容才真正成了具体的内容,形式才真正成了具体的形式,内容与形式的统一才真正成了具体的统一,对内容与形式的统一的整体把握,才真正具有了理论上和实际上的双重可能。

2. 它改变了"二维式"中的二维混沌状态,赋予文章结构以层次性的品格

在传统的"二维式"结构中,内容与形式作为矛盾的对立面共处于一个整体中,而对立双方的界限实际上是混沌不清的。原因是内容与形式具有极大的相对性,某一形式中的内容可以是另一结构中的形式,某一内容中的形式又

可以成为另一结构中的内容。这样，就必定使双方的界限难以确切划分。在这种难解难分的情况下，二者之间的对应关系和互动关系，必定是极其模糊的。内容到底包括哪些因素？形式到底包括哪些因素？内容到底怎样决定形式？形式到底怎样反作用于内容？古往今来，很少有人能够进行具体的解说，而现代学界对文章结构所常作的具体区分，也是具有明显的主观认定的属性而同样是颇费踌躇的。

现代学界对文章结构所常作的具体区分，就是将意蕴与题材归入内容的范畴，将结构、语言与方法归入形式的范畴。这种区分无疑包含着部分真理，但是它所突出的仍然是一种主与末的关系，它在强调社会生活和作家思想感情在文章结构中的主导地位的同时，又将形式置于可以脱离内容而存在的"空壳"的位置了。众所周知，脱离了形式的内容与脱离了内容的形式，实际上都是不能存在的。这两个被人为分割出来的侧面本身，都不具有独立的存在价值，也不能独立地显示自己的意义和特性。

这种划分的不全面性和不确定性，是显而易见的。众所周知，内容与形式，具有流变与交错的属性。就意蕴和题材的关系来说，意蕴作为文章的深层内涵，是寄寓在题材之中的；题材作为意蕴的存在方式，也就是意蕴的形式。就题材和语言的关系来说，题材是语言的内在实质，属于内容的范畴，语言是题材的存在方式，属于形式的范畴。就语言表达的本身来说，也有内与外的关系问题：语音属外，语义属内，语义是语音的内容，语音是语义的存在方式。再以意蕴来说，同样存在着内容与形式的关系：意蕴是"道"的存在方式，"道"是意蕴的普遍性内容。

如此种种的交错和互相消长、转化的状况，是二维式本身所固有的不确定属性的反映。要想摆脱这种混沌性的结构状况，只有跨越这种混沌性的结构模式才有可能。而刘勰所标举的这种"情、事、辞"的三维式的结构，就是对这种混沌性结构的成功超越。三维式的结构是一种层次性的结构，各个层面之间的关系，不再具有相对的属性，也不再具有流变的属性，而是一种依次递进的属性。由于严格的顺序制约，它的各个层面之间的关系必定是极其清晰和稳定的。这种依次递进的结构关系，可以概括在下面图象里：

刘勰将文章的结构区分为三个层面：情、事、辞。文章结构的最外层，是语言层面，也就是媒介层面，它是事义层面借以显现的物质外壳。中层是事义层

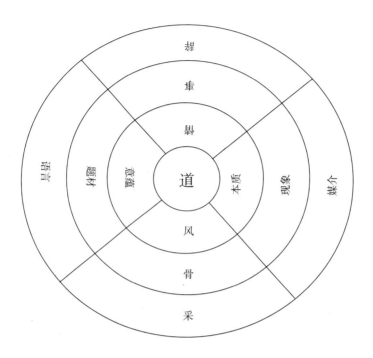

面,也就是题材层面,在属性上属于现象的层面,它是文章的意蕴借以体现的生活材料和逻辑材料。里层是情思层面,也就是意蕴层面,在属性上属于本质的层面,它是文章题材中所包蕴的精神内涵。刘勰所说的"六义"与"三准",就是对这一层次关系的完整概括。从外看,通过语言把握题材,通过题材把握意蕴。从内看,首先是"设情以位体"——对意蕴的把握,然后是"酌事以举类"——对题材的把握,最后是"撮辞以举要"——对语言的把握。而"道"作为宇宙运动的总规律和总动力,则是三个层面的总原发和总归宿,也是文章整体运动的总根由。由于层次的分明和稳定,各个层面之间的有机联系以及每一个层面所具有的独立的存在价值和审美价值,才获得了充分的显示。有了明确的层次划分,才有明确的美学追求,有了明确的美学追求,文章的整体化才得以进入一个更加高远的精神境界。刘勰的风骨采的美学理想的提出,就是建立在这一层面结构的基础上的。

　　3. 它改变了"二维式"的纯逻辑状态,赋予文章结构理论以工程性的品格

　　"二维式"的结构模式,是建立在纯粹的逻辑推理的基础上的一种哲学理念,其本身并不具有现实的可操作性。这是因为,组成事物整体的"内容"与

"形式"这两个对立统一的层面,实际上是不可分离的。用两分法分离出来的这两个侧面本身,并不具有显示自己的存在价值和美学意义的独立品格。对由它们所组成的整体所做的任何硬性的分离,都只能带来理论上的偏颇和实践上的失误。人类历史上诸多唯内容论与唯形式论的尴尬局面,就是这种生硬划分的非科学性的具体例证。

而在三维论的结构中,三个层面的关系已由原来的对立关系改换成了依次递进的关系。由于依次递进,每个层面都具有了自己独立的存在价值和审美意义,都是一个可以拆分的价值实体和美学实体,这一价值实体和美学实体所具有的价值意义和美学意义,也因此而得到充分的显示。它的每一个层面,都可以允许作者由里向外地进行构思和由外向里地进行传达,也可以允许读者依次欣赏和领略,由语言的把握进入题材的把握,由题材的把握进入意蕴的把握,最后进入整体的把握。它的每一个部分,都成了可以现实操作的具体工程。

这样,就将关于结构的哲学理念,完整地转化成了具体的工程学理念。这一分级生发的工程学理念,就是刘勰对文章的各个要素进行具体观照,并将它们一一落到工程学实处的逻辑起点和理论支点。如果没有这一逻辑起点和理论支点,刘勰对文章要素的诸多分类学阐述,如关于"神思"的理论阐述与工程阐述,关于"物色"与"事类"的理论阐述与工程阐述,关于"辞采"的理论阐述与工程阐述,关于"六义"与"三准"的理论阐述与工程阐述,关于"风骨采"的理论阐述与工程阐述,都会成为不可想象的事情。

刘勰不仅开拓了文章整体优化的理论工程,也开拓了文章整体优化的实践工程。他所提出的系统性的工程理论与工程方法,完整地表述在《总论》、《镕裁》、《附会》、《章句》、《体性》、《定势》等系列的专章中。这一工程理论体系与工程方法体系,都是时代创造的最高综合与总结,都是前人所未及和后人所鲜及的理论智慧和实践智慧。它在文章整体优化上的卓越的工程学品格,可以具体概括为以下几个方面。

其一,对文章整体把握的总体战略思想的明确标举。

在我国历史上,第一个将文章视为整体,并且以此为据,提出整体把握的明确的战略思想的学者,就是刘勰。刘勰的这一战略思想,完整地表述在他的《总术》中。"总术"者,总揽之术也。所谓"列在一篇,备总情变;譬三十之辐,共成一毂",所谓"务先大体,鉴必穷源。乘一总万,举要治繁",就是对这一总揽之术的理论概括。

总揽之术的具体内涵,就是以心术总文术。"文之所以鼓天下者,乃道之文也。"心作为"道"的具体体现,是文章整体的最高集合。把握了文心,也就是把握了文章的整体。但是,心不能自明,而必须借事义以明之;事义不能自见,而必须借辞采以见之。于是"情、事、辞"相连而动,相递而进,镕铸成为一个有机的整体。通过对文心的整体把握,去实现对题材的整体把握,通过对题材的整体把握,去实现对语言的整体把握,这就是刘勰整体战略思想的基本内容。

如此深刻的理论主张和如此完整的工程设计,在我国文学理论史上以及写作理论史上,乃至世界文学理论史上和写作理论史上,都是破天荒的事情。一千余年来,它一直在有效地指引着我国广大作者在文章整体化方面的实践进程,对抗着形形色色的唯内容论和唯形式论的干扰,使其不致偏离航道。截至目前,就其理论高度和实践深度而言,还没有任何一家别的战略理论可以代替和超越。

其二,对文章整体优化具体方法的系统阐述。

刘勰针对文章的整体属性,不仅提出了文章整体优化的系统理论,也提出了实现文章整体优化的系统方法。这些系统性的工程方法,具体阐述在《镕裁》《附会》《章句》等系列的专章中。他明确认为,文章的结构是整体性的,但是文章的具体构建过程却是循序渐进的。据此,他提出了分步到位的开发战略:第一步,将意蕴、材料的整体化的宏观的和动态的层面,纳入"熔裁"的范畴中,对文章结构的大体格局进行全面筹划,集中解决"规范本体"和"剪裁浮辞"的问题,也就是意蕴的整体化和相应题材的整体化的问题。第二步,将篇章的语言整体化的微观的和静态的层面,纳入"附会"与"章句"的范畴中,对文章的文本形态进行具体的规范,集中解决文章的语言层面的整体优化的问题。这样,就将文章的三个层面,井然有序地镕铸成为一个规范化的整体。

刘勰的这些工程理论与工程方法,是我国历史上文章结构经验的全面综合与总结,也是我国文章整体运作方法的系统工程理论的真正意义的起点。运用系统的工程方法理论对文章结构进行系统的筹划和建构,从刘勰开始。如此周密的结构工程理论和结构工程方法,是独秀于中华文论而不具备于其他各国的文论中的。

其三,对文章整体优化的明确的美学追求。

刘勰在文章整体优化方面的最大的历史性贡献,还在于他为文章的整体优化,提出了三个具体、明确的美学目标:风,骨,采。这三个美学目标,分属于三个层面:风是对文章意蕴层面的美学追求,具指意蕴中的美学感染力量——风力;骨是对文章事义层面的美学追求,具指材料对“风”的美学支撑力量和表现力量,也就是“结言端直”所具有的逻辑力量——骨力;采是对文章语言的美学追求,具指语言因事义之充实与修辞之巧妙所发出的美学光辉——采力,也就是辞采的发皇耳目的效应对“骨”的美学支撑力量和表现力量。刘勰认为,三者统一的境界,才是文章整体优化的最高境界。他将这种“风骨采”全具的境界,比喻为人间最美的事物“鸣凤”,以与那种只具风骨之力而缺乏采力,或者只具采力而缺乏风骨之力的非具美的文章形态相区分。他说:“若风骨乏采,则鸷集翰林;采乏风骨,则雉窜文苑。唯藻耀而高翔,固文章之鸣凤也。”

刘勰所倡导的“鸣凤”之美,是一种整体性的全美。这一震撼古今的高远、明确的美学追求,是中华文论中的一份特别宝贵的财富。

二、刘勰文章结构理论的现实启迪

历史作为一个螺旋式向上运动的过程,它的某些细节有时会在新的条件下重新出现,再一次掀起认识上的波澜。现当代我国文学理论界在内容与形式关系问题上所遇到的逻辑尴尬与实践瓶颈,就是如此。

我国古代由内容与形式的关系所引发的哲学争端,在魏晋时期达到了高潮,终于爆发了一场激辩。这一场激辩的论题是语言能否尽意的问题,而其逻辑焦点则是对内容与形式的同一性与相异性的侧重问题。这一场针锋相对的论辩虽然在当时并没有得出结论,但是双方论见的深刻之处和片面之处,都得到了充分的表现,为后人的总结和升华提供了丰富的理论资料。刘勰的内容与形式并重的论见与三维式结构的系统主张,就是在文章结构的具体领域中对这一场激辩所作的理论总结,也是对前人的结构理念的具有根本意义的拨正和拓展。从此,我国的文学结构理论与文章结构理论才真正走出了唯内容论或者唯形式论的片面性的误区,走上了内容与形式平衡发展的“藻耀而高翔"的康庄大道。我国大唐文学的繁荣,宋代文学的繁荣,一直到元明清时代文学的繁荣,无一不与这一系统理论的指引直接相关,无一不是由于刘勰的文章结构论的导航而绕开了形形色色的暗礁,得以始终沿着正确的航道行驶。

进入现代以后,随着中国半殖民地化的历史蜕变过程,西方的各种文化观念有如海水一般涌入了中华的文坛,其中也包括西方的关于内容与形式的对立与统一的二维式的哲学理念。这一理念中无疑包含着某些合理性的因素,给予国人以许多启蒙性的教益,促进着我国现代文化思想的更新。但也毋庸讳言,在对这一理念的领会与具体把握上,也存在明显的绝对化倾向,再加上我国长期的闭关锁国的文化蒙昧所造成的固有弊端,使得这种绝对化倾向愈演愈烈。在一个相当长的历史时期中,"内容决定论"和"形式从属论"的绝对化的文学偏见,在行政上对某种特定内容和某种特定形式的特别指定和特别标举,被视为路线斗争和阶级斗争的总范畴而贯穿于文学运动的全过程之中,获得了社会立法的最高权威,而传统的三维式的结构理念和平衡发展的结构思想,则被贱视为封资修的理论而遭到了社会性的淡化和尘封。这种严重的结构失衡和历史失语的现象,在大跃进的"红旗歌谣"中达到了高潮,更在史无前例的"文化大革命"的"阴谋文学"中达到了顶点。由此带来的,是全民性的文化失语的空前浩劫,使千年繁荣的中国文坛嬗变成了除了政治之外几乎寸草不生的文化沙漠。这一历史性的灾难一直到新的党中央粉碎了"四人帮"和实行拨乱反正的正确路线之后,才正式画上了一个句号。

但是,由于积重难返的原因,发生在具体的文学理论领域中的拨乱反正,绝不是一件一蹴可就的事情,而必定是一个此消彼长的反复推移的渐进过程。

学界最先做出的理论修正,就是对二维式的结构进行体制内的精确解读,尽力消除其中的绝对化的色彩。学界的普遍做法是对内容与形式的关系,在表述上进行种种平衡化的处理,如说:"文学作品的形式","是具有内容的形式";"文学作品的内容","是具有形式的内容"。或者说:"形式是内容的形式,内容是形式的内容"。这些说法,实际是一种同义的反复,不具有任何实质性的辨析意义。因为不管怎样的语言"平衡",它无法解决自身的矛盾性:既然内容与形式是一个"同一性"的范畴,二者究竟如何明确区分呢? 既然不能明确区分,又如何明确显示二者的对应关系呢? 既然不能明确显示二者的对应关系,又如何明确体现内容对形式的决定性作用和形式对内容的从属性作用呢？不管怎样躲闪腾挪，只如文字游戏，不仅不能解决任何问题，反而将一个原本糊涂的问题说得更加糊涂了。

由于"物极必反"的原因和"否定之否定"的需要，某些学者引进了西方另一种与此针锋相对的结构论思想——以什克洛夫斯基为代表的"形式主义"思想。这一学派从文学本体论出发，激烈反对传统的内容与形式的二维划分，认为："文学作品是纯形式。它不是物，不是材料，而是材料的比。正像任何比一样，是零维比。"①明确宣称："我的文学理论是研究文学的内部规律。如果用工厂的情况作比较，那么，我感兴趣的就不是世界棉纱市场的行情，不是托拉斯的政策，而只是棉纱的只数。因此，全书整个是谈文学的形式变化问题。"②这些旗帜鲜明的理论建树，克服了传统理论在实际上独重内容而忽视形式的倾向，开辟了一条研究文章结构的新思路。但是，它的局限性也是极其明显的，它的过于偏激的主张，又使它从一个极端跃入了另一个极端，最后还是陷入了新的逻辑尴尬之中而不能自拔。因为它所遵循的模式，实际上依然是一种二维对立的模式，只是反一方向而已。在二维对立的情况下，是不可能在结构上获得真正平衡的。

在这反反复复的探索与寻觅之中，在连串的否定与再否定的长途跋涉之后，我国以童庆炳为代表的学者群，将开拓的眼光转向了中西文论的融合上，希图由此开辟出一条解决难题的途径。在前人智慧的启迪和今人智慧的参照下，他们提出了一种进一步走向平衡的结构思想——"层次结构"思想。这一当代最平衡的结构思想，集中表述在下面一段论述中：

中外文论史上，都有人把文学本文的构成，看成是一个由表及里的多层次的审美结构。中国古代的《周易·系辞》在探讨哲学思想的表达问题时，曾提出"言、象、易"三个要素。后来，三国时期的著名经学家王弼，在对《周易》进行诠释时，则更为详明地理清了三者的关系。他说："夫象者，出意者也。言者，明象者也。尽意莫若象，尽象莫若言。言生于象，故可寻言以观象；象生于意，故可寻象以观意。意以象尽，象以言著。"在王

---

① 什克洛夫斯基：《罗扎洛夫》，见胡经之《西方文艺理论名著教程》下册，北京大学出版社1989年版，第236页。

② 什克洛夫斯基：《关于散文理论》，莫斯科苏联作家出版社1984年版，第8页。

弼看来,"言、象、意"是一个由表及里的审美层次结构。人们首先接触到的是"言",其次"窥"见的是"象",最后才能意会到由这个"象"所表达的"意"。三个因素都是重要的,缺一不可。在三国时期,王弼能有这样全面的构成观,是难能可贵的。

童庆炳也从西方的传统哲学中,找到了这种思想的萌芽:

这种构成观,西方早在古希腊时期也有萌芽。不过真正把它当做一种理论提出来的是黑格尔,他认为:一件艺术作品,我们首先见到的是它直接呈现给我们的东西,然后再追究它的意蕴和内容。黑格尔把"直接呈现给我们的东西"称为"外在形状",它的作用是"能指引到一种意蕴",而"意蕴"是一种内在的东西,"一种内在的生气、情感、灵魂、风骨和精神"。黑格尔虽然已经朦胧地意识到了"形状"和"意蕴"的关系,可惜他对"象"并没有王弼那样清晰的认识。不过他提出的"意蕴"说,却为本文层次的探讨提供了一个重要的概念。

童庆炳还从西方现代美学理论中,找出了现代层次结构的理论依据:

这一论题,也是西方现代美学的热门话题。其中最值得我们借鉴的是波兰现象学派理论家英加登的见解。他把文学作品的本文由表及里地分成五个层面:第一个层面是声音的层面;基于这一层面产生了第二个层面,即意义单元的组合层面;第三个层面,即要表现的事物、人物、背景这样一个层面,英加登称之为小说家的"世界";第四个层面是所谓的"观点"层面;第五个层面是"形而上性质"的层面,如其中所表现的崇高、悲剧性、喜剧性、神圣性等,通过这一层面引起人的深思。①

童庆炳综合古今中外关于文本结构的探讨,形成了一条极有创意的新思路,这就是将文学作品的结构从总体上划分为三个层面:语言层面,题材层面,

① 童庆炳:《文学理论教程》,高等教育出版社1998年版,第177—178页。

意蕴层面。三个层面都具有独立的价值意义和美学意义，它们之间的关系，被界定为一种层层深入、互为条件、互相沟通的关系。这一新的思路，对于避免二维式的极端，走出形而上学和庸俗社会学的历史瓶颈，是极有裨益的。在现代文学理论的体例上，确实是一个石破天惊的创举。

但是毋庸讳言，童氏的层次结构新思路在理论依据上，仍然是比较苍白的。这是因为他所凭借的主要逻辑依据，大都是哲学上的传统命题。将哲学的传统命题直接转化与套用为现代文学理论的命题，这种做法过于简单化了。特别是，这些传统命题本身，还存在着某些并不十分完善之处，例如王弼的"言象意"理论的最后结论是"言不尽意"的不可知论，黑格尔的二维对立理论的论证方式中具有同义反复的循环论证的色彩，将这些并不十分完善的命题直接导入论证的过程，是没有真正的说服力的。而且也因为，他所提出的古今中外的论据，实际并不属于一个思想体系，它们之间存在着极大的差异。而要想将它们"捻合"成为一个同质性的理论结构，是相当困难的事情。例如，黑格尔的终极依据是"绝对理念"，《周易》与王弼的终极依据是"自然之道"，就是两个不同体系的观念。《周易》与王弼所标举的结构观念是"言、象、意"三维相生的结构观念，黑格尔所标举的结构观念是内容与形式二维相对的结构观念，不管就学术的视野来看，还是从世界观的基本取向来看，二者都是迥然有别的。至于英加登的"层次"理论，纯属于"形式主义"的理论延伸，他所说的五个层次，实际都是"没有意味的形式"，是可以由读者在内容上随意"填补和充实"的"骨架"。这样的零维度的"骨架"理论，与《周易》及王弼的"言、象、意"三维相生的结构观念，完全是两个不同的范畴，二者之间是不能进行简单类比的。

上述的种种不足，归根结底是论证依据和论证手段的不足，并不能否认童氏的根本论点的正确性。童氏的根本论点，就是对文学作品进行"话语、题材、意蕴"三个层面由外及内的划分，以此来代替二维式的机械划分。这一命题的本身是正确的，是我们古人早已证明过的真理。童氏给我们正确地指出了这个理论目标，但是没有准确地指出通向这一理论目标的最直接的理论途径。这一最直接的理论途径，就是刘勰在这一问题上的理论开拓。

刘勰是我国历史上第一个将前人的三维式的哲学理念演化为完整的文学结构理念的学者。他所做出的演化过程，绝不是一个简单的"对译"过程，而是一个理性的升华过程和实践的具化过程。他所做出的升华与具化,集中表现在两个方面:一是对原哲学命题的超越;二是对作为文学命题的三维结构的明确阐释。前者具体表现为,他吸收了王弼的论证方法,却又对王弼的"言不尽意"的总结论做出了根本性的修正,从而达到更加辩证的高度,表达出了"言可尽意"的正确观点。他所说的"情者文之经,辞者理之纬,经正而后纬成,理定而后辞畅",就是这一观点的明确表述。后者具体表现为,他在《镕裁》中所标举的"情、事、辞",实际就是对文学结构的三个层面的明确表述,《风骨》中所标举的"风、骨、采",就是对三个层面的美学理想的明确追求。惟其如此,由刘勰所开辟的三维式的结构理念,必然具有一种特别平衡的理论品格,正是这种独特的理论品格,一千余年它一直被文坛奉为圭臬,有力地支持着我国文章大国的历史建设过程。从中古到近代,我国的文坛在内容与形式的关系上没有出现过重大的波折,一直沿着整体和谐的道路发展,一个高峰接着一个高峰,这与刘勰的"三维式"的结构理念和"风骨采"的美学理想的正确导航,是密不可分的。

因此,要想走出现代二维式结构理论的不平衡性的历史怪圈,实现现代中国文学理论的正本清源,最好的办法是直接向这一源泉的最深厚处和最清澈处,吸取生命的乳汁,具而言之,就是从刘勰的博大精深的结构学体系中,直接吸取理论的教益。刘勰的结构理论对现代文坛的启迪意义,可以集中概括为以下方面。

(一)对中华结构理论的民族传统的代表意义

每个民族都有自己的文化传统,这一传统既集中体现在它的最基本的民族精神上,也具体地表现在它的民族文化的每一个细节上,以血的链接,为一个民族的生存和发展,提供基因性的内在保证。中华的文章结构理论,就是这一长长链接中的一个具有关键意义的链条,而刘勰的义章结构理论,就是这一历史链条的最完整的代表。

刘勰文章结构理论的代表意义,首先表现在它对前人结构理念的全面继承上。

刘勰的文章结构理论的最大特点,就是它的平衡性。这种文化素质,既来自道家的自然哲学:万物的同一与和谐,是自然之道的基本内容;也来自儒家的伦理哲学:文与质的平衡与和谐,是儒家人格的理想境界。无论是儒家所提出的二维论主张,还是道学与玄学中所提出的三维论主张,它们对平衡性的追求是相同的。具体表现在刘勰的结构理论中,就是他对内容与形式的并重性与不可分割性的鲜明强调。刘勰所说的"夫水性虚而沦漪结,木体实而花萼振:文附质也。虎豹无文,则鞟同犬羊;犀兕有皮,而色资丹漆:质待文也",就是对这一属性的明确的理论概括。这一理论主张,为我国历代文人奉为圭臬,由此形成了我国文质并重的民族传统。一千余年来,我国的文坛总是一个高峰接着一个高峰,很少出现在文与质的关系上的畸重畸轻的倾斜现象。这与传统的规范力量是密不可分的。

刘勰文章结构理论的代表意义,还表现在它对前人结构理念的全面开拓上。它所特具的创新性,集中表现在他对王弼的"言、象、意"三维式的哲学理念的系统扬弃上。他吸收了其中的三维相生的积极成分,剔除了其中的不可知论的错误观点,在此基础上建立明确的"三准"理论。和王弼的"言、象、意"的玄学理念相比,"三准"中的"情、事、辞"具有更大的具体性和确切性,它不仅是客观事物的普遍规律的反映,也是文学结构的特殊规律的反映。它是实实在在的文学范畴,而不再是飘忽的哲学范畴。这一范畴的演变,是我们民族所固有的与时俱进、开拓创新的民族天性的表现。惟其如此,刘勰的"三准"理论才能在历史的流传中,为历朝历代的人提供理论导航,并在历史性的交换中不断集纳历朝历代的经验和智慧,使其更加完善。

(二)对中华结构理论的科学品格的见证意义

刘勰的文章结构理论不仅是中华结构理论的传统性的代表,也是中华结构理论的科学性的具体见证。它的科学性品格,集中表现在以下方面。

一是理论视野的广阔性。刘勰所提出的三维式结构和传统二维式结构的最大区别,就是在内容与形式两个对立范畴之外,增加了一个中立性的因素——语言的因素。语言作为一种结构要素,既不属于本质的范畴,也不属于现象的范畴,而是属于传达本质和现象的媒介的范畴。这就必然给二者之间的对立统一中,增加了一个新的变量和新的视点。由于这一新的变量和新的视点,内容与形式之间的对立关系和统一关系,才通过"情、事、辞"的具体形态,充分地显示出来。这种统一关系的具体表现,就是三者之间的一致性,刘勰所说的"神用象通,情变所孕,物以貌求,心以理应","物沿耳目,而辞令管其枢机,枢机方通,则物无隐貌","心生而言立,言立而文明,自然之道也",就是对这种一致性的理论表述。这种对立关系的具体表现,就是三者之间的差异性。刘勰所说的"思表纤旨,文外曲致,言所不追,笔固知止","意翻空而易奇,言征实而难巧","外听易为察,内心难为聪",就是对这种差异性的理论表述。如此广阔的理论视野,是刘勰的结构理论所独具,而不见于其他任何一家别的理论的。

特别难能可贵的是,刘勰不仅对这种一致性和差异性做出了具体的阐述,而且提出了解决"言不尽意"这一历史性难题的科学思路和工程途径。这一理论途径和工程途径,就是充分发挥"术"的通达作用,"执术驭篇",运用"术"的手段,缩短三者之间的距离,化不一致性为一致性。具而言之,"神思"就是化"心"与"物"之间的不一致性为一致性的工程手段,"物色"就是化"物"与"辞"之间的不一致性为一致性的工程手段,"熔裁"、"附会"与"章句",就是从整体的层面上化"情"、"事"、"辞"三者之间不一致性为一致性的工程手段,"风骨采"则是从美学理想的高度化三者之间的不一致性为一致性的工程手段。如此广阔的工程学视野,同样是刘勰的结构理论之所独具,而不见于其他任何一家别的理论的。

二是结构层次的清晰性。刘勰所提出的三维式结构的三个层面,都具有独立的系统位置。自外而言,它们的关系,是一种相并相生的依次递进的关系。人们最先感知的是"言",然后由"言"而明"象",最后是寻"象"以观"意"。自内而言,它们的关系,是一种相制相统的依次决定的关系。"情"是"事"的内在依据,"事"是"辞"的内在依据。在具体的写作过程中,人们最先把握的是"情",然后才是"酌事",最后才是"撮辞"。这样,就彻底走出了二维式的朦胧,赋予文章的结构以一种可分析性和可操作性的品格。这种品格,是刘勰三维论之所独具而为二维论之所不具的。

三是实践的可验证性。刘勰所提出的三维式结构的科学性,不仅具有普遍性的品格,而且具有实践性的品格。我国中古以来的历代作家,无一不以"六义"、"三准"作为准则,追求文章的整体优化,并以此而获得成功。而那些违反了"六义"、"三准"的整体优化原则,片面追求某种僵化内容或某种僵化形式的作品,无一不以失败告终。例如清代的"八股文","大跃进"时期的"跃进文学",史无前例时期的"样板文学",就是典型的例证。

（三）对中华结构理论的理想境界的标举意义

刘勰的文章结构理论，是具有明确的美学追求的结构理论。刘勰在结构上的美学追求，就是"风骨采"全备的"具美"境界。所谓"风"，就是对"情"的美学要求，所谓"骨"，就是对"事"的美学要求，所谓"采"，就是对"辞"的美学要求。所谓"藻耀而高翔，固文章之鸣凤也"，就是这一"具美"的美学境界的形象显示。这就必然赋予文章的结构以崇高的美学目标，激励历代作者向这一明确的目标攀登不已。这一明确的结构学理想，同样是中华结构理论之所独具而为西方结构理论之所不具的。中华之所以能成为世界上的文学大国并历久而不衰，与这一明确的结构学理想的有力支持，是密不可分的。

刘勰的结构理论作为他的前人理论的最高综合与总结，作为我国历史上结构理论的最高代表，它的垂范意义必然是永恒的。一千多年来，它一直为我们民族的写作事业的繁荣，提供结构学的理论规范和实践规范，它也一定会指引我们屡经坎坷的现代结构理论，走出时代的泥泞，走上平衡发展的康庄大道。"问渠哪得清如许，为有源头活水来。"（朱熹）唯有获得源头的活水，才能在理论上获得真正的深度和高度。这正是童庆炳的学术梯队正在从事的工作。他们正在一步步接近水源。只要在角度上稍稍做出一点调整，不再做外围式的寻觅，而是将更多的注意力对准刘勰的理论开拓，以此作为自己直接的逻辑起点和理论支点，他们的开拓就会更加理直气壮，就会由于论据的充足而获得更大的说服力量，并由此而开辟出具有中国特色的现代结构理论的新领域来。中国的问题，归根结底还得依靠中国的理论来解决。不管需要再经历怎样的曲折，这一新的中国式理论领域的出现，是可以预期的。

第四节　东西方结构思想的跨文化比较

人类是一个整体，因此在文化上必然存在许多的共同性。但是，人类又是由许多具体的民族构成的，每一个民族都有自己特定的历史经历，都有自己认识真理的特定角度和特定过程，因此，在文化上必然存在许多的差异性。由于这种共同性，全人类之间必然存在许多普遍性的共识。由于这种差异性，各个民族之间的文化比较和文化互补，才具有了理论上的必要和现实上的可能。为了与世界人民共享中华美学结构思想的历史硕果，也为了汲取西方美学结构思想中的历史精华,下面试做一点跨文化的比较工作。

一、东西方结构思想的相同性比较

东西方美学结构思想中,就其基本准则和发展的基本趋势而言,有许多不谋而合的相似之处。具体表现在以下方面。

(一)对整体性要求的相同性

西方关于结构的整体性的理念,最早萌发于柏拉图的著作中。柏拉图认为艺术要靠对立因素的调和,据此,他对艺术作品的结构提出了"有机统一"的思想。在《巴门尼德》篇中,他对此做出了明确的阐述:"每篇文章既是一,又是多,既是整个,又是部分","整个是部分的统一,部分是整个的部分"。在《斐德若》篇中,他对结构的整体性表述得更加具体:"每篇文章的结构应该像一个有生命的东西,有它所特有的那种身体,有头尾,有中段,有四肢,部分和部分,部分和全体,都要各得其所,完全调和。"但是,柏拉图的这一整体性的结构理念,在本质上还是对形式层面的概括,是并不包括内容的层面在内的。

西方结构理论的真正成熟,是在黑格尔的内容与形式的对立与统一的美学理论中。黑格尔认为,事物的整体性,是由内容与形式的对立统一构成的。他说:"现象界中相互自外的事物是一个整体,是完全包含在它们的自身联系内的。现象的自身联系便这样得到了完全的规定,具有形式于其自身内,并因为形式在这种同一性中,它就被当做本质性的持存。所以,形式就是内容,并且按照其发展了的规定性来说,形式就是现象的规律。"一言以蔽之,就是:"内容非他,即形式之转化为内容;形式非他,即内容之转化为形式。"①这种内容与形式的对立与统一的属性,就是文章整体性的最集中、最直接的内涵。这就赋予文章结构以辩证性的品格,从最根本的层面上,将文章结构的本质揭示无遗。黑格尔的这一理论,也就成了西方结构理论的经典性准则。

由柏拉图与黑格尔所代表的西方结构理念与刘勰为代表的东方结构理念,虽然远隔着历史的时空,但是不管在内容上还是在表达方式上,都有许多不谋而合或大同小异的地方。刘勰同样认为艺术要靠多样性的统一,据此,他对艺术作品的结构提出"一毂统辐"的思想。在《镕裁》篇与《附会》篇中,他

---

① 黑格尔:《小逻辑》,商务印书馆 1980 年版,第 278 页。

提出了系列旗帜鲜明的美学主张:"首尾圆合,条贯统绪","百节成体,共资荣卫","驱万途于同归,贞百虑于一致"。在《章句》篇中,他对这些整体性的主张表述得更加具体:"章句在篇,如茧之抽绪,原始要终,体必鳞次。启行之辞,逆萌中篇之意,绝笔之言,追媵前句之旨;故能外文绮交,内义脉注,跗萼相衔,首尾一体。"这些东方性的论见,无论是就其高度、广度和深度来说,都是丝毫无逊于西方的美学先圣柏拉图的同样论见的。特别难能可贵的是,他在他所处的中古时期中,远在黑格尔之前的一千余年,就已经将文章结构的整体性,置于内容与形式的对立统一的基础上,进行了相当完整严密的辩证分析。他明确认为,构成文学作品的最根本的两个要素,就是"质"与"文"。"质"属于内容的范畴,"文"属于"形式"的范畴。二者的关系,是一种互相依附的双向互动的关系:"夫水性虚而沦漪结,木体实而花萼振:文附质也。虎豹无文,则鞟同犬羊;犀兕有皮,则色同丹漆:质待文也。"这种由内容与形式的对立统一所构成的整体性具体表现在文章中,就是刘勰所精辟指出的"情、事、辞"的三维合一。这种由三维合一所构成的生命整体,被刘勰明确地表述在下面的美学规律里:"夫才童学文,宜正体制,必以情志为神明,事义为骨髓,辞采为肌肤,宫商为声气;然后品藻玄黄,摛振金玉,献可替否,以裁厥中:斯缀思之恒数也。"这些见解,虽然在辩证思维的精粹程度上,也许与黑格尔的表述存在某种历史性的距离,但在基本的范畴的把握上,在对内容与形式的对立统一关系的体认上,是并没有本质性的差别的。而就思路和视野的广度和细度来说,如果不存偏见的话,应该说刘勰的论见,是比黑格尔在同一问题上的论见,更加具体,更加细致,更加全面的。

(二)对和谐性要求的相同性

和谐是东西方美学结构思想的共同追求。

西方对和谐的追求,始于公元前5世纪的毕达哥拉斯学派。该学派认为,世界万物的本原是数,数的和谐即宇宙秩序。他们以数为依据,探讨美的本质,从而提出了"美在结构的和谐"的命题。在视觉艺术上,他们崇尚球体、圆形和线段中的"黄金分割"的和谐美,在听觉艺术上,标举音乐是各种高音和低音按照一定比例所组成的和谐统一,认为正是这种比例关系,将杂多导向整一,把不协调导向协调,体现出音乐的美。赫拉克利特根据朴素唯物论和自发辩证法,对毕氏的"美在结构的和谐"的哲学命题,做出了进一步的开拓。他断言："互相排斥的东西结合在一起,不同的音调造成最美的和谐;一切都是斗争所产生的。"他进而论及艺术说:"自然也追求对立的东西,它是从对立的东西产生和谐,而不是从相同的东西产生和谐……艺术也是这样造成和谐的,显然是由于模仿自然。绘画在画面上混合着白色和黑色、黄色和红色的部分,从而造成与原物相似的形相。音乐混合不同音调的高音和低音、长音和短音,从而造成一个和谐的曲调。书法混合元音和辅音,从而构成整个这种艺术。"①柏拉图对结构的和谐性做出了更加具体的体认,将它纳入"有机的统一"的范畴。所谓"有机的统一",就是"对立的调和",也就是他在《高尔其亚》中所说的:"通过精心的选择,使每个要素,都适合确定的程序,使每个部件都能相互和谐,彼此协调直至造就一个有秩序的、有系统的整体。"②

东方对和谐的追求,始于远古的《尚书》时代。《尚书·尧典》中,就提出了"和"的美学理想:"八音克谐,无相夺伦,神人以和。"这一美学理想,为孔子所充分肯定和弘扬:"礼之用,和为贵,先王之道,斯为美。"(《论语·学而》)崇尚和谐,是中华美学的传统,不仅儒家倡导"和",道家也同样崇尚"和"。《老子》:"音声相和。"《易·中孚卦》:"鸣鹤在阴,其子和之。"《庄子·天运》谈到"咸池"之乐时说:"奏之以阴阳之和,烛之以日月之明。"所谓"阴阳之和",就是指构成事物的两个对立面之间的和谐,也就是事物的多样性要素的有机统一。魏晋南北朝时期,沈约将这种"中和"的结构理念引入音乐的领域中并做出了具体的发挥,他说:"夫五色相宣,八音协畅,由乎玄黄律吕,各适物宜,欲使宫羽相变,低昂舛节,若前有浮声,则后须切响。一简之内,音韵尽殊;两句之中,轻重悉异。妙达此旨,始可言文。"(《与谢灵运书》)而刘勰,则在文心美学的广阔平台上,将和谐作为最基本的结构准则,进行全面的理论升华,使其更加全面,更加具有普遍性的概括力量。他将协调和统一,视为文章结构的最高追求:"如乐之和,心声克协。"具而言之,就是一种由人的心灵所驾驭的多样性统一和多方面适应的美学境界:"是以驷牡异力,而六辔如琴;并驾齐驱,而一毂统辐;驭文之法,有似于此:去留随心,修短在手,齐其步骤,总辔而已。"这种美学境界的具体形态,就是他在《章句》中所生动阐述的:"句

---

① 《古希腊罗马哲学》,三联书店 1957 年版,第 19 页。
② 《柏拉图全集》第 1 卷,人民出版社 2002 年版,第 397 页。

司数字,待相节以为用;章总一义,待意穷而成体。其控引情理,送迎际会,譬舞容回环,而有缀兆之位;歌声靡曼,而有抗坠之节也。"

相较可知,在对和谐的追求上,东西方美学之间,无论是基本方向上还是基本范畴上,都是大体相同的。它们之间的区别,只是表达方式上的差异:西方的表述直接爽利,豁人耳目,东方的表述含蓄蕴藉,沁人心脾。单就真理性的品格而言,二者是没有差别的。

(三)对审美性要求的相同性

审美性是东西方结构思想的共同追求。东西方对结构的研究与对美学的研究,都不约而同地置于同一的过程中,都以审美作为结构思想的起点,也以审美作为结构思想的归宿。它们对结构学的研究,都以各自的美学目标作为最高准则,将结构学与美学有机地融为一体。

在西方,毕达哥拉斯学派对"比例"的研究,就是典型的例子。他们通过数的关系所得出的"美在结构的和谐"的结论,既是对宇宙结构的总规律的揭示,也是对结构的普遍性的美学要求。他们在结构的和谐中找到了美,也赋予了结构以明确的美学品格和美学要求。柏拉图在《帝迈欧篇》、亚里士多德在《论天》中对宇宙的描绘和赞美,就是对这一美学思想的直接继承。这一重视结构的美学品格、认为美学品格是结构的最高价值之所在的思想,在郎吉弩斯的《论崇高》中,得到了具体的发挥。郎吉弩斯认为,"尊严和高雅的结构",是"崇高"风格的最终决定性因素。他说:"正如在人体,没有一个部分可以离开其他部分而独自有其价值的。唯有所有部分彼此配合,才能构成一个尽善尽美的有机体;同样,假如雄伟的成分彼此分离,各散东西,崇高感也就烟消云散;但是假如它们结合成为一体,而且以调和的音律予以约束,这样形成了一个圆满的环,便产生美妙的声音。在这种圆满的句子中,雄浑感几乎全靠许多部分的贡献。"①他所说的"圆满的环",就是对结构的美学要求的最集中的表述。

在东方,对结构的审美性要求,也从我们先哲的美学思想中直接地或曲折地表现出来。孔子将"文质彬彬",视为"尽善尽美"的境界,就是从美学的角度,对内容与形式的结构关系所做的体认。孔子所标举的"礼之用,和为贵,

① 《缪灵珠美学译文集》第 1 卷,中国人民大学出版社 1998 年版,第 119 页。

先王之道,斯为美"中的"和",泛指各种不同因素的对立统一关系,实质上也就是一种结构的关系。孔子将这种结构关系,明确地纳入了审美的范畴,并将"和"这一美学境界,视为结构的最高境界。孔子的这一美学理念和结构理念,在刘勰的论著中,得到了具体发挥。刘勰认为,一切艺术的结构,都必须是美的结构,因为只有在美的结构中,一切美的因素,才能获得最大的集中。这就是他所明确表述的:"骊牡异力,而六辔如琴","如乐之和,心声克协"。特别难能可贵的是,刘勰还从内容与形式融合为一的高度,对构成整体的各个具体层面之间的相递而进的三维式的美学结构关系,做出了精辟的阐述和标举:"辞之待骨,如体之树骸,情之含风,犹形之包气"。因此,文章结构的理想境界,必须是"风骨采"相融为一的"具美"的境界:"若风骨乏采,则鸷集文苑,采乏风骨,则雉窜翰林,唯藻耀而高翔,固文章之鸣凤也。"这种"具美"的境界,就是我国历代文坛在文章结构上全力追求的美学目标。

相较可知,在对结构的美学追求上,东西方之间,无论是在基本范畴、基本视角上,还是在基本思路和基本结论上,都是大体相同的。它们的区别,只是表述方式上的区别,犹如兄弟登山,各奔前程,原本是没有高低上下之分的。

(四)多维化发展趋势的相同性

东西方对结构维度的体认,都经历了一个由二维向多维充扩的发展过程。

西方的维度理念萌发于赫拉克利特。他根据朴素唯物论和自发辩证法,对毕氏的"美在结构和谐"的哲学命题,在维度上做出了具体的阐释。他断言:"相反者相成:对立造成和谐。"[①]他进而论及艺术说:"自然也追求对立的东西,它是从对立的东西产生和谐,而不从相同的东西产生和谐。"[②]这一论见,就是西方二维论理念的滥觞。这一结构理念,至黑格尔而拓展成为内容与形式的对立统一的完整理论。他说:"美的要素可分为两种:一种是内在的,即内容,另一种是外在的,即内容所借以现出意蕴和特性的东西。内在的显现于外在的;就借这外在的,人才可以认识到内在的,因为外在的从它本身指引到内在的。"[③]这一理论无疑是一个普遍性的真理。但是,在实际的具体运作中,由于缺乏第三者进行平衡,在内容与形式这两极之间,很难避免畸重畸轻

---

① 《古希腊罗马哲学》,三联书店 1957 年版,第 23 页。
② 《古希腊罗马哲学》,三联书店 1957 年版,第 19 页。
③ 黑格尔:《美学》第 1 卷,商务印书馆 1997 年版,第 25 页。

的现象。或者是对内容的偏重,或者是对形式的偏重,很容易走上极端。

为了走出这一瓶颈,于是多维化的结构理念,便在现代西方文艺理论中应运而生。波兰现象学派理论家英加登,将文学作品的文本由表及里地分成了五个相递而进的层面:第一个层面是"声音"层面,也就是语音的层面;基于这一层面产生了第二个层面,即"意义单元的组合"层面,也就是"句法结构"的层面;基于句法结构的层面产生了第三个层面,即"要表现的事物的层面",也就是"小说家的'世界'、人物、背景这样一个层面";在"事物"层面的基础上产生了第四个层面,即"观点"的层面,也就是"事物"的内在"意蕴"的层面;在"观点"的层面的基础上产生了"形而上性质"的层面,即哲理性的层面,也就是"崇高性、悲剧性、喜剧性、神圣性"等这些"引起人深思"的层面。① 英加登的这些论见,固然还有值得商酌之处,如将语音和语义分成两个不同的层面,将观点和哲理分成两个不同的层面,这样势必造成范畴的割裂与认识的烦琐,但这种依次递进、层层深入、相互沟通、互为因果的多维式的结构理念,对于走出二维式结构理论的历史窠臼来说,无疑是极具示范意义和开拓意义的。

东方的二维式的结构理念,萌发于孔子的"文质彬彬,然后君子"的美学追求。孔子认为"文"与"质"是对立的统一,正是这种对立统一的关系构成了美的整体。在孔子的美学理念中,二者从来都是密不可分的,没有孰轻孰重的区别。也就是《论语》中所说的:"文犹质也,质犹文也,虎豹之鞟犹犬羊之鞟。"但在实际应用的时候,出于捍卫礼教的政治需要,他又是向内容倾斜的,如"绘事后素","诗三百,一言以蔽之,思无邪",标举先质后文。在《周易》中,这种二维式的结构理念开始了向三维式嬗变的过程,这就是《周易·系辞下》中所说的:"书不尽言,言不尽意,然则圣人之意,其不可见乎?子曰:圣人立象以尽言,设卦以尽情伪。系辞焉以尽其言。"其中所说的"言、象、意",实际也就是对文章结构的三个层面的新思维。这一新的三维式的结构理念,在王弼的《周易略例》得到了更加明确的阐发:"夫象者,出意者也。言者,明意者也。尽意莫若象,尽象莫若言。言生于象,故可寻言以观象;象生于意,故可寻象以观意。意以象尽,象以言著。"王弼的这一精辟的见解,在刘勰的著作

---

① 韦勒克·沃伦:《文学理论》,三联书店 1984 年版,第 159 页。

中得到了具体的发挥。刘勰将王弼的"言、象、意"的三维理念,具化为"辞、事、情"的三个依次递进的结构层面,并赋予它们以"采、骨、风"的美学理想。这一平衡而又恢弘的结构模式和雄浑博大的美学理想,一千余年来一直是我国文坛的灯塔,以它科学性的理论品格,指引着一个文章大国的历史性的航行。

综上可知,由二维式向多维式的嬗变,是东西方结构理论发展的共同趋势,而就时间的先后来说,就这种嬗变的广度和深度来说,以及这种新思维的成熟程度来说,东方的三维模式是远远领先于西方对多维模式的探索的。

二、东西方结构思想的相异性比较

东西方结构思想中,就其具体的认识角度、认识途径和认识方法而言,有许多的差异。具体表现在以下方面。

(一)认识角度与认识方法的差异性

东西方都具有明确的结构思想,都以矛盾的对立和统一作为结构的最高准则,但就其具体的认识角度和观照重点来说,又是各具特色的。相对来说,西方的结构思想重视矛盾的对立性,表现在认识方法上,就是对分析的侧重性;东方的结构思想重视矛盾的统一性,表现在认识方法上,就是对综合的侧重性。

西方结构思想的逻辑起点,就是构成事物的各个因素的相分性。西方对整体相分性的体认,在毕达哥拉斯学派的"比例"论中,就已经露出了端倪。因为这种按照比例关系对整体性的和谐所做的体认,实际是在形式的层面上进行的。所谓"黄金比例",实际是一种形式层面的结构关系,这种结构关系的建立,是以整体中的内容与形式的分离作为必不可缺的逻辑前提的。毕氏的这一结构理念,在赫拉克利特的论见中得到了具体的阐发。赫氏明确断言:"相反者相成:对立造成和谐。"他进而论及艺术说:"自然也追求对立的东西,它是从对立的东西产生和谐,而不从相同的东西产生和谐。"这种侧重于对立、以对立作为逻辑起点的结构理念,为西方历代哲学家与美学家所继承。在西方结构思想的历史发展中,对内容与形式关系的体认从来就不是平衡的,有时侧重于对内容的观照,认为内容是结构中的决定性因素,如柏拉图的"模仿"说,有时侧重于对形式的观照,认为形式是结构中的决定性因素,如俄国形式主义理论和布拉格结构主义理论。究其根由,就在于对"对立性"的绝对化的体认和对"统一性"的严重忽视,结果陷入了非此即彼的逻辑尴尬中而难以自拔。

　　西方结构思想中的逻辑尴尬,也和他们独特的认识方法有关。诚然,世界上并没有绝对纯粹的东西,东西方的认识方法中,都是既有分析思维,也有综合思维。"但是,从宏观上来看,从总体上来看,这两种思维模式还是有地域区别的:东方以综合思维为主导,西方则是分析思维模式。"①分析是西方文化的基础。在对客观事物的认识中,西方人常用分析的方法,将事物的整体分解成很多部分,进行"元素的还原",追求数量的精细性和条分缕析的明确性,而不喜欢运用综合方法,去进行整体的把握和体认。这一思维方式最早表现在德谟克利特的"原子"论中,他将物质分解成许多的"微粒",认为这些"微粒"就是构成物质的"元素"。西方科学家对原子中的电子的分离,对电子中的"介子"的分离,对"介子"中的"超介子"的分离,就是这一方法的成功运用。但是,这一方法的局限性,也是人所共知的。由于过分追求"要素的还原",往往忽略了对事物整体的把握。也就是季羡林所深刻指出的:"分析者注重局部,少见联系,只见树木,不见森林"。因此,"我们不能说,西方的分析方法是通向真理的唯一或最可靠的道路。"②

　　东方的结构思想则大异其趣。东方结构思想的逻辑起点,就是构成事物的各个因素的相合性——同一性。"同一性"的结构理念,是中华文化的核心。我们的先人将天地人以及世上万物都视为一个整体,认为万物与万理都来自于"一"。老子说:"道生一,一生二,二生三,三生万物。"孔子说:"吾道一以贯之。"孟子说:"夫道,一而已矣。"庄子说:"天地与我同生,而万物与我为一。"《中庸》说:"天地之道,可一言而尽也,其为物不贰,则其生物不测。"《淮南子·诠言》:"一也者,万物之本也。"他们还进一步认为,实现这种"同一性"的具体渠道,就在于一个"和"字。"和"是我们民族的审美理想。《论语·学而》云:"礼之用,和为贵,先王之道,斯为美。"这一具有普遍意义的审美理想,在《礼记》中表述得更加鲜明:"喜怒哀乐之未发谓之中,发而皆中节谓之和,

---

① 　季羡林:《东西方文化议论集》上册,经济日报出版社1997年版,第106页。
② 　季羡林:《东西方文化议论集》上册,经济日报出版社1997年版,第64页。

中也者,天下之大本也;和也者,天下之达道也。致中和,天地位焉,万物育焉。"这一明确的结构理念,为我国世代学者所继承和发扬光大。司马迁对史学的美学追求是:"究天人之际,通古今之变,成一家之言。"沈约对音乐美的追求是:"夫五色相宣,八音协畅,由乎玄黄律吕,各适物宜,欲使宫羽相变,低昂舛节,若前有浮声,后须切响。一简之内,音韵尽殊;两句之中,轻重悉异。妙达此旨,始可言文。"刘勰对文章的美学追求是:"驷牡异力,而六辔如琴;并驾齐驱,而一毂统辐","如乐之和,心声克协"。他们的追求,无一不是以"和"作为明确的美学目标,而以"同一"作为逻辑起点的。

与这种"重同一"的结构理念相适应,东方在思辨中更加重视综合的方法。综合是中华文化的基础。它的思辨优势就在于:"综合所考察的不仅是事物的某一部分,而且是全部要素。此外,它还要考察各个要素之间的联系,把握一切联系中的总的纽带,从总体上揭示事物的本质属性及其运动规律。"①也就是季羡林所指出的:"综合者从整体着眼,着重事物间的普遍联系,既见树木,又见森林。"②我国古代的关于"天人合一"的思辨,关于"道"的思辨,关于"气"的思辨,就是这一认识方法的成功运用。

相较可知,在对结构的认识角度和思辨方法上,东西方都各具优势,也各有不足之处。西方的对立性的认识角度和分析的认识方法中,固然带来了精确性和细密性的积极效益,也带来了机械性和极端性的消极后果。东方的同一性的认识角度和综合的认识方法中,固然带来了整体性与全面性的积极效益,也带来了模糊性和混沌性的消极后果。惟其如此,不同论见与不同文化之间的互补与折衷,才显得如此重要。刘勰在结构理论上的成功开拓,就是具体例证。

刘勰的结构理论,是中国历史上和世界历史上最平衡的结构理论。它的平衡性具体表现在两个方面:一是对立与统一的两种角度的平衡,二是分析与综合的两种方法的平衡。前者集中表现在刘勰对文学的内容与形式的辩证关系的体认上,刘勰明确认为,内容与形式的关系,是一种互相依从的关系,而不是一种决定与被决定的主从关系,他说:"夫水性虚而沦漪结,木体实而花萼

---

① 王明居:《审美中的模糊思维》,《文艺研究》1991年第2期,第40页。
② 季羡林:《东西方文化议论集》上册,经济日报出版社1997年版,第64页。

振:文附质也。虎豹无文,则鞹同犬羊;犀兕有皮,而色资丹漆:质待文也。"这种平衡性的论见,在对美学理想的追求上得到了进一步的发挥:"若风骨乏采,则鸷集翰林;采乏风骨,则雉窜文囿。唯藻耀而高翔,固文章之鸣凤也。"后者集中表现在刘勰对分析与综合这两种方法的兼容并蓄和融会贯通上。以"道"为"原",以"心"为"总",以高屋建瓴之势对文学(文章)的诸多要素,进行"乘一总万,举要治繁"的整体性概括,这就是他对综合的成功运用。对构成文学(文章)的各个要素,一一进行条分缕析,将其内在的逻辑关系揭示无遗,使其具有数量的精确性,如"三准"、"六义"、"大易之数",等等,这就是它对分析的成功运用。这两种文化优势的同时获得,是与刘勰对中华文化的继承与对佛教中的因明文化的吸收密不可分的。特别具有意义的是,刘勰对中华文化的继承和对外来文化的吸收,都是在一个明确的科学理念下自觉进行的:"同之与异,不屑古今,擘肌分理,唯务折衷。""折衷"是中华民族在认识论上的大智大慧的表现,也就是刘勰的结构理论的真谛之所在。刘勰的结构理论之所以如此博大精深,之所以能超越东方与西方的历史,雄踞于东西文化的峰巅,历百世而不朽,原因就在这里。

(二)结构维度关系的差异性

东方和西方,都具有自己独特的维度理念。相对来说,西方的维度理念自始至终都是沿着二维式的轨道运行,东方的维度理念在开始时是二维与三维同时萌发,而从魏晋南北朝以后,三维式就逐渐成了东方结构的主流形态。二者之间的差异性,具体表现在以下方面。

1. 维度重点的差异性

东西方维度理念的逻辑基点,都是内容与形式的对立和统一。但是,就其观照重点而言,却是各有侧重的。西方的"对立统一",以对立性与相分性作为侧重点和逻辑前提。西方结构理论的开山祖师赫拉克利特明确断言:"相反者相成:对立造成和谐。"他进而论及艺术说:"自然也追求对立的东西,它是从对立的东西产生和谐,而不从相同的东西产生和谐。"由于这种倾斜,势必使对内容与形式的研究,在两个不同的思维平台上进行:在研究内容的时候,必然对形式"按下不表",在研究形式的时候,必然对内容"按下不表"。而对内容与形式的对应关系与统一关系的体认,实际只能在"形而上"的虚拟范畴中纯抽象地进行。这就是黑格尔所明确宣示的:"这种转化首先是在绝对关系中,才设定起来的。"①这就必然在西方的概念系统中,结构的相分成为具体的相分,结构的统一成为模糊不清的抽象的统一。西方对整体性的和谐所做的体认,实际是在形式的层面上进行的。所谓"黄金比例",实际是一种形式层面的结构关系。而柏拉图所倡导的"摹仿说",则是专就内容的层面说的。截至目前,西方结构论并没有在内容与形式之间找到一个为学界普遍接受的"公切点",也没有提供内容与形式统一的整体形态的具体的"共相"。这是西方结构理论中长期存在的认识灰区,至今没有获得根本性的突破。

中华的"对立统一",则以统一性与大同性作为侧重点和逻辑前提。中华文化先哲将天地人以及世上万物都视为一个整体,认为万物与万理都来自于一个共同的"一"。由于这种对"一"的标举,势必使对内容与形式的研究,在一个统一的思维平台上进行:在研究内容的时候,同时也必须研究形式;在研究形式的时候,同时也必须研究内容。这一内容与形式的统一性在写作运动中的具体形态,就是我们古人所说的"文章"。文章,就是内容的完整文本,它既是内容的存在方式,也是形式的存在方式,归根结底它是内容与形式融为一体的存在方式。这就是刘勰所昭示的:"圣贤书辞,总称文章。"文章就是内容与形式的"公切点",是写作运动中诸多要素的对立统一的具体形态。以文章作为观照内容与形式的对立统一关系的窗口,就使写作运动中内容与形式的对应关系得以具体体现,再也不要在"形而上"的虚拟范畴中纯抽象地进行。这就必然赋予文章以具体性和整体性的双重品格。这种品格,随着二维式向三维式的跃进过程,表现得更加确定,更加清楚。

2. 维度链接方式的差异性

东西方在维度链接的方式上,存在着明显的差异。

西方的二维式结构理念,是建立在内容与形式的横向联系的基础上的。这种横向联系的基础,就是二者之间的对立和统一的关系。由于这种对立是发生在两个实际是不可分离的层面之间的,必然使二者具有"非此即彼"的属性,而维度的链接永远都只能在两个极点之间进行。惟其如此,对立永远是西方维度链接的主导层面,而结构的整体属性始终只能停留在纯逻辑思辨的范围内进行,而不能获得具体的揭示。为了走出这一历史性的瓶颈,西方曾经提

①　黑格尔:《小逻辑》,商务印书馆1997年版,第278—279页。

出过不少的关于维度链接方式的新思维,如俄国的形式主义理论,布拉格学派
的结构主义理论,以及现在正在风靡全球的现象学理论。他们的视野远比他
们的前人广阔,但是,就其链接方式来说,依然是横向的方式,依然是单轨道运
行的方式。因为无论是形式主义的研究,还是结构主义的研究,或是现象学的
研究,实际都是在形式的层面上进行的研究。最近,西方文论中提出了"文
本"的概念,希图找到一个融内容与形式为一体的窗口。但是他们所做的具
体解读,依然是在现象学的范围中进行的。转来转去,始终未能绕出单轨道的
历史窠臼,至今没有取得突破性的理论成果。

由刘勰所标举和倡导的三维式的结构模式,是一种摆脱了二元对立的拘
囿而以整体为唯一归依的结构模式。这种东方式的结构模式,是建立在构成
整体的各个层面之间的纵向联系的基础之上的。它撇开了内容与形式两个对
立的范畴,而直接将维度关系建立在内容与形式融合为一的整体性的基础之
上,并以这种统一的具体形态——文章作为决定性的客观依据,从中绎出三
个具有结构意义的层面出来:情、事、辞。处于这一整体中的,不再是没有整体
意义的抽象的内容和形式,而是既具有统一意义又具有分解意义的三个相连
而动、相递而进、相并而生的具体层面。每一个层面中,都包含着内容的因素,
也包含着形式的因素,都是内容与形式统一的特定状态:表层状态、中层状态
和里层状态。这三种状态都具有自己独立的存在价值和审美意义:既可以允
许作者由里向外地进行构思和由外向里地进行传达,也可以允许读者依次欣
赏和领略,由语言的把握进入题材的把握,由题材的把握进入意蕴的把握,最
后进入整体的把握。这样,就使文章的整体性,获得了更加具体、更加确切的
显示。由于这一概念系统的支持,内容才真正成了具体的内容,形式才真正成
了具体的形式,内容与形式的统一才真正成了具体的统一,对内容与形式的统
一的整体把握,才真正具有了理论上和实际上的双重可能。这种整体性的把
握,是西方之所不具,而为东方之所独具的。

3. 维度平衡与稳定程度的差异性

东西方在维度的平衡性和稳定性上,存在着明显的程度差异。

西方的维度结构的逻辑基点,是内容与形式的对立和统一,而在西方的概
念系统中,对立从来都具有绝对的意义,而统一却永远都只能具有相对的意
义。这就必然使二维之间的联系,没有任何的"公切点",永远都只能在两个

极点之间进行,具有"非此即彼"的绝对化和极端化的属性:对内容层面的接近,势必造成对形式层面的忽视与疏离,对形式层面的接近,势必造成对内容层面的忽视与疏离。惟其如此,西方的维度结构必然始终沿着否定与再否定的历史轨道运行,成为一种不平衡的结构:不是对内容层面的倾斜,就是对形式层面的倾斜;不是内容对形式的否定,就是形式对内容的否定。西方的"摹仿"说与"现实主义"理论、形式主义理论、结构主义理论以及现象学理论,在历史的长河中此起彼伏,就是典型的例证。由于这种不平衡的属性,西方的内容论与形式论都只能在单轨上运行,都因此而发育得相当成熟,如典型理论,语法理论,修辞学理论,创作方法理论,等等,其精密性与确切性,远胜于东方的同类理论。也由于这种不平衡的属性,西方在文学(文章)的整体论的研究方面,发育得相当滞后,如篇章论的研究,风格论的研究,体式论的研究,写作工程整体战略的研究,等等,就其深刻性与系统性而言,有远逊于东方同类理论者。

刘勰所标举的三维式结构和西方二维式结构的最大区别,就是在内容与形式两个对立范畴之外,增加了一个中介性的因素——语言的因素。语言作为一种结构要素,既不属于本质的范畴,也不属于现象的范畴,而是属于传达现象与本质的媒介的范畴。这就必然给二者之间的对立统一中,增加了一个新的变量和新的视点。由于这一新的变量和新的视点,内容与形式之间的对立关系和统一关系,才具有了具体的"公切点",并因此而转化为"情、事、辞"的具体形态。在三维论的结构中,三个层面的关系已由原来的对立关系改换成了依次递进的关系。由于依次递进,每个层面都具有了自己独立的系统位置,也具有了自己独立的存在价值和审美意义,都成了可以拆分的价值实体和美学实体。自外而言,它们的关系,是一种相并相生的依次递进的关系。人们最先感知的是"言",然后由"言"而明"象",最后是寻"象"以观"意"。自内而言,它们的关系,是一种相制相统的依次决定的关系。"情"是"事"的内在依据,"事"是"辞"的内在依据。在具体的写作过程中,人们最先把握的是"情",然后才是"酌事",最后才是"撮辞"。这样,就将内容与形式的研究,都纳入了整体论的研究中。这就必然赋予文章的结构以一种稳定性和平衡性的品格。这就是我国从魏晋南北朝文学自觉以来,在文章内容与形式的关系的把握上,始终顺着健康的轨道运行,而从未出现过大否大定和大起大落现象的原因。

（四）对结构的美学追求的差异性

审美性是东西方结构思想的共同追求，但就其具体内容来说，却是大相径庭的。

西方结构理念中所标举的"美在和谐"，实际是指一种形式层面的和谐。毕达哥拉斯学派对"美在形式"的标举以及对"比例"与"黄金分割"的研究，就是典型的例子。他们在形式的和谐中找到了美，也赋予了形式以明确的美学品格和美学要求。这一美学追求，在郎吉弩斯的《论崇高》中，得到了具体的发挥。郎氏认为，"尊严和高雅的结构"，是"崇高"风格的最终决定性因素。他所说的"结构"，并不是指内容与形式融合为一的整体，同样是指结构中的形式因素的集合。尽管在它的"崇高"中包含了"庄严伟大的思想"、"强烈而激动的情感"、"运用藻饰的技术"、"高雅的措辞"、"这个结构的堂皇卓越"五个方面，但最终还是落在对形式的强调上："这五个来源所共同依靠的先决条件"，是"掌握语言的才能"。① 美在形式，美在数量的比例，是西方结构美学中的基本理念。这一美学理念，在康德的论著中表述得更加鲜明。他说："在自然界的美是建立于对象的形式，而这形式是成立于限制中"，因此，"崇高的美总是和量结合着"。② 他所说的"数学的崇高"与"力学的崇高"，就是这一美学理念的具体展开。

东方结构理念中所标举的"和"，则是指内容与形式相融为一的整体性的和谐。孔子所说的"文质彬彬，然后君子"，就是这种整体性的美学追求的最早范例。刘勰所倡导的"具美"，则是这一美学理想在文章领域中的具体展开。所谓"风清骨峻，遍体光华"，"唯藻耀而高翔，固文章之鸣凤也"，就是这一"风骨采"全具的美学理想的形象展示。和西方的"崇高"相较，二者之间存在着三处明显的不同：

一是审美着眼点的不同。西方结构美的着眼点，是建立在数学比例上的和谐。东方结构美学的着眼点，是建立在整体的融会贯通上的和谐。前者着眼于形式，后者着眼于内容与形式的统一。

---

① 郎吉弩斯：《论崇高》，见《文艺理论译丛》上卷，知识产权出版社 2010 年版，第 282—300 页。

② 康德：《判断力批判》，商务印书馆 1964 年版，第 83 页。

二是审美侧重点的不同。西方结构美的侧重点,是客观事物的"崇高",也就是康德所说的在体积上与力学上的"绝对的大"。东方结构美的侧重点,是内气的充盈和浩盛,也就是孟子所说的"浩然之气",曹丕所说的"文以气为主",刘勰所说的"情与气偕,辞共体并。文明以健,珪璋乃聘"。尽管东西方的美学理想中都包含着力学的要求,但就各自的侧重点来说,同样是存在极大差异的。西方所标举的"力学的崇高",指的是一种客观事物对人类心灵的震撼力量和威慑力量,刘勰所标举的"蔚彼风力,严此骨鲠。才锋峻立,符采克炳",指的是人类心灵由于内气的充盈浩盛所蕴涵的美学震撼力量和感染力量。一是偏重于物之力,一是偏重于心之力。

三是审美角度的差异性。东西方对艺术整体的美学把握,虽然都以形象作为决定性的前提,但是,就对形象的具体构成的体认来说,二者却是大相径庭的。

西方的形象论,是"摹仿论"的自然伸延。东方的形象论,是"感兴论"的历史发展。二者之间的差异,具体表现在以下方面:其一,形象结构的侧重点不同。西方形象论的侧重点,是客观形象的再现,东方形象论的侧重点,是主观情志的抒发。前者偏重于求真,后者偏重于求美。前者偏重于写实,后者偏重于写意。其二,对形象至境的美学取向不同。西方对形象至境的美学追求是"典型",东方对形象至境的美学追求是"意境"。相较而言,前者更富于现实性,后者更富于想象性。前者更富于直观性,后者更富于暗示性。其三,对形象构成要素的体认不同。西方形象论对形象结构要素的体认,是一种二维式的体认,认为形象是题材与意蕴的融合为一,而语言则只是一种表意的符号系统,并不具有直接的形象意义和审美意义。西方对语言的研究,是在形象论之外进行的。东方形象论对形象结构要素的体认,是一种三维式的体认,认为形象是意蕴、题材与语言的融合为一,语言不仅是一种表意的符号系统,也是一种具有直接或间接的形象意义的审美系统。东方对语言的研究,是在形象论之内进行的。其四,对形象的审美方式不同。西方对形象的审美方式,主要是直观和思辨的方式,重在逻辑推理,东方对形象的审美方式,主要是潜移和默化的方式,重在直觉和领悟。

(五)实现整体化的工程途径的差异性

整体化是东西方结构思想的共同追求,但是,表现在具体的工程途径上,二者之间却是大异其趣的。

西方"二维式"的结构模式,是建立在内容与形式的对立与相分基础上的。它的统一性,是一种纯"形上"层面的逻辑推理,并不具有具体的内容和现实的可操作性,而它的对立性与相分性,才是它最具体、最生动的部分。这一特点在工程学上的反映,就是它对整体化的追求,必然在各个分散的层面上进行:从局部的精确性逐步走向整体的完备性。西方没有严格意义的文章学,也没有严格意义的写作学,它的"文章学"与"写作学",是分散在"语言学"、"修辞学"、"论辩学"、"风格学"与"形象学"等多种学科的基础上进行的。由于分散进行,各个单科都发育得相当良好。但是也由于分散进行,整体化的工程理论始终未能发育成熟。这就必然使得西方结构学的优势,只能在微观的、战术的层面上表现出来,而不能从宏观的、战略的层面上表现出来。

东方的"三维式"的结构模式,是建立在内容与形式融合为一的基础上的。将文章(文学)视为一个整体,是以刘勰为代表的东方结构思想最基本的逻辑基点。刘勰不仅开辟了文章整体优化的理论工程,也开辟了文章整体优化的实践工程。他所提出的系统性的工程理论与工程方法,完整地表述在《总论》、《镕裁》、《附会》、《章句》、《体性》、《定势》等系列专章中。他在文章整体优化上的卓越的工程学贡献,具体表现在以下两个方面。

其一,是对文章整体把握的总体战略思想的明确标举。刘勰的这一战略思想,完整地表述在他的《总术》中。"总术"者,总揽之术也。总揽之术的具体内涵,就是以心术总文术。他明确认为,心作为"道"的具体体现,是文章整体的最高集合。把握了文心,也就是把握了文章的整体。但是,心不能自明,而必须借事义以明之;事义不能自见,而必须借辞采以见之。于是"情、事、辞"相连而动,相递而进,镕铸成为一个有机的整体。通过对文心的整体把握,去实现对题材的整体把握,通过对题材的整体把握,去实现对语言的整体把握,这就是刘勰整体战略思想的基本内容。

其二,是对文章整体优化具体方法的系统阐述。刘勰针对文章的整体属性,不仅提出了文章整体优化的系统理论,也提出了实现文章整体优化的系统方法。这些系统性的工程方法,具体阐述在《镕裁》、《附会》、《章句》等系列的专章中。他明确认为,文章的结构是整体性的,但是文章的具体构建过程却是循序渐进的。据此,他提出了分步到位的开发战略:第一步,将意蕴、材料的整体化的宏观的和动态的层面,纳入"镕裁"的范畴中,对文章结构的大体格局进行全面筹划,集中解决"规范本体"和"剪裁浮辞"的问题,也就是意蕴的整体化和相应题材的整体化的问题。第二步,将篇章的语言整体化的微观的和静态的层面,纳入"附会"与"章句"的范畴中,对文章的文本形态进行具体的规范,集中解决文章的语言层面的整体优化的问题。这样,就将文章的三个层面,井然有序地镕铸成为一个规范化的整体。这就必然赋予它以双重的工程优势:战略的优势和战术的优势。

如此明确的整体化追求,如此深刻的战略主张和如此完整的工程设计,是独秀于中华文论而不具备于西方文论中的,确实是世界文化中的一株不可多见的奇葩。截至目前,就其理论高度和实践深度而言,还没有任何一家别的工程理论可以代替和超越。我国之所以能成为世界上的文章大国,与这种博大精深的工程理论和工程方法的支持,是密不可分的。

有比较才有鉴别,有鉴别才有发现,然后才有凸显,才有坚持,才有选择,才有交流。正是在这一纵横的文化比较中,我们民族在结构思想上的独特智慧以及它在世界文化中的崇高地位,才获得了充分的证明,西方结构思想中的许多强项,才获得了充分的显示。相较可知,东西方的结构思想,各有各的特色,各有各的优势,这些特色与优势,都是不可代替的。惟其如此,民族自大主义固然不可为,因为它只能将我们导向民族文化的封闭;民族自卑主义更是不可取,因为它只能将我们导向民族文化的迷失与虚无。正确的做法只能是互相尊重,双向交流,在相互的取长补短中,走向人类文化的共同繁荣。为此,我们必须坚持我们所必须坚持的东西,也必须学习我们所必须学习的东西,既要善于认同,又要敢于立异。也就是刘勰在《序志》中所昭示的:"有同乎旧谈者,非雷同也,势自不可异也。有异乎前论者,非苟异也,理自不可同也。同之与异,不屑古今,擘肌分理,唯务折衷。按辔文雅之场,环络藻绘之府,亦几夫备矣。"果能如此,中华文化的复兴,世界文化的共同繁荣,就不难成为我们身边的现实了。

第二十四章　雕龙辞采论

"辞采为肌肤,宫商为声气。"(《附会》)刘勰所说的"辞采",就是文章写作中所使用的具有美学效应的语言工具和方法系统。这一工具和方法系统的功能是多方面的,它不仅具有表达思想和运载思想的功能,还有在形态上进行审美的功能。这种审美的功能,来自语言运作的"巧丽"所发出的"惊目回视"、"动心惊耳"的美学光辉,属于语言美学的范畴。在总结前人认识的基础上,赋予"辞"以"采"的美学属性和美学要求,实现辞与采的有机统一,是刘勰的一大历史性功绩。由于这一特定的认识平台,人们得以从一个全新的角度,对语言的美学作用进行系统观照,由此开辟出语言美学自觉化以及相应的文章形态美学自觉化的新纪元。刘勰的辞采论,就是这一历史性开拓的理论总结。这一理论总结在认识上和方法上的"开源发流,为世楷式"的品格,有如一座永恒的灯塔,不仅指引着中华语言美学和写作美学的历史进程。也给世界语言美学和写作美学的现代化建设以东方智慧的启迪。

辞采论是雕龙形态论中的媒介论的具体展开。从某种意义上说,也就是中国特色语言美学的具体展开。确切把握文章辞采的认识论范畴,洞悉其基本规律、系统机制和相应的方法要领,对于现代语言美学的构建,具有直接的导向意义和借鉴意义。下面,试根据刘勰的相关论见,对辞采的基本理论和方法,进行系统性的阐述与延伸性的思考。

第一节　文章辞采的系统机制与范畴定位

文章辞采的系统机制与系统范畴作为语言运动和审美运动中诸多方面的本质性联系的概括反映,是语言运动和审美运动的共同规律的逻辑形式。对这一逻辑形式进行确切的结构性辨析和范畴性定位,是这一门学科走向自觉的根本标志,也是我们从理论上和实践上对该事物进行全面把握的决定性凭借。有了这一凭借,我们才能对人类关于语言运作中的审美运动的认识的历史发展过程,进行全面概括,也因此而对刘勰在推动人类认识发展过程中的杰出作用,有一个具体了解。这一全面把握和具体了解,对于我们自觉而高效地进行文章辞采的创造性研究和运作,是大有裨益的。

一、辞采意识形成的历史过程

辞采意识是与人类的语言活动和审美活动俱生,随着语言活动和审美活动的发展而发展,在历史的发展中逐步走向明确的。

在我国文化历史上,"辞"的概念出现得很早。"辞",最初是对分争辩讼的称谓。"辞,讼也。"(《说文》)"皇帝下问于民,鳏寡有辞于苗。"(《书·吕刑》)后来泛指言辞或文辞。《礼记·曲礼》:"安定辞。"疏:"辞,言语也。"《荀子》:"辞也者,兼异实之名,以论一意者也。"注:"说事之言辞。"显然,"辞"作为我国最古老的实词之一,从先秦时期起,已经明确地归属于语言学的范畴。

"采"的概念也出现得很早。《诗·周南·关雎》:"参差荇菜,左右采之。""采",最初是摘取、选择的意思。《说文》:"采,捋取也。"引申为色彩、光彩和美饰。《尚书·益稷》:"以五采张彰施于五色,作服。"蔡沈传:"采者,青黄赤白黑也。"《说文》:"雉五采皆备。"也指文采。《释名》:"文者,会集众采以成锦绣,会集众字以成辞义,如文绣然也。"显然,"采"作为我国最古老的实词之一,从先秦时期起,已经逐渐地归属于美学的范畴。

由于意识形态领域中各个范畴之间发展的不平衡性,以及实践运动和理论运动的不平衡性,在相当长的历史时期中,辞与采这两个范畴的发育状况存在着极大差距。语言作为人类与生俱来的交际工具和思维工具,在人类的社会生活中获得了优先性发展,审美则是在人类的物质生活和精神生活获得了比较大的进步之后,才逐步受到人们的自觉重视。而就两个范畴之间所建立的联系来说,理论的行程和实践的行程之间的差距表现得更加明显。尽管辞与采两种现象之间的融和在事实上早已自发地发生,如原始的诗歌创作和神话创作,但是,从意识形态角度对此做出反映,却经历了一个相当缓慢,也相当曲折的历史过程。最早对语言与审美的关系做出反映的是孔子,他说:"言之无文,行而不远。"(《左传·襄公二十五年》)但是孔子所说的"文",是严格从属于"礼"的,虽然涉及语言美学的范畴,但主要还是一个伦理教化的范畴。孔子所说的言与文的联系,从根本上说是语言与伦理教化之间的联系。老子标举"信言不美,美言不信",认为语言与审美是两个绝不相容的范畴。韩非子同样认为美与用是互不相容的,主张在一切实用的领域中绝对地弃美。他说:"饰车以文采,饰舟以刻镂,女子废其纺织,而修文采,故民寒;男子离其耕稼,而修刻镂,故民饥。"在整个先秦的意识形态领域中,这种重用轻美和辞采相斥的认识状况,没有发生根本变化。

两汉时期同样如此。从实践角度来看,随着汉赋的发展,辞与采之间的联系越来越密切,对辞的美学追求几乎达到了登峰造极的地步。但从认识的角度来看,随着独尊儒术的强化,文辞越来越成为伦理教化的绝对工具,文辞的审美功能在理论上从未受到过明确的肯定,反而受到压制和排斥,而"诗言志"和"思无邪"的唯教化论教条,则成为意识形态中的主流。终两汉之世,关于辞与采的观念基本上沿袭着先秦的观念。扬雄主张朴质无文,他说:"大文弥朴,质有余也。"(《法言·问神》)王充同样主张朴实无华,认为华与实是两个不能共容的范畴。他说:"养实者不育华,调行者不饰辞。"(《论衡·自纪》)又说:"繁文丽辞,无文德之操。"(《论衡·佚文篇》)在这种绝对化的文化环境中,自觉的审美意识很难形成,对辞与采这两个范畴之间的关系的认识,也很难获得突破性发展。

我国的美学自觉和文学自觉,是在魏晋南北朝这一特殊历史条件下实现的。辞与采这两个范畴之间的自觉融合,也是在这一特定历史条件下实现的。

曹丕的《典论·论文》,是我国美学自觉和文学自觉的滥觞。所谓文学自觉,就是文学观念的独立和解放,径而言之,就是对长期被封建伦理所掩盖的文学自身的审美本质和审美功能的发现和确认。曹丕所说的"诗赋欲丽",就是这一发现和确认的历史性标志。它标志着一个极其重要的历史事实:长期作为伦理教化附庸的美学与文学,从此开始摆脱了对政治的绝对依附,逐步获得了独立的社会地位和认识范畴。陆机在《文赋》中所说的"诗缘情而绮靡,赋体物而浏亮",是这一历史性开拓的进一步拓展。在此基础上,沈约从音韵学的角度,对汉语的四声与平仄的规律进行了具体的总结和归纳,使语言中的音乐美得到了技术上的开发,使语言与审美的关系在认识上更加具体,在实践上更加自觉。他在我国历史上,与刘勰同时提出了一个具有首创意义的称谓——"辞采",作为这个特定范畴的特定术语。

前人与时人的这些理论成果,将对语言与审美的关系的认识,推向了一个新的阶段,使对辞采的本质和规律的认识,一步步走向了清晰。但是,人类认识的进步,并不是简单的算术总和,而是量变向质变飞跃的结果。这种质的飞跃,通常是,并且必须是随着某个核心范畴及其系统机制的明确而实现的。唯有核心范畴的突破和系统机制的突破,才是真正意义的突破。而这些,是刘勰的前人和时人所远未能完成的。前人和时人在这方面诚然做出了许多创造性的开拓工作,但大都是片言只语,虽有点点闪光,却远未能构成一个完整的体系。构成辞采的两大要素——语言与审美,都已进入了人们的视野,二者之间的关系几乎呼之欲出。但是,实际上还存在着一段相当长的距离。因为上述认识所揭示和认定的东西,只是二者之间的一般性联系,而不是二者之间的本质性联系。而要揭示出二者之间的本质性联系,必须是在二者之间的总联系的逻辑网络上才能充分显示。这一总联系的系统网络的总集中,就是它的范畴。辞与采之间的本质性联系究竟是什么? 辞与采之间建立系统联系的系统机制究竟是什么? 这就是问题的症结所在,也就是他的前人和时人所始终没有走出的瓶颈。

这一从认识上突破瓶颈的任务,最后历史地落到了刘勰肩上。在我国的文章学史上,第一个大胆地走出这一认识瓶颈,在理论上实现语言概念与美学概念的有机融合,赋予语言以审美的品格,赋予语言和审美的统一所形成的边缘学科以独立的范畴地位的学者,就是刘勰。《文心雕龙》中的《情采》、《章句》、《声律》、《丽辞》、《比兴》、《练字》、《夸饰》等系列篇章,就是这一成功融合的理论见证。

二、刘勰对辞采的机制与范畴的理论体认

刘勰在辞采理论上的历史性开拓,集中表现在他对辞采的系统机制与系统范畴所作的科学阐释上。

范畴是人类思维对客观事物的本质性联系的概括反映,而机制,则是客观事物的内在的有机联系。那么,在辞与采这两个异面存在之间,又是如何建立起本质性联系的呢? 这种有机联系究竟属于何种认识论范畴呢? 这一理论上

的灰区,正是瓶颈之所在。对此,刘勰进行了历史性开拓。他明确认为,辞与
采之间的系统联系,是由以下诸多逻辑关系构织而成的。

其一,从美的存在的普遍属性来看。

刘勰明确告诉我们,美是自然运动的本质力量的感性显现,原本就是与自
然运动并存的:"文之为德也大矣,与天地并生者何哉? 夫玄黄色杂,方圆体
分;日月叠璧,以垂丽天之象;山川焕绮,以铺理地之形,此盖道之文也。"(《原
道》)道的运动覆盖一切,"道之文"作为道的本质力量的自然显现,同样是覆
盖一切的:"傍及万品,动植皆文","夫岂外饰,盖自然也"。表现在人类的语
言活动中,同样是如此:"言之文也,天地之心哉!""言之文"就是语言的文采,
也就是"辞采"。"辞采",就像"五色杂而成黼黻,五音比而成韶夏"一样,属
于审美的范畴。这就从宇宙运动的总高度,将语言的运动顺理成章地纳入了
审美运动的范畴之中,赋予语言与审美的融合以天经地义的确定性。

其二,从内容与形式的多维关系来看。

内容与形式,是密不可分的整体。内容从来都是形式的内容,形式从来都
是内容的形式。但就二者之间的对应关系来看,却绝不是一种单一的模式,而
可以是多种多样的组合:同一性的内容可以具有多样性的存在方式,同一性的
存在方式可以具有多样性的内容。具体表现在辞与采两种形态因素之间,就
是辞、采、情三者之间的交错关系。

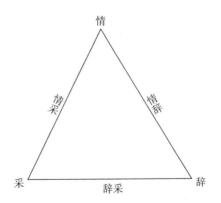

从语言学的角度来看,"万趣会文,不离辞情"(《镕裁》),刘勰所说的
"情",指语言的内涵,亦即它的情与意,而以"情"为统称。刘勰所说的"辞",
指语言内涵的物质外壳,亦即它的"因字而生句,积句而为章,积章而成篇"

(《章句》)的符号系统。辞与情是语言的形式与内容的对应,共同构成了文章的表意结构和交际结构。刘勰所说的"情者文之经,辞者理之纬,经正而后纬成,理定而后辞畅"(《情采》),即此之谓。辞与情,是构成文章的决定性要素。文章,就是情与辞的统一体。

从美学的角度来看,情与采是美的内容与形式的对应。情是美的内涵,采是诉之于感官的美的形式。二者内外相济,共同构成了文章的审美结构。刘勰所说的"文质附于性情,而辩丽本于情性","属采附声,亦与心而徘徊"(《物色》),就是对二者之间的辩证统一关系的理论概括。表现在文章的美学理想中,就是风骨采的统一。风骨是对内容的美学要求,采是对文章形式的美学要求。风骨采的关系,归根结底就是情与采的关系:"情理设位,文采行乎其中。"(《熔裁》)从审美的角度来看,文章,也就是情与采的统一体。

辞采,就是语言中的形式因素和美学中的形式因素的融合为一。这种融合之所以能够进行,是因为情是符号体系(辞)与声形色体系(采)两种界面的共同内涵,而辞与采则是这一公共内涵的同位异构的存在方式。所谓异构,是指辞与采在范畴上的差异,所谓同位,是指它们在作为情的寄寓中的共同的系统地位:二者都是情的存在方式,一个运用感性刺激的方式,一个运用符号刺激的方式。由此构成了范畴的交错与融合的关系:在公共内涵的前提下,辞与采这两种媒介体系融合成了一个有机的整体,共同构成了文章的形式——既是语言的又是具有声形色的形式。辞采,就是这两种形式因素融合为一的结果。

其三,从语言的审美功能来看。

刘勰明确告诉我们,语言之所以能够具有"采"的属性,是凭借自身的特定结构以及这一结构所具有的特定功能来实现的。

语言的特定结构具体表现在,语言是符号与意义的结合体,其内核是意义,其外壳是声音。就语言的声音来说,不仅蕴涵着乐声的因素,而且是乐声的依据:"夫音律所始,本于人声者也。声含宫商,肇自血气,先王因之,以制乐歌。故知器写人声,声非学器者也。"(《声律》)语声本身就是一种审美的材料。只要合理组织,就可收到"玲玲如振玉,累累如贯珠","异音相从谓之和,同声相应谓之韵"的美学效果。

就语言的内核来说,概念固然有其抽象的一面,但它作为客观事物的标志,这种标志本身就有激活想象和唤醒形象思维的功能。正是这种功能,使语言成为文学的特定媒介,文学因此也被人们称为语言艺术。《物色》中举出的诸多"诗骚所标"的范例,就是语言的"以少总多,情貌无遗"的造形功能的具体证明。"形立则章成矣,声发则文生矣。"(《原道》)声和形是美的两大存在方式,也是审美的两大凭借,它们既然为形文和声文所具有,也必然为"言之文"所具有。从这一点来看,我们完全可以说,语言是一种特殊的审美材料。

其四,从审美的语言功能来看。

世界上的事物既千差万别,又曲折相通。不仅语言可以兼有某种审美功能,审美也可以兼有某种语言功能。语言的特定功能就是交际和表意。所谓"鼓天下之动者存乎辞",就是对语言的社会交际功能的理论概括。所谓"心生而言立,言立而文明",所谓"圣人之情,见乎文辞",就是对语言的表意功能的理论概括。这两种功能,也同样表现在审美的运动中。以交际功能来说,"鼓天下之动者存乎辞,辞之所以鼓天下者,乃道之文也。"辞之所以能鼓动天下,凭借着"文"的鼓动天下的力量。"文",是古代对美的特定称谓。辞是鼓动天下的力量,美同样是一种鼓动天下的力量。"言以文远"(《情采》),二者在写作中从来都是相连而动,统一在一个同一的运动过程中的。否则,就会如孔子所说的:"言之无文,行而不远。"就审美的表意功能来看,诚然,审美是一种对客观事物的感情评价,但情与理都是人的本质力量的集中显现,二者对于人来说从来都是密不可分的。任何感性运动最终都会通向理性运动,任何审美过程最后都会曲折通向探索真理和实践真理的过程。感情虽然不能代替真理,但它可以强化对真理的认识,强化表意的力量,使表意更加深刻,更具有人性化的品格。从这一点来看,审美,也就是一种特殊的表意方式,一种比一般的表意更加含蓄、更加生动、更具有暗示意义和启迪意义的方式。由此观之,我们完全可以说,审美是一种特殊的语言。

其五,从圣贤书辞的历史实践来看。

刘勰明确告诉我们,圣贤的书辞,就是辞与采的完美结合的典范:"圣贤书辞,总称'文章',非采而何?"(《情采》)"文章"这一特定称谓,本身就是对辞中之采的历史性肯定,也是对辞必有采的实践性证明。对此,他举出了历史上的许多例子:

《孝经》垂典,丧言不文;故知君子常言,未尝质也。老子疾伪,故称
"美言不信",而五千精妙,则非弃美矣。庄周云:"辩雕万物"谓藻饰也。
韩非云:"艳乎辩说",谓绮丽也。绮丽以艳说,藻饰以辩雕,文辞之变,于
斯极矣。(《情采》)

《孝经》传下的古训告诉人们,只有居丧的人的语言不需要文采,可见士
大夫们平常的语言是富有文采的。老子尽管厌恶虚伪,说过"信言不美"的
话,而他自己所写的五千字的书辞,却是精妙无比而绝不是拒绝美的。庄周
说,"用巧妙的话语来细致地刻画万物",这就是指用辞采来进行表达。韩非
说,"辩说在于艳丽",也就是讲究语言中的华彩。他们都用华丽的词语来进
行辩论,用修饰过的辞藻来描绘。文辞的采化,也因此而达到了极点。这些成
功的语言实践和审美实践,都说明了一个道理:辞与采的融合为一,是人类历
史实践的必然,它不仅是合规律的,也是合乎人类历史实践的总趋势的。

其六,从技术在语言采化中的作用来看。

刘勰认为,语言的美学效应,从最直接的层面来看,是凭借技术的手段来
实现的。"文场笔苑,有术有门。"这种"术"与"门",就是辞采的美学效应的
物质根由和物质保证。"执术驭篇,似善弈之穷数;弃术任心,如博塞之邀
遇。"(《总术》)"执术"与"弃术",美学效果是迥然不同的。"弃术"的语言,
势必是"借巧傥来"的语言,这样的语言是没有美学意义可言的:"博塞之文,
借巧傥来,虽前驱有功,而后援难济;少既无以相接,多亦不知所删,乃多少之
并惑,何妍蚩之能制乎?"而"执术"的语言则截然不同:"若夫善弈之文,则术
有恒数……数逢其极,机入其巧,则义味腾跃而生,辞气丛杂而至。视之则锦
绘,听之则丝簧,味之则甘腴,佩之则芬芳,断章之功,于斯盛矣。"(同上)所有
这些"锦绘"、"丝簧"、"甘腴"、"芬芳"的感性化的语言效应,无一不是由于
"术"的参入而获得的。"辞采",实际就是一种"术"化的语言,也就是经过技
术改造过的语言。正是这些技术的纽带作用,将语言与美学从物质上融合为
一个有机的整体。

比喻就是一个典型例子。"何谓为'比'? 盖写物以附意,飏言以切事者
也。"(《比兴》)借用具体事物的指称来进行形象的转移和情感的转移,借以具
体而透彻地再现某种情境,或者说明某种抽象的概念和道理,这种特定的美学

效应。实际上也就是将语言媒介转化为审美媒介的技术效应。刘勰所说的"故金锡以喻明德,珪璋以譬秀民,螟蛉以类教诲,蜩螗以写号呼,浣衣以拟心忧,席卷以方志固:凡斯切象,皆'比'义也"(同上),就是具体范例。所有的采化手段,无一不具有某种化语言媒介为审美媒介的功能。这种"化用"的功能,正是辞与采之间融合为一的物质凭借,使二者之间的联系更加牢固,也更加紧密。

其七,从"文"字的语义学渊源来看。在古汉语中,"文"的本义就是色彩交错。《易·系辞》:"物相杂,故曰文。"《乐记》:"声成文,谓之音。""五色成文而不乱。"《说文解字》:"文错画也。"由于汉字构字的象形性,同样具有"错画"的绘画性特征,所以"文"也用来作为对文字的称谓。《说文解字·序》:"昔仓颉之初作书,盖依类象形,故谓之文。其后形声相益,即谓之字。"《释名》:"文者,会集众彩以成锦绣,和集众字以成辞义,如文绣然也。"可知在我国古代文化中,文字(语言)与审美在发源处就是相并而生,相连而动的。

刘勰继承了前人的认识,并将它自觉地引入了对语言与美学的关系的观照中,从词义学的角度,对这一词语中的双重内涵之间的逻辑关系进行了明确的辨析,将二者凝聚成为一个统一的整体。这些辨析集中表述在《原道》中,就是他所说的"与天地并生"的"道之文"。这里所说的"文",是五色相杂所成的形态美。"文",实际是对美的泛称。刘勰认为,美作为道的感性显现,不仅是普及于万物的,也是属于"有心之器"的人文的。具体表现在人文中,就是"心生而言立,言立而文明"的人心之美,人言之美,文章之美。"文"作为美的普遍形态与特殊形态的集合,也就是美的普遍形态与语言的特殊形态的集合。"言之文也,天地之心哉!"天地之心,也就是道心。以道心作为最高的通贯和集合,言之美与万物之美自然相通,言与美也自然相通。这种相通,既是逻辑意义上的相通,也是语言意义上的相通。从语言意义上进行观照,二者的相通性的特定文化内涵和民族特色,显示得更加充分,更加隽永。这一特定的民族历史文化背景,就是语言美学的开拓在中国之所以如此顺利,如此卓越,如此举重若轻的一个重要原因。

以上七个方面,实际也就是辞与采之间的七条内在联系纽带,从逻辑上将二者连贯成为水乳交融的整体。辞采作为语言形式与审美形式两个范畴的有机融合,在形态上体现着二者的固有属性,接受着符号体系与感性体系的双重制约。前者赋予它以规范性、抽象性与表意性的符号学品格,惟其如此,它才能进入思维与交际的领域;后者赋予它以个性化、具象化和表情化的感性品格,惟其如此,它才能进入审美领域。运用抽象性、规范性和表意性的语言材料,获得具象化、个性化和表情化的审美功能,这就是辞采的最基本的内在工作原理。

这一跨范畴的融合既具有语言形式所固有的符号属性,也具有美学形态所固有的具象属性,但绝不是二者的简单堆积,而是一个全新的"化学"组合。辞采作为辞与采的有机统一,它的辞已经不是一般意义的辞,而是一种具有美的形态并且合乎美学要求的语言,是一种具有美学品格的语言。它的采已经不是一般意义的采,而是一种具有语言形态并且合乎语言要求的美学材料,是一种具有语言形质的特定的乐音和色彩。概而言之,在这一综合范畴中,由于对方参入和相互制约而使每一方都具有了新的价值,新的意义,新的形态、新的追求。这一"化学组合"所代表的范畴,是语言美学的全新范畴。刘勰所说的"辞采"、"文采"、"采",就是对语言美学这一特定范畴的特定称谓。刘勰所说的"志足而言文,情信而辞巧"(《征圣》),"气以实志,志以定言,吐纳英华,莫非情性"(《体性》),就是这一范畴的具体存在方式的具体展现。

据此,我们可以对"辞采"这一全新的综合性称谓的内涵,做出一个确切的概括:辞采,是特定语言形态与由此生发的特定审美功能的统一体,也就是语言的巧丽所发出的惊听回视的美学光辉。刘永济先生将其在范畴上概括为"声色"与"发皇耳目"两个方面,而将二者之间的逻辑纽带归结为"声色因事义之充实而发之光辉",可谓深得辞采之精髓。

第二节　刘勰关于文章辞采的特征和功能的系统论见

辞采作为一个全新的形态学范畴,一个比原来的学科领域更加广阔,更加深刻的学术领域,也必然表现出一种特定的系统特征和一种特定的系统作用。这一特定的系统特征和系统功能,既反映着原属范畴的本质属性,又是其本质属性在新的结构方式下的系统综合与升华。根据刘勰的相关论见,试对这两个问题进行具体论述。

一、文章辞采的系统特征

辞采的系统特征,来自语言形态和美学形态的基本特征的系统综合。

语言形态的本质性特征,集中表现在它的符号学属性上。"心既托声于言,言亦寄形于字,讽诵则迹在宫商,临文则能归字形矣。"(《练字》)从本质上说,语言是一种以声表意的符号系统。它的声,诉之于语音,它的形,见之于字,它的意,表现为概念的连缀。而符号与概念之间的联系,则表现为一种特定的社会性和历史性的规范。惟其如此,语言的形态,必定是抽象的,表意的,规范的。

美学形态的本质性特征,集中表现在它的形象学属性上。也就是刘勰所说的:"故立文之道,其理有三:一曰形文,五色是也;二曰声文,五音是也;三曰情文,五性是也。五色杂而成黼黻,五音比而成韶夏,五情发而为辞章,神理之数也。"(《情采》)所谓"五色"、"五音"、"五情",无一不是客观事物的形象学属性的具体形态。从本质上说,美学是一种凭借声色表达感情的感性系统。它的形态,诉之于事物的声形色的具体存在,它的内涵,就是客观事物的感性形态所涵蕴的感情。而形态与内涵之间的联系,则表现为一种特定的个性化的审美体验。惟其如此,美学的形态,必定是形象的,表情的,独创的。

辞采的特征,来自语言形态与美学形态的基本特征,但绝不是两大基本特征的算术总和,而是二者的化学组合所形成的系统质素的系统折射。具体可以概括为以下方面。

(一)表象性与表意性的辩证统一

辞采不是一般意义的语言,而是一种具有美学属性的语言。它既具有一般语言的概念属性,又具有美学形式的形象属性,是这两种属性的对立和统一。

这两种属性的对立和统一,是语言所固有的属性所决定的。刘勰认为,语言不仅具有表意的属性,也具有表象的属性。关于前者,他明确地表述为:"心生而言立,言立而文明,自然之道也。"(《原道》)关于后者,他明确地表述为:"写物图貌,蔚似雕画","瞻言而见貌,即字而知时"(《物色》)。那么,这两种对立的属性,到底是怎样融合在一起的呢? 这就是问题的症结之所在。

我们智慧的先人不仅给我们指出了这种现象,也给我们提供了揭开这一现象中的核心奥秘的钥匙。这把钥匙,就是对语言的形象性所由生发的系统机制的明确见解。

"理形于言,叙理成论。"(《论说》)语言的本质特点就在于,它是抽象思维的承担者,不管是抽象思维本身还是它的语言载体,都不具有形象的意义。但是人类的思维从来就不是一个单一化的过程,它必须在概念的基础上运行,而概念的形成过程,又必须依靠具体的表象。也就是刘勰所昭示的:"神用象通,情变所孕。物以貌求,心以理应。"(《神思》)

概念作为事物的本质属性的普遍形态,只能来自对系列表象的概括。表象是概念形成的感性材料,概念是表象的理性升华,二者之间原本不存在不可逾越的鸿沟。即使在表象升华为具有普遍性认识意义的概念之后,它实际上并没有在人类的大脑中消失,而是作为人类的感性经验,依旧保存在大脑的记忆仓库之中,以其特有的感性品格,帮助人们补充着、验证着和加深着对概念的普遍性品格的理解。一旦遇到适当的刺激,就会在大脑中再现出记忆中的感性场景来。这种大脑中的感性场景,就是刘勰所说的:"寂然凝虑,思接千载;悄焉动容,视通万里;吟咏之间,吐纳珠玉之声;眉睫之前,卷舒风云之色。"(《神思》)引发这一感性场景的适当刺激,可以是第一性的直观刺激,也可以是第二性的符号刺激。语言刺激就是一种特定的符号刺激。所谓"瞻言而见貌,即字而知时"(《物色》),就是一种符号刺激下的心理反射。这种心理反射,实际就是由此唤起的想象和联想,也就是刘勰所说的"思理为妙,神与物游"(《神思》)。由于词语的刺激而唤起想象和联想,借助想象和联想再现出感性的场景,这就是"写气图貌,蔚似雕画"的心理根由。

惟其如此,概念作为人的大脑中形成的反映对象的本质属性的思维形式,既可以作为事物的普遍属性的概括,在某种特定情况下,也可以作为唤起对具体的客观事物进行想象和联想的激活因素。只要找准了一个足以唤起想象和联想的心理刺激点并且组织在一定情境中,就可借助联想和想象而在大脑屏幕上再现出一种感性的图象来。对这种凭借恰当语言所形成的图象,刘勰举出了《诗经》中的系列例证。只要细加辨析就可发现,刘勰所举出的这些原本表达概念的词语之所以能够具有"情貌无遗"的表象功能,实际是由以下条件所决定的:

一是这些词语必须组织在具体的情境中。"依依"本来是一个抽象概念,就它自身来说,泛指树枝柔弱,随风摇摆的样子,并不具有直接展示形象的意义。但是《诗经》中的"依依"已经不是一个孤立的词语,而是组织在具体的语言环境的一种特定的情貌,是征夫戍卒离家时的特定景色,这种景色又与异地的"雨雪霏霏"形成鲜明的对照,因此必然对心理造成强烈的刺激,构成特定的感情境界。这种特定的感情境界,正是"依依"这个特定词语之所以能够唤起系列表象记忆的心理原因。

二是这些词语必须是一个敏感的刺激点。这个敏感的刺激点,就是心理信息最集中的地方,也就是最容易动情的地方。"依依"之所以能够成为心理信息最集中的地方,是因为它所展现的风物是故园门外最有代表性的风物,是离人最动情的风物,这一风物所映出的地点,是离人最动情的地点,这一风物所映出的时光,是离人最动情的时光。惟其如此,由"依依"所生发的心理刺激,对于离人来说必定是最集中的刺激和最动情的刺激。"人禀七情,应物斯感",人类的感情记忆与感情借以生发的物象的记忆是同位储存的,一旦受到某种信息的触动,感情记忆与表象记忆就会汩汩而出,再现出当时的情景来。

这一事实告诉人们:并不是所有的语言都具有表象的功能,只有特定的语言才具有这种特定的功能。具有表象功能的语言,实际是具有对情境的组合能力和对心理的刺激能力,因而足以唤起表象记忆的语言,径而言之,是一种采化了的语言,也就是辞采。辞采来自日常的语言但绝不等同日常的语言,而是日常语言的选择与加工状态。它所具有的形象化的功能,是对日常语言进行精心选择和精心加工的结果。刘勰所说的"巧言切状",就是对这一选择与加工过程的理论概括。巧言者,精心选择,精心加工之谓也。切状者,切合情状之谓也。辞采,是一种巧言的艺术。巧言,就是对日常语言进行反复选择和组合的结果。各种词语的情境组合能力与心理刺激能力是各不相同的,惟其如此,必须细加选择,巧加调配。选择与加工这种具有造型效应的词语并且运用在最恰当的地方,是作家工作最基本的法则,是作家才能的最集中的表现,也是作家的毕生追求。

(二)抒情性与达理性的辩证统一

语言的形象性与概念性在特定条件下辩证统一的过程,同时也是其表情性与表象性在特定条件下辩证统一的过程,最终会通向一个表情性与达理性在特定条件下辩证统一的过程。这三个统一的过程,都是以辞采作为特定媒介而实现的。表象、表情与达理在辞采中的融合为一,是辞采的另一个具有根本意义的系统特征。这一系统特征,同样是由一个完整的系统机制所驱动和制约的。

从表象与表情的关系来看。"人禀七情,应物斯感,感物吟志,莫非自然。"(《明诗》)物与情从来都是同步而生的。"情以物兴","物以情观"(《诠赋》),物是情之所兴和情之所观的物质依据和物质媒介,情是物之所激和物之所寓的精神内涵。因此,表象的过程,必然是一个表情的过程;表情的过程,必然是一个表象的过程。而表象与表情,虽然在角度上各不相同,又都是与辞采共生的。从物的角度来看,"无识之物,郁然有采","动植皆文"(《原道》),物与采具有并生的关系。就情的角度来看,"五情发而为辞章"(《情采》),情与辞采同样具有并生的属性。惟其如此,动情性与辞采性,就必然融合成为一个整体。辞采作为形象、情感、思想的公共性媒介,除了表象与表意的属性之外,也必然具有抒情的属性。

辞采的抒情性,同样可以从刘勰举出的系列例句中获得证明。"依依"之所以如此动人,不仅因为它是物貌,也是情貌,是依依不舍的感情状态,这种寄寓在物象中的情象,才是引起同感的决定性根由。"灼灼"之所以如此动人,不仅因为它是桃花的状貌,也是百年好合的婚礼上的新人的美貌如花的情貌的象征性展现,也是祝愿百年好合的亲友们喜悦和欢庆的美好情貌的象征性显现。无论是"'杲杲'为出日之容",抑或"'漉漉'拟雨雪之状",无论是"'嘈嘈'逐黄鸟之声",抑或"'喓喓'学草虫之韵",无论是"'皎日''嘒星',一言穷理",抑或"'参差''沃若',两字穷形",无一不是感情的抒发。王夫之云:"景中生情,情中含景。故曰:景者情之景,情者景之情。"(《唐诗评选》)王国维云:"一切景语,皆情语也。"(《人间词话》)可谓得刘勰辞采论之真谛矣。

景语、情语,都是采语,也就是辞采。反过来说,辞采,也就是具有造形效应和动情效应的语言。惟其如此,情、象与辞采,必然融合成为一个完整的美学整体。这就是文学之所以成为语言艺术的最基本的形态学依据。

从抒情与达理的关系来看。《原道》中明确指出,宇宙运动的最高原则就是"道"。所谓"道",就是自然运动的普遍规律。人作为自然之道的产物,既能够对自然运动的普遍规律做出客观的反映,又能够以自己"天地之心"所特具的能动性,对客观事物做出主观态度体验上的反映。前者属于理的范畴,后者属于情的范畴。情与理都是自然之道的体现。二者之间同步而生,相联而动,在本原上就是密不可分的。就它们的中介来说,同样是如此。"情以物迁",物是情的中介。理者,"穷于有数,追于无形",物也是理的中介。二者角度殊途,而中介同一。再就它们的实际效应来说,同样是如此。情的强度与理的深度具有对应的关系,没有强烈感情的思想和没有理性深度的感情,都不是文学的最佳选择。所谓"情与气偕",所谓"情之含风,犹形之包气",就是刘勰对二者之间的效应关系的理论概括。"气",就是自然运动向上态势的集中显现,也就是道的集中显现。风骨,就是对合道之情的要求。所谓合道之情,也就是合理之情。合理之情,也就是合规律和合目的性的情。"辞之所以鼓天下者,乃道之文也。"唯有这种合理之情和合情之理,才真正具有鼓天下之动的力量。刘勰对情与理之间的密不可分的关系的体认,也体现在他对情与理的一体化称谓上。宏观上,他对二者总是相互而称,相并而谓,相通而指,将二者同视为文章的内容,进行一体化的体认的。即使是单称其中的某一项,实际也将另一项涵盖于中,具有通谓的属性,如:

> 情理设位,文采行乎其中。(《熔裁》)
> 巨细或殊,情理同致。(《明诗》)
> 率志委和,则理融而情畅。(养气)

这种"情理同致"的体认,是中华文论独特的认识场:它既赋予了艺术以真理的品格,又赋予了艺术以真理的品格,这在世界文论中是独标一格的。在刘勰的美学视野中,艺术与真理具有辩证统一的属性:艺术就是感情,是真理的情化。真理,也是艺术,是情化的真理。无论是真理还是艺术,都是自然之道的自然表现,都是文章的决定性内容。辞采不仅是艺术的形态,也是真理的形态。但就微观而言,具体文章中的情与理的含量,却又是有着明显的区别的。审美性的文章,以"缘情"为主:"诗者,持也,持人情性。"(《明诗》)"是以绘事图色,文辞尽情。色糅而犬马殊形,情交而雅俗异势。"(《定势》)议论性的文章,以"明理"为主:"论者,伦也;伦理无爽,则圣意不匮","论如析薪,贵能破理。"(《论说》)表现在表达方式方面,也同样是如此,同是"比兴"的修辞手法,有的是偏重于情的表达的,有的是偏重于理的表达的:"附理者切类以举事,起情者依微以拟义。"(《比兴》)这样,在情与理的关系上,既突出了文章的"情理同致"的共同规律性,又注意到了不同文体"情理殊致"的特殊性,实现了矛盾的普遍性与特殊性的辩证平衡。

正是这些千丝万缕的纵向联系与横向联系,将"辞采—形象—情感—思想",融合成为一个统一的美学整体。辞采是其外层形态,形象是其内层形态,情感和思想是其核心内涵。也就是刘勰所科学概括的:"情志为神明,事义为骨髓,辞采为肌肤,宫商为声气。"(《附会》)运用辞采刻画形象,运用形象生发感情,运用感情深化思想,这就是其最基本的工作原理。惟其如此,辞采必然成为形象、情感、思想的共同媒介,具有表象、表情和表意的三重功能和三重特色。

(三)音乐性和生理性的辩证统一

辞采的表情性不仅通过词义的激发间接地表现出来,也通过语音的声韵、音调和节奏构成的音乐性直接地表现出来。通过人的语音的生理性来获得音乐所特具的某种美学效应,是辞采的另一系统特征。

辞采不是一般意义的语言,而是一种经过声律化的选择与加工的语言。语音本身不是音律,而是由人的唇吻所发出的自然声气。这种声气作为一种特定符号,具有表意作用。这就使它和器乐在功能上具有本质的差别:器乐表现感情,语音则表现思想。表现思想的语音,是一种约定俗成的唇吻之音,本身并不具有自觉的乐音属性。而就二者的生发情况来说,语音与人类俱生,而器乐则是人进入原始文明后的创作。因此,语音不是对音律的模拟,恰恰相反,音律是对语音的模拟。对于二者之间的复杂关系,刘勰在《声律》中做出了明确表述:

> 夫音律所始,本于人声者也。声含宫商,肇自血气,先王因之,以制乐歌。故知器写人声,声非学器者也。故言语者,文章关键,神明枢机;吐纳律吕,唇吻而已。(《声律》)

语言的音乐功能和相应的表情效应,是对特定的语音形态重新进行美学选择与组合的结果。这种具有乐声意义的选择与组合,大体包括音韵、声调与节奏三个方面。

声韵

声韵,"同声相应谓之韵",就是收声相同的声音的前后呼应。韵的美学作用,就是充分利用同一乐声的回还往复,前呼后应,将韵文中各个跳跃式的单行由于声韵的"公共性"而构成一个完美的和声系统,使韵文的内容结构和语言结构更加严密,汇成一种流畅回荡的韵律美,念起来朗朗上口,金声玉振,使人获得一种美的愉悦。因此,声韵就成了文章语言特别是韵文语言中的具有特殊美学磁力的结构性因素。"诗中韵脚,如大厦之有柱石,此处不牢,倾折立见。"(沈德潜:《说诗晬语》)

不仅如此,韵脚还和感情的状态微妙相关。"其哀心感者,其声噍以杀;其乐心感者,其声啴以缓;其喜心感者,其声发以散;其怒心感者,其声粗以厉;其散心感者,其心直以廉;其爱心感者,其心柔以和。"(《乐记》)

抒发欢快明朗、热烈奔放的感情,一般用共鸣强度大的响亮级的韵辙,如《诗经·周南·桃夭》:"桃之夭夭,灼灼其华。之子于归,宜其室家。"又如刘邦《大风歌》:"大风起兮云飞扬,威加海内兮归故乡,安得猛士兮守四方。"倾吐哀切沉痛的情思,一般用口型微张、收音不响亮的声调迫促低沉的细微级的韵辙,如《诗经·小雅·采薇》:"昔我往矣,杨柳依依;今我来斯,雨雪霏霏。"又如李清照的《声声慢》:"寻寻觅觅,冷冷清清,凄凄惨惨戚戚。乍暖还寒时节,最难将息。三杯两盏淡酒,怎敌他晚来风急。"抒发温柔舒缓的感情,一般用收声比较轻柔纤缓的柔和级韵辙。如《诗经·关雎》:"关关雎鸠,在河之洲。窈窕淑女,君子好逑。"杜甫《登高》:"风急天高猿啸哀,渚清沙白鸟飞回。无边落木萧萧下,不尽长江滚滚来。万里悲秋常作客,百年多病独登台。艰难苦恨繁霜鬓,潦倒新停浊酒杯。"除此之外,还有宽韵与窄韵之分。宽韵的词汇量大,可选择的范围比较广阔。窄韵的词汇量小,回旋的余地也小。这也是诗人选韵时的重要参数。如果掌握了这些规律,注意声情相契,随情选韵,因情变声,适声变字,就能强化感情的表达,获得声情并茂的美学效果。

声调

声调,是与音乐直接相通的美学质素,也是与情感直接相通的美学质素。声调之美,主要表现在声与声之间的平仄协调以及双声叠韵等方面,要义在于实现"异音"之间的"和"。其美学机制,就是通过声调的抑扬顿挫,构成乐声的律动以及相应的生理律动与心理律动,给人以错落有致的整体感和变化感,从而获得美的愉悦。刘勰所说的"辘轳交还,逆鳞相比",就是对这一美学规律和美学境界的理论概括。我国古代诗歌中的节奏美,就是建立在这一规律和境界的基础上的:"诗以声为用者也,其微妙在抑扬抗坠之间。"①"抑扬抗坠",是音调相错相谐的美学形态,也是感情运动的高低起伏的心理状态。这种异中有同、同中有异所造成的金声玉振的美学效果,引导读者不知不觉地进入作品所布设的音乐旋律和相应的感情境界之中,对作者的用心进行充分的领略。

对此,被称为桐城中兴之主的曾国藩深有体会:"凡作诗,最宜讲究声调。"②理由是:"情以生文,文亦足以生情;文以引声,声亦足以引文。循环互发,油然不能自己,庶渐渐可入佳境。"③他将古人对声调的讲究,作为一条成功经验传授子弟:"古人云'新诗改罢自长吟',又云'煅诗未就且长吟',可见古人惨淡经营之时,亦纯在声调上下工夫。"④据此,他在我国文论史上首创性地提出了"李杜韩苏之诗、韩欧曾王之文,非高声朗读则不能得其雄伟之概,非密咏恬吟则不能探其深远之韵"⑤的接受论主张,并第一个提出了"作诗文以声调为本"⑥的美学纲领,将桐城学派"以气行文"与"因声求气"的美学主张,推至近代文论的峰巅,也将刘勰"吹律胸臆,调钟唇吻"的美学追求,推进到淋漓尽致的境界。

节奏

节奏指语音节拍的轻重缓急高低繁促的阶段性变化所构成的全局性的有序运动,亦即由有规律的"音节"所组成的动态性链接。这种有规律的"音步"的和谐配合,是构成旋律美的核心性因素。正是由于节奏,文章才充满了整体性与共鸣性的音乐魅力,给人以美的享受和心灵的共振,因而进入声情融一的境界。刘勰所说的"古之佩玉,左宫右徵,以节其步,声不失序,音以律文",就是对这一美学原理的生动比喻和理论阐述。这些相异相通相倚相对的诸多因素的结合,组成了抑扬顿挫而又回环往复的旋律,在整齐与参差,抑扬与平直,重复与回旋的对立统一之中,形成"玲玲如振玉,累累如贯珠"的美的交响乐,

① 沈德潜:《说诗晬语》,见《原诗　一瓢诗话　说诗晬语》,人民文学出版社 1979 年版,第187 页。

② 《曾国藩家书》,湖南大学出版社 1989 年版,第 445 页。

③ 《曾国藩全集·日记一》,岳麓书社 1987 年版,第 420 页。

④ 《曾国藩家书》,湖南大学出版社 1989 年版,第 445 页。

⑤ 《曾国藩家书》,湖南大学出版社 1989 年版,第 442 页。

⑥ 《曾国藩家书》,湖南大学出版社 1989 年版,第 479 页。

犹如节拍之于歌曲一样。它凭藉着语音的旋律性变化，唤起读者情绪的共鸣，引起读者心理与生理的起伏变化，由此而获得审美的愉悦和感情的浸润与熏陶。也就是刘勰所说的："标情务远，比音则近；吹律胸臆，调钟唇吻。声得盐梅，响滑榆槿。"（《声律》）

当代美学家朱光潜则以现代美学为依据，对此作出了透辟的理论升华："节奏是宇宙中自然现象的一个基本原则……艺术返照自然，节奏是一切艺术的灵魂。"①他还以自己的阅读经验，对此作出深刻的实践论认证："我读音调铿锵、节奏流畅的文章，周身筋肉仿佛作同样有节奏的运动；紧张或是舒缓都产生出极愉快的感觉。如果音调节奏上有毛病，我的周身肌肉都感觉局促不安。"他由此他领悟到了一条极其重要的美学真理："声音节奏对于文章是第一件要事"。②

（四）秀拔性与含蓄性的辩证统一

辞采作为一种经过精心的美学选择和美学加工的语言，既是一种在形态上极其精警秀拔，足以惊目回视、动心惊耳的语言，又是一种在内涵上极其含蓄蕴藉，足以耐人寻味的语言。秀拔性与含蓄性的辩证统一，是辞采的第四大系统特征。

辞采的秀拔性，集中表现在它的辞令的鲜明卓绝上。辞采不是一般意义的语言，而必须是色彩鲜艳，具有发皇耳目效应的语言："彼波起辞间，是谓之秀。纤手丽音，宛乎逸态，若远山之浮烟霞，娈女之靓容华。"对此，《隐秀》中摘出了古诗中的许多例子：

> 如欲辨秀，亦惟摘句："常恐秋节至，凉飙夺炎热"，意凄而词婉，此匹妇之无聊也。"临河濯长缨，念子怅悠悠"，志高而言壮，此丈夫之不遂也。"东西安所之，徘徊以旁皇"，心孤而情惧，此闺房之悲极也。"朔风动秋草，边马有归心"，气寒而事伤，此羁旅之怨曲也。

"常恐秋节至，凉飙夺炎热"，是班婕妤《怨歌行》中的句子，以秋扇的形象

---

① 朱光潜：《诗论》，人民出版社 2010 年版，第 95—96 页。
② 朱光潜：《谈美·谈文学》，人民文学出版社 1988 年版，第 165 页。

寄托遭到捐弃而无依无靠的悲惨命运。"临河濯长缨,念子怅悠悠",是李陵《与苏武诗》,借黄河濯缨的形貌,映现壮夫歧路彷徨的惆怅。"东西安所之,徘徊以旁皇",是乐府《伤歌行》中的句子,借闺中妇人彷徨失路的形状,显示出她"心孤而情寂"的悲凉。"朔风动秋草,边马有归心",是《文选》王赞《杂诗》中的句子,借朔风秋草的边塞景物,衬托出羁旅的悲苦与忧愁。这些秀拔的景物之所以如此动人,就在于它们是内在情思的自然流露:"并思合而自逢,非研虑之所求也。"

辞采的含蓄性,集中表现在它的语言内涵的丰富性和多样性上。这点在文学辞采中表现得特别明显。一般语言只具语音和语义两个层面,而文学辞采除了这两个层面之外,还有第三个层面,这就是意蕴层面,也就是表层意义后面的深层意义。表层意义与深层意义之间,具有曲折相通的属性,它以联想和暗示的方式,给读者留下咀嚼和品味的广阔空间。这种"言有尽而意无穷"的表达方式,也就是刘勰所说的"隐":"夫隐之为体,义生文外,秘响旁通,伏采潜发。譬爻象之变互体,川渎之韫珠玉也。"惟其如此,才能获得"玩之者无穷,味之者不厌"的审美效果。

关于隐的语言特征,《隐秀》篇中举出了古诗中的许多篇章:

> 将欲征隐,聊可指篇:古诗之离别,乐府之长城,词怨旨深,而复兼乎比兴。陈思之黄雀,公干之青松,格高才劲,而并长于讽喻。叔夜之赠行,嗣宗之咏怀,境玄思淡,而独得乎悠闲;士衡之疏放,彭泽之豪逸,心密语澄,而俱适乎壮采。

这些篇章的共同特点,就是"深文隐蔚,余味曲包",将丰富而又深刻的情思隐秘地渗透在完整的艺术形象里面。即文辞说出的意思之外另有一层意思,也就是弦外之音。正是这种含蓄的表达,使内蕴更加深厚隽永,意味深长。

含蓄与秀拔,实际是一个问题的两个方面。秀拔,是对语言的形式因素的卓绝性的要求,含蓄,是对语言的内容因素的蕴藉性的要求,语言的形式与内容,本来就是密不可分的。没有形态的秀拔,就不能有蕴藉深厚的内涵;没有深厚的内涵,形态的秀拔也就失去意义。隐也者,辞采之蓄之于中者也,秀也者,辞采之发之于外者也。"外文绮交"与"内义脉注",从来都是相辅相成的。

　　惟其如此,刘永济先生将隐与秀视为密不可分的整体:"文家言外之旨,往往即在文中警策处,读者逆志,亦即从此处而入。盖隐处即秀处也。"①这一论断,是切中肯綮的。内容与形式的一致性,是艺术的普遍规律所决定的。这就是刘勰在《隐秀》的开宗明义处所明确标示的:"夫心术之动远矣,文情之变深矣。源奥而派生,根盛而颖峻,是以文之英蕤,有秀有隐。"从最终的根源来看,隐与秀皆源自神思,是形象思维的表与里的两个方面。惟其如此,形象最鲜明独秀之处,实际也就是用意最集中,蕴涵最突出,寓意最深刻之处。例如,《诗经·魏风·硕鼠》中所描绘的"硕鼠"的贪婪寡恩的形象,是全诗中最秀拔,因而最足以惊眼之处,也是全诗中蕴藉深厚,因而最足以惊心之处。又如屈原《少司命》中的"悲莫悲兮生别离,乐莫乐兮新相知"二句,既是"千古情语之祖",是含蓄蕴藉最深厚之处,又是"篇中秀处",是篇中最惊目回视之处。

　　但是,就微观而言,当含蓄与秀拔作为片言只语中的特定表达方式的时候,它们又具有修辞的品格。隐与秀的关系,既可以是形象思维中的内容与形式之间的宏观关系,也可以是修辞方式中的辞格与辞格之间的微观关系。对此,应做广阔的理解,不可拘泥于某一方面。这就是黄侃所着重指出的:"物在辞外曰隐,状溢目前曰秀。大则成篇,小则片语,皆可为隐,或状物色,或附情理,皆可为秀。"这种认识,是十分公允的。

　　作为两种不同的修辞方式,二者各有所侧重,隐主要用于感情抒发,秀主要用于理的揭示:"言含余意,则谓之隐,意资要言,则谓之秀。隐者,语具于此,而义存于彼,秀者,理有所致,而辞效其功。"②两种形态的修辞,都具有内涵深刻,语言卓绝的特征。它们之间的区别,主要是角度上的区别:一是从情的角度,一是从理的角度。从情的角度,故以曲致而耐人寻味;从理的角度,故以警策而直效其功。从情的角度来看,隐的曲折所涵蕴的情不是一般意义的情,而是具有哲理深度的情。从理的角度来看,秀的警策所揭示的理不是一般意义的理,而是深蕴着人的独特体验的情化的理。隐的"余味曲包"中,包容着理的内涵,秀的"万虑一交"中,交织着情的蕴藉。这种辩证统一的关系,同样鲜明地表现出来。

---

　　①　刘永济:《文心雕龙校释》,中华书局 1962 年版,第 157 页。
　　②　黄侃:《文心雕龙札记》,上海古籍出版社 2000 年版,第 195—196 页。

（五）规范性与创新性的辩证统一

辞采是语言在写作中的具体运用。语言作为一个特定符号系统,本身具有规范性品格,而其具体运用,又赋予了它创新性的品格。规范性与创新性的统一,是辞采的另一系统特征。

辞采的规范性,具体表现在它对各种运作法则的严格规定上。语言的运作法则,包括词法、句法、章法、体式等。这些法则,是社会约定俗成的产物,也是历史长期选择的结果。它以公共性的潜在法规体系的形态,制约着全社会的言语行为依规而运,循范而行,使其"合乎正式",获得全社会的普遍理解。这就是刘勰所特别强调的:"夫人之立言,因字而生句,积句而成章,积章而成篇。篇之彪炳,章无疵也;章之明靡,句无玷也;句之清英,字不妄也。振本而末从,知一而万毕矣。"(《章句》)所谓"无疵"、"无玷"、"无妄",也就是谨遵规范、无使越轨的意思。这是辞采的最基本的美学要求和美学特征。如果违反了这一美学要求或不具备这一美学特征,辞采就会成为一种"失体成怪"的讹滥现象,无任何美感可言了。

辞采的规范性特征,是与它的创新性特征相并而生的。"心生而言立,言立而文明",立言实质上属于语言运作的范畴,也就是现代人所说的"言语"的范畴。言语作为语言的具体运作,具有双重的属性:它一方面接受语言公共规范的制约,另一方面又不断超越公共规范的制约,赋予它以创新性的品格。辞采的创新性,具体表现在以下方面:

一是词语运作的创新性。语言是概念的集合,概念通向一般。辞采是语言的运用,运用通向具体。言语所指称的世界,从来都是具体的世界,是一个与作者的主体性密切相关、密切相连的世界,这一个世界无时无刻都处于变动之中,其中的每一个指称都具有自己特定的个性化的含义。例如屈原的"亦余心之所善兮,虽九死其尤未悔","路漫漫其修远兮,吾将上下而求索",其中的"余"字已经不是一般意义的泛指的第一人称,而是凝聚着屈原的全部生命实践的个性化的自白,它不是一般意义的"我",而是一个特定的"我",这一个特定的"我"中,已经蕴藉了许多新鲜的、不容重复的内涵。其中的"善",不是字典意义的一般性的泛"善",而是屈原的个性化的独"善",是屈原作为一个爱国者的特定的人生追求。这种独特的人生追求是专属于屈原一人的。其中的"路",不是一般意义的路,而是屈原特定的人生之路。其中的"修远",不是

一般意义的"修远",而是屈原所经历和体验过的一种特别的坎坷。其中的
"求索",不是一般意义的"求索",而是屈原对真理的百折不回,最后以死相殉
的追求。《楚辞》中的香草美人,不是一般意义的香草美人,而是渗透着屈原
特定的美学理想的一种形象性寄托,是某种崇高品格的美学化身。这些新鲜
活泼的东西,无一不是在词语的具体运作中表现出来的,无一不是词语的一般
性向具体性转化的结果,无一不是语言规范性和言语的创新性有机统一的
结果。

　　词语运作的创新性,还表现在对新词语的使用上。世界常变常新,辞采世
界也必须常变常新。唯有常变常新,才具有审美意义。对此,刘勰举出了系列
例子:

　　　　至如《雅》咏"棠华",或黄或白,《骚》述秋兰,绿叶紫茎。凡摘表五
　　色,贵在时见,若青黄屡出,则繁而不珍。(《物色》)

　　《诗经》中的"棠棠者华,或黄或白",《楚辞》中的"秋兰兮青青,绿叶兮紫
茎",都是一种不常见的用法,因此极富发皇耳目之效。词语以新奇为美,如
果没有创新,老是"青黄屡出",就会使人"繁而不珍"了。

　　如果将《诗》《骚》细加比较就可发现,《楚辞》之所以成为历史的丰碑,不
仅因为它在情思上和表达方式上有许多继承前者之处,而且由于它在词语上
有许多新创之处。继承之处主要表现在:"故其陈尧舜之耿介,称禹汤之祗
敬,典诰之体也;讥桀纣之猖披,伤羿浇之颠陨,规讽之旨也;虬龙以喻君子,云
蜺以譬谗邪,比兴之义也;每一顾而掩涕,叹君门之九重,忠怨之辞也。观兹四
事,同于《风》《雅》者也。"新创之处主要表现在:"至于托云龙,说迂怪,丰隆
求宓妃,鸩女媒娀女,诡异之辞也;康回倾地,夷羿彃日,木夫九首,土伯三目,
谲怪之谈也……摘此四事,异乎经典者也。"《楚辞》中的"兮"字,也是一个不
见于经典的字,是屈原用来抒发郁闷的一个特定的叹词,是屈原所发出的一声
特别深长的叹息。由于运用了这个创新性的词语,《楚辞》的独特韵味才表现
得如此酣畅淋漓。

　　二是句式运作的创新性。句子中的字数的多少,节奏的缓急,音调的高
低,表达的语气,修辞的方式,句与句组成的篇幅的大小,都是作者自由选择的

空间。"夫裁文匠笔,篇有大小;离章合句,调有缓急;随变适会,莫见定准。"句中的字数同样是如此,"笔句无常",在于作者的选择,由于不同的选择而表现出不同的美学功能:"四字密而不促,六字格而非缓,或变之以三五,盖应机之权节也。"这些,都是作者驰骋个性和表现创造性的地方。

三是体式运作的创新性。文体是规范性的,而对文体的选择和运用却是个性化的和能动性的。作者可以根据内容的属性和交际的需要,进行自由的处理。作者对体式的运作过程,不仅是对文体规范的遵循过程,也是对文体规范的通变过程。这就是刘勰所深刻指出的:"夫设文之体有常,变文之数无方,何以明其然耶? 凡诗赋书记,名理相因,此有常之体也;文辞气力,通变则久,此无方之数也。名理有常,体必资于故实;通变无方,数必酌于新声;故能骋无穷之路,饮不竭之源。"(《通变》)规范的恒常性与通变的无穷性,是辩证的统一,二者从来都是相得而益彰的。

辞采的规范性与创新性的辩证关系,从哲学的角度上看,也就是"正"与"奇"的辩证关系。"正",属于规范性与恒常性的范畴,"奇",属于通变性与创新性的范畴。刘勰明确认为:"奇正虽反,必兼解以俱通。"主张以"执正以驭奇"的方式,实现"奇与正"的有机统一。这些高屋建瓴的论述,不仅是对形态规律的普遍性的概括,也是对辞采的规范性与创新性融合为一的系统特征的具体体认,以其普遍性的品格,赋予后者以更加深刻的认识意义和更加确凿的论证力量。

(六)自然性与技术性的辩证统一

辞采作为文章写作的工具和媒介,既具有日常语言的自然属性,又具有工具语言的技术属性。自然性与技术性的辩证统一,是辞采的第六大系统特征。

辞采的自然性,首先表现在它的来源的自然性上。言自心生,而心是社会生活的自然反映。不管是心还是物,都具有自然而生的属性。反映在辞采上:文采所以饰言,而语言来自天成。辞采的源泉是日常语言,日常语言的源泉是现实生活。刘勰认为,语言之所以成为辞采,就在于它保留着原来日常语言的自然性实质,在词句的构造上巧加修饰。他说:"昔楚庄齐威,性好隐语,至东方曼倩,尤巧辞述。"(《谐隐》)隐语原是生活中的俗语,一经东方朔巧加修饰,就焕发出美学的光辉而具有了惊听回视的力量。这种力量固然与技术有关,但寻根溯源,还是它的自然属性发生作用的结果。

辞采的自然性,还表现在它的内涵的自然性上。辞采的内涵是情思,情思是人的情性的真实性的自然表现。唯有最自然的情性,才最具有动人的力量。刘勰对此进行了明确的标举:"夫铅黛所以饰容,而盼倩生于淑姿;文采所以饰言,而辩丽本于情性。"否则,就会走向反面的尴尬之中:"繁采寡情,味之必厌"。(《情采》)

辞采的自然性,也表现在它的形态的自然性上。具而言之,也就是它所绘出的情貌的生动性和逼真性。所谓"写气图貌,蔚似雕画",所谓"不加雕饰,而曲写毫芥",就是对辞采的这种生动性和逼真性的具体展现。惟其如此,它才能生发出"瞻言而见貌,即字而知时"的美学效果。

辞采的自然性,实际是指一种与大自然同构的审美效果。这种效果,并不是语言自然运动的自然效果,而是语言在技术武装下的技术效果。原因就在于,语言作为一个抽象的符号系统,实际并不具有形象化的功能。语言的形象化功能,是通过技术的手段来实现的。语言的修饰过程,实际也就是凭借技术法乎自然的过程。二者的关系,是自然与既然的关系,既是源与流的关系,又是目的与手段的关系。惟其如此,在追求自然性的大前提下,技术性,必然成为辞采的不可或缺的存在依据。

辞采的技术性,首先表现在它对工具和方法系统的凭借上。辞采作为日常语言的技术加工,作为现实生活的精粹反映,是凭借系列的工具和方法来实现的。所谓"文场笔苑,有术有门",所谓"才之能通,必资晓术",就是刘勰对"术"在文章写作中的重要作用的理论概括,刘勰明确认为,在文章的创作中,有一定的方法和手段可以凭借。这一凭借,对于作家才能的通塞具有关键性的意义。"术"是他对这一工具和方法系统的统一称谓,其中自然也包括语言的技术化的工具和方法系统。诸如运篇的方法和技巧,遣词造句的方法和技巧,安排音韵与节奏的方法和技巧,修辞的方法和技巧,等等。它们对于语言表达的意义就在于:"执术驭篇,似善弈之穷数;弃术任心,如博塞之邀遇。"(《总术》)唯有发挥技术的优势,才能获得完美的表达效果。

辞采的技术性,也表现在它的工作效益的强大性上。刘勰将"数逢其极,机入其巧",视为"断章之功,于斯盛矣"的逻辑前提。这种盛境,就是辞采的技术性所获得的美学效益的具体展现和有力证明。

自然性与技术性融合为一的扭结点,就是情在写作运动中的核心地位和核心作用。自然性是情所由生发的内在依据,技术性是情所由表现的外在手段。"文采所以饰言,而辩丽本于情性。""饰言"属于技术性的范畴,"情性"属于自然性的范畴,二者之间的关系,既是源与流的关系,又是内与外的关系。技术可以强化感情,绝不能代替感情。因此,二者之间必然存在着主与从的关系:自然性是第一性的,技术性是第二性的。"云霞雕色,有逾画工之妙;草木贲华,无待锦匠之奇。夫岂外饰,盖自然也。"(刘勰)自然性是辞采的根本追求,而技术性则是达到自然性的必要手段。最高的技巧就是无技巧,一种看不出技术痕迹的技巧,唯有这种无技巧的技巧,才是辞采的自然性和技术性的最高境界,也是辞采的自然性与技术性辩证统一的系统特征的典型状态。刘勰所说的"不加雕削,而曲写毫芥",就是对这种理想境界的理论概括,也是对辞采的自然性与技术性辩证统一的系统特征的典型状态的理论表述。李白的诗句"清水出芙蓉,天然去雕饰",就是这种理想境界和系统特征的形象性表述。

二、文章辞采的系统功能

"文采所以饰言。""饰言",是辞采的最基本的功能。"言"之所以要"饰",是因为"言以文远",只有"饰"过的辞,才具有强大的表达能力,才能解决日常语言所不能解决的"意不称物,辞不逮意"的难题,实现对客观世界的准确、鲜明、生动的反映,具有无远勿届的系统品格。这种作用,是辞采之所特具而为一般语言所不具的。辞采作为一种经过特殊美学装饰而具有特定功能的语言,它所特具的系统功能具体表现在以下四个方面:一是造型的功能;二是表情的功能;三是乐声的功能;四是强理的功能。

(一)辞采的造型功能

辞采不是一般意义的语言,而是一种经过精心的美学选择和美学加工的言语,这些言语和一般语言的不同之处,就在于它们已经具有一种特殊的品格:具有对情境的组合能力和对心理的刺激能力,因而足以唤起表象记忆的品格。这些美学的选择与加工,包括:对体式的美学选择与适应,对句式和表达方式的美学选择与适应,对音韵与节奏的美学选择与契合,对修辞方式的美学选择与契合,对事物的本质性信息的洞悉和把握,等等。这一选择与契合的过程,实际也就是蕴涵在词语中的唤起经验记忆的力量的集中和强化的过程。所谓形象化,实际就是在大脑中唤起记忆留存中的表象,也就是刘勰所说的

"神游"。造型,就是这些记忆留存的重新组合。造型的前提是表象的记忆留存,记忆留存再现的前提是唤醒,唤醒的前提是特殊的心理刺激,特殊心理刺激的前提是具有特殊刺激力量的辞采。所谓"以少总多,情貌无遗",所谓"巧言切状",所谓"壮辞可得喻其真",就是辞采所具有的心理刺激力量和美学感染力量发生作用的结果。

（二）辞采的表情功能

辞采的表情作用,实际就是辞采的造型作用的一种同步效应。

物与情从来都是同步而生的。"情以物兴,物以情观",物是情之所兴和情之所观的物质依据和物质媒介,情是物之所激和物之所寓的精神内涵。因此,表象的过程,必然同时是表情的过程;表情的过程,必然同时是表象的过程。运用表象作为媒介,达到表情的目的,这就是辞采最基本的工作原理。"辞以情发",情的到位凭借物的到位,物的显现依靠辞采的显现,三者从来都是相联而动的。惟其如此,辞采作为形象、情感、思想的公共性媒介,除了表象与表意的作用之外,也必然具有表情的作用。

（三）辞采的乐声功能

"音以律文,其可忽哉!"（《声律》）辞采作为一种经过精心的美学选择和美学加工的言语,也是包括对它的语音组合的美学选择和美学加工在内的。刘勰把文章声韵的安排视为一个完整的艺术构成,强调要讲求其整体和谐的形式美感。和日常语言相比,它在声音形态上已经具有了一种特殊的品格:"金声而玉振"的乐声品格。这就是他所说的:"声转于吻,玲玲如振玉;辞靡于耳,累累如贯珠。"这种品格,主要表现在以下方面:音韵的和谐,声调的匀称,节奏的鲜明。由此组成与感情的内在律动相一致的优美旋律,收到"吹律胸臆,调钟唇吻。声得盐梅,响滑榆槿"的美学效果。

（三）辞采的强理功能

所谓辞采,不仅是一种富有感性魅力的言语,也是一种富有理性魅力的言语。这种将审美与逻辑融为一体的功能,是由于辞采作为一种技术化的言语,不仅是一种经过精心的美学选择与美学加工的言语,也是一种经过精心的逻辑选择与逻辑加工的言语,这两个过程实际是统一而同步进行的。从宏观与间接的层面来看,无论是造型的过程,抒情的过程,乐声的过程,最终都会曲折地通向一个揭示真理和强化真理的过程。"檄移"的"事昭而理辨,气盛而辞断"、"声如冲风所击,气似欃枪所扫"的逻辑效应,就是典型的例证。从微观与直接的层面来看,对词语的技术加工不仅可以是感性的,也可以是理性的;既可以是一种美学的选择与加工,也可以是一种逻辑的选择与加工。"论说"中的"喻巧而理至"的逻辑效应,就是典型的例证。所有这些,无一不是词语的逻辑选择与逻辑加工的美学效果,又无一不是词语的美学选择与美学加工的逻辑效果。

词语的逻辑选择与加工,具体表现在以下两个方面:

一是精心选择含义最确切的词语,使其符合概念的逻辑要求。抽象思维是凭借概念的连缀来实现的,概念是思维的最基本的形式和手段,而思维又必须在语言的基础上进行,而语言的最基本的形式和手段则是词语。词语与概念之间,是存在着一定的矛盾的。同一的词语可以表达各种不同的概念,同一的概念可以使用各种不同的词语。而要想实现最精粹的最恰当的表达,必须选择出那个最具有对本质的指称意义的词语。这一个最恰当的词语,是对众多的同义词语进行逻辑选择的结果。刘勰所说的"一言穷理",就是对词语的精当性的标举,也是对词语中的概念所具有的对本质的一针见血的揭示力量的标举。这种力量,是逻辑选择与加工的结果。《春秋》中的词语,就是具体例证:"《春秋》辨理,一字见义,五石六鹢,以详备成文,雉门两观,以先后显旨。其婉章志晦,亦谅以邃矣。"(《宗经》)

二是精心安排词语的组合顺序,使其符合逻辑的程序要求。

人类的思维具有自己特定的逻辑流程。"论者,伦也,伦理无爽,则圣意不坠。"所谓"伦",就是对思维的逻辑流程的称谓。唯有使语言的线性展开过程与逻辑的纵横开阖过程吻合,才能真正进入"钻坚求通,钩深取极"的理性境界,事物的本质才能得到充分的凸显和确证。对此,刘勰举出了李斯的《谏逐客书》的例子:"范雎之言事,李斯之止逐客,并顺情入机,动言中务,虽批逆鳞,而功成计合,此上书之善说也。"(《论说》)范雎获得秦昭王的接见与李斯《谏逐客书》的"功成计合"的力量,实际就是逻辑的驱动力量。所谓"顺情入机,动言中务",实际就是立言的顺序与逻辑流程的适应和契合。这里的逻辑流程,一是秦王的情理逻辑,一是秦国所以兴的事理逻辑。范雎与李斯紧扣这两个流程来立言,所以字字入情,句句入理,具有不可辩驳的力量。这种力量,实际也就是言语流程与逻辑流程融合为一所具有的无坚不摧,无远勿届的力量。

由此可知,辞采不是一般意义的语言,而是一种拥有强大的逻辑化的强大技术武装因而也具有强大的逻辑化的功能的技术性语言。辞采的逻辑性,赋予言语的表达以一种"心与理合"、"辞共心密"的理性品格,这种理性的品格又赋予辞采的运作以一种"词深云天,致远方寸。阴阳莫忒,鬼神莫遁"的理性透视功能和表达功能。这种功能,是辞采所独具而为日常语言所不具的。

以上四项功能,都是辞采所特具而为日常语言所不具的。它们从四个不同方面,证明了一条重要真理:辞采绝不是一般意义的语言,而是一种拥有强大美学武装和逻辑武装的专业化和技术化的言语。但是,这四项功能绝不是自外于日常语言的基本功能的另外功能,它们原本就隐藏在日常语言所固有的"思维与交际"的基本功能之中,就像贵重金属隐藏在矿石中一样。只要进行必要的技术处理,它们的精粹成分就会流溢出来。惟其如此,这些功能既是自然的,又不是自然而然的。辞采来自自然也走向自然,但就它本身来说,绝不是自然的自然,而是技术的自然,是经过技术改造的自然。正是这种强大的技术武装——对言语的美学选择与加工及逻辑选择与加工,使本来潜藏在语言中的多项功能得以充分强化和展现,极大地拓宽了人类的交际领域和交际深度。文章中的辞采,就是这种特定的技术言语——具有专业性和专门性意义的言语的具体运用,这种技术性和专门性言语,必经专门学习而得,必经专门锻炼而得。古人之所以如此重视语言锤炼,标举"语不惊人死不休",原因就在这里。

第三节　刘勰关于实现辞的采化的工程论主张

辞采在本质上就是经过美学与逻辑的双重强化的言语。"文场笔苑,有术有门。"所谓术与门的问题,实际也就是对言语进行技术处理的途径、方法与要领的问题。下面,试根据刘勰的相关论述,对这一连串问题进行具体的阐述。

一、实现辞的采化的基本渠道

辞的采化,是对日常语言进行技术改造的结果。就材料来源来说,大致有以下基本渠道。

（一）从社会生活中汲取辞采

"蔚映十代,辞采九变。"(《时序》)辞采来自社会生活的运动。向社会生活采集辞采,向民间口语采集辞采,是实现辞的采化的第一渠道。

"谐隐",就是典型的例子。隐语原是齐国的一种俗语,一经东方朔巧加修饰,就成了一种具有美学意义和逻辑意义的言语。"比兴"的手法源自古代的民歌。《楚辞》中的诸多"诡异之辞","谲怪之谈",例如"托云龙,说迂怪,丰隆求宓妃,鸩女媒娀女","康回倾地,夷羿弊日,木夫九首,土伯三目",等等,都采自当时的南楚巫文化。《楚辞》中的许多新颖的表现手法,例如夸饰,铺排,就是从当时的"纵横之诡俗"中熔炼而来的:"屈平联辞于日月,宋玉交采于风云。观其艳说,则笼罩雅颂,故知昳烨之奇意,出乎纵横之诡俗也。"

（二）从经典著作中吸取辞采

作品是辞采的荟萃,而经典著作更是辞采中精华。从经典著作汲取辞采和练采的方法,是实现辞的采化的另一重要渠道。

历史上的经典著作,不仅是思想感情的楷模,也是辞采运作的楷模。对此,刘勰做出了明确的标举:

> 夫鉴周日月,妙极机神;文成规矩,思合符契。或简言以达旨,或博文以该情,或明理以立体,或隐义以藏用。故《春秋》一字以褒贬,丧服举轻以包重,此简言以达旨也。邠诗联章以积句,儒行缛说以繁采,此博文以该情也。书契断决以象夬,文摘昭晰以象离,此明理以立体也。四象精义以曲隐,五例微辞以婉晦,此隐义以藏用也。故知繁略殊形,隐显异术,抑引随时,变通适会,征之周孔,则文有师矣。(《征圣》)

历史上的名作名篇,不仅是辞采的总汇,也是辞采提炼的方法论总汇。"是以往者虽旧,余味日新。后进追取而非晚,前修久用而未先,可谓太山遍雨,河润千里者也。"以经典著作为范,则"文有师矣",从最基本的层面来看,也就是"采有师矣"。

（三）从世界文化中吸取辞采

世界文化是一个整体,从来都是互相交流的。惟其交流,所以长流不息。

辞采的运动同样是如此。从世界文化中吸取语言的精华,是辞的采化的第三大重要渠道。

从世界文化中吸取辞采,具体表现在两个方面。

一是对外来词语的吸收。如汉代通西域,给我们民族的语言中增加了许多新鲜的成分,如石榴,葡萄,琵琶,胡笳,等等。这些词语的引进,极大地增加了我们民族语言的表现力量。试看王翰的《凉州词》:

> 葡萄美酒夜光杯。欲饮琵琶马上催。
> 醉卧沙场君莫笑,古来征战几人回。

诗中的"葡萄美酒"、"夜光杯"、"琵琶"三个光彩四溢的词语,都是具有异域风情的词语。作者将它们巧妙地融化在自己的诗歌中,使表达增色不少。

在《文心雕龙》中,也融进了一些外来词语,如"般若"、"圆"、"照"、"色"、"神理",等等,不仅增扩了我们民族的意识形态的认识范围,也丰富了我们的词汇库,使我们对相关事物的认识更加深刻。

一是对外来文化中的一些修辞手段的吸收。我国诗词中的乐声艺术,就得益于对佛经的转读和翻译。佛教理论中的"因明学",为我们实现辞的逻辑化选择与组合,提供了自觉的理论指导。

二、实现辞的采化的基本方法

"文体多术,共相弥纶。"(《总术》)辞的采化,是凭借系列方术和技巧来实现的。根据刘勰有关论述,可将其基本方法和技巧,概括为以下方面。

（一）优选

"综述性灵,敷写器象,镂心鸟迹之中,织辞鱼网之上,其为彪炳,缛采名矣。"(《情采》)刘勰明确告诉人们,"缛采",是通过对语言材料的精心构织来实现的。他还进一步指出,这一精心构织过程的核心,就是对语言材料的精当选择:"凡思绪初发,辞采苦杂,心非权衡,势必轻重。"(《熔裁》)精当选择,就是根据表达的意旨和情境,对相关的语言材料进行美学的或逻辑的斟酌,以获得最优化的表达效果。也就是刘永济先生所深刻体认的:"参酌文质之间,辨别真伪之际,权衡深浅之限,商量浓淡之分,以求其适当而不易,而后始为尽职。"①

　　辞采运作之所以必须对言语材料进行精当选择,是因为同一意思,可以有多种表达方式,而其表达效果和接受效果可以出现极大的不同。这种选择,实际就是对同义手段的优选。语言材料本身是没有优劣之分的。所谓优,实际是指它的切合意旨、切合情境、切合读者接受心理的最佳程度。选择的语言材料包括:词语,句式,表达方式,文体,乐音,辞格,等等。

　　对词语的优选。对词语的优化选择,主要是对同义词的优化选择。同一个意思,可以运用不同的词语来表达,但实际上是存在着极其细微的分寸差别的:色度差别,音度差别,深度差别,广度差别,力度差别,关系差别,态度差别,等等。而最佳的表达媒介却只有一个,这一个就是那个切中"要害",贯其本质的词语,是一个具有最大信息容量的"以少总多"的词语。正是这种"切中要害"和"以少总多"的美学品格和理性品格,赋予了词语以"情貌无遗"、"曲写毫芥"、"钩深取极"的力量。这一个最具表达力的词语,是精心选择的结果,是精心选择后的最佳契合。刘勰所说的"一言穷理,两字穷形","褒见一字,贵逾轩冕,贬在片言,诛深斧钺"的境界,就是这种最佳选词的美学效果和逻辑效果。刘勰所说的"'灼灼'状桃花之鲜,'依依'尽杨柳之貌"的这种"虽经千载,将何易夺"的精当表达,就是这种最佳选词的美学效果的具体展现。

　　对句式的优选。"积字而成句。"句子是语言运用的最小单位。句子有各种各样的类型。根据句子的长度来看,有长句和短句。根据句子的功能来看,有陈述句,疑问句,祈使句,感叹句。根据判断形式,可以划分肯定句和否定句。根据施受关系,可以划分主动句和被动句。根据乐音状况,可以划分为韵文句和散文句。根据句子间的排列状况,可以划分为整句和散句。不同的句式,具有不同的功能,也表现出各种不同的美学特色和逻辑特色。

　　在语言实践中,同一个意思可以用不同的句式来表达,同一个句子也可以表达出不同的意思,但是在表达思想感情的程度上,各种同义的语言手段之间,实际是存在着极其细微的差别,并有着自己特定的适应空间的。例如韵文中的字数组合问题:"四字密而不促,六字格而非缓,或变之以三五,盖应机之权节也。"(《章句》)句子的字数不同,其节奏效应也各自不同。各种特定的句

---

　　①　刘永济:《文心雕龙校释》,上海中华书局 1962 年版,第 117 页。

式类型,都有自己特定的表达优势:长句有长句的表达优势,短句有短句的表达优势,俪句有俪句的表达优势,散句有散句的表达优势。为着实现最优化的表达,必须根据意旨和情境的需要,对句子的格式类型进行选择与适应。使其恰如其分,适得其所。

对表达方式的优选。表述方式,就是从不同的角度反映客观世界的特定的言语形态。大致而言,可分为叙述、描写、抒情、议论、说明五种。

叙述是对客观事物的状态和发展变化过程所做的"按实而书"的表述。它的工作优势,就在于通过客观事物的发展变化过程,显示事物的整体运动的阶段性和连贯性,获得对事物的宏观了解。常用为审美文体中最基本的框架手段,与描写相伴而行,共同对客观事物的时间状态和空间状态进行形象再现。也用在析理性文体中,为论证和推理提供事实性材料。

描写是将感官印象转化为语言,对客观事物的具体形状所做的"情貌无遗"的表述。它的工作优势,就是唤起对客观事物的表象记忆,收到"蔚似雕画"、"瞻言而见貌,即字而知时"的美学效果。这种表达方式,通常运用在审美性文体的写作中。

议论是运用抽象概括的语言,对客观事物的本质和内在联系所做的"穷于有数,追于无形,钻坚求通,钩深取极"的表述。它的工作优势,就在于揭示真理,辨正然否,凭借逻辑的力量对客观世界的本质和规律进行最高层面的把握,以获得"弥纶群言,而研精一理"的理性效果。这种表达方式,通常运用在析理性文体的写作中。

抒情是运用情化的言语直抒胸臆,或者借助叙述、描写和议论的方式"应物斯感",借以抒发和表露内心情感的表达方式。它的工作优势,就在于以情动人。情是美的内涵,美是情的形态,二者从来都是表里相附,共相为济的。"诗者持也,持人情性。"对情的调动不仅是诗歌的工作原理,也是一切审美文体的工作原理。这种表达方式,不仅运用在审美性的文体中,有时也运用在记叙性与理论性的文体中,借以增强事实或者论证的说服力量。

说明是运用知识,对客观事物进行客观解说,借以"陈列事情"、"解释结滞"(《书记》)的表达方式。它的工作优势,就在于它对客观事物所做出的反映的科学性和客观性。这种表达方式,通常运用在认知性的文体中。古代的"术"体,就是典型的例证:"术者,路也。算历极数,见路乃明。九章积微,故以为术;淮南万毕,皆其类也。"

　　各种表达方式都有自己特定的工作优势和适应范围,需要在运作中进行精当的选择。

　　对文体的优选。文体是书面表达的整体性的形式规范,它以明确的体制,对各类文章的基本面貌进行量与质的结构性规定,规范着表达与接受的循轨运行,借以实现某种特定的交际功能。文体的工作优势就在于"定势",即以体制的规定性为文章文本的形态、结构、功能的三元合一提供自然的动势。刘勰所说的"圆者规体,其势也自转;方者矩形,其势也自安",就是对文体的工作机制和由此生发的工作优势的理论概括。

　　"文"与"笔"两种类型,是我们古人对文体世界的基本区划。"文",属于审美性文体的范畴,在刘勰的归纳中,大致包括诗、乐府、赋、颂赞、谐隐、杂文,等,它们就是现代文学文体的诗歌、散文、小说、戏剧四大块的滥觞。"笔"属于实用性文体的范畴,在刘勰的归纳中,大致包括论说、祝盟、铭箴、诔碑、哀吊、公文、史传、书记,等。现代的议论性文体和认知性文体两个大类,以及由此生发出的系列小类,都发源于此。

　　各种文体,都有自己特定的形态、结构与功能的规定性,都有自己特定的适应范围,需要作者根据表达与交际的实际情况进行精当的选择。

　　对语音材料的优选。汉语的语句都由若干音节构成,每个音节可有不同的音高、音强、音韵、音长,音节之间又可有各种长短不一的语音停顿,如果巧加选择和组织,就可使语音高低起伏,抑扬顿挫,回环往复,表现出一种和生命的律动与情思的律动相一致的旋律美和节奏美。这些具有音乐品格的语音材料包括:平仄、韵脚、双声、叠韵、叠音、谐音,等等。每一种语音材料中,又具有多种多样的类型和规格,可供作者根据表达和交际的需要自由选择。所谓"金声玉振",所谓"动心惊耳",就是这些语音材料的优化选择的美学效应。

　　(二)精调

　　精调就是根据题旨和情境的要求,对原来的言语材料进行某种精益求精的变动和调整,使其更加精当的修辞活动。包括言语成分次序的调整,层次的改动,繁简的删增,节奏、意念、色彩、词形、句型的重配,等等。文章很少是一次成功的,在语言材料优选成文之后,还必须进行反复斟酌推移,才能逐步走近完善。刘勰云:"才童学文,宜正体制,必以情志为神明,事义为骨髓,辞采为肌肤,宫商为声气;然后品藻玄黄,摛振金玉,献可替否,以裁厥中,斯缀思之恒数也。"(《附会》)所谓"然后",是指继行文之后,也就是继优选之后。所谓"品藻玄黄,摛振金玉,献可替否",指的就是这种方法的具体的工作内容。所谓"以裁厥中",就是指这一工作方法的具体的工作要领。

精调实际也就是对文章所做的修改。修改是走近完善的过程。刘勰认为,对于修辞来说,修改的过程比成文的过程更加重要,也更加艰难。所谓"改章难于造篇,易字艰于代句",即此之谓。何者? 在微观的工作环境中,可以选择的范围相对狭小,其技术施展更加不易,要求也更加严格。造篇是无中生有,不具可比性,可以任意施展。改章是有中求优,具有明确的可比对象,只能在一种特定的成务中进行。一个是对无的超越,一个是对有的超越,一个是对客观的超越,一个是对自己的超越,它们的起点和基点是并不相同的。惟其如此,它们的难度也是互不相同的。

对此,刘勰举出了两个典型的史例:

> 昔张汤拟奏而再却,虞松草表而屡谴,并理事之不明,而词旨之失调也。及倪宽更草,钟会易字,而汉武叹奇,晋景称善者,乃理得而事明,心敏而辞当也。(《附会》)

这种使人"叹奇"、"称善"的接受境界,就是精调的美学效果。

(三)设格

设格就是设立辞格。辞格是用来修饰言语,赋予言语以特定美学效应的技术手段。这种技术手段,具有某种模式化属性。它是社会大众为提高语言的表达效果,在长期语言加工的长期实践中,经过多次反复而摸索出来的表达模式。只要将某种相关的语言材料纳入某种相应的技术模式中,就会产生某种特定功能,获得某种特定美学效果和逻辑效果。

由于功能的不同、语言材料的不同以及结构方式的不同,辞格的类型也不相同。每种辞格,都具有特定的美化功能和特定的工作范围。例如"比",就是一种运用"写物以附意"的方式,变抽象为形象,变无情为有情,借以达到"飏言以切事"的目的的技术手段。例如"兴",就是一种运用"拟容取心"的方式,实现感情的转移和扩大,借以达到"称名也小,取类也大"的目的的技术手段。例如"夸饰",就是一种运用"因夸而成状,沿饰而得奇"的方式,造成超常的感官刺激,借以获得"发蕴而飞滞,披瞽而发聋"的震撼效果的技术手段。例如"丽辞",就是一种运用"高下相须,自然成对"的方式,形成矛盾的对立与统一,借以突出事物的本质,并获得一种整齐的美感的技术手段。如此等等,可供作者精心选择,以获得最优化的表达效果和接受效果。

在《文心雕龙》中,刘勰从历代的写作实践中归纳出了以下几种常用的辞格:比兴、夸饰、声律、事义、丽辞、隐秀。每种类型,刘勰都举出了许多范例。随着社会生活的丰富化进程,辞格的式样日趋繁复,但从最根本的工作原理与工作格局而言,万变不离其宗,都是对以上几种传统类型进行沿袭和拓展的结果。

(四)创新

"歌谣文理,与世推移。"(《时序》)创新是辞采运动的总规律和最高境界,也是辞的采化的一种具体方法。创新作为一种具体的修辞方法,主要是指在写作过程中所用的语言材料和手段能够摆脱旧的窠臼,独创一格,具有使人耳目一新的美学品格。辞采的创新,通常都是在内容创新的前提下进行的,又给予内容的创新以有力的形态支持。就它自身而言,通常有以下几种形态。

辞采的创新,首先表现在词语运作的突破常规上。对此,刘勰举出了《楚辞》的例子。《楚辞》在思想上是对《诗经》的沿袭,是"取熔经意",但在形式上又是对《诗经》的创新,是"自铸伟辞"。一是新词语的运用,如"托云龙,说迂怪,丰隆求宓妃,鸩女媒娀女,诡异之辞也;康回倾地,夷羿弊日,木夫九首,土伯三目,谲怪之谈也",如此等等,都是"异乎经典"的时代新词和楚地新词。二是旧词语的新用法。《楚辞》中的"兮"字,就是个明显的例子。"诗人以'兮'字入于句限,《楚辞》用之,字出于句外",这就是一种新鲜的用法。这一个"语助余声"的美学意义就在于:"据事似闲,在用实切。巧者回用,弥缝文体,将令数句之外,得一字之助矣。"(《章句》)

辞采的创新,也表现在新的表现手法的创造上,例如"杨柳依依",就是比喻之外的一种更具有"拟容取心"意义的修辞手法,也就是现代人所说的"拟人"。"拟人"对于"比喻",无疑是一种创新。

辞采的创新,还表现在新的文体的创造,例如"楚辞"体,就是对"诗经"体的创新,律体诗又是对古体诗的创新。

"蔚映十代,辞采九变。枢中所动,环流无倦。"(《时序》)这种语言材料和语言方法上的创新,实际是每时每刻都在发生的。唯有常变才能常新,唯有常新才能动心惊耳,为读者所喜闻乐见。

三、实现辞的采化的基本要领

辞采的运作过程,实际就是一个对语言进行技术加工的过程。任何技术过程中,都有某些关键性的要求需要人们很好地把握,才能取得成效。这些关键性的要求,也就是它的要领。根据刘勰的有关论述,可以将辞采运作的基本要领概括为以下方面。

(一)情理设位

"情理设位,文采行乎其中。"(《熔裁》)情理与辞采的关系,是内容与形式的关系,也是因与果的关系。明确这一关系,树立情理在文章写作中的主导地位,发挥情理对辞采的内在依据作用和统率作用,是辞的采化获得成功的方向性保证。

所谓主导地位,首先表现为一种地位上的主从关系。刘勰认为,情与采既是相互依从、共相为济的"文附质"与"质待文"的关系,又是一种在地位上有主有次的"述志为本"、"情动而辞发"的统属关系。他说:

> 夫铅黛所以饰言,而盼倩生于淑姿;文采所以饰言,而辩丽本于情性。故情者文之经,辞者理之纬;经正而后纬成,理定而后辞畅,此立文之本源也。(《情采》)

他明确认为,辞采的魅力,主要来自内容的魅力。正像美人的魅力,来自她本身的淑姿一样。美的内容总是优先于美的形式,美的形式总是为美的内容所制约并为其服务的。如果主次颠倒,就会产生严重的负面效果。对此,刘勰举出了历史上的"为情而造文"和"为文而造情"的两种完全不同的类型:

> 昔诗人什篇,为情而造文;辞人赋颂,为文而造情。何以明其然?盖风雅之兴,志思蓄愤,而吟咏性情,以讽其上,此为情而造文也;诸子之徒,心非郁陶,苟驰夸饰,鬻声钓世,此为文而造情也。故为情者要约而写真,

为文者淫丽而烦滥。而后之作者,采滥忽真,远弃风雅,近师辞赋,故体情之制日疏,逐文之篇愈盛。(同上)

方向性的错误,是根本性的错误。刘勰认为,这就是六朝文风讹滥的根由。惟其如此,在辞采的运作中,必须标举"为情而造文"的正确方向,屏弃"为文而造情"的错误方向。只有这样,才能在方向上保证着辞采运作的健康运行。

所谓主导地位,同时表现为一种时间上的先后顺序。刘勰认为,情理是权衡辞采的恰当程度和精优程度的决定性依据。先有情理的设位,然后才有材料的到位,有了材料的到位,然后才有辞采的到位。辞采的敷设,只能进行在情理的设位之后,而绝不能进行在情理的设位之前,否则,辞采的敷设就会失去对象和依据而毫无价值可言。刘勰在"三准"的主张中对此做出了明确的表述:"草创鸿笔,先标三准:履端于始,则设情以位体;举正于中,则酌事以取类;归余于终,则撮辞以举要。然后舒华布实,献替节文。"他所说的"舒华布实,献替节文",就是指辞的采化工作。他所说的"然后",就是指"情理设位"之后。只有这样,才能将方向上的导航作用和保证作用充分地发挥出来。

(二)执正驭奇

"渊乎文者,并总群势,奇正虽反,必兼解以俱通。"(《定势》)对奇正的兼解俱通,不仅是文体运作的重要法则,也是辞采运作的普遍性要领。这一要领的核心,就是刘勰所特别强调的"执正以驭奇"。为着确切把握这一基本要领,我们不妨对"奇正"的来龙去脉,做一点简要的阐释。

奇正一词原本是中国古代哲学及兵学中的概念。老子《道德经》云:"正复为奇。"《孙子·势篇》云:"战势不过奇正。奇正之变,不可胜也。奇正相生,如循环之无端,孰能穷之?"他们所讲的"奇正",即客观事物自然运动的两种基本属性——反常性与正常性的相互对立、转化和统一。"奇"指事物的反常性和新变性,也就是突破旧事物、走向新事物的属性。"正"指事物的正常性、传统性和规范性,也就是维持规范、坚持传统的属性。奇正的问题,实质上就是变与常的辩证统一的问题。"执正以驭奇",就是实现二者辩证统一的根本法则和具体途径。这一法则和途径的具体内涵,可以概括为以下方面:

1. 从宏观层面来看。"执正以驭奇"是文心运动最根本的指导思想的集中表述。所谓"正",指宇宙运动的根本规律的普遍属性和永恒属性,也指圣贤经典著作由于对二者的体现所获得的永恒的垂范意义。所谓"奇",指宇宙规律和文化传统的与时俱进的属性,也指经典著作所涉及的内容与形式所具有的与时俱进的属性。他明确认为,正与奇都是自然运动的自然属性,是对立统一的两个方面。但就二者的系统位置来说,并不是并列的关系,而是主从的关系。实现对立统一的具体途径,就是"执正驭奇",也就是在规律、传统和经典指导下进行创新。这一总的纲领,刘勰在《序志》中做出了高屋建瓴的概括:"本乎道,师乎圣,体乎经,酌乎纬,辨乎骚,文之枢纽,亦云极矣。"《原道》、《征圣》、《宗经》强调的是"执正"的方面,即恪遵规律、传统和规范的方面;《正纬》、《辨骚》强调的是"驭奇"的方面,即在"执正"的前提下,可以"酌乎纬"的"事丰奇伟,辞富膏腴","芰夷谲诡,采其雕蔚",虽然无益于经典,"而有助文章"。而屈原的《离骚》,就是"执正驭奇"的典范,《楚辞》的基本精神,是沿袭经典而来的:"故其陈尧舜之耿介,称禹汤之祗敬,典诰之体也;讥桀纣之猖披,伤羿浇之颠陨,规讽之旨也;虬龙以喻君子,云蜺以譬谗邪,比兴之义也;每一顾而掩涕,叹君门之九重,忠怨之辞也;观兹四事,同于风雅者也。"但是,在它的继承中,同样存在着许多创新的质素:"至于托云龙,说迂怪,丰隆求宓妃,鸩鸟媒娀女,诡异之辞也;康回倾地,夷羿彃日,木夫九首,土伯三目,谲怪之谈也……摘此四事,异乎经典者也。"它既是"取熔经意",是以正相驭的,又是"自铸伟辞",以奇相胜的,是"以正驭奇"的。惟其如此,"故能气往轹古,辞来切今,惊采绝艳,难与并能矣"。

2. 从中观层面来看。所谓中观层面,具指内容与形式的辩证关系。刘勰认为:"情者文之经,辞者理之纬;经正而后纬成,理定而后辞畅:此立文之本源也。"(《情采》)这种经先纬后的结构关系,实际也就是"执正驭奇"的宏观原则在中观层面中的具体体现:执内容之正以驭辞采之奇。也就是刘勰所标举的:"择源于泾渭之流,揽辔于邪正之路,然后可以驭文采矣。"先有内容之正,然后才有辞采之奇。唯有"心定而后结音,理正而后摛藻",然后才可以在辞采的运作上得心应手,进入理想的美学境界:"使文不灭质,博不溺心,正采耀乎朱蓝,间色屏于红紫;乃可谓雕琢其章,彬彬君子者矣。"

3. 从微观层面来看。所谓微观层面,指辞采运动的本身,也就是语言采化的技术性的过程和方法。这一具体的工作平台,同样是"执正驭奇"法则的覆盖范围。

　　刘勰认为,在辞采的自转运动中,同样存在着"正"与"奇"的关系。所谓正采,指合乎规范、合乎传统的辞采,所谓奇采,指超出常规、超出传统的新奇卓异的辞采。刘勰认为,真正的语言艺术,应该既具有规范性的品格,又具有创新性的品格,而其工程途径,就是运用正采来驾驭奇采。所谓"正采耀乎朱蓝",就是对辞采的规范性品格在选词造句中的主导地位的标举。所谓"间色屏于红紫",就是对异色的创新性品格在配合正色中的从属性地位的强调。"屏"者,隐也,间色必须隐于正色之中,而不能独逞其异,如此才可以进入文质彬彬的理想境界。

　　刘勰对"夸饰"的阐述,就是"执正驭奇"法则在微观技术上的具体解说。刘勰认为,"壮辞可得喻其真",夸张可以突出地显示事物的真相和本质,增强文辞的美学感染力量。因此,夸饰这种修辞手法,必然成为语言美学中之所必须:"故自天地以降,豫入声貌,文辞所被,夸饰恒存。"他以状物的夸饰为例,展示了这种修辞方式的艺术表现力量:"气貌山海,体势宫殿,嵯峨揭业,熠耀焜煌之状,光采炜炜而欲然,声貌岌岌其将动矣。"这种"因夸而成状,沿饰而得奇"因而足以"发蕴而飞滞,批聱而骇聋"的强大的艺术震撼力量,也就是奇采的力量。但是,这种"奇"并非无节制的"奇",而是合正的"奇":"辞虽已甚,于义无害也。"它虽不合常形,而合乎常理,顺乎常情,所以能为人们所欣然接受。关键就在于既要出奇,又要合正,出奇必须在合正的前提下进行,执正以驭奇,使其恰到好处。也就是刘勰所昭示的:"然饰穷其要,则心声锋起,夸过其理,则名实两乖。若能酌《诗》《书》之旷旨,翦扬马之甚泰,使夸而有节,饰而不诬,亦可谓之懿也。"

　　(三)巧言切状

　　所谓"巧言切状",就是刘勰所说的:"巧言切状,如印之印泥,不加雕削,而曲写毫芥。"根据刘勰的论述,可以将其基本要领,具体根据为以下方面。

　　1."执术驭篇"

　　"才之能通,必资晓术。"(《总术》)"巧言"不是一般意义的语言,而是一种凭借技术进行表达的语言。"文采所以饰言"(《情采》),这种对语言的装饰,实际是通过技术来实现的。"文场笔苑,有术有门。"(《总术》)广义而言,这些"术"是覆盖于语言运作的全部领域的。不管是选词造句,不管是联章运体,都有许多的方法和技巧。狭义而言,在修辞的领域中,也存在诸多的格式和方法。这些格式、方法和技巧,都是"巧言"的具体手段。具而言之,拥有了比兴的手段,才能"切类以指事","依微以拟议",取得"拟容取心",化抽象为形象的美学效果。古代许多优秀的作品,都凭借这种手法获得了表现上的成功:"至于扬班之伦,曹刘以下,图状山川,影写云物,莫不织综'比'义,以敷其华,惊听回视,资此效绩。"(《比兴》)拥有了夸饰的手段,才能"壮辞可得喻其真",取得惊心夺魄的美学震撼效果:"至如气貌山海,体势宫殿,嵯峨揭业,熠耀焜煌之状,光采炜炜而欲然,声貌岌岌其将动矣。莫不因夸以成状,沿饰而得奇也。"拥有了声律的手段,才能"声得盐梅,响滑榆槿",取得"玲玲如振玉,累累如贯珠"的乐音效果。如此等等,都是"术"在"巧言切状"中的凭借作用的具体例证。

"执术驭篇",是辞采运作获得成功的物质保证。唯有掌握技术的武装,才能"似善弈之穷数",进入"视之则锦绣,听之则丝簧,味之则甘腴,佩之则芬芳"的美学境界。

2."贵在时见"

"巧言"之巧,也表现在它"时见"的属性上。"凡摛表五色,贵在时见。"所谓"时见",就是及时而见,偶然而见,也就是时新的意思。表现在事物的本体上,就是它最新鲜的形态。表现在词语的表达上,就是新鲜的词语。不管是事物的"实"还是"名",都以时新为美。

运用时新的词语去表现时新的事物,是辞采运作的重要法则。刘勰举出了《诗》《骚》中的具体例子:"至如《雅》咏棠华,'或黄或白';《骚》述秋兰,'绿叶''紫茎'。"《诗经·小雅·裳裳者华》:"裳裳者华,或黄或白。"棠华,即李花。"或黄或白",反映的是李花乍绽时的形貌。李花为白,花苞为黄,黄白交驳,乍见之下,足称时新,故新气逼人。如云李花纯白,则司空见惯,兴味索然。词语之新,在于体物之新。"黄"本非新字,用在他人没有用过之处,则足称新。何者?字虽旧字,用法偶见,故足以新人耳目。刘勰所说的"即字而知时",即本于此。《骚》中表现出的时新,同样是如此。《楚辞·九歌·少司命》云:"秋兰兮青青,绿叶兮紫茎。""绿叶紫茎"也是不常见的景物,仅见于秋兰初绽的时候,此"绿叶绿茎"为人人之所共见,而"绿叶紫茎"则为诗人之所独见,故清新爽目,弥足珍贵。"若青黄屡出,则繁而不珍",就不足为奇,没有美感可言了。

3."析辞尚简"

"物色虽繁,而析辞尚简。""巧言"之巧,也巧在它的析辞的简练性上。

所谓"简",一是指内涵的精深,二是指词语的精当。简是辞采运作的尽境。其具体的工作要领,可以概括为以下几个方面。

其一是"善于适要"。所谓"适要",即切其本质,中其要害。惟其切要,故能在内容上以少总多,举要治繁,做到情貌无遗。刘勰举出了《诗》《骚》中的许多范例,如:"'灼灼'状桃花之鲜,'依依'尽杨柳之貌,'杲杲'为出日之容,'漉漉'拟雨雪之状",等等。刘勰认为,它们之所以具有如此卓越的语言表达效果的技术根由,就在于"并据要害":"《诗》《骚》所标,并据要害,故后进锐笔,怯与争锋。"惟其"并据要害",所以具有永恒的艺术魅力:"虽复思经千载,将何易夺?"

其二是"以少总多"。所谓"以少总多",是指语言表达的精粹性,也就是"辞约而旨丰,事近而喻远"的属性。语言符号不以多见长,而以精见力。表达同样的意思,符号愈少愈耐人寻味,愈见功力。对此,刘勰举出了《春秋》作为例证:"春秋辨理,一字见义,五石六鹢,以详略成文,雉门两观,以先后显旨。其婉章志晦,谅以邃矣。"这不仅是《春秋》的独特风格,也是一条具有普遍意义的美学要领:"至根柢槃深,枝叶峻茂,辞约而旨丰,事近而喻远。是以往者虽旧,余味日新。"这不仅是就经典著作的思想意义说的,也是对它的语言表达上的精粹性的楷模意义说的。

其三是"言尽情余"。"言有尽而情有余",是刘勰在《物色》中的明确标举。刘勰认为,有许多东西,是语言直接表现不出来的,最好是运用含蓄和启发的方法。引而不发,让读者自己去细细品味。他把这种含蓄蕴藉的工作方式,称为"隐"。"隐"不仅是美学的根本性准则,也不仅是一种微观意义的修辞方式,也是辞采运作的一项具有中观意义的工程要领。"隐"作为一项具有中观意义的工程要领,是指表达上的含蓄蕴藉,点到便止,给读者留下广阔的解读空间。"夫隐之为体,义生文外,秘响旁通,伏采潜发,譬爻象之变互体,川渎之韫珠玉也。"它给予读者的词汇量极少,但由此生发的信息量极大,由此而达到言少而意丰的美学境界:"始正而末奇,内明而外润,使玩之者无穷,味之者不厌矣。"

4."参伍因革"

"古来辞人,异代接武,莫不参伍以相变,因革以为功。"(《物色》)"巧言"之巧,还巧在它的辞采运作方法的"参伍因革"上。所谓"参伍",指交错与掺杂,所谓"因革",指沿袭与变革。具而言之,就是对前人方法论的融合与变化,继承与革新。这种方法,实际是一种"因方借巧"与"即势会奇"的做法。"因方借巧",就是借前人之巧以变通生巧,"即势会奇",就是将各种方法会集与融合于一定的体势之中以造就其奇。这两种方法,都是建立在继承与创新有机结合的基础上的。《离骚》这种"金相玉式,艳溢锱毫"的体式,就是南楚民歌和诗经的体式"参伍因革"的成果。如果没有诗经的体式作为历史性的依据,《楚辞》这种"气往轹古,辞来切今,惊采绝艳,难与并能"的体式的出现,是难以想象的事情。

辞采运作的具体技术,同样是如此。辞采的创新固然与人的才气有关,也与人对前人技术的继承和学习有关。李白的《登金陵凤凰台》在语言技巧上对崔颢的《黄鹤楼》的"参伍因革",就是成功的范例。

黄鹤楼　崔颢

昔人已乘黄鹤去,此地空余黄鹤楼。
黄鹤一去不复返,白云千载空悠悠。
晴川历历汉阳树,芳草萋萋鹦鹉洲。
日暮乡关何处是,烟波江上使人愁。

登金陵凤凰台　李白

凤凰台上凤凰游,凤去台空江自流。
吴宫花草埋幽径,晋代衣冠成古丘。
三山半落青天外,一水中分白鹭洲。
总为浮云能蔽日,长安不见使人愁。

二者之间的因革关系,是极其明显的。就"因"的方面说,表现在以下四个方面。一是因物起兴的方式相同:崔诗因黄鹤而起意,李诗因凤凰而生情,都由楼台之名而引发遐想,由此生发开去。二是都运用了反复的手法:崔诗三次点出"黄鹤",李诗三次点出"凤凰",对起情之物进行了突出和强调,加深读者的美学感受。三是都运用了时空交错的结构方式:在时空的同步运动中突出客观世界中的"物去楼空"的万千变化,寄托自己寂寞抑郁而茫无所依的无穷感慨。四是感情的基本色调相同:都是以"愁"字作为焦点,表现出一种抑郁难遣的情怀。就"革"的方面说,表现在以下五个方面。一是取材的侧重点不同:崔诗侧重于大自然的风云变幻,李诗侧重于社会人生的潮起潮落。二是因物起兴的基点不同。崔诗的基点是关于神仙的传说,由此生发的情思是一种超尘出世的解脱。李诗的基点是关于祥瑞的传说,由此生发的是对盛世明君的憧憬。三是"愁"的具体内涵的不同。崔诗抒发的"愁"是自然性的"乡愁",表达出一种怀乡畏羁的情愫,李诗抒发的"愁"是社会性的"国愁",表达出一种忧国忧民的情愫。四是表达方式不同:崔诗侧重表现时间变化,李诗侧重表现空间变化;崔诗侧重表现微观变化,李诗侧重表现宏观变化。五是笔触不同。崔诗侧重于近景展现,李诗侧重于远景扫描。崔诗精笔细描,清晰可辨;李诗大笔勾勒,伟壮雄奇。

二者在因革上的诸多同异,并不妨碍二者都为唐人七律之绝唱。何者?就在于它们都具有"善于适要"的品格。"适要"者,外适时代之总要,内适个性之总要。惟其切中时代之总要,故能表现出时代之新容。惟其切中个性之总要,故能表现出情思之独特。前者是参伍因革的外在决定性因素。后者是参伍因革的内在决定性因素。崔颢自有崔颢的时代特色,李白自有李白的时代特色,崔颢自有崔颢的个性特色,李白自有李白的个性特色,这种差异,纵是父母也不能传与子女的,所以迥然有别而常变常新。也就是刘勰所说的:"善于适要,则虽旧弥新矣。"(《物色》)

任何一个作家都是如此:他的情思从来都是得之于己,而他的方法,从来都是因革于人,是"古来辞人,异带接武"的产物。李白在方法上得之于崔颢者很多,崔颢在方法上得之于他的前人者同样不少。请看沈佺期的《龙池篇》:

> 龙池跃龙龙已飞,龙德先天天不违。
> 池开天汉分黄道,龙向天门入紫微。
> 邸第楼台多气色,君王凫雁有光辉。

为寄寰中百川水,来朝此地莫东归。

不言自喻,在基本方法上,崔诗与沈诗是一脉相承的:因物起兴,凭借传说进行发挥,反复的手法。这些,都是"因方而借巧"的地方。但沈诗毕竟是沈诗,崔诗毕竟是崔诗,何者? 方法虽然相同,气象大不相同。一满纸浊气,一满纸清气,一满纸死气,一满纸活气,一为御用人语,一为天上人语,二者不可同日而语。

由此可见,方法是客观性的,"功以学成",它可以为人人所用,本身没有独立的存在价值。所有的方法实际都是历史的创造,沈诗的方法,从根源处说都是来自《诗经》与《楚辞》中的方法:诗经中的比兴手法,反复手法,时空对照手法(如"昔我往矣,杨柳依依,今我来思,雨雪霏霏"),《楚辞》中对传说的凭借,措辞的艳丽,感慨的深长,等等。方法论的关键在于它的内涵,在于为何人所用和为何而用,在于"凭情以会通,负气以适变"。只有在情与气的主导下,方法才具有意义。这是"巧言"之"巧"中的最大的"巧"。如果违背了这一根本前提,任何"参伍因革"所生发的巧言都会失去意义。例如尽人皆知的温庭筠的《商山早行》诗:

鸡鸣茅店月,人迹板桥霜。

欧阳修效之云:

鸡声梅店雨,野色柳条春。

欧诗的方法学自温诗,而在表现上大不如温诗。何者? 温诗表达的是漂泊者的独特的生活经历与感情经历,羁旅之苦景与苦情掬然可见。欧诗表达的是一种凌乱的景物堆积,景物之间没有任何的逻辑联系与心理联系:鸡声与梅店雨没有任何关系,野色与柳条春也没有任何关系。归根结底,所有这些景物与人没有任何必然的联系,与人的个性没有任何必然的联系,结果陷入"为情而造文"、"繁采寡情,味之必厌"的尴尬之中。这一教训,对于我们从反面领会"参伍因革"的工作要领,是大有裨益的。

（四）"杼轴献功"

美是一个整体,辞采也是一个整体。整体之所以成为整体,就在于它的组织属性,也就是刘勰所说的"杼轴献功"的属性。刘勰明确认为,材料的价值决定于它的组织属性,就像麻的价值体现在它所织成的麻布身上一样:"视布于麻,虽云未贵,杼轴献功,焕然乃珍。"(《神思》)"珍"就"珍"在它的系统性的品格。

系统性的品格表现在辞采的运作中,就是一种"弃偏善之巧,效具美之绩"的工作法则,也就是全局性的工作法则。它要求在辞采的运作中,"务先大体",顾及全局,不可拘泥于小节,因小而失大。根据刘勰的论述,可以将这一法则具体概括为以下几个方面。

一是"经纬"法则。"大体"之"大",就宏观而言,集中表现在内容与形式的融贯性上。所谓"情者文之经,辞者理之纬,经正而后纬成,理定而后辞畅:此立文之本源也",就是对这一法则的理论概括。"万趣会文,不离辞情。"所谓"辞情",就是辞与情的融合为一。美的作品,就是美的内容与美的形式经纬相成的结果。这一法则,是辞采运作的总的工程要领。如果违反了这一总的原则,任何内容与形式,都没有任何的意义可言。

二是"镕裁"法则。"大体"之"大",就中观而言,集中表现在内容自身的系统化上。内容自身的系统化,又具体表现在两个相关的层面上。一是情思的层面上,一是材料的层面上。就前者而言,要求将作品中的全部情思,镕铸成为一个具有明确指向的思维整体:"履端于始,则设情以位体。"(《镕裁》)"设情以位体"的过程,也就是"纲领昭畅","首尾圆合,条贯统序"的思想整合过程。就后者而言,要求将全部材料,熔铸成为一个完整的事义整体:"举正于中,则酌事以取类"。"酌事以取类"的过程,也就是"百节成体,共资荣卫"的材料整合的过程。前者以思想统率材料,后者以材料体现思想,实现内容自身的镕为一体。

三是"附会"法则。"大体"之"大",就微观而言,集中表现在辞采自身的系统化上。"归余于终,则撮辞以举要。""撮辞"的过程,也就是将全部语言材料,镕铸成为一个"总文理,统首尾,定予夺,合涯际,弥纶一篇,使杂而不越"(《附会》)的语言整体的过程。

语言整体的系统性,首先表现在它的基础细胞的各个层面之间的上下相依的有机性上："夫人之立言,因字而生句,积句而成章,积章而成篇。"(《章句》语言的整体,是层层相因,步步相依的。一字之失,一句为之蹉跎,一辞之得,满篇为之增色。"篇之彪炳,章无疵也;章之明靡,句无玷也;句之清英,字不妄也:振本而末从,知一而万毕矣。"(同上)

语言整体的系统性,同时表现在它的前后关系的紧密性上："章句在篇,如茧之抽绪,原始要终,体必鳞次。启行之辞,逆萌中篇之意,绝笔之言,追媵前句之旨;故能外文绮交,内义脉注,跗萼相衔,首尾一体。"而这些,又是在体式的总领下进行的。体式同样具有对语言表达的整一化的物质保证作用。如此等等,从语言材料的各个层面,将辞采的运作镕为一个整体,使语言的表达进入"驱万涂于同归,贞百虑于一致。使众理虽繁,而无倒置之乖,群言虽多,而无棼丝之乱;扶阳而出条,顺阴而藏迹,首尾周密,表里一体"的境界。

(五)自然和谐

"如乐之和,心声克协。"(《附会》)自然和谐是美学的理想境界,也是辞采运作的最高法则。"自然"指遵循规律而不任意强为的优柔适会的属性。具体表现在辞采的运作中,可以概括为以下方面。

1. 语言运作的真实性

真实是一切自然存在的基本特征。辞采作为反映自然存在的媒介,也必须并且必然具有真实性品格。这种品格,首先表现在与自然存在在本质上的一致性上。它必须是客观事物的本质和规律的反映,而不能只是某种现象的反映。"经正而后纬成,理定而后辞畅。"唯有得理,才能得言。其次,表现在对自然情貌的逼真再现上。它必须具有"体物为妙,功在密附"的表达功能,而实现这一功能的关键,就在于善于抓住客观事物的本质特征进行表现:"善于适要,则虽旧弥新矣。"再次,表现在与作者的志气与情思的一致性上。它必须是作者的真情实意的表述,而不能是虚情假意的表述。虚情假意的语言表述,没有任何的美学意义可言,只能使人厌恶。"夫桃李不言而成蹊,有实存也;男子树兰而不芳,无其情也。夫以草木之微,倚情待实,况乎文章,述志为本,言与志反,文岂足征?"

2. 语言运作的新鲜性

新鲜是一切自然存在的另一个普遍性的特征。一切自然存在,都具有与时俱进的属性,它在形态上也必然是常变常新的。辞采作为反映自然存在的媒介,也必须并且必然具有趋时而动的品格。新者见嗜,旧者见厌,是物之恒理。"凡摛表五色,贵在时见,若青黄屡出,则繁而不珍。"

3. 语言运作的生动性

生动是一切自然存在的另一个普遍性特征。"天地之大德曰生。"一切自然存在,都具有生气蓬勃、气象万千的属性。辞采作为反映自然存在的媒介,也必须并且必然具有这种生机盎然的品格。所谓"'灼灼'状桃花之鲜,'依依'尽杨柳之貌,'杲杲'为出日之容,'瀌瀌'拟雨雪之状",就是这种客观世界的生动性的具体展示,也是语言表达的生动性的具体展示。

4. 语言运作的规范性

一切自然存在的运动,都是规律性的运动。辞采作为反映自然存在的规律性运动的媒介,也必须并且必然具有规范性的品格。辞采的规范性,是历史运动的结果,是约定俗成的结果,也是对语言规律和美学规律进行长期契合的结果。唯有得规范之常,才能与心理的定势保持一致,使人感到亲切自然,在接受上畅通无阻。例如《诗》《骚》中的语言表达。如果任意妄为,另搞一套,就会破坏心态与语态的自然平衡,使人感到佶屈聱牙,不能卒读。例如那些故意反正为奇,失体成怪的语言表达。

5. 语言运作的简朴性

单纯和朴素,是一切自然存在的普遍特征。一切自然存在,都具有淡雅清真的本质特征。这一特征,实际是美的最高境界。辞采作为反映自然存在的媒介,必须并且必然崇尚这种淡雅清真的"自然会妙"的品格,也就是李白所说的"清水出芙蓉,天然去雕饰"的品格。"自然会妙"的淡雅清真的语言美,是远胜于浓墨重彩的人工雕饰的。对此,刘勰做出了明确的对照:"故自然会妙,譬卉木之耀英华;润色取美,譬缯帛之染朱绿。朱绿染缯,深而繁鲜;英华曜树,浅而炜烨:隐篇所以照文苑,秀句所以侈翰林,盖以此也。""浅而炜烨",是生命自身的光辉;"深而繁鲜",是对自然生命的模拟。就生命活力的蕴涵量来说,前者是远胜于后者的。"始知锁向金笼听,不及林间自在啼。"原因就在这里。

"和谐"指多样性的统一与平衡的属性。所谓"多样",指整体中包括的各个部分在形式上的区别和差异性。所谓"统一",指各个部分在结构上的系统联系。所谓"平衡",指各个部分在材料数量上的适度性。刘勰所说的"骊牡异力,而六辔如琴;并驾齐驱,而一毂同辐",就是对这种多样性统一与平衡的逻辑概括。具体表现在辞采的运作中,可以归纳为以下两个最基本的方面。

其一,内容与形式的和谐。内容与形式的和谐,也就是刘勰所说的情与采之间的和谐。刘勰认为,实现二者和谐的关键,是正确处理它们之间的三种关系。一是并重关系。刘勰认为,文与质是密不可分的。一方面,文必须"附质",另一方面,质必须"待文"。没有内容的形式固然不足以构成形式,同样,没有形式的内容不足以构成内容,缺一不能为济。二是主从关系。并重并不等于并列,从发生学的顺序与从地位的轻重程度来看,二者之间存在着统率与被统率的关系。正确的做法只能是"为情而造文",不能是"为文而造情"。"情"是情采中的主导性因素。"情理设位,文采行乎其中",二者之间的统一问题就可迎刃而解。三是共荣关系。刘勰认为,内容与形式的统一,不是一般意义的融合,而是对理想目标的共同升举。这一理想目标,就是对美学的最高境界——力学境界的攀登,而其具体内容。就是风骨采的统一:"风清骨峻,遍体光华。"凤凰,就是这种最高层次的和谐境界的形象写照:"藻耀而高翔,固文章之鸣凤也。"

其二,形式自身的和谐。形式自身的和谐,主要是指形式因素内部的整一、协调与适度。具体表现在以下方面:

一是完整性。完整性,就是"百节成体,共资荣卫"的属性。这种多样性的组合不是简单的算术堆积,而是有向、有序、有联的严格规定的整体。有向,就是具有明确的意旨——"情理设位,文采行乎其中"。一切形式因素,都必须在主旨的统率下运行,为体现主旨服务。有序,就是具有明确的顺序——"章句在篇,如茧之抽绪,原始要终,体必鳞次。"有联,就是具有紧密的内在联系——"启行之辞,逆萌中篇之意,绝笔之言,追媵前句之旨"。有如织绮的花纹般的纵横交错,有如全身的血脉一样通贯流注,有如花房和花蕚一般互相衔接,将全篇连缀成为一个有机的整体。

二是协调性。协调性,就是结构内的各个形式要素在功能上的协调一致的属性。这种属性,是合力运动的结果。它将许多相反相成相对相并的东西,凝聚成为一个统一的语言合力和思维合力。也就是刘勰所说的:"驷牡异力,而六辔如琴;并驾齐驱,而一毂统辐。"这种技巧,实际是组合与调配的技巧:"善附者异旨如肝胆,拙会者同音如胡越。"例如声律,就是在"异音相从"和

"同声相应"的组合与调配中,实现"如乐之和,心声克协"的美学效应的。它的关键,就在于人的能动调摄:"去留随心,修短在手,齐其步骤,总辔而已。"

三是适度性。刘勰认为,和谐的核心问题,是"修短有度"的问题。所谓"有度",就是既要防止"过",也要防止"不及",而以"折衷"为务。"折衷",就是在"过"与"不及"之间,找到一个最佳的平衡点。表现在辞采的运作中,就是善于对形式因素中的各个矛盾方面进行调节,掌握分寸,使其恰到好处,各得其所。例如,

> 酌奇而不失其真,玩华而不坠其实。(《辨骚》)
> 渊乎文者,必总群势:奇正虽反,必兼解以俱通;刚柔虽殊,必随时而适用。(《定势》)
> 夸而有节,饰而不诬。(《夸饰》)
> 要而非略,明而非浅。(《章表》)

如此等等,都是折衷在辞采运作中的成功运用,是通向和谐的具体途径。

和谐作为美学运动的总原则和辞采运作的总纲领,涉及的方面是很多的,诸如通与变的和谐,古与今的和谐,写作与接受的和谐,等等。这些问题,都可以从刘勰的"擘肌分理,唯务折衷"的总方法论中得到解答。此处不再赘述。

刘勰对辞采运作要领的论述,是我国历史上概括最全面、影响最深远的技术纲领。它的独特的深刻之处,就在于它的辩证性的深度:它重文采而不唯文采,重新奇而不唯新奇,重技术而不唯技术,在内容与形式的结合中追求完美,在继承与创新的结合中走向隽永。在风骨采的结合中走向深刻,在神、理、术的结合中走向全面。如此博大精深的技术纲领,在我国历史上直至世界历史上,都是并不多见的。时至今日,它仍然是我们把握辞采运作要领的最全面、最有理论深度的教材,而且没有任何一本别的教材可以代替它。

第四节　刘勰辞采理论的历史意义和世界意义

刘勰的辞采理论作为雕龙形态理论的下位理论,是我国中古修辞活动的理论与实践的最高综合与总结,也是世界修辞学史中的一座前沿性的高峰。

它在语言美学的建树上"开源发流,为世楷式"的历史性品格和世界性品格,可以概括为以下方面。

一、刘勰辞采理论的历史意义

刘勰辞采理论的历史意义,具体表现在以下诸多方面。

（一）对语言美学范畴的开创意义

刘勰辞采理论的历史性品格,首先表现在对语言美学范畴的开创上。

我国的辞采意识萌发得相当早,春秋时期就已经注意到了语言与文采的关系,提出了"言之无文,行而不远"的主张。但是,在前人的意识形态领域中,辞与采是两个相当朦胧的概念。尽管儒家思想并不直接排斥采的概念,实际上是戒备有加,唯恐分散人们对儒家伦理的绝对地位的注意的。这就是辞采意识的发展之所以如此缓慢的原因。在我国历史上,第一个走出这一认识的瓶颈,在辞与采这两个原本的异面存在之间,从逻辑上建立起一种牢固的一体化关系,并赋予这种关系以独立的范畴地位和确切的学术称谓的学者,就是刘勰。

刘勰的这一历史性开拓,是建立在他对辞采的系统机制的深刻体认的基础上的。他在我国的历史上,第一次揭示了辞与采融合为一的内在工作原理。他将这一工作原理,明确地概括为以下几个最基本的逻辑环节:

其一,美的存在的普遍属性。这就是他所说的:"与天地并生","傍及万品,动植皆文","夫岂外饰,盖自然耳"。赋予万事万物以美的普遍属性,这就是刘勰对语言美进行观照和概括的逻辑起点。

其二,语言的审美功能。刘勰认为,既然万事万物都具有美的属性,作为"有心之器"的人类语言也莫能例外。采作为事物形态的本质性特征,也必然成为文章形态的本质性特征。这就是他所特别指出的:"圣贤书辞,总称文章,非采而何","言以文远,诚哉斯验。心术既形,英华乃赡"。惟其如此,美学与语言,就必然顺理成章地融合成为一个有机的整体:语言因审美而动人,审美因语言而明确,二者相得而益彰。而文章,就是辞与采的融合为一的整体形态。表现在孔子的文章中,就是:"镕钧六经,必金声而玉振;雕琢性情,组织辞令,木铎起而千里应,席珍流而万世响,写天地之辉光,晓生民之耳目"。表现在屈原的作品中,就是:"叙情怨,则郁伊而易感;述离居,则怆怏而难怀;

论山水,则循声而得貌;言节候,则披文而见时"。

其三,情、物、辞、采之间的辩证关系。刘勰认为,文章的内容来白情与物的交会,文章的形式来自辞与采的交会,而文章则是四者融合为一的结果。在这一文质相生、形神兼具的思想整体和美学整体之中,物是情借以生发的外在依据,这就是他所说的"感物吟志"、"情以物兴";辞是物借以表现的媒介,这就是他所说的"物沿耳目,辞令管其枢机";辞也是情借以生发的媒介,这就是他所说的"辞以情发";采是辞借以发出光辉的美学装饰,这就是他所说的"文采所以饰言"、"物以情观,故辞必巧丽"。而情,则是物、辞、采的共同的精神内涵,也是三者的公共纽带,这就是他所说的"吐纳英华,莫非情性"、"情理设位,文采行乎其中"。惟其如此,辞与采的关系问题,实质上也就是情与采的关系问题。解决这一问题的关键,就在于既要重视情与采的相倚相生的互动关系,又要重视情对采的统率作用。关于前一关键,就是刘勰所明确指出的"文附质"与"质待文"二者之间的相倚与相生。关于后一关键,就是刘勰所明确指出的"情者文之经"与"辞者理之纬"二者之间的对立与统一。这样,就以情为核心,将物、辞、采都作为情的特定形态纳入了文章之中,将四者融合成为一个既具有认识意义,又具有审美意义的整体。

其四,"术"的重要作用。刘勰认为,辞的"惊目回视"的美学光辉,是通过对"术"的把握来实现的。将"术"从理论上提到"控引情源,制胜文苑"的高度,这是我国文论史上和美学史上的一项具有革命意义的理论突破。由于这一鲜明标举,对美学形式及美学方法的重视和追求,才成为一种社会性的自觉。为了推动这一社会自觉,刘勰还以经典著作作为依据,对历史上的修辞实践进行了全面的总结和系统的升华,从中概括出一个相当完整的工具系统,从消极修辞到积极修辞,覆盖务尽,为文章美学形态的构建提供了强大的技术武装。

他对其中的每一个逻辑环节,都做出了充分的、富有说服力的论证和阐释,赋予辞与采的内在联系以天经地义的哲学品格和振叶寻根的历史品格,以及语言与美学之间的特定的横向联系的结构性品格,并最后凝聚成为一种直接的工程性品格,其中的每一种品格,都具有不容辩驳的说服力量。由于这一重大的思想解放和观念更新,"辞采"这一对语言美的特定称谓,才获得了自己无可置疑的独立的范畴地位,对语言美的研究才有了自己集中的认识窗口和专门性的工作平台,对辞采的追求才成为一种自觉的、理直气壮的、普遍性的心理趋势。这种语言美学的自觉,是文学自觉的重要组成部分和推动力量。如果没有语言美学的自觉化以及这一自觉化所带来的强大的技术支持,杜甫的"语不惊人死不休"的明确而执著的语言美学追求,是不可想象的事情。如果没有杜甫所代表的这种明确而执著的语言美学追求,我国大唐文学的繁荣以及历代文学的繁荣,同样是不可想象的事情。

（二）对语言美学理论的系统开发意义

刘勰辞采理论的历史性品格,还表现在他对语言美学理论的系统开发上。将辞采的特定理念拓展成为一种特定的系统科学,是刘勰的另一项历史功勋。他将历史上有关辞采的诸多林林总总的实践经验和理论认识,进行了综合、总结与升华,熔铸成为一个完整的理论体系。这一博大精深的理论体系,包括以下几个方面的丰富内容:关于辞采范畴的明确定位,关于辞采系统机制和系统特征的科学分析,关于辞采的基本要素的明确划分,关于辞的采化的基本途径和基本方法的具体论述,关于辞的采化的基本要领的深刻见解,等等。它所涉及的范围,不仅是前人认识的最高综合,而且是后继者的理论前驱,就其基本范畴和概念之间的基本联系来说,几乎涵盖了现代语言美学的所有方面,而在视野的开阔和论证的周密上,截至目前,还没有任何一家别的理论可以在宏观上全面超越。就前者来说,它是空前的,就后者来说,它又是鲜后的。惟其如此,它对于我们当代的语言美学的建立,仍然具有直接的指导意义。公正地说,这种意义,实际是远远大于当代西方语言美学的借鉴意义的。

刘勰辞采理论的历史性品格,还表现在他对辞的采化技术的明确标举和系统开发上。在我国历史上,第一个赋予技术以独立的存在价值,标举技术在文场笔苑中的决定性作用的学者,就是刘勰。刘勰认为:"文场笔苑,有术有门。"对"术"与"门"的掌握,是作家在辞采运作中的通与塞的关键,也是作家在辞采方面的才能得以发挥的决定性前提:"才之能通,必资晓术。"他明确认为,"执术驭篇"与"弃术任心",在表达效果上是大不相同的。惟其如此,对技术的把握,也就必然成为"制胜文苑"的不可或缺的保证力量。

刘勰不仅对技术的重要作用进行了前所未有的标举,而且在具体的技术手段的运作上,做出了极其详尽的论述。他给后世所提供的技术手段,几乎遍及语言表达的一切领域。以体式论来说,他所提供的文体就多达 34 个大类:

各大类之中,子类繁多。将前人所创造的各种文体,几乎搜罗务尽。以修辞论来说,他所提供的修辞格达 11 种之多,将我国历史上所常用的修辞手段几乎囊括无遗。在他所提供的每一种采化手段中,都有"条例"的具体规定性和范例的演示性,具有广泛的可操作性,其中不少的语言手段至今还为人们所广泛习用。这就必然赋予刘勰的辞采论以一种独特的实践性品格:它不仅是一种体大思精的理论科学,也是一种体大艺精的工程科学,是我国历史上一部,也是唯一的一部关于辞采运作的"技术百科全书"。这样博大精深的语言美学"技术百科全书",不仅是我国历史上一座难以逾越的语言技术科学高峰,在世界历史上也是绝无仅有的。

（三）确认刘勰辞采论在我国修辞学史中的崇高地位的导向意义与激励意义

魏晋南北朝是我国古代修辞学走向全面成熟的时期,而《文心雕龙》则是这一学术成熟的最高综合和集中标志。刘勰辞采理论在我国修辞学史上的这一崇高地位,不仅为我国历代学者所普遍认同,也在世界上受到了极高的推崇。我国当代著名修辞学家郑远汉的赞语是:"体大论宏,堪称我国第一部伟大的修辞理论著作,是我国修辞学领域的一份宝贵遗产。"①宗廷虎的赞语是:"《文心雕龙》对修辞论述的全面、系统、深刻,在我国历史上是空前的。这本书也可以说是一本修辞学著作。作者刘勰,完全可以列入世界古代最伟大的修辞学家行列而毫无愧色。"②日本学者岛村抱月誉其为"中国修辞学的祖师"③,五十岚力誉其为"东洋修辞学的鼻祖"④。世界诺贝尔文学奖获得者川端康成的赞语是:"梁代刘勰的《文心雕龙》堪称完整的修辞学之鼻祖,其地位可与亚里士多德的《修辞学》在西方修辞学历史上的地位媲美。"⑤这些评价,都是极其公允的。因为这部博大精深的著作中不仅包含着足以垂范永恒的写作学内容,也包含着足以垂范永恒的修辞学内容,这两个相互交叉又相对独立的学科融合成为一个完整的独标一格的理论体系,与西方的《修辞学》并立于

① 中国修辞学会编:《修辞学论文集》第 1 集,福建人民出版社 1983 年版,第 76 页。
② 宗廷虎:《修辞新论》,上海教育出版社 1988 年版,第 468—469 页。
③ 宗守云:《修辞学的多视角研究》,中国社会科学出版社 2005 年版,第 313 页。
④ 郑子瑜:《中国修辞学史稿》,上海教育出版社 1984 年版,第 519 页。
⑤ 《何乃英自选集》,山东文艺出版社 2007 年版,第 484 页。

世界修辞学的历史峰巅,体现着人类在语言领域中的共同的美学追求,成为全人类共同的文化瑰宝。而就其自身来说,又具有绝不重复而又无可代替的属性,不仅代表着我们民族昔日的光荣,而且代表着一种延续至今的学术传统。确认作为这一历史传统的集中标志的《文心雕龙》辞采理论的崇高地位,对于我们体认、重视和继承这一历史的传统,推动今日的学术长征,极有裨益。

1. 对于建设中国特色现代修辞理论的导向意义

历史是现实的借鉴。李世民云:"以铜为鉴,可以正衣冠;以人为鉴,可以明得失;以史为鉴,可以知兴替。"(刘铄:《隋唐嘉话》)《文心雕龙》辞采理论,就是我们在新的历史条件下建设中国特色修辞理论的最好向导。

《文心雕龙》辞采理论的导向意义,首先表现在它对中国修辞理论的民族风格的代表性上。《文心雕龙》辞采理论是我国古代修辞理论的最高综合与总结,是我国历史上最具有系统性的修辞理论,它以自己博大精深的理论内涵体现出中华修辞学的独特风格。这一独特风格的具体内容,可以概括为以下方面:

(1)修辞寓其整

"中国传统思维方式有一个特点,就是整体思维。"①所谓整体思维,是指把天地、人、社会,看做密切贯通的整体,认为整个宇宙各部门或部分之间互相渗透、互相影响且互为因果,天地人我、人身人心都处在一个整体系统之中,各系统要素之间存在着相互依存的联系。这就是老子所说的"圣人抱一以为天下式。"(《老子·二十二章》),孟子所说的"上下与天地同流"(《尽心上》),庄子所说的"天地与我并生,而万物与我为一"(《齐物论》),《易传》所说的"天下之物,贞乎一者也"(《系辞传下》),荀子所说的"百王之道一是矣"(《儒效》)。如此等等,无一不是对整体、系统及其贯通的强调,由此构成中华文化最基本的特色。表现在刘勰的修辞理论中,就是他对修辞理论的整体性的基本框架的构建。

与西方亚里士多德《修辞学》的单一性框架迥然有别,以刘勰辞采理论为代表的中华修辞理论遵循的是一种综合性框架。它以"道"作为终极依据,将修辞学纳入宇宙运动与人文运动的大范畴中,而以文章学作为最基本的共生

①　张岱年:《中国传统哲学的批判继承》,《理论月刊》1987 年第 1 期,第 24 页。

体与最基础的工作平台。而就文章学而言,又是由文学理论与修辞理论这两个既相对独立又互相依从的基本层面构成的,二者均以美学与社会学作为价值取向与公共纽带,构建成一个有机的整体。和西方修辞理论相较,东方式的整体框架是一种"既见树木,又见森林"的理性概括,在概括的广度与深度上都具有自己独特的博大精深的理性优势。正是这一独特的理性优势,支持着我国作为世界上的一个文章大国与修辞大国的历史进程。每当我国的修辞活动偏离正确的轨道走入形式主义歧途的时候,都是由于这一整体框架的综合制约的强大作用而得到及时的纠正。

它的不足就在于,由于这种对整体的依附性,它自身的独立性和清晰性受到了一定影响,这一影响主要表现在对语言技术的集中开发的不足以及由此带来的技术精度的不足。就这一点来说,是需要我们向西方修辞学学习的,也是可以弥补并且正在弥补的。这一东西方之间的学术差别,正是二者之间互相学习的逻辑根由,而绝不是二者之间互相排斥的逻辑根由,更不是我们对古代理论遗产妄自菲薄的逻辑根由。也就是我国现代修辞学者所正确指出的:"做学问本不该'言必称希腊',西方诗学与修辞学自有其发生发展之道理,我们不必为前人遗产理论体系不像西方那样纯粹排他性而汗颜……实际上,《文心雕龙》结合文学宗旨,指陈创作活动中所涉及的修辞问题,批评、鉴赏活动中所涉及的修辞问题,以及关于文体、个性风格的论述,都仿佛遥相印证了当代修辞学所关注的热门话题,而这一切却又都出自一个自足的较为完美的构架,融入一个齐备的自我圆满的体系——《文心雕龙》理论体系之中。从这一点来看,我们说《文心雕龙》弥足珍贵,是恰当的。"①

(2)修辞立其诚

"修辞立其诚"是中华传统文化的核心价值取向,也是中华传统修辞学的根本原则。从《周易》以来,"修辞立其诚"就受到了普遍的重视,由此形成了中华修辞学的悠久而又优秀的传统。其特点就是高度重视修辞的伦理学内涵,强调诚信的态度对辞巧形式的统率作用,标举进德与修辞的统一性。它有如一面精神的旗帜,高高矗立在中华文化和中华修辞学的峰巅,为历代学者的

---

① 陈光磊、王俊衡:《中国修辞学通史》第1卷,吉林教育出版社1998年版,第424—425页。

攀缘指明方向和树立极则。这就是孟子所精辟指出的："诚者，天之道也，思诚者，人之道也。至诚而不动者，未之有也；不诚，未有能动者也。"（《离娄上》）

这一极则作为哲学与伦理学的普遍性阐释来说，无疑是正确的，也是博大精深的，但作为修辞学的阐释来说，却又是具有片面性的。众所周知，普遍性联系固然是事物发展的必要环境，但绝不能代替事物自身的特殊规律。哲学的规律与伦理的规律诚然对修辞的规律具有宏观的制约作用，但绝不能代替修辞学的规律。这种简单化的代替，只能对后者造成拘囿而无利于它的健康发展。正确的做法只能是融而化之，将普遍规律演化为特殊领域中的特殊规律，也就是实现真理的"具体化"。而刘勰，就是这一"真理具体化"的全面实现者。他所进行的"具体化"，就是根据修辞学的内在尺度，将"修辞立其诚"普遍性规律演化成为具体的修辞学原则。这些原则主要包括以下方面。

其一，自然性原则。刘勰认为，自然是万物之美借以生发的终极根由，也是对万物之美进行评价的最高尺度。这一"自然之道"表现在修辞的领域中，就是主张本色天然，反对过分雕饰。见之于体势论中，就是要求"因情立体，即体成势"，有如"机发矢直，涧曲湍回，自然之趣也"。见之于风格论中，就是对"自然之恒资"的强调。见之于他的对偶论中，就是："造化赋形，支体必双"，"高下相需，自然成对"。见之于事类论中，就是强调自然融合，标举"用旧合机，不啻自其口出"。见之于描写论中，主张"巧言切状，如印之印泥，不加雕削，而曲写毫芥"。见之于声律论中，主张声律本于自然，"音律所始，本于人声者也"。

其二，重情性原则。刘勰认为，"情"是"诚"的本质性内涵，具体表现在修辞中，就是文与质的统一性。文指辞采，质指辞采所表达的思想感情，在这一内外相因的有机联系中，"情以物迁，辞以情发"，情既是物的内涵，又是辞的内涵，因此在修辞运动中必然占有主导性和决定性的逻辑地位。根据这一原理，他提出了"为情而造文"的修辞原则，反对"为文而造情"的错误做法，要求修辞必须为述志抒情服务。所谓"文辞尽情"、"述志为本"、"联辞结采，将欲明理"、"辞以情发"、"万趣会文，不离辞情"，都是对这一原则的鲜明强调和具体发挥。

其三，尚美性原则。刘勰既重视情在修辞中的主导作用，也重视采对情的外化作用与强化作用。这种重视不仅来自他对文与质之间的互动关系的体认,而且在更高的层次上来自他对美的存在的普遍属性的精深理解。刘勰明确认为,文与天地并生,而他所说的"文",也就是美的别称。赋予美以本体论的品格,实际也就是赋予美的普遍性以天经地义的品格。

表现在文章中,就是对辞采的自觉追求。"圣贤书辞,总称文章,非采而何",就是这一自觉追求的集中表述。这一集中表述,实际就是对语言修辞的美学属性的总结论,也是对语言修辞的学术属性的基本定位。将修辞学定位于语言美学的范畴,是刘勰的一大创举。由于这一创举,修辞学的发展才有自己明确的方向,这一方向就是情与采的互动和并重。也就是他在《风骨》中所昭示的:"若风骨乏采,则鸷集翰林;采乏风骨,则雉窜文囿;唯藻耀而高翔,固文笔之鸣凤也。"

(3)修辞尽其用

刘勰修辞理论对于建设中国特色现代修辞理论的导向意义,还表现在它对修辞的社会功利性的重视和标举上。

重视修辞的社会功能是中华文化的一贯传统。从先秦时代起,我们的古人就已经将修辞看成修身、治国事业的组成部分,赋予它以"立德、立功、立言"的不朽地位。孔子认为,语言既具有"兴邦"的作用,也具有"乱邦"的作用,明确要求立言修辞要合乎进德与修业的需要,而绝不将它简单地视为一种纯粹的工程技术。这就是《周易·乾·文言》中所说的:"子曰:'君子进德修业。忠信,所以进德也;修辞立其诚,所以居业也。"老子标举"美言可以市尊"(《老子·六十二章》),同样重视语言的社会功能。墨子以他的"言有三表"的观点表达了类似的语言学见解:"言必有三表,何谓三表? 子墨子言曰:有本之者,有原之者,有用之者。于何本之? 上本之于古者圣王之事。于何原之? 下原察百姓耳目之实。于何用之? 发以为刑政,观其中国家百姓人民之利。"(《墨子·非命上》)

刘勰的修辞理论,就是这一传统理念的综合与升华。他将前人在修辞理论中有关实用的智慧,都纳入了自然之道的总视野中进行集中的审视和体认,提炼出远比前人深刻的见解。他明确认为,就像宇宙万物都原发于道,并以道的实现为终极指归一样,修辞同样是如此。道是宇宙运动的总规律和总动势,表现在修辞活动中,就是一种鼓天下之动的力量。鼓天下之动是修辞功能的终极追求,也是刘勰对修辞的实用性的最高概括。这就是他在《原道》中所说的:"易曰:'鼓天下之动者存乎辞.'辞之所以能鼓天下者,乃道之文也。"赋予修辞以如此高远的工作目标,这是我国修辞史上的一大创举,在世界修辞史上也是没有先例的。

更为难得的是,刘勰还将修辞的这种鼓天下之动的力量,做出了具体的阐释,将它演化成为两个具体的方面:

其一,是以理服人的逻辑力量。刘勰认为,从理性思维的角度来看,修辞的作用就是运用各种具有逻辑意义的语言手段增进语言表达的理性说服力量。这就是他所强调的:"联辞结采,将欲明理","论如析薪,贵能破理"。这种力量的具体表现,就是他所说的那种伦理无爽的语言境界:"理形于言,叙理成论。词深人天,致远方寸。阴阳莫忒,鬼神靡遁。说尔飞钳,呼吸沮劝。"

其二,是以美动人的美学感染力量。刘勰认为,从艺术思维的角度来看,修辞的作用就是运用各种具有造型意义的语言手段增进语言表达的动情效果。这就是他所强调的:"绮丽以艳说,藻饰以辩雕","神用象通,情变所孕,物以貌求,心以理应"。这种力量的具体表现,就是他所说的那种惊听回视、动心惊耳的语言境界:"故'灼灼'状桃花之鲜,'依依'尽杨柳之貌……并以少总多,情貌无遗矣。虽复思经千载,将何易夺?"(《物色》)

将对逻辑与美的自觉追求,与社会功利的广阔目标紧密地联系在一起,是刘勰的辞采理论的核心主张,也是中华修辞学的独特传统。这就必然赋予中华传统修辞学以一种特别鲜明的实践性品格,一种与广大社会生活同呼吸、共命运的崇高品格。每当社会上的修辞活动偏离社会主航道,陷于形式主义泥泞的时候,总是会受到代表社会主流利益的学者的坚决抵制,及时地转回到正确的航道上来。刘勰在六朝时所进行的"矫讹翻浅"的斗争,韩愈在唐代所进行的古文运动,就是具体例证。

(4)修辞适其变

刘勰修辞理论对于建设中国特色现代修辞理论的导向意义,也鲜明地表现在它对通变这一普遍性法则的重视和标举上。

通变,本是我国古代哲学的范畴。它揭示了宇宙万物间变化和静止、对立和联系、个别和一般的关系,揭示了事物运动发展的特征是新旧更替和新旧贯通的统一。用这个范畴来研究修辞的发展规律和创造规律,始于齐梁时代的刘勰。刘勰明确认为，修辞艺术的发展变化，终归要受到时代及社会政治生活的影响。所谓"时运交移，质文代变……歌谣文理，与世推移"，"文变染乎世情，兴废系乎时序"（《时序》），就是这一理念的明确表述。惟其如此，他要求修辞艺术要大胆创新，与时俱进："趋时必果，乘机无怯"。只有不断地变化创新，修辞艺术才会得到不断地发展："变则可久"（《通变》），"参伍以相变，因革以为功"（《物色》）。同时，他又强调任何"变"都离不开"通"。所谓"通"，是指和规律的契合，而这种规律，通常都是以常规的形态表现在传统之中："名理有常，体必资于故实。"只有通晓各种"故实"，才会"通则不乏"（《通变》）。所谓"还宗经诰"，就是他对"故实"的标举，实际也就是他对故实中的规律的标举。他将变与通视为对立的统一，主张作家必须于"通"中求"变"，同时又要"变"而不失其"通"，把"变"与"常"统一起来。这种变与常融为一体的境界，才是修辞艺术的理想境界："洞晓情变，曲昭文体，然后能孚甲新意，雕画奇辞。昭体故意新而不乱，晓变故辞奇而不黩"（《风骨》）。然后，修辞运作才有可能"骋无穷之路，饮不竭之源"（《通变》），获得长足的健康的发展。

"变"表现在修辞艺术中，就是"文章气力"的灵活性。具而言之，可概括为以下方面：

其一是因时以立言。刘勰认为，修辞的风格特征，从来都是与时代的影响密不可分的。对此，他举出了历代修辞风格的具体例证：尧舜时代的歌谣"心乐而声泰"，反映出太平盛世的和谐，西周末期的歌谣是愤怒的，反映出幽厉二王的昏庸和暴虐，战国时期的论辩是诙诡离奇的，反映出当时连横合纵的政治纷纭，建安时代的诗歌是"慷慨以任气，磊落以使才"的，反映出当时"世积乱离，风衰俗怨"的特定现实。他由此得出了历史性的结论："歌谣文理，与世推移"，"文变染乎世情，兴废系于时序"。因此，要想实现修辞艺术的创新，第一要务就必然是对这一历史的规律进行适应，在与时俱进中获得修辞的成功。

其二是随性以立言。刘勰认为，修辞的风格特征，也是与作者"各师成心，其异如面"的个性特征密不可分的。这就是他所明确指出的："才有庸俊，气有刚柔，学有浅深，习有雅郑，并情性所铄，陶染所凝，是以笔区云谲，文苑波诡者矣。"表现在修辞的风格上，就是"八体"的差异："总其归途，则数穷八体：一曰典雅，二曰远奥，三曰精约，四曰显附，五曰繁缛，六曰壮丽，七曰新奇，八曰轻靡。"其中的每一种美学风貌,都是人的个性化的心理结构和思维结构的反映,从来都是不容重复也不可代替的。因此,要想实现修辞艺术的创新,第二要务就必然是对这一个性的规律进行适应:"八体虽殊,会通合数,得其环中,则辐辏相成。故宜摹体以定习,因性以练才",在各师成心和各适其性中,获得修辞的成功。

其三是缘事以立言。刘勰认为,修辞总是与一定的修辞对象、接受对象以及一定的功利环境的具体性联系在一起的。这些客观因素的总集合,就是修辞中所涉及的特定事物。因此,要想获得修辞的成功,就必须"随事立体","衣被事体","动言中务","有契于成务"。对此,他举出了我国历史上两个成功的范例:"范雎之言疑事,李斯之止逐客,并顺情入机,动言中务,虽批逆鳞,而功成计合。"这一法则不仅是实用性文体的特殊规律的反映,具体地适用于实用性文体的修辞,也是一种普遍规律的反映,广泛地适用于所有文体的修辞,其中也包括抒情性文体的修辞。因为人类的感情绝不是一种先验性的存在,而从来都是"应物斯感"的结果,总是和一定的事物联系在一起的。如果没有事义作为"骨髓",辞采的"肌肤"就无所归依,修辞也就失去客观依据了。惟其如此,缘事以立言,就必然成为修辞创新的第三要务。

其四是尽情以立言。刘勰认为,修辞总是与人的情思紧密相连的。情思是修辞的灵魂和驱动力量,而修辞则是表现情思的语言手段。所谓"吐纳英华,莫非情性"(《情采》),所谓"情以物迁,辞以情发"(《物色》),所谓"情动而言形"(《体性》),"情动而辞发"(《知音》),都是对这一理念的明确表述。既然一切修辞活动,都是因情而发和因情而变的,因此,要想获得修辞的成功,就必须以情作为主线,遵情之动而动,循情之变而变。惟其如此,尽情以立言,就必然成为修辞创新的第四要务。这就是他在《附会》中所明确标举的:"绘事图色,文辞尽情"。能够做到"尽情"二字,辞采自然鲜明生动,进入理想的美学境界。

其五是依文以立言。刘勰不仅将修辞的外系统运动视为修辞艺术常变常新的驱动力量,也从修辞的内系统运动中去寻找这种常变常新的东西。这种存在于内系统运动中的常变常新的东西,就是修辞的语言环境。刘勰认为,修辞总是在特定的语言平台上进行和完成的。这一特定的工作平台具体包括体裁、结构、语言风格等诸多方面。这些方面既具有体式与法则的规定性,又具有形态的多样性和可选择性。正是这一形态的多样性和可选择性,在语言的平台上直接决定着"文辞气力"的多样性和多变性。惟其如此,依文以立言,就必然成为修辞创新的第五要务。这就是他所明确指出的:"文辞气力,通变则久,此无方之数也。"表现在文章的体裁中,就是它的样式的多样性和可选择性:"夫情致异区,文变殊术,莫不因情立体,即体成势也。"体裁不同,语言风貌也必然异彩纷呈:"章表奏议,则准的乎典雅;赋颂歌诗,则羽仪乎清丽;符檄书移,则楷式乎明断;史论序注,则师范乎核要;箴铭碑诔,则体制于宏深;连珠七辞,则从事于巧艳:此循体而成势,随变而立功者也。"反映在文章的结构上,就是繁、简、隐、显等的构造格局的差异:"或简言以达旨,或博文以该情,或明理以立体,或隐义以藏用"。这些诸多方面,都属于"无方之数"的范畴,只要"控引随时,变通适会",同样可以新新不已,获得良好的修辞效果。

修辞既有变的一面,又有通的一面。"通"具体表现在修辞艺术中,就是对以"经"为代表的修辞规律与修辞法则的历史继承。刘勰认为,变与常是辩证的统一:"夫设文之体有常,变文之数无方,何以明其然耶?凡诗赋书记,名理相因,此有常之体也;文辞气力,通变则久,此无方之数也。名理有常,体必资于故实;通变无方,数必酌于新声。"(《通变》)这一"有常之体"的集中概括,就是他对"六义"的标举。"六义"所代表的,实际就是修辞的基本规律和基本法则。这些规律和法则是具有恒常意义的东西,因此必然具有永恒的典范意义而为历代文坛所继承。也就是刘勰所说的:"暨楚之骚文,矩式周人;汉之赋颂,影写楚世;魏之篇制,顾慕汉风;晋之辞章,瞻望魏采。"究其根由,就在于一个"通"字。"通"不是简单的历史继承和历史重复,而是与规律和法则的通贯和契合。也就是刘勰所说的:"九代咏歌,志合文别……序志述时,其揆一也。"

惟其如此,修辞适其变的法则绝不是专重于变的法则,也绝不是专重于通的法则,而只能是通与变兼解以俱通的法则。这就是刘勰在赞语中所鲜明强调的:"文律运周,日新其业。变则可久,通则不乏。趋时必果,乘机无怯。望今制奇,参古定法。"

(5)修辞执其术

刘勰修辞理论对于建设中国特色现代修辞理论的导向意义,也鲜明地表现在它对"术"的重视和标举上。

刘勰认为,修辞的成功运作,总是与一定方法论的支持密不可分。他将这一方法论的支持,视为"控引情源,制胜文苑"的技术保证。在我国修辞学史中,刘勰第一次对有关修辞的原理与方法做出了全面的概括和阐释。他不仅从狭义修辞学的角度,将我国中古时期的修辞格的理论与要领做出了条分缕析的研究和阐释,显示出中华修辞学独特的实践力度和微观深度,也从广义修辞学的角度,将文章体式、言语风格、音律修辞、篇章修辞等诸多前沿性的领域概括无遗,显示出中华修辞学所特有的哲学高度和宏观广度。他由此建立的修辞学体系,必然是一种冶积极修辞与消极修辞于一炉,镕广义修辞与狭义修辞于一体的体系,也必然是一种冶理论与方法于一炉,铸博大与精深于一体的体系。这一体系,是中华修辞学的独标一格的历史创造,为我国历代学者所认同。现代西方流行的新修辞学的基本框架即取法于此,我国的现代修辞学的基本框架同样取法于此。

2. 对于恢复民族自尊和学术自信的激励意义

确认刘勰辞采论在我国历史上的崇高地位,对于实事求是地评价我们的过去,彻底告别半殖民地文化的思想拘囿,恢复民族自尊心与学术自信心,是大有裨益的。

众所周知,我国现代修辞学的形成,是在一个极不寻常的历史环境中开始的,这就是西方列强对中国的侵略。从1840年鸦片战争开始,西方列强依靠自己的船坚炮利,强行打开了中国的门户,将各种不平等的条约强加在中国人民头上,使一个文明古国的文化遭受到了极大的凌辱和摧残。正是在这一沉重的时代负累下,我国人民开始了睁开眼睛看世界的现代社会转型过程。我国的现代修辞学,就是这两种文化冲突的历史产物。

这一文化冲突在修辞学领域中的表现,就是三大学派的对立与冲突。

第一学派就是新变派。这一派以海归为主体,主张全面引进日本与欧美的现代修辞理论进行新变,重新建立我国的现代修辞学理论体系。光绪三十一年问世的汤振常的《修词学教科书》,直称"以日本武岛又次郎之修辞学为粉本"。同年出版的龙伯纯的《文字发凡》,全书四卷,三、四卷为修辞,修辞卷主要是模仿日本岛村抱月的《新美辞学》的观点。二三十年代出版的王易的《修辞学》、《修辞学通论》,陈介白的《修辞学》、《新修辞学》,也同样出自对《新美辞学》的模仿。1926年出版的龚自知的《文章学初编》,实际上是美国吉能的《实用修辞学原理》的节译本。唐钺于 1923 年出版的《修辞格》,据其绪论说,整个体系都是仿照英国的纳斯菲尔的《高级英文作文学》建立的。金兆梓的《实用国文修辞学》,则是这一学派的学术主张的最彻底的表述:"此学之在吾国,既无有系统之述作可以取资,即今欲有所搜讨,俾成一具有系统之学科,以为学者修辞之一助,势不能不借助异国。"①

第二学派就是传统派。代表性的著作是郑奠的《中国修辞学研究法》与杨树达的《中国修辞学》。前者云:"近世外慕风炽,举海外修辞之术,绳诸前文,得其形似,乐为比附,彼所未及,此亦阙如。今思述先王之正论,靠前文之成规,范为修辞之学,先陈研究之法。"后者云:"修辞之事,乃欲冀文辞之美,与治文法惟求达者殊科。族姓不同,则其所以求美之术自异。况在华夏,历古以尚文为治,而谓其修辞之术与欧洲一源,不亦诬乎?"②他们的核心主张,就是陈望道所一针见血指出的:"想用中国的修辞古说来规律今后的修辞。"③就其目标之高远与纯正来说,无疑是值得肯定的,但是这一主张并未能转化为具体的学术开拓,该学派的著作,实际都是古代修辞论见的零散汇编,在学界并未能产生重大影响。

第三学派就是兼容派。代表性著作是陈望道的《修辞学发凡》。该著的核心主张可以概括为两个方面。其一是与时俱进:"一切科学都不能不是时代的……何况修辞学,它的成事成例原本是日在进展的。成事成例的自身既已进展,则归纳成事成例而成的修辞学说,自然也不能不随着进展。"其二是古今中外的融合:"有很多地方,看了前人的脚迹,实可省却我们自辟蹊径的烦劳。我们生在现代,固然没有墨守成例旧说的义务,可是我们实有采取古今所有成就来作我们新事业的始基的权利。"④这些论见,是远远高出于新旧两学之上的,该著因此被学界公认为"中国现代修辞学的奠基之作"。

三派在学术主张上虽然大相径庭,但有一点却毫无二致,这就是对我国传统修辞理论的体认的模糊性。新变派认为我国传统的修辞理论都是零言碎语,无任何系统意义和形式意义可言,唯一的出路就是"借助异国"。传统派

---

①　郑子瑜:《中国修辞学史稿》,上海教育出版社 1984 年版,第 493 页。

②　郑子瑜:《中国修辞学史稿》,上海教育出版社 1984 年版,第 491 页。

③　陈望道:《修辞学发凡》,上海教育出版社 1976 年版,第 281 页。

④　陈望道:《修辞学发凡》,上海教育出版社 1976 年版,第 283 页。

标举传统,但他们并不清楚我国修辞的传统究竟是什么,他们所展示给读者的,实际都是一些无积极意义可言的零言碎语,认为这就是中国修辞学的基本价值和基本风格。兼容派的学术视野虽然远比二者开阔,既承认异国的新论,又给传统的旧论留下生存与发展的空间,但对二者所做体认的具体程度和深刻程度却是大不相同的。它对西方修辞学的接受,是体系学层面和方法论层面的接受,对传统修辞学的接受,则是材料学层面和例证学层面的接受。径而言之,也就是将传统的修辞成例填入西方的修辞模式之中。三派的逻辑起点,实际只有一个,就是不承认中国传统的修辞学是系统的修辞学。这一认识也鲜明地表现在《修辞学发凡》中:

> 我们的先辈……颇有相当的与人论文书传给我们。又常在诗话、文谈、随笔、杂记中,记下一些经验来,供我们开始观察时参阅。但可惜多不是专为修辞说的,故内容颇杂,又多不是纯粹说明的态度,所收现象也多是偏于古典的。对于研究古典或古代某一部分的修辞现象,固然也可以做参考,却颇不适于我们想要系统地知道修辞现象者之用。因此颇有人想略仿西方或东方的成规,运用归纳的、比较的、历史的种种研究法,将所常见的,或文学史上还须说到的修辞现象,分别部类,做成一部修辞学。修辞学原是"勒托列克"(Rhetoric)的对译语,是从"五四"以后才从西方东方盛行传入的。但最初用修辞这个熟语正名本学的,却是元代的王构。他曾著有《修辞鉴衡》一书,虽不甚精,似乎还是可以算是修辞专著的滥觞。不过那是属于萌芽时期的著作,自然同我们所谓运用归纳的、比较的、历史的研究法的修辞学没有直接的关系。[①]

陈氏的这一论断无疑是有据可查的,但绝不是全面的。它反映了我国修辞学史中确实存在的某种状况——零言碎语的状况,却忽视了一个更具有本质意义的基本事实——《文心雕龙》存在的历史事实。诚然它不是修辞学的专著,但这并不妨碍它对有关修辞学的原理与实务的概括,不妨碍它对修辞学理论与实务的深度发挥和系统发挥。凡是现代修辞学所涉及的各种范

---

① 陈望道:《修辞学发凡》,上海教育出版社 1976 年版,第 15 页。

畴,它一无所缺,而就其广度与深度来说,至今没有任何一家别的理论可以超越。

就以《发凡》所标举的西方修辞学的"归纳的、比较的、历史的"三大方法论来说,也并非西方修辞学的专利,它同样普遍地存在于《文心雕龙》的修辞理论之中。"归纳"是《文心雕龙》立论的逻辑基础,它的所有论断,无一不以客观存在的事实作为观照的依据,然后绎出它们共有的特性,得出一个一般性的结论。例如对美的普遍存在的著名论述,就是典型的例证。这种归纳不是一般意义的归纳,而是一种典型的东方智慧的归纳,即将天与人熔为一炉、将时间与空间铸为一体的最具有宏观意义的归纳。而这种世界上最广阔的归纳,又是与比较的以及历史的方法紧密结合的。比较因历史而具体,历史因比较而深刻,而归纳则将所有的这些具体的深刻以及深刻的具体进行总的汇集,使事物的本质凸显无遗。它所得出的"蔚映十代,辞采九变"、"歌谣文理,与世推移"等系列论断,就是三者结合的成功运用。这种方法论的运用,是丝毫不逊于西方修辞学中的任何一部著作的。

再以《发凡》的理论框架与核心内容来说,尽管作者明确强调,我国现代的修辞理论是"从五四以后才从西方东方盛行传入的",似乎与传统理论并无直接的渊源关系,但具体表现在《发凡》中,其核心理论主要还是《文心雕龙》辞采论的基本观点:"边缘科学"说,"辞语魅力"说,"题旨情境为第一义"说,"极尽语言文字的可能性"说,"内容决定形式说","文体"说,"辞体风格"说,"修辞现象的发展变化"说,等等,无一不是中华传统修辞学的土特产。正是这些中国特色的东西,赋予了该著以一种鹤立鸡群的理论品格。这种品格,是新变学派所不具的,也是只重传统修辞学中的某种零言碎语而不重以《文心雕龙》所代表的理论体系的博大精深的持旧派所不具的。这就是《发凡》的学术活力之所在,也是现代修辞学奠基者的桂冠之所以必然落在陈望道头上的原因。

更具有多重启示意义的是,我国的现代修辞学的开创者皆奉日本现代修辞学为"粉本",而日本现代修辞学的祖师岛村抱月则赞誉刘勰为"中国修辞学的祖师",有些著作则称其为"世界修辞学的三大鼻祖之一"。这更足以说明以刘勰《文心雕龙》为代表的中国传统修辞理论的历史地位和世界地位,也更足以说明半殖民地文化条件下的文化的尴尬和文人的尴尬:面对西方文化的强大压力,我们已经没有足够的知识与能力来认识世界,也没有足够的知识与能力来认识自己,结果只能在文化上门户洞开,俯仰由人,将西方化视为现代化的同义语,将传统视为与现代化绝对无缘的东西。所谓"全盘西化",所谓"拿来主义",所谓"炮响送来",就是这种失去主心骨以后的妄自菲薄和盲目求索的心态的时代折光,也就是我国现代修辞学中的中国特色之所以如此淡薄而西方特色之所以如此浓烈的原因。

回顾我国现代修辞学百年的发展历程,我们就会发现我们确实取得了不少的进步,也确实失去了许多不应该失去的东西。这一点,已为当代许多学者所指出:

　　　"五四"以后的中国修辞学取得了很大的成功。但是从总体上看,"五四"以来的中国人文科学的大趋势是忽视、否定中国文化的传统。在此潮流的影响下,中国现代修辞学的发展过程中,由于过多地否定传统文化,丢掉了"修辞立其诚"的原则,把修辞学变成一种单纯的语用技巧的体系,走了弯路。①

　　　不能否认,20 世纪初形成的中国现代修辞学,借用西方语言理论和方法,在科学化道路上大大前进了一步。但其弊端亦是非常明显的:第一,丢掉了修辞立其诚的传统,只讲修辞的技巧。第二,割断了修辞学与其他人文科学的联系,忽视修辞学的人文性,使修辞学应有的实用价值大为降低。②

　　　20 世纪 80 年代以前,虽取得了很大的发展,但也存在明显的问题和不足,主要表现在:(1)受结构主义语言学的影响较深,仅以语言本体研究为主要内容,着重探讨修辞手法的结构和功能,是静态的分析,与动态研究结合得不紧密,与社会的各方面联系沟通不够。(2)对言语交际的全过程修辞现象研究不足。对如何适应题旨情境的探讨也没

---

① 　王希杰:《新世纪汉语修辞学:继承、引进和创新》,《南京晓庄学院学报》2002 年第 2 期,第 47 页。

② 　陈炯:《对 21 世纪中国修辞学的几点思考》,《毕节师专学报》2001 年第 1 期,第 4 页。

有深入进行。①

　　集中而言，就是丢失了传统修辞学的核心价值理念，丢失了我们民族独特的思维方式，丢失了我们自己的理论特色。丢失了这些，就意味着丢失了我们民族的精神家园，使我们成了自己家园的陌生人，犹如无源之水和无本之木一样无所归依。我们有了这个"主义"和那个"原则"，就是再也找不到属于我们自己的"主义"和"原则"，使我们的现代化成了西方化的同义语。这就是我们现代的国运如此艰难，我们现代学术的步履如此沉重的根由。显然，这种建立在否定民族传统基础上的"现代化"，这种在"打倒孔家店"基础上的现代化，这种"一声炮响送来"的现代化，是一种畸形的现代化。事实证明，传统是不允许简单割裂的，任何割裂传统的做法，必将给整个社会的文化发展带来严重的损害。这一沉重的真理，在我们付出了巨大的代价之后，终于被众多学者深切体会到了。上述的种种论见，就是具体见证。

　　结论只有一个：善待我们自己的传统文化。具体表现在修辞学领域中，就是善待古代修辞学的经典著作《文心雕龙》。《文心雕龙》之所以必须受到我们尊重，是因为它确实是人类修辞学宝库中最可宝贵的瑰宝。《文心雕龙》中的辞采理论，实际就是广义的修辞学，它是世界上第一部从美学的角度对语言的修饰进行认识论阐述和方法论阐述的宏著。就其理论体系的博大精深来说，至今没有任何一家别的理论可以超越。即使就狭义的修辞学来说，也是体系完整，足以垂范于久远的。光是它所全面论述的修辞手法，就有比兴、丽辞、夸张、声律、事义、练字、隐秀等多种类型，都设专章论述；一一条分缕析，层次井然。它不仅标志着我们先人在学科开拓上的领先性和前驱性的卓越智慧，而且为后世的攀登提供了相当广阔的学术平台。面对着如此伟大、如此完整的历史存在，怎能说我们古代的修辞理论"照例是飘飘无定；每每偶而涉及，忽然又飏开了"的"萌芽状态"的东西呢？将西方的东西，一律视为"探新"，将自己的东西，一律视为"故纸堆"，将中国的现代文明，视为西方世界的恩赐，将西方的文化，视为中国现代文明的起点。这种数典忘祖的看法和说法，显然

___

① 董印其：《修辞学研究历史回顾及发展趋势》，《新疆师范大学学报》2004年第1期，第184页。

是严重背离了我国历史文化的实际,与中华民族应有的自尊心与自信心是极不相符的。

"不述先哲之诰,无益后生之虑。"这就是今天我们之所以要公正、客观评价我们的先人在1500年前所创造而为近代所淡忘的学术成果的原因。当一个民族重新抬起头来并从容回首的时候,她不仅能正确评价别人的历史成果,分享别人的历史成果,也能正确地评价自己的传统优长,并与别人共享自己的传统优长的。文化上的觉醒,才是真正意义上的觉醒。而文化上的觉醒,又是与历史上的觉醒密不可分的。这就是刘勰在当年之所以竭力"振叶以寻根,观澜而索源"的根由,也是我们今天所大力开发的这一研究课题的最大意义。

二、刘勰辞采理论的世界意义

刘勰的辞采理论不仅是我国古代语言美学理论的大成,也是世界语言美学理论宝库中的瑰宝。为了确切了解刘勰辞采理论在世界文化中的崇高地位,树立民族的学术自信心,有必要在东西方两种迥然有别的语言理论体系之间,作一点跨文化的比较与延伸性的思考。

(一)关于西方语言美学理论形成过程的历史回顾

西方传统语言观念建立在反映论、认识论基础上,基本上属于工具论范畴。在这一观念体系中,语言与审美完全是两个异面存在,并不直接发生关系。这一点,在亚里士多德的《诗学》中已经相当鲜明地表现出来。亚氏将悲剧艺术的要素明确划分为六个方面:形象、性格、情节、语言、歌曲与思想。他认为,艺术的本质就是"对行动的摹仿",摹仿的方式是"借人物的动作来表达,而不是采用叙述法"。他对这些要素的结构作用的具体定位是:

情节乃悲剧的基础,有似悲剧的灵魂;"性格"占第二位。悲剧是行动的摹仿,主要是为了摹仿行动,才去摹仿行动中的人。

"思想"占第三位。"思想"是使人物说出当时当地所可说、所宜说的话的能力。"性格"指显示人物的抉择的话。

"语言"的表达占第四位。所谓"表达",指通过词句以表达意思。

在其余成分中歌曲占第五位,最为悦耳。"形象"固然能吸引人,却最缺乏艺术性,跟诗的艺术关系最浅;因为悲剧艺术的效力即使不依靠比赛或演员,也能产生;况且"形象"的装扮多依靠服装面具制造者的艺术,而不大依靠诗人的艺术。①

　　亚氏所说的"形象",实际是指舞台上的造型。他认为六个成分里,最重要的因素是情节,而构建情节的直接因素,是性格、思想,形象,至于歌曲和语言则只是"表达意思"的工具,并不具有直接的艺术意义。尽管他在《诗学》中也涉及了语词的问题,实际都是从舞台上的读音效果所进行的技术关注,而不是一种专门性的美学关注。亚氏所理解的修辞,实际是属于论辩学的范畴,也就是政治学与逻辑学的范畴。对此,他在《修辞学》中做出了明确的表述:"修辞术实际上是论辩术的分枝,也是伦理学的分枝,伦理学应当称为政治学。由于这个缘故,修辞学貌似政治学。"②他给修辞术下的定义是:"一种能在任何一个问题上找出可能的说服方式的功能。"③这种说服的方式,实际就是"逻辑推论"的方式。这种方式与审美的方式,是两个迥然不同的异面存在。

　　由此可知,在西方美学的源泉处,原本就没有对语言美学的特别关注。西方美学的基本格局是对人类现实生活的"模仿",是对人的"模仿",这种"模仿"主要是通过人的动作来实现的,因此进行模仿的主要材料必然是情节、性格、思想、形象,而语言则只是一种表达思想的特定工具,一种特定的逻辑性工具,这种工具本身并不与审美直接相关。这就是西方的文学理论如此重视形象在艺术表现中的基础作用,而不特别重视语言形式美的文化根由。

　　西方语言美学的自觉,是最近一百年的事情。西方第一个对语言的审美作用做出明确的理论反映的学者,是瑞士的语言学家索绪尔。他认为,语言与言语是两个完全不同的范畴,语言是社会规范的产物,言语则是个人创造的产物。正是语言实践中的这种个人创造的属性,突破了语言的纯思维工具的属性,为语言与审美的联系,开辟了一条崭新的思路。

　　索绪尔的发现被意大利学者克罗齐引入了哲学研究的范畴。克罗齐的愿景是从哲学的角度探索语言与美的一体性的内在逻辑依据。这一依据被他郑重地表述为:

---

① 亚里士多德:《诗学》,人民文学出版社 2002 年版,第 19—21 页。
② 亚里士多德:《修辞学》,三联书店 1991 年版,第 25 页。
③ 亚里士多德:《修辞学》,三联书店 1991 年版,第 24 页。

美学只有一种,就是直觉(或表现的知识)的科学。①
美学是表现(表象、幻想)活动的科学。②

而语言的本质属性同样是如此:

如果语言学真是一种与美学不同的科学,它的研究对象就不会是表现。表现在本质上是审美的事实;说语言学不同于美学,就无异于否认语言为表现。但是发声音如果不表现什么,那就不是语言。语言是声音为着表现才连贯,限定,和组织起来的。③

他明确地是告诉人们:
第一,语言学研究的对象是表现。
第二,语言就是表现。
第三,发声就是表现什么。
第四,语言是为着表现才连贯、限定和组织起来的。
由于语言与美学的本质属性都是"表现",二者必然重合成为一个统一的范畴:

艺术的科学与语言的科学,美学与语言学,当做真正的科学来看,并不是两事而是一事。世间并没有一门特别的语言学。人们所孜孜寻求的语言的科学,普通语言学,就它的内容可化为哲学而言,其实就是美学……语言的哲学就是艺术的哲学。④

将美学与语言学视为一回事,将普通语言学"全部"等同于美学,这便是克罗齐的结论。这一结论的理论意义,就在于它在西方文化史上,第一次在语

① 克罗齐:《美学原理　美学纲要》,外国文学出版社1983年版,第21页。
② 克罗齐:《作为表现的科学和一般语言学的美学的历史》,中国社会科学出版社1984年版,第1页。
③ 克罗齐:《美学原理　美学纲要》,外国文学出版社1983年版,第153—154页。
④ 克罗齐:《美学原理　美学纲要》,外国文学出版1983年版,第153页。

言与美学两个范畴之间,进行了如此靠近的观照和建立了如此紧密的联系,在根本观念上对传统语言理论进行了革命性的变革,将美学观念第一次引入了语言学范畴中,极大扩充了语言学的认识范畴,也极大扩充了美学的认识范畴,给语言学和美学双方都提供了全新视点和全新视野。但是,这一革命性理论实际是一项没有最后完成也无法最后完成的学术工程。原因就在于其逻辑支点的支持力度的严重不足,而新的逻辑支点的寻觅,在西方的文化背景中原本就是一件相当困难的事情。

它的理论支点的支撑力量的缺乏主要表现在,两个范畴虽然都具有"表现"的特征,而就其表现的对象、材料、方式、思维属性和完成性形态来说,实际上是大相径庭的,它们所"表现"的内涵是迥然有别的。就艺术的"表现"来说,它的对象是现实生活,它的材料是表象和意象,它的表现方式是按照美的规律,对表象与意象进行合乎审美要求的选择与组合,它的思维属性是形象思维,它的最终成品是完整的艺术形象。而语言"表现"的对象则是思想,它的材料是词语,它的表现方式是按照语法规则,对词语进行合乎语法要求和逻辑要求的选择和组合,它的思维属性是抽象思维,它的最终成品是完整的语言文本。这两种"表现"之间,无论在宏观上还是在局部的环节上,都没有,也不可能有任何对应性的结构关系。这两种"表现"之间相通而不相同,统一而非同一,既有各自的自转运动,又有共同的公转运动,既有相通的属性,又有相异的属性。将这两个相生、相通、相联的范畴强扭为一个同一性的范畴,显然忽视了不同具体事物在不同具体方面上的差异性。显然,克罗齐在反对西方传统语言学的非美学属性的片面性时,又走上了语言学的纯美学属性的新的片面性的泥沼。这种极端片面的认识,实际是对普通语言学的取消,最后必然会导致对美学自身的取消。这就是他在逻辑上无法自圆其说的尴尬,也是他在理论上无法最后完成的原因。

克罗齐在最后结论上的不全面性,并非论题本身的非科学性,而仅仅是由于切入角度的不准确性。就论题来说,语言中的审美属性,是语言艺术中的普遍性事实,原本就是一种客观的存在,理论家的任务只是对这种存在的合理性做出具有普遍意义的阐释。它的问题并非"存在"的本身,而是它对"存在"所做诠释的某种片面性上。这种失误是一种论证方法上的不足,不是方向上的谬误。这一失误对于他个人来说,无疑是一件遗憾的事情,但对于这种勇敢的探索来说,同时也是一件好事:提醒和激励后继者改变角度,进行更有成效的攀登。

　　这一更有成效的攀登,是由"布拉格学派"的学者所进行的。这一学派的核心人物,就是俄国学者什克洛夫斯基和雅克布森。吸取了索绪尔的教益和克罗奇的教训,他们放弃了哲学研究的渠道,而将自己对语言美学的探索严格定格在"诗歌语言"(亦即艺术语言)的特定范围中进行。他们的方法是专就语言形式研究语言形式,研究语言形式之所以成为审美形式的理论机制。他们由此得出结论:"艺术就是程序的总合。"[1]他们强调的"程序"的作用,就是强调技术在语言美化中的决定性作用。其具体的工作途径,就是运用"变形化"和"陌生化"的手段,改变语言的固有结构,借以增加感觉的困难和延长感觉的时间,使习以为常的语言萌发出新意,从而赋予原本不具有审美意义的语言以审美的作用。这一研究成果成功地证明了一条重要的真理:语言对于文学作品来说,不仅仅是一种媒介,一种形象的载体,它本身同时也是形象的一种构建因素,是形象借以存在和显示的特定方式。这些特定的方式,原本就存在于语言运作之中,实际就是人们耳熟能详的修辞手法。但是在形式主义学派的成功揭示之前,这些技术手段的决定性作用实际是隐藏于并遮盖于内容的决定性作用之中,而不能获得充分的显露的。正是由于形式与内容的剥离,正是由于将语言视为一个与内容毫不相干的范畴,它的内在的许多技术性的存在才能在如此切近的距离中清晰而充分地显示出来,由此开创出了一个语言学与诗学联姻的新时代。

　　毋庸讳言,这一学派在实现语言与诗学联姻的重大理论贡献中,也存在着许多的不足。这些不足具体表现在,它在揭示语言形式的审美作用的过程中,又过分地突出了形式对内容的决定性作用,过分地否定和排斥了内容对形式的最终决定性作用;它在强调语言在审美中的创造性品格的过程中,过分地忽视和否定了语言固有的社会规范性品格。结果,必然将对语言美学的研究引入一种新的片面性的泥沼之中,不可能获得一个圆满的具有普遍意义的结论。而在创作实践上,必然把作家引入一种纯技巧的歧途,丧失对美学语言的优劣做出科学评价的最终依据。惟其如此,尽管它取得了许多的成功,仍然未能在

---

[1]　什克洛夫斯基:《关于散文理论》,莫斯科苏联作家出版社1984版,第82页。

理论上画上一个圆满的句号,也不可能获得广泛性的认同。

和中国的语言美学理论的成长过程相比,西方的理论行程要缓慢很多,曲折很多。这种不同行程,是不同文化背景的历史制约的结果。西方的思维格局偏重于"分",所以在认识上获得了由分子到原子再到电子的极其精密的微观辨析优势,但也同时失去了在认识上将万物融为一体的折衷性的宏观综合优势。在西方文化背景中,实现不同范畴的"联姻",原本就是一件极其困难的事情。截至目前,西方语言美学还没有形成一个独立范畴,西方的语言美学理论尚未成为一个完整的理论系统。而要将语言美学演化成具体的工程科学,则需要走更加漫长的里程。但是,历史的坚冰既然已经打破,由索绪尔、克罗齐和俄国学者所确定的理论目标既然已经高高矗立,通向目标的理论航道既然已经大体开辟和基本疏通,特别是,在航道的东方,还有着刘勰的语言美学理论的历史性"楷式",可以提供借鉴,这一理论目标的最后实现,是完全可以预期的。

(二)东西方语言美学理论的逻辑性比较

人类的文化是一个整体,但由于文化背景不同,各个地区与种群之间,又存在着许多差异,通向真理的道路也各不相同。了解和洞悉这些差异,是实现相互之间的交流与沟通的前提,而逻辑意义上的比较,则是了解和洞悉这些差异,实现相互之间的文化互补的具体渠道。

以刘勰为代表的东方语言美学理论和以索绪尔、克罗齐、俄国形式主义者为代表的西方语言美学理论的差异,具体表现在以下方面。

1. 思维方式上的差异

各个民族,都有自己的哲学体系,都有自己特定的思维模式和思维路径。"横看成岭侧成峰,远近高低各不同。"(苏轼)这一思维方式上的差异,就是它们在具体事物的认识上发生歧异的总根源。表现在对语言美学的认识中,同样是如此。

"西方文化是以分析为基础的。"①正是这一方法的成功运用,造就了西方现代科学的辉煌。西方的一切自然科学和人文科学,无一不是科学分析的结果。分析法以认识的精密性见长,但绝不是万能的方法,它也存在着相当大的

---

① 季羡林:《东西方文化议论集》上册,经济日报出版社1997年版,第63页。

局限性。分析的过程一方面是一个由整体向部分的开掘过程,另一方面也是一个对整体性的淡化和破坏的过程。"比如解剖学,中国过去也有过,但是兴旺发达却是西方。它帮助我们认识了动物、植物和人体的许多真实现象;但是它有局限。一旦解剖刀割了下去,被割的东西就成了死的东西,活生生的东西消逝了。因此,我们不能说,西方的分析方法是通向真理的唯一或最可靠的道路。"[1]语言学和诗学的一体化在西方的认识领域中之所以如此缓慢,如此艰难,就因为在西方意识形态中,它们是经过"手术刀"切割后的概念,分属于两个绝不相容的范畴。一经切开,就难愈合。即使进行"断肢复活",也很难再具整体性的"活生生"品格,克罗奇在范畴开辟上之所以没有取得完全成功,原因就在这里。

以刘勰为代表的东方的思维方式,则与此迥然不同。"综合是东方文化的基础。"[2]所谓"综合",就是把事物的各个部分联成一气,使之变成一个统一的整体的方法。它所重视的不是事物的"分",而是事物的"合",是对事物的"合观"。它不仅要考察事物的某一要素,而且要考察事物的全部要素。特别是,它还要考察各个要素之间的内在联系,以折衷的方式把握一切联系中的适度与平衡,从总体上揭示事物的本质及运动规律。刘勰所说的"乘一总万","一毂统辐","擘肌分理,唯务折衷",就是对这一思维方式的理论概括。

刘勰对辞采范畴的理论开辟,就是这一思维方式的成功运用。

辞采范畴的建立的理论关键,就在于两个异面范畴间的内在逻辑纽带的寻觅和发现。这一艰难的理论任务,实际也就是异中求同的任务。刘勰首先抓住的,是美的普遍性本质。美作为自然之道的感性形态,蕴涵于整个宇宙之中。"文",就是广义的美。无论天文、地文、人文,无一不是"道之文"的自然显现。这种美的存在,遍及于万物之中,也遍及于"有心之器"的一切创造之中。辞采同样是如此:"心生而言立,言立而文明,自然之道也。"这样,就赋予了辞采以天经地义的品格,也就是赋予了辞与采的逻辑链接以天经地义的品格,对辞与采的融合为一,做出了最高层面的证明。这样,就给了语言与美的关系以一个最鲜明、最确切的公切点。这一证明中所蕴涵的逻辑力量,就是综

---

① 季羡林:《东西方文化议论集》上册,经济日报出版社1997年版,第64页。
② 季羡林:《东西方文化议论集》上册,经济日报出版社1997年版,第64页。

合的力量。综合是东方哲学的强项,所以运用起来举重若轻,得心应手。

　　这种综合的力量,也体现在刘勰对"情采辞"三维关系的阐释中。刘勰认为,三者的关系,是艺术的内容与形式之间的关系,也是语言的内容与语言的形式之间的关系。从语言学的角度来看,辞与情是语言的形式与内容的对应,情是语言的内涵,辞是语言内涵的物质外壳,二者表里相依,共同构成了文章的表意结构和交际结构。从美学的角度来看,情与采是美的内容与形式的对应。情是美的内涵,采是诉之于感官的美的形式。二者内外相济,共同构成了文章的审美结构。辞采,就是语言中的形式因素和美学中的形式因素的融合为一。这种融合之所以能够进行,是因为情是符号体系(辞)与声形色体系(采)两种界面的共同内涵,而辞与采则是这一公共内涵的同位异构的存在方式。二者都是情的存在方式,一个运用感性刺激的方式,一个运用符号刺激的方式。由此构成了范畴的交错与融合的关系:在公共内涵的前提下,辞与采这两种媒介体系融合成了一个有机的整体,共同构成了文章的形式:既是语言的又是具有声形色的形式。辞采,就是这两种形式因素融合为一的结果。

　　刘勰还从功能学的角度,对辞与采的另一层面的逻辑链接进行了深入的揭示。和克罗齐不同的是,克罗齐的切口是二者共具的"表现"功能,刘勰的切口是二者共具的"鼓天下之动"的功能。克罗齐所说的"表现"功能,实际是一种在内涵上具有平行属性的功能,两根平行线虽然并列在一起,实际是没有交点的。他所得出的命题,实际是一个虚假的命题。而刘勰所得出的命题,却是真实的,因为二者虽然具有对举的属性,却又是与另一根主线横向相交的,这一根主线,就是"道之文"。不管是辞还是采,归根结底都是"道之文"的表现,它们也必然具备"道之文"的功能。"鼓天下之动者存乎辞。辞之所以鼓天下者,乃道之文也。"由于这一横向截取,辞与采之间的本质性联系得以充分地显示出来。不仅如此,刘勰还对语言的审美功能和审美的语言功能,进行了各异性的阐述。这些阐述的具体性、鲜明性和确切性,是克罗奇所不具而为刘勰所独具的。

　　刘勰对其他逻辑链条的揭示,同样是综合方式的成功运用。例如对"术"的采化作用的揭示。特别具有可比意义的是,刘勰在一千五百年前所进行的"术"的研究,和现代的形式主义者所进行的"陌生化"的研究,在思维方式上是基本相同的,而效果上却出现了相当明显的差异。这是因为,虽然同样是综合,但在熟练性和全面性程度上,仍然是大有差别的。刘勰的综合是在"折衷"的总原则下进行的,所以在对道理的阐述上面面俱到,达到了"心与理合,辞共心密"的完美境界。而俄国形式主义者尽管运用了综合方法,仍然不能摆脱二元对立的传统模式,结果必然陷入以此元代替彼元的绝对化的认识格局之中,仍然无法最后实现二元的统一。

刘勰对辞与采的一体化关系所做的论证中最具有直接说服力的论据,是对前贤经典著作中辞采的存在事实的明确认定:"古来文章,以雕缛成体。""圣贤书辞,总称'文章',非采而何?"这一历史性的归纳所形成的逻辑力量,同样是综合的力量。

刘勰在辞采的系统机制的认识上所取得的广度和深度,归根结底,来自东方认识方法论中的综合所特具的广度和深度。正是在这一方法论的基础上,刘勰成功地完成了语言美学这一西方学界至今没有全面完成的范畴建立。这一事实雄辩地说明了一条重要的真理:东方有东方的优势,西方有西方的优势。一方所不能顺利解决的问题,也许它的钥匙恰恰就掌握在对方的手里。东西方在语言美学范畴建立中的历史进程,就是具体的例子。东方人善于综合,而语言美学的论题,恰恰是一个综合性的论题,正是东方方法论大显身手的理论空间,因此在这一课题的开拓上,必然领先于整个世界。

东西方的认识论各具特点,各具优势和不足。这就是季羡林所深刻归纳的:

> 从最大的宏观上来看,人类文化无非是东方文化与西方文化两大体系。其思维基础一是综合,一是分析。综合者从整体着眼,着重事物间的普遍联系,既见树木,又见森林。分析者注重局部,少见联系,只见树木,不见森林。①

这一归纳无疑是正确的,但必须进行辩证的理解。因为事实上无论东方或者西方,都没有绝对的综合,也没有绝对的分析,二者总是相并而行的。东西方方法论的区别,不是综合与分析上的有与无的区别,而只是含量上的多与

---

① 季羡林:《东西方文化议论集》上册,经济日报出版社1997年版,第64页。

少的区别,表现形态上的隐与显的区别,精与粗的区别,熟练与不够熟练的区别。西方现代语言美学的三大里程碑,都是在综合的参与下取得的成果。而刘勰之所以在语言美学范畴的创建上取得如此卓越的成就,不仅因为他成功地运用了综合的方法,也因为他成功地运用了分析的方法。更具有关键意义的是,他能将二者都融入"折衷"的总法之中:"擘肌分理,唯务折衷。"所谓"折衷",实际就是综合与分析的辩证统一,这才是东方方法论的真正的精髓之所在,也是刘勰建立范畴的最有力的方法论支柱。这一支柱,是西方所不具而为刘勰所独具的。

2. 范畴化程度上的差异

范畴是关于客观世界规律性的认识的逻辑形式。对范畴的体认,也就是对事物之间的本质联系的最全面的理解。由于文化背景的不同,各个民族对同一事物的内在联系可以有不同的体认,这种不同的体认最终反映出一种范畴化程度上的差异:对事物本质的认识的深度和广度上的差异。表现在语言美学的领域中同样是如此。

(1)周密性程度

刘勰所明确标举的辞采学的范畴,是一个由系列的逻辑链条紧密构成的认识结构。这些逻辑链条是:

哲学层面的链接——美的存在的普遍属性。

结构层面的链接——情与采的表里相依关系。

功能层面的链接——语言与审美在功能上的相通性。

文本层面的链接——圣贤书辞中辞采存在的普遍事实。

技术层面的链接——辞的采化的物质凭借。

词义层面的链接——辞采相通的历史文化渊源。

其中的每一个方面,都是语言与美学的内在联系的逻辑依据,也就是建立语言美学的统一范畴的理论基石。这就是刘勰在1500年前所建立的范畴至今牢不可破的原因。

西方的语言美学的自觉,萌发于20世纪初年。由索绪尔、克罗齐、俄国形式主义学者所创建而没有最后完成的语言美学范畴,只是一个初级阶段的认识结构。它在语言与美学两个领域之间所建立的逻辑联系,主要是功能层面的链接和技术层面的链接。这些链接具有局部的精密性和深刻性而不具宏观的全面性和平衡性,不能对系统机制的工作过程进行充分的显示。和前者相比,在周密性和完整性的程度上,还存在一段相当长的距离。

（2）鲜明性程度

刘勰不仅从理论上创造了一个独立的认识范畴,而且为这一独立认识范畴创造了一个专门术语——"辞采"。"辞采"这一称谓,既标志着它所具有的"辞"的属性——语言属性,也标志着它所具有的"采"的属性——美学属性,从整体上看,则是标志二者兼容并蓄的统一属性。它以词语的规定性明确告诉我们:语言美学并不是特别的语言,也不是特别的美学,而只是语言与美学的联姻,是对语言的技术改造所生发的美学光辉。这一语言的美学光辉,来自二者的兼容并蓄的范畴属性。"辞采"这一特定称谓,就是对这一特定范畴的特定称谓,也是对这一范畴的内在规定性的明确概括。犹如一面军旗,确切地标示着一支特定的队伍。

西方的语言美学也在试图建立独立的范畴,在理论上和称谓上都还有不够鲜明之处。克罗齐对语言美学范畴的最后结论是:

> ［结论］这些零碎的话应该已够说明:语言学的一切科学问题和美学的问题都相同,两方面的真理与错误也相同。如果语言学与美学似为两种不同的科学,那就由于人们把语言学看作文法,或一种哲学与文法的混合,一种牵强的备忘表格,一种教书匠的杂凑,而不把它看作一种理性的科学,一种纯粹的语言哲学……
>
> 凡是有科学头脑的语言学家们在彻底深入语言问题时,常发现自己很像掘地道的工人们,到了某个地点,他们必能听到他们的伙伴美学家从地道的另一头在挖掘的声音。在科学进展的某一阶段,语言学就其为哲学而言,必须全部投入美学里去,不留一点剩余。①

将语言美学视为"地道两头的开掘",无疑是正确的概括,可惜并非最终概括。它的最终结论,是将语言学"看做一种理性的科学,一种纯粹的语言哲学","全部投入美学里去,不留一点剩余"。显然,这是一种概念的多次转移

---

① 克罗齐:《美学原理　美学纲要》,外国文学出版社1983年版,第162—163页。

了。由"两端"变成了一端的"全部",由"语言"变成了"纯粹的语言哲学"最后变成了"不留一点剩余"的"美学",这样的叙述方式显然是不符合逻辑的要求的。建立在这种概念转移基础上的概念集合,必定是模糊的概念集合。任何模糊的概念集合,在理论上都是不具有鲜明性的。而就其语言表述来说,始终未能创造出一个专门性的词语,对"地道两头的开掘"进行专门概括,而在他所提出的全部现成词语中,没有一个词语能对这"地道两头的开掘"具有概括力量。而刘勰却准确地提供了这个同步概括的词语——"辞采"。

(3)广阔性程度

刘勰的语言美学范畴,是一个广义的范畴。他认为美是万事万物的普遍属性,理所当然是属于所有文体的。辞采不仅存在于文学的领域之中,也存在于议论文体和实用文体之中。《易经》中的"文言",就是典型的例证。"夫文以足言,理兼《诗》《书》。"无论是"文"还是"笔",都是可以运用辞采的。二者的不同,只是数量上和程度上的差别:在"文"中可以充分地运用辞采,达到"惊采绝艳"的境界,在"笔"中则是有选择地使用,"'笔'为'言'使,可强可弱。"这种独标一格的见解,是对语言形式美的整体标举,极大地拓宽了语言美学的认识范畴,赋予它以广阔的理论视野,这一广阔的理论视野,不仅是我国古代文学文体所以如此繁荣的认识论根由,也是我国实用性文体之所以如此优美动人的理论支柱。赋予实用文体以美学的品格,是中国独特的文化现实。司马迁的《史记》,诸葛亮的《出师表》,丘迟的《与陈伯之书》,就是典型的例证。这在西方文化中,是难以想象的事情。

西方的语言美学范畴,是一个狭义的范畴。西方所体认的语言美学,专指文学作品中的语言艺术。西方对文学情有独钟,对实用文体则并不十分重视,很少有人进行专门性研究,更没有人从语言美学的角度进行探讨。西方拥有汗牛充栋的文学理论著作,但截至目前,还没有一部真正意义的写作教程。为了建设这样一部写作教程,联合国1987年5月在荷兰提尔堡召开了国际写作专题讨论会,号召世界同行们从更新观念做起。

(4)深刻性程度

刘勰对语言美学范畴的体认的理性深度,集中表现在以下方面。

一是哲学深度上。刘勰对辞采范畴的体认,是紧扣自然之道进行的。他将辞采的运动和自然之道的运动,直接联系在一起,进行了最高层面的切入。

道是对万事万物的概括,也是对语言和美学的最高层面的概括。这就必然赋予语言与美学的一体化以天经地义的属性和明确的本体论内涵——"道之文"。"道之文"作为语言与美学融为一体的最高依据,也必然要求它以自然之道作为自己的最高准则,在自己的层面上,体现着美的总体性的要求。

二是伦理深度上。刘勰对辞采范畴的体认,也是紧扣圣贤之道的体认。他将辞采的运动与圣贤的书辞,直接联系在一起,由此概括出辞采存在的普遍事实。这种概括,既是对语言美学的普遍存在的标举,也是对它的社会意义的标举。它赋予了语言美学以一种表达社会生活的崇高使命,也提供了一个对语言美学的优劣进行检验的决定性依据。

三是结构深度上。刘勰对辞采范畴的体认,也是紧扣情与采的体认。他将情与采直接联系在一起,视为内容与形式的关系。这种结构定位,指引着人们关注辞采的内容,将内容视为形式的决定性因素,不是片面和孤立地关注其形式,而是从内容与形式的互动中相得益彰。

西方的语言美学范畴的认识深度,与此存在着明显的差异。

克罗齐对语言与美学一体化的哲学切入,是在语言自身的层面上进行的。他不能像刘勰一样将两个概念都置于更高的层面中来显示出二者的内在联系,而是从语言范畴中纽绎出语言哲学的概念,再从语言哲学的概念中纽绎出哲学的概念,在此基础上进行哲学与美学的对接。这种对接,实际是同一概念中的对接。他在概念运动中所获得的,并不是概念的升级,而是概念的转移和缩小。结果,语言学演化成了一种剔除了"文法"的绝对精神,由此所建立的范畴,必定是美学对语言学的代替和取消,也就是他自己所说的"没有一点剩余"。这种哲学的切入,实际是对概念的不断降格和反复转移,由此所做出的概括,必定是一种没有深度的概括。这正是刘勰在论证中的卓越之处,也是克罗奇的论证深度不足的逻辑根由。

形式主义者对语言美学范畴的开辟,是在语言技术的层面上进行的,它在心理科学上的精密性,确实可以使东方语言美学获益良多。但是,它的不足之处也是显而易见的:一是对语言的社会规范的严重忽视,一是对语言内容的严重忽视。由于前者,它必然将语言美学视为一种任意创造而不遵守任何社会规范的科学,实际也就是一种非语言化的语言科学。这就是他们自己在"布拉格学派"的著名《提纲》中所标举的:"诗歌语言是一种完全独立自主的语言系统,其特点在于对标准语言规范的背离。"①实际也就是对语言学的彻底否定和取消。由于后者,它必然成为一种纯形式的科学,一种拒绝任何内容也拒绝任何实践检验的科学。这就是波里万诺夫所标举的:"形式就是一切"。②实际也就是对语言内容的取消,在此基础上建立的范畴,必定是一个没有任何功能意义,没有任何社会意义,也没有任何实践意义的范畴。范畴是事物和客观世界的本质性联系的逻辑形式,范畴的概括力量就在于它和这个世界的本质联系的广阔性和深刻性的逻辑深度。一个范畴如果割断了和整个世界的广阔联系,它自身也就必然在理论上枯萎,没有任何活力可言,它在概括上的深刻性也就大为降低。

3. 系统化程度上的差异

刘勰的辞采理论,是一个系统化的知识结构。

这一知识结构的系统性,首先表现在他对知识的层次关系的明确区分上。其第一层面,就是对范畴的总体定位。《原道》篇和《情采》篇,就是对辞采的系统机制和工作要领进行集中阐述的专章。其第二层面,就是对辞采世界的具体划分:体式、风格、章句、练字、声律、辞格。这些要素,几乎涵盖了语言美学中的所有领域。其第三层面,就是对辞采世界中的每一个系统要素,进行进一步的结构性划分和具体阐述。各个要素,都设有专章,层次分明,井然有序。

这一知识结构的系统性,也表现在各个知识层面之间的条贯统序上。各个层面之间,都具有逻辑上的上下统属关系,而在对每一个层面进行具体阐述的时候,又做出历史性的和实践性的展开。以文体论来说:"若乃论文叙笔,则囿别区分:原始以表末,释名以彰义,选文以定篇,敷理以举统,上篇以上,纲领明矣。"对其他要素的阐述,同样是如此:"剖情析采,笼圈条贯。"这样,就以逻辑的、历史的、实践的三根纽带,将有关语言美学的知识,凝聚成为一个有机的整体。

相较之下,西方的语言美学理论所存在的距离是相当明显的。西方的语言美学研究是单层面的研究:克罗齐的研究课题是语言与美学的功能性同一——"表现"的同一,形式主义者的研究课题是实现语言美的具体方法——

①　陆稼祥编:《文学语言论文集》:第2、3合集,重庆出版社1997年版,第6页。
②　陆稼祥编:《文学语言论文集》:第2、3合集,重庆出版社1997年版,第4页。

"变形"化与"陌生"化,二者都不涉及其他层面,虽然具有微观的精密,但并不具有整体的规模。如果说刘勰的辞采论是一座完整的理论大厦,西方的语言美学至今还是两座刚刚矗立而尚未最后竣工的车间。要想形成整体的规模,还需要走相当长远的路程。

4. 工程化程度上的差异

刘勰的辞采理论不仅是一个完整的理论科学体系,而且是一个完整的工程科学体系。他不仅在认识论上系统地阐述了语言美学的理论机制,而且在方法论上进行了系统的开拓。这一方法论上的开拓,具体表现在两个方面:

一是在人类的文化史上,第一次如此鲜明地标举出技术在实践中的决定性作用:"才之能通,必资晓术。自非圆鉴区域,大判条例,岂能控引情源,制胜文苑哉?"这一认识领先于西方的形式主义理论一千余年,而在理论上则比西方的形式主义理论更加平衡,更具有颠扑不破的逻辑力量。

二是在人类的文化史上,第一次提供了关于辞的采化的如此丰富的技术手段,这些技术手段覆盖了语言美学的几乎全部领域。如此齐全的技术宝库,如此强大的技术装备,在世界历史上是绝无仅有的。

西方语言美学理论对技术作用的明确标举和自觉开发,始于形式主义学派。与刘勰的辞采论相比,晚了一千余年。由于具有现代心理学和现代语言学的凭借,它在精细度上大大超出了前人。但是,由于它在形式的决定性作用上做出了绝对的强调,它在理论上形成了严重的倾斜。和刘勰理论的辩证品格相比,存在着极大的距离。对技术作用的认识,远不如刘勰的论见鲜明和无懈可击。

在语言美学的技术装备上,也存在着相当明显的数量差距和能量差距。刘勰的语言美学是宏观的语言美学,在技术手段上是对文与笔两个范畴的全面覆盖,在实践经验上是对我国历代技术的历史性总结和系统性升华。西方的语言美学是狭义的语言美学,专重文学语言而不涉及其他文体的语言,其技术的覆盖面要狭窄很多,也不具对前人经验进行总结的历史性品格和系统性品格。从工程科学的角度来看,远不如刘勰的理论齐备和适用。

(三)东西方语言美学的互补性意义

将刘勰的辞采理论置于世界文化的大坐标系中,它所独具的学术品格、理论价值和历史地位,就会显示得更加清晰、更加确切。而东西方语言美学的互补意义,也就显示得更加鲜明,更加隽永。

东西方语言美学的互补意义,首先表现在方法论的互补上。东方的认识方法侧重于综合,擅长于宏观的、整体的解读。西方的认识方法侧重于分析。擅长于微观的、局部的解读。而对于一个卓有成效的认识过程来说,实际对于二者都是需要的。没有分析的综合和没有综合的分析,都很难取得完全的成功。刘勰在语言美学开辟上的历史性成功,就是二者统一运作的结果。刘勰自己所标举的"擘肌分理,唯务折衷",实际就是二者的辩证统一。

我国的理论研究从来不以系统化见长,而独擅于《文心雕龙》。显然,这是与刘勰对分析与综合两种思维方法的熟练运用分不开的。《文心雕龙》这一体大思精的理论工程,实际是分析与综合两种方法同时发挥作用的结果。"盖《文心》之作也,本乎道,师乎圣,体乎经,酌乎纬,变乎骚:文之枢纽,亦云极矣。"这是著作的综论部分,运用的思维方法主要是综合方法。但是,综合中也有分析的成分,"文之枢纽"离析为五个部分,这又是分析的方法。著作的分论部分,运用的思维方法主要是分析的方法:"若乃论文叙笔,则囿别区分。"但这里的分析是循纲而行的,循纲就是整体向局部的逻辑伸延。而《序志》,则是对分析的总归纳。如此严密的体系,在我国是绝无仅有的,在世界文化史上也是足称楷式的。而其方法论根由,就在于综合与分析的兼容并蓄。

综合与分析兼容并蓄的思维方式,为何独见与刘勰并独擅于刘勰?显然,这与当时的佛学影响和玄学影响有关。"动极神源,其般若之绝境乎?"佛学作为一种外来的文化,它的思维方式的精密性,对于丰富我们民族的逻辑思维是大有裨益的。刘勰作为一个研修佛学多年的学者,从中获取方法论的教益,是自然而然的事情。

更具有普遍垂范意义的,是刘勰对"折衷"的成功运用。刘勰在辞采论的开辟中乃至《文心雕龙》的井拓中所取得的成功,不仅是对综合与分析兼容并蓄的结果,也是折衷的结果。折衷,就是追求至正和至当,就是对度的精确把握。惟其至正和至当,才能避免"过"和"不及"的理论偏颇,才能准确反映客观世界的本质和规律。这种方法,对于西方来说,是具有极大的补足意义的。

我们的前人,在方法论的互补中,获取了重大的理论效益。方法论的开拓,是具有根本意义的开拓。这是历史对我们的重大启迪。不管是东方还是西方,要想完成现代语言美学学科的建设工作,必须从这一点做起。

东西方语言美学的互补意义,也表现在知识论的互补上。东方的知识积累侧重于人文,重视人与自然的统一性,擅长于对人的道德领域的观照。西方的知识积累侧重于自然,重视人与自然的对立性,擅长于对物的结构与功能的观照。而对于一个卓有成效的认识过程来说,实际对于二者都是需要的。沈约对四声的开发,就是典型例证。如果没有我国传统的声韵学知识和印度梵文中的音位学知识的有机结合,是很难取得如此重大的成功的。

应该承认,东西方的知识领域,各有各的特色,各有各的优长。从它们在语言美学开拓中的现实表现来看,东方的伦理学知识、哲学学知识、文章学知识、声律学知识以及修辞学知识的博大精深性为西方所不及,西方的文学学知识、语言学知识、心理学知识以及逻辑学知识的丰富性和精密性也为东方所不及。如此等等,都是二者之间的互补空间。唯有知识的互补,才能走向知识的共足。要想完成现代语言美学的建设工作,必须凭借全人类的知识储备。否则,即使像克罗齐、俄国形式主义者这样才华横溢的人物,也很难取得完全的成功。

东西方语言美学的互补意义,还表现在实践论的互补上。任何一种学术的方法论根源和知识论根源,归根结底来自它的实践论根源。不管是东方还是西方,都有自己特定的历史实践过程,正是这一历史实践过程,创造了各个民族的文明,并共同汇合成全人类的文明。在创造文明的过程中,各个民族都有自己特定的历史经验。这些历史经验,就是各个民族进行现实创新的材料依据。否则,就会成为无源之水,无本之木。

中国是世界的文明古国,也是世界上的文章大国,留下的历史典籍极其丰富。前人的历史实践,正是后人继续攀登的起点。正是凭借了这一坚实的起点,刘勰完成了从历史到逻辑,从逻辑到现实的攀登,完成了《文心雕龙》这一举世罕见的理论工程,其中也包括了他的语言美学工程。他的"文之枢纽"中的五个部分,无一不是来自历史的实践,无一不是前人的创造性成果。他的上篇与下篇的具体展开,无一不是依据前人的实践材料。正是这种伟大的继承,造就了这种伟大的创新。正是这种伟大的创新,造就了这种伟大的成功。

历史的实践同样具有全人类共同的属性。刘勰所依据的历史实践中,就有着"般若"的历史实践和因明学的历史实践在内。西方的民族在创造全人类的文明中,同样做出了伟大的贡献,同样有着自己丰富的历史实践。双方的历史实践,都是具有裨益后人的作用的。惟其如此,必须进行历史实践的互补,从双方的历史实践中吸取成功的经验和失败的教训。"不述先哲之诰,无益后生之虑",这句话实际上是覆盖于全人类的历史实践的。要想完成现代语言美学的建设工作,必须凭借人类历史实践经验的全部积累。这是取得成功的必由之路。

第二十五章　雕龙通变论

"文律运周,日新其业。"(《通变》)文学形态的发展变化,是历史运动的结果。任何历史的运动,都是一种规律性的运动,也是一种能动性的运动。从历史的与逻辑的双维高度对事物运动的普遍规律进行总体性的概括,是中华文化中的特殊智慧的表现。这一特殊智慧,集中表述在《易传·系辞》中:"穷则变,变则通,通则久。"而刘勰,则是将这一普遍规律创造性地纳入雕龙范畴中的第一位学者。他以此作为逻辑基点,建立了自己完整的文学通变理论体系,并以此作为批判的武器,向当时讹浅诡异的消极文风,进行了不屈不挠的斗争,有力地捍卫了我们民族健康向上的文学传统。刘勰的这一具有根本意义的理论创举和实践创举,在我国历史上和世界历史上,都是空前鲜后的,至今仍然具有里程碑和导航器的双重意义。下面,试根据刘勰的有关论见,对这一理论体系的系统内涵、重大意义与现实启迪,进行具体阐述。

第一节　刘勰文学通变理论的系统内涵

刘勰通变论作为他的雕龙系统理论的重要组成部分,是由两个矛盾的对立方面所构成的:一是"通",一是"变"。所谓"通",具指文学形态运动中的恒常性与规范性因素所具有的往来无穷的品格,这就是刘勰所说的:"设文之体有常……凡诗赋书记,名理相因,此有常之体也。"所谓"变",具指文学形态运动中的变动不居因素所具有的日新月异的品格,这就是刘勰所说的:"变文之数无方……文辞气力,通变则久,此无方之数也。"刘勰认为,前者属于继承的范畴,后者属于创新的范畴,正是二者的辩证统一,推动着文学的形态沿着自己的规律新新不已,生生不已:"名理有常,体必资于故实;通变无方,数必酌于新声:故能骋无穷之路,饮不竭之源。"(《通变》)刘勰将二者的辩证统一视为文学发展的基本规律,并据此提出了一套完整的工程学纲领。刘勰的这些理论科学上的建树和工程科学上的开拓,为后世文学形态的健康发展,留下了极其宝贵的理论遗产。

但是,就像世界上任何伟大的事物都具有多面体的属性一样,对刘勰文学通变理论的体认,也必然是见仁见智的事情。这些分歧的发生,主要表现在对《通变》的主旨的不同理解上。有些学者认为,《通变》的主旨就是以复古为尚,重在继承。这一论见的首倡者,就是清代的纪昀,他在该篇的评语中明确地表述了自己的观点,认为刘勰"以通变立论",实质上是"复古而名以通变"。其后,黄侃、范文澜、郭绍虞等基本承继了这一观点。有些学者认为,《通变》的主旨是以变为尚,重在创新,如牟世金、徐季子、吴圣昔、寇效信、张少康、石家宜等。有些学者认为,《通变》的主旨为"继承与革新",如杨明照、马茂元、蒋祖怡、周振甫、张文勋、缪俊杰等。有些学者则认为,《通变》的主旨是"明辨常变之理"①,这就是刘永济先生独标一格的见解。截至当前,仍然众说纷纭,莫衷一是。见仁见智,当然是正常的学术现象。但是,如果长期停留在这种各持一端的状况,而不进行更深入一层"弥纶群言,而研精一理"的系统剖析,也是不利于对真理的进一步的探求和学术的不断进步的。惟其如此,笔者愿将自己的一得之见,奉献于广大读者之前。

一、刘勰对文学通变系统机制的深刻体认

对系统内涵进行确切把握的关键,在于对系统机制的洞悉。对系统机制的洞悉,离不开对其内在工作原理的准确分析,对核心概念的正确解读,以及对系统机制的系统意义的确切把握。

(一)文学通变的内在工作原理

对内在工作原理的全面把握,离不开对系统要素和系统联系的确切分析。为着全面把握刘勰通变理论的系统要素和系统联系,我们最好先从"通"与"变"的确切含义谈起。

"通"与"变"的概念,来自《易传》中的系辞:

---

①　刘永济:《文心雕龙校释》,中华书局1962年版,第111页。

易穷则变,变则通,通则久。

一阖一辟谓之变,往来不穷谓之通。

变通者,趋时者也。

化而裁之谓之变,推而行之谓之通。

变而通之以尽利。

参伍以变,错综其数,通其变,遂成天下之文。

比较可知,系辞是从两个不同的角度来对"通"与"变"的含义和关系进行表述的。其一是自然运动的角度,侧重于对客观规律的阐述。从自然运动来看,"变"就是客观事物的变动不居,"通"就是客观事物的往来不绝。"变"与"通"的关系,是一种时间性的自然因果关系:穷—变—通—久。它的侧重点,全在一个"变"字。"变"是"通"的时间性前提,"通"是"变"的自然性结果。"变通",就是对事物运动的客观规律性的强调。径而言之,就是对"道"的强调。其二是实践运动的角度。从实践运动的角度来看,"变"与"通"都是主观能动性的结果。"变",就是运用规律对客观事物"化而裁之",使其具有趋时而动的品格;"通",就是运用规律对客观事物"推而行之",使其具有往来不穷的品格。"通"是"变"的逻辑前提和方向保证,"变"是"通"的内在动力和积极成果。它的侧重点,在于一个"通"字。"通变",就是对"变"的合目的性和合规律性的强调,对"变而通之以尽利"的强调。径而言之,也就是对"合道"的强调。

这两个角度构成了刘勰"通变"理念的双重内涵:既是重视规律性的,又是重视能动性的。表现于前者,就是他对"变"的总趋势和总动力的特别重视:"文律运周,日新其业。变则可久,通则不乏。趋时必果,乘机无怯。"表现于后者,就是他对"通"的总前提和总目的的特别重视:"故练青濯绛,必归蓝倩,矫讹翻浅,还宗经诰。"他明确认为,这一艰难的拨乱反正的历史任务,是只有凭借通与变的辩证统一,亦即规律与创新的辩证统一,才能实现的。这两个矛盾方面的辩证统一,就是"通变"作为一个逻辑整体的深刻内涵。也就是刘勰所特别标举的:"斯斟酌乎质文之间,而櫽括乎雅俗之际,可与言通变矣。"(《通变》)

刘勰通变理论的系统机制,不仅表现在这两个基本点的并重不偏上,也表现在这两个基本点的互动和互制上。二者之间在实践论视野中所形成的关系,已经不是原来自然论视野中的时间先后的线性因果关系,也不是一般意义的并列关系,而是一种辗转相因的多维性的关系。"通"是"变"之所以能够"推而行之""以尽利"的逻辑前提和现实目的,为了达到此一目的,这种"变"绝不能是随意性的变,而必须是一种合道性的变。"变"是"通"之所以能够"往来不穷"的逻辑前提和根本动力,为了符合此一规律,这种"通"必须是一种与时俱进的通,而绝不能是一种故步自封的通。由于这种制约具有双向的属性,由此形成的"通变"必然是一种在规律前导下的创新,在创新结果下的进一步合道,由此而推动文学的发展健康向上而永无尽期。

惟其如此,"通"与"变"的关系,在实质上也就必然是"常"与"变"的关系。这不仅是由于"常"是"通"的核心内涵和逻辑前提,两个概念之间实际上可以曲折相通,而且是由于"通"这一概念之中,原本就包含了"常"的深层内涵。《易传·系辞》中所说的"往来不穷谓之通",说的就是这一变中之不变的深刻道理。"往来"指变化的传承属性,"不穷"指这种传承属性的无限延伸的逻辑效果。它明确告诉人们:事物日新月异,但又相接相承。就这种日新月异的属性而言,固然是变动不居的;就这种相接相承的属性而言,却又是恒常不变的。因为这种寓于变动中的不变的属性,是事物自身固有的本质性与规律性的反映,而本质性与规律性,正是事物在日新月异的变动中之所以能畅通不滞的逻辑根由。这一道理也明确反映在《辞海·辞条》所作的阐释中:"通:普遍,一般。《荀子·仲尼》:'少事长,贱事贵,不屑事贤,是天下之通义也。'"所谓"普遍"、"一般"、"通义",就是"常"的同义称谓。惟其如此,"通变"作为一个不可分割的逻辑整体和词语整体,它所反映的必然是"常"与"变"之间的相互制约的关系,也就是规律与创新之间的互动关系。这种双向互动的关系,就是刘勰"通变"理论的内在工作原理。将这种互动关系视为一个整体,并置于一个统一性的专门术语中进行鲜明的标示和强调,是刘勰的一大历史性的创造。这一具有明确的逻辑内涵的概念,多次出现于《通变》篇与《议对》篇中:

> 文辞气力,通变则久。(《通变》)
>
> 参伍因革,通变之数也。(《通变》)
>
> 通变无方,数必酌于新声。(《通变》)

斟酌乎质文之间,而檃括乎雅俗之际,可与言通变矣。(《通变》)

采故实于前代,观通变于当今。(《议对》)

这些阐述中,无一不是将"通变"当做一个统一的综合词语来使用的,将"通变"的规定性表述得十分鲜明:对规律与变革的并重和互制。"参伍因革",就是"通变"的具体内容。"参伍",多维融会之谓也。"因",对规律进行契合之谓也,"革",革故鼎新之谓也。显然,是将文学的运动严格置于奉常与革新的对立统一之中进行的。"质文"、"雅俗"中的辩证关系,同样是如此。"常"与"变"之间的制约与平衡,就是"通变"系统机制的核心内容,也是刘勰"通变"理论的真谛之所在。这一点已为刘永济先生所明确指出:"盖此篇本旨,在明穷变通久之理。所谓变者,非一切舍旧,亦非一切从古之谓也,其中必有可变与不可变者焉;变其可变者,而后不可变者得通。"①径而言之,"通变"者,"常变"之谓也。"常变"者,循常而变,以变合常之谓也。也就是台湾学者张立斋所深刻体认的:"通者顺其常,变者衍其化,欲顺其常,则不能无变,所以尚其时;欲衍其化,则不可背通,所以守其本。"②台湾学者王礼卿也持有同样的见解:"变出于通,通镕于变。析言其义则为二,综论其用则为一","即通即变,变即出于淹通常理之中;即变即通,通即注入创变之内"。③ 明乎此,通变之理与术可尽运于掌。

(二)对于"通"与"变"关系的误读与正读

刘勰对通变系统机制的体认,具体表现在对"通"与"变"两个系统方面的并重无偏的系统联系中。"通变"这个综合性的概念,就是这种特定的系统关系的集中表述。但是,由于人的认识角度与认识方法的差异,对这一核心概念中的逻辑侧重点的体认和解读,实际是存在极大差异的。概括起来,大致有以下五种见解:

其一,"复古"论的见解。这种见解,将"通"与"变"的关系,视为新与旧的循环相接的简单互变关系:旧久必新,新久必旧。认为刘勰所处的时代,就是一个新久转旧、以古为新的时代,因此,刘勰通变论之立意,就在于复古。纪

① 刘永济:《文心雕龙校释》,中华书局1962年版,第110—111页。
② 张立斋:《文心雕龙注订》,国家图书馆出版社2010年版,第266页。
③ 王礼卿:《文心雕龙通解》下卷,黎明文化事业股份有限公司1986年版,第567页。

昀说:"齐梁间风气绮靡,转相神圣,文士所作,如出一手,故彦和以通变立论。然求新于俗尚之中,则小智师心,转成纤仄,明之竟陵、公安,是其明证,故挽其返而求之古。盖当代之新声,既无非滥调,则古人之旧式,转属新声。复古而名以《通变》,盖以此耳。"①黄侃说:"此篇大指,示人勿为循俗之文,宜反之于古……彦和此篇,既以通变为旨,而章内乃历举古人转相因袭之文,可知通变之道,惟在师古。"②郭绍虞也曾表述过相同的见解,认为刘勰在"通"与"变"的关系上所表现出来的,是"十足的儒家文学观",是一种"复古思想",其所以"由新变变为复古",根由就在于:"盖历史事实恒成为循环式的进化,所以新变的结果往往成为复古,而复古的主张反能成为革新。"③

　　这种历史循环论的见解,是不符合客观事物发展的普遍规律,不符合历史运动的实际情况,也不符合刘勰的思想实际的。从客观事物运动的普遍规律来看,事物的发展的总趋势从来都是向上的,而绝不是循环往复的。这就是《易传》所昭示的:"生生之谓易","天地之大德曰生","天行健,君子以自强不息"。显然,历史循环论是与这一普遍规律背道而驰的。从历史运动的实际情况来看,人类的历史运动的过程,犹如黄河之奔流,虽然存在着某些局部的回流,但从大方向来说,始终朝着大海的方向涌动,一代胜过一代,而绝不会停滞不前,更不会回复到原来的起点。人类的历史,从来都是一部向上运动的进化史,而绝不会是一部向下运动的退化史,也不是一部原地旋转的停滞史。对此,汉代的王充在《论衡》中已经做出了充分的论证,毋庸赘述。从刘勰的思想实际来看,刘勰的革故鼎新的思想是极其鲜明的,他所说的"蔚映十代,文采九变","文律运周,日新其业","趋时必果,乘机无怯",以及他对屈骚的肯定,就是确切的例证。

　　诚然,刘勰确实提出过"宗经"的主张,但是,如果以此作为"刘勰始终囿于传统的文学观"的"复古"依据,那就大谬不然。刘勰所"宗"的"经",具指体现在古代经典中的文章写作的基本规律和基本规范,而不是指古代的历史现实与儒家的经典教义。这一点,在他的《宗经》中说得非常清楚:"故文能宗经,体有六义:一则情深而不诡,二则风清而不杂,三则事信而不诞,四则义直

①　黄叔琳:《文心雕龙注》,台北世界书局1986年版,第113页。
②　黄侃:《文心雕龙札记》,上海古籍出版社2000年版,第104页。
③　郭绍虞:《中国文学批评史》,百花文艺出版社1999年版,第148—149页。

而不回,五则体约而不芜,六则文丽而不淫。"这六个方面,都是在"文能宗经"的大前提下展开的,都是对文章写作规律和规范的普遍性概括和普遍性要求。以此作为"复古"的依据,显然是一种只见其表而不见其里的误读。

其二,"主变"论的见解。这种见解,将"变"视为"通变"的逻辑侧重点和主旨,认为刘勰通变论之立意,就在于创新。牟世金云:"强调文学的发展创新,才是刘勰通变论的主要思想。"①又说:"'通变'之义……主要是指'文辞气力'方面的发展创新。"②张少康说:"刘勰在论述通变的过程中,其主要着眼点是在论变。这一点是容易被人忽略的,其实,变才是刘勰所论的主旨所在。"③这种论见,在石家宜的著作中获得了更加鲜明的强调,他说:"无论从《通变》本身的内容分析,还是从《文心》全书的理论体系着眼,无论从'通变'观的固有之义,还是从《通变》论的理论渊源,我们都可以冷静地得出结论:《通变》的主旨是言'变'的。"又说:"总之,刘勰是主变的","主变的思想贯穿着《文心》全书,主'变'的指导思想在作为'文之枢纽'的《辨骚》篇就已经确立,那么《通变》篇之须受《文心雕龙》指导思想的制约也是不言而喻的"。④

这种唯变论和唯新论的见解,同样是不符合客观事物发展的普遍规律,不符合历史运动的实际情况,也不符合刘勰的思想实际的。从客观事物运动的普遍规律来看,事物发展的总趋势中既有变动的一面,也有守常的一面。"变"与"常"是对立的统一,二者从来都是密不可分的。惟其变而有常,才能新而不乱。这就是荀子所说的:"天行有常,不为尧存,不为桀亡。"也是《易传》中所说的:"动静有常,刚柔断矣。""言天下之至动而不可乱也。"其所以不乱,就在于规律的制约:"天下之动,贞乎一者也。""一"就是规律,也就是"常","常"是"通"的核心内容和逻辑保证。

从历史运动的实际情况来看,人类历史运动的过程,既有革新的一面,也有继承的一面,犹如黄河之奔流,前浪与后浪之间,总是相携而行,相承而进的。人类的历史,从总趋势上来看是一部向上运动的进化史,但从具体的环节来看,又是一部新旧并存、新旧交错、新陈代谢的历史,而绝不是一部"彻底决

---

① 牟世金:《文律运周 日新其业》,《文史哲》1989 年第 3 期,第 87 页。
② 牟世金:《文心雕龙研究》,人民文学出版社 1995 年版,第 396 页。
③ 张少康:《文心雕龙新探》,齐鲁书社 1987 年版,第 146 页。
④ 石家宜:《文心雕龙系统观》,江苏古籍出版社 2001 年版,第 226—234 页。

裂"的历史。表现在文学领域中,同样如此:它既含有日新月异的东西,例如文学的内容和文辞的个性风格,也含有恒常不变而前后相因的东西,例如文学的基本精神、基本准则、基本方法和体式的基本规范。屈原的《离骚》,就是典型例证:"故其陈尧舜之耿介,称禹汤之祗敬,典诰之体也;讥桀纣之猖披,伤羿浇之颠陨,规讽之旨也;虬龙以喻君子,云蜺以譬谗邪,比兴之义也;每一顾而掩涕,叹君门之九重,忠怨之辞也:观此四事,同于《风》《雅》者也。至于托云龙,说迂怪,丰隆求宓妃,鸩鸟媒娀女,诡异之辞也;康回倾地,夷羿彃日,木夫九首,土伯三目,谲怪之谈也;,依彭咸之遗则,从子胥以自适,狷狭之志也;士女杂坐,乱而不分,指以为乐,娱酒不废,沉湎日夜,举以为欢,荒淫之意也:摘此四事,异乎经典者也。"(《辨骚》)

　　从刘勰的思想实际来看,他从来都是对"通"与"变"二者并重,而不是偏重于某一个方面的。诚然,"主变的思想贯穿着《文心》全书,主'变'的指导思想在作为'文之枢纽'的《辨骚》篇就已经确立",但是,这只是事实的一半,还有被唯变论者所忽视的另一半。这另一半同样值得人们冷静思考的事实是:主"通"的思想也同样"贯穿着《文心》全书",主"通"的指导思想在"作为'文之枢纽'"的《宗经》与《征圣》中同样表述得相当鲜明,同样"已经确立"。主"通"和主"变",是刘勰的通变理论中同时确立的两个不可分割的逻辑方面,对二者的并重,才是刘勰的真正立意之所在。这就是他明确标举的:"斟酌乎质文之际,而櫽括乎雅俗之间,可与言通变矣。"这种辩证的品格,就是刘勰通变论的精髓之所在。任何偏重论的观点,都是与此背离的,都是不足与言通变的。

　　其三,"继承与革新"论的见解。这种见解认为,"通"就是"继承","变"就是"革新",二者之间是一种"对举"的关系。马茂元认为:"在文学发展的历史过程中,就其不变的实质而言则为'通',就其日新月异的现象而言则为'变'……'通'与'变'对举成文,是一个问题矛盾的两面;把'通变'连缀成为一个完整的词义,则是就其对立统一的关系而说的。"[①]郭绍虞、王文生持有相同的见解:"在文学发展过程中,就其先后传承的一面而言则为'通',就其日新月异的变化而言则为'变'。'通'与'变'对举成文,是一个矛盾的两个方

---

　　① 马茂元:《谈通变》,见《文心雕龙研究论文集》,人民文学出版社1990年版,第628页。

面;把'通变'连缀成词,则是就两方面之间的关系说的。"①詹锳说:"文学发展日新月异的现象叫作'变',而在变之中又有贯通古今的不变的因素叫作'通'。'通'与'变'是对立的统一。"②这种见解,以辩证的方法作为依据,显然是比前面两种各执一端的论见更加深刻,更加接近真理。但也毋庸讳言,这种论见中也有某些不够周严之处。具体表现在以下方面。

从逻辑关系来看。"继承与革新"属于时间运动的形下范畴,"通与变"属于逻辑运动的形上范畴,两组概念之间具有相通而不相同、交叉而不重合的属性。具而言之,"通"并不等于"继承","变"并不等于"革新","继承与革新"的对举关系并不等同"通与变"的对举关系。"通"与"变"并不处于同一的逻辑层面,不能构成对等与对举的关系。与"通"对举的只能是"塞",与"变"对举的只能是"常"。因此,将"继承与革新"的对举关系直接认定为"通与变"之间的对举关系,显然是一种移花接木的概念转移。

从语义关系来看。"通"的本意是"往来不穷谓之通"。"往来不穷"具有三个方面的内涵:时间上的通贯性,空间上的通贯性,逻辑上的通贯性。将"通"认定为"继承",是对时间通贯性的强调,却又是对空间通贯性和逻辑通贯性的忽略。显然,这种概括是很不全面的。"变"的本意,是"化而裁之谓之变"。"化"者,参伍错杂之谓也,"裁"者,斟酌损益之谓也。文学运动中的参伍错杂与斟酌损益,同样是一种多维性的运动,它不仅在时间的层面上运行,同时也在空间的层面上运行。将"变"认定为一种"日新月异的现象",显然是对它的空间属性的严重忽视。这种概括,在语义上是很不全面的,也是很不确切的。

从逻辑关系的侧重点来看。"继承与革新"的论见的逻辑侧重点,是对时间运动的偏重。以时间作为事物运动的依据和线索,这种认识无疑是极具概括力的。但是,时间运动毕竟只是事物运动的自然性的外部形态,并不能充分揭示通变运动的系统依据和系统目的,揭示继承与革新的内在依据和系统方向。这就必然在理论的高度和深度上,和刘勰通变论中的系统主张存在着明显的差距。刘勰通变论的系统方向,是"矫讹翻浅",纠正当代"风末气衰"的

①　郭绍虞、王文生:《中国历代文论选》第1册,上海古籍出版社1979年版,第262页。
②　詹锳:《刘勰与文心雕龙》,中华书局1980年版,第66页。

文风,达到"变而通之以尽利"的目的。其具体的理论凭借和战略途径,就是"还宗经诰"。刘勰所说的"宗经",并不是对历史的简单"继承",而是对蕴涵在古代经典中的常则的遵循。刘勰所说的"日新其业",并不是对现实的简单"革新",而是对革新的"可久"意义的标举,实际上也就是对革新的合常性的标举。"常"与"变"的辩证统一,这才是刘勰通变论的系统机制和逻辑侧重点。对规律的遵循与在规律指导下的变革,这才是通变论的系统方向和真正立意之所在。这一深刻的系统机制和系统立意,远非"继承与革新"的时间性的归纳所能全息概括。这就是"继承与革新"所未能突破而留待更有眼力的学者来继续突破的地方。

其四,"会通适变"论的见解。这种论见认为,"通变"论的核心关注点和逻辑侧重点是文学创作本身,是文章内在结构运动的具体方法。"通"就是文学创作中的"变通","变"就是文学创作中的"适变"。刘建国在《"通变"杂谈》中说:"我们只要稍微细心领会一下原文就会感到,刘勰在《通变》中并没有解释什么是'通',什么是'变';也没有论述怎样去'通',怎样去'变',而是研究怎样'会通',怎样'适变',怎样在'变通'的基础上'适变',即怎样在领会掌握文学发展的规律的基础上适应变化的潮流进行革新。"祖保泉也在《文心雕龙解说·〈通变〉通解》中指出,刘勰是从创作角度阐述"通变"问题的,"通变"的根本原则是"凭情以会通,负气以适变","适变"以"会通"为基础,"会通"以"适变"为目的。因此,"作家应根据自己的真情实感和创作个性,融会贯通地汲取古今作品的长处,从而创造出适应时势需要的崭新的作品"。

这些见解,无疑是独辟蹊径的,也是符合文本实际的,但是就其概括范围来说,也是相当褊狭的。

"通"与"变"的矛盾运动是一种多维性的运动,既包括空间层面的运动,也包括时间层面的运动,既包括微观层面的运动,也包括宏观层面的运动,而逻辑层面的运动则是它们的最高集合与升华。唯有这种多维性与多层面的概括,才是最全面的概括。"会通适变"论的概括则侧重于空间的、内系统的、微观的、方法论的方面,由此形成了自己独特的认识优势,但也因此而忽略了对时间的、外系统的、宏观的、认识论的概括。它在突出其中的某一个特定内涵的同时,也将其中的更具有关键意义的内涵淡出于概念之外了。和刘勰"通变"理论的博大精深的多样性内涵相比,这种概括同样是并不全面,并不充分的。

其五，"常变辩证"论的见解。这种见解，将"穷变通久"视为一个统一的运动过程，而将"通"与"变"视为这一过程中的两个决定性的内在因素，认为二者的关系，实质上是"常"与"变"的关系。所谓"常"，指文学的基本规律与法则的恒常性，所谓"变"，指文学的"文辞气力"的运作上的灵活性与趋时性。正是二者的对立统一和相互制约，决定着和推动着文学的"穷变通久"的系统运动。这一高瞻远瞩的见解，明确地表述在刘永济先生的论述中：

> 所谓变者，非一切舍旧，亦非一切从古之谓也，其中必有可变与不可变者焉；变其可变者，而后不可变者得通。可变者何？舍人所谓文辞气力无方者是也。不可变者何？舍人所谓诗赋书记有常者是也。舍人但标诗赋书记者，略举四体，以概其余也。诗以言志，千古同符，赋以讽喻，百手如一，此不可变者也。故曰："名理相因，有常之体。"若其志孰若，其辞何出，作者所遇之世，与夫所读之书，皆相关焉，或质或文，或愉或戚，万变不同，此不可不变者也。故曰："文辞气力，无方之数。"准上所论，舍人于常变之界，故分之甚明矣。①

将"常变之界"视为"通变"的内在依据和准绳，是刘永济先生的一个重大的理论开拓。"常与变"的概念是凌驾于时间运动与空间运动之上的哲学升华，是统率一切相关概念的最高层面的概念。"常"与"变"的对举，是最高层面的对举。惟其如此，人们才得以从更高的层面上去洞悉通变的系统机制，从更高的层面上去解读和体认刘勰通变理论的核心内涵，更加接近通变的本质。人们才会恍然大悟：纪昀、黄侃、范文澜所说的"复古"，马茂元、郭绍虞所说的"继承与革新"，其实际内涵都是"复常"。只是由于概括力度不足，将历史的概括直接代替了逻辑的概括，对"常变之理"表述得不够透彻，不够严密，与科学判断之间还存在一段小小的距离罢了。其他各家之说的不够圆融之处，同样在此。

刘永济先生的论见，显然是现当代对刘勰通变系统机制的比较圆通的解

---

① 刘永济：《文心雕龙校释》，中华书局1962年版，第110—111页。

读,也是本著对刘勰通变系统机制进行系统研究的核心依据。

(三)刘勰"常"与"变"辩证统一理念的系统意义

"常"与"变"的辩证统一,是刘勰通变理论的逻辑起点与核心内涵,也是全著的最基本的指导思想。这就是范文澜在《文心雕龙讲疏·序》中所昭示的:"读《文心》,当知崇自然、贵通变二要义,虽谓全书精神也可。"它在全著中的系统意义,可以概括为以下方面。

1. 全著系统网络的扭结点

《文心雕龙》以体大思精著称,而就其系统网络来说,是建立在两个扭结点上面的:一是以"道"为本原,一是以"常"与"变"的辩证统一为绳墨。这两个扭结点虚实相生,镕铸成为全著的总纲,贯穿于全部内容之中。

《文心雕龙》前五篇组成的"文之枢纽",就是对这一总纲的集中阐述。《原道》是对文学运动的总源泉的总阐发,《征圣》、《宗经》、《辨骚》与《正纬》四个专章则是对文学运动的总原则——常与变的辩证统一原则的总阐发:《征圣》与《宗经》从正面阐明"常"的基本内容和基本法则,《辨骚》与《正纬》从正与反两个方面阐明"变"的基本内容和基本法则。"本乎道,师乎圣,体乎经,酌乎纬,变乎骚",从源及流,由本及末,构成一个完整的逻辑网络,将自己对文学发展的基本理念从总体上凸显无遗。

刘勰的这一常变辩证理念,贯穿于他的著作的全部内容之中。无论是论文叙笔部分还是创作论部分,都有对该题历史沿革的通观,也有对该题的变通和适会的论述,无一不以常则与变革的并重相标举,无一不以"常"与"变"的融合作为文学发展的最高追求,由此组成一个标原道宗经旗帜,沿常变融合渠道,达衔华佩实目的的文学理论体系。

2. 文学发展观的定向依据

刘勰的"常"与"变"的辩证统一理念,也是他的文学发展观的逻辑基点和定向依据。他明确认为,文学的发展是历史运动的必然趋势,但是,就其具体形态来说,是有"正"与"讹"的明确的方向性区分的。所谓"正",就是合乎常则的变化,所谓"讹",就是违反常则的变化。据此,他对我国文学的发展过程做出了历史性的评价,高瞻远瞩地指出:唯有"常"与"变"的辩证统一,才是文学发展的正确方向和健康模式。所谓"常",就是文学的基本原则和方法,是文学中具有普遍性和"可久"性意义的因素,这些是需要代代相因的东西。如果违背了这些常则,文学就会偏离正道而走入邪路。所谓"变",是指文学创作过程中在"文辞气力"上对这些原则和方法的适时运用。如果没有"变",就没有新的创造,文学就会僵化和枯萎而失去生命。以此作为定向依据,他将古代的五经视为文学常则的具体体现,而将屈原的楚辞视为"常"与"变"融合为一的楷模,从而构建成一个完整的文学发展的理论体系。

3. 创作方法论的指导思想

刘勰的"常"与"变"的辩证统一理念,不仅是他的文学发展观的定向依据,也是他的文学创作论的重要的指导思想。在他的"剖情析采,笼圈条贯"的创作论群集中,就鲜明地标出了"苞会通"的专门内容。在研讨创作问题时,无一不包含对该专题的历史沿革的论述,无一不包含对"常"与"变"的辩证统一原则的明确要求,无一不是对"通变之术"的具体运用。例如《神思》:"元解之宰,寻声律而定墨,独照之匠,窥意象而运斤。""寻声律而定墨"者,"有常之体"也,"窥意象而运斤"者,"无方之数"也,二者的融合为一,就是"神思"的最基本的方法。在其他章节中,这种"常"与"变"的辩证统一关系,表现得更加直接而鲜明。如,《体性》:"童子雕琢,必先雅制","摹体以定习,因性以练才"。《风骨》:"洞晓情变,曲昭文体,然后能孚甲新意,雕画奇辞"。《定势》:"执正以驭奇","循体而成势,因变而立功"。《镕裁》:"刚柔以立本,变通以趋时"。《物色》:"参伍以相变,因革以为功。物色尽而情有余者,晓会通也。"这些多种多样的"通变之术",都是生发于"常"与"变"的辩证统一理念,并在这一理念的统摄下运行的。

二、刘勰对文学发展的基本规律和健康模式的战略性思维

刘勰对文学通变的历史性开拓,不仅表现在对通变系统机制的深刻体认上,也鲜明地表现在他对文学发展的基本规律和健康模式的战略性思维上。他将文学的发展视为一个"穷变通久"的系统过程,站在历史的高度,对其中的优劣得失进行了全面的比较和评价,从中归纳出文学发展的基本规律和法则,并对这一规律和法则进行逻辑的、美学的和实践的三重审视与升华,由此形成关于文学发展的健康模式的战略性思路。这一战略性思维的具体内容,可以概括为以下方面。

（一）刘勰对我国文学发展的基本规律的历史性概括

刘勰对我国文学发展的基本规律的体认，是在对历史事实进行系统归纳的基础上进行的。根据对"九代咏歌"的纵向比较，他得出了两个具有普遍意义的结论：一是我国的历代诗歌，或文或质，与世推移，各具不同的美学风貌；二是就其"序志述时"的基本规范来说，却是恒常不变而一脉相通的。合而言之，就是"志合文别"。他说：

> 是以九代咏歌，志合文别。黄歌《断竹》，质之至也。唐歌《在昔》，则广于黄世；虞歌《卿云》，则文于唐时。夏歌《雕墙》，缛于虞代；商周篇什，丽于夏年。至于序志述时，其揆一也。

这一历史性的归纳，实际也就是对文学发展的基本规律的概括。这一基本规律，就是"通"与"变"的辩证统一。刘勰认为，"通"就是文学发展中的恒定性因素，主要是指它在体制与功能上的基本规范，这是"其揆一也"的历代相承的东西；"变"就是文学发展中的趋时性因素，主要是指它的时代风貌，这是"日新其业"的与世推移的东西。就前者而言，他举出了历代文学中的传承关系的例子："暨楚之骚文，矩式周人；汉之赋颂，影写楚世；魏之篇制，顾慕汉风；晋之辞章，瞻望魏采。"就后者而言，他举出了历代文学中风貌各异的例子："榷而论之，则黄、唐淳而质，虞、夏质而辨，商、周丽而雅，楚、汉侈而艳，魏、晋浅而绮，宋初讹而新。"

刘勰认为，文学的发展，就是这两个对立的方面互相制约的结果。不管是"变"还是"常"，实际都是存在着向与度的规定性的，这一规定性的集中表现，就是二者的辩证平衡。唯有二者的辩证平衡，文学才能健康发展。如果违反了这一原则，文学的发展就会陷入歧途之中，成为一种畸形的消极性的变异。就正面而言，刘勰举出了周代的文学作为例证，认为它的"丽而雅"、"衔华而佩实"的风貌，就是"常"与"变"融合为一的典范。就负面而言，刘勰举出了汉代以后文学发展的消极趋势作为例证，认为这种"从质及讹，弥近弥淡"的消极风貌所以发生的根由，就在于"竞今疏古，风末力衰"，径而言之，就是违反了常则，而使革新失去了方向和依据，以致陷入浮浅讹滥的泥坑之中。另一方面，刘勰也举出了只"常"不"变"的消极例证：

夫夸张声貌,则汉初已极。自兹厥后,循环相因;虽轩翥出辙,而终入笼内。枚乘《七发》云:"通望兮东海,虹洞兮苍天。"相如《上林》云:"视之无端,察之无涯;日出东沼,月生西陂。"马融《广成》云:"天地虹洞,固无端涯;大明出东,月生西陂。"扬雄《校猎》云:"出入日月,天与地沓。"张衡《西京》云:"日月于是乎出入,象扶桑于濛汜。"此并广寓极状,而五家如一。诸如此类,莫不相循。

这种一代因袭一代的做法,同样是不利于文学的健康发展的。

刘勰的战略性开拓,并不仅仅表现在他发现了并提出了这些确凿无疑的历史事实,更主要的是他还将这些确凿无疑的历史事实提升到逻辑的高度,据此高屋建瓴地提出了文学健康发展的战略方向。他明确认为,文学健康发展的战略方向,只能是"常"与"变"的融会贯通:在常则与规律的指导下与世推移,在与世推移中走近常则和规律。这就是刘勰所标举的:"变则可久,通则不乏。"为此,他提出了两个战略性的文学典范,一个是"经",一个是"骚"。"经"是常则的集中代表和集中体现:"文能宗经,体有六义。一则情深而不诡,二则风清而不杂,三则事信而不诞,四则义直而不回,五则体约而不芜,六则文丽而不淫"。"骚"是"常"与"变"融合为一的集中代表和集中体现:"《楚辞》者,体宪于三代,风杂于战国","酌奇而不失其贞,玩华而不坠其实"。这两个战略典范,实际也就是他对文学发展的战略追求和美学理想。实现这一追求的战略途径主要有两条:一是"还宗经诰"。"宗经"者,宗"常"也,实际就是对规律的遵循与复归。一是"矫讹翻浅"。"矫讹翻浅"者,以"常"范"变"也,实际也就是使"变"沿着规律的轨道运行,从而获得"变通以利天下"的战略效果。这就是他之所以要在"文之枢纽"中高高树起"宗经"与'"辨骚"两面战旗的原因。

刘勰的这一高瞻远瞩的战略宏图,无论是在中国的文论史上或是西方的文论史上,都是罕见其匹的。

(二)刘勰对我国文学发展的优化模式的明确标举

刘勰对文学发展的战略性思维,还表现在他对文学发展的优化模式的明确标举上。

刘勰认为,文学的发展是历史运动的必然趋势,但就其具体的阶段性形态而言,实际是存在着品格上的差异的:文学的运动并不是一种直线向上的运动,而是一种曲线的运动,既存在着向上性的阶段形态,也存在着向下性的阶段形态。对这种品格上的差异做出评价的决定性依据,就是"常"与"变"的辩证统一性程度,集中而言,也就是"文"与"质"的辩证统一性程度。他认为,我国文学的前期形态是质朴少文的形态,商周时期演化为"丽而雅"的"文质彬彬"的形态,汉以后逐步演变为文胜于质的艳绮轻靡的形态,宋初以后更嬗变为诡新浅俗的形态。他明确主张,"丽而雅"的"文质彬彬"的形态,才是文学发展的优化模式——最能体现文学的本质和规律的模式。这一模式的典型形态,就是《经》的形态,而《骚》则是《经》在历史发展中的延伸与拓展。这就是刘勰在《辨骚》中所深刻指出的:"固知《楚辞》者,体宪于三代,而风杂于战国,乃《雅》、《颂》之博徒,而词赋之英杰也。观其骨鲠所树,肌肤所附,虽取镕《经》意,亦自铸伟辞。故《骚经》、《九章》,朗丽以哀志;《九歌》、《九辩》,绮靡以伤情;《远游》、《天问》,瑰诡而慧巧,《招魂》、《大招》,耀艳而采深;《卜居》标放言之致,《渔父》寄独往之才。故能气往轹古,辞来切今,惊采绝艳,难与并能矣。"

刘勰的这一标举,实际也就是对文学发展的优化模式的标举。这对于我国以《诗》、《骚》为代表的健康向上的文学传统的形成,无疑是具有战略上的导向意义的。

(三)刘勰对我国文学发展的消极模式的系统批判

刘勰对文学发展的战略性思维,还表现在他对文学发展的消极模式的系统批判上。

刘勰对消极文风的系统批判,首先表现在对纬书的批判上。纬书是一种对古代儒家经典进行重大扭曲的伪书,它大兴于汉代,假托经义宣传"天人感应"的神学迷信,借以达到愚民的目的。这就是黄侃所说的:"以神道代圣言,以神保待孔子,以图谶目圣经,于是《春秋》为汉制法之说昌,微言大义由此斩矣。"①也就是刘师培所说的:"夫谶纬之书,虽间有资于经术,然支离怪诞,虽愚者亦察其非;而汉廷深信不疑者,不过援纬书之说,以验帝王受命之真,而使

---

① 黄侃:《文心雕龙札记》,上海古籍出版社2000年版,第20页。

之服从命令耳。"①结果形成了一种"上以伪学诬其下，下以伪学诬其上"的腐朽文风，使整个社会受到极大毒害。刘勰的《正纬》，就是对这种消极文风的揭露和矫正。

刘勰认为，纬书打着配经的旗号，实际是一种与经学背道而驰的伪说。其伪主要表现在以下方面：

> 盖纬之成经，其犹织综，丝麻不杂，布帛乃成。今经正纬奇，倍摘千里，其伪一矣。经显，圣训也；纬隐，神教也。圣训宜广，神教宜约，而今纬多于经，神理更繁，其伪二矣。有命自天，乃称符谶，而八十一篇皆托于孔子，则是尧造绿图，昌制丹书，其伪三矣。商周以前，符箓频见，春秋之末，群经方备；先纬后经，体乖织综，其伪四矣。

刘勰由此得出结论："伪既倍摘，则义异自明，经足训矣，纬何豫焉。"这一严正的揭露和批判对于文学发展来说，具有双重理论意义：一是通过正邪对照，划清真科学与伪科学的界线，树立与历史发展方向保持一致的经书在文章写作中的典范地位。二是通过对纬书的揭露和批判，树立一个反面的榜样，使人们认识到这样一个历史事实：不是所有的变革都是合乎真理、合乎规律的正变；如果背离了规范，变革就会成为一种与人类历史进步的方向背道而驰的讹变，不仅没有真正的历史价值可言，反而会给人类的文化带来历史性的浩劫。借以提醒人们以此为戒，警惕文学历史发展中的异化现象的发生，永远不要背离文学发展的正确方向。特别难能可贵的是，即使对纬书这种充满历史糟粕的反面现象，刘勰也能进行具体分析而不做全盘否定，认为它在语言和事义的丰富与奇伟上，对于文章来说，仍有某些可"酌"之处："事丰奇伟，辞富膏腴，无益经典，而有益文章。"这种历史性评价，是极其客观的，也是极其公允的。它清晰地说明了这样一个理论事实：在文学的历史发展中，应当奇正兼采，而不能惟正而弃奇。这样，就将他"执正驭奇"的战略思想，表现得更加鲜明，更加具体。

刘勰对文学发展的消极模式的系统批判，还表现在他对宋齐文风的严正

---

① 刘师培：《国学发微》，《国粹学报丛读》，乙巳年。

抨击上。魏晋以后,由于社会的混乱和思想的失衡,文学的发展也经历了一个"从质及讹,弥近弥淡"的变化过程。宋齐以后,更是进入了"俪采百字之偶,争价一句之奇"的阶段。为了出奇,甚至故意违反语言规范,以反常为新,以诡异为美,进行荒诞性的表述:"效奇之法,必颠倒文句,上字而抑下,中辞而出外,回互不常,则新色耳。"例如鲍照《石帆铭》,明明是"想彼君子",偏偏写成"君子彼想"。江淹《恨赋》,明明是"孤臣堕涕,孽子危心",偏偏写成"孤臣危涕,孽子堕心"。刘勰认为,这种畸形现象之所以发生,归根结底是背离了文学的常则。也就是《定势》中所揭露的:"自近代辞人,率好诡巧,原其为体,讹势所变,厌黩旧式,故穿凿取新。察其讹意,似难而实无他术也,反正而已。故文反正为乏,辞反正为奇。"对于这种"讹变"的现象,刘勰采取了坚决排拒的态度。他明确认为,要矫正这种"讹而新"的消极文风,关键在于向规律和常则认同:"矫讹翻浅,还宗经诰。"批判和矫正这种浮浅讹滥的消极文风,捍卫以《诗》《骚》为代表的健康向上的文学传统,这正是刘勰在现实生活中所要达到的最直接的战略目标。惟其如此,也就必然赋予他的通变理论以一种鲜明的实践性品格。这种实践性的品格,又反过来使他的通变理论的战略意义表现得更加鲜明。

三、刘勰对文学通变的战术性筹划

"才之能通,必资晓术。"(《总术》)文学通变的战略思维,归根结底是凭借具体的工程方法系列来实现的。刘勰所说的"参伍因革,通变之数也"(《通变》),就是对这一具体的工程方法系列的集中概括。"参伍",指不同属性的东西在空间领域中的交错和融会,从最根本的层面来看,具指文学的恒常性因素与适变性因素在空间领域内的交错和融会。"因革",指不同属性的东西在时间领域中的继承与革新,从最根本的层面来看,具指文学的恒常性因素和适变性因素在时间领域中的继承和革新。文学的恒常性因素,主要是指"有常之体",具指文学的基本规律和体式规范。文学的适变性因素,主要是指"无方之数",具指"文辞气力"方面的因人而异、与世推移的具体材料和方法。所谓"参伍因革",实际也就是文学的有常性与无常性的有机结合。根据刘勰的系统论述,可以将实现这一有机结合的工程途径,概括为以下方面。

（一）博览精阅，总纲摄契

"规略文体，宜宏大体。"（《通变》）刘勰认为，要把握通变之术，必须从总体着眼，把握文章写作的基本法则和规范，也就是文章写作中那些不变的常规。而这些具有普遍意义的常规，都是蕴藏在古往今来的优秀作品之中的，因此，要把握这些不变的常规，首先必须对古往今来的优秀作品进行博览和精阅，对具体的作品进行具体的体认和领会："先博览以精阅，总纲纪而摄契。"

通过具体的作品对写作的常规进行具体的把握，是刘勰的一大发明，也是他的一条成功的经验。这就必然赋予他对写作常规的归纳和体认，以一种独特的实践性和历史性的品格，一种生动无比而又坚实难移的美学品格和逻辑品格。他从经书中归纳出的"六义"，就是典型的例证，至今仍然是文学理论中颠扑不破的真理。

（二）凭情以会通，负气以适变

在文学创作中，既要发挥"通"的优势，也要发挥"变"的优势。而在文学创作的"无方之数"中，最具有能动性的因素，就是主体的情志。为此，刘勰将主体优势的发挥，视为实现文章通变的一条重要的工程途径，主张紧承"宜宏大体"之后，就应当是"凭情以会通，负气以适变"。这里的"情"，指的是作家所要表达的思想感情，"气"即作家的气质与才力所凝聚而成的创作个性。他明确认为，作家进行创作，只有以自己的个性化的思想感情和创作个性作为动力和凭借，根据思想感情表达的需要"适变"，才能将古今通贯的"有常之体"与千变万化的"文辞气力"，有条不紊地融合成为一个有机的整体。惟其如此，才能进入"采如宛虹之奋髻，光若长离之振翼"的境界，成为出类拔萃的作品。

刘勰的这一条工程途径，是曹丕的"文以气为主"的卓越论见的逻辑延伸，也是他自己的独辟蹊径的文心理论在文学通变中的具体运用。它以"乘一总万"的工程效益，为历代作家奉为圭臬。唐代张彦远所标举的"外师造化，中得心源"（《历代名画记》），宋代戴复古所标举的"意匠如神变化生，笔端有力任纵横。须教自我胸中出，切忌随人脚后行"（《论诗十绝》），元代杨维桢所标举的"诗者，人之情性也。人各有情性，则人各有诗也。得于师者，其得为吾自家之诗哉"（《李仲虞诗序》），清代叶燮所标举的"境一而触境之人之心不一"（《黄叶村庄诗集序》），石涛所标举的"我之为我，自有我在"（《苦瓜和尚画语录》),袁枚所标举的"独抒性灵,不拘格套"(《随园诗话》),皆以此为张本。

(三)望今制奇,参古定法

"通"与"变"的关系,总是在一定的环境中表现出来的。事物运动的最基本的环境,一个是时间,一个是空间。从这两个方面来探讨文学通变的具体途径,是刘勰的又一处重大的开拓。"望今制奇,参古定法",就是他从时间运动的角度所提出的解决文章通变问题的一项高瞻远瞩的工程对策。

刘勰认为,"通"与"变"的关系在文章现实中的具体表现,就是古与今的关系。这是因为,历史运动是逻辑运动的形下性基础,逻辑运动是历史运动的形上性升华,二者互为表里,从来都是密不可分的。历史是规律的体现和证明,现实是历史的延续和发展,二者相互依从,同样是密不可分的。因此,历史与现实的融合为一,也就必然成为规律与创新融合为一的工程通道。所谓"望今制奇,参古定法",就是通过将历史与现实融合为一,从而实现将文学的常规与日新月异的现实融合为一的具体方法。

"望今制奇",就是根据日新月异的现实生活出奇制胜。"参古定法",就是参照古人的经验把握写作的大法。惟其有法可依,文学的创新才能健康运行,不至于失体成怪。惟其出奇制胜,文学的继承才能无穷无尽,不至于僵化枯萎。径而言之,就是继承而不丧失时新的活力,创新而不脱离历史的传统。这一极具辩证品格的工程方法,一千余年来一直代表着我国文学创作方法论的最高水平,至今没有任何一家别的工程理论可以超越。

(四)拓衢置键,长辔远驭

事物运动的另一个最基本的环境,就是空间。空间在文学运动中的浓缩形态,就是文章的结构。从结构的角度来探讨文学通变的工程原理与具体途径,是刘勰的又一处重要的方法论开拓。"总纲纪而摄契,然后拓衢路,置关键,长辔远驭,从容按节",就是他从结构运动的角度所提出的解决文学文本通变问题的高瞻远瞩的战术对策:如何总揽纲领,如何开拓思路,如何突出重点,如何连贯首尾,如何通贯气势,等等。以此作为依据,他开辟了三个对结构的基本理论与方法进行系统研究的专章:关于"镕裁"的专章,关于"附会"的专章,关于"章句"的专章。本著《镕会论》中对此已经做出了详尽介绍,此处不赘。

（五）善于适要，虽旧弥新

世界常旧，世界上的绝大多数事物都已为人类所经历和认识，而艺术常新，艺术中的一切事物都必须是新鲜独特而为人之所未历和未经。刘勰高屋建瓴地指出，解决这一矛盾的工程途径，就在于参伍因革，化旧为新。而化旧为新的核心要领，就是"善于适要"。他说：

> 物有恒姿，而思无定检，或率尔造极，或精思愈疏。且《诗》《骚》所标，并据要害，故后进锐笔，怯于争锋。莫不因方以借巧，即势以会奇。善于适要，则虽旧弥新矣。（《物色》）

"适，之也。"（《说文》）"适，往也。"（《尔雅》）《诗·魏风·硕鼠》："誓将去汝，适彼乐土。""适"，指达到，引申为切中。"要"，指关键之处。《韩非子·扬权》："事在四方，要在中央。"韩愈《进学解》："记事者必提其要。""适要"，即切中事物的关键与要害。表现在文学创作中，就是切中事物的美学特征。刘勰明确认为，事物的美学特征，就是蕴藏在事物中的心物交融的感兴魅力。对此，刘勰举出了《诗经》与《楚辞》中的系列例子。

只要细加辨析就可发现，刘勰举出的这些词语之所以能够具有强大的美学感染力量，就在于它的"情貌无遗"的表象功能。这一强大的艺术功能，实际是由以下两个条件所决定的：一是"貌"的因素，它必须是足以引发感情活动的物象，也就是"与心而徘徊"的物象。一是"情"的因素，它必须是足以引发物象活动的感情，也就是"随物以宛转"的心象。而艺术形象，就是这两大因素的融合，是情的自然化和自然的情化，也就是情与景的交融。具而言之，"杨柳依依"这一特定的景色，是征夫戍卒离家时的特定环境的写照，这种景色又与异地的"雨雪霏霏"形成鲜明的对照，因此必然对心理造成强烈的刺激，构成特定的感情境界。这种特定的感情境界，正是"杨柳依依"这个特定的语言表述之所以如此动人并"思经千载，将何易夺"的美学根由。

上面的诸多佳句，无一不是"适要"的艺术规律的体现，无一不是"善于适要"所取得的成功的具体证明。正是由于善于抓住要害，所以能够化旧为新，将平淡无奇的世界表现得如此新鲜夺目，兴味盎然。

在适要的前提下化旧为新的方法，还包括将别人的"新"转化为自己的

"新"的方法,也就是借鉴别人的"适要"经验来开拓自己的新的"适要"的方法。这一方法的具体内容,就是刘勰所说的"因方以借巧,即势以会奇"。"因方以借巧",就是借鉴前人成功的"适要"经验;"即势以会奇",就是根据自己的情势来进行创造性的"适要"。径而言之,就是在艺术的表现中"参伍以相变,因革以为功"。

这一方法的逻辑依据就在于:一是"人心之不同,如其面焉",在感情的取向上具有多种多样的可选择性;二是物象多样,联类不穷,"岁有其物,物有其容",在物貌的取向上同样具有多种多样的可选择性。因此,物与情的联系,情与辞的联系,也必然是多种多样的,无穷无尽的。正是这种联系的多样性与无穷性,避免了对前人成功的艺术实践的简单重复,而为化旧为新的艺术实践的成功提供了广泛的可能。

例如,前人有"水田飞白鹭,夏木啭黄鹂"的诗句,而王维则据此演绎成"漠漠水田飞白鹭,阴阴夏木啭黄鹂"的佳联,突出了悠悠盛夏中的旷远绵长的特定情怀,使人读之,但觉后者之清新佳美而不觉后者之重复。又如《诗经》中有"萧萧马鸣,悠悠旆旌",而杜甫则化用为"落日照大旗,马鸣风萧萧",都是写军旅生活,一叙整暇闲适之容,一状愁惨悲壮之貌,同样看不出半点循环相因之处。何者? 境界不同,意蕴不同耳。境界、意蕴之所以不同,在于情自不同,境自不同。某些词语虽然相似,但用意不同,组合方式不同,信息总量不同,美学分量自是不同,广度、深度与力度自是不同。这就是古人所说的"炼铁成金"的方法。也就是骆鸿凯在《文心雕龙札记·物色(补)》中所深刻体认的:"同赋一物而比兴不同,则诸作各擅其胜,如同一咏蝉,虞世南'居高声自远,端不藉秋风',是清华人语;骆宾王'露重飞难进,风多响易沉',是患难人语;李商隐'本以高难饱,徒劳恨费声',是牢骚人语;此因比兴之不同而各据胜境也。"①

刘勰云:"古来辞人,异代接武,莫不参伍以相变,因革以为功。物色尽而情有余者,晓会通也。"(《物色》)通变之术的核心要领,尽在此数言之中。

(六)斟酌质文,檃括雅俗

鉴于自古以来,文学创作由朴质逐渐趋于华丽,以至于"讹而新"的历史

---

① 黄侃:《文心雕龙札记·附录》,上海古籍出版社 2000 年版,第 231 页。

现象,为了扭转这一"从质及讹"的消极趋势,刘勰还提出了一条明确的美学准则:"斟酌乎质文之间,櫽括乎雅俗之际,可与言通变矣。"即在文章的语言风格方面,不要片面追求远古的朴质,也不可完全迎顺时伤,流于华侈,既不能一味模仿古人的典雅,也不能追求浅薄讹滥,近于庸俗。而是要在质、华、雅、俗之间采取平衡折衷的态度,使其质而不野、华而不艳、雅而不古、俗而不浅,径而言之,就是一种"衔华而佩实"的"丽而雅"的美学境界。刘勰将这种以六经为代表的美学境界,视为六朝文学通变的理想境界。他所标举的六义,就是通向这一理想境界的具体的工程途径。也就是刘永济先生所昭示的:"欲变末俗之弊,则当上法不弊之文,欲通文运之穷,则当明辨常变之理。'矫讹翻浅,还宗经诰'者,上法不弊之文也;'斟酌质文,櫽括雅俗'者,明辨常变之理也。故曰:'可与言通变矣'。"①可谓得通变之术之精髓与刘勰之良苦用心矣。

第二节　刘勰文学通变理论的历史意义

刘勰的文学通变理论,是我国黄虞以降文学发展的历史规律的系统总结和理性升华,在我国的文学与美学的历史发展中,具有里程碑和指向器的双重意义,影响极其深远。下面试对其历史意义做一点概括性的阐述。

一、继往开来意义

刘勰文学通变理论的重大意义,首先表现在它继往开来的历史性品格上。

刘勰文学通变理论,来自他对黄虞以降直至晋宋的九个朝代的文学状况的历史性概括,涉及的时间跨度,长达三千余年。刘勰由此得出的历史结论是:"九代咏歌,志合文别。"(《时序》)"志合"指"序志述时,其揆一也",也就是文章基本原理和基本法则的恒常性。"文别"是指"文辞气力"的多样性和创新性。刘勰认为,文学的发展,就是这两个方面互相制约的结果。他根据这些历史现象的总和,归纳出一条具有普遍意义的规律:"变则可久,通则不乏。"这一条规律是三千年历史经验的总结与升华,因此必然以其颠扑不破的

---

① 刘永济:《文心雕龙校释》,中华书局 1962 年版,第 111 页。

真理性品格,对以后的历史发展具有一种强大的说服力量和规范力量,以前人历史长征的自发足迹的自觉升华,指引着后人的继续长征。也正是由于这种由三千年历史实践所证明了的说服性与规范性的力量,也必然将前人的历史实践与后人的历史实践,在规律与规范的总高度上,连贯成为一个由自发运动走向自觉运动的整体。

将文学现象置于矛盾运动的过程中来考察,从历史运动的总高度和总过程,来看待文学的发展问题,是刘勰的一大创举。惟其如此,他所概括出的以通变为核心的文学发展规律,才具有如此强大的概括力量与规范力量,历百世而不朽。这种来自历史也走向历史的与历史同在的品格,这种将历史的自发运动升华为历史的自觉运动的品格,是刘勰的特殊智慧和中华文论的特殊智慧的表现,在世界文学与美学领域中,至今没有任何一家别的理论可以超越。

刘勰文学通变理论的继往开来意义,同时表现在它的坚实难移的逻辑性品格上。

刘勰的文学通变理论不仅来自三千年文学历史运动的归纳与升华,也来自我国古代哲学智慧的理性启迪。“通变”之说始于《易传》,《系辞》中所说的“易穷则变,变则通,通则久”与“化而裁之谓之变,推而行之谓之通”,就是这一思想的集中表述。将这一思想具体地运用到文学的领域中,作为文学发展的指导性原则,则是从刘勰开始。刘勰以此作为认识论依据,来考察文学运动中的矛盾运动,将这些矛盾运动都纳入通与变的辩证统一关系之中,以演绎的方式赋予历史的规律以更高层次的逻辑品格,使历史规律的真理性获得了本质性的升华,进入了更高的层面之中。

这一本质性升华的理论意义就在于,历史的过程虽然可以检验和证明真理,但就它本身而言,并不径直地通向真理。这是因为,历史发展的过程并不是纯理性的,它包含着许多偶然的因素,而且它的运动轨迹总是曲折的。因此,它必须经过逻辑的检验,才真正具有普遍性的指导意义。所谓“逻辑的”,则是“摆脱了那历史的外在性或偶然性,而纯粹从思维的本质去发挥思维进展的逻辑过程”。① 它撇开历史发展的曲折性和偶然因素,从事物的纯粹的、抽象的、概括的状态上考察事物运动的必然轨迹和必然趋势,以事物的内在联

---

① 　黑格尔:《小逻辑》,商务印书馆 1980 年版,第 55 页。

系和运动机制为依据,通过一系列的概念和范畴揭示事物发展的基本规律。它是历史经过修正后的最完备的形态,是客观事物的纯本质的纯理性的形态。惟其如此,它必然具有比实践性更加深刻的理性品格,成为保证和检验理性思维的可靠性的科学根据。

事实胜于雄辩,而规律胜于偶然。正是在历史的与逻辑的双重视野的观照下,文学运动在形下层面中的是非得失以及形上层面中的普遍规律,才显示得如此鲜明,文学发展的逻辑模式才显示得如此清晰。这种历史与逻辑并具的理性优势,在我国的文论领域中,是前无古人的,也是后鲜来者的。

刘勰文学通变理论的继往开来意义,还表现在它对传统变易理论的空间性拓展上。

刘勰的文学通变理论来自前人的认识开拓、实践开拓和学术开拓,但绝不是前人开拓的简单重复和移植,而是对传统的变易理论的空间性拓展。刘勰所做的历史性拓展,集中表现在对传统变易理论的核心范畴的深化和标举上。

传统变易理论是诸多逻辑环节的集合。这一集合的基本形态,就是《系辞》中所说的"穷、变、通、久"的逻辑链接,而"变"与"通",则是这一逻辑链接中的核心范畴。由于中国早期哲学中的朦胧性以及词语的多义性,这两个范畴之间的逻辑关系,实际是相当模糊的,并没有获得充分和具体的揭示。将"变"与"通"融合成为一个统一性的范畴,在二者的相互制约中深化对变易的基本规律的认识,是刘勰的一大历史性开拓。

刘勰对"变"的认识的深化,集中表现在他对"变"的具体形态和具体属性的具体分析上。在中国的认识史上,他第一次明确提出,就"变"的形态和属性来说,实际是存在着根本方向上的区别的:一种是具有积极意义的上行性的变易,一种是具有消极意义的下行性的变易。他旗帜鲜明地指出:由上古的"淳而质"变为商周的"丽而雅",是前者的典范;由商周的"丽而雅"变为楚汉的"侈而艳",魏晋的"浅而绮",直到宋初的"讹而新",是后者的代表。对于这两种不同的趋势,他采取了两种不同的态度:对前者进行了不遗余力的肯定和标举,对后者进行了针锋相对的批判和矫正。

刘勰对"通"的认识的深化,集中表现在他对"通"的具体内容的具体分析上。《系辞》对"通"的体认是:"易穷则变,变则通,通则久。"它将"通"视为"变"的自然结果。显然,这种认识是不够全面的。刘勰则将"变"与"通"都纳入人的主体性的视野中,高瞻远瞩地认为,"通"实际是"变"的能动结果,而不是自然结果,因为"变"有两种不同的属性和类型:积极性的变产生"通"的实践效应,所谓"往来无穷之谓通",就是这种积极效应的典型境界;消极性的"变"产生"塞"的消极效果,所谓"风昧气衰",就是典型的例证。"通"的根由,在于与常则保持一致:"是以往者虽旧,余味日新。后进追取而非晚,前修久用而未先,可谓太山遍雨,河润千里者也。""塞"的根由,就在于背离了常则:"建言修辞,鲜克宗经。是以楚艳汉侈,流弊不还。"宗经者,宗常之谓也。要获得"往来无穷"的积极效果,避免"讹新浮靡"的消极效果,关键就在于与"常则"保持一致。这就是刘勰之所以标举宗经的原因。

惟其如此,"通"与"变"必然具有密不可分的内在联系。基于对这种内在联系的深刻体认,刘勰独树一帜地将"通"与"变"融合成为一个统一的范畴——"通变"。"通变"并非一般意义的"通",并非一般意义的"变",也不是"通"与"变"的算术堆积,而是二者之间的互相制约的逻辑融合。二者之间在一个逻辑统一体中的互动关系,可以概括为以下两个不同的层面:

从自然运动的层面来看

从自然运动的层面亦即客观规律的层面来看,"通"与"变"的关系,是一种因与果的关系:"变"前"通"后,"变"是根由,"通"是结果。由因致果,由"变"生"通"。这种关系,明确表述在《系辞》中:"易穷则变,变则通,通则久。"刘勰所说的"变则可久,通则不乏",就是对这一关系的体认。由于这种因果制约关系,"通"与"变"之间的系统位置,得到了明确的显示:"变"是矛盾的主要方面,"通"是矛盾的从属方面。在"通"与"变"的统一体中,它的逻辑侧重点落在"变"上。"变"是《易》的根本宗旨和本质性内涵。对"通变"的标举,实质上也就是对"变"在事物运动中的主导性地位和决定性作用的标举。刘勰所说的"文律运周,日新其业","时运交移,质文代变","蔚映十代,文采九变,枢中所动,环流不倦",就是对这一逻辑侧重点的特别强调和明确标举。从宏观视野来看,这一对历史运动的总趋势的强调和标举,无疑是正确的。

从实践运动的层面来看

"通变"不仅是一个逻辑运动中的范畴,也是一个实践运动中的范畴。根据刘勰的历史性考察,在文学的实践性运动中,并非所有的"变",都能自然导致"通"的结果,有时也可能导致"塞"的结果。原因就在于是否与"常"的要求保持一致。从实践的角度来看,"通",就是与常则保持一致的一种积极效应。与常则的一致性,是变之能通的决定性前提。因此,通与变的关系,必然是一种前提与结果、方向与作为的能动性关系。在这一能动性的关系中,"通"是矛盾运动的主导方面,"变"是矛盾运动的从属方面。在"通"与"变"的逻辑统一体中,"通"是"变"——积极性变易——的决定性的前提,积极性的变易是"通"——合规律性——的能动性的结果。二者的逻辑位置是:"通"前"变"后,"通"是前提,"变"是结果。"通变"作为一个统一性的范畴,实指"通"中之"变",也就是以"通"范"变",在"变"的基础上实现更高层面的"通"——更进一步地接近事物的本质和规律。在这一逻辑统一体中,"通"是逻辑的侧重点。刘勰所说的"参伍因革,通变之数也","故练青濯绛,必归蓝蒨,矫讹翻浅,还宗经诰,斯斟酌乎质文之际,而櫽括乎雅俗之间,可与言通变矣",就是对这一辩证关系的完整概括。由于"通"的核心内涵就是与常则的一致性,因此,"通"与"变"的关系,实质上就是"常"与"变"的关系。径而言之,就是因与革的关系,也就是继承与革新的关系。后人将通与变的关系解读为继承与革新的辩证关系,实发端于此。

将"通变"视为对立统一的辩证范畴,视为继承与革新的逻辑统一体,以"通"统"变",纳"变"于"通",是刘勰对前人认识论与实践论的一大历史性的升华与跨越。由于这一历史性的升华与跨越,人们才得以从更高的层面和更直接的窗口,来观照历史运动中的通塞并存的复杂情况和文学健康发展的逻辑前提与普遍规律。更加难得的是,他将这种认识论与实践论的开拓,都转化和具化为文章学的开拓。凭借着折衷的认识优势,他从两个对立的学派中同时吸取了他所需要的学术营养。他从复古派中吸取了"不变"的因素,但他所体认的"不变",具指文学规律的恒常性,而不是指"天不变,道亦不变"的五经教义的僵硬性。他从新变派中吸取了"变"的因素,但他所体认的"变",指文学运动的向上过程,而不是指文学运动的"风末气衰"的向下过程,是一种良性的变,而不是一种讹浅庸俗的恶变。他将变与不变两个对立的方面,在学术的平台上融合成为一个相互制约的逻辑整体:通变。通变是一种与复古的不变相异的变,也是一种与新变的讹浅相异的变,是一种以"通"范"变",以"变"求"通"的向上性的系统运动。这种独标一格的学术体认,不仅是前无古人的,也是后鲜来者的。

惟其如此,刘勰的义学通变理论必然具有认识论、实践论和学术论的三重优势:认识论赋予它以高瞻远瞩的思维优势,实践论赋予它以往来无穷的思维优势,学术论赋予它以颠扑不破的思维优势。这就是它历百世而不朽,至今仍然独标一格地屹立于世界文学发展理论的群峰之巅,而没有任何一家别的理论可以超越和代替的原因。

二、战略导向意义

刘勰文学通变理论不仅是我国古代文学发展思想的最高成就,也是我国文学发展的历史实践的最高的定向指南,千余年来,一直发挥着树标立则、激浊扬清的高瞻远瞩的战略导向作用。

刘勰文学通变理论在我国文学发展中的高瞻远瞩的战略导向地位,首先表现在他对文学发展的战略方向的明确定位和鲜明标举上。从先秦以来,我们的古人就对文学发展的方向做出过许多的探索,孔子是第一个从文学学的内在角度来探讨文学发展规律的学者,他对文学发展的基本主张是:"信而好古,述而不作","好古敏以求之","放郑声"。他所说的"质胜文则野,文胜质则史、文质彬彬,然后君子",就是对这一方向的明确表述。显然,就其基本立场来说,是以人为本的,却又是站在复古这一边的,从此开启了我国文学人文主义和文学复古思想的先河。与此针锋相对,《易传》不仅明确地提出了宇宙运动的总体规律,并从通与变的双向角度,提出了文学发展的理想模式:"参伍以变,错综其数,通其变,遂成天下之文","变通者,趋时也"。显然,就其基本立场来说,是站在文学自然主义和文学趋新思想这一边的,从此开启了我国文学自然主义和文学革新思想的先河。这两种思想,构成了我国文学发展观念的两大派别,对我国的文学的历史发展产生了重大的影响。而刘勰的文学通变理论,则是这两种思想的综合与折衷,他集合自然主义与人文主义二者之所优,也集合复古主义与革新主义二者之所长,构成了自己独特的战略方向。这一独特的战略方向,包括以下几个方面的具体内涵。

一是对"变"与"通"的并重:"变则可久,通则不乏。"这就必然赋予刘勰的文学发展思路以一种特别圆通的辩证品格:它既是对复古论的超越,又是对庸俗新变论的超越。由于对前者的超越,它获得了一种与时俱进的概括优势,由于对后者的超越,它获得了一种循规不乱的概括优势。惟其如此,它必然屹立于历史与逻辑融合为一的理性峰巅,赋予读者一种特别广阔的视野:既从变的角度,又从常的角度,既从自然运动的"一开一阖之谓变"的客观角度,又从"变而通之以尽利"的能动角度,来评价文学运动的得失,把握文学发展的正确方向。这种高瞻远瞩的战略视野和旗帜鲜明的战略导向,是刘勰通变论之所独具而为其他各家之所不具的。

二是对质与文的并重:"斟酌乎质文之间,檃括乎雅俗之际,可与言通变矣。"刘勰认为,变与通的融合具体表现在文学的作品中,就是质与文融合为一的"衔华而佩实"的"雅丽之文"的美学境界。这种质文并具的范例,就是古代的经书与楚辞。刘勰对经骚的标举,实际就是对"衔华而佩实"的文学传统的标举,也就是对文学发展的战略方向的标举。由于树立了"宗经"与"辨骚"这两面战略性的旗帜,"通"与"变"融合为一的战略方向和质与文融合为一的战略传统,才显示得更加充分,更加鲜明。

三是对破与立的并举。刘勰对文学发展的战略方向的树立,是以文学发展中的消极现象作为标的,并且是在对这些消极现象的严正批判中进行的。这就必然赋予他的通变理论以一种有的放矢的战斗品格。通过这一扶正祛邪的理论澄清和实践修正,不仅捍卫了文学通变的辩证统一原则,也捍卫了文学发展的健康传统,使历代读者在正与反的对照中,对文学发展的战略方向,体认得更加具体、更加深刻。也为后世的激浊扬清的文学斗争,树立了一个具有战略意义的光辉楷模。

四是切中肯綮的方法论开拓。刘勰通变理论的历史性开拓,不仅是一种方向论的战略性开拓,也是一种方法论的战术性开拓。为了实现"通"与"变"融合为一的战略目标,他提出了系列切中肯綮的工程方法,诸如"规略文统,先宏大体","先博览以精阅,总纲纪而摄契","凭情以会通,负气以适变","望今制奇,参古变法","善于适要,虽旧弥新","蹊要所司,职在镕裁",等等。这些方法指归在通变,立意于发展,从"参伍因革"的总高度,对文学中的"通变之数"进行了系统的总结。一千余年来,一直被文坛奉为圭臬。

三、深远的历史影响

刘勰的通变理论是我国文学发展的战略旗帜,对于我国文学的健康发展,产生了深远的历史性影响。这些影响,具体表现在以下方面。

(一)战略方向上的深远影响

刘勰的通变理论,产生于我国历史上最黑暗、最混乱的历史时刻,是对三百余年社会大动乱和文化大分裂所造成的礼崩乐坏的讹乱风气,所做出的理论回答,从某种意义上说,也是中华民族在危险时刻的文化沉思和精神呐喊。刘勰在文学领域中所做出的"矫讹翻浅,还宗经诰"的战略抉择,实际也就是通过"振叶以寻根,观澜而索源"的方式,从总根源处寻找民族自救的力量。这种力量来自民族文化的最深处,是民族的生命基因的直接体现,也是民族活力的直接迸发,它必然具有一种特殊的深刻性,一种直接通向本质的概括力量。刘勰明确认为,这一正本清源的力量,就在于通与变的辩证统一:"变则可久,通则不乏。"这一深刻的理念,也就是他对社会文化的健康发展所做出的战略抉择。惟其深刻,所以坚实难移,为历代的改革者奉为圭臬。每当社会文化陷入泥泞的时候,有识之士总是以通变的理论作为定向依据,探寻拨乱反正的出路,并最终找到了出路。尽管他们所做出的战略思维在内容上各不相同,在表述上各标其异,但无一不是围绕"通"与"变"这两个基本范畴进行,无一不以"通"与"变"的辩证统一作为极则,无一不包含着"通"与"变"的辩证统一的内容,并因此而重新走向繁荣。一部中国文学的发展史,实际也就是"通"与"变"的辩证运动史。而刘勰的通变理论,则是这一历史运动的自觉的推动力量。

唐代初期文学拨乱反正的历史过程,就是一个典型的例证。从晋宋开始的讹滥浮靡的文风,历齐梁而愈演愈烈。唐初文坛的主要创作倾向,仍然沿袭六朝华艳的颓风。《新唐书·杜甫传》云:"唐兴,诗人承陈、隋风流,浮靡相矜。至宋之问、沈佺期等,研揣声音,浮切不差,而称'律诗',竞相袭沿。"也就是魏征所批评的:"竞采浮艳之辞,争驰迂诞之说,骋末学之博闻,饰雕虫之小技,流宕忘返,殊途同致。"(《群书治要序》)。面对这种齐梁余风表现出有意识的觉醒,树立起文学革新的旗帜,重开一代健康风气的旗手,就是陈子昂。他面对晋宋以降的讹滥浮靡的历史积淀,发出了时代的最强音:

> 文章道弊,五百年矣。汉魏风骨,晋宋莫传,而文献有可征者。仆尝暇时观齐梁间诗,采丽竞繁,而兴寄都绝,每以永叹,思古人常恐逶迤颓

靡,风雅不作,以耿耿也。一昨于解三处,见明公咏《孤桐篇》,骨气端翔,
音情顿挫,光英朗练,有金石声。遂用洗心饰视,发挥幽郁。不图正始之
音,复观于兹,可使建安作者,相视而笑。(《修竹篇序》)

　　在他的战旗上,书写着两行鲜明的大字:继承汉魏风骨,荡涤六朝余风。
他所标举的"汉魏风骨",具指涵蕴在建安文学中的法则与规范,也就是文学
发展中的那些具有恒常意义的"常则"与"旧规"。所谓"风骨",所谓"兴寄",
所谓"风雅",所谓"正始之声",实际就是这些常则与旧规的具体标志。也就
是李白所说的:"梁陈以来,艳薄所极。将复古道,非我而谁?"他们所提出的
"复古",实际是一种革新,因为这里所说的"古道",并不是对历史的简单的
"循环相因",而是对蕴涵在历史中并已由历史所充分证明了的普遍规律的认
同,实际是在新的历史条件下对普遍规律的运用和发展,是具有普遍意义的古
道常规和日新月异的现实生活的融合为一。这一鲜明的理论主张,与刘勰所
提出的"变则可久,通则不乏"的战略方向,是一脉相承的。大唐文学的繁荣,
就从这里开始。

　　打着复古旗号而追求创新目标,是中华文学发展中的通常做法。这种做
法,实际就是一种寓逻辑于历史之中的做法。以历史的具体性来体现逻辑的
抽象性,以历史的形态来突出逻辑的内涵,这正是它的巧妙和深刻之处。复古
就是复常,所以变而不乱。创新就是适变,所以发展无穷。后来韩愈的散文革
命和白居易的诗歌革命,以及历朝历代的文学革新,无一不是在此一模式下进
行,无一不以《诗》与《骚》作为楷模,无一不以"雅丽"作为美学理想,无一不
在通与变的辩证统一中走向深刻,无一不是刘勰通变理论的历史延伸,并在这
一历史与逻辑的同步延伸中获得繁荣。"穷则变,变则通,通则久",这就是我
国作为一个文章大国之所以历千年而不朽的原因。"文坛若准平吴例,合著
黄金铸子昂。"(元好问)如果是振叶以寻根的话,这一分荣誉首先应该授予刘
勰。如果没有刘勰通变理论的历史性准备,陈子昂的文学革新以及历朝历代
的文学革新,都会是无源之水和无本之木而成为不可想象的事情。

　　(二)战术方法上的深远影响

　　刘勰的通变理论不仅是我国文学发展的战略航灯,也是我国文学创新的
方法论先导。他所总结出来的系列的"通变之数",被后世作家广泛地运用在

文学的创作中,对我国文学创作的繁荣,产生了深远的影响。

刘勰"通变之数"的深远影响,首先表现在他对"通变之数"这一认识范畴的开辟上。对文学中的通变之理的标举,无疑是我国历史上的第一次。将通变之理落实到工程科学的实处,同样是我国历史上的第一次。刘勰所说的"通变之数",就是文学发展的方法论的总范畴。由于这一范畴的开辟,人们对通变的方法的认识才真正进入了理性的层面,使对通变方法的研究成为集中的关照和自觉的追求。这种集中的关照和自觉的追求为历代作家奉为圭臬,从工程学的专门角度上推动着文学创新不已,发展不已。我国历代的文论与诗论中,都包含了专门论述文学通变的方法的内容,即发端于此。

刘勰"通变之数"的深远影响,同时表现在他对"通变之数"的战略前提的鲜明标举上。刘勰所倡导的工程方法,不是一般意义的模拟之法,也不是一般意义的穿凿取新之法,而是严格从属于文学的"通"与"变"的辩证统一的系统方法,是以"雅丽"的美学理想为明确追求的系统方法。这一系统方法,是与我们民族的文学传统以及美学理想紧密地连在一起的,因此,一旦成为一种自觉的方法理念,也就必然获得一种与历史同步运动的规范性和保证性的力量。从刘勰及陈子昂以降,我国文学的发展中再也没有出现过六朝式的讹滥文风,也没有出现过"采丽竞繁,而兴寄都绝"的畸形的创作方法。显然,这是与刘勰的"通变之数"的战略规范作用和战略保证作用密不可分的。

刘勰"通变之数"的深远影响,还表现在它在文学发展中的历史实效性上。我国历代作家在文学上的创新,无一不能从刘勰的通变之数中找到方法论的根据。刘勰对楚骚的辨析,就是一次垂范千古的通变之术的成功分析。唐宋的许多著名诗人,都从通变之术中获取了艺术的教益。

以"点化前作,以铁炼金"的技法为例,宋代葛立方云:

> "水田飞白鹭,夏木啭黄鹂。"李嘉祐诗也。王摩诘衍之为七言曰:"漠漠水田飞白鹭,阴阴夏木啭黄鹂。"而兴益远。"九天阊阖开宫殿,万国衣冠拜冕旒。"王摩诘诗也。杜子美删之为五言句:"阊阖开黄道,衣冠拜紫宸。"而语益工。(《韵语阳秋》)

他由此得出结论说:"诗家有换骨法,谓用古人意而点化之,使加工也……学诗者不可不知此。"

清代贺贻孙也持有同样的见解：

> 秦少游"斜阳外，寒鸦万点，流水绕孤村。"晁无咎云："此语虽不识字者，亦知是天生好言语。"渔隐云："无咎不见炀帝诗耳。"盖以隋炀帝有"寒鸦千万点，流水绕孤村"之句也。余谓此语在炀帝诗中，只属平常，入少游词，特为妙绝。盖少游之妙，在"斜阳外"三字，见闻空幻。又"寒鸦"、"流水"，炀帝以五言划为两景，少游词用长短句错落，与"斜阳外"三景合为一景，遂如一幅佳画。（《诗筏》）

他由此得出结论说："此乃点化之神，必如此乃可用古语耳。"

这些变旧为新的许多创举，与刘勰的"凭情以会通，负气以适变"的方法论主张以及"参伍以相变，因革以为功"的具体方法，是一理相通的，也是一脉相承的。

再以刘勰所标举的"凡操千曲而后晓声，观千剑而后识器"、"先博览以精阅，总纲纪而摄契"的通变方法来说，同样被历代作家奉为圭臬。唐代杜甫云："读书破万卷，下笔如有神。"（《奉赠韦左丞丈二十二韵》）宋代欧阳修云："作诗须多诵古今人诗。不独诗尔，其他文字皆然。"（《试笔》）苏轼云："退笔如山未足珍，读书万卷始通神。"（《柳氏二外甥求笔迹》）清代乔亿云："《三百篇》、《楚辞》外，如汉魏六朝名赋，皆诗学之丹头。扬子云曰：'能读千赋，则能为之'，非为材料也。如此然后尽文章之变态。"（《剑溪说诗》）这些艺术主张与刘勰在我国历史上第一次标举而出的通变之术的血缘关系，是显而易见的。

由于以上的历史性开拓，必然赋予我国中古以后的文学发展以一种特别自觉的品格，而就它自身来说，也必然获得一种特殊的战略地位：它既是我国文学发展的战略定向体系，又是我国文学发展的战略评价体系，还是我国文学发展的战略方法体系与经验体系。它以历史与逻辑的双重优势，指引着我国文学发展的正确航向，推动着，规范着，并且保证着我国中古以后文学的健康发展，通过由大唐文学直至乾嘉文学的千余年的前后相继的辉煌，证明着自己的无与伦比的科学性价值和创造性价值。

第三节 刘勰文学通变理论的现实启迪

刘勰的文学通变理论不仅是文学历史发展的丰碑,也是文学现实发展的灯塔。这是因为蕴藏在历史中的规律,具有稳定与恒常的理论意义和实践意义,它不仅以规律的不可抗拒的力量制约着历史的进程,也以同样的力量影响着现实的进程。特别是在某种相同或者相近的文化条件下,历史在现实中重复出现的现象就表现得格外鲜明,历史经验对现实运动的借鉴意义也就表现得特别明显。产生于魏晋南北朝这一文化重构前夕并作为这一文化重构的理论先声,最后培植出大唐文学的繁荣的通变理论,也就必然在当代具有正本清源、拨乱反正意义的文化复兴与文学复兴中,发挥重大的启迪作用和借鉴作用,以规律的不可抗拒的力量,催生出新一代的文学大繁荣。

但是,历史的进程绝不是一个简单的重复过程。各个不同的时代都有自己特定的存在方式,都有自己特定的环境和变量。为着确切把握历史的现实启迪意义,我们还必须同时对现实的文化环境进行系统的把握。

一、现代文学理论发展的历史文化环境

历史是现实的浓缩,而现实则是历史的延伸。要具体洞悉刘勰通变理论的现实意义,我们最好先对我国近现代文学的历史文化环境,做一点简略的回顾。

我国社会的现代转型,是在一个特殊的历史时刻开始的。19世纪中叶,西方诸国都已先后完成了工业化和市场化的社会改造,进入了资本主义阶段,而我国竟毫无觉察,仍然沉浸在天朝大国的迷梦中无所作为,而实际上已经进入了封建社会末期的腐朽和垂死的阶段。西方的帝国主义势力为了发展商品经济的需要,悍然发动以可耻的鸦片贸易为口实的侵略战争,凭借船坚炮利的现代优势,强行打开了中国的门户,将一种半殖民主义的制度束缚于中国的社会之上,使中国人民蒙受了巨大的羞辱和痛苦。我国以反帝反封建为主旋律的现代历史,就从这里拉开帷幕。

在我国近现代历史上,最早从文化思想上对这种风雨欲来的严峻局势做出前瞻性反应的学者,就是龚自珍与魏源。

19 世纪上半叶中国社会的突出特征就是,传统社会已经日暮途穷,帝国主义经济侵略有加无已,社会上的各种矛盾眼看就要全面爆发,而统治者仍然麻木不仁,大做盛世太平之梦。面对这种内外交困的危机,龚自珍做出了振聋发聩的文化批判。他以犀利的笔锋,揭露了满清王朝的专制淫威,认为正是这种残暴的专制淫威,摧残了社会的良知与良能,造成了整个社会的黑暗与腐朽。他说:

> 昔者霸天下之氏,称祖之庙,其力疆,其志武,其聪明上,其财多,未尝不仇天下之士,去人之廉,以快号令,去人之耻,以崇高其身,一人为刚,万夫为柔……大都积百年之力,以震荡摧锄天下之廉耻。①

龚自珍明确认为,这种至高无上的专制淫威,不仅是建立在对天下人权的剥夺的基础上的,也是建立在对士大夫尊严的摧残的基础上的。因此,它必然对士大夫的道德人格造成重大的扭曲,将他们培育成为寡廉鲜耻、蝇营狗苟的奴才,也使这一制度本身腐败不堪。他说:

> 士皆知有耻,则国家永无耻矣。士不知耻,为国之大耻。历览近代之士,自其敷奏之日,始进之年,而耻已存者寡矣!官益久,则气愈媮;望愈崇,则谄愈固;地益近,则媚亦益工。至身为三公,为六卿,非不崇高也,而其于古者大臣巍然岸然师傅自处之风,匪但目未睹,耳未闻,梦寐亦未之及。臣节之盛,扫地尽矣。非由他,由于无以作朝廷之气故也。②

龚氏更进一步指出,这种腐败的吏治,实际正是封建帝王的治国之术的重要内容:为着独裁事业的长治久安,必须愚弄人民,而为着愚弄人民,首先必须愚弄士大夫。他说:

> 老子曰,法令也者,将以愚民,非以明民。孔子曰,民可使由之,不可

① 《龚定庵全集类编》,中国书店 1991 年版,第 98—99 页。
② 《龚定庵全集类编》,中国书店 1991 年版,第 133 页。

使知之。齐民且然,士也者,又四民之聪明喜论议者也……留心古今而好议论,则于祖宗之立法,人主之举动措置,一代之所以为号令者,俱大不便……是故募召女子千余户入乐籍……则可以箝塞天下之游士……使之耗其资财,则谋一身且不暇,无谋人国之心矣。使之耗其日力,则无暇日以谈二帝三皇之书,又不读史而不知古今矣。使之缠绵歌泣于床第之间,耗其壮年之雄才伟略,则思乱之志息,而议论图度,上指天下画地之态益息矣。使之春晨秋夜,为丧体词赋,游戏不急之言,以耗其才华,则议论军国藏否政事之文章,可以毋作矣。如此,则民听一,国事便,而士类之保全者益众。曰,如是,则唐宋明岂无豪杰论国是,掣肘国是,而自取僇者乎?曰,有之。人主之术或售或不售,人主有苦心奇术,足以牢笼千百中材而不尽售于一二豪杰,此亦霸者之恨也。吁!①

为了维护乾纲独断的一己之私,居然运用诱人堕落的手段来扼杀那些以天下为己任的士大夫的自由思想和言论,其用心可谓阴毒矣。但是,这种制造愚昧以推行愚昧的做法,实际是一种以腐养腐的做法,它丝毫不能挽狂澜于既倒,反而加速了封建王朝的总崩溃过程。这就是龚自珍所一针见血指出的:

自京师始,概乎四方,大抵富户变贫户,贫户变饿者,四民之首,奔走下贱,各省大局,岌岌乎皆不可以支日月,奚暇问年岁?②

社会的腐败加速着社会的贫困化,社会的贫困化加速着社会的政治危机,最终积累成为社会的总危机:

履霜之屦,寒于坚冰;未雨之鸟,戚于飘摇;痹劳之疾,殆于痈疽;将萎之华,惨于槁木。③

不祥之气,郁于天地之间,郁之久乃必发,为兵燧,为疫疠。生民嚣

---

① 《龚定庵全集类编》,中国书店1991年版,第86—87页。
② 《龚定庵全集类编》,中国书店1991年版,第165页。
③ 《龚定庵全集类编》,中国书店1991年版,第69页。

类,靡有孑遗。人畜悲痛,鬼神思变置。①

　　今百姓日不足,以累圣天子恕然之忧,非金乎? 币之金与刃之金同,不十年其惧或烦兵事。②

　　龚自珍由此断言,一个天翻地覆的时代眼看就要来临:"日之将夕,悲风骤至","夜之漫漫,鹖旦不鸣。则山中之民,有大音声起。天地为之钟鼓,神人为之波涛矣"。③ 出于高瞻远瞩的民主主义的前瞻意识和忧国忧民的爱国主义的忧患意识,他发出了变法图治的呼吁:

　　自古及今,法无不改,势无不积,事例无不变迁,风气无不移易。④

　　一祖之法无不弊,千夫之议无不靡,与其赠来者以勃改革,孰若自改革? 抑思我祖所以兴,岂非革前代之败耶? 前代之所以兴,又非革前代之败耶? 何莽然其不一姓也? 天何必不乐一姓耶,鬼何必不独享一姓耶? 奋之! 奋之! 将败则预师来姓。又将败则豫师来姓。《易》曰:"穷则变,变则通,通则久。"非为黄帝以来六七姓括言之也,为一姓劝豫也。⑤

　　龚自珍的这些分析与呼吁,具有极其鲜明的民主主义的思想品格,也具有极其鲜明的辩证法品格,他确实不愧为我国近代睁开眼睛看中国的第一学者。诚如梁启超所说:"讥切时政,诋排专制……晚清思想之解放,自珍确与有功焉。光绪间所谓新学家者,大率人人皆经过崇拜龚氏之一时期;初读《定庵文集》,若受电然。"⑥"语近世思想自由之向导,必数定庵。吾见并世诸贤,其能为现今思想界放光明者,彼最初率崇拜定庵。当其始读《定庵集》,其脑积未有不受其激刺者也。"⑦特别难能可贵的是,就他在发展观上的基本思路和战

---

①　《龚定庵全集类编》,中国书店1991年版,第62—63页。
②　《龚定庵全集类编》,中国书店1991年版,第65页。
③　《龚定庵全集类编》,中国书店1991年版,第97—98页。
④　《龚定庵全集类编》,中国书店1991年版,第189页。
⑤　《龚定庵全集类编》,中国书店1991年版,第68页。
⑥　梁启超:《论清学史二种》,复旦大学出版社1985年版,第61页。
⑦　《中国现代学术经典·梁启超卷》,河北教育出版社1996年版,第112页。

略格局来说,始终是以传统文化作为参照系的。他巧妙而深刻地从古代文化的具有普遍意义的价值系中,找到了自己判断是非的标准与尺度,以此作为依据来揭露封建专制的种种弊端,并提出了系列的改革方案。这些标准与尺度包括:《易》的通变原则,古文经学的"致用"原则,三代之治的"大公"原则,对士大夫的"以礼相励"的人格尊重原则,"不患寡而患不均"的社会分配原则,"夷夏之大防"的国防原则,等等。由此引申出来的改革方案是:宗法、限田、均田、整顿吏治、重视海防、实行岗位责任、发挥士大夫作用,等等。这些系列的反思、批判和对策,都来自中华文化的历史深处,也就是他在《己亥杂诗·殿试》中所说的:"何敢自矜医国手,药方只贩古时丹。"①它充分地说明了一条重要的真理:我们的传统文化中蕴涵着强大的再生活力,我们完全可以凭借自己血液中的造血功能恢复机体的健康。将龚氏对专制文化的批判与反思与西方的民主启蒙思想相较,虽然在表述的方式上有精粗之分,但就基本范畴的广度与深度来说,就反对专制和追求民主的大方向来说,实际是并无二致的。它清楚地告诉我们:现代的民主与科学的基本精神绝非某一民族的专利,而是全人类的共同创造,其中也包括我们民族的创造。不承认民主主义思想的多样化形态,不承认中华文化中的民主性精华,不承认中华民族具有自己走向现代文明的精神力量,显然是不符合历史的基本事实的,也是不符合人类文化发展的普遍规律的。

与龚自珍互为表里,魏源则从世界文化的角度,对中国所面临的国际形势和走出危机的对策,进行了系统的研究。他的《海国图志》50卷,就是这一系统研究的学术成果。尽管他当时并未全部掌握西方世界的具体情况,但是他应对外来侵略的思路,却是极其清醒的,也是极其清晰的:

　　《海国图志》50卷,何所据? 一据前两广总督林尚书所译西夷之《四洲志》,再据历代史志及明以来岛志,及近日岛图夷语,钩稽贯串,创榛辟莽,前驱先路……何以异于昔人海图之书? 曰,彼皆以中土人谭西洋,此则以西洋人谭西洋也。是书何以作? 曰:为以夷制夷而作,为以夷款夷而作,为师夷长技以制夷而作。《易》曰:"爱恶相攻而吉凶生,远近相取而

悔吝生,情伪相感而利害生。"故同一御敌,而知其形与不知其形,利害相
百焉;同一款敌,而知其情与不知其情,利害相百焉。古之驭外夷者,诇以
敌形,形同几席;诇以敌情,情同寝馈。①

据此,魏源形成了自己明确的"筹海"对策:一是设立广东译馆;二是设立
船厂炮局;三是训练新式水师;四是于军用制造外,兼造民生日用;五是守海
口、内河以拒夷;六是调夷之敌国以制夷;七是听互市各国以款夷。这些对策,
就是后世抵抗西方侵略的基本原则和方法。也就是王韬所深刻指出的:"当
默深先生时,与洋人交际未深,未能洞见其肺腑,然'师长'一说,实倡先
声。"②这些足以开一代风气的见解和主张,以一种全新的时代精神和时代视
野,展现出了中国知识分子在社会巨变中思考新问题和解决新问题的创造性
能力,也展现出了中华文化中所蕴藏的与时俱进、开拓创新的伟大能力。

从最根本的层面来看,这种伟大的创造能力,来自一条最根本的战略思
路:"通"与"变"的辩证统一。既承认"变"又承认"通",这就是魏源最基本的
思维方法。他明确断言,事物都是在对立中向前发展的,"天下物无独必有
对……相反适以相成也"。③ 以此为据,他将历史运动的过程,认定为一个向
上运动的进化过程:"三代以上,天皆不同今日之天,地皆不同今日之地,人皆
不同今日之人,物皆不同今日之物。"但是,"变"中也有"不变"的东西,这就是
"道":"故气化无一息不变者也,其不变者道而已,势则日变而不可复者也。"
他所说的"道",从事物运动的最高层面来看,就是事物的基本性质和基本规
律。事物诚然变动不居,而就其基本性质和基本规律来说,却又是恒常不变和
古今相续的。他说:"天有老物,人有老物,文有老物。柞薪之木,传其火而化
其火;代嬗之孙,传其祖而化其祖。"④就像物有新老之分,人有新老之别一样,
在其形态上确实是日新月异的,但就其最基本的属性和最基本的规律而言,古
与今却又是前后相承,通贯为一的。历史发展的过程,既是一个日新月异的过
程,也是一个新陈代谢的过程,而就其基本属性和基本规律来说,又是一个前

①　《魏源集》上册,中华书局 1976 年版,第 207 页。
②　王韬:《漫游随录·扶桑游记》,湖南人民出版社 1982 年版,第 202 页。
③　《魏源集》上册,中华书局 1976 年版,第 26 页。
④　《魏源集》上册,中华书局 1976 年版,第 48 页。

后相通的过程。"柞薪之木"的形态代代不同,但是它的"可燃"的属性代代相传;"代嬗之孙"的形态代代不同,但是作为人的基本属性来说,却是既"化"其祖又"传"其祖的。这样,就将变与通,"化"与"传",融合成为一个有机的整体。

这一"通"与"变"辩证统一的发展观,是龚自珍和魏源的思想革新的最基本的方法论依据,也是"五四"运动以前我国改革运动前驱者最基本的方法论依据。正是凭借这一高瞻远瞩的中国式的哲学武器,他们在历史转折的大风大浪中,始终没有迷失前进的方向,而是按照中国人自己的方式,解决着自己的现代化的问题,捍卫着一个古老民族的文化生命。无论是"中学为体,西学为用"的洋务运动,还是"托古改制"的变法维新运动,直至"驱除鞑虏,恢复中华,建立民国,平均地权"的辛亥革命运动,无一不是如此。诚然,他们的步履是如此的蹒跚、曲折,他们毕竟在不停地前进,终于获得了推翻封建王朝的政治革命的伟大胜利。

辛亥革命翻开了中国历史的新篇章:延续几千年的帝制画上了一个句号,封建专制的政治秩序和道德规范随之瓦解,社会以共和的鲜明旗帜重新构建起人与人的关系。无疑,这在我国历史上,是一件开天辟地的事情。但是,由于历史的因袭过于沉重,辛亥革命的政治胜利并未能立即转化为一种文化上的胜利,在相当长的一段历史时期中,没有王权的王权思想依然在社会上泛滥成灾,而各级军阀在列强的庇护下割据着中国的政坛,上演着"城头变幻大王旗"的种种闹剧,使中国的社会更加黑暗,更加混乱。这就迫使人们必然重新回到文化的层面,对意识形态上的种种问题,做出寻根索源的思考。于是,一场作为辛亥革命的补充与延伸的新文化启蒙运动,也就应运而生。

"五四"新文化运动是20世纪中国继辛亥革命之后最具震撼力的社会运动,它对封建礼教的猛烈冲击和对民主与科学的鲜明标举,从意识形态的层面上指明了我国现代化的文化方向,为现代中国的知识分子进行社会意识的改革提供了强大的精神武装,使整个社会的耳目为之一新,影响极其深远。但也毋庸讳言,这种文化批判是建立在对西方文化的整体认同和对传统文化的整体拒绝的基础上的,而不是建立在具体分析的基础上的,因此必然带来极大的片面性,具有极其明显的反传统主义色彩。这就是林毓生所深刻指出的:"如果从历史角度对五四时期作一回顾,我们就清楚地意识到这个时代的显著特色就是在文化方面的全盘性反传统主义的特色。"①这一特色,集中表现在这一运动中的各派领袖人物的理论主张上:陈独秀所代表的是"向东方寻找真理"的主张,胡适所代表的是"向西方寻找真理"的主张。

显然,无论是陈独秀还是胡适,不管他们后来走上了怎样不同的道路,而就其在"五四"新文化运动中所持的反传统主义的取向来说,却是完全相同的。他们所代表的,都是一种对传统的背离,只是角度不同罢了:一个是从左的方面,一个是从右的方面。这一区别之所以发生,其真正的根源就在于:"现代中国文化的一个主导因素是不同成分的西方文化的存在。"②这就不难理解,这两种文化主张在思想方法上之所以如此接近的原因了。

不管是向东方寻找真理,还是向西方寻找真理,就前驱者的初衷来说,都是以救国救民为目的,以寻找真理为指归,以彻底反对传统文化的流弊作为逻辑依据的。惟其如此,二者必然汇合成为五四新文化运动的波澜壮阔的洪流,使这一运动具有彻底革命的性质,从根本上打开了中国现代化的思想大门。但也毋庸讳言,这种反传统主义的认识模式是在一个特定的时代背景下发生的,即西方文明的入侵:"五四运动中激烈的反传统主义,正如过去一百四十年中国历史中知识界所出现的许多其他现象一样,其所以产生,是因为有一个重要的事实背景,即西方文明的入侵。西方文明以各种不同的形式逐渐破坏了传统文化的稳定性和连贯性,而且在总的方面影响了中国思想和文化的发展方向。"③由于这一背景的制约,它在理论上的躁动性与简单性,以及由此带来的消极影响,也是极其明显的。具体表现在以下方面。

其一,反传统主义将中华传统文化都视为"礼教吃人"的罪恶文化,进行整体性的否定,这是不符合历史的实际的。众所周知,五千年以上的中华文化传统与二千年的封建文化传统,具有本质的区分。即使在封建社会中的文化,也具有民主性精华和封建性糟粕的区分,应该做出具体分析,而不应全盘否定。对中华文化的全盘否定,只能造成文化传统的断裂,使现代文化成为无源之水,无本之木,始终无法找出民族文化的主流,也不能在民族文化的土壤中找到自己的生长点,而只能在西方价值观的驱动下盲目运行,走着一条格外曲

---

①　林毓生:《中国意识的危机》,贵州人民出版社1988年版,第284页。

②　林毓生:《中国意识的危机》,贵州人民出版社1986年版,第284页。

③　林毓生:《中国意识的危机》,贵州人民出版社1986年版,第15页。

折的道路。

其二,反传统主义对中华传统文化的彻底否定,既不符合中华文化的历史实际,也不符合"西方真理"与"东方真理"的历史实际。众所周知,现代"西方真理"来自文艺复兴,文艺复兴是历史与现实融合为一的结果。这就是恩格斯所昭示的:"拜占庭灭亡时抢救出来的手抄本,罗马废墟中发掘出来的古代雕像,在惊讶的西方面前展示了一个新世界——希腊的古代;在它的光辉形象面前,中世纪的幽灵消逝了;意大利出现了前所未见的艺术繁荣。"①现代"东方真理"同样具有自己的历史根由,这就是黑格尔的辩证法,费尔巴哈的唯物主义,英国的古典政治经济学。也就是马克思所昭示的:"人们自己创造自己的历史,但是他们并不是随心所欲地创造,并不是在他们自己选定的条件下创造,而是在直接碰到的、既定的、从过去承继下来的条件下创造。"②反传统主义实际是对人类历史的全盘否定,这就必然使中国的现代化进程成为一种断裂性的存在。由于断裂,它必然成为一种不可检验的东西。众所周知,实践是检验真理的唯一标准,而历史的检验就是实践的总体性检验。与历史的断裂实际就是与实践的断裂,也就是与检验真理的唯一标准的断裂。这就必然为某些唯意志论者行使自己的长官意志大开方便之门,并由此而使中国的现代化进程遭受到实践的一再惩罚而变得格外漫长,使封建专制主义愈演愈烈,使人民生活在长期的水深火热之中而难以自拔。而就这种改革的本身来说,始终停留在自己检验自己的实验性阶段,始终停留在不断地自我否定的怪圈中徘徊不前,不能获得普遍真理的指导而走出盲目性的泥坑。

其三,由于"五四"所开创的文化现代化进程是建立在对中华传统文化进行彻底否定基础之上的,这就必然使新旧两种文化之间形成绝对的对立,在意识领域中带来诸多的冲突,如历史与价值的冲突,功利与伦理的冲突,时代性与民族性的冲突,等等。由于新的思想体制中只有新旧对立的机制而缺乏新陈代谢的机制,只有"决裂"的机制而无化旧为新的机制,这些问题不仅不可能解决,反而会愈演愈烈。现代化愈是发展,非民族化、非历史化、非伦理化的问题愈是严重,现代化与民族化的冲突、历史化与价值化的冲突、功利化与伦

---

① 《马克思恩格斯全集》第20卷,人民出版社1971年版,第360页。
② 《马克思恩格斯全集》第11卷,人民出版社1995年版,第131页。

理化的冲突,就会愈益尖锐,社会的失衡与失序的现象就会愈益严重。这就必然使中国现代的历史,始终是一部不断地自我否定的历史,一部在否定之否定中不断循环的历史。

其四,反传统主义对中华传统文化的彻底否定与对西方文化的全盘肯定,实际是出于一种简单化的认识方法:忽视了事物的多维属性,而将自己的视野拘囿于二元对立的狭隘、封闭的模式中。它抹杀了一个最基本的事实——人类文化的整体性与具体形态的多样性的事实。人类文化运动的进程,从来都是互相学习、互相取长补短的过程,而绝非一枝独秀的过程。对某一个民族的文化传统的全盘否定,实际是对全人类文化的全盘否定。由于这一粗暴的否定,必然扭曲一个民族的发展进程,窒息一个民族的创造生机,也会妨碍多元文化的发展和全人类的共同繁荣。

"五四"新文化运动作为我国 20 世纪最具有震撼力的运动,无论是它的积极的方面或是它的消极的方面,其影响都是极其深远的。我们今天在现代化进程中所取得的一切成果和所面临的一切困顿,无一不能从"五四"的反传统主义中找到历史的根由。"五四"的彻底革命的属性,它所代表的民主与科学的精神,它的开放性的思想品格,无疑应该受到历史的肯定。而它在反传统中所表现出来的幼稚性与躁动性以及对民族复兴的消极作用,也是需要我们认真吸取教训的。这一沉重的历史教训,可以归结为一句经历几千年历史检验的话:"易穷则变,变则通,通则久。"从最根本的层面来看,这些种种的绝对与幼稚,种种的困顿与坎坷,都来自一个基本事实:"变"与"通"的脱离。唯有"变"与"通"的辩证统一,才是历史发展的唯一正确的道路。经历了百年的摸索、坎坷和困顿,我们终于明白了这一个颠扑不破的真理。

二、现代文学理论在"五四"新文学运动中的革命性变革和历史困窘

我国文学理论现代化转型的深度过程和全息过程,是在"五四"新文化运动的洪流中开始的。与"五四"的新文化运动共生的文学革命运动,是我国从鸦片战争以来的文化改良运动与文学改良运动的革命性延伸。"五四"的狂飙对中华传统文化与传统文学进行了全面性的批判和荡涤,全面打开了中国文化与文学的大门,迎来了西方的民主与科学的曙光,也引进了东方的十月革命的炮响,将体制内的改革全面转换为体制外的改革,使古老中华的文化与文

学的面貌焕然一新,以完全自觉的开放姿态和最快速度,揭开了中国文化与文学走向现代、走向大众、走向世界的新篇章。但也毋庸讳言,由于"五四"前驱者的过于激进的反传统主义的文化主张与文学主张,这一场暴风骤雨也给我国文学理论的现代化进程,带来了某些至今难以消除的消极影响。

"五四"文学革命对我国文学理论现代化的促进作用,主要表现在以下方面:

（一）对我国传统文学观念的彻底变革

"五四"文学革命是中国文学思想上具有根本意义的大变革。它以暴风骤雨的形式,对旧文学的种种弊端进行了彻底的批判和整体性的否定。这就必然赋予它以一种亘古未有的彻底革命的品格:它不是体制内的改革,而是对传统体制的大突破和大转换;它不是对历史传统的延续,而是对几千年封建传统的决裂和背离。这种与传统的文学理论迥然有别的理性品格,具体表现在它对传统文学观念的彻底变革上。

以"五四"文学革命作为起点的现代文学理论的现代化开拓,首先表现在它对古代正统的文学价值观念体系的全盘摈弃上。我国古代以六经为依据的正统的文学价值观念,是以维护封建礼教为标准的。在绵延二千余年的封建社会中,文学被统治者当做"明道"与"载道"的政教工具,"诗言志"、"述而不作"与"代圣立言"被视为文学创作的最高准则。在这种僵化的价值观念的束缚下,许多作品都充满着上尊下卑的贵族意识,打上了封建统治阶级的腐朽烙印。如汉赋与齐梁宫体诗,明朝的台阁体,清代的八股文,就是典型的例证。在这种具有独尊地位的价值观念的拘囿下,传统文学理论中的民主性精华受到极大的压抑,只能成为地下的潜流而不能汇集成为长江大河。作家的人格追求被局限在"发乎情,止乎礼义"的封建道统内不能自由舒展,只能以忠君与宗经的方式曲折地表现出来。近代文学理论中虽然出现了某些离经叛道的新的思想萌芽,但就其基本的价值观念来说,仍然没有脱离封建伦理的框范,在文学思想上始终未能实现具有本质意义和全局意义的突破。

"五四"文学革命则是一场对传统文学理论进行全面批判的思想发动。以陈独秀与胡适作为代表的理论前驱者以西方现代文化作为凭借,以彻底革命的方式摈弃了陈旧的文学价值观念体系,提出了全新的价值主张。这一使天下为之一新的价值主张,集中反映在陈独秀所标举的"三大主义"中:

文学革命之气运，酝酿已非一日，其首举义旗之急先锋，则为吾友胡适。余甘冒全国学究之敌，高张"文学革命军"大旗，以为吾友之声援。旗上大书特书吾革命军三大主义：曰，推倒雕琢的阿谀的贵族文学，建设平易的抒情的国民文学；曰，推倒陈旧的铺张的古典文学，建设新鲜的立诚的写实文学；曰，推倒迂晦的艰涩的山林文学，建设明了的通俗的社会文学。

陈独秀不仅明确地列出了文学革命的三大对象，而且深刻地揭示了之所以要对它们进行革命的根由：

际兹文学革新之时代，凡属贵族文学，古典文学，山林文学，均在排斥之列。以何理由而排斥此三种文学耶？曰：贵族文学，藻饰依他，失独立自尊之气象也；古典文学，铺张堆砌，失抒情写实之旨也；山林文学，深晦艰涩，自以为名山著述，于其群之大多数无所裨益也。其形体则陈陈相因，有肉无骨，有形无神，乃装饰品而非实用品；其内容则目光不越帝王权贵，神仙鬼怪，及其个人之穷通利达。所谓宇宙，所谓人生，所谓社会，举非其构思所及，此三种文学公同之缺点也。此种文学，盖与吾阿谀奉承夸张虚伪迂阔之国民性，互为因果。今欲革新政治，势不得不革新盘踞于运用此政治者精神界之文学。①

这些掷地有声的理论主张，从文学的内容与形式的双重角度，有力地揭露和批判了传统文学中的种种弊端，旗帜鲜明地提出了与旧文学针锋相对的"平易"、"新鲜"、"明了"的三大时代新质：平易性——它是国民的文学而不是贵族的文学；新鲜性——它是写实的文学而不是虚夸的文学；明了性——它是通俗的文学而不是艰涩的文学。这就从政治思想的总高度和文学的自身的整体运动的总深度，表现出了激进民主主义者在文学价值观念的现代化开拓中的革故鼎新的彻底性。这种高度与深度，这种彻底性与鲜明性，是文学历史上所从未见的。

---

①　《陈独秀著作选》第 1 集，上海人民出版社 1993 年版，第 260—263 页。

　　与陈独秀并肩战斗的胡适,则从"形式上的革命"的角度,对文学价值观念的革命做出了自己的重大贡献。他将"形式上的革命"作为文学变革的起点,认为文言作为文学的工具已经失去了生命的活力,因此,只有首先解决"文字问题","用白话来做文学的工具",文学的革命才能有序而有效地进行。这一文学形态的价值取向,被他概括为以下几个方面:"一曰,须言之有物。二曰,不摹仿古人。三曰,须讲求文法。四曰,不作无病之呻吟。五曰,务去烂调套语。六曰,不用典。七曰,不讲对仗。八曰,不避俗字俗语。"①这些主张,从文法、词汇、修辞、写作技巧、写作风格等诸多方面,给予文言文与旧形式以全面的否定,从形态学的实处有力地推动了文学革命的进程。

　　由此可知,"五四"文学革命,实质上就是一场文学价值观念的现代化革命:文学思想价值观念的现代化革命,文学语言价值观念的现代化革命,人的价值观念的现代化革命。实现这三个层面的现代化,正是现代文学理论的最根本的内容。将现代化的目标确定为现代文学的最根本的价值取向,是"五四"文学革命最大的历史功绩。这就是王瑶所精辟总结的:"文学革命如果用一句话来概括,就是用现代人的语言来表现现代人的思想。现代人的语言是白话文,现代人的思想就是民主、科学以及后来提倡的社会主义,它是与封建专制主义与蒙昧主义根本对立的……总之,'语言的现代化','思想的现代化'和'人的现代化',构成了五四思想革命和文学革命的基本内容,这就是'五四'的时代精神。"②

　　(二)赋予我国现代文学理论以开放的世界性品格

　　以"五四"文学革命作为起点的文学理论的现代化开拓,同时表现在它对西方文学理论的全盘引进与鲜明标举上。"五四"文学革命既是中国传统文学因时适变的产物,也是西方文学思潮强力冲击的结果。正像西方的船坚炮利打开中国的大门,将我国的经济迅速推入世界一样,我国的精神文明也经历着同样的历程。这就必然给中国文学理论的现代化转型,抹上浓厚的世界性也就是开放性的色彩。也就是朱德发所明确指出的:"'五四'新文学的基本特征或构成素质无不源于西方文学。而在中西文学的大接触大交流大撞击中

---

①　《胡适文集》第2卷,北京大学出版社1998年版,第6页。
②　王瑶:《在东西古今的碰撞中》,中国城市经济社会出版社1987年版,第3页。

使中国文学得到了新生,逼近或赶上世界文学发展的总潮流,这样就使新文学具有面向世界的开放性形态。这是'五四'新文学'现代型'的又一特征。"①

"五四"文学革命的开放性色彩,集中表现在它对西方文学思想的全盘引进上。"五四"文学革命的前驱者所提出的理论主张,无一不是从域外直接吸取理论的营养,无一不以西方的现代文学理论作为认识论与方法论的凭借。胡适1916年就读于美国时,就钟情于西方的"意象主义运动",认同其"具体性"和"口语化"的主张。他在《文学改良刍议》中所标举的"八事",即以此作为理论蓝本。陈独秀的《文学革命论》,开宗明义就是号召以欧洲文艺复兴作为楷模,来发动中国的文学革命。他所标举的"三大主义",就是以西方的现实主义文学作为理论蓝本的。周作人的"人的文学"的理论主张,来自西方的人道主义文学理论。李大钊在《什么是新文学》中所提出的唯物论的文学论见,来自欧洲的马克思主义和俄国的现实主义文学思想。这些各式各样的现代思想,不仅获得了五四文学革命前驱者的认同,也获得了他们的大力标举。这就是陈独秀所大声宣示的:"欧洲文化,受赐于政治科学者固多,受赐于文学者亦不少。予爱卢梭、巴士特之法兰西,予尤爱虞哥、左喇之法兰西;予爱康德、赫克尔之德意志,予尤爱桂特郝、卜德曼之德意志;予爱培根、达尔文之英吉利,予尤爱狄铿士、王尔德之英吉利。吾国文学界豪杰之士,有自负为中国之虞哥,左喇,桂特郝,卜特曼,狄铿士,王尔德者乎? 有不顾迂腐之毁誉,明目张胆以与十八妖魔宣战者乎? 予愿拖四十二生的大炮,为之前驱!"②也就是胡适所断言的:"西洋近代文明能够满足人类心灵上的要求的程度,远非东洋旧文明所能梦见"③,"所以我主张全盘的西化,一心一意的走上世界化的路"④。由于前驱者的大力倡导,西方文艺复兴以来的各种文学思潮迅速地涌进了中国,诸如现实主义,自然主义,浪漫主义,唯美主义,象征主义,印象主义,心理分析主义,意象主义,未来主义,等等,由此形成了中国文坛由封闭走向全方位开放,由本土性走向世界性的大格局。

这些形形色色的域外现代文学理论,都在一个来自西方的具有根本意义

---

① 朱德发:《中国五四文学史》,山东文艺出版社1986年版,第18页。
② 《陈独秀著作选》第1卷,上海人民出版社1993年版,第263页。
③ 《胡适文集》第4卷,北京大学出版社1998年版,第6页。
④ 《胡适文集》第5卷,北京大学出版社1998年版,第453页。

的认识论的指导下得到了高度的集中和强化,这就是对进化论的标举。"五四"文学革命前驱者倡导文学革命的最根本的理论依据,就是文学历史进化论,这一理论依据就是从19世纪西方自然科学的三大发现之一的进化论中衍生出来的。他们强调"文学者,随时代而变迁者也。一时代有一时代之文学……因时进化,不能自止"①,以此为据坚定着新文学必然取代旧文学的见解。也以此为据,向旧文学发起猛烈的攻击,认为旧文学"直无一字有存在之价值,虽著作等身,与其时之社会文明进化无丝毫关系"②。在这一新陈代谢的历史观念的认证下,新与旧、中与西都成了绝对对立的范畴,而新文学对旧文学的进攻也必然因此而具有全盘否定和全盘肯定的彻底属性,并将我国的现代文学理论全面纳入了西方文学理论的体系之中,在西方认识论体系的指引下和西方理论材料的营造下,将现代化与世界化融合成为一个逻辑的整体。

(三)对我国文学审美取向的重新定位

我国传统的文学审美取向是"中和之美",倡导"温柔敦厚","怨而不怒",以"中庸"作为最高的审美理想和美学规范。这一审美取向具有双重的属性:一方面,它反映了我们民族重视和谐、重视兼容、重视度的规定性的理性品格,正是这一特定的理性品格铸造出我们民族所特具的博大宽容、从容睿智的文化性格,赋予我们民族以一种特殊的智慧和情操。凭借着这种中华特色的智慧和情操,我们的民族文化得以独标一格地屹立于世界文化之林,历万劫而不朽。另一方面,它也是封建统治阶级的审美意识的集中反映,体现了封建意识形态在审美领域内对于公权至上的崇拜,对于个体人格及自由意志的压抑与禁锢。由于封建思想是封建社会中占有统治地位的思想,后一种属性必然成为一种占据着主流地位的显性的属性,前一种属性必然成为一种处于末流地位的隐性的属性。正是这两种属性的冲突和斗争,制约着一个民族的审美意识的发展过程:前者推动着文学审美意识的健康发展,后者阻碍着文学审美意识的健康发展,由此形成一个民族的审美意识发展的曲折轨迹。而在现实的文学审美过程中表现出来的,从来都是统治阶级的意志和统治阶级的审美取向,因此,"中和之美"也就必然成为几千年来个性束缚的羁绊和奴性文

---

① 《胡适文集》第2卷,北京大学出版社1998年版,第7页。
② 《陈独秀著作选》第1卷,上海人民出版社1993年版,第262页。

学的根由。

　　"五四"文学革命以对历史与现实的强烈的批评精神,不仅从根本上改变了我国古代正统的文学价值观念体系,也从根本上改变了我国文学审美的价值取向,赋予我国的文学审美以一种前所未有的战斗性品格。这种战斗性品格的具体表现,就是前驱者所倡导的敢批判、敢斗争的大无畏的文化精神,也就是胡适所标举的"只手打倒孔家店"、陈独秀所标举的"愿拖四十二生之大炮为之前驱"的那种勇猛奋进的精神。它将西方文艺复兴所具有的那种"需要巨人而且产生了巨人"的气势,再现于中国的文坛。这种亘古未有的英雄气象,可以从胡适当年写作的一首《沁园春·誓诗》中窥见一斑:

　　　　更不伤春,更不悲秋,以此誓诗。任花开也好,花飞也好,花圆固好,日落何悲? 我闻之曰:"从天而颂,孰与制天而用之?"更安用,为苍天歌哭,作彼奴为! 文学革命何疑! 且准备搴旗作健儿。要前空千古,下开百世,收他臭腐,还我神奇。为大中华,造新文学,此业吾曹欲让谁? 诗材料,有簇新世界,供我驱驰。(1916 年 4 月 13 日)①

　　它所表现出来的"当今天下,舍我其谁"的强大个性和巨人意识,对于"温柔敦厚"的"中和之美"来说,无疑是一种彻底的否定。它赋予中国的现代文学以一种特殊的时代活力,有力地激发着人们从"瞒和骗"的历史泥坑中解脱出来,投入到人的解放的壮丽的事业中去,并在更高的审美层次上创造出真正具有现代意义的文学,塑造出真正属于自己的人生。

　　现当代文学理论在现代化转型中的重大飞跃是有目共睹的,但是由于认识方法上的不成熟性,它所造成的负面影响和历史困窘,也是显而易见的。

　　"五四"认识方法的不成熟性,集中表现在它的片面性和绝对性上。"五四"前驱者在文学革命的倡导中并没有充分的理论准备,也没有确定的科学性的方法论凭借,而是一种"拿来主义"的简单移植。这就是毛泽东所深刻指出的:"五四运动时期,一班新人物反对文言文,提倡白话文,反对旧教条,提倡科学和民主,这些都是很对的……但五四运动本身也是有缺点的。那时的

――――――――――

　　①　《胡适文集》第 1 卷,北京大学出版社 1998 年版,第 148—149 页。

许多领导人物,还没有马克思主义的批判精神,他们使用的方法,一般地还是资产阶级的方法,即形式主义的方法。他们反对旧八股、旧教条,主张科学和民主,是很对的。但是他们对于现状,对于历史,对于外国事物,没有历史唯物主义的批判精神,所谓坏就是绝对的坏,一切皆坏;所谓好就是绝对的好,一切皆好!"①也是胡适后来对"全盘西化"的绝对化口号所恳切反思的:"'全盘西化'一个口号所以受了不少的批评,引起了不少的辩论,恐怕还是因为这个名词的确不免有一点语病……所以我现在很诚恳的向各位文化讨论者提议:为免除许多无谓的文字上或名词上的争论起见,与其说'全盘西化',不如说'充分世界化'。"②

　　这种形式主义方法表现在对传统文学的批判上,就是"一切皆坏"的整体否定。它将中国封建社会的文学都视为"封建文学",都归入"打倒"之列,一概予以摈弃。如陈独秀曾称,"全部十三经,不容于民主国家者盖十之九九,此物不遭焚禁,孔庙不毁,共和招牌,当然持不长久。"③"新旧之间,绝无调和两存之余地。"④胡适明确倡导:"正因为二千年吃人的礼教法制都挂着孔丘的招牌——无论是老店,是冒牌——不能不拿下来,槌碎,烧去。"⑤即便是像鲁迅这样杰出的思想家,有时也不免对与国学相关联的事物采取片面的偏激的态度,他当时对中国历史所做的整体宣判是:"这历史没有年代,歪歪斜斜的每页上都写着'仁义道德'几个字……字缝里看出字来,满本都写着两个字是'吃人'。"⑥由于这种整体否定,必然使新文学失去了正常发展的生态环境,成为一种无根的存在,成为一个失去母乳哺育的孤儿。这样的无本之木,无乳之儿,注定是俯仰随人而很难获得独立发展的生命机能和繁荣茁壮的生存机会的。这就是我国现代文论之所以至今仍是处于贫血状态的根由。

　　这种形式主义方法表现在对西方现代文论的标举上,就是"一切皆好"的整体肯定。它将现代化与西方化视为同一的价值存在,将西方现代文学都看

① 《毛泽东选集》第 3 卷,人民出版社 1991 年版,第 831 页。
② 《胡适文集》第 5 卷,北京大学出版社 1998 年版,第 454 页。
③ 《陈独秀著作选》第 1 卷,上海人民出版社 1993 年版,第 320 页。
④ 《陈独秀著作选》第 1 卷,上海人民出版社 1993 年版,第 281 页。
⑤ 《胡适文集》第 2 卷,北京大学出版社 1998 年版,第 610 页。
⑥ 《鲁迅选集》第 1 卷,人民文学出版社 2004 年版,第 12 页。

成"现代化文学"，尊为"民主与科学"的化身，一概予以效法。这就是当时的闯将们所标举的："所谓新者无他，即外来之西洋文化也；所谓旧者无他，即中国固有之文化也……二者根本相违，绝无调和折衷之余地。"①这种是非莫辨的整体肯定，必然使我国现代文论成为西方糟粕与西方精华并存的混沌体。这种对西方文学思潮的简单的追风似的跟进，这种根深蒂固的"洋八股"式的教条主义的泛滥成灾，就是我国现代文论至今仍处于追风状态而不能获得独立生命的历史根由。

这种形式主义的方法表现在理论与实践的关系上，就是二者的严重脱离。形式主义必然走入绝对主义，绝对主义必然走入封闭主义。由于认识上的封闭，必然拒绝理论的检验，也必然拒绝实践的检验，而其结果必然是与历史的断裂和隔离。这种断裂与隔离又转过来强化它的封闭主义与形式主义的痼疾，使其理论具有更大的荒谬属性，使其实践具有更大的盲动属性。如此辗转循环，使其绝对化的理论成为绝对错误的理论，使其绝对化的实践成为绝对错误的实践。我国史无前例时期的文化大革命，就是典型的例证。

这种认识上的绝对性和片面性的消极影响和历史困窘，不仅表现在它所引发的感情冲动和由此带来的理论思维的偏激上，更严重的是由此形成的思维定势所必然生发的历史性的文化偏移上。这种偏移在文论中的具体表现，就是我国传统文论在现代文学现实中的边缘化过程愈来愈严重，它的中国特色愈来愈淡薄，距离现代的真实生活愈来愈远，愈来愈具有否定一切的主观随意属性，与本质和规律的隔阂愈来愈大，最后发展到史无前例时代的与一切历史文化"彻底决裂"的地步，文论蜕变成为阳谋政治的工具而失去自身的存在价值。

感谢三中全会从政策上与思想上的拨乱反正，终止了这个由历史积累而成的西方化和极左化的文化偏移与文学偏移的悲剧过程，使我国现代文论的发展重新走上了具有中国特色的轨道。但是，与习惯势力的斗争是一个漫长的过程。只要这种错误的思维方式还残存在我们的生活中，只要某种特殊的利益集团为着一己的私利仍在暗中坚持着和鼓励着这种错误的思维方式，鲁

---

① 汪叔潜：《新旧问题》，《青年杂志》第 1 卷第 1 期。

迅所说的那种"战斗正未有穷期,老谱将不断的袭用"①的现象依旧会频繁出现。新时期开始后,以阶级斗争为纲的思想封闭与文学封闭被扫进了历史的垃圾堆,瞭望西方的窗口被重新打开,各种各样的文学思潮重新涌入了我国的文坛,拿来主义的沉渣又重新泛起。与前不同的是,这一回的引入是全方位的引入,是一种没有主题词的引入,是一种更加盲目的引入。每一个理论家都可以拥有自己的中心概念,犹如超级市场的摊位一样将世界文论的百年产品展示无遗:从俄国形式主义到法国的解构主义,从弗洛伊德的精神分析到后现代主义,从女权主义到新历史主义,一应俱全,听凭选购。和50年代的"向老大哥学习"相比,和六七十年代的"东风吹,战鼓擂"相比,文论市场的规模和服务方式似乎有了很大的改变,却都有一个共同的特征,这就是对外来文化的推崇而没有自己的产品。我们在近百年中引进了西方的或东方的许许多多的东西,我们从"五四"开始就忙于这样或那样的"决裂"、"打倒"和"批判",却忽视了对自己的文论体系的现代化建设,误认为批判就是建设的同义语,极"左"就是解放的同一语,西化就是现代化的同一语,错误地以批判来代替建设,以拿来代替开放。一旦风潮过去,才感到一种锥心刺骨的精神空虚和文化空虚:哲学的贫困,道德的滑落,文学的苍白,实践的混乱,理论的尴尬。这就是童庆炳所痛心疾首指出的:

> 我们建国以来文论发展的三个时期——50年代的"学习苏联"时期,六七十年代的"反修批修"时期,80年代的改革开放时期。这三个时期中国的文论发展是很不相同的,但却有一个共同的特征,那就是搬用外来的东西或教条式的东西,而没有自己的"话语"。我们基本上还没有建立起属于中国的具有当代形态的文学理论。我们只顾搬用或只顾批判,建设则"缺席"。中国具有世界"第一多"的文学理论家却没有自己的"话语",这不能不使我们陷入可悲的尴尬局面。②

没有自己的"话语",这就意味着人向鹦鹉的异化和退化。林毓生将这种

---

① 《鲁迅全集》第4卷,人民文学出版社1973年版,第614页。
② 童庆炳:《中国古代文论的现代意义》,北京师范大学出版社2001年版,第327页。

现象称为"中国意识的危机"，童庆炳将它称为"文学理论教师的痛苦"，这样的表述虽然有点辛酸，有点辛辣，却又是恰如其分的。有危机就必然有拯救危机的努力，有痛苦就必须有疗救痛苦的良方，而怎样走出这一历史的怪圈，也就必然成为现代文论家义不容辞的天职。

三、关于现当代文学理论走出困境的战略思考

困境之所在，也就是出路之所在。

造成现当代文学理论尴尬的原因是多方面的，但从最根本的层面来看，就在于它违背了事物发展的最根本的规律——"通"与"变"辩证统一的规律。所谓"变"，是指现实的常变常新的属性，所谓"通"，是指规律的常恒常定的属性。"通"是"变"的母体，是"变"的基础，也是"变"的目的；"变"是"通"的前提，是"通"的凭借，也是"通"的动力。事物的发展，就是二者有机统一的结果。对任何一个层面的忽视或者偏重，都会带来严重的消极后果。

从"五四"文学革命开始的文学理论的现代转型，是在以"变"作为决定性的价值依据而将传统视为变革的最大阻力的认识场中进行的，这就必然将"变"的过程，变成一个摒弃传统的过程。由于摒弃传统，必然使"变"成为不可检验的东西，使推动事物发展的能动过程成为一个主观随意过程，也就必然陷入刘勰所说的"失体成怪"境地，距离真理越来越远。

要想走出这一历史的困境，关键就在于彻底抛弃那条导致混乱和尴尬的形式主义的思维路线，重新回到已由我国悠久历史所反复证明过的"通"与"变"辩证统一的正确的思维路线上来。百年的曲折沉重地提醒我们：那种与传统文化彻底决裂的数典忘祖的傻事，我们再也不能干了。诚然，实现现代化是我们民族百年来坚定不移的目标，但是，这一目标的实现绝不能通过全盘西化的方式，也不能通过抱残守缺、故步自封的方式，而只能通过"通"与"变"融合为一的方式，也就是恒常性与适变性二者融合为一的方式。这一融合为一的工程过程的困难就在于，它绝不是一个简单的算术和的范畴，而是一个复杂的化学反应的范畴。这一复杂的化学反应的范畴，又是一个精细的定量分析与定性分析的范畴。而对这些范畴的辨析、体认和把握，却是一件颇费踌躇的事情。

"穷则变，变则通，通则久。""通"到底在哪里？"通"就在由连续不断的

"变"所连缀而成的历史运动的整体性和连贯性中。"变"到底在哪里？"变"就在组成历史整体的长长链接中的每一个具体坏节的日新月异的形态中。因此，"通"与"变"融合为一的问题，实质上也就是历史与逻辑融合为一的问题。这一问题的复杂性就在于，历史的整体性和连贯性蕴涵着和体现着规律的恒常性，但绝不等于规律的恒常性。这是因为历史的运动中既包含着必然性的因素，也包含着偶然性的因素，既包含着积极性的因素，也包含着消极性的因素。只有经过逻辑的检验和过滤，才能进行确切的认定和取舍。对历史的整体性进行简单的肯定或是简单的否定之所以错误，原因就在这里。

正确的做法只能是对具体历史事实进行具体分析和逻辑检验，也就是毛泽东所说的"剔除其封建性的糟粕，吸收其民主性的精华"①，而不能采取简单切割或移植。简单切割会损伤元气，简单移植会产生排异现象，都是不可取的。特别需要慎重斟酌的是，在具体的历史运动过程中，精华与糟粕通常都并存于一个统一体中而难以区分：对糟粕的否定，有时也会连带着对精华的否定；对精华的吸收，有时也会连带着对糟粕的吸收。例如莲之美在于"出污泥而不染"，但如果由此得出必须彻底铲除污泥的结论，那就大错特错了。彻底铲除了污泥，也就彻底铲除了莲之美不可或缺的生态环境，莲的生命之美也就会荡然无存。这就是季羡林所谆谆告诫的："解剖刀"不能随意操作，关系到死与活的分野。一刀下去很容易，但生命根基也会因此动摇。彻底反传统主义在理论上的荒谬性和实践上的危害性，就在于此。

百年的历史事实从正反两个方面深刻地启示我们：对历史进行逻辑检验从而实现历史与逻辑的融合为一，最后实现"通"与"变"的融合为一的途径，是当代文论走出困境的最科学的战略选择。由于历史的运动从来都是在古与今的纵向的时间联系以及中与外的横向的空间联系中进行的，因此历史与逻辑的对撞与融合，也必然在古与今、中与外这两个平台上进行。通过古与今的对撞和融合以及中与外的对撞和融合，实现"通"与"变"的融合为一，也就必然成为当代文学理论走出困境和走上健康发展之路的核心性的工程内容。

（一）古与今的对撞与融合

人类文化的发展过程，从来都是一个前后相承的连贯性与整体性的运动

---

① 《毛泽东选集》第 2 卷，人民出版社 1991 年版，第 707 页。

过程。文学理论的发展同样是如此。但是,这一前后相承并新新不已的历史性过程,绝不是一个简单的重复过程,也不是一个随心所欲的讹变过程,而是一个异化与同化同时并存、互相制约的过程。所谓异化的过程,就是后继与前驱互相区别的运动过程,也就是刘勰所说的"变则可久"的过程;所谓同化的过程,就是具有共同基因并遵守共同规律的运动过程,也就是刘勰所说的"通则不乏"的过程。由于前者,生命的基因才能代代相传,一脉相承,历万变而不离其宗;由于后者,生命的形态才能各自相异,新新不已,继一宗而不袭其形。生命的历史运动,就是这种同化与异化辩证统一的结果。

这一普遍规律具体表现在文学的发展过程中,就是古今文学的对撞与融合。屈原的辞赋,就是这一普遍规律在创作实践中的成功运用。对此,刘勰从同化与异化两个方面,进行了具体的理论辨析。见于同化方面的,就是它对《诗经》的继承性:"离骚之文,依经立义……观兹四事,同于风雅者也。"见于异化方面的,就是它对《诗经》的开拓性:"自风雅寝声,莫或抽绪,奇文郁起,其离骚哉……摘此四事,异乎经典者也。"正是这种"凭轼以倚《雅》《颂》,悬辔以驭楚篇"的同化和异化的辩证统一,构成了屈骚的独特的艺术美:"故能气往轹古,辞来切今,惊采绝艳,难与并能矣。"善于把握古今的对撞与融合,是一个民族的发展活力之所在,也是一个作家的最大才能之所在。如果没有这种古与今的对撞与融合,也就没有《离骚》的问世和中国文学在战国时代的这种跨越式的发展了。这就是刘勰所深刻指出的:"不有屈原,岂见《离骚》?惊才风逸,壮志烟高。山川无极,情理实劳。金相玉质,艳溢锱毫。"这不仅是对屈原个人在文学发展中的重大贡献的历史性评价,也是对这一规律在文学发展中的重大作用的历史性强调。

魏晋时期的"文学自觉",是古今文学对撞与融合获得成功的另一楷模。曹丕的"文以气为主"的著名论断,源自传统气论,但绝不是传统气论的简单重复。"气"原指宇宙运动和人的生命运动的元气,而曹丕将"气"的观念引入文学领域,则是用以说明主体性因素在写作中的决定性意义。他对"气"的强调,实际也就是对文学运动中的主体因素的强调。"以气论文"对于传统的"以政教论文"来说,是一个重大的历史性突破。我国以气论文,即发端于此。这一重大的理论飞跃,就是建立在古与今之间的对撞与融合基础上的。如果只有同化而没有异化,或者只有异化而没有同化,这一重大的理论飞跃就会成为不可想象的事情。

　　陆机的"诗缘情"的理论开拓同样是如此。"诗缘情"的主张对于"诗言志"的主张来说，无疑是一个重大的历史性碰撞和开拓，但是这一碰撞与开拓的立足点绝非无源之水和无本之木，而是建立在前人的理论材料的基础上的。在陆机提出"诗缘情"的明确论见之前，在文学的领域中就已经萌生了某些"诗缘情"的事实与论见的新芽。《诗经》中对普通劳动者的感情生活的展现，其中既包含着火辣辣的政治讽刺，也包含着活生生的桑间濮上，这对于"诗言志"的宗旨来说，显然是一种异类的存在。屈原的"民生各有所乐兮，余独好修以为常"的美学追求与对文学的"发愤以抒情"的社会功能的鲜明标举，对于儒家的"诗言志"的文学主张与"温柔敦厚"、"怨而不怒"的抒情风格来说，显然是一种极大的跨越和充扩。司马迁的"发愤著书"的见解，是对屈原"发愤抒情"文学理念的深刻体认和具体发挥，也是对传统诗教的极大冲撞和充扩，进一步地走近了"缘情"的认识范围。陆机的"诗缘情"的明确论见，就是对前人论见的历史性继承的结果，而就它的鲜明性和确切性来说，又是对前人论见的历史性的升华与跨越的结果。正是这种继承、升华与跨越，汇集成了向传统诗教的碰撞力量，在一个关键性的文学理念上，推动了文学理论的飞跃发展。

　　这些成功开拓雄辩证明，人类自己创造自己的历史，但是这种创造绝不是一种随心所欲的简单的异化活动，它必须具有一个不可或缺的物质凭借，这就是"它的先驱者传给它而它便由以出发的特定的思想资料作为前提"①。粗暴否定历史传统，否定前人的文化创造，是一种愚昧无知表现，是"是由于他们完全不懂历史和政治经济学而必然产生的一种偏见"。② 一切新生事物，都从旧事物母体中诞生，"旧"是"新"的起点，"新"是"旧"的延伸。如果对"旧"进行全盘否定，"新"就会失去生存依据而无由诞生。这就是列宁所明确指出的："即使美是'旧'的，我们也必须保留它，拿它作为一个榜样，作为一个起点。我们为什么只是因为它'旧'，就要蔑视真正的美，摒弃它，不把它当做进一步发展的出发点呢？为什么只因为'那是新的'，就要把新的东西当做神一

---

① 《马克思恩格斯全集》第 37 卷，人民出版社 1971 年版，第 490 页。
② 《马克思恩格斯全集》第 3 卷，人民出版社 2002 年版，第 480 页。

样来崇拜呢？那是荒谬的,绝对是荒谬的!"①

另一方面,这种继承也绝不是一种故步自封、抱残守缺的简单的同化活动,它必须具有一个明确的目标和一种不可或缺的品格,这就是对旧的存在进行不断超越,推动历史新新不已。也就是我们古人所说的"生生之谓易","若无新变,无以代雄","文律运周,日新其业"。亦即现代哲人所指出的:"新陈代谢是宇宙间普遍的永远不可抵抗的规律"②,"人类的历史,就是一个不断地从必然王国向自由王国发展的历史。这个历史永远不会完结"③,"发展才是硬道理"④。如果只有继承而没有创新,人类的文明将永远停留在原始的水平上停滞不前,也就没有现代的文明了。

正确的做法只能是古与今的辩证统一,继承与发展的辩证统一:在继承的基础上发展,在发展的目的下继承。发展是硬道理,继承也是硬道理,只有两个道理都"硬",人类的历史才能健康发展。这是当代文学理论走出百年迷惑而复归健康发展的康庄大道的必由之路。

(二)中与外的对撞与融合

人类文化的发展过程,不仅是一个前后相承的纵向运动的整体过程,也是一个各种民族文化互相碰撞与融合的横向运动的整体过程。文学理论的发展同样如此。但是,这一"中"与"外"的横向运动的过程,绝不是一个简单的代替或转换的过程,也不是一个随心所欲的"拿来"的过程,而是一个民族化与国际化同时并存、互相制约的辩证过程。所谓民族化的过程,就是坚持自己文化传统中的独特的生命基因和民族特色而绝不容许轻易丧失的运动过程;所谓国际化的过程,就是各民族文化之间互相交流、互相学习、取长补短、共同繁荣的运动过程。由于前者,民族文化的特殊基因才能代代相传,永不消失;由于后者,民族文化才能在人类共同文化的平台上交流,民族文化中的民族因素才能上升为具有普遍意义的人类因素和世界因素,使它的民族特色体现得更加深刻、更加鲜明。人类生命的历史运动和人类文化的历史运动,就是这种民族化与国际化辩证统一的结果。佛教文化传入中国演变成为中国式的

---

①　《回忆列宁》第5卷,人民出版社1982年版,第7页。

②　《毛泽东选集》第1卷,人民出版社1991年版,第323页。

③　《毛泽东文集》第8卷,人民出版社1999年版,第325页。

④　《邓小平文选》第3卷,人民出版社1993年版,第377页。

禅宗,就是这种"中"与"外"的对撞与融合在我国古代获得成功的典型范例。

佛教传入中国,是在两汉时期。佛教与中国传统文化的关系,大体上经历了依附、对抗和融合三个阶段。初始时,佛教在宗教观念上依附于道术,在伦理观念上迎合于儒学,从而取得了自己的立足点。魏晋南北朝时,佛教着重依附于玄学,由此而逐渐扩大流传,又在流传中与传统文化发生对抗。这一流传与对抗的过程,实际就是一个互相接近、互相了解、互相冲突、互相融合的过程。唐代的禅宗,就是这一"中"与"外"的接近、了解、冲突、融合的总成熟和总完成。禅宗是一种中国式的佛教,具有中与外的双重特性:既具有与印度佛学相同而与我国传统的儒学及道学迥然有别的域外特性,又具有与中国文化传统完全相同而与印度佛学迥然有别的中国特性。表现于前者的是,它坚持佛教的基本教义,主张苦、空二谛,追求涅槃、寂静等出世主义的思想。表现于后者的是,它维护着中国固有的积极用世的文化传统,坚持着中国固有的人本主义、道本主义和实证主义的思维方式。由于前者,它必然给我们的传统文化中增添许多前所未有的新质:关于心性的理念,关于平等的理念,关于逻辑的理念,关于声律的理念,极大地扩充了我们民族的文化视野,使我们民族文化的理性品格获得极大的提升。由于后者,它必然将这些文化的新质水乳交融地纳入我们传统文化的体系中,成为中华文化不可分割的组成部分。如果没有这一部分文化精华的融入,中华文化的博大精深的品格就不可能造就成功。而《文心雕龙》的诞生与大唐文学的崛起,也就成了不可想象的事情。

(三)从楷模中获取教益

在我国近现代的历史中,也不乏在"中"与"外"以及古与今文化的对撞与融合中获得成功的范例。王国维在现代文学理论上的历史性开拓,就是一个可资效法的楷模。

王国维(1877—1927年),浙江海宁人,中国现代的著名学者。王氏学贯中西,对中国传统文化和现代西方文化,都有极深研究。他的文艺美学思想的基本特征,就是中与西的平等对话与有机融合。他将西方的许多文艺美学思想和学术研究方法,引入对我国古代文艺与美学的研究之中。与五四闯将们的"拿来"不同的是,他不是简单地搬用一些新的名词和概念,而是熟练而自然地运用西方的一些比较先进的新方法、新思维、新材料,来革新和充实我国传统的文学理论研究。特别难能可贵的是,他对中西方两种学术之不同,进行了认真的、实事求是的比较研究:既看到了西方学术观点和研究方法中的优点,也看到了它的缺点和片面之处;既看到了我国传统学术观点和研究方法中的缺点和不科学之处,也看到了它的科学的、有价值的地方。通过这种客观公正的双向观照,对双方学术思想和研究方法进行了取长补短的有机融合,使他对我国古代文论与美学的研究,达到了时人难以逾越的高度和深度,有力地推动了我国文论与美学的现代化进程,也有力地维护了我国文论与美学的历史延续过程,由此造就了他作为中国现代美学史的第一座里程碑的崇高地位。下面试以他的境界说为例,对其前无古人、后鲜来者的理论开拓,进行一点管窥式的品读。

"境界"说是王国维文学思想中的核心范畴,具指一种理想的美学品格,亦即一种对于审美来说具有决定性意义的最高依据:

> 词以境界为最上。有境界则自成高格,自有名句。五代、北宋之词所以独绝者在此。①

这种美之所以为美的最高依据,就是"意"与"境"的统一:"文学之事,其内足以摅己,而外足以感人者,意与境二者而已……苟缺其一,不足以言文学。"②由此可知,"境界"作为意与境的融合为一,心与物的融合为一,主观与客观的融合为一,实际就是我们古人所说的"意象"以及西方美学中所说的"艺术形象"的同义语。"意境"、"境界"是我国传统文论中的普遍性的概念,但是,通过"境界"或"意境"这些特定的称谓,将西方艺术形象的理念与我国传统的意象理论进行有机的融合,由此创造出许多新鲜的东西,则是王国维独特的历史性开拓。这些历史性开拓,具体表现在以下方面:

其一,赋予传统意境理论以反映论的科学品格。

在我国传统的意象(意境)理论中,虽然已经将心与物两个因素都包容其

---

① 王国维:《人间词话》,见《王国维论学集》,中国社会科学出版社 1997 年版,第 319 页。
② 王国维:《文学美学论著集》,北岳文艺出版社 1987 年版,第 397 页。

中,但在逻辑依据上和语言表述上,却是极其朦胧的。西方的现代艺术形象理论将心与物的关系置于模仿论与反映论的认识平台中,使主观与客观的关系、知识与感情的关系、写境与造境的关系、现实主义与浪漫主义的关系,都从哲学的高度获得了鲜明的凸显和确切的表述。这就必然推动意象论走出昔日之朦胧而走近现代之清晰,极大地充扩了中华文论的美学视野,为人们认识文学的本质开辟了一个集中的窗口。也就是王国维所着重指出的:"沧浪所谓'兴趣',阮亭所谓'神韵',犹不过道其面目,不若鄙人拈出'境界'二字,为探其本也。"①

其二,对意境理论的范畴地位的极大升举。

在传统的意象理论中,意象只是一个基础性的美学概念,具指构成艺术形象的基本方法,而在王国维的境界理论中,则在中西结合的基础上,对它进行了历史性的归纳与理性的升华,将它升举到美学本体论与美学理想论的双重高度。就美学本体论而言,王国维将"境界"与"意境"视为艺术形象之美的决定性的根由,他说:"元剧最佳之处,不在其思想结构,而在其文章。其文章之妙,亦一言以蔽之,曰:有意境而已矣。何以谓之有意境?曰:写情则沁人心脾,写景则在人耳目,述事则如其口出也。古诗词之佳者,无不如是。"②又说:"文学之工不工,亦视其意境之有无与其深浅而已。"③就美学理想论而言,王国维将"境界"与"意境"视为艺术审美的最高标准,这一最高追求具体包括以下的美学内容:"情景俱真","言外之味","以血书写","风骨甚高","着一字而境界全出"。这种认识的高度与深度,对于西方艺术形象理论抑或对于我国传统意象理论,都是一种极大的充扩和超越。

其三,对意境运动的系统机制的系统揭示。

王国维是我国文论史上第一个对意象运动的系统机制进行系统揭示的学者。他以西方的反映论作为认识依据,对意象运动的内在工作原理,进行了深度的透析,提出了自己的精辟见解。他明确认为,意象作为反映的生成物,它的构成离不开两个最基本的原质,一个是反映的主体——心,另一个是反映的对象——物,而意象(艺术形象),就是二者融合为一的结果。他说:"文学中

---

① 王国维:《人间词话》,见《王国维论学集》,中国社会科学出版社1997年版,第321页。
② 王国维:《宋元戏曲史》,华东师范大学出版社1995年版,第121页。
③ 王国维:《文学美学论著集》,北岳文艺出版社1987年版,第397页。

有二原质焉：曰景，曰情。前者以描写自然及人生之事实为主，后者则吾人对此种事实之精神的态度也。故前者客观的，后者主观的也；前者知识的，后者感情的也……要之，文学者，不外知识与感情交代之结果而已。"①由于对这一内在工作原理的洞悉，意象的两个原质的具体内容才得到了明确的阐释，意象的结构方式的多样性与美学风格的多样性才能清晰地凸显出来，并且成为可以具体分析和具体把握的东西："上焉者意与境浑，其次或以境胜，或以意胜。"参证文学历史，对此更可了然于心："夫古今词人之以意胜者，莫若欧阳公。以境胜者，莫若秦少游。至意境两浑，则惟太白、后主、正中数人足以当之。"②据此，意象之深浅与高下，才具有了可供衡量的客观标准。

其四，对意境创构方法论的系统开拓

王国维不仅从理论科学的角度，对中西融合的境界理论进行了系统性的开拓，而且从工程科学的角度，对其实践要领，进行了系统的筹划。下面，试对其审美观照工程要领的论述，做一点管窥式品读。

王国维关于审美观照工程要领的论见，集中表述在下面一段文字中：

> 诗人对于宇宙人生，须入乎其内，又须出乎其外。入乎其内，故能写之；出乎其外，故能观之。入乎其内，故有生气；出乎其外，故有高致。③

所谓"入乎其内"，具指作家要对具体的"宇宙人生"有深刻的观察和理解，能真正深入到它的内部，洞悉它的底蕴。所谓"出乎其外"，指作家必须从具体的"宇宙人生"中摆脱出来，从一个更高的角度，更客观地对它做出正确的评价和真实的表现。深入到它的内部，作品才会充满生气；站在它的外边，作品才会具有高瞻远瞩的兴味。据此，王国维又进一步认为，诗人必须处理好内情与外物的关系：既要在情感上与外物融为一体，又要在情感上与外物保持距离。惟其融为一体，感情才能真挚；惟其保持距离，观照才能深刻。

正是凭借这些内与外、出与入、动与静、主与客的辩证关系，王国维建立了自己独标一格的既具有民族特色又具有现代特色的关于审美观照系统机制的

---

① 王国维：《文学小言》，见《王国维论学集》，中国社会科学出版社1997年版，第311页。
② 王国维：《文学美学论著集》，北岳文艺出版社1987年版，第397、398页。
③ 王国维：《人间词话》，见《王国维论学集》，中国社会科学出版社1997年版，第332页。

完整理论。

这一理论的民族特色,具体表现在它的基本概念的传统性上。这一理论中所涉及的基本概念,都来自对前人理论的继承:儒家的关注社会人生的"兼济天下"的"入世"哲学,道家的"致虚静,守静笃"的"出世"哲学,佛家的"空即是色,色即是空"的心性哲学,以及由这些哲学所衍生出来的系列的美学主张,诸如刘勰的"心物交感"说,"陶钧文思,贵在虚静"说,司空图的"超以象外,得其环中"说,严羽的"羚羊挂角,无迹可求"说,陈善的"读书须知出入法"说,王士禛的"神韵"说,袁枚的"性灵"说,龚自珍的"善入善出"说,等等。王国维在审美观照中所持的理论主张,就是对前人的诸多哲学论见与美学论见进行总集合与总继承的理论成果。与前人的理论材料相比,虽然各有侧重,但就基本范畴与基本的认识格局而言,是一理相通,一脉相承的。

但是,王国维对审美观照系统机制的完整理论,并不是对传统理论的简单重复,而是对传统理论的创造性开拓与升华。这些创造性的开拓与升华,集中表现在他对西方美学理论的卓越吸收与中西方美学理论的融合上。

首先,是对西方反映论的吸收与融合。

反映论是西方传统的认识理论和审美观照理论,其逻辑基点是天与人的严格区分。表现在认识与审美的过程中,就是主体与客体的严格的并列、对立与独立,由此形成成了一种为西方文化所独具的特别谨严和特别精细的认识格局和审美观照格局。这种主客相分的认识格局与审美观照格局,和中华传统的出入论相比较,虽然在基本元素的二元式的构成上大致相同,但在范畴的"纯度"上,已经发生了极大的变化。在中华传统的概念系统中,"出"与"入","主"与"客","内"与"外",都是一组具有联通属性的范畴。它们之间虽然在表面上具有明确的区分,实际是一个不可分割的整体。赋予对立的事物以联通的"你中有我,我中有你"的属性,赋予对立的事物以统一为求而不以对立为尚的价值追求,是中华思维模式最基本的特点。在这种特定的认识格局与审美格局中,是不可能对"出入"、"内外"、"主客"等联通的范畴做出精确的"剥离"的。也就是王国维所深刻指出的:"我国人之特质,实际的也,通俗的也;西洋人之特质,思辩的也,科学的也,长于抽象而精于分类,对世界一切有形无形之事物,无往而不用综括及分析之二法……抽象与分类二者,皆我国人之所不长,而我国学术尚未达自觉之地位也。"①

惟其如此,在中华文论的认识场中,所有关于心物关系的范畴,大都具有朦胧性和混沌性的暗箱特点。这一特点,对于对客观事物进行整体的、直观的与宏观的把握来说,是大有裨益的。但是,对于微观性、精细性与分析性的把握来说,却又是难以充分施展的。王国维的高明与巧妙之处就在于,他不露痕迹地在传统的概念中,注入了从西方美学中吸取而来的现代新质。他对文学"原质"的分析,就是典型的例证:"文学中有二原质焉,曰景,曰情。前者以描写自然及人生之事实为主,后者则吾人对此事实之精神的态度也。故前者客观的,后者主观的也;前者知识的,后者感情的也。"②由于这一精确的剥离与划分,他所说的"入乎其内",已不再属于传统的"神游"、"坐化"、"心斋"的"心入外物"的混沌范畴,而是严格地属于"观察"、"感觉"、"感受"、"感知"、"体验"的"身入外物"而后"心入外物"的精细范畴,也就是西方美学所说的"模仿"、"镜子"、"反映"的范畴。他所说的"出乎其外",不再属于传统的"疏瀹五脏,澡雪精神"(《神思》)、"静故致群动,空故纳万境"(苏轼:《送参寥师》)的混沌范畴,而是严格地属于"综括"、"分析"的现代理性思辨的范畴。这就是他审美观照的要领阐述得如此清晰、如此确切、如此精细的根由。

其次,是对西方移情论的吸收与融合。

在西方的概念系统中,由于主体与客体的严格分离,情与境的互动关系也就显示得极其清晰。西方美学中所说的"移情"说,就是对二者之间的互动关系的理论概括。

移情美学盛行于19世纪后半期的欧洲。它所说的"移情",就是把"我"的情感移置于物,使物也获得像人一样的生命和情趣。这就是里普斯在《论移情作用》中所说的:"这种向我们周围的现实灌注生命的一切活动之所以发生,而且能以独特的方式发生,都因为我们把亲身经历的东西,我们的力量感觉,我们的努力及意志,主动和被动的感觉,移置到外在于我们的事物里去,移置到在这种事物身上发生的或和它一起发生的事件里去。这种向内移置的活

---

① 王国维:《论新学语的输入》,见《王国维论学集》,中国社会科学出版社1997年版,第386页。

② 王国维:《文学小言》,见《王国维论学集》,中国社会科学出版社1997年版,第311页。

动使事物更接近我们,更亲切,因而显得更易理解。"①径而言之,就是主体把自己沉没于事物,"把类似的事物放在同一个观点下去理解"②,把自己变为事物,事物像我们一样有感情,有情趣,自我消融于客体,由我及物,随物宛转,实现主客体的完全合一。那么描绘出来的人物、景物,就更逼真,更生动,也自然有勃勃生气,就如真的一样,活的一般。

西方的"移情"说与我国传统的"入乎其内"的"物化"说,在要求审美者的心境处于物我同一、物我两忘、物我互赠上面是一致的。但是,就概念的实际内涵来说,二者之间的差异却又是极其明显的。中华传统的"入乎其内"的"物化",是在虚静的审美心境下产生的凝神观照的审美幻觉,它同时还需"出乎其外",以冷静客观态度观察生活,进行创造、欣赏。且中国的"物化"是"胸次"的心理修养理论,要靠长期的修炼和体验,没有长期"哲虑玄览"的修炼和体验,是不可能达到"物化"的境界的。西方的"移情"说则是心理注意理论与心理联想理论,侧重在物与我之间,主体把注意力放在自身情感的调整和控制上面,面对物与我之间的共同性所引起的心理认同活动,形成优势兴奋中心,使人的注意力从物移到情,从而达到物我两忘,物我互赠的境界。因为是注意理论,因此是可以临时调节的。我之情与物之态既是融和为一的,又是皎然可辨的。因此,操作起来也就具体很多,方便很多。

王国维对审美观照要领的体认,就是将移情说与物化说融合为一的创造性成果。他所说的"诗人必有轻视外物之意,故能以奴仆命风月"③,就是他对"以主驭客"的观照方法的表述。他所说的"必有重视外物之意,故能与花鸟共忧乐",就是他对以情移物的观照方法的表述。由于这一中与西的结合,必然赋予他理论以一种特别的现代性与科学性的品格。这种品格,是王国维的前人所不具而为王国维之所独具的。

再次,是对西方心理距离说的吸收与融合。

所谓"心理距离说"是英国著名心理学家爱德华·布洛首先提出来的。

① 里普斯:《论移情作用》,见《西方美学史资料选编》下卷,上海人民出版社1987年版,第841—842页。

② 里普斯:《论移情作用》,见《西方美学史资料选编》下卷,上海人民出版社1987年版,第841页。

③ 王国维:《人间词话》,见《王国维论学集》,中国社会科学出版社1997年版,第332页。

1912 年,他在英国心理学杂志第五卷第二期发表《作为艺术中的因素与美学原理的心理距离》一文,阐发了他的观点。他认为,在审美活动中,只有当审美主体与对象之间保持着一种恰如其分的心理距离,或者说,要抛开利害关系的干扰,换一种眼光看世界,人们才能发现美。这个观点,就叫做"心理距离说"。他举了海上航行起了大雾的例子。在茫茫的雾海中航行,水手和乘客都会感到紧张,没有人会去欣赏浓雾中的景物。但是,布洛说,假如水手和乘客暂时忘却这场海雾所造成的麻烦,把危险性和实际的利害都抛开,把注意力集中于大雾所造成的客观的景色中,那么海上的雾也可以成为美不胜收的景物。这种前后不同的感觉的根由是什么呢? 布洛说,这是"由于距离从中作梗而造成的"。在前一种情况下,海雾与我们的切身利益完全叠合在一起,中间不存在"距离",我们只能用普通的功利的眼光看海雾,所以,只能感觉到海雾给我们带来的灾难。在后一种情况下,海雾与我们的切身利益之间,已经插入了一段"距离",我们能换成另一种不寻常的眼光去看海雾,所以能够看到海雾客观上造成的美景。布洛所说的"距离",不是普通的时空距离,而是一种比喻意义上的距离。这种距离的插入,是靠自己心理的调整,所以叫做"心理距离"。

"心理距离"强调审美体验的无功利性质。在布洛看来,事物有两面,一面是"正常视像",另一面是"异常视像"。所谓"正常视像"的一面,是指事物与人的功利欲望相关的面,在一般情况下,事物的"正常视像"是具有利害关系,与我们的实际需求联系最紧密的,因此我们的心总是倾向这一面,这样主体就常被功利欲望羁绊而看不到美。只有在不为日常的功利欲望所支配的情况下,我们才会把事物摆到一定距离之外去观照,才能发现事物的美。由此可见,审美心理距离的获得,是以审美主体摈弃功利欲望为条件的。无论是"出乎其外"、"虚静"说,还是"心理距离"说,都认为审美必须摆脱现实的功利欲望的束缚,使人的内心处于一种"澄明"的状态,这才有可能去发现普通事物美的一面。

和我国传统的"虚静"说比较,二者之间的共同性和差异性,都是很明显的。二者都主张审美观照中主体的超脱性,主张置身局外,客观冷静地观照事物,以达到全方位把握事物本质的目的。但是就具体途径来说,又是各标其异的。"虚静"说所标举的途径是心理修养,"距离"说所标举的途径是视点调控。"虚静"说所强调的是物我合一,"距离"说所强调的是物我两分。"虚静"说强调从审美的心理过程把握审美现象,"距离"说强调从物我间的关系特性把握审美现象。二者之间,一虚一实,一宏一微,一动一静,各具所长。王国维的"入乎其中,出乎其外"的审美观照主张,就是二者水乳交融的理论成果。

综上可知,"境界说"不仅为我们提供了一套完整的中国词论话语系统,而且它的中西结合的治学途径也为我们建构具有中国特色的文学理论体系,提供了可资借鉴的宝贵经验。这些经验主要有以下几条。

第一,要构建中国特色的文学理论,必须具有开放的文化视野。面对当时汹涌而来的西方文化思潮,王国维明确提出"学无中西",力主二者"化合","互相推助"。《国学丛刊序》云:"学无新旧,无中西……中西二学,盛则俱盛,衰则俱衰,风气俱开,互相推助。且居今日之世,讲今日之学,未有西学不兴,而中学能兴者,亦未有中学不兴,而西学能兴者。"①将中西二学置于平等的位置上论述,分析比较二者的优劣,扬长避短地推动中国学术发展。王国维批判了当时社会对西学的偏见,说:"士夫谈论,动诋异端,国家以政治上之骚动,而疑西洋之思想皆酿乱之麹蘗;小民以宗教上之嫌忌,而视欧美之学术皆两约之悬谈。且非常之说,黎民之所惧;难知之道,下士之所笑。"②他预言:"异日发明光大我国之学术者,必兼通世界学术之人,而不在一孔之陋儒。"③并以此作为自己的治学目标。

惟其如此,王国维在中西学术的关系中,既遵守"不通诸经,不能解一经"的至精古训,又能克服保守的阻抗心理,畅游在西方哲学的精深海洋中,醉心于康德、叔本华的美学思想,尽情领略西方文论所带来的全新的理论视野。王国维这种兼容并包的学术襟怀和宽广的学术结构,使他在接触西方文论后,力图用西方理论更新传统美学,力求改变中国传统美学研究的封闭状态,开拓美

---

① 王国维:《〈国学丛刊〉序》,见《王国维论学集》,中国社会科学出版社 1997 年版,第 404 页。

② 王国维:《论近年之学术界》,见《王国维论学集》,中国社会科学出版社 1997 年版,第 215 页。

③ 王国维:《奏定经学科大学文学科大学章程书后》,见《王国维论学集》,中国社会科学出版社 1997 年版,第 379 页。

学研究的思维空间。正是这一东西兼通的学术优势,为王国维创立"境界说"打下了坚实的理论基础。这一事实有力地启示我们:在当代,我们要像王国维那样学贯中西,拓展思维,在世界性的文化交流中取长补短,才能获得中国文论的繁荣和发展。

第二,要构建中国特色文学理论,必须扎根于民族文化的深厚土壤之中,实现传统文论的现代转换。文化的民族性是民族生存与发展的决定性凭借。虽然社会的发展使文化永远处于变化之中,但没有一个民族可抛弃其历史传统而从虚空中获得生存,更遑论发展了。在新的历史潮流前,王国维的卓越之处,就在于没有简单割断与传统的紧密联系,而是将理论的立足点坚定不移地定位于自己传统文化体系深处,在继承融汇传统文论中有生命力的因素的基础上进行创新。他明确认为,世界文化的发展不是一元的,而是多元与多流的。原因就在于各个民族之间,由于地域的差异与历史传统的差异,势必产生认识方法上的差异:"同此宇宙,同此人生,而其观宇宙人生也,则各不同。"①由此形成各个民族各不相同的文化特色,表现在国民素质上必然"各有所特长"②,其学术思想也必然各不相同。这种不同,正是一个民族世代相绪的生命基因之所在。惟其如此,中国文学的话语系统和理论体系只能从中国的历史和现实、传统和现代、文学实践和批评实践中去构建。这就是王国维撰写《人间词话》的认识论与方法论的最基本的依据,也是该著之所以获得如此卓越成功的最根本的原因。

王国维的历史性成功,证明了一条重要的真理:中国在数千年光辉的文学实践中,已经形成了一整套文论基本范畴和核心概念,为中国人思考现实人生及艺术现象提供了有力的工具。与西方文论相比,它更切合中华民族特有的价值取向、思维方式与审美方式。以审美经验的表达为例,中国传统文论讲究用形象化的语言进行整体把握,比之西方文论用严谨直白的话语作机械的分析,更符合审美特点的生动性和不确指性。这是中国古代文论对人类文化做出的独特贡献。王国维的《词话》就是具体的范例。我们今天创建民族特色

---

① 王国维:《论近年之学术界》,见《王国维论学集》,中国社会科学出版社1997年版,第215页。

② 王国维:《论新学语之输入》,见《王国维论学集》,中国社会科学出版社1997年版,第386页。

文论体系,也完全可以像王国维那样,以中国古代文论为母体,吸取西方文论的精华加以创造性的改造,使其完成现代转换,以浓郁的民族特色和新颖的时代特色走向世界。

　　第三,要构建中国特色的文学理论,必须充分吸收西方文论的精华,又要摆脱其拘囿,自铸伟辞,实现对传统文论和西方文论的双重超越。王国维在《论新学语之输入》中明确认为,中西学术各有短长。中国古代的学术特点是:"实际的也,通俗的也",长于实践,而"乏抽象之力"。西方学术特点则是:"思辨的也、科学的也","长于抽象而精于分类",但"泥于名而远于实"。① 惟其各有短长,才有互相吸收,互相促进的必要和可能。西方源远流长的美学理论从思辨与逻辑推理这一文化层面,把人类审美活动升举到形而上的层面。这对于侧重整体直观而忽视逻辑思辨的中国古代文论来说,无疑是一种新质的补充。而中国传统美学在感性品味上的生动和隽永、培养人性品操方面的细腻和亲切,远较西方美学的抽象思辨深刻,可给西方美学带来教益。只有吸收彼此的精华于各自的理论体系,才能使学术创作呈现新的面貌,实现世界文论的普遍繁荣。

　　《人间词论》就是典型的例证。在该著中,王国维将西方文论中有价值的因素加以选择、消化和改造,使之真正内化为自己的营养,在翻新传统文论已有的概念的基础上,创立了一套同时超越中西文论的新文学理论。通过中西文论内部的有机融合,王国维为我们提供了一条扬弃与吸收互渗的治学道路,指引我们以《人间词话》作为范式,去重建一套既具有民族特色又具有时代特色的理论话语系统。

　　王国维的这些历史性的建树,显然是对我国传统文论的极大充扩与升华,它赋予了传统的文论以一种"熟悉的陌生人"的特定属性。所谓"熟悉",是因为它所使用的理论材料和理论术语,都是我国传统文论中的一些耳熟能详的东西:"情"、"景"、"境"、"有我"、"无我"、"出"、"入",等等,而所谓"境界",就是这些耳熟能详的概念的总集合。正因为"熟悉",所以在我们民族的接受心理中畅通无阻。所谓"陌生",是因为在这些耳熟能详的东西中,已经融进

---

　　①　王国维:《论新学语的输入》,见《王国维论学集》,中国社会科学出版社1997年版,第386—387页。

了许多来自大洋彼岸的思维新质和思维新法。这些新质与新法，是我国传统文论中所习焉不察或语焉不详的东西，而由于这一中与西之间的互动与交融，使得这些原本朦胧的东西变得清晰起来，具有了现代性的品格。他的"境界"说就是典型的例证。境界说之所以能超越前人，成为古代文论通向现代文论的一座桥梁，就在于他将西方美学中的许多具有现代意义的新观点和新方法，例如现代反映理论，现代美学心理理论，现代审美理论，现代美学形式理论，等等。水乳交融地化入了我国传统的理论范畴之中。由于"熟悉"，它使人感到亲切，宛如他乡中遇见故知；由于"陌生"，它使人耳目一新，宛如醍醐灌顶。它既将西方文论中的先进因素注入中华文论之中，也将中华文论中的先进因素注入西方文论之中，由此营造出自己独特的理论创新成果：既赋予了我国传统的神韵理论以西方现代性的文化内涵，又赋予了西方的艺术形象理论以中华特有的美学智慧，在西方的艺术形象理论和中国的神韵理论的结合之中，开辟出以境界为逻辑焦点的趋于至境的审美领域，将中国的美学理论和世界的美学理论，都推上了一个新的境界。

惟其如此，鲁迅将王国维称为"要谈国学，他才可以算一个研究国学的人物"①，陈寅恪称其著作"可以转移一时之风气，而示来者以轨则"②，郭沫若将王国维与鲁迅并称为"中国文艺史研究中的双璧"，誉其学术建树为"不仅是拓荒的工作，前无古人；而且是权威的成就，一直领导着百万后学"③，冯友兰尊他为"中国近代美学的奠基人"④。这些评价对于王国维来说，都是恰如其分的。

（四）现实启迪

"哲人日已远，典型在夙昔。"（文天祥：《正气歌》）前人的这些成功的理论活动与实践活动雄辩地证明，文化作为人类创造的精神文明与物质文明的总和，它的发展绝不是一种孤立的封闭的活动，而必须具有一个不可或缺的物质前提，横向而言就是和各民族文化之间的交流，纵向而言就是古与今的

①　鲁迅：《不懂的音译》，见《鲁迅全集》第2卷，人民文学出版社1973年版，第120页。
②　陈寅恪：《王静安先生遗作序》，见《王国维文学美学论著集》，北岳文艺出版社1987年版，第434页。
③　郭沫若：《鲁迅与王国维》，见《历史人物》，人民文学出版社1979年版，第212页。
④　冯友兰：《中国哲学史简编》下卷，人民出版社1999年版，第531页。

融会。

就前者而言,就是法国比较文学的前驱者菲拉莱特·查斯勒所明确指出的:"没有任何东西是孤立的,真正的孤立就等于死亡。一切民族的行动与再行动是彼此影响的,相互联系的。一切没有和其他的人民进行文化交往的人民,只不过是大网上的一个破眼而已。"①也就是蔡元培所特别强调的:"人类进化,一切事业、学问、道德,无不与全世界有关系。"②但是,这种交流必须是一种双向互动、求同存异的交流。排斥和否定外来文化,排斥和否定他民族的文化创造,坚持国粹主义,抱残守缺,故步自封,无疑是一种愚昧无知的表现。另一方面,排斥和否定本民族的传统文化,排斥和否定本民族的文化创造,坚持全盘西化主义,数典忘祖,盲目崇外,挟洋自重,惟洋独尊,同样是一种愚昧无知的表现。正确的做法只能是中与外的辩证统一,民族性与世界性的辩证统一。这一辩证统一的过程,实际上是矛盾的普遍性和特殊性的融合为一的过程:既要向人类文化的普遍规律认同,又要以民族文化的特色立异。具而言之,就是批判吸收,优势互补,推陈出新,洋为中用,共同促进人类文化的繁荣。也就是毛泽东所说的:"对于外国文化,排外主义的方针是错误的,应当尽量吸收进步的外国文化,以为发展中国新文化的借镜;盲目搬用的方针也是错误的,应当以中国人民的实际需要为基础,批判地吸收外国文化。"③"一切外国的东西,如同我们对于食物一样,必须经过自己的口腔咀嚼和胃肠运动,送进唾液胃液肠液,把它分解为精华和糟粕两部分,然后排泄其糟粕,汲取其精华,才能对我们的身体有益,绝不能生吞活剥地毫无批判地吸收。"④由此归纳出的结论只能是:在保持民族特色的基础上吸收世界先进文化,在吸收世界先进文化的前提下发展本族文化。吸收世界先进文化是硬道理,保持民族特色同样是硬道理。只有两个道理都"硬",一个民族的文化才能真正获得健康的发展。

就后者而言,就是李大钊所说的:"无限的'过去'都以'现在'为归宿,无

①　布吕奈尔:《什么是比较文学》,北京大学出版社1989年版,第22页。
②　《蔡元培全集》第2卷,中华书局1984年版,第274页。
③　《毛泽东选集》第3卷,人民出版社1991年版,第1083页。
④　《毛泽东选集》第2卷,人民出版社1991年版,第707页。

限的'未来'都以'现在'为渊源。"①惟其如此,人类的生活历程必然是一个承前启后、继往开来的辩证发展过程。也惟其如此,每一时代的社会文化,都必须处理好古与今、源与流的关系,必须以已往的文化知识作为自己的必要资料,踏着前人足迹前进,从而愈行愈远。这种前后相承的关系,实际上是继承与发展的辩证关系。在这一辩证的有机体中,继承是发展的前提,发展是继承的目的。对于社会的螺旋式向上的总趋势来说,发展无疑是硬道理,但就这一总趋势的总动力和总过程来说,继承同样是硬道理。没有发展的继承和没有继承的发展,对于人类文明的建设来说,都是不可想象的事情。唯有两个道理都硬,才能如鸟之有双翼而能自由飞翔。具体表现在现代文明的建设中,就是林毓生所深刻指出的:"自由、理性、法治与民主不能经由打倒传统而获得,只能在旧传统经由创造的转化而逐渐建立起一个新的、有生机的传统的时候,才能逐渐获得。如果要建立这样一个有生机的传统,我们必须根据迈出五四以光大五四的情怀,先从传统一元论的'思维模式'中解放出来,然后尽量使自己获取灵活、精微、多元而辩证的思想方式和分析方法。这是中国思想现代化的最重大课题之一。"②可谓振聋发聩之语。

所有这些"硬"道理,实际都来自"通"与"变"的总道。"通"与"变"的辩证统一,是人类历史运动的总规律,也是我国人民推动历史健康发展的总原则和总依据。几千年来,我们的先人以此作为认识论的总依据,在任何艰难困苦的情况下都未曾动摇,始终豪情满怀地推动着历史的前进,对古代的与外来的文化进行着批判性的吸收,甚至从原本消极的东西中分解出有益的成分,化为自己血液的一部分,使自己变得更加强大。魏晋南北朝,就是典型例证。尽管经历了四百年的分裂和混乱,紧接而来的却是大唐文化的繁荣。这就是通变的硬道理的不可抗拒作用的具体证明,也是我们民族强大的发展能力的具体证明。

诚然,历史是不能进行简单类比的。和魏晋南北朝相比,我们从鸦片战争开始的现代化的历史进程要复杂很多。鸦片战争给我国历史发展带来的创伤和扭曲是灾难性的,其惨烈和深重的程度远非任何一个朝代所能比拟。这些

---

① 李大钊:《今》,见《李大钊选集》,人民出版社1959年版,第94页。
② 林毓生:《中国意识的危机》,贵州人民出版社1988年版,第3—4页。

创伤和扭曲不仅表现在对物质的掠夺上,更主要表现在对民族精神的摧残上——摧残了中国人民的民族自尊心和自信心,使中国的某些知识分子不再相信自己民族的过去,也不再相信自己民族的未来,而将民族复兴的希望寄托于东方的真理或者西方的真理,将"通"与"变"的关系进行了历史性的割裂,结果丧失了自己精神上的主体地位,走上了以外为宗的歧路。不久前的"史无前例"的举国疯狂,就是这一歧路的极致,其灾难之深重远过于曾国藩所痛陈的"开辟以来名教之奇变,我孔子孟子之所痛哭于九原"①。这些非理性的做法所造成的空前浩劫,虽然受到了现实生活的遏止,其影响却是极其深远的。但是,历史毕竟是新新不已的,随着我国经济的突飞猛进,随着我国在世界上的国力地位的提升,我们民族的自尊心和自信力已经得到了极大的恢复和升举,各种极"左"势力的影响已如强弩之末,而对民族传统的认同已成滚滚洪流,澎湃于中华大地,任谁也无法阻挡。在这大好的形势下,我们民族强大的主体能力与生命再生能力已经充分显示出来,而由《易传》所倡导并由刘勰所具体阐发的通变的总法则,也重新获得了社会的普遍认同,并在重新凝聚人心,准备着将曾经被颠倒的事物重新进行颠倒,将一切被外来的强权文化所玷污的东西重新进行洗涤,让我们的民族魂重新主宰着我们自己神圣的殿堂。这些重大的文化信息已经前瞻性地表述在蔡元培的预见和期待中:"我们一方面注意西方文明的输入,一方面也应该注意将我国固有文明输出"。② 也清晰地显示在我国当代领导人的旗帜鲜明的政策主张中:"教育要面向现代化,面向世界,面向未来。"③"我们要继承和发扬中华民族优良的思想文化传统,吸收人类文明发展的一切优秀成果,在生动丰富的社会主义实践中,创造出人类先进的精神文明。"④

　　这就是历史新时期对通变法则的深刻体认,也是当代文化和文学理论走出百年迷惑而复归健康发展康庄大道的必由之路。这一条道路的正确性,已由从屈原以来的中国古代文学发展历史所充分证明,也由从龚自珍到王国维的现代文论转型的成功实践所充分证明。只要我们真正弄清了"通"与"变"

　　①　曾国藩:《讨粤匪檄》,见《曾国藩全集·诗文》,岳麓书社1986年版,第232页。
　　②　《蔡元培文集》第4卷,中华书局1984年版,第94页。
　　③　《邓小平文选》第3卷,人民出版社1993年版,第35页。
　　④　《江泽民文选》第1卷,人民出版社2006年版,第239页。

的辩证统一的硬道理并付诸实行,这一历史的拨乱反正问题的解决是可以预期的,中华民族在新的历史条件下的文化复兴和文学复兴,同样是可以预期的。

第二十六章 《文心雕龙》写作艺术论(上)

  《文心雕龙》不仅是一部在理论内容上体大思精,足以启迪永恒的美学巨典,也是一部在理论形态上金相玉式,足以成为后人楷式的美文鸿篇。"古来文章,以雕缛成体"(《情采》),该著就是这一理论主张的卓越实践。全书生动形象,精练深刻,抑扬顿挫,舒徐婉转,具有使人百读不厌的美学魅力和理性魅力,堪称文论之绝唱,无韵之离骚。明代学者沈津誉其为"辞旨伟丽"①,清代学者刘开誉其为"是非不谬,华实并隆,以骈俪之言,而有驰骤之势,含飞动之采,极瑰玮之观"②,现代学者刘永济先生誉其为"能以瑰丽之辞,发抒精湛之理……然则文心一书,即彦和之文学作品矣"③,罗宗强誉其为"不是诗文创作的实践家,但他的骈文的高度成熟的技巧可以雄视前此的任何一位杰出的骈文作者"④韩国学者崔信浩则直接从美学形态的角度,对此做出了更加鲜明的概括:"《文心雕龙》是用美丽的文笔撰写的文学理论著作。正如它的书名一样,因美丽的文笔而成为绝色。"⑤这些赞誉,绝非虚美之语。

  和这些来自历史和世界的广泛赞誉相比,国内对这一课题的展开性研究是很不够的。根据中国知网中国期刊全文库的统计,截至 2009 年 12 月底止,全国研究《文心雕龙》的论文共有 3000 余篇,而专题研究刘勰的写作艺术的,只有一篇,即发表在《安徽教育学院学报》2003 年第 1 期上的《文心雕龙写作

---

  ① 沈津:《刘子新论题词》,见杨明照《文心雕龙校注拾遗》,上海古籍出版社 1982 年版,第 435 页。

  ② 刘开:《书文心雕龙后》,见杨明照《文心雕龙校注拾遗》,上海古籍出版社 1982 年版,第 442 页。

  ③ 刘永济:《文心雕龙校释》,中华书局 1962 年版,第 2 页。

  ④ 罗宗强:《魏晋南北朝文学思想史》,中华书局 1996 年版,第 247 页。

  ⑤ 张少康:《文心雕龙研究史》,北京大学出版社 2001 年版,第 319 页。

艺术浅议》(何懿)。显然,这和我国作为世界文章艺术大国的地位和世界龙学基地的地位,是很不相称的。为此,笔者不揣浅陋,谨将自己在这一处女地上勉力耕耘的点滴心得,就正于大方之前。

第一节 《文心雕龙》的立意艺术

《文心雕龙》卓越的写作艺术作为一种全方位的美学形态,首先表现在它卓越的立意艺术上。

《文心雕龙》在立意的高远、深刻和新颖上,获得了历代作家与文论家的赞誉。唐代陆龟蒙的赞语是:"刘生吐英辩,上下穷高卑……立本以致诘,驱宏来抵巇。清如朔雪严,缓若春风赢。或若开户牖,或将饰缨綫。虽非倚天剑,亦是囊中锥。皆由内史意,致得东莞词。"①清代孙梅的赞语是:"赋家之心,包括天地;文人之笔,涵茹古今……探幽索隐,穷神尽状,五十篇之内,百代之精华备矣。"②章学诚的赞语是:"论诗论文而知溯流别,则可以探源经籍,而进窥天地之纯,古人之大体矣。此意非后世诗话家所能喻也。"③凌廷堪的赞语是:"岂文章兮宗旨,实圣人兮式凭。"④这些赞誉,就是对刘勰立意艺术的卓越性所做出的具体评价,也是历史向刘勰的卓越的立意艺术所献上的永恒丰碑。《文心》卓越的立意艺术,具体表现在以下方面。

一、《文心雕龙》立意的深刻性

《文心雕龙》立意的深刻性,首先表现在它对现实生活切入的程度上。一部作品的主旨,从来都是由以下两个部分所组成的:对现实生活所提出的主要问题以及它对这一主要问题所提供的主要解答。前者就是作者写作的目标,

① 陆龟蒙:《再抒鄙怀用伸酬谢诗》,见杨明照《文心雕龙校注拾遗》,上海古籍出版社1982年版,第433—434页。
② 孙梅:《四六丛话论》,见杨明照《文心雕龙校注拾遗》上海古籍出版社1982年版,第438页。
③ 章学诚:《文史通义》,见杨明照《文心雕龙校注拾遗》,上海古籍出版社1982年版,第440页。
④ 凌廷堪:《祀古辞人九歌梁舍人勰》,见杨明照《文心雕龙校注拾遗》,上海古籍出版社1982年版,第441页。

后者就是作者针对目标所生发的核心情感与核心思想。这二者,都是对现实生活进行切入的结果。因此,主旨对现实生活切入的准度与深度,就必然成为对主旨的思想价值与美学价值进行判断的重要依据。而要确切把握《文心雕龙》在立意上切入生活的准度与深度,我们最好对当时最基本的社会情况,作一点简单回视。

《文心雕龙》诞生于中国历史上一个非常的历史时期——魏晋六朝的齐梁时期。魏晋六朝是中国历史上最动荡不安的时期,是人民群众苦难深重的时期,是统治阶级最恣肆、最暴虐、最荒淫无耻的时期,却又是文化思想特别开放、文化事业空前发达的时期,而齐梁时期则是这一长长历史大剧的尾声,是历史大转变的前奏,是各种社会矛盾日益激化的时期。这些矛盾的普遍性表现,就是社会风气的腐败,而文风的腐败,就是这种社会腐败的最集中的形态。这一触目惊心的社会现实,就是刘勰写作《文心雕龙》的最基本的逻辑起点。这就是他在《序志》与《情采》中所明确指出的:

> 去圣久远,文体解散,辞人爱奇,言贵浮诡,饰羽尚画,文绣鞶帨,离本弥甚,将遂讹滥。盖《周书》论辞,贵乎体要;尼父陈训,恶乎异端:辞训之奥,宜体于要。于是搦笔和墨,乃始论文。
>
> 后之作者,采滥忽真,远弃风雅,近师辞赋,故体情之制日疏,逐文之篇愈盛。故有志深轩冕,而泛咏皋壤;心缠几务,而虚述人外:真宰弗存,翩其反矣。

文风浮诡讹滥,是六朝的一个严重的社会问题。一针见血地指出这一现象的存在,以引起疗救的注意,不仅是一个学者的社会良心的表现,也是他的观照能力的证明。因为这一现象确实是当时社会发展的一大瓶颈,如果不走出这一瓶颈,社会在精神文明上就很难走上健康发展的康庄大道。对齐梁讹风进行严肃批判,对风教传统进行科学维护与鲜明标举,以达到社会精神文明健康发展的目的,这就是《文心雕龙》的明确意旨。刘勰的这一意旨的社会针对的正确性与准确性,已为隋唐两代的文化实践所证明。在隋唐拨乱反正的社会建设中,端正六朝遗风就是其中的重要内容。这就是李谔《上隋高祖革文华书》所明确指出的:

降及后代，风教渐落……江左齐梁，其弊弥甚，贵贱贤愚，唯务吟咏。遂复遗理存异，寻虚逐微，竞一韵之奇，争一字之巧。连篇累牍，不出月露之形；积案盈箱，唯是风云之状。世俗以此相高，朝廷据兹擢士。禄利之路既开，爱尚之情愈笃……故文笔日繁，其政日乱，良由弃大圣之轨模，构无用以为用也。

也是陈子昂在《修竹篇序》中所说的：

文章道弊，五百年矣。汉魏风骨，晋宋莫传，然而文献有可征者。仆尝暇时观齐梁间诗，彩丽竞繁，而兴寄都绝，每以永叹。思古人常恐逶迤颓靡，风雅不作，以耿耿也。一昨于解三处，见明公《咏孤桐篇》，骨气端翔，音情顿挫，光英朗练，有金石声。遂用洗心饰视，发挥幽郁。不图正始之音，复睹于兹，可使建安作者相视而笑。

隋唐两代的文学开拓，都是以对齐梁文学的批判作为逻辑起点的。而刘勰的体认，实开其先导。《文心雕龙》对社会问题判断之准，切入生活之深，无须他证矣。

但是，主旨的深刻性不仅表现在对重大社会问题发现的准确性和灵敏性上，更主要的是表现在对问题的解答的深刻性程度上。因为问题的发现毕竟是属于对现象的认知范畴，有时可以凭借灵感与直观来解决，而问题的解答才真正属于对本质的认识范畴，必须凭借逻辑推理的严格过程，二者在理性深度上是大不相同的。对文风讹滥这一特定现象的认知，在当时并非刘勰一人的专利，与他生活年代相近的裴子野、颜之推、萧子显，也都看到了六朝文学作品中文与质不协调现象。但是，四者在对当时文学弊病的文化性质和解救弊病的途径问题的体认上，却是大相径庭的。为了论述的方便，兹录四人观点于下：

古者四始六艺，总而为诗，既行四方之风，且彰君子之志，劝美惩恶，王化本焉。后之作者，思存枝叶，繁华蕴藻，用以自通……由是随声逐影之俦，弃指归而无执……学者以博依为急务，谓章句为专鲁。淫文破典，斐尔为功,无被于管弦,非止于礼义。深心主卉木,远志极风云。其兴浮,其志弱,巧而不要,隐而不深。讨其宗徒,亦有宋之遗风也。(裴子野:《雕虫论》)

今世相承,趋末弃本,率多浮艳。辞与理竞,辞胜而理伏;事与才争,事繁而才损……时俗如此,安能独违?但务去甚去泰耳。必有盛才重誉,改革体裁者,实吾所希……宜以古之体制为本,今之辞调为末,并须两存,不可偏弃。(颜之推:《颜氏家训》)

文章者,盖情性之风标,神明之律吕也。蕴思含毫,游心内运,放言落纸,气韵天成,莫不禀以生灵,迁乎爱嗜,机见殊门,赏悟纷杂……属文之道,事出神思,感召无象,变化不穷。俱五声之音响,而出言异句;等万物之情状,而下笔殊形……习玩为理,事久则渎,在乎文章,弥患凡旧。若无新变,不能代雄。(萧子显:《南齐书·文学传论》)

练青濯绛,必归蓝蒨;矫讹翻浅,还宗经诰。斯斟酌乎质文之间,而隐括乎雅俗之际,可与言通变矣。(《文心雕龙·通变》)

文律运周,日新其业。变则可久,通则不乏。趋时必果,乘机无怯。望今制奇,参古定法。(《文心雕龙·通变》)

去圣久远,文体解散;辞人爱奇,言贵浮诡;饰羽尚画,文绣鞶帨;离本弥甚,将遂讹滥。(《文心雕龙·序志》)

唯文章之用,实经典枝条,五礼资之以成文,六典因之致用,君臣所以炳焕,军国所以昭明,详其本源,莫非经典。(刘勰:《文心雕龙·序志》)

裴子野以道学家的眼光审视这一文学现象,不理解也不愿意接受文学新变所带来的鲜活气息,把文学视为雕虫小技,满足于为儒家经典做离章析句的注释工作,拒绝文学的审美功能,一味要求复古。显然,这种思想指向是唯传统的,是逆潮流而动,开历史倒车的,也是没有真正的认识深度和进步意义可言的。颜之推虽然意识到了文风的讹滥,但他又感到"时俗如此,安能独违,唯去甚去泰耳",标举小改小革,而不做彻底疗救。这种思想指向缺乏鲜明的针对性,随世风而俯仰,无气盛之可言,在认识的深度上同样是乏善可陈的。萧子显对文学新变持有一种激进的主张。他在《南齐书·文学传论》中,一起笔就说:"文章者,盖情性之风标,神明之律吕也。"以情性为风标,以心灵为律吕,标志着对儒家经世致用的文学传统的断然拒绝,体现出一种反传统的世俗精神。他明确认为,喜新厌旧是一种普遍性的心理状态,否则,文学就不会进步,永远踌躇不前。他说:"习玩为理,事久则渎,在乎文章,弥患凡旧。若无新变,不能代雄。"表现在具体的文章中,就是神思独运,刻意求新。他说:"属文之道,事出神思,感召无象,变化不穷。俱五声之音响,而出言异句;等万物之形状,而下笔殊形。"这些见解,不乏正确之处,但过分排斥了文学的社会功能,过于绝对化了创新在文学发展中的决定性意义,过于排斥了继承在文学发展中的重要意义,这又从一个极端走向了另一个极端了。过犹不及,这种思想指向,不仅不能对讹风进行疗救,反而推波助澜,同样是缺乏准度和深度的。

　　和以上的思想指向相比,刘勰的立意就要深刻多了。刘勰意旨的深刻性,集中表现在他的认识的全面性和辩证性上。面对当时"文体解散"的文坛现状,他既不是回避,也不是迎合,更不是推波助澜,而是根据"弥纶群言,研精一理"、"擘肌分理,惟务折衷"的认识原则,进行辩证的分析和实事求是的评论。对于当时逐奇失正的消极文风,他首先持一种旗帜鲜明的批判态度。他所说的"宋初讹而新",就是他对当时文风不正的集中评述。他的这一思维指向,在《文心雕龙》的全著中获得了反复的强调:

　　　　文虽新而有质,色虽糅而有本,此立赋之大体也。然逐末之俦,蔑弃其本,虽读千赋,愈惑体要。遂使繁华损枝,膏腴害骨,无贵风轨,莫益劝戒,此扬子所以追悔于雕虫,贻诮于雾縠者也。(《诠赋》)

　　　　黄唐淳而质,虞夏质而辨,商周丽而雅,楚汉侈而艳,魏晋浅而绮,宋初讹而新。从质及讹,弥近弥淡。何则? 竞今疏古,风昧气衰也。(《通变》)

　　　　自近代辞人,率好诡巧,原其为体,讹势所变,厌黩旧式,故穿凿取新,察其讹意,似难而实无他术也,反正而已……密会者以意新得巧,苟异者以失体成怪。旧练之才,则执正以驭奇;新学之锐,则逐奇而失正。势流不反,则文体遂弊。(《定势》)

　　刘勰的卓越之处就在于,他对新变的批判绝不是为批判而进行的批判,而是在"归本"的大目标和总高度下所进行的批判:归本是批判的目的,而批判则是归本的基础。所谓"归本",就是复归中华文学的历史传统。这一传统,就是质与文的统一。刘勰高瞻远瞩地认为,齐梁文风讹滥的根本原因,就在于背离了我们民族的历史传统。而这一传统的最生动、最具有典范意义的形态,就是"道—圣—经"。因此,要走出当代讹风的泥泞,必须走"本乎道,师乎圣,体乎经"的归本以清源的道路。也就是他所说的"矫讹翻浅,还宗经诰"的道路。

刘勰的这一战略主张中,既包含着对质的肯定,也包含着对文的肯定;既包含着对变的肯定,也包含着对通的肯定。他对质的肯定,具体表现在他对情在文学中的主导地位的强调上:"夫铅黛所以饰容,而盼倩生于淑姿;文采所以饰言,而辩丽本于情性。故情者文之经,辞者理之纬;经正而后纬成,理定而后辞畅:此立文之本源也。"(《情采》)他对文的肯定,具体表现在他对采在文学中的不可或缺的形态意义的强调上:"圣贤书辞,总称文章,非采而何? 夫水性虚而沦漪结,木体实而花萼振,文附质也。虎豹无文,则鞟同犬羊;犀兕有皮,而色资丹漆,质待文也。若乃综述性灵,敷写器象,镂心鸟迹之中,织辞鱼网之上,其为彪炳,缛采名矣。"(同上)他对变的标举,集中表现在他对文学发展的历史规律的强调上:"时运交移,质文代变","文变染乎世情,兴废系乎时序"(《时序》)。他对通的标举,集中表现在他对通与变的互动关系的理论主张上:"变则可久,通则不乏。"(《通变》)也体现在他对宗经与征圣的战略纲领的标举上:"励德树声,莫不师圣,而建言修辞,鲜克宗经。是以楚艳汉侈,流弊不还,正末归本,不其懿欤!"(《宗经》)"故知繁略殊形,隐显异术,抑引随时,变通适会,征之周孔,则文有师矣。"(《征圣》)

正是如许的对立与统一,使他的认识远远超出于时人或唯古或唯新或以模糊是务的片面性之上,在思维上获得一种辩证的科学品格。也正是这一独特的科学品格,支持着也推动着《文心雕龙》的立意,沿着辩证思维的科学轨道,走近本质,走向深刻,而没有任何一部别的著作可以比拟。

二、《文心雕龙》立意的高远性

《文心雕龙》在立意艺术上的卓越性,还体现在它思维指向与思维内容的高远性上。所谓高远,是指一种超越流俗的卓尔不群的精神品格。这种品格,具体表现在以下方面。

（一）写作目的的高远性

《文心雕龙》的写作目的具有多层的属性。矫正文风是《文心雕龙》最基本的撰写目的,但绝不是唯一的目的。它不仅是对当时文风讹滥的讨伐与批判,也是对当时人风失序与人心失衡的总疗救。前者反映的是事物的初级本质,其战术对策就是"矫讹翻浅",后者反映的是事物的更加深刻的本质,其战略对策就是"还宗经诰"。刘勰《文心雕龙》的杰出之处,就在于从人风与人心的总高度与总深度来观照文风的问题,从文风的实处来矫正人风与人心的失衡与失序的问题。这双重目的并非凌乱的算术堆积,而是将深层目的潜移默化于它的基本目的之中,将基本目的深化于它的深层目的之内:着手处虽在矫正文风,终极鹄的实在矫正人风,而其焦点则在矫正人心。这就必然赋予《文心雕龙》的主旨以一种重大的社会性品格:站在社会发展的总高处,对表现在文风中的严重问题进行总体性的思考。也就是刘永济先生所深刻指出的:"彦和序志,则其自许将羽翼经典,于经注家外,别立一帜,专论文章,其意义殆已超出诗文评之上而成为一家之言,与诸子著书之意相同矣……凡子书皆有对于时政、世风之批评,皆可见作者之学术思想,故彦和此书亦有匡救时弊之意"①,"不特有斯文将丧之惧,实怀有神州陆沉之忧矣"②。可谓得其用心。

这一高远的思维指向,必然赋予《文心雕龙》的主旨,以一种特别重大与特别崇高的文化品格。这一以疗救社会、疗救人心、维护文化传统为根本取向的文化品格,对于我们民族文化精神的维护与健康发展,具有不可或缺的促进意义和保证意义。正是这一独特的高屋建瓴的文化品格,一千多年来支持着它屹立于中华文论与世界文论的巅峰,至今没有任何一家别的理论在立意的高度上和广度上可以超越。每当我们民族在文化上需要拨乱反正的关键时刻,它就会以它独特的理性强光,照耀着我们民族的远航,指引着我们民族在文化上与文学上复归正道。唐代的文化繁荣与文学繁荣,就是典型范例。

（二）观照视野的广阔性

《文心雕龙》立意的高远性,也表现在它的观照视野的广阔性上。《文心雕龙》对当时文风讹滥的观照,是在纵横交错的双重视野中进行的。所谓纵

---

① 刘永济:《文心雕龙校释》,上海古籍出版社1962年版,第1页。
② 刘永济:《文心雕龙校释》,上海古籍出版社1962年版,第190页。

向视野,是指它的以历史为纬的观照方式。刘勰对讹风的观照,是在历史发展的总平台上进行的。他以从黄虞直至齐梁的历时数千年的文学现象作为参照系,从中总结出"时运交移,质文代变"、"文变染乎世情,兴废系乎时序"以及"文律运周,日新其业。变则可久,通则不乏。趋时必果,乘机无怯。望今制奇,参古定法"的纵向联系的普遍规律和具有普遍意义的工程要领,以此作为分析讹风的逻辑依据。所谓横向视野,是指它的以社会为经的观照方式。刘勰对讹风的观照,是在社会结构的总平台上进行的。他以人与自然、人与人、人与心、心与道、道与经的诸多联系作为参照系,从中总结出"原道心以敷章,研神理而设教"、"道沿圣以垂文,圣因文而明道"、"若征圣立言,则文其庶矣"、"若禀经以制式,酌雅以富言,是即山而铸铜,煮海而为盐也"的横向联系的普遍规律和具有普遍意义的工程要领,以此作为分析讹风的逻辑依据。这就必然使他的认识,具有一种"振叶以寻根,观澜而索源"的特别宽广的文化品格,真正将前人所标举的"究天人之际,通古今之变,成一家之言"及"笼天地于形内,挫万物于笔端"的理想追求,落实为《文心雕龙》的立意艺术的美学现实。这一立意艺术在思想上与美学上,将历史与逻辑,自然与社会,人心与文心,融合成为一个有机的精神整体。这一精神整体的覆盖面与辐射面的博大性,它的思维材料的厚重性,它的深远的历史感和沉重的现实感,至今没有任何一家别的理论可以超越。

（三）立论依据的经典性

《文心雕龙》立意的高远性,还表现在它的立意依据的经典性上。它的立意依据,就是构成中华文化基本内涵的三大哲学门类:儒、道、佛三家。这三家作为中华智慧的集中体现和最高标志,以指挥平台的形式,完整融合在《文心雕龙》的思维指向与思维内容中。道学就是他借以确立意旨的自然论依据,凭借这一依据,他得以从本体论的高度,将世界融合成为一个由宇宙运动的自然动势所原发的整体。世界的自然性,就是他据以解决文风问题的总依据,而归向自然的规律性,就是他解决文风问题的总方向和总结论。儒学就是他借以确立意旨的人文学依据,凭借这一依据,他得以从人本论的高度,将自然规律实化为以经书为代表的具体的写作规范,为解决文风讹滥的问题提供可资借鉴的样板。"矫讹翻浅,还宗经诰"的理论主张,就是他根据儒家的智慧所得出的现实对策。佛学就是他借以确立意旨的方法论依据,凭借这一依据,他得以从心性论的高度,将以人为本的写作规范细化和深化为以心为本的全新的工程战略,以"以心总文"的具体形态,为解决文风讹滥的问题提供了最具有创造意义的工程理论和方法体系。

无疑,这些依据都直接采自我们民族文化中最具有智慧意义和权威意义的著作。《文心雕龙》的思维指向和思维内容,就是三家哲学融合为一的结果。这就必然赋予它的意旨以一种"会当凌绝顶,一览众山小"的大气磅礴的境界。如此高远的认识境界,如此强大的理论武装,如此恢弘的学术气派,在我国文论史上乃至世界文论史上,都是绝无仅有的。

三、《文心雕龙》立意的新颖性

《文心雕龙》在立意艺术上的卓越性,还体现在它的思维指向与思维内容的新颖性上。所谓新颖,是指一种与时俱进,不落窠臼的精神品格,也就是刘勰所说的"文律运周,日新其业。变则可久,通则不乏"的美学境界。这种美学境界,具体表现在以下方面。

(一)问题发现的新颖性

《文心雕龙》立意的新颖性,首先表现在它对现实生活中正在发生和日益恶化的重大社会问题的及时发现和特别强调上。这一"现在进行式"的重大社会问题,就是从上到下遍及整个社会的文风讹滥现象。这一现象的发生,是与整个社会的文化失衡和人心失序的严重现实密切相关的,是数百年连续的战乱与分裂所造成的精神崩溃的恶果。这一精神恶果对社会的严重危害,就在于它是与我们民族的文化传统以及我们民族在文化上的统一进程及向上动势是背道而驰的,如果放任自流,必然酿成国破家亡的惨祸。面对如此严峻的现实,当局者却陷入了醉生梦死的享乐旋涡之中,依赖腐朽的官能刺激饮鸩止渴,加深着社会的危机。而当时的御用文人则已经失去了正视现实的智慧和勇气,只能对当时的讹风或者表示推波助澜的迎合,或者采取僵化的封闭态度从复古中去寻求对策,以历史的倒退为疗救讹风的无上良方。如此等等,无一不是出于对现实的短视、弱视与无知。所谓"肉食者鄙",诚非虚语。而刘勰却于此时此际在文化思想上揭竿而起,全锋而出,不顾地位低微,趋时而动,乘机无怯,高举原道宗经大旗,痛诋社会弊端,以引起疗救的注意,确为时代之先觉,挽狂澜于既倒者矣。方其登高一呼,足以声传万里,而力振百世。何者?

为救亡而呼,为捍卫民族文化传统而呼,就是为祖国的未来而呼,就直接站到了历史的制高点上,所以新人耳目,影响深远。度其心也,虽与屈原齐光可也。这一对社会重大问题的及时切入,就是《文心雕龙》的主旨之所以能够历百代而长新的根由。

(二)思维视角的新颖性

《文心雕龙》立意的新颖性,还表现在它的思维视角的独特性上。《文心雕龙》对文风问题的观照角度,绝不是一般的点对点的近观与静观的平视角度,而是一种集宏观与微观为一体、熔静观与动观于一炉的全息性的大扫描。就宏观而言,它将宇宙运动之巨概括无遗,就微观而言,它将心力运动之细洞悉务尽。正是凭借这一巨细兼容的独特的思维视角,它将望远镜与显微镜的两种功能化入了自己的视野中:将文风的问题纳入了世风的问题,将世风的问题纳入了人风的问题,将人风的问题归结为人心的问题,将人心的问题归结为统序失宗的问题。这样,就将这一社会问题的要害,与解决这一重大问题的关键与途径,充分地显示了出来。如此广阔而又如此精细的思维视角,为我国文论史上之所仅见。这也是《文心雕龙》在立意上所以千古长新的一个重要原因。

(三)思维路径的新颖性

《文心雕龙》立意的新颖性,还表现在它的思维路径的独特性上。《文心雕龙》的思维路径,绝不是一种直插中心的简单的实证体认,而是一种迂回包抄、层层深化,层层实化,最后凝聚成为一个完整的美学理论体系与写作工程学理论体系的完整辨析。它首先从形而上的层面上,对"天—人—文—心"的逻辑关系,做出了哲学的阐释,由此归纳出"道沿圣以垂文,圣因文而明道"、"原道心以敷章,研神理而设教"的重要论断,以此作为解决文风问题的极则。根据这一极则,他系统地分析了文体的规范化与创作的基本的工程原理与工程要领的问题。这些问题,都是围绕着"矫讹翻浅,还宗经诰"的总的战略对策展开的。显然,他的这一思维路径,是一种分析思维与归纳思维融合为一而以分析思维为主导的思维路径。他的开头部分的"为文枢纽",就是分析思维的杰作。正是凭借对道、儒、佛三家学说的高屋建瓴的演绎推理,确立了它在思维指向与思维内容中"弥纶群言,研精一理"的统率地位,以此作为至高点,将文体论与创作论中的归纳推理,囊括于其中,构成一个统一的思维路径。这

一以分析思维为主导的思维路径,是对我国传统思维路径的重大突破。我国
传统的思维路径,重归纳而忽分析,重实证而轻推理,重经验而忽理论。而
《文心雕龙》的思维路径却与此截然不同:它既具有实证思维的优势,又从分
析思维与演绎推理中获得了一种独特的理性品格。如此新颖、如此精密的逻
辑思路,同样是我国文论史上所仅见的。这也是《文心雕龙》在立意上所以千
古长新的一个重要原因。

(四)问题解答的新颖性

《文心雕龙》立意的新颖性,还表现在它的问题解答的独特性上。所谓问
题解答,就是作者对所提出问题所持的基本观点和基本结论。《文心雕龙》作
为一部博大精深的专论,不管是就它所提出的问题而言或者是就它所做出的
解答而言,不管是就它解答的方式而言还是就它所解答的内容而言,都是具有
一种独出心裁而无与伦比的属性的。关于它所提出的问题的新颖性,本著已
经做出了详尽的分析。下面,专就解答方式的新颖性与与解答内容的新颖性,
做出一点具体的阐述。

1. 解答方式的独特性

与由总到分再到总的认识路线相契合,《文心雕龙》的解答方式也是与众
不同而独标一格的。从纵向来看,它的问题解答是一个多阶段统一的求索过
程:由抽象到具体,由具体再到抽象,条贯统绪,循阶而进。就横向来看,它是
一个多层面统一的逻辑结构,环环相扣,层次分明。第一层面的解答是哲学层
面的解答,目的是为了提出解决问题的总纲领:以道为原,以圣为征,以经为
本,以心为用,以通变为归的认识总纽。第二层面的解答是美学与写作学层面
的解答,目的是为了提出解决问题的具体规范:表现在论文叙笔方面的体式规
范和表现在剖情析采方面的创作规范。第三层面的解答是总体性的解答,目
的是为了实现全部意旨的总升华和总浓缩,犹如画龙之点睛。这一光华四射
的龙睛,就是对以心总文的总战略的总标举:"文心者,言为文之用心也","古
来文章,以雕缛成体,岂取驺奭之群言雕龙也","文果载心,余心有寄"。《文
心雕龙》的晶莹剔透的书名,就是对这一总标举的总表述。如此别致的解答
方式,同样是我国文论史中的仅见。

2. 解答内容的独特性

《文心雕龙》的问题解答的内容,并非传统的"立片言以居要"的简单概

括,而是一个由多层面的统一所构成的特别丰富、特别精粹的思维结构。这一思维结构中蕴涵着三个方面的重要内容:

一是对文风问题的战略性结论。这就是它表现在"为文枢纽"之中的基本思想。这一思想,就是:从民族文化传统中寻找解决文风问题的方向依据。"矫讹翻浅,还宗经诰",就是它从宏观层面上所得出的基本结论,也就是它的博大精深主旨的第一重内涵。

二是对文风问题的战术性结论。这就是它表现在"论文叙笔"、"剖情析采"之中的基本思想。这一思想就是:发挥"术"的优势,按照文体规范与创作的美学要领进行写作,是解决文风讹滥问题的具体途径。"文场笔苑,有术有门","才之能通,必资晓术",这就是它从工程学层面上所得出的结论,也就是它的博大精深主旨的第二重内涵。

三是对文风问题的总体结论。这就是它表现在《序志》中的基本思想。这一思想就是:发挥心的优势,进行美的制作,是解决文风不正问题的核心对策。"心哉美矣,故用之焉。古来文章,以雕缛成体,岂取驺奭之群言雕龙也","文果载心,余心有寄",这就是它从控制论层面上所得出的结论,也就是它的博大精深主旨的第三重内涵。

这三重内涵,层层相依,环环相扣,将《文心雕龙》博大精深的意旨,凝聚成为一个既无比精美,又无比深邃的逻辑整体。扩之覆盖宇宙,聚之集于一心,将宇宙运动的总规律,美学运动的总规律,写作运动的总规律,都化入以心总文的总结论与总着力点中,以作为救亡图存的理论武器,在那非常的时代中,建立起矫讹翻浅、还宗经诰的非常的战略体系与战术体系,构成非常的文化长城,借以羽翼和维护中华文化的传统,使之不致中落。如此良苦的用心,如此雄浑的立意,如此丰富的内涵,如此悲壮的解答,在我国文论史上,不仅是空前的,也是鲜后的。

四、《文心雕龙》立意的集中性

《文心雕龙》在立意艺术上的卓越性,还表现在它的思维指向与思维内容的集中性上。所谓集中,是指一种统率群言,归于一理的凝聚性与通贯性的逻辑品格与语言品格,也就是刘勰所说的"驱万涂于同归,贞百虑于一致","外文绮交,内义脉注,跗萼相衔,首尾一体"的理性境界与美学境界。这种境界,具体表现在它的内在思路的贯一性上。这一属性在《文心雕龙》中的集中表现,就是它的"弥纶群言,研精一体"的卓越的理论体系。这一理论体系,刘勰在《序志》中做了明确的阐述:

> 盖《文心》之作也,本乎道,师乎圣,体乎经,酌乎纬,变乎骚:文之枢纽,亦云极矣。若乃论文叙笔,则囿别区分,原始以表末,释名以章义,选文以定篇,敷理以举统:上篇以上,纲领明矣。至于剖情析采,笼圈条贯,摛《神》、《性》,图《风》、《势》,苞《会》、《通》,阅《声》、《字》,崇替于《时序》,褒贬于《才略》,怊怅于《知音》,耿介于《程器》,长怀《序志》,以驭群篇:下篇以下,毛目显矣。位理定名,彰乎大易之数,其为文用,四十九篇而已。

《文心雕龙》的全部理论体系,由以下四个部分组成:文之枢纽,论文叙笔,剖情析采,长怀《序志》。

第一部分是"文之枢纽",包括《原道》、《征圣》、《宗经》、《正纬》、《辨骚》五篇,置于篇首,树极立则,以驭群篇。《原道》以"自然之道"为逻辑起点和理论基点,阐明了"本乎道"以为文的总的指导思想,赋予了文之枢纽以高屋建瓴的本体论品格。《征圣》通过"师圣"对《原道》的思想加以人文化的阐发,提出了"志足而言文,情信而辞巧"和"衔华而佩实"的文章写作根本原则,《宗经》将前两个层次的思想归结为以经为式的基本规范,赋予了文之枢纽以经典性的人文品格和普遍性的规范品格。《正纬》《辨骚》两篇,则从负与正的两个方面确立了既师圣宗经,又主通求变的根本原则,赋予了文之枢纽以系统辩证的通变品格。

三个逻辑层面都紧扣论题展开,都是针对文风讹滥问题所提出的具有根本意义和总体意义的理论原则和战略对策。三者环环相扣,义脉贯通:道是文的本体,圣是道的人文体现,经是文的范式。道由形而上的本体,因圣人而转化为形而下的经书,成为人类"恒久之至道,不刊之鸿教。"《征圣》、《宗经》二篇,即推演了刘勰"道沿圣以垂文,圣因文而明道"这样的理论逻辑。而明道的经书,也就成为文的源头与范式:"文章奥府","群言之祖"。各种文体及创作的规格要求,概源于此。于是,本体论具化为文范论,文范论衍生出流变论,构成为统摄全书的总纲。这一总纲的核心,是一个完整的逻辑结构:以道为本,以圣为征,以经为范,以通变为法,实现"矫讹翻浅,还宗经诰"的拨乱反正的文化使命。这一博大精深的逻辑结构,就是文心雕龙对写作运动与美学运动的总方向与总方法的总的理论主张。

第二部分"论文叙笔"是《文心雕龙》的文体论部分。从《明诗》到《书记》,总共20篇,依文笔次序论述了34种文体。刘勰论述各种文体,基本上是按照《序志》篇说的"原始以表末,释名以章义,选文以定篇,敷理以举统"几项内容而操作的,他不仅科学地划分了文体的种类,而且论述了文体的历史演进及不同文体的性质和规格要求。而文体论的这种理论结构,都是在枢纽论的人文浓缩——《宗经》篇的统率下进行的。《宗经》篇在逻辑上对"论文叙笔"的通贯作用,具体表现在以下方面:

其一,是以经书为源头,系统地圈定了各种文体的流脉。

刘勰认为,经书是各种文体的源头:"故论说辞序,则《易》统其首;诏策章奏,则《书》发其源;赋颂歌赞,则《诗》立其本;铭诔箴祝,则《礼》总其端;记传盟檄,则《春秋》为根:并穷高以树表,极远以启疆,所以百家腾跃,终入环内者也。"诚然,这是大体而言的。由于体式的流变性,五经不可能将每一种现实的文体都覆盖无遗。但是,体式作为约定俗成的历史产物,它的流变性是在它的基本形态的稳定性的基础上进行的,因此必然具有万变不离其宗的恒常属性。这就是刘勰所说的:"夫设文之体有常,变文之数无方,何以明其然耶?凡诗赋书记,名理相因,此有常之体也;文辞气力,通变则久,此无方之数也。名理有常,体必资于故实;通变无方,数必酌于新声。"这一对源流关系的把握,实际也就是对体式的恒常属性的把握。刘勰以经书为纲,撒开了一张可以网罗一切文体的逻辑之网。这对于从总体上把握文体运动的总规模和总规律,是极有裨益的。

其二,是以经书为典则,制定了各种文体的运作规范。

刘勰不仅将五经视为众体之源,也将它视为文体运作的历史性楷式。这就是他在《宗经》中所标举的:"若禀经以制式,酌雅以富言,是即山而铸铜,煮海而为盐也。"刘勰认为,每一种经书,都有自己独特的体式,所谓"禀经以制式",就是以经作为依据制定各种文体的运作规范。表现在五经中的多样性的体式特征,被刘勰概括为以下几个方面:

夫《易》惟谈天,入神致用。故《系》称旨远辞文,言中事隐。韦编三绝,固哲人之骊渊也。《书》实记言,而训诂茫昧,通乎尔雅,则文意晓然。故子夏叹《书》,"昭昭若日月之明,离离如星辰之行",言照灼也。《诗》主言志,诂训同《书》,摛风裁兴,藻辞谲喻,温柔在诵,故最附深衷矣。《礼》以立体,据事制范,章条纤曲,执而后显,采掇片言,莫非宝也。《春秋》辨理,一字见义,五石六鹢,以详备成文,雉门两观,以先后显旨。其婉章志晦,谅以邃矣。《尚书》则览文如诡,而寻理即畅;《春秋》则观辞立晓,而访义方隐。此圣文之殊致,表里之异体者也。

五种经书,即五种不同的文体,各有其特定的功用,其写作特点也因此各异。如:《易经》的功能是探索天道,其写作特点是意旨深远,文辞隽美,言中事理,意义深奥。《尚书》的功能是记言,其写作特点是清楚明白。《诗经》的功能是言志,其写作特点是运用比兴,文辞含蓄,用意曲折,风格温柔敦厚,最能打动人心。《春秋》的功能是辨理,其写作特点是语言简洁精粹,内涵深刻。如此等等。刘勰对五种经书写作特点的论述,揭示了经书在体式运作上的基本规律:不同的文体,有不同的功能,文体的写作格局也因此而各具特色。这一基本规律,就是刘勰分析现实生活中各种文体的运作规范的理论原则。

刘勰《文心雕龙》文体论,就是这一原则的具体运用。他研究某一种文体,首先是明确文体名称的意义和文体的功用,然后探讨其表现在写作方法上的基本特征,由此构成了文体论中的两项重要内容:"释名以章义","敷理以举统"。前者着重阐明文体的功能,后者着重阐明文体运作的形态要求与基本要领。这一明确的理论主张,都是在以经为据的大前提下绅绎出来的,是"文之枢纽"中的理论核心"宗经"在文体论中的逻辑延伸。如《尚书》记言清楚明白的特点,与诏策的"指事而语,勿得依违"的特点,章表的"志尽文畅"、"风矩应明"、"骨采宜耀"的特点,都具有类的共同性;《诗经》的文辞华美、比喻曲折,温柔敦厚,动人以情的特点,与赋体的"丽辞雅义,符采相胜"的特点,颂赞的"辞必清铄"、"约举以尽情"的特点,四言诗的"雅润为本"的特点,五言诗的"清丽居宗"的特点,具有类的共同性。这一类的共同性,都是现实文体的规格要求与经书写作特点的渊源关系的体现,也是文之枢纽与论文叙笔二者之间在逻辑上的链接关系的具体证明。

　　第三部分"剖情析采"是《文心雕龙》的创作论部分。从《神思》到《程器》,总共24篇。刘勰论述创作过程中的各个工程环节,大体上按照《序志》篇说的"摛《神》、《性》,图《风》、《势》,苞《会》、《通》,阅《声》、《字》,崇替于《时序》,褒贬于《才略》,怊怅于《知音》,耿介于《程器》"的顺序进行的。从《神思》到《情采》6篇,是关于运心理论与法则的论述,从《镕裁》到《总术》13篇,是关于运辞理论与法则的论述,从《时序》到《程器》5篇,是关于创作论的若干专题的延伸论述。这些论述虽然涉及方方面面,但都是在枢纽论中所提出的"正末归本"的总旨的统率下展开的。这一总旨在创作论中的集中表现,就是以经为据所建立的根本创作原则和总的批评标准。这一原则和标准,就是《宗经》篇提出的"六义"说:

　　　　故文能宗经,体有六义:一则情深而不诡,二则风清而不杂,三则事信而不诞,四则义直而不回,五则体约而不芜,六则文丽而不淫。

　　六义的内涵包括内容要求与形式要求两大部分:情深、事信、义直、风清,是刘勰对文学作品思想内容提出的美学原则和批评标准;体约、文丽,是对艺术形式提出的美学原则和批评标准。这些原则和标准,与《原道》、《征圣》两篇的主张,有着密切关系。刘勰在《原道》中指出,儒家圣人的著作是"道之文"的体现;在《征圣》中他又提出,儒家圣人的著作之所以值得学习,则在于"志足而言文,情信而辞巧","衔华佩实",有充实的思想内容和动人的表现形式。因此,《宗经》所说的"六义",实际上是"道之文"这一总的审美观念的具体表现,是《征圣》篇的进一步深化。一篇文章,如果感情深厚,风骨清新,材料真实,意旨正确,再加上体式精约而不繁冗,文辞华丽而不浮靡,那就是合乎"道之文"与"经之文"的好文章。惟其如此,"六义"便成了《文心雕龙》"剖情析采"的逻辑纽带,从内容与形式两个方面,将文之枢纽与剖情析采的诸多篇章连贯成为一个有机的整体,集中体现了刘勰"雅丽"的审美理想。《文心雕龙》的《风骨》篇,就是专门探讨雅丽之文的审美特征的专章。而最后的延伸论的五个专章,则在更加广泛的学术平台上,对有关创作的专门问题进行了更具综合意义和前瞻意义的探讨,从历史的总高度、主体建设的总高度与接受的总高度,对实现雅丽之文的美学理想的理论与实务,做出了延伸性的开拓,推动读者去进一步思考。

第四部分"长怀序志"是《文心雕龙》的结尾部分,是作者对著述缘起和全书要旨的总表述,也是对文之枢纽的总呼应与总完成,以首尾圆合的方式,将文心雕龙的全部内容,从逻辑上融合成为浑然的一体。

四个部分,有条不紊,一线连贯,一理相通,将文心雕龙的主旨,表述得淋漓尽致。这种"乘一总万,举要治繁"、"驱万途于同归,贞百虑于一致"的立意艺术,在我国文论史乃至世界文论史上,都是罕见其匹的。明代张之象在序文中说:"采摭百氏,经纬六合,溯维初之道,阐大圣之德,振发幽微,剖析渊奥;及所论撰,则又操舍出入,抑扬顿挫,语虽合璧,而意若贯珠。纲举目张,枝分派别……持独断以定群嚣,证往哲以觉来彦,盖作者之章程,艺林之准的也。"①当代日本汉学家兴膳宏称之为:"早在公元5世纪末就出现具有如此切实可靠的构想及如此博大精深的理论体系的作品这一事实,可以视为中国文明早熟的成长发展的现象之一。"②这些评价,都是极其允当的。

五、《文心雕龙》立意的诗情性

《文心雕龙》在立意艺术上的卓越性,还表现在思维指向与思维内容的诗情性上。所谓诗情性,是指一种以情感人的美学属性。这种属性,是作为它的以理服人的科学属性的补充成分,蕴涵在它的主旨中的。这种与科学性融为一体的动情性品格,具体表现在以下方面。

(一)理论内容的崇高性。

《文心雕龙》的理论内容,是以中华文化中的最高哲理作为依据,分析和解决当时严重影响社会发展的文风讹滥问题。无论是就问题的重大性来说,还是就解决问题的理论依据的高层性来说,都是具有极大的显赫性的。表现于前者的,就是刘勰所尖锐指出的文坛现实:"去圣久远,文体解散,辞人爱奇,言贵浮诡,饰羽尚画,文绣鞶帨,离本弥甚,将遂讹滥。"表现于后者的,就是刘勰对"原道"、"征圣"、"宗经"三大极则的鲜明标举:"辞之所以能鼓天下者,乃道之文也","道沿圣以垂文,圣因文而明道","正末归本,不其懿欤"。

---

① 张之象:《文心雕龙序》,见杨明照《文心雕龙校著拾遗》,上海古籍出版社1982年版,第731页。

② 兴膳宏:《文心雕龙论文集》,齐鲁书社1984年版,第109页。

这种显赫性不仅会唤起理性的冷静观照,也会激起强大的心理震撼,将真理与诗请融合成为有机的整体,使它的土旨不仅具有以理服人力量,也同时具有以情感人的力量。

(二)理论表述的强烈性

刘勰对理论内容的表述,不仅具有一种特别的明确性,而且具有一种特别的强烈性。这种强烈性,具体表现在他阐述真理的语气上。他在阐述理论的时候,并不采取简单而冷漠的陈述方式,而往往采用感叹、设问、反诘、无条件判断、祈使等直抒胸臆的方式,在对真理进行理性开掘的时候,并不隐瞒自己对真理的个性态度,同时将自己对真理的感情倾向强烈地表现出来,使真理表述得更加鲜明。例如:

> 文之为德也大矣(感叹),与天地并生者何哉?(设问)
>
> 才难然乎? 性各异禀。(设问)
>
> 心哉美矣,故用之焉。(感叹)
>
> 言之文也,天地之心哉!(感叹)
>
> 正末归本,不其懿欤!(反诘)
>
> 不有屈原,岂见离骚?(反诘)
>
> 大哉圣人之难见哉(感叹),乃小子之垂梦欤!(反诘)
>
> 知音其难哉!(感叹)音实难知,知实难逢,逢其知音,千载其一乎!
> (反诘)
>
> 夫岂外饰(反诘),盖自然耳。(感叹)
>
> 夫情致异区,文变殊术,莫不因情立体,即体成势也。(无条件判断)
>
> 一物携贰,莫不解体。(无条件判断)
>
> 文果载心,余心有寄。(祈使)
>
> 兰为国香,服媚弥芬;书亦国华,玩绎方美;知音君子,其垂意焉。
> (祈使)
>
> 按辔文雅之场,环络藻绘之府,亦几乎备矣。(感叹)但言不尽意,圣
> 人所难,识在瓶管,何能矩矱。(反诘)茫茫往代,既沉予闻;眇眇来世,倘
> 尘彼观也。(祈使)

这种表达方式,赋予了《文心》的立意以真理与诗情的双重品格:既具有以理服人的科学品格,又具有以情感人的美学品格。这种真理式的诗情与诗情式的真理,在世界文论史上,是并不多见的。

(三)理论结构的完美性

理论形态即理论的存在方式,这一存在方式,首先表现在它的逻辑结构之中。无疑,这一结构是纯理性的。但是,从"自然之道"的总高度来看,美与天地并生,宇宙万物,都是美的存在。这就是刘勰所明确指出的:"文之为德也大矣,与天地并生者何哉","傍及万品,动植皆文","夫岂外饰,盖自然耳"。这种美的存在,不仅表现在形象的美学魅力中,也表现在逻辑的美学魅力中。《文心雕龙》的理论形态,就是这种逻辑美的典型范例。

所谓逻辑美,就是在概念的内在联系中所表现出来的一种严密性与和谐性。这种表现在抽象思维中的严密性与和谐性之所以具有美的魅力,就在于通过这一有序的链接,揭示出事物的内在联系及其发展的必然性,使人能够根据事物发展的内在逻辑,从微知巨,从前知后,从简知繁,从因知果,使人耳目一新,豁然开朗。这种醍醐灌顶的感觉,使人的本质力量在一个特殊的对象世界中获得了充分显现,从而使枯燥的东西变得生动有趣,给人以美的享受。

《文心雕龙》的理论结构就是如此。《文心雕龙》全书无论从其范畴的排列,还是从各章的结构来看,其逻辑关系都是极其严谨的。它以自然之道作为逻辑起点,由道及圣,由圣及经,由通及变,组成一个严密的理论枢纽,再以这个枢纽为认识论与方法论的极则,向文体论与创作论两个领域进行具体的展开,最后收束于它的"长怀序志"的总序中。这一体大思精的逻辑结构之中,有总有分,有纲有目,如珠之相连,如璧之相合,包罗万象而冶于一炉,弥纶群言而研精一理,以其独特的恢弘与和谐沁人心脾,新人耳目,使人从中获得一种美学的愉悦与震撼。对此,历代有许多学者加以充分肯定。明代文论家戴璺在《文心雕龙·序》中称之为:"纲领昭畅,而条贯靡遗;什伍严整,而行缀不乱;标其门户,而组织成章;雕镂错综,而辐辏合节。"①清代文论家孙梅在《四六丛话》中称之为:"征家法,正体裁,等才情,标风会,内篇以叙其体,外篇以究其用,统二千年之汗牛充栋,归五十首之掐肾擢肝,捶字选和,屡参解悟,宗

---

① 杨明照:《文心雕龙校注拾遗》,上海古籍出版社 1982 年版,第 730—731 页。

经正纬,备著源流。"①这些评价,就是对《文心雕龙》的逻辑结构的完美性的高度肯定。

正是这一精美的美学形态,有力地支持着《文心雕龙》精粹的理论内容,使它的主旨既具有"进窥天地之纯"的理性开掘力量,又具有摇人情性,沁人心脾的美学感染力量。这种蕴涵在理论主旨中的动情力量,在我国文论乃至世界文论中,都是不多见的。

(四)理论材料的生动性

《文心雕龙》立意的诗情性,还鲜明地表现在它的理论形态的生动性上。

《文心雕龙》作为一部体大思精的理论著作,它对真理所做出的证明和表述,主要是建立在逻辑与概念的基础上的。概念作为现象的本质,从来都是抽象的东西,并不具有审美的功能。《文心雕龙》在理论材料的选择上的灵活与巧妙之处就在于,它绝不拘泥于纯概念领域的逻辑推导,而是在逻辑思维中渗入丰富的形象性材料,在严密说理的过程中展现出动人的文学色彩,使逻辑思维与形象思维融为浑然的一体。这种浑然的融合,是作者的精心选择与巧妙组合的结果:他所选择的形象材料绝不是一般性的现象,而是经过精心选择的具有"本质性意义"的现象;他所完成的材料链接绝不是一般意义的自然堆积,而是论据与论点之间的逻辑链接。径而言之,就是将本质现象作为现象本质的同位成分,水乳交融地纳入严格的逻辑结构中,使其融为浑然的一体。这种浑然融合,主要是通过以下方式来进行的。

1. 描摹性材料

所谓描摹,就是对感性事物进行具体的展现。如:

> 文之为德也大矣,与天地并生者何哉?夫玄黄色杂,方圆体分,日月叠璧,以垂丽天之象;山川焕绮,以铺理地之形:此盖道之文也。
> 傍及万品,动植皆文:龙凤以藻绘呈瑞,虎豹以炳蔚凝姿;云霞雕色,有逾画工之妙;草木贲华,无待锦匠之奇。夫岂外饰,盖自然耳。至于林籁结响,调如竽瑟;泉石激韵,和若球锽。故形立则章成矣,声发则文生矣。

---

① 杨明照:《文心雕龙校著拾遗》,上海古籍出版社1982年版,第438页。

作者所提供的作为论据的这些感性材料,既是美的,又是逻辑的。它是美的,因为它有声有色,生动传神,足以发皇耳目;它是逻辑的,因为它寓理于象,具有论据的逻辑功能,能对论点进行充分的论证。这就必然赋予它的主旨的论证过程以科学性与美学性的双重品格:将科学性的诗情与诗情性的科学融合成为浑然的一体。

2. 比喻性材料

作者对客观事物所进行的描摹,也生动地表现在他的比喻性材料中。如《风骨》篇中,为了证明"风骨"对文章的作用及其与"文采"相结合的重要性,他运用了巧妙的比喻:"夫翬翟备色,而翾翥百步,肌丰而力沉也;鹰隼无采,而翰飞戾天,骨劲而气猛也,文章才力,有似于此。若风骨乏采,则鸷集翰林;采乏风骨,则雉窜文囿,唯藻耀而高翔,固文章之鸣凤也。"用鹰鸷、雉鸡和鸣凤分别比喻有风骨无文采、有文采缺风骨和风骨采齐备的作品,形象而传神,喻巧而理至,将一个深奥的道理阐述得淋漓尽致。何者? 就在于这些形象是作为论据的组成部分出现在系统中的,所以收到了情理交融的逻辑功效与美学功效。

类似的例子,在其他篇章中也屡屡出现。如《定势》篇论文章之势与文情、文体的关系是:"势者,乘利而为制也。如机发矢直,涧曲湍回,自然之趣也。圆者规体,其势也自转;方者矩形,其势也自安,文章体势,如斯而已。"《情采》篇论文章必须文质相副的妙喻是:"夫水性虚而沦漪结,木体实而花萼振,文附质也。虎豹无文,则鞟同犬羊;犀兕有皮,而色资丹漆,质待文也。"等等,无一不具有说理与审美的双重功效。

3. 例证性材料

以现实生活中的感性事象作为例证,对论点进行证明,同样是《文心雕龙》的理论形态的一大特色。如《情采》篇:"后之作者,采滥忽真,远弃风雅,近师辞赋,故体情之制日疏,逐文之篇愈盛。故有志深轩冕,而泛咏皋壤。心缠几务,而虚述人外。真宰弗存,翩其反矣。"作者举出的"志深轩冕,而泛咏皋壤。心缠几务,而虚述人外"的例证,就是对当时文风讹滥的典型事象的具体刻画和展示。这些典型事象因其具有"本质现象"的属性,既在逻辑上具有对"真宰不存,翩其反矣"的论断的证明力量,也在感性上具有一种"应物斯感"的起情力量,激起对消极现象的厌恶与鄙弃的感情,加深对情与采必须兼备的理论主张的理解。

4. 类比性材料

类比论证也广泛地运用在《文心雕龙》的理论形态中。它的特点是在论证一个比较抽象或比较生僻的道理时，为了使别人更易于接受或了解，特意引用另一个比较形象而为人所熟悉的事物来进行类推，借以达到论证的目的。如《情采》篇："夫桃李不言而成蹊，有实存也；男子树兰而不芳，无其情也。夫以草木之微，依情待实；况乎文章，述志为本。言与志反，文岂足征？"作者所要证明的，是内与外、情与采必须融合为一的道理，他运用的论证方法是借事论理的方法：以桃李所以吸引人的原因在于"有实存"与兰花之所以芳香来自女性感情的精心培育的"类性"，对文章的内容美的必要性与重要性进行推导。比起抽象枯燥的演绎论证材料或靠大量数据推理的归纳论证材料来，类比性论证材料无疑具有生动性、直观性及形象性的美学品格。这也是《文心雕龙》在立意上之所以如此动人的一个重要原因。

5. 典故性材料

典故性的材料，也在《文心雕龙》的理论形态中发挥了良好的逻辑效果与美学效果。

适当引用典故，不仅可以激发读者的联想力和增强文章的说服力，而且可以使作品显得洗练、典雅、含蓄、生动。如《神思》篇："相如含笔而腐毫，扬雄辍翰而惊梦……虽有巨文，亦思之缓也。淮南崇朝而赋《骚》，枚皋应诏而成赋……虽有短篇，亦思之速也。"寥寥几笔，便引出了一连串的历史故事，这些故事既具有发思古之幽情的美学作用，又具有证明人的情性差异的论证作用。又如《知音》篇："夫志在山水，琴表其情，况形之笔端，理将焉匿？"借用历史上"知音"的典故，既证明了"缀文者情动而辞发，观文者披文以入情"的深奥道理，又通过对古人古事的联想而对历史上的"微言美事"回味无穷。这样就使它的主旨的说服力量与动情力量，表现得更加充分、更加鲜明。

刘勰在立意艺术上的这些卓越的工程实践，是具有楷模意义的。他既以他的精辟的立意理论指引着中古以来历代作者的立意实践，也以他的卓越的立意实践为中古以来的历代作者的立意实践做出具体示范。他的立意理论，就是对他的立意实践的卓越性的具体解说，他的立意实践就是对他的立意理论的科学性的具体证明。不管是他的立意理论或者立意实践，都是他的风骨采兼备的美学理想的具体表现,为中古以来的历代作者开拓和表现高层次的文学主旨与文章主旨,提供了可靠的理论参照系统和经验参照系统。

第二节 《文心雕龙》的结构艺术

在我国古代文论史上,《文心雕龙》的出现,具有划时代的意义,因为它不仅在理论上具有相当的深度,而且建立了比较严密完整的理论体系。诚然,在它之前,我国的文学理论与写作学理论早已产生,而且在某些方面也不乏真知灼见,但是,都具有"各照隅隙,鲜观衢路"的特点,均未能构成严密完整的理论体系。也就是刘勰在《序志》中所评述的:

> 详观近代之论文者多矣:至于魏文述典,陈思序书,应场文论,陆机《文赋》,仲洽《流别》,弘范《翰林》,各照隅隙,鲜观衢路;或臧否当时之才,或铨品前修之文,或泛举雅俗之旨,或撮题篇章之意。魏典密而不周,陈书辩而无当,应论华而疏略,陆赋巧而碎乱,《流别》精而少功,《翰林》浅而寡要。又君山、公干之徒,吉甫、士龙之辈,泛议文意,往往间出,并未能振叶以寻根,观澜而索源。

刘勰的《文心雕龙》,就是对这一历史瓶颈的重大突破。该著的卓越成就,就在于它是我国周秦以来文学理论之集大成。作者不仅把我国古代文学理论中的许多问题,进行了深刻论述,而且还把诸多论见组织在严密的理论体系之中,有总论,有分论,有纲有目,使之成为一个"驱万涂于同归,贞百虑于一致"的无隙可击的逻辑整体。对此,历代有许多学者加以充分肯定,并给以很高评价。明代张之象的赞语是:"採撷百氏,经纬六合","纲举目张,枝分派别"。①原一魁的赞语是:"陶冶万汇,组织千秋。"②清代章学诚的赞语是:"笼罩群

---

① 张之象:《文心雕龙序》,见杨明照《文心雕龙校注拾遗》,上海古籍出版社1982年版,第731页。

② 原一魁:《两京遗编序》,见杨明照《文心雕龙校注拾遗》,上海古籍出版社1982年版,第435页。

言"、"体大而虑周"。① 刘开的赞语是："至于宏文雅裁，精理密意，美包众有，华耀九光，则刘彦和之文心雕龙，殆观止矣。"② 现代鲁迅的赞语是："解析神质，包举洪纤，开源发流，为世楷式。"③ 这些赞誉，就是对刘勰结构艺术的卓越性所做出的具体评价，也就是历史为刘勰卓越的结构艺术所树立的永恒丰碑。下面，试对刘勰结构艺术的卓越性，做一管窥。

一、《文心雕龙》结构的恢弘性

《文心雕龙》是我国古代文论中理论规模最宏大的著作。原一魁所说的"陶冶万汇，组织千秋"，孙梅所说的"统二千年之汗牛充栋，归五十首之掐肾擢肝"，章学诚所说的"笼罩群言"、"体大而虑周"，就是对这种空前鲜后的理论规模的生动概括。这种理论规模的宏大性作为诸多内容因素和形式因素在结构上的总集合，来自一种特别广阔的学术视野，和一种由此生发的特别广阔的概括力量。而其外在形态，则是一种对诸多的多样性统一的无限包容。这种无往弗届的包容力量，具体表现在以下方面。

（一）对理论材料的多样性的广阔包容

海纳百川，有容乃大。材料的规模，是结构的规模的最直接的表征。表现在《文心雕龙》中，就是它对理论材料的广阔包容。这种广阔的包容，就是它的结构的恢弘性借以显现的"数学"前提。《文心雕龙》的结构在"数学"上的"无限大"的显赫性，可以用以下几个基本数据进行显示。

从纵向的包容规模来看。《文心雕龙》的理论材料，来自一种"振叶以寻根，观澜而索源"的全程式概括。这种概括上起轩辕，下迄晋宋，共历 17 个朝代。全书征引书文共有 1466 处，其中，间接征引 1328 处，直接征引 138 处。全书论及的作家有 918 人，论及的作品有 1035 篇（部）。论及的作家最多的篇目为《时序》，110 人；其次为《才略》，96 人。论及的作品最多的篇目为《正纬》，102 篇（部）；其次为《铭箴》，76 篇（部）；再次为《才略》，64

---

① 章学诚：《文史通义》，见杨明照《文心雕龙校注拾遗》，上海古籍出版社 1982 年版，第 440 页。

② 刘开：《与王子卿太守论骈体书》，见杨明照《文心雕龙校注拾遗》，上海古籍出版社 1982 年版，第 441 页。

③ 《鲁迅全集》第 8 卷，人民文学出版社 1981 年版，第 332 页。

篇(部)。"五十篇之内,百代之精华备矣。"①如此全面地综述两千年来的文学现象,诠品前修得失,探索文学规律,这在我国文学史上还是破天荒的第一次。

从横向的包容规模来看。《文心雕龙》的理论材料,来自一种"驱万涂于同归,贞百虑于一致"的全方位式概括。这种概括以"道"作为逻辑基点,以"矫讹翻浅,还宗经诰"作为理论目标,将诸多类型的理论材料包容于结构之中。见之于文学的外系统运动的理论材料,有哲学性的,美学性的,伦理学性的,社会学性的,文化学性的,心理学性的,历史学性的,文献学性的,语言学性的,共涉及 9 个学科,由此建构成一个强大的"为文之枢纽"。见之于文学的内系统运动的理论材料,有"论文叙笔"的文体论方面的,有"剖文析采"的创作论方面的,有"褒贬崇替"的批评论方面的。文体论中所涉及的文体,共有 35 大类,90 细类。创作论所涉及的理论材料,包括采集、构思、结构、表达、修改、接受诸多方面,将文学创作中的诸多理论与方法覆盖无遗。仅就表达中的修辞来说,《文心雕龙》中就有《比兴》、《夸饰》、《事类》、《丽辞》、《练字》、《隐秀》等专篇论述。此外,《物色》、《情采》、《声律》、《谐隐》等篇,亦多所论及。论辞格则有:比喻、起兴、夸张、引用、对偶、摹状、复叠、练字、含蓄、警策、谐隐等 11 种之多,可谓蔚为大观。

材料的"体积"的博大性,是结构体积的博大性的物质前提。这固然与刘勰的知识的丰富性直接相关,但将如此多样化的知识共冶于一炉中,也是与结构艺术的卓越性的贡献密不可分的。如此恢弘的结构艺术,不仅为我国文论史上之仅见,在世界文论史中,也是足称楷模的。

(二)对理论目标的多样性的广阔包容

理论结构的博大性,总是与理论目标的博大性密切相关,并为实现这一理论目标服务的。对理论目标的广阔包容,是刘勰结构艺术的恢弘性的第二大卓越表现。

刘勰的理论目标的广阔性,集中表现在他的目标的一石多鸟的多层面属性上。

---

① 孙梅:《四六丛话论》,见杨明照《文心雕龙校注拾遗》,上海古籍出版社 1982 年版,第438 页。

1. 倡导文章——《文心雕龙》的基础性目标

《文心雕龙》的最基本的研究对象,用刘勰的话来说是:"言为文之用心也"。"为文",指的就是文章写作。他明确认为,前人关于写作学的著述虽然很多,但都具有"各照隅隙,鲜观衢路"的缺陷,并未能"振叶以寻根,观澜而索源",因此未能构成上承先哲、下益后生的理论体系。为了弥补这一历史性的不足,他毅然地承担起了这一开拓性的任务,将系统地探索和揭示文章写作的原理和方法,列为该著最基本的理论目标。也就是范文澜所一针见血指出的:"《文心雕龙》的根本宗旨,在于讲明作文的法则,使读者觉得处处切实,可以由学习而掌握文术。"①刘勰的这一理论目标,是鲜明地体现在他的整体布局之中的。

从《文心雕龙》的基本内容和结构来看,全书五十篇以"言为文之用心"为旨归,分做四个部分。《原道》、《征圣》、《宗经》、《正纬》、《辨骚》五篇为第一部分,刘勰在《序志》中称之为"文之枢纽",实际上是他所提出的指导写作走向正轨的总原则。《原道》、《征圣》、《宗经》三位一体,旨在说明圣贤的著作是经典,表现了至高无上的"道",所以要写好文章必须宗经,为文能取法于圣人之经典,就会取得"情深而不诡"、"风清而不杂"、"事信而不诞"、"义直而不回"、"体约而不芜"、"文丽而不淫"的思想和艺术效果。《正纬》、《辨骚》两篇,意在说明纬书和楚辞的某些内容,虽然与经悖谬,但它们"事丰奇伟","惊采绝艳",写作时也应当吸取、借鉴。概括起来说,刘勰指导写作的总原则就是"倚雅颂,驭楚篇",即倚靠经典著作的雅正文风,吸取纬书楚辞的奇辞异采,来提高写作的思想艺术水平。自《明诗》至《书记》等二十篇为第二部分,刘勰称为"论文叙笔",分别论述了三十多种体裁的文章,既有文学作品,又有非文学作品。在这二十篇中篇篇都包括"原始以表末,释名以彰义,选文以定篇,敷理以举统"四项内容,不但叙述了各种文体的源流,解释了名称性质,评述了有代表性的文章,而且提出了各种文体的运作规范和基本要求。从《神思》至《程器》等24篇为第三部分,刘勰称之为"剖情析采",实际上是通论文章的写作过程和写作方法,主要包括三个方面的内容:一是论写作构思和谋篇布局问题,如《神思》、《养气》、《熔裁》、《附会》等篇;二是论写文章的体制风

---

① 范文澜:《中国通史》第2册,人民出版社1994年版,第531页。

格问题,如《情采》、《体性》、《风骨》、《通变》、《定势》等篇;三是论炼字、修辞、造句和各种具体的手法技巧,如《炼字》、《章句》、《丽辞》、《夸饰》、《比兴》、《隐秀》等篇;四是对从事写作必须考虑到的一些主客观因素的延伸性的探索与思考,《物色》、《时序》两篇论写作与时代以及与自然景物的关系,《才略》、《程器》两篇论作者的品德与才智的修养,《知音》篇则论文章鉴赏的态度和方法,这几个问题,对于写作实践显然都是非常重要的。《序志》是《文心雕龙》的结束部分,是刘勰对全著写作宗旨以及编写体例的概括说明,起着绾结全书的作用。

综上可知,《文心雕龙》的四个部分,每一个部分都不离"为文"这个宗旨,既提出了文章写作的指导思想,又论述了文章写作的规范与方法,既阐述了写作的客观条件,又强调了写作的主观因素。如此诸多方面,无一不是围绕文章写作的基本原理和方法运行的。这也就是众多的龙研学者将《文心雕龙》的学术性质,定位为"文章写作学"的根由。

2. 倡导文心——《文心雕龙》的深层性目标

倡导"文章"是《文心雕龙》写作的第一目标,但绝非唯一目标,因为它还有更深层次的理论目标在。"文果载心,余心有寄。"这一更加深刻的理论目标,就是对"文心"的倡导。

"文心者,言为文之用心也。"它明确地告诉我们,刘勰所倡导的文章,不是一般意义的文章,而是以文心作为特定的理论旗帜的文章。以心总文,是《文心雕龙》的深层性的理论目标。这一理论目标,同样是渗透于该著的全部内容和结构之中的。

刘勰对文心的标举,首先表现在"文之枢纽"的首篇《原道》的论述中。他明确认为,"文采"是自然之道的普遍性表现,理所当然是普属于一切存在的,而人作为"天地之心"的特殊存在,是"性灵所钟"的"有心之器",更应该拥有创造"文章"的天赋。这种特殊的天赋,就是人的"心":"两仪既生矣,惟人参之,性灵所钟,是谓三才。为五行之秀,实天地之心,心生而言立,言立而文明,自然之道也……夫以无识之物,郁然有形,有心之器,其无文欤?""有心之器"的"心",指的就是"心与物游"所形成的思想和情感。可见他首先关注并阐明的是"心"与"人"与"天地"的关系,"心"与"言"与"文"的关系。对"心"的重要性加以强调,将人的情感、思维活动置于研究文章写作的中心地位,置于笼罩全书的地位,是刘勰独特的理论主张,也是他的文章写作理论最基本的逻辑基点。

刘勰认为,文心不仅是文章发生学的重要根由,也是文章写作的方法论的决定性的凭借和统帅。在《总术》中,他明确地提出了"乘一总万,举要治繁"的"以心总文"的战略主张。这一主张表现在《神思》中,就是他的"心总要术"的精辟论见。表现在《情采》中,就是他的关于"立文之本源"的深刻见解:"故情者文之经,辞者理之纬;经正而后纬成,理定而后辞畅:此立文之本源也。"表现在《知音》中,就是他对接受关系的高屋建瓴的体认:"夫缀文者情动而辞发,观文者披文以入情,沿波讨源,虽幽必显","故心之照理,譬目之照形,目了则形无不分,心敏则理无不达"。刘勰的这一战略性的理论主张,也是他的写作方法论的深层纲领。刘勰对写作方法的阐述,就是按照"以心总文"的战略思路运行的:禀心—物色—神思—辞采—知音。其中的每一个环节,都是文心运动的特定环节。"禀心"者,修养文心之谓也。文心之所以要养,是因为:"率志委和,则理融而情畅;钻砺过分,则神疲而气衰:此性情之数也。"(《养气》)而文心修养的总要领,就是《神思》中所说的:"陶钧文思,贵在虚静,疏瀹五藏,澡雪精神。积学以储宝,酌理以富才,研阅以穷照,驯致以怿辞,然后使元解之宰,寻声律而定墨;独照之匠,窥意象而运斤:此盖驭文之首术,谋篇之大端。""物色"者,孕育文心之谓也。其具体途径就是《物色》中所说的:"诗人感物,联类不穷。流连万象之际,沉吟视听之区。写气图貌,既随物以宛转;属采附声,亦与心而徘徊。"由此而实现心与物的融合。这一"神与物游"、"物与神交"的融合,就是文心借以形成的物质根由和心理根由,也就是文心的基本内涵。"神思"者,组织与整化文心之谓也:"视布于麻,虽云未贵,杼轴献功,焕然乃珍。"它的工作状态,就是刘勰在《神思》中所说的:"文之思也,其神远矣。故寂然凝虑,思接千载;悄焉动容,视通万里;吟咏之间,吐纳珠玉之声;眉睫之前,卷舒风云之色:其思理之致乎!"它的系统机制和基本要领,就是赞语中所指出的:"神用象通,情变所孕。物以貌求,心以理应。刻镂声律,萌芽比兴。结虑司契,垂帷制胜。""辞采"者,以言载心之谓也。辞采是文心的外在形态,文心是辞采的内在蕴涵,二者的关系,是主导与被主导的关系。也就是刘勰所说的:"心生而言立,言立而文明,自然之道也"(《原道》),"心既托声于言,言亦寄形于字"(《练字》)。而《文心雕龙》中的《比兴》《夸饰》《事类》《练字》《丽辞》《声律》《章句》《指瑕》等篇,就是对文心外化的方法与技巧的具体阐述。"知音"者,文心接受之谓也。也就是刘勰所说的:"缀文者情动而辞发,观文者披文以入情","兰为国香,服媚弥芬;书亦国华,玩绎方美"。《文心雕龙》中的《知音》,就是关于文心接受理论与方法的专章。

通过以上的诸多方面,刘勰构建了自己"以心总文"的完整的写作理论体系。这一理论体系,无论是在中国文论史上还是世界文论史上,都是具有不可代替的开拓意义的。

3. 端正文风——《文心雕龙》的更深性目标

倡导文心是刘勰在写作理论开拓中的深层的理论追求,但还不是最深的理论追求。刘勰更深的理论追求,就是对当时讹滥文风的系统批判和对正确文风的积极倡导。

对现实生活中文风讹滥的消极现象进行系统批判,是刘勰撰写《文心雕龙》最直接的动因。这就是他在《序志》中所明确表述的:"唯文章之用,实经典枝条……而去圣久远,文体解散,辞人爱奇,言贵浮诡,饰羽尚画,文绣鞶帨,离本弥甚,将遂讹滥。盖周书论辞,贵乎体要,尼父陈训,恶乎异端,辞训之异,宜体于要。于是搦笔和墨,乃始论文。"它清楚表明:《文心雕龙》不是一般意义的纯学术著作,而是有感于当时形式主义文风流弊的发愤之作,是一部救弊之作。这一重大的理论目标,同样鲜明体现于全著结构的安排之中。

以总论部分来说。该部分的五个专章,主要论述文章产生的总根由和文章写作的总准则。这一总的根由和准则不仅是认识文章的总的理论依据,也是认识文风的总的理论依据。刘勰在《原道》中所明确提出的文章"本乎道"的观点,既是构建文章写作学体系的理论核心,也是刘勰首先亮出的针砭形式主义文风和倡导正确文风的理论旗帜。这一理论旗帜主要包括两个方面的深刻内容:一是文章产生于自然之道,即所谓"两仪既生矣。惟人参之,性灵所钟,是谓三才。为五行之秀,实天地之心,心生而言立,言立而文明,自然之道也";二是文章的文采也是来自自然,即所谓"傍及万品,动植皆文:龙凤以藻绘呈瑞,虎豹以炳蔚凝姿;云霞雕色,有逾画工之妙;草木贲华,无待锦匠之奇。夫岂外饰,盖自然耳……夫以无识之物,郁然有采,有心之器,其无文欤"。这两个以自然为宗的终极性的逻辑前提的设定,实际也就是为积极文风的判定,设立了两个天经地义的标准：一是文章既然本源于道，它就必然以"明道"作为自己天经地义的具体内容。也就是它所标举的："文之所以鼓天下者，乃道之文也。"所谓"道之文"，就是具有合规律性与合目的性内容的文章。刘勰对"道之文"的标举，实际也就是从内涵学的角度对形式主义文风的否定，对有血有肉的文风的倡导。二是文采既然来自自然，那么文章的文采也必须以自然为贵；自然的文采从来都是"文附质"的，文章中的文采也必须是如此。刘勰对"夫岂外饰，盖自然耳"的标举，实际也就是从形态学的角度，对"繁采寡情"的形式主义文风的否定，对文质兼具的文风的倡导。这种内容与形式两个方面的否定与倡导，都是站在本体论的至高点上所发出的，所以具有极其广阔的覆盖力量和极其强大的震撼力量。

但是，形上层面上的概括毕竟代替不了具体的实质性的分析，无法直接成为时文的具体典则，所以刘勰又将这一形上性的概括做出了形下性的转化："道沿圣以垂文，圣因文而明道。""圣"是"道"的具体化，"经"是"圣"的具体化。刘勰以经作为典范，不仅是对古代写作楷模的标举，也是对表现在经书中的文与质相结合的健康文风的标举。这就是他在《宗经》中所着重指出的：

> 若禀经以制式，酌雅以富言，是即山而铸铜，煮海而为盐也。故文能宗经，体有六义：一则情深而不诡，二则风清而不杂，三则事信而不诞，四则义直而不回，五则体约而不芜，六则文丽而不淫。扬子比雕玉以作器，谓五经之含文也。夫文以行立，行以文传，四教所先，符采相济。励德树声，莫不师圣，而建言修辞，鲜克宗经。是以楚艳汉侈，流弊不还，正末归本，不其懿欤！

刘勰对经书的礼赞，也就是对健康文风的崇尚和追求。他明确认为，既然当时文风讹滥的原因在于"去圣久远"，"离本弥甚"（《序志》），在于"建言修辞，鲜克宗经"（《宗经》），在于"远弃风雅"（《情采》），那么，要纠正"讹滥"，救治文弊，就必须"禀经以制式，酌雅以富言"，以经书作为典则，去建设健康的文风。而经书作为文风建设的典则意义，集中表现在它的"六义"中："一则情深而不诡，二则风清而不杂，三则事信而不诞，四则义贞而不回，五则体约而不芜，六则文丽而不淫。"所谓"六义"，实际也就是建设健康文风的六项基本原则。刘勰的这些理论主张,为讹滥文风的清除和健康文风的建设,提供了总体性的战略依据和战略方法。

《正纬》与《辨骚》,同样是文风总论的有机组成部分。刘勰在建立"道—圣—文"的文风总纲领之后,又进一步将它置于历史流变的平台上进行延伸性观照,认为纬书"乖道谬典",抛弃了经书的典则,属于文风讹变的负性范畴,楚辞则是"虽取熔经意,亦自铸伟辞",既继承了经书传统,又能创新,属于文风良性运动的正性范畴。通过一负一正的鲜明对照,刘勰建立起了既要继承经书典则,又要自创伟辞的"望今制奇,参古定法"的文风流变论的发展思路,将他的文风论的总体思想表述得更加全面,更加完整。

《文心雕龙》的文体论与写作论,就是它的文风总论的具体展开。

见之于文体论的,是刘勰对文体运动的基本规律和规范的系统论述。这些论述,都是围绕"禀经以制式"的总思路展开的,实际也就是围绕"还宗经诰"、"正末归本"的矫正不正文风和建设健康文风的理论目标展开的。刘勰明确认为,"经"为"群言"之祖,各种形式的"文"虽千差万别,但殊途同归,终是"百家腾跃,终入环中",以经作为它们的发生学的总根由。这就是他在《宗经》中所明确指出的:"故论、说、辞、序,则《易》统其首;诏、策、章、奏,则《书》发其源;赋、颂、歌、赞,则《诗》立其本;铭、诔、箴、祝,则《礼》总其端;纪、传、铭、檄,则《春秋》为根。并穷高以树表,极远以启疆。"惟其如此,五经必然成为各种文体健康运作的最高楷模,也就必然成为文风健康发展在体式上的决定性保证。以此作为依据,刘勰追根溯源,探究各种文体的发展源流,揭示其基本规律和基本要领,目的是使其合乎"正式"。也就是他在《风骨》中所说的:"若能确乎正式,使文明以健,则风清骨峻,篇体光华。""正式",就是符合规范与规则的文章体式。刘勰认为,只有"融合经典之范"的体式,才是符合"风清骨峻,篇体光华"的健康文风要求的体式。否则,就会"失体成怪",陷入"风末气衰"的绝境。文体论中的每一个篇章,就是建设这种健康文风所需要的体式的具体规则与具体规范的具体阐述。尽管各类文体的内容与形式各不相同,但无一不以内容与形式的完美统一为基准。如论"赋",则强调"丽辞雅义,符采相胜",反对"繁华损枝,膏腴害骨"。论"颂",则要求"揄扬以发藻,汪洋以树义"。论"史传",则提倡"立义选言,宜依经以树则"。论"章表",则标举"必雅义以扇其风,清文以驰其丽"。论"议对",则主张"理不谬摇其枝,字不妄舒其藻"。在探讨作家作品的成败得失时,也以文质俱美,华实相称为准绳。如评应璩的《百一》诗则云"辞谲义贞"(《明诗》),论屈原的《枯颂》则曰"情采芬芳"(《颂赞》),评李尤的铭文则称"义俭辞碎"(《铭箴》),评潘岳的哀辞则曰"义直而文婉,体旧而趣新"(《哀吊》),论陈寿的《三国志》则谓"文质辨洽"(《史传》)。如此等等,遍见各篇。这种对内容与形式并重的文体追求,实际也就是从文体论的角度对以内容与形式统一作为根本准则的健康文风的美学追求。

见之于创作论的,就是刘勰对文章写作的原理与方法的论述。刘勰将这一部分,称为"剖情析采"部分。这一部分,同样是围绕内容与形式的完美统一的总原则展开的,实际也就是围绕"还宗经诰"、"正本归末"的矫正不正文风和建设健康文风的理论目标展开的。

见之于《神思》篇,就是对文章构思的原理和方法的论述。刘勰认为,构思问题,实际就是在思想上对内容与形式进行整体组织的问题。也就是他所精辟指出的:"视布于麻,虽云未贵,杼轴献功,焕然乃珍。"所谓"杼轴献功",就是"神用象通,情变所孕。物以貌求,心以理应","意授于思,言授于意"。径而言之,就是运用想象的方式,将心与物、物与情、情与辞的诸多方面,从思想感情上组织成为一个整体,实现内容与形式在作者心理上的完美统一。刘勰将这一工序,视为"驭文之首术,谋篇之大端",视为"垂帷制胜"的法宝。这一法宝,也就是抵制形式主义文风和建设内容与形式完美统一的健康文风的具有决定意义的法宝。

见之于《风骨》篇,就是对文章的审美理想的论述。所谓"风骨",就是文章美的理想境界,具指文章内在的美学感染力和外在的美学媚惑力的完美统一。也就是刘勰所说的:"唯藻耀而高翔,固文笔之鸣凤也。"刘勰认为,内容与形式的完美统一,不仅是文章美的决定性根由,也是文风美的决定性凭借:"故辞之待骨,如体之树骸;情之含风,犹形之包气。结言端直,则文骨成焉;意气骏爽,则文风清焉。"这样,就从审美理想的总高度,提供了一条评价文风优劣的总标准,也开辟了一条建设健康文风的总路径。这就是他在赞语中所精辟总结的:"情与气偕,辞共体并。文明以健,珪璋乃聘。蔚彼风力,严此骨鲠。才锋峻立,符采克炳。"

刘勰的这一通过内容与形式完美统一的写作方法,来实现健康文风建设的战略指向,是普见于他的创作论中的每一个篇章的。讲"通变",主张"规略文统,宜宏大体",强调"斟酌乎质文之间",标举"凭情以会通,负气以适变"。论"情采",提出"文附质"、"质待文"的根本原则,主张述志为本,标举"情者文之经,辞者理之纬;经正而后纬成,理定而后辞畅"。在《熔裁》中,就是提出著名的"三准"说,阐发了作者在命意谋篇过程中应该遵循的三项原则,这三项原则无一不是从内容与形式的有机统一的总原则上提出要求的。讲《章句》,就是讲"设情有宅"和"置言有位"的关系,也就是语言和情思的完美融合的关系,据此提出了解决这一问题的系列方法。在《丽辞》中,刘勰肯定对偶的修辞作用,标举"丽句与深采并流,偶意共逸韵俱发"的美学境界,但反对单纯追求形式的倾向。他明确认为:"契机者入巧,浮假者无功","若气无奇类,文乏异采,碌碌丽辞,则昏睡耳目"。正确的做法只能是以内容统率形式,以形式体现内容,实现内容与形式的融合为一:"必使理圆事密,联璧其章。迭用奇偶,节以杂佩,乃其贵耳。"在《比兴》中,刘勰提出"拟容取心,断辞必敢"的运作要领,主张"写物以附意,飏言以切事","以切至为贵"。他明确认为,如果违背了这一要领,单方面追求修辞的华美,再美的修辞也毫无意义可言:"若刻鹄类鹜,则无所取焉。"在《夸饰》中,刘勰主张"夸而有节,饰而不诬",强调"饰穷其要,则心声锋起;夸过其理,则名实两乖。"主张夸张要恰到好处,不能过分,彩饰要不违反事物的本质。在《指瑕》中,刘勰主张"立文之道,惟字与义。字以训正,义以理宣"。在《附会》中,刘勰提出了"理得而事明,心敏而辞当"的"附辞会义"的重要原则,强调"必以情志为神明,事义为骨髓,辞采为肌肤,宫商为声气",将内容与形式统一的根本原则,在结构论的层面上发挥得淋漓尽致。在《总术》中,刘勰提出,完美的作品必须是内容与形式并茂的:"义味腾跃而生,辞气丛杂而至。视之则锦绘,听之则丝簧,味之则甘腴,佩之则芬芳。"刘勰主张在心术的总摄下实现文与质的结合,来达到这种理想的文章境界和文风境界。《物色》篇精辟地概括了物、情、辞三者的辩证关系:"岁有其物,物有其容;情以物迁,辞以情发。"要求:"写气图貌,既随物以宛转;属采附声,亦与心而徘徊。"在《知音》中,将文章的接受关系,视为作者与读者双向互动的关系,并将对这种关系的观照置于内容与形式的双向互动的平台中进行:"夫缀文者情动而辞发,观文者披文以入情,沿波讨源,虽幽必显。世远莫见其面,觇文辄见其心。"据此提出了文学批评的六项要领:"一观位体,二观置辞,三观通变,四观奇正,五观事义,六观宫商"。这"六观"中,两两相对,内容和形式因素各占一半,从接受的角度体现了他对内容与形式并重的理论主张。在《程器》中,强调作家要文质兼备,"贵器用而兼文采","蓄素以弸中,散采以彪外,梗楠其质,豫章其干"。如此等等,从各个不同的环节和角度,将作为健康文风的重要保证的内容与形式统一的战略指向,落到写作的原理与方法的实处和细处。

4. 端正人心——《文心雕龙》的终极性目标

刘勰《文心雕龙》的杰出之处,并不仅仅在于他提出并从理论上解决了当时严重存在的文风不正的问题,更难能可贵的还在于他站在比文风更高的文化层面上,提出并在理论上解决了这一问题。所谓更高的文化层面,是指他在立意上并不是就事论事,就文论文,就文风论文风,而是"振叶以寻根,观澜而索源",对文风问题的根由做出了深刻的系统性思考。他看出了文风的问题,从来都是与社会风气相联的,而社会风气的问题,实际就是人风与人心的"离本"的问题:"离本弥甚,将遂讹滥。"他所说的"本",就是一个民族借以生存和发展的精神支柱——代代相传的文化精神。这种文化精神的历史集中和集合,就是古代的五经:"详其本源,莫非经典。"他明确认为,文风的"离本",归根结底,是由于人风与人心的"离本",而人风与人心的离本,归根结底是由于背离了五经的基本精神。因此,要解决文风讹滥的问题,必须正本归末地解决人风讹滥和人心讹滥的问题,而要解决人风讹滥和人心讹滥的问题,就必须正本归末地解决以五经为代表的传统文化精神的复归的问题。这一博大的文化理念与执著的文化追求,就是刘勰撰写《文心雕龙》这一巨制的终极根由。这就是他在《序志》中所宣示的:

予生七龄,乃梦彩云若锦,则攀而采之。齿在逾立,则尝夜梦执丹漆之礼器,随仲尼而南行。旦而寤,乃怡然而喜,大哉圣人之难见哉,乃小子之垂梦欤!自生人以来,未有如夫子者也。敷赞圣旨,莫若注经,而马郑诸儒,弘之已精,就有深解,未足立家。唯文章之用,实经典枝条,五礼资之以成,六典因之致用,君臣所以炳焕,军国所以昭明,详其本源,莫非经典。而去圣久远,文体解散,辞人爱奇,言贵浮诡,饰羽尚画,文绣鞶帨,离本弥甚,将遂讹滥。盖《周书》论辞,贵乎体要,尼父陈训,恶乎异端,辞训之异,宜体于要。于是搦笔和墨,乃始论文。

发端于文章写作之微,而寄意于人心正末归本之巨,凭借"文章之用",羽翼经典之体,借"执丹漆之礼器,随仲尼而南行"之夜梦,抒烈士孤怀之执著,叙战略目标之远大,其用心可谓苦矣,其寄意可谓深矣。这一以人心的正末归本作为终极目标的战略追求具体表现在全著的理论展开中,可以概括为以下方面。

其一,标举宗经,为正心确立精神旗帜。

刘勰立文的枢纽,就是他在《序志》中所明确宣示的:"盖《文心》之作也,本乎道,师乎圣,体乎经,酌乎纬,变乎骚:文之枢纽,亦云极矣。"刘勰的这一总体性的概括,不仅是针对"文之枢纽"而言的,也是针对"心之枢纽"而言的。

在刘勰的概念系统中,"文"与"心"是一个问题的两个方面:"文"是"心"的外在形态,"心"是"文"的内在蕴涵。不管是"文"还是"心",它们的本体只有一个,这就是"自然之道":"言之文也,天地之心哉","心生而言立,言立而文明,自然之道也。"但是,"道心"不自敷章,必须因圣人的经书而敷章;"神理"不自设教,必须借圣人的经书而设教。这样,经书也就必然成为道与圣的具体化身:"道沿圣以垂文,圣因文而明道。"形而上的道,经由圣文实现了形而下的转化,从而作用于文章,并通过文章作用于人心。

惟其如此,五经也就必然成为道心、圣心的总集合与总集中,成为道心、圣心与人心之间相互沟通的总纽带。也惟其如此,对五经的标举,实际上也就是对民族文化总源泉的总标举;对民族文化总源泉的总标举,实际也就是对中华文化精神旗帜的总标举。这一以自然哲学与人本哲学为基本框架的儒道兼容的精神旗帜,就是我们民族文化的核心内涵,也就是我们民族文化代代相传而永不灭绝的生命基因。这就是刘勰之所以如此旗帜鲜明地标举宗经的根由。也就是刘永济先生所深刻指出的:"舍人惧斯文之日靡,摅孤怀而著书,其识度闳阔如此,故其所论,千载犹新,实乃艺苑之通才,非止当时之药石也。"①可谓一针见血之语。

刘勰所系统阐发的这一端正人心的总枢纽的正确性,为他以后的千年历

---

① 刘永济:《文心雕龙校释》,中华书局1962年版,第192页。

史所充分证明:不管我们民族的人心经历怎样的坎坷,只要坚持我们民族最基本的文化基因,终究会告别历史的泥淖,重新走进人心振奋的健康境界。六朝浮靡文化的终结和大唐文化的繁荣,就是鲜明的例证。这一向上性的转化之所以能够实现,就是民族文化基因的通与变的系统运动的结果,是失落的民族文化精神复归与复正的结果。我们民族文化的生命基因究竟在哪里? 就在刘勰所热情礼赞的"写天地之辉光,晓生民之耳目"的五经里。但是刘勰所体认的五经,并非独尊儒术的儒家教条,而是"原道心以敷章,研神理而设教"的儒道兼容的文化精神。正是这一儒道兼容所凝聚而成的精神旗帜,对我们民族人心的理性质量进行了极大的升举,推进了一个民族在心理上的成熟过程;也正是这一民族心理的成熟,赋予了我们民族以端正人心与拒绝邪恶的力量。这就是我们民族之所以能一次又一次"从昏睡中救醒"的重要根由,也是刘勰"矫讹翻浅"的斗争之所以能获得历史性胜利的重要根由。

其二,标举文心,为正心提供美学的动力和规范。

刘勰对五经的标举并非一般的经学性的标举,而是在"性灵熔匠,文章奥府"这一特定平台上进行的标举;而他对"性灵熔匠,文章奥府"的标举,又是在"文心者,言为文之用心也"这一特定平台上进行的标举。

刘勰所说的"文心",不是一般意义的人心,而是一种经过特殊粹化的人心。在刘勰的概念系统中,文心与一般性的人心的最大不同之处,就在于它的审美性:"心哉美矣,故用之焉","形立则章成矣,声发则文生矣。夫以无识之物,郁然有彩,有心之器,岂无文乎"。他所说的"有心之器",不是一般意义的"有心之器",而是表现在文章写作中的"有心之器",而"郁然有彩",则是这种特定的"有心之器"的特定的美学要求。文心,就是一种具有特定的美学要求的人心。这一明确的美学要求表现在它的内涵上,就是它的合道性:"鼓天下之动者存乎辞。辞之所以能鼓天下者,乃道之文也。"表现在它的形态上,就是它的雅丽性:"圣文之雅丽,固衔华而佩实者也。"所谓"雅",是指它的高雅端正的美学属性,所谓"丽",是指它的美丽动人的美学属性。刘勰所标举的"六义",就是对"圣文之雅丽"所做的具体阐述:"故文能宗经,体有六义:一则情深而不诡,二则风清而不杂,三则事信而不诞,四则义直而不回,五则体约而不芜,六则文丽而不淫。"这一阐释,也就是对文心的美学规范所做的总体概括:"情深"、"风清"、"事信"、"义直",是对文心内涵的美学要求,"体约"、

"文丽",是对文心形态的美学要求。"情深"与"事信"属于"真"的范畴,"风清"与"义贞"属于"善"的范畴,"体约"与"文丽"属于"美"的范畴。这样就从内容与形式的双向运动的角度,将人类精神文明中的三个最基本的范畴——"真"、"善"、"美",凝聚成为一个有机的整体,体现出了人类在人心运动中的总的美学高度和美学追求。而刘勰所标举的"风清骨峻,篇体光华","唯藻耀而高翔,固文笔之鸣凤",就是这一美学追求的理想境界。

这一崇高而全面的美学规范与美学追求不仅是属于文心的,也是直接与间接地辐射于普遍人心的。它以体系的形式,将经学纳入美学的范畴,并进而纳入心灵美学的范畴,实际也就是从民族文化的根源处,将普遍的人心纳入了审美的范畴。无疑,这对于传统的经学视野是一种极大的扩充与拓展。相对于传统的经学视野而言,美学的视野与心学的视野是更加生动、更加细腻,在精神品位上处于更高档次因而更加深入人心。惟其如此,它必然以美的方式,给民族的人心中注入一种特别的力量——由对美的追求所激发的阳刚向上的力量,推动着我们民族心理的向上运动的总进程。所谓"真气弥满",所谓"心力",所谓"风清骨峻,遍体光华",所谓"建安风骨",所谓"大唐气象",就是这种高品位文心与高品位人心的具体展现,也是这种高品位文心与高品位人心的鼓天下之动的精神力量的具体证明。这种由审美所激发的独特的精神力量,就是我们民族之所以能够在精神上历万劫而不朽的根由。

从消极的方面来看,刘勰对文心的美学规范与美学理想的标举,也就是以审美的方式对讹滥的人心状态所做出的批判和否定。这一消极的人心状态就是刘勰所严正指出的种种社会心理弊端:"采滥忽真,远弃风雅"(情采),"竞今疏古,风末气衰"(《通变》),"辞人爱奇,言贵浮诡,饰羽尚画,文绣鞶帨"(《序志》)。究其根源,就在于审美价值取向的倾斜与迷失:背离了以雅丽为宗的美学规范和以风骨为宗的美学理想,"离本弥甚,将遂讹滥",结果在社会的普遍心态上陷入了形式主义的泥坑之中。"淫辞在曲,正响焉生?"(乐府)因此,刘勰对文心的美学规范与美学理想的标举,实际也就是对消极的社会心态所做的以正祛邪的针锋相对的斗争:有比较才有鉴别,有鉴别才有选择,有选择才有矫正和发展。以堂堂之阵,正正之旗,廓清人心之迷乱,复归雅丽之正宗。不立不破,不破不立,立在其中,破在其中,而人心之正本归末,亦在其中矣。

其三,标举心术,为正心提供强大的方法保证。

"心术既形,英华乃赡。"刘勰所标举的文心作为一种具有审美意义的高质量的心理活动,不是自然生发的,而是凭借特定的主体修养过程和系列的方法武装来实现的。这一特定的方法系统不仅是文心生发与运作的技术保证,也直接地与间接地对普遍的人心的精神质量的普遍提升产生广泛的影响。

所谓直接的影响,是指文心修养与运作的"心术",对人心的修养与运作的普遍性的启示作用和推动作用。这些系列的"心术",主要包括:蓄志、养气、养心、养才、物色、神思、镕会、知音。前四项是主体素质建设的工程技术,属于"诗外功夫"的范畴,后四项是主体能力在文章写作中借以献功的工程技术,属于"诗内功夫"的范畴。就"诗外功夫"而言,它从来都是与人的道德高度、理性高度、美学纯度以及由此汇集而成的总的精神高度密不可分的。而总的精神高度的问题,实际也就是人心的端正程度的问题。刘勰所说的"神居胸臆,志气统其关键","情者文之经,辞者理之纬,经正而后纬成,理定而后辞畅",就是对心灵的精神品位在文章写作中的决定性地位的强调。《文心雕龙》中的《神思》、《风骨》、《体性》、《情采》、《养气》、《程器》、《才略》等诸多篇章,就是这种主体修养的原理与方法的具体展开。就"诗内功夫"而言,它是文心在写作过程中卓越献功的技术保证,正是凭借这些具体的运心方法,作者的"为文之用心"才得以准确、鲜明、生动地表述在文质兼备的文章中,发挥着"鼓天下之动"的作用。《文心雕龙》中的《神思》、《附会》、《镕裁》、《情采》、《物色》、《章句》、《夸饰》、《比兴》、《丽辞》、《事类》等诸多篇章,就是这种文心运作的原理与方法的具体展开。这些原理与方法,不仅可以卓有成效地运用在文心运动的过程中,而且由于其普遍性的方法论品格,同样可以卓有成效地运用在人心修养与人心运动的普遍性的过程中,以其强大的美育作用,推动着整个民族的心理建设的过程和正末归本的过程。

所谓间接的影响,是指表现在具体作者身上的具体的文心修养方法,以及表现在具体文章中的具体的运心方法,对民族普遍人心的启迪作用。具体的文章总是与具体的作者的文心修养状况及其文心的运作状况密切相关,并由此而存在着优与劣的档次差别的。这些差别以正面的方式或以反面的方式,范示着或者警示着人心正确运行的轨道与规则,以具体的文章范例或者文章病例,潜移默化地影响着民族人心的向上运动的总过程。建安风骨的"慷慨以任气,磊落以使才,良由世积乱离,风衰俗怨,故志深而笔长,并梗概而多气也"的正性的美学特征,就是主体精神强势的典型范例,也是卓越的主体修养方法获得成功的具体展示。而"宋初讹而新"的"竞今疏古,风味气衰"的负性的美学特征,就是主体精神劣势的典型例证,也是背离正道而导致主体扭曲的具体展示。刘勰所做的褒贬,就是对它们所做的历史性的评价,也是从方法论的角度,对民族人心的雅正之别所做的工程性的探索和思考。它凭借具体的作品和作者在具体方法上的得与失,以方法论的优势导引着也推动着民族人心的扶正祛邪的总过程,给民族文化精神在民族人心上的复归,带来潜移默化的效益。

倡导文章→倡导文心→端正文风→端正人心,四箭齐发,而又衔尾而进,步步加深:前者是后者的逻辑基础,后者是前者的逻辑延伸,以严密的内在链接组织成为一个有机的整体。如此强大的结构功力,如此恢弘的逻辑视野,不仅是中华理论史上之绝唱,在世界理论史中也是罕见其匹的。

(三)对理论属性的多样性的广阔包容

"论也者,弥纶群言,而研精一理者也。"(《论说》)理论材料的多样性与理论目标的多样性,必然决定它的理论内容的多样性。对理论内容的多样性的广阔包容,是《文心雕龙》结构的恢弘性的第三大卓越表现。

关于《文心雕龙》理论属性的问题,一直是龙学界聚讼纷纭,莫衷一是的认识灰区。概括而言,大致有以下几种见解:"文章作法"说;"文学理论"说;"文学批评"说;"美学理论"说;"子书"说,等等。这些认识,都包含了部分的真理,但都不能从整体上说明《文心雕龙》的确切属性。刘勰的卓越与巧妙之处就在于,他提供了一个特别的框架,将这些多样性的理论层面,按照事物的逻辑关系,融合成为一个有机的整体。这一特别框架的结构关系,可以概括为以下两个最基本的方面:基础平台与指挥平台。文心雕龙在学术上的整体性,就是这两个平台共相为济的结果。

所谓基础平台,就是《文心雕龙》最基本的工作平台。径而言之,就是它所直接面对的工作对象。这一工作对象,就是刘勰在《序志》中所宣示的:"文心者,言为文之用心也。"他明确地告诉我们,他的工作对象,就是"为文"这两个字。"为文"者,文章写作之谓也。从最基本的层面来看,《文心雕龙》是一部专门研究文章写作的原理和方法的书,文章写作学是它最基本的学术属性。

《文心雕龙》的这一基本属性,完整地表现在它的全部内容的具体展开之中。从它的基本内容和结构来看,全书五十篇以"言为文之用心"为旨归,分做四个部分。第一部分,是"为文之枢纽",总论文章写作的总原理和总原则,确立文章写作的基本指导思想。自《明诗》至《书记》等二十篇为第二部分,刘勰谓之"论文叙笔",论述各种文体的写作规范和基本要求。从《神思》至《程器》为第三部分,刘勰称为"剖情析采",论述文章的写作过程和写作方法,并对文章写作中某些具有普遍意义的理论问题进行了延伸性的思考。最后一篇《序志》,是刘勰对自己写作宗旨以及编写体例的概括说明,起着统领全书的作用。这四个部分,无一不以文章写作为研究对象,无一不围绕文章写作这个中心,它们从各个不同的侧面并以各自不同的内容,从逻辑上构成一个严密的整体,完成着对文章写作学的核心论题的研究,创立了一整套完整的指导文章写作的范本,体现出文章写作学的鲜明属性。

从最基本的层面来看,《文心雕龙》确实是一部写作学专著,但绝不是一般意义的写作学专著,而是一部用多种学科武装起来的具有独特认识视野与开掘力度的写作学专著。它的指导思想中,具有多种多样的科学内涵:哲学性、美学性、心学性、社会学性,等等。它们无一不代表当时最高的认识水平,具有自成一家,炳耀千载的理论品格。这就使《文心雕龙》不仅具有写作学的基本属性,也必然具有由于认识论依据的强大性所赋予的更加深刻的学术品格。这些深层次的学术品格,可以概括为以下方面。

1. 哲学品格

《文心雕龙》并非专门哲学著作,但就其认识论与方法论的总依据来说,它的哲学品格是极其鲜明的。

《文心雕龙》的哲学品格,首先体现在它的枢纽论上:"盖《文心》之作也,本乎道,师乎圣,体乎经,酌乎纬,变乎骚:文之枢纽,亦云极矣。"所谓"本乎道",就是以道家的自然之道作为立论的根本。所谓"师乎圣",就是以儒家的"圣文之雅丽",作为文章写作的终极规范。所谓"体乎经",就是"禀经以制式,酌雅以富言",以"六义"作为文章写作的全息追求。所谓"酌乎纬,变乎骚",就是从通变的角度对三位一体的总原则所做出的历史论证与具体发挥。以此作为依据,他建立了一个笼罩全著的完整的指挥平台——"道沿圣以垂文,圣因文而明道"的三位一体的逻辑结构。在这一高屋建瓴的理论结构中,道家的自然哲学是它的认识论与方法论的总起点和总统率,儒家的伦理哲学是它的认识论与方法论的总依据和具体展开,而实现二者兼容的全程纽带和最终集合点,就是一个"心"字——"道心惟微,神理设教","言之文也,天地之心哉","百龄影徂,千载心在","文果载心,余心有寄"。这个具有本体论意义的"心"字,就是佛家心性哲学对儒道哲学的深层渗透和儒道伦理哲学与自然哲学对佛家心性哲学的深度吸收的结果。正是这一由道儒佛三家哲学综合而成的理论结构,构成了《文心雕龙》的总的理论纲领。这一理论纲领,实际就是一个道儒佛融合为一的哲学结构:以道为本,以儒为宗,以佛为用的哲学统一体。这一统一体的哲学意义,具体表现在以下方面:

其一,对《文心雕龙》的理论层次的极大的升举。它以广阔的本体论视野与强大的方法论武装,将文章写作学的具体科学,提升到人与自然的总联系和总规律的总高度,引导人们从局部与整体的联系中去把握整体,从现象与本质的联系中去把握本质,从有限与无限的联系中去把握无限,从必然与自由的联系中去把握自由。从而使相关的方方面面的知识集中化和系统化起来,在宇宙运动的总规律的统率下构建成为一个有机的整体,去实现自己在文章写作上矫讹翻浅,在文风上与民族文化精神上"正末归本"的远大目标。如此强大的理论概括力量与如此高远的理论目标,在我国文论史上乃至世界文论史上,都是并不多见的。

其二,对《文心雕龙》的批判力量的极大强化。刘勰对枢纽论的标举,实际就是对文章写作的最高准则与最高规范的标举。赋予枢纽论以最高层次的认识论品格与方法论品格,实际就是赋予文章写作的标准与规范以天经地义的理性品格,赋予"矫讹翻浅,还宗经诰"的理论目标以天经地义的理性品格,也就是赋予对消极文风的批判以天经地义的理性品格。哲学的本质就是批判,正是凭借这种直接来自经典的批判力量,刘勰获得了一种居高临下的战略优势:在正与邪的较量中压倒对立面的气焰,使自己的正气得以伸张。从而推动人们理直气壮地超越现有的浮浅讹滥的存在,一往无前地去构造理想的未来。

其三,对中华哲学自身的认知功能与导向功能的极大升举。认知功能与导向功能是哲学最基本的功能。但是具体地表现在一门具体的哲学中,它对人与世界的普遍联系的把握程度实际是存在着差别的,各家哲学都有其特定的优长与局限,不可能尽善尽美。例如:道家哲学强调自然规律的决定性意义,却因此而忽略了人的主体能动性的重要作用;儒家哲学强调人的主体能动性的决定性意义,却因此而忽略了自然规律的重要作用;佛家哲学强调心的决定性意义,却因此忽略了物质对精神的重要作用。刘勰的深刻和巧妙之处,就在于他对三者的扬弃和融合:他以道家的自然之道对儒家的绝对礼教进行了消解,复以儒家的积极进取的伦理哲学对道家的消极无为进行了消解,又以佛家的心性哲学对儒道中的精华进行了深化和粹化,弃三者之偏执,采众家之优长,将道学"自然设教"的思辨优势,儒学"伦理设教"的思辨优势,佛学"心理设教"的思辨优势,在力挽颓风的历史使命下,有机地融合成为一个认识论与方法论的有机整体。这一认识论整体与方法论整体在哲学上的高度、深度和广度,在中国历史上具有空前绝后的意义。它的兼容性的理论品格与因此获得的精深性的理论品格,无论在中国范围内或是世界范围内,至今没有任何一部著作可以超越。

　《文心雕龙》的这一哲学品格,是作为一个完整的认识论体系和方法论体系,广泛地运用与体现在它的全部内容之中的。见之于文体论中,是它对各体文章源出《五经》的整体性的论断和"禀经以制式,酌雅以富言"的整体性的理论主张:"故论说辞序,则《易》统其首;诏策章奏,则《书》发其源;赋颂歌赞,则《诗》立其本;铭诔箴祝,则《礼》总其端;纪传盟檄,则《春秋》为根。并穷高以树表,极远以启疆,所以百家腾越,终入环内者也。若禀经以制式,酌雅以富言,是即山而铸铜,煮海而为盐也。"也表现在它对文体论的研究中所应用的分析方法的系统性与深刻性中:"原始以表末,释名以章义,选文以定篇,敷理以举统。"见之于创作论中,是它对"乘一总万"的整体性控制理论的鲜明标举,对以心术总文术的战略思路的自始至终的融贯,对心物关系的高瞻远瞩的体认和发挥,对情与采的有机统一的具有整体意义的强调,对通与变的关系的具有终极意义的思考。如此等等,无一不具有"穷高以树表,极远以启疆"的认识论与方法论的普遍意义,无一不给人以哲学的教益。

　如此崇高博大的理性品格,如此开放无垠的学术视野,在中国文论史上是并不多见的。惟其如此,《文心雕龙》不仅在写作学上代表了当时的最高成就,也在哲学上代表了当时哲学成就的最大集成,并且是中国文化思想史上兼容并蓄的楷模。将《文心雕龙》称为一部具有哲学品格的写作学巨制,是恰如其分的。

2. 美学品格

《文心雕龙》并非专门的美学著作,但就其指导思想来说,也是一部具有鲜明的美学品格的理论巨制。《文心雕龙》的美学品格蕴涵在对写作学理论与实务的阐述中,而又自成系统,斐然成家。它在美学上的卓越建树,可以概括为以下方面。

其一,对美学本体论的创造性开拓。

《文心雕龙》是我国第一部站在宇宙运动的总规律的总高度,对美的本原进行揭示的著作。《原道》开宗明义便说:"文之为德也大矣,与天地并生者何哉? 夫玄黄色杂,方圆体分,日月叠璧,以垂丽天之象;山川焕绮,以铺理地之形:此盖道之文也……心生而言立,言立而文明,自然之道也。"这里所说的"文",指广义的文采,也就是"道"的感性形态。这种光彩夺目的感性形态,即是"美"的别称。刘勰从宇宙起源的角度来探讨"美"的发生学根由,这就无异于把对"美"的本体、属性、功能的探讨,提升到宇宙运动的总高度,赋予它以终极判断的意义。"道"是一个终极性的概念,具有最广阔的覆盖面,它将天地人凝为一体,也将自然美与人文美熔为一炉,使美的概念得到了极大的充扩,也使"文"的地位得到了极大的提升。在人类的历史上,这是第一次最为明确地把"美"提到了"与天地并生"的地位,也是第一次最为明确地将美扩展到覆盖万物的领域。更有意义的是,它以宇宙本体为依据,将宇宙运动的根本法则——自然法则,注灌于美学的运动之中,使它获得了一种永恒的动力和同样永恒的价值尺度。

这种博大的美学视野,只能出现在以博大著称的中华文化场中,而作为中华文化的广阔汇集和高度浓缩的《文心雕龙》,也就必然成为展示这种博大美学视野的最佳历史窗口。这就是该著之所以能与西方美学之祖亚里士多德的《诗学》,并称于世的一个重要根由。

其二,对美学本质论的深度耕耘。

《文心雕龙》在美学上的杰出建树,不仅表现在本体论的广度开拓上,也表现在本质论的深度耕耘上。

对美的本质的揭示,是美学史上的斯芬克斯之谜。刘勰解决这一难题的独特钥匙,就是对道的精深理解。他明确认为,道是万物的本原,也是万美的本原。据此而推,美的本质也必然原于道的本质。道的本质,就是他所说的"自然":"夫岂外饰,盖自然也。"也就是《老子》所说的:"人法地,地法天,天法道,道法自然。"而"自然"的本质性特征,就是一个"生"字:"道生一,一生二,二生三,三生万物。"这种昂扬向上、生生不息的生命动势就是道的本质,也就是美的本质。具体表现在文章中,就是刘勰所标举的"风骨"。所谓"风骨",就是蕴涵在美中的感染力量,它是美之所以成为美的决定性因素。宏观而言,这种感染力量来自道的感召力量:"易曰:'鼓天下之动者存乎辞'。辞之所以能鼓天下者,乃道之文也。"微观而言,这种感染力量来自人的志气的感应力量:"斯乃化感之本源,志气之符契也。"概而言之,这种感染力量,就是道的奔腾不息的运动态势在人的个性人格上辐射出来的一种健康向上、昂扬奋进的精神力量。这种精神力量的感性显现,就是美的本质之所在,也就是美之所以成为美的真正根由:"若丰藻克赡,风骨不飞,则振采矢鲜,负声无力。是以缀虑裁篇,务盈守气,刚健既实,辉光乃新,其为文用,譬征鸟之使翼也。"

关于"风骨"是美的本质的命题,从《文心雕龙》所特别标举的三大文学作品中获得了证明。一是《诗经》,刘勰认为它之所以具有历久不衰的美学魅力,就在于它是"含风"之作:"《诗》总六义,风冠其首,斯乃化感之本原,志气之符契也。"二是《离骚》,刘勰认为它是"惊才风逸,壮志烟高,山川无极,情理实劳"、"气往轹古,辞来切今,惊采绝艳,难与并能"的"骨髓所树"之作,这些评语,实际就是对《离骚》中的"风骨"的具体表述。因为它是"骨髓所树",所以成为中华民族的美学典范。三是建安文学,刘勰认为它是中国美学史上的一座高峰,给予了极高的评价:"观其时文,雅好慷慨,良由世积乱离,风衰俗怨,故志深而笔长,并梗概而多气也。"这一评价,同样是对"风骨"的具体表述,也是对"风骨"的美学魅力的具体表述。这三个范例,都是对美的本质的确证。

刘勰的这一创见,无论就其广度、高度或者深度而言,在世界美学史上是独树一帜的,也是具有典范意义的。

其三,对美学方法论的系统论述。刘勰在美学方法论上的开拓,首先体现在对形象思维过程与方法的系统阐发上。刘勰把审美的过程,明确视为形象思维的过程。这一过程,具体由"物色"、"神思"、"情采"、"知音"等阶段组成。所谓"物色",就是对美的发现的过程和方法。所谓"神思",就是美的整化与意化的过程和方法。所谓"情采",就是美的外化的过程与方法。所谓

"知音",就是美的接受的过程与方法。对此,他一一进行了具体的阐述,使其连贯成为一个完整的心理过程与工程过程,以及相应的工程体系。刘勰对这一心理过程和工程体系的阐述的整体化和系统化的程度,至今没有任何一部美学理论著作可以超越。

刘勰在美学方法论上的开拓,还表现在他对美学理想与审美标准的明确标举上。刘勰认为,美的创造应当以圣人为楷模,以经典为典范,像他们的作品那样达到内容与形式的完美统一,即自然和谐之美。《征圣》:"志足而言文,情信而辞巧,乃含章之玉牒,秉文之金科矣。""圣文之雅丽,固衔华而配实者也。"刘勰的这一美学理想,为世代的作家奉为圭臬。在此基础上,刘勰进一步提出了文章审美的标准:"故文能宗经,体有六义:一则情深而不诡,二则风清而不杂,三则事信而不诞,四则义直而不回,五则体约而不芜,六则文丽而不淫。"情深、事信确立的是"真"的原则,风清、义直确立的是"善"的原则,而体约、文丽确立的是"美"的原则。这些科学的审美原则,千余年来一直以艺术范式的崇高地位,指引着与规范着我们民族的文学创作活动健康地运行。

刘勰在美学方法论上的开拓,也表现在他对系列美学方法的阐述上。无论是美的发现或表现,无论是美的构思或接受,无论是审美的主体修养或是表现美的修辞技术,都有具体细致的工程对策,给美的发现、表现、交流、鉴赏各个环节的高效运行,提供可靠的技术保证。

如此周严细密的美学体系,为我国美学史上之所仅见。惟其如此,《文心雕龙》不仅在写作学上代表了当时的最高成就,也在美学上代表了当时美学成就的最大集成。这也就是我国当代众多美学家将刘勰称为"我国古代美学理论的主要奠基人之一"[①],将《文心雕龙》称为"一部伟大的美学著作"[②]的根由。

3. 心学品格

《文心雕龙》并非专门的心理学著作,但就其认识论依据来说,又是一部具有鲜明的心理学品格的理论著作。"心",是《文心雕龙》中使用频率仅次于"文"的词汇,总共出现114次,渗入全部内容之中,构成了一个完整的理论体

---

① 缪俊杰:《深入探讨刘勰的美学思想》,《武汉大学学报》1980年第5期,第27页。

② 张少康:《刘勰美学思想的评价问题》,《安徽师大学报》1986年第3期,第16页。

系。它在心理学方面的卓越建树,已在第四章中做出了详细的发挥,此处仅做简略回顾。

其一,对"文心原道"的深刻体认。刘勰是我国第一个对心的本体进行探索和揭示的学者。他明确认为,"道"作为宇宙运动的总趋势和总规律的总集中,是万物的本原,也是文心的本原。"道"是客观性与物质性的终极存在,这就必然赋予他的心理学体认以鲜明的唯物色彩。

其二,对"心哉美矣"的明确追求。将美引入心理学的范畴,将心引入美学的范畴,实现二者的双向交融,以心之美与美之心作为"为文之用心"的明确追求,这是刘勰在心学与美学双重开拓中的又一重大创举。以心之美与美之心作为文章写作的明确追求,这就必然使《文心雕龙》具有鲜明的美学心理学的理论品格。

其三,对心之力的鲜明强调。刘勰不仅将美学引入了心学的范畴,将心学引入了美学的范畴,而且更进一步将二者的统一范畴引入了力学的范畴。对心之力与美之力的自觉追求,同样是刘勰的一个重大创举。

在中国文化史上,第一个提出"心力"的概念的人,就是刘勰:"博见为馈贫之粮,贯一为拯乱之药,博而能一,亦有助于心力矣。"(《神思》)这一概念,直接或间接地广见于《文心雕龙》全书,从力学的特定角度极大地强化了全书的心理学的理论品格。

其四,对美学心理学的系统阐发。对美学心理的系统阐发,是《文心雕龙》的另一个杰出贡献。这一系统性的理论开掘包括:对文与心的关系的揭示;对心与物关系的揭示;对心与辞关系的揭示,对辞与文关系的揭示,等等。凭借这些系统的阐发,刘勰将自己独创的文心范畴牢牢地建立在坚不可摧的逻辑基础之上。由此闪耀出的美学与心理学的夺目的理论光辉,至今没有熄灭。

其五,对以心总文战略的标举。"心总要术","以心总文",是刘勰在《神思》与《总术》中提出的写作总体战略。这一总体战略,不仅是一大美学创举,也是一大心学创举。他在"心总要术"的战略旗帜下,将美学心理学的原理与方法,落到心理工程科学的实处。这一心理工程的理论与方法,不仅是中华心理科学中之独创,在世界心理科学中也是具有楷模意义的。这就必然使他的独特的心理战略工程,具有不可代替也无法逾越的理论品格。

这些系统性的论述,不仅实现了我国古代心理学的体系化,也使它在基本范畴上获得了极大的拓展,为美学心理学的发展奠定了坚实的基础。将《文心雕龙》视为美学心理学的奠基之作与经典之作,是当之无愧的。

"驱万涂于同归,贞百虑于一致。"《文心雕龙》的整体属性,就是以上诸多方面的系统化与组织化的结果。径而言之,也就是结构发生作用的结果。从外在的基本平台来看,它确实是一部具有鲜明的写作学属性的著作,但就其内在的深层结构来说,却又是一部具有多重属性的百科全书。这一百科全书中的每一种属性,都通过它的基本层面发挥内在的指挥作用,以多学科的优势,从各个不同的方面体现着也强化着写作学的属性与功能。这两个平台之间,表里相通,内外相济,将方方面面的属性,凝聚成为一个"道味相附,悬绪自接。如乐之和,心声克协"的理论整体,将刘勰的结构艺术的恢弘性,在理论属性的多样性统一的特定窗口,显示得淋漓尽致。

(四)对思维方法的多样性的广阔包容

刘勰结构艺术的恢弘性,还表现在它对思维方法的多样性的广阔包容上。

思维方法主要指主体反映客体的形式和手段。思维方法作为主体通向客体、主体把握客体的"中介"和"桥梁",它体现着一个民族的智慧,开启着人们的思维空间,使人们从不同的角度来解剖客观世界,从而成为人们认识世界和改造世界的工具体系。这一工具体系具体运用在《文心雕龙》的工程过程中,主要是由以下几个层面所构成的:

其一,宏观层面的思维方法。

宏观层面的思维方法指关于认识世界、改造世界、探索实现主观世界与客观世界相一致的最一般的思维方法,也就是哲学的方法论。具见于《文心雕龙》中,主要有:"天人相合"的整体思维方法;"阴阳相生"的矛盾分析方法;"惟务折衷"的兼容和谐方法;"乘一总万"的举本统末方法;"穷变通久"的历史辩证方法。等等。

其二,中观层面的思维方法。

中观层面的思维方法指研究各门具体学科,带有一定普遍意义的方法理论,也就是一般科学的方法论。具见于《文心雕龙》中,主要有:养气的方法理论;神思的方法理论;物色的方法理论;草篇的方法理论;镕会的方法理论;知音的方法理论。等等。

其三,微观层面的思维方法。

微观层面的思维方法指研究某一具体学科,涉及某一具体领域的方法理论与实务,也就是具体科学领域的工程系统。例如,具见于《文心雕龙》修辞领域中的多样性的修辞理论与技法,具见于各种体式的运作规范与要领的具体内容,具见于各种文学风格的具体要求,等等。

三个层面之间的关系是互相依存、互相影响、互相补充的对立统一关系。哲学方法是最高层面的方法,它是各门科学方法的概括和总结,是最一般的方法,对一般科学方法与具体科学方法具有整体性的导向作用。一般科学方法与具体科学方法是哲学方法的具体展开,它们在各个具体的思维领域中充当认识的路径与中介,由此形成理性运动的系统合力,推动着人类的认识一步步接近本质。这三个层面,在《文心雕龙》中构建成一个完整的方法论体系,统领着科学思维的运行。这一方法论体系在内涵上的多样性与生动性以及结构上的恢弘性与严密性,在我国理论思维历史上乃至世界理论思维历史上,都是堪称楷模的。这一光芒四射的楷模,同样是刘勰在结构上的卓越功力的具体见证。

二、《文心雕龙》结构的严密性

《文心雕龙》不仅是我国古代文论中理论规模最宏大的著作,也是一部理论结构最严密的著作。理论结构的严密性,是《文心雕龙》在结构理论中的明确理念和自觉追求。这就是他在《附会》与《章句》中所昭示的:“驱万涂于同归,贞百虑于一致,使众理虽繁,而无倒置之乖,群言虽多,而无棼丝之乱”,“外文绮交,内义脉注,跗萼相衔,首尾一体”。而他所说的“杂而不越”,“如胶之粘木,石之合玉”,就是对这种严密性的理想境界的集中表述。据此,他提出了系列相应的工程方法,诸如“总文理,统首尾,定与夺,合涯际”,“章句在篇,如茧之抽绪,原始要终,体必鳞次。启行之辞,逆萌中篇之意;绝笔之言,追媵前句之旨”,等等。这些理念和方法,都是我国文论中的永恒的圭臬。更加难得的是,他的这些卓越的理论和方法,也在他自己的著作中获得了广泛的运用。他自己的著作在结构上的严密性,就是他的理论与方法的卓越性的光辉范式和具体证明。《文心雕龙》在结构的严密性上的卓越的楷模意义,具体表现在以下方面。

(一)《文心雕龙》结构的贯一性

"博见为馈贫之粮,贯一为拯乱之药,博而能一,亦有助乎心力矣。""贯一"不仅是文思致密的总要领,也是结构致密的总要领。这一要领在《文心雕龙》的整体化和系统化的构建中,发挥了极其重大的献功作用。

刘勰对"贯一"的卓越运用,首先表现在它的枢纽论的构建中。刘勰对文心雕龙内容的全面把握,首先是从枢纽论这个特定的"一"开始的,而对枢纽论这个特定的"一"的把握。又是首先从纽中之纽的"自然之道"这个特定的"一"开始的。枢纽论的开篇就是《原道》,《原道》的开宗明义,就是对道对于文的总源意义的总强调和总标举:

> 文之为德也大矣,与天地并生者何哉?夫玄黄色杂,方圆体分。日月叠璧,以垂丽天之象;山川焕绮,以铺理地之形:此盖道之文也。仰观吐曜,俯察含章,高卑定位,故两仪既生矣。惟人参之,性灵所钟,是谓三才,为五行之秀,实天地之心。心生而言立,言立而文明,自然之道也。

这样,就在论著的起始处,将整个世界纳入了"自然之道"的视域之中,也将文的本体纳入了"自然之道"的总范畴之中。以此作为逻辑起点,他牢牢建立起"一"对"多"的统摄地位,顺理成章地进行了逻辑的延伸:由自然之道具化为圣人对道的体认——"道沿圣以垂文",再由圣人对道的体认具化为五经的写作之道——"圣因文而明道"。以"道—圣—文"为线索,构成了一个统一的逻辑整体。这一逻辑整体,就是《文心雕龙》全著的理论枢纽。再以此枢纽作为特定的逻辑依据,建立对文体论与创作论的统摄,将全部内容都顺理成章地纳入"道之文"的"文之道"的逻辑网络的整体之中。个中内容,千变万化,但千变不离其旨,万变不离其宗,自始至终围绕"道之文"三字展开,放则笼天地于形内,收则挫万物于笔端。也就是现代西方文学所崇尚的:"让所有的光线都在这里集中,也让所有的光线都从这里发射出去"。刘勰的这种总览全文的"贯一"艺术,就是这美轮美奂的结构美学境界的典型展示。

刘勰的这种使人叹为观止的"贯一"艺术,也鲜明生动地表现在各中观部分的结构中。见之于文体论中,就是文章体式的总原理与总规范的"一",对各种文章体式之具体原理与具体规范的"多"的总统摄。文章体式的总原理与总规范,就是刘勰在《宗经》中所深刻指出的"秉经以制式"。以五经为范建立文体的认识论体系与方法论体系,是刘勰在该部分中明确的理论主张。五经的范式意义的总浓缩,就是刘勰所标举的:"圣文之雅丽,固衔华而佩实者也。"崇尚体式的雅正与华美,崇尚文与质的和谐,崇尚内容与形式的统一,是刘勰在文体论中明确的理论纲领与总体追求。这一明确的理论纲领与总体追求,就是他对各种具体文体进行具体阐述的总依据,由此建立起文体论的条贯统序的完整体系。见之于创作论中,就是文章写作的"总术"对文章写作的方法论体系的总揽。"总术",就是"总摄之术",径而言之,就是"以心总文"之术。这一"乘一总万"之术,就是该部分的总纲领。具见于《物色》中,就是文章采集过程中心物交感的原理与方法,具见于《神思》中,就是文章构思过程中神与物游的原理与方法。具见于《附会》中,就是文章表达过程中附辞会义的原理与方法,具见于《知音》中,就是文心的交流与接受的原理与方法。具见于《风骨》中,就是对文心的美学理想的标举。具见于《养气》中,是对心力修养的原理与方法。如此等等,虽然角度各异,但无一不围绕一个"心"字运行,无一不以"心术"作为逻辑依据进行开拓与发挥,由此建立起"为文之用心"的条贯统序的完整体系。这些卓越的运作艺术,从中观的层面上,将《文心雕龙》结构的严密性,展示得淋漓尽致。

刘勰的这种使人叹为观止的"贯一"艺术,更加细腻地表现在各个具体篇章的结构中。《原道》,就是一个典型的范例。该篇涉及的内容很多,天文、地文、人文,无所不包,但所有的方面,都是围绕一个统一的主旨展开:"文原于道"。也就是纪昀所深刻概括的:"标自然以为宗"。这一个鲜明的主旨,自始至终通贯在它的全部内容之中。下面试对其结构做一点管窥性的赏析,以飨读者。

本篇的结构,由三段所组成。第一段说明宇宙间的一切有文采的事物,都根源于自然,都是道的体现。他说:

　　　文之为德也大矣,与天地并生者何哉?夫玄黄色杂,方圆体分。日月叠璧,以垂丽天之象;山川焕绮,以铺理地之形:此盖道之文也。仰观吐曜,俯察含章,高卑定位,故两仪既生矣。惟人参之,性灵所钟,是谓三才,为五行之秀,实天地之心。心生而言立,言立而文明,自然之道也。傍及万品,动植皆文:龙凤以藻绘呈瑞,虎豹以炳蔚凝姿;云霞雕色,有逾画工之妙;草木贲华,无待锦匠之奇。夫岂外饰,盖自然耳。至于林籁结响,调如竽瑟;泉石激韵,和若球锽:故形立则章成矣,声发则文生矣。夫以无识之物,郁然有采,有心之器,其无文欤?

本段中分三节。首节标文德侔天地之义,为文原于道提出第一重证明。次节论人心参两仪之理,为心原于道提出第二重证明。三节据此做出进一步的推论:无心之物,焕然有采,有心之器,岂无文乎? 以见文心原道,是普遍规律的反映,具有天经地义的属性。

第二段叙人文的起源和发展过程,印证文心原道的总旨。他说:

人文之元,肇自太极,幽赞神明,《易》象惟先。庖牺画其始,仲尼翼其终。而《乾》、《坤》两位,独制《文言》。言之文也,天地之心哉! 若乃《河图》孕乎八卦,《洛书》韫乎九畴,玉版金镂之实,丹文绿牒之华,谁其尸之? 亦神理而已。自鸟迹代绳,文字始炳……逮及商周,文胜其质,《雅》、《颂》所被,英华日新。文王患忧,繇辞炳曜,符采复隐,精义坚深。重以公旦多材,振其徽烈,制诗缉颂,斧藻群言。至若夫子继圣,独秀前哲,熔钧六经,必金声而玉振;雕琢性情,组织辞令,木铎启而千里应,席珍流而万世响,写天地之辉光,晓生民之耳目矣。

本段中分三节。一节赞圣哲制文,实秉道心。二节称《河图》《洛书》与上古符命,乃道心之外现。三节述上古与孔子之文,凸显文与天地同辉的文化现实。

第三段明文与道相关之理。他说:

爰自风姓,暨于孔氏,玄圣创典,素王述训:莫不原道心以敷章,研神理而设教,取象乎《河》、《洛》,问数乎蓍龟,观天文以极变,察人文以成化;然后能经纬区宇,弥纶彝宪,发挥事业,彪炳辞义。故知道沿圣以垂文,圣因文而明道,旁通而无滞,日用而不匮。《易》曰:"鼓天下之动者存乎辞。"辞之所以能鼓天下者,乃道之文也。

本段中分二节。首节叙孔子原道心以敷章,研神理而设教的历史功勋。二节概括道沿圣以垂文,圣因义以明道的总理,而以"道之文"三字绾结全文,实现收尾的圆合。

通观全文,一旨相贯,节节相连,一气呵成,了无破绽,凝聚成为生命的整体。有如常山之蛇,击其首则尾应,击其尾则首应,击其中,则首尾皆应。这种结构的严密性,就是他在《论说》中所标举的"心与理合,弥缝莫见其隙;辞共心密,敌人不知所乘"的逻辑理想的具体展现。这种遍体通明、完美无缺的逻辑境界,不仅是我国理论思维中的奇珍,也是世界理论思维中的异宝。缪钺品唐诗韵味云:"读唐诗有如吃荔枝,一颗入口,则甘香盈颊。"转用于品《文心雕龙》的逻辑韵味,也是恰如其分的。

(二)《文心雕龙》结构的序列性

《文心雕龙》结构的严密性,也从它的序列的严密性中鲜明地表现出来。所谓"序列",就是材料定位上"杂而不越"的秩序。序列作为结构致密的重要工程手段,在《文心雕龙》中同样得到了卓越的运用。具体表现在以下方面。

其一,《文心雕龙》结构的显性序列。

所谓显性序列,就是具有鲜明的形态标志的序列。具体表现在《文心雕龙》的结构中,就是对数列编目的运用。将数列作为构件的标目,最早见于先秦的81章《道德经》与13章《孙子兵法》中。《易经》中的64卦,也是运用这种数列编目的方式。这种方式的结构特征,就是利用自然数列的自然延伸,对构件的先后顺序及其整体规模,进行清晰的显示和确切的标定。所谓"81章",就是显示81个构件的先后顺序及其整体规模。刘勰在《序志》中所说的"位理定名,彰乎大易之数,其为文用,四十九篇而已",就是对这一结构方式的自觉运用。"大易之数",即五十之极数,也就是《文心雕龙》的总篇数。其为文用四十九篇者,因为五十篇中有一篇是其中的总极,属于"太极"的范畴,具有乘一总万的属性。也就是王弼所说的:"不用而用以之通,非数而数以之成,斯易之太极也。"(《十三经注疏·周易正义》)具见于《文心雕龙》中,"太极"就是《序志》篇对全著的总统摄。这种结构方法,就是据数列以命篇的方法:《原道第一》,《征圣第二》,《宗经第三》……《序志第五十》。这种循数而推的结构优势是显而易见的:历历可数,清晰流畅,位置确定,颠仆难移。《文心雕龙》的结构中某些瑕疵曾经受到许多学者的质疑,但至今难以动其分毫。何者？显然,这是与它的这种结构方式所特具的精细性和稳定性密不可分的。

这种借数列以献功的结构方式,也在文心雕龙的微观领域中表现出来。诸如"两仪"、"三才"、"六义"、"六观"、"三准"、"蔚映十代"、"辞采九变"、"数穷八体",等等。

其二,《文心雕龙》结构的隐性序列。

所谓隐性序列,就是不具有鲜明的形态标志的序列。这种序列,常凭内在的"意接"关系来显示。具体表现在《文心雕龙》的结构中,就是对各个构件群之间的多样性的思理关系和事理关系的逻辑链接。易而言之,《文心雕龙》的各个部分之间的关系,不仅是一种以数列相连的自然关系,也是一种以内在的思维规律及事理规律相连的逻辑关系。

见之于枢纽论中,前三篇之间的关系是一种在逻辑上依次递进的关系:由道具化为圣,由圣具化为经。通过这一连续性的递进,他建立了一个三位一体的理论结构,这一理论结构,就是他建立文心理论的总依据。后两篇是以历史通变的事实作为依据,对三位一体的理论结构所做的逻辑延伸,借以加固与加深前面的论点。也就是刘永济先生在《校释》中所深刻指出的:"五篇之中,前三篇揭示论文要旨,于义属正。后二篇抉择真伪同异,于义属负。负者箴砭时俗,是曰破他。正者建立自说,是曰立己。而五篇义脉,仍相连贯。"①

见之于文体论中,是禀经制式的总原理及总规范与各种具体文体的原理及规范之间的主从统属关系。而各种具体的文体之间的关系,则是一种按照文与笔的区分进行排列的关系。从《明诗》至《谐隐》的十种文体,属于有韵之文的范畴,从《史传》至《书记》的十种文体,属于无韵之笔的范畴。文与笔中的各种文体之间的结构关系,是一种并列的关系。条贯统序,秩序井然。

见之于创作论中,是"心总要术"的总原理与总方法对写作过程中各种具体运作的原理与方法的主从统属关系。而就微观层面而言,又是由创作方法论与创作延伸论两部分组成的。从《神思》至《总术》,专论以心术总文术的种种方法,属于文术论的范畴。从《时序》至《程器》,综论文学总体运动中的诸多理论问题,是文术论的深层探索与理论延伸,属于文理论与文评论的范畴,

① 刘永济:《文心雕龙校释》,中华书局 1962 年版,第 10 页。

是工程科学向理论科学的深化与飞跃,也是理论科学对工程科学的概括与回视。在逻辑上,二者一实一虚,一阐一评,相得而益彰,使创作的原理与方法表述得更加系统,更加全面,更加深刻。

而《序志》一章,则是作者对全著内容的总回顾与总介绍,以首尾圆合的方式,给全著"总—分—总"的逻辑行程,画上了一个圆满的句号。

显性序列与隐性序列同呈,自然纽带与逻辑纽带兼具,由此赋予了《文心雕龙》结构以一种特别清晰与特别细密的品格。如此卓越的结构艺术,为我国理论思维中之所仅见。

(三)《文心雕龙》结构的弥合性

《文心雕龙》结构的严密性,也从它的各构件之间的天衣无缝的弥合性中鲜明地表现出来。所谓"弥合性",就是材料组合之间的无隙可击的属性。也就是刘勰在《章句》中所标举的:"章句在篇,如茧之抽绪,原始要终,体必鳞次。启行之辞,逆萌中篇之意;绝笔之言,追媵前句之旨;故能外文绮交,内义脉注,跗萼相衔,首尾一体。"这一属性具化为明确的工程措施,就是首尾圆合、过渡、照应三项工程方法。这些工程方法,同样在《文心雕龙》中得到了卓越的运用。下面试就这三个方面。做一点具体的领略和赏析。

1.《文心雕龙》的首尾圆合艺术

首尾圆合,是实现"心与理合,辞共心密"的重要工程手段之一。动人的开头,能给人以逻辑的震撼与美学的吸引,隽永的结尾,能给人以永恒的启迪与无穷的回味。首尾圆合,前后呼应,是文章内在思路的贯一性的决定性的逻辑凭借,又是文章外在形态的完整性的决定性的物质表征。这一重要的工程手段,在《文心雕龙》结构的营造中获得了卓越运用,为后世作者留下了许多足资楷模的经验。

《文心雕龙》的首尾圆合艺术的卓越性,首先表现在宏观领域的首与尾的呼应中。《文心雕龙》全著的起首是枢纽论部分,开宗明义就标出以道为本的三位一体的理论纲领,有如大翼之奋飞,奇峰之突起,造成一种强大的逻辑震撼和美学震撼。面对这一崇高博大而又前所未有的命题,人们不能不仰头而视,俯首而思,并在它的不容辩驳的逻辑说服功力和美学感染功力的影响下折然而服,满怀敬畏,也满怀虔诚地步入这一博大精深的理论殿堂,从中获取使人耳目一新的教益。刘勰所标举的"首唱荣华",后人所崇奉的"骤响易彻",

即此之谓。《文心雕龙》全著的收尾,是它的《序志》篇,以总序的方式介绍著述的宗旨和组织结构,以力截奔马之势,将全著的内容进行总体性的集中,在这一总体性的集中中,启示广大读者对该著的宗旨与内容再一次进行细细的领略和深刻的思考。刘勰所标举的"克终底绩,寄深写远",在这里得到了具体的展现和印证。而首尾间的遥遥呼应与对接,又从逻辑与审美的双向角度,收到回环往复的功效,加深读者的整体印象和生命流动感,留下言有尽而意无穷的永恒回味。此种美不胜收的境界,也就是刘勰所崇尚的至高无上的结构理想:"惟首尾相援,则附会之体,固亦无以加于此矣。"

《文心雕龙》的首尾圆合艺术的卓越性,也从它的微观领域的首与尾的呼应中鲜明地表现出来。见之于《原道》中,是"文之为德也大矣,与天地并生者何哉"的永恒性问题与"《易》曰:'鼓天下之动者存乎辞。'之所以能鼓天下者,乃道之文也"的永恒性解答的遥相呼应。一首一尾,一问一答,构成明确的逻辑理路,将全篇内容概括无遗。见之于《辨骚》中,一起笔也是一个拔地而起的问题:"自《风》、《雅》寝声,莫或抽绪,奇文郁起,其《离骚》哉!"吸引读者对此中的根由进行深刻的思考。而结尾则是对该问题的总解答:"若能凭轼以倚《雅》、《颂》,悬辔以驭楚篇,酌奇而不失其贞,玩华而不坠其实,则顾盼可以驱辞力,欬唾可以穷文致,亦不复乞灵于长卿,假宠于子渊矣。"在首与尾的呼应中,在问与答的对接中,将"酌奇而不失其贞,玩华而不坠其实"的辨骚宗旨概括务尽。见之于《序志》中,一起笔就是"夫'文心'者,言为文之用心也"的总论断,为全篇的运行确定明确的理论目标,结尾处则是"文果载心,余心有寄"的总愿景。以文心起,以文心结,首尾相援,了无缝隙。如此等等,遍布于全著之中,从微观的精处与细处,将刘勰的首尾弥合艺术之卓越,显示得淋漓尽致。

2.《文心雕龙》的前后照应艺术

"启行之辞,逆萌中篇之意;绝笔之言,追媵前句之旨。"这种前与后的照应,是实现"外文绮交,内义脉注,跗萼相衔,首尾一体"的另一个重要的工程手段。《文心雕龙》在前后照应艺术上的卓越表现,可以概括为以下两个方面。

从宏观方面来看,就是核心范畴在全著内容中的纽带作用。《文心雕龙》全著中,出现频率最高的关键性词语是:道—经—文—心—术。它们以显性形态或隐性形态反复出现在全著内容的展开中,有如草蛇灰线,断断续续,若暗若明,从概念上与逻辑上构成疏而不漏的意接。以道心总文心,以文心总文术,将全部内容构成一个严密的理论整体。

从微观方面来看,就是核心范畴在远近各章中的相互照应作用。见之于《原道》,如:

> 心生而言立,言立而文明,自然之道也。
>
> 言之文也,天地之心哉。

这是对《总术》的远程照应。为下编创作论中以心总文的工程战略,预留理论的依据和逻辑链接的端口。

又如:

> 道沿圣以垂文,圣因文以明道。
>
> 道心惟微,神理设教。光采元圣,炳耀仁孝。

这是对《征圣》与《宗经》两篇的近程照应。由于这一预设的逻辑端口,道心的形而上的总理顺理成章地融入了《征圣》与《宗经》的逻辑网络中,具化与转化为以"圣"与"经"为存在方式的形下性的写作规范。

再如:

> 《易》曰:"鼓天下之动者存乎辞。"辞之所以能鼓天下者,乃道之文也。

这既是对《征圣》与《宗经》两篇中的"圣情"与"经文"的近程照应,又是对全著中的"文"的具有普遍意义的总的照应。一笔放开,又一笔收拢,将圣情、经文、为文,都纳入了"道之文"的总范畴中,又以总范畴作为总依据,向全部内容进行无远弗届的全息性的逻辑辐射与逻辑集中。

见之于《征圣》,如:

> 天道难闻,犹或钻仰;文章可见,胡宁勿思? 若征圣立言,则文其庶矣。

"天道难闻,犹或钻仰",是对"原道"说的照应。"文章可见,胡宁勿思",是对"宗经"说的照应。"若征圣立言,则文其庶矣",是对全著以"雅丽"为极则的写作规范的总体照应。

见之于《宗经》中,如:

> 三极彝训,其书曰经。经也者,恒久之至道,不刊之鸿教也。

"三极彝训",即天地人之总理,也就是刘勰所说的"天地之心"与"自然之道"。圣心者,体道之心也。五经者,体道之文也。惟其合道,所以具有"恒久之至道,不刊之鸿教"的永恒品格。刘勰的这一论断,既是对"原道"说的回应,也是对"宗经"说的开启,还是对文体论中"禀经以制式"的总规范的照应。

如此等等,广见于全著各篇之中。前呼后应,浑然一体,遥联近接,了无断痕。其布局之精巧,针线之细密,堪称我国历史上理论思维之典范。

3.《文心雕龙》的过渡艺术

过渡是使上下文之间的衔接与转换自然无痕的一种结构手段。它在文章中的两个异面构件之间起承上启下的弥合作用,使其上下连贯,浑然一体。这种手段,在《文心雕龙》的结构中得到了广泛的运用,为后世作者留下了许多可资效法的艺术瑰宝。下面试举两个具有典型意义的范例,以飨读者。

《文心雕龙·序志》过渡艺术赏析

《序志》由三段构成。首段叙论文所由。中分二节:首节简叙《文心雕龙》书名的含义及自己树德建言的抱负,二节具叙形成这一抱负的历史根由。前节着眼于书,后节着眼于人,前节着眼于虚,后节着眼于实,前节着眼于表,后节着眼于里,前节着眼于点的集结,后节着眼于线的延伸。显然,这两节之间在内容的属性上与表达的方式上,是存在明显的坡度的。为着弥合这一落差,作者以设问的方式在二者之间进行了巧妙的过渡:"岂好辩哉? 不得已也!""岂好辩哉"是对前面的"树德建言"抱负的承接,"不得已也"是对"树德建言"抱负的历史根由的开启。一问一答,自然合拍,前承后接,浑然无痕。

次段明论文的方式与体例。中分二节,首节言论文的方式,次节言论文的体例。本段中的过渡共有四处。其一,是与上下段间的衔接。上段讲的是论文之缘起,下段讲的是论文的方式与体例,在角度上与内容上存在明显的差距。作者运用了一个同一性的词语"论文",以"顶针"的方式进行上下之间的衔接。从上段末的"于是搦笔和墨,乃始论文",浑然不觉地转入了"详观近代之论文者多矣"的新轨。其二,首节中的总分式的过渡与分总式的过渡。以一个"多"字,开启下面的诸多文论,以一个"并"字,概括为一个总的评价。其三,两节之间的衔接,运用了一个具有包举意义与推原意义的副词"盖",对两段之间的因果关系进行概括,借此顺理成章地领起下文。其四是第二节所属的各小节之间的衔接。第二节由三小节构成,在第一与第二小节之间,作者运用了"若乃论文叙笔"进行过渡,在第二小节与第三小节之间,作者运用了"至于割情析采"进行过渡。这些过渡,使段与段之间的关系更加紧密,节与节之间的秩序更加分明。其针线之细密,堪称观止。

末段申论著书之难,而寄感慨于知音难遇。它与上段的衔接,由开头处的两句承担:"夫铨序一文为易,弥纶群言为难。"以上句的"铨序一文为易",对前文进行了总的承接,以下句的"弥纶群言为难",对下文进行了总的领起,使两段的内容融为一体。在本段的内容中,又有两处转折,一处是开端处的"虽复轻采毛发,深极骨髓,或有曲意密源……亦不胜数矣"的转折,一处是结尾处"但言不尽意,圣人所难,识在瓶管,何能矩矱"的转折,都用关联词语标示,过渡极其清晰自然,堪称典范。

《文心雕龙·风骨》过渡艺术赏析

《风骨》篇同样是古往今来过渡艺术的绝唱。其独特之处,就在于运用连续的因果关系与假设关系的递进式衔接,形成析果论因的一往无前的逻辑延伸,步步逼进事物本质。如:

> 《诗》总六义,风冠其首,斯乃化感之本源,志气之符契也。是以(第一次因果过渡)怊怅述情,必始乎风;沈吟铺辞,莫先于骨。故(第二次因果过渡)辞之待骨,如体之树骸;情之含风,犹形之包气。结言端直,则文骨成焉;意气骏爽,则文风清焉。若丰藻克赡,风骨不飞,则(第三次反向性与假设性的因果过渡)振采失鲜,负声无力。是以(第四次因果过渡)

> 缀虑裁篇,务盈守气,刚健既实,辉光乃新。其为文用,譬征鸟之使翼也。

一段之中,出现了四次因果过渡,将对风骨的重要意义的追索,一步步集中,一步步鲜明,将对现象的认识,一步步升华为对本质的把握。这种在析果论因中不断递进的过渡手法,在全篇中总共出现了十次。有如江水之出峡,势不可挡,而又一线贯通,清晰可辨。其过渡之雄稳细密,以及由此生发的气势的磅礴与笔力之遒劲,于此可见一斑。

以上诸多方面,无一不是《文心雕龙》的弥合性在结构中的卓越表现,无一不是该著之所以博大精深的组织保证,无一不可成为后人的师法。

三、《文心雕龙》结构的和谐性

和谐是中华哲学的核心理念,也是中华美学的理想追求。《国语·郑语》中所说的"和实生物,同则不继",《老子·四十二章》中所说的"万物负阴而抱阳,冲气以为和",《论语·学而》中所说的"和为贵,先王之道斯为美",《礼记·中庸》中所说的"致中和,天地位焉,万物育焉",就是对这一理念与追求的普遍表述。这一普遍崇尚也为刘勰所自觉体认与继承。刘勰所说的"擘肌分理,唯务折衷",就是对这一民族智慧的集中标举。尤为难得的是,他还能将这一哲学体念与美学追求,创造性地运用在《文心雕龙》的写作实践中。《文心雕龙》结构所独具的和谐性,就是这一自觉体认的卓越实践的具体展示。

所谓"和谐",就是通过对度的不偏不倚、恰如其分的精确把握,实现多样性事物在统一体中的协调与平衡。具体表现在文章的结构中,就是通过对各种构件的适度性与兼容性的把握,实现文章组合的精美化和精粹化。适度与兼容,是构成结构和谐的两大决定性因素。正是二者之间的有机统一,造就了文章结构的两大基本功能:美学上的魅惑功能与逻辑上的说服功能。前者主要表现在结构的外在形态上,后者主要表现在结构的内在形态上。前者赋予结构的外在形态以美学的品格,后者赋予结构的内在形态以力学的品格。《文心雕龙》的结构,就是这两种品格兼具的楷模。下面试做具体的分析与领略。

（一）《文心雕龙》外在结构形态的和谐性

所谓外在结构,是指文章的语言组合形态。作品都是由许多的语言构件组合而成的,这些语言板块之间的协调与平衡的状况,直接影响着该作在整体形态上的审美效果。所谓适度,是指各个构件之间的合乎比例与合乎规范的属性。所谓平衡,是指各个构件之间在系统位置上的对称与主从的属性。而"和谐",就是二者在美学结构上的集合与集中。《文心雕龙》的外在结构,就是此中的杰作。

"适度"集中表现于《文心雕龙》的外在结构的宏观形态中,就是它的首、中、尾的安排上的恰如其分在视觉上与心理上的媚惑力量。

这种生发于适度的媚惑力量的第一表征,就是三者的"体积"的合度性状况。这种合度性的判断标准,就是刘勰所标举的自然性原则:"夫岂外饰,盖自然也。"按照自然性的基本原则,在任何一个生命的自然体中,首、中、尾不仅是一无所缺的,也是按照一定的比例相续相连的。它们之间的比例关系是:首脑部分在体积上必须小于中腹部分,中腹部分在体积上必须大于体尾部分,由此形成两头小、中间大的视觉格局和以一统众、以少制多的功能格局。无论是植物的生命特征或是动物的生命特征,无一不是如此。具体表现在《文心雕龙》的外在形态中,同样是如此。全著共分五十章,属于首脑部分的有五章,属于中腹部分的是四十四章,属于体尾部分的是一章。这种"小—大—小"的结构模式,就是这种以少总多的形态的典型范式。刘勰以自己精辟的理论与卓越的实践明确告诉人们:首脑之所以成为首脑,就在于它的短小精粹,惟其短小精粹,所以能以一总多,带动全身。后人所说的"凤头",即张本于此。中腹之所以成为中腹,就在于它的丰盈充实,惟其丰盈充实,所以能承接首脑的统摄,将首脑中的生气加以强化与扩化而贯注于全身。后人所说的"猪肚",即发端于此。体尾之所以能成为体尾,就在于它的短小内敛,惟其短小内敛,所以能承接中腹而收束全身,将全身的生气集合为一而荡漾无穷。后人所说的"豹尾",即本源于此。也惟其如此,所以层次分明,生机盎然,给人爽心悦目的美的感受。显然,刘勰的这些精辟的理论体认与卓越的结构实践,与亚里士多德"所谓完整,指事之有头,有身,有尾。所谓头,指事件不必然上承他事,但自然引起他事发生者;所谓尾,恰与此相反,指事之按照必然律或常规自然的上承某事者,但无他事继其后;所谓身,指事之承前启后者"的论述相较,无论是就内涵的深度而言或是就外延的广度而言,都是可以并驾齐驱而共为全人类结构艺术的楷式的。

这种生发于适度的媚惑力量的第二表征,就是三者的"功能"的合范性状况。这种合范性状况的判断标准,就是与三者各自的系统功能互相契合的美学特征。对此,刘勰曾经作过明确的阐述。他将首脑部分的美学特征,称为"首唱荣华",具指一种精警醒目,驰魂摄魄的美学吸引力量。他将后续部分的美学特征,视为一种充盈浩荡,促人不断超越的美学推动力量。他所批判的"膝句憔悴,则遗势郁湮,馀风不畅",就是对此一特征所做出的逆向体认。他将体尾部分的美学特征,视为一种言虽已尽,而韵味无穷的美学收束力量。他所倡导的"克终底绩,寄深写远",就是对此一特征所做出的说明。这些美学特征,都鲜明地表现在他的首、中、尾的三个部分之中。他的枢纽论开宗明义提出了文原于道的终极性问题,立足于人类认识论与方法论的峰巅,以动心惊耳的美学震撼力量,将读者引入《文心雕龙》的博大精深的理论殿堂,就是这一"首唱荣华"的美学特征的具体运用。他的文体论与创作论以文原于道为总纲,对写作的体式规范和文术的原理与方法进行了系统的论证,使它的宗旨得到了具体的证明和体现,推动读者在理性上一步步走近本质,就是中间部分的充盈浩荡的美学特征的卓越实践的具体展示。他的《序志》篇对全著的内容进行满怀深情的总结式的介绍与回顾,启迪读者对作者的用心进行全面的体认和延伸性的思考,就是结尾部分的"寄深写远"的美学特征的具体运用。就其理论上的自觉性而言与实践上的卓越性而言,都是前人之所不具,而后人之所不全具,而今人之所必具者。

"适度"也广泛地表现于《文心雕龙》的外在结构的微观形态中。该著的每一个篇章,都是首、中、尾的安排上的恰如其分的美的杰作,在视觉上具有强大的媚惑力量。由于其原理与方法与宏观形态相同,此处不赘。

"平衡"表现于《文心雕龙》的外在结构的形态中,就是它的构件组合上的对称与协调所具有的视觉上与心理上的媚惑力量。

这种生发于平衡的媚惑力量的第一表征,就是构件在体积上与位置上的对称性。对称指两个相同或相似的事物之间的对偶性的组合关系,由此形成一种整齐而又匀称的整体美。这种对称美表现在《文心雕龙》的宏观组合中,就是文体论与创作论的双峰并立的整齐而又恢弘的态势。这种相对而立、相并而和的态势之所以能给人以美的震撼,就因为它是生命形成的基本模式与生命运动的基本模式的艺术模拟。生命形成与生命运动的基本模式,就是老子所说的:"万物负阴而抱阳,冲气以为和。"也就是刘勰所说的:"造化赋形,支体必双。"表现在文章结构的外在形态中,就是"高下相须,自然成对"、"篇章户牖,左右相瞰"的美学特征。这一美学特征,是通贯于《文心雕龙》的全部篇章中的。见之于枢纽论中,是《征圣》《宗经》的正向性构件与《正纬》《辨骚》的负向性构件的相对相并,见之于文体论中,是道与体的相辅相成,见之于创作论中,是道与术的相对相济,见之于《神思》中,是"心"与"物"的相反相成,见之于《情采》中,是"情"与"采"的相分相济,见之于《通变》,是通与变的相反相成。如此等等,无一不映射出对称与和谐之美,令人领略不尽。

这种生发于平衡的媚惑力量的第二表征,就是各个构件在功能上的协调性。平衡的真谛并非平均,而是协调。协调性,就是各个构件之间在功能与地位上有主有从、有轻有重而归为一体的融洽性。对于一个平衡的结构而言,它既要枝派繁多,又要主干突出,而后者又是以前者为前提的。刘勰所说的"整派者依源,理枝者循干",即此之谓。因此,要实现结构的协调,就必须突出主导层面在整个结构中的主导地位和主导作用。也就是刘勰所精辟概括的:"振本而末从","故宜诎寸以信尺,枉尺以直寻,弃偏善之巧,学具美之绩:此命篇之经略也。"这就是它的主导层面如此突出,理论旗帜如此鲜明,理论结构如此协调的原因。

《文心雕龙》在结构艺术上的楷模意义,不仅在于它精辟地揭示了这一美学的原理,而且在于他卓越地实践了这一美学的原理。在《文心雕龙》的全著中,不管是就宏观领域而言或是就微观领域而言,主导层面在整体结构中的主导地位和从属层面在整个结构中的从属地位,以及二者之间的互动关系,自始至终都是极其突出,极其鲜明,极其融洽的。下面试做一点简略的赏析。

《文心雕龙》的主导层面在整体结构中的主导地位最具有宏观意义的显示,是枢纽论在全著中的枢纽地位。在枢纽论中,牢牢建立了"道—圣—文"三位一体的理论纲领。这一理论纲领不仅作为全著的首脑而获得了一种特别的强调和重视,而且作为《文心雕龙》中的总纲领通贯于全部内容之中,实现了主与从的大融合,使主导层面在整体中的主导地位体现得更加鲜明,更加具体。由于这一卓越的结构安排,"主旋律"与"多声部"融合成为一个"如乐之和,心声克协"的理想境界。

这种主导层面的主导地位的鲜明性所生发的"如乐之和"的美学境界,是普遍存在于《文心雕龙》结构的每一个中观与微观的领域中的。见之于枢纽论中,是对自然之道在三位一体中的中心地位的鲜明标举。刘勰所说的"道沿圣以垂文,圣因文而明道",就是对道的中心地位的集中强调,也是对主与从之间的融洽性的集中表述。见之于《物色》与《神思》中,是对心物之间的主从关系的条分缕析的辨正:在文心形成的过程中,物的动心作用是第一性的,是一种物主心从的统属关系。这就是刘勰所说的:"物色之动,心亦摇焉。"在文心运思的过程中,心的运物作用是第一性的,是一种心主物从的统属关系。这就是刘勰所说的:"寂然凝虑,思接千载;悄焉动容,视通万里。"见之于《风骨》中,是对"风"在文学中的统帅地位的标举。这就是刘勰所说的:"《诗》总六义,风冠其首,斯乃化感之本源,志气之符契也。"见之于《情采》中,是情主采从的统属关系。这就是刘勰所说的:"情者文之经,辞者理之纬;经正而后纬成,理定而后辞畅。"见之于《通变》中,是以通统变、纳变于通的通主变从的统属关系。这就是刘勰所说的:"文律运周,日新其业。""文律运周"者,通之谓也,"日新其业"者,变之谓也。变是在不变的总规律的统摄下进行的,主从之义明矣。见之于《总术》中,是以道总术的统属关系。这就是刘勰所说的:"乘一总万,举要治繁。思无定契,理有恒存。"如此等等,无一不是对主导层面的突出,无一不因为这种主导层面的鲜明性而使结构更加平衡,无一不使结构因此而增添"如乐之和"的美学感染力量。

主导层面的主导地位的鲜明性所生发的"如乐之和"的美学感染力,越是在微细的领域中,表现得越是强烈。最典型的例证就是《文心雕龙》书名的精巧结构。

粗看之下,"文心雕龙"四字之间的关系,是一种并列的关系。当前国外的许多百科全书,对《文心雕龙》的书名大都采用此种阐释方式:"中国文心:文学的内容与形式","中国文心:文学的内容美与形式美"。此种体认虽然可以在泛论范围中成立,实际是缺乏深度的,也是经不起推敲的。从词汇学的角度来看,"文心"属于名词范畴,"雕龙"属于动词范畴。名词与动词,是不能并列的。从句法学的角度来看,名词与动词之间,可以组成两种句型:主谓句型,状谓句型。但从逻辑学的角度来审视,"文心雕龙"作为主谓句型来说,是不具备充足理由的。因为,"雕龙"是一个特定的动作,发出这一特定动作的特定的逻辑主体只能是人,即作者,而不能是其他的东西。因此,只能作为状谓关系的句型存在。"文心",属于状语的范畴,是对"雕龙"这一特定动作所做出的条件性与方法性的规定。表现在句式的意义组合中,具指"为文之用心"对于"雕龙"的决定性的凭借意义。它所强调的是这样一种思想:它不是一般意义的雕龙,而是一种凭借文心所进行的雕龙,是在文心的指导下进行的雕龙。刘勰在《总术》中对"乘一总万,举要治繁"的总术的标举,在《序志》中对"岂取驺奭之群言雕龙也"的辩证,就是此中道理的重要佐证。

以上诸多事实,对"文心"与"雕龙"的结构关系,做出了明确的揭示:二者之间的关系,只能是一种心主雕从的统属关系,而不能是一种简单的内容与形式的并列关系。集中反映在书名中,就是对文心在写作运动中的主导地位的强调和标举:凭借文心进行雕龙。这正是《文心雕龙》的核心真谛,是它最大的理论创举,也是它的最大的价值所在。而这一价值之所以能得到充分的显现,是在主导性层面的鲜明性的视野中实现的。正是这一主导关系的鲜明性与主从关系的融洽性,在结构上赋予文心雕龙的书名,以一种特殊的美学魅力与理性魅力,使它的深层意蕴得以充分显示,以东方特有的博大精深的姿态,向全世界闪烁出熠熠的光辉。也从一个特定的微观领域,将刘勰在结构上借主导层面的鲜明性以献功的艺术功力,展现得淋漓尽致。

(二)《文心雕龙》内在结构形态的和谐性

《文心雕龙》结构的和谐性,也从它的内在形态中,以力学的形式深刻地表现出来。

所谓内在形态,是指著作的意接形态,也就是它的逻辑组合形态。逻辑是理论思维最基本的存在方式,但表现在具体的理论著作中,其结构方式与相应的理性论证力量,是各不相同的。每一个理论家都有自己独特的逻辑思路,也有自己独特的逻辑结构方式,由此表现出各不相同的论证效果。而和谐,就是内在逻辑结构形态的理想境界。刘勰就是这一理想境界的自觉的追求者和卓越的实践者。

刘勰对于逻辑结构的和谐性的自觉追求,集中表现在《序志》中的一段明确的宣示里:

及其品列成文,有同乎旧谈者,非雷同也,势自不可异也;有异乎前论者,非苟异也,理自不可同也。同之与异,不屑古今,擘肌分理,唯务折衷。

"擘肌分理,唯务折衷"是刘勰构建其理论体系的总体性的逻辑思路,也是其立论的审美总原则。"折衷",即是他在《章句》中所说的"折之中和"。中者,不偏不倚之谓;和者兼容和合之谓。"中和"作为中国传统的哲学范畴,有两个基本内涵:一是异质相济以成新质;二是以一种因素为主,兼容并包。径而言之,就是要看到事物不同乃至互相对立因素各自的合理性,并且把这些合理之处集中并协调统一起来,以获取全面公允之论。它以中华民族独特的智慧,赋予《文心雕龙》以一种特别广阔的理论视野和一种特别强大的逻辑概括力量。刘勰所标举的"驱万途于同归,贞百虑于一致"的逻辑境界与美学境界,就是这种内在结构形态的和谐性的完美展现。刘勰的这种卓越的运作艺术,具体表现在以下方面。

1. 宏观层面的逻辑格局的和谐性

和谐性的本质,就是对立诸多因素的兼容性。具体表现在《文心雕龙》的宏观层面的逻辑格局中,就是儒道佛三家逻辑体系的兼容性。每一家哲学都有其独特的概念系统,也都有其独特的逻辑基点和逻辑体系。儒家的逻辑基点是人伦,道家的逻辑基点是自然,佛家的逻辑基点是心性,由此形成各个不同的逻辑思路与逻辑体系,也由此形成各自不同的概括优势与认识暗区。刘勰的高明与巧妙之处就在于,他运用了"唯务折衷"的结构格局,将经典儒学中的最精粹的内涵——人本哲学的逻辑模式,将经典道学中最精粹的内涵——自然哲学的逻辑模式,将经典佛学中最精粹的内涵——心性哲学的逻辑模式,熔为一炉,使它们彼此补充、消解,具有更大的方法论优势。《文心雕龙》,就是儒、释、道三学交融、共创辉煌的卓越代表。这一卓越代表的最高集合,就是"道沿圣以垂文,圣因文而明道"的三位一体的理论枢纽。这一理论枢纽的逻辑格局,就是将儒家之道纳入本体论的统率之下,使它获得一种宏观的视野,将道家之道纳入伦理论的基础之中,使它获得一种现实的眼光,而其最终集结点,却是落在"心"这个字上的,给了他一种"心总要术"的特别方法。心性论虽然是中华文化传统的认识范畴,而最精深的心学,则是涵蕴在佛学的经典之中的。刘勰所说的"神理设教",就是对佛学心性论的吸取和效法,是对传统的儒道哲学的重要补充。无疑,这是一个重大的文化拓展。凭借这一重大的文化拓展,刘勰建立起了这一以道学为原,以儒学为宗,以佛学为用的多元哲学的逻辑格局。这一多元逻辑格局的和谐性以及由此生发的理性开掘力量的强大性,不仅是我国文论史上的绝唱,在世界文论史上也是罕见其匹的。《文心雕龙》在理论上之所以能够如此博大精深,显然是与这一和谐的逻辑格局的强大支持密不可分的。

惟其如此,《文心雕龙》必然成为我国历史上三学兼容共创辉煌的最完美的代表。对此,本著的地位论中已有详尽阐述,本节从略。

2. 中微观层面逻辑模式的和谐性

《文心雕龙》的结构艺术的和谐性,也从它的逻辑模式的中微观组合中鲜明地表现出来。

所谓逻辑模式,是指人类思维中具有常规意义的逻辑路径与思维方式。这些路径和方式,由思维对象的差异性与思维主体的差异性而各不相同。概括而言,大致有以下几种类型:逻辑性思维型,历史性思维型,审美性思维型,实践性思维型,等等。各种类型,都有其特定的认识优势和认识局限,由此形成各自不同的思维风格。刘勰的高明和巧妙之处就在于,他将各种逻辑模式都纳入了"惟务折衷"的总路径与总方式中,在多样性逻辑模式的组合中形成一种特别和谐的逻辑合力,将逻辑模式的理性概括力量提升到前所未有的高度。刘勰的这种卓越的结构艺术,具体表现在以下方面。

(1)历史性模式与逻辑性模式的兼容

历史性模式是事实体认的模式。它是按照历史发展的自然行程来揭示客观事物的本质和规律的思维模式。这一思维模式的优点是丰富、生动地再现历史过程,给人提供完整而具体的认识材料。我们古人所崇尚的"以史为师",就是这一模式的具体例证。这种模式,广泛运用在我们民族的理论思维中。但是,它的局限性也是极其明显的,因为历史常常是跳跃地和曲折地前进的,其中包含着许多偶然性的和无关紧要的东西,无法对历史变动的深层原因和规律做出直接的揭示。要真正把握历史发展的本质和规律,必须运用逻辑的方法。所谓逻辑的方法,就是通过分析,抓住事物的内部矛盾,去研究事物发展过程中的必然性的思维方法。这一方法的优点是对事物发展过程中的偶然性的修正和必然性的凸显,从而能直接探寻事物发展过程中的本质和规律。

但是,既然摆脱了历史的形式和起干扰作用的偶然性,就不可能使人们充分认识到客观对象运动发展过程中的许多细节,不能生动地、形象地体现客观事物运动发展过程中的曲折性和复杂性,这又是它的局限所在。刘勰的高明和巧妙之处,就在于将二者融合成为一个有机的逻辑整体,使其互补共济,相得益彰。《文心雕龙》中许多关键性篇章的深度开发,就是这种独特的逻辑模式献功的结果。下面略举数例,以飨读者。

《文心雕龙》枢纽论的构建,就是历史与逻辑兼容的卓越范例。为着全面把握枢纽论的逻辑模式的结构艺术,我们不妨从《原道》的逻辑结构赏析起。

《原道》的逻辑结构,是由以下几个逻辑层面构成的。

它的开宗明义,就是以逻辑命题的方式,提出文原于道的理论主张:"文之为德也大矣,与天地并生者何哉?"历史与逻辑结合的逻辑行程,就从这里开始。

为着证明这一命题,作者从两个逻辑层面提出了自己的论据:第一论据是用自然万物文采生发的历史过程对命题进行论证,第二论据是用人文生发的历史过程对命题进行论证。就论证的过程与程序来看,"论点—论据—论证",一无所缺,"提出问题—分析问题—解决问题",层次分明,堪称无隙可击的逻辑性的论证结构。但是就其论据部分来说,却又是由严格的历史性的认识方法所构成的,属于历史认识的范畴。这样,就将历史性的认识方法,水乳交融地化入了逻辑性的论证格局之中。逻辑因历史而生动和具体,历史因逻辑而鲜明和深刻,构成了一个和谐的论证结构。以逻辑与历史的双重的概括力量,顺理成章地概括出"道沿圣以垂文,圣因文以明道"的必然性结论,完成本章的全部论证过程。

"道沿圣以垂文,圣因文以明道",作为枢纽论的总论点,在《征圣》与《宗经》中获得了进一步的具体发挥。这一具体发挥的具体内容,就是将"道—圣—文"的三位一体的总规律,具化为关于"圣"与"经"的历史事实。这实际上就是历史与逻辑的结合的第二次深化,是逻辑在历史领域中的深度延伸,也是历史在逻辑领域中的高度浓缩。由于这一双向的互动,"道—圣—文"的三位一体的总规律显示得更加具体,更加深刻,更加鲜明。

更加难能可贵的是,"道沿圣以垂文,圣因文而明道",作为枢纽论的总论点,在《正纬》与《辨骚》中,再一次获得了更有动态意义的发挥。其具体内容,就是对宗经的态度进行正与反的鲜明对照:对"骚"的"酌奇而不失其贞,玩华而不坠其实"的正确态度的肯定和对"纬"的"乖道谬典"的错误态度的否定。这一在更加广阔的理性空间中所进行的体认,是历史与逻辑的双向互证:既是逻辑对历史的理性检验,又是历史对逻辑的感性补充。由于这一历史与逻辑的互证,历史的逻辑模式与逻辑的历史模式,在充分展开的逻辑境界中得到了更加充分的凸显,赋予了"道圣文"三位一体的理论枢纽,以无比丰富的理论内涵以及颠扑不破的逻辑品格。正是凭借了这一独特的内涵和品格,枢纽论建立了对全著的逻辑统贯,将全著的内容熔铸成一个坚不可摧的理论整体。

《文心雕龙》的中观逻辑模式的兼容性,也在《通变》中鲜明地表现出来。该篇首段总揭文章常变之理,次段举"九代咏歌"之历史发展过程以为证,末段论"望今制奇,参古定法"的通变之术。这一逻辑结构的高明与巧妙之处就在于,它在用历史证明逻辑的时候,也用逻辑修正了历史。这一历史的逻辑深化与逻辑的历史深化,具体表现为变与不变的辩证,正变与讹变的辩证,"望今制奇,参古定法"的正确的通变之术与"竞今疏古"及"五家如一"的错误的通变之术的辩证。这一辩证,都是在历史分析的认识平台上进行的,也是在逻辑分析的认识平台上进行的。正是凭借这一深刻的辩证,文章运动的本质与规律才能得到全面的显示,文章的通变之术才能得到正确的体认。这种辩证的精度与深度,是不见于前人而独秀于《文心雕龙》的逻辑结构之中的。

(2)思辨性模式与审美性模式的并蓄

《文心雕龙》逻辑模式的和谐性,也从其思辨模式与审美模式的并蓄中鲜明表现出来。

思辨与审美,是人类认知世界的最基本的路径和方法。思辨属于理论思维的范畴,凭借概念、判断、推理等系列的逻辑方法,研究事物发展过程中的必然性,把握客观事物的规律和本质。客观性、抽象性、逻辑性,就是这一思维模式的本质性特征。审美属于艺术思维的范畴,凭借形象、体验、感悟等系列的心证方法,体认自然造化与人类创造的本质力量,把握人类精神的美的本质与规律。主体性、形象性、抒情性,就是这一思维模式的本质性特征。这两种思维模式分属于不同的认识领域,但都是人类智慧的集中体现,二者之间的对立统一关系,长期受到全人类的普遍重视,却始终未能在理论上得其肯綮,更未能在写作实践上做出使人信服的楷模。而刘勰,则是这一理论灰区与实践灰区的卓越的跨越者。他的《文心雕龙》巨制,就是两种模式有机融合的卓越范例。

刘勰对这一理论灰区的卓越跨越,集中表现于他在人类的认识史上,第一次成功地找到了一个将两种性质不同的思维模式融合为一的具有天经地义属性的逻辑契合点。这一天经地义的逻辑契合点,就是美原于道的普遍规律:"傍及万品,动植皆文……夫岂外饰,盖自然耳。"刘勰明确认为,道是万物的本原,也是万美的本原。天地万品,莫不各有其文,万品之文并非外来的修饰,乃是天地万品自身规律运动的体现,是自然运动使然。惟其如此,美必然普属于天地万物,也普属于一切人文:"夫以无识之物,郁然有采,有心之器,其无文欤?"这样就从宇宙运动的终极层面,构建了美的统一性的图象,将一切人文都顺理成章地纳入了美的统一性的范畴之中。这一以天地为归依的无所不被的美的统一性图象,就是思辨思维与审美思维融合为一的最高的逻辑依据。具体表现在文章的体式中,就是他对万体有文的明确理念:"文以足言,理兼《诗》《书》。"即美的形态普属于一切体式,无论是何种体式的文章,都可以,而且应该拥有文采。这一明确理念,就是他对文章形态进行美学评论的基本依据,也是他构建《文心雕龙》的美学形态体系的基本依据。

刘勰不仅在理论灰区的跨越中取得了历史性的成功,也在实践灰区的跨越中提供了卓越的范例。《文心雕龙》的内容,是对文章写作的基本原理与方法的系统阐述,属于"穷于有数,究于无形,钻坚求通,钩深取极"的理性思维的范畴。但是,在以语言为媒介的外在形态的构建上,却表现出了理性品格与美学品格并蓄的鲜明特征。这一鲜明特征,集中表现在语言表达方式的并蓄性以及修辞手段的巧妙性两个方面。

一是论说性与描写抒情性两种语言表达方式的并蓄。

论说性与描写抒情性是语言表达中的迥然有别的表达方式,分属于逻辑思维与形象思维两种迥然有别的思维体系。论说性运用表示概念、判断、推理的语句,对事物的本质和内在联系进行揭示,直接表明作者的见解和主张。特征是:表意直接,判断鲜明;行文精当,逻辑严密;语句凝练,富有理性的概括力量。描写抒情性用形象的语言对客观事物的状态进行具体的摹写与刻画,表露和抒发对客观事物的情感。特点是:语言形象,气韵生动;表意间接,含蓄蕴藉;形神兼具,富有美学的感染力量。而刘勰的高明与巧妙之处就在于,他打破了二者之间的历史鸿沟,将两种迥然有别的表达方式,天衣无缝地构织成为一个语言的整体与逻辑的整体。下面试举《物色》中的首段,进行一点管窥式的赏析。

> 春秋代序,阴阳惨舒,物色之动,心亦摇焉。盖阳气萌而玄驹步,阴律凝而丹鸟羞,微虫犹或入感,四时之动物深矣。若夫珪璋挺其惠心,英华秀其清气,物色相召,人谁获安? 是以献岁发春,悦豫之情畅;滔滔孟夏,郁陶之心凝。天高气清,阴沉之志远;霰雪无垠,矜肃之虑深。岁有其物,物有其容;情以物迁,辞以情发。一叶且或迎意,虫声有足引心。况清风与明月同夜,白日与春林共朝哉!

本段前四句是对命题的陈述,接后是对命题所做的举证。结尾两句绾接段意,以反问的方式对命题的正确性进行强调。就其逻辑形态而言,心与理合,辞共心密,确实是一段无隙可击的经典性议论。但是,如此严谨的逻辑论证,却又是通过描写与抒情的语言表达方式来完成的。本段的命题陈述所凭借的语言媒介,是一句直抒胸臆的感叹。凭借这一充满深情的感叹,不仅对论点进行了鲜明的逻辑性的标揭,而且以抒情的方式将这一论点纳入了审美的范畴之中,打上了自己的深深的感情烙印。就像一枚金币的两个方面,从逻辑上提出论点与从情感上欣赏论点,是同时表现出来的,也是凭借同一的句式表现出来的。惟其如此,所以在逻辑与审美的俱荣与并蓄中,水乳交融而毫无生造的断痕。本段的论据部分,是对物之动心的具体事实的逻辑陈述,这一逻辑陈述所凭借的语言表达方式,是对具体事实的精当而简洁的具体描写以及相应的情感抒发。这些具体的描写既是具体现象的集中展现,又是具体现象的共同本质的集中绅绎,而作者的感情抒发,更增加了这些具体的美学现象的美学感染力量。它呈现在读者面前的,既是言简意赅的严格的论据陈述,又是一组气韵生动,情景交融,对仗工整,金声玉振的诗性画面。这一诗性画面在语言表达上所达到的艺术高度,完全可以和我国历史上的任何一篇散文名作相媲美。正是凭借这一精美绝伦的语言结构,本质的现象和现象的本质,得以融为有机的一体。这种有机的一体,实际也就是逻辑与审美的融为一体:现象的本质给予它逻辑的说服力,本质的现象给予它美学的感染力量。这种理性美与感性美并具的语言结构与逻辑结构,在我国的文论史中乃至世界的文论史中,都是并不多见的。

二是对修辞手段的巧妙运用。

《文心雕龙》语言形态的理性品格与美学品格的并蓄,还表现在它的多样性的修辞手段的巧妙运用中。

广泛使用于《文心雕龙》中的修辞手段,有比喻、夸张、引用、对偶、摹状、含蓄、警策,等等。这些手段,既是它的语言形态的理性品格得以显现的凭借,也是它的语言形态的美学品格得以显现的凭借。这方面的内容,下节将做具体展开,此处不赘。

(3)理论性模式与工程性模式的融会

《文心雕龙》的逻辑模式的和谐性,也从它的理论性模式与工程性模式的融会中鲜明地表现出来。

所谓理论性模式,是指它的思维对象、方法、路径和知识体系的认识论品格。具而言之,就是反映客观事物的本质和规律的系统知识,属于系统化了的理性认识的范畴。所谓工程性模式,是指它的思维对象、方法、路径和知识体系的方法论品格。具而言之,就是目的在于实践的工具和方法系统的设计与运作的系统知识,属于系统化了的实践认识的范畴。这两种逻辑模式,一重抽象的原理,另一重具体的技术,分别属于两个不同的思维领域,各有各的发挥空间。而在《文心雕龙》中,却通过卓越的结构艺术,将二者融合成为一个有机整体。这种巧妙的跨模式的融合,具体表现在以下方面。

一是道对术的认识论开拓。《文心雕龙》在本质上是一部专门研究文章写作方法的书,严格属于工程科学的范畴。但是,它绝不是一般意义的研究文章写作方法的书,因为它对写作方法的研究,是在理论科学的统摄下进行的。它所凭借的理论科学的最高集合,就是"道—儒—佛"三学一家与"道—圣—文"三位一体的哲学总纽。这一哲学总纽集中了自然哲学、人伦哲学与心性哲学三个领域的理论智慧,为文章写作方法的研究,提供了认识论与方法论的双重依据,极大地提升了文章写作学的理性品格,推动着文章写作学彻底走出传统的经验主义的瓶颈,走上以道统术的道术双荣的系统科学的境界。《文心雕龙》"以心总文"的工程战略,就是这一博大精深境界中的具体的理论科学成果和工程科学成果,是这一历史性开拓的最具有集中意义的表征。

道对术的认识论开拓,是广泛地表现在《文心雕龙》的全著的各个层面之中的。《文心雕龙》既是一部重道的书,也是一部重术的书。它的所有的原理与原则,都由理论科学所原发,又无一不落到相应的工程技术科学的实处,具有指导文章写作的工程效益。见之于文体论中,是他对"原始以表末,释名以章义,选文以定篇,敷理以举统"的工程对策的标举。见之于《神思》中,是他对"驭文之首术,谋篇之大端"的系统策划。见之于《镕裁》,是"草创鸿笔,先标三准"的技术规范。见之于《情采》,是"心定而后结音,理正而后摛藻"的操作要领。见之于《知音》,是"六观"的技术规程。即使在高度抽象与高度概括的《通变》中,也都能提出明确与具体的工程要领:"凭情以会通,负气以适变","望今制奇,参古定法",等等。惟其如此,必然赋予《文心雕龙》以理论科学与工程科学的双重品格。前者赋予它以登高望远的认识论功能,后者赋予它以脚踏实地的方法论功能。这就是它远远超出于一般的文章学著作与一般的文论学著作的地方,也就是它之所以能历千年而不失其现实的影响力量与垂范意义的地方。

二是术对道的实践论延伸。道对术的认识论开拓过程,同时也是术对道的实践论延伸过程。理论从来都来自实践,并且最终走向实践,而工程科学的"术",则是理论与实践的现实性联系,是理论走向实践的必然性通道,也是理论改造世界的力量得以表现与实现的决定性凭借。正是由于"术"的存在,理论对世界的改造才会成为现实的可能。因此,对术的开拓,必然给对道的观照提供一个新角度——实践角度,由此获得一种新视野——比理论视野更加具体也更加集中的现实视野。在理论与实践的对观与互动中,真理的具体性与全面性才能显示得更加深刻,更加鲜明,理论对实践的指导作用与实践对理论的检验作用与充实作用,也就体现得更加充分。

《文心雕龙》理论枢纽的展开过程,就是一个具体的例证。"道—圣—文"的三位一体,是《文心雕龙》的理论枢纽。三者之间的逻辑链接过程,是一个在逻辑上的逐层转化与逐层深化的过程,而这个在逻辑上的逐层转化与逐层深化的过程,实际也就是一个逐层具化与逐层术化的过程:圣是道的具化与术化,经是圣的具化与术化,文是经的具化与术化,而文心则是为文的用心之术的总集中和总集合。正是这种逐层的具化与术化,构成了《文心雕龙》的理论体系的博大与精深,也造就了它的工程体系的完整和深刻。正是凭借这些逐层的具化与术化,将《文心雕龙中》所阐述的真理,演化为可以操作的具体的真理。这一真理的具体化过程,就是凭借术对道的实践论延伸来实现的。

《文心雕龙》对"总术"的体认,也是一个具有典型意义的范例。在《总术》中,刘勰提出了"务先大体,鉴必穷源,乘一总万,举要治繁"的重要原理。但是,他所说的"一"在写作中究竟是指什么,这个"一"对"万"的总揽究竟是怎样进行的,在该篇中并未得到明确的阐释。这些问题的具体化和清晰化,是在创作论诸篇对术的发挥中实现的。见之于《神思》,是"神思"的特定心理活动对表象的总摄,也就是他所说的"心总要术"。见之于《情采》,是"情"的特定心理活动对"采"的美学媒介的总摄。见之于《附会》,是纲领的特定逻辑结构对众理群言的统摄。见之于《物色》,是物对心的感召与心对物的呼应。正是这些"术"的具体性,赋予"乘一总万"的原理以具体性的品格,给予"总术"以现实的规定性:总术者,以心术总文术之谓也。这就是"乘一总万"的真谛,也就是《文心雕龙》在写作理论上的最大特色。这一真谛之所以凸显,是不能离开真理的具体性的特定条件的。而"术",则是实现真理的具体化的最基本的条件。如果没有"术"的凭借,对"总术"的普遍性原理的具体把握与全面把握,将是一件难以理解的事情。

综上可知,道因术而具体,术因道而深刻,二者是互补而共济的。而《文心雕龙》,则是道与术的和谐共济的历史性典范。在我国的文论史上与世界的文论史上,以理论科学的深刻性著称或以工程科学的实用性著称的著作汗牛充栋,而道与术二者兼荣的著作则是寥若晨星,更加显示出《文心雕龙》在理论价值上的不可逾越的历史地位。这种崇高的历史地位的造就,显然是与他的理论性思维模式与工程性思维模式的巧妙并蓄密不可分的。

(4)立论性模式与批判性模式的结合

《文心雕龙》的逻辑模式的和谐性,还鲜明地表现在它的立论性的思维模式与批判性的思维模式的并蓄上。

所谓立论性的逻辑模式,就是以树立正面论见为目的的思维方式和思维过程,于义属正。所谓批判性的逻辑模式,就是以破除反面论见为目的的思维方式和思维过程,于义属负。两种模式,分属于两种不同的论证格局,各有各的思维路径与思维方法,也各有各的认识优势与认识局限。而在《文心雕龙》的论证过程中,却通过卓越的结构艺术,将二者融合成为一个有机的整体,以破与立并举的综合优势,极大地强化了本著的现实针对性与论证的全面性。这种巧妙的跨模式的兼容,具体表现在以下方面。

其一,理论目标中的正与负的双向兼容性。

《文心雕龙》的理论目标的双向性,鲜明地表述在它的《序志》中。正向而言,就是以"敷赞圣旨"为旨归,建立一个"本乎道,师乎圣,体乎经"的文章写作学理论体系,以实现自己"文章之用,实经典枝条"的人生抱负。负向而言,就是抵制和批判当时文坛中浮靡讹滥的消极风气,使文风复归于正,以拯救社会人心的沉沦。也就是他所说的:"去圣久远,文体解散,辞人爱奇,言贵浮诡,饰羽尚画,文绣鞶帨,离本弥甚,将遂讹滥。盖《周书》论辞,贵乎体要,尼父陈训,恶乎异端,辞训之异,宜体于要。于是搦笔和墨,乃始论文。"这两重目的,实际是一个问题的两个方面:前者从立的角度为后面的破提供战斗的武器,后者为前面的立提供战斗的对象。立因破而旗帜鲜明,由此获得了一种现实的针对性;破因立而强劲,由此获得了一种理论的深刻性。二者因对照而存在,因斗争而发展,因互补而兼善,因共济而俱荣,实现了逻辑模式上的整体和谐。

其二,理论枢纽中的正与负的双向兼容性。

《文心雕龙》的逻辑模式上的和谐性,也从它的中观层面中鲜明地表现出来。《文心雕龙》枢纽论,就是一个典型的范例。

枢纽论的逻辑结构,是由两个部分所构成的:前三篇论"道—圣—文"三位一体之理,于义属正,后二篇批判对经的错误态度之失,于义属负。有比较才有鉴别,有鉴别才有选择。孰是孰非,一目了然。但是,刘勰所做的比较和鉴别并非绝对的肯定与否定,而是辩证性的扬弃与折衷。在对待纬书的态度上,既批判了它"乖道谬典"的方面,又肯定了它"有助文章"的方面,主张既要"芟夷谲诡",又要"采其雕蔚",目的在于维护经的纯正性,不使受纬之乱。在对待屈骚的态度上,既肯定骚辞对风雅的接轨与发展,又批判后世浮诡之作以其为托依的不实,主张采屈骚之"取镕《经》意,亦自铸伟辞"之神而弃后世片面追奇逐异之陋,目的亦在于维护宗经的观点,而不使其受到扭曲。在一正一负的辨析中,使论见的实践性品格更加鲜明,也使论见的真理性品格更加突出。这种巧妙的结构手法,在我国的文论史上乃至世界的文论史上,都是并不多见的。

其三,具体篇章中的正与负的双向兼容性。

《文心雕龙》的逻辑模式上的和谐性,广泛地渗透于它的各个具体篇章中。《风骨》就是典型的例证。

《风骨》是研究文章写作的至境的专章。所谓"风",是对文章情思的美学感染力量的集中概括,所谓"骨",是对文章事象的美学支撑力量的集中概括,所谓"采",是对文章美学形式的发皇耳目的力量的集中概括。而"风骨采"的统一,就是刘勰对文章写作艺术的最高境界的总体标举。刘勰的这一经典性的美学论见,就是凭借正与负的双向兼容的论证结构的强大的理性开掘力量构建起来的。这一论证结构的逻辑行程,可以概括为以下基本环节。

第一处正与负的逻辑链接:

> 结言端直,则文骨成焉;意气骏爽,则文风清焉。若丰藻克赡,风骨不飞,则振采失鲜,负声无力。

前四句是对风骨的美学意义的正面阐述,后四句是对风骨不飞的负面现象的批判。通过真理与谬误的比较,让读者做出正确的抉择。

第二处正与负的逻辑链接:

> 练于骨者,析辞必精;深乎风者,述情必显。捶字坚而难移,结响凝而不滞,此风骨之力也。若瘠义肥辞,繁杂失统,则无骨之征也。思不环周,牵课乏气,则无风之验也。

前七句是对风骨之力的制约因素的阐述,于义属正。后七句是对导致风骨缺失的错误举措的批判,于义属负。孰是孰非,一目了然。

第三处正与负的正与反的链接:

> 夫翚翟备色,而翾翥百步,肌丰而力沈也;鹰隼乏采,而翰飞戾天,骨劲而气猛也。文章才力,有似于此。

前三句是对翚翟备色而飞翔无力的原因的比喻性揭示,于义属负,后三句是对鹰隼乏采,而翰飞戾天的原因的比喻性揭示,于义属正。通过比较,对错自见。

第四处正与负的逻辑链接:

> 若风骨乏采,则鸷集翰林;采乏风骨,则雉窜文囿。唯藻耀而高翔,固文章之鸣凤也。

前四句是对风骨与文采分离的错误做法的批判,后两句是对风骨与文采兼备的正确做法的标举。在正与负的对接中,使道理显示得更加充分。

第五处正与负的逻辑链接:

> 若夫镕铸经典之范,翔集子史之术,洞晓情变,曲昭文体,然后能孚甲新意,雕画奇辞。昭体故意新而不乱,晓变故辞奇而不黩。若骨采未圆,风辞未练,而跨略旧规,驰骛新作,虽获巧意,危败亦多。

前九句论述风骨构建的工程要领,后六句批判风骨构建的错误措施。在立与破的鲜明对照中,启示读者明予夺,定从违。

正是这些多层面的逻辑链接,赋予它的论证以一种两面开弓的双向出击的力量,将对真理的标举与对谬误的批判一步步地引向深入,一步步地接近事物的本质。这也就是一千余年来它在理论上虽然经受各种各样挑战,却始终无人可以撄去其锋的原因。

综上可知,无论是就文章结构的工程理论的开拓来说,还是就其自身的文章结构的实践造诣来说,《文心雕龙》都可以称为一座历史的丰碑。它的文章结构的工程理论的完美性、深刻性与系统性,它自身的结构艺术的恢弘性、严密性与和谐性,至今是我们民族以及全人类的写作艺术的典范。它以东方的特殊智慧,将一个特殊的结构理念贯注于文章结构的工程理论与实践艺术之中,这就是对"惟务折衷"的自觉性的追求。"海纳百川,有容乃大。"正是这一普遍性的追求,赋予了《文心雕龙》的结构理论与结构实践以一种包容万物而无隙可击的理性品格与美学品格。这种品格,不管是在我国文论史上或是世界文论史上,都是没有任何一部别的著作可以超越的。这也是《文心雕龙》之所以成就其博大精深而为举世所景仰的地方。

第二十七章 《文心雕龙》写作艺术论(下)

第三节 《文心雕龙》的语言艺术

刘勰在语言艺术上的历史性贡献,不仅深刻地表现在语言运作的工程理论的系统开拓上,也生动地表现在它自身的语言艺术的卓越实践上。《文心雕龙》这部书具有浑然一体的双重品格:就语言理论内容而言,体大虑周,垂范千秋,乃语言科学之圭臬;就语言表达形态而论,文辞瑰丽,生气灌注,堪称绝世之妙文。该著在语言运作上所达到的这种精美绝伦的艺术境界,获得了历代作家与文论家的赞誉。明代胡维新云:"勰文藻翩翩,读之千古如掌。"[1]清代沈叔埏云:"惟灵心之结撰,出妙理之纷繁,凤九苞而振藻,龙五采而高骞,推文章之作手,揽雕镂之营魂。"[2]刘永济先生的评语是:"能以瑰丽之辞,发挥深邃之理……然则文心一书,即彦和之文学作品矣。"[3]这些赞誉,就是历史为刘勰的卓越的语言艺术所建立的永恒丰碑。刘勰在语言艺术上的卓越成就,具体表现在以下方面。

一、语言运作的新颖性

所谓新颖性,是指独标一格,不落窠臼的属性。表现在词汇的运作中,就是刘勰所特别标举的"虽取镕经意,亦自铸伟辞"的属性。刘勰将这种属性,

---

[1] 胡维新:《两京遗篇序》,见杨明照《文心雕龙校注拾遗》,上海古籍出版社1982年版,第435页。

[2] 沈叔埏:《文心雕龙赋》,见杨明照《文心雕龙校注拾遗》,上海古籍出版社1982年版,第439页。

[3] 刘永济:《文心雕龙校释》,中华书局1962年版,第1页。

视为文章形式美的核心素质。他明确认为,屈原的骚赋之所以成为"金相玉质,百世无匹"的杰作,是与它的这种形态创新的美学品格密不可分的。刘勰对屈骚的成功经验进行了充分的肯定,将此作为普遍的规律纳入了通变的范畴中,并在自己的词语运作中进行了自觉的实践,使自己的词语运作具有同样新颖的特点。这一特点,普遍地表现在《文心雕龙》的全部行文之中。为着阐述方便,试举出其中的一些核心性词语,做一点管窥式的领略和赏析。

(一)"经"

"经"的本初意义指织物的纵丝。许慎《说文解字》中解释为:"经,织纵丝也。"由于纺织布帛有先经后纬的严格程序,引申出规范与常规的意义。高诱在《淮南子·本经训》下注曰:"本,始也。经,常也。本经造化出于道,治乱之由得失有常,故曰:本经。"

到汉武帝时期,具有恒定性和统摄力量的"经",与以道德伦理为本位的儒家伦理之学,结合起来成为经学,"经"成了儒家伦理道德思想的特定的文化载体。也就是《说文·段注》中所阐释的:"织之从丝谓之经,必先有经而后有纬。是故三纲、五常、六艺,谓之天地之常经。"但是,这一在两汉中形成的历史通识,在魏晋六朝的风雨中已经不复旧观。时代的新声对"经"这一词语的体认,已经增加了许多前所未有的内容。刘勰《文心雕龙》中的"经"字的内涵,就是对这一时代新质的充分吸收的文化成果。

《文心雕龙》中的"经"的词汇意义的新颖性,具体表现在以下方面:

其一,是对儒、道、释三家经义的广阔包容。传统"经"词的内涵,专指儒家的经学,是"独尊儒术"的绝对封闭的一家之经。刘勰在《文心雕龙》中所宗之"经",则已经是纳入了自然之道中的具有开放性内涵的经。径而言之,刘勰所宗之经,已经不再是故步自封的一家之言,而是兼容众家的广阔义域。刘勰所说的"爰自风姓,暨于孔氏,玄圣创典,素王述训,莫不原道心以敷章,研神理而设教","道沿圣以垂文,圣因文以明道,旁通而无滞,日用而不匮",就是对这种广阔的词语义域的具体展示。这种广阔的义域,是前人之所不具而为刘勰之所独具的。

"密会者以意新得巧,苟异者以失体成怪。"(《定势》)由此可知,词语之新,决定性的是概念内涵之新,而不是形态苟异之新。词的符号依然是一个"经"字,词的内涵已经迥然有别了。这就是"自铸伟辞"的真谛。惟其如此,所以能沁人心脾,豁人耳目,将人带入一种新意盎然的境界。

其二,是对"经"的内涵范畴的革命性的转换。传统的"经"的词汇内涵,属于儒家的伦理之道的范畴。而在刘勰的"经"这个特定词语的义域中所展现的,主要是文章学的内涵,而不是伦理学的内涵。刘勰之所以宗经,主要是作为文章学的经典来效法的,而不是作为伦理学的经典来效法的。这就是刘勰在《宗经》中所明确指出的:

> 三极彝训,其书曰经。经也者,恒久之至道,不刊之鸿教也。故象天地,效鬼神,参物序,制人纪,洞性灵之奥区,极文章之骨髓者也。

在这一段开宗明义的论述中,刘勰将经书的意义明确地定格为两个方面:一是洞性灵之奥区,二是极文章之骨髓。前者是对它的教化意义的概括,后者是对它的文章学意义的概括。而就其侧重点来说,是后者而不是前者,因为前者的价值实现,归根结底是依托后者价值的实现来完成的。刘勰在我国文论史上第一次明白无误地告诉人们,经书在本质上属于文章学的范畴:是文章写作的最完善的楷模。这种独特的词语义域中所折射出的,实际就是一种"五经皆文"的视野。这种义域和视野,是不见于前人而独见于时人,并集其大成于《文心雕龙》对经学的体认之中的。

刘勰对"经"这个词汇内涵的文章学解读,还表现在他对"五经皆体"的论断上:

> 故论说辞序,则《易》统其首;诏策章奏,则《书》发其源;赋颂歌赞,则《诗》立其本;铭诔箴祝,则《礼》总其端;记传盟檄,则《春秋》为根:并穷高以树表,极远以启疆,所以百家腾跃,终入环内者也。(《宗经》)

这种体认,同样是在以经为文的特定视野中进行的。刘勰不仅将五经视为文章体式的总源泉,也将它视为文章写作的总楷模。他所说的"六义",就是对五经在文章写作上的楷模意义的鲜明标举。这一标举,同样是在"为文"的总前提下进行的:

故文能宗经,体有六义:一则情深而不诡,二则风清而不杂,三则事信而不诞,四则义直而不回,五则体约而不芜,六则文丽而不淫。扬子比雕玉以作器,谓五经之含文也。(《宗经》)

如此等等。刘勰通过这些理论事实明确地告诉我们,他所宗之经,并不是承载伦理之道的经,而是承载写作之道的经。刘勰在"经"这个古老的词语中所灌注的,已经是一种前所未有的时代新质:由儒家之圣道转化为作家之文道,由儒家的经典转化为作家的经典,由文以载道转化为文以明道。无疑,这是一次革命性的飞跃。这一革命性的飞跃的最集中的显示,就是概念内涵中的飞跃,也就是词汇义域的飞跃。以一个如此古老的"经"字,容纳了如此丰富、如此新颖的内涵,其词汇之新颖,其致新颖的手段的巧妙,于此可见一斑。

(二)"道"

"道"同样是一个极其古老的词汇。《原道》之道作为一个哲学概念,并非刘勰所独创,而是来自对老庄的以自然为归依的道的继承。但是,刘勰对老庄之道的继承,并非是一种简单的沿袭,而是一种在继承基础上的创造性发展。刘勰在"道"的概念的义域中所表现出来的新颖性,主要是以下方面。

其一,对道的本质性内涵的突出。老庄之道是一个内涵极其复杂的概念,既有其明确性的一方面,又有其"恍恍惚惚"的一方面。刘勰对道的概念进行解读的时候,紧扣其本质进行发挥而不及其他。这一本质,就是刘勰所说的"自然"二字:"心生而言立,言立而文明,自然之道也","云霞雕色,有逾画工之妙;草木贲华,无待锦匠之奇。夫岂外饰,盖自然耳"。明确地标出自然二字,并以此作为道的本质性内涵进行倡导,这是我国文论史上的第一次。由于这一倡导,道的本质性内涵在词汇的义域中显示得如此清晰,如此鲜明,如此集中。这种词汇义域的清晰度与集中度,是独见于《文心雕龙》而不常见于其他文论的。

其二,赋予道的义域以具体性的品格。自然之道是一个极其抽象的形上概念,而刘勰的解读则是具体的解读。这一解读的具体性,就是赋予道以感性的存在方式:"夫玄黄色杂,方圆体分,日月叠璧,以垂丽天之象;山川焕绮,以铺理地之形:此盖道之文也……心生而言立,言立而文明,自然之道也。"刘勰将一切自然存在,都视为"道之文"的自然表现。通过"道之文",他赋予了道以生动的文的形象;通过文原道,他赋予了文以深刻的本质内涵。这种词汇义域的生动性与具体性,这种通过道的外在形态解读道的本质内涵的巧妙性和深刻性,不仅是我国文论中的首创,即使在我国专门研究道学的哲学著作中,也是难觅其匹的。这也就是他的"道"的义域之所以如此新气盎然的重要原因。

其三,赋予道的义域以兼容性品格。"自然之道"本来是道家哲学中的核心范畴,而刘勰却在其义域中注入了一种兼容性的品格,以自然之道作为逻辑纽带,将儒家的圣贤之道与佛家的心性之道,融合成为一个统一的义域组合。这就是他所鲜明标举的:"原道心以敷章,研神理而设教","道沿圣以垂文,圣因文而明道"。他所说的"道"既是一个与"圣"相通的概念,也是一个与"神理"相通的概念。赋予道的义域以如此广阔的内涵,这不仅是前无古人的,也是后鲜来者的。这也就是他的道的义域至今新气逼人,使人领略不尽的原因。

(三)"文"

"文"的本初意义是交错的线条。《说文》云:"文,错画也。"《系辞》云:"物相杂,故曰文。"引申为采饰,并进一步引申为文章。《释名》云:"文者,会集众采以成锦绣,会集众字以成辞义,如文绣然也。""文"作为《文心雕龙》中的关键词汇,不仅对上述义域进行了历史性继承,而且灌注了诸多时代新质。具体表现在以下方面。

其一,赋予文以"道之文"的本体论品格。

刘勰认为,天地万物的形采,都是"道"的外在形式,是自然之道的自然表现,故称它们为"道之文"。这就将大自然中的一切形采,上至日月叠璧,下至山川焕绮,中至性灵所钟,傍及动植万品,都纳入了本体论的范畴,赋予它们存在的正当性与合理性以天经地义的品格,极大地提高了"文"的内涵的高度与深度。这种折射在词汇中的义域的高度与深度,是前人与时人之所不具,而为刘勰之所独具的。

其二,赋予文以世界整体图象的普遍性品格。

刘勰对"文"的体认的新颖性,还表现在义域的无与伦比的广阔性上。刘勰所说的文,并非狭义的形采,也不是狭义的文字与文章,而是自然之道的全部外在表现,是天文、地文与人文的总和,也是所有三界中的声文、形文与情文的总和。赋予"文"的内涵以如此广阔的义域,赋予文以统一的世界性图象,这不仅是我国文论史上之绝唱,在世界文论史中也是罕见其匹的。

其三,赋予文以自然天成的审美性品格。

刘勰不仅将"文"从本质上纳入了道的范畴,从结构上纳入了世界的统一图象的范畴,也将这一统一图象都纳入了审美性的范畴。他明确认为,一切的文都是一种天造地设的美的存在,从各个不同的角度体现着自然造化万物的本质力量与人类创造文明的本质力量,都具有可观可赏的美学价值。这就是他在《原道》中所明确指出的:"龙凤以藻绘呈瑞,虎豹以炳蔚凝姿;云霞雕色,有逾画工之妙;草木贲华,无待锦匠之奇。"他认为所有这一切,都是自然造化的结果:"夫岂外饰,盖自然耳。"惟其如此,美是普属于世界上的一切存在的,是世界的统一图象的不可或缺的组成部分:"形立则章成矣,声发则文生矣。夫以无识之物,郁然有采,有心之器,其无文欤?"赋予文以如此鲜明的美学品格,这同样是我国文论史上的第一次,也是我国美学史上的第一次。

(四)"风"

"风"的本意是空气流动的现象。《正韵》云:"风以动万物也。"《庄子·齐物论》云:"大块噫气,其名为风。"《易》把"风"列为八卦之一,认为它是自然界的重要组成部分。先秦时期,人们把"风"的意义引申为歌咏、讽诵,因此《诗经》有"风、雅、颂、赋、比、兴"的"六义"说。两汉时期,儒家把"风"的意义进一步引申,"风"成为讽喻、感化的代用语。《毛诗大序》说:"风,风也,教也,风以动之,教以化之。"魏晋时,"风"进入了人物品评,又从人物品评扩大到人物画的评鉴,继而发展为画论、书论中的重要用语。刘勰《文心雕龙》的风骨篇中对"风"的概念的体认,就是以上诸多义域的总集合与总升华。刘勰对"风"的义域的重大开拓,集中表现在以下方面。

其一,对传统的"风"的视野的极大扩化。刘勰所体认的"风",已经不再是儒家单一视野下的具有感化意义的"风",而是一种既具有儒家的伦理感化意义又具有道家的自然造化意义的"风"。刘勰所说的"诗总六义,风贯其首","化感之本源,志气之符契",就是对前一意义的概括。刘勰所说的"情之含风,犹形之包气","意气骏爽,则文风清焉","情与气偕",就是对后一意义的概括。将两重意义融合成为有机的逻辑整体,是刘勰的一大创举。由于这一融合,将"风"这一概念中的儒家传统的伦理感化论的内涵,提升到道学传统的本体论的高度,又将道学传统的本体论的内涵,落到鼓天下之动的伦理感化的实处。这一义域的广度与实度,都是前人与时人之所未及而为刘勰之所独及的。

其二,对传统的"质"的义域的深化与转化。儒家传统的"质"的概念,指文章的一般性内容。而刘勰所说的"风",则是对文章内容中的感化力的深层开拓和明确规定。他独标一格地认为,文章的内容是情思,但不是所有的情思都具有动人的力量,而是只有蕴涵着某种特定美学素质的情思,才具有感化人的力量。这种蕴涵在情中的美学感染力,就是他所说的"风":"风"就是情之所以动人的决定性根由。这就是他在《风骨》中所强调的:"怊怅述情,必始乎风";"情之含风,犹形之包气";"深乎风者,述情必显"。显然,刘勰的这一体认,比传统的"质"的内涵要具体许多,也深刻许多。由于这一概念上的重大创新,先秦两汉的"文质"论的内涵才得到了极大的发展和完善,才真正具有了严格的美学价值上的导向意义和批评意义。

其三,对"风"的本质的深刻体认。刘勰将"风"中的美学感染力量,直接归结为气的作用,也就是他所说的"志气之符契","意气骏爽,则文风清焉"。并将其终极根由,从最高的层面上归结为道的自然运动:"《易》曰:'鼓天下之动者存乎辞。'辞之所以能鼓天下者,乃道之文也。"刘勰的这一体认,实际也就是对情的本质力量与美的本质力量的总认定:情之所以能动天下者,乃道之情也;美之所以能动天下者,乃道之美也。这一认定,是对我国文论领域与美学领域中的最高真理的认定。凭借这一术语,对文学的内容才能提出了具有本质意义的美学要求,并把这种要求变成一种审美的标准尺度和具体尺度。从此,"风骨"成了我们民族对文学理想境界的明确追求,并在此基础上凝聚成为一种自觉的文学传统。中国文学自觉化的最高标志,即在于此。"风骨"义域历千年而常新,成为传统文学之圭臬,根由亦在于此。

(五)"骨"

"骨"的本意是人的骨骼。《说文》:"骨,肉之覈也。"两汉时期与相术结合,成为相术中的一个术语,用来占卜人的命运。魏晋南北朝时期,"骨"进入人物品藻中,用来品评人物的精神气象中所透露出来的美的气质与风采。与此同时,"骨"也进入了书法和绘画品评中,逐渐演化成为一个专门的美学范畴,代表着一种刚健挺拔的美学质素。《文心雕龙》中,刘勰运用"骨"的概念进行论文,就是在前人资料的基础上进行开拓的结果。他在"骨"的义域中所进行的重大开拓,可以概括为以下方面。

其一,对"骨"的范畴定位的开拓性。刘勰的前人虽然在人物审美活动或书画审美活动中多次使用"骨"的概念,但对其范畴的规定性却是极其朦胧的,没有任何一个使用者对其范畴与内涵做出过定义性的解说。而刘勰则迥然不同,他对骨的概念的使用,是建立在一种清晰的范畴意识的基础上的。这就是他在《附会》中所说的:

> 夫才童学文,宜正体制:必以情志为神明,事义为骨髓,辞采为肌肤,宫商为声气;然后品藻玄黄,摛振金玉,献可替否,以裁厥中:斯缀思之恒数也。

他明确地告诉我们:他所说的"骨髓",实际就是对"事义"的喻指。"事义"在文章中属于材料学的范畴。材料在文章中具有两重作用:第一重作用,是内在情思的表现。"人禀七情,应物斯感。"(《明诗》)没有事义的凭借,情思的发生和表现就会失去物质的依据。惟其如此,"事义允当,则情思倍明。事义与情思不符,则为滥言。"第二重作用,是外之辞采所依附。"水性虚而沦漪结,木体实而花萼振,文附质也。"(《情采》)没有事义的内在支撑,再好的"肌肤"也会失去光泽。

惟其如此,骨既是风的形态凭借,也是辞的内容凭借。对内而言,骨是情志的外在形态,是风力赖以表现的物质依据;对外而言,骨又是辞采的内在蕴涵,是辞力赖以表现的逻辑根由。也正是由于如此,作为内容的外在表现的事义,必然是辞的表达的直接性的与决定性的依据。这就是刘勰在《风骨》中所明确指出的:"练于骨者,析辞必精","沈吟铺辞,莫先于骨","辞之待骨,如体之树骸"。

给予"骨"的范畴以如此明确的美学定位,这是我国文论史上的第一次。由于这一明确的美学定位,文章材料的美学意义,才在人们的学术视野中清晰地显示出来,在理论上受到了文论界的普遍重视,并发展成为文学的美学追求的理想目标。这一历史性的功勋,与刘勰在概念上的开拓是密不可分的。

其二,对"骨"的美学要求的开拓性。刘勰不仅赋予"骨"以明确的范畴定位,也赋予这一明确的范畴定位以明确的美学要求。这一明确的美学要求,就是他所标举的"骨力"："捶字坚而难移,结响凝而不滞,此风骨之力也。""骨力"的核心表现,就是"端直"二字："结言端直,则文骨成焉。""端直",就是直接径直,了无阻隔。表现在文章的形质关系中,就是事义必须切中情思,言辞必须切中事义,三者之间渠路畅通,由此辐射出一种无隔无阻的理直气壮的说服力量。这种具有劲健、挺拔的美学特征所辐射出的不可抗拒的说服力量,实际就是逻辑的征服力量。也就是刘勰在《论说》中所标举的："义贵圆通,辞忌枝碎,必使心与理合,弥缝莫见其隙;辞共心密,敌人不知所乘。"这种逻辑与美学交融的说服力量,就是文学在材料学上所追求的理想境界。

对文章的材料学范畴提出如此明确、如此高远的美学要求,在我国文论史中乃至世界文论史中,都是破天荒的第一次。

其三,对"风骨"合成义域的开拓性。刘勰对"骨"的概念的开拓性,不仅表现在对"骨"的内涵体认的无与伦比的深度上,还表现在对"风骨"的整体义域体认的无与伦比的系统化程度上。刘勰所体认的风骨既是两个分指的概念,又是一个统一的综合性概念。它在分指中的义域,已经具见于前文。而风与骨的合义,同样是刘勰的一大创举。

"风"与"骨"各有各的特定义域："风"指蕴涵在情思中的美学感染力,"骨"指蕴涵在事义中的逻辑说服力,前者属于主体志气之凭借,后者属于客体摇人情性之凭借,分属于不同的范畴。但是,在刘勰的认识视野中,二者之间的统一性,也是极其明显的:一是情思依赖事义而具体,事义依赖情思而深刻,二者相得而益彰;二是两者虽具有虚实之别,但在形与质的两分结构中,都属于内容的范畴;三是从生发的根由来说,都是"气"的衍生物;四是从追求的目标来说,都含有美与力的双重内容。惟其如此,二者之间在范畴上的融合为一个自觉的整体,便成了顺理成章的事情。这一自觉的整体,就是文学的情思与事义融合为一的具有明确的力学特征的内质美。所谓"风骨",就是对这一整体性的内质美的特定称谓。这一特定称谓虽然早已散见于魏晋六朝的人物品藻与书画评赏中,但在理论上对此进行自觉的总结,并作为一种文学的理想内质来倡导,却是在《文心雕龙》的特定的平台上首次完成的。所谓"捶字坚而难移,结响凝而不滞,此风骨之力也",所谓"若风骨乏采,则鸷集翰林;采乏风骨,则雉窜文囿",就是这一综合范畴的具体展示。由于这一综合范畴的建立,文学的以力相尚的内质美才获得了统一的称谓和普遍的关注,并发展成为中华文学的明确的审美尺度,指引着千秋万代的文学生生不已,新新不已。

（六）"采"

"采"的本初意义有两个。一指采摘。《说文》:"采,捋取也。"《诗·周南·关雎》:"参差荇菜,左右采之。"一指多色的丝织品,引申为彩色。《史记·项羽本纪》:"吾令人望其气,皆为龙虎,成五采。"对这两重意义进行吸收和升华,使其成为专门的美学术语,创造性地运用在文章写作理论的构建中,是刘勰首创的历史功勋。刘勰在这一词语的义域中的历史性开拓,具体表现在以下方面。

其一,赋予"采"以文学形式美的明确范畴。刘勰所体认的"采",不是一般意义的文彩,而是与"风骨"严格对举的辞采。这就是刘勰在《风骨》中所说的:"若风骨乏采,则鸷集翰林;采乏风骨,则雉窜文囿;唯藻耀而高翔,固文章之鸣凤也。"这种严格的对应关系清晰地告诉我们:正是二者的对立统一,构成了文学美的整体:"风骨"是对文学的内质美的完整概括,"辞采"则是对文学的形式美的完整概括。赋予文学的形式美以独立的范畴地位,这是我国文论史上的首创,也是世界文论史上的首创。正是这一概念上的突破,文学的形式美在理论上才获得了"正式"的依据。就其范畴的具体性与明确性来说,就其从伦理学范畴的模糊性向美学范畴的清晰性的转化与深化来说,是远远超出于他的前人与时人的。

其二,赋予"采"以巧言雕缛的工程学品格。刘勰所体认的"采",不是一般自然意义的"文采",而是一种具有美学装饰意义的"色彩"。这种"色彩"的美学装饰意义,直接来自它的本初意义中的"择取"。与"文"相较,虽然都属于形式美的范畴,但"采"更具有直接诉之于感官的华美性与艳丽性的品格。刘勰明确认为,这种独特的形式美的品格,是人类的慧心巧妙装饰的结果。这就是他在《序志》中所标举的:"古来文章,以雕缛成体。"《情采》中所标举的:"庄周云'辩雕万物',谓藻饰也。韩非云'艳乎辩说',谓绮丽也。绮丽以艳说,藻饰以辩雕,文辞之变,于斯极矣。"惟其如此,在"综述性灵,敷写器象"的写作活动中进行"雕琢其章"的活动,就成为理所当然的事情了。而"雕琢其章"的活动,又是凭借系列的文术来实现的。这就是他在《总术》中所强调的:"才之能通,必资晓术","数逢其极,机入其巧,则义味腾跃而生,辞气丛杂而至。视之则锦绘,听之则丝簧,味之则甘腴,佩之则芬芳,断章之功,于斯盛矣"。刘勰对"采"的工程学品格的这一体认,就是我国修辞学的理论起点和逻辑支点。我国的修辞学作为一门具有系统意义的工程美学,实发端于此,并奠基于此。

其三,赋予"采"以文学理想的崇高地位。刘勰所体认的"采",不仅是具体的工程美学方法,也是对文学的批评具有最高的尺度意义的一项审美标准。他明确认为,文学的理想境界,就是"风骨采"兼具的境界。这就是他在《风骨》中所标举的:"若风骨乏采,则鸷集翰林;采乏风骨,则雉窜文囿;唯藻耀而高翔,固文章之鸣凤也。"所谓"藻耀而高翔",就是"风骨"的内质美与"辞采"的外形美的统一。这种内质与外形的统一,实质也就是美与力的融合为一。"风骨"就是对文学的内质美的集中概括,"辞采"就是对文学的外形美的集中概括。"风骨采"的统一,就是对文学的内容与形式的整体性的最高追求。赋予文学形式以如此崇高的美学追求,同样是我国文论史中的第一次,也是世界文论史中的第一次。

(七)"文心"

"文心"是刘勰在《文心雕龙》中所新创的合成词语。这一词语的来历,是古代的文化典故。这就是他在《序志》中所阐释的:"夫'文心'者,言为文之用心也。昔涓子《琴心》,王孙《巧心》,心哉美矣,故用之焉。"他明确地告诉人们:"文心"之"心",来自对古代《琴心》之"心"与《巧心》之"心"的效仿。之所以借用这个称谓,是出于对"心哉美矣"的崇尚。但是,他所崇尚的"心",不是一般意义的"心",而是与"为文"融为一体的"义心"。"文心",即"为文之用心"。就这一"用心"的内涵来说,最早出自陆机的《文赋》中的"每观才士之所作,窃有以得其用心",并非刘勰之首创。但刘勰在继承前人文化成果的基础上,已经在义域上做出了极大的拓展。也就是章学诚所说的:"刘勰氏出,本陆机氏说而昌论文心……可谓愈推而愈精矣。"①

刘勰在"文心"义域上的历史性拓展,具体表现在以下方面。

其一,"用心"的指称对象的飞跃。陆机"用心"的指称对象,是"才士之所作"的"用心"。"所作",指作品,"用心",指"才士"表现在作品中的"用意"之所在。陆机所说的"恒患意不称物,文不逮意",就是以一个"意"字为逻辑

---

①　杨明照:《文心雕龙校注拾遗》,上海古籍出版社 1982 年版,第 440 页。

焦点的。"意",就是他所说的"用心"的核心内涵。刘勰"用心"的指称对象,是"为文"的"用心"。"为文",指文章写作的动态过程。"用心",指文章写作过程中的心理运动。由静态的心理成果到动态的心理过程,由对文章意旨的关注到对意旨的形成与表达的全部心理过程的关注,无疑是认识上的一次极大的飞跃。由于这一飞跃,"用心"的义域才获得了革命性的拓展:它由传统的文章学的境界,真正进入了写作心理学的境界。这一境界,是陆机《文赋》理论之所不具,而为《文心》理论之所独具的。

其二,"用心"的学术品格的飞跃。陆机所用之心,是关于作品中的意旨的显示和把握的利害得失的用心。他将这一问题,归结为意物相称与文意相逮的"放言遣辞"的问题,并且认为这不是一个认识论的问题,而是一个技能论的问题:"盖非知之难,能之难也。"显然,他是从文章学与语言修辞学的角度来进行体认的。他所提出的问题与解决的问题,都属于传统文章学的研究领域,在范畴上并没有真正意义的突破。而刘勰所用之心,则是具有明确的美学追求的全程性的心理活动。刘勰所体认的心,是在道的统摄下的心。他认为美原于道,与天地并生,是万物的普遍属性,也是心所固有的属性:"夫以无识之物,郁然有彩,有心之器,岂无文欤?"广义的"文",就是美饰,与美的内涵相通。"言以文远"的论断,实际就是对"心以文远"的论断,也就是对"心以美远"的论断。"心哉美矣",就是他对心之美的总论断,也是他对心之美的崇高评价与明确追求。这一追求的最高境界,就是"风骨"。对"风骨"的追求,是一种逼近本质的追求,它赋予文心之美以更加高远的目标。

将美引入心学的范畴,将心引入美学的范畴,实现二者的双向渗透,以心之美作为"为文之用心"的明确追求,这是刘勰在心学与美学双重开拓中的一大创举。对心之美的明确追求,必然使《文心雕龙》具有鲜明的美学心理学的理论品格。这种品格,同样是不具于前人与时人而独具于刘勰的文心之中的。

其三,"用心"的战略地位的飞跃。刘勰在"为文之用心"义域中的最大开拓,是赋予这一"用心"以为文之"总术"的战略地位。这就是他在《神思》中所倡导的:"心总要术,敏在虑前。"也是他在《总术》中所标举的:"乘一举万,举要治繁"。"总术",就是以心总文之术。刘勰认为,文心是写作运动的根本,那么,只要抓住了这个根本,就可以带动全局:"情者文之经,辞者理之纬;经正而后纬成,理定而后辞畅:此立文之本源也。"这就是《文心雕龙》最根本的立意之所在,也是《文心雕龙》关于写作运动的最基本的战略方针。

灌注"文心"以如此深邃的战略内涵,赋予"文心"以如此崇高的战略地位,以此为据构建了如此博大精深的理论大厦,这不仅是我国文论史上的首创,而且是世界文论史中的前驱。

(八)"雕龙"

"雕龙"出自前人典故。《史记·孟子荀卿列传》有"谈天衍,雕龙奭"的说法。裴骃《集解》引刘向《别录》说:"驺衍之所言五德终始,天地广大,尽言天事,故曰'谈天'。驺奭修衍之文,饰若雕镂龙文,故曰'雕龙'。"所谓"修衍之文",指修饰润色文章辞采,增饰其说,使驺衍的表述趋于鲜明化和细密化,故曰"饰若雕龙"。显然,这里所说的"雕龙",属于语言采饰的范畴,是专指形式的绮采而言的。

刘勰将这个词语用在他的书名中的时候,绝非是一种简单的移植,而是一种概念上的改造与创新。刘勰对"雕龙"义域的历史性拓展,具体表现在以下方面。

其一,赋予"雕龙"以"文心"一体性的品格。

前人文献中所说的"雕龙",专指"雕龙奭"在语言领域中的雕琢活动,也就是刘勰所说的"群言雕龙"。刘勰对这种"繁采寡情"的雕琢活动,是持鲜明的否定态度的。《序志》中的"岂取驺奭之群言雕龙也?"的反诘疑问句,就是对这一否定意义的鲜明表达。刘勰所肯定和标举的,是"文心雕龙"。"群言雕龙"与"文心雕龙",在意义上是截然不同的。"群言雕龙"所强调的是凭借"群言"进行美的制作,"文心雕龙"所强调的是凭借"文心"进行美的制作。"群言雕龙"强调的是脱离内容而专务形式的雕琢,"文心雕龙"所强调是内容与形式统一而以内容为统摄的内外兼荣的雕缛,二者在逻辑前提上是存在着方向性的差别的。将"雕龙"超脱于"群言"的窠臼而纳入"文心"的统摄中,是对"雕龙奭"的概念的革命性的修正与更新。正是凭借这一化腐朽为神奇,化暗淡为璀璨的词语,刘勰制定了自己千载常新的书名。这一书名的美学魅力,至今没有任何一部其他的论著可以超越。

其二,赋予"雕龙"以文学形式美的整体性内涵。

"雕龙"在"雕龙奭"的义域中,专指"饰若雕镂龙文"的局域性的与非规范意义的辞采装饰,其视野是极其朦胧的,也是极其狭小的。而刘勰所体认的

"雕龙",则是一个与"文心"全面对举并全面契合的关于文学形式美的总范畴。它以文心为统摄,将文学形式美的全部因素囊括无遗:体式美、结构美、辞采美、风格美、表达手法美、修辞格式美,等等。其中的每一个方面,都有专章进行系统论述。"雕龙"不再是对以"雕龙奭"为代表的"群言雕龙"的局域性的朦胧称谓,而是对以"雕龙奭"为代表的"古来文章,以雕缛成体"的文学形式美的"合乎正式"的整体性概括。对文学的形式美做出如此广阔、如此完整的体认和概括,这是我国文论史中的第一次,也是世界文论史中的第一次。

其三,赋予"雕龙"以文学理想境界的崇高地位。

"雕龙"在《文心雕龙》的巨制中,是以书名有机组成部分的显赫地位出现的。它不仅是一个代表文学形式美的整体性的专门称谓,也是一个代表刘勰在写作学中独特的战略主张的专门称谓。这一独特的战略主张,就是"文心雕龙":凭借"文心",进行"雕龙"。"文心"者,言为文之用心也,即写作过程中的系统思维。"雕龙"者,"古来文章,以雕缛成体"之谓也,即进行文章美的制作。刘勰认为,文心是写作运动的根本,只要抓住了这个根本,就可以带动全局:"情者文之经,辞者理之纬;经正而后纬成,理定而后辞畅:此立文之本源也。"这就是《文心雕龙》最根本的立意之所在。"文心雕龙"者,就是以为文之用心为统摄,进行美的制作之谓也。这一博大精深的书名,就是刘勰"乘一总万,举要治繁"的以心总文的总术论在总体思路上的总集中和总浓缩。如果没有"雕龙"这一词语的献功,如此卓越的理论旗帜,是不可能树立起来的。

如此高远、卓越的战略旗帜,如此新颖、深刻的词语内涵,不仅为中国文论中之仅见,在世界文论史中,也堪称绝唱。

(九)"神理"

"神"是一个屡见于先秦文献的词语。它的本初意义,指对变化莫测的大自然的偶像化的崇拜。《说文》云:"神,天神引出万物者也,从示、申。""示":"天垂象见吉凶以示人。""申",闪电之象形,实为古之"电"字。在古人的视野中,"电"就是天神的化身。故《说文》云:"申,神也。"古人对天神的祭祀,即本于此。古人用"神"来描叙和称谓大自然中的一切神秘莫测的现象,亦本于此。

随着社会生产力水平的提高,自然规律的客观性和人的存在的能动性,开始进入了人们的意识形态之中,对偶像神与人格神的崇拜,逐步淡出人类的视野,而非神化的思想,开始渗入诸家学说之中。这种哲学观念上的扬弃,集中表现在孔子之后的一批无名哲学家注释和阐述上古《易经》的集体著作《易传》中,"神"就是该著中运用频率最高的概念。在这些哲学前驱者的辛苦耕耘之下,"神"的概念走下了原始的迷妄虚幻的神坛,顺着理性的轨道,转化为两个不同层面的意义。

第一个层面的意义,就是运用"神"的概念,对天地之间难以为人们直接感知精微玄奥的物理及其变化的规律进行概括。这就是《系辞》中所说的:"观天之神道而四时不忒","神也者,妙万物而为言者也","知变化之道者,其知神之所为乎",等等。我们智慧的先人,已经从宏观上敏锐地察觉到了世界上万事万物之间互相转化的复杂关系,但由于当时认识手段的制约,无法进行微观的精细的把握,只能朦胧地感到此中理义深奥,难以言状,便皆以一个"神"字概之。这里所说的"神",已经不再是天神之"神",而是对客观世界的内在规律的深邃性与玄奥性的称谓。这一重意义,是一种客体性的意义。

第二层面的意义,就是运用"神"的概念,对人类认识客观世界本质内蕴的积极态度和卓越能力进行概括。认为人作为万物之灵,也同样具有洞察万物之隐微玄妙的本领,这种本领也同样属于"神"的范畴。这就是《系辞》中所说的:"极天下之赜者存乎卦,鼓天下之动者存乎辞,化而裁之存乎变,推而行之存乎通,神而明之存乎其人。"(《易经·系辞上传》第十二章)正是凭借着这些智慧的工具,人类获得了独特的"神明",得以把握和驾驭复杂多变的自然世界,真正进入了"穷神知化,德之盛也"的境界。这种认识和把握天地万物的隐微玄妙的本领和能力,正是人的主体的"神"的卓越表现。这一种主体性的"神",具体包括志、气、性、情、欲、思这几个方面。它的能动作用,在《易传》中也得到了具体的概括:"知几"、"法象"、"通变"三个方面。也就是《管子·内业》所深刻体认的:"一物能化谓之神,一物能变谓之智。"这一重意义,是一种主体性的意义。

这两重意义的侧重点并不相同,在认知的角度上迥然有别,却都是"神"的基本内涵。将这两重意义融合成为一个有机的逻辑整体,卓越地运用在文论的研究中,则是刘勰的首创。不仅如此,他还将儒、道、释三家对"神"的不同角度的体认,灌注在自己对"神"的概念的开拓中,使其焕发出文学自觉时代特有的光辉。这一历史性的开拓,具体表现在以下方面。

　　其一,赋予"神"以主客兼容性的品格。

　　魏晋的文论,自从曹丕昌论文气说之后,对于写作过程中主客体之"神"的区分日趋明朗,但对二者之间的辩证关系的体认,仍是相当朦胧的。赋予二者以明确的对立统一的属性,将"神"的概念全面地纳入到文学创作的理论中来,是刘勰的一大创举。

　　刘勰对"神"的概念的体认和运用,首先是从它的客体性的层面上开始的。《文心雕龙》开宗明义,就是揭示"文"的发生学根由。他将这一根由,归结为"自然之道":"心生而言立,言立而文明,自然之道也。"他所说的"自然之道",就是指"天地之心"这一客观存在的规律性而言的。但他绝不是将自然现象中所广泛显示的形上性的"道心",视为一种绝对封闭的客体性的存在,而是将它巧妙地融入主体性的"神理"之中:"道心惟微,神理设教。"所谓"神理",就是主体性的"神明"对道心的领悟能力,也就是人类"鉴周日月,妙极机神"的无隐不烛、无远弗届的洞察能力。正是凭借这一卓越的形下性能力,人类以自己主体的神明感应了客体的道心,将天地的意义推拓为"人之文",遂成教化。也就是刘勰所昭示的:"若乃《河图》孕乎八卦,《洛书》韫乎九畴,玉版金镂之实,丹文绿牒之华,谁其尸之? 亦神理而已。"

　　正是凭借这一理念,刘勰将"神"的客体性内涵与主体性内涵,融合成了一个有机的整体。所谓"道沿圣以垂文,圣因文而明道",就是这一理念的集中表述。这一理念,就是该著借以构建的理论枢纽。也正是这一理念,赋予了刘勰一种两只眼睛看世界的独特视野:从"神"的客体性与主体性的双向互动中吸取智慧,在规律性与能动性的交融中走近世界的本质。刘勰的"思理为妙,神与物游"的论断,"感物吟志,莫非自然"的见解,即发端于此。

　　其二,赋予"神"以儒道释并蓄的品格。

　　刘勰对"神"的概念的体认,也是儒道释三家智慧的总融会的结果。

　　刘勰的"神"的概念,属于客体和主体融合为一的范畴。这一范畴,是建立在道家的自然哲学与儒家的人本哲学的兼容并蓄的基础上的。刘勰的"神"的观念中的自然哲学因素,具体表现在这一观念的根本性依据上:道是万物之源,也是万理之源,天地人三才,无一不是道的自然运动的产物。这样,就将一切客体和主体,都顺理成章地纳入了道的至高无上的统率之中,使"神"作为客观规律的玄奥难知的一方面与"神"作为主体能动性的"妙极机神"一方面,形成自然的逻辑链接。而刘勰所说的"道沿圣以垂文,圣因文而明道",便是这一转化的枢纽。通过这一枢纽,道心转化成了圣贤之心,圣贤之心转化成了文章写作的原理与方法。但是,更有开拓意义与升华意义的,还是对佛学中的"神"的概念的吸收。

佛学有自己对"神"的独特体认。在佛学概念系统中,"神"与"形"并举,属于与客体绝对无关的主体性精神活动的范畴。魏晋时期佛教所倡导的"神不灭"论,就是对这一范畴的强调。南北朝时期,随着佛学的进一步发展,作为佛学的核心理论的组成部分的"神"的内涵,也逐步明确起来,并发展成为一个术语,专指佛性心理。僧佑《胡汉译经文字音义同异记》谓:"夫神理无声,因言辞以写意;言辞无迹,缘文字以图音。故字为言蹄,言为理筌,音义合符,不可偏失。是以文字应用,弥纶宇宙,虽迹系翰墨,而理契乎神。"①比观句群语境可知,"神理"之"神"即"理契乎神"的神,指存在于主体的精神主宰力量,也就是佛学所崇尚的佛性意识。"神理"之"理"即文辞撰作所表达的"理",一种因佛性的感悟所生的义理,属于语言表达的"意"的范畴。也就是他在《出三藏记集》卷二序中所说的:"法宝所被远矣。夫神理本寂,感而后通,缘应中夏,始自汉代。"②

综上可知,神理即是佛家视为根本的佛理。对这一专门术语的使用,也多次出现在刘勰的佛学著作中。如:"诸亲出家,《法华》明其义;听而后学,《维摩》标其例。岂忘本哉?有由然也。彼皆照悟神理,而鉴烛人世。"(《弘明集·灭惑论》)"道源虚寂,冥机通其感;神理幽深,玄德司其契。"(《梁建安王造剡山石城寺弥勒石像碑铭》)"道性自凝,神理独照。"(同上)句中所说的"神理",都是此一意义的表述。

但是,《文心雕龙》中所说的"神理",绝不是佛学教理在文论学领域中的简单移植,而是一种文化兼容中诸多相应内涵的创造性的集合与升华。这一创造性的集合与升华,集中表现在儒家的神理之义与佛家的神理之义的融合上。

儒家的"神理"之义主要是人本之义,佛家的"神理"之义主要是心性之

---

① 释僧佑:《出三藏记集》,中华书局1995年版,第12页。
② 释僧佑:《出三藏记集》,中华书局1995年版,第22页。

义,二者之间的角度虽然不同,但是,就对主体精神力量的崇尚与追求来说,就对精神文明建设的重视来说,却是并没有什么本质上的差别的。这就是刘勰在《灭惑论》中所标举的:"经典由权,故孔释教殊而道契;解同由妙,故梵汉语隔而化通。但感有精粗,故教分道俗;地有东西,故国限内外。其弥纶神化,陶铸群生,无异也。"

径而言之,就是在一个"神"字上找出共同的契合点。这个契合点的最后完成,就是一个"心"字。其系统机制就在于:"道"是天下万物的总源,而"道心"则是自然之道在精神意识上的总集合。"道心"藐漠难知,只能凭借"神理"显现。这就是刘勰所说的:"道心惟微,神理设教。""神理"作为"天地之心"的具化,以两种形态表现出来。见之于儒学中,就是圣贤所标举的人文之理:"爰自风姓,暨于孔氏,玄圣创典,素王述训,莫不原道心以敷章,研神理而设教。"这一由"道心"所转化的"神理",是儒家的"仁孝"之理。这一"仁孝"之理,是《文心雕龙》所标举的"神理"的显性的一方面。见之于佛学中,是佛家所标举的"三界唯心,万物唯识"的心性之理。他所说的"动极神源,其般若之绝境乎",就是他对这一佛性之理的集中体认。但是刘勰的这一体认,并不是以宗教教义的方式表现在《文心雕龙》的内容中的,而是以方法论的方式,隐秘而曲折地渗入它的理论体系之中的。

《文心雕龙》的理论体系中对佛学心性论的巧妙吸收,主要有以下方面:一是赋予"心"以"三界所有,皆心所作"的本体论地位,正是这一至高无上地位,使它获得了"以心为总"的逻辑依据。二是赋予"心"以"心哉美矣"的美学内涵与"蔚彼心力,严此骨鲠"的力学内涵,使它获得了一种强大的创造能力。这一内涵与能力,是只能原发于佛学的以心为美与以心为力的心性哲学之中,而不能来自儒家的以心为用的哲学体系与道家的"清净无为"的哲学体系的。三是赋予"心"以多样性的运作方法,如逻辑思维的方法,形象设教的方法,等等,并对思维方法提出了"圆通"的明确要求。这三大赋予,极大地提升了"心"的理性品格与工程学品格,为《文心雕龙》"以心总文"理论的建立,注入了强大的逻辑活力。

其三,赋予"神"以全著理论焦点的地位。

"神"是儒道释三家的理论核心,也是《文心雕龙》的逻辑焦点。《文心雕龙》中所标举的"文心",就是三家之"神"的理念的总集合和总升华。

"文心者,言为文之用心也。"刘勰在《文心雕龙》中所标举的"文心",不是一般意义的人心,而是作为文章写作的总统摄的专门性的系统思维。这种系统思维之所以能够成为文章写作的总统摄,来自对三家之"神"的总融合,即道心、圣心与佛学慧心的总融合。这一总融合的系统机制是:"道"是它的本体,"人"(经学意义的人)是它的宗旨,"文"是它的存在方式,而"心"就是它的总纽与总摄。显然,这种专门意义的"文心"与一般意义的"心之官则思"的"人心",是存在着极大差别的。二者之间的最大区别,就是"文心"对思维活动与语言表达活动的自觉的美学追求与力学追求,这种追求具有整体、系统与能动的属性。这种属性,是"文心"之"心"的最大特色。这种高智慧、高能量的专业化的人心的获得,是专门性的"外师造化,中得心源"的长期修养和实践的结果。刘勰所标举的"养气"、"学习"、"程器"、"物色"、"神思"、"附会"、"情采"、"知音",等等,就是文心的修炼与运作的具体环节和具体方法。这些系列心术,极大扩充了人类对心的认识,为心的创造能力的充分发挥提供了认识论与方法论的双重保证。惟其如此,它顺理成章地进入了《文心雕龙》理论的首脑位置,成了全著理论核心。这一理论核心,就是对三家之"神"进行粹化的结果。

(十)"通变"

"通"与"变"同样是屡见于先秦文献的词语。"通"的本初意义,指人的步履通畅无阻。《说文》云:"通,达也。从辵,甬声。""辵"指人的步履状态。"变"的本初意义是变化,改变。《说文》云:"变,更也。"《小尔雅》:"变,易也。"这两个词语的含义在《易传》中得到了引申,演绎为多义性的哲学概念。"通"的含义演绎为"通晓","通贯","延续",等。"通晓"义如:"通乎昼夜之道而知"(《易传·系辞上》)。孔疏云:"言通晓于幽明之道,而无事不知也。""通贯"义如:"感而遂通天下之故"(《易传·系辞上》)。孔疏云:"有感必应,万事皆通。"高亨注:以诚感之,则《易经》能通天下之事,所以能贯通天下人的思想。"延续"义如:"往来无穷谓之通"(《易传·系辞》)。孔疏云:"'往来无穷谓之通'者,须往则变来为往,须来则变往为来,随须改变,不有穷已,恒得通流,是谓之通。"高亨注云:"闭开入出,往来不穷,是谓之通。""变"的含义演绎为对立面的相互转化。如:"一阖一辟谓之变"(《易传·系辞上》)。孔疏云:"'一阖一辟谓之变'者,开合相循,阴阳递至,或阴变为阳,或闭而还开,是谓之变也。"高亨注云:"宇宙之门,一闭一开,万物一入一出,是谓之变。"

　　将"通"与"变"两个词语综合成为一个固定的术语,专门用在文论学的领域中,对文学发展变化的总范畴进行整体性的称谓,则以刘勰的《文心雕龙》作为先导。"通变"在《文心雕龙》中的含义既来自对前人文化成果的继承,也来自对时代新声的汲取。刘勰在"通变"这一术语运用中的新颖性,具体表现在以下方面。

　　其一,对"变"的认识的深化。

　　传统的易学理论虽然对"变"的概念做出过许多发挥,但都是在玄藐幽微的预测学的领域中进行的,具有极大的朦胧性和虚拟性。而刘勰对"变"的概念的运用,则是在文论的现实领域中进行的,是对具体事物所进行的具体分析。这种具体的分析,是不允许任何虚拟的成分存在的。赋予"变"的概念以实践论的品格,是刘勰的一大历史性的开拓。而他对现实生活中的"变"的思辨,又是在变与通的一体化的独特视野中进行的。将"变"与"通"融合成为一个统一性的范畴,在二者的相互制约中深化对变易的基本规律的认识,同样是一大历史性的开拓。这两大历史性的开拓,必然推动着他对"变"的认识的深化。

　　刘勰对"变"的认识的深化,集中表现在他对"变"的具体形态和具体属性的具体分析上。在中国的认识史上,他第一次明确提出并用大量的历史事实证明,就"变"的形态和属性来说,实际是存在着根本方向上的区别的:一种是具有积极意义的上行性的变易,他将这种变易称为"正变",另一种是具有消极意义的下行性的变易,他将这种变易称为"讹变"。刘勰旗帜鲜明地指出:由上古的"淳而质"变为商周的"丽而雅",是前者的典范;由商周的"丽而雅"变为楚汉的"侈而艳",魏晋的"浅而绮",直到宋初的"讹而新",是后者的代表。对于这两种不同的趋势,他采取了两种不同的态度:对前者进行了满腔热情的肯定和标举,对后者进行了针锋相对的批判和矫正。

　　刘勰对"变"的认识的深化,同时表现在他对"正变"的正确方向的坚定标举上。他明确认为,"正变"就是"确乎正式"的具有积极意义的向上发展过程,而这一正性的过程,只能在"宗经"的大前提下才能实现。所谓"宗经",就是"禀经以制式,酌雅以富言"。之所以必须以经为宗,是因为这些经典是宇宙运动的最高法则的自然之道的具化,它的正确性是具有天经地义的属性的。

具体表现在经典的作品中,就是他所说的"六义":"故文能宗经,体有六义:一则情深而不诡,二则风清而不杂,三则事信而不诞,四则义直而不回,五则体约而不芜,六则文丽而不淫。"因此,所谓"宗经",实际也就是与这些蕴涵在经典中的基本规律与规范相契合。只有坚持这一方向,文学才能健康发展。如果脱离了这一根本方向,就会陷入讹变的泥坑中去。

刘勰对"变"的认识的深化,也表现在他对"讹变"的错误方向的坚决批判上。刘勰鲜明指出,"讹变"就是"竞今疏古,风昧气衰"的具有消极意义的向下性的流变过程,而这一负性过程发生的根由,就在于背离了文学创作的根本原则与历史传统,盲目追求形式上的新奇,以致陷入了"逐奇而失正"的"讹滥"的泥坑而难以自拔。也就是他在《宗经》中所深刻指出的:"建言修辞,鲜克宗经。是以楚艳汉侈,流弊不还。"他对这种"离本"的"变",采取严正的排拒态度。通过这一正与反的鲜明对照,"变"的本质性内涵显示得更加具体,"变"的正确方向显示得更加鲜明。

其二,对"通"的认识的深化。

刘勰对"通"的认识的深化,首先表现在他对"通"的具体内涵的具体分析上。他明确认为,"变"有两种不同的属性和类型:积极性的"变"产生"通"的正向性的实践效应,所谓"往来无穷之谓通",就是这种积极效应的典型境界;消极性的"变"产生"塞"的负向性的消极效果,所谓"风昧气衰",就是典型的例子。与此相应,"通"也有两种不同的属性和类型。一种"通"是与常则与新声保持一致的"通"。这就是刘勰在《通变》中所标举的:"名理有常,体必资于故实;通变无方,数必酌于新声。"也就是他在《辨骚》中所强调的:"凭轼以倚《雅》《颂》,悬辔以驭楚篇,酌奇而不失其贞,玩华而不坠其实。"一种"通"是泥古不化的"通",这就是他在《通变》中所批判的"循环相因","五家如一"。前者产生的是"往来无穷"的积极效果,后者产生的是"讹新浮靡"的消极效果。他对前者进行了积极的肯定和标举,对后者进行了鲜明的否定和批判。

刘勰对"通"的认识的深化,同时表现在对"通"的本质性规定的深刻体认上。刘勰在我国的认识史上第一次明确地指出,通的本质属性,就是对常则的遵循性。所谓"常",就是变中之不变的因素。这就是他在《通变》中所昭示的:

> 夫设文之体有常,变文之数无方,何以明其然耶?凡诗赋书记,名理相因,此有常之体也;文辞气力,通变则久,此无方之数也。名理有常,体必资于故实;通变无方,数必酌于新声;故能骋无穷之路,饮不竭之源。

所谓"有常",指文章体式规范的恒常性。所谓"无方",指文章内容与语言表达的自由性与多样性。前者属于规律性与规范性范畴,后者属于能动性与自由性范畴。刘勰认为,"通"的本质性内涵,就是对文章的规律性与规范性的契合,而这种契合,又是必须在文辞气力的自由发挥的环境下实现的。因此,这种"通",绝不能是一种泥古不变的通,而只能是一种通其所不变,变其所不通的"通",是一种通中有变、变中有通的辩证性的"通变"。正是这种变与通的辩证统一,推动着事物的日新月异而又万变而不离其宗,推动着文学世界前承后继而往来不穷。这种深刻认识,是不见于前人而独见于《文心雕龙》的概念系统中的。

其三,建立"通"与"变"融合为一的统一范畴。

基于对"通"与"变"的内在联系的深刻体认,刘勰第一次在我国文论学领域中,将"通"与"变"融合成为一个统一的范畴——"通变"。"通变"作为一个固定的术语,并非一般意义的"通",并非一般意义的"变",也不是"通"与"变"的算术堆积,而是二者之间的互相制约的逻辑融合:具指在"通"的前提下的"变",在"变"的基础上的"通"。表现在方法论上,就是继承与革新的兼容。也就是刘勰所标举的:"参伍因革,通变之数也","斟酌乎质文之间,而隐括乎雅俗之际,可与言通变矣"。这里所说的"通变",就是对二者的不可分割的逻辑整体性所做出的完整概括。

将"通变"视为对立统一的辩证范畴,视为继承与革新的逻辑统一体,以通统变,纳变于通,是刘勰对前人认识论与实践论的一大历史性的升华与跨越。由于这一历史性开拓,人们才得以从更高层面和更直接窗口,来观照历史运动中的通塞并存的复杂情况和文学健康发展的逻辑前提与普遍规律。这种高瞻远瞩的学术体认,不仅是前无古人的,也是后鲜来者的。

以上分析,只是对刘勰遣词艺术的新颖性所做的一管之窥。在《文心雕龙》的巨制中,实际上每一个词语都是精心雕琢的美学成果,无一不具有可圈可点、可赏可析的美学品格,无一不为他自己的通变理论做出实践论的生动解说。刘勰的遣词艺术的新颖性,就是他的造就出如此众多的新颖性成果的通变理论的科学性的具体证明。他以理论的卓越性与艺术的卓越性的双重说服力量启示人们:新颖绝不是一种"刻意"的求新,而只能是"虽取镕经意,亦自铸伟辞"的工程硕果,是通与变融合为一的硕果。这种求新之道,是中华智慧的独特表现,有如一座永不熄灭的灯塔,指引着世世代代的中华传人,在文学的创新中扬帆远航。

二、语言运作的准确性

遣词准确就是用词恰当,符合实际,切中事要,在概念上具有难以推移的概括力量。也就是刘勰所标举的:"《春秋》辨理,一字见义,'皎日''嚖星',一言穷理"。集中而言,就是在概念的选择与组织上表现出来的一种直贯本质的精当性:"必使心与理合,弥缝莫见其隙;辞共心密,敌人不知所乘。"(《论说》)刘勰不仅对这种高功力的遣词境界进行了理论上的崇尚和标举,而且在自己的写作中进行了自觉的实践,为后人的实践树立了卓越的楷模。《文心雕龙》在遣词艺术的准确性方面的典范性意义,具体表现在以下方面。

(一)一言穷理的精当性

"一言穷理",就是运用一个特定的词语来穷尽某种深邃的道理,实际就是直接凭借精当的概念对理论信息进行集中的概括,借以对事物的本质进行"乘一总万"的揭示。孔子的"春秋笔法",就是典型的范例。这种方法,也大量地运用在《文心雕龙》的词语运作中。与孔子不同的是,孔子将这种方式专用于褒贬,而刘勰则广泛地运用于理论的阐述中,因而折射出更加完美的理性光辉。下面试举数例,以飨读者。

1. 在文道关系的辨析中对"德"字的确切把握

刘勰对"文"的体认,是在"道"的统摄下进行的。《原道》就是本于道以论文的专章。但是,"道"属于形而上的范畴,"文"属于形而下的范畴,原本不处于同一的层面,二者之间存在极大落差。而且"道心惟微",藐漠难知,很难确切把握。刘勰的高明与巧妙之处就在于,他在二者之间设立了一个中介性的概念——"德",来进行确切的转化。这就是他在《原道》的开宗明义中所大声赞叹的:"文之为德也大矣,与天地并生者何哉?"何谓"德"?"德"是"道"在具体事物中的体现。《老子》云:"道生之,德畜之。"《管子·心术》云:"德者道之舍,物得以生生。"这些论见明确告诉我们:"道"是事物发生的根由,"德"是事物存在的形态;"德"是"道"存在的处所,是事物得以生存的依据。概而言之,"德"是"道"在具体事物中的具体体现,"道"是"德"的普遍性内涵。二者之间的关系,实际就是一种现象与本质、普遍与特殊的关系,是一个问题的两个方面。这样,就将"道"与"文"的关系,在词汇的精微处,融合成为一个严密的逻辑整体。这一严密的逻辑整体,就是刘勰论述文道关系的最基本的出发点。

刘勰以此作为逻辑枢纽,在"道"与"文"之间进行了双向的契合:一方面赋予"道"以"文"的具体形态,循此进入篇章的论题;另一方面又赋予"文"以"道"的贯通万物的普遍属性与功能,循此获得一种终极性的理论视野。凭借这一逻辑机制,刘勰对"文"原于"道"的基本关系,进行了全息性的概括,上自丽天之象,下至理地之形,中至有心之器,傍及动植万品,全部囊括于其中,并归结为"道"的体现,实现对本质与现象的整体性把握,从而将"文"作为"道"的体现所具有的属性与功能之"大",显示务尽。这种以一言而穷尽其理的一无所漏的概括,自从孔子之后,是很少见到的。

从某种意义上说,准确就是一种无与代替的属性,而无可代替的属性,通常都是在相近意义的比较中充分显示出来的。为了对这个"德"字的遣词艺术的准确性进行具体的把握,我们不妨做一点简单的比较观照。

在当代龙学领域中,对"文之为德也大矣"存在着多样化的理解。究其根由,就在对"德"字的体认上出现歧义。概而言之,大致有以下解读方式:第一种认为"文之为德"是说"文"的功能与作用,将该句解读为:"文章的意义真是大呀!"第二种认为"文之为德"是就"文"的"属性"即性质而言的,将该句解读为:"文章的属性是极普遍的。"第三种解释,从德与道的关系进行论述,认为"文之为德"的"德",是"道"在具体事物中的体现,将该句解读为:"文作为道的体现,其意义是极其重大的。"第四种认为"文之为德"中"德"字不是重点,因此可以忽略而无须深究"德"字的特别意义,将该句解读为:"文很伟大。"

比较可知,第一种与第二种解读是对"德"的并不充分的解读。"德"字中确实含有"作用"与"属性"的内涵,但刘勰在这里所要强调的并不是"文"的本身的"作用"与"属性",而是要强调这种"作用"与"属性"所以为"大"的地方。这种作用与属性的"大"的根由,并不在于"文"的本身,而是在于"文"是"道"的体现。离开了"德"字的凭借,"文"的"作用"和"属性"之"大",就会失去依据而荡然无存。而上述两种解读,都只着眼于末而未能着眼于本,不能将"作用"与"属性"之"大"的一方面充分显示出来。虽然没有什么大乖原旨的地方,总让人感到意犹未尽。第四种解读是彻底撇开"德"字的解读,剩下的只是孤独无依的"文",由于没有任何伟大的东西作为凭借,纵令怎么赞美"伟大",也必然成为空洞的"伟大",而毫无"大矣哉"之可言,使人感到意味索然。真正有血有肉的解读,是第三种解读。它以"德"作为凭借,将文的作用与意义之"大"充分地凸显了出来。它证明了一条重要的真理:真正准确的表达,从来都是不允许丝毫变动的唯一性的表达,也是一种不可代替的表达。任何丝毫的变动,都会使它的成色受到极大的损害。刘勰对"德"字的使用,就是具体的例证。能够做到这点,也就进入了准确的最高境界了。

2.《辨骚》中对"同"与"异"两字的确切把握

《辨骚》是《文心雕龙》中一篇具有枢纽性意义的篇章,涉及的理论材料极其艰深复杂,是历代聚讼纷纭的灰区。而刘勰却能以自己的卓见,平息历史的讼端,对屈骚在文学史中地位做出确切的定位,这确实是一大历史的伟绩。这一历史的伟绩,是通过他的丝丝入扣的辨析来完成的,而这一丝丝入扣的辨析,又是凭借他的丝丝入扣的遣词艺术来实现的。本篇中的"同"与"异"二字的遣用,就是典型范例。

刘勰对屈骚的历史意义的辨析,是建立在屈骚与经典的文学比较的基础上的,而其切入点,则是两个极具关键意义的字:一是"同于经典"的"同"字,一是"异于经典"的"异"字。对这两个字的遣用看似平常,实际大有深意。何者?"同"之与"异",是事物可比性的两个最基本的方面,也是事物的本质性特征的最集中的显示。刘勰拈出这两个词语,实际就是对屈骚本质特征的最直接、最集中的观照。由于这一直接瞄准核心部位的观照,屈骚的本质性特征才获得了最充分的显示:二者之"同",是屈骚对经典的继承性品格的鲜明表现;二者之异,是屈骚对经典的创新性品格的鲜明表现。刘勰所说的"取镕经意",就是对前者的集中概括,刘勰所说的"自铸伟辞",就是对后者的集中概括。正是这两方面的有机融合,造就了屈骚的千古独步的崇高地位。而对这一崇高地位进行理论概括的逻辑基点,则全在"同"与"异"的两字之中。以寥窔二字之微见出如此深刻的内涵,以概念之确切直贯事物之本质,其遣词之精当于此可见一斑。

3. 在心物关系中对"感"字的确切把握

心与物的关系,同样是我国文论史上的认识灰区。这一灰区的朦胧性就在于,心与物原本属于两个不同的范畴,而要想找出二者之间的扭结点,来对二者的关系进行全面的反映,是一件颇费踌躇的事情。过于倾向于心对物的能动性的方面,或者过于倾向于物对心的制约性的方面,都不能对客观事物的本质进行恰如其分的反映。而刘勰在这一问题的解决上,却表现出了超群的思维智慧,他在前人的文化成果的基础上进行了深度的拓展,在我国的文论史中,第一次对这一复杂的关系做出了真正具有唯物辩证意义的概括,将文学形成中诸种因素之间的系统联系与系统机制,揭示得通明无隐。这就是他在《明诗》中所精粹概括的:

人禀七情,应物斯感,感物吟志,莫非自然。

也就是他在《物色》中所具体描述的:

是以诗人感物,联类不穷。流连万象之际,沉吟视听之区。写气图貌,既随物以宛转;属采附声,亦与心而徘徊。

这一科学性的概括,是凭借一个具有"乘一总万"意义的关键性的词语来实现的。这一个关键性的词语,就是一个"感"字。

何谓"感"?"感"最早出现在《易·咸卦》中,是:"天地感而万物化生,圣人感人心而天下和平;观其所感,而天地万物之情可见矣!"指不同事物之间的感应交合。也就是《易·咸卦传》所阐述的:"二气感应以相与"。《礼记·乐记》将"感"的概念最早引入审美领域中,云:"音之所由生也,其本在人心之感于物也","应感起于物而动,然后心术形焉。"它明确肯定,"乐"是由人的心中产生的,是为了表达人的情感而产生的,而人的情感的产生,是由于受到客观外物的影响,是"物使之然"。这样,"物→心→声"的艺术生发的逻辑链接的基本形态,首次被揭示出来,奠定了古代审美心理学的基础。

但是,《乐记》的表述中也有许多简单粗疏之处,与系统理论之间还存在着相当大的距离。尤其是它从属于儒家政教主义诗学的拘囿,把"物"局限于王政伦理的狭小圈子内,忽视或阉割了作为审美的自然物的存在,严重束缚了这一理论的发展空间。对这一认识的瓶颈进行理论突破的任务,便历史性地落到了刘勰的肩上。

刘勰在文学发生理论上的重大突破,就是赋予前人所提出的朴素的物感理论,以系统化的品格。他在《明诗》中所说的"人禀七情,应物斯感,感物吟志,莫非自然"的著名的论断,就是对文学生成过程的精粹的理论概括。在这一历史性的概括中,他将文学发生的基本因素划分为四个单项:情,物,吟,志,而以"感"作为四者的枢机。刘勰明确地告诉人们:"七情"是人的自然禀赋,这是人感知外物的心理依据。"应物斯感"的"物",是情之所"感"的物质对象。而"感",则是二者之间应感交会的中介。诗心的萌发与文学的发生,就是二者应感交会的结果。但是这种因"感"而生的文学与诗心,毕竟还是基础形态的东西,还需要进行艺术的加工,这就是"吟"与"志"两项因素的作用。所谓"吟",就是对"感"的内容的细细琢磨与对"感"的形式的反复推敲,通过这些精细的反复的加工,赋予"感"以尽可能多的美学感染力量。所谓"志",就是审美意蕴的充分集中与最后集合,也是"感"的内容与形式的最后精化与升华。所有这些因素与环节,无一不在"感"这一美学枢纽中获得了深化与精化,获得了集合与升华,由此凝聚成为一个统一的整体。惟其如此,"感"在刘勰的"感物吟志"的系统理论中,也就必然具有"乘一总万"的逻辑品格。也惟其如此,对"感"字的突出,也就必然具有"一言穷理"的逻辑概括力量。这就是刘勰对文学发生的根由所做的简明概括之所以如此深入骨髓,之所以如此坚实难移的根由。

4. 在文学理想的追求中对"气"字的确切把握

刘勰遣词艺术的准确性,还可以从对"气"字的确切把握中获得证明。

"气"是我国古代朴素唯物主义自然观之一。"气"是个象形字,原义指云气。许慎《说文解字》云:"气,云气也,象形。"先秦时期,"气"的概念进入了哲学的领域中,被视为万物的本源。《老子·四十二章》云:"道生一,一生二,二生三,三生万物。万物负阴而抱阳,冲气以为和。"《庄子·知北游》云:"人之生,气之聚也。聚则为生,散则为死……故曰通天下一气耳。"儒家则着重从道德修养的角度论"气",把"气"包容在心性之内。《孟子·公孙丑上》曰:"我知言,我善养吾浩然之气。"具指"集义所生"的"至大而刚"的精神气势。

到了汉代,随着自然科学知识增长,古代的"气"说逐渐演变为"元气论"。王充在《论衡·无形》中说:"人禀元气于天,各受寿夭之命","人禀气于天,气成而形立,则命相须,以至终死"。他将"元气"视为一种具有本源意义的生命活力,赋予"气"以鲜明的力学品格。王充在《论衡·儒效》中宣示:"人之精,乃气也,气乃力也。"

把"气"从一个哲学的范畴转换成文学的概念,是从汉魏时期的曹丕开始的。《典论·论文》云:"文以气为主,气之清浊有体,不可力强而致。"而刘勰则在此基础上进行了新的阐发与充实,使"文气"的含义臻于明确与完善,将其拓展成为一个系统性的范畴。刘勰对"气"的范畴的系统化开拓,具体体现在以下方面。

其一,赋予"气"的内涵以儒道释三家兼容的博大空间。

刘勰在《文心雕龙》中所体认的"气",并非一家一派的"气",而是集儒道释三家关于"气"的理念于一体的系统范畴。见之于"儒学"之"气"的,是他对"志气统其关键"的标举,与对"功以学成"的能动境界的追求。见之于"道学"之"气"的,是他对"玄神宜宝,素气资养"的标举,与对"从容率情,优柔适会"的自然境界的追求。见之于"佛学"之"气"的,是他对"陶钧文思,贵在虚静"的标举,与对"水停以鉴,火静而朗"的心源境界的追求。对三种境界的兼容,是刘勰所体认的"气"的独特内涵。这种融多角度视野于一体的广阔义域,是从未见于前人而独见于《文心雕龙》之中的。

其二,赋予"气"的内涵以作家与作品并包的广阔义域。

刘勰在《文心雕龙》中所体认的"气",并非一枝一叶的局部性的"气",而是融作家与作品于一体的整体性的"气"。在刘勰的概念系统中,作家之气与作品之"气"是融贯相通。见之于作家方面的"气",是他在《体性》中所做的系统发挥。见之于作品方面的"气",是他在文体论中与创作论中的诸多阐发。这些阐发的具体性和全面性,都是前人所未及而为刘勰所独到的领域。

其三,赋予"气"的内涵以美学与力学共具的崇高追求。

"气"在我国古代哲学中一直被视为生命之源和创化万物的原动力量,视为世界上最伟美的东西。但是,将它作为一种文学理想进行自觉倡导,则以刘勰的"风骨论"作为起点。

刘勰的"风骨论"是前人"文气论"的最高综合与升华。刘勰的最大贡献就在于,他将"重气之旨"的总的文学理想,具化为美与力的两大崇高的目标。这就是他在《风骨》中所标举的:"唯藻耀而高翔,固文章之鸣凤也。"所谓"藻耀",就是对美的崇尚的鲜明喻示,所谓"高翔",就是对力的崇尚的鲜明喻示,所谓"文章之鸣凤",就是对二者兼备的理想境界的鲜明喻示。这一文学理想的现实形态,就是风骨采的兼具。而风骨采的理想性品格,又是建立在"重气之旨"的总摄下的。刘勰对风骨采的标举,实际也就是对"气"在文学中的最高统摄意义的总标举。而风骨采的统一,就是"气"在文学中的最完美的表现。

正是凭借这些千丝万缕的逻辑联系,"气"的"风骨采"化和"风骨采"的"气"化得以在"气"的总范畴中完成,以气作为总纲的中华特色的文学理论从而得以建立。对创作主体而言,"气"是作家的生命力和创作力的总集中,是创作的本源;对作品的文本构成来说,"气"是作品的内容和形式诸要素的主宰,是作品的生命价值的总浓缩;从表达上讲,作家所禀之"气"又是衡量作家艺术功力和作品艺术水平的最高标准。而这一理论体系的逻辑原点,全在一个"气"字之中。凭借一个"气"字,上承天地之心,下接人文之理,内凝浩然之气,外聚为文之道,将如此众多的道理与意义融成一个全息性的整体。其"一言穷理"的概括之豪雄,其"一字见义"的遣词之精当,纵百代之下,不失其楷模意义。

(二)概念阐释的精确性

刘勰遣词艺术的准确性,还从他的概念阐释的精确性中鲜明地表现出来。

人类对真理的认识,总是在一系列概念的形成中,在概念的不断更替和运动中,在一个概念向另一个概念的无数转化中实现的。而概念的精确性,从来都是与思维的精确性相伴而行的。因此,高明的理论家,从来都是以概念的精确性作为自己立论的坚实基础的。刘勰就是一个典型范例。

刘勰最突出的论证特色,就是将论证的全部过程,都遵循着严格的逻辑程序进行。他的第一程序,就是建立确切的思维界域:对概念进行明确的阐释。以此作为基点,然后向纵深拓展。这就是他在"论文叙笔"中所常用并自觉标举的:"原始以表末","释名以章义"。所谓"原始以表末",就是追溯文体的产生与发展,将文体置于其本身的演变过程中,以确切把握其中的社会历史内涵。所谓"释名以章义",就是揭示"名"与"义"的关系,借以把握文体的基本特征和运作要领。在《文心雕龙》的文体论中,这两种方法相辅相成,共同承担着对概念进行阐释以确切把握其内涵的任务。《明诗》篇就是典型的例证。其开宗明义,就是对"诗"的概念的阐释:

> 大舜云:"诗言志,歌永言。"圣谟所析,义已明矣。是以"在心为志,发言为诗",舒文载实,其在兹乎!诗者,持也,持人情性;三百之蔽,义归"无邪",持之为训,有符焉尔。

在这段话中,刘勰凭借历史与逻辑的双重认识优势所带来的准确性,清晰地揭示了"诗"体的本质性特征:持人情性。这一个"持"字,既是人们在漫长的历史发展过程中对诗体意义的反复体会认识的总结,也是他对时代新知的创造性吸收。因为他所强调的"持",已经不再专指圣人之"志",也同时包括了人人之"情",二者都被他纳入了"莫非自然"的大视野中,融为一个统一的逻辑整体,实现了对诗的本质特征的最广阔也最准确的概括,推动着人类的认识进入一种新的境界。这一概念阐释的准确性与由此带来的判断与推理的准确性,至今是后人对诗的体式进行体认的基本依据。

对概念阐释的重视并将它视为把握事物本质的基本过程和基本依据,全力以赴地维护概念阐释的精确性,是《文心雕龙》在文体论中的普遍而自觉的理论追求。表现在《诠赋》中,是他对"赋"体的基本特征的历史性总结:"《诗》有六义,其二曰赋。赋者,铺也,铺采摛文,体物写志也。"区区八字,将"赋"体的美学特征概括无遗。表现在《论说》篇中,是他对"论说"文体的基本要义的深刻体认:"圣哲彝训曰经,述经叙理曰论。论者,伦也;伦理无爽,则圣意不坠……论也者,弥纶群言,而研精一理者也。"寥寥数语,将论体的核心要领表述务尽。

这种凭借概念阐释的精确性以实现论证全程的精确性的论证方法,不仅广泛地运用在文体论中,也卓越地运用在《文心雕龙》的"剖情析采"的许多重要的篇章中。《神思》篇就是典型范例。

《神思》篇的论证起点,就是对"神思"这一特定概念的阐释:

古人云:"形在江海之上,心存魏阙之下。"神思之谓也。文之思也,其神远矣。故寂然凝虑,思接千载;悄焉动容,视通万里。吟咏之间,吐纳珠玉之声;眉睫之前,卷舒风云之色;其思理之致乎!

正是凭借这一多维性的阐释,将"神思"的本质性特征进行了具体的描述:意象的超越时空的属性及其形象具体的属性。这一本质性的特征,也就是对"神思"这一特定概念的特定内涵的具体规定。刘勰正是以此作为逻辑基点,实现了对这一心理灰区的深层开掘。这一概念的准确性以及由此实现的论证全程的准确性,至今仍能经受现代心理科学与美学的检验而使广大学者深信不疑。

《风骨》篇的开宗明义的概念阐释,同样是遣词准确性的卓越范例。何为"风"? 作为一个专门性的美学术语与文论术语来说,这是我国历史上开天辟地的第一次。刘勰对于这一具有破冰意义的开拓所献上的第一块基石,就是一段短短的概念阐释:"《诗》总六义,风冠其首,斯乃化感之本源,志气之符契也。"他将"风"的内涵,明确地划分为三个方面:其一,对国风传统的继承;其二,对化感本源的通贯;其三,对作者志气的符契。所谓国风的传统,就是《毛诗序》中所说的:"风,风也,教也。风以动之,教以化之","上以风教下,下以风刺上……故曰风。"具指诗的思想感情中所蕴涵的感化力量。这种力量,是对"风"的本质内涵的第一重规定。所谓化感之本源,就是诗中感化力量的根源。刘勰认为,这一根源不是别的什么东西,而是自然运动的创化万物的力量。这就是他在《原道》中所说的:"《易》曰:'鼓天下之动者存乎辞。'辞之所以能鼓天下者,乃道之文也。"这种对自然之道的通贯性,是对"风"的本质内涵的第二重规定。所谓作者志气的符契,就是志气对情思的统摄作用。也就是刘勰在《神思》中所说的:"神居胸臆,志气统其关键。"这种与作者志气的符契性,是对"风"的本质内涵的第三重规定。有了这三重严格的确定性,"风"的义域得到了确切的显示,风骨的系统理论得到了全面的展开。这就是刘勰的风骨理论一千余年来虽然聚讼纷纭,却从来没有人可以移易分毫的原因。

(三)概念比较的精审性

刘勰遣词艺术的准确性,也从他的概念的可比性中鲜明地表现出来。

概念的可比性分为两种基本类型:一种是同构性比较,一种是异构性比较。所谓同构性比较,是指在同一结构层面上的比较。正是由于处在同一位置,各相关概念之间的细微差别才能清晰地显现出来。所谓异构性比较,是指在不同结构层面上的比较。正是由于处在非同一位置,同一概念在不同逻辑环境下的重大差异,才显现得更加鲜明。这两种手法,都在《文心雕龙》中得到了广泛的运用,为后世作家实现概念比较的精审性树立了卓越的楷模。

关于同构性的概念比较,我们可以举出《序志》中的一段关于"文之枢纽"的理论自白:

> 盖《文心》之作也,本乎道,师乎圣,体乎经,酌乎纬,变乎骚:文之枢纽,亦云极矣。

刘勰将"文之枢纽",析为五个系统层面:道、圣、经、纬、骚。五个层面之间的系统联系,是用五个意义相关但绝不互相重复的词语来表述的:本、师、体、酌、变。这五个词语都由枢纽所原发,共同推动着系统的运动,但它们的相互之间,又保持着一种特殊的关系:既有近义性的联系,又有细微的差别。"本乎道",指"道"在枢纽中的根本性地位。"师乎圣",指以"圣人"言行作为文章写作的具体师法。"体乎经",指以古代的经典作为文章写作的最高规范,"酌乎纬",指以纬书中的文采作为文章写作的参酌,"变乎骚",指以楚骚作为通变的楷模。五个环节的系统位置与系统作用的区别性,是极其鲜明的:"本乎道"的本字,标志着"道"在整个逻辑整体中的核心地位和主导作用;"师乎圣"中的"师"字与"体乎经"中的"体"字,标示着"圣"与"经"作为"道"的具化在文章写作中的导向性地位和规范性作用。这三个环节,共同构成"文之枢纽"的主导部分。"酌乎纬"中的"酌"字,标示着对纬书的批判性吸收。"变乎骚"中的"变"字,标示着对楚骚在"取镕经义,亦自铸伟辞"的通变方面的强调。这两个环节,构成了"文之枢纽"中的侧翼部分,对主导部分进行重要补充。正是凭借着这些细微区别,各个概念内涵的本质性特征及其在系统中的地位和作用得到了丝毫毕露的显现。正是这些复杂的联系与细微的差别,使枢纽论在内容上更加全面,在逻辑上更加严密。而刘勰遣词艺术的准确性,也因此而表现得更加细致、更加鲜明。

关于异构性的概念比较,我们可以举出刘勰在"文质"关系中的一段经典性论述：

> 夫水性虚而沦漪结,木体实而花萼振,文附质也。虎豹无文,则鞟同犬羊;犀兕有皮,而色资丹漆,质待文也。

"文附质"与"质待文",是刘勰对文质关系的总体概括。但从双向观照的角度来看,二者在系统地位上是存在着明显的差别的。文对质的关系,是一种形式与内容的关系,是一种依附与被依附的制约关系,所以刘勰用了一个"附"字来进行表述。质对文的关系,是一种内容与形式的关系,是一种内容在前、形式在后的先后关系,所以刘勰用了一个"待"字来进行表述。寥寥二字,就将此中的诸多深义与复杂关系显示无遗。

关于异构性的概念比较,我们还可以举出刘勰在《序志》中对"雕龙"这一特定词语所作的深度辨析作为例证：

> 古来文章,以雕缛成体,岂取驺奭之群言雕龙也。

《文心雕龙》书名中的"雕龙"二字,既来自驺奭的雕龙的典故,又绝不是这一典故的简单重复,而是它的文化含义的创造性的再造与升华。这一重大的历史性开拓就在于:他在"雕龙"这一历史性的称谓中,已经注入了一种时代性的新质,这就是置于"文心"的统摄之下。"雕龙"的称谓依旧,雕龙的内容与性质已经迥然有别了,它不再是"群言"条件下的雕龙,而是在"文心"这一活的灵魂充实下和统摄下的雕龙了。在概念上的如此重大的革命性变化,刘勰仅凭一个小小的副词"岂"字,就将它显示务尽。一字之用,境界全出;一字之易,性质全异。此种炉火呈青的准确化的遣词功力,千载之下,可称绝响。

(四)概念量化的清晰性

刘勰遣词艺术的准确性,也从他在数据概念的卓越运用中鲜明地表现出来。

凭借数据性的概念进行准确性的表述,最初见于孔子的《春秋》。这一巧妙的显旨方法,获得了刘勰在理论上的充分肯定:"《春秋》辨理,一字见义,五石六鹢,以详备成文;雉门两观,以先后显旨;其婉章志晦,谅以邃矣。"(《宗经》)运用这一方法,刘勰在自己的写作中进行了自觉的实践,以数据所特有的精确性实现着概念的精确性表述,为后人留下许多足资楷模的范例。下面聊举数例,以飨读者。

刘勰对数据概念的卓越运用,首先表现在他对全著理论结构的宏观设计中。这就是他在《序志》中所宣示的:

> 位理定名,彰乎大易之数,其为文用,四十九篇而已。

"大易之数",即五十之极数,也就是《文心雕龙》的总篇数。其为文用四十九篇者,因为五十篇中有一篇是其中的总极,属于"太极"的范畴,具有乘一总万的属性。具见于《文心雕龙》中,就是《序志》对全著的总摄。这种总摄,原发于《原道》中的一个"道"字,而总束于《序志》中的一个"心"字。以一字之微,举重若轻,将全部内容统摄无遗,概括务尽。何者? 以其概括之准且全也。惟其准,故能切中无偏,然后获笼天地于形内之功;惟其全,故能覆盖无垠,然后有挫万物于笔端之力。这种凭借数据的精确性以献功的遣词方法,也在《文心雕龙》的微观领域中广泛地表现出来,诸如"两仪"、"三才"、"六义"、"四同"、"四异""六观""三准"、"蔚映十代"、"辞采九变"、"数穷八体",等等。对这种据数而计的量化分析方法的卓越运用,赋予了他的遣词以一种历历可数的准确性与精细性的特殊品格。这种品格,是对春秋笔法的自觉继承,也是对佛学中的因明方法进行创造性吸收的结果。这种毫厘不爽的高精度的遣词艺术,将词语表达的准确性,推进到了无以复加的境界。

三、语言运作的生动性

《文心雕龙》遣词艺术的卓越性,也表现在它的遣词的生动性上。

所谓遣词生动,就是选用词语形象具体,真力弥满,富有逻辑说服力量和美学感染力量。这种思维境界和语言境界,是刘勰自觉的理论追求。这就是他在《情采》中所明确标举的:"圣贤书辞,总称文章,非采而何?""若乃综述性灵,敷写器象,镂心鸟迹之中,织辞鱼网之上,其为彪炳,缛采名矣。"这一明确的理论追求,是他卓越的遣词实践的生动性的理论依据,而他卓越的遣词实践的生动性,又是他卓越理论的科学性的最直接的证明。

《文心雕龙》在语言运作上的生动性,主要表现在以下方面。

（一）巧言切状

巧言切状,就是通过对词语的精心选择和锤炼,对客观事物的形象进行摹声绘影的再现。也就是刘勰在《物色》中所说的:"体物为妙,功在密附。故巧言切状,如印之印泥,不加雕削,而曲写毫芥。故能瞻言而见貌,即字而知时也。"这种方法,是文学创作中最基本的艺术造型手段。对此,刘勰举出了《诗经》中系列的卓越范例:

> "灼灼"状桃花之鲜,"依依"尽杨柳之貌,"杲杲"为出日之容,"瀌瀌"拟雨雪之状,"喈喈"逐黄鸟之声,"喓喓"学草虫之韵。"皎日"、"嘒星",一言穷理;"参差"、"沃若",两字连形:并以少总多,情貌无遗矣。

无疑,刘勰是深深懂得艺术造型的工程要领的。但是,刘勰的高明与巧妙之处,绝不仅仅在于他掌握了艺术造型的秘密并将它成功地运用在自己的写作实践中。这种将艺术造型的某些方法移入议论文体中的做法,并不是刘勰的首创,早在先秦时期的诸子散文中,就已经广泛地出现了。例如《庄子》中的许多论述,就是借助寓言的形式来进行的。但是刘勰所进行的"巧言切状"活动,绝不是诸子散文中的诸多造型方法的简单重复,而是在前人文化成果基础上的历史性的飞跃与升华。二者之间的本质性区别就在于,诸子散文中诸多的"巧言切状"的文学现象,实际是人类在早期文化阶段中文体意识还不十分成熟的表现,而刘勰在《文心雕龙》中所作的"情貌无遗"的摹绘,则是在严格的逻辑思维的大格局下对文学表现手法的巧妙吸收。这一吸收的巧妙性就在于,他将所有绘影摹声的材料,都妙合无痕地纳入了篇章的逻辑结构之中,成为篇章逻辑结构的有机组成部分。惟其如此,他必然赋予他的"巧言切状"的诸多生动材料以双重的品格:作为逻辑结构的组成部分,必然具有严格的逻辑性品格;作为生动活泼的形象性材料,必然具有浓郁的审美性品格。正是这种以逻辑统摄审美又以审美充实逻辑的巧妙融合,既造就了它在逻辑上的严密与深刻,也造就了它在美学上的传神和生动。

这种独特的语言境界,在该著中是比比皆是的。《原道》的开宗明义,就是具体例证:

> 文之为德也大矣,与天地并生者何哉? 夫玄黄色杂,方圆体分,日月叠璧,以垂丽天之象;山川焕绮,以铺理地之形:此盖道之文也。

段首两句,是对"文与天地并生"的论题的提出。其他各句,都是对这一论题所做的论证。刘勰所提供的论据有两个:一是天上的"文"存在的事实,一是地上的"文"存在的事实。这两件事实的存在都是客观实在的,而就其存在方式而言,又是美丽动人的:深青色的天空,橙黄色的大地,这是多么和谐的色调配衬。浑圆的天宇,方正的大地,这是何等和谐的图形陪衬。上面是太阳与月亮的叠璧似的悬挂,下面是山岭与河流的锦绣似的铺排,这是何等壮丽伟美的图景。这一生动的陈述不仅将天地有文的确凿事实概括无遗,也将事实的感性形态展现得淋漓尽致。然后一笔收入"此盖道之文也"的逻辑性的结论中,对前面的论题做出明确的回答,实现了逻辑论证的完整性与严密性。

这种逻辑论证的完整性与严密性和论证材料的生动性的结合,也在紧承其后的一段中鲜明地表现出来:

> 傍及万品,动植皆文:龙凤以藻绘呈瑞,虎豹以炳蔚凝姿;云霞雕色,有逾画工之妙;草木贲华,无待锦匠之奇。夫岂外饰,盖自然耳。至于林籁结响,调如竽瑟;泉石激韵,和若球锽:故形立则章成矣,声发则文生矣。夫以无识之物,郁然有采,有心之器,其无文欤?

这一段的论点,是"动植皆文"四字,论据是证明"动植皆文"的具体事实。刘勰在对论据进行逻辑性陈述的时候,自标一格地采取了描绘的方式,赋予这些具体事实以生动形象的存在方式:龙凤的藻绘,虎豹的炳蔚,云霞的雕色,泉石的激韵,无一不有声有色,使人心动神驰。但是,从更高的层面来看,这些有声有色的陈述,却又是在"动植皆文"的逻辑框架内进行,并最后归入"夫岂外饰,盖自然耳"的逻辑结论中的。

刘勰的这种"巧言切状"的遣词艺术,是广见于全著的。该著中许多篇章,特别是篇后赞语,完全可以当做诗篇进行赏析。以其"情貌无遗"的遣词造诣来说,可以置于历史上的散文名作之中而毫无逊色。以"叙理成论"的逻辑造诣来说,可以置于历史上的论著名作之中而无隙可击。鲁迅的杂文,就是对此种方法和此种境界的完美继承。如果没有前人的文化成果作为方法论的依据,鲁迅在杂文上的跨文体运作的历史性成功,将是难以想象的事情。

(二)修辞缛采

《文心雕龙》语言艺术的生动性,还表现在作者对多种修辞手法的卓越运用上。就像他在"巧言切状"中的卓越表现一样,他将诸多具有艺术造型意义的修辞手法,成功地纳入了《文心雕龙》的理论开拓中,成为这一博大精深的理论巨制的有机组成部分,把原本抽象的理论表述得十分具体、形象。其中用得较多的修辞手法,有比喻、用典、夸张、对偶,等等。下面试做简略介绍,以飨读者。

1.《文心雕龙》的比喻艺术

在《文心雕龙》中,刘勰运用大量的精彩比喻,生动形象地阐述了自己的理论主张,以其"喻巧而理至"的蓬勃生气,赋予《文心雕龙》的巨制以一种特别的逻辑说服力量和美学感染力量。比喻在《文心雕龙》理论阐述中的献功,具体表现在以下方面。

其一,运用比喻对概念进行形象化的阐释。

《神思》篇的开宗明义,就是对"神思"这个概念所做的定位性的阐释:

> 古人云:"形在江海之上,心存魏阙之下。"神思之谓也。文之思也,其神远矣。故寂然凝虑,思接千载;悄焉动容,视通万里;吟咏之间,吐纳珠玉之声;眉睫之前,卷舒风云之色;其思理之致乎!

"神思"是驰神运思的想象活动,飞动而空灵,其内涵极难把握,长期是人们认识的灰区。面对这一难题,刘勰援引古人的话语,借助比喻的方法进行了生动的阐释,将"神思"的本质性内涵,确切地定位为超越时空的心理活动的范畴。这样,就巧妙地以具体充实了抽象,以已知化解了未知,赋予了"神思"的内涵以确切的逻辑意义,让读者对"神思"的含义获得了由"容"及"心"的既具体又深刻的理解。就对概念的直观形态的陈述而言,可谓"神貌无遗"。就对概念内涵的把握而言,可谓"钩深取极"。另外,"吐纳珠玉之声"与"卷舒风云之色"的两处比喻,则进一步阐释了在想象中所形成的乐音运动的珠圆玉润般的和谐,与所形成的画面运动的风云舒展似的奇妙,生动地表达了想象过程中人的精神世界的活跃状态与由此获得的美学效应,对"神思"的特征做出了极其重要的补充。

其二,运用比喻进行形象性的论证。

《情采》篇云:"夫水性虚而沦漪结,木体实而花萼振,文附质也。虎豹无文,则鞟同犬羊,犀兕有皮,而色资丹漆,质待文也。"在这段话中,刘勰以比喻作为论据,阐述了自己对文章内容与形式关系的见解。凭借前两个比喻,说明了文必须附质的道理,凭借后两个比喻,说明了质必须待文的道理。内容与形式的辩证关系,借助比喻的形象论证而获得了清晰的揭示。而比喻本身的美学感染作用,也会同时沁入了读者心里。

《风骨》篇论文章应有震撼心灵的风力和骨力,也运用了同样的形象论证的方法:"辞之待骨,如体之树骸;情之含风,犹形之包气。"刘勰将文章的语辞与骨的关系,比喻成"体之树骸"的关系,将文章的情思与风的关系,比喻成"形之包气"的关系。凭借这两种关系,刘勰清楚地告诉人们,骨与辞的关系以及情与风的关系,实际都是一种力学性的内在驱动关系。为了阐明"风骨"对文章的力学作用及其与"文采"相结合的重要性,他再次运用了妙喻:"夫翚翟备色,而翾翥百步,肌丰而力沈也;鹰隼乏采,而翰飞戾天,骨劲而气猛也。文章才力,有似于此。若风骨乏采,则鸷集翰林;采乏风骨,则雉窜文囿;唯藻耀而高翔,固文笔之鸣凤也。"用鹰鸷、雉鸡和鸣凤三种鸟类的美学表现与力学表现,分别比喻有风骨而无文采、有文采而缺风骨以及风骨与文采皆备的作品,进行彼此间的优劣得失的比较,这一比较的过程,实际就是一个不露痕迹的判断与推理的规程,既形神兼备,又是非分明,诸多道理尽在形象的喻证之中全盘托出,何需片言赘述。

其三,运用比喻对赞语进行形象化的总体概括。

《文心雕龙》各篇结尾都有一段赞语,用诗的形式对全篇理论内容做出总体性概括,起总结全篇的作用。许多赞语中,都用到了比喻。《物色》篇赞云:"山沓水匝,树杂云合。目既往还,心亦吐纳。春日迟迟,秋风飒飒。情往似赠,兴来如答。"前六句赞语,形象地描述了艺术创作中心物交融的过程:自然界的多姿多彩,牵动作者的千种情思;诗人反复观察景物,心有所感便要倾吐。紧随这些"巧言切状"的生动画面之后的,是对这一过程的核心本质的精粹概括:"情往似赠,兴来如答。"用"赠"和"答"作比喻,不仅再现了物我相感、情景交融的艺术境界,也深刻揭示了这一境界的独特的艺术品格:物我之间互相感应,互相默契的一体化的美学心理学品格。对这一崇高品格的体认,是刘勰独特的历史性功勋,而这一功勋的建立,又是与"喻巧而理至"的画龙点睛的贡献密不可分。

《镕裁》的赞语,同样是比喻的精彩运作的典范:"篇章户牖,左右相瞰。辞如川流,溢则泛滥。权衡损益,斟酌浓淡。芟繁剪秽,弛于负担。"八句赞语,是对文章结构要领的总体性的理论概括,却看不出半点逻辑论证的枯燥痕迹,而是将论证的过程全部巧妙地消融于生动的比喻性的画面中:用户牖比喻文章结构的相互照应,用川流比喻词语的运用要适如其分,用绘画中的设色浓淡比喻行文敷采疏密的精细调整,用园艺中的"芟繁剪秽"比喻对行文中的芜杂冗赘的删除。这一连串比喻,犹如珠玑闪烁,璀璨生辉,将道理、画面、诗情、学术,镕铸成为一个美学与逻辑兼容的整体,既给人以审美的愉悦,又给人以理性的启迪。

《文心雕龙》中有些赞语通篇都是借助比喻来构建的,更使人叹为观止。如《定势》:"形生势成,始末相承。湍回似规,矢激如绳。因利骋节,情采自凝。枉辔学步,力止寿陵。"连用五个比喻,对"形生势成"的道理进行形象性的展现与逻辑性的归纳。又如《辨骚》:"不有屈原,岂见离骚。惊才风逸,壮志烟高。山川无极,情理实劳,金相玉式,艳溢锱毫。"连用6个比喻,对屈原楚辞的美学特征进行形象性的展现与逻辑性的归纳。如此等等,有如珠串相连,环环相扣,步步生辉,既以其哲理发人深省,又以其形象豁人眼目,将比喻的说理功能与审美功能,推进到前人从未达到而后人也很难逾越的境界。

2.《文心雕龙》的用典艺术

巧用故实进行生动表达,是《文心雕龙》卓越的修辞艺术的第二个重要方面。

所谓"用事",就是刘勰所说的"事类":"事类者,盖文章之外,据事以类义,援古以证今者也。"径而言之,就是利用有关故实来表明意义,引用古事以证明道理。这一"故实"中,包括两个方面,一是古人的具有典型意义的事迹,二是古人的具有经典意义的言辞。也就是刘勰所说的:"明理引乎成辞,征义举乎人事。"这些"成辞"与"人事"都是人类文化的历史积淀,不仅具有丰富的理性内涵,可以作为逻辑说服的经典性依据,也具有鲜明的感性形态,可以激发出审美的激情。这种东方特有的修辞手法,也在该著中得到了卓越运用,为刘勰独特的形象论证方式增采添辉。刘勰卓越的用事艺术,具体表现在以下方面:

其一,借助用典锻造精美书名与篇名。

《文心雕龙》的书名作为全著思想的总集合,以及全书美与力的总集中与总展示,有如一颗龙珠吸引着千秋万代的读者。这一颗龙珠的修炼,就是对前人故实进行巧妙的吸收与升华的结果。关于该书的命名,刘勰在《序志》中曾经做过专门阐述:

> 夫"文心"者,言为文之用心也。昔涓子《琴心》,王孙《巧心》,心哉美矣,故用之焉。古来文章,以雕缛成体,岂取驺奭之群言雕龙也。

作者明确告诉我们:书名中的"文心",具指"为文之用心"。之所以用"文心"命名,是来自古代"涓子《琴心》"与"王孙《巧心》"的启迪,刘勰认为其中的"心"字用得很美,可以用来体现全著的理论宗旨。"雕龙"二字,来自驺奭的典故。驺奭,战国时齐人,善于修饰言辞。《史记·孟子荀卿列传》云:"故齐人颂曰:'谈天衍,雕龙奭'。"《史记集解》云:"刘向《别录》曰:驺奭修衍之文饰,若雕镂龙文,故曰'雕龙'。"刘勰既肯定了"雕龙"的合乎"古来文章,以雕缛成体"的历史规律的一面,又否定了它原来的"群言雕龙"的形式主义的一面,将它作为"文心"的美学形态的合规律性要求,纳入了自己的书名中。这一别开生面的吸收与改造,就是建立在历史典故基础上的,是凭借用典以献功的卓越成果。

在全著的篇名中,《知音》篇是据典命名的杰作。该篇的主旨是揭示文学鉴赏的基本规律与要领,但在标题中却不直接标出与鉴赏有关的核心词语,而是借助典故进行曲折的表现,其文化意蕴是极其深远的。"知音"一词源自《列子·汤问》中的一段故事:"伯牙鼓琴,志在高山。钟子期曰:'峨峨兮若泰山。'志在流水,曰:'洋洋兮若江河。'伯牙所念,钟子期必得之。"[1]刘勰使用"知音"这个典故不仅是对蕴涵于其中的文学鉴赏的最高境界的标举,也是对

---

① 列子:《汤问》,见《诸子集成》第3册,上海书店1986年版,第61页。

前人在文学艺术鉴赏中所取得的文化成果的展现和礼赞。这一清新醒目的标题,以其强大的逻辑概括力量与美学感染力量,让读者接受到双向的熏陶,久久难以忘记。

其二,借助用典阐释定义。

《文心雕龙》作为理论著作,总是离不开"释名以章义"的定义阐释工作的。这也是他在修辞中借用典以献功的具体领域。《明诗》篇的开宗明义,就是一个典型的范例:

> 大舜云:"诗言志,歌永言。"圣谟所析,义已明矣。是以"在心为志,发言为诗",舒文载实,其在兹乎! 诗者,持也,持人情性;三百之蔽,义归"无邪":持之为训,有符焉尔。

这段话,整个都是由典故连缀而成的。首先,明引《尚书·舜典》中"诗言志,歌永言"的说法,来解释诗歌的基本含义。然后,接连暗引三个典故,来进行具体的逻辑延伸:其一,暗引《毛诗序》"在心为志,发言为诗",说明诗的意义就在于用文辞来表达情志。其二,暗引《诗纬·含神雾》"诗者,持也",说明诗的作用是扶持人的情性。其三,暗引《论语·为政》中孔子的"诗三百,一言以蔽之曰思无邪",进一步印证了诗歌的持正祛邪的功能。明引和暗引结合,引典与解释相融,一气呵成,衔接无痕,完成了对"诗"这一特定文体的名称、意义、作用的阐释。这一阐释与一般意义的逻辑性阐释不同的是,这一阐释是凭借前人的经典性的阐释所进行的集中性阐释,是攀登在巨人肩膀上的进一步的攀登。它通过前人的阐释将抽象的真理演化成了打上前人文化烙印的具体的真理,一种为人类的实践所反复证明过的真理。和一般的真理相比,它更加具体、更加权威、更加生动、更加亲切、更具有美学的感染力量和逻辑的说服力量。

其三,借助典故证明论点。

证明论点,需要有相应的论据作支撑。借助典故为论证提供既具有逻辑说服力量又富有美学感染力量的论据,是《文心雕龙》在遣词中的又一杰出作为。

《时序》篇就是一个典型范例:

> 时运交移，质文代变，古今情理，如可言乎！昔在陶唐，德盛化钧，野老吐"何力"之谈，郊童含"不识"之歌。有虞继作，政阜民暇，薰风咏于元后，"烂云"歌于列臣。尽其美者何？乃心乐而声泰也。至大禹敷土，九序咏功，成汤圣敬，"猗欤"作颂。逮姬文之德盛，《周南》勤而不怨；大王之化淳，《邠风》乐而不淫。幽厉昏而《板》、《荡》怒，平王微而《黍离》哀。故知歌谣文理，与世推移，风动于上，而波震于下者也。

此段中刘勰阐述了一个重要观点：诗歌的文辞情理，随时代的发展而变化。为了证明这论断的合规律性，作者引用了从尧舜至平王的连串典故，对历代政治教化给予歌谣文理的影响进行铺陈，既构成充分而具体的论据有力地支持着论点，又以浩荡的气势推动着读者进行不可抗拒的逻辑认同与审美认同。

这种凭借典故的群集而汇成的排山倒海的逻辑说服力量与美学感染力量，在《文心雕龙》中是随处可见的。例如《物色》中的：

> 写气图貌，既随物以宛转；属采附声，亦与心而徘徊。故"灼灼"状桃花之鲜，"依依"尽杨柳之貌，"杲杲"为出日之容，"瀌瀌"拟雨雪之状，"喈喈"逐黄鸟之声，"喓喓"学草虫之韵。"皎日"、"嘒星"，一言穷理；"参差"、"沃若"，两字穷形：并以少总多，情貌无遗矣。

多个同类典故排列而出，既将个中道理揭示务尽，又能体现骈文繁富铺陈之美。语势澎湃，文气畅达，使人目不暇接，美不胜收。

其四，借助用典总结该篇赞语。

《文心雕龙》中的许多赞语，都是借助典故来完成的。典故内容的深刻性与表达的凝练性，给他的赞语增添了不少的光辉。《原道》的赞语，就是一个典型范例：

> 道心惟微，神理设教。光采元圣，炳耀仁孝。龙图献体，龟书呈貌。天文斯观，民胥以效。

八句赞语,无一句不来自中华文化深厚的文化底蕴。"道心惟微",来自《荀子·解蔽》中的"道心之微"。"神理设教",来自《易·观·彖》中的"圣人以神道设教",也来自宗炳的《弘明集·明佛论》中的"外赞儒玄之迹,以导世情所极,内禀无生之学,以精神理之求"。"光采元圣,炳耀仁孝",来自《论语·学而》中的"孝弟也者,其为仁之本与"。"龙图献体,龟书呈貌",来自《系辞上传》中的"河出图,洛出书,圣人则之"。"天文斯观",来自《易·贲》彖辞中的"观乎天文,以成时变"。"民胥以效",来自《诗·小雅·角弓》中的"尔之教矣,民胥效矣"。凭借这些"用旧合机,不啻自其口出"的精当的典故,刘勰化古为今,镕铸出"道—圣—文"的三位一体的总结论。他将前人的智慧融入了自己的"心与理合"的论断中,既赋予了赞语的内容以一种独特的历史文化的厚重性,也赋予了它的表达一种耐人寻味的"秘想旁通,伏采潜发"的含蓄的美。就其琳琅满目的形态而言,使人如入花丛,悦目爽心而领略不尽;就其厚重的历史积淀而言,使人如参祖庙,聆听前人遗训,豁然开朗而景仰深深。中华历史文化之美与力,于此可窥一管。刘勰用典艺术之美与力,亦于此可见一斑。

3.《文心雕龙》的比拟艺术

巧用比拟进行生动表达,是《文心雕龙》卓越的修辞艺术的第三个重要方面。

所谓比拟,指以联想为基础,通过人和物,物和物之间的不同属性的转嫁关系而构成的修辞方式。这种方式的表达效果,是唤起人的联想,使人在事物属性的转换中具体形象地感知事物,从中获得逻辑的启迪与美学的感染。具体表现在该著中,有以下类型:

其一,拟人。拟人就是把"物"当做"人"来看待,赋予"物"以"人"的某些特征,在表达上实现人与物的一体化。例如《物色》中的:

> 春秋代序,阴阳惨舒,物色之动,心亦摇焉。盖阳气萌而玄驹步,阴律凝而丹鸟羞,微虫犹或入感,四时之动物深矣。

"物色"、"玄驹"、"丹鸟"、"微虫",原本都是无知无识的自然,而在作者的比拟艺术下,都获得了一种特别的灵气,变成了人化的自然,具有了"有心之器"的鲜明特征:"物色"自己会感时而动,"玄驹"会在春阳中走动起来,"丹鸟"会在秋风飒飒中储备自己的冬粮,每一样生命无一不感应着自然的运动而做出生动的表现。这些生动的画面,实际也就是作者证明诗人的"应物斯感"的根由的逻辑依据。通过这些形神兼备的画面,刘勰展示了生机盎然的大自然的美丽形态以及深深蕴涵在这一美丽形态下的哲理,既深刻地证明了"应物斯感"的道理,又使人获得了审美的愉悦。

将文章的结构比拟成人的生命整体,以此作为逻辑焦点来实现对文章的内容与形式的统一性的全息性把握,是刘勰在遣词艺术中的另一杰作。这就是他在《附会》中所明确表述的:

> 夫才童学文,宜正体制:必以情志为神明,事义为骨髓,辞采为肌肤,宫商为声气……斯缀思之恒数也。

他将文章的主旨比拟成人的大脑中枢,将文章的材料比拟成人的骨髓,将文章的辞采比拟成人的肌肤,将文章的音韵比拟成人的声气。这样,就将关于人的生命意识的体认,巧妙地融入了对文章结构的体认中,以有血有肉的人的生命图象,对文章的生命构成做出美学的描述与逻辑的解说。这一描述的鲜明性与解说的深刻性,是我国文论史上与美学史上的第一次,也是世界文论史上与美学史上的第一次。这一重大的历史性的突破,从实践的角度对他的"拟人"艺术的卓越性,做出了最具有说服力的证明。

其二,拟物。拟物就是把"人"当做"物"来写,赋予人以物的某种特征与情态,或者将甲物当做乙物来写,使此物具有彼物的某种特征与情态,借以表达某种深刻的理性体认与强烈的美学感受。例如《序志》中的关于人在宇宙中的独特地位的重要论断,就是拟物的遣词艺术的历史性杰作:

> 夫有肖貌天地,禀性五才,拟耳目于日月,方声气乎风雷;其超出万物,亦已灵矣。

刘勰用天地比拟人的容貌,用五行比拟人的禀赋,用日月比拟人的耳目,用风雷比拟人的声气。他借助这些具有体积的崇高与力学的崇高的自然物来塑造人的形象,立意在突出人的"超出万物"的灵动性——创造万物的本质力量。这一唯有人才能拥有的本质力量,正是人之所以成为人的地方,也是人之所以能在文学的领域中创造出如许精美作品的根由。刘勰在一千五百年前所做出的这一历史性的结论,不仅是对中华以人为本的文化理念在文论学领域中的实践与升华,也是对人类共同探索的"人是什么"的永恒论题,所交出的一份最有民族特色的答卷。这一份答卷,就是他凭借对拟物艺术的卓越运用来完成的。正是凭借这一修辞艺术的卓越运用,刘勰得以将自然界的诸多崇高与伟大的事物,以内在转换的方式零距离地移之于人,使拟物所独具的逻辑功能与美学功能,在这一历史性命题的表述中获得了充分的发挥,为后人在思想上与艺术上留下了极好范例。

刘勰的拟物艺术的杰出性,还表现在他对以物拟物的卓越运用上。例如:"拓衢路,置关键,长辔远驭,从容按节"(《附会》),"梗楠其质,豫章其干"(《程器》),"按辔文雅之场,环络藻绘之府"(《序志》),等等。无一不以巧妙的联想揭示事物属性之间的转换关系,使内容深刻透辟,使词语增色生辉,含蓄蕴藉,耐人寻味。

4.《文心雕龙》的双关艺术

巧用双关进行生动的表达,是《文心雕龙》卓越的修辞艺术的第四个重要方面。

所谓"双关",就是凭借一个词语而兼明两种不同事物的修辞方式。这一修辞方式,通常运用在诗歌的创作中,以幽默与含蓄而加深语意,引人入胜。而刘勰则将这一义学的手法独标一格地引入了自己的理论巨制《文心雕龙》中,成为逻辑论证的重要组成部分。下面聊举数例,试对刘勰在双关艺术上的卓越运用,做出一管之窥。

其一,表现在"文"字中的双关艺术。

"文"字是我国古代一个具有多种含义的词语。刘勰利用了这一特殊条件,在《原道》中对"文"字的多种含义之间的统一关系与转化关系,进行了美学的展现与逻辑的概括,借此建立了文道关系的基本主张。这一主张的建立,就是在双关的技术支持下完成的。

　　　　傍及万品,动植皆文……故形立则章成矣,声发则文生矣。夫以无识之物,郁然有采,有心之器,其无文软? 人文之元,肇自太极……

上文中的三个"文"字,在内涵上都是各不相同的。"动植皆文"的"文",泛指"道之文",即哲学范畴的广义的"文"。"人文之元"的"文",具指文章,即人文范畴的狭义的"文"。而"有心之器,其无文与"的文,则是对两种含义进行双关的"文"。正是凭借这一巧妙的双关,刘勰不露痕迹地实现了概念内涵的转化,使"文"的普遍性的哲学品格,水乳交融地化入了文章学的特定的领域中,给"人文之文",增添了一种特别的美学感染力量与一种特别的理性分量。这种力量与分量,是一般文论家之所不具而为刘勰之所大具和独具的。

其二,表现在"心"字中的双关艺术。

刘勰卓越的双关艺术,也在"心"字的运用中表现出来。例如:

　　夫"文心"者,言为文之用心也。昔涓子《琴心》,王孙《巧心》,心哉美矣,故用之焉。

在这里,刘勰阐述了命名的根由。"心哉美矣"中,包含有双重的意思:一方面是对《琴心》与《巧心》中的两个"心"字作书名的恰当性的赞美,这个词适宜于用作书名:一方面也在标举"心"本身的伟美及其在写文章中的关键性意义。凭借这一双关,刘勰将历史与现实,将人与我,将赞美与效法,将前人的智慧与自己的创见,在一个小小的词语中,融合成为一个精美的逻辑整体与美学整体。

刘勰在赞语中所表述的"文果载心,余心有寄",同样是一处卓越的双关。"文果载心"是刘勰对文心理论的最高概括与集中陈述,他所说的"文"字中包含了两方面的内容:一是指自己在《文心雕龙》写作中的用意,一是指文章写作运动中具有普遍意义的"文心"。这两个不同层面的含义都借助"文"的符号的统一性而凝聚成为一个有机的逻辑整体与美学整体,极大地充扩了"文心"的内涵,使其更加广阔、更加深刻、更具有理性的说服力量与对读者的美学吸引力量。

其三,表现在"理"字中的双关艺术。

"理"也是一个具有双重含义的词。它的本原意义,指成物的纹理,引申为事物的"道理"。刘勰在《论说》中合具象的"纹理"与抽象的"道理"二义而用之："是以论如析薪,贵能破理。"这个"理"字,既指本体中的具有普遍意义的道理的"理",又指喻体中的木材纹理的"理",一语双关,既增强了逻辑的说服力量,也增强了美学的感染力量。

刘勰的具有核心战略意义的方法论"折衷",也是凭借"理"字的双关意义巧妙地表述出来的:"擘肌分理,唯务折衷。"他所说的"理",既指"肌理"之"理",又指"道理"之理,一语双关,将对文学理论中的诸多层面与诸多角度的剖析,提升到生命整体的系统联系的美学高度与逻辑高度,极大地加深了读者的印象。

（三）玉润双流

《文心雕龙》的语言艺术的生动性,还表现在作者对骈偶艺术的卓越运用上。

所谓"骈偶",是指用字数相等,结构形式相似,意义相对或相关的语言结构,进行并列式表达的修辞方式。这种修辞方式,可使句式整齐,蕴意深厚,音韵和谐,生发出一种诗性的意蕴美、视觉美与音律美。对这种具有诗性特征的修辞方式的运用,早在周代的六经与春秋战国时代的诸子中,就已开始。到了六朝时,骈偶艺术的运用更是达到了完全自觉的阶段。但是从理论上对这种诗性的表现手法进行系统研究,则是刘勰的历史功勋。《文心雕龙》中的《丽辞》,就是研究骈偶的专章。在该章中,刘勰提出了"造化赋形,支体必双;神理为用,事不孤立"的理论见解,认为在语言的运作中,出于对客观世界的反映,也必然是"高下相须,自然成对"的。据此,他提出了四项具有战略意义的工程主张:其一,是"岂营丽辞?率然对尔"。即认为骈偶的最高境界,不在刻意经营,而是妙思慧识的自然流露。其二,是"奇偶适变,不劳经营"。即认为《诗经》中的诗章,《左传》《国语》中的外交辞令,都是适应着抒情言志的要求而变化,或奇或偶,各有所宜,不必扬偶而抑奇,也不必褒奇而贬偶,一切都是顺其自然,不劳人工雕琢。其三,是"句字或殊,而偶意一也"。即认为对偶的形式虽然多样,但以偶立意的宗旨是不会改变的。这就是它能将以异立意的对比容纳其中而又可以互相区别的地方。其四,是"契机者入巧,浮假者无功"。即认为用得恰当的才是真正的巧妙,浮泛虚假的注定无功效可言。这些精辟的理论见解与工程主张,为正确对待这一艺术方式的运作,指引六朝文学走出形式主义的泥坑,是具有导航意义的。

刘勰不仅对这种诗性的语言方式进行了理论上的标举和方法上的完善,而且在自己的写作中进行了卓越的运作,为后人的艺术实践树立了可圈可点的楷模。《文心雕龙》在骈偶艺术上的典范性意义,具体表现在以下方面。

1. 在视觉美的营造方面

所谓视觉美,指事物的感性存在在视觉上所生发的审美愉悦。具体表现在刘勰的对偶艺术中,就是它在建筑上的对称美。对称作为形式美的最基本的法则,在《文心雕龙》的句子营造中获得了卓越的体现。刘勰所营造的骈偶,不是一般意义的语言并列,而是在建筑上工整严密而无隙可击的美学精品。试以《物色》为例:

　　阳气萌而玄驹步,阴律凝而丹鸟羞。

　　春日迟迟,秋风飒飒。

　　目既往还,心亦吐纳。

　　情往似赠,兴来如答。

在这些两两相依的语言组合中,字数相等,位置相称,词性相同,意义相关,声律相对,在空间上构成严格意义上的"高下相须,自然成对"的均衡体。均衡是形式美的最基本的法则。这种结构本身,就能给人爽心悦目的美学感受。但是刘勰在他的对偶中所展示的均衡,并不是一种纯几何形态的均衡,而是一种具有生命意义的均衡。因为这种均衡,是通过生动鲜明的画面表现出来的。他所提供的对称,是一种有声有色的生命体的对称。"阳气萌而玄驹步"展示的是阳气萌生中的生命的觉醒与繁忙。"阴律凝而丹鸟羞"展示的是大地凝霜时刻生命的收敛与休整。"春日迟迟"展示的是春阳下的满眼生机与满怀惬意,"秋风飒飒"中所展示的是秋风中的一望萧索与万般惆怅。其他的两联同样是如此。这些两两相映相辉的画面中,无一不包含着大自然的生命的律动和由此引发的人的情感的律动。这才是对偶中的对称之所以如此动人的原因。

刘勰骈偶艺术在视觉美上的杰出成就,也可从《原道》中获得见证。

仰观吐曜,俯察含章。

日月叠璧,以垂丽天之象;山川焕绮,以铺理地之形。

云霞雕色,有逾画工之妙;草木贲华,无待锦匠之奇。(《原道》)

作者所展现的,是何等精致工整,何等生动鲜明的艺术画面! 龙凤与虎豹相偕,云霞共草木并存,结响之林籁与激韵之泉石呼应。从天空日月云霞到地上的动植万物,从姿态纷呈的物象到美妙悦耳的声响,都是以"玉润双流"的美的方式来说明大自然中的美的存在。这一美的存在,就是他所强调的"道之文"的形象寄托,也是证明"道之文"的逻辑依据。

2. 在声律美的营造方面

刘勰的骈偶艺术不仅是视觉美的圭臬,也是声律美的楷模。《文心雕龙》在声律艺术上的丰碑意义,具体表现在以下方面。

其一,对平仄的严格区分。

"沉则响发而断,飞则声飏不还,并辘轳交往,逆鳞相比,迕其际会,则往蹇来连,其为疾病,亦文家之吃也。"(《声律》)刘勰所说的"沉"声就是仄声,所说的"飞"声就是平声。将声调短促的仄声与声调绵长的平声进行严格的区分与交错,使其构成抑扬顿挫的节奏,以体现出汉语独特的音律美,这不仅是刘勰的明确的理论主张,也是他卓越的写作实践。上面的例句,就是具体的展示。在"仰观吐曜,俯察含章"的联句中,"仰观"对"俯察","吐曜"对"含章",本联内平仄交错,对句间平仄相应。在"春日迟迟,秋风飒飒"的联句中,"春日"对"秋风","迟迟"对"飒飒",在平仄上是严格的对应关系。而"春日"与"迟迟"之间的平仄关系以及"秋风"与"飒飒"之间的平仄关系,又是一种严格的相错关系。正是这种高与低的交错,促与平的呼应,构成了一种高低起伏的节奏,铿锵悦耳,张弛有度,令人心旷神怡。

其二,对双声叠韵的精心运用。

"音以律文,其可忽哉!"(《声律》)刘勰所倡导的声律艺术中,也包括双声与叠韵的乐音艺术。"双声",指声母相同的双音节词,"叠韵",指韵母相同的双音节词。刘勰认为,"双声"词不能"隔字","叠韵"词不能"离句",否则必然造成文义和语音的错乱。而如果合理运用,可以产生"玲玲如振玉","累累如贯珠"的乐音效果。刘勰的这些见解,在理论上都是具有开拓意义的。

这些见解,也成功地运用在《文心雕龙》的写作实践中,为后人留下了卓越的范式。下面试举几对经典性联语,以作一管之窥。

见于《辨骚》中:

> 《骚经》、《九章》,朗丽以哀志;《九歌》、《九辩》,绮靡以伤情。①
> 《远游》、《天问》,瑰诡而慧巧,《招魂》、《大招》,耀艳而深华。②
> 其叙情怨,则郁伊而易感;述离居,则怆怏而难怀。③
> 褒贬任声,抑扬过实。④

句①上联中的"朗丽"是双声,下联中的"绮靡"是叠韵。句②上联中"瑰诡"是双声又是叠韵,下联中的"耀艳"是双声。句③上联中的"郁伊"是双声,下联中的"怆怏"是叠韵。句④上联中的"褒贬"是双声,下联中的"抑扬"也是双声。两两对应,流畅婉转,体现出一种旋律的回环美和整齐美。

这种精美的乐音结构,是广泛地表现在该著的对偶艺术之中的。例如《物色》中的:

> 若夫珪璋挺其惠心,英华秀其清气。①
> 流连万象之际,沉吟视听之区。②
> 写气图貌,既随物以宛转;属采附声,亦与心而徘徊。③
> "嵯峨"之类聚,"葳蕤"之群积。④

句①中的"惠心"与"清气"是双声与双声的对应,句②中的"流连"与"沉吟"是双声与叠韵的对应,句③中的"宛转"与"徘徊"是叠韵与叠韵的对应,句④中的"嵯峨"与"葳蕤"是叠韵与叠韵的对应。这些对应,无一不在语言的"金声而玉振"的乐音化过程中发挥了良好的作用。

最使人击节不已的,是《神思》中的两句极具乐音美的联语:"吟咏之间,吐纳珠玉之声;眉睫之前,卷舒风云之色。""吟咏"与"眉睫"是叠韵与叠韵的对应,"珠玉"与"风云"同样是叠韵与叠韵的对应。一联之中,两尽其妙,将此中的画面组合的和谐性推至无以复加的境界,也将此中的乐音组合的和谐性展现得淋漓尽致。无论是在视觉美的营造方面还是在音乐美的营造方面,都可称为千古绝唱。

其三,对脚韵的杰出运作。

"异音相从谓之和,同声相应谓之韵。"(《声律》)刘勰不仅在"异音相从"的平仄、双声、叠韵的"和"中创造了卓越的范例,也在"同声相应"的"韵"中提供了杰出的楷模。

所谓"韵",指句末所用之韵母的和谐一致。"韵气一定,则馀声易遣。"(《声律》)其美学作用就在于以元音的相同为根据,每隔若干字句,让同一元音再重复一次,借以形成抑扬顿挫的节奏与回环往复的旋律,使所有的单句凝聚成为一个和谐流畅的美学整体,由此辐射出某种相应的心情。这一特定的乐音方式,也在《文心雕龙》中获得了炉火纯青的广泛运用。下面,试以该著中的几篇赞语为例,做一简略品读。

《辨骚》的赞语:

> 不有屈原,岂见离骚。惊才风逸,壮志烟高。山川无极,情理实劳,金相玉式,艳溢锱毫。

八句赞语,以古代的"遥条"韵相贯通。"遥条"是平声韵,在韵辙上属于柔和级声部的范畴,构成一种从容舒缓而又雍容大气的旋律,在陈述事理的同时,也反映出一种庄严肃穆的感情——对屈原的顶礼膜拜之情。

《物色》的赞语是:

> 山沓水匝,树杂云合。目既往还,心亦吐纳。春日迟迟,秋风飒飒,情往似赠,兴来如答。

八句赞语,以古代的"发花"韵相贯通。"发花"是平声韵,在韵辙上属于响亮级声部的范畴,构成从容洪亮、恢弘流畅的旋律,在概括事理的同时,也反映出一种喜悦闲适的心情。

《序志》的赞语是:

> 生也有涯,无涯惟智。逐物实难,凭性良易。傲岸泉石,咀嚼文义。

　　文果载心,余心有寄。

　　八句赞语,以古代的"衣期"辙中的仄声韵相贯通,在韵辙上属于细微级声部的范畴,构成一种慷慨激切而又缠绵悱恻的旋律,在概括事理的同时,也反映出一种对人类的智慧充满自信而未来毕竟渺漠难知的惆怅的复杂心情。

　　正是凭借这些卓越的运作,赋予了刘勰的语言表达以一种特别的无可挑剔的诗律美。刘勰远在唐律正式成型之前,即在四言骈句的领域中,相当彻底地完成了诗的律化的历史性开拓,为唐律的繁荣在文学形式上提供了最具有规范意义的楷模。

　　3. 在错综美的营造方面

　　刘勰的骈偶艺术不仅表现在整齐美的营造方面,也表现在奇偶并用的错综美的营造方面。刘勰明确认为,奇与偶是不能相离的,整齐美并不是一种完整无缺的美,如果处理不当,也可能走向反面,造成"昏睡耳目"的负性效果。正确的做法只能是在重气的前提下,进行整与散的错综运作,实现二者的完美结合。也就是他在《丽辞》中所倡导的:"若气无奇类,文乏异采,碌碌丽辞,则昏睡耳目。必使理圆事密,联璧其章。迭用奇偶,节以杂佩,乃其贵耳。"根据这一理论主张,他进行了具有开拓意义的实践,以奇偶叠用的方式改变了骈文的浮华与板滞,赋予了骈文以前所未有的生动性与灵活性,极大地提高了骈文的美学品格和充扩了骈文的表达空间。《文心雕龙》在骈散结合方面的卓越性,具体表现在以下方面。

　　其一,在统一的逻辑结构中实现骈与散的有机融合。

　　《文心雕龙》的语言是由骈体与散体两种类型组成的。但是这种组合绝不是一种简单的算术堆积,而是一种系统性的有机融合。这种有机融合,是建立在逻辑结构的统一性的基础上的。不管是用散体文表达的内容还是用骈体文表达的内容,都在这个统一的逻辑结构中充当特定的逻辑角色,成为逻辑结构中不可或缺的组成部分,为统一的论证过程献功。

　　《情采》的首段就是典型的范例:

　　　　圣贤书辞,总称文章,非采而何?(一层)夫水性虚而沦漪结,木体实而花萼振,文附质也。(二层)虎豹无文,则鞟同犬羊;犀兕有皮,而色资

丹漆,质待文也。(三层)若乃综述性灵,敷写器象,镂心鸟迹之中,织辞鱼网之上,其为彪炳,缛采名矣。(四层)

　　开头三句为第一层,以散体形式提出文必有采的总论点。第二层是对"文附质"这一分论点的论证,其具体论证方式是提出"水性虚而沦漪结,木体实而花萼振"的两个论据,与"文附质也"的分论点共同组成一个理由充足的逻辑结构。这两个论据就它们自身来说,无疑是用骈体表述的,但从整个复句来看,最终纳入了"文附质也"这一用散体表述的逻辑判断之中,是一个以散体包容骈体的复句。第三层同样是如此:对论据的陈述采用骈体方式,对论点的陈述则采用散体方式。第四层是对前面两个分论点的逻辑延伸,同样是用骈体方式陈述论据,用散体方式概括论点。刘勰的这种语言组合方式是在一个统一的逻辑框架下进行的,所以理圆事密,精美绝伦,在表达上无任何缝隙可言。骈体在论据的逻辑位置上赋予它以生动优美的品格,散体在论点的位置上赋予它以豪雄壮美的品格。这种心与理合的逻辑境界与辞共心密的语言境界,在我国的文论领域中乃至世界的文论领域中,都是并不多见的。

　　其二,在骈与散的结合中实现二者之美学互补。

　　《文心雕龙》的语言结构不仅是一个严密的逻辑结构,也是一个骈散兼备的美学结构。这一独特的美学结构所生发的美学功能,就在于实现了二者之间的美学互补。这一美学互补的合理性与巧妙性就在于:骈与散是两种不同的语言美学体制,在功用上各有短长。骈体讲究声韵,讲究词采,可以增加文章的声韵美和色彩美,但调声配色过密,雕琢过甚,也会发生优孟衣冠的毛病,转伤文章之真美。这些不足之处,正可以由散体疏逸畅达之气与明朗淳厚之风来进行补充和弥合。散体在句式、行文上千变万化,错综离合,雄俊朗畅,挥洒自如,这是它优胜于骈体的地方,但有时也往往流于喧嚣,缺乏从容闲雅之态,而这点,正可以由骈体的典雅含蓄之美与整齐和谐之美来进行调适与弥补。这种集二者之所长,去二者之所短的中和性的语言境界,既是刘勰自觉的美学追求,也是他卓越的艺术实绩。

　　刘勰作为一个语言美学大师的最大的高明巧妙之处就在于,他将具有不同表达功能的骈与散两种体式,合理地安排在各个不同的语言位置,让它们各尽所能而又相得益彰。大体而言,骈体长于铺陈,适于抒情造势,而散体长于挥洒,适于叙事论理,各有其独特的美学功能。这两种迥然有别的美学功能,都在刘勰的精心组织下获得了恰如其分的发挥,为后世留下了卓越的楷模。下面聊举数例,以飨读者。

散体在叙事中的卓越运用

刘勰生活在骈文盛行的时代,但是他绝不淹没在骈文的汪洋大海之中,而是始终清醒地坚持着奇偶叠用的美学原则,在需要发挥散体的表达优势的地方,毫不犹豫地运用散体的方式进行表述。散体所特擅的功能是叙事,这一功能,在刘勰的笔下获得了淋漓尽致的发挥。《序志》篇中的第二段,就是典型的例证:

> 予生七龄,乃梦彩云若锦,则攀而采之。齿在逾立,则尝夜梦执丹漆之礼器,随仲尼而南行。旦而寤,乃怡然而喜,大哉!圣人之难见哉,乃小子之垂梦欤!自生人以来,未有如夫子者也。敷赞圣旨,莫若注经,而马郑诸儒,弘之已精,就有深解,未足立家。唯文章之用,实经典枝条,五礼资之以成,六典因之致用,君臣所以炳焕,军国所以昭明,详其本源,莫非经典。而去圣久远,文体解散,辞人爱奇,言贵浮诡,饰羽尚画,文绣鞶帨,离本弥甚,将遂讹滥。盖《周书》论辞,贵乎体要,尼父陈训,恶乎异端,辞训之异,宜体于要。于是搦笔和墨,乃始论文。

这一段文字,心随事运,事共情生,将撰写该著的心路历程,叙述得轻快流畅,纤微毕至,有如流水行云,令人领略不尽。如此精湛的散文艺术,足以继《史记》笔法之伟业,开后世八大家古文之先河。千载之下,有令人仰头而视,俯首而思,折然而服者。

骈体在状物抒情中的卓越运用

骈体的表达优势,在于状物抒情,铺排造势,有利于感情的抒发和气氛的渲染。这一特定的美学功能,也在刘勰的笔下获得了充分的发挥。《物色》的开头,就是典型范例。

> 春秋代序,阴阳惨舒,物色之动,心亦摇焉。盖阳气萌而玄驹步,阴律凝而丹鸟羞,微虫犹或入感,四时之动物深矣。若夫珪璋挺其惠心,英华

秀其清气,物色相召,人谁获安?是以献岁发春,悦豫之情畅;滔滔孟夏,
郁陶之心凝。天高气清,阴沉之志远;霰雪无垠,矜肃之虑深。岁有其物,
物有其容;情以物迁,辞以情发。一叶且或迎意,虫声有足引心。况清风
与明月同夜,白日与春林共朝哉!

这一段具体描述心物交感场面的文字,主要是运用骈体来进行表述的。
凭借这一两两相对的美学形态,刘勰将自然世界中的诸多美色栩栩如生地铺
排在读者的眼前,也将应物斯感的心路历程纤毫毕现地展现在读者的眼前。
色彩鲜明,金声玉振,如诗如画,如乐如歌,既给人以理性的启迪,又给人以美
学的愉悦,使人如坐春风,神怡心畅。

这种诗与画、乐与歌、情与理融为一体的语言美学境界,更集中地表现在
它的"赞语"中。《物色》的"赞语",就是典型范例:

山沓水匝,树杂云合。目既往还,心亦吐纳。
春日迟迟,秋风飒飒,情往似赠,兴来如答。

就思维的形态来说,它是论,就语言的形态来说,它是诗,就色彩的鲜明来
说,它是画,就声韵的和谐来说,它是乐。这些诸多的美学品格,无一不凭借骈
体的方式淋漓尽致地表现出来的。如此卓越的骈体运作艺术,在我国的文论
史上乃至文学史上,都是堪称楷模的。

骈散结合在论证中的卓越运用

《文心雕龙》的主体结构是一个论理的结构。这一巨制的论理过程,同样
是凭借骈与散的各得其所来献功的。大体而言,列举事证,引用典故,大多运
用骈体,以收典雅含蓄,眉目清晰之效。提出论题,归纳论点,大多运用散体,
以建疏逸畅达,明朗淳厚之功。而在刘勰的笔下,这两种美学效应,通常都是
相互而为济,相得而益彰的。如《原道》中的:

傍及万品,动植皆文:龙凤以藻绘呈瑞,虎豹以炳蔚凝姿;云霞雕色,
有逾画工之妙;草木贲华,无待锦匠之奇。夫岂外饰,盖自然耳。

　　起首标示论点部分与结尾概括论点部分,刘勰用的是散体的方式,显得旗帜鲜明,斩钉截铁。中间举出事证的部分是两组对句,显得典雅从容,含蓄丰厚。二者结合,寓整齐于疏放之中,寄阴柔于雄浑之内,亦整亦散,有密有疏,极尽错综变化之美,起伏跌宕,缓急相间,极富纵横开阖之妙。既提高了文章的美学品格,又增强了文章的论证效能。

　　这种骈散相成的效应,在《物色》中表现得更加鲜明:

　　　　故"灼灼"状桃花之鲜,"依依"尽杨柳之貌,"杲杲"为出日之容,"瀌瀌"拟雨雪之状,"喈喈"逐黄鸟之声,"喓喓"学草虫之韵。"皎日"、"嘒星",一言穷理;"参差"、"沃若",两字穷形:并以少总多,情貌无遗矣。

　　这些联句滚滚而来,滔滔而去,玲玲如振玉,累累如贯珠,将《诗经》中经典性的事类展示务尽,也将此中的普遍性的规律概括无遗。最后犹如江河之入海,一笔汇入"以少总多,情貌无遗"的散体式的总境界与总结论中,给人以持久的理性启迪与美学震撼。

　　刘勰在骈散结合中所创造的业绩,为后世留下了极好的圭臬。后世的文章大家,无一不从这些卓越的艺术实践中获得了方法论的教益。

　　4. 在意蕴空间的拓展方面

　　刘勰的骈偶艺术不仅是视觉美、声韵美与错综美的营造方面的杰出典范,也是意蕴空间的拓展方面的卓越楷模。意蕴空间的拓展,是刘勰在骈偶艺术中的本质性追求,为后人留下了许多具有普遍意义的实践经验。这些经验,可以集中概括为以下方面。

　　其一,相关意蕴的互补性。

　　刘勰在对句意蕴的营造中的最大的巧妙之处,就是赋予两个分句的意义,以一种内在的相关性,让二者互相引发,相互补充,共同营造出更为丰富的整体意义。这就使他的对句具有一种特殊的逻辑品格与美学品格:它绝不是两个并列意义的简单的算术堆积,而是它们的内在的系统融合。这一系统融合所形成的意蕴空间,远远大于二者的算术和。例如:"阳气萌而玄驹步,阴律凝而丹鸟羞"(《物色》)。分开来看,是两个孤立的画片:一叙玄驹在春气萌发时的生态状貌,一叙秋气凝结时的丹鸟的生态情景。合而观之,则是综述自然变化中的生态运动的相应变化,是对"四时之动物深矣"的宇宙生命运动的总规律的总概括。再如:"献岁发春,悦豫之情畅;滔滔孟夏,郁陶之心凝。天高气清,阴沉之志远;霰雪无垠,矜肃之虑深"(《物色》)。分而视之,是人在四时景色下的不同心态,合而观之,则是对"岁有其物,物有其容;情以物迁,辞以情发"的总规律的总概括。又如:"玄黄色杂,方圆体分,日月叠璧,以垂丽天之象;山川焕绮,以铺理地之形"(《原道》)。分而观之,一叙天形,一叙地貌,合而观之,则是对"道之文"的总体展示和总体概括。这一系列的逻辑事实与美学事实明确地告诉我们:对联是一个整体,整体与部分在意蕴的空间的容量上是大不相同的。凭借骈偶的作用实现内涵的整体化,凭借内涵的整体化实现意蕴空间的扩大化,这就是对偶艺术的真谛,而刘勰,就是此中的最卓越的楷模。

其二,相对意蕴的统一性。

刘勰在对句意蕴的拓展中的另一巧妙之处,就是赋予相对的意蕴以统一性的品格。也就是他所说的:"反对者,理殊趣合者也。"(《丽辞》)凭借这一对立面的统一,刘勰在自己语言运作中营造出了卓越的逻辑效果与美学效果,极大地深化了对事理的认识和强化了对情感的抒发,为后人留下了永远不会湮灭的艺术楷模。刘勰在对比修辞中的杰出成就,将在下面语言运作的鲜明性中进行集中阐述,此处不赘。

四、语言运作的鲜明性

《文心雕龙》遣词艺术的卓越性,也表现在它的遣词的鲜明性上。

所谓遣词鲜明,就是选词炼语必须语意确切,是非分明,能把事物的性质、状态、事物之间的复杂关系以及作者的态度充分表述出来,给人以极其清晰而绝不含糊的印象,从而在逻辑上产生深化作用,在审美上产生强化作用。这种思维境界和语言境界,是刘勰自觉的理论追求。这就是他在《比兴》中所明确标举的:"拟容取心,断辞必敢。"所谓"敢",就是一种充分地表情达意的胆略和勇气。这一明确的理论追求,是他卓越的遣词实践的鲜明性的理论依据,而他的卓越的遣词实践的鲜明性,又是他的卓越理论的科学性的最直接的证明。

刘勰在遣词艺术的鲜明性上的杰出作为,可以集中概括为以下方面。

（一）运用褒贬实现表达的鲜明化

运用褒贬义词语突出感情色彩，借以强化对客观事物的论证，使其具有旗帜鲜明的表达效益，是孔子在《春秋》中的杰出作为。这就是刘勰在《史传》中所赞誉的："褒见一字，贵逾轩冕；贬在片言，诛深斧钺。"这一赞语，也是刘勰自身的实践追求。《程器》对文人人格的两种不同类型的陈述，就是典型例证。

就文士之疵而言：

> 略观文士之疵：相如窃妻而受金，扬雄嗜酒而少算……班固谄窦以作威，马融党梁而黩货，文举傲诞以速诛，正平狂憨以致戮，仲宣轻锐以躁竞，孔璋偬恫以粗疏，丁仪贪婪以乞货，路粹餔啜而无耻，潘岳诡诪于愍怀，陆机倾仄于贾郭，傅玄刚隘而詈台，孙楚狠愎而讼府。诸有此类，并文士之瑕累。

文士之疵与作者对此所持的批判态度，都从一个个棱角分明的贬义词中和盘托出，使读者不仅因事实的清晰与确定而受到逻辑的震撼，也从作者的沉痛与惋惜的心情中获得相应的警告与规劝。

但是，从另一方面来看，文士之疵在作家的群落中毕竟是一种局部现象，因为生活中还有另一种截然不同的文士存在，他们在人格上是并没有受到腐朽庸俗的玷污。这就是刘勰所标举的：

> 若夫屈贾之忠贞，邹枚之机觉，黄香之淳孝，徐干之沉默，岂曰文士，必其玷欤？

文士之善与作者所持的崇尚态度，同样从一个个充满敬意的褒义词中尽现无遗，从正面的角度使读者受到逻辑的震撼，也从作者崇敬与赞誉的心情中，获得相应的期待与激励。

这种凭借褒贬义以实现表达的鲜明化的遣词艺术，也表现在他对《经》与《纬》的陈述的截然不同感情态度中。刘勰对《经》的属性所做的陈述是：

三极彝训,其书曰经。经也者,恒久之至道,不刊之鸿教也。

故文能宗经,体有六义:一则情深而不诡,二则风清而不杂,三则事信而不诞,四则义直而不回,五则体约而不芜,六则文丽而不淫。

他对"经"的陈述中所使用的,都是具有正面意义的褒义词:"恒久"、"至道"、"不刊"、"鸿教"、"情深"、"风清"、"事信"、"义直"、"体约"、"文丽"。凭借这些色彩鲜明的褒义词,刘勰既表达了自己对"经"的性质与作用的客观认识,又表达了自己对"经"的地位与价值的感情评价,以主体的鲜明与客体的鲜明造就了表达的鲜明。

刘勰对"纬"所做的陈述是:

乖道谬典,亦已甚矣。是以桓谭疾其虚伪,尹敏戏其浮假,张衡发其僻谬,荀悦明其诡诞:四贤博练,论之精矣。

他在对"纬"的陈述中所使用的,都是具有负面意义的贬义词:"乖道谬典","虚伪","浮假","僻谬","诡诞"。凭借这些色彩鲜明的贬义词,刘勰既表达了自己对"纬"的荒谬性质与消极作用的客观认识,又表达了自己对"纬"的批判态度。但是他对"纬"的批判绝不是绝对化的拒绝,而是一种弃伪存真的扬弃:"芟夷谲诡,采其雕蔚。"刘勰用"芟夷"与"谲诡"这两个贬义词的组合表达了对"纬"中的消极成分的弃绝,同时也用"采"与"雕蔚"这两个褒义词的组合表达了对"纬"中的积极成分的斟酌性的肯定。一褒一贬,界线分明。激浊扬清,极有分寸。这些卓越的修辞艺术,将孔子《春秋》辨理中的"一字见义"的长技,发挥到了尽善尽美的境界。

(二)运用夸饰实现表达的鲜明化

运用夸饰进行修辞,是《文心雕龙》实现表达的鲜明化的第二个重要方面。

所谓"夸饰",就是刘勰所说的"壮辞":"神道难摹,精言不能追其极;形器易写,壮辞可得喻其真。""壮辞"就是运用想象与变形,对事物的某些方面的特征着意扩大或缩小,借以突出事物的本质以形成逻辑上的强调与感情上的震撼的修辞方式。对这一方式进行系统的研究,是刘勰独特的历史功勋。而将这些系统的理论主张自觉地运用在自己的写作实践中,为理论大厦的营造献功,同样是刘勰的一大创举。下面聊举数例,试就《文心雕龙》中对夸饰的卓越运用,做一点一管之窥的赏析。

夸饰见之于《原道》中,是对孔子在人文奉献方面的重大影响所做的历史性概括:

> 雕琢性情,组织辞令,木铎起而千里应,席珍流而万世响,写天地之辉光,晓生民之耳目矣。

"千里应"与"万世响",是凭借数字的显赫性所做的夸张,"天地之辉光"是凭借体积与位置的显赫性所做的夸张,"生民之耳目"是凭借数量之众多性所做的夸张。"因夸以成状,沿饰而得奇"(《夸饰》),这样就赋予了它的对象以一种无限扩张的非寻常的形态,借助这一具有数学的崇高与力学的崇高的特殊形态,使事物的本质性特征得以尽现无遗:犹如放大镜下的真实,以其鲜明清晰的图像,造成美学的与逻辑的双重震撼。正是凭借这一巧妙的艺术运作,刘勰将孔子在中国文化历史上的宗主性的地位入木三分地表述了出来,给读者留下极其深刻的印象。

夸饰见之于《征圣》中的,是他对圣人的文化地位的评述:

> 鉴悬日月,辞富山海。百龄影徂,千载心在。(《征圣》)

刘勰的这一历史性的总结,是用四个夸饰连缀而成的:以"日月"的显赫性凸出圣人见识的无限清明,以"山海"的显赫性突出圣人辞采的无比丰富,以"影徂"的显赫性突出圣人生命在宇宙中的极其短促,以"千载"的显赫性突出圣人思想的永恒价值。正是凭借这一卓越的夸饰所具有的逻辑强化作用与美学强化作用,"征圣"的道理才表述得如此鲜明,如此坚定,虽经百世而不可磨灭,纵历万劫而难以动摇。

夸饰见之于《宗经》,是"若禀经以制式,酌雅以富言,是即山而铸铜,煮海而为盐也"的陈辞,见之于《夸饰》,是"辞入炜烨,春藻不能程其艳;言在萎绝,寒谷未足成其凋。谈欢则字与笑并,论戚则声共泣偕,信可以发蕴而飞滞,披

瞽而骇聋矣"的赞叹。如此等等,无一不是"发蕴而飞滞"的绝唱,无一不是
"披瞽而骇聋"的雄文,足为后世修辞之楷模。

(三)运用对比实现表达的鲜明化

运用对比进行修辞,是《文心雕龙》实现表达的鲜明化的第三个重要
方面。

所谓"对比",就是将两个不同的事物或者一个事物的两个不同方面,进
行对照与比较,以充分凸显事物的本质性差异或其内在的两个矛盾方面的本
质性联系的修辞方式。刘勰在《文心雕龙》中对对比的卓越运用,具体表现在
以下两个方面。

其一,两体对比。两体对比,就是把相反、相对的两种事物放在一起,进行
对照与比较,使人们在比较中得到鉴别而洞悉其本质。例如:

> 然将相以位隆特达,文士以职卑多诮,此江河所以腾涌,涓流所以寸
> 折者也。(《程器》)

有对照才有比较,有比较才有鉴别,有鉴别才有强调与突出。将相与文士
两种截然不同的命运,在零距离的对照与比较中鲜明地显示了出来,门阀制度
保护腐败与压制人才的罪恶,于此尽现无遗,而作者对社会不公的愤怒及对文
士遭际的强烈同情也于此奔突无遗。又如:

> 是以执术驭篇,似善弈之穷数;弃术任心,如博塞之邀遇。(《总术》)

将"执术驭篇"与"弃术任心"两种截然相反的方式以及由此导致的"似善
弈之穷数"与"如博塞之邀遇"的两种截然不同的结果进行对比,孰利孰弊,划
然而分。表达之确切,可圈可点。再如:

> 夫翚翟备色,而翾翥百步,肌丰而力沈也;鹰隼乏采,而翰飞戾天,骨
> 劲而气猛也。(《风骨》)

凭借翚翟与鹰隼两种截然相反的力学状态的对照比较,刘勰将造成这一

差异的原因揭示务尽,也将风骨的力学意义概括无遗。孰劣孰优,判然可别。何去何从,断然可决。表达之鲜明,尽于此中。

其二,两面对比。两面对比,就是把事物中的相反或相对的两个方面放在一起,进行对照与比较,以充分显示其内在的统一性。例如:

> 水性虚而沦漪结,木体实而花萼振,文附质也。虎豹无文,则鞟同犬羊,犀兕有皮,而色资丹漆,质待文也。(《情采》)

"文"与"质"是构成事物的两个方面。刘勰运用对比的方式,使二者之间的相辅相成的关系在零距离的对照与比较中得到了充分的显示,既突出了质对于文的决定性的主导作用,也强调了文对于"质"的不可或缺的支持作用。从而,将二者之间的辩证统一关系显示得淋漓尽致,没有留下半点的模糊与含混。

《通变》的赞语,同样是对比的卓越运用:

> 文律运周,日新其业。变则可久,通则不乏。趋时必果,乘机无怯。望今制奇,参古定法。

这一段赞语,是由三处对比所构成的:"文律运周"的循环性与"日新其业"的奋进性的辩证统一,"变则可久"的非常性与"通则不乏"的恒常性的辩证统一,"望今制奇"的创新性与"参古定法"的继承性的辩证统一。正是凭借对比的卓越运用,刘勰将如此众多的对立统一关系凝聚成为一个有机的逻辑整体与语言整体,成功地实现了自己对文学运动的总规律的全面概括。这一概括的鲜明性经历一千余年的风雨历程而没有出现过任何误读与偏移,至今不失其在战略上的指向意义。

(四)运用顶针实现表达的鲜明化

巧用顶针进行鲜明的表达,是《文心雕龙》卓越的修辞艺术的第四个重要方面。

所谓"顶针",指用前一句结尾做后一句的开头,使邻接的两个句子上递下接,首尾蝉联的修辞方式。这种方式的表达效果,是显豁地反映事物之间的有机联系,使句子承接紧密,层层推进,气势浑然,以鲜明的逻辑图象生发出一种强大的理性说服力量与美学感染力量。《文心雕龙》的理论表述的鲜明性,也是与这一方法的重大贡献密不可分。下面聊举数例,以做一管之窥。

见之于《原道》:

> 惟人参之……为五行之秀,实天地之心,心生而言立,言立而文明,自然之道也。①
>
> 《易》曰:"鼓天下之动者存乎辞。"辞之所以能鼓天下者,乃道之文也。②
>
> 《乾》、《坤》两位,独制《文言》。言之文也,天地之心哉! ③

句①中凭借顶针的方式,将"心"、"言"、"文"之间的内在的因果关系的总图象清晰地显示了出来:前者是后者之因,后者是前者之果,形成确切不移的逻辑链接,一环一环向前推进,最后归入了自然之道的总根由中。

句②中顶针关系是命题与论据之间的关系。正是凭借这一前承后接的关系,二者得以零距离地构成一个有机的逻辑整体,命题的合理性才得到了最直接、最强劲的显示,而辞与道的关系也因此而更加突出,更加鲜明。

句③中的顶针关系是命题与阐释之间的关系。前一句的核心词语是"文言",后一句的核心词语是紧承而来的"言之文"。以此作为枢纽,对"言之文"做出了合规律性的逻辑延伸,使其意义得到了充分的显示。

见之于《序志》:

> 昔涓子《琴心》,王孙《巧心》,心哉美矣,故用之焉。①
> 文果载心,余心有寄。②
> 有同乎旧谈者,非雷同也,势自不可异也;有异乎前论者,非苟异也,理自不可同也。同之与异,不屑古今,擘肌分理,唯务折衷。③

句①的顶针结构将《琴心》、《巧心》之心巧妙地化入"心哉美矣"的论断之中,以前人的文化成果为基础,进行了美学的再造与升华,使其意义表述得更加透彻,也使自己的意向显示得更加鲜明。

　　句②中的两个"心"字的顶针,既是对"心"字的重要性的强调,也是对"心"的双重内涵的巧妙融合:普遍意义的"文心"与作者写作该著的"用心",凭借这一对象的共同性,构建成为一个颠扑不破的逻辑整体。

　　句③中"异"与"异"的顶针,"同"与"同"的顶针,以及"同之与异"的综合性的顶针,将"同"中之异与"异"中之同的诸多辩证关系揭示得纤毫毕露,最终归入"惟务折衷"的总结论之中,将自己的理论主张极其鲜明地凸显无遗。

　　刘勰对顶针艺术的卓越运用,是广见于全著的。例如《神思》中"物沿耳目,而辞令管其枢机。枢机方通,则物无隐貌"的钩深取极的因果判断,《宗经》中"论文必征于圣,窥圣必宗于经"的顺理成章的逻辑延伸,《章句》中的"夫人之立言,因字而生句,积句而为章,积章而成篇"的累累如贯珠的陈述。如此等等,无一不是此中的典范,无一不在《文心雕龙》大厦的构建中,以其独特的鲜明性建立卓越的功勋。

　　(四)运用副词实现表达的鲜明化

　　运用副词进行修饰,是刘勰实现表达的鲜明化的第四个重要方面。

　　副词是一种用来修饰与限制动词与形容词,借以说明动作的状态与性质的词。副词的主要句法功能是作状语,使语言的表述更加清晰,更加精确,更加鲜明。刘勰在《章句》中所说的"据事似闲,在用实切",就是我国历史上对这类虚词的最早的理论关注。不仅如此,刘勰自己也是这一方法的自觉的实践者。《文心雕龙》的理论表述的鲜明性,也是与这一方法的重大献功密不可分的。下面聊举数例,以飨读者。

　　见之于《原道》:

　　　　文之为德也大矣,与天地并生者何哉? ①
　　　　夫岂外饰,盖自然耳。②
　　　　此盖道之文也。③
　　　　为五行之秀,实天地之心。④
　　　　惟人参之,性灵所钟,是谓三才。⑤

　　句①中刘勰对"文之为德也大矣"的标举,是通过天地的陪衬显示出来的,而天地的陪衬又是凭借这个"并"字的逻辑纽带而完成的。凭借一个副词之微,刘勰将文与天地共时而生的悠久历史与相并而立的崇高地位凸显无遗,也将文原于道的本质属性揭示无遗。刘勰在语言表达的鲜明确切上的杰出作为,亦于此凸显无遗。

句②与句③中的"盖"字,是一发语辞,也有对事物发生的根由进行强调的作用。凭借这一副词,极大地缩短了原因与结果的距离,将结果直接指向原因,使表达的语气更加坚定,语意更加鲜明。

句④中的"实"字,是对"天地之心"的判断的实在性的强调。凭借这一强调,赋予它的判断以一种坚定不移的品格。

句⑤中的"惟"字,是对事物的唯一性的强调。凭借这一强调,人作为"性灵所钟"的独特的价值地位才能得到充分的凸显。

句⑥中的"莫不",是运用双重否定对句子中的判断所做的肯定性的强调。凭借这一强调,句子的语气更加自信,覆盖的范围更加广阔,意思更加鲜明。

我们还可以举出《风骨》中的许多例子:

> 是以怊怅述情,必始乎风。①
> 故练于骨者,析辞必精;深乎风者,述情必显。②
> 故魏文称……并重气之旨也。③
> 唯藻耀而高翔,固文章之鸣凤也。④

这些句子,都是凭借副词的运用而获得语言表达的鲜明性的卓越范例。句①与句②中的"必",是对事物规律的必然性的强调。客观规律是不可抗拒的,惟其如此,也必然赋予句中的判断以坚定不移的品格。句③中的"并"字,将魏文以来所有重气论见概括无遗。句④中的"唯",是对事物的唯一性的严格限定,"固"是对事物的确实性的严格规定。所有的这些强调、限定和规定,都在语言的表达上,带来了"入木三分"而坚实难移的效果。

(五)运用句法实现表达的鲜明化

运用多样化的句式进行强化,是刘勰实现表达的鲜明化的第五个重要的方面。刘勰对多样化句式的卓越运用,具体表现在以下方面。

其一,运用双重否定句式进行强化。如:

古来辞人,异代接武,莫不参伍以相变,因革以为功。①
自非圆鉴区域,大判条例,岂能控引情源,制胜文苑哉！②
不有屈原,岂见离骚。③
玄圣创典,素王述训,莫不原道心以敷章,研神理而设教。④

刘勰通过双重否定,使肯定的意思得到了强化,语气更加坚定。与一般陈述式的肯定句相比,虽然都在肯定某种事理,但表达效果却有明显的差异。一般的陈述性的肯定句只在平铺直叙;而双重否定的句式,在感情上却有强烈的跌宕。刘勰为了将自己肯定性的意思表述得更加坚定鲜明,特意从否定方面去设想,然后再加以否定,从而把一切怀疑和相反的可能都排除净尽。通过对否定的再否定,使肯定的意思更加肯定,态度更加鲜明,感情更加强烈,更令人坚信不疑,极大地增强了语言的气势和战斗力。

其二,运用反问句式进行强化。如:

天道难闻,犹或钻仰;文章可见,胡宁勿思? ①
有心之器,其无文欤? ②
圣贤书辞,总称文章,非采而何? ③
言与志反,文岂足征? ④

这些句子,都是运用反问方式,对某种确定的意思所做的理性强调和感情激发。从表面上看,是疑问句,实际上是在强调某种确定无疑的答案:答案就蕴藏在问句中,是问句意思的反面。这样就必然赋予它的表达以一种独特的逻辑论证力量与美学感染力量:从反面的角度对真理的不可征服的力量进行鲜明的宣示,又从正面的角度对一切非真理的东西进行毫不畏惧的挑战。由此不仅显示出真理的具体内容,也同时显示出对真理的确信和对真理的强烈感情,显示出一种气盛言宜的语言力量与逻辑力量。与平铺直叙的陈述比较,语气更加强烈,意思更加鲜明,更具有个性化的特色,更能激发读者的理性与感情,给读者造成深刻的印象。

其三,运用感叹句式进行强化。如:

> 文之为德也大矣! ①
>
> 言之文也,天地之心哉! ②
>
> 心哉美矣! ③
>
> 逢其知音,千载其一乎! ④

这些感叹句,都是直接从作者的主体角度对客观事理所做出的直抒胸臆的个性化的体认。这就必然赋予他的表达以双重的鲜明性的品格:它既是客观规律性的反映,也是主观能动性的反映。前者赋予它以理服人的逻辑说服力量,后者赋予它以情感人的美学感染力量。这两种力量的完美结合,就使它成为诗情式的哲理,也成为哲理式的诗情。这种内外鲜活、主客通明的个性化的语言艺术境界,在中华文论中乃至世界文论中,都是绝无仅有的奇葩,令千秋万世景仰不已。

第四节 《文心雕龙》的接受艺术

《文心雕龙》的写作艺术作为一种全方位的美学形态,还表现在它卓越的接受艺术上。

"兰为国香,服媚弥芳;书亦国华,玩绎方美。"(《知音》)写作的价值,归根结底是依靠读者的"玩绎"与"知音"来实现的。"玩绎"与"知音",就是作者与读者之间在心理上的交换与交流,共鸣与共识,属于接受的范畴。重视读者的接受效应,将文心的运动既看做是一个"用心"的过程,也看做是一个"知心"的过程,从二者的关联中进行动态的和双向的适应,并按照接受的规律自觉地进行写作和传播,以获得"鼓天下之动"的最大化的接受效果,是刘勰文心理论与写作实践中的一个重大的开拓领域。关于前者,在十七章中已经做出了详细阐述,此处不赘。下面,试就刘勰在《文心雕龙》中的卓越实践,作一管窥式领略。

刘勰的接受艺术,是在一个明确的工程战略的指导下进行的。这一工程战略,具体包括以下内容。

其一,对高远的接受目标与博大的哲学凭借的明确标举。

刘勰所设定的接受目标,不是一般性的目标,而是一种以鼓天下之动为己任的目标。这就是他在《原道》中所明确标举的:"《易》曰:'鼓天下之动者存乎辞。'辞之所以能鼓大下者,乃道之文也。"这句话不仅标示了他在写作接受中所怀抱的宏伟目标——"鼓天下之动",也揭示了实现这一接受目标的最基本的哲学凭借——"道之文"。这一工程目标的高远性与哲学凭借的博大性,都是前人之所不具而为刘勰之所独具的。作者在写作中怀抱天下,天下在接受中必然容纳作品与作者。这也就是《文心雕龙》之所以能赢得世代读者的心,并能经历如许沧桑而不朽的根由。

其二,对接受机制的确切把握。

"知音其难哉! 音实难知,知实难逢,逢其知音,千载其一乎!"(《知音》)创作与接受的关系,自古就是人类的认识灰区。刘勰接受理论的巧妙性就在于:他避开了具有循环关系的两端,瞄准两端的中介点进行径直的切入。这一中介点,就是作品。"缀文者情动而辞发,观文者披文以入情。"(《知音》)正是作品,将创作与接受的对立的两极连接成为一个整体。所谓"木铎起而千里应,席珍流而万世响",就是凭借作品发挥引导作用的具体展示。

但是,作品对读者的引导作用,并不是作者的单边作用,而是将接受因素转化为创作活动的内在因素,从而隶属于整个过程并消解于其中的自觉活动的综合作用。这种"自觉",是在作者的"知音意识"的统率下进行的。所谓作者的"知音意识",就是作者以接受为目的,自觉地把读者的接受需要纳入自己的思维结构与表达结构之中的心理状态。刘勰所祈愿的"文果载心,余心有寄",就是这种意识的集中表述。作品中所载何心? 集中而言就是道心,亦即覆盖无垠的天地之心。惟其是覆盖无垠的天地之心,故能得覆盖无垠的万民之心。惟其得万民之心,故能鼓天下之动。这就是文章接受的核心机制,也是刘勰为实现广泛的接受所提出的最根本的工程途径。

其三,对接受心理进行积极适应的明确主张。

将读者的接受需要超前纳入文本之中,以获得广泛的接受效果,是刘勰鲜明标举并始终贯彻的工程法则。这就是他在《知音》中所说的:"夫唯深识鉴奥,必欢然内怿,譬春台之熙众人,乐饵之止过客。"刘勰明确认为,唯有"深识鉴奥"的见解和主张,才能真正获得读者的广泛接受。刘勰的这一体认,就是他在文本中如此自觉地追求思维与表达的深奥性的工程依据和心理根由。这一工程法则具体表现在他的文本中,大致包括以下内容:崇高性法则,折衷性法则,同参性法则,通变性法则,审美性法则。

以上三个方面,是中华文化精神反映在接受心理中的三个至高点,也就是刘勰在接受艺术中最基本的工程学依据。根据这一系统的工程理论,刘勰进行了自觉的艺术实践,取得了千古不朽的运作效果。其空前鲜后的楷模意义,集中表现在以下方面。

一、对崇高性法则的卓越运用

凭借崇高性的事物或事理以获得广泛的接受,是刘勰在《文心雕龙》写作中的一项巧妙的工程设计和重大的方法措施。

在刘勰的工作平台中,他所体认的崇高,具指一种在事理上或者在事物上无限神圣的属性。这种蕴涵在特殊事物或者特殊事理之中的具有特殊精神高度的属性,是一个民族文化基因的总集中与总积淀,具有一种特殊的民族认同力量与心理凝聚力量。所谓"太山遍雨,河润千里者也"(《宗经》),就是刘勰对这种崇高事物与事理所具有的无远弗届的覆盖力量的形象展示。这种神圣性的事物与事理,正是他用来进行逻辑说服与美学感染以实现鼓天下之动的无可辩驳的依据和理由。他巧妙地将这些神圣性的事物与事理作为理论论证的关键性材料,运用在自己的思维与表达中,借助这种具有特殊影响力量的材料,获得震撼读者心灵的逻辑效应和美学效应,使接受在共时性与历时性的状态中畅通无阻。

刘勰对崇高性法则的卓越运用,具体表现在以下方面。

(一)理论依据的崇高性

《文心雕龙》中所运用的理论依据,不是一般意义的理论材料,而是我国传统文化中具有经典意义的历史积淀。见之于宏观的层面中,是他对"本乎道,师乎圣,体乎经,酌乎纬,变乎骚"的标举。这五个方面,对于构建"文之枢纽"这一全著的总的理论依据来说,都是具有"亦云极矣"的终极性意义的精华。这就必然赋予《文心雕龙》的理论枢纽以一种特别神圣的品格——"羽翼经典"的品格,一种使人欣然而从并折然而服的品格。这种具有广泛的号召力量与凝聚力量的品格,也从它的微观的层面上鲜明地反映出来,这就是他所常用的"据事以类义,援古以证今"的论证方法。凭借这种方法,他寓逻辑于历史之中,融历史以逻辑之义,在历史与逻辑的结合中增强其可接受性的力量。这些理论材料,都是我们民族文化中的核心性基因,具有一种使人信服并不得不服的凝聚力量与说服力量。这种力量,是覆盖于整个民族并且是代代相传而永不泯灭的。因此,它必然获得整个民族的世世代代的普遍接受与普遍认同,并因此而永垂不朽。

(二)理论目的的崇高性

《文心雕龙》的理论目的的崇高性,具体表现在它的写作宗旨上:

> 唯文章之用,实经典枝条……而去圣久远,文体解散,辞人爱奇,言贵浮诡,饰羽尚画,文绣鞶帨,离本弥甚,将遂讹滥。盖周书论辞,贵乎体要,尼父陈训,恶乎异端,辞训之异,宜体于要。于是搦笔和墨,乃始论文。(《序志》)

刘勰明确地告诉人们,他写作《文心雕龙》的目的,就是继圣人之伟业,正文风之本源,攻讹滥之异端,挽狂澜于既倒。无疑,这一宗旨与以六经为主导的中华文化的基本精神是完全契合的,是具有"经典枝条"的文化意义的。这也是该著获得广泛接受的一个重要根由。

(三)语言形态的崇高性

《文心雕龙》的可接受性,还表现在它的语言形态的崇高性上。

语言形态的崇高,具指它在形式上的经典性的美学品格。《文心雕龙》的语言形态,不是一般意义的语言形态,而是一种精心设计的经典性的语言形态:它以六经的语言作为美学的范式,追求着一种历代相承的民族风格,亦即"雅丽"的风格。这就是他在枢纽论中所明确标举的:"禀经以制式,酌雅以富言","圣文之雅丽,固衔华而佩实者也","酌奇而不失其真,玩华而不坠其实"。所谓"六义",就是对这一主张的具体阐述:"故文能宗经,体有六义:一则情深而不诡,二则风清而不杂,三则事信而不诞,四则义直而不回,五则体约而不芜,六则文丽而不淫。"这不仅是他的理论主张,也是他的实践追求。惟其如此,必然赋予他的语言表达以一种特具可接受性的美学形态,一种为整个民族所喜闻乐见的既雅且丽的经典性的美学形态。这种自觉追求的美学形态,为它的广泛接受在载体上提供了广阔的可能。

二、对折衷性法则的卓越运用

凭借折衷性的工程法则以获得广泛的接受，是刘勰在《文心雕龙》写作中的第二项巧妙的工程设计和重大的方法措施。

"擘肌分理，唯务折衷。"（《序志》）"折衷"，以"中"为断之谓。何谓"中"？"中，和也。"（《说文》）何谓"和"？"和，相应也。"（《说文》）"和，谐也。"（《广雅》）径而言之，就是以最佳的适度实现对立面的兼容与和谐。也就是刘勰所说的："奇正虽反，必兼解以俱通"（《定势》），"圆照之象，务先博观"（《知音》），"义贵圆通"（《论说》）。

刘勰的这一主张和举措在接受上的高明和巧妙之处就在于，它能在对立的两极之间，找到最佳的不偏不倚的平衡点，形成强大的包容力量，将方方面面的智慧囊括无遗，也将方方面面的接受期待囊括无遗，为接受的普遍性准备了畅通无阻的心理平台。《文心雕龙》在理论上的博大精深，就是通过"折衷"之术，扬弃各家观点的片面性，吸收其合理因素，归纳整合出最完善的理论表述的结果。

该著枢纽论的理论结构，就是这一"唯务折衷"思维方式的卓越运作的典型范式。《文心雕龙》的"文之枢纽"，由五个篇章所组成，而其核心，就是"道—圣—经"的三元合一的结构。这一结构，实际也就是"道—儒—佛"的三家合一的逻辑整体。"道沿圣以垂文，圣因文而明道"，根据这一逻辑链条，他顺理成章地将儒学纳入道之文的总范畴。他又以"神理"这一佛学的专门术语作为切入口，将他对佛性论的深刻体认巧妙地融入与儒道学说的系统组合中。这就是他所明确标举的："道心惟微，神理设教。光采玄圣，炳耀仁孝。"道学使其思想洒脱通达，具有自然的品格，儒学使其思想始终以人为本，立足社会，效力于社会，具有经世致用的品格，佛学使其思想博大精深、逻辑严密，具有圆通的品格。这一"兼解以俱通"的品格，与中华民族的思维性格是一致的。惟其如此，它必定符合全民族的接受期待，在百家认同的接受平台中畅通无阻。

《文心雕龙》的这一独特的思维品格与接受品格，是具体而微地表现在它的全部内容之中的。见之于《神思》，是它对心与物的双向运动的观照，见之于《情采》，是它对"文附质"与"质待文"的并重与通观，见之于《通变》，是它对"常"与"变"共济的标举，见之于《风骨》，是它对风骨采兼备的倡导，等等。

惟其兼容,所以客观公正,无偏无倚,符合人类思维的理性原则,具有"笼罩群言,而归于一理"的概括力量。这也是这部巨制的理论之所以如此畅通无阻,能历百代而不朽的一个重要原因。

三、对同参性法则的卓越运用

凭借同参性的工程法则以获得广泛的接受,是刘勰在《文心雕龙》写作中的第三项巧妙的工程设计和重大的方法措施。

所谓同参性,是指作者与读者共同参与的属性,具而言之,是将作者的接受召唤与读者的接受期待融合为一的属性。刘勰对这一工程法则的卓越运用,具体表现在以下方面。

一是逻辑上的启发。

通过逻辑上的启发,以吸引和召唤读者共同参与论证的过程,是刘勰为获得广泛的接受所进行的一项精心的安排。他的具体做法通常是在篇章开头或关键性的地方,设置一个重大的问题,造成强大的心理震撼,使读者心不自已地进入解答这一问题的逻辑程序之中,与作者的思维过程同步运动,从而获得无往弗届的接受效果。《原道》就是一个典型例证。

《原道》篇开宗明义,就是一个奇峰突起的问题:"文之为德也大矣,与天地并生者何哉?"这是一个在此之前从来没有人提出过的问题,而就其高度、深度与重要性程度来说,却又是无法回避而必须郑重面对的问题。这一强大的心理张力势必造成强烈的心理震撼,推动读者迅速投入作品所设定的问题情境中去,与作者在共同的逻辑思路下同步思考,共同去寻找问题的答案。沿着这一共同思路,文本中首先推出了自然界中的系列论据:"夫玄黄色杂,方圆体分,日月叠璧,以垂丽天之象;山川焕绮,以铺理地之形",顺理成章地归纳出"此盖道之文也"的结论。紧接着又在人文的领域中进行了逻辑的延伸:"仰观吐曜,俯察含章,高卑定位,故两仪既生矣。惟人参之,性灵所钟,是谓三才。为五行之秀,实天地之心,心生而言立,言立而文明",由此不容辩驳地推导出"自然之道也"的普遍性结论。而在自然之文与人文的逻辑汇合处,他又以反问方式对此做出了总的归纳与强化:"夫以无识之物,郁然有采,有心之器,其无文欤?"再一次以自己的思考推动读者的思考,使其沿着共同思路进入一个更加广阔的逻辑空间之中,实现对"道之文"的更加全面的概括。这样,就使读者顺着文本的引导,与作者的表达同步进入了"心与理合"、"辞共心密"的境界。

　　这种召唤式的语言结构与心理结构,是普遍地表现在《文心雕龙》的全著之中的。见之于《时序》起首,是"时运交移,质文代变,古今情理,如可言乎?"的设问,见之于《通变》起首,是"夫设文之体有常,变文之数无方,何以明其然耶?"的设问。见之于《附会》起首,是"何谓附会?"的设问。见之于《物色》开端,是"物色相召,人谁获安?"的反问,见之于《情采》开端,是"圣贤书辞,总称文章,非采而何?"的反问。表现在双重否定中,实际也包含着一个隐藏着的疑问在内的。赋予肯定以否定与再否定的形态,实际是对其在逻辑上可以经受来自反面的反复检验的明确宣示,也是对读者发出对此进行反面验证的充满自信的邀请,由此而极大地强化了表达的可接受性。如:"不有屈原,岂见离骚","玄圣创典,素王述训,莫不原道心以敷章,研神理而设教","古来辞人,异代接武,莫不参伍以相变,因革以为功",等等,无一不以逻辑的启发获得心理上的广泛参与的接受效果。

　　二是感情上的激励。

　　通过感情上的激励,以感染和推动读者在心理上共同参与论证的过程,是刘勰为获得广泛的接受所进行的另一项精心的安排。他的具体做法通常是在对论断进行表述的时候,采用直抒胸臆的方式,在感情上进行直接的鼓动与激励,使其在心理上引起强烈共鸣,从而获得无往弗届的接受效果。这种感情激励的方式,主要是凭借感叹、反问等直接反映个性态度的句式来实现的。在上节的"语言艺术"中已经做了详尽阐述,此处不赘。

四、对通变性法则的卓越运用

　　凭借通变性的工程法则以获得广泛的接受,是刘勰在《文心雕龙》写作中的第四项巧妙的工程设计和重大的方法措施。

　　通变是文学运动的普遍规律。所谓"通",指文学本质与规律的前后相承的属性,所谓"变",指文学形态的日新月异的属性。刘勰将这两种属性都视为文学健康发展之所必需,对二者进行了相并性的标举。刘勰的这一理论主张,也创造性地表现在他的美学接受的理论与实践之中,成为他的写作获得广泛接受的重要凭借。他所说的"歌谣文理,与世推移","文律运周,日新其业","趋时必果,乘机无怯",就是他对"变"的重要意义的深刻体认的集中表述,也是他对人心趋变的接受心理的深刻体认的集中表述。他所说的"论文必征于圣,窥圣必宗于经","木铎起而千里应,席珍流而万世响",就是他对"通"的重要意义的深刻体认的集中表述,也是他对人心趋通的接受心理的深刻体认的集中表述。而刘勰所说的"参伍因革,通变之数也","望今制奇,参古定法",就是他对通变的工程方法的集中表述,也是对通变在接受中的具体运作的工程方法的集中表述。下面,试根据刘勰的写作实践,做一管窥式赏析。

刘勰在接受心理的适应中,卓越地运用了继承与创新融合为一的方法。对《原道》篇的论述,就是一个具体范示。

《原道》的内容,是对"文原于道"的论述。这一论述,是建立在"道"与"文"的关系的基础上的。我们首先来看看他对"道"的概念的继承与创新。

"道"作为一个古老的哲学概念,并非刘勰所原创,而主要是来自对老庄的以自然为归依的"道"的继承。刘勰在《文心雕龙》的开宗明义中所说的"文之为德也大矣"的"德"字,就是对"与天地并生"的道家之"道"的鲜明标举。他所说的"惟人参之……为五行之秀,实天地之心,心生而言立,言立而文明,自然之道也",则是对道在枢纽论中的枢纽地位的再次强调。如果没有这一继承,刘勰的枢纽论就会是无源之水与无本之木,而成为不可想象的事情。正是凭借对前人经典的继承,它自己也获得了一种与经典同参的历史性的地位,极大地拓宽了可信性与可接受性的心理基础与逻辑基础。这一巧妙的接受学的安排,就是他在《事类》中所倡导的:"明理引乎成辞,征义举乎人事,乃圣贤之鸿谟,经籍之通矩也。"

但是,刘勰对老庄之道的继承,并非是一种简单的沿袭,而是一种在继承基础上的创造性发展。刘勰在"道"的概念的义域中所表现出来的创新性,主要是以下方面。

其一,对道的本质性内涵的突出。老庄之道是一个内涵极其复杂的概念,既有其明确性的一方面,又有其"恍恍惚惚"的一方面。而刘勰对道的概念进行解读的时候,则明确地标出"自然"二字,使道的本质性内涵在词汇的义域中显示得更加清晰,更加突出。

其二,赋予道的义域以具体性的品格。自然之道是一个极其抽象的形上性概念,而刘勰的解读则是具体的解读。通过"道之文",他赋予了道以生动的文的形象。这种通过道的外在形态解读道的本质内涵的巧妙性和深刻性,不仅是我国文论中的首创,即使在我国专门研究道学的哲学著作中,也是并不多见的。

其三,赋予道的义域以兼容性的品格。"自然之道"本来是道家哲学中的核心范畴,而刘勰却以自然之道作为逻辑纽带,将儒家的圣贤之道与佛家的心性之道,链接成为一个统一的义域组合。赋予道的义域以如此广阔的内涵,这不仅是前无古人的,也是后鲜来者的。

刘勰在"文"的概念的体认中同样是如此。"文"作为一个古老的美学概念,也并非刘勰的原创,主要来自儒家的文化体系之中。刘勰在《文心雕龙》的开宗明义的"文之为德也大矣"的"文"字,就是对孔子"言而无文,行之勿远"的美学理念的继承和标举。但是,"文"作为《文心雕龙》中的关键性词汇,已经灌注了诸多的时代新质。刘勰对"文"的义域的开拓,主要表现在以下方面。

一是赋予文以"道之文"的本体论品格。刘勰认为,天地万物的文采,都是"道"的自然表现。这样就将大自然中的一切文采,都纳入了本体论的范畴。这种折射在词汇中的义域的高度与深度,是前人与时人之所不具,而为刘勰之所独具的。

二是赋予文以世界整体图象的普遍性品格。刘勰所说的文,是天文、地文与人文的总和,也是所有三界中的声文、形文与情文的总和。赋予"文"的内涵以如此广阔的义域,赋予文以统一的世界性图象,这不仅是我国文论史上之绝唱,在世界文论史中也是罕见其匹的。

三是赋予文以自然天成的审美性品格。刘勰明确认为,一切的文都是一种天造地设的美的存在,都具有可观可赏的美学价值。这就是他明确指出的:"云霞雕色,有逾画工之妙;草木贲华,无待锦匠之奇。"这种体认,同样是我国文论史上与美学史上的第一次。

惟其如此,他所提出的"文原于道"的命题,也必定是兼具历史继承与时代创新两种品格的。就历史继承来说,这一理念的基本材料来自中华文化的传统深处,都是人们耳熟能详的东西。就时代创新来说,都来自时代的新声,都是前人之所不具而为刘勰之所独具的东西。这种通与变兼具的品格所带来的接受效益,是极其明显的。由于与历史文化的一致性,必然具有消减接受中的心理阻力的效应。因为对历史文化的继承,实际也就是对人类实践的继承:人类的实践从来都是对真理进行验证的决定性的依据,而历史文化则是人类的长期实践所反复证明过了的真理,是人们所坦然不疑的东西。由于日新其业的开拓性,它必然符合人们喜新好异的自然心理,推动人们对新生事物的接受过程。这就是刘勰在《知音》中所标举的:"见异惟知音","夫唯深识鉴奥,必欢然内怿,譬春台之熙众人,乐饵之止过客。"使人乐于接受。而刘勰的巧妙之处就在于,他将这两种效应结合起来,通过继承,赋予创新以合规律性的品格,通过创新,赋予继承以与时俱进的品格,这就使它的可接受性表现得更加强烈,更加广阔,更具有鼓天下之动的力量。这也就是该著之所以获得如此广泛接受的原因。

五、对审美性法则的卓越运用

凭借审美性的工程法则以获得广泛的接受,是刘勰在《文心雕龙》写作中的第五项巧妙的工程设计和重大的方法措施。

所谓审美,是指辨别与领会事物的美以掌握世界的一种特殊形式。这种特殊的形式,以其独特的形象显示功能与感受功能,发挥着一种特殊的美学感染作用,使人的心理产生共鸣,极大地拓宽接受的心理基础。刘勰在《物色》中所说的"物色之动,心亦摇焉",就是对这种美的感染作用的形象展示。这种美的感染作用,被刘勰视为文学的本质性特征:"圣贤书辞,总称文章,非采而何?"(《情采》)刘勰进一步认为,这种本质性特征在文学中之所以得以显现,主要是凭借辞采来实现的:"若乃综述性灵,敷写器象,镂心鸟迹之中,织辞鱼网之上,其为彪炳,缛采名矣。"(《情采》)刘勰的这一精辟的美学理念不仅是他的文心理论的重要组成部分,也是他在自己的写作实践中所始终凭依的工程法则:以采动人,以美感人。这一法则具体表现在《文心雕龙》的写作中,就是他对修辞艺术的卓越实践。《文心雕龙》的精美绝伦的语言大厦,就是这一卓越实践的卓越成果。

《文心雕龙》对理论的表述采取骈文的体式。这一体式具有裁对、隶事、声律、敷藻四大形式特征,赋予它的理论表述以散文诗的美学形态:对偶赋予它整齐均衡之美,隶事赋予它以古雅含蓄之美,声律赋予它以金声玉振之美,敷藻赋予它以惊目回视之美。这就必然赋予《文心雕龙》的理论形态以科学性与文学性的双重品格：不仅妙理纷繁，可以"浚发灵心"；而且文藻翩翩，可谓"蔚乎鸾龙"。①

正是这些精美绝伦的形式美学艺术的卓越运用，赋予了他的语言表达以一种金相玉式的诗性品格，以美丽动人的形态极大地增强了它的可接受性。这种可接受性的最直接的显示，就是历代学者对它独特的美学形态的艺术魅力所做出的崇高评价。明代原一魁的评语是："陶冶万汇，组织千秋，则勰亦六朝之高品也。"②戴玺的评语是："语骈骊则合璧连珠，谈芬芳则佩兰纫蕙，酌声而音合金匏，绚采而文成黼黻，真文苑之至宝，而艺圃之琼葩也。"③清代刘开的评语是："宏文雅裁，精理密意，美包众有，华耀九光，则刘彦和之文心雕龙，殆观止矣。"④以一人之文而得万人之誉，以一时之言而得百代之心，这就是《文心雕龙》语言艺术的卓越性的最实际的证明，也是它的接受艺术的卓越性的最实际的证明。

综上可知，《文心雕龙》不仅是一部以美作为写作艺术的自觉追求的理论著作，而就其自身的形态而言，也是一部足称楷模的美的著作，还是一部用散文诗的形态写成的艺术哲理。与前代文论相比，它的特点不仅在于"体大思精"、"笼罩群言"，也在于像刘勰所期待于其他作者的那样，如雕刻龙纹般精心构筑了这部不朽的理论著作，使它美不胜收，臻于雅丽之盛境。他不仅以其美的理论引导着美的实践，也以其美的实践证明着和体现着自己的美的理论。不管就其美学理论来说，还是就其美学实践来说，无一不达到了可称观止的境界。这就是清代文论家李执中所精辟指出的："不以文传，固足振千秋之文

---

①　顾起元：《文心雕龙序》，见杨明照《文心雕龙校注拾遗》，上海古籍出版社 1982 年版，第 734 页。

②　原一魁：《两京遗编后序》，见杨明照《文心雕龙校注拾遗》，上海古籍出版社 1982 年版，第 435 页。

③　载玺：《文心雕龙序》，见杨明照《文心雕龙校注拾遗》，上海古籍出版社 1982 年版，第 731 页。

④　刘开：《与王子卿太守论骈体书》，见杨明照《文心雕龙校注拾遗》，上海古籍出版社 1982 年版，第 441 页。

教,即以文论,亦自倾绝世之文心。"①也就是当代著名史学家和龙学大师范文澜所热情称许的:"剖析文理,体大思精,全书用骈文来表达致密繁富的论点,宛转自如,意无不达,似乎比散文还要流畅,骈文高妙至此,可谓登峰造极。"②这些评语对于《文心雕龙》来说,都是当之无愧的。

我国当代著名作家张光年在 1983 年中国《文心雕龙》学会成立大会上,号召我国文论界不仅"要学习刘彦和,像他那样系统地、创造性地总结历代和当前文学现象,找出它的规律性",而且"要向刘彦和学习,使文艺理论、文艺批评、文学史的著作本身就有文学性;要言之有文,行之能远;不要言之无文,行之不远。要注意文艺批评的文学性,使评论文章为更多的人所喜爱,使更多的人乐于接受你的观点。"③这一号召,是切中肯綮的,也是极具现实意义的。

① 李执中:《刘彦和文心雕龙赋》,见杨明照《文心雕龙校注拾遗》,上海古籍出版社 1982 年版,第 449 页。
② 范文澜:《中国通史》第 2 册,人民出版社 1994 年版,第 529—530 页。
③ 张光年:《研究古代文论为现代服务》,《文史哲》1983 年第 6 期,第 5 页。

主要参考书目

［1］黄侃：《文心雕龙札记》，上海古籍出版社 2000 年版。

［2］范文澜：《文心雕龙注》，人民文学出版社 1958 年版。

［3］刘永济：《文心雕龙校释》，中华书局 1962 年版。

［4］杨明照：《文心雕龙校注拾遗》，上海古籍出版社 1982 年版。

［5］王元化：《文心雕龙创作论》，上海古籍出版社 1984 年版。

［6］牟世金：《文心雕龙研究》，人民文学出版社 1995 年版。

［7］詹锳：《文心雕龙义证》，上海古籍出版社 1989 年版。

［8］李曰刚：《文心雕龙斠诠》，台北国立编译馆 1982 年版。

［9］王更生：《文心雕龙研究》，台北文史哲出版社 1979 年版。

［10］中国文心雕龙学会选编：《文心雕龙研究论文集》，人民文学出版社 1990 年版。

［11］中国文心雕龙学会编：《文心雕龙学综览》，上海书店 1995 年版。

［12］张文勋：《文心雕龙研究史》，云南大学出版社 2001 年版。

［13］张少康：《文心雕龙新探》，齐鲁书社 1987 年版。

［14］张少康等：《文心雕龙研究史》，北京大学出版社 2001 年版。

［15］周振甫：《文心雕龙注释》，人民文学出版社 1981 年版。

［16］宗白华：《美学与意境》，人民出版社 1987 年版。

［17］缪俊杰：《文心雕龙美学》，文化艺术出版社 1987 年版。

［18］李泽厚、刘纲纪：《中国美学史》二卷，中国社会科学出版社 1987 年版。

［19］童庆炳：《中国古代文论的现代意义》，北京师范大学出版社 2001 年版。

［20］户田浩晓：《文心雕龙研究》，上海古籍出版社 1992 年版。

后　记

一本书就是一个小小的生命。每一个生命都有自己成长的历程。

五十多年前,坐在珞珈山的阶梯教室里,听刘永济先生讲解"文心雕龙研究",那博大精深的内容,使我受到了一种奇异的感动,对"文心"产生了一种特别的关注。那正是被称为"科学的春天"的时刻,为祖国与科学献身的热情,激荡在每一位师生的心头。我对自己暗暗地说:"将来我一定要好好地研究这个课题!"

但历史却和我们开了一个不大不小的玩笑。紧接 1956 年科学之春的,却是一场时代的暴风雨。毫无准备,无穷无尽的政治斗争就进入了我们的生活。我只能把自己的兴趣和希望珍藏在深深的记忆里,艰难地跋涉着时代的泥泞。

对《文心雕龙》的关注,渐渐转化为对人生与人心的关注。正是这一现实的关注,使我不断地去咀嚼人生的真味,见证人心的真谛:不管经历过怎样的坎坷,生活总是顽强向上的。就在这无限苍茫之中,我解读了文心的核心秘密。文心实际上并没有什么秘密,文心就是美心,美心就是热爱生活之心。领悟美心并不容易,它要求人们在黑暗中相信光明的到来,在丑恶中保持着真善美的信念,在失望中不绝望,在困顿中不动摇。它注定只属于四种人:生活中的苦心人,生活中的有心人,生活中的好心人,生活中的用心人。这四种人,永远是人类中的大多数,正是由于他们,我们的生活才这样美好。

文心就是一颗永远向上的人心。这一体认是我艰难生活中最大的收获。正是这一收获,我得以接近我们民族的诗心,并以此作为人生的动力,顽强地走过了时代的泥泞,没有沮丧,没有堕落,在时代的大扭曲中,保持着一片小小的绿色空间。在那风雨如晦的年代中,我们先人留下的这一份宝贵的财富,是我在精神生活中抵抗庸俗的最大凭借,也是唯一凭借。

　　粉碎"四人帮",知识分子获得了第二个人生的春天,我又有机会来研究当年的课题。1985年,我调至湘潭大学中文系从事写作学与文论学的教学与研究工作,从此有了比较充分的条件对该课题进行深度开发。我花费了几乎一年的时光进行方法论的准备。我犹如一只笨鸟,在艰苦的飞翔中锻炼自己的翅膀,去适应艰难的远航。

　　我重新开始了人生的充电过程。我如饥似渴地学习现代的系统论、控制论、信息论知识,使自己获得一种具有时代意义的文化视野,也如醉如痴地学习儒释道三学之精华,解读易学的神秘,使自己获得一种具有民族特色的文化视野。正是凭借这些厚实的认识论、方法论与知识论的准备,我具有了登高望远的能力,开始了燕子垒窝式的学术经营。

　　我终于明白了:《文心雕龙》绝不是一般意义的写作学教科书,而是一部集中中华文化的全部精华的著作,是一部以自然之道作为哲学凭借,以伦理之道作为人文依据,以心性之道作为方法依据,推动中华文化沿着自身的历史规律健康发展的大书,是一部在礼崩乐坏的非常时刻对我们民族的精神生命进行维护和拯救的圣典,是一部"矫讹翻浅,还宗经诰"的矫正世风、人风与文风使之恢复正道的启示录。径而言之,是一部直接来自中华民族的文化精神并能从最集中的界面上直接反映这种文化精神的宝书。也就是刘永济先生所说的:"按其实质,名为一子,允无愧色。"

　　我终于明白了:"文心雕龙"四字之中,并非一般的并列关系,而是一种严格的状谓关系。"文心"是"雕龙"的前提和凭借,"雕龙"是"文心"的工作对象与工作内容。正确释义是:发挥心的优势,进行美的制作。质言之,就是刘永济先生所说的"以心总文"。这就是《文心雕龙》创作论的宗旨。"舍人论文,辄先论心。""论心",这正是一个民族的最高智慧的集中体现。把握了这点,就意味着把握了《文心雕龙》创作论的关键。

　　我终于明白了:"以心总文"是一个庞大的系统工程。这一庞大的整体中,思维工程是主导,语言工程是机体,传播工程是渠道,社会工程是目的。文心工程的总功能,就是鼓天下之动。

　　我终于明白了:发挥文心活力的途径,就在于主体优势、客体优势、载体优势、受体优势四者的综合开发中。只有从天心、人心与文心的大统一中,我们才能真正领悟中华文化的精华,只有从做人、做事、作文的大一统中,才能把握中国的文心与诗心。

于是,当年的理念,长年的领悟,都在这一理性的框架中融合。于是,《现代文心》历八年的推敲得以完成。这是我在《文心雕龙》研究中完成的第一项成果。

由于这项成果,我获得了许多鼓励,激励着我做更深的开掘和更高的攀登。我想进一步弄清楚一个问题:到底是一种怎样的文化力量在支持着刘勰的历史性开拓? 到底是一种怎样的文化力量推动着苦难深重的六朝人民走出了历史的泥泞? 到底是一种怎样的文化力量支持着他们战胜了生活中的浮靡堕落而迎来了大唐文化的曙光? 诚然,所有的这些文化力量都来自民族的基本精神。可是,我们民族的基本精神究竟是什么?

处于黑暗与光明临界面的六朝文化,是最集中的显示窗口,是观照我们民族文化的生命活力,解读我们民族的生命密码的最佳界面。这是一项献身的事业,又确实是一项值得为之献身的事业。于是,我又运用了文化解读的方式和文化比较的方式,开始了十年探索的征程。

历经十年的辛苦,我终于明白了中华文化的真谛,就在"和谐"二字之中。所谓"和谐",就是对多元文化的兼容并包,也就是刘勰所说的"擘肌分理,唯务折衷"。表现在《文心雕龙》中,就是对儒、道、释三家的兼融与并重。不独重一家而博采众家之长,这正是《文心雕龙》之所以成就其博大精深的旷古伟业的根由,正是六朝文化和大唐文化之所以兴盛的根由,也正是我们民族文化之所以长流不息,历万劫而不朽的根由。我们民族的生命密码,就在这两个字里。而《文心雕龙》,就是我国儒、道、释三家文化的结晶,是中华文化精神及其独特智慧的最具体、最生动、最集中的体现,是体认我们民族和谐精神真谛的最直接的窗口,是中华文化生命活力的最全面的展现和证明。

说出真理是需要勇气的。这种勇气来自我们民族敢言的历史传统,也来自时代主旋律的激励。这种时代的主旋律,就是党中央建设和谐社会与和谐文化的伟大号召。于是,我一口气将我的研究成果写了出来,不揣浅薄地奉献于大方之前,期有以教我。

弘中华之文化,起现代之文心;借现代之文心,振现代之人心。我把这根接力棒连带着我的体温,递给了我的学生,我的学友,我的读者,就像当年我的老师传递给我一样。

　　比起先师的期望来,我做得实在太少了。诚如牛顿所言,我只不过是一个在海边捡到几片贝壳的孩子,对于大海的深度,知道得极其有限。如果说我多少做了一点事情的话,那是因为我站在巨人的肩膀上。这个巨人,就是我的历万劫而不朽的祖国。

　　为了表达诚挚的祝愿,请允许我将《现代文心》"撰后的致意"的结尾,再一次奉献给接力赛跑的人们:

　　"时代激励文心,文心激励时代。为了这一博大而又永恒的合力运动,谨献上这颗朴实的文心。"

作者谨识于湘潭大学东坡村

2012 年 9 月

责任编辑:虞　晖　陈鹏鸣

封面设计:徐　晖

图书在版编目(CIP)数据

文心雕龙通论/刘业超 著. -北京:人民出版社,2012.12

ISBN 978-7-01-010926-8

Ⅰ.①文… Ⅱ.①刘… Ⅲ.①《文心雕龙》-文学研究 Ⅳ.①I206.2

中国版本图书馆 CIP 数据核字(2012)第 111496 号

文心雕龙通论

WENXINDIAOLONG TONGLUN

刘业超　著

人民出版社 出版发行

(100706　北京市东城区隆福寺街99号)

环球印刷(北京)有限公司印刷　新华书店经销

2012 年 12 月第 1 版　2012 年 12 月北京第 1 次印刷
开本:700 毫米×1000 毫米 1/16　印张:108
字数:1760 千字

ISBN 978-7-01-010926-8　定价:250.00 元(全三册)

邮购地址 100706　北京市东城区隆福寺街99号
人民东方图书销售中心　电话 (010)65250042　65289539